顷覺眼

古坐意滿

須知世上

古人多

宋儒邵人道之叢書云

居汝汪曾祺雪午書

汪曾祺 散文全编　人民文学出版社

EX-LIBRIS

汪曾祺

汪曾祺
散文全编

壹

人民文学出版社

图书在版编目（CIP）数据

汪曾祺散文全编：全 6 卷/汪曾祺著. —北京：人民文学出版社，2019（2024.3重印）
ISBN 978-7-02-014785-4

Ⅰ. ①汪… Ⅱ. ①汪… Ⅲ. ①散文集—中国—当代 Ⅳ. ①I267

中国版本图书馆 CIP 数据核字（2018）第 285725 号

责任编辑　刘　伟
装帧设计　刘　静
责任印制　王重艺

出版发行　人民文学出版社
社　　址　北京市朝内大街 166 号
邮政编码　100705

印　　刷　三河市鑫金马印装有限公司
经　　销　全国新华书店等

字　　数　1819 千字
开　　本　680 毫米×960 毫米　1/16
印　　张　131.75　插页 24
印　　数　12001—14000
版　　次　2019 年 5 月北京第 1 版
印　　次　2024 年 3 月第 3 次印刷

书　　号　978-7-02-014785-4
定　　价　328.00 元（全六册）

1946 年　时年 26 岁

1949 年春北京　与夫人施松卿

1958年　在张家口农业科学研究所
下放劳动，右为汪曾祺

1981 年 10 月　在高邮百花书场做讲座

朱崇平摄

1987年美国爱荷华　　在华裔女作家
聂华苓（中）家中

1990 年 4 月滇西湖　与青年作家们

左起:凌力、李林栋、汪曾祺、高洪波、

陆星儿

1993 年　在家中审稿

1995 年秋　与作家林斤澜在温州

1997 年初　云南

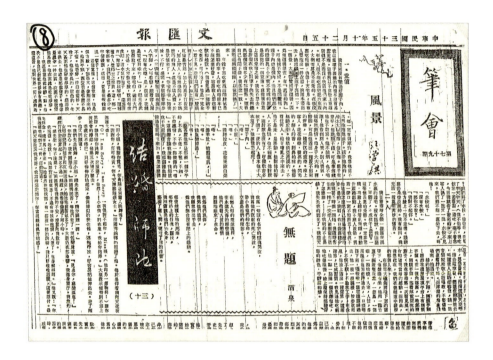

散文《风景》原载报纸

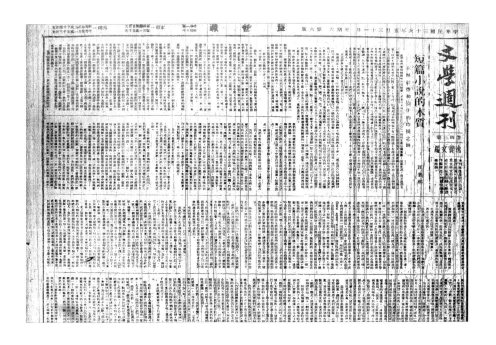

《短篇小说的本质》原载报纸

在北京虎坊桥新居自己的画作前

目　　录

第　一　卷

第 二 卷

1982 年

第 四 卷

1989 年

第 六 卷

出 版 说 明

本书收录迄今为止发现的汪曾祺全部散文作品，共分六卷。作品以我社新近出版的《汪曾祺全集》"散文卷""谈艺卷"为底本，收入作者自 1941 年创作的散文、谈艺类文章，共计 553 篇。

作品以写作时间排列顺序，写作时间不详则按发表时间排序。如写作时间与发表时间均不详，则编入"未编年"。文末写作时间如非作者自属，加括号以示区别。

每篇皆有题注，交代原载及收入作品集、文本改动、笔名等版本信息。保留作者原注；其他少量必要的注释，皆标明"编者注"。

作者早期作品中的个别字词，如"婉惜""瑚蝶"等，均不予改动；外国人译名均不予改动；保留异体字，保留带有作家个人风格与时代印记的用语。

本书肯定还存在种种不足之处，敬请指正。

人民文学出版社编辑部

汪曾祺散文全编

（第 一 卷）

1941 年

私　生　活^①

图象与教训

在浮着虹的影子的水里（一切物质在这里开始领取生命）投下一块酥松的泥砖，跳上去，快，再投下一块，跳上去，快！在手□的错误的铺设下前进。从起点通过过渡过渡的过度，跳吧，带一点惊慌，同量的镇定。一切运动的目的无非在求疲倦，直到你投下最后一块泥砖，你用复仇的眼睛看它消溶如一块未经压制的吸墨纸，一块看过许多雨天的方糖。

作客的摹想

我租一座房子安放自己。很久以前我知道这房子式样很平凡，但也不少其别致处，我知道那房子有数不清的窗子，像海绵的孔。

连我的居停都未有机缘一见，我差不多一直就被一个偶然安排在墨绿而银灰的线条的四壁之中，用一种奇异的纸糊住一切可以伸一根牵牛的触须的缝隙，一切光用多坚诚的朝山的苦心来我的眼睛里沉沦呵。

我并非不知道我有很多邻舍，他们无声无息的嚣闹着，令我莫明其妙，如落进一个漩涡里，我有时大声咳嗽，打喷嚏，想要他们知道我，但是他们似乎全不注意。一天我忽然走出房门，像一个大病新瘥的那么虚晕。我与邻舍——见过。

一片早安与晚安的声音如早潮与晚潮一时涌向了我。我的眼球转遍了数字以外的度数。

外面的空气与里面的完全不同。

我很虚怀若谷的逐一叩问他们的姓名。

您？——您？——您？——

天，他们的答复像一个图章上印出来的。

于是我不得不问问自己。

蛊

中年人的游戏大都在没人看见的时候。

（我在中年人前显然比不上他们，在年青人里面则比谁都老一点。）

我有一个回廊，用平滑的大理石砌成，发着透明的热铁投入冷水里后发出蓝色光泽，有郁□的虞美人□瓣子的浮游的图案，这图案是大理石上生就的，决非画上去的，浮游着，如反映在桥的洞里的波浪的光。是无数穿门连缀起来的。深和空弥漫在里面，因为是圆的，所以和天一样高。

我散步在里面，当我把自己完全还给自己以后。（平常我把自己不计价出租给人家）我可以随意划分昼和夜了，因为回廊内有无数不同光度的灯，如清明时节大苗圃里点种树秧的小潭，整整齐齐的排开，有许多开关，像舞台上用的电闸板一样，一伸手即可调节它们，配合成心的需要。

一天，我跨进回廊，开了第一盏灯，最暗与最近的，一只蛾子飞进来了，差不多由我的头发里飞了出来。——后来我发现它觉得和肺病一样，我觉得头上有一个影子的重量。

出于本能，我开了第二盏灯，（第二个距离与第二个强度的）它立刻飞进一点，更清楚了一点。

我又赶快灭这盏灯,灭那盏灯,蛾子总是在最强的光的圆心上飞。

我不知道它落了多少粉在我的回廊里了。

永远辞别暗,追逐光,它是旅程是一支颠来倒去的插在严冰与沸水之间的温度计的水银柱。

我还能散甚么步呢。

注 释

① 本篇原载 1941 年 12 月 9 日成都《国民公报》。

小　贝　编①

一，小贝编

窗前这片雨是那朵山头的轻云。
胭脂果重新开出漫山鲜亮的花。
花在你百折的裙裥里等待风信：
昨天花朵下我有我的瓶。
今天我瓶里开了满瓶花。
舀一瓢水也舀一瓢影子：
珊瑚的红完成了绿的海。
珊瑚有港，港有灯塔，有雾。
洞庭多落叶，树依然是树；

二，小贝杂录

小时候我有一方樱红的水晶，
里头有个小小虫儿，记不得是
金妈妈是碧蟳蟳，整整二十年
了，我才真想起它一回。

鸽子和钟声，好太阳，开窗，金银花香里我有我的小学校。我记得小学校里许多事情，其中最切的两件，姓詹的胖斋夫剪冬青树和我们的书，书大都有字也有画，长大了我颇为它们胡涂过，这些画是解释字的呢，还是字解释画？不知我曾否喜欢过那些字，但至今还是喜欢画的。

并且，我的爱画与字无干。起先，画多字少，漫漫的画比较少了，我们自己仿佛也写在那些字里，画在那些画里，和在里头变。因此即使觉得，也不说出；直至说出，才真算觉得。我说"少了"，恐怕那是日后的事，是看惯了没有画的书时的经验了。詹胖子都老了；一排一排的冬青树头翦平了又长圆了，而我们似乎不断的比冬青树矮，冬青树上留名，故事里头没有，但青梧绿竹随处皆有，你看看那些题刻，心下如何？"画少了呢。"这句话太吓人，我从来没听过有人敢大胆说过，倒是有一次放学回来，玩了半天，我忽然想起来告诉姐姐："我的画也没有颜色了。"姐姐不响，拿过我的书翻了翻，灯下她有个很好思想："这是多么一个得意；没有颜色可以自己填。"青制服，红帽子，小猫是黄的，小狗也是黄的，所惜者，我们的色牒有限，所幸者，则颜色先有而后有颜色名称；我们常用了我们不知道的颜色。

我想回去，回去看看那些书，那些画，看看填的颜色，也看看有没有还白着的，如果有，刚才我想：我填；现在，我已经想不那么做了，因为我不会那么做的，并且我知道。我想，街上我会碰到詹老头子。

　　犹之百花丛中你看见一朵花，那是一朵花，等一瓣一瓣描给自己时，便非像适才所见，且恐怕就不是一朵花了。

人在梦里是个疯子，疯人想必不作梦，我有一个梦，梦成一句话："秋天是一节被删的文章。"梦时不甚了了，当然也就仿佛懂得，知道梦了多少时候，那实在是一个奇妙的结构，没有人，没有声音，灯上取一点，花上取一点，虹上取一点向百物提来一个概念像合成一片红，这片红又赋得一个形式而成了我的梦：天地奄参：当中一条大路，干而且白。路上甚么也没有。有风，但风透明无物。不多近，不多远，他们，——我说是那些命定的标点，一个个站着，高高翻起衣领。这边看看，又看看那边，我笑出来又觉得真不该，我有点难受，半天我没跟人说一句话，寂寞。

另一次，另一个梦，我甚么也不为的兴奋得出奇。白天我劳顿得像行军时拖在后头的矮兵，可是我没有他一样的睡眠：一二一，左右左，这样简单而永无绝断（连环小数一般的）事物挂着我如挂一个摆。七天，整整的七天，我瘦了。你在太阳下烧过纸或是草之类的东西么，你该看见过火上的空气。那跳动的样子，也许像几张糊子纸叠在一处。我那七天常有的感觉便是那样，偶然阖眼，我便做起喝水的梦，我喝得非常舒服，水的冷暖甜咸各有不同。尤其是难以分辨的是那一次一不同的舒服，可是我当时的确非常明白。一句老话，真是"如人饮水"了。（那种舒服，实几近于快乐了）第七夜，我严肃而固执的（不知向谁）说：

"所有的东边都是西边的东边。"

我念着念着，梦里心想莫又忘了，醒来果然竟没有忘。我想起优钵的花。

一个仙谷开满艳红的大花，一条黑蛇采食百花，酿成毒，想毒死自己。结果蛇是没有了，花尽了，谷中有一蛇长长的毒。所有的东边都是西边的东边。

假若，世上甚么也没有，除了镜子，这些镜子是甚么，它有甚么？

窗子里的窗子

一天，我独自去一个市郊公园去看孔雀。人真少，野渡无人舟自横，我在一个桥上坐了半天，大风里我把一整盒火柴都划亮了，抽烟的欲望还不能满足。孔雀前面我本身是个太古时代。想，捡两根孔雀毛回去做个见证，可他偏不落。不落便不落吧，能怨怪谁去。孔雀使我想起向日葵：影转高梧月初出，向日葵不歇的转，虽然谁能说："你看，它在转呢。"于是它无时不有个正面的影子。（或许是背影。但地上的正背原是一样，亦要不是侧影就成。）一片广场上植满向日葵，那图案是孔雀的翎。我们小学校中做手工时，先生教用铅笔刨花贴在纸上做蘁秋罗，其实若做向日葵的影子才真合适。孔雀有蛇一样的颈子，可是它依然不能回头看自己开屏。第一只孔雀把它的悲哀留在水里给我。

然而，一切光荣归诸神！

是的。这是装饰的意义和价值。每天早上，我醒来。好春天，我醒得如此从容,好像未醒之前就知道要醒了,我一切都在醒之前准备好了。我满足而宁静。"幸福",我听见一个声音。窗前鸟唱,我明白那唱的不是鸟。枕上嗅到的,不是香,宁是花。莫问我花为甚么开,花不开在我眼睛里,而我满心喜悦,满心感谢。

有人喜欢花开在瓶里比开在枝上更甚,那是他把他自己开在花里了。一样最美的事物是完整的,因为完整,便是唯一的。一首乐曲使乐曲之外的都消失了。

我信仰"一切不灭",但因此我尊重插花的人。

插花须插向,鬓边斜。你想起甚么呢,创造?

我有一个故事。一个精于卜卦的窑工,造了一只瓶,并卜了一卦。两件事都做得非常秘密。几年之后,这只瓶为一个阀阅豪家买去,供在厅事的几案上。这窑工乔装了一个古董商,常往豪家走动。某天,他很早便叫醒自己,结束停当,去拜见豪家主人,他有那么丰富的知识,字画,器玩。花鸟虫鱼,烟酒歌吹,无一不精;故能把主人留在厅上整整半天。炉香细细,帷幕沉沉,静得像一个闭关的花园,灰尘轻轻地落下来。主人看那窑工(我只能如此称呼他)直视壁上的钟,脸上越来越紧张,越来越严肃,正要叫他,他一摆手,噤住主人的声音,一切全凝固了。忽然,他抖了一下,那要求的事情终于求了:丁,瓶碎了。"呵!"他满眼泪光,走过去,在碎片中寻出一片,细致的凹面上读出一行工整的蓝字:"某年月日时刻分,鼠斗□朽钉毁此瓶!"两声啁啾,使主客都寒噤。

这窑工会从此不造他的瓶了,不卜他的卦了呢,你想?

每一朵花都是两朵,一朵是花;一朵,作为比喻。

可以互相比喻的事物原是很多的,我们的世界是那么大。

我有过一把檀木镂刻的折扇,我早就知道它会散的。

我整天带着它,打开又合拢,我让风从空花中过去,

于是从来便是旧了的丝带断了。

我想起"自己"。

一天,我去看一个朋友。他正要出去一会,教我先坐一会。我挑了

一张椅子,自己倒了一杯茶。"××来了一封信,在这里",我的信才看了一半时,一个风尘满面的人敲敲门进来了。"是了,"我仿佛听见他心里的话。他一定从街这边看到街那边,(那他一定看到墙上的标点,屋檐下的鸽子,一朵云,一枝花。)才找到他要找的号数。他一只手提了皮箱,另一只手在皮箱上摸来摸去。(他想:总不免的,一开头有点窘,唉,我总是这么局促:但是不妨事,就会好的。)我放下信,觉得该站起来招呼。在他看到那个信封而脸上有点笑意时,我接过他的箱子。这个人是常出门的,他的箱子上嵌有一张名片。我还没看进名片上的字,那人恳切的握了我的手,接着便说起他在路上大略想过一遍的话来。

"令兄的信大概前两天到了。我们,唉,我与令兄是老朋友。

"他的病全好了。现在还住在老地方。

"现在还须要休养休养,一时不会做甚么事。他想整理一点旧稿子。你这里如果有,就给寄出。

"都希望你暑假出玩玩呢。快了,还有不到两个月了。

"车子,嗨,就是车子难找。不过,总有办法,总有办法。"

我一面含含胡胡应答,一面狐疑,这个人是怎么回事呢?一直等他说个尽兴,我给他倒了杯茶,自己也把那杯没有喝的茶端起。嘴里说"一路辛苦了,路不平。"心想怎么应付。忽然,那个信封在我眼前清楚起来,我笑了。

"请坐一坐,他一会儿就回来。"

我细细的喝茶,让茶从我的齿缝间进去。瞟了瞟这位客人的鞋子,想看看他那名片依然没有看清。我那朋友就要来了。他会不会老拿问我的话问这位先生:"来了多少时候了?"那可糟,他一定回答不出,有多少人会先看看表坐下来再来等人的。他一直没看表。

你大概都住过旅馆。当茶房把钥匙交给你,你在壁上那面照过无数人的镜子里看一看,你要出去了。门口账房旁边一面大牌子等着你,×××,你会看到自己的名字。我喜欢那一个发现,一个遇合,不啻被人亲切的叫了一声。一个主人，一个客人，多么奇特的身分！我想以后不再在登录册上随便写两个或三个字，虽然事实上我以前也不常这么做。那位先生在皮箱上嵌个名片，他实在可爱得很。

　　每一个字是故事里算卦人的水晶球，每一个字范围于无穷。我们不能穿在句子里像穿在衣服里，真是！"记得绿罗裙，处处怜芳草"？"马为仰天鸣，风为自萧萧"？不早了，水纹映到柳丝上了。

一九四三年三月十日

注　释

① 本篇原载 1943 年 4 月 28 日、5 月 1 日昆明《大国民报》；又载《人民文学》2010 年第七期。

论"世故"①

"人生在世……"

"时代的巨轮……"

我们在一堆充满符箓性质的文字催眠中长大了。从穿了童子军装在草地上打滚直到插一朵白康乃馨去参加一个夜宴。能够摆脱这一堆文字与其影响(尤其是那些暧暗到自己不肯承认)的实在很少。起先，我们强不知为知，以为这些道理在生活中，一定至少与吃饭穿衣一样重要。其后强知以为不知，服从于既成的习惯，不想到怀疑这些。于是，终于，我们必然的在课卷上写下

"万恶的社会……"

一个带国文教员的最头疼的事，大概不是学生文理不通顺或错字太多，而是这些拂不散的蚁虫推不开的蛙叫一样的滥调。一个青年人存储在喉头附近最多的词汇应是

黑暗，危险，阴谋。

一想到这些字，他们大都立刻拥有一种颤栗的愉快，一种被迫害的光荣，一种自痛的骄傲，说实话，这一类抽象字眼，真不太容易懂得。一个聪明正常的老年人，在炉火的最后三个火焰前，也许会想想字典上是否有这类字眼存在的必要，消灭这类字眼，或比消灭字眼所代表的事实更重要些。因为这个老年人的脊背可能是教这些字时弯的。因为有了这些字，人必须得又创造一个新的词汇：

"世故"。就是这两个字，在我们额上刻下无数难看的皱纹了：

"少年老成"是一句很普通也很难得的称赞。"他，小孩子吗，丝毫不懂得世故！"这会令被菲薄人的父母寒心，于是其结果，是大家学"世故"。

社会上有一种人,大都事业或事业方向已都确定(不如说是注定)。为公务员,做官,读书,成学者。大都不□有一点名气,一点□□,起居生活规矩如火车时刻表,不会脱节误点。□□□□有一定单位,一定数量。约略与历书相似,自己以为安命顺天,其实是偷生懒惰。在吃饭生孩子满足一个生物的本能之余,则把生命耗在"世故"上。

　　他们在某个年龄上,只要不是"断桥",便会留起胡子,看一点佛经,读太上老君阴骘文,乃至坑□人禅要研究,研究柏拉图。这种人见到人照例点头鞠躬,呵腰摆手。常常助人,但助人由于满足礼佛心理而非由于爱人。不大责人,责人则是表示崇超,并不真细心体贴。同座有人评述一件事,一个人,他总是不动声色,貌似胸有城府而实在是,漆黑一团,无法可说。有人拉他从事一件较有关系运动工作,一字嘿然不声,用超然态度掩饰其□□踟蹰。如其被大家声势所迫,不愿表示自己"落伍","保守",必须在一张宣言草案之类纸张上签名,那他的笔在手中,一定轻抖,心里也许正想如何故意写得不像自己笔迹,以便日后圆赖,够了,这便已经够了。有这些,自然,"成功"永远是他的。

　　这种人是世界上最多的,他们的一套传统思想,便是"世故"。

　　"世故"是甚么? 是

　　不向高处飞,不向远处走,也不向深处掘发。守定在一个小圈子内过日子。但是世故的人可太多了:而地球却并未年年增加其面积;这些人各想占据一个地位,那怎么办呢?

　　"世故"是甚么? 是

　　守在一个小圈子里过日子,并用最简便的方法过日子。最简便的方法当是占别人便宜,剽窃别人劳力,偷卖别人权利。大家都想如此怎么办?

　　怎么办呢? 他们的解决办法,还是"世故"。于是"世故"中包含许多算计,倾轧,陷害,本来是可厌的更加上了可恨。本来可弃,现在加上可杀了。

　　总算"世故"的人懂"世故",不好意思只许自己此如。他们到留了胡子时候,也跟年青人说:社会充满了黑暗,危险,阴谋,社会是万恶的,你们必须"世故"。这个"世故"的意思是"退让","任人剥削"。等这般年青的长大了,多年的媳妇熬成了婆,又如法炮制用这两个字送给下一辈子。"世故"会存在到世界的末日,而世界的末日也就是这两个字造成的。

世界并不黑暗,也不危险,因为世界是我们的。世界上没有阴谋,因为我们没有阴谋。所以,我们用不着"世故",社会并不是万恶的,因为我们不"世故"。

注 释

① 本篇原载 1943 年 5 月 30 日《春秋导报》,署名"余疾"。

家　信①

（一）

　　小孩子知道自己已经能走了,该是多么惊喜。从两只盛满爱意的手中解放出来,得到地的经验感觉了□□,那一刻,他实在是一个小狂人,看他笑得那么尽情。到真能离开手时,他认为平坦已经熟知,更来一些新的,他要。于是门槛、台阶,这些世界的边界来接近他,引诱他了。他不知这手脚分工原则,短短的,肥肥的,有环节有涡的,凡可着力处都着了力。莫笑,莫让他为努力与成功含羞。而且只须偷偷的看着就行了,不要露出准备帮忙的样子。好母亲,他跟你一样的敏感呢。为了更加深你的爱,你压制住一点。嘘,你的花,花落在地毯上了:我要提醒你移开你的眼睛了。

（二）

　　家里很静。但这种静与小学校课堂里的不同。昨天送孩子去上学,我想起我们从前小心藏住自己的声音,就像藏住口袋里一只黄嘴麻雀一样。好在这是有限度的。先生说,你们一齐读吧:
　　"亚洲的东部……"
　　"纪元前四百七十一年……"
声音里有共同的欢喜。一面读,一面听:下课铃是世间最响的声音。到了家,孩子是你的了。我只想现在我们是属于静的,静不为我们所有。一种没有起始也没有结果的静,那么温和,那么精致,那么忧郁。

我心里背着各种花名,看能背得多少。

注　释

① 　本篇原载 1943 年 6 月 10 日《春秋导报》。

家　书①

"又是花园去了,不弄得一身绿不回来。……"

我仿佛躲在窗台下,咬着舌头听过这些话,然后轻轻的蹑足走进房间里,用一个笑等待被发现。忽然从背后抽出一支花。我喜欢红花,但是抽的一枝玉色的,我的头发乱了,我得去梳,头发软软的,说明一切感觉。

我想我开始留意呵,应是在我们那个花园里。我记不起甚么时候我第一次走到花园里去。但我觉得我那一身绿。我到花园里去,并非想去得到些甚么,好像我就只为了到那里面去。我知道那是我们的家的一部分,而那边却不住人,我就得去,像许多以过程为完成的探险家一样。我也不知道我在里面做些甚么,可是一进去,就是半天。我们所玩的事物无非还是在家里玩的,但是在家里玩就不会需要那么些时候。

——一身绿,一身绿,那是千真万确的。小孩子对于草的兴趣远比对于花的大得多。草是床,是凳子,可以从心所欲作为一切的东西。我的肘弯膝盖,凡是衣服容易破的地方,沾染草汁尤其甚多。巴根草带红色的茎很顽强,把我的鞋底磨得很滑,还发青黑色的光,我老怀疑巴根草里有铁。但他们不会注视我的鞋底。

我们家里很静。我很能分辨这种静与我们小学校课堂里的静不同,我们小心藏住自己的声音,就像藏住口袋里一个黄嘴的麻雀一样。好在这是有限度的。先生说,你们一齐读罢:"亚洲的东边……""纪元前四百七十一年……"我们的声音里有共同的欢喜,一面读,一面听。听下课铃就要响了。可是家里和学校里不同,静不为我们所有,我们是属于静的,一种没有起始也不会结束的静。我是喜欢这种静的,它那么温和,那么精致,又那么忧郁。

甚么都很好。我喜欢父亲翻书的声音,从那声音里,我觉得书页极薄,而且像微干的鸡蛋壳里的那层膜子那么白。青铦子鸟在青玉池里洗澡了,一团小雾在阳光里,阳光里有一道浅虹。这些,只如水面上的一个水纹,消失与产生一样自然。而晚上,灯光把帘子的影子铺在地上,我常想我在帘影里。似乎我便不在其他之中了。后来我想我至少还在静的里面。

但是我分不出花园里的静与家里的静有甚么不同。虽然我知道,很确信不移,那是不同的。我想找一个理由解释这个不同,可是除了那里面没有人之外,我找不出更好的解释了。

围墙外面是一个狭长的天井。天井两端种了一棵桂花和一棵玉兰。风吹在两棵树的叶子上发出不同的声音,曾经想移到园里去,免得寒天不住掉叶子。祖父说,"老了不行了",不知哪一年上竟毫无预备的死了。既在生前,也似乎很少开过花。

这个天井是"站砖"铺的,颜色比别处深得多。因为狭长风少,夏天我们不到这里乘凉。用人在这里洗衣服,故终年有肥皂气味。

总之我不喜欢这个地方。不会在这里连缝而把到花园去的念头消化了。有一阵我在这里捉到好些好些黑芦蜂,但我愿把这个记忆放在园里。

注　释

① 本篇原载 1943 年 7 月 24 日《春秋导报》。

烧　花　集①

　　一叶落而天下知秋。秋与知是否邈不相关？二而一？管它！落下一片叶子是真的。普天下决不能有两片叶子同时落，然而普天下并是那一个风也。只要是吹的，不管甚么风。风不可捕，我拾起这片叶子。红的么？

　　我的欢情，那一枝……
　　一片寂静的树枝中，有一枝动了，颤巍巍的；韵律与生命合成一体，如钟声。于是我想起，一只小鸟，蹬一蹬，才从这里飞去。静是常，动是变，然而任何一刻是永远。
　　"有笑的一刻，就有忆笑的一刻"，一笑是无穷。

　　没有人能够在看到之后才认识。你是跟我的生命一齐来的。"美的定义是引起惊讶与感到舒适"；后者是已经熟悉的，前者是将会熟悉的：希望的眼睛与回忆的眼睛有同样的光，因为它们本来是一个。回忆未来的风雨晴晦，你看，天上的云，多真实。

　　水至清则无鱼，然而历历可数岂非极可喜境界？
　　——历历可数么？不可能的。一尾，两尾，三，四，虎皮石边，白萍动了，一个水花儿，银鳞翻闪，喏，红蓼花边的眼睛映一点夕阳如珠，多少了？忘了。单是数本身就是件弄不清的事。"我还没有到能静静分析自己的年龄"，永远也到不了。
　　"想到你的爱特别是一种头脑的爱，一种温情与忠诚的美而智的执著"。芥龙为这句话激恼了。

一枝西番莲以绿象牙的嫩枝自陶缶中吮收水分。一只满载花粉的蜜蜂触动花瓣,垂着细足飞出窗外。幸福可见如十指。

附 烧花集题记

终朝采豆蔻,双目为之香。一切到此成了一个比喻,切实处在其无定无边。虽说了许多话,则与相对嘿无一语差不多少,于是甚好。我本有志学说故事,不知甚么时候想起可以用这样文体作故事引子,一时怕不会放弃。去年雨季写了一点,集为《昆虫书简》,今年雨季又写了《雨季书简》及《蒲桃与钵》,这《烧花集》则不是在淅沥声中写的了。□是一个不同耳,故记之。"烧花"是甚么意思,说法各听尊便可也。谁说过"花如灯,亮了",我喜欢这句话,然于"烧花"亦自是无可不可。

卅二年十二月二日

注 释

① 本篇原载 1943 年《建国导报》第一卷第一期。

1944 年

灌 园 日 记^①

朱砂梅与百合

朱砂梅一半开在树上,一半开在瓶里。第一个原因是花的性格,其次才由于人性。这种花每一朵至少有三个星期可见生命,自然谢落之后是不计算在内的,只要一点点水,不把香,红,动,静,总之,它的蕊盛开了,决不肯死,而且它把所有力量倾注于盛开,能多久就多久。

有一种百合花呢,插下来时是一朵蕾儿,裹得那么紧,含着羞,于自己的美;随便搁在哪儿吧,也许出于怜惜,也许出于疏忽的偶然,你,在鬓边,过两天,你已经忘了这回事,但你的眼睛终会忽然在镜里为惊异注满光和黑。——它开了,开得那么好!

荔 枝

荔枝有鲜红的壳,招呼飞鸣的鸟,而鸟以为那一串串红只宜远处看看,颜色是吃不得的。它不知道那层壳是多么薄,它简直忘了它的嘴是尖的唉,于是果实转因此而自喜。孤宁和密合都是本能。而神又于万物身内分配得那么势均力敌,只要那一方稍弱些,能够看到的便只一面:荔枝壳转黑了,它自己酿成一种隽永的酒味。来,再不来就晚了。

一枝荔枝剥了壳,放在画着收获的盘子里。一直,一直放着。

蝴　　蝶

　　我有两位朋友,各有嗜好,一位毕生搜集各色蝴蝶,另一位则搜集蝴蝶的卷须。每年春天,他们旅行一次。一位自西向东,一位自东向西,某天,他们同时在我的画室里休息。春天真好,我的花在我的园里作我的画室的城。但他们在我这里完全是一个旅客,怎么来,还是怎么走,不带去甚么。

蒲公英和蜜蜂

　　蒲公英的纤絮扬起,它飞,混和忧愁与快乐,一首歌,一个沉默。从自然领得我所需,我应有的,以我所有的给愿意接受的,于是我把自己又归还自然,于是没有不瞑目的死。

　　一夜醒来,我的园子成了荒冷的邱地。太多的太阳,太多的月亮,园墙显得一步一步向外移去,我呆了,只不住抚摸异常光滑的锄柄,我长久的想着,实在并未想着甚么,直到一只蜜蜂嘤然唤我如回忆,我醒了。

　　我起来,(虽然我一直木立)虽然那么费力,我在看看我的井,我重新找到我的,和花的,饮和渴。

　　　　　　　　卅三年二月四日夜　鸡鸣月落　疏星在极高远处明昧

注　释

①　本篇原载 1944 年 2 月 22 日、29 日昆明《扫荡报·现代文艺》第 13、15 期;又载 1944 年 3 月 20 日桂林《扫荡报·现代文艺》第 42 号,有改动。

黑罂粟花①

——《李贺歌诗编》读后

第一　李贺的精神生活

下午六点钟，有些人心里是黄昏，有些人眼前是夕阳。金霞，紫霭，珠灰色淹没远山近水，夜当真来了，夜是黑的。

有唐一代，是中国历史上最豪华的日子。每个人都年轻，充满生命力量，境遇又多优裕，所以他们做的事几乎是全是从前此后人所不能做的。从政府机构、社会秩序，直到瓷盘、漆盒，莫不表现其难能的健康美丽。当然最足以记录豪华的是诗。但是历史最严刻。一个最悲哀的称呼终于产生了——晚唐。于是我们可以看到暮色中的几个人像——幽暗的角落，苔先湿，草先冷，贾岛的敏感是无怪其然的；眼看光和热消逝了，竭力想找另一种东西来照耀漫漫长夜的，是韩愈；沉湎于无限好景，以山头胭脂作脸上胭脂的，是温飞卿、李商隐；而李长吉则是守在窗前，望着天，头晕了，脸苍白，眼睛里飞舞各种幻想。

长吉七岁作诗，想属可能，如果他早生几百年，一定不难"一日看尽长安花"。但是在他那个时代，便是有"到处逢人说项斯"，恐怕肯听的人也不多。听也许是听了，听过只索一番叹息，还是爱莫能助。所以他一生总不得意。他的《开愁歌》笔下作：

> 秋风吹地百草干，华容碧影生晚寒。我当二十不得意，一心愁谢如枯兰。衣如飞鹑马如狗，临歧击剑生铜吼……

说的已经够惨了。沈亚之返归吴江，他竟连送行钱都备不起，只能

23

"歌一解以送之"，其窘尤可想见。虽然也上长安去"谋身"，因为当时人以犯讳相责，虽有韩愈辩护，仍不获举进士第。大概树高遭嫉，弄的落拓不堪，过"渴饮壶中酒，饥拔陇头粟"的日子。

> 长安有男儿，二十心已朽。

一团愤慨不能自已。所以他的诗里颇有"不怪"的。比如：

> 别弟三年后，还家一日余。醁醽今夕酒，缃帙去时书。病骨犹能在，人间底事无？何须问牛马，抛掷任枭卢。

不论句法、章法、音节、辞藻，都与标准律诗相去不远，便以与老杜的作品相比，也堪左右。想来他平常也作过这类诗，想规规矩矩的应考作官，与一般读书人同一出路。

> 凄凄陈述圣，披褐鉏稌豆。学为尧舜文，时人责衰偶。

十分可信。可是：

> 天眼何时开？

他看的很清楚：

> 只今道已塞，何必须白首。

只等到，

> 三十未有二十余，

依然，

> 白日长饥小甲蔬。

于是，

> 公卿纵不怜，宁能锁吾口。

他的命运注定了去作一个诗人。

他自小身体又不好，无法"收取关山五十州"，甘心"寻章摘句老雕虫"了。韩愈、皇甫湜都是"先辈"了，李长吉一生不过二十七年，自然看法不能跟他们一样。一方面也是生活所限，所以他愿完全过自己的生活。《南园》一十三首中有一些颇见闲适之趣。如：

> 春水初生乳燕飞，黄蜂小尾扑花归。窗含远色通书幌，鱼拥香钩近石矶。

> 边让今朝忆蔡邕，无心栽曲卧春风。舍南有竹堪书字，老去溪头作钓翁。

说是谁的诗都可以，说是李长吉的诗倒反有人不肯相信，因为长吉在写这些诗时，也还如普通人差不多。虽然

> 遥岚破月悬、长苴湿夜烟，

已经透露一点险奇消息，这时他没有意把自己的诗作出李长吉的样子。

他认定自己只能在诗里活下来，用诗来承载他整个生命了。他自然的作他自己的诗。唐诗至于晚唐，甚么形式都有一个最合适的作法，甚么题目都有最好的作品。想于此中求自立，真不大容易。他自然的另辟蹊径。

他有意藏过自己，把自己提到现实以外去，凡有哀乐不直接表现，多半借题发挥。这时他还清醒，他与诗之间还有个距离。其后他为诗所蛊惑，自己整个跳到诗里去，跟诗融成一处，诗之外再也找不到自己了，他焉得不疯。

时代既待他这么不公平，他不免缅想往昔。诗中用古字地方不一而足。眼前题目不能给他刺激，于是他索性全以古乐府旧调为题，有些诗分明是他自己的体，可是题目亦总喜欢弄得古色古香的，例"平城下"、"溪晚凉"、"官街鼓"，都是以"拗"令人脱离现实的办法。

他自己穷困，因此恨极穷困。他在精神上是一个贵族，他喜欢写宫廷事情，他决不允许自己有一分寒伧气。其贵族处尤不在其富丽的典实藻绘，在他的境界。我每读到："腰围白玉冷"，觉得没有第二句话更可写出"贵公子夜阑"了。

他甚至于想到天上些多玩意，"梦天"、"天上谣"，都是前此没听见

说过的。至于神,那更是他心向往之的。所以后来有"玉楼赴会"附会故事已不足怪。

凡此都是他的逃避办法。不过他逃出一个世界,于另一世界何尝真能满足。在许多空虚东西营养之下,当然不会正常。这正如服寒石散求长生一样,其结果是死得古里古怪。说李长吉呕心,一点不夸张。他真如千年老狐,吐出灵丹便无法再活了。

他精神既不正常,当然诗就极其怪艳了。他的时代是黑的,这正作了他的诗的底色。他在一片黑色上描画他的梦;一片浓绿,一片殷红,一片金色,交错成一幅不可解的图案。而这些图案充满了魔性。这些颜色是他所向往的,是黑色之前都曾存在过的,那是整个唐朝的颜色。

李长吉是一条在幽谷中采食百花酿成毒,毒死自己的蛇。

原题本为诗人白居易,提笔后始觉题目太广,临时改写李贺。初拟写两段,一写其生活,一写其诗,奈书至此天已大亮。明天当有考试,只好搁笔。俟有暇当再续写。

十九日晨　五时

注　释

① 本篇作于 1944 年,是为西南联大同学杨毓珉代作的唐诗报告,据手稿编入。

1945 年

花　园[①]
——茱萸小集二

　　在任何情形之下,那座小花园是我们家最亮的地方。虽然它的动人处不是,至少不仅在于这点。

　　每当家像一个概念一样浮现于我的记忆之上,它的颜色是深沉的。

　　祖父年青时建造的几进,是灰青色与褐色的。我自小养育于这种安定与寂寞里。报春花开放在这种背景前是好的。它不至被晒得那么多粉,固然报春花在我们那儿很少见,也许没有,不像昆明。

　　曾祖留下的则几乎是黑色的,一种类似眼圈上的黑色,(不要说它是青的)里面充满了影子。这些影子足以使供在神龛前的花消失。晚间点上灯,我们常觉那些布灰布漆的大柱子一直伸拔到无穷高处。神堂屋里总挂一只鸟笼,我相信即是现在也挂一只的。那只青裆子永远眯着眼假寐,(我想它做个哲学家,似乎身子太小了。)只有巳时将尽,它唱一会,洗个澡,抖下一团小雾在伸展到廊内片刻的夕阳光影里。

　　一下雨,甚么颜色都重郁起来,屋顶,墙,壁上花纸的图案,甚至鸽子:铁青子,瓦灰,点子,霞白。宝石眼的好处这时才显出来。于是我们,等斑鸠叫单声,在我们那个园里叫。等着一棵榆梅稍经一触,落下碎碎的瓣子,等着重新着色后的草。

　　我的脸上若有从童年带来的红色,它的来源是那座花园。

　　我的记忆有菖蒲的味道。然而我们的园里可没有菖蒲呵?它是哪儿来的,是那些草?这是一个无法解决的问题。但是我此刻把它们没有理由的纠在一起。

"巴根草,绿阴阴,唱个唱,把狗听。"每个小孩子都这么唱过吧。有时甚么也不做,我躺着,用手指绕住它的根,用一种不露锋芒的力量拉,听顽强的根胡一处一处断了。这种声音只有拔草的人自己才听得见。当然我嘴里是含着一根草了。草根的甜味和它的似有若无的水红色是一种自然的巧合。

草被压倒了。有时我的头动一动,倒下的草又慢慢站起来。我静静的注视它,很久很久,看它的努力快要成功时,又把头枕上去,嘴里叫一声"嗯!"有时,不在意,怜惜它的苦心,就算了。这种性格呀!那些草有时会吓我一跳的,它在我的耳根伸起腰来了,当我看天上的云。

我的鞋底是滑的,草磨得它发了光。

莫碰臭芝麻,沾惹一身,嗜,难闻死人。沾上身了,不要用手指去拈,用刷子刷。这种籽儿有带钩儿的毛,讨嫌死了。至今我不能忘记它:因为我急于要捉住那个"都溜"(一种蝉,叫得最好听),我举着我的网,蹑手蹑脚,抄近路过去,循它的声音找着时,拍,得了。可是回去,我一身都是那种臭玩意。想想我捉过多少"都溜"!

我觉得虎耳草有一种腥味。

紫苏的叶子上的红色呵,暑假快过去了。

那棵大垂柳上常常有天牛,有时一个,两个的时候更多。它们总像有一桩事情要做,六只脚不停的运动,有时停下来,那动着的便是两根有节的触须了。我们以为天牛触须有一节它就有一岁。捉天牛用手,不是如何困难工作,即使它在树枝上转来转去,你等一个合适地点动手,常把脖子弄累了,但是失望的时候很少。这小小生物完全如一个有教养惜身份的绅士,行动从容不迫,虽有翅膀可从不想到飞;即是飞,也不远。一捉住,它便吱吱纽纽的叫,表示不同意,然而行为依然是温文尔雅的。黑地白斑的天牛最多,也有极瑰丽颜色的。有一种还似乎带点玫瑰香味。天牛的玩法是用线扣在颈子上看它走。令人想起……不说也好。

28

蟋蟀已经变成大人玩意了。但是大人的兴趣在斗,而我们对于捉蟋蟀的兴趣恐怕要更大些。我看过一本秋虫谱,上面除了苏东坡米南宫,还有许多济颠和尚说的话,都神乎其神的不大好懂。捉到一个蟋蟀,我不能看出它颈子上的细毛是瓦青还是朱砂,它的牙是米牙还是菜牙,但我仍然是那么欢喜。听,瞿瞿瞿瞿,哪里?这儿是的,这儿了!用草掏,手扒,水灌,嚯,蹦出来了。顾不得螺螺藤拉了手,扑,追着扑。有时正在外面玩得很好,忽然想起我的蟋蟀还没喂呐,于是赶紧回家。我每吃一个梨,一段藕,吃石榴吃菱,都要分给它一点。正吃着晚饭,我的蟋蟀叫了。我会举着筷子听半天,听完了对父亲笑笑,得意极了。一捉蟋蟀,那就整个园子都得翻个身。我最怕翻出那种软软的鼻涕虫。可是堂弟有的是办法,撒一点盐,立刻它就化成一滩水了。

有的蝉不会叫,我们称之为哑巴。捉到哑巴比捉到"红娘"更坏。但哑巴也有一种玩法。用两个马齿苋的瓣子套起它的眼睛,那是刚刚合适的,仿佛马齿苋的瓣子天生就为了这种用处才长成那么个小口袋样子,一放手,哑巴就一直向上飞,决不偏斜转弯。

蜻蜓一个个选定地方息下,天就快晚了。有一种通身铁色的蜻蜓,翅膀较窄,称"鬼蜻蜓"。看它款款的飞在墙角花阴,不知甚么道理,心里有一种说不出来的难过。

好些年看不到土蜂了。这种蠢头蠢脑的家伙,我觉得它也在花朵上把屁股撅来撅去的,有点不配,因此常常愚弄它。土蜂是在泥地上掘洞当作窠的。看它从洞里把个有绒毛的小脑袋钻出来(那神气像个东张西望的近视眼),嗡,飞出去了,我使用一点点湿泥把那个洞封好,在原来的旁边给它重掘一个,等着,一会儿,它拖着肚子回来了,找呀找,找到我掘的那个洞,钻进去,看看,不对,于是在四近大找一气。我会看着它那副急像笑个半天。或者,干脆看它进了洞,用一根树枝塞起来,看它从别处开了洞再出来。好容易,可重见天日了,它老先生于是坐在新大门旁边息息,吹吹风。神情中似乎是生了一点气,因为到这时已一声不响了。

祖母叫我们不要玩螳螂,说是它吃了土谷蛇的脑子,肚里会生一种铁线蛇,缠到马脚脚就断,甚么东西一穿就过去了,穿到皮肉里怎么办?

它的眼睛如金甲虫,飞在花丛里五月的夜。

故乡的鸟呵。

我每天醒在鸟声里。我从梦里就听到鸟叫,直到我醒来。我听得出几种极熟悉的叫声,那是每天都叫的,似乎每天都在那个固定的枝头。

有时一只鸟冒冒失失飞进那个花厅里,于是大家赶紧关门,关窗子,吆喝,拍手,用书扔,竹竿打,甚把自己帽子向空中摔去。可怜的东西这一来完全没了主意,只横冲直撞的乱飞,碰在玻璃上,弄得一身蜘蛛网,最后大概都是从两椽之间空隙脱走。

园子里时时晒米粉,晒灶饭,晒碗儿糕。怕鸟来吃,都放一片红纸。为了这个警告,鸟儿照例就不来,我有时把红纸拿掉让它们大吃一阵,到觉得它们太不知足时,便大喝一声赶去。

我为一只鸟哭过一次。那是一只麻雀或是癞花。也不知从甚么人得来的,欢喜的了不得,把父亲不用的细篾笼子挑出一个最好的来给它住,配一个最好的雀碗,在插架上放了一个荸荠,安了两根风藤跳棍,整整忙了一半天。第二天起得格外早,把它挂在紫藤架下。正是花开的时候,我想是那全园最好的地方了。一切弄得妥妥当当后,独自还欣赏了好半天,我上学去了。一放学,急急回来,带着书便去看我的鸟。笼子掉在地下,碎了,雀碗里还有半碗水,"我的鸟,我的鸟呐!"父亲正在给碧桃花接枝,听见我的声音,忙走过来,把笼子拿起来看看,说:"你挂得太低了,鸟在大伯的玳瑁猫肚子里了。"哇的一声,我哭了。父亲推着我的头回去,一面说"不害羞,这么大人了"。

有一年,园里忽然来了许多夜哇子。这是一种鹭鸶属的鸟,灰白色,据说它们头上那根毛能破天风。所以有那么一种名,大概是因为它的叫声如此吧。故乡古话说这种鸟常带来幸运。我见它们吃吃喳喳做窠了,我去告诉祖母,祖母去看了看,没有说甚么话。我想起它们来了,也有一天会像来了一样又去了的。我尽想,从来处来,从去处去,一路走，一路望着祖母的脸。

园里甚么花开了，常常是我第一个发现。祖母的佛堂里那个铜瓶里的花常常是我换新。对于这个孝心的报酬是有须掐花供奉时总让我去，父亲一醒来，一股香气透进帐子，知道桂花开了，他常是坐起来，抽支烟，看着花，很深远的想着甚么。冬天，下雪的冬天，一早上，家里谁也还没有起来，我常去园里摘一些冰心腊梅的朵子，再掺着鲜红的天竺果，用花丝穿成几柄，清水养在白磁碟子里放在妈（我的第一个继母）和二伯母妆台上，再去上学。我穿花时，服伺我的女佣人小莲子，常拿着掸帚在旁边看，她头上也常戴着我的花。

我们那里有这么个风俗，谁拿着掐来的花在街上走，是可以抢的，表姐姐们每带了花回去，必是坐车。她们一来，都得上园里看看，有甚么花开的正好，有时竟是特地为花来的。掐花的自然又是我。我乐于干这项差事。爬在海棠树上，梅树上，碧桃树上，丁香树上，听她们在下面说"这枝，唉，这枝这枝，再过来一点，弯过去的，喏，唉，对了，对了！"冒一点险，用一点力，总给办到。有时我也贡献一点意见，以为某枝已经盛开，不两天就全落在台布上了，某枝花虽不多，样子却好。有时我陪花跟她们一道回去，路上看见有人看过这些花一眼，心里非常高兴。碰到熟人同学，路上也会分一点给她们。

想起绣球花，必连带想起一双白缎子绣花的小拖鞋，这是一个小姑姑房中东西。那时候我们在一处玩，从来只叫名字，不叫姑姑。只有时写字条时如此称呼，而且写到这两个字时心里颇有种近于滑稽的感觉。我轻轻揭开门帘，她自己若是不在，我便看到这两样东西了。太阳照进来，令人明白感觉到花在吸着水，仿佛自己真分享到吸水的快乐。我可以坐在她常坐的椅子上，随便找一本书看看，找一张纸写点甚么，或有心无意的画一个枕头花样，把一切再恢复原来样子不留甚么痕迹，又自去了。但她大都能发觉谁过来过了。那第二天碰到，必指着手说"还当我不知道呢。你在我绷子上戳了两针，我要拆下重来了！"那自然是吓人的话。那些绣球花，我差不多看见它们一点一点的开，在我看书作事时,它会无声的落两片在花梨木桌上。绣球花可由人工着色。在瓶里加一点颜色,它便会吸到花瓣里。除了大红的之外,别种颜色看上去都极自然。我们常以骗人说是新得的异种。这只是一种游戏,姑姑房里常供的仍是白的。为甚么我把花跟拖鞋画在一起呢?真不可解。——姑姑已经嫁了,听说日子极不如意。绣球快开花了,昆明渐渐暖起来。

花园里旧有一间花房,由一个花匠管理。那个花匠仿佛姓夏。关于他的机伶促狭,和女人方面的恩怨,有些故事常为旧日佣仆谈起,但我只看到他常来要钱,样子十分狼狈,局局促促,躲避人的眼睛,尤其是说他的故事的人的。花匠离去后,花房也跟着改造园内房屋而拆掉了。那时我认识花名极少,只记得黄昏时,夹竹桃特别红,我忽然又害怕起来,急急走回去。

我爱逗弄含羞草。触遍所有叶子,看都合起来了,我自低头看我的书,偷眼瞧它一片片的开张了,再猝然又来一下。他们都说这是不好的,有甚么不好呢。

荷花像是清明栽种。我们吃吃螺蛳,抹抹柳球,便可看佃户把马粪倒在几口大缸里盘上藕秧,再盖上河泥。我们在泥里找蚬子,小虾,觉得这些东西搬了这么一次家,是非常奇怪有趣的事。缸里泥晒干了,便加点水,一次又一次,有一天,紫红色的小觜子冒出来了水面,夏天就来了。赞美第一朵花。荷叶上花拉花响了,母亲便把雨伞寻出来,小莲子会给我送去。

大雨忽然来了。一个青色的闪照在枫树上,我赶紧跑到柴草房里去。那是距我所在处最近的房屋。我爬上堆近屋顶的芦柴上,听水从高处流下来,响极了,訇——,空心的老桑树倒了,葡萄架塌了,我的四近越来越黑了,雨点在我头上乱跳。忽然一转身,墙角两个碧绿的东西在发光!哦,那是我常看见的老猫。老猫又生了一群小猫了。原来它每次生养都在这里。我看它们攒着吃奶,听着雨,雨慢慢小了。

那棵龙爪槐是我一个人的。我熟悉它的一切好处,知道哪个枝子适合哪种姿势。云从树叶间过去。壁虎在葡萄上爬。杏子熟了。何首乌的藤爬上石笋了,石笋那么黑。蜘蛛网上一只苍蝇。蜘蛛呢?花天牛半天吃了一片叶子,这叶子有点甜么,那么嫩。金雀花那儿好热闹,多少蜜蜂!波——,金鱼吐出一个泡,破了,下午我们去捞金鱼虫。香橼花蒂的黄色仿佛有点忧郁,别的花是飘下,香橼花是掉下的,花落在草叶上,草稍微低头又弹起。大伯母掐了枝珠兰戴上,回去了。大伯母的女儿,堂姐姐看金鱼,看见了自己。石榴花开,玉兰花开,祖母来了,"莫掐了,回去看看,瓶里是甚么?""我下来了,下来扶您。"

槐树种在土山上,坐在树上可看见隔壁佛院。看不见房子,看到的是关着的那两扇门,关在门外的一片叶园。门里是甚么岁月呢?钟鼓整日敲,那么悠徐,那么单调,门开时,小尼姑来抱一捆草,打两桶水,随即又关上了。水东东的滴回井里。那边有人看我,我忙把书放在眼前。

家里宴客,晚上小方厅和花厅有人吃酒打牌。(我记得有个人吹得极好的笛子。)灯光照到花上,树上,令人极欢喜也十分忧愁。点一个纱灯,从家里到园里,又从园里到家里,我一晚上总不知走了无数趟。有亲戚来去,多是我照路,说哪里高,哪里低,哪里上阶,哪里下坎。若是姑妈舅母,则多是扶着我肩膀走。人影人声都如在梦中。但这样的时候并不多。平日夜晚园子是锁上的。

小时候胆小害怕,黑魆魆的,树影风声,令人却步。而且相信园里有个"白胡子老头子",一个土地花神,晚上会出来,在那个土山后面,花树下,冉冉的转圈子,见人也不避让。

有一年夏天,我已经像个大人了,天气郁闷,心上另外又有一点小事使我睡不着,半夜到园里去。一进门,我就停住了。我看见一个火星。咳嗽一声,招我前去。原来是我的父亲。他也正因为睡不着觉在园中徘徊。他让我抽一支烟,(我刚会抽烟)我搬了一张藤椅坐下,我们一直没有说话。那一次,我感觉我跟父亲靠得近极了。

四月二日。月光清极，夜气大凉。似乎该再写一段作为收尾，但又似无须了。便这样吧，日后再说。逝者如斯。

注　释

① 本篇原载昆明《文聚》1945 年第二卷第三期；初收《汪曾祺全集》第三卷，北京师范大学出版社，1998 年 8 月。

花·果子·旅行①

——日记抄

我想有一个瓶，一个土陶蛋青色厚釉小坛子。

木香附萼的瓣子有一点青色。木香野，不宜插瓶，我今天更觉得，然而我怕也要插一回，知其不可而为，这里没有别的花。

（山上野生牛月菊只有铜钱大，出奇的瘦瘠，不会有人插到草帽上去的。而直到今天我才看见一棵勿忘侬草是真正蓝的，可是只有那么一棵。矢车菊和一种黄色菊科花都如吃杂粮长大的脏孩子，要经过很大的努力与克制才能喜欢它。）

过王家桥，桥头花如雪，在一片墨绿色上。我忽然很难过，不喜欢。我要颜色，这跟我旺盛的食欲是同源的。

我要水果。水果！梨，苹果，我不怀念你们。黄熟的香蕉，紫赤的杨梅，蒲桃，呵蒲桃，最好是蒲桃，新摘的，雨后，白亮的磁盘。黄果和橘子，都干瘪了，我只记得皮里的辛味。

精美的食物本身就是欲望。浓厚的酒，深沉的颜色。我要用重重的杯子喝。沉醉是一点也不粗暴的，沉醉极其自然。

我渴望更丰腴的东西，香的，甜的，肉感的。

纪德的书总是那么多骨。我忘不了他的像。

《葛莱齐拉》里有些青的果子，而且是成串的。

（七日）

把梅得赛斯的"银行家和他的太太"和哈尔司法朗司的"吉普赛"嵌在墙上。

说法朗司是最了解人类的笑的，不错。他画的那么准确，一个吉普赛,一个吉普赛的笑。好像这是一个随时可变的笑。不可测的笑。不可测的波希米人。她笑得那么真,那么熟。(狡滑么,多真的狡滑。)

把那个银行家的太太和她放在一起,多滑稽的事!

我把书摊在阳光下,一个极小极小的虫子,比蚜虫还小,珊瑚色的在书叶上疾旋,画碗口大的圈子。我以最大速度用手指画,还是跟不上它,它不停的旋,一个认真的小疯子,我只有望着它摇摇头。

(八日)

我满有夏天的感情。像一个果子渍透了蜜酒。这一种昏晕是醉。我如一只苍蝇在熟透的葡萄上,半天,我不动。我并不望一片叶子遮荫我。

苍蝇在我砚池中吃墨呢,伸长它的嘴,头一点一点的。

我想起海港,金色和绿色的海港,和怀念西方人所描写的东方,盐味和腐烂的果子气味。如果必要,给他一点褐色作为影子吧。

我只坐过一次海船,那时我一切情绪尚未成熟。我不像个旅客,我没有一个烟斗。旅客的袋里有各种果子的余味。一个最穷的旅客袋里必有买三个果子的钱。果汁滴在他襟袖上,不同的斑点。

我想学游泳,下午三点钟。

气压太低,我把门窗都打开。

(九日)

我如一个人在不知名小镇上旅馆中住了几天,意外的逗留,极其忧愁。黄昏时天空作葡萄灰色,如同未干的水彩画。麦田显得深郁得多,暗得多。山色蓝灰。有一个人独立在山巅,轮廓整齐,如同剪出。我并不想爬上去,因为他已经在那里了。

念 N 不已。我不知道这一生中还能跟她散步一次否?

把头放在这本册子上,假如我就这么睡着了,死了,坐在椅子里……

携手跑下山坡,山坡碧绿,坡下花如盛宴……回去,喝瓶里甘凉的水。我们同感到那个凉,彼此了解同样的慰安……风吹着我们,吹着长发向后飘,她的头扬起。……

水从壶里倒出来乃是一种欢悦,杯子很快就满了;满了,是好的。倒水的声音比酒瓶塞子飞出去另是一种感动。

我喝水。把一个绿色小虫子喝下去还不知道,他从我舌头上跳出来。

醒得并不晚,只是不想起来。有甚么唤我呢,没有! 一切不再新鲜。叫一个人整天看一片麦田,一片绿,是何等的惩罚! 当然不两天,我又会惊异于它的改观,可是这两天它似乎睡了绿,如一个人睡着了老。天仍是极暗闷,不艳丽,也不庄严,病态的沉默。我需要一点花。

我需要花。

抽烟过多,关了门,关了窗。我恨透了这个牌子,一种毫无道理的苦味。

醒来,仍睡,昏昏沉沉的,这在精神上生理上都无好处。

下午出去走了走,空气清润,若经微雨,村前槐花盛开,我忽然蹦蹦跳跳起来。一种解放的快乐。风似乎一经接触我身体即融化了。

听司忒老司音乐,并未专心。

我还没有笑,一整天。只是我无病的身体与好空气造出的愉快,这愉快一时虽贴近我,但没有一种明亮的欢情从我身里透出来。

每天如此,自然会浸入我体内的,但愿。

对于旅行的欲望如是之强烈。

草屋顶上树的影子,太阳是好的。

(十日)

三十四年记。在黄土坡

三十五年抄。在白马庙

注 释

① 本篇原载 1946 年 7 月 12 日《文汇报》。

干　荔　枝^①

给"绝无仅有的美好的,不懂事的。"

一、恶作剧

每个人都可以说一段很得意的故事,关于自己从前的恶作剧。这些故事常常本来很平淡,为了说得尽兴,听来入神,不惜化零为整,从别人身上挪借许多材料来。或者干脆改头换面的抄一段书;即使同座有人觉察,露出不耐烦样子,也并不大在意,半秒钟的不自然,马上过去了,又淋漓洒落,顾盼生姿的说下去了;当然,更常常,他说的事根本在这个世界上没有发生过。人为甚么易为春无知的感动成狂傲的姑妄听之神情所怂恿呵。这是为甚么,生活太不出奇了,憋了那么股子劲,得挥发出来;还是无处售脱你的一肚子鬼聪明?

曾经那么爱说点无关大体的谎,爱荒诞和夸张。我说过我有一条黑的,绿的,金的,和一点点紫红色的披风,你也许笑过一阵已经忘记了,我可还记得。然而我告诉你,昨天我们在街上看见的那个大学生给那个瞎子帽子上插了一朵碗大的大红蜀葵花,引得一街人那么愚蠢的笑了半天,我告诉你,我可实在不发生兴趣。给那个大学生狠狠的两个耳光多好呵。

你说我老了? 也罢,我是老了。年青人的愤怒不会有那么深刻的。——甚么! 小鬼,你说如果真打了那个东西,(打了那一街的人)倒是很有趣的事,而你一边说着一边整理你方才大笑时摇动得披下来的头发,把一根夹针咬在嘴里!

二、波斯菊

问我为甚么忽然悄然笑起来,这个笑来得极快,消逝得可怜:我想起一个先生戏称我为"审美家",想起波斯菊。

你喜欢这个名字么?我知道你在心里念了一次,你的嘴唇动了一下。"波斯——菊",这唤起你眼睛里的浪漫情趣。我就因为其"名佳",去掐了一把。花一大片,远望如一个女子中学,或如你们的甚么游园会,总而言之,像梦。(这个字我有四年不用了。)因为早晨太阳晒着,闲得快乐,下点雨,就有点愁,又都处处有点无可奈何,难以捉摸。因为很单纯,很温软。(别跳你的眉毛!)当时我看到甚么都比后来美些,看到甚么都联想到一个人。一个老实认真的写实主义小说家一定在他的大作里写:他掐了一把他的联想和爱情回去了。掐花回去,一插在个绿陶壶里,靠一个小小剔红盒子旁边。我抽了一根烟,不时拨弄一朵两朵花,让它攒三聚五的成一格局。到都成了"一瓶",都安适妥帖了,我已抽了三根烟了。小院子静得很,听见那条卷毛小狗出出进进走了几次,蜜蜂在檐前唱,垂丝海棠瓣子落在蛛网上。等着,来了。

"刚才有人看见你?"

"去掐花的。"

花含笑,十分调皮,绯红色。

"可一点都不好看。"

让波斯菊一瓣一瓣的落罢。就这么轻描淡写的过去了。现在又到了暑假的时候,下起雨来了,我简直不想出去,很希望有人写信给我,有人送点好吃东西。门前有人乱七八糟的洒下许多花种,走了半月,又回来看了一次,花出了好多。自然,你算聪明,知道了:他指着一果花苗,问我是甚么,那是波斯菊。

好了,我编了一篇故事,你不三天就可以来,来看波斯菊了,哈哈。

三、遗憾

我和一个朋友对坐,共一根蜡烛,各看一本书,有时谈一两句话,以不影响看书为限度。我们服从于此不成文法,因为它给我们许多方便。我笑了笑,他问"怎么了?"我想起一首旧诗。(未想起诗的音节,想起那诗的趣味。)

我说,一个不穿衣服的脏孩子,浑身都脏,成鼻烟色,极匀均,发光,大眼睛,红嘴唇,这孩子用一枝盛开的梨花退着打一条狗(我失去给狗一个颜色的胆子了),梨花纷纷舞落。这是多么好的画题。我用这幅画写,一首诗。诗题"春天",结尾是

> 看人放风筝放也放不上,
> 独自玩弄着比喻和牙疼。

谁也不欣赏。

七月八日

注　释

① 本篇原载 1945 年 7 月 14 日、16 日《观察报》。

1946 年

街上的孩子[①]

一

街上看见小儿祈雨,二十多个孩子,大的十来岁,最小的才四五岁,抬着两顶柏枝扎成的亭子轿子之类东西,里面烧香,香烟从密密的柏叶之间袅袅透出,气味极浓。前面几个敲糖锣小鼓,多半徒手。敲小鼓的两个,他们很想敲出一个调子,可是老有参差。看他们眼睛,他们为此苦恼。一心努力于维持凑合那个节奏,似已忘却一切。到别人同声高唱那支求雨的歌谣时,便赶紧煞住鼓声和着一起唱。当大人一说"求雨去",这声音熏沐他们,让他们结晶。这使他们快乐,一种难得的不凡的经验,一种享受。而从享受,从忘记一切的沉酣状态正可以引出热诚。他们念"小小儿童哭哀哀,撒下秧苗不得栽",是倾全部感情而叫出来的,他们全身肌肉都颤动。这些孩子脸上都有一种怪样的严肃,一种悲剧的严肃,好像正做着一件了不起的事。这些香烟,柏枝,哑哑的锣鼓,这支简单的歌,这穿在纷乱喧闹中的一股为一种"神圣"所聚的力,像大海中一股暗流,这在他们身上产生一种近似疯狂的情绪。

二

自从一个学生物的朋友告诉我,蝗虫有五只眼睛,两只复眼,(复眼,想想我第一次知道这个东西的时候!)三只单眼,我就一直很想告诉一个孩子。

我们在大街上,在武成路,晚上八点钟,正是最热闹的时候,我们一路走过来,一路东张西望。我们发现许多很有趣的事情。我们同时驻足了:两个孩子,在八点多钟的武成路,在汽车,无线电,电灯,在黄色显得是纯白,红色发了一点紫的武成路边上,两个孩子蹲着。他们蹲在那里,正像蹲在一棵大树的阴影底下,在一边潺潺的溪水旁边一样。他们干甚么?嘿,他们在找石缝里的土狗子哩!

三

我们在小西门外一个小酒馆的檐外看见一个卖种子的。他有不少种子,扁豆,油菜,葫芦,丝瓜,包谷,甜椒,茄子,还有那种开美丽蓝色单瓣小花,结了籽儿乡下人放在粑粑里吃的东西,许多不知名,不认识的东西,每一样都极其干净漂亮,有乡下人来买,用手点点这个抓抓那个,卖的人就跟着看看这,看看那,彼此细细的谈着。这些种子把他们沟通起来。他们正在合作,共同完成一个爱情,爱那些种子。他们依照他们习惯,都蹲着,都抽金堂叶子烟。你正说,总觉得卖种子的比一般乡下人要"高",一种令人感动的职业,而我们一回头,我们看见另外一件事。

一个大约十四五岁孩子,坐在他家米铺子门前堆积的米包上,他面前四五尺人行道上有一张对折的关金券。从那孩子的脸上蹊跷表情,你发现那张票子拴了一根黑线,线牵在那孩子藏在背后的手里。我们看了半天,并未有人去捡,有几个人经过,都没看见。那孩子(孩子!)始终挂一脸那种古怪表情,他等待胜利,一个狂喜就要炸出来,不大禁压得住,他用力闭他的嘴,嘴角刻纹,他颔下肌肉都紧张了。他的自满(自满于杰作的发明?)比谪秘多。这孩子!无疑有一种魔鬼的聪明。我简直不知对他怎么好。我想刷他一个耳光么?没有,我没有。真是,见你的鬼,我走了!

六月十八日 昆明

注　释

① 本篇原载 1946 年 9 月 30 日《文汇报》。

风　　景[①]

一、堂倌

　　我从来没有吃过好坛子肉，我以为坛子里烧的肉根本没有甚么道理。但我所以不喜欢上东福居倒不是因为不欣赏他们家的肉。年轻人而不能吃点肥肥的东西，大概要算是不正常的。在学校里吃包饭，过个十天半月，都有人要拖出一件衣服，挟两本书出去，换成钱。上馆子里补一下。一商量，大家都赞成东福居，因为东福居便宜，有"真正的肉"。可是我不赞成。不是闹别扭，坛子肉总是个肉，而且他们那儿的馒头真不小。我不赞成的原因是那儿的一个堂倌。自从我注意上这个堂倌之后，我就不想去。也许现在我之对坛子肉失去兴趣与那个堂倌多少有点关系。这我自己也闹不清。我那么一说，大家知道颇能体谅，以后就换了一家。

　　在馆子里吃东西而闹脾气是最无聊的事。人在吃的时候本已不能怎么好看，容易教人想起野兽和地狱。（我曾见过一个瞎子吃东西，可怕极了。他是"完全"看不见。幸好我们还有一双眼睛！）再加上吼啸，加上粗脖子红脸暴青筋，加上拍桌子打板凳，加上骂人，毫无学问的，不讲技巧的骂人，真是不堪入画。于是堂倌来了，"你啦你啦"陪笑脸。不行，赶紧，掌柜挪着碎步子（可怜他那双包在脚布里的八字脚），呵着腰，跟着客人骂，"岂有此理，是，混蛋，花钱是要吃对味的！"得，把先生武装带取下来，拧毛巾，送出大门，于是，大家做鬼脸，说两句俏皮话，汕水缸冒泡子，菜里没有"青香"了，聊以解嘲。这种种令人觉得生之悲哀。这，那一家都有，我们见惯了，最多少吃半个馒头，然而，要是在饭馆里混一辈子？……

这个堂倌，他是个方脸，下颚很大，像削出来的。他剪平头，头发老是那么不长不短。他老穿一件白布短衫。天冷了，他也穿长的，深色的，冬天甚至他也穿得厚厚的。然而换来换去，他总是那个样子。他像是总穿一件衣裳，衣裳不能改变他甚么。他衣裳总是干干净净。——我真希望他能够脏一点。他决不是自己对干干净净有兴趣。简直说，他对世界一切不感兴趣。他一定有个家的，我想他从不高兴抱抱他孩子。孩子他抱的，他太太让他抱，他就抱。馆子生意好，他进账不错。可是拿到钱他也不欢喜。他不抽烟，也不喝酒！他看到别人笑，别人丧气，他毫无表情。他身子大大的，肩膀阔，可是他透出一种说不出来的疲倦，一种深沉的疲倦。座上客人，花花绿绿，发亮的，闪光的，醉人的香，刺鼻的味，他都无动于中。他眼睛空漠漠的，不看任何人。他在嘈乱之中来去，他不是走，是移动。他对他的客人，不是恨，也不轻蔑，他讨厌。连讨厌也没有了，好像教许多蚊子围了一夜的人，根本他不大在意了。他让我想起死！

"坛子肉，"

"唔。"

"小肚，"

"唔。"

"鸡丝拉皮，花生米辣白菜，……"

"唔。"

"爆羊肚，糖醋里肌，——"

"唔。"

"鸡血酸辣汤！"

"唔。"

说甚么他都是那么一个平平的，不高，不低，不粗，不细，不带感情，不作一点装饰的"唔"。这个声音让我激动。我相信我不大忍的住了，我那个鸡血酸辣汤是狂叫出来的。结果怎么样？我们叫了水饺，他也唔，而等了半天（我不怕等，我吃饭常一边看书一边吃，毫不着急，今日我就带了书来的)。座上客人换了一批又一批,水饺不见来。我们总不能一直坐下去,叫他!

"水饺呢?"

"没有水饺。"

"那你不说?"

"我对不起你。"

他方脸上一点不走样,眼睛里仍是空漠漠的。我有点抖,我充满一种莫明其妙的痛苦。

二、人

我在香港时全像一根落在泥水里的鸡毛。没有话说,我沾湿了,弄脏了,不成样子。忧郁,一种毫无意义的忧郁。我一定非常丑,我脸上线条零乱芜杂,我动作委靡鄙陋,我不跟人说话,我若一开口一定不知所云!我真不知道我怎么把自己糟塌到这种地步。是的,我穷,我口袋里钱少得我要不时摸一摸它,我随时害怕万一摔了一交把人家橱窗打破了怎么办,……但我穷的不止是钱,我失去我的圆光了。我整天蹲在一家老旧的栈房里,感情麻木,思想昏钝,揩揩这个天空吧,抽去电车轨,把这些招牌摘去,叫这些人走路从容些,请一批音乐家来教小贩唱歌,不要尽他们直着脖子叫。而浑浊的海水拍过来,拍过来。

绿的叶子,芋头,两颗芋头!居然在栈房屋顶平台上有两颗芋头。在一个角落里,一堆煤屑上,两颗芋头,摇着厚重深沉的叶子,我在香港第一次看见风。你知道我当时的感动。而因此,我想起,我们在德辅道中发现的那个人来。

在邮局大楼侧面地下室的窗穸下,他盘膝而坐,他用一点竹篾子编几只玩意,一只鸟,一个虾,一头蛤蟆。人来,人往,各种腿在他面前跨过去,一口痰唾落下来,嘎啦啦一个空罐头踢过去,他一根一根编缀,按步就班,不疾不缓。不论在工作,在休息,他脸上透出一种深思,这种深思,已成习惯。我见过他吃饭,他一点一点摘一个淡面包吃,他吃得极慢,脸上还保持那种深思的神色,平静而和穆。

三、理发师

我有个长辈,每剪一次指甲,总好好的保存起来。我于是总怕他死。人死了,留下一堆指甲,多恶心的事!这种心理真是难于了解。人为甚么对自己身上长出来的东西那么爱惜呢?也真是怪,说起鬼物来,尤其是书上,都有极长的指甲。这大概中外都差不多。同样也是长的,是头发。头发指甲之所以可怕,大概正因为是表示生命的(有人告诉我,死了之后指甲头发都还能长)。人大概隐隐中有一种对生命的恐惧。于是我想起自己的不爱理发。我一觉察我的思想要引到一个方向去,且将得到一个甚么不通的结论,我就赶紧把它叫回来。没有那个事,我之不理发与生啊死的都无关系。

也不知是谁给理发店订了那么个特别标记,一根圆柱上画出红蓝白三色相间的旋纹。这给人一种眩晕感觉。若是通上电,不歇的转,那就更教人不舒服。这自然让你想起生活的纷扰来。但有一次我真教这东西给了我欢喜。一天晚上,铺子都关了,街上已断行人,路灯照着空荡荡的马路,而远远的一个理发店标记,在冷静之中孤伶伶地动。这一下子把你跟世界拉得很近,犹如大漠孤烟。理发店的标记与理发店是一个巧合。这个东西的来源如何,与其问一个社会人类学专家,不如请一个诗人把他的想像告诉我们。这个东西很能说明理发店的意义,不论那一方面的。我大概不能住在木桶里晒太阳,我不想建议把天下理发店都取消。

理发这一行,大概由来颇久,是一种很古的职业。我颇欲知道他们的祖师是谁,打听迄今,尚未明白。他们的社会地位,本来似乎不大高。凡理发师,多世代相承,很少改业出头的。这是一种注定的卑微了。所以一到过年,他们门楣上多贴“顶上生涯”四字,这是一种消极反抗,也正宣说出他们的委曲。别的地方怎样的,我不清楚,我们那里理发师大都兼做吹鼓手。凡剃头人家子弟必先练习敲铜锣手鼓,跟在喜丧阵仗

中走个几年,到会吹唢呐笛子时,剃头手艺也同时学成了。吹鼓手呢,更是一种供驱走人物了,是姑娘们所不愿嫁的。故乡童谣唱道:

> 姑娘姑娘真不丑,
> 一嫁嫁个吹鼓手:
> 吃人家饭,喝人家酒,
> 坐人家大门口!

其中"吃人家饭,喝人家酒",也有唱为"吃冷饭,吃冷酒"的,我无从辨订到底该怎样的。且刻划各有尖刻辛酸,亦难以评其优劣,自然理发师(即吹鼓手)老婆总会娶到一个的,而且常常年轻好看。原因是理发师都干干净净,会打扮收拾;知音识曲,懂得风情;且因生活磨练,脾性柔和;谨谨慎慎的,穿吃不会成大问题,聪明的女孩子愿意嫁这么一个男人的也有。并多能敬重丈夫,不以坐人家大门口为意。若在大街上听着他在队仗中滴溜溜吹得精熟出色,心里可能还极感激快慰。事实上这个职业被目为低贱,全是一个错误制度所产生的荒谬看法。一个职业,都有它的高贵。理发店的春联"走进来乌纱宰相,摇出去白面书生",文雅一点的则是"不教白发催人老,更喜春风满面生",说得切当。小时候我极高兴到一个理发店里坐坐,他们忙碌时我还为拉那种纸糊的风扇。小时候我对理发店是喜欢的。

等我岁数稍大,世界变了,各种行业也跟着变。社会已不复是原来的社会。差异虽不太大,亦不为小。其间有些行业升腾了,有些低落下来。有些名目虽一般,性质却已改换。始终依父兄门风、师傅传授,照老法子工作,老法子生活的,大概已颇不多。一个内地小城中也只有铜匠的、锡匠的特别响器,瞎子的铛,阉鸡阉猪人的糖锣,带给人一分悠远从容感觉。走在路上,间或也能见一个钉碗的,之故之故拉他的金钢钻;一个补锅的,用一个布卷在灰上一揉,托起一小勺殷红的熔铁,嗤的一声焊在一口三眼灶大哀锅上;一个皮匠,把刀在他的脑后头发桩子上光一光,这可以让你看半天。你看他们工作,也看他们人。他们是一种"遗民",永远固执而沉默的慢慢的走,让你觉得许多事情值得深思。

这好像扯得有点嫌远了。我只是想变动得失于调节,是不是一个问题。自然医治失调症的药,也只有继续听他变。这问题不简单,不是我们这个常识脑子弄得清楚的。遗憾的是,卷在那个波浪里,似乎所有理发师都变了气质,即使在小城里,理发师早已不是那种谦抑的,带一点悲哀的人物了。理发店也不复是笼布温和的,在黄昏中照着一块阳光的地方了。这见仁见智,不妨各有看法。而我私人有时是颇为不甘心的。

现在的理发师,虽仍是老理发师后代,但这个职业已经"革新"过了。现在的理发业,跟那个特别标记一样是外国来的。这些理发店与"摩登"这个名词不可分,且俨然是构成"摩登"的一部分,是"摩登"本身。在一个都市里,他们的势力很大,他们可以随便教整个都市改观,只要在那里多绕一个圈子,把那里的一卷翻得更高些。嘻,理发店里玩意儿真多,日新月异,愈出愈奇。这些东西,不但形状不凡,发出来的声音也十分复杂,营营扎扎,呜呜拉拉。前前后后,镜子一层又一层反射,愈益加重其紧张与一种恐怖。许多摩登人坐在里面,或搔首弄姿,顾盼自怜,越看越美;或小不如意,怒形于色,脸色铁青;焦躁,疲倦,不安,装模作样。理发师呢,把两个嘴角向上拉,拉,唉,不行,又落下去了!他四处找剪子,找呀找,剪子明明在手边小几上,他可茫茫然,已经忘记他找的是甚么东西了,这时他不像个理发师。而忽然醒来了,操起剪子克叉克叉动作起来。他面前一个一个头,这个头有几根白发,那个秃了一块,嗨,这光得像个枣核儿,那一个,怎么回事,他像是才理了出去的?克叉克叉,他耍着剪子,忽然,他停住了,他努目而看着那个头,且用手拨弄拨弄,仿佛那个头上有个大蚂蚁窝,成千成万蚂蚁爬出来!

于是我总不大愿意上理发店。但还不是真正原因。怕上理发店是"逃避现实",逃避现实不好。我相信我神经还不衰落,很可以"面对"。而且你不见我还能在理发店里看风景么?我至少比那些理发师耐得住。不想理发的最大原因,真正原因,是他们不会理发,理得不好。我有时落落拓拓,容易为人误认为是一个不爱惜自己形容的人,实在我可比许多人更讲究。这些理发师既不能发挥自己才能,运巧思;也不善利用材料,不爱我的头。他们只是一种器具使用者,而我们的头便不论生张熟李,弄成一式一样,完全机器出品。一经理发,回来照照镜子,我已不复是我,认不得自己了,镜子里是一个浮滑恶俗的人。每一次,我都愤恼十分,心里充满诅咒,到稍稍平息时,觉得我当初实在应当学理发去,我可以做得很好,至少比我写文章有把握得多。不过假使我真是理发师……会有人来理发,我会为他们理发?

人不可以太倔强,活在世界上,一方面须要认真,有时候只能无所谓。悲哉。所以我常常妥协,随便一个甚么理发店,钻进去就是。理发师问我这个那个,我只说"随你!"忍心把一个头交给他了。

我一生有一次理了一个极好的发。在昆明一个小理发店。店里有五个座位,师傅只有一个。不是时候,别的出去了。这师傅相貌极好。他的手艺与任何人相似,也与任何人有不同处:每一剪子都有说不出来的好处,不夸张(这是一般理发师习气),不苟且(这是一般理发师根性),真是奏刀骤然,音节轻快悦耳。他自己也流溢一种得意快乐。我心想,这是个天才。那是一个秋天,理发店窗前一盆蟛爪菊花,黄灿灿的。好天气。

卅五年十月十四日写成,上海。

注　释

① 本篇原载 1946 年 10 月 25 日、26 日《文汇报》;初收《汪曾祺全集》第三卷,北京师范大学出版社,1998 年 8 月。

"膝行的人"引^①

……我还是一直常常想起"移植"。纪德与巴雷士打了那么一场笔墨官司，实在是很有意思的事。他们这回好像非把对方掼倒了不可，像第一次大战威廉皇帝所说，"德国统治欧洲，或崩溃，"认了真，到短兵相接的时候了。若在中国，这时该走出一个在旁边看了半天的，如晁天王与赤发鬼打得正上劲时在当中用一根甚么链条那么一隔的吴学究，一两句话排了难，解了纷：大家都是好汉，不必伤了和气，前面是个茶铺，坐下细谈细谈，有一宗没本钱生意，正要齐心合作。在中国，真是，为了这么一个毫不相干的抽象观念而费这么多唇舌，谁都觉得，何苦来呢。纪德与巴雷士的距离并不远，他们之间比他们与我们近得多。我对纪德的话一向没有表示过反对，但有些说法与我们日常经验渺不相及，觉得生疏。他口口声声叫人忘了他的书，去生活。真的，只有生活过来，才会了解许多看来完全是轻飘飘趁笔而书的抒情词句中的辨证。别的不说，他这回提到的"迁根"，没有问题，应当注定了要胜利。我是种过一点花的，可以给他找出几个例证；虽然从那一方面说，我都好像是个安土重迁，不好活动的人。但是……

生于淮北则为枳的那棵树还算得是橘么？人烟寒橘柚，秋色老梧桐，回到你看来全不是的故乡有无天涯之感？那么我们回顾一下。

白马庙的稻子在我们离去时已经秀过了。长得那么高，晚上从城里回来，看包围着自己摇动的一大阵黑影，真有点怕噢？现在想必都割下来了吧。收获的时候总是高兴的，摆在田头碗里的菜一定更多油水。几个月的辛苦，几个月的等待，真不容易。我们看他们浸种，下池，小秧子小鹅似的一片，拔起来，再插下去，然后是除草，车水，每清晨夜半可隔墙听到他们工作谈话声音。你还记得？——该记得的，我们那回在门前路上拾回来的一个秧把？他们从秧池中把小秧子拔出来,扎成一个一个的把,由富有经验的、熟悉田土的一把一把扔到田里,再分开插下。每一块田大都有一定的,可以插多少把。扔,偶尔有时扔多了一半把。按种田人规矩,这块田里的把不兴带到另一块田里去。用不完,照例只有拉起来掼到路边。接不到水,大太阳晒,很快就呈粉绿色,死了。我们检回来的那把,虽放在磁盆中,沃以清水,没多少日子也不行了。你当初还直想书桌上结出一穗金黄色的稻子玩玩呢！"爬着一条壁虎"的那个粉定盆子还是只宜养野菊花,款式配;花也顽强,一朵一朵开得那么有精神,那么不在乎,教人毫不觉得抱歉。

话说至此,本已够了,但还有说一件事,印象极深,不能忘去。新校舍南区外头城墙缺口下当年是护城河,后来不知怎么一滴水也没有了？颇不窄呀,横着摆,一排不少个花盆呢。你大概没有下河底看过,拐弯的地方有个小木头牌子,云南农林试验场第十七号苗圃。这里种的全是尤加利。夏天傍晚在那一带散步的一定全都闻到这种树蒸出来的奇怪气味,有点像万金油。每年,清明边上,那个住在城头上小木屋里的人要忙几天,带着他那条狗。这些树苗要拔起来,离别,分散,到我们逃过警报的山上的风里摇。我注意那个园工每掘一棵树,总带起树根四围的一块土,不把它抖得很干净。这些树苗也许还不觉得换了环境吧。在离开苗圃未到山上之间,那一两天它们生活在带在根上的那一小块土之中。

D,我不能确实的感到我底下是不是地呢,虽然我落脚在这个大地方已经近一个月了。你怎么样,会不会要到仓前山却说成了五华山？……

三十五年十月,上海

注 释

① 本篇原载 1947 年 5 月 10 日《益世报》;初收《汪曾祺全集》第三卷,北京师范大学出版社,1998 年 8 月。

昆 明 草 木 ①

序

　　昆明一住七年,始终未离开一步,有人问起,都要说一声"佩服佩服"。虽然让我再去住个几年,也仍然是愿意的,但若问昆明究竟有甚么,却是说不上来。也许是一草一木,无不相关,拆下来不成片段,无由拈出,更可能是本来没有甚么,地方是普通地方,生活是平凡生活,有时提起是未能遣比而已。不见大家箱柜中几全是新置的东西。翻遍所带几册旧书中也找不出一片残叶碎瓣了么。独坐无聊,想跟人谈谈,而没有人可以谈谈,写不出东西却偏要写一点。时方近午,小室之中已经暮气沉沉。雨下得连天连地是一个阴暗,是一种教拜伦脾气变坏的气候,我这里又无一分积蓄的阳光,只好随便抓一个题目扯一顿,算是对付外面呜呜拉拉焦急的汽车,吱吱咽咽不安的无线电罢了。我倒宁愿找这样一本书或一篇文章看看,自己来写是全无资格的。

十二月十三日记

一、草

　　到昆明,正是雨季。在家里关不住,天雨之下各处乱跑。但回来脱了湿透的鞋袜,坐下不久,即觉得不知闷了多少时候了,只有袖了手到廊下看院子里的雨脚。一抬头,看见对面黑黑的瓦屋顶上全是草,长得很深,凄凄的绿。这真是个古怪地方,屋顶上长草!不止一家如此,家家如此。荒宫废庙,入秋以后,屋顶白蒙蒙一片。因为托根高,受风多,叶子细长如发,在暗淡的金碧之上萧萧的飘动,上头的天极高极蓝。

二、仙人掌

昆明人家门。有几件带巫术性的玩意。门坎上贴红纸剪成的剪刀,锁。门上一个大木瓢,画一个青面鬼脸。一对未漆羊角生在羊头上似的生在门头上。角底下多悬仙人掌一片。不知这究竟是甚么意思,也问过几个本地人,说不出所以然,若乡下人家则在炊烟薰得黑沉沉的土墙上还要挂一长串通红通红的辣椒,是家常吃的,与厌胜辟邪无关,但越显出仙人掌的绿,造成一种难忘的强烈印象。

仙人掌这东西真是贱,一点点水气即可以浓浓的绿下来,且苗出新的一片,即使是穿了洞又倒挂在门上。

心急的,坐怕担心费事,栽花木活,糟塌花罪过,而又喜欢自己种一点甚么出来看看的,你来插一片仙人掌吧,仙人掌有小刺毛,轻软得刺进手里还不知道,等知道时则一手都是了。一手都是你仍可以安然作事。你可以写信告诉人了,找种了一棵仙人掌,告诉人弄了一手刺。就像这个雨天,正好。你披上雨衣。

仙人掌有花,花极简单,花片如金箔,如蜡。没有花柄,直接生在掌片上,像是做假安上去的。从来没见过那么蠢那么可笑的花。它似乎一点不知道自己是个甚么样子,不怕笑。呀唷,听说还要结果子呢,叫做甚么"仙桃",能好吃么?它甚么都不管,只找个地方把多余的生命冒出来就完事,根本就没想到出果子。这是个不大可解的事,我没见过一头牛一匹羊嚼过一片仙人掌。我总以为这么又厚又长的大绿烧饼应当很对它们的胃口的。它们简直连看也不看一眼!

英国领事馆花园后墙外有仙人掌一大片,上多银青色长脚蜘蛛,这种蜘蛛一定有毒,样子多可怕。墙下有路,平常一天没有两三人走过。

三、报春花

虽然我们那里的报春花很少,也许没有,不像昆明。

——《花园》

我不知怎么知道这是报春花的。我老告诉人"这种小花有个好名字,报春花",也许根本是我造的谣。它该是草紫紫云英,或者紫花苜蓿,或者竟是报春花,不管它,反正就是那么一种微贱的淡紫色小花。花五六瓣,近心处晕出一点白,花心淡黄。一种野菜之类的东西,叶子大概如小青菜,有缺刻,但因为花太多,叶子全不重要了。花梗极其伶仃,怯怯的升出一丛丛细碎的花,花开得十分欢。茎上叶上花上全沁出许多茸茸的粉。塍头田边密密的一片又一片,远看如烟,如雾,如云。

我有个石鼓形小绿瓷缸子,满满的插了一缸。下午我们常去采报春花,晒太阳。搬家了,一马车,车上冯家的猫,王家的鸡,松与我轮流捧着那一缸花。我们笑。

那个缸子有时也插菜花,当报春花没有的时候。昆明冬天都有菜花。在霜里黄。菜花上有蜜蜂。

四、百合的遗像

想到孟处要延命菊去,延命菊已经少了,他屋里烧瓶中插了两枝百合,说是"已经好些天了。"

下着雨,没有甚么事情,纱窗外蒙蒙绿影,屋里极其静谧,坐了半天。看看烧瓶里水已黄了,问"怎么不换换水?"孟说"由它罢。"桌上有他批卷子的红钢笔,抽出一张纸画了两朵花。心里不烦躁,竟画得还好。松和孟在肩后看我画,看看画,又看看花,错错落落谈着话。

画画完了,孟收在一边,三个人各端了一杯茶谈他桌上台路易士那几句诗,"保卫那比较坏的,为了击退更坏的,"现代人的逻辑阿,正谈着,一朵花谢了,一瓣一瓣的掉下来,大家看看它落。离画好不到五分钟。

看看松腕上表,拿起笔来写了几个字:

"遗像　　某月日下午某时分,一朵百合谢了。"

其后不久,孟离开昆明,便极少有机会去他屋前看没有主人的花了。又不久,松与我也同时离开昆明又分了手,隔得很远。到上海三月,孟自家乡北上,经过此地,曾来我这个暮色沉沉的破屋里住了一宿,谈了几次,我们都已经走了不少路了,真亏他,竟还把我给他写的一条字并那张画好好的带着?

这教我有了一点感慨。走了那么多路,甚么都不为的贸然来到这个大地方,我所得的是甚么,操持是甚么,凋落的,抛去的可就多了。我不能完全离开这朵百合,可自动的被迫的日益远了,而且连眺望一下都不大有时候,也想不起。孟倒是坚贞的抱着做一个"爱月亮,爱北极星的孩子"的志气,虽然也正在比较坏与更坏的选择之中。松远在南方将无法尽知我如今接受的是一种甚么教育。阿,我说这些干甚么,是寂寞了?"雨打梨花深闭门",收了吧。——这又令我想起昆明的梨花来了。

注　释

① 本篇原载 1946 年 12 月 27 日《文汇报》,署名"方栢臣"。

1947 年

飞　　的[①]

鸟　粪　层

常常想起些自己不大清楚的东西,温习一次第一次接触若干名词之后引起的朦胧的响往。这两天我想鸟粪层。手边缺少可以翻检的书,也没有人可以告诉我一点关于鸟粪层的事。

书和可以叩问的人是我需要的么?

猎　斑　鸠

那时我们都还很小。我们在荒野上徜徉。我们从来没有那么更精致的,更深透的秋的感觉。我们用使自己永远记得的轻飘的姿势跳过小溪,听着风溜过淡白色长长的草叶的声音(真是航)过了一大片地。我们好像走到没有人来过的秘密地方,那个林子,真的,我们渴望投身到里面而消失了。而我们的眼睛同时闪过一道血红色,像听到一声出奇的高音的喊叫,我们同时驻足,身子缩后,头颈伸出一点。我们都没有见过一个猎人,猎人缠那么一道殷红的绑腿,在外面是太阳,里面影影绰绰的树林里。这个人周身收束得非常紧,瘦小,衣服也贴在身上,密闭双唇,两只眼睛苛在里面,颊部微陷,鹰钩鼻子。他头伸着,但并不十分用力,走过来,走过去。看他的腿胫,如果不提防扫他一棍子,他会随时跳起避过。上头,枝叶间,一只斑鸠,锈红色翅膀,瓦青色肚皮。猎人赶斑鸠。猎人过来，斑鸠过去，猎人过去，斑鸠过来。斑鸠也不叫唤，只听得调匀的坚持的扇动翅膀声音。我们守着这一幕哑斗的边上。这样来回三五次之后，渐渐斑鸠飞得不大响了，她有点慌乱，神态声音显得踉跄参差。在我们未及看他怎么扳动枪机时，震天一声，斑鸠不见了。猎人走过去拾了死鸟，拂去沾在毛上的一片枯叶。斑鸠的颈子挂了下来，一幌一幌。我们明明看见，这就是刚才飞着的那一只，锈红色翅膀，瓦青色肚皮，小小的头。猎人把斑鸠放在身旁布袋里。袋里已经有了一只灿烂的野鸡。他周身还是那样，看不出那里松弛了一点，他重新装了一粒子弹，向北，走出这个林子。红色的绑腿到很远很远还可以看得见。秋天真是辽阔。

我们本来想到林子里拾橡栗子，看木耳，剥旧翠色的藓皮，采红叶，寻找伶仃的野菊，这猎人教我们的林子改了样子了，我们干甚么好呢？

蝶

大雨暂歇。坟地的野艾丛中
一只粉蝶飞

矫　饰

我很早很早就做假了。

八岁的时候，我一个伯母死了。我第一次（第一次么？不吧？是比较重大的一次，）开始"为了别人"而做出种种样子。我承继给那位伯母，我是"孝子"。嚇，我那个孝子可做得挺出色，像样。我那个缺少皱纹的脸上满是一种阴郁表情，这很容易被人误认为是哀伤。我守灵，在柩前烧纸，有客人来吊拜时跪在旁边芦席上，我的头低着，像是有重量压着抬不起来，而且，喝，精采之至，我的眼睛不避开烟焰，为的好薰得红红的。我捏丧棒，穿麻鞋，拖拖沓沓的毛边孝衣，一切全恰到好处。实在我也颇喜欢这些东西，我有一种快乐，一种得意，或者，简直一种骄

58

傲。我表演得非常成功，甚至自己也感动了。只有在"亲视含殓"时我心里踌躇了，叫我看穿戴凤冠霞帔的死人最后一眼，然后封钉，这我实在不大愿意。但我终于很勇敢的看了。听长钉子在大木槌下一点一点的钉进去，亲戚长辈们都围在我身后，大家都严肃十分，很少有人接耳说话，那一会儿，或者我假装挤出一点感情来的。也模糊了，记不大清。到葬下去，孝子例须兜了土在枢上洒三匝，这是我最乐意干的。因为这是最后一场，戏剧即将结束。（我差点儿全笑出来。说真的，这么扮演也是很累的事。）而且这洒土的制度是颇美的。我倒还是个爱美的人！

近几年来我一直忘不了那一次丧事。有时竟想跟我那些亲戚长辈们说明白，得了吧。别又来装模作样。

卅六年一月

注　释

① 本篇原载 1947 年 1 月 14 日《文汇报》，署名"西门鱼"。

蔡　德　惠[①]

　　我与蔡德惠君说不上甚么交情，只是我很喜欢他这个人。同在联大新校舍住了几年，彼此似乎是毫无往来。他不大声说话，也没有引人注意的举动，除了他系里学术上的集会，他大概很少参加人多的场合，（我印象如此，许是错了，也未可知，）我们那个时候认得他的人恐怕不多。我只记得有一次，一个假日，人多出去了，新校舍显得空空的，树木特别的绿，他一个人在井边草地上洗衣服，一脸平静自然，样子非常的好。自此他成为我一个不能忘去的人。他仿佛一直是如此。既是一个人，照理都有忧苦激愤，感情失常的时候，蔡君短短一生之中自必也见过遇过若干足以搅乱他的事情，我与他相知甚浅，不能接触到他生活全面，无由知道。凡我历次所见，他都是那么对世界充满温情，平静而自然的样子。我相信他这样的时候最多。也不知怎么一来，彼此知道名字，路上见到也点点头。他人颇瘦小，精神还不错。

　　我离开联大到昆明乡下一个中学去教书，就不大再看到他。学校同事中也有熟识他的人，可是谈话中未听见提过他名字。想是他们以为我不认得他。再者他人极含蓄，一身也无甚"故事"可以作谈话资料，或说无甚可以作为谈话资料的故事。我就知道他在生物系书读得极好，毕业后研究植物分类学，很有希望，研究室在甚么地方，我亦熟悉，他大概经常在里面工作。有一次学校里教生物的两个先生告诉我要带学生出去看一次，问我高兴不高兴一起去走走，说："蔡德惠也来的。"果然没有几天他就来了。带了一大队学生出去，大家都围着他，随便掐一片叶子，找一朵花，问他，他都娓娓的说出这东西叫甚么，生活情形，分布情形如何，有个甚么故事与这有关，那一篇诗里提到过它。说话还是轻轻的，温和清楚。现在想起来，当时不觉得，他似乎比以前更瘦了些。是秋天,野地里开了许多红白蓼花。他好像是穿了一件灰色长衫。

后来,有一次,雨季,我到联大去。太阳一收,雨忽然来了,相当的大,当时正走过他的研究室,心想何不看看他去。一推门就进去了,我来,他毫不觉得突兀。稍为客气的接待我。仿佛谁都可以推开他的门进去的一样。一进门我就看见他墙上一只蛾子,颜色如红宝石,略有黑色斑纹。他指点给我看,说了一些关于蛾蝶的事。他四壁都是植物标本,层层叠叠,尚待整理。他说有好些都是从滇西采集来的,拿出好些东西给我看,都极其特别。他让我拣两样带回去玩,我挑了几片木瑚蝶。这几片东西一直夹在我一本达尔文的书里。到他死后,有一天还翻出来过。现在那本书丢在昆明,若有人翻出,大概会不知道它是甚么玩意,更无从想象是如何得来的了。那天他说话依然极其平和,如说家常,无一分讲堂气。但有一种隐隐的热烈,他把感情都倾注在工作上了,真是一宗爱的事业。

天晴了,我们出来,在他手营的小花圃里看了看,花圃里最亮的一块是金蝶花,正在盛开,黄闪闪的。几丛石竹,则在深深的绿色之中郁郁的红。新雨之后,草头全是水珠。我停步于土墙上一方白色之前,他说,"是个日规"。所谓日规,是方方的涂了一块石灰,大小一手可掩,正中垂直于墙面插了一支竹丁。看那根竹丁的影子,知道是甚么时候了。不知甚么道理,这东西叫人感动,蔡君平日在室内工作,大概常常要出来看一看墙上的影子的吧。我离开那间绿阴深蔽的房子不到几步,已经听到打字机答答的响起来。

这以后我就一直没有看见过他。偶然因为一件小事,想起这么一个沈默的谦和的人品,那么庄严认真的工作,觉得人世甚不寂寞,大有意思。

忽然有一天,朋友告诉我,"蔡德惠进了医院,已经不行了,肺差不多烂完了,一点办法都没有,明天,最多是后天的事情。"

"以前没有听说他有病呀?"

"是呢。一直也没有发现。一定很久了,不知道他自己怎么没觉得,一来就吐了血,送医院一检查。……"

当时我竟未到医院里去看看他。过两天,有人通知我甚么时候在联大新校舍后面广场上火化,我又糊里糊涂没有去参加。现在人死了已近半年,大家都离开云南,我不知道他孤坟何处,在上海这个人海之中,却又因为一件小事而想起他来,因而写了这篇短文,遥示悼念,希望他生前朋友能够见到。

我离开昆明较晚,走之前曾到联大看过几次。那间研究室锁着锁,外面藤萝密密□满木窗,小花圃已经零落,犹有几枝残花在寂寞中开放,草长得非常非常高。那个日规还好好的在,雪白,竹丁影子斜斜的落在右边。——这样的结尾,不免俗套,□乎完成一个文章格局,谁如此说,只好由他了。原说过,是想给德惠生前朋友看看的。

注　释

① 本篇原载 1947 年 3 月 7 日天津《大公报》;初收《汪曾祺全集》第三卷,北京师范大学出版社,1998 年 8 月。

短篇小说的本质①

——在解鞋带和刷牙的时候之四

我们必须暂时稍微与世界隔离，不老摔不开我们是生活在怎样一个国度里这个意识，这就是说，假定我们有一个地方，有一种空气，容许并有利于我们说这个题目。不必要在一个水滨，一个虚廊，竹韵花影；就像这儿，现在，我们有可坐的桌子凳子，有可以起来走两步的空当，有一点随便，有说或不说的自由；没有个智慧超人，得意无言的家伙，脸上不动，连狡诡的眯眼也不给一个的在哪儿听着；没有个真正的小说家，像托老头子那样的人会声势凌人的闯进来；而且我们不是在"此处不是讲话之地"的大街上高谈阔论；这也就够了。我们的话都是草稿的草稿，只提出，不论断，几乎每一句前面都应加一句：假定我们可以这样说。我们所说的大半是平时思索的结果，也可能是从未想过，临时触起，信口开河。我想这是常有的事，要说的都没有说，尽抬架了些不知从那儿斜刺里杀出来的程咬金。有时又常话到嘴边，咽了下去；说了一半，或因思绪散断，或者觉得看来很要紧的意见原来毫不相干，全无道理，接不下去了。这都挺自然，不勉强，正要的是如此。我们是一些喜欢读，也多少读过一点，甚至想动笔，或已经试写了一阵子小说的人，可是千万别把我们的谈话弄得很职业气。我们不大中意那种玩儿票的派头，可是业余的身份是我们遭遇困难时的解脱藉口。不知为不知，我们没有责任搜索枯肠，找话支吾。我们说了的不是讲义，充其量是一条一条的札记，不必弄得四平八稳，分量平均，首尾相应，具一格局。好了，我们已经很不受拘束，放心说话吧。声音大，小，平缓，带舞台动作，发点脾气,骂骂人,一切随心所欲,悉听尊便。

在这许多方便之下,我呈出我的一份。

无庸讳言,大家心照,所有的话全是为了说的人自己而说的。唱大鼓的走上来,"学徒我今儿个伺候诸位一段大西厢"。唱到得意处,得意的仍是他自己。听唱的李大爹,王二爷也听得颇得意,他们得意的也是他们自己。我觉得李大爹王二爷实际也会唱得极好,甚至可能比台上人更唱得好,只是他们没有唱罢了。李大爹王二爷自小学了茶叶店糕饼店生意,他们注定了要搞旗枪明前,上素黑芝麻,他们没有学大鼓。没有学,可是懂。他摸得到顿、拨、沉、落、迥、扭、煞诸种差之毫厘失之千里的那么点个妙处。所以李大爹王二爷是来听他们自己唱,不,简直听他们自己整个儿的人来了。台上那段大西厢不过是他们的替身,或一部分的影子。李大爹看了一眼王二爷,头微微一点,王二爷看了一眼李大爹,头也那么一点。他们的意思是"是了!"在这一点上劳伦斯的"为我自己",克罗采的传达说,我都觉得有道理。——阿,别瞪我,我只是借此而说明我现在要说的话是一个甚么性质。这,也是我对小说作者与读者间的关系的一个看法。这等一下大概还会再提起。真是,所有的要说恐怕都只是可以连在一处的道白而已。

时下的许多小说实在不能令人满意!

教我们写作的一位先生几乎每年给他的学生出一个题目:一个理想的短篇小说。——我当时写了三千字,不知说了些甚么东西;现在想重新交一次卷,虽然还一样不知会说些甚么东西。——可见,他大概也颇觉得许多小说不顶合乎理想。所以不顶理想,因为一般小说都好像有那么一个"标准":

一般小说太像个小说了,因而

不十分是一个小说。

悬定一个尺度,很难。小说的种类将不下于人格;而且照理两者的数量(假如可以计算)应当恰恰相等;鉴别小说,也如同品藻人物一样的不可具说。但我们也可以像看人一样的看小说,凭全面的,综合的印象,凭直觉。我们心平气和,体贴入微的看完一篇东西,我们说:这是小说，或者不是小说。有时候我们说的是这够或不够是一个小说。这跟前一句话全一样，够即是，不够的不是。在这一点上，小说的读者，你不必客气，你自然先假定自己是"够了"。哎，不必客气，这个够了并不是什么了不起的事情。不够，你还看什么小说呢！

那个时候，我因为要交卷，不得不找出一个"理想"的时候，正是卞之琳先生把《亨利第三》、《军旗手的爱与死》翻过来的时候，手边正好有一本，抓着就是，我们像憋了一点气，在课堂上大叫：

"一个理想的短篇小说应当是像《亨利第三》与《军旗手的爱与死》那样的！"

现在我的意思仍然如此，我愿意维持原来的那点感情，不过觉得需要加以补充。

我们看过的若干短篇小说，有些只是一个长篇小说的大纲，一个作者因为时间不够，事情忙，或者懒，有一堆材料，他大概组织分布了一下，有时甚至连组织分布都不干，马马虎虎的即照单抄出来交了货，我们只看到有几个人，在那里，做了什么事，说话了，动作了，走了，去了，死了。有时作者觉得这太不像小说，（就是这个倒霉的觉得害了他！）小说不能单是一串流水账，于是怎么样呢？描写了把那个人从头到脚的像裁缝师傅记出手下摆那么记一记，清楚是清楚了，可是我们本来心里可能有的浑然印象反教他挤掉了。我们只落得一堆零碎料子，多高的额头，多大的鼻子，长腿或短腿；外八字还是内八字脚，……这些"部分"彼此不粘不靠，不起作用，不相干。还有更不相干的，是那些连篇累牍的环境渲染。有时候我们看那段发生在秋天的黄昏的情节，并不是一定不能发生在春天的早晨。在进行演变上，落叶，溪水，夕阳，歌声，蟋蟀，当然风马牛不相及。这是七巧板那么拼出来的，是人为的，外加的，生造的不融合的。他没有把这些东西当着是从故事中分泌出来，为故事的一个契机，一分必不可少的成分。他的文字不是他要说的那个东西本身。自然主义用在许多人手里成了一个最不自然的主义。这些人为主义而牺牲了。有些，说得周详慎密，结构紧严，力量不懈，交待干净，不浪费笔墨也不偷工减料，文字时间与故事时间合了拍，把读者引上了路,觉得舒服得很;可是也只好算长篇小说之一章,很好的一章而已。更多的小说,比较鲜明生动,我以为把它收入中篇小说,较为佳适。再有一种则是"标准的"短篇小说。标准的短篇小说不是理想的短篇小说,也不能令我们满意。

我们的谈话行将进入一个比较枯糙困难的阶段,我们怕不能摆脱习惯的衍讲方式。我们尽量想避开让我们踏脚,也致我们疲惫的抽象名词,但事实上不易办到。先歇一歇力,在一块不大平滑的石头上坐一坐:给短篇小说来讲一个定义:不用麻烦拣选,反正我们掉一掉身子马上就来。中学教科书上写着,短篇小说是:

用最经济的文学手腕,描写事实中最精采的一段或一面。

我们且暂时义务的为这两句话作一注释。或者六经注我,靠它的帮忙说话。

我们不得已而用比喻,扣槃扪烛,求其大概。吴尔芙夫人以在火车中与白朗宁太太同了一段路的几位先生的不同感情冲动譬象几种不同的写小说法,我们现在单摘取同车一事来说明小说与其人物的关系。设想一位作者,我们称他为×先生,在某处与白朗宁太太一齐上了车,火车是小说,车门一关,汽笛拉动,车开了,小说起了头。×先生有墨水两瓶,钢笔尖二盒,一箱子纸,四磅烟草,白朗宁太太有的是全部生活。×先生收心放志,集中精神,松开领子,咬起大烟斗,白朗宁太太开始现身说法,开始表演。我们设想火车轨道经行之地是白朗宁太太的生活,这一列车随处可停,可左可右,可进可退,给×先生以诸方便,他可以得到他所需要的白朗宁太太生活中任何场景节目。白朗宁太太生来有个责任,即被写在小说里,她不厌烦,不掩饰省略,妥妥实实回答×先生一切问话。好了,除去吃饭睡觉等不可不要的动作之外,白朗宁太太一生尽在此中,×先生也颇累了,他们点点头,下车,分别。小说完成!

先生,你觉得这是可能的么?

有人说历史这个东西就是历史而已,既不是科学,也算不得是艺术。我们埋葬了一部分小说,也很可以在它们的墓碑上刻这样两句话。而且历史究竟还是历史,若干小说常不是科学,不是艺术,也不成其为小说。

长篇小说的本质,也是它的守护神,是因果。但我们很少看到一本长篇小说从千百种可能之中挑选出一个,一个一个连编起来,这其间有什么是必然,有决定性的。人的一生是散漫的,不很连贯,充满偶然,千头万绪,兔起鹘落,从来没有一个人每一秒钟相当于小说的一段,一句,一字,一标点,或一空格,而长篇小说首先得悍然不顾这个情形。结构,这是一个长篇最紧要的部分,而且简直是小说的全部,但那根本是个不合理的东西。我们知道一个小说不是天成的,是编排连缀出来的,我所怀疑的是一个作者的精神是否能够照顾得过来,特别是他的记忆力是不是能够写到第十五章时还清清楚楚对他在第三章中所说的话的分量和速度有个印象?整本小说是否一气呵成天衣无缝,增一分则太长,减一分则太短,不能倒置,翻覆,简直是那样便是那样,毫无商量余地了?

从来也没有一个音乐家想写一个连续演奏十小时以上的乐章吧,(读《战争与和平》一遍需要多少时候?)而我们的小说家,想做不可能的事。看他们把一厚册一厚册的原稿销毁,一次一次的重写,我们寒心那是多苦的事。有几个人,他们是一种英雄式的人,自人中走出,与大家不同,他们不是为生活而写,简直活着就为的是写他的小说,他全部时间入于海,海是小说,居然做到离理想不远了。第一个忘不了的是狠辣的陀思退亦夫斯基。他像是一咬牙就没有松开过。可是我们承认他的小说是一种很伟大的东西,却不一定是亲切的东西。什么样的人是陀思退亦夫斯基的合适读者?

应是科学家。

我宁愿通过工具的艰难,放下又拿起,翻到后面又倒回前头,随便挑一节,抄两句,不求甚解,自以为是,什么时候,悠然见南山,飞鸟相与还,以我之所有向他所描画的对照对照那么读一遍《尤利色斯》去。

小说与人生之间不能描画一个等号。

于是有中篇小说。

如果读长篇小说的时间是阴冷的冬夜,那么中篇小说是宜于在秋天下午。一本中篇正好陪我们过五六点钟,连阅读带整个人受影响作用,引起潜移默化所需的时间。

　　一个长篇的作者自己在他的小说中生活过一遭,他命使读者的便是绝对的入乎其内。一个长篇常常长到跟人生一样的长,(这跟我们前面一段有些话并不相冲突,)可以说是另外一个人生,尽可以跟我们这一个完全一样,但□□是另外一个。(不是一段,一面,)我们必须放开我们自己的恩怨憎喜,宗教饮食,被拉了上去,关上门,靠窗坐定,随那节车子带我们到那里去旅行。作者作向导,山山水水他都熟习,而假定我们一无所知。我们只有也必须死心塌地的作个素人。我们应当视而不见,听而不闻,食而不知其味;应当醉于书中的酒,字里的香,我们说:哦,这是玫瑰,多美,这是山,好大呀!好像我们从来没有见过一座山,不知道玫瑰是甚么东西。——可是一般人不是那么容易的死于生活,活于书本,不会一直入觳。有比较体贴,近人情,会说话的可爱的人就为了我们而写另外一种性质的书,叫作中篇小说。(Once upon a time)他自自然然的谈起来了。他跟我们抵掌促膝,不高不可攀,耳提指图,他说得流利,娓婉,不疾不徐,轻重得当,不口吃,不上气不接下气,他用志不纷,胸有成竹。他才说了十多分钟,我们已经觉得:他说得真好。我们入神了,领首了,暖然似春,凄然似秋了,毫不反抗的给出他向我们要的感动。有话则长,无话则短,他知道他是在说一个故事。花开两朵,各表一枝,分即全,一切一切,他不弄得过分麻烦冗重。有时他插一点闲话,聊点儿别的;他更带着一堆画片,一张一张拍得光线强弱,距离远近都对了的照相,他一边说故事,一边指点我们看。这些纪念品不一定是绘摄的大场面,有时也许一片阳光,一堆倒影,破风上一角残蚀的浮雕,唱歌的树,嘴上生花的人,……我们也明知他提起这话目的何在,但他对于那些小玩意确具真情,有眼光,而且趣味与我们相投,但听他说说这些即颇过瘾了。我们最中意的是他要我们跟他合作。也空出许多地方,留出足够的时间,让读者自己说。他不一个劲儿讲演,他也听。来一杯咖啡么,我们的中篇小说家?

　　如果长篇小说的作者与读者的地位是前后,中篇是对面,则短篇小说的作者是请他的读者并排着起坐行走的。

常听到短篇小说的作者劝他的熟人:"你也写么,我相信你可以写得很好。没有什么了不起的,花一点时间,多试验几种方法,不怕费事,找到你觉得那么着写合适的形式,你就写,不会不成功的。凭你那个脑子,那点了解人事的深度,生活的广度,对于文字的精敏感觉,还有那一分真挚深沉的爱,你早就该着笔了。"短篇小说家从来就把我们当着跟他一样的人,跟他生活在同一世界之中,对于他所写的那回事的前前后后也知道得一样仔细真切。我们与他之间只是为不为,没有能不能的差异。短篇小说的作者是假设他的读者都是短篇小说家的。

唯其如此,他才能挑出事实中最精采的一段或一面,来描写。

也许有人天生是个短篇小说家,他只要动笔,得来全不费工夫,他一小从老祖母,从疯瘫的师爷,从鸦片铺上、茶馆里,码头旁边,耳濡目染,不知不觉之中领会了许多方法;他的窗口开得好,一片又一片的材料本身剪裁的好好的在那儿,他略一凝眸,翩翩已得;交出去,印出来,大家传诵了,街谈巷议,"这才真是我们所需要的,从头到尾,每一个字是短篇小说!"而我们的作者倚在他的窗口悠然下看:这些人扰攘些甚么,甚么事大惊小怪的?风吹得他身轻神爽,也许他想到一条河边走走,听听修桥工人唱那种忧郁而雄浑的歌去;而在他转身想带着他的烟盒子时,窗下一个读者议论他的小说,激动的高叹声吸引了他,他看了一眼,想:甚么叫小说么,问我,我可不知道,你那个瘦瓜瓜的后脑,微高的左肩,正是我需要的,我要把你写下来,你就是小说,傻小子,你为甚么不问问你自己?他不出去了。坐下,抽上两枝烟,到天黑肚饥时一篇小说也已经写了五分之四,好了,晚饭一吃,一天过去;他的新小说也完成了,但大多数的小说作者都得经过一个比较长时期的试验。他明白,他必须"找到了自己的方法",必须用他自己的方法来写,他才站得住,他得在浩如烟海的文学作品,在也一样浩如烟海的短篇小说之中,为他自己的篇什觅得一个位置。天知道那是多么荒时废日的事情!

世上尽有从来不看小说的诗人,但一个写短篇小说的人能全然不管前此与当代的诗歌么?一个小说家即使不是彻头彻尾的诗人,至少也是半仙之分,部分的诗人,也许他有时会懊悔他当初为什么不一直推敲韵脚,部署抑扬,飞上枝头变凤凰,什么一念教他拣定现在卑微的工作的? 他羡慕戏剧家的规矩,也向往散文作者的自在,甚至跟他相去不远的长篇中篇小说家他也嫉妒。威严,对于威严的敬重;优美的风度,对于优美风度的友爱,他全不能有,得不着。短篇小说的作者所希望的是给他的劳绩一个说得过去的地位。他希望报纸的排字工人不要把他的东西拆得东一块西一块的,不要随便给它分栏,加什么花边,不要当中挖了一方嵌一个与它毫不相干的木刻漫画,不要在一行的头上来一个吓人的惊叹号,不要在他的文章下面补两句嘉言语录,名人轶事,还有错字不太多,字体稍为清楚一点;……对于一个杂志的编辑他很想求求他一个稍为公平一点的篇幅,他希望天地头留着大些,前头能空出两页不印最好。……他不是难伺候,闹脾气,他是为了他的文章命运而争。他以为他的小说的形式即是他要表达的那个东西本身,不能随便玷辱它,而且一个短篇没有写出的比写出来的要多得多,需要足够的空间,好让读者自己从从容容来抒写。对于较长篇幅的文章,一般读者有读它的心理准备,他心甘情愿的让出时间,留下闲豫,来接受一些东西。只要披沙拣金,往往见宝,即为足矣。他们深切的感到那份力量,领得那种智巧。而他们读短篇小说则都是誓鬋灭此而后朝食,你不难想象一个读者如何恶狠狠的抓过一篇短篇小说,一边嚼着他的火腿面包,一边狼吞虎咽的看下去,忽然拍案而起,"混蛋,这是什么平淡无奇的东西!"他骂的是他的咖啡,但小说遭了殃,他叭了一下扔了,挤起左眼看了那个可怜的题目,又来了一句,"什么东西!"好了,他要是看进去两句那就怪。一个短篇小说作者简直非把它弄得灿若舒锦,无处不佳不可! 小说作者可又还不能像一个高大强壮的猪眼厨师傅两手撑在腰上大吼"就是这样,爱吃不吃!"即是真的从头到尾都是心血,你从那里得到青眼?

这位残暴的午茶餐客如果也想,他想的是:这是什么玩意,谁写不出来,我也……真的,他还不屑于写这种东西! 我们原说过,只要他肯,他未始不可以写短篇小说。我们不能怪他,第一他生活太忙,太乱,而且受到许多像那位猪眼大师傅的气,他想借小说来忘去他的生活,或者真的生活一下，短篇似乎不能满足他；第二，他相当有文学修养，他看过许多诗，戏剧，散文，他还更看过那么多那么多的小说，再不要看这一篇。一个短篇小说作家，你该怎么办？

短篇小说能够一脉相承的存在下来，应当归功于代有所出的人才，不断给它新的素质，不断变易其面目，推广，加深它。日光之下无新事，就看你如何以故为新，如何看，如何捞网捕捉，如何留住过眼烟云，如何有心中的佛，花上的天堂。文学革命初期以"创作"称短篇小说，是的，你要创作。你不应抄袭别人，要叫你有你的，有不同于别人的；且不能抄袭自己，你不能叫这一篇是那一篇的副本，得每一篇是每一篇的样子，每一篇小说有它应当有的形式，风格。简直的，你不能写出任何一个世界上已经有过的句子。你得突破，超出，稍偏颇于那个"标准"。这是老话，但须要我们不断的用各种声音提起。

我们宁可一个短篇小说像诗，像散文，像戏，什么也不像也行，可是不愿意它太像个小说，那只有注定它的死灭。我们那种旧小说，那种标准的短篇小说，必然将是个历史上的东西。许多本来可以写的在小说里的东西老早老早就有另外方式代替了去。比如电影，简直老小说中的大部分，而且是最要紧的部分，它全能代劳，而且比较更准确，有声有形，证诸耳目，直接得多。念小说已成了一个过时的娱乐，一种古怪固执的癖好了。此世纪中的诗，戏，甚至散文，都已显然与前一世纪异趣，而我们的小说仍是十八世纪的方法，真不可解。一切全因制度的变而变了，小说动得那么懒，什么道理。

我们耳熟了"现代音乐"，"现代绘画"，"现代塑刻"，"现代建筑"，"现代服装"，"现代烹调术"，可是"现代小说"在我们这儿远是个不太流行的名词。唉！"小说的保守性"，是个值得一作的毕业论文题目；本来小说这东西一向是跟在后面老成持重的走的。但走得如此之慢，特别是在东方一个又很大又很小的国度中简直一步也不动，是颇可诧异的现象。多打开几面窗子吧，这里的空气实在该换一换，闷得受不了了。

多打开几面窗子吧！只要是吹的，不管是什么风。

也好，没有人重视短篇小说，因此它也从来没有一个严格的画界，我们可以从别的部门搬两块石头来垫一垫基脚。要紧的是要它改一改样子再说。从戏剧里，尤其是新一点的戏里我们可以得到一点活泼，尖深，顽皮，作态。（一切在真与纯之上的相反相成的东西。）萧伯纳皮蓝德娄从小说中偷去的，我们得讨一点回来。至于戏的原有长处，节奏清显，擒纵利落，起伏明灭，了然在心，则许多小说中早已暗暗的放进去了。小说之离不开诗，更是昭然若揭的。一个小说家才真是个谪仙人，他一念红尘，堕落人间，他不断体验由泥淖至青云之间的挣扎，深知人在凡庸，卑微，罪恶之中不死去者，端因还承认有个天上，相信有许多更好的东西不是一句谎话，人所要的，是诗。一个真正的小说家的气质也是一个诗人。就这两方面说，《亨利第三》与《军旗手的爱与死》，是一个理想的型范。我不觉得我的话有什么夸张之处。那两篇东西所缺少的，也许是一点散文的美，散文的广度，一点"大块噫气其名为风"的那种遇到什么都抚摸一下，随时会留连片刻，参差荇菜，左右缭之，喜欢到亭边小道上张张望望的，不衫不履，落帽风前，振衣高岗的气派，缺少点开头我要求的一点随意说话的自然。

太戈尔告诉罗曼罗兰他要学画了，他觉得有些东西文字表达不出来，只有颜色线条胜任；勃罗斯忒在他的书里忽然来了一段五线谱，任何一个写作的人必都同情，不是同情，是赞同他们。我们设想将来有一种新艺术，能够包融一切，但不复是一切本来形象，又与电影全然不同的，那东西的名字是短篇小说。这不知什么时候才办得到，也许永远办不到。至少我们希望短篇小说能够吸收诗，戏剧，散文一切长处，而仍旧是一个它应当是的东西，一个短篇小说。

我们前面既说过一个短篇小说的作者假定他的读者都是短篇小说家，假定读者对于他所依附而写的那回事情的前前后后清楚得跟他自己一样，假定读者跟他平肩并排，所以"事"的本身在短篇小说中的地位行将越来越不重要。一个画家在一个乡下人面前画一棵树，他告诉他"我画的是那棵树"。乡下人一面奇怪树已经直端端生在那儿了，画它干什么？一面看了又看，觉得这位先生实在不大会画，画得简直不像。一会儿画家来了个朋友，也是一个画家。画家之一画，画家之二看，两人一句话不说。也许有时他们互相看一眼，微微一点头，犹如李大爹王二爷听大鼓，眼睛里一句话："是了！"问画家到底画的甚么，他该回答的是："我画那个画"。真正的小说家也是，不是为写那件事，他只是写小说。——我们已经听到好多声音，"不懂，不懂！"其实他懂的，他装着不懂。毕加索给我们举了一个例。他用同一"对象"画了三张画，第一张人像个人，狗像条狗；第二张不顶像了，不过还大体认得出来；第三张，简直不知道是什么东西了。人应当最能够从第三张得到"快乐"，不过常识每每把人谋害在第一张之前。小说也许不该像第三张，但至少该往第二张上走一走吧？很久以前，有人提出"纯诗"的理想，纪德说过他要写"纯小说"；虽未能至，心向往之。我们希望短篇小说能向"纯"的方向作去，虽然这里所说的"纯"与纪德所提出的好像不一样。严格说来，短篇小说者，是在一定时间，一定空间之内，利用一定工具制作出来的一种比较轻巧的艺术，一个短篇小说家是一种语言的艺术家。——我看出有人颇不耐烦了，他心里泛起了一阵酸，许多过了时的标准口号在他耳根雷鸣，他随便抓得一块砖头，"唯美主义"，要往我脑袋上砸。

听我告诉你一个秘密，我有个朋友，是个航空员，他凭一股热气，放下一切，去学开飞机，百战归来，同班毕业的已经所剩无几了；我问他你在天上是否不断的想起民族的仇恨？他非常严肃的说："当你从事于某一工作时，不可想一切无关的事。我的手在驾驶盘上，我只想如何把得它稳当，准确。我只集中精神于转弯，抬起，俯降。我的眼睛看着前头云雾山头。我不能分心于外物，否则一定出毛病。——有一回 C 的信上说了我几句话，教我放不下来，我一翅飞到芷江上空，差点儿没跟她那几句一齐摔下去！"小说家在安排他的小说时他也不能想得太多，他得沉醉于他的工作。他只知道如何能不颠不簸，不滞不滑，求其所安，不摔下来跌死了。一个小说家有什么样的责任，这是另外一个题目，有机会不妨讨论讨论。今天到此为止，我们再总结一句：一个短篇小说，是一种思索方式，一种情感形态，是人类智慧的一种模样。

或者：一个短篇小说是一个短篇小说，不多，也不少。

三十六年五月六日晨四时

脱稿。自落笔至完工计费约

二十一小时，前后五夜。在上海市中心区之听水斋。

注　释

① 本篇原载 1947 年 5 月 31 日天津《益世报》"文学周刊"第四十三期，又载
《北京文学》1997 年第八期；初收《汪曾祺全集》第三卷，北京师范大学出
版社，1998 年 8 月。

室 外 写 生^①

一、白马庙

我在昆明住了好几年。在昆明,差不多每年都要上西山去次把。多多少少,并没有一定,去也多半是偶然去的,从来没有觉得非去不可;但或春或秋,得少闲逸,周围便有许多上西山去的可能漂浮起落,很容易就实现了一两次。也许有几年是根本没有去,记不清了。但这没有关系,这种事情上很可以用到"平均"的办法。在昆明住而没有上西山去过的,想必不多吧。

西山回来必经过白马庙。——去的时候自然也经过,但你不大会注意,你专心一意于西山。

从山上回来总有点累。不很累,一点点。因为爬了山,走了不少路;也因为明天你马上又将不爬山,不走路:你又"回来"了,又投回你的一成不变的生活。明天你又将坐在写字桌边,又将吃那位"毫无想象"的大师傅烧出来的饭菜,又将与那些熟脸见面,招呼,(有几个现在就在你旁边,在一条船上!)你的脚就要踏上岸,"生活"在那儿等着你。你帖然就范,不想反抗。但是,你有点惘然。这点惘然就是你的反抗了,你的一点残余的野劲。而如果有人问你为甚么靠着船篷,看着天边,抱着头,半天不说话,你只说是有点累了。是的,你有点累。你也太放不开,怎么老摸你的房门的钥匙,船上摸,甚至山上也摸。倒好像你真急于想在你那个极有个性而十分亲切的椅子上抽一根烟。于是你直惦记着白马庙。到白马庙,就快了。我们常常把期待终点的热心移注于终点前一站。火车上有人老是焦急地看着窗外,等过了某一地段,他扣好衣服,戴上帽子,松了肌肉,舒舒服服的坐下来,这比下车到家更重要,简直像火车永远不开到他也不在乎似的。就是如此,在昆明的人多知道白马庙。到白马庙,望得见城中的万家灯火。

没有想到,我后来住到白马庙来。我在白马庙住了半年多。

搬到白马庙,我很欢喜。马车载着我们的行李,载着书,载着小鸡,载着开石瓶里的一枝花,冯家迷迷在我膝上,孩子抱着她的猫。当时我是坐着,而活泼得如一头小马。这些树,这个埠头,这条路,旧围墙里一直还是长满蒲公英,这个铁门多少年没有开过,这间淡紫色的(房子)倩雅,这个浅灰色的则端庄而大方,这些我们全都很熟悉。而我们将住到那座孤立在田地里的小小的房子里去,这座房子式样极其别致,像童话插图,我们在船上曾经指点过多少次。有人问搬到了甚么地方,一说起,一定全知道。这个房子将吸引朋友们来看我。我兴致冲冲,直想跟甚么人大声说一句“天气真好”——我满目含情,望着那座桥。——我们从西山回来看白马庙,实在是看那座桥。桥是个记认,没有桥,白马庙不成其为白马庙似的。每次船从桥下过,(人在桥下都有一种奇怪感觉,一种安全之感,像在母亲怀里。)我急于想在那个桥上头走一走。

注　释

① 本篇原载《少年读物》1947 年第四卷第四、五期,未再续;后又以《白马庙》
为题写作另一篇散文,发表在《大家》1994 年第一期。

烟 与 寂 寞[①]

　　我去买烟,我不喜欢老是抽一个牌子,人每在抽烟上有许多意见,有人很固执很认真的保卫他抽的那个牌子,反对甚至看不起抽他以为不值得抽的牌子的人。比如抽美国烟与英国烟的简直的是世界上截然不同的两类的人。可是我喜欢常常换换口味。换换口味;或者简单的我就是要换换牌子,不是换吸,而是换买。决定了买那一种,决定而如意的买成了,(常常少不得有许多条件限制的),这给我快乐。——我很久以来即有个志愿,买一盒一种土耳其的长烟抽抽。不一定是要抽,就是买买。我要经验一下接在手里,拿回家来,拆开,拈出,拿在手里,看一看,(纸纹,标记),点火,抽,抽两口,又摸摸看看那个盒子,(装潢风格显然与他种香烟不似),这种种过程。我现在的能力要偶然买一盒自然还买得起,但我没有买那么一盒的充分感情。我想有一个机会,想到我有一次远行时买一盒带在小皮箱里;等到了,见到了,或已坐下来,跟他抽一枝,或在她的眼前抽一枝。我把这回事看得很重。——今天,我去买烟。我毫无成见。也有时候我一去即说出牌子。有时,我要看看,看来看去,找我的兴趣希望所在。今天,我连买烟丝或者烟都没有打主意。而我记起前两天路上走,看见一家新到了一批小雪茄。这种雪茄我父亲曾经抽过,那时我还小得很。(真是老牌了)。父亲很赞赏这种烟,又便宜又好。他满意于他自己的口味,满意于他的选择。一看到这种小雪茄,或心里一喜欢。而且那么多堆在一处,有一种富足大方之感。当时我为甚没有即买? 盖有待也? 现在,我一定去买。希望不要有甚么心思牵制我,教我改主意。

　　我买成了,心里有一种感动。虽然小小的,但实在是感动。

　　而,我的烟拿在手,脸上有喜悦,身后来了一个人。一个面目端正,正直而和蔼,有思想有身份的中年人;他看了看,说:"有×××,就这个。"——他说这个牌子说得很熟练而带有感情,仿佛他一直在留心,今天偶然发现了!正是我手里的那一种。他觉得我看他,也看看我。看见我手里一札子烟了,我们极其自然的点了点头。带笑,仿佛我们很熟似的。并没有说话,好像也无须说话。

注　释

① 本篇原载 1947 年 6 月 22 日上海《东南日报》;又载 1947 年 7 月 6 日《西北文化日报》。

歌　声[①]

　　醒来,隔壁巷子里有孩子唱歌。

　　现在大概九点钟光景,家中漆黑。每天吃了晚饭我睡两个钟头,一醒来总是立刻就为整个世界所围绕。在我睡着了时一切都还在进行着的。这几个孩子唱了多少时候歌了?从她们的歌声里有一点天晚了的感觉,可是多不够安定的晚上啊,多不够安定的歌。

　　唱的是两个女孩子,一个声音高,唱得很有力;一个比较不那么热切,不想争胜,气不大促。两个声音都很扁,仿佛唱的时候嘴都咧得很开。我想一定还有个更小的男孩子,坐在门槛上,虽然他一声不响,可是你听得出歌声里有他。大概是两个女孩子之中一个(大概是那个声音高窄的)的弟弟。这两个孩子必在同一小学读书,同出同归,唱歌的节拍表情也分明是同一个老师所教,错的地方一样错。那个老师(当然是个女的)对于教音乐,教这般孩子,毫无兴趣。至少这两个她没有兴趣。孩子的爸爸妈妈(尤其是妈妈)更对她们唱歌没有兴趣,冷淡,而且厌烦。这两个孩子也唱得真不好!……

　　她们一定穿了不合身的衣服,发红的安安蓝布,褪色的花洋纱的裙褂,补过的脏袜子,令人自卑的平凡的布鞋。两个孩子一个都不好看,瘦长的脖子,黄头发,头上汗味很重。有一个扎一个粉红蝴蝶结,但是皱得厉害!那个弟弟,一个大脑袋,傻傻地坐在那儿,不时用手搔头。他头上有个小脓疙瘩,身上黏黏的。他也很为姐姐们的歌声所激恼了,虽然有时也还漠然的听着,当他忘记一点自己身上的不快时。他没有要非哭不可的时候,但说是一点都不要哭分明不对。

　　两个孩子学着她们的先生装模作样的咬字,可是,不知道唱的是甚么,只有娃娃宝宝几个字还听得出,因为老是重复唱到。

现在她们会的歌都唱完了,停了一停,又把已经唱过的一个重新唱起来。这样的反复的唱,要唱到甚么时候?——这样的唱歌能使她们得到快乐么?她们为甚么要唱歌?

我起来。天真闷,气都不大透得过来。甚么地方一股抹布气味,要下雨了吧?

注　释

① 本篇原载 1947 年 7 月 11 日《大公报》;初收《汪曾祺全集》第三卷,北京师范大学出版社,1998 年 8 月。

幡　与　旌[①]

一　大不起来的小猫

我教书，教国文，我有时极为痛苦。"国文"究竟是个甚么东西？是那一个制定了这么个名称？天底下简直没有比这更胡涂的事情！但痛苦的不是这个。我相信没有人狂妄荒谬到要来管我教了些甚么，如果我真在那儿"教"。在这个国度中生活有个最大方便，即对于制度下的甚么可以全然不理睬，因为实在无从理睬，不，根本就没有甚么制度！我痛苦，因为我孤独。走近一架琴，坐下，试按一按几个键子；拉开窗前的长帘，扣了工作衣的纽子，撩一撩头发，提起一管画笔；我是多么羡慕那种得其所哉的幸福呵。室中无一呼吸，而远方有无数眼睛耳朵向着他们。我，一个教员，一个教员是多么寒伧的东西！一走进教室，我得尽力稳住自己，不然我将回过身来，拔腿就逃。不过我的"性子"常常很好（我这一向睡得不错），我走进去，带上门（我把自己跟他们一齐关在里面），翻开书（一切做来安详从容），我讲了：

——上回我们进到二十七页，"吾妻归宁，述诸小妹语曰：'闻姊家有南阁子，——且何谓阁子也'……"我说这句话写得很好，这在文言文，普通文言文里，不多见。"闻姊家有南阁子"，忽然一折，来了"且何谓阁子也"这么一句。我们想想本来要说的话可能另是一个样子，话说了半截，忽然思想中带了一带："南阁子是甚么？"自己问自己，说出了口，问姐姐："且何谓南阁子也？"这写得多有神情？——所以我觉得"且何谓南阁子也"前应加一个破折号。……

底下，因势利导，我想从此出发，说说归有光（文章）的特色，他作文章态度与一般人有甚么不同。我思想活泼,嗓音也清亮;但是,看一眼下面那些脸,我心里一阵凄凉,我简直想哭。

他们全数木然。这分析得比较细,他们不大习惯?那他们至少该有点好奇,我愿意他们把我当一个印第安人看也好。可是就是木然,更无其他。一种攻不破的冷淡,绝对的不关心,我看到的是些为生活消蚀模糊的老脸,不是十来岁的孩子!我从他们脸上看到了整个的社会。我的脚下的地突然陷下去了!我无所攀泊,无所依据,我的脑子成了灰濛濛的一片,我的声音失了调节,嗓子眼干燥,脸上发热。我立这里,像一棵拙劣的匠人画出来的树。用力捏碎一支粉笔,我愤怒!

但是,我自己都奇怪,一边批削着一边恨恨的叫苦,忽然伤狗似的大吼一声,用力抓揪自己的头发,把手里红笔用力摔去,平常决不会有的粗野态度这时都来了;这样也有不少年了;(我的青春!)我仍然有耐心把一本本"作文"改了。有时就要大喜若狂,不能自禁了,当垃圾堆中忽然发现一点火星;即使只是一小段,三句,两句;我赶紧俯近它,我吹它,扇它,使它旺起来,烧起来。我捧出这本卷子,给这个看,给那个看,"不错噢?""很有希望,噢?"我狂热得不计较别人的眼睛怎么从卷子上收回去,怎么看我。自然有时我是骗我自己,闪了一下的不是火,是一种什么别的东西。这是一种嘲笑,使我的孤独愈益深厚。但一有一片小小的光,我的欢喜仍是完满的,长新的。

我又是得意非凡,一个初中二年级学生把她的草稿交来给我先看看,她文章里说到家里几只小猫,一回家她总先去看看小猫,跟它们玩半天,她说她老想小猫要是老不大起来多好啊。我想:这孩子!我好好的看了她一眼,觉得她眉目间有一种秀气,美起来了,说:"很好,拿回去抄吧。"下了班,在饭后的闲谈里我不知在谁的话后面插了一句。

"许多东西是与生俱来的,比如艺术,大概真是一种本能。"我躺在椅子里,抽着烟,对这个世界很满意的样子。

可是第二天,她把作文本子交来,关于小猫的那几句没有了。我愣了愣,我把本子还给她,我说:

"你本来有些很好的东西,你为甚么丢掉呢?你觉得,——我希望你把原来的稿子找一找。还找得到么？有些东西最好保留，如果你愿意保留，有兴趣。"

下了班，饭后照例有闲谈，我仍旧坐在那张椅子里，抽着烟，可是我没有说甚么。我愿意等，等到我的话到了时候，或者，哎，……或者甚么，没有"或者"了！

二 死去的字

也许是偶然，我发现几个诗人喜欢一个比喻，喜欢用飘动的旗子说出向往，期待，或其他甚么的种种感情。用旗子形容一颗心。我想这是受外国的影响，因为中国人很少看一面旗子。第一，我们没有好看的旗子，没有一面旗子能唤出任何感情，(俞平伯先生写过一句"国旗本来是猎旗"，那是很早的事情了。似乎并未有人注意过。)平时能够引导人，招邀人的，或者应推乡社做会时飘在十里方圆最高的树上的长幡吧。但那毕竟是幡，不是旗了。而且即是有幡，因幡而扬头，挺胸，眼睛有光的，多半是有诗人嫌疑的人。至于喜欢船上的旗，海上的旗，在无边广漠之中的一小片颜色。那你比一般人不同，你非得是诗人不可。诗人，大家要你住到旗子上去呢，——喔，我这是胡扯，一个恶劣的小丑打诨，我只是看到两个字，"心旌"，在这两字之间徘徊了一下，想了一点东西。

"旌"我想是旗一类的东西吧。"心旌"，我觉得这两个字原来很美。可是，可是现在这两个字死了。我们通常只还有一句话："心旌摇荡"。而"智识程度很高"的人的口中大概没有这句话；若说这一句话必伴以一个嘲讽的扁嘴，一种滑稽之感。这果然滑稽，一说这个大概容易想起大鼓，蹦蹦，弹词，绍兴戏。只想到大鼓蹦蹦弹词绍兴戏，没有人想到"旌"。若干年后连那句"心旌摇荡"也会没有的，(宁愿没有了吧！)因为唱大鼓蹦蹦弹词绍兴戏的人又将唱现在的"智识程度很高"的人口中的话；至于那时的"智识程度很高"的人则不晓得说些甚么东西了。字就是这样死的。

有些字,比较活得长些,但只剩个壳子,本身已无意义。比如"清新"这两个字老出现在我认识的一个说话根本完全没有意义的人(这种人照例一天到晚说话极多)的口中,"空气很清新","头脑很清新",我不相信他感觉到"清",尤其是"新";他整个是既不"清",也从来没有"新"过的人,他没有尝到空气,也绝无头脑。字死在人的嘴唇上。

那么还是诗人来吧,给我们"造"一堆比较有光泽,有生命,比较丰富的字,像幡一样旗一样的字。因为你们比较清新。虽说,诚然,"语言是个约定俗成的东西。"

注　释

① 　本篇原载 1947 年 7 月 26 日《益世报》。

蝴蝶：日记抄[①]

听斯本德聊他怎么写出一首诗，随着他的迷人的声调，有时凝集，有时飘逸开去；他既已使我新鲜活动起来，我就不能老是栖息在这儿；而到

"蝴蝶在波浪上面飘荡，把波浪当作田野，在那粉白色的景色中搜索着花朵。"

从他的字的解散，回头，对于自己陈义的抚摸，水道渠成的快感，从他的稍稍平缓的呼吸之中，我知道前头是一个停顿，他已经看到这一段的最后一句像看到一棵大树，他准备到树下休息，我就不等他按住话头，飞到另一片天地中去了。少陪了，去计划怎么继往开来吧，我知道你已经成竹在胸，很有把握，我要一个人玩一会儿去。我来不及听他嘱咐些甚么，已经为故地的气息所陶融。

蝴蝶，蝴蝶在同蒿花田上飞，同蒿花灿烂的金色。同蒿花的金色，风吹同蒿花。风搂抱花，温柔的摸着花，狂泼的穿透到花里面，脸贴着它的脸，在花的发里埋它的头，沉醉的阖起它的太不疲倦的眼睛。同蒿花，烁动，旺炽，丰满，恣酣，殢弹。狂欢的潮水！——密密层层，那么一大片的花，稠浓的泡沫，豪侈的肉感的海。同蒿花的香味极其猛壮，又夹着药气，是迫人的。我们深深的饮喝那种气味，吞吐含漱，如鱼在水。而同蒿花上是千千万万的白蝴蝶，到处都是蝴蝶，缤纷错乱，东西南北，上上下下，满头满脸。——置身于同蒿花蝴蝶之间，为金黄，香气，粉翅所淹没，"蜜钱"我们的年龄去！成熟的春天多么的迷人。

我想也想不起这块地方在我的故乡，在我读过的初级中学的那一边，从教室到那里是怎么走的呢？我常常因为一点触动，一点波漾而想起这块地，从来没有想出究竟在那里，我相信永远想不出了。我们剪留

下若干生活(的场景,或生活本身,)而它的方位消失了。这是自然的还是可惋惜的?且不管它,我曾经在那些蝴蝶同蒿花之间生存过,这将是没齿不忘的事。任何一次的酒,爱,音乐,也比不上那样的经验。

那个时候我们为甚么要疯狂的捕捉那些蝴蝶?把蝴蝶夹死在书里(压扁了肚子)实在是不愉快的事情,现在想起来还有点恶心。为甚么呢?我们并不太喜欢死蝴蝶的样子;(不飞了,)上课时翻出一个来看看不过是因为究竟比我们的教科书和教员的脸总还好玩些,却也不是真有兴趣,至少这不足以鼓励我们去捕捉杀害。我们那么热心的干这个,(一下子功夫可以三五十个,把一本书每一页都夹一个毫不费力!)完全是发泄我们初生的爱。就是我们那些女同学,那些小姐们,她们的身体、姿态、脚步、笑声给我们一种奇异的刺激,刺激我们作许多没有理由的事情。这么多的花蝴蝶,蓝天、白云、太阳、风,又挑拨我们。我们一身蓄聚蛮野的冲动,随时就会干点傻事出来。捕捉蝴蝶,这跟连衣服跳到水里去,爬到蓝楼房顶上,用力踞一只大狗,光声怪叫,奇异服装完全出于一源。不过花跟蝴蝶似乎最能疏导宣发,是一种最直接,最尽致,最完备遍到的方式。我们简直可以把那些蝴蝶一把一把的纳到嘴里,嚼得稀烂,骨笃一声咽下去的!(并不须她们任何一个在旁边看见或知道。)都是些小疯子,那个时候我们大概是十三四,十四五岁。

这一下可飘得远了。斯本德刚才说甚么来的?让我想想看。我重新把那篇《一首诗的创造》摊开,俯伏到上面去。稍微有点不顺帖,但不一会儿我就跟上他了。

八月十四日

注 释

① 本篇原载 1947 年 8 日 24 日《经世日报》。

1948 年

背东西的兽物[①]

毛姆描写过中国山地背运货物的伕子，从前读过，印象极为深刻，不过他称那种人为"负之兽"，觉得不免夸饰，近于舞文弄墨，而且取义殊为卑浅，令人稍稍有点反感。及至后来到了内地，在云南看到那边的脚夫，虽不能确定毛姆所见即是这一种人，但这种人若加之以毛姆那个称呼是极贴当而直朴的，我那点反感没有了，而且隐然对他有了一种谢意。

人在活动行进之中如果骤然煞住，问一问我在这里到底是在干点儿甚么呢，大概不会有肯定答案的，都如毛姆所引庄子的那一段话中说的那样，疲疲役役，过了一生，但这一种人是问也用不着问，（别人不大会代他们问，他们自己当然不可能发问，）看一看就知道真是甚么"意义"都没有，除了背东西就没有生活了。用得着一个套语：从今天背到明天，从今年背到明年。但毛姆说他们是兽物还不是象征说法，是极其写实的，他们不但没有"人"的意义，而且也没有人形。

在我们学校旁边那条西风古道上时常可以看到他们，大都是一队一队的，少者三个五个，多的十个八个，沉默着，埋着头，一步一步走来。照例凡是使用气力作活的人多半要发出声音，或唱歌，或是"打号子"，用以排遣单调，鼓舞精力，而这种人是一声也不出的，他们的嘴闭得很紧。说是"埋头"，每令人想到"苦干"，他们的埋头可不是表示发愤为雄，是他们的工作教他们不得不埋头。他们背东西都使用一个底锐、口广、深身、略呈斗斛状的竹篮。这东西或称为背篓，但有一种细竹所编，有两耳可跨套于肩臂，而且有个盖子，作得相当精致的竹篮，像昆明收旧货女人所用的那一种,也称为背篓,而他们用的是极其粗率的简陋的。背篓上高高装了货物。货物的范围很窄,虽然有时也背盐巴、松板、石块、米粮等物,大多是两样东西,柴和炭。柴,有的粗块,有的是寸径树条,也有连枝带叶的小棒子;有专背松毛的,马尾松针晒干,用以引火助燃,此地人谓之松毛,但那多是女人,且多不用背篓,捆扎成一大包而背着。炭都是横着一根一根的叠起来。柴炭都叠得很高,防它倒散,多用绳索络住。背篓上有一根棕丝所织扁带子,背即背的这一根带子。严格说不应当说是背,应当说是"顶",他们用脑门子顶着那一根带子。这样他们不得不硬着头皮,不得不埋着头了。头稍平置,篓子即会滑脱的。柴炭从山中来,山路不便挑扛,所以才用这种特殊方法负运。他们上山下山,全身都用气力,而颈部用力尤多,所以都有极其粗壮,粗壮到变形的脖子。这样粗壮的脖子前面又多半挂了个瘿袋,累累然有如一个肉桂色的柚子。在颈子上都套着一个木板,形式如半个刑枷,毛姆似乎称之为"轭"的,这也并非故意存有暗示,真的跟耕田引车的牛头上那一个东西全无二致,而且一定是可以通互应用的。在手里,他们都提着一根杖。这根杖不知道叫甚么名堂,齐腰那么高,顶头有个月牙形的板,平着连着那根杖。这根杖用处很大,爬坂上坡,路稍陡直,用以撑杖,下雨泥滑,可防蹶倒,打站歇力时尤其用得着它,如同常说,是第三条腿。他们在路上休息时并不把背篓取下,取下时容易,再上肩费事,为养歇气力而花更大的气力,犯不着,只用那一根杖舒到后面,根着地,背篓放在月牙形手板上,自己稍为把腰伸起,两腿分开,微借着一点力而靠那么一会儿就成了。休息时要小便,也就是这么直着腰。他们一路走走歇歇,到了这儿,并没有一点载欣载奔的喜意,虽然前面马上就要到了。进了前面那个小小牌楼,就是西门,西门里就是省城了,省城是烧去他们背上的柴炭的地方,可是看不出他们对于这个日渐新兴起来的古城有甚么感情。小牌楼外有一片长长的空地,长了一点草,倒了一点垃圾,有人和狗拉的屎,他们在那里要休息相当时候。午前午后往来,都可以看得见许多这种人长长的一溜坐着,这时,他们大都把背上载着的重物卸放在墙根了,要吃饭,总不能吃饭时也顶着。

柴不知怎么卖,有没有人在路上喊住他们论价买去呢?炭则大都是交到行庄,由炭商接下来,剔选一道,整理整理,用装了石粉的布包在上面拍得一层白,漂漂亮亮的,再成斤作担卖与人家。老板卖出去的价钱跟向他们买的价钱相差多少,他们永远也无法晓得,至于这些炭怎么烧去,则更不在他们想象之内了。

他们有的科头,有的戴了一顶粗毡碗形帽子,这顶帽子吃了许多油汗,而且一定时常在吃进油汗时教他们头皮作痒。身上衣服有的是布的。但不管是甚么布衣绝对没有在他们身上新过,都是买现成的旧衣,重重补缀上身。城里有许多"收旧衣烂衫"男人女人,收了去在市集上卖,主顾里包括有这种人,虽然他们不是重要的,理想的,尤其是顶不是爽气的,只不过是最可欺骗的主顾。他们是一定买最破最烂的,而且衣服形形色色都有,他们把衣服的分类都简化了,在你是绝对不相同的,在他们是一样的。更多的是穿麻布衣服。这种麻不知是不是他们自己织的,保留最古粗的样子,印在陶器上的布纹比这还要细密些。每一经纬有铺子扎东西的索子那么粗,只是单薄一点。自然是原色,麻白色。昆明气候好,冬天也少霜雪,但天方发白的山路上总是侧侧的有风的,而有些背柴炭人还是穿一层单麻布衣服。这身衣服像一个壳子似的套在身上,仿佛跟他们的身体分不开,而又显然不是身体的一部分,跟身体离得很远,没有一处贴合,那种淡淡的白色使他们格外具有特性了。身体上不是顶要紧的地方祖露了一块,在他们不算是大事情。衣服,根本在他们就不算大事。他们的大事是吃一点东西到肚里。

他们每人都把吃的带着,结挂在腰裤间,到了,一起就取出来吃。一个一个的布口袋,口袋作成筒状,里头是一口袋红米干饭。不用碗,不用筷子,也不用手抓,以口就饭而喋接。随吃,随把口袋向外翻卷一点,饭吃完,口袋也整整翻了个个儿,抖一抖,接住几个米粒,仍旧还系于腰裤间。有的没有,有的有点菜,那是辣子面,盐,辣子面和盐,辣子面和盐和一点豆豉末,咽两口饭,以舌尖黏掉一点。看一个庄家,一个工人,一个小贩,一个劳力人,吃饭是很痛快过瘾的事,他们吃得那么香甜,那么活泼,那么酣畅,那么恣放淋漓,那么快乐,你感觉吃无论如何是人生的一点不可磨灭的真谛,而看这种人吃饭,你不会动一点食欲。他们并不厌恨食物的粗砺,可是冷淡到十分,毫不动情的,慢慢慢慢的咀嚼,就像一头牛在反刍似的!也像牛似的,他们吃得很专心,伴以一种深厚的,然而简单的思索,不断的思索着:这是饭,这是饭,这是饭……仿佛不这么想着,他们的牙齿就要不会磨动似的——很奇怪,我想不出他们是用甚么姿态喝水的,他们喝水的次数一定很少,否则不可能我没有印象。走这么长的路而能干干的吃那么些饭,真是不可了解的事。他们生在山里,或者山里人少有喝水的习惯?……我想起一个题目:水与文化。

老觉得这种人如何饮之以酒,不加限节,必至泥胡醉死。醉了,他们是甚么样子呢?他们是无内外表里,无层次,无后先,无中偏,无小大,是整个的:一个整个的醉是甚么样子呢?他们会拥抱,会砍杀,会哭会笑?还是一声不响的各自颓倒,失去知觉存在?

他们当然是有思索的,而且很深很厚,不过思索得很少,简单,没有多少题目,所以总是那么很专心似的,很难在他们的眼睛里找出甚么东西,因为我们能够追迹的,不是情意本体,而是情意的流变,在由此状况发展引度成为另一状况,在起迄之间,人才泄漏他的心,而他们几乎是永恒的,不动的,既非明,也非暗,不是明暗之间酝酿绸缪的昧暧,是一种超乎明暗的浑沌,一种没有限界的封闭。他们一个一个的坐在那里,绝对的沉默,不是有话不说,是根本没有话,各自拢有了自己,像石块拢有了石头。你无法走进他们里面去,因为他们不看你一眼,他们没有把你收到他们的视野中去。

纪德发现刚果有一种土人,他们的语言里没有相当于"为甚么"的字。……

在一个小茶馆外头,我第一次听到这种人说话,而且是在算帐!从他们那个还是极少表情的眼睛里,可以知道一个数字要在他的心里写完了,就像用一根钝钉子在一片又光又硬的石板上刻字一样的难。我永远记得那个数目:二百二十二,一则这个数字太巧,而且富民话(我听出他们的话带有富民口音)二字念起来很特别,再也是他一次又一次的重复,好像一个孩子努力的想把一个跌碎了的碗拼合起来似的,"二百——二十——二,二百,——二十,——二……"

有一次警报,解除警报发了,接着又发了紧急警报,我们才近城门又立刻退回去,而小牌楼外面那些负运柴炭的人还不动。日本飞机来过炸过了,那片地上落了一个炸弹,有人告诉我炸死了两个人。我忽然心里一动,很严肃的想:炸死了两个人,我端端正正一撇一捺在心里写了那一个"人"字。我高兴我当时没有嘲弄我自己,没有蔑笑我的那点似乎是有心鼓励出来的戏剧的激情。

注 释

① 本篇原载 1948 年 2 月 1 日《大公报》;初收《汪曾祺全集》第三卷,北京师范大学出版社,1998 年 8 月。

勿 忘 侬 花 [①]

　　我至今还不知道勿忘侬花是甚么样子，我不知道我是否曾经看见过。中国大概是有的吧，但知道这种花的名字的一定比见过这种花的人多，若是不是很美呢是不是当得起这样的名字，它的形色香味真能作为一个临诀的叮咛？——虽然有点感伤，但还不致为一个很现代的聪明人所笑罢，如果还不失为诚挚，除非诚挚也是可嘲弄的，因为这个年头根本不可能有。那我们的生活就实在难得很了，见过不见过其实本无多大关系，在诗文里或信札里说"送你勿忘侬花"而实际并没有，是尽可以的，虽然这样的人现在也都没有了。大概从此这个花要更其埋没了罢，它本身，和它的声名，这不知是花的抑是我们的不幸，或者无甚所谓，连偶尔对于这些种种思念也都应当淡然逝去了，可是有机会我还是想捡起一枝来看看。

　　在昆明，有一次英国政府派来一个给战地士兵演讲音乐欣赏作为慰劳的生物学家想听一点中国的乐器歌曲，在一个研究院的实验室里，开了一个小茶会，听了几个名家的琵琶笛子，那位——该叫他生物学家还是音乐家呢——也有一个节目，七弦琴独奏！他显然对这个躺着的古乐器还不顶习熟，拧弦定音，指掌太温柔了一点，——七弦琴无疑的是乐器里顶精致，顶不容易伏伺的一种，一点轻微的慌乱教他的脸上过去了又泛上来一片红，他镇静自若着，而不时低低举目看一看，看着他的人，含笑得腼腆极了。——这一笑是感谢大家关切了这半天，现在，没有问题了！他正一正身子，轻咳一声，"普庵咒"，又向身旁的人笑了一笑：这三个中国字说得是不是差不多？普庵咒是常听到的琴曲，近乎描写音乐，比较容易了解。可是这一支庄严静穆的曲子我没有听，我一直看他，看他的明净的头和他的手。我好像曾经看过这样的手，但没有一双手我曾经这样的动情的看过——也许那样的手并不在做着这样的事情。矫健，灵活，敏感，热情，那当然，可是吸引我的是十个手指同时那么致意用力，那么认真，那么"到"，充满精神，充满思想，——有时稍见迟疑，可是通过迟疑之后却并不是含混，少见的那么好看的一双手。也许是过于白皙了，也许是乐器的关系，抚奏的手势偏于优美，显得有一点女性，然而这不是我当时就有的感觉。……喝茶谈话的中间，他忽然起身离去，捧来一瓶，他欢欢喜喜，各种各样的花，瓶是一个实验用的烧瓶，一瓶水碧清，有些很熟，有些印象，浅花都是野花，而这么一瓶插着都似乎是新鲜极了，都是我没有见过的了，开也开得特别好，花大，颜色深，有生气，他一定是满山上出了一点愉快的汗水找来的，他得意极了，一枝一枝拈起来，稍提出一点，好些野花中国跟英国山地里都生着，有的一样，有的不大同，他看见了他知道是有的花，有些英国多，中国少，有些中国多，有些分布区域不广，现存的已经不多了，很珍贵的，但这里人似乎并不大注意。……因为在异国说着本国的语言呢还是本来就惯常如此，他慢慢的说，攥着烧瓶颈子轻轻的转动，声调委宛而亲切，他不知道看到冯承植先生赞美过的鼠白草不？我看他，等有机会问他，可是老是错过，终于在他挑出一枝紫红长穗的时候，有人进门给他一封信，他得辞谢走了，我没有能问他拿进去的瓶里那种翠蓝色的小花是不是勿忘侬，他的手指在我的勿忘侬之间移动过多少次了！

　　我听说是，而且很自信的告诉过不少人了，昆明不论甚么花差不多四季都开得，而这种花更是随处都见得到，只要是土较多，人较少的地方，野地里都是坟，坟头上特别多，我们逃警报的次数简直数不清了。昆明没有甚么防空壕洞，在坟冢间挖了许多坑，我们又大都并不躲进坑里，离开了城走远些，找个地方躺躺坐坐而已，或者是这种花的颜色跟坟容易联想到一起去，我们越觉得坟的寂寞跟花的寂寞了，在记忆里于是也总是分不开，老那么坐着，躺着，蓝色的小花无聊的看在我们的眼里，从来也没有采一点带回去，花实在太小。把几个微擎着的花瓣一起展平了还不到一片榆钱大，又是在叶托间附枝而生，没有花蒂，畏缩的贴着，不敢出头一步，枝子则顽韧异常，满身老气，又是那么晦绿色毛茸茸的鄙贱小叶子，——主要还是花常稀疏零落，一枝上没有多少颜色，缺少光泽的，惨恻，伶仃的翠蓝的小点，在半闭的眼睫间一点一点的向远处漂去，似乎微有摇漾，也许它自己也有点低徊，也许动着的是别的草。可是直起身来，伸一伸胳臂，活动活动腰腿，则一俯首间而所有的小花都微小微小，隐退隐退，要消失了，临了只剩下一点点一点点渺茫的蓝意，无形无质，不太可相信了，像甚么呢？——真是一个记忆的起点，哦！……可是尽管这并不是真的勿忘侬花罢，(是一个误会，误会常常也很有意思，特别是推究怎么有这个误会，你的推究和你的发现都不会落空。)昆明那一段逃警报的日子我们总记得。比起那些有趣的穿插，吸干了整个时间的那种倦怠，酥嫩，四肢无力，头昏昏的，近乎病态的无情状态尤其教我们往往心里发甜。我们从来没有那么休息过，那么完全的离开过自己的房屋和自己的形体，那么长久，那么没有止境的抛置在地上，呼吸着泥土，晒着太阳——究竟我们还算活着，像一块洋山芋似的活着。——太阳晒得我们一次一次的褪皮，常常晚上回来用冷水一洗脸，一撕，一大片！……太平洋战事以后，城里不再有毁坏燃烧，走到浮没着蓝花的坟野里，我们认不出我们寄居过的洞穴了。那些驮马或疾或徐走着的小道令我们迷惘。我们再也不能在身上找出从前那么熟练的躺下坐匐的姿势了，我们焦渴的嘴唇，所喝的水，我们的最后一根香烟，荸荠，地瓜，豌豆粉，凉米线，流着体温的草，松叶的辛香，土黄色的蝴蝶。……

北平的天也这么蓝。我这个楼梯真是毫无道理，除了上楼下楼之外还有甚么意义么，这么四长段，又折折曲曲？好容易我才渐渐能够适应，我的肌肉骨骼有这么一个习惯，承认它，不以为是额外的支付。——我去问一个学植物分类学的朋友，他说那种昆明人叫做狗屎花的蓝花——你猜怎么着，我并不讨厌这个名字。一个东西我们原可以当着两样看。地肥些花就长得茂盛。看见狗拉了屎，又看见了花，因而拉在了一起的，这个孩子(当然是个孩子)记出了他心里

的一分惊喜。——其实并不是真正的勿忘侬,不过是有点像。有点
像么?……那就好。我并不失望,我满足了,因为我可以有满足的
等待。

三十七年四月

注 释

① 本篇原载 1948 年 5 月 3 日天津《民国日报》。

书《寂寞》后①

深宵读《寂寞》,心情紧恻,四边一点声音都没有,想起瑞娟的许多事情,想起她的死,想起她住过的屋子,就离这里不远,渐渐有点不能自持起来。人在过度疲倦中,一切状态每有与白日不同者。骤然而来的一阵神经紧张过去,我拿起原稿,这才发现,刚才只看本文,没有注意题目,为甚么是《寂寞》呢?全文字句的意义也消失脱散了,只有这两个字坚实的留下来,在我的头里,异常的重。

瑞娟的死已经证实。这一阵子常常想起来,觉得凄凉而气闷。为甚么要死呢?我不知道她究竟因为甚么而死,而且以为根本不应当去知道。我认识瑞娟大概是三十三年顷,往来得比较多是她结婚前后。她长得瘦削而高,说话声音也高——并不是大,话说得快,走路也快。联大路上多有高过人头的树,有时看她才在这一棵树那里,一闪一下,再一看,她已经在那一头露出身子了,超过了一大截子路,我们在两条平行的路上走。她一进屋,常常是高声用一个"哎呀"作为招呼,也作为她急于要说的话的开头。她喜欢说"急煞了","等煞了","热煞了"之类短促句子,性子也许稍为有点急,但不是想象中的容易焦躁,不是那么不耐烦。大概说着这样的话的时候多半是笑,脸因为走路,也因为欢喜兴奋而发红了,而且是对很熟的人,表示她多想早点来,早点看见你们,或赶快作好了那件事。她总是有热心,有好意。而且热心与好意都是"无所谓"的,率直的,不太忖度收束,不措意,不人为的。说这是简单自然也可以。但凡跟她熟识的都无须提防警觉,可以放心把你整个人拿出来,永远不致有一点悔意。偶尔接触的,也从来没有人能挑剔她甚么。谈起她和立丰,全都是由衷的赞叹:"这——是好人,真的两个好人!"朋友中有时有点难于理绪的骚乱纠结,她没有办法——谁都没有办法!可是她真着急。她说的话,做的事或者全无意义,她自己有点恨她为甚么不能深切的明白这一切到底是怎么一回事呢,可是她尽了她的心力。她的浪漫的忧郁的气质都不太重,常是清醒而健康的。也许这点清醒和健康教那个在痛楚中的于疲倦中忽然恢复一点理智,觉得人生原来就是这样子,不必太追求意义而意义自然是有的,于是从而倒得到生活的力量与兴趣。她就会给你打洗脸水,擦擦镜子,问你穿那一件衣服,准备好陪你去吃点东西或者上那儿看电影去。

她自己当也有绊倒了的时候,因为一点挫折伤心事情弄得灰白软弱的时候,更熟的人知道那是甚么样子,我们很少看见过。是的,她有一点感伤。说老实话,她要是活着,我们也许会笑她的。她会为《红楼梦》的情节感动,为《祭妹文》心酸,她对苏曼殊还没有厌倦,她不忍心说大部分的词都是浅薄的。可是并不是很令人担忧的严重。而且只是在读书的时候,携入实际生活的似乎不多。她总是爽朗而坚强的生活下来。她甚至没有意识到自己的坚强,没有觉得这是一种美德。我们看她一直表现着坚强而从来没有说过这两个字,若有深意的,又委屈又自负的说过这两个字。她也希望生活得好一点,然而竟然如此了,也似乎本应如此。她爱她的丈夫,愿意他能安心研究,让他的聪明才智,尤其是他的谦和安静性情能尽量用于工作。她喜欢孩子。我在昆明还有时去看看他们时才生了第一个。他们住在浙江同乡会一间房里,房子实在极糟,昏暗局促荒凉而古旧,庭柱阶石都驳落缺窜,灰垩油漆早已失去,院子里砖缝中生小草,窗上铰链锈得起了鳞,木头的气味,泥土的气味,浓烈而且永久,令人消沉怅惘,不能自已。然而她能在这里活得很有劲。她一面教书,一面为同乡会做一些琐屑猥杂到不可想象的事。一天到晚看她在外面跑来跑去,与纸烟店理发店打交道,——同乡会有房子租给人住居开店,这种事她也得管!与党部保甲军队打交道,——一个"民众团体"直属或相关的机构有多少!编造名册,管理救济,跟同乡老太太谈话,听她诉苦,安慰她,而且去给她想办法,给她去跑!她一天简直不知道跑多少路。

我记得她那一阵穿了一双暗红色的鞋子,底极薄,脚步仍是一样的轻快匆忙。可是她并不疲倦,她用手掠上披下来的头发,高高兴兴的抱出孩子来给人看,看他的小床铺,小被褥,小披肩,小鞋子。提到她的生活,她作的事,语气中若有点称道,她还是用一个"哎呀"回答。这个"哎呀"不过不大同,声音低一点,呀字拖长,意思是"没有道理,别提它罢。"那种光景当然很难说是美满,但她实在是用一种力量维持了一个家庭的信心,教它不暗淡,不颓丧,在动乱中不飘摇惶恐。这也许是不足道的,有幻想的,聪明的,好看的女孩不愿或不屑做的。是的,但是这并不容易。用不着说崇高,单那点质朴实有不可及处。为了活下来,她作过许多卑微粗鄙的活计劳役,与她的身份全不相符的事,但都是正直而高贵的去做,没有在她的良心上通不过的。——当然结果都是白赔气力,不见得有好处,她为她自己的时候实在太少了。

　　许多陈迹我们知道得少而虚浮,时期也短暂,只是很概念的想起来,若在立丰和她更亲近人,一定一一都是悲痛的种子。她那么不矜持的想活,为甚么放得下来了呢?从前我们常讨论死,讨论死的方式,似乎极少听见她说过惊人的或沉重的话。到北平后的情形不大清楚,但这一个时候或者某一时刻会移变捩转她的素性么?人生有甚么东西是诚然足以致命的,就在那一点上,不可挽回了?……这一切都近于费词,剩下的还是一句老话,愿她的灵魂安息罢。

　　瑞娟平生所写文章不多。我见过的很少。她的功力才分我都不大清楚。她并无以此立身名世之意,不过那样的生活竟然没有完全摧残她的兴趣,一直都还写一点,即使对别人都说不上甚么太大意义,但这是一点都不妨害人的事情,她若还活着,也许还会写下去的。对她个人说起来,生命用这一个方式使用,无论如何,总应当有其价值。这一篇篇末所书日期是十二月,当是去年,距离现在不过五个月。地点在北大东斋,是离平之前所写。手迹犹新,人已不在世上,她的朋友熟人若能看到,应当都有感慨的。

五月二十日谨记

注　释

① 本篇原载 1948 年 5 月 29 日《益世报》,同日刊有薛瑞娟作短篇小说《寂寞》。薛瑞娟,西南联大学生。

昆明的叫卖缘起[①]

尝读《一岁货声》而爱之。我们的国民之中竟有人认真其事的感情的留心叫卖的声音而用不大灵便的,有限制的工具——仅用文字,——传状得那么好,那么有声有色:从字的排列自然产生起落抑扬,游转摇曳,拖长与顿逗,因而想见种种风尘辛苦和透漏出来的聪明黠巧,爱美及一个尚能维持的生命在游戏中表现的欢愉,濒于饥寒代替哭泣的歌呼,那么准确,那么朴素无华而那么点动无尽的思念存惜,感怀触怅,怎么可以不涌出谢意呢。小时候我们多半都爱摹仿某一种或几种叫卖。我们在折纸船纸鸟的时候,在下河游了一会起来穿衣服的时候,在挨了骂的伤心气愤消去之后,在无所事事,无聊与兴致勃勃的时候,要是没有一两句新熟或者重温的歌占据我们的喉舌,我们常常自得其乐的哼哼起卖糖卖罗葡的调子来了。有一回从昆明坐了火车到呈贡去看一个先生,一进门,刚坐定,先生问我话,我没听进去,到发现了自己的失态,才赶紧用力追捕那些漂失的字音,我的心在他的孩子身上了,他们学火车站卖面包鸡蛋糕的学得那么神似,那么快乐。从活动里生出的声音在寂静里听起来每多感动,然而我们的市声中要是除去了吆喝还剩下多少颜色呢?那么恐怕对于货卖的腔调的喜爱许是天性,不必是始于读了《一岁货声》之后了。但对于货声的兴趣更浓一点,懒惰笨拙如旧,懒惰笨拙但不能忘情,有时颇起记述昆明的几种声音的妄想,当是读了《货声》之所赐。我要是不是我,我完全的是我,这个工作也许在昆明的时候就做好了。离开昆明之后,我对于香港的太急躁刺激,近乎恐吓劫持的叫卖发过埋怨,他们大都是冒冒失失,不加修饰的报出货品名称,接着狂吼一毫子两毫子,几门几十门,用起毛发裂的声音无情的鞭打过路的人。上海的叫卖我学到的不多,有些太逶迤婀娜,男人作女人腔;有些又重浊中杂着不自然的油滑;毛里毛气,洋里洋气,恐怕大都是从苏州的,宁波的,无锡或杭州的腔调脱胎嬗化且简漏堕落而成的,真是本乡本土的本色的极少。叫卖在上海实在可怜极了,在汽车、电车、三轮车、八灯收音机和五光十色的霓虹灯的喧闹中,冲撞挤压得没有余地了。只有清晨倒马桶的,深夜卖白糖莲心粥的还能惊心动魄的,凄楚悲凉的叫。秋冬之际卖炒白果,是比较头脑清醒的时候,西风北风吹落法国梧桐,可得的温暖显得那么可爱的时候,然而里巷之间动情的听着卖白果的念叨的孩子已经渐渐的更少了。

"阿要吃糖炒熟白果。

香是香来糯是糯。

一粒白果鹅蛋大。"

底下没来由的接了一句:

"要吃白果! 钱拿出来!"

甚至有的更糟:

"要吃白栗! 钞票拿出来!"

这实在太不客气,太不讲交情了。上海人总是那么实际又那么爱时髦。钱就是就是了,何必一定要指明现在通行的货币。既已知道要想从你手里得到碧绿如玉,娇黄微软,香是香来糯是糯的白果一定是摸过自己的口袋而走上来的,料想掏出来的还会是一把青铜钱么? 为了达到目的,连最后一句的韵脚都不顾了么? 你们叫着时不觉得别扭么? 即使押韵稳当,话也说得更和气有礼,大概这一类的叫卖不久也就会失传了罢,上海大概从来没有游客对它的叫卖存过希望。北平是以货声出名的地方了,许多吆喝声我们在没有身历其境时就知道怎么叫了,然而"罗卜赛梨辣来换"极少配上不沙哑的嗓子,"硬面饽饽"在我的楼下也远不如我们外乡人在演曹禺的戏的时候所作的效果更有效。而在揣摩着他们把"硬"字都念得开口过大成为"漾"字的时候,我想北平我们真是初来,乃不禁想起在昆明我们住了多久啊。"骄傲于被问路于自己,异乡人懂得水里的微笑",对不起,那实在不算得甚么。昆明的一条一条街,一条一条弯弯曲曲巷子,高高下下的坡,都说着就和盘托出来了,有去有来,有左有右,有光暗,有颜色,有感觉,有气味,而且,升起飘出来各种各种声音,那么丰富,那么亲切,那么自然,那么现现成成的,在我们的腹下,我们的喉头,我们的烟灰缸的上空,我们头靠着椅子的背后,教我们眼睛眯□,有光亮,我们的手指交握,搓揉,我们虚胸缩颈,舔掠唇舌,摩娑下巴,吞咽唾水,简直的不在乎自己是□态可掬了。这些声音真是入于肺腑,深在意识之中,随时与我们同在了。那么我们很有理由毫无顾忌的坚持着对于昆明的叫卖的偏爱了。——是偏爱,但世上若是除去了偏爱,剩下来的即使还有,那种爱是甚么一种不可想象的样子呢?——以后我要随时想起,随时记录下来了。其实我更希望有常识与专常的有心人,利用假期,以其余力,作这件事。如果他要,我可以把我的几则一齐送给他去。那当然不限定昆明一个地方,好!我连我的偏爱都可以捐弃。我有什么话想跟他说么?没有,除了一点,是不是可以弄得不太有条理?我的意思是说,喏,弄的好玩一点。

注　释

① 　本篇原载 1948 年 6 月 27 日《大公报》。

礼拜天早晨[①]

礼拜天早晨

　　洗澡实在是很舒服的事。是最舒服的事。有甚么享受比它更完满，更丰盛，更精致的？——没有。酒，水果，运动，谈话，打猎，——打猎不知道怎么样，我没有打过猎……没有。没有比"浴"这个更美的字了。多好啊，这么懒洋洋的躺着，把身体交给了水，又厚又温柔，一朵星云浮在火气里。——我甚么时候来的？我已经躺了多少时候？——今天是礼拜天！我们整天匆匆忙忙的干甚么呢？有甚么了不得的事情非做不可呢？——记住送衣服去洗！再不洗不行了，这是最后一件衬衫。今天邮局关得早，我得去寄信。现在——表在口袋里，一定还不到八点吧。邮局四点才关。可是时间不知道怎么就过去了。"吃饭的时候"……"洗脸的时候"……从哪里过去了？——不，今天是礼拜天。礼拜天，杨柳，鸽子，教堂的钟声，教堂的钟声一点也不感动我，我很麻木，没有办法！——今天早晨我看见一颗凤仙花。我还是甚么时候看见凤仙花的？凤仙花感动我。早安，凤仙花！澡盆里抽烟总不大方便。烟顶容易沾水，碰一碰就潮了。最严重的失望！把一个人的烟卷浇上水是最残忍的事。很好，我的烟都很好。齐臻臻的排在盒子里，挺直，饱满，有样子，嗒，嗒，嗒，抽出来一枝，——舒服！……水是可怕的，不可抵抗，妖浊，我沉下去，散开来，融化了。阿——现在只有我的头还没有湿透，里头有许多空隙，可是与我的身体不相属，有点畸零，于是很重。我的身体呢？我的身体已经离得我很遥远了，渺茫了，一个渺茫的记忆，害过脑膜炎抽空了脊髓的痴人的，又固执又空洞。一个空壳子，枯索而生硬，没有汁水，只是一个概念了。我睡了，睡着了，垂着头，像马拉，来不及说一句话。

（……马拉的脸像青蛙。）

我的耳朵底子有点痒，阿呀痒，痒得我不由自主的一摇头。水摇在我的身体里顶秘奥的地方。是水，是——一只知了叫起来，在那棵大树上，（槐树，太阳映得叶子一半透明了，）在凤仙花上，在我的耳朵里叫起来。无限的一分钟过去了。今天是礼拜天。可怜虫亦可以休矣。都秋天了。邮局四点关门。我好像很高兴，很有精神，很新鲜。是的，虽然我似乎还不大真实。可是我得从水里走出来了。我走出来，走出来了。我的音乐呢？我的音乐还没有凝结。我不等了。

可是我站在我睡着的身上拧毛巾的时候我完全在另一个世界里了。我不知道今天怎么带上两条毛巾，我把两条毛巾裹在一起拧，毛巾很大。

你有过？……一定有过！我们都是那么大起来的，都曾经拧不动毛巾过，那该是几岁上？你的母亲呢？你母亲留给你一些甚么记忆？祝福你有好母亲。我没有，我很小就没有母亲。可是我觉得别人给我们洗脸举动都很粗暴。也许母亲不同，母亲的温柔不尽且无边。除了为了虚荣心，很少小孩子不怕洗脸的。不是怕洗脸，怕唤起遗忘的惨切经验，推翻了推翻过的对于人生的最初认识。无法推翻的呀，多么可悲的认识。每一个小孩子都是真正的厌世家。只有接受不断的现实之后他们才活得下来。我们打一开头就没有被当作一回事，于是我们只有坚强，而我们知道我们的武器是沉默。一边我们本着我们的人生观，我们恨着，一边尽让粗蠢的，野蛮的，没有教养的手在我们脸上蹂躏，把我们的鼻子搓来搓去，挖我们的鼻孔，掏我们的耳朵，在我们的皮肤上发泄他们一生的积怨，我们的颚骨在磁盆边上不停的敲击，我们的脖子拼命伸出去，伸得酸得像一把咸菜，可是我们不说话。喔，祝福你们有好母亲，我没有，我从来不给给我洗脸的人一毫感激。我高兴我没有装假。是的，我是属于那种又柔弱又倔强的性情。在胰子水辣着我的眼睛，剧烈的摩擦之后，皮肤紧张而兴奋的时候我有一种英雄式的复仇意识,准备甚么都咽在肚里,于是,末了,总有一天,手巾往脸盆里一掼:"你自己洗!"

我不用说那种难堪的羞辱,那种完全被击得粉碎的情形你们一定能够懂得。我当时想甚么?——死。然而我不能死。人家不让我们死,我不哭。也许我做了几个没有意义的举动,动物性的举动,我猜我当时像一个临枪毙前的人。可是从破碎的动作中,从感觉到那种破碎,我渐渐知道我正在恢复;从颤抖中我知道我要稳定,从难堪中我站起来,我重新有我的人格,经过一度熬炼的。

可是我的毛巾在手里,我刚才想的甚么呢;我跑到夹层里头去了,我只是有一点孤独,一点孤独的苦味甜蜜的泛上来,像土里沁出水分。也许因为是秋天。一点乡愁,就像那棵凤仙花。——可是洗一个脸是多么累人的事呀,你只要把洗脸盆搁得跟下巴一样高,就会记起那一个好像已经逝去的阶段了。手巾真大,手指头总是把不牢,使不上劲,挤来挤去,总不对,不是那么回事。这都不要紧。这是一个事实。事实没有要紧的。要紧的是你的不能胜任之感,你的自卑。你觉得你可怜极了。你不喜欢怜悯。——到末了,还是洗了一个半干不湿的脸,永远不痛快,不满足,窝窝囊囊。冷风来一拂,你脸上透进去一层忧愁。现在是九月,草上笼了一层红光了。手巾搭在架子上,一付悲哀的形相。水沿着毛巾边上的须须滴下来,嗒——嗒——嗒——地板上湿了一大块,渐渐的往里头沁,人生多么灰暗。

我看到那个老式的硬木洗脸桌子。形制安排得不大调和。经过这么些时候的折冲,究竟错误在那一方面已经看不出来了,只是看上去未免僵窘。后面伸起来一个屏架,似乎本是配更大一号的桌子的。几根小圆柱子支住繁重的雕饰。松鼠葡萄。我永远忘不了松鼠的太尖的嘴,身上粗略的几笔象征的毛,一个厚重的尾巴。左边的一只。一个代表。每天早晨我都看他一次。葡萄总是十粒一串,排列是四,三,二,一。每粒一样大。我清清楚楚记得那张桌子的木质,那些纹理,只要远远的让我看到不拘那里一角我就知道。有时太阳从镂空的地方透过来,斜落在地板上,被来往的人体截断,在那个白地印蓝花的窗帘拉起来的时候。我记得那个厚磁的肥皂缸,不上釉的牙口磨擦的声音;那些小抽屉上的铜页瓣,时常的的的自己敲出声音,地板有点松了;那个嵌在屏架上头的椭圆形大镜子,除了一块走了水银的灰红色云瘢之外甚么都看不见。太高了,只照见天花板。——有时爬在凳子上,我们从里头看见这间屋子里的某部分的一个特写。我仿佛又在那个坚实,平板,充满了不必要的家具的大房间里了。我在里头住了好些年,一直到我搬到学校的宿舍里去寄宿。……有一张老式的"玻璃灯"挂在天花板上。周围垂下一圈坠子,非常之高贵的颜色。琥珀色的,玫瑰红的,天蓝的。透明的。——透明也是一种颜色。蓝色很深,总是最先看到。所以我有时说及那张灯只说"垂着蓝色的琦璃坠子",而我不觉得少说了甚么。明澈,——虽然落上不少灰尘了,含蓄,不动。是的,从来没有一个时候现出一点不同的样子。有一天会被移走么?——喔,完全不可想象的事。就是这么永远的寂然的结挂在那个老地方,深藏,固定,在我童年生活过来的朦胧的房屋之中。——从来没有点过。

　　……我想到那些木格窗子了,想到窗子外的青灰墙,墙上的漏痕,青苔气味,那些未经一点剧烈的伤残,完全天然的销蚀的青灰,露着非常的古厚和不可挽救的衰素之气。我想起下雨之前。想起游丝无力的飘转。想起……可是我一定得穿衣服了。我有点腻。——我喜欢我的这件衬衫。太阳照在我的手上,好干净。今天似乎一切都会不错的样子。礼拜天?我从心里欢呼出来。我不是很快乐么?是的,在我拧手巾的时候我就知道我很快乐。我想到邮局门前的又安静又热闹的空气,非常舒服的空气,生活——而抽一根烟的欲望立刻淹没了我,像潮水淹没了沙滩。我笑了。

疯　　子

　　我走着走着。……树,树把我盖覆了四步。——地,地面上的天空在我的头上无穷的高。——又是树。秋天了。紫色的野茉莉,印花布。累累的枣子。三轮车鱼似的一摆尾,沉着得劲的一脚蹬下去,平滑的展出去一条路。……阿,从今以后我经常在这条路上走,算是这条路的一个经常的过客了。是的,这条路跟我有关系,我一定要把它弄得很熟的,秋天了,树叶子就快往下掉了。接着是冬天。我还没有经验北方的雪。我有点累——甚么事?

在这些伫立的脚下路停止住了。路不把我往前带。车水马龙之间,眼前突然划出了没有时间的一段。我的惰性消失了。人都没有动作,本来不同的都朝着一个方向,我看到一个一个背,服从他们前面的眼睛摆成一种姿势。几个散学的孩子。他们向后的身躯中留了一笔往前的趋势。他们的书包还没有完全跟过去,为他们的左脚反射上来的一个力量摆在他们的胯骨上。一把小刀系在练子上从中指垂下来,刚刚停止荡动。一条狗耸着耳朵,站得笔直。

“疯子。”

这一声解出了这一群雕像,各人寻回自己从底板上分离。有了中心反而失去中心了。不过仍旧凝滞,举步的意念在胫踝之间徘徊。秋天了,树叶子不那么富有弹性了。——疯子为甚么可怕呢?这种恐惧是与生俱来的还是只是一种教育?惧怕疯狂与惧怕黑暗,孤独,时间,蛇或者软体动物其原始的程度,强烈的程度有甚么不同?在某一点上是否是相通的?它们是直接又深刻的撼荡人的最初的生命意识么?——他来了!他一步一步的走过来,中等身材,衣履还干净,脸上线条圆软,左眼下有一块颇大的疤。可是不仅是这块疤,他一身有说不出来的一种东西向外头放射,像一块炭,外头看起来没有甚么,里头全着了,炙手可热,势不可当。他来了,他直着眼睛走过来,不理会任何人,手指节骨奇怪的紧张。给他让路!不要触到他的带电的锋芒呀。可是——大家移动了,松散了,而把他们的顾盼投抛过去,——指出另一个方向。有疤的人从我身边挨肩而过,我的低沉的脉跳浮升上来,腹皮上的压力一阵云似的舒散了,这个人一点也不疯,跟你,跟我一样。

疯子在那里呢?人乱了,路恢复了常态,抹去一切,继续前进。一个一个姿势在切断的那一点接上了头。

三十七年九月,午门。

注　释

①　本篇原载《文学杂志》1948 年三卷六期;又载《中国新诗》1948 年第五期;
　　初收《汪曾祺全集》第三卷,北京师范大学出版社,1998 年 8 月。

蜘蛛和苍蝇[①]

甚么声音？我听到一缕极细的声音,嘤嘤的,细,可是紧,持续,从一个极深地方抽出来,一个不可知的地方。可是我马上找到它的来源,楼梯顶头窗户底下,一个墙犄角,一个蜘蛛正在吃一个苍蝇!

这房子不知那里来的那么多蜘蛛!来看房子的时候,房子空着,四堵白壁,一无所有,而到处是许多蜘蛛蛋。他们一边走来走去察看,水井,厨房,厕所,门上的锁,窗上缺不缺玻璃,……我一个人在现在我住的这一间里看着那些蜘蛛蛋。嘻嘻!简直不计其数,圆圆的。像一粒绿豆,灰黑色,有细碎斑点,饱满而结实,不过用手捻捻一定有点软。看得我胃里不大舒服,颈子底下发硬起来。正在谈租价,谈合同事,我没有说甚么话。——这些蛋一个一个里面全有一个蜘蛛,不知道在里头是甚么样子?有没有眼睛,有没有脚?我觉得它们都迷迷糊糊有一点醒了似的。喷!喷!——到搬进来的时候都打扫干净了,不晓得他们如何处理那些蛋的。可是,屋子里现在还有不少蜘蛛。

蜘蛛小,一粒小麦大。苍蝇是个大苍蝇,一个金苍蝇。它完全捉住了它,已经在吃着了。它啄它的背,啄它的红颜色的头,好像从里头吸出甚么东西来。苍蝇还活着,挣扎,叫。可是它的两只后脚,一只左中脚都无可救药的胶死了。翅膀也粘住了,两只翅尖搭在一起。左前脚绊在一根蛛丝上,还完好。前脚则时而绊住,时而又脱开。右中脚虽然是自由的,但几乎毫无用处,一点着不上劲。能够活动的只有那只右前脚,似乎它全身的力量都聚集在这只脚上了。它尽它的最后的生命动弹,振得蜘蛛网全部都摇颤起来,然而这是盲目的乱动,情形越来越坏。它一直叫,一直叫,我简直不相信一只苍蝇里头有那么多的声音,无穷尽的声音,而且一直那么强,那么尖锐。——忽然塞住了,声音死了。——不,还有,不过一变而为微弱了,更细了,而且平静极了,一点都不那么紧张得要命了。蜘蛛专心的吃,而高高的翘起它一只细长的后脚,拼命的颤抖,抖得快极了。不可形容的快,一根高音的弦似的。它为甚么那么抖着呢？快乐？达到生命的狂欢的顶点了？过分强烈的感情必须从这只腿上发泄出去,否则它也许会晕厥,会死？它饱了罢,它要休息,喘一口气？它放开了苍蝇？急急的爬到一边,停了下来。它的脚,它的身体,它的嘴,都静止不动。隔了三秒钟,又换一个地方,爬得更远,又是全身不动。它干吗？回味,消化？它简直像睡着了。说不定它大概真睡着了。苍蝇还在哼哼,在动换,可是它毫无兴趣,一点都不关心的样子。……

睡了吗？嘻,不行,哪有这么舒服的事情！我用嘴吹起了一阵大风,直对它身上。它立刻醒了,用六只长脚把自己包了起来。——蜘蛛死了都是自己这么包起来的。它刚一解开,再吹,它跑了。一停,又是那么包了起来。其中有一次,包得不大严密,一只脚挂在外头。——怎么样,来两滴雨罢！这不是很容易的事,我用一个茶杯滴了好多次才恰恰的滴在它身上。夥！这一下严重了,慌了,赶紧跑,向网边上跑。再来一滴！——这一滴好极了,正着。它一直逃出它的网,在墙角里躲起来了。

看看这一位怎么样了,来。用一根火柴把它解脱出来,唉,已经差不多了。给它清理清理翅膀腿脚,它都不省人事了,就会毫无意义乱动！它一身纠纠缠缠的,弄得简直不成样子了。完了,这样的自由对它没有甚么多大意思。——还给你！我把苍蝇往它面前一掼,也许做得不大粗柔,蜘蛛略略迟疑了一下,觉得情形不妙,回过身来就跑。你跑！那非还你不可！它跑到那里,我赶在它前头把半死的苍蝇往它面前一搁。它不加思索,掉头便走。这是只甚么苍蝇呢？作了半世蜘蛛,从没有遇过这么奇怪的事情！这超乎它的经验,它得看看,它不马上就走了,站住,对着它高高的举起两只前脚,甚至有一次敢用一只脚去刁了一下。岂有此理！今天这个苍蝇要吃了你呢,当面的扑到你头上来了。一直弄得这个霸王走头无路,它变得非常激动起来,慌忙急迫,失去了理智,失去了机警和镇定,失去了尊严,我稍为感到有点满意,当然！我可没有当真的为光荣的胜利所陶醉了。

得了,我并不想做一个新的上帝,而且蹲在这儿半天,也累了,用一只纸烟罐子把蜘蛛和苍蝇都捉起来扣在里面,我要抽一根烟了。一根烟抽完,蜘蛛又是一个蜘蛛,苍蝇又是一只苍蝇了:揭开来一看,蜘蛛在吃苍蝇,甚至没有为揭开罐子的声音和由阴暗到明朗骤然的变化所惊动。而且,嘻,它在罐子里都拉了几根丝,结了个略具规模的网了！苍蝇,大概是完了事。在一阵重重的疲倦淹没了所有的苦痛之后,它觉得右前脚有点麻木起来,它一点都不知道它的漂亮的头是扭歪了的,嘴已经对着了它的肩膀。最后还有一点感觉,它的头上背上的发热的伤口来了一丝凉意,舒舒服服的浸遍它的全身,好了,一缕英魂袅袅的升了上去,阿门。

我打开了今天的报纸。

注　释

① 　本篇原载《新路周刊》1948 年第一卷第十期。

道　具　树[①]

……西长安街。十一点。（钟在甚么地方敲。）月和雾，路灯。火车喘着气，汽笛在天边□响，在城市之外，又长又远又安详。汽车缎子似的一曳，一个环翘的圆弧，低低的贴着地面，再见，——消失了。三座门一层沉沉的影子，赶不开可是压不住，——一片树叶正在过桥哩。各种声音，柔润，温和，纯熟，依依的展出一片意义，我好像是一个绝域归来的倦客，吃过了又睡过了，第一次观察这个世界，充满清兴的时间，至情的夜。

（日子真不大好过啊，可是灾难这一会似乎放开我们了……）

一棵树：满含月光的轻雾里，路灯投下一圈一圈的圆光，一个一个spot，一棵矮树一半溶在光里了。一片一片浅黄的叶子，纤秀，苗条，（柳树么？）疏疏落落，微微飘动，（冬天，可是风多轻柔，）一片一片叶子如蘸水，鲜明极了，空中之色，□虚而在，卓然的分别于其周遭，而指出枝干的姿势。无比的生动：真实与虚幻相合，真实即虚幻，空气极其清冽，如在湖上，平坦的，辽阔的夜啊。晚归的三五成阵的行人都有极好的表情。……

我热爱舞台生活！（甚么东西叫我激动起来了。）我将永远无法让你明白那种生活的魅力啊。那是水里的酒，而我毫不犹豫用这两个字说明我的感情：醉心。你去试试看，你只要在里头泡过一阵，你就说不出来有一种瘾。这些你是都可以想象得到的：节奏的感觉，形式的完美的感觉，你亲身担当一个匀称和谐的杰作的一笔，你去证明一种东西。艰难的克服和艰难本身加于你的快感；紧张得要命，跟紧张作伴的镇定，和甜美的，真是甜美的啊，那种松弛。创造和被创造，甚么是真值得快乐的？——胜利，你体验"形成"，形成是一个实实在在的东西。你不能怀疑,虚空的虚空么,好,"咱们台上见!"——你说我说的是戏剧本身,赞美的是演出么?是的,那是该赞美的,凡是弄戏的都有一个当然的信念:一切为了演出。愿我们持有这个信念罢。可是你不是说的是演员?演员有演员的快乐,但今天我们暂时不提及属于个人部分的东西。整个的。从一个剧本的"来到我们手里",到拆台,到最后一个戴起帽子,扣好衣服,点起一根烟,在从楼上窗户斜射到又空又大的池座中的阳光中走出来,惆怅又轻松,依依的别意,离开戏园子,这个家,为止。每一个时候你都觉得有所为,清清楚楚的知道你的存在的意义。你在一个宏壮的舞台之中,像潮水,一起向前;而每个人是一个象征。我惟在戏剧圈子里见识过真正的友谊。在每个人都站在戏剧之中的时候,真是和衷共济,大家都能为别人想,都恳切。人是个甚么样的人在那时候看得最清楚,而好多人在弄戏的时候,常跟在"外头"不一样。于是坦易,于是脱俗,于是,快乐了。忙是真忙呀,手体四肢,双手大脑,一齐并用,可喜的是你觉得你早应当疲倦的时候你还有精力,可是你知道你平常的疲倦都因为烦闷,你看懂疲倦了。烟是个烟,水是杯水,一切那么"是个味儿",一切姿势都可感,一切姿势都是充分的。……

(喔,我离开那种生活日子已久了,你看……)

一直到戏"搬出来"。戏在台上演,在"完全良好"的情形下进行,你听,真静,鸦雀无声!多广大呀,多丰满呀。你直接走到戏剧里头,贴到戏剧顶内在,顶深秘的东西,戏剧的本质了,一瓣花在展开,一脉泉在悸动,一缕风在轻轻运送。我爱轻手轻脚的,——说不出的小心入微,从布景后面纵横复杂的铁架子之间走过,站一站,看一看从前面透过来的光,一个花□或者别的东西印在布景上的影子。默念台上的动作,表情,然后从两句已经永不走样的剧词之间溜下来。我每天都要走这么一两趟,我的心充满了感情,像春一样的柔软。

而我爱在杂乱的道具室里休息。爱在下一幕要搬上去的沙发里躺一躺,爱看前一幕撤下来的书架上的书。我爱这些奇异的配合,特殊的秩序,这些因为需要而凑在一起的不同。这些不同时代,不同作风,属于不同社会,不同的人的形形色色,环绕在我身旁,不但不倾扎,不矛盾,而且还会流通起来,形成一场盛宴。我爱这么搬来搬去,这种不定,这种暂时的永久。我爱这种偶然,这种认真其是,这种庄严的做作。——我爱在一棵伪装的,钉着许多木条,叶子已经半干,干子只有半卟的,不伦不类,样子滑稽的树底下坐下来,抽烟,思索。我的思想跟在任何一棵树下没有甚么不同,而且,我简直要说,不是任何一棵树下所能有的,那么清醒,那么流动,那么纯净无滓。

（喔,我需要一棵树,现在,——每一个时候……）

十一月十七日·午门

注　释

① 本篇原载 1948 年 11 月 28 日天津《大公报》;初收《汪曾祺全集》第三卷,北京师范大学出版社,1998 年 8 月。

1950 年

寄到永玉的展览会上[①]

我与永玉不相见,已经不少日子了。究竟多少日子,我记不上来。永玉可能是记得的。永玉的记性真好!听说今年春夏间他在北京的时候还在沈家说了许多我们从前在上海时的琐事,还向小龙小虎背诵过我在上海所写而没有在那里发表过的文章里的一些句子,"麻大叔不姓麻,脸麻……"我想来想去,这样的句子我好像是写过的,是一篇什么文章可一点想不起来了!因为永玉的特殊的精力充沛的神情和声调,他给这些句子灌注了本来没有的强烈的可笑的成分,小龙小虎后来还不时的忽然提起来,两个人大笑不止。在他们的大笑里,是也可以看出永玉的力量来的。

上海的事情我是不能像永玉那样的生动新鲜的记得了,得要静静的细细的想,才能叫一些细节活动起来。对于永玉的画,木刻,也不能一闭目而仿佛如见之。造型艺术是直接诉诸视觉的东西,不能凭"想"的。永玉上海时期的作品,大都给过我深刻的印象,如《边城》,如《跳傩》,如《鹅城》,如《生命的疲乏》……但是我是无法在纸上或是脑子里"复现"出来的。而且,士别三日,从永玉过去的作品中来拟想这回展览的盛况是完全不合适的。我听说,也相信,永玉已经有了极大的,质的进步了。

永玉后来的作品,我一共见过两次,一是漆印的《开工大吉》;一是在沈家看见的小龙和小虎□□画像,是永玉在北京画了留下来的,现在还挂在沈家墙上,昨天我还在那里看了一会。

从小龙的,特别是小虎的像上也是可以看出这种极大的,质的进步来的。

虽然只是一个小小的五寸见方的、即兴画成的头像,可以看出来,第一,比以前更准确了。线画得更稳,更坚牢,更沉着了。如果说永玉从前有一些作品某些地方下笔的时候有着犹疑和冲动,有可商量的余地和年青的悍然不顾一切的恣意。从这幅画里我看出在这两三年中不知多少次的折腾之后,永玉赢得了把握。永玉是一个更"职业的"画家了,他永远摆脱了过去面对一个创作的时候有时未可尽免的焦灼之情了。用一句极普通的话来说,就是"老练"了。其次,在作风上,也必然的要更凝练,内省,更深更厚了些。另外,永玉在这幅画里也仍然保持一贯的抒情的调子:民间的和民族的,适当的装饰意味;和他所特有的爽亮、乐观、洁净的天真,一种童话式的快乐,一种不可损伤的笑声,所有的这一切在他的精力充沛的笔墨中融成一气,流写而出,造成了不可及的生动的新鲜的,强烈的效果。永玉的画永远是永玉的画,他的画永远不是纯"职业的"画。

这个展览必将是一个生动新鲜的,强烈的展览。

永玉是有丰富的生活的,他自己从小到大的经历都是我们无法梦见的故事,他的特殊的好"记性",他的对于事物的多情的,过目不忘的感受,是他的不竭的创作的源泉。这两三年以来中国经历了历史上所未曾有过的翻天覆地的变革,又必然的会直接对他有所影响,直接的有所影响于他的思想方法和创作方法,直接的有所影响于他的画和木刻。我不知道永玉这次展览的作品都是以什么为题材的,但是相信那怕是一幅风景或者静物,因为接受和表□上都有所改变,一定会显出新的,不同的内容和意义的。但是因为未经目睹,无从臆测,只能说说颇为"形式"的意见了。

永玉的画和木刻的方向似乎是将要向相对的,装饰和抒怀的成分减弱,或者更恰当的说是把它们变得更深厚,而在原有的优点中更浓重的发展了现实的和古典的因素,逐渐的接近了史诗的风格,更雄大,更深刻起来了。永玉的生活,永玉的爱憎分明的正义的良心都必然□使他的画带着原有的和特有的优点,作进一步的提高。他的作品的思想性会越来越强的。这是我的,和永玉的许多朋友的希望。我们相信我们的希望一定将得到满足。

　　我希望永玉的展览获得成功,希望永玉能带着他的画和才能,回到祖国来,更多的和更好的为这个时代,为人民服务。

十二月四日北京

注　释

　　①　本篇原载 1951 年 1 月 7 日香港《大公报》。

1951 年

一个邮件的复活[①]

——访问北京邮政管理局无着邮件股

你在家里坐着,看着报,跟朋友谈着天……可是每一个人此刻都可能有一封上面写着你的名字,将要属于你的信或是一个邮包,正在路上走着,向着你走来,你想得到吗? 你写得了一封信,轻轻的往街角的邮筒里一丢,你知道会有多少人将要为你这封信而工作,他们会日以继夜,不辞劳苦的把你的思想,你的感情传递到你所希望的地方去? ……

华侨林潭水在爪哇耶嘉达开了一个小铺子,做土产生意。林潭水有个女儿在祖国解放之后回了国,到了人民的首都北京。前些日子女儿来信,说在北京进了她一向向往的学校,一切都很好;国内各方面对侨生的照顾都很周到,请放心;只是需要一本重要的参考书,国内一时买不到,请父亲在南洋设法买一买。

林老先生立刻就去到处打听,想尽了办法,终于把这本书买到了,心里高兴极了,当时就寄了出去。

这本书从耶嘉达装上了邮船,越过重洋大海,经过香港,转到九龙、广州、上了火车,一直送到了北京。一路上下船过站,搬进搬出,不知道经过多少道手续;它身上盖满了累累的邮戳,说明了它所经历的路程的遥远和曲折。

书到了北京。是挂号邮件,转到挂号股。挂号股的同志拿起这个颇为沉重的牛皮纸包一看,很婉惜地叹了一口气:这个邮件大概要"死"!

邮件无法投递也无法退还的,邮局习惯语说它是"死"了,这种邮件常常就叫做"死件"。这个名字叫得很刺激,可是有甚么字比它更恰当,更能表达实际情形的呢,既然这个邮件对于任何人都没有了意义?要是在邮局搁上一年,没有人来认领,按照邮章,就要焚毁,那就真是名符其实的从这个世界上消失了。

这个邮件的封皮上一共写了八个大字:

　　北京

　　林爱梅小姐收

这么大一个北京,那儿去找这个林爱梅去?

可是咱们人民的邮政局找到了林爱梅,把这本书交到了林爱梅本人的手里!

一月二十六日人民日报"读者来信"栏发表了华侨学生林爱梅感谢邮政工作同志的信。看了报的人都很为这件事所感动。这也许是一件小事,但又不是一件小事。这是一个消息,它透露了许多更伟大、更不平凡的事物,它只是在我们周围流动不息的新鲜事物的一滴,它的背后是我们整个的祖国,整个的时代。正因为它不是偶然的,不是孤单的,所以我们的感动才会那么深,那么广,那么真挚。

可是我们有的同志不以为然,说如果邮政局整天净为这样的邮件去奔走,这在人力上是一个浪费,这对于更多的群众是一个损失,这不值得!

这似乎也是一个道理。可是我们为甚么不到邮局去作一次访问呢?

我到北京邮政管理局,找到了关西郫同志。我被领进了"无着股"(好个新鲜的名称!),关西郫同志是无着股的股长。

这是一间普通房间,很大,除了几张又长又大的桌子和一个里面隔成许多四方格子的白木架子之外就没有甚么陈设了,因此显得很空。房间里的东西;从纸墨笔砚,茶杯茶壶,一直到人身上的衣服,都跟这个房间本身,门窗四壁,光滑的地板,和虽然有点旧了的窗户帘,都不大相称:一个是那么朴素,一个是曾经很豪华,而现在看起来还是非常讲究的。要说这个房间跟邮局其他部门有甚么不同，那除非是它显得那么特别的安静。——一进邮局的侧门，你就会感觉到这里面洋溢着的一种特殊的兴奋和热烈，那么多大大小小的邮包，那么多你看见的和看不见的人在活动，可见到处又是那么井井有条，忙而不乱，你体会得到这个庞大和复杂的机构内部的完美的组织。而一进这一间屋子，你马上就会平静下来，你会把一路上带来的街市的烦嚣都丢在门外。这儿不像个办公的地方，倒像是个研究室。如果你闭起眼睛，你会不相信这屋里还有四个人，这四个人正在非常用心的做着一件非常细致的工作。

一见到关西邨同志，你就会觉得，这真是一个非常适合于做这个工作的人。关股长不厌其详地告诉了我们要知道的一切，他的态度那么诚恳，那么亲切，他一定是用同样的诚恳和亲切来处理这些"无着"的邮件的。

无着邮件的处理是没有一定的。

也许拿到了一封信，一分钟里头就可以有个水落石出。去年十二月二十九，退回来一封寄到上海去的私人函件，没有下款。无着股拿过来一看，信封上有个邮箱戳子，号码是×××，记得清楚，这个邮箱是挂在外交部院子里头的，断定寄信的出不了外交部。上那儿一问，果然。——每一个邮箱都有固定的号码，信从邮箱里倒出来，首先就得盖上号码戳。

可是多数邮件就不那么简单，得把信剪开，从信的里头，从字里行间，从一句半句话，一个电话号码，提到的一个人，说起的一件事，从各种各样的错综复杂的关系里头去发现线索。比如，去年六月里有一封从青岛退回来的信，信封上信里头的署名都只有一个"龚"字，信上说的事情又多是平平常常的事，研究了半天，没有结果，后来把信封翻了个面，——信封是用普通笔记纸自制的，在上面找到了几个字，是一篇日记的残页："今天我们二女中也参加了游行"。好了，到二女中把所有的姓龚的同学都找到，终于找到其中一个是寄这封信的。北京解放后不久，处理了一封无着信，信不是交给信封上写的那个人，而是交给她的爱人的。信里提到这个女同志的爱人，说起他已经光荣的参加了中国共产党,不日就要调到北京工作,信里还附了一张两个人合拍的武装骑马照片,结果是由邮局党支部拿了这张照片到市委去对了好久才对了出来。——只有无着股有权利拆阅信件,这是法律规定的。——这个特殊的权利,我想大概不会有甚么人不同意。

也许你会觉得,这样的邮件不会太多罢?这样的邮件在全部邮件中不知道占多大一个比重,但是根据去年一年的统计,因为无法投递或退还而转到无着股来的信件,一共是一万一千二百二十六件!据一个解放以前就做无着邮件的工作的赵同志说,这已经少得多了,解放以前一季就能有这样一个数目!各种各样的信,无奇不有!有的信封上甚至于一个字都没有,邮局最近给起了个名字,叫做"白板"。关股长一下子就拿出五封这样的"白板"信给我看。也巧得很,五封都是洋纸白封,雪白雪白,连一点其他颜色的痕迹都没有!

正说着,就有邮勤员送来了一叠"无着信"。

"这都是一些生死不明的信,"关股长说,"只要有一点点蛛丝马迹,我们都要尽量叫它复活,叫它死里求生!"

怎样使死信复活呢?

靠经验,靠对于社会情况的了解熟悉,靠丰富的常识。每一种知识,都可能有用处。这种知识是怎么得来的?像一切的知识一样,靠学习。那位赵同志今年四十八了,可是我看见他抽屉里有一本朱谱萱编的"初级俄语读本"。此外,靠工作的时候细心,靠创造的智慧;更重要的,靠为人民服务的责任感。这种责任感虽然是习惯了的,职业化了的,可是是常新的,不懈的,顽强的。

林爱梅的那个邮件的处理经过是这样的:挂号股觉得无法投递,交给了社会服务股。社会服务股想登一个报,或者通过电台广播来找这个人,但考虑不一定发生效力,决定给无着股先试一试。无着股接到了,首先研究了这个邮件情况,认为:该件从爪哇寄来,封皮上写的是中国字,受信人大概是归国华侨;寄的是一本原文专门著作,可能是一个大学程度的侨生;"林爱梅"不会是个男人的名字,大概是一个归国华侨女生;照例,归国华侨,特别是侨生,必会到华侨归国联谊会登记,于是决定先向华侨归国联谊会试探。

下午,用电话向侨联联系。问有没有这样一个人,答覆是:"不知道"。

"不知道"? 这不可能! 从声音中令人对这个接电话的不能信任。他不知道,有人知道。再叫一个电话,请找负责人冯同志。

冯同志说:"有这个人。是个女生。前一些时住在三大人胡同华侨事务所宿舍。"

有这个人,"是个女生",对了! 接侨委会宿舍。

侨委会宿舍说:"林爱梅不在这儿了,上师大学习去了。"

接师大。

师大校务处翻遍了全部学生名册,答覆的非常肯定:"没有这个人!"

师大没有,问北大,问辅仁。……

"没有。"

"没有!"

可是无着股的同志并不失望,他们在工作中养成了特殊的冷静和耐心。他们又研究了一下情况,觉得侨委会宿舍的答覆可能不正确,决定再回来跟侨委会宿舍联系,找负责人,负责人是一个叫顾明的同志,这回的答覆是:

"林爱梅,有这个人,是爪哇归国侨生,曾经在这儿住过,现在在西郊清华大学学习。"

无着股的同志在说到这位顾明同志的时候充满了感激。但是他们还得再问一句:

"确是在清华?"

"确是在清华。"

"甚么时候去的?"

"三个月以前。"

好了,终于有了结果! 可是这不等于已经找到了林爱梅。像这样在最后一个环节上遇到了阻碍,白忙了半天的事不是没有有过。下午,又打了一下午电话，找到清华斋务股，找到林爱梅的同屋同学，最后才找到林爱梅本人，到找到林爱梅本人的时候已经下午六点半，下了班半天了。——当然，你可以想像的到，虽然晚下了班，肚子也有点饿了，可是无着股的同志是带了别人不能了解的笑脸走出他们的办公室的。

这样的到处去"捕风捉影"，不是很渺茫么？

也不，有相当的把握的，而且一个时期当中的复活的比率是可以估计出来的。无着股一九五一年的计划是要到复活率百分之五十到六十。第一季的计划订的是百分之五十二，根据每一周的总结，都是超额完成的。

是不是一向的复活率都是如此？

不，解放以前的复活率经常是百分之十二到十三，最高到过百分之十八。

从百分之十二到百分之五十二，解放与不解放的分别在此！当然，你可以想像，无着股的工作绝非是孤立的，突出的。这个数字是有一般性的，从这个数字上是可以看出邮局的全部工作情况的。

同志，你对于这个数字有甚么感想？

为甚么解放前跟解放后有这样的鲜明的对照呢？

解放以前这间屋子不是办公室，是宿舍，是"外国人"的宿舍，这三楼整个都是外国人的宿舍。这里头住过英国人、法国人、意大利人，最后一个时期最多的是美国人。那个大白木架子后面是一个门，从前挂着丝绒门帘，那一边是个小客室，这边是跳舞的地方，右边是卧室、厨房。一个跑街的，一个打字员，一个在本国不知道干甚么的，一个流氓，到了中国，就能当一个一等秘书，署副邮长衔。洋房、汽车、厨子、花匠、褓母……连草纸都是邮局供给，每一个人还有一条狗，领一个邮务生的薪水！中国职员呢，"从前人家说邮局是个铁饭碗，"赵同志整理完了一包邮件，忿忿的说，"这个铁饭碗可不好捧，早来，晚去，低三下四！在办公室里说话都不敢大声，说跟小学生坐在课堂里一样；外国人说甚么是甚么，外国人说鸡蛋是树上长的，还有个把儿，你也得听着！"

中国的自有邮政到现在有五十几年的历史，除了最近两年和原有的老解放区邮政之外，都是"客邮"，所谓"中华邮政"，是帝国主义掌握之下的殖民地化的邮政，他们的所举办的一切的业务是围绕着帝国主义的利益的。比如，他们举办"邮寄箱匣"，——"金银箱匣"，"矿产箱匣"，"土产箱匣"……我们的金银，我们的钨砂，我们的文化遗产，我们珍贵的艺术品，就叫他们装在这些"箱匣"里运出去了！……

今天，我们把帝国主义赶了出去，从每一个地方把帝国主义赶出去了，从邮政局，从这个楼上，这间屋子里把他们赶出去了！今天的邮政是"人民邮政"，跟老的"中华邮政"本质上就是不同的。人民的邮政所举办的一切业务是针对着人民的利益的。我们的邮局举办了书报发行，为了要叫书报流传得远，流传得快，为了要叫文化普及，为了广大人民今天那么迫切的需要文化；我们的邮局举办了代销代购；今天走到一个乡下的邮局里可以买得到同仁堂的药，你在乡下想要买一点北京的甚么东西，把钱交给邮局，隔不了几天，邮局就能给你捎了去！……这是从前那些铁士兰，巴立地，斯密司们想都不会往这上头想的。

"中国人民站起来了"，邮局的全体的工作同志是完全了解这句话的意义的。他们对于这句话的体会比一般人还要深刻、具体，他们从邮局的组织业务到他们自己身上，都看出现在跟过去根本的截然的分别，他们亲身参加了这种变革。现在不再有人叫投递员叫"信差"，不再有人叫邮勤员"听差"，不再有人把车站上装卸邮件的劳动人员，叫做"野鸡"了！（这是个多么岂有此理的称呼！）今天谁都可以大声说话了，谁都可以对邮局的任何一个工作提意见，而这些意见一定会被重视，会拿到全国邮政工作会议上去讨论的。今天，我们的邮政工作同志大部分都继承了五十多年邮政工作的丰富的经验，发挥了以前被压抑埋伏的群众的创造能力，并且学习了苏联邮政的先进的工作方法，（现在的平邮股的布置，那儿放一张桌子，那儿装一个架子，那儿留出过道，多是经过去年春天来的苏联专家提过意见的，这样布置以后，每个工作同志都感到工作起来非常的顺手，不知不觉中就提高了效率。）全心全意的在为人民服务；因此，你在邮局任何一个地方看得见一种新的气象；因此，无着股的复活率由百分之十二上升到百分之五十二；因此，林爱梅的邮件交到了林爱梅本人的手里，这就是全部的秘密！

你一定时常有机会经过邮政管理局，你在这座坚实巨大的石质建筑物下面走过不知多少次了。今天，还是那一个建筑，可是，在它的内部起了多大的变化！这个变化是跟我们的历史，跟每一个人的生活都息息相关的，而这个变化在一个小小的邮件上面就生动的说明出来了，这是一个多么简单又多么神奇的故事！

最后，关股长告诉我无着股工作的最高的理想。无着股不希望把死信复活率提高到百分之一百，因为那不可能；无着股不是想消极的复活死信，而是要积极消灭死信。苏联今天就几乎没有死信，——死信多，基本上是一种落后现象，解放后死信数目的锐减是一个很可喜的事，这反映了我们的各方面都有着进步，而这也证明了消灭死信是完全可能的。无着股希望没有人写死信，希望每一个人写信的时候都注意把受信人寄信人的地址都写清楚，无着股将尽一切力量使这个股本身消灭，希望把有用的人力用于其他的生产上去，希望邮局能够举办更多的"书报发行"，"代销代售"这样的业务。

我是非常赞成关股长的理想的，同志，我想你也是赞成的！

注　释

① 　本篇原载《北京文艺》第二卷第一期，1951 年 3 月 15 日出版。

丹 娘 不 死[①]

　　武汉青年文艺工作团在北京演出了苏联诗剧《丹娘》，我们最关心的，是剧本怎样处理丹娘的死。

　　这是一个诗剧。一提到"诗剧"，我们就不禁会想到不自然的抑扬顿挫的腔调；拉长的，非常之显著的韵脚……但是事实上并不如此，我们所担心的那一套东西都没有，看起来大体上也还习惯。然而它又确实是"诗剧"。虽然剧本的翻译和演出上有一些缺点，我们仍然可以清清楚楚的感觉到里面充满了崇高纯洁的感情，充满了真正的，浓厚的"诗"，我们被剧本本身吸引住了。

　　可是到了第三幕闭了幕，第四幕还没有开，我们又想起了那个看戏之前曾经关心过的问题了。这已经不是单纯地对作品的兴趣，而是在知道了年青的英雄思想性格的成长过程，知道她是如何辛勤的，努力的创造着自己；对于她的结局，她如何最后地完成自己，她将会留给我们怎样的一个永不磨灭的形象，不能不表示最大的关切。

　　幕一拉开，我们以为作者是故意切断了故事的发展，插进来一个"插曲"；这是一个完全没有在我们意料之中出现过的环境：不是监狱，不是审问室，更不是刑场，——是一间庞大宽深的木屋；我们在许多画片和电影上看见过的，俄罗斯的木屋；一个祖母跟她的孙子和孙女在灯光底下讲"真理姑娘"的故事，丹娘在第一幕中曾经跟一个小姑娘讲过而没有讲完的故事……故事差不多完了，小姑娘正在问"真理姑娘后来怎么样呢"，丹娘进来了，她受了伤，衣服也破了，但是并不萎弱。祖母招扶丹娘。丹娘喝了一点水。清凉的水让她想起小时候唱过的歌，蓝色的小河。她轻轻地唱了这支歌，在歌声中展开了幻觉。丹娘的母亲，丹娘的爱人，丹娘爱护的战友，丹娘为她讲过"真理姑娘"的那个小姑娘……一个一个地,依次走入丹娘的梦境。丹娘跟她们亲切地,充满爱情地谈着话。丹娘一点都没有改变,她的爱情变得更深挚,更崇高纯洁,更温柔了。她一点都没有软弱,她即使在最后的梦里还是那么清醒而坚定。正因为她有那么深的爱,她对自己的行为毫不怀疑,对于敌人加于她身上的一切才毫不畏惧,毫不恐怖。她的坚定不只是生理的"忍受",坚定是由于她的思想和性格的优越和对于敌人的轻蔑。——最后,她仿佛看见了斯大林,她充满感谢和喜悦的向全苏联青年的父亲报告,她做了甚么,她知道她完成了她的英雄行为,她自幼即追求向往的英雄行为,完全是由于他的教养,她知道他是嘉许她的行为的;她看见了斯大林的慈祥的微笑,她感觉到斯大林的手掌抚摸着她的肩膀和头,她觉得快乐极了,幸福极了。——太阳出来了,屋里充满了红光,——幕布闭上,戏结束了。

这里没有巨大的绞架的阴影,没有铁锁,没有镣铐的声音,没有肮脏的杂物,没有刑具,没有皮鞭,没有丑恶的德国人的兽性的嚎叫和猫头鹰一样的怪笑,没有任何令人难堪的形象和声音。——两个把丹娘推进来的德国人只在门外喝叫了两声,没有上场;甚至幕后一直没有停止的钉绞架的声音都没有带进一点阴森的气氛,没有给人威胁的感觉。

丹娘并没有死。我们这样相信,舞台上也这样告诉我们。

我们印象中的丹娘是一个充满青春的活力的,永远不肯停止她的健康乐观的理想,时刻生活在对于祖国,对于斯大林,对于母亲,爱人和伙伴的爱情之中,因为这种爱情而快乐和幸福的。

我们并没有在舞台上直接看到丹娘牺牲,但是我们相信,为了她所热爱的一切,她一定会勇于自我牺牲,牺牲得慷慨而从容的。

剧本使我们全心全意的相信,丹娘是一个英雄,因为她告诉了我们她为甚么会是一个英雄。

这一点,值得我们在描写英雄,创造英雄的时候参考,尤其在用戏剧这一形式的时候。

我们要求我们的戏剧工作者,不要把过多的血,过多的肉体的苦痛,带到舞台上来,不要把舞台上弄得阴森恐怖,不要把我们的英雄人物弄得遍体伤残,使我们在感情上受太大的折磨。

我们爱我们的英雄。

注　释

① 　本篇原载《北京文艺》1951 年第二卷第三期。

武训的错误[①]

　　有不少人尊敬过武训,宣传过武训的"伟大"。这些人当中,有的是抬出武训的幌子,叫老百姓都来学武训服服贴贴的样子,干点儿像办办义学之类的"好"事,别想着惹是生非,犯上作乱。从疏请给他立碑、旌祀入忠义祠、宣付史馆立传的山东巡抚张曜、袁树勋,批准的慈禧太后,到题字颂扬的蒋介石,都是这一种人。有的是抬出武训的幌子,宣传资产阶级的改良主义,以"教育救国"、"道德救国"、"无抵抗主义"的说教来代替革命的阶级斗争。武训的许多狂热的职业宣传者,无论自觉的程度怎样,本质上大抵属于这一类。另外一些宣传武训,尊敬武训的,则是比较天真的。他们大都觉得一个乞丐,讨了三十年的饭,居然能兴办三处义学,这真是了不起。他们欣赏他的"利他主义",欣赏他的自我牺牲,非常感伤主义地叹息道:"这真是个了不起的人啊!"

　　很多人就是这样把武训当作一个独立特行的神话式的英雄崇拜着的。

　　这种崇拜,是有害的。

　　看一个人,应当看他对历史的发展所起的作用,不能只看他个人某一些生活行为。如果对历史的发展是起了积极的、推动的作用,那是英雄,否则不是;不管他穿的是绫罗绸缎还是鹑衣百结,吃的是山珍海味还是菜根芋尾,也不管他会不会唱歌。

　　武训一生干了甚么事呢?修了三处义学。

　　武训,一个乞丐,修成了三处义学,许多人说这是个奇迹,是个"偶然"事件。但是历史上从来就没有出现过一个完全脱出历史轨道的偶然事件,"偶然性只是一种相对的东西。它只在诸必然的交叉点上出现。"(普列汉诺夫:《个人在历史上的作用》)武训对义学的兴办发生过

作用是没有疑问的;"但这种作用只有在当时的那种社会条件下才能发生。"(前书)

武训兴办义学的时候,是满清光绪年间。那是帝国主义打进了中国的大门,太平天国的革命起来,封建制度已经摇摇欲坠,腐朽不堪的清王朝已经将临末日的时候;是随着资本主义的侵入,资本主义的民主思想也渐渐侵入的时候;是康梁的改良主义一天比一天发生影响的时候;是统治者的统治方式不得不"开明"一点的时候。

改良主义的办法之一是"普及教育"。

武训死的时候是光绪二十二年,到了光绪二十四年,"朝廷"即明令废科举,改学堂(武训的义学不久即改成了学堂)。目的是"普及教育"。这个"普及教育"的思想却绝非在光绪二十四年才开始有的,光绪二十四年之前二三十年就已经有了,即在武训兴办义学的时候就开始有了。武训的兴义学就是这种思想的物质反映,是深合朝廷"普及教育"之旨的。

武训以一个乞丐而能兴成了三处义学,当然并不容易。但是当时的社会条件是给了兴办学一种可能的,武训不过是实现了这种可能。他的偶然性的"奇迹"正是出现在各种必然性的交叉点上的。

当时兴办义学的并不只是武训一个人。在"清史稿"上跟武训紧紧挨着的叶澄衷、杨斯盛就都是因为捐资兴学而受到宣付史馆立传的恩典的。叶、杨二人都因为发了财再兴学的,当然不像行乞兴学的武训那么"奇",但其为兴学则一。从武、叶、杨三人挨着个儿进了"孝义传",可见当时的统治者对兴学是"甚表欢迎"的。

如果还嫌这近乎是推测,那么正面的证据也有。就在袁树勋"奏义丐武训积资兴学请宣付史馆"的折子上就明明白白写着:

"自圣诏累颁,学校踵起。教育义主普及,官立公立之不足,必藉私立以辅迎之,国家设为种种奖励,为诱掖之具……"

这该是十分可靠的了。

改良主义本来不是慈禧太后所喜欢的,但慈禧太后一个人也抗不过"潮流"去,而且改良主义到底比"讨厌"的革命"可喜"一点。

改良主义者梁启超和张謇都很热心地给武训写过传,这不是偶然的。

在一定的历史条件下,改良也可以有进步意义,例如在孙中山等人的革命运动兴起以前的康梁变法运动和兴办新式学堂的运动。但是武训的义学却连这种改良主义的进步作用也没有。康梁有的是新的资本主义色彩的纲领,所以要"变法",所以会引起谭嗣同等六人的流血;但是武训所有的却只是旧的封建主义的纲领。武训并不需要任何的"变法",所以他也不需要任何的流血,他只以叩头来实现自己的也就是封建统治者的"理想",而杀死谭嗣同等的朝廷则以赏赐黄马褂和准立牌坊来酬报他的努力。

或者有人说,武训行乞兴学,目的原来是很朴质单纯的。不过是因为自己吃了不识字的亏,发愤想要穷人子弟都能读书而已,说他是反动封建统治的拥护者,比改良主义的康梁还不如,不免太忍心了吧?

但是请看一看:武训的义学里都教的是些甚么呢?

"清史稿"本传上说他的义学里分为二级,一是"蒙学",一是"经学"。"蒙学"所授不外是方字,三字经、百家姓、千字文。经学里所教的就不能不是"齐家治国平天下","劳心者治人,劳力者治于人"了。这里头造就的不外是两种人,一是帮朝廷做事的官,一是帮做官的做事的"士"。梁启超给武训写的传上说:"行之数十年,学堂中受业子弟,彬彬济济,掇高第,成通儒者,不可胜数",这大概不能是毫无根据的。这些彬彬济济的子弟们在当时社会上会起着怎样的作用,还难于想见吗?

有人说:这怕不是武训兴学之初衷吧。有的好心的先生还愿意那么想象,说武训因为看到他的义学里出来的学生做了官而觉得非常痛苦。这是不见得有甚么根据的。我们看武训行乞时所唱的一首歌:

> 不嫌多,不嫌少,舍些文钱修义学,
>
> 又有名,又行好,
>
> 文昌帝君知道了,
>
> 准教你子子孙孙坐八抬大轿。

这不能不是武训的思想意识的反映，——他对于"坐八抬大轿"是崇拜而羡慕的呀！

有人还要说：武训至少使一些农民子弟识了字，读了一点书，提高了他们的文化，总不能不说他也起了一点"积极"的作用吧。

同志，"提高文化"可不那么简单！

要农民提高文化，必先提高他们的生活。要在文化上翻身，必先在经济上翻身。吃不上饭，决读不上书，这是天经地义的真理。有的记载上说武训曾经给因为家里须要帮忙干活而不肯把子弟送去读书的家长下过跪，这简直是不能再胡涂的事！记载上说他下跪成了功，我看那信不得。如果当真是一家整天苦累还顾不上嘴，武训怎么跪也是白搭。不过他的下跪和兴学对于一部分农民也是起了一点作用的，这是怎样的作用呢。

农民要有文化，必须先吃饱，没有比吃饱饭更重要的事了。要吃饱，必须改变压在农民头上的封建剥削的生产关系。要改变封建生产关系，必须革命。革命，在某个意义上说起来就是拿刀动枪的造反。当时不是没有人懂得这个道理，太平天国的领袖就是懂得这个道理，并且实践了这个道理的。懂得这个道理，并且实践了这个道理的，是了解并且推动历史向前发展的，对于历史的发展是起着积极的作用的。满清一代，只有进行像太平天国一样的革命的人，才是值得崇敬，值得宣传的英雄人物。

革命，是统治者最讨厌的东西。

因为讨厌革命，反动的统治者就欢迎武训，就表扬武训，就希望穷人里头多出些武训了。

受反动统治者表扬的武训立了些甚么功勋呢？他模糊了、弄乱了、掩蔽了当时人民斗争的目标，麻痹了人民的思想，减弱了革命的力量，冲淡了阶级的矛盾，他对于革命，对于历史起的是消极的，阻碍的作用。

这个为反动封建统治效忠的"自我牺牲"者是一个英雄么？

不是，绝对不是。

当时农民叫他是"豆沫"，言其胡涂，就他的完全不认识历史的发展方向来说,并不算冤枉他。

他的"自我牺牲"到底牺牲给了谁呢?他的"利他主义"到底利了一个甚么他呢?反动的统治阶级。凡对反动统治阶级有利的,对人民就不会有利。

对这样一个胡涂人物,这样一个对人民并无利益的人物,我们今天再不应该对他崇拜,为他宣传了。我们应该对他的"事业",他的思想,他在历史上的作用加以详尽的批判!

注 释

① 本篇原载 1951 年 5 月 22 日《人民日报》,又载《人民周报》1951 年第二十二期。同年,又被《文汇报》、香港《大公报》等转载。

听侯宝林同志说相声^①

一

侯宝林同志参加了赴朝慰问团,最近刚刚回国。前两天,他在一个晚会上说了一段相声,说的是《美国俘虏》。他一说"我特别到俘虏营去看了看",台下就笑了;"因为那儿有我的材料,我要拿回来,好编我的新相声",台下笑得更高兴,更满意了。因为他这么做正是大家希望着,期待着的。大家都相信他一定会这么做,他果然这么做了。

他说得最精采的是这一段:^②

"我问一个俘虏:'你在国内是干甚么的啊?'翻译翻给他听;他说是'工人'。'做什么工啊?'——'是箍桶的'。'你在国内一月挣多少钱啊?'——'一百五十块美金。''你在这儿呢,在军队里,一月挣多少钱呢?''也是一百五十块美金。'我一想,'那你干甚么要来,你是爱打仗玩啦?'他说:'不是的。在美国,一月挣一百五,刨去房钱,连半个月饭也吃不上。在这儿,有人管饭,管衣服,还不用发愁房钱——每月净落一百五十块钱。''那你不怕危险?''没出国的时候我就弄了张投降证,早就都填好了。'我那么一想:'合着你们不是来打仗,是来做买卖来了,你们这是'企业化部队'?"

"企业化部队",太妙了!

"企业化部队",多么尖利的讽刺,多么恰当、深刻的讽刺啊!

这样的讽刺从那里来的,这不是坐在家里"制造"得出来的。侯宝林同志不管多么聪明,如果不是参加了慰问团,不是到了一趟朝鲜战场,没有跟志愿军战士们在一起,没有亲眼看到美国的军队在朝鲜制造的灾害,没有见到他们被俘之后的可耻的样子,没有对于他们的深刻的恨和深刻的轻鄙,他不能给他们下出这样的总结。

台下忍不住哄堂大笑了,虽然只有五个字,而且说得轻轻巧巧,毫不夸张,非常含蓄。

这是相声中的"上乘"。相声是完全可以不用庸俗的内容和形式取得效果的。相声是完全可以作为宣传武器的。相声是完全可以跟政治结合起来的。相声一定要有思想性,深刻的思想性。

二

侯宝林同志这回不只是来说一段相声,他同时宣传了捐献飞机坦克、支援志愿军战士。他说得很好,他脸上有以前在台上不大看到的激动,从心里出来的激动,我们看见侯宝林身上有了一种新的东西,新的感情。最后,他说:"咱们北京在毛主席跟前,北京,件件事要走在全国的前头。"

这句话要用流行的语言"翻译"过来,应当是:

"北京是在毛主席直接领导之下的,北京应当在每一个工作上,在全国范围内起带头作用和模范作用。"

两相比较,哪一个语言更生动,更亲切,更容易为群众所接受呢?

"通俗化"当然不只是形式的问题。"通俗化"要用政治热情来做。听听相声,会了解为甚么要"通俗化"的一部分的道理。——相声是一种语言的艺术。

注 释

① 本篇原载 1951 年 6 月 9 日《北京新民报日刊》,又载 1951 年 6 月 13 日《新民晚报》。

② 注:是凭记忆写出的,当然不能完全忠实;捧哏的话都没有录出。

赵坚同志的《磨刀》
和《检查站上》^①

《磨刀》载《北京文艺》第二卷第三期。

《检查站上》载《工人文艺创作选集》第一集,工人出版社印行。

我们需要短篇小说。赵坚同志这两篇小说我以为是写得比较好的。

《磨刀》的好处第一是主题选择得好,写得好。

写的是这样一个故事:有一个镟工小组向马恒昌应了战,大家的热情都很高。可是做不到提出的标准,而且废活出的多。原因是刀尖不受使。有个小李,细心琢磨,一次又一次改磨刀尖,到底磨好了。大家跟着他学,果然都有了成绩。只有一个老张,抱着一套老经验,以为干活就靠手快力气大,小李要给他磨刀他却不要。后来就他一个人还落在后面,而且一个劲儿拼命硬要干,身体也不大支持得住了。——他还是不服气!可是怪得很,这一天,他干得挺顺,一口气到底,没出毛病,而且超过了标准数,做的比任何人都多,创了新纪录。这他心里可高了兴,以为还是力大手快解决问题。不想有人对他撇撇嘴:"不是小李昨天晚上给你磨了刀,还有你吹的!"他拿起刀来一看,这才觉悟,决定参加技术研究小组。

要工作做得好,不能局限于片面的经验,必须研究技术。体力劳动必须跟脑力劳动结合起来。这是开展生产竞赛当中的一个重要问题,这是现在需要、将来也需要在工人同志当中提出的问题。赵坚同志在这篇小说里把这个问题提出来,他提的正是时候。这种对于新鲜事物的敏感,是好的。

赵坚同志说,这个问题不好说明,想了很久,结果想出藉磨刀这样一回事来说明。因为磨刀是一种比较简单的技术,刀磨得好,工作就能顺利,这是一般工人都能理解的事实,通过这样一回事来说明钻研技术的重要,是容易为工人同志们接受的。这是对的。这样写,就是工人同志以外的人也是容易接受的。这样,这个作品就起了教育群众的效果。

《磨刀》的第二个好处是写得简短。

赵坚同志曾经把这篇小说一再压缩,由七千多字压缩到三千字,为的是希望工人同志能够有时间看,希望作品能在他们当中起作用,这是多诚恳,多正确的态度。

这篇小说的人物很简单,一共四个人:老张,小李,还有一个小赵,一个没有写出姓名的小组长。(里面有一个"小张",出现了一次,是排错了,应作"小赵"。)凡是出场的人物,都不缺乏个性,——老张爽快而固执,小赵热情、急躁、而很调皮,小李沉着、安静、但因为究竟年轻,耐性还不够,小组长处处显出是个小组长,照顾全面,领导有方,——正是因为有这些个性,才构成这样的故事,离开了这些个性,也就没有了故事。可是这里的个性永远不是独立静止的存在的,他们每一个人说一句话,做一个动作,都有所为,彼此都发生关系,都推动着主题的发展。不能说明彼此的关系超过主题需要的个性,他不写。偶尔也有一点穿插(如小赵在里面说了四句快板),那也是主题发展到了那儿自然发生的,不是节外生枝。人物、事件、跟主题紧紧扣在一起,一气贯注下来,不仅篇幅简短,而且紧练、坚实、明白、容易说服人。

再就是他所写的工人是工人。老张的"力大手快"的观点在今天说起来是落后观点,单就这一方面说起来他可以说是一个"落后分子"吧,但是他仍然是一个工人,他仍然有工人阶级的长处。"每次讨论计划他没有嫌过多,见懒惰一点的工友稍微一含糊,他就跟人家急鼻子红脸的说:'你是中国人不? 今天这白面馍是怎么来的? 这是共产党毛主席费心把力争来的! 再不多干点等个啥! 不使劲干,甭说对不起共产党,连你自己也对不起呀!'"他基本上是进步的。赵坚同志没有像有一些人一样,把"落后"工人写得比非工人阶级的落后分子还要落后,写成一个毫无进步性的人,这一点值得我们学习。——赵坚同志所写的老张不但是一个工人,而且还是解放之后两年的工人,虽然他有缺点。

《检查站上》是抗美援朝创作运动初期出现的一个突出的作品。

《检查站上》让我们看出来赵坚同志有了相当高的概括主题,组织题材的能力。

赵坚同志一开头说明他要写的是"在一九四五年的时候……所谓'美国远征军'到处蹂躏和奸污中国的妇女,野蛮的欺压中国人民,蒋介石也不过是他们饲养的一条狗而已。"

全文约六千余字,可以分做四段:

一、一九四六年,老李在湘西公路开汽车。因为上坡,开得很慢。后面来了一辆美国兵车,对他们的车打了两枪,叫他们赶快让车。赶紧让。后头又打了两枪,打坏了他的轮胎。车停了,危险极了,差一点翻下山沟。美国兵还又打了他们!

二、因为修轮胎,把原来预备的给检查站上的人员"抬包袱"的钱花掉了。到了站,检查员百般留难,口口声声"这是蒋委员长的命令"。把一车棉花都卸下来检查过了,没有毛病。他想了想,说装得太高,叫留下三包回来再装!

三、正生着气,有人叫老李,是熟人老张,老张招待了他们。因为说起路上的事,老张说起一段美国兵奸污了他弟妇,气死他兄弟,害得他家破人亡。

四、回到站上装车的时候,又来了一辆美国兵车。检查员不得不装起势子要检查,"这是蒋委员长的命令"!美国兵转身给了检查员一嘴巴,检查员急了,要掏枪,美国兵的枪早已经打响了。美国兵一直追进站去打,站上人员全部吓得匍在稻田沟里。美国兵用车尾拖绳拴住检查站栏车的木栏,连老根都拔掉了。

这里所说的不是一件事,是好几回事。要是处理得不好,就会各段互不相关,散漫,零乱。但是赵坚同志处理的很好很完整,很紧密,自自然然,真如赵坚同志在文章前面所说的,是一回"实事",是赵坚同志亲身的经历。

是不是"实事",是不是赵坚同志的亲身经历呢?

赵坚同志告诉我,那里的人物都是虚构的,事情也不是真是发生在一天的事情。可是那样的人是有的,赵坚同志在西南跑过很多时候车,对于这些人,司机,开小饭铺的,公路上的美国兵,检查员(赵坚同志自己就受过检查员不知多少回气)……他都很熟悉,他们的语言,动作,性情,他都了解。那样的事情也多半是有过的,不过不是发生在一个地方,一个时间,他把它们集中起来了,把它们贯串起来,组织起来,变成了一篇作品。

为甚么他能够把不是在一时一地发生和存在的人事集中起来,而且组织得那么完整,首尾相通,成为有机的一个整体呢?因为他不仅看到了个别的、分散的事物的现象,他还看到这些事物的本质,他看到这些事物的内在的关联。他不仅看到那些事情,而且从这些事情,认识到美国兵当时在中国是干甚么的,他们跟蒋介石是甚么关系,而且,他更从个人立场的认识提到了人民立场的认识,从民族立场的认识提到阶级立场的认识。赵坚同志在小说的结尾说:"在当时,我只知道单纯的仇恨",到他写这篇东西的时候就"完全认识了美帝国主义的阴谋——它时时刻刻想吞并中国,霸占亚洲,统治全世界"。作为全篇结构的骨干,贯串每一段,每一字句,不是别的,正是作者的认识,作者的思想。

他并没有把现在的思想、认识,代替了他自己当时的思想认识,代替了小说里的人物当时的思想、认识。比如老张在说完了那一段事情之后,说:"这就是'蒋委员长'请来'盟军'的好处!害的我家破人亡!反正有一天俺要报仇!"怎么报仇呢,他没有说"俺要去当八路军",他只说"那怕当土匪也要打死几个老美解恨!"因为像老张那样的人,在那种时候,只能说出前面的一句话,不能说出后面那样一句话。如果说出后面那样一句话,用赵坚同志自己常说的话,就是"不现实"!赵坚同志非常强调"现实",他下笔的时候随时考虑到这两个字。但是如果赵坚同志没有现在的思想、认识,他就不可能更深的了解像老张那样的一些人的思想、认识,不可能了解他们的情感中的最强烈的一面,而把他在老张的身上集中的表现出来。因为有了现在的思想、认识,才能使全篇小说都有一种仇恨和坚决的感情;才能是有目的的,而不是纯客观的记载那些事情。——比如老张在叙述那一回事的时候,他没有正面描写美军的兽行,他着眼在描写老张的仇恨。因为有现在的明确的认识,这种深刻化了的仇恨,贯彻于全篇的字里行间,处处皆到,所以作品的结构,才能完整。

"创作是理解与表现的统一的过程。"(高尔基)形式跟内容分不开,结构跟主题思想分不开。

令人惊异的(按照赵坚本人的水准来说)是赵坚同志文字的准确和风格的新鲜。

赵坚同志的文字是普普通通、简简单单、老老实实的文字。这里没有特别的句式,没有复杂的语气,很少用比喻,不说俏皮话;方言,土语,歇后语,除非是非用不可,一概不用。他用字用得很少,句子很短,每一段的字数也不多,笔下节制很厉害。比如:

迎面是一座山,坡高路长。

这是多简练的句子? 这是提炼过的语言。

一九四五年的春天。我在贵阳失业,没工做。接到朋友从湘西来信说:"听说你从修理厂被裁,住闲很久了,这怎么行呢! 这里倒有个开车的事,我看你先来凑和着干吧!"

怎么失的业,失业多少时候了,都在朋友信里说明了。这就减省了很多笔墨。"这怎么行呢",这句话多有感情,这比说多少句表示同情的话都强。

这样简练的文字,不但能够像繁复的文字一样把事情说明白,而且说得更明白,这就是——准确。比如:

这天下午,汽车往前跑着,看着路牌一算计,离芷江不远了。迎面是一座山,坡高路长。老李这辆破车,劲又小,棉花包装的又高,爬起坡来唏哩哗啦乱响,吵的坐在驾驶室里说话都听不见。路又窄,边上就是山涧,一不小心就有危险! 老李不顾一切,瞪着眼全副精神往上开。这时候车速慢得跟普通人步行一样。

就这样正往上爬着,忽然"拍、拍"响了两枪。

助手老陈赶紧从门窗往后一看,急急嚷着:"让车!"

老李赶忙扭舵轮往边上开。没等顺好,接着又是"拍、拍!"两枪。

"轰隆!"车身晃了几晃,老李赶紧踏着刹车,车歪在路边上了。我们都吓了一身冷汗。老李说:"阿弥陀佛没有翻下去。"

话没说完,一辆十轮大卡车已停在我们面前。跳下一个美国兵,照着老李就是一顿嘴巴……。

这样说,事情不但说得很清楚,而且,它还带着一种紧张的动态。旧小说里常说"说时迟,那时快",赵坚同志这样的文字真是做到了"那"时快,说时也快。他把事情切开了说,不是拉不开,扯不断。这样的切开不是随便的切开,是符合当时的实际情况的,文字节奏跟事件的节奏是一致的,从文字中所得的感觉跟参加在事件中所得的感觉是一致的。这样,就会使读者有如"身临其境",能紧紧跟上事件的发展和进行。赵坚同志也用两个字概括他的这样使用文字的办法,还是那两个字:现实。他觉得这样写,现实;不这样写,就不现实。

《检查站上》从头至尾都是用的这种跟现实生活协调一致的叙述方法。比如检查员留难老李的那一段,检查员说一句甚么话,老李怎么应付,那里检查员翻翻眼睛,那里老李心里想甚么,那里周围的群众有所表示,这些地方的长短分量,都恰恰跟当时的时间相合,文字所占的"几何学的长度"是跟实际情形符合的。又如老张叙述家破人亡的经历的一段,老张几次欲言又止,时断时续,当中还插进一些不相干的事,这样不单让老张憋足了一股劲,加重了他后来和盘托出,一泄无余的力量,而且使读者转回来接受了老张前面吞吞吐吐之中所含蓄的仇恨。不单是老张的话本身,老张说话的整个过程都对读者起了作用。而,这样的写法,不只是单纯的旧小说似的"卖关子",它是符合当时的实际情况的,是"现实"的。

赵坚同志是按照"生活本身的辩证法"来表现生活的,他没有"把多方面的、复杂的、曲折的生活现象,理解成和描写成片面的,简单化的,直线的。"(周扬:《坚决贯彻毛泽东文艺路线》。)

按照"生活本身的辩证法"写出来的作品,是好的。只有按照"生活本身的辩证法"写出来的作品会产生新鲜的,真正的风格。

是不是赵坚同志这两篇东西已经是没有缺点的作品了呢?还不能这样说。缺点是有,但是基本上是好的。而且,我们珍视赵坚同志的作品还有更重要的理由:

赵坚同志是个工人。他曾经在家榜过五年地,后来就一直做了二十年的工。他做过各样的事情,跑过许多地方,当过挖地沟的小工,在阔人家当过烧饭抱孩子,伺候官太太的"老妈子",曾经在一家"公馆"里每天擦三层楼的地板和玻璃窗……这都是失业的时候为了"填肚子"干的。主要的,他一直干他的本行,跑车、修车,修车、跑车,二十年来,来回倒。直到解放以前,他在北京汽车修配厂,曾搞过一个时期动力工作。他在家的时候读过私塾,算在一起不过十八九个月。后来都忘了。到抗战的时候,因为一个地下同志的帮助,他把那点忘了的字又找了回来,而且能够看一点新书。——他第一本看中的书是《鼓风炉旁四十年》。但是,一直到解放的时候,他写信都还写不下来。解放以后,因为搞工会,搞工厂小报,才开始练习写东西。到去年十一月,抗美援朝运动刚一起来的时候,他写了《检查站上》。发表《磨刀》是今年五月的事。整个算起来,赵坚同志写作的时间不过两年,而能写出这样的作品,这难道不是可喜的,不是应该珍视的么?

为甚么赵坚同志能够有这样成就?这当然跟他是个有二十年工龄的产业工人分不开。他有丰富的,直接的,生活的和生产的斗争的经验,有活生生的"感觉材料",又有能够把材料提升起来的,工人阶级认识事物的方法,和工人阶级的坚持学习的精神。还有,当然,从他找回了他丢掉的字,接触到新书,一直到开始写作,到参加中央文学研究所学习,都和党的领导培植分不开。

周扬同志在《贯彻毛泽东文艺路线》中说:"特别值得注意的,是已经从工农群众中产生了新的作家",赵坚同志应当就是其中的一个。他们的作品真是"特别表现了中国工人阶级在艺术创造上的天才"。我们为赵坚同志的成就感到兴奋,并希望他能够把既有的成就巩固下来。希望他不要有一丝一毫的自满,更坚持、虚心、踏踏实实的学习,再努力的写出更好的,思想性和艺术性都更高一层的作品。我们相信,这是可能的。

从赵坚同志身上,我们感觉到祖国和党的伟大。光荣归于祖国,归于伟大的中国共产党!

注 释

① 本篇原载《北京文艺》1951 年第二卷第六期。

怀念一个朝鲜驾驶员同志[①]

一年半以前,你和你的兄弟们开着汽车把四野南下工作团的一部分人从漯河送到了汉口。开车那天是五月十九,到汉口是五月二十五,我记得很清楚。

起先我们不知道你们的来历,我们对你还颇有点不以为然。

第一天,车子开出去没多远就抛了锚,大家下了车,在荒沙田里,坐着躺着等着。有人说:司机干甚么的,开机之前不检查检查;并且嘲笑了那辆车。十个轮子甚么牌子都有,福特,固特异,老人头……还有一只日本胎!我们有个同志开过车,爬下去看了半天说:这家伙蛮干!跟他说了半天,像听不懂话似的!——怎么回事呢?——后轮少了一个螺丝,老先生从车上卸下来了一个,又没有扳子,扳子不合用,用个榔头在往上一点一点的敲呢!——扳子都不带全了!大家觉得:得!这一路,且瞧着吧,算碰上啦,又是这种路。——老公路全破坏了,这是"新"路,本来不是走汽车的;好多地方没有路,从麦田里开过去。

不过没多久马上我们就发现了我们的错误。你的驾驶技术通过了整个的车身而让我们感觉到了。车行的匀净,细致,稳当,——快,毫不觉着狂躁,轻轻易易的就赶上了并且越过了前头好多辆车。安全,舒服,轻松之感透过了我们全身,我们太放心了。我坐过公路车子很不少,很知道其中的甘苦,我不但满意,而且赞叹。而我们那位会开车子的同志用了两个字来形容你的驾驶:优美。乘坐在这样的车子上面的"乘客"对于驾驶汽车的人产生了一种共通的感情乃是非常自然的事。——这样的车子正是你这样的人开出来的。我们不能否认一个人干出来的活跟他那个人,那个人的样子是要有一种关系的。

我们也知道,一个人在甚么情形之下才愿意,也可能把他的工作干得那么好。

后来我们才知道你们是朝鲜人。你们是四连,四连全连都是朝鲜人。我们知道这一连是全汽车团最棒的一连,全团都向你们学习,向你们看齐。你们技术最好,立功最多,团里很多驾驶员都是你们训练出来的。你们里头党员最多,占绝大多数。你们参加了整个的东北解放战争,参加运输工作,也参加战斗,你们的英勇事迹在四野全军中流传,而你的手……

我们才注意到你的左手的指头全没有了。

那是在四平战斗中失去的。敌人扔下一个炸弹,掉在你车头上,车子着了火,你为了还想救住车子,救住车上的人,没往外跳,你的手把住了方向盘,汽油烧着了你的手。

你的副手,告诉我们你因为只用一只手开车,很吃亏。你伤了一只手,不健全了,开车时得在身上绑上很多带子,才坐得住。有时休息下来,我们看到他给你整理那些带子,我们看到那些怪复杂的白色的带子缚在你的现在看起来还是非常美好的肉体上,看到你有点困难的穿起你的衬衫。你那个副手到了一定的站头,就要给你整理一次,用不着你告诉他。你不说话,微微的侧过身子;似乎稍微屏住了一点呼吸,默默的让他在你身上整治。

我们很难体会你身体里的感觉,很难体会你这样的身体在驾驶汽车的时候内部是怎样运动的,你怎样把你的意志通过你的肌肉和神经传达到机器的里面去的。

而你,一直是全连最优秀的一个驾驶手,而且是最好的修械手。全连的车子都在你手里修过,许多车出了毛病,都得来问你。因此,我们这一辆跑得虽然快,到晚上的休息站的时候常常要在前头等着,你要看看大多数的车都开过去了再赶上去,你得照顾着他们。也正因此,你的扳子不齐全,你把你的给了别人了。我们不懂你们的话,但是不管是在车子相错而过的时候,或者休息站上相逢的时候,我们懂得你的兄弟们眼睛里对你的感激、告慰,这里头再混和了在异国的战斗途程中的特殊的亲密,实在叫我们在车上的人都深深的感动了。

在这辆含蓄了高度的个性化了的国际主义的忠诚和浸润着兄弟般的阶级的爱情的十轮卡车里歌唱着或者沉思着,我们就越来越不能忘情于你的身体,忘情于你的身体的美了。

你长得一付好体格,你长得颀长,挺拔,清秀而温和。

一到休息的时候,我们就要看看你。

我们看你安详的走下车来,点着一枝烟,走到路边去,站下来,这边看看,那边看看。离开狭窄的车头里和奔驰的景物,新鲜空气和空阔的安静的视野叫你觉得很舒畅,很愉快。

车过了商水,上蔡,汝南,……过了罗山。车从上面搭着一个小戏台的砖制牌坊下开过,从流着清澈见底的活水的乡下小石桥上开过,从扎着松彩的市镇街里开过……这一切,你都跟我们一样的发生兴趣,这些汉唐以上的要镇的现代的小城,处处都还保留着中古文化的馀响。过了罗山,风景就变了,再不是一些无际的广大而不免沉闷的黄土平原了,开始有水田水牛了,——我们里头有北方人还是第一次看到水牛!汽车路爬上去又爬下来,再没有那么清楚深刻和感觉过这是丘陵地带了。从平原到丘陵,截然不同,完全是两种感觉。漫山开野薇,树多椿树桑树,到处都是树,高低层叠;色调丰富多变,真是应接不暇;屋顶的坡度也大了,南方雨水多啊……我们也看到你对这个变化充满了惊奇。你从一九四六年就参加了我们的队伍,一直在东北,我相信到今天你还会清楚的记得,你在你的对于"中国"的认识上增加了一个新的经验。

我永远记得,汽车在一个乌黑的山谷间满生长浓密的乌桕树的石壁下的路边停下来加水,记得你爬上去,站在一棵大树底下向远处眺望;我记的你跨过一道小溪,蹲在梯田的埂上低着头拈弄着一株野草……

当时我就想一定有甚么东西是你所十分熟悉的,触动了你,让你那么喜悦。今天,我相信我当时的感觉,我从一些报道中证实了朝鲜很多地方属于丘陵地带,而你们的田,你们的农民分得的正多是梯田。你在东北,在华北,两三年来没有见过你的故乡风物了。你爱你的祖国的山和田,也一样的热爱着我们的啊。你把我们的祖国当作是你们的一样的爱着。你知道亚洲是整个亚洲人民的亚洲,一个国家的人民的解放是世界人民解放的一部分,因此,你和你的兄弟在我们的国土上战斗,为它流血。

可惜是你很少说话。你不大会说中国话,能听懂一些说不上来几句,"劳驾""谢谢"……不过沉默是你的性格。你跟你的兄弟们,甚至跟你的副手也说得不多。从你跟他们说话当中,我们知道你的声音不高,很平和,说得慢慢的,不过就是语言上没有隔阂。我们可以交谈的机会也很少,中途休息的时候很短促,大家忙着吃饭,喝水,——还忙着解手;开车的时候你在车头上;而晚上宿营的时候你得跟你的连队集合在一起,跟我们分开了。路上有时吃饭,拉你们,你们已经自己吃起来了。你们带着饭盒子,白饭,冷水泡一泡,就咸菜。请你抽烟你说自己有,"谢谢"。

你那个副手是个很有意思的人物,他活泼得很,人生得短短的,腿有点向外弯曲,可是动作灵活而敏捷,他似乎很"好管闲事"。一遇到有汽车抛了锚他都要下去,一边帮着你,一边哇啦哇啦大声嚷嚷,手脚也不停的舞动。有一次修理一个车子,半天没有修好,他从车子底下爬出来骂了一声"他妈的!"我们都笑了,他看着我们,也笑了。在路中过去没多远,大雨中我们下来推车子,他跟我们在一起,推推挤挤,兴奋而热烈,跟我一点界限没有。我们实在很喜欢他。每回他下车来或者加水,或者帮别人修车,都是等车子开动了,然后再从后面赶上来,一跃而上。他那个因为弯腿而显得很特殊的奔跑的姿态,他的穿着褪色的草黄色的制服的宽阔背影已经为我们十分熟悉。他一定很健谈,而且说话一定非常有风趣。——我们见到他跟你说甚么事引得你轻轻的笑了。

我们在一个车上整整一个星期,二十五号晚上十一点钟,下着大雨,你把我们送到汉口孤儿院,我们匆匆忙忙的下了车,搬运行李,安排房子,准备饭,忙乱之中竟然没有好好的向你们告别。你也急于归队,在我们刚下完了车的时候立刻就开走了。我的手上至今还感到欠缺那个紧紧的一握。

我们遗憾的不仅是缺少那一握手。我们对你的好感太多,而对你知道得太少,我当时的这种感情至今仍在我的胸口蠕动。我竭力忆想着我可能记得的一切细节,我还记得些甚么?

是的,我记得你们也像我们一样的,有机会就过组织生活,我记得你们在路上学习的材料是译成朝鲜文的"新民主主义论"。我记得你们休息时读着报纸,是朝鲜文的:因为你们人数很多,参加我们的工作的有好几万,所以特为你们办了报纸。我记得在宣化店住宿的时候,那天晚上我们留了一部分行李在车上,我和另外一个同志留下来守车。记得你帮助我们支好了布篷,借给了我们一个手电棒,点点头,走到躺着很多你的兄弟的另一个车子里去,记得你们吹着口琴、唱了歌,我们听得出你的声音也在里头,我们记得,你们唱的是:

"东方红

太阳升

中国出了一个毛泽东……"

我们记得,你们在把我们送到之后,接到了新的任务,继续向南方开行。……

我知道,我究竟记住了一些东西。这些东西是我们最应该记得的。

相隔了一年半的今天,我在这儿怀念着你,我相信你一定老早回到了你们的祖国,参加了解放祖国的战斗。我仿佛看到你还是那么沉默,文雅而安静。我从李庄同志所写的报道中相信你会仍然是我的记忆中的那个样子,我仿佛觉得那个在战斗的休息当中,靠在方向盘上读着《文学与艺术》的驾驶员就是你。我也仿佛看到你会在保卫祖国,保卫和平,反对美国侵略的战斗中表现着你在四平战斗中的英勇品质。

注 释

① 本篇原载《我们的血曾流在一起》,光明日报出版社,1951 年;又载《中朝人民的战斗友谊》,人民出版社,1951 年。

1952 年

从国防战士到文艺战士[①]

——记王凤鸣

王凤鸣是东北辽东省海城县耿庄子人,家里原来是贫农,他从小就很爱好民间文艺。东北农村里蹦蹦戏最流行,村里的年轻人看了戏,也就学着唱。海城的农村里也兴踩高跷,也是扮了戏连做带唱,不像有些地方光是穿起衣裳来走。所唱的,也是蹦蹦小戏,如"王少安赶船"、"杜十娘怒沉百宝箱"等等。不管唱戏或踩高跷,都有王凤鸣的份。他有一条好嗓子,能唱女角。有时喊两句梆子,也非常响亮。现在他的嗓子能够那么好,就是那时打下的底子。他对于一般民间文艺比较容易领会理解,也多少与此有关。

十九岁那年他学了手艺,就不再唱戏了,但还是爱看。他学的是木匠,在海城城里学的。海城有戏园子,他有空就去听。

手艺学成了,就在鞍山钢铁厂木工间做工。

抗战胜利以后,反动派到了东北,到处抓壮丁,王凤鸣被抓了丁。离家的时候,老婆和孩子都病着,一家三口人吃了半块老倭瓜,分了手。

一九四七年,人民解放军解放了他所在的部队。他本来可以回家去,但是他说:"我是吃了半块老倭瓜出来的,我不回去。我参加人民解放军,打反动派,帮穷人翻身。"

参军以后,王凤鸣进步的很快。从东北一直打到海南岛,他一直表现的很好,曾先后立过四次大功,一次小功,得过"艰苦奋斗"奖章和"勇敢"奖章,并荣获"人民功臣"光荣称号。

一次大功是平津战役时立的。他参加了打天津。上级号召要特别注意纪律,做到"寸草不动,片纸不拿"。所有的战士都表现得很好。王凤鸣的那个班,全班得到了奖状。王凤鸣则因在宣传、讲释、监督、带头等工作上起了很大作用,又因战斗勇敢、坚强,记了一大功。

平津战役后,王凤鸣光荣的参加了中国共产党。

另一次大功是在海南岛战役时立的。

海南岛战役的时候,王凤鸣已经在团的宣传队作宣传鼓动和战勤工作。都知道这次工作艰苦,任务重,宣传队绝大部分人都下了连队。王凤鸣要求参加战斗,他的决心被团部批准了,他参加了渡海作战,他准确地打击了敌人。渡海作战的战勤任务,特别危险,常常一边做工作一边要跟敌人打。但是他们把任务完成得很好。王凤鸣因为战斗的勇猛,发射准确,又因战勤工作做的好,立了一大功。

其余两大功是由行军,工作……各方面所立的小功累积起来的。

在党和上级的教育培养之下,王凤鸣早就已经全心全意地献身于人民革命的事业。在东北时,好几次经过家乡附近,因为任务紧急,他也没有回去看过,甚至立了大功,发给他喜报,他都不要,他说:"我不要,没有地方寄。"他说:"我离开家的时候,他们是那个样子,大人孩子都病着,谁知道现在是个什么样子呢?"一直到海南岛战役以后,上级命令:所有战士都必须往家写信,他才写。写了往那里寄呢?请村政府转吧。这才把喜报都寄了回去。去年到朝鲜去慰劳,回来时,又经过家乡附近,上级照顾,叫他回去,他才回去了一趟。他用透露着敬重和喜爱的语气说着他的爱人和孩子。

领导上对于战士的文娱生活从来就极重视。入关前后,更具体的号召兵写兵,兵演兵,战士们写出了很多快板,演出了很多小戏,王凤鸣回忆几年来的情形,说:"最初的时候,有些同志不大习惯。咱们的战士,绝大多数都是翻身农民,不好意思。一说打仗,全都上前,说演戏,有人就往后溜了。现在,可不同了。经常的演。三个月练兵,都要开五六次晚会。一个月得有个一两次。比赛!先是连里表演,演好了,挑到营里比;营里演完了,搁团里演……。可热闹了。现在你要是有个题材,大家就鼓动你:'搞啊!'一说演戏,不再有人往后溜了。这回戏才演完，就有人来说：'哎，下回演戏可有我一个！'搞个什么节目，也容易。你一个人出节目，大伙看成是大伙的事，你提一个意见，他提一个意见，人多计谋多，反复修改，就弄好了，这样，大家的文艺水平也逐渐提高了。……"

王凤鸣当战士时就编了很多快板，因为他对于民间文艺素来留心，所编的快板，比较生动活泼，响亮动听，特别受战士的欢迎。在宣传队的时候，他除了演戏，唱歌，数快板，还搞了一个特别名堂——影子戏。行了一天军，天黑了，别的节目表演起来不方便，他们就把战士的当天的事情，剪几个纸人，弄一张白布，一盏灯，表演起来。王凤鸣管唱，唱临时编出来的词。

战士们喜爱快板。但是听多了，弄熟了，觉得太简单，就要求提高一下，怎么提高呢？跟快板最接近的东西，就是曲艺，但是王凤鸣不会，他甚至很少听过，因为战士们需要，他就决心去学习。

团里原来有个会唱鼓词的同志，他唱的很冲，但是老是不搭调，没法配弦子，只能一个人干唱。就这样一个人唱，他还能吸引住人。王凤鸣说："他一个人能把全团一千多人都抓住，大家在一个广场子上听他搞个二三十分钟，动都不动，这个东西不简单！"于是王凤鸣就跟着他学。

老是一个人唱，没有弦子，也不够意思，于是王凤鸣就自己琢磨。"卢湘云打兵舰"就是这样创作出来的。

一九五〇年初，部队为了要渡海解放海南岛，展开"海练"。海练当中，出了卢湘云用木船打击敌人兵舰的事。王凤鸣想：试试看，用鼓词把它表现出来，他自己是跟战士们一齐苦练的，过去在机枪连当射手时又常跟卢湘云配合作战，很熟（这时他已经在团宣传队了）。人物，生活，都不成问题，加上对于所做的工作的政治热情，这个段子就弄出来了。

连里唱到营里，营里唱到团里，本单位唱到别的单位，到处唱开了，战士非常喜爱听，就对海练起了很大的推动作用。海南岛解放后，师里开庆功会，这个节目仍旧受到大伙的欢迎。一九五一年，中南军区首届剧音观摩会上,被选为战士的优秀节目,引起普遍重视,并且引起很多人对于曲艺的兴趣。

王凤鸣被留在中南部队艺术剧院歌舞队工作。从此,王凤鸣就由一个战士变为一个专业的文艺工作者了。

他在"部艺"参加演歌剧,一面继续钻研曲艺,不断地写出新词。在广州一带下连队宣传的时候,他写了"学文化"。文化教员都很感激他,因为他一唱,就提高了战士的学习情绪。战士们写信给他,跟他要词儿。去年他随一部分部队文艺工作者到朝鲜慰问,一夜工夫写成"押运英雄刘永泰",连搜集材料,写词,配腔调;第二天就演出了。他说:"表演一点他们自己的事,他们有兴趣,尽管这个东西多么简单。"今年四月,他跟其他同志一齐到荆江分洪地区去表演。时间很短,不能搜集具体的材料,通过人物,故事,写出这个伟大的建设,只能各处看了看,把工程人格化,写成了"蓄洪区说话"。但是它比一般的庸俗的拟人法的作品要深刻得多,一点都不俗气、贫气;它比一般的报道又生动得多,不是翻版,而是真正的经过艺术创作的东西。它高出一般的概念化、公式化的作品,因为它有思想性。在中南军区"七一"晚会上演出时,这个节目受到同志们普遍的欢迎,因此被选为这次来北京参加全军"八一"运动大会文艺竞赛的节目。

王凤鸣在旧社会只读过三年书,开始写作的时候,很困难。他用的也是高玉宝式的办法,遇到不会写的字就画上个记号,再去问人。后来字认得多些的时候,遇到不会写的字,就先用同音的字代替,自己注上一个记号,记明这不是本字,等问了人再改正,到学了注音符号以后,就把不会写的字用符号先标上。全篇写好了,最后请人抄出来。现在,他眼面前的字都够用了。

他学曲艺,并没有很好的条件。在写"蓄洪区说话"之前,他甚至根本没有听说过"单弦"这个名称。"部艺"有一些曲艺唱片,他就跟着片子学。汉口有个"民众乐团",有少数几个艺人在里面唱曲艺,他去听。一面听,一面用心记。他说:"甚么内容,就需要一个甚么调子。'蓄洪区说话'要是用'卢湘云打兵舰'的形式就不行。"蓄洪区那个题材适合用单弦表现,于是他就挑了几个唱片,一句一句的学牌子。然后,再一句一句的来写。他有决心把所有的曲艺形式都学会。他说:"部队文艺就是要多种多样,战士们要这样。"

他写作、演唱,都已经达到相当的熟练。在听他表演的时候,不会有人感觉到这是一个"外行"。他打鼓,打八角鼓,都显得很有功夫。他的身段、步法,也都很好看——虽然这跟一般艺人有所不同,谁能知道这是经过怎样苦练的结果?

他并不是死抱住旧形式不放。唱腔上有许多地方是他自己改过的。一般艺人在演唱战斗故事时所用的"刀枪架式"他都没有用。他所表演的战士是我们人民解放军的战士,不是古代的将官。为甚么要改?因为战士要那样。他的创作、表演,事实上就是战士们反复提意见修改,才得到完美的结果。他的全部谈话,他的作品,演出都贯串着这样的精神:"从战士的需要出发,跟战士学习。"为甚么能这样?因为他本身是战士。

我们曾经问他:从一个战士变成一个文艺工作者,当初在思想上是不是有甚么搞不通的地方?他说:"也没有甚么搞不通的,就是老惦记着那座六〇炮,怕新来的射手对它不熟悉,多少还愿意过战斗生活……"后来怎么解决的呢?他说:"一工作,就解决了!"

"一工作,就解决了!"这是一句朴实的话。一工作,他就具体的认识了工作的作用。谈到八角鼓的拿法、敲法,他谈得起劲,说:"我把这玩意拿来!"立刻就跑出拿来了。他非常热衷地问艺人的鼓是甚么样子,怎么拿法。知道了艺人的鼓里面是一根铁梁子,手指头抠在里面拿住,这样打得脆,但是难受得很,拿半个钟头,手指头就像要断了似的时候,他很郑重地说:"这要学。学甚么都有'难受'的时候。不能随便改。等学好了,再改。"他给他的八角鼓做了一个盒子。他一边说话,一边用手掌抚摸着鼓面的蛇皮,谁都可以看出来,八角鼓是他心爱的东西,正如同从前的六〇炮一样。他把文艺工作看得跟战斗任务一样,一样是人民革命事业的一部分;同时,他正是用战斗精神从事文艺工作的。因此,他才能有这样的成绩。

像王凤鸣这样的人,我们的部队里现在很多。文工团、队里有很多是从战士上来的,唱歌、演戏、搞器乐、搞创作的都有。我们的战士是文化的保卫者,因为他们自己就是热爱文化者。今天,谁还能说我们的军队不是有高度文化素养的军队?

注　释

① 本篇原载《说说唱唱》1952 年八月号(总第三十二期)。

1956 年

且说过于执①

　　浙江省昆苏剧团整理演出的"十五贯"有许多好处,大家已经谈了很多,这里只想就"过于执"这个人物说一点感想。

　　过于执基本上是个新创造出来的人物。①

　　所以要创造过于执,是因为要使剧本的主题更鲜明。"十五贯"的整理者抓住了原作的精华部分,要突出地描写为民请命的况钟,因而把熊友蕙、侯三姑的一条线索去掉,把所有不相干的人物和情节也都统统去掉。这是十分果断的作为。但这样一来,就会使剧情不大连贯,而且单薄;不流畅,不丰满;必须加戏。要突出地描写况钟怎样"担着心,捏着汗"地救人,就必需加重地描写他所处的环境,描写他的敌对势力。这种敌对势力是十分顽固的,并且是互相沆瀣一气,牢牢结合在一起的。这样才看得出况钟的斗争的尖锐性,充分地表现出他的公正聪明、沉着果敢来。这样也才合乎历史情况。原著的几场戏,特别是"见都"一折,是大胆地揭露了官场的昏暗腐朽的,这是原剧人民性最强烈的部分;因此整理者除了把词句通俗化了一下,基本上原封保留了下来,也是很正确的。但是单是这一折戏,还不够;这还不足以显出况钟处境的艰难险恶,也不足以显出他的坚毅难能。戏怎么加呢? 从哪里发展出来呢? 集中在谁的身上呢? 这样,这位过老爷就被"借重"了。

　　朱素臣原著的"十五贯"里,是有过于执这个人的。他的简历如下:他原任山阳县正堂。三年任满,改投常州理刑。他在山阳县任内,因为"一时执见",枉断了熊友蕙、侯三姑的官司;巧得很,他刚刚调到常州后,又遇到熊友兰、苏戌娟的官司,又因"一时执见""枉断"了。这两桩案子,被苏州知府况钟审清楚了,他才"随任往军门自劾",巡抚周忱念他"终任清廉",一力保奏,仅仅罚了半年薪俸。后来适逢乡试,他又被荐入内帘阅卷。刚好,熊氏兄弟都去投考,都中了,都成了他的门生。发榜后,兄弟二人例当去谒师,又都见到了过于执。相见之下,过于执自然有些难为情,于是为了赎取前愆,他自己提出给熊氏兄弟作媒。熊友兰、熊友蕙当时虽然是拒绝了,但是后来毕竟和侯三姑、苏戌娟"团圆"了。在有些本子里,这出戏最后还是由他老先生出来"哈哈"笑了两声,唱了几句吉祥话结束的。

从这里可以看出原作者对于过于执,对于当时官场的模棱的、妥协的态度。作者有心替他开脱。所错断了两件命案,几乎枉杀了四个无罪的人,得的惩处却仅仅是罚俸半年,这成什么话呢!当然,从个别地方看来,作者对于过于执,还是不无微词的,但是,显然并不是深恶而痛绝之。从这里我们可以看出,原作者在世界观和创作方法上的弱点。

整理者在原著中发现了这一个人,把他一把抓住;并且从原剧发展的线索中找到合适的关节(头堂官司原是他审的,况钟踏勘时他这个地方官理应在场),从那里展开了两场戏("受冤"和"疑鼠、踏勘"),这是很巧妙的措施。这是从内部抽长出来的枝叶,不是人工的嫁接,所以看上去非常自然非常得体。要是不看原著,会觉得那是本来就有,不是新加上去的。有了这个人物,这两场戏,戏就多了一面。而这一面是关系全局的一面。有了这一面就面面俱到,戏就饱满了,也更深刻了。

过于执虽在原著中著了名姓,但是整理本中的过于执和原本中的过于执已经是判若两人。整理者不仅把他作为一个必要的人物来处理,并且是作为一个艺术典型来创造的。他在剧里显然有反衬况钟的作用。但是并不是况钟是白,他就是黑,不是他的一举一动都是况钟的反面。要是这样,他就成了一个以没有独立的个性为特征的丑角,他的行事就是一些只是滑稽的笑剧了。不,无论剧本,无论导演和演员,都没有这样处理他。他是有自己的色调,自己的个性的。没有况钟,他也是这样;有了况钟,他的性格就表现得更强烈,因为况钟"侵犯"了他。

"被冤"一场,已经有很多人谈过。过于执的自负、自满,只管自己博得一个"英明果断"的能名，不管百姓死活；他的主观、武断，他的运用得十分便捷的逻辑推理，已经是有目共睹。这里只想谈谈演员朱国梁同志所创造的形象。我觉得他在人物的身份上掌握得十分准确。过于执是一个愚而自用的县官，但还不是一个渴血的酷吏，他跟以杀人作升官的本钱的大员——比如《老残游记》里的玉太尊，是有所不同的。同时把他的年龄的特点也表现得很突出。他并不是少年得意，使气妄为，他很老大了；而他的老大跟他的无知和自满相结合，才更加可笑。不知别人有没有这样的感觉，我觉得这个过于执一出台的时候，给人一种非常之"干"的印象，他的腰腿面目都很僵硬干枯，他的灵魂也是干的。这样的人没有一点人情，没有任何幽默感，他从无"内省"，没有什么人的声音能打动地。演员对于角色的精神状态是体会得很深的。

"疑鼠、踏勘"是一场独特的、稀有的，少见的戏。许多中国戏在结构上有这样一个特点：忙里偷闲，紧中有慢，越是紧张，越是从容；而这样，紧张就更向里收束，更是内在的，更深刻。比起追求表面激情，这是更高的艺术。"疑鼠、踏勘"就是这样的戏。这场戏紧接在"见都"之后，况钟和周忱斗了一场，这一场又要和过于执斗，然而幕一打开，戏好像简直是重新开始，把前面的事情好像完全放下不管了，后面的事也一点不老是惦记着。

在若有所思的，简直有点抒情意味的音乐声中，况钟等一行人走到尤葫芦家里。从况钟、过于执的扇子、皂隶的动作，非常真实而鲜明的渲染出一种空寂荒凉的气氛来，你简直闻得出满台呛人的尘土和霉气。这也暗示出事隔已久，时间会抹去当日的蛛丝马迹，让人觉得很难摸出头绪。同时从所有人（除了过于执）的十分谨慎而不免有点惴然的神态上，也使人充分地感觉出这是发生一件凶杀案的现场，不是什么别的地方。况钟决不是一下子就探囊取物似的得出真相来的，不是的，他在案情的周围摸索了很久。他向总甲问了一些照例的问话，他仔细详察了大门、肉案、墙壁、床铺，地上的血迹……这些不是显出况钟的不够干练，而是显出了他的虚心，他的实事求是。这些细节不是多余的，而是增加了真实感，增加了深度。同时，从皂隶的精细认真，从审察肉案时

157

门子用袖子给况钟拂去落在身上的尘土,可以看出况钟给予下属怎样的精神影响,他怎样受到身边人的爱戴,这些地方都十分令人感动,因而也更衬托出况钟的人格的崇高。难得的是这些细节决不是割断剧情的模拟生活的自然主义,不是喧宾夺主,而是江河不择细流,有推动剧情发展的作用。这是一场精致的戏。

在这一折戏里,过于执和况钟所占的地位是势均力敌的,两个人的一举一动随时都是扣在一起的,角色的呼应一刻也没有中断。这一场戏可以划出两段,以发现铜钱的地方为分水岭。在这以前过于执占着主动地位,他在斗争中占着上风;在这以后况钟占着主动地位,占了上风,而在全折发展中真正的主动人物又是况钟。这里非常真切地看出矛盾的发展和转换。一开头,过于执是"成竹在胸",很有把握的。他嘲笑况钟的深入调查研究为"迂阔"。他也陪同察勘,也上上下下看了一遭,然而是虚应故事,视而未见,心不在焉。他的眼睛更多的时候是看着况钟,他冷眼看着况钟摸索,口角眼风掩不住轻蔑。他竟然胆敢装腔作势地用地上的血迹来捉弄况钟。竟然在问了声"大人是否曾见可疑之处"之后,用露骨的讽刺语气说:"啊! 处处可疑啊!"他一个字一个字地念出自己审理此案是"凭、赃、凭、证,据、理、而、断!"真是目中无人。他用深深地打躬来表示抗傲,用笑声来宣泄满腔敌意。我们随时看见他的高高拱起的背,听到他的干涩的冷笑。而到"况大人胸有成竹,怎会徒劳往返?"仰起头来作了三声断开的、没有尾声的干笑之后,深深一躬,说道:"请——查!"他的肆无忌惮就达到了顶点,而他的暂时稳固的立脚点就开始摇晃起来了。从他对于况钟的进攻之中,我们只觉得况钟的虚怀若谷,沉静稳重,潜心考虑问题,毫不因为过于执的冷言冷语而分心动气,这是何等的风度! 反过来,过于执则是多么的浅狭、无聊! 到了发现铜钱之后,在况钟的层层深入,真正的谨严的、具有充分的前提的逻辑推论比照之下,过于执的逻辑的虚伪性就更加毕露了。他越来越强词诡辩,压制民意,希图掩饰蒙混过去,他的卑鄙险恶的心机也就越来越彻底在观众的面前揭开。到了后来他跑到周忱面前倒打一耙,诬告况钟"捕风捉影,诡言巧辩,捏造凭证,颠倒是非,又假私访为名,每日游山玩水,分明是拖延斩期,包庇死囚",这种毒辣的行径,是他的性格很逻辑的进一步发展。

从过于执的两场戏当中,我们看出昆苏剧团不但能使新加的东西不比原有的好东西逊色,而且能使新旧之间,部分与全体之间非常调协谐和,毫无生米、熟饭煮作一锅之感。从这场戏里,我们还可以看到作者、导演、演员之间的无间的合作,他们的艺术思想是那样的一致,以至使全戏的剧本和演出像是同时生长出来的,不是两件事。……

从过于执的两场戏当中,我们是可以看出昆苏剧团在工作上(包括剧本整理、导演和演员表演)的创造性来的。向创造性致敬!

注　释

① 本篇原载《北京文艺》1956 年 6 月号;初收《汪曾祺全集》第三卷,北京师范大学出版社,1998 年 8 月。

鲁迅对于民间文学的
一些基本看法^①

　　民间文学在中国,不是一个孤立的现象,它总是和文学上的思想斗争相联系着的。鲁迅先生并没有专门研究过民间文学,也没有发表过关于民间文学的学术文章,他总是在说到文学上的重要问题时必要地或者附带地提到民间文学;或者以民间文学为例,从这里说开去,发挥他对于政治的和文化的意见。但是虽然是这样,或者正因为这样,他对于民间文学的看法,常常达到不可比拟的深刻性和战斗性。

　　鲁迅的一生是战斗的一生。他一面要和敌对的阵营作战;一面还要指导说服在一个旗帜下面的同志和友人,和一些主观幼稚的倾向斗争;同时,在这样的过程里也就批评着和改造着自己。他的对于民间文学的理论的片段,就是在这样的斗争中产生和形成的。——虽然这只是片段,但都异常精辟中肯;并且这些片段是彼此互相联系贯通的,如果把它抽取出来,放在一起,是可以看出一定的系统性来的。鲁迅先生对于民间文学的议论,在我们的薄弱而混乱的民间文学理论遗产中,显得特别重要而且正确,至今仍具有积极的指导作用,并且日益显示出它的真实的意义。

　　鲁迅先生生时,在文艺上正面的,首当其冲的敌人,是以胡适为首的资产阶级学派。胡适派的思想和方法在文艺和学术上发生了广泛的影响,在民间文学工作方面影响也极大。五四运动以后,在民间文学工作方面曾经出现过一度的"旺相"。这个时期发表了不少真正具有人民性的民间文学作品,倡导了搜集研究的风气,并且草创了"民间文学"这一门学科,为此后的工作铺设了一层基础,这是值得我们永远纪念和感激的。但是五四运动是一个泥沙俱下的洪流,这在民间文学工作方面也不例外。这个时期的民间文学研究工作大部分都带有很严重的形式主义的缺点：烦琐不堪的比较，穿凿附会的考证，极少正确地分析它的思想内容。在搜集上也是只看形式和词句，甚至是"为着追求其中落后的东西"，把许多封建市民的淫佚颓靡和疲弱的冷嘲的作品，也都一概当作了民间文学，甚至标榜为民间文学的主流和高峰。这样，就掩盖了民间文学的最显著的特色——它的阶级性。胡适派的方法是从他们的基本的文艺思想——文学无阶级性出发的。胡适的影响不但很大，而且很久远，直到现在，还不绝如缕。跟胡适派的残余影响作斗争，仍然是我们的任务。

鲁迅，就用反驳民间文学无阶级性，来反驳了文学无阶级性的说法。

鲁迅直率地把文艺分为消费者的文艺和生产者的文艺，并且指出了民间文艺是生产者的文艺：

> ……既然有消费者，必有生产者，所以一面有消费者的艺术，一面也有生产者的艺术。……这和高等有闲者的艺术对立，是无疑的。[②]

鲁迅的这一个定义是有科学的精确性的。把民间文学认为首先是生产者的文学，这就划清了它的界限，并且说明了它的基本特征。民间文学的范围和界限，这一门学科的研究对象，是一个长久没有解决，甚至还没有提出讨论的问题。"民间文学"的"民"，"人民"，大家对它的理解颇有分歧，历史上各个时期的情况也不一样。鲁迅先生的这个说法是非常恰当的，这非常鲜明，也非常概括。"生产"，这说明"人民"一词最本质的含义，并且也说明了民间文学的最初的和最中心的内容。这个定义，就是对于奴隶社会以前的民间文学，也还是适用的。民间文学，从其全体上看来，它的产生的背景和最基本的主题，是：劳动。

鲁迅不但在原则上划分了民间文学的界限，并且有一双明察秋毫的眼睛，非常善于在模糊含混的表象之下看出实质的不同，剥开名词和形式看到思想。比如"谚语"，比如"笑话"，我们是很容易马马虎虎地把它一概算到民间文学里面去的,然而鲁迅先生就指出这也有不是出于人民的东西,指出这些东西的反人民性。

> 粗略地一想,谚语固然好像一时代一国民的意思的结晶,但其实,却不过是一部分人的意思。现在就以"各人自扫门前雪,莫管他人瓦上霜"来做例子罢,这乃是被压迫者的格言③,教人要奉公,纳税,输捐,安分,不可怠慢,不可不平,尤其不要管闲事;而压迫者是不包括在内的。……某一种人,一定只有这一种人的思想和眼光,不能越出他的本阶级之外。说起来,好像又在提倡什么犯讳的阶级了,然而事实是如此的。谣谚并非全国民的意思,就为了这缘故。……④

> 浙西有一个讥笑乡下女人之无知的笑话——
> 是大热天的正午,一个农妇做事做得正苦,忽然叹道:"皇后娘娘真不知多么快活。这时还不是在床上睡午觉,醒来的时候,就叫道:太监,拿个柿饼来!"
> 然而这并不是"下等华人话",倒是高等华人意中的"下等华人话",所以其实是"高等华人话"。在下等华人自己,那时也许未必这么说,即使这么说,也并不以为笑话的。⑤

这些意见,是说得非常具体而且深刻的。鲁迅先生这些话主要是针对敌对者而发的,但也同样教育着自己的同志。这种具体分析的鉴定方法,永远值得我们学习。

鲁迅先生对于民间文学的另一个重要论点,是承认民间文学在艺术上的优越性——刚健、清新。这本来是向自己的同志说的,但也间接搐击了胡适派对于民间文学的艺术的形式主义的论调。

革命的文艺工作者注意到民间文学,大约在一九三〇——三二年左右,是在讨论文艺"大众化"的时候。参加大众化讨论的虽然有各色各样的人,但在当时大体上还是倾向于革命的。因为革命形势的需要,文艺和人民大众结合的问题被提了出来,许多同志在理论上和实践上都做了一些开拓和试探的工作,这对于中国革命文学的发展是一个重要的阶段。但是由于历史的限制和革命的文艺者主观的弱点,这次讨论是有很大的缺点的。现在看起来,明显的缺点之一,是把"大众化"看成是一个单纯为了启蒙的手段问题,工具问题,"简单地看做是创造大众能懂的作品,以为是一个语言文字的形式问题"⑥。民间文学,就是在这种要求下被提出来的,当时的提法是"旧形式利用"。这在我们今天已经受了毛主席"在延安文艺座谈会上的讲话"的教育,多少知道一点"百花齐放,推陈出新"的道理的人,是不难看出它的片面性的:把所有的民间文学一概判定为"旧",这就割断了历史;只是着眼在其形式,而且是形式上的最外部的特点,如七字句、攒十字之类,就忽略了内容的人民性和表达这样的内容的艺术。许多同志当时都以为民间文学只是一个空瓶,却不知道这里面原来多半装的是陈年的好酒,喝下去是大有益处的。许多同志对民间文学都缺乏了解,而且存在着不同程度的轻视。虽然只提到"利用",也引起了许多疑虑,担心这是"类乎投降","机会主义",是"为整个旧艺术捧场"⑦,"怕文学的低落,为着文学发愁"⑧……等等。

这次讨论对于民间文学所放置的不适当的地位,后来终由鲁迅先生把它摆正了。

鲁迅先生也并不是一下子就对于民间文学的艺术价值作出充分的肯定的。鲁迅先生从来就热爱民间文学,他对于民间文学有着丰富的感性知识,远在一九二二年就写过《社戏》那样的优美的散文,并且一直都关心着民间文学的活动,也零散地提出过一些对于人民的文艺才能的看法;但是起初还不能提高到理论上来认识。也许他所看到的一些关于"山歌野曲"的出版物在观点和方法上都有些问题,使他产生一些迷惑,他在一九二七年所写的《革命时代的文学》中对民间文学的看法不能不说是带有一定的片面性的,——虽然其中也有合理的成分⑨。值得注意的是就在这一年前后,鲁迅先生写了好几篇充满深情的记述农村民间文艺生活和作品的极有思想性的文章,如《无常》、《五猖会》以及《朝花夕拾》的《后记》等等。从表面看,在那样残酷斗争的时候,鲁迅先生却忆念起这些村居琐事,仿佛是不可理解的事情;但是我们有理由可以说:随着整个思想的蜕变,随着向马克思主义的转移,鲁迅先生对于民间文学的看法也正在确立之中。这些夹叙夹议的散文里面已经闪耀着犀利的阶级分析的观点。这些,是他在参加讨论"大众化",提出民间文学课题之前的思想准备。在讨论初期,鲁迅先生的意见就是比较切实的。而到"大众化"问题的后期,在一九三四年,鲁迅的看法就越加成熟和坚定了,他把民间文学和大众化问题的关联就看得更加密切了。鲁迅先生虽然也袭用过"旧瓶装新酒"的口号,但他的理解是比许多人要深刻得多的,并不只在字面上打转。他的民间文学思想在《门外文谈》中表现得最为完美。《门外文谈》是"大众化"运动的一篇带有总结性的论文,同时也是中国的民间文学理论的杰出的文献。鲁迅先生在这篇文章中几乎全面地涉及到民间文学各方面的根本问题,从文学的起源——"杭育杭育派",直到晚近的农村中表演的戏曲。为了解除许多人的疑虑,叫他们"不必恐慌",不必骇怕大众文艺因为吸收了民间文艺而"低落",鲁迅先生对于民间文艺的艺术价值作了这样的斩钉截铁的估计:

> 大众并无旧文学的修养,比起士大夫文学的细致来,或者会显得所谓"低落"的。但也未染旧文学的痼疾,所以它又刚健,清新。无名氏文学如"子夜歌"之流,曾经给文学一种力量,我先前已经说过了;现在也有人介绍了许多民歌和故事。还有戏剧,例如"朝花夕拾"所引"目莲救母"里的无常鬼自传,说是因为同情一个鬼魂,暂放还阳半日,不料被阎罗责罚,从此不再宽纵了——
>
> "那怕你铜墙铁壁!
>
> 那怕你皇亲国戚!……"
>
> 何等有人情,又何等知过,何等守法,又何等果决,我们的文学家做得出来么?⑩

> 这是真的农民和手工业工人们的作品,由他们闲中扮演。借目莲的巡行来贯串许多故事,除"小尼姑下山"以外,和刻本"目莲救母"是完全不同的。其中有一段"武松打虎",是甲乙两人,一强

一弱,扮着戏玩。先是甲扮武松,乙扮老虎;被甲打得要命,乙埋怨他了,甲道:"你是老虎,不打,不是给你咬死了?"乙只得要求互换,却又被甲咬得要命,一说怨话,甲便道:"你是武松,不咬,不是给你打死了?"我想,比起希腊的伊索,俄国的梭罗古勃的寓言来,这是毫无逊色的。⑪

许多同志的轻视民间文学,有许多原因;原因之一,是接触得太少,知道得太少。在当时,许多同志心目中的民间文学只是一个概念,而且是一个歪曲的概念,以为不过是小沙渡或杨树浦(上海近郊)一带的"泗洲调"、"月望郎"、"孟姜女哭夫"、"五更调"、"十八摸"、"打牙牌"、"毛毛雨"⑫(其实这里面也有好的,比如"孟姜女哭夫")这一类的东西,这就无怪其然了。而鲁迅先生之所以能够深刻地认识民间文学,是因为他在精神上和人民有深刻的联系;前面已经说过,他曾经生活在丰富的民间文学的感性世界之中,对民间文学有广泛的知识和兴趣;民间文学曾经养育过他,这也成为了他身体里的狼的血液,使他切身地感觉着它的强壮的力量。民间文学的伟大的教育作用,其实从鲁迅先生的身上,就可以看出来的。

可惜,鲁迅先生对于民间文学的看法,在当时,没有得到普遍的重视和理解。大家的所以不能重视和理解,也正是因为在民间文学的认识上和鲁迅有很大的差别。——那么,看起来,对于民间文学的搜集整理工作也仍然是当务之急,因为今天大家对于民间文学的理解和重视也还不是那样的"普遍"的。

鲁迅先生深知民间文学的人民性和艺术上的优越性,所以他主张在采录时要忠实,他惋惜"柳枝"、"竹枝"、"子夜"、"读曲"的为文人润色而失去本来面目⑬。他以为"惟神话虽然文章,而诗人则为神话之仇敌,盖当歌颂记叙之际,每不免有所粉饰,失其本来"。⑭但是他并不以为凡属民间文学就一概都是好的。他在《革命时代的文学》中对"山歌野曲"的估价虽然有些片面,但把"对乡下的绅士有田三千亩,就佩服得不了"作为对一部分民间文学的批评来看,也还是正确的,他指出民间文学的间接蒙受士大夫文学的影响,也是合乎事实的。他对游离在革命之外,尚未觉醒的市民在民谣中所表现的麻木和自私,是很为痛心的——他简直称之为"黑暗"⑮。所以我们对搜集记录下来的民间文学材料,也还要加以甄别。同时,要防止"失其本来",也并不是绝对不能动,若是当作宝贝似的供养起来,那就成了鲁迅先生所批评的"国粹派"。鲁迅先生是第一个对"白蛇传"加以热烈的肯定的,但也以为倘要改编为连环画,是要把水漫金山伤害生灵的地方减弱,把白娘娘的坚毅的地方加强的。——这个工作,在我们今天说起来,便是"整理"。另外,则有加工、改编、创作,《故事新编》便是这样的书。《故事新编》有许多借题发挥的情节,但是除去这些之外,还是忠实于原来的传说和史料,并且发挥出原材料的精神的;用鲁迅先生自己的说法,就是"没有把古人写得更死"⑯。鲁迅先生所用的方法我们今天或者不一定全用,但那精神是值得采取的。我们反对"失其本来"的粗暴,也不应保守到"把古人写得更死"。鲁迅先生认为应该从民间文学生出新的艺术,新的形式:

> 旧形式的采取,必有所增删,既有删除,必有所增益,这结果是新形式的出现,也就是变革。⑰

这些问题本来是极为复杂的,因为时间力量所限,一时不能深论,只能这样笼统地提一提。——鲁迅先生对于民间文学还有一些重要的意见,比如他对民间文学与书面文学的相互交流与蜕变的辩证关系的看法,他对民间语言的卓越的见解,他对于中国的鬼和神的富于人情的分析,……这些都对我们当前的工作仍然极有现实的指导意义,但都不是一时所能备说,今只撮述其对于民间文学的一些基本的看法,供大家参考,如上。

一九五六年九月

注　释

① 本篇原载《民间文学》1956 年 10 月号;初收《汪曾祺全集》第三卷,北京师范大学出版社,1998 年 8 月。

② 《且介亭杂文》:《论"旧形式的采用"》。

③ 鲁迅先生这句话的意思是说这是压迫者创设出来使被压迫者遵奉的格言。

④ 《南腔北调集》:《谚语》。

⑤ 《伪自由书》:《人话》。按此笑话亦见石天基《笑得好》,题为"吃柿坨",与此小异。

⑥ 周扬:《马克思主义与文艺》序言。

⑦ 见《且介亭杂文》:《论"旧形式的采用"》。

⑧ 见《且介亭杂文》:《门外文谈》。

⑨ 请参看《而已集》:《革命时代的文学》。关于这篇文章,因为笔者不大了解当时的情况,理解上可能有偏差,姑且这样提出来,请大家商榷。

⑩ 无常的唱词在《朝花夕拾》中《无常》内引述较多,分析亦更为细致,请参看。

⑪ 《且介亭杂文》:《门外文谈》。

⑫ 见丁易编《大众文艺论集》,华汉:《普罗文艺大众化的问题》。

⑬ 见《门外文谈》。

⑭ 《中国小说史略》:《神话与传说》。

⑮ 见《三闲集》:《太平歌诀》。有人以为鲁迅先生这篇文章是在称赞这三首民谣,这是断章取义地把意思看反了。

⑯ 《故事新编》序。

⑰ 《且介亭杂文》:《论"旧形式的采用"》。

冬 天 的 树[①]

冬 天 的 树

冬天的树,伸出细细的枝子,像一阵淡紫色的烟雾。

冬天的树,像一些铜板蚀刻。

冬天的树,简练,清楚。

冬天的树,现出了它的全身。

冬天的树,落尽了所有的叶子,为了不受风的摇撼。

冬天的树,轻轻地,轻轻地呼吸着,树梢隐隐地起伏。

冬天的树在静静地思索。

(这是冬天了,今年真不算冷。空气有点潮湿起来,怕是要下一场小雨了吧。)

冬天的树,已经出了一些比米粒还小的芽苞,裹在黑色的鞘壳里,偷偷地露出一点娇红。

冬天的树,很快就会吐出一朵一朵透明的,嫩绿的新叶,像一朵一朵火焰,飘动在天空中。

很快,就会满树都是繁华的,丰盛的浓密的绿叶,在丽日和风之中,兴高采烈,大声地喧哗。

标　语

游行过去了。已经有多少天了?……

下午一点钟游行,现在,可以走了。把墨水瓶盖起来,椅子推到桌

168

子底下,摸一摸钥匙,走。立刻,这个城市变了样子。人走到街上来,变成了队伍。沉静、平稳的,然而凝炼的,湍急的队伍。人们从自己身上感觉到别人的紧张的肌肉和饱满的肺,从别人的眼睛里看到自己的发光的眼睛。于是,队伍密集起来,汇总起来,成了一片海。海的力量,海的声音,震动着全城的扩音器和收音机的喇叭,哗啦,哗啦……

一直到晚上,人们才回来,在暮色中,在每天在一定的时候亮起来的路灯底下,一群一群,一阵一阵,走在马路边上,带着没有消散的兴奋和卷得整整齐齐的旗子……

游行过去了……

现在,这里是日常生活。人来,人往。公共汽车斜驶过来,轻巧地进了站。冰糖葫芦。邮筒。鲜花厂的玻璃上结着水气,一朵红花清晰地突现出来,从恍惚的绿影的后面。狐皮大衣,铜鼓。炒栗子的香气。十二月上午的阳光……

但是有标语。标语留下来,标语贴在墙上,贴在日常生活里面。标语一天一天地变得更加切实,更加深刻:

我们坚决支援埃及人民。

公 共 汽 车

去年,在公共汽车上,我的孩子问我:"小驴子有舅舅吗?"他在路上看到一只小驴子;他自己的舅舅前两天刚从桂林来,开了几天会,又走了。

今年,在公共汽车上,我的孩子告诉我:"这是洒水车,这是载重汽车,这是老雕车……我会画大卡车。我们托儿所有个小朋友,他画得棒极了,他什么都会画,他……"

我的孩子跟我说了不止一次了:"我长大了开公共汽车!"我想了一想,我没有意见。不过,这一来,每次上公共汽车,我就只好更得顺着他了。从前,一上公共汽车,我总是向后面看看,要是有座位,能坐一会也好嘛。他可不,一上来就往前面钻。钻到前面干什么呢? 站在那里看司机叔叔开汽车。起先他问我为什么前面那个表旁边有两个扣子大的小灯,一个红的,一个黄的?为什么亮了——又慢慢地灭了?我以为他发生兴趣的也就是这两个小灯;后来,我发现并不是的,他对那两个小灯已经颇为冷淡了,但还是一样一上车就急忙往前面钻,站在那里看。我知道吸引住他的早就已经不是小红灯小黄灯,是人开汽车。我们曾经因为意见不同而发生过不愉快。有一两次因为我不很了解,没有尊重他的愿望,一上车就抱着他到后面去坐下了,及至发觉,则已经来不及了,前面已经堵得严严的,怎么也挤不过去了。于是他跟我吵了一路。"我说上前面,你定要到后面来!"——"你没有说呀!"——"我说了!我说了!"——他是没有说,不过他在心里是说了。"现在去也不行啦,这么多人!"——"刚才没有人!刚才没有人!"这以后,我就尊重他了,甭想再坐了。但是我"从思想里明确起来",则还在他宣布了他的志愿以后。从此,一上车,我就立刻往右拐,几乎已经成了本能,简直比他还积极。有时前面人多,我也带着他往前挤:"劳驾,劳驾,我们这孩子,唉!要看开汽车,咳……"

开公共汽车,这实在也不坏。

开公共汽车,这是一桩复杂的,艰巨的工作。开公共汽车,这不是开普通的汽车。你知道,北京的公共汽车有多挤。在公共汽车上工作,这是对付人的工作,不是对付机器。

在北京的公共汽车上工作的,开车的,售票的,绝大部分是一些有本事的,精干的人。我看过很多司机,很多售票员。有一些,确乎是不好的。我看过一个面色苍白的,萎弱的售票员,他几乎一早上出车时就打不起精神来。他含含糊糊地,口齿不清地报着站名,吃力地点着钱,划着票;眼睛看也不看,带着淡淡的怨气呻吟着:"不下车的往后面走走,下面等车的人很多……"也有的司机,在车子到站,上客下客的时候就休息起来,或者看他手上的表,驾驶台后面的事他满不关心。但是我看过很多精力旺盛的,机敏灵活的,不疲倦的售票员。我看到过一个长着浅浅的兜腮胡子和一对乌黑的大眼睛的角色,他在最挤的一趟车快要到达终点站的时候还是声若洪钟。一付配在最大的演出会上报幕的真正漂亮的嗓子。大声地说了那么多话而能一点不声嘶力竭，气急败坏，这不只是个嗓子的问题。我看到过一个家伙，他每次都能在一定的地方，用一定的速度报告下车之后到什么地方该换乘什么车，他的声音是比较固定的，但是保持着自然的语调高低，咬字准确清楚，没有像有些售票员一样把许多字音吃了，并且因为把两个字音搭起来变成一种特殊的声调，没有变成一种过分职业化的有点油气的说白，没有把这个工作变成一种仅具形式的玩弄——而且，每一次他都是恰好把最后一句话说完，车也就到了站，他就在最后一个字的尾音里拉开了车门，顺势弹跳下车。我看见过一个总是高高兴兴而又精细认真的小伙子。那是夏天，他穿一件背心，已经完全汗湿了而且弄得颇有点污脏了，但是他还是笑嘻嘻的。我看见他很亲切地请一位乘客起来，让一位怀孕的女同志坐，而那位女同志不坐，说她再有两站就下车了。"坐两站也好嘛！"她竟然坚持不坐，于是他只好无可奈何地笑一笑；车上的人也都很同情他的笑，包括那位刚刚站起来的乘客，这个座位终于只是空着，尽管车上并不是不挤。车上的人这时想到的不是自己要不要坐下，而是想的另外一类的事情。有那样的售票员，在看见有孕妇、老人、孩子上车的时候也说一声："劳驾来，给孕妇、抱小孩的让个座吧！"说完了他就不管了。甚至有的说过了还急忙离孕妇老人远一点，躲开抱着孩子的母亲向他看着的眼睛，他怕真给找起座位来麻烦，怕遇到蛮横的乘客惹起争吵，他没有诚心，在困难面前退却了。他不。对于他所提出的给孕妇、老人、孩子让座的请求是不会有人拒绝，不会不乐意的，因为他确是在关心着老人、孕妇和孩子，不只是履行职务，他是要想尽办法使他们安全，使他们比较舒适的，不只是说两句话。他找起座位来总是比较顺利，用不了多少时候，所以耽误不了别的事。这不是很奇怪么？是的，了解一个人的品德并不很难，只要看看他的眼睛。我看见，在车里人比较少一点的时候，在他把票都卖完了的时候，他和一个学生模样的女孩子在闲谈，好像谈她的姨妈怎么怎么的，看起来，这女孩子是他一个邻居。而，当车快到站的时候，他立刻很自然地结束了谈话，扬声报告所到的站名和转乘车辆的路线，打开车门，稳健而灵活地跳下去。

我看见,他的背心上印着字:一九五五年北京市公共汽车公司模范售票员;底下还有一个号码,很抱歉,我把它忘了。当时我是记住的,我以为我不会忘,可是我把它忘了。我对记数目字太没有本领了——是225?是不是?现在是六点一刻,他就要交班了。他到了家,洗一个澡,一定会换一身干干净净的,雪白的衬衫,还会去看一场电影。会的,他很愉快,他不感到十分疲倦。是和谁呢?是刚才车上那个女孩子么?这小伙子有一副招人喜欢的体态:文雅。多么漂亮,多有出息的小伙子!祝你幸福……

我看到过一个司机。就是跟那个苍白的,疲乏的售票员在一辆车上的司机。这是一个沉默寡言的,冷静的人,有四十多岁,一张瘦瘦的黑黑的脸,脸上没有什么表情。这个人,车是开得好的;在路上遇到什么人乱跑或者前面的自行车把不住方向,情况颇为紧急时,从不大惊小怪,不使得一车的人都急忙伸出头来往外看,也不大声呵斥骑车行路的人。这个人,一到站,就站起来,转身向后,偶尔也伸出手来指点一下:"那位穿蓝制服的,你要到西单才下车,请你往后走走。拿皮包的那位同志,请你偏过身子来,让这位老太太下车。车下有一个孕妇,坐专座的同志,请你站起来。往后走,往后走,后面还有地方,还可以再往后走。"很奇怪,车上的人就在他的这样的简单的,平淡的话的指挥之下,变得服服贴贴,很有秩序。他从来不呼吁,不请求,不道"劳驾",不说"上下班的时候,人多,大家挤挤!""大礼拜六的,谁不想早点回家呀,挤挤,挤挤,多上一个好一个!""外边下着雨,互相多照顾照顾吧,都上来了最好!""上不来了!后边车就来啦!我不愿意多上几个呀!我愿意都上来才好哩,也得挤得下呀!"他不说这些!这个人身上有一种奇特的东西,那就是:坚定、自信。我看了看车上钉着的"公共汽车司机售票员守则",有一条,是"负责疏导乘客","疏导",这两个字是谁想出来的?这实在很好,这用在他身上是再恰当也没有了。于此可见,语言,是得要从生活里来的。我再看看"公约","公约"的第一条是:"热爱乘客。"我想了想,像他这样,是"热爱"么?我想,是的,是热爱,这样的冷静,坚定,也是热爱,正如同那225号的小伙子的开朗的笑容是热爱一样……

人,是有各色各样的人的。

……我的孩子长大了要开公共汽车,我没有意见。

一九五六年十二月

注　释

① 本篇原载《人民文学》1957 年第三期;初收《汪曾祺全集》第三卷,北京师
范大学出版社,1998 年 8 月。

下水道和孩子①

　　修下水道了。最初,孩子们不知道是怎么一回事,只看见一辆一辆的大汽车开过来,卸下一车一车的石子,鸡蛋大的石子,杏核大的石子,还有沙,温柔的,干净的沙。堆起来,堆起来,堆成一座一座山,把原来的一个空场子变得完全不认得了。(他们曾经在这里踢毽子,放风筝,在草窝里找那么尖头的绿蚱蜢——飞起来露出桃红色的翅膜,格格格地响,北京人叫做"卦大扁"……)原来挺立在场子中间的一棵小枣树只露出了一个头,像是掉到地底下去了。最后,来了一个一个巨大的,大得简直可以当做房子住的水泥筒子。这些水泥筒子有多重啊,它是那么滚圆的,可是放在地下一动都不动。孩子最初只是怯生生地,远远地看着。他们只好走一条新的,弯弯曲曲的小路进出了,不能从场子里的任何方向横穿过去了。没有几天,他们就习惯了。他们觉得这样很好。他们有时要故意到沙堆的边上去踩一脚,在滚落下来的石子上站一站。后来,从有一天起,他们就跑到这些山上去玩起来。这倒不只是因为在这些山旁边只有一个老是披着一件黄布面子的羊皮大衣的人在那里看着,并且总是很温和地微笑着看着他们,问他姓什么,住在哪一个门里,而是因为他们对这些石子和沙都熟悉了。他们知道这是可以上去玩的,这一点不会有什么妨碍。哦,他们站得多高呀,许多东西看起来都是另外一个样子了。他们看见了许多肩膀和头顶,看见头顶上那些旋。他们看见马拉着车子的时候脖子上的鬃毛怎样一耸一耸地动。他们看见王国俊家的房顶上的瓦楞里嵌着一个皮球。(王国俊跟他爸爸搬到新北京去了,前天他们在东安市场还看见过的哩。)他们隔着墙看见他们的妈妈往绳子上晒衣服,看见妈妈的手,看见……终于,有一天,他们跑到这些大圆筒里来玩了。他们在里面穿来穿去,发现、寻找着各种不同的路径。这是桥孔啊，涵洞啊，隧道啊，是地道战啊……他们有时伸出一个黑黑的脑袋来，喊叫一声，又隐没了。他们从薄暗中爬出来，爬到圆筒的顶上来奔跳。最初，他们从一个圆筒上跳到一个圆筒上，要等两只脚一齐站稳，然后再往另一个上面跳，现在，他们连续地跳着，他们的脚和身体已经习惯了这样的弧形的坡面，习惯了这样的运动的节拍，他们在上面飞一般地跳跃着……

（多给孩子们写一点神奇的，惊险的故事吧。）

他们跑着，跳着，他们的心开张着。他们也常常跑到那条已经掘得很深的大沟旁边，挨着木栏，看那些奇奇怪怪的木架子，看在黑洞洞的沟底活动着的工人，看他们穿着长过膝盖的胶皮靴子从里面爬上来，看他们吃东西，吃得那样一大口一大口的，吃得那样香。夜晚，他们看见沟边点起一盏一盏斜角形的红灯。他们知道，这些灯要一直在那里亮着，一直到很深很深的夜里，发着红红的光。他们会很久很久都记得这些灯……

孩子们跑着，跳着，在圆筒上面，在圆筒里面。忽然，有一个孩子在心里惊呼起来："我已经顶到筒子顶了，我没有踮脚！"啊，不知不觉的，这些孩子都长高了！真快呀，孩子！而，这些大圆筒子也一个一个地安到深深的沟里去了，孩子们还来得及看到它们的浅灰色的脊背，整整齐齐地，长长地连成了一串，工人叔叔正往沟里填土。

现在，场子里又空了，又是一个新的场子，还是那棵小枣树，挺立着，摇动着枝条。

不久，沟填平了，又是平平的，宽广的，特别平，特别宽的路。但是，孩子们确定地知道，这下面，是下水道。

注　释

① 本篇原载《诗刊》1957 年第三期；初收《汪曾祺自选集》，漓江出版社，1987年 10 月。

国　子　监①

　　《北京文艺》叫我写一写国子监。我到国子监去逛了一趟,不得要领。从首都图书馆抱了几十本书回来,看了几天,看得眼花气闷,而所得不多。后来,我去找了一个"老"朋友聊了两个晚上,倒像是明白了不少事情。我这朋友世代在国子监当差,"侍候"过翁同龢、陆润庠、王垿等祭酒,给新科状元打过"状元及第"的旗,国子监生人,今年七十三岁,姓董。

　　国子监,就是从前的大学。

　　这个地方原先是什么样子,没法知道了(也许是一片荒郊)。立为国子监,是在元代迁都北城以后,至元二十四年(一二八八),据今约已近七百年。

　　元代的遗迹,已经难于查考。给这段时间作证的,有两棵老树,一棵槐树,一棵柏树,一在彝伦堂前,一在大成殿阶下。据说,这都是元朝的第一任国立大学校长——国子监祭酒许衡手植的。柏树至今仍颇顽健,老干横枝,婆娑弄碧,看样子还能再活个几百年。那棵槐树,约有北方常用二号洗衣绿盆粗细,稀稀疏疏的披着几根细瘦的枝条,干枯僵直,全无一点血气,已经老得不成样子了,很难断定它是否还活着。——它老早就已经死过一回,死了几十年,有一年不知道怎么又活了。这是乾隆年间的事,这年正赶上是慈宁太后的六十"万寿",嗬,这是大喜事!于是皇上、大臣,赋诗作记,还给老槐树画了像,全都刻在石头上,着实地热闹了一通。这些石碑,至今犹在。

国子监是学校,除了一些大树,和石碑之外,主要的是一些作为大学校舍的建筑。这些建筑的规模大概是明朝的永乐所创建的(大体依据洪武帝在南京所创立的国子监,而规模似不如原来之大),清朝又改建或修改过。就中修建最多的,是那位站在大清帝国极盛的峰顶,喜武功亦好文事的乾隆。

　　一进国子监的大门——集贤门,是一个黄色琉璃牌楼。牌楼之里是一座十分庞大华丽的建筑,这就是辟雍。这是国子监最中心,最突出的一个建筑。这就是乾隆所创建的。辟雍者,天子之学也。天子之学,到底该是个什么样子,从汉朝以来就众说纷纭,谁也闹不清楚。照现在看起来,是在平地上开出一个正圆的池子,当中留出一块四方的陆地,上面盖起一座十分宏大的四方的大殿,重檐,有两层廊柱,盖黄色琉璃瓦,安一个巨大的镏金顶子,梁柱檐饰,皆朱漆描金,透刻敷彩,看起来像一顶大花轿子似的。辟雍殿四面开门,可以洞启。池上围以白石栏杆,四面有石桥通达。这样的格局是有许多讲究的,这里不必说它。辟雍,是乾隆以前的皇帝就想到要建筑一个的,但都因为没有水而作罢了。(据说天子之学必得有水!)到了乾隆,气魄果然是要大些,认为"北京为天下都会,教化所先也,大典缺如,非所以崇儒重道,古与稽而今与居也"(《御制国学新建辟雍园水工成碑记》)。没有水,那有什么关系?下令打了四口井,从井里把水汲上来,从暗道里注入,通过四个龙头(螭首),喷到白石砌就的水池里,于是石池中涵空照镜,泛着潋滟的波光了。二八月里,祀孔释奠之后,他来了,前面钟楼里撞钟,鼓楼里擂鼓,殿前四个大香炉里烧着檀香,他走入讲台,坐上宝座,讲《大学》或《孝经》一章,叫王公大臣和国子监的学生跪在石池的桥边听着,这个盛典,叫做"临雍"。

　　这"临雍"的盛典,道光嘉庆年间,似乎还举行过,到了光绪,据我那朋友老董说,就根本没有这档子事了。大殿里一年难得打扫两回,月牙河(老董管辟雍殿四边的池子叫做四个"月牙河")里整年是干的,只有在夏天大雨之后,各处的雨水一齐奔到这里面来。这水是死水,那光景是不难想像的。

然而辟雍殿确实是个美丽的，独特的建筑。北京的有名的建筑，除了天安门、天坛祈年殿那个蓝色的圆顶、九梁十八柱的角楼，应该数到这顶四方的大花轿。

辟雍之后，正面一间大厅，是彝伦堂，是校长——监酒和教务长——司业办公的地方。此外有"四厅六堂"，敬一亭，东厢西厢。四厅是教职员办公室。六堂本来应该是教室，但清朝另于国子监斜对门盖了一些房子作为学生住宿进修之所，叫做"南学"（北方戏文动辄说"一到南学去攻书"，指的即是这个地方），六堂作为考场时似更多些。学生的月考、季考在此举行，每科的乡会试也要先在这里考一天，然后才能到贡院下场。

六堂之中原来排列着一套世界上最重的书，这书一页有三四尺宽，七八尺长，一尺许厚，重不知几千斤。这是一套石刻的十三经，是一个老书生蒋衡一手写出来的。据老董说，这是他默出来的！他把这套书献给皇帝，皇帝接受了，刻在国子监中，作为重要的装点。这皇帝，就是高宗纯皇帝乾隆陛下。

国子监碑刻甚多。数量最多的，便是蒋衡所写的经。著名的，旧称有赵松雪临写的"黄庭"、"乐毅"，"兰亭定武本"，颜鲁公"争座位"，这几块碑不晓得现在还在不在，我这回未暇查考。不过我觉得最有意思，最值得一看的，是明太祖训示太学生的一通敕谕，这是值得写在胡适的《白话文学史》里面去的杰作：

恁学生每听着：先前那宋讷做祭酒呵，学规好生严肃，秀才每循规蹈矩，都肯向学，所以教出来的个个中用，朝廷好生得人。后来他善终了，以礼送他回乡安葬，沿路上著有司官祭他。

近年著那老秀才每做祭酒呵，他每都怀著异心，不肯教诲，把宋讷的学规都改坏了，所以生徒全不务学，用著他呵，好生坏事。

如今著那年纪小的秀才官人每来署学事，他定的学规，恁每当依著行。敢有抗拒不服，撒泼皮，违犯学规的，若祭酒来奏著恁呵，都不饶！全家发向烟瘴地面去，或充军，或充吏，或做首领官。

今后学规严紧，若有无籍之徒，敢有似前贴没头帖子，诽谤师长的,许诸人出首,或绑缚将来,赏大银两个。若先前贴了票子,有知道的,或出首,或绑缚将来呵,也一般赏他大银两个。将那犯人凌迟了,枭令在监前,全家抄没,人口发往烟瘴地面。钦此!

这里面有一个血淋淋的故事:明太祖为了要"人才",对于办学校非常热心。他的办学的政策只有一个字:严。他所委任的第一任国子监祭酒宋讷,就秉承他的意旨,订出许多规条。待学生非常的残酷,学生可有饿死吊死的。学生受不了这样的迫害和饥饿,曾经闹过两次学潮。第二次学潮起事的是学生赵麟,出了一张壁报(没头贴子)。太祖闻知,龙颜大怒,把赵麟杀了,并在国子监立一长竿,把他的脑袋挂在上面示众(照明太祖的语言,是"枭令")。隔了十年,他还忘不了这件事,有一天又召集全体教职员和学生训话。碑上所刻,就是训话的原文。

这些本来是发生在南京国子监的事,怎么北京的国子监也有这么一块碑呢?想必是永乐皇帝觉得他老大人的这通话训得十分精采,应该垂之久远,所以特在北京又刻了一个复本。是的,这值得一看。他的这篇白话训词比其历朝皇帝的"崇儒重道"之类的话都要真实得多,有力得多。

这块碑在国子监仪门外侧右手,很容易找到。碑分上下两截,下截是对工役膳夫的规矩,那更不得了:"打五十竹篦"!"处斩"!"割了脚筋"!……

历代皇帝虽然都似乎颇为重视国子监,不断地订立了许多学规,但是不知道为什么,国子监出的人才并不是那样的多。

《戴斗夜谈》一书中已说北京人把国子监打入"十可笑"之列:

> 京师相传有十可笑:光禄寺茶汤,太医院药方,神乐观祈禳,武库司刀枪,营缮司作场,养济院衣粮,教坊司婆娘,都察院宪纲,国子监学堂,翰林院文章。

国子监的课业历来似颇为稀松。学生主要的功课是读书、写字、作文。国子监学生——监生的肄业、待遇情况各时期都有变革。到清朝末叶,据老董说,是每隔六日作一次文,每一年转堂(升级)一次,六年毕业,学生每月领助学金(膏火)八两。学生毕业之后,大都分发作为县级干部,或为县长(知县)副县长(县丞),或为教育科长(训导)。另外还有一种特殊的用途,是调到中央去写字。(清朝有一个时期光禄寺的面袋都是国子监学生的仿纸做的!)从明朝起就有调国子监善书学生去抄录"实录"的例。明朝的一部大丛书《永乐大典》,清朝的一部更大的丛书《四库全书》的底稿,那里面的端正严谨(也毫无个性)的馆阁体楷书,原来有些就是国子监的高材生的手笔。这种工作,叫做"在誊桌上行走"。

国子监监生的身分不十分为人所看重。从明景帝开生员纳粟纳马入监之例以后,国子监的门槛就低了。迄后捐监之风大开,监生就更不值钱了。

国子监是个清高的学府,国子监祭酒是个清贵的官员——京官中,四品而掌印的,只有这么一个。作祭酒的,生活实在颇为清闲,每月只逢六逢一上班,去了之后,当差的在门口喝一声短道,沏上一碗盖碗茶,他到彝伦堂上坐了一阵,给学生出出题目,看看卷子;初一、十五带着学生上大成殿磕头,此外简直没有什么事情。清朝时他们还有两桩特殊任务,一是每年十月初一,率领属官到午门去祇领来年的黄历;一是遇到日蚀、月蚀,穿了素服到礼部和太常寺去"救护",但领黄历一年只一次,日蚀、月蚀,更是难得碰到的事。戴璐《藤阴杂记》说此官"清简恬静",这几个字是下得很恰当的。

但是一般作官的似乎都对这个差事不大发生兴趣。朝廷似乎也知道这种心理,所以除了特殊例外,监酒不上三年就会迁调。这是为什么? 因为这个差事没有油水。

查清朝的旧例,祭酒每月的俸银是一百零五两,一年一千二百六十两;外加办公费每月三两,一年三十六两,加在一起,实在不算多。国子监一没人打官司告状,二没有盐税河工可以承揽,没有什么外快。但是毕竟能够养住上上下下的堂官皂役的,赖有一宗相当稳定的银子,这就是每年捐监的手续费——

据朋友老董说,纳监的监生除了要向吏部交一笔钱,领取一张"护照"外,还需向国子监交钱领"监照"——就是大学毕业证书。照例一张监照,交银一两七钱。国子监旧例,积银二百八十两,算一个"字",按"千字文"数,有一个字算一个字,平均每年约收入五百字上下。我算了算,每年国子监收入的监照银约有十四万两,即每年有八十二三万不经过入学和考试只花钱向国家买证书而取得大学毕业资格——监生的人。这就怪不得《玉堂春》里春锦丫头私通的是一位监生,"定县秧歌"《借女吊孝》里的舅舅也是一位监生,原来这是一种比乌鸦还要多的东西!这十四万两银子照国家规定是不上缴的,由国子监官吏皂役按份摊分。祭酒每一"字"分十两,那么一年约可收入五千银子,比他的正薪要多得多。其余司业以下各有差。据老董说,连他一个"字"也分五钱八分,一年也从这一项上收入二百八九十两银子!

老董说,国子监还有许多定例。比如,像他,是典籍厅的刷印匠,管给学生"做卷"——印制作文用的红格本子,这事包给了他,每月例领十三两银子。他父亲在时还会这宗手艺,到他时则根本没有学过,只是到大栅栏口买一刀毛边纸,拿到玻璃厂找铺子去印,成本共花三两,剩下十两,是他的。所以,老董说,那年头,手里的钱花不清——烩鸭条才一吊四百钱一卖!至于那几位"堂皂",就更不得了了!单是每科给应考的举子包"枪手"(这事值得专写一文),就是一笔大财。那时候,当差的都兴喝黄酒,街头巷尾都是黄酒馆,跟茶馆似的,就是专为当差的预备着的。所以,像国子监的差事也都是世袭。这是一宗产业,可以卖,也可以顶出去!

老董的记性极好,我的复述倘无错误,这实在是一宗未见载录的珍贵史料。我所以不惮其烦的缕写出来,用意是在告诉比我更年轻的人,封建时代的经济、财政、人事制度,是一个多么古怪的东西!

国子监的隔壁,是孔庙——先师庙,这叫做"左庙右学",是历来的制度。其实这不能说是隔壁,因为当中是通着的。

孔庙主要的建筑是大成殿。大成殿里供着一些牌位,最大的一个是"至圣先师"，另外还有"四配"——颜（回）、曾（参）、（子）思、孟（轲），殿下的两庑则供着七十二贤和经过皇上批准的历代的儒臣。

大成殿经常是空闲着的，除了初一十五祭酒率领员生来跪拜一趟之外，一年只春秋大祭热闹两回。老董说：到时候（二八月第一个逢丁的日子的前一日），太常寺发来三十头牛，三十二口猪，一对鹿，四个小兔子，点验之后，洗剥了，先入库——旧例，由大兴县供应几十担冰，把汤猪汤牛全都冰在库房里，到了夜里十二点，喝令一声"上牲"！这就供起来。孔夫子面前有一头整牛，一口整猪，都放在一个大木槽子里。七十二贤面前则是几个碟子，供点子牛肉片、猪肉片、鹿肉兔肉片，还有点子芹菜、榛子……到了后半夜，都上齐了，皇上照例要派一个人来检查一下，叫做"视笾豆"。他这一走，庙里的庙户（看孔庙的工役叫庙户）马上就拿刀，整块的拉牛肉，整块的拉猪油。到了第二天清早，皇上来祭祀了，那整猪、整牛就剩下一张空皮了，当中弄点子筷子什么的支着。皇上来了，奏乐，磕头！他哪儿会瞧得出来，猪啦牛啦的都是个空架子啊！

听说当贤人圣人，常常得吃冷猪肉。若照老董说起来，原来冷猪肉也是吃不着的，只有猪肉皮可以啃！从前不管多么庄重隆重的礼节，背后原来都是一塌胡涂。

关于孔庙，我知道的，只这些。

国子监，现在已经作为首都图书馆的馆址。全部房屋，包括辟雍，都已经修饰一新。原来的六堂，是阅览室和书库（蒋衡写的十三经只好请到馆右夹道中落脚），原来的四厅大都作为图书馆的办公室，彝伦堂则是一个相当理想的展览馆。图书馆大体已经筹措就绪，专题研究室已经开放，几排长桌上已经坐了不少同志在安静地用功；其余各室，只等暖气装齐或气候稍暖，即可开放——首都图书馆的老底子是头发胡同的北京市图书馆，即原先的通俗图书馆——由于鲁迅先生的倡议而成立，鲁迅先生曾经襄赞其事、并捐赠过书籍的图书馆；前曾移在天坛，因为天坛地点逼仄，又挪到这里了。首都图书馆藏书除原头发胡同的和解放后新买的之外，主要为原来孔德学校和法文图书馆的藏书。

就中最具特色，在国内搜藏较富的，是鼓词俗曲。

辟雍，那个华丽宏伟的大花轿，据图书馆馆长刘德元同志告诉我，将作为群众活动的场所，四边的台阶石桥上准备卖茶。月牙河内要放上水，水里置盆栽荷花，养金鱼，安水泵，使成活水。现在是冬天，但是我完全同意刘馆长的话，这在夏天是个十分清凉舒适的地方。茶馆如果开了，我一定来坐上半天，一边把我看过的几十本关于国子监的书和老董的话再温习一次，一边看看在槐树柏树之下来往行走的我的同一代的人。我要想想历史，想想我的亲爱的国家。

注　释

① 　本篇原载《北京文艺》1957 年三月号；初收《汪曾祺自选集》，漓江出版社，1987 年 10 月，有删改。

战　　争①

　　如果你懂得外国文,我希望你把这首佤佤族的民歌翻译出来。佤佤族是居住在我国西南边境大山里的一个少数民族,那里的气候大概很冷,他们用木杵春着米吃;他们有许多悲哀的、美丽的传说和故事,有一首歌歌唱一对青年生前不能相爱,死后变成了天上的一对星星,这首歌据说有一万多行……除此之外我还知道什么呢? 我不知道什么了。然而我知道这一首一共只有两句的歌,我非常想把它告诉每一个人,我希望你把它翻译出来,翻译出来叫全世界都看一看:

　　　　斧头砍过的再生树,
　　　　战争丢下的孤儿。

注　释

①　本篇原载 1957 年 4 月 1 日《文汇报》。

184

马　莲[①]

你唱你的三，
我对你的三，
马莲开花在路边……

——儿歌

你看见过马莲吗？

马莲是一种很动人的植物。马莲的叶子可以穿鱼，揭开鱼的鳃，穿过去，打一个疙瘩，拎着——这会断吗？不会！马莲的根可以做刷子，洗衣服用的刷子，炊帚、擦痰桶、擦抽水马桶用的……这样洁净的、坚韧的、美丽的根！

我真想看看马莲，看看它在浅水的旁边，在微风里，一丛一丛的，轻轻地摇动着，摇动着细长的叶子。

我没有看见过马莲。

注　释

① 本篇原载 1957 年 4 月 1 日《文汇报》。

星　期　天①

海　绵　球　拍

郊区公共汽车站是热闹的。因为这里的乘客是怀着更明确、更热切的目的的,所以比市区车站更充满着生气。

什么时候盖起了这样的候车的回廊?这真好。这样乘客可以不受雨淋日晒,而且这设计得真有巧思,这不太像是个候车的地方,倒更像是个游览的地方,这可以减少或冲淡乘客的焦急,使他们觉得生活更为轻快。感谢这位通达人情的工程师。

在回廊的短栏上坐着一个小伙子,他手里握着一个全新的海绵球拍。他不看别的候车的人,也不打算买一份报。他的眼睛里有点恍惚,他的握着球拍的手指轻微地但是强烈的在拨动,甚至他的肢体也在隐约地展缩着。(他的坐定的身躯里透露出无穷的姿态)很显然,他完全浸沉在乒乓球的音乐和诗意里了,幸福的年轻人!

现在是九点半钟。你一定是一清早就爬起来,带好了钱,跳上公共汽车,一进城,马上奔到百货大楼:"要一个海绵球拍!"你拿到球拍,心里剧烈地跳着,出了门,撕下包拍子的纸,你急切地要用你的手抓住这个拍子,一转身,立刻又赶到汽车站——你今天将要跟谁赛一场呢?你要怎样来试用你这只崭新的拍子呢?

我问你,你赞成王传耀还是赞成姜永宁?我还是喜欢姜永宁,因为……

竹壳热水壶

这是一个可以入画的鞋匠。

我有一次拿了一只孩子的鞋去找他。他不在,可是他的摊子在。他的摊子设在街道凹进去的一小块平地的南墙之下,旁边有一个自来水站——有时,他代管水站的龙头。他不在。他的摊子后面的墙上一边挂着一只鸟笼,一只黄雀正在里面剔羽;一边挂着一个小木牌,黄纸黑字,干净鲜明:"××制鞋生产合作社第×服务站"。这个小木牌一定是他亲手粘好,亲手挂上去的,否则不会这样的平妥端正,这样挂得是地方。丰子恺先生曾经画过一幅画,画的正是这样一个鞋匠,挑了一付担子,担子的一头是一个鸟笼,题目是:"他的家属"。这是一幅人道主义的,看了使人悲哀的画。这个鞋匠叫人想起这幅画。但是这个鞋匠跟那个鞋匠不同,他是欢快的,他没有排解不去的忧愁。他没有在,他的摊子在。他的摊子,前面一箱子修好的鞋,放得整整齐齐的,后面一个马扎子。箱子上面压着一张字条:

> 鞋匠回家吃饭去了,
>
> 取鞋同志请自己捡出拿走。

他不在,我坐在他的马扎子上掏出一根烟来抽——今天是星期天,请容许我有这点悠闲。

过了一会,他来了。我把鞋拿给他看:

"前面绽了线。"

"踢球踢的! 明天取。"

"哎,不行,今天下午我要送他回托儿所!"

他想了一想,说:

"下午四点钟——过了四点我就不在了。"

这双鞋现在还穿在我儿子的脚上。

每次经过这里时我总要向他那里看看。

我从电车里看出去。他正在忙碌着,带着他那有条有理,从容不迫的神态。他放下手里的工作,欠起身来,从箱子旁边拿起一个竹壳热水壶,非常欣慰地,满足地,把水沏在一把瓷壶里。感谢你啊,制造竹壳热水壶的同志,感谢你造出这样轻便,经济,而且越来越精致好看的日用品,你不知道你给了人多少快乐,你给了他的,同时又给了我的。感谢我们这个充满温情的社会。

托儿所的星期天

托儿所的星期天,充满了阳光和安静。秋千索子静静地垂着,跷跷板停留在半空中,一对白蝴蝶在攀登架上绕来绕去。大妈把孩子们的衣裳洗出来了,晾满了一条一条长长的绳子。刚晾上去不大一会儿,绳子上分量挺沉——真热闹,多少种颜色呀!远远听见一声一声捶打和破裂的声音,炊事员老王在伙房门前劈劈柴。小桥旁边的桃花开了……

小二班隔离室里,李淑琴阿姨正在守着二玲。二玲病了。李淑琴阿姨一早上就守在这里了。窗纱掩着,屋里光线暗暗的,一个捷克小闹钟唧唧地走着。李淑琴阿姨一边看着二玲,一边轻手轻脚地做着事情。李淑琴阿姨觉得,二玲的烧大概是退了。李淑琴阿姨看看二玲,二玲平平地贴在床上,深深深深地呼吸着,睡得又累又舒服。李淑琴阿姨轻轻地走过去,轻轻地但是实在地按了按二玲的额头:没问题,完全退尽了。李淑琴阿姨直起身来(她也像二玲那样呼吸着),轻轻地走出房门。一看到满地鲜亮、强烈的阳光,她忽然非常想洗一个头。

注 释

① 本篇原载《人民文学》1957 年第七期;初收《汪曾祺全集》第三卷,北京师范大学出版社,1998 年 8 月。

1958 年

仇恨·轻蔑·自豪①
——读"义和团的传说故事"札记

张士杰所记的义和团传说故事,大体可分为两类。一类是直接反映义和团斗争的现实性的故事,一类是幻想故事。

《小黄牛》和《渔童》属于后一类。中国的民间故事中有一个广泛流传的特殊题材:洋人盗宝。这不是偶然的。故事中所说的"宝",不是别的,正是人民和国家的经济利益。盗宝故事的来源颇古,故事中盗宝人的贪婪诡诈的形象是历来的剥削者的形象。但是大量地创作流传,且把里面的盗宝者一律换成了洋人教士,则可以断定不过是百十年间的事。这两个故事中的洋人取宝的方式是最为无耻的,他们不是去偷偷地捞上来或者挖出来,像许多较早产生的故事里所说的一样,而是穷凶极恶地向人民勒逼;他们的结局也不只是偷鸡不着蚀把米,丢掉了取宝的钥匙或钓宝的饵物,暗暗地被拖入深潭或幽闭在石壁里,而是更为狼狈,更为滑稽。这说明这些故事正是觉醒的人民的意识形态,这正是反帝运动的高潮中的产物,这里所反映的人民的仇恨更为炽热。

人民吸取了传统的形象的特征,传统的结构故事的方法和语言,但却赋之以新的思想,新的内容,而且使思想内容和形式达到可惊的统一。《小黄牛》里小黄牛叫刘栓架枯枝烧自己的皮,便炼出了银疙瘩、金疙瘩,这使我们想到某些蛇郎故事或某些兄弟分家狗耕田故事的情节;最后金疙瘩在毛子军官中爆炸,这金疙瘩分明就是某些龙王公主故事结尾的"古怪"(或称"日古怪",或称"意思"、"没意思")。但是这是一个表现从压迫到反抗的完整、浑成的故事,读起来不感觉一点拼合的痕迹。特别是《渔童》,我们几乎不大能相信这是一个仅仅产生在六十年前的故事。它的形式是那样的洗炼,它的语言可以跟许多流传最为久远的故事(比如兄弟分家或狼外婆故事)相媲美。特别是渔童唱的那四节短歌:

> "鱼盆鱼盆摇摇,
> 清水清水飘飘!"
> "清水清水流流,
> 金鱼金鱼游游!"
> "金鱼金鱼跳跳,
> 清水清水冒冒!"
> "清水清水静静,
> 金鱼金鱼定定!"

轻快、鲜明、富于音乐性,不仅它本身异常优美,而且使整个故事都具有均衡的节奏,增加了色彩和动态。我们读了一点民间故事的人,往往有这种想法:越是古老的故事,才越成熟,越完整。面对这样的故事,不得不驱使我们对这个问题作更深一步的思索。

《渔童》故事中有一段很有意思的对话。洋牧师向畏葸的县官诬告捞得鱼盆的老渔翁,说那是他从外国带来的宝贝,老渔翁说"这鱼盆是中国河里出的,中国人冒着生死捞上来的",并且反问"既是外国出的鱼盆,为什么这个小渔童是中国人的打扮,中国人的模样?!"这一问问得县官教士全都哑口无言。这是机智的一问。而这机智正是出于中国人民的强烈的主权意识。创造故事的人所安排的这一细节的里面,凝结着十分深刻的民族感情。

特别有意思的是《渔童》的结尾。

高尔基有一次对伊凡诺夫说:

> 当我在草原上漫游的时候,有一次猎狗吃掉了省长。连肩章也吃掉了。您不相信吗?最有意思的是连肩章也一起吃掉了。您

知不知道,这是哥萨克人的愿望,因为他们再想不出比这更可以侮辱自己省长的办法了。而乌克兰人,都是哥萨克,所以在编故事方面,也像每个哥萨克一样,是很谙练的。②

读着《渔翁》③的结尾,我不禁想起高尔基的话。请看:

> 老渔翁一阵恶气涌上来,身子一晃,手一哆嗦,"扑通"——"叭叉"——他气昏倒在地上,鱼盆也摔个粉碎!哪知那鱼盆一碎,小渔童却跳起来活了!渔童站在老渔翁跟前,把鱼竿一晃,立刻变得又顶又大;他把鱼竿朝洋牧师一抖,鱼钩正钩住牧师的嘴上膛;他把鱼竿一提,牧师立刻悬上了半空;他把鱼竿上下一抖,牧师悬在空中手刨脚蹬,"呜噜呜噜"直叫唤!这时,渔童猛地把鱼竿一甩,"日——"牧师立刻上了天,跟斗趔趄地滚到天边去了!

真好啊,牧师跟斗趔趄地滚到天边去了,诚如高尔基所说,中国人民再也想不出比这更能侮辱自己的敌人的办法了。义和团警告"国闻报"揭贴说:

> 只因四十余年内,中国洋人到处行,三月之内都杀尽,中原不准有洋人,余者逐回外国去,免被割据逞奇能。

逐出这些"无理已极,情实难容"④的蛇种,逐出这些"把祷告的殿堂变成贼窝"⑤的假冒为善的法利赛人,正是中国,特别是华北人民的一致的愿望。而在故事中,这种愿望以极端的幻想的形式表现了出来。这里,我们不得不佩服中国人民在编故事方面的谙练。最特奇、最锐利、最有力量的幻想,正是产生于最强烈、最深刻、最残酷的现实之中。什么地方现实感薄弱,什么地方也就没有幻想。

义和团的传说故事是真实的人民的历史。这些现实性的传说虽然是一些传说,刘老爹、张头和李头、铁金刚、宗老路等这些人未必可以查考,但是它却能比较真切地告诉我们一些关于当时运动的情况,其可靠程度是超过许多官方和私家的记载的。

从这些传说看,义和团运动原来只是一种广泛、普遍、分散、自发的农民抗暴自卫行动。刘老爹只是看不过洋毛子的横行霸道,便只身起来跟他们干了一场。铁金刚原来并没有打出义和团的旗号,直到跟毛子兵遭遇上了,毛子兵说出了义和团的所作所为,铁金刚才叫道,"那么,我们就是义和团!"大概,部分的出于义愤,反帝保家的农民的加入义和团,乃是后来的事;而且恐怕有的一直并未投坛入道。当时投入反帝洪流之中的人或比正式入坛的人要多得多,所谓"义和团运动",不应只看作是义和团民的运动。这说明这个运动的广泛性;但组织薄弱,自发性强,也是运动失败的悲剧原因之一。

　　义和团运动是一个落后的运动,它带着浓厚的迷信、愚昧的色彩。奇怪的是从这些故事中我们看到的落后的东西并不很多。这里没有对于吞符念咒之类的渲染。铁金刚的获得神力,刀枪不入,诚然是带有迷信意味的,但是即是铁金刚的获得神力,也是威胁龙王的结果,这比一心念叨"北方洞房开,洞中请出铁佛来"等等是很不相同的。铁金刚得到龙王的启示,在河边接受了三天三夜的电火的考验,这才变得力大无穷,这里交杂着幻想和迷信,颇带有古代英雄传说的色彩,在气味上要健康得多。他对于龙王那种强硬要挟,和把玉皇、关帝、灌口二郎、增福财神以及马孟起、黄汉升、常遇春、胡大海……不管什么乱七八糟的神道鬼道都请来护佑自己的事急乱投医,证明自己实在是软弱无靠的精神状态是迥然异趣的。至于《托塔李天王》,更是明白地说出迷信附会,乃是被逼得无路可走的老实农民不得已而采用的一种组织、发动群众的手段。这是一个很值得注意的迹象。这反映了当时的农民的意识呢?还是反映了说故事人的意识?是当时在农村活动的拳民本不像一些文献中所记述的城市中的团民那样迷信落后?还是说故事人受了时代的影响,思想上发生了变化,对故事有所选择,有所淘汰,有所改动?后一种情况我们不得不作适当的估计,因为说故事的虽然都是七十以上至九十余岁的老人,但故事的记录都在解放以后。总之,这是研究故事的人应该留心的一个问题。

　　另一个值得注意的问题是这些传说故事中所反映的对于清朝统

治者即"官家"的态度。《托塔李天王》《铁金刚》所反映的旱灾,官吏的勒索,这都是真实的。当时清廷因为有军饷、洋务、息债三大用项,每年短少一千数百万两银子,这银子都得从人民头上搜括。华北一带连天旱灾,连当时的外国报纸也说:"顺直一带雨水极少,麦田尽槁,民气颇为不靖。"从这两个传说看,李天王、铁金刚,最初都是被逼得不能聊生,所怨恨的是官府皇室,其把斗争的锋芒转向洋人,乃是后来的事。《张头和李头》尤其能够清楚地道出人民和统治者以及洋人之间的关系。洋人逼着人民修铁道,官家不让修,张头和李头把他们弄到了一处,说:"一边让修铁道,一边不让修铁道,狼也来了,虎也来了,你们就当面咬吃咬吃——到底修不修吧!"不想双方不打交道,却一起向修路的民工发威叫狠,横加逼迫,张头、李头这就明白了,说:

> 赶情你们都是给老百姓造罪的呀!这回我们可看清了!不听你们官家的,也不听你们洋毛子的,我们该听我们自己的啦!

"我们该听我们自己的啦",这一句话揭出了中国人民最可贵的觉醒意识。也许这个传说已经经过述说者强调夸张,但是我们看这个传说的结构是周密的,它的主体是不易改换的,它的形成不会是很晚的事。在义和团运动中人民有过一些民主意识,我看是可以肯定的,即使这点意识是虚薄的、朦胧的、动摇的、不稳定的。广大农民的义和团运动,应该看作是近百年来中国人民所进行的反帝反封建的民主运动的一个阶段,不能只是看成为一个单纯的排外运动。义和团运动固然不是"保清灭洋"的清朝贵族所能代表,亦非以"扶清灭洋"为旗号的董福祥的部属所能代表,倒是景廷宾后来所提出的"扫清灭洋",比较符合义和团运动的本来面目。

因为究竟缺乏明确、坚定的政治思想,因为大敌当前,外御其侮,义和团的大部分终于与清室妥协,为清室利用,最后惨败堕灭的悲剧,从《托塔李天王》、《铁金刚》等传说中也分明可以看得出来。

义和团运动失败了,但是中国人民反帝斗争的意志不会消灭。从

《渔童》故事的结尾,从《张头和李头》传说的结尾,我们都看出人民毫不暗淡的胜利的信心。张头李头脱下鞋来,窜进官家和毛子群里,抢鞋底子就打,大伙不约而同一同脱下鞋来涌上前去,"噼哩叭哒"一顿鞋底子,单是鞋里的积土或鞋底沾的土就把官家和洋人全都埋葬起来了。这充分地表示了中国人民对于自己的力量的信心,把内外敌人都没有放在眼里——抖落抖落鞋底的泥,就把他们埋得没有影儿了!这是一个豪迈的、乐观的尾声,同时也是继续斗争的先声。

事实上,反帝斗争在义和团之后并非绝灭。我们请看宗老路。宗老路在事败之后流浪江湖,打渔为活,颇有点像是失路的英雄萧恩,但是他却轻轻松松地收拾了一船打算扫灭义和团余党的鬼子兵。而且,就在故事的述说者之中,就有"后起的"义和团。

义和团时代英国侵华的代理人赫德在其所著《中国实测论》中说:

> ……盖中国数十年在沉睡之中,今也大梦将觉,渐有"中国者中国人之中国也"之思想。故义和团运动实由其爱国之心所发,以强中国,拒外人为目的者也。虽此次初起,无人才,无器械,一败涂地;然其羽檄一飞,四方响应,非无故矣。自今以往,此种精神必更深入人心,弥漫全国。他日必有义和团之子孙,辇格林之炮,肩毛瑟之枪,以行今日义和团未完之志者……

赫德不愧是个有一点远见的人。从张士杰所记的这些故事里,我们也可以得到同样的结论。现在,义和团的子孙已经早就起来,帝国主义者已经被从中国赶了出去,他们"跟斗趔趄地滚到天边去了!"中国将永远是中国人的中国!

义和团运动,若从一八九五年算起,距今不过是六十多年,但是即是对我们这样三十多岁的人来说,也已经仿佛是颇为渺远的事。读了张士杰所记的传说故事,使我亲切地认识了这段其实不过是昨日的历史,获得了不少教育,增加了一分对于祖国的感情。现在,能述说这样的传说故事的人都已是七十八十以上的人了,希望张士杰和其他同志能够积极搜集,免得使这些珍贵的传说故事消失。

三月二十六日

注　释

① 本篇原载《民间文学》1958 年 4 月号;初收《汪曾祺全集》第三卷,北京师范大学出版社,1998 年 8 月。

② 见伊凡诺夫:《会见高尔基》,中译本第 80 页。

③ 应为《渔童》,编者注。

④ 当时的媚外的总理衙门的奏折中语。

⑤ 见《马可福音》。

关于"路永修快板抄"[①]

　　路永修，河南林县合涧乡豆村人，今年五十七岁，农民出身。林县西临太行山，农民长年与石头打交道，多半兼会泥瓦石匠手艺。路永修十三岁上即学会作泥瓦匠，农闲时到新乡、郑州等地盖房，农忙时回乡耕作。林县兴修英雄渠，老路投身其中，担任施工员。他同时又是一个出色的宣传鼓动家。在修渠工程中，他作了许多快板，鼓舞了民工的劳动热情，在工地上很出名。

　　老路很有诗人气质，坦率、热情、质朴，精神极其健旺。我们在林县城里就听说过他的名字，四月二十九日，在参观英雄渠工程时，遇见了他。他跟我们谈着英雄渠的工程，没有谈一会儿，在我们还毫无准备的时候，他骤然兴奋起来，大声地念了好几段快板。他的眼睛发着光，有力地做着手势。有的时候，他停下来，指点着险要的地形，作了一点解释，接着又兴奋、激动地数起来。后来我们知道，他给我们念的是他近来常念的几首快板，但是完全不像复述一个旧稿，他浸沉在一种全新的感情之中，用的是全身的力量。他不是要向我们介绍他的快板，而是按捺不住要向外地的来人歌颂这条英雄的渠道，歌颂这条由他们的双手开凿出来的伟大的工程。

　　　　"河交沟，
　　　　真丰富，
　　　　万民英雄修水库！……"
　　　　"放大炮，
　　　　不简单。
　　　　一炮能崩半架山……"
　　　　"英雄楼，

英雄房，

玉石柱子玉石梁……"

他的坚实有力的声音在太行山上，在蓝天底下，在新劈开的岩壁之前，在满地纵横的石料之间迸跳着。他留给我们很深刻的印象。

我们请他让我们为他拍一张像，他严肃起来，在一块石头上站着。然后，很天真地呵呵地笑了。

当天晚上，我们又约他在合涧乡金星合作社的俱乐部谈了一阵。起先，在别人说话的时候，他很谦逊，很安静地坐着。到他发言的时候，又是一样兴奋激动起来。他说的话不多，还是念他的快板。他念完了一段，总是说："工人们反映：'这多得劲啊！'""这多得劲啊"，这真正是对老路的快板的最恰当的评语。老路的快板的作用在此，他的快板的优点也在此，看起来，这也就是老路创作快板的目的。老路在听到这样的反映时，心里当然是快慰的。作为一个诗人，他一点也不掩饰他的这种快慰。"这多得劲啊"，这说明了老路的快板能够使人在艰苦中明确地看到远景，奋发鼓舞，信心坚定，这说明了他的快板中的革命的浪漫主义的质素。

老路的快板不只是他自己说，别人也说。我们曾遇到两个别的社里的宣传员同志，问他们知道不知道路永修，他们说知道，并且当时就念了他的两首快板，证明他的快板已经流传开来了。那两位宣传员念的词句和老路的"原作"有些出入，在流传中产生变异，这本是民间文学中的自然的现象。

据说，老路过去创作的快板不很多，他的出名是在这些修渠工程之中。

听说老路会说鼓词，现在还有一面小鼓，两块板，在休息时还常常为民工们说书。他的快板的风格是受了一些鼓词的影响的，他从鼓词中吸收了不少东西。

老路现在已经认得一千五百字以上，但是他的快板是说出来的，不是写出来的，就是说，是用嘴创作的，不是用笔创作的。他的这种创作方式对于他的作品的艺术特点，当然是有决定的影响的。这一点对照着一些用笔写出来的年轻同志的快板来看,尤其明显。

路永修的快板也有缺点。因为是口头即兴地创作,不能作周密的构思,在没有经过较长时期的集体琢磨之前有些地方是显得粗糙和杂乱的。

张生一等同志在编印"林县英雄渠诗歌快板集"(油印本)的时候,把路永修历次所创作、改作的作品都收录在里面,这样做是很好的。为了提供对民间文学有兴趣的同志研究一些问题,我们从"林县英雄渠诗歌快板集"第一集、第二集中把我们所知道的路永修快板的作品抄集在一起。我们看,路永修有时把一些词句在不同题目的快板中都用上了;他在不同的时间里,又把一首快板在增删改变着……这些雷同和变异,是很值得注意的迹象。研究民间文学,应该留心这些问题。我们希望从事纪录民间文学的同志尽可能地把工作做得细致一些。一首歌谣或者一个故事,如果听到几次,就记它几次,即便是同一个人说的。并且,要注明某次记录稿是何时记的,可能的话,还要说明他某一次改变他的说法是在什么时候,他为什么要这样改变……

我们听路永修的快板,在个别词句上和"林县英雄渠诗歌快板集"所载略有不同,已在各首之后说明。张生一同志写了一篇"向路永修学习"。所引的快板有些地方又不大一样。请读者仔细参看。据说他每次说的时候都有些变动。至于路永修快板的艺术特点,这篇短文很难说清,请大家自己分析评断吧。

注　释

① 本篇原载《民间文学》1958 年六月号;初收《汪曾祺全集》第八卷,北京师范大学出版社,1998 年 8 月。

1960 年

古代民歌杂说[①]

说《弹 歌》

> 断竹,续竹;
>
> 飞土,逐肉。

这是一首现存最古的中国歌谣。《文心雕龙·章句篇》云:"寻二言肇于黄世,《竹弹》之谣是也。""黄世"是黄帝之世,黄帝之世,代表一个很古远的时代。这大概是可信的。

这是一首关于弓弹的歌谣。玩其词义,盖创作于弓矢、弹丸发明不久之后。

中国的弓弹在何时发明,现无确考,照常理推测,是先有了弓矢,然后再有弹丸的。弹丸是矢箭的代用品,取其携用均较轻便,在对付细小的目的物时用它较为合适。越国有一个陈音,他是认为先有弹,后有弓的。《吴越春秋》:"陈音对越王云:'弩生于弓,弓生于弹……'"。他所谓弓,按文义,是包括箭的。这不见得有什么根据。说"弓生于弹",可能是因为弹之制作,比弓简单,搓土为丸,唾手可得,不像弓矢又是镞,又是筈,还要加上羽那么麻烦。其实不然。这里的关键不在于发射物,而在发射体。弓矢的发明是人类的经验和智慧的结果。恩格斯在《家庭、私有制和国家的起源》中说:"弓、弦、箭已经是很复杂的工具,发明这些工具需要有长期积累的经验及较发达的智力,因而也要同时熟悉其他许多发明。"这是很对的。这里最重要的是人们知道了利用弹力,利用弓弦以发生弹力,知道了利用最初的机械。弦的发明是决定性的条件。其次才是矢、弹。而且最初的矢大概也不是像后世所用的那么精工,很可能即是利用原来打猎和打仗用的棍棍棒棒而带有锐尖的扣在弦上,嗖的一声发射出去,这样就能在一个眼睛所能看到的远距离之外打击敌人与猎物。于是掌握了箭的人便有了莫大的威力。《易》:"弦木为弧,剡木为矢,弧矢之利,以威天下,盖取诸睽",说得很近情理,很可信。弓矢的发明很可能在金属的发明之前。关于矢的不用金属,其他的例证还有《左传》:"楚灵王曰:'……昔日先王熊绎,辟在荆山,唯是桃弧棘矢以供御王事'"。《太平御览》引《魏志》:"挹娄弓长四尺,力如弩,矢用楛,长尺八寸,青石为镞,古肃慎之国也。"总之,说"弓生于弹",没有什么根据。我们宁可相信后汉李尤的话:"昔之造弹,起意弦木,以丸为矢,合竹为朴,漆饰胶治,不用筋角"(《太平御览》引《弹铭》)。弹的发明,当在弓矢之后,但也不会很久,因为已经有了弓弦,用它代矢便不用费很多脑筋,很多时日。

说了这些话的目的,旨在说明:这首歌谣的创作盖在弓矢的发明之后不久的。

弓矢的发明,照恩格斯说,是在"蒙昧时代"的最高阶段。《家庭、私有制和国家的起源》:"蒙昧时代……最高阶段……是从弓箭的发明开始的……:弓箭对于蒙昧时代,正如铁器对于野蛮时代和火器对于文明时代一样,乃是决定性的武器。"这是根据大量材料而得出的不可辩驳的结论,应用于中国的历史也不能例外。如果肯定弹之发明后于弓矢之发明不久这个前提,那么,我们便可进一步推绎,这首歌谣的创作,至多距离"蒙昧时代"也不会很久。宽泛一点地说这是"黄帝之世"时代的歌谣,是有相当充分的理由的。

肯定了这首歌谣的创作的时间,我们便有条件来谈论这首歌谣的性质和内容了,就越发觉得那位陈音的话可以说是一点道理也没有。《吴越春秋》:陈音对越王云:"臣闻弩生于弓,弓生于弹,弹起于古之孝子。……古者人民朴质,饥食鸟兽,渴饮雾露,死则裹以白茅,投于中野。孝子不忍见父母为禽兽所食,故作弹以守之,绝鸟兽之害。故歌曰'断竹续竹,飞土逐肉'之谓也。"

如果我们相信恩格斯的话,对陈音的话是很容易驳斥的:蒙昧时代,家庭尚未确定形成,那个时候,还无所谓孝子,也没有"孝"这个观念,生养死葬这一套伦理还要经过一整个历史时代才能产生,把这首歌谣解释为孝子之歌,是后世儒者的造谣,是托古说教。

那么这是一首什么歌谣?弓弹是猎具,猎具为猎者发明与使用,这是一首猎者之歌(当时的社会尚无精密分工,从猎者盖是一部族之全体,也可以说是从猎的全民之歌),所歌的是行猎。是猎具,是弹。《弹歌》者,弹之歌也,如是而已。

弹是猎具,而且大概是专门用来打鸟的(很有可能古人用箭以猎兽,用弹以猎鸟。兽体大,宜用锐镞以深中要害,鸟体小,弹丸足以致死且得完肉。如乐府《乌生》所云:"一丸即发中乌身,乌死魂魄飞扬上天"。鲁迅《奔月》中写后羿用大箭射麻雀,结果把一匹麻雀射得粉碎,这是很有趣,也很近情理的想象,他如果知道用弹,那结果就会好一些)。《庄子》:"浸假而化予之左臂以为鸡,予因以求时夜;浸假而化予之右臂以为弹,予因以求鸮炙",可为一证。李尤《弹铭》也分明说"丸弹之利,以弋凫鹜"。

这是一个关于打猎的歌谣,更进一步,试为作一悬解,曰:这是一段猎人的咒语。

芬兰史诗《卡列瓦拉》写约卡赫伊宁在等待着华奈摩伊宁走近一些的时候,念着咒语:"我的弓弦哪,你要有弹力,呵,橡木箭哪,你要快得像光速一样;毒箭头哪,你要对准华奈摩伊宁的心……"这可以作为射箭之前念咒语的一个遥远的旁证。在中国,则《水浒传》里"放冷箭燕青救主"一回中,燕青在发箭之前念叨的一句"如意子休要负我!"在性质上也可以说是一种咒语,不过是缩短成一句语气急迫的散文了。

这一首歌谣,四个短句,通体用的是隐语。前两句说的是弹弓的制作。断竹,续竹,在字面上造成一种矛盾。既已断之,又复续之,似乎不可理解。所谓"续竹",即合竹为朴,再加以漆饰胶结,使竹之两端联结,并非使已断之竹按原茬再接起来。下面两句是说的弹的作用,但不直说,而用代语,以土代丸,以肉代鸟兽猎物。这样的回互其词,假如不标出题目是《弹歌》,乍一看,是不大容易看明白意思的。代语,字面矛盾,是谜语的常用的手法。这是一首谜语,一首中国的最早的谜语——也是作得很巧的,耐人寻味的谜语之一。

而,谜语,最初的谜语,按民俗学家的研究,是有咒语的作用的。它运用这种曲折费解的语言,不是为了游戏,而是企图由此产生一种神秘的力量,去支配自然,达到所期望的效果。

这样,我们就可以理解,它怎么会"想出"这样有意思的隐语:直接用"肉"以代鸟兽。原来贯串全文的"最高任务"(借用斯坦尼斯拉夫斯基的术语)正是为了——得肉。正如庄子所说的一样:"余因以求鸮炙"。从某个意义上来说,庄子简直想得更为急切,一提到弹弓,马上就想到一只烧熟了的野鸡;于此倒可见古之人是更为"质朴"一点的,只想到肉,没有更往远处幻想一步。

我们弄清了(或者说:假定了)这首歌谣的性质,这不但不有损于这首歌谣的艺术价值,反之,我们正因为知道我们的祖先创作这首歌谣的目的,而更能亲切地感觉到它的情绪。我们可以感觉到我们的祖先,一手挽定强弓,一手捏着泥弹,用足了力气,睁圆了眼睛,嘴里念道:

"断竹,续竹,飞土——逐肉!"然后嗖——的一弹打出去。古代的语言难于复现,但是如果采用广东话或者吴语来念,念出了歌谣中的四个入声,还是能够很具体地感到那种紧张殷切、迫不及待的热烈情绪的。我们在这里一样也能感觉到人对于自己能够制造工具,对于工具的赞美(所飞者土,所费者微;所逐者肉,所得者大,这么多好啊!)和对于自己的聪明和威力的自豪,我们可以感觉到我们的先民在草莽时期的生活的气氛。这些,我想是我们在隔了一个很邈远的时间之后,读起这样短促的歌谣还能获得感动的根本原因。我们读到这首歌谣,总是得到一种感动,尽管我们弄不分明我们为什么会受感动。

我们很容易想到摩尔根记载的澳洲人打袋鼠的歌谣和舞蹈——那全部的仪式。是的,我们可以这样地联想,这是对我们有启发的。这同样是用了语言、音乐和形体来影响、支配自然,获得胜利。很遗憾的是,我们不知道这首歌谣的音乐和伴随它的舞蹈,也不能确定它是否与音乐、舞蹈相联系着,它是否附丽于一定的形式;但是,尽管如此,还是不能动摇我们对于这首歌谣之具有形式的、符咒的作用的信念。

如果种种假说可以成立,那么,我们就可以为普列汉诺夫的艺术起源说找到一条新的、中国的佐证。艺术是为了生活,为了和自然作斗争,为了某种物质的目的,为了——"逐肉";艺术不是弄着玩玩的。

1960 年 11 月 21 日　沙岭子

说《雉子班》

> "雉子,
> 班如此!
> 之于雉梁,
> 无以吾翁孺
> ——雉子!"
> 知得雉子高蜚止,
> (黄鹄蜚,
> 之以千里王可思)
> 雄来蜚从雌:
> "视子趋一雉。"
> "雉子!"
> 车大驾马縢,
> 被王送行所中,
> 尧羊蜚从王孙行。

这是一个悲剧,一首雉家族的生离死别的,惨切的哀歌。

雉的家庭——雄野鸡、雌野鸡带着它们的孩子,小野鸡,正和一群野鸡在一起,雌雄群游于山路,自得其乐。忽然天外飞来横祸,一面密

203

网盖下来,母亲——雌野鸡被扣住了。这是一个游遨行猎的王孙撒下来的网。小野鸡年纪小,从来没有经验过这样的事,吓得忒愣愣一翅子就飞跑了(同时飞跑的还有别的野鸡),它一个劲儿往深山里飞。雄野鸡在仓惶之中还没有完全失去方寸。他这时两头牵累:一头是娇子,一头是爱妻,两头都放不下。首先招呼孩子!他追在他后面高声地叫:"孩子,就这样飞!一直飞到咱们老家,别回头,别跟着我们公姆俩!"看着小野鸡飞远了,他放了心,小野鸡得了活命了;但是他也知道他们从此就见不到他们的孩子了,他看着他越飞越远的后影,叫了一声:"孩子!"知道孩子已经高飞远走了,雄野鸡折回来,又追上被捕的雌野鸡。第一件事,是告诉雌野鸡:"我亲眼看见咱们的孩子跟在一个大野鸡后头了。"孩子已经有了依靠,好叫做母亲的放下心(这可能是他看到的,可能是编造出来安慰母亲的)。母亲也是一样,一方面感到一块石头落了地,一方面知道跟孩子是永远见不着了,惨叫了一声:"孩子!"雌野鸡的命运是注定了:这位王孙是个很显赫的贵人,乘的车又大,驾车的马又快得像飞,雌野鸡被一直送到王宫里去,一点生还的希望都没有。雄野鸡这时心意已决,他的心倒塌下来了:只有这样:我跟她一起去,永不离开!他一翅一翅地飞,跟定了王孙的车子飞……

这是一首一向被认为很难读通的乐府诗。闻一多先生以为鼓吹铙歌十八曲中,这一首和《圣人出》、《石留》等三篇最为难读,很谨慎地说:"此歌皆不可强解,今唯略读一二,阙所不知。"(《乐府诗笺》)余冠英先生花了许多工夫,把这首乐府凿开了一条蹊径。但我觉得余说尚不够圆满,有些地方忽略,有些地方看拧了,按余说读,仍不够通畅。今强为索解,解如上。亦有说,说如下:

"班"我以为即"翻",按古无轻唇音例,这两个字的读音原来一样(我很疑心"乘马班如"的"班"也当作飞跃讲)。"雉梁"余注以为是"野鸡可以吃梁粟的地方",未免迂曲,而且这样长的句子缩成了"雉梁"两个字,这种文法也值得商榷。我觉得梁就是山头,现在也还有这么说的:"山梁子"。"雉梁"即野鸡群居的山梁子。或者简直就叫作"野鸡梁子",也很合乎口语。"无以吾翁孺",我以为各字都当如字直解。以，依也。吾，我或我们也。翁是老头儿。孺是女人。按孺本训小，一般指小孩子为孺或孺子。但是古时也有把小妻称为孺子的。清俞正燮《癸巳类稿·释小补楚语筓内则总角义》条："小妻，曰妾、曰孺、曰姬……曰孺子……或但曰小"；下面还引说："《汉书·艺文志》：中山王孺子妾歌注云：孺子，王妾之有名号者。《齐策》云'王有七孺子'，韩非书作'十孺子'，又《韩非·八奸篇》云：一曰在同床贵夫人爱孺子是也。《左传·哀公三年》：季桓子卒，南孺子生子，谓贵妾。注云：桓子妻者，非是。《秦策》亦云：'某夕某孺子纳某士'；《汉书·王子侯表》：'东城侯遗为孺子所杀'：则王公至士民妾，通名孺子……"足证古代是把妾称为"孺子"的。这里的雌野鸡也可能是雄野鸡的小老婆，但是我们对野鸡的妻室还是不必严格区别正庶吧。那大概就是笼统地指的是老婆。呼之为小，不过如俞理初说怀嬴称婢子，是"闺房暂言，不拘礼称"，两口子说话，不讲究这些。《左传》"哀公三年"的误注，以为"孺子"为桓子妻，倒给了我们一个反证，原来古代妻也是可以称"小"的，这一点可以马虎。称之为"孺"，视之为小，这可能是为习惯上轻视妇女的意识支配，也很可能是一种爱称。侯宝林说相声，说对于妇女的称呼大都加一个小字，如小丫头，小媳妇，而男人则多称大，大老爷们，大小伙子，旰，是则妇女称小，自古而然，于"今"未变也矣。总之，我以为解孺为妻，是可以说得通的。"翁孺"对称，亦犹北朝乐府《捉搦歌》中的"天生男女共一处，愿得两个成翁妪"的"翁妪"，即"公姆俩""两口子""两夫妻"也。"翁孺""翁妪"声音原极相近，即说是可以通假，也不为勉强。按此，则"无以吾翁孺"就是"别跟着我们公姆俩"，意思是叫雉子去自寻生路。"知得"即得知。"高蜚止"的"止"是语尾助词，犹"高山仰止"的"止"。"黄鹄蜚，之以千里王可思"，如果作本文读，依余注，亦可通。或者干脆一点，把它看作是衍文，或者是夹杂进来的非本文性的词句亦可。乐府中常有与文义无关的字句杂入，使本文变得奇拗难读。旧来以有两种情况，一是"声词相杂"，一是"胡汉相混"，我设想还有一种情况，就是把帮腔或衬字也不分字体大小和本文杂写在一起了。这种与文义无关或无直接关系的词句，最初大概是由群众帮腔或歌伴和唱,也有即由演唱者自己唱出的。"小放牛"村女叫牧童"牧童哥,帮腔来",帮的是"七个弄冬一呀嗨,八个弄冬一呀嗨,一朵一朵莲花开";单弦牌子曲"金钱莲花落"、"太平年"都有和唱;四川的抒情山歌中竟会夹进字面上与本文情调似极不相及的插语"猪油韭菜包包子,好吃不好吃?"这要是跟本文连写,非此时此地人,将觉大惑不解。我疑心,"黄鹄蜚,之以千里王可思"和《蜨蝶行》里的"雀来燕"可能都是帮腔衬字,为唱禽鸟故事时所常用。如果是这样,如果作为文字材料来读,可以撇开不管,"知得雉子高蜚止,雄来蜚从雌",意思更为紧凑,如果演唱,则这一类帮腔和唱照例是不影响情节的展开和情绪的连贯的,唱自由他唱,解吾亦如此解。"趋",追随也。以下词句并可从余注。

把这首诗看成是野鸡家庭的惨剧,这一点余先生是和我相近的,但是我们对情节的理解不同。这里关键问题在这个悲剧中谁是被难者,谁是悲剧的主角。照余注,被猎获的是小野鸡,而剧中的主角就很模糊,似乎忽此忽彼,无一专主。我以为被捕的是雌野鸡,而剧中主角是雄野鸡,全部故事都是集中在他的身上,紧贴着他而写出的,贯串全诗的是他的情绪,这样才紧张,才生动。余注的立脚点恐怕是"知得雉子"的一个"得"字,以为是说雉子被人"得"着了。但是"得"是就人来说的,就雉来说,是罹,而不是得。看全诗,全是代雄立言,立场在雄的一面,不应用此主宾颠倒的词。如依余注,则全部情节似乎是这样:雄野鸡送小野鸡飞出去寻食,告诉他路上要小心,提防着人这种东西。后来知道小野鸡被人得着了(怎样知道的呢?),雄野鸡赶紧飞来,又跑到雌野鸡那儿去;然后,他或他们再跟着王孙的车子一起飞。雄野鸡这样跑来跑去,于情理上既无可解释,情节上又颇破碎。这雄野鸡简直是个老糊涂,既知要小野鸡对老头小孩都要避着点,怎么还放心得下让他一个人去冒险瞎闯呢?而且照余说,则"雄来蜚从雌"、"视子趋一雄"都没有着落。"从"字意思很显明,只能作跟随讲,这个"从"字就是下面的"尧羊蜚从王孙行"的"从",所从者是一雄,并非二雉(从王孙即从王孙车中之雄)。如果照余说被捉的是雉子,怎么又还能"视子趋一雄"

呢？是看见他在笼子里跟随了另一只野鸡了么？但这样就没有什么意义，已经被捉，有雉可趋与无雉可趋是一样的，临死即拉上一个垫背的，也不见得有什么可安慰处。

从艺术结构上看，笼贯全诗大部分的是一种绝望的，张皇急骤的调子。"雉子，班如此！之于雉梁。无以吾翁孺，雉子！"分明是一连串迫切的呼喊，一开头即带来了十分紧张的气氛，说明着一场不测的剧变。余注："班"即"斑"，"班如此"是老野鸡夸赞小野鸡羽毛斑斓好看（野鸡羽毛富于文采，容易叫人往斑斓好看上想，倒是很自然的），与这种短促、断续的语调实不相合。即依余注，被捉的是小野鸡，而小野鸡很快就要罹祸，老野鸡却在事先平白无故地夸赞其羽毛，这在构思上实嫌蔓远，不够集中。而且"班如此"与"之于雉梁"也不相衔接。试翻成白话看："孩子，你长得真花哨，你去到野鸡可以吃粱粟的地方去！不管遇着老人和孩子都要提防着一点，孩子！"这么东一句，西一句的，有这样说话的么？若依我的解释，在"雄来蜚从雌，'视子趋一雄'"之后第三个"雉子"（可能是雌野鸡单独呼叫，也可能是两只大野鸡同时哀呼）处，达到全剧的高潮，以下雄野鸡既已下了决心，情绪上趋于悲剧性的镇定，最后三句的调子，也相应地缓慢舒徐下来，渐行渐远，有余不尽。若依余注，则两只大野鸡同来随定囚载小野鸡的车子而飞，在第三个"雉子！"处情节应仍未展尽，下面仍应有较紧张的戏剧动作，可是最后三句的音韵与这个需要是不相合拍的——请注意这首诗用了两个韵，第二个"雉子"下换了一个韵。前面"子""此""孺""止""雌""雄"，连用齐齿呼，声音比较滞涩，令人有窒息之感，真好像是在吱吱的叫似的（诗人用韵时下意识受到了鸟叫的暗示？），而后三句的"滕""中""行"却是平和而安静的。这样的转换用韵（三句中其他字的音色也比较浏亮），是服从情景的需要，不是偶然的。

也许会有人说，你把这首诗解释得似乎"太"好了，简直是"神"了，这么一解释，这首民歌岂不是完全可以读通了么？这首乐府的艺术表现岂不是太完整，这样的非凡的洗练，紧凑，生动，集中，这样的如闻其声的对话，这样强烈的戏剧性，这不是太现代化了么？这样的来解释一个两千年前的作品,合适么?这不是有点太冒险了么?是的,我也正在犹豫着哩。不过,我想,如果我们有一定的根据,那就应该把话说得足足的,一点也不保留,一毫折扣也不打。抱残守阙,不是我们今天应有的态度。在这样的问题上我们应该大胆些,更大胆些。即使是错了,怕什么?

如果我的解释按常理既可说通,诉诸训诂,尚不悖谬,大体上可以成立,我是很快乐的。因为这样一来,我们对于这首诗的思想和艺术就可以作充分的估量;对乐府中犹存的几首动物故事诗,甚至对整个汉乐府所反映的那一时代的生活,它作为集体创作所表现的鲜明、深刻的人民性,就可以增添一分肯定,我们对民族的、人民的文化遗产就可以多一分自豪。

一九六○年十一月二十四日

注　释

① 本篇原载《北京文学》2007 年第五期。

"花儿"的格律①

—— 兼论新诗向民歌学习的一些问题

在用汉语歌唱的民歌当中,"花儿"的形式是很特别的。其特别处在于:一个是它的节拍,多用双音节的句尾;一个是它的用韵,用仄声韵的较多,而且很严格。这和以七字句为主体的大部分汉语民歌很不相同。

(一)

徐迟同志最近发表的谈诗的通讯里,几次提到仿民歌体新诗的三字尾的问题。他提的这个问题是值得注意的。民歌固多三字尾,这是不以人的意志为转移的客观事实。

并非从来就是如此。《诗经》时代的民歌基本上是四言的,其节拍是"二——二",即用两字尾。《诗经》有三言、五言、七言的句子,但是较为少见,不是主流。

三字尾的出现,盖在两汉之际,即在五言的民歌和五言诗的形成之际。五言诗的特点不在于多了一个字,而是节拍上起了变化,由"二——二"变成了"二——三",也就是由两字尾变成了三字尾。

从乐府诗可以看出这种变化的痕迹。乐府多用杂言。所谓杂言,与其说是字数参差不齐,不如说是节拍多变,三字尾和两字尾同时出现,而其发展的趋势则是三字尾逐渐占了上风。西汉的铙歌尚多四字句,到了汉末的《孔雀东南飞》,则已是纯粹的五字句,句句是三字尾了。

中国诗体的决定因素是句尾的音节,是双音节还是三个音节,即是两字尾还是三字尾。特别是双数句,即"下句"的句尾的音节。中国诗(包括各体的韵文)的格律的基本形式是分上下句。上句,下句,一开一阖,形成矛盾,推动节奏的前进。一般是两句为一个单元。而在节拍上起举足轻重的作用的,是下句。尽管诗体千变万化,总逃不出三字尾和两字尾这两种格式。

三字尾一出现,就使中国的民歌和诗在节拍上和以前诗歌完全改观。这是一个划时代的变化。

从五言发展到七言,是顺理成章的必然趋势。五言发展到七言,不像四言到五言那样的费劲。只要在五言的基础上向前延伸两个音节就行了。五言的节拍是"二——三",七言的节拍是"二——二——三"。七言的民歌大概比七言诗早一些。我们相信,先有"柳枝"、"竹枝"这样的七言的四句头山歌,然后才有七言绝句。

七言一确立,民歌就完全成了三字尾的一统天下。

词和曲在节拍上是对五、七言诗的一个反动。词、曲也是由三字尾的句子和两字尾的句子交替组织而成的。它和乐府诗的不同是乐府由两字尾向三字尾过渡,而词、曲则是有意识地在三字尾的句子之间加进了两字尾的句子。《花间集》所载初期的小令,还带有浓厚的五七言的痕迹。越到后来,越让人感觉到,在词曲的节拍中起着骨干作用的,是那些两字尾的句子。试看柳耆卿、周美成等人的慢词和元明的散曲和剧曲,便可证明这点。词、曲和诗的不同正在前者杂入了两字尾。李易安说苏、黄之词乃"字句不葺"的小诗。所谓"字句不葺",是因为其中有两字尾。

词、曲和民歌的关系,我们还不太清楚。一些旧称来自"民间"的词曲牌,如"九张机"、"山坡羊"之类,从严格的意义上讲,能不能算是民歌,还很难说。似乎词、曲自在城市的里巷酒筵之间流行,而山村田野所唱的,一直仍是七言的民歌。

"柳枝"、"竹枝",未尝绝绪。直到今天,中国大部分地区的民歌仍以七言为主,基本上是七言绝句。大理白族的民歌多用"七、七、七、五"或"三、七、七、五",实是七绝的一种变体。湖南的五句头山歌是在七绝的后面加了一个"搭句",即找补了一句,也可说是七绝的变体。有些地区的民歌,一首只有两句,而且每句的字数比较自由,比如陕北的"信天游"和内蒙的"爬山调",但其节拍仍然是"二——二——三",可以说这是"截句"之截,是半首七绝。总之,一千多年以来,中国的民歌,大部分是七言,四句,以致许多人一提起民歌,就以为这是说七言的四句头山歌。在许多人的心目中,"民歌"和四句头山歌几乎是同一概念。民歌即七言,七言即三字尾,"民歌"和"三字尾"分不开。因此,许多仿民歌体的新诗多用三字尾,不是没有来由的。徐迟同志的议论即由此而发,他似乎为此现象感到某种不安。

但不是所有的民歌都是三字尾。"花儿"就不是这样。

"花儿"给人总的印象是双字尾。

我分析了《民间文学》1979 年第一期发表的《莲花山"花儿"选》,发现"花儿"的格式有这样几种:

①　四句,每句都用双音节的语词作为句尾,如:

> 尕梯子搭在(者)蓝天上,双手把星星摘上,
> 风云雷电都管上,华主席给下的胆量。

除去一些衬字,这实际上是一首六言诗。

②　四句,每句的句尾用双音节语词,而在句末各加一个相同的语气助词,如:

> 政策回到山垴呢,社员起黑贪早呢,
> 赶着日月赛跑呢,尕日子越过越好呢。

除去四个"呢"字,还是一首六言诗。

> 菊花盅里斟酒哩,人民心愿都有哩,
> 敬给英明领袖华主席,一心紧跟你走哩。

这里"有"、"走"本是单音节语词,但在节拍上,"都有"、"你走"连

在一起,给人一种双音节语词的感觉。这一首第三句是三字尾,于是使人感到在节拍上很像是"西江月"。

③ 四句,上句是三字尾,下句是两字尾:

> 黑云里闪出个宝蓝天,开红了园里的牡丹,
> 华主席接上了毛主席的班,人民(们)心坎上喜欢。

④ 上句是七字句,下句是五字句,七、五,七、五。但下句加一个语气助词,这个助词有延长感,当重读(唱),与前面的一个单音节语词相连,构成双音节的节拍,如:

> 山上的松柏绿油油地长,风吹(者)叶叶儿响哩;
> 人民的总理人民爱,由不得眼泪(呕)淌哩。

⑤ 四句,上句的句尾是双音节语词加语气助词,下句为单音节语词加助词。同上,下句的单音节语词与语气助词相连,构成双音节的节拍,如:

> 南山的云彩里有雨哩,地下青草(们)长哩;
> 毛主席的恩情暖在心里哩,年年(吧)月月地想哩。

⑥ 五句,在四句体的第三句后插入一个三音节的短句。或各句都是两字尾,或上句是三字尾,下句是两字尾:

> 党的阳光照上了,
> 山里飞起凤凰了,
> 心上的"花儿"唱上了,
> 有华主席,
> 才有了六月的会场了。

> 画了南昌(者)画延安,
> 常青松画在个高山,
> 叶帅的功德高过天,
> 危难时,

把毛主席的旗帜肘端。

⑦　六句,即在四句体的两个上句之后各插入一个三音节的短句。上句常为三字尾,下句或用双音节语词,或以单音节语词加语气助词构成双音节:

云消雾散的满天霞,
彩云飘,
花儿开红(者)笑吓;
群众拥护敌人怕,
邓副主席,
拨乱反正的胆大。

祁连山高(者)云雾绕,
雪山水,
清亮亮流出个油哩!
叶帅八十(者)不服老,
迈大步,
新长征要带个头哩!

⑧　六句、七句,下句句尾或用双音节语词,或以单音节语词加一语气助词构成双音节。

总之,"花儿"的节拍是以双音节、两字尾为主干的。我们相信,如果联系了曲调来考察,这种双字尾的感觉会更加突出。"花儿"和三字尾的七言民歌显然不属于一个系统。如果说七字句的民歌和近体诗相近,那么"花儿"则和词曲靠得更紧一些。"花儿"的格律比较严谨,很像是一首朴素的小令。四句的"花儿"就其比兴、抒情、说事的结构看,往往可分为两个单元,这和词的分为上下两片,也很相似。这是一个很奇怪的现象。"花儿"是用汉语的少数民族(东乡族、回族)的民歌,为什么它有这样独特的节拍,为什么它能独立存在,自成系统,其间的来龙去脉,我们现在还一无所知。但这是一个很值得探讨,并且非常有趣的问题。

（二）

另一个问题是"花儿"的用韵，更准确一点说是它的"调"——四声。

中国话的分四声，在世界语言里是一个很特别的现象。它在中国的诗律——民歌、诗、词曲、戏曲的格律里又占着很重要的位置。离开四声，就谈不上中国韵文的格律。然而这是一个非常麻烦的问题。

首先是它的历史情况。四声是什么时候开始有的，众说不一。清代的语言学家就为此聚讼不休。争论的焦点是古代有无上去两声。直到近代，尚无定论。有人以为古代只有平入两声，上去是中古才分化出来的（如王了一）；有的以为上去古已有之（如周祖谟）。从作品看，我觉得至少《诗经》和《楚辞》时代已经有了四声——有了上去两声了，民歌的作者已经意识到，并在作品中体现了他们的认识。

比如"卿云歌"：

> 卿云烂兮，纠缦缦兮，
> 日月光华，旦复旦兮。

小时读这首民歌，还不完全懂它的意思，只觉得一片光明灿烂，欢畅喜悦，很受感动。这种华丽的艺术效果，无疑地是由一连串的去声韵脚所造成的。

又如《九歌·礼魂》：

> 成礼兮会鼓，
> 传芭兮代舞，
> 姱女倡兮容与，
> 春兰兮秋菊，
> 长无绝兮终古。

年轻时读到这里，不仅听到震人肺腑的沉重的鼓声，也感受到对于受享的诸神的虔诚的诵颂之情。这种堂皇的艺术效果,也无疑地是由一连串的上声韵脚所造成的。

古今音不同,我们不能完全真切地体会到这两首民歌歌词的音乐性,但即以现代的语音衡量,这两首民歌的声音之美,是不容怀疑的。

从实践上看,上去两声的存在是相当久远的事,两者的调值也是有明显的区别的。至于平声、入声的存在,自不待言。

麻烦出在把四声分成平仄。这不知道究竟是什么时候的事。旧说沈约的《四声谱》把上去入归为仄声。不知道有什么根据。中国的语音从来不统一,这样的划分不知是根据什么时代、什么地区的语音来定的。我们设想,也许古代语言的平声没有分化成为阴平阳平,它是平的——"平声平道莫低昂"。入声古今变化似较小,它是促音,"入声短促急收藏"。上去两声,从历来的描模,实在叫人摸不着头脑。也许在一定时期,上去入是"不平"的,即有升有降的。但是平仄的规定,是在律诗确定的时候。或者更准确的说,是在唐代以律诗取士的时候。我很怀疑,这是官修的韵书所定,带有很大的人为的成分。我就不相信说四川话(当时的四川话)的李白和说河南话的杜甫,对于四声平仄的耳感是一致的。

就现代语言说,"平仄"对举是根本讲不通的。大部分方言平声已经分化成为阴平阳平。阴平在很多地区是高平调,可以说是平声。但有些地区是降调,既不高,也不平,如天津话和扬州话。阳平则多数地区都不"平"。或为升调,如北京话;或为降调,如四川、湖南话。现在还把阴平阳平算作一家,有些勉强。致于上去两声,相距更远,拿北京话来说,上声是降升调,去声是降调,说不出有共同之处。把上去入三声挤在一个大院里,更是不近情理。

因此,我们说平仄是一个带有人为痕迹的历史现象,在现代民歌和诗的创作里沿用平仄的概念,是一个不合实际的习惯势力。

沿用平仄的概念带来了不好的后果,一个是阴平阳平相混;一是仄声通押,特别是上去通押。

阴平、阳平相混,问题小一些。因为有相当地区的阳平调值较高,与阴平比较接近。

大部分民歌和近体诗都是押平声韵的。为什么会这样,照王了一先生猜想,以为大概是因为它便于"曼声歌唱"。乍听似乎有理。但是细想一下,也不尽然。上去两声在大部地区的语言里都是可以延长、不妨其为曼声歌唱的。要说不便于曼声歌唱的,其实只有入声,因为它很短促。然而词曲里偏偏有很多押入声韵的牌子,这是什么道理?然而,民歌、诗,乃至词曲,平声韵多,这是事实。如果阴平、阳平有某种相近之处,听起来或者不那么太别扭。

麻烦的是还有一些仄韵的民歌和近体诗。

本来这是不成问题的。照唐以前的习惯,仄韵诗中上去入不能通押。王了一先生在《汉语诗律学》里说:"汉字共有平上去入声四个调;平仄格式中虽只论平仄,但是做起仄韵诗来,仍然应该分上去入。上声和上声为韵,去声和去声为韵,入声和入声为韵;偶然有上去通押的例子,都是变例。"不但近体诗是这样,古体诗也是这样。杜甫和李颀的许多多到几十韵的长篇歌行,都没有上去通押。白居易的《琵琶行》和《长恨歌》,照今天的语音读起来,间有上去通押处,但极少。

由此而见,唐人认为上去有别,上去通押是不好听的。

"花儿"的歌手也是意识到这一点的。我统计了一下《民间文学》1979 年第一期发表的"花儿",用平韵的十首,用仄韵的三十四首,仄韵多于平韵。仄韵中去上通押的也有,但不多,绝大部分是上声押上声,去声押去声。试看:

> 五月端阳插柳哩,牡丹开在路口哩,
> 华主席英明领导哩,精神咋能不有哩?

> 榆木安了镢把了,一切困难不怕了,
> 华主席的恩情记下了,劳动劲头越大了。

这样的严别上去,在民歌里显得很突出。

"花儿"的押韵还有一个十分使人惊奇的现象,是它有间行为韵这

一体,上句和上句押,下句和下句押,就是西洋诗里的 ABAB,如:

> 南山的云彩里有雨哩,
>
> 地下的青草(们)长哩;
>
> 毛主席的恩情暖在心底哩,
>
> 年年(吧)月月地想哩。

"雨"和"底"协,"长"和"想"协。

> 东拐西弯的洮河水,(A)
>
> 不停(哈)流,(X)
>
> 把两岸的庄稼(们)浇大;(B)
>
> 南征北战的老前辈,(A)
>
> 朱委员长,(X)
>
> 把您的功德(者)记下。(B)

> 千年的苦根子毛主席拔了,(A)
>
> 高兴(者)把"花儿"漫了;(B)
>
> "四人帮"就像黑霜杀,(A)
>
> 我问你,(X)
>
> 唱"花儿"把啥法犯了?!(B)

这样的间行为韵,共有七首,约占《民间文学》这一期发表的"花儿"总数的六分之一,不能说是偶然的现象。我后来又翻了《民间文学集刊》和过去的《民间文学》发表的"花儿",证实这种押韵方式大量存在,这是"花儿"押韵的一种定格,无可怀疑。

间句为韵的一种常见的办法是两个上句或两个下句的句尾语词相同,如:

> 麦子拔下了草丢下,麻雀抱两窝蛋呢;
>
> 阿哥走了魂丢下,小妹妹做两天伴呢。

石崖吧头上的穗穗草,风刮着摆天下呢;

身子边尕妹的岁数小,疼模样占天下呢。

"花儿"还有一种非常精巧的押韵格式:四句的句尾押一个韵;而上句和上句的句尾的语词,下句和下句句尾前的语词又互相押韵。无以名之,姑且名之曰"复韵",如:

冰冻三尺口子开,雷响了三声(者)雨来;

爱情缠住走不开,坐下是无心肠起来。

这里"开"、"来"为韵,"口"和"走"为韵,"雨"和"起"又为韵。

十样景装的(者)箱子里,小圆镜装的(者)柜子里;

我冤枉装的(者)腔子里,我相思病的(者)内里。

这里四个"里"字是韵,"箱子"、"腔子"为韵,"柜"、"内"又为韵。

间句为韵,古今少有。苏东坡有一首七律,除了双数句押韵外,单数句又互押一个韵,当时即被人认为是"奇格"。苏东坡写这样的诗是偶一为之,但这说明他意识到这样的押韵是有其妙处的。像"花儿"这样大量运用间行为韵,而且押得这样精巧,押出这样多的花样,真是令人惊叹!这样的间行为韵有什么好处呢?好处当然是有的,这就是比双句入韵、单句不入韵可以在声音上造成更为鲜明的对比,更大幅度的抑扬。我很希望诗人、戏曲作者能在作品里引进这种 ABAB 的韵格。在常见的 AA×A 和×A×A 的两种押韵格式之外,增加一种新的(其实是本来就有的)格式,将会使我们的格律更丰富一些,更活泼一些。

"花儿"押韵的一个优点是韵脚很突出。原因是一句的韵脚也就是一句的逻辑和感情的重音。有些仿民歌体的新诗,也用了韵了,但是不那么突出,韵律感不强,虽用韵仍似无韵,诗还是哑的。原因之一,就是意思是意思,韵是韵,韵脚不在逻辑和感情重点上,好像是附加上去的。"花儿"的作者是非常懂得用韵的道理的,他们长于用韵,善于用韵,用得很稳,很俏,很好听,很醒脾。韵脚,是"花儿"的灵魂。删掉或者改掉一个韵脚,这首"花儿"就不存在了。

（三）

综上所述，我们可以为"花儿"的格律作一小结，以赠有志向民歌学习的新诗人：

（1）"花儿"多用双音节的句尾，即两字尾。学习它，对突破仿民歌体新诗的三字尾是有帮助的。汉语的发展趋势是双音节的词汇逐渐增多，完全用三字尾作诗，有时不免格格不入。有的同志意识到这一点，出现了一些吸收词曲格律的新诗，如朔望同志的某些诗，使人感到面目一新。向词曲学习，是突破三字尾的一法，但还有另一法，是向"花儿"这样的民歌学习。我并不同意完全废除三字尾，三字尾自有其方兴未艾的生命。我只是主张增入两字尾，使民歌体的新诗的格律更丰富多样一些。

（2）"花儿"是严别四声的。它没有把语言的声调笼统地分为平仄两大类。上去通押极少。上声和上声为韵，去声和去声为韵，在声音上取得更好的效果。上去通押，因受唐以来仄声说的影响，在多数诗人认为是名正言顺、理所当然的事。其实这是一种误会，这在耳感上是不顺的，是会影响艺术效果的。希望诗人在押韵时能注意到这一点。

（3）"花儿"的作者对于语言、格律、声韵的感觉是非常敏锐的。他们不觉得守律、押韵有什么困难，这在他们一点也不是负担。反之，离开了这些，他们就成了被剪去翅膀的鸟。据剑虹同志在《试谈"花儿"》中说："每首'花儿'的创作时间顶多不能超过三十秒钟。"三十秒钟！三十秒钟，而能在声韵、格律上如此的精致，如此的讲究，真是难能之至！其中奥妙何在呢？奥妙就在他们赖以思维的语言，就是这样有格律的、押韵的语言。他们是用诗的语言来想的。莫里哀戏剧里的汝尔丹先生说了四十多年的散文，民歌的歌手一辈子说的（想的和唱的）是诗。用合乎格律、押韵的、诗的语言来思维（不是想了一个散文的意思再翻译为诗）。这是我们应该向民歌手学习的。我们要学习他们，训练自己的语感、韵律感。

我对于民歌和诗的知识都很少,对语言声韵的知识更是等于零,只是因为有一些对于民歌和诗歌创作的热情,发了这样一番议论。

我希望,能加强对于诗和民歌的格律的研究。

一九七九年二月六日初稿

三月二十二日改成

注　释

① 　本篇原载《民间文学》1979 年 6 月号;初收《晚翠文谈》,浙江文艺出版社,1988 年 3 月。

飞出黄金的牢狱①

《王昭君》第一幕里,孙美人唱了一支歌:

> 北方有佳人,遗世而独立。
>
> 一顾倾人城,再顾倾人国。
>
> 宁不知倾城与倾国,佳人难再得。

这是汉武帝的宫廷音乐家李延年为他的妹妹李夫人作的。汉武帝听了,说:"世上哪有这样的人呢!"李夫人妙丽善舞,由是得幸。她年轻轻的,就死了。她死后,汉武帝一直对她很思念,曾请方士召了她的魂来,想再见见她。写了一首有名的诗:"是邪,非邪?立而望之,偏何姗姗其来迟。"还为她写了一篇赋,写得很有感情。这个美人的短促的一生好像是一首诗。然而,就是她,对皇帝的恩宠看得非常透。

李夫人病危,汉武帝亲自来看她,这是多大的情分啊。可李夫人拿被蒙了脑袋,不让皇帝看她,只请求皇帝照看她的儿子和她的一家。汉武帝说:"你只要让我看一眼,马上就加赐千金,并且让你的兄弟当大官。"李夫人就是不肯,她转面向里,只是抽泣,不再说话。汉武帝很不高兴地走了。皇帝一走,李夫人的姊妹都埋怨她。她说:"我所以不让皇帝见,正是为了想让他照顾你们。我因为长得好看,才受到皇帝的爱幸。我现在病成这样,皇帝一看就恶心。不让他看,他会一直保留一个美好的印象。这样皇帝才会照顾你们。"李夫人真是聪明人。如果当时让汉武帝一看,以后的"是邪,非邪",和那篇充满感情的赋,肯定都不会有。李夫人说了几句很深刻的话:"以色事人者,色罢而爱弛,爱弛则恩绝。"这几句话概括了全部的后妃生活。

据班固统计,自汉兴至平帝,后庭以色宠著闻的有二十余人,只有四个得到善终,其余一概不得好死。班固当时就叹息道:"既欢合矣,或不能成子姓(未能生子),成子姓矣,而不能要其终(没有落下好结局),岂非命也哉!"得宠——失宠——惨死,这就是后妃的命。这还是得宠的,其余的就更不用说了,"有不得见者,三十六年"。

翻开历代的宫词,在那些珠光宝气的词句的后面,分明有一个血写的大字:怨。

后宫,是一座黄金铸成的牢狱。宫墙,是狱墙。里面关押着粉黛三千。这是一座巨大的坟墓,这些少女,在活着的时候就被埋葬了。

王昭君是从农村来的,"生长明妃尚有村",从重庆坐船出峡,可以远眺流入长江的香溪上的昭君村。她不是罪人的后代,也不是歌伎出身,她是好人家的女儿——良家子。她对宫廷生活是不会习惯的。她入宫几年,掖庭待诏,对妃妾的辛酸生活必有所闻。后宫的复道回廊、翠幕栏干,都记录着哀怨女鬼的故事。她不要这种金丝雀一样的笼中岁月,不甘心老死在雕梁画栋的牢狱之中,她耻于"以色事人",她要出去,走到广阔的天地里去,做一个自由自在的活人,这是很自然的。不安于汉宫生活,是她自愿请行的思想基础。

然而昭君的这种思想怎样表现?一种办法是平面地说。昭君身边也有宫女,她可以向宫女说。《王昭君》里昭君也向戚戚和盈盈说了,说她"想出去","堂堂皇皇地出去","正正当当地出去"。但是这不够。还可以让一个人,比如让一个老黄门给她讲故事,使她触目惊心,万分感慨。我十六年前写过一个剧本,就是这么干的。但是,不行,没戏!

为了表现王昭君的思想,曹禺同志塑造了两个人物。一个姜夫人,一个孙美人。

姜夫人庸庸多福。理所当然,应该是个白胖子。她是个"保守派",或者说是个正统派。她一脑袋后妃之德。她为她的侄女王昭君设计了一条青云直上的道路。她认定了昭君总归是要见皇帝的人。见了皇帝,得到恩宠,就有盼头了。她请人教昭君弹琵琶,找人教她学唱、学舞,教她怎样穿衣、打扮,教她读书,目的都是一个:做万民之母,天下之后。她把这条道路设想得那样平坦如意,鸟语花香,光风丽日。王昭君对姑妈的天真的幻想没有戳破,她从未正面反驳过。姑妈爱这样想,让她想去。但是,当姜夫人一本正经地讲"德言工容",让她一天到晚只要想一个念头——"皇帝"时,她说了一句:

"天骤暖了,花气更香了。"

对姑妈的话听而不闻,心不在焉。这是对姜夫人的很大的嘲弄。燕雀安知鸿鹄之志。没有姜夫人的庸俗,很难反衬出昭君的冲远的襟怀。

孙美人是王昭君的一面镜子。

一个人物,只在第一幕里出现,以后就再也没有了,这在一般戏剧里是很少见的。但是这个人物是必不可少的。只出现一幕,然而她完成了她在全剧里的作用,也完成了自己的性格。曹禺同志对这个昙花一现的人物没有几笔带过,而是着力地描写。

未见其人,已闻其声。上场之前,就听见她在幽幽地低唱:"北方有佳人,遗世而独立……"

她的形象是很特别的。她已经六十多岁了,头发全白了,然而声音、神态,依然是个十九岁的少女。四十余年如一瞬,时间在她的身上凝固了。她永远活在一个希望里,随时等待"皇帝宣诏"。她出来后,先在春水里照看,分不清水里的是花影、是人面。贫嘴的鹦鹉谎报万岁到了,她慌忙地急着要去接驾。曹禺同志在这里不厌其烦地写她怎样梳妆打扮。孙美人和王昭君的一大段关于装饰的对话,令人想起《陌上桑》、《古诗为焦仲卿妻作》这样一些汉代乐府诗常用的铺排的手法,是很有民族特色和时代特色的。王昭君的随口应答,表现了对孙美人的深厚的同情,同时也必然在自己的心灵里留下层叠的烙印。

孙美人真的受到皇帝的宣诏,——死了的先皇帝托梦叫生前的美人去慰解地下的寂寞。王昭君听了,问了一句:"去陪先皇帝?"

孙美人上了车,欢喜过度,一下子就断气了。王昭君只"哦"了一声。

这简单的一问和一声"哦",有着多么深切的感触啊!孙美人还把

223

她的琵琶送给王昭君,昭君何以为情? 这人琴之感来得太突然了。

孙美人的出现,犹如电光石火,给王昭君极大的震击。她从孙美人的身上,清清楚楚看到自己的影子。孙美人的白发、痴心、惨遇、暴卒,是一个活生生的先例,使她横下一条心:走! 王昭君向掖庭令报名请行,是前些天的事,但是孙美人的死,是对她的一个直接推动的力量。

眼前两条路:一边,当美人的皇封到了;一边,备选阏氏的圣旨也来了。非常富于戏剧性的境遇。然而王昭君已经成竹在胸,义无反顾,她毅然决然地说:"这里有过孙美人,永远不会有王美人的! ——良家子王昭君,接旨奉诏。""接旨奉诏",一字千钧。如果是戏曲,这里一定是要下一锣的。

通过一个活人,使王昭君亲眼看到汉宫的悲剧,从而选定自己的人生道路,比由一个老宫监讲故事的办法强得多了。

范晔的《后汉书》写昭君去见大单于时,"丰容靓饰,光明汉宫,顾影徘徊,竦动左右。"非常形象地表现出王昭君的意满志得的心情。尤其是"顾影徘徊",生动之至。

王昭君此时的顾影徘徊,必有以前的幽怨怅惘。花点笔墨写一写她对汉宫生活的认识,是完全必要的。万事起头难,有了这样富于诗意的第一幕,才能引出下面的文章。

姜夫人、孙美人,都是史书上所没有的。这是两个虚构的人物。但是这样的庸俗的女官和那样悲惨的妃妾,是一定会有的。没有姜夫人,也会有沈夫人;没有孙美人,也会有杨美人。这里所写的汉宫的生活,虽然不是言皆有据,但无是事,有是理。只要翻翻《汉书》的《外戚列传》,便可相信这样的构拟,完全是有道理的。诗人的想象,是有充分的现实材料为基础的。

注　释

①　本篇原载《民族团结》1979 年第四期。

笔下处处有人[①]

——谈《四进士》

　　《四进士》的来源无可考。传奇、小说、笔记里都找不到它的影子。这大概原是一出地方戏。山西梆子、河北梆子、河南梆子都有这出戏。河南梆子就叫做《宋士杰告状》。故事出在河南。从作者对河南地理熟悉来看，这出戏跟河南可能有些关系。但从唱词的用韵来看，"顾年兄"的"兄"与"不贤人"的"人"押在一起，"中东"、"人辰"相混，又有点像是山西梆子。也许它还在湖北打了一转，然后再流入京剧的。周信芳的演出本，宋士杰口中有一句念白："这信阳州一班无头光棍，追赶一个女子……"。"无头"是"无徒"之误。"无徒"是古语，意思就是无赖，元曲中屡见。白朴的《梧桐雨》和关汉卿的《望江亭》中都有。这个古语大概在剧作者写剧本时还活着，到了周先生的嘴里却因口耳相传传讹了。把"徒"读为"头"，是湖北人的口音。"姑苏"、"尤求"相混，谭鑫培早期的唱词里常有这种现象。马连良演出时念成"油头光棍"，更是以讹传讹了。刘二混是"专靠蒙、坑、诈、骗为生"的混混，却不是调戏妇女的浪子。又，顾读和毛朋的念白中都引用了一句民间俗话："卖屋又卖基，一树能剥几层皮？"这也像是湖北话。

　　以上这些，都只是一些设想，没有充足的证据。但是这是一个民间的无名的剧作者的手笔，却是可以肯定的。从它所表达的思想，所刻画的人物，以及唱词、念白的语言的通俗而生动，都可以证明。这不是文人的作品，与升平署打本子的太监也无关。

　　这原是一出很芜杂的戏。最初姚家兄弟、妯娌争夺家产大概占了相当大的篇幅。争夺的主要东西是一对传家的宝物紫金镯。有一个鼓词《紫金镯》,说的就是这回事。大概鼓词比剧本更早一些。现在的剧本里还保留着紫金镯的一点痕迹。《柳林》一场,有这样的对话:

杨　春　你这贱人,方才言道,丈夫去世,三七未满;如今手戴紫金
　　　　镯,你卖什么风流!

杨素贞　客官有所不知,我公公在世之时,留下紫金镯儿一对,我
　　　　夫妻各戴一只;夫死妻不嫁,妻死夫不娶。今日见了此
　　　　镯,怎不叫我痛哭啊……

现在这对紫金镯成了可有可无,与戏的发展没有什么关系了。原来围绕这对镯子是有许多纠纷的。到了形成为京剧,比现在通常的演出本也要大得多。查升平署档案,汪桂芬在宫里演出时要分两天演,头二本一天,三四本一天。升平署所藏剧本目录,在《四进士》下注明"十六刻",比现在的演出本要大出三倍。

这原是一出"群戏"。生、旦、净、末,谁都可以来一段。正旦杨素贞是一个很重要的角色。查清代梨园史料,不少旦角都以演杨素贞而擅名。她可以在"灵堂"唱大段反二黄,在"柳林"唱大段西皮慢板。这是"本戏",照例有许多哪一出戏里都可用的套子;有许多任意穿插,荒诞不经的情节。

原本,田氏有个儿子叫添财。田氏在毒死姚庭梅之后,持刀去杀杨素贞的儿子保童。保童读书困倦,伏案睡着了。出来一个土地爷,把他救了。土地还把田氏踢倒在地,唱了一句"我一脚踢你个倒栽葱"。田氏又叫添财去杀保童。添财高叫"看刀",但想起自小和保童一块长大,不忍下手。于是叫醒保童,说:"我妈叫我杀你,我想,咱们从小一块长大,怪不错的。你死了,谁跟我玩儿呢? 我不杀你,咱俩逃走了吧!"这两个孩子一同逃到信阳州,还见到杨素贞。杨素贞此时已经下了狱。她婆婆也到了信阳州。婆婆探监,见到杨素贞,大唱了一气,与《六月雪》相似。最妙的是杨素贞的婆婆夜宿神庙,梦中得了一个"温凉玉盏"。"温凉玉盏"本是秦代的宝物,原名"四季温凉玉盏",见于孤本元明杂剧《临潼斗宝》。不知怎么叫这位老太太得着了,而且是在梦

中！老太太把这件宝物献给毛朋。毛朋转献给皇帝,同时将有关案情申奏。皇恩浩荡,尽准毛朋所奏,并且赐了一块匾:"节义廉明"。所以这出戏又叫《节义廉明》。

真正是打胡乱说,莫名其妙!

现在南周(信芳)北马(连良)所演的《四进士》,大体相同,基本上是一个本子。许多芜杂的、荒诞的、陈旧的情节去掉了。情节集中了,主题明确了,人物突出了。这项工作是谁来完成的呢?这个人真是《四进士》的一个功臣。也许有这么一个人,也许没有这样一个人。也许,这是一个具有睿智、天才的伟大的剧作家——观众。

有人相信《四进士》是真人真事。

有一个传说,说宋士杰确有其人,信阳州现在还有他开的店,他的店的门坎是铁门坎,这当然是好事者附会出来的。说门坎是铁的,无非说是物如其人,老头儿脾气硬,门坎也是硬梆梆的。宋士杰并无其人,从他的名字就可以看出来。这个名字是谐音。"宋士"即讼师。"宋士杰"者,讼师里的杰出的人也。这是一个"拼凑起来的角色",剧作者把许多讼师的特征都集中到他身上了。

戏曲剧本写一个讼师,以一个讼师为主要人物的,好像还只有这一出。

讼师这种人,现在没有了。过去是哪个城市里都有的。凡有衙门处,即有讼师。讼师就是包打官司——包揽词讼的人。这是一种很特殊的职业。他们是有师傅,有传授(多是家传),而且是有专书的。有一本书叫《邓思贤》,就是专门讲怎样打官司的。这邓思贤就是一个有名的讼师。这种人每天坐在家里,就是等着人来找他打官司。他们可以替你写状子,教你怎样回话——怎样为自己狡辩,怎样诬赖对方,可以给你打通关节,给你出各种主意,一直到把对方搞得倾家荡产,一败涂地,只要你给他钱。他们的业务是远远超过正常的法律辩护的范围的。这是依附在封建政体上的蝇蚋,是和官僚共生的蛆虫。这种人大都很坏,刁钻促狭,手辣心狠。这是他们的职业训练出来的。好人,老实人是当不了讼师的。讼师的名声比师爷还要更坏一些。人们有事找他,没事躲着他。讼师所住的地方,做小买卖的都不愿意停留。街坊邻居的孩子都不敢和他们家的孩子打架。

然而《四进士》写了一个好讼师,给讼师翻了案。有人推测,此剧的作者大概就是一个讼师,这倒有几分可能。不过也不一定。作者对讼师这种人,对衙门口的生活是非常熟悉的,这一点则是可以肯定的。

宋士杰是一个好人。他好在,一是办事傲上。在旧社会,傲上是一种难得的品德。一是好管闲事。

宋士杰的性格是逐步展开,很有层次的。剧作者要写他爱打抱不平,爱管闲事,却从他不愿管闲事,怕管闲事写起。

宋士杰的出场是很平淡的。没有什么"远铺垫"、"近铺垫"。几记小锣,他就走出来了。四句诗后,自报家门:

> 老汉,宋士杰。在前任道台衙门,当过一名刑房书吏。只因我办事傲上,才将我刑房革退。在西门以外,开了一所小小店房,不过是避嫌而已。今日有几个朋友,约我去吃酒,街市上走走。

"避嫌"即表示引退闲居,不再过问衙门中事。当然,他是不甘寂寞的。他见多识广,名声在外,总是时常有人来向他求教。班头丁旦为了"今有一桩事儿,不得明白,不免到宋家伯伯那里领教领教"。为田伦向顾读下书行贿的二公差,在他店里住了一宿,临走时还打听"有个宋士杰,你可认识?"也是慕名而想向他请教。但是他近年来毕竟是韬晦深藏,不大活动了。现任道台久久未闻此人踪迹,以为他已经死了。及至听到宋士杰这个名字,不免吃了一惊:"这老儿还在!"

他没有到处去揽事。他卷进一场复杂的纠纷完全是无心的。他不知姚、杨二家的官司,更不知道以后的麻烦,他遇见杨素贞是偶然的。他要去吃酒,看见刘二混同四光棍赶杨素贞,他的老毛病犯了:

> 啊!这信阳州一班无徒光棍,追赶一个女子;若是追在无人之处,那女子定要吃他们的大亏。我不免赶上前去,打他一个抱不平!

但是转念一想：

> 咳，只因我多管人家的闲事，才将我的刑房革退，我又管的什么闲事啊。不管也罢，街市上走走。

他和万氏打跑了刘二混，以为事情就完了。万氏把杨素贞引进店里，他和杨素贞的交谈，也是没有目的的，他问人家姓什么，什么地方的人，到信阳州来干什么，都是见面后应有的闲话。听到杨素贞是越衙告状来了，他顺口说了一句："哎哟，越衙告状，这个冤枉一定是大了。"也还是局外人的平常的感叹，无动于衷。他想看看杨素贞的状子，只是一种职业的习惯。"状纸若有不到之处，我与她更改更改。"他看了状子，指出什么是"由头"，点破哪里是"赖词"，称赞状子写得好，"作状子这位老先生，有八台之位"，"笔力上带着"，但是，"好是好，废物了！"，因为"道台大人前呼后拥，女流之辈挨挤不上，也是枉然。""交还与她"，他不管了！

他不想管闲事。他不想管闲事吗？

万氏认了杨素贞为干女儿，杨素贞也叫了宋士杰一声干父，宋士杰答应给干女儿去递状子。

到道台衙门递一张状子，这在宋士杰真是小事一桩。本来，宋士杰可以不误堂点，顺顺溜溜地把状子递上，那就万事皆休，与他宋士杰再无干系。不想偏偏遇着班头丁旦，有事求教，拉去酒楼，错过道台的午堂，状子不曾递上，出了个岔子，使他不得不击动堂鼓，面见顾读。犹如一溪静水，碰见了横亘的岩石，撞起了浪花，使矛盾骤然激化了，使宋士杰从一个旁观者变成了当事人，从一个局外人变成了矛盾的一个方面。

要写宋士杰打抱不平，管闲事，先一再写他不想管闲事，欲扬先抑。作者并没有写他路见不平，义形于色，揎拳攘袖，拔刀向前。不。不能这样写。他不是拼命三郎石秀，他是宋士杰。

宋士杰是一个讼师，他的主要行动正是打官司。宋士杰的戏主要是这几场：一公堂、二公堂、盗书、三公堂。三公堂是毛朋的戏，宋士杰没有太大作为。盗书主要看表演。真正表现宋士杰的讼师本色的是一公堂、二公堂。宋士杰的直接的对立面是顾读。一公堂、二公堂,可以说是宋士杰斗顾读。

剧作者没有在姚杨二家的案件上做什么文章,这件案子的是非曲直是自明的事。

一公堂争辩的是宋士杰是不是包揽词讼。

宋士杰是不是包揽词讼?当然是的。包揽词讼是犯法的。所有的讼师在插手一桩官司之前,都必须先替自己把这个罪名择清。宋士杰当然知道这一层。他知道上堂之后,顾读首先要挑剔这一点。他要考虑怎样回答。顾读一声"传宋士杰!"丁旦下堂:"宋家伯伯,大人传你。"宋士杰"吓"了一声。丁旦又说:"大人传你。"宋士杰好像没听明白:"哦,大人传我?"丁旦又重复一次:"传你!小心去见。"宋士杰好像才醒悟过来:"呵呵!传我?"这么一句话有什么听不明白的呢?宋士杰为什么这样心不在焉,反应迟钝呢?不是的,他是在想主意。他脱下鸭尾巾,露出雪白的发髻,报门:"报,宋士杰告进。"不卑不亢,似卑实亢。他这时已经成竹在胸,所以能这样从容沉着。顾读果然劈头就问:

"你为何包揽词讼?"

"怎见得小人包揽词讼?"

"杨素贞越衙告状,住在你的家中,分明是你挑唆而来,岂不是包揽词讼?"

顾读问得是在理的。

"小人有下情回禀。"

"讲!"

宋士杰的回答实在是出人意料:

咋!小人宋士杰,在前任道台衙门当过一名刑房书吏。只因我办事傲上,才将我的刑房革掉。在西门以外,开了一所小小店房,不过是避嫌而已。曾记得那年,去往河南上蔡县办差,住在杨

230

素贞她父家中;杨素贞那时间才这长,这大;拜在我的名下,以为义女。数载以来,书不来,信不去。杨素贞她父已死。她长大成人,许配姚庭梅为妻。她的亲夫被人害死;来到信阳州,越衙告状。常言道是亲者不能不顾;不是亲者不能相顾。她是我的干女儿,我是她的干父;干女儿不住在干父家中,难道说,叫她住在庵堂——寺院!

这真是老虎闻鼻烟! 明明是一件没影子的事,他却把它说得有鼻子有眼,活灵活现,点水不漏,无懈可击! 这些话是临时旋编出来的,可编得那样的圆全! 宋士杰自己对这样的答话也是得意的。杨素贞对他说:"干父,你这两句言语,回答得好哇!"宋士杰一笑:"嘿,这两句言语回答不上,怎么称得起……(两望,低声)包揽词讼的老先生。"顾读光会咋呼,不是对手! 宋士杰充满了胜利的快乐:

> 回得家去,叫你那干妈妈,做些个面食馍馍,你我父女吃得饱饱的,打这场热闹官司。走哇。走哇! 嗳,走哇!

什么叫讼师? 这就叫讼师,——数白道黑,将无作有。

"二公堂"是宋士杰替杨素贞喊冤。顾读受贿之后,对杨素贞拶指逼供,上刑收监。宋士杰在堂口高喊"冤枉!"

顾　读　宋士杰,你为何堂口喊冤?

宋士杰　大人办事不公!

顾　读　本道哪些儿不公?

宋士杰　原告收监,被告讨保,哪些儿公道?

顾　读　杨素贞告的是谎状。

宋士杰　怎见得是谎状?

顾　读　她私通奸夫,谋害亲夫,岂不是谎状?

宋士杰　奸夫是谁?

顾　读　杨春。

宋士杰　哪里人氏?

顾　读　南京水西门。

宋士杰　杨素贞?

顾　读　河南上蔡县。

宋士杰　千里路程,怎样通奸?

顾　读　呃! 他是先奸后娶!

宋士杰　既然如此,她不去逃命,到你这里送死来了!

这个地方宋士杰是有理的。但是他得理不让,步步进逼,语快如刀,不容喘息,一鞭一条痕,一掴一掌血,一直到把对方打翻在地,再也起不来,真是老辣厉害。什么叫讼师? 这就是讼师。

宋士杰的性格是多方面的。作者除了写了他精通吏道,熟谙官府,还写了他世事洞明,人情练达。

宋士杰吃酒误事,误过午堂,状子不曾递上,他很懊丧,在回家的路上一边走一边自己叨叨:

咳! 酒楼之上,多吃了一杯,升过堂了,状子没有递上,只好回去。吃酒的误事! 咳! 回得家去,干女儿迎上前来,言道:“干父你回来了?”我言道:“我回来了。”干女儿必定问道:“状子可曾递上?”我言道:“遇见一个朋友,在酒楼之上,多吃了一杯,升过堂了,没有递上。”她必然言道:“干父啊,我不是你的亲生女儿;若是你的亲生女儿,酒也不吃了,状子也递上了。”这两句言语,总是有的……这两句言语,总是……

到了家,杨素贞果然对万氏说:

嗳,我不是他的亲生女儿……

宋士杰用极低的声音:

来了!

杨素贞接着说:

若是他的亲生女儿,酒也不吃了,状子也递上了!

宋士杰：

> 我早晓得有这两句话……

真是如见其肺肝然。这老头儿对人情世故吃得太透了！

《盗书》一场，誊写书信的动作很重要，但是没有前面的念白，就引不起后面的动作。他一见那两个公差，就感觉到"来得尴尬"，要听他们讲些什么。果然听出一些名堂：

> 听他们言道："田顾刘，……"这"田顾刘"是什么人？哦，上蔡县刘题，信阳道顾读，这田……田……哦是了！未曾上任的江西巡按田伦，莫非是他不成？他们又言道："酒，酒，酒，终日有；有钱的在天堂，无钱的下地狱。"口角带字，其中必有缘故。哎呀，他们过店的时节，见他手中，有一包裹，十分沉重，其中必有要紧之物，我不免等他们睡着，将门——咳！为我干女儿之事，我也不得不如此——将门拨开，取将出来，看上一看。若有我干女儿之事，我也好做一准备呀。

他的嗅觉很灵。是啊，他是六扇门里的，又是开店的，什么样的人没见过？什么样的事没见过？这两个公差带着三百两银子，——三百两有好大一堆，能逃过他的眼睛吗？

他听说按院大人在此下马，写了一张状子。途遇杨春，认为干亲，合计告状。听到鸣锣开道，差杨春前去打探。他突然想起：

> 哎呀！按院大人有告条在外，有人拦轿喊冤，四十大板。我实实挨不起了！有了。我看杨春这个娃娃，倒也精壮得很；我把这四十板子，照顾了这个娃娃吧！

杨春递状回来，他不好好地问人家递上了没有，他叫人家"走过去"，"走回来"！

宋士杰　啊，这娃娃怎么还不回来，待我迎上前去。

杨　春　义父！

宋士杰　娃娃，你回来了？

杨　春　我回来了。

宋士杰　状子可曾递上？

杨　春　递上了。

宋士杰　哦，递上了！——递上了？

杨　春　递上了。

宋士杰　递上了？

杨　春　递上了啊！

宋士杰　走过去！

杨　春　哦，走过去。

宋士杰　走回来。

杨　春　好，走回来。

宋士杰　唉！娃娃，你没有递上。

杨　春　怎见得没有递上？

宋士杰　哈哈！娃娃，我实对你讲了吧：按院大人有告示在外，有
　　　　人拦轿喊冤，打四十大板。你这两腿好好的，状子没有递
　　　　上吧？

有一个孩子读《四进士》剧本，读到这里，说："这个宋士杰，真坏！"

宋士杰是真坏。

他击动道署的堂鼓，害得看堂人挨了四十板。看堂人下来叫他，他
还要问人家：

　　　"娃娃，你挨打了吧？"

　　　"唔，挨啦！"

　　　"四十个板子？"

丁旦到上蔡县去提差，他送人家一笔空头人情。"我这里有一茶
之敬，带在身旁，买杯茶吃吧。"丁旦不敢拿，他说人家嫌轻了。丁旦愧
领，刚走不远，他在那里念秧："好，好！好丁旦！好丁旦！这个娃娃吃
红了眼了，连我宋士杰的银子他也敢要！好，姚、杨二家，不少一名还则

罢了;短少一名,管叫这个娃娃挨四十个板子,不能挨三十九。"丁旦听见,连忙回来:"原银未动"。宋士杰收了银子,还笑呵呵地说:"娃娃,你的胆子小啊。"——"我本来胆子小。"——"好,吃衙门饭,原要胆小。"他一毛不拔,最后还要奉送一句金玉良言,真正叫人哭笑不得。

作者不放过任何一个有用的细节。他写这些细节并不吃力。信手拈来,皆成妙趣。闲中著色,精细至此。正如风行水面,随处成文。其原因,在于作者对生活熟透了。其可贵处在于,笔下处处有人。

宋士杰是好人,可是他很坏。宋士杰很坏,可是还是一个好人。这是一个有血有肉的,活生生的人物,不是一个干瘪的概念。他的性格不是简单的。简单的性格不是性格。作者也没有把他写成一个一般化的讼师,他写的是宋士杰。这样的性格在中国戏曲里少见。不可无一,不可有二。他是"这一个"。

《四进士》在中国戏曲里是一部杰出的现实主义的作品,宋士杰是一个非常难得的典型。

学习《四进士》对于借鉴传统,推动我们今天的创作,是有益的;对于克服"四人帮"造成的公式主义的影响,是有益的。

《四进士》很好了。现在的演出本是一个相当干净,相当精练,相当完整的本子。但是是不是没有加工余地了? 能不能再改改?

双塔寺盟誓,毛朋原有这样的念白:

> 可恨严嵩在朝,与我等作对;多蒙海老恩师保奏,我等方能帘外为官。那严嵩心中怀恨,差遣心腹人等暗中查访,要寻拿你我的错处,以图伤害。

早年演出时,还有严嵩的心腹带领校尉过场,后来大都删掉了。

这只是一个背景,一个伏线。但把整个故事放在这样一个政治背景上来写,有好处。这样就能说明毛朋秉公执法的直接原因,不致把毛朋拔得太高,成了单纯的为民请命。

姚、杨二家的纠纷简化了,是对的。不过现在写法有点近乎儿戏。

田氏因为听说婆婆说她"走东家、串西家,不像个官宦人家的规矩",怀疑是杨素贞挑唆,因此便起意要毒死姚庭梅,殊不可信。应该还是为了争夺家产。这和毛朋所写状子上的"由头""害夫谋产、典卖鲸吞"也才对得上号。田氏与田伦的关系要早点提起。她谋产害人,还不是因为有这么个当大官的阔弟弟么?

顾读是"直接受贿"还是"间接受贿",是师爷把银子拿走了,还是他自己收下了,都可以商量。但不论用哪一种写法,都不能对顾读原谅。

田伦一点性格没有。他向顾读行贿,是不是只是因为母亲一跪,可以考虑。他的思想应该稍稍复杂一些,不能把他的行为写成是全不得已。

有一些不恰当词句要改改。毛朋的定场诗"逢龙除角,遇虎拔毛",这种天真的、童话式的夸张词句出于一个八府巡按之口,不怎么合适。黄大顺的上场诗"朝为田舍郎,暮登天子堂",显然是演员随便抓来的。一个幕僚,登的什么天子堂呢? 不合身份。杨素贞《柳林》的唱词:"你家也有姊和妹,你姊姊嫁过多少人",有点像个泼妇。有些听不懂的词句可改。周信芳本,按院大人有告条在外,有人提起"贩梢"二字,责打四十大板,一面长枷。"贩梢"费解。马连良演出时念成"贩售",还有念成"贩售人口者",也都令人生疑。按院查访民情,为什么对贩卖人口问题这样注意,特别出了告示? 这一节去掉,于戏似无大碍。"无徒"现在既然很少人懂,不如径改为"流氓光棍"。诸如此类。

"三公堂"宋士杰没有什么戏。毛朋很有戏,宋士杰相形见绌。他在八府巡按面前好像变得老实了。要把这场戏往上挺一下,要想点办法。这办法不太好想。

周信芳和马连良的演出,基本上用的是一个底本。但是取舍之间,颇有不同。现在周先生、马先生都已作古,是不是能把南北两个本子参合起来,斟酌长短,定成一个更完善的本子,供青年演员演出?

我们的前人曾把《四进士》大改了一下,取得很大的成绩。我们今日把它再改改,让它再提高一点,再好一点,可不可以呢? 有没有这个必要呢？可以的，也必要的。工程不大，但也要费一点事，而且会有困难。困难之一，是有门户之见。我们今天提倡流派，流派不等于门户。然而门户之见是有的。如之何？如之何？

一九七八年十二月写成

一九七九年六月八日改定

注　释

① 本篇原载《汪曾祺全集》第三卷，北京师范大学出版社，1998 年 8 月。

1980 年

第一场在七十六页^①

马盛龙同志曾说,他能在南方站住脚,多亏了肖(长华)先生所传的三国戏。他说肖先生的剧本很有意思。那时抄剧本大都用四方的帐本。也许第一场在七十六页,第二场在五十三页。他自己记得非常清楚。你有一句词不会,去问他:"先生,那一场我有一句记不清了,"他马上告诉你:"在四十八页、第九行",就记得那么清楚。

这是一个发人深思的小故事。

肖先生为什么把他的剧本抄得这样颠颠倒倒的呢?——你偷了他的本子也没有用,看不懂!这是保守么?是的。可是在那种"教会徒弟,饿死师傅","宁赠一锭金,不教一句春"的时代,这是完全可以理解的。

肖先生是一个伟大的戏曲教育家。解放以前,以后,他教出了很多好学生,可谓乐育英才,倾囊相赠。他最不保守。他那样的抄写剧本,是不得已。这反映出一个编剧老前辈的愤怒与悲酸。那是一个艺术私有,也是一个艺术上互相掠夺的时代啊。

今天的年轻学员和演员,多不知道旧社会学戏、排戏之不易。他们说:"你就是应该给我排戏,就是应该给我写剧本!"咳咳!

肖先生他自己写的剧本记得那样清楚,说明他的剧本已经烂熟在他的心里,"册子"不过是留一个底而已;说明他对所写的剧本是经过反复推敲,花了心血的。这是他的"家珍",所以可以"如数"。他的剧本每一句都不是萝卜快了不洗泥,推出门不认货。

我有个朋友,写了一个剧本。刻印的时候,丢了一个第二场。刻印的同志很紧张。他说："不要紧,我给你们背出来。"

能把自己的剧本背出来,说明写的时候曾经反复推敲,花过心血。

因此,我提倡剧本作者背自己的剧本。

注 释

① 本篇原载北京京剧院院刊《京剧艺术》1980 年第一期,署名"曾岐"。

读民歌札记①

奇特的想象

汉代的民歌里,有一首,很特别:

> 枯鱼过河泣,何时悔复及?
> 作书与鲂鲢,相教慎出入。

枯鱼,怎么能写信呢?两千多年来,凡读过这首民歌的人,都觉得很惊奇②。这样奇特的想象,在书面文学里没有,在口头文学里也少见。似乎这是中国文学里的一个绝无仅有的孤例。

并不是这样。

偶读民歌选集,发现这样一首广西民歌:

> 石榴开花朵朵红,蝴蝶寄信给蜜蜂:
> 蜘蛛结网拦了路,水泡阳桥路不通。

枯鱼作书,蝴蝶寄信,真是无独有偶。

两首民歌的感情不一样。前一首很沉痛。这是一个落难人的沉重的叹息,是从苦痛的津液中分泌出来的奇想。短短二十个字,概括了世途的险恶。后一首的调子是轻松的、明快的。红的石榴花、蝴蝶、蜜蜂、蜘蛛,这是一幅很热闹的图画,让人想到明媚的春光——哦,初夏的风光。这是一首情歌。他和她——蝴蝶和蜜蜂有约,受了意外的阻碍,然而这点阻碍是暂时的,不足为虑的,是没有真正的危险性的。这首民歌的内在的感情是快乐的、光明的,不是痛苦、绝望的。这两首民歌是不同时代的作品,不同生活的反映。但是其设想之奇特,则无二致。

沈德潜在《古诗源》里选了《枯鱼》，下了一个评语，道是："汉人每有此种奇想③"。其实应该说：民歌每有此种奇想，不独汉人。

汉代民歌里的动物题材

现存的汉代乐府诗里有几首动物题材的诗。它所反映的生活、思想，它的表现方法，在它以前没有，在它以后也少见。这是汉乐府里的一个独特的组成部分，是文学史上一个很值得注意的现象。除了《枯鱼过河泣》，有《雉子班》、《乌生》、《蜨蝶行》。另，本辞不传，晋乐所奏的《艳歌何尝行》也可以算在里面。我们有理由相信，这是当时所流行的一种题材，散失不传的当会更多。

雉 子 班

"雉子，

班如此！

之于雉梁。

无以吾翁孺，

雉子！"

知得雉子高蜚止。

黄鹄蜚，

之以千里王可思。

雄来蜚从雌，

视子趋一雉。

"雉子！"

车大驾马滕，

被王送行所中。

尧羊蜚从王孙行。

一向都认为这首诗"言字讹谬，声辞杂书"，最为难读。余冠英先生的《乐府诗选》把它加了引号和标点，分清了哪些是剧中人的"对话"，哪些是第三者（作者）的叙述，这样，这首难读的诗几乎可以读通了。这是一个伟大的发现。我们说是"伟大的发现"，是因为用了这种方法，可以帮助我们把原来一些不很明白或者很不明白的古诗弄明白（古代的人如果学会用我们今天的标点符号，会使我们省很多事，用不着闭着眼睛捉迷藏）。余先生以为这首诗写的是一个野鸡家庭的生离死别的悲剧，也是卓越的创见。

但是这是一个什么样的悲剧，剧中人共有几人？悲剧的情节是怎样的？在这些方面，我们理解和余先生有些不同。

按余先生《乐府诗选》的注解，他似乎以为是一只小野鸡（雉子）被贵人捉获了，关在一辆马车里。老野鸡（性别不详）追随着马车，一面嘱咐小野鸡一些话。

按照这样的设想，有些辞句解释不通。

"之于雉梁"。"雉梁"可以有不同解释，但总是指的某个地方。"之于"是去到的意思。"之于雉梁"是去到某个地方。小野鸡已经被捉了，怎么还能叫它去到某个地方呢？

"知得雉子高蜚止"。这一句本来不难懂，是说知道雉子高飞远走了。余先生断句为"知得雉子，高蜚止"，说是知道雉子被人所得，老雉高飞而来，不无勉强。

尤其是，按余先生的设想，"雄来蜚从雌"这一句便没有着落。这是一句很关键性的话。这里明明说的是"雄来飞从雌"，不是"雄来飞从雉子"呀。

因此，我觉得有必要在余先生的生动的想象的基础上向前再迈一步。

问题：

一、这里一共有几个人物——几个野鸡？我以为一共有三只：雄野鸡、雌野鸡、小野鸡。

二、被捉获的是谁？——是雌野鸡，不是小野鸡。

对几个词义的猜测：

"班"，旧说同"斑"。"班如此"就是这样的好看。在如此紧张的生离死别的关头，还要来称赞自己的孩子毛羽斑斓，无是情理。"班"疑当即"乘马班如"、"班师回朝"的"班"，即是回去。贾谊《吊屈原赋》："殷纷纷其离此邮兮"，朱熹《集注》云："殷音班，……殷，反也"，"班"即"殷"。

"翁孺"，余先生以为是老人与小孩，泛指人类。"孺"本训小，但可引申为小夫人，乃至夫人。古代的"孺子"往往指的是小老婆，清俞正燮《癸巳类稿·释小补楚语笄内则总角义》辨之甚详④。我以为"翁孺"是夫妇，与北朝的《捉搦歌》"愿得两个成翁妪"的"翁妪"是一样的意思。"吾翁孺"即"我们老公姆俩"。"无以吾翁孺"，以，依也，意思是你不要靠我们老公姆俩了。"吾"字不必假借为"俉"，解为"迎也"。

"黄鹄蚩，之以千里王可思"，我怀疑是衍文。

上述词意的猜测，如果不十分牵强，我们就可以对这首剧诗的情节有不同于余先生的设想：

野鸡的一家三口：雄野鸡、雌野鸡、小野鸡，一同出来游玩。忽然来了一个王孙公子，捉获了雌野鸡。小野鸡吓坏了，抹头一翅子就往回飞。难为了雄野鸡。它舍不下老的，又搁不下小的。它看见小野鸡飞回去了，就扬声嘱咐："雉崽呀，往回飞，就这样飞回去，一直飞到野鸡居住的山梁，别管我们老公姆俩！雉崽！"知道小野鸡已经高高飞走了，雄野鸡又飞来追随着雌野鸡。它还忍不住再回头看看，好了，看见小野鸡跟上另一只野鸡，有了照应了，它放了心了。但这也是最后的一眼了，它惨痛地又叫了一声："雉崽！——"车又大，马又飞跑，（雌雉）被送往王孙的行在所了。雄雉翱翔着追随着王孙的车子，飞，飞……

乌　生

乌生八九子，
端坐秦氏桂树间。——唶我！
秦氏家有游遨荡子，
工用睢阳强、苏合弹。
左手持强弹两丸，

出入乌东西。——唶我！

一丸即发中乌身，

乌死魂魄飞扬上天：

"阿母生乌子时，

乃在南山岩石间，——唶我！

人民安知乌子处？

蹊径窈窕安从通？"

"白鹿乃在上林西苑中，

射工尚复得白鹿脯，——唶我！

黄鹄摩天极高飞，

后宫尚复得烹煮之。

鲤鱼乃在洛水深渊中，

钓钩尚得鲤鱼口。——唶我！

人民生各各有寿命，

死生何须复道前后？"

这是中弹身亡的小乌鸦的魂魄和它的母亲的在天之灵的对话。这首诗的特别处是接连用了五个"唶我"。闻一多先生以为"唶我"应该连读，旧读"我"属下，大谬。这样一来，就把一首因为后人断句的错误而变得很奇怪别扭的诗又变得十分明白晓畅，还了它的本来面目，厥功至伟。闻先生以为"唶"是大声，"我"是语尾助词。我觉得，干脆，这是一个词，是一个状声词，这就是乌鸦的叫声。通篇充满了乌鸦的喊叫，增加诗的凄怆悲凉。

蜨蝶行

蜨蝶之遨游东园，

奈何卒逢三月养子燕！

接我苜蓿间。

持之我入深紫宫中，

行缠之傅欂栌间。

雀来燕，

燕子见衔哺来，

摇头鼓翼何轩奴轩。

剔除了几个"之"字，这首诗的意思是明白的：一只快快活活的蝴蝶，被哺雏的燕子叼去当作小燕子的一口食了。

这几首动物题材的乐府诗有以下几个共同的特点：

一、它们是一种独特题材的诗，不是通常所说的（散体和诗体的）"动物故事"。"动物故事"，或名寓言，意在教训，是以物为喻，说明某种道理。它是哲学的、道德的。"动物故事"的作者对于其所借喻的动物的态度大都是超然的、旁观的，有时是嘲谑的。这些乐府诗是抒情的，写实的。作者对于所描写的动物寄予很深的同情。他们对于这些弱小的动物感同身受。实际上，这些不幸的动物，就是作者自己。

二、这些诗大都用动物自己的口吻，用第一人称的语气讲话。《蜨蝶行》开头虽有客观的描叙，但是自"接我首蓿间"之后，仍是蜨蝶眼中所见的情景，仍是第一人称。这些诗的主要部分是动物的独白或对话。它们又都有一个简单然而生动的情节。这是一些小小的戏剧。而且，全是悲剧。这些悲剧都是突然发生的。蜨蝶在苜蓿园里遨游，乌鸦在桂树上端坐，原来都是很暇豫安适，自乐其生的，可是突然间横祸飞来，弄得妻离子散、家破人亡。《枯鱼过河泣》、《雉子班》虽未写遇祸前的景况，想象起来，亦当如是。朱矩堂曰"祸机之伏，从未有不于安乐得之"，对于这些诗来说，是贴切的。

三、为什么汉代会产生这样一些动物题材的民歌？写物是为了写人。动物的悲剧是人民的悲剧的曲折的反映。对这些猝然发生的惨祸的陈述，是企图安居乐业的人民遭到不可抗拒的暴力的摧残因而发出的控诉。动物的痛苦即是人的痛苦。这一类诗多用第一人称，不是偶然的。这些痛苦是由谁造成的？谁是这些惨剧的对立面？《枯鱼》未明指。《蜨蝶行》写得很隐晦。《雉子班》和《乌生》就老实不客气地点出了是"王孙"和"游遨荡子"，是享有特权的贵族王侯。这些动物诗，实际上写的是特权阶层对小民的虐害。我们知道，汉代的权豪贵戚是非常的横暴恣睢、无所不为的。权豪作恶,成为汉代政治上的一个大问题。这些诗,是当时的社会生活的很深刻的反映。

这些写动物诗,应当联系当时的社会生活来看,应当与一些写人的诗参照着看,——比如《平陵东》(这是一首写五陵年少绑架平民的诗,因与本题无关,说从略)。

民歌中的哲理

民歌,在本质上是抒情的。

民歌当中有没有哲理诗?

湖南古丈有一首描写插秧的民歌:

> 赤脚双双来插田,低头看见水中天。
>
> 行行插得齐齐整,退步原来是向前。

首先,这是民歌么? 论格律,这是很工整的绝句。论意思,"退步原来是向前",是所谓"见道之言"。这很像是晚唐和宋代的受了禅宗哲学影响的诗人搞出来的东西。然而细读全诗,这的确是劳动人民的作品。没有亲身参加过插秧劳动的人,是不可能有这样真切的体会的。这不是像白居易《观刈麦》那样只是以旁观者的身份在那里发一通感想。

或者,这是某个既参加劳动,也熟悉民歌的诗人所制作的拟民歌? 刘禹锡、黄遵宪的某些诗和民歌放在一起,是几乎可以乱真的。但是我们还没有听说过古丈曾出过像刘禹锡、黄遵宪这样的诗人。

是从别的地方把拟作的民歌传进来的? 古丈是个偏僻的地方,过去交通很不方便,这种可能性也不大。

看来,我们只能相信,这是民歌,这是出在古丈地方的民歌。

或者说,这是民歌,但无所谓哲理。"退步原来是向前",是记实,插秧都是倒退着走的,值不得大惊小怪! 不能这样讲吧。多少人插过秧,可谁想到过进与退之间的辩证关系? 唱出这样的民歌的农民,确实是从实践中悟出一番道理。清代的湖南,出过几个农民出身的唯物主义的哲学家。莫非,湖南的农民特别长于思辩?吁,非所知矣。

何况前面还有一句"低头看见水中天"呢。抬头看天,是常情;低头看天,就有点哲学意味。有这一句,就证明"退步原来是向前"不是孤立的,突如其来的。从总体看,这首民歌弥漫着一种内在的哲理性。——同时又是生机活泼的、生动形象的,不像宋代某些"以理为诗"的作品那样平板枯燥。

民歌,在本质上是抒情的,但不排斥哲理。

民歌中有没有哲理诗,是一个值得探讨下去的题目。

《老鼠歌》与《硕鼠》

藏族民歌里有一首《老鼠歌》:

> 从星星还没有落下的早晨,
> 耕作到太阳落土的晚上;
> 用疲劳翻开这一锄锄的泥土,
> 见太阳升起又落下山岗。
>
> 收的谷子粒粒是血汗,
> 耗子在黑夜里把它往洞里搬;
> 这种冤枉有谁知道谁可怜,
> 唉,累死累活只剩下自己的辛酸。
>
> 我们的皇帝他不管,他不管,
> 我们的朋友只有月亮和太阳;
> 耗子呀,可恨的耗子呀,
> 什么时候你才能死光!

(泽仁沛楚、登主·沛楚追等唱,周良沛搜集

载《民间文学》1965 年 6 月号)

读了这首民歌,立刻让人想到《诗经》里的《硕鼠》。现代研究《诗经》的人,都认为《硕鼠》是劳动者对于统治阶级加在他们头上的不堪忍受的沉重的剥削所发出的怨恨,诸家都无异词。这首《老鼠歌》可以作为一个有力的旁证。如果看了周良沛同志的附注,《诗经》的解释者对于他们的解释就更有信心了:

"这支歌是清末的一个藏族农民劳动时的即兴之作。他以耗子的形象来影射统治者对人民的剥削。这支歌流行很广,后遭禁唱。一九三三年人民因唱这支歌,曾遭到反动统治者的大批屠杀。"

不同的时代,不同的地区,不同的民族,却用同样的形象,同样影射的方法来咒骂压在他们头上的剥削者,这是很有意思的事。其实也不奇怪,人同此心而已。他们遭受的痛苦是一样的。夺去他们的劳动果实的,有统治者,也有像田鼠一样的兽类。他们用老鼠来比喻统治者,正是"能近取譬"。硕鼠,即田鼠,偷盗粮食是很凶的。我在沽源,曾随农民去挖过田鼠洞。挖到一个田鼠洞,可以找到上斗的粮食。而且储藏得很好:豆子是豆子,麦子是麦子,高粱是高粱。分门别类,毫不混杂!这是一个典型的不劳而食者的粮仓。而且,田鼠多得很哪!

《硕鼠》是魏风。周代的魏进入了什么社会形态,我无所知。周良沛同志所搜集的藏族民歌,好像是云南西部的。那个地区的社会形态,我也不了解。"附注"中说这是一个"农民"的即兴之作,是自由农民呢?还是农奴呢?"统治者"是封建地主呢?还是农奴主呢?这些都无从判断。根据直觉的印象,这两首民歌都像是农奴制时代的产物。大批地屠杀唱歌人,这种事只有农奴主才干得出来。而《硕鼠》的"逝(誓)将去汝,适彼乐土"很容易让人想到农奴的逃亡。——封建农民是没有这种思想的。有人说"适彼乐土"只是空虚渺茫的幻想,其实这是十分现实的打算。这首诗分三节,三节的最后都说:"誓将去汝",这是带有积极的行动意味的。而且感情是强烈的。"誓将"乃决绝之词,并无保留,也不软弱。在农奴制社会里,逃亡,是当时仅能做到的反抗。我们不能用今天工人阶级的觉悟去苛求几千年前的农奴。这一点,我和一些《硕鼠》的解释者的看法,有些不同。

一九七九年四月二十三日写成

一九八〇年二月六日修改

注　释

① 本篇原载《民间文学》1980 年四月号;初收《晚翠文谈》,浙江文艺出版社,1988 年 3 月。

② 黄节《汉魏乐府风笺》引陈胤倩曰:"作者甚新"。

③ 闻一多先生《乐府诗笺》也说"汉人常有此奇想"。

④ 俞正燮此文甚长,征引繁浩,其略云:"小妻曰妾,曰孺,曰姬,曰侧室,曰次室,曰偏房,曰如夫人,曰如君,曰姨娘,曰姬娘,曰旁妻,曰庶妻,曰次妻,曰下妻,曰少妻,曰姑娘,曰孺子……"。"《汉书艺文志·中山王孺子妾歌》注云:'孺子,王妾之有名号者。'……秦策亦云:'某夕某孺子纳某士'。《汉书·王子侯表》:'东城侯遗为孺子所杀,''则王公至士民妾,通名孺子'。值得注意的是同前条引《左传·哀公三年》,季桓子卒,南孺子生子,谓贵妾。注云:桓子妻者,非是"。这一条误注倒使我们得到一个启发,"孺子"也可以当妻子讲的,——否则就不至产生这样的错注。

沈从文和他的《边城》①

　　《边城》是沈从文先生所写的唯一的一个中篇小说，说是中篇小说，是因为篇幅比较长，约有六万多字；还因它有一个有头有尾的故事，——沈先生的短篇小说有好些是没有什么故事的，如《牛》、《三三》、《八骏图》……都只是通过一点点小事，写人的感情、感觉、情绪。

　　《边城》的故事甚美也很简单：茶峒山城一里外有一小溪，溪边有一弄渡船的老人。老人的女儿和一个兵有了私情，和那个兵一同死了，留下一个孤雏，名叫翠翠，老船夫和外孙女相依为命地生活着。茶峒城里有个在水码头上掌事的龙头大哥顺顺，顺顺有两个儿子，天保和傩送，两兄弟都爱上翠翠。翠翠爱二老傩送。不爱大老天保，大老天保在失望之下驾船往下游去，失事淹死；傩送因为哥哥的死在心里结了一个难解疙瘩，也驾船出外了。雷雨之夜，渡船老人死了，剩下翠翠一个人。傩送对翠翠的感情没有变，但是他一直没有回来。

　　就这样一个简单的故事，却写出了几个活生生的人物，写了一首将近七万字的长诗！

　　因为故事写得很美，写得真实，有人就认为真有那么一回事。有的华侨青年，读了《边城》，回国来很想到茶峒去看看，看看那个溪水、白塔、渡船，看看渡船老人的坟，看看翠翠曾在哪里吹竹管……

　　大概是看不到的。这故事是沈从文编出来的。

　　有没有一个翠翠？

　　有的。可她不是在茶峒的碧溪岨，是泸溪县一个线绒铺的女孩子。《湘行散记》里说：

　　　　……在十三个伙伴中我有两个极好的朋友。……其次是那个年纪顶轻的，名字就叫"傩右"，一个成衣人的独生子，为人伶俐勇敢,希有少见。……这小孩子年纪虽小,心可不小! 同我们到县城街上转了三次,就看中一个绒线铺的女孩子,问我借钱向那女孩子买了三次白棉线草鞋带子……那女孩子名叫"翠翠",我写《边城》故事时,弄渡船的外孙女,明慧温柔的品性,就从那绒线铺小女孩脱胎而来。②

她是泸溪县的么? 也不是。她是山东崂山的。

看了《湘行散记》,我很怕上了《灯》里那个青衣女子同样的当,把沈先生编的故事信以为真,特地上他家去核对一回,问他翠翠是不是绒线铺的女孩子。他的回答是:

"我们(他和夫人张兆和)上崂山去,在汽车里看到出殡的,一个女孩子打着幡。我说:这个我可以帮你写个小说。"

幸亏他夫人补充了一句:"翠翠的性格、形象,是绒线铺那个女孩子。"

沈先生还说:"我生平只看过那么一条渡船,在棉花坡。"那么,碧溪岨的渡船是从棉花坡移过来的。……棉花坡离碧溪岨不远,但总还有一小距离。

读到这里,你会立刻想起鲁迅所说的脸在那里,衣服在那里的那段有名的话。是的,作家酝酿人物形象和故事情节是一个很复杂的过程。一九五七年,沈先生曾经跟我说过:"我们过去写小说都是真真假假的,哪有现在这样都是真事的呢。"有一个诗人很欣赏"真真假假"这句话,说是这说明了创作的规律,也说明了什么是浪漫主义。翠翠,《边城》,都是想象出来的。然而必须有丰富的生活经验,积累了众多的印象,并加上作者的思想、感情和才能,才有可能想象得真实,以至把创造变得好像是报导。

沈从文善于写中国农村的少女。沈先生笔下的湘西少女不是一个,而是一串。

三三、夭夭、翠翠,她们是那样的相似,又是那样的不同。她们都很爱娇,但是各因身世不同,娇得不一样。三三生在小溪边的碾坊里,父亲早死，跟着母亲长大，除了碾坊小溪，足迹所到最远处只是堡子里的总爷家。她虽然已经开始有了一个少女对于"人生"的朦朦胧胧的神往，但究竟是个孩子，浑不解事，娇得有点痴。夭夭是个有钱的橘子园主人的幺姑娘，一家子都宠着她。她已经订了婚，未婚夫是个在城里读书的学生。她可以背了一个特别精致的背篓，到集市上去采购她所中意的东西，找高手银匠洗她的粗如手指的银练子。她能和地方上的小军官从容说话。她是个"黑里俏"，性格明朗豁达，口角伶俐。她很娇，娇中带点野。翠翠是个无父无母的孤雏，她也娇，但是娇得乖极了。

用文笔描绘少女的外形，是笨人干的事。沈从文画少女，主要是画她的神情，并把她安置在一个颜色美丽的背景上，一些动人的声音当中。

……为了住处两山多竹篁，翠色逼人而来，老船夫随便给这个可怜的孤雏，拾取了一个近身的名字，叫做翠翠。

翠翠在风日里长养着，把皮肤变得黑黑的，触目为青山绿水，一对眸子清明如水晶，自然既长养她且教育她。为人天真活泼，处处俨然如一只小兽物。人又那么乖，和山头黄麂一样，从不想到残忍事情，从不发愁，从不动气。平时在渡船上遇陌生人对她有所注意时，便把光光的眼睛瞅着那陌生人，作成随时都可举步逃入深山的神气，但明白了面前的人无机心后，就又从从容容来完成任务了。

风日清和的天气，无人过渡，镇日长闲，祖父同翠翠便坐在门前大岩石上晒太阳，或把一段木头从高处向水中抛去，嗾使身边黄狗从岩石高处跃下，把木头衔回来；或翠翠与黄狗皆张着耳朵，听祖父说些城中多年以前的战争故事；或祖父同翠翠两人，各把小竹作成的竖笛，逗在嘴边吹着迎亲送女的曲子，过渡人来了，老船夫放下了竹管，独自跟到船边去横溪渡人。在岩上的一个，见船开动时，于是锐声喊着：

"爷爷，爷爷，你听我吹，你唱！"

爷爷到溪中央于是很快乐的唱起来，哑哑的声音，振荡寂静的空气里,溪中仿佛也热闹了些。实则歌声的来复,反而使一切更加寂静。

篁竹、山水、笛声,都是翠翠的一部分,它们共同在你们心里造成这女孩子美的印象。

翠翠的美,美在她的性格。

《边城》是写爱情的,写中国农村的爱情,写一个刚刚进入青春期的农村女孩子的爱情。这种爱是那样的纯粹,那样不俗,那样像空气里小花、青草的香气,像风送来的小溪流水的声音,若有若无,不可捉摸,然而又是那样的实实在在,那样的真。这样的爱情叫人想起古人说得很好,但不大为人所理解的一句话:思无邪。

沈从文的小说往往是用季节的颜色、声音来计算时间的。

翠翠的爱情的发展是跟几个端午节联在一起的。

> 翠翠十五岁了。
>
> 端午节又快到了。
>
> 传来了龙船下水预习的鼓声。
>
> 蓬蓬鼓声掠水越山到了渡夫那里时,最先注意到的是那只黄狗。那黄狗汪汪的吠着,受了惊似的绕屋乱走;有人过渡时,便随船渡过河东岸去,且跑到那小山头向城里一方面大吠。
>
> 翠翠正坐在门外大石上用粽叶编蚱蜢、蜈蚣玩,见黄狗先在太阳下睡着,忽然醒来便发疯似的乱跑,过了河又回来,就问它骂它:
>
> "狗、狗,你做什么! 不许这样子!"
>
> 可是一会儿那远处声音被她发现了,她于是也绕屋跑着,并且同黄狗一块儿渡过了小溪,站在小山头听了许久,让那点迷人的鼓声,把自己带到一个过去的节日里去。

两年前的一个节日里去。

作者这里用了倒叙。

两年前,翠翠才十三岁。

这一年的端午,翠翠是难忘的。因为她遇见了傩送。

翠翠还不大懂事。她和爷爷一同到茶峒城里去看龙船,爷爷走开了,天快黑了,看龙船的人都回家了,翠翠一个人等爷爷,傩送见了她,把她还当一个孩子,很关心地对她说了几句话,翠翠还误会了,骂了人家一句:"你个悖时砍脑壳的!"及至傩送好心派人打火把送她回去,她才知道刚才那人就是出名的傩送二老,"记起自己先前骂人那句话,心里又吃惊又害羞,再也不说什么,默默地随了那火把走了。"到了家,"另外一件事,属于自己不关祖父的,却使翠翠沉默了一个夜晚。"这写得非常含蓄。

　　翠翠过了两个中秋,两个新年,但"总不如那个端午所经过的事甜而美"。

　　十五岁的端午不是翠翠所要的那个端午。"从祖父和那长年谈话里,翠翠听明白了二老是在下游六百里外沅水中部青浪滩过端午的。"未及见二老,倒见到大老天保。大老还送他们一只鸭子。回家时,祖父说:"顺顺真是好人,大方得很。大老也很好。这一家人都好!"翠翠说:"一家人都好,你认识他们一家人吗?"祖父不明白这句话的意思所在,聪明的读者是明白的。路上祖父说了假如大老请人来做媒的笑话,"翠翠着了恼,把火炬向路两旁乱晃着,向前快快的走去了。"

　　"翠翠,莫闹,我摔到河里去了,鸭子会走脱的!"

　　"谁也不希罕那只鸭子!"

　　翠翠向前走去,忽然停住了发问:

　　"爷爷,你的船是不是正在下青浪滩呢?"

　　这一句没头没脑的问话,说出了这女孩子的心正在飞向什么所在。

　　端午又来了。翠翠长大了,十六了。

　　翠翠和爷爷到城里看龙船。

　　未走之前,先有许多曲折。祖父和翠翠在三天前业已预先约好,祖父守船,翠翠同黄狗过顺顺吊脚楼去看热闹。翠翠先不答应,后来答应了。但过了一天,翠翠又翻悔,以为要看两人去看,要守船两人守船。初五大早,祖父上城买办过节的东西。翠翠独自在家,看看过渡的女孩子,唱唱歌,心上浸入了一丝儿凄凉。远处鼓声起来了,她知道绘有朱红长线的龙船这时节已下河了。细雨下个不止，溪面一片烟。将近吃早饭时节，祖父回来了，办了节货，却因为到处请人喝酒，被顺顺把个酒葫芦扣下了。正像翠翠所预料的那样，酒葫芦有人送回来了。送葫芦回来的是二老。二老向翠翠说："翠翠，吃了饭，和你爷爷到我家吊脚楼上去看划船吧？"翠翠不明白这陌生人的好意，不懂得为什么一定要到他家中去看船，抿着小嘴笑笑。到了那里，祖父离开去看一个水碾子。翠翠看见二老头上包着红布，在龙船上指挥，心中便印着两年前的旧事。黄狗不见了，翠翠便离了座位，各处去寻她的黄狗。在人丛中却听到两个不相干的妇人谈话。谈的是砦子上王乡绅想把女儿嫁给二老，用水碾子作陪嫁。二老喜欢一个撑渡船的。翠翠脸发火烧。二老船过吊脚楼，失足落水，爬起来上岸，一见翠翠就说："翠翠，你来了，爷爷也来了吗？"翠翠脸还发烧，不便作声，心想"黄狗跑到什么地方去了呢？"二老又说："怎不到我家楼上去看呢？我已经要人替你弄了个好位子。"翠翠心想："碾坊陪嫁，希奇事情咧。"翠翠到河下时，小小心腔中充满一种说不分明的东西。翠翠锐声叫黄狗，黄狗扑下水中，向翠翠方面泅来。到身边时，身上全是水。翠翠说："得了，狗，装什么疯！你又不翻船，谁要你落水呢？"爷爷来了，说了点疯话。爷爷说："二老捉得鸭子，一定又会送给我们的。"话不及说完，二老来了，站在翠翠面前微微笑着。翠翠也不由不抿着嘴微笑着。

顺顺派媒人来为大老天保提亲。祖父说得问问翠翠。祖父叫翠翠，翠翠拿了一簸箕豌豆上了船。"翠翠，翠翠，先前那个人来作什么，你知道不知道？"翠翠说："我不知道。"说后脸同脖颈全红了。翠翠弄明白了，人来做媒的是大老！不曾把头抬起，心忡忡地跳着，脸烧得厉害，仍然剥她的豌豆，且随手把空豆荚抛到水中去，望着它们在流水中从从容容流去。自己也俨然从容了许多。又一次，祖父说了个笑话，说大老请保山来提亲，翠翠那神气不愿意；假若那个人还有个兄弟，想来为翠翠唱歌，攀交情，翠翠将怎么说。翠翠吃了一惊，勉强笑着，轻轻的带点恳求的神气说："爷爷，莫说这个笑话吧。"翠翠说："看天上的月亮，那么大！"说着出了屋外，便在那一派清光的露天中站定。

　　有个女同志,过去很少看过沈从文的小说,看了《边城》提出了一个问题:"他怎么能把女孩子的心捉摸得那么透,把一些细微曲折的地方都写出来了? 这些东西我们都是有过的,——沈从文是个男的。"我想了想,只好说:"曹雪芹也是个男的。"

　　沈先生在给我们上创作课的时候,经常说的一句话,是:"要贴到人物来写。"他还说:"要滚到里面去写。"他的话不太好懂。他的意思是说:笔要紧紧地靠近人物的感情、情绪,不要游离开,不要置身在人物之外。要和人物同呼吸,共哀乐,拿起笔来以后,要随时和人物生活在一起,除了人物,什么都不想,用志不纷,一心一意。

　　首先要有一颗仁者之心,爱人物,爱这些女孩子,才能体会到她们的许多飘飘忽忽的,跳动的心事。

　　祖父也写得很好。这是一个古朴、正直、本分、尽职的老人。某些地方,特别是为孙女的事进行打听、试探的时候,又有几分狡猾,狡猾中仍带着妩媚。主要的还是写了老人对这个孤雏的怜爱,一颗随时为翠翠而跳动的心。

　　黄狗也写得很好。这条狗是这一家的成员之一,它参与了他们的全部生活,全部的命运。一条懂事的、通人性的狗。——沈从文非常善于写动物,写牛、写小猪、写鸡,写这些农村中常见的,和人一同生活的动物。

　　大老、二老、顺顺都是侧面写的,笔墨不多,也都给人留下颇深的印象。包括那个杨马兵、毛伙,一个是一个。

　　沈从文不是一个雕塑家,他是一个画家,一个风景画的大师。他画的不是油画,是中国的彩墨画,笔致疏朗,着色明丽。

　　沈先生的小说中有很多篇描写湘西风景的,各不相同。《边城》写酉水:

　　　　那条河水便是历史上知名的酉水,新名字叫做白河。白河下
　　　游到辰州与沅水汇流后,便略显浑浊,有出山泉水的意思。若溯流

而上，则三丈五丈的深潭，清澈见底。深潭中为白的所映照，河底小小白石子，有花纹的玛瑙石子，全看得明明白白。水中游鱼来去，全如浮在空气里。两岸多高山，山中多可以造纸的细竹，长年作深翠颜色，逼人眼目。近水人家多在桃杏花里，春天时只需注意，凡有桃花处必有人家，凡有人家处必可沽酒。夏天则晒晾在日光下耀目的紫花布衣裤，可以作为人家所在的旗帜。秋冬来时，酉水中游如王村、岔荣、保靖，里邪和许多无名山村。人家房屋在悬崖上的，滨水的，无不朗然入目。黄泥的墙，乌黑的瓦，位置却那么妥贴，且与四周环境极其调和，使人迎面得到的印象，实在非常愉快。

描写风景，是中国文学的一个悠久传统。晋宋时期形成山水诗。吴均的《与朱元思书》是写江南风景的名著。柳宗元的《永州八记》，苏东坡、王安石的许多游记，明代的袁氏兄弟、张岱，这些写风景的高手，都是会对沈先生有启发的。就中沈先生最为钦佩的，据我所知，是郦道元的《水经注》。

古人的记叙虽可资借鉴，主要还得靠本人亲自去感受，养成对于形体、颜色、声音，乃至气味的敏感，并有一种特殊的记忆力，能把各种印象保存在记忆里，要用时即可移到纸上。沈先生从小就爱各处去看，去听、去闻嗅。"我的心总得为一种新鲜声音，新鲜颜色、新鲜气味而跳。"（《从文自传》）

雨后放晴的天气，日头炙到人肩上、背上已有了点力量。溪边芦苇水杨柳，菜园中菜蔬，莫不繁荣滋茂，带着一种有野性的生气。草丛里绿色蚱蜢各处飞着，翅膀搏动空气时嗡嗡作声。枝头新蝉声音虽不成腔，却也渐渐宏大。两山深翠逼人的竹篁中，有黄鸟和竹雀、杜鹃交逼鸣叫。翠翠感觉着，望着、听着，同时也思索着……

这是夏季的白天。

月光如银子，无处不可照及，山上竹篁在月光下变成一片黑色。身边草丛中虫声繁密如落雨，间或不知从什么地方，忽然会有一只草莺"嗤嗤嗤嗤嘘！"转着它的喉咙，不久之间，这小鸟儿又好像明白这是半夜，不应当那么吵闹，便仍然闭着那小小眼儿安睡了。

这是夏天的夜。

小饭店门前长案上常有煎得焦黄的鲤鱼豆腐，身上装饰了红辣椒丝，卧在浅口杯子里，钵旁大竹筒中插着大把朱红筷子……

这是多么热烈的颜色！

到了买杂货的铺子里，有大把的粉条，大缸的白糖，有炮仗，有红蜡烛，莫不给翠翠一种很深的印象，回到祖父身边，总把这些东西说个半天。

粉条、白糖、炮仗、蜡烛，这都是极其常见的东西，然而它们配搭在一起，是一幅对比鲜明的画。

天已经快夜，别的雀子似乎都休息了，只杜鹃叫个不息，石头泥土为白日晒了一整天，草木为白日晒了一整天，到这时节各放散一种热气。空气中有泥土气味，有草木气味，还有各种甲虫气味。翠翠看着天上的红云，听着渡口飘响生意人的杂乱声音，心中有些儿薄薄的凄凉。

甲虫气味大概还没有哪个诗人在作品里描写过！

曾经有人说沈从文是个文体家。

沈先生曾有意识地试验过各种文体。《月下小景》叙事重复铺张，有意模仿六朝翻译的佛经，语言也多四字为句，近似偈语。《神巫之爱》的对话让人想起《圣经》的《雅歌》和沙孚的情诗。他还曾用骈文写过一个故事。其他小说中也常有骈偶的句子，如"凡有桃花处必有人家，凡有人家处必可沽酒。""地方象茶馆却不卖茶，不是烟馆却可以抽烟。"但是通常所用的是他的"沈从文体"。这种"沈从文体"用他自己的话，就是"充满泥土气息"和"文白杂糅"③。他的语言有一些是湘话，还有他个人的口头语，如"即刻"、"照例"之类。他的语言里有相当多的文言成分……文言的词汇和文言的句法。问题是他把家乡话与普通话,文言和口语配置在一起,十分调和,毫不"格生",可是就形成了沈从文自己的特殊文体。他的语言是从多方面吸取的。间或有一些当时的作家都难免的欧化的句子,如"……的我",但极少。大部分语言是具有民族特点的。就中写人叙事简洁处,受《史记》《世说新语》的影响不少。他的语言是朴实的,朴实而有情致;流畅的,流畅而清晰。这种朴实,来自于雕琢;这种流畅,来自于推敲。他很注意语言的节奏感,注意色彩,也注意声音。他从来不用生造的,谁也不懂的形容词之类,用的是人人能懂的普通词汇。但是常能对于普通词汇赋予新的意义。比如《边城》里两次写翠翠拉船,所用字眼不同。一次是:

> 有时过渡的是从川东过茶峒的小牛,是羊群,是新娘子的花轿,翠翠必争着作渡船夫,站在船头,懒懒的攀引缆索,让船缓缓的过去。

又一次是:

> 翠翠斜睨了客人一眼,见客人正盯着她,便把脸背过去,抿着嘴儿,不声不响,很自负的拉着那条横缆。

"懒懒的","很自负的"都是很平常的字眼,但是没有人这样用过,用在这里,就成了未经人道语了。尤其是"很自负的"。你要知道,这"客人"不是别个,是傩送二老呀,于是"很自负的"。就有了很多很深的意思。这个词用在这里真是最准确不过了!

沈先生对我们说过语言的唯一标准是准确(契诃夫也说过类似的意思)。所谓"准确",就是要去找,去选择。一去比较也许你相信这是"妙手偶得之",但是我更相信这是"梦里寻他千百度,蓦然回首,那人却在灯火阑珊处"。

《边城》不到七万字,可是整整写了半年。这不是得来全不费功夫。沈先生常说:人做事要耐烦。沈从文很会写对话。他的对话都没有什么深文大义,也不追求所谓"性格化的语言",只是极普通的说话。然而写得如闻其声,如见其人。比如端午之前,翠翠和祖父商量谁去看龙船:

见祖父不再说话,翠翠就说:"我走了,谁陪你?"

祖父说:"你走了,船陪我。"

翠翠把一对眉毛皱拢去苦笑着,"船陪你,嗨,嗨,船陪你。爷爷,你真是,只有这只宝贝船!"

比如黄昏来时,翠翠心中无端端地有些薄薄的凄凉,一个人胡思乱想,想到自己下桃源县过洞庭湖,爷爷要拿把刀放在包袱里,搭下水船去杀了她!她被自己的胡想吓怕起来了。心直跳,就锐声喊她的祖父:

"爷爷,爷爷,你把船拉回来呀!"

请求了祖父两次,祖父还不回来,她又叫:

"爷爷,为什么不上来? 我要你!"

有人说沈从文的小说不讲结构。

沈先生的某些早期小说诚然有失之散漫冗长的。《惠明》就相当散,最散的大概要算《泥涂》。但是后来的大部分小说是很讲结构的。他说他有些小说是为了教学需要而写的,为了给学生示范,"用不同方法处理不同问题"。这"不同方法"包括或极少用对话,或全篇都用对话(如《若墨医生》)等等,也指不同的结构方法。他常把他的小说改来改去,改的也往往是结构。他曾经干过一件事,把写好的小说剪成一条一条的,重新拼合,看看什么样的结构最好。他不大用"结构"这个词,常用的是"组织"、"安排",怎样把材料组织好,安排位置得更妥贴。他对结构的要求是:"匀称"。这是比表面的整齐更为内在的东西。一个作家在写一局部时要顾及整体,随时意识到这种匀称感。正如一棵树,一个枝子,一片叶子,这样长,那样长,都是必需的,有道理的。否则就如一束绢花,虽有颜色,终少生气。《边城》的结构是很讲究的,是完美地实现了沈先生所要求的匀称的,不长不短,恰到好处,不能增减一分。

有人说《边城》像一个长卷。其实像一套二十一开的册页,每一节都自成首尾,而又一气贯注。——更像长卷的是《长河》。

沈先生很注意开头,尤其注意结尾。

他的小说的开头是各式各样的。

《边城》的开头取了讲故事的方式：

> 由四川过湖南去，靠东有一条官路，这官路将近湘西边境，到了一个地方名叫"茶峒"的小小城时，有一小溪，溪边有座白色小塔，塔下住了一户单独的人家。这人家只一个老人，一个女孩子，一只黄狗。

这样的开头很朴素，很平易亲切，而且一下子就带起该文牧歌一样的意境。

汤显祖评董解元《西厢记》，论及戏曲的收尾，说"尾"有两种，一种是"度尾"，一种是"煞尾"。"度尾"如画舫笙歌，从远地来，过近地，又向远地去；"煞尾"如骏马收缰，忽然停住，寸步不移。他说得很好。收尾不外这两种。《边城》各章的收尾，两种兼见。

> 翠翠正坐在门外大石上用粽叶编蚱蜢，蜈蚣玩，见黄狗先在太阳下睡觉，忽然醒来便发疯似的乱跑，过了河又回来，就问它骂它：
>
> "狗，狗，你做什么！ 不许这样子！"
>
> 可是一会儿那远处声音被她发现了，于是也绕屋跑着，并且同黄狗一块儿渡过了小溪，站在小山头听了许久，让那点迷人的鼓声，把自己带到一个过去的节日里去。

这是"度尾"。

> ……翠翠感觉着，望着，听着，同时也思索着：
>
> "爷爷今年七十岁……三年六个月的歌——谁送那只白鸭子呢？……得碾子的好运气，碾子得谁更是好运气……。"
>
> 痴着，忽地站起，米簸箕豌豆便倾倒到水中去了。伸手把那簸箕从水中捞起时，隔溪有人喊过渡。

这是"煞尾"。

全文的最后，更是一个精彩的结尾：

> 到了冬天，那个圮坍了的白塔，又重新修好了。那个在月下歌

唱,使翠翠在睡梦里为歌声把灵魂轻轻浮起的年青人,还不曾回到茶峒来。

这个人也许永远不回来了,也许明天回来。

七万字一齐收在这一句话上。故事完了,读者还要想半天。你会随小说里的人物对远人作无边的思念,随她一同盼望着,热情而迫切。

我有一次在沈先生家谈起他的小说的结尾都很好,他笑眯眯地说:"我很会结尾。"

三十年来,作为作家的沈从文很少被人提起(这些年他以一个文物专家的资格在文化界占一席位),不过也还有少数人在读他的小说。有一个很有才华的小说家对沈先生的小说存着偏爱。他今年春节,温读了沈先生的小说,一边思索着一个问题:什么是艺术生命?他的意思是说:为什么沈先生的作品现在还有蓬勃的生命?我对这个问题也想了几天,最后还是从沈先生的小说里找到了答案,那就是《长河》里的夭夭所说的:

"好看的应该长远存在。"

现在,似乎沈先生的小说又受到了重视。出版社要出版沈先生的选集,不止一个大学的文学系开始研究沈从文了。这是好事。这是春天里的"百花齐放"的一种体现。这对推动创作的繁荣是有好处的,我想。

一九八〇年五月二十二日黎明写完。

注 释

① 本篇原载《芙蓉》1981 年第二期;初收《晚翠文谈》,浙江文艺出版社,1988 年 3 月。

② 见《湘行散记》,《老伴》。

③ 见一九五七年出版《沈从文小说选集》题记。

果园杂记①

涂　白

一个孩子问我:干嘛把树涂白了?

我从前也非常反对把树涂白了,以为很难看。

后来我到果园干了两年活,知道这是为了保护树木过冬。

把牛油、石灰在一个大铁锅里熬得稠稠的,这就是涂白剂。我们拿了棕刷,担了一桶一桶的涂白剂,给果树涂白。要涂得很仔细,特别是树皮有伤损的地方、坑坑洼洼的地方,要涂到,而且要涂得厚厚的,免得来年存留雨水,窝藏虫蚁。

涂白都是在冬日的晴天。男的、女的,穿了各种颜色的棉衣,在脱尽了树叶的果林里劳动着。大家的心情都很开朗,很高兴。

涂白是果园一年最后的农活了。涂完白,我们就很少到果园里来了。这以后,雪就落下来了。果园一冬天埋在雪里。

从此,我就不反对涂白了。

粉　蝶

我曾经做梦一样在一片盛开的茼蒿花上看见成千上万的粉蝶——在我童年的时候。那么多的粉蝶,在深绿的蒿叶和金黄的花瓣上乱纷纷地飞着,看得我想叫,想把这些粉蝶放在嘴里嚼,我醉了。

后来我知道这是一场灾难。

我知道粉蝶是菜青虫变的。

菜青虫吃我们的圆白菜。那么多的菜青虫！而且它们的胃口那么好，食量那么大。它们贪婪地、迫不及待地、不停地吃，吃得菜地里沙沙地响。一上午的工夫，一地的圆白菜就叫它们咬得全是窟窿。

我们用DDT喷它们，使劲地喷它们。DDT的激流猛烈地射在菜青虫身上，它们滚了几滚，僵直了，扑的一声掉在了地上，我们的心里痛快极了。我们是很残忍的，充满了杀机。

但是粉蝶还是挺好看的。在散步的时候，草丛里飞着两个粉蝶，我现在还时常要停下来看它们半天。我也不反对国画家用它们来点缀画面。

波 尔 多 液

喷了一夏天的波尔多液，我的所有的衬衫都变成浅蓝色的了。

硫酸铜、石灰，加一定比例的水，这就是波尔多液。波尔多液是很好看的，呈天蓝色。过去有一种浅蓝的阴丹士林布，就是那种颜色。这是一个果园的看家的农药，一年不知道要喷多少次。不喷波尔多液，就不成其为果园。波尔多液防病，能保证水果的丰收。果农都知道，喷波尔多液虽然费钱，却是划得来的。

这是个细致的活。把喷头绑在竹竿上，把药水压上去，喷在梨树叶子上、苹果树叶子上、葡萄叶子上。要喷得很均匀，不多，也不少。喷多了，药水的水珠糊成一片，挂不住，流了；喷少了，不管用。树叶的正面、反面都要喷到。这活不重，但是干完了，眼睛、脖颈，都是酸的。

我是个喷波尔多液的能手。大家叫我总结经验。我说：一、我干不了重活，这活我能胜任；二、我觉得这活有诗意。

为什么叫个"波尔多液"呢？——中国的老果农说这个外国名字已经说得很顺口了。这有个故事。

波尔多是法国的一个小城，出马铃薯。有一年，法国的马铃薯都得了晚疫病，——晚疫病很厉害，得了病的薯地像火烧过一样，只有波尔多的马铃薯却安然无恙。大伙捉摸，这是什么道理呢？原来波尔多城外有一个铜矿,有一条小河从矿里流出来,河床是石灰石的。这水蓝蓝的,是不能吃的,农民用它来浇地。莫非就是这条河,使波尔多的马铃薯不得疫病?

于是世界上就有了波尔多液。

中国的老农现在说这个法国名字也说得很顺口了。

去年,有一个朋友到法国去,我问他到过什么地方,他很得意地说:波尔多!

我也到过波尔多,在中国。

注　释

① 本篇原载《新观察》1980 年第五期;初收《汪曾祺自选集》,漓江出版社,1987 年 10 月。

从戏剧文学的角度看京剧的危机^①

京剧的确存在着危机。从文学史的发展、从它和杂剧、传奇所达到的文学高度的差距来看；从它和"五四"以来新文学发展的关系来看；从它和三十年来的其他文学形式新诗、小说、散文的成就特别是近三年来小说和诗的成就相比较来看，京剧是很落后的。

决定一个剧种的兴衰的，首先是它的文学，而不是唱做念打。应该把京剧和艾青的诗，高晓声、王蒙的小说放在一起比较一下，和话剧《伽俐略传》比较一下，这样才能看出问题。不少人感觉到并且承认京剧存在着危机，一个重要的现象是观众越来越少了，尤其是青年观众少了。京剧脱离了时代，脱离了整整一代人。

很多人说，中国的戏曲在世界戏剧中有自己独特的地位，有它自成一套的体系。但是中国戏曲的体系究竟是什么呢？到现在还没有人说出个所以然来，我希望有人能迅速写出几本谈中国体系的书，这样讨论问题时才有所依据。否则你说你写的是一个戏曲剧本，他说不是，是一个有几段台词的什么别的东西；你说你继承了传统，他说你脱离了传统，聚讼纷纭，莫衷一是。弄清了体系，才能发展京剧。为了适应四个现代化，我认为京剧本身有个现代化的问题。

我认为所有的戏曲都应该是现代戏。把戏曲区别为传统戏、新编历史戏和现代戏是不科学的。经过整理加工、加工得好的传统戏，新编的历史题材的戏，现代题材的戏，都应该是"现代戏"。就是说：都应该具有当代的思想、符合现代的审美观点、用现代的方法创作，使人对当代生活中的问题进行思索。整理传统戏、新编历史剧和现代戏，只是题材的不同，没有目的和方法的不同。不能说写现代题材用一种创作方法，写历史题材是用另一种创作方法。

但是大量的未经整理的京剧传统戏所用的创作方法是陈旧的。从戏剧文学的角度来看,传统京剧存在这样一些问题:

一、陈旧的历史观。传统戏大部分取材于历史,但严格来讲,它不能叫做历史剧,只能叫做"讲史剧"。宋朝说话人有四家,其中有一家叫"讲史"。中国戏曲对于历史的认识也脱不出这些讲史家的认识。中国戏曲的材料,往往不是从历史、而是从演义小说里找来的,很多是歪曲了历史的本来面目的,我们今天的一个艰巨任务就是还历史以本来面目。这首先就要创作出大量的历史题材的新戏,把一些老戏代替掉。比如诸葛亮这个人,是个伟大的政治家、军事家;他一生的遭遇也很有戏剧性。大家都知道他的一句名言:"鞠躬尽瘁,死而后已",这是两句很沉痛的话,他是在一种很困难的环境中去从事几乎没有希望的兴国事业的,本身就带有很大的悲剧性。我们为什么不可以脱掉他身上的八卦衣写一个历史上真正的诸葛亮呢?另一个任务是对传统戏加工整理。这种整理是脱胎换骨,点石成金,化腐朽为神奇的工作,在某种程度上它比新创作一个历史题材的戏的难度还要大一些,从这个角度上说中国戏曲是一个大包袱,我以为是很有道理的。也许我说得夸张一些,从原则上讲,几乎没有一出戏可以原封不动地在社会主义舞台上演出。

二、人物性格的简单化。中国戏曲有少数是写出深刻复杂的人物性格的,突出的例子是宋士杰,宋士杰真正够得上是一个典型。十七年整理传统戏最成功的一出是《十五贯》,我以为这是真正代表十七年戏曲工作成就的一出戏,它所达到的水平,比《将相和》、《杨门女将》更高一些,因为它写了况钟这样一个人物,写得那样具体,那样丰富,不带一点概念化和主题先行的痕迹。其余的人物也都写得有特色,可信。但可惜像宋士杰、况钟这样的典型在中国戏曲里是太少了。这和中国戏曲脱胎于演义小说是有关系的。演义小说一般只讲故事,很少塑造人物。戏曲既然多从演义小说中取材,自然也会受到影响,这是不奇怪的。欧洲文艺复兴前后的小说,也多半只是讲故事,很少有人物性格。着重描写人物,刻画他的内心世界,这是十八十九世纪以后的事。今天,写简单的人物性格,类似写李逵、张飞、牛皋的戏,也还有人要看,比如农民。但是对看过巴尔扎克等小说的知识青年,这样简单化的性格描写是满足不了他们的艺术要求的。

是否中国人的性格、或者说中国古人的性格本来就简单呢?也不是。比如汉武帝这个人的性格就相当复杂。他把自己的太子逼得造了反,太子死后,他又后悔,盖了一座宫叫"思子宫",一个人坐在里面想儿子。历史上有性格的人很多,这方面的题材是取之不尽的。

对历史剧鼓励、提倡什么题材,会带来概念化和主题先行,往往会让某一段历史生活或某一个历史人物去注解这个主题。十七年戏曲工作的缺点之一,就是鼓励、提倡某些题材,因而使题材狭窄了,带来概念化和主题先行的后果。这种倾向,即使在比较优秀的剧目中也在所难免。题材,还是让作者自己去发现,他看了某一段记载,欣然命笔,才能写出才华横溢的作品。十七年,我们对历史剧的创作方法上还有一个误会,就是企图在剧本里写出某个人物在历史上的作用,这实际上是在写史论,而不是写剧本。我认为,"作用"是无法表现的,只能由后代的历史学家去评价,剧本里只能写人物,写性格。

人物性格总是复杂的,简单的性格同时也是肤浅的性格,必然缺乏深度。现在有些清官戏、包公戏,做了错事自我责备的一些戏,说了一些听起来很解气的话,我以为这样的戏只能快意于一时,不会长久,因为人物性格简单。

三、结构松散。有些京剧的结构很严谨,如《四郎探母》。但大多数剧本很松散。为什么戏曲里有很多折子戏?因为一出戏里只有这几折比较精彩,全剧却很松散,也很无味。今天的青年看这种没头没尾的折子戏,是不感兴趣的。我曾想过,很多优秀的折子戏,应该重新给它装配齐全,搞成一个完整的戏,但是这工作很难。

四、语言粗糙。京剧里有一些语言是很不错的。比如《桑园寄子》的"走青山望白云家乡何在",真是有情有景。《四郎探母》的唱词也是写得好的,"见娘"的[倒板]、[回龙]、[二六]的唱词写得很动人,"每日花开儿的心不开"真是恰到好处,这段唱和锣鼓、身段的配合,简直是天衣无缝。《打渔杀家》出门和上船后父女之间的对白,具有生活气息,非常感人。宋士杰居然唱出了"宋士杰与你是哪门子亲"这样完全口语化的唱词,老艺人能把这句唱词照样唱出来,而且唱得这样一波三折,很有感情,真是叫人佩服。但是这样的唱词念白在京剧里不多,称得上是剧诗的唱念尤少。

京剧的语言和《西厢记》、《董西厢》是不能比的,京剧里也缺少《琵琶记》"吃糠"和"描容"中那样真切地写出眼前景、心中情的感人唱词。传奇的唱词写得空泛一些,但是有些可取的部分,京剧也没有继承下来。京剧没有能够接上杂剧、传奇的传统,是它的一个很大的先天性的弱点。

京剧的文学性比起一些地方大戏,如川剧、湘剧,也差得很远。

京剧缺少真正的幽默感,因此缺乏真正的喜剧,川剧里许多极有趣的东西,一移植为京剧就会变成毫无余味的粗俗的笑料。

京剧也缺少许多地方小戏所特具的生活气息,可以这样比喻:地方戏好比水果,到了京剧就成了果子干;地方戏是水萝卜,京剧是大腌萝卜,原来的活色生香,全部消失。

"四人帮"尚未插手之前的现代戏创作中,有的剧作者曾有意识地把从生活中来、具有一定生活哲理的语言引进京剧里来,比如《红灯记》里的"里里外外一把手,穷人的孩子早当家",《沙家浜》里的"人一走,茶就凉"等,这证明京剧还是可以容纳一些有生活气息、比较深刻的语言的。可惜这些后来都被那些假大空的豪言壮语所取代了。

京剧里有大量不通的唱词,如《花田错》里的"桃花更比杏花黄",《斩黄袍》里的"天做保来地做保,陈桥扶起龙一条",《二进宫》的唱词几乎全不通。我以为要挽救京剧,要提高京剧的身价,要争取青年尤其是知识青年观众,就必须提高京剧的语言艺术,提高其可读性。巴金同志看了曹禺同志的《雷雨》说:"你这个剧本不但可以演,也是可以读的。"我们不赞成只能供阅读,不能供搬演的"案头剧本",也不赞成只能供上场搬演,而不能供案头阅读的剧本。可惜这种既能演又能读的剧本现在还不多。《人民文学》可以发表曹禺的《王昭君》,为什么不能发表一个戏曲剧本呢？戏曲剧作者常常说自己低人一等，被人家看不起。当然这种社会风气是不公平的，但戏曲剧作者自己也要争气，把剧本的文学性提得高高的，把词儿写得棒棒的，叫诗人、小说家折服。

很多同志对现代戏很关心，认为困难很大。我对现代戏倒是比较乐观的，因为它没有包袱。我以为比较难解决的倒是传统戏，如果传统戏的问题，即陈旧的历史观，陈旧的创作方法，人物性格的简单化的问题解决了，则现代戏的问题也比较好解决。如果创作方法不改变，京剧不但表现现代题材有困难，真正要深刻地表现历史题材也有困难。

我认为京剧确实存在危机，而且是迫在眉睫。怎样解决，我开不出药方。但在文学史上有一条规律，凡是一种文学形式衰退了的时候，挽救它的只有两种东西，一是民间的东西，一是外来的东西。京剧要向地方戏学习，要接受外国的影响，我主张京剧院团把门窗都打开，接受一点新鲜空气，借以恢复自己的活力。

注　释

① 本篇原载《人民戏剧》1980 年第十期；初收《晚翠文谈》，浙江文艺出版社，1988 年 3 月。

裘盛戎二三事①

我与裘盛戎未及深交，真是憾事。

和盛戎合作，是很愉快的。他对人，对艺术，都很诚恳。他的虚心是真正的虚心。他读剧本是很仔细的。我在武昌，常看见他一个字一个字慢慢地看剧本，盘腿坐在床上，戴着花镜。他对剧本不挑剔，不为自己在台上"合适"而提出一些难予照办的意见。跟他合作，不会因为缺乏共同语言而痛苦。

盛戎不挑辙口。一个演员，十三道辙都响，很不容易。有一个戏里有个"灭"字，正在要紧的地方。这个字是很不好发声的。盛戎把它唱得很响，很突出，很好听。在搞《雪花飘》之前，我跟他商量用辙，说这个戏想用"一七"辙。他放了一会傻，说："哎呀，花脸唱闭口音……"我说："你那个《铡美案》是怎么唱的？"他冲着我点点手，笑了。

盛戎花了很多功夫研究唱法，晚年用力尤勤。他曾跟我说："花脸唱一出戏要用多少'气'呀！我现在这个岁数，不能像年轻时那样唱。"他常在家里听录音。不仅是花脸，旦角、老生，他都听，都琢磨。他说："《智取威虎山》里，'支委会上同志们语重心长'这一句的腔最好。'心……长！'的'长'字就搁在这儿了，真好！"他对气口的处理有独到之处。《智取》里李勇奇的"扫平那威虎山我一马当先"，按照花脸的一般唱法，都是在"一马"之后换气。盛戎说："叫我唱，我不这样。"他给我唱了一遍。他在唱到"一马"的矫矢回旋的唱腔之后，倾全力唱出"先"字。他说"一马"之后，不缓气，随即把"当"字吐出，然后吸足一口气，倾全力唱出"先"字。他说"一马"之后缓气，到"先"字就没有劲了。"一马当先"的气势出不来。

盛戎会拉胡琴，会打鼓。这对他的唱很有帮助。会拉胡琴，故能使声乐器乐互相"给劲",相得益彰。会打鼓,故能在节奏上走出必然王国,运用自如。

注　释

① 　本篇原载《京剧艺术》1980 年第四期。1993 年又写同题文,内容差别大。

1981 年

我的老师沈从文①

　　一九三七年,日本人占领了江南各地,我不能回原来的中学读书,在家闲居了两年。除了一些旧课本和从祖父的书架上翻出来的《岭表录异》之类的杂书,身边的"新文学"只有一本屠格涅夫的《猎人日记》和一本上海一家野鸡书店盗印的《沈从文小说选》。两年中,我反反复复地看着的,就是这两本书。所以反复地看,一方面是因为没有别的好书看,一方面也因为这两本书和我的气质比较接近。我觉得这两本书某些地方很相似。这两本书甚至形成了我对文学,对小说的概念。我的父亲见我反复地看这两本书,就也拿去看。他是看过《三国》、《水浒》、《红楼梦》的。看了这两本书,问我:"这也是小说吗?"我看过林琴南翻译的《说部丛刊》,看过张恨水的《啼笑因缘》,也看过巴金、郁达夫的小说,看了《猎人日记》和沈先生的小说,发现:哦,原来小说是可以这样的,是写这样一些人和事,是可以这样写的。我在中学时并未有志于文学。在昆明参加大学联合招生,在报名书上填写"志愿"时,提笔写下了"西南联大中国文学系",是和读了《沈从文小说选》有关系的。当时许多学生报考西南联大都是慕名而来。这里有朱自清、闻一多、沈从文。——其他的教授是入学后才知道的。

　　沈先生在联大开过三门课:"各体文习作"、"创作实习"和"中国小说史"。"各体文习作"是本系必修课,其余两门是选修,我是都选了的。因此一九四一、四二、四三年,我都上过沈先生的课。

　　"各体文习作"这门课的名称有点奇怪,但倒是名副其实的,教学生习作各体文章。有时也出题目。我记得沈先生在我的上一班曾出过

"我们小庭院有什么"这样的题目,要求学生写景物兼及人事。有几位老同学用这题目写出了很清丽的散文,在报刊上发表了,我都读过。据沈先生自己回忆,他曾给我的下几班同学出过一个题目,要求他们写一间屋子里的空气。我那一班出过什么题目,我倒都忘了。为什么出这样一些题目呢?沈先生说:先得学会做部件,然后才谈得上组装。大部分时候,是不出题目的,由学生自由选择,想写什么就写什么。这课每周一次。学生在下面把车好、刨好的文字的零件交上去。下一周,沈先生就就这些作业来讲课。

说实在话,沈先生真不大会讲课。看了《八骏图》,那位教创作的达士先生好像对上课很在行,学期开始之前,就已经定好了十二次演讲的内容,你会以为沈先生也是这样。事实上全不是那回事。他不像闻先生那样:长髯垂胸,双目炯炯,富于表情,语言的节奏性很强,有很大的感染力;也不像朱先生那样:讲解很系统,要求很严格,上课带着卡片,语言朴素无华,然而扎扎实实。沈先生的讲课可以说是毫无系统,——因为就学生的文章来谈问题,也很难有系统,大都是随意而谈,声音不大,也不好懂。不好懂,是因为他的湘西口音一直未变,——他能听懂很多地方的方言,也能学说得很像,可是自己讲话仍然是一口凤凰话;也因为他的讲话内容不好捉摸。沈先生是个思想很流动跳跃的人,常常是才说东,忽而又说西。甚至他写文章时也是这样,有时真会离题万里,不知说到哪里去了,用他自己的话说,是"管不住手里的笔"。他的许多小说,结构很均匀缜密,那是用力"管"住了笔的结果。他的思想的跳动,给他的小说带来了文体上的灵活,对讲课可不利。沈先生真不是个长于逻辑思维的人,他从来不讲什么理论。他讲的都是自己从刻苦的实践中摸索出来的经验之谈,没有一句从书本上抄来的话。——很多教授只会抄书。这些经验之谈,如果理解了,是会终身受益的。遗憾的是,很不好理解。比如,他经常讲的一句话是:"要贴到人物来写。"这句话是什么意思呢?你可以作各种深浅不同的理解。这句话是有很丰富的内容的。照我的理解是:作者对所写的人物不能用俯视或旁观的态度。作者要和人物很亲近。作者的思想感情,作者的心要和人物贴得很紧，和人物一同哀乐，一同感觉周围的一切（沈先生很喜欢用"感觉"这个词，他老是要学生训练自己的感觉）。什么时候你"捉"不住人物，和人物离得远了，你就只好写一些似是而非的空话。一切从属于人物。写景、叙事都不能和人物游离。景物，得是人物所能感受得到的景物。得用人物的眼睛来看景物，用人物的耳朵来听，人物的鼻子来闻嗅。《丈夫》里所写的河上的晚景，是丈夫所看到的晚景。《贵生》里描写的秋天，是贵生感到的秋天。写景和叙事的语言和人物的语言（对话）要相协调。这样，才能使通篇小说都渗透了人物，使读者在字里行间都感觉到人物，——同时也就感觉到作者的风格。风格，是作者对人物的感受。离开了人物，风格就不存在。这些，是要和沈先生相处较久，读了他许多作品之后，才能理解得到的。单是一句"要贴到人物来写"，谁知道是什么意思呢？又如，他曾经批评过我的一篇小说，说："你这是两个聪明脑袋在打架！"让一个第三者来听，他会说："这是什么意思？"我是明白的。我这篇小说用了大量的对话，我尽量想把对话写得深一点，美一点，有诗意，有哲理。事实上，没有人会这样的说话，就是两个诗人，也不会这样的交谈。沈先生这句话等于说：这是不真实的。沈先生自己小说里的对话，大都是平平常常的话，但是一样还是使人感到人物，觉得美。从此，我就尽量把对话写得朴素一点，真切一点。

沈先生是那种"用手来思索"的人②。他用笔写下的东西比用口讲出的要清楚得多，也深刻得多。使学生受惠的，不是他的讲话，而是他在学生的文章后面所写的评语。沈先生对学生的文章也改的，但改得不多，但是评语却写得很长，有时会比本文还长。这些评语有的是就那篇习作来谈的，也有的是由此说开去，谈到创作上某个问题。这实在是一些文学随笔。往往有独到的见解，文笔也很讲究。老一辈作家大都是"执笔则为文"，不论写什么，哪怕是写一个便条，都是当一个"作品"来写的。——这样才能随时锻炼文笔。沈先生历年写下的这种评语，为数是很不少的，可惜没有一篇留下来。否则，对今天的文学青年会是很有用处的。

除了评语,沈先生还就学生这篇习作,挑一些与之相近的作品,他自己的,别人的,——中国的外国的,带来给学生看。因此,他来上课时都抱了一大堆书。我记得我有一次写了一篇描写一家小店铺在上板之前各色各样人的活动,完全没有故事的小说,他就介绍我看他自己写的《腐烂》(这篇东西我过去未看过)。看看自己的习作,再看看别人的作品,比较吸收,收效很好。沈先生把他自己的小说总集叫做《沈从文小说习作选》,说这都是为了给上创作课的学生示范,有意地试验各种方法而写的,这是实情,并非故示谦虚。

　　沈先生这种教写作的方法,到现在我还认为是一种很好的方法,甚至是唯一可行的方法。我倒希望现在的大学中文系教创作的老师也来试试这种方法。可惜愿意这样教的人不多;能够这样教的,也很少。

　　"创作实习"上课和"各体文习作"也差不多,只是有时较有系统地讲讲作家论。"小说史"使我读了不少中国古代小说。那时小说史资料不易得,沈先生就自己用毛笔小行书抄录在昆明所产的竹纸上,分给学生去看。这种竹纸高可一尺,长约半丈,折起来像一个经卷。这些资料,包括沈先生自己辑录的罕见的资料,辗转流传,全都散失了。

　　沈先生是我见到的一个少有的勤奋的人。他对闲散是几乎不能容忍的。联大有些学生,穿着很"摩登"的西服,头上涂了厚厚的发蜡,走路模仿克拉克·盖博③,一天喝咖啡、参加舞会,无所事事。沈先生管这种学生叫"火奴鲁鲁"——"哎,这是个火奴鲁鲁!④"他最反对打扑克,以为把生命这样的浪费掉,实在不可思议。他曾和几个作家在井冈山住了一些时候,对他们成天打扑克很不满意,"一天打扑克,——在井冈山这种地方! 哎!"除了陪客人谈天,我看到沈先生,都是坐在桌子前面,写。他这辈子写了多少字呀。有一次,我和他到一个图书馆去,在一排一排的书架前面,他说:"看到有那么多人写了那么多的书,我真是什么也不想写了。"这句话与其说是悲哀的感慨,不如说是对自己的鞭策。他的文笔很流畅,有一个时期且被称为多产作家,三十年代到四十年代,十年中他出了四十个集子,你会以为他写起来很轻易。事实不是那样。除了《从文自传》是一挥而就,写成之后,连看一遍也没有，就交出去付印之外，其余的作品都写得很艰苦。他的《边城》不过六七万字，写了半年。据他自己告诉我，那时住在北京的达子营，巴金住在他家。他那时还有个"客厅"。巴金在客厅里写，沈先生在院子里写。半年之间，巴金写了一个长篇，沈先生却只写了一个《边城》。我曾经看过沈先生的原稿（大概是《长河》），他不用稿纸，写在一个硬面的练习本上，把横格竖过来写。他不用自来水笔，用蘸水钢笔（他执钢笔的手势有点像执毛笔，执毛笔的手势却又有点像拿钢笔）。这原稿真是"一塌糊涂"，勾来划去，改了又改。他真干过这样的事：把原稿一条一条地剪开，一句一句地重新拼合。他说他自己的作品是"一个字一个字地雕出来的"，这不是夸张的话。他早年常流鼻血。大概是因为血小板少，血液不易凝固，流起来很难止住。有时夜里写作，鼻血流了一大摊，邻居发现他伏在血里，以为他已经完了。我就亲见过他的沁着血的手稿。

　　因为日本飞机经常到昆明来轰炸，很多教授都"疏散"到了乡下。沈先生也把家搬到了呈贡附近的桃源新村。他每个星期到城里来住几天，住在文林街教员宿舍楼上把角临街的一间屋子里，房屋很简陋。昆明的房子，大都不盖望板，瓦片直接搭在椽子上，晚上从瓦缝中可见星光、月光。下雨时，漏了，可以用竹竿把瓦片顶一顶，移密就疏，办法倒也简便。沈先生一进城，他这间屋子里就不断有客人。来客是各色各样的，有校外的，也有校内的教授和学生。学生也不限于中文系的，文、法、理、工学院的都有。不论是哪个系的学生都对文学有兴趣，都看文学书，有很多理工科同学能写很漂亮的文章，这大概可算是西南联大的一种学风。这种学风，我以为今天应该大力的提倡。沈先生只要进城，我是一定去的。去还书，借书。

　　沈先生的知识面很广，他每天都看书。现在也还是这样。去年，他七十八岁了，我上他家去，沈师母还说："他一天到晚看书，——还都记得！"他看的书真是五花八门，他叫这是"杂知识"。他的藏书也真是兼收并蓄。文学书、哲学书、道教史、马林诺斯基的人类学、亨利·詹姆斯、弗洛伊德、陶瓷、髹漆、糖霜、观赏植物……大概除了《相对论》，在他的书架上都能找到。我每次去，就随便挑几本，看一个星期（我在西南联大几年，所得到的一点"学问"，大部分是从沈先生的书里取来的）。他的书除了自己看，买了来，就是准备借人的。联大很多学生手里都有一两本扉页上写着"上官碧"的名字的书。沈先生看过的书大都做了批注。看一本陶瓷史，铺天盖地，全都批满了，又还粘了许多纸条，密密地写着字。这些批注比正文的字数还要多。很多书上，做了题记。题记有时与本书无关，或记往事，或抒感慨。有些题记有着只有本人知道的"本事"，别人不懂。比如，有一本书后写着："雨季已过，无虹可看矣。"有一本后面题着："某月日，见一大胖女人从桥上过，心中十分难过。"前一条我可以约略知道，后一条则不知所谓了。为什么这个大胖女人使沈先生心中十分难过呢？我对这些题记很感兴趣，觉得很有意思，而且自成一种文体，所以到现在还记得。他的藏书几经散失。去年我去看他，书架上的书大都是近年买的，我所熟识的，似只有一函《少室山房全集》了。

沈先生对美有一种特殊的敏感。他对美的东西有着一种炽热的、生理的、近乎是肉欲的感情。美使他惊奇，使他悲哀，使他沉醉。他搜罗过各种美术品。在北京，他好几年搜罗瓷器。待客的茶杯经常变换，也许是一套康熙青花，也许是鹧鸪斑的浅盏，也许是日本的九谷瓷。吃饭的时候，客人会放下筷子，欣赏起他的雍正粉彩大盘，把盘里的韭黄炒鸡蛋都搁凉了。在昆明，他不知怎么发现了一种竹胎的缅漆的圆盒，黑红两色的居多，间或有描金的，盒盖周围有极繁复的花纹，大概是用竹笔刮绘出来的，有云龙花草，偶尔也有画了一圈趺坐着的小人的。这东西原是食具，不知是什么年代的，带有汉代漆器的风格而又有点少数民族的色彩。他每回进城，除了置买杂物，就是到处寻找这东西（很便宜的，一只圆盒比一个粗竹篮贵不了多少）。他大概前后搜集了有几百，而且鉴赏越来越精，到后来，稍一般的，就不要了。我常常随着他满城乱跑，去衰货摊上觅宝。有一次买到一个直径一尺二的大漆盒，他爱不释手，说："这可以做一个《红黑》的封面！"有一阵又不知从哪里找到大批苗族的挑花。白色的土布，用色线（蓝线或黑线）挑出精致而天真的图案。有客人来,就摊在一张琴案上,大家围着看,一人手里捧着一杯茶,不断发出惊叹的声音。抗战后,回到北京,他又买了很多旧绣货:扇子套、眼镜套、槟榔荷包、枕头顶,乃至帐檐、飘带……(最初也很便宜,后来就十分昂贵了)后来又搞丝绸,搞服装。他搜罗工艺品,是最不功利,最不自私的。他花了大量的钱买这些东西,不是以为奇货可居,也不是为了装点风雅,他是为了使别人也能分尝到美的享受,真是"与朋友共,敝之而无憾"。他的许多藏品都不声不响地捐献给国家了。北京大学博物馆初成立的时候,玻璃柜里的不少展品就是从中老胡同沈家的架上搬去的。昆明的熟人的案上几乎都有一个两个沈从文送的缅漆圆盒,用来装芙蓉糕、萨其马或邮票、印泥之类杂物。他的那些名贵的瓷器,我近二年去看,已经所剩无几了,就像那些扉页上写着"上官碧"名字的书一样,都到了别人的手里。

沈从文欣赏的美,也可以换一个字,是"人"。他不把这些工艺品只看成是"物",他总是把它和人联系在一起的。他总是透过"物"看到"人"。对美的惊奇,也是对人的赞叹。这是人的劳绩,人的智慧,人的无穷的想象,人的天才的、精力弥满的双手所创造出来的呀!他在称赞一个美的作品时所用的语言是充满感情的,也颇特别,比如:"那样准确,准确得可怕!"他常常对着一幅织锦缎或者一个"七色晕"的绣片惊呼:"真是了不得!""真不可想象!"他到了杭州,才知道故宫龙袍上的金线,是瞎子在一个极薄的金箔上凭手的感觉割出来的,"真不可想象!"有一次他和我到故宫去看瓷器,有几个莲子盅造型极美,我还在流连赏玩,他在我耳边轻轻地说:"这是按照一个女人的奶子做出来的。"

沈从文从一个小说家变成一个文物专家,国内国外许多人都觉得难以置信。这在世界文学史上似乎尚无先例。对我说起来,倒并不认为不可理解。这在沈先生,与其说是改弦更张,不如说是轻车熟路。这有客观的原因,也有主观原因。但是五十岁改行,总是件冒险的事。我以为沈先生思想缺乏条理,又没有受过"科学方法"的训练,他对文物只是一个热情的欣赏者,不长于冷静的分析,现在正式"下海",以此作为专业,究竟能搞出多大成就,最初我是持怀疑态度的。直到前二年,我听他谈了一些文物方面的问题,看到他编纂的《中国服装史资料》的极小一部分图片,我才觉得,他钻了二十年,真把中国的文物钻通了。他不但钻得很深,而且,用他自己的说法:解决了一个问题,其他问题也就"顷刻"解决了。服装史是个拓荒工作。他说现在还是试验,成不成还不知道。但是我觉得:填补了中国文化史研究的一个重要的空白,对历史、戏剧等方面将发生很大作用,一个人一辈子做出这样一件事,也值了!《服装史》终于将要出版了,这对于沈先生的熟人,都是很大的安慰。因为治服装史,他又搞了许多副产品。他搞了扇子的发展,马戏的发展(沈从文这个名字和"马戏"联在一起,真是谁也没有想到的)。他从人物服装,断定号称故宫藏画最早的一幅展子虔《游春图》不是隋代的而是晚唐的东西。他现在在手的研究专题就有四十个。其中有一些已经完成了(如陶瓷史),有一些正在做。他在去年写的一篇散文《忆翔鹤》的最后说"一息尚存,即有责任待尽",不是一句空话。沈先生是一个不知老之将至的人,另一方面又有"时不我与"之感,所以他现在工作加倍地勤奋。沈师母说他常常一坐下来就是十几个小时。沈先生是从来没有休息的。他的休息只是写写字。是一股什么力量催着一个年近八十的老人这样孜孜矻矻,不知疲倦地工作着的呢?我以为:是炽热而深沉的爱国主义。

沈从文从一个小说家变成了文物专家,对国家来说,孰得孰失,且容历史去做结论吧。许多人对他放下创作的笔感到惋惜,希望他还能继续写文学作品。我对此事已不抱希望了。人老了,驾驭文字的能力就会衰退。他自己也说他越来越"管不住手里的笔"了。但是看了《忆翔鹤》,改变了我的看法。这篇文章还是写得那样流转自如,毫不枯涩,旧日文风犹在,而且更加炉火纯青了。他的诗情没有枯竭,他对人事的感受还是那样精细锐敏,他的抒情才分因为世界观的成熟变得更明净了。那么,沈老师,在您的身体条件许可下,兴之所至,您也还是写一点吧。

朱光潜先生在一篇谈沈从文的短文中,说沈先生交游很广,但朱先生知道,他是一个寂寞的人。吴祖光有一次跟我说:"你们老师不但文章写得好,为人也是那样好。"他们的话都是对的。沈先生的客人很多,但都是君子之交,言不及利。他总是用一种含蓄的热情对人,用一种欣赏的、抒情的眼睛看一切人。对前辈、朋友、学生、家人、保姆,都是这样。他是把生活里的人都当成一个作品中的人物去看的。他津津乐道的熟人的一些细节,都是小说化了的细节。大概他的熟人也都感觉到这一点,他们在沈先生的客座(有时是一张破椅子,一个小板凳)上也就不大好意思谈出过于庸俗无聊的话,大都是上下古今,天南地北地闲谈一阵,喝一盏清茶,抽几枝烟,借几本书和他所需要的资料(沈先生对来借资料的,都是有求必应),就走了。客人一走,沈先生就坐到桌子跟前拿起笔来了。

沈先生对曾经帮助过他的前辈是念念不忘的,如林宰平先生、杨今甫(振声)先生、徐志摩。林老先生我未见过,只在沈先生处见过他所写的字。杨先生也是我的老师,这是个非常爱才的人。沈先生在几个大学教书,大概都是出于杨先生的安排。他是中篇小说《玉君》的作者。我在昆明时曾在我们的系主任罗莘田先生的案上见过他写的一篇游戏文章《释鳏》,是写联大的光棍教授的生活的。杨先生多年过着独身生活。他当过好几个大学的文学院长,衬衫都是自己洗烫,然而衣履精整,窗明几净,左图右史,自得其乐,生活得很潇洒。他对后进青年的作品是很关心的。他曾经托沈先生带话,叫我去看看他。我去了,他亲自洗壶涤器,为我煮了咖啡,让我看了沈尹默给他写的字,说:"尹默的字超过明朝人";又让我看了他的藏画,其中有一套姚茫父的册页,每一开的画芯只有一个火柴盒大,却都十分苍翠雄浑,是姚画的难得的精品。坐了一个多小时,我就告辞出来了。他让我去,似乎只是想跟我随便聊聊,看看字画。沈先生夫妇是常去看杨先生的,想来情形亦当如此。徐志摩是最初发现沈从文的才能的人。沈先生说过,如果没有徐志摩,他就不会成为作家,他也许会去当警察,或者随便在哪条街上倒下来,胡里胡涂地死掉了。沈先生曾和我说过许多这位诗人的佚事。诗人,总是有些倜傥不羁的。沈先生说他有一次上课,讲英国诗,从口袋里摸出一个大烟台苹果,一边咬着,说:"中国是有好东西的!"

沈先生常谈起的三个朋友是梁思成、林徽因、金岳霖。梁思成后来我在北京见过,林徽因一直没有见着。他们都是学建筑的。我因为沈先生的介绍,曾看过《营造法式》之类的书,知道什么叫"一斗三升",对赵州桥、定州塔发生很大的兴趣。沈先生的好多册《营造学报》一直在我手里,直到"文化大革命",才被"处理"了。从沈先生口中,我知道梁思成有一次为了从一个较远的距离观测一座古塔内部的结构,一直往后退,差一点从塔上掉了下去。林徽因对文学艺术的见解是为徐志摩、杨今甫、沈从文等一代名流所倾倒的。这是一个真正的中国的"沙龙女性",一个中国的弗吉尼亚·沃尔芙。她写的小说如《窗子以外》、《九十九度中》,别具一格,和废名的《桃园》、《竹林的故事》一样,都是现代中国文学里的不可忽视的作品。现在很多人在谈论"意识流",看看林徽因的小说,就知道不但外国有,中国也早就有了。她很会谈话,发着三十九度以上的高烧,还半躺在客厅里,和客人剧谈文学艺术问题。

金岳霖是个通人情、有学问的妙人,也是一个怪人。他是我的老师,大学一年级时,教"逻辑",这是文法学院的共同必修课。教室很大,学生很多。他的眼睛有病,有一个时期戴的眼镜一边的镜片是黑的,一边是白的。头上整年戴一顶旧呢帽。每学期上第一课都要首先声明:"对不起,我的眼睛有病,不能摘下帽子,不是对你们不礼貌。""逻辑"课有点近似数学,是有习题的。他常常当堂提问,叫学生回答。那指名的方式却颇为特别。"今天,所有穿红毛衣的女士回答。"他闭着眼睛用手一指,一个女士就站了起来。"今天,梳两条辫子的回答。"因为"逻辑"这玩意对乍从中学出来的女士和先生都很新鲜,学生也常提出问题来问他。有一个归侨学生叫林国达,最爱提问,他的问题往往很奇怪。金先生叫他问得没有办法,就反过来问他:"林国达,我问你一个问题:'林国达先生是垂直于黑板的',这是什么意思?"——林国达后来在一次游泳中淹死了。金先生教逻辑,看的小说却很多,从乔依思的《尤利西斯》到平江不肖生的《江湖奇侠传》,无所不看。沈先生有一次拉他来做了一次演讲。有一阵,沈先生曾给联大的一些写写小说、写写诗的学生组织过讲座,地点在巴金的夫人萧珊的住处,与座者只有十来个人。金先生讲的题目很吸引人,大概是沈先生出的:"小说和哲学"。他的结论却是:小说和哲学没有关系,《红楼梦》里所讲的哲学也不是哲学。那次演讲给我留下印象最深的是,讲着讲着,他忽然停了下来,说:"对不起,我身上好像有个小动物。"随即把手伸进脖领,擒住了这只小动物,并当场处死了。我们曾问过他,为什么研究哲学,——在我们看来,哲学很枯燥,尤其是符号哲学。金先生想了一想,说:"我觉得它很好玩。"他一个人生活。在昆明曾养过一只大斗鸡。这只斗鸡极其高大,经常把脖子伸到桌上来,和金先生一同吃饭。他又曾到处去买大苹果、大梨、大石榴,并鼓励别的教授的孩子也去买,拿来和他的比赛。谁的比他的大,他就照价收买,并把原来较小的一个奉送。他和沈先生的友谊是淡而持久的,直到金先生八十多岁了,还时常坐了平板三轮到沈先生的住处来谈谈。——因为毛主席告他要接触社会,他就和一个蹬平板三轮的约好,每天坐着平板车到王府井一带各处去转一圈。

和沈先生不多见面,但多年往还不绝的,还有一个张奚若先生、一个丁西林先生。张先生是个老同盟会员,曾拒绝参加蒋介石召开的参议会,人矮矮的,上唇留着短髭,风度如一个日本的大藏相,不知道为什么和沈先生很谈得来。丁西林曾说,要不是沈先生的鼓励,他这个写过《一只马蜂》的物理研究所所长,就不会再写出一个《等太太回来的时候》。

沈先生对于后进的帮助是不遗余力的。他曾自己出资给初露头角的青年诗人印过诗集。曹禺的《雷雨》发表后,是沈先生建议《大公报》给他发一笔奖金的。他的学生的作品,很多是经他的润饰后,写了热情揄扬的信,寄到他所熟识的报刊上发表的。单是他代付的邮资,就是一个不小的数目。前年他收到一封现在在解放军的知名作家的信,说起他当年丧父,无力葬埋,是沈先生为他写了好多字,开了一个书法展览,卖了钱给他,才能回乡办了丧事的。此事沈先生久已忘记,看了信想想,才记起仿佛有这样一回事。

沈先生待人，有一显著特点，是平等。这种平等，不是政治信念，也不是宗教教条，而是由于对人的尊重而产生的一种极其自然的生活的风格。他在昆明和北京都请过保姆。这两个保姆和沈家一家都相处得极好。昆明的一个，人胖胖的，沈先生常和她闲谈。沈先生曾把她的一生琐事写成了一篇亲切动人的小说。北京的一个，被称为王嫂。她离开多年，一直还和沈家来往。她去年在家和儿子怄了一点气，到沈家来住了几天，沈师母陪着她出出进进，像陪着一个老姐姐。

沈先生的家庭是我所见到的一个最和谐安静，最富于抒情气氛的家庭。这个家庭一切民主，完全没有封建意味，不存在任何家长制。沈先生、沈师母和儿子、儿媳、孙女是和睦而平等的。从他的儿子把板凳当马骑的时候，沈先生就不对他们的兴趣加以干涉，一切听便。他像欣赏一幅名画似的欣赏他的儿子、孙女，对他们的"耐烦"表示赞赏。"耐烦"是沈先生爱用的一个词藻。儿子小时候用一个小钉锤乒乒乓乓敲打一件木器，半天不歇手，沈先生就说："要算耐烦。"孙女做功课，半天不抬脑袋，他也说："要算耐烦。""耐烦"是在沈先生影响下形成的一种家风。他本人不论在创作或从事文物研究，就是由于"耐烦"才取得成绩的。有一阵，儿子、儿媳不在身边，孙女跟着奶奶过。这位祖母对孙女全不像是一个祖母，倒像是一个大姐姐带着最小的妹妹，对她的一切情绪都尊重。她读中学了，对政治问题有她自己的看法，祖母就提醒客人，不要在她的面前谈教她听起来不舒服的话。去年春节，孙女要搞猜谜活动，祖母就帮着选择、抄写，在屋里拉了几条线绳，把谜语一条一条粘挂在线绳上。有客人来，不论是谁，都得受孙女的约束：猜中一条，发糖一块。有一位爷爷，一条也没猜着，就只好喝清茶。沈先生对这种约法不但不呵斥，反而热情赞助，十分欣赏。他说他的孙女"最会管我，一到吃饭，就下命令：'洗手！'"这个家庭自然也会有痛苦悲哀，油盐柴米，风风雨雨，别别扭扭，然而这一切都无妨于它和谐安静抒情的气氛。

看了沈先生对周围的人的态度，你就明白为什么沈先生能写出《湘行散记》里那些栩栩如生的角色，为什么能在小说里塑造出那样多的人物，并且也就明白为什么沈先生不老，因为他的心不老。

去年沈先生编他的选集，我又一次比较集中地看了他的作品。有一个中年作家一再催促我写一点关于沈先生的小说的文章。谈作品总不可避免要谈思想，我曾去问过沈先生："你的思想到底是什么？属于什么体系？"我说："你是一个抒情的人道主义者。"

　　沈先生微笑着，没有否认。

一九八一年一月十四日

注　释

①　本篇原载《收获》2009 年第三期。

②　巴甫连科说作家是用手来思索的。

③　克拉克·盖博是三十到四十年代的美国电影明星。

④　火奴鲁鲁即檀香山。至于沈先生为什么把这样的学生叫做"火奴鲁鲁"，我到现在还不明白。

宋 士 杰[①]

——一个独特的典型

《四进士》原来是一出很芜杂的群戏,现在也还保留着一些芜杂的痕迹,比如杨素贞手上戴的那只紫金镯,与主线已经没有多大关系了。它之能够流传到今天,成为一出无可比拟的独特的京剧,是因为剧中塑造了一个独特的典型,宋士杰。

宋士杰是一个讼师。现在大概很多人不知道讼师是干什么的了。过去,是每一个县城里都有的,他们的职业是包打官司,即包揽词讼。凡有衙门处即有讼师。只要你给他钱,他可以把你的官司包下来,把你的对手搞得倾家荡产,一败涂地。在生活里,他们也是很刁钻促狭的。讼师住的地方,做小买卖的都不愿停留,邻居家的孩子都不敢和他们家的孩子打架。然而《四进士》却写了一个好讼师,这就很特别。

宋士杰的好处在于,一是办事傲上。这在封建社会里是一种难得的品德。二是好管闲事。

要写他的爱管闲事,却从他怕管闲事写起。

宋士杰的出场是很平淡的,几记小锣,他就走出来了。四句诗罢,自报家门:

> 老汉宋士杰。在前任道台衙门,当过一名刑房书吏。只因我办事傲上,才将我的刑房革退。在西门以外,开了一所小小店房,不过是避嫌而已……

避嫌,避什么嫌呢? 避官场之嫌。开店是一种姿态,表示引退闲居,从此不再往衙门里插手,免招是非物议。他虽然也不甘寂寞,偶尔给吃衙门饭的人一点指点,杯酒之间,三言两语。平常则是韬晦深藏,很少活动的了。以至顾读一听说宋士杰这名字,吃惊道:"宋士杰!这老儿还未曾死么?"

他卷进一场复杂的纠纷,完全是无心的,偶然的。他要去吃酒,看见刘二混等一伙光棍追赶杨素贞,他的老毛病犯了:

> 啊!这信阳州一班无徒光棍,追赶一个女子;若是追在无人之处,那女子定要吃他们的亏。我不免赶上前去,打他一个抱不平!

> ("无徒"即无赖,元曲中屡见。白朴《梧桐雨》、关汉卿《望江亭》中都有。没想到这个古语在京剧里还活着。有的整理过的剧本写成"无头",就没有讲了。)

但是转念一想:

> 咳!只因为多管人家的闲事,才将我的刑房革退,我又管的什么闲事啊。不管也罢,街市上走走。

他和万氏打跑了刘二混,事情本来就完了。不想万氏把杨素贞领到家里——店里来了。他和杨素贞的攀谈,问人家姓什么,哪里的人,到信阳州来做什么……都是一些见面后应有的闲话。听到杨素贞是越衙告状来了,他顺口说了一句:"哎呀,越衙告状,这个冤枉一定是大了。"也只是平常的感慨(《四进士》能用口语的念白写出人物的神情,非常难得。这出戏的语言是很值得研究的)。他想看看人家的状子,只是一种职业性的兴趣。他指出什么是"由头",点出哪里是"赖词",称赞状子写得好,"作状子的这位老先生有八台之位","笔力上带着",但是"好是好,废物了!"(多好的语言!若是写成"好倒是好啊,可惜么,是一个废物了!"便索然无味。可惜我们今天的许多剧本用的正是后一种语言)——"道台大人前呼后拥,女流之辈,挨挤不上,也是枉然。""交还与她",他不管了!

杨素贞叫了宋士杰一声干父,宋士杰答应到道台衙门去递状。

到道台衙门递一张状,这在宋士杰,真是小事一桩。本来可以不误堂点,顺顺当当把状子递上。不想遇着丁旦,拉去酒楼,出了个岔子,逼得他不得不击动堂鼓,面见顾读。犹一溪春水,撞到一块石头,激起了浪花。宋士杰湿了鞋子,掉进了漩涡,越陷越深,不能自拔。他从一个旁观者变成了当事人,从一个局外人变成了矛盾的一个主要方面。他的性格也就在愈趋复杂的斗争中,更加清楚、更加深刻的展示出来。作者没有一开头就写他路见不平,义形于色,揎拳攘袖,拔刀向前。那样就不是宋士杰,而是拼命三郎石秀了。

宋士杰是一个讼师。他的主要行动是打官司(河南梆子这出戏就叫《宋士杰打官司》)。他的主要的戏是一公堂、二公堂、盗书、三公堂。三公堂是毛朋的戏,宋士杰无大作为。盗书主要看表演,没有多少语言。真正表现宋士杰的讼师本色的,是一公堂、二公堂。一公堂、二公堂的对立面是顾读。全剧的精采处也在于宋士杰斗顾读。

一公堂斗争的焦点是宋士杰是不是包揽词讼。过去,讼师是一种不合法的职业。"包揽词讼"本身就是罪名。所有的讼师在插手一桩官司之前,都首先要把这项罪名摘清。否则未曾回话,官司就输了。宋士杰知道,上堂之后,顾读必然首先要挑这个眼。顾读一声"传宋士杰!"丁旦下堂:"宋家伯伯,大人传你。"宋士杰"吓"了一声。丁旦又说:"大人传你。"宋士杰好像没有听明白:"哦,大人传我?"丁旦又重复一次:"传你! 小心去见。"宋士杰好像才醒悟过来:"呵呵,传我?"这么一句话有什么听不明白的呢? 他怎么这样心不在焉,反应迟钝呢? 不是迟钝,他是在想主意。他脱下鸭尾巾,露出雪白的发髻(刹那之间,宋士杰变得很美),报门:"报,——宋士杰告进。"不卑不亢,似卑实亢。这时他已经成竹在胸,所以能如此从容。剧作者的笔墨精细处真不可及!

果然,顾读劈头就问:

"你为何包揽词讼?"

"怎见得小人包揽词讼?"

"杨素贞越衙告状,住在你的家中,分明是你挑唆而来,岂不是包揽词讼?"

顾读问得在理。

"小人有下情回禀。"

"讲!"

宋士杰的辩词实在出人意料：

"吓。小人宋士杰，在前任道台衙门当过一名刑房书吏。只因我办事傲上，才将我的刑房革掉。在西门以外开了一所小小店房，不过是避嫌而已。曾记得那年，去往河南上蔡县办差，住在杨素贞的家中；杨素贞那时间才这长这大；拜在我的名下，收为义女。数载以来，书不来，信不往。杨素贞她父已死。她长大成人，许配姚庭梅为妻。她的亲夫被人害死，来到信阳州越衙告状。常言道是亲者不能不顾；不是亲者不能相顾。她是我的干女儿，我是她的干父。干女儿不住在干父家中，难道说，叫她住在庵堂——寺院?"

这真是老虎闻鼻烟! 一件没影子的事，他却说得有鼻子有眼，活灵活现，点水不漏，无懈可击! 这段辩词，层次清楚，语调铿锵，真是掷地作金石声! "这长这大"，真亏他想得出来。——我们现在要是写，像"这长这大"这样活生生的语言，是无论如何写不出来的。

什么叫讼师? 这就叫讼师：数白道黑，将无作有。

二公堂是宋士杰替杨素贞喊冤。顾读受贿之后，对杨素贞拶指逼供，上刑收监。宋士杰在堂口高喊："冤枉!"

"宋士杰，你为何堂口喊冤?"

"大人办事不公!"

"本道哪些儿不公?"

"原告收监，被告讨保，哪些儿公道?"

"杨素贞告的是谎状。"

"怎见得是谎状?"

"她私通奸夫，谋害亲夫，岂不是谎状?"

"奸夫是谁?"

"杨春。"

"哪里人氏?"

"南京水西门。"

"杨素贞?"

"河南上蔡县。"

"千里路程,怎样通奸?"

"呃,——他是先奸后娶!"

"既然如此,她不去逃命,到你这里送死来了!"

这个地方宋士杰是有理的。他得理不让人,步步进逼,语快如刀,不容喘息,一鞭一条痕,一掴一掌血,一直到把对方打翻在地,再也起不来,真是老辣之至。

除了写他是个会打官司的讼师,一个尖刻厉害的刀笔,剧本还从多方面刻画他的世事洞明,人情练达。

宋士杰误过午堂,状子不曾递上,心里很懊恼,回家的路上,一个人自言自语地叨叨:

"咳!酒楼之上,多吃了一杯,升过堂了,状子没有递上,只好回去。吃酒的误事!咳!回得家去,干女儿迎上前来,言道:'干父你回来了?'我言道:'我回来了。'干女儿必定问道:'状子可曾递上?'我言道:'遇见一个朋友,在酒楼之上,多吃了一杯,升过堂了,没有递上。'她必然言道:'干父啊,我不是你的亲生女儿;若是你的亲生女儿,酒也不吃了,状子也递上了。'这两句言语,总是有的……这两句言语,总是……"

到了家,杨素贞果然对万氏说:

"嗳,我不是他的亲生女儿……"

宋士杰用极低的声音说:

"来了!"

杨素贞接着说:

"若是他的亲生女儿,酒也不吃了,状子也递上了!"

宋士杰:

"我早晓得有这两句话……"

真是如见其肺腑然。

他听说按院大人下马,写了一张上告的状子,途遇杨春,认为干亲,核计告状。听说鸣锣开道,差杨春前去打听,他突然想起:

"哎呀! 按院大人有告条在外,有人拦轿喊冤,四十大板。我实实换不起了。我看杨春这个娃娃,倒也精壮得很,我把这四十板子,照顾了这个娃娃吧!"

杨春递状回来,他不好问人家递上了没有,他叫人家"走过去","走回来"。

"啊,这娃娃怎么还不回来? 待我迎上前去。"

"义父!"

"娃娃,你回来了?"

"我回来了。"

"状子可曾递上?"

"递上了。"

"哦,递上了! ——递上了?"

"递上了。"

"递上了?"

"递上了啊!"

"走过去!"

"哦,走过去。"

"走回来。"

"好,走回来。"

"唉,娃娃,你没有递上。"

"怎见得没有递上?"

"哈哈!娃娃,我实对你讲了吧:按院大人有告示在外,有人拦轿喊冤,打四十大板。你两腿好好的,状子没有递上吧!"

有一个孩子读《四进士》剧本,读到这里,说:"这个宋士杰真坏!"

宋士杰是真坏,可是他真好。他是个很坏的好人。这就是宋士杰,是一个有血有肉的活人,不一般化,不是大慈大悲救苦救难观世音菩萨。

《四进士》一个很大的特点,是运用大量的细节来刻画人物。作者简直是信手拈来,涉笔成趣,笔笔都为人物增添一分光彩。这在戏曲里,至少在京剧里是极为少见的。

为什么作者能够这样从心所欲地写出这样多的细节来呢?原因只有一个:对这个人物太熟了。

张天翼同志在谈儿童文学的一篇讲话中,提出从人物出发,他说:有了人物,没有情节可以有情节,没有细节可以有细节。这是老作家的三折肱之言,是度世的金针。

在去年的全国剧目工作会议上,有一个省的代表介绍经验,说他们省领导创作的同志,在讨论提纲或初稿时,首先问剧作者:你是不是觉得你所写的人物,已经好像站在你的面前了?否则,你不要写!这真是一条十分有益的经验。抓创作,其实只要抓住一条,就够了,抓人物。其余的,都是次要的。我们的许多领导创作的同志,瞎抓一气,就是不懂得抓人物。那种:主题有积极意义,已经有了一定基础,希望继续加工,不要放下……之类的废话,是杀死创作的官僚主义的软刀子。我们已经有了多少在娘胎里闷死的剧本,有了多少毫不精彩,劳民伤财的,叫人连意见都没法提的寡淡的演出,其弊只在一点:没有人物。

这里说的只是应当写人物的戏。至于有的别种样式的戏,如牧歌体的、散文式的(如《老道游山》)、散文诗式的(如《贵妃醉酒》)或用意识流方法写的京剧,当然不在此列,而我以为像《四进士》这样的京剧是应该大力提倡的。

注　释

①　本篇原载《人民戏剧》1981 年第一期；初收《晚翠文谈》，浙江文艺出版社，1988 年 3 月。

与友人谈沈从文①

——给一个中年作家的信

××：

春节前后两信均收到。

你听说出版社要出版沈先生的选集，我想在后面写几个字，你心里"格噔一跳"。我说准备零零碎碎写一点，你不放心，特地写了信来，嘱咐我"应当把这事当一件事来做"。你可真是个有心人！不过我告诉你，目前我还是只能零零碎碎地写一点。这是我的老师给我出的主意。这是个好主意，一个知己知彼，切实可行的主意。

而且，我最近把沈先生的主要作品浏览了一遍，觉得连零零碎碎写一点也很难。

难处之一是他已经被人们忘记了。四十年前，我有一次和沈先生到一个图书馆去，在一列一列的书架面前，他叹息道："看到有那么多人，写了那么多书，我什么也不想写了。"古今中外，多少人写了多少书呀，真是浩如烟海。在这个书海里加进自己的一本，究竟有多大意义呢？有多少书能够在人的心上留下一点影响呢？从这个方面看，一个人的作品被人忘记，并不是很值得惆怅的事。

但从另一方面看，一个人写了那样多作品，却被人忘记得这样干净，——至少在国内是如此，总是一件很奇怪的事。

原因之一，是沈先生后来不写什么东西，——不搞创作了。沈先生的创作最旺盛的十年是从一九二四到一九三四这十年。十年里他写了一本自传，两本散文（《湘西》和《湘行散记》），一个未完成的长篇（《长河》），四十几个短篇小说集。在数量上，同时代的作家中很少有能和他相比的，至少在短篇小说方面。四十年代他写的东西就不多了。五十年代以后,基本上没有写什么。沈先生放下搞创作的笔,已经三十年了。

解放以后不久,我曾看到过一个对文艺有着卓识和具眼的党内负责同志给沈先生写的信(我不能忘记那秀整的字迹和直接在信纸上勾抹涂改的那种"修辞立其诚"的坦白态度),劝他继续写作,并建议如果一时不能写现实的题材,就先写写历史题材。沈先生在一九五七年出版的小说选集的《题记》中也表示:"希望过些日子,还能够重新拿起手中的笔,和大家一道来讴歌人民在觉醒中,在胜利中,为建设祖国、建设家乡、保卫世界和平所贡献的劳力,和表现的坚固信心及充沛热情。我的生命和我手中这枝笔,也自然会因此重新回复活泼而年青!"但是一晃三十年,他的那枝笔还在放着。只有你这个对沈从文小说怀有偏爱的人,才会在去年文代会期间结结巴巴地劝沈先生再回到文学上来。

这种可能性是几乎没有的了。他"变"成了一个文物专家。这也是命该如此。他是一个不可救药的"美"的爱好者,对于由于人的劳动而创造出来的一切美的东西具有一种宗教徒式的狂热。对于美,他永远不缺乏一个年轻的情人那样的惊喜与崇拜。直到现在,七十八岁了,也还是那样。这是这个人到现在还不老的一个重要原因。他的兴趣是那样的广。我在昆明当他的学生的时候,他跟我(以及其他人)谈文学的时候,远不如谈陶瓷,谈漆器,谈刺绣的时候多。他不知从哪里买了那么多少数民族的挑花布。沏了几杯茶,大家就跟着他对着这些挑花图案一起赞叹了一个晚上。有一阵,一上街,就到处搜罗缅漆盒子。这种漆盒,大概本是食具,圆形,竹胎,用竹笔刮绘出红黑两色的云龙人物图像,风格直接楚器,而自具缅族特点。不知道什么道理,流入昆明很多。他搞了很多。装印泥、图章、邮票的,装芙蓉糕萨其玛的,无不是这种圆盒。昆明的熟人没有人家里没有沈从文送的这种漆盒。有一次他定睛对一个直径一尺的大漆盒看了很久,抚摸着,说:"这可以做一个《红黑》杂志的封面!"有一次我陪他到故宫去看瓷器。一个莲子盅的造型吸引了人的眼睛。沈先生小声跟我说:"这是按照一个女人的奶子做出来的。"四十年前,我向他借阅的谈工艺的书,无不经他密密地批注过,而且贴了很多条子。他的"变",对我,以及一些熟人,并不突然。而且认为这和他的写小说,是可以相通的。他是一个高明的鉴赏家。不过所鉴赏的对象,一为人,一为物。这种例子,在文学史上不多见,因此局外人不免觉得难于理解。不管怎么说,在通常意义上,沈先生是改了行了,而且已经是无可挽回的了。你希望他"回来",他只要动一动步,他的那些丝绸铜铁就都会叫起来的:"沈老,沈老,别走,别走,我们要你!"

沈从文的"改行",从整个文化史来说,是得是失,且容天下后世人去作结论吧,反正,他已经三十年不写小说了。

三十年。因此现在三十岁的年轻人多不知道沈从文这个名字。四五十岁的呢?像你这样不声不响地读着沈从文小说的人很少了。他们也许知道这个人,在提及时也许会点起一枝烟,翘着一只腿,很潇洒地说:"哈,沈从文,这个人的文字有特点!"六十岁的人,有些是读过他的作品并且受过影响的,但是多年来他们全都保持沉默,无一例外。因此,沈从文就被人忘记了。

谈话,都得大家来谈,互相启发,才可能说出精彩的,有智慧的意见。一个人说话,思想不易展开。幸亏有你这样一个好事者,我说话才有个对象,否则直是对着虚空演讲,情形不免滑稽。独学无友,这是难处之一。

难处之二,是我自己。我"老"了。我不是说我的年龄。我偶尔读了一些国外的研究沈从文的专家的文章,深深感到这一点。我不是说他们的见解怎么深刻、正确,而是我觉得那种不衫不履、无拘无束、纵意而谈的挥洒自如的风度,我没有了。我的思想老化了,僵硬了。我的语言失去了弹性,失去了滋润、柔软。我的才华(假如我曾经有过)枯竭了。我这才发现,我的思想背上了多么沉重的框框。我的思想穿了制服。三十年来,没有真正执行"百花齐放"的方针,使很多人的思想都浸染了官气,使很多人的才华没有得到正常发育,很多人的才华过早的枯萎,这是一个看不见的严重的损失。

以上,我说了我写这篇后记的难处,也许也正说出了沈先生的作品被人忘记的原因。那原因,其实是很清楚的:是政治上和艺术上的偏见。

请容许我说一两句可能也是偏激的话:我们的现代文学史(包括古代文学史也一样)不是文学史,是政治史,是文学运动史,文艺论争史,文学派别史。什么时候我们能够排除各种门户之见,直接从作家的作品去探讨它的社会意义和美学意义呢?

现在,要出版《沈从文选集》,这是一件好事!这是春天的信息,这是"百花齐放"的具体体现。

你来信说,你春节温书,读了沈先生的小说,想着一个问题:什么是艺术生命?你的意思是说,沈先生三十年前写的小说,为什么今天还有蓬勃的生命呢?你好像希望我回答这个问题。我也在想着一个问题:现在出版《沈从文选集》,意义是什么呢?是作为一种"资料"让人们知道五四以来有这样一个作家,写过这样一些作品,他的某些方法,某些技巧可以"借鉴",可以"批判"地吸取?推而广之,契诃夫有什么意义?拉斐尔有什么意义?贝多芬有什么意义?演奏一首 D 大调奏鸣曲,只是为了让人们"研究"?它跟我们的现实生活不发生关系?……

我的问题和你的问题也许是一个。

这个问题很不好回答。我想了几天,后来还是在沈先生的小说里找到了答案,那是《长河》里夭夭所说的:

"好看的应该长远存在"。

一个乡下人对现代文明的抗议

沈从文是一个复杂的作家。他不是那种"让组织代替他去思想"的作家②。从内容到形式,从思想到表现方法,乃至造句修辞,都有他自己的一套。

有一种流行的,轻率的说法,说沈从文是一个"没有思想","没有灵魂","空虚"的作家。一个作家,总有他的思想,尽管他的思想可能是肤浅的,庸俗的,晦涩难懂的,或是反动的。像沈先生这样严肃地,辛苦而固执地写了二十年小说的作家,没有思想,这种说法太离奇了。

沈先生自己也常说,他的某些小说是"习作",是为了教学的需要,为了给学生示范,教他们学会"用不同方法处理不同问题"。或完全用对话,或一句对话也不用……如此等等。这也是事实。我在上他的"创作实习"课的时候,有一次写了一篇作业,写一个小县城的小店铺傍晚上灯时来往坐歇的各色人等活动,他就介绍我看他的《腐烂》。这就给了某些评论家以口实,说沈先生的小说是从形式出发的。用这样的办法评论一个作家,实在太省事了。教学生"用不同方法处理问题"是一回事,作家的思想是另一回事。两者不能混为一谈。创作本是不能教的。沈先生对一些不写小说,不写散文的文人兼书贾却在那里一本一本的出版"小说作法"、"散文作法"之类,觉得很可笑也很气愤(这种书当时是很多的),因此想出用自己的"习作"为学生作范例。我到现在,也还觉得这是教创作的很好的,也许是唯一可行的办法。我们,当过沈先生的学生的人,都觉得这是有效果的,实惠的。我倒愿意今天大学里教创作的老师也来试试这种办法。只是像沈先生那样能够试验各种"方法",掌握各种"方法"的师资,恐怕很不易得。用自己的学习带领着学生去实践,从这个意义讲,沈先生把自己的许多作品叫作"习作",是切合实际的,不是矫情自谦。但是总得有那样的生活,并从生活中提出思想,又用这样的思想去透视生活,才能完成这样的"习作"。

沈先生是很注重形式的。他的"习作"里诚然有一些是形式重于内容的。比如《神巫之爱》和《月下小景》。《月下小景》摹仿《十日谈》,这是无可讳言的。"金狼旅店"在中国找不到,这很像是从塞万提斯的传奇里借用来的。《神巫之爱》里许多抒情歌也显然带着浓厚的异国情调。这些写得很美的诗让人想起萨孚的情歌、《圣经》里的《雅歌》。《月下小景》故事取于《法苑珠林》等书。在语言上仿照佛经的偈语,多四字为句;在叙事方法上也竭力铺排,重复华丽,如六朝译经体格。我们不妨说,这是沈先生对不同文体所作的尝试。我个人认为,这不是沈先生的重要作品,只是备一格而已。就是这样的试验文体的作品,也不是完全不倾注作者的思想。

沈先生曾说:"这世界上或有想在沙基或水面上建造崇楼杰阁的人,那可不是我。"他对称他为"空虚"的,"没有思想"的评论家提出了无可奈何的抗议。他说他想建造神庙,这神庙里供奉的是"人性"。——什么是他所说的"人性"?

他的"人性"不是抽象的。不是欧洲中世纪的启蒙主义者反对基督的那种"人性"。简单地说,就是没有遭到外来的资本主义的物质文明和精神文明的侵略,没有被洋油、洋布所破坏前中国土著的抒情诗一样的品德。我们可以鲁莽一点,说沈从文是一个民族主义者。

沈先生对他的世界观其实是说得很清楚的,并且一再说到。

沈先生在《长河》题记中说:"……用辰河流域一个小小的水码头作背景,就我所熟习的人事作题材,来写写这个地方一些平凡人物生活上的'常'与'变',以及在两相乘除中所有的哀乐。"他所说的"常"与"变"是什么?"常"就是"前一代固有的优点,尤其是长辈中妇女,祖母或老姑母行勤俭治生忠厚待人处,以及在素朴自然景物下衬托简单信仰蕴蓄了多少抒情诗气分"。所谓"变"就是这些品德"被外来洋布煤油逐渐破坏,年青人几乎全不认识,也毫无希望从学习中去认识"。"常"就是"农村社会所保有那点正直素朴人情美";"变"就是"近二十年实际社会培养成功的一种唯实唯利庸俗人生观"。"常"与"变",也就是沈先生在《边城》题记提出的"过去"与"当前"。抒情诗消失,人的生活越来越散文化,人应当怎样活下去,这是资本主义席卷世界之后,许多现代的作家探索和苦恼的问题。这是现代文学的压倒的主题。这也是沈先生全部小说的一个贯串性的主题。

多数现代作家对这个问题是绝望的。他们的调子是低沉的,哀悼的,尖刻的,愤世嫉俗的,冷嘲的。沈从文不是这样的人。他不是一个悲观主义者。一九四五年,在他离开昆明之际,他还郑重地跟我说:"千万不要冷嘲。"这是对我的作人和作文的一个非常有分量的警告。最近我提及某些作品的玩世不恭的倾向,他又说:"这不好。对现实可以不满,但一定要有感情。就是开玩笑,也要有感情。"《长河》的题记里说:"横在我们面前许多事都使人痛苦,可是却不用悲观。骤然而来的风雨,说不定会把许多人的高尚理想,卷扫摧残,弄得无影无踪。然而一个人对于人类前途的热忱,和工作的虔敬态度,是应当永远存在,且必然给后来者以极大鼓励的!"沈从文的小说的调子自然不是昂扬的,但是是明朗的,引人向上的。

他叹息民族品德的消失,思索着品德的重造,并考虑从什么地方下手。他把希望寄托于"自然景物的明朗,和生长在这个环境中几个小儿女性情上的天真纯粹"。

沈先生有时在他的作品中发议论。《长河》是个有意用"夹叙夹议"的方法来写的作品。其他小说中也常常从正反两个方面阐述他的"民族品德重造论"。但是更多的时候他把他的思想包藏在形象中。

《从文自传》中说:

> 我记得迭更司的《冰雪因缘》、《滑稽外史》、《贼史》这三部书反复约占去了我两个月的时间。我欢喜这种书,因为他告给我的正是我所要明白的。他不如别的书说道理,他只记下一些现象。即使他说的还是一种很陈腐的道理,但他却有本领把道理包含在现象中。

沈先生那时大概没有读过恩格斯的书,然而他的认识和恩格斯的倾向性不要特别地说出,是很相近的。沈先生自己也正是这样做的。他把他的思想深深地隐藏在人物和故事的后面。以至当时人就有很多不知道他要说什么。他们不知道沈从文说的是什么,他们就以为他没有说什么。沈先生有些不平了。他在《从文小说习作选》的题记里说:"你们能欣赏我的故事的清新,照例那作品背后蕴藏的热情却忽略了,你们能欣赏我文字的朴实,照例那作品背后隐伏的悲痛也忽略了。"他说他的作品在市场上流行,实际上近于"买椟还珠"。这原是难怪的,因为这种热情和悲痛不在表面上。

其实这也不错。作品的思想和它的诗意究竟不是"椟"和"珠"的关系,它是水果的营养价值和红、香、酸甜的关系。人们吃水果不是吃营养。营养是看不见,尝不出来的。然而他看见了颜色,闻到了香气,入口觉得很爽快,这就很好了。

我不想讨论沈先生的民族品德重造论。沈先生在观察中国的问题时用的也不是一个社会学家或一个主教的眼睛。他是一个诗人。他说:

> 我看一切,却并不把那个社会价值换加进去,估定我的爱憎。……我永远不厌倦的是"看"一切。宇宙万汇在动中,在静止中,我皆能抓定它的最美丽与最调和的风度,但我的爱好却不能同一切目的相合。我不明白一切同人类生活相联结时的美恶,另外一句话说来,就是我不大能领会伦理的美。接近人生时我永远是个艺术家的感情。

有诗意还是没有诗意,这是沈先生评价一切人和事物的唯一标准。他怀念祖母或老姑母们,是她们身上"蕴蓄了多少抒情诗气分"。他讨厌"时髦青年",是讨厌他们的"唯实唯利的庸俗人生观"。沈从文的世界是一个充满乡土气息的抒情诗的世界。他一直把他的诗人气质完好地保存到七十八岁。文物,是他现在陶醉在里面的诗。只是由于这种陶醉,他却积累了一大堆吓人的知识。

水边的抒情诗人

大概每一个人都曾在一个时候保持着对于家乡的新鲜的记忆。他会清清楚楚地记得从自己的家走到所读的小学沿街的各种店铺、作坊、市招、响器、小庙、安放水龙的"局子"、火灾后留下的焦墙、糖坊煮麦芽的气味、竹厂烤竹子的气味……他可以挨着门数过去,一处不差。故乡的瓜果常常是远方的游子难忍的蛊惑。故乡的景物一定会在三四十岁时还会常常入梦的。一个人对生长居住的地方失去新鲜感,像一个贪吃的人失去食欲一样,那他也就写不出什么东西了。乡情的衰退的同时,就是诗情的锐减。可惜呀,我们很多人的乡情和诗情在累年的无情的生活折损中变得迟钝了。

沈先生是幸福的,他在三十几岁时写了一本《从文自传》。

这是一本奇妙的书。这样的书本来应该很多,但是却很少。在中国,好像只有这样一本。这本自传没有记载惊天动地的大事,没有干过大事的历史人物,也没有个人思想感情上的雷霆风暴,只是不加夸饰地记录了一个小地方,一个小小的人的所见、所闻、所感。文字非常朴素。在沈先生的作品中,《自传》的文字不是最讲究、最成熟的,然而却是最流畅的。沈先生说他写东西很少有一气呵成的时候。他的文章是"一个字一个字地雕出来的"。这本书是一个例外(写得比较顺畅的,另外还有一个《边城》)。沈先生说他写出一篇就拿去排印,连看一遍都没有,少有。这本书写得那样的生动、亲切、自然,曾经感动过很多人,当时有一个杂志(好像是《宇宙风》),向一些知名作家征求他本年最爱读的三本书,一向很不轻易地称许人的周作人,头一本就举了《从文自传》。为什么写得那样顺畅,而又那样生动、亲切、自然,是因为:

> 我就生长到这样一个小城里,将近十五岁时方离开。出门两年半回过那小城一次以后,直到现在为止,那城门我还不再进去过。但那地方我是熟习的。现在还有许多人生活在那个城市里,我却常常生活在那个小城过去给我的印象里。

这是一本文学自传。它告诉我们一个人是怎样成为作家的,一个作家需要具备哪些素质,接受哪些"教育"。"教育"的意思不是指他在《自传》里提到的《辞源》、迭更司、《薛氏彝器图录》和索靖的《出师颂》……沈先生是把各种人事、风景,自然界的各种颜色、声音、气味加于他的印象、感觉都算是对自己的教育的。

如果我说:一个作家应该有个好的鼻子,你将会认为这是一句开玩笑的话。不!我是很严肃的。

> 薄暮的空气极其温柔,微风摇荡大气中,有稻草香味,有烂熟了山果香味,有甲虫类气味,有泥土气味。一切在成熟,在开始结束一个夏天阳光雨露所及长养生成的一切。……

我最近到沈先生家去,说起他的《月下小景》,我说:"你对于颜色、声音很敏感,对于气味……"

我说:"'菌子已经没有了,但是菌子的气味留在空气里',这写得很美,但是我还没有见到一个作家写到甲虫的气味!……"

我的师母张兆和,我习惯上叫她三姐,因为我发现了这一点而很兴奋,说:

"哎!甲虫的气味!"

沈先生笑眯眯地说:"甲虫的分泌物。"

我说:"我小时玩过天牛。我知道天牛的气味,很香,很甜!……"

沈先生还是笑眯眯地说:"天牛是香的,金龟子也有气味。"

师母说:"他的鼻子很灵!什么东西一闻……"

沈从文是一个风景画的大师,一个横绝一代,无与伦比的风景画家。——除了鲁迅的《故乡》、《社戏》,还没有人画出过这样的中国作风,中国气派的风景画。

他的风景画多是混和了颜色、声音和气味的。

举几个例:

> 从碾坊往上看,看到堡子里比屋连墙,嘉树成荫,正是十分兴旺的样子。往下来,夹溪有无数山田,如堆积蒸糕;因此种田人借用水力,用大竹扎了无数水车,用椿木做成横轴同撑柱,圆圆的如一面锣,大小不等竖立在水边。这一群水车,就同一群游手好闲人一样,成日成夜不知疲倦的咿咿呀呀唱着意义含糊的歌。

> ——《三三》

> 辰河中部小吕岸吕家坪,河下游约有四十里一个小土坡上,名叫"枫树坳",坳下有个滕姓祠堂。祠堂前后十几株老枫木树,叶子已被几个早上的严霜,镀上一片黄,一片红,一片紫。枫树下到处是这种彩色斑驳的美丽落叶。祠堂前枫树下有个摆小摊子的,放了三个大小不一的簸箕,簸箕中零星货物上也是这种美丽的落叶。祠堂位在山坳上,地点较高,向对河望去,但见千山草黄,起野火处有白烟如云。村落中为耕牛过冬预备的稻草,傍近树根堆积,无不如塔如坟。银杏白杨树成行高矗,大小叶片在微阳下翻飞,黄

绿杂彩相间,如旗蠹,如羽葆。又如有所招邀,有所期待。沿河橘子园尤呈奇观,绿叶浓翠,绵延小河两岸,缀系在枝头的果实,丹朱明黄,繁密如天上星子,远望但见一片光明,幻异不可形容。河下船埠边,有从土地上得来的萝蔔、薯芋,以及各种农产物,一堆堆放在那里,等待装运下船。三五个孩子,坐在这种庞大堆积物上,相互扭打游戏。河中乘流而下行驶的小船,也多数装满了这种深秋收获物,并装满了弄船人欢欣与希望,向辰溪县、浦市、辰州各个码头集中,到地后再把它卸到干涸河滩上去等待主顾。更远处有皮鼓铜锣声音,说明某一处村中人对于这一年来人与自然合作的结果,因为得到满意的收成,正在野地上举行谢土的仪式,向神表示感激,并预约"明年照常"的简单愿心。

　　土地已经疲倦了,似乎行将休息,灵物因之转增妍媚,天宇澄清,河水澄清。

——《长河·秋(动中有静)》

在小说描写人物心情时,时或插进景物的描写,这种描写也无不充满着颜色、声音与气味,与人的心情相衬托,相一致。如:

　　到午时,各处船上都已经有人在烧饭了。湿柴烧不燃,烟子到处窜,使人流泪打嚏。柴烟平铺到水面如薄绸。听到河街馆子里大师傅用铲子敲打锅边的声音,听到邻船上白菜落锅的声音,老七还不见回来。

——《丈夫》

　　在同一地方,另外一些小屋子里,一定也还有那种能够在小灶里塞上一点湿柴,升起晚餐烟火的人家,湿柴毕毕剥剥的在灶肚中燃着,满屋便窜着呛人的烟子。屋中人,借着灶口的火光,或另一小小的油灯光明,向那个黑色的锅里,倒下一碗鱼内脏或一把辣子,于是辛辣的气味同烟雾混合,屋中人皆打着喷嚏,把脸掉向另一方去。

——《泥涂》

对于颜色、声音、气味的敏感，是一个画家，一个诗人必需具备的条件。这种敏感是要从小培养的。沈先生在给我们上课时就说过：要训练自己的感觉。学生之中有人学会一点感觉，从沈先生的谈吐里，从他的书里。沈先生说他从小就爱到处看，到处听，还到处嗅闻。"我的心总得为一种新鲜声音，新鲜气味而跳。"一本《从文自传》就是一些声音、颜色、气味的记录。当然，主要的还是人。声音、颜色、气味都是附着于人的。沈先生的小说里的人物大都在《自传》里可以找到影子。可以说，《自传》是他所有的小说的提要；他的小说是《自传》的长编。

沈先生的最好的小说是写他的家乡的。更具体的说，是写家乡的水的。沈先生曾写过一篇文章，题为《我的写作和水的关系》。"我幼小时较美丽的生活，大部分都与水不能分离。我的学校可以说是在水边的。我认识美，学会思索，水对我有极大关系"（《自传》）。湘西的一条辰河，流过沈从文的全部作品。他的小说的背景多在水边，随时出现的是广舶子、渡船、木筏、荤烟划子，磨坊、码头、吊脚楼……小说的人物是水边生活，靠水吃水的人，三三、夭夭、翠翠、天保、傩送、老七、水保……关于这条河有说不尽的故事。沈先生写了多少篇关于辰河、沅水、酉水的小说，即每一篇都有近似的色调，然而每一篇又各有特色，每一篇都有不同动人的艺术魅力。河水是不老的，沈先生的小说也永远是清新的。一个人不知疲倦地写着一条河的故事，原因只有一个：他爱家乡。

如果说沈先生的作品是乡土文学，只取这个名词的最好的意义，我想也许沈先生不会反对。

注　释

① 本篇原载《汪曾祺全集》第六卷，北京师范大学出版社，1998 年 8 月。
② 海明威语。

关于《受戒》^①

我没有当过和尚。

我的家乡有很多大大小小的庙。我的家乡没有多少名胜风景。我们小时候经常去玩的地方,便是这些庙。我们去看佛象。看释迦牟尼,和他两旁的侍者(有一个侍者岁数很大了,还老那么站着,我常为他不平)。看降龙罗汉、伏虎罗汉、长眉罗汉。看释迦牟尼的背后塑在墙壁上的"海水观音"。观音站在一个鳌鱼的头上,四周都是卷着漩涡的海水。我没有见过海,却从这一壁泥塑上听到了大海的声音。一个中小城市的寺庙,实际上就是一个美术馆。它同时又是一所公园。庙里大都有广庭、大树、高楼。我到现在还记得走上吱吱作响的楼梯,踏着尘土上印着清晰的黄鼠狼足迹的楼板时心里的轻微的紧张,记得凭栏一望后的畅快。

我写的那个善因寺是有的。我读初中时,天天从寺边经过。寺里放戒,一天去看几回。

我小时就认识一些和尚。我曾到一个人迹罕到的小庵里,去看过一个戒行严苦的老和尚。他年轻时曾在香炉里烧掉自己的两个指头,自号八指头陀。我见过一些阔和尚,那些大庙里的方丈。他们大都衣履讲究(讲究到令人难以相信),相貌堂堂,谈吐不俗,比县里的许多绅士还显得更有文化。事实上他们就是这个县的文化人。我写的那个石桥是有那么一个人的(名字我给他改了)。他能写能画,画法任伯年,书学吴昌硕,都很有可观。我们还常常走过门外,去看他那个小老婆。长得像一穗兰花。

我也认识一些以念经为职业的普通的和尚。我们家常做法事。我因为是长子,常在法事的开头和当中被叫去磕头;法事完了,在他们脱下袈裟,互道辛苦之后(头一次听见他们互相道"辛苦",我颇为感动,原来和尚之间也很讲人情,不是那样冷淡),陪他们一起喝粥或者吃挂面。这样我就有机会看怎样布置道场,翻看他们的经卷,听他们敲击法器。对着经本一句一句地听正座唱"叹骷髅"(据说这一段唱词是苏东坡写的)。

我认为和尚也是一种人,他们的生活也是一种生活。凡作为人的七情六欲,他们皆不缺少,只是表现方式不同而已。

一个偶然的机会,我在一个乡下的小巷里住了几个月,就住在小说里所写的"一花一世界"那几间小屋里。庵名我已经忘记了,反正不叫菩提庵。菩提庵是我因为小门上有那样一副对联而给它起的。"一花一世界",我并不大懂,只是朦朦胧胧地感到一种哲学的美。我那时也就是明海那样的年龄,十七八岁,能懂什么呢。

庵里的人,和他们的日常生活,也就是我所写的那样。明海是没有的。倒是有一个小和尚,人相当蠢,和明海不一样。至于当家和尚拍着板教小和尚念经,则是我亲眼得见。

这个庄是叫庵赵庄。小英子的一家,如我所写的那样。这一家,人特别的勤劳,房屋、用具特别的整齐干净,小英子眉眼的明秀,性格的开放爽朗,身体姿态的优美和健康,都使我留下难忘的印象,和我在城里所见的女孩子不一样。她的全身,都发散着一种青春的气息。

我一直想写写在这小庵里所见到的生活,一直没有写。

怎么会在四十三年之后,在我已经六十岁的时候,忽然会写出这样一篇东西来呢?这是说不明白的。要说明一个作者怎样孕育一篇作品,就像要说明一棵树是怎样开出花来的一样的困难。

理智地想一下,因由也是有一些的。

一是在这以前,我曾经忽然心血来潮,想起我在三十二年前写的,久已遗失的一篇旧作《异秉》,提笔重写了一遍。写后,想:是谁规定过,解放前的生活不能反映呢?既然历史小说都可以写,为什么写写旧社会就不行呢?今天的人,对于今天的生活所从来的那个旧的生活,就不需要再认识认识吗?旧社会的悲哀和苦趣,以及旧社会也不是没有的欢乐,不能给今天的人一点什么吗？这样,我就渐渐回忆起四十三年前的一些旧梦。当然,今天来写旧生活,和我当时的感情不一样,正好同我重写过的《异秉》和三十二年前所写的感情也一定不会一样。四十多年前的事,我是用一个八十年代的人的感情来写的。《受戒》的产生,是我这样一个八十年代的中国人的各种感情的一个总和。

二是,前几个月,因为我的老师沈从文要编他的小说集,我又一次比较集中,比较系统的读了他的小说。我认为,他的小说,他的小说里的人物,特别是他笔下的那些农村的少女,三三、夭夭、翠翠,是推动我产生小英子这样一个形象的一种很潜在的因素。这一点,是我后来才意识到的。在写作过程中,一点也没有察觉。大概是有关系的。我是沈先生的学生。我曾问过自己:这篇小说像什么？我觉得,有点像《边城》。

第三,是受了百花齐放的气候的感召。

试想一想:不用说十年浩劫,就是"十七年",我会写出这样一篇东西么？写出了,会有地方发么？发表了,会有人没有顾虑地表示他喜欢这篇作品么？都不可能的。那么,我就觉得,我们的文艺的情况真是好了,人们的思想比前一阵解放得多了。百花齐放,蔚然成风,使人感到温暖。虽然风的形成是曲曲折折的(这种曲折的过程我不大了解),也许还会乍暖还寒,但是我想不会。我为此,为我们这个国家,感到高兴。

这篇小说写的是什么？我在大体上有了一个设想之后,曾和个别同志谈过。"你为什么要写这样一篇东西呢？"当时我没有回答,只是带着一点激动说:"我要写！我一定要把它写得很美,很健康,很有诗意！"写成后,我说:我写的是美,是健康的人性。美,人性,是任何时候都需要的。

人们都说,文艺有三种作用:教育作用、美感作用和认识作用。是的。我承认有的作品有更深刻或更明显的教育意义。但是我希望不要把美感作用和教育作用截然分开甚至对立起来,不要把教育作用看得太狭窄(我历来不赞成单纯娱乐性的文艺这种提法),那样就会导致题材的单调。美感作用同时也是一种教育作用。美育嘛。这二年重提美育，我认为是很有必要的。这是医治民族的创伤，提高青年品德的一个很重要的措施。我们的青年应该生活得更充实，更优美，更高尚。我甚至相信，一个真正能欣赏齐白石和柴可夫斯基的青年，不大会成为一个打砸抢分子。

我的作品的内在的情绪是欢乐的。我们有过各种创伤，但是我们今天应该快乐。一个作家，有责任给予人们一分快乐，尤其是今天（请不要误会，我并不反对写悲惨的故事）。我在写出这个作品之后，原本也是有顾虑的。我说过：发表这样的作品是需要勇气的。但是我到底还是拿出来了，我还有一点自信。我相信我的作品是健康的，是引人向上的，是可以增加人对于生活的信心的，这至少是我的希望。

也许会适得其反。

我们当然是需要有战斗性的、描写具有丰富的人性的现代英雄的、深刻而尖锐地揭示社会的病痛，引起疗救的注意的、悲壮、闳伟的作品。悲剧总要比喜剧更高一些。我的作品不是，也不可能成为主流。

我从来没有说过关于自己作品的话。一个不长的短篇，也没有多少可说的话。《小说选刊》的编者要我写几句关于《受戒》的话，我就写了这样一些。写得不短，而且那样的直率，大概我的性格在变。

很多人的性格都在变。这好。

注　释

① 本篇原载《小说选刊》1981 年第二期；初收《晚翠文谈》，浙江文艺出版社，1988 年 3 月。

艺 坛 逸 事①

萧 长 华

萧先生八十多岁时身体还很好,腿脚利落,腰板不塌。他的长寿之道有三:饮食清淡,经常步行,问心无愧。

萧先生从不坐车。上哪儿去,都是地下走。早年在宫里"当差",上颐和园去唱戏,也都是走着去,走着回来。从城里到颐和园,少说也有三十里。北京人说:走为百练之祖,是一点不错的。

萧老自奉甚薄。他到天津去演戏,自备伙食。一棵白菜,两刀切四片,一顿吃四分之一。餐餐如此:窝头,熬白菜。他上女婿家去看女儿,问:"今儿吃什么呀?"——"芝麻酱拌面,炸点花椒油。""芝麻酱拌面,还浇花椒油呀?!"

萧先生偶尔吃一顿好的:包饺子。他吃饺子还不蘸醋。四十个饺子,装在一个盘子里,浇一点醋,特喽特喽,就给"开"了。

萧先生不是不懂得吃。有人看见,在酒席上,清汤鱼翅上来了,他照样扁着筷子挟了一大块往嘴里送。

懂得吃而不吃,这是真的节俭。

萧先生一辈子挣的钱不少,都为别人花了。他买了几处"义地",是专为死后没有葬身之所的穷苦的同行预备的。有唱戏的"苦哈哈",死了老人,办不了事,到萧先生那儿,磕一个头报丧,萧先生问,"你估摸着,大概其得多少钱,才能把事办了哇?"一面就开箱子取钱。

三、五反的时候,一个演员被打成了"老虎",在台上挨斗,斗到热火燎辣的时候,萧先生在台下喊:

"××，你承认得了，这钱，我给你拿！"

赞曰：窝头白菜，寡欲步行，

　　　问心无愧，人间寿星。

姜 妙 香

姜先生真是温柔敦厚到了家了。

他的学生上他家去，他总是站起来，双手当胸捏着扇子，微微躬着身子："您来啦！"临走时，一定送出大门。

他从不生气。有一回陪梅兰芳唱《奇双会》，他的赵宠。穿好了靴子，总觉得不大得劲。"唔，今儿是怎样搞的，怎么总觉得一脚高一脚低的？我的腿有毛病啦？"伸出脚来看看，两只靴子的厚底一只厚二寸，一只二寸二。他的跟包叫申四。他把申四叫过来："老四哎，咱们今儿的靴子拿错了吧？"你猜申四说什么？——"你凑合着穿吧！"

姜先生从不争戏。向来梅先生演《奇双会》，都是他的赵宠。偶尔俞振飞也陪梅先生唱，赵宠就是俞的。管事的说："姜先生，您来个保童。"——"哎好好好。"有时叶盛兰也陪梅先生唱。"姜先生，您来个保童。"——"哎好好好。"

姜先生有一次遇见了劫道的。就是琉璃厂西边北柳巷那儿。那是敌伪的时候。姜先生拿了"戏份儿"回家。那会唱戏都是当天开份儿。戏打住了，管事的就把份儿分好了。姜先生这天赶了两"包"，华乐和长安。冬天，他坐在洋车里，前面挂着棉车帘。"站住！把身上的钱都拿出来！"——他也不知道里面是谁。姜先生不慌不忙地下了车，从左边口袋里掏出一沓（钞票），从右边又掏出了一沓。"这是我今儿的戏份儿。这是华乐的，这是长安的。都在这儿，一个不少。您点点。"

那位不知点了没有。想来大概是没有。

在上海也遇见过那么一回。"站住，把身浪厢值钿（钱）格物事（东西）才（都）拿出来！"此公把姜先生身上搜刮一空，扬长而去。姜先生在后面喊：

"回来,回来! 我这还有一块表哪,您要不要?"

事后,熟人问姜先生:"您真是! 他走都走了,您干嘛还叫他回来? 他把您什么都抄走了,您还问'我这还有一块表哪,您要不要?'"

姜妙香答道:"他也不容易。"

姜先生有一次似乎是生气了。"文化大革命",红卫兵上姜先生家去抄家,抄出一双尖头皮鞋,当场把鞋尖给他剁了。姜先生把这双剁了尖、张着大嘴的鞋放在一个显眼的地方。有人来的时候,就指指,摇头。

赞曰:温柔敦厚,有何不好?

文革英雄,愧对此老。

贯 盛 吉

在京剧丑角里,贯盛吉的格调是比较高的。他的表演,自成一格,人称"贯派"。他的念白很特别,每一句话都是高起低收,好象一个孩子在被逼着去做他不情愿做的事情时的嘟囔。他是个"冷面小丑",北京人所谓"绷着脸逗"。他并不存心逗人乐。他的"哏"是淡淡的,不是北京人所谓"胳支人",上海人所谓"硬滑稽"。他的笑料,在使人哄然一笑之后,还能想想,还能回味。有人问他:"你怎么这么逗呀?"他说:"我没有逗呀,我说的都是实话。""说实话"是丑角艺术的不二法门。说实话而使人笑,才是一个真正的丑角。喜剧的灵魂,是生活,是真实。

不但在台上,在生活里,贯盛吉也是那么逗。临死了,还逗。

他死的时候,才四十岁,太可惜了。

他死于心脏病,病了很长时间。

家里人知道他的病不治了,已经为他准备了后事,买了"装裹"——即寿衣。他有一天叫家里人给他穿戴起来。都穿齐全了,说:"给我拿个镜子来。"

他照照镜子:"唔,就这德行呀!"

有一天,他让家里给他请一台和尚,在他的面前给他放一台焰口。

他跟朋友说:"活着,听焰口,有谁这么干过没有? ——没有。"

有一天,他很不好了,家里忙着,怕他今天过不去。他嗡声嗡气地说:"你们别忙。今儿我不走。今儿外面下雨,我没有伞。"

一个人能够病危的时候还能保持生气盎然的幽默感,能够拿死来"开逗",真是不容易。这是一个真正的丑角,一生一世都是丑角。

赞曰:拿死开逗,滑稽之雄。

　　　　虽东方朔,无此优容。

郝 寿 臣

郝老受聘为北京市戏校校长。就职的那天,对学生讲话。他拿着秘书替他写好的稿子,讲了一气。讲到要知道旧社会的苦,才知道新社会的甜。旧社会的梨园行,不养小,不养老。多少艺人,唱了一辈子戏,临了是倒卧街头,冻饿而死。说到这里,郝校长非常激动,一手高举讲稿,一手指着讲稿,说:

"同学们! 他说得真对呀!"

这件事,大家都当笑话传。细想一下,这有什么可笑呢? 本来嘛,讲稿是秘书捉刀,这是明摆着的事。自己戳穿,有什么丢人? 倒是"他说得真对呀",才真是本人说出的一句实话。这没有什么可笑。这正是前辈的不可及处:老老实实,不装门面。

许多大干部作大报告,在台上手舞足蹈,口若悬河,其实都应该学学郝老,在适当的时候,用手指指秘书所拟讲稿,说:

"同志们! 他说得真对呀!"

赞曰:人为立言,己不居功。

　　　　老老实实,古道可风。

注　释

① 本篇原载《文汇月刊》1981 年第二期。

动人不在高声①

《打渔杀家》萧恩过江时的［哭头］"桂英儿呀"，是很特别的。不同于一般［哭头］的翻高，走了一个低腔。低腔的［哭头］在京剧里大概只此一个，它非常生动地表现了人物的悲怆心情。据徐兰沅先生说，这是谭鑫培从梆子的［哭头］变过来的。谭鑫培不愧是谭鑫培！

这才叫"创腔"。

《四郎探母》的唱腔堪称一时独步。那么大一出戏，"西皮"到底。然而，就好像是菊花，粉白黛绿，各不相重。即以"见娘"来说，"老娘亲请上受儿拜"，这句唱腔是任何一出戏里所没有的：［哭头］之后，接一个回肠荡气的［回龙］；在"老娘亲"的高腔之后，"请上"走了一个很低的腔，犹如一倾瀑布从九天上跌落而下，真是哀婉情深。

这才叫"创腔"。

学唱梅派戏的人都知道，梅先生的每一出新戏，都有低腔。梅先生的低腔最难学，也最好听。

近来安腔，大都往高里走，自有"样板戏"以来，此风尤甚。高，且怪。好像下定决心，非要把演员的嗓子唱坏了不可。

其实，动人不在高声。

注　释

① 本篇原载 1981 年 3 月 29 日《北京戏剧报》，署名"曾岐"；初收《汪曾祺全集》第六卷，北京师范大学出版社，1998 年 8 月。

尊　丑[①]

从前的戏班子里，在演员化妆时，必得唱丑的演员先在鼻子上涂一点白，然后别的演员才敢上妆。据说这是因为唐明皇是唱丑的。唐明皇唱戏，史无明文。至于他是不是唱丑，更是无从稽考。大概是不可能的，因为戏曲在唐代尚未成型。那么这规矩是怎么来的呢？我以为这无非是对于丑角的一种尊重。

四川菜离不开郫县豆瓣，湖南人喝茶离不开一把芝麻几片姜，北京人吃面条离不开蒜瓣；戏曲没有丑，就会索然寡味了。

一个剧种的品格高低，相当程度内决定于该剧种丑角艺术的高低。五十年代，川剧震动了北京，原因之一，是他们带来了一批使人耳目一新的丑戏。正因为有刘成基、周企何、周裕祥、李文杰……这样一些多才多艺的名丑，川剧才成其为川剧。

世界上很多伟大的演员都是丑角。看了法国电影《莫里哀》，我才知道：哦，原来莫里哀的喜剧当初是那样演的。莫里哀原来是个丑角。他的声调、动作都是那样夸张而怪诞，脸上涂着厚厚的白粉，随着剧烈的肌肉动作，一片一片地往下掉。这不是丑角是什么？卓别林创造了"含泪的笑"的别具一格的丑角。我觉得布莱希特在《高加索灰阑记》里演的那个法官，在酒醉中清醒，糊涂中正直，荒唐中维护了正义，这样一个滑稽玩世的人物，应该算是丑角。

丑角往往是一个剧本的解释者。不管这个人物多么不重要，他多少总直接地表现了剧作者的思想、气质。川剧的很多丑角都是导演，这是个引人深思的问题。我希望从丑角里产生自编、自导、自演的人才。莫里哀、卓别林、布莱希特自己演他们戏里的关键人物，这不是偶然的。

丑角人才难得。

丑角必须是语言艺术家,他要对语言有一种特殊的敏感,能够从普通的语言中挖掘出其中的美。

丑角得是思想家。他要洞达世态人情,从常见的生活现象中看到喜剧因素。他要深思好学,博览群书。侯宝林的相声所以比别人高出一头,因为他读书。

我希望戏曲学校在招生时把最聪明的学生分到丑行,然而谁来教他们呢? ……

注 释

① 本篇原载 1981 年 4 月 12 日《北京戏剧报》。

《汪曾祺短篇小说选》自序①

近年来有人称我为老作家了,这对我是新鲜事。老则老矣,已经六十一岁;说是作家,则还很不够。我多年来不觉得我是个作家。我写得太少了。

我写小说,是断断续续,一阵一阵的。开始写作的时间倒是颇早的。第一篇作品大约是一九四〇年发表的。那是沈从文先生所开"各体文习作"课上的作业,经沈先生介绍出去的。大学时期所写,都已散失。此集中所收的第一篇《复仇》,可作为那一时期的一个代表,虽然写成时我已经离开大学了。一九四六、四七年在上海,写了一些,编成一本《邂逅集》。此集的前四篇即选自《邂逅集》。这次编集时都作了一些修改,但基本上保留了原貌。解放后长期担任编辑,未写作。一九五七年偶然写了一点散文和散文诗。一九六一年写了《羊舍一夕》。因为少年儿童出版社约我出一个小集子(听说是萧也牧同志所建议),我又接着写了两篇。一九七九年到一九八一年写得多一些,这都是几个老朋友怂恿的结果。没有他们的鼓励、催迫、甚至责备,我也许就不会再写小说了。深情厚谊,良可感念,于此谢之。

我的一些小说不大像小说,或者根本就不是小说。有些只是人物素描。我不善于讲故事。我也不喜欢太像小说的小说,即故事性很强的小说。故事性太强了,我觉得就不大真实。我的初期的小说,只是相当客观地记录对一些人的印象,对我所未见到的,不了解的,不去以意为之作过多的补充。后来稍稍展开一些,有较多的虚构,也有一点点情节。

有人说我的小说跟散文很难区别,是的。我年轻时曾想打破小说、散文和诗的界限。《复仇》就是这种意图的一个实践。后来在形式上排除了诗,不分行了,散文的成分是一直明显地存在着的。所谓散文,即不是直接写人物的部分。不直接写人物的性格、心理、活动。有时只是一点气氛。但我以为气氛即人物。一篇小说要在字里行间都浸透了人物。作品的风格,就是人物性格。

我的小说的另一个特点是:散。这倒是有意为之。我不喜欢布局严谨的小说,主张信马由缰,为文无法。苏轼说:"大略如行云流水,初无定质;但常行于所当行,常止于所不可不止。文理自然,恣态横生"(《答谢民师书》);又说:"吾文如万斛泉源,不择地而出,在平地滔滔汩汩,虽一日千里无难。及其与山石曲折,随物赋形而不可知也"(《文说》)。虽不能至,心向往之。

我的小说的题材,大都是不期然而遇,因此我把第一个集子定名为"邂逅"。因此,我的创作无计划可言。今后写什么,一点不知道。但如果身体还好,总还能再写一点吧。恐怕也还是断断续续,一阵一阵的。

是为序。

一九八一年四月二十二日

注　释

① 本篇原载《汪曾祺短篇小说选》,北京出版社,1982 年 2 月;后又作为自序收入《寂寞和温暖》,略有改动,新地出版社,1987 年 9 月。

中国戏曲有没有间离效果[①]

布莱希特谈他的“间离效果说”是受了中国戏曲的启发而提出的。但是,中国的布莱希特研究者很少联系中国戏曲;中国的戏曲演员和教戏的老师又根本不理睬布莱希特的那一套。到底中国戏曲有没有间离效果呢？我以为是有的。

间离效果,照我的粗浅的、中国化了的理解,是:若即若离,入情入理。

中国的有些戏曲是使人激动,催人落泪的,比如越剧的祝英台哭灵,山西梆子的《三上轿》。但是有些戏,即使带有悲剧性,也并不那样使人激动。看了川剧《打神告庙》、昆曲的《断桥》,很少人会因之而热泪盈眶,失声啜泣的。有人埋怨中国戏曲不那样感动人,他埋怨错了。有些戏的目的本不在使人过于感动。中国的观众和舞台,演员和角色之间,是存在着一段距离的。戏曲演员的服装、化妆和程式化的表演,很难使人相信他是一个真人。演员自己也不相信他就是周瑜或是诸葛亮。演戏的演“戏”,看戏的看“戏”。中国的观众一边感受着,欣赏着,一边还在思索着。即使这种思索只是“若有所思”。他们并不那样掉在戏里。

丑角身上的间离效果是明显的。有人埋怨丑角缺乏性格,缺乏感情。有的丑角是有性格,有感情的,比如汤勤和《窦公送子》里的窦公。有些丑角是不那么有性格,他的目的本来就不在演性格。丑,就是瞅着。丑是一个哲学的形象,或者是形象化了的哲学。他是一个旁观者,他就是时常要跳到生活之外(戏之外),对人情世态加以批评的。曾见一个名丑演武大郎,在服毒之后,蹲在床上翻了一个吊毛落地,原来一直踡曲着的两腿骤然伸长了,一直好像系在腰上的短布裙高高地吊在胸脯上,观众哗然大笑了,观众笑什么? 笑矮人也会变长,笑:武大郎老兄,你委屈了一辈子,这回可伸开了腰了。这种表演是深刻的、隽永的。有评论家说这脱离了人物,出了戏。对这样的评论家,你能拿他有什么办法呢?

曾看过一出川剧(剧名已忘),两个奸臣吵架,互相骂道:"你混蛋!"——"你混蛋!"帮腔的在一旁唱道:"你两个都混蛋哪……!"布莱希特要求观众是批评者,这个帮腔人实是观众的代表,他不但批评,而且大声地唱出来了。这可是非常突出的间离效果。

为了使戏剧变成剧作家之剧,即诗人之剧,使观众能在较远的距离从平淡的生活中看出其中的抒情性;用一种揶揄的、幽默的、甚至是玩世不恭的态度来观察某些不正常的、被扭曲了的生活,为了提高戏曲的诗意和哲理性,总之,为了使戏曲现代化,研究一下间离效果,我以为是有好处的。

注　释

① 本篇原载 1981 年 4 月 26 日《北京戏剧报》。

《贵妃醉酒》是京剧么？[①]

这出戏是梅兰芳先生的杰作，唱的是"四平调"，伴奏的乐器是胡琴。它是京剧，这还有问题么？

中国的戏曲分作两大系。一类是曲牌体，如四川高腔，江西的弋阳腔。一类是板腔体，如梆子、京剧。曲牌体是长短句。板腔体字句整齐。七字句，十字句。《贵妃醉酒》是什么体？

"海岛冰轮初转腾；见玉兔，玉兔又转东升。那冰轮离海岛，乾坤分外明。皓月当空。恰便是嫦娥离月宫，奴本嫦娥离月宫。"

这是什么体？

"长空（啊）雁，雁儿飞，哎呀雁儿呀，雁儿并飞腾。闻奴的声音落花阴。这景色撩人人欲醉，不觉来到百花亭。"

这是什么体？

"去也，去也，回宫去也。恼恨李三郎，竟自把奴撇，撇得奴挨长夜。只落得冷清清回宫去也。"

这是什么体？

单看唱词，你会觉得这不是一个京剧的剧本。"皓月当空"，"长空（啊）雁，雁儿飞，哎呀雁儿呀……"这样的唱腔的处理，也是一般京剧所没有的。

这是个奇怪而有趣的现象。

《醉酒》本不是京剧。许姬传、朱家溍在《梅兰芳的舞台艺术》里引溥西园、曹心泉说："从前没见过京班演《醉酒》。光绪十二年（一八八六年）七月间，有一位演花旦的汉剧演员吴红喜，艺名叫'月月红'，到北京搭班演唱，第一天就唱《醉酒》。月月红把这出戏唱红了，大家才跟着演唱《醉酒》"。月月红是汉剧演员。他到北京搭班，所搭的当是京班。所唱的当是汉剧，——他不会一进京就改京剧。那么，《醉酒》本是汉剧。

"大家才跟着演唱"，这"大家"里就有路三宝、余玉琴、郭际云等人。路三宝等人看来没有把月月红的剧本和唱腔加以改变——至少，改变不大。路三宝唱的仍然是汉剧。梅先生这出戏是跟路三宝学的。虽然删汰了一些不健康的东西，在艺术上有新的创造。但是路子还是路三宝的路子。梅先生是在京剧舞台上演了一出汉剧。

那么，《醉酒》是不是就是汉剧？

也不是的。

这出戏的历史很长了。在没有京剧以前，甚至没有汉剧以前就有了。

据许姬传、朱家溍考查，清代的曲谱《太古传宗》里有一出《醉杨妃》，唱词和现在的《醉酒》几乎完全相同。《纳书楹曲谱》补遗里也有同样的《醉杨妃》。《纳书楹》成书在乾隆年间，距今二百余年。《太古传宗》编订在康熙年间，距今已经有三百多年。

以上两书都是昆曲曲谱。两书把《醉杨妃》都标为"时剧"。所谓"时剧"，多是民间的无名作者的作品。标出来，以示与传奇的大家作品有别。在曲调上也更为自由而委婉。比如现在还常唱的《思凡》，原来也标为"时剧"。时剧与正统的昆曲都是长短句的曲牌体，和昆曲同属一系。演唱"时剧"的，都是昆班。乾隆年间常演《醉杨妃》的"保和部"，就是昆剧班子。到后来，"时剧"和昆剧的界限已经泯除。比如《思凡》，现在谁不说它是昆曲呢？

值得注意的是《醉杨妃》的唱词和今天的《贵妃醉酒》几乎完全一样。这是一个很值得深思的问题。

《贵妃醉酒》是一个活化石。它让我们看得到三百多年以前的"时剧"的某些痕迹。

《贵妃醉酒》是从曲牌体过渡到板腔体的过程中的一座桥梁。有人说板腔体源出于曲牌体，是有道理的。

这就奇怪了：一个板腔体的剧种能够原封不动地演出曲牌体的

剧本！

月月红、路三宝、梅兰芳他们都没有削足适履，没有删削原来的唱词以迁就汉剧、京剧的唱腔；而是变化唱腔以适应原来的唱词，——也必然保留不少原来曲牌的唱腔。这是一条很重要的经验。

《贵妃醉酒》的唱词和唱腔比起今天的许多京剧还要新鲜、活泼得多。为了京剧形式的推陈出新，我主张可以允许有"返祖"现象，不妨向昆剧、向"时剧"取回一点东西。总有一天，我们会打破曲牌体和板腔体的藩篱，并从民歌中吸取养料，创造出一种新的民族歌剧。

注　释

① 　本篇原载 1981 年 5 月 10 日《北京戏剧报》，署名"曾岐"。

高英培的相声和埃林·彼林的小说^①

　　埃林·彼林是保加利亚的小说家。我很喜欢他的小说。他的小说大都没有强烈的戏剧性,淡淡的,然而有着深沉的悲愤和爽朗的幽默感。他有一篇《得心应手的打猎》,写的是:三个打兔子的人,打了一天,毫无所获,疲惫不堪,聚会在一家小酒店里发牢骚、诉苦。来了一个他们一伙打猎的第四个人,叫做黄胡子,他举起一只大兔子在空中挥动着。接着,黄胡子就详详细细讲起他打到这只兔子的经过。正讲得起劲,从路旁灌木丛里钻出了一个衣衫褴褛,肩上背着一支老式步枪的庄稼汉来。他手里挥着一只兔子对黄胡子喊道:

　　"喂,先生,买去吧,连这一只也买下吧!比那一只还便宜些。你给五十个列瓦,这是最后的买卖啦!"

　　这篇小说和高英培所说的相声《钓鱼》何其相似乃尔!——据说《钓鱼》原是郭启儒说的单口相声,但现在人们听熟了的是高英培的那一段。由此,我想起了许多事。

　　《钓鱼》,我以为是这几年出现的相声里格调最高的一段。它对社会上那么一种人,爱吹牛的人,讽刺得那样尖刻,但又并不严厉,或者可以说颇有温情。——爱吹牛的不是坏人,他也不害人。它不是穷逗,而有很隽永的幽默,而且很有生活气息。"二他妈,给我烙两张糖饼",如闻其声,如见其人。说实在话,我觉得其刻画入微之处,较之《得心应手的打猎》还更胜一筹。可是,为什么埃林·彼林的作品算是文学,《钓鱼》就不算是文学呢?看来,雅、俗、高、低之别,在人们心中还是根深蒂固的。

　　为什么没有人写出像《钓鱼》这样十分有趣的小说呢?看来文学作家还有直接为政治服务、写重大题材这样的框框。中国文学需要幽默,不论是黑色的还是别种颜色的。

埃林·彼林和高英培这种不谋而合的相似,是世界文学中很值得注意的现象。今年成立了比较文学研究会,这是值得庆幸的事,这弥补了文学研究的一个空白。我希望有像钱钟书、杨宪益这样的学贯中西的学者,更盼望有熟悉书本文学也熟悉活着的文艺,如戏曲、曲艺的同志参加比较文学的研究。我希望戏曲、曲艺界有人来钻研外国的文学。中国的戏曲、曲艺,完全可以,而且应该从外国文学,特别是现代外国文学中吸取营养。

建议高英培同志读一读埃林·彼林的这篇小说。

注　释

① 本篇原载 1981 年 5 月 31 日《北京戏剧报》。

京剧格律的解放①

用京剧曲调谱写语录和毛主席诗词,使人们觉得京剧曲谱的能量也是很大的。有些京剧语录和诗词比较勉强,带有明显的削足适履的痕迹。但是有一些是很顺畅的,有气魄,有感情,有意境的,比如裘盛戎唱的"群众是真正的英雄",李维康唱的"风雨送春归"。有的唱腔设计的同志说:这些都能唱,还有什么不能唱的呢?

这就让人想到另一个问题,为什么京剧唱词的格律一定要死守着二二三、三三四、上下句这样的框框呢?

有没有什么道理? 据说是有:这是京剧的唱腔规律所决定的。京剧唱腔每一句分三小节,一小节的拍数是相对固定的,因此唱词字数不能参差;上下句,上句押仄声,下句押平声,是因为平声可以延长,便于"曼声歌唱",即"使腔"。但是《贵妃醉酒》的字句并不整齐,它不是板腔体,而是曲牌体,怎么也能唱了呢? 平声么? 北京话的阴平是高平调,阳平是升调,倒似乎便于延长,然而京剧原用湖广音,湖北话的阳平是降调,不便延长,那又如何解释呢? 而且,大家都知道京剧使腔并不都在下句,上句使腔的时候更多一些,而且,京剧的"按字行腔"是指小腔而言,至于大腔,则除了开头部分受字音的制约。字既吐出,下面的腔与字音已经没有关系了。因此,这些道理不能说服人。

只能说,京剧的格律是一个历史的、人为的现象,是习惯,是约定俗成,没有一定的道理。它大概是来源于说唱文学。这样的格律有两个缺点,一是宜于叙事而拙于抒情(旧戏唱词往往有第三人称的痕迹);二是死板少变化。唱词格律的简陋、死板,很大程度上助长了京剧艺术的凝固性。

老一辈的京剧艺术家已经自觉不自觉地突破了框框。《法场换子》、《沙桥饯别》都在二黄三眼里垛了几个四字句。《上天台》的三眼在结尾后又饶了一句"你我是布衣的君臣",是所谓"搭句",即唱了两个下句。程砚秋真大胆,他把《胡笳十八拍》的第十四拍一字不动地唱了出来,而且顿挫一如原诗!梅兰芳唱的《三娘教子》:"小东人下学归,我教他拿书来背,谁知他一句也背不出来。手执家法将他打,他倒说我不是他的亲生的娘,啊,老掌家呀!"这是什么?这是散文,根本不押韵!然而很有感情。

我深深感到,京剧格律有突破、丰富的必要。我觉得可以把曲牌体吸收进来。词曲在写情上较之原来规整的古近体诗无疑是一个进步。我曾经按谱填词写过昆曲,发现这种貌似严格的诗体,其实比二二三、三三四自由得多,上下句不必死守。可以连用几个上句,或几个下句,以适合剧中感情的需要。古诗用韵,常常是平仄交替。一段之中也可以转韵。杜甫的古诗都是一韵到底,白居易的古诗就按情绪需要不断地转韵。一段二三十句的京剧唱词,为什么只能一道辙呢?转韵有好处,可以省层次,有转折。我甚至觉得京剧完全可以吸收一些西洋诗的押韵格式,如间行为韵,ABAB;抱韵,ABBA……

不是为格律而格律,不是跟京剧的传统格律捣乱,不是别出心裁,是为了把京剧往前推进一步。新的内容、新的思想,新的感情,要求有新的格律。

当然不是要京剧格律搞得稀里花啦,原来的格律全部抛弃。主体,仍应是二二三、三三四、上下句。

担心这样搞会不像京剧么?请听"风雨送春归"。

注　释

① 本篇原载 1981 年 6 月 14 日《北京戏剧报》;初收《汪曾祺全集》第三卷,北京师范大学出版社,1998 年 8 月。

关 于 葡 萄①

葡萄和爬山虎

一个学农业的同志告诉我:谷子是从狗尾巴草变来的,葡萄是从爬山虎变来的。我听了,觉得很有意思。谷子和狗尾巴草,葡萄和爬山虎,长得是很像。

另一个学农业的同志说:这没有科学根据,这是想象。

就算是想象吧,我还是觉得这想象得很有意思。我觉得不是没有这种可能。世界上的东西,总是由别的什么东西变来的。我们现在有了这么多品种的葡萄,有玫瑰香、马奶、金铃、秋紫、黑罕、白拿破仑、巴勒斯坦、虎眼、牛心、大粒白、柔丁香、白香蕉……颜色、形状、果粒大小、酸甜、香味,各不相同。它们是从来就有的么?不会的。最初一定只有一种果粒只有胡椒那样大,颜色半青半紫,味道酸涩的那么一种东西。是什么东西呢? 大概就是爬山虎。

从狗尾巴草到谷子,从爬山虎到葡萄,是一个很漫长的过程。这种变化,是在人的参与之下完成的。人说:要大穗,要香甜多汁,于是谷子和葡萄就成了现在这样。

葡萄是人创造出来的。

葡萄的来历

至少玫瑰香不是张骞从西域带回来的。玫瑰香的家谱是可以查考的。它的故乡,是英国。

中国的葡萄是什么时候有的，从哪里来的，自来有不同的说法。

最流行的说法是：张骞从西域带回来的，在汉武帝的时候，即公元前130年左右。《图经》："张骞使西域，得其种而还，种之，中国始有。"《齐民要术》："汉武帝使张骞至大宛，取葡萄实，于离宫别馆旁尽种之。"人们很愿意相信这种说法，因为可以发思古之幽情。"空见葡萄入汉家"，让人感到历史的寥廓。说张骞带回葡萄，是有根据的。现在还大量存在的夸耀汉朝的国力和武功的"葡萄海马镜"，可以证明。新疆不是现在还出很好的葡萄么？

但是是不是张骞之前，中国就没有葡萄？有人是怀疑过的。魏文帝曹丕《与吴监书》，是专谈葡萄的，他只说："中国珍果甚多，且复为说葡萄"。安邑是个出葡萄的地方。《安邑县志》载："《蒙泉杂言》、《酉阳杂俎》与《六帖》皆载：葡萄由张骞自大宛移植汉宫。按《本草》已具神农九种，当涂熄火，去骞未远；而魏文之诏，实称中国名果，不言西来。是唐以前无此论。"（《植物名实图考长编》引）《县志》的作者以为中国本来就有。他还以为中国本土的葡萄和张骞带回来的葡萄"别是一种"。

魏晋时葡萄还不多见，所以曹丕才专门写了一篇文章；庾信和尉瑾才对它"体"了半天"物"，一个说"有类软枣"，一个说"似生荔枝"。唐宋以后，就比较普遍，不是那样珍贵难得了。宋朝有一个和尚画家温日观就专门画葡萄。

张骞带回的葡萄是什么品种的呢？从"葡萄海马镜"上看不出。从拓片上看，只是黑的一串，果粒是圆的。

魏文帝吃的是什么葡萄？不知道。他只说是这种葡萄很好吃："当其夏末涉秋，尚有余暑、醉酒宿醒，掩露而食，甘而不饴，脆而不酸，冷而不寒，味长汁多，除烦解倦"，没有说是什么颜色，什么形状，——他吃的葡萄是"脆"的，这是什么葡萄？……

温日观所画的葡萄，我所见到的都是淡墨的，没有著色。从墨色看，是深紫的。果粒都作正圆，有点像是秋紫或是金铃。

反正，张骞带回来的，曹丕吃的，温日观画的，都不是玫瑰香。

中国现在的葡萄以玫瑰香为大宗。以玫瑰香为其大宗的现在的中国葡萄是从山东传开来的。其时最早不超过明代。

山东的葡萄是外国的传教士带进来的。

他们最先带来的是葡萄酒。——这种葡萄酒是洋酒，和"葡萄美酒夜光杯"的葡萄酒是两码事。这是传教必不可少的东西。在做礼拜领圣餐的时候，都要让信徒们喝一口葡萄酒，这是耶稣的血。传教士们漂洋过海地到中国来，船上总要带着一桶一桶的葡萄酒。

从本国带酒来很不方便，于是有的教士就想起带了葡萄苗来，到中国来种。收了葡萄，就地酿酒。

他们把葡萄种在教堂墙内的花园里。

中国的农民留神看他们种葡萄。哦，是这样的！这个农民撅了几根葡萄藤，插在土里。葡萄出芽了，长大了，结了很多葡萄。

这就传开了。

现在，中国到处都是玫瑰香。

这故事是一个种葡萄的果农告诉我的。他说：中国的农民是很能干的。什么事都瞒不过中国人。中国人一看就会。

葡 萄 月 令

一月，下大雪。

雪静静地下着。果园一片白。听不到一点声音。

葡萄睡在铺着白雪的窖里。

二月里刮春风。

立春后，要刮四十八天"摆条风"。风摆动树的枝条，树醒了，忙忙地把汁液送到全身。树枝软了。树绿了。

雪化了，土地是黑的。

黑色的土地里，长出了茵陈蒿。碧绿。

葡萄出窖。

把葡萄窖一锹一锹挖开。挖下的土,堆在四面。葡萄藤露出来了,乌黑的。有的梢头已经绽开了芽苞,吐出指甲大的苍白的小叶。它已经等不及了。

把葡萄藤拉出来,放在松松的湿土上。

不大一会,小叶就变了颜色,叶边发红;——又不大一会,绿了。

三月,葡萄上架。

先得备料。把立柱、横梁、小棍,槐木的、柳木的、杨木的、桦木的,按照树棵大小,分别堆放在旁边。立柱有汤碗口粗的、饭碗口粗的、茶杯口粗的。一棵大葡萄得用八根,十根,乃至十二根立柱。中等的,六根、四根。

先刨坑,竖柱。然后搭横梁,用粗铁丝摽紧。然后搭小棍,用细铁丝缚住。

然后,请葡萄上架。把在土里趴了一冬的老藤扛起来,得费一点劲。大的,得四五个人一起来。"起!——起!"哎,它起来了。把它放在葡萄架上,把枝条向三面伸开,像五个指头一样的伸开,扇面似的伸开。然后,用麻筋在小棍上固定住。葡萄藤舒舒展展,凉凉快快地在上面呆着。

上了架,就施肥。在葡萄根的后面,距主干一尺,挖一道半月形的沟,把大粪倒在里面。葡萄上大粪,不用稀释,就这样把原汁大粪倒下去。大棵的,得三四桶。小葡萄,一桶也就够了。

四月,浇水。

挖窖挖出的土,堆在四面,筑成垄,就成一个池子。池里放满了水。葡萄园里水气泱泱,沁人心肺。

葡萄喝起水来是惊人的。它真是在喝哎!葡萄藤的组织跟别的果树不一样,它里面是一根一根细小的导管。这一点,中国的古人早就发现了。《图经》云:"根苗中空相通。圃人将货之,欲得厚利,暮溉其根,而晨朝水浸子中矣,故俗呼其苗为木通。""暮溉其根,而晨朝水浸子中矣"，是不对的。葡萄成熟了，就不能再浇水了。再浇，果粒就会涨破。"中空相通"却是很准确的。浇了水，不大一会，它就从根直吸到梢，简直是小孩嗫奶似的拼命往上嗫。浇过了水，你再回来看看吧：梢头切断过的破口，就嗒嗒地往下滴水了。

是一种什么力量使葡萄拼命地往上吸水呢？

施了肥，浇了水，葡萄就使劲抽条、长叶子。真快！原来是几根根枯藤，几天功夫，就变成青枝绿叶的一大片。

五月，浇水，喷药，打梢，掐须。

葡萄一年不知道要喝多少水，别的果树都不这样。别的果树都是刨一个"树碗"，往里浇几担水就得了，没有像它这样的："漫灌"，整池子的喝。

喷波尔多液。从抽条长叶，一直到坐果成熟，不知道要喷多少次。喷了波尔多液，太阳一晒，葡萄叶子就都变成蓝的了。

葡萄抽条，丝毫不知节制，它简直是瞎长！几天功夫，就抽出好长的一节的新条。这样长法还行呀，还结不结果呀？因此，过几天就得给它打一次条。葡萄打条，也用不着什么技巧，是个人就能干，拿起树剪，劈劈啪啪，把新抽出来的一截都给它铰了就得了。一铰，一地的长着新叶的条。

葡萄的卷须，在它还是野生的时候是有用的，好攀附在别的什么树木上。现在，已经有人给它好好地固定在架上了，就一点用也没有了。卷须这东西最耗养分，——凡是作物，都是优先把养分输送到顶端，因此，长出来就给它掐了，长出来就给它掐了。

葡萄的卷须有一点淡淡的甜味。这东西如果腌成咸菜，大概不难吃。

五月中下旬，果树开花了。果园，美极了。梨树开花了，苹果树开花了，葡萄也开花了。

都说梨花像雪，其实苹果花才像雪。雪是厚重的，不是透明的。梨花像什么呢？——梨花的瓣子是月亮做的。

有人说葡萄不开花，哪能呢？只是葡萄花很小，颜色淡黄微绿，不钻进葡萄架是看不出的。而且它开花期很短。很快，就结出了绿豆大的葡萄粒。

六月，浇水、喷药、打条、掐须。

葡萄粒长了一点了，一颗一颗，像绿玻璃料做的纽子。硬的。

葡萄不招虫。葡萄会生病，所以要经常喷波尔多液。但是它不像桃，桃有桃食心虫；梨，梨有梨食心虫。葡萄不用疏虫果。——果园每年疏虫果是要费很多工的。虫果没有用，黑黑的一个半干的球，可是它耗养分呀！所以，要把它"疏"掉。

七月，葡萄"膨大"了。

掐须、打条、喷药，大大地浇一水。

追一次肥。追硫砹。在原来施粪肥的沟里撒上硫砹。然后，就把沟填平了，把硫砹封在里面。

汉朝是不会追这次肥的。汉朝没有硫砹。

八月，葡萄"著色"。

你别以为我这里是把画家的术语借用来了。不是的。这是果农的语言，他们就叫"著色"。

下过大雨，你来看看葡萄园吧，那叫好看！白的像白玛瑙，红的像红宝石，紫的像紫水晶，黑的像黑玉。一串一串，饱满、磁棒、挺括，璀璨琳琅。你就把《说文解字》里的玉字偏旁的字都搬了来吧，那也不够用呀！

可是你得快来！明天，对不起，你全看不到了。我们要喷波尔多液了。一喷波尔多液，它们的晶莹鲜艳全都没有了，它们蒙上一层蓝分分、白糊糊的东西，成了磨砂玻璃。我们不得不这样干。葡萄是吃的，不是看的。我们得保护它。

过不两天，就下葡萄了。

一串一串剪下来,把病果、瘪果去掉,妥妥地放在果筐里。果筐满了,盖上盖,要一个棒小伙子跳上去蹦两下、用麻筋缝的筐盖。——新下的果子,不怕压,它很结实,压不坏。倒怕是装不紧,逛里逛当的。那,来回一晃悠,全得烂!

葡萄装上车,走了。

去吧,葡萄,让人们吃去吧!

九月的果园像一个生过孩子的少妇,宁静、幸福,而慵懒。

我们还给葡萄喷一次波尔多液。哦,下了果子,就不管了?人,总不能这样无情无义吧。

十月,我们有别的农活。我们要去割稻子。葡萄,你愿意怎么长,就怎么长着吧。

十一月。葡萄下架。

把葡萄架拆下来。检查一下,还能再用的,搁在一边。糟朽了的,只好烧火。立柱、横梁、小棍,分别堆垛起来。

剪葡萄条。干脆得很,除了老条,一概剪光。葡萄又成了一个大秃子。

剪下的葡萄条,挑有三个芽眼的,剪成二尺多长的一截,捆起来,放在屋里,准备明春插条。

其余的,连枝带叶,都用竹箅帚扫成一堆,装走了。

葡萄园光秃秃。

十一月下旬,十二月上旬,葡萄入窖。

这是个重活。把老本放倒,挖土把它埋起来。要埋得很厚实。外面要用铁锹拍平。这个活不能马虎。都要经过验收,才给记工。

葡萄窖,一个一个长方形的土墩墩。一行一行,整整齐齐的排列着。风一吹,土色发了白。

这真是一年的冬景了。热热闹闹的果园,现在什么颜色都没有了。眼界空阔,一览无余,只剩下发白的黄土。

下雪了。我们踏着碎玻璃碴似的雪,检查葡萄窖,扛着铁锹。

一冬天,要检查几次。不是怕别的。怕老鼠打了洞。葡萄窖里很暖和,老鼠爱往这里面钻。它倒是暖和了,咱们的葡萄可就受了冷啦!

注 释

① 本篇原载《安徽文学》1981年第十二期;初收《汪曾祺自选集》,题为"葡萄月令",漓江出版社,1987年10月。

名 优 之 死①

——纪念裘盛戎

裘盛戎真是京剧界的一代才人！

再有些天就是盛戎的十周年忌辰了。他要是活着,今年也才六十六岁。

我是很少去看演员的病的。盛戎病笃的时候,我和唐在炘、熊承旭到肿瘤医院去看他。他的学生方荣翔引我们到他的床前。盛戎因为烤电,一边的脸已经焦糊了,正在昏睡。荣翔轻轻地叫醒了他,他睁开了眼。荣翔指指我,问他"您还认识吗?"盛戎在枕上微点了点头,说了一个字:"汪。"随即从眼角流出了一大滴眼泪。

盛戎的病原来以为是肺气肿,后来诊断为肺癌,最后转到了脑子里,终于不治了。当中一度好转,曾经出院回家,且能走动。他的病他是有些知道的,但不相信就治不好,曾对我说:"有病咱们治病,甭管它是什么!"他是很乐观的。他还想演戏,想重排《杜鹃山》,曾为此请和他合作的在炘、承旭和我到他家吃了一次饭。那天他精神还好,也有说话的兴致,只是看起来很疲倦。他是能喝一点酒的,那天倒了半杯啤酒,喝了两口就放下了。菜也吃得很少,只挑了几根掐菜,放在嘴里慢慢地咀嚼。

然而他念念不忘《杜鹃山》。请我们吃饭的前一阵,他搬到东屋一个人住,床头随时放着一个《杜鹃山》剧本。

这次一见到我们,他想到和我们合作的计划实现不了了。那一大滴眼泪里有着多大的悲痛啊!

盛戎的身体一直不大好。他是喜欢体育运动的,年轻时也唱过武戏。他有时不免技痒,跃跃欲试。年轻的演员练功,他也随着翻了两个

336

"虎跳"。到他们练"窜扑虎"时,他也走了一个"趋步",但是最后只走了一个"空范儿",自己摇摇头,笑了。我跟他说:"你的身体还不错",他说:"外表还好,这里面——都娄了!"然而他到了台上,还是生龙活虎。我和他曾合作搞过一个小戏《雪花飘》(据浩然同志小说改编),他还是兴致勃勃地和我们一同去挤公共汽车,去走路,去电话局搞调查,去访问了一个七十岁的送公用电话的老人。他年纪不大,正是"好岁数",他没有想到过什么时候会死。然而,这回他知道没有希望了。

听盛戎的亲属说,盛戎在有一点精力时,不停地捉摸《杜鹃山》,看剧本,有时看到深夜。他的床头灯的灯罩曾经烤着过两次。他病得已经昏迷了,还用手在枕边乱摸。他的夫人知道他在找剧本,剧本一时不在手边,就只好用报纸卷了一个筒子放在他手里。他攥着这一筒报纸,以为是剧本,脸上平静下来了。他一直惦着《杜鹃山》的第三场。能说话的时候,剧团有人去看他,他总是问第三场改得怎么样了。后来不能说话了,见人伸出三个指头,还是问第三场。直到最后,他还是伸着三个指头死的。

盛戎死于癌症,但致癌的原因是因为心情不舒畅,因为不让他演戏。他自己说:"我是憋死的。"这个人,有戏演的时候,能捉摸戏里的事,表演,唱腔……就高高兴兴;没戏演的时候,就整天一句话不说,老是一个人闷着。一个艺术家离开了艺术,是会死的。十年动乱,折损了多少人才!有的是身体上受了摧残,更多的是死于精神上的压抑。

《裘盛戎》剧本的最后有一场《告别》。盛戎自己病将不起,录了一段音,向观众告别。他唱道:

> 唱戏四十年,
>
> 知音满天下。
>
> 梦里高歌气犹酣,
>
> 醒来僵卧在床榻。
>
> 树已老,春又寒,
>
> 枯枝难再发。
>
> 不恨树老难再发,

但愿新树长新芽。

挥手告别情何限，

漫山开遍杜鹃花。

但愿盛戎的艺术和他的对于艺术的忠贞、执着和挚爱能够传下去。

（一九八一年）

注　释

  ①　本篇原载《汪曾祺全集》第三卷，北京师范大学出版社，1998 年 8 月。

散文全编

汪曾祺

散文全编

人民文学出版社

汪曾祺散文全编

（第 二 卷）

1982 年

揉　面[①]

——谈语言运用

揉　面

使用语言,譬如揉面。面要揉到了,才软熟,筋道,有劲儿。水和面粉本来是两不相干的,多揉揉,水和面的分子就发生了变化。写作也是这样,下笔之前,要把语言在手里反复抟弄。我的习惯是,打好腹稿。我写京剧剧本,一段唱词,二十来句,我是想得每一句都能背下来,才落笔的。写小说,要把全篇大体想好。怎样开头,怎样结尾,都想好。在写每一段之间,我是想得几乎能背下来,才写的(写的时候自然会又有些变化)。写出后,如果不满意,我就把原稿扔在一边,重新写过。我不习惯在原稿上涂改。在原稿上涂改,我觉得很别扭,思路纷杂,文气不贯。

曾见一些青年同志写作,写一句,想一句。我觉得这样写出来的语言往往是松的,散的,不成“个儿”,没有咬劲。

有一位评论家说我的语言有点特别,拆开来看,每一句都很平淡,放在一起,就有点味道。我想谁的语言不是这样?拆开来,不都是平平常常的话?

中国人写字,除了笔法,还讲究“行气”。包世臣说王羲之的字,看起来大大小小,单看一个字,也不见怎么好,放在一起,字的笔划之间,字与字之间,就如“老翁携举幼孙,顾盼有情,痛痒相关”。安排语言,也是这样。一个词,一个词;一句,一句;痛痒相关,互相映带,才能姿势横生,气韵生动。

中国人写文章讲究"文气",这是很有道理的。

自 铸 新 词

托尔斯泰称赞过这样的语言:"菌子已经没有了,但是菌子的气味留在空气里",以为这写得很美。好像是屠格涅夫曾经这样描写一棵大树被伐倒:"大树叹息着,庄重地倒下了。"这写得非常真实。"庄重",真好! 我们来写,也许会写出"慢慢地倒下","沉重地倒下",写不出"庄重"。鲁迅的《药》这样描写枯草:"枯草支支直立,有如铜丝"。大概还没有一个人用"铜丝"来形容过稀疏瘦硬的秋草。《高老夫子》里有这样几句话:"我没有再教下去的意思。女学堂真不知道要闹成什么样子。我辈正经人,确乎犯不上酱在一起……""酱在一起",真是妙绝(高老夫子是绍兴人。如果写的是北京人,就只能说"犯不上一块掺和",那味道可就差远了)。

我的老师沈从文在《边城》里两次写翠翠拉船,所用字眼不一样。一次是:

> 有时过渡的是从川东过茶峒的小牛,是羊群,是新娘子的花轿,翠翠必争着作渡船夫,站在船头,懒懒的攀引缆索,让船缓缓的过去。

又一次是:

> 翠翠斜睨了客人一眼,见客人正盯着她,便把脸背过去,抿着嘴儿,不声不响,很自负的拉着那条横缆。

"懒懒的"、"很自负的",都是很平常的字眼,但是没有人这样用过。要知道盯着翠翠的客人是翠翠所喜欢的傩送二老,于是"很自负的"四个字在这里就有了很多很深的意思了。

我曾在一篇小说里描写过火车的灯光:"车窗蜜黄色的灯光连续

地映在果园东边的树墙子上，一方块，一方块，川流不息地追赶着"；在另一篇小说里描写过夜里的马："正在安静地、严肃地咀嚼着草料"，自以为写得很贴切。"追赶"、"严肃"都不是新鲜字眼，但是它表达了我自己在生活中捕捉到的印象。

一个作家要养成一种习惯，时时观察生活，并把自己的印象用清晰的、明确的语言表达出来。写下来也可以。不写下来，就记住（真正用自己的眼睛观察到的印象是不易忘记的）。记忆里保存了这种经用语言固定住的印象多了，写作时就会从笔端流出，不觉吃力。

语言的独创，不是去杜撰一些"谁也不懂的形容词之类"。好的语言都是平平常常的，人人能懂，并且也可能说得出来的语言——只是他没有说出来。人人心中所有，笔下所无。"红杏枝头春意闹"，"满宫明月梨花白"，都是这样。"闹"字、"白"字，有什么稀奇呢？然而，未经人道。

写小说不比写散文诗，语言不必那样精致。但是好的小说里总要有一点散文诗。

语言要和人物贴近

我初学写小说时喜欢把人物的对话写得很漂亮，有诗意，有哲理，有时甚至很"玄"。沈从文先生对我说："你这是两个聪明脑袋打架！"他的意思是说这不像真人说的话。托尔斯泰说过："人是不能用警句交谈的。"

尼采的"苏鲁支语录"是一个哲人的独白。吉伯维的《先知》讲的是一些箴言。这都不是人物的对话。《朱子语录》是讲道经，谈学问的，倒是谈得很自然，很亲切，没有那么多道学气，像一个活人说的话。我劝青年同志不妨看看这本书，从里面可以学习语言。

《史记》里用口语记述了很多人的对话，很生动。"夥颐，涉之为王沉沉者！"写出了陈涉的乡人乍见皇宫时的惊叹（"夥颐"历来的注家解释不一，我以为这就是一个状声的感叹词，用现在的字写出来就是：

"嗬咦!")。《世说新语》里记录了很多人的对话,寥寥数语,风度宛然。张岱记两个老者去逛一处林园,婆娑其间,一老者说:"直是蓬莱仙境了也!"另一老者说:"箇边哪有这样!"生动之至,而且一听就是绍兴话。《聊斋志异》《翩翩》写两个少妇对话:"一日,有少妇笑入!曰:'翩翩小鬼头快活死!薛姑子好梦几时做得?'女迎笑曰:'花城娘子,贵趾久弗涉,今日西南风紧,吹送来也!——小哥子抢得未?'曰:'又一小婢子。'女笑曰:'花娘子瓦窑哉!——那弗将来?'曰'方呜之,睡却矣。'"这对话是用文言文写的,但是神态跃然纸上。

写对话就应该这样,普普通通,家长里短,有一点人物性格、神态,不能有多少深文大义。——写戏稍稍不同,戏剧的对话有时可以"提高"一点,可以讲一点"字儿话",大篇大论,讲一点哲理,甚至可以说格言。

可是现在不少青年同志写小说时,也像我初学写作时一样,喜欢让人物讲一些他不可能讲的话,而且用了很多辞藻。有的小说写农民,讲的却是城里的大学生讲的话,——大学生也未必那样讲话。

不单是对话,就是叙述、描写的语言,也要和所写的人物"靠"。

我最近看了一个青年作家写的小说,小说用的是第一人称,小说中的"我"是一个才入小学的孩子,写的是"我"的一个同桌的女同学,这未尝不可。但是这个"我"对他的小同学的印象却是:"她长得很纤秀"。这是不可能的。小学生的语言里不可能有这个词。

有的小说,是写农村的。对话是农民的语言,叙述却是知识分子的语言,叙述和对话脱节。

小说里所描写的景物,不但要是作者眼中所见,而且要是所写的人物的眼中所见。对景物的感受,得是人物的感受。不能离开人物,单写作者自己的感受。作者得设身处地,和人物感同身受。小说的颜色、声音、形象、气氛,得和所写的人物水乳交融,浑然一体。就是说,小说的每一个字,都渗透了人物。写景,就是写人。

契诃夫曾听一个农民描写海,说:"海是大的"。这很美。一个农民眼中的海也就是这样。如果在写农民的小说中,有海,说海是如何苍茫、浩瀚,蔚蓝……统统都不对。我曾经坐火车经过张家口坝上草原,有几里地,开满了手掌大的蓝色的马兰花,我觉得真是到了一个童话的世界。我后来写一个孩子坐火车通过这片地,本是顺理成章,可以写成:他觉得到了一个童话的世界。但是我不能这样写,因为这个孩子是个农村的孩子,他没有念过书,在他的语言里没有"童话"这样的概念。我只能写:他好像在一个梦里。我写一个从山里来的放羊的孩子看一个农业科学研究所的温室,温室里冬天也结黄瓜,结西红柿:西红柿那样红,黄瓜那样绿,好像上了颜色一样。我只能这样写。"好像上了颜色一样",这就是这个放羊娃的感受。如果稍为写得华丽一点,就不真实。

有的作者有鲜明的个人风格,可以不用署名,一看就知是某人的作品。但是他的各篇作品的风格又不一样。作者的语言风格每因所写的人物、题材而异。契诃夫写《万卡》和写《草原》、《黑修士》所用的语言是很不相同的。作者所写的题材愈广泛,他的风格也就愈易多样。

我写的《徙》里用了一些文言的句子,如"呜呼,先生之泽远矣!""墓草萋萋,落照昏黄,歌声犹在,先生邈矣。"因为写的是一个旧社会的国文教员。写《受戒》、《大淖记事》,就不能用这样的语言。

作者对所写的人物的感情、态度,决定一篇小说的调子,也就是风格。鲁迅写《故乡》、《伤逝》和《高老夫子》、《肥皂》的感情很不一样。对闰土、涓生有深浅不同的同情,而对高尔础、四铭则是不同的厌恶。因此,调子也不同。高晓声写《拣珍珠》和《陈奂生上城》的调子不同,王蒙的《说客盈门》和《风筝飘带》几乎不像是一个人写的。我写的《受戒》、《大淖记事》,抒情的成分多一些,因为我很喜爱所写的人;《异秉》里的人物很可笑,也很可悲悯,所以文体上也是亦庄亦谐。

我觉得一篇小说的开头很难,难的是定全篇的调子。如果对人物的感情、态度把握住了,调子定准了,下面就会写得很顺畅。如果对人物的感情、态度把握不稳,心里没底,或是有什么顾虑,往往就会觉得手生荆棘,有时会半途而废。

作者对所写的人、事,总是有个态度,有感情的。在外国叫做"倾向性"，在中国叫做"褒贬"。但是作者的态度、感情不能跳出故事去单独表现，只能融化在叙述和描写之中，流露于字里行间，这叫做"春秋笔法"。

正如恩格斯所说：倾向性不要特别地说出。

一九八二年一月八日

注　释

① 本篇原载《花溪》1982 年第三期，后与作者另一篇文章《语言是艺术》合并为《"揉面"——谈语言》；初收《晚翠文谈》，浙江文艺出版社，1988 年3 月。

小 说 笔 谈 ①

语 言

在西单听见交通安全宣传车播出："横穿马路不要低头猛跑"，我觉得这是很好的语言。在校尉营一派出所外宣传夏令卫生的墙报上看到一句话："残菜剩饭必须回锅见开再吃"，我觉得这也是很好的语言。这样的语言真是可以悬之国门，不能增减一字。

语言的目的是使人一看就明白，一听就记住。语言的唯一标准，是准确。

北京的店铺，过去都用八个字标明其特点。有的刻在匾上，有的用黑漆漆在店面两旁的粉墙上，都非常贴切。"尘飞白雪，品重红绫"，这是点心铺。"味珍鸡蹠，香渍豚蹄"是桂香村。煤铺的门额上写着"乌金墨玉，石火光恒"，很美。八面槽有一家"老娘"（接生婆）的门口写的是："轻车快马，吉祥姥姥"，这是诗。

店铺的告白，往往写得非常醒目。如"照配钥匙，立等可取"。在西四看见一家，门口写着："出售新藤椅，修理旧棕床"，很好。过去的澡堂，一进门就看见四个大字："各照衣帽"，真是简到不能再简。

《世说新语》全书的语言都很讲究。

同样的话，这样说，那样说，多几个字，少几个字，味道便不同。张岱记他的一个亲戚的话："你张氏兄弟真是奇。肉只是吃，不知好吃不好吃；酒只是不吃，不知会吃不会吃。"有一个人把这几句话略改了几个字，张岱便斥之为"伧父"。

一个写小说的人得训练自己的"语感"。

要辨别得出,什么语言是无味的。

结　　构

戏剧的结构像建筑,小说的结构像树。

戏剧的结构是比较外在的、理智的。写戏总要有介绍人物,矛盾冲突、高潮(写戏一般都要先有提纲,并且要经过讨论),多少是强迫读者(观众)接受这些东西的。戏剧是愚弄。

小说不是这样。一棵树是不会事先想到怎样长一个枝子,一片叶子,再长的。它就是这样长出来了。然而这一个枝子,这一片叶子,这样长,又都是有道理的。从来没有两个树枝、两片树叶是长在一个空间的。

小说的结构是更内在的,更自然的。

我想用另外一个概念代替"结构"——节奏。

中国过去讲"文气",很有道理。什么是"文气"? 我以为是内在的节奏。"血脉流通"、"气韵生动",说得都很好。

小说的结构是更精细,更复杂,更无迹可求的。

苏东坡说:"但常行于所当行,止于所不可不止",说的是结构。

章太炎《菿汉微言》论汪容甫的骈体文,"起止自在,无首尾呼应之式"。写小说者,正当如此。

小说的结构的特点,是:随便。

叙事与抒情

现在的年轻人写小说是有点爱发议论。夹叙夹议,或者离开故事单独抒情。这种议论和抒情有时是可有可无的。

法郎士专爱在小说里发议论。他的一些小说是以议论为主的,故事无关重要。他不过借一个故事多发表一通牵涉到某一方面的社会问题的大议论。但是法郎士的议论很精彩,很警辟,很深刻。法郎士是哲学家。我们不是。我们发不出很高深的议论。因此,不宜多发。

倾向性不要特别地说出。

一件事可以这样叙述,也可以那样叙述。怎样叙述,都有倾向性。可以是超然的、客观的,尖刻的、嘲讽的(比如鲁迅的《肥皂》、《高老夫子》),也可以是寄予深切的同情的(比如《祝福》、《伤逝》)。

董解元《西厢记》写张生和莺莺分别:"马儿登程,坐车儿归舍;马儿往西行,坐车儿往东拽:两口儿一步儿离得远如一步也!"这是叙事。但这里流露出董解元对张生和莺莺的恋爱的态度,充满了感情。"一步儿离得远如一步也",何等痛切。作者如无深情,便不能写得如此痛切。

在叙事中抒情,用抒情的笔触叙事。

怎样表现倾向性? 中国的古话说得好:字里行间。

悠闲和精细

写小说就是要把一件平平淡淡的事说得很有情致(世界上哪有许多惊心动魄的事呢)。同样一件事,一个人可以说得娓娓动听,使人如同身临其境;另一个人也许说得索然无味。

《董西厢》是用韵文写的,但是你简直感觉不出是押了韵的。董解元把韵文运用得如此熟练,比用散文还要流畅自如,细致入微,神情毕肖。

写张生问店二哥蒲州有什么可以散心处,店二哥介绍了普救寺:

> 店都知,说一和,道:"国家修造了数载余过,其间盖造的非小可,想天宫上光景,赛他不过。说谎后,小人图什么? 普天之下,更没两座。"张生当时听说破,道:"譬如闲走,与你看去则箇。"

张生与店二哥的对话,语气神情,都非常贴切。"说谎后,小人图什么",活脱是一个二哥的口吻。

写张生游览了普救寺,前面铺叙了许多景物,最后写:

张生覷了,失声地道:"果然好!"频频地稽首。欲待问是何年建,见梁文上明写着:"垂拱二年修"。

这真是神来之笔。"垂拱二年修","修"字押得非常稳。这一句把张生的思想活动,神情,动态,全写出来了。——换一个写法就可能很呆板。

要把一件事说得有滋有味,得要慢慢地说,不能着急,这样才能体察人情物理,审词定气,从而提神醒脑,引人入胜。急于要告诉人一件什么事,还想告诉人这件事当中包含的道理,面红耳赤,是不会使人留下印象的。

张岱记柳敬亭说武松打虎,武松到酒店里,蓦地一声,店中的空酒坛都嗡嗡作响,说他"闲中著色,精细至此"。

唯悠闲才能精细。

不要着急。

董解元《西厢记》与其说是戏曲,不如说是小说。人民文学出版社出版的《董西厢》的《前言》里说:"它的组织形式和它采取的艺术手法,为后来的戏曲,小说开阔了蹊径",是很有见识的话。从小说的角度来看,《董西厢》的许多细致处远胜于许多话本。它的许多方法,到现在对我们还有用,看起来还很"新"。

风格和时尚

齐白石在他的一本画集的前面题了四句诗:"冷艳如雪箇,来京不值钱。此翁无肝胆,空负一千年。"他后来创出了红花黑叶一派,他的画被买主,——首先是那些壁悬名人字画的大饭庄,所接受了。

于非闇开始的画也是吴昌硕式的大写意的。后来张大千告诉他:"现在画吴昌硕式的人这样多,你几时才能出头?"他建议于非闇改画院体的工笔画。于非闇于是改画勾勒重彩。于非闇的画也被北京的市民接受了。

扬州八怪的知音是当时的盐商。

我不以为盐商是不懂艺术的。

艺术是要卖钱的,是要被人们欣赏、接受的。

红花黑叶、勾勒重彩、扬州八怪,一时成为风尚。实际上决定一时风尚的是买主。画家的风格不能脱离欣赏者的趣味太远。

小说也是这样。就是像卡夫卡那样的作家,如果他的小说没有一个人欣赏,他的作品是不会存在的。

但是一个作家的风格总得走在时尚前面一点,他的风格才有可能转而成为时尚。

追随时尚的作家,就会为时尚所抛弃。

注 释

① 本篇原载《天津文艺》1982 年第一期;初收《晚翠文谈》,浙江文艺出版社,1988 年 3 月。

听遛鸟人谈戏①

近来我每天早晨绕着玉渊潭遛一圈。遛完了,常找一个地方坐下听人聊天。这可以增长知识,了解生活。还有些人不聊天。钓鱼的、练气功的,都不说话。游泳的闹闹嚷嚷,听不见他们嚷什么。读外语的学生,读日语的、英语的、俄语的,都不说话,专心致意把莎士比亚和屠格涅夫印进他们的大脑皮层里去。

比较爱聊天的是那些遛鸟的。他们聊的多是关于鸟的事,但常常联系到戏。遛鸟与听戏,性质上本相接近。他们之中不少是既爱养鸟,也爱听戏,或曾经也爱听戏的。遛鸟的起得早,遛鸟的地方常常也是演员喊嗓子的地方,故他们往往有当演员的朋友,知道不少梨园掌故。有的自己就能唱两口。有一个遛鸟的,大家都叫他"老包",他其实不姓包,因为他把鸟笼一挂,自己就唱开了:"包龙图打坐在开封府……"就这一句。唱完了,自己听着不好,摇摇头,接着再唱:"包龙图打坐……"

因为常听他们聊,我多少知道一点关于鸟的常识。知道画眉的眉子齐不齐,身材胖瘦,头大头小,是不是"原毛",有"口"没有,能叫什么玩意儿:伏天、喜鹊——大喜鹊、山喜鹊、苇咋子、猫、家雀打架、鸡下蛋……知道画眉的行市,哪只鸟值多少"张"。——一"张",是一张拾圆的钞票。他们的行话不说几十块钱,而说多少张。有一个七十八岁的老头,原先本是勤行,他的一只画眉,人称鸟王。有人问他出不出手,要多少钱,他说:"二百"。遛鸟的都说:"值!"

我有些奇怪了,忍不住问:

"一只鸟值多少钱,是不是公认的? 你们都瞧得出来?"

几个人同时叫起来:"那是! 老头的值二百,那只生鸟值七块。梅兰芳唱戏卖两块四,戏校的学生现在卖三毛。老包,倒找我两块钱! 那能错了?"

"全北京一共有多少画眉? 能统计出来么?"

"亨是不少!"

"'文化大革命'那阵没有了吧?"

"那会儿谁还养鸟哇! 不过,这玩意禁不了。就跟那京剧里的老戏似的'四人帮'压着不让唱,压得住吗? 一开了禁,您瞧,呼啦——全出来了。不管是谁,禁不了老戏,也就禁不了养鸟。我把话说在这儿:多会有画眉,多会他就得唱老戏! 报上说京剧有什么危机,瞎掰的事!"

这位对画眉和京剧的前途都非常乐观。

一个六十多岁的退休银行职员说:"养画眉的历史大概和京剧的历史差不多长,有四大徽班那会就有画眉。"

他这个考证可不大对。画眉的历史可要比京剧长得多,宋徽宗就画过画眉。

"养鸟有什么好处呢?"我问。

"嘻,遛人!"七十八岁的老厨师说:"没有个鸟,有时早上一醒,觉着还困,就懒得起了;有个鸟,多困也得起!"

"这是个乐儿!"一个还不到五十岁的扁平脸、双眼皮很深、络腮胡子的工人——他穿着厂里的工作服,说。

"是个乐儿! 钓鱼的、游泳的,都是个乐儿!"说话的是退休银行职员。

"一个画眉,不就是叫么? 怎么会有那么大的差别?"

一个戴白边眼镜的穿着没有领子的酱色衬衫的中等老头儿,他老给他的四只画眉洗澡——把鸟笼放在浅水里让画眉抖擞毛羽,说:

"叫跟叫不一样! 跟唱戏一样,有的嗓子宽,有的窄,有的有膛音,有的干冲! 不但要声音,还得要'样',得有'做派',有神气。您瞧我这只画眉,叫得多好! 像谁?"

像谁?

"像马连良!"

像马连良?!

我细瞧一下,还真有点像!它周身干净利索,挺拔精神,叫的时候略偏一点身子,还微微摇动脑袋。

"潇洒!"

我只得承认:潇洒!

不过我立刻不免替京剧演员感到一点悲哀,原来在这些人的心目中,对一个演员的品鉴,就跟对一只画眉一样。

"一只画眉,能叫多少年?"

勤行老师傅说:"十来年没问题!"

老包说:"也就是七八年。就跟唱京剧一样:李万春现在也只能看一招一势;高盛麟也不似当年了。"

他说起有一年听《四郎探母》,甭说四郎、公主,佘太君是李多奎,那嗓子,冲!他慨叹说:

"那样的好角儿,现在没有了!现在的京剧没有人看,——看的人少,那是啊,没有那么多好角儿了嘛!你再有杨小楼,再有梅兰芳,再有金少山,试试!照样满!两块四?四块八也有人看!——我就看!卖了画眉也看!"

他说出了京剧不景气的原因:老成凋谢,后继无人。这与一部分戏曲理论家的意见不谋而合。

戴白边眼镜的中等老头儿不以为然:

"不行!王师傅的鸟值二百(哦,原来老人姓王),可是你叫个外行来听听:听不出好来!就是梅兰芳、杨小楼再活回来,你叫那边那几个念洋话的学生来听听,他也听不出好来。不懂!现而今这年轻人不懂的事太多。他们不懂京剧,那戏园子的座儿就能好了哇?"

好几个人附和:"那是!那是!"

他们以为京剧的危机是不懂京剧的学生造成的。如果现在的学生都像老舍所写的赵子曰,或者都像老包,像这些懂京剧的遛鸟的人,京剧就得救了。这跟一些戏剧理论家的意见也很相似。

然而京剧的老观众,比如这些遛鸟的人,都已经老了,他们大部分已经退休。他们跟我闲聊中最常问的一句话是:"退了没有?"那么,京剧的新观众在哪里呢?

　　哦,在那里:就是那些念屠格涅夫、念莎士比亚的学生。

　　也没准儿将来改造京剧的也是他们。

　　谁知道呢!

注　释

① 本篇原载《北京艺术》1982 年第二期;初收《晚翠文谈》,浙江文艺出版社, 1988 年 3 月。

从赵荣琛拉胡琴谈起^①

赵荣琛由美返国途中在台北机场停留,为机场服务人员用胡琴拉了一段"小开门",这使我想起一个问题,京剧演员要不要学会拉一点胡琴?

很多京剧演员是会拉胡琴的。荣琛同志的老师程砚秋先生是会拉胡琴的。裘盛戎是会拉胡琴的。盛戎的父亲名净裘桂仙曾经是名琴师。谭富英、张君秋、马长礼……都是会拉的。

这不是偶然现象。不是因为京剧演员整天接触胡琴,随便哪里都能抄起一把,兴之所至,拉着玩,拉着解闷儿,其中有一个道理所在。

中国戏曲音乐的特点是声乐和器乐是互相影响的。京剧尤其是这样。

胡琴在京剧演唱中的作用不是伴奏(像唱洋歌那样),而是随奏。除了过门,胡琴所拉的腔和唱腔是一样的。胡琴的尺寸、劲头、气口和演员的歌唱基本上是一致的。胡琴的弓法、指法是受了演员的唱法的制约的。甚至胡琴的音色都是随着演员的嗓音走的。琴师的流派也就是演员的流派。梅派有梅派胡琴,马派有马派胡琴,程派有程派胡琴。可是我们没有听说过有胡(松华)派钢琴、关(牧村)派黑管。要拉好哪一派胡琴,先得学好那一派的唱,因为拉胡琴实际上是用胡琴和演员一同唱,李慕良原来是学马派老生的,唐在炘是唱程派青衣的。这样他们才能和演员默契无间,严丝合缝,丝肉相生,珠联璧合。这是一方面。

另一方面,反过来,演唱又是受了随奏乐器的制约与影响的。拿昆曲来说,很多昆曲好演员同时又是一个好的笛师。俞振飞就吹得一手好笛子。笛子的吹法直接影响昆曲的唱法。吹笛要不断地换气,故昆曲唱起来顿挫很多。吹笛子往往先闭前一孔,再开后一孔,故昆曲出字常稍高于本音。昆曲因受笛孔的限制,唱起来很少用滑音揉音,昆曲即用揉音,也是硬揉,像余叔岩唱《失街亭》"此一番领兵"以下那样的快速下滑软揉,昆曲里是没有的,因为笛子上吹不出来。同样,京剧的唱法的形式,和采用胡琴为主奏乐器是有关系的。京剧演唱的劲头、气口都是受了胡琴的影响的。"挑"和胡琴的"抹","揉"和胡琴的"揉",密不可分。胡琴的空弦,不论西皮、二黄,都是最易有力度的,也是演唱时容易"得劲"的地方。胡琴得"给劲",演员得借得上劲。这样才能相得益彰,否则就会互相掣肘。如果一个演员熟悉胡琴的拉法,就会在自己处理唱腔时得到许多启发。我曾听唐在炘同志说过,程砚秋先生拉胡琴,是为了借助胡琴研究唱腔、唱法。这是很有道理的。

因此,我建议戏曲学校在培养演员时,教他们学会一点拉胡琴。

注 释

① 本篇原载 1982 年 3 月 21 日《戏剧电影报》。

看《小翠》，忆老薛[①]

薛恩厚同志年轻时就和《聊斋》有不解缘。他的街坊有一个说评书的，说《聊斋》。此人并无师授，只是在家里看一篇，第二天就去说。老薛常听他说书，也看过他的《聊斋》原本。老薛参军后，曾得几本残缺的石印本《聊斋》，打在背包里，行军休息时便拿出来看。从事戏曲工作后，早有改写《聊斋》故事为戏的想法。他选中的题材，第一个便是《小翠》，第二个是《婴宁》。

老薛想写《小翠》并不只是为了使戏曲舞台上增添一个戏，他是想恢复、尝试、提倡一种戏曲的"样式"——玩笑戏。玩笑戏本是戏曲一枝花，但解放后很少演，新写的玩笑戏更是几乎没有。在满台都是正剧的时刻，老薛有此想法，更愿身体力行，这是需要一点勇气的。

这个戏的许多设想都是老薛提出的，比如让小翠扮演淮南王，皇帝用丑扮，最后结束在辨诬闹朝，小翠成人之美以后，飘然而去（删去原著中小翠因打坏花瓶受责，愤然出走等情节）。这些设想决定了这个戏现在的面目。

和老薛合作是非常愉快的。老薛的谦虚是真正的谦虚。我和老薛合作过几个戏。他是领导，但在写戏时他就是一个普通的创作人员。往往是他写初稿，用他的说法是"耪头遍"。别人修改时，容许人家放笔直干，任意驰骋。他在复看改稿时，有些地方要坚持，但态度却是心平气和，一同商量；并不居高临下，以势压人。这种平等待人的作风使人难忘。这说明他在艺术上的私有观念很淡薄。

《小翠》上演了，薛恩厚同志已经离开了我们，人琴之感，岂能或免。但是戏曲舞台上终于试演了一出新的玩笑戏，也许这可以告慰老薛的在天之灵罢。

注　释

① 本篇原载 1982 年 4 月 4 日《戏剧电影报》。

作家五人谈①

　　昨天心武说,现代西方小说的语言比较冷静,我觉得这是现代文学和传统文学的重要区别之一。语言简练朴素,用一般的叙述语言,尽量不带感情色彩,不动声色,而且不像屠格涅夫的语言有很多词藻,有很多定语状语。它的许多比喻、句式都非常简单,句子也很短,都是生活中的语言。而我们现在的许多小说,作者本身的倾向、爱憎、感情流露过于明显。即使如此,可能有些编辑同志觉得还不够热情,感情还不足,还要求作者把他想说的完全写出来,完全告诉读者。这样确实叫读者没有回味余地,有点耳提面命,就是我要说的话,我的思想感情,读者你得好好听着! 可现在的读者不吃这一套。我认为作者写作当然要有很深的感情,很强烈的爱憎,不能说作家本身是无动于衷,没有态度和感觉的,但最好是不要表露出来,一露就浅,一浅就没有意思。作者的倾向性不要说出来,感情当然也得流露出来,但要通过作品的字里行间含蓄地流露。即使有褒贬,也在叙述中自然出现,不要单独说出来。我有个折衷的想法,叙述语言是否也带一定的抒情性? 自己有个切身体会,我对《大淖记事》里的主人公很有感情,可我并没有多去夸奖他,尽管如此,我觉得还是扣住了自己的感情写。我这样结尾——"十一子的伤会好么? 会。当然会!"这两句话就是我对这个人物的全部态度。也许最好连这个也不说。海明威是很厉害的,连这种感情也不流露,完全客观,冷静地叙述。我当然不能完全像他,各人的气质不一样。这就是所谓态度冷静、语言控制、感情节制的问题。我并不反对有时发点议论,我认为这要以题材而异,有些题材不发议论,有些我就要发议论。弗朗西斯的小说就主要是发议论,故事很简单,不占主要成份,你不能说它不是好小说。

另外，我觉得好的语言，首先是朴素，越朴素的语言越好。我赞成用大众一听就懂的，凡是只有翻翻字典方知道意思的词最好不用。有个评论家评我的小说，说我的语言很奇怪，每句话拆开看很平淡，搁在一块儿就很有味道了。当然是过奖了，但我确实是想追求这种语言。每句话拆开来平平淡淡，关键在这句话和那句话之间的关系。古人所谓的文气，就是指语言的内在结构。

　　另外，小说的语言要和你所写的那个人物贴切，如果你写大学生的生活，就尽量用接近大学生的语言，以此类推。不仅对话，叙述也如此。这几年我比较注意这个问题。最近写了我中学时代的一个语文教员，语言就和前几篇完全不一样，用语半文不白，甚至整段整段用文言文。因为这个人物需要这种语言来刻画他。

　　人们往往有个误解，认为对话要有哲理，再加一点诗意，和普通人说话不一样。其实对话就是普通说话。我记得大学二年级时写小说反映大学生活，人物说话都很机智、很俏皮、很有诗意，再加些哲理等等，我的老师说那不是对话，是两个聪明脑袋在打架，实际生活里没有那么说话的。托尔斯泰和高尔基都说过类似的话：人是不能用警句交谈的。有人老想在对话中说出警句，这不行。当然，戏剧语言和小说语言有区别，如果我想写个史诗剧，朗诵本身就诗化了。戏剧机动性高，可以有格言，警句，像莎士比亚"活着，还是去死"之类的话。生活里如果有谁在那儿高叫："活着，还是去死"，那就可笑了。

　　要赋予普通语言以新的意义，把通用词变成自己独创的词。例如有位作家写一棵大树倒下——"大树叹息着，庄重地倒下了。"庄重这词谁都能用，但用在大树倒下，我觉得再贴切没有了。用普通的词给人一个独特的形象，这就是独创了词。这叫"人人心里有，笔下除我无"。

　　补充一点。一个地区出现文艺的繁荣，和刊物关系很大。举个例子，这几年我又重新写作，跟发表《受戒》有关系。《受戒》的发表是很偶然的，我说写出来没人敢发，我写着自己看，束之高阁。后来有人告诉《北京文学》当时的主编，说有这么个人写了这么篇小说。主编同志很想看看,我说这种东西是不能发表的,发表需要很大的胆量。可他看完后很快就发表了。他说不管什么时候,文学都必须和胆识联在一块。的确如此,一个刊物的编辑,尤其是主编,是要有胆识,而且要独具慧眼,要作伯乐。一种小说已发表很多了,再发表有什么意思。往往发表一篇新东西,就会给创作打开一个新天地。

(一九八二年四月十三日)

注　释

① 　本篇原载《文谭》1982 年第七期,是作者在成都参加文学座谈会的发言摘要,收入本卷时仅保留作者发言内容。与会者还有林斤澜、刘心武、何士光、孔捷生。

关于文学的语言问题①

——在大足县业余作者座谈会上的讲话

一、语言在文学创作中占极其重要的位置。

语言是文学的手段,文学是语言的艺术,或者说语言是文学的第一要素。要搞语文教学或文学创作,首要问题就是语言问题。文章写不好,就谈不上搞文学。极而言之,语言本身是艺术。音乐只有一个旋律构不成一首乐曲,但一句话就可以成为一首诗。"满城风雨近重阳"就是一首诗。

二、文学创作语言是书面语言,是视觉语言。是供人看的,不是供人听的。有的作品看起来效果好,听起来效果就不一定好。鲁迅的小说《高老夫子》,写高尔础在给学生上了课之后,走进植物园时,"他大吃一惊,至于《中国历史教科书》也失手落在地上了,因为脑壳上突然遭了什么东西的一击。他倒退两步,定睛看时,一枝夭斜的树枝横在他面前,已被他的头撞得树叶都微微发抖。他赶紧弯腰去拾书本,书旁边竖着一块木牌,上面写着——
$$\boxed{\begin{array}{c}桑\\ 桑\ 科\end{array}}$$
"

这段描写用视觉看可笑,特别是"桑,桑科"很有味,但念起来听就念不出味道,效果就差。柯仲平写的"人在冰上走,水在冰下流"写得很有意境。单听就不易产生好的效果,看就容易产生意境。汉字除字音还有字形,然后才产生字义。这同外国语言不一样,外国语言无字形,都由字母拼音构成。外国诗通过朗诵就能表达思想感情。中国诗通过字形,唤起一定视觉,然后引起想象,进入意境。

作家创作语言不完全是口语,而是在口语基础上创作的艺术语言。老舍等作家是用北京话创作的,但不完全是北京话口语,而是采用北京语言的语汇、词和那股味,它比口语简练得多。它是在北京话的基础上,创作了各自的艺术语言。

三、文学语言标准。

文学语言的标准首要一个,就是准确。契柯夫说过:"每句话只有一个最好的说法。"对语言要选择,比较,然后找到能最准确表达自己感情和思想的语言。怎样才能达到准确呢? 就是要通过艰苦的学习。学习是多方面的。首先是在生活里学习,向群众学习。年青时,多从作品中学习语言。年岁稍大一点,在同群众长期接触中,有了一点生活,发现群众的语言很美,很生动,非常准确,而富有哲理。我曾在张家口农村里住过几年。有一次在大车队劳动,参加生活会时,群众在批评大车队队长有英雄主义时说:"一个人再能挡不住四堵墙。旗杆再高,还得要两块石头夹住。"这很生动、准确,很美。对事不要简单化,北京人有这样一种说法:"有枣没枣打三杆","你知道哪块云彩有雨?"这说得多好。向生活学习,向群众学习很广泛,只要留心,就能随时随地学到很好的语言。这些语言并能使你折服。有一次我在北京西单,宣传车在广播:"横穿马路,不要低头猛跑",这简直简练、准确到极点。北京有条街的墙报上有一个标题:"残菜剩饭,必须回锅煮开再吃"。这些宣传车,墙报上的语言,它使人一看就明白,一听就清楚。这样的语言,就是好语言。

北京有的接生婆墙上写着"轻车快马,吉祥姥姥",很有诗意,很形象。有个铺子写着:"出售新藤椅,修理旧藤床",修理钥匙店写:"照配钥匙,立等可取",洗澡堂写:"各照衣帽"。这些都是用最少的字,用最精练的语言,清楚、准确地把意想表达出来。都值得我们学习。

其次是从书本里学习语言。我们要读较多的古典和现代的作品。我们有的同志只读当代的同辈作家的作品,这不够。还要多读点古代作品,古代散文,多背点古诗词。不然写出的作品语言就没有味。我们汉语的特点,一是对仗,就是对对子。汉语一个字一个音节,我们往往利用这个特点以对仗,对偶方式,使语言美。我们写小说或散文,不一定像做对子、写律诗那样对得很工整,但用不很严格的对仗语言,可以产生特殊的效果。我的老师写有两句："有桃花处必有人家,有人家处必可沽酒"。有一位写船上工会:"地方像茶馆不卖茶,不像烟馆可以抽烟",虽然对得不工整,但这是对仗关系产生了特殊的效果。有的古诗词则对得很绝,如李商隐写的《马嵬》有两句"此日六军同驻马,当时七夕笑牵牛"。二是声调,或叫四声。这是外国语言没有的。这使中国语言具有特有的音乐性。古诗词特别讲究平仄,现代汉语也要平仄交替使用,才能使语言有音乐美。如《智取威虎山》有一句:"迎来春天换人间",毛主席改为"迎来春色换人间",一字之改,除春色比春天更具体形象外,还有声律的需要。如用"天",全句只有一个"换"是仄声字,不好听;改为"色"就多一个仄声字,全句就好听了。双声叠韵用得好有美感,但用得不好,也不好听,没有美感。如《沙家浜》"看小船,穿云破雾渐无踪影"句中的"船""穿"声韵相同,用在一起,不好唱。后改为"看小船,破雾穿云渐无踪影"就好唱了。要懂声调,我们就要多读一点古文,而且要读些骈体文。

第三,向多种艺术形式学习。我们要向民间文学学习,向民歌、戏曲学习。民间文学语言值得我们学习,有些语言是我们想不到的。古代民歌,如:汉乐府里的《枯鱼过河泣》想像非常丰富奇特,鱼干了怎能写信给别的鱼呢? 这是一个在旅途中落难人的心情写照。广西有一首民歌,也用同一样的表现形式:"蝴蝶写信给蜜蜂,蜘蛛结网拦了路,水漫蓝桥路不通。"民歌以抒情为主,但有的也富有哲理。湖南有一首哲理性民歌是写插秧的"赤脚双双来插田,低头看见水中天,行行插的齐齐整,退步原来是向前。""低头看见水中天"、"退步原来是向前"就是深刻的哲理。白族民歌:"斧头砍过的再生树,战争留下的孤儿。"意义很丰富。四川民歌也有很多优美的语言。有的中国作家不研究中国民歌,是很大的遗憾。

中国戏曲也有很多好东西。京剧《打渔杀家》中萧恩和桂英过江杀李时,在离家时,桂英打开门出去,桂英叫:"爹爹请转",萧问"何事",桂英说,"门还没有上锁哩!"萧说:"这门关也罢,不关也罢!"桂英说:"不关门,还有重要家具。"萧说:"人都不要了,还要什么家具!"桂英:"不要了!"如果小说的对话能写成这样,就是高级的语言。川剧文学性很高,也要向川剧学语言。

总之,语言要学习,要向群众学习,向生活学习,向作品学习,不但要向现代作品学习,还要向古代作品学习,要向其他文学形式学习。

学习语言要达到什么目的呢?就是要培养我们的语感。要训练我们的语言敏感。我们要随时随地注意别人的语言,训练自己的语感。我在北京电车上听到一个幼儿园的小孩反复念:"山上有个洞,洞里有个碗,碗里有块肉,你吃了,我尝了,我的故事讲完了。"好像他越念越愉快,这是什么原因呢?原来前三句是重叠,念起来有美感。后三句有三个"了",是阳平,有音乐感。所以这个小孩反复念是美的享受。我们平时就要特别注意音乐美。

关于语言的独创性。青年人感到语言平淡,总爱搞点花花草草,那是无用的。所谓独创,就是把普通的大家都能说的语言,在你的作品里,灌注上新的意思。屠格涅夫"大树庄重地倒下"把大树人格化了,这"庄重"就用得独特。鲁迅在《药》里写夏妈为夏瑜上坟时,有这样的描写,"微风早已停息了;枯草支支直立,有如铜丝。一丝发抖的声音,在空气中愈颤愈细,细到没有,周围便都是死一般静。"鲁迅把"枯草""铜丝"连在一起用,用"铜丝"形容"枯草",用得准确而独特,为别人所无。又如,"红杏枝头春意闹"的"闹"字用得准确、生动、独到。我们说语言的独创性,不是离奇、生造,而是别人想说能说,但没有说或说不出来,你把它准确地说出来,别人一看,你把他的意思说出来了,并且感到新鲜、准确,独特,这就是独创性。

注　释

① 本篇原载《海棠》1982 年第 3 期,大足县广播局根据录音整理,未经本人审阅。

《大淖记事》是怎样写出来的[①]

　　一个作品写出来了,作者要说的话都说了。为什么要写这个作品,这个作品是怎么写出来的,都在里面。再说,也无非是重复,或者说些题外之言。但是有些读者愿意看作者谈自己的作品的文章,——回想一下,我年轻时也喜欢读这样的文章,以为比读评论更有意思,也更实惠,因此,我还是来写一点。

　　大淖是有那么一个地方的。不过,我敢说,这个地方是由我给它正了名的。去年我回到阔别了四十余年的家乡,见到一位初中时期教过我国文的张老师,他还问我:"你这个淖字是怎样考证出来的?"我们小时做作文、记日记,常常要提到这个地方,而苦于不知道该怎样写。一般都写作"大脑",我怀疑之久矣。这地方跟人的大脑有什么关系呢?后来到了张家口坝上,才恍然大悟:这个字原来应该这样写!坝上把大大小小的一片水都叫做"淖儿"。这是蒙古话。坝上蒙古人多,很多地名都是蒙古话。后来到内蒙走过不少叫做"淖儿"的地方,越发证实了我的发现。我的家乡话没有儿化字,所以径称之为淖。至于"大",是状语。"大淖"是一半汉语,一半蒙语,两结合。我为什么念念不忘地要去考证这个字;为什么在知道淖字应该怎么写的时候,心里觉得很高兴呢?是因为我很久以前就想写写大淖这地方的事。如果写成"大脑",在感情是很不舒服的。——三十多年前我写的一篇小说里提到大淖这个地方,为了躲开这个"脑"字,只好另外改变了一个说法。

　　我去年回乡,当然要到大淖去看看。我一个人去走了几次。大淖已经几乎完全变样了。一个造纸厂把废水排到这里,淖里是一片铁锈颜色的浊流。我的家人告诉我,我写的那个沙洲现在是一个种鸭场。我对着一片红砖的建筑(我的家乡过去不用红砖,都是青砖),看了一会。不过我走过一些依河而筑的不整齐的矮小房屋，一些才可通人的曲巷，觉得还能看到一些当年的痕迹。甚至某一家门前的空气特别清凉，这感觉，和我四十年前走过时也还是一样。

我的一些写旧日家乡的小说发表后，我的乡人问过我的弟弟："你大哥是不是从小带一个本本，到处记？——要不他为什么能记得那么清楚呢？"我当然没有一个小本本。我那时才十几岁，根本没有想到过我日后会写小说。便是现在，我也没有记笔记的习惯。我的笔记本上除了随手抄录一些所看杂书的片断材料外，只偶尔记下一两句只有我自己看得懂的话，——一点印象，有时只有一个单独的词。

小时候记得的事是不容易忘记的。

我从小喜欢到处走，东看看，西看看（这一点和我的老师沈从文有点像）。放学回来，一路上有很多东西可看。路过银匠店，我走进去看老银匠在模子上敲打半天，敲出一个用来钉在小孩的虎头帽上的小罗汉。路过画匠店，我歪着脑袋看他们画"家神菩萨"或玻璃油画福禄寿三星。路过竹厂，看竹匠把竹子一头劈成几杈，在火上烤弯，做成一张一张草筢子……多少年来，我还记得从我的家到小学的一路每家店铺、人家的样子。去年回乡，一个亲戚请我喝酒，我还能清清楚楚把他家原来的布店的店堂里的格局描绘出来，背得出白色的屏门上用蓝漆写的一付对子。这使他大为惊奇，连说："是的是的"。也许是这种东看看西看看的习惯，使我后来成了一个"作家"。

我经常去"看"的地方之一，是大淖。

大淖的景物，大体就是像我所写的那样。居住在大淖附近的人，看了我的小说，都说"写得很像"。当然，我多少把它美化了一点。比如大淖的东边有许多粪缸（巧云家的门外就有一口很大的粪缸），我写它干什么呢？我这样美化一下，我的家乡人是同意的。我并没有有闻必录，是有所选择的。大淖岸上有一块比通常的碾盘还要大得多的扁圆石头，人们说是"星"——陨石，以与故事无关，我也割爱了（去年回乡，这个"星"已经不知搬到哪里去了）。如果写这个星，就必然要生出好些文章。因为它目标很大，引人注目，结果又与人事毫不相干，岂非

"冤"了读者一下？

小锡匠那回事是有的。像我这个年龄的人都还记得。我那时还在上小学，听说一个小锡匠因为和一个保安队的兵的"人"要好，被保安队打死了，后来用尿碱救过来了。我跑到出事地点去看，只看见几只尿桶。这地方是平常日子也总有几只尿桶放在那里的，为了集尿，也为了方便行人。我去看了那个"巧云"（我不知道她的真名叫什么），门半掩着，里面很黑，床上坐着一个年轻女人，我没有看清她的模样，只是无端地觉得她很美。过了两天，就看见锡匠们在大街上游行。这些，都给我留下很深的印象，使我很向往。我当时还很小，但我的向往是真实的。我当时还不懂高尚的品质、优美的情操这一套，我有的只是一点向往。这点向往是朦胧的，但也是强烈的。这点向往在我的心里存留了四十多年，终于促使我写了这篇小说。

大淖的东头不大像我所写的一样。真实生活里的巧云的父亲也不是挑夫。挑夫聚居的地方不在大淖而在越塘。越塘就在我家的巷子的尽头。我上小学、初中时每天早晨、傍晚都要经过那里。星期天，去钓鱼。暑假时，挟了一个画夹子去写生。这地方我非常熟。挑夫的生活就像我所写的那样。街里的人对挑夫是看不起的，称之为"挑箩把担"的。便是现在，也还有这个说法。但是我真的从小没有对他们轻视过。

越塘边有一个姓戴的轿夫，得了血丝虫病，——象腿病。抬轿子的得了这种最不该得的病，就算完了，往后的日子还怎么过呢？他的老婆，我每天都看见，原来是个有点邋遢的女人，头发黄黄的，很少梳得整齐的时候，她大概身体不太好，总不大有精神。丈夫得了这种病，她怎么办呢？有一天我看见她，真是焕然一新！她完全变成了另外一个人，头发梳着光光的，衣服很整齐，显得很挺拔，很精神。尤其使我惊奇的，是她原来还挺好看。她当了挑夫了！一百五十斤的担子挑起来嚓嚓地走，和别的男女挑夫走在一列，比谁也不弱。

这个女人使我很惊奇。经过四十多年，神使鬼差，终于使我把她的品行性格移到我原来所知甚少的巧云身上（挑夫们因此也就搬了家）。这样，原来比较模糊的巧云的形象就比较充实，比较丰满了。

这样，一篇小说就酝酿成熟了。我的向往和惊奇也就有了着落。至于这篇小说是怎样写出来的，那真是说不清，只能说是神差鬼使，像鲁迅所说"思想中有了鬼似的"。我只是坐在沙发里东想想，西想想，想了几天，一切就比较明确起来了，所需用的语言、节奏也就自然形成了。一篇小说已经有在那里，我只要把它抄出来就行了。但是写出来的契因，还是那点向往和那点惊奇。我以为没有那么一点东西是不行的。

各人的写作习惯不一样。有人是一边写一边想，几经改削，然后成篇。我是想得相当成熟了，一气写成。当然在写的过程中对原来所想的还会有所取舍，如刘彦和所说："殆乎篇成，半折心始"。也还会写到那里，涌出一些原来没有想到的细节，所谓"神来之笔"，比如我写到："十一子微微听见一点声音，他睁了睁眼。巧云把一碗尿碱汤灌进了十一子的喉咙"之后，忽然写了一句：

　　不知道为什么，她自己也尝了一口。

这是我原来没有想到的。只是写到那里，出于感情的需要，我迫切地要写出这一句（写这一句时，我流了眼泪）。我的老师教我们写作，常说"要贴到人物来写"，很多人不懂他这句话。我的这一个细节也许可以给沈先生的话作一注脚。在写作过程要随时紧紧贴着人物，用自己的心，自己的全部感情。什么时候自己的感情贴不住人物，大概人物也就会"走"了，飘了，不具体了。

几个评论家都说我是一个风俗画作家。我自己原来没有想过。我是很爱看风俗画。十六、七世纪的荷兰画派的画，日本的浮世绘，中国的货郎图、踏歌图……我都爱看。讲风俗的书，《荆楚岁时记》、《东京梦华录》、《一岁货声》……我都爱看。我也爱读竹枝词。我以为风俗是一个民族集体创作的生活抒情诗。我的小说里有些风俗画成分，是很自然的。但是不能为写风俗而写风俗。作为小说，写风俗是为了写人。有些风俗，与人的关系不大，尽管它本身很美，也不宜多写。比如大淖这地方放过荷灯，那是很美的。纸制的荷花，当中安一段浸了桐油的纸捻,点着了,七月十五的夜晚,放到水里,慢慢地漂着,经久不熄,又凄凉又热闹,看的人疑似离开真实生活而进入一种飘渺的梦境。但是我没有把它写入《记事》,——除非我换一个写法,把巧云和十一子的悲喜和放荷灯结合起来,成为故事不可缺少的部分,像沈先生在《边城》里所写的划龙船一样。这本是不待言的事,但我看了一些青年作家写风俗的小说,往往与人物关系不大,所以在这里说一句。

对这篇小说的结构,有两种不同的意见。一种以为前面(不是直接写人物的部分)写得太多,有比例失重之感。另一种意见,以为这篇小说的特点正在其结构,前面写了三节,都是记风土人情,第四节才出现人物。我于此有说焉。我这样写,自己是意识到的。所以一开头着重写环境,是因为"这里的一切和街里不一样","这里的人也不一样。他们的生活,他们的风俗,他们的是非标准、伦理道德观念和街里的穿长衣念过'子曰'的人完全不同"。只有在这样的环境里,才有可能出现这样的人和事。有个青年作家说:"题目是《大淖记事》,不是《巧云和十一子的故事》,可以这样写。"我倾向同意她的意见。

我的小说的结构并不都是这样的。比如《岁寒三友》,开门见山,上来就写人。我以为短篇小说的结构可以是各式各样的。如果结构都差不多,那也就不成其为结构了。

一九八二年五月二十六日

注 释

① 本篇原载 1982 年第 8 期《读书》;初收《晚翠文谈》,浙江文艺出版社,1988 年 3 月。

重新学习《在延安文艺座谈会上的讲话》①

今天是在一个特定条件下来重温《讲话》。过去用《讲话》整过一些人，使得有些人对《讲话》缺少感情，甚至不爱看。有些人是迁怒于《讲话》，别人拿《讲话》整了他嘛。现在是历史地科学地解释、宣传《讲话》的时候了。《讲话》有不足之处，如政治标准第一，艺术标准第二的问题，"四人帮"在这一点上大肆歪曲、利用，给创作带来了很大危害。

学习《讲话》，我有两点想法。一是作家要有在马列主义指导下的明净的世界观。有人说我的作品与马列主义风马牛不相及，上海话叫"不搭界"。但我想我的作品还是与马列主义有关系的。我三十年来是受党的教育的，包括受《讲话》的教育。虽然我写的是旧题材，但我还是在毛泽东文艺思想指导下写作的。拿我解放前的作品与解放后的作品比较，受教育的影响是明显的。虽然我写的也是旧社会生活，但一个作家总要使人民感到生活是美好的，感到生活中有真实可贵的东西，要滋润人的心灵，提高人的信心。如果你写的是混乱的、彷徨的、迷惘的，对生活缺乏信心，怎么能感染别人呢？林斤澜说我的《受戒》里充满了一种内在的欢乐，这个欢乐反映了一个人对社会主义生活的信心。我觉得还要继续改造世界观。第二点是要讲究社会效果，要想到读者，要对读者负责。就是毛主席讲的动机与效果问题。不能想写什么就写什么。近来我得知我的作品的读者面并不太窄，他们之中有公社、工厂的青年人，他们有的人能背我的作品，这使我很惶恐，觉得有一种沉重的责任感。我到底应该给人们一些什么东西呢？我的愿望是拿出更好的东西，贡献给读者。

注　释

① 　本篇原载《北京文学》1982 年第五期。该刊为纪念《讲话》发表四十周年
组织了座谈会,本篇为发言摘要,由该刊记者记录整理。收入本卷时仅保
留作者发言内容,并删去原副题。受邀参加座谈会的还有张志民、刘绍棠、
钱光培、余飘、李德君、顾绍康、李功达等。

要有益于世道人心 ①

要有一个清楚、明确的世界观。

我解放前的小说是苦闷和寂寞的产物。我是迷惘的,我的世界观是混乱的,写到后来就几乎写不下去了。近二年我写了一些小说,其中一部分是写旧社会的,这些小说所写的人和事,大都是我十六、七岁以前得到的印象。为什么我长时期没有写,到了我过了六十岁了,才写出来了呢?大概是因为我比较成熟了,我的世界观比较稳定了。有一篇小说(《异秉》)我在一九四八年就写过一次,一九八〇年又重写了一次。前一篇是对生活的一声苦笑,揶揄的成分多,甚至有点玩世不恭。我自己找不到出路,也替我写的那些人找不到出路。后来的一篇则对下层的市民有了更深厚的同情。我想把生活中美好的东西、真实的东西,人的美、人的诗意告诉别人,使人们的心得到滋润,从而提高对生活的信念。如果我的世界观是混乱的,我自己对生活缺乏信心,我怎么能使别人提高信心呢?我不从生活中感到欢乐,就不能在我的作品中注入内在的欢乐。写旧生活,也得有新思想。可以写混乱的生活,但作者的思想不能混乱。

要对读者负责。

解放前我很少想到读者。一篇小说发表了,得到二三师友称赞,即为己足。近二年写小说,我仍以为我的读者面是很窄的。最近听说,我的读者不像我想的那样少,有一些知识青年,青年工人和公社干部也在读我的小说。这使我觉得很惶恐,产生一种沉重的责任感。觉得这不是闹着玩的事。社会主义国家的作家写作,还是得考虑社会效果,真不该是作者就是那样写写,读者就是那样读读。"文章千古事,得失寸心知",得失,首先是社会的得失。我有一个朴素的、古典的想法:总得有益于世道人心。

我究竟给了读者一些什么呢？我应该向读者拿出一些更好的作品。因此，《讲话》的基本精神，今天还是对我们有指导意义的。

注　释

① 本篇原载《人民文学》1982 年第五期。该刊为纪念《讲话》四十周年，特邀 1981 年全国优秀短篇小说获奖者召开座谈会，本篇为发言纪要。受邀参加座谈会的还有周克芹、刘绍棠、韩少功、林斤澜、古华、陈建功等；初收《汪曾祺全集》第三卷，北京师范大学出版社，1998 年 8 月。

说　短①

——与友人书

短,是现代小说的特征之一。

短,是出于对读者的尊重。

现代小说是忙书,不是闲书。现代小说不是在花园里读的,不是在书斋里读的。现代小说的读者不是有钱的老妇人,躺在樱桃花的阴影里,由陪伴女郎读给她听。不是文人雅士,明窗净几,竹韵茶烟。现代小说的读者是工人、学生、干部。他们读小说都是抓空儿。他们在码头上、候车室里、集体宿舍、小饭馆里读小说,一面读小说,一面抓起一个芝麻烧饼或者汉堡包(看也不看)送进嘴里,同时思索着生活。现代小说要符合现代生活方式,现代生活的节奏。现代小说是快餐,是芝麻烧饼或汉堡包。当然,要做得好吃一些。

小说写得长,主要原因是情节过于曲折。现代小说不要太多的情节。

以前人读小说是想知道一些他不知道的生活,或者世界上根本不存在的生活。他要读的不是生活,而是故事,或者还加上作者华丽的文笔。现代的读者是严肃的。他们有时也要读读大仲马的小说,但是只是看看玩玩,谁也不相信他编造的那一套。现代读者要求的是真实,想读的是生活,生活本身。现代读者不能容忍编造。一个作者的责任只是把你看到的、想过的一点生活诚实地告诉读者。你相信,这一点生活读者也是知道的,并且他也是完全可以写出来的。作者的责任只是用你自己的方式,尽量把这一点生活说得有意思一些。现代小说的作者和读者之间的界线逐渐在泯除。作者和读者的地位是平等的。最好不要想到我写小说,你看。而是,咱们来谈谈生活。生活,是没有多少情节的。

小说长,另一个原因是描写过多。

屠格涅夫的风景描写很优美。但那是屠格涅夫式的风景,屠格涅夫眼中的风景,不是人物所感受到的风景。屠格涅夫所写的是没落的俄罗斯贵族,他们的感觉和屠格涅夫有相通之处,所以把这些人物放在屠格涅夫式的风景之中还不"格生"。写现代人,现代的中国人,就不能用这种写景方式,不能脱离人物来写景。小说中的景最好是人物眼中之景,心中之景。至少景与人要协调。现代小说写景,只要是:"天黑下来了……","雾很大……","树叶都落光了……",就够了。

巴尔扎克长于刻画人物,画了很多人物肖像,作了许多很长很生动的人物性格描写。这种方式不适用于现代小说。这种方式对读者带有很大的强迫性,逼得人只能按照巴尔扎克的方式观察生活。现代读者是自由的,他不愿听人驱使,他要用自己的眼睛看生活,你只要扼要地跟他谈一个人,一件事,不要过多地描写。作者最好客观一点,尽量闪在一边,让人物自己去行动,让读者自己接近人物。

我不大喜欢"性格"这个词。一说"性格"就总意味着一个奇异独特的人。现代小说写的只是平常的"人"。

小说长,还有一个原因是对话多。

有些小说让人物作长篇对话,有思想、有学问,成了坐而论道或相对谈诗,而且所用的语言都很规整,这在生活里是没有的。生活里有谁这样地谈话,别人将会回过头来看着他们,心想:这几位是怎么了?

对话要少,要自然。对话只是平常的说话,只是于平常中却有韵味。对话,要像一串结得很好的果子。

对话要和叙述语言衔接,就像果子在树叶里。

长,还因为议论和抒情太多。

我并不一般地反对在小说里发议论,但议论必须很富于机智。带有讽刺性的小说常有议论,所谓嬉笑怒骂,皆成文章。

抒情,不要流于感伤。一篇短篇小说,有一句抒情诗就足够了。抒情就像菜里的味精一样,不能多放。

长还有一个原因是句子长,句子太规整。写小说要像说话,要有语态。说话,不可能每一个句子都很规整,主语、谓语、附加语全都齐备,像教科书上的语言。教科书的语言是呆板的语言。要使语言生动,要把句子尽量写得短,能切开就切开,这样的语言才明确。平常说话没有说挺老长的句子的。能省略的部分都省掉。我在《异秉》中写陈相公一天的生活,碾药就写"碾药"。裁纸就写"裁纸"。这两个字就算一句。因为生活里叙述一件事就是这样叙述的。如果把句子写齐全了,就会成为:"他生活里的另一个项目是碾药","他生活里的又一个项目是裁纸",那多噜嗦!——而且,让人感到你这个人说话像做文章(你和读者的距离立刻就拉远了)。写小说决不能做文章,所用的语言必须是活的,就像聊天说话一样。

现代小说的语言大都是很简短的。从这个意义来说,我觉得海明威比曹雪芹离我更近一些。

鲁迅的教导是非常有益的:竭力将可有可无的字句删去。

我写《徙》,原来是这样开头的:

"世界上曾经有过很多歌,都已经消失了。"

我出去散了一会步,改成了:

"很多歌消失了。"

我牺牲了一些字,赢得的是文体的峻洁。

短,才有风格。现代小说的风格,几乎就等于:短。

短,也是为了自己。

注　释

① 本篇原载 1982 年 7 月 1 日《光明日报》;初收《晚翠文谈》,浙江文艺出版社,1988 年 3 月。

旅 途 杂 记^①

半坡人的骨针

我这是第二次参观半坡,不像二十年前第一次参观时那样激动了。但我还是相当细致地看了一遍。房屋的遗址、防御野兽的深沟、烧制陶器的残窑、埋葬儿童的瓮棺……我在心里重复了二十年前的感慨——平平常常的、陈旧的感慨:我们的祖先就是这样生活下来的,他们生活得很艰难——也许他们也有快乐。人就是这样生活过来的。生活是悲壮的。

在文物陈列室里我看到石锛。我们的祖先就是用这种完全没有锋刃,几乎是浑圆的石锛劈开了大树。

我看到两根骨针。长短如现在常用的牙签,微扁,而极光滑。这两根针大概用过不少次,缝制过不少件衣裳——那种仅能蔽体的、粗劣的短褐。磨制这种骨针一定是很不容易的。针都有鼻。一根的针鼻是圆的;一根的略长,和现在用的针很相似。大概略长的针鼻更好使些。

针是怎样发明的呢?谁想出在针上刻出个针鼻来的呢?这个人真是一个大发明家,一个了不起的聪明人。

在招待所听几个青年谈论生活有没有意义,我想,半坡人是不会谈论这种问题的。

生活的意义在哪里?就在于磨制一根骨针,想出在骨针上刻个针鼻。

兵马俑的个性

头一个搞兵马俑的并不是秦始皇。在他以前,就有别的王者,制造过铜的或是瓦的一群武士,用来保卫自己的陵墓。不过规模都没有这样大。搞了整整一师人,都与真人等大,密匝匝地排成四个方阵,这样的事,只有完成了"六王毕,四海一"的大业的始皇帝才干得出来。兵马俑确实很壮观。

面对着这样一个瓦俑的大军,我简直不知道对秦始皇应该抱什么感情。是惊叹于他的气魄之大? 还是对他的愚蠢的壮举加以嘲笑?

俑之上,原来据说是有建筑的,被项羽的兵烧掉了。很自然的,人们会慨叹:"楚人一炬,可怜焦土"。

有人说始皇陵兵马俑是世界第八奇迹。

单个地看,兵马俑的艺术价值并不是很高。它的历史价值、文物价值,要比艺术价值高得多。当初造俑的人,原来就没有把它当作艺术作品,目的不在使人感动。造出后,就埋起来了,当时看到这些俑的人也不会多。最初的印象,这些俑,大都只有共性,即使是一个兵,没有很鲜明的个性。其实就是对于活着的士卒,从秦始皇到下面的百夫长,也不要求他们有什么个性,有他们的个人的思想、情绪。不但不要求,甚至是不允许的。他们只是兵,或者可供驱使来厮杀,或者被"坑"掉。另外,造一个师的俑,要来逐一地刻划其性格,使之互相区别,也很难。即或是把米盖朗琪罗请来,恐怕也难于措手。

我很怀疑这些俑的身体是用若干套模子扣出来的。他们几乎都是一般高矮。穿的服装虽有区别(大概是标明等级的),但多大同小异。大部分是短褐,披甲,著裤,下面是一色的方履。除了屈一膝跪着的射手外,全都直立着,两脚微微分开,和后来的"立正"不同。大概那时还没有发明立正。如果这些俑都是绷直地维持立正的姿势,他们会累得多。

但是他们的头部好像不是用模子扣出来的。这些脑袋是"活"的,是烧出来后安上去的。当初发掘时,很多俑已经身首异处;现在仍然可以很方便地从颈腔里取下头来。乍一看,这些脑袋都大体相似,脸以长圆形的居多,都梳着偏髻,年龄率为二十多岁,两眼平视,并不木然,但也完全说不上是英武,大都是平静的,甚至是平淡的,看不出有什么痛苦或哀愁——自然也说不上高兴。总而言之,除了服装,这些人的脸上寻不出兵的特征,像一些普通老百姓,"黔首",农民。

但是细看一下,就可以发现他们并不完全一样。

有一个长了络腮胡子的,方方的下颏,阔阔的嘴微闭着,双目沉静而仁慈,看来是个老于行伍的下级军官。他大概很会带兵,而且善于驭下,宽严得中。

有一个胖子,他的脑袋和身体都是圆滚滚的(他的身体也许是特制的,不是用模子扣出来的),脸上浮着憨厚而有点狡猾的微笑。他的胃口和脾气一定都很好,而且随时会说出一些稍带粗野的笑话。

有一个的双颊很瘦削,是一个尖脸,有一撮山羊胡子。据说这样的脸在现在关中一带的农民中还很容易发现。他也微微笑着,但从眼神里看他在深思着一件什么事情。

有人说,兵马俑的形象就是造俑者的形象,他们或是把自己,或是把同伴的模样塑成俑了。这当然是推测。但这种推测很合理。

听说太原晋祠宋塑宫女的形象即晋祠附近少女的形象,现在晋祠附近还能看到和宋塑形态仿佛的女孩子。

我于是生出两种感想。

塑像总是要有个性的。即便是塑造兵马俑,不需要,不要求有个性,但是造俑者还是自觉、不自觉,多多少少地赋予了他们一些个性。因为他塑造的是人,人总有个性。

塑像总是有模特儿的。他塑造的只能是他见过的人,或是熟人,或是他自己。凭空设想,是不可能的。

任何艺术,想要完全摆脱现实主义,是几乎不可能的事。

三 苏 祠

三次游杜甫草堂,都没有留下多少印象。

这是一个公园,不是一个祠堂。

杜甫的遗迹,一样也没有。

有很多竹木盆景,很多建筑。到处是对联、题咏,时贤的字画。字多很奔放;画多大写意,著色很浓重。

好像有很多人一齐大声地谈论着杜甫,但是看不到杜甫本人,感觉不到他的行动气息、声音笑貌。

眉山的三苏祠要好一些。

三苏祠以宅为祠。苏东坡文云:"家有五亩之园",今略广,占地约八亩。房屋当然是后来重盖了的,但是当日的布局,依稀可见。有一口井,据说还是苏氏的旧物。井栏是这一带常见的红砂石的。井里现在还能打上水来。一侧有一棵荔枝树。传说苏东坡离家的时候,乡人种了一棵荔枝,约好等东坡回来时一同摘食。东坡远谪,一直没有吃上家乡的荔枝。当年的那棵荔枝早已死了,现存的据说是明朝人补栽的,也已经枯萎了,正在抢救。这些都是有纪念意义的。

东边有一个版本陈列室,搜罗了自元版至现在的铅字排印的东坡集的各种版本,虽然并不齐全,但是这种陈列思想,有足取者。

由眉山往乐山的汽车中,"想"了一首旧体诗:

当日家园有五亩,
至今文字重三苏。
红栏旧井犹堪汲,
丹荔重栽第几株?

伏小六、伏小八

大足的唐宋摩崖石刻是惊人的。

十二圆觉，刻得极细致。袈裟衣带静静地垂着，但是你感觉得到其间有一丝微风在轻轻地流动。不像一般的群像（比如罗汉）强调其间的异，这十二尊像强调的是同。他们的年貌、衣着、坐态都差不多。他们都在沉思默念。但是从其眼梢嘴角，看得出其会心处不尽相同。不怕其相同，能于同中见异，十二尊像造成一个既生动又和谐的整体，自是大手笔。

我看过很多千手观音。除了承德的木雕大佛，总觉得不大自然。那么多的细长的手臂长在一个"人"的肩背上，违反常理，使人很不舒服。大足的千手观音另辟蹊径。他的背上也伸出好几只手，但是看来是负担得起的。这几只手之外，又伸出好多只手。据说某年装金时曾一只一只的编过号，一共有一千零七只（不知道为什么是一个单数）。手具各种姿态，或正、或侧、或反，或似召唤，或似慰抚，都很像人的手，很自然，很好看。一千零七只手，造成一个很大的手的佛光。这些手是怎样伸出来的，全不交待。但是你又觉得这都是观音的手，是和观音都有联系的，其联系处不在形，而在意。构思非常巧妙。

释迦涅槃像，即通常所说的卧佛。释迦面部极为平静，目微睁，显出无爱无欲，无生亦无死。像长三十余米，但只刻了释迦的头和胸。肩手无交待。下肢伸入岩石，不知所终。释迦前，刻了佛弟子，有的冠服似中土产，有一个科头鬐发似西方人。他们都在合十赞诵，眉尖微蹙，稍露愁容。这些子弟并不是整齐地排成一列，而是有正面的，有反面的，有朝左的，有朝右的，距离也不相等。他们也只露出半身，腹部以下，在石头里，也不知所终。于有限的空间造无限的境界，形有尽，意无穷，雕刻这一组佛像的是一个气魄雄伟的匠师！他想必在这一壁岩石之前徘徊坐卧了好多个日夜！普贤像被人称为东方的维纳斯。

数珠手观音被称为媚态观音，全身的线条都非常柔软。

佛教的像原来也是取形于人的，但是后来高度升华起来了。仅修得阿罗汉果的自了汉还一个一个都有人的性格，菩萨以上，就不复再是"人"了。他们不但抛弃了人的性格，连性别也分不清了。菩萨和佛，都有点女性的美。

大足石刻是了不起的艺术。

中国的造像人大都无姓名可查。值得庆幸的是大足石刻有一些石壁上刻下了造像的匠师的姓名。他们大都姓伏。他们的名字是卑微的:伏小六、伏小八……他们的事迹都无可考了,然而中国美术史上无疑地将会写出这样一篇,题目是:《伏小六、伏小八》。

看了大足石刻,我想起一路上看到一些纪念性的现代塑像李冰父子、屈原、杜甫、苏东坡、杨升庵……好像都差不多。这些塑像塑的都不太像古人。为什么我们的雕塑家不能从大足石刻得到一点启发呢?

注　释

① 本篇原载《新观察》1982 年第十四期;初收《蒲桥集》,作家出版社,1989 年
　3 月。

道是无情却有情①

同志们希望我们谈谈文艺形势,这个问题我说不出什么来。我对文艺界的情况很隔膜。我是写京剧剧本的,写小说不是本职工作。我觉得文艺形势是好的。党的三中全会以来,我觉得文艺形势空前的好。我这不是听了什么领导同志的意见,也没有作过调查研究,只是我个人的切身感受。形势好,是说大家思想解放了,题材广阔了,各种流派都允许出现了。拿我来说,我的一些作品,比如你们比较熟悉的《受戒》、《大淖记事》……写旧社会的小和尚和村姑的恋爱,写一个小锡匠和一个挑夫的女儿的恋爱,不用说十年动乱,就是"十七年",这样的作品都是不会出现的。没有地方会发表,我自己也不会写。写了,有地方发表,有人读,这跟以前很不一样了嘛。有人问起关于《受戒》的争议的情况。我没有听到什么争议。只有《作品与争鸣》上发表过国东的一篇《莫名其妙的捧场》。这篇文章主要是批评那些"捧场"的人的。其中也批评了我的小说,说这里的一首民歌"不堪入目"。我觉得对一篇作品有不同的看法,是正常的。不同的意见,这算不得是有"争议"。"争议"一般都指作品有带有倾向性的问题。这篇小说好像还没有人拿来当作有倾向性的问题的作品批评过。大家关心"争议",说明对文艺情况很敏感。有人问《文艺报》和《时代的报告》争论的背景,这个问题我实在一无所知。"十六年"这个提法,很多同志不同意,我也不同意。

我的小说有一点和别人不大一样,写旧社会的多。去年我出了一本小说选,十六篇,九篇是写旧社会的,七篇是写解放后的。以后又发表了十来篇,只有两篇是写新社会的。有人问我是不是回避现实生活中的矛盾。我没有回避矛盾的意思。第一,我也还写了一些反映新社会的生活的小说。第二，这是不得已。我对旧社会比较熟悉，对新社会不那么熟悉。我今年六十二岁，前三十年生活在旧社会，后三十年生活在新社会，按说熟悉的程度应该差不多，可是我就是对旧社会还是比较熟悉些，吃得透一些。对新社会的生活，我还没有熟悉到可以从心所欲，挥洒自如。一个作家对生活没有熟悉到可以从心所欲，挥洒自如的程度，就不能取得真正的创作的自由。所谓创作的自由，就是可以自由地想象，自由地虚构。你的想象、虚构都是符合于生活的。一个作家所写的人和事常常有一点影子，但不可能就照那点影子原封不动地写出来，总要补充一点东西，要虚构，要想象。虚构和想象的根据，是生活。不但要熟悉你所写的那个题材，熟悉与那个题材有关的生活，还要熟悉与那个题材无关的生活。你要对某个时代、某个地区、某种范围的生活熟悉到可以随手抓来就放在小说里，很贴切，很真实。海明威说：冰山所以显得雄伟，因为它浮出水面的只有七分之一，七分之六在海里。一个作家在小说里写出来的生活只有七分之一，没有写出来的是七分之六。没有七分之六，就没有七分之一。

生活是第一位的。有生活，就可以头头是道，横写竖写都行；没有生活，就会捉襟见肘，或者，瞎编。

有的青年同志说他也想写写旧社会，我看可以不必。你才二三十岁，你对旧社会不熟悉。而且，我们当然应该多写新社会，写社会主义新人。

要不要有思想，有主题？当然要有。我不同意无主题论。有人说我的小说说不出主题是什么，我自己是心中有数的。比如《岁寒三友》的主题是什么？"涸辙之鲋，相濡以沫"。一个作者必须有思想，有自己的思想。我们要学习马克思主义、毛泽东思想，但是不能用马克思或毛泽东的话，或某一项政策条文，代替自己的思想。一个作者对于生活，对于生活中的某种人或事，总得有自己的看法。作者在观察生活，塑造形象的过程中，总是要伴随自己的思想的。作者的思想不可能脱离形象。同样，也不可能有一种不是浸透了作者思想单独存在的形象。

所谓思想，我以为即是作者自己所发现的生活中的美和诗意，作者自己体察到的生活的意义。我写新社会的题材比较少,是因为我还没有较多地发现新的生活中的美和诗意。所谓不熟悉,就是自己没有找到生活的美和诗意。社会主义新人,就是一种社会主义的新的"人",人的身上的新的美,新的诗意。必须是自己确实发现了,看到,感受到的。也就是说,确实使自己感动过的。要找到人身上的珠玉,人身上的金子。不是概念的,也不是夸饰的。不是自己并没有感动过,而在作品里作出受了感动的样子。比如,我在剧团生活了二十年,应该是比较熟悉的。有的同志建议我写写剧团演员,写写他们的心灵美。我是想写的,但一直还没有写,因为我还没有找到美的心灵。有人说:你可以写写老演员怎样为了社会主义的艺术事业,培养新的一代;可以写写年轻人怎样刻苦练功,为了演好英雄人物……我谢谢这些同志的好心,但是我不能写,因为我没有真正地看到。我要再找找,找到人的心的珠玉,心的黄金。

作品的主题,作者的思想,在一个作品里必须具体化为对于所写的人物的态度、感情。

对于人或事的态度、感情,大概有这么三种表达方式。一种是"特别地说出"。作者唯恐别人不理解,在叙述、描写中拼命加进一些感情色彩很重的字样,甚至跳出事件外面,自己加以评述、抒情、发议论。一种是尽可能地不动声色。许多西方现代小说的作者就尽量不表示对于所写的人、事的态度,非常冷静。比如海明威。我是主张作者的态度是要让读者感觉到的,但是只能"流露",不能"特别地说出"。作者的感情、态度最好溶化在叙述、描写之中,隐隐约约,存在于字里行间。"东边日出西边雨,道是无晴却有晴"。

信口说了这些,请大家指正。

注　释

① 本篇原载《伊犁河》1982 年第 4 期,据作者在伊犁文学讲座上的讲话整理而成,与会者还有邓友梅、林斤澜等;初收《晚翠文谈》,浙江文艺出版社,1988 年 3 月。

两　栖　杂　述[①]

　　我是两栖类。写小说，也写戏曲。我本来是写小说的。二十年来在一个京剧院担任编剧。近二、三年又写了一点短篇小说。我过去的朋友听说我写京剧，见面时说："你怎么会写京剧呢？——你本来是写小说的，而且是有点'洋'的！"他觉得这简直不可思议。有些新相识的朋友，看过我近年的小说后，很诚恳地跟我说："您还是写小说吧，写什么戏呢！"他们都觉得小说和戏——京剧，是两码事，而且多多少少有点觉得我写京剧是糟踏自己，为我惋惜。我很感谢他们的心意。有些戏曲界的先辈则希望我还是留下来写戏，当我表示我并不想离开戏曲界时，就很高兴。我也很感谢他们的心意。曹禺同志有一次跟我说："你还是双管齐下吧！"我接受了他的建议。

　　我小时候没有想过写戏，也没有想过写小说。我喜欢画画。

　　我的父亲是个画画的，在我们那个县城里有点名气。我从小就很喜欢看他画画。每当他把画画的那间屋子打开（他不常画画），支上窗户，我就非常高兴。我看他研了颜色，磨了墨，铺好了纸；看他抽着烟想了一会，对着雪白的宣纸看了半天，用指甲或笔杆的一头在纸上比划比划，划几个道道，定了一幅画的间架章法，然后画出几个"花头"（父亲画写意花卉的），然后画枝干、布叶、勾筋、补石、点苔，最后再"收拾"一遍，题款、用印，用按钉钉在壁上，抽着烟对着它看半天。我很用心地看了全过程，每一步都看得很有兴趣。

　　我从小学到中学，都"以画名"。我父亲有一些石印的和珂罗版印的画谱，我都看得很熟了。放学回家，路过裱画店，我都要进去看看。

　　高中毕业，我本来是想考美专的。

　　我到四十来岁还想彻底改行，从头学画。

我始终认为用笔、墨、颜色来抒写胸怀，更为直接，也更快乐。

我到底没有成为一个画家。

到现在我还有爱看画的习惯，爱看展览会。有时兴之所至、特别是运动中挨整的时候，还时常随便涂抹几笔，发泄发泄。

喜欢画，对写小说，也有点好处。一个是，我在构思一篇小说的时候，有点像我父亲画画那样，先有一团情致，一种意向。然后定间架、画"花头"、立枝干、布叶、勾筋……一个是，可以锻炼对于形体、颜色、"神气"的敏感。我以为，一篇小说，总得有点画意。

我是怎样写起小说来的呢？

除了画画，我的"国文"成绩一直很好。从小学五年级到初中三年级，我的国文老师一直是高北溟先生。为了纪念他，我的小说《徙》里直接用了高先生的名字。他的为人、学问和教学的方法也就像我的小说里所写的那样，——当然不尽相同，有些地方是虚构的。在他手里，我读过的文章，印象最深的是归有光的《项脊轩志》、《先妣事略》。

有几个暑假，我还从韦子廉先生学习过。韦先生是专攻桐城派的。我跟着他，每天背一篇桐城派古文。姚鼐的、方苞的、刘大櫆、戴名世的。加在一起，不下百十篇。

到现在，还可以从我的小说里看出归有光和桐城派的影响。归有光以清淡之笔写平常的人情，我是喜欢的（虽然我不喜欢他正统派思想），我觉得他有些地方很像契诃夫。"桐城义法"，我以为是有道理的。桐城派讲究文章的提、放、断、连、疾、徐、顿、挫，讲"文气"。正好中国画讲"血脉流通"、"气韵生动"。我以为，"文气"是比"结构"更为内在，更精微的概念，和内容、思想更有有机联系。这是一个很好的、很先进的概念，比许多西方现代美学的概念还要现代的概念。文气是思想的直接的形式。我希望评论家能把"文气论"引进小说批评中来，并且用它来评论外国小说。

我好像命中注定要当沈从文先生的学生。

我读了高中二年级以后，日本人打到了邻县，我"逃难"在乡下，住在我的小说《受戒》里所写的小和尚庵里。除了高中教科书，我只带了两本书,一本屠格涅夫的《猎人日记》,一本上海一家野鸡书店盗印的《沈从文小说选》。我于是翻来覆去地看这两本书。

我到昆明考大学,报了西南联大中国文学系,就是因为这个大学中文系有朱自清先生、闻一多先生,还有沈先生。

我选读了沈先生的三门课:"各体文习作"、"中国小说史"和"创作实习"。

我追随沈先生多年,受到教益很多,印象最深的是两句话。

一句是"要贴到人物来写"。

他的意思不大好懂。根据我的理解,有这样几层意思:

第一,小说是写人物的。人物是主要的,先行的。其余部分都是次要的,派生的。作者要爱所写的人物。沈先生曾说过,对于兵士和农民"怀了不可言说的温爱"。"温爱",我觉得提得很好。他不说"热爱",而说"温爱",我以为这更能准确地说明作者和人物的关系。作者对所写的人物要具有充满人道主义的温情,要有带抒情意味的同情心。

第二,作者要和人物站在一起,对人物采取一个平等的态度。除了讽刺小说,作者对于人物不宜居高临下。要用自己的心贴近人物的心,以人物哀乐为自己的哀乐。这样才能在写作的大部分的过程中,把自己和人物融为一体,语之出自自己的肺腑,也是人物的肺腑。这样才不会作出浮泛的、不真实的、概念的和抄袭借用来的描述。这样,一个作品的形成,才会是人物行动逻辑自然的结果。这个作品是"流"出来的,而不是"做"出来的。人物的身上没有作者为了外在的目的强加于他身上的东西。

第三,人物以外的其他的东西都是附属于人物的。景物、环境,都得服从于人物,景物、环境都得具有人物的色彩,不能脱节,不能游离。一切景物、环境,声音、颜色、气味,都必须是人物所能感受到的。写景,就是写人,是写人物对于周围世界的感觉。这样,才会使一篇作品处处浸透了人物、散发着人物的气息,在不是写人物的部分也有人物。

另外一句话是:"千万不要冷嘲"。

这是对于生活的态度,也是写作的态度。我在旧社会,因为生活的穷困和卑屈,对于现实不满而又找不到出路,又读了一些西方的现代派的作品,对于生活形成一种带有悲观色彩的尖刻、嘲弄、玩世不恭的态度。这在我的一些作品里也有所流露。沈先生发觉了这点,在昆明时就跟我讲过;我到上海后,又写信给我讲到这点。他要求的是对于生活的"执着",要对生活充满热情,即使在严酷的现实的面前,也不能觉得"世事一无可取,也一无可为"。一个人,总应该用自己的工作,使这个世界更美好一些,给这个世界增加一点好东西。在任何逆境之中也不能丧失对于生活带有抒情意味的情趣,不能丧失对于生活的爱。沈先生在下放咸宁干校时,还写信给黄永玉,说"这里的荷花真好!"沈先生八十岁了,还每天工作十几个小时,完成《中国服饰研究》这样的巨著,就是靠这点对于生活的执着和热情支持着的。沈先生的这句话对我的影响很深。

我是怎样写起京剧剧本来的呢?

我从小爱看京剧,也爱唱唱。我父亲会拉胡琴,我初中一年级的时候就随着他的胡琴唱戏,唱老生,也唱青衣。到读大学时还唱。有个广东同学听到我唱戏,就说:"丢那妈,猫叫!"

因为读的是中文系,我后来又学唱了昆曲。

我喜欢看戏,看京剧,也爱看地方戏,特别爱看川剧。

我没有想到过写戏曲剧本。

因为当编辑,编《说说唱唱》,想写作,又下不去,没有生活,不免发牢骚。那年恰好是纪念世界名人吴敬梓,有人就建议我在《儒林外史》里找一个题材,写写京剧剧本,我就写了一个《范进中举》。这个剧本演出了,还在北京市戏曲会演中得了一个奖。

一九五八年,我戴了右派帽子下去劳动,摘了帽子,想调回北京,恰好北京京剧团还有个编剧名额,我就这样调到了京剧团,一直到现在。二十年了。

搞文学的人是不大看得起京剧的。

这也难怪。京剧的文学性确实是很差,很多剧本简直是不知所云。前几个月,我在北京,每天到玉渊潭散步,每天听一个演员在练《珠帘寨》的定场诗：

> 李白斗酒诗百篇，
> 长安市上酒家眠。
> 摔死国舅段文楚，
> 唐王一怒贬北番！

李克用和李太白有什么关系呢？

《花田错》里有一句唱词：

> 桃花不比杏花黄……

桃花不黄，杏花也不黄呀！

可是，京剧毕竟是我们的文化遗产呀！而且，就是京剧，也有些很好的东西。比如大家都知道的《四进士》，用了那样多的典型的细节，刻画了宋士杰这样一个独特的人物，这就不用说了。我以为这出戏放在世界戏剧名作之林中，是毫不逊色的。再如《打渔杀家》里萧恩和桂英离家时的对话：

萧　恩　开门哪！（出门介）

桂　英　爹爹请转。

萧　恩　儿呀何事？

桂　英　这门还未曾上锁呢。

萧　恩　这门喏，关也罢不关也罢。

桂　英　里面还有许多动用家具呢。

萧　恩　傻孩子呀，门都不要了，要家具则甚哪！

桂　英　不要了？

萧　恩　不明白的冤家！……

我觉得这是小说，很好的小说。我觉得写小说的，也是可以从戏曲里学到很多东西的。

戏曲、京剧，有些手法好像很旧。但是中国人觉得它很旧，外国人觉得它很新。比如"自报家门"，这就比用整整一幕戏来介绍人物省事得多。比如布莱希特的"间离效果"说,是受了中国戏曲的启发而提出来的,这很新呀!

我觉得我们不要妄自菲薄,数典忘祖。我们要"以故为新",从遗产中找出新的东西来。特别是搞西方现代派的同志,我建议他们读一点旧文学,用比较文学的方法研究研究中国的古典文学。我总是希望能把古今中外熔为一炉。

我搞京剧,有一个想法,很想提高一下京剧的文学水平,提高其可读性,想把京剧变成一种现代艺术,可以和现代文学作品放在一起,使人们承认它和王蒙的、高晓声的、林斤澜、邓友梅的小说是一个水平的东西,只不过形式不同。

搞搞京剧还有一个好处,即知道戏和小说是两种东西(当然又是相通的)。戏要夸张、要强调;小说要含蓄,要淡远。李笠翁说写诗文不可说尽,十分只能说二三分,写戏剧必须说尽,十分要说到十分。这是很有见地的话。托尔斯泰说人是不能用警句交谈的,这是指的小说;戏里的人物是可以用警句交谈的。因此,不能把小说写得像戏,不能有太多情节,太多的戏剧性。如果写的是一篇戏剧性很强的小说,那你不如干脆写成戏。

以上是一个两栖类的自白。

除了搞戏,我还搞过曲艺,编过《说说唱唱》;搞过民间文学、编了好几年《民间文学》。"文化大革命"以后,我发表的第一篇作品不是小说,而是民间文学的论文,而且和甘肃有点关系,是《"花儿"的格律》。我觉得这对写小说没有坏处。特别是民间文学,那真是一个宝库。我甚至可以武断地说,不读一点民歌,民间故事,是不能成为一个好小说家的。

我这个两栖类,这个"杂家"有点什么经验? 一个是要尊重、热爱祖国的文学艺术传统;一个是兼收并蓄,兴趣更广泛一些,知识更丰富一些。

我希望有更多的两栖类,希望诗人、小说家都来写写戏曲。

一九八二年九月十七日　兰州

注 释

① 本篇原载《飞天》1983 年 1 月号；初收《晚翠文谈》，浙江文艺出版社，1988
年 3 月。

关于现阶段的文学^①

——答《当代文艺思潮》编辑部问

一、新时期文学与十七年文学，
有无明显的区别,它的主要特点是什么?

我确实有个实际情况,我对当代文学很陌生,也不是一无所知,但是比较陌生。因为我长期脱离文学创作,搞了二十年的戏曲,而且搞了一段"样板戏",我说我算个"两栖类"。因为我的本职工作是搞戏曲,是搞京剧编剧的,所以在戏曲的圈子里活动比较久,文学创作就比较陌生。另外,我的精力有限,岁数也比较大了,我看的作品很少。往往看的作品,都是熟人给我说这个作品值得一看,比如今天上午说的高晓声的小说。另外,我的孩子们是博览群书,特别是他们对所谓站在时代前面的作品看得很多,他们有时给我说,这个作品您看一看,我才看一看,所以我实在很无知。

刚才谈到《受戒》,《受戒》写出来其实是很偶然的。从我个人来说,我这十七年是在"三突出"统治之下过了很多时候,深受其苦,我的痛苦是别人所不能理解的,因为逼得我非得按那办、按那写不可。什么"主题先行"啦,我都尝受过,对我来说它不是理论问题,也不是一个概念,而是你必须这样去搞。原来我有个很朴素的想法,在个别发言或者文章里都讲到从生活出发,后来有的同志说,现在不是这个提法了,现在是从主题出发。他说于会泳有一个发言,已经发表出来了,他第一次提出"主题先行"。因为当时我们是三结合的创作方法,就是领导出思想,群众出生活,作家出技巧。他出一个思想、出一个主题,然后我们下去到处去找生活素材,来演绎这个主题思想。有时他那个思想就不对。记得那个时候,我们样板团的创作选题必须是江青亲自定,她忽然说她看中了原来的《草原烽火》(后来《草原烽火》否定了),她说你们下去写这样一个题材,就是说一个八路军的工作人员打到草原上去,打入王府,发动王府里头的奴隶,反抗日本帝国主义和汉奸王爷。我们就按照她规定的找这个题材,到处去找,哪有这个事啊。因为当时党中央对内蒙少数民族地区提出来的是内蒙古的王公贵族和牧民团结起来一致抗日,就没有把王爷和牧民截然分开。我们访问许多地方回来后,向当时的于会泳汇报说,没有这样的材料。于会泳回答一句话很妙,他说没有这样的材料更好,你们可以"海阔天空",就是说可以任意瞎编。

也许这十年之苦受得太厉害了,我说去他的,我就不理那一套,所以以后就写了那么个小说,写出来没有打算发表,曾和个别同志说过我写了这么一篇小说。那个同志说写这样小说干什么,写出来有什么地方给你发表?他拿去看了以后,当时表示写得好,但是他理智上认为这东西不行。那就是说从他的艺术趣味上或是从他的感情上,他是喜欢这篇小说,但是从沿袭下来的正统的观点上说,他又觉得这玩意儿不行。所以这个作品的发表,有人说有这样的作者敢写这样的作品,也有这样的主编敢发这样的作品。当时我说发表这样的作品是需要有一定的胆量的。还有人说,不知从什么时候起,文学和胆量连在一起了。所以,这一点,经过"四人帮"以后,三中全会以后,对某些人的艺术趣味、艺术欣赏、艺术爱好和当时的某些教条的分裂状态有所改变。像刚才说的,他很喜欢这个作品,但从道理上又不行。到三中全会以后,比较开放,就是大家喜欢的作品能够不太受理论观念的限制而发表了,人们的艺术趣味与理论倡导之间的距离比较小了,因此,很大的一个区别就是题材大大广泛了,不受一时的某种政治口号或某种政策的约束。事实上打破了这种约束,或者说是开始恢复文学正常的创作道路、创作规律。我觉得从这方面说,恢复现实主义的传统,在当时是符合实际情况的,因为"四人帮"搞的那一套,是根本违反现实主义的基本规律的。以后可能有许多新的现象,但是我觉得一开始,文学必须在现实主义基础上去发展,这个道路我觉得还是对的,这是由从理念出发,从思想出发,开始回到从生活出发。因此,这就使开拓文学领域的广阔天地的这种发展要求变成了可能,这个十七年一段——我说的比较冒昧——我觉得十七年如果说文学有什么问题的话,可能就是文学从属政治这个东西束缚着它,打倒"四人帮"以后,在创作实践上,冲破了这个东西。胡乔木同志前不久提出来这一问题,说文学不从属于政治,不是为政治服务的。其实在当时,一些作者在创作实践上已经开始突破文学从属于政治服从于具体政策这样一个东西。譬如《受戒》,你要文学从属于政治,为具体政策服务,我那受戒的小和尚,实在没法服务。这一点我当时是明确的。虽然当时还没有提高到从理论上加以认识的高度,但是大家在创作实践上,实实在在已经向这方面迈进了,已经摆脱了那个东西。我觉得乔木同志的论点实际上是总结了一个历史时期的经验,而不完全是在他的口号提出后,大家才开始冲破文学从属于政治的约束的。事实上,现在所谓新时期很多作品,你用这个标准来衡量,从属于政治,直接为什么政策服务,那都不能存在了。所以我是感觉到,如果说有一点区别(我说不上明显的区别),我觉得事实上已开始突破这样一个东西,也就是开始向现实主义为主潮的这样一个广阔的道路上发展。我觉得现实主义不能把它看得很狭窄,现实主义可以有许多流派,但是恢复到现实主义的基础上,才有可能再发展,使得新的流派产生出来。

二、近两年来的文学主题是否有什么变化?
为什么会发生这种变化?

主题有什么变化,说老实话,这两年作品看的很少,这个主题原来是什么样,后来又有什么变化,我不清楚。更说不出来为什么会发生这种变化。我认为文学的主题是个很严肃的问题,应该研究,不过我觉得历史的年限应放得宽一些,这两年究竟有什么变化,那当然也可以说了,但作为主题,一个是一定时期的现实生活在作者思想的反映,形成为主题。同时也结合一定时期的读者特别是青年读者所关心的问题，也形成主题。不要过分的强调在文学创作现象里边的主题问题，因为一个主题是作者思想的反映，作者思想也不能是两年一变、三年一变。我倒觉得一个作者应该有自己的贯串始终的主题，就是它所谓的倾向性。比如契诃夫，他每个作品都清楚反映了这个东西：反庸俗的小市民。现在是否可以这样的研究，从历史发展上研究一个作者的思想，观察他的作品主题的一些变化。假如两年就去研究一个普遍性的主题，就会变成大家一窝蜂地去赶浪潮。一个作者对社会对生活的思索，我觉得应该是有他自己独特的东西，当然总的应该是在马列主义、毛泽东思想指导之下去观察生活，观察社会。因此，我就觉得现在有些作者往往说你这个作品观点或者思想又落后了，好像赶一种什么浪潮似的。青年的思想是不稳定的，他可以一会儿相信存在主义，一会儿又回到朦胧哲学，他可以回到其他东西上去，要跟他跑就没完了，这种追随青年的某种不很稳定的倾向是有的。我觉得作者还是自己在马列主义、毛泽东思想指导之下，独立思考地去看社会、看问题，不一定形成一个时期的普遍性的所谓浪潮式东两。我并不主张无主题论，一个作者是有思想的，是需要有他自己的思想，而这种思想也许融化在作品中，不是那么表露，这也就是贯串它的主题，因此，我觉得最好时间放长一些。文学史家勃兰兑斯写的《十九世纪文学主潮》，它是就一个世纪整个文学状况来说的。我是不太倾向于把这个时期划分为伤痕文学，那个时期划分为反思文学，它是一个大的主要的潮流。主流什么东西，这样一个须从较长时期，从历史条件来看的问题，我实在回答不上来。

要说我自己的作品，与主流的变化不发生太大的关系，因为我没有考虑过如何去迎合当时的某种浪潮。有时我自己也想了，我自己写的是什么东西。前几个月我在大连的一个地方刊物《海燕》上，发表了三个很短的小说，题目是《钓人的孩子》，写一个小孩叫昆明，他扔了一张钞票在街上，拴一条黑线，有人路过一捡，他就一抽，抽过去钓人。第二个故事，写常常跑警报，有一个学哲学搞逻辑的，他推论跑警报的时候，大家一定把值钱的东西带上，值钱的东西是金子；既然带金子就会有人丢掉金子;丢掉就会有人捡到;人可以捡到金子;我是人,故我可以捡到金子。第三个故事,买航空奖券。国民党人发一种航空奖券,每年中奖的时候,就可以成为一个小富翁。有一个大学文学系的人,很清高,读的都是十九世纪的雪莱的诗,李商隐的诗,自己也写那种漂亮的散文。他喜欢一个女同学,他听人说这位女同学已经许配人了,与人订婚了,因为她家比较贫穷,她的未婚夫拿钱供她上学。这位抒情诗人下定决心,要把她从这种境地中救出来,他就每年买航空奖券,后来发现蛮不那么回事,是瞎编的,那个女的和她的未婚夫关系很好,未婚夫在旅馆里送那女朋友,他也在隔壁旅馆里,听到女同学同她未婚夫放浪的笑声,他觉得如遭电殛,但是航空奖券他继续买下去,因为已买成习惯。要问我这主题是什么,我的主题是"人与金钱"。虽然也是这两年发表的,但是和那文学主流不相干。但是我还是比较严肃的来考虑这个问题,当然这写的是过去的事情。不过我觉得可以按照作家的思想倾向、思想发展或是他的主题某些不同的表现来研究。一个断代,在一定的时期里边,也可以研究一下。如果我觉得把它分得比较细,就是刚才说的,这两年往往是把主题和题材混为一谈,过分的强调主题,就可能导致"题材决定论"。

我再接着说一点。现在所谓主要变化,实际上指的是问题小说。它所提出问题的变化,实际上是这样一个东西,或是更具体地说,提出青年思想问题的变化。这问题要注意,但是也不要过分地强调。

三、请谈谈"乡土文学"的现状。

"乡土文学"这个词,好像是有过,可能过去美国斯坦培克的作品被称作"乡土文学",不知为什么在美国说他是"乡土文学",我也不太理解。也许和别的作家比起来,他是专门写森林的工人,而且局限于南美这一带,地方色彩比较鲜明,要是这样的话,我觉得是可以的,你们这里不是也提出了敦煌学派吗?无非是地方色彩比较鲜明一些,我觉得也是可以的。

刚才说到我的老师——沈老，他主要写湘西，但不是专门写湘西，他也写青岛、武汉、上海、北平，他也写知识分子、农民、士兵、小职员，虽然有人把他与蹇先艾归在一起，他自己从不说我是"乡土文学"。

我觉得"乡土文学"的概念不明确，不稳定，因此，我准备奉劝绍棠，不要老提这东西。有一件事情很有意思，他请他的老师孙犁写关于他的小说的序，要求他顺便谈谈"乡土文学"，孙犁给他回了封信，说你最好不要考虑这个东西。

我觉得有它的不好处，至少是把自己局限住了。你老是写那三十里路运河滩，你把你的视野是否放开一些，你为什么就不能写青年知识分子，写写工人或是一般市民？因为他写"乡土文学"把他框住了。他说过，我就是通县那块土地。我倒是同意孙犁的主张，不要让"乡土文学"把自己框住。

至于刚才说的，具有中国气派、作风、地方色彩，所谓泥土气，这是可以的。另外，好像在人们心目中把乡土文学跟比较洋的东西对立起来。我觉得这也不必，可以并存。今天上午的会上我就主张：古今中外，熔为一炉。这是我的想法。

四、现代主义对新时期文学有何影响，前景如何，是否正在形成某种流派？

我倒是和现代派有点关系，有点一知半解。我在大学读书时，受了现代派的影响。

现代派，它也是一个比较广泛的概念。现代派，大概最初是绘画里面提出来的。这是印象派后期以后，比如毕加索、马蒂斯。他们有统一的东西，但是一个人有一个人的表现方法，如马蒂斯他是野兽派，也是现代派。毕加索前面搞了一个青色时期、红色时期，后来他也搞立体构成主义，也是现代派，现代派从美术上说，大体上就是等于古典的现实主义的反动，就是不同于用那种办法来表现。它要追求一种新的方法，它也不是瞎胡闹。

另外，在文学上，现代的西方现代派是什么样？我是比较陌生的。四十年代，在文学上比较有代表性的是英国诗人彼沃德、皮埃尔、海伦，这是现代派的。另外，德国的里尔克，包括西班牙的什么阿多里，以及包括后来的存在主义大师萨特，也可以把它归到现代派里头。

我觉得从文学上说，现代派有它的特点。我现在也说不上现代派的特点是什么。西班牙的阿多里，英国的伍尔夫，有它一致的地方，但是，不完全一样。我是受了一些影响。你看我集子的第一篇《复仇》，就是有点受现代派影响，中国四十年代有一批主要是大学里面写诗的，受了一些影响。

我觉得接受一些现代派的影响，借鉴于他们的一些表现手法，是可以的。但是，我和写《九叶集》的好些人比较熟，我就跟他们说，你们能不能把外国的现代派变变样，把它中国化了。我说，你们写现代派的诗，是不是用现代派手法写些中国诗、中国词，写一写我这一行——京剧。他们说，这我们办不到。因此，我就对他们不服。我主张，现代派也要中国化。这是我的看法，我说可以吸收一些东西，吸收一些表现方法。

另外，我觉得有些现代派的表现方法，中国古已有之，我随便举些例子。中唐、晚唐以后，有些诗的表现方法就和现代派的某些表现方法是比较一致的。如王昌龄的《长信秋词》中："奉帚平明金殿开，暂将团扇共徘徊。玉颜不及寒鸦色，犹带昭阳日影来。""寒鸦"和"玉颜"本来是两码事，怎么放在一起呢，怎能作比较呢？"犹带昭阳日影来"，昭阳日影显然是表现皇帝的恩宠，寒鸦还能从昭阳殿里带太阳影子过来，可是我这玉颜就没法接触昭阳日影。它这个表现方法是很曲折的，这个应该说是唐朝的朦胧诗，它不是很直接的，但还是可以理解的。比如，民间有类似的东西，我曾经看过上海一个滩簧剧本，第一句是"春风弹动半天霞"，表现方法是很现代的。把霞比喻是棉絮，春风比喻成弹棉花的弓子。但是，他不这样说，他直接说"春风弹动半天霞"，这就把它抽象化了。离开语言现象把它抽象化，用抽象化方法把它概括起来了。现代派的表现方法很重要的一点，就是把它抽象化。就是它的视象接触到主体和物体关系有所变化,它不是直接的造成普通一般的,把它抽象起来。我觉得既然中国古已有之,就不能说这东西不合理。现代派中有印象派的诗,就是几个概念,或是几种形象排在一起,不组成句子,然后你自己独特组织。因此,我觉得所谓现代派的表现方法就是不完全按照普遍的古典的现实主义的表现方法反映生活,这是可以吸收的,而且群众是可以接受的。我倒是不主张把现代派搞得完全不能懂,就是你这个作品表现的东西跟群众的接受能力距离太大。现代派可以借鉴,但不是完全模仿西方,因为西方的抽象,往往是我们东方人所不能理解、不能接受的。比如艾略特写的诗"黄昏象一个病人躺在手术床上"。这个东西在英国人可能是比较容易理解的,中国人就不理解了,这么比喻,距离太大。闻先生讲唐诗时,用比较文学的办法讲,他把晚唐的某些诗包括李贺的诗(李贺的诗应该说相当朦胧,或者相当的"现代"),和法国的画派比较来谈,他还没有意识到毕加索,他就是意识到印象派后期,他就是说造成一种印象,表面上看起来不真切,他特别举出法国印象派后期的点彩派,一个一个点子,远看这些点子都是闪动发光造成一种印象。他说,唐诗有一些写法就是这样的写法,表面上看语言不是很对的,但是看了给人产生一种印象。因此,我觉得是可以借鉴中国一些古的东西。另外,我还是觉得更让它中国化,学外国的东西让人瞧不出来。这是我的看法,而且我就这么干了。"意识流"之类,我那作品中都能找出来,我可以老实招供,哪个地方用的"意识流"。但是,我自己后来越来越明确了,还是回到民族传统上来,但要吸收外来的东西,不排除外来的东西,不然老是那么一点儿。要善于融化吸收。

　　能不能形成一种流派?恐怕这是一种广泛的东西。较多地接受西方现代派影响的某些作家,或是较少一些,或者不吸收,都可能存在。很显然,年轻一代比较容易接受西方的影响,我觉得是可以的。但是,我希望这些同志要带点中国味,把它中国化。不能完全是西方现代派,在中国式的现实主义基础上,要学现代派的表现手法,或有较多的这种东西,我觉得是可以的。也可能形成某种趋向,倒不一定是流派。因为四十年代以后,我就不太看这种东西了。四十年前我倒是看这种作品比较多。我倒是奉劝绍棠同志要看看现代派作品，我对学现代派的同志，往往说你要读一点中国古文，这是我的主张。

另外，坚持中国的民族传统，很重要的一点，要精通祖国语言。我觉得有人是受了西方现代派影响的。有些人往往是外文系的学生，他们甚至是用外文来思维中文，用汉字来写的，我说这个不灵，所以他们有很大的弱点，语言不是很精神的，特别是中国的语言的传统里边韵律感、音乐感、节奏感这个东西，他们不像咱们搞戏曲的那么内行，他写出像翻译的诗，那东西总是不行。我说，要是这样，你干脆拿外文去发表，到大西洋杂志去发表。

五、是否存在乡土派与现代派的竞争？

刚才斤澜说，乡土派在城圈外农村吃得开，现代派在大城市里吃得开，可能有这种倾向。在大城市吃得开不如说在青年知识分子中吃得开，或者是在能够花钱买杂志的那部分读者中吃得开。从西方现代派看，他们也发现读者是比较少的，它就是写的知识分子，尽管它的地位很高，读者面不是很广，因此，有一个问题，现代派新的表现手法，能不能为群众所接受，这个是需要一定的努力。比如智利的聂鲁达是个现代派，据聂鲁达说，他的诗在铜矿朗诵得到很强烈的反应，也许智利铜矿的工人和我们中国西北的农民欣赏习惯或文化教养不一样，聂鲁达自己说，他原来也没想到。因此，某些个现代派的手法要想办法使群众一般能接受。我觉得还需要追求这种表现方法的同志作一番努力，我觉得不是不能办到，有一些东西虽然是现代派的，还是可以懂的，比如年轻女诗人舒婷有一句诗："踩熄了一路的虫声"，我觉得这种表现方法比较新，她把那虫声，想象成小灯火，一路走过去，虫声停了，像踩熄了似的，她不啰唆，直接说踩熄一路的虫声，我觉它很美。我觉得如果倾向于学习这种比较新鲜的手法，应想办法让它接近群众，为一般人所能理解，至少为有初步的文学修养的群众所能理解。另外，我觉得刚才斤澜说的对，可以相互竞争，各自存在。我也觉得竞争是存在的，可以竞争，但不要有门户之见，特别是不要意气用事，一瞧你那带土味的，我就看不起；一瞧洋味的，什么玩意儿呀，不必这样。我觉得，事实上好像有某种对立情绪，我觉得不必这样，它也不是已经到剑拔弩张的程度。

另外，还有一点，我觉得，作为一个刊物的编辑，不能对哪一派带过多的倾向的色彩，他要有比较冷静的公平的态度。不管什么表现手法，什么流派，我要看你的思想深度，表现手法所能达到的水平。现在某些刊物的确有一种倾向，某种流派倾向的作品比较多，甚至它的主编就喜欢这样作品，主编他不喜欢的作品就嗤之以鼻，这种现象虽不是很严重的，但也还是多多少少存在，作为文艺的领导——因为刊物左右一代文风——我觉得还是持一种比较冷静公平的态度为好。

六、您比较留心哪些作家的创作动向？
您有空看外国文学作品吗，近年读了哪些，印象如何？

我也是比较留心熟人的作品。我看书向来是东一榔头西一棒子，也许上午看了关于王羲之的兰亭考，下午也许看海明威的小说，蛮不相干。作家的创作动向，我是没有太留心。外国文学作品，也有的看过了，过些年再找来看一看。例如，海明威的《老人与海》就看过几遍了。这几年我看的作品印象比较深的，除了海明威之外，大概是卡夫卡。卡夫卡的《变形记》，真是写的好，但是海明威的思想和卡夫卡的思想不一样，我觉得他的表现方法，很有他的独到之处。苏联的作品很久没看了，偶尔也看看舒克申的作品，但看的不多，我觉得这个作家很有特点。我觉得苏联的作品不像"四人帮"时期所咒骂的那样，人家还是探索新的东西，而且道路是比较健康的。舒克申我觉得是很有才华，充满诗意，也充满哲理。我只是零零碎碎，不是有目的去看，不像有些人这个时期专门看库普林，那个时期看另一个作家的作品，我倒是前几年我看的最多的是契诃夫，过去有几年我是每年把契诃夫通读一次，现在因为很忙，也没时间去读他了。安东诺夫的作品，我也比较喜欢。大概我看的作品，一个是随便碰到的，一个可能是跟我气质比较接近的，或是表现方法比较接近的那些作家,比如现在让我看巴尔扎克,我是怎么也看不下去,我对巴尔扎克没什么缘分,当然我还是硬着头皮读了几本。比如像狄更斯,我年青时很喜欢,现在又不想看。我看外国作品倒是比较倾向于有点现代的作品,因为它跟我们时代,比较容易接近,虽然他是外国的东西。我看东西没什么目的,我觉得杂乱无章地读书也有好处,因为作家他不是研究工作者,对味我就看,舒服我就看,从兴趣出发。

我再说一点对我们这个刊物的希望。

我希望这个刊物能把古今中外沟通起来,一个就是用比较文学的方法把中国的当代的这个作品或者带有某些思潮性的作品,跟外国的当代文学放在一起看,就是把中国作品放在世界范围里看,怎么评论它,外国作品有时不一定很好,中国的某些个作家或某些作品,放在世界范围里,我们怎么看,这个工作你要不做外国人就做。

另外就是,我希望把古今沟通起来,我很希望大学里讲中国文学史的人,你联系到当前的文艺创作,你就说,中国某些人在当代文学创作上有些什么影响,某些个作家是受了哪些个人的影响,要不成了没有祖宗的人了。所以,我倒设想,能不能有人写一个魏晋文学对鲁迅作品的影响,或者是从郦道元起中国的游记对当代小说景物描写的影响。我总觉得你大学讲文学史,讲作品,没有一个人,也没想过,也没点胆量,说我就把邓友梅的作品跟古代哪一个作品联在一块讲。我觉得否则总是停留在研究者的案头,它不直接影响当前的创作。

注　释

① 本篇原载《当代文艺思潮》1983 年第一期,是该刊编辑部于 1982 年 9 月 18 日组织的座谈会笔录。该座谈会以问答形式完成了六个议题的讨论,参与者还有林斤澜和邓友梅。收入本卷时仅保留作者发言内容。

天 山 行 色[①]

南 山 塔 松

所谓南山者,是一片塔松林。

乌鲁木齐附近,可游之处有二,一为南山,一为天池。凡到乌鲁木齐者,无不往。

南山是天山的边缘,还不是腹地。南山是牧区。汽车渐入南山境,已经看到牧区景象。两旁的山起伏连绵,山势皆平缓,望之浑然,遍山长着茸茸的细草。去年雪不大,草很短。老远的就看到山间错错落落,一丛一丛的塔松,黑黑的。

汽车路尽,舍车从山涧两边的石径向上走,进入松林深处。

塔松极干净,叶片片片如新拭,无一枯枝,颜色蓝绿。空气也极干净。我们藉草倚树吃西瓜,起身时衣裤上都沾了松脂。

新疆雨量很少,空气很干燥,南山雨稍多,本地人说:"一块帽子大的云也能下一阵雨。"然而也不过只是帽子大的云的那么一点雨耳,南山也还是干燥的。然而一棵一棵塔松密密地长起来了,就靠了去年的雪和那么一点雨。塔松林中草很丰盛,花很多,树下可以捡到蘑菇。蘑菇大如掌,洁白细嫩。

塔松带来了湿润,带来了一片雨意。

树是雨。

南山之胜处为杨树沟、菊花台,皆未往。

406

天 池 雪 水

一位维吾尔族的青年油画家(他看来很有才气)告诉我:天池是不能画的,太蓝,太绿,画出来像是假的。

天池在博格达雪山下。博格达山终年用它的晶莹洁白吸引着乌鲁木齐人的眼睛。博格达是乌鲁木齐的标志,乌鲁木齐的许多轻工业产品都用博格达山做商标。

汽车出乌鲁木齐,驰过荒凉苍茫的戈壁滩,驰向天池。我恍惚觉得不是身在新疆,而是在南方的什么地方。庄稼长得非常壮大苗实,油绿油绿的,看了教人身心舒畅。路旁的房屋也都干净整齐。行人的气色也很好,全都显出欣慰而满足。黄发垂髫,并怡然自得。有一个地方,一片极大的坪场,长了一片极大的榆树林。榆树皆数百年物,有些得两三个人才抱得过来。树皆健旺,无衰老态。树下悠然地走着牛犊。新疆山风化层厚,少露石骨。有一处,悬崖壁立,石骨尽露,石质坚硬而有光泽,黑如精铁,石缝间长出大树,树荫下覆,纤藤细草,蒙翳披纷,石壁下是一条湍急而清亮的河水……这不像是新疆,好像是四川的峨眉山。

到小天池(谁编出来的,说这是王母娘娘洗脚的地方,真是煞风景!)少憩,在崖下池边站了一会,赶快就上来了:水边凉气逼人。

到了天池,嗬! 那位维族画家说得真是不错。有人脱口说了一句:"春水碧于蓝"。

天池的水,碧蓝碧蓝的。上面,稍远处,是雪白的雪山。对面的山上密密匝匝地布满了塔松,——塔松即云杉。长得非常整齐,一排一排地,一棵一棵挨着,依山而上,显得是人工布置的。池水极平静,塔松、雪山和天上的云影倒映在池水当中,一丝不爽。我觉得这不像在中国,好像是在瑞士的风景明信片上见过的景色。

或说天池是火山口,——中国的好些天池都是火山口,自春至夏,博格达山积雪溶化,流注其中,终年盈满,水深不可测。天池雪水流下山,流域颇广。凡雪水流经处,皆草木华滋,人畜两旺。

作《天池雪水歌》

明月照天山，
雪峰淡淡蓝。
春暖雪化水流渐，
流入深谷为天池。
天池水如孔雀绿，
水中森森万松覆。
有时倒映雪山影，
雪山倒影明如玉。
天池雪水下山来，
快笑高歌不复回。
下山水如蓝玛瑙，
卷沫喷花斗奇巧。
雪水流处长榆树，
风吹白杨绿火炬。
雪水流处有人家，
白白红红大丽花。
雪水流处小麦熟，
新面打馕烤羊肉。
雪水流经山北麓，
长宜子孙聚国族。
天池雪水深几许？
储量恰当一年雨。
我从燕山向天山，
曾度苍茫戈壁滩。
万里西来终不悔，
待饮天池一杯水。

天　山

天山大气磅礴，大刀阔斧。

一个国画家到新疆来画天山，可以说是毫无办法。所有一切皴法，大小斧劈、披麻、解索、牛毛、豆瓣，统统用不上。天山风化层很厚，石骨深藏在砂砾泥土之中，表面平平浑浑，不见棱角。一个大山头，只有阴阳明暗几个面，没有任何琐碎的笔触。

天山无奇峰，无陡壁悬崖，无流泉瀑布，无亭台楼阁，而且没有一棵树，——树都在"山里"。画国画者以树为山之目，天山无树，就是一大片一大片紫褐色的光秃秃的裸露的干山，国画家没了辙了！

自乌鲁木齐至伊犁，无处不见天山。天山绵延不绝，无尽无休，其长不知几千里也。

天山是雄伟的。

早发乌苏望天山

苍苍浮紫气，

天山真雄伟。

陵谷分阴阳，

不假皴擦美。

初阳照积雪，

色如胭脂水。

往霍尔果斯途中望天山

天山在天上，

没在白云间。

色与云相似，

微露数峰巅。

只从蓝襞褶，

遥知这是山。

伊 犁 闻 鸠

到伊犁,行装甫卸,正洗着脸,听见斑鸠叫:

"鹁鸪鸪——咕,

"鹁鸪鸪——咕……"

这引动了我的一点乡情。

我有很多年没有听见斑鸠叫了。

我的家乡是有很多斑鸠的。我家的荒废的后园的一棵树上,住着一对斑鸠。"天将雨,鸠唤妇",到了浓阴将雨的天气,就听见斑鸠叫,叫得很急切:

"鹁鸪鸪,鹁鸪鸪,鹁鸪鸪……"

斑鸠在叫他的媳妇哩。

到了积雨将晴,又听见斑鸠叫,叫得很懒散:

"鹁鸪鸪,——咕!

"鹁鸪鸪,——咕!"

单声叫雨,双声叫晴。这是双声,是斑鸠的媳妇回来啦。"——咕",这是媳妇在应答。

是不是这样呢? 我一直没有踏着挂着雨珠的青草去循声观察过。然而凭着鸠声的单双以占阴晴,似乎很灵验。我小时常常在将雨或将晴的天气里,谛听着鸣鸠,心里又快乐又忧愁,凄凄凉凉的,凄凉得那么甜美。

我的童年的鸠声啊。

昆明似乎应该有斑鸠,然而我没有听鸠的印象。

上海没有斑鸠。

我在北京住了多年,没有听过斑鸠叫。

张家口没有斑鸠。

我在伊犁,在祖国的西北边疆,听见斑鸠叫了。

410

"鹁鸪鸪——咕,

"鹁鸪鸪——咕……"

伊犁的鸠声似乎比我的故乡的要低沉一些,苍老一些。

有鸠声处,必多雨,且多大树。鸣鸠多藏于深树间。伊犁多雨。伊犁在全新疆是少有的雨多的地方。伊犁的树很多。我所住的伊犁宾馆,原是苏联领事馆,大树很多,青皮杨多合抱者。

伊犁很美。

洪亮吉《伊犁记事诗》云:

> 鹁鸪啼处却春风,
>
> 宛与江南气候同。

注意到伊犁的鸠声的,不是我一个人。

伊　犁　河

人间无水不朝东,伊犁河水向西流。

河水颜色灰白,流势不甚急,不紧不慢,汤汤洄洄,似若有所依恋。河下游,流入苏联境。

在河边小作盘桓。使我惊喜的是河边长满我所熟悉的水乡的植物。芦苇。蒲草。蒲草甚高,高过人头。洪亮吉《天山客话》记云:"惠远城关帝庙后,颇有池台之胜,池中积蒲盈顷,游鱼百尾,蛙声间之。"伊犁河岸之生长蒲草,是古已有之的事了。蒲苇旁边,摇动着一串一串殷红的水蓼花,俨然江南秋色。

蹲在伊犁河边捡小石子,起身时发觉腿上脚上有几个地方奇痒,伊犁有蚊子! 乌鲁木齐没有蚊子,新疆很多地方没有蚊子,伊犁有蚊子,因为伊犁水多。水多是好事,咬两下也值得。自来新疆,我才更深切地体会到水对于人的生活的重要性。

几乎每个人看到戈壁滩,都要发出这样的感慨:这么大的地,要是有水,能长多少粮食啊!

伊犁河北岸为惠远城。这是"总统伊犁一带"的伊犁将军的驻地，也是获罪的"废员"充军的地方。充军到伊犁，具体地说，就是到惠远。伊犁是个大地名。

惠远有新老两座城。老城建于乾隆二十七年，后为伊犁河水冲溃，废。光绪八年，于旧城西北郊十五里处建新城。

我们到新城看了看。城是土城，——新疆的城都是土城，黄土版筑而成，颇简陋，想见是草草营建的。光绪年间，清廷的国力已经很不行了。将军府遗址尚在，房屋已经翻盖过，但大体规模还看得出来。照例是个大衙门的派头，大堂、二堂、花厅，还有个供将军下棋饮酒的亭子。两侧各有一溜耳房，这便是"废员"们办事的地方。将军府下设六个处，"废员"们都须分发在各处效力。现在的房屋有些地方还保留当初的材料。木料都不甚粗大。有的地方还看得到当初的彩画遗迹，都很粗率。

新城没有多少看头，使人感慨兴亡，早生华发的是老城。

旧城的规模是不小的。城墙高一丈四，城周九里。这里有将军府，有兵营，有"废员"们的寓处，街巷市里，房屋栉比。也还有茶坊酒肆，有"却卖鲜鱼饲花鸭"、"铜盘炙得花猪好"的南北名厨。也有可供登临眺望，诗酒流连的去处。"城南有望河楼，面伊江，为一方之胜"，城西有半亩宫，城北一片高大的松林。到了重阳，归家亭子的菊花开得正好，不妨开宴。惠远是个"废员"、"谪宦"、"迁客"的城市。"自巡抚以下至簿尉，亦无官不具，又可知伊犁迁客之多矣"。从上引洪亮吉的诗文，可以看到这些迁客下放到这里，倒是颇不寂寞的。

伊犁河那年发的那场大水，是很不小的。大水把整个城全扫掉了。惠远城的城基是很高的，但是城西大部分已经塌陷，变成和伊犁河岸一般平的草滩了。草滩上的草很好，碧绿的，有牛羊在随意啃啮。城西北的城基犹在，人们常常可以在废墟中捡到陶瓷碎片，辨认花纹字迹。

城的东半部的遗址还在。城里的市街都已犁为耕地，种了庄稼。东北城墙，犹余半壁。城墙虽是土筑的，但很结实，厚约三尺。稍远，右侧，有一土墩，是鼓楼残迹，那应该是城的中心。林则徐就住在附近。

据记载:鼓楼前方第二巷,又名宽巷,是林的住处。我不禁向那个地方多看了几眼。林公则徐,您就是住在那里的呀?

伊犁一带关于林则徐的传说很多。有的不一定可靠。比如现在还在使用的惠远渠,又名皇渠,传说是林所修筑,有人就认为这不可信:林则徐在伊犁只有两年,这样一条大渠,按当时的条件,两年是修不起来的。但是林则徐之致力新疆水利,是不能否定的(林则徐分发在粮饷处,工作很清闲,每月只须到职一次,本不管水利)。林有诗云:"要荒天遣作箕子,此语足壮羁臣羁",看来他虽在迁谪之中,还是壮怀激烈,毫不颓唐的。他还是想有所作为,为百姓作一点好事,并不像许多废员,成天只是"种树养花,读书静坐"(洪亮吉语)。林则徐离开伊犁时有诗云:"格登山色伊江水,回首依依勒马看",他对伊犁是有感情的。

惠远城东的一个村边,有四棵大青枫树。传说是林则徐手植的。这大概也是附会。林则徐为什么会跑到这样一个村边来种四棵树呢?不过,人们愿意相信,就让他相信吧。

这样一个人,是值得大家怀念的。

据洪亮吉《客话》云:废员例当佩长刀,穿普通士兵的制服——短后衣。林则徐在伊犁日,亦当如此。

伊犁河南岸是察布查尔。这是一个锡伯族自治县。锡伯人善射,乾隆年间,为了戍边,把他们由东北的呼伦贝尔迁调来此。来的时候,戍卒一千人,连同家属和愿意一同跟上来的亲友,共五千人,路上走了一年多。——原定三年,提前赶到了。朝廷发下的差旅银子是一总包给领队人的,提前到,领队可以白得若干。一路上,这支队伍生下了三百个孩子!

这是一支多么壮观的,富于浪漫主义色彩,充满人情气味的队伍啊。五千人,一个民族,男男女女,锅碗瓢盆,全部家当,骑着马,骑着骆驼,乘着马车、牛车,浩浩荡荡,迤迤逦逦,告别东北的大草原,朝着西北大戈壁,出发了。落日,朝雾,启明星,北斗星。搭帐篷,饮牲口,宿营。火光,炊烟,茯茶,奶子。歌声,谈笑声。哪一个帐篷或车篷里传出一声啼哭，"呱——"又一个孩子出生了，一个小锡伯人，一个未来的武士。

一年多。

三百个孩子。

锡伯人是骄傲的。他们在这里驻防二百多年，没有后退过一步。没有一个人跑过边界，也没有一个人逃回东北，他们在这片土地扎下了深根。

锡伯族到现在还是善射的民族。他们的选手还时常在各地举行的射箭比赛中夺标。

锡伯人是很聪明的，他们一般都会说几种语言，除了锡伯语，还会说维语、哈萨克语、汉语。他们不少人还能认古满文。在故宫翻译、整理满文老档的，有几个是从察布查尔调去的。

英雄的民族！

雨晴，自伊犁往尼勒克车中望乌孙山

> 一痕界破地天间，
> 浅绛依稀暗暗蓝。
> 夹道白杨无尽绿，
> 殷红数点女郎衫。

尼 勒 克

站在尼勒克街上，好像一步可登乌孙山。乌孙故国在伊犁河上游特克斯流域，尼勒克或当是其辖境。细君公主、解忧公主远嫁乌孙，不知有没有到过这里。汉代女外交家冯嫽夫人是个活跃人物，她的锦车可能是从这里走过的。

尼勒克地方很小，但是境内现有十三个民族。新疆的十三个民族，这里全有。喀什河从城外流过，水清如碧玉，流甚急。

> 山形依旧乌孙国，
> 公主琵琶尚有声。

至今团聚十三族，

不尽长河绕故城。

唐巴拉牧场

在乌鲁木齐，在伊犁，接待我们的同志，都劝我们到唐巴拉牧场去看看，说是唐巴拉很美。

唐巴拉果然很美。但是美在哪里，又说不出。勉强要说，只好说：这儿的草真好！

喀什河经过唐巴拉，流着一河碧玉。唐巴拉多雨。由尼勒克往唐巴拉，汽车一天到不了，在卡提布拉克种蜂场住了一夜。那一夜就下了一夜大雨。有河，雨水足，所以草好。这是一个绿色的王国，所有的山头都是碧绿的。绿山上，这里那里，有小牛在慢悠悠地吃草。唐巴拉是高山牧场，牲口都散放在山上，尽它自己漫山瞎跑，放牧人不用管它，只要隔两三天骑着马去看看，不像内蒙，牲口放在平坦的草原上。真绿，空气真新鲜，真安静，——一点声音都没有。

我们来晚了。早一个多月来，这里到处是花。种蜂场设在这里，就是因为这里花多。这里的花很多是药材，党参、贝母……蜜蜂场出的蜂蜜能治气管炎。

有的山是杉山。山很高，满山满山长了密匝匝的云杉。云杉极高大。这里的云杉据说已经砍伐了三分之二，现在看起来还很多。招待我们的一个哈萨克牧民告诉我们：林业局有规定，四百年以上的，可以砍；四百年以下的，不许砍。云杉长得很慢。他用手指比了比碗口粗细："一百年，才这个样子！"

到牧场，总要喝喝马奶子，吃吃手抓羊肉。

马奶子微酸，有点像格瓦斯，我在内蒙喝过，不难喝，但也不觉得怎么好喝。哈萨克人可是非常爱喝。他们一到夏天，就高兴了：可以喝"白的"了。大概他们冬天只能喝砖茶，是黑的。马奶子要夏天才有，要等母马下了驹子，冬天没有。一个才会走路的男娃子，老是哭闹。给他糖,给他苹果,都不要,摔了。他妈给他倒了半碗马奶子,他巴呷巴呷地喝起来,安静了。

招待我们的哈萨克牧人的孩子把一群羊赶下山了。我们看到两个男人把羊一只一只周身揣过,特别用力地揣它的屁股蛋子。我们明白,这是揣羊的肥瘦(羊们一定不明白,主人这样揣它是干什么),揣了一只,拍它一下,放掉了;又重捉过一只来,反复地揣。看得出,他们为我们选了一只最肥的羊羔。

哈萨克吃羊肉和内蒙不同,内蒙是各人攥了一大块肉,自己用刀子割了吃。哈萨克是:一个大瓷盘子,下面衬着煮烂的面条,上面覆盖着羊肉,主人用刀把肉割成碎块,大家连肉带面抓起来,送进嘴里。

好吃么?

好吃!

吃肉之前,由一个孩子提了一壶水,注水遍请客人洗手,这风俗近似阿拉伯、土耳其。

"唐巴拉"是什么意思呢?哈萨克主人说:听老人说,这是蒙古话。从前山下有一片大树林子,蒙古人每年来收购牲畜,在树上烙了好些印子(印子本是烙牲口的),作为做买卖的标志。唐巴拉是印子的意思。他说:也说不准。

赛里木湖·果子沟

乌鲁木齐人交口称道赛里木湖,果子沟。他们说赛里木湖水很蓝;果子沟要是春天去,满山都是野苹果花。我们从乌鲁木齐往伊犁,一路上就期待着看看这两个地方。

车出芦草沟,迎面的天色沉了下来,前面已经在下雨。到赛里木湖,雨下得正大。

赛里木湖的水不是蓝的呀。我们看到的湖水是铁灰色的。风雨交加,湖里浪很大。灰黑色的巨浪,一浪接着一浪,扑面涌来,撞碎在岸边,溅起白沫。这不像是湖,像是海。荒凉的,没有人迹的,冷酷的海。

没有船,没有飞鸟。赛里木湖使人觉得很神秘,甚至恐怖。赛里木湖是超人性的。它没有人的气息。

湖边很冷,不可久留。

林则徐一八四二年(距今整一百四十年)十一月五日,曾过赛里木湖。林则徐日记云:"土人云:海中有神物如青羊,不可见,见则雨雹。其水亦不可饮,饮则手足疲软,谅是雪水性寒故耳。"林则徐是了解赛里木湖的性格的。

到伊犁,和伊犁的同志谈起我们见到的赛里木湖,他们都有些惊讶,说:"真还很少有人在大风雨中过赛里木湖。"

赛里木湖正南,即果子沟。车到果子沟,雨停了。我们来的不是时候,没有看到满山密雪一样的林檎的繁花,但是果子沟给我留下一个非常美的印象。

吉普车在山顶的公路上慢行着,公路一侧的下面是重重复复的山头和深浅不一的山谷。山和谷都是绿的,但绿得不一样。浅黄的、浅绿的、深绿的。每一个山头和山谷多是一种绿法。大抵越是低处,颜色越浅;越往上,越深。新雨初晴,日色斜照,细草丰茸,光泽柔和,在深深浅浅的绿山绿谷中,星星点点地散牧着白羊、黄犊、枣红的马,十分悠闲安静。迎面陡峭的高山上,密密地矗立着高大的云杉。一缕一缕白云从黑色的云杉间飞出。这是一个仙境。我到过很多地方,从来没有觉得什么地方是仙境。到了这儿,我蓦然想起这两个字。我觉得这里该出现一个小小的仙女,穿着雪白的纱衣,披散着头发,手里拿一根细长的牧羊杖,赤着脚,唱着歌,歌声悠远,回绕在山谷之间……

从伊犁返回乌鲁木齐,重过果子沟。果子沟不是来时那样了。草、树、山,都有点发干,没有了那点灵气。我不复再觉得这是一个仙境了。旅游,也要碰运气。我们在大风雨中过赛里木,雨后看果子沟,皆可遇而不可求。

汽车转过一个山头,一车的人都叫了起来:"哈!"赛里木湖,真蓝!好像赛里木湖故意设置了一个山头,挡住人的视线。绕过这个山头,它就像从天上掉下来的似的,突然出现了。

真蓝! 下车待了一会,我心里一直惊呼着:真蓝!

我见过不少蓝色的水。"春水碧于蓝"的西湖,"比似春芜碧不殊"的嘉陵江,还有最近看过的博格达雪山下的天池,都不似赛里木湖这样的蓝。蓝得奇怪,蓝得不近情理。蓝得就像绘画颜料里的普鲁士蓝,而且是没有化开的。湖面无风,水纹细如鱼鳞。天容云影,倒映其中,发宝石光。湖色略有深浅,然而一望皆蓝。

上了车,车沿湖岸走了二十分钟,我心里一直重复着这一句:真蓝。远看,像一湖纯蓝墨水。

赛里木湖究竟美不美? 我简直说不上来。我只是觉得:真蓝。我顾不上有别的感觉,只有一个感觉——蓝。

为什么会这样蓝? 有人说是因为水太深。据说赛里木湖水深至九十公尺。赛里木湖海拔二千零七十三米,水深九十公尺,真是不可思议。

"赛里木"是突厥语,意思是祝福、平安。突厥的旅人到了这里,都要对着湖水,说一声:

"赛里木!"

为什么要说一声"赛里木"! 是出于欣喜,还是出于敬畏?

赛里木湖是神秘的。

苏 公 塔

苏公塔在吐鲁番。吐鲁番地远,外省人很少到过,故不为人所知。苏公塔,塔也,但不是平常的塔。苏公塔是伊斯兰教的塔,不是佛塔。

据说,像苏公塔这样的结构的塔,中国共有两座,另一座在南京。

塔不分层。看不到石基木料。塔心是一砖砌的中心支柱。支柱周围有盘道,逐级盘旋而上,直至塔顶。外壳是一个巨大的圆柱,下丰上锐,拱顶。这个大圆柱是砖砌的,用结实的方砖砌出凹凸不同的中亚风格的几何图案,没有任何增饰。砖是青砖,外面涂了一层黄土,呈浅土黄色。这种黄土,本地所产,取之不尽。土质细腻,无杂质,富粘性。吐鲁番不下雨,塔上涂刷的土浆没有被冲刷的痕迹。二百余年,完好如新。塔高约相当于十层楼,朴素而不简陋,精巧而不繁琐。这样一个浅土黄色的,滚圆的巨柱,拔地而起,直向天空,安静肃穆,准确地表达了穆斯林的虔诚和信念。

塔旁为一礼拜寺,颇宏伟,大厅可容千人,但外表极朴素,土筑、平顶。这座礼拜寺的构思是费过斟酌的。不敢高,不与塔争势;不欲过卑,因为这是做礼拜的场所。整个建筑全由平行线和垂直线构成,无弧线,无波纹起伏,亦呈浅土黄色。

圆柱形的苏公塔和方正的礼拜寺造成极为鲜明的对比,而又非常协调。苏公塔追求的是单纯。

令人钦佩的是造塔的匠师把蓝天也设计了进去。单纯的,对比着而又协调着的浅土黄色的建筑,后面是吐鲁番盆地特有的明净无滓湛蓝湛蓝的天宇,真是太美了。没有蓝天,衬不出这种浅土黄色是多么美。一个有头脑的,聪明的匠师!

苏公塔亦称额敏塔。造塔的由来有两种说法。塔的进口处有一块碑,一半是汉字,一半是维文。汉字的说塔是额敏造的。额敏和硕,因助清高宗平定准噶尔有功,受封为郡王。碑文有感念清朝皇帝的意思,碑首冠以"大清乾隆",自称"皇帝旧仆"。维文的则说这是额敏的长子苏来满造,为了向安拉祈福。不知道为什么会有这样两种的不同的说法。由来不同,塔名亦异。

大戈壁·火焰山·葡萄沟

从乌鲁木齐到吐鲁番,要经过一片很大的戈壁滩。这是典型的大戈壁,寸草不生。没有任何生物。我经过别处的戈壁,总还有点芨芨草、梭梭、红柳,偶尔有一两棵曼陀罗开着白花,有几只像黑漆涂出来的乌鸦。这里什么都没有。没有飞鸟的影子,没有虫声,连苔藓的痕迹都没有。就是一片大平地,平极了。地面都是砾石。都差不多大,好像是筛选过的。有黑的、有白的。铺得很均匀。远看像铺了一地炉灰碴子。一望无际。真是荒凉。太古洪荒。真像是到了一个什么别的星球上。

我们的汽车以每小时八十公里的速度在平坦的柏油路上奔驰,我觉得汽车像一只快艇飞驶在海上。

戈壁上时常见到幻影。远看一片湖泊,清清楚楚。走近了,什么也没有。幻影曾经欺骗了很多干渴的旅人。幻影不难碰到,我们一路见到多次。

人怎么能通过这样的地方呢?他们为什么要通过这样的地方?他们要去干什么?

不能不想起张骞,想起班超,想起玄奘法师。这都是了不起的人……

快到吐鲁番了,已经看到坎儿井。坎儿井像一溜一溜巨大的蚁垤。下面,是暗渠,流着从天山引下来的雪水。这些大蚁垤是挖渠掏出的砾石堆。现在有了水泥管道,有些坎儿井已经废弃了,有些还在用着。总有一天,它们都会成为古迹的。但是不管到什么时候,看到这些巨大的蚁垤,想到人能够从这样的大戈壁下面,把水引了过来,还是会起历史的庄严感和悲壮感的。

到了吐鲁番,看到房屋、市街、树木,加上天气特殊的干热,人昏昏的,有点像做梦。有点不相信我们是从那样荒凉的戈壁滩上走过来的。

吐鲁番是一个著名的绿洲。绿洲是什么意思呢?我从小就在诗歌里知道绿洲,以为只是有水草树木的地方。而且既名为洲,想必很小。不对。绿洲很大。绿洲是人所居住的地方。绿洲意味着人的生活,人的勤劳,人的生老病死,喜怒哀乐,人的文明。

一出吐鲁番,南面便是火焰山。

又是戈壁。下面是苍茫的戈壁,前面是通红的火焰山。靠近火焰山时,发现戈壁上长了一丛丛翠绿翠绿的梭梭。这样一个无雨的、酷热的戈壁上怎么会长出梭梭来呢?而且是那样的绿!不知它是本来就是这样绿,还是通红的山把它衬得更绿了。大概在干旱的戈壁上,凡能发绿的植物,都罄其全生命,拼命地绿。这一丛一丛的翠绿,是一声一声胜利的呼喊。

火焰山,前人记载,都说它颜色赤红如火。不止此也。整个山像一场正在延烧的大火。凡火之颜色、形态无不具。有些地方如火方炽,火苗高窜,颜色正红。有些地方已经烧成白热,火头旋拧如波涛。有一处火头得了风,火借风势,呼啸而起,横扯成了一条很长的火带,颜色微黄。有几处,下面的小火为上面的大火所逼,带着烟沫气流,倒溢而出。有几个小山叉,褶缝间黑黑的,分明是残火将熄的烟㞗……

火焰山真是一个奇观。

火焰山大概是风造成的,山的石质本是红的,表面风化,成为细细的红沙。风于是在这些疏松的沙土上雕镂搜剔,刻出了一场热热烘烘,刮刮杂杂的大火。风是个大手笔。

火焰山下极热,盛夏地表温度至七十多度。

火焰山下,大戈壁上,有一条山沟,长十余里,沟中有一条从天山流下来的河,河两岸,除了石榴、无花果、棉花、一般的庄稼,种的都是葡萄,是为葡萄沟。

葡萄沟里到处是晾葡萄干的荫房。——葡萄干是晾出来的,不是晒出来的。四方的土房子,四面都用土墼砌出透空的花墙。无核白葡萄就一长串一长串地挂在里面,尽吐鲁番特有的干燥的热风,把它吹上四十天,就成了葡萄干,运到北京、上海、外国。

吐鲁番的葡萄全国第一,各样品种无不极甜,而且皮很薄,入口即化。吐鲁番人吃葡萄都不吐皮,因为无皮可吐。——不但不吐皮,连核也一同吃下,他们认为葡萄核是好东西。北京绕口令曰:"吃葡萄不吐葡萄皮儿",未免少见多怪。

一九八二年九月二十二日起手写于兰州,

十月七日北京写讫。

注　释

① 本篇原载《北京文学》1983 年第一期;初收《汪曾祺自选集》,漓江出版社, 1987 年 10 月。

沈从文的寂寞^①

——浅谈他的散文

一九八一年湖南人民出版社出了沈先生的散文选。选集中所收文章,除了一篇《一个传奇的本事》、一篇《张八寨二十分钟》,其余的《从文自传》、《湘行散记》、《湘西》,都是三十年代写的。沈先生写这些文章时才三十几岁,相隔已经半个世纪了。我说这些话,只是点明一下时间,并没有太多感慨。四十年前,我和沈先生到一个图书馆去,站在一架一架的图书面前,沈先生说:"看到有那么多人写了那么多书,我真是什么也不想写了!"古往今来,那么多人写了那么多书,书的命运,盈虚消长,起落兴衰,有多少道理可说呢。不过一个人被遗忘了多年,现在忽然又来出他的书,总叫人不能不想起一些问题。这有什么历史的和现实的意义?这对于今天的读者——主要是青年读者的品德教育、美感教育和语言文字的教育有没有作用?作用有多大?……

这些问题应该由评论家、文学史家来回答。我不想回答,也回答不了。我是沈先生的学生,却不是他的研究者(已经有几位他的研究者写出了很好的论文)。我只能谈谈读了他的散文后的印象。当然是很粗浅的。

文如其人。有几篇谈沈先生的文章都把他的人品和作品联系起来。朱光潜先生在《花城》上发表的短文就是这样。这是一篇好文章。其中说到沈先生是寂寞的,尤为知言。我现在也只能用这种办法。沈先生用手中一支笔写了一生,也用这支笔写了他自己。他本人就像一个作品,一篇他自己所写的作品那样的作品。

我觉得沈先生是一个热情的爱国主义者,一个不老的抒情诗人,一个顽强的不知疲倦的语言文字的工艺大师。

这真是一个少见的热爱家乡、热爱土地的人。他经常来往的是家乡人，说的是家乡话，谈的是家乡的人和事。他不止一次和我谈起棉花坡的渡船；谈起枫树坳，秋天，满城飘舞着枫叶。八一年他回凤凰一次，带着他的夫人和友人看了他的小说里所写过的景物，都看到了，水车和石碾子也终于看到了，没有看到的只是那个大型榨油坊。七十九岁的老人，说起这些，还像一个孩子。他记得的那样多，知道的那样多，想过的那样多，写了的那样多，这真是少有的事。他自己说他最满意的小说是写一条延长千里的沅水边上的人和事的。选集中的散文更全部是写湘西的。这在中国的作家里不多，在外国的作家里也不多。这些作品都是有所为而作的。

沈先生非常善于写风景。他写风景是有目的的。正如他自己所说：

> 一首诗或者仅仅二十八个字，一幅画大小不过一方尺，留给后人的印象，却永远是清新壮丽，增加人对于祖国大好河山的感情。

（《张八寨二十分钟》）

风景不殊，时间流动。沈先生常在水边，逝者如斯，他经常提到的一个名词是"历史"。他想的是这块土地，这个民族的过去和未来。他的散文不是晋人的山水诗，不是要引人消沉出世，而是要人振作进取。

读沈先生的作品常令人想起鲁迅的作品，想起《故乡》、《社戏》（沈先生最初拿笔，就是受了鲁迅以农村回忆的题材的小说的影响，思想上也必然受其影响）。他们所写的都是一个贫穷而衰弱的农村。地方是很美的，人民勤劳而朴素，他们的心灵也是那样高尚美好，然而却在一种无望的情况中辛苦麻木地生活着。鲁迅的心是悲凉的。他的小说就混和着美丽与悲凉。湘西地方偏僻，被一种更为愚昧的势力以更为野蛮的方式统治着。那里的生活是"怕人"的，所出的事情简直是离奇的。一个从这种生活里过来的青年人，跑到大城市里，接受了五四以来的民主思想，转过头来再看看那里的生活，不能不感到痛苦。《新与旧》里表现了这种痛苦，《菜园》里表现了这种痛苦。《丈夫》、《贵生》

里也表现了这种痛苦。他的散文也到处流露了这种痛苦。土著军阀随便地杀人，一杀就是两三千。刑名师爷随便地用红笔勒那么一笔，又急忙提着长衫，拿着白铜水烟袋跑到高坡上去欣赏这种不雅观的游戏。卖菜的周家幺妹被一个团长抢去了。"小婊子"嫁了个老烟鬼。一个矿工的女儿，十三岁就被驻防军排长看中，出了两块钱引诱破了身，最后咽了三钱烟膏，死掉了。……说起这些，能不叫人痛苦？这都是谁的责任？"浦市地方屠户也那么瘦了，是谁的责任？"——这问题看似提得可笑，实可悲。便是这种诙谐语气，也是从一种无可奈何的痛苦心境中发出的。这是一种控诉。在小说里，因为要"把道理包含在现象中"，控诉是无言的。在散文中有时就明明白白地说了出来。"读书人的同情，专家的调查，对这种人有什么用？若不能在调查和同情以外有一个'办法'，这种人总永远用血和泪在同样情形中打发日子。地狱俨然就是为他们而设的。他们的生活，正说明'生命'在无知与穷困包围中必然的种种。"(《辰豀的煤》)沈先生是一个不习惯于大喊大叫的人，但这样的控诉实不能说是十分"温柔敦厚"。不知道为什么他的这些话很少有人注意。

沈从文不是一个悲观主义者。个人得失事小，国家前途事大。他曾经明确提出："民族兴衰，事在人为。"就在那样黑暗腐朽（用他的说法是"腐烂"）的时候，他也没有丧失信心。他总是想激发青年的自尊心和自信心。"在事业上有以自现，在学术上有以自立。"他最反对愤世嫉俗，玩世不恭。在昆明，他就跟我说过："千万不要冷嘲"。一九四六年，我到上海，失业，曾想过要自杀，他写了一封长信把我大骂了一通，说我没出息，信中又提到"千万不要冷嘲。"他在《〈长河〉题记》中说："横在我们面前的许多事都使人痛苦，可是却不用悲观。社会还正在变化中，骤然而来的风风雨雨，说不定把许多人的高尚理想，卷扫摧残，弄得无踪无迹。然而一个人对于人类前途的热忱，和工作的虔敬态度，是应当永远存在，且必然能给后来者以极大鼓励的！"事情真奇怪，沈先生这些话是一九四二年说的，听起来却好像是针对"文化大革命"而说的。我们都经过那十年"痛苦怕人"的生活，国家暂时还有许多困难,有许多问题待解决。有一些青年,包括一些青年作家,不免产生冷嘲情绪,觉得世事一无可取,也一无可为。你们是不是可以听听一个老作家四十年前所说的这些很迂执的话呢?

我说这些话好象有点岔了题。不过也还不是离题万里。我的目的只是想说说沈先生的以民族兴亡为己任的爱国热情。

沈先生关心的是人,人的变化,人的前途。他几次提家乡人的品德性格被一种"大力"所扭曲、压扁。"去乡已十八年,一入辰河流域,什么都不同了。表面上看来,事事物物自然都有了极大进步,试仔细注意注意,便见出在变化中的一种堕落趋势。最明显的事,即农村社会所保有那点正直朴素的人情美,几乎快要消失无余,代替而来的却是近二十年实际社会培养成功的一种唯实唯利的庸俗人生观。敬鬼神畏天命的迷信固然已经被常识所摧毁,然而做人时的义利取舍是非辨别也随同泯没了。"(《〈长河〉题记》)他并没有想把时间拉回去,回到封建宗法社会,归真返朴。他明白,那是不可能的。他只是希望能在一种新的条件下,使民族的热情、品德,那点正直朴素的人情美能够得到新的发展。他在回忆了划龙船的美丽情景后,想到"我们用什么方法,就可使这些人心中感觉一种对'明天'的'惶恐',且放弃过去对自然的和平态度,重新来一股劲儿,用划龙船的精神活下去? 这些人在娱乐上的狂热,就证明这种狂热能换个方向,就可使他们还配在世界上占据一片土地,活得更愉快更长久一些。不过有什么方法,可以改造这些人的狂热到一件新的竞争方面去,可是个费思索的问题。"(《箱子岩》)"希望到这个地面上,还有一群精悍结实的青年,来驾驭钢铁征服自然,这责任应当归谁?"——"一时自然不会得到任何结论。"他希望青年人能活得"庄严一点,合理一点",这当然也只是"近乎荒唐的理想"。不过他总是希望着。

他把希望寄托在几个明慧温柔,天真纯粹的小儿女身上。寄托在翠翠身上,寄托在《长河》里的三姊妹身上,也寄托在"一个多情水手与一个多情妇人"身上。——这是一篇写得很美的散文。牛保和那个不知名字的妇人的爱,是一种不正常的爱(这种不正常不该由他们负责），然而是一种非常淳朴真挚，非常美的爱。这种爱里闪耀着一种悠久的民族品德的光。沈先生在《〈长河〉题记》中说："在《边城》题记上，曾提起一个问题，即拟将'过去'和'当前'对照，所谓民族品德的消失与重造，可能从什么地方着手。《边城》中人物的正直和热情，虽然已经成为过去陈迹了，应当还保留些本质在年轻人的血里或梦里，相宜环境中，即可重新燃起年轻人的自尊心和自信心。"提起《边城》和沈先生的许多其他作品，人们往往愿意和"牧歌"这个词联在一起。这有一半是误解。沈先生的文章有一点牧歌的调子。所写的多涉及自然美和爱情，这也有点近似牧歌。但就本质来说，和中世纪的田园诗不是一回事，不是那样恬静无为。有人说《边城》写的是一个世外桃源，更全部是误解（沈先生在《桃源与沅州》中就把来到桃源县访幽探胜的"风雅"人狠狠地嘲笑了一下）。《边城》（和沈先生的其他作品）不是挽歌，而是希望之歌。民族品德会回来么？

这个人也许永远不回来了，也许明天回来！

回来了！你看看张八寨那个弄船女孩子！

令我显得慌张的，并不是渡船的摇动，却是那个站在船头、嘱咐我不必慌张、自己却从从容容在那里当家作事的弄船女孩子。我们似乎相熟又十分陌生。世界上就真有这种巧事，原来她比我二十四年写到的一个小说中人翠翠，虽晚生十来岁，目前所处环境却仿佛相同，同样在这么青山绿水中摆渡，青春生命在慢慢长成。不同处是社会变化大，见世面多，虽对人无机心，而对自己生存却充满信心。一种"从劳动中得到快乐增加幸福成功"的信心。这也正是一种新型的乡村女孩子共同的特征。目前一位有一点与众不同，只是所在背景环境。

沈先生的重造民族品德的思想，不知道为什么，多年来不被理解。"我作品能够在市场上流行，实际上近于买椟还珠，你们能欣赏我故事的清新，照例那作品背后蕴藏的热情却忽略了，你们能欣赏我文字的朴实，照例那作品背后隐伏的悲痛也忽略了。""寄意寒星荃不察"，沈先生不能不感到寂寞。他的散文里一再提到屈原,不是偶然的。

　　寂寞不是坏事。从某个意义上,可以说寂寞造就了沈从文。寂寞有助于深思,有助于想象。"我有我自己的生活与思想,可以说是皆从孤独中得来的。我的教育,也是从孤独中得来的。"他的四十本小说,是在寂寞中完成的。他所希望的读者,也是"在多种事业里低头努力,很寂寞的从事于民族复兴大业的人。"(《〈长河〉题记》)安于寂寞是一种美德。寂寞的人是充实的。

　　寂寞是一种境界,一种很美的境界。沈先生笔下的湘西,总是那么安安静静的。边城是这样,长河是这样,鸭窠围、杨家岨也是这样。静中有动,静中有人。沈先生擅长用一些颜色、一些声音来描绘这种安静的诗境。在这方面,他在近代散文作家中可称圣手。

　　　黑夜占领了全个河面时,还可以看到木筏上的火光,吊脚楼窗口的灯光,以及上岸下船在河岸大石间飘忽动人的火炬红光。这时节岸上船上都有人说话,吊脚楼上且有妇人在黯淡灯光下唱小曲的声音,每次唱完一支小曲时,就有人笑嚷。什么人家吊脚楼下有匹小羊叫,固执而且柔和的声音,使人听来觉得忧郁。

　　　这些人房子窗口既一面临河,可以凭了窗口呼喊河下船中人,当船上人过了瘾,胡闹已够,下船时,或者尚有些事情嘱托,或者其他原因,一个晃着火炬停顿在大石间,一个便凭立在窗口,"大老你记着,船下行时又来!""好,我来的,我记着的。""你见了顺顺就说:'会呢,完了;孩子大牛呢,脚膝骨好了;细粉带三斤,冰糖或片糖带三斤。'""记得到,记得到,大娘你放心,我见了顺顺大爷就说:'会呢,完了。大牛呢,好了。细粉来三斤,冰糖来三斤。'""杨氏,杨氏,一共四吊七,莫错账!""是的,放心呵,你说四吊七就四吊七,年三十夜莫会多要你的!你自己记着就是了。"这样那样的说着,我一一都可听到,而且一面还可以听着在黑暗中某一处咩咩的羊鸣。(以上引自《鸭窠围的夜》)

真是如闻其声。这样的河上河下喊叫着的对话,我好像在别一处也曾听到过。这是一些多么平常琐碎的话呀,然而这就是人世的生活。那只小羊固执而柔和地叫着,使沈先生不能忘记,也使我多年不能忘记,并且如沈先生常说的,一想起就觉得心里"很软"。

不多久,许多木筏皆离岸了,许多下行船也拔了锚,推开篷,着手荡桨摇橹了。我卧在船舱中,就只听到水面人语声,以及橹桨激水声,与橹桨本身被扳动时咿咿哑哑声。河岸吊脚楼上妇人在晓气迷濛中锐声的喊人,正好同音乐中的笙管一样,超越众声而上。河面杂声的综合,交织了庄严与流动,一切真是一个圣境。

岸上吊脚楼前枯树边,正有两个妇人,穿了毛蓝布衣服,不知商量些什么,幽幽的说着话。这里雪已极少,山头皆裸露作深棕色,远山则为深紫色。地方静得很,河边无一只船,无一个人,一堆柴。只不知河边某一个大石后面有人正在捶捣衣服,一下一下的捣。对河也有人说话,却看不清楚人在何处。(以上引自《一个多情水手与一个多情妇人》)

"空山不见人,但闻人语响","竹喧归浣女,莲动下渔舟",静中有动,以动为静,这是中国文学的一个长久的传统。但是这种境界只有一个摆脱浮世的营扰,习惯于寂寞的人方能于静观中得之。齐白石云:"白石老人心闲气静时一挥",寂寞安静,是艺术创作所必需的气质。一个热中于利禄,心气浮躁的人,是不能接近自然,也不能接近生活的。沈先生"习静"的方法是写字。在昆明,有一阵,他常常用毛笔在竹纸书写的两句诗是"绿树连村暗,黄花入梦稀"。我就是从他常常书写的这两句诗(当然不止这两句)里解悟到应该怎样用少量文字描写一种安静而活泼,充满生气的"人境"的。

我就是不想明白道理却永远为现象所倾心的人。我看一切,却并不把那个社会价值挹加进去,估定我的爱憎。我不愿问价钱上的多少来为万物作一个好坏批评,却愿意考查他在我官觉上使我愉快不愉快的分量。我永远不厌倦的是"看"一切。宇宙万汇

429

在动作中,在静止中,在我印象里,我都能抓定它的最美丽与最调和的风度,但我的爱好显然却不能同一般目的相合。我不明白一切同人类生活相联结时的美恶,另外一句话来说,就是我不大领会伦理的美。接近人生时我永远是个艺术家的感情,却不是所谓道德君子的感情。(《自传·女难》)

沈先生五十年前所作的这个"自我鉴定"是相当准确的。他的这种诗人气质,从小就有,至今不衰。

《从文自传》是一本奇特的书。这本书可以从各种角度去看。你可以看到从辛亥革命到五四湘西一隅的怕人生活,了解一点中国历史;可以看到一个人"生活陷于完全绝望中,还能充满勇气与信心始终坚持工作,他的动力来源何在",从而增加一点自己对生活的勇气与信心。沈先生自己说这是一本"顽童自传"。我对这本书特别感兴趣,是因为这是一本培养作家的教科书,它告诉我人是怎样成为诗人的。一个人能不能成为一个作家,童年生活是起决定作用的。首先要对生活充满兴趣,充满好奇心,什么都想看看。要到处看,到处听,到处闻嗅,一颗心"永远为一种新鲜颜色,新鲜声音,新鲜气味而跳",要用感官去"吃"各种印象。要会看,看得仔细,看得清楚,抓得住生活中"最美的风度";看了,还得温习,记着,回想起来还异常明朗,要用时即可方便地移到纸上。什么都去看看,要在平平常常的生活里看到它的美,它的诗意,它的亚细亚式残酷和愚昧。比如,熔铁,这有什么看头呢?然而沈先生却把这过程写了好长一段,写得那样生动!一个打豆腐的,因为一件荒唐的爱情要被杀头,临刑前柔弱的笑笑,"我记得这个微笑,十余年来在我印象中还异常明朗。"(《清乡所见》)沈先生的这本《自传》中记录了很多他从生活中得到的美的深刻印象和经验。一个人的艺术感觉就是这样从小锻炼出来的。有一本书叫做《爱的教育》,沈先生这本书实可称为一本"美的教育"。我就是从这本薄薄的小书里学到很多东西,比读了几十本文艺理论书还有用。

沈先生是个感情丰富的人,非常容易动情,非常容易受感动(一个艺术家若不比常人更为善感,是不成的)。他对生活,对人,对祖国的山河草木都充满感情,对什么都爱着,用一颗蔼然仁者之心爱着。

> 山头一抹淡淡的午后阳光感动我,水底各色圆如棋子的石头也感动我。我心中似乎毫无渣滓,透明烛照,对万汇百物,对拉船人与小小船只,一切都那么爱着,十分温暖的爱着!(《一九三四年一月十八日》)

因为充满感情,才使《湘行散记》和《湘西》流溢着动人的光彩。这里有些篇章可以说是游记,或报告文学,但不同于一般的游记或报告文学,它不是那样冷静,那样客观。有些篇,单看题目,如《常德的船》、《沅陵的人》,尤其是《辰溪的煤》,真不知道这会是一些多么枯燥无味的东西,然而你看下去,你就会发现,一点都不枯燥!它不同于许多报告文学,是因为作者生于斯,长于斯,在这里生活过(而且是那样的生活过),它是凭作者自己的生活经验,凭亲历的第一手材料写的;不是凭采访调查材料写的。这里寄托了作者的哀戚、悲悯和希望,作者与这片地,这些人是血肉相关的,感情是深沉而真挚的,不像许多报告文学的感情是空而浅的,——尽管装饰了好多动情的词句,因为作者对生活熟悉且多情,故写来也极自如,毫无勉强,有时不厌其烦,使读者也不厌其烦;有时几笔带过,使读者悠然神往。

和抒情诗人气质相联系的,是沈先生还很富于幽默感。《一个爱惜鼻子的朋友》是一篇非常有趣的妙文。我每次看到:"姓印的可算得是个球迷。任何人邀他去踢球,他皆高兴奉陪,球离他不管多远,他总得赶去踢那么一脚。每到星期天,军营中有人往沿河下游四里的教练营大操场同学兵玩球时,这个人也必参加热闹。大操场里极多牛粪,有一次同人争球,见牛粪也拚命一脚踢去,弄得另一个人全身一塌糊涂",总难免失声大笑。这个人大概就是《自传》里提到的印鉴远。我好像见过这个人。黑黑,瘦瘦的,说话时爱往前探着头。而且无端地觉得他的脚背一定很高。细想想,大概是没有见过,我见过他的可能性极小。因为沈先生把他写得太生动,以致于使他在我印象里活起来了。沅陵的阙五老,是个多有风趣的妙人!沈先生的幽默是很含蓄蕴藉的。

他并不存心逗笑,只是充满了对生活的情趣,觉得许多人,许多事都很好玩。只有一个心地善良,与人无忤,好脾气的人,才能有这种透明的幽默感。他是用微笑来看这个世界的,经常总是很温和地笑着,很少生气着急的时候。——当然也有。

仁者寿。因为这种抒情气质,从不大计较个人得失荣辱,沈先生才能经受了各种打击磨难,依旧还好好地活了下来。八十岁了,还是精力充沛,兴致勃勃。他后来"改行"搞文物研究,乐此不疲,每日孜孜,一坐下去就是十几个小时,也跟这点诗人气质有关。他搞的那些东西,陶瓷、漆器、丝绸、服饰,都是"物",但是他看到的是人,人的聪明,人的创造,人的艺术爱美心和坚持不懈的劳动。他说起这些东西时那样兴奋激动,赞叹不已,样子真是非常天真。他搞的文物工作,我真想给它起一个名字,叫做"抒情考古学"。

沈先生的语言文字功力,是举世公认的。所以有这样的功力,一方面是由于读书多。"由《楚辞》、《史记》、曹植诗到'桂枝儿'曲,什么我都欢喜看看"。我个人觉得,沈先生的语言受魏晋人文章影响较大。试看:"由沅陵南岸看北岸山城,房屋接瓦连椽,较高处露出雉堞,沿山围绕,丛树点缀其间,风光入眼,实不俗气。由北岸向南望,则河边小山间,竹园、树木、庙宇,高塔,居民,仿佛各个都位置在最适当处。山后较远处群峰罗列,如屏如障,烟云变幻,颜色积翠堆蓝。早晚相对,令人想象其中必有帝子天神,驾螭乘蜺,驰骤其间。绕城长河,每年三四月春水发后,洪江油船颜色鲜明,在摇橹歌呼中联翩下驶。长方形大木筏,数十精壮汉子,各据筏上一角,举桡激水,乘流而下。就中最令人感动处,是小船半渡,游目四瞩,俨然四围皆山,山外重山,一切如画。水深流速,弄船女子,腰腿劲健,胆大心平,危立船头,视若无事。"(《沅陵的人》)这不令人想到郦道元的《水经注》?我觉得沈先生写得比郦道元还要好些,因为《水经注》没有这样的生活气息,他多写景,少写人。另外一方面,是从生活学,向群众学习。"我文字风格,假若还有些值得注意处,那只因为我记得水上人的言语太多了。"(《我的写作与水的关系》)沈先生所用的字有好些是直接从生活来,书上没有的。比如:"我一个人坐在灌满冷气的小小船舱中"的"灌"字(《箱子岩》),"把鞋脱了还不即睡,便镶到水手身旁去看牌"的"镶"字(《鸭窠围的夜》)。这就同鲁迅在《高老夫子》里"我辈正经人犯不上酱在一起"的"酱"字一样,是用得非常准确的。这样的字,在生活里,群众是用着的,但在知识分子口中,在许多作家的笔下,已经消失了。我们应当在生活里多找找这种字。还有一方面,是不断地实践。

沈先生说:"本人学习用笔还不到十年,手中一支笔,也只能说正逐渐在成熟中,慢慢脱去矜持、浮夸、生硬、做作,日益接近自然。"(《从文自传·附记》)沈先生写作,共三十年。头一个十年,是试验阶段,学习使用文字阶段。当中十年,是成熟期。这些散文正是成熟期所写。成熟的标志,是脱去"矜持、浮夸、生硬、做作"。

沈先生说他的作品是一些"习作",他要试验用各种不同方法来组织铺陈。这几十篇散文所用的叙事方法就没有一篇是雷同的!

"一切作品都需要个性,都必需浸透作者人格和感情,想达到这个目的,写作时要独断,彻底的独断!(文学在这时代虽不免被当作商品之一种,便是商品,也有精粗,且即在同一物品上,制作者还可匠心独运,不落窠臼,社会上流行的风格,流行的款式,尽可置之不问。)"(《从文小说习作选·代序》)这在今天,对许多青年作家,也不失为一种忠告。一个作家,要有自己的风格,经得起时间的考验,必需耐得住寂寞,不要赶时髦,不要追求"票房价值"。

"虽然如此,我还预备继续我这个工作,且永远不放下我一点狂妄的想象,以为在另外一时,你们少数的少数,会越过那条间隔城乡的深沟,从一个乡下人的作品中,发现一种燃烧的感情,对于人类智慧与美丽永远的倾心,康健诚实的赞颂,以及对愚蠢自私极端憎恶的感情。这种感情且居然能刺激你们,引起你们对人生向上的憧憬,对当前一切的怀疑。先生,这打算在目前近于一个乡下人的打算,是不是。然而到另外一时,我相信有这种事。"(《从文小说习作选·代序》)莫非这"另外一时"已经到了么?

一九八二年十一月三日上午写完

注　释

① 本篇原载《读书》1984 年第八期,又载《中国现代文学研究丛刊》1985 年第二期,是为《沈从文散文选》(湖南人民出版社,1982 年版)所作序;初收《晚翠文谈》,浙江文艺出版社,1988 年 3 月。

小说创作随谈[①]

我的讲话,自己可以事先作个评价,八个大字,叫作"空空洞洞,乱七八糟"。从北京来的时候,没有作思想准备,走得很匆忙,到长沙后,编辑部的同志才说要我作个发言,谈谈自己的创作。如果我早知道有这么个节目,准备一下,可能会好一些,现在已没有时间准备了。在创作上,我是个"两栖类动物",搞搞戏曲,也搞搞小说创作。我写小说的资历应该说是比较长的,1940年就发表小说了。解放以前出了个集子,但是后来中断了很久。解放后,我搞了相当长时间的编辑工作。编过《北京文学》,编过《说说唱唱》,编过《民间文学》。到六十年代初,才偶尔写几篇小说,之后一直没写,写剧本去了,前后中断了二十多年。一直到七九年,在一些同志,就是北京的几个老朋友,特别是林斤澜、邓友梅他们的鼓励、支持和责怪下,我才又开始写了一些。第三次起步的时间是比较晚的。因为我长期脱离文学工作,而且我现在的职务还是在剧团里,所以对文学方面的情况很不了解,作品也看得很少,不了解情况,我说的话跟当前文学界的情况很可能是脱节的。

首先谈生活问题。文学是反映生活的,所以作者必须有深厚的生活基础。前几年我听到一种我不大理解的理论,说文学不是反映生活,而是表现我对生活的看法。我不大懂其中区别何在。对生活的看法也不能离开生活本身嘛,你不能单独写你对生活的看法呀!我还是认为文学必须反映生活,必须从生活出发。一个作家当然会对生活有看法,但客体不能没有。作为主体,观察生活的人,没有生活本身,那总不行吧?什么叫"创作自由"?我认为这个"创作自由"不只是说政治尺度的宽窄,容许写什么,不容许写什么。我认为要获得创作自由,有一个前提,那就是一个作家对生活要非常熟悉,熟悉得可以随心所欲,可以挥洒自如,那才有了真正的创作自由了。你有那么多生活可以让你想象、虚构、概括集中,这样你也就有了创作自由了。而且你也有了创作自信。我深信我写的东西都是真实的,不是捏造的,生活就是那样。一个作家不但要熟悉你所写的那个题材本身的生活,也要熟悉跟你这个题材有关的生活,还要熟悉与你这次所写的题材无关的生活。一句话,各种生活你都要去熟悉。海明威这句话我很欣赏:"冰山之所以雄伟,就因为它露在水面上的只有七分之一。"在构思时,材料比写出来的多得多。你要有可以舍弃的本钱,不能手里只有五百块钱,却要买六百块钱的东西,你起码得有一千块钱,只买五百块钱的东西,你才会感到从容。鲁迅说:"宁可把一个短篇小说压缩成一个 Sketch(速写),千万不要把一个 Sketch 拉成一个短篇小说。"有人说我的一些小说,比如《大淖记事》,浪费了材料,你稍微抻一抻就变成中篇了。我说我不抻,我就是这样。拉长了干什么呀?我要表达的东西那一万二千字就够了。作品写短有个好处,就是作品的实际容量是比抻长了要大,你没写出的生活并不是浪费,读者是可以感觉得到的。读者感觉到这个作品很饱满,那个作品很单薄,就是因为作者的生活底子不同,反映在作品里的分量也就不同。生活只有那么一点,又要拉得很长,其结果只有一途,就是瞎编。瞎编和虚构不是一回事。瞎编是你根本不知道那个生活。我在《光明日报》上发表过一篇很短的文章,叫做《说短》。我主张宁可把长文章写短了,不可把短文章抻长了。这是上算的事情。因为你作品总的分量还是在那儿,压缩了的文章的感人力量会更强一些。写小说很重要的一点就是要懂得舍弃。

第二谈谈思想问题。一个作家当然要有自己的思想。作家所创作的形象没有一个不是浸透了作家自己的思想的,完全客观的形象是不可能有的。但这个思想必须是你自己的思想,你自己从生活里头直接得到的想法。也就是说你对你所写的那个生活、那个人、那个事件的态度,要具体化为你的感情,不能是个概念的东西。当然我们的思想应该是在马克思主义、毛泽东思想的指导之下,但是你不能把马克思的某一句话,或是某一个政策条文,拿来当作你的思想。那个是引导、指导你思想的东西,而不是你本人的思想。作家写作品,常有最初触发他的东西,有原始的冲动,用文学理论教科书上的话来说,就是创作的契因。这是从哪里来的?是你看了生活以后有所感,有所动,有了些想法的结果。可能你的想法还是朦胧的,但是真切的、真实的。这一点是很重要的。我为什么写《受戒》?我看到那些和尚、那些村姑,感觉到他们的感情是纯洁的、高贵的、健康的,比我生活圈中的人,要更优美些。按现在的话说就是对劳动人民的情操有了理解,因此我想写出它来。最初写时我没打算发表,当时发表这种小说的可能性也不太大。要不是《北京文学》的李清泉同志,根本不可能发表。在一个谈创作思想问题的会上,有人知道我写了这样一篇小说,还把它作为一种文艺动态来汇报。但我就是有这个创作的欲望、冲动,想表现表现这样一些人。我给它取个说法,叫"满足我自己美学感情的需要"。人家说:"你没打算发表,写它干什么?"我说:"我自己想写,我写出来留着自己玩儿。"我把自己对生活的看法表现出来了,我觉得要有这个追求。《大淖记事》是怎样写出来的?我小时候就知道,有一个小锡匠和一个水上保安队的情妇发生恋爱关系,叫水上保安队的兵把他打死过去,后来拿尿碱把他救活了。我那时才十六岁,还没有什么"优美的感情、高尚的情操"这么一些概念,但他们这些人对爱情执着的态度给了我很深的感触。朦朦胧胧地觉得,他为了爱情打死了都干。写巧云的模特儿是另外一个人,不是她,我把她挪到这儿来了,这是常有的事。我们家巷子口是挑夫集中的地方,还有一些轿夫。有一个姓黄的轿夫,他的姓我现在还记得,他突然得了血丝虫病,就是象腿病。腿那么粗,抬轿是靠腿脚吃饭的,腿搞成那个样子,就完了!怎么生活下去呢?他有个老婆,不很起眼,头发黄黄的,衣服也不整齐,也不是很精神的,我每天上学都看见她。过两天,我再看见她时,咦,变了个样儿!头发梳得光光的,衣服也穿得很整齐,她去当挑夫去了。用现在的话说,是勇敢地担负起全家生活的担子。当时我很惊奇,或者说我很佩服。这种最初激动你,刺激你的那个东西很重要。没有那个东西,你写出的东西很可能是从概念出发的。对生活的看法,对人和事的看法,最后要具体化为你对这些人的感情,不能单是概念的,理念的东西。单有那个东西恐怕不行。你的这种感情,这种倾向性,这种思想,是不是要在作品中表现出来?据我了解大概有三种态度。一种是极力把自己的思想、感情说出来。有时候正面地发些议论,作者跳出来说话,表明我对这个事情是什么什么看法。这个也不是不可以。还有一种是不动声色,只是把这个事儿,表面上很平静地说出来,海明威就是这样。海明威写《老人与海》,他并不在里面表态。还有一种,是取前面二者而折衷,是折衷主义。我就是这种态度。我觉得作者的态度、感情是要表现出来的,但是不能自己站出来说,只能在你的叙述之中,在你的描写里面,把你的感情、你的思想溶化进去,在字里行间让读者感觉到你的感情,你的思想。

第三我谈谈结构技巧问题。我在大学里跟沈从文先生学了几门课。沈先生不会讲话,加上一口湘西凤凰腔,很不好懂。他没有说出什么大道理,只是讲了些很普通的经验。他讲了一句话,对我的整个写作是很有指导作用的,但当时我们有些同学不理解他的话。他翻来覆去地说要:"贴到人物来写",要"紧紧地贴到人物来写"。有同学说"这是什么意思?"以我的理解,一个是他对人物很重视。我觉得在小说里,人物是主要的,或者是主导的,其他各个部分是次要的,是派生的。当然也有些小说不写人物,有些写动物,但那实际上还是写人物;有些着重写事件;还有的小说甚至也没人物也没事件,就是写一种气氛,那当然也可以,我过去也试验过。但是,我觉得,大量的小说还是以人物为主,其他部分如景物描写等等,都还是从人物中派生出来的。现在谈我的第二点理解。当然,我对沈先生这话的理解,可能是"歪批《三国》",完全讲错了的。我认为沈先生这句话的第二层意思是指作者和人物的关系问题。作者对人物是站在居高临下的态度,还是和人物站在平等地位的态度?我觉得应该和人物平等。当然,讽刺小说要除外,那一般是居高临下的。因为那种作品的人物是讽刺的对象,不能和他站在平等的地位。但对正面人物是要有感情的。沈先生说他对农民、士兵、手工业者怀着"不可言说的温爱"。我很欣赏"温爱"这两个字。他没有用"热爱"而用"温爱",表明与人物稍微有点距离。即使写坏人,写批判的人物,也要和他站在比较平等的地位,写坏人也要写得是可以理解的,甚至还可以有一点儿"同情"。这样这个坏人才是一个活人,才是深刻的人物。作家在构思和写作的过程中,大部分时间要和人物溶为一体。我说大部分时间,不是全过程,有时要离开一些,但大部分时间要和人物"贴"得很紧,人物的哀乐就是你的哀乐。不管叙述也好,描写也好,每句话都应从你的肺腑中流出,也就是从人物的肺腑中流出。这样紧紧地"贴"着人物,你才会写得真切,而且才可能在写作中出现"神来之笔"。我的习惯是先打腹稿,腹稿打得很成熟后,再坐下来写。但就是这样,写的时候也还是有些东西是原来没想到的。比如《大淖记事》写十一子被打死了,巧云拿来一碗尿碱汤,在他耳边说:"十一子,十一子,你喝了!"十一子睁开眼,她把尿碱汤灌了进去。我写到这儿,不由自主地加了一句:"不知道为什么,她自己也尝了一口。"我写这一句时是流了眼泪的,就是我"贴"到了人物,我感到了人物的感情,知道她一定会这样做。这个细节是事先没有想到的。当然人物是你创造的,但当人物在你心里活起来之后,你就得随时跟着他。王蒙说小说有两种,一种是贴着人物写,一种是不贴着人物写(他的这篇谈话我没有看到,是听别人说的)。当然不贴着人物写也是可以的。有的小说主要不是在写人物,它是借题发挥,借人物发议论。比如法郎士的小说,他写卖菜的小贩骂警察,就是这么点事。他也没有详细地写小贩怎么着,他拉开发了一大通议论,实际是通过卖菜的小事件发挥对资产阶级虚伪的法制的批判。但大部分小说是写人物的,还是贴着人物写比较好。第三,沈先生所谓"贴到人物写",我的理解,就是写其他部分都要附丽于人物。比如说写风景也不能与人物无关。风景就是人物活动的环境,同时也是人物对周围环境的感觉。风景是人物眼中的风景,大部分时候要用人物的眼睛去看风景,用人物的耳朵去听声音,用人物的感觉去感觉周围的事件。你写秋天,写一个农民,只能是农民感觉的秋天,不能用写大学生感觉的秋天来写农民眼里的秋天。这种情况是有的,就是游离出去了,环境描写与人物相脱节,相游离。如果贴着人物写景物,那么不直接写人物也是写人物。我曾经有一句没有解释清楚的话,我认为"气氛即人物",讲明白一点,即是全篇每一个地方都应浸透人物的色彩。叙述语言应该尽量与人物靠近,不能完全是你自己的语言。对话当然必须切合人物的身份,不能让农民讲大学生的话。对话最好平淡一些,简单一些,就是普通人说的日常话,不要企图在对话里赋予很多的诗意,很多哲理。托尔斯泰有句名言:"人是不能用警句交谈的。"有些青年人给我寄来的稿子里,大家都在说警句,生活要真那样,受得了吗?年轻时我也那么干过,我写两个知识分子,自己觉得好像写得很漂亮。可是我的老师沈从文看后却说:"你这不是两个人在对话,是两个聪明脑壳在打架。"我事后想,觉得也有道理,即使是知识分子也不能老是用警句交谈啊。写小说尤其要注意这一点,它与写戏剧不一样。戏剧可以允许人物说一点警句,比如莎士比亚写"活着还是不活,这是个问题……"放在小说里就不行。另外戏剧人物可以长篇大论,生活中的人物却不可能长篇大论。李笠翁有句名言很有道理,他说:"写诗文不可写尽,有十分只能说出二三分。"这个见解很精辟。写戏不行,有十分就得写出十分,因为它不是思索的艺术,不能说我看着看着可以掩卷深思,掩卷深思这场就过去了!我曾经写过一篇很短的小说,写一个孩子,在口外坝上,坐在牛车上,好几里地都是马兰花。这花湖南好像没有,像蝴蝶花似的,淡紫蓝色,花开得很大。我写这个孩子的感觉,也就是我自己的亲身感觉。我曾经坐过这样的牛车,我当时的感觉好像真是到了一个童话的世界。但我写这个孩子就不能用这句话,因为孩子是河北省农村没上过学的孩子,他根本不知道何为童话。如果我写他想"真是在一个童话里",那就蛮不真实了。我只好写他觉得好像在一个梦里,这还差不多。我在一个作品里写一个放羊的孩子,到农业科学研究所去参观温室。他没见过温室,是个山里的孩子。他很惊奇,很有兴趣,把它叫"暖房"。暖房里冬天也结黄瓜,也结西红柿。我要写他对黄瓜、西红柿是什么感觉。如果我写他觉得黄瓜、西红柿都长得很鲜艳,那完了!山里孩子的嘴里是不会说"鲜艳"两字的。我琢磨他的感觉,黄瓜那样绿,西红柿那样红,"好像上了颜色一样"。我觉得这样的叙述语言跟人物比较"贴"。我发现有些作品写对话时还像个农民,但描写的时候就跟人物脱节了,这就不能说"贴"住了人物。

另外谈谈语言的问题。我的老师沈从文告诉我,语言只有一个标准,就是准确。一句话要找一个最好的说法,用朴素的语言加以表达。当然也有华丽的语言,但我觉得一般地说,特别是现代小说,语言是越来越朴素,越来越简单。比如海明威的小说,都是写的很简单的事情,句子很短。

下面再讲讲结构问题。结构是多种多样的,没有个成法。大体上有两种结构,一种是较严谨的结构,一种是较松散的结构。莫泊桑的结构比较严谨,契诃夫的结构就比较松散。我是倾向于松散的。我主张按照生活本身的形式来结构作品。有的人说中国结构的特点是有头有尾,从头说到尾。我觉得不一定,用比较跳动的手法也完全可以。我很欣赏苏辙(大概是苏辙)对白居易的评价。他说白居易"拙于记事,寸步不离,犹恐失之。"乍听这种说法会很奇怪,白居易是有名的善于写叙事诗的,苏辙却说他"拙于记事"。其实苏辙的话是有道理的,因为白居易"寸步不离",对事儿一步不敢离开,"犹恐失之",生怕把事儿写丢了,这样的写法必定是费力不讨好的。苏辙还说杜甫的《丽人行》是高明的杰作。他说《丽人行》同样是写杨贵妃的,然而却"……似百金战马,注坡蓦涧,如履平地。"也就是用打乱了的、跳动的结构。我是主张搞民族形式的,但是说民族形式就是有头有尾,那不一定对。我欣赏中国的一个说法,叫做"文气",我觉得这是比结构更精微,更内在的一个概念。什么叫文气? 我的解释就是内在的节奏。"桐城派"提出,所谓文气就是文章应该怎么想,怎么落,怎么断,怎么连,怎么顿等等这样一些东西,讲究这些东西,文章内在的节奏感就很强。清代的叶燮讲诗讲得很好,说如泰山出云,泰山不会先想好了,我先出哪儿,后出哪儿,没有这套,它是自然冒出来的。这就是说文章有内在的规律,要写得自然。我觉得如果掌握了"文气",比讲结构更容易形成风格。文章内在的各部分之间的有机联系是非常重要的。有的文章看起来很死板,有些看起来很活。这个"活",就是内在的有机联系,不要单纯地讲表面的整齐、对称、呼应。

　　最后谈谈作者的修养问题。在北京有个年轻同志问我："你的修养是怎么形成的?"我告诉他："古今中外、乱七八糟。"我说你应该广泛地汲收。写小说的除了看小说,还要多看点别的东西。要读点民歌,读点戏剧,这里头有很多好东西,值得我们搞小说创作的人学习。我的话说得太多了,瞎说一气,很多地方是我的一家之言!

注　释

① 本篇原载《芙蓉》1983 年第三期,是作者在该刊 1982 年 11 月主办的青年
　　文学讲习班上的讲话摘录,由该刊根据录音整理;初收《晚翠文谈》,浙江
　　文艺出版社,1988 年 3 月。

湘 行 二 记①

桃 花 源 记

汽车开进桃花源,车中一眼看见一棵桃树上还开着花,只有一枝,四五朵,通红的,如同胭脂。十一月天气,还开桃花!这四五朵红花似乎想努力地证明:这里确实是桃花源。

有一位原来也想和我们一同来看看桃花源的同志,听说这个桃花源是假的,就没有多大兴趣,不来了。这位同志真是太天真了。桃花源怎么可能是真的呢?《桃花源记》是一篇寓言。中国有几处桃花源,都是后人根据《桃花源诗并记》附会出来的。先有《桃花源记》,然后有桃花源。不过如果要在中国选举出一个桃花源,这一个应该有优先权。这个桃花源在湖南桃源县,桃源旧属武陵。而且这里有一条小溪,直通沅江。陶渊明的《桃花源记》不是这样说的么:"晋太原中,武陵人,捕鱼为业,缘溪行,忘路之远近……"

刚放下旅行包,文化局的同志就来招呼去吃擂茶。耳擂茶之名久矣,此来一半为擂茶,没想到下车后第一个节目便是吃擂茶,当然很高兴。茶叶、老姜、芝麻,加盐,放在一个擂钵里,用硬杂木做的擂棒"擂"成细末,用开水冲开,便是擂茶。吃擂茶时还要摆出十几个碟子,里面装的是炒米、炒黄豆、炒绿豆、炒包谷、炒花生、砂炒红薯片、油炸锅巴、泡菜、酸辣藠头……边喝边吃。擂茶别具风味,连喝几碗,浑身舒服。佐茶的茶食也都很好吃,藠头尤其好。我吃过的藠头多矣,江西的、湖北的、四川的……但都不如这里的又酸又甜又辣,桃源藠头滋味之浓,实为天下冠。桃源人都爱喝擂茶。有的农民家,夏天中午不吃饭,就是喝一顿擂茶。问起擂茶的来历,说是:诸葛亮带兵到这里,士兵得了瘟疫,遍请名医,医治无效,有一个老婆婆说:"我会治!"她熬了几大锅擂茶,说:"喝吧!"士兵喝了擂茶,都好了。这种说法当然也只好姑妄听之。诸葛亮有没有带兵到过桃源,无可稽考。根据印象,这一带在三国时应是吴国的地方,若说是鲁肃或周瑜的兵,还差不多。我总怀疑,这种喝茶法是宋代传下来的。《都城纪胜·茶坊》载:"冬天兼卖擂茶"。《梦粱录》"茶肆"条载:"冬月添卖七宝擂茶"。有一本书载:"杭州人一天吃三十丈木头",指的是每天消耗的"擂槌"的表层木质。"擂槌"大概就是桃源人所说的擂棒。"一天吃三十丈木头",形容杭州人口之多。

擂槌可以擂别的东西,当然也可以擂茶。"擂"这个字是从宋代沿用下来的。"擂"者,擂而细之之谓也,跟擂鼓的擂不是一个意思。茶里放姜,见于《水浒传》,王婆家就有这种茶卖,《水浒传》第二十四回写道:"便浓浓的点两盏姜茶,将来放在桌子上"。从字面看,这种茶里有茶叶,有姜,至于还放不放别的什么,只好阙闻了。反正,王婆所卖之茶与桃源擂茶有某种渊源,是可以肯定的。湖南省不少地方喝"芝麻豆子茶",即在茶里放入炒熟且碾碎的芝麻、黄豆、花生,也有放姜的,好像不加盐,茶叶则是整的,并不擂细,而且喝干了茶水还把叶子捞出来放进嘴里嚼嚼吃了,这可以说是擂茶的嫡堂兄弟。湖南人爱吃姜。十多年前在醴陵、浏阳一带旅行,公共汽车一到站,就有人托了一个磁盘,里面装的是插在牙签上的切得薄薄的姜片,一根牙签上插五六片,卖与过客。本地人掏出角把钱,买得几串,就坐在车里吃起来,像吃水果似的。大概楚地卑湿,故湘人保存了不撤姜食的习惯。生姜、茶叶可以治疗某些外感,是一般的本草书上都讲过的。北方的农村也有把茶叶、芝麻一同放在嘴里生嚼用来发汗的偏方。因此,说擂茶最初起于医治兵士的时症,不为无因。

上午在山上桃花观里看了看。进门是一正殿,往后高处是"古隐君子之堂"。两侧各有一座楼,一名"蹑风",用陶渊明"愿言蹑轻风"诗意;一名"玩月",用刘禹锡故实。楼皆三面开窗,后为墙壁,颇小巧,不俗气。观里的建筑都不甚高大,疏疏朗朗,虽为道观,却无甚道士气,既没有一气三清的坐像,也没有伸着手掌放掌心雷降妖的张天师。楹联颇多,联语多隐括《桃花源记》词句,也与道教无关。这些联匾在"文化大革命"中由一看山的老人摘下藏了起来,没有交给破四旧的红卫兵,故能完整地重新挂出来,也算万幸了。

下午下山,去钻了"秦人洞"。洞口倒是有点像《桃花源记》所写的那样,"山有小口,仿佛若有光","初极狭,才通人"。洞里有小小流水,深不过人脚面,然而源源不竭,蜿蜒流至山下。走了几十步,豁然开朗了,但并不是"土地平旷。屋舍俨然,有良田桑竹之属,阡陌交通,鸡犬相闻"。后面有一点平地,也有一块稻田,田中插一木牌,写着:"千丘田",实际上只有两间房子那样大,是特意开出来种了稻子应景的。有两个水池子,山上有一个播茶馆,再后就又是山了。如此而已。因此不少人来看了,都觉得失望,说是"不像"。这些同志也真是天真。他们大概还想遇见几个避乱的秦人,请到家里,设酒杀鸡来招待他一番,这才满意。

看了秦人洞,便扶向路下山。山下有方竹亭,亭极古拙,四面有门而无窗,墙甚厚,拱顶,无梁柱,云是明代所筑,似可信。亭后旧有方竹,为国民党的兵砍尽。竹子这个东西,每隔三年,须删砍一次,不则挤死;然亦不能砍尽,砍尽则不复长。现在方竹亭后仍有一丛细竹,导游的说明牌上说:这种竹子看起来是圆的,摸起来是方的。摸了摸,似乎有点楞。但一切竹竿似皆不尽浑圆,这一丛细竹是补种来应景的,和我在成都薛涛井旁所见方竹不同,——那是真正"的角四方"的。方竹亭前原来有很多碑,"文化大革命"中都被红卫兵椎碎了,剩下一些石头乌龟昂着头空空地坐在那里。据说有一块明朝的碑,字写得很好,不知还能不能找到拓本。

旧的碑毁掉了,新的碑正在造出来。就在碎碑残骸不远处,有几个石工正在丁丁地斫治。一个小伙子在一块桃源石的巨碑上浇了水,用一块油石在慢慢地磨着。碑石绿如艾叶,很好看。桃源石很硬,磨起来很不容易。问:"磨这样一块碑得用多少工?"——"好多工啊?哪晓得呢！反正磨光了算！"这回答真有点无怀氏之民的风度。

晚饭后，管理处的同志摆出了纸墨笔砚，请求写几个字，把上午吃擂茶时想出的四句诗写给了他们：

红桃曾照秦时月，

黄菊重开陶令花。

大乱十年成一梦，

与君安坐吃擂茶。

晚宿观旁的小招待所，栏杆外面，竹树萧然，极为幽静，桃花源虽无真正的方竹，但别的竹子都可看。竹子都长得很高，节子也长，竹叶细碎，姗姗可爱，真是所谓修竹。树都不粗壮，而都甚高。大概树都是从谷底长上来的，为了够得着日光，就把自己拉长了。竹叶间有小鸟穿来穿去，绿如竹叶，才一寸多长。

修竹姗姗节子长，

山中高树已经霜。

经霜竹子②皆无语，

小鸟啾啾为底忙？

晨起，至桃花观门外闲眺，下起了小雨。

山下鸡鸣相应答，

林间鸟语自高低。

芭蕉叶响知来雨，

已觉清流涨小溪。

作了一日武陵人，临去，看那个小伙子磨的石碑，似乎进展不大。门口的桃花还在开着。

岳 阳 楼 记

岳阳楼值得一看。

长江三胜,滕王阁、黄鹤楼都没有了,就剩下这座岳阳楼了。

岳阳楼最初是唐开元中中书令张说所建,但在一般中国人印象里,它是滕子京建的。滕子京之所以出名,是由于范仲淹的《岳阳楼记》。中国过去的读书人很少没有读过《岳阳楼记》的。《岳阳楼记》一开头就写道:"庆历四年春,滕子京谪守巴陵郡。越明年,政通人和,百废俱兴……"虽然范记写得很清楚,滕子京不过是"重修岳阳楼,增其旧制",然而大家不甚注意,总以为这是滕子京建的。岳阳楼和滕子京这个名字分不开了。滕子京一生做过什么事,大家不去理会,只知道他修建了岳阳楼,好像他这辈子就做了这一件事。滕子京因为岳阳楼而不朽,而岳阳楼又因为范仲淹的一记而不朽。若无范仲淹的《岳阳楼记》,不会有那么多人知道岳阳楼,有那么多人对它向往。《岳阳楼记》通篇写得很好,而尤其为人传诵者,是"先天下之忧而忧,后天下之乐而乐"这两句名言。可以这样说:岳阳楼是由于这两句名言而名闻天下的。这大概是滕子京始料所不及,亦为范仲淹始料所不及。这位"胸中自有数万甲兵"的范老子的事迹大家也多不甚了了,他流传后世的,除了几首词,最突出的,便是一篇《岳阳楼记》和《记》里的这两句话。这两句话哺育了很多后代人,对中国知识分子的品德的形成,产生了极其深远的影响。匹夫而为百世师,一言而为天下法,呜呼,立言的价值之重且大矣,可不慎哉!

写这篇《记》的时候,范仲淹不在岳阳,他被贬在邓州,即今延安,而且听说他根本就没有到过岳阳,《记》中对岳阳楼四周景色的描写,完全出诸想象。这真是不可思议的事。他没有到过岳阳,可是比许多久住岳阳的人看到的还要真切。岳阳的景色是想象的,但是"先天下之忧而忧,后天下之乐而乐"的思想却是久经考虑,出于胸臆的,真实的、深刻的。看来一篇文章最重要的是思想。有了独特的思想,才能调动想象,才能把在别处所得到的印象概括集中起来。范仲淹虽可能没有看到过洞庭湖,但是他看到过很多巨浸大泽。他是吴县人,太湖是一定看过的。我很怀疑他对洞庭湖的描写,有些是从太湖印象中借用过来的。

现在的岳阳楼早已不是滕子京重修的了。这座楼烧掉了几次。据《巴陵县志》载:岳阳楼在明崇祯十二年毁于火,推官陶宗孔重建。清顺治十四年又毁于火,康熙二十二年由知府李遇时、知县赵士珩捐资重建。康熙二十七年又毁于火,直到乾隆五年由总督班第集资修复。因此范记所云"刻唐贤、今人诗赋于其上",已不可见。现在楼上刻在檀木屏上的《岳阳楼记》系张照所书,楼里的大部分楹联是到处写字的"道州何绍基"写的,张、何皆乾隆间人。但是人们还相信这是滕子京修的那座楼,因为范仲淹的《岳阳楼记》实在太深入人心了。也很可能,后来两次修复,都还保存了滕楼的旧样。九百多年前的规模格局,至今犹能得其仿佛,斯可贵矣。

我在别处没有看见过一个像岳阳楼这样的建筑。全楼为四柱、三层、盔顶的纯木结构。主楼三层,高十五米,中间以四根楠木巨柱从地到顶承荷全楼大部分重力,再用十二根宝柱作为内围,外围绕以十二根檐柱,彼此牵制,结为整体。全楼纯用木料构成,逗缝对榫,没用一钉一铆,一块砖石。楼的结构精巧,但是看起来端庄浑厚,落落大方,没有搔首弄姿的小家气,在烟波浩淼的洞庭湖上很压得住,很有气魄。

岳阳楼本身很美,尤其美的是它所占的地势。"滕王高阁临江渚",看来和长江是有一段距离的。黄鹤楼在蛇山上,晴川历历,芳草萋萋,宜俯瞰,宜远眺,楼在江之上,江之外,江自江,楼自楼。岳阳楼则好像直接从洞庭湖里长出来的。楼在岳阳西门之上,城门口即是洞庭湖。伏在楼外女墙上,好像洞庭湖就在脚底,丢一个石子,就能听见水响。楼与湖是一整体。没有洞庭湖,岳阳楼不成其为岳阳楼;没有岳阳楼,洞庭湖也就不成其为洞庭湖了。站在岳阳楼上,可以清清楚楚看到湖中帆船来往,渔歌互答,可以扬声与舟中人说话;同时又可远看浩浩汤汤,横无际涯,北通巫峡,南极潇湘的湖水,远近咸宜,皆可悦目。"气吞云梦泽,波撼岳阳城",并非虚语。

我们登岳阳楼那天下雨,游人不多。有三四级风,洞庭湖里的浪不大,没有起白花。本地人说不起白花的是"波",起白花的是"涌"。"波"和"涌"有这样的区别,我还是第一次听到。这可以增加对于"洞庭波涌连天雪"的一点新的理解。

夜读《岳阳楼诗词选》。读多了，有千篇一律之感。最有气魄的还是孟浩然的那一联，和杜甫的"吴楚东南坼，乾坤日夜浮"。刘禹锡的"遥望洞庭山水翠，白银盘里一青螺"，化大境界为小景，另辟蹊径。许棠因为《洞庭》一诗，当时号称"许洞庭"，但"四顾疑无地，中流忽有山"，只是工巧而已。滕子京的《临江仙》把"气蒸云梦泽，波撼岳阳城"，"曲终人不见，江上数峰青"整句地搬了进来，未免过于省事！吕洞宾的绝句："朝游岳鄂暮苍梧，袖里青蛇胆气粗。三醉岳阳人不识，朗吟飞过洞庭湖"，很有点仙气，但我怀疑这是伪造的（清人陈玉垍《岳阳楼》诗有句云："堪惜忠魂无处奠，却教羽客踞华楹"，他主张岳阳楼上当奉屈左徒为宗主，把楼上的吕洞宾的塑像请出去，我准备投他一票）。写得最美的，还是屈大夫的"嫋嫋兮秋风，洞庭波兮木叶下。"两句话，把洞庭湖就写完了！

一九八二年十二月八日　北京

注　释

① 本篇原载《芙蓉》1983 年第四期；初收《汪曾祺自选集》，漓江出版社，1987年 10 月。

② 一作"树"。

1983 年

一代才人未尽才[①]

——怀念裘盛戎同志

京剧真也好像有一种"气运"。和盛戎同时，中国出现了好些好演员，如：李少春、叶盛兰……他们岁数差不多，天赋、功夫、修养都是上乘。他们都很有创造性。他们是戏曲界的一些才子，京剧界的一代才人。但都因为身心受到长期摧残，过早的凋谢了。郭沫若同志曾借别人挽夏完淳的一句诗来挽闻一多先生："千古文章未尽才"。我在《裘盛戎》剧本中曾通过盛戎的几个挚友之口，对京剧界的一代才人表示了悼念："昨日的故人已不在，昨日的花还在开。……问大地怎把沉冤载，有多少，有多少才人未尽才！"有才未尽，宁非恨事！

我和盛戎相知不久。我们一共只合作过两个戏，一个《杜鹃山》、一个小戏《雪花飘》，都是现代戏。

盛戎是听党的话的。党号召演现代戏，他首先欣然响应。我和盛戎最初认识就是和他（还有几个别的人）到天津去看戏，——好像就是《杜鹃山》。演员知道裘盛戎来看戏，都"卯上"了。散了戏，我们到后台给演员道辛苦，盛戎拙于言词，但是他的态度是诚恳的、朴素的，他的谦虚是由衷的谦虚。他是真心实意地来向人家学习来了。回到旅馆的路上，他买了几套煎饼馃子摊鸡蛋，有滋有味地吃起来。他咬着煎饼馃子的样子，表现了很喜悦的怀旧之情和一种天真的童心。我一下子对这个京剧大演员产生了好感。一个搞艺术的人，没有一点童心是不行的。盛戎睡得很晚。晚上他一个人盘腿坐在床上抽烟，一边好像想着什么事，有点出神，有点迷迷糊糊的。不知是为什么，我以后总觉得盛戏的许多唱腔、唱法、身段,就是在这么盘腿坐着的时候想出来的。

盛戏的身体早就不大好。他曾经跟我说过:"老汪唉,你别看我外面还好,这里面,——都娄啦!"搞《雪花飘》的时候,他那几天不舒服,但还是跟着我们一同去体验生活。《雪花飘》是根据浩然同志的小说改编的,写的是一个送公用电话的老人的事。我们去访问了政协礼堂附近的一位送电话的老人。这家只有老两口。老头子六十大几了,一脸的白胡茬,还骑着自行车到处送电话。他的老伴很得意地说:"头两个月他还骑着二八的车哪,这最近才弄了一辆二六的!"这一家房子很仄逼,但是裱糊得四白落地,墙上贴了好些字条,都是打电话来的人留下的话和各种各样备忘性质的资料,如火车的时刻表、医院地址、二十四节气……两位老人有一个共同的嗜好:养花。那是"十一"前后,满地下摆的都是九花。盛戏在这间屋里坐了好大一会,还随着老头子送了一个电话。

《雪花飘》排得很快,一个星期左右,戏就出来了。幕一打开,盛戏唱了四句带点马派味儿的〔散板〕:

> 打罢了新春六十七哟,
> 看了五年电话机。
> 传呼一千八百日,
> 舒筋活血,强似下棋!

我和导演刘雪涛一听,都觉得"真是这里的事儿!"

《杜鹃山》搞过两次。一次是六四年,一次是六九年。六九年那次我们到湘鄂赣体验了较长时期生活。我和盛戏那时都是"控制使用",他的心情自然不太好。那时强调军事化,大家穿了"价拨"的旧军大衣,背着行李,排着队。盛戏也一样,没有一点特殊。他总是默默地跟着队伍走,不大说话。但倒也不是整天愁眉苦脸的。我很能理解他的心情。虽然是"控制使用",但还能戴罪立功,可以工作,可以演戏,他在心里又是很感激的。我觉得从那时起,盛戏发生了一点变化,他变得深沉起来。盛戏平常也是个有说有笑的人,有时也爱逗个乐,但从那以后,我就很少见他有笑影了。他好像总是在想什么心事。用一句老戏词说:"满怀心腹事,尽在不言中。"他的这种神气,一直到他死,还深深地留在我的印象里。

那趟体验生活,是够苦的。南方的冬天比北方更难受。不生火,墙壁屋瓦都很单薄。那年的天气也特别,我们在安源过的春节,旧历大年三十,下大雪,同时却又还打雷,下雹子,下大雨,一块儿来! 这种天气我还是头一次见哩。盛戎晚上不再穷聊了,他早早就进了被窝。这老兄! 他连毛窝都不脱,就这样连着毛窝睡了。但他还是坚持下来了,没有叫一句苦。

和盛戎合作,是非常愉快的。盛戎很少对剧本提意见。他不是不当一回事,没有考虑过,或者提不出意见。盛戎文化不高,他读剧本是有点吃力的。但是他反复地读,盘着腿读。我记得他那读剧本的神气。他读着,微微地摇着脑袋。他的目光有时从老花镜上面射出框外。他摇晃着脑袋,有时轻轻地发出一声:"唔。"有时甚至拍着大腿,大声喊叫:"唔!"戏曲界有一个很通俗、很形象的说法,把演员"入了戏","进入了角色",叫做"附了体"。盛戎真是"附了体"。他对剧作者的尊重完全不是出于礼貌。他是真爱上了这个剧,也爱作者。

我和盛戎从未深谈,我们的素养、身世、经历都很不相同,但是我认为我和盛戎在艺术上是"莫逆"。我没有为任何戏曲演员哭过,但是想起盛戎,泪不能止。

盛戎的领悟、理解能力非常之高。他从来不挑"辙口",你写什么他唱什么。写《雪花飘》时,我跟他商量,这个戏准备让他唱"一七",他沉吟着说:"哎呀,花脸唱闭口字……"我知道他这是"放傻",就说:"你那《秦香莲》是什么辙?"他笑了:"'一七',好,唱'一七'!"盛戎十三道辙都响。有一出戏里有一个"灭"字,这是"乜斜","乜斜"是很不好唱的,他照样唱得很响,而且很好听。一个演员十三道辙都响,是很难得的。《杜鹃山》有一场"打长工",他看到被他当作地主奴才的长工身上的累累伤痕,唱道:"他遍体伤痕都是豪绅罪证,我怎能在他的旧伤痕上再加新伤痕?"这是一段〔二六〕转〔流水〕,创腔的时候,我在旁边,说:"老兄,这两句你不能就这样'数'了过去!唱到'旧伤痕上',得有个'过程',就像你当真看到,而且想到一样!"盛戒一听,说:"对!您听听,我再给您来来!"他唱到"旧伤痕上"时唱"散"了,下面加了一个弹拨乐器的单音重复的小"垫头","登、登登……",到"再加新伤痕"再归到原来的"尺寸",而且唱得很强烈。当时参加创腔的唐在炘、熊承旭同志都说:"好极了!"六九年本的《杜鹃山》原来有一大段《烤番薯》,写雷刚被困在山上断了粮,杜小山给他送来两个番薯。他把番薯放在篝火堆里烤着,番薯煳了,烤出了香气,他拾起了番薯,唱道:"手握番薯浑身暖,勾起我多少往事到眼前……"他想起"我从小父母双亡讨米要饭,多亏了街坊邻舍问暖嘘寒",他想起"大革命,造了反,几次遇险在深山,每到有急和有难,都是乡亲接济咱。一块番薯掰两半,曾受深恩三十年!……到如今,山下来了毒蛇胆,杀人放火把父老摧残,我稳坐高山不去管,隔岸观火心怎安!……"(这剧本已经写了十三年了,我手头无打印的剧本,词句全凭记忆追写,可能不尽准确。)创腔的同志对"一块番薯掰两半"不大理解,怕观众听不懂,盛戒说:"这有什么不好理解的?!'一块番薯掰两半',有他吃的就有我吃的!"他把这两句唱得非常感动人,头一句他"虚"着一点唱,在想象,"曾受深恩","深恩"用极其深沉浑厚的胸音唱出,"三十年"一泻无余、跌宕不已。盛戒的这两句唱到现在还是绕梁三日,使我一想起就激动。这一段在后台被称为"烤白薯",板式用的是〔反二黄〕。花脸唱〔反二黄〕虽非创举,当时还是很少见。老北京京剧团的同志对这段"烤白薯"是很少有人忘记的。

后来因为种种原因,台上不"用"裘盛戒了。但他也并不闲着。有人上他家学戏,他总是很认真地说。而且是有教无类,即使那个青年演员条件差,他也还是把着手教。他不上台了,还整天琢磨唱腔。不单花脸、老生、旦角他都研究。他跟我说过:《智取威虎山》的唱腔最好的一句是"支委会上同志们语重心长!"——"心——长!"就"搁"在那儿了,真好!李勇奇唱的"这些兵急人难治病救命"是一段沉思的唱,盛戒说这要用点"程"的唱法。有一长句,当中有几处演员没有唱出,

"交"给胡琴了。他说："要我唱，我全给它唱出来。"他给我一字一板地唱了一段"程派花脸"。他晚年特别精研气口安排，说："唱花脸，得用多少气呀！我现在岁数大了，不能傻小子睡凉炕，得在气口上下功夫"。《威虎山》李勇奇唱"扫平那威虎山我一马当先"，一般气口处理都是"一马当先！"他说："我不这样唱，我把'当'字唱到'头里'：一马当——先——！'当'字唱在后面，'先'字就没有多少气了，'当'字先出，换一口大气，再唱'先'这才有力！"我从盛戎的话里悟出一个道理：演员的气口不一定要和唱词"句读"一致。——很多剧作者往往在这一点对演员提意见，其实是没有道理的。

盛戎得了病，他并不怎么悲观。他大概已经怀疑或者已经知道是癌症了，跟我说："甭管它是什么，有病咱们瞧病！"他还想唱戏。有一度他的病好了一些，能出来走走了。有一天，他特别请我和唐在炘、熊承旭到他家里吃了一顿饭。那天的菜很精致而清淡，但他简直没有吃几筷子，话也不多，精神倒还是好的。他还是想和我们把《杜鹃山》再搞出来（《杜鹃山》后来又写了一稿）。他为了清静，一个人搬到厢房里住，好看剧本。这个剧本，他简直不离手，他死后，我才听他家里的人说，他夜里躺在床上看剧本，曾经两次把床头灯的罩子烤着了。他病得很沉重了，有一次还用手在床头到处摸，他的夫人知道他要剧本。剧本不在手边，他的夫人就用报纸卷了一个筒子放在他手里，他这才平静下来，安心了。然而有志未酬，他到了没有能再演《杜鹃山》！他临死前几天，我和在炘、承旭到肿瘤医院去看他，他的学生方荣翔把我们领到他的病床前。他的癌细胞已经扩散到脑子里，烤电把半拉脸都烤煳了。他正在昏昏沉沉地半睡着，荣翔轻轻地叫了他两声，他睁开了眼睛，荣翔指指我，问："您还认得吗？"盛戎在枕上微微点了点头，说了一个字"汪"，随即从眼角流出了一大滴眼泪。这一滴眼泪，我永远也忘不了啊。

什么时候才能再出一个裘盛戎呢？

一九八三年一月

注　释

① 　本篇原载《裘盛戎艺术评论集》,中国戏剧出版社,1984 年。

语言是艺术①

语言本身是艺术，不只是工具。

写小说用的语言，文学的语言，不是口头语言，而是书面语言。是视觉的语言，不是听觉的语言。有的作家的语言离开口语较远，比如鲁迅；有的作家的语言比较接近口语，比如老舍。即使是老舍，我们可以说他的语言接近口语，甚至是口语化，但不能说他用口语写作，他用的是经过加工的口语。老舍是北京人，他的小说里用了很多北京话。陈建功、林斤澜、中杰英的小说里也用了不少北京话。但是他们并不是用北京话写作。他们只是吸取了北京话的词汇，尤其是北京人说话的神气，劲头，"味儿"。他们在北京人说话的基础上创造了各自的艺术语言。

小说是写给人看的，不是写给人听的。

外国人有给自己的亲友谈自己的作品的习惯。普希金给老保姆读过诗。屠格涅夫给托尔斯泰读过自己的小说。效果不知如何。中国字不是拼音文学。中国的有文化的人，与其说是用汉语思维，不如说是用汉字思维。汉字的同音字又非常多。因此，很多中国作品不太宜于朗诵。

比如鲁迅的《高老夫子》：

> 他大吃一惊，至于连《中国历史教科书》也失手落在地上了，因为脑壳上突然遭到了什么东西的一击。他倒退两步，定睛看时，一枝夭斜的树枝横在他的面前，已被他的头撞得树叶都微微发抖。他赶紧弯腰去拾书本，书旁边竖着一块木牌，上面写道——

看小说看到这里，谁都忍不住失声一笑。如果单是听，是觉不出那么可笑的。

有的诗是专门写来朗诵的。但是有的朗诵诗阅读的效果比耳听还更好一些。比如柯仲平的诗：

人在冰上走，

水在冰下流……

这写得很美。但是听朗诵的都是识字的，并且大都是有一定的诗的素养的，他们还是把听觉转化成视觉的（人的感觉是相通的），实际还是在想象中看到了那几个字。如果叫一个不识字的，没有文学素养的普通农民来听，大概不会感受到那样的意境，那样浓厚的诗意。"老妪都解"不难，叫老妪都能欣赏就不那么容易。"离离原上草"，老妪未必都能击节。

我是不太赞成电台朗诵诗和小说的，尤其是配了乐。我觉得这常常限制了甚至损伤了原作的意境。听这种朗诵总觉得是隔着袜子挠痒痒，很不过瘾，不若直接看书痛快。

文学作品的语言和口语最大的不同是精炼。高尔基说契诃夫可以用一个字说了很多意思。这在说话时很难办到，而且也不必要。过于简炼，甚至使人听不明白。张寿臣的单口相声，看印出来的本子，会觉得很啰嗦，但是说相声就得那么说，才明白。反之，老舍的小说也不能当相声来说。

其次还有字的颜色、形象、声音。

中国字原来是象形文字，它包含形、音、义三个部分。形、音，是会对义产生影响的。中国人习惯于望"文"生义。"浩瀚"必非小水,"涓涓"定是细流。木玄虚的《海赋》里用了许多三点水的字,许多摹拟水的声音的词,这有点近于魔道。但是中国字有这些特点,是不能不注意的。

说小说的语言是视觉语言,不是说它没有声音。前已说过,人的感觉是相通的。声音美是语言美的很重要的因素。一个有文学修养的人,对文字训练有素的人,是会直接从字上"看"出它的声音的。中国语言因为有"调",即"四声",所以特别富于音乐性。一个搞文字的人,不能不讲一点声音之道。"前有浮声,则后有切响",沈约把语言声音的规律概括得很扼要。简单地说,就是平仄声要交错使用。一句话都是平声或都是仄声,一顺边,是很难听的。京剧《智取威虎山》里有一句唱词,原来是"迎来春天换人间",毛主席给改了一个字,把"天"字改成"色"字。有一点旧诗词训练的人都会知道,除了"色"字更具体之外,全句声音上要好听得多。原来全句六个平声字,声音太飘,改一个声音沉重的"色"字,一下子就扳过来了。写小说不比写诗词,不能有那样严的格律,但不能不追求语言的声音美,要训练自己的耳朵。一个写小说的人,如果学写一点旧诗、曲艺、戏曲的唱词,是有好处的。

外国话没有四声,但有类似中国的双声叠韵。高尔基曾批评一个作家的作品,说他用"呲"音的字太多,很难听。

中国语言里还有对仗这个东西。

中国旧诗用五七言,而文章中多用四六字句。骈体文固然是这样,骈四俪六;就是散文也是这样。尤其是四字句。四字句多,几乎成了汉语的一个特色。没有一篇文章找不出大量的四字句。如果有意避免四字句,便会形成一种非常奇特的拗体。适当地运用一些四字句,可以造成文章的稳定感。

我们现在写作时所用的语言,绝大部分是前人已经用过,在文章里写过的。有的语言,如果知道它的来历,便会产生联想,使这一句话有更丰富的意义。比如毛主席的诗:"落花时节读华章",如果不知出处,"落花时节",就只是落花的时节。如果读过杜甫的诗:"岐王宅里寻常见,崔九堂前几度闻,正是江南好风景,落花时节又逢君",就会知道"落花时节"就包含着久别重逢的意思,就可产生联想。《沙家浜》里有两句唱词:"垒起七星灶,铜壶煮三江",是从苏东坡的诗"大瓢贮月归春瓮,小杓分江入夜瓶"脱胎出来的。我们许多的语言,自觉或不自觉地,都是从前人的语言中脱胎而出的。如果平日留心,积学有素,就会如有源之水,触处成文。否则就会下笔枯窘,想要用一个词句,一时却找它不出。

语言是要磨练,要学的。

怎样学习语言？——随时随地。

首先是向群众学习。

我在张家口听见一个饲养员批评一个有点个人英雄主义的组长:

"一个人再能,当不了四堵墙。旗杆再高,还得有两块石头夹着。"

我觉得这是很好的语言。

我刚到北京京剧团不久,听见一个同志说:

"有枣没枣打三杆,你知道哪块云彩里有雨啊?"

我觉得这也是很好的语言。

一次,我回乡,听家乡人谈过去运河的水位很高,说是站在河堤上可以"踢水洗脚",我觉得这非常生动。

我在电车上听见一个幼儿园的孩子念一首大概是孩子们自己编的儿歌:

> 山上有个洞,
>
> 洞里有个碗,
>
> 碗里有块肉,
>
> 你吃了,我尝了,
>
> 我的故事讲完了!

他翻来覆去地念,分明从这种语言的游戏里得到很大的快乐。我反复地听着,也能感受到他的快乐。我觉得这首几乎是没有意义的儿歌的音节很美。我也捉摸出中国语言除了押韵之外还可以押调。

"尝"、"完"并不押韵,但是同是阳平,放在一起,产生一种很好玩的音乐感。

《礼记》的《月令》写得很美。

各地的"九九歌"是非常好的诗。

只要你留心,在大街上,在电车上,从人们的谈话中,从广告招贴上,你每天都能学到几句很好的语言。

其次是读书。

我要劝告青年作者,趁现在还年轻,多背几篇古文,背几首诗词,熟读一些现代作家的作品。

即使是看外国的翻译作品,也注意它的语言。我是从契诃夫、海明威、萨洛扬的语言中学到一些东西的。

读一点戏曲、曲艺、民歌。

我在《说说唱唱》当编辑的时候,看到一篇来稿,一个小戏,人物是一个小炉匠,上场念了两句对子:

　　风吹一炉火。

　　锤打万点金。

我觉得很美。

一九四七年,我在上海翻看一本老戏考,有一段滩簧,一个旦角上场唱了一句:

　　春风弹动半天霞。

我大为惊疑:这是李贺的诗!

二十多年前,看到一首傣族的民歌,只有两句,至今忘记不了:

　　斧头砍过的再生树,

　　战争留下的孤儿。

巴甫连柯有一句名言:"作家是用手思索的。"得不断地写,才能扪触到语言。老舍先生告诉过我,说他有得写,没得写,每天至少要写五百字。有一次我和他一同开会,有一位同志作了一个冗长而空洞的发

言,老舍先生似听不听,他在一张纸上把几个人的姓名连缀在一起,编了一副对联:

伏园焦菊隐

老舍黄药眠

一个作家应该从语言中得到快乐,正像电车上那个念儿歌的孩子一样。

董其昌见一个书家写一个便条也很用心,问他为什么这样,这位书家说:"即此便是练字。"作家应该随时锻炼自己的语言,写一封信,一个便条,甚至是一个检查,也要力求语言准确合度。

鲁迅的书信,日记,都是好文章。

语言学中有一个术语,叫做"语感"。作家要锻炼自己对于语言的感觉。

王安石曾见一个青年诗人写的诗,绝句,写的是在宫廷中值班,很欣赏。其中的第三句是:"日长奏罢长杨赋",王安石给改了一下,变成"日长奏赋长杨罢",且说:"诗家语必此等乃健"。为什么这样一改就"健"了呢? 写小说的,不必写"日长奏赋长杨罢"这样的句子,但要能体会如何便"健"。要能体会峭拔、委婉、流丽、安详、沉痛……

建议青年作家研究研究老作家的手稿,捉摸他为什么改两个字,为什么要把那两个字颠倒一下。

"如鱼饮水,冷暖自知",语言艺术有时是可以意会,难于言传的。

注 释

① 本篇原载《花溪》1983 年第一期,后与作者另一篇文章《揉面——谈语言运用》合并为《"揉面"——谈语言》一文;初收《晚翠文谈》,浙江文艺出版社,1988 年 3 月。

美学感情的需要和社会效果①

按说我写作的时间不是很短了,今年我62岁,开始写作才20岁。我的写作断断续续,大学时写了点东西,解放前几年写了一些小说,出过一本集子。解放后做编辑工作,没写什么。反右前写了点散文,62、63年写了点小说,又搁下十几年。79—81年写了20来篇短篇小说,大部分反映的是解放以前的生活,是我十六、七岁以前在生活中捕捉的印象。我十六岁离开老家,十九岁在昆明西南联大上大学。我为什么要写反映我十六岁前的生活的小说呢? 我想,第一个原因,就是现在的气候很好。三中全会以后,思想解放深入人心,文艺呈现了蓬勃旺盛的景象,形势很好。形势好的标志,是创作题材和表现方法多样化,思想艺术都比较新鲜。一些青年同志在思想和艺术上追求探索的精神使我很感动,在这样的气候感召下,在一些同志的鼓励和督促下,我又开始写作。一个人的创作不能不受社会条件的影响和制约,不可能是孤立的现象。这是一。第二个原因,是我的世界观比较成熟了。一个人到了我这样的年龄,一般说世界观已经成熟了。我年轻时写的那些作品,思想是迷惘的。在西南联大时,我接受了各式各样的思想影响,读的书很乱,读了不少西方现代派作品。我在大学一、二年级写的那些东西,很不好懂,它们都没有保留下来。比如那时我写的一首诗中有这样一句:"所有的西边都是东边的西边。"这是什么东西呢? 这是观念的游戏。我和许多青年人一样,搞创作,是从写诗起步的。一开始总喜欢追求新奇的、抽象的、晦涩的意境,有点"朦胧"。我们的同学中有人称我为"写那种别人不懂,他自己也不懂的诗的人"。大学二年级以后,受了西班牙作家阿左林的影响,写了一些很轻淡的小品文。有一个时期很喜爱A.纪德的作品,成天挟着一本纪德的书坐茶馆。那时萨特的书已经介绍进来了,我也读了一两本关于存在主义的书。虽然似懂不懂,但是思想上是受了影响的。离开学校后,不得不正视现实,对现实进行一些自己的思考。但是因为没有正确的思想作指导,我的世界观是混乱的。解放前一二年,我的作品是寂寞和苦闷的产物,对生活的态度是:无可奈何。作品中流露出揶揄,嘲讽,甚至是玩世不恭。解放后三十多年来,接受了党的教育,接受了马列主义思想,解放前思想中的那些乱七八糟的东西基本没有了。解放后我的生活道路也给了我很深的教育,不平坦的生活道路对我个人来说也不是没有好处的。经过长久的学习和磨练,我的人生观比较稳定,比较清楚了,因此对过去的生活看得比较真切了。人到晚年,往往喜欢回忆童年和青年时期的生活。但是,你用什么观点去观察和表现它呢?用比较明净的世界观,才能看出过去生活中的美和诗意。一个人的世界观不能永远混乱下去,短期可以,长期是不行的。听说萨特的存在主义在我们青年中相当有影响,当然可能跟我们年轻时所受的影响有所不同,有些地方使我感到陌生,有些地方似曾相识。我感到还是马克思主义好些,因为它能解决我们生活中所碰到的问题。

我写《受戒》的冲动是很偶然的,有天早晨,我忽然想起这篇作品中所表现的那段生活。这段生活当然不是我的生活。不少同志问我,你是不是当过和尚?我没有当过和尚。不过我曾在和尚庙里住过半年多。作品中那几个和尚的生活不是我造出来的。作品中姓赵的那一家,在实际生活中确实有那么一家。这家人给我的印象很深。当时我的年龄正是作品中小和尚的那个年龄。我感到作品中小英子那个农村女孩子情绪的发育是正常的、健康的,感情没有被扭曲。这种生活,这种生活样式,在当时是美好的,因此我想把它写出来。想起来了,我就写了。写之前,我跟个别同志谈过,他们感到很奇怪:你为什么要写这个作品?写它有什么意义?再说到哪里去发表呢?我说,我要写,写了自己玩;我要把它写得很健康,很美,很有诗意。这就叫美学感情的需要吧。创作应该有这种感情需要。我写《大淖记事》也是这样的。大淖这个地方离那时我的家不远,我几乎天天去玩。我写的那些挑夫,不住在大淖，住在另一个地方，叫越塘。那些挑夫不是穿长衫念子曰的人，他们的是非标准、伦理道德观念跟我周围的人不一样，他们是更高尚的人，虽然他们比较粗野，越塘边住着一个姓戴的轿夫，得了象腿病（血丝虫病）。一个抬轿的得了这种病，就完了。他的老婆本是个头发蓬乱的普通女人，从来没有出头露面。丈夫得了这种病，她毅然出来当了"挑夫"，把头发梳得光光的，人变得很干净利落，也漂亮了。我觉得她很高贵。《大淖记事》最后巧云的形象，是从这个轿夫的老婆身上汲取的。小时候我听到过一个小锡匠的恋爱史。这个小锡匠曾被人打死过去，用尿碱救活了，这些都是真的。锡匠们挑着担子去游行，这也是我亲眼见到的。写了《受戒》以后，我忽然想起这件事，并且非要把它表现出来不可，一定要把这样一些具有特殊风貌的劳动者写出来，把他们的情绪、情操、生活态度写出来，写得更美、更富于诗意。没有地方发表，写出来自己玩，这就是美学感情的需要。接着就发生了第二个问题，这样的东西有什么作用？周总理在广州会议上说过：文学有四个功能：教育作用，认识作用，美感作用，娱乐作用。有人说，你的这些作品写得很美，美感作用是有的；认识作用也有，可以了解当时劳动人民的道德情操；娱乐作用也是有的，有点幽默感，用北京话说很"逗"，看完了，使人会心一笑；教育作用谈不上。对这种说法，我一半同意，一半不同意。说我的这些东西一点教育作用没有，我不大服气。完全没有教育作用只有美感作用的作品是很少的，除非是纯粹的唯美主义的作品。写作品应该想到对读者起什么样的心理上的作用。我要运用普通朴实的语言把生活写得很美，很健康，富于诗意，这同时也就是我要想达到的效果。虽然我的作品所反映的生活跟现实没有直接关系，跟四化没有直接关系。我想把生活中真实的东西、美好的东西、人的美、人的诗意告诉人们，使人们的心灵得到滋润、增强对生活的信心、信念。我的世界观的变化，其中也包含这个因素：欢乐。我觉得我作品的情绪是向上的、欢乐的，不是低沉的，跟解放前的作品不一样。生活是美好的，有前途的，生活应该是快乐的，这就是我所要达到的效果。我写旧社会少男少女健康、优美的爱情生活，这也是有感而发的，有什么感呢？我感到现在有些青年在爱情婚姻上有物质化、庸俗化的倾向,有的青年什么都要,就是不要纯洁的爱情。我并不是很有意识地要针对时弊写作品来振聋发聩,但确是有感而发的。以前,我写作品从不考虑社会效果,发表作品寄托个人小小的哀乐,得到二三师友的欣赏,也就满足了。这几年我感到效果问题是个很严肃的问题。原来我以为我的作品的读者面很窄,现在听说并不完全这样,有些年轻人,包括一些青年工人和农村干部也在看我的作品,这对我是很新奇的事,我感到很惶恐。我的作品到底给了别人一点什么呢?对人家的心灵起什么作用呢?一个作品发表后,不是起积极作用,就是消极作用,不是提高人的精神境界,就是使人迷惘、颓丧,总会有这样那样的作用。我感到写作不是闹着玩的事,就像列宁所指出的那样,作者就是这样写,读者就是那样读,用四川的话说,没有这么“撇脱”。我的作品反映的是解放前的生活,对当前的现实有多大的影响,很难说,但我有个朴素的古典的中国式的想法,就是作品要有益于世道人心。过去有人说,文章千古事,得失寸心知。得失首先是社会的得失。作者写作时对自己的作品的效果不可能估计得十分准确,但你总应有个良好的写作愿望。有些作者不愿谈社会效果,我是要考虑这个问题的。一个作品写出来放着,是个人的事情;发表了,就是社会现象。作者要有“良心”,要对读者负责。当然也有这样的可能,作者对自己作品的思想内涵考虑得多了,会带来概念化、思想大于形象的问题。但我认为,只要你忠于自己的美感需要,不去图解当前的某种口号,不是无动于衷,这个问题是可以避免的。

注　释

① 本篇原载《文谭》1983 年第一期;初收《晚翠文谈》,浙江文艺出版社,1988 年 3 月。

回到现实主义,回到民族传统^①

我愿意悄悄写东西,悄悄发表,不大愿意为人所注意。二十几岁起,我就没怎么读文学理论方面的书了,已经不习惯用理论用语表达思想。我对自己很不了解,现在也还在考虑我算不算作家?从开始写作到现在,写的小说大概不超过四十篇,怎么能算作家呢?

下面,谈几点感想。

关于评论家与作家的关系。昨天,我去玉渊潭散步,一点风都没有,湖水很平静,树的倒影显得比树本身还清楚,我想,这就是作家与评论家的关系。对于作家的作品,评论家比作家看得还清楚,评论是镜子,而且多少是凸镜,作家的面貌是被放大了的,评论家应当帮助作家认识自己,把作家还不很明确的东西说得更明确。明确就意味着局限。一个作家明确了一些东西,就必须在此基础上,去寻找他还不明确的东西,模糊的东西。这就是开拓。评论家的作用就是不断推动作家去探索,去追求。评论家对作家来说是不可缺少的。

关于主流与非主流的问题。这是我自己提出来的,用的是一般的习惯的概念。比如蒋子龙的作品对时代发生直接的作用,一般的看法,这当然是主流。我反映四十年代生活,不可否认它有美感作用,认识作用,也有间接的教育作用。我不希望我这一类作品太多,我也希望多写一点反映现实的作品。为什么我反映旧社会的作品比较多,反映当代的比较少?我现在六十多岁了,旧社会三十年,新社会三十年。过去是定型的生活,看得比较准;现在变动很大,一些看法不一定抓得很准。一个人写作时要有创作自由,"创作自由"不是指政策的宽严,政治气候的冷暖;指的是作家自己想象的自由,虚构的自由,概括集中的自由。对我来说,对旧社会怎样想象概括都可以,对新生活还未达到这种自由

466

的地步。比如，社会主义新人，如果你看到了，可以随心所欲挥洒自如，怎样写都行，可惜在我的生活里接触到这样的人不多。我写的人大都有原型，这就有个问题，褒了贬了都不好办。我现在写的旧社会的人物的原型，大都是死掉了的，怎么写都行。当然，我也要发现新的人，做新的努力。当然，有些新生活，我也只好暂时搁搁再写。对新生活我还达不到挥洒自如的程度。

今天评论有许多新的论点引起我深思。比如季红真同志说，我写的旧知识分子有传统的道家思想，过去我没听到过这个意见，值得我深思。又说，我对他们同情较多，批评较少，这些知识分子都有出世思想，她的说法是否正确，我不敢说。但这是一个新的研究角度。从传统的文化思想来分析小说人物，这是一个新的方法，很值得探索。在中国，不仅是知识分子，就是劳动人民身上也有中国传统的文化思想，有些人尽管没有读过老子、庄子的书，但可能有老庄的影响。一个真正有中国色彩的人物，与中国的传统文化是不能分开的。比如我写的《皮凤三楦房子》，高大头、皮凤三用滑稽玩世的办法对付不合理的事情，这些形象，可以一直上溯到东方朔。我对这样的研究角度很感兴趣。

有人说，用习惯的西方文学概念套我是套不上的。我这几年是比较注意传统文学的继承问题。我自小接触的两个老师对我的小说是很有影响的。中国传统的文论、画论是很有影响的。我初中有个老师，教我归有光的文章。归有光用清淡的文笔写平常的人情，对我是有影响的。另一个老师每天让我读一篇"桐城派"的文章，"桐城派"是中国古文集大成者，不能完全打倒。他们讲文气贯通，注意文章怎样起怎样落，是有一套的。中国散文在世界上是独特的。"气韵生动"是文章内在的规律性的东西。庄子是大诗人、大散文家，说我的结构受他一些影响，我是同意的。又比如，李卓吾的"为文无法"，怎么写都行，我也是同意的。应当研究中国作品中的规律性的东西，用来解释中国作品，甚至可以用来解释外国作品。就拿画论来说，外国的印象派的画是很符合中国的画论的。传统的文艺理论是很高明的，年轻人只从翻译小说、现代小说学习写小说，忽视中国的传统的文艺理论，是太可惜了。我最喜欢读画论、读游记。讲文学史的同志能不能把文学史与当代创作联系起来讲,不要谈当代就是当代,谈古代就是古代。

现实主义问题。有人说我是新现实主义,这问题我说不清,我给自己提出的要求是回到现实主义、回到民族传统。我也曾经接受过外国文学的影响,包括"意识流"的作品的影响,就是现在的某些作品也有外国文学影响的蛛丝马迹。但是,总的来说,我还是要回到现实主义,回到民族传统。这种现实主义是容纳各种流派的现实主义;这种民族传统是对外来文化的精华兼收并蓄的民族传统,路子应当更宽一些。

注　释

① 本篇原载《北京文学》1983 年第二期,是作者在一次作家作品讨论会上的发言;初收《晚翠文谈》,浙江文艺出版社,1988 年 3 月。

回到现实主义,回到民族传统①

　　我想在这个总题目之下谈三个问题:一个是生活和创作的关系;第二是美学感情的需要和社会效果的问题;最后谈谈现实主义和民族传统。我这个人很不善于逻辑思维,用中国古人说法就是不能持论,不善于说带理性的话, 因此,只能谈一点个人的体会和感受。

　　最近几年,我写了一些小说,引起了读者的注意,有的同志就问:"哪儿冒出了一个汪曾祺来啦?"其实,我开始写作的年代比较远了,从四十年代就写短篇小说。解放以后长期搞编辑工作,搞编辑是不大容易写东西的,所以我长时期也没写什么东西。五七年前写过一点散文,六二年又写了几篇小说,以后搞戏曲,编京剧,也就再没写小说。我所以又拿起笔来写小说,都是一些同志鼓励、督促、鞭策、责骂的结果。如邓友梅同志,林斤澜同志,都是骂得最厉害的。除此之外,三中全会以后那种温暖的政治气候,也是感召我重新写小说的重要因素。在很多同志写了很多小说,写了很多很好的小说之后,我的思想解放了以后,才有可能重新拿起笔来。

　　我的小说的题材跟别人的不大一样,我写的小说很大一部分是反映旧社会生活的。去年,北京出版社出了我的一个集子,那个集子收了十六篇小说,写解放以后题材的大概有七八篇,其余的都是写解放前的生活。这种情况在目前中国作家里是不多的。我为什么要这样,为什么解放以后的题材写得比较少,解放以前的写得较多呢? 原因很简单,就是我虽然一生中有一半时间是生活在解放后,但是我比较熟、比较吃得透的,还是解放前的那段生活。我比较年轻的时候,十几岁那个时候的生活经验,在我的印象里还是比较新鲜、比较深刻、比较吃得准的。对解放以后的生活,我不是认识得那样深刻,还没有熟悉到能够从心所欲,挥洒自如。也就是说,我还没能做到自己很有自信地虚构和想象。小说总是要有些原型和原材料,但我们还是要补充一些东西,这些东西往往都是虚构的,想象的。如果你对生活相当熟悉,你就可以从心所欲地去虚构,去想象,而且你怎么虚构、怎么想象都是合适的,都是你所想要写的那个人的事,那个时代的事。你对这个生活要非常熟悉,熟悉到除了你所要写的那个题材的本身之外还要熟悉和这个题材有关的许多生活。这样,你就随时都可以抓一点生活过来补充到你所写的题材里面,补充到你的人物身上,而且你自己也相信,我所写的这个细节或情节就是那个人的,尽管这个人在生活里并没有那回子事情。所谓"创作自由",我以为就是虚构的自由,想象的自由。

我为什么写解放以前的题材比较多呢?因为我在家乡的那个小城里边,和我现在所写的那些人物基本上都是朝夕相处的。去年,我回了一趟家乡。乡亲们说我写的反映家乡的小说很像,对我弟弟说:"你大哥是不是小时候就带着个笔记本到处记,要不,他怎么对过去的事情记得那么清楚呢?"我说没有。我那个时候才十几岁,上初中,还没有想到将来我会要写东西,也没有拿个笔记本到处记的习惯,我完全凭着自己的印象。我写的一篇小说中的主人公的儿子,他跟我儿子说,你爸爸小说里写的我爸爸,百分之八十是真的。其实,也不完全是这样,那小说里也有很多是虚构的。我觉得不需要讲很多大道理,一定要非常熟悉生活,熟悉到你把它抓过来就可以放到作品里去应用,这样才会得心应手。海明威有一句话,我觉得很有道理。他说,冰山显得雄伟就是因为它浮在水面上只有七分之一,而七分之六在水里,眼睛是看不见的。一个作家所要表现的生活的厚度要比你写出来的多得多,有很多东西虽然没有写进作品,但它是你作品的基础。作家一定要真正地熟悉生活,深刻地理解生活,广泛地积累生活,否则,就不容易写得真实、形象、深刻。现在,有些人往往说,我这个作品写不下去了,下去补充一点材料,补充一点细节。我觉得这样急来抱佛脚的办法恐怕不行。

第二个问题,关于美学感情的需要和社会效果。这个问题要说的是,你为什么要写这篇作品,你的创作冲动是从哪儿来的。这里,我想谈谈自己的作品。我的《受戒》写的是一个小和尚和一个村姑的恋爱故事。有的同志比较婉转地问我,你怎么会有那样的生活?那意思就是,你是不是当过和尚?我为什么要写这个作品呢?我在一个和尚庵里住过半年,对和尚庵里的生活是很熟悉的,那时我只有十五六岁,我就觉得这些和尚也是人,和尚的生活也是一种人的生活,而且我熟悉那个大英子、小英子一家。她们跟我很熟,她们那种没有受过扭曲的开朗、健康的性格,给我很深刻的印象。我当时朦朦胧胧地觉得,她们的生活是美的,比我那个生活圈子里的人更健康、更美。所以,多年来我始终存在着这个印象,四十三年了。我终于把它写出来了。那篇小说发表的时候,我有一篇很短的后记,这个后记引来一些麻烦,我说是哪一年、哪一月、哪一天,我写的是四十三年前的一个梦。这就让人感到,好像这里面有我自己的一段恋爱史似的。其实没有。我四十三年前很年轻,年龄也应该说是正在初恋的年龄,对恋爱倒是有着一种朦胧的向往。《大淖记事》写的是一个小锡匠跟一个挑夫的女儿的恋爱。有人很奇怪,说你这个老头怎么写了好几篇恋爱题材的小说呢?我小时候,在我家乡,有一个小锡匠因为爱情被一个地方水上保安队的当兵的打死了,后来这个小锡匠被用尿桶里的尿碱救活了。记得我还跑到那个出事地点去看,没见着人,只有几个尿桶摆在那儿。我就跑到我所写的那个巧云家里去看,也没看见那个巧云什么样子,但我无端地感觉着她一定很美。当时我还不懂得什么优美的情操之类的词儿,但我觉得这些人的生活里面有他真实的东西,美的东西。当时我对这些人有一种向往,向往他们那样的人,他们那样的生活。我写的巧云、挑夫,本来不是在大淖那个地方,是在一个叫越塘的地方。这个地方,有很多挑夫,也有一些轿夫。记得那时有一个轿夫姓戴,得了一种病,叫血吸虫病,是腿上的毛病。轿夫是靠腿脚混饭吃的,他得了那种病,等于他的生活就完了。他的老婆看起来很不起眼,头发黄黄的,衣服也不齐整,人也不精神。但丈夫得了病以后,过了几天,她就好像忽然变了一个人,变得很精干,人好像也精神焕发,变得漂亮了。她去当挑夫去了,把一家人的生活勇敢地担当起来了。当时这个劳动妇女引起了我很大的惊奇,觉得这个人不简单,很令人敬佩。因此,我就把她的这个品质移到了巧云的身上。

我上面举的例子主要想说明,一个作家在写他接触到的那段生活的时候,往往是被一种向往,一种惊奇打动着的。生活里有使你激动,使你向往,使你感到惊奇的东西,你才能捕捉到生活本身的意义。这个一般就叫做创作的契机吧。创作一开始萌芽的那个东西是怎么来的,这点非常重要。生活里一定有某些东西使你感动过,你才能把它写得比较感人。生活材料是容易得到的,但是从生活里面捕捉到美的、诗意的东西就不那么容易了。就是说,你为什么要提笔写这个作品,首先是要满足你自己的某种感情的需要,或者用个带点学术味儿的名词,就是美学感情的需要,要去表达这种东西,要去表达这种感情。我觉得,一个作品写出来后,在你的案头的时候是你个人的事情,发表出来就是一个社会现象了,因此,我们不能不考虑社会效果。有的同志对社会效果很反感,但我觉得还是要考虑到这个问题。我跟有些同志说过,我希望我的作品能使大家有美的感受,能够感受到一种健康的、诗意的、向上东西。所以,我有一个很朴素的、古典的说法,就是写一个作品总要有益于世道人心,不管从哪方面说,你总不能让人读了你的作品之后产生消极、悲观、颓废、灰暗的情绪。

一般地说,文艺具有四大功能,即认识作用,美感作用,娱乐作用,教育作用。有的同志认为我的小说对于前三个方面没有多大问题,至于教育作用,就谈不上了。我不能同意这种说法。我认为,一个作品,不是有积极的作用就是有消极的作用,完全属于中性的作品很难设想。教育作用有的直接一些,有的间接一些。我的愿望是希望我的作品能使读者,特别是年轻的读者在情操上有一些洗涤作用,或者照亚里斯多德的说法,是"净化"作用也可以,总之是要使得人们的精神境界有所提高吧。当然,你说我写这些作品是不是有感而发的呢?我写这些年轻人的纯洁的、健康的、优美的爱情,就是有感于现在某些年轻人在恋爱、婚姻问题上的庸俗化和物质化的倾向。但也不可能有谁读了我的小说,就会树立比较正确的恋爱观了,就不追求那种物质的或者比较庸俗的恋爱观了,这种效果是很难达到的。然而,我还是希望我的小说能给人一些美的启发,美的诱导。所以,我觉得写一个作品,不能不考虑它发表以后产生的社会客观效果。

有一个问题,一直在我脑子里转了很久,就是作品怎样对"四化"起作用。有些作品直接描写战斗在"四化"第一线的社会主义新人,这样的作品为"四化"服务是没有问题的,也是很需要的。但是,有的作品并不一定这样。比如有些作品写的是历史题材,就不能说它是直接服务于"四化"的。我听到过一个负责同志的讲话,他说,写当前现实的,写近百年历史的,写革命斗争的,写历史题材的,只要能引导人们精神向上,就都是为"四化"服务的。我觉得这个尺度是放宽得多了。如果所有作品都要直接写"四化",我的那些小说就无法存在了,你让我怎么强词夺理,我也不能说我写一个小和尚的恋爱跟"四化"有什么关系。

下面再谈谈"回到现实主义,回到民族传统"。我为什么用"回到"这两个字呢?因为我这个人曾经不是搞现实主义,搞民族传统的。我四十年代的几个朋友,他们对我现在的作品感到很奇怪,说你原来是相当洋的,现在怎么搞起这种小说,甚至搞起京剧来了呢?我过去有些作品确实受了一些西方的影响,而且某些地方受了些西方现代派的影响。我的短篇小说集的第一篇《复仇》,是一九四四年写的,那是带着比较浓厚的洋味儿的,有相当多的意识流。

我过去读过的一些意识流的作品,一般都写得很美,而现在有些搞意识流的,它那个意识的流动就不是那么美,不是那么有诗意。意识流这个东西无论如何是作家所设想的那个人物意识的流动,不是当真的一个人,他的意识就是这么流,你又没有钻到他肚子去看过,无非是你设想的那个流动。我不赞成专门去搞意识流,你在作品里可以有一点儿,整篇从头到尾搞意识流就不一定有什么道理了。我现在的作品,还是有一点意识流的东西。比如《大淖记事》里的巧云被奸污之后,她起来飘飘忽忽地想了一些事情,想起了母亲,远在天边的母亲,母亲给她在点一点眉心红;想起她小时候去看人家新娘子,新娘子穿的粉红色绣花鞋;想起她手划破了,十一子给她吮指头上的血,她想那血一定是咸的,思绪都是不衔接的。我的目的是表现她失去童贞之后的痛苦心情,但是以一种优美的方式来表现的。意识流这个东西,我觉得用一点可以,比较多也可以,但是通篇搞我是不大赞成的。

接受西方外来的东西,没有什么不对,但是要立足于本民族的东西。越是有本民族的特点的东西才越是有世界意义。吸收西方的东西,吸收西方的影响是完全可以的,但你要让人瞧不出来。要是让人一看你完全学外国的东西便不好了。你学了一点外国的东西,还要让人感觉是中国的东西。我去年在《北京文学》发表了一篇叫《徙》的小说,写一个小学教员给一个小学作了一支校歌,教员后来死了,孩子们还唱这支校歌。我就写孩子们在唱校歌时的情景:每到集会的时候,孩子们就拼足了气力,用玻璃一样脆亮的童声,高唱这支歌,好像屋上的瓦片和树上的树叶都在唱。这不是本民族的东西,带着点洋味儿。我觉得,你把外国的东西弄到中国来,放到作品里边,可以是一些其他的非现实主义的流派,但你还得以现实主义为基础。一味是摹仿,一味是向人家外国人学,那确实如毛泽东同志所说的,是没有出息的文学家。吸收古典的、中国的民族的东西,或者是外来的东西,都是必要的,但最后都要变成你自己的东西,不管是吸收外来的形式、外来的影响、古典的民族传统,最后都要形成你个人的风格。有的同志问我,你看不看外国作家的作品?他以为我是不看外国作品的。我的回答是恰恰相反。我现在看得比较多的是外国作品,但是写的东西我认为还是中国味儿的。

我主张回到现实主义,回到民族传统。但是,这种现实主义是要能够容纳其他很多流派的现实主义,这种民族传统是能够吸收一切东方和西方影响的民族传统。如果你能巧妙地吸收外来的影响,就可以丰富你的作品的民族特色。中国最辉煌的文化是汉朝和唐朝,它吸收了很多外国的东西,如绘画、音乐等,变成了中国的东西。我觉得应该大量地吸收,广泛地吸收,但是得有个基础。打个比方,就好像是拿一块海绵去吸收人家的水分,而不是拿水去吸收人家的水,得有个自己的东西,或本体,其他东西才有依附。总之,搞现实主义的东西,搞民族传统的东西,但又不排斥其他非现实主义流派的影响,不排斥外来的影响,这是我给我自己定的奋斗目标,但我现在并没能办到,只能算是我经历了几十年文学创作历程之后得出的经验体会吧!

注　释

　① 　本篇原载《新疆文学》1983 年二月号,是在新疆一次文学座谈会上的发言。

小说技巧常谈[①]

成语·乡谈·四字句

春节前与林斤澜同去看沈从文先生。座间谈起一位青年作家的小说,沈先生说:"他爱用成语写景,这不行。写景不能用成语。"这真是一针见血的经验之谈。写景是为了写人,不能一般化。必须状难状之景,如在目前,这样才能为人物设置一个特殊的环境,使读者能感触到人物所生存的世界。用成语写景,必然是似是而非,模模糊糊,因而也就是可有可无,衬托不出人物。《西游记》爱写景,常于"但见"之后,写一段骈四俪六的通俗小赋,对仗工整,声调铿锵,但多是"四时不谢之花,八节常春之草"一类的陈词套语,读者看到这里大都跳了过去,因为没有特点。

由沈先生的话使我联带想到,不但写景,就是描写人物,也不宜多用成语。旧小说多用成语描写人物的外貌,如"面如重枣"、"面如锅底"、"豹头环眼"、"虎背熊腰",给人的印象是"差不多"。评书里有许多"赞",如"美人赞",无非是"柳叶眉、杏核眼,樱桃小口一点点"。刘金定是这样,樊梨花也是这样。《红楼梦》写凤姐极生动,但多于其口角言谈,声音笑貌中得之,至于写她出场时的"亮相",说她"两弯柳叶吊梢眉,一双丹凤三角眼",形象实在不大美,也不准确,就是因为受了评书的"赞"的影响,用了成语。

看来凡属描写,无论写景写人,都不宜用成语。

至于叙述语言,则不妨适当地使用一点成语。盖叙述是交代过程,来龙去脉,读者可以想见,稍用成语,能够节省笔墨。但也不宜多用。

满篇都是成语,容易有市井气,有伤文体的庄重。

听说欧阳山同志劝广东的青年作家都到北京住几年,广东作家都要过语言关。孙犁同志说老舍在语言上得天独厚。这都是实情话。北京的作家在语言上占了很大的便宜。

大概从明朝起,北京话就成了"官话"。中国自有白话小说,用的就是官话。"三言"、"二拍"的编著者,冯梦龙是苏州人,凌濛初是浙江乌程(即吴兴)人,但文中用吴语甚少。冯梦龙偶尔在对话中用一点吴语,如"直待两脚壁立直,那时不关我事得"(《滕大尹鬼断家私》)。凌濛初的叙述语言中偶有吴语词汇,如"不匡"(即苏州话里的"弗壳张",想不到的意思)。《儒林外史》里有安徽话,《西游记》里淮安土语颇多(如"不当人子")。但是这些小说大体都是用全国通行的官话写的。《红楼梦》是用地道的北京话写的。《红楼梦》对中国现代文学语言的形成,有着不可估量的影响。

有了官话文学,"白话文"的出现就是水到渠成的事。白话文运动的策源地在北京。五四时期许多外省籍的作家都是用普通话即官话写作的。有的是有意识地用北京话写作的。闻一多先生的《飞毛腿》就是用纯粹的北京口语写成的。朱自清先生晚年写的随笔,北京味儿也颇浓。

咱们现在都用普通话写作。普通话是以北方话作为基础方言,吸收别处方言的有用成分,以北京音为标准音的。"北方话"包括的范围很广,但是事实上北京话却是北方话的核心,也就是说是普通话的核心。北京话也是一种方言。普通话也仍然带有方言色彩。张奚若先生在当教育部长时作了一次报告,指出"普通话"是普遍通行的话,不是寻常的普普通通的话。就是说,不是没有个性,没有特点,没有地方色彩的话。普通话不是全国语言的最大公约数,不是把词汇压缩到最低程度,因而是缺乏艺术表现力的蒸馏水式的语言。普通话也有其生长的土壤,它的根扎在北京。要精通一种语言,最好是到那个地方住一阵子。欧阳山同志的忠告,是有道理的。

不能到北京,那就只好从书面语言去学,从作品学,那怎么说也是隔了一层。

吸收别处方言的有用成分,别处方言,首先是作家的家乡话。一个人最熟悉,理解最深,最能懂得其传神妙处的,还是自己的家乡话,即"母舌"。有些地区的作家比较占便宜,比如云、贵、川的作家。云、贵、川的话属西南官话,也算在"北方话"之内。这样他们就可以用家乡话写作,既有乡土气息,又易为外方人所懂,也可以说是"得天独厚"。沙汀、艾芜、何士光、周克芹都是这样。有的名物,各地歧异甚大,我以为不必强求统一。比如何士光的《种包谷的老人》,如果改成《种玉米的老人》,读者就会以为这是写的华北的故事。有些地方语词,只能以声音传情,很难望文生义,就有点麻烦。我的家乡(我的家乡属苏北官话区)把一个人穿衣服干净、整齐,挺括,有样子,叫做"格挣挣的"。我在写《受戒》时想用这个词,踌躇了很久。后来发现山西话里也有这个说法,并在元曲里也发现"格挣"这个词,才放心地用了。有些地方话不属"北方话",比如吴语、粤语、闽南语、闽北语,就更加麻烦了。有些不得不用,无法代替的语词,最好加一点注解。高晓声小说中用了"投煞青鱼",我到现在还不知道这究竟是什么意思。

作家最好多懂几种方言。有时为了加强地方色彩,作者不得不刻苦地学习这个地方的话。周立波是湖南益阳人,平常说话,乡音未改,《暴风骤雨》里却用了很多东北土话。旧小说里写一个人聪明伶俐,见多识广,每说他"能打各省乡谈",比如浪子燕青。能多掌握几种方言,也是作家生活知识比较丰富的标志。

听说有些中青年作家非常反对用四字句,说是一看到四字句就讨厌。这使我有点觉得奇怪。

中国语言里本来就有许多四字句,不妨说四字句多是中国语言的特点之一。

我是主张适当地用一点四字句的。理由是:一,可以使文章有点中国味儿。二,经过锤炼的四字句往往比自然状态的口语更为简洁,更能传神。若干年前,偶读张恨水的一本小说,写几个政客在妓院里磋商政局,其中一人,"闭目抽烟,烟灰自落"。老谋深算,不动声色,只此八字,完全画出。三,连用四字句,可以把句与句之间的连词、介词、甚至主语都省掉,把有转折、多层次的几件事贯在一起,造成一种明快流畅的节奏。如:"乃瞻衡宇,载欣载奔。僮仆欢迎,稚子候门。三径就荒,松菊犹存。携幼入室,有酒盈樽。"(陶渊明《归去来兮辞》)

反对用四字句,我想有两方面的原因。一方面是作者习惯于用外来的,即"洋"一点的方式叙述,四字句与这种叙述方式格格不入。一方面是觉得滥用四字句,容易使文体滑俗,带评书气。如果是第二种,我觉得可以同情。我并不主张用说评书的语言写小说。如果用一种"别体",有意地用评书体甚至相声体来写小说,那另当别论。但是评书和相声与现代小说毕竟不是一回事。

呼　应

我曾在一篇谈小说创作的短文中提到章太炎论汪容甫的骈文,"起止自在,无首尾呼应之式",表示很欣赏。汪容甫能把骈体文写得那样"自在",行云流水,不讲起承转合那一套,读起来很有生气,不像一般四六文那样呆板,确实很不容易。但这是指行文布局,不是说小说的情节和细节的安排。小说的情节和细节,是要有呼应的。

李笠翁论戏曲讲究"密针线",讲究照应和埋伏。《闲情偶寄》有一段说得很好:

编戏有如缝衣,其初则以完全者剪碎,其后又以剪碎者凑成。剪碎易,凑成难。凑成之工,全在针线紧密。一节偶疏,全篇之破绽出矣。每编一折,必须前顾数折,后顾数折。顾前者欲其照映,顾后者便于埋伏。照映、埋伏,不止照映一人,埋伏一事,凡是剧中有名之人，关涉之事，与前此后此所说之话，节节俱要想到。

我是习惯于打好腹稿的。但一篇较长的小说，如超过一万字，总不能从头至尾每一个字都想好，有了一个总体构思之后，总得一边写一边想。写的时候要往前想几段，往后想几段，不能写这段只想这段。有埋伏，有呼应，这样才能使各段之间互相沟通，成为一体，否则就成了拼盘或北京人过年吃的杂拌儿。譬如一弯流水，曲折流去，不断向前，又时时回顾，才能生动多姿。一边写一边想，顾前顾后，会写出一些原来没有想到的细节，或使原来想到但还不够鲜明的细节鲜明起来。我写《八千岁》，写了他允许儿子养几只鸽子，他自己有时也去看看鸽子，原来只是想写他也是个人，对生活的兴趣并未泯灭，但他在被八舅太爷敲了一笔竹杠，到赵厨房去参观满汉全席，赵厨房说鸽蛋燕窝里鸽蛋不够，他说了一句："你要鸽子蛋，我那里有"，都是事前没有想到的。只是觉得他的处境又可怜又可笑，才信手拈来，写了这样一笔。他平日自奉甚薄，饮食粗粝，老吃"草炉烧饼"，遭了变故，后来吃得好一点，我是想到的。但让他吃什么，却还没有想好。直到写到快结束时，我才想起在他的儿子把照例的"晚茶"——两个烧饼拿来时，他把烧饼往桌上一拍，大声说："给我去叫一碗三鲜面！"边写边想，前后照顾，可以情文相生，时出新意。

埋伏和照映是要惨淡经营的，但也不能过分地刻意求之。埋伏处要能轻轻一笔，若不经意。照映处要顺理成章，水到渠成。要使读者看不出斧凿痕迹，只觉得自自然然，完完整整，如一丛花，如一棵菜。虽由人力，却似天成。如果使人看出来这里是埋伏，这里是照映，便成死症。

含　　藏

"逢人只说三分话，未可全抛一片心"，这是一种庸俗的处世哲学。写小说却必须这样。李笠翁云，作诗文不可说尽，十分只说得二三分。都说出来，就没有意思了。

侯宝林有一个相声小段《买佛龛》。一个老太太买了一个祭灶用的佛龛,一个小伙子问她:"老太太,您这佛龛是哪儿买的?"——"嗨,小伙子,这不能说买,得说'请'!"——"那您是多少钱'请'的?"——"嘻! 这么个玩意——八毛!"听众都笑了。这就够了。如果侯宝林"批讲"一番,说老太太一提到钱,心疼,就把对佛龛的敬意给忘了,那还有什么意思呢? 话全说白了,没个捉摸头了。契诃夫写《万卡》,万卡给爷爷写了一封很长的信,诉说他的悲惨的生活,写完了,写信封,信封上写道:"寄给乡下的爷爷收"。如果契诃夫写出:万卡不知道,这封信爷爷是不会收到的,那这篇小说的感人的力量就大大削弱了,契诃夫也就不是契诃夫了。

我写《异秉》,写到大家听到王二的"大小解分清"的异秉后,陈相公不见了,"原来陈相公在厕所里。这是陶先生发现的。他一头走进厕所,发现陈相公已经蹲在那里。本来,这时候都不是他们俩解大手的时候"。一位评论家在一次讨论会上,说他看到这里,过了半天,才大笑出来。如果我说破了他们是想试试自己也能不能做到"大小解分清",就不会有这样的效果。如果再发一通议论,说:"他们竟然把生活的希望寄托在这样的微不足道的,可笑的生理特征上,庸俗而又可悲悯的小市民呀!"那就更完了。

"话到嘴边留半句",在一点就破的地方,偏偏不要去点。在"褃节儿"上,"七寸三分"的地方,一定要"留"得住。尤三姐有言:"提着影戏人儿上场,好歹别戳破这层纸儿。"把作者的立意点出来,主题倒是清楚了,但也就使主题受到局限,而且意味也就索然了。

小说不宜点题。

一九八三年四月四日

注　释

① 　本篇原载《钟山》1983 年第四期;初收《晚翠文谈》,浙江文艺出版社,1988年 3 月。

戏曲和小说杂谈[①]

一、戏曲和小说的社会功能

据说周总理曾在广州会议上提出,文艺有四大功能,第一是教育作用,第二是认识作用,第三是美感作用,第四是娱乐作用。听说在美学界有一种理论,认为不存在这四种功能,只存在一种功能,只存在审美作用。我不了解这种理论,我还是同意文艺有这四种功能。

但是,我觉得长期以来,比较片面地强调了文艺的教育作用,而比较忽视文艺的认识作用。我怎么想起这个问题呢?是从《玉堂春》想起的,从苏三想起的。来这里之前,林斤澜等几位同志到山西去了一趟,到了洪洞县。林斤澜对我说,洪洞县的苏三监狱拆掉了,是文化大革命中拆的,说这是统治阶级压迫劳动人民的工具,不能留。林斤澜说,很可惜,这是全国仅有的一个明朝监狱,现在没有了。我见过这个监狱。这个县没其他名胜古迹,主要是苏三监狱。据说,苏三就是关在这个监狱里,在这个县大堂上过堂。这可能是真的,也可能是附会出来的。苏三这样一个人物,为什么被洪洞县的人那么纪念?全国许多人知道山西有个洪洞县,是因为有了《玉堂春》这个戏,不少人会唱几句"苏三离了洪洞县,将身来在大街前"。《玉堂春》这个戏是很有特色的,是出家喻户晓、脍炙人口的名剧。这出戏,编得不错。其中精彩的,经常唱的是"起解"和"玉堂春"。平常说的"玉堂春"是指"三堂会审"。用全剧的剧名,作为其中一折的剧目,就说明这是这出戏的"戏核"。这一折的艺术处理是非常特殊的。舞台处理是大手笔。整个一场戏,没什么舞台调度,就是上边三个问官:王金龙、红袍、兰袍,下边是苏三唱。三个问官没什么太大的动作,苏三也基本上是跪着唱。她唱的内容都是前边演过的。这里的唱,把全部的内容重复地叙述了一遍。重复,这是编剧本的大忌。《玉堂春》走了一条险路,这个戏,表面看起来很平静,上边坐着,下边跪着,上边问,下边唱。这是很难的,表演也难,它没什么动作,但它的人物内心的矛盾冲突是很强烈的,而且层次很清楚,几经起伏,节节升高,以至达到感情的高峰。由于人物内心冲突很强烈,把观众吸引住了,从而感染了观众,使观众认识了《玉堂春》那个时代。就是那样一个时代,玉堂春被无辜弄到监狱里。我想,《玉堂春》这个戏有什么教育作用?很难说。能说我们今天要向苏三学习吗?学什么?顶多说学她对爱情的忠贞,但是这也很勉强。主要是个认识作用,现在我们来认识几百年前的明朝社会,这是个很好的资料。因此,我想,我们许多传统剧目,到今天仍能存在,以后还能存在,主要是因为它有一定的认识作用。我想,如果我们对过去的时代没有较深的认识,那就不可能对今天的时代产生真挚的感情。所以,认识作用是不可忽视的。

从作家的创作和观众接受的程序来看,也是认识作用在前,教育作用在后。一个作者写一个作品,不管它是反映现实生活,还是反映历史生活,一开始总是被生活中的现象所感动,然后才能意识到现象里面包含的意义。一个作家首先是观察了生活,理解了生活,在这基础上塑造形象;在这形象活起来之后,才会意识到这形象所具有的、所可能产生的道德力量和思想力量。一个读者或一个观众,看作品或看戏,他首先接受感染的也是人物的形象,是作者反映的生活,是生活现象。把这些东西记在心里,下一步,才可能使他对美好事情进行追求,或对丑恶事物予以否定。从作者产生作品的程序和读者接受作品的程序,一般是认识在前,教育在后。但是,教育作用有时被强调到或简单化到一点:向戏中的某个人物学习。我不否认号召读者向作品中塑造的英雄人物学习,但是,一般说这个教育作用是个复杂的过程。我们的作品如果只是强调教育作用,会导致题材的狭窄化,因为有些题材确实教育作用不大,但认识作用很深。比如,邓友梅的《那五》,它的教育作用在哪里?

也可能读了之后引起我们的警觉,我们的青年人不要学习八旗子弟。这是间接的得到的理念上的认识。但是,真正从作品中得到的,是对那个时代,那个八旗,那些人物,那个生活的认识,他们是怎样堕落下去的。《茶馆》是中国旧时代的生活画面。我的那些作品《受戒》《大淖记事》,不能说一点教育作用也没有;这些作品存在的意义,主要是让人认识那个时代。如果说它们有点教育作用的话,就是教育青年追求纯洁的、朴实的爱情。刚发表时,有人问我:你小说的主题是什么?我说是"思无邪"。但是,我主要是想让现在的青年认识认识那个时代。如果我们允许教育意义不是很强,但认识意义比较深的作品可以写的话,那么,我们的写作天地就比较宽一些。比如某个题材,很有典型意义,写出来能让人认识生活的某个角落,或某个时代的某个生活侧面,但是如果非强调要写教育作用大的,那么这个题材就完了。另外,为了避免在戏剧方面的一些武断,也应该提倡一下文艺的认识作用。比如,《起解》有人把一句念白给改了,原来是苏三说"待我辞别狱神也好赶路",改为"待我辞别辞别也好赶路",大概说狱神有迷信色彩吧,可是这样一改,辞别就没有对象了。再如,"三堂会审"的词,有好些剧团就把它改了,苏三唱的头一次开怀是哪一个,十六岁开怀是那王公子。现在把"开怀"改为"订情",觉得"开怀",这个词不好听。"开怀"这词,是妓院的习惯用语,改成"订情",那么苏三第一次订情,第二次订情,老是和人订情,这样苏三就成了不贞的人了,爱情不专一了。还有苏三唱的在关王庙与王金龙相会:"不顾腌臜怀中抱,在那神案底下叙叙旧情",有的认为这两句不好,干脆删掉了。这是苏三这个妓女表达爱情的方式。做为一个妓女做到这样很不容易呵。这样一些词,使我们看到当时妓院的生活。可是,这样一改,的确是净化了,很"卫生",也就没什么意思了。有些人对古典名著也是随便改。比如,《赵盼儿风月救风尘》,我看了几个改本,把赵盼儿改得一点妓女的痕迹也没有了,赵盼儿成了"高大全"了,非常仗义。赵盼儿是什么人?关汉卿写得很明白,赵盼儿"风月救风尘",她用那妓女的手段救了一个落难的人。离开了妓女的身份,这个戏就不存在。所以,我想,强调一下认识作用,对某些同志或可改变一下那种粗暴的做法，也不致于把人物的精神境界无限制地硬拔高。

二、戏曲与小说的异同

它们的相同之处都是反映生活，塑造人物，都是语言的艺术。与音乐绘画不同，音乐靠旋律、节奏，绘画靠色彩、线条。可是戏曲与小说又确实是两种不同的艺术形式。第一从形式上看，小说可以有叙述语言，作者可以出来讲话，戏曲则不行。小说作者可以把自己的思想感情、态度通过叙述语言表达出来，而戏曲只有通过人物的语言和行动来表现，作者不能出来讲话。小说的风格主要表现在他的叙述语言上，而不是人物的对话，而戏曲要写出风格是很难的。第二，戏剧包括戏曲，是强调的，而小说，特别是现代小说是不能强调的，它不用强调这个手法。小说越像生活本身的形式越好。生活本身是较平淡的，有时是错乱的。小说的形式与生活的形式越接近越好。小说中的对话与戏剧台词不是一回事。小说的对话越平常，越和普通人说话一样越好，不能有深文大义。托尔斯泰有一句话，人是不能用警句交谈的。这话是很精彩的。小说的对话，一般不要用带哲理性的语言，或具有诗意的语言。否则，就不像真人说的话。年青时，我就犯过这个毛病，总想把对话写得美一点，深一点，有点哲理，有点诗意。我让老师沈从文看，他说，你这两个人物的对话是两个聪明脑袋在打架。戏剧则是可以的，戏剧人物的语言太平淡了不行。它比生活更高一点，离生活更远一点。这样说不一定恰当。我想，小说对生活是一度概括，戏剧是二度概括，戏曲是三度概括，高度概括。如果用戏剧的概念写小说，搞什么悬念，危机，高潮，写出的小说准不像样。小说贵淡雅，戏剧贵凝练；小说要分散，戏剧要集中。戏剧不能完全像生活，说白了，戏剧是可以编造的。当然，人物是不能瞎编造的。有些小说，浪漫主义小说，有时也带有戏剧性情节，如雨果的小说。他的小说情节性强，而且带戏剧性，改成戏、电影是很方便的。但是，一般小说，特别是现代小说，不太重视情节。有人反对小说中带有戏剧性情节。我也这样主张。如果你的题材带有戏剧性，你就写戏得了，何必写小说呢？一般说，戏还是重情节、重戏剧性的，当然有的不，如肖伯纳的戏就没多少戏剧性。

有的同志容易把小说与戏剧搞混了。有人用写戏的方法写小说。也有同志写戏用写小说的办法，这样写出来的戏就比较平淡。

三、中国戏曲的特点

1. 中国戏曲是高度综合的艺术。表现手段，在现在世界戏剧中是最多的，唱、念、做、打。在外国，一个戏中，同时用这么多手段，是没有的。外国戏剧家到中国来看戏，就说，你们中国的演员真是了不起。我们演歌剧的，不重视表演；重视表演的，就不重视唱。

2. 中国的戏曲是自成体系的。上海的黄佐临同志说，世界的戏剧有三大体系，一是斯坦尼斯拉夫斯基体系，一是德国布莱希特的体系，另外一个是中国的体系，或称梅兰芳体系。中国体系与布莱希特体系较接近，布莱希特说：他的体系的形成是受中国戏剧的影响。他说，他让观众意识到，我写的是戏，不是生活。舞台上演的是戏，不是生活本身。我不让你相信这是生活本身。另外，他不像斯坦尼要求演员进入角色，搞第一自我，第二自我。他要求演员清醒地意识到，我是个演员，我要表演这个人物。中国的表演程式化很厉害，演员很意识到自己怎样表演，怎样发声，怎样动作才美。不要求演员跟着人物走。中国观众看戏，不是完全掉进戏里，当然有些戏，特别是看苦戏，有些人是掉进戏里的。特别是一些老太太，台上演苦戏，她在台下一把鼻涕一把泪的哭。一般说，中国演悲剧，也不要求你那么感动。它要求你保留着欣赏态度。有人说，中国的京剧不感动人，我说，你埋怨错了，它不要求你感动。它的美学过程不一样。我在四川看过一个戏，写两个奸臣在吵架，一个说，你混蛋，另一个说，你混蛋。两个人吵得不可开交，这时，帮腔的唱："你俩都混蛋哪！"这就把观众的批评，直接由帮腔的人唱出来了。这表现了中国戏曲的很大特点。

3. 中国的戏曲有独特的手法。它可以容纳进小说的成分,即所谓"闲文",它不是直接与戏剧情节有关系的东西,但对表现人物有帮助。比如《四进士》,在第三场中,宋士杰琢磨着回家后如何向干女儿杨素贞说,杨素贞又会怎样说法。回家后父女一对话,果然不出所料。当杨素贞刚说一句"我不是你的亲生女儿",这时,周信芳加了一句:"来了!"这两个字很是精彩:我等着她说的,果然说出来了。宋士杰说"我早知道你有这两句话了。"这一段,做为一个小过场,把宋士杰这个人对人情世故的练达表现得非常清楚。再比如《打渔杀家》,萧恩决定过江杀吕子秋一家。萧恩出门,桂英说:"爹爹请转。"萧恩说"儿呵,何事?""这门还未曾上锁呢。""这门麽,关也罢,不关也罢。"桂英说"里边还有许多动用的家具呢。"萧恩说:"傻孩子呵,这门都不关了,还要家具做甚。"桂英不明白,说"不要了?"萧恩说:"不明白的冤家!"这一细节,写桂英的不懂事,以及萧恩的压抑、悲愤、要报仇的老英雄的悲壮心理,就在这简单的对话中表现了出来。我们现在写戏的人没有这个功夫。京剧不容易表现生活,生活化的东西是不太多的。我们也有荒诞派的东西,如《一匹布》,故事荒唐,表现手法独特。

我们的戏曲也有缺点,历史故事,历史人物,特别是人物雷同化。年青人看不上劲,感到不满足,一个原因就是人物简单化,缺乏复杂的丰富的充满矛盾的性格。这是历史的局限。其实,外国的东西,在中古以前的东西,也没有这么复杂的性格,如《十日谈》、《堂·吉诃德》。我们现在创作要向外国学习借鉴。但是中国的戏剧是独树一帜的。现在的欧洲、美洲的许多戏剧家认为,戏剧的出路在中国。走中国戏曲的路子。对于我们戏曲的一些缺点,在创作时要注意避免。

四、小说的情节与细节呼应

李渔谈编戏有一段话,话不难懂,但很有道理。他说:"编戏有如缝衣,其初则以完全者剪碎,其后又以剪碎者凑成。剪碎易,凑成难。凑成之工,全在针线紧密;一节偶疏,全篇之破绽出矣。每编一折,必须前顾数折,后顾数折。顾前者,欲其照映;顾后者,便于埋伏。照映埋伏,不止照映一人,埋伏一事,凡是此剧中有名之人,关涉之事,与前此后此所说之话,节节俱要想到。宁使想到而不用,勿使有用而忽之。"照应、埋伏的关键是前思后想,要有总体构思。有的同志写小说,写这一段就只想这一段,这不行。写这一段时,往前想几段,看哪里需要照应;往后想几段,看是否应该埋伏。我们一般的写小说,往往很难从头至尾想得很周全。我有打腹稿的习惯,特别是短的。要往前想想,往后想想,不这样,写出来的小说就像个拼盘。埋伏,要埋伏得叫人看不出来,不露痕迹。照应应该是水到渠成。

五、主题的含藏

李渔讲到"立主脑"。为什么叫主脑?我想到风筝上有一根脑线。有了这根脑线,风筝才飘起来。但是让人看到的是风筝的那个形象,而不是那根脑线。中国有句俗话,叫"逢人只说三分话,未可全抛一片心。"在做人上这是庸俗的哲学,而写小说却是可以这样的。李渔说写诗文不可把话说尽,有十分只说二三分,如果全说出来就没意思了。虽没有写出来,但要使读者感觉得到。侯宝林说《买佛龛》,老太太买来佛龛,小伙子问"多少钱买的?"老太太说:"不能说买,要说'请'。""多少钱请的?""唉,这么个玩艺,六毛!"不再往下说了。如果说破了,说老太太一提到钱,心痛了,就忘了对佛龛的敬意。这就说白了。也就没有"嚼头"了。我们的作者往往把话说破了。再如契诃夫的《万卡》,最后是,寄给乡下的爷爷收。到这就完了。如果后边再加上:万卡不知道,他的爷爷是不会收到的。这就"白"了。也就不是契诃夫的《万卡》了。不说,更深刻;说破了,它感人的艺术效果就被削弱了许多。中国还有句话说"话到嘴边留半句"。点题的话,想说时你要忍着,留着,别把它说出来,像《红楼梦》中尤三姐说的一句话,"提着影戏人儿上场,好歹别戳破这层纸儿。"我觉得小说一般不要点题。

488

注　释

① 本篇原载《山东文学》1983 年第十一期,是作者 1983 年 4 月在德州文学讲座的发言,赵连起根据录音整理,经作者本人审阅,刊载时略删节;初收《汪曾祺全集》第六卷,北京师范大学出版社,1998 年 8 月。

关于小小说①

希腊人对于"诗铭"的要求是：

诗铭像蜜蜂。

一要蜜，

二要刺，

三要小身体。

这要求也可以移之于小小说，一篇好的小小说应该同时具备：有蜜，即有诗意；有刺，即有所讽喻；当然，还要短小精致。

《都城纪胜》论说书云："最畏小说人，盖小说者能以一朝一代故事顷刻间提破"。"提破"不知究竟当作何解释，但望文生义，大概就是提醒点破的意思。唯其能于"顷刻间提破"，所以"可畏"。小小说正应该这样，几句话就点出一种道理，如张岱记柳敬亭说书"找截干净，并不唠叨"。

有一幅宋人小画，只于尺幅中画一宫门，一宫女早起出门倒垃圾，倒的全是荔枝、桂圆、鸭脚（即百果）之类的皮壳。完全没有画灯火笙歌，但是宫苑生活的豪华闲逸都表现出来了。小小说也当这样。一般地说，小小说只能反映生活的一个侧面，但要让人想象出生活的全盘，写小小说，要留出大量空白。能不说的，尽量删去。

昔人云："忙中不及作草，家贫难办素食。"看人以为草字是匆匆忙忙地写出来的，没有时间，就潦潦草草写上几行。其实不是这样，无论是章草、狂草，都必须在心气平和，好整以暇时动笔，才能一气呵成，疏密有致。白石老人题画曰:"心闲气静时一挥",只有心闲气静,才能一挥而就。意大利的莱奥纳尔多·夏侠在小说《白天的猫头鹰》附记中说:"'请你们原谅,这封信长了点儿'伟大的十八世纪的一个法国男人(或女人)写道,因为我没有时间把它写得短些。"这是经验之谈。冗长芜杂往往由于匆忙粗率。素菜是不好办的。一般人家,炒个肉丝什么的,不算什么。真要炒出一盘好素菜,可困难。要极好的鲜菜,要好配料——冬笋、松菌、核桃仁、百果、山药……,要好刀功,好火候。一篇好的小小说要像几行神完气足的草书,一盘生鲜碧绿的素菜。

注 释

① 本篇原载《百花园》1983 年第四期,又载《小小说选刊》1985 年创刊号。

菏 泽 游 记[①]

菏 泽 牡 丹

菏泽的出名,一是因为历史上出过一个黄巢(今菏泽城西有冤句故城,为黄巢故里,京剧《珠帘寨》说他"家住曹州并曹县",曹州是对的,曹县不确)。一是因为出牡丹花。菏泽牡丹种植面积大,最多时曾达五千亩,一九七六年调查还有三千多亩,单是城东"曹州牡丹园"就占地一千亩;品种多,约有四百种。

牡丹花期短,至谷雨而花事始盛,越七八日,即阑珊欲尽,只剩一大片绿叶了。谚云:"谷雨三日看牡丹"。今年的谷雨是阳历四月二十。我们二十二日到菏泽,第二天清晨去看牡丹,正是好时候。

初日照临,杨柳春风,一千亩盛开的牡丹,这真是一场花的盛宴,蜜的海洋,一次官能上的过度的饱饫。漫步园中,恍恍惚惚,有如梦回酒醒。

牡丹的特点是花大、型多、颜色丰富。我们在李集参观了一丛浅白色的牡丹,花头之大,花瓣之多,令人骇异。大队的支部书记指着一朵花说:"昨天量了量,直径六十五公分",古人云牡丹"花大盈尺",不为过分。他叫我们用手掂掂这朵花。掂了掂,够一斤重!苏东坡诗云"头重欲人扶",得其神理。牡丹花分三大类:单瓣类、重瓣类、千瓣类;六型:葵花型、荷花型、玫瑰花型、平头型、皇冠型、绣球型;八大色:黄、红、蓝、白、黑、绿、紫、粉。通称"三类、六型、八大色"。姚黄、魏紫,这里都有。紫花甚多,却不甚贵重。古人特重姚黄,菏泽的姚黄色浅而花小,并不突出,据说是退化了。园中最出色的是绿牡丹、黑牡丹。绿牡丹品名豆绿,盛开时恰如新剥的蚕豆。挪威的别伦·别尔生说花里只有菊花有绿色的,他大概没有看到过中国的绿牡丹。黑牡丹正如墨菊一样,当然不是纯黑色的,而是紫红得发黑。菏泽用"黑花魁"与"烟笼紫玉盘"杂交而得的"冠世墨玉",近花萼处真如墨染。堪称菏泽牡丹的"代表作"的,大概还要算清代赵花园园主赵玉田培育出来的"赵粉"。粉色的牡丹不难见,但"赵粉"极娇嫩,为粉花上品。传至洛阳,称"童子面",传至西安,称"娃儿面",以婴儿笑靥状之,差能得其仿佛。

菏泽种牡丹,始于何时,难于查考。至明嘉靖年间,栽培已盛。《曹南牡丹谱》载:"至明曹南牡丹甲于海内"。牡丹,在菏泽,是一种经济作物。《菏泽县志》载:"牡丹,芍药多至百余种,土人植之,动辄数十百亩,利厚于五谷",每年秋后,"土人捆载之,南浮闽粤,北走京师,至则厚值以归"。现在全国各地名园所种牡丹,大部分都是由菏泽运去的。清代即有"菏泽牡丹甲天下"之说。凡称某处某物甲天下者,每为天下人所不服。而称"菏泽牡丹甲天下",则天下人皆无异议。

牡丹的根,经过加工,为"丹皮",为重要的药材,这是大家都知道的。菏泽丹皮,称为"曹丹",行市很俏。

菏泽盛产牡丹,大概跟气候水土有些关系。牡丹耐干旱,不能浇"明水",而菏泽春天少雨。牡丹喜轻碱性沙土,菏泽的土正是这种土。菏泽水咸涩,绿茶泡了一会就成了铁观音那样的褐红色,这样的水却偏宜浇溉牡丹。

牡丹是长寿的。菏泽赵楼村南曾有两棵树龄二百多年的脂红牡丹,主干粗如碗口,儿童常爬上去玩耍,被称为"牡丹王"。袁世凯称帝后,曹州镇守使陆朗斋把牡丹王强行买去,栽在河南彰德府袁世凯的公馆里,不久枯死。今年在菏泽开牡丹学术讨论会,安徽的代表说在山里发观一棵牡丹,已经三百多年,每年开花二百余朵,犹无衰老态。但是牡丹的栽培却是很不易的。牡丹的繁殖,或分根,或播种,皆可。一棵牡丹,每五年才能分根,结籽常需七年。一个杂交的新品种的栽培需要十五年,成种率为千分之四。看花才十日,栽花十五年,亦云劳矣。

参观了牡丹园,李集大队的支部书记早就摆好了纸墨笔砚,请写几

个字留念,写了四句:

> 造化师人意,春秋在畚锸。
>
> 曹州天下奇,红粉黄金甲。

告别的时候,支书叫我们等一等,说是要送我们一些花,一个小伙子抱来了一抱。带到招待所,养在茶缸里,每间屋里都有几缸花。菏泽的同志说,未开的骨朵可以带到北京,我们便带在吉普车上。不想到了梁山,住了一夜,全都开了,于是一齐捧着送给了梁山招待所的女服务员。正是:菏泽牡丹携不去,且留春色在梁山。

上　梁　山

早发菏泽,经钜野,至郓城小憩。郓城是一个新建的现代城市,老城已经看不出痕迹。城中旧有乌龙院遗址,询之一老人,说是在天主堂的旁边。他说:“您这是问俺咧,问那些小青年,他们都知不道。”按乌龙院当是后人附会,不应信。《水浒传》说宋江讨了阎婆惜,“就在县西巷内讨了一所楼房,置办些家火什物,安顿了阎婆惜娘儿两个在那里居住”(《坐楼杀惜》有几分根据),并没有说盖了什么乌龙院。宋江把安顿阎婆惜的“小公馆”命名为乌龙院也颇怪,这和风花雪月实在毫不相干。近午,抵梁山县。县是一九四九年建置的,因境内有梁山而得名。

传说中的梁山,很有可能就在这里(听说有人有不同意见)。元高文秀《黑旋风双献功》杂剧云:“寨名水浒,泊号梁山。……南通巨野、金乡,北靠青、齐、兖、郓。”按其地望,实颇相似。《双献功》是杂剧,不是信史,但高文秀距南宋不远,不会无缘无故地制造出一个谣言。现在还有一条宽约四尺,相当平整的路,从山脚直通山顶,称为“宋江马道”,说是宋江当初就是从这条路骑马上山的。这条路是人修的,想来是有人在山上安寨驻扎过。否则,这里既非交通要道,山上又无什么特殊的物产,当地的乡民是不会修出这样一条“马道”来的。主峰虎头山的山腰有两道石头垒成的寨墙,一为外寨,一为内寨,这显然就是为了防御用的。墙已坍塌，只剩下正面的一截了，还有三四尺高。石块皆如斗大。余嘉锡《宋江三十六人考实》引元袁桷过梁山泊诗："飘飘愧陈人，历历见遗址。流移散空洲，崛强寻故垒"，"故垒"或当即指的是这两道寨墙。想来当初是颇为结实而雄伟的，如袁桷所云，是"崛强"的。山顶有一块平地或云有十五亩，即忠义堂所在。堂址前的一块石头上有旗杆窝，说是插杏黄旗的，小且浅，似不可信。

梁山不甚高大，山势也不险恶。以我这样的年龄（六十三岁），这样的身体（心脏欠佳），可以一口气走上山顶而不觉得怎么样。这样一座山，能做出那样大的一番事业么？清代的王培荀就说过："自今视之，山不高大，山外一望平陆"，他怀疑小说"铺张太过"（《乡园忆旧》）。曹玉珂过梁山，也发生过类似疑问，"于是进父老而问之"，对曰"险不在山而在水也"。原来如此！

梁山周围原来是一片大水，即梁山泊，累经变迁。《辞海》"梁山泊"条言之甚详："'泊'一作'泺'。在今山东梁山、郓城等县间。南部梁山以南，本系大野泽的一部分，五代时泽面北移，环梁山皆成巨浸，始称梁山泊。从五代到北宋，多次被溃决的黄河河水灌入，面积逐渐扩大，熙宁以后，周围达八百里。入金后河徙水退，渐涸为平地。元末一度为黄河决入，又成大泊，不久又涸。"历来关于梁山泊的记载，迷离扑朔，或说八百里，或说三百里，或说有水，或说没有水，《辞海》算是把它的来龙去脉理出一个头绪来了。

梁山东面的东平湖现在的面积还有三十一万亩，比微山湖略小，据说原来东平湖和梁山泊是连着的，那可是一片非常壮观的大水！前年黄河分洪，河水还曾从东平湖漫过来，直抵梁山脚下。水退了，山下仍是"一望平陆"，整整齐齐，一方块一方块麦子地。梁山遂成了一座干山，只有梁山，并无水泊了。

梁山县准备把梁山修复起来，已经成立了修复梁山规划领导小组。栽了很多树，还在本山修了断金亭。断金亭结构疏朗，斗拱甚大，像个宋代建筑。以后还将陆续修建，想要把黄河水引过来，恢复梁山旧观。不过这大概需要好多年。所谓"修复"也只能得其仿佛。《水浒传》是小说,大部分是虚构,谁知道水泊梁山到底是个什么样子呢。

在梁山住两日,餐餐食有鱼。鱼皆鲜活,是从东平湖里捞上来的。梁山人很会做鱼,糖醋、酥煮、清蒸,皆极精妙,达到理想的程度。这大概还是梁山泊时期留下来的传统。本地尤重鲤鱼,"无鱼不成席",虽鸡鸭满桌,若无一尾活鲤鱼,即非待客的敬意。东平湖水与黄河通,所以这里的鲤鱼也算黄河鲤。本地人云:辨黄河鲤鱼之法:剖开鱼肚,鱼肉雪白,即是黄河鲤;别处的鲤鱼,里面都有一层黑膜。鲤鱼要大小适中。以二斤半到三斤的为最贵,过小过大,都不值钱。办喜事,尤其要用这般大小的鱼。本地人说:"等着吃你的鱼咧!"意思即是等着吃你的喜酒。鱼必二斤半至三斤,多少钱都要,这样的鱼遂无定价,往往一桌席,一半便是这条鱼钱。我们吃的,正是这样大的鲤鱼。吃着鲤鱼不禁想起《水浒》。吴学究往碣石村说三阮撞筹,借口便是"如今在一个大财主家做门馆教学,今来要对付十数尾金色鲤鱼"。特重鲤鱼,由来久矣。不过吴用要的却是十四五斤的。十四五斤的鲤鱼,不好吃了。这是因为写《水浒》的施耐庵对吃黄河鲤不大内行,还是古今风俗有异了呢?

《水浒传》第三十八回,宋江在琵琶亭上,忽然心里想要鱼辣汤吃,"便是不才酒后,只爱口鲜鱼汤吃"。宋江是郓城人,离梁山泊不远,他是从小吃惯了鲜鱼的,难怪说腌了的鱼不中吃。

修复梁山规划小组的同志嘱写几个字,为书俚句:

> 远闻钜野泽,来上宋江山。
>
> 马道横今古,寨墙积暮烟。
>
> 旧址颇茫渺,遗规尚俨然。
>
> 何当觇杏帜,舟渡蓼花滩?

宿梁山之第二日,大雨,破晓时雨始渐住。这场雨对小麦十分有利。一老人说:"我活了七十年,没见过这时候下这样的雨的!"这真是及时雨。山东今年是个好年景。

一九八三年五月六日,北京

注　释

① 　本篇原载《北京文学》1983 年第十期；初收《榆树村杂记》，中国华侨出版
　　社，1993 年 9 月。

我是一个中国人①

——散步随想

　　我实在不想说话，因为没有什么话可说。我对文艺界的情况很不了解。这几年精力渐减，很少读作品，中国的，和外国的。我对自己也不大了解。我究竟算是哪一"档"的作家？什么样的人在读我的作品？这些全都心中无数。我一直还在摸索着，有一点孤独，有时又颇为自得其乐地摸索着。

　　在山东菏泽讲话，下面递上来一个条子："汪曾祺同志：你近年写了一些无主题小说，请你就这方面谈谈看法。"因为时间关系，我当时没有来得及回答。到了平原，又讲话，顺便谈了谈这个问题。写条子的这位青年同志（我相信是青年）大概对"无主题小说"很感兴趣，可是我对这方面实在无所知。我不知道有没有这个提法，这提法是从哪里来的。我只听说过"无主调音乐"，没有听说过"无主题小说"。我说：我没有写过"无主题小说"。我的小说都是有主题的。一定要我说，我也能说得出来。这位递条子的同志所称"无主题小说"，我想大概指的我近年发表的一些短小作品，如在《海燕》上发表的《钓人的孩子》，《十月》上发表的一组小说《晚饭花》里的《珠子灯》。这两篇小说都是有主题的。《钓人的孩子》的主题是：货币使人变成魔鬼。《珠子灯》的主题是：封建贞操观念的零落。

　　不过主题最好不要让人一眼就看出来。

　　李笠翁论传奇，讲"立主脑"。郭绍虞解释主脑即主题，我是同意郭先生的解释的。我以为李笠翁所说"主脑"，即风筝的脑线。风筝没有脑线，是放不上去的。作品没有主题，是飞不起来的。但是你只要看风筝就行了,何必一定非瞅清楚风筝的脑线不可呢?

脑线使风筝飞起,同时也是对于风筝的限制。脑线断了,风筝就会不知道飞到哪里去了。主题对作品也是一种限制。一个作者应该自觉地使自己受到限制。人的思想不能汗漫无际。我们不能往一片玻璃上为人斟酒。

> 鸟飞在天上,
>
> 影子落在地下。②

任何高超缥缈的思想都是有迹可求的。

捉摸捉摸一个作品的主题,捉摸捉摸作者想说的究竟是什么,对读者来说,不也是一种乐趣么?"好读书,不求甚解;每有会意,便欣然忘食",这是一种很惬意的读书方法。读小说,正当如此。

不要把主题讲得太死,太实,太窄。

也许我前面所说的主题,在许多人看来不是主题(因此他们称我的小说为"无主题小说")。在有些同志看来,主题得是几句具有鼓动性的、有教诲意义的箴言。这样的主题,我诚然是没有。

我是一个中国人。

中国人必然会接受中国传统思想和文化的影响。我接受了什么影响?道家?中国化了的佛家——禅宗?都很少。比较起来,我还是接受儒家的思想多一些。

我不是从道理上,而是从感情上接受儒家思想的。我认为儒家是讲人情的,是一种富于人情味的思想。《论语》里的孔夫子是一个活人。他可以骂人,可以生气着急,赌咒发誓。

我很喜欢《论语·子路曾皙冉有公西华侍坐章》。"暮春者,春服既成,冠者五六人,童子六七人,浴乎沂,风乎舞雩,咏而归。"我以为这是一种很美的生活态度。

我欣赏孟子的"大人者,不失其赤子之心"。

我认为陶渊明是一个纯正的儒家。"暧暧远人村,依依墟里烟。

狗吠深巷中,鸡鸣桑树颠。"我很熟悉这样的充满人的气息的"人境",我觉得很亲切。

我喜欢这样的诗:"万物静观皆自得,四时佳兴与人同","顿觉眼前生意满,须知世上苦人多"。这是蔼然仁者之言。这样的诗人总是想到别人。

有人让我用一句话概括出我的思想,我想了想,说:我大概是一个中国式的抒情的人道主义者。

我不了解前些时报上关于人道主义的争论的实质和背景。我愿意看看这样的文章,但是我没有力量去作哲学上的论辩。我的人道主义不带任何理论色彩,很朴素,就是对人的关心,对人的尊重和欣赏。

讲一点人道主义有什么不好呢?说老实话,不是十年"文化大革命"的惨痛教训,不是经过三中全会的拨乱反正,我是不会产生对于人道主义的追求,不会用充满温情的眼睛看人,去发掘普通人身上的美和诗意的。不会感觉到周围生活生意盎然,不会有碧绿透明的幽默感,不会有我近几年的作品。

我当然反对利用"人道主义"来诋毁社会主义,诋毁我们伟大的祖国。

关于现代派。

我的意见很简单:在民族传统的基础上接受外来影响,在现实主义的基础上吸收现代派的某些表现手法。

最新的现代派我不了解。我知道一点的是老一代的现代派。我曾经很爱读弗·吴尔芙和阿左林的作品(通过翻译)。我觉得在社会主义现实主义的旗帜下的某些苏联作家是吸收了现代派的表现手法的。比如安东诺夫的《在电车上》,显然是用意识流的手法写出来的。意识流是可以表现社会主义内容的,意识流和社会主义内容不是不相容,而是可以给社会主义文学带来一股清新的气息的。

我的一些颇带土气的作品偶尔也吸取了一点现代派手法。比如《大淖记事》里写巧云被奸污后第二天早上的乱糟糟的,断断续续,飘飘忽忽的思想，就是意识流。我在《钓人的孩子》一开头写抗日战争时期昆明大西门外的忙乱纷杂的气氛，用了一系列静态的，只有名词，而无主语、无动词的短句，后面才说出"每个人带着他一生的历史和半个月的哀乐在街上走"，这颇有点现代派的味道。我写过一篇《求雨》（将在《钟山》第四期发表），写栽秧时节不下雨，望儿的爸爸和妈妈一天抬头看天好多次，天蓝得要命，望儿的爸爸和妈妈的眼睛是蓝的。望儿看着爸爸和妈妈，望儿的眼睛也是蓝的。望儿和一群孩子上街求雨，路上的行人看着这支幼弱、褴褛、有些污脏而又神圣的小小的队伍，行人的眼睛也是蓝的。这也颇有点现代派的味道（把人的眼睛画蓝了，这是后期印象派的办法）。我觉得这没有什么不可以。而且我觉得只有这样写才能达到预期的效果。也可以说，这样写是为了主题的需要。

我觉得现实主义是可以、应该，甚至是必须吸收一点现代派的手法的，为了使现实主义返老还童。

但是我不赞成把现代派作为一个思想体系原封不动地搬到中国来。

爱护祖国的语言。一个作家应该精通语言。一个作家，如果是用很讲究的中国话写作，即使他吸收了外来的影响，他的作品仍然会具有鲜明的民族风格。外来影响和民族风格不是对立的矛盾。民族风格的决定因素是语言。五四以后不少着力学习西方文学的格律和方法的作家，同时也在着力运用中国味儿的语言。徐志摩（他是浙江硖石人）、闻一多（湖北浠水人），都努力地用北京话写作。中国第一个有意识地运用意识流方法，作品很像弗·吴尔芙的女作家林徽因（福州人），她写的《窗子以外》、《九十九度中》，所用的语言是很漂亮的地道的京片子。这样的作品带洋味儿，可是一看就是中国人写的。

外国的现代派作家，我想也是精通他自己的国家的语言的。

用一种不合语法，不符合中国的语言习惯的，不中不西、不伦不类的语言写作，以为这可以造成一种特殊的风格，恐怕是不行的。

我的作品和我的某些意见，大概不怎么招人喜欢。姥姥不疼，舅舅不爱。也许我有一天会像齐白石似的"衰年变法"，但目前还没有这意思。我仍将沿着这条路走下去。有点孤独，也不赖。

一九八三年六月七日

注　释

① 本篇原载《北京师范学院学报：社哲版》1983 年第三期，又载《当代作家评论》1995 年第四期；初收《晚翠文谈》，浙江文艺出版社，1988 年 3 月。

② 蒙古族民歌。

生活·思想·技巧①

——在张家口市小说创作座谈会上的发言

张家口在我的一生中是很难忘的一个地方。张家口是我的"流放"城市,我在这里度过了四个年头,对这个地方很有感情。去年我到伊犁去,那是林则徐发配的地方。林则徐离开伊犁时他不是悲哀,不是庆幸,而是留恋,临走时写了一首诗,其中两句我仍记得"格登山色伊江水,回首依依勒马看。"我很能理解他的感情。张家口在我的写作生涯中,比较起作用,我的那本集子除了四篇是解放前写的,解放后写的十二篇中有七篇以张家口为背景,过了半数。五九年我写过一些小说,后来搞戏了,重新拿起笔写小说,还是从张家口开始的。有人说,你打成右派被流放,不引起你的怀恨,反而对党很有感情,这点是一些年轻人不理解的。我说,如果不是戴帽子下放劳动,就不会和群众这样接近。我们住在一个大炕上,虱子可以自由自在地从最西边的人身上爬到最东边的人身上。这一点也不夸张。这样可以真正了解群众,了解生活。另外看到中国历史是谁推动的,谁起支柱的作用。我觉得,倒了霉有好处,作为作家生活上坎坷曲折一些对生活理解,对人的看法,可以更深一些,经受了辛酸苦辣,悲欢离合,能真正感受到群众的疾苦和他们的想往。

文联给我寄去的刊物看了看,很高兴、欣慰。我那时在张家口,文学创作给我的感觉,有一种沙漠感;现在,一片繁荣,这说明大家做了大量的工作。我相信不久的将来,张家口文学还会有新的崛起。

现在随便谈谈吧,还是生活、思想、技巧这些问题。

首先说说作家主观、客观世界的关系。有一些年轻人说他们的小说不是表现客观世界,是表现自我。表现自我不是不可以,但不能认为表现自我的才是高级作品,表现客观事物的就是低级作品。这种提法,未免有些过分。作品有主观东西在内,通过主观世界来反映客观世界,客观世界本身不是作品。用个现代派的词,主观和客观"拥抱"这样说也可以。说"浸透"也可以。反正主客观是不可分开的。纯主观的文学作品是没有的。作品中既不可能有那种单纯思想性、纯理性的存在;也不可能有一种不是浸透了作者主观感情、主观色彩的作品。还是主观和客观的统一。完全写个人的内心活动,这样的作品也是有的。前几年时髦了一阵意识流。英国的意识流祖师爷乔伊斯,写他的内心活动。他长期过隐居生活,和外界没有接触。但这还是很少的。在我们的社会主义国家,生活是热烈丰富的。强调写自我的年轻人,让我们想起希腊的一个传说。有一个少年美男子,他整天在水边凝视自己的倒影,越看自己越美,结果跳水死了,水里长出一株花,叫水仙花,这位少年的名字叫纳绥色斯,后来的"自我恋",就是用这个少年的名字命名的。年轻人整天如果凝视自己的倒影,认为自己最美,就像那棵水仙花。还是应观察客观世界。客观世界有很多美的东西。个人内心活动就是那么高雅、深奥?不一定。应该看到我们周围世界有很多美的、真实的东西。作家要有一双善于发现的眼睛,要比别人看到的多。对于很平常的东西,要能从中看到诗,对周围的事情充满兴趣。善于感受是作家应该具备的。作家永远保持对生活的新鲜感,保持对生活的惊奇。"多愁善感",多愁不说,要善感。在某些地方要向孩子学习,要有童心,觉得生活"好玩儿",对生活要有兴趣。一个诗人、小说家,应该保持自己对生活的热爱。

有人问我的《大淖记事》这样一些小说是怎样写出来的。我小时候上学,东瞧瞧、西瞧瞧,什么东西也愿意瞧。捏面人的也好,吹糖人也好,竹匠也好。还有铁匠打铁,怎么把一块铁打成一个镰刀,三敲两敲变了形。还有银匠,一小块银片,一会儿敲打成一个小罗汉。前年回家乡,我姐姐很奇怪,说:"过去那些事我都忘了,怎么你还记得?"有个亲戚请我喝酒,过去,他家开过布店,我可以把布店的整个格局,包括气氛包括布店后头屏门上的一副对子背下来:"山缘有骨撑千古,海以能容纳百川，"背完他笑了说："过了四十多年你还能记得那么清？"所以，对生活充满兴趣，一看就是有收获的。这就是生活，就是人的活动。

关于做不做笔记的问题，可能记就记，不可能记就不记。有个笔记本随时记着也好。有的想法和观察到的东西，暂时还没形成作品，记下来有好处。随记是很有用的，以后可以成为作品。有人也不记。我有一个本，但别人看不懂，有的记一个词儿，或做几个符号。一般来说，生活曾使你感动过的东西不容易忘。前年回家乡，人们问我小时候是不是有个小本本，到处记，不然你怎么记那么清？我当时根本也没想写小说，那时很小，也没笔记本这些东西。但我靠我对这些周围世界有兴趣。一个冷淡、冷漠的人是不可能成为作家。作家不是铁石心肠。一个作家的创作和他小时候的生活很有关系，小时候到处去玩，到处记忆，到处感受。我的老师曾说：到处去转、去走，他的心永远为新鲜的事物而跳动。作家有好眼睛会看，好耳朵会听，好鼻子会闻。比如：我那老师写过黄昏时甲虫的气味。谁闻过甲虫的气味呢？是有的。对生活充满兴趣，对颜色、声音、气息，要有深彻的情感。另外，语言、形象的记忆也很重要。形象储存在大脑中，大脑储存有许多信息。一个人物写得好，语言丰富，跟生活积累储藏有关系，那样才不至于枯燥没得说。这是作家的"特异功能"，要感受到别人不能感受到的生活气息。

下面说说美学情感的需要和社会效果。美学情感叫创作契因，创作冲动都可以。这是我的理解。生活触动你，你看了以后有所感，有所动，这东西很珍贵。我就《受戒》这篇作品谈谈这个问题。《受戒》中写了四十三年前一个梦，很多人问我，有的直接了当，有的绕弯："你当过和尚吗？你怎么对那个生活这么熟悉？"以为我当过小和尚、我和小英子有过初恋，没那么回事。但是，我确实在小庙中住过半个月，整天和那些和尚生活在一起。我首先第一次知道，和尚也是人。原来只知道和尚会念经，做法事，他们平常怎么生活呢？那个小庙的和尚以念经为职业，平常也种地、打柴，有时也吃肉，而且，唱稍带色情的民歌。有的和尚也是结过婚的。和尚的生活也是人的生活。我那个小庙中，和尚把媳妇接到庙里住，的确是真的。在那里，从跟大英小英接触，真正感受到劳动人民的生活,他们从生理到情绪的发展是健康的,跟我们那些女同学、表姐、表妹受封建的资产阶级思想的教育,精神上带有某种畸形状态很不一样。小英子她这个少女比我们同阶级的少女更健康优美。正因为我有这些朦胧的感受,四十三年以后终于把它写出来了。我说,我要写,把它写的健康,有诗意。确实准备没地方发表,我自己"玩儿"。结果给我们剧院同志看了,他说很喜欢,心理又很矛盾,在一次会上谈创作思想混乱时说:还有人写这些东西。后来《北京文学》编辑听说,拿去看了。我说:要发是要担风险的。有人说:有这样的作家敢写,也要有这样的编辑敢发。我很自信,就是,我不是伤风败俗,而想激发年轻人向上的情绪,引导一种纯洁健康感情。所以,我是有自信心的。我有这个美学感情,有这个需要,生活打动了我。如果没有这个东西,没有打动你的东西,就很容易公式化。我写《大淖记事》也这样。我前年回家乡,我儿子也到那去看了说:哪有你写得那么美,完全是一摊臭水。的确变了,因为造纸厂的污水排到了那里。前年我回去,到大淖看了看,我说:"哎呀!我的大淖变成这样了!"过去,我总在大淖边玩,生活非常熟。小锡匠的事有那么回事,没有我也造不出来。另外我把两个地方合起来写了。我家南边有一个地方叫越塘,有许多挑夫,我上小学、初中往来经过那里,我对挑夫是很熟悉的。过去对挑夫是看不起的。很苦,冬天住草房,冰柱挂老长。这些挑夫全靠劳力吃饭。《大淖记事》的结尾,巧云当挑夫去了。这不是巧云的事,是一个姓戴的人家,男人抬轿子,后来腿得了病,肿得像大象腿,抬不了轿子了,轿夫靠腿脚吃饭,一天不干活就吃不上饭。结果,原来很不起眼的轿夫老婆完全变了一个人,漂亮起来,利索起来,她出去当挑夫,把全家生活担了起来。我感觉到她了不起,很不简单,对她很钦佩。我说,美学情感,创作契因,就是一开始打动你的是什么。小锡匠为了爱情被人打死,也了不起;抬轿子老婆,一下变了,从内在到外表都变得很美。这些引起我对生活的向往对这种妇女的钦佩,这是我把这些事搁了四十几年终于写成了这篇小说的动因。没有打动自己,怎能打动别人呢。

下面谈一下,对生活选择和舍弃问题。前面谈生活积累,储存,对形象的记忆,说明作家要有丰富的生活积累。你就那么一点材料,想写好一篇东西不容易。关于创作自由,不是决定于外在,而是决定于作者本人。不是政治气压低写不下去了,不在于批评家一时某种论调和政治风向。真正的创作自由,我认为是:可以挥洒自如,从心所欲,想怎么写就怎么写。生活丰富怎么写都行。海明威说:"冰山之虽显得雄伟,是因为它在水面上只有七分之一",七分之六在水里看不见。作家表现生活至多是你生活积累的七分之一。你写这篇东西,不但有关这篇作品的生活要熟悉,没有写进去的甚至无关的生活也应熟悉,只有这样才能从心所欲。我写了一些旧社会的东西。我并不是有很多新社会的题材不写而写旧社会。我今年63岁了,旧社会生活一半,新社会生活一半,在旧社会童年生活是我一切生活感觉最深的时候,另外,那种社会已经过去了,已经沉淀了,就更清楚了。新社会如果没有看得很清楚,没有感受到生活的深度,就写不好。我要写熟悉的感受深的生活。从某个角度说,写新社会不像写旧社会那样随心所欲、任意挥洒。这不能勉强。我愿意写新社会,但不如对旧社会熟悉。如《七里茶坊》写的是现在,因为我熟悉,所以也愿意写。

　　生活要长期的积累,对生活观察和思考需要一定时间。有的生活也比较熟,但还没有扎根到实处,就是那真正动人的是什么。我写《七里茶坊》时想写一句"过年了,怎么也得让坝下人吃上一口肉",当时还没找到,找了好多年。坝上赶牛人并没有真的说了这句话,他们是从行动中表现出来的,下大雪还从坝上赶牛下来,他们的行动说了这句话,嘴没说。这句朴素美丽的话,我想了很多年,我要找到这东西。对生活要用自己的头脑去思考,不是按政治条文套。《七里茶坊》这篇小说是不像小说的小说,看来散一些。契诃夫的《草原》也写的很散。有个读者读了《七里茶坊》来信说"这些普通的劳动者是我们民族的支柱"。我觉得他完全看懂了我的作品。我们民族经了那么多苦难,包括大跃进,三年自然灾害,靠什么顶过来? 是他们支撑着奋斗过来了。不论多困难,他们该掏粪还掏粪,该干活还干活。要从平凡的生活中挖掘提炼出思想意义。

选一个题材,写一个人物,对他的前前后后要很熟悉,很清楚。虽写的是片断,要有历史感。前几年有争议的一幅画,现在没问题了。罗中立画的,题目《父亲》,很多人看了掉眼泪。从这个形象能看到很多东西,我们父辈经过了怎样的坎坷、苦难、折磨,生活使他迟钝、近乎麻木了。但他的眼睛没有完全失去对生活的希望,对生活又那样执着真诚。画的是现在的片断,却看到了他的过去和将来。

高晓声写《李顺大造屋》、《陈奂生上城》也是有历史的深度的。这两篇小说有争议,我说这并不是对我们社会主义抹黑。有人说,带一些阿Q遗迹,农民不带一点阿Q遗迹相当困难。现在写横断面较多,写纵断面较少,但都要从作品中看到历史的年轮。不能就事论事,这样不能深。

《米市上》②写得很好,我很喜欢。这篇东西内容很简单,好处是写了米市上浓郁的生活气息,米市上各种人的活动。对生活熟悉,写出生活本身,生活本身就是艺术,并不只是人物的陪衬。而且语言好。我感到不满足的是卖米的宋世贵,他过去是干什么的,是农民,还是粮商?他这个人在米市上显然不是第一次去卖。他这个人对人情世故是很练达的,很有经验。他怎么形成的这样的性格特点,过去怎么做这个买卖,怎么做法?那个女孩,冒领皮夹子,他怎么一眼看出。那个丢皮夹子的人,是个相当讨厌的人,挺"油"的,他对这个人怎么想的?想到不一定都写出来,但你想到了人家就能感觉到。就是说那七分之六不是不存在。有时写短的东西,实际容量大,也可能比长的东西更长,有浓缩度,让观众、读者感受想象的东西更多。一个作家没有写出的要比写出的东西多得多,这样的作品才厚实,有琢磨头,不是平面的东西。有可琢磨的就必定是作者琢磨过的。

关于思想内涵问题。"四人帮"提主题要"明确",现在不大有人这样提了。我想主题不要外露,包藏的越严越好。思想溶化在形象里。对我的作品有些评论,还没人说我的作品看不懂。也有的同志提出,说我在近年来写了些无主题小说。提这个问题的,我估计是个青年同志,可能他对无主题小说相当感兴趣。我说,我不知道什么叫无主题小说,我没听说过这个提法,这个提法是国产的还是外来的。只听说过无主调音乐,没听说过无主题小说。我的小说有主题,一般我不愿意说出来。高晓声反对人问他主题是什么,说:我要几句话说出来,何必写小说。我不那么绝对。我发表过一个很短的东西,叫《钓人的孩子》,另外还有两篇发表在《十月》和《文汇月刊》,很可能让人问你写的是什么?让我说,《钓人的孩子》的主题是:货币使人变成魔鬼。写的是抗日战争时昆明大西门外一个市集上,很多人想捡到钱发一个小小的横财。这时,地上掉了一张钞票,然后写到这张钞票可以扯多少布,在哪个牛肉馆吃一顿喝一顿,写了它的价值。有人弯腰捡,一捡钞票,飞了。原来铺子后有个小孩儿,在钞票上系了根黑线,谁捡,他一抻。上当的不止一个人。这孩子吃得很饱,长得很胖,长得很狡滑,我写道:这是一个小魔鬼,这不,主题已经点出来了。

我还写过一篇《珠子灯》。一个少爷,读了一些新东西,接受一些新思想。少奶奶从小也是书香门第,她家里从小教她中国古典文学作品,很有文化,能背全部《诗经》,全部《西厢记》、《长恨歌》。我们那里有个风俗,嫁姑娘第二年娘家送一套灯,挂在新房中。这灯按照姑娘家的财力、地位有所不同,有玻璃泡,必须有一个麒麟送子。还有一个主灯、用绿颜色的玻璃珠穿起来的八角宫灯。送灯的意思是希求多子。稍微有些钱的,城市的书香门第都讲究送灯,吹乐器,放鞭炮。后来少爷死了,临死遗言,不要守节。这事在少奶奶是根本不能想象的事。少爷死了以后,少奶奶对少爷生前遗物不能挪动一点地方,一封信放在抽屉中几十年也不能动,茶壶在哪,清清楚楚,一个旧印。少奶奶不改嫁,经常有病,躺在床上,能听到蜻蜓扇动翅膀的声音。还有一种声音,玻璃珠子断了线掉在地上单调的声音,后来她死了,这屋锁起来,可是从这间屋子里还经常听见玻璃珠子掉在地上的声音。我说,这篇小说的主题是:封建贞操观念的零落。我的小说有主题,而且我认为小说主题很重要。但主题不要让人一下看出来,一露了,就浅了,浅露、浅露、没有琢磨劲,不要这样,才能使作品思想深一些,广阔一些。

李笠翁讲"立主脑",主题是主脑,主题和作品的关系,是脑线和风筝的关系,没有脑线风筝放不上去,没有主题作品飞不起来。但我们看的是风筝,不是脑线。主题是作品飞起来不可缺少的条件,又是作者思想必要的限制。没脑线,风筝不知飞到哪里去了。作品表现的思想是一定的思想,不可能包括一切。主题是作家自觉地对自己的限制,主题也就是限制。就如倒水要倒在杯子里,不能往桌子上倒,没个限制。主题不能一眼看出,但可以琢磨。内蒙古的民歌"鸟飞在天上,影子落在地上",任何高超飘渺的思想都是有迹可求的。不要把主题看得太死,太窄。陶渊明的读书态度我赞成"好读书,不求甚解",想的差不离儿就行。这是一方面。另外"每有会意,便欣然忘食",这也是个乐趣。

《七里茶坊》那个读者来信说,这是我们民族的支柱,说到我心里去了。我就要说出这个东西,但不能由我说出来。小说自己不能点题。中国有句古话:逢人只说三分话,未可全抛一片心。这在做人上,是庸俗的处世哲学,写小说就应这样。都说了,读者会反感:你都说了,要我干嘛?留下七成让他去琢磨。"话到嘴边留半句",千万别都说了,一说露了,没嚼头了。侯宝林有个相声小段《买佛龛》这是北京的风俗。在路上碰见一个小伙子,小伙子傻愣愣地问:"老太太您从哪买的佛龛?"老太太说:"小伙子,不能说买,得说'请'。""噢,老太太您多少钱'请'的,""他妈的,就这么个玩意儿,六毛!"说到这为止了,再说两句也可以,说老太太对钱心痛,把对佛龛的崇敬全忘了,这就没意思了。

大家大概都读过《万卡》这篇小说,万卡在外学徒很苦,老板打他,他想起了爷爷,买了纸、笔,给爷爷写信,完全是小孩儿的话,想起了乡下的生活,这里实在受不了了,爷爷快来接我,不然我要死了……最后在信封上写上:寄给乡下爷爷收。完了。要是我们的作家该说:万卡不知道爷爷是收不到这封信的,要不再加上一句:万卡是多么值得同情啊!

井绍云的《憨人轶事》③写得很好,好处不说了。只说一下结尾。我觉得这篇小说如果写到这,姑娘给他一包东西……"他捏着湿透了的信纸,看见了上面的文字,那目光再也移动不得几乎呆了。春生同志:你对我提的那桩事,我反复考虑了,没有意见。若赵庆祥同志不嫌弃,请将这张像片转送给他,并请他回送一张。再谈……。"下面有一句话"天!这是怎么回事?"我想到这就行了。而你下面又写了一大段话:"憨五愣了片刻,恍然大悟……"到完,这段可以整个不要,这段是点题了。怎么回事让读者去琢磨,全说出来了,反而说白了。《王老耿赌气》④这篇小说,王老耿工作上追求进度、奖金,不讲质量,然后又去洗澡,遇到老书记说心里话,老书记为他打通了思想,王老耿说:"这回,反正就反正了,以后您瞧我的吧。"写到这就行了。下面又加了个"三个人爽朗的笑声在夜空回荡着"。这就没有余味了。《红楼梦》尤三姐有一句话:"提着影戏人上场,好歹别戳破这层纸",不要把这层纸捅破,捅破就没意思了。不用说就可以明白的话,千万不要把它点透,要让形象说话。

下面讲李笠翁说写作如缝衣,先将完整的料子剪碎,再将剪碎者凑成。每编一折,必须前顾几折,后顾几折,顾前者为了照应,顾后者便于埋伏。照应埋伏不只照应一人,埋伏一事,写这一折戏,凡是剧中有名之人、有关之事,所说之话,皆要想到。往前往后都要想想,有些细节、情节必须照应。祝凤潮的作品很懂这一点,如《夸富》⑤中前后呼应写得好,他写了两个大嫂,一个立早章嫂,一个弓长张嫂。前面写"立早章嫂自嫁到章家没下过一天地,风不吹日不晒,她又懂得打整,个头不高却难得保养得白白胖胖,眉眼不出众可也是细皮嫩肉,穿上件鲜鲜亮亮的的确良花褂子,谁也不能不承认她是姜家屯数一数二的漂亮人。张嫂和章嫂脚前脚后嫁到姜家屯,又都是三十五、六岁,可看起来立早章嫂起码要比弓长张嫂嫩面个四五岁还多。"后面写到弓长张嫂也买了电视机,而且要包场电影给全村看。"张嫂看着一家大的小的都穿戴好了,她自己才穿才戴,才梳洗打整,打扮得哪哪儿都像个要出阁的样子。敢情一打扮出来她也不显老,她也不显丑,哼,比章嫂那可受看多了。"这样前后一对照,一呼应,就很鲜明了。写前边一定想到写后边。我发现我们一些作者写到后来往往把应该照应的重要的东西落了。

《豆腐二嫂》⑥写得很好,前面有一段很动人。她听了闺女说过几句话,是很沉痛的,但后写豆腐二嫂嫁给石夯,大大派派的,她闺女什么态度? 前面写到她闺女一句话刺激了豆腐二嫂,外面风言风语很多,可后来她闺女如何了? 我说有两个办法,一个是不理她妈了;一个是她觉得妈这样做是对的,在大庭广众下叫石夯一声"爹!"

王颖同志写的《兰妮》⑦,写了兰妮那双鞋,通过这个道具和她的衣着,把这个孩子山药蛋气写出来了,后来发现她品质很高贵,最后还应落在这双鞋上。大家一开始因这双鞋看不起她,后来认为她很高贵了,还应写出对那双鞋有个什么态度。

因为时间关系,今天就讲这些。本来还准备了另外一些问题,来不及讲了。因此这个发言从布局上讲,是很不匀称的。

发言里提到一些张家口市的作者的作品,所说意见未必恰当,仅供参考。

注　释

① 本篇原载《浪花》1983 年第三期。

② 《米市上》(《浪花》1981 年第四期)

③ 《憨人轶事》(《浪花》1981 年第三期)

④ 《王老耿赌气》(《浪花》1981 年第四期)

⑤ 《夸富》(《浪花》1982 年第三期)

⑥ 《豆腐二嫂》(《浪花》1981 年第三期)

⑦ 《兰妮》(《浪花》1981 年第三期)

《晚饭花集》自序[①]

一九八一年下半年至一九八三年下半年所写的短篇小说都在这里了。

集名《晚饭花集》，是因为集中有一组以《晚饭花》为题目的小说。不是因为我对这一组小说特别喜欢，而是觉得其他各篇的题目用作集名都不太合适。我对自己写出的作品都还喜欢，无偏爱。读过我的作品的熟人，有人说他喜欢哪一两篇，不喜欢哪一两篇；另一个人的意见也许正好相反。他们问我自己的看法，我常常是笑而不答。

我对晚饭花这种花并不怎么欣赏。我没有从它身上发现过"香远益清"、"出淤泥而不染"之类的品德，也绝对到不了"不可一日无此君"的地步。这是一种很低贱的花，比牵牛花、凤仙花以及北京人叫做"死不了"的草花还要低贱。凤仙花、"死不了"，间或还有卖的，谁见过花市上卖过晚饭花？这种花公园里不种，画家不画，诗人不题咏。它的缺点一是无姿态。二是叶子太多，铺铺拉拉，重重叠叠，乱乱哄哄地一大堆。颜色又是浓绿的。就算是需要进行光合作用，取得养分，也用不着生出这样多的叶子呀，这真是一种毫无节制的浪费！三是花形还好玩，但也不算美，一个长柄的小喇叭。颜色以深胭脂红的为多，也有白的和黄的。这种花很易串种。黄花、白花的瓣上往往有不规则的红色细条纹。花多，而细碎。这种花用"村"、"俗"来形容，都不为过。最恰当的还是北京人爱用的一个字："怯"。北京人称晚饭花为野茉莉，实在是抬举它了。它跟茉莉可以说毫不相干，也一定不会是属于同一科，枝、叶、花形都不相似。把它和茉莉拉扯在一起，可能是因为它有一点淡淡的清香，——然而也不像茉莉的气味。只有一个"野"字它倒是当之无愧的。它是几乎不用种的。随便丢几粒种籽到土里，它就会赫然地长出了一大丛。结了籽，落进土中，第二年就会长出更大的几丛，只要有一点空地，全给你占得满满的，一点也不客气。它不怕旱，不怕涝，不用浇水，不用施肥，不得病，也没见它生过虫。这算是什么花呢？然而不是花又是什么呢？你总不能说它是庄稼，是蔬菜，是药材。虽然吴其濬说它的种籽的黑皮里有一囊白粉，可食；叶可为蔬，如马兰头；俚医用其根治吐血，但我没有见到有人吃过，服用过。那就还算它是一种花吧。

我的小说和晚饭花无相似处，但其无足珍贵则同。

我的对于晚饭花还有一点好感，是和我的童年的记忆有关系的。我家的荒废的后园的一个旧花台上长着一丛晚饭花。晚饭以后，我常常到废园里捉蜻蜓，一捉能捉几十只。选两只放在帐子里让它吃蚊子（我没见过蜻蜓吃蚊子，但我相信它是吃的），其余的装在一个大鸟笼里，第二天一早又把它们全放了。我在别的花木枝头捉，也在晚饭花上捉。因此我的眼睛里每天都有晚饭花。看到晚饭花，我就觉得一天的酷暑过去了，凉意暗暗地从草丛里生了出来，身上的痱子也不痒了，很舒服；有时也会想到又过了一天，小小年纪，也感到一点惆怅，很淡很淡的惆怅。而且觉得有点寂寞，白菊花茶一样的寂寞。

我的儿子曾问过我："《晚饭花》里的李小龙是你自己吧？"我说："是的。"我就像李小龙一样，喜欢随处留连，东张西望。我所写的人物都像王玉英一样，是我每天要看的一幅画。这些画幅吸引着我，使我对生活产生兴趣，使我的心柔软而充实。而当我所倾心的画中人遭到命运的不公平的簸弄时，我也像李小龙那样觉得很气愤。便是现在，我也还常常为一些与我无关的事而发出带孩子气的气愤。这种倾心和气愤，大概就是我自己称之为抒情现实主义的心理基础。

这一集，从形式上看，如果说有什么特点，是有一些以三个小短篇为一组的小说。数了数，竟有六组。这些小短篇的组合，有的有点外部的或内部的联系。比如《故里三陈》写的三个人都姓陈；《钓人的孩子》所写的都是与钱有关的小故事。有的则没有联系，不能构成"组曲"，如《小说三篇》，其实可以各自成篇。至于为什么总是三篇为一组，也没有什么道理，只是因一篇太单，两篇还不足，三篇才够"一卖"。"事不过三"，三请诸葛亮，三戏白牡丹，都是三。一二三，才够意思。

我写短小说，一是中国本有用极简的笔墨摹写人事的传统，《世说新语》是突出的代表。其后不绝如缕。我爱读宋人的笔记甚于唐人传奇。《梦溪笔谈》、《容斋随笔》记人事部分我都很喜欢。归有光的《寒花葬志》、龚定盦的《记王隐君》，我觉得都可当小说看。

第二是我过去就曾经写过一些记人事的短文。当时是当作散文诗来写的。这一集中的有些篇，如《钓人的孩子》、《职业》、《求雨》，就还有点散文诗的味道。散文诗和小说的分界处只有一道篱笆，并无墙壁（阿左林和废名的某些小说实际上是散文诗）。我一直以为短篇小说应该有一点散文诗的成分。把散文诗编入小说集，并非自我作古，我看到有些外国作家就这样办过。

第三，这和作者的气质有关。倪云林一辈子只能画平远小景，他不能像范宽一样气势雄豪，也不能像王蒙一样烟云满纸。我也爱看金碧山水和工笔重彩人物，但我画不来。我的调色碟里没有颜色，只有墨，从渴墨焦墨到浅得像清水一样的淡墨。有一次以矮纸尺幅画初春野树，觉得需要一点绿，我就挤了一点菠菜汁在上面。我的小说也像我的画一样，逸笔草草，不求形似。又我的小说往往是应刊物的急索，短稿较易承命。书被催成墨未浓，殊难计其工拙。

这一集里的小说和《汪曾祺短篇小说选》（北京出版社一九八二年出版），在思想上和方法上有些什么不同？很难说。几笔的功夫，很难看出一个作者的作品有多少明显的变化。到了我这样的年龄，很难像青年作家一样会产生飞跃。我不像毕加索那样多变。不过比较而言，也可以说出一些。

从思想情绪上说，前一集更明朗欢快一些。那一集小说明显地受了三中全会的间接影响。三中全会一开，全国人民思想解放，情绪活跃，我的一些作品（如《受戒》、《大淖记事》）的调子是很轻快的。现在到了扎扎实实建设社会主义的时候了，现在是为经济的全面起飞作准备的阶段，人们都由欢欣鼓舞转向深思。我也不例外，小说的内容渐趋沉着。如果说前一集的小说较多抒情性，这一集则较多哲理性。我的作品和政治结合得不紧,但我这个人并不脱离政治。我的感怀寄托是和当前社会政治背景息息相关的。必须先论世,然后可以知人。离开了大的政治社会背景来分析作家个人的思想,是说不清楚的。我想,这是唯物主义的方法。当然,说不同,只是相对而言。如果把这一集的小说编入上一集,或把上一集的编入这一集,皆无不可。大体上,这两集都可以说是一个不乏热情,还算善良的中国作家八十年代初期的思想的记录。

在文风上,我是更有意识地写得平淡的。但我不能一味地平淡。一味平淡,就会流于枯瘦。枯瘦是衰老的迹象。我还不太服老。我愿意把平淡和奇崛结合起来。我的语言一般是流畅自然的,但时时会跳出一两个奇句、古句、拗句、甚至有点像是外国作家写出来的带洋味儿的句子。老夫聊发少年狂,诸君其能许我乎?另一点是,我是更有意识地吸收民族传统的,在叙述方法上有时简直有点像旧小说,但是有时忽然来一点现代派的手法,意象、比喻,都是从外国移来的。这一点和前一点其实是一回事。奇,往往就有点洋。但是,我追求的是和谐。我希望溶奇崛于平淡、纳外来于传统,能把它们揉在一起。奇和洋为了"醒脾",但不能瞧着扎眼,"硌生"。

我已经六十三岁,不免有"晚了"之感,但思想好像还灵活,希望能抓紧时间,再写出一点。曾为友人画冬日菊花,题诗一首:

> 新沏清茶饭后烟,
> 自搔短发负晴暄。
> 枝头残菊开还好,
> 留得秋光过小年。

愿以自勉,且慰我的同代人。

如果继续写下去,应该写出一点更深刻,更有分量的东西。

是为序。

一九八三年九月一日

注　释

① 本篇原载《读书》1984 年第一期；初收《晚饭花集》，人民文学出版社，1985 年 3 月；又收《晚翠文谈》，浙江文艺出版社，1988 年 3 月。

人间幻境花果山①

花果山的出名,是因为据说这里是孙悟空的老家。我对这种说法一直持怀疑态度。这回到了连云港,上了趟花果山,我的看法有些改变了。

花果山是云台山的一部分。程学桓《云台诸山记游》云:"河自西来,薄于淮,折而东北走,盖将入海矣。距海既近,天地于是蓄其力而隆为山,以持束之,……其最高大而横绝海上者,则为云台山。"写《西游记》的吴承恩是淮安人,淮安没有山。我曾听朱自清先生说过:淮安人是到了南阁楼就要修家书的。吴承恩平生未尝远游,没有见过多少名山大川。云台山距淮安近在咫尺,他又有一个朋友是海州人,他到过海州,上过云台山,这种可能性是存在的。如果他写《西游记》曾经从一座什么山受到过启发,那么便只有云台山较为合适。除此之外,还能有什么别的山呢?

云台山自来就有点神话色彩,有点仙气。传说这座山本来没有,是从南方徙来的(漂来的么?)。《山海经·内东经》:"都州在海中,一曰郁州。"郭璞注:"今在东海朐县东,世传此山自苍梧徙来,上皆有南方物也。"明顾乾《云台图识》引《三元真经》云:"三元神圣,驾五色祥云,乘九气清风,云台山上,放大毫光"。这座山原来在海里。山与州之间,隔着一个渡口,风涛险恶。康熙年间,海涨沙淤,渡口忽成陆地,游人才能"骑马上云台"。这样一座"幽深秀特,常冠云气"(《江南通志》)的缥缥缈缈的海上仙山,作为一个神魔故事的产生背景,并非偶然。——吴承恩是会看到或听到过这一类的传说的。

我们上花果山,在十二月初,满眼看到的是遍山新栽的松树和不少银杏。银杏的树龄多在千年以上,老干婆娑,饶有古意。银杏虽也结果,叫做白果,但是大家都不拿它当果树看,所谓"果",通常指的是水果。然而从前山上的花果是颇多的。崔应阶云此山"多古木,杂植花树,殆以万计,实为大观。"吴承恩如果上过云台山,他虽然不一定看到《西游记》里所写的"瑶草奇花不谢,青松翠柏长春,仙桃常结果,修竹每留云"的景象,但和今天肯定是很不一样的。

坚持这是孙悟空的老家的同志认为最有说服力的证据,是山上有一个水帘洞。

水帘洞倒是在吴承恩写《西游记》之前就已经有了,并非因为有了《西游记》而附会出来的。明朝人顾乾《云台山三十六景》里的一景是"神泉普润",记云:"三元殿东上一里许有水帘洞。"刺史王同题曰"高山流水",又题曰"神泉普润"。王同题字刻石,今犹在。

水帘洞的洞口作"人"字形,像一间屋。旧记:"洞中石泉极浅小,冬夏不竭,泉甚甘美。"这口泉今犹可见。这样高的山洞里有泉水,倒是很新鲜的。至于泉水是否甘美,不知道。因为泉面落满了一层枯黄的柳叶,谁也不想捧起来尝尝。

水帘洞甚浅小,勉强可以放下一张单人床。

一个外来的旅客也许会觉得失望:"这就是水帘洞么?"他大概想看到一股瀑布飞泉,"一派白虹起,千寻雪浪飞。海风吹不断,江月照还依。冷气分青嶂,余流润翠微。潺湲石瀑布,真似挂帘帷"。他也许还想看到一道铁板桥,铁板桥后"翠藓堆蓝,白云浮玉,光摇片片烟霞。虚窗静室,滑板凳生花。乳窟龙珠倚柱,萦回满地奇葩……"还想看到石座石床,石盆石碗,"一竿两竿修竹,三点五点梅花"……那未免太天真了。世界上绝对找不出这样的地方,这只是吴承恩的想象。

想象总得有点现实根据。吴承恩的根据,大约就是云台山上的水帘洞。

往游花果山之前夕,枕上曾想了几句诗:

> 刻舟胶柱真多事,
> 传说何妨姑妄言。
> 满纸荒唐《西游记》,

人间幻境花果山。

游罢花果山,所得印象总括如此。

一九八三年十二月十二日
记于北京

注　释

① 本篇原载《连云港文学》1984 年第一期。

1984 年

传　神[①]

看过一则杂记,唐朝有两个大画家,一个好像是韩干,另外一个我忘了,二人齐名,难分高下。有一次,皇帝——应该是玄宗了——命令他们俩同时给一个皇子画像。画成了,皇帝拿到宫里请皇后看,问哪一张画得像。皇后说:"都像。这一张更像。——那一张只画出皇子的外貌,这一张画出了皇子的潇洒从容的神情。"于是二人之优劣遂定。哪一张更像呢? 好像是韩干以外的那一位的一张。这个故事,对于写小说是很有启发的。

小说是写人的。写人,有时免不了要给人物画像。但是写小说不比画画,用语言文字描绘人物的形貌,不如用线条颜色表现得那样真切。十九世纪的小说流行摹写人物的肖像,写得很细致,但是不易使读者留下深刻的印象。但是用语言文字捕捉人物的神情——传神,是比较容易办到的,有时能比用颜色线条表现得更鲜明。中国画讲究"形神兼备",对于写小说来说,传神比写形象更为重要。

我的老师沈从文写《边城》里的翠翠乖觉明慧,并没有过多地刻画其外形,只是捕捉住了翠翠的神气:

> 翠翠在风日里长养着,把皮肤变得黑黑的,触目为青山绿水,一对眸子清明如水晶。自然既长养她且教育她,为人天真活泼,处处俨然如一只小兽物。人又那么乖,如山头黄麂一样,从不想到残忍事情,从不发怒,从不动气。平时在渡船上遇陌生人对她有所注意时,便把光光的眼睛睖着那陌生人,作成随时皆可举步逃入深山的神气,但明白了人无机心后,就又从从容容地在水边玩要了。

鲁迅先生曾说过:有人说,画一个人最好是画他的眼睛。传神,离不开画眼睛。

《祝福》两次写到祥林嫂的眼睛:

> 她不是鲁镇人。有一年的冬初,四叔家里要换女工,做中人的卫老婆子带她进来了,头上系着白头绳,乌裙,蓝夹袄,月白背心,年纪大约二十六七,脸色青黄,但两颊却还是红的。卫老婆子叫她祥林嫂,说是自己母家的邻舍,死了当家人,所以出来做工了。四叔皱了皱眉,四婶已经知道了他的意思,是在讨厌她是一个寡妇。但看她模样还周正,手脚都壮大,又只是顺着眼,不开一句口,很像一个安分耐劳的人,便不管四叔的皱眉,将她留下了。

> 我这回在鲁镇所见的人们中,改变之大,可以说无过于她的了:五年前的花白的头发,即今已经全白,全不像四十上下的人;脸上瘦削不堪,黄中带黑,而且消尽了先前悲哀的神色,仿佛是木刻似的;只有那眼珠间或一轮,还可以表示她是一个活物。

"顺着眼",大概是绍兴方言;"间或一轮",现在也不大用了,但意思是可以懂得的,神情可以想见。这"顺"着的眼和间或一轮的眼珠,写出了祥林嫂的神情和她的悲惨的遭遇。

我在几篇小说里用过画眼睛的方法:

> 两个女儿,长得跟她娘像一个模子里脱出来的。眼睛长得尤其像,白眼珠鸭蛋青,黑眼珠棋子黑,定神时如清水,闪动时像星星。浑身上下,头是头,脚是脚。头发滑滴滴的,衣服格挣挣的。——这里的风俗,十五六岁的姑娘就都梳上头了。这两个丫头,这一头的好头发!通红的发根,雪白的簪子!娘女三个去赶集,一集的人都朝她们望。(《受戒》)

> 巧云十五岁,长成了一朵花。身材、脸盘都像妈。瓜子脸,一边有一个很深的酒窝。眉毛黑如鸦翅,长入鬓角。眼角有点吊,是一双凤眼。睫毛很长,因此显得眼睛经常眯眯着;忽然回头,睁得大大的,带点吃惊而专注的神情,好像听到远处有人叫她似的。(《大淖记事》)

对于异常漂亮的女人，有时从正面，直接地描写很困难；或者已经写了，还嫌不足，中国的和外国的古代的诗人，便不约而同地想出另外一种聪明的办法，即换一个角度，不是描写她本人，而是间接地，描写看到她的别人的反映，从别人的欣赏、倾慕来反衬出她的美。希腊史诗《伊里亚特》里的海伦皇后是一个绝世的美人，但是荷马在描写她的美时，没有形容她的面貌肢体，只是用相当篇幅描写了看到她的几位老人的惊愕。汉代乐府《陌上桑》描写罗敷，也是用的这种方法：

行者见罗敷，下担捋髭须。

少者见罗敷，脱帽著帩头。

耕者忘其犁，锄者忘其锄。

来归相怨怒，但坐观罗敷。

这种方法，不能使人产生具体的印象，但却可以唤起读者无边的想象。他没有看到这个美人是如何的美，但是他想得出她一定非常的美。这样的写法是虚的，但是读者的感受是实的。

这种方法，至少已经有了两千多年的历史了，但是现代的作家还在用着。赵树理《小二黑结婚》写小芹，就用过这种方法（我手边无树理同志这篇小说，不能具引）。我在《大淖记事》里写巧云，也用了这种方法：

……她在门外的两棵树杈之间结网，在淖边平地上织席，就有一些少年人装着有事的样子来来去去。她上街买东西，甭管是买肉，买菜，打油，打酒，撕布，量头绳，买梳头油、雪花膏，买石碱、浆块，同样的钱，她买回来，分量都比别人多，东西都比别人的好。这个奥秘早被大娘、大婶们发现，她们就托她买东西。只要巧云一上街，都挎了好几个竹篮，回来时压得两个胳臂酸疼酸疼。泰山庙唱戏，人家都是自己扛了板凳去，巧云散着手就去了。一去了，总有人给她找一个得看的好座。台上的戏唱得正热闹，但是没有多少人叫好。因为好些人不是在看戏，是看她。

前引《受戒》里的"娘女三个去赶集，一集的人都朝她们望"，用的也是这方法,只是繁简不同。

这些方法古已有之,应该说是陈旧的方法了,但是运用得好,却可以使之有新意,使人产生新鲜感。方法是不难理解的,也是不难掌握的,但是运用起来,却有不同。运用得好,使人觉得自自然然,很妥贴,很舒服,不露痕迹。虽然有法,恰似无法,用了技巧,却显不出技巧,好像是天生的一段文字,本来就该像这样写。用得不好,就会显得卖弄做作、笨拙生硬,使人像吃馒头时嚼出一块没有蒸熟的生面疙瘩。

这些,写神情、画眼睛,从观赏者的角度反映出人的姿媚,都只是方法,是"用",而不是"体"。"体",是生活。没有丰富的生活积累,只是知道这些方法,还是写不出好作品的。反之,生活丰富了,对于这些方法,也就容易掌握,容易运用自如。

不过,作为初学写作者,知道这些方法,并且有意识地作一些练习,学习用几句话捉住一个人的神情,描绘若干双眼睛,尝试从别人的反映来写人,是有好处的。这可以锻练自己的艺术感觉,并且这也是积累生活的验方。生活和艺术感是互相渗透,互为影响的。

一九八四年一月十日

注　释

① 本篇原载《江城》1984 年第三期;初收《晚翠文谈》,浙江文艺出版社,1988年 3 月。

谈谈风俗画[①]

　　有几位评论家都说,我的小说里有风俗画。这一点是我原来没有意识到的。经他们一说,我想想倒是有的。有一位文学界的前辈曾对我说:"你那种写法是风俗画的写法,"并说这种写法很难。风俗画的写法是怎样一种写法?这种写法难么?我不知道。有人干脆说我是一个风俗画作家……

　　我是很爱看风俗画的。十七世纪荷兰学派的画,日本的浮世绘,我都爱看。中国的风俗画的传统很久远了。汉代的很多画像石刻、画像砖都画(刻)了迎宾、饮宴、耍杂技——倒立、弄丸、弄飞刀……有名的说书俑,滑稽中带点愚蠢,憨态可掬,看了使人不忘。晋唐的画以宗教画、宫廷画为大宗。但这当中也不是没有风俗画,敦煌壁画中的杰作《张义潮出巡图》就是。墓葬中的笔致粗率天真的壁画,也多涉及当时的风俗。宋代风俗画似乎特别的流行,《清明上河图》是一个突出的例子。我看这幅画,能够一看看半天。我很想在清明那天到汴河上去玩玩,那一定是非常好玩的。南宋的画家也多画风俗。我从马远的《踏歌图》知道"踏歌"是怎么回事,从而增加了对"桃花潭水深千尺,不及汪伦送我情"的理解。这种"踏歌"的遗风,似乎现在朝鲜还有。我也很爱李嵩、苏汉臣的《货郎图》,它让我知道南宋的货郎担上有那么多卖给小孩子们的玩意,真是琳琅满目,都蛮有意思。元明的风俗画我所知甚少。清朝罗雨峰的《鬼趣图》可以算是风俗画。幸好这时兴起了年画。杨柳青、桃花坞的年画大部分都是风俗画,连不画人物只画动物的也都是,如《老鼠嫁女》。我很喜欢这张画,如鲁迅先生所说,所有俨然穿着人的衣冠的鼠类,都尖头尖脑的非常有趣。陈师曾等人都画过北京市井的生活。风俗画的雕塑大师是泥人张。他的《钟馗嫁妹》、

《大出丧》，是近代风俗画的不朽的名作。

我也爱看讲风俗的书。从《荆楚岁时记》直到清朝人写的《一岁货声》之类的书都爱翻翻。还是上初中的时候，一年暑假，我在祖父的尘封的书架上发现了一套巾箱本木活字聚珍版的丛书，里面有一册《岭表录异》，我就很有兴趣地看起来。后来又看了《岭外代答》。从此就对讲地理的书、游记，产生了一种嗜好。不过我最有兴趣的是讲风俗民情的部分，其次是物产，尤其是吃食。对山川疆域，我看不进去，也记不住。宋元人笔记中有许多是记风俗的，《梦溪笔谈》、《容斋随笔》里有不少条记各地民俗，都写得很有趣。明末的张岱特长于记述风物节令，如记西湖七月半、泰山进香，以及为祈雨而赛水浒人物，都极生动。虽然难免有鲁迅先生所说的夸张之处，但是绘形绘声，详细而不琐碎，实在很教人向往。我也很爱读各地的竹枝词，尤其爱读作者自己在题目下面或句间所加的注解。这些注解常比本文更有情致。我放在手边经常看看的一本书是古典文学出版社出的《东京梦华录》（外四种——《都城纪胜》、《西湖老人繁胜录》、《梦粱录》、《武林旧事》），这样把记两宋风俗的书汇为一册，于翻检上极便，是值得感谢的，只是断句断错的地方太多。这也难怪，有一位历史学家就说过《东京梦华录》是一本难读的书。因为对当时的情形和语言不明白，所以不好断句。

我对风俗有兴趣，是因为我觉得它很美。我曾经在一篇文章里说过："我以为风俗是一个民族集体创作的生活的抒情诗"（《〈大淖记事〉是怎样写出来的》）。这是一句随便说说的话，没有任何学术意义。但也不是一点道理没有。我以为，风俗，不论是自然形成的，还是包含一定的人为的成分（如自上而下的推行），都反映了一个民族对生活的挚爱，对"活着"所感到的欢悦。他们把生活中的诗情用一定的外部的形式固定下来，并且相互交流，溶为一体。风俗中保留一个民族的常绿的童心，并对这种童心加以圣化。风俗使一个民族永不衰老。风俗是民族感情的重要的组成部分。斯大林把民族感情引为民族的要素之一。民族感情是抽象的，看不见摸不着，但它确实存在着。民族感情常常体现在风俗中。风俗，是具体的。一种风俗对维系民族感情的作用是不可估量的,如那达慕、刁羊、麦西来甫、三月街……。

　　所谓风俗,主要指仪式和节日。仪式即"礼"。礼这个东西,未可厚非。据说辜鸿铭把中国的"礼"翻译成英语时,译为"生活的艺术"。这传闻不知是否可靠,但却很有意思。礼是具有艺术性的,很好玩的,假如我们抛开其中迷信和封建的内核,单看它的形式。礼,包括婚礼和丧礼。很多外国的和中国少数民族的民间舞蹈常常以"××人的婚礼"作题目,那是在真实的婚礼的基础上加工而成的。结婚,对一个少女来说,意味着迈进新的生活,同时也意味着向过去的一切告别了。因此,这一类的舞蹈大都既有喜悦,又有悲哀,混和着复杂的感情,其动人处,也在此。中国西南几个民族都有"哭嫁"的习俗。临嫁的姑娘要把要好的姊妹约来哭(唱)一夜甚至几夜。那歌词大都是充满了真情,很美的。我小时候最爱参加丧礼,不管是亲戚家还是自己家的。我喜欢那种平常没有的"当大事"的肃穆的气氛,所有的人好像一下子都变得高雅起来,多情起来了,大家都像在演戏,在扮演一种角色,很认真地扮演着。我喜欢"六七开吊",那是戏的顶点。我们那里开吊那天要"点主"。点主,就是在亡人的牌位上加一点。白木的牌位上事先写好了某某人之"神王",要在王字上加一点,这才成了"神主"。点主不是随随便便点的,很隆重。要请一个有功名的老辈人来点。点主的人就位后,礼生喝道:"凝神,——想象,请加墨主!"点主人用一枝新墨笔在"王"字上点一点;然后,再:"凝神,——想象,请加硃主!"点主人再用硃笔点一点,把原来的墨点盖住。这样,一个人的魂灵就进了这块牌位了。"凝神——想象",这实在很有点抒情的意味,也很有戏剧性。我小时看点主,很受感动,至今印象犹深。

　　至于节日,那更不用说了。试想一下,如果没有那样多的节,我们的童年将是多么贫乏,多么缺乏光彩呀。日本人对传统的节日非常重视。多么现代化的大企业,到了盂兰盆节这一天,也要停产放假,举行集体的游乐活动。这对于培养和增强民族的自信,无疑是会有好处的。

　　风俗,仪式和节日,是历史的产物,它必然是要消亡的。谁也不会提出恢复所有的传统的风俗，但是把它们记录下来，给现在的和将来的人看看，是有着各方面的意义的。我很希望中国民俗学会能编出两本书，一本《中国婚丧礼俗》，一本《中国的节日》。现在着手，还来得及。否则，到了"礼失而求诸野"，要到穷乡僻壤去访问搜集，就费事了。

为什么要在小说里写进风俗画？前已说过，我这样做原是无意的。只是因为我的相当一部分小说是写我的家乡的，写小城的生活，平常的人事，每天都在发生，举目可见的小小悲欢，这样，写进一点风俗，便是很自然的事了。"人情"和"风土"原是紧密关联的。写一点风俗画，对增加作品的生活气息、乡土气息，是有帮助的。风俗画和乡土文学有着血缘关系，虽然二者不是一回事。很难设想一部富于民族色彩的作品而一点不涉及风俗。鲁迅的《故乡》、《社戏》，包括《祝福》，是风俗画的典范。《朝花夕拾》每篇都洋溢着罗汉豆的清香。沈从文的《边城》如果不是几次写到端午节赛龙船，便不会有那样浓郁的色彩。"风俗画小说"，在一般人的概念里，不是一个贬词。

风俗画小说的文体几乎都是朴素的。风俗本身是自自然然的。记述风俗的书原来不过是聊资谈助，大都是随笔记之，不事雕饰。幽兰居士孟元老《东京梦华录序》云："此语言鄙俚，不以文饰者，盖欲上下通晓耳，观者幸详焉。"用华丽的文笔记风俗的人好像还很少。同样，风俗画小说所记述的生活也多是比较平实的，一般不太注重强烈的戏剧化的情节。写风俗而又富于浪漫主义的戏剧性的情节的，似乎只有梅里美一人。但他所写的往往是异乡的奇俗（如世代复仇），而且通常是不把梅里美列在风俗画家范围内的。风俗画小说，在本质上是现实主义的。

记风俗多少有点怀旧，但那是故国神游，带抒情性，但并不流于伤感。风俗画给予人的是慰藉，不是悲苦。就我所见过的风俗画作品来看，调子一般不是低沉的。

小说里写风俗，目的还是写人。不是为写风俗而写风俗，那样就不是小说，而是风俗志了。风俗和人的关系，大体有这样三种：

一种是以风俗作为人的背景。

一种是把风俗和人结合在一起,风俗成为人的活动和心理的契机。比如:

> 去年元夜时,
>
> 花市灯如昼,
>
> 月上柳梢头,
>
> 人约黄昏后。

又如苏北民歌《探妹》:

> 正月里探妹正月正,
>
> 我带小妹子看花灯,
>
> 看灯是假的,
>
> 妹子呀,试试你的心。

《边城》几次写端午节赛龙船,和翠翠的情绪的发育和感情的变化是紧紧扣在一起的,并且是情节发展不可缺少的纽带。

也有时,看起来是写风俗,实际上是在写人。我的小说里写风俗占篇幅最长的大概是《岁寒三友》里描写放焰火的一段。因为这篇小说见到的人不是很多,我把这一段抄录在下面:

> 这天天气特别好。万里无云,一天皓月。阴城的正中,立起一个四丈多高的架子。有人早早吃了晚饭,而扛了板凳来等着了。各种卖小吃的都来了。卖牛肉高粱酒的、卖回卤豆腐干的,卖五香花生米的、芝麻灌香糖的,卖豆腐脑的,卖煮芋荠的,还有卖河鲜——卖紫皮鲜菱角和新剥鸡头米的……到处是“气死风”的四角玻璃灯,到处是白蒙蒙的热气、香喷喷的茴香八角气味。人们寻亲访友,说短道长,来来往往,亲亲热热,阴城的草都被踏倒了。人们的鞋底也叫秋草的浓汁磨得滑溜溜的。
>
> 忽然,上万双眼睛一齐朝着一个方向看。人们的眼睛一会儿睁大,一会儿眯细;人们的嘴一会儿张开,一会儿又合上;一阵阵叫

喊,一阵阵欢笑,一阵阵掌声。——陶虎臣点着了焰火了。

(中间还有一段具体描写几种焰火的,文长不录)

……火光炎炎,逐渐消隐,这时才听到人们呼唤:

"二丫头,回家咧!"

"四儿,你在哪儿哪?"

"奶奶,等等我,我鞋掉了!"

人们摸摸板凳,才知道:呀,露水下来了。

这里写的是风俗,没有一笔写人物。但是我自己知道笔笔都著意写人,写的是焰火的制造者陶虎臣。我是有意在表现人们看焰火时的欢乐热闹气氛中表现生活一度上升时期陶虎臣的愉快心情,表现用自己的劳作为人们提供欢乐,并于别人的欢乐中感到欣慰的一个善良人的品格的。这一点,在小说里明写出来,是也可以的,但是我故意不写,我把陶虎臣隐去了,让他消融在欢乐的人群之中。我想读者如果感觉到看焰火的热闹和欢乐,也就会感觉到陶虎臣这个人。人在其中,却无觅处。

写风俗,不能离开人,不能和人物脱节,不能和故事情节游离。写风俗不能留连忘返,收不到人物的身上。

风俗画小说是有局限性的。一是风俗画小说往往只就人事的外部加以描写,较少刻画人物的内心世界,不大作心理描写,因此人物的典型性较差。二是,风俗画一般是清新浅易的,不大能够概括十分深刻的社会生活内容,缺乏历史的厚度,也达不到史诗一样的恢宏的气魄。因此,风俗画小说常常不能代表一个时代的文学创作的主流。这一点,风俗画小说作者应该有自知之明,不要因为自己的作品没有受到重视而气愤。

因此,我希望自己,也希望别人,不要只是写风俗画。并且,在写风俗画小说时也要有所突破,向生活的深度和广度掘进和开拓。

一九八四年一月二十二日

注　释

① 　本篇原载《钟山》1984 年第三期；初收《晚翠文谈》，浙江文艺出版社，1988
　　年 3 月。

提高戏曲艺术质量^①

戏曲界的朋友见面,总要谈起我现在写小说了,不写戏了,"转行"了。实际我并没有转行。我原来就是写小说的,写戏是后来的事。这是客观条件造成的,同时也是自投罗网,对写戏有兴趣。当初是有些想法的。五十年代,在一次座谈会上,我说过:我参加这一工作,是想来和京剧闹一阵别扭的。我希望京剧能变变样子。容纳一些新的手法。搞了三十年,我有点伤了心。我发现,我闹不过它。

我觉得,现代戏问题不是孤立的。它和传统戏的问题、新编历史剧的问题,是有联系的。"三并举"是一个整体,不能拆开来。传统戏的问题、新编历史剧的问题解决得比较好,现代戏的问题也就比较好解决。反之,传统戏、新编历史剧的问题解决得不好,现代戏问题也就难于解决。

三者共同的问题是提高质量。

戏曲的创作方法问题、结构问题,这是需要探讨的。传统戏里有一些很好的戏,很有特点。《四进士》塑造了宋士杰这样一个独特的典型,《玉堂春》的结构是很奇特的。但是还有许多的老戏,从编剧艺术的角度来看,是不成熟的,它们往往只是铺陈一段历史故事,不太注重塑造人物。很多老戏的结构也是松散的,很多过场戏,拿《长坂坡》这样的戏来说,从编剧角度来看,实在不叫个戏。就是《挑滑车》,真正刻画高宠的笔墨又有多少? 老观众是不大管剧本的,他们只要看一个下场,听两句唱,就满足了。青年观众不满足。过去改戏,有的只是去掉一些不健康的东西(往往又只是枝枝节节地删除和修改一些词句,没有从总体上触及思想内涵),是消极的。今天我们应该从积极方面,提高老戏的艺术质量。

新编历史剧也有提高质量的问题。今天的新编历史剧应该在"十七年"的基础上前进一步。"十七年"的新编历史剧有不少好戏,但有些戏多少受了"为政治服务"的影响,立意浅露,人物性格比较简单。

　　我非常同意赵紫阳同志提出的,社会主义文艺的关键是提高质量。我认为,提高传统戏和新编历史剧的艺术质量,也许应该把重点放在写人物上。提高质量,不只是几个编剧、导演所能解决的。关键在于调整机构,调整领导班子。调整领导班子,具体到戏曲剧团,主要是知识化,要改变戏曲剧团的知识结构,就是说要由有文化的、懂艺术的人来管艺术。

　　最近看了湖北省歌舞团的《编钟乐舞》,在他们的节目单上发现了一个新鲜事物:在编剧、导演、音乐设计、舞美设计等之前有三位"总体设计",这三位总体设计真是有水平、有胆识、有想法的艺术家,是这台节目、这个剧团的灵魂。这从节目的和谐、完整上就可以感觉出来。我觉得每一个戏曲院团,都应该有这样一个志同道合,有才华,有干劲的艺术领导核心。否则,提高质量就是一句空话。

　　今天还是应该突出地强调提倡现代戏。我是写写小说,也写写戏的,我觉得小说和读者的关系与戏剧和观众的关系不一样。小说的美感作用过程比较细微的,更多地是于潜移默化中提高人们的精神境界;戏剧有时可以立竿见影。戏剧是更能使人受到震动,更富于刺激性的艺术。历史剧更多的作用是认识作用,使人从历史中吸取教训,得到启发,"以古为鉴",其教育作用是间接的。直接反映社会主义生活,可以"以人为鉴",使人受到社会主义思想教育的,还是得靠现代戏。

　　现代戏的问题尤其是质量问题。一九六四年曾经总结过一九五八年一批现代戏一涌而起又一哄而散的教训,指出主要是没有注意艺术质量。六四年到"文化大革命"前,有几出现代戏能够站住,是因为确实有点质量。"十年磨一戏",未免夸大其词;"精益求精"却是对的。在"样板戏"已经声名狼藉,全国大演老戏的时候,我就听见几个青年人说过:如果现在演出《杜鹃山》,他们还看!《杜鹃山》有许多缺点,但是唱腔、音乐确实搞得比较讲究,好听。

现代戏已经几起几落。单是解放以后，五八年、六四年就已经大起大落了两次。落而再起，比循序渐进，逐步提高，要困难得多。前几年，很多戏曲演员，尤其是京剧演员，对演现代戏已经失去信心。这二年，尤其是三中全会以后，随着社会主义觉悟的普遍提高，戏曲界又颇有人跃跃欲试，群众中蕴藏着一股演现代戏的积极性。他们认识到演现代戏是时代的要求。应该说现代戏再次起飞，条件已经具备。我们应该看到群众中这种积极性，使它发扬起来。

一九六四年搞现代戏的经验之一，是集中优势兵力，打歼灭战。搞现代戏，不能一般地搞，不能"就这点水和这点泥"，应该调动更多的人力、物力。不能停留在一般号召上。领导上要亲自抓，切切实实地抓，一抓到底。从剧本选题、搭提纲、定剧本，直到彩排演出。必要的时候，一天三班，要钉在排演场里——把其他工作先放一放。"三结合"的方法不足取，但是搞现代戏，不由领导挂帅，是布不成阵，打不赢的。

我希望现代戏能形成第三次高潮。不造成高潮，现代戏难于立足。如果这个战役打下来，认真总结一下，以后，就可以细水长流地演下去，使大家觉得演现代戏是理所当然的常事，不再需要大喊大叫，那，日子就好过了。

"样板戏"的经验教训，应该总结。"三突出"、"主题先行"的危害性，大家还不能认识得那样深刻。这是违反艺术规律，违反现实主义原则的创作方法。但最初的几出现代戏是比较自觉地遵守现实主义的创作方法的。当时要解决现代生活和传统程式的矛盾。在解决这种矛盾时，首先还是坚持从生活出发。首先是生活化，其次是戏曲化。这从剧本语言就看得出来。最初的现代戏并没有后来那样多的脱离生活、脱离人物的豪言壮语，更多的是从生活语言中提炼出来的艺术语言。有些唱词、念白已经深入人心，成了群众的谚语。我在井冈山体验生活时，一个群众诉苦，说起在国民党重占井冈山时，他们全家逃难，那时他还很小，用几根藤索当背兜背着他的小弟弟，他说："真是'穷人的孩子早当家'呀！"我们离开井冈山时，送行的人们嘱咐以后常联系，说："可别'人一走，茶就凉'哇！"写现代戏的同志应该摆脱假大空的语言的影响,恢复朴素、生动、生活化、性格化的语言,恢复人民口语的真实的抒情性和质朴的哲理性。

我觉得戏曲得有点浪漫主义。"非奇不传",不是一定要情节曲折离奇,指的是浪漫主义。戏曲和小说不同。小说可以不要浪漫主义,越平常,越像生活本身越好。戏曲不能这样。我认为戏曲是强调的艺术。李渔说写诗文不可写尽,十分只说得二三分,写传奇则必须写尽,十分便须写得十分。看小说可以掩卷深思,看戏则须当场见效。

我又觉得中国戏曲是由"强调"到"不强调"自由转换的艺术。可以同时有戏剧化和"非戏剧化"的场子,散文化的场子。京剧,实际上同时存在分幕与分场。大场子是幕,小场子是场。中国戏曲有小说成分。戏剧往往重大动作,不能容纳较多细节。但是《四进士》却有相当多的碎场子,通过典型的细节来刻画人物。《打渔杀家》萧恩父女离家出门时的对话,很像是小说的对话,不是话剧中的戏剧性的语言。中国戏曲不受时空限制,因此场子可大可小,可紧可松。行云流水,自由自在,疏密相间,大小由之。这是中国戏曲结构的特点,也正是今天西方戏剧所向往、所追求的新的方法。这个特点,在"样板戏"里被破坏了。"样板戏"要求场场有戏,处处有高潮,语语有激情,因此使人看了透不过气来。

我们可以向中国戏曲传统学习的地方很多。我对某些旧戏颇有微词,但我不是一个民族虚无主义者。

注　释

① 本篇原载《戏剧论丛》1984 年第一辑。

漫评《烟壶》①

叫我来评介邓友梅的《烟壶》，其实是不合适的。我很少写评论。记得好像是柯罗连科对高尔基说过，一个作家在谈到别人的作品时，只要说：这一篇写得不错，就够了，不需要更多的话。评论家可不能这样。一个评论家，要能一眼就看出一篇作品的历史地位。而我只能就小说论小说，谈一点读后的印象和感想。

友梅最初跟我谈起他要写一个关于鼻烟壶的小说的时候，我只是听着，没有表示什么。说老实话，我对鼻烟壶是没有什么好感的。这大概是受了鲁迅先生反对小摆设和"象牙微雕"的影响。我对内画尤其不感兴趣，特别是内画戏装人物，我觉得这是一种恶劣的趣味。读了《烟壶》，我的看法有些改变。友梅这篇小说的写法有点特别，开头一节是发了一大篇议论。他的那一番鼻烟优越论我是不相信的。闻鼻烟代替不了抽烟。蒙古人是现在还闻鼻烟的，但是他们同时也还要抽关东烟。这只能是游戏笔墨。但是他对作为工艺品的鼻烟壶的论赞，我却是拟同意的，因为这说的是真话，正经话。友梅好奇，到一个地方，总喜欢到处闲逛，收集一些具有民族特色、地方特色的工艺品。这表现了一个作家对于生活的广博的兴趣，对精美的工艺的赏悦，和对于制造工艺的匠师的敬爱。我想这是友梅写作《烟壶》的动机。他写这样的题材并不是找什么冷门。即使是找冷门，如果不是平日就有对于工艺美术的嗜爱，这样的冷门也是找不到的。

《烟壶》里的聂小轩师傅有一段关于他所从事的行业的具有哲理性的谈话：

> 打个比方，这世界好比个客店，人生如同过客。我们吃的用的多是以前的客人留下的。要从咱们这儿起，你也住我也住，谁都取

点什么,谁也不添什么,久而久之,我们留给后人的不就成了一堆瓦砾了?反之,来往客商,不论多少,每人都留点什么,您栽棵树,我种棵草,这店可就越来越兴旺,越过越富裕。后来的人也不枉称我们一声先辈。辈辈人如此,这世界不就更有个恋头了?

乍一听,这一番话的境界似乎太高了。一个手艺人,能说得出来么?然而这却是真实的,可信的。手工艺人我不太熟悉。我比较熟悉戏曲演员。戏曲演员到了晚年,往往十分热衷于授徒传艺。他们常说:"我不能把我从前辈人学到的这点玩艺带走,我得留下点东西。""文化大革命"中冤死了一些艺人,同行们也总是叹惜:"他身上有东西呀!"

"给后人留下点东西",这是朴素的哲理,是他们的职业道德,也是他们立身做人的准则。从这种朴素的思想可能通向社会主义,通向爱国主义。许多艺人,往往是由于爱本行的那点"玩艺",爱"中国人勤劳才智的结晶",因而更爱咱们这个国的。聂小轩的这一思想是贯串全篇的思想。内画也好,古月轩也好,这是咱们中国的玩艺,不能叫他从我这儿绝了。这才引出一大篇曲曲折折的故事。我想,这篇小说真正的爱国主义的"核",应该在这里。

《烟壶》写的是庚子年间的事,距现在已经八十多年,邓友梅今年五十多岁,当然没有赶上。友梅不是北京人。然而他竟然写出一篇反映八十年前北京生活的小说,这简直有点不可思议!这还不比写历史小说(《烟壶》虽写历史,但在一般概念里是不把它划在历史小说范围里的)。历史小说,写唐朝、汉朝的事,死无对证,谁也不能指出这写得对还是不对。庚子年的事,说近不近,说远也不远。这最不好写。八十多岁的人现在还有健在的,七十多岁的也赶上那个时期的后尾。笔下稍稍粗疏,就会有人说:"不像"。然而友梅竟写了那个时期的那样多的生活场景,写得详尽而真切,使人如同身临其境。友梅小说的材料,是靠平时积累的,不是临时现抓的。临时现抓的小说也有,看得出来,不会有这样厚实。友梅有个特点,喜欢听人谈掌故,聊闲篇。三十多年前,我认识友梅时,他是从部队上下来的革命干部、党员,年纪轻轻的,可是却和一些八旗子弟、没落王孙厮混在一起。当时是有人颇不以为然的。然而友梅我行我素。友梅对他们不鄙视,不歧视,也不存什么功利主义。他和所有人的关系都是平等的。也正因为这样,许多老北京才乐于把他所知的掌故轶闻、人情方俗毫无保留地说给他听。他把听来的材料和童年印象相印证,再加之以灵活的想象,于是八十多年前的旧北京就在他心里活了起来。

《烟壶》是中篇小说,中篇总得有曲折的、富于戏剧性的情节、故事。情节,总要编。世界上没有一块天生就富于情节的生活的矿石。我相信《烟壶》的情节大部分也是编出来的。编和编不一样。有的离奇怪诞,破绽百出;有的顺理成章,若有其事。友梅能把一堆零散的生活素材,团巴团巴,编成一个完完整整的故事,虽然还不能说是天衣无缝,无可挑剔,但是不使人觉得如北京人所说的:"老虎闻鼻烟——没有那八宗事。"这真是一宗本事。我是不会编故事的,也不赞成编故事。但是故事编圆了,我也佩服。因此,我认为友梅的《烟壶》是一篇"力作"。

友梅写人物,我以为好处是能掌握分寸。乌世保知道聂小轩轧断了手,"他望着聂小轩那血淋淋的衣袖和没有血色的、微闭双眼的面容惊呆了,吓傻了。从屋里走到院子,从院子又回到屋里。想做什么又不知该做什么。想说话又找不到话可说。"这写得非常真实。这就是乌世保,一个由"它撒勒哈番"转成手工艺人的心地善良而又窝窝囊囊的八旗子弟活生生的写照。乌世保蒙冤出狱,家破人亡,走投无路,朋友寿明给他谋划了生计,建议他画内画烟壶,给他找了蒜市口小客店安身,给他办了铺盖,还给他留下几两银子先垫补用,可谓周到之至。乌世保过意不去,连忙拦着说:"这就够麻烦您的了,这银子可万万不敢收。"寿明说:"您别拦,听我说。这银子连同我给您办铺盖,都不是我白给你的,我给不起。咱们不是搭伙作生意吗?我替您买材料卖烟壶,照理有我一份回扣,这份回扣我是要拿的。替您办铺盖、留零花,这算垫本,我以后也是要从您卖货的款子里收回来的,不光收回,还要收息,这是规矩。交朋友是交朋友,作生意是作生意,送人情是送人情,放垫本是放垫本,都要分清。您刚作这行生意,多有不懂的地方,我不能不点拨明白了。"好！这真是一个靠为人长眼跑合为生的穷旗人的口吻，不是一个为朋友两肋插刀的侠客。他也仗义，也爱财。既重友情，也深明世故。这一番话真是小葱拌豆腐，如刀切，如水洗，清楚明白，嘎嘣爽脆。这才叫通过对话写人物。邓友梅有两下子！

友梅很会写妇女。他的几篇写北京市井的小说里总有一个出身卑微，不是旗人，却支撑了一个败落的旗人家庭的劳动妇女。她们刚强正直，善良明理，坦荡磊落。《那五》里那位庶母、《烟壶》里的刘奶妈，都是这样。《烟壶》写得最成功的人物，我以为是柳娘（我这样说友梅也许会觉得伤心），她俊俏而不俗气，能干而不咋唬，光彩照人，英气勃勃，有心胸，有作为，有决断，拿得起，放得下，掰得开，踢得动，不论遇到什么事都能沉着镇定，头脑清醒，方寸不乱，举措从容。这真是市井中难得的一方碧玉，挺立在水边的一株雪白雪白的马蹄莲，她的出场就不凡：

> ……这时外边大门响了两声，脆脆朗朗响起女人的声音："爹，我买了蒿子回来了。"寿明和乌世保知道是柳娘回来，忙站起身。聂小轩掀开竹帘说道："快来见客人，乌大爷和寿爷来了。"柳娘应了一声，把买的蒿子、线香、嫩藕等东西送进西间，整理一下衣服，进到南屋，向寿明和乌世保道了万福说："我爹打回来就打听乌大爷来过没有，今儿可算到了。寿爷您坐！哟，我们老爷子这是怎么了？大热的天让客人干着，连茶也没沏呀！您说话，我沏茶去！"这柳娘干嘣楞脆说完一串话，提起提梁宜兴大壶，挑帘走了出去。乌世保只觉着泛着光彩，散着香气的一个人影象阵清清爽爽的小旋风在屋内打了个旋又转了出去，使他耳目繁忙，应接不暇，竟没看仔细是什么模样。

寿明为乌世保做媒，聂小轩征求柳娘的意见，问她"咱们还按祖上的规矩，连收徒再择婿一起办好不好呢？"柳娘的回答是："哟，住了一场牢我们老爷子学开通了！可是晚了，这话该在乌大爷搬咱们家来以前问我。如今人已经住进来，饭已经同桌吃了，活儿已经挨肩做了，我要说不愿意,您这台阶怎么下? 我这风言风语怎么听呢? 唉!"

这里柳娘有点"放刁"了,当初把师哥接到家里来住,是谁的主意呀? 你可事前也没跟老爷子商量过就说出口了!

友梅这篇小说基本上用的是叙述,极少描写。偶尔描写,也是插在叙述之间,不把叙述停顿下来,作静止的描写。这是史笔,这是自有《史记》以来中国文学的悠久的传统。但是不完全是直叙,时有补叙、倒叙,这也是《史记》笔法。因为叙述方法多变化,故质朴而不呆板,流畅而不浮滑,舒卷自如,起止自在。有时洋洋洒洒,下笔千言;有时戛然收住,多一句也不说。友梅是很注意语言的。近年功力大见长进。他的语言所以生动,除了下字准确,词达意显,我觉得还因为起落多姿,富于"语态"。"语态"的来源,我想是,一、作者把自己摆了进去了,在描叙人物事件时带着叙述者的感情色彩,如梁任公所说:"笔锋常带感情";同时作者又置身事外,保持冷静和客观,不跳出来抒愤懑,发感慨。二、是作者在叙述时随时不忘记对面有个读者,随时要观察读者的反应,他是不是感兴趣,有没有厌烦? 有的时候还要征求读者的意见,问问他对斯人此事有何感想。写小说,是跟人聊天,而且得相信听你聊天的人是个聪明解事,通情达理,欣赏趣味很高的人,而且,他自己就会写小说,写小说的人要诚恳,谦虚,不矜持,不卖弄,对读者十分地尊重。否则,读者会觉得你侮辱了他!

这篇小说的不足之处,我觉得有这些:

一、对聂小轩以及乌世保、柳娘对古月轩的感情写得不够。小说较多写了古月轩烧制之难,而较少写这种瓷器之美。如果聂小轩的爱国主义感情是由对于这门工艺的深爱出发的,那么,应该花一点笔墨写一写他们烧制出一批成品之后的如醉如痴的喜悦,他们应该欣赏、兴奋、爱不释手,笑,流泪,相对如梦寐,忘乎所以。这篇小说一般只描叙人物的外部动作,不作心理描写。但是在写聂小轩想要砍去自己的右手时,应该写一写他的"广陵散从此绝矣"的悲怆沉痛的心情。因为聂小轩的这一行动不是正面描写的,而是通过柳娘和乌世保的眼睛来写的,不能直接写他的心理活动,但是事后如果有一两句揪肝抉胆、血泪交加的话也好。

二、乌世保应该写得更聪明,更有才气一些。这个人百无一用,但是应该聪明过人。他在旗人所玩的玩艺中,应该是不玩则已,一玩则精绝。这个人应该琴棋书画什么都能来两下。否则聂小轩就不会相中他当徒弟,柳娘也不会无缘无故地爱这样一个比棒槌多两个耳朵的凡庸的人了。柳娘爱他什么呢?无非是他身上这点才吧。

三、九爷写得有点漫画化。

一九八四年二月七日草就

注　释

① 本篇原载 1984 年第四期《文艺报》;初收《晚翠文谈》,浙江文艺出版社,1988 年 3 月。

谈 风 格[①]

　　一个人的风格是和他的气质有关系的。布封说过："风格即人。"中国也有"文如其人"的说法。人和人是不一样的。趋舍不同，静躁异趣。杜甫不能为李白的飘逸，李白也不能为杜甫的沉郁。苏东坡的词宜关西大汉执铁绰板唱"大江东去"，柳耆卿的词宜十三四女郎持红牙板唱"今宵酒醒何处，杨柳岸晓风残月"。中国的词大别为豪放与婉约两派。其他文体大体也可以这样划分。不知从什么时候起，因为什么，豪放派占了上风。茅盾同志曾经很感慨地说：现在很少人写婉约的文章了。十年浩劫，没有人提起风格这个词。我在"样板团"工作过。江青规定："要写'大江东去'，不要'小桥流水'！"我是个只会写"小桥流水"的人，也只好跟着唱了十年空空洞洞的豪言壮语。三中全会以后，我才又重新开始发表小说，我觉得我可以按照我自己的样子写小说了。三中全会以后，文艺形势空前大好的标志之一，是出现了很多不同风格的作品。这一点是"十七年"所不能比拟的。那时作品的风格比较单一。茅盾同志发出感慨，正是在那样的时候。一个人要使自己的作品有风格，要能认识自己、发现自己，并且，应该不客气地说，欣赏自己。"我与我周旋久，宁作我"。一个人很少愿意自己是另外一个人的。一个人不能说自己写得最好，老子天下第一。但是就这个题材，这样的写法，以我为最好，只有我能这样的写。我和我比，我第一！一个随人俯仰，毫无个性的人是不能成为一个作家的。

　　其次，要形成个人的风格，读和自己气质相近的书。也就是说，读自己喜欢的书、对自己口味的书。我不太主张一个作家有系统地读书。作家应该博学，一般的名著都应该看看。但是作家不是评论家，更不是文学史家。我们不能按照中外文学史循序渐进，一本一本地读那么多书,更不能按照文学史的定论客观地决定自己的爱恶。我主张抓到什么就读什么,读得下去就一连气读一阵,读不下去就抛在一边。屈原的代表作是《离骚》,我直到现在还是比较喜欢《九歌》。李、杜是大家,他们的诗我也读了一些,但是在大学的时候,我有一阵偏爱王维。后来又读了一阵温飞卿、李商隐。诗何必盛唐。我觉得龚定庵的态度很好:"我于论诗恕中晚,略工感慨即名家。"有一个人说得更为坦率:"一种风情吾最爱,六朝人物晚唐诗",有何不可。一个人的兴趣有时会随年龄、境遇发生变化。我在大学时很看不起元人小令,认为浅薄无聊。后来因为工作关系,读了一些,才发现其中的淋漓沉痛处。巴尔扎克很伟大,可是我就是不能用社会学的观点读他的《人间喜剧》。托尔斯泰的《战争与和平》,我是到近四十岁时,因为成了右派,才在劳动改造的过程中硬着头皮读完了的。孙犁同志说他喜欢屠格涅夫的长篇,不喜欢他的短篇;我则正好相反。我认为都可以。作家读书,允许有偏爱。作家所偏爱的作品往往会影响他的气质,成为他的个性的一部分。契诃夫说过:告诉我你读的是什么书,我就可知道你是一个怎样的人。作家读书,实际上是读另外一个自己所写的作品。法郎士在《生活文学》第一卷的序言里说过:"为了真诚坦白,批评家应该说:'先生们,关于莎士比亚,关于拉辛,我所讲的就是我自己'"。作家更是这样。一个作家在谈论别的作家时,谈的常常是他自己。"六经注我",中国的古人早就说过。

一个作家读很多书,但是真正影响到他的风格的,往往只有不多的作家,不多的作品。有人问我受哪些作家影响比较深,我想了想:古人里是归有光,中国现代作家是鲁迅、沈从文、废名,外国作家是契诃夫和阿左林。

我曾经在一次讲话中说到归有光善于以清淡的文笔写平常的人事。这个意思其实古人早就说过。黄梨洲《文案》卷三《张节母叶孺人墓志铭》云:

予读震川文之为女妇者,一往情深,每以一二细事见之,使人欲涕。盖古今来事无巨细,唯此可歌可泣之精神,长留天壤。

姚鼐《与陈硕士》尺牍云:

> 归震川能于不要紧之题,说不要紧之语,却自风韵疏淡,此乃
> 是于太史公深有会处,此境又非石士所易到耳。

王锡爵《归公墓志铭》说归文"无意于感人,而欢愉惨恻之思,溢于言表"。连被归有光诋为"庸妄巨子"的王世贞在晚年也说他"不事雕饰而自有风味"(《归太仆赞序》)。这些话都说得非常中肯。归有光的名文有《先妣事略》、《项脊轩志》、《寒花葬志》等篇。我受到影响的也只是这几篇。归有光在思想上是正统派,我对他的那些谈学论道的大文实在不感兴趣。我曾想:一个思想迂腐的正统派,怎么能写出那样富于人情味的优美的抒情散文呢?这问题我一直还没有想明白。归有光自称他的文章出于欧阳修。读《泷冈阡表》,可以知道《先妣事略》这样的文章的渊源。但是归有光比欧阳修写得更平易,更自然。他真是做到"无意为文",写得像谈家常话似的。他的结构"随事曲折",若无结构。他的语言更接近口语,叙述语言与人物语言衔接处若无痕迹。他的《项脊轩志》的结尾:"庭有枇杷树,吾妻死亡之年所手植也,今已亭亭如盖矣!"

平淡中包含几许惨恻,悠然不尽,是中国古文里的一个有名的结尾。使我更为惊奇的是前面的:"吾妻归宁,述诸小妹语曰:'闻姊家有阁子,且何谓阁子也?'"话没有说完,就写到这里。想来归有光的夫人还要向小妹解释何谓阁子的,然而,不写了。写出了,有何意味?写了半句,而闺阁姊妹之间闲话神情遂如画出。这种照生活那样去写生活,是很值得我们今天写小说时参考的。我觉得归有光是和现代创作方法最能相通,最有现代味儿的一位中国古代作家。我认为他的观察生活和表现生活的方法很有点像契诃夫。我曾说归有光是中国的契诃夫,并非怪论。

中国现代作家的作品我读得比较熟的是鲁迅,我在下放劳动期间曾发愿将鲁迅的小说和散文像金圣叹批《水浒》那样,逐句逐段地加以批注。搞了两篇,因故未竟其事。中国五十年代以前的短篇小说作家

不受鲁迅的影响的，几乎没有。近年来研究鲁迅的谈鲁迅的思想的较多，谈艺术技巧的少。现在有些年轻人已经读不懂鲁迅的书，不知鲁迅的作品好在哪里了。看来宣传艺术家鲁迅，还是我们的责任。这一课必须补上。

我是沈从文先生的学生。

废名这个名字现在几乎没有人知道了。国内出版的中国现代文学史没有一本提到他。这实在是一个真正很有特点的作家。他在当时的读者就不是很多，但是他的作品曾经对相当多的三十年代、四十年代的青年作家，至少是北方的青年作家，产生过颇深的影响。这种影响现在看不到了，但是它并未消失。它像一股泉水，在地下流动着。也许有一天，会汩汩地流到地面上来的。他的作品不多，一共大概写了六本小说，都很薄。他后来受了佛教思想的影响，作品中有见道之言，很不好懂。《莫须有先生传》就有点令人莫名其妙，到了《莫须有先生坐飞机以后》就不知所云了。但是他早期的小说，《桥》、《枣》、《桃园》和《竹林的故事》，写得真是很美。他把晚唐诗的超越理性，直写感觉的象征手法移到小说里来了。他用写诗的办法写小说，他的小说实际上是诗。他的小说不注重写人物，也几乎没有故事。《竹林的故事》算是长篇、叫做"故事"，实无故事，只是几个孩子每天生活的记录。他不写故事，写意境。但是他的小说是感人的，使人得到一种不同寻常的感动。因为他对于小儿女是那样富于同情心。他用儿童一样明亮而敏感的眼睛观察周围世界，用儿童一样简单而准确的笔墨来记录。他的小说是天真的，具有天真的美。因为他善于捕捉儿童的飘忽不定的思想和情绪，他运用了意识流。他的意识流是从生活里发现的，不是从外国的理论或作品里搬来的。有人说他的小说很像弗·沃尔芙，他说他没有看过沃尔芙的作品。后来找来看看，自己也觉得果然很像。这是一个很有趣的现象。身在不同的国度，素无接触，为什么两个作家会找到同样的方法呢？因为他追随流动的意识，因此他的行文也和别人不一样。周作人曾说废名是一个讲究文章之美的小说家。又说他的行文好比一溪流水，遇到一片草叶，都要去抚摸一下，然后又汪汪地向前流去。这说得实在非常好。

我讲了半天废名，你也许会在心里说:你说的是你自己吧？我跟废名不一样(我们的世界观首先不同)。但是我确实受过他的影响，现在还能看得出来。

契诃夫开创了短篇小说的新纪元。他在世界范围内使"小说观"发生了很大的变化，从重情节、编故事发展为写生活、按照生活的样子写生活。从戏剧化的结构发展为散文化的结构。于是才有了真正的短篇小说，现代的短篇小说。托尔斯泰最初很看不惯契诃夫的小说。他说契诃夫是一个很怪的作家，他好像把文字随便地丢来丢去，就成了一篇小说了。托尔斯泰的话说得非常好。随便地把文字丢来丢去，这正是现代小说的特点。

"阿左林是古怪的"(这是他自己的一篇小品的题目)。他是一个沉思的、回忆的、静观的作家。他特别擅长于描写安静、描写在安静的回忆中的人物的心理的潜微的变化。他的小说的戏剧性是觉察不出来的戏剧性。他的"意识流"是明澈的、覆盖着清凉的阴影，不是芜杂的、纷乱的。热情的恬淡;入世的隐逸。阿左林笔下的西班牙是一个古旧的西班牙，真正的西班牙。

以上，我老实交待了我曾经接受过的影响，未必准确。至于这些影响怎样形成了我的风格(假如说我有自己的风格)，那是说不清楚的。人是复杂的，不能用化学的定性分析方法分析清楚。但是研究一个作家的风格，研究一下他所曾接受的影响是有好处的。如果你想学习一个作家的风格，最好不要直接学习他本人，还是学习他所师承的前辈。你要认老师，还得先见见太老师。一祖三宗，渊源有自。这样才不至流于照猫画虎，邯郸学步。

一个作家形成自己的风格大体要经过三个阶段:一、摹仿;二、摆脱;三、自成一家。初学写作者，几乎无一例外，要经过摹仿的阶段。我年轻时写作学沈先生，连他的文白杂糅的语言也学。我的《汪曾祺小说选》第一篇《复仇》，就有摹仿西方现代派的方法的痕迹。后来岁数大了一点，到了"而立之年"了吧，我就竭力想摆脱我所受的各种影响，尽量使自己的作品不同于别人。郭小川同志在"文化大革命"后期有一次碰到我,说:"你说过的一句话,我到现在还记得。"我问他是什么话,他说:"你说过:凡是别人那样写过的,我就决不再那样写!"我想想,是说过。那还是反右以前的事了。我现在不说这个话了。我现在岁数大了,已经无意于使自己的作品像谁,也无意使自己的作品不像谁了。别人是怎样写的,我已经模糊了,我只知道自己这样的写法,只会这样写了。我觉得怎样写合适,就怎样写。我现在看作品,已经很少从形成自己的风格这样的角度去看了。对于曾经影响过我的作家的作品,近几年我也很少再看。然而:

      菌子已经没有了,但是菌子的气味留在空气里。

影响,是仍然存在的。

一个人也不能老是一个风格,只有一种风格。风格,往往是因为所写的题材不同而有差异的。或庄、或谐;或比较抒情,或尖刻冷峻。但是又看得出还是一个人的手笔。一方面,文备众体,另一方面又自成一家。

注 释

① 本篇原载《文学月报》1984 年第六期;初收《晚翠文谈》,浙江文艺出版社,1988 年 3 月。

老 舍 先 生[①]

　　北京东城迺兹府丰盛胡同有一座小院。走进这座小院,就觉得特别安静、异常豁亮。这院子似乎经常布满阳光。院里有两棵不大的柿子树(现在大概已经很大了),到处是花,院里、廊下、屋里,摆得满满的。按季更换,都长得很精神,很滋润,叶子很绿,花开得很旺。这些花都是老舍先生和夫人胡絜青亲自莳弄的。天气晴和,他们把这些花一盆一盆抬到院子里,一身热汗。刮风下雨,又一盆一盆抬进屋,又是一身热汗。老舍先生曾说:"花在人养。"老舍先生爱花,真是到了爱花成性的地步,不是可有可无的了。汤显祖曾说他的词曲"俊得江山助"。老舍先生的文章也可以说是"俊得花枝助"。叶浅予曾用白描为老舍先生画像,四面都是花,老舍先生坐在百花丛中的藤椅里,微仰着头,意态悠远。这张画不是写实,意思恰好。

　　客人被让进了北屋当中的客厅,老舍先生就从西边的一间屋子走出来。这是老舍先生的书房兼卧室。里面陈设很简单,一桌、一椅、一榻。老舍先生腰不好,习惯睡硬床。老舍先生是文雅的、彬彬有礼的。他的握手是轻轻的,但是很亲切。茶已经沏出色了,老舍先生执壶为客人倒茶。据我的印象,老舍先生总是自己给客人倒茶的。

　　老舍先生爱喝茶,喝得很勤,而且很酽。他曾告诉我,到莫斯科去开会,旅馆里倒是为他特备了一只暖壶。可是他沏了茶,刚喝了几口,一转眼,服务员就给倒了。"他们不知道,中国人是一天到晚喝茶的!"

　　有时候,老舍先生正在工作,请客人稍候,你也不会觉得闷得慌。你可以看看花。如果是夏天,就可以闻到一阵一阵香白杏的甜香味儿。一大盘香白杏放在条案上,那是专门为了闻香而摆设的。你还可以站起来看看西壁上挂的画。

老舍先生藏画甚富，大都是精品。所藏齐白石的画可谓"绝品"。壁上所挂的画是时常更换的。挂的时间较久的，是白石老人应老舍点题而画的四幅屏。其中一幅是很多人在文章里提到过的"蛙声十里出山泉"。"蛙声"如何画？白石老人只画了一脉活泼的流泉，两旁是乌黑的石崖，画的下端画了几只摆尾的蝌蚪。画刚刚裱起来时，我上老舍先生家去，老舍先生对白石老人的设想赞叹不止。

老舍先生极其爱重齐白石，谈起来时总是充满感情。我所知道的一点白石老人的逸事，大都是从老舍先生那里听来的。老舍先生谈这四幅里原来点的题有一句是苏曼殊的诗（是哪一句我忘记了），要求画卷心的芭蕉。老人踌躇了很久，终于没有应命，因为他想不起芭蕉的心是左旋还是右旋的了，不能胡画。老舍先生说："老人是认真的。"老舍先生谈起过，有一次要拍齐白石的画的电影，想要他拿出几张得意的画来，老人说："没有！"后来由他的学生再三说服动员，他才从画案的隙缝中取出一卷（他是木匠出身，他的画案有他自制的"消息"），外面裹着好几层报纸，写着四个大字："此是废纸。"打开一看，都是惊人的杰作，——就是后来纪录片里所拍摄的。白石老人家里人口很多，每天煮饭的米都是老人亲自量，用一个香烟罐头。"一下、两下、三下……行了！"——"再添一点，再添一点！"——"吃那么多呀！"有人曾提出把老人接出来住，这么大岁数了，不要再操心这样的家庭琐事了。老舍先生知道了，给拦了，说："别！他这么着惯了。不叫他干这些，他就活不成了。"老舍先生的意见表现了他对人的理解，对一个人生活习惯的尊重，同时也表现了对白石老人真正的关怀。

老舍先生很好客，每天下午，来访的客人不断。作家，画家，戏曲、曲艺演员……老舍先生都是以礼相待，谈得很投机。

每年，老舍先生要把市文联的同人约到家里聚两次。一次是菊花开的时候，赏菊。一次是他的生日，——我记得是腊月二十三。酒菜丰盛，而有特点。酒是"敞开供应"，汾酒、竹叶青、伏特卡，愿意喝什么喝什么，能喝多少喝多少。有一次很郑重地拿出一瓶葡萄酒，说是毛主席送来的，让大家都喝一点。菜是老舍先生亲自搭配的。老舍先生有意叫大家尝尝地道的北京风味。我记得有次有一瓷钵芝麻酱炖黄花鱼。这道菜我从未吃过,以后也再没有吃过。老舍家的芥末墩是我吃过的最好的芥末墩! 有一年,他特意订了两大盒"盒子菜"。直径三尺许的硃红扁圆漆盒,里面分开若干格,装的不过是火腿、腊鸭、小肚、口条之类的切片,但都很精致。熬白菜端上来了,老舍先生举起筷子:"来来来! 这才是真正的好东西!"

老舍先生对他下面的干部很了解,也很爱护。当时市文联的干部不多,老舍先生对每个人都相当清楚。他不看干部的档案,也从不找人"个别谈话",只是从平常的谈吐中就了解一个人的水平和才气,那是比看档案要准确得多的。老舍先生爱才,对有才华的青年,常常在各种场合称道,"平生不解藏人善,到处逢人说项斯"。而且所用的语言在有些人听起来是有点过甚其词,不留余地的。老舍先生不是那种惯说模棱两可、含糊其词、温暾水一样的官话的人。我在市文联几年,始终感到领导我们的是一位作家。他和我们的关系是前辈与后辈的关系,不是上下级关系。老舍先生这样"作家领导"的作风在市文联留下很好的影响,大家都平等相处,开诚布公,说话很少顾虑,都有点书生气、书卷气。他的这种领导风格,正是我们今天很多文化单位的领导所缺少的。

老舍先生是市文联的主席,自然也要处理一些"公务",看文件,开会,做报告(也是由别人起草的)……但是作为一个北京市的文化工作的负责人,他常常想着一些别人没有想到或想不到的问题。

北京解放前有一些盲艺人,他们沿街卖艺,有时还兼带算命,生活很苦。他们的"玩意儿"和睁眼的艺人不全一样。老舍先生和一些盲艺人熟识,提议把这些盲艺人组织起来,使他们的生活有出路,别让他们的"玩意儿"绝了。为了引起各方面的重视,他把盲艺人请到市文联演唱了一次。老舍先生亲自主持,作了介绍,还特烦两位老艺人翟少平、王秀卿唱了一段《当皮箱》。这是一个喜剧性的牌子曲,里面有一个人物是当铺的掌柜,说山西话,有一个牌子叫"鹦哥调",句尾的和声用喉舌作出有点像母猪拱食的声音,很特别,很逗。这个段子和这个牌子,是睁眼艺人没有的。老舍先生那天显得很兴奋。

北京有一座智化寺,寺里的和尚作法事和别的庙里的不一样,演奏音乐。他们演奏的乐调不同凡响,很古。所用乐谱别人不能识,记谱的符号不是工尺,而是一些奇奇怪怪的笔道。乐器倒也和现在常见的差不多,但主要的乐器却是管。据说这是唐代的"燕乐"。解放后,寺里的和尚多半已经各谋生计了,但还能集拢在一起。老舍先生把他们请来,演奏了一次。音乐界的同志对这堂活着的古乐都很感兴趣。老舍先生为此也感到很兴奋。

《当皮箱》和"燕乐"的下文如何,我就不知道了。

老舍先生是历届北京市人民代表。当人民代表就要替人民说话。以前人民代表大会的文件汇编是把代表提案都印出来的。有一年老舍先生的提案是:希望政府解决芝麻酱的供应问题。那一年北京芝麻酱缺货。老舍先生说:"北京人夏天离不开芝麻酱!"不久,北京的油盐店里有芝麻酱卖了,北京人又吃上了香喷喷的麻酱面。

老舍是属于全国人民的,首先是属于北京人的。

一九五四年,我调离北京市文联,以后就很少上老舍先生家里去了。听说他有时还提到我。

一九八四年三月二十日

注 释

① 本篇原载《北京文学》1984 年第五期;初收《蒲桥集》,作家出版社,1989 年
3 月。

流派要发展，要有新剧目①

——读李一氓《论程砚秋》有感

李一氓同志《论程砚秋》（《文艺研究》1983 年第三期）在戏曲界似乎没有引起多大反响，我觉得有些奇怪。这是一篇科学地分析流派的重要文章。也许因为我孤陋寡闻，这样地分析流派的文章，我以前还没有见过。

一般分析流派，多从唱腔入手。论程派尤其是这样。一氓同志的文章一开头也说："在京戏这个剧种提到程派的时候，很容易使人指出形成这个派，是因为在声乐上创造了独特的程腔。由于程腔低徊婉转的特点，就联结了戏剧的悲剧性质。"一氓同志以为"这个理解，大致不差。"但是他以为这"还不是基本的特点。显著的基本的特点是程派戏的阶级性质，大部分是以市民阶层和中产阶级下层为其戏剧人物的构成，而很少才子、佳人、帝王、将相。有，很少。人物大都是市民阶层或中产阶级下层的被压抑者。由于这一阶级构成，所以大部分戏不能不赋予悲剧的性质。分析程派戏的顺序只能如此，而不能以唱腔为首，然后影响戏剧人物，然后形成悲剧。"

从内容出发，从剧目出发，从戏剧人物、戏剧人物的阶级地位出发，分析到一个流派的唱腔（以及身段、动作），我以为这是正确的方法。

一个演员演出的剧目是很复杂的，但是他总有一些代表作，一些他自己特别喜爱、塑造得成功的人物。我们可以从他的代表作，他爱演的人物，来看出他的思想倾向和艺术特点——包括唱腔。

一氓同志着重分析了四出程派戏：《荒山泪》、《春闺梦》、《锁麟囊》、《亡蜀鉴》，指出这些剧目"反对什么，同情什么，主题是鲜明的。程砚秋本人，不愧为一位杰出的艺术家。程派之所以为程派，他的表演艺术,特别是他的唱腔的创造,自也包含在内。这是应该统一来认识的。"本来,从内容和形式的统一,来认识一个流派,这是无可争议的,并且也不算是什么新奇的方法,可是一般谈流派的,似乎忘记了这个方法。他们或者本末倒置,认为唱腔(和表演)决定剧目,决定人物,形式决定内容;或者干脆不谈剧目,不谈人物,只说唱腔,似乎流派只是形式。这样不但流于皮相,而且往往似是而非、说得很玄。目前流派问题颇有争论,而且有些混乱,一氓同志提出这样的观点,是很有启发的。

一氓同志分析唱腔,也是很有见地的。一提到程腔,人们就会想到这是悲剧唱腔。一氓同志指出:"每个剧种都有悲剧,都有悲剧的唱腔。而程腔则是独有低徊婉转、荡气回肠的感人力量。程腔的好处,主要不在刚劲的一面,不在有什么激情。这在程腔的发声和曲调的设计上已经规定了的。我并不是说程腔以柔媚取胜,但刚只是柔的补充,决不苍凉,而且有些华丽。"提出程腔的"华丽"真是有"具耳"!这样地分析程腔,不但扩大了我们对程腔欣赏的视野,而且有助于发现和发展程腔的丰富的表现能力。这对于研究其他流派也是很有启发的。研究程派,不能只限于悲悲切切。同样,研究马派,不能只论其潇洒;研究言派,不能只学其衰瑟。他们的艺术,一定还会有和他们的主要特点相辅相成的东西。任何流派,都不能简单对待。

一氓同志在文章接近结尾时说:"在时代悲剧逐渐失掉社会意义的情况下,编演不是悲剧的程派戏来发扬程派,这条路是可以走得通的。程派到今天已有一个继承和发扬的问题,只继承,恐怕不行。一讲程派,就同悲剧打个死结,恐怕也不行。"文章最后说:"今年,纪念程砚秋逝世二十五周年的演出,没有拿出一个发扬程派的新剧目来,戏剧教育机构和程门弟子将何以自解?"

一氓同志有些论点可以商量,比如悲剧是否已经失去社会意义了?发扬程派是否只是戏剧教育机构的责任?但是其主要论点:流派要发展,要有新剧目,我是完全赞成的。不但程派,梅派、荀派、马派、麒派……都有这个问题。

注　释

① 本篇原载 1984 年 3 月 25 日《戏剧电影报》。

翠 湖 心 影①

有一个姑娘,牙长得好。有人问她:

"姑娘,你多大了?"

"十七。"

"住在哪里?"

"翠湖西。"

"爱吃什么?"

"辣子鸡。"

过了两天,姑娘摔了一跤,磕掉了门牙。人问她:

"姑娘多大了?"

"十五。"

"住在哪里?"

"翠湖。"

"爱吃什么?"

"麻婆豆腐。"

这是我在四十四年前听到的一个笑话。当时觉得很无聊(是在一个座谈会上听一个本地才子说的)。现在想起来觉得很亲切。因为它让我想起翠湖。

昆明和翠湖分不开,很多城市都有湖。杭州西湖、济南大明湖、扬州瘦西湖。然而这些湖和城的关系都还不是那样密切。似乎把这些湖挪开,城市也还是城市。翠湖可不能挪开。没有翠湖,昆明就不成其为昆明了。翠湖在城里,而且几乎就挨着市中心。城中有湖,这在中国,在世界上,都是不多的。说某某湖是某某城的眼睛,这是一个俗得不能再俗的比喻了。然而说到翠湖,这个比喻还是躲不开。只能说:翠湖是昆明的眼睛。有什么办法呢,因为它非常贴切。

翠湖是一片湖,同时也是一条路。城中有湖,并不妨碍交通。湖之中,有一条很整齐的贯通南北的大路。从文林街、先生坡、府甫道,到华山南路、正义路,这是一条直达的捷径。——否则就要走翠湖东路或翠湖西路,那就绕远多了。昆明人特意来游翠湖的也有,不多。多数人只是从这里穿过。翠湖中游人少而行人多。但是行人到了翠湖,也就成了游人了。从喧嚣扰攘的闹市和刻板枯燥的机关里,匆匆忙忙地走过来,一进了翠湖,即刻就会觉得浑身轻松下来;生活的重压、柴米油盐、委屈烦恼,就会冲淡一些。人们不知不觉地放慢了脚步,甚至可以停下来,在路边的石凳上坐一坐,抽一支烟,四边看看。即使仍在匆忙地赶路,人在湖光树影中,精神也很不一样了。翠湖每天每日,给了昆明人多少浮世的安慰和精神的疗养啊。因此,昆明人——包括外来的游子,对翠湖充满感激。

翠湖这个名字起得好!湖不大,也不小,正合适。小了,不够一游;太大了,游起来怪累。湖的周围和湖中都有堤。堤边密密地栽着树。树都很高大。主要的是垂柳。“秋尽江南草未凋”,昆明的树好像到了冬天也还是绿的。尤其是雨季,翠湖的柳树真是绿得好像要滴下来。湖水极清。我的印象里翠湖似没有蚊子。夏天的夜晚,我们在湖中漫步或在堤边浅草中坐卧,好像都没有被蚊子咬过。湖水常年盈满。我在昆明住了七年,没有看见过翠湖干得见了底。偶尔接连下了几天大雨,湖水涨了,湖中的大路也被淹没,不能通过了。但这样的时候很少。翠湖的水不深。浅处没膝,深处也不过齐腰。因此没有人到这里来自杀。我们有一个广东籍的同学,因为失恋,曾投过翠湖。但是他下湖在水里走了一截,又爬上来了。因为他大概还不太想死,而且翠湖里也淹不死人。翠湖不种荷花,但是有许多水浮莲。肥厚碧绿的猪耳状的叶子,开着一望无际的粉紫色的蝶形的花,很热闹。我是在翠湖才认识这种水生植物的。我以后也再也没看到过这样大片大片的水浮莲。湖中多红鱼,很大,都有一尺多长。这些鱼已经习惯于人声脚步,见人不惊,整天只是安安静静地,悠然地浮沉游动着。有时夜晚从湖中大路上过,会忽然拨剌一声,从湖心跃起一条极大的大鱼,吓你一跳。湖水、柳树、粉紫色的水浮莲、红鱼,共同组成一个印象:翠。

一九三九年的夏天,我到昆明来考大学,寄住在青莲街的同济中学的宿舍里,几乎每天都要到翠湖。学校已经发了榜,还没有开学,我们除了骑马到黑龙潭、金殿,坐船到大观楼,就是到翠湖图书馆去看书。这是我这一生去过次数最多的一个图书馆,也是印象极佳的一个图书馆。图书馆不大,形制有一点像一个道观。非常安静整洁。有一个侧院,院里种了好多盆白茶花。这些白茶花有时整天没有一个人来看它,就只是安安静静地欣然地开着。图书馆的管理员是一个妙人。他没有准确的上下班时间。有时我们去得早了,他还没有来,门没有开,我们就在外面等着。他来了,谁也不理,开了门,走进阅览室,把壁上一个不走的挂钟的时针"喀拉拉"一拨,拨到八点,这就上班了,开始借书。这个图书馆的藏书室在楼上。楼板上挖出一个长方形的洞,从洞里用绳子吊下一个长方形的木盘。借书人开好借书单,——管理员把借书单叫做"飞子",昆明人把一切不大的纸片都叫做"飞子",——买米的发票、包裹单、汽车票,都叫"飞子",——这位管理员看一看,放在木盘里,一拽旁边的铃铛,"哗啷啷",木盘就从洞里吊上去了。——上面大概有个滑车。不一会,上面拽一下铃铛,木盘又系了下来,你要的书来了。这种古老而有趣的借书手续我以后再也没有见过。这个小图书馆藏书似不少,而且有些善本。我们想看的书大都能够借到。过了两三个小时,这位干瘦而沉默的有点像陈老莲画出来的古典的图书管理员站起来,把壁上不走的挂钟的时针"喀拉拉"一拨,拨到十二点:下班!我们对他这种以意为之的计时方法完全没有意见。因为我们没有一定要看完的书,到这里来只是享受一点安静。我们的看书,是没有目的的,从《南诏国志》到福尔摩斯,逮什么看什么。

翠湖图书馆现在还有么?这位图书管理员大概早已作古了。不知道为什么,我会常常想起他来,并和我所认识的几个孤独、贫穷而有点怪僻的小知识分子的印象掺和在一起,越来越鲜明。总有一天,这个人物的形象会出现在我的小说里的。

翠湖的好处是建筑物少。我最怕风景区挤满了亭台楼阁。除了翠湖图书馆，有一簇洋房，是法国人开的翠湖饭店。这所饭店似乎是终年空着的。大门虽开着，但我从未见过有人进去，不论是中国人还是法国人。此外，大路之东，有几间黑瓦朱栏的平房，狭长的，按形制似应该叫做"轩"。也许里面是有一方题作什么轩的横匾的，但是我记不得了。也许根本没有。轩里有一阵曾有人卖过面点，大概因为生意不好，停歇了。轩内空荡荡的，没有桌椅。只在廊下有一个卖"糠虾"的老婆婆。"糠虾"是只有皮壳没有肉的小虾。晒干了，卖给游人喂鱼。花极少的钱，便可从老婆婆手里买半碗，一把一把撒在水里，一尺多长的红鱼就很兴奋地游过来，抢食水面的糠虾，唼喋有声。糠虾喂完，人鱼俱散，轩中又是空荡荡的，剩下老婆婆一个人寂然地坐在那里。

路东伸进湖水，有一个半岛。半岛上有一个两层的楼阁。阁上是个茶馆。茶馆的地势很好，四面有窗，入目都是湖水。夏天，在阁子上喝茶，很凉快。这家茶馆，夏天，是到了晚上还卖茶的（昆明的茶馆都是这样，收市很晚），我们有时会一直坐到十点多钟。茶馆卖盖碗茶，还卖炒葵花子、南瓜子、花生米，都装在一个白铁敲成的方碟子里，昆明的茶馆计账的方法有点特别：瓜子、花生，都是一个价钱，按碟算。喝完了茶，"收茶钱！"堂倌走过来，数一数碟子，就报出个钱数。我们的同学有时临窗饮茶，嗑完一碟瓜子，随手把铁皮碟往外一扔，"pia——"，碟子就落进了水里。堂倌算账，还是照碟算。这些堂倌们晚上清点时，自然会发现碟子少了，并且也一定会知道这些碟子上哪里去了。但是从来没有一次收茶钱时因此和顾客吵起来过；并且在提着大铜壶用"凤凰三点头"手法为客人续水时也从不拿眼睛"贼"着客人。把瓜子碟扔进水里，自然是不大道德。不过堂倌不那么斤斤计较的风度却是很可佩服的。

除了到昆明图书馆看书，喝茶，我们更多的时候是到翠湖去"穷遛"。这"穷遛"有两层意思，一是不名一钱地遛，一是无穷无尽地遛。"园日涉以成趣"，我们遛翠湖没有个够的时候。尤其是晚上，踏着斑驳的月光树影,可以在湖里一遛遛好几圈。一面走,一面海阔天空,高谈阔论。我们那时都是二十岁上下的人,似乎有很多话要说,可说,我们都说了些什么呢? 我现在一句都记不得了!

我是一九四六年离开昆明的。一别翠湖,已经三十八年了,时间过得真快!

我是很想念翠湖的。

前几年,听说因为搞什么"建设",挖断了水脉,翠湖没有水了。我听了,觉得怅然,而且,愤怒了。这是怎么搞的! 谁搞的? 翠湖会成了什么样子呢? 那些树呢? 那些水浮莲呢? 那些鱼呢?

最近听说,翠湖又有水了,我高兴! 我当然会想到这是三中全会带来的好处。这是拨乱反正。

但是我又听说,翠湖现在很热闹,经常举办"蛇展"什么的,我又有点担心。这又会成了什么样子呢? 我不反对翠湖游人多,甚至可以有游艇,甚至可以设立摊篷卖破酥包子、焖鸡米线、冰激凌、雪糕,但是最好不要搞"蛇展"。我希望还我一个明爽安静的翠湖。我想这也是很多昆明人的希望。

一九八四年五月九日

注 释

① 本篇原载《滇池》1984 年第八期;初收《汪曾祺自选集》,漓江出版社,1987 年 10 月。

泡 茶 馆[①]

——昆明忆旧之二

"泡茶馆"是联大学生特有的语言。本地原来似无此说法，本地人只说"坐茶馆"。"泡"是北京话，其含义很难准确地解释清楚。勉强解释，只能说是持续长久地沉浸其中，像泡泡菜似的泡在里面。"泡蘑菇"、"穷泡"，都有长久的意思。北京的学生把北京的"泡"字带到了昆明，和现实生活结合起来，便创造出一个新的语汇。"泡茶馆"，即长时间地在茶馆里坐着。本地的"坐茶馆"也含有时间较长的意思。到茶馆里去，首先是坐，其次才是喝茶（云南叫吃茶）。不过联大的学生在茶馆里坐的时间往往比本地人长，长得多，故谓之"泡"。

有一个姓陆的同学，是一怪人，曾经骑自行车旅行半个中国。这人真是一个泡茶馆的冠军。他有一个时期，整天在一家熟识的茶馆里泡着。他的盥洗用具就放在这家茶馆里。一起来就到茶馆里去洗脸刷牙，然后坐下来，泡一碗茶，吃两个烧饼，看书。一直到中午，起身出去吃午饭。吃了饭，又是一碗茶，直到吃晚饭。晚饭后，又是一碗，直到街上灯火阑珊，才挟着一本很厚的书回宿舍睡觉。

昆明的茶馆共分几类，我不知道。大别起来，只能分为两类，一类是大茶馆，一类是小茶馆。

正义路原先有一家很大的茶馆，楼上楼下，有几十张桌子。都是荸荠紫漆的八仙桌，很鲜亮。因为在热闹地区，坐客常满，人声嘈杂。所有的柱子上都贴着一张很醒目的字条："莫谈国事"。时常进来一个看相的术士，一手捧一个六寸来高的硬纸片，上书该术士的大名（只能叫做大名，因为往往不带姓，不能叫"姓名"；又不能叫"法名"、"艺名"，因为他并未出家，也不唱戏），一只手捏着一根纸媒子，在茶桌间绕来绕去,嘴里念说着"送看手相不要钱!""送看手相不要钱"——他手里这根媒子即是看手相时用来指示手纹的。

这种大茶馆有时唱围鼓。围鼓即由演员或票友清唱。我很喜欢"围鼓"这个词。唱围鼓的演员、票友好像是不取报酬的,只是一群有同好的闲人聚拢来唱着玩。但茶馆却可借来招揽顾客,所以茶馆里便于闹市张贴告条:"某月日围鼓"。到这样的茶馆里来一边听围鼓,一边吃茶,也就叫做"吃围鼓茶"。"围鼓"这个词大概是从四川来的,但昆明的围鼓似多唱滇剧。我在昆明七年,对滇剧始终没有入门。只记得不知什么戏里有一句唱词"孤王头上长青苔"。孤王的头上如何会长青苔呢?这个设想实在是奇绝,因此一听就永不能忘。

我要说的不是那种"大茶馆"。这类大茶馆我很少涉足,而且有些大茶馆,包括正义路那兴隆鼎盛的大茶馆,后来大都陆续停闭了。我所说的是联大附近的茶馆。

从西南联大新校舍出来,有两条街,凤翥街和文林街,都不长。这两条街上至少有不下十家茶馆。

从联大新校舍,往东,折向南,进一座砖砌的小牌楼式的街门,便是凤翥街。街头右手第一家便是一家茶馆。这是一家小茶馆,只有三张茶桌,而且大小不等,形状不一的茶具也是比较粗糙的,随意画了几笔蓝花的盖碗。除了卖茶,檐下挂着大串大串的草鞋和地瓜(即湖南人所谓的凉薯),这也是卖的。张罗茶座的是一个女人。这女人长得很强壮,皮色也颇白净。她生了好些孩子。身边常有两个孩子围着她转,手里还抱着一个。她经常敞着怀,一边奶着那个早该断奶的孩子,一边为客人冲茶。她的丈夫,比她大得多,状如猿猴,而目光锐利如鹰。他什么事情也不管,但是每天下午却捧了一个大碗喝牛奶。这个男人是一头种畜。这情况使我们颇为不解。这个白皙强壮的妇人,只凭一天卖几碗茶,卖一点草鞋、地瓜,怎么能喂饱了这么多张嘴,还能供应一个懒惰的丈夫每天喝牛奶呢?怪事!中国的妇女似乎有一种天授的惊人的耐力,多大的负担也压不垮。

由这家往前走几步,斜对面,曾经开过一家专门招徕大学生的新式茶馆。这家茶馆的桌椅都是新打的,涂了黑漆。堂倌系着白围裙。卖茶用细白瓷壶,不用盖碗(昆明茶馆卖茶一般都用盖碗)。除了清茶,还卖沱茶、香片、龙井。本地茶客从门外过,伸头看看这茶馆的局面,再看看里面坐得满满的大学生,就会挪步另走一家了。这家茶馆没有什么值得一记的事,而且开了不久就关了。联大学生至今还记得这家茶馆是因为隔壁有一家卖花生米的。这家似乎没有男人,站柜卖货是姑嫂两人,都还年轻,成天涂脂抹粉。尤其是那个小姑子,见人走过,辄作媚笑。联大学生叫她花生西施。这西施卖花生米是看人行事的。好看的来买,就给得多。难看的给得少。因此我们每次买花生米都推选一个挺拔英俊的"小生"去。

再往前几步,路东,是一个绍兴人开的茶馆。这位绍兴老板不知怎么会跑到昆明来,又不知为什么在这条小小的凤翥街上来开一爿茶馆。他至今乡音未改。大概他有一种独在异乡为异客的情绪,所以对待从外地来的联大学生异常亲热。他这茶馆里除了卖清茶,还卖一点芙蓉糕、萨其玛、月饼、桃酥,都装一个玻璃匣子里。我们有时觉得肚子里有点缺空而又不到吃饭的时候,便到他这里一边喝茶一边吃两块点心。有一个善于吹口琴的姓王的同学经常在绍兴人茶馆喝茶。他喝茶,可以欠账。不但喝茶可以欠账,我们有时想看电影而没有钱,就由这位口琴专家出面向绍兴老板借一点。绍兴老板每次都是欣然地打开钱柜,拿出我们需要的数目。我们于是欢欣鼓舞,兴高采烈,迈开大步,直奔南屏电影院。

再往前,走过十来家店铺,便是凤翥街口,路东路西各有一家茶馆。

路东一家较小,很干净,茶桌不多。街西那家又脏又乱,地面坑洼不平,一地的烟头、火柴棍、瓜子皮。茶桌也是七大八小,摇摇晃晃,但是生意却特别好。从早到晚,人坐得满满的。也许是因为风水好。这家茶馆正在凤翥街和龙翔街交接处,门面一边对着凤翥街,一边对着龙翔街,坐在茶馆两条街上的热闹都看得见。到这吃茶的全部是本地人,本街的闲人、赶马的"马锅头",卖柴的、卖菜的。他们都抽叶子烟。要了茶以后,便从怀里掏出一个烟盒——圆形,皮制的,外面涂着一层黑漆,打开来,揭开覆盖着的菜叶,拿出剪好的金堂叶子,一枝一枝地卷起来。茶馆的墙壁上张贴、涂抹得乱七八糟。但我却于西墙上发现了一首诗,一首真正的诗:

> 记得旧时好,
> 跟随爹爹去吃茶。
> 门前磨螺壳,
> 巷口弄泥沙。

是用墨笔题写在墙上的。这使我大为惊异了。这是什么人写的呢?

每天下午,有一个盲人到这家茶馆来卖唱。他打着扬琴,说唱着。照现在的说法,这应是一种曲艺,但这种曲艺该叫什么名称,我一直没有打听着。我问过"主任儿子",他说是"唱扬琴的",我想不是。他唱的是什么? 我有一次特意站下来听了一会,是:

> …………
> 良田美地卖了,
> 高楼大厦拆了,
> 娇妻美妾跑了,
> 狐皮袍子当了……

我想了想,哦,这是一首劝戒鸦片的歌,他这唱的是鸦片烟之为害。这是什么时候传下来的呢? 说不定是林则徐时代某一忧国之士的作品。但是这个盲人只管唱他的,茶客们似乎都没有在听,他们仍然在说话,各人想自己的心事。到了天黑,这个盲人背着扬琴,点着马杆,踽踽地走回家去。我常常想:他今天能吃饱么?

进大西门,是文林街,挨着城门口就是一家茶馆。这是一家最无趣味的茶馆。茶馆墙上的镜框里装的是美国电影明星的照片,蓓蒂·黛维丝、奥丽薇·德·哈弗兰、克拉克盖博、泰伦宝华……除了卖茶,还卖咖啡、可可。这家的特点是:进进出出的除了穿西服和麂皮夹克的比较有钱的男同学外,还有把头发卷成一根一根香肠似的女同学。有时到了星期六,还开舞会。茶馆的门关了,从里面传出《蓝色的多瑙河》和《风流寡妇》舞曲,里面正在"嘣嚓嚓"。

和这家斜对着的一家,跟这家截然不同。这家茶馆除卖茶,还卖煎血肠。这种血肠是牦牛肠子灌的,煎起来一街都闻见一种极其强烈的气味,说不清是异香还是奇臭。这种西藏食品,那些把头发卷成香肠一样的女同学是绝对不敢问津的。

由这两家茶馆,往东,不远几步,面南,便可折向钱局街。街上有一家老式的茶馆,楼上楼下,茶座不少。说这家茶馆是"老式"的,是因为茶馆备有烟筒,可以租用。一段青竹,旁安一个粗如小指半尺长的竹管,一头装一个带爪的莲蓬嘴,这便是"烟筒"。在莲蓬嘴里装了烟丝,点以纸媒,把整个嘴埋在筒口内,尽力猛吸,筒内的水咚咚作响,浓烟便直灌肺腑,顿时觉得浑身通泰。吸烟筒要有点功夫,不会吸的吸不出烟来。茶馆的烟筒比家用的粗得多,高齐桌面,吸完就靠在桌腿边,吸时尤需底气充足。这家茶馆门前,有一个小摊,卖酸角(不知什么树上结的,形状有点像皂夹,极酸,入口使人攒眉)、拐枣(也是树上结的,应该算是果子,状如鸡爪,一疙瘩一疙瘩的,有的地方即叫做鸡脚爪,味道很怪,像红糖,又有点像甘草),和泡梨(糖梨泡在盐水里。梨味本是酸甜的,昆明人却偏于盐水内泡而食之。泡梨仍有梨香,而梨肉极脆嫩)。过了春节则有人于门前卖葛根。葛根是药,我过去只在中药铺见过,切成四方的棋子块儿,是已经经过加工的了。原物是什么样子,我是在昆明才见到的。这种东西可以当零食来吃,我也是在昆明才知道的。一截根,粗如手臂,横放在一块板上,外包一块湿布。给很少的钱,卖葛根的便操起有点像北京切涮羊肉的肉片用的那种薄刃长刀,切下薄薄的几片给你。雪白的。嚼起来有点像干瓢的生白薯片,而有极重的药味。据说葛根能清火。联大的同学大概很少人吃过葛根。我是什么奇奇怪怪的东西都要买一点尝一尝的。

大学二年级那一年,我和两个外文系的同学经常一早就坐到这家茶馆靠窗的一张桌边,各自看自己的书,有时整整坐一上午,彼此不交一语。我这时才开始学写作,我的最初几篇小说,即是在这家茶馆里写的。茶馆离翠湖很近,从翠湖吹来的风里,时时带有水浮莲的气味。

回到文林街。文林街中,正对府甬道,后来新开了一家茶馆。这家茶馆的特点一是卖茶用玻璃杯,不用盖碗,也不用壶。不卖清茶,卖绿茶和红茶。红茶色如玫瑰,绿茶苦如猪胆。第二是茶桌较小,且覆有玻璃桌面。在这样桌子上打桥牌实在是再合适不过了,因此到这家茶馆来喝茶的,大都是来打桥牌的,这茶馆实在是一个桥牌俱乐部。联大打桥牌之风很盛。有一个姓马的同学每天到这里打桥牌。解放后,我才知道他是老地下党员,昆明学生运动的领导人之一。学生运动搞得那样热火朝天,他每天都只是很闲在,很热衷地在打桥牌,谁也看不出他和学生运动有什么关系。

文林街的东头,有一家茶馆,是一个广东人开的,字号就叫"广发茶社",——昆明的茶馆我记得字号的只有这一家。原因之一,是我后来住在民强巷,离广发很近,经常到这家去。原因之二是——经常聚在这家茶馆里的,有几个助教、研究生和高年级的学生。这些人多多少少有一点玩世不恭。那时联大同学常组织什么学会,我们对这些俨乎其然的学会微存嘲讽之意。有一天,广发的茶友之一说:"咱们这也是一个学会,——广发学会!"这本是一句茶余的笑话。不料广发的茶友之一,解放后,在一次运动中被整得不可开交,胡乱交待问题,说他曾参加过"广发学会"。这就惹下了麻烦。几次有人,专程到北京来外调"广发学会"问题。被调查的人心里想笑,又笑不出来,因为来外调的政工人员态度非常严肃。广发茶馆代卖广东点心。所谓广东点心,其实只是包了不同味道的甜馅的小小的酥饼,面上却一律贴了几片香菜叶子。这大概是这一家饼师的特有的手艺。我在别处吃过广东点心,就没有见过面上贴有香菜叶子的——至少不是每一块都贴。

或问:泡茶馆对联大学生有些什么影响?答曰:第一,可以养其浩然之气。联大的学生自然也是贤愚不等,但多数是比较正派的。那是一个污浊而混乱的时代,学生生活又穷困得近乎潦倒,但是很多人却能自许清高,鄙视庸俗,并能保持绿意葱茏的幽默感,用来对付恶浊和穷困,并不颓丧灰心,这跟泡茶馆是有些关系的。第二,茶馆出人才。联大学生上茶馆,并不只是穷泡,除了瞎聊,大部分时间都是用来读书的。联大图书馆座位不多,宿舍里没有桌凳,看书多半在茶馆里。联大同学上茶馆很少不挟着一本乃至几本书的。不少人的论文、读书报告,都是在茶馆写的。有一年一位姓石的讲师的《哲学概论》期终考试,我就是把考卷拿到茶馆里去答好了再交上去的。联大八年,出了很多人才。研究联大校史,搞"人才学",不能不了解了解联大附近的茶馆。第三,泡茶馆可以接触社会。我对各种各样的人、各种各样的生活都发生兴趣,都想了解了解,跟泡茶馆有一定关系。如果我现在还算一个写小说的人,那么我这个小说家是在昆明的茶馆里泡出来的。

一九八四年五月十三日

注　释

①　本篇原载《滇池》1984 年第九期;初收《蒲桥集》,作家出版社,1989 年 3 月。

昆 明 的 雨^①

——昆明忆旧之三

　　宁坤要我给他画一张画,要有昆明的特点。我想了一些时候,画了一幅:右上角画了一片倒挂着的浓绿的仙人掌,末端开出一朵金黄色的花;左下画了几朵青头菌和牛肝菌。题了这样几行字:

　　　　昆明人家常于门头挂仙人掌一片以辟邪,仙人掌悬空倒挂,尚能存活开花。于此可见仙人掌生命之顽强,亦可见昆明雨季空气之湿润。雨季则有青头菌、牛肝菌,味极鲜腴。

　　我想念昆明的雨。

　　我以前不知道有所谓雨季。"雨季",是到昆明以后才有了具体感受的。

　　我不记得昆明的雨季有多长,从几月到几月,好像是相当长的。但是并不使人厌烦。因为是下下停停、停停下下,不是连绵不断,下起来没完。而且并不使人气闷。我觉得昆明雨季气压不低,人很舒服。

　　昆明的雨季是明亮的、丰满的,使人动情的。城春草木深,孟夏草木长。昆明的雨季,是浓绿的。草木的枝叶里的水分都到了饱和状态,显示出过分的、近于夸张的旺盛。

　　我的那张画是写实的。我确实亲眼看见过倒挂着还能开花的仙人掌。旧日昆明人家门头上用以辟邪的多是这样一些东西:一面小镜子,周围画着八卦,下面便是一片仙人掌,——在仙人掌上扎一个洞,用麻线穿了,挂在钉子上。昆明仙人掌多,且极肥大。有些人家在菜园的周围种了一圈仙人掌以代替篱笆。——种了仙人掌,猪羊便不敢进园吃菜了。仙人掌有刺,猪和羊怕扎。

昆明菌子极多。雨季逛菜市场,随时可以看到各种菌子。最多,也最便宜的是牛肝菌。牛肝菌下来的时候,家家饭馆卖炒牛肝菌,连西南联大食堂的桌子上都可以有一碗。牛肝菌色如牛肝,滑,嫩,鲜,香,很好吃。炒牛肝菌须多放蒜,否则容易使人晕倒。青头菌比牛肝菌略贵。这种菌子炒熟了也还是浅绿色的,格调比牛肝菌高。菌中之王是鸡𤑶,味道鲜浓,无可方比。鸡𤑶是名贵的山珍,但并不真的贵得惊人。一盘红烧鸡𤑶的价钱和一碗黄焖鸡不相上下,因为这东西在云南并不难得。有一个笑话:有人从昆明坐火车到呈贡,在车上看到地上有一棵鸡𤑶,他跳下去把鸡𤑶捡了,紧赶两步,还能爬上火车。这笑话用意在说明昆明到呈贡的火车之慢,但也说明鸡𤑶随处可见。有一种菌子,中吃不中看,叫做干巴菌。乍一看那样子,真叫人怀疑:这种东西也能吃?!颜色深褐带绿,有点像一堆半干的牛粪或一个被踩破了的马蜂窝。里头还有许多草茎、松毛,乱七八糟!可是下点功夫,把草茎松毛择净,撕成蟹腿肉粗细的丝,和青辣椒同炒,入口便会使你张目结舌:这东西这么好吃?!还有一种菌子,中看不中吃,叫鸡油菌。都是一般大小,有一块银圆那样大,滴溜圆,颜色浅黄,恰似鸡油一样。这种菌子只能做菜时配色用,没甚味道。

　　雨季的果子,是杨梅。卖杨梅的都是苗族女孩子。戴一顶小花帽子,穿着扳尖的绣了满帮花的鞋,坐在人家阶石的一角,不时吆唤一声:"卖杨梅——",声音娇娇的。她们的声音使得昆明雨季的空气更加柔和了。昆明的杨梅很大,有一个乒乓球那样大,颜色黑红黑红的,叫做"火炭梅"。这个名字起得真好,真是像一球烧得炽红的火炭!一点都不酸!我吃过苏州洞庭山的杨梅、井冈山的杨梅,好像都比不上昆明的火炭梅。

　　雨季的花是缅桂花。缅桂花即白兰花,北京叫做"把儿兰"(这个名字真不好听)。云南把这种花叫做缅桂花,可能最初这种花是从缅甸传入的,而花的香味又有点像桂花,其实这跟桂花实在没有什么关系。——不过话又说回来,别处叫它白兰、把儿兰,它和兰花也挨不上呀,也不过是因为它很香,香得像兰花。我在家乡看到的白兰多是一人高,昆明的缅桂是大树!我在若园巷二号住过,院里有一棵大缅桂,密密的叶子,把四周房间都映绿了。缅桂盛开的时侯,房东(是一个五十多岁的寡妇)就和她的一个养女,搭了梯子上去摘,每天要摘下来好些,拿到花市上去卖。她大概是怕房客们乱摘她的花,时常给各家送去一些。有时送来一个七寸盘子,里面摆得满满的缅桂花!带着雨珠的缅桂花使我的心软软的,不是怀人,不是思乡。

雨,有时是会引起人一点淡淡的乡愁的。李商隐的《夜雨寄北》是为许多久客的游子而写的。我有一天在积雨少住的早晨和德熙从联大新校舍到莲花池去。看了池里的满池清水,看了作比丘尼装的陈圆圆的石像(传说陈圆圆随吴三桂到云南后出家,暮年投莲花池而死),雨又下起来了。莲花池边有一条小街,有一个小酒店,我们走进去,要了一碟猪头肉,半斤市酒(装在上了绿釉的土瓷杯里),坐了下来。雨下大了。酒店有几只鸡,都把脑袋反插在翅膀下面,一只脚着地,一动也不动地在檐下站着。酒店院子里有一架大木香花。昆明木香花很多。有的小河沿岸都是木香。但是这样大的木香却不多见。一棵木香,爬在架上,把院子遮得严严的。密匝匝的细碎的绿叶,数不清的半开的白花和饱涨的花骨朵,都被雨水淋得湿透了。我们走不了,就这样一直坐到午后。四十年后。我还忘不了那天的情味。写了一首诗:

> 莲花池外少行人,
> 野店苔痕一寸深。
> 浊酒一杯天过午,
> 木香花湿雨沉沉。

我想念昆明的雨。

一九八四年五月十九日

注 释

① 本篇原载《滇池》1984 年第十期;初收《汪曾祺自选集》,漓江出版社,1987 年 10 月。

随 笔 两 篇①

水　母

　　在中国的北方,有一股好水的地方,往往会有一座水母宫,里面供着水母娘娘。这大概是因为北方干旱,人们对水有一种特殊的感情。为了表达这种感情,于是建了宫,并且创造出一个女性的水之神。水神之为女性,似乎是很自然的事,因为水是温柔的。虽然河伯也是水神,他是男的,但他惯会兴风作浪,时常跟人们捣乱,不是好神,可以另当别论。我在南方就很少看到过水母宫。南方多的是龙王庙。因为南方是水乡,不缺水,倒是常常要大水为灾,故多建龙王庙,让龙王来把水"治"住。

　　水母娘娘是一个很有特点的女神。

　　中国的女神的形象大都是一些贵妇人。神是人按照自己的样子创造出来的。女神该是什么样子呢? 想象不出。于是从富贵人家的宅眷中取样,这原本也是很自然的事。这些女神大都是宫样盛装,衣裙华丽,体态丰盈,皮肤细嫩。若是少女或少妇,则往往在端丽之中稍带一点妖冶。《封神榜》里的女娲圣象,"容貌端丽,瑞彩翩翩,国色天姿,宛然如生;真是蕊宫仙子临凡,月殿嫦娥下世",竟至使"纣王一见,神魂飘荡,陡起淫心",可见是并不冷若冰霜。圣象如此,也就不能单怪纣王。作者在描绘时笔下就流露出几分遐想,用语不免轻薄,很不得体的。《水浒传》里的九天玄女也差不多:"头绾九龙飞凤髻,身穿金缕绛绡衣。蓝田玉带曳长裙,白玉圭璋擎彩袖。脸如莲萼,天然眉目映云鬟;唇似樱桃,自在规模端雪体。犹如王母宴蟠桃,却似嫦娥居月殿。"

虽然作者在最后找补了两句："正大仙容描不就,威严形像画难成",也还是挽回不了妖艳的印象。——这二位长得都像嫦娥,真是不谋而合!倾慕中包藏着亵渎,这是中国的平民对于女神也即是对于大家宅眷的微妙的心理。有人见麻姑爪长,想到如果让她来搔搔背一定很舒服。这种非分的异想,是不难理解的。至于中年以上的女神,就不会引起膜拜者的隐隐约约的性冲动了。她们大都长得很富态,一脸的福相,低垂着眼皮,眼观鼻、鼻观心,毫无表情地端端正正地坐着,手里捧着"圭",圭下有一块蓝色的绸帕垫着,绸帕耷拉下来,我想是不让人看见她的胖手。这已经完全是一位命妇甚至是皇娘了。太原晋祠正殿所供的那位晋之开国的国母,就是这样。泰山的碧霞元君,朝山进香的没有知识的乡下女人称之为"泰山老奶奶",这称呼实在是非常之准确,因为她的模样就像一个呼奴使婢的很阔的老奶奶,只不过不知为什么成了神了罢了。——总而言之,这些女神的"成份"都是很高的。"文化大革命"中,有一位农民出身当了造反派的头头的干部,带头打碎了很多神像,其中包括一些女神的像。他的理由非常简单明了:"她们都是地主婆!"不能说他毫无道理。

水母娘娘异于这些女神。

水母宫一般都很小,比一般的土地祠略大一些。"宫"门也矮,身材高大一些的,要低了头才能走进去。里面塑着水母娘娘的金身,大概只有二尺来高。这位娘娘的装束,完全是一个农村小媳妇:大襟的布袄,长裤,布鞋。她的神座不是什么"八宝九龙床",却是一口水缸,上面扣着一个锅盖,她就盘了腿用北方妇女坐炕的姿势坐在锅盖上。她是半侧着身子坐的,不像一般的神坐北朝南面对"观众"。她高高地举起手臂,在梳头。这"造型"是很美的。这就是在华北农村到处可以看见的一个俊俊俏俏的小媳妇,完全不是什么"神"!

她为什么会成了神?华北很多村里都流传着这样的故事:

有一家,有一个小媳妇。这地方没水。没有河,也没有井。她每天要到很远的地方去担水。一天,来了一个骑马的过路人,进门要一点水喝。小媳妇给他舀了一瓢。过路人一口气就喝掉了。他还想喝。小媳妇就由他自己用瓢舀。不想这过路人咕咚咕咚把半缸水全喝了！小媳妇想：这人大概是太渴了。她今天没水做饭了，这咋办？心里着急，脸上可没露出来。过路人喝够了水，道了谢。他倒还挺通情理，说："你今天没水做饭了吧？"——"嗯哪！"——"你婆婆知道了，不骂你吗？"——"再说吧！"过路人说："你这人——心好！这么着吧：我送给你一根马鞭子，你把鞭子插在水缸里。要水了，就把马鞭往上提提，缸里就有水了。要多少，提多高。要记住，不敢把马鞭子提出缸口！记住，记住，千万记住！"说完了话，这人就不见了。这是个神仙！从此往后，小媳妇就不用走老远的路去担水了。要用水，把马鞭子提一提，就有了。这可真是"美扎"啦！

一天，小媳妇住娘家去了。她婆婆做饭，要用水。她也照着样儿把马鞭子往上提。不想提过了劲，把个马鞭子一下子提出缸口了。这可了不得了，水缸里的水哗哗地往外涌，发大水了。不大会儿工夫，村子淹了！

小媳妇在娘家，早上起来，正梳着头，刚把头发打开，还没有挽上纂，听到有人报信，说她婆家村淹了，小媳妇一听：坏了！准是婆婆把马鞭子拔出缸外了！她赶忙往回奔。到了家，急中生计，抓起锅盖往缸口上一扣，自己腾地一下坐到锅盖上。嘿！水不涌了！

后来，人们就尊奉她为水母娘娘，照着她当时的样子，塑了金身：盘腿坐在扣在水缸上的锅盖上，水退了，她接着梳头。她高高举起手臂，是在挽纂儿哪！

这个小媳妇是值得被尊奉为神的。听到婆家发了大水，急忙就往回奔，何其勇也。抓起锅盖扣在缸口，自己腾地坐了上去，何其智也。水退之后，继续梳头挽纂，又何其从容不迫也。

水母的塑像，据我见到过的，有两种。一种是凤冠霞帔作命妇装束的，俨然是一位"娘娘"；一种是这种小媳妇模样的。我喜欢后一种。

这是农民自己的神，农民按照自己的模样塑造的神。这是农民心目中的女神：一个能干善良且俊俏的小媳妇。农民对这样的水母不缺乏崇敬，但是并不畏惧。农民对她可以平视，甚至可以谈谈家常。这是他们想出来的,他们要的神,——人,不是别人强加给他们头上的一种压力。

有一点是我不明白的。这小媳妇的功德应该是制服了一场洪水,但是她的"宫"却往往在一股好水的源头,似乎她是这股水的赐予者,这到底是怎么回事呢?这个故事很美,但是这个很美的故事和她被尊奉为"水母"又有什么必然的关系呢?但是农民似乎不对这些问题深究。他们觉得故事就是这样的故事,她就是水母娘娘,无需讨论。看来我只好一直糊涂下去了。

中国的百姓——主要是农民,对若干神圣都有和统治者不尽相同的看法,并且往往编出一些对诸神不大恭敬的故事,这是很有意思的事。比如灶王爷。汉朝不知道为什么把"祀灶"搞得那样乌烟瘴气,汉武帝相信方士的鬼话,相信"祀灶可以致物"(致什么"物"呢?),而且"黄金可成,不死之药可至"。这纯粹是胡说八道。后来不知道怎么一来,灶王爷又和人的生死搭上了关系,成了"东厨司命定福灶君"。但是民间的说法殊不同。在北方的农民的传说里,灶王爷是有名有姓的,他姓张,名叫张三(你听听这名字!),而且这人是没出息的,他因为做了什么见不得人的事(什么事,我忘了)钻进了灶火里,弄得一身一脸乌漆墨黑,这才成了灶王。可惜我记性不好,对这位张三灶王爷的全部事迹已经模糊了。异日有暇,当来研究研究张三兄。

或曰:研究这种题目有什么意义,这和四个现代化有何关系?有的!我们要了解我们这个民族。

一九八四年六月廿三日

葵·薤

小时读汉乐府《十五从军征》,非常感动。

十五从军征,八十始得归。道逢乡里人,"家中有阿谁?"——"遥望是君家,松柏冢累累。"兔从狗窦入,雉从梁上飞,中庭生旅谷,井上生旅葵。春谷持作饭,采葵持作羹。羹饭一时熟,不知贻阿谁。出门东向望,泪落沾我衣。

诗写得平淡而真实,没有一句迸出呼天抢地的激情,但是惨切沉痛,触目惊心。词句也明白如话,不事雕饰,真不像是两千多年前的人写出的作品,一个十来岁的孩子也完全能读懂。我未从过军,接触这首诗的时候,也还没有经过长久的乱离,但是不止一次为这首诗流了泪。

然而有一句我不明白,"采葵持作羹"。葵如何可以为羹呢?我的家乡人只知道向日葵,我们那里叫做"葵花"。这东西怎么能做羹呢?用它的叶子?向日葵的叶子我是很熟悉的,很大,叶面很粗,有毛,即使是把它切碎了,加了油盐,煮熟之后也还是很难下咽的。另外有一种秋葵,开淡黄色薄瓣的大花,叶如鸡脚,又名鸡爪葵。这东西也似不能做羹。还有一种蜀葵,又名锦葵,内蒙、山西一带叫做"蜀葵"。我们那里叫做端午花,因为在端午节前后盛开。我从来也没听说过端午花能吃,——包括它的叶、茎和花。后来我在济南的山东博物馆的庭院里看到一种戎葵,样子有点像秋葵,开着耀眼的朱红的大花,红得简直吓人一跳。我想,这种葵大概也不能吃。那么,持以作羹的葵究竟是一种什么东西呢?

后来我读到吴其濬的《植物名实图考长编》和《植物名实图考》。吴其濬是个很值得叫人佩服的读书人。他是嘉庆进士,自翰林院修撰官至湖南等省巡抚。但他并没有只是做官,他留意各地物产丰瘠与民生的关系,依据耳闻目见,辑录古籍中有关植物的文献,写成了《长编》和《图考》这样两部巨著。他的著作是我国十九世纪植物学极重要的专著。直到现在,西方的植物学家还认为他绘的图十分精确。吴其濬在《图考》中把葵列为蔬类的第一品。他用很激动的语气,几乎是大声疾呼,说葵就是冬苋菜。

然而冬苋菜又是什么呢?我到了四川、江西、湖南等省,才见到。我有一回住在武昌的招待所里,几乎餐餐都有一碗绿色的叶菜做的汤。这种菜吃到嘴是滑的,有点像莼菜。但我知道这不是莼菜,因为我知道湖北不出莼菜,而且样子也不像。我问服务员:"这是什么菜?"——

"冬苋菜!"第二天我过到一个巷子,看到有一个年轻的妇女在井边洗菜。这种菜我没有见过。叶片圆如猪耳,颜色正绿,叶梗也是绿的。我走过去问她洗的这是什么菜,——"冬苋菜!"我这才明白:这就是冬苋菜,这就是葵!那么,这种菜作羹正合适,——即使是旅生的。从此,我才算把《十五从军征》真正读懂了。

吴其濬为什么那样激动呢?因为在他成书的时候,已经几乎没有人知道葵是什么了。

蔬菜的命运,也和世间一切事物一样,有其兴盛和衰微,提起来也可叫人生一点感慨。葵本来是中国的主要蔬菜。《诗·邠风·七月》:"七月烹葵及菽",可见其普遍。后魏《齐民要术》以《种葵》列为蔬菜第一篇。"采葵莫伤根","松下清斋折露葵",时时见于篇咏。元代王祯的《农书》还称葵为"百菜之主"。不知怎么一来,它就变得不行了。明代的《本草纲目》中已经将它列入草类,压根儿不承认它是菜了!葵的遭遇真够惨的!到底是什么原因呢?我想是因为后来全国普遍种植了大白菜。大白菜取代了葵。齐白石题画中曾提出"牡丹为花之王,荔枝为果之王,独不论白菜为菜中之王,何也?"其实大白菜实际上已经成"菜之王"了。

幸亏南方几省还有冬苋菜,否则吴其濬就死无对证,好像葵已经绝了种似的。吴其濬是河南固始人,他的家乡大概早已经没有葵了,都种了白菜了。他要是不到湖南当巡抚,大概也弄不清葵是啥。吴其濬那样激动,是为葵鸣不平。其意若曰:葵本是菜中之王,是很好的东西;它并没有绝种!它就是冬苋菜!您到南方来尝尝这种菜,就知道了!

北方似乎见不到葵了。不过近几年北京忽然卖起一种过去没见过的菜:木耳菜。你可以买一把来,做个汤,尝尝。葵就是那样的味道,滑的。木耳菜本名落葵,是葵之一种,只是葵叶为绿色,而木耳菜则带紫色,且叶较尖而小。

由葵我又想到薤。

我到内蒙去调查抗日战争时期游击队的材料,准备写一个戏。看了好多份资料,都提到部队当时很苦,时常没有粮食吃,吃"荄荄",下面多于括号中注明“（音‘害害’）”。我想：“荄荄”是什么东西？再说“荄”读 gài，也不读“害”呀！后来在草原上有人给我找了一棵实物，我一看，明白了：这是薤。薤音 xiè。内蒙、山西人每把声母为 X 的字读成 H 母，又好用叠字，所以把“薤”念成了“害害”。

薤叶极细。我捏着一棵薤，不禁想到汉代的挽歌《薤露》，“薤上露，何易晞，露晞明朝还复落，人死一去何时归？”不说葱上露、韭上露，是很有道理的。薤叶上实在挂不住多少露水，太易“晞”掉了。用此来比喻人命的短促，非常贴切。同时我又想到汉代的人一定是常常食薤的，故尔能近取譬。

北方人现在极少食薤了。南方人还是常吃的。湖南、湖北、江西、云南、四川都有。这几省都把这东西的鳞茎叫做“藠头”。“藠”音“叫”。南方的年轻人现在也有很多不认识这个藠字的。我在韶山参观，看到说明材料中提到当时用的一种土造的手榴弹，叫做“洋藠古”，一个讲解员就老实不客气地读成“洋晶古”。湖南等省人吃的藠头大都是腌制的，或入醋，味道酸甜；或加辣椒，则酸甜而极辣，皆极能开胃。

南方人很少知道藠头即是薤的。

北方城里人则连藠头也不认识。北京的食品商场偶尔从南方运了藠头来卖，趋之若鹜的都是南方几省的人。北京人则多用不信任的眼光端详半天，然后望望然而去之。我曾买了一些，请几位北方同志尝尝，他们闭着眼睛嚼了一口，皱着眉头说：“不好吃！——这哪有糖蒜好哇！”我本想长篇大论地宣传一下藠头的妙处，只好咽回去了。

哀哉，人之成见之难于动摇也！

我写这篇随笔，用意是很清楚的。

第一，我希望年轻人多积累一点生活知识。古人说诗的作用：可以观，可以群，可以怨，还可以多识于草木虫鱼之名。这最后一点似乎和前面几点不能相提并论，其实这是很重要的。草木虫鱼，多是与人的生活密切相关。对于草木虫鱼有兴趣，说明对人也有广泛的兴趣。

第二，我劝大家口味不要太窄，什么都要尝尝，不管是古代的还是异地的食物，比如葵和薤，都吃一点。一个一年到头吃大白菜的人是没有口福的,许多大家都已经习以为常的蔬菜,比如菠菜和莴笋,其实原来都是外国菜。西红柿、洋葱,几十年前中国还没有,很多人吃不惯,现在不是也都很爱吃了么? 许多东西,乍一吃,吃不惯,吃吃,就吃出味儿来了。

　　你当然知道,我这里说的,都是与文艺创作有点关系的问题。

一九八四年六月二十七日

注　释

① 　本篇原载《北京文学》1984 年第十一期;初收《汪曾祺自选集》,漓江出版
　　社,1987 年 10 月。

应该争取有思想的年轻一代①

——关于戏曲问题的冥想

戏曲（我这里主要说的是京剧）不景气，不上座，观众少，原因究竟何在？我认为，根本的原因是：它太陈旧了。

戏曲的观众老了。说他们老，一是说他们年纪大了，二是说他们的艺术观过于陈旧。中国虽有"高台教化"的说法，但是一般观众（尤其是城市观众）对于真和善的要求都不是太高，他们看戏，往往只是取得一时的美的享受，他们较多注重的是戏曲的形式美（包括唱念做打）。因此，中国戏曲最突出的东西，也就是形式美。相当多的戏曲剧目的一个致命的弱点，是缺乏思想，——能够追上现代思潮的新的思想。戏曲落后于时代，这是无法否认的事实。

戏曲的观众需要更新。老一代的观众快要退出剧场，也快要退出这个世界了。戏曲需要青年观众。

但是青年爱看戏曲的很少。

什么原因？

有人说青年人对戏曲形式不熟悉。有这方面的原因。单是韵白，年轻人就听着不习惯。板腔、曲牌，他们也生疏。但是形式不是那样难于熟悉的。有一个昆曲剧院到北大给学生演了两场，看的青年惊呼：我们祖国还有这样美好的艺术！青年的艺术趣味在变。他们对流行歌曲已经没有兴趣。前二年兴起的一阵西洋古典音乐热，不少人迷上了贝多芬。现在又有人对中国的古典艺术产生兴趣了。中国戏曲既然具有那样独特的形式美，它们是能够征服年轻人的。并且由于青年的较新的审美趣味，也必然会给戏曲的形式美带来新的风彩。

有人说，因为戏曲的节奏太慢，和现代生活的节奏不合拍，年轻人看起来着急。这也有点道理。但是生活的节奏并不能完全决定艺术的节奏。而且如果仅仅是节奏慢的问题,那么好办得很,把节奏加快就行了。事实上已经有人这样做。去掉废场子、废锣鼓,把慢板的尺寸唱得近似快三眼,不打"慢长锤"……但是这不能解决根本问题。

要争取青年观众,首先要认识青年,研究当代青年的特点。

我们的青年是思索的一代,理智的一代。他们是热情的,敏锐的,同时也是严肃的,深刻的。不少人具有揽辔澄清,以天下为己任的心胸,戏曲应该满足他们的要求。

当然首先应该多演现代戏。这不是那种写好人好事的现代戏。企图在舞台上树立几个可供青年学习的完美的榜样的想法是天真的。青年希望在舞台上看到和他们差不多的人,看到他们自己。写一个改革者不能只是写出他怎样大刀阔斧地整顿好一个企业。青年人从他们切身的感受中,知道事情绝不那样简单。法律面前人人平等,是一个迫切地需要宣传的思想,但是不能只是写出一个具有法制思想的正面人物,写出一个概念。一个企图体现这样思想的人必然会遇到许多从外部和内部来的阻力、压力、痛苦。现代时兴一个词语,叫做"阵痛"。任何新的事物的诞生,都要经过阵痛。年轻人对这种阵痛最为敏感。他们在看戏的时候,希望体验到这种阵痛,同时,在思索着,和剧中人一起在思索着。没有痛苦,就没有思索。轻松的思索是没有的。而真正的欢乐,也只有通过痛苦的思索才能得到,由痛苦到欢乐的人物性格必然是复杂的,他们的心理结构是多层次的,他的思想是丰富的。从某种意义上说,每个改革者都是一个思想家,或者简单一点说,是个有头脑的人。这对于戏曲说来是有困难的。戏曲一般不能有这样大的思想容量;以"一人一事"为主要方式的戏曲结构也不易表现复杂的性格。这是戏曲改造的一个难题,但又是一个必须克服的难题。否则戏曲将永远是陈旧的。

历史剧的作用不可忽视。中国戏曲长于表现历史题材,这是一种优势。但是大部分戏曲都把历史简单化了。我发现不少青年人对历史产生了浓厚的兴趣。这是很自然的。他们思索着许多问题,他们要了解我们这个民族,这个民族的现状、未来,自然要了解这个民族的性格是怎样形成的,要了解它的昨天。我们多年以来对历史剧的要求多少有一点误解,即使较多看重它们的教诲作用,而比较忽视它的认识作用,因此对许多历史人物的是非功过纠缠不休。其实通过这些历史人物(包括虚构的人物)能够让我们了解那个历史时期,了解我们这个民族的某些特点,某些观念,就很不错了。比如《烂柯山》这出戏,我们不必去议论谁是谁非,不必去同情朱买臣,也不必去同情崔氏。但是我们知道了,并且相信了过去曾经有过那样的事,我们看到"夫荣妻贵"、"从一而终"这样的思想曾经深刻地影响过多少人,影响了朱买臣,也影响了崔氏。朱买臣和崔氏都是这种观念的痛苦的牺牲品。这是我们民族的一个病灶,到现在还时常使我们隐隐作痛。我觉得经过改编的《烂柯山》是能起到这样的作用的,改编者所取的角度是新的,好的。又比如《一捧雪》。我们既不能把莫成当一个"义仆"来歌颂,也不必把他当一个奴才来批判,但是我们知道,并且也相信,过去曾经有过那样的事。不但可以"人替人死",而且在临刑前还要说能替主人一死,乃是大大的喜事,要大笑三声,——这是多么惨痛的笑啊!通过这出戏,可以让我们看到等级观念对人的毒害是多么酷烈,一个奴才的"价值"又是多么的低!如果经过改编的戏,能产生这样的效果,我觉得就很不错了。这样的戏,是能满足青年在理智方面的要求的。我觉得许多老戏,都可以从一个新的角度,用一种新的思想,新的方法重新处理,彻底改造。

我们的青年,是一大批青年思想者。他们要求一个戏,能在思想上给予他们启迪,引起他们思索许多生活中的问题。

因此要求戏曲工作者,首先是编剧,要有思想。我深深感到戏曲编剧最缺乏的是思想。——当然包括我自己在内。

一九八四年九月十三日

注　释

① 本篇原载《新剧本》1985 年第一期;初收《晚翠文谈》,浙江文艺出版社,
1988 年 3 月。

隆 中 游 记①

往桑植,途经襄樊,勾留一日,少不得到隆中去看看。

诸葛亮选的(也许是他的父亲诸葛玄选的)这块地方很好,在一个山窝窝里,三面皆山,背风而向阳。岗上高爽,可以结庐居住;山下有田,可以躬耕。草庐在哪里?半山有一砖亭,颜曰"草庐旧址",但是究竟是不是这里,谁也说不清。草庐原来是什么样子,更是想象不出了。诸葛亮住在这里时是十七岁至二十七岁,这样年轻的后生,山上山下,一天走几个来回,应该不当一回事。他所躬耕的田是哪一块呢?知不道。没有人在一块田边立一块碑:"诸葛亮躬耕处",这样倒好!另外还有"抱膝亭",当是诸葛亮抱膝而为《梁父吟》的地方了。不过诸葛亮好为"梁父吟",恐怕初无定处,山下不拘哪块石头上,他都可坐下来抱膝而吟一会的。这些"古迹"也如同大多数的古迹一样,只可作为纪念,难于坐实。

隆中的主体建筑是武侯祠。这座武侯祠和成都的不能比,只是一门庑,一享堂,一正殿,都不大。正殿塑武侯像,像太大,与殿不成比例。诸葛亮不是正襟危坐,而是曲右膝,伸左腿那样稍稍偏侧着身子。面上颧骨颇高,下巴突出,与常见诸葛亮画像的面如满月者不同。他穿了一件戏台上员外常穿的宝蓝色的"披",上面用泥金画了好些八卦。不知道从什么时候起,诸葛亮和八卦搞得难解难分,这真是令人哭笑不得,无可奈何的事!

正殿和享堂都挂了很多楹联,佳者绝少。大概诸葛亮的一生功业已经叫杜甫写尽了,后人只能在"三顾"、"两表"上做文章,翻不出新花样了。最好的一副,还是根据成都武侯祠复制的:"能攻心则反侧自消,从古知兵非好战;不审势即宽严皆误,后来治蜀要深思",不即不离,意思深远。有一副的下联是"气周瑜,辱司马,擒孟获,古今流传",把《三国演义》上的虚构故事也写了进来,堂而皇之地挂在那里,未免笑话。郭老为武侯祠写了一幅中堂,大意说:诸葛亮和陶渊明都曾经躬耕,陶渊明成了诗人,诸葛亮成就了功业。如果诸葛亮不出山,他大概也会像陶渊明一样成为诗人的吧?联想得颇为新奇。不过诸葛亮年轻时即自比于管仲、乐毅,恐怕不会愿抛心力做诗人。

武侯祠一侧为"三义殿",祀刘、关、张。三义殿与武侯祠相通,但本是"各自为政",不相统属的。导游说明中说以刘、关、张"配享"诸葛亮,实是有乖君臣大体!三义殿中塑三人像,是泥胎涂金而"做旧"了的。刘备端坐。关、张一个是豹头环眼,一个是蚕眉凤目,都拿着架子,用戏台上的"子午相"坐着。老是这样拿着架子,——尤其是关羽,右手还高高地挑起他的美髯,不累得慌么?其实可以让他们松弛下来,舒舒服服地坐着,这样也比较近似真人,而不像戏曲里的角色。——中国很多神像都受了戏曲的影响。

三义殿前为"三顾堂",楹联之外,空无一物。

隆中是值得看看的。董老为三顾堂书联,上联用杜甫句"诸葛大名垂宇宙",下联是"隆中胜迹永清幽"。隆中景色,用"清幽"二字,足以尽之。所以使人觉得清幽,是因为隆中多树。树除松、柏、桐、乌柏外,多桂花和枇杷。枇杷晚翠,桂花不落叶。所以我们往游时,虽已近初冬,山上还是郁郁葱葱的。三顾堂前大枇杷树,树阴遮满一庭。据说花时可收干花数百斤,数百年物也。

下山,走到隆中入口处,有一石牌坊(我们上山走的是旁边的小路),牌坊背面的横额上刻了五个大字:"三代下一人",觉得这对诸葛亮的推崇未免过甚了。"三代下一人",恐怕谁也当不起,除非孔夫子。

一九八四年十一月七日

注 释

① 本篇原载《收获》2001 年第四期。

跑　警　报①

　　西南联大有一位历史系的教授，——听说是雷海宗先生，他开的一门课因为讲授多年，已经背得很熟，上课前无需准备；下课了，讲到哪里算哪里，他自己也不记得。每回上课，都要先问学生："我上次讲到哪里了？"然后就滔滔不绝地接着讲下去。班上有个女同学，笔记记得最详细，一句不落。雷先生有一次问她："我上一课最后说的是什么？"这位女同学打开笔记夹，看了看，说："您上次最后说：'现在已经有空袭警报，我们下课。'"

　　这个故事说明昆明警报之多。我刚到昆明的头二年，三九、四〇年，三天两头有警报。有时每天都有，甚至一天有两次。昆明那时几乎说不上有空防力量，日本飞机想什么时候来就来。有时竟至在头一天广播：明天将有二十七架飞机来昆明轰炸。日本的空军指挥部还真言而有信，说来准来！

　　一有警报，别无他法，大家就都往郊外跑，叫做"跑警报"。"跑"和"警报"联在一起，构成一个语词，细想一下，是有些奇特的，因为所跑的并不是警报。这不像"跑马"、"跑生意"那样通顺。但是大家就这么叫了，谁都懂，而且觉得很合适。也有叫"逃警报"或"躲警报"的，都不如"跑警报"准确。"躲"，太消极；"逃"又太狼狈。唯有这个"跑"字于紧张中透出从容，最有风度，也最能表达丰富生动的内容。

　　有一个姓马的同学最善于跑警报。他早起看天，只要是万里无云，不管有无警报，他就背了一壶水，带点吃的，夹着一卷温飞卿或李商隐的诗，向郊外走去。直到太阳偏西，估计日本飞机不会来了，才慢慢地回来。这样的人不多。

警报有三种。如果在四十多年前向人介绍警报有几种,会被认为有"神经病",这是谁都知道的。然而对今天的青年,却是一项新的课题。一曰"预行警报"。

　　联大有一个姓侯的同学,原系航校学生,因为反应迟钝,被淘汰下来,读了联大的哲学心理系。此人对于航空旧情不忘,曾用黄色的"标语纸"贴出巨幅"广告",举行学术报告,题曰《防空常识》。他不知道为什么对"警报"特别敏感。他正在听课,忽然跑了出去,站在"新校舍"的南北通道上,扯起嗓子大声喊叫:"现在有预行警报,五华山挂了三个红球!"可不! 抬头望南一看,五华山果然挂起了三个很大的红球。五华山是昆明的制高点,红球挂出,全市皆见。我们一直很奇怪:他在教室里,正在听讲,怎么会"感觉"到五华山挂了红球呢? ——教室的门窗并不都正对五华山。

　　一有预行警报,市里的人就开始向郊外移动。住在翠湖迤北的,多半出北门或大西门,出大西门的似尤多。大西门外,越过联大新校舍门前的公路,有一条由南向北的用浑圆的石块铺成的宽可五六尺的小路。这条路据说是古驿道,一直可以通到滇西。路在山沟里。平常走的人不多。常见的是驮着盐巴、碗糖或其他货物的马帮走过。赶马的马锅头侧身坐在木鞍上,从齿缝里咝咝地吹出口哨(马锅头吹口哨都是这种吹法,没有撮唇而吹的),或低声唱着呈贡"调子":

> 哥那个在至高山那个放呀放放牛,
> 妹那个在至花园那个梳那个梳梳头。
> 哥那个在至高山那个招呀招招手,
> 妹那个在至花园点那个点点头。

　　这些走长道的马锅头有他们的特殊装束。他们的短褂外都套了一件白色的羊皮背心,脑后挂着漆布的凉帽,脚下是一双厚牛皮底的草鞋状的凉鞋,鞋帮上大都绣了花,还钉着亮晶晶的"鬼眨眼"亮片。——这种鞋似只有马锅头穿,我没见从事别种行业的人穿过。马锅头押着马帮,从这条斜阳古道上走过,马项铃哗稜哗稜地响,很有点浪漫主义的味道,有时会引起远客的游子一点淡淡的乡愁……

有了预行警报,这条古驿道就热闹起来了。从不同方向来的人都涌向这里,形成了一条人河。走出一截,离市较远了,就分散到古道两旁的山野,各自寻找一个合适的地方呆下来,心平气和地等着,——等空袭警报。

联大的学生见到预行警报,一般是不跑的,都要等听到空袭警报:汽笛声一短一长,才动身。新校舍北边围墙上有一个后门,出了门,过铁道(这条铁道不知起讫地点,从来也没见有火车通过),就是山野了。要走,完全来得及。——所以雷先生才会说"现在已经有空袭警报"。只有预行警报,联大师生一般都是照常上课的。

跑警报大都没有准地点,漫山遍野。但人也有习惯性,跑惯了哪里,愿意上哪里。大多是找一个坟头,这样可以靠靠。昆明的坟多有碑,碑上除了刻下坟主的名讳,还刻出"×山×向",并开出坟茔的"四至"。这风俗我在别处还未见过。这大概也是一种古风。

说是漫山遍野,但也有几个比较集中的"点"。古驿道的一侧,靠近语言研究所资料馆不远,有一片马尾松林,就是一个点。这地方除了离学校近,有一片碧绿的马尾松,树下一层厚厚的干了的松毛,很软和,空气好,——马尾松挥发出很重的松脂气味,晒着从松枝间漏下的阳光,或仰面看松树上面的蓝得要滴下来的天空,都极舒适外,是因为这里还可以买到各种零吃。昆明做小买卖的,有了警报,就把担子挑到郊外来了。五味俱全,什么都有。最常见的是"丁丁糖"。"丁丁糖"即麦芽糖,也就是北京人祭灶用的关东糖,不过做成一个直径一尺多,厚可一寸许的大糖饼,放在四方的木盘上,有人掏钱要买,糖贩即用一个刨刃形的铁片楔入糖边,然后用一个小小铁锤,一击铁片,丁的一声,一块糖就震裂下来了,——所以叫做"丁丁糖",其次是炒松子。昆明松子极多,个大皮薄仁饱,很香,也很便宜。我们有时能在松树下面捡到一个很大的成熟了的生的松球,就掰开鳞瓣,一颗一颗地吃起来。——那时候,我们的牙都很好,那么硬的松子壳,一嗑就开了!

另一个集中点比较远,得沿古驿道走出四五里,驿道右侧较高的土山上有一横断的山沟（大概是哪一年地震造成的），沟深约三丈，沟口有二丈多宽，沟底也宽有六七尺。这是一个很好的天然防空沟，日本飞机若是投弹，只要不是直接命中，落在沟里，即便是在沟顶上爆炸，弹片也不易蹦进来。机枪扫射也不要紧，沟的两壁是死角。这道沟可以容数百人。有人常到这里，就利用闲空，在沟壁上修了一些私人专用的防空洞，大小不等，形式不一。这些防空洞不仅表面光洁，有的还用碎石子或破瓷片嵌出图案，缀成对联。对联大都有新意。我至今记得两副，一副是：

人生几何

恋爱三角

一副是：

见机而作

入土为安

对联的嵌缀者的闲情逸致是很可叫人佩服的。前一副也许是有感而发，后一副却是记实。

警报有三种。预行警报大概是表示日本飞机已经起飞。拉空袭警报大概是表示日本飞机进入云南省境了，但是进云南省不一定到昆明来。等到汽笛拉了紧急警报：连续短音，这才可以肯定是朝昆明来的。空袭警报到紧急警报之间，有时要间隔很长时间，所以到了这里的人都不忙下沟——沟里没有太阳，而且过早地像云冈石佛似的坐在洞里也很无聊，大都先在沟上看书、闲聊、打桥牌。很多人听到紧急警报还不动，因为紧急警报后日本飞机也不定准来，常常是折飞到别处去了。要一直等到看见飞机的影子了，这才一骨碌站起来，下沟，进洞。联大的学生，以及住在昆明的人，对跑警报太有经验了，从来不仓惶失措。

上举的前一副对联或许是一种泛泛的感慨，但也是有现实意义的。跑警报是谈恋爱的机会。联大同学跑警报时，成双作对的很多。空袭警报一响，男的就在新校舍的路边等着，有时还提着一袋点心吃食，宝珠梨、花生米……他等的女同学来了，"嗨！"于是欣然并肩走出新校舍的后门。跑警报说不上是同生死,共患难,但隐隐约约有那么一点危险感,和看电影、遛翠湖时不同。这一点危险感使两方的关系更加亲近了。女同学乐于有人伺候,男同学也正好殷勤照顾,表现一点骑士风度。正如孙悟空在高老庄所说:"一来医得眼好,二来又照顾了郎中,这是凑四合六的买卖。"从这点来说,跑警报是颇为罗漫蒂克的。有恋爱,就有三角,有失恋。跑警报的"对儿"并非总是固定的,有时一方被另一方"甩"了,两人"吹"了,"对儿"就要重新组合。写(姑且叫做"写"吧)那副对联的,大概就是一位被"甩"的男同学。不过,也不一定。

　　警报时间有时很长,长达两三个小时,也很"腻歪"。紧急警报后,日本飞机轰炸已毕,人们就轻松下来。不一会,"解除警报"响了:汽笛拉长音,大家就起身拍拍尘土,络绎不绝地返回市里。也有时不等解除警报,很多人就往回走:天上起了乌云,要下雨了。一下雨,日本飞机不会来。在野地里被雨淋湿,可不是事!一有雨,我们有一个同学一定是一马当先往回奔,就是前面所说那位报告预行警报的姓侯的。他奔回新校舍,到各个宿舍搜罗了很多雨伞,放在新校舍的后门外,见有女同学来,就递过一把。他怕这些女同学挨淋。这位侯同学长得五大三粗,却有一副贾宝玉的心肠。大概是上了吴雨僧先生的《红楼梦》的课,受了影响。侯兄送伞,已成定例。警报下雨,一次不落。名闻全校,贵在有恒。——这些伞,等雨住后他还到南院女生宿舍去敛回来,再归还原主的。

　　跑警报,大都要把一点值钱的东西带在身边。最方便的是金子,——金戒指。有一位哲学系的研究生曾经作了这样的逻辑推理:有人带金子,必有人会丢掉金子,有人丢金子,就会有人捡到金子,我是人,故我可以捡到金子。因此,他跑警报时,特别是解除警报以后,他每次都很留心地巡视路面。他当真两次捡到过金戒指!逻辑推理有此妙用,大概是教逻辑学的金岳霖先生所未料到的。

　　联大师生跑警报时没有什么可带,因为身无长物,一般大都是带两本书或一册论文的草稿。有一位研究印度哲学的金先生每次跑警报总要提了一只很小的手提箱。箱子里不是什么别的东西,是一个女朋友写给他的信——情书。他把这些情书视如性命,有时也会拿出一两封来给别人看。没有什么不能看的,因为没有卿卿我我的肉麻的话,只是一个聪明女人对生活的感受,文字很俏皮,充满了英国式的机智,是一些很漂亮的 Essay,字也很秀气。这些信实在是可以拿来出版的。金先生辛辛苦苦地保存了多年,现在大概也不知去向了,可惜。我看过这个女人的照片,人长得就像她写的那些信。

联大同学也有不跑警报的,据我所知,就有两人。一个是女同学,姓罗。一有警报,她就洗头。别人都走了,锅炉房的热水没人用,她可以敞开来洗,要多少水有多少水!另一个是一位广东同学,姓郑。他爱吃莲子。一有警报,他就用一个大漱口缸到锅炉火口上去煮莲子。警报解除了,他的莲子也烂了。有一次日本飞机炸了联大,昆明北院、南院,都落了炸弹,这位郑老兄听着炸弹乒乒乓乓在不远的地方爆炸,依然在新校舍大图书馆旁的锅炉上神色不动地搅和他的冰糖莲子。

抗战期间,昆明有过多少次警报,日本飞机来过多少次,无法统计。自然也死了一些人,毁了一些房屋。就我的记忆,大东门外,有一次日本飞机机枪扫射,田地里死的人较多。大西门外小树林里曾炸死了好几匹驮木柴的马。此外似无较大伤亡。警报、轰炸,并没有使人产生血肉横飞,一片焦土的印象。

日本人派飞机来轰炸昆明,其实没有什么实际的军事意义,用意不过是吓唬吓唬昆明人,施加威胁,使人产生恐惧。他们不知道中国人的心理是有很大的弹性的,不那么容易被吓得魂不附体。我们这个民族,长期以来,生于忧患,已经很"皮实"了,对于任何猝然而来的灾难,都用一种"儒道互补"的精神对待之。这种"儒道互补"的真髓,即"不在乎"。这种"不在乎"精神,是永远征不服的。

为了反映"不在乎",作《跑警报》。

一九八四年十二月六日

注 释

① 本篇原载《滇池》1985 年第三期；初收《汪曾祺自选集》，漓江出版社，1987
  年 10 月。

故　乡　水①

这是三年前的事了。

我坐了长途汽车回我的久别的家乡去。真是久别了啊，我离乡已经四十年了。车上的人我都不认识。他们也都不认识我。他们都很年轻。他们用我所熟悉而又十分生疏了的乡音说着话。我听着乡音，不时看看窗外。窗外的景色依然有着鲜明的苏北的特点，但于我又都是陌生的。宽阔的运河、水闸、河堤上平整的公路、新盖的民房……

快到车逻了。过了车逻，再有十五里，就是我的家乡的县城了，我有点兴奋。

在车逻，我遇见一件不愉快的事。

车逻是终点前一站，下车，上车的不少，车得停一会。一个脏乎乎的人夹在上车的旅客中间挤上来了。他一上车，就伸开手向人要钱：

"修福修寿！修儿子！修孙子！"

"修福修寿！修儿子！修孙子！"

他用了我所熟悉的乡音向人乞讨。这是我十分熟悉的乡音。四十年前，我的家乡的乞丐就是用这样的言词要钱的。真想不到，今天还有这样的乞丐，并且还用了这种的言词乞讨。我讨厌这个人，讨厌他的声音和他乞讨时的神情。他并不悲苦，只是死皮赖脸，而且有点玩世不恭。这人差不多有六十岁了，但是身体并不衰惫。他长着一张油黑色的脸，下巴翘出，像一个瓢把子。他浑身冒出泔水的气味。他的裤裆特别肥大，并且拦裆补了很大的补丁。他有小肠气，——这在我的家乡叫做"大卵泡"。

他把肮脏的右手伸向一个小青年：

"修福修寿！修儿子！修孙子！"

邻座另一个小青年说：

"人家还没有结婚！"

"——修个好老婆！"

几个青年同时哄笑起来。我不知道为什么这样一句话会使得他们这样的高兴。

车上有人给他一角钱、五分钱……

上车的客人都已坐定，车要开了，他赶快下车。不料司机一关车门，车子立刻开动，并且开得很快。

"哎！哎！我下车！我下车！"

司机扁着嘴笑着，不理他。

车开出三四里，司机才减了速，开了车门，让他下去。司机存心捉弄他，要他自己走一段路。

他下了车，用手对汽车比划着，张着嘴，大概是在咒骂。他回头向车逻方向走去，一拐一拐的，样子很难看，走得却并不慢。

车上几个小青年看着他的蹒跚的背影，又一起快活地哄笑起来。

这个人留给我的印象是：丑恶；而且，无耻！

我这次回乡，除了探望亲友，给家乡的文学青年讲讲课，主要的目的是想了解了解家乡水利治理的情况。

我的家乡苦水旱之灾久矣。我的家乡的地势是四边高，当中洼，如一个水盂。城西面的运河河底高于城中的街道，站在运河堤上可以俯瞰堤下人家的屋顶。运河经常决口。五年一小决，十年一大决。民国二十年的大水灾我是亲历的。死了几万人。离我家不远的泰山庙就捞起了一万具尸体。旱起来又旱得要命。离我家不远有一条澄子河，河里能通小轮船，可到一沟、二沟、三垛，直达邻县兴化。我在《大淖记事》时写到的就是这条河。有一年大旱，澄子河里拉了洋车！我的童年的记忆里，抹不掉水灾、旱灾的怕人景象。在外多年，见到家乡人，首先问起的也是这方面的情况。有一个在江苏省水利厅工作的我的初中同学有一次到北京开会，来看我。他告诉我我们家乡的水治好了。因为修了江都水利枢纽,筑了洪泽湖大坝,运河的水完全由人力控制了起来,随时可以调节。水大了,可以及时排出;水不足,可以把长江水调进来——家乡人现在可以吃到江水,水灾、旱灾一去不复返了!县境内河也都重新规划调整了;还修了好多渠道,已经全面实现自流灌溉,我听了,很为惊喜。因此,县里发函邀请我回去看看,我立即欣然同意。

运河的改变我在路上已经看到了,我住的招待所离运河不远,几分钟就走上河堤了。我每天起来,沿着河堤从南门走到北门,再折回来。运河拓宽了很多。我们小时候从运河东堤坐船到西堤去玩,两篙子就到了。现在坐轮渡,得一会子。河面宽处像一条江了。原来的土堤全部改为石工。堤面也很宽。堤边密密地种了两层树。在堤上走走,真是令人身心舒畅。

我翻阅了一些资料,访问了几位前后主持水利工作的同志,还参观了两个公社。

农村的变化比城里要大得多。这两个公社的村子我小时候都去过,现在简直一点都认不出了。田都改成了"方田",到处渠网纵横,照当地的说法是"田成方,渠成网"。渠道都是正南正北,左东右西。渠里悠悠地流着清水,渠旁种了高大的芦竹或是杞柳,杞柳我们那里原来都叫做"笆斗柳",是编笆斗的,大都是野生的。现在广泛种植了。我和陪同参观的同志在渠边走着,他们告诉我这条渠"一步一块钱",是说每隔一步,渠边每年可收价值一块钱的柳条。柳条编制的柳器是出口的。我走了几个大队,没有发现一挂过去农村随处可见的龙骨水车,问:

"现在还能找到一挂水车吗?"

"没有了!这东西已经成了古董。现在是,要水一扳闸,看水穿花鞋。——穿了花鞋浇水,也不会沾一点泥。"

"应当保留一挂,放在博物馆里,让后代人看看。"

"这家伙太大了!——可以搞一个模型。"

我问起县里的自流灌溉是怎么搞起来的。

陪同的同志告诉我,要了解这个,最好找一个人谈谈。全县自流灌溉首先搞起来的,是车逻。车逻的自流灌溉是这个人搞起来的。这人姓杨。他现在调到地区工作了,不过家还没有搬,他有时回县里看看。我于是请人代约,想和他见见。

不料过了两天,一大早,这位老杨就到招待所来找我了。

下面就是老杨同志和我谈话的纪要:

"我是新四军小鬼出身,没搞过水利。

"那时我还年轻,在车逻当区长。

"车逻的粮食亩产一向在全县是最高的,——当然不能和现在比。现在这个县早过了'千斤县',一般的亩产都在一千五百斤以上,有不少地方过了'吨粮'——亩产二千斤。那会,最好的田,亩产五百斤,一般的一二百斤。车逻那时的亩产就可达五百斤。但是农民并不富裕,还是很穷。为什么?因为农本高。高在哪里?车水。车逻的田都是高田。那时候,别处的田淹了,车逻是好年成。平常,每年都要车水。车逻的水车特别长!别处的,二十四轧,算是大水车了。车逻的:三十二轧,三十四轧,三十六轧!有的田得用两挂三十六轧大车接起来,才能把水车上来!车水是最重的农活。到了车栽秧水的日子,各处的人都来。本地的,兴化、泰州、甚至盐城的,都来。工钱大,吃食也好。一天吃六顿,顿顿有酒有肉。农本高,高就高在这上头。一到车水是'外头不住地敲'——车水都要敲锣鼓;'家里不住地烧'——烧吃的;'心里不住地焦'——不知道今天能不能把田里的水上满,一到太阳落山,田里有一角上不到水,这家子哭咧,——这一年都没指望了。"

我有点不明白,为什么栽秧水必须一天之内车好,第二天接着车不行吗?但是我没有来得及问。

"'外头不住地敲,家里不住地烧,心里不住地焦',真是一点都不错呀!

"大工钱不是好拿的,好茶饭不是好吃的。到车水的日子,你到车逻来看看,那真叫'紧张热烈'。到处是水车,一挂一挂的长龙。锣鼓敲得震天响。看,是很好看的:车水的都脱光了衣服,除了一个裤头子,浑身一丝不挂,腿上都绑了大红布裹腿。黑亮的皮肉,大红裹腿,对比强烈,真有点'原始'的味道。都是年青的小伙,——上岁数的干不了这个活,身体都很棒,一个赛似一个! 赛着踩。几挂大车约好,看那一班子最后下车杠。坚持不住,早下的,认输。敲着锣鼓,唱着号子。车水有车水的号子,一套一套的:'四季花'、'古人名'……看看这些小伙,好像很快活,其实是在拚命。有的当场就吐了血。吐了血,抬了就走,二话不说,绝不找主家的麻烦。这是规矩。还有的,踩着踩着,不好了:把个大卵子忑下来了!"

我的家乡把忽然漏下来叫 te,有音无字,恐怕连《康熙字典》里都查不到,我只好借用了这个"忑"字,在音义上还比较相近。我找不到别的字来代替它,用别的字都不能表达那种感觉。

我问他,我在车逻车站遇见的那个伸手要钱的人,是不是就是这样得下的病。

"就是的! 这人原来是车水的一把好手。他丧失了劳动力,什么也干,最后混成了这个样子! ——我下决心搞自流灌溉和这病有直接关系。

"那年征兵我跟着医生一同检查应征新兵的体格,——那时的区长什么事都要管。检查结果,百分之八十不合格! ——都有轻重不等的小肠气。我这个区的青年有这样多的得小肠气的,我这个区长睡不着觉了!

"我想:车逻紧挨着运河,为什么不能用上运河水,眼瞧着让运河好水白白地流掉? 车逻田是高田,但是田面比运河水面低,为什么不能把运河水引过来,浇到田里? 为什么要从下面的河里费那样大的劲把水车上来? 把运河堤挖通,安上水泥管子,不就行了吗?

"要什么没有什么。没有经费。——我这项工程计划没有报请上级批准,我不想报。报了也不会批。我这是自作主张,私下里干的。没有经费怎么办? 我开了个牛市。"

"牛市?"

"买卖耕牛。区长做买卖,谁也没听说过。没听说过没听说过吧。

我这牛市很赚钱,把牛贩子都顶了!

"有了钱,我就干起来了!我选了一个地方,筑了一圈护堤。——这一点我还知道。不筑护堤,在运河堤上挖开口子,那还得了!让河水从护堤外面走。我给运河东堤开了膛,安下管子,下了闸门,再把河堤填合,我以为这就万事大吉了。一开闸,水流过来了!水是引过来了,可是乱流一气!咳!我连要修渠都不知道!现在人家把我叫成'水利专家'。真是天晓得!我最初是什么也不懂的。

"怎么办?我就买了书来看。只要是跟水利有关的,我都看。我那阵看的书真不少!我又请教了好几位老河工。决定修渠!

"一修渠,问题就来了。为了省工、省料,用水方便,渠道要走直线,不能曲曲弯弯的。这就要占用一些私田。——那阵还没有合作化,田还是各家各户的。渠道定了,立了标竿,画了灰线,就从这里开,管他是谁家的田!农民对我那个骂呀!我前脚走,后脚就有人跳着脚骂我的祖宗八代。骂吧,我只当没听见。我随身都带着枪,——那阵区长都有枪,他们也不敢把我怎么样。

"有一家姓罗的,五口人。渠正好从他家的田中间穿过。罗老头子有一天带了一根麻绳来找我,——他要跟我捆在一起跳河。他这是找我拚命来了。这里有这么一种风俗,冤仇难解,就可以找仇人捆在一起跳河,——同归于尽。他跟我来这一套!我才不理他。我夺过他手里的麻绳,叫民兵把他捆起来,关在区政府厢屋里。直到渠修成了,才放了他。

"修渠要木料,要板子。——这一点,你这个作家大概不懂。不管它,这纯粹是技术问题。我上哪里找木料去?我想了想:有了!挖坟!我把挖出来的棺材板,能用的,都集中起来,就够用了。我可缺了大德了,挖人家的祖坟,这是最缺德的事。我这是没有办法中的办法。为了子孙,得罪祖宗,只好请多多包涵了!经我手挖的坟真不少!

"这就更不得了了!我可捅了个大马蜂窝,犯了众怒。当地人联名控告了我,说我'挖掘私坟'。县里、地区、省里,都递了状子。地委和县委组织了调查组,认为所告属实,我这是严重违法乱纪。地委发了通报。撤了我的职。党内留党察看，——我差一点把党籍搞丢了。

"'违法乱纪'，我确实是违法乱纪了。我承认。对于给我的处分我没有意见。

"不过，车逻的自流灌溉搞成了。

"就说这些吧。本来想请你上我家喝一盅酒，算了吧，——人言可畏。我今天下午走，回来见！"

对于这个人的功过我不能估量，对他的强迫命令的作风和挖掘私坟的作法也无法论其是非。不过我想，他的所为，要是在过去，会有人为之立碑以记其事的。现在不兴立碑，——"树碑立传"已经成为与本义相反用语了，不过我相信，在修县志时，在"水利"项中，他做的事会记下一笔的。县里正计划修纂新的县志。

这位老杨中等身材，面白皙，说话举止温文尔雅，像一个书生，完全不像一个办起事来那样大刀阔斧、雷厉风行的人。

我忽然好像闻到一股修车轴用的新砍的桑木的气味和涂水车龙骨用的生桐油气味。这是过去初春的时候在农村处处可以闻到的气味。

再见，水车！

注　释

① 本篇原载《中国》1985 年第二期；初收《汪曾祺全集》第三卷，北京师范大学出版社，1998 年 8 月。

1985 年

人之所以为人①

——读《棋王》笔记

> 脑袋在肩上，
> 文章靠自己。
>
> ——阿城:《孩子王》

读了阿城的小说,我觉得:这样的小说我写不出来。我相信,不但是我,很多人都写不出来。这样就很好。这样就增加了一篇新的小说,给小说这个概念带进了一点新的东西。否则,多写一篇,少写一篇;写,或不写,差不多。

提笔想写一点读了阿城小说之后的感想,煞费踌躇。因为我不认识他。我很少写评论。我评论过的极少的作家都是我很熟的人。这样我说起话来心里才比较有底。我认为写评论最好联系到所评的作家这个人,不能只是就作品谈作品。就作品谈作品,只论文,不论人,我认为这是目前文学评论的一个缺点。我不认识阿城,没有见过。他的父亲我是见过的。那是他倒了楣的时候,似乎还在生着病。我无端地觉得阿城像他的父亲。这很好。

阿城曾是"知青"。现有的辞书里还没有"知青"这个词条。这一条很难写。绝不能简单地解释为"有知识的青年"。这是一个特定的历史时期的产物,一个很特殊的社会现象,一个经历坎坷、别具风貌的阶层。

知青并不都是一样。正如阿城在《一些话》中所说："知青上山下乡是一种特殊的情况下的扭曲现象，它使有的人狂妄，有的人消沉，有的人投机，有的人安静。"这样的知青我大都见过。但是大多数知青，都有一个共同的特点，如阿城所说："老老实实地面对人生，在中国诚实地生活"。大多数知青看问题比我们这一代现实得多。他们是很清醒的现实主义者。

大多数知青是从温情脉脉的纱幕中被放逐到中国的干硬的土地上去的。我小的时候唱过一支带有感伤主义色彩的歌："离开父，离开母，离开兄弟姊妹们，独自行千里……"知青正是这样。他们不再是老师的学生，父母的儿女，姊妹的兄弟，赤条条地被掷到"广阔天地"之中去了。他们要用自己的双手谋食。于是，他们开始用自己的眼睛去看世界。棋呆子王一生说："你们这些人好日子过惯了，世上不明白的事儿多着呢！"多数知青从"好日子"里被甩出来了，于是他们明白许多他们原来不明白的事。

我发现，知青和我们年轻时不同。他们不软弱，较少不着边际的幻想，几乎没有感伤主义。他们的心不是水蜜桃，不是香白杏。他们的心是坚果，是山核桃。

知青和老一代的最大的不同，是他们较少教条主义。我们这一代，多多少少都带有教条主义色彩。

我很庆幸地看到（也从阿城的小说里）这一代没有被生活打倒。知青里自杀的极少、极少。他们大都不怨天尤人。彷徨、幻灭，都已经过去了。他们怀疑过，但是通过怀疑得到了信念。他们没有流于愤世嫉俗，玩世不恭。他们是看透了许多东西，但是也看到了一些东西。这就是中国，和人。中国人。他们的眼睛从自己的脚下移向远方的地平线。他们是一些悲壮的乐观主义者。有了他们，地球就可以修理得较为整齐，历史就可以源源不绝地默默地延伸。

他们是有希望的一代，有作为的一代。阿城的小说给我们传达了一个非常可喜的信息。我想,这是阿城的小说赢得广大的读者,在青年的心灵中产生共鸣的原因。

《棋王》写的是什么? 我以为写的就是关于吃和下棋的故事。先说吃,再说下棋。

文学作品描写吃的很少(莆琴尼尔沃尔夫曾提出过为什么小说里写宴会,很少描写那些食物的)。大概古今中外的作家都有点清高,认为吃是很俗的事。其实吃是人生第一需要。阿城是一个认识吃的意义、并且把吃当作小说的重要情节的作家。(陆文夫的《美食家》写的是一个馋人的故事,不是关于吃的)他对吃的态度是虔诚的。《棋王》有两处写吃,都很精彩。一处是王一生在火车上吃饭,一处是吃蛇。一处写对吃的需求,一处写吃的快乐———一种神圣的快乐。写得那样精细深刻,不厌其烦,以至读了之后,会引起读者肠胃的生理感觉。正面写吃,我以为是阿城对生活的极其现实的态度。对于吃的这样的刻画,非经身受,不能道出。这使阿城的小说显得非常真实,不假。《棋王》的情节按说是很奇,但是奇而不假。

我不会下棋,不解棋道,但我相信有像王一生那样的棋呆子。我欣赏王一生对下棋的看法:“我迷象棋。一下棋,就什么都忘了。呆在棋里舒服。”人总要呆在一种什么东西里,沉溺其中。苟有所得,才能实证自己的存在,切实地掂出自己的价值。王一生一个人和几个人赛棋,连环大战,在胜利后,呜呜地哭着说:“妈,儿今天明白事儿了。人还要有点儿东西,才叫活着。”是的,人总要有点东西,活着才有意义。人总要把自己生命的精华都调动出来,倾力一搏,像干将、莫邪一样,把自己炼进自己的剑里,这,才叫活着。

“不有博弈者乎? 为之犹贤乎已”。弈虽小道,可以喻大。“用志不分,乃凝于神”,古今成事业者都需要有这么一点精神。这是我们这个时代需要的精神。

我这样说,阿城也许不高兴。作者的主意,不宜说破。说破便煞风景。说得太实,尤其令人扫兴。

阿城的小说的结尾都是胜利。人的胜利。《棋王》的结尾,王一生胜了。《孩子王》的结尾,"我"被解除了职务,重回生产队劳动去了。但是他胜利了。他教的学生王福写出了这样的好文章:"……早上出的白太阳,父亲在山上走,走进白太阳里去。我想,父亲有力气啦。"教的学生写出这样的好文章,这是胜利,是对一切陈规的胜利。

《树王》的结尾,萧疙瘩死了,但是他死得很悲壮。

因此,我说阿城是一个乐观主义者。

有人告诉我,阿城把道家思想揉进了小说。《棋王》里的确有一些道家的话。但那是拣烂纸的老头的思想,甚至也可以说是王一生的思想,不一定就是阿城的思想。阿城大概是看过一些道家的书。他的思想难免受到一些影响。《树王》好像就涉及一点"天"和"人"的关系(这篇东西我还没太看懂,捉不准他究竟想说什么,容我再看看,再想想)。但是我不希望把阿城和道家纠在一起。他最近的小说《孩子王》,我就看不出有什么道家的痕迹。我不希望阿城一头扎进道家里出不来。

阿城是有师承的。他看过不少古今中外的书。外国的,我觉得他大概受过海明威的影响,还有陀思妥也夫斯基。中国的,他受鲁迅的影响是很明显的。他似乎还受过废名的影响。他有些造句光秃秃的,不求规整,有点像《莫须有先生传》。但这都是瞎猜。他的叙述方法和语言是他自己的。司空图《二十四诗品》云:"俯拾即是,不取诸邻。俱道适往,着手成春。"说得很好。阿城的文体的可贵处正在:"不取诸邻。""脑袋在肩上,文章靠自己。"

阿城是敏感的。他对生活的观察很精细,能够从平常的生活现象中看出别人视若无睹的特殊的情趣。他的观察是伴随了思索的。否则他就不会在生活中看到生活的底蕴。这样,他才能积蓄了各样的生活的印象,可以俯拾,形成作品。

然而在摄取到生活印象的当时,即在十年动乱期间,在他下放劳动的时候,没有写出小说。这是可以理解的,正常的。

只有在今天,现在,阿城才能更清晰地回顾那一段极不正常时期的生活,那个时期的人,写下来。因为他有了成熟的、冷静的、理直气壮的、不必左顾右盼的思想。一下笔,就都对了。

他的信心和笔力来自党的十一届三中全会以后中国生活的现实。十一届三中全会救了中国,救了一代青年人,也救了现实主义。

阿城业已成为有自己独特风格的青年作家,循此而进,精益求精,如王一生之于棋艺,必将成为中国小说的大家。

一九八五年三月三日

注　释

① 本篇原载 1985 年 3 月 21 日《光明日报》;初收《晚翠文谈》,浙江文艺出版社,1988 年 3 月。

细节的真实①

——习剧札记

戏曲不像电影、小说那样要有很多的细节。传统戏曲似乎不大注重细节描写。但是也不尽然。

《武家坡》。薛平贵在窑外把往事和夫妻分别后的过程述说了一遍,王宝钏相信确是自己的丈夫回来了,开开窑门重相见:

王宝钏(唱)

　　　　开开窑门重相见,

　　　　我丈夫哪有五绺髯?

薛平贵(唱)

　　　　少年子弟江湖老,

　　　　红粉佳人两鬓斑。

　　　　三姐不信菱花照,

　　　　不似当年在彩楼前。

王宝钏(唱)

　　　　寒窑哪有菱花镜?

薛平贵(白)水盆里面——

王宝钏(接唱)

　　　　水盆里面照容颜。

　　　　(夹白)老了!

　　　　(接唱)

　　　　老了老了真老了,

　　　　十八年老了我王宝钏!

602

"十八年老了我玉宝钏",一句平常的话,中含几许辛酸! 这里有一个非常精彩的细节:水盆里面照容颜。如果没有这个细节,戏是还能进行下去的。王宝钏可以这样唱:

> 菱花镜内来照影,
>
> 十八年老了我王宝钏!

然而感情上就差得多了。可以说王宝钏的满腹辛酸完全是水盆照影这个细节烘托出来的。寒窑里没有镜子,只能于水盆中照影,王宝钏十八年的苦况,可想而知。征人远出不归,她也没有心思照照自己的模样,她不需要镜子! 这个细节是有非常丰富的内涵的。薛平贵的插白也写得极好,只有四个字:"水盆里面",这只是半句话。简短峭拔,增加了感情色彩,也很真实。如果写成一个完整的句子,文气就"懈"了。传统老戏的唱念每有不可及处,不可一概贬之曰:"水"。

通过细节刻画人物,深挖感情的例子还有。比如《四进士》。比如《打渔杀家》萧恩父女出门时的对话。比如《三娘教子》老薛保打草鞋为小东人挣得夜读的灯油……

这些细节都是从生活中来的。情节可以虚构,细节则只有从生活中来。细节是虚构不出来的。细节一般都是剧作者从自己的生活感觉中直接提取的。写《武家坡》的人未必知道王宝钏是否真的没有一面镜子,他并没有王宝钏的生活,但是贫穷到没有镜子,只能于水盆中照影,剧作者是一定体验过或观察过这样的生活。他把自己的生活经验设身处地地加之于王宝钏的身上了。从上述几例,也可说明:写历史剧也需要生活。一个剧作者自己的生活(现代生活)的积累越多,写古人才会栩栩如生。

细节,或者也可叫作闲文。然而传神阿堵,正在这些闲中着色之处。善写闲文,斯为作手。

注 释

① 本篇原载《文艺欣赏》1985 年第三期;初收《晚翠文谈》,浙江文艺出版社,1988 年 3 月。

我和民间文学①

前年在兰州听一位青年诗人告诉我,他有一次去参加"花儿"会,和婆媳二人同坐在一条船上。这婆媳二人一路交谈,她们说的话没有一句是不押韵的!这媳妇走进一个奶奶庙去求子,她跪下来祷告。那祷告词是:

> 今年来了,我是跟您要着哩,
>
> 明年来了,我是手里抱着哩,
>
> 咯咯嘎嘎地笑着哩!

这使得青年诗人大为惊奇了。我听了,也大为惊奇。这样的祷词是我听到过的最美的祷词。群众的创造才能真是不可想象!生活中的语言精美如此,这就难怪西北的"花儿"押韵押得那样巧妙了。

去年在湖南桑植听(看)了一些民歌。有一首土家族情歌:

> 姐的帕子白又白,
>
> 你给小郎分一截。
>
> 小郎拿到走夜路,
>
> 如同天上娥眉月。

我认为这是我看到的一本民歌集的压卷之作。不知道为什么,我立刻想起王昌龄的《长信秋词》:"玉颜不及寒鸦色,犹带昭阳日影来。"二者所写的感情完全不同,但是设想的奇特有其相通处。帕子和月光,妙在似与不似之间。民歌里有一些是很空灵的,并不都是质实的。

一个作家读一点民间文学有什么好处?我以为首先是涵泳其中,从群众那里吸取诗的乳汁,取得美感经验,接受民族的审美教育。

我曾经编过大约四年的《民间文学》期刊,后来写了短篇小说。要问我从民间文学得到什么具体的益处,这不好回答。这不能像《阿诗玛》里所说的那样:吃饭,饭进到肉里;喝水,水进了血里。要指出我的哪篇小说受了哪几篇民间文学的影响,是不可能的。不过有两点可以说一说。一是语言的朴素、简洁和明快。民歌和民间故事的语言没有是含糊费解的。我的语言当然是书面语言,但包含一定的口头性。如果我的语言还有一点口语的神情,跟我读过上万篇民间文学作品是有关系的。其次是结构上的平易自然,在叙述方法上致力于内在的节奏感。民间故事和叙事诗较少描写。偶尔也有,便极精彩,如孙剑冰同志所记内蒙故事中的"鱼哭了,流出长长的眼泪"。一般故事和民间叙事诗多侧重于叙述。但是叙述的节奏感很强。"三度重叠"便是民间文学的一种常见的美学法则。重叙述,轻描写,已经成为现代小说的一个显著特点。在这一点上,小说需要向民间文学学习的地方很多。

我认为,一个作家要想使自己的作品具有鲜明的民族风格、民族特点,不学习民间文学是绝对不行的。

我的话说得很直率,但确是由衷之言,肺腑之言。

注 释

① 本篇原载《民间文学》1985 年第四期;初收《晚翠文谈》,浙江文艺出版社,1988 年 3 月。

昆明的果品①

——昆明忆旧之五

梨

我们刚到昆明的时候，满街都是宝珠梨。宝珠梨形正圆，——"宝珠"大概即由此得名，皮色深绿，肉细嫩无渣，味甜而多汁，是梨中的上品。我吃过河北的鸭梨、山东的莱阳梨、烟台的茄梨……宝珠梨的味道和这些梨都不相似。宝珠梨有宝珠梨的特点。只是因为出在云南，不易远运，外省人知道的不多，名不甚著。

昆明卖梨的办法颇为新鲜，论"十"，不论斤，"几文一十"，一次要买就是十个；三个、五个，不卖。据说这是因为卖梨的不会算账，零买，他不知道要多少钱。恐怕也不见得，这只是一种古朴的习惯而已。宝珠梨大小都差不多，很"匀溜"，没有太大和很小的，论十要价，倒也公道。我们那时的胃口也很惊人，一次吃下十只梨不算一回事。现在这种"论十"的办法大概已经改变了，想来已经都用磅秤约斤了。

还有一种梨叫"火把梨"，即北方的红绡梨，所以名为火把，是因为皮色黄里带红，有的竟是通红的。这种梨如果挂在树上，太阳一照，就更像是一个一个点着了的小火把了。火把梨味道远不如宝珠梨，——酸！但是如果走长路，带几个在身上，到中途休憩时，嚼上两个，是很能"杀渴"的。

我曾和几个朋友骑马到金殿。下马后，买了十个火把梨。赶马的（昆明租马，马的主人大都要随在马后奔跑）也买了十个。我们买梨是自己吃。赶马的却是给马吃。他把梨托在手里,马就掀动嘴唇,把梨咬破,咯吱咯吱嚼起来。看它一边吃,一边摇脑袋,似乎觉得梨很好吃。我从来没见过马吃梨。看见过马吃梨的人大概不多。吃过梨的马大概也不多。

石　榴

河南石榴,名满天下。"白马甜榴,一实值牛",北魏以来,即有口碑。我在北京吃过河南石榴,觉得盛名之下,其实难副。粒小、色淡、味薄。比起昆明的宜良石榴差得远了。宜良石榴都很大,个个开裂,颗粒甚大,色如红宝石,——有一种名贵的红宝石即名为"石榴米",味道很甜。苏东坡曾谓读贾岛诗如食小鱼,"所得不偿劳",我小时吃石榴,觉得吃得一嘴籽儿,而吮不出多少味道,真是"所得不偿劳",在昆明吃宜良石榴即无此感,觉得很满足,很值得。

昆明有石榴酒,乃以石榴米于白酒中泡成,酒色透明,略带浅红,稍有甜味,仍极香烈。

不知道为什么,昆明人把宜良叫成米良。

桃

昆明桃大别为离核和"面核"两种。桃甚大,一个即可吃饱。我曾在暑假中,在桃子下来的时候,买一个很大的离核黄桃当早点。一瓣两半,紫核黄肉,香甜满口,至今难忘。

杨　梅

昆明杨梅名火炭梅,极大极甜,颜色黑紫,正如炽炭。卖杨梅的苗族女孩常用鲜绿的树叶衬着,炎炎熠熠,数十步外,摄人眼目。

木　瓜

此所谓木瓜非华南的番木瓜。

《辞海》:"木瓜,植物名。……亦称'楔樝'。蔷薇种。落叶灌木或小乔木。树皮常作片状剥落,痕迹鲜明。叶椭圆状卵形,有锯齿,嫩叶背面被绒毛。春末夏初开花,花淡红色。果实秋季成熟,长椭圆形,长10—15厘米,淡黄色,味酸涩,有香气。……"

木瓜我是很熟悉的,我的家乡有。每当炎暑才退,菊绽蟹肥之际,即有木瓜上市。但是在我的家乡,木瓜只是用来闻香的。或放在瓷盘里,作为书斋清供;或取其体小形正者于手中把玩,没有吃的。且不论其味酸涩,就是那皮肉也是硬得咬不动的。至于木瓜可以入药,那我是知道的。

我到昆明,才第一次知道木瓜可以吃。昆明人把木瓜切成薄片,浸泡在水里(水里不知加了什么东西),用一个桶形的玻璃罐子装着,于水果店的柜台上出卖。我吃过,微酸,不涩,香脆爽口,别有风味。

中国古代大概是吃木瓜的。唐以前我不知道。宋代人肯定是吃的。《东京梦华录·是月巷陌杂卖》有"药木瓜、水木瓜"。《梦粱录·果之品》:"木瓜,青色而小,土人蒉片爆熟,入香药货之;或糖煎,名爁木瓜"。《武林旧事·果子》有"爁木瓜",《凉水》有"木瓜汁"。看来昆明市上所卖的木瓜当是"水木瓜"。浸泡木瓜的水即当是"木瓜汁"。至于"爁木瓜"则我于昆明尚未见过,这大概是以药物泡制,如广东的陈皮梅、泉州的霉姜一类的东西,木瓜的本味已经保存不多了。

我觉得昆明吃木瓜的方法可以在全国推广。吃木瓜,从某种意义上,也可以说是我们国家的一项文化遗产。

地　瓜

地瓜不是水果,但对吃不起水果的穷大学生来说,它也就算是水果了。

地瓜,湖南、四川叫做凉薯或良薯。它的好处是可以不用刀削皮,用手指即可沿藤茎把皮撕净,露出雪白的薯肉。甜,多水。可以解渴,也可充饥。这东西有一股土腥气。但是如果没有这点土腥气,地瓜也就不成其为地瓜了,它就会是另外一种什么东西了。正是这点土腥气让我想起地瓜,想起昆明,想起我们那一段穷日子,非常快乐的穷日子。

胡　萝　卜

联大的女同学吃胡萝卜成风。这是因为女同学也穷,而且馋。昆明的胡萝卜也很好吃。昆明的胡萝卜是浅黄色的,长至一尺以上,脆嫩多汁而有甜味,胡萝卜味儿也不是很重。胡萝卜有胡萝卜素,富维生素C,对身体有益,这是大家都知道的。不知道是谁提出,胡萝卜还含有微量的砒,吃了可以驻颜。这一来,女同学吃胡萝卜的就更多了。她们常常一把一把地买来吃。一把有十多根。她们一边谈着克列斯丁娜·罗赛蒂的诗、布朗底的小说,一边咯吱咯吱地咬胡萝卜。

核　桃　糖

昆明的核桃糖是软的,不像稻香村卖的核桃粘或椒盐胡桃。把蔗糖熬化,倾在瓷盆里,和核桃肉搅匀,反扣在木板上,就成了。卖的时候用刀沿边切块卖,就跟北京卖切糕似的。昆明核桃糖极便宜,便宜到令人不敢相信。华山南路口,青莲街拐角,直对逼死坡,有一家,高台阶门脸,卖核桃糖。我们常常从市里回联大,路过这一家,花极少的钱买一大块,边吃边走,一直走进翠湖,才能吃完。然后在湖水里洗洗手,到茶馆里喝茶。核桃在有些地方是贵重的山果,在昆明不算什么。

糖 炒 栗 子

昆明的糖炒栗子,天下第一。第一,栗子都很大。第二,炒得很透,颗颗裂开,轻轻一捏,外壳即破,栗肉迸出,无一颗"护皮"。第三,真是"糖炒栗子",一边炒,一边往锅里倒糖水,甜味透心。在昆明吃炒栗子,吃完了非洗手不可,——指头上粘得都是糖。

呈贡火车站附近,有一片大栗树林,方圆数里。树皆合抱,枝叶浓密,树上无虫蚁,树下无杂草,干净之极,我曾几次骑马过栗树林,如入画境。

注　释

① 本篇原载《滇池》1985 年第四期;初收《蒲桥集》,作家出版社,1989 年
3 月。

祝　　愿①

　　我是《北京文学》的"老人"了。《北京文学》的前身是《北京文艺》和《说说唱唱》。《北京文艺》和《说说唱唱》我都编过。我们那时真是"惨淡经营"。人手少,可用的稿件不多,每月快到发稿的时候,就像穷人家过年一样,一点抓挠没有。到了这个节骨眼,赵树理同志便从编辑部抱了一堆初选的稿子,回到屋里,关起门来,一目十行地翻阅一遍。偶尔沙里淘金,发现一两篇好稿,则大喜过望。这一期又能对付过去了! 树理同志把这种编辑方法,叫做"绝处逢生法"。有时实在选不出好稿,就由主编、编委赶写应急。树理同志的《登记》就是这样赶出来的。编委们说:"实在没有像样的东西了,老赵,你来一篇吧!"老赵喝了一点酒,吃了一碗馄饨,在纸上画了一些符号(表示人物),划了一些纵横交错的线(人物关系和事件的发展),笔不停挥,一气呵成,写出了一篇杰作。

　　现在《北京文学》的日子比我们那时要好过多了。

　　《北京文学》有几年办得很兴旺,为省市一级刊物的佼佼者。当时文艺界称《北京文学》为"甲级队"。名篇送出,印数很多。我很为《北京文学》高兴。

　　近二年似乎差一点了。印数跌了下来。作品质量上不去。一篇才出,万口争传,在全国产生广泛的影响,能在文学史上留下一笔的佳作,不很多了。"甲级队"还能不能保住,令人担心。

　　这不是《北京文学》一家的问题。各地刊物的日子都不太好过。这有种种原因(比如"通俗文学"的冲击),一时还理不清楚。不过我觉得《北京文学》可以总结一下"兴旺"时期的经验,以为"重振"的借鉴。

　　《北京文学》的兴旺和"北京作家群"的形成是分不开的。"北京作家群",现在大家已经说得很顺口了。最初提出,大家还有点含含糊糊,怵怵惕惕,怕这和宗派、"小圈子"扯在一起。这种顾虑逐渐消除了。北京的作家有相当雄厚的实力,这是事实。北京拥有相当数量的全国水平的专业作家,还有广泛的头角峥嵘的业余作者,这是事实。北京的作家的关系是比较融洽的,但是大家的文学主张、作品风格是互不相同的,并无党同伐异的门户之见。这些主张不同,风格迥异的作家,曾经有一个核心。这个核心,便是《北京文学》。有些青年作家的发祥地是《北京文学》;有些老作家、中年作家,也视《北京文学》如故土,大家对《北京文学》是有感情的。友梅愿意把他的力作交给《北京文学》;斤澜把三篇作品同时交给《北京文学》,任凭挑选,关系不可谓不"铁"。《北京文学》能团结住"北京作家群"是一大功绩,也是《北京文学》成功的原因之一。但是,我觉得这二年"北京作家群"对《北京文学》的向心力有所削减。有相当的作家"飞"了。《北京文学》应当把"北京作家群""拢"住。这得想一点措施。我觉得《北京文学》应当理直气壮地宣布:《北京文学》是"北京作家群"的刊物。如有必要,可以像三十年代有些刊物一样,公布"特约作者"的名单,——当然要征得本人同意。

刊物的声誉系于作品的质量。一个刊物接连发表几篇不同凡响的作品,读者就会刮目相看。反之,老是发表中等水平的作品,威信就会下降。发表不同凡响的作品,往往是要担一点风险的。在我们的印象里,前几年,《北京文学》办了一件引人注意的勇敢的事,是发表了方之的《内奸》。我的《受戒》交给《北京文学》编辑部时曾附信说:"发表这样的作品是需要一点勇气的"。不料当时《北京文学》的主编李清泉同志看后,立即决定采用,在下一期刊物上就发表了。《北京文学》那几年办得很有生气,与清泉同志读稿时的别具慧眼与胆识是很有关系的。我希望现在的主编能够继承清泉同志的胆识。

有了好稿,还要敢于突出。一篇好稿,不突出,有时也会"湮没"了。主编对于一篇稿子的分量,应该有个准确的掂掇,鲜明的态度,不能对所有作品全部平均对待,一视同仁。突出的方法,除了在字号大小,版面安排,标题插画,予以惠待外,我觉得主编应该站出来说话。主编应该和读者交流。过去叶圣陶、茅盾、郑振铎、巴金、靳以编刊物的时候,本人是经常在刊物上露面的,郑振铎、李健吾编《文艺复兴》时,两人轮流写编后记。他们的编后记都是署名的。我的《异秉》在《雨花》发表时,刊物上加了一段"编者附语"(写得要言不烦,切中肯綮,一看就是一位行家手笔),这办法在近年的刊物上不多见,但我以为很可取。一篇作品脱颖而出,固然不必为之作"誉满全球"式的吹嘘,但是完全用一种"桃李无言"的态度,等待着"下自成蹊",恐怕也不是办法。等待、观望的结果,往往就会使同一作家的第二篇好稿和别的作家的好稿溜掉。一个主编应该是一块充满热情的磁铁。

关于"通俗文学"。目前"通俗文学"泛滥,对纯文学的压力很大,《北京文学》申明要坚持纯文学的办刊方针,我很赞同。我觉得,第一,目前"通俗文学"的大量流行,不是一个很正常的现象,这阵风总会刮过去的。现在的风势已经有一点萎。第二,我觉得《北京文学》也不妨发一点比较通俗的作品,但是不能降低格调。赵树理同志的《登记》不也很通俗么?但同时也是严肃的纯文学。《北京文学》不妨发一点"通俗的纯文学"。

我的这些意见,未必正确。聊将一点祝愿,作为《北京文学》创刊三十周年的芹献而已。

五月一日

注 释

① 本篇原载《北京文学》1985 年第六期。

我是怎样和戏曲结缘的[①]

有一位老朋友，三十多年不见，知道我在京剧院工作，很诧异，说："你本来是写小说的，而且是有点'洋'的，怎么会写起京剧来呢?"我来不及和他详细解释，只是说："这并不矛盾。"

我的家乡是个小县城，没有什么娱乐。除了过节，到亲戚家参加婚丧庆吊，便是看戏。小时候，只要听见哪里锣鼓响，总要钻进去看一会。

我看过戏的地方很多，给我留下较深的印象的，是两处。

一处是螺蛳坝。坝下有一片空场子。刨出一些深坑，植上粗大的杉篙，铺了木板，上面盖 个席顶，这便是戏台。坝前有几家人家，织芦席的，开茶炉的……门外都有相当宽绰的瓦棚。这些瓦棚里的地面用木板垫高了，摆上长凳，这便是"座"。——不就座的就都站在空地上仰着头看。有一年请来一个比较整齐的戏班子。戏台上点了好几盏雪亮的汽灯，灯光下只见那些簇新的行头，五颜六色，金光闪闪，煞是好看。除了《赵颜借寿》、《八百八军》等开锣吉祥戏，正戏都唱了些什么，我已经模糊了。印象较真切的，是一出《小放牛》，一出《白水滩》。我喜欢《小放牛》的村娘的一身装束，唱词我也大部分能听懂。像"我用手一指，东指西指，南指北指，杨柳树上挂着一个大招牌……""杨柳树上挂着一个大招牌"，到现在我还认为写得很美。这是一幅画，提供了一个春风淡荡的恬静的意境。我常想，我自己的唱词要是能写得像这样，我就满足了。《白水滩》这出戏，我觉别具一种诗意，有一种凄凉的美。十一郎的扮相很美。我写的《大淖记事》里的十一子，和十一郎是有着某种潜在的联系的。可以说，如果我小时候没有看过《白水滩》，就写不出后来的十一子。这个戏班里唱青面虎的花脸是很能摔。他能接连摔好多个"踝子"。每摔一个，台下叫好，他就跳起来摘一个"红封"揣进怀里。——台上横拉了一根铁丝,铁丝上挂了好些包着红纸的"封子",内装铜钱或银角子。凡演员得一个"好",就可以跳起来摘一封。另外还有一出,是《九更天》。演《九更天》那天,开戏前即将钉板竖在台口,还要由一个演员把一只活鸡拽(Zhai)在钉板上,以示铁钉的锋利。那是很恐怖的。但我对这出戏兴趣不大,一个老头儿,光着上身,抱了一只钉板在台上滚来滚去,实在说不上美感。但是台下可"炸了窝"了!

另一处是泰山庙。泰山庙供着东岳大帝。这东岳大帝不是别人,是《封神榜》里的黄霓。东岳大帝坐北朝南,大殿前有一片很大的砖坪,迎面是一个戏台。戏台很高,台下可以走人。每逢东岳大帝的生日,——我记不清是几月了,泰山庙都要唱戏。约的班子大都是里下河的草台班子,没有名角,行头也很旧。旦角的水袖上常染着洋红水的点子——这是演《杀子报》时的"彩"溅上去的。这些戏班,没有什么准纲准词,常常由演员在台上随意瞎扯。许多戏里都无缘无故出来一个老头,一个老太太,念几句数板,而且总是那几句:

> 人老了,人老了,
> 人老先从哪块老?
> 人老先从头上老:
> 白头发多,黑头发少。
> 人老了,人老了,
> 人老先从哪块老?
> 人老先从牙齿老,吃不动的多,吃得动的少。
> ……

他们的京白、韵白都带有很重的里下河口音。而且很多戏里都要跑鸡毛报:两个差人,背了公文卷宗,在台上没完没了地乱跑一气。里下河的草台班子受徽戏影响很大,他们常唱《扫松下书》。这是一出冷戏,一到张广才出来,台下观众就都到一边喝豆腐脑去了。他们又受了海派戏的影响,什么戏都可以来一段"五音联弹"——"催战马,来到沙场,尊声壮士把名扬……"他们每一"期"都要唱几场《杀子报》。唱《杀子报》的那天,看戏是要加钱的,因为戏里的闻(文?)太师要勾金脸。有人是专为看那张金脸才去的。演闻太师的花脸很高大,嗓音也响。他姓颜,观众就叫他颜大花脸。我有一天看见他在后台栏杆后面,勾着脸——那天他勾的是包公,向台下水锅的方向,大声喊叫:"××!打洗脸水!"从他的宏亮的嗓音里,我感觉到草台班子演员的辛酸和满腹不平之气。我一生也忘记不了。

我的大伯父有一架保存得很好的留声机,——我们那里叫做"洋戏",还有一柜子同样保存得很好的唱片。他有时要拿出来听听,——大都是阴天下雨的时候。我一听见留声机响了,就悄悄地走进他的屋里,聚精会神地坐着听。他的唱片里最使我受感动的程砚秋的《金锁记》和杨小楼的《林冲夜奔》。几声小镲,"啊哈!数尽更筹,听残银漏……"杨小楼的高亢脆亮的嗓子,使我感到一种异样的悲凉。

我父亲是个多才多艺的人,他会画画,会刻图章,还会弄乐器。他年轻时曾花了一笔钱到苏州买了好些乐器,除了笙箫管笛、琵琶月琴,连唢呐海笛都有,还有一把拉梆子戏的胡琴。他后来别的乐器都不大玩了,只是拉胡琴。他拉胡琴是"留学生"——跟着留声机唱片拉。他拉,我就跟着学唱。我学会了《坐宫》、《起解·玉堂春》、《汾河湾》、《霸王别姬》……我是唱青衣的,年轻时嗓子很好。

初中,高中,一直到大学一年级时,都唱。西南联大的同学里有一些"票友",有几位唱得很不错的。我们有时在宿舍里拉胡琴唱戏,有一位广东同学,姓郑,一听见我唱,就骂:"丢那妈!猫叫!"

大学二年级以后,我的兴趣转向唱昆曲。在陶重华等先生的倡导下,云南大学成立了一个曲社,参加的都是云大和联大中文系的同学。我们于是"拍"开了曲子。教唱的主要是陶先生,吹笛的是云大历史系的张宗和先生。从《琵琶记·南浦》、《拜月记·走雨》开蒙,陆续学会了《游园·惊梦》、《拾画·叫画》、《哭像》、《闻铃》、《扫花》、《三醉》《思凡》、《折柳·阳关》、《瑶台》、《花报》……大都是生旦戏。偶尔也学两出老生花脸戏,如《弹词》、《山门》、《夜奔》……在曲社的基础上,还时常举行"同期"。参加"同期"的除同学外,还有校内校外的老师、前辈。常与"同期"的,有陶光(重华)。他是唱"冠生"的,《哭像》、《闻铃》均极佳,《三醉》曾受红豆馆主亲传,唱来尤其慷慨淋漓;植物分类学专家吴征镒,他唱老生,实大声宏,能把《弹词》的"九转"一气唱到底,还爱唱《疯僧扫秦》;张宗和和他的夫人孙凤竹常唱《折柳·阳关》,极其细腻;生物系的教授崔芝兰(女),她似乎每次都唱《西楼记》;哲学系教授沈有鼎,常唱《拾画》,咬字讲究,有些过分;数学系教授许宝騄,我们《刺虎》就是他亲授的;我们的系主任罗莘田先生有时也来唱两段;此外,还有当时任航空公司经理的查阜西先生,他兴趣不在唱,而在研究乐律,常带了他自制的十二乐均律的铜管笛子来为人伴奏;还有一位世事洞明,人情练达,童心犹在,风趣非常的老人许茹香,每"期"必到。许家是昆曲世家,他能戏极多,而且"能打各省乡谈",苏州话、扬州话、绍兴话都说得很好。他唱的都是别人不唱的戏,如《花判》、《下山》。他甚至能唱《绣襦记》的《教歌》。还有一位衣履整洁的先生,我忘记他的姓名了。他爱唱《山门》。他是个聋子,唱起来随时跑调,但是张宗和先生的笛子居然能随着他一起"跑"!

参加了曲社,我除了学了几出昆曲,还酷爱上吹笛,——我原来就会吹一点。我常在月白风清之夜,坐在联大"昆中北院"的一棵大槐树暴出地面的老树根上,独自吹笛,直至半夜。同学里有人说:"这家伙是个疯子!"

抗战胜利后,联大分校北迁,大家各奔前程,曲社、"同期"也就风流云散了。

一九四九年以后,我就很少唱戏,也很少吹笛子了。

我写京剧,纯属偶然。我在北京市文联当了几年编辑,心里可一直想写东西。那时写东西必需"反映现实",实际上是"写政策",必需"下去",才有东西可写。我整天看稿、编稿、下不去,也就写不成,不免苦闷。那年正好是纪念世界名人吴敬梓,王亚平同志跟我说:"你下不去,就从《儒林外史》里找一个题材编一个戏吧!"我听从了他的建议,就改一出《范进中举》。这个剧本在文化局戏剧科的抽屉里压了很长时间,后来是王昆仑同志发现,介绍给奚啸伯演出了。这个戏还在北京市戏曲会演中得了剧本一等奖。

我当了右派,下放劳动,就是凭我写过一个京剧剧本,经朋友活动,而调到北京京剧院里来的。一晃,已经二十几年了。人的遭遇,常常是不以自己的意志为转移的。

我参加戏曲工作,是有想法的。在有一次齐燕铭同志主持的座谈会上,我曾经说:"我搞京剧,是想来和京剧闹一阵别扭的。"简单地说,我想把京剧变成"新文学"。更直截了当地说:我想把现代思想和某些现代派的表现手法引进到京剧里来。我认为中国的戏曲本来就和西方的现代派有某些相通之处。主要是戏剧观。我认为中国戏曲的戏剧观和布莱希特以后的各流派的戏剧观比较接近。戏就是戏,不是生活。中国的古代戏曲有一些西方现代派的手法(比如《南天门》、《乾坤福寿镜》、《打棍出箱》、《一匹布》……),只是发挥得不够充分。我就是想让它得到更多的发挥。我的《范进中举》的最后一场就运用了一点心理分析。我刻画了范进发疯后的心理状态,从他小时读书、逃学、应考、不中、被奚落,直到中举、做了主考,考别人:"我这个主考最公道,订下章程有一条:年未满五十,一概都不要,本道不取嘴上无毛!……"。我想把传统和革新统一起来,或者照现在流行的话说:在传统与革新之间保持一种能力。

我说了这一番话,可以回答我在本文一开头提到的那位阔别三十多年的老朋友的疑问。

我写京剧,也写小说。或问:你写戏,对写小说有好处么?我觉至少有两点。

一是想好了再写。写戏,得有个总体构思,要想好全剧,想好各场。各场人物的上下场,各场的唱念安排。我写唱词,即使一段长到二十句,我也是每一句都想得能够成诵,才下笔的。这样,这一段唱词才是"整"的,有层次,有起伏,有跌宕,浑然一体。我不习惯于想一句写一句。这样的习惯也影响到我写小说。我写小说也是全篇、各段都想好,腹稿已具,几乎能够背出,然后凝神定气,一气呵成。

前几天,有几位从湖南来的很有才华的青年作家来访问我,他们提出一个问题:"您的小说有一种音乐感,您是否对音乐很有修养?"我说我对音乐的修养一般。如说我的小说有一点音乐感,那可能和我喜欢画两笔国画有关。他们看了我的几幅国画,说:"中国画讲究气韵生动,计白当黑,这和'音乐感'是有关系的。"他们走后,我想:我的小说有"音乐感"么?——我不知道。如果说有,除了我会抹几笔国画,大概和我会唱几句京剧、昆曲,并且写过几个京剧剧本有点关系。有一位评论家曾指出我的小说的语言受了民歌和戏曲的影响,他说得有几分道理。

一九八五年五月二十二日

注　释

① 本篇原载《新剧本》1985 年第四期;初收《晚翠文谈》,浙江文艺出版社,1988 年 3 月。

昆 明 的 花[①]

——昆明忆旧之六

茶　花

张岱的文章里不止一次提到"滇茶一本"，云南茶花驰名久矣。茶花曾被选为云南省花。曾见过一本《云南茶花》照相画册，印制得很精美，大概就是那一年编印的。茶花品种很多，颜色、花形各异。滇茶为全国第一，在全世界也是有数的。这大概是因为云南的气候土壤都于茶花特别相宜。

西山某寺（偶忘寺名）有一棵很大的红茶花。一棵茶花，占了大雄宝殿前的院子的一多半，——寺庙的庭院都是很大的。花开时，至少有上百朵，花皆如汤碗口大。碧绿的厚叶子，通红的花头，使人不暇仔细观赏，只觉得烈烈轰轰的一大片，真是壮观。寺里的和尚怕树身负担不了那么多花头的重量，用杉木搭了很大的架子，支撑着四面的枝条。我一生没有看见过这样高大的茶花。

茶花的花期很长。我似乎没有见过一朵凋败在树上的茶花。这也是茶花的可贵处。

汤显祖把他的居室名为"玉茗堂"。俞平伯先生在一篇文章里说，玉茗是一种名贵的白茶花。我在《云南茶花》那本画册里好像没有发现"玉茗"这一名称。不过我相信云南是一定有玉茗的，也许叫做什么别的名字。

樱　花

春雨既足,风和日暖,圆通公园樱花盛开。花开时,游人很多,蜜蜂也很多。圆通公园多假山,樱花就开在假山的上上下下。樱花无姿态,花形也平常,不耐细看,但是当得一个"盛"字。那么多的花,如同明霞绛雪,真是热闹!身在耀眼的花光之中,满耳是嗡嗡的蜜蜂声音,使人觉得有点晕晕忽忽的。此时人与樱花已经融为一体。风和日暖,人在花中,不辨为人为花。

兰　花

曾到一位绅士家作客,——他的女儿是我们的同学。这位绅士曾经当过一任教育总长,多年闲居在家,每天除了看看报纸,研究在很远的地方进行的战争,谈谈中国的线装书和法国小说,剩下的嗜好是种兰花。他的客厅里摆着几十盆兰花。这间屋子仿佛已为兰花的香气所窨透,纱窗竹帘,无不带有淡淡的清香。屋里屋外都静极了。坐在这间客厅里,用细瓷盖碗喝着"滇绿",看看披拂的兰叶,清秀素雅的兰花箭子,闻嗅着兰花的香气,真不知身在何世。

我的一位老师曾在呈贡桃园住过几年。他的房东也是爱种兰花的。隔了差不多四十年,这位先生还健在,已经是一位老者了。经过"文化大革命",他的兰花居然能保存了下来。他的女儿要到北京来玩,劝说她父亲也到北京走走,老人不同意,他说:"我的这些兰花咋个整?"

缅　桂　花

昆明缅桂花多,树大,叶茂,花繁。每到雨季,一城都是缅桂花的浓香,我已于《昆明的雨》中说及,不复赘。

粉 团 花

粉团花即绣球。昆明人谓之"粉团",亦有理致。

云南民歌:"阿妹好像粉团花",用绣球花来比拟少女,别处的民歌里好像还未见过。于此可见云南绣球甚多,遍布城乡,所以歌手们能近取譬。

康乃馨·菖兰·夜来香

康乃馨昆明人谓之洋牡丹,菖兰即剑兰,夜来香在有的地方叫做晚香玉。这都是插瓶的花。康乃馨有红的、粉的、白的。菖兰的颜色更多,粉色的,白色的,黄色的,紫得发黑的。夜来香洁白如玉。昆明近日楼有一个很大的花市,卖花人把水灵灵的鲜花摊在一片芭蕉叶上卖。鲜花皆烂贱,买一大把鲜花和称二斤青菜的价钱差不多。

美人蕉和波斯菊

波斯菊叶子极细碎轻柔。花粉紫色,单瓣;瓣极薄。微风吹拂,花叶动摇,如梦如烟。

我原以为波斯菊只有南方有,后来在张家口坝上沽源县的街头也看见了这种花,只是塞北少雨水,花开得不如昆明滋润。在沽源看见波斯菊使我非常惊喜,因为它使我一下子想起了昆明。

波斯菊真是从波斯传来的么?那么你是一位远客了。

昆明的美人蕉皆极壮大,花也大,浓红如鲜血。红花绿叶,对比鲜明。我曾到郊区一中学去看一个朋友,未遇。学校已经放了暑假,一个人没有,安安静静的,校园的花圃里一大片美人蕉赫然地开着鲜红鲜红的大花。我感到一种特殊的,颜色强烈的寂寞。

叶 子 花

叶子花别处好像是叫做三角梅,昆明人就老是不客气地叫它叶子花,因为它的花瓣和叶子完全一样,只是长条的顶端的十几撮花的颜色是紫红的,而下边的叶子是深绿的。青莲街拐角有一家很大的公馆,围墙的墙头上种的都是叶子花。墙头上种花,少有!

报 春 花

我想查一查报春花的资料。家里只有一本《辞海》。我相信《辞海》里是不会收这一条的。报春花不是名花。但我还是抱着姑且查查看的心情翻开了《辞海》,不料竟有!

> 报春花……一年生草本。叶基生,长卵形,顶端圆钝,基部楔形或心形,边缘有不整齐缺裂,缺裂具细锯齿,上面被纤毛,下面有白粉或疏毛。秋季开花,花高脚碟状,红色或淡紫色,伞形花序2—4轮,蒴果球形。多生于荒野、田边。原产我国云南、贵州。各地栽培,供观赏。

不错,不错! 就是它,就是它! 难得是它把报春花描写得这样仔细。尤其使我欢喜的,是它告诉我云南是报春花的老家。

我在北京的一家花店里重遇报春花,栽在花盆里,标价一元一盆。我不禁冷笑了:这种东西也卖钱! 我们在昆明市,到田边散步,一扯就是一大把!

一九八五年六月九日

注 释

① 本篇原载《滇池》1986 年第三期;初收《汪曾祺全集》第三卷,北京师范大学出版社,1998 年 8 月。

八　仙①

　　我的老师浦江清先生（他教过我散曲）曾写过一篇《八仙考》。这是国内讲八仙的最完备的一篇文章。本文的材料都是从浦先生的文章里取来的，可以说是浦先生文章的一个缩写本。所以要缩写，是因为我对八仙一直很有兴趣，而浦先生的文章见到的人又不很多。当然也会间出己意，说一点我的看法。

　　小时候到一个亲戚家去拜寿。是这家的老太爷的整生日，很热闹，寿堂布置得很辉煌。最使我发生兴趣的是供桌上一堂"八仙人"。泥塑的头，衣服是绢制的，真是栩栩如生，好看极了。我看了又看，舍不得离开。

　　八仙的形成大概在宋元之际。最初好像出现在戏曲里。元人杂剧如马致远《吕洞宾三醉岳阳楼》、谷子敬《吕洞宾三度城南柳》、岳伯川《吕洞宾度铁拐李岳》、范子安《陈季卿误上竹叶舟》，都提到八仙，只是八仙的名单与后世稍有出入。明初的周宪王《诚斋杂剧》中《群仙庆寿蟠桃会》第四折毛女唱：

　　　　（水仙子）这个是吕洞宾手把太阿携。这个是蓝采和身穿绿道衣。这个是汉钟离头挽双鬃髻。这个是曹国舅拿着笊篱。这个是韩湘子将造化能移。这个是白髭髯唐张果。这个是皂罗衫铁拐李。这个是徐神翁喜笑微微。

　　除了缺一名何仙姑（多了一位徐神翁），与今天流传的已无区别。稍后，八仙出现在绘画里。王世贞《题八仙像后》云："八仙者，钟离、李、吕、张、蓝、韩、曹、何也。不知其会所由始，亦不知其画所由始。余所睹仙迹及图史亦详矣，凡元以前无一笔，而我明如冷起敬、吴伟、杜堇稍有名矣亦未尝及之。"更后，八仙就成为工艺美术的重要题材，凡瓷器、木雕、漆画、泥塑、面人、刺绣、剪纸，无不有八仙。不但八仙的形象为人熟悉，就是他们所持的"道具"，大家也都一望就知道：汉钟离的芭蕉扇、吕洞宾的宝剑、张果老的渔鼓简板、韩湘子的笛子、蓝采和的花篮、何仙姑的荷花、铁拐李的葫芦、曹国舅的拍板。这八样东西成了八位仙人的代表。这在工艺上有个专用名称，叫做"小八仙"。"小八仙"往往用飘舞的绸带装饰，这样才好看，也才有仙意。我曾在内蒙的一个喇嘛庙的墙壁上看到堆塑出来的"小八仙"，这使我很为惊奇了：八仙和喇嘛教有什么关系呢？后来一想：大概修庙的工匠是汉人，他就不管三七二十一，把他所熟悉的装饰图样安到喇嘛庙的墙上来了。喇嘛们也不知道这是什么东西，糊里糊涂地就接受了。于此可见八仙影响之广。中国人不认得八仙的大概很少。"八仙过海，各显其能"，"一个人唱不了《八仙庆寿》"已经成为家喻户晓的民间俗话。如果没有八仙，中国的民间工艺就会缺了一大块，中国人的精神生活也会缺了一块。

八仙是一个仙人集体，一个八人小组。但是他们之间其实没有多大关系。他们不是一个时代，也不是一个地方的人。他们不是一同成仙得道的。他们有个别的人有师承关系，如汉钟离和吕洞宾，吕洞宾和铁拐李，大多数并没有。比如何仙姑和韩湘子，可以说毫不相干。不知道这八位是怎样凑到一起的。因此像王世贞那样有学问的人，也"不知其会所由始"。

这八位，原来都是单个的仙人。

张果老比较实在，大概曾经有过这样一个人，其人见于正史，他是唐玄宗时人，隐于中条山，应明皇诏入朝，道号通玄先生。《旧唐书》、《新唐书》皆入方士传。但是所录亦已异常。他的著名故事是骑驴。他乘一白驴，日行万里，休则折叠之，其厚如纸，置于巾箱中，乘则以水噀之，还成驴矣。这怎么可能呢？然而它分明写在"正史"里！大概唐玄宗好道，于是许多奇奇怪怪，不近情理的事，虽史臣也不得不相信。

这以后，张果老和驴遂分不开了。单幅的张果画像，大都骑驴。若是八仙群像，他大都也是地下走，因为画驴太占地方。别人都走着，他骑驴，也未免特殊化。单幅画张果老，往往画他倒骑毛驴。这实在是民间的一大创造。毛驴倒骑，咋走呢？这大概是有寓意的。倒骑，表示来去无定向，任凭毛驴随意地走，走到哪里算哪里，这样显出仙人的洒脱；另外，倒骑，是向后看。不看前而看后，有一点哲学的意味了。总之张果老倒骑毛驴，是可以使老百姓失笑，并且有所解悟的。至于此老何时从赵州桥上过，并在桥石上留下一串驴蹄的印迹，则不可考。"张果老骑驴桥上走"，《小放牛》的歌声传唱了有多少年了？

八仙里最出风头的是吕洞宾。吕洞宾据说名巖，大概是残唐五代时的人，读过书，屡举进士不第，后来学了道。元曲里关于他的仙迹特多，大都是度人。他后来，到了元朝，被王重阳创立的全真教（全真教为道教的一派，即北京的白云观邱处机所信奉的那一派）的宗师，地位很高了。不少地方都有他的专祠。山西的永乐宫就是他的专祠之一。著名的永乐宫壁画，画的就是此公的事迹。他俨然成了八人小组的小组长。他的出名是在岳州，即今岳阳。岳阳楼挹洞庭之胜，加以范仲淹作记，名重天下。"先天下之忧而忧，后天下之乐而乐"，千古名句。于是有人造出仙迹，说是吕洞宾曾在城南古寺留诗。诗共两首，被人传诵的是：

朝游鄂渚暮苍梧，
袖有青蛇胆气粗。
三醉岳阳人不识，
朗吟飞过洞庭湖。

诗写得真不赖，于仙风道骨之中含豪侠之气。但也有人怀疑这是江湖间人乘醉而作的奇纵之笔，未必真是仙迹。他的出名和汤显祖的《邯郸梦》很有关系。《三醉》一折慷慨淋漓，声容并茂，是冠生的名曲。民间流传他曾三戏白牡丹，在他的形象上加了一笔放荡的色彩。总之，他是一位风流倜傥的仙人，很有诗人气质。他的诗人气质是为老百姓所理解的，并且是欣赏的。

何仙姑一说是广州增城人，一说是永州人，总之是南方人，——她和张果老交谈大概是相当费事的。十四五岁时梦见神人教她食云母粉，一说是遇到仙人给了她枣子吃，一说是给了她桃子吃，于是"不饥无漏"。既不要吃东西，又不用解大小便，实在是省事得很。一说给她桃子吃的就是吕洞宾。她的本事只是能"言人休咎"。没有什么稀奇。她的出名和汤显祖也是有关系的。汤显祖《邯郸梦》写吕洞宾度卢生，即有名的"黄粱梦"故事。吕度卢生，事出有因。东华帝君敕修蓬莱山门，门外蟠桃一株，时有浩劫刚风，等闲吹落花片，塞碍天门。先是，吕洞宾度得何仙姑在天门扫花，后奉帝君旨，何姑证入仙班，需再找一人，接替何姑扫花之役，吕洞宾这才往赤县神州去度卢生。何仙姑扫花，纯粹是汤显祖想象出来的，以前没有人这样说过。不过《扫花》一折，词曲俱美，于是便流传开了。何仙姑送吕洞宾下凡，叮咛嘱咐，叫他早些回来，使人感到有一种说不出来的感情。"错教人遗恨碧桃花"，这说的是什么呢？腔也很软，很绵缠的。

汉钟离说不清是汉朝人还是唐朝人。一般都说他复姓钟离，名权。他是个大汉，梳着两个鬊髻，"虬髯蓬鬓，睟盼物表"，相貌长得很不错。据说他会写字，写的字当然是龙飞凤舞，飘飘然很有仙人风度。他不知怎么在全真教的系统上变为东华帝君的大弟子，纯阳吕真人之师。到元世祖至元六年封赠"正阳开悟传道真君"，元武宗至大元年加赠"正阳开悟垂教帝君"，头衔极阔。但是实际上他并无任何事迹可传。他为什么拿一把芭蕉扇？大概是因为他块儿大，怕热。

现在画里的蓝采和是个小孩子，很秀气，在戏里是用旦角扮的，以致赵瓯北竟以为他是女的，这实在是一大误会。他的事迹最早见于沈汾的《续仙传》。沈氏原传略云："蓝采和不知何许人也。常衣破蓝衫，六铐黑木腰带阔三寸余,一脚著靴,一脚跣行。夏则衫内加絮,冬则卧于雪中,气出如蒸。每行歌于城市乞索,持大拍板长三尺余。……行则振靴,言曰:'踏踏歌,蓝采和,世界能几何? 红颜一春树,流年一掷梭! 古人混混去不返,今人纷纷来更多。朝骑鸾凤到碧落,暮见桑田生白波。长景明晖在空际,金银宫阙高嵯峨。'……"。大概此人本是一个行歌的乞者。他用"踏踏歌,蓝采和"作为歌曲的开头,是可能的。"蓝采和"是没有意义的泛声,类似近世的"呀呼嗨"。沈汾所录歌词一看就是文人的手笔。浦先生说:"好事者目为神仙,文人足成乐府",极有见地。此人的相貌装束原本是相当邋遢的,后来不知怎么变俊了。他的大拍板也借给别人了,却给他手里塞了一个花篮。为什么派给他一个花篮,大概后人以为他姓蓝或篮,正如让何仙姑手执一朵荷花一样。

八仙里铁拐李的形象最为奇特。他架着单拐,是个跛子。他的来历有两种说法。元人杂剧以为他本姓岳,名寿,在郑州做都孔目,因忤韩魏公惊死,吕洞宾使他借李屠的尸首还了魂,度登仙箓。《东游记》则说他姓李名玄,得道以后,离魄朝山,命他的徒弟守尸,说明七天回来,而其徒守到六天,母亲病了,他要回家,就把李玄的尸首焚化了。李玄没法,只好借一饿殍还魂。总之,他原来不是这模样。现在的铁拐李具有二重性:别人的躯壳,他的灵魂。一个人借了别人的躯体而生活着,这将如何适应呢,实在是难以想象。

又有一说,他本来就跛,他姓刘。赵道一《真仙通鉴》有其传,略云:"刘跛子,青州人也,拄一拐,每一岁,必一至洛中看花。……陈莹中素爱之,作长短句赠之曰:'槁木形骸,浮云生世,一年两到京华。又还乘兴,闲看洛阳花。闻道鞓红最好,春归后,终委泥沙。忘言处,花开花谢,不似我生涯。年华,留不住,饥餐困卧,触处为家。这一轮明月,本自无瑕。随分冬裘夏葛,都不会赤火黄芽。谁知我,春风一拐,谈笑有丹砂。'""春风一拐",大是妙语! 至于他怎么又姓了李呢,那就不晓得了。吁,神仙之事,难言之矣!

韩湘子是韩愈的侄子或侄孙。他的奇迹是"能开顷刻花"。他曾当着韩愈,取土以盆覆之,良久花开,乃碧花二朵,似牡丹差大,于花间拥出金字一联云:"云横秦岭家何在,雪拥蓝关马不前"。韩愈不解是什么意思。后来韩愈以谏佛骨事贬潮州,一日途中遇雪,有一人冒雪而来,乃湘子也。湘子说:"还记得花上句么,就是说的今天的事。"韩愈问这是什么地方,正是蓝关。韩文公嗟叹久之,说:"我给你把诗补全了吧!"诗曰:"一封朝奏九重天,夕贬潮阳路八千。本为圣朝除弊事,岂将衰朽惜残年?云横秦岭家何在,雪拥蓝关马不前。知汝远来应有意,好收吾骨瘴江边。"

元曲里有《蓝关记》。大概此类剧本还不少。韩文公是被韩湘子度脱的。韩愈一生辟佛,也不会信道,说他得度,实在冤枉。此类剧本,未免唐突先贤,因此臧晋叔的《元曲选》里不收。

八仙里顶不起眼的,是曹国舅。他几乎连一个名字都没有。有人查出,他大概叫曹佾。因为他是宋朝人,宋朝当国舅的只有这么一个曹佾。但是老百姓并不知道,多数老百姓连这个"佾"字也未必认识(这个字字形很怪)!他有什么事迹么?没有的。只知道"美仪度",手里拿一个笊篱,化钱度日。用笊篱化钱,不知有什么讲究。除了曹国舅,别人好像没有这样干过。笊篱这东西和仙人实在有点"不搭界",拿在手里也不大好看,南方人甚至有人不知道这是啥物事,于是便把蓝采和的大拍板借给他了,于是他便一天到晚唱曲子,蛮写意。

八仙的形象为什么流传得这样广?

八仙的形成与戏曲是有关系的。元代盛行全真教,全真教几乎成了国教。元曲里有"神仙道化"一科,这自然是受了全真教的影响。八仙和全真教的关系是密切的(吕洞宾、汉钟离都是祖师),但又不是那么十分密切。传说中的八仙故事和全真教的教义——以"澄心定意、抱元守一、存神固气"为"真功","济贫拔苦、先人后己、与物无私"为"真行",实在说不上有多少内在的联系。对八仙有感情的人未必相信全真教。在全真教已经不很盛行的时候，八仙的形象也并没有失去光彩。这恐另有原因在。

原来这和祝寿是很有关系的。中国人的生活理想很重要的一条是长寿——不死。中国人是现实的，他们原来不相信天国，也不信来生，他们只愿意在现世界里多活一些时候，最好永远地活下去。理想的人物便是八仙。八仙有一个特点，即他们都是"地仙"，即活在地面上的神仙，也就是死不了的活人。他们是不死的，因此请他们来为生人祝寿，实在是最合适不过。八仙戏和庆寿关系很密切。胡应麟《少室山房笔丛》考八仙云："今所见庆寿词尚是元人旧本"。周宪王编过两本庆寿剧。其《瑶池会八仙庆寿》第四折吕洞宾唱：

> （水仙子）汉钟离遥献紫琼钩。张果老高擎千岁韭。蓝采和漫舞长衫袖。捧寿面的是曹国舅。岳孔目这铁拐拄护得千秋。献牡丹的是韩湘子。进灵丹的是徐信守。贫道呵，满捧着玉液金瓯。

这唱的是给王母娘娘祝寿，实际上是给这一家办生日的"寿星"祝寿。我的那家亲戚的寿堂供桌上摆设着八仙人，其意义正是如此。

活得长久，当然很好。但如果活得很辛苦，那也没有多大意思，成了"活受"。必须活得很自在，那才好。谁最自在？神仙。"自在神仙"，"神仙"和"自在"几乎成了同义语。你瞧瞧八仙，那多自在啊！他们不用种地，不用推车挑担，也不用买卖经商，云里来，雾里去，扇扇芭蕉扇，唱唱曲子，吹吹笛子，耍耍花篮……他们不忧米盐，只要吃点鲜果，而且可以"不饥无漏"，嘿，那叫一个美，真是"神仙过的日子"！咱们凡人怎么能到得这一步呀！我简直地说：八仙是我们这个劳苦的民族对于逍遥的生活的一种缥缈的向往。我们的民族太苦了啊，你能不许他们有一点希望吗？我每当看到陕北剪纸里的吕洞宾或铁拐李，总是很感动。陕北呀，多苦呀，然而他们向往着神仙。因此，我不认为八仙在我们的民族心理上是一个消极的因素。

八仙何以是这八位？这没有什么道理可讲。中国人对数字有一种神秘观念，八是成数，即多数。以八聚人，是中国人的习惯。陶渊明《圣贤群辅录》列举了很多"八"，八这个，八那个。古代的道教里大概就有八仙。四川有"蜀八仙"。杜甫有《饮中八仙歌》。既云"饮中八仙"，当还有另外的八仙。到了元朝以后，因为已经有了这几位仙人的单独的故事流传，数一数，够八个了，便把他们组织了起来。把他们组织在一起，是为了画面的好看，王世贞《题八仙像后》云："意或庸妄画工，合委巷丛俚之谈，以是八公者，老则张，少则蓝、韩，将则钟离，书生则吕，贵则曹，病则李，妇女则何，为各据一端作滑稽观耶！""各据一端作滑稽观"，这揣测是近情理的。这八个人形象不同，放在一起，才能互相配衬，相得益彰。王世贞说这是"庸妄画工"搞出来的。"庸妄画工"，说得很不客气。但这是民间艺人的创造，则似可信。这组群像不大像是画院的待诏们的构思。也许这最初是戏曲演员弄出来的，为了找到各自不同的扮相。八仙究竟是先出现于戏曲，还是先出现于民间绘画呢？这不好说。我倾向于先出现于戏曲。不过他们后来成为工艺美术的重要题材，戏曲里反而不多见了，则是事实。

八仙在美术上的价值似不如罗汉。除了张果老、吕洞宾、铁拐李，个性都不很突出。就中最值得注意的是铁拐李。宋元人画单幅的仙人图以画铁拐李的为多，他的形象实在很奇特：浓眉，大眼，大鼻子，秃头，脑后有鬈发，下巴上长了一丛乱七八糟的连鬈胡子，驼背，赤足，架着一支拐，胳臂和腿部的肌肉都很粗壮，长了很多黑毛，手指头脚趾头都很发达。他常常背了一个大葫芦，葫芦口冒出一股白气，白气里飞着几个红蝙蝠，他便瞪大了眼睛瞧着这几个蝙蝠。他是那样丑，又那样美；那样怪，又那样有人情。中国的神、仙、佛里有几个是很丑而怪的。铁拐李和罗汉里的宾头卢尊者、钟馗以及后来的济公，属于一类。以丑为美，以怪为美，这在中国人的审美观念里是一个值得研究的现象。

一九八五年八月十八日

注　释

① 本篇原载《汪曾祺全集》第三卷，北京师范大学出版社，1998 年 8 月。

生　机①

芋　头

　　一九四六年夏天,我离开昆明,去上海,途经香港,因为等船期,滞留了几天,住在一家华侨公寓的楼上。这是一家下等公寓,已经很敝旧了,墙壁多半没有粉刷过。住客是开机帆船的水手,跑澳门做鱿鱼、蚝油生意的小商人,准备到南洋开饭馆的厨师,还有一些说不清是什么身份的角色。这里吃住都是很便宜的。住,很简单,有一条席子,随便哪里都能躺一夜。每天两顿饭,米很白。菜是一碟炒通菜,一碟在开水里焯过的墨斗鱼脚,还顿顿如此。墨斗鱼脚,我倒爱吃,因为这是海味。——我在昆明七年,很少吃到海味。只是心情很不好。我到上海,想去谋一个职业,一点着落也没有,真是前途缈茫。带来的钱,买了船票,已经所剩无几。在这里又是举目无亲,连一个可以说说话的人都没有。我整天无所事事,除了到皇后道、德铺道去瞎逛,就是踅到走廊上去看水手、小商人、厨师打麻将。真是无聊呀。

　　我忽然发现了一个奇迹,一棵芋头! 楼上的一侧,一个很大的阳台,阳台上堆着一堆煤块,煤块里竟然长出一棵芋头! 大概不知是谁把一个不中吃的芋头随手扔在煤堆里,它竟然活了。没有土壤,更没有肥料,仅仅靠了一点雨水,它,长出了几片碧绿肥厚的大叶子,在微风里高高兴兴地摇曳着。在寂寞的羁旅之中看到这几片绿叶,我心里真是说不出的喜欢。

　　这几片绿叶使我欣慰,并且,并不夸张地说,使我获得一点生活的勇气。

豆　芽

秦老九去点豆子。所有的田埂都点到了。——豆子一般都点在田埂的两侧,叫做"豆埂",很少占用好地的。豆子不需要精心管理,任其自由生长。谚云:"懒媳妇种豆"。还剩下一把。秦老九懒得把这豆子带回去。就掀开路旁一块石头,把豆子撒到石头下面,说了一声:"去你妈的",又把石头放下了。

过了一阵,过了谷雨,立夏了,秦老九到田头去干活,路过这块石头,他的眼睛瞪得像铃铛:石头升高了! 他趴下来看看! 豆子发了芽,一群豆芽把石头顶起来了。

"咦!"

刹那之间,秦老九成了一个哲学家。

长进树皮里的铁蒺藜

玉渊潭当中有一条南北的长堤,把玉渊潭隔成了东湖和西湖。堤中间有一水闸,东西两湖之水可通。东湖挨近钓鱼台。"四人帮"横行时期,沿东湖岸边拦了铁丝网。附近的老居民把铁丝网叫做铁蒺藜。铁丝网就缠在湖边的柳树干上,绕一个圈,用钉子钉死。东湖被圈禁起来了。湖里长满了水草,有成群的野鸭凫游,没有人。湖中的堤上还可以通过,也可以散散步,但是最好不要停留太久,更不能拍照。我的孩子有一次带了一个照相机,举起来对着钓鱼台方向比了比,马上走过来一个解放军,很严肃地说:"不许拍照!"行人从堤上过,总不禁要向钓鱼台看两眼,心里想:那里头现在在干什么呢?

"四人帮"粉碎后,铁丝网拆掉了。东湖解放了。岸上有人散步,遛鸟,湖里有了游船,还有人划着轮胎内带扎成的筏子撒网捕鱼,有人弹吉他、吹口琴、唱歌。住在附近的老人每天在固定的地方聚会闲谈。他们谈柴米油盐、男婚女嫁、玉渊潭的变迁……

但是铁蒺藜并没有拆净。有一棵柳树上还留着一圈。铁蒺藜勒得紧,柳树长大了,把铁蒺藜长进树皮里去了。兜着铁蒺藜的树皮愈合了,鼓出了一圈,外面还露着一截铁的毛刺。

有人问:"这棵树怎么啦?"

一个老人说:"铁蒺藜勒的!"

这棵柳树将带着一圈长进树皮里的铁蒺藜继续往上长,长得很大,很高。

注 释

① 本篇原载《丑小鸭》1985 年第八期;初收《汪曾祺全集》第三卷,北京师范大学出版社,1998 年 8 月。

寻　根①

前不久,有评论家提出中国当代作家寻根的问题。提出这个问题是很有意思的,我现在就寻找一下我自己的根。

我是苏北高邮人。香港大概不少人知道高邮出咸鸭蛋,而且有双黄的。其实高邮不只出咸鸭蛋,还出过大词人秦少游,研究训诂学的王念孙、王引之父子,还出过一个写散曲的王西楼。我的家庭是一个"书香门第"。祖父是一个拔贡,我上小学的时候,祖父曾教过我《论语》,还开过笔——就是作文。祖父让我作的体裁叫做"义",就是把孔夫子的一句话的意思解释清楚。"义"还不是八股文,但可说是八股文的初步。小时读《论语》似懂非懂,只是感受到一种气氛。我对孔夫子产生好感是在大学的时候。我读的大学是西南联大。大一国文课本里选了几篇《论语》,我开始有点读懂了。我对孔子思想没有系统地研究过,我感兴趣的是孔子这个人。我认为孔子是个很有个性,很通人情的人,他很有点诗人气质,《论语》这部书带有很大的抒情性。——先秦诸子的著作大都带有抒情性,这是中国传统哲学著作的一个特点。孔孟之道的核心,我以为是"大人者不失其赤子之心"。有的评论家曾说我的作品受了一些老庄思想的影响,我自己觉得受儒家思想影响可能更深一点。我曾在一篇文章中称自己是一个"中国式的人道主义者",直到现在,还不想否认。

从小学五年级到初中三年级,我的国文老师都是一位姓高的先生。我曾写过一篇小说《徙》,写的就是这位高先生。高先生教国文,除了课本之外,还自己选了一些文章作"讲义"。他选的文章有《檀弓》的《苛政猛于虎》、柳宗元的《捕蛇者说》等等。看来他选择文章,有一个贯串性的思想,就是人道主义。他似乎特别喜欢归有光。归有光的几篇名文,如《先妣事略》、《项脊轩志》、《寒花葬志》,他都给我们讲了。归有光是明代的大古文家。他善于以清淡的文笔写平常的人事。顾炎武、姚鼐和他的对头,被他斥为"庸妄巨子"的王世贞都很佩服他。姚鼐说他能于不紧要之题,说不紧要之语,却自风致宛然。并说这种境界非于司马迁的文章深有体会的是不能埋解的。顾炎武说他最善于写妇女和小孩的情态,这在中国封建社会时代是非常难得的。善写妇女、孩子,表明他对妇女和孩子是尊重的,这说明他对于生活富于一种人道主义的温情。这种温情使我从小受到深深的感染。我的小说受归有光的影响是很深的。

上初中的时候,有两个暑假我曾跟一个姓韦的老师学过桐城派古文。他每天教我一篇,要能背诵。我大概背诵过百多篇桐城派古文。桐城派在五四时期被斥为"谬种"。但这实在是集中国散文之大成的一个流派。从唐宋古文到桐城派都讲究"文气"。我以为这是比"结构"更内在更精微的美学概念。我的小说的章法受了桐城派古文的一定影响。

1939 年我到昆明读了西南联合大学,这是北大、清华、南开合成的大学,名教授很多,学术空气很自由。教我们创作的是著名作家沈从文。沈先生经常讲的一句话是:"要贴到人物来写"。这一句话使我终生受用。他的这句话,据我的理解有这样几层意思:在小说里,人物是主要的和主导的,其余部分都是次要的,派生的;其余部分,如景物描写、抒情、议论,都必需依附于人物,不能和人物游离、脱节;作家要和人物共哀乐;作家的叙述语言要和人物相协调。

大学时期,我读了不少翻译的外国作品。对我影响较深的有契诃夫、阿左林、弗·伍尔芙和纪德。有一个时期,我的小说明显地受了西方现代派影响,大量地运用了意识流,后来我转向了现实主义。西方现代派的痕迹在我现在的小说里还能找到,但是我主张把外来影响和民族传统溶合起来,纳外来于传统,我追求的是和谐。

解放以后,我当了多年编辑,编过《说说唱唱》、《民间文学》。从一九六二年以后,一直在一个京剧院编京剧剧本。中国的说唱文学、民歌和民间故事、戏曲,对我的小说产生了不小的影响。主要在语言上。

现在的青年作家和评论家提出的寻根问题我还不怎么理解,他们提出这个术语的涵义也不那么一致。据我的理解,无非是说把现代创作和传统文化接上头,一方面既从现实生活取得源头活水,另一方面又从传统文化取得滋养。如果是这样,我以为这是好的。一个中国作家应当对中国文化有广博的知识和深刻的理解,他的作品应该闪耀出中国文化的光泽。否则中国的作品和外国人写的作品有什么区别呢?鲁迅、老舍、沈从文对于中国文化的修养是很深的,我们应该向他们学习。

谢谢大家。

注 释

① 本篇是作者 1985 年 10 月随中国作家代表团访问香港时的发言,原载《汪曾祺全集》第六卷,北京师范大学出版社,1998 年 8 月。

从哀愁到沉郁①

——何立伟小说集《小城无故事》序

　　我最初读到的何立伟的小说是《小城无故事》。发表在《人民文学》上的。当时就觉得很新鲜。这样的小说我好像曾经很熟悉，但又似乎生疏了多年了。接着就有点担心。担心作者会受到批评，也担心《人民文学》因为发表这样的作品而受到批评。我担心某些读者和评论家会看不惯这样的小说，担心他们对看不惯的小说会提出非议。然而我的担心是多余了。看来我的思想还是相当保守的，对读者和评论家的估计过低了。何立伟和《人民文学》全都太平无事。——也许有一点"事"，但是我不知道。我放心了。何立伟接着发表了不少小说，有的小说还得了奖。我听到一些关于何立伟小说的议论，都是称赞的，都说何立伟是一个值得注意的、有自己的特点的青年作家。何立伟得到社会的承认，他在文艺界站住脚了，我很高兴。为立伟本人高兴，也为中国多了一个真正的作家而高兴。何立伟现在的情况可以说是"崭露头角"，他的作品也预示出他会有很远大的前程。从何立伟以及其他一些破土而出，显露不同的才华的青年作家身上，我们看到中国文学的一片勃勃的生机，这真是太好了。

　　但是我以前看过立伟的小说很少，——我近年来不大看小说，好像只有《小城无故事》这一篇。

　　蒋子丹告诉我，何立伟要出小说集，要我写序。有一次见到王蒙，我告诉他何立伟要我写序（我知道立伟的小说有一些是经他的手发出去的）。王蒙说："你写吧！"我说我看过他的小说很少，王蒙说："看看吧，你会喜欢的"。我心想：好吧。

　　何立伟把他的小说的复印件寄来给我了，写序就由一句话变成了真事。复印件寄到时,我在香港。回来后知道他的小说集发稿在即,就连日看他的小说。这样突击式地看小说,囫囵吞枣,能够品出多少滋味来呢?我于是感到为人写序是一件冒险的事。如果序里所说的话,全无是处,是会叫作者很难过的。但是我还是愿意来写这篇序。理由就是:我愿意。

子丹后来曾陪了立伟和另外一位湖南青年作家徐晓鹤到我在北京的住处来看过我。他们全都才华熠熠,挥斥方遒,都很快活。我很喜欢他们的年青气盛的谈吐。因为时间匆促,未暇深谈。谈了些什么,我已经不记得了。只记得我大概谈起过废名。为什么谈起废名,大概是我觉得立伟的小说与废名有某些相似处。

立伟最近来信,说:"上回在北京您同我谈起废名,我回来后找到他的书细细读,发觉我与他有很多内在的东西颇接近,便极喜欢。"

那么何立伟过去是没有细读过废名的小说的,然而他又发觉他与废名有很多内在的东西颇接近,这是很耐人深思的。正如废名,有人告诉他,他的小说与英国女作家弗金尼·沃尔芙很相似,废名说:"我没有看过她的小说",后来找了弗金尼·沃尔芙的小说来看了,说:"果然很相似"。一个作家,没有读过另一作家的作品,却彼此相似,这是很奇怪的。

但是何立伟是何立伟,废名是废名。我看了立伟的全部小说,特别是后来的几篇,觉得立伟和废名很不一样。我的这篇序恐怕将写成一篇何立伟、废名异同论,这真是始料所不及。

废名是一位被忽视的作家。在中国被忽视,在世界上也被忽视了。废名作品数量不多,但是影响很大,很深,很远。我的老师沈从文承认他受过废名的影响。他曾写评论,把自己的几篇小说和废名的几篇对比。沈先生当时已经成名。一个成名的作家这样坦率而谦逊的态度是令人感动的。虽然沈先生对废名后期的小说十分不以为然。何其芳在《给艾青先生的一封信》提到刘西渭(李健吾)非常认真地读了《画梦录》,但"主要地只看出了我受了废名影响的那一点。"那么受了废名影响的这一点,何其芳是承认的。我还可以开出一系列受过废名影响的作家的名单,只是因为本人没有公开表态,我也只好为尊者讳了。"但开风气不为师",废名是开了一代文学风气的,至少在北方。这样一个影响深远的作家,生前死后都很寂寞,令人怃然。

我读过废名的小说,《桃园》、《竹林的故事》、《桥》、《枣》……都很喜欢。在昆明(也许在上海)读过周作人写的《怀废名》。他说废名的小说的一个特点是注重文章之美。说他的小说如一湾溪水,遇到一片草叶都要抚摸一下,然后再汩汩地向前滚去(大意),这其实就是意识流,只是当时在中国,"意识流"的理论和小说介绍进来的还不多。这也是很有意思的事。西方的意识流的理论和小说还没有介绍进来,中国已经有用意识流的方法写的小说,并且比之西方毫无逊色,说明意识流并非是外来的。人类生活发展到一定阶段,对意识的认识发展到一定阶段,就会产生意识流的作品。这是不能反对,无法反对的。废名也许并不知道"意识流",正像他以前不知道弗金尼·沃尔芙。他只是想真切地反映生活,他发现生活,意识是流动的,于是找到了一种新的对于生活的写法,于是开了一代风气。这种写法没有什么奥秘,只是追求:更像生活。

周作人的文章还说废名之貌奇古,其额如螳螂。一九四八年我住在北京大学红楼,时常可以看到废名,他其时已经写了《莫须有先生坐飞机以后》,潜心于佛学。我只是看到他穿了灰色的长衫,在北大的路上缓慢地独行,面色平静,推了一个平头。我注意了他的相貌,没有发现其额如螳螂,也不见有什么奇古。——一个人额如螳螂,是什么样子呢? 实在想象不出。

何立伟与废名的相似处是哀愁。

立伟一部分小说所写的生活是湖南小城镇的封闭的生活,一种古铜色的生活。他的小说有一些写的是长沙,但仍是封闭着的长沙的一个角隅。这种古铜有如宣德炉,因为镕入了椎碎了的乌斯藏佛之类的贵重金属,所以呈现出斑斓的光泽。有些小说写了封闭生活中的古朴的人情。《小城无故事》里的吴婆婆每次看到癫姑娘,总要摸两个冷了的荷叶粑粑走出凉棚喊拢来那癫子。"莫发癫! 快快同我吃了!"萧七罗锅侧边喊:"癫子,癫子,你拢来!""癫子,癫子,把碗葱花末豆腐你吃!"霍霍霍霍喝下肚,将那蓝花瓷碗往地上一摞,啪地碗碎了。萧七罗锅也不发火,只摇着他精光的脑壳蹲身下去一片一片拣碎瓷。还有用,回去拿它做得甑片子,刨得芋头同南瓜。这实在写得非常好。拣了碎瓷,回去做得甑片子,刨得芋头同南瓜,这是一种非常美的感情,很真实的感情。

但是这种封闭的古铜色的生活是存留不住的,它正在被打破,被铃木牌摩托车,被邓丽君的歌唱所打破。姚笃正老裁缝终于不得不学着做喇叭裤、牛仔裤(《砚坪那个地方》)。这是有点可笑的。然而,有什么办法呢?

面对这种行将消逝的古朴的生活,何立伟的感情是复杂的。这种感情大体上可以名之为"哀愁"。鲁迅在评论废名的小说时说:"……在一九二五年出版的《竹林的故事》里,才见以冲淡为衣,而如著者所说,仍能'从他们当中理出我的哀愁'的作品。"从立伟的一些前期的小说中,我们都可觉察到这种哀愁。如《荷灯》,如《好清好清的杉木河》……。这种哀愁出于对生存于古朴世界的人的关心。这种哀愁像《小城无故事》里癫子姑娘手捏的栀子花,"香得并不酽,只淡淡有些幽远。""满街满巷都是那栀子花淡远的香。然而用力一闻,竟又并没有。"何立伟的不少篇小说都散发着栀子花的香味,栀子花一样的哀愁。

鲁迅论废名文中说:"可惜的是大约作者过于珍惜他有限的'哀愁',不久就不欲像先前一般的闪露,于是从率直的读者看来,就只见其有意低徊,顾影自怜之态了。"老实说,看了一些立伟的短篇,我是有点担心的。一个作者如果停留在自己的哀愁中,是很容易流于有意低徊的。

立伟是珍惜自己的哀愁的。他有意把作品写得很淡。他凝眸看世界,但把自己的深情掩藏着,不露声色。他像一个坐在发紫发黑的小竹凳上看风景的人,虽然在他的心上流过很多东西。有些小说在最易使人动情的节骨眼上往往轻轻带过,甚至写得模模糊糊的,使人得捉摸一下才明白是怎么回事。如《搬家》，如《雪霁》。但是他后来的作品，感情的色彩就渐渐强烈了起来。他对那种封闭的生活表现了一种忧愤。他的两个中篇，《苍狗》和《花非花》都是这样。像《花非花》那样窒息生机的生活，是叫人会喊叫出来的。但是何立伟并没有喊叫，他竭力控制着自己的激情，他的忧愤是没有成焰的火，于是便形为沉郁。也仍然是不动声色的，但这样的不动声色而写出的貌似平淡的生活却有了强烈的现实感。

我很高兴何立伟在小说里写了希望。谁是改造这个封闭世界的力量？像刘虹（《花非花》）这样追求美好，爱生活的纯净的人（刘虹写得一点都不概念化，是很难得的）。"那世界，正一天天地、无可抗拒地新鲜起来，富于活力与弹性"，是这样！

对立伟的这种变化，有人有不同意见，但我以为是好的。也许因为立伟所走过来的路和我有点像。

废名说过："我写小说同唐人写绝句一样"，立伟很欣赏他这句话。立伟的一些小说也是用绝句的方法写的，他和废名不谋而合。所谓唐人绝句，其实主要指中晚唐的绝句，尤其是晚唐绝句。晚唐绝句的特点，说穿了，就是重感觉，重意境。"小城无故事"，立伟的小说不重故事，有些篇简直无故事可言，他追求的是一种诗的境界，一种淡雅的，有些朦胧的可以意会的气氛，"烟笼寒水月笼沙"。与其说他用写诗的方法写小说，不如说他用小说的形式写诗。这是何立伟赢得读者，受到好评的主要原因。我也是喜欢晚唐绝句的。最近看到一本书，说是诗以五古为最难写，一个诗人不善于写五古，是不能算做大诗人的。我想想，这有道理。诗至五古，堂庑始大，才厚重。杜甫的《北征》，我是到中年以后才感到其中的苍凉悲壮的。我觉得，立伟的《苍狗》和《花非花》，其实已经不是绝句，而是接近五古了。何立伟正在成熟。

何立伟的语言是有特色的。他写直觉，没有经过理智筛滤的，或者超越理智的直觉，故多奇句。这一点和日本的新感觉派相似，和废名也很相似。废名的名句："万寿宫丁丁响"，即略去万寿宫有铃铛，风吹铃铛，直接写万寿宫丁丁响。这在一群孩子的感觉中是非常真切的。立伟的造句奇峭似废名,甚至一些虚词也相似,如爱用"遂"、"乃"。立伟还爱用"抑且",这也有废名的味道。立伟以前没有细读过废名的作品,相似乃尔,真是奇怪!我觉得文章不可无奇句,但不宜多。龚定庵论人:"某公端端,酒后露轻狂,乃真狂。"奇句和狂态一样,偶露,才可爱。立伟初期的小说,我就觉得奇句过多。奇句如江瑶柱,多吃,是会使人"发风动气"的。立伟后来的小说,语言渐多平实,偶有奇句。我以为这也是好的。

立伟要我写序,尽两日之功写成,可能说了一些杀风景的话,不知道立伟会不会难过。

一九八五年十一月一日序于北京

注 释

① 本篇原载《文学自由谈》1986 年第一期;初收《晚翠文谈》;浙江文艺出版社,1988 年 3 月。

待遣春温上笔端^①

僻处南郊,孤陋寡闻。耳目所接,我觉得近年来文学创作的情况是好的。好在哪里?好在出现了一些优秀的新人新作。

新人新作的可贵,在于新。思想、语言、表现方法,都有超越前人,异于同辈处。新,往往就有点奇,有点不合常规。于是引出各种议论。说好的,说坏的,都有。这不足怪。新人新作,难免有这样那样的不足、缺点、乃至失误(我不喜欢"失误"这个词,这让人想起"马失前蹄"),这不要紧。有人提出:要引导。引导引导也好。问题是:谁来引导?一个作家的路是他自己走出来的。只要他对生活、对写作的态度是诚恳的,他会走得很稳当的。

淡化现实,和现实保持距离,有意疏远,以为这样的作品才有永久性,不知道有没有这样形诸文字的理论。如果有,我以为是不对的。但是对现实需要有一个熟悉的过程、思索的过程、沉淀的过程。要求今天有伟大的现实,明天就有伟大的作品,这想法本身是不现实的。

我认为一个作家是应该有社会责任感的,写作的时候应该考虑社会效果。一个作品总会对人的精神产生这样那样的影响。想到这一点,我就觉得很惶恐。但是我不主张把社会效果看得太死、太直、太窄。随风潜入夜,润物细无声。我们需要研究读者的欣赏心理学。

我希望青年作家能写一点叫人欢悦的作品。改鲁迅诗的一个字,作为我对年轻人的祝愿:待遣春温上笔端。

注 释

① 本篇原载《瞭望》周刊海外版改版试刊 1985 年第四期,又载《瞭望》周刊 1985 年第五十一期,总题为《作家十人谈》;是该刊针对 1985 年的文学概

况,邀请十位文化界名人所进行的笔谈,参与者还有冰心、蒋子龙、王愿坚、刘心武、刘再复、流沙河、王安忆、张辛欣、高莽等。

香 港 的 鸟 ①

早晨九点钟,在跑马地一带闲走。香港人起得晚,商店要到十一点才开门,这时街上人少,车也少,比较清静。看见一个人,大概五十来岁,手里托着一只鸟笼。这只鸟笼的底盘只有一本大三十二开的书那样大,两层,做得很精致。这种双层的鸟笼,我还是头一次见到。楼上楼下,各有一只绣眼。香港的绣眼似乎比内地的更为小巧。他走得比较慢,近乎是在散步。——香港人走路都很快,总是匆匆忙忙,好像都在赶着去办一件什么事。在香港,看见这样一个遛鸟的闲人,我觉得很新鲜,至少他这会儿还是清闲的,——也许过一个小时他就要忙碌起来了。他这也算是遛鸟了,虽然在林立的高楼之间,在狭窄的人行道上遛鸟,不免有点滑稽。而且这时候遛鸟,也太晚了一点。——北京的遛鸟的这时候早遛完了,回家了。莫非香港的鸟也醒得晚?

在香港的街上遛鸟,大概只能用这样精致的双层小鸟笼。像徐州人那样可不行。——我忽然想起徐州人遛鸟。徐州人养百灵,笼极高大,高三四尺(笼里的"台"也比北京的高得多),无法手提,只能用一根打磨得极光滑的枣木杆子作扁担,把鸟笼担着。或两笼,或三笼、四笼。这样的遛鸟,只能在旧黄河岸,慢慢地走。如果在香港,担着这样高大的鸟笼,用这样的慢步遛鸟,是绝对不行的。

我告诉张辛欣,我看见一个香港遛鸟的人,她说:"你就注意这样的事情!"我也不禁自笑。

在隔海的大屿山,晨起,听见斑鸠叫。艾芜同志正在散步,驻足而听,说:"斑鸠。"意态悠远,似乎有所感触,又似乎没有。

宿大屿山,夜间听见蟋蟀叫。

临离香港,被一个记者拉住,问我对于香港的观感。匆促之间,不暇细谈,我只说:"眼花缭乱,应接不暇",并说我在香港听到了斑鸠和蟋蟀,觉得很亲切。她问我斑鸠是什么,我只好摹仿斑鸠的叫声,她连连点头。也许她听不懂我的普通话,也许她真的对斑鸠不大熟悉。

香港鸟很少,天空几乎见不到一只飞着的鸟,鸦鸣鹊噪都听不见。但是酒席上几乎都有焗禾花雀和焗乳鸽。香港有那么多餐馆,每天要消耗多少禾花雀和乳鸽呀?这些禾花雀和乳鸽是哪里来的呢?对于某些香港人来说,鸟是可吃的,不是看的,听的。

城市发达了,鸟就会减少。北京太庙的灰鹤和宣武门城楼的雨燕现在都没有了。但是我希望有关领导在从事城市建设时,能注意多留住一些鸟。

注 释

① 本篇原载 1986 年 3 月 30 日《光明日报》;初收《蒲桥集》,作家出版社,1989 年 3 月。

散文全编

汪曾祺

汪曾祺

散文全编

叁

人民文学出版社

汪曾祺散文全编

（第 三 卷）

沈从文先生在西南联大^①

沈先生在联大开过三门课：各体文习作、创作实习和中国小说史。三门课我都选了，——各体文习作是中文系二年级必修课，其余两门是选修。西南联大的课程分必修与选修两种。中文系的语言学概论、文字学概论、文学史（分段）……是必修课，其余大都是任凭学生自选。诗经、楚辞、庄子、昭明文选、唐诗、宋诗、词选、散曲、杂剧与传奇……选什么，选哪位教授的课都成。但要凑够一定的学分（这叫"学分制"）。一学期我只选两门课，那不行。自由，也不能自由到这种地步。

创作能不能教？这是一个世界性的争论问题。很多人认为创作不能教。我们当时的系主任罗常培先生就说过：大学是不培养作家的，作家是社会培养的。这话有道理。沈先生自己就没有上过什么大学。他教的学生后来成为作家的，也极少。但是也不是绝对不能教。沈先生的学生现在能算是作家的，也还有那么几个。问题是由什么样的人来教，用什么方法教。现在的大学里很少开创作课的，原因是找不到合适的人来教。偶尔有大学开这门课的，收效甚微，原因是教得不甚得法。

教创作靠"讲"不成。如果在课堂上讲鲁迅先生所讥笑的"小说作法"之类，讲如何作人物肖像，如何描写环境，如何结构，结构有几种——攒珠式的、橘瓣式的……那是要误人子弟的。教创作主要是让学生自己"写"。沈先生把他的课叫做"习作"、"实习"，很能说明问题。如果要讲，那"讲"要在"写"之后。就学生的作业，讲他的得失。教授先讲一套，让学生照猫画虎，那是行不通的。

沈先生是不赞成命题作文的，学生想写什么就写什么。但有时在课堂上也出两个题目。沈先生出的题目都非常具体。我记得他曾给我的上一班同学出过一个题目："我们的小庭院有什么"，有几个同学就这个题目写了相当不错的散文，都发表了。他给比我低一班的同学曾出过一个题目："记一间屋子里的空气"！我的那一班出过些什么题目，我倒不记得了。沈先生为什么出这样的题目？他认为：先得学会车零件，然后才能学组装。我觉得先作一些这样的片段的习作，是有好处的，这可以锻炼基本功。现在有些青年文学爱好者，往往一上来就写大作品，篇幅很长，而功力不够，原因就在零件车得少了。

沈先生的讲课，可以说是毫无系统。前已说过，他大都是看了学生的作业，就这些作业讲一些问题。他是经过一番思考的，但并不去翻阅很多参考书。沈先生读很多书，但从不引经据典，他总是凭自己的直觉说话，从来不说阿里斯多德怎么说、福楼拜怎么说、托尔斯泰怎么说、高尔基怎么说。他的湘西口音很重，声音又低，有些学生听了一堂课，往往觉得不知道听了一些什么。沈先生的讲课是非常谦抑，非常自制的。他不用手势，没有任何舞台道白式的腔调，没有一点哗众取宠的江湖气。他讲得很诚恳，甚至很天真。但是你要是真正听"懂"了他的话，——听"懂"了他的话里并未发挥罄尽的余意，你是会受益匪浅，而且会终生受用的。听沈先生的课，要像孔子的学生听孔子讲话一样："举一隅而三隅反"。

沈先生讲课时所说的话我几乎全都忘了（我这人从来不记笔记）！我们有一个同学把闻一多先生讲唐诗课的笔记记得极详细，现已整理出版，书名就叫《闻一多论唐诗》，很有学术价值，就是不知道他把闻先生讲唐诗时的"神气"记下来了没有。我如果把沈先生讲课时的精辟见解记下来，也可以成为一本《沈从文论创作》。可惜我不是这样的有心人。

沈先生关于我的习作讲过的话我只记得一点了，是关于人物对话的。我写了一篇小说（内容早已忘记干净），有许多对话。我竭力把对话写得美一点，有诗意，有哲理。沈先生说："你这不是对话，是两个聪明脑壳打架！"从此我知道对话就是人物所说的普普通通的话，要尽量写得朴素。不要哲理，不要诗意。这样才真实。

沈先生经常说的一句话是："要贴到人物来写"。很多同学不懂他的这句话是什么意思。我以为这是小说学的精髓。据我的理解，沈先生这句极其简略的话包含这样几层意思：小说里，人物是主要的，主导的；其余部分都是派生的，次要的。环境描写、作者的主观抒情、议论，都只能附着于人物，不能和人物游离，作者要和人物同呼吸、共哀乐。作者的心要随时紧贴着人物。什么时候作者的心"贴"不住人物，笔下就会浮、泛、飘、滑，花里胡哨，故弄玄虚，失去了诚意。而且，作者的叙述语言要和人物相协调。写农民，叙述语言要接近农民；写市民，叙述语言要近似市民。小说要避免"学生腔"。

我以为沈先生这些话是浸透了淳朴的现实主义精神的。

沈先生教写作，写的比说的多，他常常在学生的作业后面写很长的读后感，有时会比原作还长。这些读后感有时评析本文得失，也有时从这篇习作说开去，谈及有关创作的问题。见解精到，文笔讲究。——一个作家应该不论写什么都写得讲究。这些读后感也都没有保存下来，否则是会比《废邮存底》还有看头的。可惜！

沈先生教创作还有一种方法，我以为是行之有效的，学生写了一个作品，他除了写很长的读后感之外，还会介绍你看一些与你这个作品写法相近似的中外名家的作品看。记得我写过一篇不成熟的小说《灯下》，记一个店铺里上灯以后各色人的活动，无主要人物、主要情节，散散漫漫。沈先生就介绍我看了几篇这样的作品，包括他自己写的《腐烂》。学生看看别人是怎样写的，自己是怎样写的，对比借鉴，是会有长进的。这些书都是沈先生找来，带给学生的。因此他每次上课，走进教室里时总要夹着一大摞书。

沈先生就是这样教创作的。我不知道还有没有别的更好的方法教创作。我希望现在的大学里教创作的老师能用沈先生的方法试一试。

学生习作写得较好的，沈先生就作主寄到相熟的报刊上发表。这对学生是很大的鼓励。多年以来，沈先生就干着给别人的作品找地方发表这种事。经他的手介绍出去的稿子，可以说是不计其数了。我在一九四六年前写的作品，几乎全都是沈先生寄出去的。他这辈子为别人寄稿子用去的邮费也是一个相当可观的数目了。为了防止超重太多，节省邮费，他大都把原稿的纸边裁去，只剩下纸芯。这当然不大好看。但是抗战时期，百物昂贵，不能不打这点小算盘。

沈先生教书，但愿学生省点事，不怕自己麻烦。他讲《中国小说史》，有些资料不易找到，他就自己抄，用夺金标毛笔，筷子头大的小行书抄在云南竹纸上。这种竹纸高一尺，长四尺，并不裁断，抄得了，卷成一卷。上课时分发给学生。他上创作课夹了一摞书，上小说史时就夹了好些纸卷。沈先生做事，都是这样，一切自己动手，细心耐烦。他自己说他这种方式是"手工业方式"。他写了那么多作品，后来又写了很多大部头关于文物的著作，都是用这种手工业方式搞出来的。

沈先生对学生的影响，课外比课堂上要大得多。他后来为了躲避日本飞机空袭，全家移住到呈贡桃园，每星期上课，进城住两天。文林街二十号联大教职员宿舍有他一间屋子。他一进城，宿舍里几乎从早到晚都有客人。客人多半是同事和学生。客人来，大都是来借书，求字，看沈先生收到的宝贝，谈天。

沈先生有很多书，但他不是"藏书家"，他的书，除了自己看，是借给人看的，联大文学院的同学，多数手里都有一两本沈先生的书，扉页上用淡墨签了"上官碧"的名字。谁借了什么书，什么时候借的，沈先生是从来不记得的。直到联大"复员"，有些同学的行装里还带着沈先生的书，这些书也就随之而漂流到四面八方了。沈先生书多，而且很杂，除了一般的四部书、中国现代文学、外国文学的译本，社会学、人类学、黑格尔的《小逻辑》、弗洛伊德、亨利·詹姆斯、道教史、陶瓷史、《髹饰录》、《糖霜谱》……兼收并蓄，五花八门。这些书，沈先生大都认真读过。沈先生称自己的学问为"杂知识"。一个作家读书，是应该杂一点的。沈先生读过的书，往往在书后写两行题记。有的是记一个日期，那天天气如何，也有时发一点感慨。有一本书的后面写道："某月某日，见一大胖女人从桥上过，心中十分难过。"这两句话我一直记得，可是一直不知道是什么意思。大胖女人为什么使沈先生十分难过呢？

沈先生对打扑克简直是痛恨。他认为这样地消耗时间,是不可原谅的。他曾随几位作家到井冈山住了几天。这几位作家成天在宾馆里打扑克,沈先生说起来就很气愤:"在这种地方,打扑克!"沈先生小小年纪就学会掷骰子,各种赌术他也都明白,但他后来不玩这些。沈先生的娱乐,除了看看电影,就是写字。他写章草,笔稍偃侧,起笔不用隶法,收笔稍尖,自成一格。他喜欢写窄长的直幅,纸长四尺,阔只三寸。他写字不择纸笔,常用糊窗的高丽纸。他说:"我的字值三分钱!"从前要求他写字的,他几乎有求必应。近年有病,不能握管,沈先生的字变得很珍贵了。

沈先生后来不写小说,搞文物研究了,国外、国内,很多人都觉得很奇怪。熟悉沈先生的历史的人,觉得并不奇怪。沈先生年轻时就对文物有极其浓厚的兴趣。他对陶瓷的研究甚深,后来又对丝绸、刺绣、木雕、漆器……都有广博的知识。沈先生研究的文物基本上是手工艺制品。他从这些工艺品看到的是劳动者的创造性。他为这些优美的造型、不可思议的色彩、神奇精巧的技艺发出的惊叹,是对人的惊叹。他热爱的不是物,而是人。他对一件工艺品的孩子气的天真激情,使人感动。我曾戏称他搞的文物研究是"抒情考古学"。他八十岁生日,我曾写过一首诗送给他,中有一联:"玩物从来非丧志,著书老去为抒情",是记实。他有一阵在昆明收集了很多耿马漆盒。这种黑红两色刮花的圆形缅漆盒,昆明多的是,而且很便宜。沈先生一进城就到处逛地摊,选买这种漆盒。他屋里装甜食点心、装文具邮票……的,都是这种盒子。有一次买得一个直径一尺五寸的大漆盒,一再抚摩,说:"这可以作一期《红黑》杂志的封面!"他买到的缅漆盒,除了自用,大多数都送人了。有一回,他不知从哪里弄到很多土家族的挑花布,摆得一屋子,这间宿舍成了一个展览室。来看的人很多,沈先生于是很快乐。这些挑花图案带天真稚气而秀雅生动,确实很美。

沈先生不长于讲课,而善于谈天。谈天的范围很广,时局、物价……谈得较多的是风景和人物。他几次谈及玉龙雪山的杜鹃花有多大,某处高山绝顶上有一户人家,——就是这样一户!他谈某一位老先生养了二十只猫。谈一位研究东方哲学的先生跑警报时带了一只小皮箱,皮箱里没有金银财宝,装的是一个聪明女人写给他的信。谈徐志摩上课时带了一个很大的烟台苹果,一边吃,一边讲,还说:"中国东西并不都比外国的差,烟台苹果就很好!"谈梁思成在一座塔上测绘内部结构,差一点从塔上掉下去。谈林徽因发着高烧,还躺在客厅里和客人谈文艺。他谈得最多的大概是金岳霖。金先生终生未娶,长期独身。他养了一只大斗鸡,这鸡能把脖子伸到桌上来,和金先生一起吃饭。他到处搜罗大石榴、大梨。买到大的,就拿去和同事的孩子的比,比输了,就把大梨、大石榴送给小朋友,他再去买!……沈先生谈及的这些人有共同特点。一是都对工作、对学问热爱到了痴迷的程度;二是为人天真到像一个孩子,对生活充满兴趣,不管在什么环境下永远不消沉沮丧,无机心、少俗虑。这些人的气质也正是沈先生的气质。"闻多素心人,乐与数晨夕",沈先生谈及熟朋友时总是很有感情的。

文林街文林堂旁边有一条小巷,大概叫作金鸡巷,巷里的小院中有一座小楼。楼上住着联大的同学:王树藏、陈蕴珍(萧珊)、施载宣(萧荻)、刘北汜。当中有个小客厅。这小客厅常有熟同学来喝茶聊天,成了一个小小的沙龙。沈先生常来坐坐。有时还把他的朋友也拉来和大家谈谈。老舍先生从重庆过昆明时,沈先生曾拉他来谈过"小说和戏剧"。金岳霖先生也来过,谈的题目是"小说和哲学"。金先生是搞哲学的,主要是搞逻辑的,但是读很多小说,从普鲁斯特到《江湖奇侠传》。"小说和哲学"这题目是沈先生给他出的。不料金先生讲了半天,结论却是:小说和哲学没有关系。他说《红楼梦》里的哲学也不是哲学。他谈到兴浓处,忽然停下来,说:"对不起,我这里有个小动物!"说着把右手从后脖领伸进去,捉出了一只跳蚤,甚为得意。我们问金先生为什么搞逻辑,金先生说:"我觉得它很好玩"!

沈先生在生活上极不讲究。他进城没有正经吃过饭,大都是在文林街二十号对面一家小米线铺吃一碗米线。有时加一个西红柿,打一个鸡蛋。有一次我和他上街闲逛,到玉溪街,他在一个米线摊上要了一盘凉鸡,还到附近茶馆里借了一个盖碗,打了一碗酒。他用盖碗盖子喝了一点，其余的都叫我一个人喝了。

沈先生在西南联大是一九三八年到一九四六年。一晃，四十多年了！

一九八六年一月二日上午

注　释

① 本篇原载《人民文学》1986 年第五期；初收《汪曾祺自选集》，漓江出版社，1987 年 10 月。

桥 边 散 文①

午 门 忆 旧

北京解放前夕,一九四八年夏天到一九四九年春天,我曾到午门的历史博物馆工作过一段时间。

午门是紫禁城总体建筑的一个重要的组成部分。这是故宫的正门,是真正的"宫门"。进了天安门、端门,这只是宫廷的"前奏",进了午门,才算是进了宫。有午门,没有午门,是不大一样的。没有午门,进天安门、端门,直接看到三大殿,就太敞了,好像一件衣裳没有领子。有午门当中一隔,后面是什么,都瞧不见,这才显得宫里神秘庄严,深不可测。

午门的建筑是很特别的。下面是一个回形的城台。城台上正面是一座九间重檐庑殿顶的城楼;左右有重檐的方亭四座。城楼和这四座正方的亭子之间,有廊庑相连属,稳重而不笨拙,玲珑而不纤巧,极有气派,俗称为"五凤楼"。在旧戏里,五凤楼成了皇宫的代称。《草桥关》里姚期唱道:"到明天陪王伴驾在那五凤楼",《珠帘寨》里程敬思唱道:"为千岁懒登五凤楼",指的就是这里。实际上姚期和程敬思都是不会登上五凤楼的。楼不但大臣上不去,就是皇帝也很少上去。

午门有什么用呢? 旧戏和评书里常有一句话:"推出午门斩首!"哪能呢! 这是编戏编书的人想象出来的。午门的用处大概有这么三项:一是逢什么大典时,皇上登上城楼接见外国使节。曾见过一幅紫铜的版刻,刻的就是这一盛典。外国使节、满汉官员,分班肃立,极为隆重。是哪一位皇上,庆的是何节日,已经记不清了。其次是献俘。打了胜仗（一般都是镇压了少数民族），要把俘虏（当然不是俘虏的全部，只是代表性的人物）押解到京城来。献俘本来应该在太庙。《清会典·礼部》："解送俘囚至京师，钦天监择日献俘于太庙社稷。"但据熟悉掌故的同志说，在午门。到时候皇上还要坐到城楼亲自过过目。究竟在哪里，余生也晚，未能亲历，只好存疑。第三，大概是午门最有历史意义，也最有戏剧性的故实，是在这里举行廷杖。廷杖，顾名思义，是在朝廷上受杖。不过把一位大臣按在太和殿上打屁股，也实在不大像样子，所以都在午门外举行。廷杖是对廷臣的酷刑。据朱国桢《涌幢小品》，廷杖始于唐玄宗时。但是盛行似在明代。原来不过是"意思意思"。《涌幢小品》说，"成化以前，凡廷杖者不去衣，用厚棉底衣，毛毡迭毬，示辱而已。"穿了厚棉裤，又垫着几层毡子，打起来想必不会太疼。但就这样也够呛，挨打以后，要"卧床数日，而后得愈"。"正德初年，逆瑾（刘瑾）用事，恶廷臣，始去衣。"——那就说脱了裤子，露出屁股挨打了。"遂有杖死者。"掌刑的是"厂卫"。明朝宦官掌握的特务机关有东厂、西厂，后来又有中行厂。廷杖在午门外举行，抡杖的该是中行厂的锦衣卫。五凤楼下，血肉横飞，是何景象？

不知从什么时候起，五凤楼就很少有人上去。"马道"的门锁着。民国以后，在这里设立了历史博物馆。据历史博物馆的老工友说，建馆后，曾经修缮过一次，从城楼的天花板上扫出了一些烧鸡骨头、荔枝壳和桂圆壳。他们说，这是"飞贼"留下来的。北京的"飞贼"做了案，就到五凤楼天花板上藏着，谁也找不着——那倒是，谁能搜到这样的地方呢？老工友们说，"飞贼"用一根麻绳，一头系一个大铁钩，一甩麻绳，把铁钩搭在城垛子上，三把两把，就"就"上来了。这种情形，他们谁也不会见过，但是言之凿凿。这种燕子李三式的人物引起老工友们美丽的向往，因为他们都已经老了，而且有的已经半身不遂。

"历史博物馆"名目很大，但是没有多少藏品，东边的马道里有两尊"将军炮"，是很大的铜炮，炮管有两丈多长。一尊叫做"武威将军炮"，另一尊叫什么将军炮，忘了。据说张勋复辟时曾起用过两尊将军炮，有的老工友说他还听到过军令："传武威将军炮！"传"××将军炮!"是谁传？张勋，还是张勋的对立面？说不清。马道拐角处有一架李大钊烈士就义的绞刑机。据说这架绞刑机是德国进口的，只用过一次。为什么要把这东西陈列在这里呢？我们在写说明卡片时，实在不知道如何下笔。

城楼（我们习惯叫做"正殿"）里保留了皇上的宝座。两边铁架子上挂着十多件袁世凯祭孔用的礼服，黑缎的面料，白领子，式样古怪，道袍不像道袍。这一套服装为什么陈列在这里，也莫名其妙。

四个方亭子陈列的都是没有多大价值、也不值什么钱的文物：不知道来历的墓志、烧瘫在"匣"里的钧窑瓷碗、清代的"黄册"（为征派赋役编造的户口册）、殿试的卷子、大臣的奏折……西北角一间亭子里陈列的东西却有点特别，是多种刑具。有两把杀人用的鬼头刀，都只有一尺多长。我这才知道，杀头不是用力把脑袋砍下来，而是用"巧劲"把脑袋"切"下来。最引人注意的是一套凌迟用的刀具，装在一个木匣里，有一二十把，大小不一。还有一把细长的锥子。据说受凌迟的人挨了很多刀，还不会死，最后要用这把锥子刺穿心脏，才会气绝。中国的剐刑搞得这样精细而科学，真是令人叹为观止。

整天和一些价值不大、不成系统的文物打交道，真正是"抱残守阙"。日子过得倒是蛮清闲的。白天检查检查仓库，更换更换说明卡片，翻翻资料，都是可做可不做的事情。下班后，到左掖门外筒子河边看看算卦的算卦，——河边有好几个卦摊；看人叉鱼，——叉鱼的沿河走，捏着鱼叉，欻地一叉下去，一条二尺来长的黑鱼就叉上来了。到了晚上，天安门、端门、左右掖门都关死了，我就到屋里看书。我住的宿舍在右掖门旁边，据说原是锦衣卫——就是执行廷杖的特务值宿的房子。四外无声，异常安静。我有时走出房门，站在午门前的石头坪场上，仰看满天星斗，觉得全世界都是凉的，就我这里一点是热的。

北平一解放，我就告别了午门，参加四野南下工作团南下了。

从此就再也没有到午门去看过，不知道午门现在是什么样子。

有一件事可以记一记。解放前一天，我们正准备迎接解放。来了一个人，说："你们赶紧收拾收拾，我们还要办事呢！"他是想在午门上登基。这人是个疯子。

一九八六年一月九日

玉渊潭的传说

玉渊潭公园范围很大。东接钓鱼台,西到三环路,北靠白堆子、马神庙,南通军事博物馆。这个公园的好处是自然,到现在为止,还不大像个公园,——将来可不敢说了。没有亭台楼阁、假山花圃。就是那么一片水,好些树。绕湖中有长堤,转一圈得一个多小时。湖中有堤,贯通南北,把玉渊潭分为西湖和东湖。西湖可游泳,东湖可划船。湖边有很多人钓鱼,湖里有人坐了汽车内胎扎成的筏子兜圈。堤上有人遛鸟。有两三处是鸟友们"会鸟"的地方。画眉、百灵,叫成一片。有人打拳、做鹤翔桩、跑步。更多的人是遛弯儿的。遛弯有几条路线,所见所闻不同。常遛的人都深有体会。有一位每天来遛的常客,以为从某处经某处,然后出玉渊潭,最有意思。他说:"这个弯儿不错。"

每天遛弯儿,总可遇见几位老人。常见,面熟了,见到总要点点头:"遛遛?"——"吃啦?"——"今儿天不错——没风!"……

几位老人都已经八十上下了。他们是玉渊潭的老住户,有的已经住了几辈子。他们原来都是种地的,退休了。身子骨都挺硬朗。早晨,他们都绕长堤遛弯儿。白天,放放奶羊、莳弄莳弄巴掌大的一块菜地、摘一点喂鸡的猪儿草。晚饭后大都聚在湖北岸水闸旁边聊天。尤其是夏天,常常聊到很晚。这地方凉快。

我听他们聊,不免问问玉渊潭过去的事。

他们说玉渊潭原本是一片荒地,没有什么人来。只有每年秋天,热闹几天。城里很多人到玉渊潭来吃烤肉,——北京人不是讲究"贴秋膘"吗?各处架起烤肉炙子,烧着柴火,烤肉的香味顺风飘得老远……

秋高气爽,到野地里吃烤肉,瞧瞧湖水,闻着野花野草的清香,确实是一件乐事。我倒愿意这种风气能够恢复。不过,很难了!

老人们说:这玉渊潭原本是私人的产业,是张××的(他们把这个姓张的名字叫得很真凿,我曾经记住,后来忘了)。那会玉渊潭就是当中有一条陆地,种稻子。土肥水好,每年收成不错,玉渊潭一带的人,种的都是张家的地。

他们说:不但玉渊潭,由打阜成门,一直到现在的三环路,都是张××的,他一个人的。

(这可能么?)

这张××是怎么发的家呢?他是做"供"的。早年间北京人订供,不是一次给钱,而是分期给,按时给,从正月给到腊月,年底下就能捧回去一盘供。这张××收了很多家的钱,全花了。到了年根,要面没面,要油没油,拿什么给人家呀!他着急呀,睡不着觉。迷迷糊糊地,着了。做了一个梦。梦里听见有人跟他说:张××,哪儿哪儿有你的油,你的面,你去拉吧!他醒来,到了那儿,有一所房,里面有油,有面。他就赶着车往外拉。怎么拉也拉不完。怎么拉,也拉不完。起那儿,他就发了大财了!

这个传说当然不可信,情节也比较一般化。不过也还有点意思。从这个传说让我了解了几件事。

第一,北京人家过年,家家都要有一盘供。南方人也许不知道什么是"供"。供,就是面擀成指头粗的条,在油里炸透,蘸了蜂蜜,堆成宝塔形,供在神案上的一种甜食。这大概本来是佛教的敬奉释迦牟尼的东西,而且本来可能是庙里制做的。《红楼梦》第一回写葫芦庙中炸供,和尚不小心,油锅火逸,造成火灾,可为旁证。不过《红楼梦》写炸供是在三月十五,而北京人家摆供则在大年初一,季节不同。到后来,就不只是敬给释迦牟尼了,天上地下,各教神仙都有份。似乎一切神佛都爱吃甜东西。其实爱吃这种甜食的是孩子。北京的孩子大概都曾乘大人看不见的时候,偷偷地掰过供尖吃。到了撤供的时候,一盘供就会矮了一截。现在过年的时候,没有人家摆供了,不过点心铺里还有"蜜供"卖,只是不复堆成宝塔形,而是一疙瘩一块的。很甜,有一点蜜香。

第二,我这才知道,北京人家订供,用的是这种"分期付款"的办法。分期付款,我原以为是外国传来的,殊不知中国,北京,古已有之。

所不同的,现在的分期付款是先取了东西,再陆续付钱,订供则是先钱后货。小户人家,到年底一次拿出一笔钱来办供,有些费劲,这样零揪着按月交钱,就轻松多了;做供的呢,也可以攒了本钱,从容备料。买主卖主,两得其便。这办法不错!

第三,这几位老人对这传说毫不怀疑。他们是当真事儿说的。他们说张××实有其人,他们说他就住在三环路的南边。他们说北京人有一句话:"你有钱! ——你有钱能比得了张××吗!"这几位老人都相信:人要发财,这是天意,这是命。因此,他们都顺天而知命,与世无争,不作非分之想。他们勤劳了一辈子,恬淡寡欲,心平气和。因此,他们都长寿。

一九八六年一月十三日

注　释

① 本篇原载《北京文学》1986 年第五期;初收《蒲桥集》,作家出版社,1989 年
3 月。

香港的高楼和北京的大树[①]

香港多高楼,无大树。

中环一带,高楼林立,车如流水。楼多在五六十层以上。因为都很高,所以也显不出哪一座特别突出。建筑材料钢筋水泥已经少见了。飞机钢、合金铝、透亮的玻璃、纯黑的大理石。香港马路窄,无林荫树。寸土如金,无隙地可种树也。

这个城市,五光十色,只是缺少必要的、足够的绿。

半山有树。

山顶有树。

只是似乎没有人注意这些树,欣赏这些树。树被人忽略了。

海洋公园有树,都修剪得很整洁。这里有从世界各地移植来的植物。扶桑花皆如碗大,有深红、浅红、白色的,内地少见。但是游人极少在这些过于鲜明的花木之间留连。到这里来的目的是乘坐"疯狂飞天车"、浪船、"八脚鱼"之类的富于刺激性的、使人晕眩的游乐玩意。

我对这些玩意全都不敢领教,只是呷吸着可口可乐,看看年轻人乘坐这些玩意的兴奋紧张的神情,听他们在危险的瞬间发出的惊呼。我老了。

我坐在酒店的房间里(我在香港极少逛街,张辛欣说我从北京到香港就是换一个地方坐着),想起北京的大树,中山公园、劳动人民文化宫、天坛的柏树,北海的白皮松。

渡海到大屿岛梅窝参加大陆和香港作家的交流营,住了两天。这是香港人度假的地方,很安静。海、沙滩、礁石。错错落落,不很高的建筑。上山的小道。我现在明白了,为什么居住在高度现代化的城市的人需要度假。他们需要暂时离开紧张的生活节奏,需要安静,需要清闲。

古华看看大屿山，两次提出疑问："为什么山上没有大树？"他说："如果有十棵大松树，不要多，有十棵，就大不一样了！"山上是有树的。台湾相思树，枝叶都很美。只是大树确实是没有。

没有古华家乡的大松树。

也没有北京的大柏树、白皮松。

"所谓故国者非有乔木之谓也"。然而没有乔木，是不成其为故国的。《金瓶梅》潘金莲有言："南京的沈万山，北京的大树，人的名儿，树的影儿。"至少在明朝的时候，北京的大树就有了名了。北京有大树，北京才成其为北京。

回北京，下了飞机，坐在"的士"里，与同车作家谈起香港的速度。司机在前面搭话："北京将来也会有那样的速度的！"他的话不错。北京也是要高度现代化的，会有高速度的。现代化、高速度以后的北京会是什么样子呢？想起那些大树，我就觉得安心了。现代化之后的北京，还会是北京。

注 释

① 本篇原载 1986 年 2 月 23 日《光明日报》；初收《蒲桥集》，作家出版社，1989 年 3 月。

用 韵 文 想[①]

一位有经验的戏曲作家曾对一个初学写戏曲的青年作者说：你就把它先写成一个话剧，再改成戏曲。我觉得这不是办法。戏曲和话剧有共同的东西，比如都要有人物，有情节，有戏剧性。但是戏曲和话剧不是一种东西。戏曲和话剧体制不同。首先利用的语言不一样。话剧的语言（对话）基本上是散文；戏曲的语言（唱词和念白）是韵文。语言是思想的直接的现实。思维的语言和写作的语言应该是一致的。要想学好一门外语，要做到能用外语思维。如果用汉语思维，而用外语表达，自己在脑子里翻译一道，这样的外语总带有汉语的痕迹，是不地道的。写戏曲也是这样。如果用散文思维，却用韵文写作，把散文的意思翻成韵文，这样的韵文就不是思想直接的现实，成了思想的间接的现实了。这样的韵文总是隔了一层，而且写起来会很别扭。这样的韵文不易准确、生动，更谈不上能有自己的风格。我觉得一个戏曲作者应该养成这样的习惯：用韵文来想。想的语言就是写的语言。想好了，写下来就得了。这样才能获得创作心理上的自由，也才会得到创作的快乐。

唱词是戏曲的重要的组成部分。写好唱词是写戏曲的基本功。我们通常所说的一个戏曲剧本的文学性强不强，常常指的是唱词写得好不好。唱词有格律，要押韵，这和我们的生活语言不一样。有的民间歌手运用格律、押韵的本领是令人惊叹的。我在张家口遇到过一个农民，他平常说的话都是押韵的。在兰州听一位诗人说过，他有一次和婆媳二人同船去参加一个花儿会，这婆媳二人一路上都是用诗交谈的！这媳妇到一个娘娘庙去求子，她跪下来祷告，那祷告词是这样的：

今年来了我是跟您要着哩，
明年来我是手里抱着哩，

咯咯嘎嘎地笑着哩！

民间歌手在对歌的时候，都是不加思索，出口成章。写戏曲的同志应该向民间歌手学习。驾驭格律，韵脚，是要经过训练的。向民歌学习是很重要的。我甚至觉得一个戏曲作者不学习民歌，是写不出好唱词的。当然，要向戏曲名著学习。戏曲唱词写得最准确、流畅、自然的，我以为是《董西厢》和《琵琶记》的《吃糠》和《描容》。我觉得多读一点元人小令有好处。元人小令很多写得很玲珑，很轻快，很俏。另外，还得多写，熟能生巧。戏曲，尤其是板腔体的格律看起来是很简单，不过是上下句，三三四，二二三。但是越是简单的格律越不好摆估，因为它把作者的思想捆得很死。我们要能"死里求生"，在死板的格律里写出生动的感情。戏曲作者在构思一段唱词的时候，最初总难免有一个散文化的阶段，即想一想这段唱词大概意思。但是大概的意思有了，具体地想这段唱词，就要摆脱散文，进入诗的境界。想这段唱词，就要有律，有韵。唱词的格律、韵辙是和唱词的内容同时生出来的，不是后加的。写唱词有个选韵的问题。王昆仑同志有一次说他自己是先想好哪一句话非有不可，这句话是什么韵，然后即决定全段用什么韵。这是很实在的经验之谈。写唱词最好全段都想透了，再落笔。不要想一句写一句。想一句，写一句，写了几句，觉得写不下去了，中途改辙，那是很痛苦的。我们要熟练地掌握格律和韵脚，使它成为思想的翅膀，而不是镣铐。带着格律、韵脚想唱词，不但可以水到渠成，而且往往可以情文相生。我写《沙家浜》的"人一走，茶就凉"，就是在韵律的推动下，自然地流出来的。我在想的时候，它就是"人一走，茶就凉"，不是想好一个散文的意思，再寻找一个喻象来表达。想的是散文，翻成唱词，往往会削足适履，舌本强硬。我们应该锻炼自己的语感、韵律感、音乐感。

戏曲还有引子、定场诗、对子。我以为这是中国戏曲语言的特点，而且关系到戏曲的结构方法。不但历史题材的戏曲里应该保留，就是现代题材的戏曲里也可运用。原新疆京剧团的《红岩》里就让成岗打了一个虎头引子，效果很好。小时候听杨小楼《战宛城》唱片，张绣上来念了一句对子："久居人下岂是计，暂到宛城待来时"，觉得有一种说不出来的悲怆之情。"丈夫有泪不轻弹,只因未到伤心处"②,"看看不觉红日落,一轮明月照芦花"③,这怎么能去掉呢? 我以为戏曲作者应该在引子、对子、诗上下一点功夫。不可不讲究。我写《擂鼓战金山》,让韩世忠念了一副对子:"楼船静泊黄天荡,战鼓遥传彩石矶",自以为对得很巧,只是台上没有产生预期的效果,大概是因为太文了。看来引子、对子、诗,还是俗一点为好。

戏曲的念白,也是一种韵文。韵白不用说。就是京白的韵律感也是很强的,不同于生活里的口语,也不同于话剧的对话。戏曲念白,明朝人把它分为"散白"和"整白"。"整白"即大段念白。现在善写唱词的不少,但念白写得好的不多。"整白"有很强的节奏,起落开阖,与中国的古文很有关系。"整白"又往往讲求对偶,这和骈文也很有关系。我觉得一个戏曲工作者应该读一点骈文。汉赋多平板,《小园赋》、《枯树赋》却较活泼。刘禹锡的《陋室铭》不可不读。我觉得清代的汪中的骈文是很有特点的。他写得那样自然流畅,简直不让人感到是骈文。我愿意向青年戏曲作者推荐此人的骈文。好在他的骈文也不多,就那么几篇。当然,要熟读《四进士》宋士杰和《审头·刺汤》里的陆炳的大段念白。

注 释

① 本篇原载《剧本》1986 年第三期,初收《晚翠文谈》,浙江文艺出版社,1988 年 3 月。

② 《宝剑记·夜奔》。

③ 《打渔杀家》。

一篇好文章^①

《朱光潜先生二三事》刊在 3 月 27 日《北京晚报》上。作者耿鉴庭。

这篇文章的好处是没有作家气。耿先生是医生，不是作家，他也没有想把这篇文章写成一个文学作品，他没有一般作家写作时的心理负担，所以能写得很自然，很亲切，不矜持作态。耿先生没有想在文章中表现自己（青年作家往往竭力想在作品里表现自己的个性，使人读了不大舒服），但是从字里行间可以看出耿先生的人品：谦虚、富于人情、而有修养。

这篇文章不求"全"，没有想对朱光潜先生作全面的评述，真正是只写了二三事。一件是耿先生到燕南园找同乡，向朱光潜先生问路，偶尔相识，谈了一些话；一件是在胡先骕先生家，听朱先生和胡先生谈诗，说及朱自清先生家大门的对联；第三件是在北大看到朱光潜先生挨斗；第四件是朱先生来治耳聋，看到一本黄天朋著的《韩愈研究》，在一张薛涛笺上题了一首诗。对这几件事，耿先生并未作评论——只在写朱先生挨斗时，写了他的"生死置之度外的从容神态"，并未对朱先生的为人作理性的概括，说他如何平易近人，如何好学，对朋友如何有情，甚至对朱先生的那首诗也未称赞，只是说"这可能是他未收入诗稿的一首诗吧！"然而读了使人如与朱先生对晤，神态宛然。文中没有很多感情外露的话，只是在写到朱先生等人挨斗时，说了一句："我看了以后，认为他们都是上得无双谱的学者，真为他们的健康而担忧。"但是我们觉得文章很有感情。有感情而不外露，乃真有感情。这篇文章的另一个好处是完全没有感伤主义——感伤主义即没有那么多感情却装得很有感情。

文章写得很短，短而有内容，写得很淡，淡而有味。

从耿先生的文章中得知，朱自清先生的尊人，即《背影》的主人公到抗战时还活着。我小时读《背影》，看到朱先生的父亲写给朱先生的信中说："……唯右膀疼痛，举箸提笔，诸多不便，大概大去之期不远矣"（手边无《背影》，原文可能有记错处），以为朱先生的父亲早已作古了。朱先生的父亲活得那样长，令人欣慰。我很希望耿先生能写一篇关于朱先生的父亲的文章。

《晚报》发表的散文，有不少好的，我觉得可以精选一本，供读者长期阅读。"一分钟小说"也可以编选成集。

注　释

① 　本篇原载 1986 年 4 月 19 日《北京晚报》；初收《汪曾祺全集》第四卷，北京师范大学出版社，1998 年 8 月。

关于小说语言（札记）①

语言是本质的东西

"他的文字不仅是表现思想的工具，似乎也是一种目的。"（闻一多：《庄子》）

语言不只是技巧，不只是形式。小说的语言不是纯粹外部的东西。语言和内容是同时存在的，不可剥离的。

语言决定于作家的气质。"气以实志，志以定言，吐纳英华，莫非情性"（《文心雕龙·体性》）。鲁迅有鲁迅的语言，废名有废名的语言，沈从文有沈从文的语言，孙犁有孙犁的语言……何立伟有何立伟的语言，阿城有阿城的语言。我们的理论批评，谈作品的多，谈作家的少，谈作家气质的少。"诵其诗，读其书，不知其人可乎?"（《孟子·万章》）理论批评家的任务，首先在知人。要从总体上把握住一个作家的性格，才能分析他的全部作品。什么是接近一个作家的可靠的途径? ——语言。

小说作者的语言是他的人格的一部分。语言体现小说作者对生活的基本的态度。

从小说家的角度看：文如其人；从评论家的角度看：人如其文。

成熟的作者大都有比较稳定的语言风格，但又往往能"文备众体"，写不同的题材用不同的语言。作者对不同的生活，不同的人、事的不同的感情，可以从他的语言的色调上感觉出来。鲁迅对祥林嫂寄予深刻的同情，对于高尔础、四铭是深恶痛绝的。《祝福》和《肥皂》的语调是很不相同的。探索一个作家作品的思想内涵，观察他的倾向性，首先必需掌握他的叙述的语调。《文心雕龙·知音》篇说："夫缀文者情动而辞发，观文者披文以入情。沿波讨源，虽幽必显。世远莫见其面，觇文辄见其心。"一个作品吸引读者（评论者），使读者产生同感的，首先是作者的语言。

研究创作的内部规律，探索作者的思维方式、心理结构，不能不玩味作者的语言。是的，"玩味"。

从众和脱俗

外国的研究者爱统计作家所用的辞汇。莎士比亚用了多少辞汇，托尔斯泰用了多少辞汇，屠格涅夫用了多少辞汇。似乎辞汇用得越多，这个作家的语言越丰富，还有人编过某一作家的字典。我没有见过这种统计和字典，不能评论它的科学意义，但是我觉得在中国这样做是相当困难的。中国字的歧义很多，语词的组合又很复杂。如果编一本中国文学字典（且不说某一作家的字典），粗略了，意思不大；要精当可读，那是要费很大功夫的。

现代中国小说家的语言趋向于简洁平常。他们力求使自己的语言接近生活语言，少事雕琢，不尚辞藻。现在没有人用唐人小说的语言写作。很少人用梅里美式的语言、屠格涅夫式的语言写作。用徐志摩式的"浓得化不开"的语言写小说的人也极少。小说作者要求自己的语言能产生具体的实感，以区别于其他的书面语言，比如报纸语言、广播语言。我们经常在广播里听到一句话："绚丽多彩"，"绚丽"到底是什么样子呢？这样的语言为小说作者所不取。中国的书面语言有多用双音词的趋势。但是生活语言还保留很多单音的词。避开一般书面语言的双音词，采择口语里的单音词，此是从众，亦是脱俗之一法。如鲁迅的《采薇》：

> 他愈嚼，就愈皱眉，直着脖子咽了几咽，倒哇的一声吐出来了，诉苦似的看着叔齐道：
>
> "苦……粗……"

这时候,叔齐真好象落在深潭里,什么希望也没有了。抖抖的也拗了一角,咀嚼起来,可真也毫没有可吃的样子:苦……粗……

"苦……粗……"到了广播电台的编辑的手里,大概会提笔改成"苦涩……粗糙……"那么,全完了! 鲁迅的特有的温和的讽刺、鲁迅的幽默感,全都完了!

从众和脱俗是一回事。

小说家的语言的独特处不在他能用别人不用的词,而在在别人也用的词里赋以别人想不到的意蕴(他们不去想,只是抄)。

张戒《诗话》:"古诗:'白杨多悲风,萧萧愁杀人',萧萧两字处处可用,然惟坟墓之间,白杨悲风尤为至切,所以为奇。"

鲁迅用字至切,然所用多为常人语也。《高老夫子》:

> 我没有再教下去的意思。女学堂真不知要闹成什么样子。我辈正经人,确乎犯不上酱在一起……

"酱在一起"大概是绍兴土话。但是非常准确。

《祝福》:

> 他是我的本家,比我长一辈,应该称之曰"四叔",是一个讲理学的老监生。但比先前并没有什么大改变,单是老了些,但也还未留胡子,一见面是寒暄,寒暄之后说我"胖了",说我胖了之后即大骂其新党。但我知道,这并非借题在骂我:因为他所骂的还是康有为。但是,谈话总是不投机的了,于是不多久,我便一个人剩在书房里。

假如要编一本鲁迅字典,这个"剩"字将怎样注释呢? 除了注明出处(把我前引的一段抄上去),标出绍兴话的读音之外,大概只有这样写:

> 剩 是余下的意思。有一种说不出来的孤寂无聊之感,仿佛被这世界所遗弃,孑然地存在着了。而且连四叔何时离去的,也都未觉察,可见四叔既不以鲁迅为意,鲁迅也对四叔并不挽留,确实

是不投机的了。四叔似乎已经走了一会了,鲁迅方发现只有自己一个人剩在那里。这不是鲁迅的世界,鲁迅只有走。

这样的注释,行么? 推敲推敲,也许行。

小说家在下一个字的时候,总得有许多"言外之意"。"看似寻常最奇崛,成如容易却艰辛",凡是真正意识到小说是语言的艺术的,都深知其中的甘苦。姜白石说:"人所常言,我寡言之;人所难言,我易言之,自不俗。"说得不错。一个小说作家在写每一句话时,都要像第一次学会说这句话。中国的画家说"画到生时是熟时",作画须由生入熟,再由熟入生。语言写到"生"时,才会有味。语言要流畅,但不能"熟"。援笔即来,就会是"大路活"。

现代小说作家所留心的,不止于"用字",他们更注意的是语言的神气。

神气·音节·字句

"文气论"是中国文论的一个源远流长的重要的范畴。

韩愈提出"气盛言宜":"气,水也;言,浮物也。水大而物之浮者大小毕浮。气之与言,犹是也。气盛则言之短长与声之高下者皆宜。"他所谓"气盛",我们似可理解为作者的思想充实,情绪饱满。他第一次提出作者的心理状态与表达的语言的关系。

桐城派把"文气论"阐说得很具体。他们所说的"文气",实际上是语言的内在的节奏,语言的流动感。"文气"是一个精微的概念,但不是不可捉摸。桐城派解释得很实在。刘大櫆认为为文之能事分为三个步骤:一神气,"文字是最精处也";二音节,"文之稍粗处也";三字句,"文之最粗处也"。桐城派很注重字句。论文章,重字句,似乎有点卑之勿甚高论,但桐城派老老实实地承认这是文章的根本。刘大櫆说:"近人论文不知有所谓音节者,至语以字句,则必笑为末事。此论似高实谬。作文若字句安顿不妙,岂复有文字乎?"他们所说的"字句",说的是字句的声音,不是它的意义。刘大櫆认为:"音节者,神气之迹也。

字句者音节之矩也。神气不可见,于音节见之;音节无可准,以字句准之"。"凡行文多寡短长抑扬高下,无一定之律,而有一定之妙,可以意会而不可以言传。学者求神气而得之于音节,求音节而得之于字句,则思过半矣。"如何以字句准音节？他说得非常具体。"一句之中或多一字,或少一字;一句之中或用平声,或用仄声;同一平字仄字,或用阴平阳平上声去声入声,则音节迥异。"

这样重视字句的声音,以为这是文学语言的精髓,是中国文论的一个很独特的见解。别的国家的文艺学里也有涉及语言的声音的,但都没有提到这样的高度,也说不到这样的精辟。这种见解,桐城派以前就有。韩愈所说的"气盛言宜","言宜"就包括"言之长短"和"声之高下"。不过到了桐城派就更清楚地意识到这一点,发挥得也更完备了。

二十年代、三十年代的作家是很注意字句的。看看他们的原稿,特别是改动的地方,是会对我们很有启发的。有些改动,看来不改也过得去,但改了之后,确实好得多。《鲁迅全集》第二卷卷首影印了一页《眉间尺》的手稿,末行有一句:

> 他跨下床,借着月光走向门背后,摸到钻火家伙,点上松明,向水瓮里一照。

细看手稿,"走向"原来是"走到";"摸到"原来是"摸着"。捉摸一下,改了之后,比原来的好。特别是"摸到"比"摸着"好得多。

传统的语言论对我们今天仍然是有用的。我们使用语言时,所注意的无非是两点:一是长短,一是高下。语言之道,说起来复杂,其实也很简单。不过运用之妙,可就存乎一心了。不是懂得简单的道理,就能写得出好语言的。

"积字成句,积句成章,积章成篇。合而读之,音节见矣;歌而咏之,神气出矣"。一篇小说,要有一个贯串全篇的节奏,但是首先要写好每一句话。

有一些青年作家意识到了语言的声音的重要性。所谓"可读性",

首先要悦耳。

小说语言的诗化

意境说也是中国文艺理论的重要范畴,它的影响,它的生命力不下于文气说。意境说最初只应用于诗歌,后来波及到了小说。废名说过:"我写小说同唐人写绝句一样"。何立伟的一些小说也近似唐人绝句。所谓"唐人绝句",就是不着重写人物,写故事,而着重写意境,写印象,写感觉。物我同一,作者的主体意识很强。这就使传统的小说观念发生了很大的变化,使小说和诗变得难解难分。这种小说被称为诗化小说。这种小说的语言也就不能不发生变化。这种语言,可以称之为诗化的小说语言——因为它毕竟和诗还不一样。所谓诗化小说的语言,即不同于传统小说的纯散文的语言。这种语言,句与句之间的跨度较大,往往超越了逻辑,超越了合乎一般语法的句式(比如动宾结构)。比如:

> 老白粗茶淡饭,怡然自得。化纸之后,关门独坐。门外长流水,日长如小年。

> (《故人往事·收字纸的老人》)

如果用逻辑紧严,合乎语法的散文写,也是可以的,但不易产生如此恬淡的意境。

强调作者的主体意识,同时又充分信赖读者的感受能力,愿意和读者共同完成对某种生活的准确印象,有时作者只是罗列一些事物的表象,单摆浮搁,稍加组织,不置可否,由读者自己去完成画面,注入情感。"鸡声茅店月,人迹板桥霜。""枯藤老树昏鸦,小桥流水人家,古道西风瘦马"。这种超越理智,诉诸直觉的语言,已经被现代小说广泛应用。如:

> 抗日战争时期,昆明小西门外。
> 米市,菜市,肉市。柴驮子,炭驮子。马粪。粗细瓷碗,砂锅铁

锅。焖鸡米线,烧饵块。金钱片腿,牛干巴。炒菜的油烟,炸辣子的呛人的气味。红黄蓝白黑,酸甜苦辣咸。

(《钓人的孩子》)

这不是作者在语言上耍花招,因为生活就是这样的。如果写得文从理顺,全都"成句",就不忠实了。语言的一个标准是:诉诸直觉,忠于生活。

文言和白话的界限是不好画的。"一路秋山红叶,老圃黄花,不觉到了济南地界",是文言,还是白话? 只要我们说的是中国话,恐怕就摆脱不了一定的文言的句子。

中国语言还有一个世界各国语言没有的格式,是对仗。对仗,就是思想上、形象上、色彩上的联属和对比。我们总得承认联属和对比是一项美学法则。这在中国语言里发挥到了极致。我们今天写小说,两句之间不必,也不可能在平仄、虚实上都搞得铢两悉称,但是对比关系不该排斥。

> ……罗汉堂外面,有两棵很大的白果树,有几百年了。夏天,一地浓荫。冬天,满阶黄叶。

如果不用对仗,怎样能表达时序的变易,产生需要的意境呢?

中国现代小说的语言和中国画,特别是唐宋以后的文人画的关系是非常密切的。中国文人画是写意的。现代中国小说也是写意的多。文人画讲究"笔墨情趣",就是说"笔墨"本身是目的。物象是次要的。这就回到我们最初谈到的一个命题:"他的文字不仅是表现思想的工具,似乎也是一种目的。"

现代小说的语言往往超出现象,进入哲理,对生活作较高度的概括。

小说语言的哲理性,往往接受了外来的影响。

> 每个人带着一生的历史,半个月的哀乐,在街上走。

(《钓人的孩子》)

这样的语言是从哪里来的？大概是《巴黎之烦恼》。

一九八六年五月七日

注　释

① 本篇原载《文艺研究》1986 年第四期；初收《晚翠文谈》，浙江文艺出版社，1988 年 3 月。

故乡的食物[①]

炒米和焦屑

　　小时读《板桥家书》："天寒岁暮，穷亲戚朋友到门，先泡一大碗炒米送手中，佐以酱姜一小碟，最是××××（此四字失记，待查）之具"，觉得很亲切。郑板桥是兴化人，我的家乡是高邮，风气相似。这样的感情，是外地人们不易领会的。炒米是各地都有的。但是很多地方都做成了炒米糖。这是很便宜的食品。孩子买了，咯咯地嚼着。四川有"炒米糖开水"，车站码头都有得卖，那是泡着吃的。但四川的炒米糖似也是专业的作坊做的，不像我们那里。我们那里也有炒米糖，像别处一样，切成长方形的一块一块。也有搓成圆球的，叫做"欢喜团"。那也是作坊里做的。但通常所说的炒米，是不加糖粘结的，是"散装"的；而且不是作坊里做出来，是自己家里炒的。

　　说是自己家里炒，其实是请了人来炒的。炒炒米也要点手艺，并不是人人都会的。入了冬，大概是过了冬至吧，有人背了一面大筛子，手执长柄的铁铲，大街小巷地走，这就是炒炒米的。有时带一个助手，多半是个半大孩子，是帮他烧火的。请到家里来，管一顿饭，给几个钱，炒一天。或二斗，或半石；像我们家人口多，一次得炒一石糯米。炒炒米都是把一年所需一次炒齐，没有零零碎碎炒的。过了这个季节，再找炒炒米的也找不着。一炒炒米，就让人觉得，快要过年了。

　　装炒米的坛子是固定的，这个坛子就叫"炒米坛子"，不作别的用途。舀炒米的东西也是固定的，一般人家大都是用一个香烟罐头。我的祖母用的是一个"柚子壳"。柚子，——我们那里柚子不多见，从顶上开一个洞,把里面的瓤掏出来,再塞上米糠,风干,就成了一个硬壳的钵状的东西。她用这个柚子壳用了一辈子。

我父亲有一个很怪的朋友,叫张仲陶。他很有学问,曾教我读过《项羽本纪》。他薄有田产。不治生业,整天在家研究易经,算卦。他算卦用蓍草。全城只有他一个人用蓍草算卦。据说他有几卦算得极灵。有一家,丢了一只金戒指,怀疑是女佣人偷了。这女佣人蒙了冤枉,来求张先生算一卦。张先生算了,说戒指没有丢,在你们家炒米坛盖子上。一找,果然。我小时就不大相信,算卦怎么能算得这样准,怎么能算得出在炒米坛盖子上呢?不过他的这一卦说明了一件事,即我们那里炒米坛子是几乎家家都有的。

炒米这东西实在说不上有什么好吃。家常预备,不过取其方便。用开水一泡,马上就可以吃。在没有什么东西好吃的时候,泡一碗,可代早晚茶。来了平常的客人,泡一碗,也算是点心。郑板桥说"穷亲戚朋友到门,先泡一大碗炒米送手中",也是说其省事,比下一碗挂面还要简单。炒米是吃不饱人的。一大碗,其实没有多少东西。我们那里吃泡炒米,一般是抓上一把白糖。如板桥所说"佐以酱姜一小碟",也有,少。我现在岁数大了,如有人请我吃泡炒米,我倒宁愿来一小碟酱生姜,——最好滴几滴香油,那倒是还有点意思的。另外还有一种吃法,用猪油煎两个嫩荷包蛋——我们那里叫做"蛋瘪子",抓一把炒米和在一起吃。这种食品是只有"惯宝宝"才能吃得到的。谁家要是老给孩子吃这种东西,街坊就会有议论的。

我们那里还有一种可以急就的食品,叫做"焦屑"。糊锅巴磨成碎末,就是焦屑。我们那里,餐餐吃米饭,顿顿有锅巴。把饭铲出来,锅巴用小火烘焦,起出来,卷成一卷,存着。锅巴是不会坏的,不发馊,不长霉。攒够一定的数量,就用一具小石磨磨碎,放起来。焦屑也像炒米一样。用开水冲冲,就能吃了。焦屑调匀后成糊状,有点像北方的炒面,但比炒面爽口。

我们那里的人家预备炒米和焦屑,除了方便,原来还有一层意思,是应急。在不能正常煮饭时,可以用来充饥。这很有点像古代行军用的"糒"。有一年,记不得是哪一年,总之是我还小,还在上小学,党军(国民革命军)和联军(孙传芳的军队)在我们县境内开了仗,很多人都躲进了红十字会。不知道出于一种什么信念,大家都以为红十字会是哪一方的军队都不能打进去的,进了红十字会就安全了。红十字会设在炼阳观,这是一个道士观。我们一家带了一点行李进了炼阳观。祖母指挥着,特别关照,把一坛炒米或一坛焦屑带了去。我对这种打破常规的生活极感兴趣。晚上,爬到吕祖楼上去,看双方军队枪炮的火光在东北面不知什么地方一阵一阵地亮着,觉得有点紧张,也很好玩。很多人家住在一起,不能煮饭,这一晚上,我们是冲炒米、泡焦屑度过的。没有床铺,我把几个道士诵经用的蒲团拼起来,在上面睡了一夜。这实在是我小时候度过的一个浪漫主义的夜晚。

第二天,没事了,大家就都回家了。

炒米和焦屑和我家乡的贫穷和长期的动乱是有关系的。

端午的鸭蛋

家乡的端午,很多风俗和外地一样。系百索子。五色的丝线拧成小绳,系在手腕上。丝线是掉色的,洗脸时沾了水,手腕上就印得红一道绿一道的。做香角子。丝线缠成小粽子,里头装了香面,一个一个串起来,挂在帐钩上。贴五毒。红纸剪成五毒,贴在门坎上。贴符。这符是城隍庙送来的。城隍庙的老道士还是我的寄名干爹。他每年端午节前就派小道士送符来,还有两把小纸扇。符送来了,就贴在堂屋的门楣上。一尺来长的黄色、蓝色的纸条,上面用朱笔画些莫名其妙的道道,这就能辟邪么?喝雄黄酒。用酒和的雄黄在孩子的额头上画一个王字,这是很多地方都有的。有一个风俗不知别处有不:放黄烟子。黄烟子是大小如北方的麻雷子的炮仗,只是里面灌的不是硝药,而是雄黄。点着后不响,只是冒出一股黄烟,能冒好一会。把点着的黄烟子丢在橱柜下面,说是可以熏五毒。小孩子点了黄烟子,常把它的一头抵在板壁上写虎字。写黄烟虎字笔划不能断,所以我们那里的孩子都会写草书的"一笔虎"。还有一个风俗,是端午节的午饭要吃"十二红",就是十二道红颜色的菜。十二红里我只记得有炒红苋菜、油爆虾、咸鸭蛋,其余的都记不清,数不出了。也许十二红只是一个名目,不一定真凑足十二样。不过午饭的菜都是红的,这一点是我没有记错的,而且,苋菜、虾、鸭蛋,一定是有的。这三样,在我的家乡,都不贵,多数人家是吃得起的。

我的家乡是水乡,出鸭。高邮大麻鸭是著名的鸭种。鸭多,鸭蛋也多。高邮人也善于腌鸭蛋。高邮咸鸭蛋于是出了名。我在苏南、浙江,每逢有人问起我的籍贯,回答之后,对方就会肃然起敬:"哦!你们那里出咸鸭蛋!"上海的卖腌腊的店铺里也卖咸鸭蛋,必用纸条特别标明:"高邮咸蛋"。高邮还出双黄鸭蛋。别处鸭蛋也偶有双黄的,但不如高邮的多,可以成批输出。双黄鸭蛋味道其实无特别处,还不就是个鸭蛋!只是切开之后,里面圆圆的两个黄,使人惊奇不已。我对异乡人称道高邮鸭蛋,是不大高兴的,好像我们那穷地方就出鸭蛋似的!不过高邮的咸鸭蛋,确实是好,我走的地方不少,所食鸭蛋多矣,但和我家乡的完全不能相比!曾经沧海难为水,他乡咸鸭蛋,我实在瞧不上。袁枚的《随园食单·小菜单》有"腌蛋"一条。袁子才这个人我不喜欢,他的《食单》好些菜的做法是听来的,他自己并不会做菜。但是"腌蛋"这一条我看后却觉得很亲切,而且"餐有荣焉"。文不长,录如下:

> 腌蛋以高邮为佳,颜色细而油多。高文端公最喜食之。席间,先夹取以敬客,放盘中。总宜切开带壳,黄白兼用;不可存黄去白,使味不全,油亦走散。

高邮咸蛋的特点是质细而油多。蛋白柔嫩,不似别处的发干、发粉,入口如嚼石灰。油多尤为别处所不及。鸭蛋的吃法,如袁子才所说,带壳切开,是一种,那是席间待客的办法。平常食用,一般都是敲破"空头",用筷子挖着吃。筷子头一扎下去,吱——红油就冒出来了。高邮咸蛋的黄是通红的。苏北有一道名菜,叫做"朱砂豆腐",就是用高邮鸭蛋黄炒的豆腐。我在北京吃的咸鸭蛋,蛋黄是浅黄色的,这叫什么咸鸭蛋呢!

端午节,我们那里的孩子兴挂"鸭蛋络子"。头一天,就由姑姑或姐姐用彩色丝线打好了络子。端午一早,鸭蛋煮熟了,由孩子自己去挑一个。鸭蛋有什么可挑的呢?有!一要挑淡青壳的。鸭蛋壳有白的和淡青的两种。二要挑形状好看的。别说鸭蛋都是一样的,细看却不同。有的样子蠢,有的秀气。挑好了,装在络子里,挂在大襟的纽扣上。这有什么好看呢?然而它是孩子心爱的饰物。鸭蛋络子挂了多半天,什么时候孩子一高兴,就把络子里的鸭蛋掏出来,吃了。端午的鸭蛋,新腌不久,只有一点淡淡的咸味,白嘴吃也可以。

孩子吃鸭蛋是很小心的,除了敲去空头,不把蛋壳碰破。蛋黄蛋白吃光了,用清水把鸭蛋里面洗净,晚上捉了萤火虫来,装在蛋壳里,空头的地方糊一层薄罗。萤火虫在鸭蛋壳里一闪一闪地亮,好看极了!

小时读囊萤映雪故事,觉得东晋的车胤用练囊盛了几十只萤火虫,照了读书,还不如用鸭蛋壳来装萤火虫。不过用萤火虫照亮来读书,而且一夜读到天亮,这能行么?车胤读的是手写的卷子;字大;若是读现在的新五号字,大概是不行的。

咸菜茨菰汤

一到下雪天,我们家就喝咸菜汤,不知是什么道理。是因为雪天买不到青菜?那也不见得。除非大雪三日,卖菜的出不了门,否则他们总还会上市卖菜的。这大概只是一种习惯。一早起来,看见飘雪花了,我就知道:今天中午是咸菜汤!

咸菜是青菜腌的。我们那里过去不种白菜,偶有卖的,叫做"黄芽菜",是外地运去的,很名贵。一盘黄芽菜炒肉丝,是上等菜。平常吃的,都是青菜。青菜似油菜,但高大得多。入秋,腌菜,这时青菜正肥。把青菜成担的买来,洗净,晾去水气,下缸。一层菜,一层盐,码实,即成。随吃随取,可以一直吃到第二年春天。

腌了四五天的新咸菜很好吃,不咸,细、嫩、脆、甜,难可比拟。

咸菜汤是咸菜切碎了煮成的。到了下雪的天气,咸菜已经腌得很咸了,而且已经发酸。咸菜汤的颜色是暗绿的。没有吃惯的人,是不容易引起食欲的。

咸菜汤里有时加了茨菰片,那就是咸菜茨菰汤。或者叫茨菰咸菜汤,都可以。

我小时候对茨菰实在没有好感。这东西有一种苦味。民国二十年,我们家乡闹大水,各种作物减产,只有茨菰却丰收。那一年我吃了很多茨菰,而且是不去茨菰的嘴子的,真难吃。

我十几岁离乡,辗转漂流,三四十年没有吃到茨菰,并不想。

前好几年,春节后数日,我到沈从文老师家去拜年,他留我吃饭,师母张兆和炒了一盘茨菰肉片。沈先生吃了两片茨菰,说:"这个好!格比土豆高。"我承认他这话。吃菜讲究"格"的高低,这种语言正是沈老师的语言。他是对什么事物都讲"格"的,包括对于茨菰、土豆。

因为久违,我对茨菰有了感情。前几年,北京的菜市场在春节前后有卖茨菰的。我见到,必要买一点。回来加肉炒了。家里人都不怎么爱吃。所有的茨菰,都由我一个人"包圆儿"了。

北方人不识茨菰。我买茨菰,总要有人问我:"这是什么?"——"茨菰。"——"茨菰是什么?"这可不好回答。

北京的茨菰卖得很贵,价钱和"洞子货"(温室所产)的西红柿、野鸡脖韭菜差不多。

我很想喝一碗咸菜茨菰汤。

我想念家乡的雪。

虎头鲨、昂嗤鱼、砗螯、螺蛳、蚬子

苏州人特重塘鳢鱼。上海人也是,一提起塘鳢鱼,眉飞色舞。塘鳢鱼是什么鱼?我向往之久矣。到苏州,曾想尝尝塘鳢鱼,未能如愿。后来我知道:塘鳢鱼就是虎头鲨,嗐!

塘鳢鱼亦称土步鱼。《随园食单》:"杭州以土步鱼为上品,而金陵人贱之,目为虎头蛇,可发一笑。"虎头蛇即虎头鲨。这种鱼样子不好看,而且有点凶恶。浑身紫褐色,有细碎黑斑,头大而多骨,鳍如蝶翅。这种鱼在我们那里也是贱鱼,是不能上席的。苏州人做塘鳢鱼有清炒、椒盐多法。我们家乡通常的吃法是氽汤,加醋、胡椒。虎头鲨氽汤,鱼肉极细嫩,松而不散,汤味极鲜,开胃。

昂嗤鱼的样子也很怪,头扁嘴阔,有点像鲇鱼,无鳞,皮色黄,有浅黑色的不规整的大斑。无背鳍,而背上有一根很硬的尖锐的骨刺。用手捏起这根骨刺,它就发出昂嗤昂嗤小小的声音。这声音是怎么发出来的,我一直没弄明白。这种鱼是由这种声音得名的。它的学名是什么,只有去问鱼类学专家了。这种鱼没有很大的,七八寸长的,就算难得的了。这种鱼也很贱,连乡下人也看不起。我的一个亲戚在农村插队,见到昂嗤鱼,买了一些,农民都笑他:"买这种鱼干什么!"昂嗤鱼其实是很好吃的。昂嗤鱼通常也是氽汤。虎头鲨是醋汤,昂嗤鱼不加醋,汤白如牛乳,是所谓"好汤"。昂嗤也极细嫩,鳃边的两块蒜瓣肉有大拇指大,堪称至味。有一年,北京一家鱼店不知从哪里运来一些昂嗤鱼,无人问津。顾客都不识这是啥鱼。有一位卖鱼的老师傅倒知道:"这是昂嗤。"我看到,高兴极了,买了十来条。回家一做,满不是那么一回事!昂嗤要吃活的(虎头鲨也是活杀)。长途转运,又在冷库里冰了一些日子,肉质变硬,鲜味全失,一点意思都没有!

砗螯我的家乡叫馋螯,砗螯是扬州人的叫法。我在大连见到花蛤,我以为就是砗螯。不是。形状很相似,入口全不同。花蛤肉粗而硬,咬不动。砗螯极柔软细嫩。砗螯好像是淡水里产的,但味道却似海鲜。有点像蛎黄,但比蛎黄味道清爽。比青蛤、蚶子味厚。砗螯可清炒,烧豆腐,或与咸肉同煮。砗螯烧乌青菜(江南人叫塌苦菜),风味绝佳。乌青菜如是经霜而现拔的,尤美。我不食砗螯四十五年矣。

砗螯壳稍呈三角形,质坚,白如细瓷,而有各种颜色的弧形花斑,有浅紫的,有暗红的,有赭石,墨蓝的,很好看。家里买了砗螯,挖出砗螯肉,我们就从一堆砗螯壳里去挑选,挑到好的,洗净了留起来玩。砗螯壳的铰合部有两个突出的尖嘴子,把尖嘴子在糙石上磨磨,不一会就磨出两个小圆洞,含在嘴里吹,呜呜地响,且有细细颤音,如风吹窗纸。

螺蛳处处有之。我们家乡清明吃螺蛳,谓可以明目。用五香煮熟螺蛳,分给孩子,一人半碗,由他们自己用竹签挑着吃。孩子吃了螺蛳,用小竹弓把螺蛳壳射到屋顶上,喀拉喀拉地响。夏天"检漏",瓦匠总要扫下好些螺蛳壳。这种小弓不作别的用处,就叫做螺蛳弓。我在小说《戴车匠》里对螺蛳弓有较详细的描写。

蚬子是我所见过的贝类里最小的了,只有一粒瓜子大。蚬子是剥了壳卖的。剥蚬子的人家附近堆了好多蚬子壳,像一个坟头。蚬子炒韭菜,很下饭。这种东西非常便宜,为小户人家的恩物。

有一年修运河堤。按工程规定,有一段堤面应铺碎石。包工的贪污了款子,在堤面铺了一层蚬子壳。前来验收的委员,坐在汽车里,向外一看,白花花的一片,还抽着雪茄烟,连说:"很好! 很好!"

我的家乡富水产。鱼之中名贵的是鳊鱼、白鱼(尤重翘嘴白)、鳜花鱼(即桂鱼),谓之"鳊、白、鳜"。虾有青虾、白虾。蟹极肥。以无特点,故不及。

野鸭、鹌鹑、斑鸠、鹨

过去我们那里野鸭子很多。水乡,野鸭子自然多。秋冬之际,天上有时"过"野鸭子,黑乎乎的一大片。在地上可以听到它们鼓翅的声音,呼呼的,好像刮大风。野鸭子是枪打的(野鸭肉里常常有很细的铁砂子,吃时要小心),但打野鸭子的人自己不进城来卖。卖野鸭子有专门的摊子。有时卖鱼的也卖野鸭子,把一个养活鱼的木盆翻过去,野鸭一对一对地摆在盆底。卖野鸭子是不用秤约的,都是一对一对地卖。野鸭子是有一定分量的。依分量大小,有一定的名称,如"对鸭"、"八鸭"。哪一种有多大分量,我现在已经记不清了。卖野鸭子都是带毛的。卖野鸭子的可以代客当场去毛。拔野鸭毛是不能用开水烫的。野鸭子皮薄,一烫,皮就破了。干拔。卖野鸭子的把一只鸭子放入一个麻袋里,一手提鸭,一手拔毛,一会儿就拔净了。——放在麻袋里拔,是防止鸭毛飞散。代客拔毛，不另收费，卖野鸭子的只要那一点鸭毛。——野鸭毛是值钱的。

野鸭的吃法通常是切块红烧。清炖大概也可以吧，我没有吃过。野鸭子肉的特点是：细、"酥"，不像家鸭每每肉老。野鸭烧咸菜是我们那里的家常菜。里面的咸菜尤其是佐粥的妙品。

现在我们那里的野鸭子很少了。前几年我回乡一次，偶有，卖得很贵。原因据说是因为县里对各乡水利作了全面综合治理，过去的水荡子、荒滩少了，野鸭子无处栖息。而且，野鸭子过去是吃收割后遗撒在田里的谷粒的，现在收割得很干净，颗粒归仓，野鸭子没有什么可吃的，不来了。

鹌鹑是网捕的。我们那里吃鹌鹑的人家少，因为这东西只有由乡下的亲戚送来，市面上没有卖的。鹌鹑大都是用五香卤了吃。也有用油炸了的。鹌鹑能斗，但我们那里无斗鹌鹑的风气。

我看见过猎人打斑鸠。我在读初中的时候。午饭后，我到学校后面的野地里去玩。野地里有小河，有野蔷薇，有金黄色的茼蒿花，有苍耳（苍耳子有小钩刺，能挂在衣裤上，我们管它叫"万把钩"），有才抽穗的芦荻。在一片树林里，我发现一个猎人。我们那里猎人很少，我从来没有见过猎人，但是我一看见他，就知道：他是一个猎人。这个猎人给我一个非常猛厉的印象。他穿了一身黑，下面却缠了鲜红的绑腿。他很瘦。他的眼睛黑，而冷。他握着枪。他在干什么？树林上面飞过一只斑鸠。他在追逐这只斑鸠。斑鸠分明已经发现猎人了。它想逃脱。斑鸠飞到北面，在树上落一落，猎人一步一步往北走。斑鸠连忙往南面飞，猎人扬头看了一眼。斑鸠落定了，猎人又一步一步往南走，非常冷静。这是一场无声的，然而非常紧张的，坚持的较量。斑鸠来回飞，猎人来回走。我很奇怪，为什么斑鸠不往树林外面飞。这样几个来回，斑鸠慌了神了，它飞得不稳了，歪歪倒倒的，失去了原来均匀的节奏。忽然，砰，——枪声一响，斑鸠应声而落。猎人走过去，拾起斑鸠，看了看，装在猎袋里。他的眼睛很黑，很冷。

我在小说《异秉》里提到王二的熏烧摊子上，春天，卖一种叫做

"鹨"的野味。鹨这种东西我在别处没看见过。"鹨"这个字很多人也不认得。多数字典里不收。《辞海》里倒有这个字，标音为（duo 又读 zhua）。zhua 与我乡读音较近，但我们那里是读入声的，这只有用国际音标才标得出来。即使用国际音标标出，在不知道"短促急收藏"的北方人也是读不出来的。《辞海》"鹨"字条下注云"见鹨鸠"，似以为"鹨"即"鹨鸠"。而在"鹨鸠"条下注云："鸟名。雉属。即'沙鸡'。"这就不对了。沙鸡我是见过的，吃过的。内蒙、张家口多出沙鸡。《尔雅·释鸟》郭璞注："出北方沙漠地"，不错。北京冬季偶尔也有卖的。沙鸡嘴短而红，腿也短。我们那里的鹨却是水鸟，嘴长，腿也长。鹨的滋味和沙鸡有天渊之别。沙鸡肉较粗，略有酸味；鹨肉极细，非常香。我一辈子没有吃过比鹨更香的野味。

蒌蒿、枸杞、荠菜、马齿苋

小说《大淖记事》："春初水暖，沙洲上冒出很多紫红色的芦芽和灰绿色的蒌蒿，很快就是一片翠绿了。"我在书页下方加了一条注："蒌蒿是生于水边的野草，粗如笔管，有节，生狭长的小叶，初生二寸来高，叫做'蒌蒿薹子'，加肉炒食极清香。……"蒌蒿的蒌字，我小时不知怎么写，后来偶然看了一本什么书，才知道的。这个字音"吕"。我小学有一个同班同学，姓吕，我们就给他起了个外号，叫"蒌蒿薹子"（蒌蒿薹子家开了一爿糖坊，小学毕业后未升学，我们看见他坐在糖坊里当小老板，觉得很滑稽）。但我查了几本字典，"蒌"都音"楼"，我有点恍惚了。"楼"、"吕"一声之转。许多从"娄"的字都读"吕"，如"屡"、"缕"、"褛"……这本来无所谓，读"楼"读"吕"，关系不大。但字典上都说蒌蒿是蒿之一种，即白蒿，我却有点不以为然了。我小说里写的蒌蒿和蒿其实不相干。读苏东坡《惠崇春江晚景》诗："竹外桃花三两枝，春江水暖鸭先知。蒌蒿满地芦芽短，正是河豚欲上时。"此蒌蒿生于水边，与芦芽为伴，分明是我的家乡人所吃的蒌蒿，非白蒿。或者"即白蒿"的蒌蒿别是一种，未可知矣。深望懂诗、懂植物学，也懂吃的博雅君子有以教我。

我的小说注文中所说的"极清香"，很不具体。嗅觉和味觉是很难比方，无法具体的。昔人以为荔枝味似软枣，实在是风马牛不相及。我所谓"清香"，即食时如坐在河边闻到新涨的春水的气味。这是实话，并非故作玄言。

枸杞到处都有。开花后结长圆形的小浆果，即枸杞子，我们叫它"狗奶子"，形状颇像。本地产的枸杞子没有入药的，大概不如宁夏产的好。枸杞是多年生植物。春天，冒出嫩叶，即枸杞头。枸杞头是容易采到的。偶尔也有近城的乡村的女孩子采了，放在竹篮里叫卖："枸杞头来！……"枸杞头可下油盐炒食；或用开水焯了，切碎，加香油、酱油、醋，凉拌了吃。那滋味，也只能说"极清香"。春天吃枸杞头，云可以清火，如北方人吃莴苣菜一样。

"三月三，荠菜花赛牡丹"，俗谓是日以荠菜花置灶上，则蚂蚁不上锅台。

北京也偶有荠菜卖。菜市上卖的是园子里种的，茎白叶大，颜色较野生者浅淡，无香气。农贸市场间有南方的老太太挑了野生的来卖，则又过于细瘦，如一团乱发，制熟后强硬扎嘴。总不如南方野生的有味。

江南人惯用荠菜包春卷，包馄饨，甚佳。我们家乡有用来包春卷的，用来包馄饨的没有，——我们家乡没有"菜肉馄饨"。一般是凉拌。荠菜焯熟剁碎，界首茶干切细丁，入虾米，同拌。这道菜是可以上酒席作凉菜的。酒席上的凉拌荠菜都用手传成一座尖塔，临吃推倒。

马齿苋现在很少有人吃。古代这是相当重要的菜蔬。苋分人苋、马苋。人苋即今苋菜，马苋即马齿苋。我们祖母每于夏天摘肥嫩的马齿苋晾干，过年时作馅包包子。她是吃长斋的，这种包子只有她一个人吃。我有时从她的盘子里拿一个，蘸了香油吃，挺香。马齿苋有点淡淡的酸味。

马齿苋开花，花瓣如一小囊。我们有时捉了一个哑巴知了，——知了是应该会叫的，捉住一个哑巴，多么扫兴！于是就摘了两个马齿苋的花瓣套住它的眼睛，——马齿苋花瓣套知了眼睛正合适，一撒手，这知了就拼命往高处飞,一直飞到看不见!

三年自然灾害,我在张家口沙岭子吃过不少马齿苋。那时候,这是宝物!

注　释

① 本篇原载《雨花》1986 年第五期;初收《汪曾祺自选集》,漓江出版社,1987 年 10 月。

"桥边杂记"序[①]

《陶然亭》要我开一个专栏,我没敢答应。我怕一开专栏,就戴上了"嚼子"。起初几篇也许还有点意思,到后来越写越"寡气"。作者骑虎难下,读者望而摇头,岂不尴尬?编者说:你写什么都可以,可长可短。意兴已尽,随时可以收场。我想这倒可以试一试。我不会下棋、打扑克,工作之余,只是看看闲书,或独坐着想一些无补于国计民生的小问题。偶有所感,不妨写出。其品格大概超不过一杯"高末"。如果能有一点单宁、咖啡因,那就很好。再有一点 VC,可真是喜出望外了。所居在东蒲桥边,因将这些小方块文章统名为"桥边杂记"。

一九八六年六月六日

注　释

① 　本篇原载 1986 年 6 月 30 日《北京晚报》,是为"桥边杂记"专栏所作的序。

谈 读 杂 书[①]

我读书很杂，毫无系统，也没有目的。随手抓起一本书来就看。觉得没意思，就丢开。我看杂书所用的时间比看文学作品和评论的要多得多。常看的是有关节令风物民俗的，如《荆楚岁时记》、《东京梦华录》。其次是方志、游记，如《岭表录异》、《岭外代答》。讲草木虫鱼的书我也爱看，如法布尔的《昆虫记》，吴其濬的《植物名实图考》，《花镜》。讲正经学问的书，只要写得通达而不迂腐的也很好看，如《癸巳类稿》。《十驾斋养新录》差一点，其中一部分也挺好玩。我也爱读书论、画论。有些书无法归类，如《宋提刑洗冤录》，这是讲验尸的。有些书本身内容就很庞杂，如《梦溪笔谈》、《容斋随笔》之类的书，只好笼统地称之为笔记了。

读杂书至少有以下几种好处：第一，这是很好的休息。泡一杯茶懒懒地靠在沙发里，看杂书一册，这比打扑克要舒服得多。第二，可以增长知识，认识世界。我从法布尔的书里知道知了原来是个聋子，从吴其濬的书里知道古诗里的葵就是湖南、四川人现在还吃的冬苋菜，实在非常高兴。第三，可以学习语言。杂书的文字都写得比较随便，比较自然，不是正襟危坐，刻意为文，但自有情致，而且接近口语。一个现代作家从古人学语言，与其苦读《昭明文选》、"唐宋八家"，不如参看杂书。这样较易溶入自己的笔下。这是我的一点经验之谈。青年作家，不妨试试。第四，从杂书里可以悟出一些写小说，写散文的道理，尤其是书论和画论。包世臣《艺舟双楫》云："吴兴书笔，专用平顺，一点一画，一字一行，排次顶接而成。古帖字体，大小颇有相径庭者，如老翁携幼孙行，长短参差，而情意真挚，痛痒相关。吴兴书如士人入隘巷，鱼贯徐行，而争先竞后之色，人人见面，安能使上下左右空白有字哉！"他讲的是写字,写小说、散文不也正当如此吗? 小说、散文的各部分,应该"情意真挚,痛痒相关",这样才能做到"形散而神不散"。

读杂书的收获很多,我就以自己的感想谈这么一点。

一九八六年六月九日北京

注 释

① 本篇原载 1986 年 7 月 8 日《新民晚报》;初收《晚翠文谈》,浙江文艺出版社,1988 年 3 月。

比罚款更好的办法^①

到处都罚款。有的罚款是必要的,比如对待随地吐痰,无照设摊。但是什么都用罚款的办法来解决:乱倒垃圾,罚款;随便放车,罚款……这就不大好。罚款本来应由政府部门执行,现在任何店铺、住家,都可以作出罚款的规定,未免奇怪。至于公园里,几乎无一例外,都有牌示:"严禁攀折花木,违者罚款",这一明文似乎古已有之了。有没有更好的办法呢?

苏州沧浪亭,有一处小厅,窗外有几棵梅花,枝叶甚茂,游人伸手可以攀折。这里没有罚款的禁令,却用一个扇面形的小小木牌,写了四句诗:

窗外数株梅,迎寒冒雪开。

劝君多护惜,留待暗香来。

诗不是什么了不得的好诗,但比"违者罚款"更高雅一点。

多一点诗教,少一点禁令,也许我们这个民族会更文明一点。

注 释

① 本篇原载 1986 年 6 月 30 日《北京晚报》"桥边杂记"专栏。

写信即是练笔[①]

董其昌《画禅室随笔·评法书》载:"吾乡陆俨山先生作书,虽率尔应酬,皆不苟且。常曰:即此便是写字,时须用敬也。吾每服膺斯言,而作书不能不拣择。或闲窗游戏,都有著精神处,惟应酬作答,皆率易苟完,此最是病。今后遇笔研,便当起矜庄想。古人无一笔不怕千载后人指摘,故能成名。"又载:"吾乡陆宫詹,以书名家,虽率尔作应酬字,俱不苟且,(且)曰:即此便是学字,何得放过。"

此陆宫詹大概就是陆俨山。他的字我没看见过,据说是学李北海的,但是他的话我却觉得很有道理。他说的是写字,我觉得作文章也应该是这样。随便写一封信,写一个便条,在文字上都不能马虎,"遇笔研便当起矜庄想"。这要养成习惯。古人的许多散文的名篇,原来也都是信。鲁迅书信都写得很有风致,具有很大的可读性。曾见叶圣老写给别人的信,工整干净,每一字句都是经过斟酌的。我有时收到青年作家的信,字迹潦草,标点符号漫不经心,分不清是逗号、顿号还是句号。"此最是病"。写信如此,写作品就能认真么?

注 释

① 本篇原载 1986 年 7 月 14 日《北京晚报》"桥边杂记"专栏。

灵 通 麻 雀^①

闵兆华家有过一只很怪的麻雀。

这只麻雀跌在地上,折了一条腿(大概是小孩子拿弹弓打的),兆华的爱人捡了起来,给它上了一点消炎粉,用纱布裹巴裹巴,麻雀好了。好了,它就不走了。兆华有一顶旧棉帽子,挂在墙上,就成了它的窝。棉帽子里朝外,晚上,它钻进去,兆华的爱人把帽子翻了过来,它就在帽里睡一夜。天亮了,棉帽子往外一翻,它就忒楞楞要出来了。兆华家不给它预备鸟食。人吃什么它吃什么。吃饭的时候,它落在兆华爱人的肩上,兆华爱人随时喂它一口。它生了病——发烧,给它吃了一点四环素之类的药,也就好了。它每天就出去玩,但只要兆华爱人在窗口喊一声:"鸟——",它呼的一声就飞回来。

兆华爱人绣花。有时因事走开,麻雀就看着桌上的绣活,谁也不许动。你动一下,它就嗛你!

兆华领回了工资,放在大衣口袋里,麻雀会把钞票一张一张地叼出来,送到兆华爱人——它的女主人的面前!

我知道这只麻雀的时候,它已经活了四年多,毛色变得很深,发黑了。

有一位鸟类学专家曾特地到兆华家去看过这只麻雀。他认为有两点不可解:

一、麻雀的寿命一般是两年,这只麻雀怎么能活了四年多呢?

二、鸟类一般是没有思维的。这只麻雀能看绣活,叼钞票,这算什么呢?能够说是思维么?

天地间有许多事情需要作新的探索。

注　释

① 本篇原载 1986 年 7 月 28 日《北京晚报》"桥边杂记"专栏;初收《汪曾祺全集》第四卷,北京师范大学出版社,1998 年 8 月。

吃食和文学①（三题）

咸菜和文化

偶然和高晓声谈起"文化小说"，晓声说："什么叫文化？——吃东西也是文化。"我同意他的看法。这两天自己在家里腌韭菜花，想起咸菜和文化。

咸菜可以算是一种中国文化。西方似乎没有咸菜。我吃过"洋泡菜"，那不能算咸菜。日本有咸菜，但不知道有没有中国这样盛行。"文革"前《福建日报》登过一则猴子腌咸菜的新闻，一个新华社归侨记者用此材料写了一篇对外的特稿："猴子会腌咸菜吗？"被批评为"资产阶级新闻观点"。——为什么这就是资产阶级新闻观点呢？猴子腌咸菜，大概是跟人学的。于此可以证明咸菜在中国是极为常见的东西。中国不出咸菜的地方大概不多。各地的咸菜各有特点，互不雷同。北京的水疙瘩、天津的津冬菜、保定的春不老。"保定有三宝，铁球、面酱、春不老"，我吃过苏州的春不老，是用带缨子的很小的萝卜腌制的，腌成后寸把长的小缨子还是碧绿的，极嫩，微甜，好吃，名字也起得好。保定的春不老想也是这样的。周作人曾说他的家乡经常吃的是咸极了的咸鱼和咸极了的咸菜。鲁迅《风波》里写的蒸得乌黑的干菜很诱人。腌雪里蕻南北皆有。上海人爱吃咸菜肉丝面和雪笋汤。云南曲靖的韭菜花风味绝佳。曲靖韭菜花的主料其实是细切晾干的萝卜丝，与北京作为吃涮羊肉的调料的韭菜花不同。贵州有冰糖酸，乃以芥菜加醪糟、辣子腌成。四川咸菜种类极多，据说必以自流井的粗盐腌制乃佳。行销（真是"行销"）全国，远至海外（有华侨的地方）。堪称咸菜之王的，应数榨菜。朝鲜辣菜也可以算是咸菜。延边的腌蕨菜北京偶有卖的，人多不识。福建的黄萝卜很有名，可惜未曾吃过。我的家乡每到秋末冬初，多数人家都腌萝卜干。到店铺里学徒，要"吃三年萝卜干饭"，言其缺油水也。中国咸菜多矣，此不能备载。如果有人写一本《咸菜谱》，将是一本非常有意思的书。

咸菜起于何时，我一直没有弄清楚。古书里有一个"菹"字，我少时曾以为是咸菜。后来看《说文解字》，菹字下注云："酢菜也"，不对了。汉字凡从酉者，都和酒有点关系。酢菜现在还有。昆明的"茄子酢"、湖南乾城的"酢辣子"，都是密封在坛子里使酒化了的，吃起来都带酒香。这不能算是咸菜。有一个虀字，则确乎是咸菜了。这是切碎了腌的。这东西的颜色是发黄的，故称"黄虀"。腌制得法，"色如金钗股"云。我无端地觉得，这恐怕就是酸雪里蕻。虀似乎不是很古的东西。这个字的大量出现好像是在宋人的笔记和元人的戏曲里。这是穷秀才和和尚常吃的东西。"黄虀"成了嘲笑秀才和和尚，亦为秀才和和尚自嘲的常用的话头。中国咸菜之多，制作之精，我以为跟佛教有一点关系。佛教徒不茹荤，又不一定一年四季都能吃到新鲜蔬菜，于是就在咸菜上打主意。我的家乡腌咸菜腌得最好的是尼姑庵。尼姑到相熟的施主家去拜年，都要备几色咸菜。关于咸菜的起源，我在看杂书时还要随时留心，并希望博学而好古的馋人有以教我。

和咸菜相伯仲的是酱菜。中国的酱菜大别起来，可分为北味的与南味的两类。北味的以北京为代表。六必居、天源、后门的"大葫芦"都很好。——"大葫芦"门悬大葫芦为记，现在好像已经没有了。保定酱菜有名，但与北京酱菜区别实不大。南味的以扬州酱菜为代表，商标为"三和"、"四美"。北方酱菜偏咸，南则偏甜。中国好像什么东西都可以拿来酱。萝卜、瓜、莴苣、蒜苗、甘露、藕乃至花生、核桃、杏仁，无不可酱。北京酱菜里有酱银苗，我到现在还不知道究竟是什么东西。只有荸荠不能酱。我的家乡不兴到酱园里开口说买酱荸荠，那是骂人的话。

酱菜起于何时，我也弄不清楚。不会很早。因为制酱菜有个前提，必得先有酱，——豆制的酱。酱，——酱油，是中国一大发明。"柴米油盐酱醋茶"，酱为开门七事之一。中国菜多数要放酱油。西方没有。有一个京剧演员出国，回来总结了一条经验，告诫同行，以后若有出国机会，必须带一盒固体酱油！没有郫县豆瓣，就做不出"正宗川味"。但是中国古代的酱和现在的酱不是一回事。《说文》酱字注云从肉、从酉、爿声。这是加盐、加酒、经过发酵的肉酱。《周礼·天官·膳夫》："凡王之馈，酱用百有二十瓮"，郑玄注："酱，谓醯醢也"。醢，醓，都是肉酱。大概较早出现的是豉，其后才有现在的酱。汉代著作中提到的酱，好像已是豆制的。东汉王充《论衡》："作豆酱恶闻雷"，明确提到豆酱。《齐民要术》提到酱油，但其时已至北魏，距现在一千五百多年。——当然，这也相当古了。酱菜的起源，我现在还没有查出来，俟诸异日吧。

考查咸菜和酱菜的起源，我不反对，而且颇有兴趣。但是，也不一定非得寻出它的来由不可。

"文化小说"的概念颇含糊。小说重视民族文化，并从生活的深层追寻某种民族文化的"根"，我以为是未可厚非的。小说要有浓郁的民族色彩，不在民族文化里腌一腌、酱一酱，是不成的，但是不一定非得追寻得那么远，非得追寻到一种苍苍莽莽的古文化不可。古文化荒邈难稽（连咸菜和酱菜的来源我们还不清楚）。寻找古文化，是考古学家的事，不是作家的事。从食品角度来说，与其考察太子丹请荆轲吃的是什么，不如追寻一下"春不老"；与其查究楚辞里的"蕙肴蒸"，不如品味品味湖南豆豉；与其追溯断发文身的越人怎样吃蛤蜊，不如蒸一碗霉干菜，喝两杯黄酒。我们在小说要表现的文化，首先是现在的，活着的；其次是昨天的，消逝不久的。理由很简单，因为我们可以看得见，摸得着，尝得出，想得透。

一九八六年九月十一日

口味·耳音·兴趣

我有一次买牛肉。排在我前面的是一个中年妇女,看样子是个知识分子,南方人。轮到她了,她问卖牛肉的:"牛肉怎么做?"我很奇怪,问:"您没有做过牛肉?"——"没有。我们家不吃牛羊肉。"——"那您买牛肉——?"——"我的孩子大了,他们会到外地去。我让他们习惯习惯,出去了好适应。"这位做母亲的用心良苦。我于是尽了一趟义务,把她请到一边,讲了一通牛肉做法,从清炖、红烧、咖喱牛肉,直到广东的蚝油炒牛肉、四川的水煮牛肉、干煸牛肉丝……

有人不吃羊肉。我们到内蒙去体验生活。有一位女同志不吃羊肉,——闻到羊肉气味都恶心,这可苦了。她只好顿顿吃开水泡饭,吃咸菜。看见我吃手抓羊肉、羊贝子(全羊)吃得那样香,直生气!

有人不吃辣椒。我们到重庆去体验生活。有几个女演员去吃汤圆,进门就嚷嚷"不要辣椒!"卖汤圆的冷冷地说:"汤圆没有放辣椒的!"

许多东西不吃,"下去",很不方便。到一个地方,听不懂那里的话,也很麻烦。

我们到湘鄂赣去体验生活。在长沙,有一个同志的鞋坏了,去修鞋,鞋铺里不收。"为什么?"——"修鞋的不好过。"——"什么?"——"修鞋的不好过!"我只得给他翻译一下,告诉他修鞋的今天病了,他不舒服。上了井冈山,更麻烦了:井冈山说的是客家话。我们听一位队长介绍情况,他说这里没有人肯当干部,他挺身而出,他老婆反对,说是"辣子毛补,两头秀腐"——"什么什么?"我又得给他翻译:"辣椒没有营养,吃下去两头受苦"。这样一翻译可就什么味道也没有了。

我去看昆曲,"打虎游街"、"借茶活捉"……好戏。小王的苏白尤其传神,我听得津津有味,不时发出笑声。邻座是一个唱花旦的女演员,她听不懂,直着急,老问:"他说什么?说什么?"我又不能逐句翻译,她很遗憾。

我有一次到民族饭店去找人，身后有几个少女在叽叽呱呱地说很地道的苏州话。一边的电梯来了，一个少女大声招呼她的同伴："乖面乖面"（这边这边）！我回头一看：说苏州话的是几个美国人！

我们那位唱花旦的女演员在语言能力上比这几个美国少女可差多了。

一个文艺工作者、一个作家、一个演员的口味最好杂一点，从北京的豆汁到广东的龙虱都尝尝（有些吃的我也招架不了，比如贵州的鱼腥草）；耳音要好一些，能多听懂几种方言，四川话、苏州话、扬州话（有些话我也一句不懂，比如温州话）。否则，是个损失。

口味单调一点、耳音差一点，也还不要紧，最要紧的是对生活的兴趣要广一点。

一九八六年八月十二日

苦瓜是瓜吗？

昨天晚上，家里吃白兰瓜。我的一个小孙女，还不到三岁，一边吃，一边说："白兰瓜、哈密瓜、黄金瓜、华莱士瓜、西瓜，这些都是瓜。"我很惊奇了：她已经能自己经过归纳，形成"瓜"的概念了（没有人教过她）。这表示她的智力已经发展到了一个重要的阶段。凭借概念，进行思维，是一切科学的基础。她奶奶问她："黄瓜呢？"她点点头。"苦瓜呢？"她摇摇头。我想：她大概认为"瓜"是可吃的，并且是好吃的（这些瓜她都吃过）。今天早起，又问她："苦瓜是不是瓜？"她还是坚决地摇了摇头，并且说明她的理由："苦瓜不像瓜。"我于是进一步想：我对她的概念的分析是不完全的。原来在她的"瓜"概念里除了好吃不好吃，还有一个像不像的问题（苦瓜的表皮疙里疙瘩的，也确实不大像瓜）。我翻了翻《辞海》，看到苦瓜属葫芦科。那么，我的孙女认为苦瓜不是瓜，是有道理的。我又翻了翻《辞海》的"黄瓜"条：黄瓜也是属葫芦科。苦瓜、黄瓜习惯上都叫做瓜；而另一种很"像"是瓜的东西，在北方却称之为"西葫芦"。瓜乎？葫芦乎？苦瓜是不是瓜呢？我倒胡涂起来了。

前天有两个同乡因事到北京，来看我。吃饭的时候，有一盘炒苦瓜。同乡之一问："这是什么？"我告诉他是苦瓜。他说："我倒要尝尝。"夹了一小片入口："乖乖！真苦啊！——这个东西能吃？为什么要吃这种东西？"我说："酸甜苦辣咸，苦也是五味之一。"他说："不错！"我告诉他们这就是癞葡萄。另一同乡说："'癞葡萄'，那我知道的。癞葡萄能这个吃法？"

"苦瓜"之名，我最初是从石涛的画上知道的。我家里有不少有正书局珂罗版印的画集，其中石涛的画不少。我从小喜欢石涛的画。石涛的别号甚多，除石涛外有释济、清湘道人、大涤子、瞎尊者和苦瓜和尚。但我不知道苦瓜为何物。到了昆明，一看：哦，原来就是癞葡萄！我的大伯父每年都要在后园里种几棵癞葡萄，不是为了吃，是为了成熟之后摘下来装在盘子里看着玩的。有时也剖开一两个，挖出籽儿来尝尝。有一点甜味，并不好吃。而且颜色鲜红，如同一个一个血饼子，看起来很刺激，也使人不大敢吃它。当作菜，我没有吃过。有一个西南联大的同学，是个诗人，他整了我一下子。我曾经吹牛，说没有我不吃的东西。他请我到一个小饭馆吃饭，要了三个菜：凉拌苦瓜、炒苦瓜、苦瓜汤！我咬咬牙，全吃了。从此，我就吃苦瓜了。

苦瓜原产于印度尼西亚，中国最初种植是广东、广西。现在云南、贵州都有。据我所知，最爱吃苦瓜的似是湖南人。有一盘炒苦瓜，——加青辣椒、豆豉，少放点猪肉，湖南人可以吃三碗饭。石涛是广西全州人，他从小就是吃苦瓜的，而且一定很爱吃。"苦瓜和尚"这别号可能有一点禅机，有一点独往独来，不随流俗的傲气，正如他叫"瞎尊者"，其实并不瞎；但也可能是一句实在话。石涛中年流寓南京，晚年久住扬州。南京人、扬州人看见这个和尚拿癞葡萄来炒了吃，一定会觉得非常奇怪的。

北京人过去是不吃苦瓜的。菜市场偶尔有苦瓜卖，是从南方运来的。买的也都是南方人。近二年北京人也有吃苦瓜的了，有人还很爱吃。农贸市场卖的苦瓜都是本地的菜农种的，所以格外鲜嫩。看来人的口味是可以改变的。

由苦瓜我想到几个有关文学创作的问题：

一、应该承认苦瓜也是一道菜。谁也不能把苦从五味里开除出去。我希望评论家、作家——特别是老作家，口味要杂一点，不要偏食。不要对自己没有看惯的作品轻易地否定、排斥。不要像我的那位同乡一样，问道"这个东西能吃？为什么要吃这种东西？"提出"这样的作品能写？为什么要写这样的作品？"我希望他们能习惯类似苦瓜一样的作品，能吃出一点味道来，如现在的某些北京人。

二、《辞海》说苦瓜"未熟嫩果作蔬菜，成熟果瓤可生食"。对于苦瓜，可以各取所需，愿吃皮的吃皮，愿吃瓤的吃瓤。对于一个作品，也可以见仁见智。可以探索其哲学意蕴，也可以踪迹其美学追求。北京人吃凉拌芹菜，只取嫩茎，西餐馆做罗宋汤则专要芹菜叶。人弃人取，各随尊便。

三、一个作品算是现实主义的也可以，算是现代主义的也可以，只要它真是一个作品。作品就是作品。正如苦瓜，说它是瓜也行，说它是葫芦也行，只要它是可吃的。苦瓜就是苦瓜。——如果不是苦瓜，而是狗尾巴草，那就另当别论。截至现在为止，还没有人认为狗尾巴草很好吃。

一九八六年九月六日

注　释

① 本篇原载《作品》1987 年第一期；初收《蒲桥集》，作家出版社，1989 年
3 月。

他 乡 寄 意①

　　抗日战争时期,昆明重庆流传一则谜语:航空信——打一地名。谜底是:高邮。这说明知道我的家乡的人还是不少的。但是多数人对我的家乡的所知,恐怕只限于我们那里出咸鸭蛋,而且有双黄的。我遇到很多外地人问过我:你们那里为什么出双黄鸭蛋? 我也回答过,说这和鸭种有关;我们那里水多,小鱼小虾多,鸭吃多了小鱼小虾,爱下双黄蛋。其实这是想当然耳。直到现在,我也说不清这是什么道理。敝乡真是"小地方",经济、文化都比较落后,只落得以产双黄鸭蛋而出名,悲哉!

　　我的家乡过去是相当穷的。穷的原因是多水患。我们那里是水乡。人家多傍水而居,出门就得坐船。秦少游诗云:"菰蒲深处疑无地,忽有人家笑语声",大抵里下河一带都是如此。县城的西面是运河,运河西堤外便是高邮湖。运河河身高,几乎是一条"悬河",而县境的地势低,据说运河的河底和县城的城墙一般高。这可能有一点夸张。但我们小时候到运河堤上去玩,站在河堤上,是可以俯瞰下面人家的屋顶的。城里的孩子放风筝,风筝飘在堤上人的脚底下。这样,全县就随时处在水灾的威胁之中。民国二十年的大水我是亲历的。湖水侵入运河,运河堤破,洪水直灌而下,我家所住的东大街成了一条激流汹涌的大河。这一年水灾,毁坏田地房屋无数,死了几万人。我在外面这些年,经常关心的一件事,是我的家乡又闹水灾了没有? 前几年,我的一个在江苏省水利厅当总工程师的初中同班同学到北京开会,来看我。他告诉我:高邮永远不会闹水灾了。我于是很想回去看看。我19岁离乡,在外面已40多年了。

　　苏北水灾得到根治,主要是由于修建了江都水利枢纽和苏北灌溉总渠。这是两项具有全国意义的战略性的水利工程,我的初中同班同学是参与这两项工程的主要设计者之一。我参观了江都水利枢纽,对那些现代化的机械一无所知,只觉得很壮观。但是我知道,从此以后,运河水大,可以泄出;水少,可以从长江把水调进来,不但旱涝无虞,而且使多少万人的生命得到了保障。呜呼,厥功伟矣!

我在家乡住了约一个星期。每天早起,我都要到运河堤上走一趟。运河拓宽了。小时候我们过运河去玩,由东堤到西堤,两篙子就到了。现在西门宝塔附近的河面宽得像一条江。我站在平整坚实的河堤上,看着横渡的轮船,拉着汽笛,悠然驶过,心里说不出的感动。

县境内的河也都经过统一规划,综合治理了,交通、灌溉都很方便。很多地方都实现了电力灌溉。我看了几份材料,都说现在是"要水一声喊,看水穿花鞋"。这两句话有点大跃进的味道,而且现在的妇女也很少穿花鞋的。不过过去到处可见的长到32轧的水车和凉亭似的牛车棚确实看不到了。我倒建议保留一架水车,放在博物馆里,否则下一辈人将不识水车为何物。

由于水利改善,粮食大幅度地增产了。过去我们那里的田,打500斤粮食,就算了不起了;现在亩产千斤,不成问题。不少地方已达"吨粮"——亩产两千斤。因此,农民的生活大大提高了。很多人家盖起了新房子,砖墙、瓦顶、玻璃窗,门外种着西番莲、洋菊花。农村姑娘的衣着打扮也很入时,烫发、皮鞋,吓!

不过粮食增产有到头的时候。两千斤粮食又能卖多少钱呢?单靠农业,我们那个县还是富不起来的。希望还在发展工业上。我希望地方的有识之士动动脑筋。也可以把在外面工作的内行请回去出出主意。到2000年,我的故乡应当会真正变个样子,成为一个开放型的城市。这样,故乡人民的心胸眼界才有可能开阔起来,摆脱小家子气。

我们那个县从来很难说是人文荟萃之邦。不但和扬州、仪征不能比,比兴化、泰州也不如。宋代曾以此地为高邮军,大概繁盛过一阵,不少文人都曾在高邮湖边泊舟,宋诗里提及高邮的地方颇多。那时出过鼎鼎大名,至今为故人引为骄傲的秦少游,还有一位孙莘老。明代出过一个散曲家兼画家的王西楼(磐)。清代出过王氏父子——王念孙、王引之。还有一位古文家夏之蓉。此外,再也数不出多少名人了。而且就是这几位名人,也没有在我的家乡产生多大的影响。秦少游没有留下多少遗迹。原来的文游台下有一个秦少游读书处,后来也倒塌了。连秦少游老家在哪里,也都搞不清楚,实在有点对不起这位绝代词人。听说近年发现了秦氏宗谱,那么这个问题可能有点线索了吧。更令人遗憾的是历代研究秦少游的故乡人颇少。我上次回乡看到一部《淮海集》,是清版。我们县应该有一部版本较好的《淮海集》才好。近年有几位青年有志于研究秦少游,地方上应该予以支持。王西楼过去知道的人更少。我小时候在家乡就没有读过一首王西楼的散曲,只是现在还流传一句有地方特点的歇后语:"王西楼嫁女儿——话(画)多银子少。"《王西楼乐府》最初是在高邮刻印的,最好能找到较早的版本。我希望家乡能出一两个王西楼专家。散曲的谱不是很难找到,能不能把王西楼的某些散曲,比如那首有名的《唢呐》,翻成简谱在县里唱一唱?如果能组织一场王西楼散曲演唱晚会,那是会很叫人兴奋的。王念孙父子在清代训诂学界影响很大,号称"高邮王氏之学"。但是我的很多家乡人只知道"独旗杆王家",至于王家是怎么回事,就不大了然了。我也希望故乡有人能继承光大王氏之学。前年高邮在王氏旧宅修建了高邮王氏纪念馆,让我写字,我寄去一副对联:"一代宗师,千秋绝学;二王馀韵,百里书声",下联实是我对于乡人的期望。

以上说的是传统文化。对于现代科学,我们高邮人做出贡献的也有。比如孙云铸,是世界有名的古生物学家、地层学家。他的《中国北方寒武纪动物化石》是我国第一部古生物学专著。我初到昆明时,曾到他家去过。他家桌上、窗台上,到处都是三叶虫化石。这是一位很纯正的学者。可是故乡人知道他的不多。高邮拟修县志,我希望县志里有孙云铸的传。我也希望故乡的后辈能继承老一辈严谨的治学精神。

我们县是没有多少名胜古迹的。过去年代较久,建筑上有特点的,是几座庙:承天寺、天王寺、善因寺。现在已经拆得一点不剩了。西门宝塔还在,但只是孤伶伶的一座塔,周围是一片野树。高邮的"刮刮老叫"的古迹是文游台,这是苏东坡、秦少游等名士文酒雅集之地,我们小时候春游远足,总是上文游台。登高四望,烟树帆影、豆花芦叶,确实是可以使人胸襟一畅的。文游台在敌伪时期,由一个姓王的本地人县长重修了一次,搞得不像样子。重修后的奎楼、公园也都不理想。请恕我说一句直话:有点俗。听说文游台将重修,不修便罢,修就修好。文游台既是宋代的遗迹,建筑上要有点宋代的特点。比如:大斗拱、素朴的颜色。千万不要因陋就简,或者搞得花花绿绿的。

我离乡日久,鬓毛已衰,对于故乡一无贡献,很惭愧。《新华日报》约我为"故乡情"写稿,略抒芹意,希望我的乡人不要见怪。

一九八六年八月二十八日北京

注 释

① 本篇原载 1986 年 9 月 17 日《新华日报》;初收《汪曾祺全集》第四卷,北京师范大学出版社,1998 年 8 月。

沈括的幽默[①]

在拉萨八角街一家卖草药的铺子里看到一只颜色发了红的小小的干螃蟹,放在一只黑漆的盘子里,很惊奇。卖药的一定以为这个奇形怪状的东西会有神异的力量。这东西大概不是西藏所产,物稀则贵。我忽然想起了《梦溪笔谈》。《笔谈》467 条:

"关中无螃蟹。元丰中,予在陕西,闻秦州人家收得一干蟹,土人怖其形状,以为怪物,每人家有病疟者,则借去挂门户上,往往遂差。不但人不识,鬼亦不识也。"

沈括是我很佩服的人。他学识丰富,文笔整洁,这是大家都知道的。从《笔谈》里,我看出他是一个恬淡和平的人。《笔谈》自序云:"以之为言则甚卑,以予为无意于言,可也。"因为他是用这样的无功利的态度来写作的,所以才能写得这样的洒脱。这才是真正的随笔。我尤其喜欢的,是他还很有幽默感。如 409 条记"凌床"、413 条记石曼卿覆考黜落为一绝句、446 条记北方人用麻油煎带壳生蛤蜊,读之都使人莞然。这一条记秦州人不识螃蟹是其最著者。"不但人不识,鬼亦不识也",是沈括所发的议论。如此议论,真是妙绝。我每次一想起,都要一个人哈哈大笑。如有人选一本《中国幽默文选》,此则当可压卷。

我在拉萨会忽然想起沈括,这件事也怪有意思。

注　释

① 本篇原载 1986 年 9 月 22 日《北京晚报》"桥边杂记"专栏;初收《汪曾祺全集》第四卷,北京师范大学出版社,1998 年 8 月。

读 廉 价 书^①

文章滥贱,书价腾踊。我已经有好多年不买书了。这一半也是因为房子太小,买了没有地方放。年轻时倒也有买书的习惯。上街,总要到书店里逛逛,挟一两本回来。但我买的,大都是便宜的书。读廉价书有几样好处。一是买得起,掏出钱时不肉痛;二是无须珍惜,可以随便在上面圈点批注;三是丢了就丢了,不心疼。读廉价书亦有可记之事,爱记之。

一折八扣书

一折八扣书盛行于 30 年代。中学生所买的大都是这种书。一折,而又打八扣,即定价如是一元,实售只是八分钱。当然书后面的定价是预先提高了的。但是经过一折八扣,总还是很便宜的。为什么不把定价压低,实价出售,而用这种一折八扣的办法呢,大概是投合买书人贪便宜的心理:这差不多等于白给了。

一折八扣书多是供人消遣的笔记小说,如《子不语》、《夜雨秋灯录》、《续齐谐》等等。但也有文笔好,内容有意思的,如余澹心的《板桥杂记》、冒辟疆的《影梅庵忆语》。也有旧诗词集。我最初读到的《漱玉词》和《断肠词》就是这种一折八扣本。《断肠词》的样子我到现在还记得,封面是砖红色的,一侧画一枝滴下两滴墨水的羽毛笔。一折八扣书都很薄,但也有较厚的,《剑南诗钞》即是相当厚的两本。这书的封面是米黄色的铜版纸,王西神题签。这在一折八扣书中是相当贵的了。

星期天,上午上街,买买东西(毛巾、牙膏、袜子之类),吃一碗脆鳝面或辣油面(我读高中在江阴,江阴的面我以为是做得最好的,真是细若银丝,汤也极好)、几只猪油青韭馅饼(满口清香),到书摊上挑一两本一折八扣书,回校。下午躺在床上吃粉盐豆(江阴的特产),喝白开水,看书,把三角函数、化学分子式暂时都忘在脑后,考试、分数,于我何有哉,这一天实在过得蛮快活。

一折八扣书为什么卖得如此之贱?因为成本低。除了垫出一点纸张油墨,就不须花什么钱。谈不上什么编辑,选一个底本,排印一下就是。大都只是白文,无注释,多数连标点也没有。

我倒希望现在能出这种无前言后记,无注释、评语、考证,只印白文的普及本的书。我不爱读那种塞进长篇大论的前言后记的书,好像被人牵着鼻子走。读了那样板着面孔的前言和啰嗦的后记,常常叫人生气。而且加进这样的东西,书就卖得很贵了。

扫 叶 山 房

扫叶山房是龚半千的斋名,我在南京,曾到清凉山看过其遗址。但这里说的是一家书店。这家书店专出石印线装书,白连史纸,字颇小,但行间加栏,所以看起来不很吃力。所印书大都几册作一部,外加一个蓝布函套。挑选的都是内容比较严肃、有一定学术价值的古籍,这对于置不起善本的想做点学问的读书人是方便的。我不知道这家书店的老板是何许人,但是觉得是个有心人,他也想牟利,但也想做一点于人有益的事。这家书店在什么地方,我不记得了,印象中好像在上海四马路。扫叶山房出的书不少,嘉惠士林,功不可泯。我希望有人调查一下扫叶山房的始末,写一篇报告,这在中国出版史上将是有意思的一笔,虽然是小小的一笔。

我买过一些扫叶山房的书,都已失去。前几年架上有一函《景德镇陶录》,现在也不知去向了。

旧　书　摊

　　昆明的旧书店集中在文明街,街北头路西,有几家旧书店。我们和这几家旧书店的关系,不是去买书,倒是常去卖书。这几家旧书店的老板和伙计对于书都不大内行,只要是稍微整齐一点的书,古今中外,文法理工,都要,而且收购的价钱不低。尤其是工具书,拿去,当时就付钱。我在西南联大时,时常断顿,有时日高不起,拥被坠卧。朱德熙看我到快 11 点钟还不露面,便知道我午饭还没有着落,于是挟了一本英文字典,走进来,推推我:"起来起来,去吃饭!"到了文明街,出脱了字典,两个人便可以吃一顿破酥包子或两碗焖鸡米线,还可以喝二两酒。

　　工具书里最走俏的是《辞源》。有一个同学发现一家书店的《辞源》的收售价比原价要高出不少,而拐角的商务印书馆的书架就有几十本崭新的《辞源》,于是以原价买到,转身即以高价卖给旧书店。他这种搬运工作干了好几次。

　　我应当在昆明旧书店也买过几本书,是些什么书,记不得了。

　　在上海,我短不了逛逛旧书店。有时是陪黄裳去,有时我自己去。也买过几本书。印象真凿的是买过一本英文的《威尼斯商人》。其时大概是想好好学学英文,但这本《威尼斯商人》始终没有读完。

　　我倒是在地摊上买到过几本好书。我在福煦路一个中学教书。有一个工友,姑且叫他老许吧,他管打扫办公室和教室外面的地面,打开水,还包几个无家的单身教员的伙食。伙食极简便,经常提供的是红烧小黄鱼和炒鸡毛菜。他在校门外还摆了一个书摊。他这书摊是名副其实的"地摊",连一块板子或油布也没有,书直接平摊在人行道的水泥地上。老许坐于校门内侧,手里做着事,择菜或清除洋铁壶的水碱,一面拿眼睛向地摊上瞟着。我进进出出,总要蹲下来看看他的书。我曾经买过他一些书,——那是和烂纸的价钱差不多的,其中值得纪念的有两本。一本是张岱的《陶庵梦忆》,这本书现在大概还在我家不知哪个角落里。一本在我来说,是很名贵的:万有文库汤显祖评本《董解元西厢记》。我对董西厢一直有偏爱，以为非王西厢所可比。汤显祖的批语包括眉批和每一出的总批，都极精彩。这本书字大，纸厚，汤评是照手书刻印出的。汤显祖字似欧阳率更《张翰帖》，秀逸处似陈老莲，极可爱。我未见过临川书真迹，得见此影印刻本，而不禁神往不置。"万有文库"算是什么稀罕版本呢？但在我这个向不藏书的人，是视同珍宝的。这书跟随我多年，约10年前为人借去不还，弄得我想引用汤评时，只能于记忆中得其仿佛，不胜怅怅！

小 镇 书 遇

我戴了右派帽子，下放张家口沙岭子劳动。沙岭子是宣化至张家口之间的一小站。这里有一个镇，本地叫做"堡"（读如"捕"）。每遇星期天，节假日，没有什么地方可去，我们就去堡里逛逛。堡里有一个供销社（卖红黑灯芯绒、凤穿牡丹被面、花素直贡呢，动物饼干、果酱面包，油盐酱醋、韭菜花、青椒糊、臭豆腐），一个山货店，一个缝纫社，一个木业生产合作社，一个兽医站。若是逢集，则有一些卖茄子、辣椒、疙瘩白的菜担，一些用绳络网在筐里的小猪秧子。我们就怀了很大的兴趣，看凤穿牡丹被面，看铁锅，看扫帚，看茄子，看辣椒，看猪秧子。

堡里照例还有一个新华书店。充斥于书架上的当然是毛选，此外还有些宣传计划生育的小册子、介绍化肥农药配制的科普书、连环画《智取威虎山》、《三打白骨精》。有一天，我去逛书店，忽然在一个书架的最高层发现了几本书：《梦溪笔谈》、《容斋随笔》、《癸巳类稿》、《十驾斋养新录》。我不无激动地搬过一张凳子，把这几册书抽下来，请售货员计价。售货员把我打量了一遍，开了发票。

"你们这个书店怎么会进这样的书？"

"谁知道！也除是你，要不然，这几本书永远不会有人要。"

不久，我结束劳动，派到县上去画马铃薯图谱。我就带了这几本书，还有一套郭茂倩的《乐府诗集》，到沽源去了。白天画图谱，夜晚灯下读书，如此右派，当得！

这几本书是按原价卖给我们的,不是廉价书。但这是早先的定价,故不贵。

鸡 蛋 书

赵树理同志曾希望他的书能在农村的庙会上卖,农民可以拿几个鸡蛋来换。这个理想一直未见实现。用实物换书,有一定困难,因为鸡蛋的价钱是涨落不定的。但是便宜到只值两三个鸡蛋,这样的书原先就有过。

我家在高邮北市口开了一爿中药店万全堂。万全堂的廊下常年摆着一个书摊。两张板凳支三块门板,"书"就一本一本地平放在上面。为了怕风吹跑,用几根削方了的木棍横压着。摊主用一个小板凳坐在一边,神情古朴。这些书都是唱本,封面一色是浅紫色的很薄的标语纸的,上面印了单线的人物画,都与内容有关,左边留出长方的框,印出书名:《薛丁山征西》、《三请樊梨花》、《李三娘挑水》、《孟姜女哭长城》……里面是白色有光纸石印的"文本",两句之间空一字,念起来不易串行。我曾经跟摊主借阅过。一本"书"一会儿就看完了,因为只有几页,看完一本,再去换。这种唱本几乎千篇一律,开头总是:"自从盘古开天地,三皇五帝到如今",三皇五帝是和什么故事都挨得上的。唱词是没有多大文采的,但却文从字顺,合辙押韵(七字句和十字句)。当中当然有许多不必要的"水词"。老舍先生曾批评旧曲艺有许多不必要的字,如"开言有语叫张生","叫张生"就得了嘛,干嘛还要"开言"还"有语"呢?不行啊,不这样就凑不足 7 个字,而且韵也押不好。这种"水词"在唱本中比比皆是,也自成一种文理。我倒想什么时候有空,专门研究一下曲艺唱本里的"水词"。不是开玩笑,我觉得我们的新诗里所缺乏的正是这种"水词",字句之间过于拥挤,这是题外话。我读过的唱本最有趣的一本是《王婆骂鸡》。

这种唱本是卖给农民的。农民进城,打了油,撕了布,称了盐,到万全堂买了治牙疼的"过街笑"、治肚子疼的暖脐膏,顺便就到书摊上翻翻,挑两本,放进捎码子,带回去了。

农民拿了这种书,不是看,是要大声念的。会唱"送麒麟"、"看火戏"的还要打起调子唱。一人唱念,就有不少人围坐静听。自娱娱人,这是家乡农村的重要文化生活。

唱本定价 120 文左右,与一碗宽汤饺面相等,相当于 3 个鸡蛋。

这种石印唱本不知是什么地方出的(大概是上海),曲本作者更不知道是什么人。

另外一种极便宜的书是"百本张"的鼓曲段子。这是用毛边纸手抄的,折叠式,不装订,书面写出曲段名,背后有一方长方形的墨印"百本张"的印记(大小如豆腐干)。里面的字颇大,是蹩脚的馆阁体楷书,而皆微扁。这种曲本是在庙会上卖的。我曾在隆福寺买到过几本。后来,就再看不见了。这种唱本的价钱,也就是相当于三个鸡蛋。

附带想到一个问题。北京的鼓词俗曲的资料极为丰富,可是一直没有人认真地研究过。孙楷第先生曾编过俗曲目录,但只是目录而已。事实上这里可研究的东西很多,从民俗学的角度,从北京方言角度,当然也从文学角度,都很值得钻进去,搞 10 年 8 年。一般对北京曲段多只重视其文学性,重视罗松窗、韩小窗,对于更俚俗的不大看重。其实有些极俗的曲段,如"阔大奶奶逛庙会"、"穷大奶奶逛庙会",单看题目就知道是非常有趣的。车王府有那么多曲本,一直躺在首都图书馆睡觉,太可惜了!

一九八六年七月八日

注　释

① 本篇原载《书香集》(姜德明主编,中外文化出版公司,1990 年版),又发表在《群言》1990 年第四期,仅收录"一折八扣书"和"旧书摊"两个章节;以《小镇书遇》为题发表在 1990 年 5 月 2 日《团结报》,收录"小镇书遇"一个章节;初收《汪曾祺全集》第四卷,北京师范大学出版社,1998 年 8 月。

小小说是什么^①

　　小小说原来就有。外国也有小小说。但是中国近年来小小说特别流行，读者面很广，于是小小说就成了一个值得注意的新事物，"小小说"也就在事实上形成一个新的概念。小小说是什么？这个概念包含一些什么内容？探索一下这个问题，将有助于小小说创作的发展。

　　小小说的流行，不只是因为现在的生活节奏快，人们生活紧张，缺少闲裕的读书时间。如果是这样，那么长篇小说就没人看了。更重要的原因恐怕是读者对文学形式的要求更多了。他们要求有新的品种、新的样式、新的口味。承认这一点，小小说才能真正在文学大宴中占到一个席位，小小说的作者才能有自己独特的追求。

　　小小说不就是小的小说。小，不只是它的外部特征。小小说仍然可以看作是短篇小说的一个分支，但它又是短篇小说的边缘。短篇小说的一般素质，小小说是应该具备的。小小说和短篇小说在本质上既相近，又有所区别。大体上说，短篇小说散文的成分更多一些，而小小说则应有更多的诗的成分。小小说是短篇小说和诗杂交出来的一个新的品种。它不能有叙事诗那样的恢宏，也不如抒情诗有那样强的音乐性。它可以说是用散文写的比叙事诗更为空灵，较抒情诗更具情节性的那么一种东西。它又不是散文诗，因为它毕竟还是小说。小小说是四不像。因此它才有意思，才好玩，才叫人喜欢。

　　小小说是小的。小的就是小的。从里到外都是小的。"小中见大"，是评论家随便说说的。有一点小小说创作经验的人都知道这在事实上是办不到的。谁也没有真的从一滴水里看见过大海。大形势、大问题、大题材，都是小小说所不能容纳的。要求小小说有广阔厚重的历史感，概括一个时代，这等于强迫一头毛驴去拉一列火车。小小说作者所发现、所思索、所表现的只能是生活的一个小小的片段。这个片段是别人没有表现过、没有思索过、没有发现过的。最重要的是发现。发现，必然就伴随着思索，同时也就比较容易地自然地找到合适的表现形式。文学本来都是发现。但是小小说的作者需要更有"具眼"，因为引起小小说作者注意的，往往是平常人易于忽略的小事。这件小事得是天生的一块小小说的材料。这样的材料并非俯拾皆是，随手一抓就能抓得到的。小小说的材料的获得往往带有偶然性，邂逅相逢，不期而遇。并且，往往要储存一段时间，作者才能大致弄清楚这件小事的意义。写小小说确实需要一点"禅机"。

小小说不大可能有十分深刻的思想，也不宜于有很深刻的思想。小小说可以有一点哲理，但不能在里面进行严肃的哲学的思辨（中篇小说、长篇小说可以）。小小说的特点是思想清浅。半亩方塘，一弯溪水，浅而不露。小小说应当有一定程度的朦胧性。朦胧不是手法，而是作者的思想本来就不是十分清楚。有那么一点意思，但是并不透彻。"此中有真意，欲辨已忘言"。世界上没有一个人真正对世界了解得十分彻底而且全面，但只能了解他所感知的那一部分世界。海明威说十九世纪的小说家自以为是上帝，他什么都知道。巴尔扎克就认为他什么都知道，读者只需听他说。于是读者就成了听什么是什么的老实人，而他自己也就说了许多他其实并不知道的东西。所谓含蓄，并不是作者知道许多东西，故意不多说，他只是不说他还不怎么知道的东西。小小说的作者应该很诚恳地向读者表示：关于这件小事，它的意义，我到现在，还只能想到这个程度。一篇小小说发表了，创作过程并未结束。作者还可以继续想下去，读者也愿意和作者一起继续想下去。这样，读者才能既得到欣赏的快感，也能得到思考的快感。追求，就是还没有达到。追求是作者的事，也是读者的事。小小说不需要过多的热情，甚至不要热情。大喊大叫，指手划脚，是会叫读者厌烦的。小小说的作者对于他所发现的生活片段，最好超然一些，保持一个旁观者的态度，尽可能地不动声色。小小说总是有个态度的，但是要尽量收敛。可以对一个人表示欣赏，但不能夸成一朵花；可以对一件事加以讽刺，但不辛辣。

小小说作者需要的是:聪明、安静、亲切。

　　小小说是一串鲜樱桃,一枝带露的白兰花,本色天然,充盈完美。小小说不是压缩饼干、脱水蔬菜。不能把一个短篇小说拧干了水分,紧压在一个小小的篇幅里,变成一篇小小说。——当然也没有人干这种划不来的傻事。小小说不能写得很干,很紧,很局促。越是篇幅有限,越要从容不迫。小小说自成一体,别是一功。小小说是斗方、册页、扇面儿。斗方、册页、扇面的画法和中堂、长卷的画法是不一样的。布局、用笔、用墨、设色,都不大一样。长江万里图很难缩写在一个小横披里。宋人有在纨扇上画龙舟竞渡图、仙山楼阁图的。用笔虽极工细,但是一定留出很大的空白,不能挤得满满的。空白,是小小说的特点。可以说,小小说是空白的艺术。中国画讲究"计白当黑"。包世臣论书,以为应使"字之上下左右皆有字"。因为注意"留白",小小说的天地便很宽余了。所谓"留白",简单直截地说,就是少写。小小说不是删削而成的。删得太狠的小说是可以看得出来的,往往不顺,不和谐,不"圆"。应该在写的时候就控制住自己的笔,每琢磨一句,都要想一想:这一句是不是可以不写?尽量少写,写下来的便都是必要的,一句是一句。那些没有写下来的仍然是存在的,存在于每一句的"上下左右"。这样才能做到句有余味,篇有余意。

　　小幅画尤其要讲究"笔墨情趣"。小小说需要精选的语言。古人论诗云,七言绝句如二十八个贤人,著一个屠酤不得。写小小说也应如此。小小说最好不要有评书气、相声气,不要用一种半文不白的轻佻的文体。小小说当有幽默感,但不是游戏文章。小小说不宜用奇僻险怪的句子,如宋人所说的"恶硬语"。小小说的语言要朴素、平易,但有韵致。

　　虽不能至,心向往之。

一九八六年七月二十四日密云水库

注　释

① 本篇原载《文艺学习》1986 年第三期;又载《小小说选刊》1988 年第三期;初收《晚翠文谈》,浙江文艺出版社,1988 年 3 月。

门前流水尚能西①

——《晚翠文谈》自序

　　昆明云南大学的教授宿舍区有一处叫"晚翠园"。月亮门的石额上刻着三个字，字是胡小石写的，很苍劲。我们那时常到云大去拍曲子，常穿过这个园。为什么叫"晚翠园"呢？是因为园里种了大概有二三十棵大枇杷树。《千字文》云："枇杷晚翠"，用的是这个典。这句话最初出在哪里？我就不知道了，实在是有点惭愧。不过《千字文》里的许多四个字一句的话都不一定有出处。好比"海咸河淡"，只是眼面前的一句大实话，考查不出来源。"枇杷晚翠"也可能是这样的。这也是一句实话，只不过字面上似乎有点诗意，不像"海咸河淡"那样平常得有点令人发笑。枇杷的确是晚翠的。它是常绿的灌木，叶片大而且厚，革质，多大的风也不易把它们吹得掉下来。不但经冬不落，而且愈是雨余雪后，愈是绿得惊人。枇杷叶能止咳润肺。我们那里的中医处方，常用枇杷叶两片（去毛）作药引子。掐枇杷叶大都是我的事，我的老家的后园有一棵枇杷树。它没有结过一颗枇杷，却长得一树的浓密的叶子。不论什么时候，走近去，一伸手，就能得到两片。回来，用纸媒子的头子，把叶片背面的茸毛搓掉，整片丢进药罐子，完事。枇杷还有一个特点，是花期极长的。枇杷头年的冬天就开始著花。花冠淡黄白色，外披锈色的长毛，远看只是毛乎乎的一个疙瘩，极不起眼，甚至根本不像是花，不注意是不会发现的，不像桃花李花喊着叫着要人来瞧。结果也很慢。不知道什么时候，它的花落了，结了纽子大的绿色的果粒。你就等吧，要到端午节前它才成熟，变成一串一串淡黄色的圆球。枇杷呀，你结这么点果子，可真是费劲呀！

　　把近几年陆续写出的谈文学的短文编为一集，取个什么书名呢？

想来想去,想出了一个《晚翠文谈》。这也像《千字文》一样,只是取其字面上有点诗意。这是"夫子自道"么?也可以说有那么一点。我自二十岁起,开始弄文学,蹉跎断续,四十余年,而发表东西比较多,则在六十岁以后,真也够"费劲"的。呜呼,可谓晚矣。晚则晚矣,翠则未必。

我把去年出的一本小说集命名为《晚饭花集》,现在又把这本书名之曰《晚翠文谈》,好像我对"晚"字特别有兴趣。其实我并没有多少迟暮之思。我没有对失去的时间感到痛惜。我知道,即使我有那么多时间,我也写不了多少作品,写不出大作品,写不出有分量、有气魄、雄辩、华丽的论文。这是我的气质所决定的。一个人的气质,不管是由先天还是后天形成,一旦形成,就不易改变。人要有一点自知。我的气质,大概是一个通俗抒情诗人。我永远只是一个小品作家。我写的一切,都是小品。就像画画,画一个册页,一个小条幅,我还可以对付;给我一张丈二匹,我就毫无办法。中国古人论书法,有谓以写大字的笔法写小字,以写小字的笔法写大字的。我以为这不行。把寸楷放成擘窠大字,无论如何是不像样子的。——现在很多招牌匾额的字都是"放"出来的,一看就看得出来。一个人找准了自己的位置,就可以比较"事理通达,心气和平"了。在中国文学的园地里,虽然还不能说"有我不多,无我不少",但绝不是"谢公不出,如苍生何"。这样一想,多写一点,少写一点,早熟或晚成(我的一个朋友的女儿曾跟我开玩笑,说"汪伯伯是'大器晚成'"),又有什么关系呢?我偶尔爱用"晚"字,并没有一点悲怨,倒是很欣慰的。我赶上了好时候。

三十多年来,我和文学保持一个若即若离的关系,有时甚至完全隔绝,这也有好处。我可以比较贴近地观察生活,又从一个较远的距离外思索生活。我当时没有想写东西,不需要赶任务,虽然也受错误路线的制约,但总还是比较自在,比较轻松的。我当然也会受到占统治地位的带有庸俗社会学色彩的文艺思想的左右,但是并不"应时当令",较易摆脱,可以少走一些痛苦的弯路。文艺思想一解放,我年轻时读过的,受过影响的,解放后曾被别人也被自己批判过的一些中外作品在我心里复苏了，或者照现在的说法，我对这些作品较易"认同"。我从弄文学以来，所走的路，虽然也有些曲折，但基本上能够做到我行我素。经过三四十年缓慢的，有点孤独的思索，我对生活、对文学有我自己的一点看法，并且这点看法本像纽子大的枇杷果粒一样渐趋成熟。这也是应该的。否则的话，不是白吃了这么多年的饭了么？我不否认我有我的思维方式，也有那么一点我的风格。但是我不希望我的思想凝固僵化，成了一个北京人所说的"老悖晦"。我愿意接受新观念、新思想，愿意和年轻人对话，——主要是听他们谈话。希望他们不对我见外。太原晋祠有泉曰"难老"。泉上有亭，傅小山写了一块竖匾："永锡难老"。要"难老"，只有向青年学习。我看有的老作家对青年颇多指摘，这也不是，那也不是，甚至大动肝火，只能说明他老了。我也许还不那么老，这是沾我"来晚了"的光。

这一集里相当多的文章是写给青年作者看的。有些话倒是自己多年摸索的甘苦之言，不是零批转贩。我希望这里有点经验，有点心得。但是都是仅供参考，不是金针度人。孔子曰："以吾一日长乎尔，无吾以也。"

此集编排，未以文章写作、发表时间先后为序，而是按内容性质，分为四类：

第一辑是所谓"创作谈"；

第二辑是几篇文学评论；

第三辑是戏曲杂论；

第四辑是两篇民间文学论文。

"吾令羲和弭节兮，望崦嵫而勿迫"。套用孔乙己的一句话："晚乎哉，不晚也"，我还想再工作一个时期。

一九八六年八月十一日

序于蒲黄榆路寓楼

721

注　释

① 本篇原载《天津文学》1986 年第十一期;初收《晚翠文谈》,浙江文艺出版社,1988 年 3 月。

有意思的错字①

文章排出了错字,在所难免。过去叫做"手民误植"。有些经常和别的字组成一个词的字,最易排错,如"不乏"常被排成"不缺",这大概是因为"缺乏"在字架上是放一起的,检字的时候,一不留神就把邻居夹出来了。有的是形近而讹。比如何其芳同志的一篇文章里的"无论如何"被排成了"天论如何"。一位学者曾抓住这句话做文章,把何其芳嘲笑了一顿。其实这位学者只要稍想一想,就知道这里有错字。何其芳何至于写出"天论如何"这样的句子呢?难怪何其芳要反唇相讥了。人刻薄了不好。双方论辩,不就对方的论点加以批驳,却在人家的字句上挑刺儿,显得不大方。——何况挑得也不是地方。这真是仰面唾天,唾沫却落在自己的脸上了。不知道排何其芳文章的工人同志看到他们争论的文章没有。如果看到,一定会觉得好笑的。

有错字不要紧。但是,周作人曾说过:不怕错得没有意思,那是读者一看就知道,这里肯定有错字的;最怕是错得有意思。这种有意思的错字往往不是"手民"误植出来的,而是编辑改出来的。邓友梅的《那五》几次提到"砂锅居",发表出来,却改成了"砂锅店"。友梅看了,只有苦笑。处理友梅的稿子的编辑肯定没有在北京住过,也没有吃过砂锅居的白肉。不过这位编辑应该也想一想,卖砂锅的店里怎么能进去吃饭呢?我自己也时常遇到有意思的错字。我曾写过一篇谈沈从文先生的小说的文章,提到沈先生的语言很朴素,但是"这种朴素来自于雕琢",编辑改成了"来自于不雕琢"。大概他认为"雕琢"是不好的。这样一改,这句话等于不说!我的一篇小说里有一句:"一个人走进他的工作,是叫人感动的"。编辑在"工作"下面加了一个"间"。大概他认为原句不通,人怎么能走进他的"工作"呢?我最近写了一篇谈读杂书的小文章，提到"我从法布尔的书里知道知了原来是个聋子，……实在非常高兴。"发表出来，却变成了"我从法布尔的书里知道他原来是个聋子……"，这就成了法布尔是个聋子了。法布尔并不聋。而且如果他是个聋子，我又有什么可高兴的呢？阅稿的编辑可能不知道知了即是蝉，觉得"知道知了"读起来很拗口，就提笔改了。这个"他"字加得实在有点鲁莽。

我年轻时发表了文章，发现了错字，真是有如芒刺在背。后来见多了，就看得开些了。不过我奉劝编辑同志在改别人的文章时要慎重一些。我也当过编辑，有一次把一位名家的稿子改得多了点，他来信说我简直像把他的衣服剥光了让他在大街上走。我后来想想，是我不对。我一点不想抹煞编辑的苦劳，有的编辑改文章是改得很好的，包括对我的文章，有时真是"一字师"。我写这篇文章的用意是在息事宁人。编辑细致一些，作者宽容一些，不要因为错字而闹得彼此不痛快。

一九八六年八月十一日

注　释

① 本篇原载《汪曾祺全集》第四卷，北京师范大学出版社，1998 年 8 月。

博　雅①

　　德熙写信来,说吴征镒到北京了,希望我去他家聚一聚。我和吴征镒——按辈分我应当称他吴先生,但我们从前都称他为"吴老爷",已经四十年不见了。他是研究植物的,现在是植物研究所的名誉所长。我们认识,却是因为唱曲子。在陶光(重华)的倡导下,云南大学组织了一个曲会。参加的是联大、云大的师生。有时还办"同期",也有两校以外的曲友来一起唱。吴老爷是常到的。他唱老生,嗓子好,中气足,能把《弹词》的"九转货郎儿"一气唱到底,苍劲饱满,富于感情。除了唱曲子,他还写诗,新诗旧诗都写。我们见面,谈了很多往事。我问他还写不写诗了,他说早不写了,没有时间。曲子是一直还唱的。我说我早就想写一篇关于他的报告文学,他连说"不敢当,不敢当!"已经有好几篇关于他的报告文学了,他都不太满意。这也难怪。采访他的人大都侧重在他研究植物学的锲而不舍的精神,不大了解我们这位吴老爷的诗人气质。我说他的学术著作是"植物诗",他没有反对。他说起陶光送给他的一副对联:

　　　　为有才华翻蕴藉
　　　　每于朴素见风流

这副对子很能道出吴征镒的品格。

　　当时和我们一起拍曲子的,不止是中文系、历史系的师生,也有理工学院的。数学系教授许宝騄就是一个。许家是昆曲世家,许先生唱得很讲究。我的《刺虎》就是他教的。生物系教授崔芝兰(女,一辈子研究蝌蚪的尾巴)几乎是每"期"必到,而且多半是唱《西楼记》。

　　西南联大的理工学院的教授兼能文事,——对文艺有兴趣,而且修养极高的,不乏其人。华罗庚先生善写散曲体的诗,是大家都知道的。有一次我在一家裱画店里看到一幅不大的银红蜡笺的单条,写的是极其秀雅流丽的文徵明体的小楷。我当时就被吸引住了,走进去看了半天,一边感叹:现在能写这种文徵明体的小字的人,不多了。看了看落款,知是:赵九章!赵九章是地球物理专家,后来是地球物理研究所的所长。真没想到,他还如此精于书法!

联大的学生也是如此。理工学院的学生大都看文学书。闻一多先生讲《古代神话》、罗膺中先生讲《杜诗》,大教室里里外外站了很多人听。他们很多是工学院的学生,他们从工学院所在的拓东路,穿过一座昆明城,跑到"昆中北院"来,就为了听两节课!

有人问我:西南联大的学风有些什么特点,这不好回答,但有一点可以提一提:博、雅。

解放以后,我们的学制,在中学就把学生分为文科、理科。这办法不一定好。

听说清华大学现在开了文学课,好!

注 释

① 本篇原载 1986 年 8 月 11 日、25 日《北京晚报》"桥边杂记"专栏;初收《汪曾祺全集》第四卷,北京师范大学出版社 1998 年 8 月。

责任应该由我们担起^①

今天开这个会是个巧合,带有一定的纪念意义:今年正好是文革二十年。前几天开了纪念老舍先生的会,今天又参加了座谈《随想录》的会。我觉得这两个会是联系的。老舍故去二十年了,巴金同志的作品告一段落。听泰昌同志讲,他准备放笔了。我倒是希望他不要再写了,把这种沉重的历史负担放下来,轻松几年。我看他的书,很痛苦。好多年没有这种感觉了。他始终是一个流血的灵魂。我看这个血可以止住了,让别人去流流吧。他谈文革,有一点是非常可贵的:在党中央还没有正式提出必须彻底否定"文化大革命"时,他就否定了。谈"文革",他也把自己放进去了,而不是"择"了出来。对自己的解剖是无情的甚至是残酷的,他用了"卑鄙"、"可耻"这样的字眼。这种解剖是不容易的。"文革"中,我们很多人都像被一种什么蜂蜇了一下的青虫,昏昏沉沉地度过了。我读巴金作品,感到他是从一种痛苦中超脱出来了。后边有几篇色调比较亮些,从一种昏沉的状态中得到了清醒,还他本来面目了。得到了自己本来面目是非常愉快的事。一直沉浸在痛苦中,受不了。他充满了自信,一种强大的自信,一种失去自信后的自信。这是一个很了不得的心理历程。

我希望他偶尔能兴之所至写点儿,不要强迫自己每天写上百字,一个字一个字地抠出来。他的这个责任应该由我们担起来。有时我觉得"文革"不可理解,写"文革"要回答一个问题,"文革"究竟是怎么回事儿?应该让我们、我们的后代子孙都弄清楚。

注　释

①　本篇原载 1986 年 9 月 27 日《文艺报》。该报在 1986 年 9 月 2 日为庆贺巴

金《随想录》完稿组织了座谈会,参与者还有袁鹰、张光年、王蒙、冯牧、陈荒煤、唐达成、刘再复、谌容、张洁、李存光等。本篇为汪曾祺在会上的发言,由《文艺报》整理。初收《汪曾祺全集》第四卷,北京师范大学出版社,1998 年 8 月。

"草木闲篇"小启①

　　人非草木，树犹如此。一事不知，儒者所耻。半日清闲，浮生难得。愿借寸楮，聊代联床。亦宝尺璧，贤于博弈。内容不受限制，篇幅千字左右。文尚雅洁，自宜心平气静。情贵真诚，不妨剑拔弩张。有同好者，盍兴乎来。谨启。

注　释

① 本篇原载《北京文学》1987 年第一期。

苏 三 监 狱^①

晚报载姜伟堂同志写的《"苏三监狱"纯系附会》,把玉堂春故事的来龙去脉说得很清楚。说苏三在洪洞县蹲过监狱实在是"老虎闻鼻烟"——没有那宗事儿。

一九六三年初,我曾到洪洞县去了一趟。县里有一位老先生,是苏三问题专家。他陪同我们参观了苏三的遗迹,还送了我们一本《苏三传说》的小册子。我当时在心里有点好笑:苏三成了洪洞县的乡贤了!

这位老先生陪我们参观了县大堂,指定一块方砖,说是苏三就是跪在这里受审的。我们"哦哦"。

接着就参观"苏三监狱"。这是一座很小的监狱,监门只有一般人家的独扇门那样大。门头画着一只老虎头,这就是"狴犴"了。进门,有一溜低矮的房屋,瓦顶、砖墙、砖地,这是男监。穿过一条很窄的胡同(胡同两侧的瓦檐甚低,如系江洋大盗,稍有武功,可以毫不费事地纵身越狱),便是女监。女监是一座三合院,南、北、东面都是"监号"。老先生向我们介绍:北边的监号,就是苏三住的。院子里有一口井,叫做苏三井。井栏很小,只有一个大号洗脸盆那样大,却颇高。井栏是青石的,使我们不能不感动的,是井栏内侧有很多深深的道道,这是井绳拉出来的。从明朝拉到现在,几百年了,才能拉出这样深的绳道,啊呀!我不禁想起苏三从井里汲水,在井边梳头的样子。

洪洞县街上还有一家药铺,叫做××堂,传说赵监生毒死沈燕林的砒霜(原来是想毒死玉堂春的),就是从这家药铺买的。那装砒霜的青花瓷坛还保存着,用一块红绸子衬托着,放在柜台的一端,任人观看。据说这家药铺明朝就有。赵监生(如果有这个人)从这一家、这个坛子里买了砒霜,是有可能的——砒霜是剧毒,是不能随便换坛子的。

参观了这里,使我想起一个问题。我原来觉得洪洞县的人对苏三传说如此牵强附会,言之凿之,未免可笑。走在洪洞县的街上,我想:到底是谁可笑? 是洪洞县人,还是对传说持怀疑态度的我?

注　释

① 本篇原载 1986 年 10 月 6 日《北京晚报》"桥边杂记"专栏;初收《汪曾祺全集》第四卷,北京师范大学出版社,1998 年 8 月。

云南茶花①

很多地方在选市花,这是好事。想一想十年大乱时期,公园都成了菜园,现在真是大不相同了。选市花,说明人们有了闲情逸致。人有闲情逸致,说明国运昌隆。

有些市的市民对市花有不同意见,一时定不下来。昆明的市花是不会有争议的。如果市民投票,一定会一致通过:茶花。几十年前昆明就选过一次(那时别的市还没有选举市花之风)。现在再选,还会维持原议。

云南茶花,——滇茶,久负盛名。

张岱《陶庵梦忆·逍遥楼》云:“滇茶故不易得,亦未有老其材八十余年者。朱文懿公逍遥楼滇茶,为陈海樵先生手植,扶疏蓊翳,老而愈茂。诸文孙恐其力不胜葩,岁删其萼盈斛,然所遗落枝头,犹自燔山熠谷焉。”

鲁迅说张岱的文章每多夸张。这一篇看起来也像有些夸张,但并不,而且写得极好,得滇茶之神理。

昆明西山华亭寺有一棵大茶花。走进山门,越过站着四大金刚的门道,一抬头便看见通红的一大片。是得抬头的,因为茶花非常高大。华亭寺大雄宝殿前的石坪是很大的,这棵茶花几乎占了石坪的一小半。花皆如汤碗大,一朵一朵,像烧得炽旺的火球。张岱说滇茶“燔山熠谷”,是一点不错的。据说这棵茶花每年能开三百来朵。满树黑绿肥厚的大叶子衬托着,更显得热闹非常。这才真叫做大红大绿。这样的大红大绿显出一种强壮的生命力。华贵之极,却毫不俗气。这是一个夺人眼目的大景致。如果我的同乡人来看了,一定会大叫一声“乖乖咙的咚!”我不知道寺里的和尚是不是也“岁删其萼盈斛”,但是他们是怕这棵茶花负担不起这样多的大花的,便搭了一个杉木的架子,撑着四围的枝条。昆明茶花到处都有,而华亭寺的这一棵,大概要算最大的。

茶花的好处是花大,色浓,花期长,而树本极能耐久。华亭寺的茶花大概已经不止八十年了。

江西井冈山一带有一个风俗。人家生了孩子,孩子过周岁时,亲戚朋友送礼,礼物上都要放一枝带叶子的油茶。油茶常绿,越冬不凋,而且开了花就结果;茶果未摘,接着就开花。这是取一个吉兆,祝福这孩子活得像油茶一样强健。一个很美的风俗。我不知道油茶和山茶有没有亲属关系,我在思想上是把它们归为一类的。凡茶之类,都很能活。

中国是茶花的故乡。茶花分滇茶、浙茶。浙茶传到日本,又由日本传到美国。现在日本的浙茶比中国的好,美国的比日本的好。只有云南滇茶现在还是世界第一。

前几年,江西山里发现黄茶花,这是国宝。如果栽培成功,是可以换外汇的。

茶花女喜欢戴的是什么茶花?大概不是滇茶,滇茶太大。我想是浙茶。而且无端地觉得,是白的。

一九八六年十月二十日

注　释

① 本篇原载《北京文学》1987 年第一期"草木闲篇"专栏;初收《蒲桥集》,作家出版社,1989 年 3 月。

说　"怪"①

我写过一篇小说《金冬心》,对这位公认为扬州八怪里的一号人物颇有微辞。我觉得这是一个装模作样,矫情欺世,似放达而实精明的人。这大概有一点受了周作人的影响。我认为他的清高实际上是卖给盐商的古彝器上的铜绿,这一点大概也不错。我不喜欢他的卢仝体的怪诗。但那篇《金冬心》只是小说,不是对金冬心的全面评价。我对金冬心的另一面是非常喜欢的。我对他的从"天发神谶碑"变出来的美术字式的四方的楷字和横宽竖细的漆书是很喜欢的。对他的"疏能走马,密不容针"的梅花,也是很喜欢的。我在故宫博物院见过他画的一个扇面,万顷荷花,只是用笔横点了数不清的绿色的点子,竖点了数不清的漆红的点子,荷叶荷花,皆不成形,而境界阔大,印象真切。我当时叹服:这真是一个绝顶聪明的人!

我不想评定金冬心,只是想说说什么叫"怪"。很简单,怪就是充分表现个性,别出心裁,有独创性。

我希望扬州的写小说的同志能够继承八怪传统的这一方面,尽量和别人不一样。

扬州有一位大文体家,汪中。对汪容甫的文章,有不少人有极精到的见解。我很欣赏章太炎的评语,他说汪容甫的骈文"起止自在,无首尾呼应之式"(大意)。呼应,是小说的起码的要求。打破呼应,是更高的要求。小说不应有"式"——模式。

一九八六年十月二十八日 扬州

注　释

①　本篇据手稿编入。

734

小说的散文化①

散文化似乎是世界小说的一种（不是唯一的）趋势。屠格涅夫的《猎人日记》有些篇近似散文。《白净草原》尤其是这样。都德的《磨坊文札》也如此。他们有意用"日记"、"文札"来作为文集的标题,表示这里面所收的各篇,不是传统的严格意义上的小说。契诃夫有些小说写得很轻松随便。《恐惧》实在不大像小说,像一篇杂记。阿左林的许多小说称之为散文也未尝不可,但他自己是认为那是小说的。——有些完全不能称为小说的东西,则命之为"小品",比如《阿左林先生是古怪的》。萨洛扬的带有自传色彩的小说,是具有文学性的回忆录。鲁迅的《故乡》写得很不集中。《社戏》是小说么?但是鲁迅并没有把它收在专收散文的《朝花夕拾》里,而是收在小说集里的,废名的《竹林的故事》可以说是具有连续性的散文诗。萧红的《呼兰河传》全无故事。沈从文的《长河》是一部很奇怪的长篇小说。它没有大起大落,大开大阖,没有强烈的戏剧性,没有高峰,没有悬念,只是平平静静,慢慢地向前流着,就像这部小说所写的流水一样。这是一部散文化的长篇小说。大概传统的,严格意义上的小说有一点像山,而散文化的小说则像水。

散文化的小说一般不写重大题材。在散文化小说作者的眼里,题材无所谓大小。他们所关注的往往是小事,生活的一角落,一片段。即使有重大题材,他们也会把它大事化小。散文化的小说不大能容纳过于严肃的,严峻的思想。这一类小说的作者大都是性情温和的人,他们不想对这个世界作陀思妥耶夫斯基式的拷问和卡夫卡式的阴冷的怀疑。许多严酷的现实,经过散文化的处理,就会失去原有的硬度。鲁迅是个性格复杂的人。一方面,他是一个孤独、悲愤的斗士,同时又极富柔情。《故乡》、《社戏》里有一种说不出来的惆怅和凄凉,如同秋水黄

735

昏。沈从文企图在《长河》里"把最近二十年来当地农民性格灵魂被时代大力压扁扭曲失去原有的素朴所表现的式样,加以解剖及描绘",这是一个十分严肃的,使人痛苦的思想。他"唯恐作品和读者对面,给读者也只是一个痛苦印象",所以"特意加上一点牧歌的谐趣"。事实上《长河》的抒情成份大大冲淡了那种痛苦思想。散文化小说的作者大都是抒情诗人。散文化小说是抒情诗,不是史诗。散文化小说的美是阴柔之美,不是阳刚之美。是喜剧的美,不是悲剧的美。散文化小说是清澈的矿泉,不是苦药。它的作用是滋润,不是治疗。这样说,当然是相对的。

散文化的小说不过分地刻划人物。他们不大理解,也不大理会典型论。海明威说:不存在典型,典型是说谎。这话听起来也许有点刺耳,但是在解释得不准确的典型论的影响之下,确实有些作家造出了一批鲜明、突出,然而虚假的人物形象。要求一个人物像一团海绵一样吸进那样多的社会内容,是很困难的。透过一个人物看出一个时代,这只是评论家分析出来的,小说作者事前是没有想到的。事前想到,大概这篇小说也就写不出来了。小说作者只是看到一个人,觉得怪有意思,想写写他,就写了。如此而已。散文化小说作者通常不对人物进行概括。看过一千个医生,才能写出一个医生,这种创作方法恐怕谁也没有当真实行过。散文化小说作者只是画一朵两朵玫瑰花,不想把一堆玫瑰花,放进蒸锅,提出玫瑰香精。当然,他画的玫瑰是经过选择的,要能入画。散文化小说的人物不具有雕塑性,特别不具有米盖朗琪罗那样的把精神扩及到肌肉的力度。它也不是伦布朗的油画。它只是一些 Sketch,最多是列宾的钢笔淡彩。散文化小说的人像要求神似。轻轻几笔,神完气足。《世说新语》,堪称范本。散文化的小说大都不是心理小说。这样的小说不去挖掘人的心理深层结构,散文化小说的作者不喜欢"挖掘"这个词。人有甚么权利去挖掘人的心呢?人心是封闭的。那就让它封闭着吧。

散文化小说的最明显的外部特征是结构松散。只要比较一下莫泊桑和契诃夫的小说,就可以看出两者在结构上的异趣。莫泊桑,还有欧·亨利，耍了一辈子结构，但是他们显得很笨，他们实际上是被结构耍了。他们的小说人为的痕迹很重。倒是契诃夫，他好像完全不考虑结构，写得轻轻松松，随随便便，潇潇洒洒。他超出了结构，于是结构转更多样。章太炎论汪中的骈文"起止自在，无首尾呼应之式"。打破定式，是散文化小说结构的特点。魏叔子论文云："人知所谓伏应而不知无所谓伏应者，伏应之至也；人知所谓断续而不知无所谓断续者，断续之至也"（《陆悬圃文序》）。古今中外作品的结构，不外是伏应和断续。超出伏应、断续，便在结构上得到大解放。苏东坡所说的"常行于所当行，常止于不可不止"，是散文化小说作者自觉遵循的结构原则。

喔，还有情节。情节，那没有甚么。

有一些散文化的小说所写的常常只是一种意境。《白净草原》写了多少事呢？《竹林的故事》写的只是几个孩子对于他们的小天地的感受，是一篇他们的富有诗意的生活的"流水"（中国的往日的店铺把逐日随手所记账目叫做"流水"，这是一个很好的词汇）。《长河》的《秋（动中有静）》写的只是一群过渡人无目的，无条理的闲话，但是那么亲切，那么富有生活气息。沈从文创造了一种寂寞和凄凉的意境，一片秋光。某些散文化小说也许可称之为"安静的艺术"。《白净草原》、《秋（动中有静）》，这从题目上就可以看得出来。阿左林所写的修道院是静静的。声音、颜色、气味，都是静静的。日光和影子是静静的。人的动作、神情是静静的。墙上的长春藤也是静静的。散文化小说往往都有点怀旧的调子。甚至有点隐逸的意味。这有甚么不好呢？我不认为这样一些小说所产生的影响是消极的。这样的小说的作者是爱生活的，他们对生活的态度是执着的。他们没有忘记窗外的喧嚣而躁动的尘世。

散文化小说的作者十分潜心于语言。他们深知，除了语言，小说就不存在。他们希望自己的语言雅致、精确、平易。他们让他们对于生活的态度于字里行间自自然然的流出，照现在西方所流行的一种说法是：注意语言对于主题的暗示性。他们不把倾向性"特别地说出"。散文化小说的作者不是先知，不是圣哲，不是无所不知的上帝，不是富于煽动性的演说家。他们是读者的朋友。因此,他们自己不拘束,也希望读者不受拘束。

　　散文化的小说会给小说的观念带来一点新的变化。

一九八六年十一月十七日北京

注　释

① 本篇原载《八方》丛刊 1987 年第五期;初收《汪曾祺小品》,中国人民大学出版社,1992 年 10 月。

张大千和毕加索①

　　杨继仁同志写的《张大千传》是一本有意思的书。如果能挤去一点水分，控制笔下的感情，使人相信所写的多是真实的，那就更好了。书分上下册。下册更能吸引人，因为写得更平实而紧凑。记张大千与毕加索见面的一章(《高峰会晤》)写得颇精彩，使人激动。

　　……毕加索抱出五册画来，每册有三四十幅。张大千打开画册，全是毕加索用毛笔水墨画的中国画，花鸟鱼虫，仿齐白石。张大千有点纳闷。毕加索笑了："这是我仿贵国齐白石先生的作品，请张先生指正。"

　　张大千恭维了一番，后来就有点不客气了，侃侃而谈起来："毕加索先生所习的中国画，笔力沉劲而有拙趣，构图新颖，但是有一个很大的问题，就是不会使用中国的毛笔，墨色浓淡难分。"

　　毕加索用脚将椅子一勾，搬到张大千对面，坐下来专注地听。

　　"中国毛笔与西方画笔完全不同。它刚柔互济，含水量丰，曲折如意。善使用者'运墨而五色具'。墨之五色，乃焦、浓、重、淡、清。中国画，黑白一分，自现阴阳明暗；干湿皆备，就显苍翠秀润；浓淡明辨，凹凸远近，高低上下，历历皆入人眼。可见要画好中国画，首要者要运好笔，以笔清为主导，发挥墨法的作用，才能如兼五彩。"

　　这一番运笔用墨的道理，对略懂一点国画的人，并没有什么新奇。然在毕加索，却是闻所未闻。沉默了一会，毕加索提出：

　　"张先生，请你写几个中国字看看，好吗?"

　　张大千提起桌上一支日本制的毛笔，蘸了碳素墨水，写了三个字："张大千"。

　　(张大千发现毕加索用的是劣质毛笔，后来他在巴西牧场从五千只牛耳朵里取了一公斤牛耳毛，送到日本，做成八枝笔，送了毕加索两枝。他回赠毕加索的画画的是两株墨竹，——毕加索送张大千的是一张西班牙牧神，两株墨竹一浓一淡，一远一近，目的就是在告诉毕加索中国画阴阳向背的道理。）

毕加索见了张大千的字，忽然激动起来：

"我最不懂的，你们中国人为什么跑到巴黎来学艺术！"

"……在这个世界谈艺术，第一是你们中国人有艺术；其次为日本，日本的艺术又源自你们中国；第三是非洲人有艺术。除此之外，白种人根本无艺术，不懂艺术！"

毕加索用手指指张大千写的字和那五本画册，说："中国画真神奇。齐先生画水中的鱼，没一点色，一根线画水，却使人看到了江河，嗅到水的清香。真是了不起的奇迹。……有些画看上去一无所有，却包含着一切。连中国的字，都是艺术。"这话说得很一般化，但这是毕加索说的，故值得注意。毕加索感伤地说："中国的兰花墨竹，是我永远不能画的。"这话说得很有自知之明。

"张先生，我感到，你是一个真正的艺术家。"

毕加索的话也许有点偏激，但不能说是毫无道理。

毕加索说的是艺术，但是搞文学的人是不是也可以想想他的话？

有些外国人说中国没有文学，只能说他无知。有些中国人也跟着说，叫人该说他什么好呢？

一九八六年十二月三日

注 释

① 本篇原载《北京文学》1987 年第二期"草木闲篇"专栏；初收《蒲桥集》，作家出版社，1989 年 3 月。

八　仙[①]

八仙是反映中国市民的俗世思想的一组很没有道理的仙家。

这八位是一个杂凑起来的班子。他们不是一个时代的人。张果老是唐玄宗时的,吕洞宾据说是残唐五代时人,曹国舅只能算是宋朝人。他们也不是一个地方的。张果老隐于中条山,吕洞宾好像是山西人,何仙姑则是出荔枝的广东增城人。他们之中有几位有师承关系,但也很乱。到底是汉钟离度了吕洞宾呢,还是吕洞宾度了汉钟离?是李铁拐度了别人,还是别人度了李铁拐?搞不清楚。他们的事迹也没有多少关联。他们大都是单独行动,组织纪律性是很差的。这八位是怎么弄到一起去的呢?最初可能是出于俗工的图画。王世贞《题八仙像后》云:

> 八仙者,钟离、李、吕、张、蓝、韩、曹、何也。不知其会所由始,亦不知其画所由始,余所睹仙迹及图史亦详矣,凡元以前无一笔,而我明如冷起敬、吴伟、杜堇稍有名者亦未尝及之。意或庸妄画工合委巷丛俚之谈,以是八公者,老则张,少则蓝、韩,将则钟离,书生则吕,贵则曹,病则李,妇女则何,为各据一端作滑稽观耶!

这猜想是有道理的。把他们画在一起,只是为了互相搭配,好玩。

中国人为什么对八仙有那样大的兴趣呢?无非是羡慕他们的生活。

八仙后来被全真教和王重阳教拉进教里成了祖师爷,但他们的言行与道教的教义其实没有多大关系。他们突出的事迹是"度人"。他们度人并无深文大义,不像佛教讲精修,更没有禅宗的顿悟,只是说了些俗得不能再俗的话:看破富贵荣华,不争酒色财气……。简单说来,就是抛弃一些难于满足的欲望。另外一方面,他们又都放诞不羁,随随便便。他们不像早先的道家吸什么赤黄气,饵丹砂。他们多数并非不食人间烟火,有什么吃什么。有一位叫陈莹中的作过一首长短句赠刘跋子(即李铁拐),有句云:"年华,留不住,触处为家。这一轮明月,本自无瑕。随分冬裘夏葛,都不会赤火黄芽。谁知我,春风一拐,谈笑有丹砂。"总之是在克制欲望与满足可能的欲望之间,保持平衡,求得一点心理的稳定。达到这种稳定,就是所谓"自在"。"自在神仙",此之谓也。这是一种很便宜的,不费劲的庸俗的生活理想。

八仙又和庆寿有关。周宪王《瑶池会八仙庆寿》吕洞宾唱:

> 汉钟离遥献紫琼钩,张果老高擎千岁韭,蓝采和漫舞长衫袖,捧寿面的是曹国舅。岳孔目这铁拐挂护得千秋,献牡丹的是韩湘子,进灵丹的是徐信守。贫道啊,满捧着玉液金瓯。

八仙都来向老太爷或老太太庆寿,岂不美哉。既能自在逍遥,又且长寿不死,中国的市民要求的还有什么呢?

很多中国人家的正堂屋的香案上,常常在当中供着福禄寿三星瓷像,两旁是八仙。你是不是觉得很俗气?

八仙在中国的民族心理上,是一个消极的因素。

一九八六年十二月四日

(本文引用的材料都出自浦江清师的《八仙考》,《清华学报》,民国二十五年一月。)

注 释

① 本篇原载《北京文学》1987 年第三期"草木闲篇"专栏;初收《蒲桥集》,作家出版社,1989 年 3 月。

栈[①]

昔在张家口坝上,听人说北京东来顺涮羊肉用的羊都是从坝上赶下去的(不是用车运去的),赶到了,还要 zhan 几天,才杀,所以特别好。我不知这 zhan 字怎么写,以为是"站",而且望文生义,以为是让羊站着不动,喂几天。可笑也。后读《清异录》"玉尖面"条:

> 赵宗儒在翰林时,闻中便言:"今日早馔玉尖面,用消熊、栈鹿为内馅,上甚嗜之。"问其形制,盖人间出尖馒头也。又问消熊之说,曰:"熊之极肥者曰消,鹿以倍料精养者曰栈"。

这才恍然大悟:此字当写作"栈",是精饲料喂养的意思。
《清异录》"丑未觥"条云:

> 予开运中赐丑未觥,法用雍酥、栈羊筒子髓置醇酒中,暖消而后饮。

注云:"栈羊,圈内饲养的肥羊"。

这也有道理。"栈"本是养牲口的木棚或栅栏。《庄子·马蹄》:"编之以皁栈",陆德明释文引崔撰云:"皁,马闲也;栈,木棚也"。这个字更全面的解释应是:用精饲料圈养(即不是牧养)。《水浒传》里有这个字。明容与堂刻本《水浒传》第二十五回:

> ……郓哥见了,立住了脚,看着武大道:"这几时不见你,怎么吃得肥了?"武大歇下担儿道:"我只是这般模样,有什么吃得肥处!"郓哥道:"我前日要籴些麦稃,一地里没籴处,人都道你屋里有。"武大道:"我屋里又不养鹅鸭,哪里有这麦稃!"郓哥道:"你说没麦稃,你怎地栈得肥膉膉地,便颠倒提起你来也不妨,煮你在锅

里也没气!"武大道:"含鸟猢狲,倒骂得我好! 我的老婆又不偷汉子,我如何是鸭?⋯⋯"

这个字先秦时就用,元明小说中还有,现代口语中也还活着,其生命可谓长矣。年轻人大概不知道了。即是东来顺的中年以下的师傅也未必知其所以然,但老师傅或者还有晓得的。听说有人要写关于东来顺的小说,那么我向您提供这个字,您也许用得着。——您的小说写成了,哪天在东来顺三楼请客的时候,可别忘了我!

有些字,要用,不知道怎么写,最好查一查,不要以为这个字大概是"有音无字",随便用一个字代替。其实这是有本字的。我写小说《王全》,有一小段:

> 这地方管缺个心眼叫"㑩",读作"俏"。王全行六,据说有点缺个心眼,故名"㑩六"。

这个"㑩"字我不知怎么写,写信问了语言学家李荣,李荣告诉了我,并告诉我字的出处,有一本书里有"傻㑩不仁"的句子(李荣的复信已失去,出处我忘了)。不错! 京剧《李逵负荆》里有一句念白:"众家哥弟一个个佯㑩而不睬"。"佯㑩"是装傻的意思。不过我听几个演员和票友都念成了"佯秋"!

作家和演员都要识字。

一九八六年十二月五日

注　释

① 本篇原载《北京文学》1987 年第四期"草木闲篇"专栏;初收《蒲桥集》,作家出版社,1989 年 3 月。

《汪曾祺自选集》自序[①]

承漓江出版社的好意,约我出一个自选集。我略加考虑,欣然同意了。因为,一则我出过的书市面上已经售缺,好些读者来信问哪里可以买到,有一个新的选集,可以满足他们的要求;二则,把不同体裁的作品集中在一起,对想要较全面地了解我的读者和研究者方便一些,省得到处去搜罗。

自选集包括少量的诗,不多的散文,主要的还是短篇小说。评论文章未收入,因为前些时刚刚编了一本《晚翠文谈》,交给了浙江出版社,手里没有存稿。

我年轻时写过诗,后来很长时间没有写。我对于诗只有一点很简单的想法。一个是希望能吸收中国传统诗歌的影响(新诗本是外来形式,自然要吸收外国的,——西方的影响)。一个是最好要讲一点韵律。诗的语言总要有一点音乐性,这样才便于记诵,不能和散文完全一样。

我的散文大都是记叙文。间发议论,也是夹叙夹议。我写不了像伏尔泰、叔本华那样闪烁着智慧的论著,也写不了蒙田那样渊博而优美的谈论人生哲理的长篇散文。我也很少写纯粹的抒情散文。我觉得散文的感情要适当克制。感情过于洋溢,就像老年人写情书一样,自己有点不好意思。我读了一些散文,觉得有点感伤主义。我的散文大概继承了一点明清散文和五四散文的传统。有些篇可以看出张岱和龚定庵的痕迹。

我只写短篇小说,因为我只会写短篇小说。或者说,我只熟悉这样一种对生活的思维方式。我没有写过长篇,因为我不知道长篇小说为何物。长篇小说当然不是篇幅很长的小说,也不是说它有繁复的人和事,有纵深感,是一个具有历史性的长卷……这些等等。我觉得长篇小说是另外一种东西。什么时候我摸得着长篇小说是什么东西,我也许会试试,我没有写过中篇(外国没有"中篇"这个概念)。我的小说最长的一篇大约是一万七千字。有人说,我的某些小说,比如《大淖记事》,稍为抻一抻就是一个中篇。我很奇怪:为什么要抻一抻呢? 抻一抻,就会失去原来的完整,原来的匀称,就不是原来那个东西了。我以为一篇小说未产生前,即已有此小说的天生的形式在,好像宋儒所说的未有此事物,先有此事物的"天理"。我以为一篇小说是不能随便抻长或缩短的。就像一个苹果,既不能把它压小一点,也不能把它泡得更大一点。压小了,泡大了,都不成其为一个苹果。宋玉说东邻之处子,增之一分则太长,减之一分则太短,施朱则太赤,敷粉则太白,说的虽然绝对了一些,但是每个作者都应当希望自己的作品修短相宜,浓淡适度。当他写出了一个作品,自己觉得:嘿,这正是我希望写成的那样,他就可以觉得无憾。一个作家能得到的最大的快感,无非是这点无憾,如庄子所说:"提刀而立,为之四顾,为之踌躇满志"。否则,一个作家当作家,当个什么劲儿呢?

我的小说的背景是:我的家乡高邮、昆明、上海、北京、张家口。因为我在这几个地方住过。我在家乡生活到十九岁,在昆明住了七年,上海住了一年多,以后一直住在北京,——当中到张家口沙岭子劳动了四个年头。我以这些不同地方为背景的小说,大都受了一些这些地方的影响,风土人情、语言——包括叙述语言,都有一点这些地方的特点。但我不专用这一地方的语言写这一地方的人事。我不太同意"乡土文学"的提法。我不认为我写的是乡土文学。有些同志所主张的乡土文学,他们心目中的对立面实际上是现代主义,我不排斥现代主义。

我写的人物大都有原型。移花接木,把一个人的特点安在另一个人的身上,这种情况是有的。也偶尔"杂取种种人",把几个人的特点集中到一个人的身上。但多以一个人为主。当然不是照搬原型。把生活里的某个人原封不动地写到纸上,这种情况是很少的。对于我所写的人,会有我的看法,我的角度,为了表达我的一点什么"意思",会有所夸大,有所削减,有所改变,会加入我的假设,我的想象,这就是现在通常所说的主体意识。但我的主体意识总还是和某一活人的影子相粘附的。完全从理念出发,虚构出一个或几个人物来,我还没有这样干过。

重看我的作品时,我有一点奇怪的感觉:一个人为什么要成为一个作家呢?这多半是偶然的,不是自己选择的。不像是木匠或医生,一个人拜师学木匠手艺,后来就当木匠;读了医科大学,毕业了就当医生。木匠打家具,盖房子;医生给人看病。这都是实实在在的事。作家算干什么的呢?我干了这一行,最初只是对文学有一点爱好,爱读读文学作品,——这种人多了去了!后来学着写了一点作品,发表了,但是我很长时期并不意识到我是一个"作家"。现在我已经得到社会承认,再说我不是作家,就显得矫情了。这样我就不得不慎重地考虑考虑:作家在社会分工里是干什么的?我觉得作家就是要不断地拿出自己对生活的看法,拿出自己的思想、感情,——特别是感情的那么一种人。作家是感情的生产者。那么,检查一下,我的作品所包涵的是什么样的感情?我自己觉得:我的一部分作品的感情是忧伤,比如《职业》、《幽冥钟》;一部分作品则有一种内在的欢乐,比如《受戒》、《大淖记事》;一部分作品则由于对命运的无可奈何转化出一种带有苦味的嘲谑,比如《云致秋行状》、《异秉》。在有些作品里这三者是混和在一起的,比较复杂。但是总起来说,我是一个乐观主义者。对于生活,我的朴素的信念是:人类是有希望的,中国是会好起来的。我自觉地想要对读者产生一点影响的,也正是这点朴素的信念。我的作品不是悲剧。我的作品缺乏崇高的、悲壮的美。我所追求的不是深刻,而是和谐。这是一个作家的气质所决定的,不能勉强。

重看旧作,常常会觉得:我怎么会写出这样一篇作品来的?——现在叫我来写,写不出来了。我的女儿曾经问我:"你还能写出一篇《受戒》吗?"我说:"写不出来了。"一个人写出某一篇作品,是外在的、内在的各种原因造成的。我是相信创作是有内部规律的。我们的评论界过去很不重视创作的内部规律,创作被看作是单纯的社会现象,其结果是导致创作缺乏个性。有人把政治的、社会的因素都看成是内部规律,那么,还有什么是外部规律呢?这实际上是抹煞内部规律。一个人写成一篇作品,是有一定的机缘的。过了这个村,没有这个店。为了让人看出我的创作的思想脉络,各辑的作品的编排,大体仍以写作(发表)的时间先后为序。

严格地说,这个集子很难说是"自选集"。"自选集"应该是从大量的作品里选出自己认为比较满意的。我不能做到这一点。一则是我的作品数量本来就少,挑得严了,就更会所剩无几;二则,我对自己的作品无偏爱。有一位外国的汉学家发给我一张调查表,其中一栏是:"你认为自己最具有代表性的作品是哪几篇",我实在不知道如何填。我的自选集不是选出了多少篇,而是从我的作品里剔除了一些篇。这不像农民田间选种,倒有点像老太太择菜。老太太择菜是很宽容的,往往把择掉的黄叶、枯梗拿起来再看看,觉得凑合着还能吃,于是又搁回到好菜的一堆里。常言说:拣到篮里的都是菜,我的自选集就有一点是这样。

一九八六年十二月十四日序于北京蒲黄榆路寓居

注　释

① 本篇原载《汪曾祺自选集》,漓江出版社,1987 年 10 月。

戏 台 天 地^①

——为《戏联选》而写

　　高邮金实秋承其家学,长于掌故,钩沉爬梳,用功甚勤。他搜集了很多戏台上用的对联,让我看看。我觉得这是有意思的工作。

　　从不少对联中可以看出中国人的历史观和戏剧观。有名的对联是"戏台小天地,天地大戏台"。这和莎士比亚的名句:"整个世界是一座舞台,所有的男男女女只不过是演员",极其相似。古今中外,人情相通如此。这是一条比较文学的重要资料。"上场应念下场日,看戏无非做戏人",莎士比亚也说过类似的话:"每个人物都有上场和下场",但似无此精炼。中国汉字繁体字的戏字,左从虚,右从戈,于是很多对联便在这上面做文章。大意无非是:万事皆属虚空,何必大动干戈!其实古汉字的戏字,左旁是"虘",属"虚"是后起的异体字,不过后来写成"虚"了,就难怪文人搞这种拆字的游戏。虽是拆字,但也反映出一种对于人生的态度。有些对联并不拆字,也表现了近似的思想,如:"功名富贵镜中花,玉带乌纱,回头了千秋事业;离合悲欢皆幻梦,佳人才子,转眼间百岁风光",如:"牛鬼蛇神空际色,丁歌甲舞镜中花"。有的写得好像很有气魄,粪土王侯,睥睨才士,一切都不在话下,如清代纪昀的长联:"尧舜生,汤武净,五霸七雄丑角耳,汉祖唐宗,也算一时名角,其余拜将封侯,不过掮旗打伞跑龙套;四书白,五经引,诸子百家杂曲也,李白杜甫,能唱几句乱弹,此外咬文嚼字,都是求钱乞食耍猴儿"。这位纪老先生大概多吃了几杯酒,嬉笑怒骂,故作大言。他真能看得这样超脱么?未必!有不少对联是肯定戏曲的社会功能的。或强调其教育作用,如"借虚事指点实事,托古人提醒今人";或强调其认识作用,如"有声画谱描人物,无字文章写古今"。有的正面劝人作忠臣孝子,即所谓"高台教化"了,曾国藩、左宗棠所写的对联都如此。他们的对联都很拙劣。倒是昔年北京同乐轩戏园的对联,我以为比较符合戏曲的艺术规律:"作廿四史观,镜中人呼之欲出;当三百篇读,弦外意悠然可思"。至于贵阳江南会馆戏台的对联:"花深深,柳阴阴,听别院笙歌,且凉凉去;月浅浅,风翦翦,数高城更鼓,好缓缓归",这样的对看戏的无功利态度,我颇欣赏。这种曾点式的对生活的无追求的追求,乃是儒家正宗。

中国的演戏是人神共乐。最初是演给神看的,是祭典的一个组成部分。《九歌》可以看作是戏剧的雏形,《湘君·湘夫人》已经有一点情节,有了戏剧动作(希腊戏剧原来也是演给神看的)。各地固定的戏台多属"庙台"。城隍庙、火神庙、土地庙、观音庙,都可以有戏台。我小时候常看戏的地方是泰山庙、炼阳观和城隍庙。这些庙台台口的柱子上多半有对联。这些对联多半是上联颂扬该庙菩萨的威德,下联说老百姓可以沾光看戏。庙台对联要庄重,写得好的很少。有时演戏是专门为了一种灾祸的消弭而谢神的,水灾、旱灾、火灾之后,常常要演几天戏。有一副酬雨神的戏台的台联:"小雨一犁,这才是天随人愿;大戏五日,也不过心到神知",写得很潇洒,很有点幽默感,作者对演戏酬神并不看得那么认真,所以可贵。这应该算是戏联里的佳作。甚至闹蝗虫也可以演戏,这是我以前不知道的。武进犇牛镇捕蝗演戏戏台的对子:"尔子孙绳绳,民弗福也,幸毋集翼于原田每每;我黍稷郁郁,神其保诸,报以拊缶而歌呼乌乌",写得也颇滑稽。大概制联的名士对唱戏驱蝗也是不大相信的。这副对联"不丑"。

很多会馆都有戏台。北京虎坊桥福州馆的戏台是北京迄今保存得比较完好的古戏台之一。会馆筑台唱戏,一是为联络乡谊,二是为了谢神。陕西两粤会馆戏台台联:"百粤两省二十七部诸同乡,于时语言,于时庐旅;五声六律十二宫大合乐,可与酬酢,可与祐神",说出了会馆演戏的作用(会馆演戏常是邀了本乡的班子来演的)。宋元以后,商业经济兴起,形成行帮。行,是不同行业,帮则与地域有关。一都市的某一行业,常为某地区商人匠人所把持,于是出现了许多同乡会——会馆,这是他们生存竞争的相当坚实的组织。许多会馆戏台的对联给我们提供了解这方面情况的资料。俞曲园是为会馆戏台制联的高手。会馆戏台台联一般都要同时切合异地和本土的风光,又要和演剧相关联,不易工稳;但又几乎成为固定的格式,少有新意。

三百六十行,都有行会。他们定期集会,也演戏,一般都在祖师爷的生日。行会酬神戏台的对联有些写得不即不离,句句说的是本行,而又别有寄托,如酒业戏台联:"正值柳梢青,乍三叠歌来,劝君更进一杯酒;如逢李太白,便百篇和去,与尔同销万古愁",铁器行戏台联:"装成千古化身,铁马金戈,总是坚心炼就;演出一场关目,风情火性,无非巧手得来",都是如此。

春夏秋冬,四时演戏,都有台联,大都工巧。

后来有了专业营业性的剧场,就和谢神、联谊脱离了关系,舞台的台联也大都只谈艺术了。有些戏联是与剧种、剧目有关的。有的甚至只涉及某个演员。

对联是中国特有的文学形式(一九三九年我路过越南时曾看到寺庙里也有对联,但我全不认识,虽然横竖撇捺也像是汉字,但结构比汉字繁复,不知是什么字)。这跟汉语、汉字的特点是有关系的。它得是表意的,单音缀的,并且是有不同调值(平上去入)的,才能搞出对联这种花样。在极其有限的篇幅里要表达广阔的意义,有情有景,还要形成对比和连属,确实也不容易。相当多的对联是陈腐的,但也有十分清新可喜的。戏联因为是挂在戏台上让读书不多的市民看的,大都致力于通俗,常用口语,如"大戏五日,也不过心到神知"即是,这是戏联的一个特点。

我觉得戏联至少有两方面的价值。一是民俗学方面的,一是文学方面的。

实秋索文,我对戏联没有深入的研究,只能略抒读后的感想,如上。

一九八六年十二月二十八日于北京蒲黄榆路寓楼

注　释

① 本篇原载《读书》1987 年第八期,是为《古今戏曲楹联荟萃》(金实秋著,中国戏剧出版社,1992 年版)所作序,收录该书时文字略有改动;初收《蒲桥集》,作家出版社,1989 年 3 月,题为《戏联选萃序》。

地灵人杰话淮安①

每个地方都有自己独特的标志。有的因山水而闻名,有的以楼台而著称。一座古朴的楼阁,取镇慑淮水之意,叫镇淮楼,成了淮安的标志。

历史上,淮安并不平安。自从黄河改道,夺淮入海,苏北的水患就连年不断。镇淮楼呢,也没有镇住淮水。直到解放后,修了苏北灌溉总渠,苏北的水患才得到根治。淮水到底被镇住了,淮安呢,也真的平安了。

淮安位踞大运河入淮之口,为南北交通的咽喉要地。过去,朱自清说过一个笑话:淮安人"到了南阁楼,就要修家书"。南阁楼是才出城门的一座楼,这说明淮安人家乡观念很重。其实,走南闯北的淮安人很多,就是沿着运河而高飞远举的。

这一回,我们还是沿着运河来到淮安的。

淮安有一千五百多年的历史。不过,它身边的大运河可比它的年岁要大得多。

在《话说运河》的第一回里,我们讲到了运河的历史。如果要追溯运河的历史之源,那么,春秋战国时期,吴王夫差所开凿的一段人工河流,就是运河在我们中华大地上所留下的最早的足迹。这段人工河流,从扬州的邗沟,通到这里一个叫末口的地方。在隋朝,运河从末口经过淮水、渭水和洛水,一直到当时的京都洛阳。那么,末口是在什么地方呢?末口就在我们沿着运河北上所经过的咽喉要地淮安。

离船上岸,沿着残存的古老码头走下去,我们来到了淮安城外的河下镇。

河下,河下,顾名思义,它是大运河河边下头的一个小镇。

那石板路,不宽,而且不平整。可在明代清代,它是高级路面。别看这些街道那样狭窄,当时,这可是通衢大道。别看现在的河下镇好像很沉寂,当年,那是一座不夜城。店铺营业,通宵达旦,史称"市不以夜休"。

当年留下的街巷名称,按行业命名,分布井然,可以想见这里的商业、手工业的高度发达。

为什么河下会如此繁华呢?

因为那里濒临运河,是漕运的枢纽。南方的粮食由此北运京师。

淮安昔日号称"九省咽喉"。而真正的咽喉,惟在河下一镇。今天,河下镇仍保留了古朴的繁荣。

淮安汤包,皮薄馅美。蒸熟以后馅是一包汤。不过这里普通的包子,滋味也不错。

街巷幽深处,有百年老店。铺面陈设,一如往昔。待人接物,犹存古风。

河下镇曾经是商业中心,为外籍商人荟萃之地。所以,在面积不大的镇上,设立过许多会馆。

当年,运河漕运繁忙,河下镇比较繁荣的时候,全国各地的好多省的客商,在淮安的附近建立起会馆。由于历史的原因,这些会馆先后被拆除了。现在只剩下一些遗迹。

河下镇曾经有过不少盐商。盐商大都是巨富。他们争相构筑豪华的庭院。有个庭院,墙上嵌砌方砖,刻隶书"紫藤园"三字。

一棵紫藤,干如虬龙,虽是百年风物,却生机盎然。开花的时候浓紫深香,还可一任寻常百姓观赏。

庭园的主人送客出门,就留步在这门外的石鼓旁。

屋上小瓦,古朴依如当年。那承瓦的椽子不同一般。这种弧形的椽子是所谓"圆椽子",不但费工,而且需要上好的木料。

乾隆皇帝曾经给淮安漕运总督亲笔书写"上谕"。北宋时每年经运河北运的粮食近八百万担。明清时也还有四百万担。所以苏北人也称运河为"漕河"。

那么，总督衙门今何在？那里的体育场就是当年漕运总督府的遗址。

淮安因大运河而发展、繁荣。河下镇父老道出了昔日淮安的繁华盛景。

淮安吴承恩研究会的老先生说："'身缠十万贯，骑鹤下扬州。'扬州是自古繁华之地。但是，河下镇的繁华可以和扬州比美。所以有人有这么两句诗，叫做：'扬州千年繁华景，移向西湖古渡头。'"

往事岂能成一梦，夕阳犹似旧时红。

船开过去了。船尾划破的水纹却久久未能消逝……

文通塔始建于唐代。明清两代都重修过。那是一座砖塔，无梁无柱，高"十三丈三尺"，七层八角，形制古朴。

文通塔是具有佛教传统的古建筑。塔内的底层塑着四尊释迦牟尼的金身。四尊佛像的形态一模一样，它们面向东西南北，各踞一方，很是独特。

勺湖。湖的形状像一把勺子。

周恩来同志童年时代曾经在文通塔下放过风筝，在勺湖划过船。春秋丽日，湖心塔畔，游人很多。映在他们眼里的，岂止是淮安风景？人们都说，河下风光好，其实呢？淮上人才也多呀！

韩信是"汉初三杰"之一。初属项羽，后归刘邦。楚汉相争之时，他和项羽决战，十面埋伏，四面楚歌，击败项羽于垓下。

在淮安和淮阴一带，有很多跟韩信有关的遗迹和传说。

韩信年轻的时候很穷，靠钓鱼过日子。钓鱼处有一些漂絮的妇女。其中有一位老妈妈，见韩信面有饥色仍能坚持读书习武，很同情他，便将带来的饭分给韩信吃。接连数十天，天天如此。韩信深深感激。有一天，他对漂母说，以后一旦发迹，定当重重酬报。谁知漂母听后非常生气，说："你堂堂男子汉，自己不能养活自己，我周济你，是图你日后的报答吗？"

漂母的贤良善德传为千古美谈。

韩信胯下之辱的故事也发生在这里。

有一个在屠宰市充混混儿的小伙子,寻衅韩信说:"要么你拿剑把我捅了。要不然,你从我的裆底下钻过去。"韩信没言语,趴下身子,从他的两胯之间爬了过去。韩信深知,小不忍则乱大谋。

很多人都知道南宋抗金名将、巾帼英雄梁红玉。可是,知道她的籍贯的人就不多了。她是淮安人,生在北辰坊。在韩世忠还只是一个普通士卒的时候,梁红玉就很赏识他的才能,以身相许。后来,她帮助韩世忠干了一番大事业。说起来,梁红玉可是中国历史上少有的自己找对象的人,可算是一个很解放的、见识不凡的女性了。

金兀术南侵北撤的时候,韩世忠把他诱至镇江,以八千兵力跟敌军十万决战,结果大败金兀术。梁红玉"擂鼓战金山"也成了千古传颂的壮举。

后来,韩世忠、梁红玉进驻淮安。那个时候条件很困难,梁红玉亲自用芦苇"织帘为屋",掘根为食。

淮安城外,运河两岸,有很多蒲草。梁红玉以蒲为食的传说引起人们的极大兴趣。到明清时,淮安人就以此创造了一套特殊的烩制蒲菜的烹调技艺。

蒲叶在水中的部分如一根纤细的玉管,把这洁白肥嫩的蒲根茎,烩制成菜,清香甘甜,酥脆可口,似有嫩笋之味。

关汉卿的悲剧《窦娥冤》动人心魄,那么窦娥真的从这里走过吗?当地有位搞文化工作,专门调查过这件事的同志说:"当时,关汉卿从大都坐船沿运河南下,住进淮安。当时的淮安叫淮安府。淮安府有个都察院,专门管六个府的案件。这里有许多冤案的故事。当时关汉卿住在这儿就遇到一件冤案。淮安农村有个小姑娘受冤。她的婆婆被害,实际是别人害的,但是罪加在她的身上。这个女子被判了死刑。临死的时候,从牢里出来,就走的这条巷。窦娥被判死刑以后提出了三大愿。第一大愿,要在刑场上吊三丈白绫,她的头砍下后,血要冲三丈高。第二大愿,六月要下雪,所以,关汉卿的《窦娥冤》又叫《六月雪》。第三大愿,是要山阳县干旱三年。山阳县就是现在的淮安县。她死后,这三件事都应了。群众为了同情窦娥,把这个巷子起了名字叫'窦娥巷'。"

走出窦娥巷,秋雨绵绵不绝,不禁让我们心中涌出一番感慨:六月飞雪今已已,关卿何日赋新词?

这不是水帘洞,也不是花果山。一堆顽石,倒泻的流水引我们来到了明代的大文学家吴承恩的故居。他是闻名遐迩的魔怪小说《西游记》的作者。

吴承恩的塑像是依据发掘出来的吴氏头骨复原的。这在国内还是绝无仅有的。

修复后的吴承恩故居,却似有门庭萧然之感,颇有先生"喜笑悲歌"的意境。吴承恩是淮安人。故居在河下镇的打铜巷。晚年,他隐居故里,在寂寞的角落里,于七十一岁的高龄之时,挥笔写下了近百万言的不朽巨著《西游记》。

那个简朴的书屋叫"射阳簃"。据说,《西游记》就在那古雅的书案之上跃然而诞生的。

吴承恩文勋卓著,却一生穷愁潦倒。他悄然地离开了人世。

残灯尽矣,问先生又写得几许奇文?谁曾料这一豆微光,照彻五百年神踪魔影。身后,大名远播,西国东瀛。今墓碑犹在,多少后生感钦景仰,俎豆香馨。

关天培是鸦片战争时期誓死抗英、坚守虎门的爱国将领,是林则徐的肝胆相照的至交。一八四一年,关天培壮烈殉国后,葬于县城东郊。城中建有关天培祠。林则徐撰写了一副很长的挽联,表达出他对庸臣误国的愤慨和对故友的钦仰。对联是:"六载固金汤,问何时忽坏长城,孤注空教躬尽瘁;双忠同坎壈,闻异类亦钦伟节,归魂相送面如生。"

一八九八年三月五日,周恩来同志诞生在淮安驸马巷的一座普通的宅院。他的祖籍是浙江绍兴,从祖父那辈起就移居淮安。周恩来同志一直住到十二岁。他曾经说过:"生于斯,长于斯,渐习为淮人。耳所闻,目所见,亦无非淮事。"

周恩来同志献身革命,四海为家。他曾改了一句唐诗,抒发自己的乡思,说:"我是'少小离家老不回'呀!"

苏北人家多于庭院中种菜,雨后采摘供膳既方便,也较市上买来的更有滋味。周恩来同志幼年也曾浇园锄菜。这一片菜地,依稀还似当年,却也曾透露出他那终生耕耘的令人景仰的身影。

"无情未必真豪杰。"离乡半个世纪,周恩来同志对故乡深怀恋情。

一九六〇年,他从南方返回北京,机组同志为了安慰总理的思乡之情,在飞机经过淮安的时候,特地低空飞行,打了几个圈子,让总理俯瞰自己的家乡淮安。

离开江淮重镇淮安,我们沿着运河继续北上。

注　释

① 本篇原载《话说运河》,中国青年出版社,1987 年 10 月,系为 33 集电视纪录片《话说运河》"淮安"一集所撰解说稿。

索 溪 峪[①]

五月二十六日,北岳通俗文学讨论会在常德召开,我应邀参加。让我发言。我是不搞通俗文学的,但觉得通俗文学不可轻视,比起雅文学(或称严肃文学)并不低人一等,雅俗之间并无绝对界限,有一天也许会合流的,于是即席诌了四句歪诗:

> 北岳谈文到南岳,
>
> 巴人也可唱阳春。
>
> 渔父屈原相视笑,
>
> 两昆仑是一昆仑。

("南岳"的"南"字应为仄声,为求意顺,宁可破格。)

二十九日,往索溪峪。住"专家村"。午饭。饭厅里挂了一幅黄永玉的泼墨大中堂,是画在一块腈纶布上的,题曰"索溪无尽山",烟云满"纸",甚佳。

下午,游黄龙洞。这是一个新发现的溶洞。同游人中,有人说比桂林的芦笛岩还好,有人说不如。因为管理处的同志事前嘱写一诗,准备刻在洞外壁上,在车中想了四句:

> 索溪峪自索溪峪,
>
> 何必津津说桂林。
>
> 谁与风光评甲乙,
>
> 黄龙石笋正生孙。

第四句是说黄龙洞的石笋有一些还正在成长,大有前途。这说的是风景,也说的是文学,是由前三天的讨论而生出的感想。

三十一日,游宝峰湖。当地农民在一很深的峡谷中砌成石坝,蓄山水成湖,原是用以发电的,没想到成了一处奇观。湖在山顶,从外面是看不见的。拾级上山,才看得到。湖是人工湖,却无一点人工痕迹。湖周山峰皆壁立。湖水极清,山峰倒影,历历分明。湖中有鸳鸯。归来,得一诗:

> 一鉴深藏锁翠微,
>
> 移来三峡四周围。
>
> 游船驶入青山影,
>
> 惊起鸳鸯对对飞。

三十一日,自索溪峪往游张家界。过"水绕四门"。这一"景"很奇,四面有溪,水无定向,雨从东来,则西流;从南来,则北流。传闻张良墓在此。又前,至楠木坪,夹道皆楠木,甚高大,数百年物也。这时年轻人都噌噌地奔到南面去了,我们几个年岁大些的,觉得游山不是拉练,缓步游目,山皆突兀,流水活泼,自有佳趣。至脚力稍倦,即折回。登车,大雨。抵第三招待所的山庄,雨停。群山出云,飞流弥漫,真是壮观。

管理处已经摆好了纸笔,请写字留念,把游黄龙洞和宝峰湖的两首诗写了,又用隶书写了一副大对联:

> 造化钟神秀
>
> 烟云起壮思

下午,回专家村。晚饭后,一所(即专家村)所长请写一副对联,好与黄永玉的画作配。写了八个大字:

> 敧枕听雨
>
> 开门见山

联不工稳,倒是记实("听"字从北音读平声)。

注　释

① 本篇原载《桃花源》1987 年第 1—2 期(总第四十一期);初收《汪曾祺全集》第四卷,北京师范大学出版社,1998 年 8 月。

林斤澜的矮凳桥①

林斤澜回温州住了一段,回到北京,写出了一系列关于矮凳桥的小说。他回温州,回北京,都是回。这些小说陆续发表后,有些篇我读过。读得漫不经心。我觉得不大看得明白,也没有读出好来。去年十月,我下决心,推开别的事,集中精力,读斤澜的小说,读了四天。苏东坡说他读贾岛的诗,"初如食小鱼,所得不偿劳"。读斤澜的小说,有点像这样:费事。读到第四天,我好像有点明白了。而且也读出好来了。不过叫我写评论,还是没有把握。我很佩服评论家,觉得他们都是胆子很大的人。他们能把一个作家的作品分析得头头是道,说得作家自己目瞪口呆。我有时有点怀疑。子非鱼,安知鱼之乐。你没有钻到人家肚子里去,怎么知道人家的作品就是怎么怎么回事呢?我看只能抓到一点,就说一点。言谈微中,就算不错。

林斤澜的桥

矮凳桥到底是什么样子?搞不清楚。苏南有些地方把小板凳叫做矮凳。我的家乡有烧火凳,是简陋的长凳而矮脚的。我觉得矮凳桥大概像烧火凳。然而是砖桥还是石桥,不清楚。——不会是木板桥,因为桥旁可以刻字。这都没有关系。

舍渥德·安德生写了一系列关于温涅斯堡的小说。据说温涅斯堡是没有的,这是安德生自己想出来的,造出来的。林斤澜的矮凳桥也有点是这样。矮凳桥可能有这么一个地方,有一点影子,但未必像斤澜所写的一样。斤澜把他自己的生活阅历倾入了这个地方，造了一座桥，一个小镇。斤澜在北京住了三十多年，对北京、特别是北京郊区相当熟悉。"文化大革命"以前他写过不少表现"社会主义新人"的小说，红了一阵。但是我总觉得那个时候，相当多的作家，都有点像是说着别人的话，用别人也用的方法写作。斤澜只是写得新鲜一点，聪明一点，俏皮一点。我们都好像在"为人作客"。这回，我觉得斤澜找到了老家。林斤澜有了自己的思想，自己的感情，自己的语言，自己的叙述方式，于是有了真正的林斤澜的小说。每一个作家都应当找到自己的老家，有自己的矮凳桥。

斤澜的老家在温州，他写的是温州。但是他写的不是乡土文学。乡土文学是一个恍恍惚惚的概念。但是目前某些标榜乡土文学的同志，他们在心目中排斥的实际上是两种东西，一是哲学意蕴，一是现代意识。林斤澜不是这样。

林斤澜对他想出来的矮凳桥是很熟悉的。过去、现在都很熟悉。他没有写一部矮凳桥的编年史。他把矮凳桥零切了。这样的写法有它的方便处。他可以从不同角度来审视。横写、竖写都行。他对矮凳桥的男女老少可以呼之即来，挥之则去。需要有人写几个字，随时拉出了袁相舟；需要来一碗鱼丸面，就把溪鳗提了出来。而且这个矮凳桥是活的。矮凳桥还会存在下去，笑翼、笑耳、笑杉都会有她们的未来。官不知会"娶"进一个什么样的后生。这样，林斤澜的矮凳桥可以源源不竭地写下去。这是个巧法子。

幔

"世界好比叫幔幔着，千奇百怪，你当是看清了，其实雾腾腾……"（《小贩们》）。

幔就是雾。温州人叫"幔"，贵州人叫"罩子"，——"今天下罩子"，意思都差不多。北京人说人说话东一句西一句，摸不清头绪，云里雾里的，写成文章，说是"云山雾沼"。照我看，其实应该写成"云苦雾罩"。林斤澜的小说正是这样:云苫雾罩。看不明白。

看不明白有两方面的原因。

一个是作者自己就不明白。斤澜在南京曾说:"我自己都不明白,怎么能让你明白呢?"斤澜说:"比如李地,她的一生,她一生的意义,我就不明白。"我当时在旁边,说:"我倒明白。这就是一个人不明白的一生。"有的作家自以为对生活已经吃透,什么事都明白,他可以把一个人的一生,来龙去脉,前因后果,源源本本地告诉读者,而且还能清清楚楚地告诉你一大篇生活的道理。其实人为什么活着,是怎么活过来的,真不是那样容易明白的。"君子于其所不知,盖阙如也",只能是这样。这是老实态度。不明白,想弄明白。作者在想,读者也随之而在想。这个作品就有点想头。

另一方面,是作者故意不让读者明白。作者写的是什么,他心里是明白的,但是说得闪烁其辞,含糊其辞,扑朔迷离,云苫雾罩。比如《溪鳗》,还有《李地》里的《爱》,到底说的是什么?

在林斤澜作品讨论会上,有两位青年评论家指出:这里写的是性。我完全同意他们的说法。

写性,有几种方法。一种是赤裸裸地描写性行为,往丑里写。一种办法是避开正面描写,用隐喻,目的是引起读者对于性行为的诗意的、美的联想。孙犁写的一个碧绿的蝈蝈爬在白色的瓠子花上,就用的是这种办法。还有一种办法,就是林斤澜所用的办法,是把性象征化起来。他写得好像全然与性无关,但是读起来又会引起读者隐隐约约的生理感觉。

林斤澜屡次写鱼。鳗、泥鳅。闻一多先生曾著文指出:中国从《诗经》到现代民歌里的"鱼"都是"廋辞"。"鱼水交欢"嘛。不但是鱼,水,也是性的廋辞。

"袁相舟端着杯子,转脸去看窗外,那汪汪溪水漾漾流过晒烫了的石头滩,好象抚摸亲人的热身子。到了吊脚楼下边,再过去一点,进了桥洞。在桥洞那里不老实起来,撒点娇,抱点怨,发点梦呓似的呜噜呜噜……"(《溪鳗》)。这写的是什么?

《爱》写得更为露骨：

"三更半夜糊里糊涂，有一个什么——说不清是什么压到身上，想叫，叫不出声音。觉得滑溜溜的在身上又扭又袅袅的，手脚也动不得。仿佛'袅'到自己身体里去了。自己的身体也滑溜了，接着，软瘫热化了。"

《溪鳗》最后写那个男人瘫痪了，这说的是什么？说的是性的枯萎。

《溪鳗》的情况更复杂一些。这篇小说同时存在两个主题，性主题和道德主题。溪鳗最后把一个瘫痪男人养在家里，伺候他，这是一种心甘情愿也心安理得的牺牲，一种东方式的道德的自我完成。既是高贵的，又是悲剧性的。这两个主题交织在一起。性和道德的关系，这是一个既复杂而又深邃的问题。这个问题还很少有作家碰过。

这个问题林斤澜也还没有弄明白，他也还在想。弄明白了，就没有什么意思了。有意思的不是明白，是想。弄明白，是心理学家的事；想，是作家的事。

斤澜的小说一下子看不明白，让人觉得陌生。这是他有意为之的。他就是要叫读者陌生，不希望似曾相识。这种作法不但是出于苦心，而且确实是"孤诣"。

使读者陌生，很大程度上和他的叙述方法有关。有些篇写得比较平实，近乎常规；有些篇则是反众人之道而行之。他常常是虚则实之，实则虚之；无话则长，有话则短。一般该实写的地方，只是虚虚写过；似该虚写处，又往往写得很翔实。人都是有话则长，无话则短。斤澜常于无话处死乞白咧地说，说了许多闲篇，许多废话；而到了有话（有事，有情节）的地方，三言两语。比如《溪鳗》，"有话"处只在溪鳗收留照料了一个瘫子，但是着墨不多，连溪鳗和这个男人究竟有过什么事都不让人明白（其实稍想一下还不明白么）；但是前面好几页说了鳗鱼的种类，鱼丸面的做法，袁相舟的诗兴大发，怎么想出"鱼非鱼小酒家"的店名……比如《小贩们》，"事儿"只是几个孩子比别的纽扣小贩抢先了一步，在船不靠码头的情况下跳到水里上岸，赶到电镀厂去镀了纽扣;但是前面写了一大堆这几个小贩子和女舵工之间的漫谈,写了幔,写了"火雾"(对于火雾的描写来自斤澜和我们同到吐鲁番看火焰山的印象,这一点我知道),写了三兄弟往北走的故事,写了北方撒尿用棍子敲、打豆浆往绳子上一浇就拎回家去了……这么写,不是喧宾夺主么?不。读完全篇,再回过头来看看,就会觉得前面的闲文都是必要的,有用的。《溪鳗》没有那些云苫雾罩的,不着边际的闲文,就无法知道这篇小说究竟说的是什么。花非花,鱼非鱼,人非人,性非性。或者可以反过来:人是人,性是性。袁相舟的诗:"今日春梦非春时",实在是点了这篇小说的题。《小贩们》如果不写这几个孩子的闲谈,不写出他们的活跃的想象,他们对于生活的充满青春气息的情趣,就无法了解他们脱了鞋袜跳到冰冷的水里的劲儿是从哪里来的,他们就成了心灵手快的名副其实的小商贩,他们就俗了,不可爱了。

"无话则长,有话则短",这个话我当面跟斤澜说过。他承认了。拆穿了西洋景,有点煞风景,他倒还没有不高兴。他说:"有话的地方,大家都可以说,我就少说一点;没有话的地方,别人不说,我就多说说。"

斤澜是很讲究结构的。我曾在一篇文章里写过:小说结构的特点是"随便"。斤澜很不以为然。后来我在前面加了一句状语:苦心经营的随便,他算是拟予同意了。其实林斤澜的小说结构的精义,我看也只有一句:打破结构的常规。

斤澜近年小说还有一个特点,是搞文字游戏。"文字游戏"大家都以为是一个贬辞。为什么是贬辞呢?没有道理。斤澜常常凭借语言来构思。一句什么好的话,在他琢磨一团生活的时候,老是在他的思维里闪动,这句话推动着他,怂恿着他,蛊惑着他,他就由着这句话把自己飘浮起来,一篇小说终于受孕、成形了。蚱蜢舟、蚱蜢周、做蚱蜢舟的木匠姓周、老蚱蜢周、小蚱蜢周、李清照的"只恐双溪蚱蜢舟,载不动许多愁"……这许多音同形似的字儿老是在他面前晃,于是这篇小说就有了一种特殊的音响和色调。他构思的契机,我看很可能就是李清照的词。《溪鳗》的契机大概就是白居易的诗:花非花,鱼非鱼。这篇小说写得特别迷离,整个调子就是受了白居易的诗的暗示。白居易的"花非花,雾非雾"是一个到现在还没有解破的谜,《溪鳗》也好像是一个谜。

林斤澜把小说语言的作用提到很多人所未意识到的高度。写小说,就是写语言。

人

我这样说,不是说林斤澜是一个形式主义者。矮凳桥系列小说有没有一个贯串性的主题?我以为是有的。那就是:"人"。或者:人的价值。这其实是一个大家都用的,并不新鲜的主题。不过林斤澜把它具体到一点:"皮实"。什么是"皮实"?斤澜解释得清楚,就是生命的韧性。

"石头缝里钻出一点绿来,那里有土吗?只能说落下点灰尘。有水吗?下雨湿一湿,风吹吹就干了。谁也不相信,谁也不知觉,这样的不幸,怎么会钻出一片两片绿叶,又钻出紫色的又朴素又新鲜的花朵。人惊叫道:'皮实'。单单活着不算数,还活出花朵叫世界看看,这是'皮实'的极致。"——《舴艋舟》。

他们当中有人意识到,并且努力要实证自己的存在的价值的。车钻冒着危险"破"掉矮凳桥下"碧沃"两个字,"什么也不为,就为叫大家晓得晓得我。"笑杉在坎肩上钉了大家都没有的古式的铜扣子,徜徉过市,又要一锤砸毁了,也是"我什么也不为,就为叫你们晓得晓得我。"有些人并不那样意识到自己的价值,但是她们各各儿用自己的所作所为证实了自己的价值,如溪鳗,如李地。

李地是一位母亲的形象。《惊》是一篇带有寓言性质的小说。很平淡,但是发人深思。当一群人因为莫须有的尾巴无故自惊,炸了营的时候,李地能够比较镇静。她并没有泰然自若,极其理智,但是她慌乱得不那么厉害,清醒得比较早。她所以能这样,是因为她经历的忧患较多,有一点曾经沧海了。这点相对的镇静是美丽的。长期的动乱,造就了这样一位沉着的母亲。李地到供销社卖了一个鸡蛋，六分钱。她胸有成竹地花了这六分钱：两分盐；两分线——一分黑线一分白线；一分石笔；一分冰糖（冰糖是给笑翼买的）。这本是很悲惨的事（林斤澜在小说一开头就提明这是六十年代初期的故事，我们都是从六十年代初期活过来的人，知道那年代是怎么回事），但是林斤澜没有把这件事写得很悲惨，李地也没有觉得悲惨。她计划着这六分钱，似乎觉得很有意思。这一分冰糖让她快乐。这就是"皮实"。能够度过困苦的、卑微的生活，这还不算，能于困苦卑微的生活觉得快乐，在没有意思的生活中觉出生活的意思，这才是真真的"皮实"，这才是生命的韧性。矮凳桥是不幸的。中国是不幸的。但是林斤澜并没有用一种悲怆的或是嘲弄的感情来看矮凳桥，我们时时从林斤澜的眼睛里看到一点温暖的微笑。林斤澜你笑什么？因为他看到绿叶，看到一朵一朵朴素的紫色的小花，看到了"皮实"，看到了生命的韧性。"皮实"是我们这个民族的普遍的品德。林斤澜对我们的民族是肯定的，有信心的。因此我说：《矮凳桥》是爱国主义的作品。——爱国主义不等于就是打鬼子！

林斤澜写人，已经超越了"性格"。他不大写一般意义上的、外部的性格。他甚至连人的外貌都写得很少，几笔。他写的是人的内在的东西，人的气质，人的"品"。得其精而遗其粗。他不是写人，写的是一首一首的诗。溪鳗、李地、笑翼、笑耳、笑杉……都是诗，朴素无华的，淡紫色的诗。

涩

斤澜的语言原来并不是这样的。他的语言原来以北京话为基础（写的是京郊），流畅，轻快，跳跃，有点法国式的俏皮。我觉得他不但受了老舍，还受了李健吾的影响。后来他改了，变得涩起来，大概是觉得北京话用得太多，有点"贫"。《矮凳桥》则是基本上用了温州方言。这是很自然的，因为写的是温州的事。斤澜有一个很大的优势，他一直能说很地道的温州话。一个人的"母舌"总会或多或少地存在在他的作品里的。在方言的基础上调理自己的文学语言，是八十年代相当多的作家清楚地意识到的。语言是一种文化现象。语言的背景是文化。一个作家对传统文化和某一特定地区的文化了解得愈深切，他的语言便愈有特点。所谓语言有味、无味，其实是说这种语言有没有文化（这跟读书多少没有直接的关系。有人读书甚多，条理清楚，仍然一辈子语言无味）。每一种方言都有特殊的表现力，特殊的美。这种美不是另一种方言所能代替，更不是"普通话"所能代替的。"普通话"是语言的最大公约数，是没有性格的。斤澜不但能说温州话，且能深知温州话的美。他把温州话熔入文学语言，我以为是成功的。但也带来一定的麻烦，即一般读者读起来费事。斤澜的语言越来越涩了。我觉得斤澜不妨把他的语言稍为往回拉一点，更顺一点。这样会使读者觉得更亲切。顺和涩我觉得是可以统一起来的。斤澜有意使读者陌生，但还不是拒人于千里之外。陌生与亲切也是可以统一起来的。让读者觉得更亲切一些，不好么？

董解元云："冷淡清虚最难做"。斤澜珍重！

一九八七年一月九日

注　释

① 本篇原载 1987 年 1 月 31 日《文艺报》，又载《评论选刊》1987 年第四期、《新华文摘》1987 年第四期；初收《晚翠文谈》，浙江文艺出版社，1988 年 3 月。

再 谈 苏 三①

　　《玉堂春》这出戏为什么流传久远,至今还有生命力? 我想主要是由于人们对一个妓女的坎坷曲折的命运的同情。这出戏在艺术上有很大的特点,可以给人美感享受,这里不去说它。

　　对于今天的观众来说,这出戏有相当大的认识作用。透过一个妓女的遭遇,使我们了解那个时代,那个社会的一个侧面,了解商业经济兴起时期的市民意识,看出我们这个民族的一块病灶。从这一点说,这出戏是有现实意义的。

　　不少人在改《玉堂春》,实在是多一事不如少一事。《起解》原来有一句念白:"待我辞别狱神,也好赶路",有人改为"待我辞别辞别,也好赶路"。为什么呢? 因为提到狱神,就是迷信。唉! 保留原词,使我们知道监狱里供着狱神;犯人起解,辞别狱神,是规矩,这不挺好么? 祈求狱神保佑,这很符合一个无告的女犯的心理,能增加一点悲剧色彩,为什么要改呢?

　　有一个戏校老师把"头一个开怀是哪一个","十六岁开怀是那王公子"的"开怀"改了,说是怕学生问他什么叫"开怀",他不好解释。这有什么不好解释的呢? "开怀"是妓院的术语,这很有妓院生活的特点,而且也并不"牙碜"。这位老先生改成什么呢,改成了"结友"。可笑!

　　有一位女演员把"不顾腌臜怀中抱,在神案底下叙一叙旧情"掐掉了,说是"黄色"。真是! 你叫玉堂春这妓女怎样表达感情,给王金龙念一首诗?

　　这样的改法,削弱了原剧的认识作用。

注　释

① 本篇原载 1987 年 1 月 10 日《北京晚报》"桥边杂记"专栏;初收《汪曾祺全集》第四卷,北京师范大学出版社,1998 年 8 月。

散文四篇①

宋朝人的吃喝

唐宋人似乎不怎么讲究大吃大喝。杜甫的《丽人行》里列叙了一些珍馐,但多系夸张想象之辞。五代顾闳中所绘《韩熙载夜宴图》主人客人面前案上所列的食物不过八品,四个高足的浅碗,四个小碟子。有一碗是白色的圆球形的东西,有点像外面滚了米粒的蓑衣丸子。有一碗颜色是鲜红的,很惹眼,用放大镜细看,不过是几个带蒂的柿子! 其余的看不清是什么。苏东坡是个有名的馋人,但他爱吃的好像只是猪肉。他称赞"黄州好猪肉",但还是"富者不解吃,贫者不解煮"。他爱吃猪头,也不过是煮得稀烂,最后浇一勺杏酪。——杏酪想必是酸里咕叽的,可以解腻。有人"忽出新意"以山羊肉为玉糁羹,他觉得好吃得不得了。这是一种什么东西? 大概只是山羊肉加碎米煮成的糊糊罢了。当然,想象起来也不难吃。

宋朝人的吃喝好像比较简单而清淡。连有皇帝参加的御宴也并不丰盛。御宴有定制,每一盏酒都要有歌舞杂技,似乎这是主要的,吃喝在其次。幽兰居士《东京梦华录》载《宰执亲王宗室百官入内上寿》,使臣诸卿只是"每分列环饼、油饼、枣塔为看盘,次列果子。惟大辽加之猪羊鸡鹅兔连骨熟肉为看盘,皆以小绳束之。又生葱韭蒜醋各一碟。三五人共列浆水一桶,立杓数枚。""看盘"只是摆样子的,不能吃的。"凡御宴至第三盏,方有下酒肉、咸豉、爆肉、双下驼峰角子"。第四盏下酒是炙子骨头、索粉、白肉胡饼;第五盏是群仙炙、天花饼、太平毕罗、干饭、缕肉羹、莲花肉饼;第六盏假圆鱼、密浮酥捺花;第七盏排炊羊、胡

771

饼、炙金肠;第八盏假沙鱼、独下馒头、肚羹;第九盏水饭、簇饤下饭。如此而已。

宋朝市面上的吃食似乎很便宜。《东京梦华录》云:"吾辈入店,则用一等琉璃浅棱碗,谓之'碧碗',亦谓之'造羹',菜蔬精细,谓之'造齑',每碗十文"。"会仙楼"条载:"止两人对坐饮酒……即银近百两矣",初看吓人一跳。细看,这是指餐具的价值——宋人餐具多用银。

几乎所有记两宋风俗的书无不记"市食"。钱塘吴自牧《梦粱录·分茶酒店》最为详备。宋朝的看馔好像多是"快餐",是现成的。中国古代人流行吃羹。"三日入厨下,洗手作羹汤",不说是洗手炒肉丝。《水浒传》林冲的徒弟说自己"安排得好菜蔬,端整得好汁水","汁水"也就是羹。《东京梦华录》云"旧只用匙今皆用箸矣",可见本都是可喝的汤水。其次是各种爊菜、爊鸡、爊鸭、爊鹅。再次是半干的肉脯和全干的肉犯。几本书里都提到"影戏犯",我觉得这就是四川的灯影牛肉一类的东西。炒菜也有,如炒蟹,但极少。

宋朝人饮酒和后来有些不同的,是总要有些鲜果干果,如柑、梨、蔗、柿,炒栗子、新银杏,以及莴苣、"姜油多"之类的菜蔬和玛瑙饧、泽州饧之类的糖稀。《水浒传》所谓"铺下果子按酒",即指此类东西。

宋朝的面食品类甚多。我们现在叫做主食,宋人却叫"从食"。面食主要是饼。《水浒》动辄说"回些面来打饼"。饼有门油、菊花、宽焦、侧厚、油砣、新样满麻……《东京梦华录》载武成王庙前海州张家、皇建院前郑家最盛,每家有五十余炉。五十几个炉子一起烙饼,真是好家伙!

遍检《东京梦华录》、《都城纪胜》、《西湖老人繁胜录》、《梦粱录》、《武林旧事》,都没有发现宋朝人吃海参、鱼翅、燕巢的记载。吃这种滋补性的高蛋白的海味,大概从明朝才开始。这大概和明朝人的纵欲有关系,记得鲁迅好像曾经说过。

宋朝人好像实行的是"分食制"。《东京梦华录》云"用一等琉璃浅棱碗……每碗十文",可证。《韩熙载夜宴图》上画的也是各人一份,不像后来大家合坐一桌,大盘大碗,筷子勺子一起来。这一点是颇合卫生的,因不易传染肝炎。

一九八七年一月十八日

马 铃 薯

马铃薯的名字很多。河北、东北叫土豆,内蒙、张家口叫山药,山西叫山药蛋,云南、四川叫洋芋,上海叫洋山芋。除了搞农业科学的人,大概很少人叫得惯马铃薯。我倒是叫得惯了。我曾经画过一部《中国马铃薯图谱》。这是我一生中的一部很奇怪的作品。图谱原来是打算出版的,因故未能实现。原稿旧存沙岭子农业科学研究所,"文化大革命"中毁了,可惜!

一九五八年,我下放张家口沙岭子农业科学研究所劳动。一九六〇年摘了右派分子帽子,结束了劳动,一时没有地方可去,留在所里打杂。所里要画一套马铃薯图谱,把任务交给了我。所里有一个下属的马铃薯研究站,设在沽源。我在张家口买了一些纸笔颜色,乘车往沽源去。

马铃薯是适于在高寒地带生长的作物。马铃薯会退化。在海拔较低、气候温和的地方种一二年,薯块就会变小。因此每年都有很多省市开车到张家口坝上来调种。坝上成为供应全国薯种的基地。沽源在坝上,海拔一千四,冬天冷到零下四十度,马铃薯研究站设在这里,很合适。

这里集中了全国的马铃薯品种,分畦种植。正是开花的季节,真是洋洋大观。

我在沽源,究竟是一种什么心情,真是说不清。远离了家人和故友,独自生活在荒凉的绝塞,可以谈谈心的人很少,不免有点寂寞。另外一方面,摘掉了帽子,总有一种轻松感。日子过得非常悠闲。没有人管我,也不需要开会。一早起来,到马铃薯地里(露水很重,得穿了浅靿的胶靴),掐了一把花,几枝叶子,回到屋里,插在玻璃杯里,对着它画。马铃薯的花是很好画的。伞形花序,有一点像复瓣水仙。颜色是白的,浅紫的。紫花有的偏红,有的偏蓝。当中一个高庄小窝头似的黄心。叶子大都相似,奇数羽状复叶,只是有的圆一点,有的尖一点,颜色有的深一点,有的淡一点,如此而已。我画这玩意又没有定额,尽可慢慢地画。不过我画得还是很用心的,尽量画得像。我曾写过一首长诗,记述我的生活,代替书信,寄给一个老同学。原诗已经忘了,只记得两句:"坐对一丛花,眸子炯如虎"。画画不是我的本行,但是"工作需要",我也算起了一点作用,倒是差堪自慰的。沽源是清代的军台,我在这里工作,可以说是"发往军台效力",我于是用画马铃薯的红颜色在带来的一本《梦溪笔谈》的扉页上画了一方图章:"效力军台"——我带来一些书,除《笔谈》外,有《癸巳类稿》、《十驾斋养新录》,还有一套商务印书馆铅印本《四史》。晚上不能作画——灯光下颜色不正,我就读这些书。我自成年后,读书读得最专心的,要算在沽源这一段时候。

我对马铃薯的科研工作有过一点很小的贡献:马铃薯的花都是没有香味的。我发现有一种马铃薯,麻土豆的花,却是香的。我告诉研究站的研究人员,他们都很惊奇:"是吗?——真的!我们搞了那么多年马铃薯,还没有发现。"

到了马铃薯逐渐成熟——马铃薯的花一落,薯块就成熟了,我就开始画薯块。那就更好画了,想画得不像都不大容易。画完一种薯块,我就把它放进牛粪火里烤烤,然后吃掉。全国像我一样吃过那么多种马铃薯的人,大概不多!马铃薯的薯块之间的区别比花、叶要明显。最大的要数"男爵",一个可以当一顿饭。有一种味极甜脆,可以当水果生吃。最好的是"紫土豆",外皮乌紫,薯肉黄如蒸栗,味道也像蒸栗,入口更为细腻。我曾经扛回一袋,带到北京。春节前后,一家大小,吃了好几天。我很奇怪:"紫土豆"为什么不在全国推广呢?

马铃薯原产南美洲,现在遍布全世界。苏联卫国战争时期的小说,每每写战士在艰苦恶劣的前线战壕中思念家乡的烤土豆。"马铃薯"和"祖国"几乎成了同义字。罗宋汤、沙拉,离开了马铃薯做不成,更不用说奶油烤土豆、炸土豆条了。

马铃薯传入中国,不知始于何时。我总觉得大概是明代,和郑和下西洋有点缘分。现在可以说遍及全国了。沽源马铃薯研究站不少品种是从康藏高原、大小凉山移来的。马铃薯是山西、内蒙、张家口的主要蔬菜。这些地方的农村几乎家家都有山药窖，民歌里都唱："想哥哥想得迷了窍，抱柴禾跌进了山药窖"。"交城的山里没有好茶饭，只有莜面栲栳栳，还有那山药蛋"。山西的作者群被称为"山药蛋派"。呼和浩特的干部有一点办法的，都能到武川县拉一车山药回来过冬。大笼屉蒸新山药，是待客的美餐。张家口坝上、坝下，山药、西葫芦加几块羊肉爆一锅烩菜，就是过年。

中国的农民不知有没有一天也吃上罗宋汤和沙拉。也许即使他们的生活提高了，也不吃罗宋汤和沙拉，宁可在大烩菜里多加几块肥羊肉。不过也说不定。中国人过去是不喝啤酒的，现在北京郊区的农民喝啤酒已经习惯了。我希望中国农民会爱吃罗宋汤和沙拉。因为罗宋汤和沙拉是很好吃的。

一九八七年二月十六日

紫　　薇

唐朝人也不是都能认得紫薇花的。《韵语阳秋》卷第十六："白乐天诗多说别花，如《紫薇花诗》云'除却微之见应爱，世间少有别花人'……今好事之家，有奇花多矣，所谓别花人，未之见也。鲍溶作《仙檀花诗》寄袁德师侍御，有'欲求御史更分别'之句，岂谓是邪？"这里所说的"别"是分辨的意思。白居易是能"别"紫薇花的，他写过至少三首关于紫薇的诗。

《韵语阳秋》云：

　　　白乐天作中书舍人，入直西省，对紫薇花而有咏曰："丝纶阁下文章静，钟鼓楼中刻漏长。独坐黄昏谁是伴，紫薇花对紫薇郎。"后又云："紫薇花对紫薇翁，名目虽同貌不同"，则此花之珍艳可知矣。爪其本则枝叶俱动，俗谓之"不耐痒花"。自五月开至九月尚烂熳,俗又谓之"百日红"。唐人赋咏,未有及此二事者。本朝梅圣俞时注意此花。一诗赠韩子华,则曰"薄肤痒不胜轻爪,嫩干生宜近禁庐";一诗赠王景彝,则曰:"薄薄嫩肤搔鸟爪,离离碎叶剪城霞",然皆著不耐痒事,而未有及百日红者。胡文恭在西掖前亦有三诗,其一云:"雅当翻药地,繁极曝衣天",注云:"花至七夕犹繁",似有百日红之意,可见当时此花之盛。省吏相传,咸平中,李昌武自别墅移植于此。晏元献尝作赋题于省中,所谓"得自羊墅,来从召园,有昔日之绛老,无当时之仲文"是也。

对于年轻的读者,需要作一点解释,"紫薇花对紫薇郎"是什么意思。紫薇花亦作紫微郎,唐代宫名,即中书侍郎。《新唐书·百官志二》注"开元元年,改中书省曰紫微省,中书令曰紫微令。"白居易曾为中书侍郎,故自称紫微郎。中书侍郎是要到宫里值班的,独自坐在办公室里,不免有些寂寞,但是这也不是一般人所能谋得到的差事,诗里又透出几分得意。"紫薇花对紫薇郎",使人觉得有点罗曼蒂克,其实没有。不过你要是有一点罗曼蒂克的联想,也可以。石涛和尚画过一幅紫薇花,题的就是白居易的这首诗。紫薇颜色很娇,画面很美,更易使人产生这是一首情诗的错觉。

从《韵语阳秋》的记载,我们可以知道两件事。一是"爪其本则枝叶俱动"。紫薇的树干的外皮易脱落,露出里面的"嫩肤",嫩肤上留下外皮脱落后留下的一片一片的青色和白色的云斑。用指甲搔搔树干的嫩肤,确实是会枝叶俱动的。宋朝人叫它"不耐痒花",现在很多地方叫它"怕痒痒树"或"痒痒树"。这到底是什么道理,好像没有人解释过。二是花期甚长。这是夏天的花。胡文恭说它"繁极曝衣天",白居易说它"独占芳菲当夏景,不将颜色托春风"。但是它"花至七夕犹繁"。我甚至在飘着小雪的天气,还看见一棵紫薇花依然开着仅有的一穗红花!

我家的后园有一棵紫薇。这棵紫薇有年头了,主干有茶杯口粗,高过屋檐。一到放暑假,它开起花来,真是"繁"得不得了。紫薇花是六瓣的,但是花瓣皱缩,瓣边还有很多不规则的缺刻,所以根本分不清它是几瓣,只是碎碎叨叨的一球,当中还射出许多花须、花蕊。一个枝子上有很多朵花。一棵树上有数不清的枝子。真是乱。乱红成阵。乱成一团。简直像一群幼儿园的孩子放开了又高又脆的小嗓子一起乱嚷嚷。在乱哄哄的繁花之间还有很多赶来凑热闹的黑蜂。这种蜂不是普通的蜜蜂,个儿很大,有指头顶那样大,黑的,就是齐白石爱画的那种。我到现在还叫不出这是什么蜂。这种大黑蜂分量很重。它一落在一朵花上,抱住了花须,这一穗花就叫它压得沉了下来。它起翅飞去,花穗才挣回原处,还得哆嗦两下。

大黑蜂不像马蜂那样会做窠。它们也不像马蜂一样的群居,是单个生活的。在人家房檐的椽子下面钻一个圆洞,这就是它的家。我常常看见一个大黑蜂飞回来了,一收翅膀,钻进圆洞,就赶紧用一根细细的帐竿竹子捅进圆洞,来回地拧,它就在洞里嗯嗯地叫。我把竹竿一拔,啪地一声,它就掉到了地上。我赶紧把它捉起来,放进一个玻璃瓶里,盖上盖——瓶盖上用洋钉凿了几个窟窿。瓶子里塞了好些紫薇花。大黑蜂没有受伤,它只是摔晕过去了。过了一会,它缓醒过来了,就在花瓣之间乱爬。大黑蜂生命力很强,能活几天。我老幻想它能在瓶里呆熟了,放它出去,它再飞回来。可是不知什么时候,它仰面朝天,死了。

紫薇原产于中国中部和南部。白居易诗云"浔阳官舍双高树,兴善僧庭一大丛,何似苏州安置处,花堂栏下月明中",这些都是偏南的地方。但是北方很早就有了,如长安。北京过去也有,但很少(北京人多不识紫薇)。近年北京大量种植,到处都是。街心花园几乎都有。选择这种花木来美化城市环境是很有道理的,因为它花繁盛,颜色多(多为胭脂红,也有紫色和白色的),花期长。但是似乎生长得很慢。密云水库大坝下的通道两侧,隔不远就有一棵紫薇。我每年夏天要到密云开一次会,年年到坝下散步,都看到这些紫薇。看了四年,它们好像还是那样大。

比起北京雨后春笋一样耸立起来的高楼,北京的花木的生长就显得更慢。因此,对花木要倍加爱惜。

一九八七年二月廿一日

腊 梅 花

"雪花、冰花、腊梅花……"我的小孙女这一阵老是唱这首儿歌。其实她没有见过真的腊梅花,只是从我画的画上见过。

周紫芝《竹坡诗话》云:"东南之有腊梅,盖自近时始。余为儿童时,犹未之见。元祐间,鲁直诸公方有诗,前此未尝有赋此诗者。政和间,李端叔在姑谿,元夕见之僧舍中,尝作两绝,其后篇云:'程氏园当尺五天,千金争赏凭朱栏。莫因今日家家有,便作寻常两等看。'观端叔此诗,可以知前日之未尝有也。"看他的意思,腊梅是从北方传到南方去的。但是据我的印象,现在倒是南方多,北方少见,尤其难见到长成大树的。我在颐和园藻鉴堂见过一棵,种在大花盆里,放在楼梯拐角处。因为不是开花的时候,绿叶披纷没有人注意。和我一起住在藻鉴堂的几个搞剧本的同志,都不认识这是什么。

我的家乡有腊梅花的人家不少。我家的后园有四棵很大的腊梅。这四棵腊梅,从我记事的时候,就已经是那样大了。很可能是我的曾祖父在世的时候种的。这样大的腊梅,我以后在别处没有见过。主干有汤碗口粗细,并排种在一个砖砌的花台上。这四棵腊梅的花心是紫褐色的,按说这是名种,即所谓"檀心磬口"。腊梅有两种,一种是檀心的,一种是白心的。我的家乡偏重白心的,美其名曰"冰心腊梅",而将檀心的贬为"狗心腊梅"。腊梅和狗有什么关系呢?真是毫无道理!因为它是狗心的,我们也就不大看得起它。

不过凭良心说,腊梅是很好看的。其特点是花极多——这也是我们不太珍惜它的原因。物稀则贵,这样多的花,就没有什么稀罕了。每个枝条上都是花,无一空枝。而且长得很密,一朵挨着一朵,挤成了一串。这样大的四棵大腊梅,满树繁花,黄灿灿的吐向冬日的晴空,那样的热热闹闹,而又那样的安安静静,实在是一个不寻常的境界。不过我们已经司空见惯,每年都有一回。

每年腊月,我们都要折腊梅花。上树是我的事。腊梅木质疏松,枝条脆弱，上树是有点危险的。不过腊梅多枝杈，便于登踏，而且我年幼身轻，正是"一日上树能三回"的时候，从来也没有掉下来过。我的姐姐在下面指点着："这枝，这枝！——哎，对了，对了！"我们要的是横斜旁出的几枝，这样的不蠢；要的是几朵半开，多数是骨朵的，这样可以在瓷瓶里养好几天——如果是全开的，几天就谢了。

　　下雪了，过年了。大年初一，我早早就起来，到后园选摘几枝全是骨朵的腊梅，把骨朵都剥下来，用极细的铜丝——这种铜丝是穿珠花用的，就叫做"花丝"，把这些骨朵穿成插鬓的花。我们县北门的城门口有一家穿珠花的铺子，我放学回家路过，总要钻进去看几个女工怎样穿珠花，我就用她们的办法穿成各式各样的腊梅珠花。我在这些腊梅珠子花当中嵌了几粒天竺果——我家后园的一角有一棵天竺。黄腊梅、红天竺，我到现在还很得意：那是真很好看的。我把这些腊梅珠花送给我的祖母，送给大伯母，送给我的继母。她们梳了头，就插戴起来。然后，互相拜年。我应该当一个工艺美术师的，写什么屁小说！

一九八七年二月十八日

注　释

① 本篇原载《作家》1987 年第六期；初收《蒲桥集》，作家出版社，1989 年
　　3 月。

贺路翎重写小说^①

　　路翎是一位才华横溢的不可多得的作家。他的创作精力一度非常旺盛,写过不少震惊一时的好小说。他挨了整,很久没有听到他的消息,我以为他大概已经不在人世。有人告诉我:路翎还活着,住在一个不为人知的什么地方,每天扫大街。扫街之后,回到没有光线的小屋里,一声不响地枯坐着。他很少说话,甚至连笑也不会了。我心里很难过。怎么能把人折磨成这个样子呢?

　　后来听说他好一些了,能写一点东西了。在《北京晚报》上看到他写的几篇短文,我们几个朋友都觉得很不是滋味:这哪里像是路翎写的文章呢! 我对朋友说:对一个人最大的摧残,无过于摧残了他的才华。

　　在《读书》上读到绿原记路翎的文章,对路翎增加了了解,心里也就更加难受。我想:路翎完了!

　　有位编辑到我家来组稿,说路翎最近的一篇小说写得不错。我很惊奇,说:"是吗?"找来《人民文学》便赶紧翻到《钢琴学生》,接连读了两遍。我真是比在公园里忽然看到一个得了半身不遂的老朋友居然丢了手杖在茂草繁花之间步履轻捷、满面春风地散着步还要高兴。我在心里说:路翎同志,你好了!

　　我不是说《钢琴学生》是一篇多么了不得的好作品,但是的确写得不错! 应该庆贺的是:路翎恢复了艺术感,恢复了语感,恢复了对生命的喜悦,对生活的欢呼。这是多不容易呀。年轻的读者,你们要是知道路翎受过多少苦难,现在还能写出这样泽润葱茏的小说,你们就会觉得这是一个不小的胜利。路翎是好样的,路翎很顽强。

　　　　劫灰深处拨寒灰,
　　　　谁信人间二度梅。

拨尽寒灰翻不说，

枝头窈窕迎春晖。

一九八七年一月二十四日

注　释

① 本篇原载 1987 年 2 月 24 日《人民日报》；初收《汪曾祺全集》第四卷，北京师范大学出版社，1998 年 8 月。

《江苏邑县丛书——高邮》序[①]

秦邮八景我到现在还数不全。神居山在湖西,我竟未去过。鹿女丹泉我连在哪里都不知道,只是听说过这个名目。八景里我最熟悉的是文游台,实实在在觉得这是一"景"的,也是文游台。文游台离我家很近,步行十分钟即可到。我们上小学的时候,每年春游都是上文游台。正月里到泰山庙看戏,也要顺便上文游台去逛逛。文游台真不错。因为地势高,眼界空阔,可以看得很远。印象最深的是西面运河里的船帆由绿树梢头轻轻移过。再就是台边种了很多蚕豆,开着浅紫色的繁花。文游台前面是泰山庙。传说泰山庙大殿的屋顶上是不积雪的。因为大殿下面是一个很大的獾子洞,獾子用毛擀成了一片獾毡,和殿基一般大小,獾毡热气上升,所以雪下不到屋顶就化了。有人把獾毡盗走了,泰山庙的屋顶就照样积雪了。

高邮的八景我觉得有两个特点。一个是多半和水有关。我的家乡是一个泽国,这是很自然。甓社珠光、耿庙神灯、邗沟烟柳都是山水得景。镇国寺塔原来在西门外运河岸边。运河拓宽,塔在河中的洲上了,跟运河的关系就更密切了。第二是不少景都有点浪漫主义色彩,有点神秘的味道。神山爽气,只是一股气,真不好捉摸。爽气是什么样的气呢?缥缈得很。甓社湖珠大概宋朝以前就很有名。沈括的《梦溪笔谈》里有详细的记载。沈括是个有科学头脑的严肃的学者,所记必有所据,他把这颗神珠写得很美,而且使人有恐怖感。这到底是什么东西呢?有人怀疑这是外星人发射来的飞碟一类的东西,这只是猜测。甓社湖中已无珠,然而明烂的珠光长存在人们的想象之中。我觉得耿庙神灯是一个美丽的传说。我小时候好像七公殿还在。民国二十年发大水之前有许多预象,人们的迷信思想抬头,想象力也特别活跃,纷纷传说七公老爷显了圣，说是在苍茫云水之间看到神灯了。其实谁也没有看到。正因为没有人看到过，所以越加相信神灯是有的。

八景里我不喜欢的是露筋晓月。关于露筋祠的传说，欧阳修就怀疑过，认为这是不可能的事，不近情理。人怎么能被蚊子咬得露了筋而死去呢？她怎么也能想一点办法，至少可以用手拍打拍打。而且蚊子只吸人血，没有听说连人肉也吃的。这是一个出于残酷的贞洁观念而编造出来的故事。王渔洋露筋祠诗"门外野风开白莲"写得很凄清，就没有一笔涉及露筋而死的惨剧。我并不认为要把这一景从八景中开除，只是觉得在介绍传说时要加批判。

高邮可能会成为运河线上的一个旅游点，所有的景都需要收拾收拾，文游台最好在原有基础上整建。除了房屋的营造要有点宋代风格，室内装饰也要注意，听说现在刻制了一些楹联，希望朴素一些，不要搞得金碧辉煌。主楼内的家具陈设也要搞得讲究一些。在高邮找一堂红木几案坐榻、旧瓷器、大理石插屏、多宝格……都还是找得出来的。镇国寺塔要维修，现在相当残破了。另外，要多植花木。文游台前宜植罗汉松、柽柳、玉兰（不要广玉兰）、紫白丁香、西府海棠。镇国寺塔的地势很好，洲上现在种的树杂乱无章，且多是槐、榆之类，这个小洲似可辟为果树园，种桃、种杏、种梨，春华秋实，这样坐在运河的船上望之如锦绣，使过客很想泊舟到洲上喝一杯茶，吃几块界首茶干。邗沟烟柳本不是一个固定的地界，但可选一个合适的地段，移栽大量的垂柳，柳丛中可安置几个牛车篷式的草顶的大亭子，卖酒，卖起水旋煮的缩项鳊、翘嘴白。有些可以想象，无法目睹的景，好如甓社珠光、耿庙神灯，可以选一地点，立一碑石。石质要好，文宜雅洁，字要端秀，——不要那种带霸悍之气的"将军体"。

高邮的风味食物，有名的是双黄鸭蛋和大麻鸭。双黄蛋容易变质。我从家乡几次带了一些双黄鸭蛋准备送人，结果都坏了。家乡人应研究一下稍可久贮的腌制方法。大麻鸭是名种，但高邮人似乎并不太会做鸭。我建议高邮派定一二厨师到外地留留学，专门在做鸭菜上下一点功夫，学会做口蘑炖鸭、虫草炖鸭、八宝鸭（腔内填糯米及香菇、虾仁、火腿清蒸）、香酥鸭……高邮人不善做盐水鸭，应该到南京学学，不难的。高邮原来有厨师会做叉子烤鸭的，现在好像失传了。高邮既以产鸭著名，应该能像淮安人做得出全鳝席一样做得出全鸭席。

朱延庆同志编了一本《高邮风物》，嘱我为序。延庆治学谨严，文笔清丽，此书必有可观，乃乐为之序。

一九八七年春节大年初一中午

注　释

① 本篇原载《雨花》1987 年第十一期；初收《汪曾祺全集》第四卷，题为《〈高邮风物〉序》，北京师范大学出版社，1998 年 8 月。

童 歌 小 议①

少 年 谐 谑

我的孩子（他现在已经当了爸爸了）曾在一个"少年之家""上"过。有一次唱歌比赛。几个男孩子上了台。指挥是一个姓萧的孩子。"预备——齐"！几个孩子放声歌唱：

> 排起队，
>
> 唱起歌，
>
> 拉起大粪车。
>
> 花园里，
>
> 花儿多，
>
> 马蜂螫了我！

表情严肃，唱得很齐。

少年之家的老师傻了眼了：这是什么歌？

一个时期，北京的孩子（主要是女孩子）传唱过一首歌：

> 小孩小孩你别哭，
>
> 前面就是你大姑。
>
> 你大姑罗圈腿，
>
> 走起路来扭屁股，
>
> ——扭屁股哎嗨哟哦……

这首歌是用山东柳琴的调子唱的，歌词与曲调结合得恰好，而且有山东味儿。

这些歌是孩子们"胡编"出来的。如果细心搜集,单是在北京,就可以搜集到不少这种少年儿童信口胡编的歌。

对于孩子们自己编出来的这样的歌,我们持什么态度?

一种态度是鼓励。截至现在为止,还没有听到一位少儿教育专家提出应该鼓励孩子们这样的创造性。

第二种态度是禁止。禁止不了,除非禁止人有童年。

第三种态度是不管,由它去。少年之家的老师对淘气的男孩子唱那样的歌,不知如何是好,只是傻了眼。"傻了眼"不失为一种明智的态度。

第四种态度是研究它。我觉得孩子们编这样的歌反映了一种逆反心理,甚至是对于强加于他们的过于严肃的生活规范,包括带有教条意味的过于严肃的歌曲的抗议。这些歌是他们自己的歌。

第五种态度是向他们学习。作家应该向孩子学习。学习他们的信口胡编。第一是信口。孩子对于语言的韵律有一种先天的敏感。他们自己编的歌都非常"顺",非常自然,一听就记得住。现在的新诗多不留意韵律,朦胧诗尤其是这样。我不懂,是不是朦胧诗就非得排斥韵律不可?我以为朦胧诗尤其需要韵律。李商隐的不少诗很难"达诂"但是听起来很美。戴望舒的《雨巷》说的是什么?但听起来很美。听起来美,便受到感染,于是似乎是懂了。不懂之懂,是为真懂。其次,是"胡编"。就是说,学习孩子们的滑稽感,学习他们对于生活的并不恶毒的嘲谑态度。直截了当地说:学习他们的胡闹。

但是胡闹是不易学的。这需要才能,我们的胡闹才能已经被孔夫子和教条主义者敲打得一干二净。我们只有正经文学,没有胡闹文学。再过二十年,才许会有。

儿歌的振兴

近些天楼下在盖房子,电锯的声音很吵人。电锯声中,想起有关儿歌的问题。

拉大锯，

扯大锯。

姥姥家，

唱大戏。

请闺女，

接女婿，

小外孙子也要去，

……

这是流传于河北一带的儿歌。流传了不知有几百年了。

拉锯，

送锯。

你来，

我去。

拉一把，

推一把，

哗啦哗啦起风啦

……

这首歌是有谱，可以唱的。我在幼儿园时就唱过。我上幼儿园是五岁，今年六十六了。我的孙女现在还唱这首歌。这首歌也至少有了五十多年的历史了。

这两首儿歌都是"写"得很好的。音节好听，很形象。前一首"拉大锯"是"兴也"，只是起个头，主要情趣在"姥姥家，唱大戏……"。后一首则是"赋也"，更具体地描绘了拉大锯的动作。拉大锯是过去常常可以见到的。两根短木柱，搭起交叉的架子，上面卡放了一根圆木，圆木的一头搭在地上；圆木上弹了墨线；两个人，一个站在圆木上，两腿一前一后，一个盘腿坐在下面，两人各持大锯的木把，"噌、噌、噌、噌"地锯起来，锯末飞溅，墨线一寸一寸减短，圆木"解"成了板子。"拉大锯，扯大锯"，"拉锯、送锯，你来，我去"，如果不对拉锯作过仔细的观察，是不能"写"得如此生动准确的。

但是现在至少在大城市已经难得看见拉大锯的了。现在从外地到北京来给人家打家具的木工,很多都自带了小电锯,解起板子来比鲁班爷传下来的大锯要快得多了。总有一天,大锯会绝迹的。我的孙女虽然还唱、念我曾经唱、念过的儿歌,但已经不解歌词所谓。总有一天,这样的儿歌会消失的。

旧日的儿歌无作者,大都是奶奶、姥姥、妈妈顺口编出来的,也有些是幼儿自己编的,是所谓"天籁",所以都很美。美在有意无意之间,富于生活情趣,而皆朗朗上口。儿歌引导幼儿对于生活的关心,有助于他们发挥想象,启发他们对语言的欣赏,使他们得到极大的美感享受。儿歌是一个人最初接触的并且影响到他毕生的艺术气质的纯诗。

"拉锯,送锯"可能原有一首只念不唱的儿歌的底子,但也可能是某一关心幼儿教育的作家的作品。如果是专业作家的作品,那么这位作家是了不起的作家。旧儿歌消亡了,将有新儿歌来代替。现在的儿歌大都是创作的。我读了不少我的孙女的"幼儿读物",觉得新编的儿歌好的不多。政治性太强,过分强调教育意义,概念化,语言不美,声音不好听。看来有些儿歌作者缺乏艺术感,语言功力不够,我希望新儿歌的作者能熟读几百首旧儿歌。我希望有兼富儿童心和母性的大诗人能写写儿歌。

注 释

① 本篇原载《民间文学论坛》1987 年第一期;初收《蒲桥集》,作家出版社,1989 年 3 月。

昆 明 菜[①]

——昆明忆旧之七

我这篇东西是写给外地人看的,不是写给昆明人看的。和昆明人谈昆明菜,岂不成了笑话!其实不如说是写给我自己看的。我离开昆明整四十年了,对昆明菜一直不能忘。

昆明菜是有特点的。昆明菜——云南菜不属于中国的八大菜系。很多人以为昆明菜接近四川菜,其实并不一样。四川菜的特点是麻、辣。多数四川菜都要放郫县豆瓣、泡辣椒,而且放大量的花椒,——必得是川椒。中国很多省的人都爱吃辣,如湖南、江西,但像四川人那样爱吃花椒的地方不多。重庆有很多小面馆,门面的白墙上多用黑漆涂写三个大字"麻、辣、烫",老远的就看得见。昆明菜不像四川菜那样既辣且麻。大抵四川菜多浓厚强烈,而昆明菜则比较清淡纯和。四川菜调料复杂,昆明菜重本味。比较一下怪味鸡和汽锅鸡,便知二者区别所在。

汽 锅 鸡

中国人很会吃鸡。广东的盐焗鸡,四川的怪味鸡,常熟的叫花鸡,山东的炸八块,湖南的东安鸡,德州的扒鸡……。如果全国各种做法的鸡来一次大奖赛,哪一种鸡该拿金牌?我以为应该是昆明的汽锅鸡。

是什么人想出了这种非常独特的吃法?估计起来,先得有汽锅,然后才有汽锅鸡。汽锅以建水所制者最佳。现在全国出陶器的地方都能造汽锅,如江苏的宜兴。但我觉得用别处出的汽锅蒸出来的鸡,都不如用建水汽锅做出的有味。这也许是我的偏见。汽锅既出在建水,那么,昆明的汽锅鸡也可能是从建水传来的吧？

原来在正义路近金碧路的路西有一家专卖汽锅鸡。这家不知有没有店号，进门处挂了一块匾，上书四个大字："培养正气"。因此大家就径称这家饭馆为"培养正气"。过去昆明人一说："今天我们培养一下正气"，听话的人就明白是去吃汽锅鸡。"培养正气"的鸡特别鲜嫩，而且屡试不爽。没有哪一次去吃了，会说"今天的鸡差点事！"所以能永远保持质量，据说他家用的鸡都是武定肥鸡。鸡瘦则肉柴，肥则无味。独武定鸡极肥而有味。揭盖之后：汤清如水，而鸡香扑鼻。

听说"培养正气"已经没有了。昆明饭馆里卖的汽锅鸡已经不是当年的味道，因为用的不是武定鸡，什么鸡都有。

恢复"培养正气"，重新选用武定鸡，该不是难事吧？

昆明的白斩鸡也极好。玉溪街卖馄饨的摊子的铜锅上搁一个细铁条箅子，上面都放两三只肥白的熟鸡。随要，即可切一小盘。昆明人管白斩鸡叫"凉鸡"。我们常常去吃，喝一点酒，因为是坐在一张长板凳上吃的，有一个同学为这种做法起了一个名目，叫"坐失（食）良（凉）机（鸡）"。玉溪街卖的鸡据说是玉溪鸡。

华山南路与武成路交界处从前有一家馆子叫"映时春"，做油淋鸡极佳。大块鸡生炸，十二寸的大盘，高高地堆了一盘。蘸花椒盐吃。二十几岁的小伙子，七八个人，人得三五块，顷刻瓷盘见底矣。如此吃鸡，平生一快。

昆明旧有卖爐鸡杂的，挎腰圆食盒，串街唤卖。鸡肫鸡肝皆用篾条穿成一串，如北京的糖葫芦。鸡肠子盘紧如素鸡，买时旋切片。耐嚼，极有味，而价甚廉，为佐茶下酒妙品。估计昆明这样的小吃已经没有了。曾与老昆明谈起，全似孟元老《东京梦华录》中所纪了也。

火　　腿

云南宣威火腿与浙江金华火腿齐名，难分高下。金华火腿知道的人多，有许多品级。比较著名的是"雪舫蒋腿"。更高级的，以竹叶薰成的,谓之"竹叶腿"。宣威火腿似没有这么多讲究,只是笼统地叫做火腿。火腿出在宣威,据说宣威家家腌制,而集中销售地则在昆明。正义路牌坊东侧原来有一家火腿庄,除了卖整只、零切的火腿,还卖火腿骨、火腿油。上海卖金华火腿的南货店有时卖"火腿脚爪",单卖火腿油,却没有听说过。火腿骨熬汤,火腿油炖豆腐,想来一定很好吃。

火腿作为提味的配料时多,单吃,似只有一种吃法,蒸熟了切片。从前有蜜炙火腿,不知好吃否。金华火腿按部位分油头、上腰、中腰,——再以下便是脚爪。昆明人吃火腿特重小腿至肘棒的那一部分,谓之"金钱片腿",因为切开作圆形,当中是精肉,周围是肥肉,带着一圈薄皮。大西门外有一家本地饭馆,不大,很不整洁,但是菜品不少,金钱片腿是必备的。因为赶马的马锅头最爱吃这道菜,——这家饭馆的主要顾客是马锅头。马锅头兄弟一进门,别的菜还没有要,先叫:"切一盘金钱片腿!"

一道昆明菜,不是以火腿为主料,但离开火腿却不成的,是"锅贴乌鱼"。这是东月楼的名菜。乃以乌鱼两片(乌鱼必活杀,鱼片须旋批),中夹兼肥带瘦的火腿一片,在平底铛上,以文火烙成,不加任何别的作料。鲜嫩香美,不可名状。

东月楼在护国路,是一家地道的昆明老馆子。除锅贴乌鱼外,尚有酱鸡腿,也极好。听说东月楼现在也没有了。

昆明吉庆祥的火腿月饼甚佳。今年中秋,北京运到一批,买来一尝,滋味犹似当年。

牛　肉

我一辈子没有吃过昆明那样好的牛肉。

昆明的牛肉馆的特别处是只卖牛肉一样,——外带米饭、酒,不卖别的菜肴。这样的牛肉馆,据我所知,有三家。有一家在大西门外凤翥街,因为离西南联大很近,我们常去。我是由这家"学会"吃牛肉的。一家在小东门。而以小西门外马家牛肉馆为最大。楼上楼下,几十张桌子。牛肉馆的牛肉是分门别类地卖的。最常见的是汤片和冷片。白牛肉切薄片，浇滚烫的清汤，为汤片。冷片也是同样旋切的薄片，但整齐地码在盘子里，蘸甜酱油吃（甜酱油为昆明所特有）。汤片、冷片皆极酥软，而不散碎。听说切汤片冷片的肉是整个一边牛蒸熟了的，我有点不相信：哪里有这样大的蒸笼，这样大的锅呢？但切片的牛肉确是很大的大块的。牛肉这样酥软，火候是要很足。有人告诉我，得蒸（或煮？）一整夜。其次是"红烧"。"红烧"不是别的地方加了酱油焖煮的红烧牛肉，也是清汤的，不过大概牛肉曾用红釉染过，故肉呈胭脂红色。"红烧"是切成小块的。这不用牛身上的"好"肉，如胸肉腿肉，带一些"筋头巴脑"，和汤、冷片相较，别是一种滋味。还有几种牛身上的特别部位，也分开卖。却都有代用的别名，不"会"吃的人听不懂，不知道这是什么东西。如牛肚叫"领肝"；牛舌叫"撩青"。很多地方卖舌头都讳言"舌"字，因为"舌"与"蚀"同音。无锡陆稿荐卖猪舌改叫"赚头"。广东饭馆把牛舌叫"牛脷"，其实本是"牛利"，只是加了一个肉月偏旁，以示这是肉食。这都是反"蚀"之意而用之，讨个吉利。把舌头叫成"撩青"，别处没有听说过。稍想一下，是有道理的。牛吃青草，都是用舌头撩进嘴里的。这一别称很形象，但是太费解了。牛肉馆还有牛大筋卖。我有一次同一个女同学去吃马家牛肉馆，她问我："这是什么？"我实在不好回答。我在昆明吃过不少次牛大筋，只是因为它好吃，不是为了壮阳。"领肝"、"撩青"、"大筋"都是带汤的。牛肉馆不卖炒菜。上牛肉馆其实主要是来喝汤的，——汤好。

昆明牛肉馆用的牛都是小黄牛，老牛、废牛是不用的。

吃一次牛肉馆是花不了多少钱的，比下一般小饭馆便宜，也好吃，实惠。

马家牛肉馆常有人托一搪瓷茶盘来卖小菜，藠头、腌蒜、腌姜、糟辣椒……有七八样。两三分钱即可买一小碟，极开胃。

马家牛肉店不知还有没有？如果没有了，就太可惜了。

昆明还有牛干巴，乃将牛肉切成长条，腌制晾干。小饭馆有炒牛干巴卖。这东西据说生吃也行。马锅头上路，总要带牛干巴，用刀削成薄片,酒饭均宜。

蒸　菜

　　昆明尚食蒸菜。正义路原来有一家。蒸鸡、蒸骨、蒸肉。都放在直径不到半尺的小蒸笼中蒸熟。小笼层层相叠,几十笼为一摞,一口大蒸锅上蒸着好几摞。蒸菜都酥烂,蒸鸡连骨头都能嚼碎。蒸菜有衬底。别处蒸菜衬底多为红薯、洋芋、白萝卜,昆明蒸菜的衬底却是皂角仁。皂角仁我是认识的。我们那里的少女绣花,常用小瓷碟蒸十数个皂角仁,用来"光"绒,取其滑润,并增光泽。我没有想到这东西能吃,且好吃。样子也好看,莹洁如玉。这么多的蒸菜,得用多少皂角仁,得多少皂角才能剥出这样多的仁呢? 玉溪街里有一家也卖蒸菜。这家所卖蒸菜中有一色 rang 小瓜:小南瓜,挖出瓤,塞入肉蒸熟,很别致。很多地方都有 rang 菜,rang 冬瓜、rang 茄子,都是塞肉蒸熟的菜。rang 不知道怎么写,一般字典查不到这个字。或写成"酿",则音义都不对。我到北京后曾做过 rang 小瓜,终不似玉溪街的味道。大概这家因为是和许多其他蒸菜摆在一起蒸的,鸡、骨、肉的蒸气透入蒸小瓜的笼,故小瓜里的肉有瓜香,而包肉的瓜则带鲜味。单 rang 一瓜,不能腴美。

诸　菌

　　有朋友到昆明开会,我告诉他到昆明一定要吃吃菌子。他住在一旧交家里,把所有的菌子都吃了。回北京见到我,说:"真是好!"

　　鸡㙡为菌中之王。甬道街有一家专做鸡㙡的馆子。这家还卖苦菜汤,是熬在一口大锅里,非常便宜,好吃。外省人说昆明有三怪:姑娘叫老太,芥菜叫苦菜,还有一"怪"我不记得了。听昆明人说苦菜不是芥菜,别是一种。

　　前月有一直住在昆明的老同学来,说鸡㙡出在富民。有一次他们开会,从富民拉了一汽车鸡㙡来,吃得不亦乐乎。鸡㙡各处皆有,富民可能出得多一些。

青头菌、牛肝菌、干巴菌、鸡油菌,我在别的文章里已写过,不重复。昆明诸菌总宜鲜吃。鸡枞可制成油鸡枞,干巴菌可晾成干,可致远,然而风味减矣。

乳扇、乳饼

乳扇是晾干的奶皮子,乳饼即奶豆腐。这种奶制品我颇怀疑是元朝的蒙古兵传入云南的。然而蒙古人的奶制品只是用来佐奶茶,云南则作为菜肴。这两样其实只能"吃着玩",不下饭的。

炒 鸡 蛋

炒鸡蛋天下皆有。昆明的炒鸡蛋特泡。一颠翻面,两颠出锅,动锅不动铲。趁热上桌,鲜亮喷香,逗人食欲。

番茄炒鸡蛋,番茄炒至断生,仍有清香,不疲软,鸡蛋成大块,不发死。番茄与鸡蛋相杂,颜色仍分明,不像北方的西红柿炒鸡蛋,炒得"一塌胡涂"。

映时春有雪花蛋,乃以鸡蛋清、温熟猪油于小火上,不住地搅拌,猪油与蛋清相入,油蛋交融。嫩如鱼脑,洁白而有亮光。入口即已到喉,齿舌都来不及辨别是何滋味,真是一绝。另有桂花蛋,则以蛋黄以同法制成。雪花蛋、桂花蛋上都洒了一层瘦火腿末,但不宜多,多则掩盖鸡蛋香味。鸡蛋这样的做法,他处未见。我在北京曾用此法作一盘菜待客,吹牛说"这是昆明做法"。客人尝后,连说"不错!不错!"且到处宣传。其实我做出的既不是雪花蛋,也不是桂花蛋,简直有点像山东的"假螃蟹"了!

炒　青　菜

袁子才《随园食单》指出：炒青菜须用荤油，炒荤菜当用素油，很有道理。昆明炒青菜都用猪油。昆明的青菜炒得好，因为：菜新鲜，油多，火暴，慎用酱油，起锅时一般不烹水或烹水极少，不盖锅，（饭馆里炒青菜多不盖锅）或盖锅时间至短。这样炒出来的青菜不失菜味，且不变色，视之犹如从园中初摘出来的一样。

菜花昆明叫椰花菜。北京炒菜花先以水焯过，再炒。这样就不如干脆加水煮成奶油菜花汤了。昆明炒椰花菜皆生炒，脆而不梗，干干净净。如加火腿，尤妙。

炒包谷只有昆明有。每年北京嫩玉米上市时，我都买一些回来抠出玉米粒加瘦肉末炒了吃。有亲戚朋友来，觉得很奇怪："玉米能做菜？"尝了两筷子，都说"好吃"。炒包谷做法简单，在北京的一个很小的范围内已经推广。有一个西南联大的校友请几个老同学上家里聚一聚，特别声明："今天有一道昆明菜！"端上来，是炒包谷。包谷既老，放了太多的肉，大量酱油，还加了很多水咕嘟了！我跟他说："你这样的炒包谷，能把昆明人气死。"

临离昆明前我和朱德熙在一家饭馆里吃了一盘肉炒菠菜，当时叫绝，至今不忘。菠菜极嫩（北京人爱吃长成小树一样的菠菜，真不可解），油极大，火甚匀，味极鲜。炒菠菜要尽量少动铲子。频频翻锅，菠菜就会发黑，且有涩味。

黑芥·韭菜花·茄子酢

昆明谓黑大头菜为黑芥。袁子才以为大头菜偏宜肉炒，很对。大头菜得肉，香味才能发出。我们有时几个人在昆明饭馆里吃饭，一看菜不够了，就赶紧添叫一盘黑芥炒肉。一则这个菜来得快；二则极下饭，且经吃。

韭菜花出曲靖。名为韭菜花,其实主料是切得极细晾干的萝卜丝。这是中国咸菜里的"神品"。这一味小菜按说不用多少成本,但价钱却颇贵,想是因为腌制很费工。昆明人家也有自己腌韭菜花的。这种韭菜花和北京吃涮羊肉作调料的韭菜花不是一回事,北京人万勿误会。

　　茄子酢是茄子切细丝,风干,封缸,发酵而成。我很怀疑这属于古代的菹。菹,郭沫若以为可能是泡菜。《说文解字》"菹"字下注云:"酢菜也",我觉得可能就是茄子酢一类的东西。中国以酢为名的小菜别处也有,湖南有"酢辣子"。古书里凡从酉的字都跟酒有点关系。茄子酢和酢辣子都是经过酒化了的,吃起来带酒香。

注　释

① 　本篇原载《滇池》1987 年第一期;初收《汪曾祺全集》第四卷,北京师范大学出版社,1998 年 8 月。

金岳霖先生①

　　西南联大有许多很有趣的教授,金岳霖先生是其中的一位。金先生是我的老师沈从文先生的好朋友。沈先生当面和背后都称他为"老金"。大概时常来往的熟朋友都这样称呼他。关于金先生的事,有一些是沈先生告诉我的。我在《沈从文先生在西南联大》一文中提到过金先生。有些事情在那篇文章里没有写进去,觉得还应该写一写。

　　金先生的样子有点怪。他常年戴着一顶呢帽,进教室也不脱下。每一学年开始,给新的一班学生上课,他的第一句话总是:"我的眼睛有毛病,不能摘帽子,并不是对你们不尊重,请原谅。"他的眼睛有什么病,我不知道,只知道怕阳光。因此他的呢帽的前檐压得比较低,脑袋总是微微地仰着。他后来配了一副眼镜。这副眼镜一只的镜片是白的,一只是黑的。这就更怪了。后来在美国讲学期间把眼睛治好了,——好一些了,眼镜也换了,但那微微仰着脑袋的姿态一直还没有改变。他身材相当高大,经常穿一件烟草黄色的麂皮夹克,天冷了就在里面围一条很长的驼色的羊绒围巾。联大的教授穿衣服是各色各样的。闻一多先生有一阵穿一件式样过时的灰色旧夹袍,是一个亲戚送给他的,领子很高,袖口极窄。联大有一次在龙云的长子,蒋介石的干儿子龙绳武家里开校友会,——龙云的长媳是清华校友,闻先生在会上大骂"蒋介石,王八蛋! 混蛋!"那天穿的就是这件高领窄袖的旧夹袍。朱自清先生有一阵披着一件云南赶马人穿的蓝色毡子的一口钟。除了体育教员,教授里穿夹克的,好像只有金先生一个人。他的眼神即使是到美国治了后也还是不大好,走起路来有点深一脚浅一脚。他就这样穿着黄夹克,微仰着脑袋,深一脚浅一脚地在联大新校舍的一条土路上走着。

金先生教逻辑。逻辑是西南联大规定文学院一年级学生的必修课，班上学生很多，上课在大教室，坐得满满的。在中学里没有听说有逻辑这门学问，大一的学生对这课很有兴趣。金先生上课有时要提问，那么多的学生，他不能都叫得上名字来，——联大是没有点名册的，他有时一上课就宣布："今天，穿红毛衣的女同学回答问题。"于是所有穿红衣的女同学就都有点紧张，又有点兴奋。那时联大女生在蓝阴丹士林旗袍外面套一件红毛衣成了一种风气。——穿蓝毛衣、黄毛衣的极少。问题回答得流利清楚，也是件出风头的事。金先生很注意地听着，完了，说："yes！请坐！"

学生也可以提出问题，请金先生解答。学生提的问题深浅不一，金先生有问必答，很耐心。有一个华侨同学叫林国达，操广东普通话，最爱提问题，问题大都奇奇怪怪。他大概觉得逻辑这门学问是挺"玄"的，应该提点怪问题。有一次他又站起来提了一个怪问题，金先生想了一想，说："林国达同学，我问你一个问题：'Mr. 林国达 is perpendicular to the blackboard（林国达君垂直于黑板）'这是什么意思？"林国达傻了。林国达当然无法垂直于黑板，但这句话在逻辑上没有错误。

林国达游泳淹死了。金先生上课，说："林国达死了，很不幸。"这一堂课，金先生一直没有笑容。

有一个同学，大概是陈蕴珍，即萧珊，曾问过金先生："您为什么要搞逻辑？"逻辑课的前一半讲三段论，大前提、小前提、结论、周延、不周延、归纳、演绎……还比较有意思。后半部全是符号，简直像高等数学。她的意思是：这种学问多么枯燥！金先生的回答是："我觉得它很好玩。"

除了文学院大一学生必修课逻辑，金先生还开了一门"符号逻辑"，是选修课。这门学问对我来说简直是天书。选这门课的人很少，教室里只有几个人。学生里最突出的是王浩。金先生讲着讲着，有时会停下来，问"王浩，你以为如何？"这堂课就成了他们师生二人的对话。王浩现在在美国。前些年写了一篇关于金先生的较长的文章，大概是论金先生之学的，我没有见到。

王浩和我是相当熟的。他有个要好的朋友王景鹤,和我同在昆明黄土坡一个中学教书,王浩常来玩。来了,常打篮球。大都是吃了午饭就打。王浩管吃了饭就打球叫"练盲肠"。王浩的相貌颇"土",脑袋很大,剪了一个光头,——联大同学剪光头的很少,说话带山东口音。他现在成了洋人——美籍华人,国际知名的学者,我实在想象不出他现在是什么样子。前年他回国讲学,托一个同学要我给他画一张画。我给他画了几个青头菌、牛肝菌,一根大葱,两头蒜,还有一块很大的宣威火腿。——火腿是很少入画的。我在画上题了几句话,有一句是"以慰王浩异国乡情"。王浩的学问,原来是师承金先生的。一个人一生哪怕只教出一个好学生,也值得了。当然,金先生的好学生不止一个人。

　　金先生是研究哲学的,但是他看了很多小说。从普鲁斯特到福尔摩斯,都看。听说他很爱看平江不肖生的《江湖奇侠传》。有几个联大同学住在金鸡巷。陈蕴珍、王树藏、刘北汜、施载宣(萧荻)。楼上有一间小客厅。沈先生有时拉一个熟人去给少数爱好文学,写写东西的同学讲一点什么。金先生有一次也被拉了去。他讲的题目是《小说和哲学》。题目是沈先生给他出的。大家以为金先生一定会讲出一番道理。不料金先生讲了半天,结论却是:小说和哲学没有关系。有人问:那么《红楼梦》呢? 金先生说:"《红楼梦》里的哲学不是哲学。"他讲着讲着,忽然停下来:"对不起,我这里有个小动物。"他把右手伸进后脖领,捉出了一个跳蚤,捏在手指里看看,甚为得意。

　　金先生是个单身汉(联大教授里不少光棍,杨振声先生曾写过一篇游戏文章《释鳏》,在教授间传阅),无儿无女,但是过得自得其乐。他养了一只很大的斗鸡(云南出斗鸡)。这只斗鸡能把脖子伸上来,和金先生一个桌子吃饭。他到处搜罗大梨、大石榴,拿去和别的教授的孩子比赛。比输了,就把梨或石榴送给他的小朋友,他再去买。

　　金先生朋友很多,除了哲学系的教授外,时常来往的,据我所知,有梁思成、林徽因夫妇,沈从文,张奚若……君子之交淡如水,坐定之后,清茶一杯,闲话片刻而已。金先生对林徽因的谈吐才华,十分欣赏。现在的年轻人多不知道林徽因。她是学建筑的,但是对文学的趣味极高,精于鉴赏,所写的诗和小说如《窗子以外》、《九十九度中》风格清新,一时无二。林徽因死后,有一年,金先生在北京饭店请了一次客,老朋友收到通知,都纳闷:老金为什么请客? 到了之后,金先生才宣布:"今天是徽因的生日"。

金先生晚年深居简出。毛主席曾经对他说:"你要接触接触社会"。金先生已经八十岁了,怎么接触社会呢? 他就和一个蹬平板三轮车的约好,每天蹬着他到王府井一带转一大圈。我想象金先生坐在平板三轮上东张西望,那情景一定非常有趣。王府井人挤人,熙熙攘攘,谁也不会知道这位东张西望的老人是一位一肚子学问,为人天真、热爱生活的大哲学家。

金先生治学精深,而著作不多。除了一本大学丛书里的《逻辑》,我所知道的,还有一本《论道》。其余还有什么,我不清楚,须问王浩。

我对金先生所知甚少。希望熟知金先生的人把金先生好好写一写。

联大的许多教授都应该有人好好地写一写。

一九八七年二月二十三日

注 释

① 本篇原载《读书》1987 年第五期;初收《蒲桥集》,作家出版社,1989 年3 月。

午　门①

　　旧戏、旧小说里每每提到推出午门斩首，其实没有这回事。午门在紫禁城里，三大殿的外面，这个地方哪能杀人呢！从元朝以来，刑人多在柴市口（今菜市口）、交道口（原名"交颈口"）或西四牌楼。在闹市杀人，大概是汉朝以来就有的规矩，即所谓"弃市"。晁错就是"朝服斩于市"的。午门是逢甚么重要节日皇帝接见外国使节和接受献俘的地方。另外，也是大臣受廷杖的地方。"廷杖"不是在太和殿上打屁股，那倒是"推出午门"去执行的。"廷杖"是明代对大臣的酷刑。明以前，好像没听说过。原来打得不重，受杖时可以穿了厚棉裤，下面还垫了毡子，"示辱而已"。但挨了杖，也得躺几天起不来。到了刘瑾当权，因为他痛恨知识分子，"始去衣"，那就是脱了裤子，露出了屁股来挨揍了。行刑的是锦衣卫的太监，他们打得很毒，有的大臣立毙杖下，当场被打死的。

　　午门居北京城的正中。"午"者中也。这里的建筑是非常有特色的。一是建在和天安门的城墙一般高的城台之上，地基比故宫任何一座宫殿都高。二是它是五座建筑联成的。正中是一座大殿，两侧各有两座方形的亭式建筑，俗称"五凤楼"。旧戏曲里常用"五凤楼"作为朝廷的代称。《姚期》里姚期唱："到明朝陪王在那五凤楼"，《珠帘寨》里程敬思唱："为千岁懒登五凤楼"。其实五凤楼不是上朝的地方，姚期和程敬思也不会登上这样的地方。

　　五凤楼平常是没有人上去的，于是就成了燕子李三式的飞贼的藏身之所。据说飞贼作了案，就用一根粗麻绳，绳子有铁钩，把麻绳甩上去，勾搭住午门外侧的城墙，倒几次手，就"就"上去了。据说在民国以后，午门城楼上设立了历史博物馆，在修缮房屋时，曾在正殿的天花板上扫出了一些烧鸡骨头、桂圆、荔枝皮壳。那是飞贼遗留下来的。我未能亲见,只好姑妄听之。理或有之:躲在这里,是谁也找不到的。

一九四八年,我曾在历史博物馆工作过将近一年,而且住在午门的下面。除了两个工友,职员里住在这里的只我一个人。我住的房间在右掖门一边,据说是锦衣卫值宿的地方。我平生所住过的房屋,以这一处最为特别。夜晚,在天安门、端门、左右掖门都上锁之后,我独自站在午门下面的广大的石坪上,万籁俱静,满天繁星,此种况味,非常人所能领略。我曾写信给黄永玉说:我觉得全世界都是凉的,只我这里一点是热的。

于是,到一九四九年三月,我就离开了。

三月七日

注　释

① 本篇原载 1987 年 5 月 12 日香港《大公报》;初收《蒲桥集》,作家出版社,1989 年 3 月。

苏三、宋士杰和穆桂英[①]

洪洞县的出名,是因为有了京剧《玉堂春》。"苏三离了洪洞县",凡有井水处都有人会唱,至少听过。我到山西,曾特为到洪洞县去弯了一趟,去看苏三遗迹。

一位本地研究苏三传说的专家陪着我们参观。进了县政府的大堂,这位专家告诉我们:苏三就是在这里受审的。他还指了一块方砖,说:她就跪在这块砖上回话的。他说苏三的案卷原来还保存在县里,后来叫一个国民党军官拿走了。

我们参观了苏三监狱。这是一座很小的监狱。监门只有普通人家的独扇门那样大。门头上画着一个老虎脑袋,这就是所谓"狴犴"了。进门,外边是男监。往里走,过一个窄胡同,是女监。女监是一个小院子,除了开门的一边,三间都有监号。专家指指靠北朝南的一个号子,说苏三就是关在这里的。院子当中有一口井,不大,青石井栏。据说苏三就是从这口井里汲水洗头洗脸洗衣裳的。井栏的内圈已经叫井绳磨出一道一道很深的沟槽。没有几百年的功夫,是磨不出这样的沟的。这座监狱据说明朝就有,这是全国保存下来少数明代监狱里的一个,这是有记载可查的。如果有一个苏三,苏三曾蹲过洪洞县的监狱,那么便只能是在这里。苏三从这口井里汲水,这想象很美,同时不能不引起人的同情。

我们还去参观赵监生买砒霜的药铺。当年盛砒霜的药罐还在,白地青花,陈放在柜台的一头,下面垫了一块红布,——那当然是为了引人注目。这家药铺是明代就有的。砒霜是剧毒,盛砒霜的罐子是不能随便倒换的。如果有一个赵监生,他来买过砒霜,那么便只有取之于这个药罐。据我的一点关于瓷器的知识,这倒真是明青花。要是卖给施叔青,能要她一个好价钱!

据说洪洞县过去是禁演《玉堂春》的,因为戏里有一句"洪洞县内无好人"。洪洞县的人真可爱,何必那样认真呢?有人曾著文考证,力辟苏三监狱之无稽,苏三根本不是历史人物,《玉堂春落难逢夫》纯属小说家言,关于苏三的遗迹都是附会。这些有考据癖的先生也很可爱,何必那样认真呢?洪洞县的人愿意那样相信,你就让他相信去得了嘛!

河南信阳州宋士杰开的店原来还在,店门的门槛是铁的。铁门槛,这很有意思!这当然也是附会。

如果都认真考据,那就没完了。山海关外有多少穆桂英的点将台?几乎凡有一块比较平整的大石头,都是穆桂英的点将台!

老百姓相信许多虚构的戏曲人物是真有的,他们附会出许多戏曲人物的古迹,并且相信,这反映了市民和农民的爱憎。这是民族心理结构的一个层次,我们应该重视、研究,不只是"姑妄听之"而已。这一点,倒是可以认一点真。

三月九日

注　释

① 本篇原载《北京文学》1987 年第六期"草木闲篇"专栏;又载 1987 年 8 月29 日香港《大公报》;初收《蒲桥集》,作家出版社,1989 年 3 月。

熬鹰·逮獾子①

北京人骂晚上老耗着不睡的人:"你熬鹰哪!"北京过去有养活鹰的。养鹰为了抓兔子。养鹰,先得去掉它的野性。其法是:让鹰饿几天,不喂它食;然后用带筋的牛肉在油里炸了,外用细麻线缚紧;鹰饿极了,见到牛肉,一口就吞了;油炸过的牛肉哪能消化呀,外面还有一截细麻线哪;把麻线一扽,牛肉又扽出来了,还扽出了鹰肚里的黄油;这样吞几次,扽几次,把鹰肚里的黄油都拉干净了,鹰的野性就去了。鹰得熬。熬,就是不让它睡觉。把鹰架在胳臂上,鹰刚一迷糊,一闭眼,就把胳臂猛然一抬,鹰又醒了。熬鹰得两三个人轮流熬,一个人丁不住。干嘛要熬? 鹰想睡,不让睡,它就变得非常烦躁,这样它才肯逮兔子。吃得饱饱的,睡得好好的,浑身舒舒服服的,它懒得动弹。架鹰出猎,还得给鹰套上一顶小帽子,把眼遮住。到了郊外,一摘鹰帽,鹰眼前忽然一亮,全身怒气不打一处来,一翅腾空,看见兔子的影儿,眼疾爪利,一爪子就把兔子叼住了。

北京过去还有逮獾子的。逮獾子用狗。一般的狗不行,得找大饭庄养的肥狗。有那种人,专门偷大饭庄的狗,卖给逮獾子的主。狗,先得治治它,把它的尾巴给擀了。把狗捆在一条长板凳上,用擀面杖把尾巴使劲一擀,只听见咯巴咯巴咯巴……狗尾巴的骨节都折了。瞧这狗,屎、尿都下来了。疼啊! 干嘛要把尾巴擀了? 狗尾巴老摇,到了草窝里,尾巴一摇,树枝草叶窸窸地响,獾子就跑了。尾巴擀了,就只能耷拉着了,不摇了。

你说人有多坏,怎么就想出了这些个整治动物的法子!

逮住獾子了,就到处去喝茶。有几个起哄架秧子,傍吃傍喝的帮闲食客"傍"着,提搂着獾子,往茶桌上一放。旁人一瞧:"喝,逮住獾子啦!"露脸!多会等九城的茶馆都坐遍了,脸露足了,獾子也臭了,才再想什么新鲜的玩法。

熬鹰、逮獾子,这都是八旗子弟、阔公子哥儿的"乐儿"。穷人家谁玩得起这个!不过这也是一种文化。

獾油治烧伤有奇效。现在不好淘换了。

三月十三日

注　释

① 本篇原载 1987 年 6 月 8 日香港《大公报》;初收《蒲桥集》,作家出版社,1989 年 3 月。

杜甫草堂·三苏祠·升庵祠[①]

几次到成都,总不免要去杜甫草堂。第一次是自己想去,以后都是陪别人。我对杜甫草堂有些失望。我希望能看到一点遗迹。既名草堂,总得有一个草堂。我知道唐代的草堂是不可能保存到今天的,但是以意为之,得其仿佛,重盖几间,总还是可以的。《茅屋为秋风所破歌》的茅屋在哪里呢?没有。"老妻画纸为棋局,稚子敲针作钓钩"大概在一个什么环境里?杜甫是在什么地方观察到"细雨鱼儿出,微风燕子斜"的?都无从想象。现在是一群相当高大轩敞,颇为阔气的建筑。我觉得草堂最好按照杜诗所描绘的样子改建。可以补种杜诗屡次提到的四松,楠木。待客的器皿也可用大邑青瓷,——我想现在都还能买到吧。纪念馆里有不少时贤字画。我想陈列的字画最好有点唐朝风格。字宜选用唐人写经、褚遂良、薛稷、欧阳询、怀素诸人体。现在挂的,画多是大红大绿的大写意,字多剑拔弩张的将军体,与杜甫、与草堂都不谐调。现在那里实际上是一个供人游览的公园。有人一边走,一边提了一架录音机,放邓丽君的流行歌曲。我仿佛看见杜甫躲在竹丛里苦笑。

三苏祠在眉山,情况比杜甫草堂要好得多。祠是苏氏故宅,以宅为祠。东坡文云:"家有五亩之宅",现在扩大了一些。当日房屋,不复存在。现有的都是重建的,但不甚华焕。有一口井,用当地所产红砂岩为井栏。据说这是当年的旧井,现在还能从井里打上水来。正屋西边有一株荔枝树。据说是苏东坡离家时家人所植,想等东坡回来时吃荔枝。东坡四方流寓,没有能吃上家园的荔枝。这株荔枝早已枯死,现在看到的是后来补栽的,现地方还是原来的地方。"祠"的负责人要求写几个字,写了四句诗:

当日家园有五亩，

至今文字重三苏。

红栏旧井犹堪汲，

丹荔重栽第几株？

据后来到三苏祠的人说：眉山招待所的东坡肘子极好。我们那次因为要赶路，未能一尝。

杨升庵是新都人，正德间试进士第一，后获罪谪戍云南永昌。他曾在新都的桂湖住过，死后，乡人在湖上建了升庵祠。他能诗能文，写词曲，还注意搜集古今谣谚，这和我好像有一点关系，我曾经编过《民间文学》，现在在搞戏，于是想去看看。桂湖不甚大，弯曲而长，南岸是一带高岗，三面是平陆。岸上都种了桂花，所以叫做桂湖。升庵祠在北面，不大，三开的大厅。祠内陈设颇朴素。有一些字画碑刻，皆不俗。祠内正准备为升庵立像，让我们参观了许多设计的小样，未能赞一词。在这些泥塑小样前想了四句诗：

桂湖老桂弄新姿，

湖上升庵旧有祠。

一种风流谁得似？

状元词曲罪臣诗。

三月二十一日

注　释

① 　本篇原载《北京文学》1987 年第五期"草木闲篇"专栏，又载 1987 年 8 月 16 日香港《大公报》；初收《蒲桥集》，作家出版社，1989 年 3 月。

泰 山 拾 零^①

游过泰山的人很多,关于泰山的书籍、文章、导游的小册子也很多。凡别人已经记过的,不欲再记。且我往游泰山,距今已十好几年,印象淡忘,难以追忆。只记一些现在还记得的小事,少留鸿印去尔。

陈 庙 长

泰山管理处设在岱庙,主任姓陈。但是当地人都不叫他陈主任,而叫他陈庙长,因为他在庙里办公,在庙里住。陈庙长对泰山非常熟悉,有重要一点的客人来,都由他接待。陈庙长有一套讲究的衣服,毛料的中山装。有外宾来,他就换上这身衣服。当地人一看陈庙长走在街上,就互相传告:"今天有外国人来,陈庙长换衣服了!"这是一个很幽默健谈的人,他向我们介绍了泰山概况,背了几首咏泰山的诗,最后还背了韩复榘的大作。

韩复榘是国民党时期山东省政府主席,是个没有文化的军阀,有许多关于他的笑话。流传得最广的是,蒋介石规定行人靠左走,韩复榘说"蒋委员长提倡的事我都赞成,就是这一点不行。大家都靠左走,右边谁走呢?"

韩复榘咏泰山诗如下:

> 远看泰山黑乎乎,
> 上边细来下边粗。
> 有朝一日倒过来,
> 下边细来上边粗。

这是咏泰山诗的压卷之作!

韩复榘还有一首咏济南趵突泉的诗,也不错:

> 趵突泉,
>
> 泉趵突,
>
> 三个泉眼一般粗,
>
> 咕嘟咕嘟又咕嘟。

陈庙长在陪我们游山途中还讲了一些韩复榘的轶事,以与泰山无关,不录。当然,韩复榘的故事和诗,都是别人编出来的。

经 石 峪

泰山留给我印象最深的是经石峪。

在半山的巉岩间忽然有一片巨大的石坂,石色微黄,是一整块,极平,略有倾斜,上面刻了一部《金刚经》,字大径斗,笔势雄浑厚重,大巧著拙,字体微偏,非隶非魏。郭沫若断为齐梁人所书,有人有不同意见。经石峪成为中国书法里的独特的字体。龚定庵谓:南书无过《瘗鹤铭》,北书无过《金刚经》。《瘗鹤铭》在镇江焦山,《金刚经》即指泰山经石峪。

为甚么在这里刻了一部经? 积雨之后,山水下注,流过石面,淙淙作响,有如梵唱,流水念经,亦是功德。

快 活 三 里

登泰山,紧十八,慢十八,不紧不慢又十八。"十八"指的是十八里还是十八盘,未详。反正爬完三个十八,就到南天门了。三个十八,爬起来都很累人。当中忽有一段平路,名曰"快活三里"。这名字起得好! 若在原隰,三里平路,有何稀奇! 但在陡峻的山路上,爬得上气不接下气,忽遇坦途,可以直起身来,均匀地呼吸,放脚走去,汗收体爽,真是快活。人生道路,亦犹如此。

讨　钱

　　泰山山道旁,有不少人家以讨钱为生。讨钱的大都是老婆婆和小孩子。她们坐在路边,并不出声,进香的善男信女,就自动把钱丢进她们面前的瓢里。小孩子有时缠着奶奶:"奶奶,我今天跟你去讨钱!"——"不叫你去!"——"要去嘛,要去嘛!"这些孩子不觉得讨钱有甚么羞耻,他要跟奶奶去讨钱,就跟要跟奶奶去逛庙会或上街买东西一样。这些人家的日子过得不错。每年香期,收入很可观。讨钱是山上居民的专利,山下乞丐不能分享。她们穿戴得整整齐齐,并不故作褴褛。

泰山老奶奶

　　泰山是道教的山。中国的山不是属于佛教就是属于道教。天下名山僧侣多。峨嵋、五台、普陀、九华山,是佛教的四大名山,各为普贤、文殊、观音、地藏的道场。青城、武当是道教的山。泰山的主神似为碧霞元君。碧霞元君是东岳大帝的女儿。但据陈庙长告诉我,当地老乡不知道甚么碧霞元君,都叫她泰山老奶奶。不知道为甚么,元君的塑像不是一个要眇的少女,却是一个很富态的半老的宫妆的命妇,秉笏端正,毫无表情。碧霞元君祠长年锁闭,参拜的人只能从窗格的窟窿间看一眼。善男信女,只能从窟窿里把奉献的香钱丢进去。一年下来,祠内堆满了钱。每年打开祠门,清点一次。明清以来有定制,这钱是皇后嫔妃的脂粉钱,别人不得擅用。

绣　球　花

　　泰山五大夫松附近有一家茶馆。爬了一气山,进去喝一壶热茶,太好了。水好,茶叶不错,房屋净洁,座位也舒服。

茶馆有一个院子,院里的石条上放了十多盆绣球花。这里的绣球的花头比我在别处看过的小。别处的绣球一球有一个脑袋大,这里的只比拳头略大一点。花瓣不像别处的是纯白的,是豆绿色的。花瓣较小而略厚。干不高,不到二尺;枝多横生。枝干皆老,如盆景。叶深墨绿色,甚整齐,无一叶残败。这些绣球显出一种充足而又极能自制的生命力。我不知道这样的豆绿色的绣球是泰山的水土使然,还是别是一种。茶馆的主人以茶客喝剩的茶水洗之,盆面积了颇厚的茶叶。这几盆绣球真美,美得使人感动。我坐在花前,谛视良久,恋恋不忍即去。别之已十几年,犹未忘。

山 顶 夜 宴

游泰山的,大都在山顶住一夜,等着第二天看日出。山顶有招待所。招待所供应晚餐,煮挂面,陈庙长特意给我们安排了一顿正式的晚餐。在泰山绝顶,这样的晚餐算是非常丰盛的了:烧鸡、卤肉、炒鸡蛋、炸花生米,还有炒棍儿扁豆。这棍豆是山上出的,照上海人的说法,真是"嫩得不得了"!我平生吃过的棍豆,以泰山顶上的最为鲜嫩。还有一种很特别的菜,油炸的绿叶。陈庙长说这是藿香,泰山的特产。颜色碧绿,入口酥脆而有清香,嚼之下酒,真是妙绝。这顿夜宴,不知费了几许人力,惭愧惭愧。

把青菜的叶子油炸了吃,这是山东特有的吃法,我后来在别处还吃过油炸菠菜,也很好吃。山东菜谱中皆未载此种做法。

看 日 出

游泰山的最大希望在看日出。很多人看不到,因为天气不好。

等着看日出,要受一点罪。山顶上夜里很冷,风大。招待所床位已经全部租出,有人只能裹了一件潮乎乎的棉大衣在庙下蜷缩一夜。

夜里下了雨。

次日拂晓,雨停了。有几个青年大叫:"天晴了! 快去! 快去!"

天气还不很好,但总算看到日出了。但是并不像许多传文里所描写过的,气势磅礴,灿烂辉煌,红黄赤白,瞬息万变,使人目眩神移,欢喜赞叹。下山后有人问我:"看到日出了么? 怎么样?"我只能说:"看到了,还不错。"这样的日出,我在别处也看见过。在井冈山黄洋界看到日出,所得印象即比在泰山看到的要深,因为是无意中看到的,更令人惊奇不置,想要高歌大叫。

世间事物,宣传太过,即使真的了不起,也很难使人满足。

耙 和 尚

泰山是道教的山,但后山山脚却有一座佛寺,寺名今忘(好像是叫宝庆寺)。寺里的罗汉塑得很好。据说这寺里的罗汉和苏州紫金庵的、昆明筇竹寺的鼎足而三,可以齐名。那两处的我都看过。紫金庵的比较小,罗汉神态安详,是坐像。筇竹寺门的罗汉有的踞坐,有的靠墙,有的向前探头,有的侧卧着,姿态各异,而彼此之间互相顾盼,有所交流,是一组有联系的,带一点戏剧性的群像。这寺里的罗汉是立像,各各站在一个龛里,比常人稍高大。塑得的确不错,眉目如生,肌肉似有弹性,衣纹繁复而流畅,涂色精细但不琐碎。龛面罩了玻璃,保存得很好。

寺后有一片庄稼地。陈庙长告诉我们,这有一段故事,寺里的和尚很霸道,强占了很多民田。这里的庄户人和和尚打了多年官司,一直打到皇帝那里。皇帝看了呈子,说"罢了吧"。"罢了吧"意思是算了吧,不要再打官司了。庄户人一听,圣旨下来了,就把寺里的和尚都活埋在地里,只露出一个个和尚脑袋,用耙地的耙都给耙了。这当然只是个故事,不过当地人说确实有过那么回事,他们这么说,咱就听着,不抬杠。

莱 芜 讴

我们顺便到莱芜看了看。莱芜有中国最大的淡水养鱼湖,据说湖的面积有三个西湖大。坐了汽艇在湖里游了一圈,确实很大。有几只船在捕鱼,鱼都很大。

午饭、晚饭都上了鳜鱼,鳜鱼有七八斤重,而且不止一条。可惜煮治不甚得法,太淡。凡做鱼,宁偏咸,毋偏淡。厨师口诀云:“咸鱼淡肉”,——肉淡一点不妨。这样大的鱼,宜做松鼠鱼,红烧白煮皆不易入味。

晚上看了莱芜梆子。莱芜梆子的特别处是每逢尾腔都倒吸气,发出“讴——”的声音。所以叫做“莱芜讴”。倒吸气,向里唱,怎么能出声音呢?我试了试,不行。这种唱法不知是怎么形成的,别的剧种从无这样的唱法。由“莱芜讴”我想到“赵代秦楚之讴”会不会也是这种唱法?“讴歌”,讴和歌应该是有区别的。“讴”,会不会是吸气发声?这当然是瞎想,毫无佐证。不过我在内蒙确曾遇到一个蒙古人,他的说话方式很特别,一句话的上半句是呼气说出的,下半句却是吸着气说的。说不定古代曾有过吸气而讴的讴法,后来失传了。

一九八七年三月廿四日

注 释

① 本篇原载香港《文学家》1987 年第一卷第二期;初收《汪曾祺全集》第四卷,北京师范大学出版社,1998 年 8 月。

猴王的罗曼史[①]

在索溪峪,陪我游山的老万说:有一个姓吴的老人,通猴语,会唱猴歌。他一唱猴歌,能把山里的野猴子引下来。我们去找他。他住在一个山窝窝里,有几间房子,我们去的时候,他没有在。那几间房子对面的平地上有一个很大的铁条笼子,笼子里外都是猴子。有三个青年工人正跟猴子玩,给它们吃葵花籽。猴子一点不怕人,它们拉人的胳臂,爬上人的肩膀,三四个猴子一同挤在人的怀里……这三个青年工人和猴子拍了好多张照片。人很高兴,猴子也很高兴。

只有一只猴子,独自蹲在一边,神情很阴郁,像一个哲学家。

吴老人回来了。老万问他是不是会唱猴歌,他不置可否,只含糊地说:"猴歌哇?……"他倒是蹲在铁笼前面和我们闲聊了半天。他说他五代都在山里抓猴子,对猴子是很熟悉的。

他说,猴有猴群。大猴群有一百多只,小的也有二三十只。猴群有王。猴王是打出来的。谁都打它不赢,它就是猴王。猴王一来,所有的猴子都让出一条路来,让猴王走。有大王,还有二王、三王——一把手、二把手、三把手。猴王老了,打不赢别的公猴,就退休。猴子是"群婚制",名义上,猴群里的母猴子都是猴王的老婆——它的姬妾;但是猴王有一个大老婆,——正宫娘娘,猴后。别的母猴子"乱搞男女关系",只要不当着猴王的面,猴王也就睁一只眼闭一只眼。大老婆可不行!

老吴说,这个猴群的一只母猴子,原是猴王的大老婆,就是因为和别的公猴子乱搞,被猴王赶出去的。这个猴皇后跑到山里住了一年半,和另一个猴群的二王结了婚,生了一个小猴子。后来,这个猴群的大王死了,母猴回来看了看,就把那位二王引了来,当了这个猴群的大王——招婿上门。

我们向笼子里看了看,问:"是不是这一只是猴王?"老吴说:"是的。"猴王是一眼就看得出来的:他比别的猴子要魁梧壮实得多,毛也长,有光泽,颜色金黄。猴王的面相也有点特别。猴子一般都是尖下颏,他的下颏却是方的。双目炯炯,很威严,确实有点王者气象。

老吴说:"猴话"有五十几种——能发出五十几种不同的声音。这些声音表达不同的意思。当然,严格地讲,这不能叫做"话",因为还不能构成句子。但是五十几种意思,也够丰富的了。

老吴在跟我们谈话时,猴王四脚着地站在笼边听着,接连发出吭吭的声音。我问老吴:"他说什么?"老吴说:"他讲我们在讲他。"猴王又吭吭了两声,表示正是这个意思。

我问猴王管什么事。"两个猴子吵架,他要管咧。他一吼,吵架的猴子就不作声了。""猴王是不是要照顾家属的生活?"——"那不,各人自己生活。它儿子吃的东西,它也要抢!"

我们问猴子能活多久,老吴说跟人差不多。猴王有三十多岁了。那一只——就是像一个哲学家的,是个母猴子,已经六十多岁。因为老了,别的猴子欺负她,她抢不到吃的,所以很瘦,毛也脱了很多。

那三个青年工人走了。猴王、猴后并肩蹲在高处,吭吭地高叫。我问老吴:"这是什么意思?"——"他讲:你们走啦?"青年工人走了一段路,猴王猴后又吭吭了两声。老吴说:"他说:慢慢走!"

老万和我有点不大相信。不料,我们走的时候,猴王、猴后同样并肩恭送。"吭吭吭吭"——"你们走啦?"——"吭吭……"——"慢慢走!"咦!

老吴名吴愈财,岁数并不大,五十多岁吧。他只有一只胳臂。那一只胳臂因为在山里打猎,猎枪走火伤了。

我们建议他把"猴语"录下音来,由他加以解释。他说管理处的小张已经录了一套。

注　释

① 本篇原载 1987 年 4 月 18 日《北京晚报》,又载 1987 年 7 月 6 日香港《大公报》;初收《蒲桥集》,作家出版社,1989 年 3 月。

建文帝的下落①

——滇游新记

我对建文帝有一点感情,是因为学唱过《惨睹》。《惨睹》是唐传奇《千忠戮》的一折。《千忠戮》作者无考,大约是明末清初人。这部传奇写的是燕王朱棣攻破南京后,建文帝与大臣程济化装为僧道,流亡湖广、云南,备受迫害的故事。《惨睹》的唱词写得很特别,一折中用了八个"阳"字,唱昆曲的人故又别称之为"八阳"。"八阳"的曲子十分慷慨悲壮。头一句"收拾起大地山河一担装,四大皆空相",破空而来,如果是有好嗓子的冠生,唱起来真是声如裂帛。这是昆曲里的名曲,一度十分流行。"家家'收拾起',户户'不提防'",可想见其盛况——"不提防"是《长生殿·弹词》的开头:"不提防余年值乱离"。我随中国作协作家赴云南访问团到云南,离昆明后第一站是武定狮子山。听说狮子山的正续禅寺,建文帝曾在那里住过,我于是很有兴趣。

狮子山郁郁葱葱,多奇树珍禽,流泉曲径,但山势并不很雄伟险峻。有人称它是"西南第一山",未免夸大。

正续禅寺也算不得是一座大寺庙。如果把中国的寺庙划分等级,至多只能列入三等。但是附近几县来烧香的人很多,因为这里曾经住过一位皇帝。寺不在大,有帝则名。来烧香的善男信女当中,有人未必知道这位皇帝是建文帝,更不知道建文帝是怎样的一个皇帝,反正只要是皇帝就好。中国的农民始终对皇帝保持着崇敬。何况这位皇帝又当了和尚,或者这位和尚曾经是皇帝,这就在他们的崇敬心理上更增加了一个层次。

建文帝的下落是一个谜。《明史》只说"城破,宫中火起,帝不知所终。""不知所终",留下一个疑案。他当时没有死,流亡出去,是有可能的。但是是不是经湖广,到云南,并无确证。至于是不是往来滇西一带,又常常在正续禅寺歇足,就更难说了。但是清代有些在云南做过地方官的文人是愿意把这件事坐实了的。正续禅寺的大雄宝殿楹柱上有一副对联:

叔误景隆军,一片婆心原是佛;

祖兴皇觉寺,再传天子复为僧。

这说得还比较含浑。寺后有惠帝祠,阁前有一副对联,就更加言之凿凿了:

僧为帝,帝亦为僧,数十载衣钵相传,正觉依然皇觉旧;

叔负侄,侄亦负叔,八千里芒鞋徒步,狮山更比燕山高。

大雄宝殿后面还有一座殿,据说布局不似佛殿,而像皇家的朝廷,有丹陛、品级台。莫非建文帝当了和尚还要坐朝?后殿和惠帝祠都正在修缮,我们没有能进去看。看了惠帝塑像的照片,仍作皇帝的打扮,龙袍,戴着没有翅子的纱帽,端坐着,眼睛细长,胖乎乎的,腮帮子有点下坠。

大雄宝殿东侧有一小院,院中有亭,亭外有联。上联是写景的,没有记住,下联是"小亭曾是帝王居"。据说建文帝生前就住在这亭子里。我们坐在帝王居里的矮凳上喝了一杯茶。亭前花木甚多,木香花花大如小儿拳。

寺里的负责人请大家写字,在所难免。用隶书写了一副对联:

皇权僧钵千年梦;

大地山河一担装。

还请写一个横披,用行书写了四个大字:

是耶非耶

武定出壮鸡。我原来以为壮鸡就是一肥壮的鸡。不是的。所谓"壮鸡",是把母鸡骗了,长大了,样子就有点像公鸡,味道特别鲜嫩。

只有武定人会动这种手术。我只知道公鸡可骗，不知母鸡亦可骗也！

一九八七年四月三十日

注　释

① 本篇原载《大西南文学》1987 年第十二期；初收《蒲桥集》，作家出版社，1989 年 3 月。

杨慎在保山①

　　我到保山,有一个愿望:打听杨升庵的踪迹。我请市文联的同志给我找几本地方志。感谢他们,找到了。

　　我对升庵并没有多少了解。五十年代在北京看过一出川戏《文武打》。这是一出格调古淡的很奇怪的戏,写的是一个迂阔的书生,路上碰到一个酒醉的莽汉,醉汉打了书生几砣,后来又认了错,让书生打他,书生怕打重了,乃以草棍轻击了醉汉几下。这出戏说不上有什么情节。事隔三十多年,我连那点几乎没有的情节也淡忘了。但这两个人物的扮相却分明记得:莽汉穿白布短衫,脖领里斜插了一只红布的灯笼;书生穿青褶子,脸上涂得雪白,浓墨描眉,眼角下弯,两片殷红的嘴唇,像戴了一个面具。这出戏以丑行应工,但完全没有后来丑角的科诨,演得十分古朴。有人告诉我,这出戏是杨升庵写的。我想这不是不可能的。我还想,很有可能杨升庵当时这出戏就是这样演的,这可以让我们窥见明杂剧的一种演法,这是一件活文物。我曾经搞过几年民间文学,读了升庵刊辑录的古令谣谚。因此,对升庵颇有好感。

　　七十年代,我到过四川新都,这是杨升庵的老家。新都有个桂湖,环湖都植桂花。湖畔有升庵祠。桂湖不大,逛一圈毫不吃力。看了一点关于升庵的材料,想了四句诗:

> 桂湖老桂弄新姿,
> 湖上升庵旧有祠。
> 一种风流谁得似?
> 状元词曲罪臣诗。

　　升庵名慎,字用修,升庵乃其别号。他年轻时即负才名。正德间试进士第一,其时他大概是十八九岁,可谓少年得志。到明世宗时以"议大礼"得罪,谪戍永昌,这时他大概三十四岁左右。他死于1559年,七十一岁,一直流放在永昌,未能归蜀。永昌府在明代管属地区甚广,一直延及西双版纳,但是府治在今保山。杨升庵也以住保山的时候为多。算起来,他在保山呆了大概有三十七年左右。可谓久矣。

杨慎在保山是如何度过这三十七年的呢?

曾在一本书里看到,他醉则乘篮舆过市,插花满头。

《康熙通志》曰:"杨慎戍永昌,遍游诸郡,所至携倡伶以随。曼酋欲求其诗不可得,乃以白绫作祕,遗服之。酒后乞诗,杨欣然命笔,醉墨淋漓,挥满裙袖,重价购归。杨知之更以为快。"

"祕"字未经见,《辞海》也不收,我怀疑这是倡伶的水袖。

这样看起来,升庵在保山是仍然保持诗人气质,放诞不羁的。"所至携倡伶以随",生活也相当优裕,不像是下放劳动,靠挣工分吃饭。但是他的内心是痛苦的。放诞,正是痛苦的一种表现。他在保山,多亏了他的母叔保山张志淳和忘年诗友张志淳的儿子张含的照顾。张含《丙寅除夕简杨用修》诗曰:"征途易老百年身,底事光阴改换频。子美生涯浑烂醉,叔伦寥落又逢春。诗魂豪荡不可捉,乡梦渺茫何足真。独把一杯饯残岁,尽情灯火伴愁人。"

丙寅是1566年,其时升庵已经死了七年了,"寅"字可能是个错字,或当作"丙辰"。丙辰是1556年,距升庵谪戍已经有多年了。这些年他只能于烂醉中度过。

增加杨升庵生活的悲剧性,是他和夫人黄娥的长期离别。黄娥也是才女,能诗。

《永昌府志》曰"杨用修久戍滇中,妇黄氏寄一律曰:'雁飞曾不到衡湘,锦字何由寄永昌。三春花柳妾薄命,六诏风烟君断肠。曰归曰归愁岁暮,其雨其雨怨朝阳。相怜空有刀环约,何日金鸡下夜郎?'"这首诗我在升庵祠的壁上曾见过石刻的原迹。我很怀疑这只是黄夫人独自的思念,没有寄到升庵手里,"锦字何由寄永昌",只是欲寄而不达,说得很清楚。一个女诗人,盼丈夫回来,盼了三十多年,想一想,能不令人泪下？

"何日金鸡下夜郎？"杨慎本来可以赦回四川了，但是，《康熙通志》曰"杨慎归蜀，年已七十余，而滇士有谗之抚臣王昺者。昺，俗戾人也，使四指挥以银铛锁来滇。慎不得已至滇，则昺以墨败；然慎不能归，病寓禅寺以殁。"

乍一看这一条材料，我颇觉新奇，"以银铛锁来滇"，用银链子把杨升庵锁回云南，那是很好看的。后来一想，这"银"字是个刻错了的字，原字当是"银"。"银铛"是铁链。杨升庵还是被用铁链锁回来的。王昺是个"俗戾人"，不会干出用银链锁人这样的韵事。这位王昺不过是地区和省一级之间的干部，竟能随便把一位诗人用铁链锁回来，令人发指！王昺因贪污而垮台（"以墨败"），然而杨慎却以七十余岁的高龄病死在寺庙里了。

杨慎到底犯了什么罪？"议大礼"。"议大礼"是怎么回事？我没有弄清楚。也不大容易弄清楚，因为《升庵集》大概不会收这篇文章。但是想起来不外是于当时的某种制度发表了一通议论，杨升庵犯的是言论自由罪。

一九八七年五月一日

注　释

① 本篇原载《大西南文学》1987 年第十二期；初收《蒲桥集》，作家出版社，1989 年 3 月。

滇 游 新 记(三篇)①

泼水节印象

作家访问团四月六日离京赴云南,是为了能赶上泼水节。

十一日到芒市。这是泼水节的前一天。这天干部带领群众上山采花。采的花名锥栗花,是一串一串繁密而细碎的白色的小花,略带点浅浅的豆绿。我们到时,全市已经用锥栗花装饰起来了。

泼水节由来的传说是大家都知道的:有一魔王,具无上魔力,猛恶残暴,祸崇人民。他有七个妻子。一日,魔王酒醉,告诉最年轻的妻子:"我虽有无上魔力,亦有弱点。如拔下我的一根头发,在我颈上一勒,我头即断。"其妻乃乘魔王酣睡,拔取其头发一根,将魔王头颈勒断。不料魔王头落在哪里,哪里即起大火。魔王之妻只好将头抱着,七个妻子轮流抱持。她们身上沾染血污,气味腥臭。诸邻居人,乃各以香水,泼向她们,为除不洁,世代相沿,遂成节日。

这大概只是口头传说,并无文字记载。泼水节仪式中看不出和这个传说直接有关的痕迹。傣族人所以重视这个节,是因为这是傣历的新年。作为节日的象征的,是龙。节日广场的中心有一条木雕彩画的巨龙。傣族的龙和汉族的不大一样。汉族的龙大体像蛇,蜿蜒盘屈;傣族的龙有点像鸟,头尾高昂,如欲轻举。这是东南亚的龙,不是北方的龙。龙治水,这是南方人北方人都相信的。泼水节供养木龙,顺理成章。泼水节是水的节。

节日还没有正式开始,一早起来,远近已经是一片铓锣象脚鼓的声音。铓锣厚重,声音发闷而能传远,象脚鼓声也很低沉,节拍也似很单调,只是一股劲地咚咚咚咚……,蓬蓬蓬蓬……,不像北方锣鼓打出许多花点。不强烈,不高昂激越,而极温柔。

仪式很简单。先由地方负责同志讲话,然后由一个中年的女歌手祝福,女歌手神情端肃,曼声吟诵,时间不短,可惜听不懂祝福的词句,同时,有人分发泼水粑粑和金米饭。泼水粑粑乃以糯米粉和红糖,包在芭蕉叶中蒸熟;金米饭是用一种山花把糯米染黄蒸熟了的。

泼水开始。每人手里都提了一只小水桶,塑料的或白铁的,内装多半桶清水,水里还要滴几点香水,桶内插了花枝。泼水,并不是整桶的往你身上泼,只是用花枝蘸水,在你肩膀上掸两下,一面用傣语说:"好吃好在"。我们是汉人,给我们泼水的大都用汉语说:"祝你健康"。"祝你健康"太一般了,不如"好吃好在"有意思。接受别人泼水后,可以也用花枝蘸水在对方肩头掸掸,或在肩上轻轻拍三下。"好吃好在",——"祝你健康"。但是少男少女互泼,常常就不那么文雅了。越是漂亮的,挨泼的越多。主席台上有一个身材修长,穿了一身绿纱的姑娘,不大一会已经被泼得浑身上下都湿透了。

主席台上的桌椅都挪开了,为什么?有人告诉我:要在这里跳舞,跳"嘎漾"。台上跳,台下也跳。不知多少副铓锣象脚鼓都敲响了,蓬蓬咚咚,混成一片,分不清是哪一面锣哪一腔鼓敲出的声音。

"嘎漾"的舞步比较简单。脚下一步一顿,手臂自然摆动,至胸前一转手腕。"嘎漾"是鹭鸶舞的意思。舞姿确是有点像鹭鸶。傣族人很喜欢鹭鸶。在碧绿的田野里时常可以看到成群的白鹭。"嘎漾"有十五六种姿式,主要的变化在腕臂。虽然简单,却很优美。傣族少女,著了筒裙,小腰秀颈,姗姗细步,跳起"嘎漾",极有韵致。在台上跳"嘎漾"的,就是方才招呼我们吃泼水粑粑,用花枝为我们泼水的服务人员,全都打扮得花枝招展,一个赛似一个。我问陪同人:"她们是不是都是演员?"——"不是,有的是机关干部,有的是商店的营业员。"

跳"嘎漾"的大部分是水傣,也有几个旱傣,她们也是服务人员。旱傣少女的打扮别是一样:头上盘了极粗的发辫,插了一头各种颜色的绢花。白纱上衣,窄袖,胸前别满了黄灿灿的镀金饰物,一边龙,一边凤,还有一些金花、金蝶、金葫芦。下面是黑色的喇叭裤,系黑短围裙,垂下两根黑地彩绣的长飘带。水傣少女长裙曳地,仪态万方;旱傣少女则显得玲珑而带点稚气。

泼水节是少女的节,是她们炫耀青春,比赛娇美的节日。正是由于这些著意打扮、到处活跃的少女,才把节日衬托得如此华丽缤纷,充满活力。

晚上有宴会,到各桌轮流敬酒的,还是她们。一个一个重新梳洗,换了别样颜色的衣裙,容光焕发,精力盛旺。她们的敬酒,有点霸道。杯到人到,非喝不可。好在砂仁酒度数不高而气味芳香,多喝两杯也无妨。我问一个岁数稍大的姑娘:"你们今天是不是把全市的美人都动员来了?"她笑着说:"哪里哟! 比我们好看的有的是!"

第二天,我们到法帕区又参加了一次泼水节。规模不能与芒市比,但在杂乱中显出粗豪,另是一种情趣。

归时已是黄昏。德宏州时差比北京晚一小时,过七点了,天还不暗。但是泼水高潮已过。泼水少女,已经兴尽,三三两两,阑珊归去,只余少数顽童,还用整桶泥水,泼向行人车辆。

有一个少女在河边洗净筒裙,晾在树上。同行的一位青年小说家,有诗人气质,说他看了两天泼水节,没有觉得怎么样,看了这个少女晾筒裙,忽然非常感动。

> 泼水归来日未曛,
> 散抛锥栗入深林。
> 铓锣象鼓声犹在,
> 缅桂梢头晾筒裙。

泼水,泼人、被泼,都是未婚少女的事。一出嫁,即不再参与。已婚妇女的装束也都改变了。不再著鲜艳的筒裙,只穿白色衫裤,头上系一个衬有硬胎的高高的黑绸圆筒。背上大都用兜布背了一个孩子。她们也过泼水节,但只是来看看热闹。她们的神情也变了,冷静、淡漠,也许还有点惆怅、凄凉,不再像少女那样笑声琅琅,神采飞扬,眼睛发光。

一九八七年五月四日

大 等 喊

云南省作协的同志安排我们在一个傣族寨子里住一晚上。地名大等喊。

车从瑞丽出发，经过一个中缅边界的寨子，云井寨。一条宽路从缅甸通向中国，可以直来直往。除了有一个水泥界桩外，无任何标志。对面有一家卖饵丝的铺子。有人买了一碗饵丝。一个缅甸女孩把饵丝递过来，这边把钱递过去。他们的手已经都伸过国界了。只要脚不跨过界桩，不算越境。

中缅边界真是和平边界。两国之间，不但毫无壁垒，连一道铁丝网都没有，简直不像两国的分界。我们到畹町的界桥头看过。桥头有一个检查站，旗竿上飘着中华人民共和国的国旗。一个缅甸小女孩提了饭盒走过界桥。她妈在畹町街上摆摊子做生意，她来给妈送饭来了。她每天过来，检查站的人都认得她。她大摇大摆地走过来，脸上带着一点笑。意思是：我又来了，你们好！站在国境线上，我才真正体会到中缅人民真是胞波。陈毅同志诗："共饮一江水"，是纪实，不是诗人的想象。

车经喊撒。喊撒有一个比较大的奘房，要去看看。

进寨子，有一家正在办丧事，陪同的同志说："可以到他家坐坐。"傣族人对生死看得比较超脱，人过五十五岁死去，亲友不哭。这也许和信小乘佛教有关，这家的老人是六十岁死的，算是"喜丧"了。进寨，寨里的人似都没有哀戚的神色，只是显得很沉静。有几个中年人在糊扎引魂的幡幢——傣族人死后，要给他制一个缅塔尖顶似的纸幡幢，用竹竿高高地竖起来，这样他的灵魂才能上天。几个年轻人不紧不慢地敲铓锣、象脚鼓，另外一些人好像在忙着做饭。傣族的风俗，人死了，亲友要到这家来坐五天。这位老人死已三日，已经安葬，亲友们还要坐两天，我们脱鞋，登木梯，上了竹楼。竹楼很宽敞，一侧堆了很多叠得整整齐齐的被子，有二十来个岁数较大的男男女女在楼板上坐着，抽烟、喝茶,他们也极少说话,静静的。

奘房是赕佛的地方。赕是傣语,本意是以物献佛,但不如说听经拜佛更确切些。傣族的赕佛,大体上是有一个男人跪在佛的前面诵念经文,很多信佛的跪在他身后听着。诵经人穿著如常人,也并无钟鼓法器,只是他一个人念,声音平直。偶尔拖长,大概是到了一个段落。傣族的跪,实系中国古代人的坐。古人席地而坐。膝着地,臀部落于脚跟,谓之坐。——如果直身,即为"长跪"。傣族赕佛时的姿势正是这样。

喊撒奘房的出名,除了比较大,还因为有一位佛爷。这位佛爷多年在缅甸,前三年才被请了回来。他并不领头赕佛,却坐在偏殿上。佛爷名叫伍并亚温撒,是全国佛教协会的理事,岁数不很大。他著了一身杏黄色的僧衣。这种僧衣不知叫什么,不是褊衫,也不是袈裟,上身好像只是一块布,缠裹着,袒其右臂。他身前坐了一些善男子。有人来了,向他合十为礼,他也点头笑答。有些信徒抽用一种树叶卷成的像雪茄似的烟。佛爷并不是道貌岸然,很随和。他和信徒们随意交谈。谈的似乎不是佛理,只是很家常的话,因为他不时发出很有人情味的笑声。

近午,至大等喊。等喊,傣语是堆金子的地方。因为有两个寨子都叫等喊,汉族人就在前面多加了一个字,一个叫大等喊,一个叫小等喊。傣语往往用很少的音节表很多的意思,如畹町,意思是太阳当顶的地方。因为电影《葫芦信》、《孔雀公主》都在大等喊拍过外景,所以旅游的人都想来看看。

住的旅馆名"醉仙楼",这是个汉族名字,老板在招牌下面于是又加了两个字:傣家。老板是汉人,夫人是傣族。两层的木结构建筑,作曲尺形。房间不多,作家访问团二十余人,就基本上住满了。房间里有床,并不是叫我们睡在地板上。房屋样式稍稍有点像竹楼。老板又花了钱把拍《葫芦信》和《孔雀公主》的布景上的装饰零件如木雕的佛龛之类买了下来,配置在廊厦角落,于是就很有点傣味了。

一住下来,泡一杯茶,往藤椅一坐,觉得非常舒服。连日坐汽车,参加活动,大家都累了,需要休息。

醉仙楼在寨口。一条平路,通到寨子里。寨里有几条岔路,也极平整。寨里极安静。到处都是干干净净的。空气好极了。到处是树,一丛一丛的凤尾竹,很多柚子树。大等喊的柚子是很有名的。现在不是柚子成熟的时候,只看见密密的深绿的树叶。空气里有一种淡淡的清苦味道,就是柚树叶片散发出来的。这里那里安置了一座一座竹楼,错落有致。傣家的竹楼不是紧挨着的,各家之间都有一段距离。除了当路的正门,竹楼的三面都是树。有一座奘房,大门锁着。我们到寨里一家首富的竹楼上作了一会客,女主人汉话说得很好,善于应酬。楼上真是纤尘不染。

醉仙楼的傣族特点不在住房,而在饭食。我们在这里吃了四顿地道的傣族饭。芭蕉叶蒸豆腐。拿上来的是一个绿色的芭蕉叶的包袱,解开来,里面是豆腐,还加了点碎肉、香料,鲜嫩无比。竹筒烤牛肉。一截二尺许长的青竹,把拌了佐料的牛肉塞在里面,筒口用树叶封住,放在柴火里烤熟,切片装盘。牛肉外面焦脆,闻起来香,吃起来有嚼头。牛肉丸子。傣族人很会做牛肉。丸子小小的,我们吃了都以为是鱼丸子,因为极其细嫩。问了问,才知道是牛肉的。做这种丸子不用刀剁,而是用两根铁棒敲,要敲两个小时。苦肠丸子。苦肠是牛肠里没有完全消化的青草。傣族人生吃,做调料,蘸肉,是难得的美味。听说要请我们吃苦肠,我很高兴。只是老板怕我们吃不来,是和在肉丸子里蒸了的。有一点苦味,大概是因为碎草里有牛的胆汁。其实我倒很想尝尝生苦肠的味道。弄熟了,意思就不大了。当然,还少不了傣家的看家菜:酸笋煮鸡。不过这道菜我们在畹町、芒市都已经吃过了。小菜是酸腌菜、鱼眼睛菜——一种树的嫩头,有小骨朵如鱼眼,酸渍。傣族人喜食酸。

醉仙楼的老板不俗。他供应我们这几顿傣家饭是没有多少赚头的。他要请我们写几个字,特地大老远地跑到县城,和一位画家匀来了几张宣纸。醉仙楼每个房间里都放着一个缅甸细陶水壶,通身乌黑,造型很美。好几个作家想托他买。因为这两天没有缅甸人过来赶集,老板就按原价卖给了他们。这些作家于是一人攒了一个陶壶,上路了。

大等喊小住两天,印象极好。

这里的乌鸦比北方的小,鸟身细长,鸣声也较尖细,不像北方乌鸦哇哇地哑叫。

一九八七年五月八日

滇南草木状

尤加利树 尤加利树北方没有。四十六年前到昆明始识此树。树叶厚重,风吹作金石声。在屋里静坐读书,听着哗啦哗啦的声音,会忽然想起:这是昆明。说不上是乡愁,只是有点觉得此身如寄。因此对尤加利树颇有感情。

尤加利树木理旋拧,有一个特殊的用途,作枕木,经得起震,不易裂。现在枕木大都改成钢或水泥制造的了,这种树就不那么受到重视了。树叶提汁,可制糖果,即桉叶糖。爱吃桉叶糖的人也不是很多。

连云宾馆门内有一棵大尤加利树,粗可合抱,少见。

叶子花 昆明叶子花多,楚雄更多。龙江公园到处都是叶子花。这座公园是新建的,建筑物的墙壁栏杆的水泥都发干净的灰白色,叶子花的紫颜色更把公园衬托得十分明朗爽洁。芒市宾馆一丛叶子花攀附在一棵大树上。树有四丈高,花一直开到树顶。

叶子花的紫,紫得很特别,不像丁香,不像紫藤,也不像玫瑰。它就是它自己那样的一种紫。

叶子花夏天开花。但在我的印象里,它好像一年到头都开,老开着,没有见它枯萎凋谢过。大概它自己觉得不过是叶子,就随便开开吧。

叶子花不名贵,但不讨厌。

马缨花 走进龙江公园,我对市文联的同志说:"楚雄如果选市花,可以选叶子花。"文联的同志说:"彝族有自己的花,——马缨花。"马缨花?马缨花即合欢,北方多得很。"这是杜鹃科,杜鹃的一种。"那

830

么这不是合欢。走进开座谈会的会议室,桌上摆了一盆很大的花,我问:"这是不是马缨花?"——"是的,是的。"名不虚传!这株马缨花干粗如酒杯口,横卧而出,矫矢如龙,似欲冲盆飞去。叶略似杜鹃而长,一丛一丛的,相抱如莲花瓣。周围的叶子深绿色,中心则为嫩绿。干端叶较密集,绿叶中开出一簇火红的花。花有点像杜鹃,但花瓣较坚厚,不像杜鹃那样的薄命相。花真是红。这是正红,大红。彝族人叫它马缨花是有道理的。云南的马缨不是麻丝攒成的,而是用一方红布扎成一个绣球。马缨不是缀在马的颈下,而是结在马的前额,如果是白马或黑马,老远就看得见,非常显眼。额头有马缨的马,多半是马帮里的头马。把这种花叫做马缨花,神似。马缨花大红大绿,颜色华贵,而姿态又颇奔放,于端庄中透出粗野,真是难得!

车行在高黎贡山中,公路两边的丛岭中,密林深处,时时可以看到一树通红通红的马缨花。

令箭　云南人爱种花。楚雄街上两边楼房的栏杆上摆得满满的花,各色各样,令箭尤其多。令箭北方常见,但不如楚雄的开花开得多。北方令箭,开十几朵就算不错,楚雄的令箭一盆开花上百朵。一片叶子上密密匝匝地涨出了好多骨朵,大概都有三十几个,真不得了!滇南草木,得天独厚,没有话说。

一品红　北京的一品红是栽在盆里的,高二三尺。芒市、盈江的一品红长成一人多高的树,绿叶少而红叶多,这也未免太过分了!

兰　云南兰花品类极多。盈江县招待所庭中有一棵香樟树,树丫里寄生的兰花就有四种。这都是热带兰花。有一种是我认得的,虎头兰。花大,浅黄色。有一舌,色白,舌端有紫色斑点。其余三种都未见过。一种开白花,一种开浅绿花。另一种开淡银红色的花,花瓣近似剪秋罗,很长的一串,除了有兰花一样的长叶子披下来,真很难说这是兰花。

兰中最贵重的是素心兰。大理街上有一家门前放了两盆素心兰,旁贴一纸签:"出售"。一看标价:二百。大理是素心兰的产地,本地昂贵如此,运到外地,可想而知。素心兰种在高高的泥盆里。盆腹鼓起,如一小坛。

在保山,有人要送我一盆虎头兰。怎么带呢?

茶花 茶花已经开过了。遗憾。

闻丽江有一棵茶花王,每年开花万朵,号称"万朵茶花",——当然这是累计的,一次开不了那样多。不过这也是奇迹了。有人告诉过我,茶花最多只能开三百朵。

大青树 大青树不成材,连烧火都不燃,故能不遭斤斧,保其天年,唯堪与过往行人遮阴,此不材之材。滇南大青树多"一树成林"。

紫薇 紫薇我没有见过很大的。昆明金殿两边各有一棵紫薇,树上挂一木牌,写明是"明代紫薇",似可信。树干近根部已经老得不成样子,疙瘩流秋。梢头枝叶犹繁茂,开花时,必有可观。用手指搔搔它的树干,无反应。它已经那么老了,不再怕痒痒了。

一九八七年五月十一日

注　释

① 本篇原载《滇池》1987 年第八期;初收《蒲桥集》,作家出版社,1989 年
3 月。

吴 三 桂①

高邮县志办公室把新修的县志初稿寄来给我,我翻看了一遍,提了几点不成熟的意见。有一条记不得是否提过:应该给吴三桂立一个传。

我的家乡出过两个大人物,一个是张士诚,一个是吴三桂。张士诚不是高邮人,是泰州的白驹场人,但是他于元至正十三年(1553)②攻下了高邮,并于次年在承天寺自称诚王。吴三桂的家不知什么时候迁到了辽东,但祖籍是高邮。他生于1612年。"五百年必有王者兴",敝乡于六十年③之间出过两位皇上,——吴三桂后来是称了帝的,大概曾经是有过一点"王气"的。

我知道吴三桂很早了。小时读《正续三字经》,里面就有"吴三桂,请清兵"。长大后到昆明住了七年,听到一些关于吴三桂的传闻。昆明五华山下有一斜坡,叫做"逼死坡",据说是吴三桂逼死明朝最后一个皇帝永历帝的地方。永历帝兵败至云南,由腾冲逃到缅甸,吴三桂从缅甸把他弄回来杀了。云南人说是吴三桂逼得他上吊死的。这大概是可靠的。另外的传说则大概是附会的了。昆明市东凤鸣山顶有一座金殿,梁柱门窗,都是铜铸的,顶瓦也是铜的。说是吴三桂冬天住在这里,殿外烧了火,殿里暖和而无烟气,他在里面饮酒作乐。这大概是不可能的。昆明冬天并不冷,无须这样烤火。而且住在一间不大的铜房子里,又有多大趣味呢?此外,昆明大西门外莲花池畔有一座陈圆圆石像。石像是用单线刻在石碑上的,外面有一石龛,高约四尺,额上题:"比丘尼陈圆圆像",是一个中年的尼姑的样子。据说陈圆圆是投莲花池死的。吴三桂镇云南,握重兵,形成割据势力,清圣祖为了加强统一,实行撤藩。康熙十二年(1673),吴三桂叛,自称周王。十七年在衡州称帝。吴三桂举兵叛乱时,已经六十一岁,这时陈圆圆也相当老了,她大概是没有跟着。死于昆明，是可能的。是不是投了莲花池，就难说了。陈圆圆晚年为女道士，改名寂静，字玉庵。莲花池畔的石像却说她是比丘尼，不知是什么缘故。

逼死坡今犹在，金殿也还好好的。莲花池畔的陈圆圆像则已于"文化大革命"中被毁掉了。干吗要毁陈圆圆的像呢？毁像的红卫兵大概是受了吴梅村的影响，相信"痛哭六军俱缟素，冲冠一怒为红颜"，认为吴三桂的当汉奸，陈圆圆是罪魁祸首。冤哉！

"冲冠一怒为红颜"，早就有人说没有这回事，一宗巨大的历史变故，原因岂能如此简单！如果说吴三桂引清兵入关，与陈圆圆有一定关系，那么他后来穷追永历帝以至将其逼死，再后来又从拥兵自重到叛乱称王，又将怎样解释呢？这和陈圆圆又有什么关系呢？吴三桂自是吴三桂，陈圆圆对他的一生负不了责。

我希望有人能认真研究一下吴三桂其人，给他写一个传。写成历史小说也可以，但希望忠实一些，不要有太多的演义。

一九八七年五月二十四日

注　释

① 本篇原载《北京文学》1987年第七期"草木闲篇"专栏；初收《蒲桥集》，作家出版社，1989年3月。

② 应为1353。

③ 此说不成立，应为三百年。

藻　鉴　堂①

　　我曾在藻鉴堂住过一阵,初春,为了写一个剧本。同时住在那里的有《红岩》的作者罗广斌、杨益言,歌剧《江姐》的作者阎肃,还有我们剧团的几个编剧。藻鉴堂在颐和园的极西,围墙外就不是颐和园了。这是园内的一个偏僻的去处,原本就很少有游人来,自从辟为一个休养所,就更没有人来了。堂在一个半岛上,三面环水,岛西面往南往北都有通路,地方极为幽静。这个堂原来不知是干什么用的。大概盖得了之后,慈禧太后从来也没有来住过。这是一座两层楼的建筑,内部经过改修,有暖气、自来水、卫生设备,已经相当现代化了。外面看,还是一座带有宫廷风格的别墅。在这里写作,堪称福地。香港同行,恐难梦见。

　　我们白天讨论,写作。到了傍晚,已经"净园"——北京的公园到了快闭园门的时候,摇铃通知游人离去,叫做"净园"——我们常从北面的小路上走出来,沿颐和园绕一大圈,从南边回去。花木无言,鸟凫自乐,得园之趣,非白日摩肩继踵的游人所能受用。

　　藻鉴堂北有一个很怪的东西。这是一个砖砌大圆筒。半截在地面以上,从外面看像烟筒。半截在地面以下。露在地面上的半截,不到一人高。站在筒口,可以俯看。往下看,像一口没有水的干井。井底也是圆的,颇宽广,井底还有两间房屋。这是清廷"圈禁"犯罪的亲王的地方。据颐和园的工作人员告诉我,有一个有名的甚么甚么亲王曾经圈禁在这里。似乎在这里圈禁过的亲王也就是这一个。我于清史太无知,把亲王的名字忘记了。这可真是名副其实的"圈禁",——关禁在一个圆圈里面。圈的底至口约有四丈,他是插翅也飞不出去的。这位亲王除了坐井观天之外,只有等死。我很纳闷,当初是怎么把亲王弄进去的呢？——这个圆筒没有门。亲王的饮食，包括他的粪便，又是如何解决的呢？嘻，我这都是多虑。爱新觉罗家族既有此祖宗遗规，必有一套周到妥善的处理。

前二年有一个大学生跳进这个圆筒自杀死了。等发现时，尸体已经干透。

我们在藻鉴堂的生活很好，只是新鲜蔬菜少一点。伙房里老给我们吃炒回锅猪头肉。炒猪头肉不难吃，只是老吃有点受不了。

服务员里有一位很健谈，山东清河县人，他极言西门庆没这个人，这是西门的一口磬。自来说《水浒》、《金瓶梅》者无此新解，录以备忘。

注　释

① 本篇原载 1987 年 5 月 25 日香港《大公报》；初收《蒲桥集》，作家出版社，1989 年 3 月。

狼 的 母 性①

香港大概没有狼。

中国很多地方有狼。

绍兴有狼。鲁迅写的祥林嫂的孩子阿毛就是被狼吃了的。

昆明有狼。我在昆明郊区看到一些人家的砖墙上用石炭画了一个一个的白圈，问人：这是干什么？答曰：是防狼的。狼性多疑，它怕中了圈套。

张家口有狼。口外长途车站有一个站名就叫狼窝沟。在张家口想买一件狼皮褥子毫不费事，也很便宜。狼皮褥子可以隔潮，垫了狼皮褥子不易得风湿。我在张家口的沙岭子下放劳动了三年，有一只狼老来偷果园里的葡萄，而且专偷"白香蕉"。白香蕉是葡萄的名种，果粒色白，而有香蕉味道。后来叫一个农业工人用步枪打死了。剖开肚子，一肚子都是白香蕉！

呼和浩特有狼。

大青山狼多。狼多昼伏夜出。有一个在山里打过游击的朋友告诉我："那几年，狼下山，我下山；狼回山，我回山。"有一个游击队员在半山睡着了，一只狼爬到他身上，他惊醒了，两手掐住狼脖子不放，竟把狼掐死了。后来熟人见他都开玩笑："武松打虎，××掐狼。"

游击队在山里行军，发现三只小狼埋在沙坑里，只露出三个小脑袋。一个小战士很奇怪，问人："这是怎么回事？"一个有经验的老战士告诉他："小狼出痘子，母狼就把它们用砂土埋起来，过几天再刨出来。"小战士把三只小狼刨出来，背走了。这一下惹了麻烦：游击队到哪里，母狼跟到哪里。蹲在不远的地方哀叫，一叫一黑夜。又不能开枪打，怕暴露目标。叫了几夜，后来小战士听了老战士的劝，把小狼放了，晚上宿营,才能睡个安生觉。

呼伦贝尔有狼。

海拉尔,离市区不远的山里有一窝狼,两只老狼,三只狼崽子。有一个农民知道了,趁老狼不在的时候把狼崽子掏了。畜产公司收购,大狼一只三十块钱,小狼十五。三只小狼能卖四十五块钱。老狼回来了。就找掏狼崽子的人。找到海拉尔桥头,没办法了。原来这个农民很有经验,知道老狼会循着他身上的气味跟踪的,——狼鼻子非常尖,他到了海拉尔桥就下了河,从河里走了。河水把他的气味冲走了。线索断了。这两只老狼就连夜祸害桥边的村子,咬死了几个孩子。狼急疯了,要报复。后来是动用了解放军,围剿了一夜,才把老狼打死了。

注　释

① 本篇原载 1987 年 6 月 25 日香港《大公报》;初收《蒲桥集》,作家出版社,1989 年 3 月。

观 音 寺①

——昆明忆旧之八

　　我在观音寺住过一年。观音寺在昆明北郊,是一个荒村,没有什么寺。——从前也许有过。西南联大有几个同学,心血来潮,办了一所中学。他们不知通过什么关系,在观音寺找了一处校址。这原是资源委员会存放汽油的仓库,废弃了。我找不到工作,闲着,跟当校长的同学说一声,就来了。这个汽油仓库有几间比较大的屋子,可以当教室,有几排房子可以当宿舍,倒也像那么一回事。房屋是简陋的,瓦顶、土墙,窗户上没有玻璃。——那些五十三加仑的汽油桶是不怕风雨的。没有玻璃有什么关系!我们在联大新校舍住了四年,窗户上都没有玻璃。在窗格上糊了桑皮纸,抹一点清桐油,亮堂堂的,挺有意境。教员一人一间宿舍,室内床一、桌一、椅一。还要什么呢?挺好。每个月还有一点微薄的薪水,饿不死。

　　这地方是相当野的。我来的前一学期,有一天,薄暮,有一个赶马车的被人捅了一刀,——昆明市郊之间通马车,马车形制古朴,一个有篷的车厢,厢内两边各有一条木板,可以坐八个人,马车和身上的钱都被抢去了,他手里攥着一截突出来的肠子,一边走,一边还问人:"我这是什么?我这是什么?"

　　因此这个中学里有几个校警,还有两枝老旧的七九步枪。

　　学校在一条不宽的公路边上,大门朝北。附近没有店铺,也不见有人家。西北围墙外是一个孤儿院。有二三十个孩子,都挺瘦。有一个管理员。这位管理员不常出来,不知道是什么样子,但是他的声音我们很熟悉。他每天上午、下午都要教这些孤儿唱戏。他大概是云南人,教唱的却是京戏。而且老是那一段:《武家坡》。他唱一句,孤儿们跟着唱一句。"一马离了西凉界，"——"一马离了西凉界"；"不由人一阵阵泪洒胸怀，"——"不由人一阵阵泪洒胸怀"。听了一年《武家坡》，听得人真想泪洒胸怀。

孤儿院的西边有一家小茶馆，卖清茶，葵花子，有时也有两块芙蓉糕。还卖市酒。昆明的白酒分升酒（玫瑰重升）和市酒。市酒是劣质白酒。

再往西去，有一个很奇怪的单位，叫做"灭虱站"。这还是一个国际性的机构，是美国救济总署办的，专为国民党的士兵消灭虱子。我们有时看见一队士兵开进大门，过了一会，在我们附近散了一会步之后，又看见他们开了出来。听说这些兵进去，脱光衣服，在身上和衣服上喷一种什么药粉，虱子就灭干净了。这有什么用呢？过几天他们还不是浑身又长出虱子来了么？

我们吃了午饭、晚饭常常出去散步。大门外公路对面是一大片农田。田里种的不是稻麦，却是胡萝卜。昆明的胡萝卜很好，浅黄色，粗而且长，细嫩多水分，味微甜。联大学生爱买了当水果吃，因为很便宜。女同学尤其爱吃，因为据说这种胡萝卜含少量的砒，吃了可以驻颜。常常看见几个女同学一人手里提了一把胡萝卜。到了宿舍里，嘎吱嘎吱地嚼。胡萝卜田是很好看的。胡萝卜叶子琐细，颜色浓绿，密密地，把地皮盖得严严的，说它是"堆锦积绣"，毫不为过。再往北，有一条水渠。渠里不常有水。渠沿两边长了很多木香花。开花的时候白灿灿的耀人眼目，香得不得了。

学校后面——南边是一片丘陵。山上有一口池塘。这池塘下面大概有泉眼，所以池水常满，很干净。这样的池塘按云南人的习惯应该叫做"龙潭"。龙潭里有鱼，鲫鱼。我们有时用自制的鱼竿来钓鱼。这里的鱼未经人钓过，很易上钩。坐在这样的人迹罕到的池边，仰看蓝天白云，俯视钓丝，不知身在何世。

东面是坟。昆明人家的坟前常有一方平地，大概是为了展拜用的。有的还有石桌石凳，可以坐坐。这里有一些矮柏树，到处都是蓝色的野菊花和报春花。这种野菊花非常顽强，连根拔起来养在一个破钵子里，可以开很长时间的花。这里后来成了美国兵开着吉普带了妓女来野合的场所。每到月白风清的夜晚,就可以听到公路上不断有吉普车的声音。美国兵野合,好像是有几个集中的地方的,并不到处撒野。他们不知怎么看中了这个地方。他们扔下了好多保险套,白花花的,到处都是。后来我们就不大来了。这个玩意,总是不那么雅观。

我们的生活很清简。教书、看书。打桥牌,聊大天。吃野菜、吃灰菜、野苋菜。还吃一种叫做豆壳虫的甲虫。我在小说《老鲁》里写的,都是真事。喔,我们还演过话剧,《雷雨》,师生合演。演周萍的叫王惠。这位老兄一到了台上简直是晕头转向。他站错了地位,导演着急,在布景后面叫他:"王惠,你过来!"他以为是提词,就在台上大声嚷嚷"你过来!"弄得同台的演员莫名其妙。他忘了词,无缘无故在台上大喊:"鲁贵!"我演鲁贵,心说:坏了,曹禺的剧本里没有这一段呀!没法子,只好上去,没话找话:"大少爷,您明儿到矿上去,给您预备点什么早点?煮几个鸡蛋吧!"他总算明白过来了:"好,随便,煮鸡蛋!去吧!"

生活清贫,大家倒没有什么灾病。王惠得了一次破伤风,——打篮球碰破了皮,感染了。有一个姓董的同学和另一个同学搭一辆空卡车进城。那个同学坐在驾驶舱里,他靠在卡车后面的挡板上,挡板的铁闩松开了,他摔了下去。等找到他的时候,坏了,他不会说中国话了,只会说英语,而且只有两句:"I am cold, I am hungry"(我冷,我饿)。翻来覆去,说个不停。这二位都治好了。我们那时都年轻,很皮实,不太容易被疾病打倒。

炮仗响了。日本投降那天,昆明到处放炮仗,昆明人就把抗战胜利叫做"炮仗响了"。这成了昆明人计算时间的标记,如:"那会炮仗还没响","这是炮仗响了之后一个月的事情"。大后方的人纷纷忙着"复员",我们的同学也有的联系汽车,计划着"青春作伴好还乡"。有些因为种种原因,一时回不去,不免有点恓恓惶惶。有人抄了一首唐诗贴在墙上:

　　故园东望路漫漫,

双袖龙钟泪不干。

马上相逢无纸笔，

凭君传语报平安。

　　诗很对景，但是心情其实并不那样酸楚。昆明的天气这样好，有什么理由急于离开呢？这座中学后来迁到篆塘到大观楼之间的白马庙，我在白马庙又接着教了一年，到一九四六年八月，才走。

注　释

① 本篇原载《滇池》1987 年第六期；初收《蒲桥集》，作家出版社，1989 年3 月。

手把羊肉①

到了内蒙,不吃几回手把羊肉,算是白去了一趟。

到了草原,进蒙古包作客,主人一般总要杀羊。蒙古人是非常好客的。进了蒙古包,不论识与不识,坐下来就可以吃喝。有人骑马在草原上漫游,身上只背了一只羊腿。到了一家,主人把这只羊腿解下来。客人吃喝一晚,第二天上路时,主人给客人换一只新鲜羊腿,背着。有人就这样走遍几个盟旗,回家,依然带着一只羊腿。蒙古人诚实,家里有什么,都端出来。客人醉饱,主人才高兴。你要是虚情假意地客气一番,他会生气的。这种风俗的形成,和长期的游牧生活有关。一家子住在大草原上,天苍苍,野茫茫,多见牛羊少见人,他们很盼望来一位远方的客人谈谈说说。一坐下来,先是喝奶茶,吃奶食。奶茶以砖茶熬成,加奶,加盐。这种略带咸味的奶茶香港人大概是喝不惯的,但为蒙古人所不可或缺。奶食有奶皮子、奶豆腐、奶渣子。这时候,外面已经有人动手杀羊了。

蒙古人杀羊极利索。不用什么利刃,就是一把普通的折刀就行了。一会儿的工夫,一只整羊剔剥出来了,羊皮晾在草地上,羊肉已经进了锅。杀了羊,草地上连一滴血都不沾。羊血和内脏喂狗。蒙古狗极高大凶猛,样子怕人,跑起来后爪搭至前爪之前,能追吉普车!

手把羊肉就是白煮的带骨头的大块羊肉。一手攥着,一手用蒙古刀切割着吃。没有什么调料,只有一碗盐水,可以蘸蘸。这样的吃法,要有一点技巧。蒙古人能把一块肉搜剔得非常干净,吃完,只剩下一块雪白的骨头,连一丝肉都留不下。咱们吃了,总要留下一些筋头巴脑。蒙古人一看就知道:这不是一个牧民。

吃完手把肉,有时也用羊肉汤煮一点挂面。蒙古人不大吃粮食,他

843

们早午喝奶茶时吃一把炒米，——黄米炒熟了，晚饭有时吃挂面。蒙古人买挂面不是论斤，而是一车一车地买。蒙古人搬家，——转移牧场，总有几辆勒勒车——牛车。牛车上有的装的是毛毯被褥，有一车装的是整车的挂面。蒙古人有时也吃烙饼，牛奶和的，放一点发酵粉，极香软。

我们在达茂旗吃了一次"羊贝子"，羊贝子即全羊。这是招待贵客才设的。整只的羊，在水里煮四十五分钟就上来了。吃羊贝子有一套规矩。全羊趴在一个大盘子里，羊蹄剁掉了，羊头切下来放在羊的颈部，先得由最尊贵的客人，用刀子切下两条一定部位的肉，斜十字搭在羊的脊背上，然后，羊头撤去，其他客人才能拿起刀来各选自己爱吃的部位片切了吃。我们同去的人中有的对羊贝子不敢领教。因为整只的羊才煮四十五分钟，有的地方一刀切下去，会沁出血来。本人则是"照吃不误"。好吃么？好吃极了！鲜嫩无比，人间至味。蒙古人认为羊肉煮老了不好吃！也不好消化；带一点生，没有关系。

我在新疆吃过哈萨克族的手把肉，肉块切得较小，和面条同煮，吃时用右手抓了羊肉和面条同时入口，风味与内蒙的不同。

注　释

① 本篇原载 1987 年 7 月 1 日香港《大公报》；初收《蒲桥集》，作家出版社，1989 年 3 月。

鳜　鱼^①

读《徐文长佚草》，有一首《双鱼》：

　　如缐鳜鱼如栉鲋，馨张腮呷跳纵横。遗民携立岐阳上，要就官船脍具烹。

　　青藤道士画并题。鳜鱼不能屈曲，如僵蹶也。缐音计，即今花毯，其鳞纹似之，故曰鬜鱼。鲋鱼群附而行，故称鲋鱼。旧传败栉所化，或因其形似耳。

这是一首题画诗。使我发生兴趣的是诗后的附注。鳜鱼为什么叫做鳜鱼呢？是因为它"不能屈曲，如僵蹶也"。此说似有理。鳜鱼是不能屈曲的，因为它的脊刺很硬。但又觉得有些勉强，有点像王安石的《字说》。这种解释我没有听说过，很可能是徐文长自己琢磨出来的。但说它为什么又叫鬜鱼，是有道理的。附注里的"即今花毯"，"毯"字肯定是刻错了或排错了的字，当作"毯"。"鬜"是杂色的毛织品，是一种衣料。《汉书·高帝纪下》："贾人毋得衣锦绣、绮縠、絺纻、鬜"。这种毛料子大概到徐文长的时候已经没有了，所以他要注明"即今花毯"。其实鬜有花，却不是毯子。用毯子做衣服，未免太厚重。用当时可见的花毯来比鬜，原也是没有办法的办法。而且鬜或缐，这个字十六世纪认得的人就不多了，所以徐文长注曰"音计"。鳜鱼有些地方叫做"鳟花鱼"，如松花江畔的哈尔滨和我的家乡高邮。北京人则反过来读成"花鳟"。叫做"鳟花"是没有讲的。正字应写成"鬜花"。鳜鱼身上有杂色斑点，大概古代的鬜就是那样。不过如果有哪家饭馆里的菜单上写出"清蒸鬜花鱼"，绝大部分顾客一定会不知道这是什么东西。即使写成"鳜鱼"，有人怕也不认识，很可能念成"厥鱼"（今音）。我小时候有一位老师教我们张志和的《渔父》，"西塞山前白鹭飞，桃花流水鳜鱼肥"，就把"鳜鱼"读成"厥鱼"。因此，现在很多饭馆都写成"桂鱼"。其实这是都可以的吧，写成"鲋花鱼"、"桂鱼"，都无所谓，只要是那个东西。不过知道"鳜花鱼"的由来，也不失为一件有趣的事。

鳜鱼是非常好吃的。鱼里头，最好吃的，我以为是鳜鱼。刀鱼刺多，鲥鱼一年里只有那么几天可以捕到。堪与鳜鱼匹敌的，大概只有南方的石斑，尤其是青斑，即"灰鼠石斑"。鳜鱼刺少，肉厚。蒜瓣肉。肉细，嫩，鲜。清蒸、干烧、糖醋、做松鼠鱼，皆妙。余汤，汤白如牛乳，浓而不腻，远胜鸡汤鸭汤。我在淮安曾多次吃过"干炸鲋花鱼"。二尺多长的活治整鳜鱼入大锅滚油干炸，蘸椒盐，吃了令人咋舌。至今思之，只能如张岱所说："酒醉饭饱，惭愧惭愧！"

鳜鱼的缺点是不能放养，因为它是吃鱼的。"大鱼吃小鱼"，其实吃鱼的鱼并不多。据我所知，吃鱼的鱼，只有几种：鳜鱼、鮰鱼、黑鱼（鲨鱼、鲸鱼不算）。鮰鱼本名鮠。《本草纲目·鳞部四》："北人呼鱯，南人呼鮠，并与鮰音相近，迩来通称鮰鱼，而鱯、鮠之名不彰矣。"黑鱼本石乌鳢。现在还有这么叫的。林斤澜《矮凳桥风情》里写了乌鳢，有人看了以为这是一种带神秘色彩的古怪东西，其实即黑鱼而已。

凡吃鱼的鱼，生命力都极顽强。我小时曾在河边看人治黑鱼，内脏都掏空了，此黑鱼仍跃入水中游去。我在小学时垂钓，曾钓着一条大黑鱼，心里喜欢得怦怦跳，不料大黑鱼把我的钩线挣断，嘴边挂着鱼钩和挺长的一截线游走了！

一九八七年七月八日

注　释

① 本篇原载《北京文学》1987 年第十一期"草木闲篇"专栏；初收《蒲桥集》，作家出版社，1989 年 3 月。

银　铛[①]

两个月前，我从云南回来，写了一篇《杨慎在保山》，引《康熙通志》：

> 杨慎归蜀，年已七十余，而滇士有诬之抚臣王昺者，昺，俗戾人也，使四指挥以银铛锁来滇。慎不得已至滇，则昺以墨败；然慎不能归，病寓禅寺以殁。

乍一看，觉得很新鲜。用银链子把一个曾经中过状元的绝代才子锁回来，可能是一种特殊待遇。如果允许他穿了大红官衣，戴甩发，那"扮相"是很美的。后来一想，王昺是"俗戾人"，干不出这样的韵事。我于是断定："银铛"的"银"，是个误刻的错字。"银"当作"铔"。那么，杨升庵还是被用铁链子锁回云南的。七十多岁的老人，铁索银铛，一步一步，艰难地在崎岖的山路走着，惨！

近阅《升庵诗话》"银铛"条云：

> 《后汉书》："崔烈以银铛锁"，银铛，大锁也。今多讹作金银之银，至有"银锁三公脚，刀撞仆射头"之句（按，此不知何人诗）。其传讹习舛如此。

读后哑然。想不到升庵这一条小考证，后来竟应在自己的身上。他大概没有想到自己竟至被人"以银铛锁来滇"；更没有想到志书上把"银铛"误为"银铛"。造化如小儿，真能恶作剧！

我到保山，曾希望找到一点升庵的遗迹，但知道这种可能性不大。王昶《滇行日录》曰：

> 访杨升庵谪居故址，为今甲仗库。入视之，有楼三楹，坏不可

憩矣。楼下有人书三春柳律句,庭前有桃株。

王昶是乾隆时人,距升庵也不过二百五十年左右,其时已荒败如此,今天升庵遗迹荡然,是不足怪的。所堪庆幸的是,保山保存关于杨升庵的文字资料还不少,保山人对升庵是很有感情的。

遗址不能寻觅,是不是可以择一好风景的地方给升庵盖一个小小的纪念馆?再小一点,叫做纪念室也可以。保山尽多佳山水,难道不能容升庵一席之地么?

升庵著作甚多,据云有七十种。这些著作大都雕印过。是不是可以搜集到两个全份,一份存新都升庵祠,一份存保山?

对于王昺,我觉得也可以整出一份材料,并且也可以给他辟一个纪念馆。馆内陈列,一概依从王昺的观点,不置可否。一个人迫害知识分子,总有他的道理。

一九八七年七月十一日

注　释

①　本篇原载《北京文学》1987 年第十二期"草木闲篇"专栏;初收《蒲桥集》,作家出版社,1989 年 3 月。

家 常 酒 菜①

家常酒菜,一要有点新意,二要省钱,三要省事。偶有客来,酒渴思饮。主人卷袖下厨,一面切葱姜,调佐料,一面仍可陪客人聊天,显得从容不迫,若无其事,方有意思。如果主人手忙脚乱,客人坐立不安,这酒还喝个什么劲儿!

拌 菠 菜

拌菠菜是北京大酒缸最便宜的酒菜。菠菜焯熟,切为寸段,加一勺芝麻酱、蒜汁。或要芥末,随意。过去(1948 年以前)才 3 分钱 1 碟。现在北京的大酒缸已经没有了。

我做的拌菠菜稍为细致。菠菜洗净,去根,在开水锅中焯至 8 成熟(不可盖锅煮烂),捞出,过凉水,加一点盐,剁成菜泥,挤去菜汁,以手在盘中抟成宝塔状。先碎切香干(北方无香干,可以熏干代),如米粒大,泡好虾米,切姜末、青蒜末。香干末、虾米、姜末、青蒜末,手捏紧,分层堆在菠菜泥上,如宝塔顶。好酱油、香醋、小磨香油及少许味精在小碗中调好。菠菜上桌,将调料轻轻自塔顶淋下。吃时将宝塔推倒,诸料拌匀。

这是我的家乡制拌枸杞头、拌荠菜的办法。北京枸杞头不入馔,荠菜不香。无可奈何,代以菠菜,亦佳。清馋酒客,不妨一试。

拌 萝 卜 丝

小红水萝卜,南方叫"杨花萝卜",因为是杨花飘时上市的。洗净,去根须，不可去皮。斜切成薄片，再切为细丝，愈细愈好。加少糖，略腌，即可装盘。轻红嫩白，颜色可爱。扬州有一种菊花，即叫"萝卜丝"。临吃，浇以三合油（酱油、醋、香油）。

或加少量海蜇皮细丝同拌，尤佳。

家乡童谣曰："人之初，鼻涕拖，油炒饭，拌萝菠"，可见其普遍。

若无小水萝卜，可以心里美或卫青代，但不如杨花萝卜细嫩。

干　丝

干丝是扬州菜。北方买不到扬州那种质地紧密，可以片薄片，切细丝的方豆腐干，可以豆腐片代。但须选色白，质紧，片薄者。切极细丝，以凉水拔二三次，去盐卤味及豆腥气。

拌干丝。拔后的豆腐片细丝入沸水中煮两三开，捞出，沥去水，置浅汤碗中。青蒜切寸段，略焯，虾米发透，并堆置豆腐丝上。五香花生米搓去皮膜，撒在周围。好酱油、小磨香油，醋（少量），淋入，拌匀。

煮干丝。鸡汤或骨头汤煮。若无鸡汤骨汤，用高压锅煮几片肥瘦肉取汤亦可，但必须有荤汤。加火腿丝、鸡丝。亦可少加冬菇丝、笋丝。或入虾仁、干贝，均无不可。欲汤白者入盐。或稍加酱油（万不可多），少量白糖，则汤色微红。拌干丝宜素，要清爽；煮干丝则不厌浓厚。

无论拌干丝、煮干丝，都要加姜丝，多多益善。

扦　瓜　皮

黄瓜（不太老即可）切成寸段，用水果刀从外至内旋成薄条，如带，成卷。剩下带籽的瓜心不用。酱油、糖、花椒、大料、桂皮、胡椒（破粒）、干红辣椒（整个）、味精、料酒（不可缺）调匀。将扦好的瓜皮投入料汁，不时以筷子翻动，使瓜皮沾透料汁，腌约1小时，取出瓜皮装盘。先装中心，然后以瓜皮瓜面朝外，层层码好，如一小坟头，仍以所余料汁自坟头顶淋下。扦瓜皮极脆，嚼之有声，诸味均透，仍有瓜香。此法得之海拉尔—曾治过国宴的厨师。一盘瓜皮，所费不过四五角钱耳。

炒苞谷

昆明菜。苞谷即玉米。嫩玉米剥出粒，与瘦猪肉同炒，少放盐。略用葱花煸锅亦可，但葱花不能煸得过老，如成黑色，即不美观。不宜用酱油，酱油会掩盖苞谷的清香。起锅时可稍烹水，但不能多，多则成煮苞谷矣！我到菜市买玉米，挑嫩的，别人都很奇怪："挑嫩的干什么？"——"炒肉。"——"玉米能炒了吃？"北京人真是少见多怪。

松花蛋拌豆腐

北豆腐入开水焯过，俟冷，切为小骰子块，加少许盐。松花蛋（要腌得较老的），亦切为骰子块，与豆腐同拌。老姜在蒜臼中捣烂，加水，滗去渣，淋入。不宜用姜米，亦不加醋。

芝麻酱拌腰片

拌腰片要领：一、先不要去腰臊，只用快刀两面平片，剩下腰臊即可扔掉。如先将腰子平剖两半，剔出腰臊，再用平刀片，则腰片易残破不整。二、腰片须用凉水拔，频频换水，至腰片血水排净，方可用。三、焯腰片要锅大水多。等水大开，将腰片推下，旋即用笊篱抄出，不可等腰片复开。将第一次焯腰片的水泼去，洗净锅，再坐锅，水大开，将焯过一次的腰片投入再焯，旋即捞出，放凉水盆中。两次焯，则腰片已熟，而仍脆嫩。如一次焯，待腰片大开，即成煮矣。腰片凉透，挤去水，入盘，浇以生芝麻酱、剁碎的郫县豆瓣、葱末、姜米、蒜泥。

拌里肌片

以四川制水煮牛肉法制猪肉,亦可。里肌或通脊斜切薄片,以芡粉抓过。烧开水一锅,投入肉片,以笊篱翻拢,至肉片变色,即可捞出,加调料。

如热吃,即可倾入水煮牛肉的调料:郫县豆瓣(剁碎)炒至出香味,加酱油、少量糖、料酒。最后撒碾碎的生花椒、芝麻。

焯过肉的汤,撇去浮沫,可做一个紫菜汤。

塞馅回锅油条

油条两股拆开,切成寸半长的小段。拌好猪肉(肥瘦各半)馅。馅中加盐、葱花、姜末。如加少量榨菜末或酱瓜末、川冬菜末,亦可。用手指将油条小段的窟窿捅通,将肉馅塞入,逐段下油锅炸至油条挺硬,肉馅已熟,捞出装盘。此菜嚼之酥脆。油条中有矾,略有涩味,比炸春卷味道好。

这道菜是本人首创,为任何菜谱所不载。很多菜都是馋人瞎捉摸出来的。

其 他 酒 菜

凤尾鱼、广东香肠,市上可以买到;茶叶蛋、油炸花生米、五香煮栗子、煮毛豆,人人会做;盐水鸭、水晶肘子,做起来太费事,皆不及。

一九八七年七月二十五日

注 释

① 本篇原载《中国烹饪》1988 年第六期;初收《汪曾祺全集》第四卷,北京师范大学出版社,1998 年 8 月。

钓　鱼　台^①

　　我在钓鱼台西边住了好几年,不知道钓鱼台里面是什么样子。

　　钓鱼台原是一片野地,清代,清明前后,偶尔有闲散官员爱写写诗的,携酒来游。这地方很荒凉,有很多坟。张问陶《船山诗草·闰二月十六日清明与王香圃徐石溪查兰圃小山兄弟携酒游钓鱼台看桃花归过白云观法源寺即事二首》云:"荒坟沿路有,浮世几人闲"。可证。这里的景致大概是:"柳枝漠漠笼青烟,山桃欲开红可怜。人声渐远波声小,一片明湖出林杪"(《船山诗草·十九日习之招同子卿竹堂稚存琴山质夫立凡携酒游钓鱼台》)。不知道从什么时候起,逐渐营建,最后成了国宾馆。

　　钓鱼台的周围原来是竹竿扎成的篱笆,竹竿上涂绿漆,从篱笆窟窿中约略可见里面的房屋树木。"文化大革命"初期,不是一九六六年就是一九六七年,改筑了围墙,里面就什么也看不见了。围墙上安了电网,隔不远有一个红灯泡。晚上红灯一亮,瞧着有点瘆人。围墙东面、北面各开一座大门。东面大门里是一座假山;北面大门里砌了一个很大的照壁,遮住行人的视线。照壁上涂了红漆,堆出五个笔势飞动的金字:"为人民服务"。门里安照壁,本是常事,但是这五个字用在这里,似乎不怎么合适。为什么搞得这样戒备森严起来了呢?原因之一,是江青常常住在这里,"文化大革命"的许多重大决策都是由这里做出的。不妨说,这是"文革"的策源地。我每天要从"为人民服务"之前经过,觉得照壁后面,神秘莫测。

　　我们街坊有两个孩子爬到五楼房顶上拿着照相机对着钓鱼台拍照,刚按快门,这座楼已经被钓鱼台的警卫围上了。

　　钓鱼台原来有一座门,靠南边,朝西,像一座小城门,石额上有三个馆阁体的楷书:"钓鱼台"。附近的居民称之为"古门"。这座门正对玉渊潭。玉渊潭和钓鱼台原是一体。张问陶诗中的"一片明湖出林杪",指的正是玉渊潭。玉渊潭有一条贯通南北的堤,把潭分成东西两半,堤中有水闸,东西两湖的水是相通的。原本潭东、潭西和当中的土堤都是可以走人的。自从江青住进钓鱼台之后,把挨近钓鱼台的东湖沿岸都安了带毛刺的铁丝网,——老百姓叫它"铁蒺藜"。铁蒺藜是钉在沿岸的柳树上的。这样,东湖就成了禁地。行人从潭中的堤上走过时,不免要向东边看一眼,看看可望而不可即的钓鱼台,沉沉烟霭,苍苍树木。

"四人帮"垮台后,铁蒺藜拆掉了,东湖解放了。湖中有人划船、钓鱼、游泳。东堤上又可通行了。很多人散步、练气功、遛鸟。有些游人还爱趴在"古门"的门缝上往里看。警卫的战士看到,也并不呵叱。有一年,修缮西南角的建筑,为了运料方便,打开了古门,人们可以看到里面的"养元斋",一湾流水,几块太湖石,丛竹高树。钓鱼台不再那么神秘了。

原来的铁蒺藜有的是在柳树上箍一个圈,再用钉子钉上的。有一棵柳树上的铁蒺藜拆不净,因为它已经长进树皮里,拔不出来了。这棵柳树就带着外面拖着一截的铁蒺藜往上长,一天比一天高。这棵带着铁蒺藜的树,是"四人帮"作恶的一个历史见证。似乎这也像经了"文化大革命"一通折腾之后的中国人。

一九八七年八月十七日

注　释

① 本篇原载 1987 年 11 月 23 日香港《大公报》;初收《蒲桥集》,作家出版社,1989 年 3 月。

《茱萸集》题记^①

"小学校的钟声"一九四六年在《文艺复兴》发表时,有一个副题:"茱萸小集之一"。原来想继续写几篇,凑一个小集子。后来不知道为什么没有写下去,于是就只有"之一","之二"、"之三"都无消息了。现在要编一本给台湾乡亲看的集子,想起原拟的集名,因为篇数不算少,去掉一个"小"字,题为《茱萸集》。这也算完了一笔陈年旧帐。

当初取名《茱萸小集》原也没有深意。我只是对这种植物,或不如说对这两个字的字形有兴趣。关于茱萸的典故是大家都知道的。《续齐谐记》:"费长房谓桓景曰:'九月九日,汝家有灾,急令家人各作绛囊盛茱萸系臂,登高,饮菊花酒。'"王维的诗也是大家都知道的:"遥知兄弟登高处,遍插茱萸少一人"。我取茱萸为集名时自然也想到这些,有点怀旧的情绪,但这和小说的内容没有直接的关联。如果读者于此有所会心,自也不妨,但这不是我的本心。

我是江苏高邮人。关于我的家乡,外乡人所知道的,大概只有两件事。一是出过一个秦少游;二是出双黄鸭蛋。一九三九年,到昆明考入西南联大,读中国文学系,是沈从文先生的及门弟子。离校后教了几年中学。一九四九年以后,当了相当长时间的文学刊物的编辑。一九六二年起在北京京剧院担任京剧编剧,至今尚未离职。

我一九四〇年开始发表作品,当时我二十岁。大学时期所写诗文都已散佚。此集的第一篇"小学校的钟声"可以作为那一时期的代表。这篇东西大约写于一九四五年。一九四八年,我在巴金先生主编的文学丛刊中出过一本《邂逅集》。以后写作,一直是时断时续。一九六二年出一本《羊舍的夜晚》。一九八二年出过一本《汪曾祺短篇小说选》,一九八五年出过小说集《晚饭花集》。近期将出版谈创作的文集

《晚翠文谈》、《汪曾祺自选集》。散文尚未成集,须俟明春。

我的小说在中国当代文学中可以视为"别裁伪体"。我年轻时有意"领异标新"。中年时曾说过:"凡是别人那样写过的,我就绝不再那样写。"现在我老了,我已无意把自己的作品区别于别人的作品。我的作品倘与别人有什么不同,只是因为我不会写别人那样的作品。

我希望台湾的读者能喜欢我的小说。

一九八七年八月下旬北京

注　释

① 　本篇原载《茱萸集》,台湾联合文学出版社,1988 年 9 月。

传统文化对中国当代
文学创作的影响①

前几年,有几位中国的青年评论家认为:"五四"是中国文化的断裂。从表面现象看,是这样。五四运动,出于革命的要求,提倡新文化,反对旧文化。那时的主将提出,"打倒孔家店","欢迎赛先生、德先生"。他们用很大的热情诅咒"选学妖孽,桐城谬种"。鲁迅就劝过青年少看中国书。但往深里看一看,五四并不是什么断裂。这些文化革命的主将大都是旧学根底很深的。这只要问问琉璃厂旧书店的掌柜的和伙计就可以知道,主将们是买他们的旧书的主要主顾!中国的新文学一开始确实受了西方的影响,小说和新诗的形式都是从外国移植进来的。但是在引进外来形式的同时,中国新文学一开始就没有脱离传统文化的影响。

鲁迅对中国古典文学,特别是中古文学,有很深的研究。他曾经讲授过汉文学史,校订过《嵇康集》。他写的《魏晋风度及文章与药及酒之关系》,至今还是任何一本中古文学史必须引用的文章。鲁迅可以用地道的魏晋风格给人写碑。他的用白话文写的小说、散文里,也不难找出魏晋文风的痕迹。我很希望有人能写出一篇大文章:《论魏晋文学对鲁迅作品的影响》。鲁迅还搜集过汉代石刻画像,整理过会稽郡的历史文献,自己掏钱在南京的佛经流通处刻了一本《百喻经》,和郑振铎合选过《北平笺谱》。这些,对他的文学创作都是有间接的作用的。

闻一多是把西洋诗的格律首先引进中国的开一代风气的诗人,但是他在大学里讲授的是《诗经》、《楚辞》、《庄子》、《唐诗》。他大概是最早用比较文学的方法讲中国古典文学的一个人。我在大学里听他讲过唐诗,他就用后印象派的画和晚唐绝句相比较。闻先生原来是学画的,他一直仍是画家。他同时又是写金文的书法家,刻图章的金石家。他的诗文也都有金石味,——好像用刻刀刻出来的。

郭沫若是一个通才。他写诗,也写过小说,写了一大堆剧本;翻译过《浮士德》。但他又是历史学家、考古学家。他是第一个用新的观点研究先秦诸子思想的学者,是从史实、章句到文学价值全面地研究《楚辞》的大家,他对甲骨文、金文的研究超越了前人,成为一代权威。他的书法自成一体,全国到处的名胜古迹楼台亭馆,都可以看到他的才气纵横的大字。他的诗明显地受了李白的影响。

沈从文在中国现代作家里是一个很奇特的例子。他只读过小学,当了几年兵,一个土头土脑的乡下人,冒冒失失地从边远落后的湘西跑到文化古城北京,想用一枝笔挣到一点"可以消化消化"的东西,可是他连标点符号都不会用。他在一种文化饥饿的状态中,贪婪地吞食了大量的知识,——读了很多书。他最初拥有的书,是一本司马迁的《史记》。他反复读这本书。直到晚年,对其中许多章节还记得。他的小说的行文简洁而精确处,得力于《史记》者,实不少。也像鲁迅一样,他读了很多魏晋时代的诗文。他晚年写旧诗,风格近似阮籍的《咏怀》。他读过不少佛经,曾从《法苑珠林》中辑录出一些故事,重新改写成《月下小景》。他的一些小说富于东方浪漫主义的色彩,跟《法苑珠林》有一定关系。他的独特的文体,他自己说是"文白夹杂",即把中古时期的规整的书面语言和近代的带有乡土气息的口语揉合在一处,我以为受了《世说新语》以及《法苑珠林》这样的翻译佛经的文体的影响颇大。而他的描写风景的概括性和鲜明性,可以直接上溯到郦道元的《水经注》。他一九四九年以后忽然中断了文学创作,转到文物研究方面来。许多外国朋友,包括中国的青年作家,都觉得这是不可理解的,几乎是神秘的转折。尤其难于理解的是,他在不长的时间中对文物研究搞出那样大的成就,写出许多著作,包括像《中国服饰研究》这样的开山之作的巨著。我,作为他的学生,觉得这并不是完全不可理解。沈先生从年轻时候就对一切美的东西具有近似痴迷的兴趣,他对书画、陶瓷、漆器、丝绸、刺绣有着渊博的知识。这些，使他在写小说、散文时得到启发，而他对写作的精细耐心，也正像一个手工艺匠师对待他的制品一样。

四十年代是战争年代，有一批作家是从农村成长起来的。他们没有受过完整正规的学校教育，但是他们得到农民文化的丰富的滋养，他们的作品受了民歌、民间戏曲和民间说书很大的影响，如赵树理、李季。赵树理是一个农村才子，多才多艺。他在农村集市上能够一个人演一台戏，他唱、演、做身段，并用口拉过门、打锣鼓，非常热闹。他写的小说近似评书。李季用陕北"信天游"形式写了优秀的叙事诗。他们所接受的是另一种形态的文化传统。尽管是另一种形态的，但应该说仍旧是中国的文化传统。

在战争的环境中，书籍是很难得到的。有些作家在土改时从地主家中弄到半套《康熙字典》或残缺不全的《聊斋志异》，就觉得如获至宝。孙犁就是这样一位作家。孙犁的小说清新淡雅，在表现农村和战争题材的小说里别具一格（他嗜书若命）。他晚年写的小说越发趋于平淡，用完全白描的手法勾画一点平常的人事，有时简直分不清这是小说还是散文，显然受了中国的"笔记"很大的影响，被评论家称之为"笔记体小说"。

另一个也被评论家认为写"笔记体小说"的作家是汪曾祺。我的小说受了明代散文作家归有光颇深的影响。黄宗羲说："予读震川文之为女妇者，一往情深，每以一二细事见之，使人欲涕。"他的散文写得很平淡，很亲切，好像只是说一些家常话。我的小说很少写戏剧性的情节，结构松散，有的评论家说这是散文化的小说。

五十年代的青年作家读俄罗斯和苏联翻译作品及五四以来的作家的作品比较多，旧书读得比较少。但也不尽如此。宗璞从小受到古典文学的熏陶，她的作品让人想起宋代女词人李清照。

六十年代才真是文化的断裂。

七十年代由于文化对外开放，西方的各种文艺思潮和各种流派的作品涌进中国，这一代的青年作家热衷于阅读这些理论和作品，并且吮吸到自己的创作之中。

八十年代的青年作家有一部分忽然对中国传统文化激发出巨大的热情。有几年在大学生中间掀起了一阵"老庄热",有的青年作家甚至对佛学中的禅宗产生兴趣。比如现在美国的阿城。前几年有一些青年作家提出文学"寻根"。"寻根"是一个相当模糊的概念,谁也没有说明白它的涵义。但是大家有一种朦朦胧胧的向往,追寻好像已经消逝的中国古文化。我个人认为这种倾向是好的。

近年还出现"文化小说"的提法,这也是相当模糊的概念。所谓"文化小说",据我的观察,不外是:1.小说注意描写中国的风俗,把人物放置在一定的风俗画环境中活动;2.表现了当代中国的普通人的心理结构中潜在的传统文化的影响,——比如老庄的顺乎自然的恬静境界,孔子的"仁恕"思想。

无论"寻根文学"或"文化小说"的作者,都更充分地意识到语言的重要性。他们认识到语言不仅是手段,其本身便是目的。他们认识到语言的哲学的、心理的意蕴,认识到语言的文化性。语言是一种文化现象。语言的后面都有文化。正如中国古代的文论家所说:凡无字处皆有字。文学语言的辐射范围不只是字典上所注释的那样。语言后面所潜伏的文化的深度,是语言优次的标准,同时也是检验一个作品民族化程度的标准,也是一个作品是否真正能够感染读者的重要契因。比如毛泽东写给柳亚子的诗:

　　饮茶粤海未能忘,
　　索句渝州叶正黄。
　　三十一年还旧国,
　　落花时节读华章……

单看字面,"落花时节"就是落花的时节,但是如果读过杜甫逢李龟年的诗:

　　岐王宅里寻常见,
　　崔九堂前几度闻。

正是江南好风景，

落花时节又逢君。

就知道"落花时节"包含着久别重逢的意思。

因此，我认为当代中国作家，应该尽量多读一点中国古典文学。

中国的当代文学含蕴着传统的文化，这才成为当代的中国文学。正如现代化的中国里面有古代的中国。如果只有现代化，没有古代中国，那么中国就不成其为中国。

注　释

① 本篇原载《汪曾祺全集》第六卷，北京师范大学出版社，1998 年 8 月；是为参加爱荷华写作计划准备的讲稿，约 1987 年 8 月作。

我是一个中国人①

——我的创作生涯

我的家乡是江苏北部一个不大的县，挨着大运河。乡下有劳苦的农民。城里有生活荒唐的地主、规规矩矩的生意人和整天在作坊里用大概两千年前就有的工具做工的工匠，这城里不少人是正直的，但也是因循的，封闭的，缺乏开创精神和叛逆思想。他们读过一些孔子、孟子的书，信奉玉皇大帝、灶君菩萨、财神爷和狐仙。生活是平静的。每天生出一些婴孩，死去一些老人。不管遇到什么灾害，水灾、旱灾、兵乱，居民都用一种出奇的韧性接受下来，勉强度过。他们的情绪是稳定的，不像有些西方人那样充满激动与不安，我的相当一部分小说表现的就是这样的人，他们的起伏不大，不太形之于色的小小的悲欢。我本人的思想也多少受了这小城居民的影响，虽然我十九岁就离开家乡了。

我从小生活在这个小城里。过年，过节，看迎赛城隍，看"草台班子"的戏，看各色各样的店铺，看银匠打首饰，竹匠制竹器，画匠画"家神菩萨"，铁匠打镰刀。东看看，西看看。我的记忆力有点畸形。对记忆数学公式、英文单词，非常低能；但对颜色、声音、气味的记忆是出色的；也许因此注定我只能当一个作家。

我的父亲是一个画家，——当然是画中国的彩墨画的。我从小爱看他作画，我小时在绘画方面颇有才能。中国画有两大派。一派是工笔画，一派是写意画。工笔画注重表现物象，写意画注意画家对物象的感受。我父亲是画写意画的。中国画讲究"计白当黑"，即留出大量的空白，让看画的人有想象的余地。这两者对我的小说创作有一定影响。一是我不详细地描写人物和背景；二是尽量少写一点。

1939 年，我就读昆明的西南联合大学中国文学系。教我们写作的是沈从文先生。沈先生是以一个作家的身份教书的。他讲课没有课本,也没有系统,只是随便漫谈。他不善于言词,家乡口音又很重,说话是轻轻的,不好懂。他经常说的一句话是:"要贴到人物来写"。但是这一句话使我终身受用。他的意思是作者的笔随时要和人物贴紧,不能飘浮空泛。我是沈先生亲授的弟子,我的作品自然受他的影响很深。但是沈先生曾对我说:你是你自己。

在中国当代作家中我的作品里中国传统思想文化影响的痕迹比较明显。我以为一个中国人,尤其是一个作家,都会或多或少地接受这样那样的传统文化的影响的。孔子的影响,老庄的影响,甚至佛教禅宗的影响。一般说来,中国作家所受传统文化影响是混杂的,什么都有一点,而又融入了作者的现代意识之中。有一个评论家说我写的一些人物的恬淡自然的生活态度有老庄痕迹,并推断我本人也是欣赏老庄的。我年轻时确是读过《庄子》。但是我自己反省了一下,我还是较多地接受了儒家的影响。我觉得孔子是个很近人情的思想家,并且是一个诗人。我很欣赏曾点的志向:"暮春者,春服既成,冠者五六人,童子六七人,浴乎沂,风乎舞雩,咏而归。"我以为这是一种超脱的,美的,诗意的生活态度。我欣赏宋儒的这样的诗:"万物静观皆自得,四时佳兴与人同";"顿觉眼前生意满,须知世上苦人多"。我是一个中国式的,抒情的人道主义者。我希望在普通人的身上看出人的价值,人的诗意,人的美。我追求的是和谐,不是深刻。

我年轻时读过一些西方的作品,受了一些影响。台湾在介绍我的作品时说我是中国最早使用现代派和意识流的作家。其实在我之前,废名、林徽因已经使用这样的手法了。不过我年轻时确实比较大量地使用过(现在这样的手法在我的作品里并未绝迹)。后来我的风格变了。我比较正视现实,严酷的现实教育我不得不正视;同时有意识地接受了中国古典文学和民间文学的传统。因为我是一个中国人。我不反对当代中国的一些青年作家竭力向西方学习,但是一个中国作家的作品永远不会写得和西方作家一样,因为你写的是中国的人和事,你的思维方式是中国式的,你对生活的审察的角度是中国的,特别是你是用中国话——汉语写作的。我认为作品的语言是有决定意义的。一个作家必须精通中国的语言,语言的美,语言的诗意,语言的音乐性和它可能引起的尽可能广阔的联想。语言具有辐射性。一个作家的看来似乎平常的语言所能暗示出来的信息愈多,他的语言就愈有嚼头,也具有更大的民族性。我相信西方现代派的作家对他本国的语言也是精通的。如果一个中国作家写出来的作品的语言像是翻译作品的语言,一种不三不四的,用汉字写出来的外国话,那他只能是鲁迅所说的"假洋鬼子"。因此,我在北京市作协举行的一次我的作品的讨论会上所作的简短的发言的题目是:"回到现实主义,回到民族传统"。当然,我说的现实主义是能吸收各种流派的现实主义,我说的民族传统是不排斥任何外来影响的民族传统。

谢谢!

注　释

① 本篇是为参加爱荷华写作计划准备的讲稿,据手稿编入。

水母宫和张郎像①

　　山西太原晋祠在悬瓮山下,从悬瓮山流出一股很粗的泉水,泉名"难老泉",渊渊不绝,不知流了多少年了。泉流出处不远,有一座亭子,亭里有一块竖匾,文曰"永锡难老",是明末的小品文作家、书法家同时又是著名的妇科专家的傅青主写的。难老泉是晋水之源。晋水流经之处稻麦丰盛,草木华滋,女郎俊美。山西人对难老泉充满了感激。

　　晋祠很值得一看。有结构独特的圣母殿,殿里有四十二尊宋代粉塑侍女立像,好像都能说话。有全国少有的十字飞梁——十字形的桥。还有许多文物价值很高的古建筑。这里只想说说两件不大为人提起的文物,——姑且也算是文物吧。

　　一件是水母宫,在难老亭的上首。"宫"甚小,只有一间,红墙,穹门低窄,进门得低头。宫里有一座装金的水母塑像,只有二尺许高。这像的特别处是一点都不华贵,只是一个农村的小媳妇,穿的不是凤冠霞帔,只是普通的裤褂。她身下是一口水缸,缸上扣一口锅盖。她就用北方常见的妇女坐炕的姿态,盘膝坐在锅盖上,微侧着身,伸起手来正在挽发髻,神态很从容。

　　这有个故事:有一个地方,缺水,吃水艰难。这个少妇嫁到这里以后,每天要到很远的地方去挑水。有一天,来了一个过路人,要一点水喝。少妇舀给他一碗,他喝了还要喝。少妇就给他一个瓢,由他自己喝。不料他竟把一缸水全喝了。少妇心里着急:今天拿什么做饭呢?这过路人说:"我送你一样东西。"他把手里的马鞭子给了她,说:"你把鞭子插在水缸里,要水,把鞭子往上提一截,缸里就有水了。可记住,千万不要把鞭子拔出缸外!"说完了,过路人就不见了。有一天小媳妇回娘家去,她婆婆在家,把马鞭子狠劲往上提,一下子拔出缸外。坏了!

865

水不断流出来,村子淹了!小媳妇正在打开头发梳头,听说婆家村子发大水了,赶紧往回奔。急中生智,拿起一口锅盖扣在水缸上,自己腾地往上一坐。水止住了,村子保住了。水退后,小媳妇才顾得上梳头。

第二件是张郎像,在难老亭下首。

难老泉流出后,东边和西边的村子都要用。水要分。怎么分?两边的村子连年打官司、打架。后来有一个地方官想了一个办法,熬了一锅滚开的热油,扔进十个铜钱,说:"你们两边各出一个人,伸手到锅里去捞铜钱,哪边捞出几个钱,就分几股水。"东边村走出一个后生,伸手到油锅里捞出了七个铜钱。从此规定:东边用七股水,西边用三股水,永远不再打架,打官司。后人为了纪念小伙子,给他立了一个像。像不大,模样装束完全是一个农民。小伙子姓张,不知道名字,众口相传,叫他张郎。

有关这两件文物的故事当然是不可信的。水母宫我在别处也见过。张郎像则在离太原不远的赵城分水闸边也有一座。但是故事的思想内容却是极其真实的:水对人的生活太重要了。水不够用,要争,甚至用生命去争;水大了,又会泛滥成灾。

香港人吃的水一部分是从大陆送过去的,你们有没有兴趣听听大陆的土著编制出来的关于水的故事?

注 释

① 本篇原载 1987 年 9 月 17 日香港《大公报》;初收《蒲桥集》,作家出版社,1989 年 3 月。

自　序①

　　我曾在一篇谈我的作品的小文中说过：我的作品不是，也不可能是中国当代文学的主流。我觉得这样说是合乎实际的，不是谦虚。"主流"是什么？我说不清楚，也不想说。我只是想：我悄悄地写，读者悄悄地看，就完了。我不想把自己搞得很响亮。这是真话。

　　我年轻时曾受过西方的、现代主义文学的影响。但是我已经六十七岁了。我经历过生活中的酸甜苦辣，春夏秋冬，我从云层回到地面。我现在的文学主张是：回到民族传统，回到现实主义。

　　一位公社书记曾对我说：有一天，他要主持一个会，收拾一下会场。发现会议桌的塑料台布上有一些用圆珠笔写的字。昨天开过大队书记的会。这些字迹是两位大队书记写的。他们对面坐着，一人写一句。这位公社书记细看了一下，原来这两位大队书记写的是我的小说《受戒》里明海和小英子的对话。他们能一字不差地默写出来。这件事使我很感动。我想：写作是件严肃的事。我的作品到底能在精神上给读者一些什么呢？

　　我想给读者一点心灵上的滋润。杜甫有两句形容春雨的诗："随风潜入夜，润物细无声。"我希望我的小说能产生这样的作用。

一九八七年九月二十日于爱荷华

注　释

① 本篇原载《汪曾祺全集》第四卷，北京师范大学出版社，1998 年 8 月。

坝　上[①]

风梳着莜麦沙沙地响，
山药花翻滚着雪浪。
走半天见不到一个人，
这就是俺们的坝上。

——旧作《旅途》

香港人知道坝上的大概不多，但是不少人知道口蘑。口蘑的集散地在张家口市，但是出产在张家口地区的坝上。

张家口地区分坝上、坝下两个部分。我原来以为"坝"是水坝，不是的。所谓坝是一溜大山，齐齐的，远看倒像是一座大坝。坝上坝下，海拔悬殊。坝下七百公尺，坝上一千四，几乎是直上直下。汽车从万全县起爬坡，爬得很吃力。一上坝，就忽然开得轻快起来，撒开了欢。坝上是台地，非常平。北方人形容地面之平，说是平得像案板一样。而且非常广阔，一望无际。坝上下，温度也极悬殊。我上坝在九月初，原来穿的是衬衫，一上坝就披起了薄棉袄。坝上冬天冷到零下四十度。冬天上坝，汽车站都要检查乘客有没有大皮袄，曾经有人冻死在车上过。

坝上的地块极大。多大？说是有人牵了一头黄牛去犁地，犁了一趟回来，黄牛带回一只小牛犊，已经三岁了！

坝上的农作物也和坝下不同，不种高粱、玉米，种莜麦、胡麻、山药。莜麦和西藏的青稞麦是一类的东西，有点像做麦片的燕麦。这种庄稼显得非常干净，看起来像洗过一样，梳过一样。胡麻开着蓝花，像打着一把一把小伞，很秀气。山药即马铃薯。香港人是见过马铃薯的，但是种在地里的马铃薯恐怕见过的人不多。马铃薯开了花，真是像翻滚着雪浪。

坝上有草原,多马、牛、羊。坝上的羊肉不膻,因为羊吃了野葱,自己已经把膻味解了。据说过去北京东来顺卖涮羊肉的羊都是从坝上赶了去的。——不是用车运,而是雇人成群地赶去的。羊一路走,一路吃草,到北京才不掉膘。

口蘑很奇怪,长在一定的地方,不是到处长。长蘑菇的地方叫做"蘑菇圈"。在草地上远远看去,有一圈草特别绿,那就是蘑菇圈。蘑菇圈是正圆的。蘑菇就长在这一圈草里。——圈里不长,圈外也不长。有人说这地方过去曾扎过蒙古包,蒙古人把吃剩的肉汤、骨头丢在蒙古包周围,这一圈土特别肥,所以长蘑菇。但据研究蘑菇的专家告诉我,兹说不可信。我采过蘑菇。下过雨,出了太阳,空气潮暖,蘑菇就出来了。从土里顶出一个小小的白帽,雪白的。哈,蘑菇!我第一次采到蘑菇,其惊喜不下于小时候第一次钓到一条鱼。

口蘑品种很多。伞盖背面菌丝作紫黑色的,叫"黑片蘑",品最次。比较名贵的是青腿子、鸡腿子、白蘑。我曾亲自采到一个白蘑,晾干了,带回北京。一个白蘑做了一大碗汤,一家人都喝了,都说:"鲜极了!"口蘑要干制了才好吃,鲜口蘑不好吃,不像云南的鸡𤅂或冬菇。我在井冈山吃过才摘的鲜冬菇,风味绝佳,无可比拟。

坝上还出百灵。过去有那种游手好闲,不好好种地的人,即靠采蘑菇和扣百灵为生。百灵为甚么要"扣"呢?因为它是落在地面上的。百灵的爪子不能拳曲,不能栖息在树上,——抓不住树枝。养百灵的笼里不要栖棍,只有一个"台",百灵想唱歌,就登台表演。至于怎样"扣",我则未闻其详。关里的百灵很多都是从"口外"去的。但是口外百灵到了关里得经过一段时间的调教,否则它叫起来带有口外的口音。咦,鸟还有乡音呀?

注　释

① 本篇原载 1987 年 9 月 27 日《大公报》;初收《蒲桥集》,作家出版社,1989年 3 月。

夏天的昆虫①

蝈　　蝈

蝈蝈我们那里叫做"叫蚰子"。因为它长得粗壮结实,样子也不大好看,还特别在前面加一个"侉"字,叫做"侉叫蚰子"。这东西就是会呱呱的叫。有时嫌它叫得太吵人了,在它的笼子上拍一下,它就大叫一声:"呱!——"停止了。它什么都吃。据说吃了辣椒更爱叫,我就挑顶辣的辣椒喂它。早晨,掐了南瓜花(谎花)喂它,只是取其好看而已。这东西是咬人的。有时捏住笼子,它会从竹篾的洞里咬你的指头肚子一口!

别有一种秋叫蚰子,较晚出,体小,通身碧绿如玻璃料,叫声轻脆。秋叫蚰子养在牛角做的圆盒中,顶面有一块玻璃。我能自己做这种牛角盒子,要紧的是弄出一块大小合适的圆玻璃。把玻璃放在水盒里,用剪子剪,则不碎裂。秋叫蚰子价钱比侉叫蚰子贵得多。养好了,可以越冬。

叫蚰子是可以吃的。得是三尾的,腹大多子。扔在枯树枝火中,一会就熟了。味极似虾。

蝉

蝉大别有三类。一种是"海溜",最大,色黑,叫声宏亮。这是蝉里的楚霸王,生命力很强。我曾捉了一只,养在一个断了发条的旧座钟里,活了好多天。一种是"嘟溜",体较小,绿色而有点银光,样子最好看,叫声也好听:"嘟溜——嘟溜——嘟溜"。一种叫"叽溜",最小,暗赭色,也是因其叫声而得名。

蝉喜欢栖息在柳树上。古人常画"高柳鸣蝉",是有道理的。

北京的孩子捉蝉用粘竿,——竹竿头上涂了粘胶。我们小时候则用蜘蛛网。选一根结实的长芦苇,一头撅成三角形,用线缚住,看见有大蜘蛛网就一绞,三角里络满了蜘蛛网,很粘。瞅准了一只蝉,轻轻一揞,蝉的翅膀就被粘住了。

佝偻丈人承蜩,不知道用的是什么工具。

蜻　　蜓

家乡的蜻蜓有三种。

一种极大,头胸浓绿色,腹部有黑色的环纹,尾部两侧有革质的小圆片,叫做"绿豆钢"。这家伙利害得很,飞时巨大的翅膀磨得嚓嚓地响。或捉之置室内,它会对着窗玻璃猛撞。

一种即常见的蜻蜓,有灰蓝色和绿色的。蜻蜓的眼睛很尖,但到黄昏后眼力就有点不济。他们栖息着不动,从后面轻轻伸手,一捏就能捏住。玩蜻蜓有一种恶作剧的玩法:掐一根狗尾巴草,把草茎插进蜻蜓的屁股,一撒手,蜻蜓就带着狗尾草的穗子飞了。

一种是红蜻蜓。不知道什么道理,说这是灶王爷的马。

另有一种纯黑的蜻蜓,身上,翅膀都是深黑色,我们叫它鬼蜻蜓,因为它有点鬼气。也叫"寡妇"。

刀　　螂

刀螂即螳螂。螳螂是很好看的。螳螂的头可以四面转动。螳螂翅膀嫩绿,颜色和脉纹都很美。昆虫翅膀好看的,为螳螂,为纺织娘。

或问:你写这些昆虫什么意思? 答曰:我只是希望现在的孩子也能

玩玩这些昆虫,对自然发生兴趣。现在的孩子大都只在电子玩具包围中长大,未必是好事。

注　释

① 本篇原载《北京文学》1987 年第九期"草木闲篇"专栏;初收《蒲桥集》,作家出版社,1989 年 3 月。

林肯的鼻子①

——美国家书

　　我们到伊里诺明州斯泼凌菲尔德市参观林肯故居。林肯居住过的房子正在修复。街道和几家邻居的住宅倒都已经修好了。街道上铺的是木板。几家邻居的房子也是木结构，样子差不多。一位穿了林肯时代服装(白洋布印黑色小碎花的膨起的长裙，同样颜色短袄，戴无指手套，手上还套一个线结的钱袋)的中年女士给我们作介绍。她的声音有点尖厉，话说得比较快，说得很多，滔滔不绝。也许林肯时代的妇女就是这样说话的。她说了一些与林肯无关的话，老是说她们姊妹的事。有一个林肯旧邻的后代也出来作了介绍。他也穿了林肯时代的服装，本色毛布的长过膝盖的外套，皮靴也是牛皮本色的，不上油。领口系了一条绿色的丝带。此人的话也很多，一边说，一边老是向右侧扬起脑袋，有点兴奋，又像有点愤世嫉俗。他说了一气，最后说："我是学过心理学的，我一看你的眼睛，就知道你说的是不是真话！——日安！"用一句北京话来说：这是哪儿跟哪儿呀？此人道罢日安，翩然而去，由印花布女士继续介绍。她最后说："林肯是伟大的政治家，但在生活上是个无赖。"我真有点怀疑我的耳朵。

　　第二天上午，参观林肯墓，墓的地点很好，很空旷，墓前是一片草坪，更前是很多高大的树。

　　这天步兵114旅特地给国际写作计划的作家们表演了升旗仪式。两个穿了当年的蓝色薄呢制服的队长模样的军人在旗杆前等着。其中一个挎了红缎子的值星带，佩指挥刀。在军鼓和小号声中走来一队士兵，也都穿蓝呢子制服。所谓一队，其实只有七个人。前面两个，一个打着美国国旗，一个打着州旗。当中三个背着长枪。最后两个，一个打鼓，一个吹号。走得很有节拍，但是轻轻松松的。立定之后，向左转，架好长枪。喊口令的就是那个吹小号的，他的军帽后边露着雪白的头发，大概岁数不小了。口令声音很轻，并不大声怒喝。——中国军队大声喊口令，大概是受了日本或德国的影响。口令是要练的。我在昆明时，每天清晨听见第五军校的学生练口令，那么多人一同怒吼，真是惊天动地。一声"升旗"后，老兵自己吹了号，号音有点像中国的"三环号"。那两个队长举手敬礼，国旗和州旗升上去。一会儿工夫，仪式就完了，士兵列队走去，小号吹起来，吹的是"咭里鲁亚"。打鼓的这回不是打的鼓面，只是用两根鼓棒敲着鼓边。这个升旗仪式既不威武雄壮，也并不怎么庄严肃穆。说是形同儿戏，那倒也不是。只能说这是美国式的仪式，比较随便。

林肯墓是一座白花岗石的方塔形的建筑，墓前有林肯的立像。两侧各有一组内战英雄的群像。一组在举旗挺进；一组有扬蹄的战马。墓基前数步，石座上还有一个很大的林肯的铜铸的头像。

我觉林肯墓是好看的，清清爽爽，干干净净。一位法国作家说他到过南京，看过中山陵，说林肯墓和中山陵不能相比。——中山陵有气魄。我说："不同的风格。"——"对，完全不同的风格！"他不知道林肯墓是"墓"，中山陵是"陵"呀。

我们到墓里看了一圈。这里葬着林肯，林肯的夫人，还有他的三个儿子。正中还有一个林肯坐在椅子里的铜像。他的三个儿子都有一个铜像，但较小。林肯的儿子极像林肯。纪念林肯，同时纪念他的家属，这也是一种美国式的思想。——这里倒没有林肯的"亲密战友"的任何名字和形象。

走出墓道，看到好些人去摸林肯的鼻子——头像的鼻子。有带着孩子的，把孩子举起来，孩子就高高兴兴的去摸。林肯的头像外面原来是镀了一层黑颜色的，他的鼻子被摸得多了，露出里面的黄铜，锃亮锃亮的。为什么要去摸林肯的鼻子？我想原来只是因为林肯的鼻子很突出，后来就成了一种迷信，说是摸了会有好运气。好几位作家握着林肯的鼻子照了像。他们叫我也照一张，我笑了笑，摇摇头。

归途中路过诗人艾德加·李·马斯特的故居。马斯特对林肯的一些观点是不同意的。我问接待我们的一位女士：马斯特究竟不同意林肯的哪些观点，她说她也不清楚，只知道他们关系不好。我说："你们不管他们观点有什么分歧，都一样地纪念，是不是？"她说："只要是对人类文化有过贡献的，我们都纪念，不管他们的关系好不好。"我说："这大概就是美国的民主。"她说："你说的很好。"我说："我不赞成大家去摸林肯的鼻子。"她说："我也不赞成！"

　　途次又经桑德堡故居。对桑德堡，中国的读者比较熟悉，他的短诗《雾》是传诵很广的。桑德堡写过长诗《林肯——在战争年代》。他是赞成林肯观点的。

　　回到住处，我想：摸林肯的鼻子，到底要得要不得？最后的结论是：这还是要得的。谁的鼻子都可以摸，林肯的鼻子也可以摸。没有一个人的鼻子是神圣的。林肯有一句名言："All men are created equal."（所有的人生来都是平等的）我还想到，自由、平等、博爱，是不可分割的概念。自由，是以平等为前提的。在中国，现在，很需要倡导这种"Created equal"的精神。

　　让我们平等地摸别人的鼻子，也让别人摸。

一九八七年十月一日爱荷华

注　释

① 本篇原载《散文世界》1988 年第四期；初收《蒲桥集》，作家出版社，1989 年 3 月。

昆 明 食 菌①

我在昆明住过七年，离开已四十多年，忘不了昆明的菌子。

雨季一到，诸菌皆出，空气里到处是菌子气味。无论贫富，都能吃到菌子。

常见的是牛肝菌、青头菌。牛肝菌菌盖正面色如牛肝。其特点是背面无菌摺，是平的，只有无数小孔，因此菌肉很厚，可切成薄片，宜于炒食。入口滑细，极鲜。炒牛肝菌要加大量蒜片，否则吃了会头晕。菌香、蒜香扑鼻，直入脏腑，逗人食欲。牛肝菌价极廉。西南联大的大食堂的饭桌上都能有一盘。青头菌稍贵一点。青头菌菌盖正面微带苍绿色，菌摺雪白。炒或烩，宜放盐，用酱油颜色就不好看了。一般都认为青头菌格韵较高，但也有人偏嗜牛肝菌，以其滋味更为强烈浓厚。

最名贵的是鸡㙡。鸡㙡之名甚奇怪。"㙡"字别处少见，一般字典上查不到。为什么叫"鸡㙡"，众说不一。有人说鸡㙡的菌盖"开伞"后，样子像公鸡脖子上的毛——鸡鬃。没有根据。我见过未经熟制的鸡㙡，样子并不像鸡鬃。——果系如此，何不径写作"鸡鬃"？这东西生长的地方也奇怪，生在田野间的白蚁窝上。为什么专长在白蚁窝上，这道理连专家也没有弄明白。鸡㙡菌盖小而菌把粗长，吃的主要便是形似鸡大腿似的菌把。鸡㙡是菌中之王。味道如何，真难比方。可以说这是植物鸡。味正似当年的肥母鸡。但鸡肉粗，有丝，而鸡㙡则极细腻丰腴，且鸡肉无此一种特殊的菌子香气。昆明甬道街有一家不大的云南馆子，制鸡㙡极有名。

菌子里味道最深刻（请恕我用了这样一个怪字眼），样子最难看的，是干巴菌。这东西像一个被踩破的马蜂窝，颜色如半干牛粪，乱七八糟，当中还夹杂了许多松毛（马尾松的针叶）、草茎，择起来很费事。

择也择不出大片，只是螃蟹小腿肉粗细的丝丝。洗净后，与肥瘦相间的猪肉、青辣椒同炒，入口细嚼，半天说不出话来。只觉得：世界上还有这么好吃的东西？干巴菌，菌也，但有陈年宣威火腿香味、宁波糟白鱼鲞香味、苏州风鸡香味、南京鸭胗肝香味，且杂有松毛的清香气味。干巴菌晾干，与辣椒同腌，可久藏，味与鲜时无异。

样子最好看的是鸡油菌，个个正圆，银元大，嫩黄色，但据说不好吃。干巴菌和鸡油菌，一个中吃不中看，一个中看不中吃。

注　释

① 本篇原载 1987 年 10 月 11 日香港《大公报》；初收《蒲桥集》，作家出版社，1989 年 3 月。

口　蘑①

口蘑因在张家口集散,故名。其实张家口市附近是不出口蘑的。口蘑的产地在坝上,内蒙。对于"口蘑"的正确理解,应该是:口外之蘑。

口蘑生长的秘密,好像到现在还没有揭开。口蘑长在草原上。很怪,只长在"口蘑圈"上。草原上往往有一个相当大的圆圈,正圆,这一圈的草长得特别绿,绿得发黑,这就是蘑菇圈。九月间,这是草原最美的时候。雨晴之后,天气潮闷,这是出蘑菇的时候。远远看去,蘑菇圈上一点一点白的,那是蘑菇出来了。蘑菇圈是固定的。今年这里出蘑菇,明年还出。蘑菇圈的成因,谁也说不明白。有人说这地方曾扎过蒙古包,蒙古人把吃剩的羊肉汤、羊骨头倒在蒙古包的周围,这一圈土特别肥沃,故草色浓绿,长蘑菇。这是想当然耳。有人曾挖取蘑菇圈上的土,移之他处,布入菌丝,希望获得人工驯化的口蘑,没有成功。

口蘑品类颇多。我曾在张家口沙岭子农业科学研究所画过一套《口蘑图谱》,皆以实物置之案前对写,自信对口蘑略有认识。口蘑的主要品种有:

黑蘑。菌盖白色,菌摺棕黑色。此为最常见者;菌行称之为"黑片蘑",价贱,但口蘑香味仍甚浓。北京涮羊肉的"锅底"、浇豆腐脑的羊肉卤以及"炸丸子开锅"的汤里,放的都是黑片蘑。

白蘑。白蘑较小(黑蘑有大如碗口的),菌盖、菌摺都是白色。白蘑少,不易采到。味极鲜。我曾在沽源采到一枚白蘑,干制后带回北京,一只白蘑做了一大碗汤,全家人喝了,都说比鸡汤还鲜。

鸡腿子。菌把粗长,近根部鼓起,状如鸡腿。

青腿子。形状似鸡腿子,但微绿。干制后亦只是灰白色,几与鸡腿子无异。

鸡腿子、青腿子很少见，即张家口口蘑庄号中也不易买到。我画过，没有吃过。

此外还有"庙自行"、"蘑菇丁"……那都是商号巧立名目，只是初出即采得、未开伞者，不是特别的品种。

口蘑采得，即须穿线晾干，否则极易生蛆。口蘑干制后方有香味。我吃过自采的鲜口蘑，一点也不香，这也很奇怪。

口蘑宜重荤大油（制素什锦只用香菇，少有用口蘑者）。《老残游记》提到口蘑炖鸭，自是佳品。我曾在沽源吃过口蘑羊肉哨子蘸莜面，三者相得益彰，为平生难忘的一次口福。在呼和浩特一家饭馆吃过一盘炒口蘑，极滑润，油皆透入口蘑片中，盖以慢火炒成，虽名为炒，实是油焖。即使是口蘑烩豆腐，亦须荤汤，方出味。

注　释

① 　本篇原载 1987 年 10 月 22 日香港《大公报》；初收《蒲桥集》，作家出版社，
1989 年 3 月。

作家的社会责任感[①]

你们也许希望我能够介绍一下中国大陆的当代文学的大概情况，但是我办不到。我的女儿经常批评我，说我不看任何当代中国作家的作品，除了我自己。但这个话说得夸张一点，但我对当代同代人作品确实看得很少。对于(这个)近几年文艺理论家的诸多理论，我看得更少。因为这些理论是五花八门，而且层出不穷。这些理论家拼命的往前跑，好像后面有只狗在跟着他，这个狗要咬他的脚后跟，所以我不能介绍(这个)当代大陆文学的情况，我只谈一个比较具体的问题。一个很没有趣味的问题，就是作家的社会责任感的问题。

作家在写作的时候，要不要考虑他的社会责任效果，跟这个问题相关的还有一个问题，就是作家的作品要表现的是社会生活、人的生活还是作家自己。对这个问题，中国作家有两种不同的看法，一部分作家，主要是一些比较年轻的作家，他们认为不考虑任何社会效果。他们认为我想写什么就写什么，我想怎么写就怎么写。而且他们主要是写自己的内心世界。我觉得这样的作家是无可厚非的。因为我自己年轻的时候就走过这样一段路。我在大学的时候曾经写过一些诗，这些诗是很不好懂的。我曾经在我们大学校园里，听到我的两个同学在我的面前议论，谁是汪曾祺。另一个就说，就说那个写"别人不懂，他自己也不懂"的诗的人。但是后来我的岁数比较大了，我经过生活的酸甜苦辣、春夏秋冬。我就从云层降到了地面。我觉得写作还是要考虑社会影响的。我觉得一个作家写作，不能像一个人想打一个喷嚏，他觉得鼻子痒了，他就打了一个喷嚏，他就浑身舒服了。我觉得写作不是那么简单的事情。另外有一类作家，把社会效果看得非常直接、非常迅速、非常明显。他们写作的目的往往非常现实，比如说他们希望写一个作品，能够推动一个工厂的改革,或者促进人们建立一种比较好的道德规范,对这样的作家我是充满了尊敬,但是很抱歉我不是这样的作家。中国有的理论家或者文艺界比较有权威的人,曾经提出过"创作要和生活同步"。但是,我觉得文学不是 Kentucky 炸鸡,可以当时炸,当时吃下去,当时就不饿了。我觉得文学的作用不是这样直接的。我想一个作品,如果写完了放在自己的抽屉里,那是他个人的事情。如果拿出来发表,就成了一个社会的现实。它总会对人们的思想感情产生这样那样的作用。比如说,可以引起人们对人的关心,让人们感觉到自己应该生活的更好更高尚一些,或者说使人们发现人本身的诗意和美,或者说给人们以希望,尽管这个世界充满了痛苦。但是,这个作用是比较间接、缓慢、潜在的。不能像阿斯匹灵治疗感冒那样有效。中国有句老话叫"潜移默化",某些文学作品,我觉得对人们的心灵所起的作用,是一种滋润的作用。中国唐代的伟大诗人杜甫有两句诗,是写春雨的"随风潜入夜,润物细无声"。我想,这是某些作品给读者所起的作用,我希望我自己作品能够起到这样的作用。谢谢。

注　释

① 本篇为 1987 年 10 月 26 日在爱荷华写作中心所作的演讲,赵坤根据录音整理。

太监念京白①

京剧里的太监都念京白(一般生、旦都念"韵白",架子花偶尔念几句京白——行话叫"改口",花旦多念京白,但也有念韵白的),《法门寺》的刘瑾的"自报家门"是其代表。特别是经金少山那么一念:"咱家,姓刘名瑾,字表春华,乃是陕西延安府的人氏。自幼儿七岁净身,九岁进宫,一十三岁,伺候老王,老王驾崩,扶保正德皇帝登基。我与万岁,明是君臣,暗同手足的一般……"吐字归音,铿锵顿挫,让人相信,太监就是那样说话的。

大概从明朝起(更准确地说,从永乐年间起),太监就说一种特殊韵味的京白,不论在宫里、宫外,在京、出京。

《陶庵梦忆·龙山放灯》:

> 万历辛丑年,父叔辈张灯龙山……庙门悬禁条,禁车马,禁烟火,禁喧哗,禁豪家奴不得行辟人。……十六夜,张分守宴织造太监于山巅星宿阁,傍晚至山下,见禁条,太监忙出舆笑曰:"遵他!遵他!自咱们遵他起。"

张岱文每喜用口语写人物对话。这一篇写织造太监的说话如闻其声,是口语,而且是地道的京白。

明朝的太监横行天下,他们有一个特点是到哪里都说京白。王世贞《弇山堂别集·中官考》载:

> 西厂太监谷大用遣逻卒四出刺访。江西南庭县民吴登显等三家于端午竞渡,以擅造龙舟捕之,籍其家。自是偏州下邑,见有华衣怒马作京师语音,辄相惊告,官司密赂之,冀免其祸。

这些"逻卒"都是锦衣卫的太监。

刘瑾说的是什么话呢？他是陕西兴平人（《法门寺》他自称是"陕西延安府的人氏"，差不多），本姓谈，按说该有点陕西口音，但他"幼自宫投中官刘姓者得进，因冒其姓"（《弇山堂别集》），他从小就进了宫，在太监堆里混大，一定已经说得一口太监味儿的京白了。他犯罪被捕，由驸马蔡震审问，他还仰起头来说："若何人？忘我德！"这显然是由记录者把他的话译成文言了。他被捕时，"时夜旦半，瑾宿于内直房，闻喧声，曰：'谁也？'应曰：'有旨'，瑾遂披青蟒衣以出……"（《弇山堂别集》）这一声"谁也？"还很像是京白。

明清两代太监说京白，是没有问题的。到了民国后，还有《茶馆》里的庞太监，说了那样一口阴阳怪气，听了叫人起鸡皮疙瘩的醋溜京白。

至于明以前的太监，如宋朝的童贯，说的是什么话，就不知道了。《白逼宫》里的穆顺也说京白，不知道有什么根据。

注　释

① 本篇原载 1987 年 11 月 3 日香港《大公报》；初收《蒲桥集》，作家出版社，1989 年 3 月。

中国作家的语言意识①

　　中国作家现在很重视语言。不少作家充分意识到语言的重要性。语言不只是一种形式，一种手段，应该提到内容的高度来认识。最初提到这个问题的是闻一多先生。他在很年轻的时候，写过一篇《庄子》，说他的文字（即语言）已经不只是一种形式、一种手段，本身即是目的（大意）。我认为这是说得很对的。语言不是外部的东西。它是和内容（思想）同时存在，不可剥离的。语言不能像橘子皮一样，可以剥下来，扔掉。世界上没有没有语言的思想，也没有没有思想的语言。往往有这样的说法：这篇小说写得不错，就是语言差一点；我认为这种说法是不能成立的。我们不能说这首曲子不错，就是旋律和节奏差一点，这张画画得不错，就是色彩和线条差一点。我们也不能说：这篇小说不错，就是语言差一点。语言是小说的本体，不是附加的，可有可无的。从这个意义上说，写小说就是写语言。小说使读者受到感染，小说的魅力之所在，首先是小说的语言。小说的语言是浸透了内容的，浸透了作者的思想的。我们有时看一篇小说，看了三行，就看不下去了，因为语言太粗糙。语言的粗糙就是内容的粗糙。

　　语言是一种文化现象。语言的后面是有文化的。胡适提出"白话文"，提出"八不主义"。他的"八不"都是消极的，不要这样，不要那样，没有积极的东西，"要"怎样。他忽略了一种东西：语言的艺术性。结果，他的"白话文"成了"大白话"。他的诗：

　　　　两个黄蝴蝶，

　　　　双双飞上天……

实在是一种没有文化的语言。相反的，鲁迅，虽然说过要上下四方寻找一种最黑最黑的咒语，来咒骂反对白话文的人，但是他在一本书的后记里写的"时大夜弥天、璧月澄照，饕蚊遥叹，余在广州"就很难说这是白话文。我们的语言都是继承了前人，在前人语言的基础上演变、脱化出来的。很难找到一种语言，是前人完全没有讲过的。那样就会成为一种很奇怪的，别人无法懂得的语言。古人说"无一字无来历"，是有道理的。语言是一种文化积淀，语言的文化积淀越是深厚，语言的含蕴就越丰富。比如毛泽东写给柳亚子的诗：

> 三十一年还旧国，
> 落花时节又逢君。

单看字面，"落花时节"就是落花的时节。但是读过一点旧诗的人，就会知道这是从杜甫的《江南逢李龟年》里来的：

> 岐王宅里寻常见，
> 崔九堂前几度闻。
> 正是江南好风景，
> 落花时节又逢君。

"落花时节"就含有久别重逢的意思。毛泽东在写这句诗的时候未必想到杜甫的诗，但杜甫的诗他肯定是熟悉的。此情此景，杜诗的成句就会油然从笔下流出。我还是相信杜甫所说的"读书破万卷，下笔如有神"。多读一点古人的书，方不致"书到用时方恨少"。

这可以说是"书面文化"。另外一种文化是民间的，口头文化。有些作家没有受过完整的教育。战争年代，有些作家不能读到较多的书。有的作家是农民出身。但是他们非常熟悉口头文学。比如赵树理、李季。赵树理是一个农村才子，他能在庙会上一个人唱一台戏，——唱、表演、用嘴奏"过门"，念"锣经"，一样不误。他的小说受民间戏曲和评书很大的影响。（赵树理是非常可爱的人。他死于"文化大革命"。我十分怀念他。）李季的叙事诗《王贵与李香香》是用陕北"信天游"的形式写的。孙犁说他的语言受了他的母亲和妻子的影响。她们一定非常熟悉民间语言，而且是很熟悉民歌、民间故事的。中国的民歌是一个宝

库,非常丰富,我曾经想过一个问题:中国民歌有没有哲理诗?——民歌一般都是抒情诗,情歌。我读过一首湖南民歌,是写插秧的:

赤脚双双来插田,

低头看见水中天。

行行插得齐齐整,

退步原来是向前。

这应该说是一首哲理诗,"退步原来是向前"可以用来说明中国目前的一些经济政策。从"人民公社"退到"包产到户",这不是"向前"了吗?我在兰州遇到一位青年诗人,他怀疑甘肃、宁夏的民歌"花儿"可能是诗人的创作流传到民间去的,那样善于用比喻,押韵押得那样精巧。有一回他去参加一个"花儿会"(当地有这样的习惯,大家聚集在一起唱几天"花儿")和婆媳两人同船。这婆媳二人把他"唬背"了:她们一路上没有说一句散文,——所有的对话都是押韵的。媳妇到一个娘娘庙去求子,她跪下来祷告,不是说:送子娘娘,您给我一个孩子,我给您重修庙宇,再塑金身……而是:

今年来了,我是跟您要着哪,

明年来了,我是手里抱着哪,

咯咯嘎嘎地笑着哪!

这是我听到过的祷告词里最美的一个。我编过几年《民间文学》,得益匪浅。我甚至觉得,不读民歌,是不能成为一个好作家的。

有一首著名的唐诗《新嫁娘》:

洞房昨夜停红烛,

待晓堂前拜舅姑。

妆罢低声问夫婿,

画眉深浅入时无?

这首诗没有说这位新嫁娘长得好不好看,但是宋朝人的诗话里已经指出:这一定是一个绝色的美女。这首诗制造了一种气氛,让你感觉到她的美。

另一首有名的唐诗：

> 君家住何处？
> 妾住在横塘。
> 停舟暂借问，
> 或恐是同乡。

看起来平平常常，明白如话，但是短短二十个字里写出了很多东西。宋人说这首诗"墨光四射，无字处皆有字。"这说得实在是非常的好。

语言的美，不在语言本身，不在字面上所表现的意思，而在语言暗示出多少东西，传达了多少信息，即让读者感觉、"想见"的情景有多广阔，古人所谓"言外之意"、"弦外之音"，是有道理的。

国内有一位评论家评论我的作品，说汪曾祺的语言很怪，拆开来每一句都是平平常常的话，放在一起，就有点味道。我想任何人的语言都是这样。每句话都是警句。那是会叫人受不了的。语言不是一句一句写出来，"加"在一起的。语言不能像盖房子一样，一块砖一块砖垒起来。那样就会成为"堆砌"。语言的美不在一句一句的话，而在话与话之间的关系。包世臣论王羲之的字，说单看一个一个的字，并不怎么好看，但是字的各部分，字与字之间"如老翁携带幼孙，顾盼有情，痛痒相关。"中国人写字讲究"行气"。语言是处处相通，有内在的联系的。语言像树、树干树叶、汁液流转，一枝摇了百枝摇，它是"活"的。

"文气"是中国文论特有的概念。从《文心雕龙》到"桐城派"一直都讲这个东西。我觉得讲得最好、最具体的是韩愈。他说：

> 气，水也；言，浮物也。水大而物之浮者大小毕浮。气盛则言之短长与声之高下者皆宜。

后来的人把他的理论概括成"气盛言宜"四个字。我觉得他提出了三个很重要的观点。他所谓"气盛"，照我的理解，即作者情绪饱满，思想充实。我认为他是第一个提出作者的精神状态和语言的关系的人。一个人精神好的时候往往会才华横溢，妙语如珠；疲倦的时候往往词不达意。他提出一个语言的标准:宜。即合适,准确。世界上有不少作家都说过"每一句话只有一个最好的说法",比如福楼拜,韩愈则把"宜"更具体化为"言之短长"与"声之高下"。语言的奥秘,说穿了不过是长句子与短句子的搭配。一泻千里,戛然而止,画舫笙歌,骏马收鞭,可长则长,能短则短,运用之妙,存乎一心。中国语言的一个特点是有"四声"。"声之高下"不但造成一种音乐美,而且直接影响到意义。不但写诗,就是写散文,写小说,也要注意语调。语调的构成,和"四声"是很有关系的。

中国人很爱用水来作文章的比喻。韩愈说过,苏东坡说"吾文如万斛源泉,不择地涌出","但行于所当行,止于所不可不止"。流动的水,是语言最好的形象。中国人说"行文",是很好的说法。语言,是内在地运行着的。缺乏内在的运动,这样的语言就会没有生气,就会呆板。

中国当代作家意识到语言的重要性的,现在多起来了。中国的文学理论家正在开始建立中国的"文体学"、"文章学"。这是极好的事。这样会使中国的文学创作提高到一个更新的水平。

一九八七年十一月十九日追记于爱荷华

注　释

① 　本篇原载 1988 年 1 月 16 日《文艺报》,又载《香港文学》第三十八期(1988年 2 月 5 日)。本篇是在耶鲁及哈佛大学的演讲稿,原题为《中国文学的语言问题或中国作家的语言意识或我对文学语言的一些看法——在耶鲁和哈佛的演讲》,《香港文学》即用此题目刊载,文末附有舒非所作的近 400字附记;初收《汪曾祺小品》,题为《中国文学的语言问题——在耶鲁和哈佛的演讲》,有改动,中国人民大学出版社,1992 年 10 月。

四　　僧①

游峨眉,遇四僧。

宿洪椿坪寺,来了两个外方的和尚。一个稍瘦,一个粗壮而黑。他们和寺僧谈好了食宿,上楼安顿。不一会,发现他们在后殿拜佛。拜下去,起来,再拜下去。这样要拜一百零八拜。这样的拜法,是要一点体力的。若叫我拜一百零八拜,非得脑充血不可。正拜着,黑和尚忽然起来,飞奔出殿。原来他内急了。到厕所里轻松一下,回来接着拜。

我们之中有人上楼和他们攀谈,得知他们是从五台山来的。他们发愿要朝四大名山。他们每个月有二十多块钱生活费,都省了下来,积攒了十几年,攒够了路费。四大名山是五台、普陀、峨眉和九华山,各为文殊、观音、普贤和地藏的道场。五台山是他们的本山,不必说。他们已经朝了普陀,在峨眉山已经拜了几处佛寺,明天就要下山了。接着,便要到安徽朝九华山。瘦和尚是河北人,家道小康,和妻子很恩爱。妻子死了,他万念俱灰,到处游逛,到五台山,出了家。黑胖和尚是五台本地人。

他们说他们在普陀看见观音显相了,善财、龙女,清清楚楚。昨天,他们从金顶下来时,又看见了普贤的法相。瘦和尚先看见的。黑壮和尚起先没看到,心里很急,后来也看到了。不过瘦和尚还看到普贤前面有飞天舞女,黑壮和尚说他没有看到,自愧诚修不如瘦和尚。瘦和尚是有文化的,说:"我们是唯心主义者,你们是唯物主义,说这些,你们不会相信。"

天热,晚饭后,住在寺里的游客坐在大殿前廊上凉快。有一个本寺的和尚也坐在长凳上。这和尚四十多岁了。但看起来很少相。他穿了僧衣,把一只脚从黄色的僧鞋里脱出来,脚上穿的却是葡萄灰色的尼龙丝袜。他架着二郎腿,把一只穿了葡萄灰丝袜的脚很风流地轻轻地抖动着。这坐态实在不大像个出家人。我们谈起那两个外来的和尚拜了一百零八拜,他说:"那有什么！我们到了人家那里,还不是得拜！"我们问他为什么要拜一百零八拜,他说:"那晓得咧！佛教的数目,常常是一百零八。我们用的数珠,也是一百零八颗。"有个冒冒失失的小伙子问:"你吃不吃肉?"他很坦率地说:"肉还是要吃的！"——"吃不吃酒?"——"酒还是要喝的！——'文化大革命',我们都被赶出去了。回家,还了俗了。后来,就不管那些了!"听口音,他就是山下的人。

从三峡出川,在武汉到北京的火车上,对面卧铺上又是一个和尚。这位和尚穿了干干净净的茶褐色的尼龙丝短僧衣,——他告诉我们这叫"罗汉衫",一看就是个有地位的和尚。和尚而坐卧铺,自然"不简单"。那两位朝四大名山的五台山僧是绝对舍不得坐卧铺的。他是汉阳某寺的方丈。到北京,是去参加佛教协会理事会的。讨论的内容是:今后各地寺庙归谁管。现在有三种情况:归文物局、归园林局、归和尚管。现在大部分意见是:归和尚管。他认为当然应该由和尚管。和尚管寺庙有一套经验,别人管管不好！这位方丈和尚是有学问的,他曾经在重庆、桂林,住了三次佛学院。我问他"三邈三菩提"是什么意思(我的小说《受戒》里用了这句),他说:"这是译音,不能照字面讲。"我们谈起在峨眉山遇见两个五台山僧人,他们说看见了观音和普贤的法相了,有没有这种事;方丈说:"那晓得咧！反正我是没有看到过！"我忽然想起,这位方丈我好像曾经见过。"你见过我? 什么时候?"——"'文化大革命'后期。"——"那可能。"——"你的庙宇、佛像,都保存得很好,没有遭到破坏。"这一下引起了他的兴头:"那是！几派红卫兵都曾经'进驻'我的寺院,就是没有破坏！"——"你有什么本事?"——"我跟他们搞好关系呀！我说宗教是宗教,庙宇、佛像是国家文物。"——"你有没有说佛教是迷信?"——"那就过分了！"他带了一些素鸡,说"这是本寺做的"(我知道这寺里的素斋很有名)。车里热,怕坏了。我们给他出主意,拿到餐车,请他们放在冰箱里。他去了,一会就办妥了。这位方丈人情练达,长于应酬,言谈得体,而眼角时时流露出一点狡黠。

这些素鸡他是带到北京送人的,就是说,去"搞关系"的。

这四个和尚:五台山的两个,自求多福,是和尚里的庸人;洪椿坪的和尚身在空门不出家,是和尚里的浪子;那位方丈,是穿了僧衣的国家干部。

和尚也是各色各样的。

注　释

①　本篇原载 1987 年 12 月 19 日香港《大公报》。

文学语言杂谈①

　　我今天讲的题目叫《文学语言杂谈》,或者文学语言 abc。都是一些非常粗浅的、常识性的问题。有这么几个小题目,一个是语言的重要性,第二个是语言的标准,第三个是语言和作家气质的关系,第四个题目是一个作品的语言,特别是小说的语言要和这篇小说所表现的生活、所表现的人物相适应,要协调,这里面我可能讲一点关于语言对作品的或对主题的暗示性的问题。第五个小题目是一个作品的语言基调,这里面可能还讲一点关于小说的开头或结尾的问题。第六个问题:关于中国语言的一些特点。第七个问题就是学习语言、随时随地的学习语言。就这么七个题目,但是每个小题目下面只有几句话。

　　所谓语言的重要性的问题,本来不需要讲的,大家都知道。文学、特别是小说,它首先是个语言的艺术。关于文学的要素,一般说起来,包括三个要素:语言、人物、情节,这种概括好像是一般的。大家都公认语言是第一要素,因为文学就是语言的艺术,它跟音乐和绘画不一样。离开语言就没有文学。但是这个语言、我们所说的文学语言,是在生活基础上经过作者加工的艺术,并不是每个能说中国话的都能写作品。所以我首先要说艺术语言是在生活基础上经过加工的。另外,我有一个看法,过去都认为语言是文学的特别是小说的重要的手段、技巧或者基本功,但是我觉得这不仅是形式的问题、技巧的问题,语言它本身不是一个作品的外在的东西,而是这个作品的主题。如果说语言只是一个技巧或只是手段,那么它就只是个外在的东西。我的老师闻一多先生在他很年轻的时候写过一篇关于庄子的文章,题目就叫《庄子》,他说过,庄子的文字(因为那个时候,二十年代、三十年代,大家还不喜欢用语言这个词,都还用文字)不只是一种技巧,一种手段,看来

892

本身也是一种目的。那就是说语言跟你所要表达的内容就融为一体的、不可剥离的。没有一种语言它不表达内容或思想，也没有一种思想或内容不通过语言来表达。因为各种不同门类的艺术有不同的表现手段或工具。比如音乐，我们一般说音乐靠什么表现呢？它靠旋律靠节奏；绘画靠什么表现呢？靠色彩靠线条。那么文学呢？它就是靠语言，它没有其他另外手段。我们现在有一种很奇怪的说法，说这篇小说写得不错，就是语言差一点，我个人认为这句话是不能成立的。你不可能说这个曲子作得不错，就是旋律跟节奏差一点，没有这个说法。或者说这个画画得不错，就是色彩跟线条差一点，不能这样说。认识一个作者、接触一个作者，首先是看他的语言，因为一个作品跟读者产生关系，作为传导的东西就是语言。为此我经过比较长时期的思考和实践。我写作时间很早，二十几岁就开始写作了，一九四〇年我就开始发表作品了，但当中间断了很长一段时间，后来我越来越感到语言的重要性。你们年轻的作者，我觉得首先得在语言上下功夫。

第二个问题我讲讲语言标准。什么样的语言是好的，什么样的语言是不好的。这个，我还得回过头来说一遍，就是语言的重要性的问题。现在不但是中国，而且是世界上研究文学的人开始十分注意这个问题。现在国外有文体学、文章学。我们中国的文艺评论家开始用科学的态度来研究语言问题，但是还不很普遍。我觉得，我们文学评论理论要开展文体学、文章学。

现在回答第二个问题，什么是好的语言，什么是差的语言，只有一个标准，就是准确。无论是中国的作家、外国的作家、包括契诃夫这样的作家曾经说过，好的语言就是准确的语言。大概有几位欧洲的作家，包括福楼拜尔这样的作家都说过这样的话：每一句话只有一个最好的说法，作为一个作者来说，你就是要找到那个最好的说法。文学语言，无论从外国到中国是有变化有发展的。我觉得从二十世纪以后，文学语言发展的趋势是趋于简单，就是普普通通的语言，简简单单的话。我们都知道，文学语言上有很多大师，比如说屠格涅夫的语言，他的语言很讲究，很精致，但是现在看起来，世界上使用屠格涅夫式的那种非常细致的描写人物，或者是景物的语言的作家不是很多的。英国有个专门写海洋小说的作家，叫康拉德，他的那个句子结构是很长的。这样的作家可能还有，但是较少，从契诃夫以后，语言越来越趋于简单、普通。比如海明威的小说，他的语言就非常简单。句子很短，而每个句子的结构都是属于单句，没有那么复杂的句式结构。所以我认为，年轻的同志不要以为写文学作品就得把那个句子写得很长，跟普通人说话不一样，不要这样写，就是用普普通通的话，人人都能说的话。但是，要在平平常常的、人人都能说的、好似平淡的语言里边能够写出味儿。要是写出的都没味儿，都是平常简单的、没味儿，那就不行，难就难在这个地方。准确，就是把你对周围世界、对那个人的观察、感受，找到那个最合适的词儿表达出来。这种语言，有时候是所谓人人都能说的，但是别人没有这样写过的。你比如说鲁迅写的小说《高老夫子》。它里边的高老夫子这个人是很无聊的人，他到一个女子学校去教书，人人劝他不必去，但是他后来发表感慨，他说"我辈正经人，确乎犯不上酱在一起。"酱，就是那个腌酱菜的酱。南方腌酱菜，什么萝卜、黄瓜、莴苣什么的，一块放在酱缸里、酱在一起。他这个词，"酱在一起"，肯定是个绍兴话。但是谁也没有把绍兴那个"酱在一起"的词儿写进文学作品里边去过，用"混在一起"，或跟他们同流合污，或用北京话说，"跟他们一块掺合"，都没那么准确。"酱在一起"，味儿都一样，色儿都一样。你看起来这个话很普通，绍兴人都懂，你们云南人可能不懂，但绍兴人懂什么叫酱在一起。你们云南人泡酸菜，什么东西都酸在一起，都是一个味儿，一个色儿。比如说我那个老师（你们云南人都知道我是沈从文先生的学生）他那个《湘行散记》里有一篇散文，当中说："我就独自一人坐在灌满凉风的船仓里。"这个"灌"字也是很普通的，但是沈先生用的这个字是把他的感觉都写出来了。"充满凉风"，或是"刮满凉风"都不对，就是"灌"满凉风，这个船舱好像整个都是灌满凉风的船舱。所以语言要准确，要用普普通通的、大家都能说的话，但是别人没有写过这样的字，这个是不大容易的。中国人中有人说写诗要做到这种境界："看似寻常最奇崛，成如容易却艰辛。"你看着普普通通好像笔一下就来，这个可不大容易。你找到那个准确语言就好像是"众里寻他千百度，蓦然回首，那人却在灯火阑珊处"。

第三个问题。我讲讲语言跟作家的气质的关系。一个作家的语言跟他本人的气质是有很大关系的。法国有个理论家，叫布封，他说过，"风格即人"，现在有人或者把它翻译成：风格即人格，也可以，但是我觉得不如"风格即人"那么简练，那么准确。不同的作家有不同的语言风格，这是不能勉强的。中国的文人里边历来把文学的风格，或者也可以说语言的风格分为两大类。按照桐城派的说法就是阳刚与阴柔，按照词家的说法就是豪放与婉约，我觉得这两者虽然有所区别，但大体上还是一致的，就是一个比较粗豪的，一个比较细腻的，这个东西不能勉强。因此我认为，一个作家，经过一段实践要认识自己的气质，我属哪一种气质，哪种类型。如苏东坡他写"大江东去"那是豪放派。你们比较年轻的同志，要认识自己的气质，违反自己的气质写另外一种风格的语言，那是很痛苦的事情。我就曾经有过这个痛苦的经历。我曾经在所谓的样板团里待过十年，写过样板戏，在那个江青直接领导下搞过剧本。她就提出来要"大江东去"，不要"小桥流水"。唉呀，我就是"小桥流水"，我不能"大江东去"，硬要我这个写小桥流水的来写大江东去，我只好跟他们喊那种假大空的豪言壮语，喊了十年，真是累得慌。一个作家要认识自己的气质，其实也很简单，就是你愿意看哪一路作家的作品。你这个气质的形成，当然有各种因素，但是与你所接近的、你所喜爱、所读的哪一路作家的作品很有关系。我受的影响比较多的，中国作家一个是鲁迅，一个是我那老师沈从文，外国作家是契诃夫，另外，还有一个你们不大熟悉的西班牙作家阿佐林。另外，中国的传统的文学作品我也读了，也不能说是很多吧，读了一些。从《诗经》《楚辞》一直读下来，但是我觉得我受影响比较深的是归有光，归有光的全部作品，大概剩下来的有影响的不过就是三篇，就是《项脊轩志》《先妣事略》《寒花葬志》。大概就是这三篇对我影响比较大。所以我觉得一个作家的语言风格跟作家本人的气质很有关系，而他本人气质的形成又与他爱读的小说、爱读的作品有一定的关系。你们不要说什么作品评价最高,或什么作品风行一时、什么作品得到什么奖,我才读什么作品,这恐怕不一定划得来,你还是读你所喜欢的作品,说白了就是那种作品好像就是你所写出来的,或者那个作家好像是我一样,这样你才能形成自己独特的风格、独特的语言,也就是每个作家从语言上说来有他的个性。另外一方面,这个作家的语言虽然要有他自己独特的个性,还应该对他表现的不同的生活、不同的人物采取不同的语言风格。你看看鲁迅的作品,他的作品语言风格,一看就可以看出是鲁迅的作品,但是鲁迅的语言风格也不是一样的。比如他写《社戏》、写《故乡》,包括写《祝福》吧,他对他笔下所写的人物是充满了温情,又充满了一种苍凉感或者悲凉感,但是他写《高老夫子》,特别写那四铭,鲁迅使用的语言是相当尖刻,甚至是恶毒的,因为他对这些人是深恶痛绝,特别是对四铭那种人非常讨厌,所以他用的语言不完全是一样。对每一个作品,跟你所写的人物,跟生活要协调。比如,我写过一篇短篇小说,叫《徙》,迁徙的徙,那是写我的一个小学五六年级到初中三年级时我的一个语文(当时叫国文)老师,基本上是为他立传。我在写我的那个国文老师时,因为他教我们的是文言文,所以在写那篇小说中用了一些文言文的词句。我写他怎么教我们书,怎么怎么讲,怎么怎么教,他有什么主要的一些思想,这一段的结尾用了一句文言文:"呜呼,先生之泽远矣。"后来我写他死了,因为我一开头就写他是我们小学的校歌的歌词作者,我写他死了完全是文言文的,我写的是:"墓草萋萋,落照昏黄,歌声犹在,斯人邈矣。"这歌声还在,可这个人没有了。这种语言,只能用在写教过我的那个老师的小说里边,只有这样,跟那个人才合拍才协调。又比如我写《受戒》,就不能用这种语言。因为《受戒》是写小和尚和村姑恋爱的故事,你用这种语言是格格不入的。所以,一个作品里的叙述语言,不要完全是你那个作家本身、你的那种特别是带学生腔的语言,你一定要体察那个人物对周围世界的感受,然后你用他对周围世界感觉的语言去写他的感觉。有位年轻作家给我看过一篇小说,那小说写得还不错,他写的是他童年时代小学时跟他同桌的一个女同学的事,当然,这个小学生嘛也可以回忆,但是他形容这个女同学长得很"纤秀"。

我一看就觉得不对，因为小孩子没有"纤秀"这个词儿，没有纤秀这种概念。可以说长得很好看，长得小小巧巧的，秀秀气气的，都可以，但"纤秀"是不行的。绝对不要用一般报纸、特别是广播员的语言来写小说。什么"绚丽多彩"，我劝你们千万不要用这种词儿来写小说，因为这种词是没有任何具体感觉的。什么叫"绚丽"？我到现在也不知道哪样叫"绚丽"嘛。

下面我讲第四个问题，就是在你写一个作品之前，必须掌握这篇作品的语言基调。

写作品好比写字，你不能一句一句去写，而要通篇想想，找到这篇作品的语言基调。写字、书法，不是一个字一个字写，一个横幅也好，一个单条也好。它不只是一个一个字摆在那儿，它有个内在的联系，内在的运动，除了讲究间架结构之外，还讲究"间行"，讲行气，要"谋篇"，整篇是一个什么气势，这一点很重要。写作品一定要找到这篇作品的语言基调。有位作家有次在构思一篇小说，半夜里去敲一位评论家的门，他说我找不到这篇小说的调子。我觉得他说得很对，如果找到这篇作品的调子就可以很顺利地写下去。你们在构思作品时，不要说我大体上把故事想好了就行了，你得在语言上找到作品的基调。关于基调——由于个人的写作习惯不一样而不同。我的写作习惯从头至尾概想，从开头一句到最后一句都想，但人人不一定是这样。我这样有个好处，可以不至于跑野马，可以顺理成章。还有很重要一点就是开头。孙犁同志说过，一篇小说开头开好了，以后就会是头头是道，这是经验之谈。所以你们不要轻易地下笔，一定要想得很成熟了，从哪一句开头，开头是定调子，要特别慎重地对待你写的第一句话。你看中国的很多古典文学作家写的开头都非常漂亮。你们大家都熟悉的欧阳修的《醉翁亭记》，原来《醉翁亭记》的原稿是"滁之四面皆山"，后来他觉得这句子写得太弱，改成一句"环滁皆山也"这一下就把整个《醉翁亭记》的调子定下来了。我可以给你们我自己的一点经验，就是刚才提到的那篇纪念我那国文老师的小说。原来的开头那是在青岛对岸的那个黄岛写的，因为他是我们那个小学的校歌的作者，我一开头"世界上曾经有过很多歌,都已经消失了"我出去转了一下,觉得不满意,回来就改成一句"很多歌消失了。"下边写就比较顺畅了。

另外,写文章、写小说,哪儿起、哪儿顿、哪儿停、哪儿落,都得注意。中国人对文章之道,特别是写散文,我认为那是世界无比的。除了开头事先要想好外,还要注意我这篇作品最后落到什么地方、怎么收拾,不能说写完了,写到哪儿算哪儿,那不行。我觉得汤显祖批《董西厢》有一个很精辟的见解。他说结尾不外乎是两种,一种叫做"煞尾",一种叫做"度尾"。汤显祖这个词用得很美。他说煞尾好像"骏马收缰,寸步不离",咔!就截住了。"度"就好像"画舫笙歌,从远处来,过近处,又向远处去"。写得多好,汤显祖真不愧是个大作家。

下边简单说说中国语言的一些特点。年轻的同志要了解一下中国语言的一些特点。中国语言跟世界上的一些语言比较一下有什么特点?一个,中国语言是表意的,是象形文字,看到图像就能产生理解和想象。另外,中国语言还有个很大的特点,就是语言都是"单音缀",一字一声,它不是几个音节构成一个字。中国语言有很多花样,都跟这个单音节有很大关系。另外,与很多国家的语言比较起来,中国语言有不同的调值,每一个字都有一定的调值,就是阴、阳、上、去,或叫四声。这构成了中国语言的音乐感,这种音乐感是西欧的或其他别的国家的语言所不能代替的。我听搞语言的老同志说,调值不同的语言除中国话之外,只有古代的梵文、梵语,就是古印度语。我们搞世界和平运动时,郭沫若出国讲话,有个叫什么的主教,他说郭沫若讲话好像唱歌似的。为什么,就是因为中国语言有个平上去入,高低悬殊很大。而英语只有两个调,接近我们中国的阳平和上声,没有阴平,所以听外国人说话很平。总之,这里面有很多学问,尽管写小说,也得注意声调的变化,才能造成作品的音乐美。举个最简单的例子。你们都知道所谓样板戏《智取威虎山》,原来有句唱词"迎来春天换人间"毛主席给它改了一个字:"迎来春色换人间。"为什么要改这个字,当然春色比春天要具体,更重要的我觉得是因为声调的关系。"迎来春天换人间"除了"换"字外其它都是平声字。哟哟哟哟——都飘在上边。所以毛主席改它一个字就把整个声音都扳过来了，就带来了语言上很大的稳定感。

　　所以，我劝你们写小说的同志，写诗的更不用说了，一定要研究一下中国的四声，而且学习写一点旧诗旧词，要经过这种语言锻炼。另外，中国语言还有个很大特点，就是对仗，这个东西国外是没有的。我有一篇小说，就是刚才介绍的那篇《受戒》，我看了法文本和英文本的翻译本，其中我用了四个对联，他无法翻译，翻译家的办法非常简单：把对联全删掉了，因为他无法翻译。写小说要学用一点对仗，不一定很工整。学一点对仗语言是很有好处的，可以摆脱一般的语法逻辑的捆绑，能够造成语言上的对比和连续，而且能造成语意上较大的跨度。我写过一篇小说，写一个庙，庙的大殿外有两棵大白果树，即银杏树，我写银杏树的变化："夏天，一地浓荫；秋天，满阶黄叶。"这就比用完全散文化的语言省了很多事，而且表达了很多东西。所以我劝你们青年同志，初学写作的同志，不要只看当代作家的作品、只看翻译的作品，一定要看看我们自己的古典作品，古典散文，古典诗词，包括散曲，而且自己锻炼写一写，丰富我们中国人的特有的语感。没有语感的或者语感迟钝的作品不会写得很美。

　　最后一个问题：语言要随时随地的学习。一个作家应该对语言充满兴趣。到处去听听，到处去看看，看看有什么好语言。可能你们在座的有的是写小说的，有的是写散文的，不妨，或者也应该看看、读读中国的戏曲和民歌，特别是民歌。我是搞了几年民间文学的，我觉得民间文学是个了不起的海洋，了不得的宝库。中国古代民歌、乐府，不管是汉代乐府、南朝乐府，是很了不起的。这些民歌、乐府有很多奇想。比方说汉朝有一首民歌，叫做《枯鱼过河泣》，枯鱼就是干了的鱼吧，"枯鱼过河泣，何时悔复及，作书与鲂鲗，相教慎出入。"这很奇怪，一个干了的鱼，它还有什么感受。这鱼都干了，它还在那儿哭，不但哭，它还写信，鱼怎么能写信呢？在现代民歌中，我发现有类似这样的一种奇想。有一首广西民歌，一开头就是个起兴的句子："石榴花开朵朵红，蝴蝶写信给蜜蜂，蜘蛛结网拦了路，水漫阳桥路不通。"这是一首情诗。意思是：你可别来了，咱们有各种干扰，各种阻碍。这很奇怪。另外，我搞了几年民间文学,曾经思考过一个问题:民歌中有没有哲理诗。我开始认为民歌一般都是抒情诗,但后来我发现了一首湖南民歌,写插秧的。湖南人管插秧叫插田。这四句诗开始打破了我的怀疑。民歌中哲理诗较少,但还是有的。它写的是插秧:"赤脚双双来插田,低头看见水中天(天在上头,低头看见水中天了,很有点哲学意味儿),行行插得齐齐整,(这句没什么)退步原来是向前。"插秧往后,实际上是向前,就好像我们现在某些政策好像往回退了一步,又回到包产到户,实际上是向前。

注　释

① 本篇原载《滇池》1987 年第十二期,是作者在保山文学爱好者报告会上的讲话,陈自祥记录;初收《汪曾祺全集》第四卷,北京师范大学出版社,1998 年 8 月。

1988 年

话说"市井小说"①

作家出版社要出一本《市井小说选》,"市井小说"这个词儿我还是头一回听说。

"市井小说"写的多半是市民,为什么不就叫"市民小说"? 我想大概是要和"市民文学"区别开来。"市民文学"是一个历史的概念,这是产生在封建时代,应手工业者和商人的需求而兴起的文学,反映他们的社会生活和家庭生活的悲欢离合。唐人小说开其端,宋人话本达到高潮。"市井小说"和这些不一样。"市井小说"不是《今古奇观》、《三言二拍》。主要的分别在思想。"市民文学"对封建秩序有所抨击,但本身具有很大的封建性。"市民文学"的作者的思想和他们所描写的人物是在一个水平上的,作者的思想常常就是人物的思想,即市民思想。"市井小说"作者的思想在一个更高的层次。他们对市民生活的观察角度是俯视的,因此能看得更为真切、更为深刻。

"市井小说"没有史诗,所写的都是小人小事。"市井小说"里没有"英雄",写的都是极其平凡的人。"市井小民"嘛,都是"芸芸众生"。芸芸众生,大量存在,中国有多少城市,有多少市民? 他们也都是人。既然是人,就应该对他们注视,从"人"的角度对他们的生活观察、思考、表现。

现代市民的生活和他们的思想意识与历史上的市民有一定的继承性。他们社会地位不高,财力有限,辛苦劳碌,差堪温饱。他们有一些朴素的道德标准,比如安分、敬老、仗义爱国。他们中的一些人,有的时候会表现出难能的高贵品质。但是贤愚不等,流品很杂。正因如此,才有所谓"市井百态",才值得一看。他们的生活是平淡的,但因时势播迁,他们也会有许多奇奇怪怪、坑坑洼洼的遭遇。"市井小说"的作者的笔下,往往对他们寄予同情。但是这些人是属于浅思维型的。他们只能想:怎么活着(这对他们是不易的),而想不到人为什么活着(这对他们来说,太深奥了),他们的思想上升不到哲学的高度。他们是庸俗的。他们的行事往往是可笑的,因此"市井小说"大都带有喜剧性,有些近于"游戏文章"。有谐谑,但不很尖刻;有嘲讽,但比较温和。市民是一个不活跃的阶层,他们是封闭的,保守的。他们缺乏冒险、探索,特别是缺乏叛逆精神,他们大都是"当了一辈子顺民"。他们既是社会稳定的因素,又是时代的负累。但是这是怎样造成的? 有什么办法能使他们改变这种情况? 谁也开不出一个药方。因此,"市井小说"在轻松玩世的后面隐伏着悲剧。

"市井小说"和"市民文学"是有渊源的。两者都爱穿插风物节令的描写,可作民俗学的资料。所不同处是"市民文学"中有大量的色情描写,而"市井小说"似乎没有继承这个传统。"市井小说"的语言一般是朴素、通俗的。多数"市井小说"的语言接近口语,句式和词汇都与所表现的人物能相协调。在叙述方法上比较注意起承转合,首尾呼应。"时空交错"、"意识流"很少运用。上乘的"市井小说"力避"市民文学"的套子。这些作者以俗为雅,以故为新,他们在探索一种具有浓厚的民族色彩但并不陈旧的文体。

"市井小说"和"军事文学"、"农村文学"……是并行的。如果它们有对立面,那可能是贵族文学或书斋文学,是普鲁斯特、亨利·詹姆士、茀琴妮亚·沃尔芙。"市井文学"的作者不用他们的方法写作,虽然他们并不排斥普鲁斯特、詹姆士、沃尔芙。

(一九八八年一月六日)

注　释

① 本篇原载 1988 年 3 月 18 日《光明日报》;是为《市井小说选》(杨德华编,作家出版社,1988 年版)所作序;收录该书时文字略有改动;初收《蒲桥集》,题为《〈市井小说选〉序》,作家出版社,1989 年 3 月。

《裘盛戎》前言[①]

这不是传记剧,许多情节是虚构的,希望不要有人索隐。但是盛戎的性格人品,他对艺术的忠诚,是真实的。他最后几年心情的压抑,也是真实的。我和盛戎相交不久,但自信相知颇深。想通过这个戏了解盛戎的为人,我想是可以的。

这出戏曾由北京京剧院排过,已经准备公演,一夜之间,忽遭"枪毙",我到现在还不知道是什么原因,也无从打听,只好就这样不明不白地搁下了。

这个戏看来只能永远是一个"文学本",不会演出,——哪里去找三个年龄不同的裘派花脸?

一九八八年新春记于北京

注　释

① 本篇原载《大成》第 173 期,1988 年 4 月 1 日出版。

菌　小　谱[①]

南方的很多地方把冬菇叫香蕈(xùn)。长江以北似不产冬菇。

我小时常随祖母到观音庵去。祖母吃长斋,杀生日都在庵中过。素席上总有一道菜:香蕈饺子。香蕈汤一大碗先上桌,素馅饺子油炸至酥脆,倾入汤,嗤啦一声,香蕈香气四溢,味殊不恶。这种做法近似口蘑锅巴,只是口蘑锅巴的汤是荤汤。香蕈饺子如用荤汤,当更味重,但饺子似宜仍用素馅,取其有蔬笋气,不压冬菇香味。

冬菇当以凉水发,方能保持香气。如以热水发,味减。

冬菇干制,可以致远。吃过鲜冬菇的人不多。我在井冈山吃过。大井山上有一个五保户老妈妈,生产队特批她砍倒一棵椴树生冬菇。冬菇源源不绝地生长。房东老邹隔两三天就为我们去买半篮。以茶油炒,鲜嫩腴美,不可名状。或以少许腊肉同炒,更香。鲜菇之外,青菜汤一碗,辣腐乳一小碟。红米饭三碗,顷刻下肚,意犹未足。

我在昆明住过七年,离开已四十年,不忘昆明的菌子。

雨季一到,诸菌皆出,空气里一片菌子气味。无论贫富,都能吃到菌子。

常见的是牛肝菌、青头菌。牛肝菌菌盖正面色如牛肝。其特点是背面无菌摺,是平的,只有无数小孔,因此菌肉很厚,可切成薄片,宜于炒食。入口滑细,极鲜。炒牛肝菌要加大量蒜片,否则吃了会头晕。菌香、蒜香扑鼻,直入脏腑。牛肝菌价极廉,青头菌稍贵。青头菌菌盖正面微带苍绿色,菌摺雪白,烩或炒,宜放盐,用酱油颜色就不好看了。或以为青头菌格韵较高,但也有人偏嗜牛肝菌,以其滋味较为强烈浓厚。

最名贵是鸡㙡,鸡㙡之名甚奇怪。"㙡"字别处少见。为什么叫

"鸡枞",众说不一。这东西生长的地方也奇怪,生在田野间的白蚁窝上。为什么专长在白蚁窝上,这道理连专家也没弄明白。鸡枞菌菌盖小而菌把粗长,吃的主要便是形似鸡大腿的菌把。鸡枞是菌中之王。味道如何?真难比方。可以说这是植物鸡。味正似当年的肥母鸡,但鸡肉粗而菌肉细腻,且鸡肉无此特殊的菌子香气。昆明甬道街有一家不大的云南馆子,制鸡枞极有名。

菌子里味道最深刻(请恕我用了这样一个怪字眼)、样子最难看的,是干巴菌。这东西像一个被踩破的马蜂窝,颜色如半干牛粪,乱七八糟,当中还夹杂了许多松毛、草茎,择起来很费事。择出来也没有大片,只是螃蟹小腿肉粗细的丝丝。洗净后,与肥瘦相间的猪肉、青辣椒同炒,入口细嚼,半天说不出话来。干巴菌是菌子,但有陈年宣威火腿香味,宁波油浸糟白鱼鲞香味、苏州风鸡香味、南京鸭胗肝香味,且杂有松毛清香气味。干巴菌晾干,加辣椒同腌,可以久藏,味与鲜时无异。

样子最好看的是鸡油菌。个个正圆,银元大,嫩黄色,但据说不好吃。干巴菌和鸡油菌,一个中吃不中看,一个中看不中吃!

未有人工培养的"洋蘑菇"之前,北京菜市偶尔有鲜蘑卖,是野生的,大概是柳蘑。肉片烩鲜蘑是一道时菜。五芳斋(旧在东安市场内)烩鲜蘑制作精细,无土腥气。但柳蘑没有多大吃头,只是吃个新鲜而已。

口蘑不像冬菇一样可以人工种植。口蘑生长的秘密,好像到现在还没有揭开。口蘑长在草原上。很怪,只长在"蘑菇圈"上。草原上往往有一个相当大的圆圈,正圆,圈上的草长得特别绿,绿得发黑,这就是蘑菇圈。九月间,雨晴之后,天气潮闷,这是出蘑菇的时候。远远一看,蘑菇圈从草间一点一点的白的,那是蘑菇出来了。蘑菇圈是固定的。今年这里出蘑菇,明年还出。蘑菇圈的成因,谁也说不明白。有人说这地方曾扎过蒙古包,蒙古人把吃剩的羊骨头、羊肉汤倒在蒙古包的周围,这一圈土特别肥沃,故草色浓绿,长蘑菇。这是想当然耳。有人曾挖取蘑菇圈的土,移之室内,布入口蘑菌丝,希望获得人工驯化的口蘑,没有成功。

口蘑品类颇多。我曾在张家口沙岭子农业科学研究所画过一套《口蘑图谱》,皆以实物置之案前摹写(口蘑颜色差别不大,皆为灰白色,只是形体有异,只须用钢笔蘸炭黑墨水描摹即可。不著色,亦为考虑印制方便故),自信对口蘑略有认识。口蘑主要的品种有:

黑蘑。菌摺棕黑色,此为最常见者。菌行称之为"黑片蘑",价贱,但口蘑味仍甚浓。北京涮羊肉锅子中、浇豆腐脑的羊肉卤中及"炸丸子开锅"的铜锅里,所放的都是黑片蘑。"炸丸子开锅"所放的只是口蘑渣,无整只者。

白蘑。白蘑较小(黑蘑有大如碗口的),菌盖、菌摺都是白色。白蘑味极鲜。我曾在沽源采到一枚白蘑,干制后带回北京,一只白蘑做了一大碗汤,全家人喝了,都说比鸡汤还鲜。——那是"三年困难"时期,若是现在,恐怕就不能那样香美了。

鸡腿子。菌把粗长,近根部鼓起,状如鸡腿。

青腿子。形状似鸡腿子,但微绿。——干制后亦只是灰白色,几与鸡腿子无异。

鸡腿子、青腿子很少见,即张家口口蘑庄号中也不易买到。

此外还有"庙自行"、"蘑菇丁"……那都是商号巧立名目,其实不是特别的品种。

口蘑采得,即须穿线晾干,否则极易生蛆。口蘑干制后方有香味。我吃过自采的鲜口蘑,一点也不香,这也很奇怪。发口蘑当用开水。至少须发一夜。口蘑发涨后,将水滗出,这就是口蘑汤。口蘑菌摺中有沙,不可用手搓洗。以手搓,则沙永远不能清除。吃起来会牙碜。只能把发过的口蘑放入大碗中,满注清水,用筷子像打鸡蛋似的反复打。泥沙沉底后,换水再打。大约得换三四次水,打上千下,至碗内不复再有泥沙后,再用指抠去泥根。

口蘑宜重荤大油(制素什锦一般只用香菇,少有用口蘑者)。《老残游记》提到口蘑炖鸭,自是佳品。我曾在沽源吃过口蘑羊肉哨子

（"哨"字我始终不知该怎么写）蘸莜面,三者相得益彰,为平生难忘的一次口福。在呼和浩特一家饭馆吃过一盘炒口蘑,极滑润,油皆透入口蘑片中,盖以慢火炒成,虽名为炒,实是油焖。即口蘑煨南豆腐,亦须荤汤,方出味。

湖南极重菌油。秋凉时,长沙饭馆多卖菌油豆腐、菌油面,味道很好,但不知是何种菌耳。

中国种植"洋蘑菇"的历史不久。最初引进的是平蘑,即圆蘑菇。这东西种起来也很简单,但要花一笔"基本建设"的钱。马粪、铡细的稻草,拌匀,即为培养基土,装入无盖的木箱中,布入菌丝丝,一箱一箱逐层置在木架上,用不几天,就会出蘑。平蘑在室内栽培,露地不能生长。室内须保持一定的湿度和温度。平蘑生长甚快。我在沙岭子农科所画口蘑谱,在蘑菇房外面的一间小办公室里。我在外面画,它在里面长。我画完一张,进去看看,每只木箱中都已经长出白白的一层蘑菇。平蘑一茬接一茬,每天可采。

春节加菜:新采未开伞的平蘑切薄片,加大量蒜黄、瘦猪肉同炒,一大盘,很解馋。平蘑片炒蒜黄,各种菜谱皆未载。这种搭配是很好的。平蘑要现采的,罐头平蘑不中吃。

北京近年菜市上平蘑少,但有大量的凤尾菇。乍出时,北京人觉得很新鲜,现在有点卖不动了。看来北京郊区洋蘑菇生产有点过剩了。

注　释

① 本篇原载《中国烹饪》1988 年第二期;初收《汪曾祺全集》第六卷,北京师范大学出版社,1998 年 8 月。

悬 空 的 人 ①

——美国家书

　　黑人学者赫伯特约我去谈谈。这是一个很有教养的人。他在爱荷华大学读了十年,得过四个学位。学过哲学,现在在教历史,但是他的兴趣在研究戏剧,——美国戏剧和别的国家的戏剧。我在一个酒会上遇见他。他说他对许多国家的戏剧都有所了解,唯独对中国戏剧不了解。他问我中国的丧服是不是白色的,我说:是的。他说欧洲的丧服是黑的,只有中国和黑人的丧服是白的。他觉得这有某种联系。

　　赫伯特很高大,长眉毛,大眼睛、阔唇,结实的白牙齿。说话时声音不高,从从容容,带着深思。听人说话时很专注,每有解悟,频频点头,或露出明亮的微笑。

　　和他住在一起的另一个黑人叫安东尼。比较瘦小,很文静,话很少,神情有点忧郁。他在南朝鲜研究过造纸、印刷和绘画,他想把这三者结合起来。他给我看了他的一张近作。纸是他自己造的,很厚,先印刷了一遍,再用中国毛笔画出来的。画的是爱丽斯漫游奇境里的镜中景象。当然,是抽象的。我觉得画的是痛苦的思维。他点点头。他现在在爱荷华大学美术馆负责。

　　赫伯特讲了他准备写的一个戏的构思。开幕是一个教堂,正在举行一个人的丧礼,大家都穿了白衣服。不一会,抬上来一具棺材。死者从棺材里爬了出来。别人问他:"你是来演戏的,还是来看戏的?"以下的一场,一些人在打篮球(当然是虚拟动作),剧情在球赛中进行。因为他的构思还没有完成,无法谈得很具体,我只能建议他把戏里存在的两个主题拧在一起,赋予打篮球以一个象征的意义。

　　以后就谈起美国的黑人问题。

赫伯特说:美国人都能说出他们是从哪里来的。从英格兰来的,苏格兰来的,荷兰来的,德国来的。我们说不出。我的来历,可以追溯到我的曾祖父。再往上,就不知道了。都是奴隶。我们不知道自己叫什么。Black people,negro,都是白人叫我们的。我们是从非洲来的,但是是从哪个国家,哪个部族来的? 不知道。我们只能把整个非洲当作我们的故乡,但是非洲很大,这个故乡是渺茫的。非洲人也不承认我们,说"你们是美国人!"我们没有文化传统,没有历史。

我说:这是一种很深刻的悲哀。

赫伯特和安东尼都说:很深刻的悲哀!

赫伯特说:美国政府希望我们接受美国文化,但是这不是我们的文化。

我说美国现在的种族歧视好像不那么厉害。

赫伯特说:有些州还有,有些州好些,比如爱荷华。所以我们愿意住在这里。取消对黑人的歧视,约翰逊起了作用。我出去当了四年兵,回来一看:这是怎么回事? ——黑人可以和白人同坐一列车,在一个饭馆里吃饭了。但是实际上还是有差别的。黑人杀了白人,要判很重的刑,常常是终身监禁;白人杀了黑人,关几年,很快就放出来了;黑人杀黑人,美国政府不管,——让你们杀去吧!

赫伯特承认,黑人犯罪率高(纽约哥伦比亚大学附近的一个公园、芝加哥的黑人区,晚上没有人敢去),脏。这应该主要由制度负责,还是应该黑人自己负责?

赫伯特说,主要是制度问题。二百年了,黑人没有好的教育,居住条件差,吃得不好,——黑人吃的东西和白人不一样。这不是一朝一夕能改变的。

(我想到改善人民的饮食和居住条件是直接和提高民族素质有关的事。住高楼大厦和大杂院,吃精米白面高蛋白和吃窝头咸菜的人就是不一样。)

我知道美国政府近年对黑人的政策有很大的改变,有意在黑人中培养出一部分中产阶级。美国的大学招生,政府规定黑人要占一定的百分比。完成不了比率,要受批评,甚至会削减学校的经费。黑人比较容易得到奖学金(美国奖学金很高,得到奖学金,学费、生活费可不成问题)。赫伯特、安东尼都在大学教书,爱荷华大学的副教务长(是一个诗人)是黑人。在芝加哥街头可以看到很多穿戴得相当讲究的黑人妇女(浑身珠光宝气,比有些白人妇女还要雍容华贵)。我问:是不是这样?

是这样。但是美国的大企业主没有一个是黑人的。

这样,美国的黑人就发生了分化:中产阶级的黑人和贫穷的黑人。

我问赫伯特和安东尼:你们的意识,你们的心态,是接近白人,还是接近贫穷的黑人?他们都说:接近白人。

因此,赫伯特说,贫穷的黑人也不承认我们。他们说:你们和我们不一样。

赫伯特说:我们希望我们替他们讲话,但是——我们不能。鞋子掉了,只能由自己提(他做一个提鞋的动作)。只能由他们当中产生领袖,出来说话。我们,只能写他们。

在我起身告辞的时候,赫伯特问我:我们没有历史,你说我们应该怎么办?

我说,既然没有历史,那就:从我开始!

赫伯特说:很对!

没有历史,是悲哀的。

一个人有祖国,有自己的民族,有文化传统,不觉得这有什么。一旦没有这些,你才会觉得这有多么重要,多么珍贵。

我在美国,听说有一个留学生说:"我宁愿在美国做狗,不愿意做中国人",岂有此理!

注 释

① 本篇原载《瞭望》1988 年第五期,又载 1988 年 6 月 3 日台湾《中国晚报》;初收《蒲桥集》,作家出版社,1989 年 3 月。

自 报 家 门①

——为熊猫丛书《汪曾祺小说选》作

京剧的角色出台,大都有一段相当长的独白,向观众介绍自己的历史,最近遇到什么事,他将要干什么,叫做"自报家门"。过去西方戏剧很少用这种办法。西方戏剧的第一幕往往是介绍人物,通过别人之口互相介绍出剧中人。这实在很费事。中国的"自报家门"省事得多。我采取这种办法,也是为了图省事,省得麻烦别人。

法国 Annie Curien 女士打算翻译我的小说。她从波士顿要到另一个城市去,已经订好了飞机票,听说我要到波士顿,特意把机票退了,好跟我见一面。她谈了对我的小说的印象,谈得很聪明。有一点是别的评论家没有提过,我自己也从来没有意识到的。她说我很多小说里都有水。《大淖记事》是这样。《受戒》写水虽不多,但充满了水的感觉。我想了想,真是这样。这是很自然的。我的家乡是一个水乡。江苏北部一个不大的城市,高邮。在运河的旁边。运河西边,是高邮湖。城的地势低,据说运河的河底和城墙垛子一般高。我们小时候到运河堤上去玩,可以俯瞰堤下人家的屋顶。因此,常常闹水灾。县境内有很多河道。出城到乡镇,大都是坐船。农民几乎家家都有船。水不但于不自觉中成了我的一些小说的背景,并且也影响了我的小说的风格。水有时是汹涌澎湃的,但我们那里的水平常总是柔软的,平和的,静静地流着。

我是 1920 年生的。3 月 5 日。按阴历算,那天正好是正月十五,元宵节。这是一个吉祥的日子。中国一直很重视这个节日,到现在还是这样。到了这天,家家吃"元宵",南北皆然。沾了这个光,我每年的生日都不会忘记。

我的家庭是一个旧式的地主家庭。房屋、家具、习俗，都很旧。整所住宅，只有一处叫做"花厅"的三大间是明亮的，因为朝南的一溜大窗户是安玻璃的。其余的屋子的窗格上都糊的是白纸。一直到我读高中时，晚上有的屋里点的还是豆油灯。这在全城（除了乡下）大概找不出几家。

　　我的祖父是清朝末科的"拔贡"。这是略高于"秀才"的功名。据说要八股文写得特别好，才能被选为"拔贡"。他有相当多的田产，大概有两三千亩田，还开着两家药店，一家布店，但是生活却很俭省。他爱喝一点酒，酒菜不过是一个咸鸭蛋，而且一个咸鸭蛋能喝两顿酒。喝了酒有时就一个人在屋里大声背唐诗。他同时又是一个免费为人医治眼疾的眼科医生。我们家看眼科是祖传的。在孙辈里他比较喜欢我。他让我闻他的鼻烟。有一回我不停地打嗝，他忽然把我叫到跟前，问我他吩咐我做的事做好了没有。我想了半天：他吩咐过我做什么事呀？我使劲地想。他哈哈大笑："嗝不打了吧！"他说这是治打嗝的最好的办法。他教过我读《论语》，还教我写过初步的八股文，说如果在清朝，我完全可以中一个秀才（那年我才十三岁）。他赏给我一块紫色的端砚，好几本很名贵的原拓本字帖。一个封建家庭的祖父对于孙子的偏爱，也仅能表现到这个程度。

　　我的生母姓杨。杨家是本县的大族。在我三岁时，她就故去了。她得的是肺病，早就一个人住在一间偏屋里，和家人隔离了。她不让人把我抱去见她。因此我对她全无印象。我只能从她的遗像（据说画得很像）上知道她是什么样子。另外我从父亲的画室里翻出一摞她生前写的大楷，字写得很清秀。由此我知道我的母亲是读过书的。她嫁给我父亲后还能每天写一张大字，可见她还过着一种闺秀式的生活，不为柴米操心。

　　我父亲是我所知道的一个最聪明的人，多才多艺。他不但金石书画皆通，而且是一个擅长单杠的体操运动员，一名足球健将。他还练过中国的武术。他有一间画室，为了用色准确，裱糊得"四白落地"。他后来不常作画，以"懒"出名。他的画室里堆积了很多求画人送来的宣纸,上面都贴了一个红签:"敬求法绘,赐呼××"。我的继母有时提醒:"这几张纸,你该给人家画画了",父亲看看红签,说:"这人已经死了。"每逢春秋佳日,天气晴和,他就打开画室作画。我非常喜欢站在旁边看他画:对着宣纸端详半天,先用笔杆的一头或大拇指指甲在纸上划几道,决定布局,然后画花头、枝干、布叶、勾筋。画成了,再看看,收拾一遍;题字;盖章;用按钉钉在板壁上,再反复看看。他年轻时曾画过工笔的菊花,能辨别、表现很多菊花品种。因为他是阴历九月生的,在中国,习惯把九月叫做菊月,所以对菊花特别有感情。后来就放笔作写意花卉了。他的画,照我看是很有功力的。可惜局处在一个小县城里,未能浪游万里,多睹大家真迹,又未曾学诗,题识多用成句,只成"一方之士",声名传得不远。很可惜!他学过很多乐器,笙箫管笛,琵琶、古琴都会。他的胡琴拉得很好。几乎所有的中国乐器我们家都有过,包括唢呐、海笛。我吹过的箫和笛子是我一生中见过的最好的箫笛。他的手很巧,心很细。我母亲的冥衣(中国人相信人死了,在另一个世界——阴间还要生活,故用纸糊制了生活用物烧了,使死者可以"冥中收用",统称冥器)是他亲手糊的。他选购了各种砑花的色纸,糊了很多套,四季衣裳,单夹皮棉,应有尽有。"裘皮"剪得极细,和真的一样,还能分出"羊皮"、"狐皮"。他会糊风筝。有一年糊了一个蜈蚣——这是风筝最难糊的一种,带着儿女到麦田里去放。蜈蚣在天上矫矢摆动,跟活的一样。这是我永远不能忘记的一天。他放蜈蚣用的是胡琴的"老弦"。用琴弦放风筝,我还未见过第二人。他养过鸟、养过蟋蟀。他用钻石刀把玻璃裁成小片,再用胶水一片一片逗拢粘固,做成小船、小亭子、八面玲珑绣球,在里面养金铃子——一种金色的小昆虫,磨翅发声如金铃。我父亲真是一个聪明人。如果我还不算太笨,大概跟我从父亲那里接受的遗传因子有点关系。我的审美意识的形成,跟我从小看他作画有关。

　　我父亲是个随便的人,比较有同情心,能平等待人。我十几岁时就和他对座饮酒,一起抽烟。他说:"我们是多年父子成兄弟"。他的这种脾气也传给了我。不但影响了我和家人子女、朋友后辈的关系,而且影响了我对我所写的人物的态度以及对读者的态度。

我的小学和初中是在本县读的。

小学在一座佛寺的旁边,原来即是佛寺的一部分。我几乎每天放学都要到佛寺里逛一逛,看看哼哈二将、四大天王、释迦牟尼、迦叶阿难、十八罗汉、南海观音。这些佛像塑得很生动。这是我的雕塑艺术馆。

从我家到小学要经过一条大街,一条曲曲弯弯的巷子。我放学回家喜欢东看看,西看看,看看那些店铺、手工作坊:布店、酱园、杂货店、爆仗店、烧饼店、卖石灰麻刀的铺子、染坊……我到银匠店里去看银匠在一个模子上錾出一个小罗汉,到竹器厂看师傅怎样把一根竹竿做成笆草的笆子,到车匠店看车匠用硬木车旋出各种形状的器物,看灯笼铺糊灯笼……百看不厌。有人问我是怎样成为一个作家的,我说这跟我从小喜欢东看看西看看有关。这些店铺、这些手艺人使我深受感动,使我闻嗅到一种辛苦、笃实、轻甜、微苦的生活气息。这一路的印象深深注入了我的记忆,我的小说有很多篇写的便是这座封闭的,褪色的小城的人事。

初中原是一个道观,还保留着一个放生鱼池,池上有飞梁(石桥),一座原来供奉吕洞宾(八仙之一)的小楼和一座小亭子,亭子四周长满了紫竹(竹竿深紫色)。这种竹子别处少见。学校后面有小河,河边开着野蔷薇。学校挨近东门,出东门是杀人的刑场。我每天沿着城东的护城河上学、回家,看柳树,看麦田,看河水。

我自小学五年级至初中毕业,教国文的都是一位姓高的先生。高先生很有学问。他很喜欢我。我的作文几乎每次都是"甲上"(A+)。在他所授古文中,我受影响最深的是明朝大散文家归有光的几篇代表作。归有光以轻淡的文笔写平常的人物,亲切而凄婉。这和我的气质很相近。我现在的小说里还时时回响着归有光的余韵。

我读的高中是江阴的南菁中学。这是一座创立很早的学校,至今已有百余年历史。这个学校注重数理化,轻视文史。但我买了一部词学丛书,课余常用毛笔抄宋词,既练了书法,也略窥了词意。词大都是抒情的,多写离别,这和少年人每易有的无端感伤情绪易于相合。到现在我的小说里还常有一点隐隐约约的哀愁。

读了高中二年级,日本人占领了江南,江北危急。我随祖父、父亲在离城稍远的一个村庄的小庵里避难。在庵里大概住了半年。我在《受戒》里写了和尚的生活。这篇作品引起注意,不少人问我当过和尚没有。我没有当过和尚。在这座小庵里我除了带了准备考大学的教科书,只带了两本书,一本《沈从文小说选》,一本屠格涅夫的《猎人笔记》。说得夸张一点,可以说这两本书定了我的终身。这使我对文学形成比较稳定的兴趣,并且对我的风格产生深远的影响。我父亲也看了沈从文的小说,说:"小说也是可以这样写的?"我的小说也有人说是不像小说,其来有自。

1939 年,我从上海经香港、越南到昆明考大学。到昆明,得了一场恶性疟疾,住进了医院。这是我一生第一次住院,也是唯一的一次。高烧超过四十度。护士给我注射了强心针,我问她:"要不要写遗书?"我刚刚能喝一碗蛋花汤,晃晃悠悠进了考场。考完了,一点把握没有。天保佑,发了榜,我居然考中了第一志愿:西南联大中国文学系!

我成不了语言文字学家。我对古文字有兴趣的只是它的美术价值——字形。我一直没有学会国际音标。我不会成为文学史研究者或文学理论专家,我上课很少记笔记,并且时常缺课。我只能从兴趣出发,随心所欲,乱七八糟地看一些书,白天在茶馆里,夜晚在系图书馆。于是,我只能成为一个作家了。

不能说我在投考志愿书上填了西南联大中国文学系是冲着沈从文去的,我当时有点恍恍惚惚,缺乏任何强烈的意志。但是"沈从文"是对我很有吸引力的,我在填表前是想到过的。

沈先生一共开过三门课:"各体文习作"、"创作实习"、"中国小说史",我都选了。沈先生很欣赏我。我不但是他的入室弟子,可以说是得意高足。

沈先生实在不大会讲课。讲话声音小,湘西口音很重,很不好懂。他讲课没有讲义,不成系统,只是即兴的漫谈。他教创作,反反复复,经常讲的一句话是:要贴到人物来写。很多学生都不大理解这是什么意思。我是理解的。照我的理解,他的意思是:在小说里,人物是主要的,主导的,其余的都是次要的,派生的。作者的心要和人物贴近,富同情,共哀乐。什么时候作者的笔贴不住人物,就会虚假。写景,是制造人物生活的环境,写景处即是写人,景和人不能游离。常见有的小说写景极美,但只是作者眼中之景,与人物无关,这样有时甚至会使人物疏远。即作者的叙述语言也须和人物相协调,不能用知识分子的语言去写农民。我相信我的理解是对的。这也许不是写小说唯一的原则(有的小说可以不着重写人,也可以有的小说只是作者在那里发议论),但是是重要的原则。至少在现实主义的小说里,这是重要原则。

沈先生每次进城(为了躲日本飞机空袭,他住在昆明附近呈贡的乡下,有课时才进城住两三天),我都去看他。还书、借书,听他和客人谈天。他上街,我陪他同去,逛寄卖行,旧货摊,买耿马漆盒(一种圆筒形的竹胎绘红黑两色花纹的缅甸漆盒),买火腿月饼。饿了,就到他的宿舍对面的小铺吃一碗加一个鸡蛋的米线(用米粉压制的面条)。有一次我喝得烂醉,坐在路边,他以为是一个生病的难民,一看,是我!他和几个同学把我架到宿舍里,灌了好些酽茶,我才清醒过来。有一次我去看他,牙疼,腮帮子肿得老高,他不说一句话,出去给我买了几个大橘子。

我读的是中国文学系,但是大部分时间是看翻译小说。当时在联大比较时髦的是 A. 纪德,后来是萨特。我二十岁开始发表作品。外国作家我受影响较大的是契诃夫,还有一个西班牙作家阿左林。我很喜欢阿左林,他的小说像是覆盖着阴影的小溪,安安静静的,同时又是活泼的,流动的。我读了一些弗金妮亚·沃尔芙的作品,读了普鲁斯特小说的片段。我的小说有一个时期明显地受了意识流方法的影响,如《小学校的钟声》、《复仇》。

离开大学后,我在昆明郊区一个联大同学办的中学教了两年书。《小学校的钟声》和《复仇》便是这时写的。当时没有地方发表。后来由沈先生寄给上海的《文艺复兴》,郑振铎先生打开原稿,发现上面已经叫蠹虫蛀了好些小洞。

1946年初秋,我由昆明到上海,经李健吾先生介绍,到一个私立中学教了两年书,1948年初春离开。这两年写了一些小说,结为《邂逅集》。

到北京,失业半年,后来到历史博物馆任职。陈列室在午门城楼上,展出的文物不多,游客寥寥无几。职员里住在馆里的只有我一个人。我住的那间屋据说原是锦衣卫值宿的屋子。为了防火,当时故宫范围内都不装电灯,我就到旧货摊上买了一盏白磁罩子的古式煤油灯。晚上灯下读书,不知身在何世。北京一解放,我就报名参加了四野南下工作团。

我原想随四野一直打到广州,积累生活,写一点刚劲的作品,不想到武汉就被留下来接管文教单位,后来又被派到一个女子中学当副教导主任。一年之后,我又回到北京,到北京市文联工作。1954年,调中国民间文艺研究会。

自1950年至1958年,我一直当文艺刊物编辑。编过《北京文艺》、《说说唱唱》、《民间文学》。我对民间文学是很有感情的。民间故事丰富的想象和农民式的幽默,民歌的比喻新鲜和韵律的精巧使我惊奇不已。但我对民间文学的感情被割断了。1958年,我被划成右派,下放到长城外面的一个农业科学研究所劳动。将近四年。

这四年对我来说是很重要的。我和农业工人(即是农民)一同劳动,吃一样的饭,晚上睡在一间大宿舍里,一铺大炕上(枕头挨着枕头,虱子可以自由地从最东边一个人的被窝里爬到最西边的被窝里)。我比较切实地看到中国的农村和中国的农民是怎么回事。

1962年初,我调到北京京剧团当编剧,一直到现在。

我二十岁开始发表作品,今年六十八岁,写作时间不可谓不长,但我的写作一直是断断续续,一阵一阵的,因此数量很少。过了六十岁,就听到有人称我为"老作家",我觉得很不习惯。第一,我不大意识到我是一个作家;第二,我没有觉得我已经老了。近两年逐渐习惯了。有什么办法呢,岁数不饶人。杜甫诗:"座下人渐多",现在每有宴会,我常被请到上席。我已经出了几本书，有点影响，再说我不是作家，就有点矫情了。我算个什么样的作家呢？

我年轻时受过西方现代派的影响，有些作品很"空灵"，甚至很不好懂。这些作品都已散失。有人说翻翻旧报刊，是可以找到的，劝我搜集起来出一本书。我不想干这种事。实在太幼稚，而且和人民的疾苦距离太远。我近年的作品渐趋平实。在北京市作协讨论我的作品的座谈会上，我作了一个简短的发言，题为"回到民族传统，回到现实主义"，这大体上可以说是我现在的文学主张。我并不排斥现代主义。每逢有人诋毁青年作家带有现代主义倾向的作品时，我常会为他们辩护。我现在有时也偶尔还写一点很难说是纯正的现实主义的作品，比如《昙花、鹤和鬼火》。就是在通体看来是客观叙述的小说中有时还夹带一点意识流片段，不过评论家不易察觉。我的看似平常的作品其实并不那么老实。我希望能做到融奇崛于平淡，纳外来于传统，不今不古，不中不西。

我是较早意识到要把现代创作和传统文化结合起来的。和传统文化脱节，我以为是开国以后，五十年代文学的一个缺陷。——有人说这是中国文化的"断裂"，这说得严重了一点。有评论家说我的作品受了老庄思想的影响，可能有一点。我在昆明教中学时案头常放的一本书是《庄子集解》。但是我对庄子感到极大的兴趣的，主要是其文章，至于他的思想，我到现在还不甚了了。我自己想想，我受影响较深的，还是儒家。我觉得孔夫子是个很有人情味的人，并且是个诗人。他可以发脾气，赌咒发誓。我很喜欢《论语·子路曾皙冉有公西华侍坐章》。

> "点，尔何如？"
>
> 鼓瑟希，铿尔，舍瑟而作，对曰："异乎三子者之撰。"
>
> 子曰："何伤乎，亦各言其志也！"
>
> 曰："暮春者，春服既成，冠者五六人，童子六七人，浴乎沂，风乎舞雩，咏而归。"
>
> 夫子喟然叹曰："吾与点也。"

这写得实在非常的美。曾点的超功利的率性自然的思想是生活境界的美的极致。

我很喜欢宋儒的诗：

> 万物静观皆自得，
> 四时佳兴与人同。

说得更实在的是：

> 顿觉眼前生意满，
> 须知世上苦人多。

我觉得儒家是爱人的，因此我自许为"中国式的人道主义者"。

我的小说似乎不讲究结构。我在一篇谈小说的短文中，说结构的原则是：随便。有一位年龄略低我的作家每谈小说，必谈结构的重要。他说："我讲了一辈子结构，你却说：随便！"我后来在谈结构的前面加了一句话："苦心经营的随便"，他同意了。我不喜欢结构痕迹太露的小说，如莫泊桑，如欧·亨利。我倾向"为文无法"，即无定法。我很向往苏轼所说的："如行云流水，初无定质，但常行于所当行，常止于所不可不止，文理自然，姿态横生"。我的小说在国内被称为"散文化"的小说。我以为散文化是世界短篇小说发展的一种（不是唯一的）趋势。

我很重视语言，也许过分重视了。我以为语言具有内容性，语言是小说的本体，不是外部的，不只是形式、是技巧。探索一个作者气质，他的思想（他的生活态度，不是观念），必须由语言入手，并始终浸在作者的语言里。语言具有文化性。作品的语言映照出作者的全部文化修养。语言的美不在一个一个句子，而在句与句之间的关系。包世臣论王羲之字，看来参差不齐，但如老翁携带幼孙，顾盼有情，痛痒相关。好的语言正当如此。语言像树，枝干内部液汁流转，一枝摇，百枝摇。语言像水，是不能切割的。一篇作品的语言，是一个有机的整体。

我认为一篇小说是作者和读者共同创作的。作者写了，读者读了，创作过程才算完成。作者不能什么都知道，都写尽了。要留出余地，让读者去捉摸，去思索，去补充。中国画讲究"计白当黑"。包世臣论书以为当使字之上下左右皆有字。宋人论崔颢的《长干行》"无字处皆有字"。短篇小说可以说是"空白的艺术"。办法很简单：能不说的话就不说。这样一篇小说的容量就会更大，传达的信息就更多。以己少少许，胜人多多许。短了，其实是长了。少了，其实是多了。这是很划算的事。

我这篇"自报家门"实在太长了。

一九八八年三月廿日

注　释

① 　本篇原载《作家》1988 年第七期；初收《蒲桥集》，作家出版社，1989 年
3 月。

浅 处 见 才①

——谈写唱词

本色　当行

有人以为本色就是当行。陈师道《后山诗话》："退之以文为诗,子瞻以诗为词,如教坊雷大使之舞,虽极天下之工,要非本色。"他所说的本色实相当于多数人所说的当行。一般认为本色和当行还是略有区别的。本色指少用辞藻,不事雕饰,朴素天然,明白如话。当行是说写唱词像个唱词,写京剧唱词是京剧唱词,不但好懂,而且好唱,好听。

板腔体的剧本都是浅显的。没有不好理解,难于捉摸的词。像"摇漾春如线"这样的句子在京剧、梆子的剧本里是找不出来的。板腔体剧种打本子的人没有多少文化,他们肚子里也没有那么多辞藻。杂剧传奇的唱腔抒情成分很大,京剧剧本抒情性的唱词只能有那么一点点。京剧剧本也偶用一点比兴,但大多数唱词都是"直陈其事"的赋体。杂剧、传奇,特别是传奇的唱词,有很多是写景的;京剧写景极少。向京剧唱词要求"情景交融",实在是强人所难。因为曲牌体和板腔体体制不同。"碧云天,黄花地,西风紧,北雁南飞。晓来谁染霜林醉,总是离人泪。"是千古绝唱。这只能是杂剧的唱词。这是一支完整的曲子,首尾俱足,改编成京剧,就成了"碧云天,黄花地,西风紧,北雁南翔。问晓来谁染得霜林绛? 总是离人泪千行",变成了一大段唱词的"帽儿",下面接了叙事性的唱:"成就迟分别早叫人惆怅,系不住骏马儿空有这柳丝长。七香车与我把马儿赶上,那疏林也与我挂住了斜阳,好让我与张郎把知心话讲,远望那十里亭痛断人肠!"杂剧的这支"正宫端正好"在京剧里实际上是"腌渍"了。但是这有什么办法？京剧就是这样！王昆仑同志曾和我有一次谈及京剧唱词，说："'一事无成两鬓斑，叹光阴一去不复还。日月轮流催晓箭，青山绿水常在面前'，到此为止，下面就得接上'恨平王无道纲常乱'，大白话了！"是这样。我在《沙家浜》阿庆嫂的大段二黄中，写了第一句"风声紧雨意浓天低云暗"，下面就赶紧接了一句地道的京剧"水词"："不由人一阵阵坐立不安"。

京剧唱词只能在叙事中抒情，在赋体中有一点比兴，《四郎探母》"胡地衣冠懒穿戴，每日里花开儿的心不开"，我以为这是了不得的好唱词。新编的戏里，梁清濂的《雷峰夕照》里的"去年的竹林长新笋，新娘的孩子渐成人"，也是难得的。

京剧是不擅长用比喻的，大都很笨拙。《探母》和《文昭关》的"我好比"尚可容忍，《逍遥津》的一大串"欺寡人好一似"实在是堆砌无味。京韵大鼓《大西厢》"见张生摇头晃脑，嘚不嘚不，逛里逛荡，好像一碗汤，——他一个人念文章"，说一个人好像一碗汤，实在是奇绝。但在京剧里，这样的比喻用不上，——除非是喜剧。比喻一要尖新，二要现成。尖新不难，现成也不难。尖新而现成，难！

板腔体是一种"体"，是一种剧本的体制，不只是说的是剧本的语言形式，这是一个更深刻的概念。首先这直接关系到结构，——章法。正如写诗，五古有五古的章法，七绝有七绝的章法，差别不只在每一句字数的多少。但这里只想论及语言。板腔体的语言，表面上看只是句子整齐，每句有一定字数，二二三，三三四。更重要的是它的节奏。我在张家口曾经遇到一个说话押韵的人。我去看他，冬天，他把每天三顿饭改成了一天吃两顿，我问他："改了？"他说：

> 三顿饭一顿吃两碗，
>
> 两顿饭一顿吃三碗，
>
> 算来算去一般儿多，
>
> 就是少抓一遍儿锅。

我研究了一下他的语言,除了押韵,还富于节奏感。"算来算去一般儿多",如果改成"算起来一般多",就失去了节奏,同时也就失去了情趣——失去了幽默感。语言的节奏决定于情绪的节奏。语言的节奏是外部的,情绪的节奏是内部的。二者同时生长,而又互相推动。情绪节奏和语言节奏应该一致,要做到表里如一,契合无间。这样写唱词才能挥洒自如,流利快畅。如果情绪缺乏节奏,或情绪的节奏和板腔体不吻合,写出来的唱词表面上合乎格律,读起来就会觉得生硬艰涩。我曾向青年剧作者建议用韵文思维,主要说的是用有节奏的语言思维。或者可以更进一步:首先是使要表达的情绪有节奏。

板腔体的唱词是不好写的,因为它的限制性很大。听说有的同志以为板腔体已经走到了尽头,不能表达较新的思想,应该有一种新的戏曲体制来代替它,这种新的体制是自由诗体。这是有一定道理的。打破板腔体的字句定式,早已有人尝试过。田汉同志在《白蛇传》里写了这样的唱词:

> 你忍心将我伤,
> 端阳佳节劝雄黄;
> 你忍心将我诳,
> 才对双星盟誓愿,
> 又随法海入禅堂……

这显然已经不是"二二三"。我在剧本《裘盛戎》里写了这样的唱词:

> 昨日的故人已不在,
> 昨日的花还在开。

第二句虽也是七字句,但不能读成"昨日——的花——还在开",节奏已经变了。我也希望京剧在体制上能有所突破。曾经设想,可以回过来吸取一点曲牌体的格律,也可以吸取一点新诗的格律,创造一点新的格律。五四时期就有人提出从曲牌体到板腔体,从文学角度来说,实是一种倒退,这是有一定道理的。曲牌体看来似乎格律森严,但比板腔体实际上有更多的自由。它可以字句参差,又可以押仄声韵,不像板腔体捆得那样死。像古体诗一样，连用几个仄声韵尾的句子，然后用一句平声韵尾扳过来，我觉得这是可行的。新诗常用的间行为韵，ABAB，也可以尝试。这种格式本来就有。苏东坡就写过一首这样的诗。我在《擂鼓战金山》里试写过一段。但我以为戏曲唱词总要有格律，押韵。完全是自由诗一样的唱词会是什么样子，一时还想象不出。而且目前似乎还只能在板腔体的基础上吸收新的格律。田汉同志的"你忍心将我伤……"一段破格的唱词，最后还要归到：

> 手摸胸膛你想一想，
> 有何面目来见妻房？

板腔体是简陋的。京剧唱词贵浅显。浅显本不难，难的是于浅显中见才华。李笠翁说："能于浅处见才，方是文章高手。"怎样才能做到这一点呢？希望有人能从心理学的角度，作一点探索。

层次和连贯

曾读宋人诗话，有人问作诗的章法，一位大诗人回答说："只要熟读'打起黄莺儿，莫教枝上啼，啼时惊妾梦，不得到辽西'"，就明白了。他说的是层次和连贯。这首诗看起来一气贯注，流畅自然，好像一点不费力气，完整得像一块雨花石。细看却一句是一层意思。好的唱词也应该这样。《武家坡》：

> 这大嫂传话太迟慢，
> 武家坡站得我两腿酸。
> 下得坡来用目看，
> 见一位大嫂把菜剜。
> 前影儿看也看不见，
> 后影儿好像妻宝钏。
> 本当上前将妻认，
> 错认了民妻理不端。

不要小看这样的唱词。这一段唱词是很连贯的,但又有很多层次。"这大嫂传话太迟慢,武家坡站得我两腿酸",是一个层次;"下得坡来用目看,见一位大嫂把菜剜",是一个层次;"前影儿看也看不见,后影儿好像妻宝钏"是一个层次;"本当上前将妻认"是一个层次;"错认了民妻理不端",又是一个层次。写唱词容易犯的毛病,一是不连贯,句与句之间缺乏逻辑关系,东一句,西一句。二是少层次。往往唱了几句,是一个意思,原地踏步,架床叠屋,情绪没有向前推进,缺乏语言的动势。后一种毛病在"样板戏"里屡见不鲜。所以如此,与"样板戏"过分强调"抒豪情"有关。过度抒情,这是出于对京剧体制的一种误解。

写一人即肖一人之口吻

这是很难的。提出这种主张的李笠翁,他本人就没有做到。性格化的语言,这在念白里比较容易做到,在唱词里,就很难了。人物性格通过语言表现,首先是他说什么,其次是怎么说。说什么,比较好办。进退维谷、优柔寡断的陈宫和穷途落魄、心境颓唐的秦琼不同,他们所唱的内容各异。但在唱词的风格上却是如出一辙。"听他言吓得我……"、"店主东带过了……"看不出有什么性格特征。能从唱词里看出人物性格的,即不止表现他说什么,还能表现他怎么说的,好像只有《四进士》宋士杰所唱的:

> 你不在河南上蔡县,
> 你不在南京水西门![②]
> 我三人从来不相认,
> 宋士杰与你们是哪门子亲!

这真是宋士杰的口吻! 京剧唱词里能写出"宋士杰与你们是哪门子亲",是一个奇迹。"是哪门子亲!"可以入唱,而且唱得那样悲愤怨怒,充满感情,人物性格,跃然"纸"上,太难得了!

我们在改编《沙家浜》的时候,曾给自己规定了一个奋斗目标,希望做到人物语言生活化、性格化。这个目标，只有《智斗》一场部分地实现了。《智斗》是用"唱"来组织情节的，不得不让人物唱出性格来，因此我们得捉摸人物的口吻。阿庆嫂的"垒起七星灶"有职业特点的表现出她的性格的，除了"人一走，茶就凉"这一句洞达世态的"炼话"，还在最后一句"有什么周详不周详!"这一句软中硬的结束语，把刁德一的进攻性的敲打顶了回去，顶了一个脆。如果没有最后这句"给劲"的话，前面的一大篇数字游戏式的唱就全都白搭。

"宋士杰与你们是哪门子亲"，"有什么周详不周详"，都是口语。这就使我们悟出一个道理：要使唱词性格化，首先要使唱词口语化。

京剧唱词的语言是十分规整的，离口语较远，是一种特殊的雅言。雅言不是不能表现性格。甚至文言也是能表现性格的。"吾翁即若翁。必欲烹若翁，则幸分我一杯羹"，今天看起来是文言，但是千载以下，我们还是可以从这几句话里看出刘邦的无赖嘴脸。但是如果把这几句话硬捺在三三四、二二三的框子里，就会使人物性格受到很大的损失。

从板式上来说，流水、散板的语言比较容易性格化；上板的语言性格化，难。从行当上来说，花旦、架子花的唱词较易性格化，正生、正旦，难。

如果不能在唱词里表现出人物怎么说，那只好努力通过人物说什么来刻画。

总之，我觉得戏曲作者要到生活里去学习语言，像小说家一样。何况我们比小说家还有一层难处，语言要受格律的制约。单从作品学习语言是不够的。

时代色彩和地方色彩

按说，写一个时代题材的戏曲，应该用那一时代的语言。但这是办不到的。元明以后好一些。有大量的戏曲作品，拟话本、民歌小曲，给我们提供了大量的语言资料。晚明小品也提供了接近口语的语言。宋代有话本,有柳耆卿那样的词,有《朱子语类》那样基本上是口语的语录。宋人的笔记也常记口语。唐代就有点麻烦。中国的言文分家,不知起于何代,但到唐朝,就很厉害了。唐人小说所用语言显然和口语距离很大。所幸还有敦煌变文,《云谣集杂曲子》和"柳枝"、"竹枝"这样的拟民歌,可以窥见唐代口语的仿佛。南北朝有敕勒歌、子夜歌。《世说新语》是魏晋语言的宝库。汉代的口语究竟是什么样子的?《史记》语言浅近,但我们从"夥颐,涉之为王沉沉者!"知道司马迁所用的还不是口语。乐府诗则和今人极相近。《上邪》、《枯鱼过河泣》、《孤儿行》、《病妇行》好像是昨天才写出来的。秦以前的口语就比较渺茫了……无论如何,我们不能对一个时代的语言熟悉得能和当时的人交谈!

即使对历代的语言相当精通,也不能用这种语言写作,因为今天的人不懂。

但是写一个时代的戏曲,能够多读一点当时的作品,在这些作品里"熏"一"熏",从中吸取一点语言,哪怕是点缀点缀,也可以使一出戏多少有点时代的色彩,有点历史感。有人写汉代题材,案头堆满乐府诗集,早晚阅读,我以为这精神是可取的。我希望有人能重写京剧《孔雀东南飞》,大量地用五字句,而且剧中反复出现"孔雀东南飞,五里一徘徊"。

写历史题材不发生地方色彩的问题。我写《擂鼓战金山》让韩世忠在念白里偶尔用一点陕北话,比如他生气时把梁红玉叫做"婆姨"(这在曲艺里有个术语叫"改口"),大家都认为绝对不行。如果在他的唱词里用一点陕北话,就更不行了。不过写现代题材,有时得注意这个问题。一个戏曲作者,最好能像浪子燕青一样,"能打各省乡谈"。至少对方言有兴趣,能欣赏各地方言的美。戏曲作者应该对语言有特殊的敏感。至少,对民歌有一定的了解。有人写宁夏题材的京剧,大量阅读了"花儿",想把"花儿"引种到京剧里来,我觉得这功夫不会是白费的。

写少数民族题材,更得熟悉这个民族的民歌。我曾经写过内蒙和西藏题材的戏（都没有成功），成天读蒙古族和藏族的民歌。不这样，我觉得无从下笔。

我觉得一个戏曲工作者应该多读各代的、各地的、各族的民歌，即使不写那个时代、那个地区、那个民族的题材，也是会有用的。"冬雷震震夏雨雪，天地合，乃敢与君绝"，这样的感情是写任何时代的爱情题材里都可以出现的。"大雁飞在天上，影子落在地下"，稍为变一变，也可以写在汉族题材的戏里。"你要抽烟这不是个火吗？你要想我这不是个我吧？""面对面坐下还想你呀么亲亲！"不是写内蒙河套地区和山西雁北的题材才能用。要想使唱词出一点新，有民族色彩，多读民歌，是个捷径。而且，读民歌是非常愉快的艺术享受。

摘用、脱化前人诗词成句

这是中国传统戏曲常用的办法。

前人诗词，拿来就用。只要贴切，以故为新。不但省事，较易出情。《裘盛戎》剧本，写"文化大革命"的动乱，抄家打人，徐岛上唱：

> 家家收拾起，
> 户户不提防。
> 父子成两派，
> 夫妇不同床。
> 访旧半为鬼，
> 惊呼热中肠。
> 茫茫九万里，
> 一片红海洋。

"家家收拾起，户户不提防"是昆曲流行时期的成语。"访旧半为鬼，惊呼热中肠"是杜甫诗。徐岛是戏曲编导，他对这样的成语和诗句是十分熟悉的，所以可以脱口而出。剧中的掏粪工人老王，就不能让他唱出这样的词句。

摘用前人诗句还有个便宜处,即可以使人想起全诗,引起更多的联想,使一句唱词有更丰富的含意。《裘盛戎》剧中,在裘盛戎被剥夺演出的权利之后,他的挚友电影女导演江流劝他:

> 这世界不会永远这样的不公正,
> 上峰何苦困才人!
> 人民没有忘记你,
> 背巷荒村,更深半夜,还时常听得到
> 　　裘派的唱腔,一声半声。
> 谁能遮得住星光云影,
> 谁能从日历上勾掉了谷雨、清明?
> 我愿天公重抖擞,
> 落花时节又逢君。

这最后两句,上句是龚定庵的诗,下句是杜甫诗。有一点诗词修养的读者(观众)听了上句,会想到"不拘一格降人才";听了下句会想到"正是江南好风景",想到春天会来,局势终会好转。这样写,有了好多话,唱词也比较有"嚼头"。

有时不直接摘用原诗,但可看出是从哪一句诗变化出来的。《摇鼓战金山》写韩世忠在镇江江面与兀术遭遇,韩世忠唱:

> 江水滔滔向东流,
> 二分明月是扬州。
> 抽刀断得长江水,
> 容你北上到高邮。
> 抽刀断不得长江水,
> 难过瓜州古渡头。
> 江边自有青青草,
> 不妨牧马过中秋!

"抽刀"显然是从李白"抽刀断水水更流"变出来的。

脱化,有时有迹可求,有时不那么有痕迹。《沙家浜》"垒起七星灶,铜壶煮三江",是从苏东坡《汲江煎茶》"大瓢贮月归春瓮,小杓分江入夜瓶"脱化出来的。这种修辞方法,并非自我作古。

要能做到摘用、脱化,需要平时积累,"腹笥"稍宽。否则就会"书到用时方恨少"。老舍先生枕边常置数卷诗,临睡读几首。我们应该向他学习。

注　释

①　本篇原载《晚翠文谈》,浙江文艺出版社,1988 年 3 月。

②　有的演员唱成"你本河南上蔡县,你本南京水西门",感情就差得多了,"你不在河南上蔡县,你不在南京水西门!"下面有一句潜台词:"好端端地,你们跑到我这信阳州来干什么!"

打 渔 杀 家①

《庆顶珠》全本很少有人演，听说高庆奎曾经演过。通常只演其中的《打渔》和《杀家》两折，合在一起，叫做《打渔杀家》。

《打渔杀家》是一出比较温的戏。但是其中有刻画得很细致的地方，为别的戏所不及。

萧恩决定铤而走险，过江杀尽吕子秋的一家。离家的时候和女儿桂英有一段对话：

"……取为父的衣帽戒刀过来。"

"戒刀在此。"

"好好看守门户，为父去也。"

"爹爹请转。"

"儿呀何事？"

"女儿跟随爹爹前去。"

"为父杀人，你去做什么？"

"爹爹杀人，女儿站在一旁，与爹爹壮壮胆量也是好的呀。"

"儿有此胆量？"

"有此胆量。"

"将儿婆家的聘礼珠子带在身旁。"

"现在身旁。"

"开门哪！"

"爹爹呀请转！这门还未曾上锁呢。"

"这门呹！——关也罢，不关也罢！"

"里面还有许多动用家具呢。"

"傻孩子呀，门都不要了，要家具则甚哪！"

"不要了？喂噫……"

"不省事的冤家呀……！"

"不省事"今天的观众多不懂，马连良念成"不明白"。我建议干脆改为"不懂事"。

在过江时，萧恩唱"船行在半江中我儿要掌稳了舵！——我的儿为什么撒了篷索？"之后，有一小段对话：

"啊爹爹，此番过江杀人是真的还是假的？"

"杀人哪有假的！"

"如此女儿有些害怕。我，我，我不去了。"

"呀呀呸！方才在家，为父怎样嘱咐与儿，叫儿不要前来，儿是偏偏地要来！如今船行在半江之中……也罢！待为父扳转船头，送儿回去！"

"孩儿舍不得爹爹！"

"啊……桂英儿呀！"

这两段对话是很感人的。听说有的老演员在念到"门都不要了，要家具则甚哪！——不省事的冤家呀！"能把人的眼泪念下来。我小时听梅兰芳的唱片，梅先生念到"孩儿舍不得爹爹！"我的眼泪刷地一下子下来了。

一般演员很难有这样的效果。原因是没有很好地体会人物之间的关系。萧恩和桂英不是通常的父女。桂英幼年丧母，父女二人，相依为命。萧恩又当爸，又当妈，风里雨里，把桂英拉扯大，他非常疼爱这个独生女儿。由于爸爸的疼爱，桂英才格外的娇痴——不懂事。桂英不懂事，更衬托出失势的英雄萧恩毁家报仇的满腔悲愤。通过父女之爱表现这个报仇故事的深刻、内在的悲剧性，是《打渔杀家》的一个很大的特点。

这是很值得搞编剧的人学习的。我们今天的戏曲编剧往往忙于交待情节事件，或者热中于塑造空空洞洞的高大形象，很少能像《打渔杀家》这样富于生活气息的细致的刻画。——有人说京剧缺少生活气息,殊不尽然。

注　释

① 本篇原载《晚翠文谈》,浙江文艺出版社,1988 年 3 月。

《到黑夜我想你没办法》读后[①]

这几篇小说我是在一个讨论会开始的时候抓时间看的。一口气看完了,脱口说:"好!"

这是非常真实的生活。这种生活是荒谬的,但又是真实的。曹乃谦说:"我写的都是真事儿。"我相信,荒谬得可信。

这是苦寒、封闭、吃莜面的雁北农村的生活。只有这样的地方,才有这样的生活。这样的苦寒,形成人的价值观念,明明白白,毫无遮掩的价值观念。"人家少要一千块,就顶把个女儿白给了咱儿",黑旦就同意把老婆送到亲家家里"做那个啥",而且"横竖一年才一个月",觉得公平合理。温孩在女人身上做那个啥的时候,就说:"日你妈你当爷闹你呢,爷是闹爷那两千块钱儿"。温孩女人也认为应该叫他闹。丑哥的情人就要嫁给别人了,她说"丑哥保险可恨我",丑哥说"不恨",理由是"窑黑子比我有钱"。由于有这种明明白白的,十分肯定的价值观念,温家窑的人有自己的牢不可破的道德标准。黑旦的女人不想跟亲家去,而且"真的来了",黑旦说:"那能行?中国人说话得算话。"他把女人送走,就走就想,还要重复一遍他的信条:"中国人说话得算话。"丑哥的情人提出:"要不今儿我就先跟你做那个啥吧",丑哥不同意,说:"这样是不可以的。咱温家窑的姑娘是不可以这样的。"为什么不可以?温家窑的人就这样被自己的观念钉实、封死在这一片苦寒苦寒小小天地里,封了几千年,无法冲破,也不想冲破。

但是温家窑的人终究也还是人。他们不是木石。黑旦送走了女人,忍不住扭头再瞭瞭,瞭见女人那两只萝卜脚吊在驴肚下,一悠一悠的打悠悠,他的心也一悠一悠的打悠悠。《莜麦秸窝里》是一首很美的,极其独特的抒情诗。这种爱情真是特别:

"有钱我也不花,悄悄儿攒上给丑哥娶女人。"

"我不要。"

"我要攒。"

"我不要。"

"你要要。"

这真是金子一样的心。最后他们还是归结到这是命。她哭了,黑旦听她真的哭了,他也滚下热的泪蛋蛋,"'扑腾扑腾'滴在她的脸蛋蛋上。"也许,他们的眼泪能把那些陈年的习俗浇湿了,浇破了,把这片苦寒苦寒的土地浇得温暖一点。

作者的态度是极其冷静的,好像完全无动于衷。当然不是的。曹乃谦在会上问:"我写东西常常自己激动得不行,这样好不好?"我说:要激动。但是,想的时候激动,写的时候要很冷静。曹乃谦做到了这一点。他的小说看来不动声色,只是当一些平平常常的事情叙述一回,但是他是经过痛苦的思索的。他的小说贯串了一个痛苦的思想:无可奈何。对这样的生活真是"没办法"。曹乃谦说:问题是他们觉得这样的生活很好。他们不觉得这样的生活是可悲的。然而我们从曹乃谦对这样的荒谬的生活作平平常常的叙述时,听到一声沉闷的喊叫:不行! 不能这样生活!作者对这样的生活既未作为奇风异俗来着意渲染,没有作轻浮的调侃,也没有粉饰,只是恰如其分地作如实的叙述,而如实地叙述中抑制着悲痛。这种悲痛来自对这样的生活、这里的人的严重的关切。我想这是这一组作品的深层内涵,也是作品所以动人之处。

小说的形式已经不是一般意义上的朴素,一般意义上的单纯,简直就是简单。像北方过年夜会上卖的泥人一样的简单。形体不成比例,着色不均匀,但在似乎草草率率画出的眉眼间自有一种天真的意趣,比无锡的制作得过于精致的泥人要强,比塑料制成的花仙子更要强得多。我想这不是作者有意追求一种稚拙的美,他只是照生活那样写生活。作品的形式就是生活的形式。天生浑成,并非"返朴"。小说不乏幽默感,比如黑旦陪亲家喝酒时说:"下个月你还给送过来,我这儿借不出毛驴。"读到这里,不禁使人失声一笑。但作者丝毫没有逗笑的意思,这对黑旦实在是极其现实的问题。

语言很好。好处在用老百姓的话说老百姓的事。这才是善于学习群众语言。学习群众语言不在吸收一些词汇,首先在学会群众的"叙述方式"。群众的叙述方式是很有意思的,和知识分子绝对不一样。他们的叙述方式本身是情致的,有感情色彩,有幽默感的。赵树理的语言并不过多地用农民字眼,但是他很能掌握农民的叙述方式,所以他的基本上是用普遍话的语言中有特殊的韵味。曹乃谦的语言带有莜麦味,因为他用的是雁北人的叙述方式。这种叙述方式是简练的,但是有时运用重复的句子,或近似的句式,这种重复、近似造成一种重叠的音律,增加叙述的力度。比如:

> 温孩女人不跟好好儿过,把红裤带绾成死疙瘩硬是不给解,还一个劲儿哭,哭了整整一黑夜。
>
> ……温孩从地里受回来,她硬是不给做饭,还是一个劲儿哭,哭了整整儿一白天。(《女人》)

比如:

> 愣二妈跨在锅台边瞪着愣二出神地想。想一会撩起大襟揉揉眼,想一会撩起大襟揉揉眼。
>
> ……愣二妈跨在锅台边就看愣二裱炕席就想。想一会儿撩起大襟揉揉眼,想一会儿撩起大襟揉揉眼。(《愣二疯了》)

对话也写得好。短得不能再短,简单到不能再简单,但是非常有味道:

> "丑哥。"
>
> "嗯。"
>
> "这是命。"
>
> "命。"
>
> "咱俩命不好。"
>
> "我不好,你好。"

"不好。"

"好。"

"不好。"

"好。"

"就不好。"

我觉得有些土话最好加点注解。比如"不搣扁她要她挠",这个"挠"字可能是古汉语的"那"。

曹乃谦说他还有很多这样的题材,他准备写两年。我觉得照这样,最多写两年。一个人不能老是照一种模式写。曹乃谦已经意识到自己的写法,别人又指出了一些,他是很可能重复一种写法的。写两年吧,以后得换换别样的题材,别样的写法。

一九八八年四月廿二日急就

注 释

① 本篇原载《北京文学》1988 年第六期;初收《汪曾祺全集》第四卷,北京师范大学出版社,1998 年 8 月。

西南联大中文系[①]

　　西南联大中文系的教授有清华的,有北大的,应该也有南开的。但是哪一位教授是南开的,我记不起来了。清华的教授和北大的教授有什么不同,我实在看不出来。联大的系主任是轮流坐庄。朱自清先生当过一段系主任。担任系主任时间较长的,是罗常培先生。学生背后都叫他"罗长官"。罗先生赴美讲学,闻一多先生代理过一个时期。在他们"当政"期间,中文系还是那个老样子,他们都没有一套"施政纲领"。事实上当时的系主任"为官清简",近于无为而治。中文系的学风和别的系也差不多:民主、自由、开放。当时没有"开放"这个词,但有这个事实。中文系似乎比别的系更自由。工学院的机械制图总要按期交卷,并且要严格评分的;理学院要做实验,数据不能马虎。中文系就没有这一套。记得我在皮名举先生的《西洋通史》课上交了一张规定的马其顿帝国的地图,皮先生阅后,批了两行字:"阁下之地图美术价值甚高,科学价值全无。"似乎这样也可以了。总而言之,中文系的学生更为随便,中文系体现的"北大"精神更为充分。

　　如果说西南联大中文系有一点什么"派",那就只能说是"京派"。西南联大有一本《大一国文》,是各系共同必修。这本书编得很有倾向性。文言文部分突出地选了《论语》,其中最突出的是《子路曾皙冉有公西华侍坐》。"暮春者,春服既成,冠者五六人,童子六七人,浴乎沂,风乎舞雩,咏而归",这种超功利的生活态度,接近庄子思想的率性自然的儒家思想对联大学生有相当深广的潜在影响。还有一篇李清照的《金石录后序》。一般中学生都读过一点李清照的词,不知道她能写这样感情深挚、挥洒自如的散文。这篇散文对联大文风是有影响的。语体文部分,鲁迅选的是《示众》。选一篇徐志摩的《我所知道的康桥》,

是意料中事。选了丁西林的《一只马蜂》，就有点特别。更特别的是选了林徽音的《窗子以外》。这一本《大一国文》可以说是一本"京派国文"。严家炎先生编中国流派文学史，把我算作最后一个"京派"，这大概跟我读过联大有关，甚至是和这本《大一国文》有点关系。这是我走上文学道路的一本启蒙的书。这本书现在大概是很难找到了。如果找得到，翻印一下，也怪有意思的。

"京派"并没有人老挂在嘴上。联大教授的"派性"不强。唐兰先生讲甲骨文，讲王观堂（国维）、董彦堂（董作宾），也讲郭鼎堂（沫若）——他讲到郭沫若时总是叫他"郭沫（读如妹）若"。闻一多先生讲（写）过"擂鼓的诗人"，是大家都知道的。

联大教授讲课从来无人干涉，想讲什么就讲什么，想怎么讲就怎么讲。刘文典先生讲了一年庄子，我只记住开头一句："《庄子》嘿，我是不懂的喽，也没有人懂。"他讲课时东拉西扯，有时扯到和庄子毫不相干的事。倒是有些骂人的话，留给我的印象颇深。他说有些搞校勘的人，只会说"甲本作某，乙本作某，——到底应该作什么？"骂有些注释家，只会说甲如何说，乙如何说，"你怎么说？"他还批评有些教授，自己拿了一个有注解的本子，发给学生的是白文，"你把注解发给学生！要不，你也拿一本白文！"他的这些意见，我以为是对的。他讲了一学期《文选》只讲了半篇木玄虚的《海赋》。好几堂课大讲"拟声法"。他在黑板上写了一个挺长的法国字，举了好些外国例子。曾见过几篇老同学的回忆文章，说闻一多先生讲楚辞，一开头总是"痛饮酒熟读《离骚》，方称名士"。有人问我，"是不是这样？"是这样。他上课，抽烟。上他的课的学生，也抽。他讲唐诗，不蹈袭前人一语。讲晚唐诗和后期印象派的画一起讲，特别讲到"点画派"。中国用比较文学的方法讲唐诗的，闻先生当为第一人。他讲《古代神话与传说》非常"叫座"。上课时连工学院的同学都穿过昆明城，从拓东路赶来听。那真是"满坑满谷"，昆中北院大教室里里外外都是人。闻先生把自己在整张毛边纸上手绘的伏羲女娲图钉在黑板上，把相当繁琐的考证，讲得有声有色，非常吸引人。还有一堂"叫座"的课是罗庸（膺中）先生讲杜诗。罗先生上课,不带片纸。不但杜诗能背写在黑板上,连仇注都背出来。唐兰(立庵)先生讲课是另一种风格。他是教古文字学的,有一年忽然开了一门"词选",不知道是没有人教,还是他自己感兴趣。他讲"词选"主要讲《花间集》(他自己一度也填词,极艳)。他讲词的方法是:不讲。有时只是用无锡腔调念(实是吟唱)一遍:"'双鬟隔香红,玉钗头上风'——好!真好!"这首词就 pass 了。沈从文先生在联大开过三门课:"各体文习作"、"创作实习"、"中国小说史"。沈先生怎样教课,我已写了一篇《沈从文先生在西南联大》,发表在《人民文学》上,兹不赘。他讲创作的精义,只有一句"贴到人物来写"。听他的课需要举一隅而三隅反,否则就会觉得"不知所云"。

联大教授之间,一般是不互论长短的。你讲你的,我讲我的。但有时放言月旦,也无所谓。比如唐立庵先生有一次在系公室当着一些讲师助教,就评论过两位教授,说一个"集穿凿附会之大成",一个"集啰唆之大成"。他不考虑有人会去"传小话",也没有考虑这两位教授会因此而发脾气。

西南联大中文系教授对学生的要求是不严格的。除了一些基础课,如文字学(陈梦家先生授)、声韵学(罗常培先生授)要按时听课,其余的,都较随便。比较严一点的是朱自清先生的"宋诗"。他一首一首地讲,要求学生记笔记,背,还要定期考试,小考,大考。有些课,也有考试,考试也就是那么回事。一般都只是学期终了,交一篇读书报告。联大中文系读书报告不重抄书,而重有无独创性的见解。有的可以说是怪论。有一个同学交了一篇关于李贺的报告给闻先生,说别人的诗都是在白地子上画画,李贺的诗是在黑地子上画画,所以颜色特别浓烈,大为闻先生激赏。有一个同学在杨振声先生教的"汉魏六朝诗选"课上,就"车轮生四角"这样的合乎情悖乎理的想象写了一篇很短的报告《方车轮》。就凭这份报告,在期终考试时,杨先生宣布该生可以免考。

联大教授大都很爱才。罗常培先生说过,他喜欢两种学生:一种,刻苦治学;一种,有才。他介绍一个学生到联大先修班去教书,叫学生拿了他的亲笔介绍信去找先修班主任李继侗先生。介绍信上写的是

"⋯⋯该生素具创作夙慧。⋯⋯"一个同学根据另一个同学的一句新诗(题一张抽象派的画的)"愿殿堂毁塌于建成之先"填了一首词,作为"诗法"课的练习交给王了一先生,王先生的评语是:"自是君身有仙骨,剪裁妙处不须论。"具有"夙慧",有"仙骨",这种对于学生过甚其辞的评价,恐怕是不会出之于今天的大学教授的笔下的。

我在西南联大是一个不用功的学生,常不上课,但是乱七八糟看了不少书。有一个时期每天晚上到系图书馆去看书。有时只我一个人。中文系在新校舍的西北角,墙外是坟地,非常安静。在系里看书可以不用经过什么借书手续,架上的书可以随便抽下一本来看。而且可抽烟。有一天,我听到墙外有一派细乐的声音。半夜里怎么会有乐声,在坟地里?我确实是听见的,不是错觉。

我要不是读了西南联大,也许不会成为一个作家。至少不会成为一个像现在这样的作家。我也许会成为一个画家。如果考不取联大,我准备考当时也在昆明的国立艺专。

注 释

① 本篇原载散文集《精神的魅力》,北京大学出版社,1988 年 4 月;初收《汪曾祺全集》第四卷,北京师范大学出版社,1998 年 8 月。

淡泊的消逝①

——悼吾师沈从文先生

开了一上午会,回家,妻子告诉我:"沈公去世了。"她说小龙(沈先生的大儿子)打电话来,说"爸爸昨天晚上去世了"。下午,我打电话到沈家,接电话的是三姐(沈师母,我们习惯上叫她三姐),她说:"昨天晚上八点钟心痛,——以前没有这样的症状,痛得很厉害,抢救了,没有用。"我问:"沈先生八十几了?"——"八十六。"我很遗憾,去年年底从美国回来后一直想去看沈先生,因为事忙,没有去成。妻子打电话给三姐,三姐说:"我们知道,曾祺忙。"我们和三姐都认为有的是时候,——沈先生这几年的病情是平稳的,而且渐有好转,没有想到突然恶化。三姐也说:"没有想到。"我问三姐:"你还好吗?"——"我挺好。"从电话里听起来,三姐的情绪很镇定,很平静,我说:"我新出了一本书《晚翠文谈》本想送给沈先生和你看看的",三姐说:"那就寄给我吧。"晚上,我又打了一个电话去,接电话的是小红(沈先生二儿子小虎的女儿),我问了沈先生临终的情况,小红说了一点,说:"我叫大伯(小龙)给您谈吧。"小龙接了电话,比较详细地说了沈先生的病情。小红、小龙的语调也很镇定,很平静。

晚上我有客人,不能到沈家去,明天我就要动身到浙江桐庐去,机票已经定好,想写一副挽联送去,妻子说:"不用了,沈先生有遗言,一切从简,不开追悼会……"我知道,沈先生一生最反对对个人的纪念活动。他八十岁那年,曾有少数作家想举办一个小小的庆典,他坚决拒绝,生日那天,到一个亲戚家"避寿",只吃了一顿面条算数。沈先生一生不慕荣利,他的全家都非常淡泊,他的丧事多半是会无声无息地了结的。

沈先生不要什么"哀荣",也不会有多么盛大的"哀荣"。但是他一生的工作会永远流传下去,他的作品在海内外已经产生越来越卓著,越来越深刻的影响。我们能够无视于这样的事实?"盖棺事则已",什么时候能够给沈从文一个公正的评价,在中国现代文学史上给他一个正确的位置!

一九八八年五月十一日

注　释

①　本篇原载 1988 年 5 月 14 日台湾《中国时报》。

一个爱国的作家[①]

—— 怀念沈从文老师

近十年,沈从文忽然受到重视,他的作品正在产生越来越广泛、越来越深刻的影响,特别是在青年读者当中,这是一个不得不承认的事实。但是在这以前,在一个相当长的时期,沈先生是一个受冷遇、被误解,甚至遭到歧视的作家。现代文学史里不提他,或者把他批判一通。沈先生已经去世,现在是时候了,应该对他的作品作出公正的评价,在中国现代文学史里给他一个正确的位置。

对沈先生的误解之一,是说他"不革命"。这就奇怪了。难道这些评论家、文学史家没有读过《菜园》,没有读过《新与旧》么?沈先生所写的共产党员是有文化素养的,有书卷气的,也许这不太"典型",但是这也是共产党员的一种,共产党员的一面,这不好么?从这两篇小说,可以感觉到沈先生对于那个时期的共产党员和知识分子有多么深挚的感情,对于统治者的残酷和愚蠢怀了多大的义愤!这两篇作品是在国民党"清党"以后,白色恐怖覆压着全中国的时候写的。这样的作品当时并不多,可以说是两声沉痛的呐喊。发表这样的作品难道不要冒一点风险么?

对沈先生的误解之二,是说他没有表现劳动人民。请问:《牛》写的是什么?《会明》写的是什么?《贵生》最后放的那把火说明了什么?《丈夫》里的丈夫为了生计,让妻子从事一种"古老的职业",终于带着妻子回到贫苦的土地,这不是写的农民对"人"的尊严的觉醒么?沈先生说他对农民和士兵怀着不可言说的温爱,这绝对不是假话。把这些作品和《绅士的太太》、《王谢子弟》对照着看看,便可知道沈先生对劳动者和吸血寄生者阶级的感情是多么不同。

误解之三，是说他美化了旧社会的农村，冲淡了尖锐的阶级矛盾。这主要指的是《边城》。旧社会的中国农村诚然是悲惨的，表现为超经济的剥削，灭绝人性的压迫，这样的作品当然应有人写，而且这是应该表现的主要方面，但不一定每篇作品都只能是这样，而且各地情况不同。沈先生美化的不是悲惨的农村，美化的是人，是明慧天真的翠翠，是既是业主也是水手的大老、二老，是老爷爷、杨马兵。美化这些人有什么不好？沈先生写农村的小说，大都是一些抒情诗，但它不是使人忘记现实的田园牧歌。他自己说过：你们能欣赏我文字的朴素，但是不知道朴素文字后面隐伏的悲痛。他的《长河》写得很优美，他是怕读者对残酷的现实受不了，才故意做出牧歌的谐趣。他的小说的悲痛感情是含蓄的，但是散文如《湘西》、《湘行散记》，就是明明白白的大声的控诉了。

沈先生小说的一个贯串性的主题是民族品德的发现与重造。他把这个思想特别体现在一系列农村少女的形象里。他笔下的农村女孩子总是那样健康，那样纯真，那样聪明，那样美。他以为这是我们民族的希望。他的民族品德重造思想也许有点迂。但是，我们建设精神文明，总得有个来源。如果抛弃传统的美德，从哪里去寻找精神文明的根系和土壤？沈先生的作品有一种内在的忧伤，但是他并不悲观，他认为我们这个民族是有希望的，有前途的，他的作品里没有荒谬感和失落感。他对我们这个国家，我们这个民族，对中国人，是充满感情的。假如用一句话对沈先生加以概括，我以为他是一个极其真诚的爱国作家。

沈先生五十年代以后不写文学作品，改业研究文物，对服饰、陶瓷、丝绸、刺绣……都有广博的知识。他对这些文物的兴趣仍是对人的兴趣。他对这些手工艺品的赞美是对制造这些精美器物的劳动者的赞美。他在表述这些文物的文章中充满了民族自豪感。这和他的文学作品中的爱国主义是完全一致的。

一九八八年五月十五日于浙江桐庐

注 释

① 本篇原载 1988 年 5 月 20 日《人民日报》(海外版);初收《蒲桥集》,作家出版社,1989 年 3 月。

星斗其文　赤子其人①

——怀念沈从文老师

沈从文逝世后，傅汉斯、张充和从美国电传来一副挽辞。字是晋人小楷，一看就知道是张充和写的。词想必也是她拟的。只有四句：

> 不折不从　亦慈亦让
>
> 星斗其文　赤子其人

这是嵌字格，但是非常贴切，把沈先生的一生概括得很全面。这位四妹对三姐夫沈二哥真是非常了解。——荒芜同志编了一本《我所认识的沈从文》，写得最好的一篇，我以为也应该是张充和写的《三姐夫沈二哥》。

沈先生的血管里有少数民族的血液。他在填履历表时，"民族"一栏里填土家族或苗族都可以，可以由他自由选择。湘西有少数民族血统的人大都有一股蛮劲，狠劲，做什么都要做出一个名堂。黄永玉就是这样的人。沈先生瘦瘦小小（晚年发胖了），但是有用不完的精力。他小时是个顽童，爱游泳（他叫"游水"）。进城后好像就不游了。三姐（师母张兆和）很想看他游一次泳，但是没有看到。我当然更没有看到过。他少年当兵，飘泊转徙，很少连续几晚睡在同一张床上。吃的东西，最好的不过是切成四方的大块猪肉（煮在豆芽菜汤里），行军、拉船，锻炼出一副极富耐力的体魄。二十岁冒冒失失地闯到北平来，举目无亲。连标点符号都不会用，就想用手中一支笔打出一个天下。经常为弄不到一点东西"消化消化"而发愁。冬天屋里生不起火，用被子围起来，还是不停地写。我一九四六年到上海，因为找不到职业，情绪很坏，他写信把我大骂了一顿，说："为了一时的困难，就这样哭哭啼啼的,甚至想到要自杀,真是没出息!你手中有一支笔,怕什么!"他在信里说了一些他刚到北京时的情形,同时又叫三姐从苏州写了一封很长的信安慰我。他真的用一支笔打出了一个天下了。一个只读过小学的人,竟成了一个大作家,而且积累了那么多的学问,真是一个奇迹。

沈先生很爱用一个别人不常用的词:"耐烦"。他说自己不是天才(他应当算是个天才),只是耐烦。他对别人的称赞,也常说"要算耐烦"。看见儿子小虎搞机床设计时,说"要算耐烦"。看见孙女小红做作业时,也说"要算耐烦"。他的"耐烦",意思就是锲而不舍,不怕费劲。一个时期,沈先生每个月都要发表几篇小说,每年都要出几本书,被称为"多产作家"。但他写东西不是很快的,从来不是一挥而就。他年轻时常常日以继夜地写。他常流鼻血。血液凝聚力差,一流起来不易止住,很怕人。有时夜间写作,竟致晕倒,伏在自己的一摊鼻血里,第二天才被人发现。我就亲眼看到过他的带有鼻血痕迹的手稿。他后来还常流鼻血,不过不那么厉害了。他自己知道,并不惊慌。他的作品看起来很轻松自如,若不经意,但都是苦心刻琢出来的。《边城》一共不到七万字,他告诉我,写了半年。他这篇小说是《国闻周报》上连载的,每期一章。小说共二十一章,$21 \times 7 = 147$,我算了算,差不多正是半年。这篇东西是他新婚之后写的,那时他住在达子营。巴金住在他那里。他们每天写。巴老在屋里写,沈先生搬个小桌子,在院子里树荫下写。巴老写了一个长篇,沈先生写了《边城》。他称他的小说为"习作",并不完全是谦虚。有些小说是为了教创作课给学生示范而写的,因此试验了各种方法。为了教学生写对话,有的小说通篇都用对话组成,如《若墨医生》;有的,一句对话也没有。《月下小景》确是为了履行许给张家小五的诺言"写故事给你看"而写的。同时,当然是为了试验一下"讲故事"的方法(这一组"故事"明显地看得出受了《十日谈》和《一千零一夜》的影响)。同时,也为了试验一下把六朝译经和口语结合的文体。这种试验,后来形成一种他自己说是"文白夹杂"的独特的沈从文体,在四十年代的文字(如《烛虚》)中尤为成熟。他的亲戚,语言学家周有光曾说"你的语言是古英语",甚至是拉丁文。沈先生讲创作,不大爱说"结构",他说是"组织"。我也比较喜欢"组织"这个词。"结构"过于理智,"组织"更带感情,较多作者的主观。他曾把一篇小说一条一条地裁开,用不同方法组织,看看哪一种形式更为合适。沈先生爱改自己的文章。他的原稿,一改再改,天头地头页边,都是修改的字迹,蜘蛛网似的,这里牵出一条,那里牵出一条。作品发表了,改。成书了,改。看到自己的文章,总要改。有时改了多次,反而不如原来的,以至三姐后来不许他改了(三姐是沈先生文集的一个极其细心,极其认真的义务责任编辑)。沈先生的作品写得最快,最顺畅,改得最少的,只有一本《从文自传》。这本自传没有经过冥思苦想,只用了三个星期,一气呵成。他不大用稿纸写作。在昆明写东西,是用毛笔写在当地出产的竹纸上的,自己摺出印子。他也用钢笔,蘸水钢笔。他抓钢笔的手势有点像抓毛笔(这一点可以证明他不是洋学堂出身)。《长河》就是用钢笔写的,写在一个硬面的练习簿上,直行,两面写。他的原稿的字很清楚,不潦草,但写的是行书。不熟悉他的字体的排字工人是会感到困难的。他晚年写信写文章爱用秃笔淡墨。用秃笔写那样小的字,不但清楚,而且顿挫有致,真是一个功夫。

他很爱他的家乡。他的《湘西》、《湘行散记》和许多篇小说可以作证。他不止一次和我谈起棉花坡,谈起枫树坳,——一到秋天满城落了枫树的红叶。一说起来,不胜神往。黄永玉画过一张凤凰沈家门外的小巷,屋顶墙壁颇零乱,有大朵大朵的红花——不知是不是夹竹桃,画面颜色很浓,水气泱泱。沈先生很喜欢这张画,说:"就是这样!"八十岁那年,他和三姐一同回了一次凤凰,领着她看了他小说中所写的各处,都还没有大变样。家乡人闻知沈从文回来了,简直不知怎样招待才好。他说:"他们为我捉了一只锦鸡!"锦鸡毛羽很好看。他很爱那只锦鸡,还抱着它照了一张相,后来知道竟作了他的盘中餐,对三姐说"真煞风景!"他在家乡听了傩戏,这是一种古调犹存的很老的弋阳腔,打鼓的是一位七十多岁的老人,他对年轻人打鼓失去旧范很不以为然。沈先生听了,说:"这是楚声,楚声!"他动情地听着"楚声",泪流满面。沈先生八十岁生日,我曾写了一首诗送他,开头两句是:

犹及回乡听楚声，

此身虽在总堪惊。

端木蕻良看到这首诗，认为"犹及"二字很好。我写下来的时候就有点觉得这不大吉利，没想到沈先生再也不能回家乡听一次了！他的家乡每年有人来看他，沈先生非常亲切地和他们谈话，一坐半天。每有同乡人来了，原来在座的朋友或学生就只有退避在一边，听他们谈话。沈先生很好客，朋友很多。老一辈的有林宰平、徐志摩。沈先生提及他们时充满感情。没有他们的提挈，沈先生也许就会当了警察，或者在马路旁边"瘪了"。我认识他后，他经常来往的有杨振声、张奚若、金岳霖、朱光潜诸先生，梁思成林徽音夫妇。他们的交往真是君子之交，既无朋党色彩，也无酒食征逐。清茶一杯，闲谈片刻。杨先生有一次托沈先生带信，让我到南锣鼓巷他的住处去，我以为有什么事。去了，只是他亲自给我煮一杯咖啡，让我看一本他收藏的姚茫父的册页。这册页的芯子只有火柴盒那样大，横的，是山水，用极富金石味的墨线勾轮廓，设极重的青绿，真是妙品。杨先生对待我这个初露头角的学生如此，则其接待沈先生的情形可知。杨先生和沈先生夫妇曾在颐和园住过一个时期，想来也不过是清晨或黄昏到后山谐趣园一带走走，看看湖里的金丝莲，或写出一张得意的字来，互相欣赏欣赏，其余时间各自在屋里读书做事，如此而已。沈先生对青年的帮助真是不遗余力。他曾经自己出钱为一个诗人出了第一本诗集。一九四七年，诗人柯原的父亲故去，家中拉了一笔债，沈先生提出卖字来帮助他。《益世报》登出了沈从文卖字的启事，买字的可定出规格，而将价款直接寄给诗人。柯原一九八〇年去看沈先生，沈先生才记起有这回事。他对学生的作品细心修改，寄给相熟的报刊，尽量争取发表。他这辈子为学生寄稿的邮费，加起来是一个相当可观的数字。抗战时期，通货膨胀，邮费也不断涨，往往寄一封信，信封正面反面都得贴满邮票。为了省一点邮费，沈先生总是把稿纸的天头地头页边都裁去，只留一个稿芯，这样分量轻一点。我在昆明写的稿子，几乎无一篇不是他寄出去的。一九四六年，郑振铎、李健吾先生在上海创办《文艺复兴》，沈先生把我的《小学校的钟声》和《复仇》寄去。这两篇稿子写出已经有几年,当时无地方可发表。稿子是用毛笔楷书写在学生作文的绿格本上的,郑先生收到,发现稿纸上已经叫蠹虫蛀了好些洞,使他大为激动。沈先生对我这个学生是很喜欢的。为了躲避日本飞机空袭,他们全家有一阵住在呈贡新街后迁跑马山桃源新村。沈先生有课时进城住两三天。他进城时,我都去看他。交稿子,看他收藏的宝贝,借书。沈先生的书是为了自己看,也为了借给别人看的。"借书一痴,还书一痴",借书的痴子不少,还书的痴子可不多。有些书借出去一去无踪。有一次,晚上,我喝得烂醉,坐在路边,沈先生到一处演讲回来,以为是一个难民,生了病,走近看看,是我!他和两个同学把我扶到他住处,灌了好些酽茶,我才醒过来。有一回我去看他,牙疼,腮帮子肿得老高。沈先生开了门,一看,一句话没说,出去买了几个大橘子抱着回来了。沈先生的家庭是我见到的最好的家庭,随时都在亲切和谐气氛中,两个儿子,小龙小虎,兄弟怡怡。他们都很高尚清白,无丝毫庸俗习气,无一句粗鄙言语,——他们都很幽默,但幽默得很温雅。一家人于钱上都看得很淡。《沈从文文集》的稿费寄到,九千多元,大概开过家庭会议,又从存款中取出几百元,凑成一万,寄到家乡办学。沈先生也有生气的时候,也有极度烦恼痛苦的时候,在昆明,在北京,我都见到过,但多数时候都是笑眯眯的。他总是用一种善意的、含情的微笑,来看这个世界的一切。到了晚年,喜欢放声大笑,笑得合不拢嘴,且摆动双手作势,真像一个孩子。只有看破一切人事乘除,得失荣辱全置度外,心地明净无渣滓的人,才能这样畅快地大笑。

沈先生五十年代后放下写小说散文的笔(偶然还写一点,笔下仍极活泼,如写纪念陈翔鹤文章,实写得极好),改业钻研文物,而且钻出了很大的名堂,不少中国人、外国人都很奇怪。实不奇怪。沈先生很早就对历史文物有很大兴趣。他写的关于展子虔游春图的文章,我以为是一篇重要文章,从人物服装颜色式样考订图画的年代和真伪,是别的鉴赏家所未注意的方法。他关于书法的文章,特别是对宋四家的看法,很有见地。在昆明,我陪他去逛街,总要看看市招,到裱画店看看字画。昆明市政府对面有一堵大照壁,写满了一壁字(内容已不记得,大概不外是总理遗训），字有七八寸见方大，用二爨掺一点北魏造象题记笔意，白墙蓝字，是一位无名书家写的，写得实在好。我们每次经过，都要去看看。昆明碰碰撞撞都可见到黑漆金字抱柱楹联上钱南园的四方大颜字，也还值得一看。沈先生到北京后即喜欢搜集瓷器。有一个时期，他家用的餐具都是很名贵的旧瓷器，只是不配套，因为是一件一件买回来的。他一度专门搜集青花瓷。买到手，过一阵就送人。西南联大好几位助教、研究生结婚时都收到沈先生送的雍正青花的茶杯或酒杯。沈先生对陶瓷赏鉴极精，一眼就知是什么朝代的。一个朋友送我一个梨皮色釉的粗瓷盒子，我拿去给他看，他说："元朝东西，民间窑！"有一阵搜集旧纸，大都是乾隆以前的。多是染过色的、瓷青的、豆绿的、水红的，触手细腻到像煮熟的鸡蛋白外的薄皮，真是美极了。至于茧纸、高丽发笺，那是凡品了。（他搜集旧纸，但自己舍不得用来写字，晚年写字用糊窗户的高丽纸，他说："我的字值三分钱"。）在昆明，搜集了一阵耿马漆盒。这种漆盒昆明的地摊上很容易买到，且不贵。沈先生搜集器物的原则是"人弃我取"。其实这种竹胎的，涂红黑两色漆，刮出极繁复而奇异的花纹的圆盒是很美的。装点心，装花生米，装邮票杂物均合适，放在桌上也是个摆设。这种漆盒也都陆续送人了。客人来，坐一阵，临走时大都能带走一个漆盒。有一阵研究中国丝绸，弄到许多大藏经的封面，各种颜色都有：宝蓝的、茶褐的、肉色的；花纹也是各式各样。沈先生后来写了一本《中国丝绸图案》。有一阵研究刺绣。除了衣服、裙子，弄了好多扇套、眼镜盒、香袋。不知他是从哪里"寻摸"来的。这些绣品的针法真是多种多样。我只记得有一种绣法叫"打子"，是用一个一个丝线疙瘩缀出来的。他给我看一种绣品，叫"七色晕"，用七种颜色的绒绣成一个团花，看了真叫人发晕。他搜集、研究这些东西，不是为了消遣，是从中发现，证实中国历史文化的优越这个角度出发的，研究时充满感情。我在他八十岁生日写给他的诗里有一联：

> 玩物从来非丧志，
>
> 著书老去为抒情。

这全是纪实。沈先生提及某种文物时常是赞叹不已。马王堆那副不到一两重的纱衣，他不知说了多少次。刺绣用的金线原来是盲人用一把刀，全凭手感，就金箔上切割出来的。他说起时非常感动。有一个木俑（大概是楚俑）一尺多高，衣服非常特别：上衣的一半（连同袖子）是黑色，一半是红的；下裳正好相反，一半是红的，一半是黑的。沈先生说："这真是现代派！"如果照这样式（一点不用修改）做一件时装，拿到巴黎去，由一个长身细腰的模特儿穿起来，到表演台上转那么一转，准能把全巴黎都"镇"了！他平生搜集的文物，在他生前全都分别捐给了几个博物馆、工艺美术院校和工艺美术工厂，连收条都不要一个。

沈先生自奉甚薄。穿衣服从不讲究。他在《湘行散记》里说他穿了一件细毛料的长衫，这件长衫我可没见过。我见他时总是一件洗得褪了色的蓝布长衫，夹着一摞书，匆匆忙忙地走。解放后是蓝卡其布或涤卡的干部服，黑灯芯绒的"懒汉鞋"。有一年做了一件皮大衣（我记得是从房东手里买得的一件旧皮袍改制的，灰色粗线呢面），他穿在身上，说是很暖和，高兴得像一个孩子。吃得很清淡。我没见他下过一次馆子。在昆明，我到文林街20号他的宿舍去看他，到吃饭时总是到对面米线铺吃一碗一角三分钱的米线。有时加一个西红柿，打一个鸡蛋，超不过两角五分。三姐是会做菜的，会做八宝糯米鸭，炖在一个大砂锅里。但不常做。他们住在中老胡同时，有时张充和骑自行车到前门月盛斋买一包烧羊肉回来，就算加了菜了。在小羊宜宾胡同时，常吃的不外是炒四川的菜头，炒茨菇。沈先生爱吃茨菇，说"这个好，比土豆'格'高"。他在《自传》里说他很会炖狗肉，我在昆明，在北京都没见他炖过一次。有一次他到他的助手王亚蓉家去，先来看看我（王亚蓉住在我们家马路对面，——他七十多了，血压高到二百多，还常为了一点研究资料上的小事到处跑），我让他过一会来吃饭。他带来一卷画，是古代马戏图的摹本，实在是很精彩。他非常得意地问我的女儿："精彩吧？"那天我给他做了一只烧羊腿，一条鱼。他回家一再向三姐称道："真好吃"。他经常吃的荤菜，是：猪头肉。

他的丧事十分简单。他凡事不喜张扬，最反对搞个人的纪念活动，反对"办生做寿"。他生前屡次嘱咐家人,他死后,不开追悼会,不举行遗体告别。但火化之前,总要有一点仪式。新华社消息的标题是沈从文告别亲友和读者,是合适的,只通知少数亲友。——有一些景仰他的人是未接通知自己去的。不收花圈,只有约二十多个布满鲜花的花篮,很大的白色的百合花、康乃馨、菊花、菖兰。参加仪式的人也不戴纸制的白花,但每人发给一枝半开的月季,行礼后放在遗体边。不放哀乐,放沈先生生前喜爱的音乐,如贝多芬的"悲怆"奏鸣曲等。沈先生面色如生,很安详地躺着。我走近他身边,看着他,久久不能离开。这样一个人,就这样地去了。我看他一眼,又看一眼,我哭了。

沈先生家有一盆虎耳草,种在一个椭圆形的小小钧窑盆里。很多人不认识这种草。这就是《边城》里翠翠在梦里采摘的那种草,沈先生喜欢的草。

一九八八年五月二十六日

注　释

① 本篇原载《人民文学》1988 年第七期;初收《蒲桥集》,作家出版社,1989 年
3 月。

字的灾难[①]

北京人遭到一场字的灾难。

从前在北京上街，遇不到这样多的字。看到一些字，是很愉快的。到琉璃井一带看看“青藜阁”之类的旧书店、各家南纸店的招牌，是一种享受。这些匾大小合适，制作讲究而朴素，字体清雅无火气。经过卖藤萝饼的“正明斋”，卖帽子的“同陞和”，招牌上骨力强劲而并不霸悍的大字会使人放慢脚步多看两眼。许多不大的铺子门前，还能看到“有匾皆书塝”的王塝的稍带行书笔意的欧体字，虽多，但不俗。东单牌楼香烛店的“细心坚烛、诚意高香”，西单牌楼桂香村的“味珍鸡蹠、香渍豚蹄”，那字也看得过去。就是煤铺门外粉壁上的“乌金墨玉、石火光恒”，写的也并非“酱肘子字”。北京牌匾的字多可看，让人觉得北京真是“文化城”，有文化。

现在可不然了。满街都是字。许多店铺把所卖的货物用红漆写在门前的白墙上，更多的是用塑料刻的字反贴在橱窗的大玻璃上。一个五金交电公司，可以把阀门、导管、扁线、圆线、开关、变压器……一塌刮子都标明在橱窗上，写得满满的。这是干什么？如果是中药店呢？是不是要把人参、鹿茸、甘草、黄芪、防风、连翘、肉桂、厚朴、槟榔、通草、福橘络、菟丝子……都写在橱窗上？再加上到处的菜摊都用竖立的黑板，白粉大书：“韭菜”；所有的小饭馆都在门外矗着一个红漆的牌子，用黄色的广告色写道：“涮羊肉”，于是北京到处是字，喧嚣哄闹，一塌糊涂。

“文化大革命”以后，逐渐恢复了请人写招牌的风气，这本是好事。我很欣赏天桥实惠餐馆的一块很小的匾，黑地绿字，写的是繁体字，笔画如兰叶，稍带分书笔意，却不作蚕头燕尾，字体微长，横平竖直，很雅致。大字里最好的我以为是“懋隆”，只有两个字。这两个字笔划都多，本不好摆，但是位置得恰好，很稳，而且笔到墨到，流畅饱满。我最初怀疑这是集的郑孝胥的字，后来看加了款，是赵朴初写的（落款有损"画面"的完整，没有原来的好看了）。赵朴老的匾还有一块写得很好的是"功德林"（这是一个素菜馆）。启功写的匾，我以为最好看的是"洞庭春酒家"，不大，黑地金字，放在一个垂花门里，真是美极了。启元老的字书生气重，放得太大，易显得单薄，这样大小正合适。陈叔老（亮）的字功力深厚，虽枯实腴，但笔稍瘦，又喜作行草，于牌匾不甚相宜。如为"鸿霞"写的一块，字很好，但那"霞"字写得很草，恐怕很多人不认得。近二三年，写的字在商店、公司、餐厅间最时行的，似是刘炳森和李铎。他们是中年书法家。刘炳森的字我在京西宾馆看过两个条幅，隶书，规规矩矩，笔也提得起，是汉隶，很不错。但是他写的招牌笔却是扁的，完全如包世臣所说："毫铺纸上"，不知是写时即是这样，还是做招牌做成了这样？他的字常被用氧化铝之类的金属贴面，表面平滑，锃光瓦亮，越发显得笔很扁。隶书是不宜用这样的"工艺"处理的。李铎的字我在卧龙冈武侯祠看到过一副对联，字很潇洒，用笔犹有晋人意（不知我有没有记错）。但他近年的字变了，用笔掭转，结体险怪，字有怒气。这种字写八尺甚至丈二匹的大横幅，很有气势，但作商店的招牌不甚相宜。抬头看见几个愤愤不平的大字，也许会使顾客望而却步。刘炳森和李铎的字在商业界似乎已经产生一种迷信，似乎有了这样的字的招牌，这个买卖才算个像样的买卖，有如过去上海的银楼、绸缎庄都得请武进唐驼写一块匾，天津则粮食店、南货店都得请华世奎写一样。刘炳森和李铎应该意识到自己的社会责任，除了照顾老板、经理的商业心理（他们的字写成某种样子可能受了买主的怂恿），也照顾一下市民的审美心理。你们有没有意识到，你们的字对北京的市容是有影响的？

北京街上字多，而且越来越大，五颜六色，金光闪闪，这反映了北京人的一种浮躁的文化心理。希望北京的字少一点，小一点，写得好一点，使人有安定感，从容感。这问题的重要性不下于加强绿化。

注　释

① 本篇原载 1988 年 6 月 5 日《光明日报》;初收《蒲桥集》,作家出版社,1989
年 3 月。

踢 毽 子①

　　我们小时候踢毽子,毽子都是自己做的。选两个小钱(制钱),大小厚薄相等,轻重合适,叠在一起,用布缝实,这便是毽子托。在毽托一面,缝一截鹅毛管,在鹅毛管中插入鸡毛,便是一只毽子。鹅毛管不易得,把鸡毛直接缝在毽托上,把鸡毛根部用线缠缚结实,使之向上直挺,较之插于鹅毛管中者踢起来尤为得劲。鸡毛须是公鸡毛,用母鸡毛做毽子的,必遭人笑话,只有刚学踢毽子的小毛孩子才这么干。鸡毛只能用大尾巴之前那一部分,以够三寸为合格。鸡毛要"活"的,即从活公鸡的身上拔下来的,这样的鸡毛,用手抹煞几下,往墙上一贴,可以粘住不掉。死鸡毛粘不住。后来我明白,大概活鸡毛经抹煞会产生静电。活鸡毛做的毽子毛茎柔软而有弹性,踢起来飘逸潇洒。死鸡毛做的毽子踢起来就发死发僵。鸡毛里讲究要"金绒帚子白绒哨子",即从五彩大公鸡身上拔下来的,毛的末端乌黑闪金光,下面的绒毛雪白。次一等的是芦花鸡毛。赭石的、土黄的,就更差了。我们那里养公鸡的人家很多,入了冬,快腌风鸡了,这时正是公鸡肥壮,羽毛丰满的时候,孩子们早就"贼"上谁家的鸡了,有时是明着跟人家要,有时乘没人看见,摁住一只大公鸡,噌噌拔了两把毛就跑。大多数孩子的书包里都有一两只足以自豪的毽子。踢毽子是乐事,做毽子也是乐事。一只"金绒帚子白绒哨子",放在桌上看看,也是挺美的。

　　我们那里毽子的踢法很复杂,花样很多。有小五套,中五套,大五套。小五套是"扬、拐、尖、托、笃",是用右脚的不同部位踢的。中五套是"偷、跳、舞、环、踩",也是用右脚踢,但以左脚作不同的姿势配合。大五套则是同时运用两脚踢,分"对、岔、绕、掼、挝"。小五套技术比较简单,运动量较小,一般是女生踢的。中五套较难,大五套则难度很大,运动量也很大。要准确地描述这些踢法是不可能的。这些踢法的名称也是外地人所无法理解的,连用通用的汉字写出来都困难,如"舞"读如"吴","掼"读kuàn,"笃"和"捝"都读入声。这些名称当初不知是怎么确立的。我走过一些地方,都没有见到毽子有这样多的踢法。也许在我没有到过的地方,毽子还有更多的踢法。我希望能举办一次全国毽子表演,看看中国的毽子到底有多少种踢法。

踢毽子总是要比赛的。可以单个地赛。可以比赛单项,如"扬"踢多少下,到踢不住为止;对手照踢,以踢多少下定胜负。也可以成套比赛,从"扬、拐、尖、托、笃""偷、跳、舞、环、踩"踢到"对、岔、绕、掼、捝"。也可以分组赛。组员由主将临时挑选,踢时一对一,由弱至强,最弱的先踢,最后主将出马,累计总数定胜负。

踢毽子也有名将,有英雄。我有个堂弟曾在县立中学踢毽子比赛中得过冠军。此人从小爱玩,不好好读书,常因国文不及格被一个姓高的老师打手心,后来忽然发愤用功,现在是全国有名的心脏外科专家。他比我小一岁,也已经是抱了孙子的人了,现在大概不会再踢毽子了。我们县有一个姓谢的,能在井栏上转着圈子踢毽子。这可是非常危险的事,重心稍一不稳,就会扑通一声掉进井里!

毽子还有一种大集体的踢法,叫做"嗨(读第一声)卯"。一个人"喂卯"——把毽子扔给嗨卯的,另一个人接到,把毽子使劲向前踢去,叫做"嗨"。嗨得极高,极远。嗨卯只能"扬",——用右脚里侧踢,别种踢法踢不到这样高,这样远。下面有一大群人,见毽子飞来,就一齐纵起身来抢这只毽子。谁抢着了,就有资格等着接递原嗨卯的去嗨。毽子如被喂卯的抢到,则他就可上去充当嗨卯的,嗨卯的就下来喂卯。一场嗨卯,全班同学出动,喊叫喝彩,热闹非常。课间十分钟,一会儿就过去了。

踢毽子是冬天的游戏。刘侗《帝京景物略》云"杨柳死,踢毽子",大概全国皆然。

踢毽子是孩子的事,偶尔见到近二十边上的人还踢,少。北京则有老人踢毽子。有一年,下大雪,大清早晨,我去逛天坛,在天坛门洞里见到几位老人踢毽子。他们之中最年轻的也有六十多了。他们轮流传递着踢，一个传给一个，那个接过来，踢一两下，传给另一个。"脚法"大都是"扬"，间或也来一下"跳"。我在旁边也看了五分钟，毽子始终没有落到地下。他们大概是"毽友"，经常，也许是每天在一起踢。老人都腿脚利落，身板挺直，面色红润，双眼有光。大雪天，这几位老人是一幅画，一首诗。

一九八八年六月六日

注　释

① 本篇原载 1988 年 7 月 12 日《中国体育报》；初收《蒲桥集》，作家出版社，1989 年 3 月。

多 此 一 举①

信封上印画

我每次到文具店,问:"有没有纯白的信封?"售货员摇摇头。"为什么要在信封上印画?"售货员白了我一眼,她大概觉得这个人莫名其妙。

中国的信封有三大缺点。一是纸质太坏,不结实。二是尺寸太小,只有一张明信片那样大,多写了几张纸,折起来,塞进去,一不小心,就会胀破。三是左下角都印了画:任率英的仕女,曹克家的猫,徐悲鸿的马……信封是装信的,有地方写下收信人和寄信人的姓名、地址、邮政编码,清清楚楚,就很好,为什么要印画呢? 也许有些小姑娘喜欢,她们买信封时还会挑来挑去,挑几个最好看的。但是多数寄信的人在封信前后不会从容欣赏这些画。收信人接到信也都嗤啦一声把信封扯破,不会对信封上的画爱惜珍藏。为了照顾小姑娘们的审美趣味,在少量信封上印一点画也可以,但是所有信封一概印画,实是一种浪费。而且说实在的,印画的信封,小气得很。

上海最近出了一种白信封,纸质比较坚实,大小也合适:8 寸×3寸。国际通用的信封,大都是这样的规格。我希望北京的印封厂也能出这样的信封。信封的封口处最好能刷一层胶,沾水即可粘住。

附带说一句,邮票背面也应该刷胶。现在是邮局大都设一张人造石面的桌,置胶水一器,由寄信人用小刷自己去涂,这张桌面于是淋漓尽致,一塌胡涂。

工　艺　菜

　　很多人反对工艺菜,有人写了文章。但是你反对你的,特一级厨师照样做,酒席上照样上,杂志里照样登上彩色照片,电视上还详详细细介绍工艺菜的全部制作过程,似乎这是中国值得骄傲的文化。

　　菜是吃的,不是看的。菜重色、香、味,当然也要适当地考虑形。苏州的红方,要把五花硬肋切成正方形。镇江的肴蹄要切成同样大小的厚片。广州的白斩鸡要把鸡脯鸡腿鸡翅在盘里安排妥帖。南方的拌荠菜上桌时堆成塔形。菜不能没个形,这样做,是为了引起人的食欲,见到这样的形,立刻就想到熟悉的、预期的滋味。

　　把煮得七八成熟的瘦猪皮片、鸡片、鸡蛋皮、胡萝卜、紫菜头、樱桃、黄瓜皮,在大白瓷盘里拼出一条龙、一只凤,有什么意思? 既不好看,也不好吃,只能叫人倒胃口。

　　工艺菜不是烹调艺术的正路,而是邪门歪道。

注　释

①　本篇原载 1988 年 7 月 10 日《光明日报》;初收《汪曾祺全集》第四卷,北京师范大学出版社,1998 年 8 月。

《西方人看中国戏剧》读后^①

施叔青在纽约从电视里看到《秋江》,激动得不得了,"想到我们这一辈年青人,只顾一味的往外冲,盲目的崇洋,对于自己的文化忽略漠视,更可能是故意的鄙弃。这是多么不可原谅的一件事。"我倒觉得,跑出去,看看人家的戏,读读西方的剧本和戏剧理论,——包括西方人对中国戏剧的看法,再回过头来审视中国戏曲,是有好处的。我一直主张中国的戏曲研究者把中国戏曲和外国戏剧——比如印度的、欧洲的放在一起,从一个宏观的、俯视的角度来看看,这样才能把中国戏曲是个什么东西,说得比较清楚。施叔青如果不是到美国学了几年戏剧,就不会对中国戏曲有这样比较清醒,也比较新鲜的看法。

贯穿全书,有一个重要观点,是把戏曲和中国文化联系起来考察。戏曲是一种文化现象,是整个中国文化的一个部分,并和中国文化的其他方面息息相关。这是施叔青的老师俞大纲教授的观点,也是施叔青奉为圭臬的观点。施叔青在序里说:"老师的高妙在于他能把握重点,从大的、根本性的地方着手。他讲京剧,其实是在讲中国文化。"

俞教授认为:"中国文化主要的一点,是受儒家思想的支配,儒家思想的根据是伦理观念,所以中国是个以伦理思想为主的民族,中国人基于伦理而形成一种文化模式。对中国人而言,伦理的意识代替了东方和西方的宗教道德观念"。伦理观念不但是戏剧的思想内核,而且直接影响到戏剧形式。"中国戏曲在抒写各种人与人之间的相互的故事,人际关系的接触,可以烘托出人物的性格与德性。人际关系以及人与自己性格的协调,便是京剧剧本的冲突性"。我以为这见解是很深刻的。

施叔青指出:中国戏剧无西方式的悲剧,都是千篇一律大团圆的结局,促成这样安排的理由,可能与中国戏的目的有关,它主要偏重在教育功能。"'善有善报,恶有恶报'的信念必得反映到剧中人来。我们希望好人在历尽坎坷辛酸之余,最后应该有完满的下场,否则观众要抱憾离去的。"这似乎是大家都知道的事实,但是我们往往不正视这样的事实。

我觉得我们在处理京剧剧本时不能简单地对其中的伦理意识加以批判,或者抛弃。把这些都当成"封建糟粕",予以剔除,是过于省事的办法。而且"剔除"也不易,正如施叔青所说:"忠孝节义"已经不是抽象的思想,而是具体的"现象"了。把这些剔除了,原来的剧本就不存在。中国的伦理观念不只具有阶级属性,同时是一种普遍的人性。它不随着封建时代的结束而消失。提起"大团圆",有人就会皱眉,仿佛这是很丢脸的事。希腊悲剧英雄的结局未必一定就是唯一可取的,"大团圆"也没有什么不好?这和中国戏曲的重伦理有关,是中国戏曲的常有本质性的特征。如何对待这些问题,不属本文讨论的范围。我只是从读施叔青的书后,得到启发,觉得这些问题需要重新认识。——我想不会有人产生误解,以为我对传统戏曲主张原封不动。

近年来,布莱希特在中国产生很大影响。都说布莱希特从中国戏曲受到很大启发。一般都对他的"间离效果"很有兴趣,施叔青指出,布莱希特还"十分重视中国戏剧中的教诲功能,以及它所含有的道德内容"。一提"教诲功能",有人就十分厌烦。这一点我们也需要重新认识。布莱希特的戏,比如《高加索灰阑记》,教诲功能是很清楚的,但不妨碍其为杰出的艺术。我希望我们的剧作家不要鄙视教诲功能,只是不要搞得那样浅露。

施叔青介绍了传播中国戏曲的几位名家,其中史考特是"忠实的移植"者,他导演了《四郎探母》、《蝴蝶梦》。他对《蝴蝶梦》(《大劈棺》)的主题解释(不知是史考特自己的阐述还是施叔青的揣测),我觉得很深刻:"《蝴蝶梦》的主题在述说着人在接受试探时,才反映人性的脆弱,以及容易受诱惑的劣根性,想要执着的困难。这是种普遍的人性。"

《大劈棺》在大陆事实上已经禁演,但是如果按照这样的解释,把它重写一遍,我以为会是一出好戏。施叔青对"二百五"被点化成人的过程极感兴趣,以为"其中道理之玄秘,以及'点化'这一举动背后的隐藏的宗教哲学,更显出中国精神的深不可测",我觉得施叔青的理解,真是"妙不可言",可惜过去的演员不大懂得其中的玄秘。

　　《拾玉镯》的研究,通过对一出戏的分析,广涉中国戏曲的若干带有原理性的问题,照大陆的流行说法,是"解剖麻雀"。"中国人创造花旦的心理"一节最为精辟。施叔青以为"倘若以心理学的观点来探讨,花旦的产生可以说,在潜意识里是针对老生、青衣所标榜的道德的一种反叛","中国男人可以一边欣赏花旦的妖媚风骚,而不与他所尊敬的贞节烈女相冲突。可以说是青衣是男人的理想,花旦则是他们可亲的伴侣",可谓发前人所未发,却也言之成理。此文的后半截是关于《拾玉镯》的详尽身段谱。中国许多戏都应有这样的身段谱。

　　我对台湾歌仔戏一无所知,但是看了《台湾歌仔戏》这部分文章,觉得很亲切。《危楼里的老艺人》、《阿花入城记》是两篇访问记,作者看来只是忠实地客观地记述两位歌仔戏的艺人生涯,没有加进自己很多的感情色彩,忽而凄恻同情,溢于言表。《台湾歌仔戏初探》是一篇科学的全面的调查报告。这是一篇学术的论文,而且那样长(共108页),但读起来趣味盎然,丝毫不觉得沉闷,因为文笔极好。施叔青是小说家,她是用写小说的笔写学术论文的。她在《哭俞老师》中说:"《拾玉镯》一文,以及其他有关中国戏剧的论述,我都是充分地用自己的想象力,很文学而抒情地来注释一些需要证据的问题,至于坐图书馆翻书,全不是我的兴趣所在。"把学术性和抒情性结合起来,是本书的始终一贯的特点。这一特点正是目前的学术文章(包括关于戏曲的论文)所缺乏的。

　　关于木偶、曲艺部分,我实在太生疏,只能当散文读,不能赞一词。

一九八八年七月十一日

注　释

① 本篇原载 1988 年 8 月 20 日《文艺报》;初收《汪曾祺全集》第四卷,北京师范大学出版社,1998 年 8 月。

关于散文的感想①

我写散文,是搂草打兔子,捎带脚。不过我以为写任何形式的文学,都得首先把散文写好。因此陆陆续续写了一些。

中国是个散文的大国,历史悠久。《世说新语》记人事,《水经注》写风景,精采生动,世无其匹。唐宋以文章取士。会写文章,才能做官,在别的国家,大概无此制度。唐宋八家,在结构上、语言上,试验了各种可能性。宋人笔记,简洁潇洒,读起来比典册高文更为亲切,《容斋随笔》可为代表。明清考八股,但要传世,还得靠古文。归有光、张岱,各有特点。"桐城派"并非都是谬种,他们总结了写散文的一些经验,不可忽视。龚定庵造语奇崛,影响颇大。"五四"以后,散文是兴旺的。鲁迅、周作人,沉郁冲淡,形成两支。朱自清的《背影》现在读起来还是非常感人。但是近二三十年,散文似乎不怎么发达,不知是什么原因。其实,如果一个国家的散文不兴旺,很难说这个国家的文学有了真正的兴旺。散文如同布帛麦菽,是不可须臾离的。

"五四"以后的新文学形式,如新诗、戏剧,是外来的。小说也受了外国很大的影响。独有散文,却是土产。那时翻译了一些外国的散文,如法国蒙田的、挪威的别伦·别尔生的、英国兰姆的,但是影响不大,很少人摹仿他们那样去写。屠格涅夫和波特莱尔的散文诗译过来了,有影响。但是散文诗是诗,不是散文。近十年文学,相当一部分努力接受西方影响,被标为新潮或现代派。但是,新潮派的诗、小说、戏剧,我们大体知道是什么样子,新潮派的散文是什么样子呢,想象不出。新潮派的诗人、戏剧家、小说家,到了他们写散文的时候,就不大看得出怎么新潮了,和不是新潮的人写的散文也差不多。这对于新潮派作家,是无可奈何的事。看来所有的人写散文,都不得不接受中国的传统。事情很糟糕,不接受民族传统,简直就写不好一篇散文。不过话说回来,既然我们自己的散文传统这样深厚,为什么一定要拒绝接受呢?我认为二三十年来散文不发达,原因之一,可能是对于传统重视不够。包括我自己,到我意识到的时候,已经晚了。老年读书,过目便忘。水过地皮湿,吸入不多,风一吹,就干了。假我十年以学,我的散文也许会写得好一些。

二三十年来的散文的一个特点,是过分重视抒情。似乎散文可以分为两大类:抒情散文和非抒情散文。即使是非抒情散文中,也多少要有点抒情成分,似乎非如此即不足以称散文。散文的天地本来很广阔,因为强调抒情,反而把散文的范围弄得狭窄。过度抒情,不知节制,容易流于伤感主义。我觉得伤感主义是散文(也是一切文学)的大敌。挺大的人,说些小姑娘似的话,何必呢。我是希望把散文写得平淡一点、自然一点、"家常"一点的,但有时恐怕也不免"为赋新诗强说愁",感情不那么真实。

我写散文,是捎带脚,写的时候,没有想到要出集子,发表之后,剪存了一些,但是随手乱塞,散佚了不少。承作家出版社的好意,要我自己编一本散文集,只能将能找得到的归拢归拢,成了现在的这样。我还会写写散文,如有机会出第二个集子,也许会把旧作找补一点回来。但这不知是哪年的事了。

我的住处在东蒲桥边,故将书名定为《桥边散文集》。东蒲桥在修立交桥,修成后是不是还叫东蒲桥,不知道。不过好赖总是一座桥。即使桥没有了,叫做《桥边散文集》,也无妨。

注　释

① 本篇原载 1988 年 7 月 23 日《文艺报》,又载《花城》1990 年第二期;初收《蒲桥集》,题为《自序》,作家出版社,1989 年 3 月。

不要把作家抽象化起来[①]

北京的青年创造出一个新词儿，叫做"玩深沉"。几个小伙子在一起胡侃，其中之一默不出声，作沉思状，或者说两句带点哲理意味的警句，大伙就会嘲笑他："这小子，玩深沉喽！""玩深沉"者，其实并不深沉，只是做出一副样子，显得比别人高一头。我觉得有些评论家就是在那里玩深沉。

评论文章的难懂，已经使得大家叫苦连天，包括评论家们自己。有些评论好像不是写给读者，也不是写给作家看的，只是写给评论家看的。他们自有一套名词、术语、概念、方法，不入他们的门，不掌握他们的符号，简直不知道他们说什么。而且他们使用的符号并不统一，甚至评论家自己也很难沟通。近年时兴两个评论家的对话，有时是三四个人交谈，但是我看他们并没有在交谈，只是各人说各人的，如上海人所说，在那里"自说自话"。他们演了一出《三岔口》，摸黑，打了半天，谁也没有打着谁。

有些评论，完全看不懂。有一些，硬着头皮看了，好像是懂了，而且觉得有些新的观点，新的意思，但是觉得：一，不必写得那样长，大可砍掉三分之二；不必那样云苫雾罩，仙鹤打架——绕脖子。有些评论，如果用普普通通的话，清清楚楚地说出来，本来是可以成为一篇好文章的，不知道为什么要搞得那样诘崛聱牙，那样艰涩。宋人某评一史家，说他爱用"恶硬语"。我们的评论家就爱用"恶硬语"，似乎不如此即不像是评论，就不"深沉"。

相当多的评论家所用的方法是"六经注我"。自己搞了一个理论系统，然后把作家零拆了，塞进系统里去，作为他的系统的注脚。

"六经注我"，古已有之，这是一个好方法，比在章句声训中讨生活要高明。但是：

一，要"我"值得一注，确实有点道理，能够自圆其说，一通百通。

二，要对"六经"（作品）读得很熟，可以随意征引，自由运用，"注"与"白文"，浑然一体，毫不勉强。让作者心服：我原来是这样的；让读者也觉得他（作者）或他们原来是那样的！你不说，我们不明白；你一说，还真是那么一回事。谢了，谢了！

但是我们很多评论家到不了这种境地。他们的理论系统本来就有点支离破碎，疙里疙瘩，他们在举作家为例时，往往把作家抽象化起来，似乎作家是按照他的某种理论概念写作的，作品只是他的理论的演绎。

我觉得一个评论家首先应该是一个鉴赏家。可惜我们不少评论家的"理论"的兴趣比对作品的兴趣要大得多。

我希望评论家在评我的作品时首先欣赏我的作品，不要拿我的作品来为他的理论"说事"。

一九八八年七月十三日

注　释

① 　本篇原载《云冈》，日期不详，据手稿编入。

严子陵钓台①

我小时即对桐庐向往，因为看过影印的黄子久的《富春山居图》，知道那里有个严子陵钓台，还听过一个饶有情趣的故事：严子陵和汉光武帝同榻，把脚丫子放在刘秀的肚子上，弄得观察天文的太史大惊失色，次日奏道"昨天晚上客星犯帝座"……因此，友人约作桐庐小游，便欣然同意。

桐庐确实很美。吴均《与朱元思书》是古今写景名作。"自富阳至桐庐一百许里，奇山异水，天下独绝"，并非虚语。严子陵是余姚人，为什么会跑到桐庐来钓鱼？我想大概是因为这里的风景好。蔡襄说："清风敦薄俗，岂是爱林泉"。恐怕"敦薄俗"是客观效果，"爱林泉"是主观愿望。

中国叫钓鱼台的地方很多，钓鱼为什么要有个台？据我的经验，钓鱼无一定去处，随便哪里一蹲即可，最多带一个马扎子坐坐，没见过坐在台上钓鱼的。"钓鱼台"多半是假的。严子陵钓台在富春江边山上，山有东西两台。西台是谢翱恸哭天祥处，东台即子陵钓台。严子陵怎么会到山顶上钓鱼呢？那得多长的钓竿，多长的钓丝？袁宏道诗："路深六七寻，山高四五里，纵有百尺竿，岂能到潭底？"诗有哲理，也很幽默。唐人崔儒《严先生钓台记》就提出："吕尚父不应饵鱼，任公子未必钓鳌，世人名之耳。钓台之名，亦犹是乎？"这是很有见地的话。死乞白赖地说这里根本不是严子陵钓台，或者死乞白赖地去考证严子陵到底在哪里垂钓，这两种人都是"傻帽"。

对严子陵这个人到底该怎么看？

中国历史上有两个有名的钓鱼人，一个是姜太公，一个是严子陵。王世贞《钓台赋》说"渭水钓利，桐江钓名"，这说得有点刻薄。不过严子陵确是有争议的人物。

他的事迹很简单,《后汉书》有传。大略谓:"严光……少有高名,与光武同游学。及光武即位,乃变名姓,隐身不见。帝思其贤,乃令以物色访之。后齐国上言,有一男子披羊裘钓泽中。帝疑其光……"《后汉书》未说明这是什么季节,但后来写诗的大都认为这是夏天。盛暑披裘,是因为没有钱,换不下季来?还是"心静自然凉",不怕热?无从猜测。于是,"乃备安车玄纁遣使聘之。三反而后至。舍北军。"他是住在警备部队的营房里的。刘秀派了司徒侯霸去看他,希望他晚上进宫去和刘秀说说话。严光不答,只口授了一封给刘秀的信,信只两句:"怀仁辅义天下悦,阿谀顺旨要领绝。"刘秀说:"狂奴故态也!"于是,当天就亲自去看他。严光躺着不起来,刘秀就在他的卧所,摸摸严光的肚子,说:"咄咄子陵,不可相助为理耶?"严光不应,过了好一会儿,才张开眼睛看了光武帝,说:"昔唐尧著德,巢父洗耳,士故有志,何至相迫乎?"帝曰:"子陵,我竟不能下汝耶?"于是叹息而去。过两天,又带严子陵进宫叙旧,这回倒是聊了很长时间,聊困了,"因共偃卧,光以足加帝腹上。"刘秀则抚摸严子陵的肚子,严子陵以足加帝腹,他们确实到了忘形的地步,君臣之间如此,很不容易。

刘秀封了严子陵一个官,谏议大夫。他不受。乃耕于富春山。建武十七年复特征,不至。年八十,终于家。

刘秀有《与严子陵书》,不知是哪一年写的,文章实在写得好,"古大有为之君,必有不召之臣,朕何敢臣子陵哉,惟此鸿业,若涉春冰,辟之疮痏须杖而行。若绮里不少高皇,奈何子陵少朕也。箕山颍水之风,非朕所敢望。"汉人文章多短峭而情致宛然。光武此书,亦足以名世。

对于严子陵,有不以为然的。说得直截了当的是元代的贡师泰:"百战山河血未干,汉家宗社要重安。当时尽著羊裘去,谁向云台画里看?"说得很清楚,都像你们的反穿皮袄当隐士,这个国家谁来管呢?刘基的诗前两句比较委婉:"伯夷清节太公功,出处行藏岂必同。"后两句即讽刺得很深刻:"不是云台兴帝业,桐江无用一丝风!"刘伯温是帮助朱元璋打天下的,他当然不赞成严子陵的做法。

对严子陵颂扬的诗文甚多,不具引。最有名的是范仲淹的《严先生祠堂记》。范仲淹有两篇有名的"记",一篇是《岳阳楼记》,一篇便是《严先生祠堂记》。此记最后的四句歌尤为千载传诵:"云山苍苍,江水泱泱。先生之风,山高水长。"范仲淹是政治家,功业甚著,他主张"先天下之忧而忧,后天下之乐而乐",是很入世的,为什么又这样称颂严子陵这样出世的隐士呢? 想了一下,觉得这是范仲淹衡量读书人的两种尺度,也是中国知识分子的两面。这两面常常同时存在于一个人的身上:立功与隐逸,或者各偏于一面,也无不可。范仲淹认为严子陵的风格可以使"贪夫廉,懦夫立,是大有功于名教也"。我想即到今天,这对人的精神还是有作用的。

注 释

① 本篇原载《作家》1988 年第七期,又载 1988 年 7 月 31 日《人民日报》(海外版);初收《蒲桥集》,作家出版社,1989 年 3 月。

退役老兵不"退役"①

　　马少波同志值得我们学习的第一点是坚守岗位。目前戏曲很不景气，北京京剧院的一流演员也只卖二百座。戏曲的创作人才水土流失得很厉害。大家都觉得干得没意思。写了戏没人演；演了，没人看，干个什么劲儿呢？很多人都改了行，或兼营副业。在戏曲创作队伍人心思散的时候，少波同志却一直坚持写戏曲剧本，今年还发表了两个本子。"我自岿然不动"，成为戏曲界的一块"泰山石敢当"。他是个已经退役的老兵，本来可以在家享清福，书画自娱，寄情山水，为什么还孜孜不倦地写剧本呢？这只能说明他对戏曲有一种始终不渝的忠贞，对戏曲一定还有前途的不可动摇的信念。少波同志的这种精神足以使贪夫廉，顽夫立，会对戏曲界产生很大影响的。

　　少波同志值得学习的第二点是老当益壮。从我认识他时，他差不多就是这样，没变样，不见老。我那时还是个小伙子，如今已是皤然一翁，他却依然风度翩翩，不减当年。少波同志是胶东才子。一般说来，才子一老了，就没有什么意思了。江郎才尽，写不出什么东西了。少波同志却不是这样，功力才华，与日俱增。这几年，他写了多少剧本！昆曲、京剧、越调、蒲剧……什么都写。读他的剧本，没有任何衰老之感，依然是才气纵横。为什么他能够保持新鲜活泼的艺术感觉和语言感觉？因为他始终不断地写。宝刀不老，是因为天天磨。古人说"仁者寿"，照我看应该是"劳者寿"。少波同志坚持精神劳动，他的创作生命会很长，希望他再写二三十年。

　　少波同志熟悉戏曲规律，熟悉舞台，他的剧本不是案头之作，演出常有很好的舞台效果；同时又具有很高的文学性，可读性。他的剧本能把政治性和抒情性很好地结合起来，即使是满台恸哭，也还是风流蕴藉。他并不故步自封,不断对自己有所突破,晚年作品多有新意。作为一个老剧作家,尤为难得。

少波同志值得学习的第三点是爱才若渴。他除了自己写作,还要给青年作者看很多稿子。我是很怕看别人的稿子的,尤其怕看剧本。看到一篇好稿子,那是很愉快的,但这样的时候不多。一般说来,这是一桩苦差事。少波同志却不以为苦,收到剧本,他都仔细地看,提意见,挂号退还。他认识很多演员,对他们多方勉励奖掖。《乐耕园诗词二百首》中,少波同志的诗有五十多首是题赠给演员,尤其是青年演员的。

我集了少波同志自己的诗,成一绝句,为少波同志寿:

> 红花岁岁炫颜色,
> 青史滔滔唱海桑,
> 信是明妍天下甲,
> 西厢双至咏西厢。

注　释

① 本篇原载《作家》1988 年第七期,又载 1988 年 8 月 31 日《文艺报》;初收《汪曾祺全集》第四卷,北京师范大学出版社,1998 年 8 月。

认识到的和没有认识的自己①

作家需要评论家。作家需要认识自己。"文章千古事,得失寸心知"。但是一个作家对自己为什么写,写了什么,怎么写的,往往不是那么自觉的。经过评论家的点破,才会更清楚。作家认识自己,有几宗好处。一是可以增加自信,我还是写了一点东西的。二是可以比较清醒,知道自己吃几碗干饭,可以心平气和,安分守己,不去和人抢行情,争座位。更重要的,认识自己是为了超越自己,开拓自己,突破自己。我应该还能搞出一点新东西,不能就是这样,磨道里的驴,老围着一个圈子转。认识自己,是为了寻找还没有认识的自己。

我大概算是一个现实主义的作家。现实主义,本来是简单明瞭的,就是真实地写自己所看到的生活。后来不知道怎么搞得复杂起来了。大概是苏联提出了社会主义现实主义。而将以前的现实主义的前面加了一个"批判的"。"批判的现实主义"总是不那样好就是了。什么是"社会主义的现实主义"呢?越说越糊涂。本来"社会主义"是一个政治的概念,"现实主义"是文学的概念,怎么能搅在一起呢?什么样的作品是"社会主义现实主义"的呢?标准的作品大概是《金星英雄》。中国也曾经提过社会主义现实主义,后来又修改成革命的现实主义和革命的浪漫主义相结合,叫做"两结合"。怎么结合?我在当了右派分子下放劳动期间,忽然悟通了。有一位老作家说了一句话:有没有浪漫主义是个立场问题。我琢磨了一下,是这么一个理儿。你不能写你看到的那样的生活,不能照那样写,你得"浪漫主义"起来,就是写得比实际生活更美一些,更理想一些。我是真诚地相信这条真理的。而且很高兴地认为这是我下乡劳动、思想改造的收获。我在结束劳动后所写的几篇小说:《羊舍一夕》《看水》《王全》,以及后来写的《寂寞和温暖》，都有这种"浪漫主义"的痕迹。什么是"革命的现实主义和革命的浪漫主义相结合"？咋"结合"？典型的作品，就是"样板戏"。理论则是"主题先行"，"三突出"。从"两结合"到"主题先行"、"三突出"是历史发展的必然。"主题先行"、"三突出"不是有样板戏之后才有的。"十七年"的不少作品就有这个东西，而其滥觞实为"社会主义现实主义"。我是在样板团工作过的，比较知道一点什么叫两结合，什么是某些人所说的"浪漫主义"，那就是不说真话，专说假话，甚至无中生有，胡编乱造。我们曾按江青的要求写一个内蒙草原的戏，四下内蒙，作了调查访问，结果是"老虎闻鼻烟，没有那八宗事"。我们回来向于会泳作了汇报，说没有那样的生活，于会泳答复说："没有那样的生活更好，你们可以海阔天空。"物极必反。我干了十年样板戏，实在干不下去了。不是有了什么觉悟，而是无米之炊，巧妇难为。没有生活，写不出来，这是最简单不过的事。样板戏实在是把中国文学带上了一条绝径。从某一方面说，这也是好事。十年浩劫，使很多人对一系列问题不得不进行比较彻底的反思，包括四十多年来文学的得失。"四人帮"倒台后，我真是松了一口气。我可以按照自己的方法写作了。我可以不说假话，我怎么想的，就怎么写。《异秉》《受戒》《大淖记事》等几篇东西就是摆脱长期的捆绑的情况下写出来的。从这几篇小说里可以感觉出我的鸢飞鱼跃似的快乐。

我写的小说的人和事大都是有一点影子的。有的小说，熟人看了，知道这写的是谁。当然不会一点不走样，总得有些想象和虚构。没有想象和虚构，不成其为文学。纪晓岚是反对小说中加入想象和虚构的。他以为小说里所写的必须是亲眼所见，亲耳所闻：

小说既述见闻，即属叙事，不比戏场关目，随意装点。

他很不赞成蒲松龄，说是：

今摛昵之词，媟狎之态，细微曲折，摹绘如生。使出自言，似无此理，使出作者代言，则何从而闻见之。

蒲松龄的确喜欢写媟狎之态，而且写得很细微曲折，写多了，令人生厌。但是把这些嫌昵之词、媒狎之态都去了,《聊斋》就剩不下多少东西了。这位纪老先生真是一个迂夫子,那样的忠于见闻,还有什么小说呢?因此他的《阅微草堂笔记》实在没有多大看头。不知道鲁迅为什么对此书评价甚高,以为"叙述复雍容淡雅,天趣盎然"。

想象和虚构的来源,还是生活。一是生活的积累,二是长时期的对生活的思考。接触生活,具有偶然性。我写作的题材几乎都是可遇而不可求的。一个作家发现生活里的某种现象,有所触动,感到其中的某种意义,便会储存在记忆里,可以作为想象的种籽。我很同意一位法国心理学家的话:所谓想象,其实不过是记忆的重现与复合。完全没有见过的东西,是无从凭空想象的。其次,更重要的是对生活的思索,长期的,断断续续的思索。井淘三遍吃好水。生活的意义不是一次淘得清的。我有些作品在记忆里存放三四十年。好几篇作品都是一再重写过的。《求雨》的孩子是我在昆明街头亲见的,当时就很感动。他们敲着小锣小鼓所唱的求雨歌:

> 小小儿童哭哀哀,
> 撒下秧苗不得栽。
> 巴望老天下大雨,
> 乌风暴雨一起来。

这不是任何一个作家所能编造得出来的。我曾经写过一篇很短的东西,一篇散文诗,记录了我的感受。前几年我把它改写成一篇小说,加了一个人物,望儿。这样就更具体地表现了中国农村的孩子从小就知道稼穑的艰难,他们用小小的心参与了农田作务,休戚相关。中国的农民从小就是农民,小农民。《职业》原来只写了一个卖椒盐饼子西洋糕的,这个孩子我是非常熟悉的。我改写了几次,始终不满意。到第四次,我才想起先写了文标街上六七种叫卖声音,把"椒盐饼子西洋糕"放在这样背景前面,这样就更苍凉地使人感到人世多苦辛,而对这个孩子过早的失去自由,被职业所固定,感到更大的不平。思索,不是抽象的思索,而是带着对生活的全部感悟,对生活的一角隅、一片段反复审视,从而发现更深邃,更广阔的意义。思索,始终离不开生活。

我是一个极其平常的人。我没有什么深奥独特的思想。年轻时读书很杂。大学时读过尼采,叔本华。我比较喜欢叔本华。后来读过一点萨特,赶时髦而已。我读过一点子部书,有一阵对庄子很迷。但是我感兴趣的是其文章,不是他的思想。我读书总是这样,随意浏览,对于文章,较易吸收;对于内容,不大理会。我大概受儒家思想影响比较大。一个中国人或多或少,总会接受一点儒家的影响。我觉得孔子是个很有人情的人,从《论语》里可以看到一个很有性格的活生生的人。孔子编选了一部《诗经》(删诗),究竟是为了什么?我不认为"国风"和治国平天下有什么关系。编选了这样一部民歌总集,为后代留下这样多的优美的抒情诗,是非常值得感谢的。"国风"到现在依然存在很大的影响,包括它的真纯的感情和回环往复、一唱三叹的形式。《诗经》对许多中国人的性格,产生很广泛的、潜在的作用。"温柔敦厚,诗之教也。"我就是这样的诗教里长大的。我很奇怪,为什么论孔子的学者从来不把孔子和《诗经》联系起来。

我的小说写的都是普通人,平常事。因为我对这些人事熟悉。

顿觉眼前生意满,
须知世上苦人多。

我对笔下的人物是充满同情的。我的小说有一些是写市民层的,我从小生活在一条街道上,接触的便是这些小人物。但是我并不鄙薄他们,我从他们身上发现一些美好的、善良的品行。于是我写了淡泊一生的钓鱼的医生,"涸辙之鲋,相濡以沫"的岁寒三友。我写的人物,有一些是可笑的,但是连这些可笑处也是值得同情的,我对他们的嘲笑不能过于尖刻。我的小说大都带有一点抒情色彩,因此,我曾自称是一个通俗抒情诗人,称我的现实主义为抒情现实主义。我的小说有一些优美的东西,可以使人得到安慰,得到温暖。但是我的小说没有什么深刻的东西。

现实主义在历史上是和浪漫主义相对峙而言的。现代的现实主义的对立面是现代主义。在中国，所谓现代主义，没有自己的东西，只是摹仿西方的现代主义。这没有什么不好。

我年轻时受过西方现代主义的影响，也可以说是摹仿。后来不再摹仿了，因为摹仿不了。文化可以互相影响，互相渗透，但是一种文化就是一种文化，没有办法使一种文化和另一种文化完全一样。我在美国几个博物馆看了非洲雕塑，惊奇得不得了。都很怪，可是没有一座不精美。我这才明白为什么有人说法国现代艺术受了非洲艺术很大的影响。我又发现非洲人搞的那些奇怪的雕塑，在他们看来一点也不奇怪。他们以为雕塑本来就应该是这样，只能是这样，他们对世界的认识就是这样。他们并没有先有一个对事物的理智的、现实的认识，然后再去"变形"，扭曲、夸大、压扁、拉长……。他们从对事物的认识到对事物的表现是一次完成的。他们表现的，就是他们所认识的。因此，我觉得法国的一些摹仿非洲的现代派艺术也是"假"的。法国人不是非洲人。我在几个博物馆看了一些西洋名画的原作，也看了芝加哥、波士顿艺术馆一些中国名画，比如相传宋徽宗摹张萱的捣练图。我深深感到东方的——主要是中国的文化和西方文化绝对不是一回事。中国画和西洋画的审美意识完全不同。中国人插花有许多讲究，瓶与花要配称，横斜欹侧，得花之态。有时只有一截干枝，开一朵铁骨红梅。这种趣味，西方人完全不懂。他们只是用一个玻璃瓶，乱烘烘地插了一大把颜色鲜丽的花。中国画里的折枝花卉，西方是没有的。更不用说墨绘的兰竹。毕加索认为中国的书法是伟大的艺术，但是要叫他分别一下王羲之和王献之，他一定说不出所以然。中国文学要全盘西化，搞出"真"现代派，是不可能的。因为你是中国人，你生活在中国文化的传统里，而这种传统是那样的悠久，那样的无往而不在。你要摆脱它，是办不到的。而且，为什么要摆脱呢？

最最无法摆脱的是语言。一个民族文化的最基本的东西是语言。汉字和汉语不是一回事。中国的识字的人，与其说是用汉语思维，不如说用汉字思维。汉字是象形字。形声字的形还是起很大作用。从木的和从水的字会产生不同的图像。汉字又有平上去入，这是西方文字所没有的。中国作家便是用这种古怪的文字写作的,中国作家对于文字的感觉和西方作家很不相同。中国文字有一些十分独特的东西,比如对仗、声调。对仗,是随时会遇到的。有人说某人用这个字,不用另一个意义相同的字,是"为声俊耳"。声"俊"不"俊",外国人很难体会,但是作为一个中国作家是不能不注意的。

有一个法国记者到家里来采访我。他准备了很多问题。一上来就说:"首先我要问你一个你自己很难回答的问题:你认为你在中国文学里的位置是什么?"我想了一想,说:"我大概是一个文体家。""文体家"原本不是一个褒词。伟大的作家都不是文体家。这个概念近些年有些变化。现代小说多半很注重文体。过去把文体和内容是分开的,现在很多人认为是一回事。我是较早地意识到二者的一致性的。文体的基础是语言。一个作家应该对语言充满兴趣,对语言很敏感,喜欢听人说话。苏州有个老道士,在人家做道场,斜眼看见桌子下面有一双钉靴,他不动声色,在诵念的经文中加了几句,念给小道士听:

> 台子底下,
> 有双钉靴。
> 拿俚转去,
> 落雨着着,
> 也是好格。

这种有板有眼,整整齐齐的语言,听起来非常好笑。如果用平常的散文说出来,就毫无意思。我们应该留意:一句话这样说就很有意思,那样说就没有意思。其次要读一点古文。"熟读唐诗三百首",还是学诗的好办法。我们作文(写小说式散文)的时候,在写法上常常会受古人的某一篇或某几篇的影响,自觉或不自觉。老舍的《火车》写火车着火后的火势,写得那样铺张,没有若干篇古文烂熟胸中,是办不到的。我写了一篇散文《天山行色》,开头第一句:

> 所谓南山者,是一片塔松林。

我自己知道,这样的突兀的句法是从龚定庵的《说居庸关》那里来的。《说居庸关》的第一句是：

居庸关者，古之谈守者之言也。

这样的开头，就决定这篇长达一万七千字的散文，处处有点龚定庵的影子，这篇散文可以说是龚定庵体。文体的形成和一个作家的文化修养是有关系的。文学和其他文化现象是相通的。作家应该读一点画，懂得书法。中国的书法是纯粹抽象的艺术，但绝对是艺术。书法有各种书体，有很多家，这些又是非常具体的，可以感觉的。中国古代文人的字大都是写得很好的。李白的字不一定可靠。杜牧的字写得很好。苏轼、秦观、陆游、范成大的字都写得很好。宋人文人里字写得差一点的只有司马光，不过他写的方方正正的楷书也另有一种味道，不俗气。现代作家不一定要能写好毛笔字，但是要能欣赏书法。"我虽不善书，知书莫若我"，经常看看书法，尤其是行草，对于行文的内在气韵，是很有好处的。我是主张"回到民族传统"的，但是并不拒绝外来的影响。多少读了一点翻译作品，不能不受影响，包括思维语言，文体。我的这篇发言的题目，是用汉字写的，但实在不大像一句中国话。我找不到更恰当的语言表达我要说的意思。

我是沈从文先生的学生，有人问我究竟从沈先生那里继承了什么。很难说是继承，只能说我愿意向沈先生学习什么。沈先生逝世后，在他的告别读者和亲友的仪式上，有一位新华社记者问我对沈先生的看法。在那种场合下，不遑深思，我只说了两点。一，沈先生是一个真诚的爱国主义者；二，他是我见到的真正淡泊的作家，这种淡泊不仅是一种"人"的品德，而且是一种"人"的境界。沈先生是爱中国的，爱得很深。我也是爱我们这个国的。"儿不嫌母丑，狗不厌家贫"。中国尽管有这样那样的问题，这样那样的缺点，但它是我的国家。正如沈先生所说，在任何情况下，都不应丧失信心。我没有荒谬感、失落感、孤独感。我并不反对荒谬感、失落感、孤独感，但是我觉得我们这样的社会，不具备产生这样多的感的条件。如果为了赢得读者，故意去表现本来没有，或者有也不多的荒谬感失落感和孤独感，我以为不仅是不负责任，而且是不道德的。文学,应该使人获得生活的信心。淡泊,是人品,也是文品。一个甘于淡泊的作家,才能不去抢行情,争座位;才能真诚地写出自己所感受到的那点生活,不要花招,不欺骗读者。至于文学上我从沈先生继承了什么,还是让评论家去论说吧。我自己不好说,也说不好。

一九八八年八月十六日

注　释

① 本篇原载《北京文学》1989 年第一期,又载台湾《联合文学》第五卷第三期,是在《北京文学》组织的"汪曾祺作品研讨会"会上的发言。与会者还有吴组缃、陈平原、黄子平、林佩瑞等;初收《汪曾祺小品》,中国人民大学出版社,1992 年 10 月。

沈从文转业之谜[①]

　　沈先生忽然改了行。他的一生分成了两截。1949年以前,他是作家,写了40多本小说和散文;1949年以后,他变成了一个文物研究专家,写了一些关于文物的书,其中最重大(真是又重又大)的一本是《中国古代服饰研究》。近十年沈先生的文学作品重新引起注意,尤其是青年当中,形成了"沈从文热"。一些读了他的小说的年轻一些的读者觉得非常奇怪,他为什么不再写了呢? 国外有些研究中国现代文学的学者也为之大惑不解。我是知道一点内情的,但也说不出个究竟。在他改行之初,我曾经担心他能不能在文物研究上搞出一个名堂,因为从我和他的接触(比如讲课)中,我觉得他缺乏"科学头脑"。后来发现他"另有一功",能把抒情气质和科学条理完美地结合起来,搞出了成绩,我松了一口气,觉得"这样也好"。我就不大去想他的转业的事了。沈先生去世后,沈虎雏整理沈先生遗留下来的稿件、信件。我因为刊物约稿,想起沈先生改行的事,要找虎雏谈谈。我爱人打电话给三姐(师母张兆和),三姐说:"叫曾祺来一趟,我有话跟他说。"我去了,虎雏拿出几封信。一封是给一个叫吉六的青年作家的退稿信(一封很重要的信),一封是沈先生在1961年2月2日写给我的很长的信(这封信很长,是在练习本撕下来的纸上写的,钢笔小字,两面写,共12页,估计不下6千字,是在医院里写的,这封信,他从医院回家后用毛笔在竹纸上重写了一次寄给我,这是底稿,当时我正戴着右派分子帽子,下放张家口沙岭子劳动,沈先生寄给我的原信一直保存,"文化大革命"中遗失了)。还有1947年我由上海寄给沈先生的两封信。看了这几封信,我对沈先生转业的前因后果,逐渐形成一个比较清晰的轮廓。

　　从一个方面说,沈先生的改行,是"逼上梁山",是他多年挨骂的结果。左、右都骂他。沈先生在写给我的信上说：

> 我希望有些人不要骂我，不相信，还是要骂。根本连我写什么也不看，只图个痛快。于是骂倒了，真的倒了。但是究竟是谁的损失？

沈先生的挨骂，以前的，我不知道。我知道的，对他的大骂，大概有三次。

一次是抗日战争时期，约在1942年，从桂林发动，有几篇很锐利的文章。我记得有一篇是聂绀弩写的。聂绀弩我后来认识，是一个非常好的人。他后来也因黄永玉之介去看过沈先生，认为那全是一场误会。聂和沈先生成了很好的朋友，彼此毫无芥蒂。

第二次是1947年，沈先生写了两篇杂文，引来一场围攻。那时我在上海，到巴金先生家，李健吾先生在座。李健吾先生说，劝从文不要写这样的杂论，还是写他的小说。巴金先生很以为然。我给沈先生写的两封信，说的便是这样的意思。

第三次是从香港发动的。1948年3月，香港出了一本《大众文艺丛刊》，撰稿人为党内外的理论家。其中有一篇郭沫若写的《斥反动文艺》，文中说沈从文"一直是有意识地作为反动派而活动着"，这对沈先生是致命的一击。可以说，是郭沫若的这篇文章，把沈从文从一个作家骂成了一个文物研究者。事隔30年，沈先生的《中国古代服饰研究》却由前科学院院长郭沫若写了序。人事变幻，云水悠悠，逝者如斯，谁能逆料？这也是历史。

已经有几篇文章披露了沈先生在解放前后神经混乱的事（我本来是不愿意提及这件事的），但是在这以前，沈先生对形势的估计和对自己前途的设想是非常清醒，非常理智的。他在1948年12月7日写给吉六君的信中说：

> 大局玄黄未定……一切终得变。从大处看发展，中国行将进入一个崭新时代，则无可怀疑。

基于这样的信念，才使沈先生在北平解放前下决心留下来。留下来不走的,还有朱光潜先生、杨振声先生。朱先生和沈先生同住在中老胡同,杨先生也常来串门。对于"玄黄未定"之际的行止,他们肯定是多次商量过的。他们决定不走,但是心境是惶然的。

一天,北京大学贴出了一期壁报,全文抄出了郭沫若的《斥反动文艺》。不知道这是什么人的授意,还是进步学生社团自己干的。在那样的时候,贴出这样的大字报,是什么意思呢?这不是"为渊驱鱼",把本来应该争取,可以争取的高级知识分子一齐推出去么?

这篇壁报对沈先生的压力很大,沈先生因此神经极度紧张,患了类似迫害狂的病症(老是怀疑有人监视他,制造一些尖锐声音来刺激他),直接的原因,就是这张大字壁报。

沈先生在精神濒临崩溃的时候,脑子却又异常清楚,所说的一些话常有很大的预见性。40年前说的话,今天看起来还是很准确。

"一切终得变",沈先生是竭力想适应这种"变"的。他在写给吉六君的信上说:

> 用笔者求其有意义,有作用,传统写作方式以及对社会态度,值得严肃认真加以检讨,有所抉择。对于过去种种,得决心放弃,从新起始来学习。这个新的起始,并不一定即能配合当前需要,惟必能把握住一个进步原则来肯定,来完成,来促进。

但是他又估计自己很难适应:

> 人近中年,情绪凝固,又或因情绪内向,缺乏适应能力,用笔方式,20年30年统统由一个"思"字出发,此时却必需用"信"字起步,或不容易扭转。过不多久,即未被迫搁笔,亦终得把笔搁下。这是我们一代若干人必然结果。

不幸而言中。沈先生对自己搁笔的原因分析得再清楚不过了。不断挨骂,是客观原因;不能适应,有主观成分,也有客观因素。解放后搁笔的,在沈先生一代人中不止沈先生一个人,不过不像沈先生搁得那样彻底,那样明显,其原因,也不外是"思"与"信"的矛盾。30多年来,直到"文化大革命"结束,中国文艺的主要问题也是强调"信",忽略

"思"。十一届三中全会以后,新时期十年文学的转机,也正是由"信"回复到"思",作家可以真正地独立思考,可以用自己的眼睛观察生活,用自己的脑和心思索生活,用自己的手表现生活了。

北京一解放,我们就觉得沈先生无法再写作,也无法再在北京大学教书。教什么呢? 在课堂上他能说些什么话呢? 他的那一套肯定是不行的。

沈先生为自己找到一条出路,也可以说是一条退路:改行。

沈先生的改行并不是没有准备、没有条件的。据沈虎雏说,他对文物的兴趣比对文学的兴趣产生得更早一些。他18岁时曾在一个统领官身边作书记。这位统领官收藏了百来轴自宋至明清的旧画,几十付铜器及古瓷,还有十来箱书籍,一大批碑帖。这些东西都由沈先生登记管理。由于应用,沈先生学会了许多知识。无事可作时,就把那些古画一轴一轴地取出,挂到壁间独自欣赏,或翻开《西清古鉴》、《薛氏彝器钟鼎款识》来看。"我从这方面对于这个民族在一段长长的年份中,用一片颜色,一把线,一块青铜或一堆泥土,以及一组文字,加上自己生命作成的种种艺术,皆得了一个初步普遍的认识。由于这点初步知识,使一个以鉴赏人类生活与自然现象为生的乡下人,进而对人类智慧光辉的领会,发生了极宽泛而深切的兴味。"(见《从文自传·学历史的地方》)沈先生对文物的兴趣,自始至终,一直是从这一点出发的,是出于对民族,对于民族的历史和文化的深爱。他的文学创作、文物研究,都浸透了爱国主义的感情。从热爱祖国这一点上看,也可以说沈先生并没有改行。我心匪石,不可转也,爱国爱民,始终如一,只是改变了一下工作方式。

沈先生的转业并不是十分突然的,是逐渐完成的。北京解放前一年,北大成立了博物馆系,并设立了一个小小的博物馆。这个博物馆是在杨振声、沈从文等几位热心的教授的赞助下搞起来的,馆中的陈列品很多是沈先生从家里搬去的。历史博物馆成立以后,因与馆长很熟,时常跑去帮忙。后来就离开北大,干脆调过去了。沈先生改行,心情是很矛盾的,他有时很痛苦,有时又觉得很轻松。他名心很淡,不大计较得失。沈先生到了历史博物馆,除了鉴定文物,还当讲解员。常书鸿先生带了很多敦煌壁画的摹本在午门楼上展览,他自告奋勇,每天都去。我就亲眼看见他非常热情兴奋地向观众讲解。一个青年问我:"这人是谁,他怎么懂得那么多?"从一个大学教授到当讲解员,沈先生不觉有什么"丢份"。他那样子不但是自得其乐,简直是得其所哉。只是熟人看见他在讲解,心里总不免有些凄然。

沈先生对于写作也不是一下就死了心。"跛者不忘履",一个人写了30年小说,总不会彻底忘情,有时是会感到手痒的。他对自己写作是很有信心的。在写给我的信上说:"拿破仑是伟人,可是我们羡慕也学不来。至于雨果、莫里哀、托尔斯泰、契诃夫等等的工作,想效法却不太难(我初来北京还不懂标点时,就想到这并不太难)。"直到1961年写给我的长信上还说,因为高血压,馆(历史博物馆)中已决定"全休",他想用一年时间"写本故事"(一个长篇)写三姐家堂兄三代闹革命。他为此两次到宣化去,"已得到十万字材料,估计写出来必不会太坏……"想重新提笔,反反复复,经过多次,终于没有实现。一是客观环境不允许,他自己心理障碍很大。他在写给我的信上说:"幻想……照我的老办法,呆头呆脑用契诃夫作个假对象,竞赛下去,也许还会写个十来个本本的……可是万一有个什么人在刊物上寻章摘句,以为这是什么,修正主义。如此或如彼的一说,我还是招架不住,也可说不费吹灰之力,一切努力,即等于白费。想到这一点,重新动笔的勇气,不免就消失一半。"二是,他后来一头扎进了文物,"越陷越深",提笔之念,就淡忘了。他手里有几十个研究选题待完成,他有很大的责任感和紧迫感,时间精力全为文物占去,实在顾不上再想写作了。

从写小说到治文物,而且搞出丰硕的成果,失之东隅,收之桑榆,就沈先生个人说,无所谓得失。就国家来说,失去一个作家,得到一个杰出的文物研究专家,也许是划得来的。但是从一个长远的文化史角度来看,这算不算损失?如果是损失,那么,是谁的损失?谁为为之,孰令致之?这问题还是很值得我们深思的。我们应该从沈从文的转业得出应有的历史教训。

一九八八年八月二十四日

注　释

①　本篇原载《真善美》1989 年第一、二期合刊号,后作为"代序"收入《花花朵朵　坛坛罐罐——沈从文文物与艺术研究文集》,外文出版社,1994 年;初收《汪曾祺散文随笔选集》,沈阳出版社,1993 年 6 月。

美　国　短　简①

美　国　旗

　　美国人很爱插国旗。爱荷华市不少人家门外的草地上立着一根不高的旗杆，上面是一面星条旗。人家关着门，星条旗安安静静的，轻轻地飘动着。应该说这也表现了一点爱国情绪，但更多的似是当作装饰。国旗每天都可以挂，不像中国要到五一、十一才挂，显得过于隆重。大抵中国人对于国旗有一种崇拜心理，美国人则更多的是亲切。美国可以把星条图案印在体操女运动员的紧身露腿的运动衣上，这在中国大概不行，一定会有人认为这是对于国旗的亵渎。

　　美国各州都有州旗，州旗大都是白地子，上面画（印）了花里胡哨的图案，照中国人看，简直是儿童趣味。国旗、州旗升在州政府的金色圆顶的旗杆上，国旗在上，州旗在下。——美国州政府的建筑大都是一个金色的圆顶，上面矗立着旗杆。衣阿华州治已经移到邻近一个市，但爱荷华市还保留着老州政府，每天也都升旗。爱荷华市有一个人死了，那天就要下半旗，不论死的是什么人，一视同仁，不像中国要死了大人物才下半旗。这一点看出美国和中国的价值观念很不一样。别的州、市有没有这样的风俗，就不知道了。

夜　光　马　杆

　　美国也有马杆。我在爱荷华街头看到一个盲人。是个年轻人，穿得很干净，白运动衫裤，白运动鞋。步履轻松，走得和平常人一样的快。

他手执一根马杆探路。这根马杆是铝制的,很轻便,样子也很好看。马杆着地的一端有一个小轮子。马杆左右移动,轮子灵活地转动着。马杆不离地面,不像中国盲人的竹马杆,得不停地戳戳戳戳点在地上。因此,这个青年给人的印象是很健康,不像中国盲人总让人觉得有些悲惨。后来我又看到一个岁数大的盲人,用的也是这种马杆。据台湾诗人蒋勋告诉我,这种马杆是夜光的,——夜晚发光。这样在黑地里走,别人会给盲人让路。这种马杆,中国似可引进,造价我想不会很贵。

美国对残疾人是很尊重的。到处是画了白色简笔轮椅图案的蓝色的长方形的牌子。有这种蓝牌子的门,是专供残疾人进出的;有这种蓝牌子的停车场,非残疾人停车,要罚款。很多有台阶的商店,都在台阶边另铺设了一道斜坡,供残疾人的轮椅上下。爱荷华大学有专供残疾人连同轮椅上楼下楼的铁笼子。街上常见到残疾人,他们的神态都很开朗,毫不压抑。博物馆里总有一些残疾人坐着轮椅,悠然地观赏伦布朗的画,亨利·摩尔的雕塑。

中国近年也颇重视对残疾人的工作。但我觉得中国人对残疾人的态度总带有怜悯色彩,"恻隐之心"。这跟儒家思想有些关系。美国人对残疾人则是尊重。这是不同的态度。怜悯在某种意义上是侮辱。

花　草　树

美国真花像假花,假花像真花。看见一丛花,常常要用手摸摸叶子,才能断定是真花,是假花。旅美多年的美籍华人也是这样,摸摸,凭手感,说是"真的! 真的!"美国人家大都种花。美国的私人住宅是没有围墙的,一家一家也不挨着,彼此有一段距离,门外有空地,空地多栽花。常见的是黄色的延寿菊。美国的延寿菊和中国的没有两样。还有一种通红的,不知是什么花。我在诗人桑德堡故居外小花圃中发现两棵凤仙花,觉得很亲切,问一位美国女士:"这是什么花?"她不知道。美国人家种花大都是随便撒一点花籽,不甚设计。有一种设计则不敢领教:在草地上划出一个正圆的圆圈,沿着圆圈等距离地栽了一撮一撮鲜艳的花。这种布置实在是滑稽。美国人家室内大都有绿色植物,如中国的天门冬、吊兰之类,栽在一个锃亮的黄铜的半球里,挂着。这种趣味我也不敢领教。美国人家多插花,常见的是菊花,短瓣,紫红的、白的。我在美国没有见过管瓣、卷瓣、长瓣的菊花。即使有,也不会有"麒麟角"、"狮子头"、"懒梳妆"之类的名目。美国人插花只是取其多,有颜色,一大把,插在一个玻璃瓶子里。美国人不懂中国插花讲究姿态,要高低映照,欹侧横斜,瓶和花要相称。美国静物画里的花也是这样,乱烘烘的一瓶。美国人不会理解中国画的折枝花卉。美国画里没有墨竹,没有兰草。中国各项艺术都与书法相通。要一个美国人学会欣赏王献之的"鸭头丸帖",是永远办不到的。美国也有荷花,但未见入画,美国人不会用宣纸、毛笔、水墨。即便画,也绝不可能有石涛、八大那样的效果。有荷花,当然有莲蓬。美国人大概不会吃冰糖莲子。他们让莲蓬结老了,晒得干干的,插瓶,这倒也别致,大概他们认为这种东西形状很怪,有的人家插的莲蓬是染得通红的,这简直是恶作剧,不敢领教!美国人用芦花插瓶,这颇可取。在德国移民村阿玛纳看见一个铺子里有芦花卖,50美分一把。

美国年轻,树也年轻。自爱荷华至斯泼凌菲尔德高速公路两旁的树看起来像灌木。阿玛纳有一棵橡树,大概是当初移民来的德国人种的,有上百年的历史了,用木栅围着,是罕见的老树了。像北京中山公园、天坛那样的五百年以上的柏树,是找不出来的。美国多阔叶树,少针叶树。最常见的是橡树。松树也有,少。林肯墓前、马克·吐温家乡有几棵松树。美国松树也像美国人一样,非常健康,很高,很直,很绿。美国没有苏州"清、奇、古、怪"那样松树,没有黄山松,没有泰山的五大夫松。中国松树多姿态,这种姿态往往是灾难造成的,风、雪、雷、火。松之奇者,大都伤痕累累。中国松是中国的历史,中国的文化和中国人的性格所形成的。中国松是按照中国画的样子长起来的。

美国草和中国草差不多。狗尾巴草的穗子比中国的小,颜色发红。"五月花"公寓对面有一片很大的草地。蒲公英吐絮时,如一片银色的薄雾。羊胡子草之间长了很多草苜蓿。这种草的嫩头是可以炒了吃的,上海人叫做"草头"或"金花菜",多放油,武火急炒,少滴一点高粱酒,很好吃。美国人不知道这能吃。知道了,也没用,美国人不会炒菜。

Graffiti

这是一个意大利字,意思是在墙上乱画。台湾翻成"涂鸦",我看不如干脆翻成"鬼画符"。纽约,芝加哥,很多城市地下铁的墙上,比较破旧的建筑物的墙上、桥洞里,画得一塌胡涂。这是青少年干的。他们不是用笔画,而是用喷枪喷,嗞——一会儿就喷一大片。照美国的法律,这不犯法,无法禁止。有一些,有一点意思。我在爱荷华大学附近的桥下,看到:"中央情报局=谋杀",这可以说是一条政治标语。有的是一些字母,不知是什么意思。还有些则是莫名其妙的圆圈、曲线、弧线。为什么美国的青少年要干这种事呢?——据说他们还有一个松散的组织,类似协会什么的。听说美国有心理学家专门研究这问题,大体认为这是青少年对现状不满的表现。这样到处乱画,我觉得总不大好,希望中国不发生这种事。

怀　　旧

正因为美国历史短,美国人特别爱怀旧。

爱荷华市的河边有一家饭馆,菜很好,星期天的自助餐尤其好,有多种沙拉、水果,各种味道调料。这原是一个老机器厂,停业了,饭馆老板买了下来,不加改造,房顶、墙壁上保留了漆成暗红色的拐来拐去的粗大的铁管道,很粗的铁链。顾客就在这样的环境里,临窗而坐,喝加了苏打的金酒,吃烤牛肉,炸土豆条,觉得别有情调。

阿玛纳原来是一个德国移民村。据说这个村原来是保留老的生活习惯的:不用汽车,用马车。现在不得不改变了,村里办了很大的制冷机厂和微波炉厂。不过因为曾是古村,每逢假日,还是有不少人来参观。"古"在哪里呢?不大看得出来。我们在一个饭店吃饭,饭店门外悬着一副牛轭,作为标志,唔,这有点古。饭店的墙上挂着一排长长短短的老式的木匠工具,也许这原是一个木匠作坊。这也古。点的灯是有玻璃罩子煤油灯。我问接待我们的小姐:"这是煤油灯?"她笑了:"假的。"是做成煤油灯状的电灯。这位小姐不是德国血统,祖上是英国人,一听她的姓就不禁叫人肃然起敬:莎士比亚。她承认是莎士比亚的后代。她和我聊了几句,不知道为什么说起她不打算结婚,认为女人结婚不好。这是不是也是古风?阿玛纳有一个博物馆,陈列着当年的摇床、木椅。有一个"文物店"。卖的东西的"年份"都是百年以内的,但标价颇昂,一个祖母用过的极其一般的铜碟子,50美金。这样的村子在中国到处都可以找得出来,这样的"文物"嘛,中国的废品收购站里多的是。阿玛纳卖"农民"自酿的葡萄酒,有好几家。买酒之前每种可以尝一小杯。我尝了两三杯,没有买,因为我对葡萄酒实在是外行,喝不出所以然。

江·迪尔是一家很现代化的大农机厂,厂部大楼是有名的建筑,全都用钢材和玻璃建成,利用钢材的天然锈色和透亮的玻璃的对比造成极稳定坚实而又明净疏朗的效果。在一口小湖的中心小岛上安置了亨利·摩尔的青铜的抽象化的雕塑。但是在另一侧,完好地保存了曾祖父老迪尔的作坊。这是江·迪尔厂史的第一页。

全美保险公司是一个很大的企业。我们参观了衣阿华州的分公司。大办公室上百张桌子,每个桌上一架电脑。这家公司收藏了很多现代艺术作品,接待室里,走廊上,到处都是。每个单人办公的小办公室里也有好几件抽象派的绘画和雕塑。我很奇怪:这家公司的经理这样喜欢现代艺术?后来知道,原来美国政府有规定,凡企业购买当代艺术作品的,所付的钱可于应付税款中扣除,免缴一部分税。那么,这些艺术品等于是白得的。用企业养艺术,这政策不错!

上午参观了一个现代化的大公司,看了数不清的现代派的艺术作品,下午参观了一个截然不同的地方:"活历史农庄"。这里保持着一百年前的样子。我们坐了用老式拖拉机拉着的有几排座位的大车逛了一圈,看了原来印第安人住的小窝棚,在橡树林里的坎坷起伏的小路上钻了半天。有一家打铁的作坊,一位铁匠在打铁。他这打铁完全是表演,烧烟煤碎块,拉着皮老虎似的老式风箱。有一家杂货店,卖的都是旧货。一个店主用老式的办法介绍一些货品的特点,口若悬河。他介绍的货品中竟有一件是中国的笙。他介绍得很准确:"这是一件中国的乐器,叫做'笙'。"这家杂货店卖一百年前美国人戴的黑色的粗呢帽(是新制的),卖本地传统制法的果子露饮料。

我们各处转了一圈,回来看看那位铁匠,他已经用熟铁打出了一件艺术品,一条可以插蜡烛的小蛇,头在下,尾在上,蛇身盘扭。

参观了林肯年轻时居住过的镇。这个镇尽量保持当年模样。土路、木屋。林肯旧居犹在,他曾经在那里工作过的邮局也在。有一个老妈妈在光线很不充足的木屋里用不同颜色的碎布拼缀一条百衲被。一个师傅在露地里用棉线心蘸蜡烛,一排一排晾在木架上(这种蜡烛北京现在还有,叫做"洋蜡")。林肯故居檐下有一位很肥白壮硕的少妇在编篮子。她穿着林肯时代的白色衣裙,赤着林肯时代的大白脚,一边编篮子,一边与过路人应答。老妈妈、蜡烛师傅、赤着白脚的壮硕妇人,当然都是演员。他们是领工资的。白天在这里表演,下班驾车回家,吃饭,喝可口可乐,看电视。

公　园

美国的公园和中国的公园完全不同,这是两个概念。美国公园只是一大片草地,很多树,不像北京的北海公园、中山公园、颐和园,也不像苏州园林。没有亭台楼阁,回廊幽径,曲沿流泉,兰畦药圃。中国的造园讲究隔断、曲折、借景,在不大的天地中布置成各种情趣的小环境,美国公园没有这一套,一览无余。我在美国没有见过假山,没有扬州平山堂那样人造削壁似的假山,也没有苏州狮子林那样人造峰峦似的假山。美国人不懂欣赏石头。对美国人讲石头要瘦、绉、透,他一定莫名其妙。颐和园一进门的两块高大而玲珑的太湖石,花很多银子从米万锺的勺园移来的一块横卧的大石头,以及开封相国寺传为艮岳遗石的石头,美国人都绝不会对之下拜。美国有风景画,但没有中国的"山水画"。公园,在中国是供人休息、漫步、啜茗、闲谈、沉思、觅句的地方。美国人在公园里扔橄榄球,掷飞碟,男人脱了上衣、女人穿了比基尼晒太阳。美国公园大都有一些铁架子,是供野餐的人烤肉用的。

注 释

① 本篇原载《上海文学》1988 年第八期;初收《蒲桥集》,作家出版社,1989 年
  3 月。

酒 瓶 诗 画[①]

　　阿城送我一瓶湘西凤凰的酒,说:"主要是送你这只酒瓶。酒瓶是黄永玉做的。"是用红泥做的,形制拙朴,不上釉。瓶腹印了一小方大红的蜡笺,印了两个永玉手写的漆黑的字;扎口是一小块红布。全国如果举行酒瓶评比,这个瓶子可得第一。

　　茅台酒瓶本不好看,直筒筒的,但是它已创出了牌子。许多杂牌酒也仿造这样的瓶子,就毫无意义,谁也不会看到这样的酒瓶就当作茅台酒买下来。

　　不少酒厂都出了瓷瓶的高级酒。双沟酒厂的仿龙泉釉刻花的酒瓶,颜色形状都不错,喝完了酒,可以当花瓶,插两朵月季。杏花村汾酒厂的"高白汾酒"瓶做成一个胖鼓鼓的小坛子,釉色如稠酱油,印两道银色碎花,瓶盖是一个覆扣的酒杯,也挺好玩。"瓷瓶汾酒"颈细而下丰,白瓷地,不难看,只惜印的图案稍琐碎。酒厂在酒瓶包装上做文章,原是应该的。

　　一般的瓷瓶酒的瓶都是观音瓶,即观音菩萨用来洒净水的那样的瓶。如果是素瓷,还可以,喝完酒,摆在桌上也不难看。只是多要印上字画:一面是嫦娥奔月或麻姑献寿或天女散花,另一面是唐诗一首。不知道为什么,写字的人多爱写《枫桥夜泊》,这于酒实在毫不相干。这样一来,就糟了,因为"雅得多么俗"。没有人愿意保存,卖给收酒瓶的,也不要。

注　释

①　本篇原载 1988 年 9 月 11 日《光明日报》;初收《汪曾祺全集》第四卷,北京师范大学出版社,1998 年 8 月。

关于"样板戏"^①

有这么一种说法:"样板戏"跟江青没有什么关系,江青没有做什么,"样板戏"都是别人搞出来的,江青只是"剽窃"了大家("样板团"的全体成员)的劳动成果。我认为这种说法是不科学的,这不符合事实。江青诚然没有亲自动手做过什么,但是"样板戏"确实是她"抓"出来的。她抓得很全面,很具体,很彻底。从剧本选题、分场、推敲唱词、表导演、舞台美术、服装,直至铁梅衣服上的补丁、沙奶奶家门前的柳树,事无巨细,一抓到底,限期完成,不许搪塞违拗。北京京剧团曾将她历次对《沙家浜》的"指示"打印成册,相当厚的一本。我曾经把她的"指示"摘录为卡片,相当厚的一沓(这套卡片后来散失了,其实应当保存下来,这是很好的资料)。江青对"样板戏"确是花了很多"心血"的(不管花的是什么样的"心血"),说江青对"样板戏"没有做过什么事,这是闭着眼睛说瞎话。有人企图把"样板戏"和江青"划清界线",以此作为"样板戏"可以"复出"的理由,我以为是不能成立的。你可以说:"样板戏"还是好的,虽然它是江青抓出来的(假如这种逻辑能够成立),但是不能说"样板戏"与江青无关。

前几年有人著文又谈"样板戏"的功过,似乎"样板戏"还可以一分为二。我以为从总体上看,"样板戏"无功可录,罪莫大焉。不说这是"四人帮"反党夺权的工具(没有那样直接),也不说"八亿人民八出戏",把中国搞成了文化沙漠(这个责任不能由"样板戏"承担),只就"样板戏"的创作方法来看,可以说:其来有因,遗祸无穷。"样板戏"创作的理论根据是:革命的现实主义和革命的浪漫主义相结合(即所谓"两结合"),具体化,即是主题先行和"三突出"。"三突出"是于会泳的发明,即在所有的人物里突出正面人物,在正面人物中突出英雄人物,在英雄人物中突出主要英雄人物。这个阶梯模式的荒谬性过于明显了,以致江青都说:"我没有说过'三突出',我只说过'一突出'。"她所谓"一突出",即突出英雄人物。在这里,不想讨论英雄崇拜的是非,只是我知道江青的"英雄"是地火风雷,全然无惧,七情六欲,一概没有的绝对理想,也绝对虚假的人物。"主题先行"也是于会泳概括出来,上升为理论的,但是这种思想江青原来就有。她十分强调主题,抓一个戏总是从主题入手:主题不能不明确;这个戏的主题是什么;主题要通过人物来表现——也就是说人物是为了表现主题而设置的。她经常从一个抽象的主题出发,想出一个空洞的故事轮廓,叫我们根据这个轮廓去写戏,她曾经叫我们写一个这样的戏:抗日战争时期,从八路军派一个干部,打入草原,发动奴隶,反抗日本侵略者和附逆的王爷。我们为此四下内蒙,作了很多调查,结果是没有这样的事。我们还访问了乌兰夫同志,李井泉同志。李井泉同志(当时是大青山李支队的领导人)说:"我们没有干过那样的事,不干那样的事。"我们回来向于会泳汇报,说:"没有这样的生活",于会泳说了一句名言:"没有这样的生活更好,你们可以海阔天空。""样板戏"多数——尤其是后来的几出戏,就是这样无中生有,"海阔天空"地瞎编出来的。"三突出"、"主题先行"是根本违反艺术创作规律,违反现实主义的规律的。这样的创作方法把"样板戏"带进了一条绝径,也把中国的所有的文艺创作带进了一条绝径。直到现在,这种创作方法的影响还时隐时现,并未消除干净。

从局部看,"样板戏"有没有可以借鉴的经验?我以为是有的。"样板戏"试图解决现代生活和戏曲传统表演程式之间的矛盾,做了一些试验,并且取得了成绩,使京剧表现现代生活成为可能。最初的"样板戏"(《沙家浜》、《红灯记》)的创作者还是想沿着现实主义的路走下去的。他们写了比较口语化的唱词,希望唱词里有点生活气息,人物性格。有些唱词还有点朴素的生活哲理,如《沙家浜》的"人一走,茶就凉",《红灯记》的"穷人的孩子早当家"。到后来就全为空空洞洞的"豪言壮语"所代替了。"样板戏"的唱腔有一些是不好的。有一个老演员听了一出"样板戏"的唱腔,说:"这出戏的唱腔是顺姐的妹妹——

别妞（别扭）。"行腔高低，不合规律。多数"样板戏"拼命使高腔，几乎所有大段唱的结尾都是高八度。但是应该承认有些唱腔是很好听的。于会泳在音乐上是有才能的。他吸收地方戏、曲艺的旋律入京戏，是成功的。他所总结的慢板大腔的"三送"（同一旋律，三度移位重复），是很有道理的。他所设计的"家住安源"（《杜鹃山》）确实很哀婉动人。《海港》"喜读了全会的公报"的"二黄宽板"，是对京剧唱腔极大的突破。京剧加上西洋音乐，加了配器，有人很反对。但是很多搞京剧音乐的同志，都深感老是"四大件"（京胡、二胡、月琴、三弦）实在太单调了。加配器势在必行。于会泳在这方面是有贡献的，他所设计的幕间音乐与下场的唱腔相协调，这样的音乐自然地引出下面一场戏，不显得"硌生"，《智取威虎山》"打虎上山"的幕间曲可为代表。

"样板戏"与"文化大革命"相始终，在中国舞台上驰骋了十年。这是一个畸形现象，一个怪胎。但是我们还是应该深入、客观对它进行一番研究。"大百科全书"、《辞海》都应该收入这个词条。像现在这样，不提它，是不行的。中国现代戏曲史这十年不能是一页白纸。

一九八八年九月三十日

注　释

① 本篇原载《文艺研究》1989 年第三期；初收《汪曾祺全集》第四卷，北京师范大学出版社，1998 年 8 月。

关于作家和创作①

我写的东西很少,看的也不多,而且没有理论,不善于逻辑思维,亦无经验可言,与你们不同的一点就是岁数大一些。中国古人说一个人没出息在于"以年长人",我只剩下了"以年长人",因而今天只是随便漫谈。

第一个问题,作家要认清自己是什么样的作家,具备什么样的气质。法国的一位汉学家访问我时说:我首先问你一个你自己很难回答的问题,你觉得你在中国文学上的位置如何? 我们先撇开这个话题扯点别的。当时我问翻译要不要请这个法国人到家里吃顿饭,翻译说他很愿意到中国人家里吃饭。结果我亲自给他做了菜。法国人口味清淡,不吃猪肉,家里虽然有大虾,但法国海味很多,他不会感兴趣,给他吃牛排和鸡就更不行了。于是我琢磨了几个菜,非常简单,且不影响与他谈话。这几个菜之一是煮毛豆,把毛豆与花椒、大料、盐放在水里一煮;再一个是炒豆芽菜;还有一个是茶叶蛋。再说主食,吃面包不行,法国的面包是世界最好的,米饭也不会喜欢,结果我给他炒了一盆福建米粉,又做了碗汤。他连着说:"好吃,好吃。"抓起毛豆连皮整个儿往嘴里塞,法国人知道怎样吃大豆,但不知道毛豆的这种吃法。我问他在法国有没有炒豆芽菜,他说在中国饭店见过,他吃过,但我炒得更有些特点。其实我的豆芽菜很简单,炒时搁几粒花椒,炒完后把花椒去掉,起锅时喷点儿醋,所以很脆,不是咕嘟咕嘟煮出来的。鸡蛋全世界都有,但用茶叶煮鸡蛋他没吃过。炒米粉他也没吃过。另外我给他做了个汤。他不吃猪肉,我说我非得让你吃点,猪肉汤是用福建的燕皮丸做的。燕皮是把猪肉捣成泥掺点淀粉芡成的,像馄饨皮,里面包上精致的馅,他以为是馄饨,连说好吃。所以,让外国人能够欣赏,得是粗东西。

这位法国汉学家说了个笑话,说世界有四大天堂、四大地狱,四大天堂之一是中国的饭菜,之二是美国的工资,之三是日本的女人,之四是英国的住房;反过来,四大地狱是:日本的住房,美国的女人,英国的饭食,中国的工资。所以,我必须给他做地道的中国玩艺。也有人说,中国文学要走向世界必须有地道的中国味儿,跟中国菜似的。我为什么要给他做中国的家常菜呢?写作也一样,不但要有中国味儿,还得是家常的。家常菜也要做得很细致、很讲究。我做的那碗汤除了燕丸外还放了口蘑,但汤做好后我把口蘑捞出去了,只留下口蘑的香味鲜味。写作品也一样,要写得有中国味儿,且是普普通通的家常味,但制作时要很精致讲究,叫人看不出是讲究出来的。我喜欢琢磨做菜,有人称我是美食家。写作和做菜往往能够联系起来。那位法国汉学家问:"你自己觉得你在中国文学中的位置是什么?"这个问题很难回答,我说了两点:"首先我不是一个大作家,我的气质决定了我不能成为大作家。"我觉得作家有两类,一类写大作品,如托尔斯泰、巴尔扎克、福楼拜;另一类如契诃夫,他的小说基本上是短篇,有个西班牙作家叫阿佐林,阿佐林也写长篇,但他的长篇就像一篇篇的散文。所以,每个人概括生活的方法,是有所不同的。

作家应该读什么样的作品?我认为很简单,读与自己气质比较接近的作家的作品,文学史家应该全面完整,评论家可以有偏爱,但不可过度。一个作家,不单有偏爱,而且必须有偏爱。我承认你的作品很伟大,但我就是不喜欢。托尔斯泰的主要作品我都读过,倒是比较喜欢他的不太重要的作品,如《高加索的人》等。《战争与和平》从上大学开始,看了几次没看完,直到戴上右派帽子,下去劳动改造,想想得带几本经典的书,于是带两本《战争与和平》,好不容易看完了。巴尔扎克的东西了不得,百科全书,但我只是礼貌性地读他的作品。作家看东西可以抓起来就看,看不下去就丢一边。这样才可能形成你自己的风格,风格总是一些与你相近的作家对你施加影响,它不是平白无故形成的,总是受了某些作家的影响加上你自己的东西,形成独特的风格。完全不受人影响,独立自主地形成了一种风格,这不容易。在外国作家中,始终给我较大影响的是契诃夫，另外一个是西班牙作家阿佐林。法国作家中给我一定影响的是波特莱尔。苏联作家安东诺夫、舒克申的作品，我比较喜欢。一个作家要形成自己的风格，一方面要博览，另一方面要有偏爱，拥有自己所喜爱的作家。中国明朝散文家归有光对我影响极大，我并未读过他的全部作品。这是个很矛盾的人，一方面有正统的儒家思想，另一方面又有很醇厚的人情味，他写人事写得很平淡。他的散文自成一格。他的散文《项脊轩志》、《寒花葬志》、《先妣事略》给了我很深的影响。我认为归有光是中国的契诃夫。平平淡淡的叙述，平平淡淡的人事，在他笔下很有味儿。如《项脊轩志》中写项脊轩，又叫南阁子，文中有"吾妻归宁，述诸小妹语曰：'闻姊家有阁子，且何谓阁子也？'"他没有解释什么是阁子，仅记录了这句问。《项脊轩志》的结尾很动人，但写的极平淡，"庭有枇杷树，吾妻死之年所手植，今已亭亭如盖矣。"这个结尾相当动人。所以，我倾向于作家读那些与自己的气质相接近的作品。"我与我周旋久，宁做我。"

　　第二个问题是一个作家应该具备什么素质。首先要对生活充满惊奇感，充满兴趣，包括吃东西，听方言，当然最重要的是对人的兴趣。我写过一篇杂文，题目是《口味、耳音与兴趣》。有一次，遇一位中年妇女买牛肉，她问："牛肉怎么吃？"周围的人都很惊奇。她说："我们家从来不吃牛羊肉。""那你干嘛买牛肉？"她说："我的孩子大了，他们要到外地去，我要让他们习惯习惯。"这位母亲用心良苦，于是我给她讲了牛肉的各种做法。一个作家如果这也不吃那也不吃，口味单调可不是好事情。还要学会听各地的方言，作家要走南闯北，不一定要会说，但一定会听，对各地的语言都有兴趣。周立波是湖南人，但他写的《暴风骤雨》从对话到叙述语言充满了东北味儿。熟悉了较多的方言，容易丰富你自己的语感；熟悉了那个地方的语言，才能了解那个地方的艺术的妙处。作家对生活要充满兴趣，这种兴趣得从小培养。建议你们读读《从文自传》，他自称为顽童自传，我说他是美的教育，告诉人们怎样从小认识美、认识生活、认识生活的美。如这一段记述："学校在北门，我住的是西门，又进南门，再绕城大街一直走去，在南门河滩方面我还可看一阵杀牛,机会好时,恰好看到那头老实可怜的畜牲放倒的情形,因为每天可以看一点点,杀牛的手续与牛内脏的位置不久也就被我完全弄清楚了。再过去一点,是边街,有织席子的铺子,每天任何时间皆有几个老人坐在门口的小凳子上,用厚背的钢刀破篾,有两个小孩子蹲在地上织席子,(我对这行手艺所明白的种种,现在说来似乎比写字还在行。)……"这种随处流连是一个作家很重要的一个条件。有人问:你怎么成为作家了?我回答了四个大字:东张西望!我小时候就极爱东张西望。对生活要有惊奇感,很冷漠地看不行。一个作家应该有一对好眼睛、一双好耳朵、一只好鼻子,能看到、听到、闻到别人不大注意的东西。沈从文老师说他的心永远要为一种新鲜的颜色、新鲜的气味而动。作家对色彩、声音、气味的感觉应该比别人更敏锐更精细些。沈老师在好几篇小说中写到了对黄昏的感觉:黄昏的颜色、各种声音、黄昏时草的气味、花的气味,甚至甲虫的气味。简单地说,这些感受来自于观察、专注的观察,从观察中看出生活的美,生活的诗意。我小时候,常常在街上看打小罗汉、做竹器等,至今记忆犹新。当时有户人家的漆门上的蓝色对子"山似有骨撑千古,海经能容纳百川",不知不觉被我记住了。我写家乡的小说《大淖记事》,家乡人说写得很像。有人就问我弟弟:"你大哥小时候是不是拿笔记本到处记?"他们都奇怪我对小时候的事儿记得那么清楚。我说,第一,我没想着要当个作家;第二,那时候的纸是粗麻毛边纸,用毛笔写字、怎么记呀?为什么能住记呢?就是因为我比较细心地、专注地观察过这些东西,而且是很有兴趣观察。一个作家对生活现象要敏感,另外还应该培养形象记忆,不要拿笔记本记,那个形象就存在于你的大脑皮层中,形象的记忆储存多了,要写什么就可随时调动出来。当然,我说过,最重要的是对人的兴趣,有的人说的话,你一辈子忘不了。最近我发了一篇《安乐居》,写到一个上海老头,这个老头到小铺去喝酒,这个铺子喝一两,那个铺子喝一两。有人问他,他说:"我们喝酒的人,好像天上飞着的一只鸟,小酒店好像地上长的一棵树,鸟见了树总要落一落的。"他用上海话回答,很妙,翻成普通话就没意思了。作家不单是为了写东西而感受生活,问题是能否在生活中发掘和感受到东西。也不要求你一天到晚都去感觉。作家犹如假寐的狗,在迷迷糊糊的状态中,听到一点儿声音就突然惊醒。如果一个作家觉着生活本身没意思,活着就别当什么作家。对生活的浓厚兴趣是作家的职业病。阿城有一段时间去做生意,我问他做的怎么样,他说咱干不了那事,我问为什么,他说我跟人谈合同时,谈着谈着便观察起他来了。我说:你行,你能当个小说家。作为一个作家,最起码的条件就是对生活充满兴趣。

创作能否教,能否学,这是个世界性的争论问题,也牵扯到文学院的办学方针问题,多数人认为创作不能教,我大学时的一个老师说过:大学不承担培养作家的任务,作家不是大学里培养出来的,作家是社会培养的。这话有一定道理。也有人说创作可以教。其实教是可以教的,问题在于怎样教,什么样的人来教。如果把创作方法搞成干巴巴的理论性的东西,那接受不了,靠讲授学会创作是不可能的。按沈从文先生的观点说,不是讲在前,写在后。而是写在前,讲在后。你先写出来,然后再就你的作品谈些问题。沈先生曾教过我三门课,一门是《各体文习作》,一门是《创作实习》,还有一门《中国小说史》。前两门课程名称就很有意思,一个是习作、一个是实习。沈老师翻来覆去地讲一句话:要贴着人物来写。据我理解,小说里最重要的是人物,人物是小说里主要的和主导的东西,其他部分都是次要的或者说派生的。环境与气氛既是作者所感受到的,也必须是作品中人物所可能感受到的,景与人要交融在一起,写景实际也就写人,或者说这个景是人物的心灵所放射出来的。所以,气氛即人物,因为气氛浸透了人物。你所写的景是人物所感受到了,因而景是人物的一部分。写景包括叙述语言都受所写人物制约。有些大学生写农民,对话是农民味的,叙述语言则与农民不搭界,与人物便不够和谐。有一位青年作家以第一人称手法写一个小学生看他的女同学长得很纤秀。这不对,孩子没这种感觉,这个人物便假了。我有篇小说写一个山里的孩子到农业科学研究所当一个小羊倌,他的奶哥带他去温室看看,当时是冬天,他看到温室里许多作物感到很惊奇,大冬天温室里长着黄瓜、西红柿!"黄瓜这样绿,西红柿这样红,好像上了颜色一样。"完全是孩子的感觉。如果他说很鲜艳,那就不对了。我还写到一个孩子经过一片草原,草原上盛开着一大片马兰花,开的手掌般大,有好几里,我当时经过这片草原时感觉进入了童话世界,但写这个孩子则不能用"他仿佛走进了童话",因为这孩子是河北农村的,没有多少文化,根本不知道什么是童话。所以我只好放弃童话的感觉,写他仿佛在做梦,这是孩子有可能感觉到的,这种叙述语言比较接近孩子的感觉。所以我觉得议论部分、抒情部分,属于作者主观感受上的东西,一定要和所写人物协调。我年轻时候写人物对话总希望把对话写得美一点,抒情一点,带有一定的哲理,觉得平平常常的日常对话没意思。沈先生批评了我,他说:"你这个不是人物对话,是两个聪明脑壳打架,大家都说聪明话,平常人说话没这么说的。"因而,我有一个经验,小说对话一定要写得平平常常,普普通通,很日常化,但还很有味。随便把什么话记下来作为小说的对话也不行。托尔斯泰说:"人是不能用警句交谈的。"此话说得非常好!如若火车站候车室等车的人都在说警句,不免让人感到他们神经有问题。贴到人物来写最基本的就是作家的思想感情与人物的感情要贴切要一致,要能感同身受。作家的感情不能离开人物的感情。当然,作家与人物有三种关系:一种是仰视,属于高、大、全,英雄概念的;另一种是俯视的;还有一种是平等的。我认为作家与人物要采取平等态度。你不要有意去歌颂他,也不要有意去批判他,你只要理解他,才可能把人物写得亲切。一般来说,作家的感情应该与人物贴得很紧。也有人认为作家应该超脱开人物,这也是可以的。但就我自己来说,如果不贴着人物来写,便觉得笔下飘了,浮了,人物不一定是自己想写的人物了。而且,贴近人物容易有神来之笔,事先并未想到,由于你与人物共甘苦、同哀乐,构思中没想到的一些东西自然涌现了。我写小说的习惯是想到几乎能够背出来的程度再提笔。贴紧人物便会得到事先没想到的动人的东西。我写《大淖记事》中的小锡匠与挑夫的女儿要好,挑夫的女儿被一个地方武装的号长霸占,指使他的弟兄把小锡匠打死,但小锡匠没有死透,老锡匠使用尿碱来救他。小锡匠牙关紧闭,挑夫的女儿就在耳边说:十一子,你把它喝了吧。小锡匠便开了牙关。

　　一般说来,小说是语言的艺术,就好像音乐是旋律和节奏的艺术,绘画是色彩和线条的艺术。我觉得这种说法很奇怪,说这篇小说写得很好,就是语言不行。语言不好,小说怎么能写得出彩呢?就好像说这个曲子奏的不错,就是旋律不好,节奏不好,这是讲不通的。说这幅画很好,就是色彩不好,线条不好。离开了色彩和线条哪还有画?离开了节奏和旋律哪有音乐呢?我对语言有一心得,语言是本质的东西,语言不只是工具、技巧、形式。若干年前,闻一多先生写了篇文章叫《庄子》,其中说:"庄子的文字不单是表现思想的工具,似乎也是一种目的。"我觉得很对,文字就是目的。小说的语言不纯粹是外部的东西,语言和内容是同时存在,不可剥离的。我认为,语言就是内容,这可能绝对了一些。另外,作家的语言首先决定于作家的气质。有什么样的气质就有什么样的语言。一个作家的语言是他风格的一部分,法国的布封早就说过"风格即人"。或者还可以说,作家的语言也就是作家对生活的基本态度,一个作家的语言是别人不能代替的。鲁迅和周作人是哥俩,但语言决不一样。有些人的作品可以不署名,一看就知道。语言的特色一方面决定于作家的气质,另一方面决定于作家对于不同的人事的态度。鲁迅写《故乡》、《祝福》是一种语言,写《肥皂》、《高老夫子》又是一种语言。前一种是因为鲁迅对所写人、人事的态度。语言里很重要的是它的叙述语调,你用什么调子写这个人、这件事,就可看出作家对此人此事此种生活的态度。语言不在词藻,而在于调子。对人物的褒贬不在于他用了什么样的定语,而在于字里行间流露出的情感倾向。作家的倾向性就表现在他的语言里。中国的说法是褒贬,外国的说法是倾向性。褒贬不落在词句上,而在笔调上。中国的春秋笔法很好,它对人事不加褒贬,却有倾向性。《左传》中的《郑伯克段于鄢》,本是哥俩打仗,他们之间本没什么一定的谁是谁非。《史记》中叙述项羽与刘邦的语调截然不同。所以,我认为要探索一个作家的思想内涵,观察它的倾向性,首先必须掌握它的叙述语调。探索作家创作的内部规律、思维方式、心理结构,不能不琢磨作家的语言。鲁迅《故事新编》中的《采薇》写吃松针面,"他愈嚼,就愈皱眉,直着脖子咽了几咽,倒哇的一声吐出来了,诉苦似的看着叔齐道:'苦……粗……'。这时候,叔齐真好像落在深潭里,什么希望也没有了。抖抖的也拗了一角,咀嚼起来,可真也毫没有可吃的样子;苦……粗……"如果把"苦"、"粗"改成"苦涩"、"粗糙",那么鲁迅的温和的讽刺,鲁迅的幽默就全没了。所以,从众和脱俗看似矛盾其实是一回事。语言的独特不在于用别人不用的词,而在于他能在别人也用的词中赋予别人所想不到的意蕴。诗话中有谈到古诗:"白杨多悲风,萧萧愁煞人。"萧萧两字处处可用,用在此处则最佳。鲁迅所用的字人们也都用,但却用不出那味儿来。如鲁迅《祝福》中写鲁四老爷一见面便"是寒暄,寒暄之后说我'胖了',说我胖了之后即大骂其新党。但我知道,这并非借题在骂我……但是,谈话总也不投机,于是不多久,我便一个人剩在书房里。""剩"字很一般,但用得贴切、出众。沈先生的文章中有:"独自一人,坐在灌满了凉风的船头。""灌"字用得很好,又比如他写一个水手看人家打牌,说他"镶"在那里,太准确贴切了。语言是应该有独创性,但不能独创到别人不懂的地步,语言极重要的是要用字准。苏东坡写病鹤道:"三尺长胫搁瘦躯",这个"搁"字一下子就显出了生病的仙鹤。屠格涅夫的语言也相当准确,写伐木,"大树缓慢地庄重地……""庄重地"用得极妙,包含很多意思在内,融注了感情,这种语言是精到的。我写马吃夜草,琢磨了很久才写下"马在安静地、严肃地吃草料。"用词不必求怪,写出人人心中皆有、笔下却无的句子来就好。

还要注意吸收群众普普通通的语言,如若你留心,一天至少能搜集到三句好的语言。语言为什么美,首先在于能听懂,而且能记住。有一次宣传交通安全的广播车传出这样的话:横穿马路,不要低头猛跑。此话相当简炼准确,而且形象。还有一次看到一个派出所宣传夏令卫生,只有一句话,很简单,但很准确,"残菜剩饭必须回锅见开再吃。"此句中一个字也不能改动。街上修钥匙的贴了这样一张条:"照配钥匙,立等可取。"简炼到极点。语言要讲艺术性,给人一种美感,同时要产生实际作用。西四牌楼附近有个铺子边贴了张纸条写道:"出售新藤椅,修理旧棕床。"这就很讲艺术性,平仄不很规整,但还是对仗的。我在张家口劳动时,群众批评一个有英雄主义的人说:"一个人再能当不了四堵墙,旗杆再高还得两块石头夹住。"这话非概念化,但极有哲理。在宁夏时有位朋友去参加"花儿会",在路上发现一对婆媳一路上的对话都是诗,都是押韵的。媳妇到娘娘庙去求子,跪下来祷告词极棒。她说:"今年来,我是跟您要着;明年来,我是手里抱着,咯咯嘎嘎地笑着。"我的朋友说:"我还没听过世界上这么美丽的祷告词。"所以,群众语言是非常丰富的,要注意从群众语言中吸取营养。另外,还要向过去的作品学习,古文这一课还是应该补上;其次,还应该同民间文学学习,学一点民歌。不读若干首民歌,当不好作家。学习民歌对我的写作极有好处。这是我的由衷之言,特别是它们影响了我的语言和叙述方法。我学习的民歌主要是抒情性的,有时便想,民歌中有哲理诗吗?后来碰上一首,是写插秧的:"赤脚双双来插田,低头看见水中天。行行插得齐齐整,退步原来是向前。"再其次,也要读一点严肃文学以外的东西。如戏曲等,那里面往往有许多对写小说有启发的东西。

注　释

① 本篇系 1988 年 9 月作者为鲁迅文学院"文艺学·文学创作"研究生班的讲课记录,原载《人民文学》(函授版)1988 年;又载鲁迅文学院内部刊物《文学院》2004 年第二期,题为"汪曾祺谈创作"。

甓 射 珠 光 ①

我小时学刻图章,第一块刻的是长方形的阳文:"珠湖人"。

沈括《梦溪笔谈》:

> 嘉祐中,扬州有一珠甚大,天晦多见。初出于天长县陂泽中,后转入甓社湖,又后乃在新开湖中,凡十余年,居民行人,常常见之。予友人书斋在湖上,一夜忽见其珠甚近。初微开其房,光自吻中出,如横一金线;俄顷忽张壳,其大如半席,壳中白光如银,珠大如拳,烂然不可正视,十余里间林木皆有影,如初日所照,远处但见天赤如野火;倏然远去,其行如飞,浮于波中,杳杳如日。古有明月之珠,此珠殊不类月,荧荧有芒焰,殆类日光。崔伯易尝为《明珠赋》。伯易,高邮人,盖常见之。近岁不复出,不知所往。樊良镇正当珠往来处,行人至此,往往维船数宵以待现,名其亭为"玩珠"。

这就是所谓"甓射珠光"。甓射湖即高邮湖。"甓射珠光"是"秦邮八景"之一,甚至是八景之首。因为曾经有过那么一颗珠子,高邮湖又称"珠湖"。这个地名平常不大有人用,只有画家题画时偶尔一用。

关于这颗珠子最早的记载大概是沈括的《笔谈》(崔伯易的《明珠赋》今不传)。这则笔谈不但详细,而且写得非常生动,使人有如目睹。"十余里间林木皆有影,如初日所照,远处但见天赤如野火;倏然远去,其行如飞,浮于波中,杳杳如日"这是何等神奇的景象呵!我们小时候都听大人谈过这颗神珠,与《笔谈》所记相差不多,其所根据,大概也就是《笔谈》。高邮人都应该感谢沈括,多亏他记载了这颗珠子,使我们的家乡多了一笔美丽的虹彩。否则,即使口耳相传,一代又一代,因为不曾见诸文字,听的人也是不会相信的,因为这颗珠子实在太"神"了。

沈括的记载大概是可靠的。沈括是个很严肃的人,《笔谈》虽亦记"神奇"、"异事",但他不是专门搜神志怪的人,即使是神奇、异事,也多有根据,不是道听途说,捕风捉影。这则《笔谈》所以可信,一是有准确的时间,"嘉祐中"(距今约930年);二是他是亲自听"友人"说的。这位友人不会造谣。

这究竟是什么东西?曾经有人写过一篇文章,认为这是从外星发来的异物,地球上是不可能有发出那样的强光,其行如飞的东西的。这只是猜测。我宁可相信,这就是一颗很大的珠子。这颗大珠子早已不知所往,不会再出现了(多么神奇的珠贝也活不到九百多年)。但是它会永远存在于人们的想象之中。在修县志时也不妨仍然把"蚌射珠光"这个事实上不存在的一景列入"八景"之中。珠子没有了,湖却是在的。

我刻的那块"珠湖人"的图章早已不知去向。我还记得图章的样子,长一寸,阔三分,是一块肉红色的寿山石。

一九八八年十月八日

注 释

① 本篇原载 1988 年 11 月 17 日《中国物资报》;初收《汪曾祺全集》第四卷,北京师范大学出版社,1998 年 8 月。

早 茶 笔 记(三则)①

解题: 我每天早起第一件事便是喝茶。喝茶就是喝茶而已,和我们家乡"吃早茶"不一样。我的家乡人有吃早茶的习惯。吃早茶其实是吃早点,吃包子、蒸饺、烧卖,还有煮干丝或烫干丝,有点像广东的"饮茶",——当然,茶是要喝的。扬州一带人"早上皮包水",即是指的吃早茶。我空着肚子喝茶时总要一个人坐着胡思乱想。有时想到一点有意思的事,就写了下来。把这些随手写下来的片段叫个什么名字好呢?就叫做《早茶笔记》吧。

我是爱读笔记的。我的某些小说也确是受了笔记的影响,但我并无创立现代笔记小说这一文体之意。现在有的评论家像这样的称呼我的小说了,也是可以的吧。

现代笔记小说当然是要接续古代笔记小说的传统的,但是不必着意摹仿古人。既是现代笔记,总得有点"现代"的东西。第一是思想,不能太旧;第二是文笔,不能有假古董气。老实说,现在笔记体小说颇为盛行,我是有几分担心的。

断　　笔

这个故事已经有很多人写过了。

昆明人都知道这个故事。

昆明西山龙门,陡峭壁立,直上直下。登龙门,俯瞰滇池,帆影烟波,尽在眼底。不能久看,久看使人眩目。山顶有座魁星阁。据说由山下登山的石级,魁星阁,是一个道士以一人之力依山形开凿出来的。魁星阁的阁顶、屋脊、梁柱都是在整块的岩石山凿出来的。阁中的魁星像也是就特意留出的一块青石上凿成的。这道士把魁星像凿成了，只剩下魁星手中点斗的一枝笔了，他松了一口气，微微一笑。不想手中的錾子用力稍猛，铿的一声，笔断了！道士扔下锤子錾子，张开双臂，从山上跳了下去。

（现在魁星手中的笔是后配的。）

这个故事是真实的吗？

故事也许是虚构的。

但是故事的思想是真实的。

八 指 头 陀

八指头陀法号指南，是我的祖父学佛的师父。他原是我们县最大的寺庙善因寺的方丈，退居后住在三圣庵。祖父曾带我去看过他（我到现在还不明白祖父为什么要带我去看这位老和尚，那时我还很小）。三圣庵是一个很小的庙子，地方很荒僻，在大淖旁边，周围没有人家，只是一些黄叶枯枝的杂树林子，一片吐着白絮的芦苇。一条似有若无的小路，小路平常似乎没有人走。小路尽处，是一个青砖瓦顶的小庵，孤伶伶的。

我记不清老和尚的年龄，只记得他干瘦干瘦的，穿了一件很旧的，但是干干净净的衲衣。

指南和尚没有什么特别处。一是他退居得比较早（后来善因寺的方丈是他的徒弟铁桥），一是祖父告诉我，他曾在香炉里把两只手的食指烧掉，因此自号八指头陀。

我没有看见他烧掉食指的手是什么样子，因为他始终把他的手放在衲衣的袖子里。

我不知道和尚为什么要烧掉手指，我想无非是考验自己的坚忍吧。不管怎么说，这是常人办不到的。

祖父对他很恭敬。我对他也很恭敬。我一直记得那座隐藏在黄叶芦苇中的小庵。

耿庙神灯

我小时候非常向往耿庙神灯,总希望能够看到一次。

天气突变,风浪大作,高邮湖上,天色浓黑,伸手不见五指,客船、货船、渔船全都失去方向,在大风浪里乱转,弄船的舵师水手惊慌失措。正在危急之际,忽然抬头一望,只见半空中出现了红灯。据说,有时两盏,有时四盏,有时六盏,多的时候能有八盏。或排列整齐,或错落有序,微微起落,红光熠熠。水手们欢呼:"七公显灵了!七公显灵了!"船户朝红灯奋力划去,就会直达高邮县城。这就是"耿庙神灯","秦邮八景"之一。

多美的红灯呀!

七公是真有这个人的,姓耿,名遇德,生于北宋大中五年,山东兖州府东平州梁山泊人,排行第七,人称七公。后来隐居高邮,在高邮湖边住,有人看到他坐了一个蒲团泛湖上。

七公为高邮人做了很多好事,死后邑人为他立了庙,叫做"七公殿"。

有一年,运河决口,黑夜中见一盏红灯渐渐移近决口处,不知从哪里漂来很多柴草,把决口堵住了。人们隐隐约约看到一个紫衣人坐在柴草上,相貌很像七公殿里的七公塑像。

七公殿是一座庙,也是一个地名。我们小时常到七公殿去玩。

我的侄孙辈大概已经不知道什么"耿庙神灯"了。

一九八八年十月二十一日

注 释

① 本篇原载《今古传奇》1989 年第二期;初收《汪曾祺全集》第四卷,北京师范大学出版社,1998 年 8 月。

贾平凹其人①

贾平凹是当代中国作家里的奇才。他今年三十七岁,写了三十八本书。短篇、中篇、长篇都写。散文自成一格。间或也写诗。他的书摆在地下,可以超过他的膝盖。写得多的作家也有。有人长篇不过月,中篇不过周,短篇不过夜。写得多,而不滥,少。

平凹是商州人,对于中国古代文物古迹,尤其是秦汉时期的,有相当广博的知识,极高的鉴赏力,和少见的热情,平凹的书斋静虚村里就有好些坛坛罐罐,他朝夕和这些东西相对,摩挲拂拭,乐在其中。平凹是农家子,后来读了西北大学中国文学系,比较系统地泛览过中国古典文学。这样,他就不是一般意义上的"农民作家"。他读老子,读庄子,也读禅宗语录。他对三教九流、医卜星相都有兴趣,都懂一点。这些,他都是视为一种文化现象来理解,来探究的。他的《浮躁》写的是一条并不存在的州河两岸土著居民在开放改革的激变中的形形色色的文化心理的嬗递,没有停留在河上的乡镇企业、商业的隆替上。他把这种心理状态概括为"浮躁",是具有时代特点的。这样,这本小说就和同类的写改革的小说取了不同的角度,也更为深刻了。

平凹的小说取名《浮躁》,他的书斋却叫做"静虚村",这很有意思。"静虚"是老子思想。唯静与虚,冷冷淡淡,作者才能看清世态,洞悉人心。平凹确实是一个很平易淡泊的人。从我和他的接触中,他全无"作家气"。在稠人广众之中,他总是把自己缩小到最小限度。他很寡言,但在闲谈中极富机智,极富幽默感。作为"飞马奖"的评委,我觉得我们选了一本好书,也选了一个好人,我很高兴。

平凹的爱人小韩问平凹:你在创作上还有多少潜力?平凹说:我还刚刚才开始呢!他这样年轻,又有写不尽的,源源不竭的商州生活,这真是值得羡慕。但是我希望平凹重新开始时,写得轻松一点,缓慢一点,不要这样着急。从另一方面说,《浮躁》确实又写得还有些躁,尤其是后半部。人物心理,景物,都没有从容展开,忙于交待事件,有点草草收兵。作为象征的州河没有自始至终在小说里流动。

平凹将要改变"似乎严格的写实方法","去干一种自感受活的事"。我也觉得这种严格的写实方法对平凹是一种限制。我希望他以后的写作更为"受活"。首先,从容一点。

一九八八年十一月四日

注　释

①　本篇原载《瞭望周刊》第五十期(1988 年 12 月 12 日出版)。该刊在贾平凹的长篇小说《浮躁》获得 1988 年美国美孚"飞马文学奖"后组织该奖项评委作笔谈,总题为《〈浮躁〉四人谈》,其余三人为唐达成、萧乾、刘再复。

野鸭子是候鸟吗？[①]

——美国家书

　　爱荷华河里常年有不少野鸭子，游来游去，自在得很。听在这个城市里住了二十多年的老住户说，这些野鸭子原来也是候鸟，冬天要飞走的（爱荷华气候跟北京差不多，冬天也颇冷，下大雪），近二三年，它们不走了，因为吃得太好了。你拿面包扔在它们的身上，它们都不屑一顾。到冬天，爱荷华大学的学生用棉花给它们在大树下絮了窝，它们就很舒服地躲在里面。它们不但是"寓公"，简直像要永久定居了。动物的生活习性也是可以改变的。这些野鸭都长得极肥大，看起来和家鸭差不多。

　　在美国，汽车压死一只野鸭子是要罚钱的。高速公路上有一只野鸭子，汽车就得停下来，等它不慌不忙地横穿过去。

　　诗人保罗·安格尔的家（他家的门上钉了一块铜牌，下面一行是安格尔的姓，上面一行是两个隶书的中国字"安寓"，这一定是夫人聂华苓的主意）在一个小山坡上，下面即是公路。由公路到安寓也就是二百米。他家后面有一小块略为倾斜的空地。每天都有一些浣熊来拜访。给这些浣熊投放面包，成了安格尔的日课。安格尔七十九岁生日，我写了一首打油诗送给他，中有句云：

> 心闲如静水，
>
> 无事亦匆匆。
>
> 弯腰拾山果，
>
> 投食食浣熊。

　　聂华苓说："他就是这样，一天为这样的事忙忙叨叨。"浣熊有点像小熊猫,尾巴有节,但较短,颜色则有点像大熊猫,黑白相间,胖乎乎的,样子很滑稽。它们用前爪捧着面包片,忙忙地嚼啮,有时停下来,向屋里看两眼。我们和它们只隔了一扇安了玻璃的门,真是近在咫尺。除了浣熊,还有鹿。有时三只,四只,多的时候会有七只。安格尔喂它们玉米粒,它们的"餐厅"地势较浣熊的略高,玉米粒均匀地撒在草地上。一般情况下,它们大都在下午光临。隔着窗户,可以静静地看它们半天。它们吃玉米粒,安格尔和我喝"波尔本",彼此相安无事。离开汽车不断奔驰的公路只有两百米的地方有浣熊,有鹿,这在中国是不可想象的事。乌热尔图②曾和安格尔开玩笑,说:"我要是有一支枪,就可以打下一只鹿",安格尔说:"你拿枪打它,我就拿枪打你!"

美国的动物不知道怕人。我在爱荷华大学校园里看见一只野兔悠闲地穿过花圃,旁若无人。它不时还要停下来,四边看看。它是在看风景,不是看有没有"敌情"。

在斯勃凌菲尔德的林肯故居前草地看见一只松鼠走过。我在中国看到的松鼠总是窜来窜去,惊惊慌慌,随时作逃走的准备,像这样在平地上"走"着的松鼠,还是头一次见到。

白宫前面草坪上有很多松鼠,有人用面包喂它们,松鼠即于人的手掌中就食,自来自去,对人了无猜疑。

在保护动物这一点上,我觉得美国人比咱们文明。他们是绝对不会用枪打死白天鹅的。

一九八八年十一月七日

注 释

① 本篇原载 1988 年 11 月 20 日《经济日报》;初收《汪曾祺全集》第四卷,北京师范大学出版社,1998 年 8 月。

② 乌热尔图,我国鄂温克族小说家。

淡 淡 秋 光①

秋葵·凤仙花·秋海棠

秋葵叶似鸡脚,又名鸡脚葵、鸡爪葵。花淡黄色,淡若无质。花瓣内侧近蒂处有檀色晕斑。花心浅白,柱头深紫。秋葵不是名花,然而风致楚楚。古人诗说秋葵似女道士,我觉得很像,虽然我从未见过一个女道士。

凤仙花有单瓣、复瓣。单瓣者多为水红色。复瓣者为深红、浅红、白色。复瓣者花似小牡丹,只是看不见花蕊。花谢,结小房如玉搔头。凤仙花极易活,子熟,花房裂破,子实落在泥土、砖缝里,第二年就会长出一棵一棵的凤仙花,不烦栽种。凤仙花可染指甲。凤仙花捣烂,少加矾,用花叶包于指尖,历一夜,第二天指甲就成了浅浅的红颜色。北京人即谓凤仙为"指甲花"。现在大概没有用凤仙花染指甲的了,除非偏远山区的女孩子。

我们那里的秋海棠只有一种,矮矮的草本,开浅红色四瓣的花,中缀黄色的花蕊如小绒球。像北京的银星海棠那样硬杆、大叶、繁花的品种是没有的。

我母亲生肺病后(那年我才三岁)移居在一小屋中,与家人隔离。她死后,这间小屋就成了堆放她生前所用家具什物的贮藏室。有时需要取用一件什么东西,我的继母就打开这间小屋,我也跟着进去看过。这间小屋外面有一小天井,靠墙有一个秋叶形的小花坛。花坛里开着一丛秋海棠。也没有人管它,它自开自落。我母亲没有给我留下什么记忆。我记得的只有两件事。一件是我父亲陪母亲乘船到淮安去就医,把我带在身边。船篷里挂了好些船家自腌的大头菜(盐腌的,白色,有点像南浔大头菜,不像云南的"黑芥"),我一直记着这大头菜的气味。另一件便是这丛秋海棠。我记住这丛秋海棠的时候,我母亲去世已经有两三年了。我并没有感伤情绪,不过看见这丛秋海棠,总会想到母亲去世前是住在这里的。

香橼·木瓜·佛手

我家的"花园"里实在没有多少花。花园里有一座"土山"。这"土山"不知是怎么形成的,是一座长长的隆起的土丘。"山"上只有一棵龙爪槐,旁枝横出,可以倚卧。我常常带了一块带筋的酱牛肉或一块榨菜,半躺在横枝上看小说,读唐诗。"山"的东麓有两棵碧桃,一红一白,春末开花极繁盛。"山"的正面却种了四棵香橼。我不知道我的祖父在开园堆山时为什么要栽了这样几棵树。这玩意就是"橘逾淮南则为枳"的枳(其实这是不对的,橘与枳自是两种)。这是很结实的树。木质坚硬,树皮紧细光滑。叶片经冬不凋,深绿色。树枝有硬刺。春天开白色的花。花后结圆球形的果,秋后成熟。香橼不能吃,瓤极酸涩,很香,不过香得不好闻。凡花果之属有香气者,总要带点甜味才好,香橼的香气里却带有苦味。香橼很肯结,树上累累的都是深绿色的果子。香橼算是我家的"特产",可以摘了送人。但似乎不受欢迎。没有什么用处,只好听它自己碧绿地垂在枝头。到了冬天,皮色变黄了,放在盘子里,摆在水仙花旁边,也还有点意思,其时已近春节了。总之,香橼不是什么佳果。

香橼皮晒干,切片,就是中药里的枳壳。

花园里有一棵木瓜,不过不大结。我们所玩的木瓜都是从水果摊上买来的。所谓"玩",就是放在衣口袋里,不时取出来,凑在鼻子跟前闻闻。——那得是较小的,没人在口袋里揣一个茶叶罐大小的木瓜的。木瓜香味很好闻。屋子里放几个木瓜,一屋子随时都是香的,使人心情恬静。

我们那里木瓜是不吃的。这东西那么硬,怎么吃呢?华南切为小薄片,制为蜜饯。——厦门人是什么都可以做蜜饯的,加了很多味道奇怪的药料。昆明水果店将木瓜切为大片,泡在大玻璃缸里。有人要买,随时用筷子夹出两片。很嫩,很脆,很香。泡木瓜的水里不知加了什么,否则这木头一样的瓜怎么会变得如此脆嫩呢?中国人从前是吃木瓜的。《东京梦华录》载"木瓜水",这大概是一种饮料。

佛手的香味也很好。不过我真不知道一个水果为什么要长得这么奇形怪状!佛手颜色嫩黄可爱。《红楼梦》贾母提到一个蜜腊佛手,蜜腊雕为佛手,颜色、质感都近似,设计这件摆设的工匠是个聪明人。蜜腊不是很珍贵的玉料,但是能够雕成一个佛手那样大的蜜腊却少见,贾府真是富贵人家。

佛手、木瓜皆可泡酒。佛手曲微有黄色,木瓜酒却是红色的。

橡　栗

橡栗即"狙公赋芋"的芋,不知道为什么我们小时候却叫它"茅栗子"。这是"形近而讹"么?不过我小时候根本不认得这个"芋"字。橡即栎。我们也不认得"栎"字,只是叫它"茅栗子树"。我们那里茅栗子树极少,只有西门外小校场的西边有一棵,很大。到了秋天,茅栗子熟了,落在地下,我们就去捡茅栗子玩。茅栗有什么好玩的?形状挺有趣,有一点像一个小坛子,不过底是尖的。皮色浅黄,很光滑。如此而已。我们有时在它的像个小盖子似的蒂部扎一个小窟窿,插进半截火柴棍,成了一个"捻捻转"。用手一捻,它就在桌面上旋转,像一个小陀螺。如此而已。

小校场是很偏僻的地方,附近没有什么人家。有一回,我和几个女同学去捡茅栗子,天黑下来了,我们忽然有些害怕,就赶紧往城里走。路过一家孤零零的人家门外,门前站着一个岁数不大的人,说:"你们要茅栗子么?我家里有!"我们立刻感到:这是个坏人。我们没有搭理他,只是加快了脚步,拼命地走。我是同学里的唯一的男子汉,便像一个勇士似的走在最后。到了城门口,发现这个坏人没有跟上来,才松了一口气。当时的紧张心情,我过了很多年还记得。

梧　桐

一叶落而知天下秋,梧桐是秋的信使。梧桐叶大,易受风。叶柄甚长,叶柄与树枝连接不很结实,好像是粘上去的。风一吹,树叶极易脱落。立秋那天,梧桐树本来好好的,碧绿碧绿,忽然一阵小风,欻的一声,飘下一片叶子,无事的诗人吃了一惊:啊!秋天了!其实只是桐叶易落,并不是对于时序有特别敏感的"物性"。梧桐落叶早,但不是很快就落尽。《唐明皇秋夜梧桐雨》证明秋后梧桐还有叶子的,否则雨落在光秃秃的枝干上,不会发出使多情的皇帝伤感的声音。据我的印象,梧桐大批地落叶,已是深秋,树叶已干,梧桐籽已熟。往往是一夜大风,第二天起来一看,满地桐叶,树上一片也不剩了。

梧桐籽炒食极香,极酥脆,只是太小了。

我的小学校园中有几棵大梧桐,大风之后,我们就争着捡梧桐叶。我们要的不是叶片,而是叶柄。梧桐叶柄末端稍稍鼓起,如一小马蹄。这个小马蹄纤维很粗,可以磨墨。所谓"磨墨",其实是在砚台上注了水,用粗纤维的叶柄来回磨蹭,把砚台上干硬的宿墨磨化了,可以写字了而已。不过我们都很喜欢用梧桐叶柄来磨墨,好像这样磨出的墨写出字来特别的好。一到梧桐落叶那几天,我们的书包里都有许多梧桐叶柄,好像这是什么宝贝。对于这样毫不值钱的东西的珍视,是可以不当一回事的么?不啊!这里凝聚着我们对于时序的感情。这是"俺们的秋天"。

一九八八年十一月九日

注　释

①　本篇原载《散文世界》1989 年第一期;初收《汪曾祺全集》第四卷,北京师范大学出版社,1998 年 8 月。

小 说 陈 言①

抓 住 特 点

　　杨慎《升庵诗话》卷四《劣唐诗》："学诗者动辄言唐诗,便以为好,不思唐人有极恶劣者。"他举了一些劣诗,如"莫将闲话当闲话,往往事从闲话生",这真是"下净优人口中语"。但他又举"水牛浮鼻渡,沙鸟点头行",以为这也是劣诗,我却未敢同意。水牛浮鼻而渡,这是江南水乡随时可见到的景象,许多画家都画过,但是写在诗里却是唯一的一次。"沙鸟点头行"尤为观察入微。这一定不是野鸭子那样的水鸟,水鸟走起来是一摇一摆的。这是长腿的沙鸟。只有长腿鸟"行"起来才是一步一点头。这不是劣诗。这也许不算好诗,但是是很好的小说语言,因为一下子抓住了特点。

　　写景、状物,都应该抓住特点。写人尤当如此。宋朝有一个皇帝,要接见一个从外省调进京的官,他怕自己认不出这个官(同时被接见的还有别的人),问一个大臣,这个官长得什么模样。大臣回答:"这个人很好认,他长得是个西字脸。"第二天接见,皇帝一直忍不住笑。一个人长得一个西字脸是很好笑的。我们不但可以想见此人的脸型,还仿佛看见他的眉眼。这位大臣很能抓住人的特点。鲁迅写高老夫子的步态,"像木匠牵着的钻子,一扇一扇地直走",此公形象,如在目前。因为有特点。

虚　　构

小说就是虚构。

纪晓岚对蒲松龄《聊斋》多虚构很不以为然：

> 小说既述见闻，即属叙事，不比戏场关目，随意装点。……今嬿昵之词，媟狎之态，细微曲折，摹绘如生，使出自言，似无此理，使出作者代言，则何从而见闻，又所未解也。

这位纪文达公（纪晓岚谥号）真是一个迂夫子。他以为小说都得是记实，不能"装点"。照他的看法，"嬿昵之词，媟狎之态"都不能有。如果把这些全去掉，《聊斋》还有什么呢？

不但小说，就是历史，也不能事事有据。《史记》写陈涉称王后，乡人入宫去见他，惊叹道："夥颐！涉之为王沉沉者！"写得很生动。但是，司马迁从何处听来？项羽要烹了刘邦的老爹，刘邦答话："吾翁即若翁，必欲烹若翁，则幸分我一杯羹。"刘季的无赖嘴脸如画。但是我颇怀疑，这是历史还是小说？历来的历史家都反对历史里有小说家言，正足以说明这是很难避免的。因为修史的史臣都是文学家，他们是本能地要求把文章写得生动一些的。历史材料总不会那样齐全，凡有缺漏处，史臣总要加以补充。补充，即是有虚构，有想象。这样本纪、列传才较完整，否则，干巴嗤咧，"断烂朝报"。

但是，虚构要有生活根据，要合乎情理，嘉庆二十三年，涪陵冯镇峦远村氏《读〈聊斋〉杂说》云：

> 昔人谓：莫易于说鬼，莫难于说虎。鬼无伦次，虎有性情也。说鬼到说不来处，可以意为补接；若说虎到说不来处，大段著力不得。予谓不然。说鬼亦要有伦次，说鬼亦要得性情。谚语有之："说谎亦须说得圆"，此即性情伦次之谓也。试观《聊斋》说鬼狐，即以人事之伦次，百物之性情说之。说得极圆，不出情理之外；说来极巧，恰在人人意愿之中。虽其间亦有意为补接，凭空捏造处，

亦有大段吃力处,然却喜其不甚露痕迹牵强之形,故所以能令人人首肯也。

这说得不错。

"虚构"即是说谎,但要说得圆。我们曾照江青的指示,写一个戏:八路军派一个干部,进入蒙古草原,发动王府的奴隶,反抗日本侵略者和附逆的王爷(这是没有发生过,不可能发生的事)。这位干部怎样能取得牧民的信任呢?蒙古草原缺盐。盐湖都叫日本人控制起来了。一个蒙奸装一袋盐到了一个"浩特",要卖给牧民。这盐是下了毒的。正在紧急关头,八路军的干部飞马赶到,说:"这盐不能吃!"他把蒙奸带来的盐抓了一把,放在一个碗里,加了水,给一条狗喝了。狗伸伸四条腿,死了。下面的情节可以想象:八路军干部揭露蒙奸的阴谋,并将自己带来的盐分给牧民,牧民感动,高呼"共产党万岁!"这个剧本提纲念给演员听后,一个演员提出:"大牲口喂盐,有给狗喝盐水的吗?狗肯喝吗?就是喝,台上怎么表演?哪里去找这样一个狗演员?"这不是虚构,而是胡说八道。因为,无此情理。

《阿Q正传》整个儿是虚构的。但是阿Q有原型。阿Q在被判刑的供状上画了一个圆圈,竭力想画得圆,这情节于可笑中令人深深悲痛。竭力想把圈画得圆,这当然是虚构,是鲁迅的想象。但是不识字的愚民不会在一切需要画押的文书上画押,只能画一个圆圈(或画一个"十"字)却是千真万确的。这一点,不是任意虚构。因此,真实。

干　净

扬州说书艺人授徒,在家中设高桌(过去扬州说书都是坐在高桌后面),据案教学生,每天只教二十句。学生每天就说这二十句,反复说,要说得"如同刀切水洗的一般"。"刀切水洗",指的是口齿清楚,同时也包含叙事干净,不拖泥带水。

过去说文章,常说简练。"简练"一词,近年不大有人提,为一些青年作者和评论家所厌闻。他们以为"简练"意味简单、粗略、浅。那么,咱们换一个说法:干净。"干净"不等于不细致。

张岱《陶庵梦忆·柳敬亭说书》:"余听其说'景阳冈武松打虎'白文,与本传大异。其描写刻画,微入毫发,然又找截干净,并不唠叨。"说书总要有许多枝杈,北方评书艺人称长篇评书为"蔓子活",如瓜牵蔓。但不论牵出去多远,最后还能"找"回来,来龙去脉,清清楚楚。扬州王少堂说《水浒》,"武十回"、"宋十回"、"卢十回",一回是一回,有起有落,有放有收。

因为参加"飞马奖"的评选,我读了一些长篇小说,一些作品给我一个印象,是:芜杂。

芜杂的原因之一,是材料太多,什么都往里搁,以为这样才"丰富",结果是拥挤不堪,人物、事件、情景,不能从容展开。

第二是作者竭力要表现哲学意蕴。这大概是受了西方现代主义的影响和青年评论家的怂恿(以为这样才"深刻")。作者对自己要表现的哲学似懂非懂,弄得读者也云苫雾罩。我不相信,中国一下子出了这么多的哲学家。我深感目前的文艺理论家不是在谈文艺,而是在谈他们自己也不太懂的哲学,大家心里都明白,这种"哲学"是抄来的。我不反对文学作品中的哲学,但是文学作品主要是写生活。只能由生活到哲学,不能由哲学到生活。

第三,语言不讲究,啰嗦,拖沓。

重读《丧钟为谁而鸣》,觉得海明威的叙述是非常干净的。他没有想表现什么"思想",他只是写生活。

我希望更多地看到这样的小说:明明白白,清清楚楚,干干净净。

一九八八年十一月十三日

注　释

① 本篇原载《小说选刊》1989 年第一期;初收《汪曾祺全集》第四卷,北京师范大学出版社,1998 年 8 月。

吴大和尚和七拳半①

我的家乡有"吃晚茶"的习惯。下午四五点钟，要吃一点点心，一碗面，或两个烧饼或"油端子"。1981 年，我回到阔别 40 余年的家乡，家乡人还保持着这个习惯。一天下午，"晚茶"是烧饼。我问："这烧饼就是巷口那家的？"我的外甥女说："是七拳半做的。""七拳半"当然是个外号，形容这人很矮，只有七拳半那样高，这个外号很形象，不知道是哪个尖嘴薄舌而又极其聪明的人给他起的。

我吃着烧饼，烧饼很香，味道跟 40 多年前的一样，就像吴大和尚做的一样。于是我想起吴大和尚。

我家除了大门、旁门，还有一个后门。这后门即开在吴大和尚住家的后墙上。打开后门，要穿过吴家，才能到巷子里。我们有时抄近，从后门出入，吴大和尚家的情况看得很清楚。

吴大和尚（这是小名，我们那里很多人有大名，但一辈子只以小名"行"）开烧饼饺面店。

我们那里的烧饼分两种。一种叫作"草炉烧饼"，是在砌得高高的炉里用稻草烘熟的。面粗，层少，价廉，是乡下人进城时买了充饥当饭的。一种叫作"桶炉烧饼"。用一只大木桶，里面糊了一层泥，炉底燃煤炭，烧饼贴在炉壁上烤熟。"桶炉烧饼"有碗口大，较薄而多层，饼面芝麻多，带椒盐味。如加钱，还可"插酥"，即在擀烧饼时加较多的"油面"，烤出，极酥软。如果自己家里拿了猪油渣和霉干菜去，做成霉干菜油渣烧饼，风味独绝。吴大和尚家做的是"桶炉"。

原来，我们那里饺面店卖的面是"跳面"。在墙上挖一个洞，将木杠插在洞内，下置面案，木杠压在和得极硬的一大块面上，人坐在木杠上，反复压这一块面。因为压面时要一步一跳，所以叫作"跳面"。"跳面"可以切得极细极薄,下锅不浑汤,吃起来有韧劲而又甚柔软。汤料只有虾子、熟猪油、酱油、葱花,但是很鲜。如不加汤,只将面下在作料里,谓之"干拌",尤美。我们把馄饨叫作饺子。吴家也卖饺子。但更多的人去,都是吃"饺面",即一半馄饨,一半面。我记得 40 年前吴大和尚家的饺面是 120 文一碗,即 12 个当 10 铜元。

吴家的格局有点特别。住家在巷东,即我家后门之外,店堂却在对面。店堂里除了烤烧饼的桶炉,有锅台,安了大锅,卖面及饺子用;另有一张(只一张)供顾客吃面的方桌。都收拾得很干净。

吴家人口简单。吴大和尚有一个年轻的老婆,管包饺子、下面。他这个年轻的老婆个子不高,但是身材很苗条。肤色微黑。眼睛狭长,睫毛很重,是所谓"桃花眼"。左眼上眼皮有一小疤,想是小时生疮落下来。这块小疤使她显得很俏。但她从不和顾客眉来眼去,卖弄风骚,只是低头做事,不声不响。穿着也很朴素,只是青布的衣裤。她和吴大和尚生了一个孩子,还在喂奶。吴大和尚有一个妈,整天也不闲着,翻一家的棉袄棉裤,纳鞋底,摇晃睡在摇篮里的孙子。另外,还有个小伙计,"跳"面、烧火。

表面上看起来,这家过得很平静,不争不吵。其实不然。吴大和尚经常在夜里打他的老婆,因为老婆"偷人"。我们那里把和人发生私情叫作"偷人"。打得很重,用劈柴打,我们隔着墙都能听见。这个小个子女人很倔强,不哭,不喊,一声不出。

第二天早起,一切如常,该干什么还干什么。吴大和尚擀烧饼,烙烧饼;他老婆包饺子,下面。

终于有一天吴大和尚的年轻的老婆不见了,跑了,丢下她的奶头上的孩子,不知去向。我们始终不知道她的"孤佬"(我们那里把不正当的情人,野汉子,叫作"孤佬")是谁。

我从小就对这个女人充满了尊敬,并且一直记得她的模样,记得她的桃花眼,记得她左眼上眼皮上的那一小块疤。

吴大和尚和这个桃花眼、小身材的小媳妇大概都已经死了。现在,这条巷口出现了七拳半的烧饼店。我总觉得七拳半和吴大和尚之间有某种关联,引起我一些说不清楚的感慨。

　　七拳半并不真是矮得出奇,我估量他大概有一米五六。是一个很有精神的小伙子。他是一个名副其实的"个体户",全店只有他一个人。他不难成为万元户,说不定已经是万元户,他的烧饼做得那样好吃,生意那样好。我无端地觉得,他会把本街的一个最漂亮的姑娘娶到手,并且这位姑娘会真心爱他,对他很体贴。我看看七拳半把烧饼贴在炉膛里的样子,觉得他对这点充满信心。

　　两个做烧饼的人所处的时代不同。我相信七拳半的生活将比吴大和尚的生活更合理一些,更好一些。

　　也许这只是我的希望。

注　释

①　本篇原载 1988 年 12 月 7 日《人民日报》;初收《中国当代作家选集丛书·汪曾祺》,人民文学出版社,1992 年 12 月。

冬　天①

　　天冷了,堂屋里上了槅子。槅子,是春暖时卸下来的,一直在厢屋里放着。现在,搬出来,刷洗干净了,换了新的粉连纸,雪白的纸。上了槅子,显得严紧,安适,好像生活中多了一层保护。家人闲坐,灯火可亲。

　　床上拆了帐子,铺了稻草。洗帐子要拣一个晴朗的好天,当天就晒干。夏布的帐子,晾在院子里,夏天离得远了。稻草装在一个布套里,粗布的,和床一般大。铺了稻草,暄腾腾的,暖和,而且有稻草的香味,使人有幸福感。

　　不过也还是冷的。南方的冬天比北方难受,屋里不升火。晚上脱了棉衣,钻进冰凉的被窝里,早起,穿上冰凉的棉袄棉裤,真冷。

　　放了寒假,就可以睡懒觉。棉衣在铜炉子上烘过了,起来就不是很困难了。尤其是,棉鞋烘得热热的,穿进去真是舒服。

　　我们那里生烧煤的铁火炉的人家很少。一般取暖,只是铜炉子,脚炉和手炉。脚炉是黄铜的,有多眼的盖。里面烧的是粗糠。粗糠装满,铲上几铲没有烧透的芦柴火(我们那里烧芦苇,叫做"芦柴")的红灰盖在上面。粗糠引着了,冒一阵烟,不一会,烟尽了,就可以盖上炉盖。粗糠慢慢延烧,可以经很久。老太太们离不开它。闲来无事,抹抹纸牌,每个老太太脚下都有一个脚炉。脚炉里粗糠太实了,空气不够,火力渐微,就要用"拨火板"沿炉边挖两下,把粗糠拨松,火就旺了。脚炉暖人。脚不冷则周身不冷。焦糠的气味也很好闻。仿日本俳句,可以作一首诗:"冬天,脚炉焦糠的香。"手炉较脚炉小,大都是白铜的,讲究的是银制的。炉盖不是一个一个圆窟窿,大都是镂空的松竹梅花图案。手炉有极小的,中置炭墼(煤炭研为细末,略加蜜,筑成饼状),以纸煤头引着。一个炭墼能经一天。

冬天吃的菜,有乌青菜、冻豆腐、咸菜汤。乌青菜塌棵,平贴地面,江南谓之"塌苦菜",此菜味微苦。我的祖母在后园辟小片地,种乌青菜,经霜,菜叶边缘作紫红色,味道苦中泛甜。乌青菜与"蟹油"同煮,滋味难比。"蟹油"是以大螃蟹煮熟剔肉,加猪油"炼"成的,放在大海碗里,凝成蟹冻,久贮不坏,可吃一冬。豆腐冻后,不知道为什么是蜂窝状。化开,切小块,与鲜肉、咸肉、牛肉、海米或咸菜同煮,无不佳。冻豆腐宜放辣椒、青蒜。我们那里过去没有北方的大白菜,只有"青菜"。大白菜是从山东运来的,美其名曰"黄芽菜",很贵。"青菜"似油菜而大,高二尺,是一年四季都有的,家家都吃的菜。咸菜即是用青菜腌的。阴天下雪,喝咸菜汤。

冬天的游戏:踢毽子,抓子儿,下"逍遥"。"逍遥"是在一张正方的白纸上,木版印出螺旋的双道,两道之间印出八仙、马、兔子、鲤鱼、虾……;每样都是两个,错落排列,不依次序。玩的时候各执铜钱或象棋子为子儿,掷骰子,如果骰子是五点,自"起马"处数起,向前走五步,是兔子,则可向内圈寻找另一个兔子,以子儿押在上面。下一轮开始,自里圈兔子处数起,如是六点,进六步,也许是铁拐李,就寻另一个铁拐李,把子儿押在那个铁拐李上。如果数数至里圈的什么图上,则到外圈去找,退回来。点数够了,子儿能进入终点(终点是一座宫殿式的房子,不知是月宫还是龙门),就算赢了。次后进入的为"二家"、"三家"。"逍遥"两个人玩也可以,三个四个人玩也可以。不知道为什么叫做"逍遥"。

早起一睁眼,窗户纸上亮晃晃的,下雪了!雪天,到后园去折腊梅花、天竺果。明黄色的腊梅、鲜红的天竺果,白雪,生意盎然。腊梅开得很长,天竺果尤为耐久,插在胆瓶里,可经半个月。

舂粉子。有一家邻居,有一架碓。这架碓平常不大有人用,只在冬天由附近的一二十家轮流借用。碓屋很小,除了一架碓,只有一些筛子、箩。踩碓很好玩,用脚一踏,吱扭一声,碓嘴扬了起来,嘭的一声,落在碓窝里。粉子舂好了,可以蒸糕,做"年烧饼"(糯米粉为蒂,包豆沙白糖,作为饼,在锅里烙熟),搓圆子(即汤团)。舂粉子,就快过年了。

一九八八年十二月二十二日

注　释

① 本篇原载《中国作家》1998 年第一期;初收《汪曾祺全集》第四卷,北京师范大学出版社,1998 年 8 月。

散文全编

汪曾祺

散文全编

肆

南八大解食菜

人民文学出版社

汪曾祺散文全编

（第 四 卷）

吴雨僧先生二三事^①

吴宓(雨僧)先生相貌奇古。头顶微尖,面色苍黑,满脸刮得铁青的胡子,有学生形容他的胡子之盛,说是他两边脸上的胡子永远不能一样:刚刮了左边,等刮右边的时候,左边又长出来了。他走路很快,总是提了一根很粗的黄藤手杖。这根手杖不是为了助行,而是为了矫正学生的步态。有的学生走路忽东忽西,挡在吴先生的前面,吴先生就用手杖把他拨正。吴先生走路是笔直的,总是匆匆忙忙的。他似乎没有逍遥闲步的时候。

吴先生是西语系的教授。他在西语系开了什么课我不知道。他开的两门课是外系学生都可以选读或自由旁听的。一门是"中西诗之比较",一门是"红楼梦"。

"中西诗之比较"第一课我去旁听了。不料他讲的第一首诗却是:

一去二三里,烟村四五家,楼台六七座,八九十枝花。

吴先生认为这种数字的排列是西洋诗所没有的。我大失所望了,认为这讲得未免太浅了,以后就没有再去听,其实讲诗正应该这样:由浅入深。数字入诗,确也算得是中国诗的一个特点。骆宾王被人称为"算博士"。杜甫也常以数字为对,如"两个黄鹂鸣翠柳,一行白鹭上青天","窗含西岭千秋雪,门泊东吴万里船"。吴先生讲课这样的"卑之无甚高论",说明他治学的朴实。

"红楼梦"是很"叫座"的,听课的学生很多,女生尤其多。我没有去听过,但知道一件事。他一进教室,看到有些女生站着,就马上出门,到别的教室去搬椅子。——联大教室的椅子是不固定的,可以搬来搬去。吴先生以身作则,听课的男士也急忙蜂拥出门去搬椅子。到所有女生都已坐下,吴先生才开讲。吴先生讲课内容如何,不得而知。但是他的行动,很能体现"贾宝玉精神"。

文林街和府甬道拐角处新开了一家饭馆,是几个湖南学生集资开的,取名"潇湘馆",挂了一个招牌。吴先生见了很生气,上门向开馆子的同学抗议:林妹妹的香闺怎么可以作为一个饭馆的名字呢!开饭馆的同学尊重吴先生的感情,也很知道他的执拗的脾气,就提出一个折中的方案,加一个字,叫做"潇湘饭馆"。吴先生勉强同意了。

听说陈寅恪先生曾说吴先生是《红楼梦》里的妙玉,吴先生以为知己。这个传说未必可靠,也许是哪位同学编出来的。但编造得颇为合理,这样的编造安在陈先生和吴先生的头上,都很合适。

吴先生长期过着独身生活,吃饭是"打游击"。他经常到文林街一家小饭馆去吃牛肉面。这家饭馆只有一间门脸,卖的也只是牛肉面。小饭馆的老板很尊重吴先生。抗战期间,物价飞涨,小饭馆随时要调整价目。每次涨价,都要征得吴先生同意。吴先生听了老板说明涨价的理由,把老的价目表撤下,在一张红纸上毛笔正楷写一张新的价目表贴在墙上:炖牛肉多少钱一碗,牛肉面多少钱一碗,净面多少钱一碗。

抗战胜利,三校(西南联大是清华、北大、南开联合起来的)复员,不知道为什么吴先生没有回清华(他是老清华了),我就没有再见到吴先生。有一阵谣传他在四川出了家,大概是因为他字"雨僧"而附会出来的。后来打听到他辗转在武汉大学、香港大学教书,最后落到北碚师范学院。"文化大革命"中挨斗得很厉害。罪名之一,是他曾是"学衡派",被鲁迅骂过。这是一篇老账了,不知道造反派怎么翻了出来。他在挨斗中跌断了腿。他不能再教书,一个月只能领五十元生活费。他花三十七块钱雇了一个保姆,只剩十三块钱,实在是难以度日。后来他回到陕西,死在老家。吴先生可以说是穷困而死。一个老教授,落得如此下场,哀哉!

一九八九年一月七日

注　释

① 本篇原载《今古传奇》1989 年第三期,系"早茶笔记"系列中的第二篇;初
收《汪曾祺全集》第四卷,北京师范大学出版社,1998 年 8 月。

《中国寻根小说选》序①

"寻根"是一个模糊的,混乱的概念。一人一个说法,谁也说不清楚。提出"寻根"的几位青年小说家,谈论"寻根"的评论家,都说不清这究竟是怎么一回事,他们把自己都说糊涂了。这种糊涂,也许倒是好事。"寻根"本来就是一种愿望,一种追求,一种冲动,没有一个统一的规格和尺度。不可能有一杆公平秤,能约出来这是"寻根",这不是。反正,这是中国有过的,谁也不能否认的一个文学现象。并且,这不像一阵风一样,刮过去就完了,它的影响是深远的。

"寻"什么"根"? 寻文化的根。简单地说,就是企图疏通当代文学和传统文化的血脉,我以为。

新时期的文学屡次易帜,从"伤痕文学"、"反思文学"到"寻根文学"是合乎逻辑的历史发展。从反思文学引起对文学的反思,是很自然的。反思的结论之一,是当代文学缺少一点东西——文化。

有人说"五四"是中国文化的断裂。未必是这样。"五四"时期,对文化问题有过一些偏激的提法,但是事实上"五四"运动的主将并没有彻底否定传统文化。真正的断裂可能是从四十年代起。相当长时期以来,我们只是强调一定的文化是一定的政治经济的反映,而比较忽视文化的相对的独立性和继承性。对于传统文化多谈批判,少谈继承。文化是一个宽泛的概念。文化有阶级的属性,但是它又能突破阶级的局限,成为全民族的东西。文化要受时代的制约,但是它的生命力又可以延续到产生它的时代以后。封建时代的文化不都是封建文化。而在我们一些人的头脑里,这二者几乎是等同的。这就形成了断裂。三十多年的文学不重视传统文化对现实生活的影响,在人物心理上,在生活场景的表现上。这是事实。这就使一些作品停留在外部事件的表述上,削弱了作品的深度。这是四十、五十年代的文学的一个缺陷。是一些敏感的青年作者发觉了这一点，他们要在现实生活中去捕捉依然活脱的文化传统。这种努力，我以为未可厚非。

对于"寻根"不能讲得太死。一定说某个作家，某篇作品寻的是什么根，有时就会流于胶柱鼓瑟，刻舟求剑。不同的作家寻根意识的深浅也不一样。寻根小说受到指摘的一点，是这些人寻根寻到了深山老林，蛮荒时代，意思是逃避现实。这是一种误解。韩少功有几篇小说是有意去寻找远古的湘鄂文化的，突出的代表是《爸爸爸》。但是韩少功并没有把那样的生活当作羲皇盛世来歌颂，引导读者缅怀向往那样的时代，返璞归真，脱离尘世。这篇小说读了之后，是叫人非常痛苦的。这种依然保留杀人头祭谷神风俗的巫鬼文化是叫人颤栗的噩梦。但是我们相信，韩少功所写的那样的生活是真实的。这是我们民族的胎记，有什么可讳言的？为什么不能写？有人对这样的小说反感，是因为他们心中还横亘着一个"两结合"的方法，他们害怕真实，需要说谎的浪漫主义，愿意听一些吉祥如意的"拜年话"。寻根小说的作者的确很少说"拜年话"。他们一般是怀着沉重的心情看过去的。他们的作品会引起读者对于民族文化的憬悟。我认为这些作者是入世的。他们是立足于现实看过去的。有些寻根小说与古代哲学思想有关系。人们很愿意在这些小说寻找老庄、寻找禅宗佛学。但不是人人如此，篇篇如此。阿城的《树王》把人和自然溶为一体，树死了，人也死了，这种"天人合一"的思想诚然和道家思想有关。但是《孩子王》就看不出有多少道家思想。贾平凹的"商州系列"是闪烁着秦汉文化的斑斓色泽的，但是究竟哪里是秦，哪里是汉，谁也无法确指。秦耶？汉耶？将近代耶？他写的仍是活生生的当代生活，不能说贾平凹的立意就是在寻找秦汉文化。李杭育的"葛川江系列"也很难说与断发纹身的越文化有多少直接的关联。本集所选《最后一个渔佬儿》，就是这样。"最后一个……"是一个世界性的题目，这样题目的作品大都是挽歌，写的是一种文化，一种风俗的消逝。《最后一个渔佬儿》写的只是在社会的（渔霸垄断）和自然的（环境污染）压迫下，渔民的安定自足的生活方式的消逝，不一定就是越文化的消逝。王安忆的《小鲍庄》可以说是寻根小说的"外围"作品。说它是寻根小说也可以，说不是寻根小说也可以。有人说安忆这篇小说寻的是汉文化的根，儒家思想的根，我以为这不无勉强。把王安忆和儒家拉在一起，有些滑稽。如果说这跟儒家思想有一点关系，那是间接又间接的。不能因为小说里出现"仁义"字样，就说这是儒家。这种茄子辣椒式的分类法，未免过于简单。"寻根"是一个流动的，不固定的概念，我希望评论家"毋意、毋必"，不要搞得"日凿一窍，七日而混沌死"。

有人埋怨寻根小说的作者故意把故事的时间搞得很含糊，不知道这是什么时代的事。这种埋怨是什么意思呢？为什么小说的时间一定要交代得很清楚呢？意思无非是说这样的作品脱离时代，缺乏现实感。第一，并不是所有的寻根小说都是这样。第二，时间有其变动的一面，也有其恒常的一面。"山中无甲子，寒尽不知年"，这样的地区有的是。时间在这里爬行得很迟缓。用在皮绳上挽扣来计日的人，几乎还处在"绳语"时代，怎么能有清晰的时间观念呢？只有在被拖拉机"咬了一口"的时候，才会感到这世界变了。这一点不稀奇。前几年，河北省农村的一架手扶拖拉机脱了钩，机头单独跑出去了，一个农民挥舞着赶车的大鞭追它，一面大声地喊："吁——！"在他看来，拖拉机也是一头牲口。寻根小说注意表现历史文化的积淀，这是寻根小说作者共有的觉悟，也是一种优势。这样的小说的生命力往往较长，不太容易因为世事的沉浮而成为明日黄花。我倒是觉得只有现实感而缺乏历史感的作品往往显得单薄。寻根小说大都具有鲜明的地域性。作者往往用很多笔墨刻画自然环境。他们不是静态的，纯客观地表现自然，而是把自然当着人格的一部分来描绘的。只有那样的环境，才有那样的性格。我们可以说某种性格是山的性格、江的性格、草原的性格、沙漠的性格。表现自然，本来是一般小说都不缺少的一个构成部分，但不像寻根小说的作者对这一点更为自觉，赋予自然以更多的人性。复次，寻根小说十分注意对风俗的描写，几乎无一例外。风俗是一种文化，或者可以说是某种文化的集中表现。我们对于日本民族性格的了解是从他们的节日歌舞中获得的。看了泼水节,才知道傣族少女的性格是多么开朗,多么珍爱易于消逝的青春。曾见一篇评论,说某人的小说只具有民俗学的价值,没有艺术价值。我有些迷惑了。对风俗的描写,本身就是有艺术价值的,除非这种描写不精确,不生动。当然寻根小说是小说,不是风土志或民俗志。寻根小说写的是人,是在某种特定风俗的雨露中生活的人。

寻根小说作者的语言意识是很强的。他们不把语言只看作是表现的手段,而是看作作品的本体,是内容。他们的写作是刻苦的,很少有轻率的,滑俗的句子。他们企图从土语和古汉语中汲取精华,重新铸造,成为自己的独特的"雅言"。对于这种苦心,我是欣赏的。但是希望他们不要把自己的语言搞得过于奇崛,过于古奥。我希望他们能够融会今古,折衷雅俗,不要脱离一般读者的欣赏习惯过远。

"寻根热"的高潮好像暂时退去了。有些人有点幸灾乐祸地说:他们寻不下去了!谁也无权指令小说作者一条道走到黑。何况这样一些先生是希望寻根小说作者只写他们自己想象出来的寻到"深山老林,蛮荒时代",希望他们碰到南墙,低头认输,然后说:"你们不行吧!"这种人的心理有点点像鲁迅小说里的衍太太。寻根小说的作者也许不再寻找湘鄂文化、葛川江文化,但是他们的寻根意识是不会熄灭的。他们在写似乎不是寻根的小说的时候,他们的文化意识是会灌注在所有作品里的。

我近年很少读小说,"寻根小说"读得尤少。本书编者把写序的差事摊给我,我深感力不从心,只能写一点感想,如上。

一九八九年一月十三日

注　释

① 本篇原载《中国寻根小说选》,香港三联书店,1993 年版。

我的"解放"①

　　我的"解放"很富于戏剧性,是江青下的命令。江青知道我,是因为《芦荡火种》。这出戏彩排的时候,她问陪她看戏的导演(也是剧团团长)肖甲:"词写得不错,谁写的?"她看戏,导演都得陪着,好随时记住她的"指示"。其时大概是一九六四年夏天。

　　《芦荡火种》几经改写,定名为《沙家浜》,重排后在北京演了几场。

　　我又被指定参加《红岩》的改编。一九六四年冬,某日,党委书记薛恩厚带我和阎肃到中南海去参加关于《红岩》改编的座谈会。地点在颐年堂。这是我第一次见江青。在座的有《红岩》小说作者罗广斌和杨益言,林默涵,好像还有袁水拍。他们对《红岩》改编方案已经研究过,我是半路插进来的,对他们的谈话摸不着头脑,一句也插不上嘴,只是坐在沙发里听着,心里有些惶恐。江青说了些什么,我也全无印象,只因为觉得奇怪才记住她最后跟罗广斌说的那句话:"将来剧本写成了,小说也可以按照戏来改。"

　　自六四年冬至六五年春我们就集中起来改《红岩》剧本。先是在六国饭店,后来改到颐和园的藻鉴堂。到藻鉴堂时昆明湖结着冰,到离开时已解冻了。

　　其后,我们随剧团大队,浩浩荡荡,到四川"体验生活"。在渣滓洞坐了牢(当然是假的),大雨之夜上华蓥山演习了"扯红"(暴动)。这种"体验生活"实在如同儿戏,只有在江青直接控制下的剧团才干得出来。"体验"结束,剧团排戏(排《沙家浜》),我们几个编剧住在北温泉的"数帆楼"改《红岩》剧本。

　　一九六五年四月中旬剧团由重庆至上海,排了一些时候戏,江青到剧场审查通过,定为"样板",决定五一公演。"样板戏"的名称自此时始。剧团那时还不叫"样板团",叫"试验田",全称是"江青同志的试验田"。

江青对于样板戏确实是"抓"了的,而且抓得很具体,从剧本、导演、唱腔、布景、服装,包括《红灯记》铁梅的衣服上的补丁,《沙家浜》沙奶奶家门前的柳树,事无巨细,一抓到底,限期完成,不许搪塞。有人说"样板戏"都是别人搞的,江青没有做什么,江青只是"剽窃",这种说法是不科学的。对于"样板戏"可以有不同看法,但是企图在"样板戏"和江青之间"划清界限",以此作为"样板戏"可以"重出"的理由,我以为是不能成立的。这一点,我同意王元化同志的看法。作为"样板戏"的过来人,我是了解情况的。

从上海回来后,继续修改《红岩》。"样板戏"的创作,就是没完没了的折腾。一直折腾到年底,似乎这回可以了。我们想把戏写完了好过年。春节前两天,江青从上海打来电话,给市委宣传部长李琪,叫我们到上海去。我对阎肃说:"戏只差一场,写完了再去行不行?"李琪回了电话,复电说:"不要写了,马上来!"李琪于是带着薛恩厚、阎肃、我,乘飞机到上海。住东湖饭店。

李琪是不把江青放在眼里的。到了之后,他给江青写了一个便条:"我们已到上海,何时接见,请示。"下面的礼节性的词句却颇奇怪,不是通常用的"此致敬礼",而是"此问近祺"。我和阎肃不禁相互看了一眼。稍为知道一点中国的文牍习惯的,都知道这至少不够尊敬。

江青在锦江饭店接见了我们。江青对李琪说:"对于他们的戏,我希望你了解情况,但是不要过问。"(这是什么话呢?我们剧团是市委领导的剧团,市委宣传部长却对我们的戏不能过问!)她对我们说:"上次你们到四川去,我本来也想去。因为飞机经过一个山,我不能适应。有一次飞过的时候,几乎出了问题,幸亏总理叫来了氧气,我才缓过来。你们去,有许多情况,他们不会告诉你们。我万万没有想到:那个时候,四川党还有王明路线!"

我们当时听了虽然感到有点诧异,但是没有感到这句话的严重性,以为她掌握了什么内部材料。"文化大革命"以后,回想起来,才觉出这是一句了不得的话,她要整垮四川党的决心,早就有了。

她决定,《红岩》不搞了,另外搞一个戏:由军队党派一个干部(女的),不通过地方党,找到一个社会关系,打进兵工厂,发动工人护厂,迎接解放。

(哪有这样的事呢? 一个地下工作者,不通过党的组织,去开展工作,这根本不符合党的工作原则;一个人,单枪匹马,通过社会关系,发动群众,这可能么?)

我和阎肃,按照她的意思,两天两夜,赶编了一个提纲。阎肃解放前夕在重庆,有一点生活,但是也绝没有她说的那样的生活,——那样的生活根本没有。我是一点生活也没有,但是我们居然编出一个提纲来了!“样板戏”的编剧都有这个本事:能够按照江青的意图,无中生有地编出一个戏来。不这样,又有什么办法呢? 提纲出来了,定了剧名:《山城旭日》。

我们在“编”提纲时,李琪同志很“清闲”,他买了一包上海老城隍庙的奶油五香豆,一边“荡马路”,一边嘁哩倒嚓。

江青虽然不让李琪过问我们的戏,我们还有点“组织性”,我们把提纲向李琪汇报了。李琪听了,说了一句不凉不酸的话:“看来,没有生活也是可以搞创作的哦?”

我们向江青汇报了提纲,她挺满意! 说:“回去写吧!”

回到北京,着手“编”剧。

三月中,她又从上海打电话来:“叫他们来一下,关于戏,还有一些问题。”

这次到上海,气氛已经很紧张了。批《海瑞罢官》已经达到高潮。李琪带了一篇他写的批判文章(作为北京市委宣传部长,他不得不写一篇文章)。他把文章交给江青看看。第二天,江青还给了他,只说了一句:“太长了吧。”江青这时正在炮制军队文艺座谈会纪要。我和薛恩厚对这个座谈会一无所知。阎肃是知道这个会的,李琪当然也会知道。李琪的神色不像上一次到上海时显得那么自在了。据薛恩厚说(他们的房间相对着,当中隔一个小客厅),他半夜大叫(想是做了噩梦）。

　　一天，江青叫秘书打电话来，叫我们到"康办"（张春桥在康平路的办公室）去见她。李琪说："我不去了，——她找你们谈剧本。"我说："不去不好吧，还是去一下。"李琪在屋里来来回回地走。汽车已经开出来在门口等着了，但还是来回走。最后，才下了决心："好！去！"

　　关于剧本，其实没有谈多少意见，她这次实际上是和李琪、薛恩厚谈"试验田"的事。他们谈了些什么，我和阎肃都没有注意。大概是她提了一些要求，李琪没有爽快地同意，只见她站了起来，一边来回踱步，一边说："叫老子在这里试验，老子就在这里试验！不叫老子在这里试验，老子到别处去试验！"声音不很大，但是语气分量很重。回到东湖饭店，李琪在客厅里坐着，沉着脸，半天没有说话。薛恩厚坐在一边，汗流不止。我和阎肃看着他们。我们知道她这是向北京市摊牌。我和阎肃回到房间，阎肃说："一个女同志，'老子'、'老子'的！唉！"我则觉得江青说话时的神情，完全是一副"白相人面孔"。

　　《山城旭日》写出来了，排练了，彩排了几场，"文化大革命"起来了，戏就搁下了。江青忙着"闹革命"，也顾不上再过问这个戏。

　　剧团的领导都被揪了出来，他们是"走资派"。我也被揪了出来，因为是"老右派"，而且我和薛恩厚曾合作写过一个剧本《小翠》，被认为是反党反社会主义的大毒草。剧中有一个傻公子，救了一只狐狸，他说是猫，别人告诉他这不是猫，你看，这是个大尾巴，傻公子愣说"大尾巴猫"！这就不得了了，这影射什么！"文化大革命"中许多"革命群众"的想象力真是特别丰富，他们能从一句话里挖出你想象不到的意思。

　　批斗、罚跪、在头发当中推一剪子开出一条马路，在院内游街，挨几下打，这些都是题中应有之义，全国皆然，不必细说。

　　后来把我们都关到一间小楼上。这时两派斗了起来，"革命群众"对我们也就比较放松，不大管了。

　　小楼上关的，有被江青在"11·28"大会上点名的剧团领导，几个有历史问题的"反革命"，还有得罪了江青的赵燕侠。虽然只十来个人，但小楼很小，大家围着一张长桌坐着，凳子挨着凳子，也够挤的。坐在里边的人要下楼解手，外边的人就得站起来让他过去。我有一次下楼，要从赵燕侠身前过，她没有站起来，却刷的一下把一只左脚高举过了头顶。赵老板有《大英节烈》的底子，腿功真不错！我们按时上下班，比起"革命群众"打派仗，热火朝天，卜昼卜夜，似乎还更清静一些。每天的日程是学毛选，交待问题，劳动。"问题"只是那些，交待起来没个完，于是大家都学会了车轱辘话来回转，这次是"一、二、三、四、五"，下次是"五、四、三、二、一"。劳动主要是两项。一是劈劈柴。剧团隔一个胡同有一个小院子，里面有许多破桌子烂椅子，我们就把这些桌椅破碎供生炉子取暖用。这活劳动量不大，关起院门，与世隔绝，可以自由休息，随便说话。另外一项是抬煤。两个人抬一筐，不算太沉。吃饭自己带。有人竟然带了干烧黄鱼中段、煨牛肉、三鲜馅的饺子来，可以彼此交换品尝。应该说，我们的小楼一统的日子，没有受太大的罪。但是一天一天这么下去，到哪儿算一站呢？

一天，薛恩厚正在抬煤，李英儒（当时是中央文革小组的联络员，隔十天半月到剧团来看看）对他说："老薛，像咱们这么大的年纪，这样重的活就别干了。"我一听，奇怪，何态度亲切乃尔？过了几天，我在抬煤，李英儒看见，问我："汪曾祺，你最近在干什么哪？"我说："检查、交待。"他说："检查什么！看看《毛选》吧。"我心里明白，我们的问题大概快要解决了。

四月二十七日上午，革委会的一位委员上小楼叫我，说"李英儒同志找你"。我到了办公室，李英儒说："准备解放你，你准备一下，向群众作一次检查。"我回到小楼，正考虑怎样检查，李英儒又派人来叫我，说："不用检查了，你表一个态。——不要长，五分钟就行了。"我刚出办公室，走了几步，又把我叫回去，说："不用五分钟，三分钟就行了！"

过一会，群众已经集合起来。三分钟，说什么？除了承认错误，我说："江青同志如果还允许我在'样板戏'上尽一点力，我愿意鞠躬尽瘁，死而后已！"这几句话在四人帮垮台后，我不知道检查了多少次。但是我当时说的是真心话，而且是非常激动的。

表了态,我就"回到革命队伍当中"了,先在"干部组"待着。和八九个月以前朝夕相处的老同志坐在一起,恍同隔世。

　　刚刚坐定,一位革委会委员拿了一张戏票交给我:"江青同志今天来看《山城旭日》,你晚上看戏。"

　　过了一会,委员又把戏票要走。

　　过了一会,给我送来一张请帖。

　　过了一会,又把请帖要走。

　　我不知道这是怎么回事。李英儒派人来叫我到办公室,告诉我:"江青同志今天来看戏,你和阎肃坐在她旁边。"

　　我当时囚首垢面,一身都是煤末子,衣服也破烂不堪。回家换衣服,来不及了,只好临时买了一套。

　　开戏前,李英儒早早在贵宾休息室坐着。我记得闻捷和李丽芳来,李英儒和他们谈了几句(这是我唯一一次见到闻捷)。快开演前,李英儒嘱咐我:"不该说的话不要说。"我不知道这句话是什么意思。我没有什么话要跟江青说,也不知道有什么话不该说。恍恍惚惚,如在梦里。

　　快开戏了,江青来,坐下后只问我一个她所喜欢的青年演员在运动中表现怎么样,我不了解情况,只好说:"挺好的。"

　　看戏过程中,她说了些什么,我全不记得了,只记得她说:"你们用毛主席诗词作每场的标题,倒省事啊!不要用!"

　　散了戏,座谈。参加的人,限制得很严格。除了剧作者,只有杨成武、谢富治、陈亚丁。她坐下后,第一句话是:"你们开幕的天幕上写的是'向大西南进军'(这个戏开幕后是大红的天幕,上写六个白色大字:'向大西南进军'),我们这两天正在研究向大西南进军。"

　　当时我们就理解,她所谓"向大西南进军",就是搞垮大西南的党政领导,把"革命"的烈火在大西南烧得更猛。后来西南几省,尤其是四川,果然乱得一塌糊涂。

　　除了陈亚丁长篇大论地谈了一些对戏的意见外,他们所谈的都是关于"文化大革命"的事。我和阎肃只好装着没听见。

忽然江青发现一个穿军装的年轻女同志在一边不停地记,她脸色一变,问:"你是哪来的?"

"我是军报的。"

"谁让你进来的?"

"……"

"我们在这里漫谈,你来干什么?出去!"

这位女记者满面通红,站起来往外走。

"把你的笔记本留下。你这样做,我很不放心!"

江青有个脾气,她讲话,不许记录。何况今天的讲话,非同小可,这位女同志冒冒失失闯了进来,可谓"不知天高地厚"。

杨成武说了几句,门外喊"报告!",杨成武听出是秘书的声音。"进来!"秘书在杨成武耳边说了几句话。杨成武起立,说:"打下了一架无人驾驶飞机,我去处理一下。"江青轻轻一扬手:"去吧!"

江青这种说话语气,我们见过不止一次。她对任何干部,都是"见官大一级",用"一朝国母"的语气说话。

谢富治发言,略谓"打开了重庆,我是头一个到渣滓洞去看了的。根据我对地形的观察,根本不可能跑出一个人来"!

我当时就想:坏了!按照他的逻辑,渣滓洞的幸存者,全是叛徒。我马上想到罗广斌。罗广斌后来不明不白地死掉了,我一直想,这和谢富治这句斩钉截铁的断言是有(尽管不是直接的)关系的。

座谈结束,已经是凌晨两点多钟。公共汽车、电车早已停驶。剧团不会给我留车。我也绝没想到让剧团给我派一辆车。我只好由虎坊桥步行回甘家口,走到家,天都快亮了。

我在"文化大革命"中的遭遇,我的"解放",尘芥浮沤而已。我要揭出的是我亲自听到的江青的两句话:"我万万没有想到,那个时候,四川党还有王明路线",和"我们这两天正在研究向大西南进军"。我是一个侧面的历史见证人。因为要衬出这个历史片段的来龙去脉,遂不惮其烦地述说了我的"解放",否则说不清楚,我的缕述,细节、日期或不准确,但是江青的这两句话,我可以保证无讹。

注　释

① 本篇原载《东方纪事》1989 年第一期；初收《汪曾祺全集》第四卷，北京师
范大学出版社，1998 年 8 月。

韭　菜　花①

　　五代杨凝式是由唐代的颜柳欧褚到宋四家苏黄米蔡之间的一个过渡人物。我很喜欢他的字。尤其是"韭花帖"。不但字写得好,文章也极有风致。文不长,录如下:

> 昼寝乍兴,辋饥正甚,忽蒙简翰,猥赐盘飧。当一叶报秋之初,乃韭花逞味之始。助其肥羜(zhù 音柱),实谓珍羞。充腹之余,铭肌载切,谨修状陈谢,伏惟鉴察,谨状。

> 　　　　　　　　　　　　七月十一日　凝式状

　　使我兴奋的是:

　　一、韭花见于法帖,此为第一次,也许是惟一的一次。此帖即以"韭花"名,且文字完整,全篇可读,读之如今人语,至为亲切。我读书少,觉韭花见之于"文学作品",这也是头一回。韭菜花这样的虽说极平常,但极有味的东西,是应该出现在文学作品里的。

　　二、杨凝式是梁、唐、晋、汉、周五朝元老,官至太子太保,是个"高干",但是收到朋友赠送的一点韭菜花,却是那样的感激,正儿八经地写了一封信(杨凝式多作草书,黄山谷说:"谁知洛阳杨风子,下笔便到乌丝阑","韭花帖"却是行楷),这使我们想到这位太保在口味上和老百姓的离脱不大。彼时亲友之间的馈赠,也不过是韭菜花这样的东西。今天,恐怕是不行的了。

　　三、这韭菜花不知道是怎样做成的,是清炒的,还是腌制的? 但是看起来是配着羊肉一起吃的。"助其肥羜","羜"是出生五个月的小羊,杨凝式所吃的未必真是五个月的羊羔子,只是因为《诗·小雅·伐木》有"既有肥羜"的成句,就借用了吧。但是以韭花与羊肉同食,却是可以肯定的。北京现在吃涮羊肉,缺不了韭菜花,或以为这办法来自蒙古或西域回族,原来中国五代时已经有了。杨凝式是陕西人,以韭菜花蘸羊肉吃,盖始于中国西北诸省。

北京的韭菜花是腌了后磨碎了的,带汁。除了是吃涮羊肉必不可少的调料外,就这样单独地当咸菜吃也是可以的。熬一锅虾米皮大白菜,佐以一碟韭菜花,或臭豆腐,或卤虾酱,就着窝头、贴饼子,在北京的小家户,就是一顿不错的饭食。从前在科班里学戏,给饭吃,但没有菜,韭菜花、青椒糊、酱油,拿开水在大木桶里一沏,这就是菜。韭菜花很便宜,拿一只空碗,到油盐店去,3 分钱、5 分钱,售货员就能拿铁勺子舀给你多半勺。现在都改成用玻璃瓶装,不卖零,一瓶要一块多钱,很贵了。

过去有钱的人家自己腌韭菜花,以韭花和沙果、京白梨一同治为碎齑,那就很讲究了。

云南的韭菜花和北方的不一样。昆明韭菜花和曲靖韭菜花不同。昆明韭菜花是用酱腌的,加了很多辣子。曲靖韭菜花是白色的,乃以韭花和切得极细的、风干了的萝卜丝同腌成,很香,味道不很咸而有一股说不出来淡淡的甜味。曲靖韭菜花装在一个浅白色的茶叶筒似的陶罐里。凡到曲靖的,都要带几罐送人。我常以为曲靖韭菜花是中国咸菜里的"神品"。

我的家乡是不懂得把韭菜花腌了来吃的,只是在韭花还是骨朵儿,尚未开放时,连同掐得动的嫩薹,切为寸段,加瘦猪肉,炒了吃。这是"时菜",过了那几天,菜薹老了,就没法吃了。作虾饼,以爆炒的韭菜骨朵儿衬底,美不可言。

注　释

① 本篇原载《三月风》1989 年第一期;初收《汪曾祺文集·散文卷》,江苏文艺出版社,1993 年 9 月。

长篇小说《玫瑰门》研讨会发言纪要①

铁凝这部小说把我看懵了。看到四分之三处我还不甚明白,小说的新尝试、新探索是有冒险性的,这种小说我写不出来,小说的主题写的是人,人就是这样的,女人就是这样的,生活就是这样的。小说没对任何人进行判断,无所谓真诚、虚伪、善良、丑恶,这种对生活绝对冷静的态度很难得。司猗纹的形象比较丰满、复杂,"文革"中,她的整个行为动机就是挤入革命队伍,这也是"文革"所以形成后来局面的原因。苏眉比较单一,竹西是个真实、健壮的女人。小说的结构特别,大闪回,却不让人眼花缭乱。小说的语言也特别,让人想起废名的小说。有些语言思维让人怀疑是否用汉语思维,名词当形容词,形容词当动词用等。而英语"玫瑰"有光明、充满希望之意,"门"则是通道。

总之,铁凝应当承认写了一部小说,有些人写了等于没写。

注　释

① 本篇原载 1989 年 3 月 15 日《文论报》,是 1989 年 2 月 22 日在北京举办的铁凝的长篇小说《玫瑰门》研讨会的发言纪要,与会者还有曾镇南、周申明、雷达、李陀、蔡葵、铁凝等。由谭湘根据不完全会议记录整理,未经作者审阅,题目为收入本卷时编者所加。

思想·语言·结构①

——短篇小说杂谈

我20岁开始发表短篇小说,今年69岁,断断续续写了将近半个世纪。我只写短篇,没有写过长篇,也不写中篇。然而短篇小说是什么,我一直没有弄清楚。1947年我写过一篇很长的文章:《短篇小说的本质》,发表在《益世报》上,占了整整一版。题目是很好的。但是没有说出个所以然。胡适曾经给短篇小说下过一个定义:生活的横断面。这话有几分道理。相当多的,或者大部分短篇小说是生活的横断面。比如莫泊桑的《羊脂球》、《项链》,都德的《最后一课》,欧·亨利的《圣诞礼物》,都是横断面。但是有些短篇并不是横断面。契诃夫的《宝贝儿》写了一个女人的一生,鲁迅的《祝福》也写了祥林嫂的一生。这倒可以说是生活的纵断面。短篇小说在英文里叫做短故事。小说一般总有点故事。小说和散文的区别,主要在有没有故事性。但也不完全如此。契诃夫的《恐怖》只是写了几个恐怖的印象,什么故事都没有。鲁迅的《社戏》也没有故事,说是散文也可以。但是鲁迅是编在小说集里的。孙犁同志有一篇作品给了《人民文学》,编辑部问他:"您这是散文还是小说?"孙犁同志断然地回答:"小说,小说!"我的《桥边小说》发表后,也有人写信问我:"你这是小说吗?"我在香港的《八方》上曾发表一篇《小说的散文化》,指出散文化是世界小说的一种(不是唯一的)趋势,看来小说和散文之间的界线越来越模糊了。十九世纪的小说供人娱乐,故多戏剧性的情节;二十世纪的小说引人思索,不太重视情节、故事。二十世纪的小说强调真实,故事过于离奇就显得不真实。

刨开横断面、故事性这样的因素,短篇小说还剩下什么特征呢?只有一个:短。

"短篇小说"是一个模糊不清的、不确定的、宽泛的概念。什么是短篇小说？很难界定。这是很好的事。这就给短篇小说带来无限的可能，带来丰富性，多样性。

短，不只是字数少，而是短篇小说的特点，或者可以说是本质，是作者对艺术的追求。

我前年在美国，听一位教授说，有一位评论家给许多小说判了分：A，A+，B，B-……他给我的《陈小手》没有判分，只批了一句话：这是真正的短篇小说。不是说我这篇小说写得多么好，而是因为它短：只有九百字。

关于短，我在后面谈结构时大概还会说到。

小说里最重要的东西是什么？我以为是思想。有人提出小说不要思想，我以为这是个荒唐的说法。决定一篇小说的质量的首要标准，是作者有没有思想，思想的深度如何。

一个作者写小说，总有一个动机，一个目的。作者一生的作品，大都有一个贯串性的主题。契诃夫的贯串性的主题是反庸俗。好像是高尔基说过，契诃夫好像是站在路边，带着微笑，对所有的过往行人说：你们不能再这样生活了！鲁迅写作的目的，是揭示社会的病痛，引起疗救的注意。沈从文的目的是民族品德的发现与重造。有人问我的思想是什么？我想了想，我大概是一个中国式的抒情的人道主义者。我受儒家思想影响较大。我很欣赏曾点对生活的态度："暮春者，春服既成，冠者五六人，童子六七人，浴乎沂，风乎舞雩，咏而归。"我很欣赏宋人的两句诗："顿觉眼前生意满，须知世上苦人多"。这是生活的两个方面。生意满，故可欣慰；苦人多，应该同情。我的写作的目的就是唤起读者对生活的信心，对人的关怀。

所谓思想，不是哪个中国的政治家或哪个西方的哲学家的思想，而是作者自己的思想，是作者对生活的思索，对生活的认识。写作当然要有生活，要观察生活，体验生活，积累生活，但是有了生活不等于认识了生活，要经过一番思索。中国文字很有意思，"索"是绳索。生活本来是零散的,得有根绳子才能穿起来。我在内蒙认得一位很可爱的干部,他的生活经验真是丰富得惊人。他从呼和浩特到新疆旧城拉过骆驼,打过游击,草原上的所有的草、大青山所有的药材,他都认识,他能说许多关于猪、羊、狼的故事,谈得非常生动。但是他不会成为作家,因为他不善于思索。作者的思索和理论家的思索不一样,不是靠概念进行的,总是和感情拌和在一起的。我想提出一个名词,叫做"感慨"。龚定庵诗:"我论文章恕中晚,略工感慨是名家。"作家是长于感慨的人。

作家接触了一个生活片段(往往带有偶然性),有所感触,觉得这个生活片段是有意义的,但是这里面所含覆的,可引发的意义,一时未必能捉住,往往要经过长时期的积淀。我的小说《受戒》附注:记四十三年前的一个梦,这个题材确实在我心里埋了四十三年。我的几篇小说都经过重写。《职业》这篇极短的小说一共写过四次。最后一次,我先写了几种叫卖的声音,然后才写了那个应在学龄的卖"椒盐饼子西洋糕"的孩子的吆唤,把这个孩子放在"人世多苦辛"的背景之前,才更显出这个过早地为职业所限定而失去童年的孩子的可悲悯。

"遇"到一点生活不易,我劝青年作者不要轻易下笔,想想,再想想,多想想。

我这几年讲话,讲得最多的是语言。前年在美国的大学讲了两次《中国作家的语言意识》,后来经过整理,发表在《文艺报》和《香港文学》。这是我谈语言问题的最新版本,也是讲得比较完备的一篇。这篇讲话讲了四个问题,语言的内容性、语言的文化性、语言的暗示性、语言的流动性。今天我只准备讲两个问题:语言的内容性和流动性。

过去习惯把语言看作是文学的形式、手段,应该把语言提到内容的高度来认识。闻一多先生年轻时写过一篇《庄子》,说文字(语言)在他已经不是一种手段,一种形式,其本身便是目的。这是很精辟的见解。语言不纯是外部的东西。语言和内容是同时存在,不可剥离的。马克思说语言是思想的直接现实,这句话是说得对的。世界上没有没有语言的思想,也没有没有思想的语言。我曾说过,写小说就是写语言。一个作家的功力,首先是语言的功力,一篇小说尤其是短篇小说的魅力从何而来?首先是语言。说这篇小说不错,就是语言差一点,我认为这样的说法是不能成立的。语言的浮泛,就是思想的浮泛。语言的粗糙,就是内容的粗糙。

一篇小说是一个有机的整体,是不能拆开的。凌宇同志在一篇评论里说我的语言很怪,拆开来看,都是平常的句子,放在一起,就有点味道,我想谁的语言都是这样。一篇小说,都是警句,那是叫人受不了的。语言的美,不在一个一个句子,而在句子之间的关系。清代的美术理论家包世臣说王羲之的字,单个地看,并不怎么美,不很整齐,但是字的各部分,字与字之间产生一种互相照应的关系,"如老翁携带幼孙,顾盼有情,痛痒相关。"这说得非常聪明。中国字,除了注意每个字的间架,更重要的是"行气","字怕挂",有人写的字挂起不好看,就因为没有行气。写小说最好不要写一句想一句,至少把一段想熟了,再落笔。这样文气才贯,写出来的语言才会像揉熟了的面,有咬劲。否则,语言就会是泡的,糠的。语言是活的,是流动的。中国过去论文、论书画,讲究"真气内行"。语言像树,枝干树叶,汁液流转,一枝动,百枝摇。

"文气"是中国美学的特有的概念,我认为很有道理。韩愈说:

> 气水也,言浮物也。水大而物之浮者大小毕浮。气之与言犹是也,气盛,则言之短长与声之高下者皆宜。

"气盛"照我的理解,即作者的思想充实,情绪饱满。韩愈是第一个提出作者的精神状态和语言的关系的人。他还提出一个语言的标准:"宜"。即合适,准确。他把"宜"更具体化为"言之短长"与"声之高下"。语言的奥秘,说穿了不过是长句子和短句子的搭配和语言的音乐美。

中国语言有一些特殊的东西,平仄、对仗。我劝青年作家要懂一点平仄对仗,学会写绝句、律诗。我在《幽冥钟》里写了这样的句子:

> 罗汉堂外面,有两棵很大的白果树,有几百年了。夏天,一地浓荫。冬天,满阶黄叶。

如果不用一点对仗（不很严格），就会很噜唆，也没有意境。

小说怎样才能写得短？节省材料，能不写进去的就不写。我看了一些青年作者的小说，常常觉得材料芜杂，缺乏剪裁。李笠翁说写戏如裁衣，先把材料剪碎，再把材料拼拢。剪碎与拼拢之间，必然会去掉一些边边角角。我曾经说过：短篇小说是"舍弃"的艺术。小说冗长，一是有一些不很必要的写景。前人论作词，说一切景语皆情语，可是有的小说里的写景和内容是脱节的，可有可无。二是发了一些并不精彩的议论。法郎士是喜欢发议论的，那只能说是别具一格。他的议论都很尖刻可喜，一般作者是办不到的。

开头和结尾很重要。我觉得构思一篇小说时最好有一个整体设计，尤其重要的是把开头和结尾想好。孙犁同志说开头开好了，以后写起来就能头头是道，这是经验之谈。我写小说通常都是"一遍稿"，一口气写完，不再誊清。但是开头往往要换几张稿纸。要"慎始"，不要轻易写下第一句话。第一句话是为全篇定调子的。一篇小说要有一个笼罩全篇的调子，或凄凉，或沉郁，或温暖，或冷隽，往往在第一句话里就透露出来。张承志有一次半夜去敲李陀的门，说他找不到要写的小说的调子，很着急。开头无定法，可以平起，远起，缓缓道来；更常见的是陡起，破空而来。欧阳修的《醉翁亭记》原来的开头是"滁之四面皆山"，后来改成"环滁皆山也"，就峭拔得多了。我的《徙》写的是我的小学国文老师，他是我的母校的校歌的歌词作者，所以我从歌声写起。原来的开头是："世界上曾经有过很多歌，都已经消失了。"我到海边去转了转，回来提笔改成了一句："很多歌消失了。"这就比原来的带有更多的感情，而且透露出全文字里行间的不平之气。我觉得开头越简练越好。

汤显祖评"董西厢"论其各章结尾之妙，说尾有"煞尾"，有"度尾"。"煞尾"如骏马收缰，寸步不移；"度尾"如画舫笙歌，从远处来，过近处，又向远处去。汤显祖真不愧是大家，这说得实在非常形象，非常美。我想结尾不外是这两式，一种是收得非常干净，一种是余音袅袅。

结尾不好,全篇减色,要"善终"。

我曾在《小说笔谈》中说小说结构的精义是:随便。林斤澜很不以为然,说:"我讲了一辈子结构,你却说是'随便'!"后来我修改了一下,说是"苦心经营的随便",他说:"这还可以",我说的"随便",是不拘一格。我很欣赏明朝人说的"为文无法"。讲结构,通常都讲呼应、断续。刘大櫆说:"彼知所谓呼应,不知有无呼应之呼应;彼知所谓断续,不知有无断续之断续"。章太炎论汪中的骈文,说他"起止自在,无首尾呼应之式"。"自在"二字极好,自自在在,无斧凿痕迹。所谓"无法"是无定法,实是多法。我的《大淖记事》发表后,有人批评结构上不均衡。全文五章,前三章都是写大淖这地方的环境、习俗,第四章才出现人物。崔道怡同志却说这篇小说的结构很好,很特别。这种结构方法,我也不是常用的。《岁寒三友》一开头就点出:"这三个人是:王瘦吾、陶虎臣、靳彝甫"。结构如果有个一定的格式,就不成其为结构了。

一个似乎无关紧要的问题,是分段。我以为这是至关紧要的。说话有缓有急,分段可长可短,但是什么地方切开,什么地方留出空白,要十分注意。没有字的地方不是没有东西。切断处往往是读者掩卷深思的地方。分段是一种艺术。另外一个应该留意的问题是空行。小说的空行的重要性不下于诗。我曾写过一篇《天鹅之死》,把天鹅之死和演"天鹅之死"的芭蕾演员的遭受迫害交错起来写,一段写天鹅,一段写演员,当中留出两行空行。发表时,编辑为了节省版面,把多数空行都抽掉了,眉毛胡子一把抓,我自己读了,连气都喘不过来。

谢谢大家。

一九八九年三月二十日

注　释

① 本篇原载不详,是为《人民文学》系列文学讲座·第四十九讲所作讲稿。

重写文学史，还不到时候①

重写文学史，是很多人私心盼望已久的事。最近有人把这个问题提出来了。为什么要重写文学史？因为已有的几本中国新文学史都陈旧了，都有缺点，都"左"。十多年来，文学创作、理论，都有了很大的变化，"左"的大一统局面已经打破，独有文学史却不动。它们依然雄居在书架上，带着高傲而冷漠的神情。

但我以为现在重写文学史还不到时候，条件还不成熟。

首先是史实的澄清。"左联"的问题比较好办。有些当事人已经承认"左联"是有关门主义、宗派主义的倾向的。但是也还是笼统地说一下，缺乏深入细微的阐述。对一些历史的陈案，今天究竟应该怎样认识？比如对梁实秋的斗争，对第三种人的斗争，以及对"新月派"的批判，等等。一个非常棘手的问题，是怎样客观地、科学地对待《在延安文艺座谈会上的讲话》。它的产生的背景，当时所起的作用，以及后来的影响。这到现在，依然是一个极其敏感的问题。但是，不接触这个问题，一部中国现代文学史，怎么说得清楚呢？

其次是对作家和作品的再认识。鲁迅是伟大的。我个人认为，到现在为止，中国还没有一个作家，在文学的成就上超过鲁迅的。鲁迅是继曹雪芹之后，中国的一位真正的语言大师。但是不少文学史家着眼的只是鲁迅作为斗士的一面，不大把鲁迅作为一个作家来看。对于他的作品（小说、散文）认真研究的不多。对于一些受到误解，遭到不公平的冷遇的作家，近年的看法有所改变，比如对沈从文。但是，"沈从文热"只在国外和国内一些青年作家间燃烧，而我们的文学史家依然是"翻滚不落价"，继续白着他们的冷眼。比如废名，我们的文学史家完全不理解他的"意义"。又比如芦焚，我真不明白，为什么文学史家对他的散文化小说如此的视若无睹。还有许多作家,比如朱湘、刘延陵、梁遇春、罗黑芷……这些人都不在文学史家的视野之内。更不用说张恨水、张爱玲。我们的文学史家真是"一叶障目"。我希望这些文学史家把"左"的树叶从眼睛上拿开,平心静气地,从文艺角度(只从文艺角度),读一点作品,不要用政治代替文艺。第三个问题,是新的中国新文学史由谁来写?——是"官修",还是"私修"好。如果由一个研究所、一个大学的中文系,组织一个班子,来重写文学史,一是旷日持久;二是没完没了地讨论,结果是把所有棱角都磨光,毫无创见。"官修",实际上是"钦定"。但是"私修"也很难,哪来的人?哪来的资料?哪来的经费?我们的国家有没有这样的魄力,委托几个人,成立几个以个人为领导的小组,给他们一笔钱,花几年功夫,写几本高质量、有才华而不无(或一定)偏颇的新文学史,爱怎么说,就怎么说?大概不行。

要重写文学史,一个更重要的先决条件,是编写者有更大的言论自由。

现在还不行。

注　释

① 本篇原载 1989 年 3 月 25 日《文论报》。

四 方 食 事[①]

（一）口味

　　"口之于味,有同嗜焉"。好吃的东西大家都爱吃。宴会上有烹大虾(得是极新鲜的),大都剩不下。但是也不尽然。羊肉是很好吃的。"羊大为美"。中国吃羊肉的历史大概和这个民族的历史同样久远。中国羊肉的吃法很多,不能列举。我以为最好吃的是手把羊肉。维吾尔、哈萨克都有手把肉,但似以内蒙为最好。内蒙很多盟旗都说他们那里的羊肉不膻,因为羊吃了草原上的野葱,生前已经自己把膻味解了。我以为不膻固好,膻亦无妨。我曾在达茂旗吃过"羊贝子",即白煮全羊。整只羊放在锅里只煮45分钟(为了照顾远来的汉人客人,多煮了15分钟,他们自己吃,只煮半小时),各人用刀割取自己中意的部位,蘸一点作料(原来只备一碗盐水,近年有了较多的作料)吃。羊肉带生,一刀切下去,会汪出一点血,但是鲜嫩无比。内蒙人说,羊肉越煮越老,半熟的,才易消化,也能多吃。我几次到内蒙,吃羊肉吃得非常过瘾。同行有一位女同志,不但不吃,连闻都不能闻。一走进食堂,闻到羊肉气味就想吐。她只好每顿用开水泡饭,吃咸菜,真是苦煞。全国不吃羊肉的人,不在少数。

　　"鱼羊为鲜",有一位老同志是获鹿县人,是回民,他倒是吃羊肉的,但是一生不解何所谓鲜。他的爱人是南京人,动辄说:"这个菜很鲜",他说:"什么叫'鲜'？我只知道什么东西吃着'香'。"要解释什么是"鲜",是困难的。我的家乡以为最能代表鲜味的是虾子。虾子冬笋、虾子豆腐羹,都很鲜。虾子放得太多,就会"鲜得连眉毛都掉了"

的。我有个小孙女,很爱吃我配料煮的龙须挂面。有一次我放了虾子,她尝了一口,说"有股什么味!"不吃。

中国不少省份的人都爱吃辣椒。云、贵、川、黔、湘、赣。延边朝鲜族也极能吃辣。人说吃辣椒爱上火。井冈山人说:"辣子冇补(没有营养),两头受苦。"我认识一个演员,他一天不吃辣椒,就会便秘!我认识一个干部,他每天在机关吃午饭,什么菜也不吃,只带了一小饭盒油炸辣椒来,吃辣椒下饭,顿顿如此。此人真是个吃辣椒专家,全国各地的辣椒,都设法弄了来吃。据他的品评,认为土家族的最好。有一次他带了一饭盒来,让我尝尝,真是又辣又香。然而有人是不吃辣的。我曾随剧团到重庆体验生活。四川无菜不辣,有人实在受不了。有一个演员带了几个年轻的女演员去吃汤圆,一个唱老旦的演员进门就嚷嚷:"不要辣椒!"卖汤圆的白了她一眼:"汤圆没有放辣椒的!"

北方人爱吃生葱生蒜。山东人特爱吃葱,吃煎饼、锅盔,没有葱是不行的。有一个笑话:婆媳吵嘴,儿媳妇跳了井。儿子回来,婆婆说:"可了不得啦,你媳妇跳井啦!"儿子说:"不咋!"拿了一根葱在井口逛了一下,媳妇就上来了。山东大葱的确很好吃,葱白长至半尺,是甜的。江浙人不吃生葱蒜,做鱼肉时放葱,谓之"香葱",实即北方的小葱,几根小葱,挽成一个疙瘩,叫做"葱结"。他们把大葱叫做"胡葱",即做菜时也不大用。有一个著名女演员,不吃葱,她和大家一同去体验生活,菜都得给她单做。"文化大革命"斗她的时候,这成了一条罪状。北方人吃炸酱面,必须有几瓣蒜。在长影拍片时,有一天我起晚了,早饭已经开过,我到厨房里和几位炊事员一块吃。那天吃的是炸油饼,他们吃油饼就蒜。我说,"吃油饼哪有就蒜的!"一个河南籍的炊事员说:"嘿!你试试!"果然,"另一个味儿"。我前几年回家乡,接连吃了几天鸡鸭鱼虾,吃腻了,我跟家里人说:"给我下一碗阳春面,弄一碟葱,两头蒜来。"家里人看我生吃葱蒜,大为惊骇。

有些东西,本来不吃,吃吃也就习惯了。我曾经夸口,说我什么都吃,为此挨了两次捉弄。一次在家乡。我原来不吃芫荽(香菜),以为有臭虫味。一次,我家所开的中药铺请我去吃面,——那天是药王生日,铺中管事弄了一大碗凉拌芫荽,说:"你不是什么都吃吗?"我一咬牙,吃了。从此我就吃芫荽了。比来北地,每吃涮羊肉,调料里总要撒上大量芫荽。一次在昆明。苦瓜,我原来也是不吃的,——没有吃过。我们家乡有苦瓜,叫做癞葡萄,是放在磁盘里看着玩,不吃的。有一位诗人请我下小馆子,他要了三个菜:凉拌苦瓜、炒苦瓜、苦瓜汤。他说:"你不是什么都吃吗?"从此,我就吃苦瓜了。北京人原来是不吃苦瓜的,近年也学会吃了。不过他们用凉水连"拔"三次,基本上不苦了,那还有什么意思!

有些东西,自己尽可不吃,但不要反对旁人吃。不要以为自己不吃的东西,谁吃,就是岂有此理。比如广东人吃蛇,吃龙虱;傣族人爱吃苦肠,即牛肠里没有完全消化的粪汁,蘸肉吃。这在广东人、傣族人,是没有什么奇怪的。他们爱吃,你管得着吗?不过有些东西,我也以为以不吃为宜,比如炒肉芽——腐肉所生之蛆。

总之,一个人的口味要宽一点、杂一点,"南甜北咸东辣西酸",都去尝尝。对食物如此,对文化也应该这样。

(二)切脍

《论语·乡党》:"食不厌精,脍不厌细",中国的切脍不知始于何时。孔子以"食"、"脍"对举,可见当时是相当普遍的。北魏贾思勰《齐民要术》提到切脍。唐人特重切脍,杜甫诗累见。宋代切脍之风亦盛。《东京梦华录·三月一日开金明池琼林苑》:"多垂钓之士,必于池苑所买牌子,方许捕鱼。游人得鱼,倍其价买之。临水斫脍,以荐芳樽,乃一时佳味也。"元代,关汉卿曾写过"望江亭中秋切脍"。明代切脍,也还是有的,但《金瓶梅》中未提及,很奇怪。《红楼梦》也没有提到。到了近代,很多人对切脍是怎么回事,都茫然了。

脍是什么?杜诗邵注:"鲙,即今之鱼生、肉生。"更多指鱼生,脍的繁体字是"鱠",可知。

杜甫《阌乡姜七少府设鲙戏赠长歌》对切脍有较详细的描写。脍要切得极细，"脍不厌细"，杜诗亦云："无声细下飞碎雪。"脍是切片还是切丝呢？段成式《酉阳杂俎·物革》云："进士段硕尝识南孝廉者，善斫脍，縠薄丝缕，轻可吹起。"看起来是片和丝都有的。切脍的鱼不能洗。杜诗云："落砧何曾白纸湿"，邵注："凡作鲙，以灰去血水，用纸以隔之"，大概是隔着一层纸用灰吸去鱼的血水。《齐民要术》："切鲙不得洗，洗则鲙湿。"加什么佐料？一般是加葱的，杜诗："有骨已剁觜春葱。"《内则》："鲙，春用葱，夏用芥。"葱是葱花，不会是葱段。至于下不下盐或酱油，乃至酒、酢，则无从臆测，想来总得有点咸味，不会是淡吃。

切脍今无实物可验。杭州楼外楼解放前有名菜醋鱼带靶。所谓"带靶"即将活草鱼的脊背上的肉剔下，切成极薄的片，浇好酱油，生吃。我以为这很近乎切脍。我在1947年春天曾吃过，极鲜美。这道菜听说现在已经没有了，不知是因为有碍卫生，还是厨师无此手艺了。

日本鱼生我未吃过。北京西四牌楼的朝鲜冷面馆卖过鱼生、肉生。鱼生乃切成一寸见方、厚约二分的鱼片，蘸极辣的作料吃。这与"縠薄丝缕"的切脍似不是一回事。

与切脍有关联的，是"生吃螃蟹活吃虾"。生螃蟹我未吃过，想来一定非常好吃。活虾我可吃得多了。前几年回乡，家乡人知道我爱吃"呛虾"，于是餐餐有呛虾。我们家乡的呛虾是用酒把白虾（青虾不宜生吃）"醉"死了的。解放前杭州楼外楼呛虾，是酒醉而不待其死，活虾盛于大盘中，上覆大碗，上桌揭碗，虾蹦得满桌，客人捉而食之。用广东话说，这才真是"生猛"。听说楼外楼现在也不卖呛虾了，惜哉！

下生蟹活虾一等的，是将虾蟹之属稍加腌制。宁波的梭子蟹是用盐腌过的，醉蟹、醉泥螺、醉蚶子、醉蛏鼻，都是用高粱酒"醉"过的。但这些都还是生的。因此，都很好吃。

我以为醉蟹是天下第一美味。家乡人贻我醉蟹一小坛。有天津客人来，特地为他剁了几只。他吃了一小块，问："是生的？"就不敢再吃。

"生的"，为什么就不敢吃呢？法国人、俄罗斯人，吃牡蛎，都是生吃。我在纽约南海岸吃过鲜蚌，那是绝对是生的，刚打上来的，而且什么作料都不搁，经我要求，服务员才给了一点胡椒粉。好吃么？好吃极了！

为什么"切脍"、生鱼活虾好吃？曰：存其本味。

我以为切脍之风，可以恢复。如果觉得这不卫生，可以仿照纽约南海岸的办法：用"远红外"或什么东西处理一下，这样既不失本味，又无致病之虞。如果这样还觉得"膈应"，吞不下，吞下要反出来，那完全是观念上的问题。当然，我也不主张普遍推广，可以满足少数老饕的欲望，"内部发行"。

（三）河豚

阅报，江阴有人食河豚中毒，经解救，幸得不死，杨花扑面，节近清明，这使我想起，正是吃河豚的时候了。苏东坡诗：

> 竹外桃花三两枝，
> 春江水暖鸭先知。
> 蒌蒿满地芦芽短，
> 正是河豚欲上时。

梅圣俞诗：

> 河豚当此时，
> 贵不数鱼虾。

宋朝人是很爱吃河豚的，没有真河豚，就用了不知什么东西做出河豚的样子和味道，谓之"假河豚"，聊以过瘾，《东京梦华录》等书都有记载。

江阴当长江入海处不远，产河豚最多，也最好。每年春天，鱼市上有很多河豚卖。河豚的脾气很大，用小木棍捅捅它，它就把肚子鼓起来，再捅，再鼓，终至成了一个圆球。江阴河豚品种极多。我所就读的南菁中学的生物实验室里搜集了各种河豚，浸在装了福尔马林的玻璃器内。有的很大，有的小如金钱龟。颜色也各异，有带青绿色的，有白的，还有紫红的。这样齐全的河豚标本，大概只有江阴的中学才能搜集得到。

河豚有剧毒。我在读高中一年级时，江阴乡下出了一件命案，"谋杀亲夫"。"奸夫"、"淫妇"在游街示众后，同时枪决。毒死亲夫的东西，即是一条煮熟的河豚。因为是"花案"，那天街的两旁有很多人鹄立伫观。但是实在没有什么好看，奸夫淫妇都蠢而且丑，奸夫还是个黑脸的麻子。这样的命案，也只能出在江阴。

但是河豚很好吃，江南谚云："拼死吃河豚"，豁出命去，也要吃，可见其味美。据说整治得法，是不会中毒的。我的几个同学都曾约定请我上家里吃一次河豚，说是"保证不会出问题"。江阴正街上有一家饭馆，是卖河豚的。这家饭馆有一块祖传的木板，刷印保单，内容是如果在他家铺里吃河豚中毒致死，主人可以偿命。

河豚之毒在肝脏、生殖腺和血，这些可以小心地去掉。这种办法有例可援，即"洁本金瓶梅"是。

我在江阴读书两年，竟未吃过河豚，至今引为憾事。

（四）野菜

春天了，是挖野菜的时候了。踏青挑菜，是很好的风俗。人在屋里闷了一冬天，尤其是妇女，到野地里活动活动，呼吸一点新鲜空气，看看新鲜的绿色，身心一快。

南方的野菜，有枸杞、荠菜、马兰头……北方野菜则主要的是苣荬菜。枸杞、荠菜、马兰头用开水焯过，加酱油、醋、香油凉拌。苣荬菜则是洗净，去根，蘸甜面酱生吃。或曰吃野菜可以"清火"，有一定道理。野菜多半带一点苦味，凡苦味菜，皆可清火。但是更重要的是吃个新鲜。有诗人说："这是吃春天"，这话说得有点做作，但也还说得过去。

敦煌变文、《云谣集杂曲子》、打枣杆、挂枝儿、吴歌，乃至《白雪遗音》等等，是野菜。因为它新鲜。

一九八九年四月十八日

注　释

①　本篇原载《中国文化》1989 年第一期（创刊号）"城南客话"专栏；初收《汪曾祺小品》，中国人民大学出版社，1992 年 10 月。

何时一尊酒,重与细论文^①

——陆建华《全国获奖爱情短篇小说选评》代序

　　建华的《全国获奖爱情短篇小说选评》编成,来信嘱我写一篇序。我以为,从新时期十年获全国奖的短篇小说中,挑选出一部分爱情题材的郑重地推荐给读者,并对这些作品从思想到艺术进行细致评述,这是件很有意义的事情。只是我对这些小说读得不全,故只能说一点不着边际的话,说一点我对评论的看法。如果能和建华的文集有一点关联,那就算歪打正着。

　　曾有搞评论的朋友问我对当前的评论有什么看法。我说主要缺点是缺乏个性。评论不能人云亦云,更不能看风使舵。评论家应该独具只眼,有自己的创见。评论家应该有自己独到的看法,并有自己独创的说法,要能说出别人说不出的话来,即使片面一点,偏激一点,也比淡而无味的温吞水好。"评论"从某个意义来说,就是"发现"。徐悲鸿发现了齐白石,发现了泥人张。他把齐白石和泥人张都抬得很高。他说齐白石是一位大师(齐白石在当时名气还不太大),说泥人张是中国的米盖朗齐罗。有人说他推崇得太过了。徐悲鸿说:"我对自己讲的话总是负责任的。"我很欣赏徐悲鸿的这种态度。"平生不解藏人善,到处逢人说项斯",评论家应该有这样的热情。评论文章要能使读者感觉到评论家这个人,如见其人,如闻其声,这样才能使读者觉得亲切,受到感染。有些作家的作品可以不用署名,一看就知道这是某人写的。评论家能做到这样的似乎不多。这是很多人不爱读评论的一个重要原因。从建华的《选评》所选择的作品篇目看,他只选了十六篇作品,不是把所有获奖的爱情题材作品都搜罗进来,一视同仁,平等对待。而是宁缺毋滥,我以为这态度是好的。既有取舍，一定有个标准，这个标准不是"公认"，而是"只眼"。自己觉得对哪些作品有话可说，于是去评定一下；有些作品尽管声誉很高，但觉得对它说不出什么新鲜的意思来，便落选了。这样，这本评论集是很可能有点个性的。

不知道从什么时候起，评论和鉴赏分了家了。我以为还是合起来好。大家都说现在的评论有一个模式，即上来先用相当多的篇幅谈作品的思想内容，当中谈一点艺术特点，最后指出作品的不足。其实何妨颠倒一下呢，先从作品塑造的形象入手，再来探索形象的思想内涵？记得李希凡同志写过一篇文章，提出评论也要有一点形象思维，我是很赞成的。恐怕不是需要有一点，而是首先要从形象接近乃至深挖这个作品。作者在形成作品的时候，一开头总是感性的，直觉的，在感情里首先活跃、鲜明起来的是形象；读者接受一个作品的时候，开头也总是感性的，直觉的，使他受感动的是形象。这样才能造成作者和读者之间的交流，完成全部创作过程。为什么我们的评论家总是那样理智，那样冷若冰霜，对着一篇作品，拿起手术刀来一刀就切到作品的思想呢？这种"唯理"的评论是不能感人的。——评论也要使人感动，不只是使人信服。至于"不足"，任何一篇作品都是能够指出不足之处来的，但是我觉得评论家指出作品的不足往往没有多大用处。评论家既不能自己动手，把这个作品改一改，把不足之处弥补起来；作家也未必肯采纳评论家的意见，照他的意见改写作品，即使评论家指出的不足是有道理的。我不是反对任何一篇评论指出作品的不足，但不赞成每一篇评论都有这样一个尾巴。篇篇如此，让人感到无非是为了四平八稳、面面俱到。我过去读建华的评论，尚无四平八稳、面面俱到之感，却能用朴实无华的文字，写出自己对作品进行认真揣摩后的具体感受，从而能给读者以有益的启示，这是建华的评论文字长处所在吧。

中国的评论大都只评作品，很少涉及作者。作品的风格和作者的个性是分不开的。蒲封说过：风格即人。如果在评论中画出一点作者的风貌，则评论家就会同时成为作者与读者的挚友，会使人感到亲切，增加对作品的理解。我曾读过肖伯纳写的一篇对一个著名摄影家的评论,几乎没有一句谈到此摄影家的作品,只是说他开了一家旧书店,有人去买一本书,他书店里没有,告诉买主,他要的那本书写得不好,他可以另外给他介绍两本同类的书,买主看了,很满意;他的旧书店里还卖文物,这都是他花了不多的钱搜集起来,但是一经他品评,就会变得很名贵。这样,我们便知道此人的艺术趣味很高,至于他的摄影的不俗,就不言而喻了。我觉得这样写评论,是很聪明的写法。中国的评论家不太善于知人。我希望建华能多和作家交交朋友,这样,就可能用精炼的笔墨勾画出作家的笑貌,并以印证他的作品。一个评论家也该学会一点小说家的本事。

最后一点,我觉得评论文章应该像一篇文章,就是说要讲究一点语言艺术,写得生动一点,漂亮一点。中国的评论似乎已经形成一种通用的文体,都有那么一股评论腔,说得不好听一点,就是八股气。评论家好像大都缺少幽默感。有的评论家在平常谈话时也还有风趣,到了写评论的时候,就正襟危坐,不苟言笑起来,如我们家乡所说的:"俨乎其然","板板六十四"。我希望我们的评论家能够松弛一点,随便一点。晋朝人手挥麈尾,坐而谈玄。杜甫诗:"何时一尊酒,重与细论文",我以为那是蛮舒服的。中国的评论家文章写得活泼的,据我所知,有刘西渭(即李健吾)先生。建华不妨把他的《咀华集》和《咀华二集》找来看看。

建华是我的小同乡,都是高邮人。说起高邮,很多人只知道高邮出咸鸭蛋。上海卖咸鸭蛋的店铺里总要用一字条特别标明:"高邮咸鸭蛋"。我们那里的咸鸭蛋确实很好,筷子一扎下去,吱——红油就会冒出来。不过敝处并不只是出咸鸭蛋,我们家乡还出过秦少游,出过研治训诂学的王氏父子,还有一位写散曲的王西楼,文风不可谓不盛。近些年也出了一些很有才华的文学中青年,建华是其中的一个。建华嘱我写序,我本着乡曲之见,写了上面这些,所言未必有当,随便说说而已。

一九八九年四月序于北京

注　释

① 本篇原载《全国获奖爱情短篇小说选评》(陆建华著,南京大学出版社,1990 年版),又载《文学自由谈》1991 年第三期,有改动;初收《汪曾祺全集》第五卷,北京师范大学出版社,1998 年 8 月。

中国戏曲和小说的血缘关系[①]

自从布莱希特以后,世界戏剧分作了两大类。一类是戏剧的戏剧,一类是叙事诗式的戏剧。布莱希特带来了戏剧观念的革命。布莱希特的戏剧观可能受了中国戏曲的影响。元杂剧是个很怪的东西。除了全剧一个人唱到底,还把任何生活一概切成四段(四出)。或许,元杂剧的作者认为生活本身就是天然地按照四分法的逻辑进行的,这也许有道理。四是一个神秘的数字。元杂剧的分"出",和十九世纪西方戏剧的分"幕"不尽相同,但有暗合之处(古典西方戏剧大都是四幕)。但是自从传奇兴起,中国的剧作者的戏剧观点、思想方式,发生了很大的变化,同时带来结构方式的变化。传奇的作者意识到生活的连续性、流动性,不能人为地切做四块,于是由大段落改为小段落,由"出"改为"折"。西方古典戏剧的结构像山,中国戏曲的结构像水。这种滔滔不绝的结构自明代至近代一直没有改变。这样的结构更近乎是叙事诗式的,或者更直截了当地说:是小说式的。中国的演义小说改编为戏曲极其方便,因为结构方法相近。

中国戏曲的时空处理极其自由,尤其是空间,空间是随着人走的,一场戏里可以同时表不同的空间(中国剧作家不知道所谓三一律,因此不存在打破三一律的问题)。《打渔杀家》里萧恩去出首告状,被县官吕子秋打了四十大板,轰出了县衙。他的女儿桂英在家里等他,上场唱了四句:

> 老爹爹清晨起前去出首,
> 倒叫我桂英儿挂在心头。
> 将身儿坐至在草堂等候,
> 等候了爹爹回细问根由。

在每一句之后听到后台的声音："一十,二十,三十,四十,赶了出去!"这声音表现的是萧恩在公堂上挨打。一个在江那边,一个在江这边,一个在公堂上,一个在家里,这"一十,二十"怎么能听得到? 谁听见的?《一匹布》是一出极其特别的、带荒诞性的"玩笑剧"。李天龙的未婚妻死了,丈人有言,等李天龙续娶时,把女儿的四季衣裳和陪嫁银子二百两给他。李天龙家贫,无力娶妻,张古董愿意把妻子沈赛花借给他,好去领取钱物,声明不能过夜。不想李天龙沈赛花被老丈人的儿子强留住下了。张古董一看天晚了,赶往城里,到了瓮城里,两边的城门都关了,憋在瓮城里过了一夜。舞台上一边是老丈人家,李天龙、沈赛花各怀心事;一边是瓮城,张古董一个人心急火燎,咕咕哝哝。奇怪的是两边的事不但同时发生,而且两处人物的心理还能互相感应,又加上一个毫不相干,和张古董同时被关在瓮城里的一个名叫"四合老店"的南方口音的老头儿跟着一块瞎打岔,这场戏遂饶奇趣。这种表现同时发生在不同空间的事件的方法,可以说是对生活的全方位观察。

中国戏曲,不很重视冲突。有一个时期,有一种说法,戏剧就是冲突,没有冲突不成其为戏剧。中国戏曲,从整出看,当然是有冲突的,但是各场并不都有冲突。《牡丹亭·游园》只是写了杜丽娘的一派春情,什么冲突也没有。《长生殿·闻铃·哭象》也只是唐明皇一个人在抒发感情。《琵琶记·吃糠》只是赵五娘因为糠和米的分离联想到她和蔡伯喈的遭际,痛哭了一场。《描容》是一首感人肺腑的抒情诗,赵五娘并没有和什么人冲突。这些著名的折子,在西方的古典戏剧家看来,是很难构成一场戏的。这种不假冲突,直接地抒画人物的心理、感情、情绪的构思,是小说的,非戏剧的。

戏剧是强化的艺术,小说是入微的艺术。戏剧一般是靠大动作刻划人物的,不太注重细节的描写。中国的戏曲强化得尤其厉害。锣鼓是强化的有力的辅助手段。但是中国戏曲又往往能容纳极精微的细节。《打渔杀家》萧恩决定过江杀人,桂英要跟随前去,临出门时,有这样几句对白:"开门哪!""爹爹呀请转! 这门还未曾上锁呢。""这门呦! ——关也罢,不关也罢!""里面还有许多动用家具呢。""傻孩子呀,门都不要了,要家具则甚哪!""不要了? 喂噫……""不省事的冤家呀……!"

从戏剧情节角度看,这几句话可有可无。但是剧作者(也算是演员)却抓住了这一细节,表现出桂英的不懂事和失路英雄准备弃家出走的悲怆心情,增加了这出戏的悲剧性。

《武家坡》里,薛平贵在窑外述说了往事,王宝钏确信是自己的丈夫回来了,开门相见。

> 王宝钏(唱)
>> 开开窑门重相见,
>> 我丈夫哪有五绺髯?
> 薛平贵(唱)
>> 少年子弟江湖走,
>> 红粉佳人两鬓斑。
>> 三姐不信菱花照,
>> 不似当年在彩楼前。
> 王宝钏(唱)
>> 寒窑哪有菱花镜?
> 薛平贵(白)
>> 水盆里面——
> 王宝钏(接唱)
>> 水盆里面照容颜。
> (夹白)老了!
> (接唱)
>> 老了老了真老了,
>> 十八年老了我王宝钏!

水盆照影,是一个非常精彩的细节。王宝钏穷得置不起一面镜子,她茹苦含辛,也无心对镜照影。今日在水盆里一照:老了!"十八年老了我王宝钏",千古一哭!

这种"闲中著色",涉笔成情,手法不是戏剧的,是小说的。

有些艺术品类,如电影、话剧,宣布要与文学离婚,是有道理的。这些艺术形式绝对不能成为文学的附庸,对话的奴仆。但是戏曲,问题不同。因为中国戏曲与文学——小说,有割不断的血缘关系。戏曲和文学不是要离婚,而是要复婚。中国戏曲的问题,是表演对于文学太负心了!

一九八九年五月七日

注　释

① 本篇原载《人民文学》1989 年第八期;初收《汪曾祺小品》,中国人民大学出版社,1992 年 10 月。

晚岁渐于诗律细①

我知道刃锋,在四十年代。刃锋成名甚早。解放前历次全国木刻展览,刃锋的作品都很突出。展品选为画册,刃锋之作,常居于显著地位。所表现的多为苦难的土地和人民,刀法刚劲,充满反抗意识。

五十年代初,得识刃锋于北京,我们都在市文联。我在《说说唱唱》当编辑。编辑部在霞公府楼上,两间日本人留下来的房子,——门是纸门。刃锋的画室和编辑部之间,只隔了端木蕻良的书斋。我时常踱到刃锋屋里,看他作画,听他聊天。刃锋读书多,哲学、美术史、美术理论,无不涉猎。说话很慷慨,多顿挫,有点白居易所说"气粗言语大"的劲头。1955 年我调到中国民间文艺研究会,刃锋仍留在市文联,彼此见面遂少。

刃锋一生坎坷。解放前过了多年流亡生活,颠沛于沪渝等地。解放后生活稍稍安定。1957 年被划成右派。这是意料中事。他是最早划为右派的,而摘掉帽子又甚晚,直到七十年代,原因是属于"死不悔改的右派"云云。这却是没有想到的。这些年我没有见到过刃锋,只听说他境遇很不好,但还在作画。

一天,刃锋忽然来看我。谈锋依然很健,谈论书画、臧否人物,毫无保留。我心里想:汪刃锋还是汪刃锋,真是死不悔改的了。

刃锋告诉我他要办一次回顾展,带来一些国画彩照底片让我看,我看了,觉得二十多年,刃锋还是有变化的。第一,"庾信文章老更成",刃锋更成熟了。这没有什么奇怪,画家总是越老越成熟的。第二,对我说起来倒是有点新鲜的:"晚岁渐于诗律细"。刃锋早年的画,奔放的多,近期的画却趋于严谨了。画属"小写意",笔笔都交代得很清楚。有笔有墨,画面极干净,不像时下许多画家,看起来大刀阔斧,水墨淋

1076

漓,很能"虎"人,但笔笔经不起推敲。刃锋的构图很稳,不以险怪取胜。这是不能藏拙,也不易讨巧的。但是刃锋选择了一条不欺世、不骇俗、扎扎实实的路子,这是需要勇气的。

刃锋长于书法,中年后写怀素,用中锋,但有法度,不像包世臣所说的"信笔",——目下写狂草的,多"信笔",让笔牵着自己走。刃锋题大幅画,每用隶书,但很舒展秀丽,不像许多人写的隶书似乎苍苍莽莽,实是美术字而已。看来刃锋是写了几年《曹全碑》、《张迁碑》的。

刃锋稍长于我,才过了七十,身体精力都不错,他还能画好多年。相信他的画会进入一个更新的境界。

注　释

① 本篇原载 1989 年 5 月 28 日《光明日报》;初收《汪曾祺全集》第四卷,北京师范大学出版社,1998 年 8 月。

凤　翥　街①

　　昆明大西门外有两条街,两条街的街名都起得富丽堂皇,一条叫凤翥街,一条叫龙翔街,其实是两条很小的街,与龙、凤一点关系没有。凤翥街是南北向的,从大西门前横过;龙翔街对着大西门,东西向,与凤翥街相交,成丁字形,龙翔街比较宽,也干净一些,但不如凤翥街热闹。

　　凤翥街北口有一座砖砌的小牌楼,大概是所谓里门。牌楼外有一小块空地,是背炭的苗族人卖炭的地方。这些苗族人是很辛苦的。他们从几十里外的山里把烧好的栎炭背到昆明来,一驮子不下二百斤,一路休息时炭驮子不卸下,只是找一个岩头或墙壁,把炭驮靠着,下面支一个T字形的木拐,人倚着一驮炭站一会,便算是休息了。他们吃的饭非常粗粝,只是通红的糙米饭,拌一点槌碎了的辣椒和盐。他们不用碗筷,饭装在一个本色白布口袋里,就着口袋吞食。边吃边把口袋口向外翻卷。吃完了,把口袋底翻过来,抖一抖,一顿饭就完事了。有学问的人讲营养,讲食物结构,人应该吃这个,需要吃那个,这些苗族人一辈子吃辣椒盐巴拌饭,也照样活。有一年日本飞机轰炸,这些苗族人没有防空常识,吓得四处乱跑,被机枪扫射,死伤了几个。

　　进这个小牌楼,才是正式的凤翥街。这条街主要是由茶馆、饭馆、纸烟店、骡马店、饼店和各色各样来来往往的行人构成的。

　　这条长约一百米左右的小街上倒有五家茶馆。

　　挨着小牌楼是一家很小的茶馆,只有三张茶桌。招呼茶座的是一个壮实而白皙的中年妇人。这女人很能生孩子。最小的一个已经四岁了,还不时自己解开妈妈的扣子,趴在胸前吸奶。她住家在街对面。丈夫是一个精瘦的老头子,他一天不露面,只在每天下午到茶馆里来,捧着一个蓝花大碗咕嘟咕嘟喝下一大碗牛奶。这是一头老种畜,除了抽鸦片,喝牛奶,就会制造孩子。这家茶馆还卖草鞋,房梁、墙壁,到处都是一串一串的草鞋。

走过几家,是一个绍兴人开的茶馆,这位绍兴老板很重乡情,只要不是本地人,他觉得都是同乡,他对西南联大的学生很有感情,联大学生去喝茶,没带钱,可以赊账。空手喝了茶,临了还能跟老板借几个钱到城里南屏大戏院去看一场电影。

街东一家是后来开的,用的是有盖带把的白瓷茶缸,有点洋气,——别家茶馆都用粗瓷青花盖碗。这一家是专卖西南联大学生的,本地人不来,喝不惯这种有把的茶缸,也听不懂这些大学生的高谈阔论。

从"洋"茶馆往南,隔一个牛肉馆,一个小饭馆,一家,茶桌茶具都很干净,给客人拿盖碗、冲开水的是一个十二三岁的半大孩子。这家孩子也多,三个,都是男孩子。这个小大人的身后老跟着一个弟弟,有时一边做生意,一边背上还用背兜背着一个小弟弟。这小大人手脚很勤快。他终年不穿鞋,赤脚在泥地上踏得叭答叭答地响。西南联大有个同学给这个小大人起了一个名字:"主任儿子"。

"主任儿子"茶馆斜对面是一家本街最大,也是地道昆明味儿的茶馆。这家茶馆在凤翥街的把角,茶馆的门面一边对着凤翥街,一边对着龙翔街,两街风景,往来行人,尽在眼底,真是一个闲看漫听的好地方。进门的都是每天必至的老茶客。他们落座后第一件事便是卷叶子烟。叶子烟装在一个牛皮制成、外涂黑漆的圆盒里,在家里预先剪成等长的一段一段,上面覆着一片菜叶,以使烟叶潮润。取出几根,外面选一片完整的叶子裹紧,一枝一枝排在桌上,依次燃吸。这工作做得十分细致。茶馆里每天有一个盲人打扬琴说书,愿意听就听一会,不愿听尽可小声说话。偶尔也有看相的来,一手执一个面贴红纸的朝笏似的硬纸片,上写"××山人"、"××子",一手拈着一根纸媒子,口称"送看手相不要钱"。走了一个,又来一个,但都无人理睬。不时有女孩子来卖葵花子,小声吆唤:"瓜子瓜"。这家茶馆每天要扫出很多瓜子皮。

凤翥街有三家纸烟店。一家挨着小牌楼，路东。架上没有几盒烟，主要卖花生米。卖东西的是姑嫂二人。小姑子脸盘和肩膀都很宽，涂脂抹粉，见人常作媚笑。她这儿卖花生米从来不上秤约，凭她的手抓，抓多少是多少。来买的如是个漂亮小伙子，就给得多；难看的，给得少，同样价钱，悬殊很大。联大同学发现了这个秘密，凡买花生米，都推一个"小生"去。嫂子也爱向人眉目传情，但眼光狡黠，不像小姑子那样直露。

　　另两家纸烟店门对门，各有主顾。除了卖纸烟火柴，当中还挂着一排金堂叶子。纸烟店代卖零酒。昆明的白酒分升酒、市酒两种。升酒美其名曰"玫瑰重升"，大体相当于北京的二锅头，和玫瑰了不相涉。市酒比升酒要便宜一半。昆明人有一种喝法，叫做"升掺市"，即一半升酒，一半市酒掺起来喝。

　　这条街上共有五家饭馆。最南的一家是一个扬州人开的，光顾的多为联大师生，本地人实在吃不惯这位大师傅的淮扬口味。他的拿手菜是过油肉，确实炒得很嫩。

　　街中有一家牛肉馆。这是一家回民馆，只卖牛肉。有冷片——大块牛肉白水煮得极酥，快刀切为薄片，蘸甜酱油吃；汤片——即将冷片铺在碗中浇以滚汤；红烧——牛肉的带筋不成形的小块染以红曲，炖焖，连汤卖，所谓"红烧"，其实并不放酱油；牛肚——肚板、肚领整块煮熟，切薄片，浇汤，不知道为什么没有牛白叶。牛肚谓之"领肝"，不知道是不是对"肚"有什么忌讳？牛舌，亦煮熟切片浇汤，牛舌有个特别名称，叫做"撩青"，细想一下，是可以理解的，牛的舌头可不是"撩"青草的么？不过这未免太费思索了；牛肉馆偶有"牛大筋"卖，牛大筋是牛鞭，即牛鸡巴也，这是非常好吃的。牛肉馆卖米饭。要一碗白米饭、一个"冷片"、一碗汤菜，好吃实惠。

　　牛肉馆隔壁是一家汉民小饭馆，只卖爨荤小炒。昆明人把荤菜分为大荤和爨荤。大荤即煨炖的大块肉，爨荤是蔬菜加一点肉爆炒。这家的炒菜都是七寸盘，两三个人吃饭最为相宜。青椒炒肉丝、炒灯笼椒（红柿子椒）、炒菜花（昆明人叫椰花菜）、番茄炒鸡蛋等等。菜的味道很好，因为肉菜新鲜，油多火大。有一个菜我在别处没有吃过：炒青苞谷（嫩玉米），稍放一点肉末，加一点青辣椒，极清香爽口。

街的南端有两家较大的饭馆，一家在街西，龙翔街口，大茶馆的对面；一家在大西门右侧。这是两家地地道道的云南饭馆，顾客以马锅头为最多。

马锅头是凤翥街的重要人物。三五七八个人，三二十匹马，由昆明经富民往滇西运日用百货，又从滇西运土产回昆明。他们的装束一看就看得出来。都穿白色的羊皮板的背心，不钉纽扣，对襟两边有细皮条编缀的图案，有点像美国的西部英雄，脚下是厚牛皮底，上边用宽厚的黑色布条缝成草鞋的样子，说草鞋不是草鞋，说布鞋不是布鞋的那么一种鞋，布条上大都绣几朵红花，有的还钉了"鬼眼眼"（亮片）。上路时则多戴了黑色漆布制的凉帽。马锅头是很苦的，他们是在风霜里生活的人。沿途食宿，皆无保证。有时到了站头，只能拾一把枯柴焖一锅饭，用随身带着的刀子削一点牛干巴——牛肉割成长条，盐腌后晒干，下饭。他们有钱，运一趟货能得不少钱。他们的荷包里有钞票。有时还有银圆（滇西有的地方还使银圆）甚至印度的"半开"（金币）。他们一路辛苦，到昆明，得痛快两天（他们连人带马都住在卖花生米那家隔壁的马店里）。这是一些豪爽剽悍的男人。他们喝酒、吸烟，都是大口。他们吸起烟来很猛，不经喉咙，由口里直接灌进肺叶，吸时带飕飕的风声，好像是喝，几口，一枝烟就吸完了。他们走进那两家云南馆子，一坐下首先要一盘"金钱片腿"——火腿的肘部，煮熟切片，一层薄皮，包一圈肥肉，里面是通红的瘦肉，状如金钱；然后要别的菜：粉蒸肉、黄焖鸡、炸乳扇（羊奶浮面的薄皮，揭出、晾干）、烩乳饼（奶豆腐）……他们当然都是吃得盘光碗净的。但是吃相并不粗野，喝酒是不出声的，不狂呼乱叫。

街西那家云南馆子，晚市卖羊肉。昆明羊肉都是切成大块，用红曲染了，加料，煮在一口大锅里（只有护国路有一家，卖白汤羊肉）。卖时也是分门别类，如"拐骨"、"油腰"（昆明羊腰子好像特别大，两个熟腰子切出后就够半碗）、"灯笼"（眼睛），羊舌是不是也叫"撩青"我就记不清了。

我们的体育老师侯先生有一次上课讲话，讲了一篇羊肉论。我们的体育课，除了跑步、投篮、跳高之外，教员还常讲讲话。这位侯先生名叫侯洛荀，学生便叫他侯老狗。其实侯先生是个很好的人，学生并不恨他，只怪他的名字起得不好。侯先生所论之羊肉，即大西门外云南馆子之羊肉也。上体育课怎么会讲起羊肉来呢？这是可以理解的。当时的大学生都很穷，营养不足，而羊肉则是偶尔还能吃得起一碗的。吃了羊肉，可增精力，这实在与体育有莫大之直接关系焉。侯先生上体育课谈羊肉的好处（主要是便宜）确实是出自对学生的关心，这一点我们是都感觉到的（他自己就常去吃一碗羊拐骨）。至于另一次他在上体育课时讲了半天狂犬病，我就不知道出于什么目的了。昆明有一阵闹狂犬病，但是大多数学生是不会被疯狗咬了的。倒是他说狂犬病亦名恐水病，得病人看到水就害怕，这倒是我以前没有听说过的，算是增长了一点知识。侯先生大概已经作古。这是个非常忠厚的人。

凤翥街有一家做一种饼，其实只是小酵的发面饼，在锅里先烙至半熟，再放在炉膛内两面烤一烤，炉膛里烧的是松毛——马尾松的针叶，因此有一点很特殊的香味。这种饼原来就叫做麦粑粑，因为联大的女生很爱吃这种饼，昆明人把女学生特别是外来的女学生叫"摩登"。有人便把这种饼叫做"摩登粑粑"。本是戏称，后来竟成了正式的名字。买两个摩登粑粑，到府甬道买四两叉烧肉夹着吃、喝一碗醡茶，真是上海人所说的"小乐胃"。昆明的叉烧比较咸，不像广东叉烧那样甜；比较干，不像广东的那样油乎乎、粘乎乎的，有一个广东女同学，一张长圆的脸，有点像个氢气球，我们背后就叫她"氢气球"。这位小姐上课总带一个提包。别的女同学们的提包里无非是粉盒、口红、手绢之类，她的提包里却装了一包叉烧肉。我和她同上经济学概论，是个大教室，我们几个老是坐在最后面，她就取出叉烧肉分发给几个熟同学，我们就一面吃叉烧，一面听陈岱孙先生讲"边际效用"。这位氢气球小姐现在也一定已经当了奶奶了。

1986 年我回了一趟昆明，特意去看了看龙翔街、凤翥街。龙翔街已经拆建,成了一条颇宽的马路。凤翥街还很狭小,样子还看得出来。有些房屋还是老的,但都摇摇欲坠,残破不堪了。旧有店铺,无一尚存。我那天是早晨去的,只有街的中段有很多卖菜的摊子,碧绿生鲜,还似当年。

一九八九年六月二十二日

注　释

① 本篇原载《海南纪实》1989 年第二期(补),该期为终刊号。

小传·有益于世道人心 [①]

小　传

　　我,江苏高邮人,1920 年生。西南联合大学中国文学系毕业。在大学时曾师从著名作家沈从文学习写作。1940 年开始发表小说。曾在昆明,上海任中学教员。后在北京市文联、中国民间文艺研究会工作,编过《说说唱唱》和《民间文学》。1962 年起,在北京京剧院任编剧,直至现在。

　　我写得比较多的是短篇小说,——我喜爱短篇小说这种形式,没有写过长篇和中篇。也写散文、评论(关于文学和戏曲、民间文学的)。年轻时写过诗,现在偶尔还写一点。我的本职工作是编剧,也写京剧剧本。

　　中国的古代作家里,我喜爱明代的归有光。中国现代作家中,我受鲁迅和沈从文的影响较深。外国作家里,我喜爱契诃夫,其次是西班牙的阿左林。

　　我的业余爱好是画画(中国水墨画)和写字。

有益于世道人心

　　我写的小说里的人是普通的人。大都是我的熟人。个别小说里也写了英雄,但我是把他作为一个普通人来写的。我想在普普通通的人的身上发现人的诗意,人的美。

　　我主张写小说是要考虑社会效果的。一篇小说总是会对读者产生影响的。应该使读者的精神境界有所提高,使人想活得更高尚一点。用我的说法,要"有益于世道人心"。但这种影响只能是潜在的,像杜甫咏春雨的诗所写的那样:"随风潜入夜,润物细无声。"我不主张用小说来教训人。作者是读者的朋友,不是读者的老师。

作家应该是一个有文化修养的人。我是一个中国人,从小读中国书较多,自然会受到中国传统文化的影响。在传统文化里,我受儒家的思想比较深。儒家思想有好的一面,即对人的尊重,人的关心。我很欣赏宋儒的两句诗:"顿觉眼前生意满,须知世上苦人多。"我的小说里常包含对人的同情。曾戏称自己为一个中国式的人道主义者。

我年轻时曾受过西方现代派的影响。但是近年主张:回到现实主义,回到民族传统。

不要在小说里激昂慷慨,不要各色各样的感伤主义。小说应该是平静的,娓娓而谈。

小说应该是散散漫漫的,不要过于严谨的结构。苏东坡说他作文"大略如行云流水,初无定质;但常行于所当行,常止于所不可不止。文理自然,姿态横生",我觉得短篇小说正当如此。

注 释

① 本篇原载《当代中国作家百人传》,洁泯主编,求实出版社,1989 年 6 月。

王磐的《野菜谱》①

  我对王西楼很感兴趣。他是明代的散曲大家。我的家乡会出一个散曲作家，我总觉得是奇怪的事。王西楼写散曲，在我的家乡可以说是空前绝后，在他以前，他的同时和以后，都不曾听说有别的写散曲的。西楼名磐，字鸿渐，少时薄科举，不应试，在高邮城西筑楼居住，与当时文士谈咏其间，自号西楼。高邮城西濒临运河，王西楼的名曲《朝天子·咏喇叭》："官船来往乱如麻，全仗你，抬声价"，正是运河堤上所见。我小时还在堤上见过接送官船的"接官厅"。高邮很多人知道王西楼，倒不是因为他写散曲。我在亲戚家的藏书中没有见过一本《西楼乐府》，不少人甚至不知"散曲"为何物。大多数市民知道王西楼是个画家。高邮到现在还流传一句歇后语："王西楼嫁女儿——画（话）多银子少"。关于王西楼的画，有一些近乎神话似的传说，但是他的画一张也没有留下来。早就听说他还著了一部《野菜谱》，没有见过，深以为憾。近承朱延庆君托其友人于扬州师范学院图书馆所藏陶珽重编《说郛》中查到，影印了一册寄给我，快读一过，对王西楼增加了一分了解。

  留心可以度荒的草木，绘成图谱，似乎是明朝人的一种风气。朱元璋的第五个儿子朱橚就曾搜集了可以充饥的草木四百余种，在自己的园圃里栽种，叫画工依照实物绘图，加了说明，编了一部《救荒本草》。王磐是个庶民，当然不能像朱橚那样雇人编绘了那样卷帙繁浩的大书，编了，也刻不起。他的《野菜谱》只收了五十二种，不过那都是他目验、亲尝、自题、手绘的。而且多半是自己掏钱刻印的，——谁愿意刻这种无名利可图的杂书呢？他的用心是可贵的，也是感人的。

  《野菜谱》卷首只有简单的题署：

野菜谱

高邮王鸿渐

无序跋,亦无刊刻的年月。我以为这书是可信的,这种书不会有人假冒。

五十二种野菜中,我所认识的只有:白鼓钉(蒲公英)、蒲儿根、马栏头、青蒿儿(即茵陈蒿)、枸杞头、野菉豆、蒌蒿、荠菜儿、马齿苋、灰条。其余的不但不识,连听都没听说过,如"燕子不来香"、"油灼灼"……。

《野菜谱》上文下图。文约占五分之三,图占五分之二。"文",在菜名后有两三行说明,大都是采食的时间及吃法,如:

白 鼓 钉

名蒲公英,四时皆有,唯极寒天小而可用,采之熟食。

后面是近似谣曲的通俗的乐府短诗,多是以菜名起兴,抒发感慨,嗟叹民生的疾苦。穷人吃野菜是为了度荒,没有为了尝新而挑菜的。我的家乡很穷,因为多水患,《野菜谱》几处提及,如:

眼 子 菜

眼子菜,如张目,年年盼春怀布谷,犹向秋来望时熟。何事频年倦不开,愁看四野波漂屋。

猫 耳 朵

猫耳朵,听我歌,今年水患伤田禾,仓廪空虚鼠弃窝,猫兮猫兮将奈何!

灾荒年月,弃家逃亡,卖儿卖女,是常见的事。《野菜谱》有一些小诗,写得很悲惨,如:

江 荠

江荠青青江水绿,江边挑菜女儿哭。爷娘新死兄趁熟,止存我与妹看屋。

抱　娘　蒿

抱娘蒿,结根牢,解不散,如漆胶。君不见昨朝儿卖客船上,儿抱娘哭不肯放。

读了这样的诗,我们可以理解王磐为什么要写《野菜谱》,他和朱橚编《救荒本草》的用意是不相同的。同时也让我们知道,王磐怎么会写出《朝天子·咏喇叭》那样的散曲。我们不得不想到一个多年来人们不爱用的一个词儿:人民性。我觉得王磐与和他被并称为"南曲之冠"的陈大声有所不同,陈大声不免油滑,而王磐的感情是诚笃的。

《野菜谱》的画不是作为艺术作品来画的,只求形肖。但是王磐是画家,昔人评其画品"天机独到",原作绝不会如此的毫无笔力。《说郛》本是复刻的,刻工不佳,我非常希望能看到初刻本。

我觉得对王西楼的评价应该调高一些,这不是因为我是高邮人。

一九八九年七月三日

注　释

① 本篇原载《中国文化》1990 年总第二期"城南客话"专栏;初收《汪曾祺小品》,中国人民大学出版社,1992 年 10 月。

"无事此静坐"[①]

我的外祖父治家整饬,他家的房屋都收拾得很清爽,窗明几净。他有几间空房,檐外有几棵梧桐,室内木榻、漆桌、藤椅。这是他待客的地方。但是他的客人很少,难得有人来。这几间房子是朝北的,夏天很凉快。南墙挂着一条横幅,写着五个正楷大字:

"无事此静坐"。

我很欣赏这五个字的意思。稍大后,知道这是苏东坡的诗,下面的一句是:

"一日当两日"。

事实上,外祖父也很少到这里来。倒是我常常拿了一本闲书,悄悄走进去,坐下来一看半天。看起来,我小小年纪,就已经有了一点隐逸之气了。

静,是一种气质,也是一种修养。诸葛亮云:"非淡泊无以明志,非宁静无以致远。"心浮气躁,是成不了大气候的。静是要经过锻炼的,古人叫做"习静"。唐人诗云:"山中习静朝观槿,松下清斋折露葵。""习静"可能是道家的一种功夫,习于安静确实是生活于扰攘的尘世中人所不易做到的。静,不是一味地孤寂,不闻世事。我很欣赏宋儒的诗:"万物静观皆自得,四时佳兴与人同。"唯静,才能观照万物,对于人间生活充满盎然的兴致。静是顺乎自然,也是合乎人道的。

世界是喧闹的。我们现在无法逃到深山里去,唯一的办法是闹中取静。毛主席年轻时曾采取了几种锻炼自己的方法,一种是"闹市读书"。把自己的注意力高度集中起来,不受外界干扰,我想这是可以做到的。

这是一种习惯,也是环境造成的。我下放张家口沙岭子农业科学研究所劳动，和三十几个农业工人同住一屋。他们吵吵闹闹，打着马锣唱山西梆子，我能做到心如止水，照样看书、写文章。我有两篇小说，就是在震耳的马锣声中写成的。这种功夫，多年不用，已经退步了，我现在写东西总还是希望有个比较安静的环境，但也不必一定要到海边或山边的别墅中才能构思。

大概有十多年了，我养成了静坐的习惯。我家有一对旧沙发，有几十年了。我每天早上泡一杯茶，点一支烟，坐在沙发里，坐一个多小时。虽是块然独坐，然而浮想连翩。一些故人往事，一些声音、一些颜色、一些语言、一些细节，会逐渐在我的眼前清晰起来，生动起来。这样连续坐几个早晨，想得成熟了，就能落笔写出一点东西。我的一些小说散文，常得之于清晨静坐之中。曾见齐白石一小幅画，画的是淡蓝色的野藤花，有很多小蜜蜂，有颇长的题记，说这是他家山的野藤，花时游蜂无数，他有个孙子曾被蜂螫，现在这个孙子也能画这种藤花了，最后两句我一直记得很清楚："静思往事，如在目底"。这段题记是用金冬心体写的，字画皆极娟好。"静思往事，如在目底"，我觉得这是最好的创作心理状态。就是下笔的时候，也最好心里很平静，如白石老人题画所说："心闲气静时一挥"。

我是个比较恬淡平和的人，但有时也不免浮躁，最近就有点如我家乡话所说"心里长草"。我希望政通人和，使大家能安安静静坐下来，想一点事，读一点书，写一点文章。

一九八九年八月十六日

注　释

① 本篇原载 1989 年 10 月 18 日《消费时报》"拈花小品"专栏；初收《汪曾祺小品》，中国人民大学出版社，1992 年 10 月。

寻 常 茶 话①

　　我对茶实在是个外行。茶是喝的,而且喝得很勤,一天换三次叶子。每天起来第一件事,便是坐水,沏茶。但是毫不讲究。对茶叶不挑剔。青茶、绿茶、花茶、红茶、沱茶、乌龙茶,但有便喝。茶叶多是别人送的,喝完了一筒,再开一筒。喝完了碧螺春,第二天就可以喝蟹爪水仙。但是不论什么茶,总得是好一点的。太次的茶叶,便只好留着煮茶叶蛋。《北京人》里的江泰认为喝茶只是"止渴生津利小便",我以为还有一种功能,是:提神。《陶庵梦忆》记闵老子茶,说得神乎其神。我则有点像董日铸,以为"浓、热、满三字尽茶理"。我不喜欢喝太烫的茶,沏茶也不爱满杯。我的家乡论为客人斟茶斟酒:"酒要满,茶要浅",茶斟得太满是对客人不敬,甚至是骂人。于是就只剩下一个字:浓。我喝茶是喝得很酽的。曾在机关开会,有女同志尝了我的一口茶,说是"跟药一样"。

　　我读小学五年级那年暑假,我的祖父不知怎么忽然高了兴,要教我读书。"穿堂"的右侧有两间空屋。里间是佛堂,挂了一幅丁云鹏画的佛像,佛的袈裟是朱红的。佛像下,是一尊乌斯藏铜佛。我的祖母每天早晚来烧一炷香。外间本是个贮藏室,房梁上挂着干菜,干的粽叶,靠墙有一坛"臭卤",面筋、百叶、笋头、苋菜秸都放在里面臭。临窗设一方桌,便是我的书桌。祖父每天早晨来讲《论语》一章,剩下的时间由我自己写大小字各一张。大字写《圭峰碑》,小字写《闲邪公家传》,都是祖父从他的藏帖里拿来给我的。隔日作文一篇,还不是正式的八股,是一种叫做"义"的文体,只是解释《论语》的内容。题目是祖父出的。我共做了多少篇"义",已经不记得了。只记得有一题是"孟子反不伐义"。

祖父生活俭省，喝茶却颇考究。他是喝龙井的，泡在一个深栗色的扁肚子的宜兴砂壶里，用一个细瓷小杯倒出来喝。他喝茶喝得很酽，一次要放多半壶茶叶。喝得很慢，喝一口，还得回味一下。

他看看我的字、我的"义"；有时会另拿一个杯子，让我喝一杯他的茶。真香。从此我知道龙井好喝，我的喝茶浓酽，跟小时候的熏陶也有点关系。

后来我到了外面，有时喝到龙井茶，会想起我的祖父，想起孟子反。

我的家乡有"喝早茶"的习惯，或者叫做"上茶馆"。上茶馆其实是吃点心，包子、蒸饺、烧麦、千层糕……茶自然是要喝的。在点心未端来之前，先上一碗干丝。我们那里原先没有煮干丝，只有烫干丝。干丝在一个敞口的碗里堆成塔状，临吃，堂倌把装在一个茶杯里的佐料——酱油、醋、麻油浇入。喝热茶、吃干丝，一绝！

抗日战争时期，我在昆明住了七年，几乎天天泡茶馆。"泡茶馆"是西南联大学生特有的说法。本地人叫做"坐茶馆"，"坐"，本有消磨时间的意思，"泡"则更胜一筹。这是从北京带过去的一个字，"泡"者，长时间地沉溺其中也，与"穷泡"、"泡蘑菇"的"泡"是同一语源。联大学生在茶馆里往往一泡就是半天。干什么的都有。聊天、看书、写文章。有一位教授在茶馆里读梵文。有一位研究生，可称泡茶馆的冠军。此人姓陆，是一怪人。他曾经徒步旅行了半个中国，读书甚多，而无所著述，不爱说话。他简直是"长"在茶馆里。上午、下午、晚上，要一杯茶，独自坐着看书。他连漱洗用具都放在一家茶馆里，一起来就到茶馆里洗脸刷牙。听说他后来流落在四川，穷困潦倒而死，悲夫！

昆明茶馆里卖的都是青茶，茶叶不分等次，泡在盖碗里。文林街后来开了一家"摩登"茶馆，用玻璃杯卖绿茶、红茶——滇红、滇绿。滇绿色如生青豆，滇红色似"中国红"葡萄酒，茶味都很厚。滇红尤其经泡，三开之后，还有茶色。我觉得滇红比祁(门)红、英(德)红都好，这也许是我的偏见。当然比斯里兰卡的"利普顿"要差一些——有人喝不来"利普顿"，说是味道很怪。人之好恶，不能勉强。

我在昆明喝过烤茶。把茶叶放在粗陶的烤茶罐里，放在炭火上烤得半焦,倾入滚水,茶香扑人。几年前在大理街头看到有烤茶罐卖,犹豫一下,没有买。买了,放在煤气灶上烤,也不会有那样的味道。

1946年冬,开明书店在绿杨邨请客。饭后,我们到巴金先生家喝功夫茶。几个人围着浅黄色的老式圆桌,看陈蕴珍(萧珊)"表演":濯器、炽炭、注水、淋壶、筛茶。每人喝了三小杯。我第一次喝功夫茶,印象深刻。这茶太酽了,只能喝三小杯。在座的除巴先生夫妇,有靳以、黄裳。一转眼,43年了。靳以、萧珊都不在了。巴老衰病,大概没有喝一次功夫茶的兴致了。那套紫砂茶具大概也不在了。

我在杭州喝过一杯好茶。

1947年春,我和几个在一个中学教书的同事到杭州去玩。除了"西湖景",使我难忘的有两样方物,一是醋鱼带把。所谓"带把",是把活草鱼的脊肉剔下来,快刀切为薄片,其薄如纸,浇上好秋油,生吃。鱼肉发甜,鲜脆无比。我想这就是中国古代的"切脍"。一是在虎跑喝的一杯龙井。真正的狮峰龙井雨前新芽,每蕾皆一旗一枪,泡在玻璃杯里,茶叶皆直立不倒,载浮载沉,茶色颇淡,但入口香浓,直透脏腑,真是好茶!只是太贵了。一杯茶,一块大洋,比吃一顿饭还贵。狮峰茶名不虚传,但不得虎跑水不可能有这样的味道。我自此方知道,喝茶,水是至关重要的。

我喝过的好水有昆明的黑龙潭泉水。骑马到黑龙潭,疾驰之后,下马到茶馆里喝一杯泉水泡的茶,真是过瘾。泉就在茶馆檐外地面,一个正方的小池子,看得见泉水咕嘟咕嘟往上冒。井冈山的水也很好,水清而滑。有的水是"滑"的,"温泉水滑洗凝脂"并非虚语。井冈山水洗被单,越洗越白;以泡"狗古[牯]脑"茶,色味俱发,不知道水里含了什么物质。天下第一泉、第二泉的水,我没有喝出什么道理。济南号称泉城,但泉水只能供观赏,以泡茶,不觉得有什么特点。

有些地方的水真不好。比如盐城。盐城真是"盐城",水是咸的。中产以上人家都吃"天落水"。下雨天,在天井上方张了布幕,以接雨水,存在缸里,备烹茶用。最不好吃的水是菏泽,菏泽牡丹甲天下,因为菏泽土中含碱,牡丹喜碱性土。我们到菏泽看牡丹,牡丹极好,但茶没法喝。不论是青茶、绿茶,沏出来一会儿就变成红茶了,颜色深如酱油,入口咸涩。由菏泽往梁山,住进招待所后,第一件事便是赶紧用不带碱味的甜水沏一杯茶。

老北京早起都要喝茶,得把茶喝"通"了,这一天才舒服。无论贫富,皆如此。1948年我在午门历史博物馆工作。馆里有几位看守员,岁数都很大了。他们上班后,都是先把带来的窝头片在炉盘上烤上,然后轮流用水氽坐水沏茶。茶喝足了,才到午门城楼的展览室里去坐着。他们喝的都是花茶。

北京人爱喝花茶,以为只有花茶才算是茶(北京很多人把茉莉花叫做"茶叶花")。我不太喜欢花茶,但好的花茶例外,比如老舍先生家的花茶。

老舍先生一天离不开茶。他到莫斯科开会,苏联人知道中国人爱喝茶,倒是特意给他预备了一个热水壶。可是,他刚沏了一杯茶,还没喝几口,一转脸,服务员就给倒了。老舍先生很愤慨地说:"他妈的!他不知道中国人喝茶是一天喝到晚的!"一天喝茶喝到晚,也许只有中国人如此。外国人喝茶都是论"顿"的,难怪那位服务员看到多半杯茶放在那里,以为老先生已经喝完了,不要了。

龚定庵以为碧螺春天下第一。我曾在苏州东山的"雕花楼"喝过一次新采的碧螺春。"雕花楼"原是一个华侨富商的住宅,楼是进口的硬木造的,到处都雕了花,八仙庆寿、福禄寿三星、龙、凤、牡丹……真是集恶俗之大成。但碧螺春真是好。不过茶是泡在大碗里的,我觉得这有点煞风景。后来问陆文夫,文夫说碧螺春就是讲究用大碗喝的。茶极细,器极粗,亦怪!

我还在湖南桃源喝过一次擂茶。茶叶、老姜、芝麻、米、加盐放在一个擂钵里,用硬木的擂棒"擂"成细末,用开水冲开,便是擂茶。

茶可入馔,制为食品。杭州有龙井虾仁,想不恶。裘盛戎曾用龙井茶包饺子,可谓别出心裁。日本有茶粥。《俳人的食物》说俳人小聚,食物极简单,但"唯茶粥一品,万不可少"。茶粥是啥样的呢?我曾用粗茶叶煎汁,加大米熬粥,自以为这便是"茶粥"了。有一阵子,我每天早起喝我所发明的茶粥,自以为很好喝。四川的樟茶鸭子乃以柏树枝、樟树叶及茶叶为薰料,吃起来有茶香而无茶味。曾吃过一块龙井茶心的巧克力,这简直是恶作剧! 用上海人的话说:巧克力与龙井茶实在完全"弗搭界"。

一九八九年九月十六日

注 释

① 本篇原载 1990 年 3 月 20 日《光明日报》,又载《清风集》(袁鹰主编),中外文化出版公司,1990 年 12 月;初收《旅食集》,广东旅游出版社,1992 年 4 月。

《沈从文传》序①

高尔基沿着伏尔加河流浪过。马克·吐温在密西西比河上当过领港员。沈从文在一条长达千里的沅水上生活了一辈子。二十岁以前生活在沅水边的土地上；二十岁以后生活在对这片土地的印象里。他从一个偏僻闭塞的小城，怀着极其天真的幻想，跑进一个五方杂处、新旧荟萃的大城。连标点符号都不会用，就想用手中一支笔打出一个天下。他的幻想居然实现了。他写了四十几本书，比很多人写得都好。

五十年代初，他忽然放下写小说和散文的笔，从事文物研究，写出像《中国古代服饰研究》这样的大书。

他的一生是一个离奇的故事。

他是一个受到极不公平的待遇的作家。评论家、文学史家，违背自己的良心，不断地对他加以歪曲和误解。他写过《菜园》、《新与旧》，然而人家说他是不革命的。他写过《牛》、《丈夫》、《贵生》，然而人家说他是脱离劳动人民的。他热中于"民族品德的发现与重造"，写了《边城》和《长河》，人家说他写的是引人怀旧的不真实的牧歌。他被宣称是"反动"的。一些新文学史里不提他的名字，仿佛沈从文不曾存在过。

需要有一本《沈从文传》，客观地介绍他的生平，他的生活和思想，评价他的作品，现在有了一本《沈从文传》了，他的作者却是一个美国人，这件事本身也是离奇的。

金介甫先生是一位治学严谨的年轻的学者（他岁数不算太小，但是长得很年轻，单纯天真处像一个大孩子——我希望金先生不致因为我这些话而生气），他花了很长的时间，搜集了大量资料，多次到过中国，到过湘西，多次访问了沈先生。坚持不懈，写出了这本长达三十万字的传记。他在沈从文身上所倾注的热情是美丽的,令人感动的。

从我和符家钦先生的通信中,我觉得他是一个心细如发,一丝不苟的翻译家,我相信这本书的译笔不但会是忠实的,并且一定具有很大的可读性。

我愿意为本书写一篇短序,借以表达我对金先生和符先生的感谢。

一九八九年九月十八日

注　释

① 本篇原载《沈从文传》(金介甫著,符家钦译),时事出版社,1990 年版;又载《吉首大学学报》1991 年第一、二期合刊;初收《汪曾祺全集》第四卷,北京师范大学出版社,1998 年 8 月。

和　尚①

——《早茶笔记》之三

铁　桥

　　我父亲续娶，新房里挂了一幅画，——一个条山，泥金地，画的是桃花双燕，题字是："淡如仁兄新婚志喜弟铁桥遥贺"；两边挂了一副虎皮宣的对联，写的是：

　　　　蝶欲试花犹护粉

　　　　莺初学啭尚羞簧

落款是杨遵义。我每天看这幅画和对子，看得很熟了。稍稍长大，便觉出这副对子其实是很"黄"的。杨遵义是我们县的书家，是我的生母的远房兄弟。一个舅爷为姐夫（或妹夫）续弦写了这样一副对子，实在不成体统。铁桥是一个和尚。我父亲在新房里挂了一幅和尚的画，全无忌讳；这位铁桥和尚为朋友结婚画了这样华丽的画，且和俗家人称兄道弟，也着实有乖出家人的礼数。我父亲年轻时的朋友大都有些放诞不羁。

　　我写过一篇小说《受戒》，里面提到一个和尚石桥，原型就是铁桥。他是我父亲年轻时的画友。他在本县最大的寺庙善因寺出家，是指南方丈的徒弟。指南戒行严苦，曾在香炉里烧掉两个指头，自称八指头陀。铁桥和师父完全是两路。他一度离开善因寺，到江南云游。曾在苏州一个庙里住过几年。因此他的一些画每署"邓尉山僧"，或题"作于香雪海"。后来又回善因寺。指南退居后，他当了方丈。善因寺是本县第一大寺,殿宇精整,庙产很多。管理这样一个大庙,是要有点才干的,但是他似乎很清闲,每天就是画画画,写写字。他的字写石鼓,学吴昌硕,很有功力。画法任伯年,但比任伯年放得开。本县的风雅子弟都乐与往还。善因寺的素斋极讲究,有外面吃不到的猴头、竹荪。

铁桥有一个情人,年纪很轻,长得清清雅雅,不俗气。

我出外多年,在外面听说铁桥在家乡土改时被枪毙了。善因寺庙产很多,他是大地主。还有没其他罪恶,就不知道了。听说家乡土改中枪毙了两个地主。一个是我的一个远房舅舅,也姓杨。

1981年,我回了家乡一趟,饭后散步,想去看看善因寺的遗址,一点都认不出来了,拆得光光的。

因为要查一点资料,我借来一部民国年间修的县志翻了两天。在"水利"卷中发现:有一条横贯东乡的水渠,是铁桥主持修的。哦?铁桥还做过这样的事?

静 融 法 师

我有一方很好的图章,田黄"都灵坑",犀牛纽,是一个和尚送给我的。印文也是他自刻的,朱文,温雅似浙派,刻得很不错(田黄的印不宜刻得太"野",和石质不相称)。这个和尚法名静融,1951年和我一同到江西参加土改,回北京后,送了我这块图章。章不大,约半寸见方(田黄大的很少),我每为人作小幅字画,常押用,算来已经三十七八年了。

这次土改是全国性的,也是最后的一次,规模很大。我们那个土改工作团分到江西进贤。这个团的成员什么样的人都有。有大学教授、小学校长、中学教员、商业局的、园林局的、歌剧院的演员、教会医院的医生、护士长,还有这位静融法师。浩浩荡荡,热热闹闹。

我和静融第一次有较深的接触,是说服他改装。他参加工作团时穿的是僧衣——比普通棉袄略长的灰色斜领棉衲。到了进贤,在县委学文件,领导上觉得他穿了这样的服装下去,影响不好,决定让他换装。

静融不同意,很固执。找他谈了几次话,都没用。后来大家建议我找他谈谈,说是他跟我似乎很谈得来。我不知道跟他说了一通什么把马列主义和佛教教义混杂起来的歪道理,居然把他说服了。其实不是我的歪道理说服了他,而是我的态度较好,劝他一时从权,不像别的同志,用"组织性"、"纪律性"来压他。静融临时买了一套蓝咔叽布的干部服,换上了。

我们的小组分到王家梁。一进村,就遇到一个难题:一个恶霸富农自杀了。这个地方去年曾经搞过一次自发性的土改,这个恶霸富农被农民打得残废了,躺在床上一年多,听说土改队进了村,他害怕斗争,自杀了。他自杀的办法很特别,用一根扎腿的腿带,拴在竹床的栏杆上,勒住脖子,躺着,死了。我还没有听说过人躺着也是可以吊死的。我们对这种事毫无经验,不知应该怎么办。静融走上去,左右开弓打了富农两个大嘴巴,说:"埋了!"我问静融:"为什么要打他两个嘴巴?"他说:"这是法医验尸的规矩。"原来他当过法医。

静融跟我谈起过他的身世。他是胶东人。除了当过法医,他还教过小学,抗日战争时期拉过一支游击队,后来出了家。在北京,他住在动物园后面的一个庙里(是五塔寺么)。北京解放,和尚都要从事生产。他组织了一个棉服厂,主办一切。这人的生活经历是颇为复杂的。可惜土改工作紧张,能够闲谈的时候不多,我所知者,仅仅是这些。

静融搞土改是很积极的。我实在不知道他是怎样把阶级斗争和慈悲为本结合起来的,他的社会经验多,处理许多问题都比我们有办法。比如算剥削账,就比我们算得快。

我一直以为回北京后能有机会找他谈谈,竟然无此缘分。他刻了一方图章,到我家来,亲自送给我,未接数言,匆匆别去。我后来一直没有再看到过他。

静融瘦瘦小小,但颇精干利索。面黑,微有几颗麻子。

阎 和 尚

阎长山（北京市民叫"长山"的特多）是剧院舞台工作队的杂工，但是大家都叫他阎和尚。我很纳闷：

"为什么叫他阎和尚？"

"他是当过和尚。"

我刚到北京时，看到北京和尚，以为极奇怪。他们不出家，不住庙，有家，有老婆孩子。他们骑自行车到人家去念佛。他们穿了家常衣服，在自行车后架上夹了一个包袱，里面是一件行头——袈裟，到了约好的人家，把袈裟一披，就和别人和尚一同坐下念经。事毕得钱，骑车回家吃炸酱面。阎和尚就是这样的和尚。

阎和尚后来到剧院当杂工，运运衣箱道具，也烧过水锅，管过"彩匣子"（化装用品），但并不讳言他当过和尚。剧院很多人都干过别的职业。一个唱二路花脸的在搭不上班的年头卖过鸡蛋，后来落下一个外号："大鸡蛋"。一个检场的卖过糊盐。早先北京有人刷牙不用牙膏牙粉，而用炒糊的盐，这一天能卖多少钱？有人蹬过三轮，拉过排子车。剧院这些人干过小买卖、卖过力气，都是为了吃饭。阎和尚当过和尚，也是为了吃饭。

注 释

① 本篇原载《今古传奇》1989 年第五期；初收《汪曾祺全集》第四卷，北京师范大学出版社，1998 年 8 月。

皖 南 一 到[①]

草　木

合肥菊花很好,花大,棵矮,叶肥厚而颜色深。招待所廊前所放的菊花都可称为名种。金寨路边有卖菊花的摊子,狮子头、绿菊、金背大红,每盆均索价三元。这样的价钱在北京是买不到的(我想还可以还价)。大概合肥的土质、气候对菊花很相宜。

合肥多冬青树,甚高大,紫灰色的小果子累累结满一树。出合肥,公路两侧多植冬青。以冬青为公路的林荫树,我在别的省还没有见过。自屯溪至黟县,路边尽植乌桕,通红的叶子。沿路有茶山、竹山。屯溪附近小山上有油茶,正纷纷地开着白花。问之本地人,云是近年所推广。有几个县大面积种植了油菜。大概安徽人是吃菜子油的,能吃得惯茶油么?

屯　溪

到屯溪,住华山宾馆的三江楼。三江者:自镇海桥以西为横江;桥东为与横江成直角,南北向者率河。率河,直河也。又东,则为新安江。走到阳台上,三江在望。接待站的同志嘱为宾馆写字,即为书"三江一望"隶书大横幅。三江水皆清浅,两岸早晚都有妇女捶衣,槌声清越。

到屯溪,主要目的是看看一条老街。据说这本是一条明代的街,因遭匪掠,街尽毁于火,现在的老街是清代重建的,但规模还是老样子。街不宽,有一段两边店铺的风火墙尖几欲相接,但因禁车辆通行,故很安静。店铺中有放迪斯科音乐的,音量不大,不吵人。小小一条街有几家卖文房四宝、古玩瓷器的,使这条街有颇浓的文化气息。杂货店中卖桂圆、荔枝,黄山小胡桃尤其多。有一家酱园,酱油、醋都放在敞盖的缸里。有一家相当大的药店,放药的抽屉的位置很高,看样子是一家老药店了,药香直飘到街上。这虽是重建的街,但黑瓦白墙,犹存旧制,漫步街头,可以感受到一些历史气氛,比花了重赀新造的什么"宋街"之类的假古董要有意思。

歙　县

歙县谯楼的门洞是方的,两边各竖十二根巨大的木柱,柱皆向外倾侧,涂红漆,上建楼,甚宽广。这样的建筑别处未见过,——一般的钟楼鼓楼都是发券的拱形门洞。本地即称这座建筑为"二十四根柱子"。

"许国石坊"在正街中心,本地人叫做"八角牌坊"。牌基为长方形,实为两座同样的牌坊而左右连接,形制很特别,据说这样的石坊中国只有两座,为全国重点文物。石坊有横额两道。上面一道大书"大学士",下面一道写的是"少保兼礼部尚书武英殿大学士许国",皆阴刻涂黑漆。字极端正,或云为董其昌书。许国事迹待考。石坊柱子是方形的,四面都刻了狮子,颇生动,两侧的狮子是倒立的。倒立的石狮我还是头一回见到。石坊为"黟县青"所斫治。黟县青石多大材,硬度宜于雕凿,而又坚致不易风化,是造牌坊的好材料。皖南多石牌坊,牌坊大都是"黟县青"。

歙县是我的老家所在。在合肥,我曾戏称我是"寻根"来了。小时候听祖父说:我们本是徽州人,从他起往上数,第七代才迁居至高邮。祖父为修家谱,曾到过歙县。这家谱我曾见过,一开头是汪华的像。汪华大概是割据一方的豪侠,后来降了唐,受李渊封为越国公。"越国公"在隋唐之际是很高的爵位,隋炀帝时的司空杨素就封为越国公。他在当地被称为"汪王",甚至称之为"汪王大帝"。据说汪家的老祠堂很大,叫做"汪王庙"。一说汪华降的是南唐,非李唐。我问徽州人,汪家老祠堂还在么？答云：早没有了，早年还能拾到一些残砖断瓦。汪家是歙县第一大姓，我在徽州碰到好几位姓汪的。我站在歙县的大街上，想：这是我的老家，竟有一种说不出来的感情。慎终追远，是中国人抹不掉的一种心态。而且，也似无可厚非。

黟　县

到黟县，为看古民居。

先到西递。西递之名甚怪。据说镇中流水萦绕，先向东流，又折而向西，水可一直流到每一家的堂前、灶前；又说这原是通往西路的驿站，故名。似乎这都有点想当然尔。

传说西递始建于南宋。徽州商业是南宋以临安为行在所之后发达起来的。徽商在外面发了财，回乡盖房，聚居成镇，有这种可能。现在看起来，里巷曲折四通，一律铺了黟县青石；人家住宅分布得很有秩序，不是杂乱无章，随便乱盖，是一个古镇的样子，也可以说有一点南宋遗规，但房屋都是后来翻盖过的了。在两家看到他们家祖先的"影"，男的都是补服顶戴，顶子是水晶的，官不大，大概是捐的官（女的则是凤冠霞帔，据一个讲解员说，洪承畴的母亲死后，顺治帝特许以明代服饰成殓，相沿成风，人家祖先影像都是男的穿清代服装，女的穿明代服装，说或有据，我回忆我家从前的影像，都是如此）。看看人家挂的字画，题款年代多为咸、同之际。有一个绅董议事的厅堂，廊下挂了一副木制的对联："之九万里而南；以八千岁为春"，字是郑板桥写的。那么这所厅堂的建筑年代最早也不会超过乾隆。

因为是商人的家（有一家的朱红对联上写道："做官好营商好效好便好；创业难守成难知难不难"，很朴实地说出了商人哲学），没有深宅大院。门小，进门是一个天井，天井石条上照例有几盆花。上水石积苔甚厚。有一家有一丛天竺，结实才如胡椒大，而颜色鲜红发亮，与别处常见的如梧桐子大者不同，或别是一种。正面为前堂、后堂，是待客起坐处，两侧是卧室。房屋不高大，谨谨慎慎，人口不多，住起来大概相当舒服。门窗雕镂类很精致,或有涂金漆者。我没有看到流水直到堂前灶前,倒看到一家"四水归堂"。堂中方砖下是空的,落雨,水由天井流至堂下。有一块石牌可以揭起,取水甚便。

有一家在两巷相交处有一转角楼,楼在围墙内,依势而起,迤迤逦逦,不方不正。屯溪人说这是小姐抛彩球的绣楼。这当然是无稽之谈。抛球择婿是戏文里的事,于史无征,而且即在戏里,也只有王宝钏抛过彩球,余无闻焉(据说广西侗族有抛彩球风俗,不知如何会传到山西梆子里——"彩楼配"最初大概是山西梆子)。明清以后,黟县何能有此风俗?抛球的彩楼是临时搭起的,怎么会有一个永久性的建筑?这家有多少小姐?每个小姐都用抛球的办法择婿么?再说这座楼下是两条相交的巷子,并非通衢广场,也容不下许多王孙公子挨挨挤挤地抢彩球。这座楼上有一白底黑字的横匾,文曰:"桃花源里人家",证明这是主人静处闲眺的地方,与小姐无涉。楼下围墙开一小门,黑色的大理石横额上刻了一行小篆,涂金,笔划细秀:"作退一步想",是这家的后门,而已。因为这座楼形制特别,小巧玲珑,望之有趣,因此生出小姐抛彩球的附会,也无足怪。

下午到宏村,参观一家旧宅。

我们是从后门进去的。房子是一个盐商盖的。盐商大概很发了点财,房子很考究。主房两进。两进之间是一个大天井,四面"跑马楼"。楼上无隔断,不能住人,想是庋藏财物的。楼下北面为大厅。木料都很粗大,涂生桐油。这宅子引起美术界的注意,是因为有极精细的木雕。徽州木雕是在素面的木枋上开出长方的一块,内刻人物故事。天井南面的木枋上刻的是"百子闹元宵",整整一百个孩子,敲锣打鼓,狮子龙灯,高跷旱船,很热闹,只是构图稍平。北面木枋上刻的是"唐肃宗宴客图"。两边的人物都微微向内倾侧,形成以肃宗为中心的画面,设计很聪明。据讲解同志说,这幅木雕共七层,层次分明,最后的人物的靴鞋都交代很清楚("百子闹元宵"只三层)。木雕右侧是一个侍仆在扇风炉烧茶水。左侧有一个大臣坐着,歪着头,眯着眼,由一个待诏为之挑耳。宴会上掏耳朵，这风俗很奇怪。也许是明清之际或唐肃宗时有此习俗，否则雕刻的细木匠不会无缘无故地刻出来。

前进是住人的。正中为堂屋，两侧是卧房，分别住着房主人的大小老婆。两边的槅扇都雕镂贴金，刻的是八仙，无特别处。我们还参观了房主人抽大烟的房子，打牌的房子。这家房主人有一个贴身丫头，前几年死了，八十几岁，她曾在这里住过，对于这座房的建造始末，各处作何用途，可以历述。这位贴身丫头死时八十多岁，那么这所房屋也就是八九十年，故能完好如新。房主只能算是个中等盐商，他的生活也止于婆小、抽大烟、打牌，房子也只能是这样。不像扬州大盐商可以盖得起大花园，养一些名士，附庸风雅。从这所房子看无一处匾额对联，可见此公无甚文化。但是他的房子里的木雕，特别是"唐肃宗宴客图"，实在是海内精品。在文化史上，可为此俗人记一小功。

木雕在"文化大革命"中由当地政府议决，用泥糊了，上写"毛主席万岁"，乃得幸存。

正屋右侧，有一块三角形的余地，即于其上建一间不规整的三角形的房屋，两边靠墙，一面敞开，形制很特别，亭子不像亭子，大概可称之为"榭"。中国建筑学家引美国同行参观，即以这间屋子作为中国建筑善于因地制宜，利用空间的实例。屋前阶下有石砌的养鱼池，也是三角形的，现在还有四五条鲤鱼在池底游着。这间房子是干什么用的呢？在这里下围棋倒是个好地方。但房主人大概不会下棋，只会坐在阶前，看池中鱼，命令厨子今天选哪一条宰了吃。

引导我们参观的讲解员捧了参观题名册，请写几个字。写什么呢？这家房主人姓汪，讲解员也姓汪，我也姓汪，于是写了四个大字："宗传越国"。

讲解员说："你们等一等，我给你们看一个宝。"他拿来一个布包，打开来，是一只干制的野人的脚！看起来，这像是人脚，从骨骼看，这"人"是可以直立的，不像是野兽的掌。脚趾甚尖利，脚面密被寸许长的棕黑色的粗毛。这到底是一个什么东西？据讲解员说，他母亲交给他时，说到她这儿，这只脚已经传了九十二代。奇怪！

讲解员一直把我们送出村口。这村子倒是家家墙外有石砌水沟，流水清澈，有人在沟边洗菜。讲解员说村中皆汪姓。村南有一圆门，外姓人只能住在圆门外。村外有南湖，湖上有南湖书院，旧制，凡汪姓子弟可免费在书院中读书六年。看来当初建村（或镇）是经过整体规划的，这些活水流通的水沟是盖房之前就设计好了的。宏村，和西递，都是研究中国村镇史的极好材料。

徽　　菜

徽菜专指徽州菜，不是泛指安徽菜。徽菜有特点，味重油多，臭鳜鱼是突出的代表作。据说过去贵池人以鱼篓挑鳜鱼至徽州卖，路上得走几天，至徽州，鱼已发臭，徽州人烹食之，味极美，遂为名菜。我们在合肥的徽菜馆中吃的，鳜鱼是新鲜的，但煎熟后浇以臭卤，味道也非常好，不失为使人难忘的异味。炸斑鸠，极香，骨尽酥，可以连骨嚼咽。毛豆腐是徽州人嗜吃的家常菜。宾馆和饭店做的毛豆腐都是用油炸出虎皮，浇以碎肉汁，加工过于精细，反不如我在屯溪老街一豆腐坊中所吃的，在平锅上煎熟，蘸以葱花辣椒糊，更有风味。屯溪烧饼以霉干菜肉末为馅，烤出脆皮，为他处所无，歙县人很爱吃，但亦不能仿制，不知有何诀窍。

一九八九年十一月十九日

注　释

① 本篇原载《花城》1990 年第二期；初收《汪曾祺全集》第四卷，北京师范大学出版社，1998 年 8 月。

边缘的边缘①

这是篇用意识流方法写的散文。虽分两章但行云流水,初无定质,可分可合,可一可二。两章都有些迷离恍惚,难于达诂。隔海评说,实近于强作解人。

《瓷》写得比较集中,每一节都是围绕着瓷器而发出的种种联想。作者要说的是什么呢?是说物的难久?但我觉得他更多的倒是说的是美的永恒,作者对瓷器知识极丰富,可称行家。他也许不是一个收藏家,但是是对瓷器的多情的欣赏者。从他对各种瓷器的精细入微的描写,可以感觉到他对美的眷恋。也许这是使读者感到慰藉的所在。

《了解的边缘》写得飘飘忽忽。从一只小茶碗说起,说到东本愿寺、银阁寺、铃虫寺,又牵连说到《源氏物语》、川端康成,又无端地说到汪曾祺的《日规》,最后又跳到战争流血,真是带有很大的"随意性"。这篇东西是写得散漫(散漫不是一个贬词)的,不连贯的,但是"形散而神不散",因为全篇笼罩着作者的情绪。是什么情绪,说不清。但这种情绪使人受到感染,不是空若无物。

我在文学奖评审意见中说这是东方式的散文。这种意识流的写法或许受了西方的影响(比如普鲁斯忒的小说),但是这种"沉敛清寂"的冥想,是东方式的。

这次决审参评的散文的风格是多样的。有写出鸟的人性,引人奋发的《鸽子托里》,有写拓荒海外的华侨,情绪悲壮的《赤道线上》,也有像《了解的边缘》这样清淡悠远,飘忽流动的作品。我为台湾散文的多样性感到高兴。

注　释

① 本篇原载 1989 年 11 月 25 日《中国时报》,作者时任第二十届台湾"时报文学奖"评委,是为郭真君的散文《在了解的边缘》写的评审意见。

词曲的方言与官话[①]

我的家乡,宋代出了个大词人秦观,明代出了个散曲大家王磐。我读他们的作品,有一点外乡人不大会有的兴趣,想看看他们的作品里有没有高邮话。结果是,秦少游的词里有,王西楼的散曲里没有。

夏敬观《手批山谷词》谓:"以市井语入词,始于柳耆卿,少游、山谷各有数篇"。今检《淮海居士长短句》,"以市井语入词"者似只三首。一首《满园花》,两首《品令》。《满园花》不知用的是什么地方的俚语,《品令》则大体上可以断定用的是高邮话。《品令》二首录如下:

一、幸自得。一分索强,教人难吃。好好地,恶了十来日。恰而今,较些不？　　须管啜持教笑,又也何须肐织！衡倚赖,脸儿得人惜。放软顽,道不得！

二、掉又瞿。天然箇品格,于中压一。帘儿下,时把鞋儿踢。语低低、笑咭咭。　　每每秦楼相见,见了无门怜惜。人前强,不欲相沾识。把不定,脸儿赤。

首先是这首词的用韵。刘师培《论文杂记》"宋人词多叶韵,……(秦观《品令》用织、吃、日、不、惜为韵,则职、锡、质、物、陌五韵可通用矣)。"刘师培是把官修诗韵的概念套用到词上来了。"职、锡、质、物、陌"五韵大概到宋代已经分不清,无所谓"通用"。毛西河谓"词本无韵",不是说不押韵,是说词本没有官定的,或具有权威的韵书,所押的只是"大致相近"的韵。张玉田谓:"词以协律,当以口舌相调。"只要唱起来顺口,听起来顺耳,就行。《品令》所押的是入声韵,入声韵短促,调值相近,几乎可以归为一大类,很难区别。用今天的高邮话读《品令》,觉得很自然,没有一点别扭。

焦循《雕菰楼词话》:"秦少游《品令》'掉又瞿,天然箇品格',此正秦邮土音,今高邮人皆然也"。焦循是甘泉人,于高邮为邻县,所言当有据。其实不只这一个"箇"字,凭直觉,我觉得这两首词通篇都是用高邮话写的。"肒织"旧注以为"即'肒胳',意犹多曲折,不顺遂",不可通。朱延庆君以为"肒织"即"胳肢",今高邮人犹有读第二字为入声者,其说近是。"哫持"是用甜言蜜语哄哄,整句意思是:说两句好听的话哄哄你,准能教你笑,也用不着胳肢你! 这两首词皆以方言写艳情,似是写给同一个人的,这人是一个惯会撒娇使小性儿的妓女。《淮海居士长短句·附录二,秦观词年表》推测二词写于熙宁九年,这年少游二十八岁,在家乡闲居,时作冶游,所相与的妓女当也是高邮人,故以高邮方言写词状其娇痴,这也是很自然的。词的语句,虽如夏敬观所说:"时移世易,语言变迁,后之阅者渐不能明",很难逐句解释,但用今天的高邮话读起来,大体上还是能体味到它的情趣的,高邮人对这两首词会感到格外亲切。

少游有《醉乡春》,如下:

> 唤起一声人悄,衾冷梦寒窗晓。瘴雨过,海棠开,春色又添多少。 社瓮酿成微笑,半缺椰瓢共㪥。觉顷倒,急投床,醉乡广大人间小。

此词是元符元年于横州作,用的是通行的官话,非高邮土音。但有一个字有点高邮话的痕迹:"㪥"。王本补遗案曰"地志作'酌',出韵,误"。《词品》卷三:"此词本集不载,见于地志。而修《一统志》者不识'㪥'字,妄改可笑。"《雨村词话》:"㪥,音咬,以瓢取水也。"《词林纪事》卷六按:"换头第二句'㪥'字,《广韵》上声三十'小'部有此字,以治切,正与'悄'字押。"看来有不少人不认识这个字,但在高邮,这不是什么冷字。高邮人谓以器取水皆曰㪥,不一定是用瓢。用一节竹筒旁安一长把,以取水,就叫做"水㪥子"。用磁勺取汤,也叫做"㪥一勺汤"。这个字不是高邮所独有,但少游是高邮人,对这个字很熟悉,故能押得自然省力耳。

王磐写散曲，我一直觉得有些奇怪。在他以前和以后，都不会听说高邮还有什么人写过散曲。一个高邮人，怎么会掌握这种北方的歌曲形式，熟悉北方语言呢？

《康熙扬州府志》云："王磐，字鸿渐，高邮人，……与金陵陈大声并为南曲之冠。"这"南曲"易为人误会。其实这里所说的"南曲"，是指南方的曲家。王磐所写，都是北曲。王骥德《曲律·论咏物》云"小令北调，王西楼最佳"。又《杂论》举当世之为北调者，谓"维扬则王山人西楼"。又云"客问词人之冠，余曰：于北词得一人，曰高邮王西楼"。任中敏校阅《王西楼乐府》后记："观于此本内无一南曲。"

写北曲得用北方语言，押北方韵。王西楼对此极内行。如《久雪》：

> 乱飘来燕塞边，密洒向程门外，恰飞还梁苑去，又舞过灞桥来。攘攘皑皑，颠倒把乾坤碍，分明将造化埋。荡磨的红日无光，隈逼的青山失色。

"色"字有两读，一读 se，而在我们家乡是读入声的；一读 shai，上声，这是河北、山东语音，我的家乡没有这样的读音。然而王磐用的这个"色"字分明应该读（或唱）成 shai 的，否则就不押韵。王磐能用 shai 押韵，押得很稳，北曲的味道很浓，这是什么道理呢？是他对《中原音韵》翻得烂熟，还是他会说北方话，即官话？我看后一种可能更大一些，否则不会这样运用自如。然而王西楼似未到过北方，而且好像足迹未出高邮一步，他怎能说北方话？这又颇为奇怪。有一种可能是当时官话已在全国流行，高邮人也能操北语了。我很难想象这位"构楼于城西僻地，坐卧其间"的王老先生说的是怎样的一口官话。

一九八九年十一月二十七日

注　释

① 本篇原载《中国文化》1990 年总第二期"城南客话"专栏；初收《汪曾祺小品》，中国人民大学出版社，1992 年 10 月。

艺术和人品①

——《方荣翔传》代序

　　方荣翔称得起是裘派传人。荣翔八岁学艺，后专攻花脸，最后归宗学裘。当面请益，台下看戏，听唱片、录音，潜心揣摩，数十年如一日，未尝间断，呜呼，可谓勤矣。荣翔的生理条件和盛戎很接近，音色尤其相似。盛戎鼻腔共鸣好，荣翔的鼻腔共鸣也好。因此荣翔学裘有先天的优势。过去唱花脸，都以"实大声宏"取胜，一响遮百丑，唱花脸而有意识地讲究韵味，实自盛戎始。盛戎演戏，能体会人物的身份、性格，所处的环境，人物关系，运用音色的变化，控制音量的大小，表现人物比较内在的感情，不是在台上一味地嚷，不扎呼。荣翔学裘，得其神似。

　　两年前中央人民广播电台录了荣翔几段唱腔，准备集中播放，征求荣翔意见，让谁来做唱腔介绍合适，荣翔提出让我来担任。我听了几遍录音，对荣翔学裘不仅得其声，而且得其意，稍有感受。比如《探皇陵》。《大·探·二》本是一出于史无征的戏，而且文句不通，有些地方简直不知所云，但是京剧演员往往能唱出剧本词句所不曾提供的人物感情。荣翔的《探皇陵》唱得很苍凉，唱出了一个白发老臣的一腔忠义。这段唱腔有一句高腔："见皇陵不由臣珠泪"，荣翔唱得很"足"，表现出一个股肱老臣在国运垂危时的激动。这种激动不是唱词里写出来的，而是演员唱出来的，是文外之情。又如《姚期》。裘盛戎演《姚期》，能从总体上把握人物，把握主题，不是就字面上枝枝节节地处理唱腔、唱法。他的唱腔具有很大的暗示性，唱出了比唱词字面丰富得多的内容。荣翔也能这样。"马杜岑奉王命把草桥来镇，调老夫回朝转侍奉当今"，这本来只是两句叙述性的唱词，本身不带感情色彩。但是姚期深知奉调回朝，是一件非同小可的事，回京后将会发生什么事，无从预料,因此这两句散板听起来就有点隐隐约约的不安,有一种暗自沉吟的意味,这两句平平常常的唱词就不只是叙述一件事,而是姚期心情的流露了。"马王爷赐某的饯行酒"四句流水唱得极其流畅,显得姚期归心似箭,行色匆匆。《铡美案》的唱腔处理是合情合理的。"包龙图打坐在开封府",荣翔把这句倒板唱得很舒展。下面的原板也唱得平和宛转。包拯一开头对陈世美是劝告,不是训斥,而且和一个当朝驸马叙话,也不宜疾言厉色,盛气凌人。这样才不悖两个人的身份。何况以后剧情还要发展,升堂、开铡,高潮迭起,如果这一段唱得太猛,不留余地,后面的唱就再也上不去了。《将相和》戏剧冲突强烈,这出戏可以演得很火爆,但是盛戏却把它往"文"里演。这是有道理的。廉颇毕竟是一员大将,而且年岁也大了,不能像小伙子似的血气方刚。蔺相如封官,廉颇不服,一个人在家里自言自语的叨咕,但不是暴跳如雷,骂大街。荣翔是全照盛戏的方法来演的。这场戏的写法是唱念交错,每一小段唱后有一段相当长的夹白,这在花脸戏中是不多见的。盛戏把夹白念得很轻(盛戏念白在不是关键的地方往往念得很轻),荣翔也如此。荣翔的念白,除了"难逞英雄也"的"也"音用了较大的胸腔共鸣,其余的地方简直像说话。这样念,比较生活化,也像一个老人的口吻。唱,在音色运用、力度、共鸣和念白不同。这样,唱和念既有对比,又互相衔接,有浓有淡,有柔有刚。盛戏教荣翔唱《刺王僚》,总是说要"提喽"着唱。所谓"提喽"就是提着气,气一直不塌,出字稍高,多用上滑音。荣翔唱的《刺王僚》唱得有摇曳感,因为这是王僚说梦,同时又有点恍恍惚惚,显得王僚心情不安。京剧而能表现出人物的精神状态,很难得。

我听荣翔的戏不多,不能对他的演唱作一个全面的美学的描述,只是就这几段唱腔说一点零碎的印象,其中一定有些外行话,愿与荣翔的爱好者印可。

荣翔个头不高,但是穿了厚底,系上胖袄,穿上蟒或扎上靠,显得很威重,像盛戏一样,这是因为他们能掌握人物的气质,其高大在神而不在形。

荣翔文戏武戏都擅长,唱铜锤,也能唱架子,戏路子很宽,这一点也与乃师相似。

在戏曲界,荣翔是一位极其难得的恂恂君子,他幼年失学,但是有很高的文化素养,他在人前话不多,说话声音也较小。我从来没有听他在背后说挖苦同行的损话,也从来没有说过粗鄙的或者下流的笑话。甚至他的坐态都显得很谦恭,收拢两腿,坐得很端正,没有翘着二郎腿,高谈阔论,旁若无人的时候。他没有梨园行的不好的习气,没有"角儿"气。他不争牌位,不争戏码前后,不计较待遇。戏曲界对钱财上看得比较淡,如方荣翔者,我还没有见过第二人。四人帮时期,曾批判"克己复礼"。其实克己复礼并没有什么不好。荣翔真是做到了这一点。荣翔艺品高,和他的人品高,是有关系的。

荣翔和老师的关系是使人感动的。盛戎生前,他随时照顾、执礼甚恭,盛戎生病,随侍在侧。盛戎病危时,我到医院去看他,荣翔引我到盛戎病床前,这时盛戎已经昏迷,荣翔轻轻叫他:"先生,有人看您。"盛戎睁开眼,荣翔问他:"您还认得吗?"盛戎在枕上微微点头,说了一个字:"汪",随即流下一滴眼泪。我知道他为什么流泪。我们曾经有约,等他病好,再一次合作,重排《杜鹃山》,现在,他知道不可能了。我在盛戎病床前站了一会,告辞退出,荣翔陪我出来。我看看荣翔,真是"哀毁骨立",瘦了一圈,他大概已经几夜没有睡了。

盛戎去世后,荣翔每到北京,必要到裘家去。他对师娘、师弟、师妹一直照顾得很周到,荣翔在香港演出时,还特地写信给孩子,让他在某一天送一笔钱到裘家去,那一天是盛戎的生日。

荣翔不幸早逝,使我们不但失去一位才华未尽的表演艺术家,也失去一位堪供后生学习的道德的模范,是可痛也。

荣翔的哲嗣立民写了一本《方荣翔传》,征序于我,我对荣翔的为人和艺术不能忘,乃乐为之序。

一九八九年十二月二十五日

注　释

① 本篇原载《读书》1990 年第三期;初收《汪曾祺全集》第四卷,北京师范大学出版社,1998 年 8 月。

1990 年

读一本新笔记体小说[①]

这一册小说里有一部分是可以称为笔记体小说的。笔记体小说是前几年有几位评论家提出的。或称为新笔记体小说,以别于传统的笔记小说。我觉得这个概念是可以成立的,因为确实有那么一类小说存在,并且数量相当多,成了一时的风气,这是十年前不曾有过的。笔记体小说是个相当宽泛、不很明确的概念,谁也没有给它科学地界定过:它有些什么素质,什么特点,但是大家就这么用了。说哪一篇小说是笔记体,大体上也不会错。

中国短篇小说有两个传统,一是唐传奇,一是宋以后的笔记。这两种东西写作的目的不一样,写作的态度不同,文风也各异。传奇原来是士人应举前作为"行卷"投送达官,造成影响的。因此要在里面显示自己的文采,文笔大都铺张华丽,刻意求工。又因为要引起阅览者的兴趣,情节多很曲折,富戏剧性。笔记小说的作者命笔时不带这样功利的目的。他们的作品是写给朋友看的,茶后酒边,聊资谈助。有的甚至是写给自己看的,自己写着玩玩的,如《梦溪笔谈》所说:"所与谈者,唯笔砚而已",因此只是随笔写去,如"秀才家写家书",不太注意技巧。笔下清新活泼,自饶风致,不缺乏幽默感,也有说得很俏皮的话,则是作者性情的自然流露,不是做作出来的。大概可以这样说:传奇是浪漫主义的,笔记是现实主义的。前几年流行笔记体小说,我想是出于作者对现实主义精神的要求。读者接受这样的小说,也是对于这种精神的要求。说得严重一点,是由于读者对于缺乏诚意的、浮华俗艳的小说的反感。笔记体小说所贵的是诚恳、亲切、平易、朴实。这一册小说中的若干篇正是这样。

但是我要对四位小说家说一句话：不要过早地归于平淡。郑板桥有一副对子："删繁就简三秋树，领异标新二月花"。由繁入简，由新奇到朴素，这是自然规律。梅兰芳说一个演员的艺术历程一般要经过三个阶段："少—多—少"。年轻时苦于没有多少手段可用，中年时见的多，学的多了，就恨不得在台上都施展出来，到了晚年，才知道有所节制，以少胜多。你们现在年纪还轻，有权利恣酣放荡一点，写得放开一点。如果现在就写得这样俭约，到了我这个岁数，该怎么办呢？我倒觉得你们现在缺少一点东西：浪漫主义。

故乡和童年是文学的永恒主题。本书多篇是写童年往事的，这是非常自然的。一个人写小说，总离不开他所生活的环境。陆文夫说他决不离开苏州，因为他对苏州的里巷生活非常熟悉，一条巷子里所住的邻居，他们的祖宗三代，他都能倒背下来，写时可以信手拈来。我居住过比较久的地方是我的家乡高邮、昆明、北京、张家口的沙岭子，我写的小说也只能以这些地方为背景。我曾为调查一个剧本的材料数下内蒙古，也听了不少故事，但是我写不出一篇关于内蒙古的小说，因为我对蒙古族生活太不熟悉，提起笔来捉襟见肘，毫无自信。但是我觉得你们应该走出小十字口和蚂蚁湾，到处去看看。五岳归来，再来观察自己的生身故土，也许能看得更真切、更深刻一些。

四位对生活的态度是客观的，冷静的，他们隐藏了激情，对于蚁民的平淡的悲欢几乎是不动声色的。亚宝和小林打架，一个打破了头，一个头颅被切了下来，这本来是很可怕的，但是作者写得若无其事。好的，坏的，都不要叫出来，这种近似漠然的态度是很可佩服的。但是我希望你们能更深刻地看到平淡的，止水一样的生活中的严重的悲剧性，让读者产生更多的痛感，在平静的叙述中也不妨有一两声沉重的喊叫。能不能在你们的小说里注入更多的悲悯、更多的忧愤？

写作的初期阶段，受某个人的影响，甚至在文章的节奏、句式上有意识地学某个人，这都是难免的，或者可以说是青年作家的必经之路，但是这一段路应该很快地走过去，愿四位作家能早早发现自己，认识自己的气质,找到自己的位置,自成一家,不同于别人。

　　四位都还年轻,他们都还会变,不会被自己限制住。希望在不远的将来,他们的创作各各步入一个新的天地。

一九九〇年元旦

注　释

① 本篇原载 1990 年 2 月 13 日《光明日报》,又载《金潮》1995 年第四期。是为王明义、龙冬、苏北、钱玉亮的小说合集《江南江北》(安徽文艺出版社,1994 年版)所作序言;初收《汪曾祺全集》第四卷,北京师范大学出版社,1998 年 8 月。

愿他多多实验各种招数[①]

——毕四海印象

1987年,中国作协组织一些作家到云南访问。山南海北,老中青都有。我是那一次认识毕四海的。他算是小字辈,每次上汽车总是钻到颠簸得很厉害的最后一排。他给我的印象是一条山东汉子,很豪爽,也很谦虚。有一次他和我同一个时间给业余作家讲课,他讲得很平易,只是说他写几个作品的心得体会,没有那些云苫雾罩、叫人莫测高深的话,从闲谈中,我知道他正在写,或者已经写完了两部表现山东商人的长篇,其中一篇是写瑞蚨祥的。我很感兴趣,写商人的小说我还没有见过,很想看看。

一别几年。去年年底,四海专程从枣庄来,带来一包他的中短篇小说选的样稿,希望我看看,写一篇序。为了照顾我的时间和精力,带来的只是一部分,两个中篇,几个短篇。

四海所写的环境,鲁中地区农村,或者更具体地说,亚圣公留下的一支后裔聚族而居的孟家庄,我是完全不熟悉的。这些小说写的是什么呢?有没有一个贯串性的主题?我以为写的是这个小小地区的人和事的变与不变。有几篇从题目上就可以看出作者的立意,如《古月·今人》,《家雀子楼春秋》。变与不变是相对的。变,才能看得出不变;不变,才能看出变。这要付出很大的痛苦。四海给我看的小说,除了《白云上的红樱桃》,其余大都可称为痛苦的小说。

我很喜欢《石乡》。这是一篇写得饱满、结实、匀称的作品,没有多余和欠缺的东西。土子为了当新一代的农民,从一个细皮嫩肉的白面书生,熬练成一个粗犷强悍的石工,并成了石料场的场长,一个不大的农村企业的负责人,变得很精明,很有魄力。他的性格发展是可信的,也是令人感动的。他受过很多挫折，最后还不得不和一个女人较量一下。这个女人不是别人，是外号拉拉秧他的未来的丈母娘。他是她的对手么？

"试试看吧！人活着，就要敢试试看。"

拉拉秧是个"年青青守寡，命苦，命苦而又不向命运低头的一个少见的女人"。野马了一辈子，英雄了一辈子。"主意来得快，定得也果断"。这个女人写得栩栩如生，她是可以理解的，甚至是可爱的。

《古月·今人》读了叫人不舒服。尚书花园是个古怪地方，似乎不断在发出霉味。住在花园的人都是一些不肖子弟，坐吃山空，百无聊赖。他们的性格是窝窝囊囊的，扭曲的，正如这家一个年轻媳妇所说："她觉得这个大院子有点儿神神乎乎，大院子的人有点怪怪诞诞。"我觉得这个中篇写得比较杂乱。材料太多，很多情节都没有展开。如照白的掘藏，照白照青被日本兵烧死，都过于简单了。有些地方简直像是提纲。这样多的材料，其实是可以写成一个长篇的。

四海的叙述语言有时是动情的，但有时又极冷静。他一般不对人物作评价。不但对拉拉秧没有什么贬词，就是对四爷（《鱼鹰》）也是如此。他到底是一个威武不能屈的族长，还是一个落水的汉奸呢？都是。他就是那么一个人！

四海是很能编故事的（要不他怎能写长篇），但是，也有些完全没有什么故事。如《家雀子楼春秋》，如《蛙鸣》。《蛙鸣》本身就是一首散文诗。槐爷和香爷是变中的不变。但他们终于会变的，变得没有了。这是两首哀婉的挽歌，一抹历史的落日余辉。它们引起的不是对消逝的时代的依恋，而是更深远的遐思。我是很喜欢这两篇东西的，这当然只是我的偏爱。

四海是在语言、文体上下功夫的。他的语言一般是朴实的，顺畅的，但有时也要一点花招。比如把形容词当名词来使用：它有过三层藏书楼的巍峨；有过一个养鱼池的秀美；有过一片荷花淀的妖娆；有过许多钟乳石的灵奇；有过一棵白果树的悠久……（《古月·今人》）。我觉得偶一为之，未尝不可。他也写过一些把词语之间应有的逗号抽掉，变得很长的句子。如："夜里,老双脱了裤子赤条条睡在光溜溜滑油油黑秋秋却让人火辣辣急悠悠难忍难熬的席上……"(《魔钥》)四海这样写是有着他的道理的,这样不喘气的连片子嘴可以增加一点调侃的效果。事实上《魔钥》这篇小说就是带有讽刺揶揄意味的。(老双的那条短了三寸的腿忽然会棒子拔节一样长长了,这可能么?)而且我觉得四海写这样长句子是在跟一些完全不用标点的青年作家开一个玩笑:你们那样干,谁都会,这没有什么奥妙! 四海还算年轻,文体的可塑性还很大。我倒愿意他多多实验各种招数,不要过早地规矩老实起来。

一九九○年一月四日

注　释

① 　本篇原载《文学评论家》1990 年第三期,是作者为《毕四海中短篇小说选》
　　(济南出版社,1990 年版)所作序,收入该书时文字有删减;初收《汪曾祺全
　　集》第四卷,北京师范大学出版社,1998 年 8 月。

马·谭·张·裘·赵[①]

——漫谈他们的演唱艺术

马（连良）、谭（富英）、张（君秋）、裘（盛戎）、赵（燕侠），是北京京剧团的"五大头牌"。我从1961年底参加北京京剧团工作，和他们有一些接触，但都没有很深的交往。我对京剧始终是个"外行"（京剧界把不是唱戏的都叫做"外行"）。看过他们一些戏，但是看看而已，没有做过任何研究。现在所写的，只能是一些片片段段的印象。有些是我所目击的，有些则得之于别人的闲谈，未经核实，未必可靠。好在这不入档案，姑妄言之耳。

描述一个演员的表演是几乎不可能的事。马连良是个雅俗共赏的表演艺术家，很多人都爱看马连良的戏。但是马连良好在哪里，谁也说不清楚。一般都说马连良"潇洒"。马连良曾想写一篇文章：《谈潇洒》，不知写成了没有。我觉得这篇文章是很难写的。"潇洒"是什么？很难捉摸。《辞海》"潇洒"条，注云："洒脱，不拘束"，庶几近之。马连良的"潇洒"，和他在台上极端的松弛是有关系的。马连良天赋条件很好：面形端正，眉目清朗，——眼睛不大，而善于表情，身材好，——高矮胖瘦合适，体格匀称。他的一双脚，照京剧演员的说法，"长得很顺溜"。京剧演员很注意脚。过去唱老生大都包脚，为的是穿上靴子好看。一双脚下腨里咕叽，浑身都不会有精神。他腰腿幼功很好，年轻时唱过《连环套》，唱过《广泰庄》这类的武戏。脚底下干净，清楚。一出台，就给观众一个清爽漂亮的印象，照戏班里的说法："有人缘儿。"

马连良在作角色准备时是很认真的。一招一式，反复捉摸。他的夫人常说他："又附了体。"他曾排过一出小型现代戏《年年有余》（与张君秋合演），剧中的老汉是抽旱烟的。他弄了一根旱烟袋，整天在家里摆弄"找感觉"。到了排练场，把在家里捉摸好的身段步位走出来就是，导演不去再提意见，也提不出意见，因为他的设计都挑不出毛病。所以导演排他的戏很省劲。到了演出时，他更是一点负担都没有。《秦香莲》里秦香莲唱了一大段"琵琶词"，他扮的王延龄坐在上面听，没有什么"事"，本来是很难受的，然而马连良不"空"得慌，他一会捋捋髯口（马连良捋髯口很好看，捋"白满"时用食指和中指轻夹住一绺，缓缓捋到底），一会用眼瞟瞟陈世美，似乎他随时都在戏里，其实他在轻轻给张君秋拍着板！他还有个"毛病"，爱在台上跟同台演员小声地聊天。有一次和李多奎聊起来："二哥，今儿中午吃了什么？包饺子？什么馅儿的？"害得李多奎到该张嘴时忘了词。马连良演戏，可以说是既在戏里，又在戏外。

既在戏里，又在戏外，这是中国戏曲，尤其是京剧表演的一个特点。京剧演员随时要意识到自己的唱念做打，手眼身法步，没法长时间地"进入角色"。《空城计》表现诸葛亮履险退敌，但是只有在司马懿退兵之后，诸葛亮下了城楼，抹了一把汗，说道："好险呐！"观众才回想起诸葛亮刚才表面上很镇定，但是内心很紧张，如果要演员一直"进入角色"，又表演出镇定，又表演出紧张，那"我本是卧龙岗散淡的人"的"慢板"和"我正在城楼观山景"的"二六"怎么唱？

有人说中国戏曲注重形式美。有人说只注重形式美，意思是不重视内容。有人说某些演员的表演是"形式主义"，这就不大好听了。马连良就曾被某些戏曲评论家说成是"形式主义"。"形式美"也罢，"形式主义"也罢，然而马连良自是马连良，观众爱看，爱其"潇洒"。

马连良不是不演人物。他很注意人物的性格基调。我曾听他说过："先得弄准了他的'人性'：是绵软随和，还是干梗倔犟。"

马连良很注意表演的预示，在用一种手段（唱、念、做）想对观众传达一个重点内容时，先得使观众有预感，有准备，照他们说法是："先打闪，后打雷。"

马连良的台步很讲究，几乎一个人物一个步法。我看过他的《一捧雪》，"搜杯"一场，莫成三次企图藏杯外逃，都为严府家丁校尉所阻，没有一句词，只是三次上场、退下，三次都是"水底鱼"，三个"水底鱼"能走下三个满堂好。不但干净利索，自然应节（不为锣鼓点捆住），而且一次比一次遑急，脚底下表现出不同情绪。王延龄和老薛保走的都是"老步"，但是王延龄位高望重，生活优裕，老而不衰；老薛保则是穷忙一生，双腿僵硬了。马连良演《三娘教子》，双膝微弯，横跨着走。这样弯腿弯了一整出戏，是要功夫的！

马连良很知道扬长避短。他年轻时调门很高，能唱《龙虎斗》这样的工字调唢呐二簧。中年后调门降了下来。他高音不好，多在中音区使腔。《赵氏孤儿》鞭打公孙杵臼一场，他不能像余叔岩一样"白虎大堂奉了命"，"白虎"直拔而上，就垫了一个字，"在白虎"，也能"讨俏"。

对编剧艺术，他主张不要多唱。他的一些戏，唱都不多。《甘露寺》只一段"劝千岁"，《群英会》主要只是"借风"一段二黄。《审头刺汤》除了两句散板，只有向戚继光唱的一段四平调；《胭脂宝褶》只有一段流水。在讨论新编剧本时他总是说："这里不用唱，有几句白就行了。"他说："不该唱而唱，比该唱而不唱，还要叫人难受。"我以为这是至理名言。现在新编的京剧大都唱得太多，而且每唱必长，作者笔下痛快，演员实在吃不消。

马连良在出台以前从来不在后台"吊"一段，他要喊两嗓子。他喊嗓子不像别人都是"啊——咿"，而是："走哝！"我头一次听到直纳闷：走？走到哪儿去？

马连良知道观众来看戏，不只看他一个人，他要求全团演员都很讲究。他不惜高价，聘请最好的配角。对演员服装要求做到"三白"——白护领、白水袖、白靴底，连龙套都如此（在"私营班社"时，马剧团都发理发费，所有演员上场前必须理发）。他自己的服装都是按身材量制的，面料、绣活都得经他审定。有些盔头是他看了古画，自己捉摸出来的，如《赵氏孤儿》程婴的镂金的透空的员外巾。他很会配颜色。有一回赵燕侠要做服装，特地拉了他去选料子。现在有些剧装厂专给演员定制马派服装。马派服装的确比官中行头穿上要好看得多。

听谭富英听一个"痛快"。谭富英年轻时嗓音"没挡",当时戏曲报刊都说他是"天赋佳喉"。而且,底气充足。一出《定军山》,"敌营打罢得胜的鼓哇呃",一口气,高亮脆爽,游刃有余,不但剧场里"炸了窝",连剧场外拉洋车也一齐叫好,——他的声音一直传到场外。"三次开弓新月样"、"来来来带过爷的马能行",也同样是满堂的采,从来没有"漂"过。——一说京剧唱词不通,都得举出"马能行",然而《定军山》的"马能行"没法改,因为这里有一个很漂亮的花腔,"行"字是"脑后摘音",改了即无此效果。

谭富英什么都快。他走路快。晚年了,我和他一起走,还是赶不上他。台上动作快(动作较小)。《定军山》出场简直是握着刀横蹿出来的。开打也快。"鼻子"、"削头",都快。"四记头"亮相,末锣刚落,他已经抬脚下场了。他的唱,"尺寸"也比别人快。他特别长于唱快板。《战太平》"长街"一场的快板,《斩马谡》见王平的快板都似脱线珍珠一样溅跳而出。快,而字字清晰劲健,没有一个字是"嚼"了的。50年代,"挖掘传统"那阵,我听过一次他久已不演的《砾砂痣》,赞银子一段,"好宝贝!"一句短白,碰板起唱,张嘴就来,真"脆"。

我曾问过一个经验丰富,给很多名角挎过刀,艺术上很有见解的唱二旦的任志秋:"谭富英有什么好?"志秋说:"他像个老生。"我只能承认这是一句很妙的回答,很有道理。唱老生的的确有很多人不像老生。

谭富英为人恬淡豁达。他出科就红,可以说是一帆风顺,但他不和别人争名位高低,不"吃戏醋"。他和裘盛戎合组太平京剧团时就常让盛戎唱大轴,他知道盛戎正是"好时候",很多观众是来听裘盛戎的。盛戎大轴《姚期》,他就在前面来一出《桑园会》(与梁小鸾合演)。这是一出"歇工戏",他也乐得省劲。马连良曾约他合演《战长沙》,他的黄忠,马的关羽。重点当然是关羽,黄忠是个配角,他同意了(这出戏筹备很久,我曾在后台见过制作得极精美的青龙偃月刀,不知因为什么未能排出,如果演出,那是会很好看的)。他曾在《秦香莲》里演过陈世美,在《赵氏孤儿》里演过赵盾。这本来都是"二路"演员的活。

富英有心脏病，到我参加北京京剧团后，就没怎么见他演出。但有时还到剧团来，和大家见见，聊聊。他没有架子，极可亲近。

他重病住院，用的药很贵重。到他病危时，拒绝再用，他说："这种药留给别人用吧！"重人之生，轻己之死，如此高格，能有几人？

张君秋得天独厚，他的这条嗓子，一时无两：甜，圆，宽，润。他的发声极其科学，主要靠腹呼吸，所谓"丹田之气"。他不使劲地磨擦声带，因此声带不易磨损，耐久，"丁活"，长唱不哑。中国音乐学院有一位教师曾经专门研究张君秋的发声方法。——这恐怕是很难的，因为发声是身体全方位的运动。他的气很足。我曾在广和剧场后台就近看他吊嗓子，他唱的时候，颈部两边的肌肉都震得颤动，可见其共鸣量有多大。这样的发声真如浓茶酽酒，味道醇厚。一般旦角发声多薄，近听很亮，但是不能"打远"，"灌不满堂"。有别的旦角和他同台，一张嘴，就比下去了。

君秋在武汉收徒时曾说："唱我这派，得能吃。"这不是开玩笑的话。君秋食量甚佳，胃口极好。唱戏的都是"饱吹饿唱"，君秋是吃饱了唱。演《玉堂春》，已经化好了妆，还来40个饺子。前面崇公道高叫一声："苏三走动啊！"他一抹嘴，"苦哇！"就上去了，"忽听得唤苏三……"在武汉，住璇宫饭店，每天晚上鳜鱼氽汤，二斤来重一条，一个人吃得干干净净。他和程砚秋一样，都爱吃炖肘子。

（唱旦角的比君秋还能吃的，大概只有一个程砚秋。他在上海，到南市的老上海饭馆吃饭，"青鱼托肺"——青鱼的内脏，这道菜非常油腻，他一次要两只。在老正兴吃大闸蟹，八只！搞声乐的要能吃，这大概有点道理。）

君秋没有坐过科，是小时在家里请教师学的戏，从小就有一条好嗓子，搭班就红（他是马连良发现的），因此不大注意"身上"。他对学生说："你学我，学我的唱，别学我的'老斗身子'。"他也不大注意表演。但也不尽然。他的台步不考究，简直无所谓台步，在台上走而已，"大步量"。但是著旗装，穿花盆底，那几步走，真是雍容华贵，仪态万方。我还没有见过一个旦角穿花盆底有他走得那样好看的。我曾仔细看过他的《玉堂春》,发现他还是很会“做戏”的。慢板、二六、流水,每一句的表情都非常细腻,眼神、手势,很有分寸,很美,又很含蓄(一般旦角演玉堂春都嫌轻浮,有的简直把一个沦落风尘但不失天真的少女演成一个荡妇)。跪禀既久,站起来,腿脚麻木了,微蹲着,轻揉两膝,实在是楚楚动人。花盆底脚步,是经过苦练练出来的;《玉堂春》我想一定经过名师指点,一点一点“抠”出来的。功夫不负苦心人。君秋是有表演才能的,只是没有发挥出来。

君秋最初宗梅,又受过程砚秋亲传(程很喜欢他,曾主动给他说过戏,好像是《六月雪》,确否,待查)。后来形成了张派。张派是从梅派发展出来的,这大家都知道。张派腔里有程的东西,也许不大为人注意。

君秋的嗓子有一个很大的特点,非常富于弹性,高低收放,运用自如,特别善于运用“擞”。《秦香莲》的二六,低起,到“我叫叫一声杀了人的天”拨到旦角能唱的最高音,那样高,还能用“擞”,宛转回环,美听之至,他又极会换气,常在“眼”上偷换,不露痕迹,因此张派腔听起来缠绵不断,不见棱角。中国画讲究“真气内行”,君秋得之。

我和裘盛戎只合作过两个戏,一个《杜鹃山》,一个小戏《雪花飘》,都是现代戏。

我和盛戎最初认识是和他(还有几个别的人)到天津去看戏,——好像就是《杜鹃山》。演员知道裘盛戎来看戏,都“卯上”了。散了戏,我们到后台给演员道辛苦,盛戎拙于言词,但是他的态度是诚恳的、朴素的,他的谦虚是由衷的谦虚。他是真心实意地来向人家学习来了。回到旅馆的路上,他买了几套煎饼馃子摊鸡蛋,有滋有味地吃起来。他咬着煎饼馃子的样子,表现了很喜悦的怀旧之情和一种天真的童心。盛戎睡得很晚,晚上他一个人盘腿坐在床上抽烟,一边好像想着什么事,有点出神,有点迷迷糊糊的。不知是为什么,我以后总觉得盛戎的许多唱腔、唱法、身段,就是在这么盘腿坐着的时候想出来的。

盛戎的身体早就不大好。他曾经跟我说过:“老汪唉,你别看我外面还好,这里面,——都瘘啦[②]!”搞《雪花飘》的时候,他那几天不舒服,但还是跟着我们一同去体验生活。《雪花飘》是根据浩然同志的小说改编的,写的是一个送公用电话的老人的事。我们去访问了政协礼堂附近的一位送电话的老人。这家只有老两口。老头子60大几了,一脸的白胡茬,还骑着自行车到处送电话。他的老伴很得意地说:"头两个月他还骑着二八的车哪,这最近才弄了一辆二六的!"盛戎在这间屋里坐了好大一会,还随着老头子送了一个电话。

《雪花飘》排得很快,一个星期左右,戏就出来了。幕一打开,盛戎唱了四句带点马派味儿的〔散板〕:

> 打罢了新春六十七哟,
>
> 看了五年电话机。
>
> 传呼一千八百日,
>
> 舒筋活血,强似下棋!

我和导演刘雪涛一听,都觉得"真是这里的事儿!"

《杜鹃山》搞过两次。一次是1964年,一次是1969年,1969年那次我们到湘鄂赣体验了较长期生活。我和盛戎那时都是"控制使用",他的心情自然不大好。那时强调军事化,大家穿了"价拨"的旧军大衣,背着行李,排着队。盛戎也一样,没有一点特殊。他总是默默地跟着队伍走,不大说话,但倒也不是整天愁眉苦脸的。我很能理解他的心情。虽然是"控制使用",但还能"戴罪立功",可以工作,可以演戏。我觉得从那时起,盛戎发生了一点变化,他变得深沉起来。盛戎平常也是个有说有笑的人,有时也爱逗个乐,但从那以后,我就很少见他有笑影了。他好像总是在想什么心事。用一句老戏词说:"满怀心腹事,尽在不言中。"他的这种神气,一直到他死,还深深地留在我的印象里。

那趟体验生活,是够苦的。南方的冬天比北方更难受。不生火,墙壁屋瓦都很单薄。那年的天气也特别,我们在安源过的春节,旧历大年三十,下大雪,同时却又打雷,下雹子,下大雨,一块儿来!盛戎晚上不再穷聊了,他早早就进了被窝。这老兄!他连毛窝都不脱,就这样连着毛窝睡了。但他还是坚持下来了,没有叫一句苦。

和盛戏合作，是非常愉快的。他很少对剧本提意见。他不是不当一回事，没有考虑过，或者提不出意见。盛戏文化不高，他读剧本是有点吃力的。但是他反复地读，盘着腿读。他读着，微微地摇着脑袋。他的目光有时从老花镜上面射出框外。他摇晃着脑袋，有时轻轻地发出一声："唔。"有时甚至拍着大腿，大声喊叫："唔！"

盛戏的领悟、理解能力非常之高。他从来不挑"辙口"，你写什么他唱什么。写《雪花飘》时，我跟他商量，这个戏准备让他唱"一七"，他沉吟着说："哎呀，花脸唱闭口字……"我知道他这是"放傻"，就说："你那《秦香莲》是什么辙？"他笑了："'一七'，好，唱，'一七'！"盛戏十三道辙都响。有一出戏里有一个"灭"字，这是"乜斜"，"乜斜"是很不好唱的，他照样唱得很响，而且很好听。一个演员十三道辙都响，是很难得的。《杜鹃山》有一场"打长工"，他看到被他当作地主奴才的长工身上的累累伤痕，唱道："他遍体伤痕都是豪绅罪证，我怎能在他的旧伤痕上再加新伤痕？"这是一段〔二六〕转〔流水〕，创腔的时候，我在旁边，说："老兄，这两句你不能就这样'数'了过去！唱到'旧伤痕上'，得有个'过程'，就像你当真看到，而且想到一样！"盛戏一听，说："对！您听听，我再给您来来！"他唱到"旧伤痕上"时唱"散"了，下面加了一个弹拨乐器的单音重复的小"垫头"，"登、登、登……"，到"再加新伤痕"再归到原来的"尺寸"，而且唱得很强烈。当时参加创腔的唐在炘、熊承旭同志都说："好极了！"1969年本的《杜鹃山》原来有一大段《烤番薯》，写雷刚被困在山上断了粮，杜小山给他送来两个番薯。他把番薯放在篝火堆里烤着，番薯糊了，烤出了香气，他拾起番薯，唱道："手握番薯全身暖，勾起我多少往事在心间……"他想起"我从小父母双亡讨米要饭，多亏了街坊邻舍问暖嘘寒"，他想起"大革命，造了反，几次遇险在深山，每到有急和有难，都是乡亲接济咱。一块番薯掰两半，曾受深恩三十年！……到如今，山上来了毒蛇胆，杀人放火把父老摧残，我稳坐高山不去管，隔岸观火心怎安！……"（这剧本已经写了很多年，我手头无打印的剧本，词句全凭记忆追写，可能不尽准确。）创腔的同志对"一块番薯掰两半"不大理解，怕观众听不懂，盛戏说："这有什么不好理解的?！'一块番薯掰两半'，有他吃的就有我吃的!"他把这两句唱得非常感动人，头一句他"虚"着一点唱，在想象，"曾受深恩"，"深恩"用极其深沉浑厚的胸音唱出，"三十年"一泻无余，跌宕不已。盛戎的这两句唱到现在还是绕梁三日，使我一想起就激动。这一段在后台被称为"烤白薯"，板式用的是〔反二黄〕。花脸唱〔反二黄〕虽非创举，当时还是很少见。盛戎后来得了病，他并不怎么悲观。他大概已经怀疑或者已经知道是癌症了，跟我说："甭管它是什么，有病咱们瞧病!"他还想唱戏。有一度他的病好了一些，他还是想和我们把《杜鹃山》再搞出来(《杜鹃山》后来又写了一稿)。他为了清静，一个人搬到厢房里住，好看剧本。他死后，我才听他家里人说，他夜里躺在床上看剧本，曾经两次把床头灯的罩子烤着了。他病得很沉重了，有一次还用手在床头到处摸，他的夫人知道他要剧本。剧本不在手边，他的夫人就用报纸卷了一个筒子放在他手里，他这才平静下来。

他病危时，我到医院去看他。他的学生方荣翔引我到他的病床前，轻轻地叫醒他："先生，有人来看你。"盛戎半睁开眼，荣翔问他："您还认得吗?"盛戎在枕上微微点了点头，说了一个字："汪"，随即流下了一大滴眼泪。

赵燕侠的发声部位靠前，有点近于评剧的发声。她的嗓音的特点是：清，干净，明亮，脆生。这样的嗓子可以久唱不败。她演的全本《玉堂春》、《白蛇传》都是一人顶到底。唱多少句都不在乎。田汉同志为她的《白蛇传·合钵》一场加写了一大段和孩子哭别的唱词，李慕良设计的汉调二黄，她从从容容就唱完了。《沙家浜》"人一走，茶就凉"的拖腔，十四板，毫不吃力。

赵燕侠的吐字是一绝。她唱戏，可以不打字幕，每个字都很清楚，观众听得明明白白。她的观众多，和这点很有关系。田汉同志曾说：赵燕侠字是字，腔是腔，先把字报出来，再使腔，这有一定道理。都说京剧是"按字行腔"，实际情况并非如此。一句大腔，只有头几个音和字的调值是相合或接近的，后面的就不再有什么关系。如果后面的腔还是字音的延长，就会不成腔调。先报字，后行腔，自易清楚。当然"报"字还是唱出来的，不是念出来的。完全念出来的也有。我听谭富英说过，孙菊仙唱《奇冤报》"务农为本颇有家财"，"务农为本"就完全是用北京话念出来的。这毕竟很少。赵燕侠是先把字唱正了，再运腔，不使腔把字盖了。京剧的吐字还有件很麻烦的事，就是同时存在两个音系：湖广音和北京音。两个音系随时打架。除了言菊朋纯用湖广音，其余演员都是湖广音、北京音并用。余叔岩钻研了一辈子京剧音韵，他的字音其实是乱的。马连良说他字音是"怎么好听怎么来"，我看只能如此。赵燕侠的字音基本上是北京音，所以易为观众接受（也有一些字是湖广音，如《白蛇传》的那段汉调。这段唱腔的设计者李慕良是湖南人，难免把他的乡音带进唱腔）。赵燕侠年轻时爱听曲艺，她大概从曲艺里吸收了不少东西，咬字是其一。——北方的曲艺咬字是最清楚的。赵燕侠的吐字清楚，是大家都知道的，但是其中奥秘，还有待研究。

赵燕侠的戏是她的父亲"打"出来的，功底很扎实，腿功尤其好。《大英节烈》扳起朝天蹬，三起三落。"文化大革命"期间，我和她关在一个牛棚内。我们的"棚"在一座小楼上，只能放下一张长桌，几把凳子，我们只能紧挨着围桌而坐。坐在里面的人要出去，外面的就得站起让路。我坐在赵燕侠里面，要出去，说了声"劳驾"，请她让一让，这位赵老板没有站起来，腾的一下把一条腿抬过了头顶："请！"前几年我遇到她，谈起这回事，问她："您现在还能把腿抬得那样高么？"她笑笑说："不行了！"我想再练练功，她许还行。

赵燕侠快 60 了，还能唱，嗓子还那么好。

一九九〇年一月九日

注　释

①　本篇原载《文汇月刊》1990 年第二期；又载香港《大成》第 201 期（1990 年 8 月 1 日出版），题为《北京京剧团五大头牌及其演唱艺术》，文字略有改动；初收《汪曾祺全集》第四卷，北京师范大学出版社，1998 年 8 月。

②　西瓜过熟，瓜瓤败烂，北京话叫做"瘗了"。

沽　源①

　　沙岭子农业科学研究所派我到沽源的马铃薯研究站去画马铃薯图谱。我从张家口一清早坐上长途汽车，近晌午时到沽源县城。

　　沽源原是一个军台。军台是清代在新疆和蒙古西北两路专为传递军报和文书而设置的邮驿。官员犯了罪，就会被皇上命令"发往军台效力"。我对清代官制不熟悉，不知道什么品级的官员，犯了什么样的罪名，就会受到这种处分，但总是很严厉的处分，和一般的贬谪不同。然而据龚定庵说，发往军台效力的官员并不到任，只是住在张家口，花钱雇人去代为效力。我这回来，是来画画的，不是来看驿站送情报的，但也可以说是"效力"来了，我后来在带来的一本《梦溪笔谈》的扉页上画了一方图章："效力军台"，这只是跟自己开开玩笑而已，并无很深的感触。我戴了右派分子的帽子，只身到塞外——这地方在外长城北侧，可真正是"塞外"了——来画山药（这一带人都把马铃薯叫作"山药"），想想也怪有意思。

　　沽源在清代一度曾叫"独石口厅"。龚定庵说他"北行不过独石口"，在他看来，这是很北的地方了。这地方冬天很冷。经常到口外揽工的人说："冷不过独石口。"据说去年下了一场大雪，西门外的积雪和城墙一般高。我看了看城墙，这城墙也实在太矮了点，像我这样的个子，一伸手就能摸到城墙顶了。不过话说回来，一人多高的雪，真够大的。

　　这城真够小的。城里只有一条大街。从南门慢慢地蹓跶着，不到十分钟就出北门了。北门外一边是一片草地，有人在套马；一边是一个水塘，有一群野鸭子自自在在地浮游。城门口游着野鸭子，城中安静可知。城里大街两侧隔不远种一棵树——杨树，都用土墼围了高高的一圈，为的是怕牛羊啃吃，也为了遮风，但都极瘦弱，不一定能活。在一处墙角竟发现了几丛波斯菊，这使我大为惊异了。波斯菊昆明是很常见的。每到夏秋之际，总是开出很多浅紫色的花。波斯菊花瓣单薄，叶细碎如小茴香，茎细长，微风吹拂，姗姗可爱。我原以为这种花只宜在土肥雨足的昆明生长，没想到它在这少雨多风的绝塞孤城也活下来了。当然，花小了，更单薄了，叶子稀疏了，它，伶仃萧瑟了。虽则是伶仃萧瑟，它还是竭力地放出浅紫浅紫的花来，为这座绝塞孤城增加了一分颜色，一点生气。谢谢你，波斯菊！

我坐了牛车到研究站去。人说世间"三大慢"：等人、钓鱼、坐牛车。这种车实在太原始了，车辖辘是两个木头饼子，本地人就叫它"二饼子车"。真叫一个慢。好在我没有什么急事，就躺着看看蓝天；看看平如案板一样的大地——这真是"大地"，大得无边无沿。

我在这里的日子真是逍遥自在之极。既不开会，也不学习，也没人领导我。就我自己，每天一早踏着露水，掐两丛马铃薯的花，两把叶子，插在玻璃杯里，对着它一笔一笔地画。上午画花，下午画叶子——花到下午就蔫了。到马铃薯陆续成熟时，就画薯块，画完了，就把薯块放到牛粪火里烤熟了，吃掉。我大概吃过几十种不同样的马铃薯。据我的品评，以"男爵"为最大，大的一个可达两斤；以"紫土豆"味道最佳，皮色深紫，薯肉黄如蒸栗，味道也似蒸栗；有一种马铃薯可当水果生吃，很甜，只是太小，比一个鸡蛋大不了多少。

沽源盛产莜麦。那一年在这里开全国性的马铃薯学术讨论会，与会专家提出吃一次莜面。研究站从一个叫"四家子"的地方买来坝上最好的莜面，比白面还细，还白；请来几位出名的做莜面的媳妇来做。做出了十几种花样，除了"搓窝窝"、"搓鱼鱼"、"猫耳朵"，还有最常见的"压饸饹"，其余的我都叫不出名堂。蘸莜面的汤汁也极精彩，羊肉口蘑潲（这个字我始终不知道怎么写）子。这一顿莜面吃得我终生难忘。

夜雨初晴，草原发亮，空气闷闷的，这是出蘑菇的时候。我们去采蘑菇。一两个小时，可以采一网兜。回来，用线穿好，晾在房檐下。蘑菇采得,马上就得晾,否则极易生蛆。口蘑干了才有香味,鲜口蘑并不好吃,不知是什么道理。我曾经采到一个白蘑。一般蘑菇都是"黑片蘑",菌盖是白的,菌摺是紫黑色的。白蘑则菌盖菌摺都是雪白的,是很珍贵的,不易遇到。年底探亲,我把这只亲手采的白蘑带到北京,一个白蘑做了一碗汤,孩子们喝了,都说比鸡汤还鲜。

一天,一个干部骑马来办事,他把马拴在办公室前的柱子上。我走过去看看这匹马,是一匹枣红马,膘头很好,鞍鞯很整齐。我忽然意动,把马解下来,跨了上去。本想走一小圈就下来,没想到这平平的细沙地上骑马是那样舒服,于是一抖缰绳,让马快跑起来。这马很稳,我原来难免的一点畏怯消失了,只觉得非常痛快。我十几岁时在昆明骑过马,不想人到中年,忽然作此豪举,是可一记。这以后,我再也没有骑过马。

有一次,我一个人走出去,走得很远。忽然变天了,天一下子黑了下来,云头在天上翻滚,堆着,挤着,绞着,拧着。闪电熠熠,不时把云层照透。雷声訇訇,接连不断,声音不大,不是劈雷,但是浑厚沉雄,威力无边。我仰天看看凶恶奇怪的云头,觉得这真是天神发怒了。我感觉到一种从未体验过的恐惧。我一个人站在广漠无垠的大草原上,觉得自己非常的小,小得只有一点。

我快步往回走。刚到研究站,大雨下来了,还夹有雹子。雨住了,却又是一个很蓝很蓝的天,阳光灿烂。草原的天气,真是变化莫测。

天凉了,我没有带换季的衣裳,就离开了沽源。剩下一些没有来得及画的薯块,是带回沙岭子完成的。

我这辈子大概不会再有机会到沽源去了。

注　释

① 本篇原载 1990 年 1 月 10 日《消费时报》;初收《草花集》,成都出版社,1993 年 9 月。

初 访 福 建①

漳　　州

　　漳州多三角梅。我们所住的漳州宾馆内到处都是。栽在路边大石盆里，种在花圃里。三角梅别处也有。云南谓之叶子花，因为花与叶形状无殊，只是颜色不同。昆明全种之墙头。楚雄叶子花有一层楼那样高，鲜丽夺目，但只有紫色的一种。漳州三角梅则有很多种颜色，除了紫的，有大红的、桃红的、浅红的，还有紫铜色的。紫铜色的花我还没有见过。有白色的，微带浅绿。三角梅花形不大好看，但是蓬勃旺盛，热热闹闹。这种花好像是不凋谢的。我没有看到枝头有枯败的花，地下也没有落瓣。

　　到处都是卖水仙花的。店铺中装在纸箱里成箱出售，标明 20 粒、30 粒，谓一箱装 20 头、30 头也。20 粒者是上品。胜利路、延安北路人行道上摆了一溜水仙花头，装在花篮状的竹篓里。卖水仙的多是小姑娘。天很晚了，她们提着空篓，有的篓里还有几个没有卖掉的花头，结伴归去。她们一天能卖多少钱？

　　一个修钟表的小店当门的桌边放了两小盆水仙。修表的是一个年轻人。两盆水仙开得很好，已经冒出好几个花骨朵。修表的桌边放两盆水仙，很合适。

　　参观漳州八宝印泥厂。印泥是朱砂和蓖麻油调制的（加了少量金箔、珠粉、冰片），而其底料则为艾绒。漳州出艾绒。浙江、上海等地的印泥厂每年都要到漳州来买艾绒。漳州出印泥，跟出艾绒有关。印泥厂备好纸墨，请写字留念。纸很好，六尺夹宣。写了几句顺口溜："天外霞,石榴花,古艳流千载,清芬入万家。"漳州八宝印泥颜色很正,很像石榴花。

凡到漳州者总要去看看百花村,因为很近便。百花村所培植的主要是榕树盆景。榕树是不材之材,不能做梁柱、打家具,烧火也不燃,却是制作盆景的极好材料。榕树盆景较大,不能置之客厅书室,但是公园、宾馆、大会堂、大餐厅,则只有这样大的盆景才相称,因此行销各地,"创汇"颇多。榕树盆景并不是栽到盆子里就算完事,须经相材、取势、锯截、修整,方能敧侧横斜,偃仰矫矢,这也是一门学问。百花村有一个兰圃,种建兰甚多,可惜我们去时管理员不在,门锁着,未能参观。

木棉庵在漳州市外。这个地方的出名,是因为贾似道是在这里被杀的。贾似道是历史上少见的专权误国、荒唐透顶的奸相。元军沿江南下,他被迫出兵,在鲁港大败,不久,被革职放逐,至漳州木棉庵为押送人郑虎臣所杀。今木棉庵外土坡上立有石碑两通,大字深刻"郑虎臣诛贾似道于此",两碑文字一样。贾似道被放逐,是从什么地方起解的呢?为什么走了这条路线?原本是要把他押到什么地方去的呢?郑虎臣为什么选了这么个地方诛了贾似道?郑虎臣的下落如何?他事后向上边复命了没有?按说一个押送人是没有权力把一个犯罪的大臣私自杀了的,尽管郑虎臣说他是"为天下诛贾似道"。想来南宋末年乱得一塌胡涂,没有人追究这件事,也就不了了之了。贾似道下场如此,在"太师"级的大员里是少见的。土坡后有一小庵,当是后建的,但还叫做木棉庵。庵中香火冷落,壁上有当代人题歪诗一首。

云　霄

云霄是果乡。到下畈山上看了看,遍山是果树,芦柑、荔枝、枇杷。枇杷树很大,树冠开张如伞盖,著花极繁。我没有见过枇杷树开这样多的花。明年结果,会是怎样一个奇观?一个承包山头的果农新摘了一篮芦柑,看见县委书记,交谈了几句,把一篮芦柑全倒在我们的汽车里了。在车上剥开新摘芦柑,吃了一路。芦柑瓣大,味甜,无渣。

云霄出蜜柚,因为产量少,不外销,外地人知道的不多。蜜柚甜而多汁,如其名。

在云霄吃海鲜,难忘。除了闽南到处都有的"蚝煎"——海蛎子裹鸡蛋油煎之外,有西施舌、泥蚶。西施舌细嫩无比。我吃海鲜,总觉得味道过于浓重,西施舌则味极鲜而汤极清,极爽口。泥蚶亦名血蚶,肉玉红色,极嫩。张岱谓不施油盐而五味俱足者唯蟹与蚶,他所吃的不知是不是泥蚶。我吃泥蚶,正是不加任何作料,剥开壳就进嘴的。我吃菜不多,每样只是夹几块尝尝味道,吃泥蚶则胃口大开,一大盘泥蚶叫我一个人吃了一小半,面前蚶壳堆成一座小丘,意犹未尽。吃泥蚶,饮热黄酒,人生难得。举杯敬谢主人,曰:"这才叫海味!"

云霄出矿泉水。矿泉水,深井水耳。有一位南京大学的水文专家,看了看将军山的地形,说:这样的地形,下面肯定有矿泉水。凿井深至1400米,水出。矿泉水是高级饮料,现已在中国流行,时髦青年皆以饮矿泉水为"有分"。

东　山

听说东山的海滩是全国最大的海滩。果然很大。砂是硅砂,晶莹洁白。冬天,海滩上没有人。接待游客的旅馆、卖旅游纪念品的铺子、冷饮小店、更衣的棚屋,都锁着门。冬天的海滩显得很荒凉。问我有什么印象,只能说:我到过全国最大的海滩了。我对海没有记忆,因此也不易有感情。

东山城上有风动石。一块很大的浑圆的石头,上负一块很大的石头蛋。有大风,上面的石头能动。有个小伙子奔上去,仰卧,双脚蹬石头蛋,果然能动。这两块石头摞在一起,不知有多少年了。这是大自然的游戏。

厦　门

庙总要有些古。南普陀几乎是一座全新的庙。到处都是金碧辉煌。屋檐石柱、彩画油漆、香炉烛台、幡幢供果，都像是新的。佛像大概是新装了金，锃亮锃亮。

大雄宝殿里，百余僧众在做功课。他们的黄色袈裟也都很新，折线分明。一个年轻的和尚敲木鱼以齐节奏。木鱼槌颇大。他敲得很有技巧，利用木鱼槌反弹的力量连续地敲着。这样连续地敲很久，腕臂得有点功夫。节奏是快板——有板无眼：卜、卜、卜、卜……这个年轻和尚相貌清秀，样子极聪明。我觉得他会升成和尚里的干部的。

到后山逛了一圈，回到大殿外面，诵佛的节奏变成了原板——一板一眼：卜——卜——卜……

往鼓浪屿访舒婷。舒婷家在一山坡上，是一座石筑的楼房。看起来很舒服，但并不宽敞。她上有公婆，下有幼子，她需要料理家务，有客人来，还要下厨做饭。她住的地方，鼓浪屿，名声在外，一定时常有些省内外作家，不速而来，像我们几个，来吃她一顿菜包春卷。她的书房不大，满壁图书，她和爱人写字的桌子却只是两张并排放着的小三屉桌，于是经常发生彼此的稿纸越界的纠纷。我看这两张小三屉桌，不禁想起弗金尼·沃尔芙的《一间自己的屋子》。舒婷在这样的条件下还能写得出朦胧诗么？听说她的诗要变，会变成什么样子？

有人为铁凝、王安忆失去早期作品的优美而惋惜。无可奈何花落去，谁也没有办法。

福　州

鼓山顶有大石如鼓，故名。或云有大风雨则发出鼓声，恐是附会。山在福州市东，汽车可以一直开到涌泉寺山门，往返甚便，故游人多。福州附近山都不大，鼓山算是大山了。山不雄而甚秀，树虽古而仍荣，滋滋润润，郁郁葱葱。福州之山，与他处不同。

涌泉寺始建于唐代，是座古刹了，但现在殿宇精整，想是经过几次重建了。涌泉寺不像南普陀那样华丽，但是规模很大，有气派。大殿很高，只供三世佛。十八罗汉则分坐在殿外两边的廊子上，一边九位。这种布局我在别处庙里还没有见过。

寺里和尚很多，大都很年轻，十八九岁。这里的和尚穿了一种特别的僧鞋，黑灯芯绒鞋面，有鼻，厚胶皮底，看来很结实，也很舒服。一个小和尚发现我在看他的鞋，说："这种鞋很贵，比社会上的鞋要贵得多。"他用的这个词很有意思："社会上的"。这大概是寺庙中特有的用词。这个小和尚会说普通话。

涌泉寺有几口大锅，据说能供一千人吃饭，凡到寺的香客游人都要去看一看。锅大而深，为铜铁合铸，表面漆黑光滑，如涂了油。这样大的锅如何能把饭煮熟？

寺东山上多摩崖石刻。有蔡襄大字题名两处。一处题蔡襄；一处与苏才翁辈同来，则书"蔡君谟"。题名称字，或是一时风气。蔡襄登鼓山，大概有两次，一次与苏才翁等同来，一次是自来。蔡襄至和三年以枢密直学士知福州，登鼓山或当在此时。然襄是仙游人，到福州甚近便，是否至和间登鼓山，也不能肯定。我很喜欢蔡襄的字。有人以为"宋四家"（苏黄米蔡），实应以蔡为首。这两处题名，字大如斗，端重沉着，与三希堂所刻诸帖的行书不相似。盖摩崖题名别是一体。

西禅寺是新盖的，还没有最后完工，正在进行扫尾工程，石匠在敲錾石板石柱，但已经提前使用，和尚开始工作了。一家在追荐亡灵。八个和尚敲着木鱼铙钹，念着经，走着，走得很快。到一个偏殿里，分两边站下，继续敲打唱念，节奏仍然很快，好像要草草了事的样子。两个妇女在殿外，从一个相框里取出一张八寸放大照片，照片上是个中年男人，放进铁炉的火里焚化了。这两个妇女当然是死者的亲属，但看不出是什么关系。她们既没有跪拜，也没有悲泣，脸上是严肃的，但也有些平淡。焚化照片，祈求亡灵升天，此风为别处所未见，大概是华侨兴出来的。但兴起得不会太早，总在有了照相术以后。

后殿有一家在还愿。当初许的愿我也没听说过:三天三夜香烛不断。一个大红的绸制横标上缀着这样的金字。也没有人念经,只是香烟袅绕,烛光烨烨。

寺北正在建造一座宝塔,十三层,快要完工了,已经在封顶。这是座钢筋水泥结构的塔。看看这座用现代材料建成的灰白色的塔(塔尚未装饰,装饰后会是彩色的),不知人间何世。

寺、塔,都是华侨捐资所建。

福建人食不厌精,福州尤甚。鱼丸、肉丸、牛肉丸皆如小桂圆大,不是用刀斩剁,而是用棒捶之如泥制成的。入口不觉有纤维,极细,而有弹性。鱼饺的皮是用鱼肉捶成的。用纯精瘦肉加芡粉以木槌捶至如纸薄,以包馄饨(福州叫做"扁肉"),谓之燕皮。街巷的小铺小摊卖各种小吃。我们去一家吃了一"套"风味小吃,十道,每道一小碗带汤的,一小碟各样蒸的炸的点心,计二十样矣。吃了一个荸荠大的小包子,我忽然想起东北人。应该请东北人吃一顿这样的小吃。东北人太应该了解一下这种难以想象的饮食文化了。当然,我也建议福州人去吃吃李连贵大饼。

武　夷　山

武夷山的好处是景点集中。范围不算大,处处有景,在任何地方,从任何角度,都有可看的,不似有些风景区,走半天,才有一处可看,其余各处皆平平。山水对人都很亲切,很和善,迎面走来,似欲与人相就,欲把臂,欲款语,不高傲,不冷漠,不严峻。武夷属低山,游程"有惊无险"。自山麓至天游峰皆石级,走起来不累。我已经近七十,上天游峰不感到心脏有负担。

玉女峰亭亭而立,大王峰虎虎而蹲。晒布岩直挂而下,石色微红,寸草不生,壮观而耐看。天游是绝顶,一览众山,使人有出尘之想。

武夷的好处是有山有水。九曲溪是天造奇境。溪随山宛曲,水极清,溪底皆黑色大卵石。现在是枯水期,水浅,竹筏与卵石相摩,格格有声。坐在筏上,左顾右盼,应接不暇。

船棺不知是何代物。那时候的人是用什么办法把棺材弄到这样无路可通的悬崖绝壁的山洞里的?为什么要把死人葬在这样高的地方?这是无法解释的谜。

水帘洞不是像《西游记》所写的那样洞口有瀑布悬挂如帘,而是从峭壁上挂下一条很长的草绳,山上水沿草绳流注,被风吹散,如烟如雾,飘飘忽忽,如一片透明的薄帘。水帘洞下有田地人家,种植炊煮,皆赖山水。泉下有茶馆,有人在饮茶。

天车是一列巨大的木制绞车,因为嵌置在峭壁极高处的山缝间,如在天上,当地人谓之"天车"。据传,太平天国时有财主数姓,避乱入岩洞中,设此天车,把财物和食物绞上去,在洞中藏匿甚久,太平天国军仰攻之,竟不得上。峭壁有碑记其事。这块碑的措词很尴尬,当然要说太平天国是革命的,地主是反动的,但是游人仰看天车,则只有为天车感到惊奇,碑文想发一点感慨,可不知说什么好。

武夷山是道教山,入山处原有武夷宫,已毁,现在正在重建,结构存其旧制,而规模较小。看了檐口的大斗拱,知道这是宋式建筑。宫前有两棵桂花树,云是当年所植,数百年物也。宫外有荣观,亦宋式。

我们所住的银河饭店门前是崇安溪;屋后亦有小溪,溪水小有落差,入夜水声淙淙不绝。现在是旅游淡季,整个旅馆只住了我们五个人。经理为我们的饭菜颇费张罗,有炒新鲜冬笋,有武夷山的山珍石鳞,即石鸡,山间所产的大蛙也,有狗肉,有蛇汤。临行,经理嘱写字留念,写了一副对联:"四围山色临窗秀,一夜溪声入梦清。"

庚午年正月初四

注　释

① 本篇原载 1990 年 4 月 21 日、28 日《中国旅游报》;初收《旅食集》,广东旅游出版社,1992 年 4 月。

《桃源与沅州》《常德的船》赏析二篇①

《桃源与沅州》赏析

沈从文先生 1934 年因事回湘西；1937 年由北平往昆明，又由湘西转道。两次回乡，各写了一本书。一本《湘行散记》，一本《湘西》。本篇即取自《湘行散记》。《湘行散记》有几篇有人物、有故事，近似小说，如《一个戴水獭皮帽子的朋友》、《一个多情水手和一个多情妇人》、《一个爱惜鼻子的朋友》。这一篇写有关两个地方的见闻和感慨，无具体人物，无故事情节，是一篇纯粹的散文。

从表面看，这两本书都写得很轻松，笔下不乏幽默谐趣，似乎在和人随意谈天，且时时自己发笑，并不激昂慷慨，但是透过轻松，我们看到作者的心是相当沉重的。这里有着对家乡的严重的关切，对于家乡人的深挚的同情，乃至悲悯。

桃源并不是"世外桃源"。作者一开头就说"至于住在那儿的人呢，却无人自以为是遗民或神仙，也从不曾有人遇着遗民或神仙"。这地方是沅水边的一个普通的水码头，一个被历史封闭在湘西一角的小城。这里的人是一些普普通通的人，一些渺小、卑贱、浑浑噩噩的人。他们在这里吃饭穿衣，生老病死。在他们的生活上面，总有一层悲惨的影子。

在沈先生的一些以沅水为背景的小说和散文中，经常出现的有两种人：妓女和水手。这篇散文主要说及的也正是这两种人。妓女是旧中国通商码头必不可少的古老职业。桃源的妓女是所谓"土娼"。她们在一些从大城来的"风雅人"眼中是颇具浪漫主义色彩的。"这些人往桃源洞赋诗前后,必尚有机会过后江走走。由朋友或专家引导,这家那家坐坐,烧匣烟,喝杯茶。看中意某一个女人时,问问行市,花个三元五元,便在那龌龊不堪万人用过的花板床上,压着那可怜妇人胸膛放荡一夜。"这些土娼"有病本不算一回事。实在病重了,不能作生活挣饭吃,间或就上街走到西药房去打针,六零六三零三扎那么几下,或请走方郎中配副药,朱砂茯苓乱吃一阵,只要支持得下去,总不会坐下来吃白饭。直到病倒了,毫无希望可言了,就叫毛伙用门板抬到那类住在空船中孤身过日子的老妇人身边去,尽她咽最后那一口气,死去时亲人呼天抢地哭一阵,罄所有请和尚安魂念经,再托人赊购四合头棺木,或借'大加一'买副薄薄板片,土里一埋也就完事了"。这就是一个人的"价值"。

水手呢?小水手上滩时"一个不小心,闪不知被自己手中竹篙弹入乱石激流中,泅水技术又不在行,淹死了,船主方面写得有字据,生死家长不能过问。掌舵的把死者剩余的一点衣服交给亲长,说明白落水情形后,烧几百钱纸手续便清楚了"。这就是一个人的"价值"。

这些话说起来很平静,"若无其事",甚至有点"玩世不恭",但是作家的内心是激动的。越是激动,越要平静,越是平静,才能使人感觉到作者激动之深。年轻的作者,往往竭力要使读者受到感染,激情浮于表面,结果反而使读者不受感动,觉得作者在那里歇斯底里。这是青年作家易犯的通病。

散文到底有多少种写法?有多少篇散文,就有多少种写法。如果散文有若干模式,散文也就不成其为散文了。不过大体分类,我以为有两种。一种是不散的散文,中心突出,结构严谨,起承转合、首尾呼应,文章写得很规整。这一类散文的作者有意为文,写作时是理智的。他们要表达的是某种"意思",即所谓"载道"。他们受传统古文,尤其是唐宋八大家影响较大。另一种是松散的散文,作者无意为文,只是随便谈天,说到哪里算那里。章太炎论汪容甫文"起止自在,无首尾呼应之式",沈先生这篇散文的写法属后一种。他要表达的是感情,情尽则止。文章的分段与衔接处极其自由,有时很突兀。如写了一大段乘桃源小划子溯流而上到沅州,看到风致楚楚的芒草,富抒情性,紧接一段却插进城门上一片触目黑色,是党务特派率乡民请愿,尸体被士兵用刺刀钉在城门示众三天所留下的痕迹,实在很出人意料。沈先生的散文,有时也作一些呼应。如本文以风雅的读书人对桃源的幻想开始,最后也以风雅人虚伪的人生哲学作结。不过沈先生的文章的断续呼应不那么露痕迹,如章太炎所说:自在。

细心的读者应该注意到沈先生在这篇文章附注的一行小字:"1935年3月北平大城中"。注明"北平"也就可以了,为什么要写明"大城中"? 我们从这里可以感到沈先生的一点愤慨。沈先生对于边地小人物的同情,常常是从对大城市的上层人物的憎恶出发的。文章有底有面。写出来的是面,没有完全写出来的是底。有面无底,文章的感情就会单薄。这里,对边地小民的同情是面,对绅士阶级的憎恶是底。沈先生的许多小说散文,往往是由对于两种文明的比照而激发出来的。

《常德的船》赏析

沈从文先生逝世后,在遗体告别仪式上,一位新华社记者找到我,希望我用最少的语言概括沈先生的一生。在那种场合下,不暇深思,我只说了两点。一是:沈先生是一个真诚的爱国主义者;二是:他是我所认识的真正甘于淡泊的作家,这种淡泊不仅是一种人的品德,而且是一种人的境界。我应《人民日报》之约写了一篇悼念沈先生的文章,题目是《一个爱国的作家》。我在几篇文章里都提到沈先生是一个爱国主义者。有熟悉沈先生的为人的同志,说这是对沈先生最起码的评价。但是就是这样最起码的评价,也不是至今对沈先生持有偏见的某些现代文学史家、评论家所能接受的。

沈先生的爱国主义,我以为,集中表现为两个方面。一是对于祖国文化的热爱,这有他的有关文物的著作为证;一是对故乡的热爱,这有他的许许多多小说散文为证。沈先生写得最多,也写得最好的作品,是以沅水为背景的。一个人如此不疲倦地表现自己的家乡，实在少见。高尔基的伏尔加河，马克·吐温的密西西比河，都不像沈从文的沅水那样魂萦梦绕。《湘西》就是一本有关沅水流域的极其独特的书。

有一个时期，不知是一些什么人，把沈从文和"与抗战无关论"拉在了一起，这真是一件怪事！沈先生的《湘西》写于抗日战争初期。他在《题记》中明明白白地提出："民族兴衰，事在人为"，他正是从民族兴衰角度出发，希望湘西人以及全国人有所作为而写这本书的。他说："我这本小书所写到的各方面现象，和各种问题，虽极琐细平凡，在一个有心人看来，说不定还有一点意义，值得深思！"这样的创作思想是极其入世，极其现实的，怎么能说是"与抗战无关"呢？抗战初期，全国人民都在一种高昂兴奋的情绪中。沈先生这本《湘西》也贯串了一种兴奋情绪，这篇《常德的船》也如此。

说《湘西》是一本极其独特的书，是因为它几乎无法归类。这本书把社会调查、风土志、游记、散文、小说糅合在一起，成为一种新的文体。同样的书，似乎还没有见过。

《常德的船》，这样的题目真是难于措手。似乎用一张大纸，绘制一个"常德船舶一览表"，注明各类船只的形状、特点、用途，也可以了。沈先生没有这样做，而是把各类船只依次罗列，如数家珍，只几笔，就勾画出这些船只的不同"性格"，这就不是任何一览表所能达到的效果了。能把本来应该是枯燥的事说得很生动，是作家的本领。《湘西》里有不少题目看起来都是枯燥的，如《沅陵的人》、《辰溪的煤》，但是都很能引人入胜。这里，作者所取的态度、角度，以及叙述的语调，是起决定作用的。《常德的船》写了船，也写了人，写了船户。"这个码头真正值得注意令人惊奇处，实在也无过于船户和他所操纵的水上工具了。要认识湘西，不能不对他们先有一种认识。要欣赏湘西地方民族特殊性，船户是最有价值材料之一种。"《常德的船》所以能产生强烈的感情力量，是由于作者对人的同情，对人的关心。

作者是本地人，十四岁后在沅水流域上下千里各个地方大约住过六七年，既有浓厚的乡情，又对生活非常熟悉，下笔游刃有余，毫不捉襟见肘,其感人艺术效果,当然不是开几个调查会,口问手写,现趸现卖,率尔操觚所赶制出来的"报告文学"所可比拟。

常德的船户之中也有"辰溪船",弄船人那样"因闲而懒,精神多显得萎靡不振"的,但给人总的印象是忙碌紧张,生气勃勃。这种"生气",也可说是抗战初期的"民气",虽然常德暂时离战地还比较远,船户中也并没有涉及抗战的谈话。

《常德的船》除船户之外也提到当地的一些名人,如丁玲、戴修瓒、余嘉锡,特别是麻阳人塑像师张秋潭。沈先生写家乡的散文,总不忘提及当地杰出的人物,这是中国修志的一个传统,一个好的传统。

注　释

① 本篇原载《中国现代散文欣赏辞典》,王纪人主编,汉语大辞典出版社,1990 年 1 月。

遥远的阿佤山[①]

阿佤山是遥远的。

只有三十万人口的佤族,出了一个女作家,这是叫人激动的。这个女作家还不能说是已经成熟,她的作品的成就参差不齐,有时甚至悬殊很大。但是这是一个很有特点的作家,一个很有潜力、会有后劲的,有前途的作家。她的进展也许是缓慢的,艰难的,但不会昙花一现,悄然消失。

董秀英给我们揭示的佤山,是一片新奇的土地。"莽莽的老林,参天神树,奇花异草,老虎、豹子、野牛、大雕、猴群、马鹿、麂子、白鹇、小鸟等等,都和阿佤人同时生活在巍巍的阿佤山上,同喝阿佤山的泉水,同食山林中的野果,在山林中生养后代。"(《我的爱,深深地埋在阿佤山》)

阿佤人的原始宗教似乎非常简单。他们曾经相信杀人头祭谷神可以获得丰收。他们相信天鬼、地鬼、水鬼。但是这些鬼似乎都没有很大的威慑性的超人力量。他们也有巫师(魔巴),但巫师并不是神人之间交通的使者,他只是会念咒驱鬼而已。阿佤族有木鼓,但似乎没有带有神秘色彩仪式性的歌舞。他们相信自然。主张万物各适其性,一切顺乎自然。"在阿佤人的眼里,阿佤山上有生命的植物、动物,都是老天给的。花就是花,草就是草。"(《我的爱,深深地埋在阿佤山》)在阿佤人看来,动物是有灵性的。岩巴拉和白孔雀的故事是很特殊的。岩巴拉和一只白孔雀建立了感情。岩巴拉死了,白孔雀拔下身上的长羽毛,含在嘴里朝岩巴拉走来,"看见白孔雀来,四条汉子又把老人放到地上,白孔雀把白色的羽毛放在老人的身上。"这似乎是一个童话,然而董秀英是当作现实来写的。大概在阿佤人心目中,现实和童话的界限是很难划分的。

　　阿佤山还停留在以物易物的原始经济状态,连最简单的商品贸易也没有,阿佤人几乎没有货币的概念,他们不知道"钱"的价值。因此,他们的心理结构和"文明人"不一样。他们自有自己的价值观念,是非标准。他们的私有意识是很淡薄的。到现在还保留原始共食的习俗,有吃大家吃,无分彼此。董秀英曾到一家茅草竹楼,竹楼里只有一只煮饭煮猪食用的铁锅,除此以外,一无所有。但是随董秀英一起进入竹楼的大队干部告诉她:"这家年前一日之内剽杀了六头黄牛,当时被寨子人分光吃光,留给主人的只是六个牛头和一朵牛肝。"他们对人是尊重的,爱的,愿意给任何人以帮助,他们没有民族的成见,更没有"政治"的成见。岩巴拉从河里救起一个淹死的汉人工作人员,不管他的来历,也不问他的去处。背阴地的阿佤老人先后救过一个黄皮兵,一个绿衣兵。他给黄皮兵用解药放血,让他吃"扁米""塞脖子"。他给绿衣兵用草药玉芝兰医治断腿,喂他老鼠烂饭。但对黄皮兵、绿衣兵为什么用枪把屁股打成了红屁股,全不理会。绿衣兵走了,留下一叠红纸票。他把红纸票贴在竹墙上,小虫虫在上面打洞、密密麻麻。岩巴拉为了让水上漂来的汉人能吃饱,竟至用割牛肉的刀,割下自己腿上的一块瘦肉,不慌不忙地放在手心上,抹上盐巴、辣子面,在火炭上烤熟了,把这块平均分为两半,一半留给自己,一半给了汉人,吞吃了。吃完了自己的腿肉,岩巴拉把汉人送出了山!割掉腿肉的地方长了一个大疤,这疤到岩巴拉死后还明显地留着。沙木戛从部落来到一个小镇,破竹篾、编竹器,他编的竹器不卖钱,谁喜欢,就拿去。但是一窝女人拿了他的竹器,却去卖钱。他为此很生气,他听了些他听不惯的声音,看了些看不惯的事,他走了,走回到江山木戛古老的部落。他对这种重利轻义的现代文明格格不入!

　　阿佤山不是世外桃源。"文化大革命"的飓风同样卷到偏远的山寨。《猫头鹰来的夜晚》是阴森、恐怖、叫人毛骨悚然的。由于生产水平的低下,阿佤山的生活是贫穷、困苦的。董秀英笔下的阿佤山,浸透了沉重的悲剧性。《背阴地》使人有一种近乎绝望的悲凉感。这是一片多么荒凉、寒苦的,被遗忘的土地呀。《九颗牛头》里的岩戛拉因为家里没有一个牛头,没有脸"串姑娘",等到他有了九颗牛头,他和他曾经中意的姑娘都已经老了,"两个老人都淌眼泪了",九颗牛头记录了岩戛拉一世的辛酸。这种辛酸在董秀英的小说里几乎无往而不在,因此增强了小说的现实感,产生震撼和压抑的力量。这,当然来自董秀英对本民族的严重的关切与挚爱。

董秀英所写的不仅是佤族的粗犷、剽悍的"男性"的生活。她同样具有优美的抒情气质。除了熟悉佤族生活,她对拉祜族的、傣族的生活,也是熟悉的。但是我觉得她所写的拉祜族、傣族的生活,都带有佤族生活的影子,可以说是佤族生活的另一个侧面。我很喜欢《远处,高高的阿佤山寨》和《河里漂来的筒裙》。这两篇小说都有抒情气息,写得都很玲珑。"小姑娘看着他用肥皂洗过的地方,还是黑黑的。她伸出手,在他脊背上轻轻地摸了一下,瞧了又瞧,自己的手还是白白的。小姑娘瞪着大眼睛,呆呆地瞧他。"这写得非常富于幽默感,很有情趣,很可爱。白面团姑娘要求大老黑在小石磨上打一朵缅桂花,表现爱美的天性,大老黑捡起岩香队长遗落下来的缅桂花,吹去粘在花上的灰尘,仔仔细细地数花瓣,表现这个佤族的大老黑并不是一个"粗人",他的感情也是很细腻的。《河里漂来的筒裙》是一首优美的抒情诗,写得淡淡的,但是让人感到很温馨。我们的阿佤族女作家毕竟是个女作家,虽然她是阿佤。她的这一类作品具有一种很温柔的女性的魅力。这使得她的作品具有不同的色调,不只以粗犷胜。

《马桑部落的三代女人》是一篇力作,是董秀英写的唯一的中篇。一篇小说写了三代女人,构思是很好的。但我以为这篇东西写得不算成功,三段之间比较缺乏贯串性的内在情绪,也缺乏必要的起伏跌宕。最后一代的女人妮拉的生活是充满阳光的,温暖的,作为对比,前两代的生活的悲怆情绪就显得不足。我以为董秀英对前两代女人的命运思索得不够,没有完全把自己放进去,缺乏作者的主体意识,有些地方停留在客观的叙述上,有些地方甚至像是提纲。我希望董秀英把这篇东西重写一遍,好好锤炼一下,让三段,三个乐章既有统一的内在主题,又能各具鲜明的变化。

董秀英在写作时所遇到的语言上的障碍一定是很大的。她在写作时当然不会用本民族的语言思维、表达,我估计她用汉语思维的。她的基本上是普通话的汉语中有一些明显的云南口语的特点,比如写果子在树上"要掉要掉的",这使她的语言有一些地方色彩,我希望她能保留这点色彩。董秀英大概读了不少汉语文学,包括汉族诗歌。她有些语言的"汉化"的程度甚至超过一般的汉族作家,这使我很惊异。比如:

　　背阴山腰背阴地。

　　下栽包谷上撒旱谷占了整块地。

　　缅瓜黄瓜横爬竖走,叶连藤,藤带瓜,绿瓜头上戴朵蛋黄花。地心里蝴蝶飞,蜜蜂来,野鸡叫,小雀闹。

　　背阴地四周绿茵茵,高处有蓬顶天竹,十来棵竹子直苗苗地扫着老天,低处一条黑河横过山脚,不吭不声,白天黑夜只顾走。半山的黑林里藏麻鸡窝、野兔洞,时常听它们跑出跑进,打打闹闹。

这段描写充满汉语诗的韵律感,在汉族作家的文学语言中也算是上乘的。我很高兴一个佤族作家能如此精细地感觉到汉语之美。一个少数民族的作家能有这样好的汉语语言感,其所经过的艰苦的学习是不难想见的。因此,我希望董秀英继续在汉语上下点苦功夫,多读一点汉族的古典诗词,更深入地研究研究云南话,并且考虑能否把佤族话的某些富有表现力的词语溶入汉语,形成自己的更具特色的文学语言。

我对董秀英的小说了解甚少,只是断断续续地读了两三遍。她自称是我的弟子,我也就说了一些好为人师的闲话。我的话无甚深意,但说的倒都是真心话,态度是诚恳的,不知道董秀英看了高兴不高兴。是为序。

　　　　　　　　　　　　　　一九九〇年二月十七日　北京大雪。

注　释

①　本篇原载《文学界》1990 年第 1 期,是为董秀英《马桑部落的三代女人》
　　（云南人民出版社,1991 年版）所作序言。

七 十 书 怀[①]

六十岁生日,我曾经写过一首诗:

冻云欲湿上元灯,
漠漠春阴柳未青。
行过玉渊潭畔路,
去年残叶太分明。

这不是"自寿",也没有"书怀","即事"而已。六十岁生日那天一早,我按惯例到所居近处的玉渊潭遛了一个弯,所写是即目所见。为什么提到上元灯?因为我的生日是旧历的正月十五。据说我是日落酉时建生,那么正是要"上灯"的时候。沾了元宵节的光,我的生日总不会忘记。但是小时不做生日,到了那天,我总是鼓捣一个很大的,下面安四个轱辘的兔子灯,晚上牵了自制的兔子灯,里面插了蜡烛,在家里厅堂过道里到处跑,有时还要牵到相熟的店铺中去串门。我没有"今天是我的生日"的意识,只是觉得过"灯节"(我们那里把元宵叫做"灯节")很好玩。十九岁离乡,四方漂泊,过什么生日!后来在北京安家,孩子也大了,家里人对我的生日渐渐重视起来。到了那天,总得"表示"一下。尤其是我的孙女和外孙女,她们对我的生日比别人更为热心,因为那天可以吃蛋糕。六十岁是个整寿。但我觉得无所谓。诗的后两句似乎有些感慨,因为这时"文化大革命"过去不久,容易触景生情,但是究竟有什么感慨,也说不清。那天是阴天,好像要下雪,天气其实是很舒服的,诗的前两句隐隐约约有一点喜悦。总之,并不衰瑟,更没有过一年少一年这样的颓唐的心情。

一晃,十年过去了,我七十岁了。七十岁生日那天写了一首《七十书怀出律不改》：

> 悠悠七十犹耽酒，
>
> 唯觉登山步履迟。
>
> 书画萧萧余宿墨，
>
> 文章淡淡忆儿时。
>
> 也写书评也作序，
>
> 不开风气不为师。
>
> 假我十年闲粥饭，
>
> 未知留得几囊诗。

这需要加一点注解。

中国人的平均寿命比以前增高多了。我记得小时候看家里大人和亲戚，过了五十，就是"老太爷"了。我祖父六十岁生日，已经被称为"老寿星"。"人生七十古来稀"，现在七十岁不算稀奇了。不过七十总是个"坎儿"。不知从什么时候起，别人对我的称呼从"老汪"改成了"汪老"。我并无老大之感。但从去年下半年，我一想我再没有六十几了，不免有一点紧张。我并不太怕死，但是进入七十，总觉得去日苦多，是无可奈何的事。所幸者，身体还好。去年年底，还上了一趟武夷山。武夷山是低山，但总是山。我一度心肌缺氧，一般不登山。这次到了武夷绝顶天游，没有感到心脏有负担。看来我的身体比前几年还要好一些，再工作几年，问题不大。当然，上山比年轻人要慢一些。因此，去年下半年偶尔会有的紧张感消失了。

我的写字画画本是遣兴自娱而已，偶尔送一两件给熟朋友。后来求字求画者渐多。大概求索者以为这是作家的字画，不同于书家画家之作，悬之室中，别有情趣耳，其实，都是不足观的。我写字画画，不暇研墨，只用墨汁。写完画完，也不洗砚盘色碟，连笔也不涮。下次再写、再画，加一点墨汁。"宿墨"是记实。今年（1990）1月15日，画水仙金鱼，题了两句诗：

> 宜入新春未是春，

残笺宿墨隔年人。

　　这幅画的调子是灰的，一望而知用的是宿墨。用宿墨，只是懒，并非追求一种风格。

　　有一个文学批评用语我始终不懂是什么意思，叫做"淡化"。淡化主题、淡化人物、淡化情节，当然，最终是淡化政治。"淡化"总是不好的。我是被有些人划入淡化一类了的。我所不懂的是：淡化，是本来是浓的，不淡的，或应该是不淡的，硬把它化得淡了。我的作品确实是比较淡的，但它本来就是那样，并没有经过一个"化"的过程。我想了想，说我淡化，无非是说没有写重大题材，没有写性格复杂的英雄人物，没有写强烈的，富于戏剧性的矛盾冲突。但这是我的生活经历，我的文化素养，我的气质所决定的。我没有经历过太多的波澜壮阔的生活，没有见过咤叱风云的人物，你叫我怎么写？我写作，强调真实，大都有过亲身感受，我不能靠材料写作。我只能写我所熟悉的平平常常的人和事，或者如姜白石所说"世间小儿女"。我只能用平平常常的思想感情去了解他们，用平平常常的方法表现他们。这结果就是淡。但是"你不能改变我"，我就是这样，谁也不能下命令叫我照另外一种样子去写。我想照你说的那样去写，也办不到。除非把我回一次炉，重新生活一次。我已经七十岁了，回炉怕是很难。前年《三月风》杂志发表我一篇随笔，请丁聪同志画了我一幅漫画头像，编辑部要我自己题几句话，题了四句诗：

　　　近事模糊远事真，
　　　双眸犹幸未全昏。
　　　衰年变法谈何易，
　　　唱罢莲花又一春。

　　《绣襦记》《教歌》两个叫花子唱的"莲花落"有句"一年春尽又是一年春"，我很喜欢这句唱词。七十岁了，只能一年又一年，唱几句莲花落。

　　《七十书怀出律不改》，"出律"指诗的第五六两句失粘，并因此影响最后两句平仄也颠倒了。我写的律诗往往有这种情况，五六两句失粘。为什么不改？因为这是我要说的主要两句话，特别是第六句，所书之怀，也仅此耳。改了，原意即不妥帖。

我是赞成作家写评论的，也爱看作家所写的评论。说实在的，我觉得评论家所写的评论实在有点让人受不了。结果是作法自毙。写评论的差事有时会落到我的头上。我认为评论家最让人受不了的，是他们总是那样自信。他们像我写的小说《鸡鸭名家》里的陆长庚一样，一眼就看出这只鸭是几斤几两，这个作家该打几分。我觉得写评论是非常冒险的事：你就能看得那样准？我没有这样的自信。人到一定岁数，就有为人写序的义务。我近年写了一些序。去年年底就写了三篇，真成了写序专家。写序也很难，主要是分寸不好掌握，深了不是，浅了不是。像周作人写序那样，不着边际，是个办法。但是一，我没有那样大的学问；二，丝毫不涉及所序的作品，似乎有欠诚恳。因此，临笔踌躇，煞费脑筋。好像是法朗士说过："关于莎士比亚，我所说的只是我自己。"写书评、写序，实际上是写写书评、写序的人自己。借题发挥，拿别人来"说事"，当然不太好，但是书评和序里总会流露出本人的观点，本人的文学主张。我不太希望我的观点、主张被了解，愿意和任何人保持一定的距离；但是自设屏障，拒人千里，把自己藏起来，完全不让人了解，似也不必。因此，"也写书评也作序"。

"不开风气不为师"，是从龚定庵的诗里套出来的。龚定庵的原句是："但开风气不为师"。龚定庵的诗貌似谦虚，实很狂傲。——龚定庵是谦虚的人么？但是龚定庵是有资格说这个话的。他确实是个"开风气"的。他的带有浓烈的民主色彩的个性解放思想撼动了一代人，他的宗法公羊家的奇崛矫矢的文体对于当时和后代都起了很大的影响。他的思想不成体系，不立门户，说是"不为师"倒也是对的。近四五年，有人说我是这个那个流派的始作俑者，这很出乎我的意外。我从来没有想到提倡什么，我绝无"来吾导乎先路也"的气魄，我只是"悄没声地"自己写一点东西而已。有一些青年作家受了我的影响，甚至有人有意地学我，这情况我是知道的。我要诚恳地对这些青年作家说：不要这样。第一,不要"学"任何人。第二,不要学我。我希望青年作家在起步的时候写得新一点,怪一点,朦胧一点,荒诞一点,狂妄一点,不要过早地归于平淡。三四十岁就写得很淡,那,到我这样的年龄,怕就什么也没有了。这个意思,我在几篇序文中都说到,是真话。

看相的说我能活九十岁,那太长了!不过我没有严重的器质性的病,再对付十年,大概还行。我不愿当什么"离休干部",活着,就还得做一点事。我希望再出一本散文集,一本短篇小说集,把《聊斋新义》写完,如有可能,把酝酿已久的长篇历史小说《汉武帝》写出来。这样,就差不多了。

七十书怀,如此而已。

一九九〇年二月二十四日

注 释

① 本篇原载《现代作家》1990 年第五期;初收《汪曾祺小品》,中国人民大学出版社,1992 年 10 月。

知识分子的知识化^①

这个题目似乎不通。顾名思义，"知识分子"，当然是有知识的，有什么"知识化"的问题？这里所谓"知识"，不是指对某一学科的专业知识，而是指全面的文化修养。

40多年前，在昆明华山南路一家裱画店看到一幅字，一下子把我吸引住了。是一个窄长的条幅，浅银红蜡笺，写的是《前赤壁赋》。地道的，纯正的文徵明体小楷，清秀潇洒，雅韵欲流。现在能写这样文徵明体小楷的不多了！看看后面的落款，是"吴兴赵九章"！这太出乎我的意料了！赵九章是当时少有的或仅有的地球物理学家，竟然能写这样漂亮的小字，他真不愧是吴兴人！我们知道华罗庚先生是写散曲的（他是金坛人，写的却是北曲，爱用"俺"字），有一次我在北京市委党校附近的商场看到华先生用行书写的招牌，也奔放，也蕴藉，较之以写字赚大钱的江湖书法家的字高出多矣！我没有想到华先生还能写字。一看，就知道：这是一个有学问的人写的字。我们知道，严济慈先生，苏步青先生都写旧体诗。严先生的书法也极有功力。如果我没有记错，"欧美同学会"的门匾的笔力坚挺的欧体大字，就是严先生的手笔（欧体写成大字，很要力气）。我们大概四二、四三年间，在昆明云南大学成立了一个曲社，有时做"同期"。参加"同期"的除了文科师生，常有几位搞自然科学的教授、讲师。许宝騄先生是数论专家，但许家是昆曲世家，许先生的曲子唱得很讲究。我的《刺虎》就是他亲授的。崔芝兰先生（女）是生物系教授，几十年都在研究蝌蚪的尾巴，但是酷爱昆曲，每"期"必到，经常唱的是《西厢记·楼会》。吴征镒先生是植物分类学专家，是唱老生的。他当年嗓子好，中气足，能把《弹词》的"九转货郎儿"唱到底，有时也唱《扫秦》。现在，他还在唱，只是当年曲友风流云散,找一个�," 笛的也不易了。

解放以后的教育过于急功近利。搞自然科学的只知埋头于本科,成了一个科技匠,较之上一代的科学家的清通渊博风流儒雅相去远矣。

自然科学界如此,治人文科学者也差不多。

就拿我们这行来说。写小说的只管写小说,写诗的只管写诗,搞理论的只管搞理论,对一般的文化知识兴趣不大。前几年王蒙同志提出作家学者化,看来确实有这个问题。拿写字说。前一代,郭老、茅公、叶圣老、王统照的字都写得很好。闻一多先生的金文旷绝一代,沈从文先生的章草自成一格。到了我们这一辈就不行了。比我更年轻的作家的字大部分都拿不出手。作家写的字不像样子,这点不大说得过去。

提高知识分子的文化修养,这不是问题么?

知识分子的文化修养普遍地提高了,这对提高我们全民族的文化修养将会起很大的推动作用。反之,如果知识分子的文化修养不提高,全民族的文化水平将会不堪设想。

一九九〇年三月二日

注　释

① 本篇原载 1990 年 4 月 6 日《人民政协报》;初收《汪曾祺全集》第四卷,北京师范大学出版社,1998 年 8 月。

人间草木^①

山 丹 丹

我在大青山挖到一棵山丹丹。这棵山丹丹的花真多。招待我们的老堡垒户看了看,说:"这棵山丹丹有十三年了。"

"十三年了？咋知道？"

"山丹丹长一年,多开一朵花。你看,十三朵。"

山丹丹记得自己的岁数。

我本想把这棵山丹丹带回呼和浩特,想了想,找了把铁锹,在老堡垒户的开满了蓝色党参花的土台上刨了个坑,把这棵山丹丹种上了。问老堡垒户：

"能活？"

"能活。这东西,皮实。"

大青山到处是山丹丹,开七朵花、八朵花的,多的是。

> 山丹丹花开花又落,
>
> 一年又一年……

这支流行歌曲的作者未必知道,山丹丹过一年多开一朵花。唱歌的歌星就更不会知道了。

枸 杞

枸杞到处都有。枸杞头是春天的野菜。采摘枸杞的嫩头,略焯过,切碎,与香干丁同拌,浇酱油醋香油;或入油锅爆炒,皆极清香。夏末秋初,开淡紫色小花,谁也不注意。随即结出小小的红色的卵形浆果,即枸杞子。我的家乡叫做狗奶子。

我在玉渊潭散步,在一个山包下的草丛里看见一对老夫妻弯着腰在找什么。他们一边走,一边搜索。走几步,停一停,弯腰。

"您二位找什么?"

"枸杞子。"

"有吗?"

老同志把手里一个罐头玻璃瓶举起来给我看,已经有半瓶了。

"不少!"

"不少!"

他解嘲似的哈哈笑了几声。

"您慢慢捡着!"

"慢慢捡着!"

看样子这对老夫妻是离休干部,穿得很整齐干净,气色很好。

他们捡枸杞子干什么?是配药?泡酒?看来都不完全是。真要是需要,可以托熟人从宁夏捎一点或寄一点来。——听口音,老同志是西北人,那边肯定会有熟人。

他们捡枸杞子其实只是玩!一边走着,一边捡枸杞子,这比单纯的散步要有意思。这是两个童心未泯的老人,两个老孩子!

人老了,是得学会这样的生活。看来,这二位中年时也是很会生活,会从生活中寻找乐趣的。他们为人一定很好,很厚道。他们还一定不贪权势,甘于淡泊。夫妻间一定不会为柴米油盐、儿女婚嫁而吵嘴。

从钓鱼台到甘家口商场的路上,路西,有一家的门头上种了很大的一丛枸杞,秋天结了很多枸杞子,通红通红的,礼花似的,喷泉似的垂挂下来,一个珊瑚珠穿成的华盖,好看极了。这丛枸杞可以拿到花会上去展览。这家怎么会想起在门头上种一丛枸杞?

槐　花

　　玉渊潭洋槐花盛开,像下了一场大雪,白得耀眼。来了放蜂的人。蜂箱都放好了,他的"家"也安顿了。一个刷了涂料的很厚的黑色的帆布篷子。里面打了两道土堰,上面架起几块木板,是床。床上一卷铺盖。地上排着油瓶、酱油瓶、醋瓶。一个白铁桶里已经有多半桶蜜。外面一个蜂窝煤炉子上坐着锅。一个女人在案板上切青蒜。锅开了,她往锅里下了一把干切面。不大会儿,面熟了,她把面捞在碗里,加了作料、撒上青蒜,在一个碗里舀了半勺豆瓣。一人一碗。她吃的是加了豆瓣的。

　　蜜蜂忙着采蜜,进进出出,飞满一天。

　　我跟养蜂人买过两次蜜,绕玉渊潭散步回来,经过他的棚子,大都要在他门前的树墩上坐一坐,抽一枝烟,看他收蜜,刮蜡,跟他聊两句,彼此都熟了。

　　这是一个五十岁上下的中年人,高高瘦瘦的,身体像是不太好,他做事总是那么从容不迫,慢条斯理的。样子不像个农民,倒有点像一个农村小学校长。听口音,是石家庄一带的。他到过很多省,哪里有鲜花,就到哪里去。菜花开的地方,玫瑰花开的地方,苹果花开的地方,枣花开的地方。每年都到南方去过冬,广西,贵州。到了春暖,再往北翻。我问他是不是枣花蜜最好,他说是荆条花的蜜最好。这很出乎我的意外。荆条是个不起眼的东西,而且我从来没有见过荆条开花,想不到荆条花蜜却是最好的蜜。我想他每年收入应当不错,他说比一般农民要好一些,但是也落不下多少:蜂具,路费;而且每年要赔几十斤白糖,——蜜蜂冬天不采蜜,得喂它糖。

　　女人显然是他的老婆。不过他们岁数相差太大了。他五十了,女人也就是三十出头。而且,她是四川人,说四川话。我问他:你们是怎么认识的?他说:她是新繁县人。那年他到新繁放蜂,认识了。她说北方的大米好吃,就跟来了。

有那么简单？也许她看中了他的脾气好，喜欢这样安静平和的性格？也许她觉得这种放蜂生活，东南西北到处跑，好耍？这是一种农村式的浪漫主义。四川女孩子做事往往很洒脱，想咋个就咋个，不像北方女孩子有那么多考虑。他们结婚已经几年了。丈夫对她好，她对丈夫也很体贴。她觉得她的选择没有错，很满意，不后悔。我问养蜂人：她回去过没有？他说：回去过一次，一个人。他让她带了两千块钱，她买了好些礼物送人，风风光光地回了一趟新繁。

一天，我没有看见女人，问养蜂人，她到哪里去了。养蜂人说：到我那大儿子家去了，去接我那大儿子的孩子。他有个大儿子，在北京工作，在汽车修配厂当工人。

她抱回来一个四岁多的男孩，带着他在棚子里住了几天。她带他到甘家口商场买衣服，买鞋，买饼干，买冰糖葫芦。男孩子在床上玩鸡啄米，她靠着被窝用勾针给他勾一顶大红的毛线帽子。她很爱这个孩子。这种爱是完全非功利的，既不是讨丈夫的欢心，也不是为了和丈夫的儿子一家搞好关系。这是一颗很善良，很美的心。孩子叫她奶奶，奶奶笑了。

过了几天，她把孩子又送了回去。

过了两天，我去玉渊潭散步，养蜂人的棚子拆了，蜂箱集中在一起。等我散步回来，养蜂人的大儿子开来一辆卡车，把棚柱、木板、煤炉、锅碗和蜂箱装好，养蜂人两口子坐上车，卡车开走了。

玉渊潭的槐花落了。

注　释

① 本篇原载《散文》1990 年第三期；初收《草花集》，成都出版社，1993 年
9 月。

作家谈吃第一集①

编完了这本书的稿子，说几句有关的和无关的话。

这本书还是值得看看的。里面的文章，风格各异，有的人书俱老，有的文采翩翩，都可读。不过书名起得有点冒失了。"人莫不饮食也，鲜能知味也"。知味实不容易，说味就更难。从前有人没有吃过葡萄，问人葡萄是什么味道，答曰"似软枣"，我看不像。"千里莼羹，末下盐豉"，和北方的酪可谓毫不相干。山里人不识海味，有人从海边归来盛称海错之美，乡间人争舐其眼。此人大概很能说味。我在福建吃过泥蚶，觉得好吃得不得了，但是回来之后，告诉别人，只能说非常鲜、嫩，不用任何佐料，剥了壳即可入口，而五味俱足，而且不会使人饱餍，越吃越想吃，而已。但是大家还是很爱谈吃。常听到的闲谈的话题是"精神会餐"。说的人津津有味，听的人倾耳入神。但是"精神会餐"者，精神也，只能调动人对某种食物的回忆和想象，谈是当不得吃的。此集所收文章所能达到的效果，也只是这样，使谈者对吃过的东西有所回味，对没吃过的有所向往，"吊吊胃口"罢了。读了一篇文章，跟吃过一盘好菜毕竟不一样（如是这样，就可以多开出版社，少开餐馆）。作家里有很会做菜的。本书的征稿小启中曾希望会做菜的作家将独得之秘公诸于众。本书也有少数几篇是涉及菜的做法的。做菜是有些要领的。炒多种物料放一起的菜，比如罗汉斋，要分别炒，然后再入锅混合，如果冬菇、冬笋、山药、百果、油菜……同时下锅，则将一塌糊涂，生的生，烂的烂。但是做菜主要靠实践，总要失败几次，才能取得经验。想从这本书里学几手，大概是不行的。这本书不是菜谱食单，只是一本作家谈吃的散文集子，读者也只宜当散文读。

数了数文章的篇数，觉得太少了。中国是一个吃的大国，只有这样几篇,实在是挂一漏万。而且谈大菜、名菜的少,谈小吃的多。谈大菜的只有王世襄同志的谈糟溜鱼片一篇。"八大菜系"里,只有一篇谈苏帮菜的,其余各系均付阙如,霍达的谈涮羊肉,只能算是谈了一种中档菜(她的文章可是高档的)。谈豆腐的倒有好几篇,豆腐是很好吃的东西,值得编一本专集,但和本书写到的和没有写到的肴馔平列,就有点过于突出,不成比例。这是什么原因呢? 一是大菜、名菜很不好写。山东的葱烧海参,只能说是葱香喷鼻而不见葱;苏州松鹤楼的乳腐肉,只能说是"嫩得像豆腐一样";四川的樟茶鸭子,只能说是鸭肉酥嫩,而有樟树茶叶香;镇江刀鱼,只能说:鲜! 另外,这本书编得有点不合时宜。名菜细点,如果仔细揣摩,能近取譬,还是可以使人得其仿佛的,但是有人会觉得:这是什么时候,谈吃! 再有,就是使人有"今日始知身孤寒"之感。我们的作家大都还是寒士。鲥鱼卖到一斤百元以上,北京较大的甲鱼70元一斤,作家,谁吃得起? 名贵的东西,已经成了走门子行贿的手段。买的人不吃,吃的人不买。而这些受贿者又只吃而不懂吃,瞎吃一通,或懂吃又不会写。于是,作家就只能写豆腐。

　中国烹饪的现状到底如何? 有人说中国的烹饪艺术出现危机。我看这不无道理。时常听到:什么什么东西现在没有了,什么什么菜不是从前那个味儿了。原因何在? 很多。一是没有以前的材料。前几年,我到昆明,吃了汽锅鸡,索然无味;吃过桥米线,也一样。一问,才知道以前的汽锅鸡用的是武定牡鸡(武定特产,阉了的母鸡),现在买不到。过桥米线本来也应该是武定牡鸡的汤。我到武定,吃汽锅鸡,也不是"牡鸡"! 北京现在的"光鸡"只有人工饲养的"西装鸡"和"华都肉鸡",怎么做也是不好吃的。二是赔不起那功夫。过去北京的谭家菜要几天前预定,因为谭家菜是火候菜,不能嗟咄立办。张大千做一碗清炖吕宋黄翅,要用14天。吃安徽菜,要能等。现在大家都等不及。镇江的肴肉过去精肉肥肉都是实在的,现在的肴肉是软趴趴的,切不成片,我看是卤渍和石压的时间不够。淮扬一带的狮子头,过去讲究"细切粗斩",先把肥瘦各半的硬肋肉切成石榴米大,再略剁几刀。现在是一塌括子放进绞肉机里一绞,求其鲜嫩,势不可能。再有,我看是经营管理和烹制的思想有问题。过去的饭馆都有些老主顾，他们甚至常坐的座位都是固定的。菜品稍有逊色，便会挑剔。现在大中城市活动人口多，采购员、倒爷，吃了就走。馆子里不指望做回头生意，于是萝卜快了不洗泥，偷工减料，马马虎虎。近年来大餐馆的名厨都致力于"创新菜"。菜本来是应该不断创新的。我们现在不会回到把整牛放在毛公鼎里熬得稀烂的时代。看看《梦粱录》《东京梦华录》，宋朝的菜的做法比现在似乎简单得多。但是创新要在色香味上下功夫，现在的创新菜却多在形上做文章。有一类菜叫做"工艺菜"。这本来是古已有之的。晋人雕卵而食，可以算是工艺菜。宋朝有一位厨娘能用菜肴在盘子里摆出"辋川小景"，这可真是工艺。不过就是雕卵、"辋川小景"，也没有多大意思。鸡蛋上雕有花，吃起来还不是鸡蛋的味道么？"辋川小景"没法吃。王维死后有知，一定会摇头：辋川怎么能吃呢？现在常见的工艺菜，是用鸡片、腰片、黄瓜、山楂糕、小樱桃、罐头豌豆……摆控出来的龙、凤、鹤，华而不实。用鸡茸捏出一个一个椭圆的球球，安上尾巴，是金鱼，实在叫人恶心。有的工艺菜在大盘子里装成一座架空的桥，真是匪夷所思。还有在工艺菜上装上彩色小灯泡的，闪闪烁烁，这简直是：胡闹！中国烹饪确是有些问题。如何继承和发扬传统，使中国的烹饪艺术走上一条健康的正路，需要造一点舆论。此亦弘扬民族文化之一端。而作家在这方面是可以尽一点力的：多写一点文章。看来《知味集》有出续集、三集的必要。然而有什么出版社会出呢？吁。

一九九〇年三月二十三日

注　释

① 本篇原载《中国烹饪》1990 年第八期，系作者编辑的饮食文化散文集《知味集》(中外文化出版公司，1990 年 12 月)后记；又收《独坐小品》，宁夏人民出版社，1996 年 11 月，以《〈知味集〉后记》为题。

沙 岭 子[①]

我曾在沙岭子农业科学研究所下放劳动过四个年头——1958至1961。

沙岭子是京包线宣化至张家口之间的一个小站。从北京乘夜车,到沙岭子,天刚刚亮。从车上下来十多个旅客,四散走开了。空气是青色的。下车看看,有点凄凉。我以后请假回北京,再返沙岭子,每次都是乘的这趟车,每次下车,都有凄凉之感。

这是一个极其普通的小车站。四年中,我看到它无数次了。它总是那样。四年不见一点变化。照例是涂成浅黄色的墙壁,灰色板瓦盖顶,冷清清的。

靠站的客车一天只有几趟。过境的货车比较多。往南去的最常见的是大兴安岭下来的红松。其次是牲口,马、牛,大概来自坝上或内蒙草原。这些牛马站在敞顶的车厢里,样子很温顺。往北去的常有现代化的机器,装在高大的木箱里,矗立着。有时有汽车,都是崭新的。小汽车的车头爬在前面小车的后座上,一辆搭着一辆,像一串甲虫。

运往沙岭子到站的货物不多。有时甩下一节车皮,装的是铁矿砂。附近有一个铁厂。铁矿砂堆在月台上。矿砂运走了,月台被染成了紫红色,有时卸一车石灰,月台就被染得雪白的。紫颜色、白颜色,被人们的鞋底带走了,过不几天,月台又恢复了原先的浅灰的水泥颜色。

从沙岭子起运的,只有石头。东边有一个采石场——当地叫做"片石山",每天十一点半钟放炮崩山。山已经被削去一半了。

农科所原来的房子很好,疏疏朗朗,布置井然。迎面是一排青砖的办公室,整整齐齐。办公室后是一个空场。对面是种子仓库,房梁上挂了很多整株的作物良种。更后是食堂,再后是猪舍。东面是职工宿舍,有两间大的是单身合同工住的,每间可容三十人。我就在东边一间的一张木床上睡了将近三年,直到摘了右派帽子,结束劳动后,才搬到干部宿舍里,和一个姓陈的青年技术员合住一间。种子仓库西边有一条土路,略高出于地面。路之西,有一排矮矮的圆锥形的谷仓,状如蘑菇,工人们就叫它为"蘑菇仓库",是装牲口饲料玉米豆的。蘑菇仓库以西,是马号。更西,是菜园、温室。农科所的概貌尽于此。此外,所里还有一片稻田,在沙岭子堡(镇)以南;一片果园,在车站南。

头两年参加劳动,扎扎实实的劳动。大部分农活我差不多都干过。除了一些全所工人一齐出动的集中的突击性的活,如插秧、锄地、割稻子之外,我相对固定在果园干活。干得最多的是喷波尔多液。硫酸铜加石灰兑水,这就是波尔多液。果园一年不知道要喷多少次波尔多液,这是果树防病所必需的。梨树、苹果要喷,葡萄更是十天八天就得喷一回。果园有一本工作日记似的本本,记录每天干的活,翻开到处是"葡萄喷波尔多液"。这日记是由果园组组长填写的。不知道什么道理,这里的干部工人都把葡萄写成"芍芍"。两个字一样,为什么会读出两个字音呢?因为我喷波尔多液喷得细致,到后来这活都交给了我。波尔多液是天蓝色的,很漂亮。因为喷波尔多液的次数太多,我的几件白衬衫都变成浅蓝的了。

结束劳动后暂时无法分配工作,我就留在所里打杂,主要是画画。我曾参加过张家口地区农业展览会的美术工作,在画布或三合板上用水粉画白菜、萝卜、大葱、大蒜、短角牛、张北马。布置过一个超声波展览馆——那年不知怎么兴起了超声波,很多单位都试验这东西,好像这是一种增产的魔术。超声波怎么表现呢?这东西又看不见。我于是画了许多动物、植物、水产,农林牧副渔,什么都有,而在所有的画面上一律加了很多同心圆,表示这是超声波的振幅!我画过一套颇有学术价值的画册:《中国马铃薯图谱》。沽源有个马铃薯研究站,集中了全国各地的,各种品种的马铃薯。研究站归沙岭子农科所领导。领导研究,要出版一套图谱,绘图的任务交给了我。在马铃薯花盛开的时候,我坐上二饼子牛车到了沽源研究站。每天蹚着露水到地里掐一把花,几枝叶子,拿回办公室,插在玻璃杯里,照着画。我的工作实在是舒服透顶,不开会,不学习,没人管,自由自在,也没有指标定额,画多少算多少。画起来是不费事的。马铃薯的花大小只有颜色的区别,花形都一样;叶片也都差不多,有的尖一点,有的圆一点。花和叶子画完,画薯块。一个整个的马铃薯,一个剖面。画完一种薯块,我就把它放进牛粪火里烤熟了,吃掉。这里的马铃薯不下七八十种,每一种我都尝过。中国吃过那么多种马铃薯的人,大概不多。天冷了,马铃薯块还没有画完,有一部分是运到沙岭子画的。还是那样的舒服。一个人一间屋子,升一个炉子,画一块,在炉子上烤烤,吃掉。我还画过一套口蘑图谱,钢笔画。口蘑都是灰白色,不需要著色。

我就这样在沙岭子度过了四个年头。

1983 年,我应张家口市文联之邀,去给当地青年作家讲过一次课。市文联的两个同志是曾和我同时下放沙岭子农科所劳动过的,他们为我安排的活动,自然会有一项:到沙岭子看看。吉普车开到农科所门前,下车看看,可以说是面目全非。盖了一座办公楼,是灰绿色的。我没有进去,但是觉得在里面办公是不舒服的,不如原先的平房宽敞豁亮。楼上下来一个人,是老王,我们过去天天见。老王见我们很亲热。他模样未变,但是苍老了。他说起这些年的人事变化,谁得了癌症;谁受了刺激,变得胡涂了;谁病死了;谁在西边一棵树上上了吊死了。说不清是什么原因。他说起所里“文化大革命”的一些情况,说起我画的那套马铃薯图谱在“文化大革命”中毁了,很可惜。我在的时候,他是大学刚刚毕业,现在大概是室主任了。那时他还没有结婚,现在女儿已经上大学了。真是“昔别君未婚,儿女忽成行”。他原来是个很精神的小伙子,现在说话却颇有不胜沧桑之感。

老王领我们到后面去看看。原来的格局已经看不出多少痕迹。种子仓库没有了,蘑菇仓库没有了。新建了一些红砖的房屋,横七竖八。我们走到最后一排,是木匠房。一个木匠在干活,是小王!我住在工人集体宿舍的时候,小王的床挨着我的床。我在的时候,所里刚调他去学木匠,现在他已经是四级工,带两个徒弟了。小王已经有两个孩子。他说起他结婚的时候,碗筷还是我给他买的,锁门的锁也是我给他买的,这把锁他现在还在用着。这些,我可一点不记得了。

我们到果园看了看。果园可是大变样了。原来是很漂亮的,葱葱茏茏,蓬蓬勃勃。那么多的梨树。那么多的苹果。尤其是葡萄,一行一行,一架一架,整整齐齐,真是蔚为大观。葡萄有很多别处少见的名贵品种:白香蕉、柔丁香、秋紫、金铃、大粒白、白拿破仑、黑罕、巴勒斯坦……现在,全都不见了。果园给我的感觉,是荒凉。我知道果树老了,需要更新,但何至于砍伐成这样呢?有一些新种的葡萄,才一人高,挂了不多的果。

遇到一个熟人,在给葡萄浇水。我想不起他的名字了。他原来是猪倌,后来专管"下夜",即夜间在所内各处巡看。这是个窝窝囊囊的人,好像总没有睡醒,说话含糊不清,而且他不爱洗脸。他的老婆跟他可大不一样,身材颀长挺拔,而且出奇的结实,我们背后叫她阿克西尼亚。老婆对他"死不待见"。有一天,我跟他一同下夜,他走到自己家门口,跟我说:"老汪,你看着点,偓去闹渠一棰。"他是柴沟堡人。那里人说话很奇怪,保留了一些古音。"偓"即我(像客家话),"渠"即她(像广东话)。"闹渠一棰"是搞她一次。他进了屋,老婆先是不答应,直骂娘。后来没有声音了。呆了一会儿,他出来了,继续下夜。我见了他,不禁想起那回事,问老王:"他老婆还是不待见他吗?"老王说:"他们已经有了两个孩子了。"我很想见见阿克西尼亚,不知她现在是什么样子。

去看看稻田。

稻田挨着洋河。洋河相当宽,但是常常没有水,露出河底的大块卵石。水大的时候可以齐腰。不能行船,也无需架桥。两岸来往,都是徒涉。河南人过来,到河边,就脱了裤子,顶在头上,一步一步蹚着水。因此当地人揶揄之道:"河南汉,咯吱咯吱两颗蛋。"

河南地薄而多山。天晴时,在稻田场上可以看到河南的大山,山是干山,无草木,山势险峻,皱皱摺摺,当地人说:"像羊肚子似的。"形容得很贴切。

稻田倒还是那样。地块、田埂、水渠、渠上的小石桥、地边的柳树、柳树下一间土屋,土屋里有供烧开水用的锅灶,全都没有变。二十多年了,好像昨天我们还在这里插过秧,割过稻子。

稻田离所里比较远。到稻田干活,一般中午就不回所里吃饭了,由食堂送来。都是蒸莜面饸饹,疙瘩白熬山药,或是一人一块咸菜。我们就攥着饸饹狼吞虎咽起来。稻田里有很多青蛙。有一个同我们一起下放的同志,是浙江人。他捉了好些青蛙,撕了皮,烧一堆稻草火,烤田鸡吃。这地方的人是不吃田鸡的,有几个孩子问:"这东西好吃?"他们尝了一个:"好吃好吃!"于是七手八脚捉了好多,大家都来烤田鸡,不知是谁,从土屋里翻出一碗盐,烤田鸡蘸盐水,就莜面,真是美味。吃完了,各在柳荫下找个地方躺下,不大一会,都睡着了。

在水渠上看见渠对面走来两个女的,是张素花和刘美兰。我过去在果园经常跟她们一起干活。我大声叫她们的名字。刘美兰手搭凉棚望了一眼,问:"是不是老汪?"

"就是!"

"你咋会来了?"

"来看看。"

"一下来家吃饭。"

"不了,我要回张家口,下午有个会。"

"没事儿来!"

"来! ——你和你丈夫还打架吗?"

刘美兰和丈夫感情不好,丈夫常打她,有一次把她的小手指都打弯了。

"俺都当了奶奶了!"

刘美兰和张素花不知道说了什么,两个人嘻嘻笑着,走远了。

重回沙岭子,我似乎有些感触,又似乎没有。这不是我所记忆、我所怀念的沙岭子。也不是我所希望的沙岭子。然而我所希望的沙岭子又应是什么样子的呢？我也说不出。我只是觉得这一代的人都胡里胡涂地老了。是可悲也。

注　释

① 本篇原载《作家》1990 年第三期；初收《汪曾祺全集》第四卷，北京师范大学出版社，1998 年 8 月。

步障:实物和常理 "小山重叠金明灭"①

步障:实物和常理

《辞海》"步障"条云是"用以遮蔽风尘或视线的一种屏幕",引《晋书·石崇传》:"崇与贵戚王恺、羊琇之徒以奢靡相尚;恺作紫丝布步障四十里,……崇作锦步障五十里以敌之。"

沈从文编著的《中国古代服饰研究》:"……从本图和敦煌开元天宝间壁画《剃度图》、《宴乐图》中反映比较,进一步得知古代人野外郊游生活,及这些应用工具形象和不同使用方法。从时间较后之《西岳降灵图》及宋人绘《汉宫春晓图》所见各式步障形象,得知中古以来,所谓'步障',实一重重用整幅丝绸作成,宽长约三五尺,应用方法,多是随同车乘行进,或在路旁交叉处阻挡行人。主要是遮隔路人窥视,或蔽风日沙尘,作用和掌扇差不太多。《世说新语》记西晋豪富贵族王恺、石崇斗富,一用紫丝步障,一用锦步障,数目到三四十里。历来不知步障形象,却少有人怀疑这个延长三四十里的手执障子,得用多少人来掌握,平常时候,又得用多大仓库来贮藏!如据画刻所见,则'里'字当是'连'或'重'字误写。在另外同时关于步障记载,和《唐六典》关于帷帐记载,也可知当时必是若干'连'或'重'。"

沈先生的话是有道理的。从《中国古代服饰研究》所载《敦煌壁画所见帷帐》及《宁懋石室石刻所见帷帐》我们可想见步障大体就是这样的东西。因为见不到较早的写本,《晋书》的"里"究竟应是"连"还是"重",不能确断,但肯定这必是一个错字。四十里、五十里,有四五条长安街那样长,这样长的步障,怎么可能呢?

读古书要证以实物，更重要的要揆之常理，方不至流于荒唐。

小山重叠金明灭

温庭筠《菩萨蛮》是大家读熟了的一首词：

小山重叠金明灭，鬓云欲度香腮雪。懒起画娥眉，弄妆梳洗迟。　照花前后镜，花面交相映，新帖绣罗襦，双双金鹧鸪。

自来注温词者，都以为"小山"是屏风上的山。我年轻时初读这首词就有这样的印象，且想到扬州的黑漆绘金的屏风，那也确是明明灭灭的。最近读了一本词选，还是这样解释的。

沈从文先生提出不同看法。他以为"小山"是妇发髻间插戴的小梳子。《中国古代服饰研究》云："唐代妇女喜于发髻上插几把小小梳子，当成装饰，讲究的用金、银、犀、玉或牙等材料，露出半月形梳背，有多到十来把的（经常有实物出土），所以唐人诗有'斜插犀梳云半吐'语。又元稹《恨妆成》诗有'满头行小梳，当面施圆靥'，王建《宫词》有'归来别赐一头梳'语。再温庭筠词有'小山重叠金明灭'，即对于当时妇女发间金背小梳而咏。"别一处又说："当时于发髻间使用小梳至八件以上的。……这种小小梳子是用金银犀玉牙等不同材料作成的，陕洛唐墓常有实物出土。温庭筠词'小山重叠金明灭'所形容的，也正是当时妇女头上金银牙玉小梳背在头发间重叠闪烁情形。"

我觉得沈先生的说法是一个很有说服力的创见。这样解释，温庭筠的这首词才读得通。这首《菩萨蛮》通篇所咏，是一个贵族妇女梳妆的情形，怎么会从屏风上的小山写起呢？按《菩萨蛮》的章法，这两句照例是衔接的，从屏风说到头发，天上一句，地下一句，这一步实在跳得太远了，真成了上海人所说的"不搭界"。如把"小山"解释成小梳子，则和后面的"鬓云"扣得很紧，顺理成章。我希望再有注温词者能参考沈先生的意见，改正过来。

沈先生一再强调治文史者要多看文物，互相印证，这样才不会望文生义,想当然耳。他的意见是值得重视的。

我对文史、文物皆甚无知,只是把沈先生的文章抄了两段,无所发明。

一九九〇年四月十一日

注　释

① 本篇原载《中国文化》1990 年总第三期"城南客话"专栏;初收《汪曾祺小品》,中国人民大学出版社,1992 年 10 月。

闹 市 闲 民①

我每天在西四倒 101 路公共汽车回甘家口。直对 101 站牌有一户人家。一间屋,一个老人。天天见面,很熟了。有时车老不来,老人就搬出一个马扎儿来:"车还得会子,坐会儿。"

屋里陈设非常简单(除了大冬天,他的门总是开着),一张小方桌,一个方机凳,三个马扎儿,一张床,一目了然。

老人七十八岁了,看起来不像,顶多七十岁。气色很好。他经常戴一副老式的圆镜片的浅茶晶的养目镜——这副眼镜大概是他身上唯一值钱的东西。眼睛很大,一点没有混浊,眼角有深深的鱼尾纹。跟人说话时总带着一点笑意,眼神如一个天真的孩子。上唇留了一撮疏疏的胡子,花白了。他的人中很长,唇髭不短,但是遮不住他的微厚而柔软的上唇。——相书上说人中长者多长寿,信然。他的头发也花白了,向后梳得很整齐。他长年穿一套很宽大的蓝制服,天凉时套一件黑色粗毛线的很长的背心。圆口布鞋、草绿色线袜。

从攀谈中我大概知道了他的身世。他原来在一个中学当工友,早就退休了。他有家。有老伴。儿子在石景山钢铁厂当车间主任。孙子已经上初中了。老伴跟儿子,他不愿跟他们一起过,说是:"乱!"他愿意一个人。他的女儿出嫁了。外孙也大了。儿子有时进城办事,来看看他,给他带两包点心,说会子话。儿媳妇、女儿隔几个月来给他拆洗拆洗被窝。平常,他和亲属很少来往。

他的生活非常简单。早起扫扫地,扫他那间小屋,扫门前的人行道。一天三顿饭。早点是干馒头就咸菜喝白开水。中午晚上吃面。一年三百六十五天,天天如此。他不上粮店买切面,自己做。抻条,或是拨鱼儿。他的拨鱼儿真是一绝。小锅里坐上水,用一根削细了的筷子把稀面顺着碗口"赶"进锅里。他拨的鱼儿不断，一碗拨鱼儿是一根，而且粗细如一。我为看他拨鱼儿，宁可误一趟车。我跟他说："你这拨鱼儿真是个手艺！"他说："没什么，早一点把面和上，多搅搅。"我学着他的法子回家拨鱼儿，结果成了一锅面糊糊疙瘩汤。他吃的面总是一个味儿！浇炸酱。黄酱，很少一点肉末。黄瓜丝、小萝卜，一概不要。白菜下来时，切几丝白菜，这就是"菜码儿"。他饭量不小，一顿半斤面。吃完面，喝一碗面汤（他不大喝水），涮涮碗，坐在门前的马扎儿上，抱着膝盖看街。

我有时带点新鲜菜蔬，青蛤、海蛎子、鳝鱼、冬笋、木耳菜，他总要过来看看："这是什么？"我告诉他是什么，他摇摇头："没吃过。南方人会吃。"他是不会想到吃这样的东西的。

他不种花，不养鸟，也很少遛弯儿。他的活动范围很小，除了上粮店买面，上副食店买酱，很少出门。

他一生经历了很多大事。远的不说。敌伪时期，吃混合面。傅作义。解放军进城，扭秧歌，呛呛七呛七。开国大典，放礼花。没完没了的各种运动。三年自然灾害，大家挨饿。"文化大革命"。"四人帮"。"四人帮"垮台。华国锋。华国锋下台……

然而这些都与他无关，没有在他身上留下多少痕迹。他每天还是吃炸酱面，——只要粮店还有白面卖，而且北京的粮价长期稳定——坐在门口马扎儿上看街。

他平平静静，没有大喜大忧，没有烦恼，无欲望亦无追求，天然恬淡，每天只是吃抻条面、拨鱼儿，抱膝闲看，带着笑意，用孩子一样天真的眼睛。

这是一个活庄子。

一九九〇年五月五日

注　释

①　本篇原载《天涯》1990 年第九期；初收《草花集》，成都出版社，1993 年9 月。

二　愣　子①

　　他应该是有名有姓的,但是没人知道,大家都叫他二愣子。他是阜平人。文工团经过阜平时,他来要求"参加革命",文工团有些行李服装,装车卸车,需要一个劳动力,就吸收了他。进城以后,以文工团为基础,抽调了一些老区来的干部,加上解放前夕参加工作的大学生,组建成市文联和文化局,两个单位在一个院里办公。二愣子当了勤杂工。每天扫扫院子,整理会议室、小礼堂的桌椅,掸掸土;冬天,给办公室生炉子、搋火、添煤。他不爱说话,口齿不清,还有点结巴。告诉他一点什么事,他翻着白眼听着。问他听明白了没有,不大明白。二愣子这个名字大概就是这么来的。

　　为什么大家都记得有个二愣子? 因为他有个特点:爱诉苦。

　　那年七七,机关开了个纪念会。由一个干部讲了卢沟桥事变的经过,抗日战争的形势,八路军的战果,中国共产党的农村政策……当时开会,大都会有群众代表发言。被安排发言的是二愣子。他讲了日本兵在阜平的烧杀掳抢、三光政策,他的父母都被杀害了,他的一个妹妹被日本兵糟蹋了。他讲得声泪俱下,最后是号啕大哭。一个人事科的干部把他扶到座位上,他还抽泣了半天。所有新参加革命的青年,听了二愣子的诉苦,无不为之动容,女同志不停地擦眼泪。开这个座谈会,让二愣子诉苦,目的是教育这些大学生。看来,目的是达到了,青年的思想觉悟提高了。

　　二愣子对日本人有刻骨的仇恨。解放初几年,每年国庆节,都要游行。游行都要抬伟人像。除了马、恩、列、斯、毛、孙中山,还有世界各国共产党的领袖。领袖像是油画,安了木框,下面两根木棍。四个人抬一个。木框和木棍都做得很笨重。从东城抬到西城,压得肩膀够呛。我那时还年轻,也有抬伟人像的任务。有一年,我和二愣子分配在一个组。他把伟人像扛上肩,回头一看,放下了。"怎么啦?"——"我不抬这个老日本!"我们抬的是德田球一。跟他说:这个老日本是个好日本人,是日共的领袖。怎么说也不成。只好换一个人上来,把他调到后面去抬伊巴露丽。

解放初期,纪念会特多。三八妇女节、五一劳动节,都要开会。由文化局的副局长或文联副秘书长主持会议,一个政工干部讲讲节日的来历、意义。政工干部也不用什么准备,有印发的统一的宣传材料,他只要照本宣科摘要地念一念就行。这些宣传材料每年几乎都是一样,其实大可不必按期编印,汇集一本《革命节日宣讲手册》,便可一劳永逸,用几千年。这些节日纪念,照例有群众代表讲话。讲话的照例是二愣子。他对什么芝加哥女工罢工、示威游行、蔡特金、第二国际……这些全不理会,他只会诉苦,讲他的父母被杀害,妹妹被日本兵糟蹋了,声泪俱下,号啕大哭。到了七一,党的生日,八一建军节,他也上去诉苦,那倒是比较能沾得上边的。他的诉苦,起初是领导上布置的。后来,不布置,他也要自动诉苦。每回的内容都是一样。曾经受过感动的,后来,不感动了。终于,到了节日,人事处干部就说服他,不要再诉苦了。"不叫诉苦?"他很纳闷。

我后来调到别的单位,就没有看见二愣子。"文化大革命"以后,见到市文联、文化局的老人,我问起:"二愣子怎么样了?"他们告诉我:二愣子傻了,进了福利院。

一九九〇年五月八日

注　释

① 　本篇原载《天涯》1990 年第九期;初收《汪曾祺全集》第五卷,北京师范大学出版社,1998 年 8 月。

萝　卜^①

　　杨花萝卜即北京的小水萝卜。因为是杨花飞舞时上市卖的,我的家乡名之曰"杨花萝卜"。这个名称很富于季节感。我家不远的街口一家茶食店的檐下有一个岁数大的女人摆一个小摊子,卖供孩子食用的便宜的零吃。杨花萝卜下来的时候,卖萝卜。萝卜一把一把地码着。她不时用炊帚洒一点水,萝卜总是鲜红的。给她一个铜板,她就用小刀切下三四根萝卜。萝卜极脆嫩,有甜味,富水分。自离家乡后,我没有吃过这样好吃的萝卜。或者不如说自我长大后没有吃过这样好吃的萝卜——小时候吃的东西都是最好吃的。

　　除了生嚼,杨花萝卜也能拌萝卜丝。萝卜斜切为薄片,再切为细丝,加酱油、醋、香油略拌,撒一点青蒜,极开胃。小孩子的顺口溜唱道:

> 人之初,
> 鼻涕拖,
> 油炒饭,
> 拌萝菠。^②

　　油炒饭加一点葱花,在农村算是美食,佐以拌萝卜丝一碟,吃起来是很香的。

　　萝卜丝与细切海蜇皮同拌,在我的家乡是上酒席的,与香干拌荠菜、盐水虾、松花蛋同为凉碟。

　　北京的拍水萝卜也不错,但宜少入白糖。

　　北京人用水萝卜切片,氽羊肉汤,味鲜而清淡。

　　烧小萝卜,来北京前我没有吃过(我的家乡杨花萝卜没有熟吃的),很好。有一位台湾女作家来北京,要我亲自做一顿饭请她吃。我给她做了几个菜,其中一个是烧小萝卜。她吃了赞不绝口。那当然是不难吃的:那两天正是小萝卜最好的时候,都长足了,但还很嫩,不糠;而且我是用干贝烧的。她说台湾没有这种小水萝卜。

我们家乡有一种穿心红萝卜,粗如黄酒盏,长可三四寸,外皮深紫红色,里面的肉有放射形的紫红纹,紫白相间。若是横切开来,正如中药里的槟榔片(卖时都是直切),当中一线贯通,色极深,故名穿心红。卖穿心红萝卜的挑担,与山芋(红薯)同卖,山芋切厚片。都是生吃。

紫萝卜不大,大小如一个大衣扣子,为扁圆形,皮色乌紫。据说这是五棓子染的。看来不是本色,因为它掉色,吃了,嘴唇牙肉也是乌紫乌紫的。里面的肉却是嫩白的。这种萝卜非本地所产,产在泰州。每年秋末,就有泰州人来卖紫萝卜,都是女的,挎一个柳条篮子,沿街吆唤:"紫萝——卜!"

我在淮安头一回吃到青萝卜。曾在淮安中学读过一个学期,一到星期日,就买了七八个青萝卜,一堆花生,几个同学,尽情吃一顿。后来我到天津吃过青萝卜,觉得淮安青萝卜比天津的好。大抵一种东西头一回吃,总是最好的。

天津吃萝卜是一种风气。五十年代初,我到天津,一个同学的父亲请我们到天华景听曲艺。座位之前有一溜长案,摆得满满的。除了茶壶茶碗,瓜子花生米碟子,还有几大盘切成薄片的青萝卜。听"玩艺儿"吃萝卜,此风为别处所无。天津谚云:"吃了萝卜喝热茶,气得大夫满街爬。"吃萝卜喝茶,此风亦为别处所无。

心里美萝卜是北京特色。1948年冬天,我到了北京,街头巷尾,每听到吆唤:"嗳萝卜,赛梨来——辣来换……"声音高亮打远。看来在北京做小买卖的,都得有条好嗓子。卖"萝卜赛梨"的,萝卜都是一个一个挑选过的,用手指头一弹,当当的;一刀切下去,咔嚓咔嚓的响。

我在张家口沙岭子劳动,曾参加过收获心里美萝卜。张家口土质于萝卜相宜,心里美皆甚大。收萝卜时是可以随便吃的。和我一起收萝卜的农业工人起出一个萝卜,看一看,不怎么样的,随手扔进了大堆。一看,这个不错,往地下一扔,叭嚓,裂成了几瓣,"行!"于是各拿一块啃起来。脆，甜，多汁，难可名状。他们说："吃萝卜，讲究吃棒打萝卜。"

张家口的白萝卜也很大。我参加过张家口地区农业展览会的布置工作，送展的白萝卜都奇大。白萝卜有象牙白和露八分。露八分即八分露出土面，露出土面部分外皮淡绿色。

我的家乡无此大白萝卜，只是粗如小儿臂而已。家乡吃萝卜只是红烧，或素烧，或与臀尖肉同烧。

江南人特重白萝卜炖汤，常与排骨或猪肉同炖。白萝卜耐久炖，久则出味。或入淡菜，味尤厚。沙汀《淘金记》写么吵吵每天用牙巴骨炖白萝卜，吃得一家脸上都是油光光的。天天吃是不行的，隔几天吃一次，想亦不恶。

四川人用白萝卜炖牛肉，甚佳。

扬州人、广东人制萝卜丝饼，极妙。北京东华门大街曾有外地人制萝卜丝饼，生意极好。此人后来不见了。

北京人炒萝卜条，是家常下饭菜。或入酱炒，则为南方人所不喜。

白萝卜最能消食通气。我们在湖南体验生活，有位领导同志，接连五天大便不通，吃了各种药都不见效，憋得他难受得不行。后来生吃了几个大白萝卜，一下子畅通了。奇效如此，若非亲见，很难相信。

萝卜是腌制咸菜的重要原料。我们那里，几乎家家都要腌萝卜干。腌萝卜干的是红皮圆萝卜。切萝卜时全家大小一齐动手。孩子切萝卜，觉得这个一定很甜，尝一瓣，甜，就放在一边，自己吃。切一天萝卜，每个孩子肚子里都装了不少。萝卜干盐渍后须在芦席上摊晒，水气干后，入罐，压紧，封实，一两个月后取食。我们那里说在商店学徒（学生意）要"吃三年萝卜干饭"，谓油水少也。学徒不到三年零一节，不满师，吃饭须自觉，筷子不能往荤菜盘里伸。

扬州一带酱园里卖萝卜头，乃甜面酱所腌，口感甚佳。孩子们爱吃，一半也因为它的形状很好玩，圆圆的，比一个鸽子蛋略大。此北地所无，天源、六必居都没有。

北京有小酱萝卜，配粥甚佳。大腌萝卜咸得发苦，不好吃。

四川泡菜什么萝卜都可以泡，红萝卜、白萝卜。

湖南桑植卖泡萝卜。走几步，就有个卖泡萝卜的摊子。萝卜切成大片，泡在广口玻璃瓶里，给毛把钱即可得一片，边走边吃。峨嵋山道边也有卖泡萝卜的，一面涂了一层稀酱。

萝卜原产中国，亦以中国的为最好。有春萝卜、夏萝卜、秋萝卜、四季萝卜，一年到头都有，可生食、煮食、腌制。萝卜所惠于中国人者亦大矣。美国有小红萝卜，大如元宵，皮色鲜红可爱，吃起来则淡而无味。爱伦堡小说写几个艺术家吃奶油蘸萝卜，喝伏特加，不知是不是这种红萝卜。我在爱荷华南朝鲜人开的菜铺的仓库里看到一堆心里美，大喜。买回来一吃，味道满不对，形似而已。日本人爱吃萝卜，好像是煮熟蘸酱吃的。

注　释

① 本篇原载《十月》1990 年第三期；又载《知味集》，中外文化出版公司，1990 年 12 月；初收《旅食集》，广东旅游出版社，1992 年 4 月。

② 我的家乡称萝卜为萝菠。

赵树理同志二三事[①]

——《早茶笔记》之四

　　赵树理同志身高而瘦。面长鼻直，额头很高。眉细而微弯，眼狭长，与人相对，特别是倾听别人说话时，眼角常若含笑。听到什么有趣的事，也会咭咭地笑出声来。有时他自己想到什么有趣的事，也会咭咭地笑起来。赵树理是个非常富于幽默感的人。他的幽默是农民式的幽默，聪明，精细而含蓄，不是存心逗乐，也不带尖刻伤人的芒刺，温和而有善意。他只是随时觉得生活很好玩，某人某事很有意思，可发一笑，不禁莞尔。他的幽默感在他的作品里和他的脸上随时可见（我很希望有人写一篇文章，专谈赵树理小说中的幽默感，我以为这是他的小说的一个很大的特点）。赵树理走路比较快（他的腿长；他的身体各部分都偏长，手指也长），总好像在侧着身子往前走，像是穿行在热闹的集市的人丛中，怕碰着别人，给别人让路。赵树理同志是我见到过的最没有架子的作家，一个让人感到亲切的、妩媚的作家。

　　树理同志衣著朴素，一年四季，总是一身蓝咔叽布的制服。但是他有一件很豪华的"行头"，一件水獭皮领子、礼服呢面的狐皮大衣。他身体不好，怕冷，冬天出门就穿起这件大衣来。那是刚"进城"的时候买的。那时这样的大衣很便宜，拍卖行里总挂着几件。奇怪的是他下乡体验生活，回到上党农村，也是穿了这件大衣去。那时作家下乡，总得穿得像个农民，至少像个村干部，哪有穿了水獭领子狐皮大衣下去的？可是家乡的农民并不因为这件大衣就和他疏远隔阂起来，赵树理还是他们的"老赵"，老老少少，还是跟他无话不谈。看来，能否接近农民，不在衣裳。但是敢于穿了狐皮大衣而不怕农民见外的，恐怕也只有赵树理同志一人而已。——他根本就没有考虑穿什么衣服"下去"的问题。

他吃得很随便。家眷未到之前，他每天出去"打游击"。他总是吃最小的饭馆。霞公府（他在霞公府市文联宿舍住了几年）附近有几家小饭馆，树理同志是常客。这种小饭馆只有几个菜。最贵的菜是小碗坛子肉，最便宜的菜是"炒和菜盖被窝"——菠菜炒粉条，上面盖一层薄薄的摊鸡蛋。树理同志常吃的菜便是炒和菜盖被窝。他工作得很晚，每天十点多钟要出去吃夜宵。和霞公府相平行的一个胡同里有一溜卖夜宵的摊子。树理同志往长板凳上一坐，要一碗馄饨，两个烧饼夹猪头肉，喝二两酒，自得其乐。

喝了酒，不即回宿舍，坐在传达室，用两个指头当鼓箭，在一张三屉桌上打鼓。他打的是上党梆子的鼓。上党梆子的锣经和京剧不一样，很特别。如果有外人来，看到一个长长脸的中年人，在那里如醉如痴地打鼓，绝不会想到这就是作家赵树理。

赵树理是一个多才多艺的农村才子。王春同志在一篇文章中提到过树理同志曾在一个集上一个人唱了一台戏：口念锣经过门，手脚并用作身段，还误不了唱。这是可信的。我就亲眼见过树理同志在市文联内部晚会上表演过起霸。见过高盛麟、孙毓堃起霸的同志，对他的上党起霸不是那么欣赏，他还是口念锣经，一丝不苟地起了一趟"全霸"，并不是比划两下就算完事。虽是逢场作戏，但是也像他写小说、编刊物一样地认真。

赵树理同志很能喝酒，而且善于划拳。他的划拳是一绝：两只手同时用，一会儿出右手，一会儿出左手。老舍先生那几年每年要请两次客，把市文联的同志约去喝酒。一次是秋天，菊花盛开的时候，赏菊（老舍先生家的菊花养得很好，他有个哥哥，精于艺菊，称得起是个"花把式"）；一次是腊月二十三，那天是老舍先生的生日。酒、菜，都很丰盛而有北京特点。老舍先生豪饮（后来因血压高戒了酒），而且划拳极精。老舍先生划拳打通关，很少输的时候。划拳是个斗心眼的事，要捉摸对方的拳路，判定他会出什么拳。年轻人斗不过他，常常是第一个"俩好"就把小伙子"一板打死"。对赵树理，他可没有办法，树理同志这种左右开弓的拳法,他大概还没有见过,很不适应,结果往往败北。

赵树理同志讲话很"随便"。那一阵很多人把中国农村说得过于美好,文艺作品尤多粉饰,他很有意见。他经常回家乡,回来总要做一次报告,说说农村见闻。他认为农民还是很穷,日子过得很艰难。他戏称他戴的一块表为"五驴表",说这块表的钱在农村可以买五头毛驴。——那时候谁家能买五头毛驴,算是了不起的富户了。他的这些话是不合时宜的,后来挨了批评,以后说话就谨慎一点了。

赵树理同志抽烟抽得很凶。据王春同志的文章说,在农村的时候,嫌烟袋锅子抽了不过瘾,用一个山药蛋挖空了,插一根小竹管,装了一"蛋"烟,狂抽几口,才算解气。进城后,他抽烟卷,但总是抽最次的烟。他抽的是什么牌子的烟,我不记得了,只记得是棕黄的皮儿,烟味极辛辣。他逢人介绍这种牌子的烟,说是价廉物美。

赵树理同志担任《说说唱唱》的副主编,不是挂一个名,他每期都亲自看稿,改稿。常常到了快该发稿的日期,还没有合用的稿子,他就把经过初、二审的稿子抱到屋里去,一篇一篇地看,差一点的,就丢在一边,弄得满室狼藉。忽然发现一篇好稿,就欣喜若狂,即交编辑部发出。他把这种编辑方法叫做"绝处逢生法"。有时实在没有较好的稿子,就由编委之一,自己动手写一篇。有一次没有像样的稿子,大概是康濯同志说:"老赵,你自己搞一篇!"老赵于是关起门来炮制。《登记》(即《罗汉钱》)就是在这种等米下锅的情况下急就出来的。

赵树理同志的稿子写得很干净清楚,几乎不改一个字。他对文字有"洁癖",容不得一个看了不舒服的字。有一个时候,有人爱用"妳"字。有的编辑也喜欢把作者原来用的"你"改"妳"。树理同志为此极为生气。两个人对面说话,本无需标明对方是不是女性。世界语言中第二人称代名词也极少分性别的。"妳"字读"奶",不读"你"。有一次树理同志在他的原稿第一页页边写了几句话:"编辑、排版、校对同志注意:文中所有'你'字一律不得改为'妳'字,否则要负法律责任。"

树理同志的字写得很好。他写稿一般都用红格直行的稿纸,钢笔。字体略长,如其人,看得出是欧字、柳字的底子。他平常不大用毛笔。

他的毛笔字我只见过一幅,字极潇洒,而有功力。是在劳动人民文化宫见到的。劳动人民文化宫刚成立,负责"宫务"的同志请十几位作家用宣纸毛笔题词,嵌以镜框,挂在会议室里。也请树理同志写了一幅。树理同志写了六句李有才体的通俗诗:

古来数谁大
皇帝老祖宗
今天数谁大
劳动众弟兄
还是这座庙②
换了主人翁

一九九〇年六月八日

注 释

① 本篇原载《今古传奇》1990 年第五期;初收《汪曾祺全集》第五卷,北京师范大学出版社,1998 年 8 月。

② 劳动人民文化宫原是太庙。

食 道 旧 寻[①]

《学人谈吃》，我觉得这个书名有点讽刺意味。学人是会吃，且善于谈吃的。中国的饮食艺术源远流长，千年不坠，和学人的著述是有关系的。现存的古典食谱，大都是学人的手笔。但是学人一般是比较穷的，他们爱谈吃，但是不大吃得起。

抗日战争以前，学人的生活是相当优裕的，大学教授一月可以拿到三四百元，有的教授家里是有厨子的。抗战以后，学人生活一落千丈。我认识一些学人正是在抗战以后。我读的大学是西南联大，西南联大是名教授荟萃的学府。这些教授肚子里有学问，却少油水。昆明的一些名菜，如"培养正气"的汽锅鸡、东月楼的锅贴乌鱼、映时春的油淋鸡，新亚饭店的过油肘子、小西门马家牛肉馆的牛肉、甬道街的红烧鸡枞……能够偶尔一吃的，倒是一些"准学人"——学生或助教。这些准学人两肩担一口，无牵无挂，有一点钱——那时的大学生大都在校外兼职，教中学，当家庭教师，作会计……不时有微薄的收入，多是三朋四友，一顿吃光。有一次有一个四川同学，家里给他寄了一件棉袍来，我们几个人和他一块到邮局去取。出了邮局，他把包裹拆了，把棉袍搭在胳臂上，站在文明街上，大声喊："谁要这件棉袍？"当场有人买了。我们几个人钻进一家小馆子，风卷残云，一会的功夫，就把这件里面三新的棉袍吃掉了。教授们有家，有妻儿老小，当然不能这样的放诞。有一位名教授，外号"二云居士"，谓其所嗜之物为云土与云腿，我想这不可靠。走进大西门外凤翥街的本地馆子里，一屁股坐下来，毫不犹豫地先叫一盘"金钱片腿"的，只有赶马的马锅头。教授只能看看。唐立厂[②]（兰）先生爱吃干巴菌，这东西是不贵的，但必须有瘦肉、青辣椒同炒，而且过了雨季，鲜干巴菌就没有了，唐先生也不能老吃。沈从文先生经常在米线居就餐。巴金同志的《怀念从文》中提到:"我还记得在昆明一家小饭食店里几次同他相遇,一两碗米线作为晚餐,有西红柿,还有鸡蛋,我们就满足了。"这家米线店在文林街他的宿舍对面,我就陪沈先生吃过多次米线。文林街上除了米线店,还有两家卖牛肉面的小馆子。西边那一家有一位常客,是吴雨僧(宓)先生。他几乎每天都来。老板和他很熟,也对他很尊敬。那时物价以惊人的速度飞涨,牛肉面也随时要涨价。每涨一次价,老板都得征求吴先生的同意。吴先生听了老板的陈述,认为有理,就用一张红纸,毛笔正楷,写一张新订的价目表,贴在墙上。穷虽穷,不废风雅。云南大学成立了一个曲社,定期举行"同期"。参加拍曲的有陶重华(光)、张宗和、孙凤竹、崔芝兰、沈有鼎、吴征镒诸先生,还有一位在民航公司供职的许茹香老先生,"同期"后多半要聚一次餐。所谓"聚餐",是到翠湖边一家小铺去吃一顿馅儿饼,费用公摊。不到吃完,账已经算得一清二楚,谁该多少钱。掌柜的直纳闷,怎么算得这么快?他不知道算账的是许宝騄先生。许先生是数论专家,这点小九九还在话下!许家是昆曲世家,他的曲子唱得细致规矩是不难理解的,从本书俞平伯先生文中,我才知道他的字也写得很好。昆明的学人清贫如洗,重庆、成都的学人也好不到哪里去。我在观音寺一中学教书时,于金启华先生壁间见到胡小石先生写给他的一条字,是胡先生自作的有点打油味道的诗。全诗已忘,前面说广文先生如何如何,有一句我是一直记得的:"斋钟顿顿牛皮菜"。牛皮菜即莙菜,茎叶可炒食或做汤,北方叫做"根头菜",也还不太难吃,但是顿顿吃牛皮菜,是会叫人"嘴里淡出鸟来"的!

抗战胜利,大学复员。我曾在北大红楼寄住过半年,和学人时有接触,他们的生活比抗战时要好一些,但很少于吃喝上用心的。谭家菜近在咫尺,我没有听说有哪几位教授在谭家菜预定过一桌鱼翅席去解馋。北大附近只有松公府夹道拐角处有一家四川馆子,就是本书李一氓同志文中提到过许倩云、陈书舫曾照顾过的,屋小而菜精。李一氓同志说是这家的菜比成都还做得好,我无从比较。除了鱼香肉丝、炒回锅肉、豆瓣鱼……之外,我一直记得这家的泡菜特别好吃,——而且是不算钱的。掌勺的是个矮胖子,他的儿子也上灶。不知为了什么事,两父子后来闹翻了。常到这里来吃的,以助教、讲师为多,教授是很少来的。除了这家四川馆,红楼附近只有两家小饭铺,卖筋面炒饼,还有一种叫做"炒和菜戴帽"或"炒和菜盖被窝"的菜——菠菜炒粉条,上面摊一层薄薄的鸡蛋盖住。从大学附近饭铺的菜蔬,可以大体测量出学人和准学人的生活水平。

教授、讲师、助教忽然阔了一个时期。国民党政府改革币制,从法币改为金元券,这一下等于增加薪水 10 倍。于是,我们几乎天天晚上到东安市场去吃。吃森隆、五芳斋的时候少,常吃的是"苏造肉"——猪肉及下水加砂仁、豆蔻等药料共煮一锅,吃客可以自选一两样,由大师傅夹出,剁块,和黄宗江在《美食随笔》里提到的言慧珠请他吃过的爆肚,和白汤杂碎。东安市场的爆肚真是一绝,脆,嫩,绝对干净,爆散丹、爆肚仁都好。白汤杂碎,汤是雪白的。可惜好景不长,阔也就是阔了一个月光景。金元券贬值,只能依旧回沙滩吃炒和菜。

教授很少下馆子。他们一般都在家里吃饭,偶尔约几个朋友小聚,也在家里。教授夫人大都会做菜。我的师娘,三姐张兆和是会做菜的。她做的八宝糯米鸭,酥烂入味,皮不破,肉不散,是个杰作。但是她平常做的只是家常炒菜。四姐张充和多才多艺,字写得极好;曲子唱得极好,——我们在昆明曲会学唱的《思凡》就是用的她的腔,曾听过她的《受吐》的唱片,真是细腻宛转;她善写散曲,也很会做菜。她做的菜我大都忘了,只记得她做的"十香菜"。"十香菜",苏州人过年吃的常菜耳,只是用 10 种咸菜丝,分别炒出,置于一盘。但是充和所制,切得极细,精致绝伦,冷冻之后,于鱼肉饫饱之余上桌,拈箸入口,香留齿颊!

解放后我在北京市文联工作过几年。那时文联编着两个刊物:《北京文艺》和《说说唱唱》,每月有一点编辑费。编辑费都是吃掉。编委、编辑,分批开向饭馆。那两年,我们几乎把北京的有名的饭馆都吃遍了。预订包桌的时候很少,大都是临时点菜。"主点"的是老舍先生,执笔写菜单的是王亚平同志。有一次,菜点齐了,老舍先生又斟酌了一次,认为有一个菜不好,不要,亚平同志掏出笔来在这道菜四边画了一个方框,又加了一个螺旋形的小尾巴。服务员接过菜单,端详了一会,问:"这是什么意思?"亚平真是个老编辑,他把校对符号用到菜单上来了!

老舍先生好客,他每年要把文联的干部约到家里去喝两次酒,一次是菊花开的时候,赏菊;一次是腊二十三,他的生日。菜是地道老北京的味儿,很有特点。我记得很清楚的是芝麻酱炖黄花鱼,是一道汤菜。我以前没有吃过这个菜,以后也没有吃过。黄花鱼极新鲜,而且是一般大小,都是八寸。装这个菜得一个特制的器皿——瓷蓝子,即周壁直上直下的那么一个家伙。这样黄花鱼才能一条一条顺顺溜溜平躺在汤里。若用通常的大海碗,鱼即会拗弯甚至断碎。老舍夫人胡絜青同志善做"芥末墩",我以为是天下第一。有一次老舍先生宴客的是两个盒子菜。盒子菜已经绝迹多年,不知他是从哪一家订来的。那种里面分隔的填雕的朱红大圆漆盒现在大概也找不到了。

学人中有不少是会自己做菜的。但都只能做一两只拿手小菜。学人中真正精于烹调的,据我所知,当推北京王世襄。世襄以此为一乐。有时朋友请他上家里做几个菜,主料、配料、酱油、黄酒……都是自己带去。据说过去连圆桌面都是自己用自行车驮去的。听黄永玉说,有一次有几个朋友在一家会餐,规定每人备料去表演一个菜。王世襄来了,提了一捆葱。他做了一个菜:焖葱。结果把所有的菜全压下去了。此事不知是否可靠。如不可靠,当由黄永玉负责!

客人不多,时间充裕,材料凑手,做几个菜是很愉快的事。成天伏案,改换一下身体的姿势,也是好的,——做菜都是站着的。做菜,得自己去买菜。买菜也是构思的过程。得看菜市上有什么菜,捉摸一下,才能掂配出几个菜来。不可能在家里想做几个什么菜,菜市上准有。想炒一个雪里蕻冬笋,没有冬笋,菜架上却有新到的荷兰豆,只好"改戏"。买菜,也多少是运动。我是很爱逛菜市场的。到了一个新地方,有人爱逛百货公司,有人爱逛书店,我宁可去逛逛菜市。看看生鸡活鸭、鲜鱼水菜,碧绿的黄瓜、通红的辣椒,热热闹闹,挨挨挤挤,让人感到一种生之乐趣。

学人所做的菜很难说有什么特点,但大都存本味,去增饰,不勾浓芡,少用明油,比较清淡,和馆子菜不同。北京菜有所谓"宫廷菜"(如仿膳)、"官府菜"(如谭家菜、"潘鱼")。学人做的菜该叫个什么菜呢?叫做"学人菜",不大好听,我想为之拟一名目,曰"名士菜",不知王世襄等同志能同意否。

编者叫我为《学人谈吃》写一篇序,我不知说什么好,就东拉西扯地写了上面一些。

一九九〇年六月三十日

注　释

① 本篇原载《中国烹饪》1990 年十一月号,系为聿君编《学人谈吃》一书(中国商业出版社,1991 年)所作序言;初收《草花集》,成都出版社,1993 年9 月。

② 这个字读庵,不是工厂的厂。

我的创作生涯①

　　我生在一个地主家庭。祖父是清朝末科的拔贡，——从他那一科以后，就"废科举，改学堂"了。他对我比较喜欢。有一年暑假，他忽然高了兴，要亲自教我《论语》。我还在他手里"开"了"笔"，做过一些叫做"义"的文体的作文。"义"就是八股文的初步。我写的那些作文里有一篇我一直还记得："'孟之反不伐'义"。孟之反随国君出战，兵败回城，他走在最后。事后别人给他摆功，他说："非敢后也，马不进也。"为什么我对孟之反不伐其功留下深刻的印象呢？现在想起来，这一小段《论语》是一篇极短的小说：有人物，有情节，有对话。小说，或带有小说色彩的文章，是会给人留下深刻的印象的。并且，这篇极短的小说对我的品德的成长，是有影响的。小说，对人是有作用的。我在后面谈到文学功能的问题时还会提到。我的父亲是个很有艺术气质的人。他会画画，刻图章，拉胡琴，摆弄各种乐器，糊风筝。他糊的是蜈蚣（我们那里叫做"百脚"）是用胡琴的老弦放的。用胡琴弦放风筝，我还没有见过第二人。如果说我对文学艺术有一点"灵气"，大概跟我从父亲那里接受来的遗传基因有点关系。我喜欢看我父亲画画。我喜欢"读"画帖。我家里有很多有正书局珂罗版影印的画帖，我就一本一本地反复地看。我从小喜欢石涛和恽南田，不喜欢仇十洲，也不喜欢王石谷，我当时还看不懂倪云林。我小时也"以画名"，一直想学画。高中毕业后，曾想投考当时在昆明的杭州美专。直到四十多岁，我还想彻底改行，到中央美术学院从头学画。我的喜欢看画，对我的文学创作是有影响的。我把作画的手法融进了小说。有的评论家说我的小说有"画意"，这不是偶然的。我对画家的偏爱，也对我的文学创作有影响。我喜欢疏朗清淡的风格，不喜欢繁复浓重的风格，对画，对文学，都如此。

　　一个人成为作家，跟小时候所受的语文教育，跟所师事的语文教员很有关系。从小学五年级到初中三年级，教我们语文（当时叫做"国文"）的，都是高北溟先生。我有一篇小说《徙》，写的就是高先生。小说，当然会有虚构，但是基本上写的是高先生。高先生教国文，除了部定的课本外，自选讲义。我在《徙》里写他"所选的文章看来有一个标准：有感慨，有性情，平易自然。这些文章有一个贯串性的思想倾向，这种倾向大体上可以归结为'人道主义'"，是不错的。他很喜欢归有光，给我们讲了《先妣事略》《项脊轩志》。我到现在还记得他讲到"世乃有无母之人，天乎痛哉"，"庭有枇杷树，吾妻死之年所手植也，今已亭亭如盖矣"的时候充满感情的声调。有一年暑假，我每天上午到他家里学一篇古文，他给我讲的是"板桥家书"、"板桥道情"。我的另一位国文老师是韦子廉先生。韦先生没有在学校里教过我。我的三姑父和他是朋友，一年暑假请他到家里来教我和我的一个表弟。韦先生是我们县里有名的书法家，写魏碑，他又是一个桐城派。韦先生让我每天写大字一页，写《多宝塔》。他教我们古文，全部是桐城派。我到现在还能背诵一些桐城派古文的片段。印象最深的是姚鼐的《登泰山记》。"苍山负雪，明烛天南。望晚日照城郭，汶水、徂徕如画，而半山居雾若带然。""苍山负雪，明烛天南"，我当时就觉得写得非常的美。这几十篇桐城派古文，对我的文章的洗炼，打下了比较坚实的基础。

　　1938 年，我们一家避难在乡下，住在一个小庙，就是我的小说《受戒》所写的庵子里。除了准备考大学的数理化教科书外，所带的书只有两本，一本屠格涅夫的《猎人日记》，一本《沈从文选集》，我就反反复复地看这两本书。这两本书对我后来的写作，影响极大。

　　1939 年，我考入西南联大的中国文学系，成了沈从文先生的学生。沈先生在联大开了三门课，一门"各体文习作"是中文系二年级必修课；一门"创作实习"，一门"中国小说史"，沈先生是凤凰人，说话湘西口音很重，声音又小，简直听不清他说的是什么。他讲课可以说是毫无系统。没有课本，也不发讲义。只是每星期让学生写一篇习作，第二星期上课时就学生的习作讲一些有关的问题。"创作实习"由学生随便写什么都可以，"各体文习作"有时会出一点题目。我记得他给我的上一班出过一个题目："我们的小庭院有什么"。有几个同学写的散文很不错，都由沈先生介绍在报刊上发表了。他给我的下一班出过一个题目，这题目有点怪："记一间屋子的空气"。我那一班他出过什么题目，我倒记不得了。沈先生的这种办法是有道理的，他说：先得学会车零件，然后才能学组装。现在有些初学写作的大学生，一上来就写很长的大作品，结果是不吸引人，不耐读，原因就是"零件"车得少了，基本功不够。沈先生讲创作，讲得最多的一句话，是"要贴到人物写"。我们有的同学不懂这话是什么意思。照我的理解，他的意思是：小说里，人物是主要的，主导的；其余部分都是次要的，派生的。作者的感情要随时和人物贴得很紧；和人物同呼吸，共哀乐。不能离开人物，自己去抒情，发议论。作品里所写的景色，只是人物生活的环境。所写之景，既是作者眼中之景，也是人物眼中之景，是人物所能感受的，并且是浸透了他的哀乐的。环境，不能和人物游离脱节。用沈先生的说法，是不能和人物"不相粘附"。他的这个意思，我后来把它说成为"气氛即人物"。这句话有人觉得很怪，其实并不怪。作品的对话得是人物说得出的话，如李笠翁所说："写一人即肖一人之口吻"，我们年轻时往往爱把对话写得很美，很深刻，有哲理，有诗意。我有一次写了这样一篇习作，沈先生说："你这不是对话，是两个聪明脑壳打架。"对话写得越平常，越简单，越好。托尔斯泰说过："人是不能用警句交谈的。"如果有两个人在火车站上尽说警句，旁边的人大概会觉得这二位有神经病。沈先生这句简单的话，我以为是富有深刻的现实主义精神的。沈先生教写作，用笔的时候比用口的时候多。他常常在学生的习作后面写很长的读后感（有时比原作还长）。或谈这篇作品，或由此生发开去，谈有关的创作问题。这些读后感都写得很精彩，集中在一起，会是一本很漂亮的文论集。可惜一篇也没有保存下来，都失散了。沈先生教创作，还有一个独到的办法。看了学生的习作，找了一些中国和外国作家用类似的方法写成的作品，让学生看，看看人家是怎么写的。我记得我写过一篇《灯下》（这可能是我发表的第一篇小说），写一个小店铺在上灯以后各种人物的言谈行动，无主要人物，主要情节，散散漫漫。是所谓"散点透视"吧。沈先生就找了几篇这样写法的作品叫我看，包括他自己的《腐烂》。这样引导学生看作品，可以对比参照，触类旁通，是会收到很大效益，很实惠的。

创作能不能教，这是一个世界性的争论的问题。我以为创作不是绝对不能教，问题是谁来教，用什么方法教。教创作的，最好本人是作家。教，不是主要靠老师讲，单是讲一些概论性的空道理，大概不行，主要是让学生去实践，去写，自己去体会。沈先生把他的课程叫做"习作"、"实习"，是有道理的。沈先生教创作的方法，我以为不失为一个较好的方法。

我20岁开始发表作品，今年70岁了，写作生涯整整经过了半个世纪。但是写作的数量很少。我的写作中断了几次。有人说我的写作经过一个三级跳，可以这样说。40年代写了一些。60年代初写了一些。当中"文化大革命"，搞了十年"样板戏"。80年代后小说、散文写得比较多。有一个朋友的女儿开玩笑说"汪伯伯是大器晚成"。我绝非"大器"，——我从不写大作品，"晚成"倒是真的。文学史上像这样的例子不是很多。不少人到60岁就封笔了，我却又重新开始了。是什么原因，这里不去说它。

有一位评论家说我是唯美的作家。"唯美"本不是属于"坏话类"的词，但在中国的名声却不大好。这位评论家的意思无非是说我缺乏社会责任感、使命感，我的作品没有强烈的现实意义和教育作用。我于此别有说焉。教育作用有多种层次。有的是直接的。比如看了《白毛女》，义愤填膺，当场报名参军打鬼子。也有的是比较间接的。一个作品写得比较生动，总会对读者的思想感情、品德情操产生这样那样的作用。比如读了"孟之反不伐"，我不会立刻变得谦虚起来，但总会觉得这是高尚的。作品对读者的影响常常是潜在的，过程很复杂，是所谓"潜移默化"。正如杜甫诗《春夜喜雨》中所说："随风潜入夜，润物细无声。"我曾经说过，我希望我的作品能有益于世道人心。我希望使人的感情得到滋润，让人觉得生活是美好的，人，是美的，有诗意的。你很辛苦，很累了，那么坐下来歇一会，喝一杯不凉不烫的清茶，——读一点我的作品。我对生活，基本上是一个乐观主义，我认为人类是有前途的，中国是会好起来的。我愿意把这点朴素的信念传达给人。我没有那么多失落感、孤独感、荒谬感、绝望感。我写不出卡夫卡的《变形记》那样痛苦的作品，我认为中国也不具备产生那样的作品的条件。

一个当代作家的思想总会跟传统文化、传统思想有些血缘关系。但是作家的思想是一个复合体，不会专宗哪一种传统思想。一个人如果相信禅宗佛学，那他就出家当和尚去得了，不必当作家。废名晚年就是信佛的，虽然他没有出家。有人说我受了老庄思想的影响，可能有一些。我年轻时很爱读《庄子》。但是我自己觉得，我还是受儒家思想影响比较大一些。我觉得孔子是个通人情，有性格的人，他是个诗人。我不明白，为什么研究孔子思想的人，不把他和"删诗"联系起来。他编选了一本抒情诗的总集——《诗经》，为什么？我很喜欢《论语》《曾皙、冉有、公西华侍坐》，"暮春者，春服既成，冠者五六人，童子六七人，浴乎沂，风乎舞雩，咏而归"，曾皙的这种潇洒自然的生活态度是很美的，这倒有点近乎庄子的思想。我很喜欢宋儒的一些诗："万物静观皆自得，四时佳兴与人同"；"顿觉眼前生意满，须知世上苦人多"。"生意满"，故可欣喜，"苦人多"，应该同情。我的小说所写的都是一些小人物、"小儿女"，我对他们充满了温爱，充满了同情。我曾戏称自己是一个"中国式的抒情人道主义者"，大致差不离。

前几年，北京市作协举行了一次我的作品的讨论会，我在会上作了一个简短的发言，题目是"回到现实主义，回到民族传统"。为什么说"回到"呢？因为我在年轻时曾经受过西方现代派的影响。台湾一家杂志在转载我的小说的前言中，说我是中国最早使用意识流的作家，不是这样。在我以前，废名、林徽因都曾用过意识流方法写过小说。不过我在20多岁时的确有意识的运用了意识流。我的小说集第一篇《复仇》和台湾出版的《茱萸集》的第一篇《小学校的钟声》，都可以看出明显的意识流的痕迹。后来为什么改变原先的写法呢？有社会的原因，也有我自己的原因。简单地说：我是一个中国人。我觉得一个民族和另一个民族无论如何不会是一回事。中国人学习西方文学，绝不会像西方文学一样，除非你侨居外国多年，用外国话思维。我写的是中国事，用的是中国话，就不能不接受中国传统，同时也就不能不带有现实主义色彩。语言，是民族传统的最根本的东西。不精通本民族的语言，就写不出具有鲜明的民族特点的文学。但是我所说的民族传统是不排除任何外来影响的传统，我所说的现实主义是能容纳各种流派的现实主义，比如现代派、意识流，本身并不是坏东西。我后来不是完全排除了这些东西。我写的小说《求雨》，写望儿的父母盼雨，他们的眼睛是蓝的，求雨的望儿的眼睛是蓝的，看着求雨的孩子的过路人的眼睛也是蓝的，这就有点现代派的味道。《大淖记事》写巧云被奸污后错错落落，飘飘忽忽的思想，也还是意识流。不过，我把这些溶入了平常的叙述语言之中了，不使它显得"硌生"。我主张纳外来于传统，融奇崛于平淡，以俗为雅，以故为新。

关于写作艺术，今天不想多谈，我也还没有认真想过。只谈一点：我非常重视语言，也许我把语言的重要性推到了极致。我认为语言不只是形式，本身便是内容。语言和思想是同时存在，不可剥离的。语言不仅是所谓"载体"，它是作品的本体。一篇作品的每一句话，都浸透了作者的思想感情，我曾经说过一句话：写小说就是写语言。语言是一种文化现象。谁也没有创造过一句全新的语言。古人说：无一字无来历。我们的语言都是有来历的，都是从前人的语言里继承下来，或经过脱胎、翻改。语言的后面都有文化的积淀。一个人的文化修养越高，他的语言所传达的信息就会更多。毛主席写给柳亚子的诗"落花时节读华章"，"落花时节"不只是落花的时节，这是从杜甫《江南逢李龟年》里化用出来的。杜甫的原诗是：

> 岐王宅里寻常见，
> 崔九堂前几度闻。
> 正是江南好风景，

落花时节又逢君。

　　"落花时节"就包含了久别重逢的意思。

　　语言要有暗示性，就是要使读者感受到字面上所没有写出来的东西，即所谓言外之意，弦外之音。朱庆余的《近试上张水部》，写的是一个新嫁娘：

　　　　洞房昨夜停红烛，
　　　　待晓堂前拜舅姑。
　　　　妆罢低声问夫婿，
　　　　画眉深浅入时无？

　　诗里并没有写出这个新嫁娘长得怎么样，但是宋人诗话里就指出，这一定是一个绝色的美女。因为字里行间已经暗示出来了。语言要能引起人的联想，可以让人想见出许多东西。因此，不要把可以不写的东西都写出来，那样读者就没有想象余地了。

　　语言是流动的。

　　有一位评论家说：汪曾祺的语言很怪，拆开来没有什么，放在一起，就有点味道。我想谁的语言都是这样，每一句都是平常普通的话，问题就在"放在一起"，语言的美不在每一个字，每一句，而在字与字之间，句与句之间的关系。包世臣论王羲之的字，说他的字单看一个一个的字，并不觉得怎么美，甚至不很平整，但是字的各部分，字与字之间"如老翁携带幼孙，顾盼有情，痛痒相关。"文学语言也是这样，句与句，要互相联带，互相顾盼。一篇作品的语言是一个整体，是有内在联系的。文学语言不是像砌墙一样，一块砖一块砖叠在一起，而是像树一样，长在一起的，枝干之间，汁液流转，一枝动，百枝摇。语言是活的，中国人喜欢用流水比喻行文，苏东坡说"大略如行云流水"，"吾文如万斛泉源"。说一个人的文章写得很顺，不疙里疙瘩的，叫做"流畅"，写一个作品最好全篇想好，至少把每一段想好，不要写一句想一句。那样文气不容易贯通，不会流畅。

注　释

① 本篇原载《写作》1990 年第七期；初收《汪曾祺全集》第六卷，北京师范大
学出版社，1998 年 8 月。

写　字①

　　写字总是从临帖开始。我比较认真地临过一个时期的帖,是在十多岁的时候,大概是小学五年级、六年级和初中一年级的暑假。我们那里,那样大的孩子"过暑假"的一个主要内容便是读古文和写字。一个暑假,我从祖父读《论语》,每天上午写大、小字各一张,大字写《圭峰碑》,小字写《闲邪公家传》,都是祖父给我选定的。祖父认为我写字用功,奖给了我一块猪肝紫的端砚和十几本旧拓的字帖;我印象最深的是一本褚河南的《圣教序》。这些字帖是一个败落的世家夏家卖出来的。夏家藏帖很多,我的祖父几乎全部买了下来。一个暑假,从一个姓韦的先生学桐城派古文、写字。韦先生是写魏碑的,他让我临的却是《多宝塔》。一个暑假读《古文观止》、唐诗,写《张猛龙》。这是我父亲的主意。他认为得写写魏碑,才能掌握好字的骨力和间架。我写《张猛龙》,用的是一种稻草做的纸——不是解大便用的草纸,很大,有半张报纸那样大,质地较草纸紧密,但是表面相当粗。这种纸市面上看不到卖,不知道父亲是从什么地方买来的。用这种粗纸写魏碑是很合适的,运笔需格外用力。其实不管写什么体的字,都不宜用过于平滑的纸。古人写字多用麻纸,是不平滑的。像澄心堂纸那样细腻的,是不多见的。这三部帖,给我的字打了底子,尤其是《张猛龙》。到现在,从我的字里还可以看出它的影响,结体和用笔。

　　临帖是很舒服的,可以使人得到平静。初中以后,我就很少有整桩的时间临帖了。读高中时,偶尔临一两张,一曝十寒。二十岁以后,读了大学,极少临帖。曾在昆明一家茶叶店看到一副对联:"静对古碑临黑女,闲吟绝句比红儿"。这副对联的作者真是一个会享福的人。《张黑女》的字我很喜欢,但是没有临过,倒是借得过一本,反反复复,"读"

了好多遍。《张黑女》北书而有南意,我以为是从魏碑到二王之间的过渡。这种字体很难把握,五十年来,我还没有见过一个书家写《张黑女》而能得其仿佛的。

写字,除了临帖,还需"读帖"。包世臣以为读帖当读真迹,石刻总是形似,失去原书精神,看不出笔意,固也。试读《三希堂法帖·快雪时晴》,再到故宫看看原件,两者比较,相去真不可以道里计。看真迹,可以看出纸、墨、笔之间的关系。尤其是"运墨","纸墨相得",是从拓本上感觉不出来的。但是真迹难得看到,像《快雪时晴》、《奉橘帖》那样稀世国宝,故宫平常也不拿出来展览。隔着一层玻璃,也不便揣摩谛视。求其次,则可看看珂罗版影印的原迹。多细的珂罗版也是有网纹的,印出来的字多浅淡发灰,不如原书的沉着入纸。但是毕竟慰情聊胜无,比石刻拓本要强得多。读影印的《祭侄文》,才知道颜真卿的字是从二王来的,流畅潇洒,并不都像《麻姑仙坛》那样见棱见角的"方笔";看《兴福寺碑》,觉赵子昂的用笔也是很硬的,不像坊刻应酬尺牍那样柔媚。再其次,便只好看看石刻拓本了。不过最好要旧拓。从前旧拓字帖并不很贵,逛琉璃厂,挟两本旧帖回来,不是难事。现在可不得了了!前十年,我到一家专卖碑帖的铺子里,见有一部《淳化阁帖》,我请售货员拿下来看看,售货员站着不动,只说了个价钱。他的意思我明白:你买得起吗?我只好向他道歉:"那就不麻烦你了!"现在比较容易得到的丛帖是北京日报出版社影印的《三希堂法帖》。乾隆本的《三希堂法帖》是浓墨乌金拓。我是不喜欢乌金拓的,太黑,且发亮。北京日报出版社用重磅铜版纸印,更显得油墨堆浮纸面,很"暴"。而且分装四大厚册,很重,展玩极其不便。不过能有一套《三希堂法帖》已属幸事,还有什么话可说呢?

《三希堂法帖》收宋以后的字很多。对于中国书法的发展,一向有两种对立的意见。一种以为中国的书法,一坏于颜真卿,二坏于宋四家。一种以为宋人书是一个重要的突破。宋人宗法二王,而不为二王所囿,用笔洒脱,显出各自的个性和风格。有人一辈子写晋人书体,及读宋人帖,方悟用笔。我觉两种意见都有道理。但是,二王书如清炖鸡汤,宋人书如棒棒鸡。清炖鸡汤是真味,但是吃惯了麻辣的用味,便觉得什么菜都不过瘾。一个人多"读"宋人字,便会终身摆脱不开,明知趣味不高,也没有办法。话又说回来,现在书家中标榜写二王的,有几个能不越雷池一步的?即便是沈尹默,他的字也明显地看出有米字的影响。

"宋四家"指苏(东坡)、黄(山谷)、米(芾)、蔡。"蔡"本指蔡京,但因蔡京人品不好,遂以蔡襄当之。早就有人提出这个排列次序不公平。就书法成就说,应是蔡、米、苏、黄。我同意,我认为宋人书法,当以蔡京为第一。北京日报出版社《三希堂法帖与书法家小传》(卷二),称蔡京"字势豪健,痛快沉着,严而不拘,逸而不外规矩。比其从兄蔡襄书法,飘逸过之,一时各书家,无出其左右者""……但因人品差,书名不为世人所重。"我以为这评价是公允的。

这里就提出一个多年来缠夹不清的问题:人品和书品的关系。一种很有势力的意见以为,字品即人品,字的风格是人格的体现。为人刚毅正直,其书乃能挺拔有力。典型的代表人物是颜真卿。这不能说是没有道理,但是未免简单化。有些书法家,人品不能算好,但你不能说他的字写得不好,如蔡京,如赵子昂,如董其昌,这该怎么解释?历来就有人贬低他们的书法成就。看来,用道德标准、政治标准代替艺术标准,是古已有之的。看来,中国的书法美学,书法艺术心理学,得用一个新的观点,新的方法来重新开始研究。简单从事,是有害的。

蔡京字的好处是放得开,《与节夫书帖》《与宫使书帖》可以为证。写字放得开并不容易。书家往往于酒后写字,就是因为酒后精神松弛,没有负担,较易放得开。相传王羲之的《兰亭序》是醉后所写。苏东坡说要"酒气拂拂从指间出",才能写好字,东坡《答钱穆父诗》书后自题是"醉书"。万金跋此帖后云:

> 右军兰亭,醉时书也。东坡答钱穆父诗,其后亦题曰醉书,较之常所见帖大相远矣。岂醉者神全,故挥洒纵横,不用意于布置,而得天成之妙欤?不然则兰亭之传何其独盛也如此。

说得是有道理的。接连写几张字，第一张大都不好，矜持拘谨。大概第三四张较好，因为笔放开了。写得太多了，也不好，容易"野"。写一上午字，有一条满意的，就很不错了。有时一张都不好，也很别扭。那就收起笔砚，出去遛个弯儿去。写字本是遣兴，何必自寻烦恼。

一九九〇年七月十二日

注 释

① 本篇原载《八小时之外》1990 年第十期；初收《塔上随笔》，群众出版社，1993 年 11 月。

呼　雷　豹[①]

京剧《南阳关》有一句唱词：

> 尚司徒胯下呼雷豹

旧本《戏考》上是这样写的。小时候看戏，以为尚司徒骑的是一只豹，而且这只豹能够"呼雷"，以为这是个《封神榜》上的人物，虽然戏台上尚司徒只是摇着一根马鞭，看不出他骑的是什么。

十多年前，在内蒙认识一个抗日战争时期在草原打过游击的姓曹的同志，他说起他当时骑的是一匹"豹花马"。后来在草原上他指给我看一匹黑白斑点相杂的马，说："这就是豹花马"，我恍然大悟，"豹花马"的"豹"应该写成"驳"。《辞海》"驳"字条云"马毛色不纯"，引《诗·豳风·东山》："皇驳其马。"毛传："骊白曰驳。"马的毛色不纯，都可以叫做驳，不过似乎又专指黑白斑点相杂的马。有一种鸡，羽毛黑白斑点相杂，很多地方叫它"芦花鸡"，那位姓曹的同志告诉我，内蒙叫"驳花鸡"，可为旁证。那么尚司徒胯下的原是黑白斑点相杂的马，不是金钱豹。"驳"字《辞海》音 bó，读成 bào，只是字调的变化。

为什么叫"呼雷驳"？"呼雷"，即"忽律"，声之转也，"忽律"即鳄鱼（出处偶忘，但我是记不错的）。《水浒传》的朱贵绰号"旱地忽律"，是说他像一条旱地上的鳄鱼。鳄鱼身上是黑白相杂，斑斑点点的。"呼雷驳"者，有像鳄鱼那样黑白相杂的斑点的马也。

这种马是名马，曾见张大千抚宋人《杨妃上马图》，杨贵妃要骑上去的正是一匹驳花马。

由此想到《三国演义》上关云长骑的"赤兔马"的"兔"，大概也不能照字面解释。马像个兔子，无神骏可言，而且马哪儿都不像兔。曾在内蒙读过一本《内蒙文史资料》,记一个在包头做生意的山西掌柜的,因为急事,骑上他的千里驹"沙力兔"连夜直返太原,"兔"可能是骏马的一种,而且我怀疑"兔"是少数民族语言的译音。

中国古代人善于识马,《说文》、《尔雅》多有记载,其区别主要在毛色。现代人对马的知识就很少了。牧区的少数民族还能说出很多马的名称,汉民,即使生活在草原附近的,除了白马、黑马,大概只能说出"黄骠马"、"枣骝马"等等不多的几种。画马的名家如徐悲鸿、尹瘦石、刘勃舒……能够分辨出几种?居住在城市里的青年,能说得出好多汽车的牌号:丰田、福特、奔驰、皇冠,还有一些曲里拐弯很难念的牌号,并且一眼就分得出坐车人的级别;对马的区别,就茫然了。这是时地使然,原无足怪。但是我还是希望精通马道的人能写出一本《中国马谱》,否则读起古本书就很难得其仿佛。载涛②想是能写马谱的,可惜他已经故去了。

一九九〇年七月二十七日

注　释

① 本篇原载 1990 年 9 月 26 日《文汇报》;初收《汪曾祺小品》,中国人民大学出版社,1992 年 10 月。

② 载涛:爱新觉罗·溥仪之族叔。

小说的思想和语言[①]

有的作家、评论家问我,小说里边最重要的是什么?我说最重要的是思想。思想就是作家对生活的看法、感受和对生活的思索。我觉得,小说的形成当然首先得有生活。我比较同意老的提法:"从生活出发"。但是,有了生活不等于可以写作品,更重要的是对这段生活经过比较长时间的思索,它到底有什么意义?写作要经过一个时期的酝酿或积淀,所谓酝酿和积淀,实际上就是思索的过程。有的人生活很丰富,但他并没有成为一个作家。我在内蒙认识一个同志,这个同志的生活真是丰富。他在抗日战争时期打过游击,年轻时候从内蒙到新疆拉过骆驼。他见多识广,而且会唱很多民歌。草原上的草有很多种,他都能认识。他对草的知识不亚于一个牧民。他是好饭量、好酒量、好口才,很能说话,说得很生动。他说过很多有关动物的故事,不像拉封丹写的寓言式的故事,是生活里的故事,关于羊的啰、狼的啰、母猪的啰,他可以说很多,但是他不会写作。为什么呢?因为他不善于思索。我觉得要形成一个作品,更重要的是对于你所接触的那段生活经过长时期的思索。有时候,我写作品很快,几乎不打草稿,一遍就成,但是我想的时间很长。我写过一篇很短的小说《虐猫》,大约九百字,从一个侧面反映"文化大革命"对人性的破坏,不但是大人你斗我、我斗你,连小孩子都非常残忍。我最后写了这几个孩子把猫放了,表示人性还有回归的希望。这个结尾是经过几年思索才落笔的。

我还写过一篇小说,是写我在昆明见到的一个小孩。那小孩未成年,应该是学龄儿童,可他已挣钱养家,因为他家生活很苦,他老挎一个椭圆形的木桶,卖椒盐饼子西洋糕。所谓椒盐饼子就是普通的发面饼子,里面和点椒盐,西洋糕就是发糕。他一边走一边吆喝卖,我几乎每天都听到他吆喝。他是有腔有调的："椒盐饼子西洋糕"，谱了出来就是"556——6532"。这篇小说我前后写了四次。结尾是，有一天，这孩子放假，他姥姥过生日，他上姥姥家去吃饭，衣服穿得干干净净的，新剃了头。他卖椒盐饼子西洋糕时，街上和他差不多年龄的上学的孩子都学着他唱，不过歌词给他改了："捏着鼻子吹洋号"。他跟孩子们也没法生气。放假那天，他走到一个胡同里头，回头看没有人，自己也捏着鼻子，大喝了一声："捏着鼻子吹洋号"。写了以后觉得不够丰满，我就把在昆明所接触的各种叫卖声、吆喝声，如卖壁虱药的、卖蚊香的、卖玉麦粑粑的、收破烂的，写了一长串，作为小孩的叫卖声的背景。这样写就比较丰满，主题就扩展了一些，变成：人世多苦辛。很多人活着都是很辛苦的，包括这个小孩，那么小他就被剥夺了读书、游戏的机会。

我的小说《受戒》，写的是四十三年前的一个梦，那篇小说的生活，是四十三年前接触到的。为什么隔了四十三年？隔了四十三年我反复思索，才比较清楚地认识我所接触的生活的意义。闻一多先生曾劝诫人，当你们写作欲望冲动很强的时候，最好不要写，让它冷却一下。所谓冷却一下，就是放一放，思索一下，再思索一下。现在我看了一些年轻作家的作品，觉得写得太匆忙，他还可以想得更多一些。

关于小说的主题问题

我在山东菏泽有一次讲话，讲完话之后有一个年轻的作家给我写过一个条子，说："汪曾祺同志，请您谈谈无主题小说"。他的意思很清楚，他以为我的小说是无主题的。我的小说不是无主题，我没有写过无主题小说。

我写过一组小说，其中一篇叫《珠子灯》，写的是姑娘出嫁第一年的元宵节，娘家得给她送一盏灯的习俗。这家少奶奶，娘家给她送的灯里有一盏是绿玻璃珠子穿起来的灯。这灯应该每年点一回，可她这盏灯就只点过一次，因为她丈夫很快就死了。我写她的玻璃珠子穿的灯有的地方脱线了，珠子就掉下来了，掉在地板上，她的女佣人去扫地，有时就可以扫出一些珠子,她也习惯了珠子散线时掉下来的声音。后来她死了,她的房子关起来,屋子里什么东西都没动,可在房门外有时候能听到珠子脱线嘀嘀嗒嗒地掉到地板上的声音。这写的就是封建贞操观念的零落。我的作品还是有主题的。

我觉得,没有主题,作品无法贯串,我曾打过一个比喻,主题就好像是风筝的脑线,作品就是风筝。没有脑线,风筝放不上去,脑线剪断,风筝就不知飞到哪去了。脑线既是帮助作品飞起来的重要因素,同时又给作品一定的制约。好像我们倒杯酒,你只能倒在酒杯里,不能往玻璃板上倒,倒在玻璃板上怎么喝?无主题就有点像把酒倒在玻璃板上。当然,有些主题确实不大容易说得清楚。人家问高晓声他小说的主题是什么?他说:"我要能把主题告诉你,何必写小说,我就把主题写给你就行了。"

综观一些作家的作品,大致总有一个贯串性的主题。比如契诃夫,写了那么多短篇小说,他也有一个贯串性的主题,这个贯串性的主题就是"反庸俗"。高尔基说,契诃夫好像站在路边微笑着对走过的人说:"你们可不能再这样生活下去了"。这就是他总结的契诃夫整个小说的贯串性主题。鲁迅作品贯串性的主题很清楚,即"揭示社会的病痛,引起疗救的注意。"我的老师沈从文先生,他作品的贯串性主题是"民族品德的发现和重造"。

另外,跟思想主题有关系的就是作家的使命感、社会责任感,或者作品的社会功能。没有社会功能,他的小说能激发人什么?我是意识到作家的社会责任感的。有人说:我就是写我自己的,不管自己的作品在社会上起什么作用。我认为这是不负责任的。作品产生的作用往往是不一样的,有的比较直接,有的比较间接,有的比较明显,有的比较隐晦。有的作品确实能让人当场看了比较激动,有所行动。比如解放区农村上演《白毛女》,人们看了非常气愤,当时报名参军,上前线打敌人,给白毛女报仇。这个作用当然就很直接。但有很多小说从接受心理学来说,起的作用不是那么太直接,就好像中国的古话"潜移默化"。一个作品给人的思想情绪总会有影响,要不就是积极的,要不就是消极的。一个作品如果使人觉得活着还是比较有意义的，人还是很美、很富于诗意的，能够使人产生一种健康向上的力量，它的影响就是积极的。尽管这是不大容易看得清楚的，这也是一种社会效果。我觉得，文学作品对人的影响就好像杜甫写的《春夜喜雨》一样，"随风潜入夜，润物细无声。"好像一场小小的春雨似的，我说我的作品对人的灵魂起一点滋润的作用。

我很同意法国存在主义者加缪的说法，他说任何小说都是"形象化了的哲学"。比较好的作品里面总有一定哲学意味，不过层次深浅不一样。但总得有作者自己独到的思想。如果说，一个作者有什么独特的风格，我说首先是他有独特的思想。但是，有的作品主题不那么明显，而有的主题可以比较明显，比较单纯。现代小说的主题一般都不那么单纯。应允许主题的复杂性、丰富性、多层次性，或者说主题可以有它的模糊性、相对的不确定性，甚至还有相对的未完成性。一个作品写完后，主题并没有完全完成。我们所解释的主题，往往是解释者自己的认识，未必是作家自己的反映。有人说"有一千个读者就有一千个哈姆莱特"，而这一千读者所解释的哈姆莱特都有它的道理，你要莎士比亚本人解释，他大概也不太说得清楚。所以说主题有它一定的模糊性。林斤澜有一次讲话，说人家说他的小说看不明白，他说，我自己还不明白，怎么能叫你明白？确实有这种情况，一个作者写完了以后，自己也不大明白。为什么说不确定性呢？你这样写也可以，那样写也行。主题的解释不能有个标准答案，愿怎么理解就怎么理解。但是有一点，必须有你自己独到的理解，有一点你自己感到比较新鲜的理解。《红楼梦》的主题是什么？现在也是众说纷纭。有的说是四大家族的兴衰史，有的说是钗黛恋爱的悲剧，你叫曹雪芹自己来回答《红楼梦》的主题是什么，他也可能不及格。

下面讲语言问题。

我觉得小说以及其他文学作品，语言是非常重要的。我这几年讲语言比较多，人家说你对语言的重要性强调过多，走到极致了，也许是这样。我认为小说本来就是语言的艺术，就像绘画，是线条和色彩的艺术。音乐,是旋律和节奏的艺术。有人说这篇小说不错,就是语言差点,我认为这话是不能成立的。就好像说这幅画画得不错,就是色彩和线条差一点;这个曲子还可以,就是旋律和节奏差一点这种话不能成立一样。我认为,语言不好,这个小说肯定不好。

关于语言,我认为应该注意它的四种特性:内容性、文化性、暗示性、流动性。

语言的内容性

过去,我们一般说语言是表现的工具或者手段。不止于此,我认为语言就是内容。大概中国比较早提出这问题的是闻一多先生。他在年轻时写过一篇关于《庄子》的文章,有一句话大致意思是:"他的文字不只是表现思想的工具,似乎本身就是目的。"我认为,语言和内容是同时依存的,不可剥离的,不能把作品的语言和它所要表现的内容撕开,就好像吃橘子,语言是个橘子皮,把皮剥了吃里边的瓤。我认为语言和内容的关系不是橘子皮和橘子瓤的关系,它是密不可分的,是同时存在的。马克思在论语言问题时说:"语言是思想的直接的现实"。我觉得马克思这话说得很好。从思想到语言,当中没有一个间隔,没有说思想当中经过一个什么东西然后形成语言,它不是这样,因此你要理解一个作家的思想,唯一的途径是语言。你要能感受到他的语言,才能感受到他的思想。我曾经有一句说到极致的话,"写小说就是写语言"。

语言的文化性

语言本身是一个文化现象,任何语言的后面都有深浅不同的文化的积淀。你看一篇小说,要测定一个作家文化素养的高低,首先是看他的语言怎么样,他在语言上是不是让人感觉到有比较丰富的文化积淀。有些青年作家不大愿读中国的古典作品,我说句不大恭敬的话,他的作品为什么语言不好,就是他作品后面文化积淀太少,几乎就是普通的大白话。作家不读书是不行的。

语言文化的来源,一个是中国的古典作品,还有一个是民间文化,民歌、民间故事,特别是民歌。因为我编了几年民间文学,我大概读了上万首民歌,我很佩服,我觉得中国民间文学真是一个宝库。我在兰州时遇到一位诗人,这个诗人觉得"花儿"(甘肃、宁夏一带的民歌)的比喻那么多,那么好,特别是花儿的押韵,押得非常巧,非常妙,他对此产生怀疑:这是不是农民的创作? 他觉得可能是诗人的创作流传到民间了,后来他改变了看法。有一次,他同婆媳二人乘一条船去参加"花儿会",这婆媳二人一路上谈话,没有讲一句散文,全是押韵的。到了花儿会娘娘庙,媳妇还没有孩子,去求子,跪下来祷告。祷告一般无非是"送子娘娘给我一个孩子,生了之后我给你重修庙宇再塑金身。"这个媳妇不然,她只说三句话,她说:"今年来了,我是给您要着哪;明年来了,我是手里抱着哪,咯咯嘎嘎的笑着哪。"这个祷告词,我觉得太漂亮了,不但押韵而且押调,我非常佩服。所以,我劝你们引导你们的学生,一个是多读一些中国古典作品,另外读一点民间文学。这样使自己的语言,有较多的文化素养。

语言的暗示性、流动性这方面的问题,我在《写作》1990 年第 7 期上已经讲过,重复的内容就不再说了,只是对语言的流动性作一点补充。

我觉得研究语言首先应从字句入手,遣词造句,更重要的是研究字与字之间的关系,句与句之间的关系,段与段之间的关系。好的语言是不能拆开的,拆开了它就没有生命了。好的书法家写字,不是一个一个的写出来的,不是像小学生临帖,也不像一般不高明的书法家写字,一个一个地写出来。他是一行一行地写出来,一篇一篇地写出来的。中国人写字讲究行气,"字怕挂",因为它没有行气。王献之写字是一笔书,不是说真的是一笔,而是指一篇字一气贯穿,所以他的字可以形成一种"气"。气就是内在的运动。写文章就要讲究"文气"。"文气说"大概从《文心雕龙》起,一直讲到桐城派,我觉得是很有道理的。讲"文气说"讲得比较具体,比较容易懂,也比较深刻的是韩愈。他打个比喻说:"气水也,言浮物也,水大而物之浮者大小毕浮。气盛,则言之短长与声之高下者皆宜。"我认为韩愈讲得很有科学道理,他在这段话中提出了三个观点。首先,韩愈提出语言跟作者精神状态的关系,他说"气盛",照我的理解是作家的思想充实,精力饱满。很疲倦的时候写不出好东西。你心里觉得很不带劲,准写不出来好东西。很好的精神状态,气才能盛。另外,他提出语言的标准问题。"宜"就是合适、准确。世界上很多的大作家认为语言的唯一的标准就是准确。伏尔泰说过,契诃夫也说过,他们说一句话只有一个最好的说法。最后,韩愈认为,中国语言在准确之外还有一个具体的标准:"言之短长与声之高下"。这"言之短长"啊,我认为韩愈说了个最老实的话。语言要来要去的奥妙,还不是长句子跟短句子怎么搭配?有人说我的小说都是用的短句子,其实我有时也用长句子。就看这个长句子和短句子怎么安排。"声之高下"是中国语言的特点,即声调,平上去入,北方话就是阴阳上去。我认为中国语言有两大特点是外国语言所没有的:一个是对仗,一个就是四声。郭沫若一次参加世界和平理事会,约翰逊主教说郭沫若讲话很奇怪,好像唱歌一样。外国人讲话没有平上去入四声,大体上相当于中国的两个调,上声和去声。外国语不像中国语,阴平调那么高,去声调那么低。很多国家都没有这种语言。你听日本话,特别是中国电影里拍的日本人讲话,声调都是平的,我觉得现在的年轻人不大注意语言的音乐美,语言的音乐美跟"声之高下"是很有关系的。"声之高下"其实道理很简单,就是"前有浮声,后有切响",最基本的东西就是平声和仄声交替使用。你要是不注意,那就很难听了。

我在京剧团工作时,有一个老演员对我说,有一出老戏,老旦的一句词没法唱:"你不该在外面散淡浪荡"。"在外面散淡浪荡",连着七个去声字,他说这个怎么安腔呢?还有一个例子,过去的样板戏《智取威虎山》里有一句词,杨子荣"打虎上山"唱的,原来是"迎来春天换人间",后来毛主席给改了,把"春天"改成"春色"。为什么要改呢?当然"春色"要比"春天"具体,这是一;另外这完全出于诗人对声音的敏感。你想,如果是"迎来春天换人间",基本上是平声字。"迎来"、"春天"、

"人间",就一个"换"字是去声,如果安上腔是飘的,都是高音区,怎么唱呢? 没法唱。换个"色"呢,把整个的音扳下来了,平衡了。平仄的关系就是平仄产生矛盾,然后推动语言的声韵。外国没有这个东西,但是外国也有类似中国的双声叠韵。太多的韵母相似的音也不好听。高尔基就曾经批评一个人的作品,他说"你这篇作品用'S'这个音太多了,好像是蛇叫。"这证明外国人也有音韵感。中国既然有这个语言特点,那么就应该了解、掌握、利用它。所以我建议你们在对学生讲创作时,也让他们读一点、会一点,而且讲一点平仄声的道理,来训练他们的语感。语言学上有个词叫语感,语言感觉,语言好就是这个作家的语感好;语言不好,这个作家的语感也不好。

注　释

① 本篇原载《写作》1991 年第四期,是作者 1990 年 7 月 29 日在武汉大学写作函授助教进修班讲课的录音整理稿,刊登时有删节,并经作者审阅;初收《汪曾祺全集》第五卷,北京师范大学出版社,1998 年 8 月。

《水浒》人物的绰号①

——鼓上蚤和拚命三郎

由"旱地忽律"想到《水浒》一百零八将的绰号。

有的绰号是起得很精彩的,很能写出人物的气质风度,很传神,耐人寻味。

如"鼓上蚤时迁"。曾看过一则小资料,跳蚤是世界动物中跳高的绝对冠军,以它的个头和能跳的高度为比例,没有任何动物能赶得上,这是有数据的。当时想把这则资料剪下来,忙乱中丢失了,很可惜。我所以对这则资料感兴趣,是因为当时就想到"鼓上蚤"。跳蚤本来跳得就高,于鼓上跳,鼓有弹性,其高可知。话说回来,谁见过鼓上的跳蚤?给时迁起这个绰号的人的想象力实在令人佩服。

时迁在《水浒》里主要做了三件事:一偷鸡,二盗甲,三火烧翠云楼。偷鸡无足称,虽然这是武丑的开门戏。写得最精彩的是盗甲。时迁是"神偷"型的人物。中国的市民对于神偷是很崇拜的。凡神偷都有共同的特点,除了身轻、手快,一双锐利的眼睛,更重要的是举重若轻,履险如夷,于间不容发之际能从容不迫。《水浒》写盗甲,一步一步,层次分明,交待清楚。甲到手,时迁"悄悄地开了楼门,款款地背着皮匣,下得胡梯,从里面直开到外门来,真是神不知鬼不觉"。"款款地"是不慌不忙的意思,现在山西、张家口还这么说。"款款"下加一"儿"字"款款儿地",更有韵味。火烧翠云楼是打北京城的一大关目,这两回书都写得不精彩,李卓吾评之曰"不济不济"。时迁放火,写得很马虎。不过我小时看石印本绣像《水浒》,时迁在烈焰腾腾的翠云楼最高一层的檐角倒立着——拿起一把顶,印象还是很深刻的。

时迁在《水浒》里要算个人物,但石碣天书却把他排在地煞星的倒数第二,连白日鼠白胜都在他的前面,后面是毫无作为的"金毛犬段景住",这实在是委屈了他。

如"拚命三郎石秀"。"拚命"和"三郎"放在一起,便产生一种特殊的意境,产生一种美感。大郎、二郎都不成,就得是三郎。这有什么道理可说呢?大哥笨、二哥憨,只有老三往往是聪明伶俐的。中国语言往往反映出只可意会的、潜在复杂的社会心理。

拚命三郎不止是不怕死,敢拚命,路见不平,拔刀相助,为朋友两肋插刀,更重要的是说他办事脆快,凡事不干则已,干,就干净利落,绝不拖泥带水。这是个工于心计的人,绝不是莽莽撞撞。看他杀胡道,杀海阇黎、杀潘巧云、杀迎儿,莫不经过详实的调查,周密的安排,刀刀见血,下手无情。这个人给人的印象是未免太狠了一点。

石秀上山后无大作为,只是三打祝家庄探路有功,但《水浒》写得也较平淡,倒是昆曲《探庄》给他一个"单出头"的机会。曾见过侯永奎的《探庄》,黑罗帽,黑箭衣,英气勃勃。侯永奎的嗓子奇高而亮,只是有点左,不大挂味,但演石秀,却很对工。

一九九〇年八月十四日

注　释

① 本篇原载 1990 年 10 月 24 日《文汇报》;初收《汪曾祺小品》,中国人民大学出版社,1992 年 10 月。

《蒲草集》小引^①

蒲草是一种短短的密集的小草,种在长方形的或腰圆形的紫砂盆或石盆中,放在书桌上,可以为房间增加一点绿色。这东西是毫不珍贵的,也很好养,时不时的给它喷一点水就行。常见的以书斋清供为题的画里往往有一盆蒲草,但不是画的主体,只是置之瓶花、怪石的一侧,作为一点陪衬,一点点缀。答应为文汇报增刊写一点杂记,以《蒲草集》作一个总题目,是因为这些杂记无足珍贵,只堪作点缀,也许能给版面增加一点绿色,其作用正与蒲草同。

这不是一个专栏。我怕开专栏,无端找一副嚼子戴上干什么?只能是这样:有得写,就写几篇;没得写,就空着,断断续续,长长短短。什么时候意兴已尽,就收场。

是为引。

八月十四日

注　释

① 本篇原载 1990 年 9 月 26 日《文汇报》(增刊)试刊第一期;初收《汪曾祺全集》第五卷,北京师范大学出版社,1998 年 8 月。

五　味①

　　山西人真能吃醋！几个山西人在北京下饭馆，坐定之后，还没有点菜，先把醋瓶子拿过来，每人喝了三调羹醋。邻座的客人直瞪眼。有一年我到太原去，快过春节了。别处过春节，都供应一点好酒，太原的油盐店却都贴出一个条子："供应老陈醋，每户一斤。"这在山西人是大事。

　　山西人还爱吃酸菜，雁北尤甚。什么都拿来酸，除了萝卜白菜，还包括杨树叶子，榆树钱儿。有人来给姑娘说亲，当妈的先问，那家有几口酸菜缸。酸菜缸多，说明家底子厚。

　　辽宁人爱吃酸菜白肉火锅。

　　北京人吃羊肉酸菜汤下杂面。

　　福建人、广西人爱吃酸笋。我和贾平凹在南宁，不爱吃招待所的饭，到外面瞎吃。平凹一进门，就叫："老友面！""老友面"煮酸笋肉丝氽汤下面也，不知道为什么叫做"老友"。

　　傣族人也爱吃酸。酸笋炖鸡是名菜。

　　延庆山里夏天爱吃酸饭。把好好的饭焐酸了，用井拔凉水一和，呼呼地就下去了三碗。

　　都说苏州菜甜，其实苏州菜只是淡，真正甜的是无锡。无锡炒鳝糊放那么多糖！包子的肉馅里也放很多糖，没法吃！

　　四川夹沙肉用大片肥猪肉夹了洗沙蒸，广西芋头扣肉用大片肥猪肉夹芋泥蒸，都极甜，很好吃，但我最多只能吃两片。

　　广东人爱吃甜食。昆明金碧路有一家广东人开的甜食店，卖芝麻糊、绿豆沙，广东同学趋之若鹜。"番薯糖水"即用白薯切块熬的汤，这有什么好喝的呢？广东同学曰："好也！"

北方人不是不爱吃甜，只是过去糖难得。我家曾有老保姆，正定乡下人，六十多岁了。她还有个婆婆，八十几了。她有一次要回乡探亲，临行称了二斤白糖，说她的婆婆就爱喝个白糖水。

北京人很保守，过去不知苦瓜为何物，近年有人学会吃了。菜农也有种的了。农贸市场上有很好的苦瓜卖，属于"细菜"，价颇昂。

北京人过去不吃蕹菜，不吃木耳菜，近年也有人爱吃了。

北京人在口味上开放了！

北京人过去就知吃大白菜。由此可见，大白菜主义是可以被打倒的。

北方人初春吃苣荬菜。苣荬菜分甜荬、苦荬，苦荬相当的苦。

有一个贵州的年轻女演员在我们剧团学戏，她的妈妈远迢迢给她寄来一包东西，是"者耳根"，或名"则尔根"，即鱼腥草。她让我尝了几根。这是什么东西？苦倒不要紧，有一股强烈的生鱼腥味，实在招架不了！

剧团有一干部，是写字幕的，有时也管杂务。此人是个吃辣的专家。他每天中午饭不吃菜，吃辣椒下饭。全国各地的、少数民族的，各种辣椒，他都千方百计地弄来吃。剧团到上海演出，他帮助搞伙食，这下好，不会缺辣椒吃。原以为上海辣椒不好买，他下车第二天就找到一家专卖各种辣椒的铺子。上海人有一些是能吃辣的。

我的吃辣是在昆明练出来的，曾跟几个贵州同学在一起用青辣椒在火上烧烧，蘸盐水下酒。平生所吃辣椒亦多矣，什么朝天椒、野山椒，都不在话下。我吃过最辣的辣椒是在越南。1946年，由越南转道往上海，在海防街头吃牛肉粉。牛肉极嫩，汤极鲜，辣椒极辣。一碗汤粉，放三四丝辣椒就辣得不行。这种辣椒的颜色是橘黄色的。在川北，听说有一种辣椒，本身不能吃，用一根线吊在灶上，汤做得了，把辣椒在汤里涮涮，就辣得不得了。云南佤佤族有一种辣椒，叫"涮涮辣"，与川北吊在灶上的辣椒大概不相上下。

四川可说是最能吃辣的省份。川菜的特点是辣而且麻，——搁很多花椒。四川的小面馆的墙壁上黑漆大书三个字：麻辣烫。麻婆豆腐，干煸牛肉丝、棒棒鸡，不放花椒不行。花椒得是川椒，捣碎，菜做好了，最后再放。

周作人说他的家乡整年吃咸极了的咸菜和咸极了的咸鱼。浙东人确是吃得很咸。有个同学，是台州人，到铺子里吃包子，掰开包子就往里倒酱油。口味的咸淡和地域是有关系的。北京人说南甜北咸东辣西酸，大体不错。河北、东北人口重，福建菜多很淡。但这与个人的性格习惯也有关。湖北菜并不咸，但闻一多先生却嫌云南蒙自的菜太淡。

中国人过去对吃盐很讲究，如桃花盐、水晶盐，"吴盐胜雪"，现在则全国都吃再制精盐。只有四川人腌咸菜还用自流井的井盐。

我不知世上还有什么国家的人爱吃臭。

过去上海、南京、汉口都卖油炸臭豆腐干。长沙火宫殿的臭豆腐因为一个大人物年轻时常吃而出了名。这位大人物后来还去吃过，说了一句话："火宫殿的臭豆腐还是好吃。""文化大革命"中火宫殿的影壁上就出现了两行大字：

最高指示：
火宫殿的臭豆腐还是好吃。

我们一个同志到南京出差，他的爱人是南京人，嘱咐他带一点臭豆腐干回来。他千方百计，居然办到了。带在火车上，引起一车厢的人强烈抗议。

除豆腐干外，面筋、百叶（千张）亦可臭。蔬菜里的莴苣、冬瓜、豇豆皆可臭。冬笋的老根咬不动，切下来随手就扔进臭坛子里。——我们那里很多人家都有个臭坛子，一坛子"臭卤"。腌芥菜挤下的汁放几天即成"臭卤"。臭物中最特殊的是臭苋菜秆。苋菜长老了，主茎可粗如拇指,高三四尺。截成二寸许小段,入臭坛。臭熟后,外皮是硬的,里面的芯成果冻状。嘬住一夹,一吸,芯肉即入口中。这是佐粥的无上妙品。我们那里叫做"苋菜秸子",湖南人谓之"苋菜咕",因为吸起来"咕"的一声。

北京人说的臭豆腐指臭豆腐乳。过去是小贩沿街叫卖的:

"臭豆腐,酱豆腐,王致和的臭豆腐。"臭豆腐就贴饼子,熬一锅虾米皮白菜汤,好饭! 现在王致和的臭豆腐用很大的玻璃方瓶装,很不方便,一瓶一百块,得很长时间才能吃完,而且卖得很贵,成了奢侈品。

我在美国吃过最臭的"气死"(干酪),洋人多闻之掩鼻,对我说起来实在没有什么,比臭豆腐差远了。

甚矣,中国人口味之杂也,敢说堪为世界之冠。

注 释

① 本篇原载《中国作家》1990 年第四期;初收《旅食集》,广东旅游出版社,1992 年 4 月。

《知味集》征稿小启[①]

浙中清馋,无过张岱,白下老饕,端让随园。中国是一个很讲究吃的国家,文人很多都爱吃,会吃,吃的很精;不但会吃,而且善于谈吃。中外文化出版公司要编一套作家谈生活艺术的丛书,其中有一本是作家谈饮食文化的,说白了,就是作家谈吃。这是理所当然的事。作家谈吃,时时散见于报刊,但是向无专集,现在把谈吃的文章集中成一本,想当有趣。凡不厌精细的作家,盍兴乎来;八大菜系、四方小吃、生猛海鲜、新摘园蔬,暨酸豆汁、臭千张,皆可一谈。或小市烹鲜,欣逢多年之故友;佛院烧笋,偶得半日之清闲。婉转亲切,意不在吃,而与吃有关者,何妨一记?作家中不乏烹调高手,卷袖入厨,嗟咄立办;颜色饶有画意,滋味别出酸咸;黄州猪肉、宋嫂鱼羹,不能望其项背。凡有独得之秘者,倘能公诸于世,传之久远,是所望也。

道路阻隔,无由面请,谨奉牍以闻,此启。

注　释

① 本篇原载《中国烹饪》1990 年第八期,后作为"代序"收入《知味集》,汪曾祺主编,中外文化出版公司,1990 年。

多年父子成兄弟①

这是我父亲的一句名言。

父亲是个绝顶聪明的人。他是画家,会刻图章,画写意花卉。图章初宗浙派,中年后治汉印。他会摆弄各种乐器,弹琵琶,拉胡琴,笙箫管笛,无一不通。他认为乐器中最难的其实是胡琴,看起来简单,只有两根弦,但是变化很多,两手都要有功夫。他拉的是老派胡琴,弓子硬,松香滴得很厚——现在拉胡琴的松香都只滴了薄薄的一层。他的胡琴音色刚亮。胡琴码子都是他自己刻的,他认为买来的不中使。他养蟋蟀,养金铃子。他养过花。他养的一盆素心兰在我母亲病故那年死了,从此他就不再养花。我母亲死后,他亲手给她做了几箱子冥衣——我们那里有烧冥衣的风俗。按照母亲生前的喜好,选购了各种花素色纸作衣料,单夹皮棉,四时不缺。他做的皮衣能分得出小麦穗羊羔、灰鼠、狐肷。

父亲是个很随和的人,我很少见他发过脾气,对待子女,从无疾言厉色。他爱孩子,喜欢孩子,爱跟孩子玩,带着孩子玩。我的姑妈称他为"孩子头"。春天,不到清明,他领一群孩子到麦田里放风筝。放的是他自己糊的蜈蚣(我们那里叫"百脚"),是用染了色的绢糊的。放风筝的线是胡琴的老弦。老弦结实而轻,这样风筝可笔直的飞上去,没有"肚儿"。用胡琴弦放风筝,我还未见过第二人。清明节前,小麦还没有"起身",是不怕践踏的,而且越踏会越长得旺。孩子们在屋里闷了一冬天,在春天的田野里奔跑跳跃,身心都极其畅快。他用钻石刀把玻璃裁成不同形状的小块,再一块一块逗拢,接缝处用胶水粘牢,做成小桥、小亭子、八角玲珑水晶球。桥、亭、球是中空的,里面养了金铃子。从外面可以看到金铃子在里面自在爬行,振翅鸣叫。他会做各种灯。

用浅绿透明的"鱼鳞纸"扎了一只纺织娘，栩栩如生。用西洋红染了色，上深下浅，通草做花瓣，做了一个重瓣荷花灯，真是美极了。用小西瓜（这是拉秧的小瓜，因其小，不中吃，叫做"打瓜"或"笃瓜"）上开小口挖净瓜瓤，在瓜皮上雕镂出极细的花纹，做成西瓜灯。我们在这些灯里点了蜡烛，穿街过巷，邻居的孩子都跟过来看，非常羡慕。

　　父亲对我的学业是关心的，但不强求。我小时了了，国文成绩一直是全班第一。我的作文，时得佳评，他就拿出去到处给人看。我的数学不好，他也不责怪，只要能及格，就行了。他画画，我小时也喜欢画画，但他从不指点我。他画画时，我在旁边看。其余时间由我自己乱翻画谱，瞎抹。我对写意花卉那时还不太会欣赏，只是画一些鲜艳的大桃子，或者我从来没有见过的瀑布。我小时字写得不错，他倒是给我出过一点主意。在我写过一阵"圭峰碑"和"多宝塔"以后，他建议我写写"张猛龙"。这建议是很好的，到现在我写的字还有"张猛龙"的影响。我初中时爱唱戏，唱青衣，我的嗓子很好，高亮甜润。在家里，他拉胡琴，我唱。我的同学有几个能唱戏的。学校开同乐会，他应我的邀请，到学校去伴奏。几个同学都只是清唱。有一个姓费的同学借到一顶纱帽，一件蓝官衣，扮起来唱《硃砂井》，但是没有配角，没有衙役，没有犯人，只是一个赵廉，摇着马鞭在台上走了两圈，唱了一段"郎坞县在马上心神不定"，便完事下场。父亲那么大的人陪着几个孩子玩了一下午，还挺高兴。我十七岁初恋，暑假里，在家写情书，他在一旁瞎出主意！我十几岁就学会了抽烟喝酒。他喝酒，给我也倒一杯。抽烟，一次抽出两根，他一根，我一根。他还总是先给我点上火。我们的这种关系，他人或以为怪。父亲说："我们是多年父子成兄弟。"

　　我和儿子的关系也是不错的。我戴了"右派分子"的帽子下放张家口农村劳动，他那时还从幼儿园刚毕业，刚刚学会汉语拼音，用汉语拼音给我写了第一封信。我也只好赶紧学会汉语拼音，好给他写回信。"文化大革命"期间，我被打成"黑帮"，关进"牛棚"。偶尔回家，孩子们对我还是很亲热。我的老伴告诫他们"你们要和爸爸'划清界限'"，儿子反问母亲："那你怎么还给他打酒？"只有一件事，两代之间，曾有分歧。他下放山西忻县"插队落户"。按规定,春节可以回京探亲,我们等着他回来。不料他同时带回了一个同学。他的这个同学的父亲是一位正受林彪迫害,搞得人因家破的空军将领。这个同学在北京已经没有家,按照大队的规定是不能回北京的,但是这孩子很想回北京,在一伙同学的秘密帮助下,我的儿子就偷偷地把他带回来了。他连"临时户口"也不能上,是个"黑人",我们留他在家住,等于"窝藏"了他。公安局随时可以来查户口,街道办事处的大妈也可能举报。当时人人自危,自顾不暇,儿子惹了这么一个麻烦,使我们非常为难。我和老伴把他叫到我们的卧室,对他的冒失行为表示很不满。我责备他:"怎么事前也不和我们商量一下!"我的儿子哭了,哭得很委屈,很伤心。我们当时立刻明白了:他是对的,我们是错的。我们这种怕担干系的思想是庸俗的,我们对儿子和同学之间义气缺乏理解,对他的感情不够尊重。他的同学在我们家一直住了四十多天,才离去。

对儿子的几次恋爱,我采取的态度是"闻而不问"。了解,但不干涉。我们相信他自己的选择,他的决定。最后,他悄悄和一个小学时期女同学好上了,结了婚。有了一个女儿,已近七岁。

我的孩子有时叫我"爸",有时叫我"老头子!"连我的孙女也跟着叫。我的亲家母说这孩子"没大没小"。我觉得一个现代的,充满人情味的家庭,首先必须做到"没大没小"。父母叫人敬畏,儿女"笔管条直",最没有意思。

儿女是属于他们自己的。他们的现在,和他们的未来,都应由他们自己来设计。一个想用自己理想的模式塑造自己的孩子的父亲是愚蠢的,而且,可恶!另外,作为一个父亲,应该尽量保持一点童心。

一九九〇年九月一日

注 释

① 本篇原载《福建文学》1991年第一期;初收《汪曾祺小品》,中国人民大学出版社,1992年10月。

读《萧 萧》①

我很喜欢这篇小说，觉得它写得好。但是好在哪里，又说不出。我把这篇小说反反复复看了好多遍，看得我的艺术感觉都发木了，还是说不出好在哪里。大概好的作品都说不出好在哪里。我只能随便说说。想到哪里说到哪里。

萧萧这个名字很美。沈先生喜欢给他的小说的女孩子起叠字的名字：三三、夭夭、翠翠。"萧萧"也许有点寓意，让人想到"无边落木萧萧下"。中国妇女的一生，也就树叶一样，绿了一些时候，随即飘落了。比比皆是，无可奈何。但也许没有什么寓意，只是随便拾取一个名字。不过是很美的。沈先生给这个女孩子起这样一个美丽的名字，说明他对这个女孩子是很喜欢的，很有感情的。

《萧萧》写的是一个童养媳的故事。提起童养媳，总给人一个悲惨的印象。挨公婆的打骂，吃不饱，做很重的活。尤其痛苦的是和丈夫年龄的悬殊。中国民歌涉及妇女生活最多的是寡妇，其次便是童养媳。守着一个小丈夫，白耗了自己的青春。有的民歌里唱道："不是看在公婆的面，一脚踢你下床去。"有的民歌想到等到丈夫成年，自己已经老了。这是一个极不合理的制度。但是《萧萧》的命运并不悲惨，简直是一个有点曲折的小小喜剧。

萧萧做媳妇时年纪十一岁，有个小丈夫，年纪还不到三岁。十五岁时被一个叫花狗的长工引诱，做了一点糊涂事，怀了孕，被家里知道了，要卖到远处去，但没有主顾。次年二月，萧萧生了一个儿子。生下的既是儿子，萧萧不嫁别处了，到萧萧圆房时，儿子已经十岁。儿子名叫牛儿。牛儿十二岁也接了亲，媳妇年长六岁。萧萧生了第二个儿子，她抱了才满三月的小毛毛看热闹，同十年前抱丈夫一个样子。萧萧的生活平平常常。这种生活是被许多人,包括许多作家所忽略的。

　　作为萧萧生活的对比与反衬的,是女学生。小说中屡次提到女学生,这是随时出现,贯彻小说的全篇的。把女学生从小说里拿掉,小说就会显得单薄,甚至就不复存在。女学生牵动所有人物的感情,成为她们生活的重要内容。"女学生这东西,在本乡的确永远是奇闻。""说来事事都稀奇古怪,和庄稼人不同,有的简直还可说岂有此理。""女学生由祖父方面所知道的是这样一种人:'她们穿衣服不管天气冷热,吃东西不问饥饱,晚上交到子时才睡觉,白天正经事全不作,只知唱歌打球,读洋书。她们都会花钱,一年用的钱可以买十六只水牛。她们在省里京里想往什么地方去时,不必走路,只要钻进一个大匣子中,那匣子就可以带她到地。城市中还有各种各样的大小不同匣子,都用机器开动。她们在学校,男女在一处上课读书,人熟了,就随意同那男子睡觉,也不要媒人,也不要财礼,名叫'自由'……"祖父对女学生的认识似是而非,是从一个不知什么人的口中间接又间接地得知的,其中有许多他自己的想象,到了萧萧,就把这点想象更发展了。她"做梦也便常常梦到女学生,且梦到同这些人并排走路。仿佛也坐过那种自己会走路的匣子,她又觉得这匣子并不比自己跑路更快。在梦中那匣子的形体同谷仓差不多,里面还有小小灰色老鼠,眼珠子红红的,各处乱跑,有时钻到门缝里去,把个小尾巴露在外边。"在小说中,女学生意味着什么呢?这说明另一世界,另一阶级的人的生活同祖父、萧萧之间,存在多大的反差。女学生成天高唱的"自由"又离他们有多远。

　　沈先生对女学生的描述是颇为不敬的。这也难怪,脱离农村的现实,脱离经济基础,高喊进步的口号,是没有用的。沈先生在小说中说及这些人时,永远是嘲讽的态度。

　　这是一个偏僻、闭塞的乡下,如沈先生常说的中国的一角隅。偏僻闭塞并没有直接描写,是通过这里的人对城里人的荒唐想象来完成的。这里还停留在男耕女织,自给自足的自然经济状态(种瓜、绩麻、抛梭子织土机布)。这里的人还没有受到商品经济的影响,孔夫子对他们的影响也不大,因此人情古朴,单纯厚道。

萧萧非常单纯。"她是什么事也不知道,就做了人家的新媳妇了。"过门后,尽一个做姐姐的责任,日夜哄着弟弟(小丈夫)。花狗对她说"我全身无处不大",她还不大懂这话的意思,只觉得憨而好笑。花狗对萧萧"生了另外一种心,萧萧有点明白了,常常觉得惶恐不安。""平时不知道萧萧所在,花狗就站在高处唱歌逗萧萧身边的丈夫;丈夫小口一开,花狗穿山越岭就来到萧萧面前了。""花狗想方法支使萧萧丈夫到远处去,便坐到萧萧身边来,要萧萧听他唱那使人开心红脸的歌。萧萧有时觉得害怕,不许丈夫走开;有时又像有了花狗在身边,打发丈夫走去反倒好一点。"对农村少女这点微妙心理,作者写得非常精细,非常准确,也非常有分寸。萧萧的恋爱(假如这可叫做恋爱)实无任何浪漫可言。花狗唱了许多歌,到后却向萧萧唱"娇家门前一重坡……",她心里乱了,她要花狗对天赌咒,赌过了咒,"一切好像有了保障",她就一切尽他了。事后,"才仿佛明白自己作了一点不大好的糊涂事"。她怀了孕,花狗逃走了,萧萧对他并没有什么扯不断的感情,只是丈夫常常提起几个月前被毛毛虫螫手(她做糊涂事那天丈夫被毛毛虫螫了)的旧话,使萧萧心里难过,她因此极恨毛毛虫,见了那小虫就想用脚去踹。这感情有点复杂。但很难说这是什么"情结",很难用弗洛伊德来解释。

小说里一个活跃人物是祖父。祖父是个有趣人物,除了摆龙门阵学古,就是逗萧萧,几次和萧萧作关于女学生的近乎无意义的扯谈,且喊萧萧不喊"小丫头",不喊萧萧,却唤作"女学生"。在不经意中萧萧答应得很好。祖父是个好心肠的人,他很爱萧萧。

萧萧的伯父是个忠厚老实人。萧萧出事后,祖父想出个聪明主意,请萧萧本族人来说话。萧萧只有一个伯父,去请他时还以为是吃酒。到了才知道是这样丢脸的事,弄得这老实忠厚的家长手足无措。伯父临走,萧萧拉着伯父衣角不放,只是幽幽的哭。"伯父摇了一会头,一句话不说。"寥寥几笔,就把一个老实种田人写出来了。

花狗也很难说是个坏人。他"面如其心,生长得不很正气",但"花狗是男子,凡是男子的美德恶德都不缺少",他"个子大,胆子小。个子大容易做错事,胆量小做了错事就想不出办法。"他把萧萧的肚子弄大了,不辞而行,可以说不负责任,但是除了一走了之,他能有什么办法呢?

沈先生的小说的开头大都很精彩。一个比较常用的方法是用一个峭拔的短句作为一段,引出全篇。如:

> 把船停顿到岸边,岸是辰州的河岸。(《柏子》)
>
> 落了春雨,一共有七天,河水涨大了。(《丈夫》)

《萧萧》也用的是这方法:

> 乡下人吹唢呐接媳妇,到了十二月是成天会有的事情。

这个起头是反起。先写被铜锁锁在花轿里的新媳妇照例要在里面荷荷大哭,然后一转,"也有做媳妇不哭的人,萧萧做媳妇就不哭。""她又不害羞,又不怕。她是什么事也不知道,就做了人家的新媳妇了。"这样才能衬托出萧萧什么事也不知道。这以后,就是很"顺"的叙述,即基本上是按事情的先后顺序叙述的。这里没有什么"时空交错"。为什么叙述一定要交错呢?时空交错和这种古朴的生活是不相容的。

沈先生是长于写景的,但是这篇小说属于写景的只有一处:

> 夏夜光景说来如做梦。大家饭后坐到院中心歇凉,挥摇蒲扇,看天上的星同屋角的萤,听南瓜棚上纺织娘子咯咯咯拖长声音纺纱,远近声音繁密如落雨,禾花风翛翛吹到脸上……

恬静的,无忧无虑的夏夜。这是萧萧所生活的环境,并且也才适于引出祖父关于女学生的话来。小说对话很少,不多的对话有两段,都是在祖父和萧萧之间进行的。说这是"近乎无意义的扯谈",是说这些对话无深意,完全没有什么思想,更无所谓哲理,但对表现祖父的风趣慈祥和萧萧的浑朴天真,是很有必要的。并且这烘托出小说的亲切气氛。

小说穿插了三首湘西四句头山歌。这三首山歌在沈先生别的小说里也出现过,但是用在这里很熨贴。

这篇小说的语言是非常、非常朴素的。所有的叙述语言都和环境、人物相协调,尽量不用城里人的语言。比如对萧萧,不用"天真"、"浑浑噩噩"这类的字眼,只是说:"萧萧十五岁时已高如成人,心却还是一颗糊糊涂涂的心。"语言中处处不乏发自爱心的温暖的幽默(照先生的习惯,是"谐趣")。

新媳妇"像做梦一样,将同一个陌生男子汉在一个床上睡觉,做着承宗接祖的事情。这些事想起来,当然有些害怕,所以照例觉得要哭哭,于是就哭了。"

萧萧嫁过了门,……"风里雨里过日子,像一株在园角落不为人注意的蓖麻,大叶大枝,日增茂盛,这小女人简直是全不为丈夫设想那么似的,一天比一天长大起来了。"

"丈夫早断了奶。婆婆有了新儿子,这五岁儿子就像归萧萧独有了。不论做什么,走到什么地方去,丈夫总跟在身边。丈夫有些方面很怕她,当她如母亲,不敢多事。他们俩实在感情不坏。"

家中明白"这个十年后预备给小丈夫生儿子继香火的萧萧肚子已被另一个人抢先下了种。这在一家人生活中真是了不得的一件大事!一家人的平静生活为这件新事全弄乱了。生气的生气,流泪的流泪,骂人的骂人,各按本分乱下去"。这个"各按本分"真是绝妙!

"丈夫知道了萧萧肚子中有儿子的事情,又知道因为这样萧萧才应当嫁到远处去。但是丈夫并不愿意萧萧去。萧萧自己也不愿意去。大家全莫名其妙,只是照规矩像逼到要这样做,不得不做。"

小说的结尾急转直下,完全是一个喜剧:

> 萧萧次年二月间,十月满足,坐草生了一个儿子,团头大眼,声响洪壮。大家把母子二人,照料得好好的,照规矩吃蒸鸡同江米酒补血,烧纸谢神,一家人都喜欢那儿子。

> 生下的既是儿子,萧萧不嫁别处了。

> 到萧萧正式同丈夫拜堂圆房时,儿子已经年纪十岁,有了半劳动力,能看牛割草,成为家中生产者一员了。平时喊萧萧丈夫做大叔,大叔也答应,从不生气。

> 这儿子名叫牛儿。牛儿十二岁时也接了亲,媳妇年长六岁。

媳妇年纪大,方能诸事作帮手,对家中有帮助。唢呐到门前时,新娘在轿中呜呜的哭着,忙坏了那个祖父,曾祖父。

但是,在喜剧的后面,在谐趣的微笑的后面,你有没觉察到沈从文先生隐藏着的悲哀?

一九九〇年九月二十四日

注　释

① 本篇原载《小说家》1991 年第一期;初收《汪曾祺全集》第五卷,北京师范大学出版社,1998 年版。

人之相知之难也①

——为《撕碎,撕碎,撕碎了是拼接》而写

文如其人也好,人如其文也好,文和人是有关系的,布封说过一句名言:风格即人。我们可以进一步说:作品的形式是作者人格的外化。"颂其诗,读其书,不知其人,可乎?"读者是希望较多地知道作者其人,以便更多地增加对作品的理解的。

大部分作家是希望被人理解的。"人不知,而不愠,不亦君子乎?"这是不很容易达到的境界。人不知,不愠;为人所知呢? 是很快慰的事。"莫愁前路无知己,天下谁人不识君",这样的旅行是愉快的旅行。"人生得一知己足矣",一人已足,多了更好。

在读者和作家之间搭起一道桥梁,这大概是《撕碎,撕碎,撕碎了是拼接》这本书编者最初的用意。这是善良的用意。但是这道桥是不很好搭的。

书分三部分:作家自白,作家谈作家,评论家谈作家,内容我想也只能是这些了。然而,难。

作家自白按说是会写得比较真切的。"我与我周旋久,宁作我",一个人和自己混了一辈子,总应该能说出个么二三。然而,人贵有自知之明,亦难得有自知之明。自画像能像梵高一样画出那样深邃的内在的东西的,不多。有个女同志,别人说她的女儿走路很像她,她注意看看女儿走路的样子,说:我走路就是那样难看呀! 人总难免照照镜子。我怕头发支楞着,在洗脸梳发之后有时也要照一照。然而,看一眼,只见一个脑袋,加上我家的镜子是一面老镜子,昏昏暗暗,我不知道我究竟是什么样子。一般人家很少会有芭蕾舞练功厅里能照出全身的那样大的镜子。直到有一次,北京电视大学录了我讲课的像,我看了录像,才知道我是这样的。那样长时间的被"曝光",我实在有点坐不住:我原来已经老成这样了,而且,很俗气。我曾经被加上了各种各样的称谓。"前卫"(这是台湾说法,相当于新潮)、"乡土"、"寻根"、"京味",都和我有点什么关系。我是个什么作家,连我自己也糊涂了。有人说过我受了老庄的、禅宗的影响,我说我受了儒家思想的影响更大一些,曾自称是一个"中国式的抒情的人道主义者"。说这个话的时候似乎很有点底气,而且有点挑战的味道。但是近二年我对自己手制的帽子有点恍惚,照北京人的话说是"二乎"了:我是受过儒家思想的影响么?我是一个中国式的抒情的人道主义者么?

作家写作家比新闻记者写作家要好一些。记者写专访,大都只是晤谈一两个小时,求其详尽而准确,是强人所难的事。作家写作家,所写的是作家的朋友,至少是熟人。但是即使熟到每天看见,有时也未必准确,有一老爷,见一仆人走过,叫住他,问:"你是谁?什么时候到我这里来的?"——"小的侍候老爷已经好几年了。"——"那我怎么没有见过你?"原来此人是一轿夫,老爷逐日所见者唯其背耳。作家写作家,大概还不至于写了被写人的背,但是恐怕也难于全面。中国文学不大重视人物肖像,这跟中国画里的肖像画不发达大概有些关系。《世说新语》品藻人物大都重其神韵,忽其形骸,往往用比喻:水、山、松、石,空灵则空灵矣,但是不好捉摸。"叔度汪汪",我始终想象不出是什么样子。作家写作家,能够做到像任伯年画桂馥一样的形神兼备者几希。周作人的《怀废名》写得淡远而亲切,但是他说废名之貌奇古,其额如螳螂,我就想象不出是什么样子。我后来在沙滩北大的路上不止一次看见过废名,注意过他的额头,实在不觉得有什么地方像螳螂。而且也并不很奇古。要说"奇古",倒是俞平伯有一点。画兽难画狗,画人难画手,习见故耳,作家写作家,也许正因为熟,反而觉得有点难于下笔。下笔了,也不能细致。中国作家还没有细心地观察朋友,描写朋友的习惯,没有那样的耐心,也没有那样的时间。中国作家写作家能够像高尔基写托尔斯泰、写柯罗连科、写契诃夫那样的,可以说没有一个人。作家写作家,参考系数究竟有多大,颇可存疑。读者也只好听一半,不听一半。

评论家写作家可能是会比较客观的，往往也说得很中肯，但也不能做到句句都中肯。昔有人制一谜语：上面上面，下面下面，左边左边，右边右边，不是不是，是了是了！谜底是搔痒。郑板桥曾写过一副对子："搔痒不着赞何益，入木三分骂亦精"。评论家是会搔到作家的痒处的，但是不容易一下子就搔到。总要说了好多句，其中有一两句"说着"了。我有时看评论家写我的文章，很佩服：我原来是这样的，哪些哪些地方连我自己也没有想到过；但随即也会疑惑：我是这样的么？评论家的主体意识也是很强的。法朗士在《文学生活》第一卷的序言里说过："为了真诚坦白，批评家应该说：'先生们，关于莎士比亚，关于拉辛，我所讲的就是我自己。'"评论家写作家，有时像上海人所说的，是"自说自话"，拿作家来"说事"，表现的其实是评论家自己。有人告诉林斤澜：汪曾祺写了一篇关于你的文章，斤澜说："他是说我么？他是说他自己吧。"评论家写作家，我们反过来倒会看到评论家自己，这是很有趣的。于是从评论家的文章中能看到的作家的影子就不很多了。通过评论，理解作家，是有限的。

甚矣人之相知之难也。

我相信，读者读了这本书是不会满足的。但也许由于不满足，激起了他们希望更多的了解作家的愿望。这是这本书的最终的和最好的效果。

一九九〇十月十日

注　释

① 本篇原载《读书》1991 年第二期，是作者为《中国当代作家面面观：撕碎，撕碎，撕碎了是拼接》（林建法、王景涛编，时代文艺出版社，1991 年 5 月版）所作书序；初收《汪曾祺全集》第五卷，北京师范大学出版社，1998 年 8 月。

老学闲抄[①]

二十年前旧板桥

郑板桥的字画上常常可以看到一方图章，文曰"二十年前旧板桥"。初不知出处，以为是板桥自撰。而且觉得这里面有些牢骚。间亦怀疑：为什么是"二十年前"呢？这从什么时候算起？是从他中了进士以后？当了县太爷以后？还是他的书画出了大名以后？也不能老是"二十年前"呀？三四十岁时说是"二十年前"，六七十岁时还是"二十年前"？近读《升庵诗话》，才知道这是刘禹锡的诗，不是板桥自撰。《升庵诗话》载："《丽情集》载湖州妓周德华者，刘采春女也，唱刘禹锡柳枝词云：'春江一曲柳千条，二十年前旧板桥。曾与美人桥上别，恨无消息到今朝。'"《升庵诗话》称"此诗甚佳，而刘集不载"。郑板桥是从哪里读到这首诗的？是从《丽情集》中，还是他看的是杨升庵所转录？郑板桥大概是因为诗中有"板桥"二字，正合他的别号，很喜欢，便取来刻了一方图章，别无深意。他是否还曾与一位美人桥上相别，以此来纪念她？未必。牢骚是可能有一点的。文人画家总有一段不得意的时候，一旦成名，便会有这样的感慨：我还是从前的我，只是你们先前不长眼睛罢了！"二十年前"只是说从前，非确指。郑板桥的牢骚并不太甚。扬州八怪的遭际其实都是比较顺的，不像汪容甫（中）那样孤露寒苦，俯仰由人。

冯乐山的寿联

曹禺的剧本《家》,有一场写高老太爷祝寿。这一天冯乐山送来一副寿联:

> 翁之乐者山林也
>
> 客亦知夫水月乎

这副寿联真是精彩!用了两个前人的全句。上联出自《醉翁亭记》,下联出自《赤壁赋》。自然浑成,天衣无缝。用作寿联,既扣了寿翁,也扣了寿辰,不即不离,亦虚亦实,真是别开生面,善颂善祷!我当时(四十多年前我演过这个戏)佩服得不得了。近读韦居安《梅磵诗话》,发现这原是方秋崖《送客水月园》诗中的两句,不是什么创作。但把这两句诗移作寿联,则很可能是曹禺的创作。

我想曹禺同志是读过《梅磵诗话》的,知道诗的出处的,但是在剧本中未予点破。我想还是以点破为好,否则就便宜了冯乐山这老小子,让人觉得冯乐山虽然人品恶劣,才情学问还是有的。点破了,让人知道这老东西不但是假道学,伪君子,而且善于欺世盗名,抄了别人的东西,还要在大庭广众之中自鸣得意,真是厚颜无耻。有这一笔,可以对冯乐山的性格刻画得更加入木三分。总不能由着这老家伙把大家伙儿全都蒙了过去!

怎样点破,当面揭了他的老底?那样就会使冯乐山下不来台?这会成为这场戏的轩然大波,恐怕这场戏就要大大改写。为求息事宁人,戏也不至伤筋动骨,似以侧面点破为好。由谁来点破?小字辈里总可找一个合适的人的。

质之曹禺同志,不知以为然否?

打　油　诗

打油诗的代表作是张打油(传为唐人)的《雪诗》:

江上一笼统，井上黑窟窿，

黄狗身上白，白狗身上肿。

一般都以为诗写得俚俗可笑者为"打油诗"，承认这也是一体，但是不能登大雅之堂。但是，清人的诗话中就有称赞此诗"奇绝"的。我也以为这实在是奇绝，尤其是"井上黑窟窿"。大雪之后，郊原一望，很多人都有这印象，但是没有人写过。

《升庵诗话》"劣唐诗"条引了好些唐人的劣诗。有的确实是恶劣。如"莫将闲话当闲话，往往事从闲话生"，真不像是诗。但他举出"水牛浮鼻渡，沙鸟点头行"，以为"此类皆下净优人口中语"，我却未敢苟同。我以为这写得很生动。水牛浮鼻而渡，为水乡常见之景，非生长水乡的人道不出。徐悲鸿、李可染都曾画过浮鼻的水牛，唯沙鸟始能一步一点头，黄永玉画沙洲雪后，有此意境。若水鸟凫雁，是不会有这样的神态的。体物之工，人所不及。

我建议编一本古今打油诗选，选得严一点，要生动有情致，不要专重滑稽。

注　释

①　本篇原载 1990 年 10 月 25 日《文学报》。

老 学 闲 抄 ①

皇 帝 的 诗

我的家乡高邮是个泽国,经常闹水灾。境内有高邮湖,往来旅客,多于湖边泊船,其中不乏骚人墨客,写了一些诗。高邮县政协盂城诗社寄给我一册《珠湖吟集》,是历代写高邮湖的。我翻看了一遍,不外是写湖上风景、水产鱼虾,写旅兴或旅愁,很少涉及人民生活的,大都无甚深意,没有什么分量。看多了有喝了一肚子白开水之感。奇怪的是,写得很有分量的,倒是两位清朝皇帝的诗。一首是康熙的,一首是乾隆的,录如下:

康熙　高邮湖见居民田庐多在水中因询其故恻然念之

淮扬罹水灾,流波常浩浩。

龙舰偶经过,一望类洲岛。

田亩尽沉沦,舍庐半倾倒。

茕茕赤子民,凄凄卧深潦。

对之心惕然,无策施襁褓。

夹岸罗黔首,踢陈进耆老。

咨诹不厌烦,利弊细探讨。

饥寒或有由,良惭奉苍颢。

古人念一夫,何况睹枯槁。

凛凛夜不寐,忧勤悬如捣。

亟图浚治功,极济须及早。

今当复故业,咸令乐怀保。

乾隆　高邮湖

> 淮南古泽国,高邮更巨浸。
> 诸湖率汇兹,万顷波容任。
> 洒火含阴精,孕珠符祥谶。
> 堤岸高于屋,居民疑地窨。
> 嗟我水乡民,生计惟罟罧。
> 菱芡佐餐飧,舴艋待用赁。
> 其乐实未见,其艰亦已甚。

乾隆这首诗写得真切沉痛,和刻在许多名胜古迹的御碑上的满篇锦绣珠玑的七言律诗或绝句很不相同。"其乐实未见,其艰亦已甚",慨乎言之,不啻是在载酒的诗翁的悠然的脑袋上敲了一棒。比较起来,康熙的一首写得更好一些,无雕饰,无典故,明白如话。难得的是民生的疾苦使一位皇帝内心感到惭愧。"凛凛夜不寐,忧勤悬如捣"虽然用的是成句,但感情是真挚的。这种感情不是装出来的,他没有必要装,装也装不出来。

康熙和乾隆都是有作为的皇帝。他们的几次南巡,背景和目的是什么,我没有考察过,但决不只是游山玩水,领略南方的繁华佳丽(不完全排除这因素)。我想体察民风,俾知朝政之得失,是其缘由之一。他们真是做到了"深入群众"了,尤其是康熙。他们的关心民瘼,最终的目的,当然还是为了维持和巩固其统治。这也没有什么不好。他们知道,脱离人民,其统治是不牢固的。他们不只是坐在宫里看报告(奏摺),要亲自下来走一走。关心民瘼,不止在嘴上说说,要动真感情。因此,我们在两三百年之后读这样的诗,还是很感动。

我希望我们的领导人也能读一点这样的诗。

诗 用 生 字

《对床夜语》(宋范晞文撰)卷五:

诗用生字,自是一病,苟欲用之,要使一句之意,尽于此字上见工,方为稳帖。如唐人"走月逆行云"、"芙蓉抱香死"、"笠卸晚峰阴"、"秋雨慢琴弦"、"松凉夏健人","逆"字、"抱"字、"卸"字、"慢"字、"健"字,皆生字也,自下得不觉。

此言是也。

前几年有几位很有才华的年轻的作家很注意在语言上下功夫,炼字炼句,刻意求工,往往用一些怪字,使人有生硬之感。有人说,这是炼得太过了。我原先也是这样想。最近想想,觉得不是炼得太过,而是炼得还不够。如果再炼炼,就会由生入熟,本来是生字,读起来却像是熟字,"自下得不觉"。

炼字可以临时炼,对着稿纸,反复捉摸,要找一个恰当而不俗的字。但更重要的是平时的"发现"。阿城的小说里写:老鹰在天上移来移去,这写得好。鹰在高空,全不见翅膀动,只是"移来移去"。这个感觉抓得很准。"炼"字,无非是抓到了一种感觉。一个作家所异于常人者,也无非是对"现象"更敏感些。阿城的"移来移去"的印象,我想是早就有了,不是对着稿纸苦思出来的。

最好还是用常见的字,使之有新意。姜白石说:"人所难言,我易言之,人所常言,我寡言之,自不俗"。我之所言,也还是人之所言,不是凭空杜撰出来的。"数峰清苦,商略黄昏雨",此境人不易到,然而"清苦"、"商略",固是平常的话也。阿城的"移来移去","移"字也是平常的字。

毛泽东用乡音押韵

毛主席的诗词大体上押的是"平水韵"②,《西江月·井冈山》是个例外。

     山下旌旗在望,
     山头鼓角相闻。

敌军围困万千重，

我自岿然不动。

早已森严壁垒，

更加众志成城。

黄洋界上炮声隆，

报道敌军宵遁。

　　这首词押的不是"平水韵"。当然也不是押的北方通俗韵文所用的"十三辙"。如果用听惯"十三辙"的耳朵来听，就会觉得不很协韵，"闻"、"重"、"动"、"城"、"隆"、"遁"，怎么能算是一道韵呢？这不是"中东"、"人辰"相混么？稍一捉摸，哦，这首词是照湖南话押的韵。照湖南话，"重"音 Chen。"动"音 den，"城"音 Chen，"隆"音 Len，"遁"音 den，其韵尾都是 en，正是一道韵。用湖南话读起来会觉得非常和谐。在战争环境里，无韵书可查，毛主席用湖南话押韵大概是不知不觉的。

　　毛西河说："词本无韵"。不是说词可以不押韵，而是说既没有官颁的韵书可遵循，也不像写北曲似的要以具有权威性的"中原音韵"为依据，可以比较自由。好像没有听说过谁编过一本"词韵"。张玉田谓："词以协律，当以口舌相调"，即只能靠读或唱起来的感觉来决定。既然如此，填词的人在笔下流出自己的乡音，便是很自然的事。

　　中国语音复杂，不可能定出一本全国通行，能够适合南北各地的戏曲、曲艺的"官韵"。北方戏、曲种大部分依照"十三辙"。但即是"十三辙"也很麻烦，山西话把"人辰"都读成了"中东"。京剧这两道辙也常相混，京剧演员，尤其是老生，认为"中东唱人辰，怎么唱也不丢人"。看来只有"以口舌相调"，凭感觉。现在写戏曲、曲艺，写新诗（如果押韵）乃至填词，只能用鲁迅主张的办法：押大致相同的韵。写"近体诗"的如果愿意恪守"平水韵"，自然也随便。

一九九○年十月二十五日

注　释

① 本篇原载《鸭绿江》1991 年第二期;初收《汪曾祺小品》,中国人民大学出版社,1992 年 10 月。

② "平水韵"原为金代官韵书,供科举考试之用,因为在平水刊行,故名。明清以来作"近体诗"者多以"平水韵"为依据,沿用至今。

米线和饵块①

未到昆明之前，我没有吃过米线和饵块。离开昆明以后，也几乎没有再吃过米线和饵块。我在昆明住过将近七年，吃过的米线饵块可谓多矣。大概每个星期都得吃个两三回。

米线是米粉像压饸饹似的压出来的那么一种东西，粗细也如张家口一带的莜面饸饹。口感可完全不同。米线洁白，光滑，柔软。有个女同学身材细长，皮肤很白，有个外号，就叫米线。这东西从作坊里出来的时候就是熟的，只需放入配料，加一点水，稍煮，即可食用。昆明的米线店都是用带把的小铜锅，一锅只能煮一两碗，多则三碗，谓之"小锅米线"。昆明人认为小锅煮的米线才好吃。米线配料有多种，除了氽肉之外，都是预先熟制好了的。昆明米线店很多，几乎每条街都有。文林街就有两家。

一家在西边，近大西门，坐南朝北。这家卖的米线花样多，有焖鸡米线、氽肉米线、鳝鱼米线、叶子米线。焖鸡其实不是鸡，是瘦肉，煸炒之后，加酱油香料煮熟。氽肉即鲜肉末。米线煮开，拨入肉末，见两开，即得。昆明人不知道为什么把这种做法叫做氽肉，这是个多么复杂难写的字！云南因有二爨（《爨宝子》、《爨龙颜》）碑，很多人能认识这个字，外省人多不识。云南人把荤菜分为两类，大块炖猪肉以及鸡鸭牛羊肉，谓之"大荤"，炒蔬菜而加一点肉丝或肉末，谓之"爨荤"。"爨荤"者零碎肉也。氽肉米线的名称也许是这样引申出来的。鳝鱼米线的鳝鱼是鳝鱼切段，加大蒜焖酥了的。"叶子"即炸猪皮。这东西有的地方叫"响皮"，很多地方叫"假鱼肚"，叫做"叶子"，似只有云南一省。

街东的一家坐北朝南，对面是西南联大教授宿舍，沈从文先生就住在楼上临街的一间里面。这家房屋桌凳比较干净，米线的味道也较清淡,只有焖鸡和爨肉两种,不过备有鸡蛋和西红柿,可以加在米线里。巴金同志在纪念沈先生文中说沈先生经常以两碗米线,加鸡蛋西红柿,就算是一顿饭了,指的就是这一家。沈先生通常吃的是爨肉米线。这家还卖鸡头脚(卤煮)和油炸花生米,小饮极便。

苂忠寺坡有一家卖爬肉米线。白汤。大块臀尖肥瘦肉煮得极爬,放大瓷盘中。米线烫热浇汤后,用包馄饨用的竹片扒下约半两爬肉,堆在米线上面。汤肥,味厚。全城卖爬肉米线者只此一家。

青云街有一家卖羊血米线。大锅两口,一锅开水,一锅煮着生的羊血。羊血并不凝结,只是像一锅嫩豆腐。米线放在漏勺里在开水锅中冒得滚烫,扛羊血一大勺盖在米线上,浇芝麻酱,撒上香菜蒜泥,吃辣的可以自己加。有的同学不敢问津,或望望然而去之,因为羊血好像不熟,我则以为是难得的异味。

正义路有一个奎光阁,门面颇大,有楼,卖凉米线。米线,加好酱油、酸甜醋(昆明的醋有两种,酸醋和甜醋,加醋时店伙都要问:"吃酸醋嘛甜醋?"通常都答曰:"酸甜醋",即两样都要)、五辛生菜、辣椒。夏天吃凉米线,大汗淋漓,然而浑身爽快。奎光阁在我还在昆明时就关张了。

护国路附近有一条老街,有一家专卖干烧米线,门面甚小,座位靠墙,好像摆在一个半截胡同里,没几张小桌子。干烧米线放大量猪油,酱油,一点儿汤,加大量的辣椒面和川花椒末,烧得之后,无汁水,是盛在盘子里吃的。颜色深红,辣椒和花椒的香气冲鼻子。吃了这种米线得喝大量的茶,——最好是沱茶,因为味道极其强烈浓厚,"叫水";而且麻辣味在舌上久留不去,不用茶水涮一涮,得一直张嘴哈气。

最为名贵的自然是过桥米线。过桥米线和汽锅鸡堪称昆明吃食的代表作。过桥米线以正义路牌楼西侧一家最负盛名。这家也卖别的饭菜,但是顾客多是冲过桥米线来的。入门坐定,叫过菜,堂倌即在每人面前放一盘生菜(主要是豌豆苗);一盘(九寸盘)生鸡片、腰片、鱼片、猪里肌片、宣威火腿片,平铺盘底,片大,而薄几如纸;一碗白胚米线。随即端来一大碗汤。汤看来似无热气,而汤温高于摄氏 100 度,因为上面封了厚厚的一层鸡油。我们初到昆明,就听到不止一个人的警告:这汤万万不能单喝。说有一个下江人司机,汤一上来,端起来就喝,竟烫死了。把生片推入汤中,即刻就都熟了;然后把米线、生菜拨入汤碗,就可以吃起来。鸡片腰片鱼片肉片都极嫩,汤极鲜,真是食品中的尤物。过桥米线有个传说,说是有一秀才,在村外小河对岸书斋中苦读,秀才娘子每天给他送米线充饥,为保持鲜嫩烫热,遂想出此法。娘子送吃的,要过一道桥。秀才问:"这是什么米线?"娘子说:"过桥米线!""过桥米线"的名称就是这样来的。此恐是出于附会。"过桥"之名我于南宋人笔记中即曾见过,书名偶忘。

饵块有两种。

一种是汤饵块和炒饵块。饵块乃以米粉压成大坨,于大甑内蒸熟,长方形,一坨有七八寸长,五寸来宽,厚约寸许,四角浑圆,如一小枕头。将饵块横切成薄片,再加几刀,切如骨牌大,入汤煮,即汤饵块;亦可加肉片青菜炒,即炒饵块。我们通常吃汤饵块,吃炒饵块时少。炒饵块常在小饭馆里卖,汤饵块则在较大的米线店里与米线同卖。饵块亦可以切成细条,名曰饵丝。米线柔滑,不耐咀嚼,连汤入口,便顺流而下,一直通过喉咙入肚。饵块饵丝较有咬劲。不很饿,吃米线;倘要充腹耐饥,吃饵块或饵丝。汤饵块饵丝,配料与米线同。青莲街逼死坡下,有一家本来是卖甜品的,忽然别出心裁,添卖牛奶饵丝和甜酒饵丝,生意颇好。或曰:饵丝怎么可以吃甜的? 然而,饵丝为什么不能吃甜的呢? 既然可以有甜酒小汤圆,当然也可以有甜酒饵丝。昆明甜酒味浓,甜酒饵丝香,醇,甜,糯。据本省人说:饵块以腾冲的最好。腾冲炒饵块别名"大救驾"。传南明永历帝朱由榔,败走滇西,至腾冲,饥不得食,土人进炒饵块一器,朱由榔吞食馨尽,说:"这可真是救了驾了!"遂有此名。腾冲的炒饵块我吃过,只觉得切得极薄,配料讲究,吃起来与昆明的炒饵块也无多大区别。据云腾冲的饵块乃专用某地出的上等大米舂粉制成,粉质精细,为他处所不及。只有本省人能品尝各地的米质精粗,外省人吃不出所以然。

烧饵块的饵块是米粉制的饼状物,"昆明有三怪,粑粑叫饵块……"指的就是这东西。饵块是椭圆形的,形如北方的牛舌头饼而大,比常人的手掌略长一些,边缘稍厚。烧饵块多在晚上卖。远远听见一声吆唤:"烧饵块……"声音高亢,有点凄凉。走近了,就看到一个火盆,置于支脚的架子上,盆中炽着木炭,上面是一个横搭于盆口的铁篦子,饵块平放在篦子上,卖烧饵的用一柄柿油纸扇煽着木炭,炭火更旺了,通红的。昆明人不用葵扇,煽火多用状如葵扇的柿油纸扇。铁篦子前面是几个搪瓷把缸,内装不同的酱,平列在一片木板上。不大一会,饵块烧得透了,内层绵软,表面微起薄壳,即用竹片从搪瓷缸中刮出芝麻酱、花生酱、甜面酱、泼了油的辣椒面,依次涂在饵块的一面,对折起来,状如老式木梳,交给顾客。两手捏着,边吃边走,咸、甜、香、辣,并入饥肠。四十余年,不忘此味。我也忘不了那一声凄凉而悠远的吆唤:"烧饵块……"

　　一九八七年,我重回了一趟昆明。昆明变化很大。就拿米线饵块来说,也有了很大的变化。我住在圆通街,出门到青云街、文林街、凤翥街、华山西路、正义路各处走了走。我没有见到焖鸡米线、爨肉米线、鳝鱼米线、叶子米线。问之本地老人,说这些都没有了。代之而起的是到处都卖肠旺米线。"肠"是猪肠子,"旺"是猪血,西南几省都把猪血叫做"血旺"或"旺子"。肠旺米线四十多年前昆明是没有的,这大概是贵州传过来的。什么时候传来的? 为什么肠旺米线能把焖鸡爨肉……都打倒,变成肠旺米线的一统天下呢? 是焖鸡、爨肉没人爱吃? 费工? 不赚钱? 好像也都不是。我实在百思不得其解。

　　我没有去吃过桥米线,因为本地人告诉我,现在的过桥米线大大不如从前了。没有那样的鸡片、腰片,——没有那样的刀工。没有那样的汤。那样的汤得用肥母鸡才煨得出,现在没有那样的肥母鸡。

　　烧饵块的饵块倒还有,但是不是椭圆的,变成了圆的。也不像从前那样厚实,镜子样的薄薄一个圆片,大概是机制的。现在还抹那么多种酱么? 还用栎炭火来烧么?

　　这些变化是怎么发生的? 为什么会发生?

一九九〇年十一月二十四日

注　释

① 本篇原载《汪曾祺全集》第五卷,北京师范大学出版社,1998 年 8 月。

《蒲桥集》再版后记①

《蒲桥集》能够再版,是我没有想到的。去年房树民同志跟我提过一下,说这本书打算再版,我当时没有太往心里去,因为我觉得这是不可能的。不料现在竟成了真事,我很高兴,比初版时还要高兴。这说明有人愿意看我的书。有人是不愿意有较多的人看他的书的,他的书只写给少数有高度艺术修养的人看。日本有一位女作家到中国来,作协接待她的同志拿了她的书的译本送给她,对她说:"很抱歉,这本书只印了两千册。"不料她大为生气,说:"我的书怎么可能印得这样多!"她的书在国内,最多的只印七百本。中国古代有一个文人,刻了集子,只印了两本。我没有那样的孤高。当然,我也不希望我的书成为"畅销书"。

读者不会是对我一个人的散文特别感兴趣,我想这是对散文的兴趣普遍地有所提高。这大概有很深刻、很复杂的社会原因和文学原因。生活的不安定是一个原因。喧嚣扰攘的生活使大家的心情变得很浮躁、很疲劳,活得很累,他们需要休息,"民亦劳止,汔可小休",需要安慰,需要一点清凉,一点宁静,或者像我以前说过的那样,需要"滋润"。人常会碰到不如意的事。有不如意事,便想寻找可与言人。他需要找人说说话,聊聊天。听人说说,自己也说说。我始终认为读者读文章,是参与其中的。他一边读着,一边自己也就随时有自己的意见,自己的看法。阅读,是读者和作者在交谈。当然,散文的作者最好不是"语言无味,面目可憎"的角色。也许这说明读者对人,对生活,对风景,对习俗节令,对饮食,乃至对草木虫鱼的兴趣提高了,对语言,对文体的兴趣提高了,总之是文化素养提高了。果真是这样,那么这才是真正值得高兴的事。

上个月,有一个很年轻的从上海来的女编辑来访问我。她说我是文人文学或学者文学的一个代表。这大概是上海文艺界一部分同志的看法。在北京,我还没有听到有人这样说过。过去我只知道有"学者小说"、"学者散文",还没有听说过笼统的"学者文学"。"学者小说"是小说中的一支,作者大都是大学教授,故亦称教授文学。这类小说的特点是在小说中谈学问,生活气息较少,不用方言俗语,语言讲究而往往深奥难懂。海明威、福克纳、斯坦因贝克等人的小说是不能叫做"学者小说"的。亨利·詹姆士的小说大概可以算是"学者小说"。那是我读过的最难读的小说。我的小说大概不是"学者小说"。"学者散文"的名声比"学者小说"要好一些。英国的许多 Essay 都是"学者散文"。法布尔的《昆虫记》可以说是"学者散文",因为谈的是自然科学而文笔极好。中国的许多笔记,是"学者散文",鲁迅的《二十四孝图说》是学者散文,周作人的大部分散文都是"学者散文"。朱自清的《论雅俗共赏》等一系列论学之作,都可作很好的散文来读。"学者散文"在中国本来是有悠久传统的,大概在40年代的后期中断了。唐弢同志在十多年前就说过中国现在没有"学者散文",认为是一缺陷,这是具有历史眼光的见识。我愿于此少留意焉,然而未能至也。我没有学问。近年来我痛感读书太少,不系统,没有精思熟读,只是杂览而已,又不做札记,看过便忘。有时为了找一点材料,翻箱倒柜,好不容易找到了,有用的不过是两句,真是"所得不偿劳"。有时想用一个成语,一个典故,大体的意思是知道的,但是这出于何书,这句话最初是谁说的,就模糊了,正如宋朝人所说:"用即不错,问却不会。"——连这句话是谁说的,我也记不清了,大概是洪迈。我倒乐于接受"学者散文作家"这样一个桂冠的,可惜来不及了。我已经七十岁,还能读多少书?

我在这本书的自序里强调了散文接受民族传统,这是不错的。但我对新潮或现代派说了一些不免轻薄的话。我说:"新潮派的诗、小说、戏剧，我们大体知道是什么样子，新潮派的散文是什么样子呢，想象不出。新潮派的诗人、戏剧家、小说家，到了他们写散文的时候，就不大看得出怎么新潮了，和不是新潮的人写的散文也差不多。这对于新潮派作家，是无可奈何的事。"最近我看了两位青年作家的散文，很凑巧，两位都是女的。她们的散文，一个是用意识流的方法写的，一个受了日本新感觉派的影响，都是新潮，而且都写得不错。这真是活报应。本来，诗、小说、戏剧都可以新潮，惟有散文不能，这在逻辑上是讲不通的。这反映出我的文艺思想还是相当的狭窄，具有一定的排他性。我想和我一样狭窄的人，甚至比我还狭窄的人还有。在文艺创作上，大家都是平等的，谁也不要以权威自命。不要对自己看不惯，不对自己口味的作品随便抓起朱笔，来一道"红勒帛"，"秀才辣，试官刷"。至于有的把一切现代派，新潮的作品，无论是诗、小说、戏剧一概视为异端，必欲除之而后快的大人物，则宜另当别论。

　　校阅了一遍初版本，发现错字极少，这在目前的出版物中是难得的。于此，我要对这本书的责任编辑潘静同志，责任校对马云燕、华沙同志深致谢意。

一九九〇年十二月三日

注　释

① 　本篇原载《随笔》1991 年第二期；初收《蒲桥集》，作家出版社，1991 年版。

城隍·土地·灶王爷^①

城隍，《辞海》"城隍"条云："护城河"，引班固《两都赋序》："京师修宫室，浚城隍，起苑囿，以备制度。"既说是浚，当有水。但同书"隍"字条又注云："没有水的护城壕。"到底是有水没有水？姑且不去管它，反正，城隍后来已经成为神。说是守护城池的神也可以，更准确一点，应说是坐镇一方之神。据《辞海》，最早见于记载的为芜湖城隍，建于三国吴赤乌二年。北齐慕容俨在郢城建城隍神祠一所。唐代以来郡县皆祭城隍。后唐清泰元年封城隍为王。宋以后祀城隍习俗更为普遍。明太祖洪武三年正式规定各府州县的城隍神，并加以祭祀。为什么历代这样重视城隍，以至朱元璋于立国之初就为此特别下了一个红头文件？

乾隆十七年，郑板桥在知潍县事任内曾修葺过潍县的城隍庙，撰过一篇《城隍庙碑记》。我曾见过拓本。字是郑板桥自己写的，写得很好，虽仍有"六分半书"笔意，但是是楷书，很工整，不似"乱石铺阶"那样狂气十足。这篇碑文实在是绝妙文章：

> ……故仰而视之，苍然者天也；俯而临之，块然者地也。其中之耳目口鼻手足而能言，衣冠揖让而能礼者，人也。岂有苍然之天而又耳目口鼻而人者哉？自周公以来，称为上帝，而俗世又呼为玉皇。于是耳目口鼻手足冕旒执玉而人之；而又写之以金，范之以土，刻之以木，琢之以玉；而又从之以妙龄之官，陪之以武毅之将。天下后世，遂哀哀然从而人之，俨在其上，俨在其左右矣。至如府州县邑皆各有城，如环无端，齿齿啮啮者是也；城之外有隍，抱城而流，而汤汤汩汩者是也。又何必乌纱袍笏而人之乎？而四海之大，九州之众，莫不以人祀之；而又予之以祸福之权，授之以死生之柄；

而又两廊森肃，陪以十殿之王；而又有刀花、剑树、铜蛇、铁狗、黑风、蒸锎以俱之。而人亦哀哀然从而惧之矣。非惟人惧之，吾亦惧之。每至殿庭之后，寝宫之前，其窗阴阴，其风吸吸，吾亦毛发竖栗，状如有鬼者，乃知古帝王神道设教信不虚也。……

这是一篇写得曲曲折折的无神论。城，城也；隍，河也，"又何必乌纱袍笏而人之乎？"这已经说得很清楚。然而大家都"以人祀之；而又予之以祸福之权，授之以死生之柄"，"予之"、"授之"，很可玩味。神本无权，唯人授之，这种"神权人授"的思想很有进步意义。谁授予神这样的权柄呢？下文自明。不但授之以权，而且把城隍庙搞得那样恐怖，人亦哀哀然从而惧之。"非惟人惧之，吾亦惧之"矣，这句话说得很幽默。郑板桥是真的害怕了吗？城隍庙总是阴森森的，"吾亦毛发竖栗，状如有鬼者"，郑板桥是真觉得有鬼么？答案在下面："乃知古帝王神道设教不虚也。"郑板桥对古帝王的用心是一清二楚的。但是郑板桥并未正面揭穿（这怎么可能呢），而且潍县的城隍庙是在他的倡议下，谋于士绅而葺新的，这真是最大的幽默！我们对于明清之后的名士的思想和行事，总要于其曲曲折折处去寻绎。不这样，他们就无法生存。我一向觉得板桥的思想很通达，不图其通达有如此。

我们县里的城隍庙的历史是颇久的，有两棵粗可合抱的白果（银杏）树为证。庙相当大，两进大殿，前殿和后殿。前殿面南坐着城隍老爷，也称城隍菩萨，——这与佛教的"菩提萨埵"无关，中国的老百姓是把一切的神都可称为菩萨的，叫"老爷"时多。发亮的油白大脸，长眉细目，五绺胡须。大红缎地平金蟒袍。按说他只是县团级，但是派头却比县知事大得多，县官怎么能穿蟒呢。而且封了爵，而且爵位甚高，"敕封灵应侯"。如此僭越，实在很怪。他的职权是管生死和祸福。人死之后，即须先到城隍那里挂一个号。京剧《琼林宴》范仲禹的唱词云："在城隍庙内挂了号，在土地祠内领了回文"。城隍庙正殿上有几块匾，除了"威灵显赫"之类外，有一块白话文的特大的匾，写的是"你也来了"。我们二伯母（我是过继给她的）病重，她的母亲（我应该叫她外婆）有一天半夜里把我叫起来，把我带到城隍庙去。我迷迷糊糊地去了。干什么？去"借寿"，即求城隍老爷把我的寿借几年（好像是十年）给二伯母。半夜里到城隍庙里去，黑咕咙咚的，真有点怕人。我那时还小，借几年就借几年吧，无所谓，而且觉得这是应该的。到城隍老爷那里去借寿，我想这是古已有之的习俗，不是我的外婆首创，因为所有仪注好像都有成规。不过借寿并不成功，我的二伯母过了两天还是死了。

我们那里的城隍庙有一个特别处，即后殿还有一个神像，也是五绺长须，但穿章没有城隍那样阔气。这位神也许是城隍的副手。他的名称很奇怪，叫"老戴"。城隍和老戴之间好像有个什么故事的，我忘了。

正殿前的两廊塑着各种酷刑行刑时的景象，即板桥碑记中所说的"刀花、剑树……"。我们那里的城隍庙所塑的是上刀山、下油锅、锯人、磨人等等，一共七十二种酷刑，谓之"七十二司"，这"司"是阴司的意思。七十二司分为十个相通连的单间，左廊右廊各五间。每一间有一个阎王，即板桥所说的"十王"。阎王是"王"，应该是"南面而王"，坐在正面。《聊斋·陆判》所说的十王殿的十王大概是坐在正面的，但多数的十王都是屈居在两廊，变成了陪客，甚至是下属了。我们县里的城隍庙、泰山庙都是这样。中国诸神的品级官阶也乱得很。十王中我只记得一个秦广王，其余的，对不起，全忘了。《玉历宝钞》上好像有十王的全部称号，且各有像（虽然都长得差不多），不难查到的。

城隍庙正殿的对面，照例有一座戏台。郑板桥碑记云："岂有神而好戏者乎？是又不然。《曹娥碑》云：'盱能抚节安歌，婆娑乐神'，则歌舞迎神，古人已累有之矣。诗云：'琴瑟击鼓，以迓田祖'，夫田果有祖，田祖果爱琴瑟，谁则闻之？不过因人心之报称，以致其重叠爱媚于尔大神尔。今城隍既以人道祀之，何必不以歌舞之事娱之哉！"郑板桥这里说得有点不够准确。歌舞最初是乐神的，因为他是神，才以歌舞乐之，这是"神道"，并不是因为以人道祀之，才以歌舞之事娱之。到了后来，戏才是演给人看的，但还是假借了乐神的名义。很多地方的戏台都在庙里，都是"神台"。我们县城隍庙的戏台是演戏的重要场地，我小时看的许多戏都是站在戏台与正殿之间的砖地上看的。看的都是"大戏",即京剧。但有一次在这个戏台上也演过梅花歌舞团那样的歌舞,这种节目演给城隍老爷看,颇为滑稽。

每年七月半,城隍要出巡,即把城隍的大驾用八抬大轿抬出来,在城里的主要街道上游一游。城隍出巡,前面是有许多文艺表演节目的,叫做"会",许多地方叫"赛会","出会",我们那里叫"迎会"。参与迎会的,谓之"走会"。我乡迎会的情形,我在小说《故里三陈·陈四》中有较详细的描述,不赘。各地赛会,节目有同有异,高跷、旱船,南北皆有。北京的"中幡"、"五虎棍",我们那里没有。我们那里的"站高肩",北方没有。

城隍的姓名大都无可稽考,但也有有案可查的。张岱《西湖梦寻·城隍庙》载:"吴山城隍庙,宋以前在皇山,旧名永固,绍兴九年徙建于此。宋初,封其神,姓孙名本。永乐时封其神为周新。"周新本是监察御史,弹劾敢言,被永乐杀了。"一日上见绯而立者,叱之,问为谁,对曰:'臣新也,上帝谓臣刚直,使臣城隍浙江,为陛下治奸贪吏。'言已不见,遂封新为浙江都城隍。"这当然只是传说,永乐帝不会白日见鬼。但这记载说明一个问题,即城隍由上帝任命后,还得由人间的皇帝加封,否则大概是无效的。"都城隍"之名他书未见。周新是个省级城隍,比州、府、县的城隍要大,相当于一个巡抚了。都城隍不是各省都有。

《聊斋志异》以《考城隍》为全书第一篇,评书者都以为有深意焉,我看这只是寓言,寄托蒲松龄认为所有的官都应该考一考的愤慨耳。他说这是"予姊夫之祖宋公讳焘"的事情,宋焘亦未必有其人。

土地即社神。《风俗编·神鬼》:"凡今社神,俱呼土地。"其所管的地面是不大的,大体相当于明清的坊——凡土地都称为"当坊土地",解放前的一个保。我家所住的一条街上,街的中段和东段即有两座土地祠。《聊斋·王六郎》后为招远县邬镇土地,管一个镇,也差不多。到了乡下,则随便哪个田头,都可立一个土地庙。《王六郎》是一篇写得很美的小说,文长,不具引。土地本也应是有名有姓的,但人都不知道。王六郎只名王六郎,那倒是因为他本没有名字,只是姓王,叫人"相见可呼王六郎"。他当了土地,仍叫王六郎么?这不免有失官体。有一位土地的名字倒是为人所知的,是北京国子监的土地,此人非别,乃韩愈也!韩愈当过国子祭酒,与国子监有点老关系,但让他当国子监的土地爷,实在有点不大像话。我曾看过国子监的土地祠,比一架自鸣钟大不了多少。

河北农村有俗话:"别拿土地爷不当神仙!"事实上人们对土地爷是不大尊重的。土地祠(或亦称庙)很简陋,香火冷落,乡下给土地爷上供的只是一块豆腐。《西游记》孙悟空到了一处,遇到妖怪,不知是什么来头,便把土地召来,二话不说,叫土地老儿先把孤拐伸出来教老孙打五百棍解闷。孙悟空对土地的态度实即是吴承恩对土地的态度,也是老百姓对土地的态度:不当一回事。因为,他是最小的神,或神里最小的官。

我们县别有都土地,那可不一样了。都土地祠亦称都天庙,连庙所在的那条巷子也叫都天庙巷。都天庙和城隍庙不能相比,小得多,但也有殿有庑。殿上坐着都土地,比城隍小一号,亦红蟒亦面长圆而白亮,无五绺须。我的家乡把长圆而肥白的脸叫做"都天脸",此专指女人的面相,男人这样的脸很少,不知道为什么没有人说"城隍脸"。都土地管辖地界大致相当于一个区。他的封爵次于城隍一等,是"灵显伯"。父老相传,我所住在的北城的都土地是张巡。张巡怎么会跑到我的家乡来当一个区长级的都土地呢?这里既不是他的家乡(河南南阳),又不是他战死的地方(河南睢阳)?说北城都土地是张巡,根据的是什么?有这样一个在安史之乱时和安禄山打仗,城破而死的有名的忠臣当都土地,我们那一区的居民是觉得很光荣的。都土地也不是每个区都有。

土地城隍属于一个系统,他们的关系是上下级,如表:

土地→都土地→城隍→都城隍

都城隍的上面是什么呢?没有了,好像是一直通到玉皇大帝。土地的下面呢？也没有了，因为土地祠里并未塑有衙役皂隶。他们是上下级，是不是要布置任务，汇报工作？也许要的，但是咱们不知道。

祭灶的起源盖甚早。

《史记·孝武本纪》："是时而李少君亦以祠灶、谷道、却老方见上，上尊之。"《索隐》："如淳云：'祠灶可以致福。'案：礼灶者，老妇之祭，盛于盆，尊于瓶。"这最初本是"老妇之祭"。晋代宗懔《荆楚岁时记》："按礼器，灶者老妇之祭，'尊于瓶，盛于盆'，言以瓶为樽，用盆盛馔也"，意思是拿瓶子当酒樽，用盆盛食物。老妇大概没钱，用不起正儿八经的器皿，只好这样马马虎虎，因陋就简。

祭灶本是求福，是很朴素的愿望，到了方士的手里，就变得神乎其神起来。《史记·孝武本纪》："少君言于上曰：'祠灶则致物，致物而丹沙可化为黄金，黄金成以为饮食器则益寿，益寿而海中蓬莱仙者可见，见之以封禅则不死，黄帝是也。'"从祠灶到不死，绕了这样大一个圈子，汉代的方士真能胡说八道！而汉武帝偏偏就相信这种胡说八道！

祭灶的礼俗一直相沿不替。唐、五代的材料我没有来得及查，宋代则讲风俗的书几乎没有一本不提到祭灶的。

《东京梦华录》："十二月……二十四日交年，都人至夜请僧道看经，备酒果送神，烧合家替代钱纸，帖灶马于灶上，以酒糟涂抹灶门，谓之'醉司命'。"

《梦粱录》："十二月……二十四日，不以穷富，皆备蔬食饧豆祀灶。"

《武林旧事》："……二十四日，谓之'交年'，祀灶用花饧米饵，及烧替代及作糖豆粥，谓之'口数'。"

祭灶的祭品不拘，但有一样东西是必有的：饧。饧是古糖字，指用麦芽或谷芽熬成的糖，熬干了，就成了关东糖。我们那里就叫做"灶糖"。为什么要请灶王爷吃关东糖？《抱朴子·微旨》："月晦之夜，灶神亦上天白人罪状。"原来灶王爷既是每一家的守护神，又是玉皇大帝的情报员，——一个告密者。人在家里，不是在公开场合，总难免说点错话,办点错事,灶王爷一天到晚窃听监视,这受得了吗!人于是想出一个高招,塞他一嘴关东糖,叫他把牙粘住,使他张不开嘴,说不出人的坏话。不过灶王爷二十三或二十四上天,到除夕才回来,在天上要呆一个星期,在玉皇大帝面前一句话也不说,玉皇大帝不觉得奇怪么?

以酒糟涂抹灶门,其用意与祭之以饧同,让他醉末咕咚的,他还能打小报告么?

灶王爷上天,是骑马去的。《东京梦华录》云:"帖灶马于灶上。"我们那里是用红纸折一个小孩子折手工的纸马,祭毕烧掉。折纸马照例是我们一个堂姐的事。这实在有点儿戏。

我们那里的孩子捉蜻蜓,红蜻蜓是不捉的,说这是灶王爷的马。灶王爷骑了这样的马——蜻蜓,上天?

把灶王爷送上天,谓之"送灶"。送灶的日期各地不一样。我们那里一般人家是腊月二十四。俗话说:"君(或军)三,民四,龟五。"按规定,娼妓家送灶应是二十五,不过妓女都不遵守。二十五送灶,这不等于告诉别人:我们家是妓女?北京送灶,则都在二十三。

到除夕,把灶王爷接回来,或谓之"迎灶",我们那里叫做"接灶"。

谁参加祭灶?各地,甚至各家不一样。有的人家只许男的参加,女的不参加;有的人家则只有女的跪拜,男人不参与;我们家则男女都拜,先由男的拜,后由女的拜。我觉得应该由女的祭拜合适。女人一天围着锅台转,与灶王爷关系密切,而且,这本是"老妇之祭",不关老爷们的事!

灶王爷是什么长相?《庄子·达生》:"灶有髻",司马彪注:"髻,灶神,著赤衣,状如美女。"我见过木刻彩印的灶王像,面孔略圆,有二三十根稀稀疏疏的胡子,并不像美女,倒像个有福气的老封翁。我们家灶王龛里则只贴了一张长方的红纸,上写"东厨司命定福灶君"。

灶王爷姓什么,叫什么?《荆楚岁时记》说他"姓苏名吉利"。不单他,连他老婆都有名字:"妇姓王名抟颊"。但我曾看过一个华北的民间故事,说他名叫张三,因为做了见不得人的事,钻进了灶膛里,弄得一脸乌七抹黑,于是成了灶王。北京俗曲亦云:"灶王爷本姓张"。他到底叫什么？吁，鬼神之事，难言之矣。

城隍、土地、灶君是和中国人民大众生活关系最密切的神。

这些神是"古帝王"造出来的神话，是谣言，目的是统一老百姓的思想，是"神道设教"。

老百姓也需要这样的神。这些神的意象一旦为老百姓所掌握，就会变成一种自觉的、宗教性的、固执的力量。没有这些神，他们就会失去伦理道德的标准、是非善恶的尺度，失去心理平衡，遑遑然不可终日。我们县的城隍，在北伐的时候曾由以一个姓黄的党部委员为首的一帮热血青年用粗绳拉倒，劈成碎片。这触怒了城乡的许多道婆子。我们县有很多的道婆子，她们没有任何文化，只会念一句"南无阿弥陀佛"，是神就拜，念"南无阿弥陀佛"，不管这神是什么教的神。不管哪个庙的香期，她们都去，一坐一大片，叫做"坐经"。她们的凝聚力很大，心很齐。她们听说城隍老爷被毁了，"哈！这还行！"她们一人拿了一炷香，要把姓黄的党部委员的家烧掉。黄某事先听到消息，越墙逃走，躲藏了好多天。这帮道婆子捐钱募化，硬是重新造了一个城隍老爷，和原来的一样。她们的道理很简单："怎么可以没有城隍老爷！"

愚昧是一种伟大的力量。

大多数人对城隍、土地、灶王爷的态度是"诚惶诚恐，不胜屏营待命之至"，但是也有人不是这样，有的时候不是这样。很多地方戏的"三小戏"都有《打城隍》、《打灶王》，和城隍老爷、灶王爷开了点小小玩笑，使他们不能老是那样俨乎其然，那样严肃。送灶时给灶王喂点关东糖，实在表现了整个民族的幽默感。

也许正是这点幽默感，使我们这个民族不至被信仰的铁板封死。

一九九〇年十二月八日

注　释

① 本篇原载《中国文化》(半年刊)1991 年第一期(总第四期)，是作者"城南客话"
系列文章之一；初收《汪曾祺小品》，中国人民大学出版社，1992 年 10 月。

忙中不及作草①

"家贫难办蔬食，忙中不及作草"。我很想杜门谢客，排除杂事，花十天半个月时间，好好地读读阿成的小说，写一篇读后记。但是办不到。岁尾年关，索稿人不断。刚把材料摊开，就有人敲门。好容易想到一点什么，只好打断。杨德华同志已经把阿成的小说编好，等着我这篇序。看来我到明年第一季度也不会消停。只好想到一点说一点。

我是很愿意给阿成写一篇序的。我不觉得这是一件苦事。这是一种享受。并且，我觉得这也是我的一种责任。

我把阿成的小说选稿通读了一遍（有些篇重读过），慨然叹曰：他有扎扎实实的生活！我很羡慕。

我曾经在哈尔滨待过几天。我只知道哈尔滨有条松花江，有一些俄式住宅、东正教的教堂，有个秋林公司，哈尔滨人非常能喝啤酒，爱吃冰棍……。

看了阿成的小说，我才知道圈儿里，漂漂女，灰菜屯……我才知道哈尔滨一带是怎么回事。阿成所写的哈尔滨是那样的真实，真实到近乎离奇，好像这是奇风异俗。然而这才是真实的哈尔滨。可以这样说：自有阿成，而后世人始识哈尔滨。——至少对我说来是这样。

一个小说家第一应该有生活，第二是敢写生活，第三是会写生活。

阿成的小说里屡次出现一个人物：作家阿成。这个阿成就是阿成自己。这在别人的小说里是没见过的。为什么要自称"作家阿成"？这说明阿成是十分意识到自己是一个作家，意识到自己作为一个作家的责任的：要告诉人真实的生活，不说谎。这是一种严肃的，痛苦入骨的责任感。阿成说作家阿成作得很苦，我相信。

《年关六赋》赢得声誉是应该的。这篇小说写得很完整，很匀称，起止自在,顾盼生姿,几乎无懈可击。这标志着作者的写作技巧已经很成熟,不止是崭露头角而已了。现在的青年作家不但起步高,而且成熟得很快。这是50年代的作家所不能及的。

但是这一集里我最喜欢的两篇是《良娟》和《空坟》。这两篇小说写得很美,是两首抒情诗,读了使人觉得十分温暖(冰天雪地里的温暖)。这是两个多美的女性呀,这是中国的,北国的名姝,是我们这个民族的无价的珠玉。这两个妇女的生活遭遇很不相同,但其心地的光明澄澈则一。

这两篇小说都是散发着浪漫主义的芳香的。因为他对这两个妇女以及其他一些人物怀着很深的爱,他看到她们身上全部的诗意,全部的美,但是阿成没有说谎。这些诗意,这些美,是她们本来有的,不是阿成外加到她们身上的。这是人物的素质,不是作者的愿望。

一个作家能不能算是一个作家,能不能在作家之林中立足,首先决定于他有没有自己的语言,能不能找到一种只属于他自己,和别人迥不相同的语言。阿成追求自己的语言的意识是十分强烈的。

阿成的句子出奇的短。他是我所见到的中国作家里最爱用短句子的。句子短,影响到分段也比较短。这样,就会形成文体的干净,无拖泥带水之病,且能跳荡活泼,富律动,有生气。

谁都看得出来,阿成的语言杂糅了普通话、哈尔滨方言、古语。他在作品中大量地穿插了旧诗词、古文和民歌。有一个问题我还没有捉摸清楚:阿成写的是东北平原,这里有些人唱的都是西北民歌,晋北的、陕北的,阿成大概很喜欢《走西口》这样的西北民歌,读过很多西北民歌。让西北民歌在东北平原上唱,似乎没有不合适。民歌是地域性很强的,但是又有超地域性。这很值得捉摸。

阿成有点“语不惊人死不休”,他用了一些不常见的奇特的字句。这在年轻人是不可避免的,无可厚非。但有一种意见值得参考。宋人范晞文《对床夜语》云:

> 诗用生字,自是一病。苟欲用之,要使一句之意,尽于此字上见工,方为稳帖。

他举出一些唐人诗句中的用字，说：……皆生字也，自下得不觉。

诗文可用奇字生字，但要使人不觉得这是奇字生字，好像这是常见的熟字一样。

阿成的叙述态度可以说是冷峻。他尽量控制自己的感情，不动声色。但有时会喷发出遏止不住的热情。如：

> 宋孝慈上了船，隔着雨，俩人都摆着手。
>
> 母亲想喊：我怀孕了——汽笛一鸣，雨也颤，江也颤，泪就下来了。

冷和热错综交替，在阿成的很多小说中都能见到。这使他的小说和一些西方现代作家（如海明威）的彻底冷静有所不同。这形成一种特殊的感人力量。这使他的小说具有北方文学的雄劲之气。我觉得这和阿成的热爱民歌是有关系的。

阿成很有幽默感。

《年关六赋》老三的父亲年轻时曾和一个日本少女相爱。

> 解放后若干年，这事被红色造反派知道了。说老三的父亲是民族的败类，是狗操的日本翻译，一定是日本潜伏特务。来调查老三的母亲时，母亲说："怎么，干了日本娘们不行？我看干日本娘们是革命的，大方向是正确的。"

看到这里，没有人不哈哈大笑的。

老三是诗人，爱谈性，以为"无性与中性，阴性与阳性，阳性与阴性，阴阳二者构成宇宙，宇宇宙宙，阴阴阳阳，公公母母，雄雄雌雌，如此而已"。老三的阴性，在机关工作，是党员，极讨厌老三把业余作家引到家里大谈其性。骂他没出息，不要脸，是流氓教唆犯："准有一天被公安局抓了去，送到玉泉采石场，活活累死你！"

我最近读了几位青年作家（阿成我估计大概40上下，也还算青年作家），包括我带的三个鲁迅文学院的研究生的作品。他们的作品的写法有的我是熟悉的，有的比较新，我还不大习惯。这提醒我：我已经老了。我渴望再年轻一次。

我对青年作家的评价也许常常会溢美。前年我为一个初露头角的青年作家的小说写了一篇读后感，有一位老作家就说："有这么好么？"老了，就是老了。文学的希望难道不在青年作家的身上，倒在六七十岁的老人身上么？"君有奇才我不贫"，老作家对年轻人的态度不止是应该爱护，首先应该是折服。有人不是这样。

在读着阿成和另几位青年作家的作品的过程中，一天清早，迷迷糊糊地做了一个梦，梦见一头骆驼在吃一大堆玫瑰花。

一个荒唐的梦。

一九九〇年十二月二十四日

注　释

① 本篇原载 1991 年 7 月 5 日《文汇报》，是作者为阿成《年关六赋》（作家出版社，1991 年 8 月版）所作序的摘编，收入该书时恢复了部分被删减文字；初收《独坐小品》，题为《〈年关六赋〉序》，宁夏人民出版社，1996 年 11 月。

1991 年

美国女生①

——阿美利加明信片

　　"女生"是台湾的叫法。台湾的中青年把男的都叫做"男生",女的都叫做"女生",蒋勋(诗人)、李昂(小说家)都如此,虽然被称做"男生"、"女生"的,都已经不是学生了。这种称呼很有趣。不过我这里所说的"女生",大都还是女生。

　　我在爱荷华居住的五月花公寓里住了不少爱荷华大学的学生,男生女生都有。我每天上午下午沿爱荷华河散步,总会碰到几个。男生不大搭理我,女生则都迎面带笑很亲切地说一声"嗨!"她们大概都认得我了,因为我是中国人,她们大概也知道我是个作家。我对她们可分辨不清,觉得都差不多。据说,爱荷华州出美女。她们都相当漂亮,皮肤白皙,明眸皓齿,——眼珠大都是灰蓝色,纯蓝的少,但和蛋青色的眼白一衬,显得很透亮。但是我觉得她们都差不多,个头差不多——没有很高的;身材差不多,——没有很胖很瘦的;发式差不多,都梳得很随便;服饰也差不多,都是一身白色的针织运动衫裤,白旅游鞋。甚至走路的样子也差不多,比较快,但也不是很匆忙。没有浓妆艳抹,身着奇装异服的,因为她们是大学生。偶尔在星期六的晚上,看到她们穿了盛装,涂了较重的口红,三三五五地上电梯,大概是在哪里参加 party 回来了。这样的时候很少。美国女生的穿着大概以舒服为主,美观是其次。

　　在爱荷华市区见到有女生光着脚在大街上走。美国女孩子的脚很好看,但是她们不是为了显露她们的脚形,大概只是图舒服。街上的男人也不注视她们的秀足,不觉得有什么刺激。

街上看到"朋克",一男一女,都很年轻。像画报上所见的那样,把头发剃光了,只留当中一长绺,染成淡紫色。但我并不觉得他们怪诞,他们的眼睛里也没有什么愤世嫉俗,对现实不满,疯狂颓废。完全没有。他们的眼睛是明净的、文雅的。他们大概只是觉得这样好玩。

我散步后坐在爱荷华河边的长椅上抽烟,休息,遐想,构思。离我不远的长椅上有一个男生一个女生抱着亲吻。他们吻得很长,我都抽了三根烟了,他们还没有完。但是吻得并不热烈,抱得不是很紧,而且女生一边长长地吻着,一边垂着两只脚,前后摇摆。这叫什么接吻?这样的吻简直像是做游戏。这样完全没有色情、放荡意味的接吻,我还从未见过。

参观阿玛纳村,这是个古老的移民村,前些年还保留着旧的生活习惯:不用汽车,用马车。现在改变了,办了很现代化的工厂。在悬着一副木轭为记的餐馆里吃饭。招呼我们的是一个女生,戴一副细黑框的眼镜,穿着黑色的薄呢衫裙,黑浅口半高跟鞋,白色长丝袜。她这副装束显得有点古风,特别是她那双白袜子。她姓莎士比亚,名南希,我对她说:"你很了不起,是莎士比亚的后裔,与总统夫人同名。"她大笑。她说她一辈子不想结婚。为什么和一个初次见面的外国人(在她看起来,我们当然是外国人)谈起这样的话呢?她还很年轻,说这个话未免早了一点。她不会有过什么悲痛的遭遇,她的声音里没有一点苦涩。可能她觉得一个人活着洒脱,自在。说不定她真会打一辈子单身。

在耶鲁大学演讲,给我当翻译的是一个博士生,很年轻,穿一身玫瑰红,身材较一般美国女生瘦小,真是娇小玲珑。我在演讲里提到朱庆余的《近试上张水部》和崔颢的《长干行》,她很顺溜地就翻译出来了。我很惊奇。她得意地说:"我最近刚刚读过这两首诗!"她是在台湾学的中文。我看看她的眼睛:非常聪明。

在华盛顿,在白宫对面马路的人行道上,看见一个女生用一根带子拉着一只猫,她想叫猫像狗一样陪着她散步。猫不干,怎么拉,猫还是乱蹦。我们看着她,笑了。她看看我们,也笑了。她知道我们笑什么:

这是猫,不是狗!

美国的女生大都很健康,很单纯,很天真,无忧无虑,没有烦恼,也没有困惑。愿上帝保佑美国女生。

一九九一年一月五日

注　释

① 本篇原载 1991 年 1 月 13 日《经济日报》;初收《旅食集》,广东旅游出版社,1992 年 4 月。

正索解人不得①

——《夕阳又在西逝》代序

当然没有一个醉寨。怎么可能整个寨子都喝得酩醉了呢。

他们喝的该是包谷酒，不是北方的高粱酒。寨子是南方的山地才有的。

黑孩是大连人，她大概没有见过南方的山寨。

在整年艰苦的劳动之后，获得难得的丰收，全寨男女，毫无节制地痛饮一天，以致人人大醉，狼藉满山，这是有可能的。

然而醉寨是黑孩的想象。

黑孩为什么，怎么会想象出一个醉了的山寨呢？

为什么在这样的时候，小母狗要带着它的四只胖嘟嘟的板凳狗游过藏伏着凶险的暗流的河？它要到哪里去，去干什么？

黑孩只听说过有一种狗叫板凳狗，并没有见过板凳狗是什么样子。狗过河，当然也是黑孩忽然之间的想象。

然而狗母亲在失去它的胖嘟嘟的板凳狗之后发出的人性的、令人肠断的长号是真实的，可以理解的。它扒倒了酒罐，拱开了盖酒的布墩墩，把一个湿漉漉的脑袋伸进酒罐，是真实的，可以理解的。

这是不是寓言？这有什么象征意义？

是，也不是。有，也没有。

这到底写的是什么？

这写的是母爱。

任何想象都是社会生活曲折的反映。黑孩的奇幻想象是有所感的。这是对在这个薄情的时代里人人都渴望的母爱的呼喊。

因此这个作品的调子是温暖的。

这里写了一点不可捉摸的东西,但确实写出了一点东西,不是空无一物。

不要对这样的作品作过于质实的注解。不要把栩栩然的蝴蝶压制成标本。我小时候就做过这样的事:捉了一些蝴蝶夹在书里。结果,蝴蝶死了。

黑孩的散文大都带自传性,"追忆逝水年华"。

《一日忧伤》是"恋父情结"?我看最好不要这样说。随便把佛洛伊德的概念套在一个女作家(不是希腊神话或莎士比亚戏剧里的人物)的头上,如同给谁扣上一个"××分子"的帽子一样,未免简单粗暴。我觉得这是一个女儿对于恶魔一样的父亲的感情的忠实的记录,写得非常的坦诚。这种坦诚是不容易做到的。"父亲真的死了。这一回是千真万确地死了。有一瞬间,我心中忽然缤纷着释放出积郁已久的重压而变得十分轻松。"这是真实的。"父亲,昨日梦中飘向心灵深处那一缕忧伤,不知是不是我的一种宽容。我想我应该宽容你对我母亲,对我们兄妹六个所做的一切了。""父亲,清明又快到了,我想我无论如何要赶回家乡,亲自为你的坟添上几锹土。父亲,我真心愿你那生时不得安宁的魂,如今得到永久的安息。"这也是真实的。我看不出这里有什么"情结"。

在《一日忧伤》中我倒看到了黑孩的母亲,一个茹苦含辛,无言地承受着一切而又通达人情的善良的东方女性。

《一路平安》是写母亲的,写母女之情。这种母女之情不像二十年代的女诗人的"母亲"主题的诗里所写的那样带着果汁一样的甜香,倒是苦涩的。母亲一生走的是"孤寂而漫长的路"。"母亲站在几个送行的人中间,看上去很有勇气,昂着头似有对万人演说的气概。"也许正是母亲的这种站在悲苦中的气概,使黑孩禁不住泪水淋漓了。

有几篇是怀人之作,一往情深,而又漾出苦味。"所思多在别离中"。这大概就是人们常说的孤独。

说黑孩的作品里有一种"无可奈何"之感,有这样严重么?我看的黑孩的作品不多,暂时还不能同意这样的诊断。

黑孩还很年轻,还不成熟,对她的作品的思想和形式作出任何结论,都为时过早。

黑孩翻译过日本新感觉派的作品,当然会接受了一些新感觉派的影响。

黑孩是有"感觉"的,有新感觉的。她的感觉大体上可以归结为:化客观为主观,化物象为意象;把难以名状的心理状态转化为物质的,可触摸的生理状态。比如:

> 然而我看见有滴血的太阳在你眼睛里跳了一下就消失了。(《醉寨》)

(这让人想起布洛克的《猛虎》)

> 只是不知为什么,溶溶的冷色中,月是倒行的。(《夕阳又在西逝》)

> 我感觉一股冰冷的气息涌遍我的全身,我知道这是河水神秘地流到我心里来了。(《醉寨》)

> 车轮发动起来的轰隆轰隆的声音从指缝间爬了进来,伏在我粘湿的肌肤上粘湿的灵魂上模糊了我的感觉。我那时真觉得从眼前急驰而去的列车上每个窗口处模糊的影子都是你,都是你用哀怨的泪眼无可奈何地盯视着我。(《两个人的站台》)

也许因为这些感觉,使人把黑孩列入现代派(或新潮)。

也许因为这些感觉,使有一些人认为黑孩的作品不好懂。不懂,是因为他们没有这样的感觉,他们没有感觉。

感觉是一种才能。

听黑孩说,她的小说是比较现实主义的,我很高兴。

有人以为现实主义和现代派(包括新感觉派)是不相容的。不一定。现实主义需要现代派，容纳现代派，否则现实主义就会干涸，衰老。

"比较的现实主义的"，是要以牺牲一些感觉作为代价的。但是为了文学的青春，这种牺牲是值得的。川端康成不是这样做了么？我们不能说川端康成后来不是新感觉派了。我不赞成这样说。不能把一个作家腰斩成几段。"却顾所来径，苍苍横翠微"，走的还是所从来的那一条路。

有人劝黑孩拓宽自己文学视野，这是友好的忠告。

黑孩告诉我她和一些街坊老太太能够谈家常，谈得很融洽，无隔阂，她的小说也写的是普通人，寻常事。我很高兴。

黑孩是应该走出去，走出自己的苦涩的天地，走出自我，去接近人，了解人，欣赏人。

我希望黑孩有更多的人道主义。

黑孩到我家里来过两次，每次谈了大概有两个钟头。我们的谈话不"成功"，有些格格不入。

黑孩说她在她的文酒之交的一伙人里是很轻松的，思路敏捷，语言流畅，而且不断地用一种同样的有力度的手势。在我面前，觉得放不开，说的话都不是要说的话，一个手势也没有。

我平时对客，假如是谈得来的人，话也是不少的，脑子也还灵活，滔滔不绝，有时也能说出一两句精辟的话，但和黑孩谈话却颇窘涩，词不达意。

这是什么原因？

是我们年龄悬殊太大了？我的心已经像弗吉尼亚·沃尔芙所说的那样，充满了纤维了？

是我们对生活的态度不同？我是个乐观主义者，相信中国是会好起来的，人类是有希望的；而黑孩是"小小年纪却生出那么多悲观"，而且爱流泪？

是我们的思维方式距离很大，甚至习惯用的句式词汇都不同？

看来也都不是。只因为我们还不熟，相互之间缺乏理解。

黑孩(以及她那些文友)对我好像是理解的,我对黑孩(和同她一代的青年作家)则只有想要理解的愿望。这种愿望是真诚的。

　　理解,是两代人都需要的。年轻人需要;老人更需要,不理解年轻人,就会真的老了。

　　我很想"列席"他们的酒会,听听他们"侃"些什么。

　　萧红有一次问鲁迅:你对我们的爱是父性的还是母性的? 鲁迅沉思了一下,说:是母性的。

　　鲁迅的话很叫我感动。

　　我们现在没有鲁迅。

　　再过两三个月,黑孩就要到日本去。接触一下另一种文化,换一个生活环境,是有益的。黑孩,一路平安!

　　黑孩的生活的路和文学的路都还很长。黑孩,一路平安!

一九九一年一月十一日

注　释

① 　本篇原载《桥》1991 年第四期;初收《汪曾祺文集》文论卷,江苏文艺出版
　　社,1993 年 9 月。

贾似道之死①

——老学闲抄

到漳州,除了想买几头水仙花,还想去看看木棉庵。木棉庵离漳州市不远,汽车很快就到了。庵就在公路旁边,由漳州至福州,此为必经之地,用不着专程跑去看。木棉庵是个极小的庵。门开着,随便进出,无人管理。矮佛一尊,佛前一只瓦香炉,空的。殿上无钟磬,庭前有衰草,荒荒凉凉。庵当是后建的,南宋末年,想不是这样,应当是个颇大的去处。庵外土坡上,有碑两通,高过人,大字深刻:"郑虎臣诛贾似道于此"。两碑都是一样,字体亦相类。碑阴无字,于贾似道、郑虎臣事皆无记述。

我对贾似道所知甚少,只知道他是一个荒唐透顶的误国奸相。他在元人大兵压境,国家危如累卵的时候还在葛岭赐第的半闲堂里斗蟋蟀。很多人知道贾似道,是因为看了《红梅阁》(川剧、秦腔、昆曲和京剧)。通过李慧娘这个复仇的女鬼的形象,使人对贾似道的专横残忍留下深刻的印象。但《红梅阁》是虚构的传奇。年轻时看过《古今小说》里的《木棉庵郑虎臣报冤》,隔了五十年,印象已淡;而且看的时候就以为这是小说家言,不足为据,不相信它有什么史料价值。近读元人蒋正子《山房随笔》,并取《木棉庵郑虎臣报冤》相对照,发现两者记贾似道事基本相同。这位蒋正子不知道为什么对贾似道那么感兴趣,《山房随笔》只是薄薄的一册,最后的三大段倒都是有关贾似道的。我对蒋正子一无所知,但看来《山房随笔》是严肃的书,不是信口开河,成书距南宋末年当不甚远,有一段注明:"季一山阐为郡学正,为余道之。"非得之道听途说,当可信。于是,我对《木棉庵郑虎臣报冤》就另眼相看起来。

贾似道是宋理宗贾贵妃的兄弟,历仕理宗、度宗、恭帝三朝,位极人臣,恶迹至多,不可胜数,自有《宋史》可查。他的最主要的罪恶是隐匿军情,出师溃败,断送了南宋最后一点残山剩水,造成亡国。

蒙古主蒙哥南侵,屯合州,遣忽必烈围鄂州、襄阳。湖北势危,枢密院一日接到三道告急文书,朝野震惊,理宗乃以贾似道兼枢密使京湖宣抚大使,进师汉阳,以解鄂州之围。贾似道不得已拜命。师次汉阳,蒙古攻城甚急,鄂州将破,贾似道丧胆,乃密遣心腹诣蒙古营中,求其退师,许以称臣纳贝。忽必烈不许。会蒙古主蒙哥死于合州,忽必烈急于奔丧即位,遂许贾似道和议。约成,拔寨北归。鄂州围解,贾似道将称臣纳币一手遮瞒,上表夸张鄂州之功。理宗亦以贾似道功同再造,下诏褒美。

元军一时未即南下,南宋小朝廷暂得晏安。贾似道以中兴功臣自居,日夕优游湖上,门客作词颂美者以千计。陆景思词中称之为"上天将相,平地神仙"。

理宗传位度宗,加似道太师,封魏国公,许以十日一朝,大小朝政皆于私第裁决。平章私第,成了宰相衙门。

度宗在位十年,卒,赵㬎继位,是为恭帝。恭帝是个懦弱的小皇帝。在位仅仅两年,凡事离不开贾似道。元军分兵南下,襄、邓、淮、扬,处处告急。贾似道遮瞒不过,只得奏闻。恭帝对似道说:"元兵逼近,非师相亲行不可。"于是下诏,以贾似道都督诸路军马。贾似道上表出师,声势倒是很大。其时樊城陷,鄂州破,元军乘势破了池州,贾似道不敢进前,次于鲁港。部将逃的逃,死的死,诸军已溃,战守俱难,贾似道走入扬州城中,托病不出。宋室之亡,关键实在鲁港一战。

一时朝议,以为贾似道丧师误国、乞族诛以谢天下,御史交章劾奏,恭帝醒悟,乃下诏暴其罪,略云:

> 大臣具四海之瞻,罪莫大于误国;都督专阃外之寄,律尤重于丧师。具官贾似道,小才无取,大道未闻。历相两朝,曾无一善。变田制以伤本②,立士籍以阻人才③。匿边信而不闻,旷战功而不举。至于寇逼,方议师征,谓当缨冠而疾趋,何为抱头而鼠窜?

遂致三军解体，百将离心，社稷之势缀旒，臣民之言切齿。姑示薄罚，俾尔奉祠。呜呼！膺狄惩荆，无复周公之望；放兜殛鲧，尚宽《虞典》之诛。可罢平章军马重事及都督诸路军马。

这篇诏令见于《古今小说》，但看来是可靠的。诏令写得四平八稳。对贾似道的罪恶概括得很全面。这样典重合体的四六，也不是一般书会先生所能措手的。

贾似道罢相，朝议以为罪不止此，台史交奏，都以为似道该杀。恭帝柔弱，念似道是三朝元老，不但没有"族诛"，对似道也未加刑，只是谪为高州团练副使，仍命于循州安置。"安置"一词，意思含混。如此发落，实在过轻。

宋制，大臣安置远州，都有个监押官。监押贾似道的，是郑虎臣。郑虎臣的确定，《木棉庵郑虎臣报冤》与《山房随笔》微有不同。《郑虎臣报冤》云："朝议斟酌个监押官，须得有力量的，有手段的，又要平日有怨隙的，方才用得"，只云"朝议"；《随笔》则具体举出"陈静观诸公欲置之死地，遂寻其平日极仇者监押"。郑虎臣和贾似道有什么仇？《随笔》云："武学生郑虎臣登科，（似道）辄以罪配之"；《郑虎臣报冤》则说："此人乃太学生郑隆之子，郑隆被似道黥配而死。"至于郑虎臣请行，出于自愿，是一致的。——循州路远（在今广东惠州市东），本不是一趟好差事。

郑虎臣官职不高，只是新假的武功大夫，但他是"天使"，路上一切他说了算。贾似道一路备受凌辱，苦不堪言，《郑虎臣报冤》有较详细的记载。到了漳州，漳州太守赵介如（此从《山房随笔》，《郑虎臣报冤》作赵分如），本是贾似道的门下客，设宴款待郑虎臣及贾似道。《随笔》云："似道遂坐于下。"《报冤》云："只得另设一席于别室，使通判陪侍似道。"细节不同，似以《报冤》说较合理。赵介如察虎臣有杀贾意，劝虎臣要杀不如趁早，免得似道活受罪。《郑虎臣报冤》云：

> 饮酒中间，分如察虎臣口气，衔恨颇深，乃假意问道："天使今日押团练至此，想无生理，何不叫他速死，免受蒿恼，却不干净？"

《山房随笔》则云：

> 介如察其有杀贾意，命馆人启郑，且以辞挑之……其馆人语郑云："天使今日押练使至此，度必无生理，曷若令速殒，免受许多苦恼。"

两相比较，《随笔》似更近情，这样的话哪能在酒席上当面直说，有一个中间人（馆人）传话，便婉转得多。

郑虎臣的回答，《报冤》云：

> 虎臣笑道："便是这恶物事，偏受得许多苦恼，要他好死却不肯死。"

《随笔》云：

> 便是这物事，受得这苦，欲死而不死。

《随笔》较简练，也更像宋朝人的语气。《报冤》"虎臣笑道"，"笑道"颇无道理，为何而笑？

贾似道原是想服毒自杀的。《随笔》云：

> 虎臣一路凌辱，至漳州木棉庵病泄泻。踞虎子，欲绝。虎臣知其服脑子求死。

《郑虎臣报冤》写得较细致：

> 似道自分必死，身边藏有冰脑一包，因洗脸，就掬水吞之。觉腹中痛极，讨个虎子坐下，看看命绝。

脑子、冰脑，即冰片，是龙脑树干分泌的香料，过去常掺入香末同烧，"瑞脑销金兽"便是指的这东西。中药铺以微量入丸散，治疮疖有效，多吃了，是会致命的。

似道服毒后，还是叫郑虎臣打死的。《郑虎臣报冤》：

> 虎臣料他服毒，乃骂道："奸贼，奸贼，百万生灵死于汝手，汝延捱许多路程，却要自死，到今日老爷偏不容你！"将大槌连头连脑打下二三十，打得稀烂，呜呼死了。

这未免有点小说的渲染,《随笔》只两句话,反倒干脆:

乃云:"好教作只恁地死!"遂趱数下而殂。

《木棉庵郑虎臣报冤》应该说是历史小说,严格意义的历史小说。是小说,当然会有些虚构,有些想象之词,但检对《山房随笔》,觉得其主要情节都是有根据的。其立意也是严肃的:以垂炯戒。这和《拗相公饮恨半山堂》的存有偏见,《苏小妹三难新郎》纯为娱乐,随意杜撰,是很不相同的。现在许多写历史题材的作品,尤其是电视剧,简直是瞎编,如写李太白与杨贵妃恋爱,就更不像话了。我觉得《木棉庵郑虎臣报冤》是短篇历史小说的一个典范:材料力求有据,写得也并非不生动。今天写历史题材的作品仍可取法。这,就是我写这篇文章的目的。

注　释

① 本篇原载《收获》1991 年第一期;初收《汪曾祺文集·散文卷》,江苏文艺出版社,1993 年 9 月。

② 凡有田者,皆须验契,查勘来历,质对四至,稍有不合,没入其田;又丈量田地尺寸,如是有余,即为隐匿,亦没入。没人田产,不知其数,一时骚然。

③ 似道极恨秀才,凡秀才应举,须亲书详细履历。又密令亲信查访,凡有词华文采者,皆疑其造言生谤,寻其过误,皆加黜落。

随 遇 而 安 [①]

我当了一回右派，真是三生有幸。要不然我这一生就更加平淡了。

我不是1957年打成右派的，是1958年"补课"补上的，因为本系统指标不够。划右派还要有"指标"，这也有点奇怪。这指标不知是一个什么人所规定的。

1957年我曾经因为一些言论而受到批判，那是作为思想问题来批判的。在小范围内开了几次会，发言都比较温和，有的甚至可以说很亲切。事后我还是照样编刊物，主持编辑部的日常工作，还随单位的领导和几个同志到河南林县调查过一次民歌。那次出差，给我买了一张软席卧铺车票，我才知道我已经享受"高干"待遇了。第一次坐软卧，心里很不安。我们在洛阳吃了黄河鲤鱼，随即到林县的红旗渠看了两、三天。凿通了太行山，把漳河水引到河南来，水在山腰的石渠中活活地流着，很叫人感动。收集了不少民歌。有的民歌很有农民式的浪漫主义的想象，如想到将来渠里可以有"水猪"、"水羊"，想到将来少男少女都会长得很漂亮。上了一次中岳嵩山。这里运载石料的交通工具主要是用人力拉的排子车，特别处是在车上装了一面帆，布帆受风，拉起来轻快得多。帆本是船上用的，这里却施之陆行的板车上，给我十分新鲜的印象。我们去的时候正是桐花盛开的季节，漫山遍野摇曳着淡紫色的繁花，如同梦境。从林县出来，有一条小河。河的一面是峭壁，一面是平野，岸边密植杨柳，河水清澈，沁人心脾。我好像曾经见过这条河，以后还会看到这样的河。这次旅行很愉快，我和同志们也相处得很融洽，没有一点隔阂，一点别扭。这次批判没有使我觉得受了伤害，没有留下阴影。

1958年夏天，一天（我这人很糊涂，不记日记，许多事都记不准时间），我照常去上班，一上楼梯，过道里贴满了围攻我的大字报。要拔掉编辑部的"白旗"，措辞很激烈，已经出现"右派"字样。我顿时傻了。运动，都是这样：突然袭击。其实背后已经策划了一些日子，开了几次会，作了充分的准备，只是本人还蒙在鼓里，什么也不知道。这可以说是暗算。但愿这种暗算以后少来，这实在是很伤人的。如果当时量一量血压，一定会猛然增高。我是有实际数据的。"文化大革命"中我一天早上看到一批侮辱性的大字报，到医务所量了量血压，低压110，高压170。平常我的血压是相当平稳正常的，90—130。我觉得卫生部应该发一个文件：为了保障人民的健康，不要再搞突然袭击式的政治运动。

开了不知多少次批判会。所有的同志都发了言。不发言是不行的。我规规矩矩地听着，记录下这些发言。这些发言我已经完全都忘了，便是当时也没有记住，因为我觉得这好像不是说的我，是说的另外一个别的人，或者是一个根本不存在的，假设的，虚空的对象。有两个发言我还留下印象。我为一组义和团故事写过一篇读后感，题目是《仇恨·轻蔑·自豪》。这位同志说："你对谁仇恨？轻蔑谁？自豪什么？"我发表过一组极短的诗，其中有一首《早春》，原文如下：

（新绿是朦胧的，飘浮在树杪，完全不像是叶子……）

　　远树的绿色的呼吸。

批判的同志说：连呼吸都是绿的了，你把我们的社会主义社会污蔑到了什么程度？！听到这样的批判，我只有停笔不记，愣在那里。我想辩解两句，行么？当时我想：鲁迅曾说费厄泼赖应该缓行，现在本来应该到了可行的时候，但还是不行。中国大概永远没有费厄的时候。所谓"大辩论"，其实是"大辩认"，他辩你认。稍微辩解，便是"态度问题"。态度好，问题可以减轻；态度不好，加重。问题是问题，态度是态度，问题大小是客观存在，怎么能因为态度如何而膨大或收缩呢？许多错案都是因为本人为了态度好而屈认，而造成的。假如再有运动（阿弥陀佛,但愿真的不再有了),对实事求是、据理力争的同志应予表扬。

开了多次会,批判的同志实在没有多少可说的了。那两位批判"仇恨·轻蔑·自豪"和"绿色的呼吸"的同志当然也知道这样的批判是不能成立的。批判"绿色的呼吸"的同志本人是诗人,他当然知道诗是不能这样引申解释的。他们也是没话找话说,不得已。我因此觉得开批判会对被批判者是过关,对批判者也是过关。他们也并不好受。因此,我当时就对他们没有怨恨,甚至还有点同情。我们以前是朋友,以后的关系也不错。我记下这两个例子,只是说明批判是一出荒诞戏剧,如莎士比亚说,所有的上场的人都只是角色。

我在一篇写右派的小说里写过:"写了无数次检查,听了无数次批判,……她不再觉得痛苦,只是非常的疲倦。她想:定一个什么罪名,给一个什么处分都行,只求快一点,快一点过去,不要再开会,不要再写检查。"这是我的亲身体会。其实,问题只是那一些,只要写一次检查,开一次会,甚至一次会不开,就可以定案。但是不,非得开够了"数"不可。原来运动是一种疲劳战术,非得把人搞得极度疲劳,身心交瘁,丧失一切意志,瘫软在地上不可。我写了多次检查,一次比一次更没有内容,更不深刻,但是我知道,就要收场了,因为大家都累了。

结论下来了:定为一般右派,下放农村劳动。

我当时的心情是很复杂的。我在那篇写右派的小说里写道:"……她带着一种奇怪的微笑。"我那天回到家里,见到爱人说,"定成右派了",脸上就是带着这种奇怪的微笑的。我也不知道我为什么要笑。

我想起金圣叹。金圣叹在临刑前给人写信,说"杀头,至痛也,而圣叹于无意中得之,亦奇"。有人说这不可靠。金圣叹给儿子的信中说:"字谕大儿知悉,花生米与豆腐干同嚼,有火腿滋味",有人说这更不可靠。我以前也不大相信,临刑之前,怎能开这种玩笑? 现在,我相信这是真实的。人到极其无可奈何的时候,往往会生出这种比悲号更为沉痛的滑稽感,鲁迅说金圣叹"化屠夫的凶残为一笑",鲁迅没有被杀过头,也没有当过右派,他没有这种体验。

另一方面，我又是真心实意地认为我是犯了错误，是有罪的，是需要改造的。我下放劳动的地点是张家口沙岭子。离家前我爱人单位正在搞军事化，受军事训练，她不能请假回来送我。我留了一个条子："等我五年。等我改造好了回来。"就背起行李，上了火车。

右派的遭遇各不相同，有幸有不幸。我这个右派算是很幸运的，没有受多少罪。我下放的单位是一个地区性的农业科学研究所。所里有不少技师、技术员，所领导对知识分子是了解的，只是在干部和农业工人（也就是农民）的组长一级介绍了我们的情况（和我同时下放到这里的还有另外几个人），并没有在全体职工面前宣布我们的问题。不少农业工人不知道我们是来干什么的，只说是毛主席叫我们下来锻练锻练的。因此，我们并未受到歧视。

初干农活，当然很累。像起猪圈、刨冻粪这样的重活，真够一呛。我这才知道"劳动是沉重的负担"这句话的意义。但还是咬着牙挺过来了。我当时想：只要我下一步不倒下来，死掉，我就得拼命地干。大部分的农活我都干过，力气也增长了，能够扛 170 斤重的一麻袋粮食稳稳地走上和地面成 45 度角那样陡的高跳。后来相对固定在果园上班。果园的活比较轻松，也比"大田"有意思。最常干的活是给果树喷波尔多液。硫酸铜加石灰，兑上适量的水，便是波尔多液，颜色浅蓝如晴空，很好看。喷波尔多液是为了防治果树病害，是常年要喷的。喷波尔多液是个细致活。不能喷得太少，太少了不起作用；不能太多，太多了果树叶子挂不住，流了。叶面、叶背都得喷到。许多工人没这个耐心，于是喷波尔多液的工作大部分落在我的头上，我成了喷波尔多液的能手。喷波尔多液次数多了，我的几件白衬衫都变成了浅蓝色。

我们和农业工人干活在一起，吃住在一起。晚上被窝挨着被窝睡在一铺大炕上。农业工人在枕头上和我说了一些心里话，没有顾忌。我这才比较切近地观察了农民，比较知道中国的农村，中国的农民是怎么一回事。这对我确立以后的生活态度和写作态度是很有好处的。

我们在下面也有文娱活动。这里兴唱山西梆子（中路梆子），工人里不少都会唱两句。我去给他们化妆。原来唱旦角的都是用粉妆，——鹅蛋粉、胭脂，黑锅烟子描眉。我改成用戏剧油彩，这比粉妆要漂亮得多。我勾的脸谱比张家口专业剧团的"黑"（山西梆子谓花脸为"黑"）还要干净讲究。遇春节，沙岭子堡（镇）闹社火，几个年轻的女工要去跑旱船，我用油底浅妆把她们一个个打扮得如花似玉，轰动一堡，几个女工高兴得不得了。我们和几个职工还合演过戏，我记得演过的有小歌剧《三月三》、崔嵬的独幕话剧《十六条枪》。一年除夕，在"堡"里演话剧，海报上特别标出一行字：

台上有布景

这里的老乡还没有见过个布景。这布景是我们指导着一个木工做的。演完戏，我还要赶火车回北京。我连妆都没卸干净，就上了车。

1959年底给我们几个人作鉴定，参加的有工人组长和部分干部。工人组长一致认为：老汪干活不藏奸，和群众关系好，"人性"不错，可以摘掉右派帽子。所领导考虑，才下来一年，太快了，再等一年吧。这样，我就在1960年在交了一个思想总结后，经所领导宣布：摘掉右派帽子，结束劳动。暂时无接受单位，在本所协助工作。

我的"工作"主要是画画。我参加过地区农展会的美术工作（我用多种土农药在展览牌上粘贴出一幅很大的松鹤图，色调古雅，这里的美术中专的一位教员曾特别带着学生来观摩）；我在所里布置过"超声波展览馆"（"超声波"怎样用图像表现？声波是看不见的，没有办法，我就画了农林牧副渔多种产品，上面一律用圆规蘸白粉画了一圈又一圈同心圆）。我的"巨著"，是画了一套《中国马铃薯图谱》。这是所里给我的任务。

这个所有一个下属单位"马铃薯研究站"，设在沽源。为什么设在沽源？沽源在坝上，是高寒地区（有一年下大雪，沽源西门外的积雪跟城墙一般高）。马铃薯本是高寒地带的作物。马铃薯在南方种几年，就会退化，需要到坝上调种。沽源是供应全国薯种的基地，研究站设在这里，理所当然。这里集中了全国各地、各个品种的马铃薯，不下百来种。我在张家口买了纸、颜色、笔，带了在沙岭子新华书店买得的《癸巳类稿》、《十驾斋养新录》和两册《容斋随笔》（沙岭子新华书店进了这几种书也很奇怪,如果不是我买,大概永远也卖不出去),就坐长途汽车,奔向沽源。其时在 8 月下旬。

我在马铃薯研究站画《图谱》,真是神仙过的日子。没有领导,不用开会,就我一个人,自己管自己。这时正是马铃薯开花,我每天趁着露水,到试验田里摘几丛花,插在玻璃杯里,对着花描画。我曾经给北京的朋友写过一首长诗,叙述我的生活。全诗已忘,只记得两句:

坐对一丛花,

眸子炯如虎。

下午,画马铃薯的叶子。天渐渐凉了,马铃薯陆续成熟,就开始画薯块。画一个整薯,还要切开来画一个剖面。一块马铃薯画完了,薯块就再无用处,我于是随手埋进牛粪火里,烤烤,吃掉。我敢说,像我一样吃过那么多品种的马铃薯的,全国盖无第二人。

沽源是绝塞孤城。这本来是一个军台。清代制度,大臣犯罪,往往由帝皇批示“发往军台效力”,这处分比充军要轻一些(名曰“效力”,实际上大臣自己并不去,只是闲住在张家口,花钱雇一个人去军台充数)。我于是在《容斋随笔》的扉页上,用朱笔画了一方图章,文曰:

效力军台

白天画画,晚上就看我带去的几本书。

1962 年初,我调回北京,在北京京剧团担任编剧,直至离休。

摘掉右派分子帽子,不等于不是右派了。“文革”期间,有人来外调,我写了一个旁证材料。人事科的同志在材料上加了批注:

该人是摘帽右派,所提供情况,仅供参考。

我对“摘帽右派”很反感,对“该人”也很反感。“该人”跟“该犯”差不了多少。我不知道我们的人事干部从什么地方学来的这种带封建意味的称谓。

“文化大革命”,我是本单位第一批被揪出来的,因为有“前科”。

"文革"期间给我贴的大字报，标题是：

老右派，新表演

我搞了一些时期"样板戏"，江青似乎很赏识我，但是忽然有一天宣布："汪曾祺可以控制使用。"这主要当然是因为我曾是右派。在"控制使用"的压力下搞创作，那滋味可想而知。

一直到1979年给全国绝大多数右派分子平反，我才算跟右派的影子告别。我到原单位去交材料，并向经办我的专案的同志道谢："为了我的问题的平反，你们做了很多工作，麻烦你们了，谢谢！"那几位同志说："别说这些了吧！二十年了！"

有人问我："这些年你是怎么过来的？"他们大概觉得我的精神状态不错，有些奇怪，想了解我是凭仗什么力量支持过来的。我回答：

"随遇而安。"

丁玲同志曾说她从被划为右派到到北大荒劳动，是"逆来顺受"。我觉得这太苦涩了，"随遇而安"，更轻松一些。"遇"，当然是不顺的境遇，"安"，也是不得已。不"安"，又怎么着呢？既已如此，何不想开些。如北京人所说："哄自己玩儿。"当然，也不完全是哄自己。生活，是很好玩的。

随遇而安不是一种好的心态，这对民族的亲和力和凝聚力是会产生消极作用的。这种心态的产生，有历史的原因（如受老庄思想的影响），本人气质的原因（我就不是具有抗争性格的人），但是更重要的是客观，是"遇"，是环境的，生活的，尤其是政治环境的原因。中国的知识分子是善良的。曾被打成右派的那一代人，除了已经死掉的，大多数都还在努力地工作。他们的工作的动力，一是要实证自己的价值。人活着，总得做一点事。二是对生我养我的故国未免有情。但是，要恢复对在上者的信任，甚至轻信，恢复年青时的天真的热情，恐怕是很难了。他们对世事看淡了，看透了，对现实多多少少是疏离的。受过伤的心总是有翳的。人的心，是脆的。

这是没有办法的事。

为政临民者,可不慎乎。

一九九一年一月三十一日

注　释

① 本篇原载《收获》1991 年第二期;初收《汪曾祺小品》,中国人民大学出版社,1992 年 10 月。

《水浒》人物的绰号[①]

——浪子燕青及其他

"浪子燕青"的"浪子"是一个特定概念,指的是风流浪子。张国宝《罗李郎》杂剧:"人都道你是浪子,上长街百十样风流事。"此人一出场,但见:

> 六尺以上身材,二十四五年纪,三牙掩口细髯,十分腰细膀阔。……腰间斜插名人扇,鬓畔常簪四季花。

这个"人物赞"描写如画,在《水浒》诸"赞"之中是上乘。

> 这人是北京土居人氏,自小父母双亡,卢员外家中养的他大。为见他一身雪练也是白肉,卢俊义叫一个高手匠人,与他刺了这一身遍体花绣,却似玉亭柱上铺着软翠。若赛锦体,由你是谁,都输与他。不则一身好花绣,那人更兼吹的、弹的、唱的、舞的,拆白道字,顶真续麻,无有不能,无有不会。亦是说的诸路乡谈,省的诸行百艺的市语。更且一身本事,无人比的:拿着一张川弩,只用三枝短箭,郊外落生,并不放空,箭到物落。晚间入城,少杀也有百十个虫蚁。若赛锦标社,那里利物,管取都是他的。亦且此人百伶百俐,道头知尾,本身姓燕,排行第一,官名单讳个青字,北京城里人口顺,都叫他做"浪子燕青"。

《水浒》里文身绣体的有两个人。一个是史进,一个是燕青。史进刺的是九纹龙,燕青刺的大概是花鸟。"凤凰踏碎玉玲珑,孔雀斜穿花错落"。"玉玲珑"是什么,曾有人考证过,结论勉强。一说玉玲珑是复瓣水仙。总之燕青刺的花是相当复杂的。史进的绣体因为后来不常脱膊,再没有展示的机会。燕青在东岳庙和任原相扑,脱得只剩一条熟绢水裤儿,浑身花绣毕露,赢得众人喝彩,着实地出了风头。

《水浒传》对燕青真是不惜笔墨,前后共用了一篇赋体的赞,一段散文的叙述,一首"沁园春",一篇七言古风,不厌其烦。如此调动一切手段赞美一个人物,在全书中绝无仅有。看来作者对燕青是特别钟爱的。

写相扑一回,章法奇特。前面写得很铺张,从燕青与宋江谈话,到燕青装做货郎担儿,唱山东货郎转调歌,到和李逵投宿住店,到用扁担劈了任原夸口的粉牌,到众人到客店张看燕青,到燕青游玩岱岳庙,到往迎恩桥看任原,到相扑献台的布置,到太守劝阻燕青,到"部署"再度劝阻,一路写来,曲折详尽,及至正面写到相扑交手,只几句话就交待了。起得铺张,收得干净,确是文章高手。相扑原是"说时迟,那时快"的事,动作本身,没有多少好写。但是《水浒》的寥寥数语却写得十分精彩。

> ……任原看看逼将入来,虚将左脚卖个破绽,燕青叫一声"不要来!"任原却待奔他,被燕青去任原左肋下穿将过去。任原性起,急转身又来拿燕青,被燕青虚跃一跃,又在右肋下钻过去。大汉转身,终是不便,三换换得脚步乱了。燕青却抢将入去,右手扭住任原,探左手插入任原交裆,用肩膊顶住他胸脯,把任原直托将起来,头重脚轻,借力便旋四五旋,旋到献台边,叫一声"下去!",把任原头在下脚在上,直撺下献台来,这一扑名叫"鹁鸽旋",数万香官看了,齐声喝采。

《容与堂刻本水浒传》于此处行边加了一路密圈,看来李卓吾对这段文字也是很欣赏的。这一段描写实可作为体育记者的范本。

燕青不愧是"浪子"。

《水浒》一百八人多数的绰号并不是很精彩。宋江绰号"呼保义",不知是什么意思。龚开的画赞称之曰"呼群保义",近是"增字解经"。他另有个绰号"及时雨"是个比喻,只是名实不符。宋江并没有在谁遇到困难时给人什么帮助,倒是他老是在危难之际得到别人的解救。

"黑旋风李逵"的绰号大概起得较早,元杂剧里就有几出以"黑旋风"为题目的,但这个绰号只是说他爱向人多处排头砍去,又生得黑,也形象,但了无余韵。"霹雳火"只是说这个人性情急躁。"豹子头"我始终不明白是什么意思。倒是"菜园子张青"虽看不出此人有多大能耐,却颇潇洒。

不过《水浒》能把一百八人都安上一个绰号,配备齐全,也不容易。

绰号是特定的历史时期的文学现象和社会现象。其盛行大概在宋以后、明以前,即《水浒传》成书之时。宋以前很少听到。明以后不绝如缕,如《七侠五义》里的"黑狐狸智化",窦尔墩"人称铁罗汉",但在演义小说中不那么普遍。从文学表现手段(虽然这是末技)和社会心理,主要是市民心理的角度研究一下绰号,是有意义的。

注　释

① 本篇原载 1991 年 2 月 6 日《文汇报》;初收《汪曾祺小品》,中国人民大学出版社,1992 年 10 月。

雁 不 栖 树[①]

苏东坡《卜算子》：

> 缺月挂疏桐，漏断人初静。谁见幽人独往来？缥缈孤鸿影。
>
> 惊起却回头，有恨无人省。拣尽寒枝不肯栖，寂寞沙洲冷。

苕溪渔隐曰："'拣尽寒枝不肯栖'之句，或云：鸿雁未尝栖宿树枝，惟在田野苇丛间，此亦语病也。"雁不落在树上，只在田野苇丛间，这是常识，苏东坡会不知道么？他是知道的。他的诗《高邮陈直躬处士画雁》一开头说："野雁见人时，未起意先改。君从何处看？得此无人态。"虽未说出雁在何处，但给人的感觉是在沙滩上。下面就说得很清楚了："北风振枯苇，微雪落璀璀。惨澹云水昏，晶荧沙砾碎。"然而苏东坡怎么会搞出这样语病来呢？

这首词的副题作"黄州定慧院寓居作"。"缺月挂疏桐，漏断人初静"，是庭院中的即景。这只孤雁怎会在缺月疏桐之间飞来飞去呢？或者说：雁想落在疏桐的寒枝上，但又觉得不是地方，想回到沙洲，沙洲又寂寞而冷，于是很徬徨。不过这样解词未免穿凿。一首看来没有问题，很好懂的词竟成了谜语，这是我初读此词时所未想到的。

《能改斋漫录》卷十六："东坡先生谪居黄州，作卜算子云云，其属意盖为王氏女子也，读者不能解。"这里似乎还有个浪漫故事。是怎么回事，猜不出。《漫录》又云："张右史文潜继贬黄州，访潘邠老，当得其详，题诗以志之"，读张文潜的题诗，更觉得莫名其妙。

雁为什么不能栖在树上？因为雁的脚趾是不能弯曲的，抓不住树枝。雁、鹅、鸭都是这样。不能"赶着鸭子上架"，因为鸭脚在架上呆不住。鸟类的脚趾有一些是不能弯曲的。画眉可以呆在"栖棍"上，百灵就不能,只能在砂底上跳来跳去,"哨"的时候也只能立在"台"上。

辛未年正月初四

注　释

① 本篇原载 1991 年 3 月 6 日《文汇报》;初收《汪曾祺小品》,中国人民大学出版社,1992 年 10 月。

正视危机才能走出危机^①

纪念徽班进京 200 周年活动,搞得很热闹,规模很大、很隆重,对戏曲发展,对弘扬民族文化、继承民族文化传统,会有推动作用。但是,还有许多工作要做。如果这么热闹一场就过去,可能削弱其现实作用。

京剧有危机,不景气。最现实的问题表现在京剧观众不多。谈振兴京剧,首先有一个政策问题要解决。比如京剧演员的待遇普遍太低。在这种情况下,有些表演团体是令人佩服的,如上海昆剧院。上昆演员对昆曲艺术充满了一种很难想象的热情。他们虽然收入微薄,但对艺术的追求是那么坚定,境界很高。

有同志提出,建立新的更加具体的文艺方针;对理论性、学术性的问题进行探讨。传统剧目、原封不动地演下去,不行。这包括思想内容、艺术形式两方面的问题。所有传统戏都应该用现代观点重新处理。不论传统剧,新编历史剧,还是现代戏,只要经过了现代人的加工、整理、演出,即是现代戏。今日的京剧只有历史题材与现实题材之分。而对于生活的认识、观察、表现,从思想内容到艺术手法,已汇入了现代气息。现代人写、现代人看、现代人演。许多戏在长期演出中,经演员有意无意地进行了改造,都加进了现代意识。

重新整理传统戏,有助于延续其内在生命力。经过多年思索,我提出一种继承传统戏的想法:小改而大动。保留有代表性的、比较精彩的唱念部分,使其不失原有风貌,在思想内容的关键之处,注入现代思想。我认为,对传统戏要更多地强调它的认识作用;认识祖国的历史。如果这样,我们欣赏传统戏的路子就会宽广得多。

我们对祖国戏剧的美学意义研究尚少。京剧是高度综合的艺术。尤其在表演形式上有很新鲜的东西超过了普通的现实主义表现手法。

京剧的"唱",更逾越了其他戏曲。但京剧的某些形式也含落后成分。如松散、无情节、缺乏丰富的人物形象,按演义小说结构单调发展。今天年轻人不喜欢京剧,不仅因为唱腔节奏慢,而且整个情节进展节奏缓慢。另一个重要方面是语言障碍。对此,我认为观众应该多迁就演员,逐步接受和习惯京剧这种艺术形式。不妨可以采取些强制性手段。在台湾,文学课本中就安排了京剧内容,而我们却没有更多地把"国剧"介绍给青年一代。俗话说"生书熟戏",经常性地接触,可以培养人们对京剧的兴趣。

京剧完全能够表现现代生活。但要舍弃一些东西、丰富一些东西,解决传统戏剧表演程式与现代生活习惯的诸多不谐调。京剧现代戏,我以为有这样几个方面需要研究:生活动作的舞蹈化;生活语言的音乐化;从生活出发创造富有想象、新鲜奇妙的表现手法;适当吸收、合理使用古代舞蹈、武打动作……。对以上这些有了深入的理解,现代戏才能既有现代生活气息,又不失京剧艺术的韵味。

我国戏剧史上,剧本创作对某个剧种的兴盛产生过不可低估的影响。关汉卿、王实甫等剧作家为后世留下过不朽名作。然而,在京剧的发展过程中,却几乎没有留下专业编剧的痕迹。以至结构很完整的《群英会》也无编剧可考。改编或新编历史剧,很重要的一环是编剧的质量。京剧面临的课题是,如何写出丰富、复杂、多面的人物。优秀的编剧除谙熟京剧外,还要熟悉舞台和表演。改编、新编历史剧也必须有现代生活的积累。要训练用韵文思维,并注意适合不同演员的特长。

最后谈谈演员。应该说这一代京剧演员在艺术上的成就与上一代比存在很大差距。京剧演员艺术质量下降,可以找到如下一些原因:演员局限于只学习老师的东西,缺少自己的创造和发展;老师教学生也只囿于自己的流派。我想,提高演员的文化素质、艺术修养是当务之急,只有这样,京剧演员才可能在前辈人艺术成就的基础上攀越新的高峰。

京剧现状,冰冻三尺,非一日之寒,前途好坏,实难预料。自然,只有正视危机,才能走出危机。

注　释

① 本篇原载《瞭望》1991 年第 7—8 期,是该刊为纪念徽班进京 200 周年所作
总题为"京剧前景五人谈"的访谈辑录,受访者还有翁偶虹、马少波、冯牧、
黄宗江。

谈　书　评[①]

我们现在的确应加强对图书的宣传、介绍。西方有些国家宣传图书，利用电视台的"黄金时间"作广告，我们就不敢这么干。他们往往因一篇书评家的书评，提高了书的身价，引起了读者的重视。

没有书评，说实在话，写书的人会感到寂寞的。有石沉大海之感。

我有时也写点儿书评之类的东西，这在很大程度上是为了年轻人。年轻的作者写了东西，求到了，我只能帮他们写序，愿意为他们写评论，希望扶持他们更快成长。"也写书评也写序，不开风气不为先"。这是我对写书评的基本态度。我观察，现在的书评现状不太好，好多书评，其实是"搔痒痒"，说无关紧要的话。

书评作者不能用固定的观点去套别人的作品，不能以我划线，而要从书的特点出发去观察，去评论。比如，上个月我给一个现实主义作家写序，下个月也许就会给一位新感觉派作者去写。

书评不能写得太长，最好短一些，短文往往能够抓住要害处。我很佩服《四库全书总目提要》，每篇都很短，但都抓住了要点。

要提高书评的文学性。书评要让人读起来觉得有味道，而不要让人望而生畏。

注　释

① 本篇原载《中国图书评论》1991 年第二期，是作者参加该刊召开的书评工作座谈会的发言辑录，标题为编入本卷时编者所加。

美在众人反映中①

——老学闲抄

    用文字来为人物画像,是吃力不讨好的事情。中外小说里的人物肖像都不精彩。中国通俗演义的"美人赞"都是套话。即《红楼梦》亦不能免。《红楼梦》写凤姐,极生动,但写其出场时之相貌:"一双丹凤三角眼,两弯柳叶吊梢眉",实在不美。一种办法是写其神情意态。《古诗为焦仲卿妻作》具体地写了焦仲卿妻的容貌装饰,给人印象不深,但"纤纤作细步,精妙世无双"却使人不忘。"行到中庭数花朵,蜻蜓飞上玉搔头",不写容貌如何,而其人之美自见。另一种办法,是不直接写本人,而写别人看到后的反映,使观者产生无边的想象。希腊史诗《伊里亚特》里的海伦皇后是一个绝世的美人,她的美貌至引起一场战争,但这样的绝色是无法用语言描绘的,荷马在叙述时没有形容她的面貌肢体,只是用相当多的篇幅描述了看到海伦的几位老人的惊愕。用的就是这种办法。汉代乐府《陌上桑》写罗敷之美:

> 行者见罗敷,下担捋髭须。
>
> 少年见罗敷,脱帽著帩头。
>
> 耕者忘其犁,锄者忘其锄。
>
> 来归相怨怒,但坐观罗敷。

用的也是这种办法,虽然还不免有点喜剧化,不那么诚实(《陌上桑》本身是一个喜剧,是娱乐性的唱段)。

    释迦牟尼是一个美男子,威仪具足,非常能摄人。诸经都载他具三十二"相",七十(或八十)种"好",《释迦谱》对三十二"相"有详细具体的记载,从他的脚后跟一直写到眼睛的颜色。但是只觉其繁琐啰嗦,不让人产生美感。七十种"好"我还未见到都是什么,如有,只有更加啰嗦。《佛本行经·瓶沙王问事品》(宋凉州沙门释宝云译),写释迦牟尼入王舍城,写得很铺张(佛经描叙往往不厌其烦),没有用这种开清单的办法。正是从众人的反映中写出释迦牟尼之美,摘引如下:

> ···········
>
> 见太子体相,功德耀巍巍。
>
> 所服寂灭衣,色应清净行。
>
> 人民皆愕然,扰动怀欢喜。
>
> 熟观菩萨形,眼睛如系著。
>
> 聚观是菩萨,其心无厌极。
>
> 宿界功德备,众相悉具足。
>
> 犹如妙芙蓉,杂色千种藕。
>
> 众人往自观,如蜂集莲华。
>
> ···········
>
> 抱上婴孩儿,口皆放母乳。
>
> 熟视观菩萨,忘不还求乳。
>
> 举城中人民,皆共竞欢喜。

这写得实在很生动。"众人往自观,如蜂集莲华",比喻极新鲜。尤其动人的是:"抱上婴孩儿,口皆放母乳,熟视观菩萨,忘不还求乳",真是亏他想得出!这不但是美,而且有神秘感。在世界文学中,我还没见到过写婴孩对于美的感应有如此者!

这种方法至少已有两千年的历史,是一个老方法了。但是方法无新旧,问题是一要运用得巧妙自然,不落痕迹,不能让人一眼就看出这是从什么地方学来的;二是方法,要以生活和想象做基础的。上述婴儿为美所吸引,没有生活中得来的印象和活泼的想象,是写不出来的。我们在当代作品中还时常可以看到这种方法的灵活运用,不绝如缕。

一九九一年三月二十六日

注　释

① 本篇原载《天津文学》1991 年第七期；初收《汪曾祺小品》，中国人民大学
出版社，1992 年 10 月。

修 髯 飘 飘[①]

——记西南联大的几位教授

在留胡子的教授里,年龄最长,胡子也最旺盛的,大概要算戴修瓒先生。我在校时,戴先生已有六十多岁。戴先生是法律系的。听说他在北洋政府时期曾任最高法院(那时应该叫做大理院)的大法官,因为对段祺瑞之所为不满,一怒辞职,到大学教书。戴先生身体很好。他身材不高,但很敦实,面色红润,两眼有光。他蓄着满腮胡子,已经近乎全白,但是通气透风,根根发亮。我没有听过戴先生的课,只在教室外经过时,听到过他讲课的声音,真是底气充足,声若洪钟。听到他的声音,看到他稳健的步履、飘动的银髯,想到他从执政府拂袖而去,总会生出一种敬意。戴先生是湘西人,湘西人大都很倔。

很多人都知道闻一多先生是留胡子的。报刊上发表他的照片,大都有胡子。那张流传很广的木刻像(记得是个姓夏的木刻家所刻),闻先生口衔烟斗,回头凝视,目光炯炯,而又深沉,是很传神的。这张木刻像上,闻先生是有胡子的。但是闻先生原来并未留胡子,他的胡子是抗战爆发那一天留起来的。当时发誓:抗战不胜,誓不剃须。

闻先生原来并不热衷于政治。他潜心治学,用功甚笃。他的治学,考证精严,而又极富想象。他是个诗人学者,一个艺术家。他的讲课很有号召力,许多工学院的学生会从拓东路(工学院在昆明东南角的拓东路)步行穿过全城,来听闻先生的课。闻先生讲课,真是"神采奕奕"。他很会讲课(有的教授很有学问,但不会讲课),能把本来是很枯燥的考证,讲得层次分明,引人入胜,逻辑性很强,而又文词生动。他讲话很有节奏,顿挫铿锵,有"穿透力",如同第一流的演员。他教过我们楚辞、唐诗、古代神话。好几篇文章说过,闻先生讲楚辞,第一句话是:

1295

"痛饮酒,熟读离骚,乃可以为名士",是这样的。我上闻先生的楚辞课,他就是这样开头的。他讲唐诗,把晚唐诗和后期印象派的画放在一起讲。我记得他讲李贺诗,同时讲了法国的点画派(pointism),这样的中西比较的研究方法,当时运用的人还很少。他讲古代神话,在黑板上钉满了用毛边纸墨笔手摹的大幅伏羲女娲的石刻画像(这本身是珍贵的艺术品)。昆中北院的大教室里各院系学生坐得满满的,鸦雀无声。听这样的课,真是超高级的艺术享受。

闻先生个性很强,处处可以看出。他用的笔记本是特制的,毛边纸,红格,宽一尺,高一尺有半,天头约高四寸,是离京时带出来的。他上课就带了这样的笔记,外面用一块蓝布包着。闻先生写笔记用的是正楷,一笔不苟,字兼欧柳字体稍长。他爱用秃笔。用的笔都是从别人笔筒中搜来的废笔。秃笔写蝇头小字,字字都像刻出来的,真是见功夫。他原是学画的。他和几位教授带领一群学生从北京步行到长沙,一路上画了许多铅笔速写(多半是风景)。他的铅笔速写另具一格,他以中国的书法入铅笔画,笔触肯定,有金石味。他治印,朱白布置很讲究,奏刀有力。连他的吃菜口味也是这样,口重。在蒙自住了半年,深以食堂菜淡为苦。

闻先生的胡子不是络腮胡子,只下巴下长髯一绺,但上髭浓黑,衬出他的轮廓分明,稍稍扁阔的嘴唇,显得潇洒而又坚毅。

闻先生后来走下"楼"来(他在蒙自,整天钻在图书馆楼上,同事曾戏称之为"何妨一下楼主人"),拍案而起,献身民主运动,原因很多,我只想说,这和他的刚强的个性是很有关系的。一是一,二是二,想怎么样,就怎么样,心口如一,义无反顾。闻先生是中国现代史上一个无半点渣滓的、完整的、真实的浪漫主义者。他的人格,是一首诗。

能为闻先生塑像的理想人物,是罗丹。可惜罗丹早就死了。

在西南联大旧址,现在的西南师范学院的校园中有闻先生的全身石像,长髯飘飘,很有神采。

闻先生遇难时,已经剃了胡子(抗战已经胜利)。我建议在闻先生牺牲的西仓坡另立一个胸像(现在有一块碑),最好是铜像。这个胸像可以没有胡子。

冯友兰先生面色苍黑,头发黑,胡子也黑。他是个高度近视眼,戴一副黑边眼镜,眼镜片很厚,迎面看去,只见一圈又一圈,看不清他的眼睛是什么样子。他常年穿着黑色的马褂,夹着一个包袱,里面装着他的讲稿。这包袱的颜色是杏黄的,上面还印着八卦五毒。这本是云南人包小孩子用的包被(襁褓),不知道冯先生怎么会随手拿来包讲稿了。有时,身后还跟着一条狗。这条狗不知道是不是宗璞的小说里所写的鲁鲁,看它是纯白的,而且四条腿很短,大概就是的。

我在联大时,冯先生的《贞元三书》(《新原人》、《新道学》、《新世训》)都已经出版,我看过,已经没有印象,只有总序里的一句话却至今记得:"今当贞下起元之时,好学深思之士,乌能已于言哉。"冯先生的治哲学,是要经世致用的,和金岳霖、沈有鼎等先生只是当作一门纯学术来研究不一样。

唐兰(立厂)先生的胡子不是有意留起来的,而是"自然"长长了的。唐先生很少理发,据说一年只理两次。他的头发有点鬈曲,满头带鬈的乌发,从后面看,像石狮子(狻猊)脑袋。头发长了,胡子也就长了。胡子,也有点鬈,但不利害,没有到成为虬髯公的地步。他理了发,头发短了,胡子也剃掉了,好像换了一个人。

唐先生治文字学,教"说文解字",我没有选过这门课。但他有一年忽然开了词选,这是必修课。原来教词选的教授请假,他就自告奋勇来教了。他教词选,基本上不怎么讲。有时甚至只是打起无锡腔,曼声吟诵(其实是唱)了一遍:"双鬓隔香红啊,玉钗头上凤……"——"好,真好!"这首词就算讲完了。班上学生词选课的最大收获,大概就是学会了唐先生吟词的腔调。似乎这样吟唱一遍,这首词也就懂了。这不是夸张,因为唐先生吟诵得很有感情,很陶醉,这首词的好处也就表达出来了。诗词本不宜多讲。讲多了,就容易把这首诗词讲死。像现在电视台的《唐诗撷英》就讲得太多了。一首七言绝句,哪有那么多的话好说呢。

不应该把胡子留起来,却留起来的,是生物系教授赵以炳。他要算西南联大教授中最年轻的,至少是最年轻的之一。当时他大概只有三十来岁。三十来岁而当了教授,可谓少年得志。赵先生长得很漂亮,但这种漂亮不是奶油小生或电影明星那样漂亮得浅薄无聊,他还是一个教授,一个学者,很有书卷气,很潇洒,或如北京人所说:很"帅"。在我所认识的教授中,当得起"风度翩翩"四个字的,唯赵先生一人。然而他却留了胡子。他为什么要留胡子呢? 这有个故事。他只身在联大教书,夫人不在身边,蓄须是为了明志,让夫人放心,保证不会三心二意。他的夫人我们当然没有见过,但想象起来一定也是一位美人。没想到,他的下巴下一把黑黑的胡子更增加了他的风度,使男学生羡慕,女学生倾心。然而没有听说过赵先生另外有什么罗曼史。

赵先生是生理学专家,专门研究刺猬。我离开联大后,就没有再见过赵先生,听说他后来的遭遇很坎坷,详情不得而知。

可以,甚至应该把胡子留起来而不留的,是吴宓(雨僧)先生。吴先生的胡子很密,而且长得很快,经常刮,刮得两颊都是铁青的。有一位外语系的助教形容吴先生胡子生长之快,说吴先生的胡子,两边永远不能一样,刮了左边,再刮右边的时候,左边的就又长出来了。吴先生相貌奇古,自号"雨僧",有几分像。

吴先生的结局很惨。"文化大革命"中穷困潦倒(每月只发生活费30 元),最后孤寂地死在家乡。

或问:你为什么要写这些胡子教授? 没有什么,偶然想起而已。为什么要想起? 这怎么说呢,只能说:这样的教授现在已经不多了。

注　释

① 　本篇原载 1991 年 4 月 7 日、14 日《中国教育报》。

一 种 小 说[①]

——魏志远小说集《我以为你不在乎》序

魏志远算是我的学生,我在鲁迅文学院所带的研究生。研究生毕业,要交几篇作品,由导师写评语、判分。我不知道评语要进学生的档案,写得很随便,不像个评语。一开头我就说:坦率地说,魏志远这样的小说我不习惯。我曾经习惯过,甚至也这样写过,但是现在不习惯了。我老了。我渴望再年轻一次。

去年下半年,我为几个青年作家写过序,读了一些他们的作品。每一次都是一次新的经验,都是对我的衰老的一次冲击,对我这盆奇形怪状的老盆景下了一场雨。

不习惯,问题在我,不在志远。我想还会有人不习惯的,领导、评论家、一部分读者。问题在这些领导、评论家、读者,不在志远。不习惯,要去习惯。不要对某些写法比较新的,比方说,现代派的作品,因为不习惯,就产生酒精过敏,乃至滴酒不沾。

志远这样的作家是不需要"导师"的,谁也不能指导他什么。任何一个作家都不需要什么导师。我不是志远的导师,是朋友。因为年辈的相差,可以说是忘年交。凡上了岁数的作家,都应该多有几个忘年交。相交忘年,不是为了去指导,而是去接受指导;或者,说得婉转一点,是接受影响,得到启发。这是遏制衰老的唯一办法。

人们要求作家在小说里要"说出一点什么"。志远的小说,有一些是说出一点什么的,而且说得相当明白。比如《一种颜色》,这说的是青春的被摧毁、被磨灭。小说里的姑妈的眼神很有魅力,年轻时很迷人。但是姑妈的生命从来就不曾开放,姑妈是一朵蓓蕾,然后,是枯萎。

姑妈十六岁,换了军装,剪了辫子。她欣喜若狂,她说她当了主人。当家做主啦。她的嘴唇鲜红,眼睛黑虎虎地闪着。姑妈是文艺兵。姑妈跳着舞、唱着歌进了新疆。唱歌跳舞的是一群女孩子。她们离开了家,她们觉得一切都非常可爱。(我的女儿就是这样离开家的,离家时高高兴兴。她说"一生交给党安排"。一想起这句话,我就心疼。)战争结束了,她们的歌喉也哑了。松了绑腿,摘下帽子,她们还是女人。她们埋着头,为自己的胸脯感到羞辱。她们开始等待了。她们学习。(学习!)姑妈成了一个男人的东西,那个男人就是姑父。"那个夜里,她看见了他。他要和她谈心。他来不及刮掉胡子。他说他是营长。老子出生入死,他很激动,喘不过气,就为了有个今天。他一把抱住她,抱得很紧。""我们要感谢,他说,他的呼吸急促,首长的关怀。他吹灭灯,一口就吹灭了。"姑妈是那个男人的东西了,和所有的女孩子一样,为了服从一种需要。那是至高无上的。姑妈懂得这个,她们都懂。文艺兵,军队文工团、宣传队的女孩子大都逃不脱这样的命运。我们要感谢首长的关怀。首长关怀谁?关怀姑妈么?

可悲的是姑妈非常安于这样的命运。姑父死了。干休所的礼堂哀乐沉郁,摆满了花圈。姑妈说,追悼会非常隆重。她说她非常满意,都靠老首长的关怀。姑妈对姑父的讣告非常满意。姑妈说,你姑父对这样的评价,就死也瞑目了。她说,我知道他最担心的就是这个。

姑妈有四个孩子。姑妈老了。

姑妈没有过爱情,她没有爱过。她是一朵蓓蕾,接着,是枯萎。

她的"价值"是什么?

这公平么?

我们这个社会迄今仍带有很大的封建性,甚至奴隶社会的痕迹。

这不是说出一点什么了?

《往事》里的方是知青。外号方大胆。他无故地找"我"去决斗,像法国人或俄国人那样,用一支小口径步枪。他一拳打得人口鼻流血。他把威胁他出工的生产队长用麻绳捆紧,塞在床下,抽出一条内裤堵住生产队长的嘴。他纵酒。他曾经用手捏住眼镜王蛇的颈子。他好赌成瘾,常常输得饭票全无,喝水度日。他下班以后,把衣服鞋袜顶在头上游过大渡河,去和一个姑娘见面,然后再游过来。他就是这样任性地生活。每天都这样?方说,不这样还能怎样呢?他把生死看得无所谓,他谈到死,说,其实死了也就是那么回事。后来就任性地死了。他和人打赌,当火车过来的时候,在铁路桥栏杆上倒立。由于用力过猛,一下子翻过去了。死得很不值得。这是西方文学史出现过不止一次的一个典型。从屠格涅夫到舒克申都写过这样的典型。这种典型被称为"多余的人"或译"畸零人"、"自暴自弃者"。这样的典型在中国文学里还不多见。这样的人,在知青里有的。志远写得不像屠格涅夫那样具有浪漫主义的华丽色彩,没有把他当做诗人来写。不像舒克申小说那样具有戏剧性的情节,没有把他当做英雄。这本是一个传奇人物,但是志远没有渲染他的传奇性,写得很朴素。只是朴素地叙述,有这样一个人。

我很喜欢《小男孩》。这是一篇很独特的小说。没有故事。小男孩的妈妈叫九岁的小男孩到爸爸那里去要钱。爸爸和妈妈离婚了。妈妈说,爸爸要是不给钱,我们这个月就没有生活费。妈妈说,要不到钱你就别回来!详详细细地记录了过程,小男孩坐电车,买冰棍,在电车上和小女孩的妈妈谈话,进小巷,找楼号,上楼,敲门,回家……没有写小男孩的心情(只是蚂蚁、蚊子招他的厌烦),小说作者也只是流水账式地记录了小男孩的动作,不带感情。这种写法,不妨称之为"跟踪叙述"。但是,很感人。读这篇小说,令人想起契诃夫的《万卡》。小男孩比万卡更值得同情。万卡有爷爷。他很爱爷爷。他写给爷爷的信里虽然有很多眼泪,但是散发出茶炊、烟草的甜甜的香气。小男孩没有爷爷。小男孩没有爸爸。他想起爸爸骑自行车,让他坐在后座上,算是有一点亲切感,但是一闪而过,太淡了。他没有妈妈,妈妈是"魔鬼"。魏志远不像契诃夫那样把同情流露在纸面上,并且准知道会赢得读者的同情。魏志远的同情藏得很深,不动声色。甚至在最后写到:"他想到就在离家不远的地方,有一个菜场的凉棚可以睡觉。这个小男孩记得有一本书里写过，流浪汉就是在这种地方睡觉的"，也还是不动声色。

也许这可以当一篇寓言看。小男孩是无聊，寂寞，孤独的。人常常是无聊，寂寞，孤独的。人是孤儿。

大概会有不少人认为《在拉萨》不像小说。这是一个外国女人在拉萨几个小时的没有构思也未加剪接杂乱无章的录像。这个外国女人是个完全没有浪漫主义的平庸之至的中年妇女。她到拉萨来做什么？拉萨的异国（对她说起来是异国）风光，街头兜售的旅游纪念品，对她都没有吸引力。"不知道她干吗要在人群里钻来钻去。她好像对一切都不感兴趣"。

这也有点寓言意味。我们干吗要在人群里钻来钻去？

我不能再这样写下去，那成了小说提要。

此集的大部分写的是知青。可以说是知青心态。有些是写岁数较大的人的，但也可说是知青心态的折射。知青是中国特有的历史现象。他们是受骗的一代，被耽误的一代。但是他们没有多少怨恨，只是偶尔流露一点激愤（如《一种颜色》）。知青现在都已经长大了，回了城，成为当代城市青年。他们大都已经恋爱过，结了婚，且有儿女了。他们涉世已深，不再相信气势磅礴的谎话，不是任何教义的虔诚的信徒。但是他们并不是犬儒主义者，没有玩世不恭。他们是很认真，很执著地生活着的，但是他们的生活没有稳定的，哪怕是惰性的重心，易于失去平衡。他们异常敏感，易为一件常人看来无所谓的事而激动不已。《我以为你不在乎》里的妻子因为在浴室里为一个戴了头套的假女人看到她洗澡而一直心神不安。《门或者妻子》里的妻子和《窗台》里的林出人意料地自杀了。这是"常人"所不理解的。他们要的是真实，但在常人看来，这很荒诞。因此，常人对这样的小说不习惯。

魏志远有意使他的小说不成为"美文"。他排除辞藻，排除比喻

（只偶尔用极其普通的比喻，如说砸碎的玻璃像雪，像礼花）。他排除了抒情。也排除了哲学。福克纳说所有的小说都是形象化的哲学。那么，志远没有排除哲学。哲学是有的，但是不是抽象的、理念的哲学，这种哲学只是对生活的凝视。生活就是这样。生活是有道理的，但又是那样的没有道理。生活究竟是有道理的，还是没有道理？也许这正是志远所关心的问题。一个在生活里毫不感到困惑，没有一点怀疑主义的人，不是现代人，只是活在现代的古人。中国的古人是很多的。

使志远的小说为人所不习惯，不易接受，也因之被指为现代派的原因，是他的表达方式。他惯于使用双线平行结构（如《一种颜色》里的姑妈和姐姐），时空交错（如《在高楼下面》），使人有点眼花缭乱，看起来不那么顺。志远的小说基本上是叙述。极少描写。有，也极简单，如"嘴唇鲜红，眼睛黑虎虎地闪着"。志远的对话都不加引号，使对话成为转述，和叙述成为一体。这种叙述是忠于生活的原态的，按照生活本身的样子叙述，没有作过多的概括、提炼、升华。这些，在小说里本来是不需要的。当然会有所加工，但是加工得像未经加工一样。志远的小说不用悬念。悬念是愚弄读者。当然会有断续，有转折，但是是"随事转折"，生活的转折即是文章的转折。这种叙述往往很详尽，不厌其烦，甚至冗长沉闷。这种叙述是我在前面提出的："跟踪叙述"。

会有人问：为什么要这样写小说？为什么会有这样的小说？那不如问：为什么要有这样的时代？如果这样的时代是不可避免的，命定的，那么，这样的小说就是不可避免的，命定的。

一个人写出一篇小说，同时就是对小说观念的一次更新。

一九九一年五月二日早晨

注　释

① 　本篇原载《我以为你不在乎》（四川文艺出版社，1991年7月第一版），是作

者为魏志远的小说集所作序;又载《上海文学》1991 年第 12 期,文字有删减;初收《汪曾祺文集·文论卷》,江苏文艺出版社,1993 年 9 月。

觅我游踪五十年①

将去云南，临走前的晚上，写了三首旧体诗。怕到了那里，有朋友叫写字，临时想不出合适的词句。1987年去云南，一路写了不少字，平地抠饼，现想词儿，深以为苦。其中一首是：

> 羁旅天南久未还，故乡无此好湖山。
>
> 长堤柳色浓如许，觅我游踪五十年。

我在西南联大读书时，曾两度租了房子住在校外。一度在若园巷二号，一度在民强巷五号一位姓王的老先生家的东屋。民强巷五号的大门上刻着一副对联：

> 圣代即今多雨露
>
> 故乡无此好湖山

我每天进出，都要看到这副对子。印象很深。这副对联是集句。上联我到现在还没有查到出处，意思我也不喜欢。我们在昆明的时候，算什么"圣代"呢！下联是苏东坡的诗。王老先生原籍大概不是昆明，这里只是他的寓庐。他在门上刻了这样的对联，是借前人旧句，抒自己情怀。我在昆明呆了七年。除了高邮、北京，在这里的时间最长，按居留次序说，昆明是我的第二故乡。少年羁旅，想走也走不开，并不真的是因为留恋湖山，写诗（应是偷诗）时不得不那样说而已。但是，昆明的湖山是很可留恋的。

我在民强巷时的生活，真是落拓到了极点。一贫如洗。我们交给房东的房租只是象征性的一点，而且常常拖欠。昆明有些人家也真是怪，愿意把闲房租给穷大学生住，不计较房租。这似乎是出于对知识的怜惜心理。白天，无所事事，看书，或者搬一个小板凳，坐在廊檐下胡思乱想。有时看到庭前寂然的海棠树有一小枝轻轻地弹动,知道是一只小鸟离枝飞去了。或是无目的地到处游逛,联大的学生称这种游逛为Wandering。晚上,写作,记录一些印象、感觉、思绪,片片段段,近似A.纪德的《地粮》。毛笔,用晋人小楷,写在自己订成的一个很大的白绵纸本子上。这种习作是不准备发表的,也没有地方发表。不停地抽烟,扔得满地都是烟蒂。有时烟抽完了,就在地下找找,拣起较长的烟蒂,点了火再抽两口。睡得很晚。没有床,我就睡在一个高高的条几上,这条几也就是一尺多宽。被窝的里面都已不知去向,只剩下一条棉絮。我无论冬夏,都是拥絮而眠。条几临窗,窗外是隔壁邻居的鸭圈,每天都到这些鸭子呷呷叫起来,天已薄亮时,才睡。有时没钱吃饭,就坚卧不起,同学朱德熙见我到十一点多钟还没有露面,——我每天都要到他那里聊一会的,就夹了一本字典来,叫:"起来,去吃饭!"把字典卖掉,吃了饭,Wandering,或到"英国花园"(英国领事馆的花园)的草地上躺着,看天上的云,说一些"没有两片树叶长在一个空间"之类的虚无飘缈的胡话。

有一次替一个小报约稿,去看闻一多先生,闻先生看了我的颓废的精神状态,把我痛斥了一顿。我对他的参与政治活动也不以为然,直率地提出了意见。回来后,我给他写了一封短信,说他对我俯冲了一通。闻先生回信说:"你也对我高射了一通。今天晚上你不要出去,我来看你。"当天,闻先生来看了我。他那天说了什么,我已经不记得了。看了我,他就去闻家驷先生家了,——闻家驷先生也住在民强巷。闻先生是很喜欢我的。

若园巷二号的房东是一个上了年纪的寡妇,她没有儿女,只和一个又像养女又像使女的女孩子同住楼下的正屋,其余两进房屋都租给联大学生。我和王道乾同住一屋,他当时正在读蓝波的诗,写波特莱尔式的小散文,用粉笔到处画普希金的侧面头像,把宝珠梨切成小块用线穿成一串喂养果蝇。后来到了法国,在法国入了党,成了专译马克思主义文艺理论的翻译家。他的转折,我一直不了解。若园巷的房客还有何炳棣、吴讷孙,他们现在都在美国,是美籍华人了,一个是历史学家,一

个是美学和美术史专家。有一年春节,吴讷孙写了一副春联,贴在大门上:

人斗南唐金叶子
街飞北宋闹蛾儿

这副对联很有点富贵气,字也写得很好。闹蛾儿自然是没有的,昆明过年也只是放鞭炮。"金叶子"是指扑克牌。联大师生打桥牌成风,这位 Nelson 先生就是一个桥牌迷。吴讷孙写了一本反映联大生活的长篇小说《未央歌》,在台湾多次再版。1987 年我在美国见到他,他送了我一本。

若园巷二号院里有一棵很大的缅桂花(即白兰花)树,枝叶繁茂,坐在屋里,人面一绿。花时,香出巷外。房东老太太隔两三天就搭了短梯,叫那个女孩子爬上去,摘下很多半开的花苞,裹在绿叶里,拿到花市上去卖。她怕我们乱摘她的花,就主动用白磁盘码了一盘花,洒一点清水,给各屋送去。这些缅桂花,我们大都转送了出去。曾给萧珊、王树藏送了两次。今萧珊、树藏都已去世多年,思之怅怅。

我们这次到昆明,当天就要到玉溪去,哪里也顾不上去看看,只和冯牧陪凌力去找了找逼死坡。路,我还认得,从青莲街上去,拐个弯就到。1939 年,我到昆明考大学,在青莲街的同济大学附中寄住过。青莲街是一个相当陡的坡,原来铺的是麻石板;急雨时雨水从五华山奔泻而下,经陡坡注入翠湖,水流石上,哗哗作响,很有气势。现在改成了沥青路面。昆明城里再找一条麻石板路,大概没有了。逼死坡还是那样。路边立有一碑:"明永历帝殉国处",我记得以前是没有的,大概是后来立的。凌力将写南明历史,自然要来看看遗迹。我无感触,只想起坡下原来有一家铺子卖核桃糖,装在一个玻璃匣子里,很好吃,也很便宜。

我们一行的目标是滇西,原以为回昆明后可以到处走走,不想到了玉溪第二天就崴了脚,脚上敷了草药,缠了绷带,拄杖跛行了瑞丽、芒市、保山等地,人很累了。脚伤未愈,来访客人又多,懒得行动。翠湖近在咫尺,也没有进去,只在宾馆门前,眺望了几回。

即目可见的景物,一是湖中的多孔石桥,一是近西岸的圆圆的小岛。

这座桥架在纵贯翠湖的通路上,是我们往来市区必经的。我在昆明七年,在这座桥上走过多少次,真是无法计算了。我记得这条通路的两侧原来是有很高大的柳树的。人行路上,柳条拂肩,溶溶柳色,似乎透入体内。我诗中所说"长堤柳色浓如许",主要即指的是这条通路上的垂柳。柳树是有的,但是似乎颇矮小,也稀疏,想来是重栽的了。

那座圆形的小岛,实是个半岛,对面是有小径通到陆上的。我曾在一个月夜和两个女同学到岛上去玩。岛上别无景点,平常极少游客,夜间更是阒无一人,十分安静。不料幽赏未已,来了一队警备司令部的巡逻兵,一个班长,把我们骂了一顿:"半夜三更,你们到这点来整哪样?你们呐校长,就是这样教育你们呐!"语气非常粗野。这不但是煞风景,而且身为男子,受到这样的侮辱,却还不出一句话来,实在是窝囊。我送她们回南院(女生宿舍),一路沉默。这两个女同学现在大概都已经当了祖母,她们大概已经不记得那晚上的事了。隔岸看小岛,杂树蓊郁,还似当年。

本想陪凌力去看看莲花池,传说这是陈圆圆自沉的地方。凌力要到图书馆去抄资料,听说莲花池已经没有水(一说有水,但很小),我就没有单独去的兴致。

《滇池》编辑部的三位同志来看我,再三问我想到哪里看看,我说脚疼,哪里也不想去。他们最后建议:有一个花鸟市场,不远,乘车去,一会就到,去看看。盛情难却,去了。看了出售的花、鸟、猫、松鼠、小猴子、新旧银器……我问:"这条街原来是什么街?"——"甬道街"。甬道街!我太熟了!我告诉他们,这里原来有一家馆子,鸡枞做得很好,昆明人想吃鸡枞,都上这家来。这家饭馆还有个特点,用大锅熬了一锅苦菜汤,苦菜汤是不收钱的,可以用大碗自己去舀。现在已经看不出痕迹了。

甬道街的隔壁,是文明街,过去都叫"文明新街"。一眼就看出来,两边的店铺都是两层楼木结构,楼上临街是栏杆,里面是隔扇。这些房子竟还没有坏！文明新街是卖旧货的地方。街两边都是旧货摊。一到晚上，点了电石灯，满街都是电石臭气。什么旧货都有，玛瑙翡翠、铜佛瓷瓶、破铜烂铁。沿街流览，蹲下来挑选问价，也是个乐趣。我们有个同班的四川同学，姓李，家里寄来一件棉袍，他从邮局取出来，拆开包裹线，到了文明街，把棉袍搭在胳臂上："哪个要这件棉袍！"当时就卖掉了，伙同几个同学，吃喝了一顿。街右有几家旧书店，收售中外古今旧书。联大学生常来光顾，买书，也卖书。最吃香的是工具书。有一个同学，发现一家旧书店收购《辞源》的收价，比订价要高不少。出街口往西不远，就是商务印书馆。这位老兄于是到商务印书馆以原价买出一套崭新的《辞源》，拿到旧书店卖掉。文明街有三家磁器店，都是桐城人开的。昆明的操磁器业者多为桐城帮。朱德熙的丈人家所开的磁器店即在街的南头。德熙婚后，我常随他到他丈人家去玩，和孔敬（德熙的夫人）到后面仓库里去挑好玩的小酒壶、小花瓶。桐城人请客，每个菜都带汤，谓之"水碗"，桐城人说："我们吃菜，就是这样汤汤水水的。"美国在广岛扔了原子弹后，一天，有两个美国兵来买磁器，德熙伏在柜台上和他们谈了一会。这两个美国兵一定很奇怪：磁器店怎么会有一个能说英语的伙计，而且还懂原子物理！

过文明街为文庙西街，再西，即为正义路。这条路我走过多次，现在也还认得出来。

我十九岁到昆明，今年七十一岁，说游踪五十年，是不错的。但我这次并没有去寻觅。朋友建议我到民强巷和若园巷看看，已经到了跟前，不知道为什么，我不怎么想去。

昆明我还是要来的！昆明是可依恋的。当然，可依恋的不止是五十年前的旧迹。

记住：下次再到云南，不要崴脚！

（一九九一年五月十一日，北京）

注　释

① 本篇原载《女声》1991 年第八期；初收《旅食集》，广东旅游出版社，1992 年 4 月。

《受戒》重印后记^①

漓江出版社要重印《汪曾祺自选集》,建议改名为《受戒》,而以"汪曾祺自选集"为副题。我同意。

我觉得我还是个挺可爱的人,因为我比较真诚。

重谈一些我的作品,发现:我是很悲哀的。我觉得,悲哀是美的。当然,在我的作品里可以发现对生活的欣喜。弘一法师临终的偈语:"悲欣交集",我觉得,我对这样的心境,是可以领悟的。

我的作品有读者,我真是一则以喜,一则以惧。我给了读者一些什么?我说过我希望我的作品有益于世道人心,我做到了么?能够做到么?

我算是个"有影响"的作家了。所谓影响,主要是对青年作家的影响。我影响了他们什么?是对生活的、文学的态度,还是仅仅是语言、技巧、韵味?

最近应人之请,写了一篇短文,谈二十一世纪的文学。我认为本世纪的中国文学,翻来覆去,无非是两方面的问题:现实主义与现代主义;继承民族传统与接受西方影响。几年前,我曾在一次关于我的作品的讨论会上提出:回到现实主义,回到民族传统。我说:这种现实主义是容纳多种流派的现实主义;这种民族传统是对外来文化的精华兼收并蓄的民族传统。现实主义和现代主义可以并存,并且可以融合;民族传统与外来影响(主要是西方影响)并不矛盾。二十一世纪的文学也许是更加现实主义的,也更加现代主义的;更多地继承民族文化,也更深更广地接受西方影响的。针对中国目前的文学现状,我认为有强调现代主义、西方文化的必要。

我今年七十一岁,也许还能再写作十年。这十年里我将更有意识地吸收西方现代文学的影响。

　　我相信二十一世纪的中国文学将是辉煌的。

一九九一年五月十三日

注　释

①　本篇原载《漓江》1991 年冬季号,是《汪曾祺作品自选集》(漓江出版社,
　　1992 年版)的重印后记。《汪曾祺作品自选集》是《汪曾祺自选集》(漓江
　　出版社,1987 年版)的重印。

二十一世纪的文学？[①]

我能不能活到二十一世纪，没有把握。但是文学是会永存的。文学已经存在了若干世纪，它还会存在很多世纪，文学是不会消失的。

下一世纪的文学会是个什么样子，不好预言。但是我想还是会沿着本世纪文学的道路发展下去。会有所改变，但是不会变得叫我们完全不认得。

本世纪的中国文学，从现代文学到当代文学，翻来覆去，无非是两个方面的问题。一个是现实主义和现代主义的问题，一个是继承民族传统与接受外来影响，主要是西方影响的问题。这两方面的问题是互相关联的。我想现实主义和现代主义是可以并存，并且是可能融合的。继承民族传统与接受西方影响也是并不矛盾的。文学的潮流本不是泾渭分明、井水不犯河水。作家也不必自立门户，不归杨，则归墨，自己在一棵树上吊死。

有一次在北京举行的讨论我的作品的座谈会，我作过一个简短的发言，题目是"回到现实主义，回到民族传统"，这好像是我的文学主张。为什么用"回到"这个词，是因为我年轻时较多地吸收西方现代派的影响。我写过象征派的诗，在小说也有意地运用过现代派的表现方法，比如意识流。我认为现实主义仍然很有生命力，一个作家是不能脱离本民族的文化传统的。所谓"祖国"，重要的内容，是本民族的文化。没有祖国，没有自己民族的文化传统，是很痛苦的。我接触到几位美国的黑人学者，完全能体会到他们的没有历史，没有自己文化传统的深刻的悲哀。我在一篇文章里称他们为"悬空的人"。

为了恐怕引起误会，我在另一次发言里作了一点补充，说我所说的现实主义是能够吸收一切流派的现实主义，我所说的继承民族文化传统是不排斥任何外来影响的文化传统。

针对大陆近年的文学现状，我觉得有强调吸收现代主义和西方影响的必要，不是需要削弱甚至是摒弃。

我想二十一世纪的中国文学可能是更加现实主义的，同时也是更加现代主义的；更多地继承民族文化传统，也更多地吸取外来影响的。

台湾文学和大陆文学我觉得是一体的。从和台湾作家的接触中，我不觉得有陌生感，和与大陆作家相接触没有什么两样。当然，由于长期的隔离，会有些地方还不那样熟悉，加强交流是非常必要的。台湾文学可以从大陆文学借鉴一些东西；大陆作家一定也会从台湾作家的作品中得到很多教益。台湾的许多作家的文化素养是我所敬佩的。他们对中国古典文学和西方文学的熟悉程度是大陆一些作家，至少是我，所不及的。

注 释

① 本篇原载 1991 年 5 月 15 日《联合报》。

烟　赋①

　　中国人抽烟,大概开始于明朝,是从外国传入的。从前的中国书里称烟草为淡巴菰,是 Tobacco 的译音。我年轻时,上海人还把雪茄叫做"吕宋"。吸烟成风,盖在清代。现存的几种烟草谱,都是清人的著作。纪晓岚就是"嗜食淡巴菰"的。我的高中国文老师史先生说,纪晓岚总纂《四库全书》时,叫人把书页平摊在一个长案上,他一边吸烟,一边校读,围着大案走一圈,一篇《〈四库全书〉总目提要》就出来了。这可能是传闻,但乾隆年间,抽烟的人已经颇多,是可以肯定的。

　　小说《异秉》里的张汉轩说,烟有五种:水、旱、鼻、雅、潮。雅(鸦片)不是烟草所制,潮州烟其实也是旱烟之一种,中国人以前抽的烟实只有旱烟、水烟两大类。旱烟,南方多切成丝,北方则是揉碎了,都是用烟袋,摁在烟锅里抽的。北方人把烟叶都称为关东烟。关东烟里的上品是蛟河烟。这是贡品。据说西太后抽的即是蛟河烟。真正的蛟河烟只产在那么一两亩地里。我在吉林抽过真蛟河烟,名不虚传! 其次则"亚布力"也还可以,这是从苏联引进的品种。河北省过去种"易县小叶"。旱烟袋,讲求白铜锅、乌木杆、翡翠嘴。烟袋有极长的。南方老太太用的烟袋,银嘴五寸,乌木杆长至八尺,抽烟时得由别人点火,自己是够不着的。有极短的,可以插在靴子里,称为"京八寸"。这种烟袋亦称骚胡子烟袋,说是公公抽烟,叫儿媳妇点火,瞅着没人看见,可以乘机摸一下儿媳妇的手。潮州的烟袋是用竹根做的,在一头挖一窟窿,嵌一小铜胎,以装烟,不另安锅。我 1950 年在江西土改,那里的农民抽的就是这种烟,谓之"吃黄烟"。山西、内蒙人用羊腿骨做烟袋。抽这种烟得点一盏烟灯,因为一次只装很小的一撮烟,抽一口就把烟灰吹掉,叫做“一口香”，要不停地点火。云、贵、川抽叶子烟，烟叶剪成二寸许长，裹成小指粗细的烟支，可以说是自制小雪茄，但多数是插在烟锅里抽，也可算是旱烟类。我在鄂温克族地区抽过达斡尔人用香蒿子窨制的烟，一层烟叶，一层香蒿子，阴干，烟味极佳。是用纸卷了抽的。广东的“生切”也是用纸卷了抽的。新疆的“莫合烟”，即苏联翻译小说里常常见到的“马霍烟”，也是用纸卷了抽的。莫合烟是用烟梗磨碎制成的，不用烟叶。抽水烟应该是最卫生的，烟从水里滤过，有害物质减少了。但抽水烟很麻烦，每天涮水烟袋就很费事。水烟袋要保持洁净，抽起来才香。我有个远房舅舅，到人家作客，都由他的车夫一次带了五支水烟袋，换着抽，此人真是个会享福的人！水烟的烟丝极细，叫做“皮丝”，出在甘肃的兰州和福建的福州，一在西北，一在东南，制法质量也极相似，奇怪！云南人抽水烟筒，那得会抽，否则嘬不出烟来。若论过瘾，应当首推水烟筒。旱烟、水烟，吸时都要在口腔内打一回旋，烟筒的烟则是直灌入肺，毫无缓冲。

卷烟，或称纸烟，北京人叫做烟卷儿，上海一带人叫做香烟。也有少数地方叫做洋烟的。早年的东北评剧《雷雨》里的四凤夸赞周萍的唱词道：“穿西服，抽洋烟，梳的本是那个偏分。”可以为证。大概在东北人眼中这些都是很时髦的。东北是“十八岁的大姑娘叼着大烟袋”的地方，卷烟曾经是稀罕东西。现在卷烟已经通行全国。抽旱烟的还有，大都是上了年纪的人，但也相对地减少了。抽水烟的就更少了，白铜镂花的水烟袋已经成为古玩，年轻人都不知道这玩意是干什么用的了。说卷烟是洋烟，是有道理的。因为它本是从外国（主要是英国）输入的。上海一带流行的上等烟茄立克、白炮台、555……销行最广的中等烟红锡包（北方叫小粉包）、老刀牌（北方叫强盗牌）都是英国货。世界上的烟卷原分两大系。一类是海洋型，英国烟为其代表。英国烟的烟丝很细，有些烟如白炮台的烟盒上标明是NAVY CUT，大概和海军有点关系。一类是大陆型，典型的代表是埃及烟、法国烟、苏联的白海牌（东北人叫它“大白杆”），以及阿尔巴尼亚等烟属之。抽大陆型烟的人数不多。现在卷烟分为两大派系,一类是烤烟型,即英国烟型;一类是混合型,是一半海洋型、一半大陆型的烟丝的混合,美国烟大都是混合型。英国型的烟烟丝金黄,比较柔和,有烟草的自然的香味,比较为中国人所喜欢。

后来有外商和华侨在中国设厂制烟,比较重要的是英美烟草有限公司和南洋兄弟烟草公司。大前门为南洋兄弟烟草公司所出,美丽牌好像就是英美烟草有限公司出的。也有较小的厂出烟,大联珠、紫金山……大概是本国的烟厂所出。

我到昆明后抽过很多种杂牌烟。有一种烟叫仙岛牌,不记得是什么地方出的,烟味极好,是英国烤烟型,价钱也不贵。后来就再不见了,可能是因为日本兵占领了越南,滇越铁路一断,没有来源了。有一种烟,叫"白姑娘",硬盒扁支的,烟味很冲。有一种从湖南来的烟,抽起来有牙粉味。最便宜的烟是鹦鹉牌,十支装,呛得不得了,不知是什么树叶或草叶做的,肯定不是烟叶!

从陈纳德的飞虎队至美国空军到昆明后,昆明市面上到处是美国烟,多是从美国军用物资仓库中流出的。骆驼牌、老金、LUCKY STRIKE CHESTERFIELD、PHILIPMORRIS……一时抽美国烟的人很多,因为并不太贵。

云南烟业的兴起盖在四十年代初。那里的农业专家和实业家,经过研究,认为云南土壤、气候适于种烟,于是引进美国弗吉尼亚的大金叶,试种成功。随即建厂生产卷烟。所出的牌子有两种:重九和七七。重九当时算是高档烟,这个牌子沿用至今。七七是中档烟,后来不生产了。

五十年代后,云南制烟业得到很大发展,云南烟的质量得到全国公认,把许多省市的卷烟都甩到后面去了。云南卷烟的三大名牌:云烟牌、红山茶、红塔山。最近几年,红塔山的声誉日隆,俨然夺得云南名烟的首席(红山茶似已不再生产)。说是已经是国产烟的第一,也不为过分。时间并不长,为什么会发生这样大的变化?

借中华文学基金会、中国作协创联部和《中国作家》联合举办的

"红塔山笔会"的机缘,我们到玉溪卷烟厂作了几天客,饱抽"红塔山",解开了这个谜。

对于抽烟,我可以说是个内行。

打开烟盒,抽出一支,用手指摸一摸,即可知道工艺水平如何。要松紧合度。既不是紧得吸不动,也不是松得踩一踩就空了半截。没有挺硬的烟梗,抽起来不会"放炮",溅出火星,烧破衣裤。

放在鼻子底下闻一闻,就知道是什么香型。若是烤烟型,即应有微甜略酸的自然烟香。

最重要的当然就是入口、经喉、进肺的感觉。抽烟,一要过瘾,二要绵软。这本来是一对矛盾,但是配方得当,却可以兼顾。如果要对卷烟加以评品,我于"红塔山"得一字,曰:"醇"。

这是好烟。

红塔山得天时、地利、人和。

玉溪的经纬度和美国的弗吉尼亚相似,土质也相似,适宜烟叶生长。玉溪的日照时间比弗吉尼亚还要略长一点,因此烟叶质量有可能超过弗吉尼亚。玉溪地处滇中,气候温和,夏无酷暑,冬无严寒,雨量充足。空气的湿度天然利于烟叶的存放,不需要另作干湿调节的设施。更重要的是,玉溪卷烟厂有一个以厂长褚时健为核心的志同道合、协调一致、互相默契的领导班子。

褚厂长是个人物。面色深黑,双目有神,年过六十,精力充沛,说话是男中音,底气很足。他接受采访时从从容容,有条有理,语言表达得准确、清楚、简练,而又不是背稿子。他谈话时不带一张纸,不需要秘书在旁提供材料。他说话无拘束,很自然,所谈虽是实际问题,却具幽默感,偶出笑声。从谈吐中让人感到这是个很有自信而又随时思索着的人,一个有见识、有魄力、有性格的硬汉子,一个杰出的"人"。我一向不大承认什么"企业家",以为企业管理只是"形而下"的东西。自识褚时健,觉得坐在我身边侃侃而谈的这个人,确实是一位企业"家",因为他有那么一套"学问",他掌握了企业管理中某种规律性、某种哲理性的东西。

褚时健在未到玉溪卷烟厂之前,搞过一些规模较小的企业,在长期实践中他认识了一条最最朴素的真理:还是要重视物质,重视生产力。他不为"左"的政治经济气候所摇撼,不相信神话。

到了玉溪厂,他不停地思索着的是如何把红塔山的质量搞上去、保持住,使企业不停地发展。

质量,是企业的生命。

我和褚厂长只有两次短暂的接触,未能窥见他的"学问",但是我觉得他抓到了"玉烟"管理的一个支点:质量。

为什么红塔山能够力挫群雄,扶摇直上?首先,红塔山有质量上好的烟叶。有一个美国烟草专家参观了云南烟业,说再不抓烟叶生产,云烟质量很难保持。这句话给褚厂长很大启发。他决定,首先抓烟叶。玉溪卷烟厂的第一车间,不在厂里,在厂外,在田间。玉烟给烟农很大帮助,从资金到化肥、农药。但是有一个条件:你得给我好烟叶。最初厂里有人想不通,我们和农民是买卖关系,怎么能在他们身上下这样大的本?现在大家都认识到了,这是具有战略意义的一步棋。许多曾经显赫一时的名牌烟,质量下来了,很重要的一个原因,是烟叶质量没有保证。

当年生产的烟叶,不能当年就用,得存放一个时期,这样杂质异味才会挥发掉。据闻英国的名牌烟的烟叶都要存放三年。二次世界大战,存烟用尽,质量也不如以前了。玉溪烟厂的烟叶都要存放二年至二年半。这是像中药店配制丸散一样:"修合虽无人见,存心自有天知"的事。这个"天"就是抽烟的人。烟叶存放了多久,抽烟的人是看不到的,但是抽得出来。他们不知其所以然,但是知其然,能分辨出烟的好坏。

玉烟厂的主要设备都是进口的。有人说:国产设备和进口的差不多,要便宜得多,为什么要花那样大的价钱搞进口的?褚时健笑答:过几年你们就知道了。从卷烟的质量看,进口设备,是划得来的。

我因为在红塔山下崴了脚,没有能去参观车间,据参观过的作家说:"真是壮观!"

对烟的评价是最具群众性的,最公平的。卷烟不能像酒一样搞评比。我们国家是不允许卷烟作广告的。现在既不能像过去的美丽牌在《申报》和《新闻报》上作整幅的广告:"有美皆备,无丽弗臻",也不能像克莱文·A 一样借重梅兰芳的声誉,宣传这种烟对嗓音无害。卷烟的声誉,全靠质量,靠"烟民"们的口碑。北京人有言:"人叫人千声不语,货叫人点手就来。"这是假不得的。桃李不言,下自成蹊,红塔山之赢得声誉,岂虚然哉!

玉溪卷烟厂每年给国家创利税三四十个亿,这是个吓人一跳的数字。

厂里请作家题字留念,我写了一副对联:

技也进乎道
名者实之宾

我十八岁开始抽烟,今年七十一岁,从来没有戒过,可谓老烟民矣。到了玉溪烟厂,坚定了一个信念,一抽到底,决不戒烟。吸烟是有害的。有人甚至说吸一支烟,少活五分钟,不去管它了!写了一首五言诗:

玉溪好风日,
兹土偏宜烟。
宁减十年寿,
不忘红塔山。

诗是打油诗,话却是真话,在家人也不打诳语。

玉溪卷烟厂的礼堂里,在一块很大的红天鹅绒上缀了两行铜字:

天下有玉烟
天外还有天

据褚厂长说,这是从工人的文章里摘出来的,可以说是从群众中来的了。这是全厂职工的座右铭。这表现了全体职工的自豪感,也表现了他们的高瞻远瞩的胸襟。愿玉溪卷烟厂鹏程万里!

一九九一年五月二十一日,北京

注　释

① 本篇原载《十月》1991 年第四期；初收《旅食集》，广东旅游出版社，1992 年
4 月。

文化的异国^①

我年轻时就很喜欢桑德堡的诗,特别是那首《雾》。我去参观桑德堡的故居,在果园里发现两棵凤仙花,我很兴奋,觉得很亲切,问陪同我们参观的一位女士:"这是什么花?"她说:"不知道。"在中国到处都有的花,美国人竟然不认识。

美国也有菊花,我所见的只有两种,紫红色的和黄色的,都是短瓣、头状花序,没有卷瓣的、管瓣的、长瓣的,抱成一个圆球。当然更不会有"懒梳妆"、"十丈珠帘"、"晓色"、"墨菊"……这样许多名目。美国的插花以多为胜,一大把插在一个广口玻璃瓶里,不像中国讲究花、叶、枝、梗,倾侧取势,互相掩映。

美国也有荷花,但美国人似乎并不很欣赏。他们没有读过周敦颐的《爱莲说》,不懂得什么"香远益清"、"出淤泥而不染"。

美国似乎没有梅花。有一个诗人翻译中国诗,把梅花译成杏花。美国人不了解中国人为什么那样喜爱梅花,他们不懂得"疏影横斜水清浅,暗香浮动月黄昏"。不懂得这样的意境,不懂得中国人欣赏花,是欣赏花的高洁,欣赏在花之中所寄寓的人格的美。

中国和西方的审美观念是有很大的不同的。

比较起来,中国对西方的了解比西方对中国的了解要多一些。

我在芝加哥参观美术馆,正赶上后期印象派专题展览,我看了莫奈、梵谷、毕卡索的原作,很为惊异,我自信我对莫奈、梵谷、毕卡索是能看懂的、会欣赏的。

我看了亨利摩尔的雕塑,不觉得和我有不可逾越的距离。

但是西方人对中国艺术是相当陌生的。

中国"昭陵六骏"的"拳毛䯄"、"飒露紫"都在美国的费城大学博物馆展出,我曾特意去看过,真了不起！可是除我之外,没有别人驻足赞叹。

波士顿博物馆陈列着两幅中国名画,关仝的"雪山行旅图"和传宋徽宗摹张萱"捣练图"。"雪山图"气势雄伟,"捣练图"线条劲细,彩墨如新,堪称中国的国宝。但是美国参观的人似乎不屑一顾。

要一般外国人学会欣赏中国的书法,真是太难了,让他们体会王羲之和王献之有什么不同,那是绝对办不到的,文学上也如此。

中国人对美国的作家,从惠特曼、霍桑、马克·吐温到斯坦贝克、海明威……都是相当熟悉的。尤其是海明威,不少中国作家是受了海明威的影响的,包括我。但是美国人知道几个中国作家？有多少人知道鲁迅、沈从文？这公平么？

是不是中国作家水平低？不见得吧！拿沈从文来说,他的作品比日本的川端康成总还要高一些吧！但是川端康成得了诺贝尔奖,沈从文却一直未获提名通过。这公平么？

中国文学没有在世界范围内得到公平的评价,一方面是因为缺乏了解,另一方面,不能不说,全世界的文学界对中国文学存在着偏见。有人甚至说:"中国无文学",这不仅是狂妄,而且是无知！

我在国外时间极短,与一般华人接触甚少,不能了解他们的心态。与在国外的文化、文学工作者也少交谈,但我可以体会,在不公平的,存偏见的环境中,华人作家、艺术家,他们的心情是寂寞的,而且充满了无可申说的愤懑。

谁教咱们是中国人呢！

一九九一年五月

注　释

① 本篇原载 1992 年 1 月 12 日《中国时报》,又载《作家》1992 年第六期、《散文选刊》1993 年第一期;初收《中国当代名人随笔·汪曾祺卷》,陕西人民出版社,1993 年 12 月。

纪姚安的议论①

　　大概很少人知道纪姚安。他是纪晓岚的父亲,我也是从《阅微草堂笔记》里才知道他的。纪晓岚称之为"先姚安公",他的官印、表字,我都不知道,更不用说生平事迹,有无著作传世了。《笔记》有一些材料是他提供的。纪晓岚还记录了一些他的议论。他的议论很有意思。到后来我就专挑他的议论来看。越看越觉得有意思。

　　《阅微草堂笔记》我在高中时就看过。我在的中学——江阴南菁中学,有不少同学有两种书,一种是《曾文正公家书·日记》,一种便是《阅微草堂笔记》,作为自选的课外读物,不知是什么道理。我不喜欢这本书,不喜欢其文笔,觉得过于平实,直不笼统。对纪晓岚的文学主张,完全排斥想象,排斥虚构,排斥浪漫主义,不能同意。他对《聊斋》的批评:"……今嫵昵之词、媟狎之态,细微曲折、摹绘如生,使出自言,似无此理;使出作者代言,则何从而闻见之?"我觉得这简直可笑。纪晓岚又好发议论,几乎每记一事,都要议论一番。年轻人爱看故事,尤其是带传奇性的故事,不爱看议论。这些议论叫人头疼。也许是出于一种逆反心理,我对鲁迅对《笔记》的推崇持保留意见。直到去年,我在文章里还表示不能理解。最近重读了《笔记》,看法有所改变,觉得鲁迅的评价是有道理的,深刻的,很叫人佩服。这说明我是上了年纪了。

　　不能拿《阅微草堂笔记》来要求《聊斋》,也不能拿《聊斋》来要求《笔记》。正如不能拿了现实主义的标尺去量浪漫主义的作品,也不能拿浪漫主义的标尺去量现实主义。《聊斋》和《笔记》是两个路子。(《聊斋》取法唐人小说,《笔记》取法六朝笔记。)鲁迅说《笔记》"叙述多雍容淡雅,天趣益然",是极有见地的。"淡雅"或可做到,"雍容"是很不容易的。

鲁迅很欣赏纪晓岚的议论，以为"处事贵宽，论人欲恕，故于宋儒之苛察，特有违言，书中有触即发……且于不情之论，世间习而不察者，亦每设疑难，揭其拘迁，此先后诸作家所未有也"（《中国小说史略》）。"此先后诸作家所未有"，也许说得过重了一些。鲁迅本人深恶理学，读纪晓岚书，以为先得我心，出了胸中一口恶气，评价稍高，是可以理解的。纪晓岚的议论，不是孤立的现象，与当时的思潮是呼吸相通的，同时和他的家学是很有关系的。鲁迅对纪晓岚的称道，同样可以适用于纪姚安。我觉得纪姚安的思想比纪晓岚更高明，也更有趣一些。

姚安极通达，不钻牛犄角。《滦阳消夏录·四》载：

> 百工技艺，各祠一神为祖。倡族祀管仲，以女闾三百也。伶人祀唐玄宗，以梨园子弟也。此皆最典。胥吏祀萧何、曹参，木工祀鲁班，此犹有义。至靴工祀孙膑，铁工祀老君之类，则荒诞不可诘矣。长随所祀曰钟三郎，闭门夜奠，讳之甚深，竟不知为何神。曲阜颜介子曰："必中山狼之转音也。"先姚安公曰："是不必然，亦不必不然。郢书燕说，固未为无益。"

姚安心平气和，不走极端，对各种人，都能容纳。《槐西杂志·一》载：

> 田白岩言：尝与诸友扶乩，其仙自称真山民，宋末隐君子也。倡和方洽，外报某客某客来，乩忽不动。他日复降，众叩昨遽去之故，乩判曰："此二君者，其一世故太深，酬酢太熟，相见必有谀词数百句。云水散人，拙于应付，不如避之为佳。其一心思太密，礼数太明，其与人语恒字字推敲，责备无已。闲云野鹤，岂能耐此苛求，故遁逃尤恐不速耳。"后先姚安公闻之，曰："此仙究狷介之士，器量未宏。"

姚安自然不是无鬼论者，但不那么迷信，对狐鬼妖魅不很敬畏，不佞佛，也不想成仙。《如是我闻·一》：

> 雍正甲寅，余初随姚安公至京师，闻御史某公性多疑。初典永

光寺一宅,其地空旷,虑有盗,夜遣家奴数人,更番司铃柝,犹防其懈,虽严寒溽暑,必秉烛自巡视,不胜其劳。别典西河沿一宅,其地市廛栉比,又虑有火,每屋储水瓮。至夜铃柝巡视,如在永光寺时,不胜其劳。更典虎坊桥东一宅,与余邸隔数家,见屋宇幽邃,又疑有魅,先延僧诵经、放焰口,钹鼓玲玲者数日,云以度鬼。复延道士设坛召将,悬符持咒,钹鼓玲玲者又数日,云以驱狐。宅本无他,自是以后,魅乃大作,抛掷砖瓦,攘窃器物,夜夜无宁居。婢媪仆隶,因缘为奸,所损失无算。论者皆谓妖由人兴。居未一载,又典绳匠胡同一宅。去后不通音问,不知其作何设施矣。姚安公尝曰:"天下本无事,庸人自扰之",其此公之谓乎。

《滦阳消夏录·三》:

> 己卯七月,姚安公在苑家口,遇一僧,合掌作礼曰:"相别七十三年矣,相见不一斋乎?"适旅舍所卖皆素食,因与共饭。问其年,解囊出一度牒,乃前明成化二年所给。问:"师传此几代矣?"遽收之囊中,曰:"公疑我,我不必再言。"食未毕而去,竟莫测其真伪。尝举以戒昀曰:"士大夫好奇,往往为此辈所累。即真仙真佛,吾宁交臂失之。"

"即真仙真佛,吾宁交臂失之",这说得很潇洒。

姚安论事,唯主宽厚,近人情,对习理学的人对人苛求刻察是不满意的,而且谈起来很激动,对理学家很不原谅。昔人有云:"我能原谅所有的人,只是不原谅那不原谅人的人。"纪姚安的性格有些近似。

《槐西杂志·二》载:

> 东光有王莽河,即胡苏河也。旱则涸,水则涨。每病涉焉。外舅马公周篆言:雍正末,有丐妇一手抱儿,一手扶病姑涉此水。至中流,姑蹶而仆。妇弃儿于水,努力负姑出。姑大诟曰:"我七十老妪,死何害!张氏数世,待此儿延香火,尔胡弃儿以拯我?斩祖宗之祀者尔也!"妇泣不敢语,长跪而已。越两日,姑竟以哭孙不食死。妇呜咽不成声,痴坐数日,亦立槁。不知其何许人,但于姑

詈妇时，知为张姓耳。有著论者，谓儿与姑较，则姑重；姑与祖宗较，则祖宗重。使妇或有夫，或尚有兄弟，则弃儿是。既两世穷嫠，止一线之孤子，则姑所责者是，妇虽死有余悔焉。姚安公曰：讲学家责人无已时。夫急流汹涌，少纵即逝，此岂能深思长计时哉！势不两全，弃儿救姑，此天理之正，而人心之所安也。使姑死而儿存，终身宁不耿耿耶？不又有责以爱儿弃姑者耶？且儿方提抱，育不育未可知。使姑死而儿又不育，悔更何如耶？此妇所为，超出恒情已万万。不幸而其姑自殒，以死殉之，其亦可哀矣。犹沾沾焉而动其喙，以为精义之学，毋乃白骨含冤，黄泉赍恨乎！孙复作《春秋尊王发微》，二百四十年内，有贬无褒；胡思堂作《读史管见》，三代以下无完人。辨则辨矣，非吾所欲闻也！

这议论实在是透辟。“夫急流汹涌，少纵即逝，此岂深思长计时哉！”最能服人，真是说得再好没有了。

姚安匪特长于议论，其待人接物，为官断案，也是能体现他的通情达理的思想的。《槐西杂志·二》：

姚安公官刑部江苏司郎中时，西城移送一案，乃少年强污幼女者。男年十六，女年十四。盖是少年游西顶归，见是女撷菜圃中，因相逼胁。逻卒闻女号呼声，就执之。讯术竟，两家父母均投词：乃其未婚妻，不相知而误犯也。于律未婚妻和奸有条，强奸无条。方拟议间，女供亦复改移，但称调谑而已。乃薄责而遣之。或曰：“是女之父母受重赂，女亦爱此子丰姿。且家富，故造此虚词以解纷。”姚安公曰：“是未可知。然事止婚姻，与贿和人命，冤沉地下者不同。其奸未成无可验，其贿无据难以质。女子允矣，父母从矣，媒保有确证，邻里无异议矣，两造之词亦无一毫之牴牾矣，君子可欺以其方，不能横加锻炼，入一童子远戍也。”

语云：法律不外乎人情，姚安公有是矣。纪姚安断案从宽，到今天，还是我们的一些司法干部应该参考的。

纪姚安不是一个古板无味的人，他有时也是很有风趣，很幽默的。

《槐西杂志·一》：

> 景州申谦居先生，讳诩，姚安公癸巳同事也。天性和易，平生未尝有忤色，而孤高特立，一介不取，有古狷者风。衣必缊袍，食必粗粝。偶门人馈祭肉，持至市中易豆腐，曰："非好苟异，实食之不惯也。"尝从河间岁试归，使童子控一驴。童子行倦，则使骑而自控之。薄暮遇雨，投宿破神祠中。祠只一楹，中无一物，而地下芜秽不可坐，乃摘板扉一扇，横卧户前。夜半睡醒，闻祠中小声曰："欲出避公，公当户不得出。"先生曰："尔自在户内，我自在户外，两不相害，何必避？"久之，又小声曰："男女有别，公宜放我出。"先生曰："户内户外即是别，出反无别。"转身酣睡。至晓，有村民见之，骇曰："此中有狐，尝出媚少年人，入祠辄被瓦砾击，公何晏然也？"后偶与姚安公语及，掀髯笑曰："乃有狐欲媚申谦居，亦大异事。"姚安公戏曰："狐虽媚尽天下人，亦断不到君。当是诡状奇形，狐所未睹，不知是何怪物，故惊怖欲逃耳。"

可想见先生之为人矣。

纪姚安的言行，倘加辑录，可以成为一本书，这里只是举出数条，以见一斑耳。

乾嘉之际，是中国的知识分子思想解放的黄金时期（当然，那也是大兴文字狱的时期，但知识分子却仍可解放自己。这是个很值得究诘的问题，此处不能深论），他们从"存天理，灭人欲"的理学图圄中挣脱出来，对人，对人性给予了足有的地位。戴东原、俞理初都是这样。这是一时风气。纪晓岚，以及纪姚安受到风气的感染，是不足为奇的。我们对近代思想的普遍的了解似乎还很不够。我们应该研究戴东原，研究俞理初，对纪姚安这样的学术地位并不显著的普通的但有见识的知识分子也应该了解了解。这样，对探索五四以来的思想渊源，是有益的。对体察今天的知识分子的心态，也不是没有现实意义。

一九九一年六月一日

注　释

① 本文原载《中国文化》1991 年总第五期"城南客话"专栏。

徐文长的婚事^①

　　偶读徐文长的杂剧《歌代啸》，顺便把《徐渭集》（中华书局 1983年）翻了一遍，对徐文长的生平略有了解。文长是一大奇人。奇事之一是杀妻。把自己的老婆杀了，这在中国文人里还没听说过有第二人。徐文长杀的是其继室张氏，不是原配夫人。

　　徐文长的原配姓潘。徐文长二十岁订婚，二十一岁结婚。文长自订《畸谱》云：

> 二十岁。庚子，渭进山阴学诸生，得应乡科，归聘潘女。
> 二十一岁。寓阳江，夏六月，婚。

　　文长和潘氏夫人是感情很好的。《徐渭集》卷十一：嘉靖辛丑之夏，妇翁潘公即阳江官舍，将令予合婚，其乡刘寺丞公代为之媒，先以三绝见遗。后六年而细子弃帏。又三年闻刘公亦谢世。癸丑冬，徙书室，检旧札见之，不胜凄惋，因赋《七绝》：

一

> 十年前与一相逢，
> 光景犹疑在梦中。
> 记得当时官舍里，
> 熏风已过荔枝红。

二

> 华堂日晏绮罗开，
> 伐鼓吹箫第一两回。

帐底画眉犹未了，
寺丞亲着绛纱来。

三

筵前半醉起逡巡，
窄袖长袍妥着身。
若使吹箫人尚在，
今宵应解说伊人。

四

闻君弃世去乘云，
但见缄书不见君。
细子空帷知几度，
争教君不掩荒坟。

五

掩映双鬟绣扇新，
当时相见各青春。
傍人细语亲听得，
道是神仙会里人。

六

翠幌流尘着地垂，
重论旧事不胜悲。
可怜唯有妆台镜，
曾照朱颜与画眉。

七

箧里残花色尚明，

分明世事隔前生。

坐来不觉西窗暗，

飞尽寒梅雪未晴。

这七首诗除了第四首主要是写刘寺丞的旧札的外，其余六首都是有关潘氏夫人的。癸丑那年，徐文长三十三岁，距离与潘氏结婚已经十二年，离潘之死，也八年了。当时情景，历历在目，文长盖无一日忘之，诗的感情的确是很凄婉的。从诗里看，潘夫人是相当漂亮的。

紧挨着这七首诗后面的是《内子亡十年，其家以甥在，稍还母所服，潞州红衫，颈汗尚洫，余为泣数行下，时夜天大雨雪》：

黄金小纽茜衫温，

袖摺犹存举案痕。

开匣不知双泪下，

满庭积雪一灯昏。

诗写得很朴实，睹物思人，只是几句家常话，但是感情很真挚，是悼亡诗里的上品。

卷五有《述梦二首》：

一

伯劳打始开，

燕子留不住，

今夕梦中来，

何似当初不飞去？

怜羁雄，

嗟恶侣，

两意茫茫坠晓烟，

门外乌啼泪如雨。

二

跣而濯，

宛如昨，

罗鞋四钩闲不着。

棠梨花下踏黄泥，

行踪不到栖鸳阁。

这两首诗第二首很空灵，第一首则颇质实。看诗意，也是写潘夫人的。诗里写到女人洗脚，不是夫妻咋行？从"怜羁雄，嗤恶侣"看，诗是在文长再娶之后写的，做这个梦时，文长已是四十岁以后了。

徐和潘不但感情好，脾气性格也相投。这位潘夫人生前竟没有名字，她的名字是她死后徐文长给她起的。《亡妻潘墓志铭》曰："君姓潘氏，生无名字，死而渭追有之。以其介似渭也，名似，字介君。"给夫人起这样一个名字，称得起是知己了。潘夫人地下有知，想也是感激的。《墓志铭》称"介君慧而朴廉，不嫉忌。"徐文长容易生气，爱多心，潘夫人是知道的，每当要跟文长说点正经事，一定先考虑考虑，别说出什么叫徐文长不爱听的话。"与渭正言，必择而后发，恐渭猜，蹈所讳。"看来潘夫人对徐文长迁就的时候多。因此，闺中相处六年，生活是美满的。

文长再婚后，对原先的夫人更加怀念不置。

徐文长共结过三次婚。第二个夫人姓王，只共同生活了三个月左右。《畸谱》：

三十九岁。徙师子街。夏，入赘杭之王，劣甚。始被诒而误，秋，绝之，至今恨不已。

四十岁时与张氏订婚，四十一岁与张结婚。四十六岁时杀了张氏。《畸谱》：

四十六岁。易复，杀张下狱。隆庆元年丁卯。

徐文长到底为什么要杀妻，这是个弄不清楚的问题。

他和张氏的感情是不好的，甚至很坏，文长对张氏虽不像对王氏那样，认为"劣甚"，"至今恨不已"，但是"怜羁雄，嗤恶侣"的"恶侣"似乎说的是张氏,不是王氏。因为文长入赘王家时间甚短,《述梦》不会是恰恰写于这段时间。文长集中对张只字不提,——他为潘夫人写了多少好诗!《畸谱》中只记了一笔:"杀张下狱",在监狱里所写的诗也只写了对关心他的人、营救他的人表示感谢,对杀妻这件事没有态度,看不出他有什么后悔、内疚。

徐文长杀妻,都说是出于猜疑嫉妒。袁宏道谓"以疑杀其继室",陶望龄谓"渭为人猜而妒,妻死后有所娶,辄以嫌弃(按,此指王氏),至是又击杀其后妇,遂坐法系狱中"。猜疑什么?是疑其不贞?以无据可查,不能妄测。

比较站得住的原因,是文长这时已经得了精神病,他已经疯了。他曾用锥子锥进自己的耳朵。袁宏道《徐文长传》谓"或以利锥锥其两耳,深入寸许,竟不得死"。陶望龄《徐文长传》谓"……遂发狂,引巨锥剚耳,刺深数寸,流血几殆。"这是文长四十五岁时的事。《畸谱》:

四十五岁。病易。丁剚其耳,冬稍瘳。

杀妻是四十六岁,相隔不到一年,他的疯病本没有好,这年又复发了。

一个人干得出用锥子锥自己的耳朵,干出像杀妻这样的事,就不是完全不可想象的了。

一个人为什么要发疯?因为他是天才。

梵高为什么要发疯,你能解释清楚吗?

一九九一年六月十三日

注　释

① 本篇原载《江那边的国土》,人民文学出版社,1992 年版;初收《汪曾祺全集》第五卷,北京师范大学出版社,1998 年 8 月。

却　老①

　　糊里糊涂,就老了。不知道从什么时候起,别人对我的称呼从"老汪"变成了"汪老"。老态之一,是记性不好。初见生人,经人介绍,很热情地握手,转脸就忘了此人叫什么。有的朋友见过不止一次,一起开会交谈,却怎么也想不起该怎么称呼。有时接到电话,订了约会,自以为是记住了,但却忘得一干二净。但是一些旧事,包括细节,却又记得十分清楚。这是老人"十悖"之一,上了岁数,都是这样。另外一方面,又还不怎么显老,眼睛还不老。人老,首先老在眼睛上。老人眼睛没神,眼睛是空的,说明他已经失去思想的敏锐性,他的思想集中不起来。我自觉还不是这样。前几年《三月风》杂志请丁聪为我画了一张漫画头像,让我写几句话作为像赞,写了四句诗:

　　　　近事模糊远事真,双眸犹幸未全昏。

　　　　衰年变法谈何易,唱罢莲花又一春。

　　人总要老的,但要尽量使自己老得慢一些。

　　要使自己老得慢一点,首先要保持思想的年轻,不要僵化。重要的,甚至是唯一的办法,是和年轻人多接触。今年 5 月,我给青年诗人魏志远的小说集写了一篇序,说:

　　　　去年下半年,我为几个青年作家写过序,读了一些他们的作品。每一次都是一次新的经验,都是对我的衰老的一次冲激,对我这盆奇形怪状的老盆景下了一场雨。

　　　　……

　　　　志远这样的作家是不需要"导师"的(志远是我在鲁迅文学院所带的研究生,我算是他的导师),谁也不能指导他什么。任何一个作家都不需要什么导师。我不是志远的导师,是朋友。因为年辈的相差,可以说是忘年交。凡上岁数的作家,都应该多有几个忘年交。相交忘年,不是为了去指导,而是去接受指导,或者,说得婉转一点,是接受影响,得到启发。这是遏制衰老的唯一办法。

我说的是实实在在的话,不是矫情。但这对一些人是不适用的。

要长葆思想的活泼,得常用。太原晋祠有泉曰"难老",有亭,亭中有小竖匾,匾是傅青主所写,曰"永锡难老"。泉水所以难老,因为流动。人的思想也是这样,常用,则灵活敏捷;老不用,就会迟钝甚至痴呆。用思想,最好的办法是写文章。平常想一些事情,想想也就过去了。倘要落笔写成文章,就得再多想想,使自己的思想合逻辑,有条理,同时也会发现这件事所蕴藏的更丰富的意义。为写文章,尤其是散文,就要读一点书。平常读书,稍有发现,常常是看过也就算了。到要写一点什么,就不同了。朱光潜先生说为写文章而读书,会读得更细致,更深入,这是经验之谈。文章越写越有,老不写,就没有。庄稼人学种地,老人们常说"力气越用越有",写文章也是这样。带着问题读书,常常会旁及有关的材料。最近重读《阅微草堂笔记》,原来是为印证鲁迅对此书的评价(我曾经认为鲁迅的评价偏高),却从书中发现纪晓岚的父亲纪姚安是个非常有意思的人,他的思想非常通达,因而写了一篇散文《纪姚安的议论》,这是原先没有想到的。我因此又对乾嘉之际的学者的思想产生兴趣,很想读一读戴东原、俞理初的书。写文章引起读书的兴趣,这是最大的收获。写作最好养成习惯。老舍先生说他有得写没得写,一天至少要写五百字,因此直到后来,笔下仍极矫健。一个作家在写作的时候,是生命状态最充盈,最饱满的时候,也是最快乐的时候。孙犁同志说写作是他的最好的休息,我有同感。笔耕不辍,乃长寿之道。只是老人写作,譬如登山,不能跑得过猛。像年轻人那样,不分日夜,一口气干出万把字,那是不行的。

一个弄文学的人,倘不愿速老,最好能搞一点现代主义,接受一点西方的影响。上个月,应台湾《联合日报副刊》之邀,写了一篇小文章。文章小,题目却大:《二十一世纪的文学》。我认为本世纪中国文学,颠来倒去,无非是两个方面的问题:一个是现实主义与现代主义的问题;一个是继承民族传统与接受外来影响的问题。前几年,在北京市作协举行的讨论我的小说的座谈会上,我于会议将结束时作了一个简短的发言,题目是《回到现实主义,回到民族传统》,好像这是我的文学主张。所以说"回到",是因为我年轻时接受过西方现代派的影响。经过一段时间的磨炼,我觉得现实主义是仍有生命力的;一个人,不能脱离自己本土的文化传统,否则就会变成无国籍的"悬空的人"——我曾用这题目写过一篇散文,记几个美国黑人学者的心态,他们的没有自己的文化、没有历史的深刻的悲哀。所谓"祖国",很重要的成分是祖国的文化。为了怕引起误会,我后来在别的文章里作了一点补充:我所说的现实主义是能容纳一切流派的现实主义;我所说的民族文化传统是不排斥外来影响的文化传统。现实主义和现代主义是可以溶合的;民族文化和外来影响也并不矛盾,它们之间并非渭泾分明,作家也不必不归杨则归墨,在一棵树上吊死。二十一世纪的文学,可能是既是更加现实主义的,也是更加现代主义的;既有更浓厚的民族传统色彩,也有更鲜明的西方文学的影响。针对中国大陆文学的现状,我以为目前有强调对现代主义、西方影响更加开放的必要。人体需要接受一点刺激,促进新陈代谢。现实主义如果不吸收现代主义,就会衰老,干枯,成为木化石。

"衰年变法谈何易",变法,我是想过的。怎么变,写那首诗时还没有比较清晰的想法。现在比较清楚了:我得回过头来,在作品里溶入更多的现代主义。

不一定每篇作品都是这样。有时是受所表现的生活所制约的。比如我写的《天鹅之死》,时空交错,有点现代派;最近为《中国作家》写的《小芳》,就写得很平实,初看,看不出有什么现代派的影子。说要溶入更多的现代主义只是一个主观追求的倾向。

现实主义和现代主义都是一个宽泛的概念,作家不要自我设限,如孔夫子所说:"今汝画"。

路漫漫其修远兮,吾将上下而求索。

给我看过相的都说我能长寿。有一位素不相识的退休司机在一个小酒馆里自荐给我看一相,断言我能活九十岁。我今年七十一,还能活多久,未可知也。我是希望能多活几年的,我要多看看,看看世界的变化,国家的变化,文学的变化。

一九九一年六月十七日

注　释

① 本篇原载 1992 年 3 月 19 日《解放日报》。见报时编者在文后加了一段说明:"这是作者写给范泉同志的一封信。本刊登载时略有删节。全文已编入上海文艺出版社即将出版的《文化老人话人生》一书。"《文化老人话人生》,范泉主编,上海文艺出版社,1992 年 11 月。但所收稿前多出书信上款及第一自然段:

范泉先生:

捧接来书,真同隔世。你历尽坎坷,重返故地,仍理旧业,从来信行文及字迹看,流利秀雅,知身心并甚健康,深可欣慰。承嘱为文谈老年心态,自当如命,但恨只能作泛泛之谈,无深意耳。

初收《汪曾祺全集》第五卷,北京师范大学出版社,1998 年 8 月。

我 的 家 乡[①]

——自传体系列散文《逝水》之一

  法国人安妮·居里安女士听说我要到波士顿,特意退了机票,推迟了行期,希望和我见一面。她翻译过我的几篇小说。我们谈了约一个小时,她问了我一些问题。其中一个是,为什么我的小说里总有水?即使没有写到水,也有水的感觉。这个问题我以前没有意识到过。是这样。这是很自然的。我的家乡是一个水乡,我是在水边长大的,耳目之所接,无非是水。水影响了我的性格,也影响了我的作品的风格。

  我的家乡高邮在京杭大运河的下面。我小时候常常到运河堤上去玩(我的家乡把运河堤叫做"上河堆"或"上河塍"。"塍"字一般字典上没有,可能是家乡人造出来的字,音淌。"堆"当是"堤"的声转)。我读的小学的西面是一片菜园,穿过菜园就是河堤。我的大姑妈(我们那里对姑妈有个很奇怪的叫法,叫"摆摆",别处我从未听过有此叫法)的家,出门西望,就看见爬上河堤的石级。这段河堤有石级,因为地名"御码头",康熙或乾隆曾在此泊舟登岸(据说御码头夏天没有蚊子)。运河是一条"悬河",河底比东堤下的地面高,据说河堤和墙垛子一般高,站在河堤上,可以俯瞰堤下街道房屋。我们几个同学,可以指认哪一处的屋顶是谁家的。城外的孩子放风筝,风筝在我们脚下飘。城里人家养鸽子,鸽子飞起来,我们看到的是鸽子的背。几只野鸭子贴水飞向东,过了河堤,下面的人看见野鸭子飞得高高的。

  我们看船。运河里有大船。上水的大船多撑篙。弄船的脱光了上身,使劲把篙子梢头顶上肩窝处,在船侧窄窄的舷板上,从船头一步一步走到船尾。然后拖着篙子走回船头,欻的一声把篙子投进水里,扎到河底,又顶着篙子,一步一步向船尾。如是往复不停。大船上用的船篙甚长而极粗，篙头如饭碗大，有锋利的铁尖。使篙的通常是两个人，船左右舷各一人；有时只一个人，在一边。这条船的水程，实际上是他们用脚一步一步走出来的。这种船多是重载，船帮吃水甚低，几乎要漫到船上来。这些撑篙男人都极精壮，浑身作古铜色。他们是不说话的，大都眉棱很高，眉毛很重。因为长年注视着流动的水，故目光清明坚定。这些大船常有一个舵楼，住着船老板的家眷。船老板娘子大都很年轻，一边扳舵，一边敞开怀奶孩子，态度悠然。舵楼大都伸出一支竹竿，晾晒着衣裤，风吹着拍拍作响。

看打鱼。在运河里打鱼的多用鱼鹰。一般都是两条船，一船八只鱼鹰。有时也会有三条、四条，排成阵势。鱼鹰栖在木架上，精神抖擞，如同临战状态。打鱼人把篙子一挥，这些鱼鹰就劈劈啪啪，纷纷跃进水里。只见它们一个猛子扎下去，眨眼功夫，有的就叼了一条鳜鱼上来——鱼鹰似乎专逮鳜鱼。打鱼人解开鱼鹰脖子上的金属的箍（鱼鹰脖子上都有一道箍，否则它就会把逮到的鱼吞下去），把鳜鱼扔进船里，奖给它一条小鱼，它就高高兴兴，心甘情愿地转身又跳进水里去了。有时两只鱼鹰合力抬起一条大鳜鱼上来，鳜鱼还在挣蹦，打鱼人已经一手捞住了。这条鳜鱼够四斤！这真是一个热闹场面。看打鱼的，鱼鹰都很兴奋激动，倒是打鱼人显得十分冷静，不动声色。

远远地听见嘣嘣嘣嘣的响声，那是在修船、造船。嘣嘣的声音是斧头往船板上敲钉。船体是空的，故声音传得很远。待修的船翻扣过来，底朝上。这只船辛苦了很久，它累了，它正在休息。一只新船造好了，油了桐油，过两天就要下水了。看看崭新的船，叫人心里高兴——生活是充满希望的。船场附近照例有打船钉的铁匠炉，叮叮当当。有碾石粉的碾子，石粉是填船缝用的。有卖牛杂碎的摊子。卖牛杂碎的是山东人。这种摊子上还卖锅盔（一种很厚很大的面饼）。

我们有时到西堤去玩。我们那里的人都叫它西湖，湖很大，一眼望不到边，很奇怪，我竟没有在湖上坐过一次船。湖西是还有一些村镇的。我知道一个地名，菱塘桥，想必是个大镇子。我喜欢菱塘桥这个地名，引起我的向往，但我不知道菱塘桥是什么样子。湖东有的村子，到夏天,就把耕牛送到湖西去歇伏。我所住的东大街上,那几天就不断有成队的水牛在大街上慢慢地走过。牛过后,留下很大的一堆一堆牛屎。听说是湖西凉快,而且湖西有荭草,牛吃了会消除劳乏,恢复健壮。我于是想象湖西是一片碧绿碧绿的荭草。

高邮湖中,曾有神珠。沈括《梦溪笔谈》载:

> 嘉祐中,扬州有一珠甚大,天晦多见,初出于天长县陂泽中,后转入甓射湖,又后乃在新开湖中,凡十余年,居民行人常常见之。余友人书斋在湖上,一夜忽见其珠甚近,初微开其房,光自吻中出,如横一金线,俄顷忽张壳,其大如半席,壳中白光如银,珠大如拳,灿然不可正视,十余里间林木皆有影,如初日所照,远处但见天赤如野火,倏然远去,其行如飞,浮于波中,杳杳如日。古有明月之珠,此珠色不类月,荧荧有芒焰,殆类日光。崔伯易尝为《明珠赋》。伯易高邮人,盖常见之。近岁不复出,不知所往。樊良镇正当珠往来处,行人至此,往往维船数宵以待观,名其亭为"玩珠"。

这就是"秦邮八景"的第一景"甓射珠光"。沈括是很严肃的学者,所言凿凿,又生动细微,似乎不容怀疑。这是个什么东西呢?是一颗大珠子?嘉祐到现在也才九百多年,已经不可究诘了。高邮湖亦称珠湖,以此。我小时学刻图章,第一块刻的就是"珠湖人",是一块肉红色的长方形图章。

湖通常是平静的,透明的。这样一片大水,浩浩淼淼(湖上常常没有一只船),让人觉得有些荒凉,有些寂寞,有些神秘。

黄昏了。湖上的蓝天渐渐变成浅黄,橘黄,又渐渐变成紫色,很深很浓的紫色。这种紫色使人深深感动。我永远忘不了这样的紫色的长天。

闻到一阵阵炊烟的香味,停泊在御码头一带的船上正在烧饭。

一个女人高亮而悠长的声音:

"二丫头……回来吃晚饭来……"

像我的老师沈从文常爱说的那样,这一切真是一个圣境。

高邮湖也是一个悬湖。湖面,甚至有的地方的湖底,比运河东面的地面都高。

湖是悬湖,河是悬河,我的家乡随时处在大水的威胁之中。翻开县志,水灾接连不断。我所经历过的最大的一次水灾,是民国二十年。

这次水灾是全国性的。事前已经有了很多征兆。连降大雨,西湖水位增高,运河水平了漕,坐在河堤上可以"踢水洗脚"。有许多很"瘆人"的不祥的现象。天王寺前,虾蟆爬在柳树顶上叫。老人们说:虾蟆在多高的地方叫,大水就会涨得多高。我们在家里的天井里躺在竹床上乘凉,忽然拨剌一声,从阴沟里蹦出一条大鱼!运河堤上,龙王庙里香烛昼夜不熄。七公殿也是这样。大风雨的黑夜里,人们说是看见"耿庙神灯"了。耿七公是有这个人的,生前为人治病施药,风雨之夜,他就在家门前高旗杆上挂起一串红灯,在黑暗的湖里打转的船,奋力向红灯划去,就能平安到岸。他死后,红灯还常在浓云密雨中出现,这就是耿庙神灯——"秦邮八景"中的一景。耿七公是渔民和船民的保护神,渔民称之为七公老爷,渔民每年要做会,谓之七公会。神灯是美丽的,但同时也给人一种神秘的恐怖感。阴历七月,西风大作。店铺都预备了高挑灯笼——长竹柄,一头用火烤弯如钩状,上悬一个灯笼,轮流值夜巡堤。告警锣声不绝。本来平静的水变得暴怒了。一个浪头翻上来,会把东堤石工的丈把长的青石掀起来。看来堤是保不住了。终于,我记得是七月十三(可能记错),倒了口子。我们那里把决堤叫做倒口子。西堤四处,东堤六处。湖水涌入运河,运河水直灌堤东。顷刻之间,高邮成为泽国。

我们家住进了竺家巷一个茶馆的楼上(同时搬到茶馆楼上的还有几家),巷口外的东大街成了一条河,"河"里翻滚着箱箱柜柜,死猪死牛。"河"里行了船,会水的船家各处去救人(很多人家爬在屋顶上、树上)。

约一星期后,水退了。

水退了,很多人家的墙壁上留下了水印,高及屋檐。很奇怪,水印怎么擦洗也擦洗不掉。全县粮食几乎颗粒无收。我们这样的人家还不致挨饿,但是没有菜吃。老是吃慈姑汤,很难吃。比慈姑汤还要难吃的是芋头梗子做的汤。日本人爱喝芋梗汤,我觉得真不可理解。大水之后,百物皆一时生长不出,唯有慈姑芋头却是丰收! 我在小学的教务处地上发现几个特大的蚂蟥,缩成一团,有拳头大,踩也踩不破!

我小时候,从早到晚,一天没有看见河水的日子,几乎没有。我上小学,倘不走东大街而走后街,是沿河走的。上初中,如果不从城里走,走东门外,则是沿着护城河。出我家所在的巷子南头,是越塘。出巷北,往东不远,就是大淖。我在小说《异秉》中所写的老朱,每天要到大淖去挑水,我就跟着他一起去玩。老朱真是个忠心耿耿的人,我很敬重他。他下水把水桶弄满(他两腿都是筋疙瘩——静脉曲张),我就拣选平薄的瓦片打水漂。我到一沟、二沟、三垛,都是坐船。到我的小说《受戒》所写的庵赵庄去,也是坐船。我第一次离家乡去外地读高中,也是坐船——轮船。

水乡极富水产。鱼之类,乡人所重者为鳊、白、鯚(鯚花鱼即鳜鱼)。虾有青白两种。青虾宜炒虾仁,呛虾(活虾酒醉生吃)则用白虾。小鱼小虾,比青菜便宜,是小户人家佐餐的恩物。小鱼有名"罗汉狗子"、"猫杀子"者,很好吃。高邮湖蟹甚佳,以作醉蟹,尤美。高邮的大麻鸭是名种。我们那里八月中秋兴吃鸭,馈送节礼必有公母鸭成对。大麻鸭很能生蛋。腌制后即为著名的高邮咸蛋。高邮鸭蛋双黄者甚多。江浙一带人见面问起我的籍贯,答云高邮,多肃然起敬,曰:"你们那里出咸鸭蛋。"好像我们那里就只出咸鸭蛋似的!

我的家乡不只出咸鸭蛋。我们还出过秦少游,出过散曲作家王磐,出过经学大师王念孙、王引之父子。

县里的名胜古迹最出名的是文游台。这是秦少游、苏东坡、孙莘老、王定国文酒游会之所。台基在东山(一座土山)上,登台四望,眼界空阔,我小时常凭栏看西面运河的船帆露着半截,在密密的杨柳梢头后面,缓缓移过,觉得非常美。有一座镇国寺塔,是个唐塔,方形。这座塔原在陆上,运河拓宽后,为了保存这座塔,留下塔的周围的土地,成了运河当中的一个小岛。镇国寺我小时还去玩过,是个不大的寺。寺门外有一堵紫色的石制的照壁,这堵照壁向前倾斜,却不倒。照壁上刻着海水,故名水照壁。寺内还有一尊肉身菩萨的坐像,是一个和尚坐化后漆成的。寺不知毁于何时。另外还有一座净土寺塔,明代修建。我们小时候记不住什么镇国寺、净土寺,因其一在西门,名之为西门宝塔;一在东门,便叫它东门宝塔。老百姓都是这么叫的。

全国以邮字为地名的,似只高邮一县。为什么叫做高邮?因为秦始皇曾在高处建邮亭。高邮是秦王子婴的封地,到今还有一条河叫子婴河,旧有子婴庙,今不存。高邮为秦代始建,故又名秦邮。外地人或以为这跟秦少游有什么关系,没有。

一九九一年六月二十日

注　释

① 本篇原载《作家》1991 年第十期;初收《旅食集》,广东旅游出版社,1992 年
4 月。

泰 山 片 石①

序

我从泰山归,

携归一片云,

开匣忽相视,

化作雨霖霖。

泰 山 很 大

泰即太,太的本字是大。段玉裁以为太是后起的俗字,太字下面的一点是后人加上去的。金文、甲骨文的大字下面如果加上一点,也不成个样子,很容易让人误解,以为是表示人体上的某个器官。

因此描写泰山是很困难的。它太大了,写起来没有抓挠。三千年来,写泰山的诗里最好的,我以为是诗经的《鲁颂》:"泰山岩岩,鲁邦所詹。""岩岩"究竟是一种什么感觉,很难捉摸,但是登上泰山,似乎可以体会到泰山是有那么一股劲儿。詹即瞻。说是在鲁国,不论在哪里,抬起头来就能看到泰山。这是写实,然而写出了一个大境界。汉武帝登泰山封禅,对泰山简直不知道怎么说才好,只好发出一连串的感叹:"高矣!极矣!大矣!特矣!壮矣!赫矣!感矣!"完全没说出个所以然。这倒也是一种办法,人到了超经验的景色之前,往往找不到合适的语言,就只好狗一样地乱叫。杜甫诗《望岳》,自是绝唱,"岱宗夫如何?齐鲁青未了",一句话就把泰山概括了。杜甫真是一个深受儒家思想影响的伟大的现实主义者,这一句诗表现了他对祖国山河的无比的忠悃。相比之下,李白的"天门一长啸,万里清风来",就有点洒狗血。李白写了很多好诗,很有气势,但有时底气不足,便只好洒狗血,装疯。他写泰山的几首诗都让人有底气不足之感。杜甫的诗当然受了《鲁颂》的影响,"齐鲁青未了",当自"鲁邦所詹"出。张岱说:"泰山元气浑厚,绝不以玲珑小巧示人。"这话是说得对的。大概写泰山,只能从宏观处着笔。郦道元写三峡可以取法。柳宗元的《永州八记》刻琢精深,以其法写泰山即不大适用。

写风景,是和个人气质有关的。徐志摩写泰山日出,用了那么多华丽鲜明的颜色,真是"浓得化不开"。但我有点怀疑,这是写泰山日出,还是写徐志摩自己?我想周作人就不会这样写。周作人大概根本不会去写日出。

我是写不了泰山的,因为泰山太大。我对泰山不能认同。我对一切伟大的东西总有点格格不入。我十年间两登泰山,可谓了不相干。泰山既不能进入我的内部,我也不能外化为泰山。山自山,我自我,不能达到物我同一,山即是我,我即是山。泰山是强者之山,我自以为这个提法很合适,我不是强者,不论是登山还是处世。我是生长在水边的人,一个平常的、平和的人。我已经过了七十岁,对于高山,只好仰止。我是个安于竹篱茅舍、小桥流水的人。以惯写小桥流水之笔而写高大雄奇之山,殆矣。人贵有自知之明,不要"小鸡吃绿豆——强努"。

同样,我对一切伟大的人物也只能以常人视之。泰山的出名,一半由于封禅。封禅史上最突出的两个人物是秦皇、汉武。唐玄宗作《纪泰山铭》,文词华缛而空洞无物。宋真宗更是个沐猴而冠的小丑。对于秦始皇,我对他统一中国的丰功,不大感兴趣。他是不是"千古一帝",与我无关。我只从人的角度来看他,对他的"蜂目豺声"印象很深。我认为汉武帝是个极不正常的人,是个妄想型精神病患者,一个变态心理的难得的标本。这两位大人物的封禅,可以说是他们的人格的夸大。看起来这两位伟大人物的封禅的实际效果都不怎么样,秦始皇上山,上了一半,遇到暴风雨,吓得退下来了。按照秦始皇的性格,暴风雨算什么呢？他横下心来，是可以不顾一切地上到山顶的。然而他害怕了，退下来了。于此可以看出，伟大人物也有虚弱的一面。汉武帝要封禅，召集群臣讨论封禅的制度。因无旧典可循，大家七嘴八舌瞎说一气。汉武帝恼了，自己规定了照祭东皇太乙的仪式，上山了。却谁也不让同去，只带了霍去病的儿子一个人。霍去病的儿子不久即得暴病而死。他的死因很可疑，于是汉武帝究竟在山顶上鼓捣了什么名堂，谁也不知道。封禅是大典，为什么要这样保密？看来汉武帝心里也有鬼，很怕他的那一套名堂不灵验，为人所讥。

但是，又一次登了泰山，看了秦刻石和无字碑（无字碑是一个了不起的杰作），在乱云密雾中坐下来，冷静地想想，我的心态比较透亮了。我承认泰山很雄伟，尽管我和它不能水乳交融，打成一片；承认伟大的人物确实是伟大的，尽管他们所做的许多事不近人情。他们是人里头的强者，这是毫无办法的事。在山上呆了七天，我对名山大川，伟大人物的偏激情绪有所平息。

同时我也更清楚地认识到我的微小，我的平常，更进一步安于微小，安于平常。

这是我在泰山受到的一次教育。

从某个意义上说，泰山是一面镜子，照出每个人的价值。

碧 霞 元 君

泰山牵动人的感情，是因为它关系到人的生死。人死后，魂魄都要到蒿里集中。汉代挽歌有《薤露》、《蒿里》两曲。或谓本是一曲，李延年裁之为二，《薤露》送王公贵人，《蒿里》送大夫士庶。我看二曲词义，各成首尾，似本即二曲。《蒿里》词云：

> 蒿里谁家地？
> 聚敛魂魄无贤愚。
> 鬼伯一何相催迫，
> 人命不得少踟蹰。

写得不如《薤露》感人,但如同说话,亦自悲切。十年前到泰山,就想到蒿里去看看,因为路不顺,未果。蒿里山才多大的地方,天下的鬼魂都聚在那里,怎么装得下呢?也许鬼有形无质,挤一点不要紧。后来不知怎么又出来个酆都城。这就麻烦了,鬼们将无所适从,是上山东呢,还是到四川?我看,随便吧。

泰山神是管死的。这位神不知是什么来头。或说他是金虹氏,或说是《封神榜》上的黄飞虎。道教的神多是随意瞎编出来的。编的时候也不查查档案,于是弄得乱七八糟。历代帝王对泰山神屡次加封,老百姓则称之为东岳大帝。全国各地几乎都有一座东岳庙,亦称泰山庙。我们县的泰山庙离我家很近,我对这位大帝是很熟悉的(一张油白发亮的长圆脸,疏眉细眼,五绺胡须)。我小小年纪便知道大帝是黄飞虎,并且小小年纪就觉得这很滑稽。

中国人死了,变成鬼,要经过层层转关系,手续相当麻烦。先由本宅灶君报给土地,土地给一纸"回文",再到城隍那里"挂号",最后转到东岳大帝那里听候发落。好人,登银桥。道教好人上天,要经过一道桥(这想象倒是颇美的),这桥就叫"升仙桥"。我是亲眼看见过的,是纸扎的。道士诵经后,桥即烧去。这个死掉的人升天是不是经过东岳大帝批准了,不知道。不过死者的家属要给道士一笔劳务费,我是知道的。坏人,下地狱。地狱设各种酷刑:上刀山、下油锅、锯人、磨人……这些都塑在东岳庙的两廊,叫做"七十二司"。听说泰山蒿里祠也有"司",但不是七十二,而是七十五,是个单数,不知是何道理。据我的印象,人死了,登桥升天的很少,大部分都在地狱里受罪。人都不愿死,尤其不愿在七十二司里受酷刑——七十二司是很恐怖的,我小时即不敢多看,因此,大家对东岳大帝都没什么好感。香,还是要烧的,因为怕他。而泰山香火最盛处,为碧霞元君祠。

碧霞元君,或说是泰山神的侍女、女儿,或说是玉皇大帝的女儿,又说是玉皇大帝的妹妹。道教诸神的谱系很乱,差一辈不算什么。又一说是东汉人石守道之女。这个说法不可取,这把元君的血统降低了,从贵族降成了平民。封之为"天仙玉女碧霞元君"的,是宋真宗。老百姓则称之为泰山娘娘,或泰山老奶奶。碧霞元君实际上取代了东岳大帝,成为泰山的主神。"礼岱者皆祷于泰山娘娘祠庙,而弗旅岳神久矣"(福格《听雨丛谈》)。泰安百姓"终日仰对泰山,而不知有泰山,名之曰奶奶山"(王照《行脚山东记》)。

泰山神是女神,为什么?这很容易让人联想原始社会母性崇拜的远古隐秘心理的回归,想到母系社会,这不是没有道理的。我们不管活得多大,在深层心理中都封藏着不止一代人对母亲的记忆。母亲,意味着生。假如说东岳大帝是司死之神,那么,碧霞元君就是司生之神,是滋生繁衍之神。或者直截了当地说,是母亲神。人的一生,在残酷的现实生活之中,艰难辛苦,受尽委屈,特别需要得到母亲的抚慰。明万历八年,山东巡抚何起鸣登泰山,看到"四方以进香来谒元君者,辄号泣如赤子久离父母膝下者"。这里的"父"字可删。这种现象使这位巡抚大为震惊,"看出了群众这种感情背后隐藏着对冷酷现实强烈否定"(车锡伦《泰山女神的神话信仰与宗教》)。这位何巡抚是个有头脑、能看问题的人。对封建统治者来说,这种如醉如痴的半疯狂的感情,是一种可怕的力量。

碧霞元君当然被蒙上世俗宗教的唯利色彩,如各种人来许愿、求子。

车锡伦同志在他的《泰山女神的神话信仰与宗教》的最后提出一个很有意思的问题,即对碧霞元君"净化"的问题。怎样"净化"?我们不能把碧霞元君祠翻造成巴黎圣母院那样的建筑,也不能请巴赫那样的作曲家来写像《圣母颂》一样的《碧霞元君颂》。但是好像也不是一点办法都没有。比如能不能组织一个道教音乐乐队,演奏优美的道教乐曲,调集一些有文化的炼师诵唱道经,使碧霞元君在意象上升华起来,更诗意化起来?

任何名山都应该提高自己的文化层次,都有责任提高全民的文化素质。我希望主管全国旅游的当局,能思索一下这个问题。

泰 山 石 刻

第一次看见经石峪字,是在昆明一个旧家,一副四言的集字对联,厚纸浓墨,是较早的拓本。百年老屋,光线晦暗,而字字神气俱足,不能忘。

经石峪在泰山中路的岔道上。这地方的地形很奇怪,在崇山峻岭之中,怎么会出现一片一亩大的基本平整的石坪呢?泰山石为花岗岩,多为青色,而这片石坪的颜色是姜黄的。四周都没有这样的石头,很奇怪。是一个什么人发现了这片石坪,并且想起在石坪上刻下一部《金刚经》呢?经字大径一尺半。摩崖大字,一般都是刻在直立的石崖上,这是刻在平铺的石坪上的,很少见。这样的字体,他处也极少见。

经石峪的时代,众说纷纭。说这是从隶书过渡到楷书之间的字体,则多数人都无异议。龚定庵有诗曰:

> 北书无过金刚经,
>
> 南书无过瘗鹤铭。
>
> 忽然二物相顾哑,
>
> 排闼一丈蛟龙青。

(龚集不在手边,此据记忆录出,或有错字。)

他所说的"金刚经"即经石峪字。他以为经石峪与瘗鹤的时代差不多,是有见地的。经石峪保存较多隶书笔意,但无蚕头雁尾,笔圆而体稍扁,可以上接石门铭,但不似石门铭的放肆。有人说这是王羲之写的,似无据。王羲之书多以偏侧取势,经石峪不也。瘗鹤铭结体稍长,用笔瘦劲,秀气扑人,说这近似二王书,还有几分道理(我以为应早于王羲之)。书法自晋唐以后,都贵瘦硬。杜甫诗"书贵瘦硬方通神",是一时风气。经石峪字颇肥重,但是骨在肉中,肥而不痴,笔笔送到,而不板滞。假如用一个字评经石峪字,曰:稳。这是一个心平而志坚的学佛的人所写的字。这不是废话么,金刚经还能是不学佛的人写的?不,经字有佛性。

这样的字和泰山才相称。刻在他处,无此效果。十年前,我在经石峪呆了好大一会,觉得两天的疲劳,看了经石峪,也就值了。"经石峪"是"泰山"不可分离的一部分。泰山即使没有别的东西,没有碧霞元君祠,没有南天门,只有一个经石峪,也还是值得来看看的。

我很希望有人能拓印一份经石峪字的全文(得用好多张纸拼起来),在北京陈列起来,即便专为它盖一个大房子,也不为过。

名山之中,石刻最多也最好的,似为泰山。大观峰真是大观,那么多块摩崖大字,大都写得很好,这好像是摩崖大字大赛,哪一块都不寒碜。这块地场(这是山东话)也选得好。石岩壁立,上无遮盖,而石壁前有一片空地,看字的人可以在一个距离之外看,收其全貌,不必像壁虎似的趴在石壁上。其他各处的摩崖石碑的字也都写得不错。摩崖字多是真书体兼颜柳,是得这样,才压得住(蔡襄平日写行草,鼓山的大字题石却是真书。董其昌字甚飘逸,但写大字则用颜体)。看大字碑刻题名,很多都是山东巡抚。大概到山东来当巡抚,先得练好大字。

有些摩崖石刻,是当代人手笔。较之前人,不逮也。有的字甚至明显地看得出是用铅笔或圆珠笔写在纸上放大的。是乌可哉。

很奇怪,泰山上竟没有一块韩复榘写的碑。这位老兄在山东呆了那么久,为什么不想到泰山来留下一点字迹?看来他有点自知之明。韩复榘在他的任内曾大修过泰山一次,竣工后,电令泰山各处:"嗣后除奉令准刊外,无论何人不准题字、题诗。"我准备投他一票。随便刻字,实在是糟蹋了泰山。

担 山 人

我在泰山遇了一点险,在由天街到神憩宾馆的石级上,叫一个担山人的扁担的铁尖在右眼角划了一下,当时出了血。这位担山人从我的后边走上来,在我身边换肩。担山人说:"你注意一点。"话倒是挺和气,不过有点岂有此理,他在我后面,倒是我不注意!我看他担着重担,没有说什么（我能说什么呢？揪住他不放？这种事我还做不出来）。这个担山人年纪比较轻，担山、做人，都还少点经验。他担了四块正方形的水泥砖，一头两块（为什么不把原材料运到山上，在山上做砖，要这样一趟一趟担？）。我看了别的担山人，担什么的都有。有担啤酒的，不用筐箱，啤酒瓶直立着，缚紧了，两层。一担也就是担个五六十瓶吧。我们在山上喝啤酒，有时开了一瓶，没喝完，就扔下了，往后可不能这样，这瓶酒来之不易。泰山担山人有个特别处，担物不用绳系，直接结缚在扁担两头。这样重心就很高，有什么好处？大概因为用绳系，爬山级时易于碰腿。听泰山管理处的路宗元同志说，担山人一般能担一百四五十斤，多的能担一百八。他们走得不快，一步一步，脚脚落在实处，很稳，呼吸调得很匀，不出粗气。冯玉祥诗《上山的挑夫》说担山人"腿酸气喘，汗如雨滴"，要是这样，那算什么担山的呢？

泰山担山人的扁担较他处为长，当中宽厚，两头稍翘，一头有铁尖（这种带有铁尖的扁担湖南也有，谓之钎担）。扁担作紫黑色，不知是什么木料，看起来很结实，又有绵性，既能承重，也不压肩。

我的那点轻伤不算什么。到了宾馆，血就止了。大夫用酒精擦了擦，晚上来看看，说："没有感染（我还真有点怕万一感染了破伤风什么的）。"又说："你扎的那个地方可不好！如果再往下一点，扎得深一点……"

"那就麻烦了！"

扇 子 崖 下

泰山散文笔会的作家去登扇子崖。我和斤澜没有上去。叶梦为了陪我们，上了一截又下来了。路宗元同志叫我们在下面随便走走，等登山的人下来。

这也是一个景区，竹林寺风景管理区，但竹林寺只存其名，寺已不存在。这里属泰山西路，不是登山的正路，游人很少。除了特意来登扇子崖的，几乎没有人来。这不大像风景区，倒像山里的一个村子。稍远处有农家,地里种着地瓜(即白薯)。一个树林里有近百只羊。一色是黑山羊。泰山的山羊和别处不大一样,毛色浓黑,眼圈和嘴头是棕黄色的——别处的黑山羊眼、嘴都是浅灰色。这些羊分散在石块上,或立或卧,都一动不动,只有嘴不停地磨动,在倒嚼。这些羊的样子很"古"。有一个小庙,叫无极庙。庙外有老妇人卖汽水。无极庙极小。正殿上塑着无极娘娘,两旁配殿一边塑送生娘娘,一边塑眼光娘娘,如碧霞元君祠简陋。中国人不知道为什么对眼光娘娘那样重视,很多庙里都有,是中国害眼的特多?无极庙小,没人来,亦无住持僧道,庭中有树两株,石凳一,很安静。在石凳上坐坐,舒服得很。出门时问卖汽水的老妇人:"有人买汽水么?"答曰:"有!"

出无极庙,沿山路徐行。路也有点起伏,石级崎岖处得由叶梦扶我一把,但基本上是平缓的。半山有石亭,在亭外坐下,眺望近处的长寿桥,远处的黑龙潭,如王旭《西溪》诗所说"一川烟景合,三面画屏开",很美。许安仁《游泰山竹林》诗云:"客来总说游山好,不道山僧却厌山",在游山诗中别开生面。我在泰山,虽不到"厌山"的程度,但连日上上下下,不免疲乏,能于雄、伟、奇、险之外得一幽境(王旭《游竹林寺》:"竹林开幽境")偷闲半日,也是很好的休息。

薄暮,登山诸公下来,全都累得够呛,我与斤澜皆深以不登扇子崖为得计。

临走时,卖汽水的老妇人已经走了,无极庙的门开着。

回来翻翻资料,无极庙的来历原来是这样:1925 年张宗昌督鲁时,兖州镇守使张培荣封其夫人为"无极真人",并在竹林寺旧址建无极庙,不禁失笑。一个镇守使竟然"封"自己的老婆为"真人",亦是怪事。这种事大概只有张宗昌的部下才干得出来。

中 溪 宾 馆

中溪宾馆在中天门,一径通幽,两层楼客房,安安静静。楼外有个长长的庭院,种着小灌木,豆板黄杨、小叶冬青、日本枫。庭院两端有一石造方亭,突出于山岩之外,下临虚谷,不安四壁。亭中有石桌石凳。坐在亭子里,觉山色皆来相就,用四川话说,真是"安逸"。

伙食很好,餐餐有野菜吃。十年前我到泰山,就吃过野菜,但不如这次多。泰山可吃的野菜有一百多种,主要的有 31 种。野菜不外是两种吃法,一是开水焯后凉拌,一是裹了蛋清面糊油炸。我们这次吃过的野菜有这些:

灰菜(亦名雪里青,略焯,凉拌。亦可炒食,或裹面蒸食。)

野苋菜(凉拌或炒)

马齿苋(凉拌或炒)

蕨菜(即藜,焯后凉拌)

黄花菜(泰山顶上的黄花菜淡黄色,与他处金黄者不同,瓣亦较厚而嫩,甚香。凉拌或炒,亦可做汤)

藿香(即做藿香正气丸的藿香。山东人读"藿"音如"河",初不知"河香"为何物,上桌后方知是一味中药。藿香叶裹面油炸)

薄荷(野生者。油炸,入口不凉,细嚼后有薄荷香味)

紫苏(本地叫苏叶,与南京女作家苏叶名字相同,但南京的苏叶不能裹面油炸了吃耳)

椿叶(香椿已经无嫩芽,但其叶仍可炸食)

木槿花(整朵油炸,炸出后花形不变,一朵一朵开在瓷盘里。吃起来只是酥脆,亦无特殊味道,好玩而已)

宾馆经理朱正伦把野菜移栽在食堂外面的空地上,要吃,由炊事员现采,故皆极新鲜。朱经理说港台客人对中溪宾馆的野菜宴非常感兴趣。那是,香港咋能吃到野菜呢!

宾馆的服务员都是小姑娘,对人很亲切,没有星级宾馆的服务员那样过多的职业性的礼貌。她们对"散文笔会"的十八位作家的底细大体都摸清了。一个叫米峰的姑娘戴一副眼镜,我戏称她为学者型的服务员。她拿了一本《蒲桥集》来让我签名,说是今年一月在岱安买的,说她最喜欢《昆明的雨》那几篇,说没想到我会来,看到了我,真高兴。我在扉页上签了名,并写了几句话。

山中七日,除了在山顶的神憩宾馆住过一晚上外,六天都住在中溪宾馆。早晨出发,薄暮归来。人真是怪,宾馆,宾馆耳,但踏进大门,即觉得是回家了。

我问朱正伦同志,这地方为什么叫中溪,他指指对面的山头,说山上有一条溪水,是泰山的主溪,因为在泰山之中,故名中溪。听人说,泰山山有多高,水有多高,信然。

写了两个晚上的字。为中溪宾馆写了一幅四尺横幅:溪流崇岭上,人在乱云中。

临走,宾馆人员全体出动,一直把我们送下山坡上汽车。桑下三宿,未免有情。再来泰山,我还住中溪。

泰 山 云 雾

宿中溪宾馆第二天,我起得很早,推开客房楼门,到院里一看,大雾。雾在峰谷间缓缓移动,忽浓忽淡。远近诸山皆作浅黛,忽隐忽现。早饭后,雾渐散,群山皆如新沐。

登玉皇顶,下来,到探海石旁,不由常路转到后山。后山小路狭窄,未经斫治,有些地方仅能容足,颇险。我四月间在云南曾崴过一次脚,因有旧伤,所以格外小心。但是后山很值得一看。山皆壁立,直上直下,岩块皆数丈,笔致粗豪,如大斧劈。忽然起了大雾,回头看玉皇顶,完全没有了,只闻鸟啼。从鸟声中得出所来的山岭松林的方位,知道就在不远处。然而极目所见,但浓雾而已。

宿神憩宾馆,晚上,和张抗抗出宾馆大门看看,只见白茫茫一片,不辨为云为雾。想到天街走走,服务员劝我们不要去,危险,只好伏在石栏上看看。云雾那样浓,似乎扔一个鸡蛋下去也不会沉底。老是白茫茫一片,看到什么时候?回去吧。抗抗说她小时候看见云流进屋里,觉得非常神奇。不想我们回去,拉开了玻璃大门,云雾抢在我们前面先进来了,一点不客气,好像谁请了它似的。

离开泰山的那天夜晚,雾特大,开了车灯,能见度只有二尺。司机在泰山开了十年车,是老泰山了。他说外地司机,这天气不敢开车。我们就这样云里雾里,胡里胡涂地离开泰山了。

在车里,我想:泰山那么多的云雾,为什么不种茶? 史载:中国的饮茶,始于泰山的灵岩寺,那么,泰山原来是有茶树的。泰山的水那样好(本地人云:泰山有三美,白菜、豆腐、水),以泰山水泡泰山茶,一定很棒。我想向泰山管委会作个建议:试种茶树。也许管委会早已想到了,下次再来泰山,希望能喝到泰山岩茶,或"碧霞新绿"。

一九九一年七月末,北京

注　释

① 本篇原载《绿叶》1992 年第一期(创刊号);初收《旅食集》,广东旅游出版社,1992 年 4 月。

野人的执着①

野莽的小说有不少篇是写乌山人的。这些人被封闭在大山里,过着基本上是与世隔绝的生活。那里的山、水、人,都没有被污染。没有被现代文明和商品经济所污染。他们生活在亘古不变的自给自足的小农经济形态之中。似乎这是一个被时代遗忘的角落。他们生活得很简单,很真实,很高尚,很美。一种原始的、粗糙的美。就像山,像石头,像树。这是一些野人。

到底有没有野人?《故事》写得扑朔迷离。"说是四十多年前徐氏被一红毛野人背去深山古洞里住了半年","说是"而已。但又说"徐氏时常登峰去望。她两眼锐利如同少年,望得见洞口,却望不见背她入洞的红毛野人以及寻杀野人的男人"。这是作者用自己的口说出的话,红毛野人似乎是有。中国的大山里有没有野人,一直是一个谜。但我们宁可相信,野莽这篇小说是一个寓言。

《杀天》里,作者着力刻画了一个具有超常的蛮力气、蛮性情的蛮汉。也许作者要把他写得很突出,看起来有点用力太过了。我倒对那个没有名字的吴家大女子印象很深。大女子原来同意当蛮牛的媳妇子,但大女子的父亲瘸腿老汉得了一担彩礼、一头猪,把女儿嫁给了一个没长齐全的小人儿,蛮牛身上有大火烧,心里有野兽吼,他用弯刀砍核桃树,砍猪,砍自己,他倒在地上,猪血和人血染了一身。大女子跪在他身边,为他洗去脸上的血,一边洗,一边哭,一边哀哀地诉说:

> 好人,恩人,蛮人,你听我说,我这辈子对不起你,对不起你娘,我下辈子一定给你做女人。你变牛,我变牛,给你下牛崽;你变鸡我变鸡,给你下鸡蛋,抱鸡娃!蛮牛哥,我这回说话一定要作数⋯⋯

我不知道世界上还能不能找得到比这更真纯，更诚恳，更死心塌地的誓言！

　　《领土》是一个传奇故事，华家女娃子是个传奇人物（野莽笔下的乌山人物都带点传奇性）。华家女娃子（他是个男的）为什么要弃绝人世，一个人跑到大山里过绝对孤独的狩猎生活呢？谁也不得其解。但是华家女娃子是可爱的。那个从山上摔下去，被华家女娃子救活，在他们石屋里住了三个月的放牛女也很可爱。她天真到极点：她说过年在石屋里吃得极好，尽是野物肉，用盆舀，用手撕，过了十八个年，数这个年快活。

　　《乌山人物》（三题）的《三夫》写得很干净，很顺，很轻松。恶女小红，从小出村要饭。"虽然叫化，却与世上大多叫化子不同，人骂她，她骂人。人打她，她打人。人唆狗咬她，她拣石打狗。"她克死了两个丈夫。第三个遇到的是养公猪给人家母猪配对做种的"脚猪佬"。脚猪佬要她"跟他"，她大骂了几个回合，"与脚猪佬对看良久，见那双乌黑大眼火光闪闪直要将人心燃烧冒烟，心便萌然动了，偌壮个身子一时支撑不住，一头扎进脚猪佬怀中，说出一句一辈子未曾说过的温柔的话语：我八字硬，克死了两个男人。"

　　这话说得可真是温柔！

　　我很喜欢《黄帽子》。这是一篇现代小说，写得平铺直叙。平铺直叙是现代小说的一个重要的特点。不搞突出，不搞强调，不搞波澜起伏，只是平平常常地，如实地，如数地把生活写出来。作者不泄露感情，甚至看不出对这种生活的态度。而态度自在其中，可以意会。《黄帽子》写的是一个极其平常的生活片段。乌山少年跟他们父亲乌山汉子从乌山到大地方来修路。他们戴上了黄帽子。小黄帽子听说中国人要和外国人比武，他想看看，要看看中国人赢还是输。路修完了，他不回去。比武的票价要一百多块，他不考虑。没地方睡，睡桥洞，他一点都不犹豫。回去时没车费了，他没想过。他一门心思就是要看比武。他的念头非常执著，雷也打不动。这种超乎功利，完全不为钱物所役累的执著，是山里人，野人的，极其可贵的性格。这种执著是坚贞的，超脱的,远离一切俗气和市侩主义的。

为什么野莽要写这些野人,写这些野人的真实、高尚和执著,写他们身上的原始、粗糙的美?我想这是对于在浮躁扰攘的现世中行将失去的先民的道德标准、价值观念回归的呼唤。"礼失而求诸野",在铸造民族感情、民族心理的过程中,这种呼唤,我以为是有意义的。这,我想就是野莽小说可能产生的社会效益。至于它是不是属于"主旋律",那另说。

说实在的(这是近年来北京人流行的口头语),读野莽的小说(我大概通读了四遍),我有时有点"起急",我觉得有点什么东西还不够。缺点什么呢?我想是悲凉感。这种悲凉不是源于封闭的深山,而是出于对现实生活的抗议。

野莽的小说还涉及另外的生活面。如《红裤子》可以说是两种文化的撞击;《临街的坟》写当代青年的失落感……这些我都没有深思过,说不出所以然,故不论;今只就其写乌山人物诸篇略抒所见。强作解人,可笑可笑!

我是不喜欢小说中大量写景的,但是我对乌山有一种强烈要求,希望野莽能把乌山景色好好写一写。

野莽的语言有特色,不止一体。有些篇的语言有文言成分,颇有拗句,如:

> 恶女只不容这般诬蔑,每逢如此情况,便吵便骂。亦极会骂,形容生动,骂声悦耳,且配之姿式,左手提捆稻草,右手握柄菜刀,口骂手剁,寸草落地,将这断草比作挨骂人该剁的脑壳。遇有答言者,干劲倍加,手拍屁股拍得山响,双脚蹦离地皮,且拍且跳且骂。……

这种语言可以产生陌生化的效果,嘲谑的效果,无可厚非。但只宜因所写之人、之事而异。篇篇都是这样的语言,即恐流于游戏。

一九九一年八月十六日

注 释

① 本篇原载《小说林》1992 年第五期,是为野莽小说集所作序言;初收《汪曾祺全集》第五卷,北京师范大学出版社,1998 年 8 月。

《旅食集》自序①

"旅食"是他乡寄食的意思,见于杜甫诗。杜甫《奉赠韦左丞丈二十二韵》:

> ……
>
> 骑驴十三载,
>
> 旅食京华春。
>
> 朝扣富儿门,
>
> 暮随肥马尘。
>
> 残杯与冷炙,
>
> 到处潜悲辛。……

本集取名"旅食",并无杜甫的悲辛之感,只是说明这里的文章都是记旅游与吃食的而已。是为序。

一九九一年九月十五日

注 释

① 本篇原载《旅食集》,广东旅游出版社,1992 年 4 月。

我　的　家^①

——自传体系列散文《逝水》之二

十年前我回了一次家乡，一天闲走，去看了看老家的旧址，发现我们那个家原来是不算小的。我家的大门开在科甲巷（不知道为什么这条巷子起了这么个名字，其实这巷里除了我的曾祖父中过一名举人，我的祖父中过拔贡外，没有别的人家有过功名），而在西边的竺家巷有一个后门。我的家即在这两条巷子之间。临街是铺面。从科甲巷口到竺家口，计有这么几家店铺：一家豆腐店，一家南货店，一家烧饼店，一家棉席店，一家药店，一家烟店，一家糕店，一家剃头店，一家布店。我们家在这些店铺的后面，占地多少平米我不知道，但总是不小的，住起来是相当宽敞的。

这所老宅子分作东西两截，或两区。东边住着祖父母（我们叫"太爷"、"太太"）和大房——大伯父一家。西边是二房（我的二伯母）和三房——我父亲的一家。东西地势相差约有三尺，由东边到西边要上几层台阶。

东边正屋的东边的套间住着太爷、太太，西边是大伯父和大伯母（我们叫"大爷"、"大妈"）。当中是一个堂屋，因为敬神祭祖都在这间堂屋里，所以叫做"正堂屋"。正堂屋北面靠墙是一个很大的"老爷柜"，即神案，但我们那里都叫做"老爷柜"，这东西也确实是一个很长的大柜，当中和两边都有抽屉，下面还有钉了铜环的柜门。老爷柜上，当中供的是家神菩萨，左边是文昌帝君神位，右边是祖宗龛——一个细木雕琢的像小庙一样的东西，里面放着祖宗的牌位——神主。这正堂屋大概是我的曾祖父手里盖的，因为两边板壁上贴着他中秀才、中举人的报条。有年头了。原来大概是相当恢宏的。庭柱很粗，是"布灰布漆"的——木柱外涂瓦灰,裹以夏布,再施黑漆。到我记事时漆灰有多处已经剥落。这间老堂屋的铺地的笋底砖(方砖)的边角都磨圆了,而且特别容易返潮。天将下雨,砖地上就是潮乎乎的。若遇连阴天,地面简直像涂了一层油,滑的。我很小就知道"础润而雨"。用不着看柱础,从正堂屋砖地,就知道雨一时半会晴不了。一想到正堂屋,总会想到下雨,有时接连下几天,真是烦人。雨老不停,我的一个堂姐就会剪一个纸人贴在墙上,这纸人一手拿着簸箕,一手拿笤帚,风一吹,就摇动起来,叫"扫晴娘"。也真奇怪,扫晴娘扫了一天,第二天多少会放晴。

这间正堂屋的用处是:过年时敬神,清明祭祖。祭祖时在正中的方桌上放一大碗饭,这碗特别的大,有一个小号洗脸盆那样大,很厚,是白色的古瓷的,除了祭祖装饭外,不作别的用处。饭压得很实,鼓起如坟头,上面插了好多双红漆的筷子。筷子插多少双,是有定数的,这事总是由我的祖母做。另有四样祭菜。有一盘白切肉,一盘方块粉,——绿豆粉,切成名片大小,三分厚。这方块粉在祭祖后分给两房。这粉一点味道都没有,实在不好吃,所以我一直记得。其余两样祭菜已无印象。十月朝(旧历十月初一)"烧包子",即北方的"送寒衣"。一个一个纸口袋,内装纸钱,包上写明各代考妣冥中收用,一袋一袋排在祭桌前,下面铺一层稻草。磕头之后,由大爷点火焚化。每年除夕,要在这方桌上吃一顿团圆饭。我们家吃饭的制度是:一口锅里盛饭,大房、三房都吃同一锅饭,以示并未分家;菜则各房自炒,又似分爨。但大年三十晚上,祖父和两房男丁要同桌吃一顿。菜都是太太手制的。照例有一大碗鸭羹汤。鸭丁、山药丁、慈姑丁合烩。这鸭羹汤很好吃,平常不做,据说是徽州做法。我们的老家是徽州(姓汪的很多人的老家都是徽州),我们家有些菜的做法还保持徽州传统。比如肉丸蘸糯米蒸熟,有些地方叫珍珠丸子或蓑衣丸子,我们家则叫"徽团"。

我对大堂屋有一点特殊的记忆,是我曾在这里当过一回孝子。我的二伯父(二爷)死得早,立嗣时经过一番讨论。按说应该由长房次子,我的堂弟曾炜过继,但我的二伯母(二妈)不同意,她要我,因为她和我的生母感情很好,从小喜欢我。我是次房长子,长子过继,不合古理。后来是定了一个折衷方案,曾炜和我都过继给二妈,一个是"派继",一个是"爱继"。二妈死后,娘家提了一些条件,一是指定要用我的祖父的寿材盛殓。太爷五十岁时就打好了寿材,逐年加漆,漆皮已经很厚了。因为二妈是年轻守节,娘家提出,不能不同意。一是要在正堂屋停灵,也只好同意了(本来上有老人,是不该在正屋停灵的)。我和曾炜于是履行孝子的职责。亲视含殓(围着棺材走一圈),戴孝披麻,一切如制。最有意思的是逢七的时候得陪张牌李牌吃饭。逢七,鬼魂要回来接受烧纸,由两个鬼役送回来。这两个鬼役即张牌李牌。一个较大的方杌凳,两副筷子,一碟白肉,一碟豆腐,两杯淡酒。我和曾炜各用一个小板凳陪着坐一会。陪鬼役吃饭,我还是头一回。六七开吊,我是孝子一直在场,所以能看到全部过程。家里办丧事,气氛和平常全不一样,所有的人都变得庄严肃穆起来。开吊像是演一场戏,大家都演得很认真。"初献"、"亚献"、"终献",有条不紊,节奏井然。最后是"点主"。点主要一个功名高的人。给我的二伯母点主的是一个叫李芳的翰林,外号李三麻子。"点主"是在神主上加点。神主(木制小牌位)事前写好"×孺人之神王",李三麻子就位后,礼生喝道:"凝神,想象,请加墨主。"李三麻子拈起一支新笔在"王"字上加一墨点。礼生再赞:"凝神,想象,请加朱主。"李三麻子用朱笔在墨点上加一点。这样死者的魂灵就进入神主了。我对"凝神,想象"印象很深,因为这很有点诗意。其实李三麻子对我的二伯母无从想象,因为他根本没有见过我的二伯母。

正堂屋对面,隔一个天井,是穿堂。

穿堂对面原来有一排三开间的房子,是我的叔曾祖父的一个老姨太太住的。房子很旧了,屋顶上长了很多瓦松,隔扇上糊的白纸都已成了灰色。这位老姨太太多年衰病,总是躺着。这一排房子里听不到一点声音,非常寂静,只有这位老姨太太的女儿——我们叫她小姑奶奶,带着孩子来住一阵,才有一点活气。

老姨太太死了,她没有儿子,由我一个叔祖父过继给她。这位叔祖父行六,我们叫他六太爷。这是个很有风趣的人,很喜欢孩子。老姨太太逢七,六太爷要来守灵烧纸。烧了纸,他弄一壶酒,慢慢喝着,给孩子讲故事——说书,说"大侠甘凤池",一直说到深夜。因此,我们总是盼着老姨太太逢七。

祖父过六十岁的头年,把东边的房屋改建了一下。正堂屋没动。穿堂加大了。老姨太太原来住的一排房子拆了,盖了一个"敞厅"。房屋翻盖的情况我还记得。先由瓦匠头、木匠头挖出整整齐齐的一方土,供在老爷柜上。破土后,请全体瓦木匠在正堂屋吃一次饭。这顿饭的特别处是有一碗泥鳅,泥鳅我们家是不进门的,但是请瓦木匠必得有这道菜,这是规矩。我觉得这规矩对瓦木匠颇有嘲讽意味。接着是上梁竖柱,放鞭炮,撒糕馒,如式。

敞厅的特点是敞,很宽敞。盖得后,祖父的六十大寿在这里布置过寿堂,宴过客,此外就没有怎么用过,平常总是空着。我的堂姐姐有时把两张方桌拼起来,在上面缝被子。

敞厅对面,一道砖墙之外,是花园。花园原来没有园名,祖父命之曰"民圃",因为他字铭甫,取其谐音。我父亲选了两块方砖,刻了"民圃",两个小篆,嵌在一个六角小门的额上。但是我们还是叫它花园,不叫民圃。祖父六十大寿时自撰了一副长联,末署"民圃叟六十自寿","民圃"字样也只在长联里出现过,别处没有用过。

西边半截的房屋大概是祖父手里盖的,格局较小,主要房屋只是两个堂屋,上堂屋和下堂屋。

上堂屋两边的套间,东侧是三房,西侧是二房。

我的二伯父早逝,我没有见过。他房间里的板壁上挂着他的八寸放大照片,半侧身,穿着一身古典燕尾服,前身无下摆,雪白的圆角硬领衬衫,一只胳臂夹着一根象牙头的短手杖,完全是年轻的英国绅士派头,很英俊。听我父亲说,二伯父是个性格很刚烈的人。他是新党,但崇拜的不是孙文而是黄兴。有一次历史教员(那时叫做"教习")在课堂上讲了黄兴几句不恭敬的话,他上去就给了这个教员一个嘴巴。二伯父和我父亲那时都在南京读中学(旧制中学)。他的死也跟他的负气任性的脾气有关。放暑假从南京回来,路过镇江,带着行李,镇江车站的搬运工人敲了他们一下，索价很高。二伯父一生气，把几个人的行李绑在一起，一个人就背了起来。没有走几步，一口血吐在地上，从此不起。

二伯母守节有年，她变得有些古怪。我的小说《珠子灯》里所写的孙小姐的原型，就是我的二伯母。

　　她变得有点古怪了，她屋里的东西都不许人动。王常生活着的时候是什么样子，永远是什么样子，不许挪动一点。王常生用过的手表、座钟、文具，还有他养的一盆雨花石，都放在原来的位置。孙小姐原是个爱洁成癖的人，屋里的桌子、椅子、茶壶茶杯，每天都要用清水洗三遍。自从王常生死后，除了过年之前，她亲自监督着一个从娘家陪嫁过来的女佣人大洗一天之外，平常不许擦拭。里屋炕几上有一套茶具：一个白瓷的茶盘，一把茶壶，四个茶杯。茶杯倒扣着，上面落了细细的尘土。茶壶是荸荠形的扁圆的，茶壶的鼓肚子下面落不着尘土，茶盘里就清清楚楚留下一个干净的圆印子。

　　她病了，说不清是什么病。除了逢年过节起来几天，其余的时间都在床上躺着，整天地躺着，除了那个女佣人，没有人上她屋里去。

有一个人是常上她屋里去的，我。我去了，坐在她床前的机凳上，陪她一会儿。她精神好的时候，教我《长恨歌》、《西厢记·长亭》。

　　春风桃李花开日，
　　秋雨梧桐叶落时。

　　碧云天，
　　黄花地，
　　西风紧，
　　北雁南飞。
　　晓来谁染霜林醉，

总是离人泪。

　　也有的时候,她也会讲一点轻松一些的文学故事,念苏东坡嘲笑小妹的诗:

　　人前走不上三五步,
　　额头先到画堂前。

　　这样的时候,她脸上也会有一点笑意。她的记忆很好,教我念诗,都是背出来的。她背诗,抑扬顿挫,节奏很强,富于感情,因此她教过我的诗词,我一直记得很清楚。她的诗词,是邑中一个老名士教的。

　　她老是叫我坐在她床前吃东西,吃饭,吃点心。吃两口,她就叫我张开嘴让她看看。接着就自言自语:"王二娘个猫,王二娘个猫,王二娘个猫。"不知道这是什么意思。她是王二娘,我是她的猫?有时我不在跟前,她一个人在屋里也叨咕:"王二娘个猫,王二娘个猫。"

　　每年夏天,她要回娘家住一阵。归宁那天,且出不了房门哩。跨出来,转身又跨进去,跨出来,又跨进去。轿子等在大门口(她回娘家都是坐轿子),轿前两盏灯笼换了几次蜡烛,她还没跨出房门。

　　这种精神状态,我们那里叫做"魔"。

　　下堂屋左边是我父亲的画室,右边是"下房",女佣人住的地方。

　　下堂屋南,一道花瓦墙外,即是花园,墙上也有一个小六角门。

　　开开六角门,是一片砖墁的平地。更南,是花厅。花厅是我们这所住宅里最明亮的屋子,南边一溜全是大玻璃窗,听说我父亲年轻时常请一些朋友来,在花厅里喝酒,唱戏,吹弹歌舞,到我记事的时候,就没有看过这种热闹。花厅也总是闲着。放暑假,我们到花厅里来做假期作业。每年做酱的时候,我的祖母在花厅里摊晾煮熟的黄豆和烤过的发面饼,让豆、饼长毛发酵。花厅外的砖地上有一口大缸,装着豆酱,一口浅缸,装着甜面酱。

　　砖地东面,是一个花台,种着四棵很大的腊梅花,主干都有碗口粗,每年开很多花。这种腊梅的花心是紫檀色的。按说"磬口檀心"是腊梅的名种,但是我们那里重白心的,叫做"冰心腊梅",而将檀心者起一个不好听的名称，叫"狗心腊梅"。下雪之后，上树摘花，是我的事。腊梅的骨朵很密。相中一大枝，折下来，养在大胆瓶里，过年。

腊梅花的对面，是两棵桂花。一棵金桂，一棵银桂。每年秋天，吐蕊开花。桂花树下，长了一片萱草，也没人管它，自己长得很旺盛。萱花未尽开时摘下，阴干，我们那里叫做金针，北方叫做黄花菜。我小时最讨厌黄花菜，觉得淡而无味。到了北方，学做打卤面，才知道缺这玩意还不行。

桂花树后，是南北向的花瓦墙，墙上开一圆门，即北方所说的月亮门。

出圆门，是一畦菜地。我的祖母每年在这里种乌青菜，即上海人所说的塌苦菜。这块菜地土很瘦，乌青菜都不肥大，而茎叶液汁浓厚，旋摘煮食，味道极好，远胜市上买来的，叫做"起水鲜"。经霜后，叶缘皆作紫红色，尤其甜美。

菜畦左侧有一棵紫薇，一房多高，开花时乱红一片，晃人眼睛。游蜂无数，——齐白石爱画的那种大个的黑蜂，穿花抢蕊，非常热闹。西侧，有一座六角亭，可以小坐。

菜畦东边有一条砖路。砖路尽处是一棵木瓜，一棵矾杏，一棵柿树，都很少结果。

树之外，是一座船亭。这是祖父六十大寿头年盖的。船头向东，两边墙上各开了海棠形的窗户。祖父盖船亭，是为了"无事此静坐"，但是他只来坐过几次，平常不来，经常锁着。隔着正面的玻璃隔扇，可以看到里面铁梨木琴几上摆着几件彝器，几把檀木椅子，萧萧爽爽。

船亭对面，有一棵很大的柳树。挨着柳树，是一个高高的花坛。花坛上原来想是栽了不少花的，但因为无人料理，只剩下一棵石榴，一丛鱼儿牡丹。鱼儿牡丹开一串一串粉红的花，花作鸡心形，像是童话里的植物。

花坛对面，是土山。这座土山不知是哪年堆成的。这些土是从园里挖出的，还是从外面运进来的，均不知道。土山左脚，种了两棵碧桃，一棵白的，一棵浅红的。碧桃花其实是很好看的，花开得很繁茂，花期也长,应该对它珍贵一点,但是大家都不把它当回事,也许因为它花开得太多,也太容易养活了。土山正面,种了四棵香橼,每年都要结很多。香橼就是"橘逾淮南则为枳"的枳,但其实枳和橘是两种植物。香橼秋天成熟。香橼的香气很冲,不大好闻。但香橼花的气味是很好的,苦甜苦甜的。花白色,瓣微厚,五出深裂,如小酒盏,很好看。山顶有两棵龙爪槐,一在东,一在西。西边的一棵是我的读书树。我常常爬上去,在分权的树干上靠好,带一块带筋的干牛肉或一块榨菜,一边慢慢嚼着,一边看小说。土山外隔一道墙是一个尼庵,靠在树上可以看见小尼姑从井里汲水浇菜。这尼庵的尼姑是带发修行的,因此我看的小尼姑是一头黑发。

从土山东边下山,是一片空地。空地上有一口很大的缸,养着很大的金鱼,这是大伯父养的。因此,在我们的印象里这一边是大爷的地方。但是我们并未分家,小孩子是可以自由来去的。

金鱼缸的西北边有一架紫藤。盛花时,紫云拂地。花谢,垂下一根一根长长的刀豆。

鱼缸正北,一棵白丁香,一棵紫丁香。

丁香之左,一片紫鸢。

往南,墙边一丛金雀花。

紫鸢的东边,荒草而已。这片草地每年下面结不少甘露,我们那里叫做螺蛳菜或宝塔菜。甘露洗净后装白布袋,可入甜面酱缸腌渍。

草地之东有一排很大的冬青树。夏天开密密的小白花,也有香味。秋后结了很多紫色的胡椒粒大的果实。

冬青之外,是"草房",堆草的屋子。我们那里烧草——芦柴,一次要置很多担草,垛积在一排空屋里。

冬青的北面,是花房,房顶南檐是玻璃盖的,原是大爷养花的地方,但他后来不养花了,花房就空着。一壁挂着一个老鹰风筝。据我父亲说这个老鹰是独脑线的,——只有一根脑线。老鹰风筝是大爷年轻时放过的。听我父亲说,放上去之后,曾有真的老鹰和它打过架。空空的花房里只有两盆颇大的夹竹桃。夹竹桃红花殷殷的,我忽然觉得有些紧张,因为天忽然黑下来了,只有我一个人,在空空的花园里。

听大人说,这花园里有一个白胡子老头。这白胡子老头是神仙?还是妖怪?但是,晚上是没有人到花园里去的,东边和西边的小六角门都上了铁锁。

我们这座花园实在很难叫做花园,没有精心安排布置过,草木也都是随意种植的,常有一点半自然的状态。但是这确是我童年的乐园,我在这里掏过很多蟋蟀,捉过知了、天牛、蜻蜓,捅过马蜂窝,——这马蜂窝结在冬青树上,有蒲扇大!

一九九一年九月十九日

注 释

① 本篇原载《作家》1991 年第十二期;初收《汪曾祺散文随笔选集》,沈阳出版社,1993 年 6 月。

开 卷 有 益①

　　大概在我十一二岁的时候,一年暑假,我在我们家花厅的尘封的书架上找到一套巾箱本木活字的丛书,抽出一本《岭表录异》看起来,看得津津有味。接着又看了《岭外代答》。从此我就对笔记、游记发生很大的兴趣。一直到现在,还是这样。这一类书的文字简练朴素而有情致,对我的作品的语言风格是有影响的。

　　我从小学五年级到初中一二年级,教国文的老师都是高北溟先生。高先生教过的课文中给我印象最深的是归有光的《先妣事略》和《项脊轩志》。有一年暑假,高先生教了我郑板桥的家书和道情。我后来从高先生那里借来郑板桥的全集,通读了一遍。郑板桥的元白体的诗和接近口语的散文,他的诗文中的蔼然的仁者之心,使我深受感动。全集是板桥手写刻印的,看看他的书法,也是一种享受。

　　有一年暑假,我从韦子廉先生读了几十篇桐城派的古文。"桐城义法",未可厚非。桐城派并不全是"谬种"。我以为中学生读几篇桐城派古文是有好处的,比如姚鼐的《游泰山记》、方苞的《左忠毅公逸事》。

　　我读书的高中江阴南菁中学注重数理化,功课很紧,课外阅读时间不多,但也不是完全没有。我买了一套胡云翼编的《词学小丛书》;在做完习题后或星期天,就一首一首抄写起来。字是寸楷行书。这样就读了词也练了字。抄写,我以为是读诗词的好办法。读词,带有一定的偶然性,因为买了一套《词学小丛书》;同时词里大都有一种感伤情绪,流连光景惜朱颜,和一个中学生的感情易于合拍。

　　江南失陷,我不能到南菁中学读书,避居乡下,住在我的小说《受戒》所写的一个庵里。随身所带的书,除了数理化教科书外,只有一本屠格涅夫的《猎人日记》,一本上海的"野鸡书店"盗印的《沈从文选集》。我于是反反复复地看这两本书。可以说,这两本书引导我走上了文学道路,并且一直对我的作品从内到外产生极为深远的影响。

我在昆明西南联大读了中文系,选读了沈从文先生的三门课,《各体文习作》、《创作实习》和《中国小说史》,是沈先生的名副其实的入室弟子。沈先生为了教课所需,收罗了很多文学作品,古今中外,各种流派都有。他架上的书,我陆陆续续,几乎全部都借来读过。外国作家里我最喜爱的是:契诃夫和一个西班牙作家阿索林。因为,他们有点像我,在气质上比较接近。

作为一个文学爱好者,或有志成为作家的青年,应该博览群书,但是可以有所侧重,有所偏爱。一个作家,应该认识自己,知道自己的气质。而认识自己的气质之一法,是看你偏爱哪些作家的书。有的作家的书,你一看就看进去了,那么看下去吧;有的作家的书,看不进去,就别看! 比如巴尔扎克,我承认他很伟大,但是我就是不喜欢,你其奈我何!

我主张看书看得杂一些,即不只看文学书,文学之外的书也都可以看看。比如我爱看吴其濬的《中国植物名实图考》,法布尔的《昆虫记》。有的书,比如讲古代的仵作(法医)验尸的书《宋提刑洗冤录》,看看,也怪有意思。

古人云:"开卷有益"。有人反对,说看书应有选择。我觉得,只要是书,翻开来读读,都是有好处的,即便是一本老年间的黄历。

一九九一年十月二十一日

注　释

① 本篇原载《中学生阅读》1992 年第三期。

关于《虐猫》①

关于《虐猫》，本来没有多少话好说。小说才那么一点儿，可以印在一张明信片上。

小说是写"文化大革命"的，是寄给"文化大革命"的一张生日卡。

这篇小说大概写于 1986 年，其时离"文化大革命"结束已经十年了。但是人们没有忘记"文化大革命"。"文化大革命"的许多事值得我们不断反思。这篇小说可以说是"反思文学"。

"文化大革命"最大的损失是人的毁坏，人性的毁坏。人怎么会变得这样自私，这样怯懦，并从极端的自私、怯懦之中滋生出那么多的野蛮、邪恶和人类最坏的品德——残忍呢？为什么在我们的民族心理上会发生那样大面积的坏死？这次浩劫是民族劣根性的大暴露。整个民族都发了疯，中了邪。只有极少数人还能保存他们的良知。我们是"文化大革命"过来人，对这场浩劫的前因后果到现在还不能有深层的认识。后来者，比如现在的中学生，就更会觉得完全不可思议。

我没有正面写"文化大革命"，我只是从一个很小的侧面，并在几度折射下反映了一点浩劫小景，写"文化大革命"对孩子心灵的毒害，写他们本来是纯洁无瑕的性格怎样被扭曲，被摧毁。

孩子如此，大人可知。

几个孩子到处捉猫，把猫从六楼扔下来，是真事，就发生在我原来的宿舍楼里。我亲眼看见过他们用绳子把猫拉回来。他们用各种方法"玩"猫，有的是从别处移借来的。用乳胶把猫的爪子粘在药瓶的盖子里，这种恶作剧倒不是孩子想出来的，是一个大人，一个年轻的干部，并且我听到他的"发明"是在"文化大革命"之后。"桀之恶，不如是其甚也。"写小说，总要有所虚构，有所集中。

他们毕竟是孩子。孩子是无辜的。责任在大人。我即使在写这些孩子的邪恶行径时，也还在字里行间写了他们一点可爱之处，一点"童趣"。

我原来的宿舍楼是有人跳过楼（这在"文化大革命"中是极普通的事），但不是小说中所写的李小斌的父亲。把他写成李小斌的父亲是为了刺激李小斌和这几个孩子的觉醒。

"李小斌、顾小勤、张小涌、徐小进没有把大花猫从六楼上往下扔，他们把猫放了。"他们在罪恶里陷得还不是那样深，他们的人性回归得比较早。他们是有希望的。

我们这个民族是有希望的。

希望，是这篇小说的"内思想"。因此，它不同于一般意义上的"伤痕文学"。

这篇小说篇幅很小。要使小说写得很"小"，一是能不说的话，就不说；二是作者要控制自己的感情，在叙述语言上要尽量冷静，不要带很多感情色彩，尽量说得平平淡淡，好像作者完全无动于衷。越是好像无动于衷，才能使读者感觉出作家其实是有很深的感触的。

一九九一年十月二十二日

注　释

① 本篇原载《中学生阅读》1992 年第三期。

录 音 压 鸟①

听到一种鸟声："光棍好苦"。奇怪！这一带都是楼房，怎么会飞来一只"光棍好苦"呢？鸟声使我想起南方的初夏雨声、绿。"光棍好苦"也叫"割麦插禾"、"媳妇好苦"。这种鸟的学名是什么，我一直没有弄清楚，也许是"四声杜鹃"吧。接着又听见布谷鸟的声音："咶咕，咶咕"。唔？我明白了：这是谁家把这两种鸟的鸣声录了音，在屋里放着玩哩，——季节也不对，九十月不是"光棍好苦"和布谷叫的时候。听听鸟叫录音，也不错，不像摇滚乐那样吵人。不过他一天要放好多遍。一天下楼，又听见。我问邻居：

"这是谁家老放'光棍好苦'？"

"八层！养了一只画眉，'压'他那只鸟哪！"

过了几天，八层的录音又添了一段：母鸡下蛋：咯咯咯咯，咯咯咯咯，咯咯咯咯搭……

又过了几天，又续了一段：咪噢，咪噢。小猫。

我于是肯定，邻居的话不错。

培训画眉学习鸣声，北京叫做"压"鸟。"压"亦写作"押"。

北京人养画眉，讲究有"口"。有的画眉能有十三或十四套口，即能学十三四种叫声。比较一般的是苇咋子（一种小水鸟）、山喜鹊（蓝灰色）、大喜鹊，还有"伏天儿"（蝉之一种），鸣声如"伏天伏天……"，我一天和女儿在玉渊潭堤上散步，听见一只画眉学猫叫，学得真像，我女儿不禁笑出声来："这不是自己吓唬自己吗？"听说有一只画眉能学"麻雀争风"：两只麻雀，本来挺好，叫得很亲热；来了个第三者，跟母麻雀调情，公麻雀生气了，和第三者打了起来；结果是第三者胜利了，公麻雀被打得落荒而逃，母麻雀和第三者要好了，在一处叫得很亲热。一只画眉学三只鸟叫,还叫出了情节,我真有点不相信。可是养鸟的行家都说这是真事。听行家们说,压鸟得让画眉听真鸟,学山喜鹊就让它听山喜鹊,学苇咋子就听真苇咋子;其次,就是向别的有"口"的画眉学。北京养画眉的每天集中在一起,谓之"会鸟",目的之一就是让画眉互相学习。靠听录音,是压不出来的! 玉渊潭有一年飞来了一只"光棍好苦",一只布谷,有一位,每天拿着录音机,追踪这两只鸟。我问养鸟的行家:"他这是干什么?"——"想录下来,让画眉学,——瞎白!"

北京养画眉的大概有不少人想让画眉学会"光棍好苦"和布谷。不过成功的希望很少。我还没听到一只画眉有这一套"口"的。那位不辞辛苦跟踪录音的"主儿"也是不得已。"光棍好苦"和布谷北京极少来,来了,叫两天就飞走了。让画眉跟真的"光棍好苦"和布谷学,"没门儿"!

我们楼八层的小伙子(我无端地觉得这个养画眉的是个年轻人,一个生手)录的这四套"学习资料",大概是跟别人转录来的。他看来急于求成,一天不知放多少遍录音。一天到晚,老听他的"光棍好苦"、"哈咕"、"咯咯咯咯搭"、"喵呜",不免有点叫人厌烦。好在,我有点幸灾乐祸地想,这套录音大概听不了几天了,他这只画眉是只"生鸟","压"不出来的。

我不反对画眉学别的鸟或别的什么东西的声音(有的画眉能学旧日北京推水的独轮小车吱吱扭扭的声音;有一阵北京抓社会治安,不少画眉学会了警车的尖厉的叫声,这种不上"谱"的叫声,谓之"脏口",养画眉的会一把抓出来,把它摔死)。也许画眉天生就有学这些声音的习性。不过,我认为还是让画眉"自觉自愿"地学习,不要灌输,甚至强迫。我担心画眉忙着学这些声音,会把它自己本来的声音忘了。画眉本来的鸣声是很好听的。让画眉自由地唱它自己的歌吧!

注　释

① 本篇原载 1991 年 11 月 5 日《解放日报》;初收《中国当代作家选集丛书·汪曾祺》,人民文学出版社,1992 年 12 月。

初识楠溪江①

楠溪江在浙江温州永嘉县。永嘉的出名是因为谢灵运。谢灵运曾为永嘉太守,于永嘉山水,游历殆遍。谢灵运是中国山水诗的鼻祖,那么永嘉可以说是山水诗的摇篮,永嘉山水之美可以想见。永嘉山水之美在楠溪江。然而世人知永嘉,知楠溪江者甚少。楠溪江1988年经国务院批准为国家级风景名胜区。此次列入国家级风景区者共42处,楠溪江是其中之一。然而楠溪江之名犹不彰,养在深闺人未识。

我们应温州市、永嘉县之邀,到永嘉去了一趟。游楠溪江,实只三天。匆匆半面,很难得其仿佛。但是我可以负责地向全世界宣告:楠溪江是很美的。

九 级 瀑

九级瀑在大若岩景区。大若岩旧写作大箬岩,"箬"不知道什么时候省写成"若",我觉得还是恢复原字为好,何必省去不多的笔画呢?箬是矮棵的竹子,叶片甚大,可以包粽子,衬斗笠。我在井冈山看到过这种箬竹,很好看的。既名为大箬岩,可以有意识地多种一点这种竹子。

九级瀑不像黄果树和镜泊湖瀑布,以其雄壮宏伟慑人心魄;不像大龙湫一样因为飞流直下三千尺而使人目眩。九级瀑之奇,奇在瀑有九级。我在云南腾冲看过"三跌水",瀑水三叠,已经叹为观止。像这样九级瀑布,实为平生所未见。九级瀑不是一瀑九级,是九条瀑布。九瀑源流,当是一脉,但一瀑一形,一瀑一景,段落分明,自成首尾,在二三公里、一二小时的游程中,能连续看到九瀑,全世界大概再也找不出来。

九级瀑景点还没有定名。导游的同志希望作家起个名字,永嘉籍作家陈惠芳征求我的意见,我想了想,说:"就叫'九叠飞漈'吧。"本地人把瀑布叫做"漈"。"漈"字一般字典上没有,但是朱自清先生的《白水漈》一文中已经用过这个字。用"漈",有点地方特点。温州籍作家林斤澜稍一沉吟,说:"挺好。"有人提出为每个漈取个名字。我和斤澜商量了一下,觉得以漈形取名,把游客的想象框死了,不如就照本地习惯,叫做"一漈"、"二漈"、"三漈"……斤澜深以为然。下山吃饭的时候,旁边的桌上已经摆好了笔墨,叫把这四个字写下来。横竖各写了一条。作九漈歌:

> 漈水来天上,
> 依山为九叠。
> 源流一脉通,
> 风景各异域。
> 或如匹练垂,
> 万古流日夕。
> 或分如燕尾,
> 左右各一撇。
> 或轻如雾縠,
> 随风自摇曳。
> 或泻入深潭,
> 潭水湛然碧。
> 或落石坝上,
> 訇然喷玉屑。
> 或藏岩隙中,
> 窅如云中月。
> 信哉永嘉美,
> 九漈皆奇绝。

出九级瀑,右折,为陶公洞,传是陶弘景隐居著书处。

陶弘景是中国道教史上的一个重要人物。他的思想很复杂,其源出于老庄,又受葛洪的神仙道教影响。他本是读书人,是儒家,做过官,仕齐拜左卫殿中将军,入梁,隐居不仕。他又吸取了佛教的某些观点。从他身上可以看出儒、释、道思想的互相渗透。他是药物学家,所著《本草经集注》收药物七百三十种。他是书法家,擅长草隶行书。他还是个诗人。他的《诏问山中何所有》是中国诗歌史上杰出的名篇:

> 山中何所有?
>
> 岭上多白云。
>
> 只可自怡悦,
>
> 不堪持赠君。

这四句诗毫无齐梁诗的绮靡习气,实开初唐五言绝句的先河。一个人一生留下这样四句诗,也就可以不朽了。

陶公洞是个可以引人低徊向往的地方。陶弘景是值得纪念的人物,陶公洞内部应该收拾得更像样一些。现在洞里的情形实在不大好,有点乌烟瘴气。

永恒的船桅

石桅岩在鹤盛乡下岙村北。

下汽车,沿卵石路往下,上船。水不深,很平静,很清,而颜色绿如碧玉。夹岸皆削壁,回环曲折。群峰倒影映入水中,毫发不爽。船行影上,倒影稍稍晃动。船过后,即又平静无痕。是为"小三峡"。有人以为"小三峡"这个名字不好,叫做"小三峡"的地方太多了,而且也不像三峡。提出改一个名字。中国的"小三峡"确实不少,都不怎么像。"小三峡"嘛,哪能跟三峡一样呢,有那么一点三峡的意思就行了。一定要改一个名字,可以叫做"三峡小样"。但我看可以不必费那个事。"小三峡",挺好,大家已经叫惯了。

小三峡两边山上树木葱茏,无隙处。偶见红树,鲜红鲜红,不是枫树,也不是乌桕,问之本地人,说这是野漆树。

我们坐的船,轻轻巧巧,一头尖翘。问林斤澜:"这也是蚱蜢舟么?"斤澜说:"也算。"幼年读李清照词:"闻说双溪春尚好,也拟泛轻舟。只恐双溪蚱蜢舟,载不动许多愁",以为"蚱蜢"只是个比喻。斤澜小说中也提到蚱蜢舟,我以为是承袭了李清照的词句。没想到这是一个实体,永嘉把这种船就叫做蚱蜢舟。一般的蚱蜢舟比我们所坐的要小得多,只能容三四人(我们的船能坐二十人),样子很像蚱蜢。永嘉人所说的蚱蜢是尖头,绿色鞘翅,鞘翅下有桃红色膜翅的那一种,北京人把这种蚱蜢叫做"挂大扁儿"。我以为可以选一处蚱蜢舟较多的水边立一块不很大的石碑,把李清照的这首《武陵春》刻在上面(李清照曾流寓永嘉,这首词很可能是在永嘉做的)。字最好请一个女书法家来写,能填词的更好。

出小三峡,走一段卵石纵横的路(实是在卵石滩上踏出一条似有若无的路),又遇一片水,渡水至岸,有钢梯,蹑梯而上,至水仙洞。稍憩,出洞沿石级至峰顶。峰顶有野树一株,向内欹偃,极似盆景。树干不粗,而甚遒劲,树根深深扎进岩石中,真可谓"咬定青山"。迈过这棵大盆景,抚树一望,对面诸峰,争先恐后,奔奔沓沓,皆来相就。

首当其冲的山峰,犹如巨兽,曰"麒麟送子"。或以为"麒麟送子",名不雅驯,拟改之为"驼峰",以其形状更像一头奔跑而来的骆驼。我觉得也不必。天下山峰似骆驼而名为驼峰者多矣。山名与其求其形似,不如求其神似。"麒麟送子"好处在一"送"字。

沿石级而下,复至水仙洞略坐。洞不很大,可容二三十人。洞之末端渐狭小,有一个歪歪斜斜的铁烛架,算是敬奉水仙之处了。

据传,水仙是一少女,生前为人施药治病,后仙去,乡人为纪念她,名此洞曰水仙洞。水仙洞不在水边,却在山顶。既在山顶,仍叫水仙,这是很有意思的。

我建议把水仙洞稍稍整治一下,在洞之末端凿出一个拱顶的小龛,内供水仙像。水仙像可向福建德化订制,白瓷,如"滴水观音"瓷像那样,形貌亦可略似观音,亦可持瓶滴水,但宜风鬟雾鬓,萧萧飒飒,不似观音那样庄肃。像不必大,二三尺即可。

作水仙洞歌:

> 往寻水仙洞,
>
> 却在山之巅。
>
> 想是仙人慕虚静,
>
> 幽居不欲近人寰。
>
> 朝出白云漫浩浩,
>
> 暮归星月已皎然。
>
> 不识仙人真面目,
>
> 只闻轻唱秋水篇。

在水仙洞口待渡(船工回家吃饭去了),至对岸,稍左,即石桅岩。"石"与"桅"本不相干,但据说多年来就是这样叫的,是老百姓起的名字。起名字的百姓,有点禅机。听说从某一角度看,是像船桅的,但从我们立足处,看不出,只觉得一尊巨岩,拔地而起。岩是火成花岗岩,岩面浅红色,正似中国山水画里的"浅绛"。岩净高 306 米,巍然独立。四面诸峰不敢与之比高(诸峰皆只 200 米左右),只能退避,但于远处遥望,尽其仰慕惶恐之忱。石桅岩通体皆石,岩顶、石缝,亦生草木,远视之,但如毛发瘢痣而已。曾经有小伙子攀到山顶,伐倒几棵大树,没法运下岩,就心生一计,把树解为几段,用力推下。下岩一看,都已摔成碎片。

石桅岩之南,有一片很大的草坪,地极平,草很干净。在高岩乱石之间有这么一片天然草坪,也很奇怪。我们几个上了岁数的,在草坪上野餐了一次(年轻人都爬过后山到农民家吃饭去了)。煮芋头,炖番薯,炒米粉,红烧山鸡(山里养的鸡),饮农家自制的老酒,陶然醉饱。

作石桅铭:

> 石桅停泊,
>
> 历千万载。
>
> 阅几沧桑,

青颜不改。

传家耕读古村庄

参观苍坡村。楠溪多古村,苍坡是其一。这是一个"宋村",原名苍墩,绍熙间为避光宗赵惇之讳而改。现在的木结构的寨门建于建炎二年,有志可查。国师李时日题寨门的对联"四壁青山藏虎豹,双池碧水贮蛟龙"至今犹在。苍坡建村,是有一个总体设计的,其构思是:文房四宝。村中有长方形的水池,是砚。池边有长石条,是墨(石条想是为了便于村民憩歇)。石条外有一条横贯全村的笔直的砖街,是笔——一个村里有这样一条笔直笔直的街,我还从未见过。可以说,这是我所见过的最直的街。整个村子是方的,是为纸。这样的设计,关涉到"风水",无非是希望村里多出达官文人。红卫兵小将如果知道,一定会大骂一声:"封建!"但是整个村却因此而变得整齐爽朗,使人眼目明快。这个村没有遭到红卫兵的破坏,也许就因为风水好。

我见过一些古村民居,比如皖南的黟县。这里的民居设计和黟县大不相同。黟县古民居多是连院、高墙、小天井、小房间、小窗。窗棂雕刻精细,涂朱漆,勾金边,但采光很不好,卧房里黑洞洞的。所有建筑显得很拘谨,很局促。苍坡村的民居多木石结构,木构暴露,多为本色,薄墙充填,屋顶出檐大,显得很自由,很开阔,很豁达。这反映出两种不同的文化心理。黟县民居反映了商业社会文化。我在黟县一家的堂屋里看到一副木制朱地金字对联,上联是"为官好做商好能守业便好"(下联已忘),黟县民居格局,正与此种守成思想一致。苍坡民居则表现出一种耕读社会的文化。楠溪江畔一些村落宗谱族规都有类似词句:"读可荣身,耕可致富。勿游手好闲,自弃取辱。少壮荡废,老悔莫及。"永嘉文风极盛,志称"王右军导以文教,谢康乐继之,乃知向方"。因为长时期的熏陶,永嘉人的文化素质是比较高的。"人生其地者皆慧中而秀外,温文而尔雅"。这种秀外慧中、温文尔雅的风度,到今天,我们还能在楠溪江人身上感受得到。想要了解中国耕读社会文化形态,楠溪江古村,是仍然具有生命力的标本。

楠溪江村外多有路亭。路亭是村民歇脚、纳凉、闲谈、听剧曲道情的地方,形制各异,而皆幽雅舒畅。路亭是楠溪江沿岸风光的很有特点的点缀。

楠溪村头常有一两棵木芙蓉。永嘉土壤气候于木芙蓉也许特别适宜。我在上塘街边看到一棵芙蓉,主干有大碗口粗,有二层楼高,满树繁花,浅白殷红,衬着巴掌大的绿叶,十分热闹。芙蓉是灌木,永嘉的芙蓉却长成了大树,真是岂有此理!听永嘉人说,永嘉过去种芙蓉,是为了取其树皮打草鞋,现在穿草鞋的少了,芙蓉也种得少了。应该多种。我向永嘉县领导建议,可考虑以芙蓉为永嘉县花。听说温州已定芙蓉为市花,不禁怃然。后到温州,闻温州市花是茶花,不是芙蓉,那么芙蓉定为永嘉县花还是有希望的。但愿我的希望能成为现实。

赞苍坡村:

村古民朴,
天然不俗,
秀外慧中,
渔樵耕读。

清清楠溪水

嘉陵江被污染了,漓江被污染了,即武夷山九曲溪也不能幸免,全国唯一的一条真正没有被污染的江,只有楠溪江了。永嘉人呀,你们千万要把楠溪江保护好,为了全国人民的眼睛,拜托了!

楠溪江水质纯净,经化验,符合国家一级水标准。无论在哪里,舀起一杯楠溪水,你可以放心地喝下去,绝不会闹肚子。水是透明的。水中含沙量很少,即使是下了暴雨,江水微浑,过两三天,又复透明如初。透明到一眼可以看到江底。江底卵石,历历可数。江宽而浅。浅处只有一米。偶有深潭,也只有几米。江水平静,流速不大,但很活泼,不呆板。江水下滩，也有浪花，但不汹涌。过滩时竹筏工并不警告乘客"小心"。偶有大块卵石阻碍航路，筏工卷裤过膝，跳进水中，搬开石头，水既畅流，他即一步上筏，继续撑篙，若无其事。他很泰然，你也不必紧张，尽管踏踏实实地在竹椅上坐着。

乘坐竹筏，在楠溪江上漂上个把小时，真是绝妙的享受。我在武夷山九曲溪坐过竹筏。一来，九曲溪和武夷山互为宾主，人在竹筏上，注意力常在岸上的景点，仙人晒布、石虾蟆……左顾右盼，应接不暇，不能全心感受九曲溪。二来，九曲溪航程太短，有点像南宋瓦子里的"唱赚"，正堪美听，已到煞尾，不过瘾。楠溪江两岸都是滩林。滩林很美，但很谦虚，但将一片绿，迎送往来人，甘心作为楠溪江的陪衬，绝不突出自己。似乎总在对人说："别看我，看江！"楠溪水程很长，可一百多公里。我们在江上漂了三个小时，如果不是因天黑了，还能再漂一个多小时。真是尽兴。在楠溪竹筏上漂着，你会觉得非常轻松，无忧无虑，一切烦恼委屈，油盐柴米，全都抛得远远的。你会不大感觉到自己的体重。大胖子也会感到自己不胖。来吧，到楠溪江上来漂一漂，把你的全身、全心都交给这条温柔美丽的江。来吧，来解脱一次，溶化一次，当一回神仙。来吧！来！

作楠溪之水清：

> 楠溪之水清，
> 欲濯我无缨。
> 虽则我无缨，
> 亦不负尔清。
> 手持碧玉杓，
> 分江入夜瓶。
> 三年开瓶看，
> 化作青水晶。

一九九一年十一月二十日

注　释

① 　本篇原载 1992 年 1 月 9 日、1 月 23 日、2 月 6 日《中国旅游报》；初收《中国当代作家选集丛书·汪曾祺》，人民文学出版社，1992 年 12 月。

关于《沙家浜》①

1963 年冬天,江青到上海看戏,回北京后带回两个沪剧剧本,一个《芦荡火种》,一个《革命自有后来人》,找了中国京剧院和北京京剧团的负责人去,叫改编成京剧。北京京剧团"认购"了《芦荡火种》。所以选中《芦荡火种》,大概因为主角是旦角,可以让赵燕侠演。《革命自有后来人》,归了中国京剧院,后改编为《红灯记》。

我和肖甲、杨毓珉去改编,住颐和园龙王庙。天已经冷了,颐和园游人稀少,风景萧瑟。连来带去,一个星期,就把剧本改好了。实际写作,只有五天。初稿定名为《地下联络员》,因为这个剧名有点传奇性,可以"叫座"。

经过短时期突击性的排练,要赶在次年元旦上演,已经登了广告。江青知道了,赶到剧场,说这样匆匆忙忙地搞出来,不行! 叫把广告撤了。

江青总结了 50 年代出现过的一批京剧现代戏失败的教训,认为这些戏没有能站住,主要是因为质量不够,不能和传统戏抗衡。江青这个"总结"是对的。后来她把这种思想发展成"十年磨一戏"。一个戏磨到十年,是要把人磨死的。但是戏是要"磨"的。萝卜快了不洗泥,是搞不出好戏的。公平地说,"磨戏"思想有其正确的一面。

决定重排,重写剧本。这次参加执笔的是我和薛恩厚。大概是1964 年初春,住广渠门外一个招待所。我记得那几天还下了大雪,我和老薛踏雪到广渠门里一个饭馆里吃过涮羊肉。前后也就是十来天吧,剧本改出来了。二稿恢复了沪剧原名《芦荡火种》。

经过比较细致的排练,江青看了,认为可以请毛主席看了。

毛主席对京剧演现代戏一直是关心的,并提出过一些很中肯的意见,比如:京剧要有大段唱,老是散板、摇板,会把人的胃口唱倒的。这是针对 50 年代的京剧现代戏而说的。50 年代的京剧现代戏确实很少有"上板"的唱,只有一点儿散板摇板,顶多来一段流水、二六。我们在《芦荡火种》里安排了阿庆嫂的大段二黄慢板"风声紧雨意浓天低云暗",就是受了毛主席的启发,才敢这样干的。"风声紧雨意浓"大概是京剧现代戏里第一次出现的慢板。彩排的时候,吴祖光同志坐在我的旁边,说:"这个赵燕侠真能沉得住气!""沉不住气",是 50 年代搞京剧现代戏的同志普遍的创作心理。后来的现代戏,又走了另一个极端,不用散板摇板。都是上板的唱。不用散板摇板,就成了一朵一朵光秃秃的牡丹。毛主席只是说不要"老是散板摇板",不是说不要散板摇板。

毛主席看了《芦荡火种》,提了几点意见(是江青向薛恩厚、肖甲等人传达的,我是间接知道的):

> 兵的音乐形象不饱满;
>
> 后面要正面打进去,现在后面是闹剧,戏是两截;
>
> 改起来不困难,不改,就这样演也可以,戏是好戏;
>
> 剧名可叫《沙家浜》,故事都发生在这里。

我认为毛主席的意见都是有道理的,"态度"也很好,并不强加于人。

有些事实需要澄清。

兵的音乐形象不饱满,后面是闹剧,戏是两截,这都是原剧所存在的严重缺点。原剧的结尾是乘胡传奎结婚之机,新四军战士化装成厨师、吹鼓手,混进刁德一的家,开打。厨师念数板,有这样的词句:"烤全羊,烧小猪,样样咱都不含糊。要问什么最拿手,就数小葱拌豆腐!"而且是"怯口",说山东话。吹鼓手只有让乐队的同志上场,吹了一通唢呐。这简直是起哄。改成正面打进去。就可以"走边"("奔袭"),"跟头过城",翻进刁宅后院,可以发挥京剧的特长。毛主席的意见只是从艺术上,从戏的完整性上考虑的,不牵涉到政治。"要突出武装斗争",是江青的任意发挥。把郭建光提到一号人物,阿庆嫂压成二号人物,并提高到"究竟是武装斗争领导地下斗争,还是地下斗争领导武装斗争"这样的原则高度,更是无限上纲,胡搅蛮缠。后来又说彭真要通过这出戏来反对武装斗争,更是莫须有的诬陷。

《沙家浜》这个剧名是毛主席定的,不是江青定的。最初提出《芦荡火种》剧名不妥的,是谭震林。他说那个时候,革命力量已经不是星星之火,已经是燎原之势了。谭震林是江南新四军的领导人,他的话是对的。"芦荡"和"火种",在字面上也矛盾。芦荡里都是水,怎么能保存火种呢? 有人以为《沙家浜》是江青取的剧名,并以为《沙家浜》是江青抓出来的。《芦荡火种》和江青的关系不大。一些戏曲史家,戏曲评论家都愿意提《芦荡火种》,不愿意提《沙家浜》,这实在是一种误解。

我们按照江青传达的毛主席的意见,改了第三稿。1965 年 5 月,江青在上海审查通过,并定为"样板","样板戏"这个叫法,是这个时候开始提出来的。

1970 年 5 月,《沙家浜》定本,在《红旗》杂志发表。

很多同志对"样板戏"的"定本"有兴趣,问我是怎样一个情形。是这样的:人民大会堂的一个厅(我记得是安徽厅)。上面摆了一排桌子,坐的是江青、姚文元、叶群(可能还有别的人,我记不清了)。对面一溜长桌,坐着剧团的演员和我。每人面前一个大字的剧本。后面是她的样板团们一群"文艺战士"。由剧团演员一句一句轮流读剧本。读到一定段落,江青说:"这里要改一下。"当时就得改出来。这简直是"庭对"。她听了,说:"可以。"这就算"应对称旨"。这号活儿,没有一点捷才,还真应付不了。

江青在《沙家浜》创作过程中做了一些什么?

我历来反对一种说法:"样板戏"是群众创作的,江青只是剽窃了群众创作成果。这样说不是实事求是的。不管对"样板戏"如何评价,我对"样板戏"从总体上是否定的,特别是其创作思想——三突出和主题先行,但认为部分经验应该吸收(借鉴),不能说这和江青无关。江青在"样板戏"上还是花了心血,下了功夫的,至于她利用"样板戏"的反党害人,那是另一回事。当然,她并未亲自动手写过一句唱词,导过一场戏，画过一张景片，她只是找有关人员谈话，下"指示"。

从剧本方面来说，她的"指示"有些是有道理的。比如"智斗"一场，原来只是阿庆嫂和刁德一两个人的"背供"唱，江青提出要把胡传奎拉进矛盾里来，这样不但可以展开三个人之间的心理活动，舞台调度也可以出点新东西，——"智斗"的舞台调度是创造性的。照原剧本那样，阿庆嫂和刁德一斗心眼，胡传奎就只能踱到舞台后面对着湖水抽烟，等于是"挂"起来了。

有些是没有什么道理的。郭建光出场的唱"朝霞映在阳澄湖上"的第二句原来是"芦花白早稻黄绿柳成行"，她说这三种植物不是一个季节，说她到苏州一带调查过（天知道她调查了没有）。于是只能改成"芦花放稻谷香岸柳成行"，其实还不是一样？沙奶奶的儿子原来叫七龙，她说生七个孩子，太多了！这好办，让沙奶奶少生三个，七龙变成四龙！

有些是没有道理的，"风声紧"唱段前原来有一段念白："一场大雨，湖水陡涨。满天阴云，郁结不散，把一个水国江南压得透不过气来。不久只怕还有更大的风雨呀。亲人们在芦荡里，已经是第五天啦。有什么办法能救亲人出险哪！"这段念白，韵律感较强，是为了便于叫板起唱。江青认为这是"太文的词儿了"，于是改成"刁德一出出进进的，胡传奎在里面打牌……"这是大白话，真是一点都不"文"了。这段念白是江青口授的，倒可以算是她的创作。"智斗"一场阿庆嫂大段流水"垒起七星灶"差一点被她砍掉，她说这是"江湖口"，"江湖口太多了！"我觉很难改，就瞒天过海地保存了下来。

江青更多的精力用在抓唱腔，抓舞美。唱腔设计出来，试唱之后，要立即将录音送给她，她定要逐段审定的。"朝霞映在阳澄湖上"设计出两种方案，她坐在剧场里听，最后决定用李金泉同志设计的西皮。沙奶奶家门前的那棵柳树，她怎么也不满意，说要江南的垂柳，不要北方的。舞美设计到杭州去写生，回来做了一棵，这才通过。我实在看不出舞台上的柳树是杭州"柳浪闻莺"的，还是北京北海的，只见一棵用灯光照得碧绿透亮（亮得很不正常）的不大的柳树而已。

我在执笔写《沙家浜》时的一些想法。江青早期抓现代戏时,对剧本不是抓得很紧,我们还有一点创作自由。我的想法很简单。一是想把京剧写得像个京剧。写唱词,要像京剧唱词。京剧唱词基本上是叙述性的,不宜有过多的写景、抒情,而且要通俗。王昆仑同志曾对我说,《文昭关》"一事无成两鬓斑",四句之后,就得是"恨平王无道纲常乱"。我认为很有道理。因此,我写《沙家浜》,在"风声紧雨意浓天低云暗"之后,下一句就是"不由人一阵阵坐立不安"。"不由人一阵阵坐立不安",何等平庸。但是,同志,这是京剧唱词。后来的"样板戏"抒情过多,江青甚至提出"抒情专场",于是满篇豪言壮语。我认为这是对京剧"体制"不了解所造成。再是,我想对京剧语言,进行一点改革,希望唱词能生活化、性格化,并且能突破原来的唱词格律(二二三,三三四)。"垒起七星灶"是个尝试。写这一稿时,这一段写了两个方案,一个是五言的,一个是七言的。我向设计唱腔的李慕良同志说:如果五言的不好安腔,就用七言的。结果李慕良同志选择了五言的,创造了一段五言流水,效果很好。这一段唱词是数学游戏。前面说得天花乱坠,结果是"人一走,茶就凉",是个"零"。前些时见到报上说"人一走,茶就凉"是民间谚语,不是的。

《沙家浜》从写初稿,至今已有 27 年。从"定稿"到现在,也有 21 年了。俯仰之间,已为陈迹。但是"样板戏"不能就这样揭过去。这些年的戏曲史不能是几张白页。于是信笔写了一点回忆,供作资料。忆昔执笔编剧,尚在壮年。今年七十一,垂垂老矣,感慨系之。

一九九一年十一月二十二日

注　释

① 本篇原载《八小时以外》1992 年第六期;初收《汪曾祺全集》第五卷,北京师范大学出版社,1998 年 8 月。

捡 石 子 儿①

——《汪曾祺选集》代序

承人民文学出版社的好意,要出我一本选集,我很高兴。我出过的几本书,印数都很少,书店里买不到。很多人到我这里来要。我的存书陆续送人,所剩无几,已经见了缸底了。有一本新书,可以送送人。当然,还可以有一点稿费。

一本25万字的书,好像总得有一篇序甚么的,不然就太秃了。因此,写几句。都是与本书有关的,不准备扯得太远。

都是些平平常常的话。

我以前外出,喜欢捡一点石头子儿。在海边,在火山湖畔,在沙滩上、沙漠上,倒都是精心挑选的,当时觉得很新鲜。但是带回来之后看看,就失去了新鲜感,都没有多大意思。后来,我的孙女拿去过家家了。剩几颗,压水仙头。最后,都不知下落,没有了。也并不可惜。我的这篇代序里的话也就像那些石头子儿,没有甚么保留价值。

关于空灵和平实

我的一些作品是写得颇为空灵的,比如《复仇》、《昙花·鹤和鬼火》、《天鹅之死》。空灵不等于脱离现实。《复仇》是现实生活的折射。这是一篇寓言体的小说。只要联系1944年前后的中国的现实生活背景,不难寻出这篇小说的寓意。台湾佛光出版社把这篇小说选入《佛教小说选》,我起初很纳闷。去年读了一点佛经,发现我写这篇小说是不很自觉地受了佛教的"冤亲平等"思想的影响的。但是,最后两个仇人共同开凿山路,则是我对中国乃至人类所寄予的希望。我写《天鹅

之死》,是对现实生活有很深的沉痛感的。《汪曾祺自选集》的这篇小说后面有两行附注:

一九八〇年十二月二十九日清晨
一九八七年六月七日校,泪不能禁。

我的感情是真实的。一些写我的文章每每爱写我如何恬淡、潇洒、飘逸,我简直成了半仙!你们如果跟我接触得较多,便知道我不是一个不食人间烟火的人。

在一次北京作协组织的我的作品座谈会上,最后,我做了一个简短的发言,题目是《回到现实主义,回到民族传统》,这可以说是我的文学主张。我说我所说的"现实主义"是能容纳多种流派的现实主义。现实主义不应该排斥、拒绝非现实主义。现实主义的作品,或多或少,都要掺进一点非现实主义的成分。这样的现实主义才能接收一点新的血液,获得生机。否则现实主义就会干枯,老化,乃至死亡。但是,我的作品的本体,是现实主义的。我对生活的态度是执着的。我不认为生活本身是荒谬的。不认为世间无一可取,亦无一可言。我所用的方法,尤其是语言,是平易的,较易为读者接受的。我的小说基本上是直叙。偶有穿插,但还是脉络分明的。我不想把事件程序弄得很乱。有这个必要吗?我不大运用时空交错。我认为小说是第三人称的艺术。我认为小说如果出现"你",只能是接受对象,不能作为人物。"我"作为读者,和作品总是有个距离的。不管怎么投入,绝不能变成小说中本来应该用"他"来称呼的人物,感觉到他的感觉。这样的做法不但使读者眼花缭乱,而且阻碍读者进入作品。至少是我,对这样的写法是反感的。有这个必要么?小说是写给读者看的,不能故意跟读者为难,使读者读起来过于费劲,修辞立其诚,对读者要诚恳一些,尽可能地写得老实一些。

但是,我最近写一篇小说《小芳》引起了我对我的写作方法的一番思索。

《中国作家》章仲锷同志约我写一篇小说,写得了,我在电话里告诉他:"这篇小说写得非常平实。"我的女儿看了,说她不喜欢。"一点才华没有！这不像是你写的！"我也不知道我怎么会写出这样一篇如此平铺直叙的小说。我负气地说："我就是要写得没有一点才华！"但是我禁不住要想一想：我七十一岁了，写了这样平实的小说，这说明甚么？是不是我在写作方法上发生了某些变化？以后，我的小说将会是甚么样子的？

想了几天，似乎有所开悟（这些问题过去也不是没有想过）：作品的空灵、平实，是现实主义的，还是非现实主义的，决定于作品所表现的生活。生活的样子，就是作品的样子。一种生活，只能有一种写法。《天鹅之死》的跳芭蕾舞的演员白蕤和天鹅，本来是两条线，只能交织着写。《小芳》里的小芳，是一个真人，我只能直叙其事。虚构、想象、夸张，我觉得都是不应该的，好像都对不起这个小保姆。一种生活，用一种方法写，这样，一个作家的作品才能多样化。我想我以后再写小说，不会都像《小芳》那样。都是那样，就说明确实是老了。

关于民族传统和外来影响

我的写作受过一些甚么影响？古今中外，乱七八糟。

我在大学念的是中文系，但是课余时间看的多是中国的当代文学作品和外国文学的译本。俄国的、东欧的、英国的、法国的、美国的、西班牙的。如果不看这些外国作品，我不会成为作家。

我对一种说法很反感，说年轻人盲目学习西方，赶时髦。说西方有甚么新的学说，新的方法，他们就赶快摹仿。说有些东西西方已经过时了，他们还当着宝贝捡起来，比如意识流。有些青年作家摹仿西方，这有甚么不好呢？我们年轻时还不都是这样过来的？有些方法，不是那样容易过时的，比如意识流。意识流是对古典现实主义一次重大的突破。普鲁斯特的作品现在也还有人看。指责年轻人的权威是在维护文学的正统，还是维护甚么东西，大家心里明白。

有一种说法我不理解：越是民族的，就越是世界的。虽然这话最初大概是鲁迅说的。这在逻辑上讲不通。现在指出这样的理论的中老年作家的意思我倒是懂得的。他们具有强烈的排他性，排斥外来的影响，排斥受外来影响较大的青年作家，以为自己的作品是最民族的，也是最世界的，是最好的，别的，都不行。

钱钟书先生提出一个说法："打通"。他说他这些年所做的工作，主要是打通。他所说的打通指的是中西文学之间的打通。我很欣赏打通说。中国当代文学和西方文学需要打通，不应该设障。

另一种打通是当代文学与古典文学（民族传统）之间的打通。毋庸讳言，中国当代文学和古典文学之间是相当隔阂的。这有两方面的原因，一方面，当代作家对古典文学重视得不够；另一方面，研究、教授古典文学的先生又极少考虑古典文学对当代创作的作用——推动当代创作，应该是研究、教学古典文学的最终目的。

还有一种打通，是当代文学、古典文学和民间文学之间的打通。我曾在湖南桑植读到一首民歌：

> 姐的帕子白又白，
>
> 你给小郎分一截。
>
> 小郎拿到走夜路，
>
> 好比天上蛾眉月。

不知道为甚么，我当时立刻想到王昌龄的《长信秋词》：

> 玉颜不及寒鸦色，
>
> 犹带昭阳日影来。

两者设想的超迈，有其相通处。这样的民歌，我想对于当代诗歌，乃至小说、散文的写作应该是有影响的。

《阿诗玛》说："吃饭，饱不到肉里；喝水，水不到血里。"我们读了西方文学、古典文学、民间文学，当然不能确指这进入哪一块肉，变成哪一滴血，但是多方吸收，总是好的。

我对古典、西方、民间都不很通。但是我以为，一个当代中国作家，应该是一个文学的通人。

关于笔记体小说

我的一些小说,在投寄刊物时自己就标明是笔记小说。笔记体小说是近年出现的文学现象。我好像成了这种文体的倡导之一。但是我对笔记体小说的概念并不清楚。

中国古代小说有两个传统,唐人传奇和宋人笔记。唐人传奇本多是投之当道的"行卷"。因为要使当道者看得有趣,故情节曲折,引人入胜;又因为要使当道者赏识其才华,故文词美丽。是有意为文。宋人笔记无此功利的目的,多是写给朋友们看看的,聊资谈助。有的甚至是写给自己看的。《梦溪笔谈》云"所与谈者,唯笔砚耳"。是无意为文。因此写得平淡自然,但,自有情致。我曾在一篇序言里说过我喜欢宋人笔记胜于唐人传奇,以此。

两种传统。绵延不绝,《阅微草堂笔记》可以说是继承了笔记传统,《聊斋志异》则是传奇、笔记兼而有之。纪晓岚对蒲松龄很不满意,指责他:

"今嫟昵之词,媟狎之态,细微曲折,摹绘如生。使出自言,似无此理;使出作者代言,则何从而闻见之?"

这问题其实很好回答:想象。

一般认为,所写之事是目击或亲闻的,是笔记,想象成分稍多者,即不是。这也有理。

按照这个标准,则我的《桥边小说三篇》的《茶干》是笔记小说;《詹大胖子》不完全是,张蕴之到王文蕙屋里去,并非我亲眼得见;《幽冥钟》更不是,地狱里的女鬼听到幽冥钟声,看到一个一个淡金色的光圈,我怎么能看到呢? 这完全是想象,是诗。

我觉得这样的区分没有多大意思。

凡是不以情节胜,比较简短,文字淡雅而有意境的小说,不妨都称之为笔记体小说。

我并不主张有人专写笔记体小说,只写笔记体小说。也不认为这是最好的小说文体。只是有那么一小块生活,适合或只够写成笔记体小说,便写成笔记体,而已。我并没有"倡导"过甚么。

关于中国魔幻小说

我看了几篇拉丁美洲的魔幻小说,第一个感想是:人家是把这样的东西也叫做小说的;第二个感想是,这样的小说中国原来就有过。所不同的是拉丁美洲的魔幻小说是当代作品,中国的魔幻小说是古代作品。我于是想改写一些中国古代魔幻小说,注入当代意识,使它成为新的东西。

中国是一个魔幻小说的大国,从六朝志怪到《聊斋》,乃至《夜雨秋灯录》,真是浩如烟海,可资改造的材料是很多的。改写魔幻小说,至少可以开拓一个新的写作领域。

有人会问:改写魔幻小说有甚么意义? 我们也可以反问一句:你所说的"意义"是甚么意义?

关于本书体例

我以前出的几本书,在编排上都是以作品写作或发表的时间先后为序的。这回不这样,我把作品大体上归了归类。小说部分以地方背景分。我生活过的地方是:江苏高邮、昆明、北京、张家口。小说也就把以这几个地方为背景的归在一起。有些篇不能确指其背景是甚么地方,就只好单独放着,如《复仇》、《小芳》。散文部分是这样分的:记人的,写风景的,和人生杂论。

这样的编排说不上有甚么道理,只是为了一般读者阅读的方便。这对研究者可能造成一些困难。我不大赞成用"系年"的方法研究一个作者。我活了一辈子,我是一条整鱼(还是活的),不要把我切成头、尾、中段。何况,我是不值得"研究"的。"研究"这个词儿很可怕。

一九九一年十二月二日

注　释

① 本篇原载《中国文化》1992 年总第六期,是为《中国当代作家选集丛书·汪曾祺》(人民文学出版社,1992 年版)所作自序。

遥寄爱荷华[①]

——怀念聂华苓和保罗·安格尔

1987 年 9 月,我应安格尔和聂华苓之邀,到爱荷华去参加爱荷华大学"国际写作计划",认识了他们夫妇,成了好朋友。

安格尔是爱荷华人。他是爱荷华城的骄傲。爱荷华的第一国家银行是本城最大的银行,和"写作计划"的关系很密切("国际写作计划"作家的存款都在第一银行开户),每一届"国际写作计划",第一银行都要举行一次盛大的招待酒会。第一银行的墙壁上挂了一些美国伟人的照片或画像。酒会那天,银行特意把安格尔的巨幅淡彩铅笔画像也摆了出来。画像画得很像,很能表现安格尔的神情:爽朗,幽默,机智。安格尔拉了我站在这张画像的两边拍了一张照片。可惜我没有拿到照相人给我加印的一张。

江迪尔是一家很大的农机厂。这家厂里请亨利·摩尔做了一个很大的抽象的铜像,特意在一口湖当中造了一个小岛,把铜像放在岛上。江迪尔农机厂是"国际写作计划"的赞助者之一,每年要招待国际作家一次午宴。在宴会上,经理致辞,说安格尔是美国文学的巨人。

我不熟悉美国文学的情况,尤其是诗,不能评价安格尔在美国当代文学中的位置。我只读过一本他的诗集《中国印象》,是他在中国旅行之后写的,很有感情。他的诗是平易的,好懂的,是自由诗。有一首诗的最后一段只有一行:

中国也有萤火虫吗?

我忽然非常感动。

我真想给他捉两个中国的萤火虫带到美国去。

我三天两头就要上聂华苓家里去,有时甚至天天去。有两天没有去,聂华苓估计我大概一个人在屋里,就会打电话来。我们住在五月花公寓,离聂华苓家很近,5分钟就到了。

聂华苓家在爱荷华河边的一座小山半麓。门口有一块铜牌,竖写了两个隶书:"安寓"。这大概是聂华苓的主意。这是一所比较大的美国中产阶级的房子,买了已经有些年了。木结构。美国的民居很多是木结构,没有围墙,一家一家不挨着。这种木结构的房子也是不能挨着,挨在一起,一家着火,会烧成一片。我在美国看了几处遭了火灾的房子,都不殃及邻舍。和邻舍保持一段距离,这也反映出美国人的以个人主义为基础的文化心理。美国人不愿意别人干扰他们的生活,不讲什么"处街坊",不讲"闻多素心人,乐与数晨夕"。除非得到邀请,美国人不随便上人家"串门儿"。

是一座两层的房子。楼下是聂华苓的书房,有几张中国字画。我给她带去一个我自己画的小条幅,画的是一丛秋海棠,一个草虫,题了两句朱自清先生的诗:"解得夕阳无限好,不须怅惘近黄昏。"第二天她就挂在书桌的左侧,以示对我的尊重。

楼上是卧室、厨房、客厅。一上楼梯,对面的墙上在一块很大的印第安人的壁衣上挂满了各个民族、各个地区、各色各样的面具,是安格尔搜集来的。安格尔特别喜爱这些玩意。他的书架上、壁炉上,到处都是这一类东西(包括一个黄铜敲成的狗头鸟脚的非洲神像,一些东南亚的皮影戏人形……)。

餐厅的一壁横挂了一柄船桨,上面写满了字。想是安格尔在大学划船比赛获奖的纪念。

一个书柜里放了一张安格尔的照片,坐在一块石头上,很英俊,一个典型的美国年轻绅士。聂华苓说:"我认识他的时候,他就是这个样子!"

南面和西面的墙顶牵满了绿萝。美国很多人家都种这种植物,有的店铺里也种。这玩意只要一点土,一点水,就能陆续抽出很长的条,不断生出心脏形的浓绿肥厚的叶子。

白色羊皮面的大沙发是可以移动的。一般是西面、北面各一列,成直角。有时也可以拉过来,在小圆桌周围围成一圈。人多了,可以坐在地毯上。台湾诗人蒋勋好像特爱坐在地毯上。

客厅的一角散放着报纸、刊物、画册。

这是一个舒适、随便的环境,谁到这里都会觉得无拘无束。美国有的人家过于整洁,进门就要脱鞋,又不能抽烟,真是别扭。

安格尔和聂华苓都非常好客。他们家几乎每个晚上都是座上客常满,杯中酒不空。爱荷华是个安静、古板的城市(城市人口6万,其中3万是大学生),没有夜生活。有一个晚上,台湾诗人郑愁予喝了不少酒,说他知道有一家表演脱衣舞的地方,要带几个男女青年去看看。不大一会,回来了! 这家早就关闭了。爱荷华原来有一家放色情片子的电影院,让一些老头儿、老太太轰跑了。夜间无事,因此,家庭聚会就比较多。

"国际写作计划"会期3个月,聂华苓星期六大都要举行晚宴,招待各国作家。分拨邀请。这一拨请哪些位,那一拨请哪些位,是用心安排的。她邀请中国作家(包括大陆的、台湾的、香港的,和在美国的华人作家)次数最多。有些外国作家(主要是说西班牙语的南美作家)有点吃醋,说聂华苓对中国作家偏心。聂华苓听到了,说:"那是!"我跟她说:"我们是你的娘家人。"——"没错!"

美国的习惯是先喝酒,后吃饭。大概6点来钟,就开始喝。安格尔很爱喝酒,喝威士忌。我去了,也都是喝苏格兰威士忌或伯尔本(美国威士忌)。伯尔本有一点苦味,别具特色。每次都是吃开心果就酒。聂华苓不知买了多少开心果,随时待客,源源不断。有时我去早了,安格尔在他自己屋里,聂华苓在厨房忙着,我就自己动手,倒一杯先喝起来。他们家放酒和冰块的地方我都知道。一边喝加了冰的威士忌,一边翻阅一大摞华文报纸,蛮惬意。我在安格尔家喝威士忌加在一起,大概不止一箱。我一辈子没有喝过那样多威士忌。有两次,聂华苓说我喝得说话舌头都直了! 临离爱荷华前一晚,聂华苓还在我的外面包着羊皮的不锈钢扁酒壶里灌了一壶酒。

晚饭烤牛排的时候多。我爱吃烤得很嫩的牛排。聂华苓说:"下次来,我给你一块生牛排你自己切了吃!"

吃过一次核桃树枝烤的牛肉。核桃树枝是从后面小山上捡的。

美国火锅吃起来很简便。一个长方形的锅子,各人自己涮鸡片、鱼片、肉片……

聂华苓表演了一次豆腐丸子。这是湖北菜。

聂华苓在美国二十多年了,但从里到外,都还是一个中国人。

她有个弟弟也在美国,我听到她和弟弟打电话,说的是地地道道的湖北话!

有一次中国作家聚会,合唱了一支歌"我的家在东北松花江上"。聂华苓是抗战后到台湾的,她会唱相当多这样的救亡歌曲。台湾小说家陈映真、诗人蒋勋,包括年轻的小说家李昂也会唱这支歌。唱得大家心里酸酸的。聂华苓热泪盈眶。

聂华苓是个很容易动感情的人。有一次她和在美的华人友好欢聚,在将近酒阑人散(有人已经穿好外衣)的时候,她忽然感伤起来,失声痛哭,招得几位女士陪她哭了一气。

有一次陈映真的父亲坐一天的汽车,特意到爱荷华来看望中国作家。老先生年轻时在台湾教学,曾把鲁迅的小说改成戏剧在台演出,大概是在台湾最早介绍鲁迅的学人之一。老先生对祖国怀了极深的感情。陈映真之成为台湾"统派"的代表人物之一,与幼承庭训有关。陈老先生在席间作了热情洋溢的讲话。我听了,一时非常激动,不禁和老先生抱在一起,哭了。聂华苓陪着我们流泪,一面攥着我的手说:"你真好!你真好!你真可爱!"

我跟聂华苓说:"我已经好多年没有哭过了。"

聂华苓原来叫我"汪老",有一天,对我说:"我以后不叫你'汪老'了,把你都叫老了!我叫你汪大哥!"我说:"好!"不过似乎以后她还是一直叫我"汪老"。

中国人在客厅里高谈阔论,安格尔是不参加的,他不会汉语。他会说的中国话大概只有一句:"够了!太够了!"一有机会,在给他分菜或倒酒时,他就爱露一露这一句。但我们在聊天时,他有时也在一边听着,而且好像很有兴趣。我跟他不能交谈,但彼此似乎很能交流感情,能够互相欣赏。有一天我去得稍早,用英语跟他说了一句极其普通的问候的话:"你今天看上去气色很好",他大叫:"华苓!他能说完整的英语!"

安格尔在家时衣著很随便,总是穿一件宽大的紫色睡袍,软底的便鞋,跑来跑去,一会儿回他的卧室,一会儿又到客厅里来。我说他是个无事忙。聂华苓说:"就是,就是!整天忙忙叨叨,busy!busy!不知道他忙什么!"

他忙活的事情之一,是伺候他的那群鹿和浣熊。有一群鹿和浣熊住在"安寓"后山的杂木林里,是野生的,经常到他的后窗外来做客。鹿有时两三只,有时七八只;浣熊一来十好几只,他得为它们准备吃的。鹿吃玉米粒。爱荷华是产玉米的州,玉米粒多的是。鹿都站在较高的山坡上,低头吃玉米粒,忽然又扬起头来很警惕地向窗户里看一眼。浣熊吃面包。浣熊憨头憨脑,长得有点像熊猫,胆小。但是在它们专心吃面包片时,就不顾一切了。美国面包隔了夜,就会降价处理,很便宜。聂华苓隔一两天就要开车去买面包。"浣熊吃,我们也吃!"鹿和浣熊光临,便是神圣的时刻。安格尔深情地注视窗外,一面伸出指头示意:不许作声!鄂温克族作家乌热尔图是猎人,看着窗外的鹿,说:"我要是有一杆枪,一枪就能打倒一只。"安格尔瞪着灰蓝色的眼睛说:"你要是拿枪打它,我就拿枪打你!"

安格尔是个心地善良,脾气很好,快乐的老人,是个老天真。他爱大笑,大喊大叫,一边叫着笑着,一边还要用两只手拍着桌子。

他很爱聂华苓,老是爱说他和聂华苓恋爱的经过:他在台北举行酒会,聂华苓在酒会上没有和他说话。聂华苓要走了,安格尔问她:"你为什么不理我?"聂华苓说:"你是主人,你不主动找我说话,我怎么理你?"后来,安格尔约聂华苓一同到日本去,聂华苓心想:一个外国人,约我到日本去?她还是同意了。到了日本,又到了新加坡、菲律宾……后来呢?后来他们就结婚了。他大概忘了,他已经跟我说过一次他的罗曼史。我告诉蒋勋，我已经听他说过了，蒋勋说："我已经听过五次！"他一说起这一段，聂华苓就制止他："No more! No more!"

聂华苓从客厅走回她的卧室，安格尔指指她的背影，悄悄地跟我说：

"她是一个了不起的女人！"

12月中旬，我到纽约、华盛顿、费城、波士顿走了一圈。走的时候正是爱荷华的红叶最好的时候，橡树、元宝树、日本枫……层层叠叠，如火如荼。

回到爱荷华，红叶已经落光，这么快！

我是年底回国的。离开爱荷华那天下了大雪，爱荷华一点声音没有。

1988年，安格尔和聂华苓访问了大陆一次。作协外联部不知道是哪位出了一个主意，不在外面宴请他们，让我在家里亲手给他们做一顿饭，我说："行！"聂华苓在美国时就一直希望吃到我做的菜（我在她家里只做过一次炸酱面），这回如愿以偿了。我给他们做了几个什么菜，已经记不清了，只记得有一碗扬州煮干丝、一个炝瓜皮，大概还有一盘干煸牛肉丝，其余的，想不起来了。那天是蒋勋和他们一起来的。聂华苓吃得很开心，最后端起大碗，连煮干丝的汤也喝得光光的。安格尔那天也很高兴，因为我还有一瓶伯尔本，他到大陆，老是茅台酒、五粮液，他喝不惯。我给他斟酒时，他又找到机会亮了他的唯一的一句中国话：

"够了！太够了！"

1990年初秋，我有个亲戚到爱荷华去（他在爱荷华大学读书），我和老伴请他带两件礼物给聂华苓，一个仿楚器云纹朱红漆盒，一件彩色扎花印染的纯棉衣料。她非常喜欢，对安格尔说："这真是汪曾祺！"

安格尔因心脏病突发，在芝加哥去世。大概是1991年初。

安格尔去世后，我和聂华苓没有通过信。她现在怎么生活呢？前天给她寄去一张贺年卡，写了几句话，信封上写的是她原来的地址，也不知道她能不能收到。

一九九一年十二月二十日

注　释

① 本篇原载《中华儿女》1992 年第二期；初收《汪曾祺散文随笔选集》，沈阳
出版社,1993 年 6 月。

羊上树和老虎闻鼻烟儿①

这都是华北俗话。

有一个相声小段,题目叫《羊上树》:

> 甲:哐那令哐令令哐(口作弹三弦声)。
>
> (唱)
>
> 太阳出来亮堂堂,
>
> 出了东庄奔西庄,
>
> 抬头看见羊上树,
>
> 低头……
>
> 乙:你等等!"抬头看见羊上树",
>
> 这羊怎么上的树呀?
>
> 甲:你问这羊怎么上的树?
>
> 乙:对!
>
> 甲:哐那个令哐令令哐。
>
> 抬头看见羊上树……
>
> 乙:羊怎么上的树?
>
> 甲:羊吃什么?
>
> 乙:草。"羊吃百样草,看你找不找。"
>
> 甲:吃树叶不?
>
> 乙:吃!杨树叶,榆树叶,都吃。
>
> 甲:对了!羊爱吃树叶,它就上了树咧!
>
> 乙:它怎么上的树?
>
> 甲:羊上树,
>
> 树上羊,

哐那令哐令令哐……

乙:羊怎么上的树!

甲:你问的是羊怎么上的树呀?

乙:对,怎么上的树!

甲:羊上树,

　　树上羊,

　　哐那个令哐令令哐……

乙:羊怎么上的树?

甲:哐那个令哐令令哐,

　　羊上树,

　　树上羊……

　　"羊上树",意思是不可能的事。北京人听说不可能实现的,没影儿的事,就说:"这是羊上树的事儿!"

　　为什么不说马上树,牛上树,骆驼上树? 这些动物也都是不能上树的。大概是因为人觉得羊似乎是应该能上树的。

　　羊能上山。我在张家口跟羊倌一块放过羊,羊特爱登上又陡又险的山,听羊倌说,只要是能落住雨点的石头,羊都能上去。

　　羊特别能维持身体的平衡。杂技团能训练羊走钢丝。

　　然而羊是不能上树的。没有人见过羊上树。

　　相声接着往下说:

甲:羊上树,

　　树上羊,

　　哐那个令哐令令哐……

乙:羊怎么上的树?

甲:你这人怎么认死理儿呢?

乙:羊怎么上的树!

甲:哐那令哐令令哐……

乙:羊怎么上的树?

甲：它是我给它抱上去的。

问题原来如此简单。只要有人抱，羊也是可以上树的。

"老虎闻鼻烟儿"意思和"羊上树"差不多，不过语气更坚决。北方人听到什么根本不可能发生的事，就说："老虎闻鼻烟儿——没有那八宗事！"当初创造这句歇后语的人的想象力实在是惊人。一只老虎，坐着，在前掌里倒一撮鼻烟，往鼻孔里揉？这可能么？

不过也不是绝对地不可能。我曾在电视里看过一只猩猩爱抽雪茄。猩猩能抽雪茄，老虎就许会闻鼻烟儿。

老虎闻鼻烟，有这种可能？它上哪儿弄去呀？自己买去？——老虎走到卖鼻烟的铺子里，攥着一把钞票，往柜台上一扔，指指货架上搁鼻烟的瓷坛子……

操那个心！老虎闻鼻烟儿，不用自己掏钱买。

…………

会有人给它送去。

一九九一年十二月二十五日

注　释

① 本篇原载《随笔》1992 年第三期；初收《塔上随笔》，群众出版社，1993 年 11 月。本文前半部分摘出，以《羊上树》为题刊登于 1997 年 3 月 21 日《南方周末》"四时佳兴"专栏。

一辈古人①

靳 德 斋

天王寺是高邮八大寺之一。这寺里曾藏过一幅吴道子画的观音。这是可信的。清李必恒还曾赋长诗题咏,看诗意,此人是见过这幅画的。天王寺始建于宋淳熙年,明代为倭寇焚毁(我的家乡还闹过倭寇,以前我不知道),清初重建。这幅画想是宋代传下来的。据说有一个当地方官的要去看看,从此即不知下落,这不知是什么年间的事(一说是文化大革命中被毁于扬州)。反正,这幅画后来没有了。

天王寺在臭河边。"臭河边"是地名,自北市口至越塘一带属于"后街"的地方都叫臭河边。有一条河,却不叫"臭河",我到现在还没有考查出来应该叫什么河,这一带的居民则简单地称之曰"河"。天王寺濒河,山门(寺庙的山门都是朝南的)外即是河水。寺的殿宇高大,佛像也高大,但是多年没有修饰,显得暗旧。寺里僧众颇多,我们家凡做佛事,都是到天王寺去请和尚。但是寺里香火不盛。很幽静。我父亲曾于月夜到天王寺找和尚闲谈,在大殿前石坪上看到一条鸡冠蛇,他三步蹿上台阶,才没被咬着。鸡冠蛇即眼镜蛇,有剧毒。蛇不能上台阶,父亲才能逃脱,未被追上。寺庙中有蛇,本是常事。但也说明人迹稀少矣。

天王寺常常驻兵。我的小说《陈小手》里写的"天王庙",即天王寺。驻在寺里的兵一般都很守规矩,并不骚扰百姓。我曾见一个兵半躺在探到水面上的歪脖柳树上吹箫,这是一个很独特的画境。

我是三天两头要到天王寺的。从我读的小学放学回家,倘不走正街(东大街),走后街,天王寺是必经的。我去看"烧房子"。我们那里有这样的风俗,给死去亲人烧房子。房子是到纸扎店订制的,当然要比真房子小,但人可以走进去。有厅,有室,有花园,花园里有花,厅堂里有桌有椅,有自鸣钟,有水烟袋! 烧房子在天王寺的旁门(天王寺有个旁门,朝西)边的空地上。和尚敲动法器,念一通经,然后由亲属举火烧掉(房子下面都铺了稻草,一点就着)。或者什么也没得看,就从旁门进去,"随喜"一番,看看佛像,在大的青石上躺一躺。大殿里凉飕飕的,夏天,躺在青石上,窘人。

天王寺附近住过一个传奇性的人物,叫靳德斋。这人是个练武的。江湖上流传两句话:"打遍天下无敌手,谨防高邮靳德斋。"说是,有一个外地练武的,不服,远道来找靳德斋较量。靳德斋不在家,邻居说他打酱油醋去了。这人就在竺家巷(出竺家巷不远即是天王寺,我的继母和异母弟妹现在还住在竺家巷)一家茶馆里等他。有人指给他:这就是靳德斋。这人一看,靳德斋一手端着满满一碗酱油、一手端着满满一碗醋,快走如飞,但是碗里的酱油、醋却纹丝不动。这人当时就离开高邮,搭船走了。

靳德斋练的这叫什么功? 两手各持酱油醋碗,行走如飞,酱油醋不动,这可能么? 不过用这种办法来表现一个武师的功夫,却是很别致的,这比挥刀舞剑,口中"嗨嗨"地乱喊,更富于想象。

我小时走过天王寺,看看那一带的民居,总想:哪一处是靳德斋曾经住过的呢?

后于靳德斋,也在天王寺附近住过的,有韩小辫。这人是教过我祖父的拳术的。清代的读书人,除了读圣贤书之外,大都还要学两样东西,一是学佛,一是学武,这是一时风气。据我父亲说,祖父年轻时腿脚是很有功夫的。他有一次下乡"看青"(看青即看作物的长势),夜间遇到一个粪坑。我们那里乡下的粪坑,多在路侧,坑满,与地平,上结薄壳,夜间不辨其为坑为地。他左脚踏上,知是粪坑,右脚使劲一跃,即越过粪坑。想一想,于瞬息之间,转换身体的重心,尽力一跃,倘无功夫,是不行的。祖父是得到韩小辫的一点传授的。韩小辫的一家都是练功的。他的夫人能把一张板凳放倒，板凳的两条腿着地，两条腿翘着，她站在翘起的板凳脚上，作骑马蹲裆势，以一块方石置于膝上，用毛笔大书"天下太平"四字，然后推石一跃而下。这是很不容易的，何况她是小脚。夫人如此，韩小辫功夫可知。这是我父亲告诉我的，不知是他亲见，还是得诸传闻。我父亲年轻时学过武艺，想不妄语。

张 仲 陶

《故乡的食物》有一段：

> 我父亲有一个很怪的朋友，叫张仲陶。他很有学问，曾教我读过《项羽本纪》。他薄有田产，不治生业，整天在家研究易经，算卦。他算卦用蓍草。全城只有他一个人用蓍草算卦。据说他有几卦算得极灵。有一家，丢了一只金戒指，怀疑是女佣人偷了。这女佣人蒙了冤枉，来求张先生算一卦。张先生算了，说戒指没有丢，在你们家炒米坛盖子上。一找，果然。我小时就不大相信，算卦怎么能算得这样准，怎么能算得出在炒米坛盖子上呢？不过他们这一卦说明了一件事，即我们那里炒米坛子是几乎家家都有的。

《故乡的食物》这几段主要是记炒米的，只是连带涉及张先生。我对张先生所知道也大概只是这一些。但可补充一点材料。

我从张先生读《项羽本纪》，似在我小学毕业那年的暑假，算起来大概是虚岁十二岁即实足年龄十岁半的时候。我是怎么从张先生读这篇文章的呢？大概是我父亲在和朋友"吃早茶"（在茶馆里喝茶，吃干丝、点心）的时候，听见张先生谈到《史记》如何如何好，《项羽本纪》写得怎样怎样生动，忽然灵机一动，就把我领到张先生家去了。我们县里那时睥睨一世的名士，除经书外，读集部书的较多，读子史者少。张先生耽于读史，是少有的。他教我的时候，我的面前放一本《史记》，他面前也有一本，但他并不怎么看，只是微闭着眼睛，朗朗地背诵一段，给我讲一段。很奇怪，除了一篇《项羽本纪》，我以后再也没有跟张先生学过什么。他大概早就不记得曾经有过一个叫汪曾祺的学生了。张先生如果活着,大概有一百岁了,我都七十一了嘛!他不会活到这时候的。

张先生原来身体就不好,很瘦,黑黑的,背微驼,除了朗读《史记》时外,他的语声是低哑的。

他的夫人是一个微胖的强壮的妇人,看起来很能干,张家的那点薄薄的田产,都是由她经管的。张仲陶诸事不问,而且还抽一点鸦片烟,其受夫人辖制,是很自然的。一个十多岁的孩子也感觉得出来,张先生有些惧内。

张先生请我父亲刻过一块图章。这块图章很好,鱼脑冻,只是很小,高约四分,长方形。我父亲给他刻了两个字,阳文:中匋。刻得很好。这两个字很好安排。他后来还请我父亲刻了两方寿山石的图章,一刻阳文,一刻阴文,文曰:"珠湖野人"、"天涯浪迹"。原来有人撺掇他出去闯闯,以卜卦为生,图章是准备印在卦象释解上的。事情未果,他并未出门浪迹,还是在家里糗(qiǔ)着。

最近几年,易经忽然在全世界走俏,研究的人日多,角度多不相同,有从哲学角度的,有从史学角度的,有从社会学角度的,有从数学角度的。我于易经一无所知,但我觉得这主要还是一部占卜之书。我对张仲陶算的戒指在炒米坛盖子上那一卦表示怀疑,是觉得这是迷信。现在想想,也许他是有道理的。如果他把一生精研易学的心得写出来,包括他的那些卦例,会是一本很有意思的书。但是,写书,张仲陶大概想也没有想过。小说《岁寒三友》中季匋民在看了靳彝甫的祖父、父亲的画稿后,拍着画案说:"吾乡固多才俊之士,而皆困居于蓬牖之中,声名不出于里巷,悲哉!悲哉!"张仲陶不也是这样的人么?

薛　大　娘

薛大娘家在臭河边的北岸,也就是臭河边的尽头,过此即为螺蛳坝,不属臭河边了。她家很好认,四边不挨人家,远远地就能看见。东边是一家米厂,整天听见碾米机烟筒朋朋的声音。西边是她们家的菜园。菜园西边是一条路,由东街抄近到北门进城的人多走这条路。路以西,也是一大片菜园,是别人家的。房是草顶碎砖的房,但是很宽敞,有堂屋,有卧室,有厢房。

薛大娘的丈夫是个裁缝,是个极其老实的人,整天不说一句话,只是在东厢房里带着两个徒弟低着头不停地缝。儿子种菜。所种似只青菜一种。我们每天上学、放学,都可以看见薛大娘的儿子用一个长柄的水舀子浇水,浇粪,水、粪扇面似的洒开,因为用水方便,下河即可担来,人也勤快,菜长得很好。相比之下,路西的菜园就显得有点荒秽不治。薛大娘卖菜。每天早起,儿子砍得满满两筐菜,在河里浸一会,薛大娘就挑起来上街,"鲜鱼水菜",浸水,不止是为了上分量,也是为了鲜灵好看。我们那里的菜筐是扁圆的浅筐,但两筐菜也百十斤,薛大娘挑起来若无其事。

她把菜歇在保安堂药店的廊檐下,不到一个时辰,就卖完了。

薛大娘靠五十了。——她的儿子都那样大了嘛,但不显老。她身高腰直,处处显得很健康。她穿的虽然是粗蓝布衣裤,但总是十分干净利索。她上市卖菜,赤脚穿草鞋,鞋、脚,都很干净。她当然是不打扮的,但是头梳得很光,脸洗得清清爽爽,双眼有光,扶着扁担一站,有一股英气,"英气"这个词用之于一个卖菜妇女身上,似乎不怎么合适,但是除此之外,你再也找不出一个合适的字眼。

薛大娘除了卖菜,偶尔还干另外一种营生,拉皮条,就是《水浒传》所说的"马泊六"。东大街有一些年轻女佣人,和薛大妈很熟,有的叫她干妈。这些女佣人都是发育到了最好的时候,一个一个亚赛鲜桃。街前街后,有一些后生家,有的还没成亲,有的娶了老婆但老婆不在身边,油头粉面,在街上一走,看到这些女佣人,馋猫似的,有时一个后生看中了一个女佣人求到薛大娘,薛大娘说:"等我问问。"因为彼此都见过,眉语目成,大都是答应的。薛大娘先把男的弄到西厢房里,然后悄悄把女的引来,关了房门,让他们成其好事。

我们家一个女佣人,就是由于薛大娘的撮合,和一个叫龚长霞的管田禾的——管田禾是为地主料理田亩收租事务的,欢会了几次,怀上了孩子。后来是由薛大娘弄了药来,才把私孩子打掉。

薛大娘没想到别人对她有什么议论。她认为:一个有心,一个有意,我在当中搭一把手,这有什么不好?

保安堂药店的管事姓蒲,行三,店里学徒的叫他蒲三爷,外人叫他蒲先生。这药店有一个规矩:每年给店中的"同事"(店员)轮流放一个月假,回去与老婆团圆(店中"同事"都是外地人),其余十一个月都住在店里,每年打十一个月的光棍,蒲三爷自然不能例外。他才四十岁出头,人很精明,也很清秀,很潇洒(潇洒用于一个管事的身上似乎也不大合适),薛大娘给他拉拢了一个女的,这个女的不是别人,是薛大娘自己。薛大娘很喜欢蒲三,看见他就眉开眼笑,谁都看得出来,她一点也不掩饰。薛大娘趴在蒲三耳朵上,直截了当地说:"下半天到我家来。我让你……"

薛大娘不怕人知道了,她觉得他干熬了十一个月,我让他快活快活,这有什么不对?

薛大娘的道德观念和大户人家的太太小姐完全不同。

注 释

① 本篇原载《北方文学》1991 年第十二期;初收《塔上随笔》,群众出版社,1993 年 11 月。

散文全编

汪曾祺
散文全编
伍

人民文学出版社

汪曾祺散文全编

（第 五 卷）

书 画 自 娱[①]

《中国作家》将在封二发作家的画,拿去我的一幅,还要写几句有关"作家画"的话,写了几句诗:

> 我有一好处,平生不整人。写作颇勤快,人间送小温。或时有佳兴,伸纸画芳春。草花随目见,鱼鸟略似真。唯求俗可耐,宁计故为新。只可自怡悦,不堪持赠君。君若亦欢喜,携归尽一樽。

诗很浅显,不须注释,但可申说两句。给人间送一点小小的温暖,这大概可以说是我的写作的态度。我的画画,更是遣兴而已,我很欣赏宋人诗:"四时佳兴与人同"。人活着,就得有点兴致。我不会下棋,不爱打扑克、打麻将,偶尔喝了两杯酒,一时兴起,便裁出一张宣纸,随意画两笔。所画多是"芳春"——对生活的喜悦。我是画花鸟的。所画的花都是平常的花。北京人把这样的花叫"草花"。我是不种花的,只能画我在街头、陌上、公园里看得很熟的花。我没有画过素描,也没有临摹过多少徐青藤、陈白阳,只是"以意为之"。我很欣赏齐白石的话:"太似则媚俗,不似则欺世"。我画鸟,我的女儿称之为"长嘴大眼鸟"。我画得不大像,不是有意求其"不似",实因功夫不到,不能似耳。但我还是希望能"似"的。当代"文人画"多有烟云满纸,力求怪诞者,我不禁要想起齐白石的话,这是不是"欺世"?"说了归齐"(这是北京话),我的画画,自娱而已。"只可自怡悦,不堪持赠君",是照搬了陶弘景的原句。我近曾到永嘉去了一次,游了陶公洞,觉得陶弘景是个很有意思的人,他是道教的重要人物,其思想的基础是老庄,接受了神仙道教影

响,又吸取佛教思想,他又是个药物学家,且擅长书法,他留下的诗不多,最著名的是《诏问山中何所有》:

山中何所有?岭上多白云。只可自怡悦,不堪持赠君。

一个人一辈子留下这四句诗,也就可以不朽了。我的画,也只是白云一片而已。

一九九二年一月八日

注 释

① 本篇原载 1992 年 2 月 1 日《新民晚报》;初收《汪曾祺全集》第五卷,北京师范大学出版社,1998 年 8 月。

岁 交 春①

今年春节大年初一立春,是"岁交春"。这是很难得的。语云:"千年难逢龙华会,万年难逢岁交春。"一万年,当然是不需要的,但总是很少见。我今年72岁了,好像头一回赶上。岁交春,是很吉利的,这一年会风调雨顺,那敢情好。

中国过去对立春是很重视的。"春打六九头",到了六九,不会再有很冷的天,是真正的春天了。"农人告余以春及,将有事于西畴",是准备春耕的时候了。这是个充满希望的节气。

宋朝的时候,立春前一天,地方官要备泥牛,送入宫内,让宫人用柳条鞭打,谓之"鞭春"。"打春"之说,盖始于宋。

我的家乡则在立春日有穷人制泥牛送到各家,牛约五六寸至尺许大,涂了颜色。有的还有一个小泥人,是芒神,我的家乡不知道为什么叫他"奥芒子"。送到时,用唢呐吹短曲,供之神案上,可以得到一点赏钱,叫做"送春牛"。老年间的皇历上都印有"春牛图",注明牛是什么颜色,芒神着什么颜色的衣裳。这些颜色不知是根据什么规定的。送春牛仪式并不隆重,但我很愿意站在旁边看,而且有一种说不出来的感动。

北方人立春要吃萝卜,谓之"咬春"。春而可咬,很有诗意。这天要吃生菜,多用新葱、青韭、蒜黄,叫做"五辛盘"。生菜是卷饼吃的。陈元靓《岁时广记》引《唐四时宝镜》:"立春日,食芦菔、春饼、生菜,号'春盘'。"《北平风俗类征·岁时》:"是月如遇立春,……富家食春饼。备酱熏及炉烧盐腌各肉,并各色炒菜,如菠菜、豆芽菜、干粉、鸡蛋等,而以面粉烙薄饼卷而食之,故又名薄饼。"

吃春饼不一定是北方人。据我所知,福建人也是爱吃的,办法和北京人也差不多。我在舒婷家就吃过。

就要立春了，而且是"岁交春"，我颇有点兴奋，这好像有点孩子气。原因就是那天可以吃春饼。作打油诗一首，以志兴奋：

不觉七旬过二矣，
何期幸遇岁交春。
鸡豚早办须兼味，
生菜偏宜簇五辛。
薄禄何如饼在手，
浮名得似酒盈樽？
寻常一饱增惭愧，
待看沿河柳色新。

（一九九二年一月十五日）

注 释

① 本篇原载 1992 年 1 月 31 日《大众日报》；初收《草花集》，成都出版社，1993 年 9 月。

我的祖父祖母①

——自传体系列散文《逝水》之三

　　我的祖父名嘉勋,字铭甫。他的本名我只在名帖上见过。我们那里有个风俗,大年初一,多数店铺要把东家的名帖投到常有来往的别家店铺。初一,店铺是不开门的,都是天不亮由门缝里插进去。名帖是前两天由店铺的"相公"(学生)在一张一张八寸长、五寸宽的大红纸上用一个木头戳子蘸了墨汁盖上去的,楷书,字有核桃大。我有时也愿意盖几张。盖名帖使人感到年就到了。我盖一张,总要端详一下那三个乌黑的欧体正字:汪嘉勋,好像对这三个字很有感情。

　　祖父中过拔贡,是前清末科,从那以后就废科举改学堂了。他没有能考取更高的功名,大概是终身遗憾的。拔贡是要文章写得好的。听我父亲说,祖父的那份墨卷是出名的,那种章法叫做"夹凤股"。我不知道是该叫"夹凤"还是"夹缝",当然更不知道是如何一种"夹"法。拔贡是做不了官的。功名道断,他就在家经营自己的产业。他是个创业的人。

　　我们家原是徽州人(据说全国姓汪的原来都是徽州人),迁居高邮,从我祖父往上数,才七代。祠堂里的祖宗牌位没有多少块。高邮汪家上几代功名似都不过举人,所做的官也只是"教谕"、"训导"之类的"学官",因此,在邑中不算望族。我的曾祖父曾在外地坐过馆,后来做"盐票"亏了本。"盐票"亦称"盐引",是包给商人销售官盐的执照,大概是近似股票之类的东西,我也弄不清做盐票怎么就会亏了,甚至把家产都赔尽了。听我父亲说,我们后来的家业是祖父几乎是赤手空拳地创出来的。

　　创业不外两途:置田地,开店铺。

祖父手里有多少田，我一直不清楚。印象中大概在两千多亩，这是个不小的数目。但他的田好田不多。一部分在北乡。北乡田瘦，有的只能长草，谓之"草田"。年轻时他是亲自管田的，常常下乡。后来请人代管，田地上的事就不再过问。我们那里有一种人，专替大户人家管田产，叫做"田禾先生"。看青（估产）、收租、完粮、丈地……这也是一套学问。田禾先生大都是世代相传的。我们家的田禾先生姓龙，我们叫他龙先生。他给我留下颇深的印象，是因为他骑驴。我们那里的驴一般都是牵磨用，极少用来乘骑。龙先生的家不在城里，在五里坝。他每逢进城办事或到别的乡下去，都是骑驴。他的驴拴在檐下，我爱喂它吃粽子叶。龙先生总是关照我把包粽子的麻筋拣干净，说是驴吃了会把肠子缠住。

　　祖父所开的店铺主要是两家药店，一家万全堂，在北市口，一家保全堂，在东大街。这两家药店过年贴的春联是祖父自撰的。万全堂是"万花仙掌露，全树上林春"，保全堂是"保我黎民，全登寿域"。祖父的药店信誉很好，他坚持必须卖"地道药材"。药店一般倒都不卖假药，但是常常不很地道。尤其是丸散，常言"神仙难识丸散"，连做药店的内行都不能分辨这里该用的贵重药料，麝香、珍珠、冰片之类是不是上色足量。万全堂的制药的过道上挂着一副金字对联："修合虽无人见，存心自有天知"，并非虚语。我们县里有几个门面辉煌的大药店，店里的店员生了病，配方抓药，都不在本店，叫家里人到万全堂抓。祖父并不到店问事，一切都交给"管事"（经理）。只到每年腊月二十四，由两位管事挟了总账，到家里来，向祖父报告一年营业情况。因为信誉好，盈利是有保证的。我常到两处药店去玩，尤其是保全堂，几乎每天都去。我熟悉一些中药的加工过程，熟悉药材的形状、颜色、气味。有时也参加搓"梧桐子大"的蜜丸、碾药，摊膏药。保全堂的"管事"、"同事"（配药的店员）、"相公"（学生意未满师的）跟我关系很好。他们对我有一个很亲切的称呼，不叫我的名字，叫"黑少"——我小名叫黑子。我这辈子没有人这样称呼过我。我的小说《异秉》写的就是保全堂的生活。

祖父是很有名的眼科医生。汪家世代都是看眼科的。他有一球眼药，有一个柚子大，黑咕隆咚的。祖父给人看了眼，开了方子，祖母就用一把大剪子从黑柚子的窟窿抠出耳屎大一小块，用纸包了交给病人，嘱咐病人用清水化开，用灯草点在眼里。这一球眼药不知道有多少年头了，据说很灵。祖父为人看眼病是不收钱也不受礼的。

　　中年以后，家道渐丰，但是祖父生活俭朴，自奉甚薄。他爱喝一点好茶，西湖龙井。饭食很简单。他总是一个人吃，在堂屋一侧放一张"马杌"——较大的方凳，便是他的餐桌。坐小板凳。他爱吃长鱼（鳝鱼）汤下面。面下在白汤里，汤里的长鱼捞出来便是酒菜。——他每顿用一个五彩釉画公鸡的茶盅喝一盅酒。没有长鱼，就用咸鸭蛋下酒。一个咸鸭蛋吃两顿。上顿吃一半，把蛋壳上掏蛋黄蛋白的小口用一块小纸封起来，下顿再吃。他的马杌上从来没有第二样菜。喝了酒，常在房里大声背唐诗："李白斗酒诗百篇，长安市上酒家眠。天子呼来不上船，自称臣是酒……中……仙……"汪铭甫的俭省，在我们县是有名的。

　　但是他曾有一个时期舍得花钱买古董字画。他有一套商代的彝鼎，是祭器。不大，但都有铭文。难得的是五件能配成一套。我们县里有钱人家办丧事，六七开吊，常来借去在供桌上摆一天。有一个大霁红花瓶，高可四尺，是明代物。1986年我回乡时，我的妹婿问我："人家都说汪家有个大霁红花瓶，是有过么？"我说："有过！"我小时天天看见，放在"老爷柜"（神案）上，不过我们并不觉得它有什么名贵，和老爷柜上的锡香炉烛台同等看待之。他有一个奇怪古董：浑天仪。不是陈列在南京紫金山天文台和北京观象台的那种大家伙，只是一个直径约四寸的铜的滴溜圆的圆球，上面有许多星星，下面有一个把，安在紫檀木座上。就放在他床前的小条桌上。我曾趴在桌上细细地看过，没有什么好看。是明代御造的。其珍贵处在一次一共只造了几个。祖父不知是从哪里买来的。他还为此起了一个斋名"浑天仪室"，让我父亲刻了一块长方形的图章。他有几张好画。有四幅马远的小屏条。他曾为这四张画亲自到苏州去，请有名的细木匠做了檀木框，把画嵌在里面。对这四幅画的真伪,我有点怀疑,画的构图颇满,不像"马一角"。但"年份"是很旧的。有一个高约八尺的绢地大中堂,画的是"报喜图"。一棵很大的柏树,树上有十多只喜鹊,下面卧着一头豹子。作者是吕纪。我小时候不知吕纪是何许人,只觉得画得很像,豹子的毛是一根一根都画出来的,真亏他有那么多工夫!这几幅画平常是不让人见的,只在他六十大寿时拿出来挂过。同时挂出来的字画,我记得有郑板桥的六尺大横幅,纸本,画的是兰花;陈曼生的隶书对联;汪琬的楷书对联。我对汪琬的对子很有兴趣,字很端秀,尤其是对子的纸,真好看,豆绿色的蜡笺。他有很多字帖,是一次从夏家买下来的。夏家是百年以上的大家,号"十八鹤来堂夏家"(据说堂建成时有十八只仙鹤飞来)。夏家的房屋极多而大,花园里有合抱的大桂花,有曲沼流泉,人称"夏家花园"。后来败落了,就出卖藏书字画。祖父把几箱字帖都买了。我小时候写的《圭峰碑》《闲邪公家传》,以及后来奖励给我的虞世南的《夫子庙堂碑》、褚遂良的《圣教序》、小字《麻姑仙坛》,都是初拓本,原是夏家的东西。祖父有两件宝。一是一块蕉叶白大端砚。据我父亲说,颜色正如芭蕉叶的背面。是夏之蓉的旧物。一是《云麾将军碑》,据说是个很早的拓本,海内无二,这两样东西祖父视为性命,每遇"兵荒",就叫我父亲首先用油布包了埋起来。这两件宝物,我都没有看见过。解放后还在,现在不知下落。

我弄不清祖父的"思想"是怎么回事。他是幼读孔孟之书的,思想的基础当然是儒家。他是学佛的,在教我读《论语》的桌上有一函《南无妙法莲华经》。他是印光法师的弟子。他屋里的桌上放的两部书,一部是顾炎武的《日知录》,另一部是《红楼梦》!更不可理解的是,他订了一份杂志:邹韬奋编的《生活周刊》。

我的祖父本来是有点浪漫主义气质,诗人气质的,只是因为所处的环境,使他的个性不可能得到发展。有一年,为了避乱,他和我父亲这一房住在乡下一个小庙里,即我的小说《受戒》所写的菩提庵里,就住在小说所写"一花一世界"那间小屋里。这样他就常常让我陪他说说闲话。有一天,他喝了酒,忽然说起年轻时的一段风流韵事,说得老泪纵横。我没怎么听明白,又不敢问个究竟。后来我问父亲:"是有那么一回事吗?"父亲说:"有!是一个什么大官的姨太太。"老人家不知为什么要跟他的孙子说起他的艳遇,大概他的尘封的感情也需要宣泄宣泄吧。因此我觉得我的祖父是个人。

我的祖母是谈人格的女儿。谈人格是同光间本县最有名的诗人,一县人都叫他"谈四太爷"。我的小说《徙》里所写的谈甓渔就是参照一些关于他的传说写的。他的诗我在小说《故里杂记·李三》的附注里引用过一首《警火》。后来又读了友人从旧县志里抄出寄来的几首。他的诗明白晓畅,是"元和体",所写多与治水、修坝、筑堤有关,是"为事而发",属闲适一类者较少。看来他是一个关心世务的明白人,县人所传关于他的胡涂放诞的故事不怎么可靠。

祖母是个很勤劳的人,一年四季不闲着。做酱。我们家吃的酱油都不到外面去买。把酱豆瓣加水熬透,用一个牛腿似的布兜子"吊"起来,酱油就不断由布兜的末端一滴一滴滴在盆里。这"酱油兜子"就挂在祖母所住房外的廊檐上。逢年过节,有客人,都是她亲自下厨。她做的鱼圆非常嫩。上坟祭祖的祭菜都是她做的。端午,包粽子。中秋洗"连枝藕"——藕得有五节,极肥白,是供月亮用的。做糟鱼。糟鱼烧肉,我小时候不爱吃那种味儿,现在想起来是很好吃的东西。腌咸蛋。入冬,腌菜。腌"大咸菜",用一个能容五担水的大缸腌"青菜"。我的家乡原来没有大白菜,只有青菜,似油菜而大得多。腌芥菜。腌"辣菜",——小白菜晾去水分,入芥末同腌,过年时开坛,色如淡金,辣味冲鼻,极香美。自离家乡,我从来没吃过这么好吃的咸菜。风鸡,——大公鸡不去毛,揉入粗盐,外包荷叶,悬之于通风处,约二十日即得,久则愈佳。除夕,要吃一顿"团圆饭",祖父与儿孙同桌。团圆饭必有一道鸭羹汤,鸭丁与山药丁、慈姑丁同煮。这是徽州菜。大年初一,祖母头一个起来,包"大圆子",即汤团。我们家的大圆子特别"油"。圆子馅前十天就以洗沙猪油拌好,每天放在饭锅头蒸一次,油都"吃"进洗沙里去了,煮出,咬破,满嘴油。这样的圆子我最多能吃四个。

祖母的针线很好。祖父的衣裳鞋袜都是她缝制的。祖父六十岁时,祖母给他做了几双"挖云子"的鞋,——黑呢鞋面上挖出"云子",内衬大红薄呢里子。这种鞋我只在戏台上和古画上见过。老太爷穿上,高兴得像个孩子。祖母还会剪花样。我的小说《受戒》写小英子的妈赵大娘会剪花样,这细节是从我祖母身上借去的。

祖母对祖父照料得非常周到。每天晚上用一个"五更鸡"(一种点油的极小的炉子)给他炖大枣。祖父想吃点甜的,又没有牙,祖母就给他做花生酥,——花生用饼槌碾细,掺绵白糖,在一个针箍子(即顶针)里压成一个个小圆糖饼。

祖母是吃长斋的。有一年祖父生了一场大病,她在佛前许愿,从此吃了长斋。她吃的菜离不了豆腐、面筋、皮子(豆腐皮)……她的素菜里最好吃的是香蕈(即冬菇)饺子。香蕈熬汤,荠菜馅包小饺子,油炸后倾入滚汤中,嗤拉一声。这道菜她一生中也没有吃过几次。

她没有休息的时候。没事时也总在捻麻线。一个牛拐骨,上面有个小铁钩,续入麻丝后,用手一转牛拐,就捻成了麻线。我不知道她捻那么多麻线干什么,肯定是用不完的。小时候读归有光的《先妣事略》:"孺人不忧米盐,乃劳苦若不谋夕",觉得我的祖母就是这样的人。

祖母很喜欢我。夏天晚上,我们在天井里乘凉,她有时会摸着黑走过来,躺在竹床上给我"说古话"(讲故事)。有时她唱"偈",声音哑哑的:"观音老母站桥头……"这是我听她唱过的唯一的"歌"。

1991年10月,我回了一趟家乡,我的妹妹、弟弟说我长得像祖母。他们拿出一张祖母的六寸相片,我一看,是像,尤其是鼻子以下,两腮,嘴,都像。我年轻时没有人说过我像祖母。大概年轻时不像,现在,我老了,像了。

一九九二年一月二十二日

注　释

① 本篇原载《作家》1992 年第四期;初收《汪曾祺散文随笔选集》,沈阳出版社,1993 年 6 月。

作家应当是通人[①]

钱钟书先生说他这些年在中西文学方面所做的工作不是"比较"，而是"打通"。我很欣赏"打通"说。

有一种说法我一直不理解：越是民族的就越是世界的。我认为这句话不合逻辑，虽然这话最初好像是鲁迅说的。鲁迅的原意我不明白。现在老是强调这句话的中老年作家的意思我倒是明白的。无非是说只有他们的作品是最民族的，因此也是最世界的，最好的。别的，都不行。

我很不赞成一些老先生或半老的先生对青年作家的指责，说他们盲目摹仿西方文学。说有些东西在西方已经过时了，青年作家还当作宝贝捡起来。我觉得摹仿西方并没有什么不好。我们年轻时还都不是这样过来的？有些东西不是那样容易过时，比如意识流。普鲁斯特、弗吉尼·沃尔芙的作品现在还有人看，怎么就过时了呢？

我们很需要有人做中西文学的打通工作。现在有人不是在打通，而是在设障。

还需要另外一种打通，即古典文学和当代创作之间的打通。我在读大学时就想过这样一个问题：古典文学的教学和研究和当代创作的脱节。这有两方面的原因。一个是，毋庸讳言，当代作家对古典文学重视得不够；一个是教学、研究古典文学的学者极少考虑过治古典文学的最终目的是什么？我以为应该是推动当代创作。现在是有些教古典文学的教授几乎不看任何当代文学作品，从古典到古典。当代作家相当多只看当代作品，从当代到当代。这种现象对两方面都不利。

还要有一种打通：古典文学、当代文学和民间文学之间的打通。这三者之间本来是可以相通的。我在湖南桑植读到过一首民歌：

> 姐的帕子白又白，你给小郎分一截。小郎拿到走夜路，好比天

上蛾眉月。

我当时立刻就想到王昌龄的《长信秋词》：

　　玉颜不及寒鸦色，犹带昭阳日影来。

两者想象的奇绝超迈有相似处。

有一首傣族民歌，只有两句：

　　斧头砍过的再生树，战争留下的孤儿。

这是不是像现代派的诗？

一个当代的中国作家应该是一个通人。

注　释

① 　本篇原载 1992 年 1 月 23 日《新民晚报》；初收《汪曾祺小品》，中国人民大
　　学出版社，1992 年 10 月。

自 得 其 乐[①]

　　孙犁同志说写作是他的最好的休息。是这样。一个人在写作的时候是最充实的时候,也是最快乐的时候。凝眸既久(我在构思一篇作品时,我的孩子都说我在翻白眼),欣然命笔,人在一种甜美的兴奋和平时没有的敏锐之中,这样的时候,真是虽南面王不与易也。写成之后,觉得不错,提刀却立,四顾踌躇,对自己说:"你小子还真有两下子!"此乐非局外人所能想象。但是一个人不能从早写到晚,那样就成了一架写作机器,总得岔乎岔乎,找点事情消遣消遣,通常说,得有点业余爱好。

　　我年轻时爱唱戏。起初唱青衣,梅派;后来改唱余派老生。大学三四年级唱了一阵昆曲,吹了一阵笛子。后来到剧团工作,就不再唱戏吹笛子了,因为剧团有许多专业名角,在他们面前吹唱,真成了班门弄斧,还是以藏拙为好。笛子本来还可以吹吹,我的笛风甚好,是"满口笛",但是后来没法再吹,因为我的牙齿陆续掉光了,撒风漏气。

　　这些年来我的业余爱好,只有:写写字、画画画、做做菜。

　　我的字照说是有些基本功的。当然从描红模子开始。我记得我描的红模子是:"暮春三月,江南草长,雜花生樹,群鶯亂飛。"这十六个字其实是很难写的,也许是写红模子的先生故意用这些结体复杂的字来折磨小孩子,而且红模子底子是欧字,这就更难落笔了。不过这也有好处,可以让孩子略窥笔意,知道字是不可以乱写的。大概在我十一二岁的时候,那年暑假,我的祖父忽然高了兴,要亲自教我《论语》,并日课大字一张,小字二十行。大字写《圭峰碑》、小字写《闲邪公家传》,这两本帖都是祖父从他的藏帖中选出来的。祖父认为我的字有点才分,奖了我一块猪肝紫端砚,是圆的,并且拿了几本初拓的字帖给我,让我常看看。我记得有小字《麻姑仙坛》、虞世南的《夫子庙堂碑》、褚遂良的《圣教序》。小学毕业的暑假,我在三姑父家从一个姓韦的先生读桐城派古文,并跟他学写字。韦先生是写魏碑的,但他让我临的却是《多宝塔》。初一暑假,我父亲拿了一本影印的《张猛龙碑》,说:"你最好写写魏碑,这样字才有骨力。"我于是写了相当长时期《张猛龙》。用的是我父亲选购来的特殊的纸。这种纸是用稻草做的,纸质较粗,也厚,写魏碑很合适,用笔须沉着,不能浮滑。这种纸一张有二尺高,尺半宽,我每天写满一张。写《张猛龙》使我终身受益,到现在我的字的间架用笔还能看出痕迹。这以后,我没有认真临过帖,平常只是读帖而已。我于二王书未窥门径。写过一个很短时期的《乐毅论》,放下了,因为我很懒。《行穰》、《丧乱》等帖我很欣赏,但我知道我写不来那样的字。我觉得王大令的字的确比王右军写得好。读颜真卿的《祭侄文》,觉得这才是真正的颜字,并且对颜书从二王来之说很信服。大学时,喜读宋四家。有人说中国书法一坏于颜真卿,二坏于宋四家,这话有道理。但我觉得宋人书是书法的一次解放,宋人字的特点是少拘束,有个性,我比较喜欢蔡京和米芾的字(苏东坡字太俗,黄山谷字做作)。有人说米字不可多看,多看则终身摆脱不开,想要升入晋唐,就不可能了。一点不错。但是有什么办法呢!打一个不太好听的比方,一写米字,犹如寡妇失了身,无法挽回了。我现在写的字有点《张猛龙》的底子、米字的意思,还加上一点乱七八糟的影响,形成我自己的那么一种体,格韵不高。

我也爱看汉碑。临过一遍《张迁碑》,《石门铭》、《西狭颂》看看而已。我不喜欢《曹全碑》。盖汉碑好处全在筋骨开张,意态从容,《曹全碑》则过于整饬了。

我平日写字,多是小条幅,四尺宣纸一裁为四。这样把书桌上书籍信函往边上推推,摊开纸就能写了。正儿八经地拉开案子,铺了画毡,着意写字,好像练了一趟气功,是很累人的。我都是写行书。写真书,太吃力了。偶尔也写对联。曾在大理写了一副对子:

苍山负雪

洱海流云

字大径尺。字少,只能体兼隶篆。那天喝了一点酒,字写得飞扬霸悍,亦是快事。对联字稍多,则可写行书。为武夷山一招待所写过一副对子:

四围山色临窗秀
一夜溪声入梦清

字颇清秀,似明朝人书。

我画画,没有真正的师承。我父亲是个画家,画写意花卉,我小时爱看他画画,看他怎样布局(用指甲或笔杆的一头划几道印子),画花头,定枝梗,布叶,钩筋,收拾,题款,盖印。这样,我对用墨,用水,用色,略有领会。我从小学到初中,都"以画名"。初二的时候,画了一幅墨荷,裱出后挂在成绩展览室里。这大概是我的画第一次上裱。我读的高中重数理化,功课很紧,就不再画画。大学四年,也极少画画。工作之后,更是久废画笔了。当了右派,下放到一个农业科学研究所,结束劳动后,倒画了不少画,主要的"作品"是两套植物图谱、一套《中国马铃薯图谱》、一套《口蘑图谱》,一是淡水彩,一是钢笔画。摘了帽子回京,到剧团写剧本,没有人知道我能画两笔。重拈画笔,是运动促成的。运动中没完没了地写交待,实在是烦人,于是买了一刀元书纸,于写交待之空隙,瞎抹一气,少抒郁闷。这样就一发而不可收,重新拾起旧营生。有的朋友看见,要了去,挂在屋里,被人发现了,于是求画的人渐多。我的画其实没有什么看头,只是因为是作家的画,比较别致而已。

我也是画花卉的。我很喜欢徐青藤、陈白阳,喜欢李复堂,但受他们的影响不大。我的画不中不西,不今不古,真正是"写意",带有很大的随意性。曾画了一幅紫藤,满纸淋漓,水气很足,几乎不辨花形。这幅画现在挂在我的家里。我的一个同乡来,问:"这画画的是什么?"我说是:"骤雨初晴。"他端详了一会,说:"嗳,经你一说,是有点那个意思!"他还能看出彩墨之间的一些小块空白,是阳光。我常把后期印象派方法融入国画。我觉得中国画本来都是印象派,只是我这样做,更是有意识的而已。

画中国画还有一种乐趣,是可以在画上题诗,可寄一时意兴,抒感慨,也可以发一点牢骚,曾用干笔焦墨在浙江皮纸上画冬日菊花,题诗代简,寄给一个老朋友,诗是:

> 新沏清茶饭后烟,
>
> 自搔短发负晴暄,
>
> 枝头残菊开还好,
>
> 留得秋光过小年。

为宗璞画牡丹,只占纸的一角,题曰:

> 人间存一角,
>
> 聊放侧枝花,
>
> 欣然亦自得,
>
> 不共赤城霞。

宗璞把这首诗念给冯友兰先生听了,冯先生说:"诗中有人"。

今年洛阳春寒,牡丹至期不开。张抗抗在洛阳等了几天,败兴而归,写了一篇散文《牡丹的拒绝》。我给她画了一幅画,红叶绿花,并题一诗:

> 看朱成碧且由他,
>
> 大道从来直似斜。
>
> 见说洛阳春索寞,
>
> 牡丹拒绝著繁花。

我的画,遣兴而已,只能自己玩玩,送人是不够格的。最近请人刻一闲章:"只可自怡悦",用以押角,是实在话。

体力充沛,材料凑手,做几个菜,是很有意思的。做菜,必须自己去买菜。提一菜筐,逛逛菜市,比空着手遛弯儿要"好白相"。到一个新地方,我不爱逛百货商场,却爱逛菜市,菜市更有生活气息一些。买菜的过程,也是构思的过程。想炒一盘雪里蕻冬笋,菜市场冬笋卖完了,却有新到的荷兰豌豆,只好临时"改戏"。做菜,也是一种轻量的运动。

洗菜,切菜,炒菜,都得站着(没有人坐着炒菜的),这样对成天伏案的人,可以改换一下身体的姿势,是有好处的。

做菜待客,须看对象。聂华苓和保罗·安格尔夫妇到北京来,中国作协不知是哪一位,忽发奇想,在宴请几次后,让我在家里做几个菜招待他们,说是这样别致一点。我给做了几道菜,其中有一道煮干丝。这是淮扬菜。华苓是湖北人,年轻时是吃过的。但在美国不易吃到。她吃得非常惬意,连最后剩的一点汤都端起碗来喝掉了。不是这道菜如何稀罕,我只是有意逗引她的故国乡情耳。台湾女作家陈怡真(我在美国认识她),到北京来,指名要我给她做一回饭。我给她做了几个菜。一个是干烧小萝卜。我知道台湾没有"杨花萝卜"(只有白萝卜)。那几天正是北京小萝卜长得最足最嫩的时候。这个菜连我自己吃了都很惊诧:味道鲜甜如此!我还给她炒了一盘云南的干巴菌。台湾咋会有干巴菌呢?她吃了,还剩下一点,用一个塑料袋包起,说带到宾馆去吃。如果我给云南人炒一盘干巴菌,给扬州人煮一碗干丝,那就成了鲁迅请曹靖华吃柿霜糖了。

做菜要实践。要多吃,多问,多看(看菜谱),多做。一个菜点得试烧几回,才能掌握咸淡火候。冰糖肘子、乳腐肉,何时㸆软入味,只有神而明之,但是更重要的是要富于想象。想得到,才能做得出。我曾用家乡拌荠菜法凉拌菠菜。半大菠菜(太老太嫩都不行),入开水锅焯至断生,捞出,去根切碎,入少盐,挤去汁,与香干(北京无香干,以熏干代)细丁、虾米、蒜末、姜末一起,在盘中抟成宝塔状,上桌后淋以麻油酱醋,推倒拌匀。有余姚作家尝后,说是"很像马兰头"。这道菜成了我家待不速之客的应急的保留节目。有一道菜,敢称是我的发明:塞肉回锅油条。油条切段,寸半许长,肉馅剁至成泥,入细葱花、少量榨菜或酱瓜末拌匀,塞入油条段中,入半开油锅重炸。嚼之酥碎,真可声动十里人。

我很欣赏《杨恽报孙会宗书》:"田彼南山,芜秽不治。种一顷豆,落而为萁。人生行乐耳,须富贵何时。""人生行乐耳,须富贵何时",说得何等潇洒。不知道为什么,汉宣帝竟因此把他腰斩了,我一直想不透。这样的话,也不许说么?

注　释

① 本篇原载《艺术世界》1992 年第一期；初收《汪曾祺散文随笔选集》，沈阳出版社，1993 年 6 月。

京 剧 杞 言^①

——兼论荒诞喜剧《歌代啸》

京剧有没有危机？有人说是没有的。前几年就有人认为京剧的现况好得很，凡认为京剧遇到危机（或"不景气"、"衰落"等等近似而较为婉转的说法）的人都是瞎说。或承认危机，但认为很快就会过去，京剧很快就会有一个辉煌的前途。这些好心的，乐观主义的说法，只能使京剧的危机加速，加剧。

京剧受到其他艺术的冲击，不得不承认。受电影的、电视的、流行歌曲的、卡拉 OK 的。流行歌曲的作者不知是一些什么人，为什么要写得那样不通："四面楚歌是姑息的剑"，是什么意思，百思不得其解。"楚歌"、"姑息"、"剑"这几个概念怎么能放在一起呢？然而流行歌曲到处流行，你有什么办法？小青年宁愿花三十块钱到卡拉 OK 舞厅去喝一杯咖啡，不愿花五块钱买一张票去听京剧。

整个民族的文化素质的下降，是京剧衰落的一个原因。看北京的公共汽车的乘客（多半是青年）玩儿命似的挤车，让人悟出：这是京剧不上座的原因之一。

我对上海昆曲剧团的同志始终保持最高的敬意。他们的戏总是那样精致，那样讲究，那样美！但是听说卖不了多少票。像梁谷音那样的天才演员的戏会没有多少人看，想起来真是叫人气闷。有些新编的或整理的戏是很不错的，但是"尽内行不尽外行"，报刊上的评论充满热情，剧场里面"小猫三只四只"。无可奈何。

戏曲艺术教育的不普及，不深入，是戏曲没落的一个原因。台湾的情况似乎比我们稍好一些。我所认识的一位教现代文学也教戏曲史的教授是带着学生看戏的；一位著名的舞蹈家兼大学的舞蹈系主任的先生指定学生必须看京剧,看完了还得交心得,否则不给学分,他说:"搞舞蹈的,不看京剧怎么行!"已故华粹深先生在南开大学教课时是要学生听唱片的。吴小如先生是京剧行家,但是他在北大似乎不教京剧这门课。现在有些演员到中小学去辅导学生学京剧,这很好,但是不能只限于形而下的技巧,只限于手眼身法步,圆场、云手……得从戏曲美学角度讲得深一点。这恐怕就不是一般演员所能胜任的了。

京剧的衰落除了外部的,社会的原因,京剧本身也存在问题。京剧活了小二百年,它确实是衰老了。京剧的机体已经老化,不是得了伤风感冒而已。京剧的衰老,首先表现在其戏剧观念的陈旧。

我曾经是一个编剧,只能就戏曲文学这个角度谈一点感想。

京剧对剧本作用的压低也未免过分了一点。有人以为京剧的剧本只是给演员提供一个表现意象的框架,这说得很惨。不幸的是,这是事实。又不幸的是,京剧为之付出惨重的代价,即京剧的衰亡。这个病是京剧自出娘胎时就坐下的,与生俱来。后来也没有治。京剧不需要剧作家。京剧有编剧,编剧不一定是剧作家。剧作家得自成一家,得是个"家",就是说,有他的一套。他有他的独特的看法,对生活的,对戏曲本身的——对戏剧的功能、思想、方法的只此一家的看法。这些看法也许是不完整的,支离破碎的,自相矛盾的,模模糊糊的,只是一种愿望,一种冲动,但毕竟是一种看法。剧作家大都不善持论,他的不成熟的看法更多地表现在他的剧作之中。他的剧作多多少少会给戏曲带进一点新的东西,对戏曲观念带来哪怕是局部的更新。他的剧作将是带有强烈的个人色彩的,并且具备一定的在艺术上的叛逆性,可能会造成轻微的小地震。但是这样的京剧剧作家很少。于是京剧的戏剧观基本上停留在四大徽班进京的时期。

周扬同志曾说过,京剧能演历史剧,是它的很大的长处,但是京剧对历史事件和历史人物往往是简单化的。都说京剧表现的人物性格是类型化的,这一点大概无可否认。"简单化"、"类型化",无非是说所表现的只是人物的外部性格,没有探到人物的深层感情。是不是中国的古人就是这样性格简单,没有隐秘的心理活动?不能这样说。汉武帝就是一个非常复杂,充满戏剧性的心理矛盾的人物。他的宰相和皇后没有一个是善终的。他宠任江充,相信巫蛊,逼得太子造了反。他最后宠爱钩弋夫人,立她的儿子为太子,但却把钩弋夫人杀了,"立其子而杀其母"。他到底为什么要把司马迁的生殖器割掉?这都是很可捉摸的变态心理。诸葛亮也是并不"简单"的人。刘备临危时甚至于跟他说出这样的话:"若嗣子可辅,辅之。如其不可,君可自为",话说到了这个份儿,君臣之间的关系是相当紧张复杂的。"鞠躬尽瘁,死而后已"这两句话包含很深的悲剧性。可是京剧很少表现人物的内心世界。戏曲表现人物内心世界的,不是没有。《烂柯山》即是,《痴梦》一场尤为淋漓尽致。但是这不是京剧,是昆曲。

板腔体取代了曲牌体,从文学角度看,是一个倒退。曲牌体所能表现的内容要比板腔体丰富一些,人物感情层次要更多一些,更曲折一些,形式上的限制也少一些。一般都以为昆曲难写,其实昆曲比京剧自由。越是简单的形式越不好喳咕。我始终觉得昆曲比京剧会更有前途,别看它现在的观众比京剧还少。

中国戏曲的创作态度过于严肃。中国对戏的要求始终是实用主义的。这和源远流长,占统治地位的儒家思想是有关系的。中国戏曲一直是非常自觉地,过度地强调教育作用。因此中国戏曲的主题大都是单一的,浅露的。中国戏曲不允许主题的模糊性,不确定性,荒诞性。人们看戏,首先要问:这出戏"说"的是什么,不许"不知道说的是什么",不允许不知所云。中国戏里真正的喜剧极少,荒诞喜剧尤少。

京剧的荒诞喜剧大概只有一出《一匹布》,可惜比较简单,比较浅。

真正称得起是荒诞喜剧的杰作的,是徐渭(文长)的《歌代啸》。这个剧本是中国戏曲史上的一个奇迹。

这出戏的构思非常奇特。不是从一人一事,也不是从一般意义上的哲学的理念出发,而是由四句俗话酿出了创作灵感,"探来俗语演新戏"(开场)。杂剧正名说得清楚:

> 没处泄愤的是冬瓜走去拿瓠子出气,
> 有心嫁祸的是丈母牙疼灸女婿脚跟,

眼迷曲直的是张秃帽子教李秃去戴，

胸横人我的是州官放火禁百姓点灯。

徐文长是一大怪人。或谓文长胸中有一股不平之气，是诚然也。《歌代啸》的"啸"即"抬望眼仰天长啸"之"啸"。魏晋人的啸，后来失传了。徐文长的啸大概只是大声的呼喊。陶望龄《徐文长传》谓："渭貌修伟肥白，音朗然如唳鹤，常中夜呼啸，有群鹤应焉。"半夜里喊叫，是够怪的。说《歌代啸》是嬉笑怒骂，是愤世嫉俗，这些都可以。但是《歌代啸》已经不似《四声猿》一样锋芒外露，它对生活的层面概括得更广，感慨也埋得更深。是"歌"，不复是"啸"。也许有笨人又会问："这个杂剧究竟说的是什么？"我们也可以作一个很笨的回答，是说"世界是颠倒的，生活是荒谬的"。但是这些岂有此理的现象又是每天发生的：平平常常的，没有什么值得大惊小怪的。（开场）［临江仙］唱道："凭他颠倒事，直付等闲看。"徐文长对剧中人事的态度是：既是投入的，又是超脱的；既是调侃的，又是俨然的。沉痛其里，但是，荒诞其外。

陶石篑对《歌代啸》说了一句话："无深求"（《歌代啸》序）。这是读《歌代啸》最好的态度。一定要从里面"挖掘"出一点什么东西，是买椟还珠。我上面所说的对于此剧"思想内涵"的分析实在是很笨。

真难为徐文长，把四句俗话赋之以形象，使之具体化为舞台动作，化抽象为具象。而且把本不相干的生活碎片抟弄成一个完完整整，有头有尾，情节贯通的戏。

随意性是现代喜剧艺术的很重要的特点。有没有随意性是才子戏和行家戏的区别所在。《歌代啸》的结构同时具有严整性和随意性。它有埋伏，有呼应，有交待。我们现在行家戏多，才子戏少。

才子戏少，在戏曲文体上就很难有较大突破。

《歌代啸》的语言极精彩，这才叫做喜剧语言！剧本妙语如珠，俯拾即是，信手拈来，涉笔成趣。剧中有大量的口语俗语。

徐文长的剧品，我以为不在关汉卿下。若就喜剧成就论，可谓空前。文长以前，无荒诞喜剧。有之，自文长始。中国的荒诞剧，文长实为先河。中国在十六世纪就有现代主义。如果我们不把"现代主义"

只看着是一个时间的概念,而看着是反传统戏剧观念的概念,这样说似乎也是可以的。这大概是怪论。

《歌代啸》大概没有在舞台上演出过。京剧更是想也没有想过演出这个戏,这样的戏。京剧压根儿就没有考虑过演出这样的戏,我以为这是京剧走向衰亡的一个重要原因。这当然是怪论。

中国的京剧(包括其他的古典戏曲)的前途何在? 我以为不外是两途。一是进博物馆。现在不是讨论要不要把京剧送进博物馆的问题,而且是怎样及早建立一个博物馆的问题。我以为应该建立一个极豪华之能事的大剧院,把全国的一流演员请进来,给予高额的终身待遇,加之以桂冠,让他们偶尔露演传统名剧,可以原封不动,或基本不动。也可以建立一个昆剧院。另外,再建一个大剧院,演出试验性、探索性的剧目。至于一些非名角、小剧团,国家会有办法。

注 释

① 本篇原载《中国京剧》1992 年第一期;初收《汪曾祺小品》,中国人民大学出版社,1992 年 10 月。

本命年和岁交春①

今年是猴年,我属猴,是我的本命年。北方把本命年很当一回事,以为是个"坎儿",这一年要系一条红裤腰带。南方似无此说道。全国属猴的约占十二分之一。即使这一年对属猴的都不利,那么倒霉的也只是十二分之一的人口,小意思!

今年又是"岁交春",大年初一立春。语云:"千年难得龙华会,万年难得岁交春",难得的。据说岁交春大吉大利,这一年会风调雨顺,国泰民安。

假如猴年对我不利,而岁交春则非常吉利,那么,至少可以两抵。

北方人,尤其是北京人,很重视立春,那天要吃春饼。生葱、嫩韭、炒豆芽、炒菠菜、炒鸡蛋,与清酱肉、腊鸭,卷于薄面饼中食之。很好吃。管他吉利不吉利,今年初一,我下定决心:吃一次春饼!

注　释

① 本篇原载 1992 年 2 月 3 日《新民晚报》;初收《汪曾祺全集》第五卷,北京师范大学出版社,1998 年 8 月。

西　窗　雨[①]

很多中国作家是吃狼的奶长大的。没有外国文学的影响，中国文学不会像现在这个样子，很多作家也许不会成为作家。即使有人从来不看任何外国文学作品，即使他一辈子住在连一条公路也没有的山沟里，他也是会受外国文学的影响的，尽管是间接又间接的。没有一个作家是真正的"土著"，尽管他以此自豪，以此标榜。

高中三年级的时候，我为避战乱，住在乡下的一个小庵里，身边所带的书，除为了考大学用的物理化学教科书外，只有一本《沈从文选集》，一本屠格涅夫的《猎人日记》。可以说，是这两本书引我走上文学道路的。屠格涅夫对人的同情，对自然的细致的观察给我很深的影响。

我在大学里读的是中文系，但是课外所看的，主要是翻译的外国文学作品。

我喜欢在气质上比较接近我的作家。不喜欢托尔斯泰。一直到1958年我被划成右派下放劳动，为了找一部耐看的作品，我才带了两大本《战争与和平》，费了好大的劲才看完。不喜欢陀思妥耶夫斯基那样沉重阴郁的小说。非常喜欢契诃夫。托尔斯泰说契诃夫是一个很怪的作家，他好像把文字随便丢来丢去，就成了一篇作品。我喜欢他的松散、自由、随便、起止自在的文体；喜欢他对生活的痛苦的思索和一片温情。我认为契诃夫是一个真正的现代作家。从契诃夫后，俄罗斯文学才进入一个新的时期。

苏联文学里，我喜欢安东诺夫。他是继承契诃夫传统的。他比契诃夫更现代一些，更西方一些。我看了他的《在电车上》，有一次在文联大楼开完会出来，在大门台阶上遇到萧乾同志，我问他："这是不是意识流?"萧乾说:"是。但是我不敢说!"50年代,在中国提起意识流都好像是犯法的。

我喜欢苏克申,他也是继承契诃夫的。苏克申对人生的感悟比安东诺夫要深,因为这时的苏联作家已经摆脱了斯大林的控制,可以更自由地思索了。

法国文学里,最使当时的大学生着迷的是A.纪德。在茶馆里,随时可以看到一个大学生捧着一本纪德的书在读,从优雅的、抒情诗一样的情节里思索其中哲学的底蕴。影响最大的是《纳蕤思解说》、《田园交响乐》。《窄门》、《伪币制造者》比较枯燥。在《地粮》的文体影响下,不少人写起散文诗日记。

波特莱尔的《恶之花》、《巴黎之烦恼》是一些人的袋中书——这两本书的开本都比较小。

我不喜欢莫泊桑,因为他做作,是个"职业小说家"。我喜欢都德,因为他自然。

我始终没有受过《约翰·克里斯多夫》的诱惑,我宁可听法朗士的怀疑主义的长篇大论。

英国文学里,我喜欢弗·伍尔夫。她的《到灯塔去》、《浪》写得很美。我读过她的一本很薄的小说《狒拉西》,是通过一只小狗的眼睛叙述伯朗宁和伯朗宁夫人的恋爱过程,角度非常别致。《狒拉西》似乎不是用意识流方法写的。

我很喜欢西班牙的阿左林。阿左林的意识流是覆盖着阴影的,清凉的,安静透亮的溪流。

意识流有什么可非议的呢?人类的认识发展到一定阶段,就会发现人的意识是流动的,不是那样理性,那样规整,那样可以分切的。意识流改变了作者和人物的关系。作者对人物不再是旁观,俯视,为所欲为。作者的意识和人物的意识同时流动。这样,作者就更接近人物,也更接近生活,更真实了。意识流不是理论问题,是自然产生的。林徽因显然就是受了弗·伍尔夫的影响。废名原来并没有看过伍尔夫的作品,但是他的作品却与伍尔夫十分相似。这怎么解释?

意识流造成传统叙述方法的解体。

我年轻时是受过现代主义、意识流方法的影响的。

> 太阳晒着港口，把盐味敷到坞边的杨树的叶片上。
>
> 海是绿的，腥的。
>
> 一只不知名的大果子，有头颅那样大，正在腐烂。
>
> 贝壳在沙粒里逐渐变成石灰。
>
> 浪花的白沫上飞着一只鸟，仅仅一只。太阳落下去了。
>
> 黄昏的光映在多少人的额头上，在他们的额头上涂了一半金。
>
> 多少人逼向三角洲的尖端。又转身，分散。
>
> 人看远处如烟。
>
> 自在烟里，看帆篷远去。
>
> 来了一船瓜，一船颜色和欲望。
>
> 一船是石头，比赛着棱角。也许——
>
> 一船鸟，一船百合花。
>
> 深巷卖杏花。骆驼。
>
> 骆驼的铃声在柳烟中摇荡。鸭子叫，一只通红的蜻蜓。
>
> 惨绿的雨前的磷火。
>
> 一城灯！
>
> ——《复仇》

这是什么？大概是意识流。

我的文艺思想后来有所发展。80年代初，我宣布过"回到现实主义，回到民族传统"。但是立即补充了一句："我所说的现实主义是能容纳各种流派的现实主义，我所说的民族传统是能吸收任何外来影响的民族传统。"

> 抗日战争时期。昆明大西门外。
>
> 米市，菜市，肉市。柴驮子，炭驮子。马粪。粗细瓷碗，砂锅铁锅。焖鸡米线，烧饵块。金钱片腿，牛干巴。炒菜的油烟，炸辣子呛人的气味。红黄蓝白黑，酸甜苦辣咸。

每个人带着一生的历史,半个月的哀乐,在街上走。⋯⋯

　　　　　　　　　　　　　　　——《钓人的孩子》

　　这大概不能算是纯粹的民族传统。中国虽然也有"鸡声茅店月,
人迹板桥霜",有"古道西风瘦马,枯藤老树昏鸦",但是堆砌了一连串
的名词,无主语,无动词,是少见的。这也可以说是意识流。有人说这
是意象主义,也可以吧。总之,这样的写法是外来的。

　　有一种说法:越是民族的,就越是世界的。这话我不知道是什么意
思。如果说越写出民族的特点,就越有世界意义,可以同意。如果用来
作为拒绝外来影响的借口,以为越土越好,越土越洋,我觉得这会害了
自己,也害了别人。

　　我想对《外国文学评论》提几点看法。

　　希望能研究一下外国文学研究的最终目的是什么?我以为应该是
推动、影响、刺激中国的当代创作。要考虑刊物的读者是什么人,我以
为应是中国作家、中国的文学爱好者,当然,也包括中国的外国文学研
究者。不要为了研究而研究,不要脱离中国文学的实际,要有的放矢,
顾及社会的和文学界的效应。

　　评论要和鉴赏结合起来,要更多介绍一点外国作家和作品,不要空
谈理论。现在发表的文章多是从理论到理论。评介外国的作家和作
品,得是一个中国的研究者的带独创性的意见,不宜照搬外国人的
意见。

　　可以考虑开一个栏目:外国作家对中国作家的影响,比如魏尔兰之
于艾青,T. S. 艾略特、奥登之于九叶派诗人⋯⋯这似乎有点跨进了比
较文学的范围。但是我觉得一个外国文学研究者多多少少得是一个比
较文学研究者,否则易于架空。

　　最后,希望文章不要全是理论语言,得有点文学语言。要有点幽默
感。完全没有幽默感的文章是很烦人的。

　　　　　　　　　　　　　　　　　一九九二年二月九日

注　释

①　本篇原载《外国文学评论》1992 年第二期；初收《汪曾祺全集》第五卷，北京师范大学出版社，1998 年 8 月。

猴　年　说　命[①]

据赵翼《陔余丛考》，十二生肖之说起于东汉，以前未之闻也。这是术数家搞出来的。以十二种动物来配十二地支，来源不可知。是受了图腾崇拜的影响么？好像还没有人考察过。"肖"是像的意思。十二生肖也叫十二属相。相即肖。哪一年生的人就像哪一种动物？未见得。寅年生的都长得虎头虎脑的？申年生的都是猴里巴叽的？

但是属相之说对中国人的生活颇有影响。过去婚嫁，得看双方的属相，有些属相是"相克"的，比如"鸡狗不到头"之类。死了人，在盛殓封钉的时候，规定有几种属相的亲戚不能在场，这几种属相的人得避开，这有什么道理？

北方还有本命年的说法。南方似无此说。北方人认为哪个属相的年对那个属相的人不利，是个"坎儿"，逢本命年，得系一条红裤带，有的地方还得系一个红兜兜，这样才能迈过这个"坎儿"。我是属猴的，今年七十二岁，算了算我已经度过了五个本命年。这五个本命年都没有遇到大灾大难。有点灾难，倒都不在本命年。今年是第六个本命年，会遇到什么"坎儿"呢？

今年好像应该对我双重不利。按虚岁，七十三了。中国老人怕"七十三，八十四"。据说孔夫子死于七十三岁，孟夫子死于八十四。孔夫子死于哪一年，跟我有什么相干？乡谚云"人过七十三，不死鬼来搀"，真要是到了时候，我会自己走的，不必麻烦鬼卒，我的腿脚还利落。人活到七十，就算够了本了，以后都是白赚的。真要是今年就画了句号，也没有什么可遗憾的。看相的都说我能长寿，我将信将疑。不过看样子，一时半会还不会报销。然而也难说，"老健春寒秋后热"，没有几天的事儿。喂！大年下，别说这不吉利的话！七十岁的时候，我说过活到八十,问题不大。再多凑合两年,再过一个本命年,许行!

再活下去,有什么打算?无非是希望能再写点东西。希望思想文笔都还"活泛"。我的儿子最近看了我的散文,对他妈说:"爸还不老哎!"我听了很高兴。人老了,最怕思想僵化,死抱着多年形成而其实很陈旧的观念不撒手,自以为有一种谁也没有交给他的历史使命,指手画脚,吹胡子瞪眼,成了北京人所说的"老悖晦",那可就没多大意思了。

能够写的,仍然是短篇小说和散文。有人劝我一定要留下一个长篇,说一个作家不写长篇总不能算个真正的作家。我也曾经想过写一个历史题材的长篇小说《汉武帝》,但是困难很多。汉朝人的生活、饮食、居处、礼节跪拜……我都不清楚。举一个例,汉武帝和邓通究竟是什么关系?《史记》云邓通"其衣后穿"究竟是什么意思?我问过文史专家,他们只是笑笑,说:"大概是同性恋。"我也觉得大概是同性恋,但是"其衣后穿"未免太过分了。这些,我都没有把握,但又不愿瞎编,因此长篇的计划很可能泡汤。

七十岁时我写过一首自寿诗,末二句云:"假我十年闲粥饭,未知留得几囊诗",我还能写多少东西呢?

一九九二年二月北京

注　释

① 本篇原载 1992 年 2 月 13 日《解放日报》;初收《汪曾祺全集》第五卷,北京师范大学出版社,1998 年 8 月。

对　口①

——旧病杂忆之一

　　那年我还小，记不清是几岁了。我母亲故去后，父亲晚上带着我睡。我觉得脖子后面不舒服。父亲拿灯照照，肿了，有一个小红点。半夜又照照，有一个小桃子大了。天亮再照照，有一个莲子盅大了。父亲说：坏了，是对口！

　　"对口"是长在第三节颈椎处的恶疮，因为正对着嘴，故名"对口"，又叫"砍头疮"。过去刑人，下刀处正在这个地方。——杀头不是乱砍的，用刀在第三颈节处使巧劲一推，脑袋就下来了，"身首异处"。"对口"很厉害，弄不好会把脖子烂通。——那成什么样子！

　　父亲拉着我去看张冶青。张冶青是我父亲的朋友，是西医外科医生，但是他平常极少为人治病，在家闲居。他叫我趴在茶几上，看了看，哆里哆嗦地找出一包手术刀，挑了一把，在酒精灯上烧了烧。这位张先生，连麻药都没有！我父亲在我嘴里塞了一颗蜜枣，我还没有一点准备，只听得"呼"的一声，张先生已经把我的对口豁开了。他怎么挤脓挤血，我都没看见，因为我趴着。他拿出一卷绷带，搓成条，蘸上药，——好像主要就是凡士林，用一个镊子一截一截塞进我的刀口，好长一段！这是我看见的。我没有觉得疼，因为这个对口已经熟透了，只觉得往里塞绷带时怪痒痒。都塞进去了，发胀。

　　我的蜜枣已经吃完了，父亲又塞给我一颗，回家！

　　张先生嘱咐第二天去换药。把绷带条抽出来，再用新的蘸了药的绷带条塞进去。换了三四次。我注意塞进去的绷带条越来越短了。不几天，就收口了。

　　张先生对我父亲说："令郎真行，哼都不哼一声！"干吗要哼呢？我没觉得怎么疼。

以后，我这一辈子遇到生理上或心理上的病痛时，我都很少哼哼。难免要哼，但不是死去活来，弄得别人手足无措，惶惶不安。

现在我的后颈至今还落下了个疤拉。

衔了一颗蜜枣，就接受手术，这样的人大概也不多。

注　释

① 本篇原载 1992 年 4 月 11 日《济南日报》；初收《榆树村杂记》，中国华侨出版社，1993 年 9 月。

疟　疾^①

——旧病杂忆之二

我每年要发一次疟疾。从小学到高中,一年不落,而且有准季节。每年桃子一上市的时候,就快来了,等着吧。

有青年作家问爱伦堡:头疼是什么感觉? 他想在小说里写一个人头疼。爱伦堡说:这么说你从来没有头疼过,那你真是幸福! 头疼的感觉是没法说的。中国(尤其是北方)很多人是没有得过疟疾的。如果有一位青年作家叫我介绍一下疟疾的感觉,我也没有办法。起先是发冷,来了! 大老爷升堂了! ——我们那里把疟疾开始发作,叫做"大老爷升堂",不知是何道理。赶紧钻被窝。冷! 盖了两床厚棉被还是冷,冷得牙齿得得地响。冷过了,发热,浑身发烫。而且,剧烈地头疼。有一首散曲咏疟疾:"冷时节似冰凌上坐,热时节似蒸笼里卧,疼时节疼得天灵破,天呀天,似这等寒来暑往人难过!"反正,这滋味不大好受。好了! 出汗了! 大汗淋漓,内衣湿透,遍体轻松,疟疾过去了,"大老爷退堂"。擦擦额头的汗,饿了! 坐起来,粥已经煮好了,就一碟甜酱小黄瓜,喝粥,香啊!

杜牧诗云:"忍过事则喜",对于疟疾也只有忍之一法。挺挺,就过来了。也吃几剂汤药(加减小柴胡汤之类),不管事。发了三次之后,都还是吃"蓝印金鸡纳霜"(即奎宁片)解决问题。我父亲说我是阴虚,有一年让我吃了好些海参。每天吃海参,真不错! 不过还是没有断根。一直到1939年,生了一场恶性疟疾,我身体内部的"古老又古老的疟原虫"才跟我彻底告别。

恶性疟疾是在越南得的。我从上海坐船经香港到河内,乘滇越铁路火车到昆明去考大学。到昆明寄住在同济中学的学生宿舍里,通过一个间接的旧日同学的关系。住了没有几天,病倒了。同济中学的那个学生把我弄到他们的校医室,验了血,校医说我血里有好几种病菌,包括伤寒病菌什么的,叫赶快送医院。

到医院,护士给我量了量体温,体温超过四十度。护士二话不说,先给我打了一针强心针。我问:

"要不要写遗书?"

护士嫣然一笑:"怕你烧得太厉害,人受不住!"

抽血,化验。

医生看了化验结果,说有多种病菌潜伏,但是主要问题是恶性疟疾。开了注射药针。过了一会,护士拿了注射针剂来。我问:是什么针?

"606。"

我赶紧声明,我生的不是梅毒,我从来没有……

"这是治疗恶性疟疾的特效药。奎宁、阿脱平,对你已经不起作用。"

606,疟原虫,伤寒菌,还有别的不知什么菌,在我的血管里混战一场。最后是606胜利了。病退了,但是人很"吃亏"。医生规定只能吃藕粉。藕粉这东西怎么能算是"饭"呢?我对医院里的藕粉印象极不佳,并从此在家里也不吃藕粉。后来可以喝蛋花汤。蛋花汤也不能算饭呀!

我要求出院,医生不准。我急了,说:我到昆明是来考大学的,明天就是考期,不让我出院,那怎么行!

医生同意了。

喝了一肚子蛋花汤,晕晕忽忽地进了考场。天可怜见,居然考取了!

自打生了一次恶性疟疾,我的疟疾就除了根,半个多世纪以来,没有复发过。也怪。

注　释

①　本篇原载 1992 年 5 月 9 日《济南日报》;初收《榆树村杂记》,中国华侨出
版社,1993 年 9 月。

牙　疼①

——旧病杂忆之三

　　我从大学时期,牙就不好。一来是营养不良,饥一顿,饱一顿;二来是不讲口腔卫生。有时买不起牙膏,常用食盐、烟灰胡乱地刷牙。又抽烟,又喝酒。于是牙齿龋蛀,时常发炎,——牙疼。牙疼不很好受,但不至于像契诃夫小说《马姓》里的老爷一样疼得吱哇乱叫。"牙疼不是病,疼起来要人命",不见得。我对牙疼泰然置之,而且有点幸灾乐祸地想:我倒看你疼出一朵什么花来!我不会疼得"五心烦躁",该咋着还咋着。照样活动。腮帮子肿得老高,还能谈笑风生,语惊一座。牙疼于我何有哉!

　　不过老疼,也不是个事。有一只糟牙,已经活动,每次牙疼,它是祸始。我于是决心拔掉它。昆明有一个修女,又是牙医,据说治牙很好,又收费甚低,我于是攒借了一点钱,想去找这位修女。她在一个小教堂的侧门之内"悬壶"。不想到了那里,侧门紧闭,门上贴了一个字条:修女因事离开昆明,休诊半个月。我当时这个高兴呀!王子猷雪夜访戴,乘兴而去,兴尽而归,何必见戴!我拿了这笔钱,到了小西门马家牛肉馆,要了一盘冷拼,四两酒,美美地吃了一顿。

　　昆明七年,我没有治过一次牙。

　　在上海教书的时候,我听从一个老同学母亲的劝告,到她熟识的私人开业的牙医处让他看看我的牙。这位牙科医生,听他的姓就知道是广东人,姓麦。他拔掉我的早已糟朽不堪的糟牙。他的"手艺"(我一直认为治牙镶牙是一门手艺)如何,我不知道,但是我对他很有好感,因为他的候诊室里有一本 A. 纪德的《地粮》。牙科医生而读纪德,此人不俗!

到了北京，参加剧团，我的牙越发的不行，有几颗跟我陆续辞行了。有人劝我去装一副假牙，否则尚可效力的牙齿会向空缺的地方发展。通过一位名琴师的介绍，我去找了一位牙医。此人是京剧票友，唱大花脸。他曾为马连良做过一枚内外纯金的金牙。他拔掉我的两颗一提溜就下来的病牙，给我做了一副假牙。说："你这样就可以吃饭了，可以说话了。"我还是应该感谢这位票友牙医，这副假牙让我能吃爆肚，虽然我觉得他颇有江湖气，不像上海的麦医生那样有书卷气。

"文化大革命"中，我正要出剧团的大门，大门"咣"的一声被踢开，正摔在我的脸上。我当时觉得嘴里乱七八糟！吐出来一看，我的上下四颗门牙都被震下来了，假牙也断成了两截。踢门的是一个翻跟头的武戏演员，没有文化。就是他，有一天到剧团来大声嚷嚷："同志们！告诉你们一个好消息，往后吃油饼便宜了！"——"怎么啦？"——"大庆油田出油了！"这人一向是个冒失鬼。剧团的大门是可以里外两面开的玻璃门，玻璃上糊了一层报纸，他看不见里面有人出来。这小子不推门，一脚端开了。他直道歉："对不起！对不起！"我说："没事儿！没事儿！你走吧！"对这么个人，我能说什么呢？他又不是有心。掉了四颗门牙，竟没有流一滴血，可见这四颗牙已经衰老到什么程度，掉了就掉了吧。假牙左边半截已经没有用处，右边的还能凑合一阵。我就把这半截假牙单摆浮搁地安在牙床上，既没有钩子，也没有套子，嗨，还真能嚼东西。当然也有不方便处：一、不能吃脆萝卜（我最爱吃萝卜）；二、不能吹笛子了（我的笛子原来是吹得不错的）。

这样对付了好几年。直到1985年我随中国作家代表团访问香港前，我才下决心另装一副假牙。有人跟我说："瞧你那嘴牙，七零八落，简直有伤国体！"

我找到一个小医院，建筑工人医院。医院的一个牙医师小宋是我的读者，可以不用挂号、排队，进门就看。小宋给我检查了一下，又请主任医师来看看。这位主任用镊子依次掰了一下我的牙，说"都得拔了。全部'二度动摇'。做一副满口。这么凑合，不行。做一副，过两天，又掉了，又得重做，多麻烦！"我说："行！不过再有一个月，我就要到香港去,拔牙、安牙,来得及吗?"——"来得及。"主任去准备麻药,小宋悄悄跟我说:"我们主任,是在日本学的。她的劲儿特别大,出名的手狠。"我的硕果仅存的十一颗牙,一个星期,分三次,全部拔光。我于拔牙,可谓曾经沧海,不在乎。不过拔牙后还得修理牙床骨,——因为牙掉的先后不同,早掉的牙床骨已经长了突起的骨质小骨朵,得削平了。这位主任真是大刀阔斧,不多一会,就把我的牙骨铲平了。小宋带我到隔壁找做牙的技师小马,当时就咬了牙印。

一般拔牙后要经一个月,等伤口长好才能装假牙。但有急需,也可以马上就做,这有个专用名词,叫做"即刻"。

"即刻"本是权宜之计,小马让我从香港回来再去做一副。我从香港回来,找了小马,小马把我的假牙看了看,问我:"有什么不舒服吗?"——"没有。"——"那就不用再做了,你这副很好。"

我从拔牙到装上假牙,一共才用了两个星期,而且一次成功,少有。这副假牙我一直用到现在。

常见很多人安假牙老不合适,不断修理,一再重做,最后甚至就不再戴。我想,也许是因为假牙做得不好,但是也由于本人不能适应,稍不舒服,即觉得别扭。要能适应。假牙嘛,哪能一下就合适,开头总会格格不入的。慢慢地,等牙床和假牙已经严丝合缝,浑然一体,就好了。

凡事都是这样,要能适应、习惯、凑合。

一九九二年二月二十二日

注　释

①　本篇原载 1992 年 8 月 1 日《济南日报》;初收《榆树村杂记》,中国华侨出版社,1993 年 9 月。

随笔写下的生活①

新笔记小说是近年出现的文学现象。以前不是没有过,但是写的人不是那样多,刊物上也不似现在这样频繁的出现,没有成为风气。这种现象产生的背景是什么?这说明什么"问题"。

我是写过一些这样的小说的,有些篇自己就加了总题或副题:笔记小说。我好像成了这种小说文体的始作俑者之一。但究竟什么是新笔记小说,我也说不上来。

要问新笔记小说是什么,不如先问问:小说是什么?这个问题问之小说家,大概十个有八个答不出。勉强地说,依我看,小说是一种生活的样式或生命的样式。那么新笔记小说可以说是随笔写下来的一种生活,一种生活或生命的样式。

中国古代的小说,大致有两个传统:唐人传奇和宋人笔记。唐人传奇本是"行卷",是应试的举子投给当道看的,这样可以博取声名,"扩大影响",使试官在阅卷前已经有个印象。因为要当道看得有趣,故情节曲折,引人入胜。又欲使当道欣赏其文才,故辞句多华丽丰赡。是有意为文。宋人笔记无此功利的目的,只是写给朋友看看,甚至是写给自己看的。《梦溪笔谈》云"所与谈者,唯笔砚耳"。是无意为文。故文笔多平实朴素,然而自有情致。假如用西方的文学概念来套,则唐人传奇是比较浪漫主义的,而宋人笔记则是比较现实主义的。新笔记小说所继承的,是宋人笔记的传统。

新笔记小说的作者大都有较多的生活阅历,经过几番折腾,见过严霜烈日,便于人生有所解悟,不复有那样炽热的激情了。相当多的新笔记小说的感情是平静的,如秋天,如秋水,叙事雍容温雅,渊渊汩汩,孙犁同志可为代表。孙犁同志有些小说几乎淡到没有什么东西,但是语简而情深,比如《亡人逸事》。这样的小说,是不会使人痛哭的,但是你的眼睛会有点潮湿。但也有些笔记小说的感情是相当强烈的,如张石山的《淘井》、王润滋的《三个渔人》。有不少笔记小说是写得滑稽突梯的,使读者读后哭笑不得。写"文化大革命"的笔记小说,被称为"新世说"者多如此。恽敬新的《刘校长游街》写得很真实,——同时又那样的荒谬。写"文化大革命"小景的小说,多如实,少夸张,然而,这样的如实又显得好像极其夸张。这样的感情是所谓"冷隽"。这样,有些笔记小说就接近讽刺文学,带杂文意味。这在新笔记中占相当大的比重。这也是无可奈何的事。因为那是"无可奈何之日"。

笔记小说一般较少抒情,然而何立伟的《小城无故事》却是一首抒情诗。然而,你不能说这不是新笔记小说。阿成的《年关六赋》是风俗画。贾平凹的《游寺耳记》是小说么?是"笔记小说"么?这是一篇游记,一篇散文。然而"笔记"和"散文"从来就是"撕掳不开"的,笔记小说多半有点散文化。孙犁同志的小说在发表前有编辑问过他"您这是小说还是散文"?孙犁答曰"小说!小说!"我们要不要把《游寺耳记》从"新笔记小说"中开除出去?不一定吧。高晓声的《摆渡》是寓言。矫健的《圆环》可以说是一篇哲学论文。

如此说来,"新笔记小说"从内到外,初无定质,五花八门,无所不包了?

好像是这样。这也是"新笔记小说"的特点。"新笔记"的天地是非常广阔的。

"新笔记小说"很难界定。这是一个宽泛的、含混的概念。但是又不是"宽大无边"。作者和编者读者心目中有那么一种东西,有人愿意写,写就是了。有人愿意看,看就是了。

有一个也许叫人困惑的问题:新笔记小说和"主旋律"的关系。一般说来,大部分新笔记小说大概不能算是主旋律吧?不是主旋律,那么是什么?次旋律?亚旋律?它和主旋律的关系是什么?也不必管它吧。有人愿意写,写就是了。有人愿意看,看就是了。

①　本篇原载 1992 年 2 月 22 日《文汇读书周报》,是为《新笔记小说选》(张日凯编,作家出版社,1992 年版)所作序;初收《汪曾祺全集》第五卷,北京师范大学出版社,1998 年 8 月。

日子就这么过来了[①]

——徐卓人小说集《你先去彼岸》代序

是的,日子就这么过来了。

初读了这篇小说,我有点奇怪。为什么说是"斑斓的日子"?表嫂的日子过得实在很平淡,说不上有什么斑斓。但是稍想一想,觉得徐卓人是有道理的。表嫂的日子是斑斓的。一方面,很平淡,同时,又是斑斓的。平淡中的斑斓。这篇短短的小说写出了中国妇女巨大的承受力,什么困难也吃得消。就像那些土方,"总归要挑完的"。表嫂从来没有被日子压倒过,从来没有失去信心,并且充满了对生活的希望,对生活感到欣喜,对照片,也是对生活快活地叫着"彩色的呢!哎呀,地里这么好!"

当然,"日子就这么过来了",也溢出了对生活沉沉的感慨。逝者如斯夫。往事不堪回首。一个承受了那样多生活的重负的妇人有权利平平静静地说出这样的话。

日子之所以是斑斓的,是因为这世界上有女人。正如草地上有花。女人是各色各样的。

喊家是很特殊的风俗,喊家的词句也很别致:"好哉⋯⋯好放人哉⋯⋯"只有江南水乡才会有这种又软又糯又酸溜溜的悠长的歌声。为什么要喊家?凤嫂的文不对题的话是最好的回答:"我们女人⋯⋯唉⋯⋯"。"我们女人"怎么啦?"我们女人"需要被人爱,这有啥不对?

《湖塘里人》是一幅崇惠小景。做男人"一个常熟叫化鸡"这样的恶作剧只有孙二娘这样的江南水乡的泼辣女人才干得出来。给浑身泥浆,烤得难受的憨三盖上一大叠荷叶的水蛇腰不仅斯文、善良,而且很美,形神都美。不知哪位男客,自言自语咕了半句:"唉,我们这些湖塘里人……"结尾宕开了一句,使这幅小景概括了更多的东西。这,就是湖塘里人。只有湖塘里,才有这样的人。

辣嫂真辣。为了庇护一个柔弱的男人,大撒其泼,为明心迹(实际上是掩盖心迹)竟用剪刀戳进了自己的胸膛。一个性格如此强烈的女人为什么会钟情于一个柔弱无用的光棍呢,这真是说不清楚。然而这是一个活生生的人。

《流年》是一篇非常温馨的小说。这篇小说里有一片奶香。几乎觉不出一点技巧的痕迹,只是一片真情汪汪地流动。作者毫不着力,无意感人。于是感人至深。

我忽然发现:徐卓人是个女作家。我感觉到作品中的女性。这本小说写了这样多的女人,各各不同,真成了"女性系列"。有些男作家也是擅长写女性的,但多少是从欣赏角度出发,多少是旁观的,多少有点男子气。徐卓人不是这样。她不是欣赏者,而是亲验者。只有女人才真正了解女人。只有女作家才能不费吹灰之力就能一下子把握住女人性格的美,和诗意。

有好几篇是怀旧之作,是对黄昏夕照的挽歌。过去的终归要过去的。这是无可奈何的事。有些陈旧的东西也真该扔掉,不能让它成为不堪承受的负累,像坤伯阁楼上那些坛坛罐罐。在无可奈何之中,便有新的希望在生长。因此,作者的态度是超脱的,并不低回。

《你先去彼岸》是本集中写得最深刻的。难怪作者用这篇小说的题目作为书名。这是一篇很沉痛的小说。小说写的是知青(南方叫"插青")的心态,可以说是"心态小说"。这一代的知识青年是被抛弃的一代。他们是时代的流浪儿,他们的价值被糟毁了。他们失去了昨天,也失去了明天。他们没有寄托、没有追求、没有希望。他们有的是一腔怨恨,但又还有对生活的热爱,于是痛饮狂歌度日。他们要通向彼岸,彼岸是死。谁为为之?孰令致之?这一代知青的精神状态应该谁来负责？笼统地说：社会。包括"大队那个头头"那样的基层干部。他们手里有一个叫做"权"的东西，可以为所欲为，做尽伤天害理的事。勤妹为了不去大西北插队，把户口弄回来，竟然把自己"卖"了，答应嫁给大队干部的生麻风病的侄子？明天就是婚日。这样勤妹才请三个"插兄"来喝一顿酒，以至纵饮而死。这样的悲剧实在太惨了！

这篇小说的写法和其他各篇不同。小说的结构不是"故事结构"而是"情绪结构"。故事在这里是不重要的。小说并没有贯串性的故事。有些情节或细节都似乎与主题关系不大。比如打麻雀，烹制"肖郎头"等。但是这些情节和细节都写了人物的情绪。人的情绪总是忽起忽落，忽来忽去，飘飘忽忽，错错落落的。比如：

> 阿勇嘴上说只管看麻雀，却觉得看到的只是竹梢摇曳。阿勇这时心头一怔忽然想到慧觉和尚拜师的故事。老和尚那日讲经就叫全体徒子徒孙看佛门一面迎风飘动的旌幡，喝声"看！什么在动？"徒子徒孙哇啦啦呼着"旗动！""不，风动！""旗动风动旗动风动……"老和尚猛喝一声："都是尔等心动！"

阿勇打麻雀，为什么会忽然想到慧觉和尚的故事？这真是没来由，没道理。但是人的思绪就是没道理的，为什么不能忽然想起毫不相干的事？如果你一定要问：这表现人物性格的一个什么侧面，有什么寓意？我就要问问你：你的心目中是不是还有一个关于小说的传统的观念，你的阅读习惯一下子改不过来？

有时作者的叙述和人物的思绪同时活动，以至分不出第一人称和第三人称。比如：

> 勤妹一怔，月光下脸色苍白，眼里沁出泪水来，阿勇呆了几秒钟，心里一阵懊恼，是你蛮横，是你无理，是你自己请人家来的，你神枪手的枪下跑丢了马，可你屙屎屙不出怪茅坑！好了，现在你心里嘟哝着沮丧地叫小女人"你回去，否则到天亮也打不到一个麻雀。"你就把枪搭上肩潇潇洒洒大步跨出去，可你又犹豫着回过头来莫名其妙地说一句"反正谁娶了你做老婆是运气！"你前言不对

后话,说这些没头没尾的话,你居然自己也不懂到底为了什么! 这小女人本与你桥归桥,路归路,与"老婆"两字毫无牵连,可你怎么突然想出了"老婆"两个字?

这就是所谓"意识流"。

小说多处写了感觉。有的感觉是超常的,然而是真实的。比如:

阿勇意想不到,勤妹的眼中此刻映着两个月亮!

这样徐卓人的小说就跨进了另一个时期,从抒情进入"现代"。一个新的徐卓人正在露头。

如果用最简短的语言来概括徐卓人的风格,可以赠之以一个字:秀。当然,《你先去彼岸》已经不是一个秀字所能覆盖,这篇小说比前此的一些淡彩小景要丰富得多,复杂得多。然而,成篇依然透出一股秀气。

吴语地区的作家大都遇到一个困难:他们赖以思维和表现的语言是普通话,但这和他们的母语有相当大的距离。因此,吴语地区作家的小说往往缺少语言美。卓人也是用普通话思维的,但语言中保留了吴语的韵味,这是很难得的。我希望卓人能深入研究吴语的魅力,保持自己的特点。当然,不要为了具有江南特点,过多地装点吴语的句式和词汇。

卓人的语言是清新流畅的,不"玩"语言,偶尔有些段落标点用得很少,比如《流年》的结尾。我看这样写不但是可以的,甚至是必要的,不是玩什么花样,不是把应当省的标点抽掉,而是作者的思维中本没有标点。作者的感情的激流一泻而下,不能切断。这样痛快淋漓的宣泄,到我要去找,是了,我要去找! 收住,就非常有力度。

要说缺点,是有些篇失之冗长。《他带着遗憾离去》,这个缺点最明显。篇幅长的,易于冗长,短的,尤其要注意。字数只有那么多,多一句,就会显得累赘。尤其是结尾。《湖塘里人》、《斑斓的日子》结尾都是很好的,很俏,而有余味。《铜匠担》结尾就有点拖沓。最后一段可以不要,到"我离婚了……"就够了。

近二年我给好几个青年作家的集子写了序,成了写序专业户。徐卓人要我为她的短篇小说集写一篇序,我有点踌躇,因为我没有看过她一篇小说。我会不会说一些言不由衷,不负责任的话?读卓人的小说集两遍,我很乐意为之写序。我愿意负责地向读者推荐这本小说,推荐这个很有才华的女作家。请相信一个从事写作半个世纪,今年已经七十二岁的老人的诚意。

是为序。

一九九二年三月三日

注　释

① 本篇原载《雨花》1992 年第六期,是为《你先去彼岸》(复旦大学出版社,1992 年版)所作序;初收《汪曾祺文集·文论卷》,江苏文艺出版社,1993 年 9 月。

偶 笑 集[①]

烧糊了洗脸水

《红楼梦》里一个丫头无端受到责备,心中不服,嘟嘟囔囔地说:"我又怎么啦?我又没烧糊了洗脸水!""我又没烧糊了洗脸水",此语甚俊。

职 业 习 惯

瓦岗寨英雄尤俊达,是扛大斧给人劈柴出身。每临阵,见来将必先问:"顺丝儿还是横丝儿的?"答云:"顺丝儿的。"就很高兴;若说是"横丝儿的!"就搓着斧柄,连声叫苦:"横丝儿的!哎呀,横丝儿的!"劈大块柴,顺丝的一斧就能劈通;横丝的,劈起来费劲。

济公的幽默

县官王老爷派两个轿夫抬着一顶小轿,接济公来给王老爷的娘子看病。济公不肯坐轿,说:"我自己走。我从来不坐轿子,从来不让别人抬着我。"轿夫说:"您不坐轿子,我们对老爷不好交待呀!"济公想了想,说:"这样吧,你们把轿底打掉了。你们在外面抬,我在里面走。"济公这个主意实在很幽默。两个轿夫,一前一后,抬着一乘空轿子,轿子下面,一双光脚,趿着破鞋,忽忽闪闪,整齐合拍,光景奇绝!

世界通用汉语

　　我们到内蒙伊克昭盟去搜集材料,要写一个剧本。党委书记带队。我们开了吉普车到一个"浩特"去接一个曾在王府当过奴隶的牧民到东胜去座谈。这位奴隶已经等在路边。车一停,上来了。我们的书记,非常热情,迎了上去,握住奴隶的手,说:"你好! 你的,会讲汉语?"我们这位书记以为这种带日本味儿的汉语是所有的外国人和所有的少数民族都懂的。这位奴隶也很对得起我们的书记,很客气答道:"小小的!"这位奴隶肯定以为我们的书记平常就是讲这样的话的。

　　以为这样的话是全世界的人都懂的,大有人在。名丑张××,到瑞士,刚进旅馆,想大便,找不到厕所,拉住服务员,比划了半天,服务员不懂,他就大声叫道:"我的,要大大的!"服务员眼睛瞪得大大的,还是不懂。

一九九二年二月二十四日

注　释

①　本篇原载 1992 年 3 月 15 日《羊城晚报》;初收《汪曾祺全集》第五卷,北京师范大学出版社,1998 年 8 月。

《菰蒲深处》自序[①]

我是高邮人。高邮是个水乡。秦少游诗云：

吾乡如覆盂，
地据扬楚脊，
环以万顷湖，
天粘四无壁。

我的小说常以水为背景，是非常自然的事。记忆中的人和事多带有点浟浟的水气。人的性格亦多平静如水，流动如水，明澈如水。因此我截取了秦少游诗句中的四个字"菰蒲深处"作为这本小说集的书名。

这些小说写的是本乡本土的事，有人曾把我归入乡土文学作家之列。我并不太同意。"乡土文学"概念模糊不清，而且有很大的歧义。舍伍德·安德森的小说算是乡土文学，斯坦因倍克算是乡土文学，甚至有人把福克纳也划入乡土文学，但是我们看，他们之间的差别有多大！中国现在有人提倡乡土文学，这自然随他们的便。但是有些人标榜乡土文学，在思想上带有排他性，即排斥受西方影响较深的所谓新潮派。我并不拒绝新潮。我的一些小说，比如《昙花、鹤和鬼火》、《幽冥钟》，不管怎么说，也不像乡土文学。我的小说有点水气，却不那么有土气。还是不要把我纳入乡土文学的范围为好。

我写小说，是要有真情实感的，沙上建塔，我没有这个本事。我的小说中的人物有些是有原型的。但是小说是小说，小说不是史传。我的儿子曾随我的姐姐到过一次高邮，我写的《异秉》中的王二的儿子见到他，跟他说："你爸爸写的我爸爸的事，百分之八十是真的。"可以这样说。他的熏烧摊子兴旺发达，他爱听说书……这都是我亲眼所见，他说的"异秉"——大小解分清，是我亲耳所闻，——这是造不出来的。但是真实度达到百分之八十，这样的情况是很少的。《徙》里的高先生实有其人，我连他的名字也没有改，因为小说里写到他门上的一副嵌字格的春联。这副春联是真的。我们小学的校歌也确是那样。但高先生后来一直教中学，并没有回到小学教书。小说提到的谈甓渔，姓是我的祖父的岳父的姓，名则是我一个做诗的远房舅舅的别号。陈小手有那么一个人，我没有见过，他的事是我的继母告诉我的，但陈小手并未被联军团长一枪打死。《受戒》所写的荸荠庵是有的，仁山、仁海、仁渡是有的（他们的法名是我给他们另起的），他们打牌、杀猪，都是有的，惟独小和尚明海却没有。大英子、小英子是有的。大英子还在我家带过我的弟弟。没有小和尚，则小英子和明海的恋爱当然是我编出来的。小和尚那种朦朦胧胧的爱，是我自己初恋的感情。世界上没有这样便宜的事，把一块现成的、完完整整的生活原封不动地移到纸上，就成了一篇小说。从眼中所见的生活到表现到纸上的生活，总是要变样的。我希望我的读者，特别是我的家乡人不要考证我的小说哪一篇写的是谁。如果这样索起隐来，我就会有吃不完的官司的。出于这种顾虑，有些想写的题材一直没有写，我怕所写人物或他的后代有意见。我的小说很少写坏人，原因也在此。

我的小说多写故人往事，所反映的是一个已经消逝或正在消逝的时代。我们家乡曾是一个比较封闭的小城。因为离长江不太远，自然也受了一些外来的影响。我小时看过清代不知是谁写的竹枝词，有一句"游女拖裙俗渐南"，印象很深。但是"渐南"而已，这里还保存着很多苏北的古风。我并不想引导人们向后看，去怀旧。我的小说中的感伤情绪并不浓厚。随着经济的发展，改革开放，人的伦理道德观念自然会发生变化，这是不可逆转的，也是无可奈何的事。但是在商品经济社会中保存一些传统品德，对于建设精神文明，是有好处的。我希望我的小说能起一点微薄的作用。"再使风俗淳"，这是一些表现传统文化，被称为"寻根"文学的作者的普遍用心，我想。

谨以此书献给我的家乡。

一九九二年三月二十一日

注　释

① 　本篇原载《菰蒲深处》,浙江文艺出版社,1993 年 6 月。

读 剧 小 札①

玉 堂 春

　　起解前大段反二黄前面苏三和崇公道有几句对白,苏三说:"如此老伯前去打点行李,待我辞别狱神,也好趱路",有些演员把"辞别狱神"改成了"待我辞别辞别",实在没有必要。原来的念白,让我们知道监狱里有一尊狱神,犯人起解前要拜别狱神,这是规矩。这可以使后来的观众了解一点监狱的情况,这个细节是很真实的。而且苏三的唱词是向狱神的祷告,这样苏三此时的思想情绪,她的忧虑和希望,也才有个倾诉的对象。改成"辞别辞别",跟谁辞别? 跟同监的难友? 但唱词不像和难友的交流。

　　去掉狱神,想必因为这是迷信。怎么会是迷信呢? 狱神是客观存在。这出戏并未渲染神的灵验,不是宣传迷信。五十年代改戏,往往有这种简单化的做法,一提到神、鬼,就一刀切掉,结果是损伤了生活的真实。

　　起解唱词好像有点前后矛盾。"苏三离了洪洞县,将身来在大街前",已经离了洪洞县了,怎么又来在大街前呢? 前面唱过"离了洪洞县"了,后面怎么又唱"低头出了洪洞县境"? 只能这样解释:"离了洪洞县"是离了洪洞县衙,后面"低头出了洪洞县境"是出了洪洞县城。大街是十字街,这样苏三才能跪在当街,求人带信给王金龙。出了城,来往的人少了,崇公道才能给苏三把刑枷去掉。这是合理的。洪洞县在太原南面,苏三、崇公道出的是洪洞县北门。我曾到洪洞县看过(假定苏三故事是出在洪洞县的），地理方向大致不错。

流水板唱词有两句:"人言洛阳花似锦,偏我来时不逢春"很多人不解所谓。这里不是洛阳,也没有花。这是罗隐的诗。苏三唱此,只是说不凑巧而已。罗隐诗很通俗,苏三读过或唱过,即景生情,移用成句,是有可能的。

西皮慢板第三四句的唱词原来是"想当初在院中缠头似锦"改成了"艰苦受尽"。"缠头似锦"和"罪衣罪裙"是今昔对比。"艰苦受尽"和"罪衣罪裙"在意思上是一顺边。改戏的人大概以为凡是妓女,都是很"艰苦"的,但是玉堂春是身价很高的名妓呀! 或者以为苏三不应该留恋过去的生活,她应该控诉旧社会!

"玉堂春"("三堂会审")是一场非常别致的戏。京剧编剧有两大忌讳。一是把演过的情节再唱一遍,行话叫做"倒粪";一是没有动作,光是一个人没完没了地唱。"玉堂春"敢冒不韪,知难而进。苏三把过去的事情从头至尾历数了一遍。唱词层次非常清楚。唱腔和唱词情绪非常吻合。这场戏运用了西皮的全部板式,起伏跌宕,有疾有徐,极为动听。"玉堂春"和"四郎探母"的唱腔是京剧唱腔的两大杰作。苏三的外部动作不多,但是内心活动很丰富。整场戏就是一个人跪在下面唱,三个问官坐在上面听,但是四个人都随时在交流,一丝不懈。这样的处理,在全世界的戏剧中实为仅见。戏曲十分重视演员和观众的交流。这场戏有一个聪明的调度——"脸朝外跪"。本来朝上回话,哪有背向问官的道理呢? 这是为了使观众听得真凿,看得清楚。这跟"四郎探母"的"打坐向前"是一个道理。无缘无故的,叫丫环打坐向前干什么?

"玉堂春"有两句白和唱:"头一个开怀是哪一个?"——"十六岁开怀是那王……王公子"。有人把"开怀"改成了"结交"。这是干什么? "开怀"是妓院里的行话,也并不"牙碜"。下面还有两句唱"不顾腌臜怀中抱,在神案底下叙一叙旧情"。一个演员唱这出戏,把这两句删掉了,想是因为这是黄色。一个妓女这样表达感情,是很自然的。只要演唱得不过于绘形绘色,我看没有什么不可以。

"玉堂春"是谁改的？可能是朱熹。

四 进 士

两个差人受田伦之命到信阳州道台衙门顾读处下书行贿,住在宋士杰店中。宋士杰偷拆了书信,套写在衣襟之上。第二天早晨,差人起来,跟宋士杰说:"跟您借一样东西",宋士杰接口就说:"敢莫是坛子?"旧时行贿,不能大明大白把银子送去,多是把银子放在酒坛里,装着送的是酒,好遮人耳目。这一套,宋士杰门儿清,所以立即就问:"敢莫是坛子?"这一细节,表现出宋士杰对官场积弊了如指掌,是个成了精的老吏。两个差人回了一句:"你倒是老在行!"这里,差人应该有点表演,先表现出惊愕,再表现心照不宣。宋士杰微微一笑。这样这个细节才突出。通常演出,差人无表情,只是平平说过。这样这个细节就"兀突"了。演差人的两个丑角大概也不知道这是什么意思。剧作者表现宋士杰的性格的这一小小闲笔也就被观众忽略了,可惜!

顾读的师爷上场念了一副对子:"清早起来冷嗖嗖,吃了泡饭热呵呵"。许多演师爷的丑角演员只是随师傅照葫芦画瓢地念,不知念的是什么。师爷是绍兴人,念的是绍兴话。早上起来吃泡饭,这也很有绍兴特点。师爷拿走田伦贿赂顾读的银子,唱了两句:"三百两银子到我手,管他丢官不丢官!"曲调是绍兴高调。从前上海有个专演师爷的丑,唱这两句绍兴味很足。这位演员在下场前还有几句念白:"我拿了银子回家去卖霉干菜去哉!"霉干菜是绍兴特产,上海人多知道,所以听了都大笑。北京观众无此反应。

从前唱丑的都要会说几种方言。比如"荡湖船"是要念苏白的。后来唱丑的大都不会了。只有"打砂锅"还念山西话,"野猪林"里的解差说山东话。丑应该会说几个省的方言,否则叫什么丑呢。

一九九二年三月二十二日

注　释

① 本篇原载《新剧作》1992 年第三期；初收《汪曾祺全集》第五卷，北京师范
大学出版社，1998 年 8 月。

四 川 杂 忆①

四川是个好地方

四川的气候好,多雾,雾养百谷;土好,不需要怎么施肥。在一块岩石上甩几坨泥巴,硬是能长出一片胡豆。这不是夸张想象,是亲眼目睹。我们剧团的一个演员在汽车里看到这奇特情景,招呼大家:"快来看! 石头上长蚕豆!"

成　　都

在我到过的城市里,成都是最安静,最干净的。在宽平的街上走走,使人觉得很轻松,很自由。成都人的举止言谈都透着悠闲。这种悠闲似乎脱离了时代。以致何其芳在抗日战争时期觉得这和抗战很不协调,写了一首长诗:《成都,让我来把你摇醒》。

成都并不总是似睡不醒的。"文化大革命"中也很折腾了一气。我60年代初、70年代、80年代,都到过成都。最后一次到成都,成都似乎变化不大,但也留下一些"文化大革命"的痕迹。最明显的原来市中心的皇城叫刘结挺、张西挺炸掉了。当时写了一首诗:

柳眠花重雨丝丝,

劫后成都似旧时。

独有皇城今不见,

刘张霸业使人思。

武侯祠大概不是杜甫曾到过的武侯祠了,似乎也不见霜皮溜雨、黛色参天的古柏树,但我还是很喜欢现在的武侯祠。武侯祠气象森然,很能表现武侯的气度。这是我所到过的祠堂中最好的。这是一个祠,不是庙,也不是观,没有和尚气、道士气。武侯塑像端肃,面带深思。两廊配享的蜀之文武大臣,武将并不剑拔弩张,故作威猛,文臣也不那么飘逸有神仙气,只是一些公忠谨慎的国之干城,一些平常的"人"。武侯祠的楹联多为治蜀的封疆大员所撰写,不是吟风弄月的名士所写,这增加了祠的典重。毛主席十分欣赏的那副长联:"能攻心则反侧自消,从古知兵非好战;不审势即宽严皆误,后来治蜀要深思",确实写得很得体,既表现了武侯的思想,也说出撰联大臣的见识。在祠堂对联中,可算得是写得最好的。

我不喜欢杜甫草堂,杜甫的遗迹一点也没有,为秋风所破的茅屋在哪里? 老妻画纸,稚子敲针在什么地方? 杜甫在何处看见细雨鱼儿出,微风燕子斜? 都无从想象。没有桤木,也没有大邑青瓷。

眉　　山

三苏祠即旧宅为祠。东坡文云:"家有五亩之园",今略广,占地约八亩。房屋疏朗,三径空阔,树木秀润。因为是以宅为祠,使人有更多的向往。廊子上有一口井,云是苏氏旧物,现在还能打得上水来。井以红砂石为栏,尚完好。大概苏家也不常用这个口,否则,红砂石石质疏松,是会叫井绳磨出道道的。园之右侧有花坛,种荔枝一棵。据说东坡离家时,乡人栽了一棵荔枝,要等他回来吃。苏东坡流谪在外,终于没有吃到家乡的荔枝。东坡酷嗜荔枝,日啖三百颗,但那是广东荔枝。从海南望四川,连"青山一发"也看不见。"不辞长作岭南人",其言其实是酸苦的。当年乡人所种的荔枝,早已枯死,后来补种了几次。现存的这一棵据说是明代补种的,也已经半枯了,正在设法抢救。祠中有个陈列室,搜集了苏东坡集的历代版本,平放在玻璃橱里。这一设计很能表现四川人的文化素养。

离眉山,往乐山,车中得诗:

当日家园有五亩,
至今文字重三苏。
红栏旧井犹堪汲,
丹荔重栽第几株?

乐　山

大佛的一只手断掉了,后来补了一只。补得不好,手太长,比例不对。又耷拉着,似乎没有筋骨。一时设计不到,造成永久的遗憾。现在没有办法了,又不能给他做一次断手再植的手术,只好就这样吧。

走尽石级,将登山路,迎面有摩崖一方,是司马光的字。司马光的字我见过他写给修《资治通鉴》的局中同人的信,字方方的,笔画颇细瘦。他的大字我还没有见过,字大约七八寸,健劲近似颜体。文曰:

登山亦有道徐行则不蹶　司马光

我每逢登山,总要想起司马光的摩崖大字。这是见道之言,所说的当然不只是登山。

洪　椿　坪

峨嵋山风景最好的地方我以为是由清音阁到洪椿坪的一段山路。一边是山,竹树层叠,蒙蒙茸茸。一边是农田。下面是一条溪,溪水从大大小小黑的、白的、灰色的石块间夺路而下,有时潴为浅潭,有时只是弯弯曲曲的涓涓细流,听不到声音。时时飞来一只鸟,在石块上落定,不停地撅起尾巴。撅起,垂下,又撅起……它为什么要这样?鸟黑身白颊,黑得像墨,不叫。我觉得这就是鲁迅小说里写的张飞鸟。

洪椿坪的寺名我已经忘记了。

入寺后,各处看看。两个五台山来的和尚在后殿拜佛。

这两个和尚我们在清音阁已经认识，交谈过。一个较高，清瘦清瘦的。他是保定人，原来是做生意的，娶过妻，夫妻感情很好。妻子病故，他万念俱灰，四处漫游，到了五台山，就出了家。另一个黑胖结实，完全像一个农民，他原来大概也就是五台山下的农民。他们发愿朝四大名山。已经朝过普陀，朝过峨嵋之后，还要去朝九华山。五台山是本山，早晚可以拜佛，不需跋山涉水。他们的食宿旅费是自筹的。和尚每月有一点生活费，积攒了几年，才能完成夙愿。

进庙先拜佛，得拜一百八十拜。那样五体投地地拜一百八十拜，要叫我拜，非拜晕了不可。正在拜着，黑胖和尚忽然站起来飞跑出殿。原来他一时内急，憋不住了，要去如厕。排便之后，整顿衣裤，又接着拜。

晚饭后，在走廊上和一个本庙的和尚闲聊。我问他和尚进庙是不是都要拜一百八十拜。他说都要拜的。"我们到人家庙里，还不是一样要拜！"同时聊天的有几个小青年。一个小青年问："你吃不吃肉？"他说："肉还是要吃的。""喝不喝酒？""酒还是要喝的。"我没想到他如此坦率，他说，"文化大革命"把他们赶下山去，结了婚，生了孩子，什么规矩也没有了。不过庙里的小和尚是不许的。这个和尚四十多岁。天热，他褪下一只僧鞋，把不著鞋的脚在膝上架成二郎腿。他穿的是黄色僧鞋，袜子却是葡萄灰的尼龙丝袜。

两个五台山的和尚天不亮去朝金顶，等我们吃罢早餐，他们已经下来了。保定和尚说他们看到普贤的法相了，在金顶山路转弯处，普贤骑在白象上，前面有两行天女。起先只他一个人看见，他（那个黑胖和尚）看不见，他心里很着急。后来他也看见了。他告诉我们他们在普陀也看到了观音的法相，前面一队白孔雀。保定和尚说："你们是唯物主义者，我们是唯心主义者，我们的话你们不会相信。不过我们干嘛要骗你们？"

下清音阁，我们要去宾馆，两位和尚要去九华山，遂分手。

北　温　泉

为了改《红岩》剧本,我们在北温泉住了十来天。住数帆楼。数帆楼是一个小宾馆,只两层,房间不多,全楼住客就是我们几个人。数帆楼廊子上一坐,真是安逸。楼外是竹丛,如张岱所常说的:"人面一绿"。竹外即嘉陵江。那时嘉陵江还没有被污染,水是碧绿的。昔人诗云:"嘉陵江水女儿肤,比似春莼碧不殊",写出了江水的感觉。听罗广斌说:艾芜同志在廊上坐下,说:"我就是这里了!"不知怎么这句话传成了是我说的,"文化大革命"中我曾因为这句话而挨斗过。我没有分辩,因为这也是我的感受。

北温泉游人极少,花木欣荣,凫鸟自乐。温泉浴池门开着,随时可以洗。

引温泉水为渠,渠中养非洲鲫鱼。这是个好主意。非洲鲫鱼肉细嫩,唯恨刺多。每顿饭几乎都有非洲鲫鱼,于是我们每顿饭都带酒去。

住数帆楼,洗温泉浴,饮泸州大曲或五粮液,吃非洲鲫鱼,"文化大革命"不斗这样的人,斗谁?

新　　都

新都有桂湖,湖不大,环湖皆植桂,开花时想必香得不得了。

桂湖上有杨升庵祠。祠不大,砖墙瓦顶,无藻饰,很朴素。祠内有当地文物数件。壁上嵌黑石,刻黄氏夫人"雁飞曾不到衡阳"诗,不知是不是手迹。

祠中正准备为杨升庵立像,管理处的负责同志让我们看了不少塑像小样,征求我们的意见。我没有说什么。我是不大赞成给古代的文人造像的。都差不多。屈原、李白、杜甫,都是一个样。在三苏祠后面看了苏东坡倚坐饮酒的石像,我实在不能断定这是苏东坡还是李白。杨升庵是什么长相? 曾见陈老莲绘升庵醉后图,插花满头,是个相当魁伟的胖子。陈老莲的画未见得有什么根据。即使有一点根据,在桂湖之侧树一胖人的像,也不大好看。

我倒觉得升庵祠可以像三苏祠一样辟一间陈列室,搜集升庵著作的各种版本放在里面。

杨升庵著作甚多,有七十几种。有人以为升庵考证粗疏,有些地方是臆断。我觉得这毕竟是个很有才华,很有学问的人,而且遭遇很不幸,值得纪念。

曾有题升庵祠诗:

> 桂湖老桂弄新姿,
> 湖上升庵旧有祠。
> 一种风流谁得似,
> 状元词曲罪臣诗。

大　足

云岗石刻古朴浑厚,龙门石刻精神饱满。云岗、龙门的颜色是灰黑色,石质比较粗疏,易风化。云岗风化得很利害,龙门石佛的衣纹也不那么清晰了。云岗是北魏的,龙门是唐代的。大足石刻年代较晚,主要是宋刻。石质洁白坚致,极少磨损,刻工风格也与云岗、龙门迥异,其特点是清秀潇洒,很美,一种人间的美,人的美。

有人说佛像都是没有性别的、是中性的,分不出是男是女。也许是这样吧。更恰切地说,佛有点女性美。大足普贤像被称为"东方的维纳斯",其实是不准确的。维纳斯就是西方的,她的美是西方的美。普贤是东方的,他的美是东方的美。普贤是男性(不像观音似的曾化为女身),咋会是维纳斯呢?不过普贤确实有点女性,眉目恬静,如好女子。他戴着花冠,尤易让人误会。

"媚态观音"像一个腰肢婀娜的舞女。不过"媚态"二字不大好,说得太露了。

"十二圆觉"衣带静垂,但让人觉得圆觉之间,有清风滚动。这组群像的构思有点特别,强调同,而不强调异。十二尊像的相貌、衣著、坐态几乎是一样的。他们都在沉思,但仔细看看,觉得他们各有会心,神情微异。唯此小异,乃成大同,形成一个整体。十二圆觉的门的上面凿出横方窗洞,以受日光,故室内并不昏暗。流泉一道,涓涓下注,流出室外,使空气长新。当初设计,极具匠心。

我见过很多千手观音,都不觉得怎么美。一个人肩背上长出许多胳臂和手,总是不自然。我见过最大的也是最好的千手观音,是承德外八庙的有三层楼高的那一尊。这尊很高的千手观音的好处是胳臂安得比较自然。大足的千手观音我以为是个奇迹。那么多只手(共一千零七只),可是非常自然。这些手是怎样从观音身上长出来的,完全没有交待,只见观音身后有很多手。因为没法交待,所以干脆不交待,这办法太聪明了!但是,你又觉得这确实都是观音的手,菩萨的手。这些手各具表情,有的似在召唤,有的似在指点,有的似在给人安慰……这是富于人性的手。这具千手观音的美学特点是把规整性和随意性结合了起来。石刻,当然是要经过周密的设计的,但是错落参差,不作呆板的对称。手共一千零七只,是个单数,即此可见其随意性。

释迦牟尼涅槃像(俗谓卧佛),佛的面部极为平静,目微睁(常见卧佛合目如甜睡),无爱无欲,无死无生,已寂灭一切烦恼,圆满一切功德,至最高境界。佛像很大,长三十余米,但只刻了佛的头部和胸部,肩和手无交待,下肢伸入岩石,不知所终。佛前刻了佛弟子约十人,不是站成一排,而是有前有后,有的向左,有的向右,弟子服饰皆如中土产;有一个斜头鬈发的,似西方人。弟子面微悲戚,但不像有些通俗佛经上所说的号啕蹦踊。弟子也只露出半身,腹部以下,在石头里,也不知所终。于有限的空间造无限的境界,大足的佛涅槃像是一个杰作!

川　菜

昆明护国路和文明新街有几家四川人开的小饭馆,卖"豆花素饭"和毛肚火锅。卖毛肚的饭馆早起开门后即在门口竖出一块牌子,上写

"毛肚开堂",或简单地写两个字:"开堂"。晚上封了火,又竖出一块牌子,只写一个字:"毕",简练之至! 这大概是从四川带过来的规矩。后来我几次到四川,都不见饭馆门口这样的牌子,此风想已消失。也许乡坝头还能看到。

上海有一家相当大的饭馆,叫做"绿杨邨",以"川菜扬点"为号召。四川菜、扬州包点,确有特色。不过"绿杨邨"的川味已经淡化了。那样强烈的"正宗川味"上海人是吃不消的。

1948年我在北京沙滩北京大学宿舍里寄住了半年,常去吃一家四川小馆子,就是李一氓同志在《川菜在北京的发展》一文中提到的蒲伯英回川以后留下的他家里的厨师所开的,许倩云和陈书舫都去吃过的那一家。这家馆子实在很小,只有三四张小方桌,但是菜味很纯正。李一氓同志以为有的菜比成都的还要做得好。我其时还没有去过成都,无从比较。我们去时点的菜只是回锅肉、鱼香肉丝之类的大路菜。这家的泡菜很好吃。

川菜尚辣。我60年代住在成都一家招待所里,巷口有一个饭摊。一大桶热腾腾的白米饭,长案上有七八样用海椒拌得通红的辣咸菜。一个进城卖柴的汉子坐下来,要了两碟咸菜,几筷子就扒进了三碗"帽儿头"。我们剧团到重庆体验生活,天天吃辣,辣得大家骇怕了,有几个年轻的女演员去吃汤圆,进门就大声说:"不要辣椒!"幺师父冷冷地说:"汤圆没有放辣椒的!"川味辣,且麻。重庆卖面的小馆子的白粉墙上大都用黑漆写三个大字:"麻、辣、烫"。川花椒,即名为"大红袍"者确实很香,非山西、河北花椒所可及。吴祖光曾请黄永玉夫妇吃毛肚火锅。永玉的夫人张梅溪吃了一筷,问:"这个东西吃下去会不会死的哟?"川菜麻辣之最者大概要数水煮牛肉。川剧名旦李文杰曾请我们在政协所办的餐厅吃饭,水煮牛肉上来,我吃了一大口,把我噎得透不过气来。

四川人很会做牛肉。赵循伯曾对我说:"有一盘干煸牛肉丝,我能吃三碗饭!"灯影牛肉是一绝。为什么叫"灯影牛肉"? 有人说是肉片薄而透明,隔着牛肉薄片,可以照见灯影。我觉得"灯影"即皮影戏的人形,言其轻薄如皮影人也。《东京梦华录》有"影戏犯"就是这样的东西。宋人所说的"犯",都是干的或半干的肉的薄片。此说如可成立,则灯影牛肉已经有好几百年的历史了。

成都小吃谁都知道,不说了。"小吃"者不能当饭,如四川人所说,是"吃着玩的"。有几个北方籍的剧人去吃红油水饺,每人要了十碗,幺师父听了,鼓起眼睛。

川　剧

有一位影剧才人说过一句话:"你要知道一个人的欣赏水平高低,只要问他喜欢川剧还是喜欢越剧。"有一次我在青年艺术剧院看川剧,台上正在演《做文章》,池座的薄暗光线中悄悄进来两个人,一看,是陈老总和贺老总。那是夏天,老哥儿俩都穿了纺绸衬衫,一人手里一把芭蕉扇。坐定之后,陈老总一看邻座是范瑞娟,就大声说:"范瑞娟,你看我们的川剧怎么样啊?"范瑞娟小声说:"好!"这二位老帅看来是以家乡戏自豪的——虽然贺老总不是四川人。

川剧文学性高,像"月明如水浸楼台"这样的唱词在别的剧种里是找不出来的。

川剧有些戏很美,比如《秋江》、《踏伞》。

有些戏悲剧性强,感情强烈。如《放裴》、《刁窗》、《打神告庙》。《马踏箭射》写女人的嫉妒令人震颤。我看过阳友鹤和曾荣华的《铁笼山》,戏剧冲突如此强烈,我当时觉得这是莎士比亚!

川剧喜剧多,而且品位极高,是真正的喜剧。像《评雪辩踪》这样带抒情性的喜剧,我在别的剧种里还没有见过。别的剧种移植这出戏就失去了原来的诗意。同样,改编的《秋江》也只保存了身段动作,诗意少了。川剧喜剧的诗意跟语言密不可分。四川话是中国最生动的方言之一。比如《秋江》的对话:

陈姑:嗳!

艄翁:那么高了,还矮呀!

陈姑:唉!

　　艄翁:飞远了,按不到了!

　　不懂四川话就体会不到妙处。

　　川丑都有书卷气。李文杰告诉我,进科班学丑,先得学三年小生。这是非常有道理的。川丑不像京剧小丑那样粗俗,如北京人所说"胳肢人"或上海人所说的"硬滑稽",往往是闲中作色,轻轻一笔,使人越想越觉得好笑。比如《拉郎配》的太监对地方官宣读圣旨之后,说:"你们各自回衙理事",他以为这是在他的府第里,完全忘了这是人家的衙门。老公的颠顸胡涂真令人忍俊不禁。川剧许多丑戏并不热闹,倒是"冷淡清灵"的。像《做文章》这样的戏,京剧的丑是没法演的。《文武打》,京剧丑角会以为这不叫个戏。

　　川剧有些手法非常奇特,非常新鲜。《梵王宫》耶律含嫣和花云一见钟情,久久注视,目不稍瞬,耶律含嫣的妹妹(?)把他们两人的视线拉在一起,拴了个扣儿,还用手指在这根"线"上嘣嘣嘣弹三下。这位小妹捏着这根"线"向前推一推,耶律含嫣和花云的身子就随着向前倾,把"线"向后拖一拖,两人就朝后仰。这根"线"如此结实,实是奇绝! 耶律含嫣坐车,她觉得推车的是花云,回头一看,不是! 是个老头子,上唇有一撮黑胡子。等她扭过头,是花云! 车夫是演花云的同一演员扮的。这撮小胡子可以一会出现,一会消失(胡子消失是演员含进嘴里了)。用这样的方法表现耶律含嫣爱花云爱得精神恍惚,瞧谁都像花云。耶律含嫣的心理状态不通过旦角的唱念来表现,却通过车夫的小胡子变化来表现,化抽象为具象,这种手法,除了川剧,我还没有见过,而且绝对想不出来。想出这种手法的,能不说他是个天才么?

　　有人说中国戏曲比较接近布莱希特体系,主要指中国戏曲的"间离效果"。我觉得真正有意识的运用"间离效果"的是川剧。川剧不要求观众完全"入戏",保持清醒,和剧情保持距离。川剧的帮腔在制造"间离效果"上起了很大作用。帮腔者常常是置身局外的旁观者。我曾在重庆看过一出戏(剧名已忘),两个奸臣在台上对骂,一个说:"你混蛋!"另一个说:"你混蛋!"帮腔的高声唱道:"你两个都混蛋喏……"

他把观众对俩人的评论唱出来了！

一九九二年四月六日

注　释

① 　本篇原载《四川文学》1992 年第八期；初收《草花集》，成都出版社，1993 年
9 月。

故乡的野菜①

荠菜。荠菜是野菜,但在我的家乡却是可以上席的。我们那里,一般的酒席,开头都有八个凉碟,在客人入席前即已摆好。通常是火腿、变蛋(松花蛋)、风鸡、酱鸭、油爆虾(或呛虾)、蚶子(是从外面运来的,我们那里不产)、咸鸭蛋之类。若是春天,就会有两样应时凉拌小菜:杨花萝卜(即北京的小水萝卜)切细丝拌海蜇,和拌荠菜。荠菜焯过,碎切,和香干细丁同拌,加姜米,浇以麻酱油醋,或用虾米,或不用,均可。这道菜常抟成宝塔形,临吃推倒,拌匀。拌荠菜总是受欢迎的,吃个新鲜。凡野菜,都有一种园种的蔬菜所缺少的清香。

荠菜大都是凉拌,炒荠菜很少人吃。荠菜可包春卷,包圆子(汤团)。江南人用荠菜包馄饨,称为菜肉馄饨,亦称"大馄饨"。我们那里没有用荠菜包馄饨的。我们那里的面店中所卖的馄饨都是纯肉馅的馄饨,即江南所说的"小馄饨"。没有"大馄饨"。我在北京的一家有名的家庭餐馆吃过这一家的一道名菜:翡翠蛋羹。一个汤碗里一边是蛋羹,一边是荠菜,一边嫩黄,一边碧绿,绝不混淆,吃时搅在一起。这种讲究的吃法,我们家乡没有。

枸杞头。春天的早晨,尤其是下了一场小雨之后,就可听到叫卖枸杞头的声音。卖枸杞头的多是附郭近村的女孩子,声音很脆,极能传远:"卖枸杞头来!"枸杞头放在一个竹篮子里,一种长圆形的竹篮,叫做元宝篮子。枸杞头带着雨水,女孩子的声音也带着雨水。枸杞头不值什么钱,也从不用秤约,给几个钱,她们就能把整篮子倒给你。女孩子也不把这当做正经买卖,卖一点钱,够打一瓶梳头油就行了。

自己去摘,也不费事。一会儿工夫,就能摘一堆。枸杞到处都是。我的小学的操场原是祭天地的空地,叫做"天地坛"。天地坛的四边围墙的墙根,长的都是这东西。枸杞夏天开小白花,秋天结很多小红果子,即枸杞子,我们小时候叫它"狗奶子",因为很像狗的奶子。

枸杞头也都是凉拌,清香似尤甚于荠菜。

蒌蒿。小说《大淖记事》:"春初水暖,沙洲上冒出很多紫红色的芦芽和灰绿色的蒌蒿,很快就是一片翠绿了。"我在书页下面加了一条注:"蒌蒿是生于水边的野草,粗如笔管,有节,生狭长的小叶,初生二寸来高,叫做'蒌蒿薹子',加肉炒食极清香。……"蒌蒿,字典上都注"蒌"音楼,蒿之一种,即白蒿。我以为蒌蒿不是蒿之一种,蒌蒿掐断,没有那种蒿子气,倒是有一种水草气。苏东坡诗:"蒌蒿满地芦芽短",以蒌蒿与芦芽并举,证明是水边的植物,就是我的家乡所说"蒌蒿薹子"。"蒌"字我的家乡不读楼,读吕。蒌蒿好像都是和瘦猪肉同炒,素炒好像没有。我小时候非常爱吃炒蒌蒿薹子。桌上有一盘炒蒌蒿薹子,我就非常兴奋,胃口大开。蒌蒿薹子除了清香,还有就是很脆,嚼之有声。

荠菜、枸杞我在外地偶尔吃过,蒌蒿薹子自十九岁离乡后从未吃过,非常想念。去年我的家乡有人开了汽车到北京来办事,我的弟妹托他们带了一塑料袋蒌蒿薹子来,因为路上耽搁,到北京时已经焐坏了。我挑了一些还不太烂的,炒了一盘,还有那么一点意思。

马齿苋。中国古代吃马齿苋是很普遍的,马苋与人苋(即红白苋菜)并提。后来不知怎么吃的人少了。我的祖母每年夏天都要摘一些马齿苋,晾干了,过年包包子。我的家乡普通人家平常是不包包子的,只有过年才包,自己家里人吃,有客人来蒸一盘待客。不是家里人包的,一般的家庭妇女不会包,都是备了面、馅,请包子店里的师傅到家里做,做一上午,就够正月里吃了。我的祖母吃长斋,她的马齿苋包子只有她自己吃。我尝过一个,马齿苋有点酸酸的味道,不难吃,也不好吃。

马齿苋南北皆有。我在北京的甘家口住过,离玉渊潭很近,玉渊潭马齿苋极多。北京人叫做马苋儿菜,吃的人很少。养鸟的拔了喂画眉。据说画眉吃了能清火。画眉还会有"火"么?

莼菜。第一次喝莼菜汤是在杭州西湖的楼外楼,1948年4月。这以前我没有吃过莼菜,也没有见过。我的家乡人大都不知莼菜为何物。但是秦少游有《以莼姜法鱼糟蟹寄子瞻》诗,则高邮原来是有莼菜的。诗最后一句是"泽居备礼无麋鹿",秦少游当时盖在高邮居住,送给苏东坡的是高邮的土产。高邮现在还有没有莼菜,什么时候回高邮,我得调查调查。

明朝的时候,我的家乡出过一个散曲作家王磐。王磐字鸿渐,号西楼,散曲作品有《西楼乐府》。王磐当时名声很大,与散曲大家陈大声并称为"南曲之冠"。王西楼还是画家。高邮现在还有一句歇后语:"王西楼嫁女儿——画(话)多银子少。"王西楼有一本有点特别的著作:《野菜谱》。《野菜谱》收野菜五十二种。五十二种中有些我是认识的,如白鼓钉(蒲公英)、蒲儿根、马栏头、青蒿儿(即茵陈蒿)、枸杞头、野豌豆、蒌蒿、荠菜儿、马齿苋、灰条。江南人重马栏头。小时读周作人的《故乡的野菜》,提到儿歌:"荠菜马栏头,姐姐嫁在后门头",很是向往,但是我的家乡是不大有人吃的。灰条的"条"字,正字应是"藋",通称灰菜。这东西我的家乡不吃。我第一次吃灰菜是在一个山东同学的家里,蘸了稀面,蒸熟,就烂蒜,别具滋味。后来在昆明黄土坡一中学教书,学校发不出薪水,我们时常断炊,就㧅了灰菜来炒了吃。在北京我也摘过灰菜炒食。有一次发现钓鱼台国宾馆的墙外长了很多灰菜,极肥嫩,就弯下腰来摘了好些,装在书包里。门卫发现,走过来问:"你干什么?"他大概以为我在埋定时炸弹。我把书包里的灰菜抓出来给他看,他没有再说什么,走开了。灰菜有点碱味,我很喜欢这种味道。王西楼《野菜谱》中有一些,我不但没有吃过,见过,连听都没听说过,如:"燕子不来香"、"油灼灼"……

《野菜谱》上图下文。图画的是这种野菜的样子,文则简单地说这种野菜的生长季节,吃法。文后皆系以一诗,一首近似谣曲的小乐府,都是借题发挥,以野菜名起兴,写人民疾苦。如:

眼 子 菜

眼子菜,如张目。年年盼春怀布谷,犹向秋来望时熟。何事频年倦不开,愁看四野波漂屋。

猫 耳 朵

猫耳朵,听我歌,今年水患伤田禾,仓廪空虚鼠弃窝,猫兮猫兮将奈何!

江 荠

江荠青青江水绿,江边挑菜女儿哭。爷娘新死兄趁熟,止存我与妹看屋。

抱 娘 蒿

抱娘蒿,结根牢,解不散,如漆胶。君不见昨朝儿卖客船上,儿抱娘哭不肯放。

这些诗的感情都很真挚,读之令人酸鼻。我的家乡本是个穷地方,灾荒很多,主要是水灾,家破人亡,卖儿卖女的事是常有的。我小时就见过。现在水利大有改进,去年那样的特大洪水,也没死一个人,王西楼所写的悲惨景象不复存在了。想到这一点,我为我的家乡感到欣慰。过去,我的家乡人吃野菜主要是为了度荒,现在吃野菜则是为了尝新了。喔,我的家乡的野菜!

一九九二年四月十四日

注 释

① 本篇原载《钟山》1992 年第三期;初收《汪曾祺散文随笔选集》,沈阳出版社,1993 年 6 月。

《汪曾祺小品》自序①

　　我没有想过把我写的非小说散文归一归类，没想过哪些算是小品文，哪些不算。我在写作的时候，思想里甚至没有浮现过"小品文"这个名词。什么是"小品文"，也很难界定。

　　提起"小品文"很容易让人想起"晚明小品"。"晚明小品"是特定的历史时期的产物，是一种文化现象、社会现象，反映了明季的知识分子的心态。其次才是在文体方面的影响。我们现在说"晚明小品"，多着重在其文体，其实它的内涵要更深更广得多。我们今天所说的"小品"和"晚明小品"有质的不同。可以说"小品文"这个概念不是从"晚明小品"沿袭来的。西班牙的阿左林的一些充满人生智慧的短文，其实是诗，虽然也叫做小品。现在所说的"小品文"的概念是从英国的Essay移植过来的。Essay亦称"小论文"，是和严肃的学术著作相对而言的。小品文对某个现象，某种问题表示一定的见解。《辞海》说小品文往往"夹叙夹议的讲一些道理"是对的。这些见解不一定深刻，但一定要是个人的见解。我现在就按照这样的标准来编选这本书。

　　我没有研究过现代文学史，但觉得小品文在中国的名声似乎不那么好。其罪名是悠闲。中国现代小品文的兴起，大概是在三十年代。其时正是强邻虎视，国事蜩螗的时候，悠闲总是不好。悠闲使人脱离现实，使人产生消极的隐逸思想。有人为之辩护，说这是"寄沉痛于悠闲"，骨子里是积极的，是有所不为的。这自然也有道理。但是总还是悠闲。其实悠闲并没有什么错，即使并不寄寓沉痛。因为怕被人扣上悠闲的帽子，四十年代写小品文的就不多，五十年代简直就没有什么人写了。"小品文"一直带着洗不清的泥渍，若隐若现。小品文的重新"崛起"，是近十年的事。这是因为什么呢？

小品文崛起这个文学现象,是和另一个更大的文学现象,即散文的振兴密不可分的。小品文是散文的组成部分,如果其他散文体裁不兴旺,只是小品文一枝独秀,是不可能的。为什么读者对散文感兴趣?我在《蒲桥集》再版后记中说:"这大概有很深刻、很复杂的社会原因和文学原因。生活的不安定是一个原因。喧嚣扰攘的生活使大家的心情变得很浮躁,很疲劳,活得很累,他们需要休息,'民亦劳止,汔可小休',需要安慰,需要一点清凉,一点宁静,或者像我以前说过的那样,需要'滋润'。"小品文可以使读者得到一点带有文化气息的,健康的休息。小品文为人所爱读,也许正因为悠闲。小品文可以使读者增长一点知识,虽然未必有用。至于其中所讲的"道理",当然是可听可不听的。

在小品文的作者自己,是可以有点事做。独居终日,无所事事,总不是事。写写小品文,对宇宙万汇,胡思乱想一气,可以感觉到自己像个人似的活着,感到自己的存在。写小品文对自己的思想是个磨练,流水不腐,可以避免思想僵化。人不可懒,尤其不可懒于思想,如果能保持对事物的新鲜感,思想敏锐,亦是延年却老之一法。人是得有点事做,孔子曰:"不有博弈者乎,为之犹贤乎已"。另外,为了写小品文,有时就得翻翻资料,读一点书。朱光潜先生曾说过:为了写文章而读书,比平常读书,可以读得更深,是经验之谈。朱自清先生曾把他的书斋命名为"犹贤博弈斋",魏建功先生曾名他的书斋为"学无不暇簃"。学无不暇,贤于博弈,是我写小品文的态度。

是为序。

一九九二年四月二十二日

注　释

① 本篇原载《汪曾祺小品》,中国人民大学出版社,1992 年 10 月。

蚕　　豆①

北京快有新蚕豆卖了。

我小时吃蚕豆，就想过这个问题：为什么叫蚕豆？到了很大的岁数，才明白过来：因为这是养蚕的时候吃的豆。我家附近没有养蚕的，所以联想不起来。四川叫胡豆，我觉得没有道理。中国把从外国来的东西每冠之以胡、番、洋，如番茄、洋葱。但是蚕豆似乎是中国本土早就有的，何以也加一"胡"字？四川人也有写作"葫豆"的，也没有道理。葫是大蒜。这种豆和大蒜有什么关系？也许是因为这种豆结荚的时候也正是大蒜结球的时候？这似乎也勉强。小时候读鲁迅的文章，提到罗汉豆，叫我好一阵猜，想象不出是怎样一种豆。后来才知道，嗐，就是蚕豆。鲁迅当然是知道全国大多数地方是叫蚕豆的，偏要这样写，想是因为这样写才有绍兴特点，才亲切。

蚕豆是很好吃的东西，可以当菜，也可以当零食。各种做法，都好吃。

我的家乡，嫩蚕豆连内皮炒。或加一点碎切的咸菜，尤妙。稍老一点，就剥去内皮炒豆瓣。有时在炒红苋菜时加几个绿蚕豆瓣，颜色既鲜明，也能提味。有一个女同志曾在我家乡的乡下落户，说房东给她们做饭时在鸡蛋汤里放一点蚕豆瓣，说是非常好吃。这是乡下吃法，城里没有这么做的。蚕豆老了，就连皮煮熟，加点盐，可以下酒，也可以白嘴吃。有人家将煮熟的大粒蚕豆用线穿成一挂佛珠，给孩子挂在脖子上，一颗一颗地剥了吃，孩子没有不高兴的。

江南人吃蚕豆与我乡下大体相似。上海一带的人把较老的蚕豆剥去内皮，重油炒成蚕豆泥，好吃。用以佐粥，尤佳。

四川、云南吃蚕豆和苏南、苏北人亦相似。云南季节似比江南略早。前年我随作家访问团到昆明,住翠湖宾馆。吃饭时让大家点菜。我点了一个炒豌豆米,一个炒青蚕豆,作家下箸后都说"汪老真会点菜!"其时北方尚未见青蚕豆,故觉得新鲜。

北京人是不大懂吃新鲜蚕豆的。北京人爱吃扁豆、豇豆,而对蚕豆不赏识。因为北京很少种蚕豆,蚕豆不能对北京人有鲁迅所说的"蛊惑"。北京的蚕豆是从南方运来的,卖蚕豆的也多是南方人。南豆北调,已失新鲜,但毕竟是蚕豆。

蚕豆到"落而为箕",晒干后即为老蚕豆。老蚕豆仍可做菜。老蚕豆浸水生芽,江南人谓之"发牙豆",加盐及香料煮熟,是下酒菜。我的家乡叫"烂蚕豆",北京人加一个字,叫做"烂和蚕豆"。我在民间文艺研究会工作的时候,在演乐胡同上班,每天下班都见一个老人卖烂和蚕豆。这老人至少有七十大几了,头发和两腮的短髭都已经是雪白的了。他挎着一个腰圆的木盆,慢慢地从胡同这头走到那头,哑声吆喝着:"烂和蚕豆……"后来老人不知得了什么病,头抬不起来,但还是折倒了颈子,埋着头,卖烂和蚕豆,只是不再吆喝了。又过些日子,老人不见了。我想是死了。不知道为什么,我每次吃烂和蚕豆,总会想起这位老人。我想的是什么呢:人的生活啊……

老蚕豆可炒食。一种是水泡后砂炒的,叫"酥蚕豆"。我的家乡叫"沙蚕豆"。一种是以干豆入锅炒的,极硬,北京叫"铁蚕豆"。非极好牙口,是吃不了铁蚕豆的。北京有歇后语:"老太太吃铁蚕豆——闷了。"我想没有哪个老太太会吃铁蚕豆,一颗铁蚕豆闷软和了,得多长时间!我的老师沈从文先生在中老胡同住的时间,每天有一个骑着自行车卖铁蚕豆的从他的后墙窗外经过,吆喝"铁蚕豆"……这人是个中年汉子,是个出色的男高音,他的声音不但高、亮、打远,而且尾音带颤。其时沈先生正因为遭受迫害而精神紧张,我觉得这卖铁蚕豆的声音也会给他一种压力,因此我忘不了铁蚕豆。

蚕豆作零食,有:

入水稍泡、油炸。北京叫"开花豆"。我的家乡叫"兰花豆",因为炸之前在蚕豆嘴上剁一刀,炸后豆瓣四裂,向外翻开,形似兰花。

上海老城隍庙奶油五香豆。

苏州有油酥豆板,乃以绿蚕豆瓣入油炸成。我记得从前的油酥豆板是洒盐的,后来吃的却是裹了糖的,没有加盐的好吃。

四川北碚的怪味胡豆味道真怪,酥,脆,咸,甜,麻,辣。

蚕豆可作调料。作川味菜离不开郫县豆瓣,我家里郫县豆瓣是周年不缺的。

北京就快有青蚕豆卖了,谷雨已经过了。

注 释

① 本篇原载《旅潮》1992 年七、八月号;以《食豆饮水斋闲笔》为题,初收《汪曾祺全集》第五卷,北京师范大学出版社,1998 年 8 月。

食豆饮水斋闲笔[①]

豌　　豆

　　在北市口卖熏烧炒货的摊子上，和我写的小说《异秉》里的王二的摊子上，都能买到炒豌豆和油炸豌豆。二十文（两枚当十的铜元）即可买一小包，洒一点盐，一路上吃着往家里走。到家门口，也就吃完了。

　　离我家不远的越塘旁边的空地上，经常有几副卖零吃的担子。卖花生糖的。大粒去皮的花生仁，炒熟仍是雪白的，平摊在抹了油的白石板上，冰糖熬好，均匀地浇在花生米上，候冷，铲起。这种花生糖晶亮透明，不用刀切，大片，放在玻璃匣里，要买，取出一片，现约，论价。冰糖极脆，花生很香。卖豆腐脑的。我们那里的豆腐脑不像北京浇口蘑渣羊肉卤，只倒一点酱油、醋，加一滴麻油——用一只一头缚着一枚制钱的筷子，在油壶里一蘸，滴在碗里，真正只有一滴。但是加很多样零碎佐料：小虾米、葱花、蒜泥、榨菜末、药芹末——我们那里没有旱芹，只有水芹即药芹，我很喜欢药芹的气味。我觉得这样的豆腐脑清清爽爽，比北京的勾芡的黏黏糊糊的羊肉卤的要好吃。卖糖豌豆粥的。香粳晚米和豌豆一同在铜锅中熬熟，盛出后加洋糖（绵白糖）一勺。夏日于柳阴下喝一碗，风味不恶。我离乡五十多年，至今还记得豌豆粥的香味。

　　北京以豌豆制成的食品，最有名的是"豌豆黄"。这东西其实制法很简单，豌豆熬烂，去皮，澄出细沙，加少量白糖，摊开压扁，切成5寸×3寸的长方块，再加刀割出四方小块，分而不离，以牙签扎取而食。据说这是"宫廷小吃"，过去是小饭铺里都卖的，很便宜，现在只仿膳这样的大餐馆里有了，而且卖得很贵。

夏天连阴雨天，则有卖煮豌豆的。整粒的豌豆煮熟，加少量盐，搁两个大料瓣在浮头上，用豆绿茶碗量了卖。虎坊桥有一个傻子卖煮豌豆，给的多。虎坊桥一带流传一句歇后语："傻子的豌豆——多给。"北京别的地区没有这样的歇后语。想起煮豌豆，就会叫人想起北京夏天的雨。

早年前有磕豌豆模子的。豌豆煮成泥，摁在雕成花样的木模子里，磕出来，就成了一个一个小玩意儿，小猫、小狗、小兔、小猪。买的都是孩子，也玩了，也吃了。

以上说的是干豌豆。新豌豆都是当菜吃。烩豌豆是应时当令的新鲜菜。加一点火腿丁或鸡茸自然很好，就是素烩，也极鲜美。烩豌豆不宜久煮，久煮则汤色发灰，不透亮。

全国兴起了吃荷兰豌豆也就近几年的事。我吃过的荷兰豆以厦门为最好，宽大而嫩。厦门的汤米粉中都要加几片荷兰豆，可以解海鲜的腥味。北京吃的荷兰豆都是从南方运来的。我在厦门郊区的田里看到正在生长着的荷兰豆，搭小架，水红色的小花，嫩绿的叶子，嫣然可爱。

豌豆的嫩头，我的家乡叫豌豆头，但将"豌"字读成"安"。云南叫豌豆尖，四川叫豌豆颠。我的家乡一般都是油盐炒食。云南、四川加在汤面上面，叫做"飘"或"青"。不要加豌豆苗，叫"免飘"；"多青重红"则是多要豌豆苗和辣椒。吃毛肚火锅，在涮了各种荤料后，浓汤之中推进一大盘豌豆颠，美不可言。

豌豆可以入画。曾在山东看到钱舜举的册页，画的是豌豆，不能忘。钱舜举的画设色娇而不俗，用笔稍细而能潇洒，我很喜欢。见过一幅日本竹内栖凤的画，豌豆花，叶颜色较钱舜举尤为鲜丽，但不知道为什么在豌豆前面画了一条赭色的长蛇，非常逼真。是不是日本人觉得蛇也很美？

一九九二年五月七日

绿　豆

绿豆在粮食里是最重的。一麻袋绿豆270斤,非壮劳力扛不起。

绿豆性凉,夏天喝绿豆汤、绿豆粥、绿豆水饭,可祛暑。

绿豆的最大用途是做粉丝。粉丝好像是中国的特产。外国名之曰玻璃面条。常见的粉丝的吃法是下在汤里。华侨很爱吃粉丝,大概这会引起他们的故国之思。每年国内要运销大量粉丝到东南亚各地,一律称为"龙口细粉",华侨多称之为"山东粉"。我有个亲戚,是闽籍马来西亚归侨,我在她家吃饭,她在什么汤里都必放两样东西:粉丝和榨菜。苏南人爱吃"油豆腐线粉",是小吃,乃以粉丝及豆腐泡下在冬菇扁尖汤里。午饭已经消化完了,晚饭还不到时候,吃一碗油豆腐线粉,蛮好。北京的镇江馆子森隆以前有一道菜,银丝牛肉:粉丝温油炸脆,浇宽汁小炒牛肉丝,哧拉有声。不知这是不是镇江菜。做银丝牛肉的粉丝必须是纯绿豆的,否则易于焦糊。我曾在自己家里做过一次,粉丝大概掺了不知别的什么东西,炸后成了一团黑炭。"蚂蚁上树"原是四川菜,肉末炒粉丝。有一个剧团的伙食办得不好,演员意见很大。剧团的团长为了关心群众生活,深入到食堂去亲自考察,看到菜牌上写的菜名有"蚂蚁上树",说:"啊呀,伙食是有问题,蚂蚁怎么可以吃呢?"这样的人怎么可以当团长呢?

绿豆轧的面条叫"杂面"。《红楼梦》里尤三姐说:"咱们清水下杂面,你吃我看。"或说杂面要下羊肉汤里,清水下杂面是说没有吃头的。究竟这句话是什么意思,我还不太明白。不过杂面是要有点荤汤的,素汤杂面我还没有吃过。那么,吃长斋的人是不吃杂面的?

凉粉皮原来都是绿豆的,现在纯绿豆的很少,多是杂豆的。大块凉粉则是白薯粉的。

凉粉以川北凉粉为最好,是豌豆粉,颜色是黄的。川北凉粉放很多油辣椒,吃时嘴里要嘘嘘出气。

广东人爱吃绿豆沙。昆明正义路南头近金碧路处有一家广东人开的甜品店,卖绿豆沙、芝麻糊和番薯糖水。绿豆沙、芝麻糊都好吃,番薯糖水则没有多大意思。

绿豆糕以昆明的吉庆祥和苏州采芝斋最好,油重,且加了玫瑰花。北京的绿豆糕不加油,是干的,吃起来噎人。我有一阵生胆囊炎,不宜吃油,买了一盒回来,我的孙女很爱吃,一气吃了几块,我觉得不可理解。

一九九二年五月十一日

黄　　豆

豆叶在古代是可以当菜吃的。吃法想必是做羹。后来就没有人吃了。没有听说过有人吃凉拌豆叶、炒豆叶、豆叶汤。

我们那里,夏天,家家都要吃几次炒毛豆,加青辣椒。中秋节煮毛豆供月,带壳煮。我父亲会做一种毛豆:毛豆剥出粒,与小青椒(不切)同煮,加酱油、糖,候豆熟收汤,摊在筛子里晾至半干,豆皮起皱,收入小坛。下酒甚妙,做一次可以吃几天。

北京的小酒馆里盐水煮毛豆,有的酒馆是整棵地煮的,不将豆荚剪下,酒客用手摘了吃,似比装了一盘吃起来更香。

香椿豆甚佳。香椿嫩头在开水中略烫,沥去水,碎切,加盐;毛豆加盐煮熟,与香椿同拌匀,候冷,贮之玻璃瓶中,隔日取食。

北京人吃炸酱面,讲究的要有十几种菜码,黄瓜丝、小萝卜、青蒜……还得有一撮毛豆或青豆。肉丁(不用副食店买的绞肉末)炸酱与青豆同嚼,相得益彰。

北京人炒麻豆腐要放几个青豆嘴儿——青豆发一点芽。

三十年前北京稻香村卖熏青豆,以佐茶甚佳。这种豆大概未必是熏的,只是加一点茴香,入轻盐煮后晾成的。皮亦微皱,不软不硬,有咬劲。现在没有了,想是因为费工而利薄,熏青豆是很便宜的。

江阴出粉盐豆。不知怎么能把黄豆发得那样大,长可半寸,盐炒,豆不收缩,皮色发白,极酥松,一嚼即成细粉,故名粉盐豆。味甚隽,远胜花生米。吃粉盐豆，喝百花酒，很相配。我那时还不怎么会喝酒，只是喝白开水。星期天，坐在自修室里，喝水，吃豆，读李清照、辛弃疾词，别是一番滋味。我在江阴南菁中学读过两年，星期天多半是这样消磨过去的。前年我到江阴寻梦，向老同学问起粉盐豆，说现在已经没有了。

稻香村、桂香村、全素斋等处过去都卖笋豆。黄豆、笋干切碎，加酱油、糖煮。现在不大见了。

三年自然灾害时，对十七级干部有一点照顾，每月发几斤黄豆、一斤白糖，叫做"糖豆干部"。我用煮笋豆法煮之，没有笋干，放一点口蘑。口蘑是我在张家口坝上自己采得晒干的。我做的口蘑豆自家吃，还送人。曾给黄永玉送去过。永玉的儿子黑蛮吃了，在日记里写道："黄豆是不好吃的东西，汪伯伯却能把它做得很好吃，汪伯伯很伟大！"

炒黄豆芽宜烹糖醋。

黄豆芽吊汤甚鲜。南方的素菜馆、供素斋的寺庙，都用豆芽汤取鲜。有一老饕在一个庙里吃了素斋，怀疑汤里放了虾子包，跑到厨房里去验看，只见一口大锅里熬着一锅黄豆芽和香菇蒂的汤。黄豆芽汤加酸雪里蕻，泡饭甚佳。此味北人不解也。

黄豆对中国人民最大的贡献是能做豆腐及各种豆制品。如果没有豆腐，中国人民的生活将会缺一大块，和尚、尼姑、素菜馆的大师傅就通通"没戏"了。素菜除了冬菇、口蘑、金针、木耳、冬笋、竹笋，主要是靠豆腐、豆制品。素这个，素那个，只是豆制品变出的花样而已。关于豆腐，应另写专文，此不及。

一九九二年五月十日

扁　豆

我们那一带的扁豆原来只有北京人所说的"宽扁豆"的那一种。郑板桥写过一副对联："一庭春雨瓢儿菜，满架秋风扁豆花"，指的当是这种扁豆。这副对子写的是尚可温饱的寒士家的景况，有钱的阔人家是不会在庭院里种菜种扁豆的。扁豆有紫花和白花的两种，紫花的较多，白花的少。郑板桥眼中的扁豆花大概是紫的。紫花扁豆结的豆角皮色亦微带紫，白花扁豆则是浅绿色的。吃起来味道都差不多。唯入药用，则必为"白扁豆"，两种扁豆药性可能不同。扁豆初秋即开花，旋即结角，可随时摘食。板桥所说"满架秋风"，给人的感觉是已是深秋了。画扁豆花的画家喜欢画一只纺织娘，这是一个季节的东西。暑尽天凉，月色如水，听纺织娘在扁豆架上沙沙地振羽，至有情味。北京有种红扁豆的，花是大红的，豆角则是深紫红的。这种红扁豆似没人吃，只供观赏。我觉得这种扁豆红得不正常，不如紫花、白花有韵致。

北京通常所说的扁豆，上海人叫四季豆。我的家乡原来没有，现在有种的了。北京的扁豆有几种，一般的就叫扁豆，有上架的，叫"架豆"。一种叫"棍儿扁豆"，豆角如小圆棍。"棍儿扁豆"字面自相矛盾，既似棍儿，不当叫扁。有一种豆角较宽而甚嫩的，叫"焖儿豆"，我想是"眉豆"的讹读。北京人吃扁豆无非是焯熟凉拌，炒，或焖。"焖扁豆面"挺不错。扁豆焖熟，加水，面条下在上面，面熟，将扁豆翻到上面来，再稍焖，即得。扁豆不管怎么做，总宜加蒜。

我在泰山顶上一个招待所里吃过一盘炒棍儿扁豆，非常嫩。平生所吃扁豆，此为第一。能在泰山顶上吃到，尤为难得。

一九九二年五月十二日

芸　豆

我在昆明吃了几年芸豆。西南联大的食堂里有几个常吃的菜：炒猪血（云南叫"旺子"），炒莲花白（即北京的圆白菜、上海的卷心菜、张家口的疙瘩白），灰色的魔芋豆腐……几乎每天都有的是煮芸豆。府甬道菜市上有卖芸豆的，盐煮，我们有时买了当零嘴吃，因为很便宜。芸豆有红的和白的两种，我们在昆明吃的是红的。

北京小饭铺里过去有芸豆粥卖，是白芸豆。芸豆粥粥汁甚黏，好像勾了芡。

芸豆卷和豌豆黄一样，也是"宫廷小吃"。白芸豆煮成沙，入糖，制为小卷。过去北海漪澜堂茶馆里有卖，现在不知还有没有。

在乌鲁木齐逛"巴扎"，见白芸豆极大，有大拇指头顶儿那样大，很想买一点，但是数千里外带一包芸豆回北京，有点"神经"，遂作罢。

一九九二年五月十二日

红 小 豆

红小豆上海叫赤豆：赤豆汤，赤豆棒冰。北京叫小豆：小豆粥，小豆冰棍。我的家乡叫红饭豆，因为可掺在米里蒸成饭。

红小豆最大的用途是做豆沙。北方的豆沙有不去皮的，只是小豆煮烂而已。豆包、炸糕的馅都是这样的粗制豆沙。水滤去皮，成为细沙，北方叫"澄沙"，南方叫"洗沙"。做月饼、甜包、汤圆，都离不开豆沙。豆沙最能吸油，故宜作馅。我们家大年初一早起吃汤圆，洗沙是年前就用大量的猪油拌了，每天在饭锅头上蒸一次，沙色紫得发黑，已经吸足了油。我们家的汤圆又很大，我只能吃两三个，因为一咬一嘴油。

四川菜有夹沙肉，乃以肥多瘦少的带皮臀肩肉整块煮至六七成熟，捞出，稍凉后，切成厚二三分的大片，两片之间肉皮不切通，中夹洗沙，上笼蒸扒。这道菜是放糖的，很甜。肥肉已经脱了油，吃起来不腻。但也不能多吃，我只能来两片。我的儿子会做夹沙肉，每次都很成功。

一九九二年五月十三日

豇 豆

我小时最讨厌吃豇豆，只有两层皮，味道寡淡。后来北京，岁数大了，觉得豇豆也还好吃。人的口味是可以变的。比如我小时不吃猪肺，觉得泡泡囊囊的，嚼起来很不舒服。老了，觉得肺头挺好吃，于老人牙齿甚相宜。

嫩豇豆切寸段,入开水锅焯熟,以轻盐稍腌,滗去盐水,以好酱油、镇江醋、姜、蒜末同拌,滴香油数滴,可以"渗"酒。炒食亦佳。

河北省酱菜中有酱豇豆,别处似没有。北京的六必居、天源,南方扬州酱菜中都没有。保定酱豇豆是整根酱的,甚脆嫩,而极咸。河北人口重,酱菜无不甚咸。

豇豆米老后,表皮光洁,淡绿中泛浅紫红晕斑。瓷器中有一种"豇豆红"就是这种颜色。曾见一豇豆红小石榴瓶,莹润可爱。中国人很会为瓷器的釉色取名,如"老僧衣"、"芝麻酱"、"茶叶末",都甚肖。

一九九二年五月十七日

注　释

① 本篇原载《长城》1993 年第二期;初收《榆树村杂记》,中国华侨出版社,1993 年 9 月。

我 的 父 亲①

——自传体系列散文《逝水》之四

我父亲行三。我的祖母有时叫他的小名"三子"。他是阴历九月初九重阳节那天生的,故名菊生(我父亲那一辈生字排行,大伯父名广生,二伯父名常生),字淡如。他作画时有时也题别号:亚痴、灌园生……他在南京读过旧制中学。所谓旧制中学大概是十年一贯制的学堂。我见过他在学堂时用过的教科书,英文是纳氏文法,代数几何是线装的有光纸印的,还有"修身"什么的。他为什么没有升学,我不知道。"旧制中学生"也算是功名。他的这个"功名"我在我的继母的"铭旌"上见过,写的是扁宋体的泥金字,所以记得。什么是"铭旌",看《红楼梦》贾府办秦可卿丧事那回就知道,我就不噜苏了。

我父亲年轻时是运动员。他在足球校队踢后卫。他是撑杆跳选手,曾在江苏全省运动会上拿过第一。他又是单杠选手。我还见过他在天王寺外边驻军所设置的单杠上表演过空中大回环两周,这在当时是少见的。他练过武术,腿上带过铁砂袋。练过拳,练过刀、枪。我见他施展过一次武功。我初中毕业后,他陪我到外地去投考高中。在小轮船上,一个初来的侦缉队以检查为名勒索乘客的钱财。我父亲一掌,把他打得一溜跟头,从船上退过跳板,一屁股坐在码头上。我父亲平常温文尔雅,我还没见过他动手打人,而且,真有两下子!我父亲会骑马。南京马场有一匹烈马,咬人,没人敢碰它,平常都用一截粗竹筒套住它的嘴。我父亲偷偷解开缰绳,一骗腿骑了上去。一趟马道子跑下来,这马老实了。父亲还会游泳,水性很好。这些,我都不知道他是什么时候学的。

从南京回来后,他玩过一个时期乐器。他到苏州去了一趟,买回来好些乐器,笙箫管笛、琵琶、月琴、拉秦腔的胡胡、扬琴,甚至还有大小唢呐,唢呐我从未见他吹过。这东西吵人,除了吹鼓手、戏班子,一般玩乐器人都不在家里吹。一把大唢呐,一把小唢呐(海笛)一直放在他的画室柜橱的抽屉里。我们孩子们有时翻出来玩。没有哨子,吹不响,只好把铜嘴含在嘴里,自己呜呜作声,不好玩! 他的一枝洞箫、一枝笛子,都是少见的上品。洞箫箫管很细,外皮作殷红色,很有年头了。笛子不是缠丝涂了一节一节黑漆的,是整个笛管擦了荸荠紫漆的,比常见的笛子管粗。箫声幽远,笛声圆润。我这辈子吹过的箫笛无出其右者。这两枝箫笛不是从乐器店里买的,是花了大价钱从私人手里买的。他的琵琶是很好的,但是拿去和一个理发店里换了。他拿回理发店的那面琵琶又脏又旧、油里咕叽的。我问他为什么要换了这么一面脏琵琶回来,他说:“这面琵琶声音好!”理发店用一面旧琵琶换了他的几乎是全新的琵琶,当然乐意。不论什么乐器,他听听别人演奏,看看指法,就能学会。他弹过一阵古琴,说:都说古琴很难,其实没有什么。我的一个远房舅舅,有一把一个法国神父送他的小提琴,我父亲跟他借回来,鼓揪鼓揪,几天功夫,就能拉出曲子来。据我父亲说:乐器里最难,最要功夫的,是胡琴。别看它只有两根弦,很简单,越是简单的东西越不好弄。他拉的胡琴我拉不了,弓子硬,马尾多,滴的松香很厚,松香拉出一道很窄的深槽,我一拉,马尾就跑到深槽的外面来了。父亲不在家的时候我有时使劲拉一小段,我父亲一看松香就知道我动过他的胡琴了。他后来不大摆弄别的乐器了,只有胡琴是一直拉着的。

摒挡丝竹以后,父亲大部分时间用于画画和刻图章。他画画并无真正的师承,只有几个画友。画友中过从较密的是铁桥,是一个和尚,善因寺的方丈。我写的小说《受戒》里的石桥,就是以他为原型的。铁桥曾在苏州邓尉山一个庙里住过,他作画有时下款题为“邓尉山僧”。我父亲第二次结婚,娶我的第一个继母,新房里就挂了铁桥的一个条幅,泥金纸,上角画了几枝桃花,两只燕子,款题“淡如仁兄嘉礼 弟铁桥写贺”。在新房里挂一幅和尚的画,我的父亲可谓全无禁忌;这位和尚和俗人称兄道弟,也真是不拘礼法。我上小学的时候,就觉得他们有点"胡来"。这幅画的两边还配了我的一个舅舅写的一副虎皮宣的对子:"蝶欲试花犹护粉,莺初学啭尚羞簧",我后来懂得对联的意思了,觉得实在很不像话!铁桥能画,也能写。他的字写石鼓,画法任伯年。根据我的印象,都是相当有功力的。我父亲和铁桥常来往,画风却没有怎么受他的影响。也画过一阵工笔花卉。我们那里的画家有一种理论,画画要从工笔入手,也许是有道理的。扬州有一位专画菊花的画家,这位画家画菊按朵论价,每朵大洋一元。父亲求他画了一套菊谱,二尺见方的大册页。我有个姑太爷,也是画画的,说:"像他那样的玩法,我们玩不起!"兴化有一位画家徐子兼,画猴子,也画工笔花卉。我父亲也请他画了一套册页。有一开画的是罂粟花,薄瓣透明,十分绚丽。一开是月季,题了两行字:"春水蜜波为花写照"。"春水"、"蜜波"是月季的两个品种,我觉得这名字起得很美,一直不忘。我见过父亲画工笔菊花,原来花头的颜色不是一次敷染,要"加"几道。扬州有菊花名种"晓色",父亲说这种颜色最不好画。"晓色",很空灵,不好捉摸。他画成了,我一看,是晓色!他后来改了画写意,用笔略似吴昌硕,照我看,我父亲的画是有功力的,但是"见"得少,没有行万里路,多识大家真迹,受了限制。他又不会做诗,题画多用前人陈句,故布局平稳,缺少创意。

父亲刻图章,初宗浙派,清秀规矩。他年轻时刻过一套《陋室铭》印谱,有几方刻得不错,但是过于著意,很拘谨。有"兰带"、"折钉",都是"做"出来的。有一方"草色入帘青"是双钩,我小时觉得很好看,稍大,即觉得纤巧小气。《陋室铭》印谱只是他初学刻印的成绩。三十多岁后,渐渐豪放,以治汉印为主。他有一套端方的《匋斋印存》,经常放在案头。有时也刻浙派小印。我记得他给一个朋友张仲陶刻过一块青田冻石小长方印,文曰"中匋",实在漂亮。"中匋"两字也很好安排。

刻印的人多喜藏石。父亲的石头是相当多的,他最心爱的是三块田黄。我在小说《岁寒三友》中写的靳彝甫的三块田黄,实际上写的是我父亲的三块图章。

他盖章用的印泥是自己做的。用的是"大劈砂",这是朱砂里最贵重的。大劈砂深紫色的，片状，制成印泥，鲜红夺目。他说见过一些明朝画，纸色已经灰暗，而印色鲜明不变。大劈砂盖的图章可以"隐指"，即用手指摸摸，印文是鼓出的。他的画室的书橱里摆了一列装在玻璃瓶的大劈砂和陈年的蓖麻子油，蓖麻是调印色用的。

我父亲手很巧，而且总是活得很有兴致。他会做各种玩意。元宵节，他用通草（我们家开药店，可以选出很大片的通草）为瓣，用画牡丹的西洋红（西洋红很贵，齐白石作画，有一个时期，如用西洋红，是要加价的）染出深浅，做成一盏荷花灯，点了蜡烛，比真花还美。他用蝉翼笺染成浅绿，以铁丝为骨，做了一盏纺织娘灯，下安细竹棍。我和姐姐提了，举着这两盏灯上街，到邻居家串门，好多人围着看。清明节前，他糊风筝。有一年糊了一只蜈蚣（我们那里叫"百脚"），是绢糊的。他用药店里称麝香用的小戥子约蜈蚣两边的鸡毛，——鸡毛必须一样重，否则上天就会打滚。他放这只蜈蚣不是用的一般线，是胡琴的老弦。我们那里用老弦放风筝的，家父实为第一人。（用老弦放风筝，风筝可以笔直地飞上去，没有"肚子"。）他带了几个孩子在傅公桥麦田里放风筝。这时麦子尚未"起身"，是不怕踩的，越踩越旺。春服既成，惠风和畅，我父亲这个孩子头带着几个孩子，在碧绿的麦垄间奔跑呼叫，为乐如何？我想念我的父亲（我现在还常常梦见他），想念我的童年，虽然我现在是七十二岁，皤然一老了。夏天，他给我们糊养金铃子的盒子。他用钻石刀把玻璃裁成一小块一小块，再合拢，接缝处用皮纸浆糊固定，再加两道细蜡笺条，成了一只船、一座小亭子、一个八角玲珑玻璃球，里面养着金铃子。隔着玻璃，可以看到金铃子在里面爬，吃切成小块的梨，张开翅膀"叫"。秋天，买来拉秧的小西瓜，把瓜瓤掏空，在瓜皮上镂刻出很细致的图案，做成几盏西瓜灯。西瓜灯里点了蜡烛，撒下一片绿光。父亲鼓捣半天，就为让孩子高兴一晚上。我的童年是很美的。

我母亲死后，父亲给她糊了几箱子衣裳，单夹皮棉，四时不缺。他不知从哪里搜罗来各种颜色，砑出各种花样的纸。听我的大姑妈说，他糊的皮衣跟真的一样，能分出滩羊、灰鼠。这些衣服我没看见过，但他用剩的色纸，我见过。我们用来折"手工"。有一种纸，银灰色，正像当时时兴的"慕本缎子"。

我父亲为人很随和，没架子。他时常周济穷人，参与一些有关公益的事情。因此在地方上人缘很好。民国二十年发大水，大街成了河。我每天看见他蹚着齐胸的水出去，手里横执了一根很粗的竹篙，穿一身直罗褂，他出去，主要是办赈济。我在小说《钓鱼的医生》里写王淡人有一次乘了船，在腰里系了铁链，让几个水性很好的船工也在腰里系了铁链，一头拴在王淡人的腰里，冒着生命危险，渡过激流，到一个被大水围困的孤村去为人治病。这写的实际是我父亲的事。不过他不是去为人治病，而是去送"华洋义赈会"发来的面饼（一种很厚的面饼，山东人叫"锅盔"）。这件事写进了地方上人送给我祖父的六十寿序里，我记得很清楚。

父亲后来以为人医眼为职业。眼科是汪家祖传。我的祖父、大伯父都会看眼科。我不知道父亲懂眼科医道。我十九岁离开家乡，离乡之前，我没见过他给人看眼睛。去年回乡，我的妹婿给我看了一册父亲手抄的眼科医书，字很工整，是他年轻时抄的。那么，他是在眼科上下过功夫的。听说他的医术还挺不错。有一个邻居的孩子得了眼疾，双眼肿得像桃子，眼球红得像大红缎子。父亲看过，说不要紧。他叫孩子的父亲到阴城（一片乱葬坟场，很大，很野，据说韩世忠在这里打过仗）去捉两个大田螺来。父亲在田螺里倒进两管鹅翎眼药，两撮冰片，把田螺扣在孩子的眼睛上。过了一会田螺壳裂了。据那个孩子说，他睁开眼，看见天是绿的。孩子的眼好了，一生没有再犯过眼病。田螺治眼，我在任何医书上没看见过，也没听说过。这个"孩子"现在还在，已经五十几岁了。是个理发师傅。去年我回家乡，从他的理发店门前经过，那天，他又把我父亲给他治眼的经过，向我的妹婿详细地叙述了一次。这位理发师傅希望我给他的理发店写一块招牌。当时我很忙，没有来得及给他写。我会给他写的。一两天就写了托人带去。

我父亲配制过一次眼药。这个配方现在还在，但是没有人配得起，要几十种贵重的药，包括冰片、麝香、熊胆、珍珠……珍珠要是人戴过的。父亲把祖母帽子上的几颗大珠子要了去。听我的第二个继母说，他制药极其虔诚，三天前就洗了澡（"斋戒沐浴"），一个人住在花园里，把三道门都关了，谁也不让去。

父亲很喜欢我。我母亲死后，他带着我睡。他说我半夜醒来就笑。那时我三岁（实年）。我到江阴去投考南菁中学，是他带着我去的。住在一个茶庄的栈房里，臭虫很多。他就点了一支蜡烛，见有臭虫，就用蜡烛油滴在它身上。第二天我醒来，看见席子上好多好多蜡烛油点子。我美美地睡了一夜，父亲一夜未睡。我在昆明时，他还在信封里用玻璃纸包了一小包"虾松"寄给我过。我父亲很会做菜，而且能别出心裁。我的祖父春天忽然想吃螃蟹。这时候哪里去找螃蟹？父亲就用瓜鱼（即水仙鱼），给他伪造了一盘螃蟹，据说吃起来跟真螃蟹一样。"虾松"是河虾剁成米大小粒，掺以小酱瓜丁，入温油炸透。我也吃过别人做的"虾松"，都比不上我父亲的手艺。

我很想念我的父亲。现在还常常做梦梦见他。我的那些梦本和他不相干，我梦里的那些事，他不可能在场，不知道怎么会搀和进来了。

一九九二年五月二十八日

注　释

① 本篇原载《作家》1992 年第八期；初收《汪曾祺散文随笔选集》，沈阳出版社，1993 年 6 月。

晚　年①

——人寰速写之一

　　我们楼下随时有三个人坐着。他们都是住在这座楼里的。每天一早，吃罢早饭，他们各人提了马扎，来了。他们并没有约好，但是时间都差不多，前后差不了几分钟。他们在副食店墙根下坐下，挨得很近。坐到快中午了，回家吃饭。下午两点来钟，又来坐着，一直坐到副食店关门了，回家吃晚饭。只要不是刮大风，下雨，下雪，他们都在这里坐着。

　　一个是老佟。和我住一层楼，是近邻。有时在电梯口见着，也寒暄两句："吃啦？""上街买菜？"解放前他在国民党一个什么机关当过小职员，解放后拉过几年排子车，早退休了。现在过得还可以。一个孙女已经读大学三年级了。他八十三岁了。他的相貌举止没有什么特别的地方。脑袋很圆，面色微黑，有几块很大的老人斑。眼色总是平静的。他除了坐着，有时也遛个小弯，提着他的马扎，一步一步，走得很慢。

　　一个是老辛。老辛的样子有点奇特。块头很大，肩背又宽又厚，身体结实如牛。脸色紫红紫红的。他的眉毛很浓，不是两道，而是两丛。他的头发、胡子都长得很快。刚剃了头没几天，就又是一头乌黑的头发，满腮乌黑的短胡子。好像他的眉毛也在不断往外长。他的眼珠子是乌黑的。他的神情很怪。坐得很直，脑袋稍向后仰，蹙着浓眉，双眼直视路上行人，嘴唇啜着，好像在往里用力地吸气。好像愤愤不平，又像藐视众生，看不惯一切，心里在想：你们是什么东西！我问过同楼住的街坊：他怎么总是这样的神情？街坊说：他就是这个样子！后来我听说他原来是在一个机关食堂煮猪头肉、猪蹄、猪下水的。那么他是不会怒视这个世界，蔑视谁的。他就是这个样子。他怎么会是这个样子呢？他脑子里在想什么？还是什么都不想？他岁数不大，六十刚刚出头，退休还不到两年。

一个是老许。他最大，八十七了。他面色苍黑，有几颗麻子，看不出有八十七了——看不出有多大年龄。这老头怪有意思。他有两串数珠，——说"数珠"不大对，因为他并不信佛，也不"掐"它。一串是山核桃的，一串是山桃核的。有时他把两串都带下来，绕在腕子上。有时只带一串山桃核的，因为山核桃的太大，也沉。山桃核有年头了，已经叫他的腕子磨得很光润。他不时将他的数珠改装一次，拆散了，加几个原来是钉在小孩子帽子上的小银铃铛之类的东西，再穿好。有一次是加了十个算盘珠。过路人有的停下来看看他的数珠，他就把袖子向上提提，叫数珠露出更多。他两手戴了几个戒指，一看就是黄铜的，然而他告诉人是金的。他用一个钥匙链，一头拴在纽扣上，一头拖出来，塞在左边的上衣口袋里，就像早年间戴怀表一样。他自己感觉，这就是怀表。他在上衣口袋里插着两枝塑料圆珠笔的空壳——是他的孙女用剩下的，一枝白色的，一枝粉红的。我问老佟："他怎么爱搞这些？"老佟说："弄好些零碎！"他年轻时"跑"过"腿"，做过买卖。我很想跟他聊聊。问他话，他只是冲我笑笑。老佟说："他是个聋子。"

这三个在一处一坐坐半天，彼此都不说话。既然不说话，为什么坐得挨得这样近呢？大概人总得有个伴，即使一句话也不说。

老辛得过一次小中风，（他这样结实的身体怎么会中风呢？）但是没多少时候就好了。现在走起路来脚步还有一点沉。不过他原来脚步就很重。

老佟摔了一跤，骨折了，在家里躺着，起不来。因此在楼下坐着的，暂时只有两个人。不过老佟的骨折会好的，我想。

老许看样子还能活不少年。

注 释

① 本篇原载《美文》1992 年第一期（创刊号）；初收《草花集》，成都出版社，1993 年 9 月。

傻　子①

——人寰速写之二

这一带有好几个傻子。

一个是我们楼的傻八子。傻八子的妈生过八个孩子,他最小。傻八子两只小圆眼睛,鼻梁很低,几乎没有。他一天在人行道上走来走去,走得很慢,一步,一步,因为他很胖,肚子很大,走不快。他不停地自言自语。他妈说他爱"嘚啵"。我问他妈:"嘚啵什么?"——"电视、电视上听来的!"我注意听过,不知道说些什么,经常说的是:"你给我站住!……"似乎他的"嘚啵"是有个对象的。"嘚啵"几句,又嗄嗄地笑一阵。他还爱唱,没腔没调,没有字眼,声音像一张留声机的坏唱盘:"咦……啊……嘞……"他有时倒吸气发出母猪一样的声音,这一带的孩子把这种声音叫做"打猪吭"。他不是什么都不明白,一边"嘚啵"着,见了熟人,也打招呼:"回来啦!"——"报纸来啦!"熟人走过,接着"嘚啵"。

他大哥要把他送到福利院去,——福利院是收容傻子的地方,他妈舍不得。

亚运会期间,街道办事处把他捆起来,送进福利院关了几天。亚运会结束,又放了回来。傻八子为此愤愤不平:"捆我!"

我问过傻八子:"你怎么不结婚?"傻八子用手指指他的太阳穴:"这儿,坏啦!"

附近有一个女傻子,喜欢上了傻八子,要嫁给他。傻八子妈不同意,说:"俩傻子,怎么弄!"

我们楼有个女的,是开发廊的,爱打扮,细长眼,涂眼影,画嘴唇,穿的衣服很"港"。有一天这女的要到传达室打电话,下台阶时,从傻八

子旁边擦身而过,傻八子跟她不知呜噜呜噜说了句什么。我问女的,
"他跟你说什么?"——"他说我没穿袜子。"我这才注意到女的趿了一
双很精致的拖鞋。傻八子会注意好看的女人,注意到她的脚,他并不彻
底的傻。

另一个傻子家在蒲黄榆拐角的胡同里,小个子,精瘦精瘦的老是抱
着肩膀匆匆忙忙地在这一带不停地走,嘴里也"嘚啵",但是声音小,不
像傻八子大声"嘚啵"。匆匆忙忙地走着,"嘚啵"着,一边吃吃地笑。

蒲安里有个小傻子,也就是十五六岁,长得挺好玩,又白又胖。夏
天,光着上身,一身白肉;圆滚滚的肚子上挂着一条极肥大的白裤衩,在
粮店和副食店之间的空地上,甩着胳臂齐步走。见人就笑脸相迎,大声
招呼:"你好!"——"你好!"

有一个傻子有四十岁了,穿得很整齐干净,他不"嘚啵",只是一脸
的忧郁,在胡同口抱着胳臂,低头注视着地面,一动不动。

北京从前好像没有那么多傻子,现在为什么这样多?

六月十日

注　释

① 本篇原载《美文》1992 年创刊二号;初收《独坐小品》,宁夏人民出版社,
1996 年 11 月。

大 妈 们[①]

——人寰速写之三

我们楼里的大妈们都活得有滋有味,使这座楼增加了不少生气。

许大妈是许老头的老伴,比许老头小十几岁,身体挺好,没听说她有什么病。生病也只是伤风感冒,躺两天就好了。她有一根花椒木的拐杖,本色,很结实,但是很轻巧,一头有两个杈,像两个小犄角。她并不用它来拄着走路,而是用来扛菜。她每天到铁匠营农贸市场去买菜,装在一个蓝布兜里,把布兜的襻套在拐杖的小犄角上,扛着。她买的菜不多,多半是一把韭菜或一把茴香。走到刘家窑桥下,坐在一块石头上,把菜倒出来,择菜。择韭菜、择茴香。择完了,抖落抖落,把菜装进布兜,又用花椒木拐杖扛起来,往回走。她很和善,见人也打招呼,笑笑,但是不说话。她用拐杖扛菜,不是为了省劲,好像是为了好玩。到了家,过不大会,就听见她乒乒乓乓地剁菜。剁韭菜,剁茴香。她们家爱吃馅儿。

奚大妈是河南人,和传达室小邱是同乡,对小邱很关心,很照顾。她最放不下的一件事,是给小邱张罗个媳妇。小邱已经三十五岁,还没有结婚。她给小邱张罗过三个对象,都是河南人,是通过河南老乡关系间接认识的。第一个是奚大妈一个村的。事情已经谈妥,这女的已经在小邱床上睡了几个晚上。一天,不见了,跟在附近一个小旅馆里住着的几个跑买卖的山西人跑了。第二个在一个饭馆里当服务员。也谈得差不多了,女的说要回家问问哥哥的意见。小邱给她买了很多东西:衣服、料子、鞋、头巾……借了一辆平板三轮,装了半车,蹬车送她上火车站。不料一去再无音信。第三个也是在饭馆里当服务员的,长得很好看,高颧骨,大眼睛,身材也很苗条。就要办事了,才知道这女的是个

"石女"。奚大妈叹了一口气："唉！这事儿闹的！"

江大妈人非常好，非常贤慧，非常勤快，非常爱干净。她家里真是一尘不染。她整天不断地擦、洗、掸、扫。她的衣着也非常干净，非常利索。裤线总是笔直的。她爱穿坎肩，铁灰色毛涤纶的，深咖啡色薄呢的，都熨熨帖帖。她很注意穿鞋，鞋的样子都很好。她的脚很秀气。她已经过六十了，近看脸上也有皱纹了，但远远一看，说是四十来岁也说得过去。她还能骑自行车，出去买东西，买菜，都是骑车去。看她跨上自行车，一踩脚蹬，哪像是已经有了四岁大的孙子的人哪！她平常也不大出门，老是不停地收拾屋子。她不是不爱理人，有时也和人聊聊天，说说这楼里的事，但语气很宽厚，不嚼老婆舌头。

顾大妈是个胖子。她并不胖得腮帮的肉都往下掉，只是腰围很粗。她并不步履蹒跚，只是走得很稳重，因为搬动她的身体并不很轻松。她面白微黄，眉毛很淡。头发稀疏，但是总是梳得很整齐服贴。她原来在一个单位当出纳，是干部。退休了，在本楼当家属委员会委员，也算是干部。家属委员会委员的任务是要换购粮本、副食本了，到各家敛了来，办完了，又给各家送回去。她的干部意识根深蒂固，总觉得自己不是一个家庭妇女。别的大妈也觉得她有架子，很少跟她过话。她爱和本楼的退休了的或尚未退休的女干部说话。说她自己的事。说她的儿女在单位很受器重；说她原来的领导很关心她，逢春节都要来看看她……

在这条街上任何一个店铺里，只要有人一学丁大妈雄赳赳气昂昂走路的神气，大家就知道这学的是谁，于是都哈哈大笑，一笑笑半天。丁大妈的走路，实在是少见。头昂着，胸挺得老高，大踏步前进，两只胳臂前后甩动，走得很快。她头发乌黑，梳得整齐。面色紫褐，发出铜光，脸上的纹路清楚，如同刻出。除了步态，她还有一特别处：她穿的上衣，都是大襟的。料子是讲究的。夏天，派力司；春秋天，平绒；冬天，下雪，穿羽绒服。羽绒服没有大襟的。她为什么爱穿大襟上衣？这是习惯。她原是崇明岛的农民，吃过苦。现在苦尽甘来了。她把儿子拉扯大了。儿子、儿媳妇都在美国，按期给她寄钱。她现在一个人过，吃穿不愁。

她很少自己做饭,都是到粮店买馒头,买烙饼,买面条。她有个外甥女,是个时装模特儿,常来看她,很漂亮。这外甥女,楼里很多人都认识。她和外甥女上电梯,有人招呼外甥女:"你来了!"——"我每星期都来。"丁大妈说:"来看我!"非常得意。丁大妈活得非常得意,因此她雄赳赳气昂昂。

罗大妈是个高个儿,水蛇腰。她走路也很快,但和丁大妈不一样:丁大妈大踏步,罗大妈步子小。丁大妈前后甩胳臂,罗大妈胳臂在小腹前左右摇。她每天"晨练",走很长一段,扭着腰,摇着胳臂。罗大妈没牙,但是乍看看不出来,她的嘴很小,嘴唇很薄。她这个岁数——她也就是五十出头吧,不应该把牙都掉光了,想是牙有病,拔掉的。没牙,可是话很多,是个连片子嘴。

乔大妈一头银灰色的卷发。天生的卷。气色很好。她活得兴致勃勃。她起得很早,每天到天坛公园"晨练",打一趟太极拳,练一遍鹤翔功,遛一个大弯。然后顺便到法华寺菜市场买一提兜菜回来。她爱做饭,做北京"吃儿"。蒸素馅包子,炒疙瘩,摇棒子面嘎嘎……她对自己做的饭非常得意。"我蒸的包子,好吃极了","我炒的疙瘩,好吃极了","我摇的嘎嘎,好吃极了!"她间长不短去给她的孙子做一顿中午饭。她儿子儿媳妇不跟她一起住,单过。儿子儿媳是"双职工",中午顾不上给孩子做饭。"老让孩子吃方便面,那哪成!"她爱养花,阳台上都是花。她从天坛东门买回来一大把芍药骨朵,深紫色的。"能开一个月!"

大妈们常在传达室外面院子里聚在一起闲聊天。院子里放着七八张小凳子、小椅子,她们就错错落落地分坐着。所聊的无非是一些家长里短。谁家买了一套组合柜,谁家拉回来一堂沙发,哪儿买的、多少钱买的,她们都打听得很清楚。谁家的孩子上"学前班",老不去,"淘着哪!"谁家两口子吵架,又好啦,挎着胳臂上游乐园啦!乔其纱现在不时兴啦,现在兴"沙洗"……大妈们有一个好处,倒不搬弄是非。楼里有谁家结婚,大妈们早就在院里等着了。她们看扎着红彩绸的小汽车开进来,看放鞭炮,看新娘子从汽车里走出来,看年轻人往新娘子头发上撒金银色纸屑……

一九九二年六月十日

注　释

① 　本篇原载《美文》1992 年创刊三号；初收《草花集》，成都出版社，1993 年
9 月。

"样板戏"谈往①

样　板　戏

　　"样板戏"这个说法是不通的。什么是"样板"？据说这是服装厂成批生产据以画线的纸板。文艺创作怎么能像裁衣服似的统一标准、整齐划一呢？1963年冬天，江青在上海看戏，带回两个沪剧剧本，一个《芦荡火种》，一个《革命自有后来人》，让北京京剧团和中国京剧院改编成京剧。那时只说是搞"革命现代戏"。后来她有个说法，叫"种试验田"。《芦荡火种》后改名为《沙家浜》，《革命自有后来人》定名为《红灯记》。1965年五一节，《沙家浜》在上海演出，经江青审查批准，作为"样板"。"样板戏"的名称大概就是这时叫开了的。我曾听她说过："今年的两块样板是……"

　　"样板戏"是"文化大革命"的先导，到1976年"四人帮"垮台结束。可以说与"文化大革命"相始终，举其成数，时间约为十年。

　　"文化大革命"是中国政治史上一场噩梦。"样板戏"也是中国文艺史上一场噩梦。"样板戏"一去不复返矣。有人企图恢复"样板戏"，恐怕是不可能的。但是"样板戏"的教训还值得吸取，"样板"现象值得反思。"样板戏"的亡魂不时还在中国大地上游荡。

三　结　合

　　江青创造了一个"三结合"创作法。"三结合"是领导、群众、作者相结合。领导出思想，群众出生活，作者出技巧。创作是一个浑然的整体,怎么可以机械地分割开呢?"领导",实际上就是江青。她出思想。这就是说作者不需要思想。"群众出生活",就是到群众中去采访座谈,记录一点"生活素材",回来编编纂纂。当时创作都是集体创作,每一句都得举手通过。这样,剧作者还能有什么"主体意识",还有什么创作的个性呢?现在看起来,这简直是荒唐。可是当时就是这样干的,一干干了十年。我们剧院有一个编剧,说"我们只是创作秘书"。他说这样的话,并没有不满情绪。不料这句话传到于会泳耳朵里(当时爱打小报告的人很多),于会泳大为生气,下令批判。批了几次,也无结果,不了了之,因为这是事实。

"三突出"和"主题先行"

"样板戏"创作的理论基础是"三突出"和"主题先行"。

"三突出",是在所有的人物中突出正面人物,在正面人物中突出英雄人物,在英雄人物中突出主要英雄人物。"三突出"是于会泳的创造,见于《智取威虎山》的总结。把人物划分三个阶梯,为全世界文艺理论中所未见,实在是一大发明。连江青都觉得这个模式实在有些勉强。她说过:"我没有说过'三突出',我只说过'一突出'。"江青所说的"一突出"即突出主要英雄,即她不断强调的"一号人物"。把人物排队编号,也是一大发明。《沙家浜》的主角本来是阿庆嫂,江青一定要把郭建光树成一号人物。芭蕾是"绝对女主角",《红色娘子军》主角原是吴清华,她非把洪常青树成一号不可。为什么要这样搞?江青有江青的"原则"。为什么郭建光是一号人物?因为是武装斗争领导秘密工作,还是秘密工作领导武装斗争?为什么洪常青是一号?因洪常青是代表党的,而吴清华只是在洪常青教育下觉醒的奴隶。这种划分,和她的题材决定论思想是有关系的。结果是一号人物怎么树还是树不起来,给人印象较深的还是二号人物。因为二号人物多少还有点性格,有戏。"样板戏"的人物,严格说不是人物,不是活人,只是概念的化身,共产主义伦理道德规范的化身,"党性"的化身。他们都不是血肉之躯，没有家室之累，儿女之情，一张嘴都是豪言壮语。王蒙曾在一篇文章里调侃地说："样板戏的人物好像都跟天干上了，'冲云天'，'冲霄汉'。""主题先行"也是于会泳概括出来的。这种思想，江青原来就有，不过不像于会泳概括得这样简明扼要。江青抓戏，大都是从主题入手。改编《杜鹃山》的时候，她指示："主题是改造自发部队，这一点不能不明确。"她说过："主题是要通过人物来体现的。"反过来说，人物是为了表现主题而设置的。这些话乍听起来没有大错，但实际上这是从概念出发，是违反创作规律的。"领导出思想"，江青除了定主题，定题材，还要规定一个粗略的故事轮廓。这种故事轮廓都是主观主义，凭空设想，毫无生活根据的。她原来抓了很长时期的《红岩》，后来又认为解放前夕四川党就烂了，"我万万没有想到四川党那时还有王明路线！"她随便一句话，四川党就挨整惨啰！她决定放弃《红岩》，另写一个戏，写：从军队上派一个女的政工干部到重庆，不通过地方党，通过一个社会关系，打进兵工厂，发动群众护厂，迎接解放。不通过地方党，通过一个社会关系开展工作，党的秘密工作有这么干的么？我和另一个编剧阎肃都没有这样的生活（也不可能有这样的生活），只好按她的意旨编造了一个提纲，向她汇报，她竟然很满意。那次率领我们到上海（江青那时在上海）的是北京市委宣传部长李琪。我们把提纲念给李琪听了，李琪冷笑着说："看来没有生活也是可以搞创作的噢？"这个戏后来定名为《山城旭日》，彩排过，没有演出。她原来想改编乌兰巴干的《草原烽火》，后来不搞了，叫我们另外写个戏，写：从八路军派一个政工干部（她老爱从军队上派干部），打进草原，发动奴隶，反抗日本侵略者和附逆的王爷。我们几个编剧四下内蒙，搜集生活素材。搜集不到。我们访问过乌兰夫和李井泉，他们都不赞成写这样的戏。当时党对内蒙的政策是：蒙古的王公贵族和牧民团结起来，共同抗日。乌兰夫说写一个坏王爷，牧民是不会同意的。李井泉说：你们写这个戏的用意，我是理解的，但是我们没有干过那种事。我不干那种事。他还给我们讲了个故事：红军长征，路过彝族地区，毛主席叫他留下来，在这里开辟一个小块根据地。第二天毛主席打来一个电报，叫他们赶快回来。这个地区不具备开辟工作的条件。李井泉等人赶快走。身上衣服都被彝族人剥光了。写这样的戏不但违反生活真实,也违反党的民族政策。我们回来,向于会泳汇报,说没有这样的生活。于会泳说了一句非常精彩的话:"没有生活更好,你们可以海阔天空。""四人帮"垮台后,文化部召集了一个关于文艺创作的座谈会,会议主持人是冯牧。我在会上介绍了于会泳的这句名言。冯牧说:"什么叫'海阔天空',就是瞎编!"一点不错,除了瞎编,还能有什么办法?这个戏有这样一场:日本人把几个盐池湖都控制了起来,牧民没有盐吃。有一天有一个蒙奸到了一个浩特,带来一袋盐,要分给牧民,这盐是下了毒的。正在危急关头,那位八路军政工干部飞马赶到,大叫:"这盐不能吃!"他抓了一把盐,倒一点水在碗里,把盐化开,让一只狗喝了。狗喝了,四脚朝天,死了。在给演员念这一场时,一个演员说:你们真能瞎造。我只听说大牲口喂盐的,没听说过给狗喝盐水。狗肯喝吗?再说哪找这么个狗演员去?举此一例,足可说明"主题先行"会把编剧憋得多么胡说八道。

样　板　团

在江青直接领导之下创演"样板戏"的剧团变成了"样板团"。"样板团"的"战士"待遇很特殊,吃样板饭:香酥鸡、番茄烧牛肉、炸黄花鱼、炸油饼……每天换样。穿样板服,夏天,春秋天各一套,银灰色的确良,冬天还发一身军大衣。样板服的式样、料子、颜色都是江青亲自定的。她真有那闲工夫!样板团称样板饭为"板儿餐"、样板服为"板儿服"。一些被精简到"五七干校"劳动的演员、干部则自称"板儿刷"。

每排一个样板戏,都要形式主义地下去体验一下生活,那真是"御使出朝,地动山摇"。

为排《沙家浜》,到了苏州、常熟。其实这时《沙家浜》已经在上海演出过,下去只是补一补课。到阳澄湖内芦苇荡里看了看,也就那样。剧团排练、辅导,我没什么事,就每天偷偷跑出去吃糟鹅,喝百花酒。

为排《红岩》,到过重庆。在渣滓洞坐过牢(这是江青的指示:要坐一坐牢），开过龙光华烈士的追悼会。假戏真做,气氛惨烈。至华蓥山演习过"扯红",即起义。那天下大雨,黑夜之间,山路很不好走,随时有跌到山涧里的危险。"政委"是赵燕侠,已经用小汽车把她送上山,在一个农民家等着。这家有猫。赵燕侠怕猫,用一根竹竿不停地在地上戳。到该她下动员令宣布起义时,她说话都不成句了。这是"体验生活"么？充其量,可以说是做戏剧小品,不过这个"小品"可真是兴师动众,劳民伤财。

为了排《杜鹃山》,到过安源,安源倾矿出动,敲锣打鼓,夹道欢迎这些"毛主席派来的文艺战士"。那天红旗不展,万头皆湿,——因为下大雨。

样板团的编导下去了解情况,搜集材料,俨然是"特使",各地领导都是热情接待,亲自安排。唯恐稍有不周,就是对样板戏的态度问题。

经　　验

"样板戏"是不是也还有一些可以借鉴的经验？我以为也有。一个是重视质量。江青总结了五十年代演出失败的教训,以为是质量不够,不能跟老戏抗衡。这是对的。她提出"十年磨一戏"。一个戏磨上十年,是要把人磨死的。但戏总是要"磨"的,"萝卜快了不洗泥",搞不出好戏。一个是唱腔、音乐,有创新、突破;把京剧音乐发展了。于会泳把曲艺、地方戏的音乐语言揉进京剧里,是成功的。《海港》里的二黄宽板,《杜鹃山》"家住安源"的西皮慢二六,都是老戏里所没有的板式,很好听。

一九九二年六月十四日

注　释

① 本篇原载《长城》1993 年第一期;初收《汪曾祺全集》第五卷,北京师范大学出版社,1998 年 8 月。

徐文长论书画^①

文长书画的来源

徐文长善书法。陶望龄《徐文长传》谓：

> 渭于行草书尤精奇伟杰。尝言吾书第一,诗二,文三,画四,识
> 者许之。

袁宏道《徐文长传》云：

> 文长喜作书,笔意奔放如其诗,苍劲中姿媚跃出。予不能书,
> 而谬谓文长书决当在王雅宜、文徵仲之上。不论书法而论书神,先
> 生者诚八法之散圣,字林之侠客也。

陶望龄谓文长"其论书主于运笔,大概仿诸米氏云"。黄汝亨《徐
文长集序》谓:"书似米颠,而棱棱散散过之,要皆如其人而止"。文长
书受米字的影响是明显的,但不主一家。文长题跋,屡次提到南宫,但
并不特别地推崇,以为是天下一人。他对宋以后诸家书的评价是公正
客观的,不立门户。《徐文长逸稿·评字》:

> 黄山谷书如剑戟,搆密是其所长,潇散是其所短。苏长公书专
> 以老朴胜,不似其人之潇洒,何耶? 米南宫一种出尘,人所难及,但
> 有生熟,差不及黄之匀耳。蔡书近二王,其短者略俗耳。劲净而
> 匀,乃其所长。孟𫖯虽媚,犹可言也。其似算子率俗书,不可言也。
> 尝有评吾书者,以吾薄之,岂其然乎? 倪瓒书从隶入,辄在钟元常
> 荐季直表中夺舍投胎。古而媚,密而散,未可以近而忽之也。吾学

索靖书,虽梗概亦不得。然人并以章草视之,不知章稍逸而近分,索则超而傲篆。……

文后有小字一行:"先生评各家书,即效各家体,字画奇肖,传有石文"。这行小字大概是逸稿的编集者张宗子注的。据此,可以知道他是遍览诸家书,且能学得很像的。

徐文长原来是不会画画的。《书刘子梅谱二首》题有小字:"有序。此予未习画之作"。他的习画,始于何时,诗文中皆未及。他是跟谁学的画,亦不及。他的画受林良的影响是有目共睹的。他对林良是钦佩的,《刘巢云雁》诗劈头两句就是:"本朝花鸟谁第一?左广林良活欲逸"。林良喜画松鹰大幅,气势磅礴。文长小品秀逸,意思却好。如画海棠题诗:"海棠弄春垂紫丝,一枝立鸟压花低。去年二月如曾见,却是谁家湖石西","一枝立鸟压花低",此林良所不会。文长诗也提到吕纪,但其画殊不似吕。文长也画人物。集中有《画美人》诗,下注:"湖石、牡丹、杏花,美人睹飞燕而笑",诗是:

> 牡丹花对石头开,
> 雨燕低从杏杪来。
> 勾引美人成一笑,
> 画工难处是双腮。

这诗不知是题别人的画还是题自己的画的。我非常喜欢"画工难处是双腮",此前人所未道。我以为这是徐渭自己的画,盖非自己亲画,不能体会此中难处。即此中妙处。文长亦偶作山水,不多,但对山水画有精深的赏鉴。他给沈石田写过几首热情洋溢的诗。对倪云林有独特的了解。《书吴子所藏画》:"阅吴子所藏红梅双鹊画,当是倪元镇笔,而名姓印章则并主王元章,岂当时倪适王所,戏成此而遂用其章耶?"倪元镇画花鸟,世少见,文长的猜测实在是主观武断,但非深知云林者不能道也。此津津于印章题款之鉴赏家所能梦见者乎!但是文长毕竟是花卉画家,他的真正的知交是陈道复。白阳画得熟,以熟胜。青藤画得生,以生胜。

论书与画的关系

《书八渊明卷后》云：

> 览渊明貌,不能灼知其为谁,然灼知其为妙品也。往在京邸,见顾恺之粉本曰《斫琴》者殆类是。盖晋时顾陆辈笔精,匀圆劲净,本古篆书家象形意。其后为张僧繇、阎立本,最后乃有吴道子、李伯时,即稍变,犹知宗之。迨草书盛行,乃始有写意画,又一变也。卷中貌凡八人,而八犹一,如取诸影,僮仆策杖,亦靡不历历可相印,其不苟如此,可以想见其人矣。

"书画同源"、"书画相通",已成定论,研究美学,研究中国美术史者都会说,但说不到这样原原本本。"迨草书盛行,乃始有写意画",尤为灼见。探索写意画起源的,往往东拉西扯,徒乱人意,总不如文长一刀切破,干净利索。文长是画写意画的,有人至奉之为写意花卉的鼻祖,扬州八家的先河,则文长之语可谓现身说法,夫子自道矣。袁宏道说:"先生者诚八法之散圣,字林之侠客也。间以其余旁溢为花草竹石,皆超逸有致",是直以写意画为行草字之"余",不吾欺也。

论庄逸工草

文长字画皆豪放。陶望龄谓其行草书"尤精奇伟杰";袁宏道谓其书"奔放如其诗"。其作画,是有意识的写意,笔墨淋漓,取快意于一时,不求形似,自称曰"涂",曰"抹",曰"扫",曰"狂扫"。《写竹赠李长公歌》:"山人写竹略形似,只取叶底潇潇意。譬如影里看丛梢,那得分明成个字?"《画百花卷与史甥,题曰漱老谑墨》:"葫芦依样不胜揩,能如造化绝安排,不求形似求生韵,根拨皆吾五指栽。胡为乎,区区枝剪而叶栽?君莫猜,墨色淋漓两拨开。"他画的鱼甚至有三个尾巴。《偶旧画鱼作此》:"元镇作墨竹,随意将墨涂(自注音搭),凭谁呼画里,或芦或呼麻。我昔画尺鳞,人问此何鱼。我亦不能答,张颠狂草书。"

《书刘子梅谱二首序》云:

> 刘典宝一日持己所谱梅花凡二十有二以过余请评。予不能画,而画之意则稍解。至于诗则不特稍解,且稍能矣。自古咏梅诗以千百计,大率刻深而求似多不足,而约略而不求似者多有余。然则画梅者得无亦似之乎?典宝君之谱梅,其画家之法必不可少者,予不能道之,至若其不求似而有余,则予之所深取也。

"不足"、"有余"之说甚精。求似会失去很多东西,而不求似则能保留更多东西。

但他并不主张全无法度。写字还得从规矩入门。《跋停云馆帖》云:

> 待诏文先生讳徵明,摹刻停云馆帖,装之,多至十二本。虽时代人品,各就其资之所近,自成一家,不同矣。然其入门,必自分间布白,未有不同者也。舍此则书者为痹,品者为盲。

《评字》亦云:"分间布白,指实掌虚,以为入门"。在此基础上,方能求突破。"迨布匀而不必匀,笔态入净媚,天下无书矣。"

徐文长不太赞成字如其人。《大苏所书金刚经石刻》云:"论书者云,多似其人。苏文忠人逸也,而书则庄。"《评字》云:"苏长公书专以老朴胜,不似其人之潇洒,何耶?"他自作了解释:庄和逸不是绝对的,庄中可以有逸。"文忠书法颜,至比杜少陵之诗,昌黎之文,吴道子之画。盖颜之书,即庄亦未尝不逸也"。(《大苏所书金刚经石刻》)

同样,他认为工与草也是相对的,有联系的。《书沈徵君周画》:

> 世传沈徵君画多写意,而草草者倍佳,如此卷者乃其一也。然予少客吴中,见其所为渊明对客弹阮,两人躯高可二尺许,数古木乱云霭中,其高再倍之,作细描秀润,绝类赵文敏、懼男。比又见姑苏八景卷,精致入丝毫,而人眇小止一豆。唯工如此,此草者之所以益妙也。不然将善趋而不善走,有是理乎?

"善趋而不善走，有是理乎？"是一句大实话，也是一句诚恳的话。然今之书画家不善走而善趋者亦众矣，吁！

论"侵让"·李北海和赵子昂

《书李北海帖》：

> 李北海此帖，遇难布处，字字侵让，互用位置之法，独高于人。世谓集贤师之，亦得其皮耳。盖详于肉而略于骨，辟如折枝海棠，不连铁干，添妆则可，生意却亏。

"侵让"二字最为精到，谈书法者似未有人拈出。此实是结体布行之要诀。有侵，有让，互相位置，互相照应，则字字如亲骨肉，字与字之关系出。"侵让"说可用于一切书法家，用之北海，觉尤切。如字字安分守己，互不干涉，即成算子。如此书家，实是呆鸟。"折枝海棠，不连铁干"，也是说字是单摆浮搁的。

徐文长对赵子昂是有微词的，但说得并不刻薄。《赵文敏墨迹洛神赋》云：

> 古人论真行与篆隶，辨圆方者，微有不同。真行始于动，中以静，终以媚。媚者盖锋稍溢出，其名曰姿态。锋太藏则媚隐，太正则媚藏而不悦，故大苏宽之以侧笔取妍之说。赵文敏师李北海，净均也。媚则赵胜李，动则李胜赵。夫子建见甄氏而深悦之，媚胜也。后人未见甄氏，读子建赋无不深悦之者，赋之媚亦胜也。

徐文长这段话说得恍恍惚惚，简直不知道是褒还是贬。"媚"总是不好的。子昂弱处正在媚。文长指出这和他的生活环境有关。《书子昂所写道德经》云：

> 世好赵书，女取其媚也，责以古服劲装可乎？盖帝胄王孙，裘马轻织，足称其人矣。他书率然，而道德经为尤媚。然可以为槁涩顽粗，如世所称枯柴蒸饼者之药。

论　变

书画家不会总是一副样子,往往要变。《跋书卷尾二首·又》记了一个有趣的故事:

> 董文尧章一日持二卷命书,其一沈徵君画,其一祝京兆希哲行书,钳其尾以余试。而祝此书稍谨敛,奔放不折梭。余久乃得之曰:"凡物神者则善变,此祝京兆变也,他人乌能辨?"丈弛其尾,坐客大笑。

"变"常是不期然而得之,如窑变。《书陈山人九皋氏三卉后》云:

> 陶者间有变,则为奇品。更欲效之,则尽薪竭钧,而不可复。予见山人卉多矣,曩在日遗予者,不下十数纸,皆不及此三品之佳。瀚然而云,莹然而雨,泫泫然而露也。殆所谓陶之变耶?

书画豪放者,时亦温婉。《跋陈白阳卷》:

> 陈道复花卉豪一世,草书飞动似之。独此帖既纯完,又多而不败。盖余尝见闽楚壮士裹马剑戟,则凛然若黑,及解而当绣刺之绷,亦颓然若女妇,可近也。此非道复之书与染耶?

一九九二年六月酷暑中作

注　释

① 本篇原载《中国文化》1992 年总第七期"城南客话"专栏;初收《汪曾祺文集·文论卷》,江苏文艺出版社,1993 年 9 月。

豆　腐[①]

　　豆腐点得比较老的,为北豆腐。听说张家口地区有一个堡里的豆腐能用秤钩钩起来,扛着秤杆走几十里路。这是豆腐么? 点的较嫩的是南豆腐。再嫩即为豆腐脑。比豆腐脑稍老一点的,有北京的"老豆腐"和四川的豆花。比豆腐脑更嫩的是湖南的水豆腐。

　　豆腐压紧成型,是豆腐干。

　　卷在白布层中压成大张的薄片,是豆腐片。东北叫干豆腐。压得紧而且更薄的,南方叫百页或千张。

　　豆浆锅的表面凝结的一层薄皮撩起晾干,叫豆腐皮,或叫油皮。我的家乡则简单地叫做皮子。

　　豆腐最简便的吃法是拌。买回来就能拌。或入开水锅略烫,去豆腥气。不可久烫,久烫则豆腐收缩发硬。香椿拌豆腐是拌豆腐里的上上品。嫩香椿头,芽叶未舒,颜色紫赤,嗅之香气扑鼻,入开水稍烫,梗叶转为碧绿,捞出,揉以细盐,候冷,切为碎末,与豆腐同拌(以南豆腐为佳),下香油数滴。一箸入口,三春不忘。香椿头只卖得数日,过此则叶绿梗硬,香气大减。其次是小葱拌豆腐。北京有歇后语:"小葱拌豆腐——一青二白",可见这是北京人家家都吃的小菜。拌豆腐特宜小葱,小葱嫩,香。葱粗如指,以拌豆腐,滋味即减。我和林斤澜在武夷山,住一招待所。斤澜爱吃拌豆腐,招待所每餐皆上拌豆腐一大盘,但与豆腐同拌的是青蒜。青蒜炒回锅肉甚佳,以拌豆腐,配搭不当。北京人有用韭菜花、青椒糊拌豆腐的,这是侉吃法,南方人不敢领教。而南方人吃的松花蛋拌豆腐,北方人也觉得岂有此理。这是一道上海菜,我第一次吃到却是在香港的一家上海饭馆里,是吃阳澄湖大闸蟹之前的一道凉菜。北豆腐、松花蛋切成小骰子块,同拌,无姜汁蒜泥,只少放一点盐而已。好吃么？用上海话说:蛮崭格！用北方话说:旱香瓜——另一个味儿。咸鸭蛋拌豆腐也是南方菜,但必须用敝乡所产"高邮咸蛋"。高邮咸蛋蛋黄色如硃砂,多油,和豆腐拌在一起,红白相间,只是颜色即可使人胃口大开。别处的咸鸭蛋,尤其是北方的,蛋黄色浅,又无油,都不中吃。

烧豆腐大体可分为两大类:用油煎过再加料烧的;不过油煎的。

北豆腐切成厚二分的长方块,热锅温油两面煎。油不必多,因豆腐不吃油。最好用平底锅煎。不要煎得太老,稍结薄壳,表面发皱,即可铲出,是名"虎皮"。用已备好的肥瘦各半熟猪肉,切大片,下锅略煸,加葱、姜、蒜、酱油、绵白糖,兑入原猪肉汤,将豆腐推入,加盖猛火煮二三开,即放小火咕嘟。约十五分钟,收汤,即可装盘。这就是"虎皮豆腐"。如加冬菇、虾米、辣椒及豆豉即是"家乡豆腐"。或加菌油,即是湖南有名的"菌油豆腐"——菌油豆腐也有不用油煎的。

"文思和尚豆腐"是清代扬州有名的素菜,好几本菜谱著录,但我在扬州一带的寺庙和素菜馆的菜单上都没有见到过。不知道文思和尚豆腐是过油煎了的,还是不过油煎的。我无端地觉得是油煎了的,而且无端地觉得是用黄豆芽吊汤,加了上好的口蘑或香蕈、竹笋,用极好秋油,文火熬成。什么时候材料凑手,我将根据想象,试做一次文思和尚豆腐。我的文思和尚豆腐将是素菜荤做,放猪油,放虾籽。

虎皮豆腐切大片,不过油煎的烧豆腐则宜切块,六七分见方。北方小饭铺里肉末烧豆腐,是常备菜。肉末烧豆腐亦称家常豆腐。烧豆腐里的翘楚,是麻婆豆腐。相传有陈婆婆,脸上有几粒麻子,在乡场上摆一个饭摊,挑油的脚夫路过,常到她的饭摊上吃饭,陈婆婆把油桶底下剩的油刮下来,给他们烧豆腐。后来大人先生也特意来吃她烧的豆腐。于是麻婆豆腐名闻遐迩。陈麻婆是个值得纪念的人物,中国烹饪史上应为她大书一笔,因为麻婆豆腐确实很好吃。做麻婆豆腐的要领是:一要油多。二要用牛肉末。我曾做过多次麻婆豆腐,都不是那个味儿,后来才知道我用的是瘦猪肉末。牛肉末不能用猪肉末代替。三是要用郫县豆瓣。豆瓣须剁碎。四是要用文火,俟汤汁渐渐收入豆腐,才起锅。

五是起锅时要撒一层川花椒末。一定得用川花椒,即名为"大红袍"者。用山西、河北花椒,味道即差。六是盛出就吃。如果正在喝酒说话,应该把说话的嘴腾出来。麻婆豆腐必须是:麻、辣、烫。

昆明最便宜的小饭铺里有小炒豆腐。猪肉末,肥瘦,豆腐捏碎,同炒,加酱油,起锅时下葱花。这道菜便宜,实惠,好吃。不加酱油而用盐,与番茄同炒,即为番茄炒豆腐。番茄须烫过,撕去皮,炒至成酱,番茄汁渗入豆腐,乃佳。

砂锅豆腐须有好汤,骨头汤或肉汤,小火炖,至豆腐起蜂窝,方好。砂锅鱼头豆腐,用花鲢(即胖头鱼)头,劈为两半,下冬菇、扁尖(腌青笋)、海米,汤清而味厚,非海参鱼翅可及。

"汪豆腐"好像是我的家乡菜。豆腐切成指甲盖大的小薄片,推入虾籽酱油汤中,滚几开,勾薄芡,盛大碗中,浇一勺熟猪油,即得。叫做"汪豆腐",大概因为上面泛着一层油。用勺舀了吃。吃时要小心,不能性急,因为很烫。滚开的豆腐,上面又是滚开的油,吃急了会烫坏舌头。我的家乡人喜欢吃烫的东西,语云:"一烫抵三鲜。"乡下人家来了客,大都做一个汪豆腐应急。周巷汪豆腐很有名。我没有到过周巷,周巷汪豆腐好,我想无非是虾籽多,油多。近年高邮新出一道名菜:雪花豆腐,用盐,不用酱油。我想给家乡的厨师出个主意:加入蟹白(雄蟹白的油即蟹的精子),这样雪花豆腐就更名贵了。

不知道为什么,北京的老豆腐现在见不着了,过去卖老豆腐的摊子是很多的。老豆腐其实并不老,老,也许是和豆腐脑相对而言。老豆腐的作料很简单:芝麻酱、腌韭菜末。爱吃辣的浇一勺青椒糊。坐在街边摊头的矮脚长凳上,要一碗老豆腐,就半斤旋烙的大饼,夹一个薄脆,是一顿好饭。

四川的豆花是很妙的东西,我和几个作家到四川旅游,在乐山吃饭。几位作家都去了大馆子,我和林斤澜钻进一家只有穿草鞋的乡下人光顾的小店,一人要了一碗豆花。豆花只是一碗白汤,啥都没有。豆花用筷子夹出来,蘸"味碟"里的作料吃。味碟里主要是豆瓣。我和斤澜各吃了一碗热腾腾的白米饭,很美。豆花汤里或加切碎的青菜,则为

"菜豆花"。北京的豆花饭庄的豆花乃以鸡汤煨成,过于讲究,不如乡坝头的豆花存其本味。

北京的豆腐脑过去浇羊肉口蘑渣熬成的卤。羊肉是好羊肉,口蘑渣是碎黑片蘑,还要加一勺蒜泥水。现在的卤,羊肉极少,不放口蘑,只是一锅稠糊糊的酱油黏汁而已。即便是过去浇卤的豆腐脑,我觉得也不如我们家乡的豆腐脑。我们那里的豆腐脑温在紫铜扁钵的锅里,用紫铜平勺盛在碗里,加秋油,滴醋、一点点麻油,小虾米、榨菜末、芹菜(药芹即水芹菜)末。清清爽爽,而多滋味。

中国豆腐的做法多矣,不胜记载。四川作家高缨请我们在乐山的山上吃过一次豆腐宴,豆腐十好几样,风味各别,不相雷同。特点是豆腐的质量极好。掌勺的老师傅从磨豆腐到烹制,都是亲自为之,绝不假手旁人。这一顿豆腐宴可称寰中一绝!

豆腐干南北皆有。北京的豆腐干比较有特点的是薰干。薰干切长片拌芹菜,很好。薰干的烟薰味和芹菜的芹菜香相得益彰。花干、苏州干是从南边传过来的,北京原先没有。北京的苏州干只是用味精取鲜,苏州的小豆腐干是用酱油、糖、冬菇汤煮出后晾得半干的,味长而耐嚼。从苏州上车,买两包小豆腐干,可以一直嚼到郑州。香干亦称茶干。我在小说《茶干》中有较细的描述:

> ……豆腐出净渣,装在一个一个小蒲包里,包口扎紧,入锅,码好,投料,加上好抽油,上面用石头压实,文火煨煮。要煮很长时间。煮得了,再一块一块从蒲包里倒出来。这种茶干是圆形的,周围较厚、中间较薄,周身有蒲包压出来的细纹,……这种茶干外皮是深紫黑色的,掰开了,里面是浅褐色的。很结实,嚼起来很有咬劲,越嚼越香,是佐茶的妙品,所以叫做"茶干"。

茶干原出界首镇,故称"界首茶干"。据说乾隆南巡,过界首,曾经品尝过。

干丝是淮扬名菜。大方豆腐干,快刀横披为片,刀工好的师傅一块豆腐干能片十六片;再立刀切为细丝。这种豆腐干是特制的,极坚致,切丝不断,又绵软,易吸汤汁。旧本只有拌干丝。干丝入开水略煮,捞出后装高足浅碗,浇麻酱油醋。青蒜切寸段,略焯,五香花生米搓去皮,同拌,尤妙。煮干丝的兴起也就是五六十年的事。干丝母鸡汤煮,加开阳(大虾米)、火腿丝。我很留恋拌干丝,因为味道清爽,现在只能吃到煮干丝了。干丝本不是"菜",只是吃包子烧麦的茶馆里,在上点心之前喝茶时的闲食。现在则是全国各地淮扬菜系的饭馆里都预备了。我在北京常做煮干丝,成了我们家的保留节目。北京很少遇到大白豆腐干,只能用豆腐片或百页切丝代替。口感稍差,味道却不逊色,因为我的煮干丝里下了干贝。煮干丝没有什么诀窍,什么鲜东西都可往里搁。干丝上桌前要放细切的姜丝,要嫩姜。

臭豆腐是中国人的一大发明。我在上海、武汉都吃过。长沙火宫殿的臭豆腐毛泽东年轻时常去吃。后来回长沙,又特意去吃了一次,说了一句话:"火宫殿的臭豆腐还是好吃。"这就成了"最高指示",写在照壁上。火宫殿的臭豆腐遂成全国第一。油炸臭豆腐干,宜放辣椒酱、青蒜。南京夫子庙的臭豆腐干是小方块,用竹签像冰糖葫芦似的串起来卖,一串八块。昆明的臭豆腐不用油炸,在炭火盆上搁一个铁箅子,臭豆腐干放在上面烤焦,别有风味。

在安徽屯溪吃过霉豆腐,长条豆腐,长了二寸长的白色的绒毛,在平底锅中煎熟,蘸酱油辣椒青蒜吃。凡到屯溪者,都要去尝尝。

豆腐乳各地都有。我在江西进贤参加土改,那里的农民家家都做腐乳。进贤原来很穷,没有什么菜吃,顿顿都用豆腐乳下饭。做豆腐乳,放大量辣椒面,还放柚子皮,味道非常强烈。广西桂林、四川忠县、云南路南所出豆腐乳都很有名,各有特点。腐乳肉是苏州松鹤楼的名菜,肉味浓醇,入口即化。广东点心很多都放豆腐乳,叫做"南乳×
×饼"。

南方人爱吃百页。百页结烧肉是宁波、上海人家常吃的菜。上海老城隍庙的小吃店里卖百页结:百页包一点肉馅,打成结,煮在汤里,要吃,随时盛一碗。一碗也就是四五只百页结。北方的百页缺韧性,打不成结,一打结就断。百页可入臭卤中腌臭,谓之"臭千张"。

杭州知味观有一道名菜：炸响铃。豆腐皮（如过干，要少润一点水），瘦肉剁成细馅，加葱花细姜末，入盐，把肉馅包在豆腐皮内，成一卷，用刀剁，成寸许长的小段，下油锅炸得馅熟皮酥，即可捞出。油温不可太高，太高豆皮易糊。这菜嚼起来发脆响，形略似铃，故名响铃。做法其实并不复杂。肉剁极碎，成泥状（最好用刀背剁），平摊在豆腐皮上，折叠起来，如小钱包大，入油炸，亦佳。不入油炸，而以酱油冬菇汤煮，豆皮层中有汁，甚美。北京东安市场拐角处解放前有一家肉店宝华春，兼卖南味熟肉，卖一种酒菜：豆腐皮切细条，在酱肉汤中煮透，捞出，晾至微干，很好吃，不贵。现在宝华春已经没有了。豆腐皮可做汤。炖酥腰（猪腰炖汤）里放一点豆腐皮，则汤色雪白。

一九九二年六月二十五日

注　释

① 　本篇原载《小说林》1992 年第五期；初收《汪曾祺散文随笔选集》，沈阳出版社，1993 年 6 月。

新　校　舍[①]

　　西南联大的校舍很分散。有一些是借用原先的会馆、祠堂、学校，只有新校舍是联大自建的，也是联大的主体。这里原来是一片坟地。坟主的后代大都已经式微或他徙了，联大征用了这片地并未引起麻烦。有一座校门，极简陋，两扇大门是用木板钉成的，不施油漆，露着白茬。门楣横书大字："国立西南联合大学"。进门是一条贯通南北的大路。路是土路，到了雨季，接连下雨，泥泞没足，极易滑倒。大路把新校舍分为东西两区。

　　路以西，是学生宿舍。土墼墙，草顶。两头各有门。窗户是在墙上留出方洞，直插着几根带皮的树棍。空气是很流通的，因为没有人爱在窗洞上糊纸，当然更没有玻璃。昆明气候温和，冬天从窗洞吹进一点风，也不要紧。宿舍是大统间，两边靠墙，和墙垂直，各排了十张双层木床。一张床睡两个人，一间宿舍可住四十人。我没有留心过这样的宿舍共有多少间。我曾在25号宿舍住过两年。25号不是最后一号。如果以三十间计，则新校舍可住一千二百人。联大学生约三千人，工学院住在拓东路迤西会馆；女生住"南院"，新校舍住的是文、理、法三院的男生。估计起来，可以住得下。学生并不老老实实地让双层床靠墙直放，向右看齐，不少人给它重新组合，把三张床拼成一个U字，外面挂上旧床单或钉上纸板，就成了一个独立天地，屋中之屋。结邻而居的，多是谈得来的同学。也有的不是自己选择的，是学校派定的。我在25号宿舍住的时候，睡靠门的上铺，和下铺的一位同学几乎没有见过面。他是历史系的，姓刘，河南人。他是个农家子弟，到昆明来考大学是由河南自己挑了一担行李走来的。——到昆明来考联大的，多数是坐公共汽车来的，乘滇越铁路火车来的，但也有利用很奇怪的交通工具来的。物理系有个姓应的学生，是自己买了一头毛驴，从西康骑到昆明来的。我和历史系同学怎么会没有见过面呢？他是个很用功的老实学生，每天黎明即起，到树林里去读书。我是个夜猫子，天亮才回床睡觉。一般说，学生搬动床位，调换宿舍，学校是不管的，从来也没有办事职员来查看过。有人占了一个床位，却终年不来住。也有根本不是联大的，却在宿舍里住了几年。有一个青年小说家曹卣，——他很年轻时就在《文学》这样的大杂志上发表过小说，他是同济大学的，却住在25号宿舍。也不到同济上课，整天在25号写小说。

桌椅是没有的。很多人去买了一些肥皂箱。昆明肥皂箱很多，也很便宜。一般三个肥皂箱就够用了。上面一个，面上糊一层报纸，是书桌。下面两层放书，放衣物，这就书橱、衣柜都有了。椅子？——床就是。不少未来学士在这样的肥皂箱桌面上写出了洋洋洒洒的论文。

宿舍区南边，校门围墙西侧以里，是一个小操场。操场上有一副单杠和一副双杠。体育主任马约翰带着大一学生在操场上上体育课。马先生一年四季只穿一件衬衫，一件西服上衣，下身是一条猎裤，从不穿毛衣、大衣。面色红润，连光秃秃的头顶也红润，脑后一圈雪白的卷发。他上体育课不说中文，他的英语带北欧口音。学生列队，他要求学生必须站直："Boys！you must keep your body straight！"我年轻时就有点驼背，始终没有 straight 起来。

操场上有一个篮球场，很简陋。遇有比赛，都要临时画线，现结篮网，但是很多当时的篮球名将如唐宝华、牟作云……都在这里展过身手。

大路以东，有一条较小的路。这条路经过一个池塘，池塘中间有一座大坟，成为一个岛。岛上开了很多野蔷薇，花盛时，香扑鼻。这个小岛是当初规划新校舍时特意留下的。于是成了一个景点。

往北，是大图书馆。这是新校舍唯一的瓦顶建筑。每天一早，就有一堆学生在外面等着。一开门，就争先进去，抢座位（座位不很多），抢指定参考书（参考书不够用）。晚上十点半钟，图书馆的电灯还亮着，还有很多学生在里面看书。这都是很用功的学生。大图书馆我只进去过几次。这样正襟危坐，集体苦读，我实在受不了。

图书馆门前有一片空地。联大没有大会堂，有什么全校性的集会便在这里举行。在图书馆关着的大门上用摁钉摁两面党国旗，也算是会场。我入学不久，张清常先生在这里教唱过联大校歌（校歌是张先生谱的曲），学唱校歌的同学都很激动。每月一号，举行一次"国民月会"，全称应是"国民精神总动员月会"，可是从来没有人用全称，实在太麻烦了。国民月会有时请名人来演讲，一般都是梅贻琦校长讲讲话。梅先生很严肃，面无笑容，但说话很幽默。有一阵昆明闹霍乱，梅先生劝大家不要在外面乱吃东西，说："有一位同学说，'我吃了那么多次，也没有得过一次霍乱。'这种事情是不能有第二次的。"开国民月会时，没有人老实站着，都是东张西望，心不在焉。有一次，我发现青天白日满地红的国旗的太阳竟是十三只角（按规定应是十二只）！

"一二·一惨案"（国民党军队枪杀三位同学、一位老师）发生后，大图书馆曾布置成死难烈士的灵堂，四壁都是挽联，灵前摆满了花圈，大香大烛，气氛十分肃穆悲壮。那两天昆明各界前来吊唁的人络绎于途。

大图书馆后面是大食堂。学生吃的饭是通红的糙米，装在几个大木桶里，盛饭的瓢也是木头的，因此饭有木头的气味。饭里什么都有：砂粒、耗子屎……被称为"八宝饭"。八个人一桌，四个菜，装在酱色的粗陶碗里。菜多盐而少油。常吃的菜是煮芸豆，还有一种叫做蘑芋豆腐的灰色的凉粉似的东西。

大图书馆的东面，是教室。土墙，铁皮顶。铁皮上涂了一层绿漆。有时下大雨，雨点敲得铁皮丁丁当当地响。教室里放着一些白木椅子。椅子是特制的，右手有一块羽毛球拍大小的木板，可以在上面记笔记。椅子是不固定的，可以随便搬动，从这间教室搬到那间。吴宓先生上"《红楼梦》研究"课，见下面有女生没有坐下，就立即走到别的教室去搬椅子。一些颇有骑士风度的男同学于是追随吴先生之后，也去搬。到女同学都落座，吴先生才开始上课。

我是个吊儿郎当的学生，不爱上课。有的教授授课是很严格的。

教西洋通史（这是文学院必修课）的是皮名举。他要求学生记笔记，还要交历史地图。我有一次画了一张马其顿王国的地图，皮先生在我的地图上批了两行字："阁下所绘地图美术价值甚高，科学价值全无。"第一学期期终考试，我得了三十七分。第二学期我至少得考八十三分，这样两学期平均，才能及格，这怎么办？到考试时我拉了两个历史系的同学，一个坐在我的左边，一个坐在我的右边。坐在右边的同学姓钮，左边的那个忘了。我就抄左边的同学一道答题，又抄右边的同学一道。公布分数时，我得了八十五，及格还有富余！

朱自清先生教课也很认真。他教我们宋诗。他上课时带一沓卡片，一张一张地讲。要交读书笔记，还有月考、期考。我老是缺课，因此朱先生对我印象不佳。

多数教授讲课很随便。刘文典先生教《昭明文选》，一个学期才讲了半篇木玄虚的《海赋》。

闻一多先生上课时，学生是可以抽烟的。我上过他的"楚辞"。上第一课时，他打开高一尺又半的很大的毛边纸笔记本，抽上一口烟，用顿挫鲜明的语调说："痛饮酒，熟读《离骚》——乃可以为名士。"他讲唐诗，把晚唐诗和后期印象派的画联系起来讲。这样讲唐诗，别的大学里大概没有。闻先生的课都不考试，学期终了交一篇读书报告即可。

唐兰先生教词选，基本上不讲。打起无锡腔调，把词"吟"一遍："'双鬟隔香红啊——玉钗头上风……'好！真好！"这首词就算讲过了。

西南联大的课程可以随意旁听。我听过冯文潜先生的美学。他有一次讲一首词：

> 汴水流，
>
> 泗水流，
>
> 流到瓜洲古渡头，
>
> 吴山点点愁。

冯先生说他教他的孙女念这首词，他的孙女把"吴山点点愁"念成

"吴山点点头",他举的这个例子我一直记得。

吴宓先生讲"中西诗之比较",我很有兴趣地去听。不料他讲的第一首诗却是:

> 一去二三里,
>
> 烟村四五家,
>
> 楼台六七座,
>
> 八九十枝花。

我不好好上课,书倒真也读了一些。中文系办公室有一个小图书馆,通称系图书馆。我和另外一两个同学每天晚上到系图书馆看书。系办公室的钥匙就由我们拿着,随时可以进去。系图书馆是开架的,要看什么书自己拿,不需要填卡片这些麻烦手续。有的同学看书是有目的有系统的。一个姓范的同学每天摘抄《太平御览》。我则是从心所欲,随便瞎看。我这种乱七八糟看书的习惯一直保持到现在。我觉得这个习惯挺好。夜里,系图书馆很安静,只有哲学心理系有几只狗怪声嗥叫——一个教生理学的教授做实验,把狗的不同部位的神经结扎起来,狗于是怪叫。有一天夜里我听到墙外一派鼓乐声,虽然悠远,但很清晰。半夜里怎么会有鼓乐声?只能这样解释:这是鬼奏乐。我确实听到的,不是错觉。我差不多每夜看书,到鸡叫才回宿舍睡觉。——因此我和历史系那位姓刘的河南同学几乎没有见过面。

新校舍大门东边的围墙是"民主墙"。墙上贴满了各色各样的壁报,左、中、右都有。有时也有激烈的论战。有一次三青团办的壁报有一篇宣传国民党观点的文章,另一张"群社"编的壁报上很快就贴出一篇反驳的文章,批评三青团壁报上的文章是"咬着尾巴兜圈子"。这批评很尖刻,也很形象。"咬着尾巴兜圈子"是狗。事隔近五十年,我对这一警句还记得十分清楚。当时有一个"冬青社"(联大学生社团甚多),颇有影响。冬青社办了两块壁报,一块是《冬青诗刊》,一块就叫《冬青》,是刊载杂文和漫画的。冯友兰先生、查良钊先生、马约翰先生,都曾经被画进漫画。冯先生、查先生、马先生看了,也并不生气。

除了壁报,还有各色各样的启事。有的是出让衣物的。大都是八成新的西服、皮鞋。出让的衣物就放在大门旁边的校警室里,可以看货付钱。也有寻找失物的启事,大都写着:"鄙人不慎,遗失了什么东西,如有捡到者,请开示姓名住处,失主即当往取,并备薄酬。"所谓"薄酬",通常是五香花生米一包。有一次有一位同学贴出启事:"寻找眼睛。"另一位同学在他的启事标题下用红笔画了一个大问号。他寻找的不是"眼睛",是"眼镜"。

新校舍大门外是一条碎石块铺的马路。马路两边种着高高的有加利树(即桉树,云南到处皆有)。

马路北侧,挨新校的围墙,每天早晨有一溜卖早点的摊子。最受欢迎的是一个广东老太太卖的煎鸡蛋饼。一个瓷盆里放着鸡蛋加少量的水和成的稀面,舀一大勺,摊在平铛上,煎熟,加一把葱花。广东老太太很舍得放猪油。鸡蛋饼煎得两面焦黄,猪油吱吱作响,喷香。一个鸡蛋饼直径一尺,卷而食之,很解馋。

晚上,常有一个贵州人来卖馄饨面。有时馄饨皮包完了,他就把馄饨馅拨在汤里下面。问他:"你这叫什么面?"贵州老乡毫不迟疑地说:"桃花面!"

马路对面常有一个卖水果的。卖桃子,"面核桃"和"离核桃",卖泡梨——棠梨泡在盐水里,梨肉转为极嫩、极脆。

晚上有时有云南兵骑马由东面驰向西面,马蹄铁敲在碎石块的尖棱上,迸出一朵朵火花。

有一位曾在联大任教的作家教授在美国讲学。美国人问他:西南联大八年,设备条件那样差,教授、学生生活那样苦,为什么能出那样多的人才?——有一个专门研究联大校史的美国教授以为联大八年,出的人才比北大、清华、南开三十年出的人才都多。为什么?这位作家回答了两个字:自由。

一九九二年七月五日

注　释

① 本篇原载《芒种》1992 年第十期；初收《草花集》，成都出版社，1993 年
9 月。

我 的 母 亲[①]

——自传体系列散文《逝水》之五

我父亲结过三次婚。

我的生母姓杨。我不知道她的学名。杨家不论男女都是排行的。我母亲那一辈"遵"字排行,我母亲应该叫杨遵什么。前年我写信问我的姐姐,我们的母亲叫什么。姐姐回信说:叫"强四"。我觉得很奇怪,怎么叫这么个名呢?是小名么?也不大像。我知道我母亲不是行四。一个人怎么会连自己母亲的名字都不知道呢?因为我母亲活着的时候我太小了。

我三岁的时候,母亲就故去了。我对她一点印象都没有。她得的是肺病,病后即移住在一个叫"小房"的房间里,她也不让人把我抱去看她。我只记得我父亲用一个煤油箱自制了一个炉子,煤油箱横放着,有两个火口,可以同时为母亲熬粥,熬参汤、燕窝,另外还记得我父亲雇了一只船陪她到淮城去就医,我是随船去的。我记得小船中途停泊时,父亲在船头钓鱼,还记得船舱里挂了好多大头菜。我一直记得大头菜的气味。

我只能从母亲的画像看看她。据我的大姑妈说,这张像画得很像。画像上的母亲很瘦,眉尖微蹙。样子和我的姐姐很相似。

我母亲是读过书的。她病倒之前每天还写一张大字。我曾在我父亲的画室里找出一摞母亲写的大字,字写得很清秀。

前年我回家乡,见着一个老邻居,她记得我母亲。看见过我母亲在花园里看花。——这家邻居和我们家的花园只隔一堵短墙。我母亲叫她"小新娘子"。"小新娘子,过来过来,给你一朵花戴。"我于是好像看见母亲在花园里看花,并且觉得她对邻居很和善。这位"小新娘子"已经是八十多岁的老太太了!

我还记得我母亲爱吃京冬菜。这东西我们家乡是没有的,是托做京官的亲戚带回来的,装在陶制的罐子里。

我母亲死后,她养病的那间"小房"锁了起来,里面堆放着她生前用的东西,全部嫁妆,——"摞橱"、皮箱和铜火盆、朱漆的火盆架子……我的继母有时开锁进去,取一两样东西,我跟着进去看过。"小房"外面有一个小天井。靠南有一个秋叶形的小花台。花台上开了一些秋海棠。这些海棠自开自落,没人管它。花很伶仃,但是颜色很红。

我的第一个继母娘家姓张。她们家原来在张家庄住,是个乡下财主。后来在城里盖了房子,才搬进城来。房子是全新的,新砖,新瓦,油漆的颜色也都很新。没有什么花木,却有一片很大的桑园。我小时就觉得奇怪,又不养蚕,种那么多桑树做什么?桑树都长得很好,干粗叶大,是湖桑。

我的继母幼年丧母,她是跟姑妈长大的,姑妈家姓吴。继母的姑妈年轻守寡。她住的房子二梁上挂着一块匾,朱地金字:"松贞柏节",下款是"大总统题"。这大总统不知是谁,是袁世凯?还是黎元洪?吴家家境不富裕,住的房子是张家的三间偏房。老姑奶奶有两个儿子,一个叫大和子,一个叫小和子。两个儿子都没上学校,念了几年私塾,专学珠算。同年龄的少年学"鸡兔同笼",他们却每天打"归除"、"斤求两,两求斤"。他们是准备到钱庄去学生意的。

我的继母归宁,也到她的继母屋里坐坐,但大部分时间都在这三间偏房里和姑妈在一起。我父亲到老丈人那边应酬应酬,说些淡话,也都在"这边"陪姑妈闲聊。直到"那边"来请坐席了,才过去。

继母身体不好。她婚前咳嗽得很利害,和我父亲拜堂时是服用了一种进口的杏仁露压住的。

她是长女,但是我的外公显然并不钟爱她。她的陪嫁妆奁是不丰的。她有时准备出门作客,才戴一点首饰。比较好的首饰是副翡翠耳环。有一次,她要带我们到外公家拜年,她打扮了一下,换了一件灰鼠的皮袄。我觉得她一定会冷。这样的天气,穿一件灰鼠皮袄怎么行呢?

然而她只有一件皮袄。我忽然对我的继母产生一种说不出来的感情。我可怜她，也爱她。

后娘不好当。我的继母进门就遇到一个局面，"前房"（我的生母）留下三个孩子：我姐姐，我，还有一个妹妹。这对于"后娘"当然会是沉重的负担。上有婆婆，中有大姑子、小姑子，还有一些亲戚邻居，她们都拿眼睛看着，拿耳朵听着。

也许我和娘（我们都叫继母为娘）有缘，娘很喜欢我。

她每次回娘家，都是吃了晚饭才回来。张家总是叫了两辆黄包车，姐姐和妹妹坐一辆，娘搂着我坐一辆。张家有个规矩（这规矩是很多人家都有的），姑娘回自己婆家，要给孩子手里拿两根点着了的安息香。我于是拿着两根安息香，偎在娘怀里。黄包车慢慢地走着。两旁人家、店铺的影子向后移动着，我有点迷糊。闻着安息香的香味，我觉得很幸福。

小学一年级时，冬天，有一天放学回家，我大便急了，憋不住，拉在裤子里了（我记得我拉的屎是热腾腾的）。我兜着一裤兜屎，一扭一扭地回了家。我的继母一闻，二话没说，赶紧烧水，给我洗了屁股。她把我擦干净了，让我围着棉被坐着。接着就给我洗衬裤刷棉裤。她不但没有说我一句，连眉头都没有皱一下。

我妹妹长了头虱，娘煎了草药给她洗头，用篦子给她篦头发。张氏娘认识字，念过《女儿经》。《女儿经》有几个版本，她念过的那本，她从娘家带了过来，我看过。里面有这样的句子："张家长，李家短，别人的事情我不管。"她就是按照这一类道德规范做人的。她有时念经：《金刚经》、《心经》、《高王经》。她是为她的姑妈念的。

她做的饭菜有些是乡下做法，比如番瓜（南瓜）熬面疙瘩、煮百合先用油炒一下。我觉得这样的吃法很怪。

她死于肺病。

我的第二个继母姓任。任家是邵伯大地主，庄园有几座大门，庄园外有壕沟吊桥。

我父亲是到邵伯结的婚。那年我已经十七岁，读高二了。父亲写信给我和姐姐,叫我们去参加他的婚礼。任家派一个长工推了一辆独轮车到邵伯码头来接我们。我和姐姐一人坐一边。我第一次坐这种独轮车觉得很有趣。

我已经很大了,任氏娘对我们很客气,称呼我是"大少爷"。我十九岁离开家乡到昆明读大学。1986年回乡,这时娘才改口叫我"曾祺"。——我这时已经六十六岁,也不是什么"少爷"了。

我对任氏娘很尊敬,因为她伴随我的父亲度过了漫长的很艰苦的沧桑岁月。

她今年八十六岁。

一九九二年七月十一日

注 释

① 本篇原载《作家》1993年第二期;初收《汪曾祺散文随笔选集》,沈阳出版社,1993年6月。

大 莲 姐 姐①

——自传体系列散文《逝水》之六

　　大莲姐姐可以说是我的保姆。她是我母亲从娘家带过来的。她在杨家伺候大小姐——我母亲，到了我们家"带"我。我们那里把女佣人都叫做"莲子"，"大莲子"、"小莲子"。伺候我的二伯母的女佣人，有一个奇怪称呼，叫"高脚牌大莲子"。不知道怎么会这样称呼，可能是她的脚背特别高。全家都叫我的保姆为"大莲子"，只有我叫她"大莲姐姐"。

　　我小时候是个"惯宝宝"。怕我长不大，于是认了好几个干妈，在和尚庙、道士观里都记了名，我的法名叫"海鳌"。我还记得在我父亲的卧室的一壁墙上贴着一张八寸高五寸宽的梅红纸，当中一行字"三宝弟子求取法名海鳌"，两边各有一个字，一边是"皈"，一边是"依"。我大概是从这张记名红纸上才认得这个"皈"字的。因为是"惯宝宝"，才有一个保姆专门"看"我。大莲姐姐对我的姐姐和妹妹是不大管的，就管照看我一个人。

　　大莲姐姐对我母亲很有感情，对我的继母就有一种敌意。继母还没有过门，嫁妆先发了过来，新房布置好了。她拍拍一张小八仙桌，对我的姐姐说："这是红木的，不是海梅的！""海梅"别处不知叫什么，在我们那里是最贵重的木料。我母亲的嫁妆就是海梅的。她还教我们唱：

　　"小白菜呀，

　　地里黄呀……"

　　我虽然很小，也觉得这不好。

　　大莲姐姐对我是很好。我小时不好好吃饭，老是围着桌子转，她就围着桌子追着喂我。不知要转多少圈，才能把半碗饭喂完。

晚上，她带着我睡。

我得了小肠疝气，有时发作，就在床上叫："大莲姐姐，我疼。"她就熬了草药，倒在一个痰盂里，抱我坐在上面薰。薰一会，坠下来的小肠就能收缩回去。她不知从哪里学到一些偏方，都试过。煮了胡萝卜，让我吃。我天天吃胡萝卜，弄得我到现在还不喜欢胡萝卜的味儿。把鸡蛋打匀了，用个秤锤烧红了，放在鸡蛋里，嗤啦一声，鸡蛋熟了。不放盐，吃下去。真不好吃！

我上小学后，大莲姐姐辞了事，离开我们家。她好像在别的人家做了几年。后来，就不帮人了，住在臭河边一个白衣庵里。她信佛，听我姐姐说，她受过戒。并未剃去头发，只在头顶上剃了一块，烧的戒疤也少，头发长长了，拢上去，看不出来。她成了个"道婆子"。我们那里有不少这种道婆子。她们每逢哪个庙的香期，就去"坐经"，——席地坐着，一坐一天。不管什么庙，是庙就"坐"。东岳庙、城隍庙，本来都是道士住持，她们不管，一屁股坐下就念"南无阿弥陀佛"，我放学回家，路过白衣庵，她有时看着我走过，有时也叫我到她那里去玩。白衣庵实在没有什么好"玩"的。这是一个小庵，殿上塑着一尊白衣观音。天井东西各有一间小屋，大莲姐姐住东屋，西屋住的也是一个"带发修行"的道婆子。

她后来又和同善社、"理教劝戒烟酒会"的一些人混在一起。我们那里没有一贯道。如果有，她一定也会入一贯道的。她是什么都信的。

一九九二年七月十二日

注　释

① 本篇原载《作家》1993 年第四期；初收《汪曾祺散文随笔选集》，沈阳出版社，1993 年 6 月。

相看两不厌①

——代序

先燕云的散文不少篇是写山水的。

"相看两不厌,只有敬亭山""我见青山多妩媚,料青山见我应如是"。写山水,无非是写人与自然的关系,人和山水的默契,溶合,一番邂逅,一度目成,一回莫逆。先燕云说:"人与山水间也需要一点灵犀,这是我读山水的一点体会",说得很对。"这一瞬间,我感到一种与山水的认同",这一瞬间得之非易,可遇而不可求,而且稍纵即逝,"来如春梦不多时,去如朝云无觅处"。因此要珍重这一瞬。

山水有灵。先燕云写山水往往升到哲学的高度。两年前初识小先,读了她的三篇散文,我觉得有哲理,有禅机。读《江川的诱惑》,至"绘完彩亭,他们将毫不犹豫地逃离孤山。孤山不走。"我说:"有'孤山不走'这一句,你就有资格当一个散文家"。这是诗,是哲理诗。一个散文家首先必须是诗人。

> 荒原已经走完。
>
> 心头血涌,回头看那沉默的荒原。
>
> 面对夜走荒原的我们,你诉说过什么?
>
> 你的梦痕,你的创伤,你的想往⋯⋯荒原不语。
>
> ——《夜走荒原》

这让人想到 T. S. 艾略特的《荒原》,让人想起"念天地之悠悠"。

"看井看的是人生"。其实看山看水看雨看月看桥看井,看的都是人生。否则就是一个地理学家、气象学家,不是散文作家。"人生",无非是两种东西:永恒和短暂,变和不变。"自其变者而观之,则天地曾不能以一瞬；自其不变者而观之，则物与我皆无尽也"，但是人总是不能如此豁达。人在山水名胜间，总不免抚今追昔，产生历史的悲凉感。《冬日，在圆明园》写的就是这种悲凉感。但是人生又确是永恒的，瞬间的永恒。我很喜欢《峡江相逢》。两船相错，一只船上的旅客向隔船的人扬起手臂，另一船上的人也将手臂举起；船上的"我"看到半山一个穿红衣的青年人在耕作，环手成筒，冲他高喊："哎……哎……"这有什么呢？但是这是人与人的真情，这是很美的。"这时我和他，似乎在追求生命的永恒的同时忍受着生命的短暂。是啊，一生中不会有第二次，它却短得让人来不及思索与回味。"然而小先不是思索回味了么？人生聚散匆匆，"相逢何必曾相识"，只一点真情可感，不是也可欣慰么？我很喜欢这篇充满温情的小诗。如果是我，我会把"峡江"两个字去掉，题目就叫《相逢》。"相逢"，多美的词呀。

　　毕竟，人和自然的关系，人是主体。"天地空寂之时，人总是面对自己。"(《三峡望月》)小先登山涉水，是很受益的。她从自然、山水得到感悟，受到启发，增加了生命意识，生活的信心。"我佩服自然的绝妙造化，完全是超然的大手笔，不似人生险恶那么小气。千万年来，人们为此感叹而沉湎，同时悟到人生的短暂与渺小。这种彻悟，提醒人们珍惜有限生命，力图在渺小中生出种昂扬的光辉。"(《人在旅途》)在《冬日，在圆明园》的最后，她说："哦，我穿越历史来与你对话，我踏访、读石、悟冰，都因我有一份难解的情结。我如你一样太傲太孤，创痛剧深，却不似你这般守得住寂寞。我年轻，有热力，有血性，有一颗属于未来的心。我找到了自新的神力。"天知道，我为此感到多大的安慰。小先曾问我有没有不想活的时候，我愿她永远摆脱这种阴影。我相信会的。应该好好活一辈子。其他都是次要的。在《澜沧江之旅·凤凰树》中，小先写道："如果将你的生命融进我的生命，我可以唱着歌旋风般走遍世界。"事实上小先从某个意义上说，就是一棵凤凰树，至少在她的性格中有这一面。因此先燕云的散文给予读者的是对生活的执着的爱。我想这是先燕云散文的积极的意义。

　　小先感觉敏锐，善于捕捉印象，往往一句话就把一个印象像捉蝴蝶

似的捉到。她善用比喻,并直接把比喻转换成叙述。比如:

> 谷间草木茂密,叶尖上均挂有细而晶莹的小水珠。阳光下,每片叶尖都点亮了小灯笼。

比如:

> 老人笑得更甜,老脸上开满菊花。

"老脸上开满菊花",这是一句很精彩的语言,这非常生动,非常形象,非常概括。这是现代诗。——如果有人问:脸上怎么会开菊花?这人的智商肯定不高!

小先在语言上很下功夫,炼字炼句,注意语言的韵律感,时用俳句叠句,有时用骈偶的句子。如:

> ……正感愧怍,听得一声吆喝:"到啰!"豁然间,一片红土地,万里无云天。

她的语言接近散文诗,具有很大的可读性。但有时也写得萧萧散散,自自然然。比如:

> ……寺外苍松上,两只小松鼠毫不在意我们的惊扰,自顾嬉戏。进得寺内,庭院狭小,苍苔满地。院中设有花坛,皆是寻常花木,枝条疏朗。择一矮桌坐下,爬山出的汗立时收干,荫荫地觉出凉意。只见一僧快步提壶前来,几近虔诚地合十询问我们来自何方,款款送出出家人的安恬与超然。

这有点像晚明小品。

先燕云的语言基本上是雅言——书面语言,但有时不避俗词俗字,比如"屁颠屁颠的"。

这样,她的语言就不拘一格,活泼生动,姿态横生。

前年在昆明,我们几个外地的年长一点的作家找小先作了一次颇为"严肃"的聚谈,对她的未来作了一番设计。我们建议她少管一些杂事,多写散文,早一点出一个集子。我当场答应给她的散文集写一篇序。现在先燕云的散文集编出来了,我得履行我的诺言。序是写出来了,只能是这个样子。因为:一、我没有读她的全部散文;二、没有潜心玩味,对她的散文只有浅层次的理解。天热如此,姑且交卷。等小先出第二个散文集时,我也许可以写一篇好一点的序。

一九九二年七月十八日　北京酷暑

注　释

① 　本篇原载《汪曾祺文集·文论卷》,江苏文艺出版社,1993 年 9 月,是为《那方山水》(先燕云著,云南人民出版社,1994 年版)所作序。

我 的 小 学①

——自传体系列散文《逝水》之七

我读的小学是县立第五小学,简称五小,在城北承天寺的旁边,五小有一支校歌。我在小说《徙》的开头提到这支校歌。歌词如下:

西挹神山爽气,

东来邻寺疏钟,

看吾校巍巍峻宇,

连云栉比列其中。

半城半郭尘嚣远,

无女无男教育同。

桃红李白,芬芳馥郁,

一堂济济坐春风。

愿少年,乘风破浪,

他日毋忘化雨功。

"神山爽气"是秦邮八景之一。"神山"即"神居山",在高邮湖西,我没有去过,"爽气"也不知道是一种什么样子的气。"东来邻寺疏钟"的"邻寺"即承天寺。这倒是每天必须经过的。这是一座古寺,张士诚就是在承天寺称王的。张士诚攻下高邮在至正十三年(1353),称王在次年。那时就有这座寺了。以后也没听说重修过(我没见过重修碑记)。这也就是一个一般的寺庙。一个大雄宝殿,三世佛;殿后是站在鳌鱼头上的南海观音;西侧是罗汉堂,罗汉堂有一口大钟,我写的《幽冥钟》就是写的这口钟;东边是僧众的宿舍和膳堂,廊子上挂了一条很大的木头鱼,画出蓝色的鱼鳞,一口像倒挂的如意云头的铁磬,木鱼铁磬从来没听见敲响过。寺古房旧僧白头,佛像髹漆都暗淡了。看不出一点张士诚即位称王的痕迹。他在什么地方坐朝的呢?总不能在大雄宝殿上,也不会在罗汉堂里。

学校的对面,也就是承天寺的对面,是"天地坛"。原来大概是祭天地的地方,但我从小就没有见过祭过天地。这是一片很大的空地,安下一个足球场还有富余。天地坛四边有砖砌的围墙,但是除了五小的学生来踢球、跑步,可以说毫无用处。坛的四面长满了荒草,草丛中有枸杞,秋天结了很多红果子,我们叫它"狗奶子"。

"巍巍峻宇","连云栉比",实在过于夸张了。一个只有六个班的小学,怎么能有这样高大,这样多的房子呢!

学校门外的地势比校内高,进大门,要下一个慢坡,慢坡是"站砖"铺的。不是笔直的,而是有点弯。不知道为什么,我们对这道弯弯的慢坡很有感情。如果它是笔直的,就没有意思了。

慢坡的东端是门房,同时也是斋夫(校工)詹大胖子的宿舍。詹大胖子墙上挂着一架时钟,桌上有一把铜铃,一个玻璃匣子放着花生糖、芝麻糖,是卖给学生吃的。学校不许他卖,他还是偷偷地卖。

詹大胖子的房子的对面,隔着慢坡,是大礼堂。大礼堂的用处是做"纪念周",开"同乐会"。平常日子,是音乐教室,唱歌。

大礼堂的北面是校园。校园里花木不多,比较突出的是一架很大的"十姊妹"。我对这个校园留下很深的印象是:有一年我们县境闹蝗虫,蝗虫一过,遮天蔽日,学校里遍地都是蝗虫,我们就见蝗虫就捉,到校园里用两块砖头当磨子,把蝗虫磨得稀烂。蝗虫太可恶了!

校园之北,是教务处。一个很大的房间,两边靠墙摆了几张三屉桌,供教员备课,批改学生作业。当中有一张相当大的会议桌。这张会议桌平常不开会,有一个名叫夏普天的教员在桌上画炭画像。这夏普天(不知道为什么学生背后都不称他为"夏先生",径称之为"夏普天",有轻视之意)在教员中有其特别处。一是他穿西服(小学教员穿西服者甚少);二是他在教小学之外还有一个副业:画像。用一个刻有方格的有四只脚的放大镜,放在一张照片上,在大张的画纸上画了经纬方格,看着放大镜,勾出铅笔细线条,然后用剪秃了的羊毫笔,蘸炭粉,涂出深浅浓淡。说是"涂"不大准确,应该说是"蹭"。我在小学时就知道这不叫艺术,但是有人家请他画,给钱。夏普天的画像真正只是谋生之术。夏家原是大族,后来败落了。夏普天画像,实非得已。过了好多年,我才知道夏普天是我们县的最早的共产党员之一!夏普天给我的印象是:一个非常聪明的人。

教务处的北面是幼稚园。现在一般都叫幼儿园,我入园时叫幼稚园。五小设幼稚园是创举。这个幼稚园是全县第一个幼稚园。

幼稚园的房子是新盖的。一切都是新的。新砖、新瓦、新门、新窗。这座房子有点特别,是六角形的。进门,是一个宽敞明亮的大厅。铺着漆成枣红色的地板,用白漆画出一个很大的圆圈。这圆圈是为了让"小朋友"沿着唱歌跳舞而画出的。"小朋友"每天除了吃点心,大部分时间是唱歌跳舞。规定:上幼稚园的"小朋友"的家里都要预备一双"软底鞋",——普通的布鞋,但是鞋底是几层布"绗"出来的软底。

幼稚园的老师是王文英,她是我们县里头一个从"幼稚师范"毕业的专业老师。整个幼稚园只有一个老师,教唱歌、跳舞都是她。我在幼稚园学过很多歌,有一些是"表演唱"。我至今记得的是《小羊儿乖乖》,母亲出去了,狼来了:

> 狼:小羊儿乖乖,
>
>   把门儿开开,
>
>   快点儿开开,
>
>   我要进来。
>
> 小羊:不开不开不能开,
>
>   母亲不回来,
>
>   谁也不能开。
>
> 狼:小兔子乖乖,
>
>   把门儿开开,
>
>   快点儿开开,
>
>   我要进来。

小兔:不开不开不能开,

　　母亲不回来,

　　谁也不能开。

狼:小螃蟹乖乖,

　　把门儿开开,

　　快点儿开开,

　　我要进来。

螃蟹:就开就开我就开——(开门)

狼:啊呜!(把小螃蟹吃了)

小羊、小兔:

　　可怜小螃蟹,

　　从此不回来。

另外还有:

　　拉锯,送锯,

　　你来,我去。

　　拉一把,推一把,

　　哗啦哗啦起风啦。

　　小小狗,快快走;

　　小小猫,快快跑!

(王老师除了教唱,领着小朋友唱,还用一架风琴伴奏。)

　　幼稚园门外是一个游戏场,有一个沙坑,一架秋千,还有一个"巨人布"。一根粗大柱,半截埋在土里,柱顶有一个火炬形的顶子,顶与柱之间是铁的轴棍,柱顶牵出八条粗麻绳,小朋友各攥住一根麻绳,连跑几步,拳起腿一悠,柱顶即转动,小朋友能悠好多圈。我到现在还不知道这个游戏器械为什么叫"巨人布"。也许应该写成"巨人步"。这种游戏大概是从外国传进来的。

　　在全班小朋友中我是最受王老师宠爱的。我们那一班临毕业前曾在游戏场上照了一张合影。我骑在一头木马上。这是我第一次留了一回马上英姿(另外还有一个同学骑在一个灰色的木鸭子上,其他小朋友都蹲着,坐着)。

我离开五小后很少和王老师见面。我十九岁离开家乡。和王老师不通音问。她和我的初中国文老师张道仁先生结了婚,我也不知道。

1981年我回了一次故乡,带了两盒北京的果脯,去看张老师和王老师。我给张老师和王老师都写了一张字。给王老师写的是一首不文不白的韵文:

> "小羊儿乖乖,
> 把门儿开开",
> 歌声犹在,耳畔徘徊。
> 念平生美育,
> 从此培栽。
> 我今亦老矣,
> 白髭盈腮。
> 但师恩母爱,
> 岂能忘怀。
> 愿吾师康健,
> 长寿无灾。

这首"诗"使王老师哭了一个晚上。她对张先生说:"我教了那么多学生,还没有一个来看看我的。"张先生非常感慨地再三说:"师恩母爱!师恩母爱!……"他说王老师告诉他,我上幼稚园的时候还戴着我妈妈的孝。王老师不说,我还真不记得。

教务处和幼稚园的东面,是一、二、三、四年级教室。两排。两排教室之前是一片空地。空地的路边有几棵很大的梧桐。到了秋天,落了一地很大的梧桐叶。我很小的时候就知道"一叶落而天下惊秋",而且不胜感慨。我们捡梧桐子。梧桐子炒熟了,是可以吃的,很香。

往后走,是五年级、六年级教室。这是另外一个区域,不仅因为隔着一个院子,有几棵桂花,而且因为五、六年级是"高年级"(一、二年级是初年级,三、四年级是中年级),到了这里俨然是"大人"了,不再是毛孩子了。

五年级教室在西边的平地上。教室外面是一口塘。塘里有鱼。常常看到有打鱼的来摸鱼,有时摸上很大的一条。从五年级的北窗伸出钓竿,就可以钓鱼。我有一次在窗里看着一条大黑鱼咬了钩,心里怦怦跳。不料这条大黑鱼使劲一挣,把钩线挣断了,它就带着很大的一截钓线游走了!

六年级教室在一座楼上。这楼是承天寺的旧物,年久失修,真是一座"危楼",在楼上用力蹦跳,楼板都会颤动。然而它竟也不倒。

我小时了了。去年回乡,遇到一个小学同班姓许的同学(他现在是有名的中医),说我多年都是全班第一。他大概记得不准,我从三年级后算术就不好。语文(初中年级叫"国语",高年级叫"国文")倒是总是考第一的。

我觉得那时的语文课本有些篇是选得很好的。一年级开头虽然是"大狗跳,小狗叫",后面却有《咏雪》这样的诗:

> 一片一片又一片,
> 两片三片四五片,
> 七片八片九十片,
> 飞入芦花都不见。

我学这一课时才虚岁七岁,可是已经能够感受到"飞入芦花都不见"的美。我现在写散文、小说所用的方法,也许是从"飞入芦花都不见"悟出的。

二年级课文中有两则谜语,其中一则是:

> 远观山有色,
> 近听水无声,
> 春去花还在,
> 人来鸟不惊。

谜底是:画。这对培养儿童的想象力是有好处的。

我希望教育学家能搜集各个时期的课本,研究研究,吸取有益的部分,用之今日。

教三、四年级语文的老师是周席儒。我记不得他教的课文了,但一直觉得他真是一个纯然儒者。他总是坐在三年级和四年级教室之间的一间小屋的桌上批改学生的作文,"判"大字。他判字极认真,不只是在字上用红笔画圈,遇有笔划不正处,都用红笔矫正。有"间架"不平衡的字,则于字旁另书此字示范。我是认真看周先生判的字而有所领会的。我的毛笔字稍具功力,是周先生砸下的基础。周先生非常喜欢我。

教五年级国文的是高北溟先生。关于高先生,我写过一篇小说《徙》。小说,自然有很多地方是虚构,但对高先生的为人治学没有歪曲。关于高先生,我在下一篇《初中》中大概还会提到,此处从略。

教六年级国文的是张敬斋,张先生据说很有学问,但是他的出名却是因为老婆长得漂亮,外号"黑牡丹"。他教我们《老残游记》,讲得有声有色。我留下印象最深的是大明湖上的对联:"四面荷花三面柳,一城山色半城湖",这使我对济南非常向往。但是他讲"黑妞白妞说书",文章里提到一个湖南口音的人发了一通议论,张先生也就此发了一通议论,说:为什么要说"湖南口音"呢?因为湖南话很蛮,俗说是"湖南骡子"。这实在是没有根据。我长大后到过湖南,从未听湖南人说自己是"骡子"。外省人也不叫湖南人是"湖南骡子"。不像外省人说湖北人是"九头鸟",湖北人自己也承认。也许张先生的话有证可查,但我小时候就觉得他是胡说。不知道为什么,我对张先生的"歪批"总也忘不了。

我在五小颇有才名,是因为我的画画得不错。教我们图画的老师姓王,因为他有一个口头语:"譬如",学生就给他起了个外号:"王譬如"。王先生有时带我们出校"野外写生",那是最叫人高兴的事。常去的地方是运河堤,因为离学校很近。画得最多的是堤上的柳树,用的是 6 个 B 的铅笔。

1991 年 10 月,我回高邮,见到同班同学许医生,他说我曾经送过他一张画:只用大拇指蘸墨,在纸上一按,加几笔犄角、四蹄、尾巴,就成了一头牛。大拇指有腘纹,印在纸上有牛毛效果。我三年级时是画过好些这种牛。后来就没有再画。

我对五小很有感情。每天上学,暑假、寒假还会想起到五小看看。夏天,到处长了很高的草。有一年寒假,大雪之后,我到学校去。大门没有锁,轻轻一推就开了。没有一个人,连詹大胖子也不在。一片白雪,万籁俱静。我一个人踏雪走了一会,心里很感伤。

我十九岁离乡,六十六岁回故乡住了几天。我去看看我的母校:什么也没有了。承天寺、天地坛,都没有了。五小当然没有了。

这是我的小学,我亲爱的,亲爱的小学!

愿少年,乘风破浪,
他日毋忘化雨功!

一九九二年八月六日

注　释

① 本篇原载《作家》1993 年第六期;初收《汪曾祺散文随笔选集》,沈阳出版社,1993 年 6 月。

我 的 初 中①

——自传体系列散文《逝水》之八

　　初中全名是高邮县立初级中学,是全县的最高学府。我们县过去连一所高中都没有。

　　地点在东门。原址是一个道观,名曰"赞化宫"。我上初中时,二门楣上还保留着"赞化宫"的砖额,字是《曹全碑》体隶书,写得不错,所以我才记得。

　　赞化宫的遗物只有:一个白石砌的圆形的放生池,池上有石桥。平日池干见底,连日大雨之后有水。东北角有一座小楼,原是供奉吕祖的。年久失修,岌岌可危。吕祖楼的对面有一土阜。阜上有亭,倒还结实。亭子的墙壁外面涂成红色。我们就叫它"小亭子"。亭之三面有圆形的窗洞。拳起两脚,坐在窗洞里,可以俯看墙外的土路。小亭之下长了相当大一丛紫竹。紫竹皮色深紫,极少见。我们县里好像只有这一丛紫竹。不知是何年,何人所种。小亭子左边有一棵楮树,我们那里叫"壳树"。楮树皮可造纸,但我们那里只是采其大叶以洗碗,因为楮叶有细毛,能去油腻。还有一棵很奇怪的树,叫"五谷树",一棵结五种形状不同的小果子,我们家乡从哪一种果子结得多少,以占今年宜豆宜麦。

　　初中的主要房屋是新建的。靠南墙是三间教室,依次为初一、初二、初三,对面是教导处和教员休息室。初三教室之东,有一个圆门,门外有一座楼,两层。楼上是图书馆,主要藏书是几橱万有文库。楼下是"住读生"的宿舍。初中学生大部分是"走读",有从四乡村镇来的学生,城区无亲友家可寄住,就住在学校里,谓之"住读"。

　　初中的主课是"英(文)、国(文)、算(数学)"。学期终了结算学生的总平均分数,也只计算这三门。

初一、初二的英文没有学到什么东西,因为教员不好。初三却有一门奇怪的课:"英文三民主义"。不知道这是国民党的统一规定,还是我们学校里特别设置的。教这一课的是校长耿同霖。耿同霖解放后被枪毙了,不知道他有什么罪恶,但他在当我们的校长时看不出有多坏。他有一个习惯,讲话或上课时爱用两手摩挲前胸。他老是穿一件墨绿色的毛料的夹袍。在我的想象里,他被枪毙时也是穿的这件夹袍。

初一、初二国文是高北溟先生教的。他的教学法大体如我在小说《徙》中所写的那样。有些细节是虚构的,如小说中写高先生编过一本《字形音义辨》,实际上他没有编过这样一本书,他只是让学生每周抄写一篇《字辨》上的字。但他编过一些字形的歌诀,如:"戌横、戍点、戊中空。"《国学常识》是编过一本讲义的,学生要背:"三坟五典八索九丘","乾三连、坤六断、震仰盂、艮覆碗"……他讲书前都要朗读一遍。有时从高先生朗读的顿挫中学生就能体会到文义。"小子识之:苛政猛于虎也!""永州之野,产异蛇,黑质而白章……"他讲书,话不多,简明扼要。如讲《训俭示康》:"……'厅事前仅容旋马',闭目一想,就知道房屋有多狭小了。"这使我受到很大启发,对写小说有好处。小说的描叙要使读者有具体的印象。如果记录厅事的尺寸,即无意义。高先生教书很严,学生背不出书来,是要打手心的。我的堂弟汪曾炜挨过多次打。因为他小时极其顽皮,不用功。曾炜后来发愤读书,现在是著名的心脏外科专家了。我的同班同学刘子平后来在高邮中学教书,和高先生是同事了,曾问过高先生:"你从前为什么对我们那么严?"高先生叹了一口气,说:"我现在想想,真也不必。"小说《徙》中写高先生在初中未能受聘,又回小学去教书了,是为了渲染高先生悲怆遭遇而虚构的,事实上高先生一直在高邮中学任教,直至寿终。

教初三国文的是张道仁先生。他是比较有系统地把新文学传到高邮来的。他是上海大夏大学毕业的。我在写给张先生的诗中有两句:"汲源来大夏,播火到小城"。1986 年,我和张先生提起,他说他主要根据的是孙俍工的一本书。

教初二代数的是王仁伟先生。王先生少孤。他的父亲曾游食四方。王先生曾拿了一册他的父亲所画的册页，让我交给我父亲题字。我看了这套册页，都是记游之作。其中有驴、骡、骆驼，大概是在北方的时候多。王先生学历不高，没有上过大学。他的家境不宽裕，白天在学校上课，晚上还要在家里为十多个学生补习，够辛苦的。也许因为他的脾气不好，多疑而易怒，见人总是冷着脸子。我的代数不好，但王先生却很喜欢我。我有一次病了几天，他问我的堂哥汪曾浚（他和我同班）："汪曾祺的病怎么样？"我那堂哥回答："他死不了。"王先生大怒，说："你死了我也不问！"

教初三几何的是顾调笙先生。他同时是教导主任。他是中央大学毕业的，中央大学是名牌国立大学，因此他看不起私立大学毕业的教员，称这种大学为"野鸡大学"，有时在课堂公开予以讥刺。他对我的几何加意辅导。因为他一心想培养我将来进中央大学，学建筑，将来当建筑师。学建筑同时要具备两种条件，一是要能画画，一是要数学好，特别是几何。我画画没有问题，数学——几何却不行。他在我身上花了很多功夫，没有效果，叹了一口气说："你的几何是桐城派几何！"桐城派文章简练，而几何是要一步步论证的，我那种跳跃式的演算，不行！顾先生走路总是反抄着两手，因为他有点驼背，想用这种姿势纠正过来。他这种姿势显得人更为自负。

教美术的是张杰夫先生。"夫"字的行草似"大人"两个字合在一起，学生背后便称之为"杰大人"。他不是本地人，是盐城人，上海艺专毕业。他画水彩，也画国画。每天写大字一张，临《礼器碑》。《礼器碑》用笔结体都比较奇峭，高邮人不欣赏。他的业绩是开辟了一个图画教室，就在吕祖楼东边的一排闲房里。订制了画架，画板（是银杏木的）。我们这才知道画西洋画是要把纸钉在画板上斜立在画架上画的（过去我们画画都是把纸平放在桌子上画的）。二年级以后，画水彩画，我开始知道分层布色，知道什么叫"笔触"。我们画的次数最多的是鱼，两条鱼，放在瓷盘里。我们最有兴趣的是倒石膏模子。张先生性格有点孤僻，和本地籍的同事很少来往。算是知交的，只有一个常州籍教地理的史先生。史先生教了一学年，离开了。张先生写了一首诗送他："侬今送君人笑痴，他日送侬知是谁？"这是活剥《葬花词》，但是当时我们觉得写得很好，很贴切。大概当时的教员都有一点无端端的感伤主义。

教音乐的也是一位姓张的先生，他的特别处是发给学生的乐谱不是简谱，是线谱；教了一些外国歌。我学会《伏尔加船夫曲》就是在那时候。张先生郁郁不得志，他学历不高，薪水也低。

东门外是刑场。出东门，有一道铁板桥，脚踏在上面，咚咚地响。桥下是水闸，闸上闸下落差很大，水声震耳，如同瀑布。这道桥叫做"掉魂桥"，说是犯人到了桥上，魂就掉了。过去刑人是杀头的。东门外南北大路也有四五个圆的浅坑，就是杀人的遗迹。据说，犯人跪在坑里，由刽子手从后面横切一刀，人头就落地了。后来都改成枪毙了，我们那里叫做"铳人"。在教室里上着课，听到凄厉的拉长音的号声，就知道：铳人了。一下课，我们就去看。犯人的尸首已经装在一具薄皮材里，抬到城墙外面的荒地里，地下一摊泛出蓝光的血。

东门之东，过一小石桥，有几间瓦房。原来大概是一个什么祠，后来成了耕种学田的农民的住家。瓦房外是打谷场。有一棵大桑树。桑树下卧着一头牛。不知道为什么，我一想起桑树和牛，就很感动，大概是因为看得太熟了。

城墙下是护城河，就是流经掉魂桥的河。沿河种了一排很大的柳树。柳树远看如烟，有风则起伏如浪。我第一次体会到什么是"烟柳"、"柳浪"，感受到中国语言之美。可以这样说：这排柳树教会我怎样使用语言。

往南走，是东门宝塔。

除了到打谷场上看看，沿护城河走走，我们课余的活动主要有：爬城墙、跳河。

操场东面，隔一道小河，即是城墙。城墙外壁是砖砌的，内壁不封砖，只是夯土。内壁有一点坡度，但还是很陡。我们几乎每天搞一次登山运动。上了陡坡，手扶垛口，心旷神怡。然后由陡坡飞奔而下。这可是相当危险的,无法减速,下到平地,收不住脚,就会一直蹿到河里去。

操场北面,沿东城根到北城根,虽在城里,却很荒凉。人家不多,很分散。有一些农田,东一块,西一块,大大小小,很不规整。种的多是杂粮,豆子、油菜、大麦……地大概是无主的地,种地的也不正经地种,荒秽不治,靠天收。地块之间,芦荻过人。我曾经在一片开着金黄的菊形的繁花的茼蒿上面(茼蒿开花时高可尺半)看到成千上万的粉蝶,上下翻飞,真是叫人眼花缭乱。看到这种超常景象,叫人想狂叫。

这里有很多野蔷薇,一丛一丛,开得非常旺盛。野蔷薇是单瓣的,不耐细看,好处在多,而且,甜香扑鼻。我自离初中后,再也没有看到这样多的野蔷薇。

稍远处有一片杂木林。我有一次在林子里看到一个猎人。我从来没有看到过猎人。我们那里打鱼的很多,打猎的几乎没有。这个猎人黑瘦黑瘦的,眼睛很黑。他穿了一身黑的衣裤,小腿上缠了通红的绑腿。这个猎人给我一种非常猛厉的印象。他在追逐一只斑鸠。斑鸠已经发觉,它在逃避。斑鸠在南边的树头枝叶密处,猎人从北往南走。他走得从容不迫,一步,一步。快到树林南边,斑鸠一翅飞到北边树上。猎人又由南往北走,一步,一步。这是一种无声的紧张,持续的意志的角逐。我很奇怪,斑鸠为什么不飞出树林。这样往复多次,斑鸠慌神了,它飞得不稳了。一声枪响,斑鸠落地。猎人拾起斑鸠,放进猎袋,走了。他的大红的绑腿鲜明如火。我觉得斑鸠和猎人都很美。

这一片荒野上有一些纵横交错的小河。我们几乎每天来比赛"跳河"。起跑一段,纵身一跳,跳到对岸。河阔丈许,跳不好就会掉在河里。但我的记忆中似没有一人惨遭灭顶。

跳河有大王,大王名孙普,外号黑皮。他是多宽的河也敢跳的。

赞化宫之外,有一处房屋也是归初中使用的:孔庙。孔庙离赞化宫很近,往西走三分钟即到。孔庙大门前有一个半圆形的"泮池",常年有水,池上围以石栏。泮池南面是一片大坪场,整整齐齐地栽了很多松树,都已经很大了。孔庙的主体建筑是"明伦堂",原是祭孔的地方,后来成了初中的大礼堂。至圣先师的牌位被请到原来住"训导"、"教谕"

的厢房里去了,原来供牌位的地方挂了孙中山像。明伦堂的东西两壁挂了十六条彩印的条幅,都是民族英雄,有苏武牧羊、闻鸡起舞、班超投笔、木兰从军……其余的,记不得了。为什么要挂这样的画?这时"九一八"事变已经发生,全国上下抗战救国情绪高涨。我们的国文、历史课都增加培养民族意识的内容,作文也多出这方面的题目。有一次高北溟先生出了一道作文题:"救国策",我那堂哥汪曾浚劈头写道:"国将亡,必欲求,此不易之理也。"他的名句我一直记得。他大概读了一些《东莱博议》之类的书,学会了这种调调。这有点可笑,一个初中学生能拿出什么救国之策呢?但是大敌当前,全民奋起,精神可贵。我到现在还觉得应该教初中、小学的学生背会《木兰辞》,唱"苏武,留胡节不辱"。这对培养青少年的情操和他们的审美意识,都是有好处的。

一九九二年八月二十四日

注　释

①　本篇原载《作家》1993 年第八期;初收《汪曾祺散文随笔选集》,沈阳出版社,1993 年 6 月。

未　尽　才^①

——故人偶记

陶　　光

陶光字重华，但我们背后都只叫他陶光。他是我的大一国文教作文的老师。西南联大大一教课文和教作文的是两个人。教课文的是教授、副教授，教作文的一般是讲师、助教。陶光当时是助教。陶光面白皙，风度翩翩。他有个特点，上课穿了两件长衫来，都是毛料的，外面一件是铁灰色的，里面一件是咖啡色的。进了教室就把外面一件脱了，挂在墙上的钉子上。外面一件就成了夹大衣。教作文，主要是修改学生的作文，评讲。他有时评讲到得意处，就把眼睛闭起来，很陶醉。有一个也是姓陶的女同学写了一篇抒情散文，记下雨天听一盲人拉二胡的感受，陶先生在一段的末尾给她加了一句："那湿冷的声音湿冷了我的心。"当时我就记住了。也许是因为第二个"湿冷"是形容词作动词用，有点新鲜。也许是这一句的感伤主义情绪。

他后来转到云南大学教书去了，好像升了讲师。

后来我跟他熟起来是因为唱昆曲。云南大学中文系成立了一个曲社，教学生拍曲子的，主要的教师是陶光。吹笛子的是历史系教员张宗和。陶先生的曲子唱得很好，是跟红豆馆主学过的。他是唱冠生的，嗓子很好，高亮圆厚，底气很足。《拾画叫画》、《八阳》、《三醉》、《琵琶记·辞朝》、《迎像哭像》……都唱得慷慨淋漓，非常有感情。用现在的说法，他唱曲子是很"投入"的。

他主攻的学问是什么，我不了解。他是刘文典的学生，好像研究过

《淮南子》。据说他的旧诗写得很好，我没有见过。他的字写得很好，是写二王的。我见过他为刘文典的《〈淮南子〉校注》石印本写的扉页的书题，极有功力。还见过他为一个同学写的小条幅，是写在桃红地子的冷金笺上的，三行：

> 故园东望路漫漫，
> 双袖龙钟泪不干。
> 马上相逢无纸笔，
> 凭君传语报平安。

字有《圣教序》笔意。选了这首唐诗，大概是有所感的，那时已是抗战胜利，联大的老师、同学都作北归之计，他还要滞留云南。他常有感伤主义的气质，触景生情是很自然的。

他留在云南大学教书。我们北上后不大知道他的消息。听说经刘文典作媒，和一个唱滇戏的女演员结了婚。后来好像又离了。滇戏演员大概很难欣赏这位才子。

全国解放前他去了台湾，大概还是教书。后在台湾客死，遗诗一卷。我总觉得他在台湾是寂寞的。

陆

真抱歉，我连他的真名都想不起来了。和他同时期的研究生都叫他"小陆克"。陆克是30年代美国滑稽电影明星。叫他小陆克是没有道理的。他没有哪一点像陆克，只是因为他姓陆。长脸，个儿很高。两腿甚长，走起路来有点打晃。这个人物有点传奇性，他曾经徒步旅行了大半个中国。所以能完成这一壮举，大概是因为他腿长。

他在云南大学附近的一所中学——南英中学兼一点课，我也在南英中学教一班国文，联大同学在中学兼课的很多，这样我们就比较熟了。他的特点是一天到晚泡茶馆，可称为联大泡茶馆的冠军。他把脸盆、毛巾、牙刷都放在南英中学下坡对面的一家茶馆里，早起到茶馆洗脸,然后泡一碗茶,吃两个烧饼。他的手指特别长,拿烧饼的姿势是兰花手。吃了烧饼就喝茶看书。他好像是历史系的研究生,所看的大都是很厚的外文书。中午,出去随便吃点东西,回来重要一碗茶,接着泡,看书,整个下午。晚上出去吃点东西,回来接着泡。一直到灯火阑珊,才挟了厚书回南英中学睡觉。他看了那么多书,可是一直没见他写过什么东西。联大的研究生、高年级的学生,在茶馆里喜欢高谈阔论,他只是在一边听着,不发表他的见解。他到底有没有才华?我想是有的。也许他眼高手低?也许天性羞涩,不爱表现?

他后来到了重庆,听说生活很潦倒,到了吃不上饭。终于死在重庆。

朱 南 铣

朱南铣是个怪人。我是通过朱德熙和他认识的。德熙和他是中学同学。他个子不高,长得很清秀,一脸聪明相,一看就是江南人。研究生都很佩服他,因为他外文、古文都很好,很渊博。他和另外几个研究生被人称为"无锡学派",无锡学派即钱钟书学派,其特点是学贯中西,博闻强记。他是念哲学的,可是花了很长时间钻研滇西地理。

他家在上海开钱庄,他有点"小开"脾气。我们几个人:朱德熙、王逊、徐孝通常和他一起喝酒。昆明的小酒铺都是窄长的小桌子,盛酒的是莲蓬大的绿陶小碗,一碗一两。朱南铣进门,就叫"摆满",排得一桌酒碗。他最讨厌在吃饭时有人在后面等座。有一天,他和几个人快吃完了,后面的人以为这张桌子就要空出来了,不料他把堂倌叫来:"再来一遍。"——把刚才上过的菜原样再上一次。

他只看外文和古文的书,对时人著作一概不看。我和德熙到他家开的钱庄去看他,他正躺在藤椅上看方块报。说:"我不看那些学术文章,有时间还不如看看方块报。"

他请我们几个人到老正兴吃螃蟹喝绍兴酒。那天他和我都喝得大醉,回不了家,德熙等人把我们两人送到附近一家小旅馆睡了一夜。德熙后来跟我说："你和他喝酒不能和他喝得一样多。如果跟他喝得一样多,他一定还要再喝。"这人非常好胜。

他后来在人民文学出版社当编辑,研究《红楼梦》。

听说他在咸宁干校,有一天喝醉酒,掉到河里淹死了。

他没有留下什么著作。他把关于《红楼梦》的独创性的见解都随手记在一些香烟盒上。据说有人根据他在香烟盒子上写的一两句话写成了很重要的论文。

注　释

① 本篇原载《三月风》1992 年第九期;初收《汪曾祺散文随笔选集》,沈阳出版社,1993 年 6 月。

干　丝①

　　南京、镇江、扬州、高邮、淮安都有干丝。发源地我想是扬州。这是淮扬菜系的代表作之一,很多菜谱都著录。但其实这不是"菜"。干丝不是下饭的,是佐茶的。

　　扬州一带人有吃早茶的习惯。人说扬州人"早上皮包水,晚上水包皮"。"水包皮"是洗澡,"皮包水"是喝茶。"扬八属"各县都有许多茶馆。上茶馆不只是喝茶,是要吃包子点心的。这有点像广东的"饮茶"。不过广东的茶楼是由服务员(过去叫"伙计")推着小车,内置包点,由茶客手指索要,扬州的茶馆是由客人一次点齐,陆续搬上。包点是现做现蒸,总得等一些时候,一般上茶馆的大都要一个干丝。一边喝茶,吃干丝,既消磨时间,也调动胃口。

　　一种特制的豆腐干,较大而方,用薄刃快刀片成薄片,再切为细丝,这便是干丝。讲究一块豆腐干要片十六片,切丝细如马尾,一根不断。

　　最初似只有烫干丝。干丝在开水锅中烫后,滗去水,在碗里堆成宝塔状,浇以麻油、好酱油、醋,即可下箸。过去盛干丝的碗是特制的,白地青花,碗足稍高,碗腹较深,敞口,这样拌起干丝来好拌。现在则是一只普通的大碗了。我父亲常带了一包五香花生米,搓去外皮,携青蒜一把,嘱堂倌切寸段,稍烫一烫,与干丝同拌,别有滋味。这大概是他的发明。干丝喷香,茶泡两开正好,吃一箸干丝,喝半杯茶,很美! 扬州人喝茶爱喝"双拼",倾龙井、香片各一包,入壶同泡,殊不足取。总算还好,没有把乌龙茶和龙井搀和在一起。

　　煮干丝不知起于何时,用小虾米吊汤,投干丝入锅,下火腿丝、鸡丝,煮至入味,即可上桌。不嫌夺味,亦可加冬菇丝。有冬笋的季节,可加冬笋丝。总之烫干丝味要清纯,煮干丝则不妨浓厚。但也不能搁螃蟹、蛤蜊、海蛎子、蛏,那样就是喧宾夺主,吃不出干丝的味了。

北京没有适于切干丝的豆腐干。偶有"大白干",质地松泡,切丝易断。不得已,以高碑店豆腐片代之,细切如扬州方干一样,但要选片薄而有韧性者。这道菜已经成了我偶设家宴的保留节目。

美籍华人女作者聂华苓和她的丈夫保罗·安格尔来北京,指名要在我家吃一顿饭,由我亲自做。我给她配了几个菜。几个什么菜,我已经忘了,只记得有一大碗煮干丝。华苓吃得淋漓尽致,最后端起碗来把剩余的汤汁都喝了。华苓是湖北人,年轻时是吃过煮干丝的。但在美国不易吃到。美国有广东馆子、四川馆子、湖南馆子,但淮扬馆子似很少。我做这个菜是有意逗引她的故国乡情! 我那道煮干丝自己也感觉不错,是用干贝吊的汤。前已说过,煮干丝不厌浓厚。

一九九二年九月七日

注　释

① 本篇原载《家庭》1993 年第二期;初收《榆树村杂记》,中国华侨出版社,1993 年 9 月。

怀 念 德 熙[①]

德熙原来是念物理系的,大学二年级,才转到中文系来。他的数学底子很好。这样,他才能和王竹溪先生合作,测定一件青铜器的容积。

我和德熙在大学一年级时就认识。我们的认识是因为在一起唱京剧。有时也一同去看厉家班的戏。后来云南大学组织了一个曲社,我们一起去拍曲子,做"同期",几乎一次不落。我后来不唱昆曲了,德熙是一直唱着的。他的爱好影响了他的夫人何孔敬。他们到美国去,我想是会带了一枝笛子去的。

德熙不藏字画。他家里挂着的只有一条齐白石的水印木刻梨花,和我给他画的墨菊横幅。他家里没有什么贵重的摆设,但是窗明几净,一尘不染,瓶花灯罩朴朴素素,位置得宜,表现出德熙一家的审美趣味。

同时具备科学头脑和艺术家的气质,我以为是德熙能在语言学、古文字学上取得很大成绩的优越条件。也许这是治人文科学的学者都需要具备的条件。

德熙的治学,完全是超功利的。在大学读书时,他生活清贫,但是每日孜孜,手不释卷。后来在大学教书,还兼了行政职务,往来的国际、国内学者又多,很忙,但还是不知疲倦地从事研究、写作。我每次到他家里去,总看到他的书桌上有一篇没有写完的论文、摊着好些参考资料和工具书。研究工作,在他,是辛苦的劳动,但也是一种超级的享受。他所以乐此不倦,我觉得,是因为他随时感受到语言和古文字的美。一切科学,到了最后,都是美学。德熙上课,是很能吸引学生的。我听过不止一个他的学生说过:语法,本来是很枯燥的,朱先生却能讲得很有趣味,常常到了吃饭的钟声响了,学生还舍不得离开。为什么能这样?我想是德熙把他对于语言,对于古文字的美感传染给了学生。一个人感受到工作中的美,这样活着,才有意思。

德熙是个感情不甚外露的人,但是是一个很有感情的人。他对家人子女,第三代,都怀有一种含蓄,温和,但是很深的爱。对青年学者也是这样。我不止一次听他谈起过裘锡圭先生,语气中充满感情,好像他发现了一个天才。

德熙对师长是很尊敬的,对唐立厂先生、王了一先生、吕叔湘先生,都是如此,他后来是国际知名的学者了,但没有一般的"后起之秀"的傲气。我没有听他说过一句关于前辈的刻薄话。

德熙乐于助人,师友中遇有困难,德熙总设法帮助他"解决问题"。因此他的人缘很好。不少人提起德熙,都说"朱德熙人很好"。一个人被人说是"人很好"并不容易。我以为这是最高的称赞。

德熙今年 72 岁(他、李荣和我是同年),按说寿数也不算短,但是他还有许多工作可以做,他应该再过几年清闲安静的日子,遽然离去,叫人不得不感到非常遗憾。

注　释

① 本篇原载 1992 年 10 月 29 日《人民日报》海外版,又载《方言》1992 年第四期(11 月 24 日出版,文字略有不同);原为 1992 年 9 月 20 日在北京大学举办的"朱德熙教授追思会"上的发言。初收《汪曾祺散文随笔选集》,沈阳出版社,1993 年 6 月。

肉食者不鄙[①]

狮 子 头

狮子头是淮安菜。猪肉肥瘦各半，爱吃肥的亦可肥七瘦三，要"细切粗斩"，如石榴米大小（绞肉机绞的肉末不行），荸荠切碎，与肉末同拌，用手抟成招柑大的球，入油锅略炸，至外结薄壳，捞出，放进水锅中，加酱油、糖，慢火煮，煮至透味，收汤放入深腹大盘。

狮子头松而不散，入口即化，北方的"四喜丸子"不能与之相比。

周总理在淮安住过，会做狮子头，曾在重庆红岩八路军办事处做过一次，说："多年不做了，来来来，尝尝！"想必做得很成功，因为语气中流露出得意。

我在淮安中学读过一个学期，食堂里有一次做狮子头，一大锅油，狮子头像炸麻团似的在油里翻滚，捞出，放在碗里上笼蒸，下衬白菜。一般狮子头多是红烧，食堂所做却是白汤，我觉最能存其本味。

镇 江 肴 蹄

镇江肴蹄，盐渍，加硝，放大盆中，以巨大石块压之，至肥瘦肉都已板实，取出，煮熟，晾去水气，切厚片，装盘。瘦肉颜色殷红，肥肉白如羊脂玉，入口不腻。

吃肴肉，要蘸镇江醋，加嫩姜丝。

乳　腐　肉

乳腐肉是苏州松鹤楼的名菜,制法未详。我所做乳腐肉乃以意为之。猪肋肉一块,煮至六七成熟,捞出,俟冷,切大片,每片须带肉皮、肥瘦肉,用煮肉原汤入锅,红乳腐碾烂,加冰糖、黄酒,小火焖。乳腐肉嫩如豆腐,颜色红亮,下饭最宜。汤汁可蘸银丝卷。

腌　笃　鲜

上海菜。鲜肉和咸肉同炖,加扁尖笋。

东　坡　肉

浙江杭州、四川眉山,全国到处都有东坡肉。苏东坡爱吃猪肉,见于诗文。东坡肉其实就是红烧肉,功夫全在火候。先用猛火攻,大滚几开,即加作料,用微火慢炖,汤汁略起小泡即可。东坡论煮肉法,云须忌水,不得已时可以浓茶烈酒代之。完全不加水是不行的,会焦糊粘锅,但水不能多。要加大量黄酒。扬州炖肉,还要加一点高粱酒。加浓茶,我试过,也吃不出有什么特殊的味道。

传东坡有一首诗:"无竹令人俗,无肉令人瘦。若要不俗与不瘦,除非天天笋烧肉。"未必可靠,但苏东坡有时是会写这种张打油体的诗的。冬笋烧肉,是很好吃。我的大姑妈善做这道菜,我每次到姑妈家,她都做。

霉干菜烧肉

这是绍兴菜,全国各处皆有,但不似绍兴人三天两头就要吃一次。鲁迅一辈子大概都离不开霉干菜。《风波》里所写的蒸得乌黑的霉干菜很诱人,那大概是不放肉的。

黄鱼鲞烧肉

宁波人爱吃黄鱼鲞(黄鱼干)烧肉,广东人爱吃咸鱼烧肉,这都是外地人所不能理解的口味,其实这种搭配是很有道理的。近几年因为违法乱捕,黄鱼产量锐减,连新鲜黄鱼都很难吃到,更不用说黄鱼鲞了。

火　腿

浙江金华火腿和云南宣威火腿风格不同。金华火腿味清,宣威火腿味重。

昆明过去火腿很多,哪一家饭铺里都能吃到火腿。昆明人爱吃肘棒的部位,横切成圆片,外裹一层薄皮,里面一圈肥肉,当中是瘦肉,叫做"金钱片腿"。正义路有一家火腿庄,专卖火腿,除了整只的、零切的火腿,还可以买到火腿脚爪,火腿油。火腿油炖豆腐很好吃。护国路原来有一家本地馆子,叫"东月楼",有一道名菜"锅贴乌鱼",乃以乌鱼片两片,中夹火腿一片,在平底铛上烙熟,味道之鲜美,难以形容。前年我到昆明去,向本地人问起东月楼,说是早就没有了,"锅贴乌鱼"遂成《广陵散》。

华山南路吉庆祥的火腿月饼,全国第一。一个重旧秤四两,名曰"四两砣"。吉庆祥还在,而且有了分号,所制四两砣不减当年。

腊　肉

湖南人爱吃腊肉。农村人家杀了猪,大部分都腌了,挂在厨灶房梁上,烟薰成腊肉。我不怎么爱吃腊肉,有一次在长沙一家大饭店吃了一回蒸腊肉,这盘腊肉真叫好。通常的腊肉是条状,切片不成形,这盘腊肉却是切成颇大的整齐的方片,而且蒸得极烂,我没有想到腊肉能蒸得这样烂！入口香糯,真是难得。

夹沙肉·芋泥肉

夹沙肉和芋泥肉都是甜的,夹沙肉是川菜,芋泥肉是广西菜。厚膘臀尖肉,煮半熟,捞出,沥去汤,过油灼肉皮起泡,候冷,切大片,两片之间不切通,夹入豆沙,装碗笼蒸,蒸至四川人所说"粑而不烂"倒扣在盘里,上桌,是为夹沙。芋泥肉做法与夹沙肉相似,芋泥较豆沙尤为细腻,且有芋香,味较夹沙肉更胜一筹。

白 肉 火 锅

白肉火锅是东北菜。其特点是肉片极薄,是把大块肉冻实了,用刨子刨出来的,故入锅一涮就熟,很嫩。白肉火锅用海蛎子(蚝)作锅底,加酸菜。

烤 乳 猪

烤乳猪原来各地都有,清代满汉餐席上必有这道菜,后来别处渐渐没有,只有广东一直盛行,大饭店或烧腊摊上的烤乳猪都很好。烤乳猪如果抹一点甜面酱卷薄饼吃,一定不亚于北京烤鸭。可惜广东人不大懂得吃饼,一般烤乳猪只作为冷盘。

(一九九二年九月九日)

注 释

① 本篇原载《家庭》1993 年第三期;初收《榆树村杂记》,中国华侨出版社,1993 年 9 月。

鱼我所欲也[①]

石　斑

我第一次吃石斑鱼是一九四六年,在越南海防一家华侨开的饭馆里。那吃法很别致。一条很大的石斑,红烧,同时上一大盘生的薄荷叶。我仿照邻座人的办法,吃一口石斑鱼,嚼几片薄荷叶。这薄荷可把口中残余的鱼味去掉,再吃第二口,则鱼味常新。这种吃法,国内似没有。越南人爱吃薄荷,华侨饭馆这样的搭配,盖受越南人之影响。

石斑鱼有红斑,青斑——即灰鼠斑。灰鼠斑尤为名贵,清蒸最好。

鳜　鱼

可以和石斑相媲美的淡水鱼,其谓鳜鱼乎? 张志和《渔父》词:"西塞山前白鹭飞,桃花流水鳜鱼肥",一经品题,身价十倍。我的家乡是水乡,产鱼,而以"鳊、白、鯚"为三大名鱼:"鯚"是鯚花鱼,即鳜鱼。徐文长以为"鯚"字应作"罽"。"罽"是古代的花毯。鯚花鱼身上有黄黑的斑点,似"罽"。但"罽"字今人多不识,如果饭馆的菜单上出现这个字,顾客将不知道这是什么东西。鳜鱼肉细,是蒜瓣肉,刺少,清蒸、氽汤、红烧、糖醋皆宜。苏南饭馆做"松鼠鳜鱼",甚佳。

一九三八年,我在淮安吃过干炸鯚花鱼。活鳜鱼,重三斤,加花刀,在大油锅中炸熟,外皮酥脆,鱼肉白嫩,蘸花椒盐吃,极妙。和我一同吃的有小叔父汪兰生、表弟董受申。汪兰生、董受申都去世多年了。

鲥鱼·刀鱼·鮰鱼

这都是江鱼。

鲥鱼现在卖到二百多块钱一斤，成了走后门送礼的东西，"吃的人不买，买的人不吃"。

刀鱼极鲜、肉极细，但多刺。金圣叹尝以为刀鱼刺多是人生恨事之一。不会吃刀鱼的人是很容易卡到嗓子的。镇江人以刀鱼煮至稀烂，用纱布滤去细刺，以做汤、下面，即谓"刀鱼面"，很美。

我在江阴读南菁中学时，常常吃到鮰鱼，学校食堂里常做这东西。在江阴是很便宜的。鮰鱼本名鮠鱼，但今人只叫它鮰鱼。鮰鱼大概也能红烧。但我在中学时吃的鮰鱼都是白烧。后来在汉口的璇宫饭店吃的，也是白烧。鮰鱼肉厚，切块放在碗里，没有吃过的人会以为这是鸡块。鮰鱼几乎无刺，大块入口，吃起来很过瘾，宜于馋而懒的人。或说鮰鱼是吃死人的。江里哪有那么多的死人?! 鮰鱼吃鱼，是确实的。凡吃鱼的鱼都好吃。鳜鱼也是吃鱼的。养鱼的池塘里是不能有鳜鱼的，见鳜鱼，即捕去。

黄 河 鲤 鱼

我不爱吃鲤鱼，因为肉粗，且有土腥气，但黄河鲤鱼除外。在河南开封吃过黄河鲤鱼，后来在山东水泊梁山下吃过黄河鲤鱼，名不虚传。辨黄河鲤与非黄河鲤，只须看鲤鱼剖开后内膜是白的还是黑的。白色者是真黄河鲤，黑色者是假货。梁山一带人对鲤鱼很重视，酒席上必须有鲤鱼，"无鱼不成席"。婚宴尤不可少。梁山一带人对即将结婚的青年男女，不说是"等着吃你的喜酒"，而说"等着吃你的鱼!"鲤鱼要吃三斤左右的，价也最贵。《水浒传·吴学究说三阮撞筹》中，吴用说他"在一个大财主家做门馆教学，今来要对付十数尾金色鲤鱼，要重十四五斤的"。鲤鱼大到十四五斤，不好吃了，写《水浒》的施耐庵、罗贯中对吃鲤鱼外行。

虎头鲨和㕭嗤鱼

虎头鲨和㕭嗤鱼原来都是贱鱼,在我的家乡是上不得席的,现在都变得名贵了。

苏州人特重塘鳢鱼,谈起来眉飞色舞。我到苏州一看:嗐,原来就是我们那里的虎头鲨。虎头鲨头大而硬,鳞色微紫,有小黑斑,样子很凶恶,而肉极嫩。我们家乡一般用来氽汤,汤里加醋。㕭嗤鱼阔嘴有须,背黄腹白,无背鳍,背上有一根硬骨,捏住硬骨,它会"㕭嗤㕭嗤"地叫。过去也是氽汤、不放醋,汤白如牛乳。近年家乡兴起炒㕭嗤鱼片,谓之"炒金银片",亦佳。

鳝　　鱼

淮安人能做全鳝席,一桌子菜,全是鳝鱼。除了烤鳝背、炝虎尾等等名堂,主要的做法一是炒,二是烧。鳝鱼烫熟切丝再炒,叫做"软兜";生炒叫炒脆鳝。红烧鳝段叫"火烧马鞍桥",更粗的鳝段叫"闷张飞"。制鳝鱼都要下大量姜蒜,上桌后撒胡椒,不厌其多。

一九九二年九月十四日

注　释

① 本篇原载《家庭》1993 年第一期;初收《榆树村杂记》,中国华侨出版社,1993 年 9 月。

谈　题　画^①

　　题画是中国特有的东西。西方画没有题字的。日本画偶有题句，是受了中国的影响。中国的题画并非从来就有，唐画无题字者，宋人画也极少题字。一直到明代的工笔画家如吕纪，也只是在画幅不引人注意的地方写上一个名字。题画之风开始于文人画、写意画兴起之时。王冕画梅，是题诗的。徐文长题画诗可编为一卷。至扬州八怪，几乎每画必题。吴昌硕、齐白石题画时有佳句。

　　题画有三要。

　　一要内容好。内容好无非是两个方面：要有寄托；有情趣。郑板桥画竹，题诗："衙斋卧听萧萧竹，疑是民间疾苦声。些小吾曹州县吏，一枝一叶总关情。"关心民瘼，出于至性。齐白石一小方幅，画浅蓝色藤花，上下四旁飞着无数野蜂，一边用金冬心体题了几行字："借山吟馆后有野藤一株，花时游蜂无数。□孙幼时曾为蜂螫。今□孙亦能画此藤花矣。静思往事，如在目底"（白石此画只是匆匆过眼，题记凭记忆录出，当有讹字）。这实在是一则很漂亮的小品文。白石为荣宝斋画笺纸，一朵淡蓝色的牵牛花，两片叶子，题曰："梅畹华家牵牛花碗大，人谓外人种也。余画其最小者。"此老幽默。寻常画家，哪得有此！

　　二要位置得宜。徐文长画长卷，有时题字几占一半。金冬心画六尺梅花横幅，留出右侧一片白地，极其规整地写了一篇题记。郑板桥有时在丛篁密竿之间由左向右题诗一首。题画无一定格局，但总要字画相得，掩映成趣，不能互相侵夺。

　　三最重要的是，字要写得好一些。字要有法，有体。黄瘿瓢题画用狂草，但结体皆有依据，不是乱写一气。郑板桥称自己的字是"六分半书"，他参照一些北碑笔意，但是长撇大捺，底子仍是黄山谷。金冬心的漆书和方块字是自己创出来的,但是不习汉隶,不会写得那样停匀。

近些年有不少中青年画家爱在中国画上题字。画面常常是彩墨淋漓,搞得很脏,题字尤其不成样子,不知道为什么,爱在画的顶头上横写,题字的内容很无味,字则是叉脚舞手,连起码的横平竖直都做不到,几乎不成其为字。这样的题字不是美术,是丑术。我建议美术学院的中国画系要开两门基础课。一是文学课,要教学生把文章写通,最好能做几句旧诗;二是书法课,要让学生临帖。

一九九二年九月二十五日

注 释

① 本篇原载 1992 年 10 月 6 日《今晚报》;初收《汪曾祺全集》第五卷,北京师范大学出版社,1998 年 8 月。

又读《边城》①

请许我先抄一点沈先生写给三姐张兆和（我的师母）的信。

三三，我因为天气太好了一点，故站在船后舱看了许久水，我心中忽然好像澈悟了一些，同时又好像从这条河中得到了许多智慧。三三，的的确确，得到了许多智慧，不是知识。我轻轻地叹息了好些次。山头夕阳极感动我，水底各色圆石也极感动我，我心中似乎毫无什么渣滓，透明烛照，对河水，对夕阳，对拉船人同船，皆那么爱着，十分温暖地爱着！……我看到小小渔船，载了它的黑色鸬鹚向下流缓缓划去，看到石滩上拉船人的姿势，我皆异常感动且异常爱他们。……三三，我不知为什么，我感动得很！我希望活得长一点，同时把生活完全发展到我自己的这分工作上来。我会用自己的力量，为所谓人生，解释得比任何人皆庄严些与透入些！三三，我看久了水，从水里的石头得到一点平时好像不能得到的东西，对于人生，对于爱憎，仿佛全然与人不同了。我觉得惆怅得很，我总像看得太深太远，对于我自己，便成为受难者了，这时节我软弱得很，因为我爱了世界，爱了人类。三三，倘若我们这时正是两人同在一处，你瞧我眼睛湿到什么样子！

这是一封家书，是写给三三的"专利读物"，不是宣言，用不着装样子，做假，每一句话都是真诚的，可信的。

从这封信，可以理解沈先生为什么要写《边城》，为什么会写得这样美。因为他爱世界，爱人类。

从这里也可以得到对沈从文的全部作品的理解。也许你会觉得这样的解释有点不着边际。不吧。

《边城》激怒了一些理论批评家,文学史家,因为沈从文没有按照他们的要求,他们规定的模式写作。

第一条罪名是《边城》没有写阶级斗争,"掏空了人物的阶级属性"。

是不是所有的作品都要写阶级斗争?

他们认为被掏空阶级属性的人物第一个大概是顺顺。他们主观先验地提高了顺顺的成分,说他是"水上把头",是"龙头大哥",是"团总",恨不能把他划成恶霸地主才好。事实上顺顺只是一个水码头的管事。他有一点财产,财产只有"大小四只船"。他算个什么阶级?他的阶级属性表现在他有向上爬的思想,比如他想和王团总攀亲,不愿意儿子娶一个弄船的孙女,有点嫌贫爱富。但是他毕竟只是个水码头的管事,为人正直公平,德高望重,时常为人排难解纷,这样人很难把他写得穷凶极恶。

至于顺顺的两个儿子,天保和傩送,"向下行船时,多随了自己的船只充伙计,甘苦与人相共,荡桨时选最重的一把,背纤时拉头纤二纤",更难说他们是"阶级敌人"。

针对这样的批评,沈从文作了挑战性的答复:"你们多知道要作品有'思想',有'血'有'泪',且要求一个作品具体表现这些东西到故事发展上,人物言语上,甚至一本书的封面上,目录上。你们要的事多容易办!可是我不能给你们这个。我存心放弃你们……"

第二条罪名,与第一条相关联,是说《边城》写的是一个世外桃源,脱离现实生活。

《边城》是现实主义的还是浪漫主义的?《边城》有没有把现实生活理想化了?这是个非常叫人困惑的问题。

为什么这个小说叫做《边城》?这是个值得想一想的问题。

"边城"不只是一个地理概念,意思不是说这是个边地的小城。这同时是一个时间概念,文化概念。

"边城"是大城市的对立面。这是"中国另外一个地方另外一种事情"(《边城题记》)。沈先生从乡下跑到大城市,对上流社会的腐朽生活,对城里人的"庸俗小气自私市侩"深恶痛绝,这引发了他的乡愁,使他对故乡尚未完全被现代物质文明所摧毁的淳朴民风十分怀念。

便是在湘西,这种古朴的民风也正在消失。沈先生在《长河·题记》中说:"一九三四年的冬天,我因事从北平回湘西,由沅水坐船上行、转到家乡凤凰县。去乡已十八年,一入辰河流域,什么都不同了。表面上看来,事事物物自然都有了极大进步,试仔细注意注意,便见出在变化中的堕落趋势。最明显的事,即农村社会所保有的那点正直朴素人情美,几几乎快要消失无余,代替而来的却是近二十年实际社会培养成功的一种唯实唯利的人生观。"《边城》所写的那种生活确实存在过,但到《边城》写作时(一九三三—三四)已经几乎不复存在。《边城》是一个怀旧的作品,一种带着痛惜情绪的怀旧。《边城》是一个温暖的作品,但是后面隐伏着作者的很深的悲剧感。

可以说《边城》既是现实主义的,又是浪漫主义的,《边城》的生活是真实的,同时又是理想化了的,这是一种理想化了的现实。

为什么要浪漫主义,为什么要理想化? 因为想留驻一点美好的,永恒的东西,让它长在,并且常新,以利于后人。

《从文小说习作选·代序》说:

> 这世界上或有想在沙基或水面上建造崇楼杰阁的人,那可不是我。我只想造希腊小庙。选山地作基础,用坚硬石头堆砌它。精致,结实,匀称,形体虽小而不纤巧,是我的理想的建筑。这庙里供奉的是"人性"。

> 我要表现的本是一种"人生的形式",一种"优美,健康,自然,而又不悖乎人性的人生形式"。

喔!"人性",这个倒霉的名词!

沈先生对文学的社会功能有他自己的看法,认为好的作品除了使人获得"真美感觉之外,还有一种引人'向善'的力量,……从作品中接触另外一种人生,从这种人生景象中有所启示,对人生或生命能作更深一层的理解。"(《小说的作者与读者》)沈先生的看法"太深太远"。照我看,这是文学功能的最正确的看法。这当然为一些急功近利的理论家所不能接受。

《边城》里最难写,也是写得最成功的人物,是翠翠。

翠翠的形象有三个来源。

一个是泸溪县绒线铺的女孩子。

> 我写《边城》故事时,弄渡船的外孙女,明慧温柔的品性,就从那绒线铺小女孩印象得来。(《湘行散记·老伴》)

一个是在青岛崂山看到的女孩子。

> 故事上的人物,一面从一年前在青岛崂山北九水看到的一个乡村女子,取得生活的必然……(《水云》)

这个女孩子是死了亲人,戴着孝的。她当时在做什么?据刘一友说,是在"起水"。金介甫说是"告庙"。"起水"是湘西风俗,崂山未必有。"告庙"可能性较大。沈先生在写给三姐的信中提到"报庙",当即"告庙"。金文是经过翻译的,"报"、"告"大概是一回事。我听沈先生说,是和三姐在汽车里看到的。当时沈先生对三姐说:"这个,我可以帮你写一个小说"。

另一个来源就是师母。

> 一面就用身边新妇作范本,取得性格上的朴素式样。(《水云》)

但这不是三个印象的简单的拼合,形成的过程要复杂得多。沈先生见过很多这样明慧温柔的乡村女孩子,也写过很多,他的记忆里储存了很多印象,原来是散放着的,崂山那个女孩子只是一个触机,使这些散放印象聚合起来,成了一个完完整整的形象,栩栩如生,什么都不缺。含蕴既久,一朝得之。这是沈先生的长时期的"思乡情结"茹养出来的一颗明珠。

翠翠难写,因为翠翠太小了(还过不了十六吧)。她是那样天真,那样单纯。小说是写翠翠的爱情的。这种爱情是那样纯净,那样超过一切世俗利害关系,那样的非物质。翠翠的爱情有个成长过程。总体上,是可感的,坚定的,但是开头是朦朦胧胧的,飘飘忽忽的。翠翠的爱是一串梦。

翠翠初遇傩送二老,就对二老有个难忘的印象。二老邀翠翠到他家去等爷爷,翠翠以为他是要她上有女人唱歌的楼上去,以为欺侮了她,就轻轻地说:"你个悖时砍脑壳的!"后来知道那是二老,想起先前骂人的那句话,心里又吃惊又害羞。到家见着祖父,"另一件事,属于自己不关祖父的,却使翠翠沉默了一个夜晚。"

两年后的端午节,祖父和翠翠到城里看龙船,从祖父与长年的谈话里,听明白二老是在下游六百里外青浪滩过的端午。翠翠和祖父在回家的路上走着,忽然停住了发问:"爷爷,你的船是不是正在下青浪滩呢?"这说明翠翠的心此时正在飞向谁边。

二老过渡,到翠翠家中做客。二老想走了,翠翠拉船。"翠翠斜睨了客人一眼,见客人正盯着她,便把脸背过去,抿着嘴儿,很自负的拉着那条横缆……""自负"二字极好。

翠翠听到两个女人说闲话,说及王团总要和顺顺打亲家,陪嫁是一座碾坊,又说二老不要碾坊,还说二老欢喜一个撑渡船的……翠翠心想:碾坊陪嫁,希奇事情咧。这些闲话使翠翠不得不接触到实际问题。

但是翠翠还是在梦里。傩送二老按照老船工所指出的"马路",夜里去为翠翠唱歌。"翠翠梦中灵魂为一种美妙歌声浮起来,仿佛轻轻的各处飘着;上了白塔,下了菜园,到了船上,又复飞窜过悬崖半腰,——去作什么呢? 摘虎耳草!"这是极美的电影慢镜头,伴以歌声。

事情经过许多曲折。

天保大老走"车路"不通,托人说媒要翠翠不成,驾油船下辰州,掉到茨滩淹坏了。

大雷大雨的夜晚,老船夫死了。

祖父的朋友杨马兵来和翠翠作伴,"因为两个必谈祖父以及这一家有关系的事情,后来便说到了老船夫死前的一切,翠翠因此明白了祖父活时所不提到的许多事,二老的唱歌,顺顺大儿子的死,顺顺父子对祖父的冷淡,中寨人用碾坊作陪嫁妆奁诱惑傩送二老,二老既记忆着哥哥的死亡,且因得不到翠翠理会,又被家中逼着接受那座碾坊,意思还在渡船,因此赌气下行,祖父的死因,又如何与翠翠有关……凡是翠翠不明白的事,如今可都明白了。翠翠把事情弄明后,哭了一个夜晚。"哭了一夜,翠翠长成大人了。迎面而来的,将是什么?

"我平常最会想象好景致,且会描写好景致"(《湘行集·泊缆子湾》)。沈从文对写景可算是一个圣手。《边城》写景处皆十分精彩,使人如同目遇。小说里为什么要写景?景是人物所在的环境,是人物的外化,人物的一部分。景即人。且不说沈从文如何善于写景,只举一例,说明他如何善于写声音、气味:"天快夜了,别的雀子似乎都在休息了,只杜鹃叫个不息。石头泥土为白日晒了一整天,到这时节皆放散一种热气。空气中有泥土气味,有草木气味,且有甲虫气味。翠翠看着天上的红云,听着渡口飘来乡生意人的杂乱的声音,心中有些薄薄的凄凉。"有哪一个诗人曾经写过甲虫的气味?

《边城》的结构异常完美。二十一节,一气呵成;而各节又自成起讫,是一首一首圆满的散文诗。这不是长卷,是二十一开连续性的册页。

《边城》的语言是沈从文盛年的语言,最好的语言。既不似初期那样的放笔横扫,不加节制;也不似后期那样过事雕琢,流于晦涩。这时期的语言,每一句都"鼓立"饱满,充满水分,酸甜合度,像一篮新摘的烟台玛瑙樱桃。

《边城》,沈从文的小说,究竟应该在文学史上占一个什么地位?金介甫在《沈从文传》的引言中说:"可以设想,非西方国家的评论家包括中国的在内,总有一天会对沈从文作出公正的评价:把沈从文、福楼拜、斯特恩、普罗斯特看成成就相等的作家。"总有一天，这一天什么时候来？

一九九二年十月二日

注　释

① 本篇原载《读书》1993 年第一期；初收《汪曾祺散文随笔选集》，沈阳出版社，1993 年 6 月。

后　台^①

道　具　树

我躺在道具树下面看书。

道具树不是树,只是木板、稻草、麻袋、帆布钉出来的,刷了颜色,很粗糙。但是搬到台上,打了灯光,就像是一棵树了。

道具树不是树。然而我觉得它是树,是一棵真的树。树下面有新鲜的空气流动。

我躺在道具树下面看书,看弗吉尼亚·伍尔芙的《果园里》。

凝　视

她愿意我给她化妆,愿意我凝视她的脸。我每天给她化妆,把她的脸看得很熟了。我给她打了底彩,揉了胭脂,描了眉(描眉时得屏住气,否则就会画得一边高一边低,——我把她的眉梢画得稍为扬起一点),勾了眼线,涂了口红(用小指尖抹匀),在下唇下淡淡地加了一点阴影。

在我给她化妆的时候,在我长久地凝视她的脸的时候,她很乖。

大　姐

大姐是管服装的。她并不喜欢演戏,她可以说是一个毫无浪漫主义气质的人。她来管服装只是因为人好,有一副热心肠,愿意帮助人。

她管服装很尽职，有条有理。她总是带了一个提包到后台来，包里是剪刀、刷子、熨斗……她胸前总是别着几根带着线头的针。哪件服装绽了线，就缝几针。她倾听着台上的戏，下一场谁该换什么服装了，就准备好放在顺手的地方。大家都很尊敬她，都叫她大姐。

大姐是个好人。她愿意陪人上街买衣料，买皮鞋。也愿意陪人去吃一碗米线。她给人传递情书。一对情人闹别扭了，她去劝解。学校什么社团在阳宗海举办夏令营，她去管伙食。

鄺

鄺是个半职业演员。她的身世很复杂。她是清末民初一个大名士的孙女。她的父亲是姨太太生的，她也是姨太太生的。她父亲曾经在海防当过领事。她在北京读了一年大学，就休学做了演员……她爱跟人谈她的曲折的身世，有些话似乎不太可信。她是个情绪型的人，容易激动，说话表情丰富，手势很多，似乎随时都是在演戏。她不知怎么到了昆明。她很会演戏。《雷雨》里的鲁妈、《原野》里的焦大妈都演得很好。但是昆明演话剧的机会不是很多，不知道她是靠什么生活的。

她和一个经济系四年级的大学生同居了一个时期。这个大学生跑仰光，跑腊戌，倒卖尼龙丝袜、PONO'S口红，有几个钱。鄺把他们的房间布置得很别致。藤编的凉帽翻过来当灯罩，云南绿釉陶罐里插着大把的康乃馨，墙上挂着很大的克拉克盖博和蓓蒂黛维斯的照片，没有椅子凳子，客人来了坐在草蒲团上，地下没有地毯，铺了一地松毛。

有一天，经济系大学生到后台来，鄺忽然当着很多人，扬起手来打了大学生一个很响亮的耳光。大学生被别的演员劝走了。鄺在化妆室里又哭又闹，说是大学生欺负了她。正哭得不可开交，剧务来催场："鄺！该你上了！"鄺立刻不哭了，稍微整了整妆，扑了一点粉，上场，立刻进了角色，好像刚才什么事也没有发生。真奇怪，她哭成那样，脸上的妆并没有花了。

黑　妞

　　大家都叫她黑妞。她长得黑黑的,眼睛很大,很亮,看起来有点野,但实际上很温顺,性格朴素。她爱睁大了眼睛听人说话。她和我不一样。我是个吊儿郎当的人,写一些虚无缥缈的诗。她在学校参加进步的学生社团,参加歌咏队,参加纪念"一二·九"运动的大会。我演戏,只是为了好玩,为艺术而艺术;她参加演戏,是一种进步活动,当然也是为了玩。我们俩演的都不是重要角色,最后一场没有戏,卸了妆,就提前离开剧场。从舞台的侧门下来到剧场门口,要经过一个狭狭的巷子,只有一点路灯的余光,很暗。她伸出手来拉住我的手。我很高兴。我知道她很喜欢我。以后每次退出舞台,她都在巷口等我,很默契。我们一直手拉着手,走完狭巷,到剧场大门,分手。仅此而已。我们并没有吻一下。我还从来没有吻过人。她大概也没有。

　　十多年以后,我到一个中学去做报告,讲鲁迅,见到了她。她在这个中学教语文,来听我的报告。见面,都还认得。她还是那样,眼睛还很大,只是,不那样亮了。她神情有点忧郁,我觉得她这十多年的生活大概经历了不少坎坷。

一九九二年十月十九日

注　释

① 本篇原载《江南》1993 年第二期;初收《汪曾祺全集》第五卷,北京师范大学出版社,1998 年 8 月。

对读者的感谢①

几年以前,我收到浙江的一个念化学的大学生的来信,他提出对我的小说《七里茶坊》的看法,说:"你写的那些人,是我们这个民族的支柱。"我很高兴。我认为他读懂了这篇作品,这一句话比许多长篇大论的评论说得更深刻,更准确。一个人的作品被人理解,特别是比较内在的感情被理解,是非常欣慰的。这会让你觉得这个作品没有白写。

也是几年前的事了。我收到了一个包装得很整齐严实的邮包,书不像书,打开了,是四个笔记本。一个天长县的文学青年把我的一部分小说用钢笔抄了一遍! 他还在行间用红笔加了圈点,在页边加了批。看来他是花了功夫学我的。我曾经一再对文学青年说过:不要学我。但是这个"学生"这样用功,还是很使我感动。不能否认,有一些青年人在写作方法上受了我的影响。这使我很惶恐,我真的不希望这样。这也使我在写作时增加了一分责任感,一分压力,我要写得更慎重一些,不要害了人。

散文《故乡的食物》一开头引郑板桥的家书:"天寒冰冻时暮,穷亲戚朋友到门,先泡一大碗炒米送手中,佐以酱姜一小碟,最是暖老温贫之具。"这篇文章在《雨花》发表时引文与此有小异,我曾加注说:手边无板桥集,所引或有错误。一位扬州的读者看到后,很快就将板桥的原文抄寄给我,这样我在收到集子里的时候才能改正。

两个多月前,作家出版社转来邯郸市锅炉辅机厂梁辰同志一封信,内云:

"……发现了一个小疑点,即《吴三桂》文中提及的张士诚攻下高邮之年份:'但是他于至正十三年(1553)攻下了高邮。'(305 页)我怀疑公元纪年应为 1355 年,虽然 3 与 5 手书潦草或易相混,但未必是手民排错,因下文接云:'他(吴)生于 1612 年。……敝乡于六十年之间出过两位皇上,……'依常识推断:张生于元末,吴生于明末,其间不可能仅隔六十年。但在外手头无书,只好存疑。返邯郸后即查历史纪元表,果然错了年份,应纠正为'敝乡于二百六十年间出过两位皇上。'……"

我完全同意梁辰同志的意见。我从小算术不好,但作文粗疏如此,实在很不应该。梁辰同志看书这样认真,令人感佩。

中国的作家是在读者的理解、关怀,甚至监视之下写作的。这是非常值得感谢的。

注　释

① 本篇原载 1992 年 10 月 25 日《文汇报》;初收《汪曾祺全集》第五卷,北京师范大学出版社,1998 年 8 月。

《当代散文大系》总序①

中国是散文的大国。中国散文历史的悠久,大概可以算世界第一。先秦诸子,都能文章,恣肆谨严,风格各异。《史记》乃无韵之离骚,立记叙之模范。魏晋词赋,风神朗朗,韩愈起八代之衰,是文体上的一次大解放。欧阳修辞赡韵美。苏东坡行于当行,止于应止,使后世作家解悟:散文最大的特点,是自由。明季作家意识到语言的自然美,三袁张岱,是其代表。桐城义法,实本《史记》。龚定庵矫矢奇崛,遂为一代文宗。

中国的新文学、新诗、话剧、小说都是外来的形式,只有散文,却是土产。渊源有自,可资借鉴汲取的传统很丰厚。

鲁迅、周作人实是五四以后散文的两大支派。鲁迅悲愤,周作人简淡。后来作者大都是沿着这样两条路走下来的。江河不择细流,侧叶旁枝,各呈异彩。然其主脉,不离鲁迅、周作人。

中国散文主要继承的是本国的传统,但也不是没有接受外来的影响。三十年代初,翻译了法国的蒙田、挪威的别伦·别尔生的散文,波特莱尔、屠格涅夫的散文诗,泰戈尔、纪伯伦的散文诗,这些都扩展了中国散文作家的眼界。西班牙的阿索林的作品介绍进来的不多,但是影响是很深的。

三十年代写散文的人很多,四十年代写散文的少了,散文几乎降为小说的附庸。

五十年代写散文的又多了起来,一时名家辈出。对五十年代的散文有不同看法。有人以为这是一个高峰期;有人以为这时的散文有一个很大的缺点,即出现了"模式",使年轻的读者以为只有这样写才叫做散文。所谓"模式",一是不管什么题目,最后都要结到歌颂祖国,歌颂社会主义,卒章显其志,有点像封建时代的试帖诗,最后一句总要颂圣;二是过多的抒情,感情绵缠,读起来有"女郎诗"的味道。成绩和缺点都是存在的。

六十年代散文的势头不旺。"文革"以后只有大批判的文章,但那不能叫做散文。那时不但没有散文,也没有文学。

七十年代后期,党的十一届三中全会以后,思想解放,文学复苏,散文如江南草长。物极必反,这时的散文不但摆脱了"文革"文风,也摆脱了五十年代的"模式"。

近三四年散文的长势很好,出现了好几种散文杂志,一般文学杂志也用较显著的篇幅刊登散文,或出散文专号。散文的地位由附庸蔚为大观。有人预言1993年将是散文年。

为什么散文会兴旺起来? 一个是社会的原因,一个是文学的原因。中国人经过长期的折腾,大家都很累,心情浮躁,需要平静,需要安慰,需要一种较高文化层次的休息。尽管粗俗的文化还在流行,但是相当一部分人对此已经感到厌倦,他们需要品位较高的艺术享受,需要对人生独到的观察,对自成一家的语言的精美的享受。散文可以提供有文化的休息和这种精美的享受。散文可以说是应运而生。近年的散文自然也有相当多的平庸之作,但是总体上来说,质量是比较好的,出现了有自己的风格的散文家和足以传世的散文佳作。

近年散文写得好的,不少是女作家,这是个很值得研究的现象。什么原因? 我想是女作家的感觉更细一些,女作家写"女郎诗"未可厚非;女作家对功利更超脱一些,对"为政治服务"抛弃得更远一些。

近年散文也有些什么缺点? 我以为一是散文的天地还狭窄了一些。目前的散文,怀人、忆旧、记游的较多,其实书信、日记、读书笔记乃至交待检查,都可以是很好的散文。二是对散文的民族传统(包括五四以来的传统)继承得还不够,对外国散文作品借鉴得也不够。我们现在还很少散文家能写出鲁迅《二十四孝图》那样气势磅礴,纵横挥洒的"大"散文,能写出像弗吉尼亚·伍尔芙的《果园里》那样用意识流方法写出的精致的小品。

中国散文的前景是辉煌的。

一九九二年十月二十九日

注　释

① 本篇原载《当代作家评论》1993 年第一期,又载 1993 年 12 月 3 日《人民日报》,题为《散文的辉煌前景》,文字略有删节。该文是为《当代散文大系》(第一辑)(沈阳出版社,1993 年版)所作总序;初收《独坐小品》,宁夏人民出版社,1996 年 11 月。

《汪曾祺散文随笔选集》自序^①

本集所收不是我的散文的全部,也很难说是精选。在编这本集子的同时,我还给另一家出版社编了一本随笔选。为了怕雷同得太多,大体上划分了一下:篇幅短小的归入随笔集,篇幅稍长的归入散文集。本来散文、随笔是很难划界的。就这样,也还有两集互见的。我原来很踌躇。出版社的编辑同志说:无妨,两本书的读者不是一样的。如果有读者同时买了两个集子,那就只好请你们原谅了。我没有存心使你们上当。

这本书的编法是进行了分类,将文章性质相近的归为一辑,共六辑。

第一辑是怀念师友的。第二辑是游记。第三辑是对人生的一点省悟。

第四辑是谈吃食的。没有想到我竟然写了这么多篇谈吃的文章!我在《中国烹饪》杂志上还发过一些食单之类的小文章,因为找不到了,没有收入。如果收进来,数量会更多。近年来文艺界有一种谣传,说汪曾祺是美食家。我不是像张大千那样的真正精于吃道的大家,我只是爱做做菜,爱琢磨如何能粗菜细做,爱谈吃。你们看:我所谈的都是家常小菜。谈吃,也是一种对生活的态度,对文化的态度。那么,谈谈何妨?

第五辑《城南客话》是应《中国文化》之约所开栏目的总题目。《中国文化》是一学术性很强的,严肃的大型文化刊物,找一个作家来开一个专栏,无非是调剂调剂,使刊物活泼一些。由于刊物的性质所决定,不得不谈一点有关文化,有关知识的问题。但只不过是一些读书笔记,卑之无甚高论,不足以登大雅之堂的。有人说这样的文章是学者散文,则吾岂敢。不过我倒是希望作家多写一点这一类的文章。王蒙同志前几年提出作家学者化的问题。唐弢同志曾慨叹中国近年很少学者小品，以为是一缺陷。我写这样的读书笔记也可以说是对王蒙同志、唐弢同志的意见的一点响应。我还有两篇稿子存在《中国文化》。《中国文化》半年出一期，发表将在明年，等不及了，就将已发表的几篇先收进来再说。

第六辑《逝水》是应长春《作家》杂志之约所写的带自传、回忆性质的系列散文。我本来是不太同意连续发表这样的散文的，因为我的生活历程很平淡，没有什么值得回忆的往事。《作家》固请，言辞恳挚，姑且应之。有言在先，写到初中生活，暂时打住。高中以后，写不写，什么时候写，再说。我真不知道读者要不要看这样的文章。也许这对了解一个作家童年所受的情绪的培育会有一点帮助，那就请随便翻翻吧。

一九九二年十月三十一日

注　释

① 本篇原载《汪曾祺散文随笔选集》，沈阳出版社，1993 年 6 月。

《成汉飚书法集》序^①

　　成君汉飚写小说，兼善书法。这在中青年作家里是不多见的。现在的中青年作家，字都写得不像样子。现在的行情很俏的书法家，笔下往往不通。成君长于书法，故小说有文化味，能写小说，故书法雅致，无职业书法家的市井俗气，可谓难能。

　　成君写行楷，也写隶书，观其用笔，指实掌虚，意淡气平，笔力注于毫端，不似包世臣所说的"毫铺纸上"，故运转自如，意在笔先。近世书家用力多在毫之中部，即笔"肚子"上，痴重瘫软，遂成"墨猪"，成君书作注重多力丰筋。

　　成书结体，楷书近颜，而用笔有晋人意，隶书似多从张迁碑出，以少少变化，平稳中稍取欹侧为势，于侵夺退让间致意。王羲之字单看一个字，左右常不平衡，从整体看，各字之间痛痒相关，顾盼有情。隶书中《石门铭》、《西狭颂》每个字并非皆中规矩，通体则放逸有致。成君致力于此，已见成就。

　　写隶书，文须有汉魏韵味。当见书法家用小篆、隶书写唐人诗《枫桥夜泊》、"停车坐爱枫林晚"以为不相配。成君写汉隶，宜读汉人文。成君以为然否？

一九九二年十月序于北京蒲黄榆

注　释

① 　本篇原载《成汉飚书法集》，东吴轩出版社，1993 年版。

一 点 意 见^①

　　两年前张抗抗到洛阳看牡丹,春寒,牡丹没有开。抗抗很失望,回来写了篇散文《牡丹的拒绝》。我知道后,为她画了幅牡丹,绿花红叶子,题了四句诗:"看朱成碧且由他,大道从来只是斜,见说洛阳春索寞,牡丹拒绝著繁花。"希望这次十四大带来洛阳春暖,牡丹盛开。

　　我只有一点具体的意见:希望尽快举行第五次作代会。希望这次会能按正常程序进行,按作协章程办事,不要有人搞非程序活动。希望这次会能开成一个团结的会、民主的会,使大多作家都能心情舒畅的会。这次会开得成功,将会有助于文学的繁荣。希望通过这次座谈,能把这点声音传给全国作家,听听大家的意见。

注　释

　　① 本篇原载 1992 年 11 月 7 日《作家报》,是作者在学习十四大精神座谈会上的发言,有删节。

一个过时的小说家的笔记①

——曾明了小说集《风暴眼》代序

说实在话,我很怕给人写序。每一次写序,对我说起来,都是一次冒险。我能够多少说出几句比较中肯的话么?

曾明了(她也常用曾英的署名发表作品)在鲁迅文学院研究生班听过我的课,算是我的学生。前两年她就说,请我给她的小说集写一篇序。我不能不答应。但是有些为难。我没有看过她一篇小说。写序,要对作者负责,对读者负责,当然,也对我自己负责。因此,我感到一种压力。这篇序值不值得一写?曾明了身体不太好,总像有点精神不足的样子。她在班上很谦抑,在人多的场合话很少,不像有些女作家才华闪烁,语惊四座。我想,她的小说会是什么样子的呢?她到我家里来过几次,我发现她很有语言才能,很有幽默感,时有妙语(我的小孙女都记得她说过的笑话,并且到处转述给别人听)。当然,我觉得值得为她写一篇序,是在读了她的小说以后。

但是我不是评论家,说不出成本大套的道理。我只能作一点笔记,想到什么说什么。这样我就可以轻松一点,减轻所承负的压力。

我很喜欢《月丫儿》。

月丫儿有一颗金子样的心。浑金璞玉。她是"山里人",却一脚跳进了文明世界,跳进知识分子生活的圈子。她干了一些"可笑"的事。"我"看《一千零一夜》看得像中了邪,月丫儿像巫婆一样阴阳怪气地呼叫起来:"天灵灵,地灵灵,妖魔鬼怪全滚开!""叭叽一声将菜刀猛力砍在书桌上!她用鲜牛黄给姐姐敷在脸上治腮腺炎。小妹生病,昏睡了三天三夜,她给她去喊魂:小妹回来哟……小妹回来哟……"她没有知识,可是很爱知识,对知识分子充满敬意,充满非常真挚的深情。她赶

1597

上"文化大革命",可是在这个扭曲人性的大漩涡中站得笔直。爸爸被关进了牛棚,身体垮得一塌糊涂,"我"和月丫儿去给爸爸送鸡汤,月丫儿和看守对骂,骂着骂着就打起来了。看守男人照着月丫儿鼓鼓的胸脯打,月丫儿往后一退,拍打着自己的胸脯说:"老实告诉你,咱这儿可是咱贫下中农的爹妈给的,你照这儿打,打孬了山里人不拿砍猪的刀割下你的鸡巴才怪!"三个娃娃带领一家人来抄了爸爸的家。月丫儿劝爸爸:"财是身外物,没有还轻松,千好万好老师的书还在。"苗伯伯是个好作家,他答应过写写月丫儿。苗伯伯因为一个字上了吊,月丫儿说了好几遍:"他答应写俺的,答应过的,还没有写俺呢,他就没了……"月丫儿就哭得眼睛不是眼睛嘴不是嘴了。多好的月丫儿呀!

月丫儿有一个自己找的情人山崽,两个人非常要好,但是月丫儿的娘生了重病,用了一个男人的钱,月丫儿的爹就把月丫儿给了那个男人。

月丫儿被男人拉走了。

半个月之后,山崽来了,抱着头大哭,哭回了气,说:"老师,月丫儿没了,月丫儿跳岩了……"

月丫儿!

《蓝房子寡妇的恋人》在性质上和《月丫儿》相近,都写的是非常善良,非常真挚,非常美好的人。

这是一个有点奇特的故事。蓝房子寡妇是个南方城市里来的"知妹"——女知青,秀气,苗条。她的恋人却是个西北的农民,赶大车的,五大三粗,没有文化,而且是个哑巴。哑巴为了保护女知青,被捆绑、棒打,几死者数。他在酷寒中守护着女知青的小屋,冻得嘴唇上裂着四五道血口子。他们的爱是难于理解的,然而是美丽的。"她那腼腆而又大胆的神情,使他的心颤栗了一下,恐怕谁也无法解释他们之间发生了什么,只有他们自己明白,甚至不是明白,而只是感觉"。

他们经历了艰难曲折的道路,终于重逢。"胡大呀,仁慈的胡大,将生离死别降临给他们,又将相逢的悲喜赐给他们"。

月丫儿,哑巴大川,他们是河,是树,是雨。为了他们,世界才像个世界。人才值得活一回。

但是世界上坏人很多。《蓝房子寡妇的恋人》里的马富是坏人。杨主任是坏人。《遥远的故事》里的可以乱杀知识分子的"丈夫"是坏人。尤其坏的是《小竹》里的丈夫。温文尔雅,眉清目秀,却是一个坏透了的伪君子,惯用软刀子杀人,手段很毒,他可以不动声色地整人,不显山不露水地把一个喜欢小竹的青年一再调动,调到无法生活的边远地区去。这样的人会不断地得到提升。这种人的名字叫做"干部"。小竹是悲哀的,因为有这样的丈夫。

曾明了当过知青,她的小说有好几篇是写知青的。知青问题是中国历史上的一块癌肿。是什么人忽然心血来潮,把整整一代天真,纯洁,轻信,狂热的年轻学生("老三届")放到"广阔的天地"里去的?这片天地广阔,但是贫穷,寒冷,饥饿。尤其可怕的是这片天地里有狼。发出那样号召的人难道不知道下面的基层干部是怎么回事?把青年女学生交给这些人,不正是把羔羊捆起来往狼嘴里送。

我们对知青,尤其是女知青,是欠了一笔债的。

明了计划写一个中篇《青竹湾》是写知青的。她跟我谈过这篇小说的梗概,我认为她的构思已经成熟,不知为什么到现在还没有写出来。如果写出来,将是一声裂人心魄的悲恸的控诉。

《风暴眼》无疑是一篇力作。

这是一篇奇特的小说。

这是一片神秘的,保留着原始状态的,苍茫、荒凉、无情的土地,一个被胡大遗忘在戈壁滩上的孤村。

这里有很少的人,很多的狼。人狼杂处。

狼会做礼拜:

······

就在这时,琏婆从戈壁滩那望尽望不尽之处,看见一群狼从古道尽头飘逸而出,皓月之下狼目如磷火一般闪闪烁烁,在空旷的荒漠上如幽灵一般缓缓游弋。

琏婆就虚晃了身子,呆呆望着。

狼群到了黄土梁便驻步停落,如人一般蹲坐,面对那轮亘古不变之月,默立久久。

　　此时,月正中天,青辉满盈盈照了黄土梁,狼的身子从荒漠中离析出来,在戈壁映出尊尊黑影如画一般冥静。

　　突然,一声苍老、凄怆的狼嗥从黄土梁上啸啸传出,在空寂的戈壁滩上跌宕起伏。悲怆的嗥叫慢慢变成哀伤的低哭! 哭声如泣如诉,凄婉悱恻,在茫茫天地间索行飘绕。接着群狼应着低低的哭泣齐声嗥叫。

　　"噢 呜——噢 呜——噢 呜——呜——呜——呜——啊——啊——啊!"嗥声如风暴一般席卷着荒漠深远的沉默。

　　群狼嗥叫声由疯狂渐渐转为凄惶的哀嚎,如绵绵不息的痛苦呻吟,盘旋在荒漠的上空,久久不息。

　　……

　　珊婆听着听着,就惊了脸,尖锐地叫道:"狼在哭啊……"

　　……

　　狼的哭嚎传入村里,村人听了,纷纷出屋面露恓惶之色,看一地的月光亮得惊人。于是村里人说:"狼做礼拜呐!"

戈壁滩上刮了十天十夜风暴,石村幸亏在"风暴眼",石村得救了,但是,"石村村前村后的几眼水井一夜之间干枯竭底。公鸡从早至晚不停地打鸣,直到啼血而死。村狗呼天抢地地吠,直吠得晕死过去。"

　　这真是个怪地方。

　　这怪地方有一个怪女人,珊婆,谁也说不清她有多大年龄。她有一种特殊的感觉。她说要下黄沙了,天就准下黄沙。她说某口井要变苦了,那口井的水就准变苦。她像一个幽灵,飘飘忽忽,随时出现。

　　贯串整个小说的人物是尕。尕有一对大奶,晃晃荡荡,看得村人眼花缭乱。更准确地说,贯串全篇小说的是尕的一对大奶。可以说,这对大奶是有象征意义的。

　　尕的生活既平常,也曲折,也惊险。

　　——尕的丈夫木木到矿上做工,被砸死了。

尕遇到过长脚龙卷风，被刮上天，又落到地上。

木木的哥为了他们家不断后，强迫尕在戈壁上脱光了。尕在月光下露出辉煌的大奶。

尕遇了狼，和狼搏斗，竟把狼掐死了，——她的两个拇指断在狼的喉咙里！她遍体是伤，流着血，遇到一个独臂男人，男人说是天意，扑到尕的身上，尕怀了孕。

《风暴眼》所写的性是赤裸的，非常物质的，非诗的。

《风暴眼》写的是什么？写的是人？人和自然的对抗，人的生存。一要生存，二要繁衍。这是本能，是原始的，半动物性的，然而是神圣的。

《风暴眼》有一种杰克·伦敦式的粗犷，一种男性的力度。

我真想象不出那样一个纤弱的曾明了会写出这样一个小说。

曾明了的小说里除了主要人物，还有一些陪衬的人物。这些陪衬人物有的可以说是关键性的，有的是穿插性的。《月丫儿》的主要人物是月丫儿，苗伯伯是关键性人物，妈妈、"我"，尤其是姐姐，是穿插性的人物。《裸血的太阳》里的会计女人是穿插性人物。《风暴眼》的琏婆的重要性超过关键性和穿插性，可以说是背景性的人物。这样，明了的小说就不是"一人一事"，不单薄。这些关键性，穿插性的人物，造成主要人物生活的"典型环境"。安排这些人物，是要有匠心的。

明了的叙述语言有些是很"投入"的，有时遏制不住要把作者感情倾吐出来，比如："胡大啊，仁慈的胡大，将生离死别的苦难降临给他们，又将相逢的悲喜赐给他们。"但是有时又对事件保持距离，保持冷淡，似乎无动于衷，不动声色，如《小竹》。但作者的爱憎不露自显。这样，明了的小说就既有水煮牛肉，也有开水白菜，浓淡不同，各有滋味。

明了的普通话说得不很标准。但是她的语感很好。她是四川人，小说的叙述语言有四川话，如"端端坐着"，"端端"是成都话。她在新疆呆了很久，懂得西北方言（我想是宁夏话），如"天呐，狼诉甚呢？狼祈求甚呢？狼也知人间的苦么？"这样，曾明了的语言就很有特点。有些语言本身是很幽默的，如爸爸把姐姐"彻头彻尾"地骂了一顿。我不赞成用一些很怪的语词或句子,如太阳分娩了出来。没有必要。

我不能谈到曾明了的全部小说。就这样,也够老夫儿一呛。

为什么我这篇代序用了这样一个题目?我觉得,任何作家总要过时的。上了岁数的人应该甘于过时,把位置让给更年轻的人。我的小说观念大概还停留在契诃夫时代。我觉得更年轻的作家总是应该,而且一定会盖过我们的。我希望报刊杂志把注意力挪一挪,不要把镜头只对着老家伙。把灯光开足一点,照亮中青年作家。

(一九九二年十二月八日)

注　释

① 本篇原载《绿洲》1993 年第五期,是为《风暴眼》(曾明了著,作家出版社,1994 年版)所作序;初收《汪曾祺文集·文论卷》,江苏文艺出版社,1993 年 9 月。

关 于 王 蒙①

这是一个笑话吗——

听说有一位文艺方面的报纸的主编看到该报的艺术版上的一篇文章提到王蒙,把编辑叫来,问:"王蒙什么时候又把手伸到书画上来了?"编辑答云:"这不是现在的王蒙,这是元代的画家。""那我怎么不知道?"这和"李时珍同志来了没有?"实在是异曲同工。

稍有一点中国美术史常识的,都知道王蒙。《辞海》就有"王蒙"条:

> 王蒙(? —1385)元画家。……善诗文、书法,工人物,尤擅山水,得外祖赵孟頫法,更参酌唐宋诸家,以董源、巨然为宗。
>
> 而能变古,自立门户。写景多稠密,山川掩映,径路曲回,颇得幽深之致。用解索皴和渴墨点苔,表现林峦郁茂苍茫的气氛,为其独到处。对明清山水画的影响甚大,仅次于黄公望。后人把他与黄公望、吴镇、倪瓒合称为"元四家"……。

我不相信一个手握文艺生杀大权的主编会不知道"元四家"。我以为这是谣传。

但是,如果这是真事呢? 我不相信这是真事,这不知是哪个不怀好意的人编出来的笑话。编出这样笑话的人,可恶!

注 释

① 本篇原载 1992 年 12 月 16 日《新民晚报》,又载 1993 年 4 月 28 日《大连日报》。

语 文 短 简^①

普通而又独特的语言

鲁迅的《高老夫子》中高尔础说:"女学堂越来越不像话,我辈正经人确乎犯不着和他们酱在一起"(手边无鲁迅集,所引或有出入)。"酱"字甚妙。如果用北京话说:"犯不着和他们一块掺和",味道就差多了。沈从文的小说,写一个水手,没有钱,不能参加赌博,就"镶"在一边看别人打牌。"镶"字甚妙。如果说是"靠"在一边,"挤"在一边,就失去原来的味道。"酱"字、"镶"字,大概本是口语,绍兴人(鲁迅是绍兴人),凤凰人(沈从文是湘西凤凰人),大概平常就是这样说的。但是在文学作品里没有人这样用过。

屠格涅夫的散文诗写伐木,有句云"大树缓慢地,庄重地倒下了。""庄重"不仅写出了树的神态,而且引发了读者对人生的深沉、广阔的感慨。

阿城的小说里写"老鹰在天上移来移去"。这非常准确。老鹰在高空,是看不出翅膀搏动的,看不出鹰在"飞",只是"移来移去"。同时,这写出了被流放在绝域的知青的寂寞的心情。

我曾经在一个果园劳动,每天下工,天已昏暗,总有一列火车从我们的果园的"树墙子"外面驰过,灯窗的灯光映在树墙子上,我一直想写下这个印象。有一天,终于抓住了。

> 东窗蜜黄色的灯光连续地映在果树东边的树墙子上,一方块,一方块,川流不息地追赶着……

"追赶着"，我自以为写得很准确。这是我长期观察、思索，才捕捉到的印象。

好的语言，都不是奇里古怪的语言，不是鲁迅所说的"谁也不懂的形容词之类"，都只是平常普通的语言，只是在平常语中注入新意，写出了"人人心中所有，而笔下所无"的"未经人道语"。

平常而又独到的语言，来自于长期的观察、思索、捉摸。

读诗不可抬杠

苏东坡《惠崇小景》诗云："春江水暖鸭先知"，这是名句，但当时就有人说："鸭先知，鹅不能先知耶？"这是抬杠。

林和靖咏梅诗："疏影横斜水清浅，暗香浮动月黄昏"，是千古名句。宋代就有人问苏东坡，这两句写桃杏亦可，为什么就一定写的是梅花？东坡笑曰："此写桃杏诚亦可，但恐桃杏不敢当耳！"

有人对"红杏枝头春意闹"有意见，说："杏花没有声音，'闹'什么？""满宫明月梨花白"，有人说："梨花本来是白的，说它干什么？"

跟这样的人没法谈诗。但是，他可以当副部长。

想　　象

闻宋代画院取录画师，常出一些画题，以试画师的想象力。有些画题是很不好画的。如"踏花归去马蹄香"，"香"怎么画得出？画师都束手。有一画师很聪明，画出来了。他画了一个人骑了马，两只蝴蝶追随着马蹄飞。"深山藏古寺"，难的是一个"藏"字，藏就看不见了，看不见，又要让人知道有一座古寺在深山里藏着。许多画师的画都是在深山密林中露一角檐牙，都未被录取。有一个画师不画寺，画了一个小和尚到山下溪边挑水。和尚来挑水，则山中必有寺矣。有一幅画画昨夜宫人饮酒闲话。这是"昨夜"的事，怎么画？这位画师画了一角宫门，一大早，一个宫女端着筲箩出来倒果壳，荔枝壳、桂圆壳、栗子壳、鸭脚

（银杏）壳……这样，宫人们昨夜的豪华而闲适的生活可以想见。

老舍先生曾点题请齐白石画四幅屏条，有一条求画苏曼殊的一句诗："蛙声十里出山泉"。这很难画，"蛙声"，还要从十里外的山泉中出来。齐老人在画幅两侧用浓墨画了直立的石头，用淡墨画了一道曲曲弯弯的山泉水，在泉水下边画了七八只摆尾游动的蝌蚪。真是亏他想得出。

艺术，必须有想象。画画是这样，写文章也是这样。

一九九二年十二月二十六日

注　释

① 本篇原载 1993 年 3 月 22 日《语文报》；初收《塔上随笔》，群众出版社，1993 年 11 月。

岁 朝 清 供①

　　"岁朝清供"是中国画家爱画的画题。明清以后画这个题目的尤其多。任伯年就画过不少幅。画里画的、实际生活里供的,无非是这几样:天竹果、腊梅花、水仙。有时为了填补空白,画里加两个香橼。"橼"谐音圆,取其吉利。水仙、腊梅、天竹,是取其颜色鲜丽。隆冬风厉,百卉凋残,晴窗坐对,眼目增明,是岁朝乐事。

　　我家旧园有腊梅四株,主干粗如汤碗,近春节时,繁花满树。这几棵腊梅磬口檀心,本来是名贵的,但是我们那里重白心而轻檀心,称白心者为"冰心",而给檀心的起一个不好听的名字:"狗心"。我觉得狗心腊梅也很好看。初一一早,我就爬上树去,选择一大枝——要枝子好看,花蕾多的,拗折下来——腊梅枝脆,极易折,插在大胆瓶里。这枝腊梅高可三尺,很壮观。天竹我们家也有一棵,在园西墙角。不知道为什么总是长不大,细弱伶仃,结果也少。我不忍心多折,只是剪两三穗,插进胆瓶,为腊梅增色而已。

　　我走过很多地方,像我们家那样粗壮的腊梅还没有见过。

　　在安徽黟县参观古民居,几乎家家都有两三丛天竹。有一家有一棵天竹,结了那么多果子,简直是岂有此理!而且颜色是正红的,——一般天竹果都偏一点紫。我驻足看了半天,已经走出门了,又回去看了一会。大概黟县土壤气候特宜天竹。

　　在杭州茶叶博物馆,看见一个山坡上种了一大片天竹。我去时不是结果的时候,不能断定果子是什么颜色的,但看梗干枝叶都作深紫色,料想果子也是偏紫的。

　　任伯年画天竹,果极繁密。齐白石画天竹,果较疏;粒大,而色近朱红。叶亦不作羽状。或云此别是一种,湖南人谓之草天竹,未知是否。

养水仙得会"刻",否则叶子长得很高,花弱而小,甚至花未放蕾即枯瘪。但是画水仙都还是画完整的球茎,极少画刻过的,即福建画家郑乃珧也不画刻过的水仙。刻过的水仙花美,而形态不入画。

北京人家春节供腊梅、天竹者少,因不易得。富贵人家常在大厅里摆两盆梅花(北京谓之"干枝梅",很不好听),在泥盆外加开光粉彩或景泰蓝套盆,很俗气。

穷家过年,也要有一点颜色。很多人家养一盆青蒜。这也算代替水仙了吧。或用大变萝卜一个,削去尾,挖去肉,空壳内种蒜,铁丝为箍,以线挂在朝阳的窗下,蒜叶碧绿,萝卜皮通红,萝卜缨翻卷上来,也颇悦目。

广州春节有花市,四时鲜花皆有。曾见刘旦宅画"广州春节花市所见",画的是一个少妇的背影,背兜里背着一个娃娃,右手抱一大束各种颜色的花,左手拈花一朵,微微回头逗弄娃娃,少妇著白上衣,银灰色长裤,身材很苗条。穿浅黄色拖鞋。轻轻两笔,勾出小巧的脚跟。很美。这幅画最动人处,正在脚跟两笔。

这样鲜艳的繁花,很难说是"清供"了。

曾见一幅旧画:一间茅屋,一个老者手捧一个瓦罐,内插梅花一枝,正要放到案上,题目:"山家除夕无他事,插了梅花便过年",这才真是"岁朝清供"!

(一九九二年十二月三十一日)

注 释

① 本篇原载《草花集》,成都出版社,1993 年 9 月。

悔 不 当 初①

我一生最大的遗憾是没有把英文学好。

小学六年级就有英文课,但是我除了 book、pen 之类少数的单词外什么也没有记住。初中原来教英文的是我的一个远房舅舅,行六,是个近视眼,人称"杨六瞎子",据说他的英文是很好的。但是我进初中时他已经在家享福,不教书了。后来的英文教员都不怎么样。初中三年级教英文的是校长耿同霖,用的课本却是《英文三民主义》——他是国民党党部的什么委员,教学的效果可想而知。因此全校学生的英文被白白地耽误了三年。我读的高中是江阴的南菁中学。南菁中学的数、理、化和英文的程度在江苏省是很有名的。教我们英文的是吴锦棠先生。他是圣约翰大学毕业的,英文很好,能够把《英汉四用辞典》背下来。吴先生原来是西装笔挺很洋气,很英俊的,他的夫人是个美人。夫人死后,吴先生的神经受了刺激,变得很邋遢,脑子也有点糊涂了。他上课是很有趣的。讲《李白大梦》,模仿李白的老婆在李白失踪后到处寻找李白,尖声呼叫;讲《澳洲人打袋鼠》,他会模仿袋鼠的样子,四脚朝天躺在讲桌上。高中一、二年级的英文课本是相当深的,除了兰姆的散文,还有《为什么经典是经典》这样的难懂的论文,有一课是《凯撒大帝》剧本中凯撒遇刺后安东尼在他的尸体前的演讲!除了课本以外,还要背扬州中学编的单页的《英文背诵五百篇》。如果我能把这两册课本学好,把《五百篇》背熟,我的英文会是很不错的。但是我没有做到。原因是:一、我的初中英文基础太差;二、我不用功;三、吴先生糊涂。考试时,他给上一班出的题目都忘了,给下一班出的还是那几道题。月考、大考(学期考试)都是这样。学生知道了,就把上一班的试题留下来,到时候总可以应付。而且吴先生心肠特好,学生的答卷即便文不对题,只要能背下一段来,他也给分。主要还是要怪我自己,不能怪吴先生。这样好的老师,教出了我这么个学生!——我的同班同学有不少是英文很好的。我到现在还常怀念吴先生,并且觉得有点对不起他。

1937年暑假后,江阴失陷,我在淮安中学、私立扬州中学、盐城临时中学辗转"借读",简直没有读什么书。淮安中学教英文的姓过,无锡人,他教的英文实在太浅了,还不到初中一年级程度。我们已经高三了,他却从最起码的拼音教起:d-a,da;d-o,do;d-u,du!

参加大学入学考试时我的英文不知道得了几分,反正够呛。我记得很清楚,有一道题是中翻英,是一段日记:"我刷了牙,刮了脸……"我不知"刮脸"怎么翻,就翻成"把胡子弄掉"!

大一英文是连滚带爬,凑合着及格的。

大二英文,教我们那个班的是一个俄国老太太,她一句中文也不会说,我对她的英文也莫名其妙。期终考试那天,我睡过了头(我任何课上课都不记笔记,到期终借了别的同学的笔记本看,接连开了几个夜车,实在太困了),没有参加考试。因此我的大二英文是0分。

不会英文,非常吃亏。

作为一个作家,有时难免和外国人见面座谈,宴会,见面握手寒暄,说不了一句整话,只好傻坐着,显得非常愚蠢。

偶尔出国,尤其不便。我曾到美国爱荷华参加国际写作计划。几乎所有的外国作家都能说英语,我不会,离不开翻译一步。或作演讲,翻译得不大准确,也没有办法。我曾作过一个关于中国艺术的"留白"特点的演讲,提到中国画的构图常不很满,比如马远,有些画只占一个角,被称为"马一角",翻译的女士翻成了"一只角的马"(美国有一种神话传说中的马,额头有一只角),我知道她翻得不对,但也没有纠正,因为我也不知道"马一角"在英语中该怎么说。有些外国作家,尤其是拉丁美洲的作家,不知道为什么对我很感兴趣,但只通过翻译,总不能直接交流感情。有一位女士眼睛很好看,我说她的眼睛像两颗黑李子,大陆去的翻译也没有办法,他不知道英语的黑李子该怎么说。后来是一位台湾诗人替我翻译了告诉她,她才非常高兴地说:"喔! 谢谢你!"台湾的作家英文都不错,这一点,优于大陆作家。

最别扭的是:不能读作品的原著。外国作品,我都是通过译文看的。我所接受的西方文学的影响,其实是译文的影响。六朝高僧译经,认为翻译是"嚼饭哺人",我吃的其实是别人嚼过的饭。我很喜欢海明威的风格,但是海明威的风格究竟是怎么回事,我真说不上来,我没有读过他的一本原著。我有时到鲁迅文学院等处讲课,也讲到海明威,但总是隔靴搔痒,说不到点子上。

再有就是对用英文翻译的自己的作品看不懂,更不用说是提意见。我有一篇小说《受戒》译成英文。这篇小说里有三副对联,我想:这怎么翻呢? 后来看看译文,译者用了一个干净绝妙的主意:把对联全部删去了。我有个英文很棒的朋友,说是他是能翻的。我如果自己英文也很棒,我也可以自己翻!

我觉得不会外文(主要是英)的作家最多只能算是半个作家。这对我说起来,是一个惨痛的、无可挽回的教训。我已经72岁,再从头学英文,来不及了。

我诚恳地奉劝中青年作家,学好英文。

学英文,得从中学抓起。一定要选择好的英文教员。如果英文教员不好,将贻误学生一辈子。

希望教育部门一定要重视这个问题。

注 释

① 本篇原载《时代青年》1993年第四期;初收《草花集》,成都出版社,1993年9月。

1993 年

昆明的吃食①

几家老饭馆

东月楼。东月楼在护国路,这是一家地道的云南饭馆。其名菜是锅贴乌鱼。乌鱼两片,去其边皮,大小如云片糕,中夹宣威火腿一片,于平铛上文火烙熟,极香美。宜酒宜饭,也可作点心。我在别处未吃过,在昆明别家饭馆也未吃过,信是人间至味。

东月楼另一名菜是酱鸡腿。入味,而鸡肉不"柴"。

映时春。映时春在武成路东口,这是一家不大不小的饭馆。最受欢迎的菜是油淋鸡。生鸡剁为大块,以热油反复浇灼,至熟,盛以一尺二寸的大盘,蘸花椒盐吃,皮酥肉嫩。一盘上桌,顷刻无余。

映时春还有两道菜为别家所无。一是雪花蛋。乃以温油慢炒鸡蛋清,上洒火腿细末。雪花蛋比北方饭馆的芙蓉鸡片更为细嫩。然无宣腿细末则无以发其香味。如用蛋黄,以同法炒之,则名桂花蛋。

这是一个两层楼的饭馆。楼下散座,卖冷荤小菜,楼上卖热炒。楼上有两张圆桌,六张大八仙桌,座位经常总是满的。招呼那么多客人,却只有一个堂倌。这位堂倌真是能干。客人点了菜,他记得清清楚楚(从前的饭馆是不记菜单的),随即向厨房里大声报出菜名。如果两桌先后点了同一样菜,就大声追加一句:"番茄炒鸡蛋一作二"(一锅炒两盘)。听到厨房里锅铲敲炒的声音,知道什么菜已经起锅,就飞快下楼,(厨房在楼下,在店堂之里,菜炒得了,由墙上一方窗口递出)转眼之间,又一手托一盘菜,飞快上楼,脚踩楼梯,登登登登,麻溜之至。他这一天上楼下楼,不知道有多少趟。累计起来,他一天所走的路怕有几十里。客人吃完了,他早已在心里把账算好,大声向楼下账桌报出钱数:下来几位,几十元几角。他的手、脚、嘴、眼一刻不停,而头脑清晰灵敏,从不出错,这真是个有过人精力的堂倌。看到一个精力旺盛的人,是叫人高兴的。

过桥米线·汽锅鸡

这似乎是昆明菜的代表作,但是今不如昔了。

原来卖过桥米线最有名的一家,在正义路近文庙街拐角处,一个牌楼的西边。这一家的字号不大有人知道,但只要说去吃过桥米线,就知道指的是这一家,好像"过桥米线"成了这家的店名。这一家所以有名,一是汤好。汤面一层鸡油,看似毫无热气,而汤温在一百度以上。据说有一个"下江人"司机不懂吃过桥米线的规矩,汤上来了,他咕咚喝下去,竟烫死了。二是片料讲究,鸡片、鱼片、腰片、火腿片,都切得极薄,而又完整无残缺,推入汤碗,即时便熟,不生不老,恰到好处。

专营汽锅鸡的店铺在正义路近金碧路处。这家的字号也不大有人知道,但店堂里有一块匾,写的是"培养正气",昆明人碰在一起,想吃汽锅鸡,就说:"我们去培养一下正气。"中国人吃鸡之法有多种,其最著者有广州盐焗鸡、常熟叫花鸡,而我以为应数昆明汽锅鸡为第一。汽锅鸡的好处在哪里?曰:最存鸡之本味。汽锅鸡须少放几片宣威火腿,一小块三七,则鸡味越"发"。走进"培养正气",不似走进别家饭馆,五味混杂,只是清清纯纯,一片鸡香。

为什么现在的汽锅鸡和过桥米线不如从前了?从前用的鸡不是一般的鸡,是"武定壮鸡"。"壮"不只是肥壮而已,这是经过一种特殊的技术处理的鸡。据说是把母鸡骟了。我只听说过公鸡有骟了的,没有听说母鸡也能骟。母鸡骟了,就使劲长肉,"壮"了。这种手术只有武定人会做。武定现在会做的人也不多了，如不注意保存，可能会失传的。我对母鸡能骗，始终有点将信将疑。不过武定鸡确实很好。前年在昆明，佤伍族女作家董秀英的爱人，特意买到一只武定壮鸡，做出汽锅鸡来，跟我五十年前在昆明吃的还是一样。

甬道街鸡㙡。鸡㙡之名甚怪。为什么叫"鸡㙡"，到现在还没有人解释清楚。这是一种菌子，它生长的地方也怪，长在田野间的白蚁窝上。为什么专在白蚁窝上生长，到现在也还没有人解释清楚。鸡㙡的菌盖不大，而下面的菌把甚长而粗。一般菌子中吃的部分多在菌盖，而鸡㙡好吃的地方正在菌把。鸡㙡可称菌中之王。鸡菌的味道无法比方。不得已，可以说这是"植物鸡"。味似鸡，而细嫩过之，入口无渣，甚滑，且有一股清香。如果用一个字形容鸡㙡的口感，可以说是：腴。甬道街有一家中等本地饭馆，善做鸡㙡，极有名。

这家还有一个特别处，用大锅煮了一锅苦菜汤。这苦菜汤是奉送的，顾客可以自己拿了大碗去盛。汤甚美，因为加了一些洗净的小肠同煮。

昆明是菌类之乡。除鸡㙡外，干巴菌、牛肝菌、青头菌，都好吃。

小西门马家牛肉馆。马家牛肉馆只卖牛肉一种，亦无煎炒烹炸，所有牛肉都是头天夜里蒸煮熟了的，但分部位卖。净瘦肉切薄片，整齐地在盘子里码成两溜，谓之"冷片"，蘸甜酱油吃。甜酱油我只在云南见过，别处没有。冷片盛在碗里浇以热汤，则为"汤片"，也叫"汤冷片"。牛肉切成骨牌大的块，带点筋头巴脑，以红曲染过，亦带汤，为"红烧"。有的名目很奇怪，外地人往往不知道这是什么部位的。牛肚叫做"领肝"，牛舌叫"撩青"。"撩青"之名甚为形象。牛舌头的用处可不是撩起青草往嘴里送么？不大容易吃到的是"大筋"，即牛鞭也。有一次我陪一位女同学上马家牛肉馆，她问："这是什么东西？"我真没法回答她。

马家隔壁是一家酱园。不时有人托了一个大搪瓷盘，摆七八样酱菜，放在小碟子里，藠头、韭菜花、腌姜……供人下饭（马家是卖白米饭的）。看中哪几样，即可点要，所费不多。这颇让人想起《东京梦华录》之类的书上所记的南宋遗风。

护国路白汤羊肉。昆明一般饭馆里是不卖羊肉的。专卖羊肉的只有不多的几家，也是按部位卖，如"拐骨"（带骨腿肉）、"油腰"（整羊腰，不切）、"灯笼"（羊眼）……都是用红曲染了的。只有护国路一家卖白汤羊肉，带皮，汤白如牛乳，蘸花椒盐吃。

奎光阁面点。奎光阁在正义路，不卖炒菜米饭，只卖面点，昆明似只此一家。卖葱油饼（直径五寸，葱甚多，猪油煎，两面焦黄）、锅贴、片儿汤（白菜丝、蛋花、下面片）。

玉溪街蒸菜。玉溪街有一家玉溪人开的饭馆，只卖蒸菜，不卖别的。好几摞小笼，一屋子热气腾腾。蒸鸡、蒸骨、蒸肉……"瓤（读去声）小瓜"甚佳。小南瓜挖去瓤（此读平声），塞入切碎的猪肉，蒸熟去笼盖，瓜香扑鼻。这家蒸菜的特点是衬底不用洋芋、白薯，而用皂角仁。皂角仁这东西，我的家乡女人绣花时用来"光"（去声）绒，绒沾皂仁粘液，则易入针，且绣出的花有光泽。云南人都拿来吃，真是闻所未闻。皂仁吃起来细腻软糯，很有意思。皂角仁不可多吃。我们过腾冲时，宴会上有一道皂角仁做的甜菜，一位河北老兄一勺又一勺地往下灌。我警告他：这样吃法不行，他不信。结果是这位老兄才离座席，就上厕所。皂角仁太滑了，到了肠子里会飞流直下。

米 线 饵 块

米线属米粉一类。湖南米粉、广东的沙河粉，都是带状，扁而薄。云南的米线是圆的，粗细如线香，是用压饸饹似的办法压出来的。这东西本来就是熟的，临吃加汤及配料，煮两开即可。昆明讲究"小锅米线"。小铜锅，置炭火上，一锅煮两三碗，甚至只煮一碗。

米线的配料最常见的是"焖鸡"。焖鸡其实不是鸡,而是加酱油花椒大料煮出的小块净瘦肉(可能过油炒过)。本地人爱吃焖鸡米线。我们刚到昆明时,昆明的电影院里放的都是美国电影,有一个略懂英语的人坐在包厢(那时的电影院都有包厢)的一角以意为之的加以译解,叫做"演讲"。有一次在大众电影院,影片中有一个情节,是约翰请玛丽去"开餐","演讲"的人说:"玛丽呀,你要哪样?"楼下观众中有一个西南联大的同学大声答了一句:"两碗焖鸡米线!"这本来是开开玩笑,不料"演讲"人立即把电影停住,把全场的灯都开了,厉声问:"是哪个说的? 哪个说的!"差一点打了一次群架。"演讲"人认为这是对云南人的侮辱。其实焖鸡米线是很好吃的。

另一种常见的米线是"爨肉米线",即在米线锅中放入肉末。这个"爨"字实在难写。但是昆明的米线店的价目表上都是这样写的。大概云南有《爨宝子》、《爨龙颜》两块名碑,云南人对它很熟悉,觉得这样写很亲切。

巴金先生在写怀念沈从文先生的文章中,说沈先生请巴老吃了两碗米线,加一个鸡蛋,一个西红柿,就算一顿饭。这家卖米线的铺子,就在沈先生住的文林街宿舍的对面。沈先生请我吃过不止一次。他们吃的大概是"爨肉米线"。

米线也还有别的配料。文林街另一家卖米线的就有:鳝鱼米线,鳝鱼切片,酱油汤煮,加很多蒜瓣;叶子米线,猪肉皮晾干油炸过,再用温水发开,切成长片,入汤煮透,这东西有的地方叫"响皮",有的地方叫"假鱼肚",昆明叫"叶子"。

荩忠寺坡有一家卖"炜肉米线"。大块肥瘦猪肉,煮极烂,置大磁盘中,用竹片刮下少许,置米线上,浇以滚开的白汤。

青莲街有一家卖羊血米线。大锅煮羊血,米线煮开后,舀半生羊血一大勺,加芝麻酱、辣椒、蒜泥。这种米线吃法甚"野",而鄙人照吃不误。

护国路有一家卖炒米线。小锅,放很多猪油,少量的汤汁,加大量辣椒炒。甚咸而极辣。

凉米线。米线加一点绿豆芽之类的配菜,浇作料。加作料前堂倌要问:"吃酸醋吗甜醋?"一般顾客都说:"酸甜醋。"即两样醋都要。甜醋别处未见过。

米粉揉成小枕头状的一坨,蒸熟,是为饵块。切成薄片,可加肉丝青菜同炒,为炒饵块;加汤煮,为煮饵块。云南人认为腾冲饵块最好。腾冲人把炒饵块叫做"大救驾"。据说明永历帝被吴三桂追赶,将逃往缅甸,至腾冲,没吃的,饿得走不动了,有人给他送了一盘炒饵块,万岁爷狼吞虎咽,吃得精光,连说:"这可救了驾了!"我在腾冲吃过大救驾,没吃出所以然,大概我那天也不太饿。

饵块切成火柴棍大小的细丝,叫做饵丝。饵丝缅甸也有。我曾在中缅交界线上吃过一碗饵丝。那地方的国界没有山,也没有河,只是在公路上用白粉画一道三寸来宽的线,线以外是缅甸,线以内是中国。紧挨着国境线,有一个缅甸人摆的饵丝摊子。这边把钱(人民币)递过去,那边就把饵丝递过来。手过国界没关系,只要脚不过去,就不算越境。缅甸饵丝与中国饵丝味道一样!

还有一种饵块是米面的饼,形状略似北方的牛舌饼,但大一些,有一点像鞋底子。用一盆炭火,上置铁算子,将饵块饼摊在算子上烤,不停地用油纸扇扇着,待饵块起泡发软,用竹片涂上芝麻酱、花生酱、甜酱油、油辣子,对折成半月形,谓之"烧饵块"。入夜之后,街头常见一盆红红的炭火,听到一声悠长的吆唤:"烧饵块!"给不多的钱,一"块"在手,边走边吃,自有一种情趣。

点心和小吃

火腿月饼。昆明吉庆祥火腿月饼天下第一。因为用的是"云腿"(宣威火腿),做工也讲究。过去四个月饼一斤,按老秤说是四两一个,称为"四两砣"。前几年有人从昆明给我带了两盒"四两砣"来,还能保持当年的质量。

破酥包子。油和的发面做的包子。包子的名称中带一个"破"字,似乎不好听。但也没有办法，因为蒸得了皮面上是有一些小小裂口。糖馅肉馅皆有，吃是很好吃的，就是太"油"了。你想想，油和的面，刚揭笼屉，能不"油"么？这种包子，一次吃不了几个，而且必须喝很浓的茶。

玉麦粑粑。卖玉麦粑粑的都是苗族的女孩。玉麦即包谷。昆明的汉人叫包谷，而苗人叫玉麦。新玉麦，才成粒，磨碎，用手拍成烧饼大，外裹玉麦的箨片（粑粑上还有手指的印子），蒸熟，放在漆木盆里卖，上覆杨梅树叶。玉麦粑粑微有咸味，有新玉麦的清香。苗族女孩子吆唤："玉麦粑粑……"声音娇娇的，很好听。如果下点小雨，尤有韵致。

洋芋粑粑。洋芋学名马铃薯，山西、内蒙叫山药，东北、河北叫土豆，上海叫洋山芋，云南叫洋芋。洋芋煮烂，捣碎，入花椒盐、葱花，于铁勺中按扁，放在油锅里炸片时，勺底洋芋微脆，粑粑即漂起，捞出，即可拈吃。这是小学生爱吃的零食，我这个大学生也爱吃。

摩登粑粑。摩登粑粑即烤发面饼，不过是用松毛（马尾松的针叶）烤的，有一种松针的香味。这种面饼只有凤翥街一家现烤现卖。西南联大的女生很爱吃。昆明人叫女大学生为"摩登"，这种面饼也就被叫成"摩登粑粑"，而且成了正式的名称。前几年我到昆明，提起这种粑粑，昆明人说：现在还有，不过不在凤翥街了，搬到另外一条街上去了，还叫做"摩登粑粑"。

一九九三年一月十三日

注　释

① 本篇原载《随笔》1993 年第三期；初收《汪曾祺全集》第五卷，北京师范大学出版社，1998 年 8 月。

花^①

荷　花

我们家每年要种两缸荷花,种荷花的藕不是吃的藕,要瘦得多,节间也长,颜色黄褐,叫做"藕秧子"。在缸底铺一层马粪,厚约半尺,把藕秧子盘在马粪上,倒进多半缸河泥,晒几天,到河泥坼裂有缝,倒两担水,将平缸沿。过个把星期,就有小荷叶嘴冒出来。过几天荷叶长大了。冒出花骨朵了。荷花开了,露出嫩黄的小莲蓬,很多很多花蕊。清香清香的。荷花好像说:"我开了。"

荷花到晚上要收朵。轻轻地合成一个大骨朵。第二天一早,又放开。荷花收了朵,就该吃晚饭了。

下雨了。雨打在荷叶上啪啪地响。雨停了,荷叶面上的雨水水银似的摇晃。一阵大风,荷叶倾侧,雨水流泻下来。

荷叶的叶面为什么不沾水呢?

荷叶粥和荷叶粉蒸肉都很好吃。

荷叶枯了。

下大雪,荷花缸里落满了雪。

报春花·毋忘我

昆明报春花到处都有。圆圆的小叶子,柔软的细梗子,淡淡的紫红色的成簇的小花。田埂的两侧开得满满的,谁也不把它当作"花"。连根挖起来,种在浅盆里,能活。这就是翻译小说里常常提到的樱草。

偶然在北京的花店里看到十多盆报春花,种在青花盆里,标价相当贵,不禁失笑。昆明人如果看到,会说:这也卖?

Forget-me-not——毋忘我,名字很有诗意,花实在并不好看。草本,矮棵,几乎是贴地而生的。抽条颇多,一丛一丛的。灰绿色的布做的似的皱皱的叶子。花甚小,附茎而开,颜色正蓝。蓝得很正,就像国画颜色中的"三蓝"。花里头像这样纯正的蓝色的还很少见,——一般蓝色的花都带点紫。

为什么西方人把这种花叫做 Forget-me-not 呢? 是不是思念是蓝色的?

昆明人不管它什么毋忘我,什么 Forget-me-not,叫它"狗屎花"!

这叫西方的诗人知道,将谓大煞风景。

绣　　球

绣球,周天民编绘的《花卉画谱》上说:

> 绣球　虎耳草科,落叶灌木,高达一、二丈,干皮带皱。叶大椭圆形,边缘有锯齿。春月开花,百朵成簇,如球状而肥大。小花五出深裂,瓣端圆,有短柄,其色有淡紫、红、白。百株成簇,俨如玉屏。

我始终没有分清绣球花的小花到底是几瓣,只觉得是分不清瓣的一个大花球。我偶尔画绣球,也是以意为之的画了很多簇在一起的花瓣,哪一瓣属于哪一朵小花,不管它!

绣球花是很好养的,不需要施肥,也不要浇水,不用修枝,也不长虫,到时候就开出一球一球很大的花,白得像雪,非常灿烂。这花是不耐细看的,只是赫然的在你眼前轻轻摇晃。

我以前看过的绣球都是白的。

我有个堂房的小姑妈——她比我才大一岁。绣球花开的时候,她就折了几大球,插在一个白瓷瓶里,她在花下面写小字。

她是订过婚的。

听说她婚后的生活很不幸,我那位姑父竟至动手打她。

前年听说,她还在,胖得不得了。

绣球花云南叫做"粉团花"。民歌里有用粉团花来形容女郎长得好看的。用粉团花来形容女孩子,别处的民歌里似还没有见过。

我看过的最好的绣球是在泰山。泰山人养绣球是一种风气。一个茶馆的院子里的石凳上放着十来盆绣球,开得极好。盆面一层厚厚的喝剩的茶叶。是不是绣球宜浇残茶?泰山盆栽的绣球花头较小,花瓣较厚,瓣作豆绿色。这样的绣球是可以细看的。

杜 鹃 花

> 淡淡的三月天,
> 杜鹃花开在山坡上,
> 杜鹃花开在小溪旁,
> 多美丽哦,
> 乡村家的小姑娘,
> 乡村家的小姑娘。

这是抗日战争期间昆明的小学生很爱唱的一首歌。董林肯词,徐守廉曲。这是一首曲调明快的抒情歌,很好听。不单小学生爱唱,中学生也爱唱,大学生也有爱唱的,因为一听就记住了。

董林肯和徐守廉是同济大学的学生,原来都是育才中学毕业的。育才中学是全面培养学生才能的,而且是实行天才教育的学校。学生多半有艺术修养。董林肯、徐守廉都是学工的(同济大学是工科大学),但都对艺术有很虔诚的兴趣,因此能写词谱曲。

我是怎么认识他们俩的呢?因为董林肯主办了班台莱耶夫的《表》的演出,约我去给演员化妆,我到同济大学的宿舍里去见他们,认识了。那时在昆明,只要有艺术上的共同爱好,有人一介绍,就会熟起来的。

董林肯为什么要主持《表》的演出？我想是由于在昆明当时没有给孩子看的戏。他组织这次演出是很辛苦的，而且演戏总有些叫人头疼的事，但是还是坚持了下来。他不图什么，只是因为有一颗班台莱耶夫一样的爱孩子的心。

我记得这个戏的导演是劳元干。演员里我记得演监狱看守的是刺杀孙传芳的施剑翘的弟弟，他叫施什么我已经忘记了。他是个身材魁梧的胖子。我管化妆，主要是给他贴一个大仁丹胡子。有当时有中国秀兰邓波儿之称的小明星，长大后曾参与搜集整理《阿诗玛》，现在写小说、散文的女作家刘绮。有一次，不知为什么，剧团内部闹了意见，戏几乎开不了场，刘绮在后台大哭。刘绮一哭，事情就解决了。

刘绮，有这回事么？

前几年我重到昆明，见到刘绮。她还能看出一点小时候的模样。不过，听说已经当了奶奶了。

不知道为什么，我有时还会想起董林肯和徐守廉。我觉得这是两个对艺术的态度极其纯真，像我前面所说的，虔诚的人。他们身上没有一点明星气、流氓气。这是两个通身都是书卷气的搞艺术的人。

淡淡的三月天，
杜鹃花开在山坡上，
杜鹃花开在小溪旁……

木　香　花

我的舅舅家有一架木香花。木香花开，我们就揪下几撮，——木香柄长，似海棠，梗蒂着枝，一揪，可揪下一撮，养在浅口瓶里，可经数日。

木香亦称"锦栅儿"，枝条甚长。从运河的御码头上船，到快近车逻，有一段，两岸全是木香，枝条伸向河上，搭成了一个长约一里的花棚。小轮船从花棚下开过，如同仙境。

前几年我回故乡一次，说起这一段运河两岸的木香花棚，谁也不知道。我有点怀疑：我是不是做梦？

昆明木香花极多。观音寺南面,有一道水渠,渠的两沿,密密的长了木香。

我和朱德熙曾于大雨少歇之际,到莲花池闲步。雨又下起来了,我们赶快到一个小酒馆避雨。要了两杯市酒(昆明的绿陶高杯,可容三两),一碟猪头肉,坐了很久。连日下雨,墙脚积苔甚厚。檐下的几只鸡都缩着一脚站着。天井里有很大的一棚木香花,把整个天井都盖满了。木香的花、叶、花骨朵,都被雨水湿透,都极肥壮。

四十年后,我写了一首诗,用一张毛边纸写成一个斗方,寄给德熙:

> 莲花池外少行人,
>
> 野店苔痕一寸深。
>
> 浊酒一杯天过午,
>
> 木香花湿雨沉沉。

德熙很喜欢这幅字,叫他的儿子托了托,配一个框子,挂在他的书房里。

德熙在美国病逝快半年了,这幅字还挂在他在北京的书房里。

一九九三年一月二十九日

注 释

① 本篇原载《收获》1993 年第四期;初收《草花集》,成都出版社,1993 年9 月。

谈　幽　默①

《容斋随笔》载:关中无螃蟹。有人收得干蟹一只,有生疟疾的,就借去挂在门上,疟鬼(旧以为疟疾是疟鬼作祟)见了,不知是什么东西,就吓得退走了。《笔谈》云:"不但人不识,鬼亦不识"。沈存中此语极幽默。

元宵节,司马温公的夫人要出去看灯,温公不同意,说自己家里有灯,何必到外面去看。夫人云:"兼欲看人",温公云:"某是鬼耶?"司马温公胡搅蛮缠,很可爱。我一直以为司马先生是个很古怪的人,没想到他还挺会幽默。想来温公的家庭生活是挺有趣的。

齐白石曾为荣宝斋画笺纸,一朵淡蓝的牵牛花,几片叶子,题了两行字:"梅畹华家牵牛花碗大,人谓外人种也,余画其最小者"。此老极风趣幽默。寻常画家,哪得有此。此是齐白石较寻常画家高处。

小时候看《济公传》:县官王老爷派两个轿夫抬着一乘轿子去接济公到衙门里来给太夫人看病。济公说他坐不来轿子,从来不坐轿子,他要自己走了。轿夫说:"你不坐,我们回去没法交待。"济公说:"那这样,你们把轿底打掉,你们在外面抬,我在里面走。"轿夫只得依他。两个轿夫抬着空轿,轿子下面露着济公两只穿了破鞋的脚,合着轿夫的节奏拍嗒拍嗒地走着。实在叫人发噱。济公很幽默,编写《济公传》的民间艺人很幽默。

什么是幽默?

人世间有许多事,想一想,觉得很有意思。有时一个人坐着,想一想,觉得很有意思,会噗噗笑出声来。把这样的事记下来或说出来,便挺幽默。

《辞海》"幽默"条云:

英文 humour 的音译。通过影射、讽喻、双关等修辞手法,在善意的微笑中,揭露生活中乖讹和不通情理之处。

这话说得太死了。只有"在善意的微笑中"却是可以同意的。富于幽默感的人大都存有善意,常在微笑中。左派恶人,不懂幽默。

注　释

① 本篇原载《大众生活》1993 年创刊号;初收《塔上随笔》,群众出版社,1993 年 11 月。

昆虫备忘录[①]

复　眼

我从小学三年级《自然》教科书上知道蜻蜓是复眼，就一直捉摸复眼是怎么回事。"复眼"，想必是好多小眼睛合成一个大眼睛。那它怎么看呢？是每个小眼睛都看到一个小形象，合成一个大形象？还是每个小眼睛看到形象的一部分，合成一个完全形象？捉摸不出来。

凡是复眼的昆虫，视觉都很灵敏。麻苍蝇也是复眼，你走近蜻蜓和麻苍蝇，还有一段距离，它就发现了，嗡——，飞了。

我曾经想过：如果人长了一对复眼？

还是不要！那成什么样子！

蚂　蚱

河北人把尖头绿蚂蚱叫"挂大扁儿"。西河大鼓里唱道："挂大扁儿甩子在那荞麦叶儿上"，这句唱词有很浓的季节感。为什么叫"挂大扁儿"呢？我怪喜欢"挂大扁儿"这个名字。

我们那里只是简单地叫它蚂蚱。一说蚂蚱，就知道是指尖头绿蚂蚱。蚂蚱头尖，徐文长曾觉得它的头可以蘸了墨写字画画，可谓异想天开。

尖头蚂蚱是国画家很喜欢画的。画草虫的很少没有画过蚂蚱。齐白石、王雪涛都画过。我小时也画过不少张，只为它的形态很好掌握，很好画，——画纺织娘，画蝈蝈，就比较费事。我大了以后，就没有画过蚂蚱。前年给一个年轻的牙科医生画了一套册页,有一开里画了一只蚂蚱。

蚂蚱飞起来会格格作响,不知道它是怎么弄出这种声音的。蚂蚱有鞘翅,鞘翅里有膜翅。膜翅是淡淡的桃红色,很好看。

我们那里还有一种"土蚂蚱",身体粗短,方头,色如泥土,翅上有黑斑。这种蚂蚱,捉住它,它就吐出一泡褐色的口水,很讨厌。

天津人所说的"蚂蚱"实是蝗虫。天津的"烙饼卷蚂蚱",卷的是焙干了的蝗虫肚子。河北省人嘲笑农民谈吐不文雅,说是"蚂蚱打喷嚏——满嘴的庄稼气",说的也是蝗虫。蚂蚱还会打喷嚏? 这真是"糟改"庄稼人!

小蝗虫名蝻。有一年,我的家乡闹蝗虫,在这以前,大街上一街蝗蝻乱蹦,看着真是不祥。

花 大 姐

瓢虫款款地落下来了,摺好它们黑绸衬裙——膜翅,顺顺溜溜;收拢硬翅,严丝合缝。瓢虫是做得最精致的昆虫。

"做"的? 谁做的?

上帝。

上帝?

上帝做了一些小玩意儿,给他的小外孙女儿玩。

上帝的外孙女儿?

哦,上帝说:"给你! 好看吗?"

"好看!"

上帝的外孙女儿?

对!

瓢虫是昆虫里面最漂亮的。

北京人叫瓢虫为"花大姐",好名字!

瓢虫,朱红的,瓷漆似的硬翅,上有黑色的小圆点。圆点是有定数的,不能瞎点。黑点,叫做"星"。有七星瓢虫、十四星瓢虫……星点不同,瓢虫就分为两大类。一类是吃蚜虫的,是益虫;一类是吃马铃薯的嫩叶的,是害虫。我说吃马铃薯嫩叶的瓢虫,你们就不能改改口味,也吃蚜虫吗?

独　角　牛

吃晚饭的时候,呜——扑!飞来一只独角牛,摔在灯下。它摔得很重,摔晕了。轻轻一捏,就捏住了。

独角牛是硬甲壳虫,在甲虫里可能是最大的,从头到脚,约有二寸。甲壳铁黑色,很硬。头部尖端有一只犀牛一样的角。这家伙,是昆虫里的霸王。

独角牛的力气很大。北京隆福寺过去有独角牛卖,给它套上一辆泥制的小车,它就拉着走。

北京管这个大力士好像也叫做独角牛。学名叫什么,不知道。

磕　头　虫

我抓到一只磕头虫。北京也有磕头虫?我觉得很惊奇。我拿给我的孩子看,以为他们不认识。

"磕头虫。我们小时候玩过。"

哦。

磕头虫的脖子不知道怎么有那么大的劲,把它的肩背按在桌面上,它就吧答吧答地不停地磕头。把它仰面朝天放着,它运一会气,脖子一挺,就反弹得老高,空中转体,正面落地。

蝇　虎

蝇虎,我们那里叫做苍蝇子,形状略似蜘蛛而长,短脚,灰黑色,有细毛,趴在砖墙上,不注意是看不出来的。蝇虎的动作很快,苍蝇落在它面前,还没有站稳,已经被它捕获,来不及嘤地叫上一声,就进了蝇虎子的口了。蝇虎的食量惊人,一只苍蝇,眨眼之间就吃得只剩一张空皮了。

苍蝇是很讨厌的东西,因此人对蝇虎有好感,不伤害它。

捉一只大金苍蝇喂蝇虎子,看着它吃下去,是很解气的。蝇虎子对送到它面前的苍蝇从来不拒绝。这蝇虎子不怕人。

狗　　蝇

世界上最讨厌的东西是狗蝇。狗蝇钻在狗毛里叮狗,叮得狗又疼又痒,烦躁不堪,发疯似的乱蹦,乱转,乱骂人,——叫。

一九九三年二月二日

注　释

① 本篇原载《草花集》,成都出版社,1993 年 9 月;又载《大家》1994 年第一期。其中《花大姐》又载《幸福》1996 年第十二期。

祈　难　老[①]

　　太原晋祠，从悬瓮山流出一股泉水，是为晋水之源。泉名"难老泉"。泉流出一段，泉上建亭，亭中有一块竖匾，题曰："永锡难老"，傅青主书，字写得极好。"难老"之名甚佳。不说"不老"，而说"难老"。难老不是说老得很难。没有人快老了，觉得老得太慢了：阿呀，怎么那么难呀，快一点老吧。这里所谓难老，是希望老得缓慢一点，从容一点，不是"焉得不速老"的速老，不是"人命危浅，朝不虑夕"那样的衰老。

　　要想难老，首先要旷达一点，不要太把老当一回事。说白了，就是不要太怕死。老是想着我老了，没有几年活头了，有一点头疼脑热，就很紧张，思想负担很重，这样即使是多活几年，也没有多大意思。老死是自然规律，谁也逃不脱的。唐宪宗时的宰相裴度云："鸡猪鱼蒜，逢着则吃；生老病死，时至则行"，这样的态度，很可取法。

　　其次是对名利得失看得淡一些。孔夫子说："及其老也，戒之在得。"得，无非一是名，二是利。现在有些作家"下海"，我觉得这未可厚非，但这是中青年的事，老了，就不必"染一水"了。多几个钱，花起来散漫一点，也不错。但是我对进口家具、真皮沙发、纯毛地毯，实在兴趣不大，——如果有人送我，我也不会拒绝。我对名牌服装爱好者不能理解。穿在身上并不特别舒服，也并不多么好看，这无非是显出一种派头，有"份"。何必呢。中国作家还不到做一个"雅皮士"的时候吧。至于吃食，我并不主张"一箪食一瓢饮"，但是我不喜欢豪华宴会。吃一碗烩鲍鱼、黄焖鱼翅，我觉得不如来一盘爆肚，喝二两汾酒。而且我觉得钱多了，对写作没有好处，就好比吃饱了的鹰就不想拿兔子了。名，是大多数作者想要的。三代以下未有不好名者。但是我以为人不可没有名，也不可太有名。60岁时，我被人称为作家，还不习惯。进70岁，就又升了一级，被称为老作家、著名作家，说实在的，我并不舒服。盛名之下，其实难副，这成了一种负担。我一共才写了那么几本书，摞在一起，也没有多大分量。有些关于我的评论、印象记、访谈录之类，我也看看。言谈微中，也有知己之感。但是太多了，把我弄成热点，而且很多话说得过了头，我很不安。十多年前我在一次座谈会上说过，希望我就是悄悄地写写，你们就是悄悄地看看，是真话。这样我还能多活几年。

要难老，更重要的是要工作。饱食终日，无所事事，是最难受的。我见过一些老同志，离退休以后，什么也不干，很快就显老了，精神状态老了。要找点事做，比如搞搞翻译、校点校点古籍……。作为一个作家，要不停地写。笔这个东西，放不得。一放下，就再也拿不起来了。写长篇小说，我现在怕是力不从心了。曾有写一个历史题材的长篇的打算，看来只好放弃。我不能进行长时期的持续的思索，尤其不能长时期的投入、激动。短篇小说近年也写得少，去年一年只写了三篇。写得比较多的是散文。散文题材广泛，写起来也比较省力，近二年报刊约稿要散文的也多，去年竟编了三本散文集，是我没有料到的。

散文中相当一部分是为人写的序。顾炎武说过："人之患在好为人序"，予岂好为人序哉，予不得已也。人家找上门来了，不好意思拒绝。写序是很费时间的，要看作品，要想出几句比较中肯的话。但是我觉得上了年纪的作家为青年作家写序是一种不可推卸的责任，所以我还愿意写。但是我要借此机会提出一点要求：一、作者要自揣作品有一定水平，值得要老头儿给你卖卖块儿。二、让我看的作品只能挑出几篇，不要把全部作品都寄来，我篇篇都看，实在吃不消。三、寄来作品请自留底稿，不要把原稿寄来。我这人很"拉糊"，会把原稿搞丢了的。四、期限不要逼得太紧，不要全书已经发排，就等我这篇序。

我几乎每天都要写一点，我的老伴劝我休息休息。我说这就是休息。在不拿笔的时候，我也稍事休息。我的休息一是泡一杯茶在沙发上坐坐，二是看一点杂书。这也是为了写作。坐，并不是"一段呆木头"似的坐着，脑子里会飘飘忽忽地想一些往事。人老了，对近事善忘，有时有人打电话给我，说了什么事，当时似乎记住了，转脸就忘了。

但对多少年前的旧事却记得很真切。这是老人"十悖"之一。我把这些往事记下来，就是一篇散文。我将为深圳海天出版社编一本新的散文集，取名就叫《独坐小品》②。看杂书，也是为了找一点写作的材料。我看的杂书大都是已经看过的，但是再看看，往往有新的发现。比如，几本笔记里都记过应声虫，最近看了一本诗话，才知道得应声虫病是会要人的命的，而且这种病还会传染！这使我对应声虫有了一层新的认识。

今年正月十五，是我的七十三岁生日，写了一副小对联，聊当自寿：

往事回思如细雨
旧书重读似春潮

癸酉年元宵节晚六时
七十三年前这会我正在出生。

注　释

① 本篇原载《火花》1993 年第四期；初收《草花集》，成都出版社，1993 年9 月。

② 此集后来（1996 年）由宁夏人民出版社出版。

昆 明 年 俗 [①]

铺　松　毛

昆明春节，很多人家铺松毛——马尾松的针叶。满地碧绿，一室松香。昆明风俗，亦如别处，初一至初五不扫地，——扫地就把财气扫出去了。铺了松毛不唯有过节气氛，也显得干净。

昆明城外，遍地皆植马尾松，松毛易得。

贴　唐　诗

昆明有些店铺过年不贴春联，贴唐诗。

昆明较小的店铺的门面大都是这样：下半截是砖墙，上半截是一排四至八扇木板，早起开门卸下木板，收市后上上。过年不卸板，板外贴万年红纸，上写唐诗各一首。此风别处未见。初一上街闲逛，沿街读唐诗，亦有趣。

劈　甘　蔗

春节街头常见人赌赛劈甘蔗。七八个小伙子，凑钱买一堆甘蔗，人备折刀一把，轮流劈。甘蔗立在地上，用刀尖压住甘蔗梢，急掣刀，小刀在空中画一圈，趁甘蔗未倒，一刀劈下。劈到哪里，切断，以上一截即归劈者。有人能一刀从梢劈通到根，围看的人都喝彩。

掷 升 官 图

掷升官图几个人玩都可以。正方的皮纸上印回文的道道,两道之间印各种官职。每人持一铜钱。掷骰子,按骰子点数往里移动铜钱,到地后一看,也许升几级为某官,也可能降几级。升官图当是清代的玩意,因为有"笔帖式"这样的满官。至升为军机处大臣,即为赢家,大家出钱为贺。有的官是没有实权的,只是一种荣誉,如"紫禁城骑马"。我是很高兴掷到"紫禁城骑马"的,虽然只是纸上骑马,也觉得很风光。

嚼 葛 根

春节卖葛根。置木板上,上蒙湿了水的蓝布。葛根粗如人臂。给毛把钱,卖葛根的就用薄刃快刀横切几片给你。葛根嚼起来有点像生白薯,但无甜味,微苦。本地人说,吃了可以清火。管它清火不清火,这东西我没有尝过(在中药店里倒见过,但是切成棋子块的),得尝尝,何况不贵。

注 释

① 本篇原载 1993 年 2 月 7 日《文汇报》;初收《榆树村杂记》,中国华侨出版社,1993 年 9 月。

故乡的元宵①

故乡的元宵是并不热闹的。

没有狮子、龙灯,没有高跷,没有跑旱船,没有"大头和尚戏柳翠",没有花担子、茶担子。这些都在七月十五"迎会"——赛城隍时才有,元宵是没有的。很多地方兴"闹元宵",我们那里的元宵却是静静的。

有几年,有送麒麟的。上午,三个乡下的汉子,一个举着麒麟,——一张长板凳,外面糊纸扎的麒麟,一个敲小锣,一个打镲,咚咚嘡嘡敲一气,齐声唱一些吉利的歌。每一段开头都是"格炸炸":

> 格炸炸,格炸炸,
>
> 麒麟送子到你家……

我对这"格炸炸"印象很深。这是什么意思呢?这是状声词?状的什么声呢?送麒麟的没有表演,没有动作,曲调也很简单。送麒麟的来了,一点也不叫人兴奋,只听得一连串的"格炸炸"。"格炸炸"完了,祖母就给他们一点钱。

街上掷骰子"赶老羊"的赌钱的摊子上没有人。六颗骰子静静地在大碗底卧着。摆赌摊的坐在小板凳抱着膝盖发呆。年快过完了,准备过年输的钱也输得差不多了,明天还有事,大家都没有赌兴。

草巷口有个吹糖人的。孙猴子舞大刀、老鼠偷油。

北市口有捏面人的。青蛇、白蛇、老渔翁。老渔翁的蓑衣是从药店里买来的夏枯草做的。

到天地坛看人拉"天嗡子"——即抖空竹,拉得很响,天嗡子蛮牛似的叫。

到泰山庙看老妈妈烧香。一个老妈妈鞋底有牛屎,干了。

一天快过去了。

不过元宵要等到晚上,上了灯,才算。元宵元宵嘛。我们那里一般不叫元宵,叫灯节。灯节要过几天,十三上灯,十七落灯。"正日子"是十五。

各屋里的灯都点起来了。大妈(大伯母)屋里是四盏玻璃方灯。二妈屋里是画了红寿字的白明角琉璃灯,还有一张珠子灯。我的继母屋里点的是红琉璃泡子。一屋子灯光,明亮而温柔,显得很吉祥。

上街去看走马灯。连万顺家的走马灯很大。"乡下人不识走马灯,——又来了。"走马灯不过是来回转动的车、马、人(兵)的影子,但也能看它转几圈。后来我自己也动手做了一个,点了蜡烛,看着里面的纸轮一样转了起来,外面的纸屏上一样映出了影子,很欣喜。乾陞和的走马灯并不"走",只是一个长方的纸箱子,正面白纸上有一些彩色的小人,小人连着一根头发丝,烛火烘热了发丝,小人的手脚会上下动。它虽然不"走",我们还是叫它走马灯。要不,叫它什么灯呢?这外面的小人是唐僧、孙悟空、猪八戒、沙和尚。整个画面表现的是《西游记》唐僧取经。

孩子有自己的灯。兔子灯、绣球灯、马灯……兔子灯大都是自己动手做的。下面安四个轱辘,可以拉着走。兔子灯其实不大像兔子,脸是圆的,眼睛是弯弯的,像人的眼睛,还有两道弯弯的眉毛!绣球灯、马灯都是买的。绣球灯是一个多面的纸扎的球,有一个篾制的架子,架子上有一根竹竿,架子下有两个轱辘,手执竹竿,向前推移,球即不停滚动。马灯是两段,一个马头,一个马屁股,用带子系在身上。西瓜灯、虾蟆灯、鱼灯,这些手提的灯,是小小孩玩的。

有一个习俗可能是外地所没有的:看围屏。硬木长方框,约三尺高,尺半宽,镶绢,上画工笔的演义小说人物故事,灯节前装好,一堂围屏约三十幅,屏后点蜡烛。这实际上是照得透亮的连环画。看围屏有两处,一处在炼阳观的偏殿,一处在附设在城隍庙里的火神庙。炼阳观画的是《封神榜》,火神庙画的是《三国》。围屏看了多少年,但还是年年看。好像不看围屏就不算过灯节似的。

街上有人放花。

有人放高升（起火），不多的几枝。起火升到天上，嗤——灭了。

天上有一盏红灯笼。竹篾为骨，外糊红纸，一个长方的筒，里面点了蜡烛，放到天上。灯笼是很好放的，连脑线都不用，在一个角上系上线，就能飞上去。灯笼在天上微微飘动，不知道为什么，看了使人有一点薄薄的凄凉。

年过完了，明天十六，所有店铺就"大开门"了。我们那里，初一到初五，店铺都不开门。初六打开两扇排门，卖一点市民必需的东西，叫做"小开门"。十六把全部排门卸掉，放一挂鞭，几个炮仗。叫做"大开门"，开始正常营业。年，就这样过去了。

一九九三年二月十二日

注　释

①　本篇原载 1993 年 3 月 18 日《武汉晚报》；初收《草花集》，成都出版社，1993 年 9 月。

学 话 常 谈①

惊人与平淡

杜甫诗云："语不惊人死不休"，宋人论诗，常说"造语平淡"。究竟是惊人好，还是平淡好？

平淡好。

但是平淡不易。

平淡不是从头平淡，平淡到底。这样的语言不是平淡，而是"寡"。山西人说一件事、一个人、一句话没有意思。就说："看那寡的！"

宋人所说的平淡可以说是"第二次的平淡"。

苏东坡尝有书与其侄云：

> 大凡为文，当使气象峥嵘，五色绚烂。渐老渐熟，乃造平淡。

葛立方《韵语阳秋》云：

> 大抵欲造平淡，当自组丽中来，然后可造平淡之境。落其华芬，然后可造平淡之境。

平淡是苦思冥想的结果。欧阳修《六一诗话》，说：

> （梅）圣俞平生苦于吟咏，以闲远古淡为意，故其构思极艰。

《韵语阳秋》引梅圣俞和晏相诗云：

> 因今适性情，稍欲到平淡。苦词未圆熟，刺口剧菱芡。

言到平淡处甚难也。

运用语言，要有取舍，不能拿起笔来就写。姜白石云：

> 人所易言，我寡言之。人所难言，我易言之，自不俗。

作诗文要知躲避。有些话不说。有些话不像别人那样说。至于把难说的话容易地说出，举重若轻，不觉吃力，这更是功夫。苏东坡作《病鹤》诗，有句"三尺长胫□瘦躯"，抄本缺第五字，几位诗人都来补这个字。后来找来旧本，这个字是"搁"，大家都佩服。杜甫有一句诗"身轻一鸟□"，刻本末一字模糊不清，几位诗人猜这是什么字。有说是"飞"，有说是"落"……后来见到善本，乃是"身轻一鸟过"，大家也都佩服。苏东坡的"搁"字写病鹤，确是很能状其神态，但总有点"做"，终觉吃力，不似杜诗"过"字之轻松自然，若不经意，而下字极准。

平淡而有味，材料、功夫都要到家。四川菜里的"开水白菜"，汤清可以注砚，但是并不真是开水煮的白菜，用的是鸡汤。

方　言

作家要对语言有特殊的兴趣，对各地方言都有兴趣，能感受、欣赏方言之美，方言的妙处。

上海话不是最有表现力的方言，但是有些上海话是不能代替的。比如"辣辣两记耳光！"这只是用上海方音读出来才有劲。曾在报纸上读一只短文，谈泡饭，说有两个远洋轮上的水手，想念上海，想念上海的泡饭，说回上海首先要"杀杀搏搏吃两碗泡饭！""杀杀搏搏"说得真是过瘾。

有一个关于苏州人的笑话，说两位苏州人吵了架，几至动武，一位说："阿要把倷两记耳光搭搭？"用小菜佐酒，叫做"搭搭"。打人还要征求对方的同意，这句话真正是"吴侬软语"，很能表现苏州人的特点。当然，这是个夸张的笑话，苏州人虽"软"，不会软到这个样子。

有苏州人、杭州人、绍兴人和一位扬州人到一个庙里，看到"四大金刚"，各说了一句有本乡特点的话，扬州人念了四句诗：

四大金刚不出奇，

里头是草外头是泥。

你不要夸你个子大，

你敢跟我洗澡去！

这首诗很有扬州的生活特点。扬州人早上皮包水（上茶馆吃茶），晚上"水包皮"（下澡塘洗澡）。四大金刚当然不敢洗澡去，那就会泡烂了。这里的"去"须用扬州方音，读如 kì。

写有地方特点的小说、散文，应适当地用一点本地方言。我写《七里茶坊》，里面引用黑板报上的顺口溜："天寒地冻百不咋，心里装着全天下"，"百不咋"就是张家口一带的话。《黄油烙饼》里有这样几句："这车的样子真可笑，车轱辘是两个木头饼子，还不怎么圆，骨鲁鲁，骨鲁鲁，往前滚。"这里的"骨鲁鲁"要用张家口坝上口音读，"骨"字读入声。如用北京音读，即少韵味。

幽　　默

《梦溪笔谈》载：

"关中无螃蟹。元丰中，予在陕西，闻秦州人家收得一干蟹，土人怖其形状，以为怪物，每人家有病疟者，则借去挂门户上，往往遂差。不但人不识，鬼亦不识也。"

过去以为生疟疾是疟鬼作祟，故云。"不但人不识，鬼亦不识也"，说得非常幽默。这句话如译为口语，味道就差一些了，只能用笔记体的比较通俗的文言写。有人说中国无幽默，噫，是何言欤！宋人笔记，如《梦溪笔谈》、《容斋随笔》，有不少是写得很幽默的。

幽默要轻轻淡淡，使人忍俊不禁，不能存心使人发笑，如北京人所说"胳肢人"。

一九九三年二月十七日

地质系同学[①]

　　西南联大各系的学生各有特点,中文系的不衫不履,带点名士气。工学院的同学挟着画图板、丁字尺,一个个全像候补工程师。从法律系二三年级的学生身上已经可以看出一位名律师或大法官的影子。商学系的同学很实际,他们不爱幻想。从举止、动作、谈吐上,大体上可以勾画出我们的同学可能经历的人生道路。但这只是相对而言,比较而言,不能像矿物一样可以用光谱测定。比如,有一个比我高两班的同学,读了四年工学院,毕业后又考进文学研究所作哲学研究生由实入虚,你说他该是什么风度呢? 不过地质系的学生身上共同的特点是比较显著的。

　　首先,他们的身体都很好。学地质的没有好身体是不行的。学校对报考地质系的考生的体检要求特别严格。搞地质不能只在实验室里搞,大部分时间要从事野外作业,走长路,登高山(据我所知现在的中国登山队的运动员有两位原来是读地质的),还要背很重的矿石,经常要风餐露宿,生活条件很艰苦,身体差一点是吃不消的。地质系的男同学大都身材较高,挺拔英俊,女同学身体也很好。他们大都是运动员,打篮球、排球,是系队、校队的代表。从仪表上说,他们都有当电影明星的资格。

　　他们的价值观念是清楚的。他们对自己所选择的学业和事业的道路是肯定的。他们没有彷徨、犹豫、困惑。从一开头就有一种奉献精神。——学地质是不可能升官发财的。他们充分认识到他们的工作对于国家的意义,一般说来,他们的祖国意识比别的系的同学更强烈,更实在。

　　他们都很用功。学地质,理科的底子,数学、物理、化学都要比较好。但是比较特别的是,他们除了本门科学,对一般文化,包括文学艺术,也有广泛的兴趣。因此地质系的同学大都文质彬彬,气度潇洒,毫无鄙俗之气,是一些名副其实的"知识分子"。地质系同学在学校时就作出了很大成绩。云南地方曾出了厚厚的一本《云南矿产调查》,就是西南联大地质系师生合作搞出来的。

在他们野外作业列队归来,穿着夹克,背着厚帆布背包,足登厚底翻皮长靴,或是平常穿了干净的蓝布长衫(地质系的学生都爱干净),在学校的土路从容走着,我都有好感,对他们很欣赏。

其实我所认识的地质系的同学不多,一共只有四个,都是1939年入学,43班的,和我一个班级。

比较熟识的是马杏垣。我对马杏垣有较深的印象不是由于对他的专业学识有所了解,而是因为他会刻木刻。联大当时没有人刻木刻,一个学地质的刻木刻尤其稀罕。马杏垣曾参加曾昭抡先生所率领的康藏考察团到过一趟西藏,回来在壁报上发表了他的一系列铅笔速写和木刻。他发表木刻用的笔名是"马蹄",有时用两个英文省写字母"M.T."。他的木刻作品偶尔在昆明的报刊上也发表过。据我看,他的木刻是很有风格,很不错的。如果他不学地质而学美术,我相信也会成为一个优秀的画家、木刻家的。多才多艺,是联大许多搞自然科学的教授、学生的一个共同的特点。

马杏垣毕业后到美国留学。

1948年,我在北京午门的历史博物馆工作,有一天来了一位参观的上岁数的人,河北丰润一带的口音,他不知怎么知道我是西南联大的,问我认识不认识马杏垣,我说认识。他说他是马杏垣的父亲。于是跟我滔滔不绝地谈起马杏垣,他说了些什么,我已经不记得,只记得老人家很为他这个现在美国的儿子感到骄傲。是呀,有这样的儿子,是值得骄傲。

马杏垣回国后在地质研究所工作,曾任所长,后来听说担任名誉所长。木刻,我想,大概是不刻了。

第二个是杨起。他是杨振声先生的儿子。杨先生是我的老师。我在杨先生处见过他。他长得很像杨先生。他是蓬莱人，个头很高，一个典型的山东大汉，文雅的、谦虚的山东大汉。他给我的印象是非常谦虚，一种从里到外的谦虚。他知道我是杨先生比较喜欢的学生，因此在校舍的土路上相逢，都很亲切地点头招呼。

还有一个是欧大澄。我不知道怎么和他认识的，可能是由于我的一个同系同班的同学和他中学同学，他和这个同学常相过从，我和他也就熟识了。在我的印象里他是喜爱音乐的。我不能确记着他是会拉提琴，弹吉他，或吹口琴。但是他很能欣赏西洋古典音乐，这一印象我想没有错。即使记错了，我觉得他身上有一种古典音乐熏陶出来的气质，这一点不会错。

杨起、欧大澄，现在都不知道在哪里。

因为认识欧大澄，这样也就对郝贻纯有些印象。因为她常和欧大澄在一起走。郝贻纯在女同学里是长得好看的，但是她从来不施脂粉（我们的女同学有一些是非常"捯饬"的，每天涂了很重的口红去听课），淡雅素朴，落落大方。她好像也是打排球的。

郝贻纯这几年参与了一些政治活动。我不知道她是人大代表还是全国政协委员，好像还是全国妇联的委员。人大、政协、妇联有这样的委员，似乎这些会还有点开头。郝贻纯是彻底"从政"了，还是还没有放弃她的本行？

我的地质系的同学，年龄和我不相上下，都已经过了七十了。他们大概是离、退休了。但是我很知道，他们会是离而不休、退而不休的。他们大概都还在查资料、写论文，在培养博士生、研究生，不会是听鸟养花，优游终老的。

中国的知识分子是多好的知识分子呀！

注　释

① 本篇原载《新生界》1993 年第二期；初收《汪曾祺全集》第六卷，北京师范大学出版社，1998 年 8 月。

推荐《孕妇和牛》①

为什么要写一个孕妇?

写孕妇的小说我还没有见过。

这篇小说没有故事。就是写一个孕妇和一头牛(也是有孕的)作伴,去逛了一趟集,在回家的路上走。一路上人自在,牛也自在。后来,看见一个白花花的大石牌坊。后来,有一块"文化大革命"中被城里的粗暴的年轻人推倒的石碑。石碑上刻着字:忠敬诚直勤慎廉明和硕怡贤亲王神道碑。石碑被屁股们磨得很光滑。孕妇在石碑上坐下休息。后来,她向小学生要了一张纸、一枝铅笔,把十七个字描了下来。后来,孕妇和牛就回家了。神道碑肯定是有的。铁凝可能在光滑的石碑上坐过。铁凝也可能看到过一个孕妇。她于是坐在石碑上胡思乱想起来。一个大字不识,从来没有拿过笔的农村媳妇能够把这十七个笔画复杂的字照猫画虎地描下来,不大可能。然而铁凝愿意叫小媳妇描下来,为她肚子里的孩子描下来,她硬是描下来了,你管得着吗?

评论家会捉摸:这篇小说写的是什么?

再清楚不过了:写的是向往。或者像小说里明写出来的,"希冀"。或者像你们有学问的人所说的,"憧憬"。或者直截了当地说,写的是幸福。

古人说:"穷苦之言易好,欢愉之辞难工"。铁凝能做到"人所难言,我易言之"。这是一篇快乐的小说,温暖的小说,为这个世界祝福的小说。

人们爱用两个字形容铁凝的语言风格:"清新"。我不太喜欢这两个字,因为被人用得太滥了。而且用于这篇小说也不太贴切(《哦,香雪》倒可说是清新)。我找不出合适的字眼来摹状这篇小说。吴语里有一个字:糯,有些近似。曾有一位上海女记者说过我的文章很糯。北方人不能体会这种感觉。吴语区的人是都懂的。上海卖糖炒热白果的小贩吆喝:"阿要吃糖炒热白果,香是香来糯是糯"(其实是用铁丝编的小笼,把白果放在里面,在炭火上不停地晃动,烤熟了的,既不放糖,也不是炒)。"糯"只可意会,难以言传。细腻、柔软而有弹性……我也说不清楚。铁凝如果不能体会,什么时候我们到上海去,我买一把烤白果让你尝尝。不过听说上海已经没有卖"糖炒热白果"的了。

我说了半天,等于什么也没有说。也许什么都说了。科罗连柯说过:一个作家谈起另一个作家的小说,只要说"这一篇写得不错",就够了。我也只要说一句话就够了:我很喜欢这篇小说。

这篇小说"俊得少有"。

一九九三年三月一日

注　释

① 　本篇原载《文学自由谈》1993 年第二期;初收《汪曾祺文集·文论卷》,江苏文艺出版社,1993 年 9 月。

推荐《秋天的钟》①

《人民文学》1991 年 7、8 月合刊发表了《秋天的钟》,我想是一个误会。好像是闷热的天气里吹来一阵小凉风。这是一篇用意识流方法写的散文。不是有人反对意识流么。我和一位散文作家偶然谈起我的印象。散文家把我的印象写进了他的文章。《秋天的钟》的作者萌娘听到(或看到)我的意见,写了一封信给我。

我不认识萌娘,以前也没有看过她的作品。她在信里说她是我的学生,在鲁迅文学院听过我的课。她问我:这就是意识流么?

这篇散文主要写的是曾祖父和重孙女与曾祖父之间的亲情。曾祖父不是什么伟大人物,没有丰功伟绩,也没有说过带哲理性的名言,只是一个普通的,宁静淡泊的,坐在秋色里的老人。这种亲情里有眼泪,但并不号啕大哭,彻骨椎心。深挚而平静,就像秋天的钟。《秋天的钟》,这个题目取得很好。有人说:干嘛是秋天的钟?一年四季的钟还不都是一样么,一天 24 小时!对这样的人你能说什么呢?

我说这是用意识流方法写的散文的时候,只是随便说说,没有认真考虑过是,还是不是。

意识流是个宽泛的概念。十九世纪以后,一些作家发现,人的意识是流动的,飘飘忽忽,断断续续的,不是三段论那样的规整的,于是他们用一种不同于古典现实主义的方法写作,希望写得更自然,更像生活的原貌,更亲切。生活本身的形式就是作品的形式。这是文学发展到一定时期必然的趋势。不约而同。不是威廉·詹姆士提出意识流的概念,才有人按照这个概念来写作。意识流是各色各样的,没有统一的规格。普鲁斯忒有普鲁斯忒的意识流。伍尔芙有伍尔芙的意识流。阿索林有阿索林的意识流。安东诺夫、苏克申都是意识流。上溯列·契诃

夫,有些小说也有意识流的痕迹。萌娘这篇散文有的地方很像伍尔芙,比如:

> 屋里静极了,我的声音从高高的屋顶扑向我。

我觉得说萌娘用了意识流的方法,大概没有错。于是我送给萌娘一本《名人小品》,让她看看伍尔芙的《果园里》。

萌娘是诗人(用意识流方法写作的作家多半是诗人),她的语言是诗的语言。比如:

> 曾祖父一动不动地坐在秋色里。
>
> 秋天在父亲的肩上一颠一颠的。
>
> 床板被泪水弹响了。

不过萌娘是涉笔成诗,不像有些写散文诗的诗人或散文家在那里"做"。

一九九三年三月二日

注　释

① 本篇原载《文学自由谈》1993 年第三期;初收《汪曾祺文集·文论卷》,江苏文艺出版社,1993 年 9 月。

红 豆 相 思①

——读陈寅恪《柳如是别传·缘起》

陈寅恪先生学贯中西，才兼文史，是现代的大学问家，何以别出心裁，撰写《柳如是别传》？其缘起乃在常熟白茆港钱氏故园中红豆一粒，则其用意可知矣。

寅恪先生对于钱谦益的态度不苛刻，不是简单的用"汉奸"二字将其骂倒，而是去理解他的以著书修史自解的情事。而对柳如是则推崇有加。先生感赋之诗有句"谁使英雄休入彀"，注云"明南都倾覆，牧斋随例北迁，河东君独留金陵。未几牧斋南归，然则河东君之志可以推知也。"是以为柳如是的品格在钱谦益之上的，钱谦益身上的污泥，沾不到柳如是的身上。

寅恪先生淹博绝伦，而极谦虚，自谓"匪独牧翁之高文雅什，多不得其解，即河东君之清词丽句，亦有瞠目结舌，不知所云者"。怀笈释钱柳因缘诗之意，后二十年，始克属草。爬梳史实，寻绎诗意，貌其神韵，探得心源，又不知历若干寒暑。寅恪先生之于柳如是，可谓一往情深。《别传》是传记，又是一个长篇的抒情散文，既是真实的，又是诗意的。至于文章的潇洒从容，姿态横生，犹其余事。

一九九三年三月六日

注 释

① 本篇原载 1993 年 4 月 9 日《光明日报》"择菜随笔"专栏；初收《汪曾祺文集·文论卷》，江苏文艺出版社，1993 年 9 月。

阿索林是古怪的[①]

——读阿索林《塞万提斯的未婚妻》

阿索林是我终生膜拜的作家。

阿索林是古怪的。

《塞万提斯的未婚妻》是一篇古怪的散文,一篇完全不按常规写作的、结构极不匀称的散文。

这是一篇游记么?

就说是吧。

文章分为一、二两截。

一用颇为滑稽的笔调写我——一个肥胖、快乐、做父亲了的小资产阶级的"我",在乘火车旅行的途中的满足、快活、安逸的心情。这个"我"难道会是阿索林本人?

二写阿索林在古色古香的西班牙——塞万提斯的故乡爱斯基维阿斯的见闻。充满了回忆、怀旧,甚至有点感伤的调子。这里到处是塞万提斯痕迹,塞万提斯的气息。塞万提斯每天在他的睡眠中听过的悦耳的钟声。"塞万提斯广场"。一个小小的狭窄的厅,有一条小走廊通到一个铁栏杆,塞万提斯曾经倚在那里眺望那辽阔、孤独、静默、单调、幽暗的田野。最后是塞万提斯的未婚妻。一个俏丽而温文的少女。一只手拿着一盘糕饼,一只手拿着一个小盘子,上面放着一只斟满爱思基维阿司美酒的杯子,羞容满面,柔目低垂。这个活生生的现实中的少妇使阿索林从她的身上看出费尔襄多·沙拉若莱思的女儿、米古爱尔特·塞万提斯的未婚妻本人。夜来临了,阿索林想起了在黄昏时分,在忧郁的平原间,那位讽刺家对他的爱人所说的话——简单的话,平凡的话,比他的书中一切的话更伟大的话。这就是塞万提斯,真正的塞万提斯。

我们见过许多堂·吉诃德的画像,钢笔画、铜版蚀刻、毕加索的墨笔画。这些画惊人地相似。我们把塞万提斯和堂·吉诃德混同起来,以为塞万提斯就是这个样子。可笑的误会。阿索林笔下的塞万提斯才是真正的塞万提斯,一个和他的未婚妻说着简单、平凡、比他的书中一切话更伟大的话的温柔的诗人。

于是我们可以说《塞万提斯的未婚妻》是一篇对塞万提斯的小小的研究。只是阿索林所采取的角度和一般塞万提斯的研究者完全不同。

三月七日

注　释

① 本篇原载 1993 年 4 月 30 日《光明日报》"择菜随笔"专栏;初收《汪曾祺文集·文论卷》,江苏文艺出版社,1993 年 9 月。

文 人 论 乐①

——读肖伯纳《贝多芬百年祭》

肖伯纳是个多面手。他写小说,写戏,写散文、政论,有一个时期还是报纸的音乐评论专栏的撰稿人。

我是个乐盲,尤其是对于西洋音乐。我不知道肖伯纳文章是不是说得有道理,也许音乐家认为他只是个三脚猫。但是我觉得他的文章很有特点,就是他写出了性格,贝多芬的性格和他的音乐的性格。这使贝多芬能够为普通人理解、接受。这是专业的音乐评论家、乐队指挥办不到的。

不能指出《贝多芬百年祭》和《华伦夫人的职业》、《魔鬼的门徒》有什么关系。但是这篇论文显然是一个小说家、戏剧家写的,它的力量在于它的文学性。

三月七日

注 释

① 本篇原载 1993 年 5 月 7 日《光明日报》"择菜随笔"专栏;初收《塔上随笔》,群众出版社,1993 年 11 月。

胡 同 文 化 ①

——摄影艺术集《胡同之没》序

北京城像一块大豆腐,四方四正。城里有大街,有胡同。大街、胡同都是正南正北,正东正西。北京人的方位意识极强。过去拉洋车的,逢转弯处都高叫一声"东去!""西去!"以防碰着行人。老两口睡觉,老太太嫌老头子挤着她了,说"你往南边去一点。"这是外地少有的。街道如是斜的,就特别标明是斜街,如烟袋斜街、杨梅竹斜街。大街、胡同,把北京切成一个又一个方块。这种方正不但影响了北京人的生活,也影响了北京人的思想。

胡同原是蒙古语,据说原意是水井,未知确否。胡同的取名,有各种来源。有的是计数的,如东单三条、东四十条。有的原是皇家储存物件的地方,如皮库胡同、惜薪司胡同(存放柴炭的地方)。有的是这条胡同里曾住过一个有名的人物,如无量大人胡同、石老娘(老娘是接生婆)胡同。大雅宝胡同原名大哑巴胡同,大概胡同里曾住过一个哑巴。王皮胡同是因为有一个姓王的皮匠。王广福胡同原名王寡妇胡同。有的是某种行业集中的地方。手帕胡同大概是卖手帕的。羊肉胡同当初想必是卖羊肉的。有的胡同是像其形状的。高义伯胡同原名狗尾巴胡同。小羊宜宾胡同原名羊尾巴胡同。大概是因为这两条胡同的样子有点像羊尾巴、狗尾巴。有些胡同则不知道何所取义,如大绿纱帽胡同。

胡同有的很宽阔,如东总布胡同、铁狮子胡同。这些胡同两边大都是"宅门",到现在房屋都还挺整齐。有些胡同很小,如耳朵眼胡同。北京到底有多少胡同?北京人说:有名的胡同三千六,没名的胡同数不清。通常提起"胡同",多指的是小胡同。

胡同是贯通大街的网络。它距离闹市很近,打个酱油,约二斤鸡蛋什么的，很方便，但又似很远。这里没有车水马龙，总是安安静静的。偶尔有剃头挑子的"唤头"（像一个大镊子，用铁棒从当中擦过，便发出嗡的一声）、磨剪子磨刀的"惊闺"（十几个铁片穿成一串，摇动作声）、算命的盲人（现在早没有了）吹的短笛的声音。这些声音不但不显得喧闹，倒显得胡同里更加安静了。

胡同和四合院是一体。胡同两边是若干四合院连接起来的。胡同、四合院，是北京市民的居住方式，也是北京市民的文化形态。我们通常说北京的市民文化，就是指的胡同文化。胡同文化是北京文化的重要组成部分，即便不是最主要的部分。

胡同文化是一种封闭的文化。住在胡同里的居民大都安土重迁，不大愿意搬家。有在一个胡同里一住住几十年的，甚至有住了几辈子的。胡同里的房屋大都很旧了，"地根儿"房子就不太好，旧房檩，断砖墙。下雨天常是外面大下，屋里小下。一到下大雨，总可以听到房塌的声音，那是胡同里的房子。但是他们舍不得"挪窝儿"，——"破家值万贯"。

四合院是一个盒子。北京人理想的住家是"独门独院"。北京人也很讲究"处街坊"。"远亲不如近邻"。"街坊里道"的，谁家有点事，婚丧嫁娶，都得"随"一点"份子"，道个喜或道个恼，不这样就不合"礼数"。但是平常日子，过往不多，除了有的街坊是棋友，"杀"一盘；有的是酒友，到"大酒缸"（过去山西人开的酒铺，都没有桌子，在酒缸上放一块规成圆形的厚板以代酒桌）喝两"个"（大酒缸二两一杯，叫做"一个"）；或是鸟友，不约而同，各晃着鸟笼，到天坛城根、玉渊潭去"会鸟"（会鸟是把鸟笼挂在一处，既可让鸟互相学叫，也互相比赛），此外，"各人自扫门前雪，休管他人瓦上霜"。

北京人易于满足，他们对生活的物质要求不高。有窝头，就知足了。大腌萝卜，就不错。小酱萝卜，那还有什么说的。臭豆腐滴几滴香油，可以待姑奶奶。虾米皮熬白菜，嘿！我认识一个在国子监当过差，伺候过陆润庠、王垿等祭酒的老人，他说："哪儿也比不了北京。北京的熬白菜也比别处好吃，——五味神在北京。"五味神是什么神？我至今考查不出来。但是北京人的大白菜文化却是可以理解的。北京人每个人一辈子吃的大白菜摞起来大概有北海白塔那么高。

北京人爱瞧热闹，但是不爱管闲事。他们总是置身事外，冷眼旁观。北京是民主运动的策源地，"民国"以来，常有学生运动。北京人管学生运动叫做"闹学生"。学生示威游行，叫做"过学生"。与他们无关。

北京胡同文化的精义是"忍"。安分守己，逆来顺受。老舍《茶馆》里的王利发说："我当了一辈子的顺民"，是大部分北京市民的心态。

我的小说《八月骄阳》里写到"文化大革命"，有这样一段对话：

> "还有个章法没有？我可是当了一辈子安善良民，从来奉公守法。这会儿，全乱了。我这眼面前就跟'下黄土'似的，简直的。分不清东西南北了。"
>
> "您多余操这份儿心。粮店还卖不卖棒子面？"
>
> "卖！"
>
> "还是的。有棒子面就行。……"

我们楼里有个小伙子，为一点事，打了开电梯的小姑娘一个嘴巴。我们都很生气，怎么可以打一个女孩子呢！我跟两个上了岁数的老北京（他们是"搬迁户"，原来是住在胡同里的）说，大家应该主持正义，让小伙子当众向小姑娘认错，这二位同声说："叫他认错？门儿也没有！忍着吧！——'穷忍着，富耐着，睡不着眯着！'""睡不着眯着"这话实在太精彩了！睡不着，别烦躁，别起急，眯着，北京人，真有你的！

北京的胡同在衰败，没落。除了少数"宅门"还在那里挺着，大部分民居的房屋都已经很残破，有的地基柱础甚至已经下沉，只有多半截还露在地面上。有些四合院门外还保存已失原形的拴马桩、上马石，记录着失去的荣华。有打不上水来的井眼、磨圆了棱角的石头棋盘，供人凭吊。西风残照，衰草离披，满目荒凉，毫无生气。

看看这些胡同的照片，不禁使人产生怀旧情绪，甚至有些伤感。但是这是无可奈何的事。在商品经济大潮的席卷之下,胡同和胡同文化总有一天会消失的。也许像西安的虾蟆陵,南京的乌衣巷,还会保留一两个名目,使人怅望低徊。

再见吧,胡同。

(一九九三年三月十五日)

注　释

① 本篇原载不详,又载《中国文学》1993 年 10 月创刊号、《新华文摘》1993 年第十一期;初收《草花集》,成都出版社,1993 年 9 月。据《草花集》编入。

老　董①

　　为了写国子监,我到国子监去逛了一趟,不得要领。从首都图
书馆抱了几十本书回来,看了几天,看得眼花气闷,而所得不多。
后来,我去找了一个"老"朋友聊了两个晚上,倒像是明白了不少
事情。我这朋友世代在国子监当差,"侍候"过翁同龢、陆润庠、王
垿等祭酒,给新科状元打过"状元及第"的旗,国子监生人,今年七
十三岁,姓董。

——《国子监》

　　我写《国子监》大概是 1954 年。老董如果活着,已经 101 岁了。

　　我认识老董是在午门历史博物馆,时间大概是 1948 年春末夏初。

　　老历史博物馆人事简单,馆长以下有两位大学毕业生,一位是学考
古的,一位是学博物馆专业的;一位马先生管仓库,一位张先生是会计,
一个小赵管采购,以上是职员。有八九个工人。工人大部分是陈列室
的看守,看着正殿上的宝座、袁世凯祭孔时官员穿的道袍不像道袍的古
怪服装、没有多大价值的文物。有一个工人是个聋子,专管扫地,扫五
凤楼前的大石块甬道,聋子爱说话,但是他的话我听不懂,只知道他原
来是银行职员,不知道怎样沦为工人了。再有就是老董和他的儿子德
启。老董只管掸掸办公室的尘土,拔拔广坪石缝中的草。德启管送信。
他每天把一堆信排好次序,"绺一绺道",跨上自行车出天安门。

　　老董曾经"阔"过。

　　据朋友老董说,纳监的监生除了要向吏部交一笔钱,领取一张
"护照"外,还需向国子监交钱领"监照"——就是大学毕业证书。
照例一张监照,交钱一两七钱。国子监旧例,积银二百八十两,算

1657

一个"字"，按"千字文"数，有一个字算一个字，平均每年约收入五百字上下。我算了算，每年国子监收入的监照银约有十四万两。……这十四万两银子照国家规定是不上缴的，由国子监官吏皂役按份摊分，……据老董说，连他一个"字"也分五钱八分，一年也从这一项上收入二百八九十两银子！

老董说，国子监还有许多定例。比如，像他，是典籍厅的刷印匠，管给学生"做卷"——印制作文用的红格本子，这事包给了他，每月例领十三两银子。他父亲在时还会这宗手艺，到他时则根本没有学过，只是到大栅栏口买一刀毛边纸，拿到琉璃厂找铺子去印，成本共花三两，剩下十两，是他的。所以，老董说，那年头，手里的钱花不清——烩鸭条才一吊四百钱一卖！

——《国子监》

据老董说，他儿子德启娶亲，搭棚办事，摆了 30 桌，——当然这样的酒席只是"肉上找"，没有海参鱼翅，而且是要收份子的，但总也得花不少钱。

他什么时候到历史博物馆来，怎么来的，我没有问过他。到我认识他时，他已经不是"手里的钱花不清"了，吃穿都很紧了。

历史博物馆的职工中午大都是回家吃。有的带一顿饭来。带来的大都是棒子面窝头、贴饼子。只有小赵每天都带白面烙饼，用一块屉布包着，显得很"特殊化"。小赵原来打小鼓的出身，家里有点儿积蓄。

老董在馆里住，饭都是自己做。他的饭很简单，凑凑合合，小米饭。上顿没吃完，放一点儿水再煮煮，拨一点面疙瘩，他说这叫"鱼儿钻沙"。有时也煮一点大米饭。剩饭和面和在一起，擀一擀，烙成饼。这种米饭面饼，我还没见过别人做过。菜，一块熟疙瘩，或是一团干虾酱，咬一口熟疙瘩、干虾酱，吃几口饭。有时也做点熟菜，熬白菜。他说北京好，北京的熬白菜也比别处好吃——五味神在北京。"五味神"是什么神？我至今没有考查出来。

他对这样凑凑合合的一日三餐似乎很"安然"，有时还颇能自我调侃，但是内心深处是个愤世者。生活的下降，他是不会满意的。他的不满,常常会发泄在儿子身上。有时为了一两句话,他会忽然暴怒起来,跳到廊子上,跪下来对天叩头:"老天爷,你看见了? 老天爷,你睁睁眼!"

每逢老董发作的时候,德启都是一声不言语,靠在椅子里,脸色铁青。

别的人,也都不言语。因为知道老董的感情很复杂,无从劝解。

老董没有嗜好。年轻时喝黄酒,但自我认识他起,他滴酒不沾。他也不抽烟。我写了《国子监》,得了一点稿费,因为有些材料是他提供的,我买了一个玛瑙鼻烟壶,烟壶的顶盖是珊瑚的,送给他。他很喜欢。我还送了他一小瓶鼻烟,但是没见他闻过。

1960年(那正是三年自然灾害的后期)我到东堂子胡同历史博物馆宿舍去看我的老师沈从文,一进门,听到一个人在传达室骂大街,一听,是老董!

"我操你们的祖宗! 操你八辈的祖奶奶! 我80多岁了,叫我挨饿! 操你们的祖宗,操你们的祖奶奶!"

没有人劝,骂让他骂去吧! 一个80多岁的老人了,谁也不能把他怎么样。

老董经过前清、民国、袁世凯、段祺瑞、北伐、日本、国民党、共产党,他经过的时代太多了。老董如果把他的经历写出来,将是一本非常精彩的回忆录(老董记性极好,哪年哪月,白面多少钱一袋,他都记得一清二楚),这可能是一份珍贵史料——尽管是野史。可惜他没写,也没有人让人口述记录下来。

一九九三年三月二十日

注　释

① 本篇原载《追求》1993年第四期;初收《草花集》,成都出版社,1993年9月。

《榆树村杂记》自序[①]

我住的地方名叫蒲黄榆,是把东蒲桥、黄土坑、榆树村三个地名各取其一个字拼合而成的。东蒲桥原来有一座桥,后来在原处建了很大的立交桥,改名为玉蜻桥,据说从飞机上看,像一只大蜻蜓。我没有从飞机上看过,不知道像不像,只觉得是绕来绕去的一座大桥。黄土坑在我搬来的时候就只剩下一个地名,那一带全是店铺,既无黄土也无坑。榆树村六七年前还在,就在我们住的高层楼的对面。是个村子。从南边进去,老远就闻到一股很重的酸味,那是在煮猪食。附近有一个养猪场。有一条南北向的不宽的柏油路。路西住的多半是工厂的工人,每天可以看到一些男女青年骑自行车上下班。有一家喂养了二三十只火鸡,有个孩子每天赶它们出来吃菜叶子。跟这个孩子闲聊,知道养火鸡是很来钱的。往北,有一个出卖花木的小林场。有一座小庙,外形还像一座庙,檐牙翻翘,墙是涂红了的。庙好像是跟马有关系的,当初这地方大概养过马。现在庙里已经住了人家了,不好进去看,柏油路的东边是一片菜地,菜地东边一溜,住的都是菜农。我隔一两天就到菜畦旁边走走。人家逛公园,我逛菜园。逛菜园也挺不错,看看那些绿菜,一天一个样,全都鲜活水灵,挺好看。菜地的气味可不好,因为菜要浇粪。有时我也蹲下来和在菜地旁边抽烟休息的老菜农聊聊,看他们怎样搭塑料大棚,看看先时而出的黄瓜、西红柿、嫩豆角、青辣椒,感受到一种欣欣然的生活气息。

现在菜地和菜农和房子都没有了,榆树村没有了,成了方庄小区,高楼林立,都是新建的。我再没有菜园可逛了。

我的这些文章都是在榆树村对面的高楼里写的,故将此集名为《榆树村杂记》。

是为序。

一九九三年三月二十四日

注　释

① 本篇原载《榆树村杂记》,中国华侨出版社,1993 年 9 月。

《独坐小品》自序[①]

　　我的孙女两岁多的时候（她现在已经九岁了），大人问她长大了干什么，她说："当作家。"——"什么是作家？"——"在家里坐着呗。"她大概看我老是坐着，故产生这样的"误读"。

　　我家有一对老沙发，还是我岳父手里置的，已经有好几十年，面料换了不止一次，但还能坐。坐在老沙发里和坐在真羊皮面新沙发里感觉有所不同。

　　我不能像王维"独坐幽篁里"那样的潇洒，也不是"今者吾丧我"那样地块然枯坐，坐着，脑子里总会想一点事。东想想，西想想，情绪、思想、形象就会渐渐清晰起来，这就是通常所说的构思。我的儿女们看到我坐在沙发里"直眉瞪眼"，就知道我在捉摸一篇小说。到我考虑成熟了，他们也看得出来，就彼此相告："快点，快点，爸爸有一个蛋要下了，快给他腾个地方！"——我们家在甘家口住的时候，全家五口人只有一张三屉桌，老伴打字，孩子做作业，轮流用这张桌子。到我要下蛋的时候，他们就很自觉地让给我。我的小说大都是这样写出来的。

　　这二年我写小说较少，散文写得较多。写散文比写小说总要轻松一些，不要那样苦思得直眉瞪眼。但我还是习惯在沙发里坐着，把全文想得成熟了，然后伏案著笔。

　　这些散文大都是独坐所得，因此此集取名为《独坐小品》。

　　近二三年散文忽然兴旺起来，报刊发表散文多了，有些刊物每年要发一期散文专号，出版社也愿意出散文集，据说是散文现在走俏，行情好，销得出去，这事有点怪。这是很值得研究的文学现象。

　　与此有关的还有一种现象，是这些年涌现的散文作家多半是两种人：一是女性作家，一是老人，为什么？

女作家的感情、感觉比较细，比较清新，这是散文写作所需要的。老人写散文的多起来，除了因为"庾信文章老更成"，老年人的文笔比较成熟，比较干净，较自然，少做作，还因为老人阅历多一些，感慨较深，寄兴稍远。另外就是书读得比较多。说得更明白一些，就是老作家的散文比较有文化气息。大部分老作家的散文可以归入"学者散文"一类，有人说散文是老人的文体，这话似有贬意，即有些老作家的散文比较干枯，过于平直，不滋润，少才华。这也是实情。我今亦老矣，当以此为戒。

一九九三年三月二十六日

注　释

① 本篇原载《汪曾祺文集·文论卷》，江苏文艺出版社，1993 年 9 月；是为《独坐小品》（宁夏人民出版社，1996 年版）所作自序。

白　马　庙[①]

我教的中学从观音寺迁到白马庙，我在白马庙住过一年。白马庙没有庙。这是由篆塘到大观楼之间一个镇子。我们住的房子形状很特别，像是卡通电影上面的房子，我们就叫它卡通房子。先前日本飞机常来轰炸，有钱的人多在近郊盖了房子，躲警报。后来日本飞机不来了，这些房子都空了下来，学校就租了当教员宿舍。这些房子的设计都有点别出心裁，而以我们住的卡通房子最显眼，老远就看得见。

卡通房子门前有一条土路，通到马路。三面都是农田，不挨人家。我上课之余，除了在屋里看看书，常常伏在窗台上看农民种田。看插秧，看两个人用一个戽斗戽水。看一个十五六岁的孩子用一个长柄的锄头挖地。这个孩子挖几锄头就要停一停，唱一句歌。他的歌有音无字，只有一句，但是很好听，长日悠悠，一片安静。我那时正在读《庄子》。在这样的环境中读《庄子》，真是太合适了。

这样的不挨人家的"独立家屋"有一点不好，是招小偷。曾有小偷光顾过一次。发觉之后，几位教员拿了棍棒到处搜索，闹腾了一阵无所得。我和松卿有一次到城里看电影，晚上回来，快到大门时，从路旁沟里窜出一条黑影，跑了。是一个伺机翻墙行窃的小偷。

小偷不少。教导主任老杨曾当美军译员，穿了一条美军将军呢的毛料裤子，晚上睡觉，盖在被窝上压脚。那天闹小偷，他醒来，拧开电灯看看，将军呢裤子没了。他翻了个身，接碴儿睡他的觉。我们那时教师都是这样，得、失无所谓，而可失之物亦不多，只要不是真的赤条条来去无牵挂，怎么着也能混得过去。——这位老兄从美军复员，领到一笔复员费，崭新的票子放在夹克上衣口袋里，打了一夜沙蟹，几乎全部输光。

学校的教员有的在校内住，也有住在城里，到这里来兼课的。坐马车来,很方便。朱德熙有一次下了马车,被马咬了一口! 咬在胸脯上,胸上落了马的牙印衣服却没有破。

镇上有一个卖油盐酱醋香烟火柴的杂货铺,一家猪肉案子,还有一个做饵块的作坊。我去看过工人做饵块,小枕头大的那么一碗,不知道怎么竟能蒸熟。

饵块作坊门前有一道砖桥,可以通到河南边。桥南是菜地,我们随时可以吃到刚拔起来的新鲜蔬菜。临河有一家茶馆,茶客不少。靠窗而坐,可以看见河里的船,船上的人,风景很好。

使我惊奇的是东壁粉墙上画了一壁茶花,画得满满的。墨线勾边,涂了很重的颜色,大红花,鲜绿的叶子,画得很工整,花、叶多对称,很天真可爱。这显然不是文人画。我问冲茶的堂倌这画是谁画的?——"哑巴。——他就爱画,哪样上头都画。他画又不要钱,自己贴颜色,就叫他画吧!"

过两天,我看见一个挑粪的,粪桶是新的,粪桶近桶口处画了一周遭串枝莲,深墨勾线,笔如铁线,匀匀净净。不用问,这又是那个哑巴画的。粪桶上描花,真是少见。

听说哑巴岁数不大,二十来岁。他没有跟谁学过,就是自己画。

我记得白马庙,主要就是因为这里有一个画画的哑巴。

一九九三年三月二十九日

注　释

① 本篇原载《大家》1994 年第一期;初收《草花集》,成都出版社,1993 年9 月。

要　面　子①

——读威廉·科贝特《射手》

　　律师威廉·伊文爱打猎,是个神枪手。有一次科贝特和伊文结伴去打鹧鸪。打了一天,到天黑之前伊文打的鹧鸪已经有99只,他还要再打第一百只,凑个整数。被惊散的鹧鸪在四周叫唤着,一只鹧鸪从伊文脚下飞起,伊文立即开枪,没有打中。伊文说:"好了",边说边跑,像是要拾起那只鹧鸪。科贝特说:"那只鹧鸪不但没有死,还在叫呢,就在树林子里。"伊文一口咬定说是打中了,而且是亲眼看见它落地的。伊文一定要找到这只鹧鸪,难道可以放弃百发百中,名垂不朽的大好机会吗?这可是太严重了。科贝特只好陪他找,在不到二十平米的地方,眼睛看着地,走了许多个来回,寻找他们彼此都心里明白是根本不存在的东西。有一次科贝特走到伊文前面,恰好回头一看,只见伊文伸手从背后的袋里拿出一只鹧鸪,扔在地上。科贝特不愿戳穿他,装作没看见,装作还在到处寻找。果然,伊文回到他刚扔鹧鸪的地方,异常得意的大叫:"这儿! 这儿! 快来!"伊文指着鹧鸪,说:"这是我对你的忠告,以后不要太任性!"他们到了一家农舍里,伊文把事情的经过告诉大家,还拿科贝特取笑了半天。

　　我看过一篇保加利亚的短篇小说《兔子》。三位先生下乡打兔子,一只也没有打着,不免有点沮丧,在一个乡下小酒馆里喝酒解闷。这时候进来另一位先生,手里提着三只兔子,往桌上一掼:"拿酒!"那三位先生很羡慕,说:"你运气好!"——"'运气'? 不,是本事!"于是讲开了猎兔经,正讲得得意洋洋,进来一个农民,提着一只兔子,对这位先生说:"先生,您把这只也买去吧,我少算点钱。"

　　《钓鱼》是高英培常说的相声段子。这是相声里的精品。有一个人见人家钓鱼,瞧着眼馋,他也想钓,——干嘛老拿钱买鱼吃!他跟老婆说:"二他妈,给我烙一个糖饼,我钓鱼去"。钓了一天,一条没钓着。第二天还去钓:"二他妈,给我烙两个糖饼,我钓鱼去。"还是没钓着。老婆说:"没钓着?"——"去晚了。今天这一拨过去了。明儿还来一拨。——这拨都是咸带鱼。"街坊有个老太太,爱多嘴,说:"大哥,人家钓鱼,人家会呀,你啦——"——"大妈,你这是怎么说话?人家会,我不会?明儿我钓几条,你啦瞧瞧!"第三天,"二他妈,给我烙三个糖饼!"——"二他爸,你这鱼没钓着,饭量可见长呀!"第三天,回来了,进门就嚷嚷:"二他妈,拿盆!装鱼!"二他妈把盆拿出来,把鱼倒在盆里:"啊呀,真不少哇!"街坊老太太又过来了,看看这鱼:"大哥呀人家钓的鱼,大的大,小的小,你啦这鱼怎么都是一般大呀,别是买的吧?"——"这怎么是买的呢?这怎么是买的呢?你啦是怎么说话呢!"他老婆瞧瞧鱼,说"真不老少,横有 1.5 公斤多!"——"嘛?1.5 公斤多,2 公斤还高高儿的!"

这三个故事很相似。三个人物的共同处是死要面子,输心不输嘴。《射手》写得较为尖锐。《兔子》和《钓鱼》则较温和,有喜剧色彩。科贝特文章的结尾说:"我一直不忍心让他知道:我完全明白一个通情达理的高尚的人怎样在可笑的虚荣心的勾引下,干出了骗人的下流事情。"这说得也过于严重,这种小伎俩很难说是"下流"。这种事与人无害,而且这是很多人共有的弱点,不妨以善意的幽默对待之。

一九九三年四月五日

注　释

① 本篇原载 1993 年 4 月 30 日《大连日报》;初收《汪曾祺文集·文论卷》,江苏文艺出版社,1993 年 9 月。

精辟的常谈[①]

——读朱自清《论雅俗共赏》

朱先生这篇文章的好处，一是通，二是常。

朱先生以为"雅俗共赏"这句成语，"从语气看来，似乎雅人多少得理会到甚至迁就着俗人的样子，这大概是在宋朝或者更后罢。"这说出了"雅俗共赏"的实质，抓住了中国文学发展的一个关键。

朱先生首先找出"雅俗共赏"的社会原因，那就是从唐朝安史之乱之后，"门第迅速地垮了台，社会的等级不像先前那样固定了，'士'和'民'这两个等级的分界不像先前的严格和清楚了，彼此的分子在流通着，上下着，而上去的比下来的多"，上来的士人"多少保留着民间的生活方式和生活态度"，他们"要重新估定价值，至少也得调整那旧来的标准与尺度。'雅俗共赏'似乎就是新提出的尺度或标准"。这是非常精辟的唯物主义的分析。

朱先生提出语录、笔记对"雅俗共赏"所起的作用。

朱先生对文体的由雅入俗作了简明的历史回顾，从韩愈、欧阳修、苏东坡到黄山谷，是一脉相承的。黄山谷提出"以俗为雅"，可以说是纲领性的理论。

从诗到词，从词到曲，到杂剧、诸宫调，到平话、章回小说，到皮黄戏，文学一步比一步更加俗化了。我们还可以举出"打枣竿"、"挂枝儿"之类的俗曲。这是文学发展的必然趋势，任何人也奈何不得。

这样，"有了白话正宗的新文学"就是水到渠成、顺理成章的事。

其后便有"通俗化"和"大众化"。

朱先生把好几百年的纷纭复杂的文学现象缕出了一个头绪，清清楚楚，一目了然。一通百通。朱先生把一部文学史真正读通了。

朱先生写过一本《经典常谈》。"常谈"是"老生常谈"的意思。这是朱先生客气,但也符合实际情况:深入浅出,把很大的问题,很深的道理,用不多的篇幅,浅近的话说出来。"常谈",谈何容易! 朱先生早年写抒情散文,笔致清秀,中年以后写谈人生、谈文学的散文,渐归简淡,朴素无华,显出阅历、学问都已成熟。用口语化的语言写学术文章,并世似无第二人。

《论雅俗共赏》是一篇标准的"学者散文",一篇地地道道的 Essay。

注 释

① 本篇原载 1993 年 4 月 16 日《光明日报》"择菜随笔"专栏;初收《汪曾祺文集·文论卷》,江苏文艺出版社,1993 年 9 月。

文　游　台[①]

　　文游台是我们县首屈一指的名胜古迹。台在泰山庙后。

　　泰山庙前有河,曰澄河。河上有一道拱桥,桥很高,桥洞很大。走到桥上,上面是天,下面是水,觉得体重变得轻了,有凌空之感。拱桥之美,正在使人有凌空感。我们每年清明节后到东乡上坟都要从桥上过(乡俗,清明节前上新坟,节后上老坟)。这正是杂花生树,良苗怀新的时候,放眼望去,一切都使人心情极为舒畅。

　　澄河产瓜鱼,长四五寸,通体雪白,莹润如羊脂玉,无鳞,无刺,背部有细骨一条,烹制后骨亦酥软可吃。极鲜美。这种鱼别处其实也有,有的地方叫水仙鱼,北京偶亦有卖,叫面条鱼,但我的家乡人认定这种鱼只有我的家乡有,而且只有文游台前面澄河里有! 家乡人爱家乡,只好由着他说。不过别处的这种鱼不似澄河的产的味美,倒是真的,因为都经过冷藏转运,不新鲜了。为什么叫"瓜鱼"呢? 据说是因黄瓜开花时鱼始出,到黄瓜落架时就再捕不到了,故又名"黄瓜鱼"。是不是这么回事,谁知道。

　　泰山庙亦名东岳庙,差不多每个县里都有的,其普遍的程度不下于城隍庙。所祀之神称为东岳大帝。泰山庙的香火是很盛的,因为好多人都以为东岳大帝是管人的生死的。每逢香期,初一十五,特别是东岳大帝的生日(中国的神佛都有一个生日,不知道是从什么档案里查出来的)来烧香的善男信女(主要是信女)络绎不绝。一进庙门就闻到一股触鼻的香气。从门楼到甬道,两旁排列的都是乞丐,大都伪装成瞎子、哑巴、烂腿的残废(烂腿是用蜡烛油画的),来烧香的总是要准备一两吊铜钱施舍给他们的。

　　正面是大殿,神龛里坐着大帝,油白脸,疏眉细目,五绺长须,颇慈祥的样子。穿了一件簇新的大红蟒袍,手捧一把摺扇。东岳大帝何许人也?据说是《封神榜》上的黄飞虎!

正殿两旁,是"七十二司",即阴间的种种酷刑,上刀山、下油锅、锯人、磨人……这是对活人施加的精神威慑:你生前做坏事,死后就是这样!

我到泰山庙是去看戏。

正殿的对面有一座戏台。戏台很高,下面可以走人。这倒也好,看戏的不会往前头挤,因为太靠近,看不到台上的戏。

戏台与正殿之间是观众席。没有什么"席",只是一片空场,看戏的大都是站着。也有自己从家里扛了长凳来坐着看的。

没有什么名角,也没有什么好戏。戏班子是"草台班子",因为只在里下河一带转,亦称"下河班子"。唱的是京戏,但有些戏是徽调。不知道为什么,哪个班子都有一出《杨松下书》。这出戏剧情很平淡,我小时最不爱看这出戏。到了生意不好,没有什么观众的时候(这种戏班子,观众入场也还要收一点钱),就演《三本铁公鸡》,再不就演《九更天》、《杀子报》。演《杀子报》是要加钱的,因为下河班子的闻太师勾的是金脸。下河班子演戏是很随便的,没有准纲准词。只有一年,来了一个叫周素娟的女演员,是个正工青衣,在南方的科班时坐科学过戏,唱戏很规矩,能唱《武家坡》、《汾河湾》这类的戏,甚至能唱《祭江》、《祭塔》……我的家乡真懂京戏的人不多,但是在周素娟唱大段慢板的时候,台下也能鸦雀无声,听得很入神。周素娟混得到里下河来搭班,是"卖了胰子"落魄了。有一个班子有一个大花脸,嗓子很冲,姓颜,大家就叫他颜大花脸。有一回,我听他在戏台旁边的廊子上对着烧开水的"水锅"大声嚷嚷:"打洗脸水!"我从他的声音里听出了一腔悲愤,满腹牢骚。我一直对颜大花脸的喊叫不能忘。江湖艺人,吃这碗开口饭,是充满辛酸的。

泰山庙正殿的后面,即属于文游台范围,沿砖路北行,路东有秦少游读书台。更北,地势渐高即文游台。台基是一个大土墩。墩之一侧为四贤祠。四贤名字,说法不一。这本是一个"淫祠",是一位蒲圻"先生"把它改造了的。蒲圻先生姓胡,字尧元。明代张绖《谒文游台四贤祠》诗云:"迩来风流文渐烬,文游名在无遗踪。虽有高台可游眺,异端丹碧徒穹窿。嘉禾不植稂莠盛,邦人奔走如狂朦。蒲圻先生独好古,一扫陋俗隆高风。长绳倒拽淫象出,易以四子衣冠容。"这位蒲圻先生实在是多事,把"淫象"留下来让我们看看也好。我小时到文游台,不但看不到淫象,连"四子衣冠容"也没有,只有四个蓝地金字的牌位。墩之正面为盍簪堂。"盍簪"之名,比较生僻。出处在《易经》。《易·豫》:"勿疑,朋盍簪。"王弼注:"盍,合也;簪,疾也。"孔颖达疏:"群朋合聚而疾来也。"如果用大白话说,就是"快来堂"。我觉得"快来堂"也挺不错。我们小时候对盍簪堂的兴趣比四贤祠大得多,因为堂的两壁刻着《秦邮帖》。小时候以为帖上的字是这些书法家在高邮写的。不是的。是把各家的书法杂凑起来的(帖都是杂凑起来的)。帖是清代嘉庆年间一个叫师亮采的地方官属钱梅溪刻的。钱泳《履园丛话》:"二十年乙亥……是年秋八月为韩城师禹门太守刻《秦邮帖》四卷,皆取苏东坡、黄山谷、米元章、秦少游诸公书,而殿以松雪、华亭二家。"曾有人考证,帖中书颇多"赝鼎",是假的,我们不管这些,对它还是很有感情。我们用薄纸蒙在帖上,用铅笔来回磨蹭,把这些字"揭"下来带回家。有时翻出来看看,觉得字都很美。

盍簪堂后是一座木结构的楼,是文游台的主体建筑。楼颇宏大,东西两面都是大窗户。我读小学时每年"春游"都要上文游台,趴在两边窗台上看半天。东边是农田,碧绿的麦苗,油菜、蚕豆正在开花,很喜人。西边是人家,鳞次栉比。最西可看到运河堤上的杨柳,看到船帆在树头后面缓缓移动。缓缓移动的船帆叫我的心有点酸酸的,也甜甜的。

文游台的出名,是因为这是苏东坡、秦少游、王定国、孙莘老聚会的地方,他们在楼上饮酒、赋诗、倾谈、笑傲。实际上文游诸贤之中,最牵动高邮人心的是秦少游。苏东坡只是在高邮停留一个很短的时期。王定国不是高邮人。孙莘老不知道为什么给人一个很古板的印象,使人不大喜欢。文游台实际上是秦少游的台。

秦少游是高邮人的骄傲,高邮人对他有很深的感情,除了因为他是大才子，"国士无双"，词写得好，为人正派，关心人民生活（著过《蚕书》）……还因为他一生遭遇很不幸。他的官位不高，最高只做到"正字"，后半生一直在迁谪中度过。46岁"坐党籍"改馆阁校勘，出为杭州通判。这一年由于御史刘拯给他打了小报告，说他增损《实录》，贬监处州酒税。叫一个才子去管酒税，真是令人啼笑皆非。48岁因为有人揭发他写佛书，削秩徙郴州。50岁，迁横州。51岁迁雷州。几乎每年都要调动一次，而且越调越远。后来朝廷下了赦令，廷臣多内徙，少游启程北归，至藤州，出游光华亭，索水欲饮，水至，笑视之而卒，终年53岁。

迁谪生活，难以为怀，少游晚年诗词颇多伤心语，但他还是很旷达，很看得开的，能于颠沛中得到苦趣。明陶宗仪《说郛》卷八十二：

> 秦观南迁，行次郴道遇雨，有老仆滕贵者，久在少游家，随以南行，管押行李在后，泥泞不能进，少游留道旁人家以候，久之方盘珊策杖而至，视少游叹曰："学士，学士！他们取了富贵，做了好官，不枉了恁地，自家做甚来陪奉他们！波波地打闲官，方落得甚声名！"怒而不饭。少游再三勉之，曰："没奈何。"其人怒犹未已，曰："可知是没奈何！"少游后见邓博文言之，大笑，且谓邓曰："到京见诸公，不可不举似以发大笑也。"

我以为这是秦少游传记资料中写得最生动的一则。而且是可靠的。这样如闻其声的口语化的对白是伪造不来的。这也是白话文学史中很珍贵的资料，老仆、少游，都跃然纸上。我很希望中国的传记文学、历史题材的小说戏曲都能写成这样。然而可遇而不可求。现在的传记历史题材的小说，都空空廓廓，有事无人，而且注入许多"观点"，使人搔痒不着，吞蝇欲吐。历史连续电视剧则大多数是胡说八道！

东坡闻少游凶信，叹曰："少游已矣，虽万人何赎"，呜呼哀哉。

（一九九三年四月十九日）

注　释

① 本篇原载《散文天地》1993 年第五期；初收《草花集》，成都出版社，1993 年
　　9 月。

露 筋 晓 月 [①]

——故乡杂忆

　　"秦邮八景"中我最不感兴趣的是"露筋晓月"。我认为这是对我的故乡的侮辱。

　　有姑嫂二人赶路,天黑了,只得在草丛中过夜。这一带蚊子极多,叮人很疼。小姑子实在受不了。附近有座小庙,小姑子到庙里投宿。嫂子坚决不去,遂被蚊虫咬死,身上的肉都被吃净,露出筋来。时人悯其贞节,为她立了祠,祠曰露筋祠。这地方从此也叫做露筋。

　　这是哪个全无心肝的卫道之士编造出来的一个残酷惨厉的故事!这比"饿死事小,失节事大"还要灭绝人性。

　　这故事起源颇早,米芾就写过《露筋祠碑》。

　　然而早就有人怀疑过。欧阳修就说这不合情理:蚊子怎么多,也总能拍打拍打,何至被咬死?再说蚊子只是吸人的血,怎么会把肉也吃掉了露出筋来呢?

　　我坐小轮船从高邮往扬州,中途轮机发生故障,只能在露筋抛锚修理。

　　高邮湖上的蓝天渐渐变成橙黄,又渐渐变成深紫,暝色四合,令人感动。我回到舱里,吃了两个夹了五香牛肉的烧饼,喝了一杯茶,把行李里带来的珠罗纱蚊帐挂好,躺了下来。不大会,就睡着了。

　　听到一阵嘤嘤的声音,睁眼一看:一个蚊子,有小麻雀大,正把它的长嘴从珠罗纱的窟窿里伸进来,快要叮到我的赤裸的胳臂,不过它太大了,身子进不来。我一把攥住它的长嘴,抽了一根棉线,把它的长嘴拴住,棉线的一头压在枕头下。蚊子进不来又飞不走,就在帐外拍扇翅膀。这就好像两把扇子往里吹风。我想:这不赖,我可以凉凉快快地睡一夜。

一个声音,很细,但是很尖:

"哥们!"

这是蚊子说话哪,——"哥们"?

"哥们,你为什么把我拴住?"

"你是世界上最可恨的东西!你们为什么要生出来?"

"我们是上帝创造的。"

"你们为什么要吸人的血?"

"这是上帝的意旨。"

"为什么咬得人又疼又痒?"

"不这样人怎么能记住他们生下来就是有罪的?"

"咬就咬吧,为什么要嗡嗡叫?"

"不叫,怎么能证明我们的存在?"

"你们真该统统消灭!"

"你消灭不了!"

"我现在就要把你消灭了!"

我伸开两手,隔着蚊帐使劲一拍。不料一欠身,线头从枕头下面脱出,蚊子带着一截棉线飞走了。最可气的是它还回头跟我打了个招呼:"拜拜!你消灭不了我们,我们是国家一级保护动物!"

一声汽笛,我醒了。

晓月朦胧,露华滋润,荷香细细,流水潺潺。

轮机已经修好了。又一声长长的汽笛,小轮船继续完成未尽的航程。

我靠着船栏杆,想起王士禛的《露筋祠》诗:"……门外野风开白莲。"

一九九三年四月二十日

注　释

① 本篇原载《鸭绿江》1993 年第九期；以《耿庙神灯（外一章）》为题又载《散文天地》1994 年第三期；初收《草花集》，成都出版社，1993 年 9 月。

手　把　肉①

　　蒙古人从小吃惯羊肉，几天吃不上羊肉就会想得慌。蒙古族舞蹈家斯琴高娃（蒙古族女的叫斯琴高娃的很多，跟那仁花一样的普遍）到北京来，带着她的女儿。她的女儿对北京的饭菜吃不惯。我们请她在晋阳饭庄吃饭，这小姑娘对红烧海参、脆皮鱼……统统不感兴趣。我问她想吃什么，"羊肉！"我把服务员叫来，问他们这儿有没有羊肉，说只有酱羊肉。"酱羊肉也行，咸不咸？""不咸。"端上来，是一盘羊腱子。小姑娘白嘴把一盘羊腱子都吃了。问她："好吃不好吃？""好吃！"她妈说："这孩子！真是蒙古人！她到北京几天，头一回说'好吃'。"

　　蒙古人非常好客，有人骑马在草原上漫游，什么也不带，只背了一条羊腿。日落黄昏，看见一个蒙古包，下马投宿。主人把他的羊腿解下来，随即杀羊。吃饱了，喝足了，和主人一家同宿在蒙古包里，酣然一觉。第二天主人送客上路，给他换了一条新的羊腿背上。这人在草原上走了一大圈，回家的时候还是背了一条羊腿，不过已经不知道换了多少次了。

　　"四人帮"肆虐时期，我们奉江青之命，写一个剧本，搜集素材，曾经四下内蒙古。我在内蒙古学会了两句蒙古话。蒙古族同志说，会说这两句话就饿不着。一句是"不达一地"——要吃的；一句是"莫哈一的"——要吃肉。"莫哈"泛指一切肉，特指羊肉。（元杂剧有一出很特别的戏，汉话和蒙古话掺和在一起唱。其中有一句是"莫哈整斤吞"，意思是整斤地吃羊肉。）果然，我从伊克昭盟到呼伦贝尔大草原，走了不少地方，吃了多次手把肉。

　　八、九月是草原最美的时候。经过一夏天的雨水，草都长好了，阿格和灰背青是牲口最爱吃的草。草原上的草在我们看起来都是草，牧民却对每一种草都叫得出名字。草里有野葱、野韭菜（蒙古人说他们那里的羊肉不膻，是因为羊吃野葱，自己把味解了）。到处开着五颜六色的花。羊这时也都上了膘了。

内蒙古的作家、干部爱在这时候下草原，体验生活、调查情况，也是为去"贴秋膘"。进了蒙古包，先喝奶茶。内蒙古的奶茶制法比较简单，不像西藏的酥油茶那样麻烦。只是用铁锅坐一锅水，水开后抓一把茶叶，滚几滚，加牛奶，放一把盐，即得。我没有觉得有太大的特点，但喝惯了会上瘾的。（蒙古人一天也离不开奶茶。很多人早起不吃东西，喝两碗奶茶就去放羊。）摆了一桌子奶食，奶皮子、奶油（是稀的）、奶渣子……还有月饼、桃酥。客人喝着奶茶，蒙古包外已经支起大锅，坐上水，杀羊了。

蒙古人杀羊真是神速，不是用刀子捅死的，是掐断羊的主动脉。羊挣扎都不挣扎，就死了。马上开膛剥皮，工具只是一把比水果刀略大一点的折刀。一会儿的功夫，羊皮就剥下来，抱到稍远处晒着去了。看看杀羊的现场，连一滴血都不溅出，草还是干干净净的。

"手把肉"即白水煮切成大块的羊肉。一手"把"着一大块肉，用一柄蒙古刀自己割了吃。蒙古人用刀子割肉真有功夫。一块肉吃完了，骨头上连一根肉丝都不剩。有小孩子割剔得不净，妈妈就会说："吃干净了，别像那干部似的！"干部吃肉，不像牧民细心，也可能不大会使刀子。牧民对奶、对肉都有一种近似宗教情绪似的敬重，正如汉族的农民对粮食一样，糟踏了，是罪过。吃手把肉过去是不预备佐料的，顶多放一碗盐水，蘸了吃。现在也有一点佐料，酱油、韭菜花之类。因为是现杀、现煮、现吃，所以非常鲜嫩。在我一生中吃过的各种做法的羊肉中，我以为手把羊肉第一。如果要我给它一个评语，我将毫不犹豫地说：无与伦比！

吃肉，一般是要喝酒的。蒙古族极爱喝酒，而且几乎每饮必醉。我在呼和浩特听一个土默特旗的汉族干部说："骆驼见了柳，蒙古人见了酒"，意思说就走不动了——骆驼爱吃柳条。我以为这是一句现代俗语。偶读一本宋人笔记，见有"骆驼见柳，蒙古见酒"之说，可见宋代已有此谚语,已经流传几百年了。可惜我把这本笔记的书名忘了。宋朝的蒙古人喝的大概是武松喝的那种煮酒,不会是白酒——蒸馏酒。白酒是元朝的时候才从阿拉伯传进来的。

在达茂旗吃过一次"羊贝子",即煮全羊。整只羊放在大锅里煮。据说蒙古人吃只煮30分钟。因为我们是汉族,怕太生了不敢吃,多煮了15分钟。整羊,剁去四蹄,趴在一个大铜盘里。羊头已经切下来,但仍放在脖子后面的腔子上,上桌后再搬走。吃羊贝子有规矩,先由主客下刀,切下两条脖子后面的肉(相当于北京人所说的"上脑"部位),交叉斜搭在肩背上,然后其他客人才动刀,各自选取自己爱吃的部位。羊贝子真是够嫩的,一刀切下去,会有血水滋出来。同去的编剧、导演,有的望而生畏,有的浅尝即止,鄙人则吃了个不亦乐乎。羊肉越嫩越好。蒙古人认为煮久了的羊肉不好消化,诚然诚然。我吃了一肚子半生的羊肉,太平无事。

蒙古人真能吃肉。海拉尔有两位书记到北京东来顺吃涮羊肉,两个人要了14盘肉,服务员问:"你们吃得完吗?"一个书记说:"前几天我们在呼伦贝尔,五个人吃了一只羊!"

蒙古人不是只会吃手把肉,他们也会各种吃法。呼和浩特的烧羊腿,烂,嫩,鲜,入味。我尤喜欢吃清蒸羊肉。我在四子王旗一家不大的饭馆中吃过一次"拔丝羊尾"。我吃过拔丝山药、拔丝土豆、拔丝苹果、拔丝香蕉,从来没听说过羊尾可以拔丝。外面有一层薄薄的脆壳,咬破了,里面好像什么也没有,一包清水,羊尾油已经化了。这东西只宜供佛,人不能吃,因为太好吃了!

我在新疆唐巴拉牧场吃过哈萨克的手抓羊肉。做法与内蒙古的手把肉略似,也是大锅清水煮,但切的肉块较小,煮的时间稍长。肉熟后,下面条,然后装在大瓷盘里端上来。下面是面,上面是肉。主人以刀把肉切成小块。客人以手抓肉及面同吃。吃之前,由一个孩子执铜壶注水于客人之手。客人手上浇水后不能向后甩。只能待其自干,否则即是对主人不敬。铜壶颈细而长,壶身镂花,有中亚风格。

注　释

① 本篇原载《新苑》1993 年第二、三期合刊;初收《中国当代名人随笔·汪曾祺卷》,陕西人民出版社,1993 年 12 月。

一　个　暑　假①

　　我的家乡人要出一本韦鹤琴先生纪念册，来信嘱写一篇小序。我觉得这篇序由我来写不合适，我是韦先生受业弟子，弟子为老师的纪念册写序，有些僭妄，而且我和韦先生接触不多，对他的生平不了解，建议这篇序还是请邑中耆旧和韦先生熟识的来写，我只寄去一首小诗：

> 绿纱窗外树扶疏，
> 长夏蝉鸣课楷书，
> 指点桐城申义法，
> 江湖满地一纯儒。

诗后加了一个附注：

> 小学毕业之暑假，我在三姑父孙石君家从韦先生学。韦先生每日讲桐城派古文一篇，督临《多宝塔》一纸。我至今作文写字，实得力于先生之指授。忆我从学之时，已经六十年矣，而先生之声容态度，闲闲雅雅，犹在耳目。

　　关于这个附注，也还需要再作一点说明。我的三姑父——我的家乡对姑妈有一个很奇怪的称呼，叫"摆摆"，姑父则叫"姑摆摆"，原是办教育的，他后来弃教从商，经营过水泵，造过酱醋，但他一直是个"儒商"，平日交往的还是以清白方正、有学问的教员居多。他对韦先生很敬佩，这年暑假就请他住到家里，教我的表弟和我。

　　"绿纱窗外树扶疏"是记实。三姑父在生活上是个革新派。他们家是不供菩萨的，也没有祖宗牌位。堂屋正面的墙上挂着两副对子。一副我还记得："谈禅不落三乘后，负耒还期十亩前"，好像就是韦先生写的。他家的门窗，都钉了绿色的铁纱，这在我们县里当时是少见的。

因此各间屋里都没有苍蝇蚊子。而且绿纱沉沉，使人感到一片凉意。窗外是有一些树的。有一棵苹果树，这也是少见的。每年也结几个苹果，很小，而且酸。树上当然是有知了叫的。

三姑父家后面有一片很大的空地。有几个山东人看中了这片地，租下开了一个锅厂。锅厂有几个小伙计，除了眼睛、嘴唇，一天脸上都是黑的，煤烟熏的。他们老是用大榔头把生铁块砸碎，成天听到哐啷哐啷的声音。不过并不吵人。

我就在蝉鸣和砸铁声中读书写字。这个暑假我觉得过得特别的安静。

韦先生学问广博，但对桐城派似乎下的功夫尤其深。他教我的都是桐城派的古文，每天教一篇。我印象最深的是姚鼐的《登泰山记》、方苞的《左忠毅公逸事》、戴名世的《画网巾先生传》等等诸篇。《登泰山记》里的名句："苍山负雪，明烛天南。望晚日照城郭，汶水、徂徕如画，而半山居雾若带然"，我一直记得。尤其是"明烛天南"，我觉得写得真美，我第一次知道"烛"字可以当动词用。"居雾"的"居"字也下得极好。左光斗在狱中的表现实在感人："国家之事糜烂至此，……不速去，无俟奸人构陷，吾今即扑杀汝！"这真是一条铁汉子。《画网巾先生传》写得浅了一点，但也不失为一篇立场鲜明的文章。刘大櫆、薛福成等人的文章，我也背过几篇。我一直认为"桐城义法"是有道理的，不能一概斥之为"谬种"。

韦先生是写魏碑的。我的祖父六十岁的寿序的字是韦先生写的（文为高北溟先生所撰），写在万年红纸上，字极端整，无一败笔。我后来看到一本影印的韦先生临的魏碑诸体的字帖，才知道韦先生把所有的北碑几乎都临过，难怪有这样深的功力。不过他为什么要我临《多宝塔》呢？最近看到韦先生的诗稿，明白了：韦先生的字的底子是颜字。诗稿是行楷，结体用笔实自《祭侄文》、《争座位》出。写了两个月《多宝塔》，对我以后写字，是大有好处的。

我的小诗附注中说："我至今作文写字，实得力于先生之指授"，是诚实的话，非浮泛语。

暑假结束后,我读了初中,韦先生回家了,以后,我和韦先生再也没有见过面。

听说韦先生一直在三垛,很少进城。抗战时期,他拒绝出任伪职,终于家。

韦先生名子廉,鹤琴是别号。我怀疑"子廉"也是字,非本名。

(一九九三年春)

注　释

① 本篇原载《收获》1998 年第一期;初收《汪曾祺全集》第六卷,北京师范大学出版社,1998 年 8 月。

生命的极致①

——读曾明了的小说《风暴眼》

这是一篇奇特的小说。

这是一片神秘的,保留着半原始状态的,苍茫、荒凉、无情的,多灾多难,被胡大遗忘在戈壁滩上的孤村。

这里有很少的人,很多的狼。人狼杂处。

狼会做礼拜!

......

就在这时,琏婆从戈壁滩那望尽望不尽之处,看见一群狼从古道尽头飘逸而出,皓月之下狼目如磷火一般闪闪烁烁,在空旷的荒漠上如幽灵般缓缓游弋。

琏婆就虚晃了身子,呆呆望着。

群狼到了黄土梁,便如人一般蹲坐,面对那轮亘古不变之月,默立久久。

此时,月正中天,清辉满盈盈照了黄土梁,狼的身子从荒漠中离析出来,于戈壁映出尊尊黑影如画一般冥静。

突然,一声苍老、凄怆的狼嗥从黄土梁上啸啸传出,在空寂的戈壁滩上跌宕起伏。悲怆的嗥叫慢慢变成哀伤的哭泣,呜呜咽咽,悱恻而凄婉,于茫茫天地间萦纡飘绕:

"噢 呜——噢 呜——噢 呜——呜——呜——呜——啊——啊——啊!"接着,群狼的哭泣变成号咷,嗥声如风暴一般席卷着荒漠深远的沉默。

群狼嗥叫由疯狂转为凄惶的哀嚎,如绵绵不息的痛苦呻吟,盘旋在荒漠的上空,久久不息。

此时,唯有一轮沉默的月,悬照一地的苍凉。

珬婆听着听着,就惊了脸,尖锐地叫道:

"狼在哭啊⋯⋯"

珬婆就颤抖着身子,捂了脸,觉着心随狼的哭声去了,便畅了心怀随了狼一齐哭。

珬婆仰满脸泪水,断肠似的对月说:

"天呐,狼诉甚呢?狼祈求甚呢?狼也知人间的苦么?"

狼的哭嚎传入村里,村人听了,纷纷出屋,伫立门旁,面露恓惶之色,看一地的月光亮得惊人。于是村人说:"狼作礼拜呐!"

小说多次写到狼。戈壁滩上的生物,除了蚂蚁、草鼠、乌鸦、野兔,主要的就是狼。石村的人简直是在狼吻下讨生活。这篇小说,也可以说是人狼互斗的一页历史。

群狼袭劫石村的羊,人狼大战,珬婆的爹用枪疯狂猛烈地射击,打死一只母狼,提了三只粉红色的狼崽子,煮吃了。第二天高大如牛的公狼蓝眼睛喷着复仇的火焰,扑倒了珬婆的爹,立即掏了他的五脏六腑。三天后群狼洗劫了村子,把村人都吃了。只剩下珬婆和她被她的亲爹强奸了生下的孩子。这就是木木的哥哥。这个婴儿是戈壁上一个男人从狼嘴里夺下来的,因此叫做"狼剩"。孕在风暴后和一只饥饿的狼作殊死的搏斗,竟把狼掐死了,她的两个拇指断在狼的喉骨里!

小说的结尾,还是收在狼做礼拜上。

埋了被洪水冲来的男人的当天夜里,月亮又亮的惊人了。夜里,孕的儿惶恐地推醒孕,说:"娘啊。狼哭⋯⋯"

孕静静地听,远处传来悲凉的哭泣声,哭声绵长悠远,似一切深广久远的苦痛在戈壁深处寂寞地痉挛。

孕神情溟濛,对儿说"狼作礼拜呐!"

始于狼,终于狼,完完整整一首狼嗥的哀乐,这构思是颇见匠心的。除了狼,戈壁滩上有风暴。

长脚风是大漠的特产。晴丁丁的天,冷不防拔地而起,把地上的破烂物什卷上天，黄黄的如一巨妖，扭扭捏捏摆动着庞大的腰肢，在荒漠上速速地行走。有时路过村庄，将猝不及防的鸡卷上天，在空中像凤凰翩翩起舞；风软时徐徐坠下。鸡落地之后，就傻咧咧伸直脖子朝前跑，撞了人也不拐弯，直到撞在尖硬的物体上，晕死过去。是公鸡就成天打鸣，直到累得啼血而死。于是村人都忌讳这风，遇到这种风，村人就感到大难要临头，终日惶惶不安。

风暴有风暴眼。

　　狼作礼拜不久的日子，风暴在戈壁滩上疯狂地撕掠了十天十夜，毁了无数无数的生灵，唯有石村处在这场风暴的风暴眼中，人兽安详。村人惶惶然站在昏黄的天日下，茫然四顾，风暴如怪兽在四周嘶鸣狂啸，村人齐齐呼道："风暴眼啊！天呐，石村得救了……"于是，众人对天长磕不已。

尕在戈壁上遇到了风暴：

　　……

　　忽然一个巨大的沙墙拔地而起，以不可思议的速度旋转着，从东南方向过来，发着"喝喝喝"咄咄逼人的响声。就在这一刹那，尕突然被一只巨手提起抛向空中。尕就感到了自己在自由自在地飞翔。尕感到自己很轻盈，轻得像鹅毛一样微不足道。尕感到肉体和灵魂两不相依地在无边无际的空中，时而高高扬起，时而缓缓落下；时而感到生命在躯壳中张扬起的兴奋胀痛；时而又使她感到生命毁灭的绝望和悲怆。许多声朝尕扑来——狼的哭嚎，人的嘶噪，这些声音都从她们肌肤磨擦而过，渐渐变成模糊的遥远……

　　……

　　尕醒来的时候，世界变得非常宁静……

　　尕歇斯底里地叫起来："天啦，风暴眼，风暴眼啊！"

　　尕突然双膝跪地，对天长磕不已。她欣喜若狂地喊道："咱得救了，胡达啊，咱得救了！"

最后是冰川崩溃,黄浪滔天。

> 孕的儿长到三岁那年,日头毒毒照了戈壁滩四十天。天山沉
> 寂了千年的冰川,在毒日下发出喀喀嚓嚓的颤抖声。终于在一天
> 深夜,一声惊心动魄的巨响,冰川崩溃而下,如巨兽一般撕掠着大
> 汉。戈壁滩在一夜之间腾起滔滔黄浪,淹没了村庄,淹没了田野,
> 水过之处,人兽皆无。

戈壁滩上的人,石村的村人,就是在这样的此起彼伏的大灾难中存
活下来的。狼害、长脚旋风、洪水,都是风暴。整个世界是一场无尽无
休的大风暴,人类只有在风暴眼中偷活下来。我们都是风暴眼中的幸
存者。

这篇小说写的是什么?

写的是人。人和自然的抗争,人的生存。一要生存,二要繁衍。

《风暴眼》是写性的。

珊婆年轻时和一个穿紫色长袍外乡青年的恋情,只是一点刻骨的
回忆,一些抹不掉的幻想——珊婆这个人物就是一个幻想。

只有孕和木木的性爱是美的,然而这是幻梦。

> 孕躺下之后,睡的迷糊,于是就有了与木木快活的梦。梦见自
> 己变成柔柔顺顺一条河,宽宽地流淌着。木木变成一条闪亮的鱼,
> 向着河的深处游去。木木通身波光粼粼,在河心穿梭起簇簇浪花,
> 卷起了孕快活的呼叫,孕亲眼看见自己的身体在阵阵颤抖,摇出一
> 河的欢笑,孕冲河心的木木说:"快活! 快活!"

其余几处所写的性都是赤裸的、非常物质的、非诗的。

珊婆的爹是一头兽物。

木木的哥从孕身后扑去,抱住了孕一对大奶,疯疯癫癫地喊:"脱
光了,这月多亮敞!"他是为了"咱家不能断子绝孙啊"!

孕生了一个儿。那是在她和狼搏斗,浑身是血的情况下,被一个孤
身的独臂男人连续强奸两次而"做"下的。村人对她怀了孕,生了儿,
并无议论。孕的儿三岁那年,洪水泡烂了一具男尸,孕认出了男尸的独

臂,尕拉过儿,说:"儿啊,跟你爹磕头了。"村人见尕这般举动,便恍然大悟。尕就忙前忙后办丧事了。木木的哥把自己的棺木抬来,把男人装殓了。第二天清晨,木木的哥哥带领村人,把唢呐吹得凄惶,吹得悠扬。那势头与木木当年出殡一般。尕与儿都扎了重孝,走在队伍前面,尕阔着声哭。俨然这个无名男子是木木家的人。木木的哥说:"给儿取甚姓名?"尕垂着头望儿,说:"就姓木木家的姓吧。"尕拉过儿,说:"儿呐,认你大伯了。"木木的哥脸上的肌肉立刻就抖散了,颤着声说:"那是,那是……"便上前把尕的儿抱了。这些,在城市里的文明人看起来,实在是莫名其妙,这算怎么回事呢? 尕的儿就算是木木的后代了,这家就延续下来,不断了? 戈壁滩上的人的伦理道德观念和城市人多么不一样!

这篇小说写得很有男性的力度,一种杰克·伦敦式的粗犷和野性。我真想象不出,曾明了那样的文弱,怎么会写出这样一篇小说?

这篇小说的时序是错乱的,结构是跳动的,情节,事件一再闪回,看了使人有点眼花缭乱。不过这样的题材用这样的结构方法是合适的。

小说的语言和曾明了以前的小说(如《月丫儿》)是不一样的。她往往把形容词作动词、名词用。如"精细地听唢呐高一声低一声的恓惶";"枯树上栖了几只乌鸦,在月光下黑成一团迷糊,见有人来,就发几声愁惨的叫声,给这世界凝重了凄凉。"看起来,曾明了在语言上有一种新的追求。试验一下句式、语词的新的处理,也好。人写东西,不能老是一样。

一九九三年五月十九日

注　释

① 　本篇原载《当代》1993 年第四期。

文 集 自 序①

朋友劝我出一个文集,提了几年了,我一直不感兴趣。第一,我这样的作家值得出文集么? 第二,我今年73岁,一时半会还不会报废,我还能写一点东西,还不到画句号的时候。我的这位朋友是个急脾气,他想做的事就一定要做到,而且抓得很紧。在他的不断催促下,我也不禁意动。我出的书很分散,这里一本,那里一本,有几本已经绝版。有的读者或研究我的学生想搜罗我的作品的全部,很困难。有一个文集,他们翻检起来就可以省一点事。编一个文集,就算到了一站吧。我也可以歇一歇脚,稍事休整,考虑一下下面的路怎么走,我还能写什么,怎么写。于是接受了朋友的建议。

把作品大体归拢了一下,第一个感觉是:才这么一点! 半个世纪过去了,我都干了些什么? 时间的浪费真是一件可怕的事。不是我一个人,大部分作家都如此。大半时间都是在运动中耗掉的。邓小平同志说运动耽误事,这是一句很真实也很沉痛的话。"左"的文艺思想又扼杀了很多人的才华。老是怕犯错误,怕挨整,那还能写出多少好作品? 半个世纪以来中国文学所走过的道路,是值得大家都来反省一下的。

文集共四卷。第一卷是短篇小说(分上、下册),第二卷是散文,第三卷是文论,第四卷是戏曲剧本。

我是四十年代开始写小说的。以后是一段空白。六十年代初发表过三篇小说。到八十年代又重操旧业,而且一发而不可收,发表小说的数量不少。这个现象有点奇怪。为什么会出现这样的现象呢?

我在八十年代初发表的一些小说,只能说是"王杨卢骆当时体","至今已觉不新鲜"。现在的青年作家看了那些小说,会说"这有什么?"但在初发表时是颇为"新鲜"的。那时有青年作家看了《受戒》,睁大了眼睛问："小说也是可以这样写的?"他们原来以为小说是只能"那样"写的,于此可见作家的文艺思想被束缚到了何种程度。

"那样"写的小说是哪样的小说?

得有思想性。

小说当然要有思想。我以为思想是小说首要的东西。但必须是作者自己的思想,不是别人的思想。一个小说家对于生活要有自己的感受,自己的思索,自己的独特的感悟。对于生活的思索是非常重要的,要不断地思索,一次比一次更深入的思索。一个作家与常人的不同,就是对生活思索得更多一些,看得更深一些。不是这样,要作家有什么用?但是一些理论书中所说的"思想性"实际上是政治性。"为政治服务"是一个片面性的、不好的口号。这限制了作家的思想。新时期以来文学创作有一种倾向,即从"为政治"回归到"为人生"。我以为这种倾向是好的,这拓宽了文学创作的天地。政治不能涵盖人生的全部内容。

其次很多人心目中对小说叙事模式有个一定之规。他们不知道小说创作方法第一必须打破常规。大家都是一个写法,都是"那样"的小说,那还有什么多样化的风格?

我的一些"这样"的小说可能使青年作家受到某种启发,差堪自慰。但是他们都已经走到我的前面了,我应该向他们学习。

我希望青年作家还能从我这里接受的一点影响是:语言的朴素。

这几年散文忽然走起俏来了。报刊发散文的多起来。专登散文的刊物就有好几家。出版社争出散文。散文的势头很"火"。而且方兴未艾,不是"樱桃桑椹,货卖当时"。这是好事。为什么现在愿意读散文的人那样多,什么原因,我到现在还没有捉摸透。

我本来是写小说的,写散文是"搂草打兔子——捎带脚"。这几年情况变了,小说写得少了,散文写得多了,有一点本末倒置。每天睡醒,赖在床上不起来,脑子想的就是今天写一篇什么散文。写散文渐成我的正业。去年到今年,我应出版社之请,接连编了五个散文集,编得我自己都有点不耐烦了。

为什么有人愿意读我的散文，原因我也一直捉摸不出来。

《蒲桥集》的封面有一条广告，是我自己写的（应出版社的要求）：

> 齐白石自称诗第一，字第二，画第三。有人说汪曾祺的散文比小说好，虽非定论，却有道理。

> 此集诸篇，记人事、写风景、谈文化、述掌故，兼及草木虫鱼、瓜果食物，皆有情致。间作小考证，亦可喜。娓娓而谈，态度亲切，不矜持作态。文求雅洁，少雕饰，如行云流水。春初新韭，秋末晚菘，滋味近似。

这实在是老王卖瓜。"春初新韭，秋末晚菘"，吹得太过头了。广告假装是别人写的，所以不脸红。如果要我自己署名，我是不干的。现在老实招供出来（老是有人向我打听，这广告是谁写的，不承认不行），是让读者了解我的"散文观"。这不是我的成就，只是我的追求。

我以为散文的大忌是作态。

散文是可以写得随便一些的。但是我并不认为什么样的内容都可以写进散文，什么样的文章都可以叫做散文。散文总得有点见识，有点感慨，有点情致，有点幽默感。我的散文会源源不断地写出来，我要跟自己说：不要写得太滥。要写得不滥，没有别的法子，只有多想想事，多接触接触人，多读一点书。

文论卷一部分是创作谈。我不是搞理论的，只能说一点形而下的问题，卑之无甚高论。谈语言的较多，也还可以看看。《中国文学的语言问题》中说语言的暗示性和流动性，是我捉摸出来的，哪本书里也没有见过，无所本。很难说有什么科学性。往好里说，是一点心得；往坏里说是"瞎咧咧"。

一部分是评论。如果不是报刊指名约稿，我是不会写评论的。都是写东西的人，干嘛要对别人的作品说三道四，品头论足？科罗连柯就批评过高尔基写的文学评论，说他说得太多。科罗连柯以为，一个作家评论另一个作家的作品，只要说："这一篇写得不错，就够了。"我非常赞成科罗连柯的意见。但是只是这样一句话，报刊主编是不会"放过身"的，他们要求总得像一篇文章。于是，只好没话找话说。

我写的评论是一个作家写的评论，不是评论家写的评论，没有多少道理，可以说是印象派评论。现在写印象派评论的人少了。我觉得评论家首先要是一个鉴赏家，评论首先需要的是感情，其次才是道理，这样才能写得活泼生动，不至于写得干巴巴的。评论文章应该也是一篇很好的散文。现在的评论家多数不大注意把文章写好，读起来不大有味道。

另一部分是序跋，主要是序。有几篇是我自己的几个集子的序，只是交待一下集中作品写作的背景和经过。更多的是为一些青年作家写的序。顾炎武说"人之患在好为人序"，我并不是那样好为人序，因为写起来很费劲。要看作品，还要想问题。但是花一点功夫，为年轻人写序，为他们鸣锣开道，我以为是应该的，值得的。我知道年轻作家要想脱颖而出，引起注意，坚定写作的信心，是多么不容易。而且有那么一些人总是斜着眼睛看青年作家的作品，专门找"问题"，挑鼻子挑眼。"世人皆欲杀，吾意独怜才"，这样的胸襟他们是没有的。才华，是脆弱的。因此，我要为他们说说话。我写的序跋难免有一些溢美之词，但不是不负责任地胡乱吹捧，那样就是欺骗读者，对作者本人也没有好处。

我写的文论大都是心平气和的，没有"论战"的味道。但有些也是有感而发，有所指的。我是个凡人，有时也会生气的。

京剧原来没有剧本，更没有剧作家。大部分剧种（昆曲、川剧除外）都不重视剧本的文学性。导演、演员可以随意修改剧本。《范进中举》、《小翠》、《擂鼓战金山》都演出过，也都被修改过。《裘盛戎》彩排过，被改得一塌糊涂。我是不愿意去看自己的戏演出的。文集所收的剧本都是初稿本，是文学本，不是演出本。

有人问我以后还写不写戏，不写了！

一九九三年五月二十三日

① 本篇原载《汪曾祺文集·小说卷》,江苏文艺出版社,1993 年 9 月。

看　　画[①]

上初中的时候,每天放学回家,一路上只要有可以看看的画,我都要走过去看看。

中市口街东有一个画画的,叫张长之,年纪不大,才二十多岁,是个小胖子。小胖子很聪明。他没有学过画,他画画是看会的。画册、画报、裱画店里挂着的画,他看了一会就能默记在心。背临出来,大致不差。他的画不中不西,用色很鲜明,所以有人愿意买。他什么都画。人物、花卉、翎毛、草虫都画。只是不画山水。他不只是临摹,有时也"创作"。有一次他画了一个斗方,画一棵芭蕉,一只五彩大公鸡,挂在他的画室里(他的画室是敞开的)。这张画只能自己画着玩玩,买是不会有人买的,谁家会在家里挂一张"鸡巴图"?

他擅长的画体叫做"断简残篇"。一条旧碑帖的拓片(多半是汉隶或魏碑)、半张烧糊一角的宋版书的残页、一个裂了缝的扇面、一方端匋斋的印谱……七拼八凑,构成一个画面。画法近似"颖拓",但是颖拓一般不画这种破破烂烂的东西。他画得很逼真,乍看像是剪贴在纸上的。这种画好像很"稚",而且这种画只有他画,所以有人买。

这个家伙写信不贴邮票,信封上的邮票是他自己画的。

有一阵子,他每天骑了一匹大马在城里兜一圈,郭答郭答,神气得很。这马是一个营长的。城里只要驻兵,他很快就和军官混得很熟。办法很简单,每人送一套春宫。

1947年,我在上海先施公司二楼卖字画的陈列室看到四条"断简残篇",一看署名,正是"张长之"!这家伙混得能到上海来卖画,真不简单。

北门里街东有一个专门画像的画工,此人名叫管又萍。走进他的画室,左边墙上挂着一幅非常醒目的朱元璋八分脸的半身画,高四尺,装在镜框里。朱洪武紫棠色脸,额头、颧骨、下巴,都很突出。这种面相,叫做"五岳朝天"。双眼奕奕,威风内敛,很像一个开国之君。朱皇帝头戴纱帽,著圆领团花织金大红龙袍。这张画不但皮肤、皱纹、眼神画得很"真",纱帽、织金团龙,都画得极其工致。这张画大概是画工平生得意之作,他在画的一角用掺揉篆隶笔意的草书写了自己的名字:管又萍。若干年后,我才体会到管又萍的署名后面所抱注的画工的辛酸。画像的画工是从来不署名的。

若干年后,我才认识到管又萍是一个优秀的肖像画家,并认识到中国的肖像画有一套自成体系的肖像画理论和技法。

我的二伯父和我的生母的像都是管又萍画的。二伯父端坐在椅子上,穿著却是明朝的服装,头戴方巾,身著湖蓝色的斜领道袍。这可能是尊重二伯父的遗志,他是反满的。我没有见过二伯父,但是据说是画得很像的。我母亲去世时我才三岁,记不得她的样子,但我相信也是画得很像的,因为画得像我的姐姐,家里人说我姐姐长得很像我母亲。画工画像并不参照照片,是死人断气后,在床前直接勾描的。

然后还得起一个初稿。初稿只画出颜面,画在熟宣纸上,上面蒙了一张单宣,剪出一个椭圆形的洞,像主的面形从椭圆形的洞里露出。要请亲人家属来审查,提意见,胖了,瘦了,颧骨太高,眉毛离得远了……管又萍按照这些意见,修改之后,再请亲属看过,如无意见,即可定稿。然后再画衣服。

画像是要讲价的,讲的不是工钱,而是用多少硃砂,多少石绿,贴多少金箔。

为了给我的二伯母画像,管又萍到我家里和我的父亲谈了几次,所以我知道这些手续。

管又萍的"生意"是很好的,因为他画人很像,全县第一。

这是一个谦恭谨慎的人,说话小声,走路低头。

出北门，有一家卖画的。因为要下一个坡，而且这家的门总是关着，我没有进去看过。这家的特点是每年端午节前在门前柳树上拉两根绳子，挂出几十张钟馗。饮酒、醉眠、簪花、骑驴、仗剑叱鬼、从鸡笼里掏鸡、往胆瓶里插菖蒲、嫁妹、坐着山轿出巡……大概这家藏有不少钟馗的画稿，每年只要照描一遍。钟馗在中国人物画里是个很有人性，很有幽默感的可爱的形象。我觉得美术出版社可以把历代画家画的钟馗收集起来出一本《钟馗画谱》，这将是一本非常有趣的画册。这不仅有美术意义，对了解中国文化也是很有意义的。

新巷口有一家"画匠店"，这是画画的作坊。所生产的主要是"家神菩萨"。家神菩萨是几个本不相干的家族的混合集体。最上一层是南海观音和善财龙女。当中是关云长和关平、周仓。下面是财神。他们画画是流水作业，"开脸"的是一个人，画衣纹的是另一个人，最后加彩贴金的又是一个人。开脸的是老画匠，做下手活的是小徒弟。画匠店七八个人同时做活，却听不到声音，原来学画匠的大都是哑巴。这不是什么艺术作品，但是也还值得看看。他们画得很熟练，不会有败笔。有些画法也使我得到启发。比如他们画衣纹是先用淡墨勾线，然后在必要的地方用较深的墨加几道，这样就有立体感，不是平面的，我在画匠店里常常能站着看一个小时。

这家画匠店还画"玻璃油画"。在玻璃的反面用油漆画福禄寿或老寿星。这种画是反过来画的，作画程序和正面画完全不同。比如画脸，是先画眉眼五官，后涂肉色；衣服先画图案，后涂底子。这种玻璃油画是作插屏用的。

我们县里有几家裱画店，我每一家都要走进去看看。但所裱的画很少好的。人家有古一点的好画都送到苏州去裱。本地裱工不行，只有一次在北市口的裱画店里看到一幅王匋民写的八尺长的对子，给我留下深刻的印象。我认为王匋民是我们县的第一画家。他的字也很有特点。我到现在还说不准他的字的来源，有章草，又有王铎、倪瓒。他用侧锋写那样大的草书对联,这种风格我还没有见过。

(一九九三年六月一日)

注　释

① 　本篇原载《草花集》,成都出版社,1993 年 9 月。

却顾所来径　苍苍横翠微[①]

我一九四〇年开始发表小说,那年我二十岁。屈指算来,已经有半个世纪了。最初的小说是沈从文先生《各体文习作》和《创作实习》课上所交的课卷,经沈先生寄给报刊发表的。四十年代写的小说曾结为《邂逅集》,一九四八年由文化生活出版社出版,以后是一段空白。一九四九年到六十年代,我没有写小说。一九六二年写了三个短篇,在中国少年儿童出版社出了一个小集子《羊舍的夜晚》。以后又是一段空白。到八十年代初,我忽然连续发表了不少小说,一直到现在。

我家的后园有一棵藤本植物,家里人都不知道是什么东西,因为它从来不开花。有一年夏天,它忽然暴发似的一下子开了很多很多白色的、黄色的花。原来这是一棵金银花。我八十年代初忽然写了不少小说,有点像那棵金银花。

为什么我写小说时作时辍,当中有那样长的两大空白呢?

我的小说《受戒》发表后引起一点震动。一个青年作家睁大了眼睛问:"小说也是可以这样写的?"他以为小说只能"那样"写,这样写的小说他没有见过。那样写的小说是哪样的呢? 要写好人好事,写可以作为大家学习的榜样的先进人物、模范、英雄,要有思想性,有明确的主题……总之,得"为政治服务"。我写不了"那样"的小说,于是就不写。

八十年代为什么又写起来了呢? 因为气候比较好。当时强调要解放思想,允许有较多的创作自由。"这样写"似乎也是可以的,于是我又写了。

北京市作家协会举行过我的作品的讨论会,我作了一次简短的发言,题目是《回到现实主义,回到民族传统》。为什么说"回到"? 因为我的小说有一个时期是脱离现实的,受西方文学的影响比较大。

我年轻时写小说,除了师承沈从文,常读契诃夫,还看了一些西方现代派的作品,如阿索林、弗·伍尔芙,受了一些影响。我是较早的,也是有意识地运用意识流方法写作的中国作家之一。

有一次,我和一个同学从西南联大新校舍大门走出来。对面的小树林里躺着一个奄奄一息的士兵。他就要死了,像奥登诗所说,就要"离开身上的虱子和他的将军"了。但还有一口气。他的头缓慢地向两边转动着。我的同学对我说:"对于这种现象,你们作家要负责!"我当时想起一句里尔克的诗:"他眼睛里有些东西,决非天空。"

以后我的作品里表现了较多的对人的关怀。我曾自称为"中国式的抒情的人道主义者"。

我是一个中国人。一个人是不能脱离自己的民族的。"民族"最重要的东西是它的文化。一个中国人,即使没有读过什么书,也是在文化传统里生活着的。有评论家说我受了道家思想的影响,有可能,我年轻时很爱读《庄子》。但我觉得我受儒家思想影响更大一些。我所说的"儒家"是曾点式的儒家,一种顺乎自然,超功利的潇洒的人生态度。因为我写的人物身上有传统文化的印迹,有的评论家便封我为"寻根文学"的始作俑者。看来这顶帽子我暂时只得戴着。

小说里最重要的是什么?我以为是思想。是作家自己的思想,不是别人的思想。是作家用自己的眼睛对生活的观察(我称之为"凝视"),自己的感受,自己的思索,自己对人生的独特的感悟。思索是非常重要的。接触到生活,往往不能即刻理解这个生活片段的全部意义。得经过反复的,一次比一次深入的思索,才能汲出生活的底蕴。作家和常人的不同,无非是对生活想得更多一点,看得更深一点。我有的小说重写过三四次。重写一次,就是一次更深的思索。

与此有关的是文学的社会功能问题。作家的使命感、社会责任,或艺术良心,这些还要不要?有一些青年作家对这一套是很腻味的。我以为还是要的。作品写出来了,放在抽屉里,是作家自己的事。拿出去发表了,就是社会的事。一个作品对读者总会产生这样那样的影响,这事不能当儿戏。但是我觉得作品的社会影响不能看得太直接,要求立竿见影。应该看得更宽一点。我以为一个作家的作品是引起读者对生活的关心、对人的关心,对生活、对人持欣赏的态度,这样读者的心胸就会比较宽厚,比较多情,从而使自己变得较有文化修养,远离鄙俗,变得高尚一点、雅一点,自觉地提高自己的人品。

我六十岁写的小说抒情味较浓,写得比较美,七十岁后就越写越平实了。这种变化,不知道读者是怎么看的。

(一九九三年六月十九日)

注 释

① 本篇原载 1993 年 6 月 26 日《光明日报》;初收《塔上随笔》,群众出版社,1993 年 11 月;又收《矮纸集》,是为跋,长江文艺出版社,1996 年 3 月。

《草花集》自序①

我曾给《中国作家》画了一幅画，另题了一首诗。诗如下：

> 我有一好处，
>
> 平生不整人。
>
> 写作颇勤快，
>
> 人间送小温。
>
> 或时有佳兴，
>
> 伸纸画暮春。
>
> 草花随目见，
>
> 鱼鸟略似真。
>
> 只可自怡悦，
>
> 不堪持赠君。
>
> 君若亦欢喜，
>
> 携归尽一樽。

"草花"需要作一点解释。"草花"就是"草花"，不是"花草"的误写。北京人把不值钱的，容易种的花叫"草花"，如"死不了"、野茉莉、瓜叶菊、二月兰、西番莲、金丝荷叶……"草花"是和牡丹、芍药、月季这些名贵的花相对而言的。草花也大都是草本。种这种花的都是寻常百姓家，不是高门大户。种花的盆也不讲究。有的种在盆里，有的竟是一个裂了缝的旧砂锅，甚至是旧木箱、破抽屉，能盛一点土就得。辛苦了一天，找个阴凉地方，端一个马扎或是折脚的藤椅，沏一壶茶，坐一坐，看看这些草花，闻闻带有青草气的草花的淡淡的香味，也是一种乐趣。我的散文多轻贱平常。因为出版社要求文章短小，一些篇幅较长，有点分量的散文都未选。于是这个集子就更加琐碎了。这真像北京人所说的"草花",因名之为《草花集》。

　　散文是"家常"的文体,可以写得随便一些。但是散文毕竟是散文。我并不赞成什么内容都可以写进散文里去,什么文章都可以叫做散文,正如草花还是花,不是狗尾巴草。我这一集里的文章可能有一些连草花也够不上,只是一把狗尾巴草。那,就请择掉。

一九九三年六月二十一日

注　释

① 　本篇原载《草花集》,成都出版社,1993 年 9 月。

裘盛戎二三事^①

　　裘盛戎把花脸艺术推到了一个新的阶段。以前的花脸大都以实大声宏,粗犷霸悍取胜,盛戎开始演唱得很讲究,很细,很有韵味,很美。盛戎初露头角时,有人对他的演唱看不惯,嘲笑他是"妹妹花脸"。这些人说对了!盛戎即便是演粗豪人物也带有几分妩媚。粗豪和妩媚是辩证的统一。男性美中必须有一点女性美。

　　盛戎非常注意宏细、收放、虚实,不是一味在台上喊叫。这样才有对比,有映照,有起伏。他在《铫期》中打的虎头引子,"终朝边塞"几乎是念出来的,而且是轻轻地念出来的,下边"征胡虏"才用深厚的胸音高唱,这样才有大将风度。如果上来就卯足了劲,就不像个元老重臣,像个山大王了。《雪花飘》开场四句:"打罢了新春六十七(哟),看了五年电话机。传呼一千八百日,舒筋活血强似下棋。"盛戎也是轻唱,在叙述中带点抒情,很潇洒。这四句散板简直有点像马派老生。旧本《杜鹃山》有一场"烤番薯"。毒蛇胆在山下烧杀乡亲,雷刚不能下山搭救。他在篝火中烤一块番薯,番薯的糊香使他想起乡亲们往日待他的恩情,唱道:"一块番薯掰两半,曾受深恩三十年……""一块番薯掰两半"是虚着唱的,轻轻地,他在回忆。"深恩"用足胸腔共鸣,深沉浑厚,感情很浓重。

　　盛戎高音很好,但不滥用,用则如奇峰突起,极其提神。《连环套》"饮罢了杯中酒",一般花脸"杯"字多平唱,盛戎拔了一个高。《群英会》黄盖只有四句散板,盛戎能要下三个"好"。"俺黄盖受东吴三世厚恩","三"字拔高,非常突出。我问过盛戎的琴师汪本贞:"'三'字高唱是不是盛戎的创造?"汪本贞说:"是的。"我说:"'三'字高唱,表现出黄盖受东吴之恩不止一世,因此才愿冒极大风险,诈降曹营。"汪本贞说:"就是! 就是!"盛戎在香港告别演出的剧目是《锁五龙》,那天他不知怎么来了劲,"二十年投胎某再来","投胎"使了个嘎调——高八度,台底下炸了窝。连汪本贞都没有想到,说:"我给他拉了一辈子胡琴,从来没有听他这么唱过。"

花脸有"炸音",有"鼻音"。一般花脸演员能"炸"就"炸",有 eng 的字很早就归入鼻音,听起来"嗯嗯"作响。这是架子花脸的唱法,不是铜锤的唱法。这是唱"花脸",不是唱人物。盛戎很少使"炸音"、"鼻音"。他唱《盗御马》"自有那黄三泰与你们抵偿","泰"字稍用"炸音",但不过分。《铡美案》"包龙图打坐在开封府","封"字只略带鼻音,盛戎的鼻腔共鸣极好,可以说是举世无双。一个耳鼻喉科的苏联专家对盛戎的鼻腔构造发生很大兴趣。但是盛戎字字有鼻腔共鸣,而无字着意用鼻音,只是自自然然地唱。盛戎演的是人物,不是行当。此盛戎超出于侪辈,以至造成"无净不裘"的秘密所在。

盛戎善于用气,晚年在研究气口上下了很大功夫。他跟我说:"老汪喉,花脸唱一场戏,得用多少气呀! 我现在岁数大了,不研究气口怎么行?"他在气口运用上有很多独到之处。《智取威虎山》李勇奇的独唱有一句大腔,一般花脸都只是唱半句,后面就交给了胡琴,盛戎说:"要叫我唱,我就唱全了,用程派,声音控制得很'小'。"盛戎的唱法有许多地方确实从程派受到启发。李勇奇唱腔的最后一句:"扫平那威虎山我一马当先",按花脸惯例,都是在"一马"后面换气,"当先"一口气唱出,盛戎不这样,他在"当"字后换气,唱成"一马当——先……"。他说"当"字唱在后面,"先"字就没有多少气了,不"足"。

盛戎的表演能够扬长避短,不拘成法。他的腿不太好,踢得不高,他就把《盗御马》的踢腿改成了大跨步,很美,台下一片掌声。他"四记头"亮相,髯口甩在哪边,没准谱。到他快亮相的时候,后台的青年演员就在边幕后等着:"瞧着瞧着! 看他今天甩在左边,还是右边!"——"怪! 甭管甩在哪边,都挺好看!"《除三害》的周处,把开氅一甩,往肩上一搭,拖里歪斜的就下场了,完全是一个天桥杂巴地! 这个身段的设计是从生活来的,周处本来是个痞子。

盛戎许多表演都是从生活中来,借鉴了话剧,借鉴了周信芳。铫刚压死国丈,家院一报,铫期一惊,差一点落马,是有名的例子。见到铫刚,问了一句:"儿是铫刚?"随即一串冷笑。我问过盛戎,这时候为什么冷笑,盛戎说:"你真是好样儿的,你给我闯了这么大的祸!"戏曲演员运用潜台词的不多,盛戎的戏常有丰富的潜台词。《万花亭》郭妃给铫期敬酒,盛戎接杯,口中连说:"不敢! 不敢!"声音很小,又是背着身,台下是根本听不见的,但是盛戎每次演到这里,从来都是一丝不苟。

盛戎文化不高,但是理解能力很强,而且表现得出。《杜鹃山·打长工》有两句唱:"他遍体伤痕都是豪绅罪证,我怎能在他的旧伤痕上再加新伤痕?"是流水板,原来设计的唱腔是"数"过去的。我跟盛戎说:"老兄,这可不成! 你得真看到伤痕,而且要想一想。"盛戎立刻理解:"我再来来,您看成不成?"他把"旧伤痕上"唱"散"了,放慢了速度,加一个弹拨乐的单音小执头"登登登登……"然后回到原节奏,"再加新伤痕"一泻无余。设计唱腔的唐在炘、熊承旭齐声叫"好!"《烤番薯》里的一句唱词"一块番薯掰两半",设计唱腔的同志不明白这是什么意思,盛戎说:"这有什么不明白的! 一块番薯掰两半,有他吃的就有我吃的。"基于这种理解,盛戎才能把这一句唱词唱得那样感情深厚。

盛戎一直想重演《杜鹃山》,愿意和我、唐在炘、熊承旭再合作一次。为此曾特意请我和老唐、老熊上家里吃过一次饭。

这时盛戎身体已经不行了,可是不死心。他一个人睡在小屋里,夜里看剧本,两次把床头灯的灯罩烤着了。

盛戎大概已经知道自己得的是癌症,肺癌。他跟我说:"甭管它是什么,有病咱们治病!"他并未丧失信心。

盛戎住进了肿瘤医院,癌细胞已经扩散到脑子,不治了。但还想着演《杜鹃山》,枕边放着剧本。有一次剧本被人挪开,他在枕边乱摸。他的夫人用报纸卷了个纸筒放在他手里,他才算安心。他临终前两三天,我和在炘、承旭到医院去看他。他的学生方荣翔领我们到盛戎的病房。盛戎的半拉脸烤电都烤糊了,正在昏睡。荣翔叫他:"先生先生,有人来看您。"盛戎微微睁眼。荣翔指指我,问盛戎:"您还认识吗?"盛戎在枕上点点头,说了一个字:"汪"。随即流下一大滴眼泪。

千古文章未尽才,悲夫!

一九九三年七月二十八日

注　释

① 本篇原载《汪曾祺全集》第六卷,北京师范大学出版社,1998年8月。

贴 秋 膘①

人到夏天,没有什么胃口,饭食清淡简单,芝麻酱面(过水,抓一把黄瓜丝,浇点花椒油);烙两张葱花饼,熬点绿豆稀粥……两三个月下来,体重大都要减少一点。秋风一起,胃口大开,想吃点好的,增加一点营养,补偿补偿夏天的损失,北方人谓之"贴秋膘"。

北京人所谓"贴秋膘"有特殊的含意,即吃烤肉。

烤肉大概源于少数民族的吃法。日本人称烤羊肉为"成吉思汗料理"(青木正《中华腌菜谱》里提到),似乎这是蒙古人的东西。但我看《元朝秘史》,并没有看到烤肉。成吉思汗当然是吃羊肉的,"秘史"里几次提到他到了一个什么地方,吃了一只"双母乳的羊羔"。羊羔而是"双母乳"(两只母羊喂奶)的,想必十分肥嫩。一顿吃一只羊羔,这食量是够可以的。但似乎只是白煮,即便是烤,也会是整只的烤,不会像北京的烤肉一样。如果是北京的烤肉,他吃起来大概也不耐烦,觉得不过瘾。我去过内蒙几次,也没有在草原上吃过烤肉。那么,这是不是蒙古料理,颇可存疑。北京卖烤肉的,都是回民馆子。"烤肉宛"原来有齐白石写的一块小匾,写得明白:"清真烤肉宛",这块匾是写在宣纸上的,嵌在镜框里,字写得很好,后面还加了两行注脚:"诸书无烤字,应人所请自我作古。"我曾写信问过语言文字学家朱德熙,是不是古代没有"烤"字,德熙复信说古代字书上确实没有这个字。看来"烤"字是近代人造出来的字了。这是不是回民的吃法?我到过回民集中的兰州,到过新疆的乌鲁木齐,伊犁,吐鲁番,都没有见到如北京烤肉一样的烤肉。烤羊肉串是到处有的,但那是另外一种。北京的烤肉起源于何时,原是哪个民族的,已不可考。反正它已经在北京生根落户,成了北京"三烤"(烤肉,烤鸭,烤白薯)之一,是"北京吃儿"的代表作了。

北京烤肉是在"炙子"上烤的。"炙子"是一根一根铁条钉成的圆板,下面烧着大块的劈柴,松木或炙木。羊肉切成薄片(也有烤牛肉的,少),由堂倌在大碗里拌好佐料——酱油,炙油,料酒,大量的香菜,加一点水,交给顾客,由顾客用长筷子平摊在炙子上烤。"炙子"的铁条之间有小缝,下面的柴烟火气可以从缝隙中透上来,不但整个"炙子"受火均匀,而且使烤着的肉带柴木清香;上面的汤卤肉屑又可填入缝中,增加了烤炙的焦香。过去吃烤肉都是自己烤。因为炙子颇高,只能站着烤,或一只脚踩在长凳上。大火烤着,外面的衣裳穿不住,大都脱得只穿一件衬衫。足蹬长凳,解衣磅礴,一边大口地吃肉,一边喝白酒,很有点剽悍豪霸之气。满屋子都是烤炙的肉香,这气氛就能使人增加三分胃口。平常食量,吃一斤烤肉,问题不大。吃斤半,二斤,二斤半的,有的是。自己烤,嫩一点,焦一点,可以随意。而且烤本身就是个乐趣。

北京烤肉有名的三家:烤肉季,烤肉宛,烤肉刘。烤肉宛在宣武门里,我住在国会街时,几步就到了,常去。有时懒得去等炙子(因为顾客多,炙子常不得空),就派一个孩子带个饭盒烤一饭盒,买几个烧饼,一家子一顿饭,就解决了。烤肉宛去吃过的名人很多。除了齐白石写的一块匾,还有张大千写的一块。梅兰芳题了一首诗,记得第一句是"宛家烤肉旧驰名",字和诗当然是许姬传代笔。烤肉季在什刹海,烤肉刘在虎坊桥。

从前北京人有到野地里吃烤肉的风气。玉渊潭就是个吃烤肉的地方。一边看看野景,一边吃着烤肉,别是一番滋味。听玉渊潭附近的老住户说,过去一到秋天,老远就闻到烤肉香味。

北京现在还能吃到烤肉,但都改成由服务员代烤了端上来,那就没劲了。我没有去过。内蒙也有"贴秋膘"的说法,我在呼和浩特就听到过。不过似乎只是汉族干部或说汉语的蒙族干部这样说。蒙语有没有这说法,不知道。呼市的干部很愿意秋天"下去"考察工作或调查材料。别人就会说:"哪里是去考察,调查,是去'贴秋膘'去了。"呼市干部所说"贴秋膘"是说下去吃羊肉去了。但不是去吃烤肉,而是去吃手把羊肉。到了草原,少不了要吃几顿羊肉。有客人来,杀一只羊,这在牧民实在不算什么。关于手把羊肉,我曾写过一篇文章,收入《蒲桥集》,兹不重述。那篇文章漏了一句很重要的话,即羊肉要秋天才好吃,大概要到阳历九月,羊才上膘,才肥。羊上了膘,人才可以去"贴"。

注 释

① 本篇原载《中国美食家》1993 年七月试刊号;初收《汪曾祺全集》第六卷,北京师范大学出版社,1998 年 8 月。

思想·语言·结构①

今天让我谈小说。没有系统,只是杂谈。杂谈也得大体有个范围,野马不能跑得太远。有个题目,是思想·语言·结构。

小说里最重要的是什么?我以为是思想。这不是理论书里所说的思想性、艺术性的思想。一般所说的思想性其实是政治性。思想是作者自己的思想,不是别人的思想,不是从哪本经典著作里引伸出来的思想。是作家自己对生活的独特的感受,独特的思索和独特的感悟。思索是很重要的。我们接触到一个生活的片段,有所触动,这只是创作的最初的契因,对于这个生活片段的全部内涵,它的深层的意义还没有理解。感觉到的东西我们还不能理解它,只有理解了的东西才能更深地感觉它。我以为这是对的。理解不会一次完成,要经过反复多次的思索,一次比一次更深入地思索。一个作家和普通人的不同,无非是看得更深一点,想得更多一点。我有的小说重写了三四次。为什么要重写?因为我还没有挖掘到这个生活片段的更深、更广的意义。我写过一篇小说很短,大概也就是两千字吧,改写过三次。题目是《职业》。刘心武拿到稿子,说:"这样短的小说,为什么要用这样大的题目。"他看过之后,说:"是该用这么大的题目"。《职业》是个很大的题目。职业是对人的限制,对人的框定,意味着人的选择自由的失去,无限可能性的失去。这篇小说写的是一个十一二岁的孩子,正是学龄儿童,如果上学,该是小学五六年级。但是他没有上学。他过早地从事了职业,卖两种淡而无味的食品:椒盐饼子西洋糕。他挎一个腰圆形的木盆,一边走一边吆喝。他的吆喝是有腔有调的,谱出来是这样:

$$|\;\underline{5\;5}\quad 6-\;-\;|\;\underline{5\;3}\;\;2\;\hat{}\;\;\|-\;-$$
　　椒盐　饼子　西洋　糕

（这是我的小说里唯一带曲谱的。）

这条街（文林街）上有一些孩子，比卖椒盐饼子西洋糕的略小一点，他们都在上学。他们听见卖椒盐饼子西洋糕的孩子吆喝，就跟在身后摹仿他，但是把词儿改了，改成：

$$|\;\underline{5\;5}\quad 6-\;-\;|\;\underline{5\;3}\;\;2\;\hat{}\;\;\|-\;-$$

捏着鼻子——吹洋号。

卖椒盐饼子西洋糕的孩子并不生气，爱学就学去吧！

他走街串巷吆喝，一心一意做生意。他不是个孩子，是个小大人。

一天，他暂时离开了他的职业。他姥姥过生日，他跟老板请了半天假，到姥姥家去吃饭。他走进一条很深的巷子，两头看看没人，大声吆喝了一句："捏着鼻子——吹洋号！"

这是对自己的揶揄调侃。这孩子是有幽默感的。他的幽默是很苦的。凡幽默，都带一点苦味。

写到这里，主题似乎已经完成了。

写第四稿时我把内容扩展了一下，写了文林街上几种叫卖的声音。有一个收买旧衣烂衫的女人，嗓子非常脆亮，吆喝"有——旧衣烂衫找来卖！"一个贵州人卖一种叫化风丹的药："有人买贵州遵义板桥的化风丹？"每天傍晚，一个苍老的声音叫卖臭虫药、跳蚤药、虼蚤药。苗族的女孩子卖杨梅，卖玉米（即苞谷）粑粑。戴着小花帽，穿着扳尖的绣花布鞋，声音娇娇的。"卖杨梅——""玉麦粑粑——"她们把山里的初秋带到了昆明的街头。

这些叫卖声成了卖椒盐饼子西洋糕的背景。

"椒盐饼子西洋糕！"

这样，内涵就更丰富，主题也深化了，从"失去童年的童年"延伸为："人世多苦辛"。

我写过一篇千字小说，《虐猫》，写文化大革命中的孩子。文化大革命把人的恶德全都暴露出来，人变得那么那么自私，残忍。孩子也受了影响。大人整天忙于斗争，你斗我，我斗你。孩子没有人管，他们就整天瞎玩。他们后来想出一种玩法，虐待猫，把猫的胡子剪了，在猫尾巴上拴一串鞭炮，点着了。他们想出一种奇怪的恶作剧，找四个西药瓶盖，翻过来，放进万能胶，把猫的四只脚焊在里头。猫一走，一滑，非常难受。最后想出一个简单的玩法，把猫从六楼上扔下来，摔死。这天他们又捉住一只大花猫，用绳子拴着拉回来。到了他们住的楼前，楼前围着一圈人：一个孩子的父亲从六楼上跳下来了，这几个孩子没有从六楼上把猫往下扔，他们把猫放了。

如果只写到这几个孩子用各种办法虐待猫，是从侧面写文化大革命对人性的破坏，是"伤痕文学"。写他们把猫放了，是人性的回归。我们这个民族还是有希望的。

想好了最后一笔，我才能动手写这篇小说，一千字的小说，我想了很长时间。

谈谈语言的四种特性：内容性、文化性、暗示性、流动性。

一般都把语言看成只是表现形式。语言不仅是形式，也是内容。语言和内容（思想）是同时存在，不可剥离的。语言不只是载体，是本体。斯大林说语言是思想的直接的现实，我以为是对的。思想和语言之间并没有中介。世界上没有没有思想的语言，也没有没有语言的思想。读者读一篇小说，首先被感染的是语言。我们不能说这张画画得不错，就是色彩和线条差一点；这支曲子不错，就是旋律和节奏差一点。我们也不能说这篇小说写得不错，就是语言差一点。这句话是不能成立的。可是我们常常听到这样的评论。语言不好，小说必然不好。语言的粗俗就是思想的粗俗，语言的鄙陋就是内容的鄙陋。想得好，才写得好。闻一多先生在《庄子》一文中说过："他的文学不仅是表现思想的工具，似乎也是一种目的"。我把它发展了一下：写小说就是写语言。

语言是一种文化现象。语言的后面都有文化的积淀。古人说"无一字无来历"，其实我们所用的语言都是有来历的，都是继承了古人的语言,或发展变化了古人的语言。如果说一种从来没有人说过的话,别人就没法懂。一个作家的语言表现了作家的全部文化素养。作家应该多读书。杜甫说:"读书破万卷,下笔如有神。"是对的。除了书面文化,还有一种文化,民间口头文化。李季对信天游是很熟悉的,赵树理一个人能唱一出上党梆子,口念锣鼓、过门,手脚齐用使身段,还误不了唱。贾平凹对西北的地方戏知道得很多。我编过几年《民间文学》,深知民间文学是一个海洋,一个宝库。我在兰州认识一位诗人。兰州的民歌是"花儿"。花儿的形式很特别。中国的民歌(四句头山歌)是绝句,花儿的节拍却像词里的小令。花儿的比喻很丰富,押韵很精巧。这位诗人怀疑这是专业诗人的创作流传到民间去的。有一次他去参加一个花儿会,跟婆媳二人同船。这婆媳二人把这位诗人"唬背了"。她们一路上没有说一句散文,所有对话都是押韵的。韵脚对民歌的歌手来说,不是镣铐,而是翅膀。这个媳妇到娘娘庙去求子。她跪下祷告,不是说送子娘娘,你给我一个孩子,我为你重修庙宇,再塑金身……只有三句话:

> 今年来了我是跟您要着哪,
>
> 明年来了我是手里抱着哪,
>
> 咯咯嘎嘎地笑着哪。

三句话把她的美好的愿望全都表现出来了,这真是最美的祷告词。这三句话不但押韵,而且押调,"要"、"抱"、"笑"都是去声。而且每句的句尾都是"着哪"。

民歌的想象是很奇特的。乐府诗《枯鱼过河泣》:

> 枯鱼过河泣。
>
> 何时悔复及,
>
> 作书与鲂鲬,
>
> 相教慎出入。

研究乐府诗的学者说:"汉人每有此奇想"。枯鱼(干鱼)怎么还能写信呢?

我读过一首广西民歌,想象也很"奇",与此类似:

> 石榴花开朵朵红,
>
> 蝴蝶写信给蜜蜂,
>
> 蜘蛛结网拦了路,
>
> 水漫蓝桥路不通。

我曾经想过一个问题:民歌都是抒情诗(情歌),有没有哲理诗?少,但是有。你们湖南邵阳有一首民歌,写插秧,湖南叫插田:

> 赤脚双双来插田,
>
> 低头看见水中天。
>
> 行行插得齐齐整,
>
> 退步原来是向前。

"低头看见水中天",有禅味。"退步原来是向前",是哲学的思辨。

民歌有些手法是很"现代"的。我在你们湖南桑植——贺老总的家乡,读到一首民歌:

> 姐的帕子白又白,
>
> 你给小郎分一截。
>
> 小郎拿到走夜路,
>
> 好比天上蛾眉月。

这种想象和王昌龄的《长信秋词》的"玉颜不及寒鸦色,犹带昭阳日影来"有相似处。

我读过一首傣族民歌,只有两句:

> 斧头砍过的再生树,
>
> 战争留下的孤儿。

两句,说了多少东西!这不是现代派的诗么? 一说起民歌,很多人都觉得很"土",其实不然。

我觉得不熟悉民歌的作家不是好作家。

语言的美要看它传递了多少信息,暗示出文字以外的多少东西,平庸的语言一句话只是一句话,艺术的语言一句话说了好多句话。即所谓"言外之意","弦外之音"。

朱庆余《近试上张水部》,本是刺探一下当前文风所尚,写的却是一个新嫁娘:

> 洞房昨夜停红烛,
> 待晓堂前拜舅姑,
> 妆罢低声问夫婿,
> 画眉深浅入时无?

这四句诗没有一句写到这个新嫁娘的长相,但是宋朝人(是洪迈?)就说这一定是一个绝色的美女。

崔颢的《长干曲》:

> 君家何处住,
> 妾住在横塘。
> 停舟暂借问,
> 或恐是同乡。

这四句诗明白如话,好像没有说什么东西,但是说出了很多很多东西。宋人(是苏辙?)说这首诗"墨光四射,无字处皆有字"。

中国画讲究"留白","计白当黑"。小说也要"留白",不能写得太满。十九世纪和二十世纪的作者和读者的关系变了。十九世纪的小说家是上帝,他什么都知道,比如巴尔扎克。读者是信徒,只有老老实实地听着。二十世纪的读者和作者是平等的,他的"参与意识"很强。他要参与创作。我相信接受美学。作品是作者和读者共同完成的。如果一篇小说把什么都说了,读者就会反感:你都说了,要我干什么?一篇小说要留有余地,留出大量的空白,让读者可以自由地思索、认同、判断、首肯。

要使小说语言有更多的暗示性,唯一的办法是尽量少写,能不写的就不写。不写的,让读者去写。古人说:"以己少少许,胜人多多许",

写少了，实际上是写多了，这是上算的事。——当然，这样稿费就会少了。——一个作家难道是为稿费活着的么？

语言是活的，流动的。语言不是像盖房子似的，一块砖一块砖叠出来的。语言是树，是长出来的。树有树根、树干、树枝、树叶，但是是一个有机的整体。树的内部的汁液是流通的。一枝动，百枝摇。初学写字的人，是一个字一个字写出来的，书法家写字一行一行地写出来的。中国书法讲究"行气"。王羲之的字被称为"一笔书"，不是说从头一个字到末一个字笔划都是连着的，而是说内部的气势是贯串的，写好每一个句子是重要的。福楼拜和契诃夫都说过一个句子只有一个最好的说法。更重要的是处理好句与句之间的关系。你们湖南的评论家凌宇曾说过：汪曾祺的语言很奇怪，拆开来看，都很平常，放在一起，就有一种韵味。我想谁的语言都是这样的，七宝楼台，拆下来不成片段。问题是怎样"放在一起"。清代的艺术评论家包世臣论王羲之和赵子昂的字，说赵字如士人入隘巷，彼此雍容揖让，而争先恐后，面形于色。王羲之的字如老翁携带幼孙，痛痒相关，顾盼有情。要使句与句，段与段产生"顾盼"。要养成一个习惯，想好一段，自己能够背下来，再写。不要写一句想一句。

中国人讲究"文气"，从《文心雕龙》到桐城派都讲这个东西。我觉得讲得最明白，最具体的，是韩愈。韩愈说：

> 气，水也；言，浮物也。水大而物之浮者大小毕浮。气盛则言之短长与声之高下皆宜。

后来的人把他这段话概括成四个字："气盛言宜"。韩愈提出一个语言的标准："宜"。"宜"，就是合适、准确。"宜"的具体标准是"言之短长"与"声之高下"。语言构造千变万化，其实也很简单：长句子和短句子互相搭配。"声之高下"指语言的声调，语言的音乐性。有人写一句诗，改了一个字，其实两个字的意思是一样的，为什么要改呢？另一个诗人明白："为声俊耳"。要培养自己的"语感"，感觉到声俊不俊。中国语言有四声，构成中国语言特有的音乐性。一个写小说的人要懂得四声平仄,要读一点诗词,这样才能使自己的语言"俊"一点。

结构无定式。我曾经写过一篇谈小说的文章,说结构的精义是,随便。林斤澜很不满意,说:"我讲了一辈子结构,你却说'随便'!"我后来补充了几个字:"苦心经营的随便",斤澜说:"这还差不多"。我是不赞成把小说的结构规定出若干公式的:平行结构、交叉结构、攒珠式结构、橘瓣式结构……我认为有多少篇小说就有多少种结构方法。我的《大淖记事》发表后,有两种不同的意见。有人认为这篇小说的结构很不均衡。小说共五节,前三节都是写大淖这个地方的风土人情,没有人物,主要人物到第四节才出现。有人认为这篇小说的好处正在结构特别,我有的小说一上来就介绍人物,如《岁寒三友》,《复仇》用意识流结构,《天鹅之死》时空交错,去年发表的《小芳》却是完全的平铺直叙。我认为一篇小说的结构是这篇小说所表现的生活所决定的。生活的样式,就是小说的样式。

过去的中国文论不大讲"结构",讲"章法"。桐城派认为章法最要紧的是断续和呼应。什么地方该切断,什么地方该延续;前后文怎样呼应。但是要看不出人为的痕迹。刘大櫆说:"彼知有所谓断续,不知有无断续之断续;彼知有所谓呼应,不知有无呼应之呼应"。章太炎论汪中的骈文:"起止自在,无首尾呼应之式。"这样的结构,中国人谓之"化"。苏东坡说"大略如行云流水,初无定质,但常行于所当行,止于所不可止,文理自然,姿态横生"(《答谢民师书》)。文章写到这样,真是到了"随便"的境界。

小说的开头和结尾要写好。

古人云:"自古文章争一起"。孙犁同志曾说过:开头很重要,开头开好了,下面就可以头头是道。这是经验之谈。要写好第一段,第一段里的第一句。我写小说一般是"一遍稿",但是开头总要废掉两三张稿纸。开头以峭拔为好。欧阳修的《醉翁亭记》原来的第一句是:"滁之四周皆山。"起得比较平。后来改成"环滁皆山也",就峭拔得多,领起了下边的气势。我写过一篇小说《徙》。这篇小说是写我的小学的国文老师的,他是小学校歌的歌词作者,我从小学校歌写起。原来的开头是：

> 世界上曾经有过很多歌，都已经消失了。

我到海边转了转（这篇小说是在青岛对面的黄岛写的），回来换了一张稿纸，重新开头：

> 很多歌消失了。

这样不但比较峭拔，而且有更深的感慨。

奉劝青年作家，不要轻易下笔，要"慎始"。

其次，要"善终"，写好结尾。

往往有这种情况，小说通篇写得不错，可是结尾平常，于是全功尽弃。结尾于"谋篇"时就要想好，至少大体想好。这样整个小说才有个走向，不至于写到哪里算哪里，成了没有脑线的一风筝。

有各式各样结尾。

汤显祖评《董西厢》，说董很善于每一出的结尾。汤显祖认为《董西厢》的结尾有两种，一种是"煞尾"，一种是"度尾"，"煞尾""如骏马收缰，寸步不移"；"度尾""如画舫笙歌，从远处来，过近处，又向远处去"。汤显祖不愧是大才子，他的评论很形象，很有诗意，我觉得结尾虽有多种，但不外是"煞尾"和"度尾"。

一九九三年八月十七日在北京追记

注　释

① 本篇原载《大地》1994 年第三、四期合刊，是 1993 年 8 月 3 日在湖南娄底地区文学报告会上的讲话；初收《塔上随笔》，群众出版社，1993 年 11 月。

文 章 杂 事①

写字·画画·做饭。

我正经练字是在小学五年级暑假。我的祖父不知道为什么一高兴，要亲自教我这个孙子。每天早饭后，讲《论语》一节，要读熟，读后，要写一篇叫做"义"体的短文。"义"是把《论语》的几句话发挥一通，这其实是八股文的初阶。祖父很欣赏我的文笔，说是若在"前清"，进学是不成问题的。另外，还要写大字、小字各一张。这间屋子分里外间，里间是一个佛堂，供着一尊铜佛。外间是祖母放置杂物的地方，房梁上挂了好些干菜和晾干了的粽叶。我就在干菜、粽叶的气味中读书、作文、写字。下午，就放学了，随我自己玩。

祖父叫我临的大字帖是裴休的《圭峰定慧禅师碑》，是他从藏帖中选出来的。裴休写的碑不多见，我也只见过这一种。裴休的字写得安静平和，不像颜字柳字那样筋骨弩张。祖父所以选中这部帖，道理也许在此。

小学六年级暑假，我在三姑父家从韦子廉先生学。韦先生每天讲一篇桐城派古文，让我写篇大字。韦先生是写魏碑的，曾临北碑各体，他叫我临的是《多宝塔》。《多宝塔》是颜字里写得最清秀的，不像《大字麻姑仙坛》那样重浊。

有人说中国的书法坏于颜真卿，未免偏激。任何人写碗口大的字，恐怕都得有点颜书笔意。蔡襄以写行草擅名，福州鼓山上有他的两处题名，写的是正书，那是颜体。董其昌行书秀逸，写大字却用颜体。歙县有许国牌坊，坊额传为董其昌书，是颜体。

读初中后，父亲建议我写写魏碑，写《张猛龙》。他买来一种稻草做的高二尺，宽尺半，粗而厚的纸，我每天写满一张。

《圭峰碑》、《多宝塔》、《张猛龙》，这是我的书法的底子。

祖父拿给我临的小楷是赵子昂的《闲邪公家传》。我后来临过《黄庭》、《乐毅》，时间都很短。1943 年云南大学成立了一个曲社，拍曲子。曲谱石印，要有人在特制的石印纸上，用特制的石印墨汁，端楷写出印制。这差事落在我的头上。我凝神静气地写了几十出曲谱，用的是晋人小楷笔意。我的晋人笔意不是靠临摹，而是靠"看"，看来的。

有一个时期，我写的小楷效法倪云林、石涛。

1947、48 年我还能用结体微扁的晋人小楷用毛笔在毛边纸上写稿、写信。以后改用钢笔，小楷功夫就荒废了。

习字，除了临摹，还要多看，即"读帖"。我的字受"宋四家"（苏、黄、米、蔡）的影响，但我并未临过"宋四家"，是因为爱看，于不知不觉中受了感染。

对于"宋四家"，自来书法家颇多贬词。有人以为中国书法一坏于颜真卿，二坏于"宋四家"。这话不能说毫无道理。"宋四家"对于二王，对于欧薛，确实是一种破坏。但是，也是革新。宋人书法的特点是解放，有较多的自由，较多的个性。"四家"的"蔡"本指蔡京，因为蔡京人太坏，被开除了，代之以蔡襄。其实蔡京的字是写得很好的，有人以为应为"四家"之冠，我同意。苏东坡多用偏锋，书体颇近甜俗。黄山谷长撇大捺，做作。米芾字不宜多看，多看了会受其影响，终身摆脱不开。米字流畅洒脱，而书品不高，他自称是"臣书刷字"。我的书品也只是尔尔，无可奈何！

我没有正式学过画。我父亲是画家，年轻时画过工笔画，中年后画写意花卉。他没有教过我。只是在他作画时，我爱在旁边看，给他抻抻纸。我家有不少珂罗版印的画册，我没事时就翻来覆去一本一本地看。画册以四王最多，还有，不知为什么有好几本蓝田叔的。我对四王、蓝田叔都没有太大兴趣，及见徐青藤、陈白阳及石涛画，乃大好之。我作画只是自己瞎抹，无师法。要说有，就是这几家（石涛偶亦画花卉，皆极精）。我作画不写生，只是凭印象画。曾为《中国作家》画水仙，另纸题诗一首,中有句云:"草花随目见,鱼鸟略似真"。我画的鸟,我的女儿称之为"长嘴大眼鸟"。我的孙女有一次看艺术纪录片《八大山人》,说:"爷爷画的鸟像八大山人——大眼睛"。写意画要有随意性,不能过事经营,画得太理智。我作画,大体上有一点构思,便信笔涂抹,墨色浓淡,并非预想。画中国画的快乐也在此。曾请人刻了两方闲章,刻的是陶弘景的两句诗:"岭上多白云","只可自怡悦"。有人撺掇我开展览会,我笑笑。我的画作为一个作家的画,还看得过去,要跻身画家行列,是会令画师齿冷的。

有人说写字、画画,也是一种气功。这话有点道理。写字、画画是一种内在的运动。写字、画画,都要把心沉下来。齐白石题画曰"心闲气静时一挥"。心浮气躁时写字、画画,必不能佳。写字画画可以养性,故书画家多长寿。

我不会做什么菜。可是不知道怎么竟会弄得名闻海峡两岸。这是因为有过几位台湾朋友在我家吃过我做的菜,大事宣传而造成的。我只能做几个家常菜。大菜,我做不了。我到海南岛去,东道主送了我好些鱼翅、燕窝,我放在那里一直没有动,因为不知道怎么做。有一点特色,可以称为我家小菜保留节目的有这些:

拌荠菜、拌菠菜。荠菜焯熟,切碎,香干切米粒大,与荠菜同拌,在盘中用手抟成宝塔状,塔顶放泡好的海米,上堆姜米、蒜米。好酱油、醋、香油放在茶杯内,荠菜上桌后,浇在顶上,将荠菜推倒,拌匀,即可下箸。佐酒甚妙。没有荠菜的季节,可用嫩菠菜以同法制。这样做的拌菠菜比北京用芝麻酱拌的要好吃得多。这道菜已经在北京的几位作家中推广,凡试做者,无不成功。

干丝。这是淮扬菜,旧只有烫干丝,大白豆腐干片为薄片(刀工好的师傅一块豆腐干能片十六片),再切为细丝。酱油、醋、香油调好备用。干丝用开水烫后,上放青蒜米、姜丝(要嫩姜,切极细),将调料淋下,即得。这本是茶馆中在点心未蒸熟之前,先上桌佐茶的闲食,后来饭馆里也当一道菜卖了。煮干丝的历史我想不超过一百年。上汤(鸡汤或骨头汤)加火腿丝、鸡丝、冬菇丝、虾籽同熬(什么鲜东西都可以往里搁),下干丝,加盐,略加酱油,使微有色,煮两三开,加姜丝,即可上桌。聂华苓有一次上我家来,吃得非常开心,最后连汤汁都端起来喝了。北京大方豆腐干甚少见,可用豆腐片代。干丝重要的是刀工。袁子才谓"有味者使之出,无味者使之入",干丝切得极细,方能入味。

烧小萝卜。台湾陈怡真到北京来,指名要我做菜,我给她做了几个菜,有一道是烧小萝卜。我知道台湾没有小红水萝卜(台湾只有白萝卜)。做菜看对象,要做客人没有吃过的,才觉新鲜。北京小水萝卜一年里只有几天最好。早几天,萝卜没长好,少水分,发艮,且有辣味,不甜;过了这几天,又长过了,糠。陈怡真运气好,正赶上小萝卜最好的时候。她吃了,赞不绝口。我做的烧小萝卜确实很好吃,因为是用干贝烧的。"粗菜细做",是制家常菜不二法门。

塞肉回锅油条。这是我的发明,可以申请专利。油条切成寸半长的小段,用手指将内层掏出空隙,塞入肉茸、葱花、榨菜末,下油锅重炸。油条有矾,较之春卷尤有风味。回锅油条极酥脆,嚼之真可声动十里人。

炒青苞谷。新玉米剥出粒,与瘦猪肉末同炒,加青辣椒。昆明菜。

其余的菜如冰糖肘子、腐乳肉、腌笃鲜、水煮牛肉、干煸牛肉丝、冬笋雪里蕻炒鸡丝、清蒸轻盐黄花鱼、川冬菜炒碎肉……大家都会做,也都是那个做法,不列举。

做菜要有想象力,爱捉摸,如苏东坡所说,"忽出新意";要多实践,学做一样菜总得失败几次,方能得其要领;也需要翻翻食谱。在我所看的闲书中,食谱占一个重要地位。食谱中写得最好的,我以为还得数袁子才的《随园食单》。这家伙确实很会吃,而且能说出个道道。如前面所说:"有味者使之出,无味者使之入"。实是经验的总结。"荤菜素油炒,素菜荤油炒",尤为至理名言。

做菜的乐趣第一是买菜。我做菜都是自己去买的。到菜市场要走一段路,这也是散步,是运动。我什么功也不练,只练"买菜功"。我不爱逛商店,爱逛菜市。看看那些碧绿生青、新鲜水灵的瓜菜,令人感到生之喜悦。其次是切菜、炒菜都得站着，对于一个终日伏案的人来说，改变一下身体的姿势是有好处的。最大的乐趣还是看家人或客人吃得很高兴，盘盘见底。做菜的人一般吃菜很少。我的菜端上来之后，我只是每样尝两筷，然后就坐着抽烟、喝茶、喝酒。从这点说起来，愿意做菜给别人吃的人是比较不自私的。

诗曰：

> 年年岁岁一床书，
> 弄笔晴窗且自娱。
> 更有一般堪笑处，
> 六平方米作郇厨。

一九九三年八月十三日

注　释

① 本篇原载《今日生活》1993 年第六期"创作外的创作"栏目，收入本卷时略去栏目主持张抗抗的导语部分；初收《塔上随笔》，题为《文章余事》，群众出版社，1993 年 11 月。

名 实 篇①

我浑身上下无名牌，除了口袋里有时有一盒名牌烟。叫我谈名牌，实在是赶鸭子上架。我只能说一点极其一般的老生常谈。

"牌子"是外来语，中国原先没有这个东西。"牌子"是商标，更精确一点，是"注册商标"，原文是 Trade mark。最初引进的可能是广东人。广东四五十年前出了一种花露水，瓶子上贴了印了两个广东妞的图画，有字："双妹唛"——后来为了通行全国，改成了"双妹老牌花露水"。但是"唛"这个字并未消失。有一种长方形扁铁桶装的花生油，还叫做"骆驼唛"。我的女儿管这种油叫做"骆驼妈"。

中国没有牌子，但有字号。有的字号标明××为记，这"为记"实近似商标。如北京后门桥一家卖酱菜的在门口挂一个大葫芦，这本是一个幌子，但成了这一家的字号，有一个时期与六必居、天源鼎足而立，后来不知道为什么歇业了。有的药品以创制的人为记。昆明云南白药的仿单印着曲焕章的照片，北京长春堂的避瘟散的外包装上印着发明这种药的老道的像。曲焕章、老道的玉照，实起了牌子的作用。老字号、名牌，有时是分不清的。王麻子、张小泉，是字号，也是商标。

牌子的兴起，最初大概是香烟。人们买烟，都得认准了是什么牌子的。一时从南到北到处充斥各种中外名牌烟：555、三炮台、绞盘牌、老刀牌、红锡包；骆驼牌、Lucky Strike、吉士斐儿、万宝路……中国烟则有大前门、美丽牌。其后才出现别种名牌商品。最初是"天虚我生新发明"的无敌牌牙粉、三友实业社的三角牌床单、天厨味精、奇异牌电灯泡……这些名牌，有的退步了，有些消失了。考察一下名牌的兴衰史，可以作为今天创保名牌的借鉴。

名的基础是实。"名者实之宾"，"实至名归"，这是常识，也是真理。要出名,先得东西地道。北京人的俗话说:"人叫人千声不语,货叫人点手就来",说得很形象。

创名牌不易,保名牌尤难。关键是质量。昆明吉庆祥的火腿月饼我以为是天下第一。前几年有人给我带了一盒"四两砣"(旧秤四两一个),质量和我40年前在昆明吃的还是一样。而过桥米线、汽锅鸡则完全不是那么一回事了!

以烟卷为例。"红塔山"现在已经是无可争议的国产烟的头块牌了。原来可不是这样。在云南名烟中,"红塔山"只是位居第三。为什么能够力挫群雄,扶摇直上呢?因为玉溪卷烟厂非常重视质量,厂的领导认为质量是企业的生命。他们严格把好两道质量关。一是保证烟叶的质量。他们说玉烟的第一车间不在厂里,而在田间。厂方对烟农在农药、化肥等方面给予很大的帮助,但有一个条件:你得给我一级烟叶。第二是烟叶在制造前一定要储存二年至二年半,这样才能把烟叶中的杂味挥发掉。中药铺的制药作坊挂着一副对子:"修合虽无人见,存心自有天知。"制烟也是这样。烟叶的质量、储存时间,是没有人看见的。但是烟也有"天",这个"天"就是烟民的感觉。

名牌是要靠宣传的,就是做广告。"桃李不言,下自成蹊"是过于古典的说法。"酒好不怕巷子深"未必然。小酒铺贴对联:"隔壁三家醉,开坛十里香",是宣传,是广告,而且很夸张。广告,总要夸张,但是夸张得有谱。有的广告实在太离谱。上海过去有一个叫黄楚九的人,此人全靠广告起家。他发明了一种药叫"百龄机",大做广告。他出过一本画册,宣传百龄机"有意想不到之功效",请上海的名画家作画,图文并茂,每一页宣传意想不到的功效中的一项。有一页画的是一个人在小便,文曰:"小便远射有力。"因为这种功效真是"意想不到",给我留下的印象很深。但是我不会去买百龄机的,因为小便是否远射有力,关系不大。现在有许多高级补药,我看到广告言过其实,总不免想到百龄机,想到小便远射有力。

广告是一门艺术。广告语言要有点文学性。广告语言中最好的,我以为是丰田汽车广告牌上的"车到山前必有路,有路便有丰田车",

头一句运用中国谚语很巧妙,下接"有路便有丰田车",读起来非常顺口。美丽牌香烟在《申报》《新闻报》作全幅广告,只是两句话——"有美皆备,无丽不臻",虽然两句的意思是一样的,在诗律中是"合掌",但是简单明了。而且大家看得多了,便记得住。其次是图像。万宝路在各画报杂志上登的广告,都是同一个牛仔。这个牛仔的形象、气质和万宝路的烟味有相通处,是一幅成功的广告。听说这个牛仔前两年死了,那万宝路以后靠谁来做广告呢?广告上出现的人物形象得讨人喜欢。七喜电视广告上的那个女孩就很可爱。康莱蛋卷广告上那个男孩,"康莱,把营养和美味,卷起来!"看了那个孩子,叫人很想买一盒康莱蛋卷嚼嚼。有的广告是失败的,如一个风雨衣厂的广告,看了叫人莫名其妙。

随着商品经济的发展,名牌的破土解箨,应该培养人们的名牌意识,有些观念需要改变。比如"价廉物美",在高消费时期,就不适用,应该代之以"价高物美"。现在"价廉物美"的陈旧观念,还在束缚着一些企业的手脚。

名牌意识的普及,有几个方面,一是企业家,一是消费者,一是工商业的领导。名牌需要保护,需要特殊照顾。最重要的是保障原料的供应。举一个例,昆明的汽锅鸡、过桥米线为什么质量下降?因为汽锅鸡、过桥米线过去用的鸡都是"武定壮鸡"——一种动了特殊手术的肥母鸡,现在武定壮鸡几乎没有了,用人工饲养的肉鸡,怎么能做得出不减当年的汽锅鸡和过桥米线呢?要恢复当年的汽锅鸡、过桥米线,首先应恢复武定壮鸡的生产。

注 释

① 本篇原载《中国名牌》1993 年总第四期;初收《汪曾祺全集》第六卷,北京师范大学出版社,1998 年 8 月。

栗　　子①

栗子的形状很奇怪，像一个小刺猬。栗有"斗"，斗外长了长长的硬刺，很扎手。栗子在斗里围着长了一圈，一颗一颗紧挨着，很团结。当中有一颗是扁的，叫做脐栗。脐栗的味道和其他栗子没有什么两样。坚果的外面大都有保护层，松子有鳞瓣，核桃、白果都有苦涩的外皮，这大概都是为了对付松鼠而长出来的。

新摘的生栗子很好吃，脆嫩，只是栗壳很不好剥，里面的内皮尤其不好去。

把栗子放在竹篮里，挂在通风的地方吹几天，就成了"风栗子"。风栗子肉微有皱纹，微软，吃起来更为细腻有韧性，不像吃生栗子会弄得满嘴都是碎粒，而且更甜。贾宝玉为一件事生了气，袭人给他打岔，说："我想吃风栗子了，你给我取去。"怡红院的檐下是挂了一篮风栗子的。风栗子入《红楼梦》，身价就高起来，雅了。这栗子是什么来头，是贾蓉送来的？刘姥姥送来的？还是宝玉自己在外面买的？不知道，书中并未交待。

栗子熟食的较多。我的家乡原来没有炒栗子，只是放在火里烤。冬天，生一个铜火盆，丢几个栗子在通红的炭火里，一会儿，砰的一声，蹦出一个裂了壳的熟栗子，抓起来，在手里来回倒，连连吹气使冷，剥壳入口，香甜无比，是雪天的乐事。不过烤栗子要小心，弄不好会炸伤眼睛。烤栗子外国也有，西方有"火中取栗"的寓言，这栗子大概是烤的。

北京的糖炒栗子，过去讲究栗子是要良乡出产的。良乡栗子比较小，壳薄，炒熟后个个裂开，轻轻一捏，壳就破了，内皮一搓就掉，不"护皮"。据说良乡栗子原是进贡的，是西太后吃的（北方许多好吃的东西

都说是给西太后进过贡）。

北京的糖炒栗子其实是不放糖的，昆明的糖炒栗子真的放糖。昆明栗子大，炒栗子的大锅都支在店铺门外，用大如玉米豆的粗砂炒，不时往锅里倒一碗糖水。昆明炒栗子的外壳是粘的，吃完了手上都是糖汁，必须洗手。栗肉为糖汁沁透，很甜。

炒栗子宋朝就有。笔记里提到的"�栗"，我想就是炒栗子。汴京有个叫李和儿的，�栗有名。南宋时有一使臣（偶忘其名姓）出使，有人遮道献�栗一囊，即汴京李和儿也。一囊�栗，寄托了故国之思，也很感人。

日本人爱吃栗子，但原来日本没有中国的炒栗子。有一年我在广交会的座谈会上认识一个日本商人，他是来买栗子的（每年都来买）。他在天津曾开过一家炒栗子的店，回国后还卖炒栗子，而且把他在天津开的炒栗子店铺的招牌也带到日本去，一直在东京的炒栗子店里挂着。他现在发了财，很感谢中国的炒栗子。

北京的小酒铺过去卖煮栗子。栗子用刀切破小口，加水，入花椒大料煮透，是极好的下酒物。现在不见有卖的了。

栗子可以做菜。栗子鸡是名菜，也很好做，鸡切块，栗子去皮壳，加葱、姜、酱油，加水淹没鸡块，鸡块熟后，下绵白糖，小火焖20分钟即得。鸡须是当年小公鸡，栗须完整不碎。罗汉斋亦可加栗子。

我父亲曾用白糖煨栗子，加桂花，甚美。

北京东安市场原来有一家卖西式蛋糕、冰点心的铺子卖奶油栗子粉。栗子粉上浇稀奶油，吃起来很过瘾。当然，价钱是很贵的。这家铺子现在没有了。

羊羹的主料是栗子面。"羊羹"是日本话，其实只是潮湿的栗子面压成长方形的糕，与羊毫无关系。

河北的山区缺粮食，山里多栗树，乡民以栗子代粮。栗子当零食吃是很好吃的，但当粮食吃恐怕胃里不大好受。

注　释

① 本篇原载《家庭》1993 年第八期;初收《汪曾祺全集》第六卷,北京师范大学出版社,1998 年 8 月。

我 的 世 界①

外面的世界很精彩,我的世界很平常。

我的家乡是一个水乡,到处是河。可是我既不会游泳,也不会使船,走在乡下的架得很高的狭窄的木桥上,心里都很害怕。于此可见,我是个没出息的人。高邮湖就在城西,抬脚就到,可是我竟然没有在湖上泛过一次舟,我不大爱动。华南人把到外面创一番事业,叫做"闯世界",我不是个闯世界的人。我不能设计自己的命运,只能由着命运摆布。

从出生到初中毕业,我是在本城度过的。这一段生活已经写在《逝水》里。除了家、学校,我最熟悉的是由科甲巷至新巷口的一条叫做"东大街"的街。我熟习沿街的店铺、作坊、摊子。到现在我还能清清楚楚地描绘出这些店铺、作坊、摊子的样子。我每天要去玩一会的地方是我祖父所开的"保全堂"药店。我认识不少药,会搓蜜丸,摊膏药。我熟习中药的气味,熟习由前面店堂到后面堆放草药的栈房之间的腰门上的一副蓝漆字对联:"春暖带云锄芍药,秋高和露种芙蓉"。我熟习大小店铺的老板、店伙、工匠。我熟习这些属于市民阶层的各色人物的待人接物,言谈话语,他们身上的美德和俗气。这些不仅影响了我的为人,也影响了我的文风。

我的高中一二年级是在江阴读的,南菁中学。江阴是一个江边的城市,每天江里涨潮,城里的河水也随之上涨。潮退,河水又归平静。行过虹桥,看河水涨落,有一种无端的伤感。难忘缴墩看梅花遇雨,携手泥涂;君山偶遇,遂成离别。几年前我曾往江阴寻梦,缘悭未值。我这辈子大概不会有机会再到江阴了。

高三时江阴失陷了,我在淮安、盐城辗转"借读"。来去匆匆,未留只字。

我在昆明住过七年，1939—1946。前四年在西南联大。初到昆明时，身上还有一点带去的钱，可以吃馆子，骑马到黑龙潭、金殿。后来就穷得丁当响了，真是"囚首垢面，而读诗书"。后三年在中学教书，在黄土坡观音寺、白马庙都住过。

1946年夏至1947年冬，在上海，教中学。上海无风景，法国公园、兆丰公园都只有一点点大。

1948年我在午门历史博物馆工作。我住的地方很特别，在右掖门下，据说原是锦衣卫值宿的所在。

1949年3月，参加四野南下工作团。五月，至汉口，在硚口二女中任副教导主任。

50年夏，回北京。在东单三条、河泊厂都住过一阵。

1958年被打成右派，下放张家口沙岭子农业科学研究所劳动。我和农业工人——也就是农民在一起生活了四年，对农村、农民有了比较切近的认识。

1961年底回北京后住甘家口。不远就是玉渊潭，我几乎每天要围着玉渊潭散步，和菜农、遛鸟的人闲聊，得到不少知识。

我在一个京剧院当了十几年编剧。认识了一些名角，也认识了一些值得同情但也很可笑的小人物，增加了我对"人生"的一分理解。

我到过不少地方，到过西藏、新疆、内蒙、湖南、江西、四川、广东、福建，登过泰山，在武夷山和永嘉的楠溪江上坐过竹筏……但我于这些地方都只是一个过客，虽然这些地方的山水人情也曾流入我的思想，毕竟只是过眼烟云。

我在这个世界走来走去，已经走了73年。我还能走得多远，多久？

一九九三年九月八日

注　释

① 本篇原载1993年12月12日《文汇报》；初收《逝水》，题为《自序·我的世界》，中国青年出版社，1996年3月。

创作的随意性①

我有一次到中国美术馆看齐白石画展。有一幅尺页,画的是荔枝。其时李可染恰恰在我的旁边,说:"这张画我是看着他画的。荔枝是红的,忽然画了两颗黑的,真是神来之笔!"这是"灵机一动",可以说是即兴,也可以说是创作过程中的随意性。

作画,总得先有个想法,有一片思想,一团感情,一个大体的设计,然后落笔。一般说,都是意在笔先。但也可以意到笔到,甚至笔在意先,跟着感觉走。

叶燮论诗,谓如泰山出云,如果事前想好先出哪一朵,后出哪一朵,怎样流动,怎样堆积,那泰山就出不成云了,只是随意而出,自成文章。这说得有点绝对,但是写诗作画,主要靠情绪,不能全凭理智,这是对的。

郑板桥反对"胸有成竹",说胸中之竹,已非眼中之竹,笔下之竹又非胸中之竹。事实也正是这样。如果把胸中的成竹一枝一叶原封不动地移在纸上,那竹子是画不成的,即文与可也并不如是。文与可的竹子是比较工整的,但也看出有"临场发挥"处,即有随意性。

写字、作诗、作画,完成之后,不会和构思时完全一样。"殆其篇成,半折心始"。

也有这样的画家,技巧熟练,对纸墨的性能掌握得很好,清楚地知道,这一笔落到纸上,会有什么样的效果,作画是很理智的。这样的画,虽是创作,实同临摹。

一九九三年九月十一日

注 释

① 本篇原载《塔上随笔》,群众出版社,1993 年 11 月。

读 诗 抬 杠^①

  "春江水暖鸭先知"，有人说："鸭先知，鹅不先知耶？"鹅亦当先知，但改成"春江水暖鹅先知"，就很可笑。"五月临平山下路，藕花无数满汀洲"，有人说："为什么是五月？应是六月，六月荷花始盛。"有人和他辩论，说："五月好"，他说："有何好！你只是读得惯了！""疏影横斜水清浅，暗香浮动月黄昏"，有人说："为什么一定是梅花？用之桃杏亦无不可。"东坡闻之，笑曰："用之桃杏诚亦可，但恐桃杏不敢当耳！"读诗不可死抠字面，唯可意会。一种花有一种花的精神品格。"水清浅"、"月黄昏"，只是梅花的精神品格，别的花都无此高格，若桃花，只宜"桃花乱落如红雨"；杏花只宜"红杏枝头春意闹"。其人不服，且曰："'红杏枝头春意闹'不通！杏花不能发出声音，怎可说'闹'？"对这种人只有一个办法，给他一块锅饼，两根大葱，抹一点黄酱，让他一边蹲着吃去。

一九九三年九月十二日

注 释

  ① 本篇原载《塔上随笔》，群众出版社，1993 年 11 月。

诗 与 数 字^①

杜牧诗:"千里莺啼绿映红,水村山郭酒旗风。南朝四百八十寺,多少楼台烟雨中。"杨升庵以为"千里"当作"十里",千里之外,莺声已不可闻。杨升庵是才子,著书甚多,但常有很武断的话。"千里"是宏观。诗题是《江南春》,泛指江南,并非专指一个地区。"四百八十寺"也是极言其多,未必真是四百八十座庙。诗里的数字大都是宏观。"千山鸟飞绝,万径人踪灭"、"群山万壑赴荆门","千"、"万",都不是实数。"千里江陵一日还",也不是整整一千里(郦道元《水经注》:"有时朝发白帝,暮到江陵,其间千二百里")。

以数字入诗,好像是中国诗的特有现象,非常普遍。骆宾王尤喜用数字,被称为"算博士",但即是骆宾王,所用数字也未必准确。有的诗里的数字倒可能是确数,如"故乡七十五长亭"。

一九九三年九月十七日

注　释

① 本篇原载《塔上随笔》,群众出版社,1993 年 11 月。

沙弥思老虎[①]

袁子才《子不语》有一则《沙弥思老虎》：

> 五台山某禅师收一沙弥，年甫三岁。五台山最高，师徒在山顶修行，从不一下山。
>
> 后十余年，禅师同弟子下山。沙弥见牛、马、鸡、犬，皆不识也。师因指而告之曰："此牛也，可以耕田；此马也，可以骑；此鸡、犬也，可以报晓，可以守门。"沙弥唯唯。少顷，一少年女子走过，沙弥惊问："此又是何物？"师虑其动心，正色告之曰："此名老虎，人近之者，必遭咬死，尸骨无存。"
>
> 晚间上山，师问："汝今日在山下所见之物，可有心上思想他的否？"曰："一切物都不想，只想那吃人的老虎，心上总觉舍他不得。"

这是一个很有意思的故事，在《子不语》的许多谈狐说鬼的故事中显得很特别，袁枚这一篇的文章也很清峻可喜，虽是浅近的文言，却有口语的神采。

这个故事我好像在哪里见过。想了一想，大概是薄伽丘的《十日谈》。《十日谈》成书约在1350—1353年间，袁子才卒于1798年，相距近450年。薄伽丘是文艺复兴时期的意大利作家，袁枚是中国的乾隆年间的文人。这个故事是怎样传到中国来，怎样被袁枚听到的？这是非常有趣的事。

也许我记错了，这故事不见于《十日谈》（手边无《十日谈》，未能查对），而是在另外的书里。但是可以肯定，这个故事是外来的，是从西方传入的。这里面的带有人文主义色彩的思想，非中土所有，也不是袁子才这样摆不脱道学面具的才子所本有。

一九九三年九月二十八日

注　释

① 本篇原载《塔上随笔》,群众出版社,1993 年 11 月;又载 1996 年 9 月 23 日
《长春日报》,略有改动。

牌　坊①

——故乡杂忆

臭河边南岸有三座贞节牌坊。三座牌坊大小、高矮、式样差不多，好像三姊妹，都是白石头。重檐，方柱。横枋当中有一块微向前倾的长方石头，像一本洋装书。上刻两个字："圣旨"。这三座牌坊旌表的是什么人，谁也没有注意过。立牌坊的年月是刻在横枋的左侧的，但是也没有人注意过。反正是有了年头了。牌坊整天站着，默默无言。太阳好的时候，牌坊把影子齐齐地落在前面的土地上。下雨天，在大雨里淋着。每天黄昏，飞来很多麻雀，落在石檐下面、石枋石柱的缝隙间，叽叽喳喳，叫成一片。远远走过来，好像牌坊自己在叫。

听到过一个关于牌坊的故事。

有一家，姓徐，是个书香人家，徐少爷娶妻白氏，貌美而贤惠，知书达理。不幸徐少爷得了一场伤寒，早离尘世。徐少奶奶这时才二十四五岁，年轻守寡。徐少爷留下一个孩子，才三岁。徐少奶奶就守着这个孩子，教他读书习字。

转眼二十年过去了，孩子已经长大成人。孩子很聪明，也用功，功名顺利，由秀才、举人，一直到中了进士。

这年清明祭祖，徐氏族人聚会，说起白夫人年轻守节，教子成名，应该申报旌表，为她立牌坊。儿子觉得在理，就回家对母亲说明族人所议。

白夫人一听，大怒，说：

"我不要立牌坊！"

说着从床下拖出一条柳条笆斗，笆斗里是一斗铜钱。白夫人把铜钱往地板上一倒，说：

"这就是我的贞节牌坊！"

原来白夫人每到欲念升起,脸红心乱时,就把一斗铜钱倒在地板上,滚得哪儿都是,然后俯身一枚一枚地拾起来,这样就岔过去了。

儿子从此再也不提立牌坊的事。

注　释

① 　本篇原载《草花集》,成都出版社,1993 年 9 月;又载《东方文化》创刊号
　　(1993 年 10 月出版)。

《花帜》印象①

　　我最近很忙,梁凤仪赠给我的书没有来得及看。昨天下定决心,用一天时间突击读书,不想一天客人不断,只看了一本《花帜》,还没有看完。这样跑百米式的看书,是说不出什么来的。我只能谈一点印象。

　　梁凤仪的小说主要是写香港的。这是一个花花世界。小说所写的生活、环境、人物,股票、地皮,醉涛小筑,豪华酒店,金融大亨、豪商巨贾、名花艳妇、乃至黑社会人物……这些都是大陆读者所不熟悉的。但是从梁凤仪的叙述描写中,我们可以感受到这个大商港的声音、颜色、气味,觉得还是可以了解的。梁凤仪的小说具有很大的认识作用。将来香港回归,梁凤仪的小说是有参考价值的。

　　《花帜》所写的主要人物是杜晚晴,这是一个很独特的典型,她是一个交际花,一个高级的妓女。她的外祖母是"老辈",母亲是红舞女,这一家可谓"娼妓世家"。但是杜晚晴的品格很高,美而不俗,可以说是"出淤泥而不染"。

　　她靠她的"服务"挑起了几代人的生活,忍辱负重,无矜色,无怨言,很难得。

　　她身在花国,却有侠气。她在顾世均濒于破产的时候拉了他一把,不图什么,只是为了友情。她保护了误杀黑社会头子的儿子的罗某,甚至因此而被歹徒洒了镪水。照北京话说,这个女人很"仗义"。

　　杜晚晴很聪明。她周旋于众多的金融巨头之间,应付裕如,大大方方,举止言谈很得体,很有分寸,而且很诚恳,不是像上海话所说的"灌米汤"。她为了帮助顾世均而向许劲借钱,小说写她和许劲的对话是很精彩的。

　　…………

真是个明白人，许劲暗暗称赞。且忽然感动了，握着晚晴的手，说：

"如果我有一天也蒙尘落难，你也一样如此待我。"

"但愿没有那么一天！"

许劲知道杜晚晴并不滑头，不会巴巴的卖弄一张只会逗人的嘴。她跟顾世均的情分不同，任何人都知道是谁带杜晚晴出身。如果晚晴轻率地答：

"劲哥如果有难，晚晴赴汤蹈火，在所不惜，一定救你于水深火热之中。"

这么一说，反而是巴结之辞，而缺真诚。

杜晚晴不是这么低装的一块料子。她的义气是千真万确的，是踏实的，这才惹人好感。

梁凤仪的小说是情节性小说，但在情节的进行中时常会出现一些带哲理性的议论。比如：

任何人赚到手的钱都是血泪钱，不因人从事的贵贱职业而异，苦力如是，娼妓如是，财阀如是。

比如：

…………

她从未思考过这样深入的，却苛刻得令她微微感到痛楚的问题。

她望出车窗之外，甩一甩头，不打算再钻牛角尖。

彼此都是没有选择的人。

司机不能走出去。

晚晴不能走回来。

于是，都只有心平气和，循着命运的安排好好的生活下去。

长城在望了。

这些对于人生的感喟都是夹叙夹议，水到渠成，顺理成章，不是生

硬地卖弄哲理,因此很自然。这些议论提高了小说的思想深度。

梁凤仪的语言有其特点,很快。句子、段落都很短,有跳动感。这是符合生活节奏,也是符合人物的心理节奏的。

梁凤仪写作惊人地快。太快了,有些地方就难免稍欠推敲,不够凝练。

注　释

① 　本篇原载《梁凤仪现象》,庞冠编,人民文学出版社,1993 年 9 月。

金 陵 王 气[①]

我对南京几乎一无所知,也一无可记。

解放前我只去过南京一次,1936年夏天,去接受蒋介石检阅,听他"训话"。

国民党在学校里实行军事化,所有中学都派了军事教官,设军事课。当时强邻虎视,我们从初中时就每天听到"国难当头"的宣传教育,学生的救国意识都很浓厚,对军事化并无反感。

国民党政府规定高中一年级学生暑假要分地区集中军训。苏州、扬州、无锡、常州、江阴等地的高一学生在镇江集训。地点在镇江郊区的三十六标。"标"即营房,这名称大概是从清朝的绿营兵时代沿袭下来的。

集训无非是学科、术科、"筑城教范"、"打野外"、打靶……这一套。再就是听国民党中要人的演讲。如"中国国民党是中国青年的党,中国青年是中国国民党的青年"(叶楚伧语);"信仰领袖要信仰到迷信的地步,服从领袖要服从到盲从的地步"(周佛海语)……

集训队有一个特殊人物,蒋纬国。他那时在苏州东吴大学读一年级(大学一年级学生也和高中一年级一同参加集训)。一到星期六下午,就听到政治处的秘书大声呼叫:"二少爷!二少爷!"不是南京来了长途电话,就是来接二少爷的汽车到了。"二少爷"长得什么模样,我当时就没有记住。

集中军训快要结束时,江浙两省的高一学生调集南京,去听委员长训话。

从镇江坐铁闷子车,到南京出站后整队齐步走开往宿营处中央军校。一个个全都挺胸收腹,气宇轩昂。受了两个月的训,步伐很整齐,鞋底踏地,夸、夸、夸、夸……人行道上有两个外国年轻女人,看样子是使馆外交官的家属,随着我们的大队走,也是齐步走。我们喊"一、二、三——四!"她们也跟着一块喊。她们觉得很有趣,我们也觉得很有趣。这里有使馆,有使馆的年轻女人,让人感觉到这是"国府"所在地。

看了一些在当时看来是很高大华美的建筑,如励志社,觉得"国都"果然气势不凡。

树木很多。南京的绿化搞得很好,那时就打下了基础。听说现在有些高大的法国梧桐还是蒋介石时期种的。

听蒋介石训话的地方在中山陵。

中山陵设计得很好,甚至可以说是完美。蓝琉璃瓦顶,白墙、白柱。陵在半山,自平地至半山享堂有很多层极宽的石级,也是白色的。石级两侧皆植松柏。这种蓝白两色的设计思想想来是和国民党的党旗青天白日有关,但来谒陵的人似乎不大有人联想到三民主义,只觉得很美,既很素静,又很有气魄。我在美国曾和参加爱荷华写作计划的外国作家一同参观林肯墓,一位哥伦比亚诗人说他在南京看过中山陵,认为林肯墓不能和中山陵比,不如中山陵有气魄。他不知道林肯墓是"墓",中山陵是"陵"呀!从中山陵看,国民党气数未尽。

蒋介石来了。穿的是草绿色毛料军服,裁剪得很合身。露出裤口外的马刺则是金色的。蒋介石这时的身体还挺不错,从平地到上面的平台,是缓步走上去的。

检阅的总指挥是桂永清,他那时是师长,是蒋介石的嫡系亲信。他上去向蒋介石报告。这家伙真有两下子,从平地到蒋介石站着的平台,是一直用正步走上去的!蒋介石的"训话"实在不精彩,只是把国民党的党歌像讲国文似的从头至尾讲了一遍。他讲一段,就用一个很大的玻璃杯喝一大杯水。有人猜想,这水是参汤。幸亏国民党的党歌很短,蒋介石的"训话"时间也不长,否则在大太阳下面立正太久,真受不了。

这一天给我们每人发了一个纸袋,内装一块榨菜、一块牛肉、两个小圆面包。这一袋东西我是什么时候吃掉的,记不得了。很好吃。以致我一想起南京,就想起榨菜牛肉圆面包。

第二天一早,我们就回镇江了。在南京,除了中山陵,哪儿也没去。

注　释

① 　本篇原载《银潮》1993 年第九期;初收《汪曾祺全集》第六卷,北京师范大
　　学出版社,1998 年 8 月。

《塔上随笔》序①

北京人把高层的居民楼叫"塔楼"。我住的塔楼共十五层,我的小三居室宿舍在十二层,可谓高高在上。住在高层有许多缺点。第一是不安静。我缺乏声学常识,搬来之前,以为高处可以安静些,岂料声音是往上走的,越高,下面的声音听得越清楚。窗下就是马路。大汽车、小汽车,接连不断。附近有两个公共汽车站,隔不一会,就听见售票员报站:"俱乐部到了,请先下后上。""胡敏!胡敏!""牛牛,牛牛,牛牛……"不远有一个内燃机厂,一架不知是什么机器,昼夜不停地一个劲儿哼哼。尤其不好的,是"接不上地气"。

我这些文章都是在塔楼上写的,因名之为《塔上随笔》,别无深意。没有哲理,也毫不神秘。

这些文章的缺点也正是接不上地气,——和现实生活的距离比较远。

我实在分不清散文、随笔、小品的区别。

散文是一大类,凡是非小说的,用散文形式写的文章,都可说是"散文"。什么是"随笔"?我隐隐约约地觉得游记、带点学术性的论文,像我写过的《天山行色》、《花儿的格律》,不能说是随笔。因此这一类的文章,本集都没有选。随笔大都有点感触,有点议论,"夹叙夹议"。但是有些事是不好议论的,有的议论也只能用曲笔。"随笔"的特点恐怕还在一个"随"字,随意、随便。想到就写,意尽就收,轻轻松松,坦坦荡荡。至于"随笔"、"小品",就更难区别了。我编过自己的两本小品,说是随笔,也无不可。

近二三年散文忽然兴旺起来,当时我很高兴。听说现在散文又不那么"火"了,今年下半年已经看出散文的势头有点蔫了。我觉得这也未始不是好事。也许在冷下来之后，会出现一些好散文，——包括随笔、小品。

一九九三年十月四日

注　释

① 　本篇原载《塔上随笔》，群众出版社，1993 年 11 月。

美——生命[①]

——《沈从文谈人生》代序

我在做一件力不从心的事。

我发现我对我的老师并不了解。

曾经有一位评论家说沈先生是"空虚的作家"。沈先生说这话"很有见识"。这是反话。有一位评论家要求作家要有"思想"。沈先生说:"你们所要的'思想',我本人就完全不懂你说的是什么意义。"这是气话。李健吾先生曾说:"说沈从文没有哲学。沈从文怎么没有哲学呢？他最有哲学。"这是真话么？是真话。

不过作家的哲学都是零碎的,分散的,缺乏逻辑,缺乏系统,而且作家所用的名词概念常和别人不一样,有他的自己的意义,因此寻绎作家的哲学是困难的。

沈先生曾这样描述自己:

> 我就是个不想明白道理却永远为现象所倾心的人。我看一切,却并不把那个社会价值挈加进去,估定我的爱憎。我不愿以价钱上的多少来为万物作一个好坏的批评,却愿意考查它在我官觉上使我愉快不愉快的份量。我永远不厌倦的是"看"一切。宇宙万汇在运动中,在静止中,在我的印象里,我都能抓定它的最美的最调和的风度,但我的爱好显然却不能同一般目的相合。我不明白一切同人类生活相联结时的美恶。另外一句话说来,就是我不大能领会伦理的美。接近人生时,我永远是个艺术家的感情,却绝不是所谓道德君子的感情。(《从文自传·女难》)

这段话说得很美。说对了么？说对了。但是只说对了一半。沈先

生并不完全是这样。在另一处,沈先生说:

> 曾经有人询问我:"你为什么要写作?"
>
> 我告他我这个乡下人的意见:"因为我活到这个世界里有所爱。美丽,清洁,智慧,以及对全人类幸福的幻影,皆永远觉得是一种德性,也因此永远使我对它崇拜和倾心。这点情绪同宗教情绪完全一样。这点情绪促我来写作,不断地写作,没有厌倦,只因为我在各个作品各种形式里,表现我对于这个道德的努力。"(《篱下集题记》)

沈先生在两段话里都用了"倾心"这个字眼。他所倾心的对象即使不是互相矛盾的,但也不完全是一回事。只有把"最美的最调和的风度"和"德性"统一起来,才能达到完整的宗教情绪。

沈先生是我见过的唯一的(至少是少有的)具有宗教情绪的人。他对人,对工作,对生活,对生命,无不用一种极其严肃的,虔诚笃敬的态度对待。

沈先生曾说:

> 我崇拜朝气,欢喜自由,赞美胆量大的,精力强的……这种人也许野一点,粗一点,但一切伟大事业伟大作品就只这种人有分。(《篱下集题记》)

沈先生又说:

> 我是个对一切无信仰的人,却只相信"生命"。

写《沈从文传》的美国人金介甫说:"沈从文的上帝是生命"。

沈先生用这种遇事端肃的宗教情绪,像阿拉伯人皈依真主那样走过了他的强壮、充实的一生。这对年轻人体认自己的价值,是有好处的。这些年理论界提出人的价值观念,沈先生是较早地提出"生命价值"的,并且用他的一生实证了"生命价值"的人。

沈先生在文章中屡次使用的一个名词是"人性"。

> 这世界上或有想在沙基或水面上建造崇楼杰阁的人,那可不

是我。我只想造希腊小庙,选山地作基础,用坚硬石头堆砌它。精致,结实,匀称,形体虽小而不纤巧,是我理想的建筑。这小庙供奉的是"人性"。作成了,你们也许嫌它式样太旧了,形体太小了,不妨事。(《习作选集代序》)

我要表现的本是一种"人生的形式",一种"优美、健康、自然,而又不悖乎人性的人生形式"。(《习作选集代序》)

"人性"是一个引起麻烦的概念,到现在也没有扯清楚。是不是只有具体的"人性"——其实就是阶级性,没有抽象的人性,即人类共有的本性? 我们只能从日常的生活用语来解释什么是人性,即美的、善的,是合乎人性的;恶的、丑的,是不合人性的。通常说:"灭绝人性",这个人"没有人性",就是这样的意思。比如说一个人强奸幼女,"一点人性都没有"。沈先生把"优美"、"健康"和"不悖人性"联系在一起,是说"人性"是美的,善的。否定一般的,抽象的人性的一个恶果是十年浩劫的大破坏,而被破坏得最厉害的也正是"人性",以致我们现在要呼唤"人性的回归"。沈先生提出"人性",我以为在提高民族心理素质上是有益的。

什么是沈从文的宗教意识,沈从文的上帝,沈从文的哲学的核心? ——美。

黑格尔提出"美是生命"的命题。我们也许可以反过来变成这样的逆命题:"生命是美",也许这运用在沈先生身上更为贴切一些。

美是人创造的。沈先生对人用一片铜,一块泥土,一把线,加上自己的想象创造出美,总是惊奇不置。

沈先生有时把创造美的人和上帝造物混为一体。

这种美或由上帝造物之手所产生,一片铜,一块石头,一把线,一组声音,其物虽小,可以见世界之大,并见世界之全。或即"造物",最直接最简便的那个"人"。流星闪电刹那即逝,即从此显示一种美丽的圣境,人亦相同。一微笑,一皱眉,无不同样可以显出那种圣境。一个人的手足眉发在此一闪即逝的缥缈印象中,即无不可以见出造物者之手艺无比精巧。凡知道用各种感觉捕捉这种美丽神奇的光影的,此光影在生命中即终生不灭。但丁、歌德、曹植、李煜,便是将这种光影用文学组成形式,保留的比较完整的几个人。这些人写成的作品虽各不相同,所得启示必中外古今如一,即一刹那时被美丽所照耀,所征服,所教育是也。

"如中毒,如受电,当之者必喑哑萎悴,动弹不得,失其所信所守"。美之所以为美,恰恰如此。(《烛虚》)

沈先生对自然有一种特殊的敏感,有泛神倾向。他很易为"现象"所感动。河水,水上灰色的小船,黄昏将临时黑色的远山,黑色的树,仙人掌篱笆间缀网的长脚蜘蛛,半枯的柽柳,翠湖的猪耳莲,水手的歌声,画眉的鸣叫……都会使他强烈地感动,以至眼中含泪。沈先生说过:美丽总是使人哀愁的。

沈先生有时是生活在梦里的。

夜梦极可怪。见一淡绿白合花,颈弱而花柔,花身略有斑点青渍,倚立门边微微动摇。在不可知的地方好像有极熟习的声音在招呼:

"你看看好,应当有一粒星子在花中。仔细看看。"

于是伸手触之。花微抖,如有所怯。亦复微笑,如有所恃。因轻轻摇触那个花柄,花蒂,花瓣。近花处几片叶子全落了。

如闻叹息,低而分明。(《生命》)

这很难索解,但是写得多美!

沈先生四十岁以后一直是在梦与现实之间飘游的。

照我思索,能理解"我"。照我思索,可认识"人"。

这里的"我"、"人"都是复数,是抽象的"人",哲学的"我",而沈先生的思索,正如他自己所说,是"抽象的抒情"。

要理解一个作家,是困难的。

关先生编选的这本书虽是资料性的工具书,但从他的选择、分类上,可以看出是有自己的看法的。关先生的工作细致、认真,值得感谢。

一九九三年十月十四日

注　释

① 本篇原载《中华散文》1994 年第一期,是作者为《沈从文谈人生》(沈从文著,关克伦编,中国青年出版社,1994 年版)所作序;初收《汪曾祺全集》第六卷,北京师范大学出版社,1998 年 8 月。

老年的爱憎[①]

大约三十年前，我在张家口一家澡塘洗澡，翻翻留言簿，发现有叶圣老给一个姓王的老搓背工题的几句话，说老王服务得很周到，并说："与之交谈，亦甚通达。""通达"用在一个老搓背工的身上，我觉得很有意思，这比一般的表扬信有意思得多。从这句话里亦可想见叶老之为人。因此至今不忘。

"通达"是对世事看得很清楚，很透澈，不太容易着急生气发牢骚。

但"通达"往往和冷漠相混。鲁迅是反对这种通达的。《祝福》里鲁迅的本家叔叔堂上的对联的下联写的便是"事理通达心气和平"，鲁迅是对这位讲理学的老爷存讽刺之意的。

通达又常和恬淡，悠闲联在一起。

这几年不知道怎么提倡起悠闲小品来，出版社争着出周作人、林语堂、梁实秋的书，这说明什么问题呢？

周作人早年的文章并不是那样悠闲的，他是个人道主义者，思想是相当激进的。直到《四十自寿》"请到寒斋吃苦茶"的时候，鲁迅还说他是有感慨的。后来才真的闲得无聊了。我以为林语堂、梁实秋的文章和周作人早期的散文是不能相比的。

提倡悠闲文学有一定的背景，大概是因为大家生活得太紧张，需要休息，前些年的文章政治性又太强，过于严肃，需要轻松轻松。但我以为一窝蜂似的出悠闲小品，不是什么好事。

可是偏偏有人（而且不少人）把我的作品算在悠闲文学一类里，而且算是悠闲文学的一个代表人物。

我是写过一些谈风俗，记食物，写草木虫鱼的文章，说是"悠闲"，并不冤枉。但我也写过一些并不悠闲的作品。我写的《陈小手》，是很沉痛的。《城隍·土地·灶王爷》，也不是全无感慨。只是表面看来，写得比较平静，不那么激昂慷慨罢了。

我不是不食人间烟火，不动感情的人。我不喜欢那种口不臧否人物，绝不议论朝政，无爱无憎，无是无非，胆小怕事，除了猪肉白菜的价钱什么也不关心的离退休干部。这种人有的是。

中国人有一种哲学，叫做"忍"。我小时候听过"百忍堂"张家的故事，就非常讨厌。现在一些名胜古迹卖碑帖的文物商店卖的书法拓本最多的一是郑板桥的"难得糊涂"，二是一个大字："忍"。这是一种非常庸俗的人生哲学。

周作人很欣赏杜牧的一句诗："忍过事堪喜"，以为这不像杜牧说的话。杜牧是凡事都忍么？请看《阿房宫赋》："使天下之人，不敢言而敢怒。"

一九九三年十一月三日

注 释

① 本篇原载《钟山》1994 年第一期；初收《汪曾祺全集》第六卷，北京师范大学出版社，1998 年 8 月。

继　　母①

　　林则徐的女儿嫁沈葆桢,病笃,自知不治,写了一副对联留给沈葆桢和她的女儿:

> 我别良人去矣。大丈夫何患无妻。
>
> 若他年重结丝罗,莫对生妻谈死妇。
>
> 汝从严父戒哉,小妮子终当有母。
>
> 倘异日得蒙扶养,须知继母即亲娘。

（引自 1993 年 11 期《女声》杂志）

　　这实际上是一篇遗嘱。病危之时,不以自己的生死萦怀,没有多少生离死别的悲悲切切,而是拳拳以丈夫和继室,女儿和后母处好关系为念,真是难得。老是继室面前谈前妻,总是会使继室在感情上不舒服的。前娘的女儿对后娘总不会那么亲,久之,便会产生隔阂。使她放心不下的,唯此二事,所以言之谆谆。话说得既通达,又充满人情。这真是大家风范,不愧是林则徐的女儿。

　　由此我想起一个与后娘有关的评剧小戏,《鞭打芦花》,是写闵子骞的。闵子骞的母亲死了,他父亲又续娶了一房。后房生了两个儿子。一天,下大雪,闵子骞的父亲命三个儿子驾车外出,闵子骞的父亲看见大儿子抱肩耸背,不使劲,很生气,抽了他一鞭。一鞭下去,闵子骞的上袄裂开了,闵子骞的父亲怔了:袄里絮的不是棉花,是芦花! 闵子骞的父亲大为生气,怎么可以对前房的儿子这样呢! 他要把这个后老伴休了。闵子骞说千万使不得,跑在雪地上说了两句话:

> 母在一子单,
>
> 母去三子寒。

这是两句非常感人的话。

闵子骞是孔子的学生，是个孝子。孔子称赞他说："孝哉闵子骞！人不间于其父母昆弟之言。"（《论语·先进》）"鞭打芦花"有没有这回事，未见记载。我想是民间艺人编出来的戏，这样富于生活气息的细节，也只有民间艺人能够想得出。这是一出说教的戏，但是编得很艺术，很感人。过去在农村演出，到"母在一子单，母去三子寒"，有的妇女会流泪，甚至会哭出声来的。

继母是不好当的。"继母"在旧社会一直是一个不好解决的家庭问题、社会问题、伦理道德问题。一般继母对自己生的儿女即便是打是骂，也还是疼的，因为照京郊农村小戏所说，这是"我生的，我养的，我锄的，我耪的！"而对前房的子女，则是"隔层肚皮隔重山"。这种关系，须要协调。怎么协调？"亦唯忠恕而已矣"。

林则徐的女儿的遗联，《鞭打芦花》的情节，直接间接都受了儒家思想的影响。林则徐的女儿出身书香门第，曾读孔孟之书，自不必说。《鞭打芦花》的编剧艺人未必读过《论语》（但是一出土生土长的民间小戏却以一个孔夫子的弟子作主角，这是值得深思的），但是这位（或这些）剧作者掌握了儒家思想最精粹的内核：人情。

现在实行一对夫妻只生一个孩子的政策，"继母"问题已经不那么尖锐，不那么普遍了，但是由此涉及的伦理道德问题并没有解决，即如何为人母。

有些与"继母"毫不相干的社会现象，从伦理道德角度来看，即所谓"人际关系"，其实是相通的，即怎样"做人"。

一个国家，一个民族，一个时代，总要有它的伦理道德观念。我们今天的伦理道德观念从什么地方取得？我看只有从孔夫子那里借鉴，曰仁心，曰恕道，或者如老百姓所说：讲人情。如果一个时代没有道德支柱，只剩下赤裸裸的自私和无情，将是极其可怕的事。我们现在常说提高民族的素质，什么素质？应该是文化素质、心理素质、伦理道德素质。

我觉得林则徐的女儿的遗联、《鞭打芦花》，对提高民族伦理道德素质,是有作用的。

一九九三年十一月十八日

注　释

① 本篇原载《大家》1998 年第二期;初收《汪曾祺全集》第六卷,北京师范大
学出版社,1998 年 8 月。

小 乐 胃[①]

小乐胃或写作"小乐味",但是上海话"味"读 mi,不读 wei,所以还是写成"小乐胃",虽然有点勉强,也许有更准确的写法,须请教老上海。

小雨连阴,在自己家里,一小砂锅腌笃鲜、一盘雪里蕻炒冬笋肉丝,一盘皮蛋拌豆腐(这个菜只有上海有),一碟油氽果肉,吃一斤老酒,小乐胃!

但我所说的小乐胃范围更大一点,包括酒菜、面点、小吃、零食。

我弄不清乌贼鱼卤鸡蛋是怎样把一只完整的去壳鸡蛋塞进完整的乌贼鱼肚子里去的。吃起来蛮有意思。红方(五花肉切成正方的一块,卤熟),肥而不腻,颜色鲜明。卤煮花干,价钱不贵。

呋明蚶下酒,一绝。

黄泥螺是酒菜中的尤物。

我觉得南翔馒头比天津狗不理的包子好,和以"川菜扬点"著名的绿杨村的包子是两样风格。

上海的面都是汤面,像北京的炸酱面、打卤面,是没有的。我认为最好的面是马路旁边、弄堂里厢卖的咖喱牛肉面。汤鲜、肉嫩,咖喱味足。雪菜肉丝面亦甚佳,要是新鲜雪里蕻、阔条面。八宝辣酱面亦有风味。大排骨面、小排骨面平平。

上海馄饨有大馄饨、小馄饨。大馄饨为菜肉馅,他处少见。小馄饨是纯肉馅。

逛老城隍庙,总要喝一碗鸡鸭血汤,吃几只百页结。鸡鸭血汤是用海蜒鱼调的汤,有一种特殊的鲜味。我陪一位北方朋友去喝鸡鸭血汤,吃百页结,他说:"这有什么吃头!"

上海零食的代表作是老城隍庙的奶油五香豆。北京、昆明等城市都曾经仿制过,都有个特点:咬不动。

老城隍庙前些年还有梨膏糖卖,我看了很亲切,因为我小时候吃过。现在的孩子都吃巧克力、大白兔奶糖,对梨膏糖不会感兴趣。倒是老人有时买两块含在嘴里,为了怀旧。

零食里有两样是比较特别的,一是鸭肫肝,一是龙虱,过去卖香烟火柴的小店就有得卖,装在广口的玻璃大瓶里。龙虱本不是上海东西,是广东来的。上海人有的不吃,因为这是昆虫。我有一次看电影时拿了一包龙虱一只一只地吃,旁座两位小姐吓得连忙调了个座位。

零食里最便宜的是甜支卜、咸支卜。好像是萝卜丝做的。喝清茶,嚼咸支卜,看周作人的文章,很配称。

上海人爱吃檀香橄榄,比福建人还爱吃。福建的橄榄多是用甘草等药料腌制过的,橄榄味已保留不多。上海的檀香则是一颗颗碧绿生青的新鲜橄榄,这样放在嘴里嚼了很久,才真能食后回甘。

上海饮食的特点是精致,有味道,实惠。但因为是"小乐胃",缺点是小,缺少气魄,有点小家子气。这和上海人的生活方式、上海人的心态,和上海整个文化构成是一致的。随着改革开放的大潮涌起,上海文化,包括上海的饮食文化会有所改变。但是不管开放到什么程度,要上海人人都能喝得起人头马 XO,是不可能的。要上海人像山东人一样攥着几根大葱啃一斤锅盔,像河北人一样捧着一海碗芝麻酱面,一边狼吞虎咽,一边嘎吱嘎吱嚼着紫皮生大蒜,上海人是吃不消的。

注　释

① 本篇原载《上海文化》1993 年第一期。

耿 庙 神 灯[①]

我的家乡的"八景"（鲁迅说中国人有八景癖）多半跟水有关系，而且都是些浪漫主义的想像，真要跑到那个景点去看，是什么也看不到的。"耿庙神灯"就是这样。

耿七公是有这个人的，他住在运河东堤上。他是个医生，给人治病。但又似一个神仙。说是他常坐在一个蒲团上，在高邮湖上漂。某年，运河决口，修筑河堤，水急，合不了龙，七公把蒲团往河里一丢，水一时断流，龙遂合。

有一点大概是可靠的：耿七公在他家门前立一个很高的旗杆，每天晚上挂一串红灯，为夜行的舟船指路。

耿七公死了，红灯长在。每到大风大雨之夜，湖里的船不辨东南西北，在风浪里乱转，这时在浓云密雨中就会出现红灯，有时三盏、有时七盏，飘飘忽忽，上上下下。迷路的船夫对着红灯划去，即可平安到岸。

这就是"耿庙神灯"。

七公是船户和渔民的保护神。他们在沙堤上为他立了一座小庙，叫"七公殿"。渔民每年要做"七公会"，大香大烛，诚心礼拜，很隆重。

七公殿离御码头不远，我小时候去玩过。现在已经没有了，不过七公殿这个地名还有。渔民现在每年还作七公会。

耿庙神灯，美丽的灯。

注　释

① 本篇原载《塔上随笔》，群众出版社，1993 年 11 月；又载《散文天地》1994年第三期。

《中国当代名人随笔·汪曾祺卷》序①

　　我已经出过两个散文集。有一个小品文集正在付印。在编这个集子的同时,又为另一出版社编一本比较全面的散文选。那么,这个集子怎么编法呢? 为了避免雷同互见太多,确立了这样一些原则:

　　游记不选;

　　纪念师友的文章不选;

　　文论不选;

　　抒情散文不选。

　　剔除了这几点,剩下的,也许倒有点像个随笔集了。

　　是为序。

注　释

① 本篇原载《中国当代名人随笔·汪曾祺卷》,陕西人民出版社,1993 年
　　12 月。

散文应是精品[①]

近几年(也就是二三年吧),散文忽然悄悄兴起。散文有读者。在商品经济的冲击下,在流行歌曲、通俗小说、电视连续剧泛滥的时候,也还有一些人愿意一个人坐下来,泡一杯茶,看两篇散文,这是为什么?原因可能是:一、生活颠波,心情浮躁,人们需要一点安静,一点有较高文化意味的休息;在粗俗文化的扰攘之中,想寻找一种比较精美的艺术享受,散文可以提供这样的享受,包括对语言的享受。这些年,把语言看成艺术,并从中得到愉快的人逐渐多起来,这是我们这个民族文化素养正在提高的可喜的征兆。

散文天地中有一个现象值得玩味,即散文写得较多也较好的是两种人,一是女作家,二是老头子。女作家的感情、感觉比较细,这是她们写散文的优势。有人说散文是老人的文体,有一定道理。老年人阅历较多,感慨深远。老人读的书也较多,文章有较高的文化气息,多数老人的散文可归入"学者散文"。老年人文笔大都比较干净,不卖弄,少做作。但是往往比较枯瘦,不滋润,少才华,这是老人文章一病。

小说家的散文有什么特点?我看没有什么特点。一定要说,是有人物。小说是写人的,小说家在写散文的时候也总是想到人。即使是写游记,写习俗,乃至写草木虫鱼,也都是此中有人,呼之欲出。

注　释

① 本篇原载王必胜、潘凯雄编《小说名家散文百题》,长江文艺出版社,1994年版;初收《汪曾祺全集》第六卷,北京师范大学出版社,1998年8月。

西 山 客 话^①

命车入市,
瞬目可至,
安步徐行,
亦是乐事。

北京之西,西山之麓,长安寺与灵光寺之间,有平陂隙地,业房地产者辟为山庄,即名为"八大处山庄",地点选得极好。八大处近在咫尺,举步可以登山,有山居之清趣,无攀援之辛劳。又离市区不远,自山庄至天安门仅 16.8 公里,驱车半小时即到,交通甚便。山庄建筑皆依山借景,藏屋于树,原有古树怪石悉皆保留。屋皆外朴内华,曲折有致,坐卧其中,有浮生半日之乐,得淡泊宁静之怀。春宜花,夏宜风,秋宜月,冬宜雪,四时佳兴,可与人同。其间亦有高敞厅堂,便交际,便洽谈,便开筵宴客。北京人口日密,华屋如林,求一可建别墅之地已无多矣,"八大处山庄"甚难得,有意卜居京郊者幸勿失之交臂。辑此图册,备讯览焉。

从 250 万年前走来

250 万年前西山一带是什么样子呢?

现在在八大处六处香界寺脚下还能看到"冰川漂砾"。这是第四纪冰川擦痕的遗迹。冰川时期,气温高寒,平川山岳终年冰封雪盖。除了冰川,什么也没有。后来气温变化,冰川融解,有些砾石随冰顺水而下,在急速滑动中,留下几道擦痕,这是地质变化的见证。第四纪与人类的出现有关,故被科学家称为"灵生纪"。我们的远祖就是在这一纪逐渐滋生、繁衍,以至成了我们这样的人。人的出现经过一个多么漫长,艰苦,悲壮的历程呀。香界寺砾石上刻有地质学家李四光手书的大字"冰川漂砾"。看到这四个字你会产生比"念天地之悠悠"更深的感慨的。现在擦痕已经被铁栏护住,不能近看了,怕人踏牛踩,逐渐模糊。

八　大　处

　　驱车出京城,
　　还见京城影。
　　举头八大处,
　　手揽十二景。

　　西山风景,旧称有"三山""八大处""十二景"。

　　"三山"是翠微、平坡、卢师。

　　北京的山都在京西。西山是太行山的余脉。清高宗(乾隆)有句云:"太行分秀干,永定贯阴精。孕育成灵局,崔巍护帝京。"明大司马许纶,认为西山地势极妙,"平分龙虎地,环保凤凰城"。登西山绝顶,可以俯瞰北京小平原,千重树木,万户炊烟。西山一带真是风水宝地。

　　"八大处"是:长安寺(一处)、灵光寺(二处)、三山庵(三处)、大悲寺(四处)、龙泉庵(五处)、香界寺(六处)、宝珠洞(七处)、证果寺(八处)。

　　"十二景"为:绝顶远眺、春山杏林、翠峰云断、卢师夕照、烟雨鹃声、五桥夜月、水谷流泉、虎峰叠翠、深秋红叶、高林晓日、雨后山洪、层峦晴雪。

　　很少有人看遍十二景。有的景不易遇。"雨后山洪",西山不常发山洪。"层峦晴雪",除了冬天,是看不到的,有在雪后登山的雅兴的人是不多的。"烟雨鹃声"只是一种境界,"鹃声"可闻而不可见,严格说这不能算是一"景"。因此,游西山者,实际上游的是"八大处"。

　　"八大处"亦称"八大刹",是八处寺庙。西山原来寺庙甚多,据《日下旧闻考》说有三百七十处,未必精确。一般说是"西山三百寺",也只是约数。那时的西山到处是庙,到处是白塔。这些寺庙逐渐毁圮,不少是八国联军时烧掉的。最后只剩下八座了,故称八大处。

这些刹是明清两代,主要是清代皇帝所"敕建"的。皇帝到这里来敬佛,烧香,休息,避暑。

六处香界寺最大,最富丽辉煌,因为乾隆在这里住过一阵。

慈禧也来过,在二处灵光寺水心亭看过金鱼。水心亭金鱼池的金鱼据说咸丰年间就开始放养,现在有的有二尺长了。据说慈禧看鱼时,金鱼结队来朝拜,领队的一条有一个婴儿大。慈禧很高兴,摘下了耳环,叫太监给金鱼戴在鳃上。这大概是和尚编出来的故事,不过编得也挺有意思。

八大处到处都有帝王留下的踪迹,他们题的联、匾、诗。逛八大处,可以感受到帝王生活的气息。现在有几处如香界寺已修建了仿宫廷的别墅,你如果有兴趣,可以进去住两天,过过当皇上的瘾。

八大处是佛教圣地。最能吸引亚洲佛教信徒的,是二处灵光寺的佛牙舍利塔。据闻佛祖释迦牟尼圆寂火化后留下两枚佛牙,一颗传至锡兰,一颗辗转流传至燕京。由大辽建招仙塔供养。招仙塔在八国联军时毁于炮火。后幸而发现。由中国佛教协会新建十三层宝塔供养。各国来此膜拜者甚多。

平 地 山 居

结庐在人境,
性本爱丘山。
隔户闻鸡犬,
何似在人间。

一处长安寺在山脚平地上。一般游西山者大都由二处上山,游过其他七处再回到一处休息、喝茶、等车。游人上山前不在一处停留,故即便是春秋佳日旅游季节,这里也不喧闹拥挤。游人下山是陆续而来,又陆续而去,不会乱成一团。来作西山一日游者,早发晚归,总不免有点累。若是住在这里,就可以从从容容,今天游两处,明天游两处,回到住处,新茶热饭,闲坐谈天,真是乐事。这里既有山居的乐趣,又有近城的方便。从一处到天安门才 16.8 公里,乘车半小时可到。在这里筑室而居,实在很理想。

五 朝 帝 都

金瓦红墙紫禁城,
五朝宫阙尚峥嵘。
万方乐奏千条柳,
丽日和风唱太平。

北京是使很多人向往,很多人眷恋的地方。很多老北京,在北京住过多年的别处的人,走了全国很多地方,有的出过国,一回到北京,就会说:"还是北京好啊!"老舍的话剧《方珍珠》里一个给唱大鼓的女艺人弹三弦的老弦师,陪着女艺人跑了很多码头,回到北京,说:一到了北京,我这心里就跟吃了一个凉柿子似的,甭提多舒服了!

北京人自称住在"天子脚下"。

曾有过五个朝代在这里建都。这五朝是辽、金、元、明、清。

北京为辽南京的所在。辽南京的旧址已不可确认,但还遗留下一些文物胜迹,如大觉寺、戒台寺、天宁寺塔。

北京在金代为中都。金帝曾役使大批士卒、民夫、工匠掘土凿池,开挖海子,栽植花木,堆砌假山,叠筑琼华岛。现在的北海大体上是金代的规模。卢沟桥是金章宗时落成的。

北京是元代的大都。大都规划严整,呈长方形。城内街道如同一个棋盘,南北和东西各有九条大街,全都整齐划一,大街宽 24 步,小街宽 20 步。在大街两侧平行排列小街和胡同。现在元大都北城墙只保留一些不多的遗址,但其规模尚可想见。这样整齐划一的城市规划思想一直影响到后代。北京有很多地名叫什么什么胡同,外地人会奇怪,为什么叫"胡同"。"胡同"是蒙古话,大概是元大都时期留下的。

明太祖朱元璋在应天（今南京）称帝，定应天为南京，把元大都改称为北平府，封第四子朱棣为燕王，就藩北平。洪武三十一年，朱元璋死，其孙朱允炆即位，是为建文帝。朱棣在建文元年起兵北平，四年，攻下南京，夺取帝位。永乐元年，朱棣升北平为北京。"北京"之名，即由此始。

朱棣派大将营建北京。

明北京城是在元大都的基础上，参考南京的城池宫殿而营建的。

明代宫殿分前后两个部分。前一部分以承天门（清代改为天安门）、端门、午门、三大殿为中心，以文华殿、武英殿为两翼。后一部分是皇帝和后妃居住的地方，即通常所说的"后宫"。

明代北京的布局是以一条纵贯南北的中轴线为依据的。这条中轴线以永定门为起点，皇城后门的钟鼓楼为终点。所有宫殿、街道、民居都在中轴线两侧展开。北京的街道绝大部分是正南正北，正东正西的（偶尔有偏斜的即称为"斜街"，如"烟袋斜街""杨梅竹斜街"）。这种方方正正、整整齐齐的总体布局的城市，在世界上绝无仅有。

清代的城苑基本上是在明宫的基础上增建的。

一个外地人初到北京，看着故宫，第一个突出的感觉是：真是皇家气象！这种皇家气象是别的城市所没有的。

天安门是"颁诏"（皇帝下圣旨）的地方，平常正门是不开的，只有皇帝出巡，才打开。天安门里外都有两根高高的石柱，叫做"华表"。华表顶端有圆盘，上面蹲着一个龙不像龙，麒麟不像麒麟的叫不出名字的石兽。建筑学家梁思成曾问过古建工人："这叫什么？"工人答曰："门里的叫做'望君出'。""外面的呢？""——'望君归'。"这是建筑工人按照自己的意思随便起的名字。古建筑的许多零碎的装饰，都叫不出名字。所有宫殿房顶四周向外支出的檐牙的上面都有十多个琉璃烧制的小东西，有的看得出是什么：龙、凤、麒麟、海马……最靠外的一个，是一个道童模样的人，骑在一个又像鸟又像兽的东西身上。梁先生问建筑工人："这叫什么？"答曰："这叫'走投无路'。"这实在很幽默。

午门在回形的城下。这才是真正的宫门。城上有正殿,四角有方形亭状的建筑,俗称"五凤楼"。

午门是皇帝接见使臣和接受献俘的地方,平常是不启用的。旧小说和戏曲里常说"推出午门斩首",没有那回事,皇宫外边怎能杀人呢?

午门以里,就是"三大殿",宏伟华丽,世无其匹。殿里的华盖、宝座、一应陈设还保持当年的原貌。

宫里建筑的华美,除了三大殿,要算紫禁城四角的四座角楼。"角楼"是御林军放哨的岗楼。角楼是世界建筑史上的一个奇迹,角楼的结构非常繁复,叫做"九梁十八柱"。据传说,当初建角楼,皇上要"九梁十八柱",这可把领头的工匠难坏了,"九梁十八柱"怎么斗在一起呀!他愁得不行。正在犯难,听见外面有个老头卖蝈蝈,买个蝈蝈来解解心烦吧。蝈蝈笼子是秫秸编的,编得怪灵巧。工匠头拿着蝈蝈笼翻来覆去地看,忽然双眼一亮:这不是九梁十八柱嘛!于是就照蝈蝈笼的样子盖了角楼。这卖蝈蝈的老头是谁?——是鲁班。角楼在禁城四角,御河之上,倒影映入粼粼波光,玲珑绚丽,叹为观止。

文 化 古 城

> 九城栉比列华屋,
>
> 处处书香与画轴。
>
> 卜宅西山山下住,
>
> 清谈不觉渐离俗。

中国多文化名城,而以北京为其最。

故宫博物院是全国最大的博物院。院内收藏自商周至明清历代的珍贵文物。这些文物绝大部分是稀世之宝,价值连城。院内有一些经常开放的馆,如珍宝馆、陶瓷馆……也常举办一些短期陈列的专题性的展览,如明清书画展、匏器展……全国的艺术家不断到故宫来观摩。一个书法家、画家,不到故宫来看看故宫所藏字画,可以说是未开眼界,不能体会中国书画的真正妙处。一个对艺术有兴趣的外来游客,到了北京,哪里都不去,只是天天到故宫看那些艺术作品,管保你连看一个月也看不够。多看看艺术作品,不知不觉,就会减少一分俗气,增添一分高雅。故宫博物院是一所培养审美感情的大学校。

北京是一座大学城。历史最悠久的是北京大学、清华大学。北京大学原在沙滩,后迁入原燕京大学的校园,园内景色甚佳,有未名湖,清澈秀丽。除了综合性的大学,还有一些专业性的学院,这些学院集中在一个地区,号称"八大学院区"。大学、学院为国家培养了很多人才。北京可以说是人才的摇篮。

北京图书馆是国家图书馆,规模最大,藏书最多,且多善本。原在北海西面的文津街,后在紫竹院旁边建了新馆。新馆被世界公认为"亚洲最大的书城"。

"北京文化"的重要组成部分是皇家园林。最著名的是颐和园和圆明园。颐和园布局规划,极有巧思,园外之山,园内之湖,都得到充分的利用。建筑疏朗而不分散,密集而不拥挤。在世界名园中,颐和园占很高的位置。圆明园是一座中西合璧的"超大"园林。八国联军时毁于炮火,现在只剩下一些断裂的石楣石柱,供人凭吊。到圆明园残址,主要不是"看",而是"想"。想我们这个民族,这个民族的昨天,这个民族的今天,也想这个民族的明天。到圆明园,你会很具体地扪触到什么是历史。

中国园林的特点是文化气息浓。名园必有名匾、名联、名诗。皇家园林亦如此。颐和园亦如此。皇家园林的联匾的内容一般都是堆金叠玉,富丽堂皇,无甚深意。字,也是"皇帝体","黑、大、光、圆"。但是作为皇帝,能写这样的字,也不容易。证明皇帝也还是重视文化素养的。

北海的漪澜堂下游廊两壁嵌砌《三希堂法帖》,汇集了晋唐宋明的法书,使北海提高了文化品位。《三希堂法帖》不难买到。在八大处山庄寓居的"大款",在书斋里放一部《三希堂法帖》,忙里偷闲,随手翻翻,是一种精美的享受。

琉璃厂是一条文化街。这条街上的店铺全都做的与文化有关的买卖。有的买卖字画,有的专卖碑版字帖,有的卖旧瓷器,有的卖古书,有裱字画的、刻图章的。最有名的"南纸店"是荣宝斋。你如果想写写毛笔字,画两笔画,消遣消遣,怡悦性情,到荣宝斋,文房四宝,一应俱全。荣宝斋的水印木刻,是中国一绝。大幅的可印《张萱捣练图》《韩熙载夜宴图》,和原作完全一样。荣宝斋的笺纸用淡彩水印,可以用来写信、题诗,赠送海外亲友,也是十分雅致的礼品。

风 水 宝 地

> 青山排户入,
> 在山泉水清。
> 七碗风生腋,
> 饮之寿且宁。

北京的地势西高东低。西面是山,东南是一马平川的"北京小平原"。"西山"本是北京西面所有的山。《日下旧闻考》引清高宗乾隆语云:"西山峰岭层叠,不可殚名,因居西城右辅,故以'西山'概焉。"西山一带真是风水宝地。

"天下名山僧占多",中国的名山都有庙,西山自隋代起即有僧人建庙,以后不断增多。后来这些庙遭到毁坏。前面说过,最大的一次毁坏是八国联军。最后只剩下了八座庙,故八大处亦称"八大刹"。八刹非一时所建,但错落有致,好像有一个什么人事前做过一番统一规划似的。八大处的好处是景随步移,山随路转,八刹各有特色,绝不雷同。

京西水好。水从太行山下来,到北京,落差五十米,于是潜入地面,为地下水。或有时涌出地面,为喷泉,为湖泊,最后汇入永定河。

玉泉山的水号称天下第一泉。过去,只有皇上可以喝。每天由水夫运到宫里,叫做"御水"。有的大臣塞给水夫一点钱,才能私买一坛"御水",用以烹茶。

西山八大处五处龙泉庵有泉,清冽甘美,曾有自署"锄月老人"者作《甜水歌》:"……谁凿石镈泻石髓,涓涓汩汩流清泉。……汲来烹茶香且冽,调羹炊黍味弥鲜。或云饮之令人寿,揆之于理宜有焉。……"

住在八大处山庄的客人如果有兴趣,不妨到五处去取两坛水(最好不要用塑料桶），回来品尝品尝，这比一般的矿泉水一定"清冽"得多。以烹茶，不论是杭州的"狮峰龙井"还是武夷山的"大红袍"，一定会更"发"茶味。

其实西山之水，本系一脉，"八大处山庄"前后左右之水，都"清冽甘美"。"或云饮之令人寿，揆之于理宜有焉"。

春花秋叶，鸟啭鱼乐

> 静鸟投林宿，
> 闲鱼出水游。
> 尘飞不到处，
> 容我小淹留。

"曲径通幽处，禅房花木深"，寺庙都有花木，而且树龄甚老，品种名贵。八大处也是这样。大悲寺有一棵银杏，已经活了八百年，树干须几个人合抱。银杏是远古时期孑遗植物，被称为"活化石"。它生长缓慢，而寿命很长，能活一千年。大悲寺的这棵银杏再活几百年问题不大。大悲寺有一丛"黄皮刚竹"，是稀有竹种。一般竹子到冬天就会脱叶，"黄皮刚竹"经冬不凋，大雪之后，枝叶更加鲜绿。

香界寺大雄宝殿前有娑罗树两株。娑罗树中国很少，老百姓说月亮里的影子就是娑罗树影。在弄楼一侧有一棵玉兰。玉兰在北方不算稀罕，颐和园有很多棵，但八大处只此一棵，故足珍贵。这棵玉兰据说是明代所植，高与楼齐，开花时瓣如玉片，蕊似黄鹅，一树光明，灿烂耀眼。灵光寺花木最盛，有一棵很高的紫薇。紫薇一名"不耐痒树"，也叫"痒痒树"。这种树很怪，它有"感觉"，用指甲挠它的树干，树的全身，枝、叶、花就会微微颤动。八大处牡丹、芍药很多，几乎处处皆有。

到了秋天，可看红叶。红叶不是枫树，是黄栌。黄栌到秋天，树叶就会转为红色。北京人看红叶是秋游盛事，可以说是倾城出动。原来看红叶是在香山，近年西山大力种植黄栌，西山遂为看红叶的第二去处。陈毅元帅有诗云："西山红叶好，霜重色愈浓。"住八大处山庄者，可以去印证印证。红叶深浅层叠，如火如荼，作为摄影的背景，照北京人的话说："没治了！"

鸟鸣山更幽。西山鸟多。"烟雨鹃声"是西山十二景之一。杜鹃在北京不大容易见到。杜鹃的鸣声不同的人听起来不一样。有人说是"割麦插禾"，有人听起来是"不如归去"，有人说它叫的是"光棍好苦"！雨窗静坐，不妨分辨分辨，它究竟叫的是啥。

皇 帝 行 宫

> 万机之暇且从容，
> 窄袖轻衣射大弓。
> 汉武秦皇俱往矣，
> 尚余松韵入霜钟。

六处香界寺在八处中为最大。这是明清两代帝王登山野游休息的地方，所以殿宇宏大精整。乾隆年间在这里建造了避暑行宫，丹漆彩画，更加华丽。乾隆确曾在行宫住过，哪一年，住了多久，无可查考。

皇帝离开"大内"，到行宫里来住住，干什么呢？无非是参悟佛理，修养精神。乾隆曾在中厅写了一副对联：

> 山色溪声，净理了可悟；
> 风清月白，胜赏良有因。

皇帝也很忙，坐朝，看报告（奏折）、批文件（诏书），他需要一个地方休休假，"躲清静"。

皇帝休假，除了学佛、读书，还要习骑射。清代以弓箭取得天下，入关以后，皇族还一直保持这种家规。清宣宗（道光）画"习射"像，自题：

> 几闲弧矢每操持，
> 家法勤修志莫移。

《红楼梦》里的贾宝玉也还是要练射箭的。

从现存的几代大清皇帝的"行乐图"看,皇帝射过鹿,射过雁,射过雉(野鸡),射过兔子,甚至射过不大点的凫(野鸭子),目的自然不在猎取野味,只是消遣消遣,抻练筋骨,不使自己懒得"放肉"而已,——清代的帝王都长得精瘦精瘦的,不像明朝皇帝大都是胖子。

除了学佛、读书、骑射,皇上还会鼓捣一点小玩意儿,比如养蝈蝈。北京贵族养蝈蝈养在瓠器(葫芦)里,外表精致,里面还有"胆"。"胆"是金属细丝编织的。一般是铜丝、银丝编织的。皇上玩,"胆"大概是金丝的。

西山出产的蝈蝈,个儿大,皮色黑,声音洪亮,是有名的"铁皮蝈蝈"。蝈蝈养好了,能越冬。大雪纷飞之际,把蝈蝈取出来,听听蝈蝈叫,也是个乐儿。住在八大处山庄的诸公,有没有兴趣弄几个蝈蝈来养养?

冬天宫里还有一种消遣,填"九九消寒图"。一张长方形的白纸,打了格子,双钩九个楷字:

庭前垂

柳珍重

待春风

这九个字都是九笔。双钩的是翰林院的学士。皇帝每天用朱笔填廓一笔,填满一字,就在字的右下侧注明,何时开始数九,那天天气如何,阴晴雨雪。把这九个字都填满了,九九八十一天,冬天就过完了。这本是皇家消闲遣兴的玩意儿,后来传到民间。八大处的售品部似可刷印一些双钩"九九消寒图",让外地人填着玩。

中国民间对"数九"也很重视,各地都有"九九歌"("九九歌"都是写得很美的,希望有人编一本《中国民间九九歌》,这是极好的民间诗歌)。华北农村常见的"九九歌"是:

一九连二九,相逢不出手

(天气已冷,彼此见面,不伸出手来,只是在袖筒里作揖。)

三九四九,牙门唤狗

（"牙门"是开一点门缝。）

　　五九六九，沿河看柳。

　　七九河开，八九雁来

（塞北人说：七九河开河不开，八九雁来雁准来。）

　　九九加一九，耕牛遍地走

（开始春耕。）

　　中国原是农业社会，"九九歌"反映了农村生活的特点，皇帝填廊的"消寒图"则完全表现出闲豫的情趣，和老百姓生活距离得很远了。

　　皇家生活是极端奢侈的。拿吃来说，溥仪一家六口人一个月要用三千九百六十斤肉，三百八十八只鸡鸭。溥仪曾找出一张"早膳"（即午餐，宫里一天只吃两顿饭）的菜单，内容如下：

　　口蘑肥鸡　三鲜鸭子　五柳鸡丝　炖肉　炖肚肺

　　肉片炖白菜　黄焖羊肉　羊肉炖菠菜豆腐　樱桃肉山药

　　炉肉烧白菜　羊肉片汆小萝卜　鸭条熘海参　鸭丁熘葛仙米

　　烧慈菇　肉片焖玉兰片　羊肉丝焖疙瘩丝　炸春卷

　　黄韭菜炒肉　熏肘花小肚　卤煮豆腐　熏干丝　烹掐菜

　　花椒油炒白菜丝　五香干　祭神肉片汤　白煮塞勒　烹白肉

　　这么多东西，一个人怎么吃得完？溥仪的菜单还算少的，慈禧一个人要一百多样。这些菜肴只是显排场，摆样子的，太后、皇上是不吃的。他们各有膳房，另做爱吃的菜。慈禧就爱吃李莲英做的烩鸭条。据说宫里的炒豆芽菜是用缝被窝的大针扎出小孔，把肉泥挤进去炒的。有这种可能。

　　饭菜做而不吃，衣服做而不穿。据溥仪回忆，从十月初六至十一月初五，给他做的衣服就有：皮袄十一件、皮袍褂六件、皮紧身二件、棉衣裤及紧身三十件。

　　清室帝后都爱听戏。宫里有几处戏台。最大的是颐和园的畅音阁，台有三层。宫里有专门培养演员和排戏的地方，叫做"昇平署"。

演员都是由聪明俊秀的小太监里选拔的。原来唱的是昆山腔、弋阳腔，后来逐渐改为皮黄。有时也把外面的名角传到宫里去"当差"，叫做"外学"。谭鑫培、杨小楼都到宫里唱过戏。唱好了，慈禧就降旨："赏。"唱不好就"传杆子"——用竹竿打屁股。

皇室中有不少自己会唱戏的，称为"票友"。红豆馆主（溥侗）就是一代名票。不但"文武昆乱不挡"，除了武生、花脸，还能唱青衣。不少京剧名角都向他请教过。

北京有很多旗人（满族）。旗人不治生业，不种地，不会手艺，不做买卖，只是按时去领皇粮，叫做"铁杆庄稼"。他们的本事就是玩，玩得非常讲究，非常精致。架鹰，逮獾子。玩鸟，各种鸟，有听叫的，有观赏的，有打弹的，——包括玩鸟笼、鸟食罐。玩鼻烟壶，瓷的、玛瑙的、"内画"料器。鼻烟壶只是把玩，并不真的装鼻烟。一只名贵的烟壶一装鼻烟就毁了。玩蛐蛐，玩蝈蝈……

蝈蝈养在葫芦里，随时在怀里揣着。

瓠器（葫芦）作为玩意儿摆设大概是清代以后的事。在葫芦长成之前外面套了木刻的模子，让葫芦依着模子长，可以长成长方的、四棱的、八角的、三代彝器样子。葫芦外壳有各种图案，也都是在模子上抠出来，让它照样长的，不是用刀刻的。

民国以后，再无皇粮可领，"铁杆庄稼"倒了，旗人大都败落了下来。但是他们都还保留着旗人的生活习惯。喝黄酒要吃红白豆腐（炖肉只能喝白酒）。吃炸酱面要有十几样"菜码儿"，顶花带刺的嫩黄瓜、青豆、小萝卜缨儿……吃一碟水疙瘩丝，也要切得头发那么细。

旗人是可以看出来的，他们大都是瘦高个儿，窄长脸，眼细而长。"高帝子孙多隆准"，皇室的"旧王孙"大都是高鼻梁。

西山住过两个有名的旗人。

一个是曹雪芹。曹雪芹的故居究竟在哪里，没有人说得准，但他在西山住过是可以肯定的。曹雪芹晚年很穷，"举家食粥酒常赊"，但是他在这样清贫的生活中，还能"著书黄叶村"，写出了《红楼梦》这样不朽的名著，真是了不起。在八大处山庄一带走走，说不定脚下曾是曹雪芹散步过的小路。

另一个名人是画家溥心畬,他画山水多,与张大千齐名,并称"南张北溥"。他的画常自署"西山逸民"。

古钟和古松

长安寺里花木深,

松叶尖尖硬似针。

长乐钟声犹未尽,

悠悠余韵入禅心。

长安寺始建于明弘治十七年(1504),初名善应寺,清康熙十年(1671)重修。清代曾任礼部尚书的龚鼎孳所撰碑文称长安寺"规模宏丽,表表杰出"。寺里有两件珍贵的文物:两棵白皮松。一对古铜钟。

白皮松是常绿乔木,叶三针一束,粗硬,摸起来扎手。特点是外面的树皮老后,即成片脱落,露出内皮,颜色如新割的铅,故又称"铅松"。内皮若云斑,很美。北京有不少棵白皮松,但树龄比长安寺更老的,似很少。这两棵白皮松是元代所植,至今已有六百年了。白皮松是中国特产,别的国家没有。

钟是明万历二十八年(1600)所铸的"御钟",算来已有四百年了。"万历二十八年"是铸在钟体上的,不会有错。钟现在敲起来声音还很浑厚悠远,好像这四百年对它没有什么影响。

面对古钟、古松,会令人想起时间的飞逝,生命的修短,想起不朽,想起永恒。不同的游客会生出不同的感慨,但一般都不会无动于衷。

四百年前钟,

六百年前松。

手抚白皮松,

来听古铜钟。

钟声犹似昔,

松老不中空。

人生天地间，

当似钟与松。

荣名以为宝，

勉立肤寸功。

解得其中意，

物我皆不穷。

虎 山 杏 海

　　长安寺后有山，不高，山形似伏虎，名曰虎山，亦曰虎头山、虎头岩。山前有一片杏树，约有千株。杏花本没有什么好看的，但一千棵杏树，都开了花，那可是很壮观了。杏花色红而浅，但深浅亦有层次。远望一片浅红的海，如云蒸霞蔚，使人目眩神移。杏花易零落，偶有微风，便纷纷扬扬落下细碎的花瓣，从杏林走过，头上、肩上都会蒙了一层，真是"拂了一身还满"。

　　山里人栽杏树可不是为了看花，是为了让它结杏儿的。春末夏初，杏儿次第成熟，住在一处的人可以接连不断地吃到各种品种的杏儿：麦黄杏、香白杏、杏儿吧嗒……都是树熟，即在树上熟透了的新鲜杏。这样的杏，是在城里水果摊上买不到的。北京人还有一个习惯，买大香白杏一篮，选出个大体圆的，放在大白瓷盘里，置于条案上，不是为了吃，是为了闻香。屋里有一盘香白杏，随时随刻，都散发出一阵一阵甜香。外地人在一处闲住者，不妨也仿老北京一样，在客厅里"供"一盘香白杏，享受一下北京的甜香。

　　有的杏不是为了吃它的"肉"，而是要取其杏仁。

　　北京杏仁的吃法有：五香炒杏仁、盐煮杏仁、杏仁茶（与米浆同煮成糊）、杏仁豆腐（杏仁浆凝结，切薄片，下菠萝汁，是甜菜）。寓居一处的南方人都不妨尝试，用广东人的说法，是"好嘢"！

野　餐

野餐得野趣，

山果佐山泉。

人世一杯酒，

浮生半日闲。

西山随处可野餐。

由一处至二处，游人极少停留，住一处者到这里野餐，最为方便。

一处至二处之间，无乔松大树，只有一些紫穗槐之类的灌木，但亦有野趣。

野餐不宜丰盛。最好带一笸箩新棒子面贴饼子，几块"大腌萝卜"，荤菜也以最平民化的蒜肠、粉肠、猪头肉为好。胃口好的，带两只德州脱骨烧鸡也无妨。天福的酱肘子也对付。要带几瓶矿泉水。酒，"二锅头"就行了。人头马XO当然不错，但跑到西山这样的野地方喝XO，不对景。

一、二处之间无果树，但满山遍野有很多酸枣。自己去摘，一会儿的工夫，就能摘一大堆。西山酸枣，粒大味甜。主要是：新鲜。手摘的野果，吃起来，别有滋味。

西山榛莽丛草中多蝈蝈。蝈蝈肥大多子，大肚，故称"大肚蝈蝈"。捉大肚蝈蝈几十个，折枯树枝一堆，点火，把蝈蝈投入，不一会儿，即烧熟。这是放羊孩子的吃法。烧蝈蝈，蘸盐花，喝二锅头，就贴饼子，人间至味！

后　记

门对清风，户绕流泉。梵宇为邻，桑麻可话。子贡生涯，陶朱事业。既隐于市，亦隐于山。人在图画之中，神游红尘之外。居此福地，宜登寿域。编是书讫，聊贡余言。

（一九九三年底）

注　释

①　本篇原载《北京文学》2018 年第五期。系作者为广州白马广告公司所作的关于西山"八大处山庄"地产项目的广告文案。

附

西 山 客 话①

北京之西，西山之麓，长安寺与灵光寺之间，有平陂隙地，业房地产者辟为山庄，即名为"八大处山庄"。地点选得极好。八大处近在咫尺，举步可以登山，有山居之清趣，无攀援之辛劳。又离市区不远，交通甚便。山庄建筑皆依山借景，藏屋于树。原有古树，怪石，悉皆绿尔。屋皆外朴内华，曲折有致。坐卧其中，有浮生半日之乐，得淡泊宁静之怀。春宜花，夏宜风，秋宜月，冬宜雪。四时佳兴，可与人同。其间亦有高敞厅堂，便交际，便洽谈，便开筵宴客。北京人口日密，华屋如林，求一可建别墅之地已无多矣。"八大处山庄"甚难得，有意卜居者幸勿失之交臂。辑此图册，备讯览焉。

　　　命车入市，瞬目可至，
　　　安步徐行，亦是乐事。

北京的地势西高东低。西面是山，东南是一马平川的"北京小平原"。"西山"本是泛指北京西面所有的山。《日下旧闻考》引清高宗乾隆语云："西山峰岭层叠，不可殚名，因居西城右辅，故以'西山'概焉。"但"西山八大处"的西山则专指翠微、平坡、卢师三山。

八大处分布在三山之间。八刹非一时所建，但错落有致，好像有一个什么人事前作过一番统一规划似的。八大处的好处是景随步移,山随路转,八刹各有特色,绝不雷同。

西山峰峦重叠,但不甚高峻,到八大处作一日游,可以朝发夕归。但是爬一天山,总有点累。如果在八大处山庄住着,今天逛一两处,明天逛一两处,从从容容,潇潇洒洒,回到住处,点烟一支,沏茶一盏,真是神仙过的日子。

> 金瓦红墙紫禁城,五朝宫阙尚峥嵘,
>
> 万方乐奏千条柳,丽日和风唱太平。
>
> 九城栉比列华屋,处处书香与画轴,
>
> 卜宅西山山下住,清谈不觉渐离俗。

西山分三山八处十二景,山山秀美,物物迷人,帝气瑞祥,加上气候宜人,冬暖夏凉,与京城相距不远,最宜建行宫。六处香界寺在八刹中为最大。这是明清两代帝王登山野游休息的地方,所以殿宇宏大精整。乾隆年间在这里修建了避暑行宫,丹漆彩画,更加华丽。

皇帝离开"大内"到行宫里来住,干什么呢?无非是参悟佛理,修养精神。除了学佛、读书,还要习骑射,还会鼓捣一些小玩意,比如养蝈蝈。西山出产的蝈蝈,个儿大,皮色黑,声音宏亮,是有名的"铁皮蝈蝈"。大雪纷飞之际,把蝈蝈取出来,听听蝈蝈叫,也是个"乐儿"。

山上二十七别墅,都是历代名人寻幽而建,现在还可觅到袁氏(袁世凯)、冯氏(冯国璋)等的别墅遗址。昔时有"西山三百寺",与山限青霭相间,犹如佛国乐土。现存八大处,尽是明清两朝帝敕而建,各代皇帝都爱到此游乐参禅,乐而不疲,整个西山犹如一座巨大的御花园。八大处山庄正缘此帝气龙象而起。

八大处花木繁盛,长安寺后有山,曰虎头山。山前有一片杏树,约有千株。一千棵杏树,都开了花,那可是很壮观了。远望一片浅红的海,如云蒸霞蔚,使人目眩神移。

香界寺大雄宝殿前面有娑罗树两株。娑罗树中国很少,老百姓说月亮里的影子就是娑罗树影。弄楼一侧有一棵玉兰。八大处只此一棵,据说是明代所植,高与楼齐,开花时瓣如玉片,蕊似黄鹅,一树光明。灵光寺花木最盛,有一棵很高的紫薇。这棵树有"感觉",用指甲挠它的树干,树的全身、枝、花就会微微颤动。八大处牡丹、芍药很多,几乎处处皆有。

京西水好。水从太行山下来,到北京,落差五十米,于是潜入地面,为地下水。或有时涌出地面,为喷泉,为湖泊,最后汇入永定河。

西山八大处五处龙泉庵有一泉,清冽甘美。昔有自署"锄月老人"者作《甜水歌》:"……谁凿石罅泻石髓,涓涓汩汩流清泉。……汲来烹茶香且冽,调羹炊黍味弥鲜。"

其实西山之水,本系一脉,"八大处山庄"前后左右之水,甚清冽甘美。"或云饮之令人寿,揆之于理宜有焉"。

到了秋天,可看红叶。红叶不是枫树,是黄栌。黄栌到秋天,树叶就会转为红色。北京人看红叶是秋游盛事,可以说是倾城出动。原来看红叶是在香山,近年西山大力种植黄栌,西山遂成为看红叶的第二去处。陈毅元帅诗云:"西山红叶好,霜重色愈浓",红叶深浅层叠,如火如荼,作为摄影的背景,照北京人的话说:"没治了!"

冬日遇上大雪,八大处遍山银装素裹,更显佛教圣境。八大处是佛教圣地。最能吸引亚洲佛教徒的,是二处灵光寺的佛牙舍利塔。据闻佛祖释迦牟尼圆寂火化后留下两枚佛牙,一颗传至锡兰,一颗辗转流传至燕京,由大辽建招仙塔供养。各国佛教徒来此膜拜者甚多。

> 结庐在人境。
> 性本爱丘山。
> 往来十丈红尘里,
> 难得浮生半日闲。

八大处山庄的设计意念卓绝,展现了皇家园林的神髓奇趣。中国皇家园林的营造,注重因山理水,借景点景,达到景园互补,与自然合一的境界,顺应帝王的博大胸襟。故八大处山庄的设计均以自然和谐为要。别墅依山而起,循势而上,高差十几米,错落有致,令人赏心悦目。而且隐屋于树,在2.3公顷的山地上兴建25栋别墅,容积率仅3.8%,每幢建筑面积230—410平方米不等。每户更有350—500平方米的私家花园不一,参天古木,嶙嶙怪石,悉皆留存。别墅的高度都在三层以下,与八大处胜迹相映成趣,其他任何市区内别墅无法相比。别墅外墙饰以雅致的灰色、白色,虽无宫阙雕梁繁美,但与青山绿树相生相融,内里品格益显高贵,并可随业主喜好任选装修风格,另有一番与众不同的豪华感觉,尤胜帝王行宫。

西山多隐士,绝世遗名,只求执守真我。在八大处山庄怡居或小憩,做一个闲人,晨起拾级登山,暮看夕鸟投林,春花秋月,兴衰荣辱,存乎一心,然则"清泠之状与目谋,潽潽之声与耳谋,悠然而虚者与神谋,渊然而静者与心谋",淡泊宁静,心止如泓,非但抛却都市繁嚣陆离,更能忘象见性,俨然小隐于野。或可遥想昔日帝王在此宴乐游猎,修身养性、览经阅史、领悟治国大策的情景,体验帝王生活三昧,也是难得之乐。闲有隙时,不妨更深入山中,以当年卢师面壁的情怀,参禅证果,以随心、随喜、随缘的态度,倾听生命的真谛,是人生的至高境界。

皇家生活是极端奢侈的。拿吃来说,溥仪一家六口人一个月要用三千九百六十斤肉,三百八十八只鸡鸭。溥仪的还算少的,慈禧一个人要一百多样。这些菜肴只是显排场,摆样子的,太后、皇上是不吃的,他们各有膳房,另做爱吃的菜。慈禧就爱吃李莲英做的烩鸭条。

清室帝后都爱听戏。宫里有几处戏台。最大的是颐和园的畅音阁,台有三层。宫里有专门培养演员和排戏的地方,叫做"昇平署"。演员都是由聪明俊秀的小太监里选拔的。原来唱的是昆山腔、弋阳腔,后来逐渐改为皮黄。有时也把外面的名角传到宫里去"当差",叫做"外学",谭鑫培、杨小楼都到宫里唱过戏。唱好了,慈禧就降旨"赏",唱不好就要"传杆子"——用竹竿打屁股。

皇室中有不少自己会唱戏的,称为"票友"。红豆馆主(溥侗)就是一代名票。不但"文武昆乱不挡",除了武生、花脸,还能唱青衣。不少京剧名角都向他请教过。

北京有很多旗人（满族）。旗人不治生业，不种地，不会手艺、不作买卖，只是按时去领皇粮，叫做"铁杆庄稼"。他们的本事就是玩，玩得非常讲究、非常精致。架鹰，玩鸟。各种鸟，有听叫的，有观赏的，有打弹的，包括玩鸟笼、鸟食罐。玩鼻烟壶，瓷的、玛瑙的、"内画"料器。鼻烟壶只是把玩，并不真的装鼻烟。一只名贵的烟壶一装鼻烟就毁了。玩蛐蛐的，玩蝈蝈的……

蝈蝈养在葫芦里，随时在怀里揣着。

匏器（葫芦）作为玩意摆设大概是清代以后的事。在葫芦长成之前外面套了木刻的模子，让葫芦依着模子长，可以长成方的、四棱的、八角的样子。葫芦外壳有各种图案，也都是在模上抠出来，让它照样长，不是用刀刻的。

注 释

① 本篇原载《汪曾祺全集》第八卷，北京师范大学出版社，1998 年 8 月。

散文全编

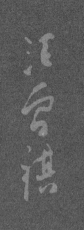

汪曾祺

散文全编

陆

人民文学出版社

汪曾祺散文全编

（第 六 卷）

1994 年

在台北闻急救车鸣笛声有感^①

我喜欢一个人坐坐。参加两岸三边华文小说研讨会,由于疲劳和其他原因,昨天晚上流了鼻血,今天对向往已久的阳明山竟未能随行览胜,坐在宾馆里喝茶休息。忽然听到马路上连续起伏的尖厉的鸣笛声音。这给我很大刺激。但是我的情绪很快就好转了,我断定:这是急救车的鸣笛。

这种尖厉的、起伏不停的鸣笛声,据我所知,有三类,一是急救车,一是救火车,一是抓人的警车。

我在"文革"期间,随时可听到警车的鸣笛声,听得人心惊肉跳,毛骨悚然。这种杀气腾腾的声音,不但人听熟了,连鸟都听熟了。

北京的画眉很多会模仿这样尖厉的声音,画眉讲究有"口",有的画眉能模仿好多种声音,如山喜鹊、大喜鹊、苇咋子、猫叫、麻雀争风,甚至推运水的木轮小车吱吱扭扭的声音。但是不能瞎叫。瞎叫谓之"脏口"。凡画眉学了"脏口",养鸟的就会抓出来立刻摔死。学警车,就是"脏口",养画眉的听到这种"脏口",会毫不犹豫地从笼里把它抓出来,只叭嚓一声摔在地下。

画眉何辜? 这只是表现了养鸟人对这种声音的厌恶。

世界上许多事物,外表相似,而内涵不同。急救车、救火车、抓人的警车,鸣笛声极相似,但是在对人的感情上引起强烈的差异。

差异何在? 在对人的态度。简单地说,是合乎不合乎人道主义。急救车、救火车,表现了对人的关切;而警车,不管怎么说,都表现了对人的压制。

这种对鸣笛声的感情,我想台湾、大陆是一致的。台湾、大陆的民众的心理是相通的。

全世界的普通人的心理是相通的。

因此,世界是有希望的。

注　释

① 本篇原载 1994 年 1 月 12 日台湾《中国时报》。

七 载 云 烟①

天 地 一 瞬

我在云南住过七年，1939—1946 年。准确地说，只能说在昆明住了七年。昆明以外，最远只到过呈贡，还有滇池边一片沙滩极美，柳树浓密的叫做斗南村的地方，连富民都没有去过。后期在黄土坡、白马庙各住过年把二年，这只能算是郊区。到过金殿、黑龙潭、大观楼，都只是去游逛，当日来回。我们经常活动的地方是市内。市内又以正义路及其旁出的几条横街为主。正义路北起华山南路，南至金马碧鸡牌坊，当时是昆明的贯通南北的干线，又是市中心所在。我们到南屏大戏院去看电影，——演的都是美国片子。更多的时间是无目的地闲走，闲看。

我们去逛书店。当时书店都是开架售书，可以自己抽出书来看。有的穷大学生会靠在柜台一边，看一本书，一看两三个小时。

逛裱画店。昆明几乎家家都有钱南园的写得四方四正的颜字对联。还有一个吴忠荩老先生写的极其流利但用笔扁如竹篦的行书四扇屏。慰情聊胜无，看看也是享受。

武成路后街有两家做锡箔的作坊。我每次经过，都要停下来看做锡箔的师傅在一个木墩上垫了很厚的粗草纸，草纸间衬了锡片，用一柄很大的木槌，使劲夯砸那一垛草纸。师傅浑身是汗，于是锡箔就槌成了。没有人愿意陪我欣赏这种槌锡箔艺术，他们都以为："这有什么看头！"

逛茶叶店。茶叶店有什么逛头？有！华山西路有一家茶叶店，一壁挂了一副嵌在镜框里的米南宫体的小对联。字写得好，联语尤好：

静对古碑临黑女

闲吟绝句比红儿

我觉得这对得很巧，但至今不知道这是谁的句子。尤其使我不明白的，是这家茶叶店为什么要挂这样一副对子？

我们每天经过，随时往来的地方，还是大西门一带。大西门里的文林街，大西门外的凤翥街、龙翔街。"凤翥"、"龙翔"，不知道是哪位擅于辞藻的文人起下的富丽堂皇的街名，其实这只是两条丁字形的小小的横竖街。街虽小，人却多，气味浓稠。这是来往滇西的马锅头卸货、装货、喝酒、吃饭、抽鸦片、睡女人的地方。我们在街上很难"深入"这种生活的里层，只能切切实实地体会到：这是生活！我们在街上闲看。看卖木柴的，卖木炭的，卖粗瓷碗、卖砂锅的，并且常常为一点细节感动不已。

但是我生活得最久，接受影响最深，使我成为这样一个人，这样一个作家，——不是另一种作家的地方，是西南联大，新校舍。

骑了毛驴考大学

万里长征，

辞却了五朝宫阙。

暂驻足，

衡山湘水，

又成离别。

绝徼移栽桢干质，

九州遍洒黎元血。

尽笳吹弦诵在山城，

情弥切……

——西南联大校歌

日寇侵华，平津沦陷，北大、清华、南开被迫南迁，组成一个大学，在长沙暂住,名为"临时大学"。后迁云南,改名"国立西南联合大学",简称"西南联大"。这是一座战时的,临时性的大学,但却是一个产生天才,影响深远,可以彪炳于世界大学之林,与牛津、剑桥、哈佛、耶鲁平列而无愧色的,窳陋而辉煌的,奇迹一样的,"空前绝后"的大学。喔,我的母校,我的西南联大!

像蜜蜂寻找蜜源一样飞向昆明的大学生,大概有几条路径。

一条是陆路。三校部分同学组成"西南旅行团",由长沙出发,走向大西南。一路夜宿晓行,埋锅造饭,过的完全是军旅生活。他们的"著装"是短衣,打绑腿,布条编的草鞋,背负薄薄的一卷行李,行李卷上横置一把红油纸伞,有点像后来的大串联的红卫兵。除了摆渡过河外,全是徒步。自长沙至昆明,全程3500里,算得是一个壮举。旅行团有部分教授参加,闻一多先生就是其中之一。闻先生一路画了不少铅笔速写。其时闻先生已经把胡子留起来了,——闻先生曾发愿:抗战不胜,誓不剃须!

另一路是海程。由天津或上海搭乘怡和或太古轮船,经香港,到越南海防,然后坐滇越铁路火车,由老街入境,至昆明。

有意思的是,轮船上开饭,除了白米饭之外,还有一箩高粱米饭。这是给东北学生预备的。吃高粱米饭,就咸鱼、小虾,可以使"我的家在东北松花江上"的流亡学生得到一点安慰,这种举措很有人情味。

我们在上海就听到滇越路有瘴气,易得恶性疟疾,沿路的水不能喝,于是带了好多瓶矿泉水。当时的矿泉水是从法国进口的,很贵。

没有想到恶性疟疾照顾上了我!到了昆明,就发了病,高烧超过四十度,进了医院,医生就给我打了强心针(我还跟护士开玩笑,问"要不要写遗书?")。用的药是606,我赶快声明:我没有生梅毒!

出了院,晕晕惚惚地参加了全国统一招生考试。上帝保佑,竟以第一志愿被录取,我当时真是像做梦一样。

当时到昆明来考大学的,取道各有不同。

有一位历史系姓刘的同学是自己挑了一担行李,从家乡河南一步一步走来的。这人的样子完全是一个农民,说话乡音极重,而且四年不改。

有一位姓应的物理系的同学,是在西康买了一头毛驴,一路骑到昆明来的。此人精瘦,外号"黑鬼",宁波人。

这样一些莘莘学子,不远千里,从四面八方奔到昆明来,考入西南联大,他们来干什么,寻找什么?

大部分同学是来寻找真理,寻找智慧的。

也有些没有明确目的,糊里糊涂的。我在报考申请书上填了西南联大,只是听说这三座大学,尤其是北大的学风是很自由的,学生上课、考试,都很随便,可以吊儿郎当。我就是冲着吊儿郎当来的。

我寻找什么?

寻找潇洒。

斯 是 陋 室

西南联大的校舍很分散,很多处是借用昆明原有的房屋、学校、祠堂。自建的,集中,成片的校舍叫"新校舍"。

新校舍大门南向,进了大门是一条南北大路。这条路是土路,下雨天滑不留足,摔倒的人很多。这条土路把新校舍划分成东西两区。

西边是学生宿舍。土墙,草顶。土墙上开了几个方洞,方洞上竖了几根不去皮的树棍,便是窗户。挨着土墙排了一列双人木床,一边十张,一间宿舍可住四十人,桌椅是没有的。两个装肥皂的木箱摞起来,既是书桌,也是衣柜。昆明不知道哪里来的那么多肥皂箱,很便宜,男生女生多数都有这样一笔"财产"。有的同学在同一宿舍中一住四年不挪窝,也有占了一个床位却不来住的。有的不是这个大学的,却住在这里。有一位,姓曹,是同济大学的,学的是机械工程,可是他从来不到同济大学去上课,却从早到晚趴在木箱上写小说。有些同学成天在一起,乐数晨夕,堪称知己。也有老死不相往来,几乎等于不认识的。我和那位姓刘的历史系同学就是这样,我们俩同睡一张木床,他住上铺,我住下铺,却很少见面。他是个很守规矩,很用功的人,每天按时作息。

我是个夜猫子，每天在系图书馆看一夜书，到天亮才回宿舍。等我回屋就寝时，他已经在校园树下苦读英文了。

大路的东侧，是大图书馆。这是新校舍唯一的一座瓦顶的建筑。每天一早，就有人等在门外"抢图书馆"，——抢位置，抢指定参考书。大图书馆藏书不少，但指定参考书总是不够用的。

每月月初要在这里开一次"国民精神总动员月会"，简称"国民月会"。把图书馆大门关上，钉了两面交叉的党国旗，便是会场。所谓月会，就是由学校的负责人讲一通话。讲的次数最多的是梅贻琦，他当时是主持日常校务的校长（北大校长蒋梦麟、南开校长张伯苓）。梅先生相貌清癯，人很严肃，但讲话有时很幽默。有一个时期昆明闹霍乱，梅先生告诫学生不要在外面乱吃，说："有同学说：'我在外面乱吃了好多次，也没有得一次霍乱'，同学们！这种事情是不能有第二次的。"

更东，是教室区。土墙，铁皮屋顶（涂了绿漆）。下起雨来，铁皮屋顶被雨点打得乒乒乓乓地响，让人想起王禹偁的《黄冈竹楼记》。

这些教室方向不同，大小不一，里面放了一些一边有一块平板，可以在上面记笔记的木椅，都是本色，不漆油漆。木椅的设计可能还是从美国传来的，我在爱荷华、耶鲁都看见过。这种椅子的好处是不固定，可以从这个教室到那个教室任意搬来搬去。吴宓（雨僧）先生讲《红楼梦》，一看下面有女生还站着，就放下手杖，到别的教室去搬椅子。于是一些男同学就也赶紧到别的教室去搬椅子。到宝姐姐、林妹妹都坐下了，吴先生才开始讲。

这样的陋室之中，却培养了很多优秀的人才。

联大五十周年校庆时，校友从各地纷纷返校。一位从国外赶回来的老同学（是个男生），进了大门就跪在地下放声大哭。

前几年我重回昆明，到新校舍旧址（现在是云南师范大学）看了看，全都变了样，什么都没有了，只有东北角还保存了一间铁皮屋顶的教室，也岌岌可危了。

不 衫 不 履

联大师生服装各异,但似乎又有一种比较一致的风格。

女生的衣著是比较整洁的。有的有几件华贵的衣服,那是少数军阀商人的小姐。但是她们也只是参加 Party 时才穿,上课时不会穿得花里胡哨的。一般女生都是一身阴丹士林旗袍,上身套一件红毛衣。低年级的女生爱穿"工裤",——劳动布的长裤,上面有两条很宽的带子,白色或浅花的衬衫。这大概本是北京的女中学生流行的服装,这种风气被贝满等校的女生带到昆明来了。

男同学原来有些西装革履,裤线笔直的,也有穿麂皮夹克的,后来就日渐少了,绝大多数是蓝布衫,长裤。几年下来,衣服破旧,就想各种办法"弥补",如贴一张橡皮膏之类。有人裤子破了洞,不会补,也无针线,就找一根麻筋,把破洞结了一个疙瘩。这样的疙瘩名士不止一人。

教授的衣服也多残破了。闻一多先生有一个时期穿了一件一个亲戚送给他的灰色夹袍,式样早就过时,领子很高,袖子很窄。朱自清先生的大衣破得不能再穿,就买了一件云南赶马人穿的深蓝氆氇的一口钟(大概就是彝族察尔瓦)披在身上,远看有点像一个侠客。有一个女生从南院(女生宿舍)到新校舍去,天已经黑了,路上没有人,她听到后面有梯里突鲁的脚步声,以为是坏人追了上来,很紧张,回头一看,是化学教授曾昭抡。他穿了一双空前(露着脚趾)绝后鞋(后跟烂了,提不起来,只能半趿着),因此发出梯里突鲁的声音。

联大师生破衣烂衫,却每天孜孜不倦地做学问,真是穷且益坚,不坠青云之志,这种精神,人天可感。

当时"下海"的,也有。有的学生跑仰光、腊戌,趸卖"玻璃丝袜"、"旁氏口红";有一个华侨同学在南屏街开了一家很大的咖啡馆,那是极少数。

采　薇

大学生大都爱吃,食欲很旺,有两个钱都吃掉了。

初到昆明,带来的盘缠尚未用尽,有些同学和家乡邮汇尚通,不时可以得到接济,一到星期天就出去到处吃馆子。汽锅鸡、过桥米线、新亚饭店的过油肘子、东月楼的锅贴乌鱼、映时春的油淋鸡、小西门马家牛肉馆的牛肉、厚德福的铁锅蛋、松鹤楼的乳腐肉、"三六九"(一家上海面馆)的大排骨面,全都吃了一个遍。

钱逐渐用完了,吃不了大馆子,就只能到米线店里吃米线、饵块。当时米线的浇头很多,有焖鸡(其实只是酱油煮的小方块瘦肉,不是鸡)、爨肉(即肉末,音川,云南人不知道为什么爱写这样一个笔画繁多的怪字)、鳝鱼、叶子(油炸肉皮煮软,有的地方叫"响皮",有的地方叫"假鱼肚")。米线上桌,都加很多辣椒,——"要解馋,辣加咸"。如果不吃辣,进门就得跟堂倌说:"免红!"

到连吃米线、饵块的钱也没有的时候,便只有老老实实到新校舍吃大食堂的"伙食"。饭是"八宝饭",通红的糙米,里面有砂子、木屑、老鼠屎。菜,偶尔有一碗回锅肉、炒猪血(云南谓之"旺子"),常备的菜是盐水煮芸豆,还有一种叫"魔芋豆腐"的紫灰色的,烂糊糊的淡而无味的奇怪东西。有一位姓郑的同学告诫同学:饭后不可张嘴——恐怕飞出只鸟来!

1944 年,我在黄土坡一个中学教了两个学期。这个中学是联大同学办的,没有固定经费,薪水很少,到后来连一点极少的薪水也发不出来,校长(也是同学)只能设法弄一点米来,让教员能吃上饭。菜,对不起,想不出办法。学校周围有很多野菜,我们就吃野菜。校工老鲁是我们的技术指导。老鲁是山东人,原是个老兵,照他说,可吃的野菜简直太多了,但我们吃得最多的是野苋菜(比园种的家苋菜味浓)、灰菜(云南叫做灰藋菜,"藋"字见于《庄子》,是个很古的字),还有一种样子像一根鸡毛掸子的扫帚苗。野菜吃得我们真有些面有菜色了。

有一个时期附近小山上柏树林里飞来很多硬壳昆虫,黑色,形状略似金龟子。老鲁说这叫豆壳虫,是可以吃的,好吃！他捉了一些,撕去硬翅,在锅里干爆了,撒了一点花椒盐,就起酒来。在他的示范下,我们也爆了一盘,闭着眼睛尝了尝,果然好吃。有点像盐爆虾,而且有一股柏树叶的清香,——这种昆虫只吃柏树叶,别的树叶不吃。于是我们有了就酒的酒菜和下饭的荤菜。这玩意多得很,一会儿的工夫就能捉一大瓶。

要写一写我在昆明吃过的东西,可以写一大本,撮其大要写了一首打油诗。怕读者看不明白,加了一些注解,诗曰:

> 重升肆里陶杯绿②,
> 饵块摊头炭火红③。
> 正义路边养正气④,
> 小西门外试撩青⑤。
> 人间至味干巴菌⑥,
> 世上馋人大学生。
> 尚有灰藋堪漫吃⑦,
> 更循柏叶捉昆虫。

一半光阴付苦茶

昆明的大学生(男生)不坐茶馆的大概没有。不可一日无此君,有人一天不喝茶就难受。有人一天喝到晚,可称为"茶仙"。茶仙大抵有两派。一派是固定茶座。有一位姓陆的研究生,每天在一家茶馆里喝三遍茶,早,午,晚。他的牙刷、毛巾、洗脸盆就放这家茶馆里,一起来就上茶馆。另一派是流动茶客。有一姓朱的,也是研究生,他爱到处遛,腿累了就走进一家茶馆,坐下喝一气茶。全市的茶馆他都喝遍了。他不但熟悉每一家茶馆,并且知道附近哪是公共厕所,喝足了茶可以小便,不至被尿憋死。

关于喝茶,我已经写过一篇《泡茶馆》,已经发表过,写得相当详

细,不再重复,有诗为证:

　　　　水厄囊空亦可赊[8],
　　　　枯肠三碗嗑葵花[9]。
　　　　昆明七载成何事?
　　　　一半光阴付苦茶。

水 流 云 在

　　云南人对联大学生很好,我们对云南、对昆明也很有感情。我们为云南做了一些什么事,留下一点什么?

　　有些联大师生为云南做了一些有益的实事,比如地质系师生完成了《云南矿产普查报告》,生物系师生写出了《中国植物志·云南卷》的长编初稿。其他还有多少科研成果,我不大知道,我不是搞科研的。

　　比较明显的,普遍的影响是在教育方面。联大学生在中学兼课的很多,连闻一多先生都在中学教过国文,这对昆明中学生学业成绩的提高,是有很大作用的。

　　更重要的是使昆明学生接受了民主思想,呼吸到独立思考,学术自由的空气,使他们为学为人都比较开放,比较新鲜活泼。这是精神方面的东西,是抽象的,是一种气质,一种格调,难于确指,但是这种影响确实存在。如云如水,水流云在。

一九九四年二月十五日

注　释

① 　本篇原载《中国作家》1994年第四期;初收《汪曾祺全集》第六卷,北京师范大学出版社,1998年8月。

② 　昆明的白酒分市酒和升酒。市酒是普通白酒,升酒大概是用市酒再蒸一次,谓之"玫瑰重升",似乎有点玫瑰香气。昆明酒店都是盛在绿陶的小碗里,一碗可盛二小两。

③ 　饵块分两种,都是米面蒸熟了的。一种状如小枕头,可做汤饵块、炒饵块。

一种是椭圆的饼,状如鞋底,在炭火上烤得发泡,一面用竹片涂了芝麻酱、花生酱、甜酱油、油辣子,对合而食之,谓之"烧饵块"。

④ 汽锅鸡以正义路牌楼旁一家最好。这家无字号,只有一块匾,上书大字:"培养正气",昆明人想吃汽锅鸡,就说:"我们今天去培养一下正气。"

⑤ 小西门马家牛肉极好。牛肉是蒸或煮熟的,不卖炒菜,分部位,如"冷片"、"汤片"……有的名称很奇怪,如大筋(牛鞭)、"领肝"(牛肚)。最特别的是"撩青"(牛舌),牛的舌头可不是撩青草的么?但非懂行人会觉得这很费解。"撩青"很好吃。

⑥ 昆明菌子种类甚多,如"鸡⁣枞",这是菌中之王。但有一点我至今不明白它为什么只在白蚁窝上长"牛肝菌"(色如牛肝,生时熟后都像牛肝,有小毒,不可多吃,且须加大量的蒜,否则会昏倒。有个女同学吃多了牛肝菌,竟至休克)。"青头菌",菌盖青绿,菌丝白色,味较清雅。味道最为隽永深长,不可名状的是干巴菌。这东西中吃不中看,颜色紫褐,不成模样,简直像一堆牛屎,里面又夹杂了一些松毛、杂草。可是收拾干净了,撕成蟹腿状的小片,加青辣椒同炒,一箸入口,酒兴顿涨,饭量猛开。这真是人间至味!

⑦ "蕈"字云南读平声。

⑧ 我们和凤翥街几家茶馆很熟,不但喝茶,吃芙蓉糕可以欠账,甚至可以向老板借钱去看电影。

⑨ 茶馆常有女孩子来卖炒葵花子,绕桌轻唤:"瓜子瓜,瓜子瓜。"

小滂河的水是会再清的(代序)①

我和陶阳是 50 年代认识的。那时他还很年轻,才从大学毕业。我们都在民间文艺研究会工作。陶阳在大学时就写诗。我看过他在报纸上发表的诗,看过他尚未写定的诗稿。我觉得他是一个农民的儿子,他是喝小滂河的清水长大的。我一直还记得他的一句诗:

> 家乡的高粱杀了吗?

(我们曾经讨论过"杀"字应该怎么写。)

后来我离开了民间文艺研究会,和陶阳只有一两次稿件上的往来,很少再联系。他后来从事神话和民间文学历史的研究,出版几本很有分量的专著。我未见他发诗,我以为他已经"洗手不干",放弃写诗了。

不料他给我送来新编的一卷诗,让我写一个序。

陶阳曾在日本住了 4 个月。这个集子都是在日本写的,或写日本的。集名《扶桑风情》,我认为是合适的。"扶桑"不只是一个地理概念,而且寄托了一个中国人对日本的感情,从历史到现代的源远流长的感情。

4 个月不算短,也不算长,能够写出多少东西?我有过这样的经验:到一个地方住了几天,想写一点感受印象,结果是觉得很一般化,抓不到什么东西,甚至觉得不值一写,于是废然而止。用散文写游记,有点像"冬瓜撞木钟"——不响。

陶阳另辟蹊径,写诗的他用诗人的角度,诗人的眼睛,诗人的感情看日本。于是便和一般的用散文写的记游叙事的流水账不同。

> 两道黑黑的眉毛,
> 一双水汪汪的眼睛,

墨染的发丝粉白的脸，
口似樱桃艳丽鲜红。

锦绣豪华的古装和服，
端庄富贵而柔美多情，
又宽又长的大水袖，
在清风中袅袅飘动。

蹒跚的洁白的木屐，
沉重而又轻盈，
像一只美丽的蝴蝶，
飞翔在芬芳的花丛。

（《穿和服的日本姑娘》）

这本来也是一个平淡的印象，平常人看一眼也就过去了，但是诗人怦然心动，他从东京街头日本少女一双素足上看到一种美。这种美带点凄婉的味道，这是一种难忘的、永恒的美。陶阳不虚此行。

陶阳的诗一般都是明白如话的。他不故弄玄虚，不"朦胧"，不晦涩难懂。但是并不就事论事，他有时有更多的联想，更多的意象，对人生有更多的感悟，更深更广的思索，如《新宿之夜》：

天在下雨，
地在流动。
流动的花花世界，
流动的万家灯火。

流动的霓虹，
像流动的云，
流动的车灯，
像流动的河。

流动的音乐，

流动的感情，

流动的少女，

招徕流动的客。

新宿之夜，

一切在流动，

流动着欢乐，

也流动着罪恶。

陶阳的诗体是比较自由的格律诗。他并不把诗行弄得过分规整（如"五四"时期的"豆腐干体"），但每一行的音步是接近的，不搞过分参差（像现在许多诗人的自由诗）。陶阳押的韵是鲁迅所说的"大体相近的韵"，并不十分严格，有些地方甚至是不押韵的，但是陶阳很注意韵律感。比如《酉之市》接连在句尾用了一串"库玛黛"，这造成一种鲜明的节奏，一种迫切热情的祈望，这首诗的音乐感很强烈。这些使我这个比较熟悉新诗传统的俗人觉得很亲切，我以为这也是兼通雅俗的途径，——我是反对把诗的形式搞得奇里古怪的，比如两个字占一行。

既是写日本的诗，又是小诗，不妨有意识的接受一点日本俳句的影响。比如《蟋蟀》是完全可以写成俳句的。要有俳句的味道，我以为是尽量含蓄，尽量不要直白，不要"理胜于情"，如陶阳的一位朋友所说，不要"实在"。此集有些首就太"实在"了。

我久不读诗，更少写诗。陶阳叫我写序，我只能说一点"大实话"。

小潖河的水被污染了，还会再清的。陶阳的心态也会像很多人一样，不免浮躁，但是他的诗情还会重新流动，像年轻时一样的清甜。

一九九四年三月一日

注　释

① 本篇原载《文艺界通讯》1994 年第四期，又载 1995 年 8 月 3 日《光明日

报》。该文是为《扶桑风情》(陶阳著,南海出版公司,1994年版)所作序;初收《汪曾祺全集》第六卷,北京师范大学出版社,1998年8月。

长 城 漫 忆^①

我的家乡是苏北,和长城距离很远,但是我小时候即对长城很有感情,这主要是因为常唱李叔同填词的那首歌:

> 长城外,
>
> 古道边,
>
> 芳草碧连天。
>
> 晚风拂柳笛声残,
>
> 夕阳山外山……

长城给我一个很悲凉的印象。

到北京后曾参观了八达岭长城。这一段长城是新修过的,砖石过于整齐,使我觉得是一个假古董。长城变成了游览区,非复本来面目。

1958 年我被错划成右派,下放张家口沙岭子劳动,这可真是出了长城了。

张家口一带农民把长城叫做"边墙"。我很喜欢这两个字。"边墙"者,防边之墙也。

长城内外各种方面是有区别的,但也不是那样截然不同。

长城外的平均气温比关里要低几度。我们冬天在沙岭子野外劳动,那天降温到零下 39 度,生产队长敲钟叫大家赶快回去,再降下去要冻死人的。零下 39 度在坝上不算什么,但在边墙附近可就是奇寒了。长城外昼夜温差大,当地人说:"早穿皮袄午穿纱,抱着火炉吃西瓜。"这本是西北很多地方都有的俗谚,但是张家口人以为只有他们才是这样。再就是风大。有一天刮了一夜大风,山呼海啸。第二天一早我们到果园去劳动,在地下捡了二三十只石鸡子。这些石鸡子是在水泥电线杆上撞死的。它们被狂风刮得晕头转向、乱扑乱飞，想必以为落到电线杆上就可以安全了。这一带还爱下雹子。"蛋打一条线"（张家口一带把雹子叫做"冷蛋"），远远看见雹子云黑压压齐齐地来了，不到一会：砰里叭啦，劈里卜碌！有一场雹子，把我们的已经熟透的葡萄打得稀烂。一年的辛苦，全部泡汤（真是泡了汤）！沽源有一天下了一个雹子，有马大！

塞外无霜期短，但关里有的农作物这里大都也能生长：稻粱菽麦黍稷。因为雨少，种麦多为"干寄子"，即把麦种先期下到地里等雨——"寄"字甚妙。为了争季节，有些地方种春小麦。春小麦可不好吃，蒸出馒头来发粘。坝下种莜麦的地方不多，坝上则主要的作物是莜麦。坝上土层薄，地块大，广种薄收。无水利灌溉，靠天收。如果一年有一点雨，打的莜麦可供河北省吃一年，故有人称坝上是"中国的乌克兰"。坝上的地块有多大？说是有一个农民牵了一头母牛去耕地，耕了一趟，回来时母牛带回一个小牛犊子，已经三岁了！

马牛羊鸡犬豕都有。坝上有的地方是半农半牧区。张北的张北马、短角牛都是有名的。长城外各村都养羊。一是为了吃肉，二是要羊皮。塞外人没有一件白茬老羊皮袄是过不了冬的。狗皮主要是为了做帽子。没有狐狸皮帽子的，戴了狗皮遮耳大三块瓦皮帽，也能顶得住无情的狂风。

塞外人的饮食结构和关里不同的是爱吃糕，吃莜面。"糕"是黄米面拍成烧饼大小的饼子，在涂了胡麻油的铛上烙熟。口外认为这是食物中的上品，经饿，"三十里的莜面四十里的糕，二十里的白面饿断腰"。过去地主请工锄地，必要吃糕："锄地不吃糕，锄了大大留小小！"张家口一带人吃莜面和山西雁北不同。雁北吃莜面只是蘸酸菜汤，加一点凉菜，张家口人则是蘸热的菜汤吃。锅里下一点油，把菜——山药（土豆）、西葫芦、疙瘩白（圆白菜）切成块，哗啦一声倒在油锅里，这叫"下搭油"，盖盖焖熟后，再在菜面上浇一点油，叫做"上搭油"。这一带人做菜用油很省。有农民见一个下放干部炒菜，往锅里倒了半碗油，说："你用这么多的油，炒石子儿也是好吃的！"在烩菜里放几块羊肉，那就是过年了！

他们也知道吃野味。"天鹅、地鹊、鸽子肉、黄鼠"，这是人间美味。石鸡子、半翘子，是很容易捉到手，但是，虽然他们也说："宁吃飞禽四两，不吃走兽半斤"，他们对石鸡子之类的兴趣其实并不是很大，远不如来一碗口蘑炖羊肉"解恨"。

长城内外不缺水果。杏树很多，果大而味浓。宣化葡萄，历史最久，味道最佳。

长城对我们这个民族到底起了什么作用？说法不一。有人说这是边防的屏障，对于抵御北方民族入侵，在当时是必不可少的。这使得中国完成统一，对民族心理凝聚力的形成，是有很大影响的。也有人说这使得我们的民族形成一种盲目的自大心理，造成文化的封闭乃至停滞，对中国的发展起了阻碍作用。我对这样深奥的问题没有研究过，没有发言权，但是我觉得它是伟大的。

一个美国的航天飞机的飞行员（忘其名）说过：在月球能看见地球上的中国的万里长城，那么长城是了不起的。

"文化大革命"后期，有一个中学的语文教员领着一班初一的学生去游长城，回来让学生都写一篇游记，一个学生只写了一句：

长城啊，
真他妈的长！

一九九四年四月二十一日

注　释

① 本篇原载《长城》1995 年第一期；初收《汪曾祺全集》第六卷，北京师范大学出版社，1998 年 8 月。

"春兰·世界华文微型小说大赛"作品评语①

《小站歌声》

这是一篇凄凉的小说。

苗老师要离开山村、离开学校了。老师原想在深夜里悄悄走的,没想到全班四十个学生都站在车站上为她送行。

班长说:"咱们为苗老师唱一首《好人一生平安》吧!"

歌声表达了孩子们对老师的爱戴、不舍,也寄托了四十个孩子对老师的祝福。

火车徐徐开动,孩子追着火车唱。

苗老师在车上失声痛哭。

小说的结尾出人意料的。苗老师告诉学生,说她要到千里之外的地方和男朋友结婚,以后不回来了。她没有让孩子知道,她不是去结婚,而是三天前体检,查出了她患了白血病,她的"一生"就要结束了。

孩子们不知道老师得了白血病,他们还祝福老师一生平安。这增加了这篇小说的凄凉。

小说的感情是含蓄的,眼泪是尽可能地深藏着的。

这是一首用小说形式写的抒情诗,或者可以说是一篇抒情诗体的小说。这样的诗体小说,在目前的小说里是不多见的。

《除　法》

这是一篇奇特的小说。从思想(内容)到形式,都很奇特。因为奇特,所以叫做"荒诞小说"。什么是"荒诞"？就是不知道说的是什么。

分蚊子,这种事在生活里是没有的,非现实的。但是这种人却是有的,是现实的:他们热爱除法,竭力保卫除法的原则,除法的科学性。蚊子咬是次要的(当然也不好受),但除的尽除不尽是更重要的。他们是政治家。

这篇荒诞小说是我这次仅见的一篇。但是小说不可没有荒诞。如果没有荒诞,就没有现代文学。

《新式扑克游戏》

这当然是一篇讽刺小说。

名片这东西不知始于何时,大概很早了,原来是木头削成的,上面写字,叫做"名刺",汉朝以后改用纸,但也还叫"名刺",或叫"谒",或叫"名帖"。名帖比较大,有四指宽,一拃长。后来改小了,由软纸改为卡片。名刺原来是手写的,而且多半是"投刺"的人自己书写的。后改为铅字印刷,也缩小到扑克牌大小,就成了现在通用的名片。"名刺"原来所起的作用是自我介绍而已,一般只是写上自己的名字。偶尔也有写出官职的,但较少。现在的名片都印了"片主"的官衔职务。有的名片在左上角印了好多称呼,好几行,一大排。名片官衔多,反映了当前一定程度内的价值观。

到了一个地方去办事,开会,乃至应酬吃饭,都会接到好些名片,越积越多。好多"片主"的姓名、模样、在何处高就,我早就没有印象,可是又不能丢掉,真不知如何处理。

有两位坐火车的老兄想出一个高招:用名片打扑克。这主意不错。打这种新式扑克,也得立点规矩:官大的"牌"(名片)压官小的,大官可以把小官吃掉。

但是这也有困难,因为"片主"不属于一个系统,谁的官大,谁的官小,不好确定。一个地区文联办公室主任和一个饭店的特一级厨师,谁的官大?

名片并不能反映一个人的价值。

因此我对越积越多的名片,无法处理,只好把它们堆在抽屉里。

注　释

①　本篇原载《春兰·世界华文微型小说大赛获奖作品集》,上海文艺出版社,1994 年 12 月;初收《汪曾祺全集》第八卷,北京师范大学出版社,1998 年 8 月。

写　景①

写景实不易。

郦道元《水经注·三峡》：

> 自三峡七百里中，两岸连山，略无阙处，重岩叠嶂，隐天蔽日。自非亭午夜分，不见曦月。

我曾三过三峡，想写写对三峡的印象，但是无从措手，只写了一首绝句，开头说"三过三峡未有诗，只余惊愕拙言辞"，然而郦道元用了极短的几句话，就把三峡全写出来了，非常真切，如在目前，真是大手笔！

柳宗元《至小丘西小石潭记》：

> 潭中鱼可百许头，皆若空游无所依。日光下澈，影布石上，佁然不动；俶尔远逝，往来翕忽，似与游者相乐。

这写的是鱼，实际上写的是水。鱼之游动如此，则水之清澈可知。这种借鱼写水的手法，为后来许多诗文所效法，而首创者实为柳宗元。

苏轼《记承天寺夜游》：

> 庭下如积水空明，水中藻、荇交横，盖竹柏影也。

这写的是月色，但不见月字。写此景，不说出是何景，只写出对景的感觉，这是中国的传统方法。自来写月色者，以东坡此文写得最美。

姚鼐《登泰山记》：

> ……道中迷雾冰滑，磴几不可登。及既上，苍山负雪，明烛天南，望晚日照城郭，汶水、徂徕如画，而半山居雾若带然。

中国人写诗文都讲究"炼"字，用"未经人道语"，但炼字不可露痕迹,要自然,好像不是炼出来的,"自下得不觉"。姚文"负"字、"烛"字、"居"字都是这样。"居"字下得尤好。

　　写散文,多读几篇古文有好处。

一九九四年五月九日

注　释

① 　本篇原载 1994 年 8 月 15 日《新民晚报》。

抒情考古学[①]

—— 为沈从文先生古代服饰研究三十周年作

研究文物和写小说,在沈从文先生身上是并行不悖的,甚至可以说是一回事,他很早就对文物产生极大的兴趣,他年轻时曾在一个统领官身边作书记(文书)。除了为这位统领官抄录文稿,还帮他保管他所收藏的字画、碑帖、铜器、瓷器。沈先生在自传里说:"我从这方面对于这个民族在一段长长的年份中,用一片颜色,一把线,一块青铜或一堆泥土,以及一组文字,加上自己生命作成的种种艺术,皆得了一个初步普遍的认识。由于这点初步认识,使一个以鉴赏人类生活与自然现象为生的乡下人,进而对于人类智慧光辉的领会,发生了极宽泛而深切的兴味(《学历史的地方》)。"

这种兴味与日俱增,终生不舍。沈先生从一个作家转业成为文物专家,世界上有很多人觉得奇怪,其实也不奇怪。几十年来,他对文物鉴赏习染已深,掉进文物,再也拔不出来了。

沈先生的治学精神首先是非常执着,非常专心。金岳霖先生曾说沈先生揪住什么东西就不轻易放过。有时为了弄清楚一个问题,一坐下去就是十几个小时。在历史博物馆钻在库房里看资料,下班时还不出来,几次被工友锁在里面——工友以为库房里已经没有人了。

沈先生笔头很勤。他的记性极好,但还是随时作了很多笔记、卡片。我曾经借阅过他的一本《中国陶瓷史》,他在这本书的天头、地脚、页边密密麻麻地写满了蝇头小楷批注,还贴了很多字条。他作的批注比书的正文还要多。沈先生看过的书,每一本都留下他的笔迹。他作的这些笔记对后学者都是有用的,都很有价值。

沈先生研究问题,是把文物和文献联系起来研究的。不像古董商人只是注重釉彩、纸质、印章,也不像一些专家不接触实物,只熟悉文字资料,"以书说书"。

沈先生可以说是文物学的一个通人,他对文物的方方面面都有兴趣:青铜器、漆器、瓷器、丝绸、刺绣、服饰、镜子、扇子、胡子,乃至古代的马戏。他注意一时期文物的相互影响。他常说:"凡事不孤立,凡事有联系。"

沈先生治文物常于小处入手,而于大处着眼,既重微观,也重宏观。他总是把文物和当时的社会生活联系起来,把文物放在一定的历史背景上来考察。文物是物,但是沈先生能从"物"中看出"人"。他所关心的不只是花花朵朵、坛坛罐罐,而是人。我曾戏称沈先生所从事的是"抒情考古学"。在他 80 岁时,我曾写了一首诗送给他,有两句是:"玩物从来非丧志,著书老去为抒情。"在文物面前,与其说沈先生是一个学者,不如说他是一位诗人。正因为他是诗人,才能在文物研究上取得这样大的成绩。

沈先生的两位助手,王㐨和王亚蓉,在治学的态度和方法上都受了沈先生很深的影响。他们为了考察江陵楚墓,整天跪在邦硬的地上,以致两个人的膝盖都长了趼子。这样顽强的精神,也真有点诗人气质。

注　释

① 本篇原载 1994 年 7 月 14 日《北京晚报》。

《中学生文学精读·沈从文》前言[①]

沈从文是现代中国文学的大师。

他的一生很富于传奇性。

他是凤凰人。凤凰是湘西（湖南西部）一个偏僻边远小城。小城风景秀美，人情淳朴，但是地方很落后野蛮。统治小城的是地方的驻军，他们把杀人不当回事。有时一次可杀五十人，到处都挂的是人头。有时队伍"清乡"（下乡捉土匪），回来时会有个孩子用小扁担挑着两颗人头。这人头也许是他的叔父的，也许就是他的父亲的。沈先生就在这小城里过了十几年"痛苦怕人"的生活。

沈先生有少数民族血统。《从文自传》里说："祖父本无子息，祖母为住乡下的叔祖父沈洪芳娶了个苗族姑娘，生了两个儿子，把老二过房作儿子。"这个苗族女人实是沈先生的祖母。沈先生说："我照血统说，有一部分应属于苗族。"后来沈先生在填写履历表时，在"民族"一栏里填的就是苗族。

也许正是因为他有少数民族血统，对他的成长产生很大影响：身体虽然瘦小，性格却极顽强。

沈先生从小当兵，在沅水边走过很多地方。

"五四运动"的浪潮波及到湘西，沈从文受到民主、自由思想的影响，他想：不成！不能就这样糊里糊涂地活下去。于是一个人冒冒失失地闯进了北京（当时叫北平）。

他小学都没有毕业，连标点符号都不会，就想用一枝笔打出一个天下。他住在酉西会馆（清代以前，各地在北京都有"会馆"，免费供进京应试的举子居住）。经常为找点东西"消化消化"而发愁。北京冬天很冷（冷到零下二十几度），沈先生却穿了很单薄的衣裳过冬。没有钱买煤,生不起火,沈先生就用棉被裹着,坚持写作。

(香港的同学,你们大概很难想象这种滋味!)

他真的用一枝笔打出了天下。从二十年代初到四十年代末,他写出了几十本小说和散文,成了当时在青年中最受欢迎的作家之一。

沈从文热爱家乡,五百里长的沅水两岸的山山水水,在他的笔下是那样秀美鲜明,使人难忘。

他爱家乡人,他爱各种善良真实的人。他从审美的角度看家乡人,并不用世俗的道德观念对他们苛求责备。他说他对农民和士兵怀了"不可言说的温爱"。他写水边的妓女,写多情的水手。他特别擅长写天真、美丽、聪明、纯洁的农村少女,创造了一系列农村少女的形象:三三、翠翠、夭夭、萧萧……

他的叙述方法是多样的,试验过多种结构式样。可以全篇用对话组成,也可以一句对话也没有。

他是一个文体家。他的语言是很独特的。基本上用的是以普通话为基础的口语,但是掺杂了文言文和方言。他说他的文字是"文白夹杂"。但是看起来很顺畅,并不别扭。有的评论家说这是"沈从文体"。这种"沈从文体"影响了很多青年作家。

一九四九年以后,沈先生忽然停止了写作,转而从事文物研究。他在文物研究上取得很大的成绩,出了好几本书。于是我们得到一个优秀的物质文化史的专家,却失去了一个无与伦比的天才的伟大作家。[2]

一九九四年七月

注 释

① 本篇原载《中学生文学精读·沈从文》,三联书店(香港)有限公司,1995年版;初收《汪曾祺全集》第六卷,北京师范大学出版社,1998年8月。

② 关于沈先生的转业,我曾写过一篇《沈从文转业之谜》,可参看。

大　地①

祈　祷

从乌鲁木齐往吐鲁番,汽车以每小时八十公里的速度在戈壁滩上飞驰,车轮好像不着地。戈壁很大,很平,表层覆盖一层黑白相间、黄豆大的砂砾,铺得非常均匀。戈壁上没有生命。没有动物,没有鸟,不长草,连"梭梭"都不见一<u>丛</u>,非常荒凉,一种难以想象的荒凉,好像这是另外一个星球。

到吐鲁番了。景象变了。有树,有街道房屋,有店铺,有人。吐鲁番没有雨,也没有风,空气闷闷的。我们都有点恍惚。在戈壁上飞驰时,我们没有想到戈壁尽头是这样一块绿洲,——(我们这才体会到什么是"绿洲")。我们像做梦。是吐鲁番像梦,还是刚才驰过的戈壁像梦?

从吐鲁番返回乌鲁木齐,太阳已经偏西。戈壁依然是那样一望无际,一样荒凉,——使人产生神秘感的荒凉。从汽车里远远看见两个维吾尔人在祈祷。他们都穿了长过膝盖的黑白相间的条纹的长袍——"裙祥"。一个瘦高,一个稍矮。他们在西逝的阳光里肃立着,微微低了头,一动不动。虽然隔着很远,但仍可以感觉到他们的虔诚。

这两个在戈壁滩上西逝的阳光中站立着祈祷的穆斯林使我深受感动。

雹　子

我到坝上沽源马铃薯研究站去画一套《中国马铃薯图谱》。

有一天,有一个干部从正蓝旗骑马到"站"里来办事,马拴在"拴马桩"上。这是一匹黑马,很神骏。我忽然想试试骑骑马。我已经二十年没有骑马了。起初有点胆怯,但是这匹马走得很稳,地又很平,于是我就放胆撒开缰绳让马飞奔起来。坝上的地真是大地,一眼望不到边,长着干净得水洗过一样整齐的"碱草",种着大片大片的莜麦。要问坝上的地块有多大?有一个农民告诉我:有一个汉子牵了一头母牛去犁地,犁了一垄,回来时母牛带回了一个牛犊子,已经三岁了! 在这样平坦的大地上驰马,真是痛快。

变天了! 黑云四合,速度很快,顷刻之间已到头顶。黑云绞扭着,翻腾着,扩散着,喷射着,雷鸣电闪,很可怕。不断变化着的浓云,好像具有一种超自然的、不可抗拒的威力,让人感到这是天神在发怒。这是雹子云。我早就听说过坝上的雹子很厉害,能有鸡蛋大,曾经砸死过牛,也砸死过人。

我赶紧扯动缰绳,夹紧了马肚子,飞奔着赶回马铃薯研究站。刚才还是明晃晃的太阳,刹时变得天昏地暗,几乎不辨五指。站在黑沉沉的大地上飞驰,觉得我的马和我自己都很小。

雪　湖

下了两天雪,运河封了冻,轮船不能开,我们决定"起旱",——从陆上步行。我们四个人,我,——一个放寒假回家的中学生,那三个是跑生意的买卖人。到了邵伯,他们建议"下湖",从高邮湖上斜插到高邮。他们是老江湖,从湖上起旱已经不止一次,路很熟,远远的湖边的影影绰绰的村子,他们都能指认得出来。对我却是一种新鲜的经验。雪还在下,虽然不大,但是湖面洁白如玉,真是"白茫茫一片大地真干净"。

"高邮到邵伯,六十六",斜插走湖面,也就是四五十里,今天下晚到高邮,没有问题。因此那三位跑生意的买卖人并不着急赶路。他们走一截,就停下来等等我。见我还不上来,他们就在结了冰、落了雪的湖面上坐下来吃牛肉干,喝酒。

我穿了棉衣棉裤,戴了一种护耳的毡帽——这种毡帽叫做"锅腔子",还有个不好听的名字,叫"狗套头"。走了一程,"哈气"蒸到"狗套头"的帽檐,结冰。

我筋力还好,没有成了三位买卖人的累赘(他们对于"学生子"是很照顾的)。

看见琵琶闸了,县城已经不远。

琵琶闸外的河堤上,无人家,无店铺,只有一个小饭店。

我走进小饭店。小饭店只有一张桌子。墙上贴了一副写在"梅红纸"上的小对联,八个大字:

家常便饭
随意小酌

一九九四年八月

注　释

① 本篇原载《大地》1994 年第九期;初收《汪曾祺全集》第六卷,北京师范大学出版社,1998 年 8 月。

沈从文作品题解、注释、赏析^①

《边　城》

【题解】

　　"边城"是边远、偏僻的小城的意思。这里的县治在镇筸，亦称凤凰厅，所以沈先生在履历表上"籍贯"一栏里填的是"湖南凤凰"。有的作家（如施蛰存先生）称沈先生为"沈凤凰"。——以地名作为称呼，表示对这人的倾倒尊敬，这是中国过去的习惯。《边城》所写的小城，地名叫做"茶峒"。

　　"边城"不只是一个地理概念，它表示这地方离开大城市，离开现代文明都很远。离开知识分子很远，离开当时文学风尚也很远。沈先生当时的文学界"为一些理论家，批评家，聪明出版家，以及习惯于说谎造谣的文坛消息家，通力协作造成一种习气所控制所支配，他们的生活，同时又实在与这个作品所提到的世界相去太远了。他们不需要这种作品，本书也就并不希望得到他们"。沈从文是有意识地和这一些不沾边的。

　　但是沈先生并不抛弃所有的读者。"我这本书只预备给一些'本身已离开学校，或始终就无从接近学校；还认识些中国字，置身于文学理论、文学批评以及说谎造谣消息所达不到的那种职务上，在那个社会里生活，而且极关心全个民族在空间与时间下所有的好处与坏处'的人去看。他们真知道当前农村是什么，想知道过去农村是什么，他们必也愿意从这本书上同时还知道世界上一小角隅的农村与军人。我所写到的世界,即或在他们全然是一个陌生的世界,然而他们的宽容,他们向一本书去求取安慰与知识的热忱,却一定使他们能够把这本书很从容读下去的。"

"我的读者应是有理性,而这点理性便基于对中国现社会变动有所关心,认识这个民族的过去伟大处与目前堕落处,各在那里很寂寞的从事与民族复兴大业的人。这作品或者只能给他们一点怀古的幽情,或者只能给他们一次苦笑,或者又将给他们一个噩梦,但同时也说不定,也许尚能给他们一种勇气同信心。"

这是理解《边城》的一把钥匙,也是理解沈老其他作品的钥匙。

希望香港的中学同学从《边城》感受、了解他们完全不熟悉的另一世界生活,并且从这个小说里得到一种生活的勇气与信心。

【注释】

〔1〕茶峒　"峒"音洞(dòng)。部分少数民族如苗族、侗族、壮族聚居地区的泛称。茶峒因为沈从文小说《边城》出了名,而许多人又不认识这个"峒"字,现在有人干脆把"茶峒"写成了"茶洞"。

〔2〕悖　是违反的意思。

〔3〕黄麂　小型鹿类动物。

〔4〕吊脚楼　房子一半着陆,一半用木柱支撑着,上铺木板,悬空在水面,叫做"吊脚楼"。

〔5〕紫花布衣裤　本色的白布,并不是染了紫色图案的布。

〔6〕厘金局　旧中国在水陆关卡设立机关征收商业税,叫做收厘金。这些关卡便称为厘金局。

〔7〕幡信　幡是旗帜,可以传令,故称幡信。

〔8〕双料的美孚灯罩　过去中国点灯用煤油。煤油多是美孚洋行进口,于是一般人把点美孚煤油的灯叫做"美孚灯"。美孚灯上罩的玻璃灯罩叫"美孚灯罩"。"双料的美孚灯罩"是加厚的。

〔9〕"自己既在粮子里混过日子",即当过兵。过去把"当兵"叫做"吃粮"。

〔10〕傩送　"傩"读 nuó。古时驱逐疫鬼的仪式。"大傩"是驱鬼逐疫的舞蹈,原于原始巫舞。湘西人信巫,对傩神很崇拜。"傩送"表示这是傩神送来的儿子,一定会得到傩神的保佑,诸事顺遂。

〔11〕岳云　岳飞的儿子,地方戏的岳云扮相很英俊。

〔12〕梁红玉老鹳河水战擂鼓　韩世忠阻击金兵,梁红玉擂鼓助战,实在黄天荡,不在老鹳河。沈先生此处是误记。又此句字序似有小误。

〔13〕牛皋水擒杨幺　事见小说《精忠说岳传》。

〔14〕本篇的引文都摘自《边城题记》。

〔15〕"摆渡的张横"　张横是《水浒传》里的人物,外号"浪里白条"。

〔16〕洛阳桥并不是一个晚上造得好的　洛阳桥一称"万安桥",在福建省泉州市东北同惠安县交界的洛阳江上。由北宋政治家蔡襄主持修建,历时六年始告竣工(1053—1059)。关于这座桥有许多传说故事。

〔17〕穿了白家机布汗褂　"家机布"是自己家用机织的白布。

〔18〕虎耳草　多年生草本,有匐枝,全株有细毛。叶沿地丛生,状如心,下面紫红色。供观赏。

〔19〕"王祥卧冰"、"黄香扇枕"　这是"二十四孝"里的故事。王祥的母亲病了,冬天想吃鱼,王祥就脱光了衣服卧在冰上,冰化了,跳出了一对鲤鱼。王祥的母亲喝了鱼汤,病就好了。黄香的父亲怕热,黄香就在父亲睡觉之前,用扇子把枕头扇凉。一说是黄香躺在席子上让蚊子咬。蚊子吸饱了血,就不会再咬他的父亲了。

〔20〕下窆　窆音四,是埋棺的坑。

【赏析】

《边城》可以说是沈先生的代表作。

故事很简单。

茶峒有一个渡口,渡口有一条渡船。渡船不用篙桨,船头竖了一枝小竹竿,挂着一个可以活动的铁环,溪岸两端水面横牵了一段竹缆,有人过渡时把铁环挂在竹缆上,船上人就引手攀缘那条缆索,慢慢的牵船过对岸去。管理渡船的是一个老人。老人身边有一个孙女,叫翠翠,还有一只黄狗。

镇筸有个管水码头的,名叫顺顺。顺顺有大小四只船,日子过得很宽绰。他仗义疏财,乐于助人。河边船上有一点小小纠纷,得顺顺一句话,即刻就解决了。因此很得人望,名声很好。

顺顺有两个儿子,老大叫天保,老二叫傩送。一个十八岁,一个十六。

两兄弟都喜欢弄船老人的孙女翠翠。

翠翠爱二老,不爱大老。

大老因为得不到翠翠的爱,负气坐船往下水去。船到险滩,搁在石包子上,大老想把篙子撑着,人就弹到水里去。

大老淹坏了,二老傩送觉得大老是因为翠翠死的,心里有了障碍。

他还是爱翠翠的。在和父亲拌了两句嘴之后,也坐船下行了。

大雷雨之夜,弄船的老爷爷死了。

二老还不回来。

"这个人也许永远不回来了,也许'明天'回来!"

这是一个爱情故事,但是写得很含蓄,很纯净,很清雅。

小说生活气息很浓,不断穿插许多过端午、划龙船、追鸭子、新娘子、花轿等等细节,是一幅一幅的湘西小城的风俗画。甚至粉丝、红蜡烛……都呈现出浓郁的色彩。

沈从文是写景的圣手。他对景色似乎有一种特殊的记忆能力。他说:"我想把我一篇作品里所简单描绘过的那个小城,介绍到这里来。这虽然只是一个轮廓,但那地方一切情景,欲浮凸起来,仿佛可用手去摸触"(《从文自传·我所生长的地方》)。如:

> ……若溯流而上,则三丈五丈的深潭皆清澈见底。深潭为白日所映照,河底小小白石子,有花纹的玛瑙石子,全看得明明白白。水中游鱼来去,全如浮在空气里。两岸多高山,山中多可以造纸的

细竹,长年作深翠颜色,逼人眼目。近水人家多在桃杏花里,春天时只需注意,凡有桃花处必有人家,凡有人家处必可沽酒。夏天则晾晒在日光下耀目的紫花衣裤,可以作为人家所在的旗帜。秋冬来时,房屋在悬崖上的,滨水的,无不朗然入目。黄泥的墙,乌黑的瓦,与四周环境极其调和,使人迎面得到的印象,实在非常愉快。

沈先生不是一个工笔重彩的肖像画家,不注意刻画"性格",他写人,更注重人的神态、气质。如写翠翠:

> 翠翠在风日里长养着,把皮肤变得黑黑的,触目为青山绿水,一对眸子清明如水晶。自然既长养她且教育她,为人天真活泼,处处俨然如一只小兽物。人又那么乖,如山头黄麂一样,从不想到残忍事情,从不发愁,从不动气。平时在渡船上遇陌生人对她有所注意时,便把眼睛瞅着那陌生人,作成随时皆可举步逃入深山的神气,但明白了人无机心后,就又从从容容在水边玩耍了。

《边城》是二十"开"淡设色册页,互相连续,而又自为首尾,各自成篇的抒情诗。这种结构方法比较少见。这是现代中国难得一见的牧歌。沈先生说这篇故事中"充满了五月中的斜风细雨,以及那点六月中夏雨欲来时闷人的热和闷热中的寂寞"。我们还可以说这里充满了春秋两季的飘飘忽忽的轻云薄雾。《边城》是一把花,一个梦。

《牛》

【题解】

这是一篇写人与牛的关系的小说。

大牛伯在荞麦田里为一点小事生了他的心爱的小牛的气,用榔槌不知轻重地打了小牛的后脚一下,把牛脚打坏了,牛脚瘸了,不能下田拉犁。

牛脚不好,大牛伯只好放小牛两天假,让它休息休息,玩两天。

可是田里的活耽误不得。五天前刚下过一阵雨,田里的土都酥软了,天气又很好,正是犁田的好时候。

大牛伯到两里外场集上找甲长,——这甲长既是地方小官,也是本地牛医。偏偏甲长接到通知,要叫他办招待筹款,他骑上马走了。

大牛伯打听到十里远近得虎营有个师傅会治牛病,就去专诚去请。这位名医给小牛用银针扎了几针,把一些草药用口嚼烂,敷到扎针处,把预许的一串白铜制钱扛到肩上,走了。

小牛的脚不见好。

大牛伯就去向有牛的人家借牛用两三天,人家都不借。

大牛伯只好到附近庄子里去请帮工,用人力拖犁。两个帮工,加上大牛伯自己,总算趁好天气把土翻好了。

到第四天,小牛的脚好了,可以下田了。大牛伯因为顾恤到小牛的病脚,不敢悭吝自己的力气;小牛也因为顾虑主人的缘故,特别用力气只向前奔。他们一天耕的田比用人工两倍还多。

【注释】

〔1〕荞麦　一年生草本农作物,叶戟形,花白色或淡红色,结实三棱卵圆形,磨粉可擀面条或压饸饹,爽滑耐饥。名为麦,实非麦类。

〔2〕榔槌　木制的槌,一般打草鞋槌软稻草时用。

〔3〕簟(diàn)　晒谷物用的粗竹席。

〔4〕腰门　南方有些地方农村在大门外还有两扇只有半截的门,叫做"腰门"。

〔5〕印子钱　旧中国的一种高利贷。放债人以高利放出贷款,限借债人分期偿还,每次偿款都在预立的折子上加盖一印,故名"印子钱"。

【赏析】

除几个穿插性的角色,这篇小说只有两个"人物",大牛伯和他的小牛。这只小牛是通人性的。它对大牛伯有很深的感情。它尽力地为大牛伯犁田。他们的思想感情是可以交流的。大牛伯的心思,小牛完全体会得到。它跟大牛伯说话,用它的水汪汪的大眼睛。他们真是莫逆无间。

牛会做梦。

> 这牛迷迷糊糊时就又做梦,梦到它能拖了三具犁飞跑,犁所到处土皆翻起如波浪,主人则站在耕过的田里,膝以下皆为松土所掩,张口大笑。

大牛伯会同时和小牛做梦。

> 当到这可怜的牛做着这样的好梦时,那大牛伯是也在做着同样的梦的。他只梦到用四床大晒谷簟铺在坪里,晒簟上新荞堆高如小山。抓了一把褐色荞子向太阳下照,荞子在手上皆放乌金光泽。那荞就是今年的收成,放在坪里过斛上仓,竹筹码还是从甲长处借来的,一大捆丢到地下,哗的响了一声。而那参预这收成的功臣,——那只小牛,就披了红站在身边,他于是向它说话,神气如对多年老友。他说,"伙计,今年我们好了。我们可以把围墙打一新的了;我们可以换一换那两扇腰门了;我们可以把坪坝栽一点葡萄了;我们……"他全是用"我们"的字言,仿佛这一家的兴起,那牛也有分,或者是光荣,或者是实际。他于是俨然望到那牛仍然如平时样子,水汪汪的眼睛中写得有四个大字:"完全同意"。

小牛对大牛伯提出的意见,总是表示"好商量"。大牛伯梦到牛栏里有四只牛,就大声告给"伙计"说:

> "伙计,你应该有个伴才是事。我们到十二月再看吧。"
> 伙计想十二月还有些日子就点点头,"好,十二月吧。"

小说把小牛人化了,因此就有颇浓的童话色彩。这童话色彩其实是丰富的人情。

小说的语言带喜剧色彩,这是大牛伯的善良幽默的性格所致。比如:

见到主人，主人先就开口问他是不是把田已经耕完。他告主人牛生了病，不能做事。主人说，

"老汉子，你谎我。耕完了就借我用用，你那小黄是用木榔槌在背脊骨上打一百下也不会害病的。"

"打一百下？是呀，若是我在它背脊骨上打一百下，它仍然会为我好好做事。"

"打一千下？是呀也挨得下，我算定你是捶不坏牛的。"

"打一千下？是呀，……"

"打两千下也不至于……"

"打两千下，是呀，……"

说到这里两人都笑了，……

这样的时候，还能这样的说笑，中国农民的承受弹力真了不起！他们不是小小的挫折可能压垮的。

一切本来是很顺利，很圆满的。小牛的脚好了，荞麦田耕出来了，看样子十二月真可能给小牛找个伴，可是故事却来了个出人意料的结尾：到了十二月，荡里所有的牛全被衙门征发到一个不可知的地方去了，大牛伯只有成天到保长家去探询一件事可做。顺眼中望到自己屋角的大榔槌，就后悔为什么不重重的一下把那畜生的脚打断。

这就是中国的农民。他们没有自己的财产权，衙门中可以任意征用农民的耕牛，只要一句话！

小说的结尾是悲剧。因为前面充满童话色彩，喜剧色彩，就使得这悲剧让人感到格外的沉痛。

《丈　夫》

【题解】

题目是《丈夫》，别有意味。为什么是"丈夫"？因为这是一个有点特别的丈夫。这不是娶了老婆居家过日子的丈夫。这是从事"古老职

业"的女人——妓女的丈夫。

湘西水上的妓女有两种,一种是在吊脚楼上做"生意"的。长期的包占也可以,短时间的"关门"也可以。"婊子爱钞",对到楼上来烧烟胡闹的川东客人,常常会掏空他们的荷包,但对有情有义的水手,则银钱就在可有可无之间了。《柏子》所写的便是这种妓女。这种妓女的爱是强烈的,美丽的。一种,是在船上做"生意"的,这种船被称为"花船"。

> 船上人,她们把这件事也像其余地方一样,这叫做"生意"。……她们从乡下来,从那些种田挖园人家,离了乡村,离了石磨和小牛,离了那年青而强健的丈夫,跟随到一个熟人,就来到这船上做生意了。

> ……事情非常简单,一个不亟亟于生养孩子的妇人,到了城里,能够每月把从城里两个晚上所得的钱,送给那在乡下诚实耐劳种田为生的丈夫处去,在那方面就可以过了好日子,名分不失,利益存在,所以许多年青的丈夫,在娶妻以后,把妻送出来,自己留在家里耕田种地安分过日子,也竟是极其平常的事。

然而这毕竟不是平常的事。有的丈夫不要过这样的生活,不要当这样的"丈夫"! 他们的心不平静。照现在流行的说法:他们觉得很"失落"。

这篇小说写的就是一个丈夫的"失落"。

【注释】

〔1〕灯笼子认不得人　灯笼子,子弹的暗语。

〔2〕孤王酒醉桃花宫,韩素梅生来好貌容　1930 年在《小说月报》上发表时本无此二句,这是 1957 年校改时加上的。这是刘鸿声唱的京剧《斩黄袍》里的唱词。湖南地方戏(湘剧、花鼓戏)有没有《斩黄袍》这出戏、戏里有没有"孤王酒醉桃花宫"这样的唱词,待考。不过刘鸿声的《斩黄袍》当时唱得很红,全国各地爱哼哼京剧的人都会唱这两

句,那两个喝醉了的兵痞子唱这两句风行一时的京剧,是有可能的。沈先生在北京住了很久,正是刘鸿声大红的时候,街头巷尾听熟了这两句《斩黄袍》,以致写进小说,也是可能的,正如同鲁迅把"先帝爷白帝城叮咛就"(《空城计》唱词)写进小说里一样。

〔3〕归一 一切准备妥当,叫做"归一",西南诸省都有此说法。

【赏析】

这些丈夫逢年过节有时会从乡下来到城里,见见自己的媳妇,好像走一趟远亲。

有一个丈夫(不知道他叫什么名字)从乡下来看他的媳妇,媳妇名叫老七。

丈夫在船上只住了两天,可是在这两天内,一个乡下男人的感情历程是复杂的。

夫妻的感情是和睦的,也不缺少疼爱。见了面,老七就问起"上次的五块钱得了没有","我们那对小猪生儿子没有"这一类的家常话。丈夫特为选了一坛特大的栗子送来,因为老七爱吃这个。丈夫有口含冰糖睡觉的习惯,老七在接客过程中还悄悄爬进丈夫睡觉的后舱,在他嘴里塞一片冰糖……

但是丈夫对这样的生活很不习惯。

首先是媳妇变了样:大而油光的发髻,用小镊子扯成的细细眉毛,脸上的白粉同绯红的胭脂,以及那城市里人神气派头,城市里人的衣裳,都一定使从乡下来的丈夫感到极大的惊讶,有点手足无措。

晚上,来了客(嫖客),喝过一肚子烧酒,摇摇荡荡的上了船。一上船就大声的嚷,要亲嘴要睡。于是这丈夫不必指点,也就知道怯生生的往后舱钻去,躲在那后梢舱上去低低的喘气。

来了一个大汉,是"水保",老七的干爹。这水保对丈夫发生了兴趣,和他东拉西扯地扯了许多闲话。这水保和气得很,但是临行时却叫他告诉老七:"告她晚上不要接客,我要来。"

"他记忆得到那嘱咐,是当到一个丈夫面前说的!"该死的话,是当到一个丈夫面前说的!

两个喝得烂醉的兵上了船,大呼小叫撒酒疯,连领班的大娘也没有办法。老七急中生智,拖着醉兵的手,安置到自己的大奶上。醉鬼这才安静了下来。

半夜里,水保领着四个武装警察来查船(他们是来查"歹人"的)。查完了,一个警察回来传话:"你告老七,巡官要回来过细考察她一下。"

丈夫不明白:为什么巡官还要回来考察老七。

丈夫是年青强健的男人,当然会有性的欲望。

老七有意的在把衣服解换时,露出极风情的红绫胸褡。老七也真不好,你干嘛逗丈夫的"火"!

丈夫愿意同老七在床上说点家常私话,商量件事情,就傍床沿坐定不动。

大娘像是明白男子的心事,明白男子的欲望,也明白他不懂事,故只同老七打知会,"巡官就要来的!"

老七咬着嘴唇不作声,半天发痴。

男子一早起就要走路。"干爹"家的酒席也不想去吃,夜戏也不想看,"满天红"的荤油包子也不想吃。

一定要走了,老七很为难,走出船头呆了一会,回身从荷包里掏出昨晚上那兵士给的票子,又向大娘要了三张,塞到男子手心里去。

男子摇摇头,把票子撒到地上去,像小孩子那样莫名其妙地哭起来。

这个丈夫为什么要哭?他这两天受了很大的屈辱,他的感情受了极其严重的伤害。他是个男人,是个丈夫,是个人。他有他的尊严,他的爱。有的评论家说:这篇小说写的是人性的回归,可以同意。

这篇小说的结尾非常简单:

水保来船上请远客吃酒,只有大娘同五多在船上。问到时,才明白两夫妇一早都回转乡下去了。

一个非常耐人寻味的结尾。

《贵 生》

【题解】

这篇小说写的是命运。

贵生是一个单身汉子，以砍柴割草为生，活得很硬朗自重。他常去城里卖柴卖草，就把钱换点应用东西。他买了猪头、挂在柴灶上熏干。半夜里点了火把，用镰刀砍了十几条大鲤鱼，也揉了盐风得干干的。"两手一肩，快乐神仙。"

桥头有一个浦市人姓杜的开的小杂货铺。杂货铺的地点很好。门外有三棵大青树，夏天特别凉快。冬天在亭子里烧了树根和油枯饼，火光熊熊，引得过路人一边买东西，一边就火边抽烟谈话，杜老板人缘很好。

贵生常到小铺里来坐坐，和铺子里大小都合得来。杜老板有个女儿名叫金凤。贵生对金凤很好。山上多的是野生瓜果，栗子榛子不出奇，三月里给她摘大莓，八九月还有本地特有的，样子像干海参，瓤白如玉如雪的八月瓜，尤其逗那女孩子喜欢。

杜老板有心把金凤许给贵生，招婿上门，影影绰绰，旁敲侧击地和贵生提过。贵生知道杜老板是在装套子捉女婿，但是拿不定主意是不是往套子里钻。贵生有点迷信：女的脸儿红中带白，眉毛长，眼角向上飞，是个"剋"相，不剋别人得剋自己，到十八岁才过关。金凤今年满十六岁，贵生往后退了一步，决定暂时不上套。

但是他又想，一切风总不会老向南吹，不定什么时候杜老板改变主意，也说不定一个贩运黄牛、水银的贵州客人会把金凤拐走，这件事还得热米打粑粑，得快。贵生上街办了一点货，准备接亲。

这一带二里之内的山头都归张家管业。山上种着桐子树。张家非常有钱，两弟兄——四老爷、五老爷都极其荒唐。四爷好嫖，把一个实缺旅长都嫖掉了。五爷好赌，一夜能输几百上千大洋。四爷劝五爷，不能这样老输,劝他弄一个"原汤货"冲一冲晦气。

桐子熟了,四爷、五爷带着长工伙计上山打桐子。

回来的时候路过杜家铺子,进去坐坐,四爷一眼看见金凤,对五爷说:"眉毛长,眼睛光,一只画眉鸟,打雀儿!"

五爷要娶金凤做小。

贵生听到别人议论,好像挨了一闷棍。

他问杜老板:"听说你家有喜事,是真的吧?"

他去找金凤,金凤正在桥下洗衣。他见金凤已经除了孝(她原来戴着娘的孝),乌光的大辫子上插了一朵小红花。一切都完了。

半夜里,忽然围子里的狗都狂叫起来,天边一片红,着火了。有人急忙到围子里来报信:桥头杂货铺烧了;贵生的房子也走了水。一把火两处烧,十分蹊跷。

鸭毛伯伯心里有点明白:火是贵生放的。

贵生一肚子怨气,他只有用这活办法来泄愤。

鸭毛回头见金凤哭着,心里说:"丫头,做小老婆不开心?回去一索子吊死了吧,哭什么!"

鸭毛对金凤的责备有欠公平。金凤曾经对贵生说过:"什么四老爷、五老爷,有钱就是大王,糟蹋人,不当数……"她今天就被糟蹋了!这事大概是老子做的主,但从辫子上的那朵小红花,可以想见她是点了头的。你叫她有什么办法呢?一只眉毛长,眼睛光的画眉鸟,在这二里内,是逃不出老爷的手心的!

【注释】

〔1〕王大娘补缸匠 《锔大缸》是一出武打神怪戏。旱魃化为王大娘,取死人噎食罐化为黄磁缸,用以抵御雷劫。后为巨灵神撞裂。王大娘找人补缸。观音乃遣土地幻化为补缸匠人,假作修锔,故意将王大娘的缸打破。

〔2〕卖柴耙的程咬金 故事见《隋唐演义》程咬金没有发迹的时候,曾靠卖柴耙(此字正写应作"笆")为生,此剧即演此事。

〔3〕油枯饼　油料植物的子实,经榨油后剩下的残渣,一般成饼状。

〔4〕塍　田地间较宽的路界,这是湖南特有的说法。

〔5〕花骨头迷心　花骨头指麻将牌。但这位五老爷是什么牌都赌的。如"字牌"是纸制的,并非"花骨头"。

〔6〕〔7〕"挂衣"、"开苞",都是花钱使妓女第一次接客的意思。

〔8〕杜鹃和竹雀鸣叫声——作者注。

【赏析】

这是一个悲剧,但沈先生有意写得很轻松。

贵生是一个知足的人,活得无忧无虑。他认为什么都很有意思。土坎上的芭茅草开着白花,在风里摇,仿佛向人招手,说:"来,割我,乘天气好磨快你的刀,快来割我,挑进城里去,捌百钱担,换半斤盐好,换一斤肉也好,随你的意!"

贵生打算结亲了,他做了一点简单而又平常的梦:把金凤接过来,他帮她割草喂猪,她帮他在桥头打豆腐。就是这点简单平常的梦,也被五老爷打破了。

这篇小说的特点是人物比较多,对话也比较多。长工、仆人一边喝酒,一边闲聊。他们所说的话题除了一些关于新娘子出嫁的一些粗俗笑话之外,主要是对"命"的看法。四爷的狂嫖,五爷的滥赌,他们都认为是命里带来的。鸭毛伯伯对"命"有一番精辟议论:"花脚狗不是白面猫,各有各的脾气。银子到手哗喇哗喇花,你说莫花,这哪成! 这些人一事不作偏有钱,钱财像是命里带来的。命里注定它要来,门板挡不住;命里注定它要去,索子链子缚不住。……你我是穷人,和黄花姑娘无缘,和银子无缘,就只和酒有点缘分。我们喝了这碗酒,再喝一碗罢。"

这些长工佣人不明白他们的命为什么不好,这是谁造成的,能不能把自己的命改变改变,怎样改变?

注　释

① 本篇原载《中学生文学精读·沈从文》，三联书店（香港）有限公司，1995年版；题目为收入本卷时编者所加；注释为作者为沈从文作品所做；初收《汪曾祺全集》第六卷，北京师范大学出版社，1998年8月。

濠 河 逝 水 [①]

——代序

　　崇川是南通的古名。现在有些年轻人只知有南通,连崇川这个名称也不大知道了。老一辈的人是还记得崇川的城门街道的。崇川城脚有一条护城河,人称濠河。濠河通江入海,原来来往船只很多,载人运货,是重要的交通渠道,后来因种种原因,在交通上不起多大作用了。山水城郭,起落兴废,也是很自然的。

　　濠河水上人家多半是从苏北飘来的,他们是从里下河兴化、泰兴、高邮一带来的。苏北地势低,常闹水灾。大水淹了他们的家乡,为了谋生觅食,就划了小船到了崇川。他们有的在河岸上搭个棚子,有的就终年住在船上,真是"浮家泛宅"。有些人家在这里寄居已经有些年了,但是乡音不改,说的还是苏北话。他们的生活方式、风俗习惯,也大都保留苏北人的特点。

　　他们都是穷苦人,做的是卑贱的营生。用糙网糙螺蛳、蚬子卖;做铜匠,用芦竹做小笛子,吹糖人;卖自染色纸做的小玩意,卖烧饼;开"老虎灶"——卖开水……

　　如果运气好,不遇猝然而来的不幸,他们的日子是过得下去的,而且能得到一点生活的乐趣。这里的女人也爱俏。她们的头发总是梳得亮光光的,还要在发髻旁插一朵栀子花或两个小红绒球,而且爱搽雪花膏。男的晚饭还要喝酒。他们的女人把木盆反扣过来,这便是桌子。木盆底上放两个碟子:炒黄豆、炸花生仁、炒螺蛳、煮小鱼。

　　喝了酒,男的就天南地北地扯闲。

　　但是这种似乎平静的,知足的生活是没有保证的。一遇风吹雨打,就会被摧毁。天灾人祸。

一日暴风雨,濠河发了疯。邹百顺家的一只耥螺蛳赖以维生的小船的缆绳绷断了,船在桥墩上撞成碎片。

邹百顺的大儿子才十三岁,就到纱厂里当了落纱工。为了领到牌子,提早赶到厂里,厂外的铁丝栅栏还关得紧紧的。他想翻栅栏进去,一伸手,再不能动,栅栏上通了电!

邹百顺半夜里跳了河。他"生在水上,在水上飘荡了一生,还是归到水里去了!"

在铜匠李麻子的主持下,办了百顺的丧事。

开了两家粮店的镇长许维善,外号"跛脚骚驴",六十开外了。他到百顺家来逼债,一眼瞥见了百顺的女儿莲子,顿起邪念。他竟然叫他的管帐先生到百顺家提出要莲子做"焐脚丫头"。"焐脚丫头"即小老婆。这年莲子十六。跛脚骚驴有钱有势,百顺女人听从李麻子老婆劝告,只好全家到苏北躲起来。

中国是个不断搞政治运动的国家,崇川这样的小地方也是各项运动应有尽有。哑陆一家几代行医,医术高明,被当地人称赞"是个人物"。就因为说了几句直话被打成右派,下放劳动。陆先生一气之下,用祖传的金针挑断舌下的筋,从此不再说话。开老虎灶的苏万金是个老实本分的人,文化大革命两个造反派恶斗,他在黑夜里被一派绑走,打断了肋骨,被扔在河里,成了一具不明不白的"流尸"。

但是崇川还是好人多,他们富同情心,有正义感,不会落井下石,乘人之危。李麻子把邹百顺家的事当着自己的事。百顺死后,邹李两家就一起过了。卖烧饼的小癞子曾想娶百顺的女儿莲子。百顺一死,有个叫金宝的跟他说:"小癞子,这回女婿做定了。"小癞子说:"孤儿寡女的,更不好去。不知道的说我失火抢木炭。"金宝说:"礼也送了,孝子也做过了,做不成女婿真不值……"小癞子说:"你怎么这样说的沙……都是苦瓜卵子,能不帮着点儿?"小癞子穷,也长得丑,人品却是高尚的。

这里是有爱情的。尼姑惠修对坤侯的感情,小凤对周侉子的感情,小翠对哑陆的感情,都是纯真的,深挚的。

崇川是中国社会的一个角落。过去是一座不大的城,但是有爱有恨。正像濠河一样,虽不壮阔浩渺,但是随着时间的运行,不断向前流动,也有起伏波澜。

我没有到过崇川,但是,黄步千的小说集子,告诉了我这些普普通通的人和他们平平常常的故事。

黄步千的语言是朴素的,且有苏中的地方色彩。他用的语言基本上是叙述性的,他不大注重描写,不重抒情,也很少用比喻。但是有些地方虽只是叙述,而在叙述中带着感情。比如:开老虎灶的苏三想送掉一个小丫头,他的朋友任瘸子说:

"送孩子? 送小丫头? 亏你说得出口! 穷就穷过呗!"

"小丫头不是你生的? 不是你的亲骨肉? 你的心好狠哪!"红鼻子抱起小丫头。

"我也是为了孩子呀……与其捆在一块受罪,不如让她找个好人家,找条活路……"苏三的眼睛红红的。

不是吃了酒。一碗酒放在桌上,一口还没有喝。

他从红鼻子手里抱过小丫头时,两行眼泪已抛了下来。

苏三也会哭!

苏三也不知道自己会哭。

这种藏感情于叙述之中的语言,我以为是最好的小说语言。

又如:

一天,小翠一拐一拐进了门。他见她裤子腿上撕了一大块,才知道她被狗咬了,才知道她在讨饭。

陆先生一边替她清洗,一边眼泪直淌。小翠说:"你怎么哭了? 我又不痛。"

陆先生抖了半天嘴唇,突然蹦出一句话来:"这都、是、为、的、我……"

陆先生三年没有说过一句话,小翠听了一惊:"你不哑!"

陆先生自己先也一惊,然后抓住小翠的肩膀,说:"你,真好!

就是、石头、也要说话……"

小翠顿时一阵热烘,顺势仄在陆先生的胸口。

夜,静极了。偶尔,可以听见小塘里草鱼跳蹦的声音。鱼咬仔了。

这写得非常美。"夜,静极了。偶尔,可以听见小塘里草鱼跳蹦的声音。鱼咬仔了。"这是真有隐喻意义、象征意义的抒情诗。

步千是有诗才的,我希望他向这方面发展,使自己的作品更有诗意。——当然,不要刻意求之。

我不知道步千的这个集子的小说前后写了多长时间,但据我的印象,数量太少了。步千应该写得更多,——他还有更多的生活可以写。写作要持续不断,不能写一阵又放下。一曝十寒,是成不了大气候的。

一九九四年八月

注 释

① 本篇原载《崇川纪事》,黄步千著,江苏文艺出版社,1995 年版;初收《汪曾祺全集》第六卷,北京师范大学出版社,1998 年 8 月。

《职业》自赏①

作家在谈到自己的作品时总要谦虚一番,很少称为"自赏"的。这又何必。庄子云:"如鱼饮水,冷暖自知",一个人写作时有过什么激动,在作品里倾注了什么样的感情,是不是表达了想要表达的东西,是不是恰到好处,可以"提刀却立,四顾踌躇",这只有作家自己感受最深。那么"自赏"一下,有何不可?

有不少人问我:"你自己最满意的小说是哪几篇?"这倒很难回答。我只能老实说:大部分都比较满意。"哪一篇最满意?"一般都以为《受戒》、《大淖记事》是我的"代表作",似乎已有定评,但我的回答出乎一些人的意外:《职业》。

山西的评论家兼小说家李国涛,说我最好的小说是《职业》。有一位在新疆教古典文学的教授说他每读《职业》的结尾都要流泪。这使我觉得很欣慰。

《职业》是一篇旧作。近半个世纪中,我曾经把它改写过三次,直到80年代,又写了一次,才算定稿。

为什么我要把这篇短短的小说(我很反对"小小说"这种提法)不厌其烦地一再改写呢?

第四稿交给《人民文学》后,刘心武说:"为什么这样短的小说用这样大的题目?"他读了原稿,说:"是得用这样大的题目"。

职业是对人的框定,是对人的生活无限可能的限制,是对自由的取消。一个人从事某种职业,就会死在这个职业里,他的衣食住行,他的思想,全都是职业化了的。

小说中那个卖"椒盐饼子西洋糕"的孩子是一个真人。我在昆明的文林街每天可以看到他。我最初只是对他有点怜悯:一个十一二岁孩子,"学龄儿童",却过早地从事职业,为了养家。他的童年是没有童年的童年,他在暂时摆脱他的职业时高喊了一声街上的孩子摹仿他的叫卖声,是一种自我调侃,一种浸透苦趣的自我调侃。同时,这也是对于被限制的生活的抗议。

第四稿我增写了一些别的叫卖,作为这个卖椒盐饼子西洋糕的叫卖声音的背景。有的脆亮、有的苍老,也有卖杨梅和玉麦粑粑的苗族女孩子的娇嫩的声音。这样是为了注入更多的生活气息。这样,小说的主题就比原来拓宽了,也深化了。从童年的失去,扩展成为:

人世多苦辛。

注　释

① 　本篇原载《文友》1994 年第八期。

我的文学观①

我对文学讲究社会物质效益表示不耐烦。文学是严肃的,文学不能玩,作品完成后放在抽屉里是个人的事,但发表出来就是社会的事,必然对读者产生影响。

但文学的影响是潜在的,不具体的,用一句话来说就是潜移默化的,它不是直接的立竿见影的作用,不是简单的立刻显出物质影响的作用。像过去说的看过一个戏就去扛枪打鬼子。这样的事不可能,这也不是文学的使命。

文学的使命和作用可用那句古诗形容。"随风潜入夜,润物细无声。"文学的作用主要在于提高读者的人格品位,提高人类的整体素质。现在有一些年轻人的确趣味不高,要提高人类的趣味,我认为唯一有效的是文学,或者说文学是最有效的。

不要没烟抽了就写篇文章换烟钱,要把文学看成庄严的事业。

我上面说的是我的文学观,也是说给文学青年的话,如果还要说,我想有一点很重要,那就是思索。

现在流派很多,不要去理会,主张感受生活,观察生活是对的,但仅仅有所触动就动笔,马上写,是不能出现深层次的作品的,要想很多,整个创作过程思索很重要。有些年轻人没想好就写,自己还没想圆又怎么能写出好文章。之所以浮泛,是因为对生活没有更深的理解。

注　释

① 本篇原载《文友》1994 年第八期。

使这个世界更诗化^①

关于文学的社会职能有不同的说法。中国古代十分强调文艺的教育作用。古代把演剧叫作"高台教化",即在高高的舞台上对人民进行形象的教育,宣扬封建伦理道德,——忠、孝、节、义。三十、四十年代以后,马克思主义理论家认为文艺的功能首先在教育,对读者和观众进行政治教育,要求文艺作品塑造可供群众学习的英雄模范人物。有人不同意这种看法,认为文艺不存在教育作用,只存在审美作用。我认为文艺的教育作用是存在的,但不是那样的直接,那样"立竿见影"。让一些"苦大仇深"的农民,看一出戏,立刻热血沸腾,当场要求报名参军,上前线打鬼子,可能性不大(不是绝对不可能),而且这也不是文艺作品应尽的职责。文艺的教育作用只能是曲折的,潜在的,像杜甫的诗《春夜喜雨》所说:"随风潜入夜,润物细无声",使读者(观众)于不知不觉中受到影响。我觉得一个作家的作品总要使读者受到影响,这样或那样的影响。一个作品写完了,放在抽屉里,是作家个人的事。拿出来发表,就是一个社会现象。我认为作家的责任是给读者以喜悦,让读者感觉到活着是美的,有诗意的,生活是可欣赏的。这样他就会觉得自己也应该活得更好一些,更高尚一些,更优美一些,更有诗意一些。小说应该使人在文化素养上有所提高。小说的作用是使这个世界更诗化。

这样说起来,文艺的教育作用和审美作用就可以一致起来,善和美就可以得到统一。

因此,我觉得文艺应该写美,写美的事物。鲁迅曾经说过,画家可以画花,画水果,但是不能画毛毛虫,画大便。丑的东西总是使人不愉快的。前几年有一些青年小说家热中于写丑,写得淋漓尽致,而且提出一个不知从哪里来的奇怪的口号:"审丑作用",以为这样才是现代主义。我作为一个七十四岁的作家,对此实在不能理解。

美,首先是人的精神的美、性格的美、人性美。中国对于性善、性恶,长期以来,争论不休。比较占上风的还是性善说。我们小时候读启蒙的教科书《三字经》,开头第一句话便是"人之初,性本善"。性善的标准是保持孩子一样纯洁的心,保持对人、对物的同情,即"童心"、"赤子之心"。孟子说:"大人者不失其赤子之心者也"。

人性有恶的一面。"文化大革命"把一些人的恶德发展到了极致,因此有人提出"人性的回归"。

有一些青年作家以为文艺应该表现恶,表现善是虚伪的。他愿意表现恶,就由他表现吧,谁也不能干涉。

其次是人的形貌的美。

小说不同于绘画,不能具体地表现一个人的外貌,但小说有自己的优势,写作家的主体印象。鲁迅以为写一个人,最好写他的眼睛。中国人惯用"秋水"写女人眼睛的清澈。"巧笑倩兮,美目盼兮"是写美女的名句。

小说和绘画的另一不同处,即可以写人的体态。中国写美女,说她"烟视媚行"。古诗《孔雀东南飞》写焦仲卿妻"珊珊作细步,精妙世无双",这比写女人的肢体要聪明得多。

不具体写美女,而用暗示的方法使读者产生美的想象,是高明的方法。唐代的诗人朱庆余写新嫁娘:

> 洞房昨夜停红烛,待晓堂前拜舅姑。
> 妆罢低声问夫婿,画眉深浅入时无?

宋代的评论家说:此诗不言美丽,然味其辞义,非绝色女子不足以当之。

有两句诗:

> 行到中庭数花朵,蜻蜓飞上玉搔头。

也让人想象到,这是一个很美的女人。

有时不直接写女人的美，而从看到她的人的反应中显出她的美。汉代乐府《陌上桑》写罗敷之美：

> 行者见罗敷，下担捋髭须。少年见罗敷，脱帽著帩头。
>
> 耕者忘其犁，锄者忘其锄。来归相怨怒，但坐观罗敷。

这种方法和《伊里亚特》写海伦皇后的美很相似。

中国人对自然美有一种独特的敏感。

郦道元《水经注·三峡》：

> 自三峡七百里中，两岸连山，略无阙处；重岩叠嶂，隐天蔽日，自非亭午夜分，不见曦月。

短短的几句话，就把三峡风景全写出来了。这样高度的概括，真是大手笔！

柳宗元《至小丘西小石潭记》：

> 潭中鱼可百许头，皆若空游无所依。日光下澈，影布石上，佁然不动；俶尔远逝，往来翕忽，似与游者相乐。

通过鱼影，写出水的清澈，这种方法为后来许多诗人所效法，而首创者实为柳宗元。

苏轼《记承天寺夜游》：

> 庭下如积水空明，水中藻荇交横，盖竹柏影也。

这写的是月色，但没有写出月字。

古人要求写自然能做到"状难写之景如在目前"，作为一个中国作家，应该学习、继承这个传统。

注　释

① 本篇原载《读书》1994 年第十期；初收《汪曾祺全集》第六卷，北京师范大学出版社，1998 年 8 月。

《中国京剧》序①

小小年纪,他就会唱:

"一马离了西凉界。"

——卞之琳

卞之琳是浙江人,说起话来北方人听起来像南方话,南方人听起来像北方话。他大概不大看京剧。但是生活在北京这个环境里,大街小巷随时听得到京剧,真是"洋洋乎盈耳"。我觉得卞之琳其实是很懂京剧的。这个唱"一马离了西凉界"的孩子,不但会这句唱腔,而且唱得"有味儿",唱出了薛平贵满腹凄怆的感情。

京剧作为一种"非书面文化",其影响之深远,也许只有国画和中国烹饪可以与之相比。

京剧文化是一种没有文化的文化。京剧原本是没有剧作者的。唐三千,宋八百的本子不知是什么人,怎么"打"出来的。周扬说过京剧对于历史事件、历史人物往往是简单化的。但是人们容忍了这种简单化,习惯于简单化。有的京剧歪曲了历史。比如刘秀并没有杀戮功臣,云台二十八将的结局是很风光的,然而京剧舞台上演的是《打金砖》。谁也没有办法。观众要看,要看刘秀摔"硬僵尸"。京剧有一些是有文学性的,时有俊语,如"走青山望白云家乡何在"(《桑园寄子》)、"一轮明月照芦花"(《打渔杀家》),但是大部分唱词都很"水"。有时为了"赶辙",简直不知所云。《探皇陵》里的定国公对着皇陵感叹了一番,最后一句却是"今日里为国家一命罢休",这位元老重臣此时并不面临生与死的问题啊,怎么会出来这么一句呢?因为这一段是"由求"辙。

《二进宫》李艳妃唱的是"李艳妃设早朝龙书案下"。张君秋收到一个小学生的信，说"张叔叔，您唱的李艳妃怎么会跑到书桌底下去设早朝呀？"君秋也觉得不通，曾嘱我把这一段改改。没法改，因为全剧唱词都是这样，几乎没一句是通的。杨波进宫前大唱了一段韩信的遭遇，实在是没来由。听谭富英说，原来这一段还唱到"渔樵耕读"，言菊朋曾说要把这段教给他。听说还有在这段里唱"四季花"的。有的唱词不通到叫人无法理解，不通得奇怪，如《花田错》的"桃花怎比杏花黄"。桃花杏花都不黄，只因为这段是"江阳"。京剧有些唱词是各戏通用的，如[点将唇]"将士英豪，儿郎虎豹……"长靠戏的牌子[石榴花]、[粉蝶儿]都是一套，与剧情游离。有的武生甚至把《铁笼山》的牌子原封不动地唱在《挑滑车》里。有的戏没有定本，只有一个简略的提纲，规定这场谁上，"见"谁，大体情节，唱念可以由演员随意发挥，谓之"提纲戏"、"幕表戏"或"跑梁子"。马长礼曾在天津搭刘汉臣的班。刘汉臣排《全本徐策》，派长礼的徐夫人。有一场戏是徐策在台上唱半天，"甩"下一句"腿"，徐夫人上，接这句"腿"。长礼问："我上去唱什么？"——"你只要听我在头里唱什么辙，缝上，就行了。"长礼没听明白刘汉臣唱的什么，只记住是"发花"辙。一时想不出该唱什么。刘汉臣人称"四爷"，爱在台上"打哇呀"，这天他又打开了哇呀，长礼出场，接了一句："四爷为何打哇呀？"

既然京剧是如此的没文化，为什么能够存在了小二百年，为什么会有那么多演员，有才华的演员，那么多观众，那么多戏迷，那么多票友，艺术造诣很深的名票？像红豆馆主这样的名票，像言菊朋这样下海的票友，他们都是有文化的，未必他们不知道京剧里有很多"水词"，很多不通的唱词？但是他们照样唱这种不通的唱词，很少人想改一改（改唱词就要改唱腔）。京剧有一套完整的程式，唱、念、做、打、手、眼、身、法、步。这些程式可以有多种组合，变化无穷，而且很美。京剧的念白是一个古怪的东西，它是在湖北话的基础上（谭鑫培的家里是说湖北话的，一直到谭富英还会说湖北话）形成的一种特殊的语言，什么方言都不是，和湖北话也有一定的距离（谭鑫培的道白湖北味较浓，听《黄金台》唱片就可发现）。但是它几乎自成一个语系，就是所谓"韵白"。一般演员都能掌握，拿到本子，可以毫不费事地按韵白念出来。而且全国京剧都用这种怪语言。这种语言形成一种特殊的文体，尤其是大段念白，即顾炎武所说的"整白"（相对于"散白"），不文不白，似骈似散，抑扬顿挫，起落铿锵，节奏鲜明，很有表现力（如《审头刺汤》、《四进士》）。京剧的唱是一个更加奇怪的东西。决定一个剧种的特点的，首要的是它的唱。京剧之所以能够成为全国性的大剧种，把汉剧、徽剧远远地甩在后面，是因为它在唱上大大地发展了。京剧形成许多流派，主要的区别在唱。唱，包括唱腔和唱法，更重要的是唱法，因为唱腔在不同流派中大同小异。中国京剧的唱有一个玄而又玄的概念，叫做"味儿"，有味儿，没味儿；"挂"味儿，不"挂"味儿。这在外国人很难体会。帕瓦罗蒂对余叔岩的唱法一定不能理解，他不明白"此一番领兵……"的"撤"是怎么弄出来的。他一定也品不出余派的"味儿"。京剧的唱造成京剧鲜明的民族特点。在代代相传、长期实践中，京剧演员总结出了一些唱念表演上的带规律性的东西，如"先打闪，后打雷"——演唱得"蓄势"，使观众有预感。如"逢大必小，逢左必右"，这是概括得很好的艺术辩证法。如台上要是"一棵菜"，——强调艺术的完整性。

京剧演员大都是"幼而失学"，没有读过多少书，文化程度不高。裘盛戎说他自己是没有文化的文化人，没有知识的知识分子。但是很奇怪，没有文化，对艺术的领悟能力却又非常之高。盛戎排过《杜鹃山》，原来有一场"烤番薯"，山上断粮，以番薯代饭，番薯烤出香味，雷刚惦记山下乡亲在受难，想起乡亲们待他的好处，有这样两句唱：

> 一块番薯掰两半，
> 曾受深恩三十年。

设计唱腔的同志不明白"一块番薯掰两半"是什么意思。盛戎说："这怎么不明白？'一块番薯掰两半'，有他吃的就有我吃的！"他在唱法上这样处理："掰两半"虚着唱，带着遥远的回忆；"深恩"二字用了浑厚的胸腔共鸣，倾出难忘的深情。盛戎那一代的名演员都非常聪明，理解得到,就表现得出。李少春、叶盛兰都是这样。他们是一代才人,一批京剧才子,这一代演员造成京剧真正的黄金时期。为什么会这样?因为他们是在几代人积累起来的京剧文化里长大的。

京剧文化成了风靡全国的文化,一种独特的文化传统。这种文化不仅造就了京剧自身,也影响了其他艺术,诸如年画、木雕、泥人、刺绣。不能不承认,京剧文化是一种文化,虽然它是没有文化的文化。又因为它是没有文化的文化,所以现在到了"夕阳无限好,只是近黄昏"的时候。这是一种没有文化的文化,这是京剧走向衰落的根本原因。命中注定,无可奈何。

徐城北从事京剧工作有年。他是"自投罗网"。他的散文、杂文、旧体诗词都写得很好,但是却选中了京剧。他写剧本,写关于京剧的文章。用现在流行的说法,很"投入"。同时他又能跳出京剧看京剧,很"超脱"。他的文章既不似一般票友那样陈旧,也不像某些专业研究者那样啰嗦。他写过概论性的文章,写过戏曲史的札记,也写过专题的论文。他对"梅兰芳文化现象"的研究,我以为是深刻的,独到的。现在他又写了一本《京剧文化初探》,我以为开拓了一个新的领域。自来谈京剧的书亦多矣,但是从文化角度审视京剧的,我还没有见过。城北所取的角度,是新的角度。也许只有从文化角度审视京剧,才能把京剧说清楚。既然"初探",自然是草创性的工作,要求很深刻、很全面,是不可能的。更深入的探求,扩大更广阔的视野,当俟来日。

一九九四年十一月三十日

注 释

① 本篇原载《中国京剧》,徐城北著,广东旅游出版社,1996年版;初收《汪曾祺全集》第六卷,北京师范大学出版社,1998年8月。

夏　天^①

　　夏天的早晨真舒服。空气很凉爽,草尖还挂着露水(蜘蛛网上也挂着露水)。写大字一张,读古文一篇。夏天的早晨真舒服。

　　凡花大都是五瓣,栀子花却是六瓣。山歌云:"栀子花开六瓣头。"栀子花粗粗大大,色白,近蒂处微绿,极香,香气简直有点叫人受不了,我的家乡人说是:"碰鼻子香"。栀子花粗粗大大,又香得掸都掸不开,于是为文雅人不取,以为品格不高。栀子花说:"去你妈的,我就是要这样香,香得痛痛快快,你们他妈妈的管得着吗!"

　　人们往往把栀子花和白兰花相比。苏州姑娘串街卖花,娇声叫卖:"栀子花!白兰花!"白兰花花朵半开,娇娇嫩嫩,如象牙白玉,香气文静,但有点甜俗,为上海长三堂子的"倌人"所喜,因为听说白兰花要到夜间枕上才格外地香。我觉得红"倌人"的枕上之花,不如船娘鬓边花更为刺激。

　　夏天的花里最为幽静的是珠兰。
　　牵牛花短命。早晨沾露才开,午时即已萎谢。
　　秋葵也命薄。瓣淡黄,白心,心外有紫晕。风吹薄瓣,楚楚可怜。
　　凤仙花有单瓣者,有重瓣者。重瓣者如小牡丹,凤仙花茎粗肥,湖南人用以腌"臭咸菜",此吾乡所未有。

　　马齿苋、狗尾巴草、益母草,都长得非常旺盛。
　　淡竹叶开浅蓝色小花,如小蝴蝶,很好看。叶片微似竹叶而较柔软。

"万把钩"即苍耳。因为结的小果上有许多小钩，碰到它就会挂在衣服上，得小心摘去，所以孩子叫它"万把钩"。

我们那里有一种"巴根草"，贴地而长，见缝扎根，一棵草蔓延开来，长了很多根，横的，竖的，一大片。而且非常顽强，拉扯不断。很小的孩子就会唱：

> 巴根草，
> 绿茵茵，
> 唱个唱，
> 把狗听。

最讨厌的是"臭芝麻"。掏蟋蟀、捉金铃子，常常沾了一裤腿。其臭无比，很难除净。

西瓜以绳络悬之井中，下午剖食，一刀下去，喀嚓有声，凉气四溢，连眼睛都是凉的。

天下皆重"黑籽红瓤"，吾乡独以"三白"为贵：白皮、白瓤、白籽。"三白"以东墩产者最佳。

香瓜有：牛角酥，状似牛角，瓜皮淡绿色，刨去皮，则瓜肉浓绿，籽赤红，味浓而肉脆，北京亦有，谓之"羊角蜜"；虾蟆酥，不甚甜而脆，嚼之有黄瓜香；梨瓜，大如拳，白皮，白瓤，生脆有梨香；有一种较大，皮色如虾蟆，不甚甜，而极"面"，孩子们称之为"奶奶哼"，说奶奶一边吃，一边"哼"。

蝈蝈，我的家乡叫做"叫蚰子"。叫蚰子有两种。一种叫"侉叫蚰子"，那真是"侉"，跟一个叫驴子似的，叫起来"咶咶咶咶"很吵人。喂它一点辣椒，更吵得厉害。一种叫"秋叫蚰子"，全身碧绿如玻璃翠，小巧玲珑，鸣声亦柔细。

别出声，金铃子在小玻璃盒子里爬哪！它停下来，吃两口食，——鸭梨切成小骰子块。于是它叫了"丁铃铃铃"……

乘凉。

搬一张大竹床放在天井里,横七竖八一躺,浑身爽利,暑气全消。看月华。月华五色晶莹,变幻不定,非常好看。月亮周围有了一个模模糊糊的大圆圈,谓之"风圈",近几天会刮风。"乌猪子过江了"——黑云漫过天河,要下大雨。

一直到露水下来,竹床子的栏杆都湿了,才回去,这时已经很困了,才沾藤枕(我们那里夏天都枕藤枕或漆枕),已入梦乡。

鸡头米老了,新核桃下来了,夏天就快过去了。

注　释

① 本篇原载《大家》1994 年第六期;初收《汪曾祺全集》第六卷,北京师范大学出版社,1998 年 8 月。

一　　技①

珠　　花

　　北门口有一家穿珠花的。我小时候,妇女出客都还兴戴珠花。每次放学路过,我总愿意到这家穿珠花的作坊里去看看。铺面很小,只有一个老师傅带两个徒弟做活。老师傅手艺非常熟练。穿珠花一般都是小珠子,——米珠。偶尔有定珠花的人家从自己家里拿来大珠子,比如听说有一个叫汪炳的,他娶亲时新娘子鞋尖的四颗珍珠有豌豆大!一般都没有用这样大的珠子穿珠花的,那得做别的用处,比如钉在"帽勒子"上。老师傅用小镊子拈起一颗一颗米珠,用细铜丝一穿,这种细铜丝就叫做"花丝"。看也不看,就穿成了一串,放在一边(我到现在还不明白那么小的珠子怎样打的孔)。珠串做齐,把花丝扭在一起,左一别,右一别,加上铜托,一朵珠花就做成了。珠花有几种式样,以"凤穿牡丹"、"丹凤朝阳"最多。

　　现在戴珠花的几乎没有了,只有戏曲旦角演员的"头面"上还用。但大都是玻璃料珠。用真的"珍珠头面"的,恐怕很少了。

发　蓝　点　翠

　　"发蓝"是在银首饰(主要是簪子)上,錾出花纹,在花纹空处,填以珐琅彩料,用吹管(这种吹管很简单,只是一个豆油灯碗,放七八根灯草,用一根铜管呼呼地吹)吹得珐琅彩料与银器熔为一体,略经打磨,碱水洗净,即成。

"点翠"是把翠鸟的翅羽剪成小片,按首饰的需要,嵌在银器里,加热,使"翠"不致脱落,即可。

齐白石题画翠鸟:"羽毛可取"。翠鸟毛的颜色确实无可代替。但是现在旦角头面没有"点翠"的,大都是化学药品染制的绸料贴上去的了。

真的点翠现在还不难见到,十三陵定陵皇后的凤冠就是点翠的。不过大概是复制品,不是原物。

葡　萄　常

葡萄常三姐妹都没有嫁人。她们做的葡萄(做为摆设)别的倒也没有什么稀奇:都是玻璃吹出来的,很像,颜色有紫红的,绿的;特异处在葡萄皮外面挂着一层轻轻的粉,跟真葡萄一样。这层薄薄的粉是怎么弄上去的? ——常家不是刷上去或喷上去的。多少做玩器的都捉摸过,捉摸不出来。这是常家的独得之秘,不外传。这样,才博得"葡萄常"的名声。

常家三姐妹相继去世:"葡萄常"从此绝矣。

注　释

① 本篇原与《夏天》一起以《夏天(外一篇)》为题载《大家》1994 年第六期;初收《汪曾祺全集》第六卷,北京师范大学出版社,1998 年 8 月。

续修族谱序[1]

　　闻之祖父云:汪本姬姓,文王之后也。时代久远,未可稽考。自越国公受封江南,亦已千年。歙县旧有汪氏宗祠,今圮。我曾往歙县、屯溪、黟县,所遇族人甚多。汪在皖南,实为大姓。而散居四方者尤不知凡几。民国十五年,曾修族谱。六十八年来,宗支繁衍,又不知凡几矣,族人有倡议续修宗谱者矣,其意至善。汪非甚巨族,自越国公以后,少阀阅冠冕之累。而文学之士,自宋至明,至于乾嘉之时,代不乏人。汪氏固为清门,亦可以无愧于天下矣,族谱之修,果何为乎?亦无非慎终追远,民德归厚而已。绳其祖武,不坠家声,清白为人,永葆令誉,各尽所长,以利于邦国,瞩望来者,其共勉之。

高邮第八十九代裔孙曾祺谨撰

注　释

① 　本篇撰于 1994 年。系为续修《汪氏族谱》所撰序言。据手稿编入。

1995 年

草　巷　口[①]

　　过去,我们那里的民间常用燃料不是煤。除了炖鸡汤、熬药,也很少烧柴。平常煮饭、炒菜,都是烧草,——烧芦柴。这种芦柴秆细而叶多,除了烧火,没有什么别的用处。草都是由乡下——主要是北乡用船运来,在大淖靠岸。要买草的,到岸边和草船上的人讲好价钱,卖草的即可把草用扁担挑了,送到这家,一担四捆,前两捆,后两捆,水桶粗细一捆,六七尺长。送到买草的人家,过了秤,直接送到堆草的屋里。给我们家过秤的是一个本家叔叔抡元二爷。他用一杆很大的秤约了分量,用一张草纸记上"苏州码子"。我是从抡元二爷的"草纸账"上才认识苏州码子的。现在大家都用阿拉伯数字,认识苏州码子的已经不多了。我们家后花园里有三间空屋,是堆草的。一次买草,数量很多,三间屋子装得满满的,可以烧很多时候。

　　从大淖往各家送草,都要经过一条巷子,因此这条巷子叫做草巷口。

　　草巷口在"东头街上"算是比较宽的巷子。像普通的巷子一样,是砖铺的,——我们那里的街巷都是砖铺的,但有一点和别的巷子不同,是巷口嵌了一个相当大的旧麻石磨盘。这是为了省砖,废物利用,还是有别的什么原因,就不知道了。

　　磨盘的东边是一家油面店,西边是一个烟店。严格说,"草巷口"应该指的是油面店和烟店之间,即麻石磨盘所在处的"口",但是大家把由此往北,直到大淖一带都叫做"草巷口"。

　　"油面店",也叫"茶食店",即卖糕点的铺子,店里所卖糕点也和别的茶食店差不多，无非是：兴化饼子、鸡蛋糕。兴化饼子带椒盐味，大概是从兴化传过来的；羊枣，也叫京果，分大小两种，小京果即北京的江米条，大京果似北京蓼花而稍小；八月十五前当然要做月饼；过年前做蜂糖糕，像一个锅盖，蜂糖糕是送礼用的；夏天早上做一种"潮糕"，米面蒸成，潮糕做成长长的一条，切开了一片一片是正方的，骨牌大小，但是切时断而不分，吃时一片一片揭开吃，潮糕有韧性，口感很好；夏天的下午做一种"酒香饼子"，发面，以糯米和面，烤熟，初出锅时酒香扑鼻。

吉陞的糕点多是零块地卖，如果买得多（是为了送礼的），则用苇篾编的"撇子"装好，一底一盖，中衬一张长方形的红纸，印黑字：

本店开设东大街草巷口座北朝南惠顾诸君请认明吉陞字号庶不致误

源昌烟店主要是卖旱烟，也卖水烟——皮丝烟。皮丝烟中有一种，颜色是绿的，名曰"青条"，抽起来劲头很冲。一般烟店不卖这种烟。

源昌有一点和别家店铺不同。别的铺子过年初一到初五都不开门，破五以前是不做生意的。源昌却开了一半铺搭子门，靠东墙有一个卖"耍货"的摊子。可能卖耍货的和源昌老板是亲戚，所以留一块空地供他摆摊子。"耍货"即卖给小孩子玩意："捻捻转"、"地嗡子"（陀螺）……卖得最多的是"洋泡"。一个薄薄橡皮做的小囊，上附小木嘴。吹气后就成了氢气球似的圆泡，撒手后，空气振动木嘴里的一个小哨，哇的一声。还卖一些小型的花炮，起火，"猫捉老鼠"……最便宜的是"滴滴金"，——皮纸制成麦秆粗细的小管，填了一点硝药，点火后就会嗤嗤地喷出火星，故名"滴滴金"。

进巷口，过麻石磨盘，左手第一家是一家"茶炉子"。茶炉子是卖开水的，即上海人所说的"老虎灶"。店主名叫金大力。金大力只管挑水，烧茶炉子的是他的女人。茶炉子四角各有一口大汤罐，当中是火口。烧的是粗糠。一簸箕粗糠倒进火口，呼的一声，火头就蹿了上来，水马上呱呱地就开了。茶炉子卖水不收现钱，而是事前售出很多"茶筹子"——一个一个小竹片，上面用烙铁烙了字："十文"、"二十文"，来打开水的,交几个茶筹子就行。这大概是一种古制。

往前走两步,茶炉子斜对面,是一个澡塘子。不大。但是东街上只有这么一个澡塘子,这条街上要洗澡的只有上这家来。澡塘子在巷口往西的一面墙上钉了一个人字形小木棚,每晚在小棚下挂一个灯笼,算是澡塘的标志(不在澡塘的门口)。过年前在木棚下贴一条黄纸的告白,上写:

正月初六日早有菊花香水

那就是说初一到初五澡塘子是不开业的。

为什么是"菊花香水"而不是兰花香水、桂花香水?我在这家澡塘洗过多次澡,从来没有闻到过"菊花香水"味儿,倒是一进去,就闻到一股浓重的澡塘子味儿。这种澡塘子味道,是很多人愿意闻的。他们一闻这味道,就觉得:这才是洗澡!

有些人烫了澡(他们不怕烫,不烫不过瘾),还得擦背、捏脚、修脚,这叫"全大套"。还要叫小伙计去叫一碗虾子、猪油、葱花面来,三扒两口吃掉。然后咕咚咕咚喝一壶浓茶,脑袋一歪,酣然睡去。洗了"全大套"的澡,吃一碗滚烫的虾子汤面,来一觉,真是"快活似神仙"。

由澡塘往北,不几步,是一个卖香烛的小店。这家小店只有一间门面。除香烛纸祃之外,还卖"箱子"。苇秆为骨,外糊红纸,四角贴了"云头"。这是人家买去,内装纸钱,到冥祭时烧给亡魂的。小香烛店的老板(他也算是"老板"),人物猥琐,个儿矮小,而且是个"齄鼻子","齄"得非常厉害,说起话来瓮声瓮气,谁也听不清他说什么。他的媳妇可是一个很"刷括"(即干净利索)的小媳妇,她每天除了操持家务,做针线,就是糊"箱子"。一街的人都为这小媳妇感到很不平,——嫁了这么个小矮个齄鼻子丈夫。但是她就是这样安安静静地过了好多年。

由香烛店往北走几步,就闻到一股骡粪的气味。这是一家碾坊。这家碾坊只有一头骡子(一般碾坊至少有两头骡子,轮流上套)。碾坊是个老碾房。这头骡子也老了。看到这头老骡子低着脑袋吃力地拉着碾子,总叫人有些不忍心。骡子的颜色是豆沙色的,更显得没有精神。

碾坊斜对面有一排比较整齐高大的房子,是连万顺酱园的住家兼作坊。作坊主要制品是萝卜干。萝卜条揉盐之后,晾晒在门外的芦席上,过往行人,可以抓几个吃。新腌的萝卜干,味道很香。

再往北走,有几户人家。这几家的女人每天打芦席。她们盘腿坐着,压过的芦苇片在她们的手指间跳动着,延展着,一会儿的功夫就能织出一片。

再往北还零零落落有几户人家。这几户人家都是干什么的,我就不知道了,我很少到那边去。

注　释

① 本篇原载《雨花》1995 年第一期;初收《汪曾祺全集》第六卷,北京师范大学出版社,1998 年 8 月。

小议新程派①

中国京剧有"四大名旦",各有特点。梅(兰芳)雍容华贵。尚(小云)英姿飒爽。荀(慧生)妩媚玲珑。其中最具风格,与众不同的是程(砚秋)。

程的风格概括起来,可以说是含蓄、深沉比较内在。

程年轻时的戏路子本来是很宽的。除了《汾河湾》、《武家坡》这样的青衣戏之外,花旦戏也唱。解放前我看过一张旧报纸,有一版是京剧广告,程砚秋演的竟是《贵妃醉酒》! 程砚秋的《醉酒》会是怎么样的呢? 和路玉珊、梅兰芳都会有所不同吧。看来一个演员都得有个博采众长、兼收并蓄的阶段,过早的"归宗",只认定一个流派,并无好处。

程砚秋逐渐形成自己的流派,并在旦角中产生很大的影响,有一个时期几乎成了"十旦九程"。

程派的特点不只是千回百转,回肠荡气的唱腔,当然"程腔"是程派的主要特点,程注重人物,注重意境。

一般来说,程的戏不太追求场面热闹,情节曲折。他曾经一个晚上只演一出《贺后骂殿》,这出戏几乎没有情节,只是贺后在金殿上把赵匡义骂了一通,唱了一大段二黄,全剧只有几十分钟。在天蟾舞台那样大的剧场,只唱了那么短的一出戏,只有程砚秋敢这样干!

他的新编戏"私房本戏",《锁麟囊》算是情节比较曲折的。《文姬归汉》情节非常简单,严格说起来,这不是一出戏,是一首诗,一首抒情诗。《祝英台抗婚》是一出清唱剧。《荒山泪》的水袖圆场是一场中国舞蹈。程的水袖功极好,但是他并不追求表面的强烈。不是在那里"耍"水袖,而是在圆场中表现人物,有一种内在的美。

程的剧本,演唱都比较"冷"。《董解元西厢记》说"冷淡清虚最难做",能把戏唱"冷"了,而又使观众得到深深的感染,这是非常不容易的。程砚秋重视"四功五法",但是法在外而功在内,程的功是"内功"。中国字画讲究"元气内敛",程砚秋正是这样。他的艺术是中国戏曲里的太极拳。程的太极拳打得很好,说他的演唱受了太极拳的影响,不是没有道理。

李世济是程砚秋的嫡传弟子,有些戏曾得程的亲授。除了她的嗓音、扮相像程之外,更重要的是她对程的美学观点深有体会,不是亦步亦趋,得其形似。

我有些年没看李世济的戏了,去年看了她一场《六月雪》的《法场》,给我很大的震撼。世济不只在《窦娥冤》的"冤"字上做文章,不只是委委屈屈、涕泗横流,她演的窦娥是一腔悲愤,问天不语,欲哭无泪,是对这个无是非、不公平的世界强烈的抗议。我想这是符合程砚秋塑造这个人物,也是符合关汉卿的悲剧的原意的。我觉得世济的表演艺术达到了一个新的境界。

世济在艺术上是个非常好强的人。她绝不想停留在已有的成就上。她在不断地探索,不断地试验,不断地追求。

对程先生的本子,有的地方,她敢作局部的修改,《祝英台抗婚》原本比较单薄,世济在"哭坟"一场加了大段的反二黄,抚今追昔,不能自已,这就使《抗婚》的感情更加深厚了。《祭塔》的"八大腔"也动了一些地方,在回叙中增感情,避免了京剧行话所说的"倒粪"。

世济在唱腔、唱法上突破得更多一些。这几年世济在程腔的婉转中试用了真声("大嗓")这就更加浑厚,更使人有苍凉感。但是世济的大小嗓结合得很好,泯然无迹,不使人觉得"夹生"。程派一般不走高腔。世济有时却在平腔中拔出一个壁立的高腔,在"哭头"中用得更多一些,鹤唳猿吟,有很强的穿透力,大小嗓、高低腔,交替使用"横看成岭侧成峰,高低远近各不同",这样做使程腔更加丰富了。

对于李世济的这种做法褒贬不一。贬之者曰:这是破坏传统,"欺师灭祖";褒之者曰:这是创造革新,大胆突破,是对"程派"的真正忠实继承。有人称世济的演唱为"新程派"。褒也好,贬也好,反正"新程派"已经成为"既成事实",为很多观众接受,抹杀不了。

世济既已成为"新程派",我希望她继续试验下去,破釜沉舟,义无反顾!

注 释

① 本篇原载《大成》第二五五期(1995 年 2 月出版)。

造 屋 为 人①

　　世界上有各种样房屋，各有各的用处，形制也就不同。长城为了防御（如果把长城也算是房屋），太和殿是为了皇帝临朝议政的，午门是为了献俘，祈年殿为了祈年。外国的，凯旋门是为了纪念战功，白宫是总统办公室。比萨斜塔是干什么用的，我就不知道了。但是绝大多数的房屋是为了住人的。从鄂温克族的"撮罗子"、内蒙草原的蒙古包，到故宫的御花园，都是如此。

　　住房的风格是和人的精神、人的生活意识、文化意识相一致的。北京的四合院是典型的中国人的住宅，是一种保守的建筑形式。"四合院"的精义在一个"合"字。中国人讲究"睦邻"——处街坊，街坊以外，就很少往来。我到皖南黟县参观过古民居，民居多低小，堂屋，两厢都小。那么小小的房子还要盖出一楼一底，走进去好像连腰都伸不直。通风、采光都不好，大上午，房间里光线也像是黄昏了，黑洞洞的，这样小的房子，门窗、隔扇却都雕镂得很精细。这样的民居比北京的四合院还要保守，这种民居格局也反映出商人思想的保守——民居主人多为商人，善做木材生意。有一家堂屋里挂了一幅朱红的木刻对联，联文如下："做官好，为商好，学好便好；创业难，守成难，知难不难"，这对联的核心是"守成"。美国的民居大都是一家一座，一家跟一家不挨着，没有围墙，但是门窗都紧闭着，看不见里面的主人在干什么。我问过美国人："你们干嘛要把房子盖成这样？"美国人说："我们都是个人主义者，不愿意叫人干扰我们的生活。"在美国，倘非事前约好，是不能随便上人家串门聊天的。

　　这几年，北京盖了不少居民楼，对缓解房屋紧张起了很大的作用，是市府的一项德政。但是千篇一律，从外到内，都是一样。怎样使民居体现社会主义精神文明,这还是一个值得研究的问题。

我的理想的居室是什么样的呢?一要比较宽敞,也不要太大。苏州的拙政园,我就觉太大了,而且散漫无章法。网师园就挺好,也开阔,也幽深,小巧玲珑,便于闲坐待客。我现在的房子过于仄逼,到处是书,几无下脚处。要写点东西,得把桌上的书报搬到床上堆着,晚上睡觉再搬回桌上。我的书大部分不上架,我自己写的书有一些收到后不能开封,只好在墙角码起来。我希望有一间大一点的书斋,除了书桌,还放得下写字画画的案子。希望在设计时就安排好摆书橱、挂字画的地方,这样才像一个知识分子的家。另外,要有个能坐下七八个客人的会客室;厨房也要稍大一些,伸手够得着坛坛罐罐——我是自己做饭的。但是什么时候才能实现我的理想呢?尝作打油诗自嘲:

> 年年岁岁一床书,
>
> 弄笔晴窗且自娱。
>
> 更有一般堪笑处,
>
> 六平方米作邸厨。

等着吧。"面包会有的,什么都会有的"。

一九九五年十月十五日

注　释

① 本篇原载《中华锦绣》1995 年十一、十二月合刊号。

简论毛泽东的书法^①

毛泽东的书法，天下第一。毛的书体多变。他曾经写过颜字。我在韶山纪念馆曾见过他一张借《盛世危言》的便条，字作欧体，结体较长。在第一师范夜校里所写"教学日记"，字竟是金冬心体。毛泽东而写金冬心，令人惊异。在延安所写的《论持久战》，一笔到底，异常流畅。"善书者不择笔"。《自己动手》、《丰衣足食》似是用小学生写大字的粗羊毫写成，然而筋力开张，笔酣墨满。进城以后写怀素。我觉得毛写怀素，实已胜过怀素。怀素是个没文化的人，所写帖语言不通，不能卒读，直一书僧而已。《苦笋帖》稍有气韵，《自叙帖》则拘谨而作态。毛泽东写怀素亦不拘一格。晚年参用李北海，结体略扁、姿媚转生。

他的字有些写得比较匀称规整，如所写《长恨歌》；有的比较奔放，如《远上寒山石径斜》。"书贵瘦硬方通神"，毛书《万里悲秋常作客》是典型的瘦硬之笔。翩若惊鸿，细如游丝，至善尽美，叹观止矣。

注　释

① 本篇原载 1995 年 5 月 19 日《中国艺术报》。

《矮纸集》题记①

　　小说集的编法大体不外两种。一种是以作品发表（成集）的先后为序；一种是以主题大体相近的归类。我这回想换一个编法：以作品所写到的地方背景，也就是我生活过的地方分组。编完了，发现我写的最多的还是我的故乡高邮，其次是北京，其次是昆明和张家口。我在上海住过近两年，只留下一篇《星期天》。在武汉住过一年，一篇也没有留下。作品的产生与写作的环境是分不开的。

　　这部小说集选写高邮的 20 篇，写昆明的 4 篇，写上海的 1 篇，写北京的 8 篇，写张家口的 3 篇，共计 36 篇，依序编排。

　　陆放翁诗云："矮纸斜行闲作草，晴窗细乳戏分茶。"我很喜欢这两句诗，因名此集为《矮纸集》。"闲作草"、"细分茶"，是一种闲适的生活。有一位作家把我的作品归于"闲适类"，我不能辞其咎。但我并不总是很闲适，有时甚至是愤慨的，如《天鹅之死》。明眼人不难体会到。

　　关于方法，我觉得有一个现实主义、一个浪漫主义，顶多再有一个现代主义，就够了。有人提出"新写实"、"新状态"、"后现代"，花样翻新，使人眼花缭乱。我觉得写小说首先得把文章写通。文字不通，疙里疙瘩，总是使人不舒服。搞这个主义，那个主义，让人觉得是在那里矇事，或者如北京人所说"耍花活"，不足取。

一九九五年六月记于北京

注　释

　　①　本篇原载《矮纸集》，长江文艺出版社，1996 年 3 月。

难得最是得从容①

——《裘盛戎影集》前言

千秋一净裘盛戎，

遗像宛然沐清风。

虎啸龙吟余事耳，

难能最是得从容。

裘盛戎幼年失学，文化不高，但是对艺术有特殊的秉赋。他的艺术感极好，对剧情、人物理解极深，反应极快，而且表现得非常准确。导演有什么要求，一点就破，和编剧、导演很默契。导过他的戏的导演都说：给盛戎导戏，很省事，不用"阐述"、"启发"这一套，几句话就行了。

《杜鹃山》(老本)有一场"打长工"，雷刚认为长工和地主是一回事，把长工打了，事后看到长工身上的伤痕，非常后悔。有这样两句唱：

他遍体伤痕都是豪绅罪证，

我怎能在他的旧伤痕上再加新伤痕！

唱腔是流水。练唱的时候我在旁边，说："老兄，你不能就这样'数'过去，得有个过程，得真看到伤痕，心里悔恨。"盛戎想了想说："我再来来。"其实也很简单，他把"旧伤痕上"唱"散了"，加了一个单音的弹拨乐小垫头，然后再回到原尺寸。这样，眼里、心里就都充满仇恨。在场听唱的，齐声说："好！就是这样！"《杜鹃山》有一稿有一场"烤番薯"。毒蛇胆在山下杀人放火，残害乡亲，雷刚受军纪约束，一时不能下山拯救百姓，心如火焚，按捺不住。山上断粮，只能每人发一个番薯当饭。番薯在火里烤出了香味，勾起雷刚想起乡亲们多年对他的好处：

一块番薯掰两半，

盛戎把两句压低了音量,唱得很"虚",表现出雷刚对乡亲们的思念,既深且远。

盛戎善于运用音色、体形的变化塑造不同的人物。他演的姚期端肃威重,俨然是一位坐镇一方的开国老臣,一位王爷。他演的周处(《除三害》),把开氅往肩上一搭,倚里歪斜地就下了场了,完全是一个痞子,一个天桥耍胳臂的"杂不地"。——这种不从程式而从生活出发塑造人物的方法在花脸里很少见。

盛戎的身体条件不太好,不像"十全大面"金少山那样的魁梧。他比较瘦,但是也有他的优越条件:肩宽,腰细,扮戏很"受装"。他扮出来的《盗御马》的窦尔墩,箭衣板平。这样的箭衣装当得起北京人爱说的一个字:帅。裘派装是很讲究的。盛戎有一件平金白蟒,全用金线,绣的是一条整龙。这件一条龙的平金绣蟒真是美极了,——当然也得看是什么人穿。

盛戎的脸比较瘦削,勾出脸来不易好看,但是他能弥补自己的缺陷。他一般不演曹操,因为曹操的盔头压得低,更显得演员脸小。盛戎勾脸的特点是干净,细致,每一笔都有起落,有交待。姚期的眉子是略有深浅的,不是简单两个圆形的黑点子。包拯两颊揉红,恰到好处,不像有些唱花脸的演员把脸画成了两个大海茄子。即便是窦尔墩的花三块瓦,也是清清楚楚,一笔是一笔,不让人有"乱七八糟"之感。他弥补脸形的诀窍是以神带形,首先要表现出人物的品格气质,这样本来是一般化的脸谱就有了不一般的表情。他演的姚期,透过眼窝还能充分表现出眼神,并且眼神的内涵很丰富。

盛戎的戏也有节奏较快的,如《盗御马》,但是快而不乱。一般人物都演得很从容,不火暴,不论是什么性格,都有一种发自于中的儒雅,即一般常说的"书卷气"。这就提高了人物的品格,增加了人物的深度。花脸而有书卷气,此裘派之所以为裘派,这是寻常花脸所达不到的。

盛戎不大爱活动。他常出来遛个小弯,从西河沿到虎坊桥,脚步较慢,不慌不忙,潇潇洒洒,比许多知识分子更像知识分子,——盛戎曾自嘲,说他是个没有文化的文化人,一个没有知识的高级知识分子。到虎坊桥练功厅略坐一坐,找人聊聊天,功夫不大,就遛达回去了。他的家居生活也比较清简,他不喜欢高朋满座,吵嚷喧哗。偶尔在家请几个熟朋友,菜不过数道,但做得很讲究。有一次请唐在炘、熊承旭和我吃饭,有一盘香菜炒鸡丝。香菜是特供的,香菜肥而极嫩。有一次在鸿宾楼请我吃涮肉,涮的不是羊肉,而是鸿宾楼特为给留下的一块极嫩的牛肉。不要乱七八糟的佐料,只是一碟酱油,切几个蒜片。盛戎这种饮食口味,淡而能浓,存本味,得清香,和他对艺术的赏鉴是相关的。

除了看看报,给儿子拉胡琴吊嗓子,教徒弟,作身段示范,大部分时间盘膝坐在床上一个人捉摸戏。晚年特别重视气口。他说:花脸一句唱得用多少气? 年轻时全凭火力壮,现在上了岁数,得在气口上下功夫。他精研气口,深有心得。比如《智取威虎山》李勇奇唱的"扫平那威虎山我一马当先",一般花脸都唱成"一马——当先",盛戎说,教我,我唱成这样:"我一马当——先","当"字唱在上面,和"一马当"一口气,然后换气,再单独唱"先",这样"先"字气才显足。他很欣赏《智取威虎山》"同志们语重心长"的"长"字唱断,不拖泥带水。他是唱花脸的,但对程派兴趣很大,认为花脸运腔,可以参考。

盛戎在台上,在平常生活里,都从容不迫,他走得可是过于匆匆了。他去世时才 56 岁,活到今天,也只是 80 岁,本来可以留下更多的东西,现在只搜集到不多的图片,可供后人凝眸怀想,是可悲也。

一九九五年九月二日

注 释

① 本篇原载《新剧本》1995 年第六期;初收《汪曾祺全集》第六卷,北京师范大学出版社,1998 年 8 月。

月　　亮①

她叫林靓月。

"靓"字广东人读音近"亮",温州则读如"见"。说不清她是导游还是泽雅宾馆的服务员,"泽雅"的领导把我交给她,让她照顾。她照顾得很周到。这一带山路她非常熟悉,遇有一点高低不平,她就伸手搀着我,很体贴。她叫靓月,我叫她月亮。

她告诉我,她读过初中,没有再升学,因为她下面还有两个弟弟,父亲要培养两个弟弟,就让她停了学。她哭了三天,后来就打起精神生活。她家在对面山上,她指给我看,在一片竹林里。她父亲开了一个小饭馆,她有空还要回去帮父亲张罗张罗,一天往来两山之间好几次,连蹦带跳,像一头小鹿。

我在宾馆里给人写字,我给她写了一张小条幅:"家居绿竹丛中,人在明月光里。"她让我给她父亲的饭馆写一个招牌,写四个字:"春来酒家"。她知道我写过《沙家浜》。写得了,她非常高兴,立刻就卷起来给她父亲看去了。

月亮长得很好看,在温州姑娘中也可说是出类拔萃的。身材高高的,苗条而矫健。两条长长的腿。眉毛弯弯的,眼睛清澈,显得很聪明。虽然整天吹着山风,皮色还极细嫩。

温州的女孩子多是这样。皮色白净,矫健苗条。温州姑娘有一个特点:走路比较快。从她们的生态中,让人感到她们都有明确的生活目标,她们要尽快赶到这个目标。一个地方的少女的脚步,最能显出这地方的生活节奏。她们忙忙地度过一天,到了晚上才松弛下来,坐在大排档的小案上,悠闲地品尝着生猛海鲜。也许一边吃着海鲜，一边还盘算着明天干什么。这就是温州姑娘——温州人。

（一九九五年）

注　释

① 本篇原载 1996 年 2 月 6 日《钱江晚报》；后与《深箩漮》一并以《温州杂记》为题发表，载 1998 年 8 月 16 日《温州晚报》。

七十五岁①

碧池中有新莲子,吃得人间十二红。

书画缓缓还旧债,衰翁毕竟是衰翁。

我家的人的寿数都不是很高。我的祖母活得久些,活到九十多岁。我的祖父、伯父大都是六七十岁就过世,只能算是中寿。我大概不会活得很长。现在人的期望寿命都比较高,"古稀"不算什么。我曾经说过,活到七十岁就算够本。再活就算白赚。我能赚多少岁,不知道。一时半会还不会报销,那就再凑合几年吧。有几年算几年。此事强求不得。

我的家乡很重端午,端午中午饭菜大都是红颜色的,谓之"十二红",包括哪些样,记不得了。咸鸭蛋、炒虾、炒红苋菜,总是有的。孩子们过端午总有些兴奋,我到现在也还是这样。我还能吃几次"十二红"呢,不可知矣。这大概是我的家乡特有的风俗。

既然活着,总得做一点事,不能一天闲坐着。我现在每天长长短短都还要写一点东西,为报纸杂志插空补白。但我希望索稿的同志能让我从容一点,不要逼得太紧。

我也还写一点字,画一点画,希望不要限时定量,尤其不要要求当众挥毫。求字索画的同志大概不知道写字画画是很吃力的。半月前我写了两副行书对联,写完了,半天才缓得过劲来。甚矣吾衰也。

（一九九五年）

注　释

① 本篇据手稿编入。

病①

　　大部分人都不愿意生病，这种思想有时会形诸姓名，如霍去病，如后来的辛弃疾。我很少生病。除了 1939 年初到昆明时，因为恶性疟疾，住过院，此外没有一次住过医院，我颇引为自豪。近年情况有些改变。今年春节我想到医院做一次小肠右偏疝手术，不料经过检查，肝功不合标准，不能手术，于是我成了一个病人，不断吃了很多中药、西药，成了一个药罐子。这很不方便，行动不便，体力不佳，尤其是工作情绪锐减，成天不想做什么事，这可真不好。北方农民有言：有什么别有病，没什么别没钱，我于此深有同感。我希望赶快把病治好，成一个"好人"，可以正常的工作。人活着总得干点什么，不能白过。

（一九九五年）

注　释

　　①　本篇据手稿编入。

1996 年

《吃的自由》序[①]

符中士先生《吃的自由》可以说是一本奇书。

中国谈饮食的书很多。有些是讲烹饪方法的,可以照着做。比如苏东坡说炖猪头,要水少火微,"功夫到时它自美",是不错的。东坡云须浇杏酪。"杏酪"不知是怎么一种东西,想是带酸味的果汁。酸可解腻,是不错的,这和外国人吃煎鱼和牛排时挤一点柠檬汁一样的。东坡所说的"玉糁羹",不过是山羊肉煮碎米粥。想起来是不难吃的,但做法并不复杂。中国过去重吃羹汤。"三日入厨下,洗手作羹汤",不说"洗手炒肉丝"。"宋嫂鱼羹"也是羹,我无端地觉得这有点像宁波、上海人吃的黄鱼羹。《水浒传》林冲的徒弟也是"调和得好汁水","汁水"当亦是羹汤一类。"造羹"是不费事的,但《饮膳正要》里的驴皮汤却是气派很大:驴皮一张,草果若干斤。整张的驴皮炖烂,是很费事的。《饮膳正要》的作者不是一名厨师,而是一位位置很高的官员。驴皮汤是给元朝的皇上吃的,这本书可以说是御膳食谱,使官员监修,可见重视,但做法并不讲究,驴皮加草果,能好吃么? 看来元朝的皇帝食量颇大,而口味却很粗放。《饮膳正要》只列菜品,不说做法,更说不出什么道理。中国谈饮食的书写得较好的,我以为还得数《随园食单》,袁子才是个会吃的人,他自己并不下厨,但在哪一家吃了什么好菜,都要留心其做法,而且能总结、概括出一番"道理",如"有味者使之出,无味者使之入","荤菜素油炒,素菜荤油炒",这都是很有见地的。符先生谈河豚、熊掌,都曾亲尝,并非耳食,故真实,且有趣。

我喜欢看谈饮食的书。

但这本《吃的自由》和一般的食单、食谱不同,是把饮食当作一种文化现象来看的,谈饮食兼及上下四旁,其所感触,较之油盐酱醋、鸡鸭鱼肉要广泛深刻得多。

看这本书可以长知识。比如中国的和尚为什么不吃肉。有的和尚是吃肉的。《金瓶梅》送春药给西门庆的胡僧,"贫僧酒肉皆行"。他是"胡僧",自然可以"胡来"。有名的吃肉的中国和尚是鲁智深。我在小说《受戒》中写和尚在佛殿上杀猪、吃肉,是我亲眼目睹,并非造谣。但是大部分和尚是不吃肉的,至少在人前是这样。和尚为什么不吃肉?我一直没查考过。看了符先生的文章,才知道这出于萧衍的禁令。萧衍这个人我略有所知,而且"见"过。苏州甪直的一个庙里有一壁泥塑,罗汉皆参差趺坐,正中一僧,著赭衣、风帽,据说即萧衍,梁武帝,鲁迅小说中的"梁五弟",也看不出有什么特点。萧衍虔信佛律,曾三次舍身入寺为僧,这我是知道的,但他由戒杀生引伸至不许和尚吃肉,法令极严,我以前却不知道。萧衍是个怪人,他对农民残酷压迫,多次镇压农民起义,却疯狂地信佛,不许和尚吃肉,性格很复杂,值得研究。符先生倘有时间,不妨一试,能找到更多的有关他的资料,包括他的关于禁僧吃肉的诏令"文本"最好。

符先生谈喝功夫茶文,材料丰富。我是很爱喝福建茶的,乌龙、铁观音,乃至武夷山的小红袍都喝过,——大红袍不易得,据说武夷山只有几棵真的大红袍茶树。功夫茶的茶具很讲究,但我只见过描金细瓷的小壶、小杯。好茶须有好茶具,一般都是凑起来的。张岱记闵老子茶,说官窑、汝窑"皆精绝",既"皆"精绝,则不是一套矣。《红楼梦》栊翠庵妙玉拿出来的也是各色各样的茶杯。符文说"玉书煨"、"孟臣罐"、风炉和"若深瓯"合称"烹茶四宝"。"四宝"当也是凑集起来的,并非原配,但称"四宝",也可以说是"一套"了。中国论茶具似无专书,应该有人写一写,符先生其有意乎。

《卤锅》最后说:

> 这种消灭个性,强制一致的卤锅文化,到底好不好呢?如果不好,为什么还有那么多人喜欢卤锅呢?想来想去,还是想不明白。

看后不禁使人会心一笑。符先生哪里是想不明白呢，他是想明白了的，不过有点像北京人所说"放着明白的说糊涂的"。我想不如把话挑明了：有些人总想把自己的一套强加于人，不独卤锅，不独文化，包括其他的东西。

《吃的自由》将付排，征序于我。我原来能做几个家常菜，也爱看谈饮食的书，最近两年精力不及，已经"挂铲"，由儿女下厨，我的老伴说我已经"退出烹坛"，对符先生的书实在说不出什么，只能拉拉杂杂写这么一点，算是序。

一九九六年元月

注　释

① 本篇原载《吃的自由》，符中士著，人民文学出版社，1997 年版；初收《汪曾祺全集》第六卷，北京师范大学出版社，1998 年 8 月。

深 箩 漈^①

"漈"字不常见,《辞海》云:"闽方言,指瀑布。"但我认识这个字却是在温州。前几年在永嘉,永嘉有九级瀑。永嘉有些景点还没有名字,当地人希望给九级瀑起个名字。我想了想,提笔在一张大宣纸上写了四个字:"九叠飞漈",因为"漈"字有特点,朱自清先生就写过一篇白水漈的散文。温州泽雅也把瀑布叫做"漈"。

去年温州雨水少,大小龙湫竟无一滴水。泽雅诸漈水势不如往年,但还能界破青山,飞流直下。

深箩漈为什么叫做深箩漈呢? 漈水下注,成为一个很深的潭。据说有人曾经测量过,用一个铅坠,上系一箩麻线往下沉,一箩麻线用完,才沉到潭底。未必有人真的这样测量过,麻线一箩有多长,也无从估量。但这是一个很生动的,很富有想象力的推断,很美,也很感人的推测。

潭水碧绿,大抵水愈深则色愈绿。

泽雅人要求写几个字,准备刻在岩石上,一时逸兴,挥笔写了四个行草大字:

"深箩碧漈"。

注 释

① 本篇原载 1996 年 1 月 20 日《钱江晚报》;后与《月亮》一并以《温州杂记》为题发表,载 1998 年 8 月 16 日《温州晚报》。

题 画 三 则^①

一

"一路秋山红叶老圃黄花,不觉到了济南地界。到了济南,只见家家泉水,户户垂杨。"右引自《老残游记》。或曰:"这是陈辞滥调。"陈辞滥调也好嘛,总比那些奇奇怪怪,教人看不懂的语言要好一些。现在一些画家、文学家,缺少的正是这种陈辞滥调的功夫!

一九九六年一月

二

天竹是灌木,别有草本者,齐白石曾画。他爱画草本天竹,因为是他乡之物。而我宁取木本者,以其坚挺结实,果粒色也较深。齐白石自画其草本天竹,我画我的,谁也管不着谁。

天竹和蜡梅是春节胜景,天然的搭配。我的家乡特重白色花心的蜡梅,美之为"冰心蜡梅",而将紫色花心的一种贬之为"狗心蜡梅"。古人则重紫心的,称为"馨口檀心"。对花木的高低褒贬也和对人一样,一人一个说法,只好由他去说。

一九九六年一月

三

梅畹华家牵牛花碗大,人谓外人种也,余画其最小者。齐白石为荣宝斋画笺纸并题。白石题语很幽默,很有风趣。

白石老人尝谓:吾诗第一,字第二,画第三。此言有些道理。画之品位高低决定画中是否有诗,有多少诗。画某物即某物,即少内涵,无意境,无感慨,无喜笑怒骂,苦辣酸甜。有些画家,功力非不深厚,但恨少诗意。他们的画一般都不题诗,只是记年月。徐悲鸿即为不善题画而深深遗憾。

我一贯主张,美术学院应延聘名师教学生写诗,写词,写散文。一个画家,首先得是诗人。

一九九六年一月

注　释

① 本篇原载《随笔》1996 年第三期;后两则文字初收《汪曾祺全集》第六卷,题为《题画二则》,北京师范大学出版社,1998 年 8 月。

晚翠园曲会①

云南大学西北角有一所花园，园内栽种了很多枇杷树，"晚翠"是从千字文"枇杷晚翠"摘下来的。月亮门的门额上刻了"晚翠园"三个大字，是胡小石写的，很苍劲。胡小石当时在重庆中央大学教书。云大校长熊庆来和他是至交，把他请到昆明来，在云大住了一些时。胡小石在云大、昆明写了不少字。当时正值昆明开展捕鼠运动，胡小石请有关当局给他拔了很多老鼠胡子，做了一束鼠须笔，准备带到重庆去，自用、送人。鼠须笔我从书上看到过，不想有人真用鼠须为笔。这三个字不知是不是鼠须笔所书。晚翠园除枇杷外，其他花木少，很幽静。云大中文系有几个同学搞了一个曲社，活动（拍曲子、开曲会）多半在这里借用一个小教室，摆两张乒乓球桌，二三十张椅子，曲友毕集，就拍起曲子来。

曲社的策划人实为陶光（字重华），有两个云大中文系同学为其助手，管石印曲谱，借教室，打开水等杂务。陶光是西南联大中文系教员，教"大一国文"的作文。大一国文是各系大一学生必修。联大的大一国文课有一些和别的大学不同的特点。一是课文的选择。《诗经》选了"关关雎鸠"，好像是照顾面子。楚辞选《九歌》，不选《离骚》，大概因为《离骚》太长了。《论语》选"冉有公西华侍坐"，"暮春者，春服既成，冠者五六人，童子六七人，浴乎沂，风乎舞雩，咏而归"，这不仅是训练学生的文字表达能力，这种重个性，轻利禄，潇洒自如的人生态度，对于联大学生的思想素质的形成，有很大的关系，这段文章的影响是很深远的。联大学生为人处世不俗，夸大一点说，是因为读了这样的文章。这是真正的教育作用，也是选文的教授的用心所在。

魏晋不选庾信、鲍照,除了陶渊明,用相当多篇幅选了《世说新语》,这和选"冉有公西华侍坐",其用意有相通处。唐人文选柳宗元《永州八记》而舍韩愈。宋文突出地全录了李易安的《金石录后序》。这实在是一篇极好的文章,声情并茂。到现在为止,对李清照,她的词,她的这篇《金石录后序》还没有给予应有的重视,她在文学史上的位置还没有摆准,偏低了。这是不公平的。古人的作品也和今人的作品一样,其遭际有幸有不幸,说不清是什么原故。白话文部分的特点就更鲜明了。鲁迅当然是要选的,哪一派也得承认鲁迅,但选的不是《阿Q正传》而是《示众》,可谓独具只眼。选了林徽因的《窗子以外》、丁西林的《一只马蜂》(也许是《压迫》)。林徽因的小说进入大学国文课本,不但当时有人议论纷纷,直到今天,接近二十一世纪了,恐怕仍为一些铁杆左派(也可称之为"左霸",现在不是什么最好的东西都称为"霸"么)所反对,所不容。但我却从这一篇小说知道小说有这种写法,知道什么是"意识流",扩大了我的文学视野。"大一国文"课的另一个特点是教课文和教作文的是两个人。教课文的是教授、副教授,教作文的是讲师、教员、助教。为什么要这样分开,我至今不知道是什么道理。我的作文课是陶重华先生教的。他当时大概是教员。

陶光(我们背后都称之为陶光,没有人叫他陶重华),面白皙,风神朗朗。他有一个特别的地方,是同时穿两件长衫。里面是一件咖啡色的夹袍,外面是一件罩衫,银灰色。都是细毛料的。于此可见他的生活一直不很拮据——当时教员、助教大都穿布长衫,有家累的更是衣履敝旧。他走进教室,脱下外衣,搭在椅背上,就把作文分发给学生,摘其佳处,很"投入"地(那时还没有这个词)评讲起来。

陶光的曲子唱得很好。他是唱冠生的,在清华大学时曾受红豆馆主(溥侗)亲授。他嗓子好,宽、圆、亮、足,有力度。他常唱的是《三醉》、《迎像》、《哭像》,唱得苍苍莽莽,淋漓尽致。

不知道为什么,我觉得陶光在气质上有点感伤主义。

有一个女同学交了一篇作文,写的是下雨天,一个人在弹三弦。有几句,不知道这位女同学的原文是怎样的,经陶先生润改后成了这样:

"那湿冷的声音,湿冷了我的心。"这两句未见得怎么好,只是"湿冷了"以形容词作动词用,在当时是颇为新鲜的。我一直不忘这件事。我认为这其实是陶光的感觉,并且由此觉得他有点感伤主义。

说陶光是寂寞的,常有孤独感,当非误识。他的朋友不多,很少像某些教员、助教常到有权势的教授家走动问候,也没有哪个教授特别赏识他,只有一个刘文典(叔雅)和他关系不错。刘叔雅目空一切,谁也看不起。他抽鸦片,又嗜食宣威火腿,被称为"二云居士"——云土、云腿。他教《文选》,一个学期只讲了多半篇木玄虚的《海赋》,他倒认为陶光很有才。他的《淮南子校注》是陶光编辑的,扉页的"淮南子校注"也是陶光题署的。从扉页题署,我才知道他的字写得很好。

他是写二王的,临《圣教序》功力甚深。他曾把张充和送他的一本影印的《圣教序》给我看,字帖的缺字处有张充和题的字:

以 此 赠 别   充 和

陶光对张充和是倾慕的,但张充和似只把陶光看作一般的朋友,并不特别垂青。

陶光不大为人写字,书名不著。我曾看到他为一个女同学写的小条幅,字较寸楷稍大,写在冷金笺上,气韵流转,无一败笔。写的是唐人诗:

故 园 东 望 路 漫 漫,
双 袖 龙 钟 泪 不 干。
马 上 相 逢 无 纸 笔,
凭 君 传 语 报 平 安。

这条字反映了陶光的心情。"炮仗响了"(日本投降那天,昆明到处放鞭炮,云南把这天叫做"炮仗响"的那天)后,联大三校准备北返,三校人事也基本定了,清华、北大都没有聘陶光,他只好滞留昆明。后不久,受聘云大,对"洛阳亲友",只能"凭君传语"了。

我们回北平,听到一点陶光的消息。经刘文典撮合,他和一个唱滇戏的演员结了婚。

后来听说和滇剧女演员离婚了。

又听说他到台湾教了书。悒郁潦倒,竟至客死台北街头。遗诗一卷,嘱人转交张充和。

正晚上拍着曲子,从窗外飞进一只奇怪的昆虫,不像是动物,像植物,体细长,约有三寸,完全像一截青翠的竹枝。大家觉得很稀罕,吴征镒控在手里看了看,说这是竹节虫。吴征镒是读生物系的,故能认识这只怪虫,但他并不研究昆虫,竹节虫在他只是常识而已,他钻研的是植物学,特别是植物分类学。他记性极好,"文化大革命"被关在牛棚里,一个看守他的学生给了他一个小笔记本,一枝铅笔,他竟能在一个小笔记本上完成一部著作,天头地脚满满地写了蝼蚁大的字,有些资料不在手边,他凭记忆引用。出牛棚后,找出资料核对,基本准确;他是学自然科学的,但对文学很有兴趣,写了好些何其芳体的诗,厚厚的一册。他很早就会唱昆曲,——吴家是扬州文史世家。唱老生。他身体好,中气足,能把《弹词》的"九转货郎儿"一气唱到底,这在专业的演员都办不到,——戏曲演员有个说法:"男怕弹词"。他常唱的还有《疯僧扫秦》。

每次做"同期"(唱昆爱好者约期集会唱曲,叫做同期)必到的是崔芝兰先生。她是联大为数不多的女教授之一,多年来研究蝌蚪的尾巴,运动中因此被斗,资料标本均被毁尽。崔先生几乎每次都唱《西楼记》。女教授,举止自然很端重,但是唱起曲子来却很"嗲"。

崔先生的丈夫张先生也是教授,每次都陪崔先生一起来。张先生不唱,只是端坐着听,听得很入神。

除了联大、云大师生,还有一些外来的客人来参加同期。

有一个女士大概是某个学院的教授的或某个高级职员的夫人。她身材匀称,小小巧巧,穿浅色旗袍,眼睛很大,眉毛的弧线异常清楚,神气有点天真,不作态,整个脸明明朗朗。我给她起了个外号:"简单明了",朱德熙说:"很准确。"她一定还要操持家务,照料孩子,但只要接到同期通知，就一定放下这些，欣然而来。

有一位先生，大概是襄理一级的职员，我们叫他"聋山门"。他是唱大花面的，而且总是唱《山门》，他是个聋子，——并不是板聋，只是耳音不准，总是跑调。真也亏给他撷笛的张宗和先生，能随着他高低上下来回跑。聋子不知道他跑调，还是气势磅礴地高唱：

"树木叉桠，峰峦如画，堪潇洒，喂呀，闷煞洒家，烦恼天来大！"

给大家吹笛子的是张宗和，几乎所有人唱的时候笛子都由他包了。他笛风圆满，唱起来很舒服。夫人孙凤竹也善唱曲，常唱的是《折柳·阳关》，唱得很宛转。"教他关河到处休离剑，驿路逢人数寄书"，闻之使人欲涕。她身弱多病，不常唱。张宗和温文尔雅，孙凤竹风致楚楚，有时在晚翠园（他们就住在晚翠园一角）并肩散步，让人想起"拣名门一例一例里神仙眷"（《惊梦》）。他们有一个女儿，美得像一块玉。张宗和后调往贵州大学，教中国通史。孙凤竹死于病。不久，听说宗和也在贵阳病殁。他们岁数都不大，宗和只三十左右[②]。

有一个人，没有跟我们一起拍过曲子，也没有参加过同期，但是她的唱法却在曲社中产生很大的影响，张充和。她那时好像不在昆明。

张家姊妹都会唱曲。大姐因为爱唱曲，嫁给了昆曲传习所的顾传玠。张家是合肥望族，大小姐却和一个昆曲演员结了婚，门不当，户不对，张家在儿女婚姻问题上可真算是自由解放，突破了常规。二姐是个无事忙，她不大唱，只是对张罗办曲会之类的事非常热心。三姐兆和即我的师母，沈从文先生的夫人。她不太爱唱，但我却听过她唱《扫花》，是由我给她吹的笛子。四妹充和小时没有进过学校，只是在家里延师教诗词，拍曲子。她考北大，数学是零分，国文是100分。北大还是录取了她。她在北大很活跃，爱戴一顶红帽子，北大学生都叫她"小红帽"。

她能戏很多，唱得非常讲究，运字行腔，精微细致，真是"水磨腔"。

我们唱的《思凡》、《学堂》、《瑶台》，都是用的她的唱法（她灌过几张唱片）。她唱的《受吐》，娇慵醉媚，若不胜情，难可比拟。

张充和兼擅书法，结体用笔似晋朝人。

许宝骒先生是数论专家。但是曲子唱得很好。许家是昆曲大家，会唱曲子的人很多。俞平伯先生的夫人许宝驯就是许先生的姐姐。许先生听过我唱的一支曲子，跟我们的系主任罗常培（莘田）说，他想教我一出《刺虎》。罗先生告诉了我，我自然是愿意的，但稍感意外。我不知道许先生会唱曲子，更没想到他为什么主动提出要教我一出戏。我按时候去了，没有说多少话，就拍起曲子来：

"银台上晃晃的凤烛燃，金猊内袅袅的香烟喷……"

许先生的曲子唱得很大方，《刺虎》完全是正旦唱法。他的"撤"特别好，摇曳生姿而又清清楚楚。

许茹香是每次同期必到的。他在昆明航空公司供职，是经理查阜西的秘书。查先生有时也来参加同期，他不唱曲子，是来试吹他所创制的十二平均律的无缝钢管的笛子的（查先生是"国民政府"的官员，但是雅善音乐，除了研究曲律，还搜集琴谱，解放后曾任中国音协副主席）。许茹香，同期的日子他是不会记错的，因为同期的帖子是他用欧底赵面的馆阁体小楷亲笔书写的。许茹香是个戏篓子，什么戏都会唱，包括《花判》（《牡丹亭》）这样的专业演员都不会的戏。他上了岁数，吹笛子气不够，就带了一枝"老人笛"，吹着玩玩。

这是一个非常有趣的老人。他做过很多事，走过很多地方，会说好几种地方的话。有一次说了一个小笑话。有四个人，苏州人、绍兴人、宁波人、扬州人，一同到一个庙里，看到四大金刚，苏州人、绍兴人、宁波人各人说了几句话，都有地方特点。轮到扬州人，扬州人赋诗一首：

四大金刚不出奇，

里头是草外头是泥。

你不要夸你个子大，

你敢跟我洗澡去!

扬州人好洗澡。早上皮包水,晚上水包皮。"去"读"kì",正是扬州口音。

同期只供茶水。偶在拍曲后亦作小聚。大馆子吃不起,只能吃花不了多少钱的小馆。是"打平伙",——北京人谓之"吃公墩",各人自己出钱。翠湖西路有一家北京人开的小馆,卖馅儿饼,大米粥,我们去吃了几次。吃完了结账,掌柜的还在低头扒算盘,许宝骤先生已经把钱敛齐了交到柜上。掌柜的诧异:怎么算得那么快?他不知道算账的是一位数论专家,这点小九九还在话下吗?

参加同期、曲会的,多半生活清贫,然而在百物飞腾,人心浮躁之际,他们还能平平静静地做学问,并能在高吟浅唱、曲声笛韵中自得其乐,对复兴民族大业不失信心,不颓唐,不沮丧,他们是浊世中的清流,旋涡中的砥柱。他们中不少人对文化、科学做出了很大的成绩。安贫乐道,恬淡冲和,是中国的知识分子优良的传统。这个传统应该得到继承,得到扶植发扬。

审如此,则曲社同期无可非议。晚翠园是可怀念的。

一九九六年春节

注　释

① 本篇原载《当代人》1996 年第五期;初收《汪曾祺全集》第六卷,北京师范大学出版社,1998 年 8 月。

② 此处作者记忆有误。张宗和 1977 年去世。——编者注

人间送小温[①]

曾画水仙数束,题诗一首。诗的开头几句是:"我有一好处,平生不整人。写作颇勤快,人间送小温……"作家应该给人间送一点温暖,哪怕是很小的一点。作家应该引发读者对生活的信心,使读者感到生活是美好的,有希望的,从而提高读者的精神素质,使自己更崇高,更优秀,更美。

看电视,感受到一点:人的表情在发生普遍的变化,不像反右、大跃进、文化大革命……的时候,每个人都活得更沉重,很困惑。现在的人都显得很轻松,很愉快。人的精神面貌在不知不觉中发生变化了,这是改革开放的最难得的收获。

温暖的篝火在燃烧,作家应该往火里投进几束薪柴。

注　释

① 本篇原载 1996 年 2 月 24 日《羊城晚报》。

《废名小说选集》代序[①]

冯思纯同志编出了他的父亲废名的小说选集,让我写一篇序,我同意了。我觉得这是义不容辞的事,因为我曾经很喜欢废名的小说,并且受过他的影响。但是我把废名的小说反复看了几遍,就觉得力不从心,无从下笔,我对废名的小说并没有真的看懂。

我说过一些有关废名的话:

　　废名这个名字现在几乎没有人知道了。国内出版的中国现代文学史没有一本提到他。这实在是一个真正很有特点的作家。他在当时的读者就不是很多,但是他的作品曾经对三十年代、四十年代的青年作家,至少是北方的青年作家,产生过颇深的影响。这种影响现在看不到了,但是它并未消失。它像一股泉水,在地下流动着。也许有一天,会汩汩地流到地面上来的。他的作品不多,一共大概写了六本小说,都很薄。他后来受了佛教思想的影响,作品中有见道之言,很不好懂。《莫须有先生传》就有点令人莫名其妙,到了《莫须有先生坐飞机以后》就不知所云了。但是他早期的小说,《桥》、《枣》、《桃园》和《竹林的故事》写得真是很美。他把晚唐诗的超越理性,直写感觉的象征手法移到小说里来了。他用写诗的办法写小说,他的小说实际上是诗。他的小说不注重写人物,也几乎没有故事。《竹林的故事》算是长篇,叫做"故事",实无故事,只是几个孩子每天生活的记录。他不写故事,写意境。但是他的小说是感人的,使人得到一种不同寻常的感动。因为他对于小儿女是那样富于同情心。他用儿童一样明亮而敏感的眼睛观察周围世界,用儿童一样简单而准确的笔墨来记录。他的小说是天真的,具有天真的美。因为他善于捕捉儿童的思想和情绪,他运用了意识流。他的意识流是从生活里发现的,不是从外国的理论或作品里搬来的。……因为他追随流动的意识,因此他的行文也和别人不一样。周作人曾说废名是一个讲究文章之美的小说家。又说他的行文好比一溪流水,遇到一片草叶都要去抚摸一下,然后又汪汪地向前流去。这说得实在非常好。

我的一些说法其实都是从周作人那里来的。谈废名的文章谈得最好的是周作人。周作人对废名的文章喻之为水,喻之为风。他在《莫须有先生传》的序文中说:

> 这好像是一道流水,大约总是向东去朝宗于海,他流过的地方,凡有什么汊港弯曲,总得灌注潆洄一番,有什么岩石水草,总要披拂抚弄一下子,再往前走去,再往前去,这都不是他的行程的主脑,但除去了这些,也就别无行程了。

周作人的序言有几句写得比较吃力,不像他的别的文章随便自然。"灌注潆洄"、"披拂抚弄",都有点着力太过。有意求好,反不能好,虽在周作人亦不能免。不过他对意识流的描绘却是准确贴切且生动的。他的说法具有独创性,在他以前还没有人这样讲过。那时似还没有"意识流"这个说法,周作人、废名都不曾使用过这个词。这个词是从外国迻译进来的。但是没有这个名词不等于没有这个东西。中国自有中国的意识流,不同于普鲁斯特,也不同于弗吉尼亚·吴尔芙,但不能否认那是意识流,晚唐的温(飞卿)李(商隐)便是。比较起来,李商隐更加天马行空,无迹可求。温则不免伤于轻艳。废名受李的影响更大一些。有人说废名不是意识流,不是意识流又是什么?废名和《尤利西斯》的距离诚然较大,和吴尔芙则较为接近。废名的作品有一种女性美,少女的美。他很喜欢"摘花赌身轻",这是一句"女郎诗"!

冯健男同志(废名的侄儿)在《我的叔父废名》一书中引用我的一段话,说我说废名的小说"具有天真的美"以为"这是说得新鲜的,道别人之所未道"。其实这不是"道别人之所未道"。废名喜爱儿童(少年),也非常善于写儿童,这个问题周作人就不止一次地说过。我第一次读废名的作品大概是《桃园》。读到王老大和他的害病女儿阿毛说：
"阿毛,不说话一睡就睡着了",忽然非常感动。这一句话充满一个父
亲对一个女儿的感情。"这个地方太空旷吗？不,阿毛睁大的眼睛叫
月亮装满了",这种写法真是特别,真是美。读《万寿宫》,至程小林写
在墙上的字："万寿宫丁丁响",我也异常的感动,本来丁丁响的是四个
屋角挂的铜铃,但是孩子们觉得是万寿宫在丁丁响。这是孩子的直觉。
孩子是不大理智的,他们总是直觉地感受这个世界,去"认同"世界。
这些孩子是那样纯净,与世界无欲求、无争竞,他们对世界是那样充满
欢喜,他们最充分地体会到人的善良、人的高贵,他们最能把握周围环
境的颜色、形体、光和影,声音和寂静,最完美地捕捉住诗。这大概就是
周作人所说的"仙境"。

　　另一位真正读懂废名,对废名的作品有深刻独到的见解的美学家,
我以为是朱光潜。朱先生的论文说："废名先生不能成为一个循规蹈
矩的小说家,因为他在心境原型上是一个极端的内倾者。小说家须得
把眼睛朝外看,而废名的眼睛却老是朝里看；小说家须把自我沉没到人
物性格里面去,让作者过人物的生活,而废名的人物却都沉没在作者的
自我里面,处处都是过作者的生活。"朱先生的话真是打中了废名的
"要害"。

　　前几年中国的文艺界(主要是评论家)闹了一阵"向内转""向外
转"之争。"向内转、向外转"与"向内看、向外看"含义不尽相同,但有
相通处。一部分具有权威性的理论家坚决反对向内,坚持向外,以为文
学必须如此,这才叫文学,才叫现实主义；而认为向内是离经叛道,甚至
是反革命。我们不反对向外的文学,并且认为这曾经是文学的主要潮
流,但是为什么对向内的文学就不允许其存在,非得一棍子打死不
可呢？

　　废名的作品的不被接受,不受重视,原因之一,是废名的某些作品
确实不好懂。朱光潜先生就写过："废名的诗不容易懂,但是懂得之
后,你也许要惊叹它真好。"这是对一般人而言,对平心静气,不缺乏良
知的读者,对具有对文学的敏感的解人而言的。对于另一种人则是另

一回事。他们感觉到废名的文学对他们是一种潜在的威胁,会危及他们的左派正宗,一统天下。他们不像十年前一样当真一棍子打死,他们的武器是沉默,用不理代替批判。他们可以视若无睹,不赞一辞,仿佛废名根本不存在。他们用沉默来掩饰对废名,对一切高雅文学的刻骨的仇恨。他们是一些粗俗的人,一群能写恶札的文艺官。但是他们能够窃踞要津,左右文运。废名的价值被认识,他在中国现代文学史上的地位被真正的肯定,恐怕还得再过二十年。

一九九六年三月六日

注　释

① 本篇原载《中国文化》1996 年总第十三期,又载《芙蓉》1997 年第二期,题为《万寿宫丁丁响》;是为《废名小说选集》(冯思纯编,湖南文艺出版社,1997 年版)所作序;初收《汪曾祺全集》第六卷,北京师范大学出版社,1998 年 8 月。

果 蔬 秋 浓①

中国人吃东西讲究色香味。关于色味,我已经写过一些话,今只说香。

水 果 店

江阴有几家水果店,最大的是正街正对寿山公园的一家,水果多,个大,饱满,新鲜。一进门,扑鼻而来的是浓浓的水果香。最突出的是香蕉的甜香。这香味不是时有时无,时浓时淡,一阵一阵的,而是从早到晚都是这么香,一种长在的、永恒的香。香透肺腑,令人欲醉。

我后来到过很多地方,走进过很多水果店,都没有这家水果店的浓厚的果香。这家水果店的香味使我常常想起,永远不忘。

那年我正在恋爱,初恋。

果 蔬 秋 浓

今天的活是收萝卜。收萝卜是可以随便吃的——有些果品不能随便吃,顶多尝两个,如二十世纪明月(梨)、柔丁香(葡萄),因为产量太少了,很金贵。萝卜起出来,堆成小山似的。农业工人很有经验,一眼就看出来,这是一般的,过了磅卖出去;这几个好,留下来自己吃。不用刀,用棒子打它一家伙,"棒打萝卜"嘛。喀嚓一声,萝卜就裂开了。萝卜香气四溢,吃起来甜、酥、脆。我们种的是心里美。张家口这地方的水土好像特别宜于萝卜之类作物生长,苤蓝有篮球大,疙瘩白(圆白菜)像一个小铜盆。萝卜多汁,不艮,不辣。

红皮小水萝卜,生吃也很好(有萝卜我不吃水果),我的家乡叫作"杨花萝卜",因为杨树开花时卖。过了那几天就老了。小红萝卜气味清香。

江青一辈子只说过一句正确的话:"小萝卜去皮,真是煞风景!"我们有时陪她看电影,开座谈会,听她东一句西一句地漫谈。开会都是半夜(她白天睡觉,夜里办公),会后有一点夜宵。有时有凉拌小萝卜。人民大会堂的厨师特别巴结,小萝卜都是削皮的。萝卜去皮,吃起来不香。

南方的黄瓜不如北方的黄瓜,水叽叽的,吃起来没有黄瓜香。

都爱吃夏初出的顶花带刺的嫩黄瓜,那是很好吃,一咬满口香。嫩黄瓜最好攥在手里整咬,不必拍,更不宜切成细丝。但也有人爱吃二茬黄瓜——秋黄瓜。

呼和浩特有一位老八路,官称"老李森"。此人保留了很多农民的习惯,说起话来满嘴粗话。我们请他到宾馆里来介绍情况,他脱下一只袜子来,一边摇着这只袜子,一边谈,嘴里隔三句就要加一个"我操你妈!"他到一个老朋友曹文玉家来看我们。曹家院里有几架自种的黄瓜,他进门就摘了两条嚼起来。曹文玉说:"你洗一洗!"——"洗它做啥!"

我老是想起这两句话:"宁吃一斗葱,莫逢屈突通。"这两句话大概出自杨升庵的《古谣谚》。屈突通不知是什么人,印象中好像是北朝的一个很凶恶的武人。读书不随手作点笔记,到要用时就想不起来了。我为什么老是要想起这两句话呢?因为我每天都要吃葱,爱吃葱。

"小葱拌豆腐——一青(清)二白",每年小葱下来时我都要吃几次小葱拌豆腐。盐,香油,少量味精。

羊角葱蘸酱卷煎饼。

再过几天,新葱——新鲜的大葱就下来了。

我在1958年定为右派,尚未下放,曾在西山八大处干了一阵活,为大葱装箱。是山东大葱,出口的,可能是出口到东南亚的。这样好的大葱我真没有见过,葱白够一尺长,粗如擀面杖。我们的任务是把大葱在木箱里码整齐,钉上木板。闻得出来,这大葱味甜不辣,很香。

新山药(土豆,马铃薯)快下山来了,新山药入大笼蒸熟,一揭屉盖,喷香! 山药说不上有什么味道,可是就是有那么一种新山药气。羊肉卤蘸莜面卷,新山药,塞外美食。

苤蓝,茄子,口外都可生吃。

逐　　臭

"臭豆腐、酱豆腐,王致和的臭豆腐!"过去卖臭豆腐、酱豆腐是由小贩担子沿街串巷吆喝着卖的。王致和据说是有这么个人的。皖南屯溪人,到北京来赶考,不中,穷困落魄,流落在北京,百无聊赖,想起家乡的臭豆腐,遂依法炮制,沿街叫卖,生意很好,干脆放弃功名,以此为生。这个传说恐怕不可靠,一个皖南人跑到北京来赶考,考的是什么功名?无此道理。王致和臭豆腐家喻户晓,世代相传,现在成了什么"集团",厂房很大,但是商标仍是"王致和"。王致和臭豆腐过去卖得很便宜,是北京最便宜的一种贫民食品,都是用筷子夹了卖,现在改用方瓶码装,卖得很贵,成了奢侈品。有一个侨居美国的老人,晚年不断地想北京的臭豆腐,再来一碗热汤面,此生足矣。这个愿望本不难达到,但是臭豆腐很臭,上飞机前检查,绝对通不过,老华人恐怕将带着他的怀乡病,抱恨以终。

臭豆腐闻起来臭,吃起来香。有一位女同志,南京人。爱人到南京出差,问她要带什么东西。——"臭豆腐"。她爱人买了一些,带到火车上。一车厢都大叫:"这是什么味道? 什么味道!"我们在长沙,想尝尝毛泽东在火宫殿吃过的臭豆腐,循味跟踪,臭味渐浓,"快了,快到了,闻到臭味了嘛!"到了跟前,是一个公共厕所! 据说毛泽东曾特意到火宫殿去吃了一次臭豆腐,说了一句话:"火宫殿的臭豆腐还是好吃!""文化大革命"中,这就成了一条"最新指示",用油漆写在火宫殿的照壁上。

其实油炸臭豆腐干不只长沙有。我在武汉、上海、南京,都吃过。昆明的是烤臭豆腐,把臭油豆干放在下置炭火的铁箅子上烤。南京夫子庙卖油炸臭豆腐干用竹签子串起来,十个一串,像北京的冰糖葫芦似的。穿了薄纱的旗袍或连衣裙的女郎,描眉画眼,一人手里拿了两三串臭豆腐,边走边吃,也是一种景观,他处所无。

吃臭,不只中国有,外国也有,我曾在美国吃过北欧的臭启司。招待我们的诗人保罗·安格尔,以为我吃不来这种东西。我连王致和臭豆腐都能整块整块地吃,还在乎什么臭启司!待老夫吃一个样儿叫你们见识见识!

不臭不好吃,越臭越好吃,口之于味并不都是"有同嗜焉"。

一九九六年三月二十七日

注　释

① 　本篇原载《小说》1996 年第四期;初收《汪曾祺全集》第六卷,北京师范大学出版社,1998 年 8 月。

颜色的世界^①

鱼肚白

珍珠母

珠灰

葡萄灰（以上皆天色）

大红

朱红

牡丹红

玫瑰红

胭脂红

干红（《水浒》等书动辄言"干红"，不知究竟是怎样的红）

浅红

粉红

水红

单衫杏子红

霁红（釉色）

豇豆红（粉绿地泛出豇豆红，釉色，极娇美）

天蓝

湖蓝

春水碧于蓝

雨过天青云破处（釉色）

鸭蛋青

葱绿

鹦哥绿

孔雀绿

松耳石

"嘎巴绿"

明黄

赭黄

土黄

藤黄（出柬埔寨者佳）

梨皮黄（釉色）

杏黄

鹅黄

老僧衣

茶叶末

芝麻酱（以上皆釉色,甚肖）

世界充满了颜色

一九九六年三月二十七日

注　释

① 本篇原载《小说》1996 年第四期;初收《汪曾祺全集》第六卷,北京师范大学出版社,1998 年 8 月。

哀哀父母，生我劬劳(代序)①

孝大概是一种东方的，特别是中国的思想。

"哀哀父母，生我劬劳"②，中国人对于父母的养育之恩总是不能忘记。父母养育儿女，也确实不容易。我有个朋友，父亲早丧，留下五个孩子，他的四个弟弟妹妹(他是老大)，全靠母亲一手拉扯大的。母亲有一次对孩子说："你们都成人了，没有一个瘸的，一个瞎的，我总算对得起你们的父亲!"听到母亲这样的话，孩子能够无动于衷么? 中国纪念父母的散文特别的多，也非常感人。

欧阳修的《泷冈阡表》通过母亲的转述，表现出欧阳修的父亲的人品道德，母亲对父亲的理解，在转述中也就表现出母亲本人的豁达贤惠。"自吾为汝家妇，不及事吾姑，然知汝父之能养也。汝孤而幼，吾不能知汝之必有立，然知汝父之必将有后也。"是真能对丈夫深知而笃信。"……其施于外事，吾不能知。其居于家，无所衿饰，而所为如此，是真发于中者耶? 呜呼，其心厚于仁者耶? 此吾知汝父必将有后也。""其后修贬夷陵，太夫人言笑自若，曰:'汝家故贫贱也，吾居之有素矣，汝能安之，吾亦安矣。'"这样的见识，真是少见，这是一位贤妻，一位良母，叫人不能不肃然起敬的东方的，中国妇女。

归有光对母亲感情很深，常和妻子谈起母亲，"中夜与其妇泣，妇亦泣。""世乃有无母之人，天乎痛哉!"世上有感情的人，都当与归有光同声一哭。

写父亲、母亲的散文的特点是平淡真挚，"无所衿饰"，不讲大道理，不慷慨激昂，也不装得很革命，不搔首弄姿，顾影自怜。有些追忆父母的散文，其实不是在追忆父母，而是表现作者自己:"我很革命，我很优美"，这实在叫人反感。写纪念父母的散文只须画平常人，记平常事,说平常话。姚鼐《与陈硕士》尺牍云:"归震川能于不要紧之题,说不要紧之语,却自风韵疏淡"。王世贞说归文"不事雕饰而自有风味"。王锡爵说归文"无意于感人,而欢娱惨恻之思,溢于言表"。但做到这点,并不容易。姚鼐说"此境又非石士所易到耳"。其实也不难,真,不做作。"五四"以来写亲子之情的散文颇不少,而给人印象最深的恐怕还得数朱自清的《背影》。朱先生师承的正是欧阳修、归有光的写法。

中国散文,包括写父母的悼念性的文章,自四十年代至七十年代有一个断裂,其特点是作假。这亦散文之一厄。

造成断裂的更深刻的、真正的原因是政治。不断地搞运动,使人心变了,变得粗硬寡情了。不知是谁,发明了一种东西,叫做"划清界线",使亲子之情变得淡薄了,有时直如路人。更有甚者,变成仇敌,失去人性。

增强父母、儿女之间的感情,对于增强民族的亲和力、凝聚力,是有好处的,必要的。从文学角度看,对继承欧阳修、归有光、朱自清的传统,是有好处的。继承欧、归、朱的传统的前提,是人性的回归。

再也不要搞运动了,这不仅耽误事,而且伤人。这样才能"再使风俗淳"。

因此,《走近名人文丛》的编选是有意义的,意义不只限于文学。

一九九六年四月二日

注　释

①　本篇原载《走近名人文丛》,闻一石编,中国工人出版社,1996 年版;初收《汪曾祺全集》第六卷,北京师范大学出版社,1998 年 8 月。

②　见《诗经·蓼莪》。

果园的收获①

这是一个地区性的综合的农业科学研究所的供实验研究用的果园,规模不大,但是水果品种颇多。有些品种是外面见不到的。

山西、张家口一带把苹果叫果子。不是所有的水果都叫果子,只有苹果叫果子。有个山西梆子唱"红"(即老生)的演员叫丁果仙,山西人称她为"果子红"(她是女的)。山西人非常喜爱果子红,听得过瘾,就大声喊叫"果果!",这真是有点特别,给演员喝彩,不是鼓鼓掌,或是叫一声"好"而是大叫"果果!",我还没有见过。叫"果果",大概因为丁果仙的嗓音唱法甜、美、浓、脆。

这个实验果园一般的苹果都有,有的品种,黄元帅、金皇后、黄魁、红香蕉……这些都比较名贵,但我觉得都有点贵族气,果肉过于细腻,而且过于偏甜。水果品种栽培各论,记录水果的特点,大都说是"酸甜合度",怎么叫"合度",很难捉摸。我比较喜欢的是国光、红玉,因为它有点酸头。我更喜欢国光,因为果肉脆,一口咬下去,嘎叭一声,而且耐保鲜,因为果皮厚,果汁不易蒸发。秋天收的国光,储存到过春节,从地窖里取出来,还是像新摘的一样。

我在果园劳动的时候,"红富士"还没有,后来才引进推广。"红富士"固自佳,现在已经高踞苹果的榜首。

有人警告过我,在太原街上,千万不能说果子红不好。只要说一句,就会招了一大群人围上来和你辩论。碰不得的!

果园品种最多的是葡萄,大概有四十几种。"柔丁香"、"白香蕉"是名种。"柔丁香"有丁香香味,"白香蕉"味如香蕉,这在市面上买不到,是每年留下来给"首长"送礼的。有些品种听名字就知道是从国外引进的:"黑罕"、"巴勒斯坦"、"白拿破仑"……有些最初也是外来的(葡萄本都是外来的,但在中国落户已久,曹操就作文赞美过葡萄),日子长了,名字也就汉化了,如"大粒白"、"马奶子"、"玫瑰香",甚至连它们的谱系也难于查考了。葡萄的果粒大小形状各异。"玫瑰香"的果枝长,显得披头散发;有一种葡萄,我忘记了叫什么名字了,果粒小而密集,一粒一粒挤得紧紧的,一穗葡萄像一个白马牙老玉米棒子。葡萄里我最喜欢的还是玫瑰香,确实有一股玫瑰花的香味,入口浓甜。现在市上能买到的"玫瑰香"已退化失真。

葡萄喜肥,喜水。施的肥是大粪。挨着葡萄根,在后面挖一个长槽,把粪倒入进去。一棵大葡萄得倒三四桶,小棵的一桶也够了。"农家肥"之外,还得下人工肥,硫氨。葡萄喝水,像小孩子喝奶一样,使劲地嗍。葡萄藤中通有小孔,水可从地面一直吮到藤顶,你简直可以听到它吸水的声音。喝足了水,用小刀划破它一点皮,水就从皮破处沁出滴下。一般果树浇水,都是在树下挖一个"树碗",浇一两担水就足矣,葡萄则是"漫灌"。这家伙,真能喝水!

有一年,结了一串特大的葡萄,"大粒白"。大粒白本来就结得多,多的可达七八斤。这串大粒白竟有二十四五斤。原来是一个技术员把两穗"靠接"在一起了。这串葡萄只能作展览用。大粒白果大如乒乓球,但不好吃。为了给这串葡萄增加营养,竟给它注射了葡萄糖!给葡萄注射葡萄糖,这简直是胡闹。这是"大跃进"那年的事。"大跃进"整个是一场胡闹。

葡萄一天一个样,一天一天接近成熟,再给它透透地浇一次水,喷一次波尔多液(葡萄要喷多次波尔多液,——硫酸铜兑石灰水,为了防治病害),给它喝一口"离娘奶",备齐了果筐、剪子,就可以收葡萄了。葡萄装筐,要压紧。得几个壮汉跳上去压。葡萄不怕压,怕压不紧,怕松。装筐装松了,一晃逛,就会破皮掉粒。水果装筐都是这样。

最怕葡萄收获的时候下雹子。有一年,正在葡萄透熟的时候下了一场很大的雹子,"蛋打一条线"——山西、张家口称雹子为"冷蛋",齐刷刷地把整园葡萄都打落下来,满地狼藉,不可收拾。干了一年,落得这样的结果,真是叫人伤心。

梨之佳种为"二十世纪明月",为"日面红"。"二十世纪明月"个儿不大,果皮玉色,果肉细,无渣,多汁,果味如蜜。"日面红"朝日的一面色如胭脂,背阳的一面微绿,入口酥脆。其他大部分是鸭梨。

杏树不甚为人重视,只于地头、"四基"、水边、路边种之。杏怕风。一树杏花开得正热闹,一阵大风,零落殆尽。农科所杏多为黄杏,"香白杏"、"杏儿——吧哒"没有。

我一九五八年在果园劳动,距今已经三十八年。前十年曾到农科所看了看,熟人都老了。在渠沿碰到张素花和刘美兰,我们以前是天天在一起劳动的。我叫她们,刘美兰手搭凉篷,眯了眼,问:"是不是个老汪?"问刘美兰现在还老跟丈夫打架吗(两口子过去老打),她说:"偃(她是柴沟堡人,"我"字念成偃)都当了奶奶了!"

日子过得真快。

一九九六年四月九日

注 释

① 本篇原载《汪曾祺全集》第六卷,北京师范大学出版社,1998 年 8 月。

"国风文丛"总序[①]

为什么要编这样一套"国风文丛"？无非是介绍各地的风土人情、山川景色、乃至瓜果吃食而已。对读者说起来，可以获得一点知识，增加一分对吾土吾民的理解和感情，更爱我们这个国，而已。

中国很大，处处不乏佳山水。长江三峡、泰山、黄山、青城、峨嵋……的确很美，足为"平生壮观"。除了自然景观，还有众多的人文景观。"天下名山僧占多"，有山必有庙，庙多宏伟庄严。四大道场，各具一格。道教的山，比起佛教的山似稍逊，因为道教的神本来就比较杂乱。我在国外似乎见到人文景观较少。故宫、颐和园令外国人称赞不置。像网师园那样的苏州园林几乎没有。把人文景观和自然景观结合起来，是中国文化心理的一个特点。

中国人很会写游记。郦道元《水经注》记三峡："自三峡七百里中，两岸连山、略无阙处；重岩叠嶂，隐天蔽日，自非亭午夜分，不见曦月"，把一个绝大的境界用几句话就概括出来了，真是大手笔！柳宗元《至小丘西小石潭记》："潭中鱼可百许头，皆若空游无所依。日光下澈，影布石上，怡然不动；俶尔远逝，往来翕忽，似与游者相乐。"用鱼的动写出环境的静，开创了游记的新写法。柳文之法成了诗文的一种传统。能继承郦道元的传统则很难，没有这样大的笔力。

当代散文延续了古典散文的余绪，有些是写得很好的。这套丛书的一些篇可以证明。

华夏诸神的神际关系很复杂，很乱。如泰山碧霞元君，一会儿说她是泰山神的侍女、女儿；一会儿又说她是玉皇大帝的女儿，又说她是玉皇大帝的妹妹。她后来实际上取代了东岳大帝，成为泰山的主神。关云长的地位不断提升。他在黄河以北一直做到"伏魔大帝"，但没有听说像华南那样是财神。关云长和发财不知道怎么会拉扯在一起。沿海几省乃至东南亚敬奉的妈祖，北方人对她却相当陌生。黄河以北有些城里有天后宫，天后是不是就是妈祖，很难说。北方比较重视城隍。属于城隍系统的官员有城隍——土地——灶王。有的地方在城隍以下，土地以上，还有个级别在两者之间的"都土地"。这一官列的干部大都有名有姓，但其说不一。拿城隍来说，宋初姓孙名本；明永乐时是周新。灶王也有名有姓，《荆楚岁时记》说此公姓苏名吉利，妇姓王名搏颊，但是民间却说他叫张三。北方俗曲云："灶王爷本姓张"，他好像是做了什么见不得人的事，钻进了灶洞，弄得脸上乌七抹黑。我不想劝散文作家对民间神祇作一些繁琐的罗列考证（那本是一篇胡涂账），但是建议写地域散文的作家从民间文化的角度，审视这些无稽之谈所折射出来的心理文化质素，这不是简单的事。比如妈祖是海的保护神，这是无可怀疑的。海之神是女性，顺理成章。但是山之神碧霞元君却也是女性，是很耐人寻味的。民间封神的男男女女或多或少都是女权主义者。

　　与神鬼佛道有密切关联的是过年过节。各地年、节互有异同。如送灶，各地皆然，但日期不一样。北京是腊月二十三，我们那里则是二十四。军民也不一样，"军三民四龟五"。没有人家是二十五送灶的，这等于告诉人这家是妓女。过年是全国的假日，自初一至初五，不能扫地，也不能动针线。这可使辛苦一年的妇女得到一个彻底的休息，用意至善。对孩子来说，过年就是吃好吃的。"小孩小孩你别馋，过了腊八就是年"。北方过年大都吃饺子，"好吃不过饺子，舒坦不过倒着"。不过不能顿顿吃饺子，得变变花样。东北人的兴奋点是"初一的饺子初二的面，初三的饸子往家攫"。从北京到厦门，都兴吃春饼，以酱肉、酱鸡、酱鸭、炒鸡蛋，裹甜面酱、青韭、羊角葱、炒绿豆芽，卷而食之，同时必有一盘生萝卜细切丝。过年吃脆萝卜，谓之"咬春"。春饼很好吃，"咬春"的名字也起得好！正餐以外有零吃，花生、葵花籽、柿饼、风干栗子。北京家家有一堂蜜供。不到初五，供尖儿就叫孩子偷偷掰掉了。我们那里家家有果盒，亦称"盖盒"，漆制圆盒，底层分好几格，装核桃云片糕、"交结糖"、猪油花生糖、青梅、金橘饼、荔枝干、桂圆。这本是待客佐茶用的（故又称"茶食盒"），但都为孩子一点一点拈到嘴里吃掉了。

　　过节各有时令食品。清明吃槐叶凉面、荞麦扒糕。依次为煮螺蛳、"喜蛋"——孵不出壳的毛鸡蛋；紫白桑葚、枇杷（白沙）、麦黄杏；粽子、新腌鸭蛋、炝白虾、黄瓜鱼、砗螯（即花蛤）；藕、莲蓬、煮芋艿、毛豆、新蚕豆、菱、水晶月饼（素油）、臭苋菜杆、鹛（一种水鸟）、烧野鸭、糟鱼；最后为五香野兔、羊糕（山羊大块连皮，冻实后切片）……这些都是对于旅居的游子的蛊惑，足以引起对童年生活的回忆。地域文学实际上是儿童文学，——一切文学达到极致，都是儿童文学。

　　搞地域文学都会遇到一个棘手的问题，——语言。中国地大山深，各地语言差别很大，彼此隔绝，几乎不能成为斯大林所说的"人类交际的工具"。福建的大名县召开解放后第一次党代会，台上的翻译竟有七个！推广普通话势在必行，刻不容缓。这也影响到文学。现在的文学都是用普通话写的，但这是怎样的普通话？张奚若先生在担任教育部长时曾说过：普通话并不是普普通通的话。文学语言不是莫里哀喜剧里的一个人物"说了一辈子散文"的那种散文。散文的语言总还得经过艺术加工。加工得有个基础，除了"官话"，基础是作家的母语，也就是一种方言。作家最好不要丢掉自己的母语。母语的生动性只有作家最能体会，最能掌握。文丛中有些散文看来是用普通话写的，但"话里话外"都还有作家母语——方言的痕迹。这增加了地域的色彩，这是好事。普通话是"以北方话为基础，以北京音为标准音"的，从历史发展看，"官话"有一个不小的问题，即入声的失去。入声是怎么失去的？周德清以为入声派入平上去三声。"派入"，有点人为的意思，谁来"人为"了？这变化恐怕还是自然形成的。没有入声，我觉得是一个很大的损失。唐宋以前的诗词是有入声的。没有入声，中国语言的"调"就从五个（阴、阳、上、去、入）变成四个（阴阳上去），少了一个。这在学旧诗词和写旧诗词的人都很不便。老舍先生是北京人，很"怕"入声，他写的旧诗遇有入声，都要请南方人听听，他说："我对入声玩不转。"我听过一段评弹：一个道士到人家做法事，发现桌子下面有一双

钉鞋,想叫小道士拿回去,在经文里加了几句:

> 台子底下,
>
> 有双钉靴。
>
> 拿俚转去,
>
> 落雨著著,
>
> 也是好格。

"落雨"的"落"、"著著"的"著"都是入声,老道士念得有板有眼,味道十足。如果改成北京话:"把它拿回去,下雨天穿穿,倒也不赖",就失去原来滑稽的神韵了。我觉得散文作家最好多会几种语言,至少三种:一普通话;二母语;三母语以外的有入声的一种方言,如吴语、粤语,这实在相当困难。但是我们是干什么的?不是写地域性文学的作家么?一个搞地域文学的散文作家不掌握几个地区的语言,就有点说不过去。

写散文,写地域性的散文既可使读者受到诗的感染,美的浸润,有益于人,对自己也是一种精神的享受。我觉得写这样的散文是最大的快乐。不知道文丛的作家以为如何。

是为序。

一九九六年四月十五日

注　释

① 本篇原载《国风文丛——中国地域文化散文大选》(汪曾祺主编,中国对外翻译出版公司,1998年版),该丛书包括湘鄂卷、西藏卷、北京卷、吴越卷等卷;初收《汪曾祺全集》第六卷,北京师范大学出版社,1998年8月。

彩 云 聚 散^①

蕉 叶 白

　　我的祖父有几件心爱的宝贝,一到"闹兵荒",就叫我的父亲用油布包好,埋在我母亲病逝前住的一个小院的地下,把小院的门用砖砌死。一是《云麾将军碑》;一是一块蕉叶白大端砚。还有一件是什么东西我不记得了。《云麾将军碑》是初拓本。流传的《云麾将军碑》都有残缺,此帖一字不残,当是宋拓,为海内孤本,故极珍贵。"蕉叶白"我没有见过,据父亲说是浅绿色的,难得的是叶脉纹理都是自然生成的,放在桌上,和一片芭蕉叶一模一样。这几件东西都是祖父从十八鹤来堂夏家的后人手里买下的。十八鹤来堂是夏之蓉的堂。夏之蓉是本县名臣,他做过多大的官我不甚了然,只知道他是桐城派古文大家,我小时曾背过他的一两篇文章。据说他建造厅堂时飞来十八只仙鹤,遂以"鹤来"作为堂名。夏之蓉死后,夏家逐渐衰败,后人只得靠变卖祖产为生。蕉叶白、《云麾将军碑》就是一次卖给我的祖父的。同时买进的还有几大箱碑帖。有些碑帖其实是很珍贵的,夏家后人都不当一回事!我小时临过褚河南的《圣教序》,就是祖父从大箱子里挑选出来给我的。我到现在写的字还有点褚河南的笔意,真是令人感慨……

　　《云麾将军碑》一直在我父亲那里。我曾写信给父亲让他把《云麾将军碑》寄到北京来由我保存,父亲说他要捐献给政府,那还有什么说的呢。"蕉叶白"本在我的一个异母弟弟手里,不知道被他弄到哪里去了。

田　黄

我父亲有三块田黄图章,都不大。一块是方的,一块是长方的,一块将就石料,不成形,都恬润似鸡油。数这块不成形的值钱,因为有文三桥刻的边款——印文叫一个不识货的无知的人磨去了,很可惜。我父亲对这三块图章极为珍视,自己用玻璃条做了一个盒子,把三块图章嵌在底座上,置之案头,随时观赏。屡经变乱,无法重问这三块田黄的下落了。

我们那里特重鸡血,一般索价比田黄还高,然亦视石地与"血"的颜色而大有高低。凡品并不难得。兴化有两方名闻远近的鸡血章,地子是藕粉地,极纯静,"血"不散乱,映着日光,从近乎透明的底子外面,可以清楚地看到两石各有鲜血似地一滴血,正在往下滴。我父亲曾专到兴化,去看过这两块鸡血章,终因价钱过高,没有买,事后觉得非常可惜。

珍　珠

我有一个堂叔在本家中是比较有钱的,他结婚时新娘子的鞋尖上缀的两颗珍珠有指头顶大。他的家产都被他从鸦片烟枪里抽掉了。他抽鸦片谱很大,穷得什么都没有了,到鸦片烟馆里,只能在地下铺一张席子,枕一块砖头,就是这样,他还不自己烧烟,得有人烧了烟泡,给他装在斗上。

"人老珠黄",珠子老了,就失去容光,不值钱了。但老珠子有老珠子的用处,入药。我父亲合眼药,要用珍珠,而且还是要用人戴过的。父亲跟我祖母要去她的帽子上的珍珠。我们家几代家传看眼科,父亲熬眼药极虔诚,三天前就沐浴。熬制时把自己关在小花园内,不跟人接触。他的眼药里还有熊胆之类的名贵药材。

注 释

① 本篇原载《中国珠宝首饰》1996 年第三期；初收《汪曾祺全集》第六卷，北
京师范大学出版社，1998 年 8 月。

再淡一些^①

——《文牧散文选》序

对于散文诗我实在说不出什么。

我甚至连散文诗是什么都不知道。

一个人在生活中遇见一点什么,有点印象,有所触动,有所感悟,凝眸片刻,随手记了下来,自自然然,潇潇洒洒,这可能成为一首散文诗,一首好的散文诗。散文诗是不能"做"的。散文诗不能不像散文诗,也不能太像散文诗。现在,有些写散文诗的人唯恐读者不把他的作品当做散文诗,于是变得装模作样,满身诗味。这样的散文诗只能让我觉得:讨厌。

散文诗可遇不可求。

我很喜欢文牧的一些散文诗。如《春》:

> 在融融的春水里,一群鸭子欢快地游着,啄食着刚刚开江冰凌滚动着的草根。
>
> 在喧闹的江边红柳枝上,飞鸟喳喳地唱着一支歌。
>
> 碧绿的秧田里,歌声阵阵,那巴答巴答的有节奏的洗秧苗的水声,是动听的劳动的旋律。
>
> 啊,春天来了。

"春江水暖鸭先知"本是苏东坡的诗,但是这里的鸭群啄食滚动冰凌的草根,这是图们江特有的,这不是"脱化",更不是抄袭,这是文牧的直接的、"切身"的感受,所以很新鲜。诗要有未经人道语,须有别人没有的一双眼睛。

"巴答巴答"洗秧苗的水声,"巴答巴答"只是状声词,但是很美。

这里写声比写形传出更多的画意。

如《啊，古丽盖》：

> 在一个春天的早晨，我来到这里。啊，我就住在西拉木伦河畔一个牧民的村里。
>
> 西拉木伦河啊，滚滚奔腾不息，河上翻波浪，两岸有歌声。第三天，牧民的小女儿树枝领我来到河畔，十三岁的小姑娘，是我的向导。她长得很高，两个羊角辫子在头上摇摆着，她走得很快，时刻在前面催着我，不时在草地上等着我。
>
> 突然，在坨子边上，在那刚刚抽芽的新绿的草地上，有一丛开着白色的小花朵，深深地把树枝吸引住了。
>
> "呀，你看这花多好看，你不愿意看看么？"
>
> "我老远就看见了，这是一种什么花？"
>
> "这叫古丽盖哟，额吉（蒙古语母亲之意）说，它是我们草原上最好的花哩。熬成药水可以治胃痛、腹泻。"
>
> 啊，乳白色的小花朵，春天开花最早的花朵，牧民们最喜爱的花朵。它是花也是药。
>
> 我们又往前走了，我禁不住赞叹了一句：
>
> "古丽盖啊！"
>
> "嗯，你叫我干什么？"
>
> 啊，我才知道，原来树枝这小姑娘还有一个美丽而朴素的小名叫古丽盖的。
>
> 草原上的女孩子都有一个美丽的好名字。
>
> 啊，古丽盖啊！

这只写了一个蒙古女孩的名字和草原一种野花的名字的巧合，然而……

《春》并没有写春天给人的喜悦，然而读者感觉到了。《啊，古丽盖》并没有写古丽盖的可爱（只是写她走得很快，梳了两条羊角辫子，连她的身材、眼睛都没有写），然而读者感觉到了。文牧没有写对生活,对人,对自然的赞叹,然而读者感觉到了。文牧非常懂得节制感情,节制辞藻。大音希声,绘事后素,文牧很能欣赏平淡之美。有评论家说作家文牧文笔朴素清新,我找不出更恰切的词儿,只能表示同意。

散文诗最好适可而止,不要"点题"。比如《草原的日出》:

> 所有的马群都昂起了头,所有的羊群都默默地停止了啃草,所有的牛都像沉默的山一样。(曾祺按:这写得多美!)
>
> 这时,远远的草原的尽头,跃起一个大火球,这一跃非同小可,整个草原沐浴在金红的霞光之中。
>
> 我和牧马队长相对微微点头,我们会心地庄严地笑了。
>
> 我知道了草原的人们不贪睡早觉,所有的人们都要迎接,沐浴第一缕阳光。

我认为"会心"有些多余,"庄严"就很好,"会心"反而把"庄严"冲淡了。"庄严"是个有分量的,有宗教意味的独特的词,"会心"则是一般化的词。

又如《花》:

> 我的花留在你的案头,你每夜可以看见。
>
> 不,我的花置在你的枕边。
>
> 我的花插在你的发上,你伸手可以触摸。

这就很好,很完整,下面的两句:

> 不,我的花开在你的心上。
>
> 不是不爱花,花有残谢,我爱的是你的笑容。

就显得多余。本来很轻盈,变得笨重了。

诗、散文里最好不要出现"心"、"梦"、"爱"、"诗意"、"激情"、"社会主义"这样的字眼。这些意思只能使人意会,不能说出。如倪云林所说:一说便俗。

文牧有时称他的散文诗为"儿童小散文",他是自甘为儿童文学作者的。儿童文学是神圣的。儿童文学的对象是谁?是诗人,不是一般意义上的"儿童"。儿童是真正的诗人。他们有诗情,并且有哲学。儿童文学的作者对儿童应该是尊敬的,他们的地位是平等的。有些儿童文学作者认为给儿童写作就要把自己的思想、语言降低下来,说上些"阿姨腔"的话,这实在是对儿童的侮辱。千万不要跟儿童说些甜腻腻的话。

《文牧散文选》(时代文艺出版社出版)收入二百余题散文、散文诗,是从文牧七八个已出集子精选的,也有一部分是近年所发表的新作。

文牧所写的环境,基本上是科尔沁草原和长白山地区:大草原、牧群、守桥战士、墓碑;大森林、松塔、大雪、小河、野花、小车站、邮递员、小学、果园……安静、和平、香甜。但是老写这些,不免使人有单调之感。我希望文牧能出来走走,开阔眼界,也开阔思路,想得更多一点,也更深一些。

文牧的散文诗似乎缺少一种东西:悲愤。愤怒出诗人。我们需要苹果梨,也需要辣椒。因为世界并不总是那么美好。

我这篇序实在写得不好,因为属于鲁迅所说的写不出来硬写。

注　释

① 本篇原载 1996 年 6 月 7 日《文艺报》,又载 1996 年 7 月 15 日《长春日报》,有改动;初收《汪曾祺全集》第六卷,北京师范大学出版社,1998 年 8 月。

师 恩 母 爱①

——怀念王文英老师

五小(县立第五小学)创立了我们县的第一所幼儿园(当时叫做
"幼稚园"),我是幼稚园第一届的学生。幼稚园是新建的,什么都是新
的。新的瓦顶,新的砖墙,新的大窗户,新的地板。地板是油漆过的,地
板上用白漆漆了一个很大的圆圈。地板门窗发出很好闻的木料的香
味。这是我们的教室。教室一边是放玩具的安了玻璃窗的柜橱,一边
是一架风琴。教室门前是一片草坪。草坪一侧是滑梯、跷跷板(当时
叫做"轩轾板",这名称很文,我们都不知道为什么叫这样的名称)、沙
坑,另一侧有一根粗大的木柱,木柱有顶,中有铁轴,可转动。柱顶垂下
七八根粗麻绳,小朋友手握麻绳,快走几步,两脚用力蹬地,两腿蜷缩,
人即腾起,围着木柱而转。这件体育器材叫做"巨人布"。我至今不明
白这东西怎么会叫这样一个奇怪名字,而且我以后再也没有见过这样
的奇怪东西。这就是我们的幼稚园,我们真正的乐园。

幼稚园也上下课。课业内容是唱歌、跳舞、游戏。教我们唱歌游戏
的是王先生(那时没有"阿姨"这种称呼),名文英,最初学的是简单的
短歌:

> 拉锯,送锯,
>
> 你来,我去。
>
> 拉一把,推一把,
>
> 哗啦哗啦起风啦,
>
> 小小狗,快快走,
>
> 小小猫,快快跑。

后来学了带一点情节性的表演唱。

母亲要外出,嘱咐孩子关好门,有人叫门,不要开。

狼来了,唱道:

> 小孩子乖乖,
>
> 把门儿开开,
>
> 快点儿开开,
>
> 我要进来。
>
>
> 不开不开不能开,
>
> 母亲不回来,
>
> 谁也不能开!

狼依次叫小兔子乖乖、小羊儿乖乖开门,他们都不开。最后叫小螃蟹:

> 小螃蟹乖乖,
>
> 把门儿开开,
>
> 快点儿开开,
>
> 我要进来。

小螃蟹答应:

> 就开就开我就开——

小螃蟹开了门,"啊呜!"狼一口把它吃掉了。

合唱:

> 可怜小螃蟹,
>
> 从此不回来!

最后就能排演有歌有舞,有舞台动作的小歌剧《麻雀和小孩》了。

开头是老麻雀教小麻雀学飞:

> 飞飞,飞飞,慢慢飞。

要上去就要把头抬，

要下来尾巴摆一摆，

这个样子飞到这里来。

老麻雀出去寻食，老不回来。小孩上，问小麻雀：

小麻雀呀，

你的母亲哪里去了？

小麻雀答：

我的母亲打食去了，

还不回来，

饿得真难受。

小孩把小麻雀接回去，给它喂食充饥。

老麻雀回来，发现女儿不见了，十分焦急，唱：

啊呀不好了，

女儿不见了！

焦焦，

女儿，

年纪小，

不会高飞上树梢。

渺渺茫茫路远山遥……

小孩把小麻雀送回来，老麻雀看见女儿，非常高兴，问它是不是饿

坏了。女儿说小孩人很好，给它喂了食：

小青虫，小青豆，

吃了一个饱，

我的妈妈呀！

老麻雀感谢小孩。

全剧终。

剧情很简单,音乐曲调也很简单,但是感情却很丰富,麻雀母女之情,小孩的善良仁爱,都在小朋友的心灵中留下深刻长久的影响。

所有的歌舞表演都是王文英先生一句一句地教会的。我们在表演时,王先生踏风琴伴奏。我至今听到风琴声音还是很感动。

我在五小毕业,后来又读了初中、高中,人也大了,就很少到幼稚园去看看。十九岁离乡,四方漂泊,一直没有回去过。我一直没有再见过王先生。她和我的初中的教国文的张道仁先生结了婚,我是大了以后才知道的。

1981年秋,我应邀回阔别多年的家乡讲学,带了一点北京的果脯去看王先生和张先生,并给他们各送了一首在招待所急就的诗。给王先生的一首不文不白,毫无雕饰。第二天,张先生带了两瓶酒到招待所来看我,我说哪有老师来看学生的道理,还带了酒!张先生说,是王先生一定要他送来的。说王先生看了我的诗,哭了一晚上。这首诗全诗是:

> "小孩子乖乖,把门儿开开,"
> 歌声犹在,耳边徘徊。
> 我今亦老矣,白髭盈腮,
> 念一生美育,从此培栽,
> 师恩母爱,岂能忘怀!
> 愿吾师康健,长寿无灾。

张先生说,王先生对他说:"我教过那么多学生,长大了,还没有一个来看过我的!"王先生指着"师恩母爱,岂能忘怀"对张先生说:"他进幼稚园的时候还戴着他妈妈的孝!"我这才知道王先生为什么对我特别关心,特别喜爱。张先生反复念了这两句,连说:"师恩母爱!师恩母爱!"

王先生已经去世几年了。我不知道她的准确的寿数,但总是八十以上了。

我觉得幼儿园的老师对小朋友都应该有这样的"师恩母爱"。

一九九六年八月

注　释

① 本篇原载 1996 年 9 月 9 日《江苏教育报》;初收《汪曾祺全集》第六卷,北京师范大学出版社,1998 年 8 月。

书 到 用 时①

　　我曾经想写一短文,谈中国人的吃葱,想引用两句谚语:"宁吃一斗葱,莫逢屈突通"。说明中国有些人是怕吃葱的。屈突通想必是个很残暴的人。但是他是哪一朝代的人,他做过什么事,为什么叫人望而生畏,却不甚了了。这一则谚语只好放弃。好像是《梦溪笔谈》上说过,对于读书"用即不错,问却不会"。很多人也像我一样,对于人物、典故能用,但是出处和意义不明白,记不住,知其然而不知所以然。这样读书实在是把时间白白地浪费了。

　　我曾有过一本影印的汤显祖评点本《董西厢》,我很喜欢这本书。汤显祖是大戏曲作家,又是大戏曲评论家。他的评点非常深刻,非常生动。他的语言也极富才华,单是读评点文章,就是很大的享受,比现在的评论家不知道要强多少倍——现在的评论家的文章特点,几乎无一例外:噜嗦! 汤显祖谈《董西厢》的结尾有两种。一是"煞尾",一是"度尾"。"煞尾"如"骏马收缰,寸步不移";"度尾"如"画舫笙歌,从远处来,过近处,又向远处去"。这样用比喻写感受,真是妙喻! 我很喜欢"汤评",经常要翻一翻。这本书为一戏曲史家借去不还。我不蓄图书,书丢了就丢了,这本书丢了却叫我多年耿耿,因为在写文章时不能准确地引用,只能凭记忆背出来,字句难免有出入。——汤显祖为文是字字都精致讲究的。

　　为什么读书? 是为了写作。朱光潜先生曾说,为了写作而读书,比平常地读书的理解、记忆要深刻,这是非常正确的经验之谈。即使是写写随笔、笔记,也比空过了强。毛泽东尝言:不动笔墨不读书,肯哉斯言。

注　释

①　本篇原载 1996 年 9 月 10 日《书友周报》;初收《汪曾祺全集》第六卷,北京
师范大学出版社,1998 年 8 月。

北京的秋花[①]

桂　花

桂花以多为胜。《红楼梦》薛蟠的老婆夏金桂家"单有几十顷地种桂花",人称"桂花夏家"。"几十顷地种桂花",真是一个大观!四川新都桂花甚多。杨升庵祠在桂湖,环湖植桂花,自山坡至水湄,层层叠叠,都是桂花。我到新都谒升庵祠,曾作诗:

> 桂湖老桂发新枝,
>
> 湖上升庵旧有祠。
>
> 一种风流谁得似,
>
> 状元词曲罪臣诗。

杨升庵是才子,以一甲一名中进士,著作有七十种。他因"议大礼"获罪,充军云南,七十余岁,客死于永昌。陈老莲曾画过他的像,"醉则簪花满头",面色酡红,是喝醉了的样子。从陈老莲的画像看,升庵是个高个儿的胖子。但陈老莲恐怕是凭想象画的,未必即像升庵。新都人为他在桂湖建祠,升庵死者有知,亦当欣慰。

北京桂花不多,且无大树。颐和园有几棵,没有什么人注意。我曾在藻鉴堂小住,楼道里有两棵桂花,是种在盆里的,不到一人高!

我建议北京多种一点桂花。桂花美荫,叶坚厚,入冬不凋。开花极香浓,干制可以做元宵馅、年糕。既有观赏价值,也有经济价值,何乐而不为呢?

菊　花

秋季广交会上摆了很多盆菊花。广交会结束了,菊花还没有完全开残。有一个日本商人问管理人员:"这些花你们打算怎么处理?"答云:"扔了!"——"别扔,我买。"他给了一点钱,把开得还正盛的菊花全部包了,订了一架飞机,把菊花从广州空运到日本,张贴了很大的海报:"中国菊展"。卖门票,参观的人很多。他捞了一大笔钱。这件事叫我有两点感想:一是日本商人真有商业头脑,任何赚钱的机会都不放过,我们的管理人员是老爷,到手的钱也抓不住。二是中国的菊花好,能得到日本人的赞赏。

中国人长于艺菊,不知始于何年,全国有几个城市的菊花都负盛名,如扬州、镇江、合肥,黄河以北,当以北京为最。

菊花品种甚多,在众多的花卉中也许是最多的。

首先,有各种颜色。最初的菊大概只有黄色的。"鞠有黄华"、"零落黄花满地金","黄华"和菊花是同义词。后来就发展到什么颜色都有了。黄色的、白色的、紫的、红的、粉的,都有。挪威的散文家别伦·别尔生说各种花里只有菊花有绿色的,也不尽然,牡丹、芍药、月季都有绿的,但像绿菊那样绿得像初新的嫩蚕豆那样,确乎是没有。我几年前回乡,在公园里看到一盆绿菊,花大盈尺。

其次,花瓣形状多样,有平瓣的、卷瓣的、管状瓣的。在镇江焦山见过一盆"十丈珠帘",细长的管瓣下垂到地,说"十丈"当然不会,但三四尺是有的。

北京菊花和南方的差不多,狮子头、蟹爪、小鹅、金背大红……南北皆相似,有的连名字也相同。如一种浅红的瓣,极细而卷曲如一头乱发的,上海人叫它"懒梳妆",北京人也叫它"懒梳妆",因为得其神韵。

有些南方菊种北京少见。扬州人重"晓色",谓其色如初日晓云,北京似没有。"十丈珠帘",我在北京没见过。"枫叶芦花",紫平瓣,有白色斑点,也没有见过。

我在北京见过的最好的菊花是在老舍先生家里。老舍先生每年要请北京市文联、文化局的干部到他家聚聚，一次是腊月，老舍先生的生日（我记得是腊月二十三）；一次是重阳节左右，赏菊。老舍先生的哥哥很会莳弄菊花。花很鲜艳；菜有北京特点（如芝麻酱炖黄花鱼、"盒子菜"）；酒"敞开供应"，既醉既饱，至今不忘。

我不赞成搞菊山菊海，让菊花都按部就班，排排坐，或挤成一堆，闹闹嚷嚷。菊花还是得一棵一棵地看，一朵一朵地看。更不赞成把菊花缚扎成龙、成狮子，这简直是糟蹋了菊花。

秋葵、鸡冠、凤仙、秋海棠

秋葵我在北京没有见过，想来是有的。秋葵是很好种的，在篱落、石缝间随便丢几个种子，即可开花。或不烦人种，也能自己开落。花瓣大、花浅黄，淡得近乎没有颜色，瓣有细脉，瓣内侧近花心处有紫色斑。秋葵风致楚楚，自甘寂寞。不知道为什么，秋葵让我想起女道士。秋葵亦名鸡脚葵，以其叶似鸡爪。

我在家乡县委招待所见一大丛鸡冠花，高过人头，花大如扫地笤帚，颜色深得吓人一跳。北京鸡冠花未见有如此之粗野者。

凤仙花可染指甲，故又名指甲花。凤仙花捣烂，入少矾，敷于指尖，即以凤仙叶裹之，隔一夜，指甲即红。凤仙花茎可长得很粗，湖南人或以入臭坛腌渍，以佐粥，味似臭苋菜秆。

秋海棠北京甚多，齐白石喜画之。齐白石所画，花梗颇长，这在我家那里叫做"灵芝海棠"。诸花多为五瓣，惟秋海棠为四瓣。北京有银星海棠，大叶甚坚厚，上洒银星，杆亦高壮，简直近似木本。我对这种孙二娘似的海棠不大感兴趣。我所不忘的秋海棠总是伶仃瘦弱的。我的生母得了肺病，怕"过人"——传染别人，独自卧病，在一座偏房里，我们都叫那间小屋为"小房"。她不让人去看她，我的保姆要抱我去让她看看，她也不同意。因此我对我的母亲毫无印象。她死后，这间"小房"成了堆放她的嫁妆的储藏室，成年锁着。我的继母偶尔打开，取一两件东西,我也跟了进去。"小房"外面有一个小天井,靠墙有一个秋叶形的小花坛,不知道是谁种了两三棵秋海棠,也没有人管它,它到秋天竟也开花。花色苍白,样子很可怜。不论在哪里,我每看到秋海棠,总要想起我的母亲。

黄栌、爬山虎

霜叶红于二月花。

西山红叶是黄栌,不是枫树。我觉得不妨种一点枫树,这样颜色更丰富些。日本枫娇红可爱,可以引进。

近年北京种了很多爬山虎,入秋,爬山虎叶转红。

沿街的爬山虎红了。

北京的秋意浓了。

一九九六年中秋

注 释

① 本篇原载 1996 年 10 月 28 日《北京晚报》;初收《汪曾祺全集》第六卷,北京师范大学出版社,1998 年 8 月。

评 审 感 言[①]

我觉得应征散文的质量都相当高,超过我事先的估计。"冰心散文奖"的举办是会成功的。评奖成功与否,最终将会决定于应征文章的质量,是可为评奖工作贺。

大部分散文的特点是所感者深,而所思者远。接触一种生活,不是"就事论事"而是能够向大处开拓,由此及彼,关注到全国、全世界、全人类,一往情深,忧思如焚,此非为写散文而写散文,浮光掠影者所比拟者也。

语言文字,功力不凡。很多文章写得都较为活泼流畅,跳跃夭矫,不是一般报刊文章那样过于平实,少见才华。

这些特点在海外华人文中表现得尤其鲜明。原甸先生曾担心文坛主力在中国大陆,"得奖者清一色",实属过虑。使我惊奇的倒是侨民之文似多超过大陆作者。远在海外,文章字里行间,对祖国有如许深情。且能驾驭华文如此精熟。既有继承,且能接受外国影响,造语行文,有所突破,诚为难能可贵矣。

我觉得这样一些有特色的散文汇集出版,将会对大陆散文的发展起很大的推动作用,其意义将不止限于福州十邑,可喜也。

注　释

①　本篇原载《第一届冰心文学奖散文参赛文选·千花集》。

草 木 春 秋^①

木 芙 蓉

　　浙江永嘉多木芙蓉。市内一条街边有一棵,干粗如电线杆,高近二层楼,花多而大,他处少见。楠溪江边的村落,村外、路边的茶亭(永嘉多茶亭,供人休息、喝茶、聊天)檐下,到处可以看见芙蓉。芙蓉有一特别处,红白相间。初开白色,渐渐一边变红,终至整个的花都是桃红的。花期长,掩映于手掌大的浓绿的叶丛中,欣然有生意。

　　我曾向永嘉市领导建议,以芙蓉为永嘉市花,市领导说永嘉已有市花,是茶花。后来听说温州选定茶花为温州市花,那么永嘉恐怕得让一让。永嘉让出茶花,永嘉市花当另选。那么,芙蓉被选中,还是有可能的。

　　永嘉为什么种那么多木芙蓉呢? 问人,说是为了打草鞋。芙蓉的树皮很柔韧结实,剥下来撕成细条,打成草鞋,穿起来很舒服,且耐走长路,不易磨通。

　　现在穿树皮编的草鞋的人很少了,大家都穿塑料凉鞋、旅游鞋。但是到处都还在种木芙蓉,这是一种习惯。于是芙蓉就成了永嘉城乡一景。

南瓜子豆腐和皂角仁甜菜

　　在云南腾冲吃了一道很特别的菜。说豆腐脑不是豆腐脑,说鸡蛋羹不是鸡蛋羹。滑、嫩、鲜,色白而微微带点浅绿,入口清香。这是豆腐

1923

吗？是的,但是用鲜南瓜子去壳磨细"点"出来的。很好吃。中国人吃菜真能别出心裁,南瓜子做成豆腐,不知是什么朝代,哪一位美食家想出来的!

席间还有一道甜菜,冰糖皂角米。皂角我的家乡颇多。一般都用来泡水,洗脸洗头,代替肥皂。皂角仁蒸熟,妇女绣花,把线在皂仁上"光"一下,绒不散,且光滑,便于入针。没有吃它的。到了昆明,才知道这东西可以吃。昆明过去有专卖蒸菜的饭馆,蒸鸡、蒸排骨,都放小笼里蒸,小笼垫底的是皂角仁,蒸得了晶莹透亮,嚼起来有韧劲,好吃。比用红薯、土豆衬底更有风味。但知道可以做甜菜,却是在腾冲。这东西很滑,进口略不停留,即入肠胃。我知道皂角仁的"物性",警告大家不可多吃。一位老兄吃得口爽,弄了一饭碗,几口就喝了。未及终席,他就奔赴厕所,飞流直下起来。

皂角仁卖得很贵,比莲子、桂圆、西米都贵,只有卖干果、山珍的大食品店才有得卖,普通的副食店里是买不到的。

近几年时兴"皂角洗发膏",皂角恢复了原来的功能,这也算是"以故为新"吧。

车　前　子

车前子的样子很有趣。叶贴地而长,近卵形,有长柄。在自由伸向四面的叶丛中央抽出细长的花梗,顶端有穗形花序,直立着。穗不多,少的只有一穗。画家常画之为点缀。程十发即喜画。动画片中好像少不了它。不知道为什么,这东西有一种童话情趣。

车前子可利小便,这是很多农民都知道的。

张家口的山西梆子剧团有一个唱"红"(老生)的演员,经常在几县的"堡"(张家口人称镇为"堡")演唱,不受欢迎,农民给他起了个外号:"车前子"。怎么给他起了这么个外号呢?因为他一出台,农民观众即纷纷起身上厕所,这位"红"利小便。

这位唱"红"的唱得起劲,观众就大声喊叫:"快去,快,赶紧拿咸菜!"这又是怎么回事呢?吃白薯吃得太多了,烧心反胃,嚼一块咸菜就好了。这位演员的嗓音叫人听起来烧心。

农民有时是很幽默的。

搞艺术的人千万不能当"车前子",不能叫人烧心反胃。

紫 穗 槐

在戴了"右派分子"的帽子以后,我曾经被发到西山种树。在石多土少的山头用镢头刨坑。实际上是在石头上硬凿出一个一个的树坑来,再把凿碎的砂石填入,用九齿耙搂平。山上寸土寸金,树坑就山势而凿,大小形状不拘。这是个非常重的活。我成了"右派"后所从事的劳动,以修十三陵水库和这次西山种树的活最重。那真是玩了命。

一早,就上山,带两个干馒头、一块大腌萝卜。顿顿吃大腌萝卜,这不是个事。已经是秋天了,山上的酸枣熟了,我们摘酸枣吃。草里有蝈蝈,烧蝈蝈吃!蝈蝈得是三尾的,腹大,多子。一会儿就能捉半土筐。点一把火,把蝈蝈往火里一倒,劈劈剥剥,熟了。咬一口大腌萝卜,嚼半个烧蝈蝈,就馒头,香啊。人不管走到哪一步,总得找点乐子,想一点办法,老是愁眉苦脸的,干吗呢!

我们刨了坑,放着,当时不种,得到明年开了春,再种。据说要种的是紫穗槐。

紫穗槐我认识,枝叶近似槐树,抽条甚长,初夏开紫花,花似紫藤而颜色较紫藤深,花穗较小,瓣亦稍小。风摇紫穗,姗姗可爱。

紫穗槐的枝叶皆可为饲料,牲口爱吃,上膘。条可编筐。

刨了约二十多天树坑,我就告别西山八大处回原单位等候处理,从此再也没有上过山。不知道我们刨的那些坑里种上紫穗槐了没有。再见,紫穗槐!再见,大腌萝卜!再见,蝈蝈!

阿格头子灰背青

敕勒川,

阴山下。

天似穹庐,

笼盖四野。

天苍苍,

野茫茫,

风吹草低见牛羊。

北齐斛律金这首用鲜卑语唱的歌公认是北朝乐府的杰作,写草原诗的压卷之作,苍茫雄浑,前无古人,后无来者。一千多年以来,不知道有多少"南人",都从"风吹草低见牛羊"一句诗里感受到草原景色,向往不置。

但是这句诗有夸张成分,是想象之词。真到草原去,是看不到这样的景色的。我曾四下内蒙,到过呼伦贝尔草原、达茂旗的草原、伊克昭盟的草原,还到过新疆的唐巴拉牧场,都不曾见过"风吹草低见牛羊"。张家口坝上沽源的草原的草,倒是比较高,但也藏不住牛羊。论好看,要数沽源的草原好看。草很整齐,叶细长,好像梳过一样,风吹过,起伏摇摆如碧浪。这种草是什么草?问之当地人,说是"碱草",我怀疑这可能是"草菅人命"的"菅"。"碱草"的营养价值不是很高。

营养价值高的牧草有阿格头子、灰背青。

陪同我们的老曹唱他的爬山调:

阿格头子灰背青,

四十五天到新城。

他说灰背青叶子青绿而背面是灰色的。"阿格头子"是蒙古话。他拔起两把草叫我们看,且问一个牧民:

"这是阿格头子吗?"

"阿格！阿格！"

这两种草都不高，也就三四寸，几乎是贴地而长。叶片肥厚而多汁。

"阿格头子灰背青，四十五天到新城。"老曹年轻时拉过骆驼，从呼和浩特驮货到新疆新城，一趟得走四十五天。那么来回就得三个月。在多见牛羊少见人的大草原上拉着骆驼一步一步地走，这滋味真难以想象。

老曹是个有趣的人。他的生活知识非常丰富，大青山的药材、草原上的草，他没有不认识的。他知道很多故事，很会说故事。单是狼，他就能说一整天。都是实在经验过的，并非道听途说。狼怎样逗小羊玩，小羊高了兴，跳起来，过了圈羊的荆笆，狼一口就把小羊叼走了；狼会出痘，老狼把出痘子的小狼用沙埋起来，只露出几个小脑袋；有一个小号兵掏了三只小狼羔子，带着走，母狼每晚上跟着部队，哭，后来怕暴露部队目标，队长说服小号兵把小狼放了……老曹好说，能吃，善饮，喜交游。他在大青山打过游击，山里的堡垒户都跟他很熟，我们的吉普车上下山，他常在路口叫司机停一下，找熟人聊两句，帮他们买拖拉机，解决孩子入学……。我们后来拜访了布赫同志，提起老曹，布赫同志说："他是个红火人。""红火人"这样的说法，我在别处没有听见过。但是用之于老曹身上，很合适。

老曹后来在呼市负责林业工作。他曾到大兴安岭调查，购买树种，吃过犴鼻子（他说犴鼻子黏性极大，吃下一块，上下牙粘在一起，得使劲张嘴，才能张开。他做了一个当时使劲张嘴的样子，很滑稽）、飞龙。他负责林业时主要的业绩是在大青山山脚至市中心的大路两侧种了杨树，长得很整齐健旺。但是他最喜爱的是紫穗槐，是个紫穗槐迷，到处宣传紫穗槐的好处。

"文化大革命"，内蒙大搞"内人党"问题，手段极其野蛮残酷，是全国少有的重灾区。老曹在劫难逃。他被捆押吊打，打断了踝骨。后经打了石膏，幸未致残，但是走起路来一拐一拐的。他还是那么"红火"，健谈豪饮。

老曹从小家贫，"成分"不高。他拉过骆驼，吃过很多苦。他在大青山打过游击，无历史问题，为什么要整他，要打断他的踝骨？为什么？

阿格头子灰背青，

四十五天到新城。

花 和 金 鱼

从东珠市口经三里河、河舶厂，过马路一直往东，是一条横街。这是北京的一条老街了。也说不上有什么特点，只是有那么一种老北京的味儿。有些店铺是别的街上没有的。有一个每天卖豆汁儿的摊子，卖焦圈儿、马蹄烧饼，水疙瘩丝切得细得像头发。这一带的居民好像特别爱喝豆汁儿，每天晌午，有一个人推车来卖，车上搁一个可容一担水的木桶，木桶里有多半桶豆汁儿。也不吆喝，到时候就来了，老太太们准备好了坛坛罐罐等着。马路东有一家卖鞭哨、皮条、网绳等等骡车马车上用的各种配件。北京现在大车少了，来买的多是河北人。看了店堂里挂着的挺老长的白色的皮条、两股坚挺的竹子拧成的鞭哨，叫人有点说不出来的感动。有一家铺子在一个高台阶上，门外有一块小匾，写着"惜阴斋"。这是卖什么的呢？我特意上了台阶走进去看了看：是专卖老式木壳自鸣钟、怀表的，兼营擦洗钟表油泥、修配发条、油丝。"惜阴"用之于钟表店，挺有意思，不知是哪位一方名士给写的匾。有一个茶叶店，也有一块匾："今雨茶庄"（好几个人问过我这是什么意思）。其实这是一家夫妻店，什么"茶庄"！

两口子，有五十好几了，经营了这么个"茶庄"。他们每天的生活极其清简。大妈早起撺炉子、升火、坐水、出去买菜。老爷子扫地、擦拭柜台，端正盆花金鱼。老两口都爱养花、养鱼。鱼是龙睛，两条大红的，两条蓝的（他们不爱什么红帽子、绒球……）。鱼缸不大，飘着茸草。花四季更换。夏天，茉莉、珠兰（熟人来买茶叶，掌柜的会摘几朵鲜茉莉花或一小串珠兰和茶叶包在一起）；秋天，九花（老北京人管菊花叫"九花"）；冬天，水仙、天竺果。我买茶叶都到"今雨茶庄"买，近。我住河舶厂,出胡同口就是。我每次买茶叶,总爱跟掌柜的聊聊,看看他的花。花并不名贵,但养得很有精神。他说:"我不瞧戏,不看电影,就是这点爱好。"

我被打成了"右派",就离开了河舶厂。过了十几年,偶尔到三里河去,想看"今雨茶庄"还在不在,没找到。问问老住户,说:"早没有了!"——"茶叶店掌柜的呢?"——"死了!叫红卫兵打死了!"——"干吗打他?"——"说他是小业主;养花养鱼是'四旧'。老伴没几天也死了,吓死的!——这他妈的'文化大革命'!这叫什么事儿!"

一九九六年十月二十八日

注 释

① 本篇原载《收获》1997 年第一期;初收《汪曾祺全集》第六卷,北京师范大学出版社,1998 年 8 月。

古 都 残 梦①

——胡同

胡同是北京特有的。胡同的繁体字是"衚衕"。为什么叫做"胡同"？说法不一。多数学者以为是蒙古话，意思是水井。我在呼和浩特听一位同志说，胡同即蒙语的"忽洞"，指两边高中间低的狭长地形。呼市对面的武川县有地名乌兰忽洞。这是蒙古话，大概可以肯定。那么这是元大都以后才有的。元朝以前，汴梁、临安都没有。

《梦粱录》、《东京梦华录》等书都没有胡同字样。有一位好作奇论的专家认为这是汉语，古书里就有近似的读音。他引经据典，作了考证。我觉得未免穿凿附会。

北京城是一个四方四正的城，街道都是正东正西，正南正北。北京只有几条斜街，如烟袋斜街、李铁拐斜街、杨梅竹斜街。北京人的方位感特强。你向北京人问路，他就会告诉你路南还是路北。过去拉洋车的，到拐弯处就喊叫一声"东去！""西去！"老两口睡觉，老太太嫌老头挤着她了，说："你往南边去一点！"

沟通这些正东正西正南正北的街道的，便是胡同。胡同把北京这块大豆腐切成了很多小豆腐块。北京人就在这些一小块一小块的豆腐里活着。北京有多少条胡同？"有名的胡同三千六，没名的胡同赛牛毛。"

胡同有大胡同，如东总布胡同；有很小的，如耳朵眼胡同。一般说的胡同指的是小胡同，"小胡同，小胡同"嘛！

胡同的得名各有来源。有的是某种行业集中的地方，如手帕胡同，当初大概是专卖手绢的地方；头发胡同大概是卖假发的地方。有的是皇家储存物料的地方，如惜薪司胡同（存宫中需要的柴炭），皮库胡同

（存裘皮）。有的是这里住过一个什么名人，如无量大人胡同，这位大人也怪，怎么叫这么个名字；石老娘胡同，这里住过一个老娘——接生婆，想必这老娘很善于接生；大雅宝胡同据说本名大哑巴胡同，是因为这里曾住过一个哑巴。有的是肖形，如高义伯胡同，原来叫狗尾巴胡同；羊宜宾胡同原来叫羊尾巴胡同。有的胡同则不知何所取意，如大李纱帽胡同。有的胡同不叫胡同，却叫做一个很雅致的名称，如齐白石曾经住过的"百花深处"。其实这里并没有花，一进胡同是一个公共厕所！

胡同里的房屋有一些是曾经很讲究的，有些人家的大门上钉着门钹，门前有拴马桩、上马石，记述着往昔的繁华。但是随着岁月风雨的剥蚀，门钹已经不成对，拴马桩、上马石都已成为浑圆的、棱角线条都模糊了。现在大多数胡同已经成为"陋巷"。

胡同里是安静的。偶尔有磨剪子磨刀的"惊闺"（十来个铁片穿成一串，摇动作响）的声音，算命的盲人吹的短笛的声音，或卖硬面饽饽的苍老的吆唤——"硬面儿饽——阿饽！"。"山静似太古，日长如小年"，时间在这里又似乎是不流动的。

胡同居民的心态是偏于保守的，他们经历了朝代更迭，"城头变幻大王旗"，谁掌权，他们都顺着，像《茶馆》里的王掌柜的所说："当了一辈子的顺民。"他们安分守己，服服帖帖。老北京人说："穷忍着，富耐着，睡不着眯着。""睡不着眯着"，真是北京人的非常精粹的人生哲学。永远不烦躁，不起急，什么事都"忍"着。胡同居民对物质生活的要求不高。蒸一屉窝头，熬一锅虾米皮白菜，来一碟臭豆腐，一块大腌萝卜，足矣。我认识一位老北京，他每天晚上都吃炸酱面，吃了几十年炸酱面。喔，胡同里的老北京人，你们就永远这样活下去吗？

注　释

① 　本篇原载《胡同九十九》，程小玲主编，北京出版社，1996 年 10 月。

关于于会泳①

　　于会泳死了大概有二十年了，现在没有人提起他。年轻人大都不知道有过这个人。但是提起十年浩劫，提起"革命样板戏"，不提他是不行的。写戏曲史，不能把他"跳"过去，不能说他根本没有存在过。——戏曲史不论怎么写，总不能对这十年只字不提，只是几张白纸。

　　于会泳从一个文工团演奏员、音乐学院教研室主任，几年功夫爬到文化部部长，则其人必有"过人"之处。

　　于会泳对文艺与政治的关系有他的看法。他曾经领导组织了一台晚会，有三个小戏，是抓特务的，阎肃半开玩笑地对他说："一个晚上抓了三个特务，你这个文化部成了公安部了！"于会泳当时没有说什么。第二天在宾馆里做报告，于会泳非常严肃地说："文化部就是要成为意识形态的公安部！"弄得大家都很尴尬。本来是一句玩笑话，他却提到了原则高度。这个人翻脸不认人，和他开不得半句玩笑。这是个不讲人情的人。

　　把文化部说成是"意识形态的公安部"，持这种看法的人，现在还有。

　　于会泳善于把江青的片言只句加以敷衍，使得它更加"周密"，更加深化，更带有"理论"色彩。江青很重视主题。在她对《杜鹃山》作指示时说："主题是改造自发部队，这一点不能不明确。"于会泳后来就在一次报告中明确提出："主题先行"。应该佩服这位文化部长，概括得非常准确。——其荒谬性也就暴露得更加充分。

　　尤其荒谬的是把人物分等论级。他提出一个公式："在所有的人物中突出正面人物，在正面人物中突出英雄人物，在英雄人物中突出主要英雄人物。"这就是有名的"三突出"。世界文艺理论中还从来没有人提出过这种阶梯模式，在创作实践中也绝对行不通。连江青都说："我没有提过'三突出'，我只提过一突出，——突出英雄人物。"

主题先行、"三突出"，这两大"理论"影响很大，遗祸无穷。

于会泳是搞音乐的。平心而论，他对戏曲音乐唱腔是有贡献的。他的贡献可以说是前无古人。很多人都想对京剧唱腔有所创新，有所突破，但找不到方法。有人拼命使用高八度。还有人违反唱腔的自然走势，该往高处走的，往低处走；该往低处的，往高处。有个老演员批评某些唱腔设计是"顺姐她妹妹——别妞（扭）"。于会泳走了另外一条路：把地方戏曲、曲艺的腔吸收进京剧。他对地方戏、曲艺的确下过一番功夫，据说他曾分析过几十种地方戏、曲艺，积累了很多音乐素材，把它吸收进来，并与京剧的西皮、二黄融合在一起，使京剧的音乐语言大大丰富了。听起来很新鲜，不别扭。

于会泳把西方歌剧的人物主题旋律的方法引用到京剧唱腔中来，运用得比较成功的是《杜鹃山》柯湘的唱腔，既有性格，也出新，也好听。

"音乐布局"是于会泳关于京剧唱腔的一个较新的概念。他之受知于江青，就是在江青在上海定《沙家浜》为样板时，他在报纸上发表了一篇《论〈沙家浜〉的音乐布局》的文章。"样板"当时还未被人承认，于会泳这篇文章正是她所需要的。文章言之成理，她很欣赏。关于音乐唱腔，毛泽东提出：一定要有大段唱，老是散板摇板，要把人的胃口唱倒的。江青提出一个"成套唱腔"的概念。到于会泳就发展成"核心唱段"。这些都是有道理的，但是不能绝对。老戏也有成套的唱腔。《文昭关》、《捉放曹》的"叹五更"都是成套的，也可以说是唱段的核心。《四郎探母》杨延辉开场即唱，而且是大段，但从剧本看，却很难说这是核心。唱腔布局不能机械划分，首先必须受剧情的制约。但是唱腔要有总体构思，是对的。否则就会零碎散乱。

于会泳的功劳之一，是创造了一些新的板式。例如《海港》的"二黄宽板"。演员拿到曲谱，不知道怎么拍板，因为这样轻重拍的处理，在老戏里是没有的。又如《杜鹃山》柯湘唱的"家住安源萍水头"就不知道是什么板。似乎是西皮二六,但二六的节奏没有那么多的变化。起初是比较舒缓的回忆,当中是激越的控诉,节奏加快,最后"叫散",但却转为高腔,结句重复,形成"搭句"。于会泳好像也没有给这段新板式起个名字。

于会泳设计唱腔还有一个特点,即同时把唱法(他叫做"润腔手段")也设计出来。在演员唱不好时,他就自己示范(他能唱,而且小嗓很好)。

于会泳有罪,有错误,但是是个有才能的人。他在唱腔、音乐上的一些经验,还值得今天搞京剧音乐的同志借鉴,吸收。

一九九六年十一月十七日

注 释

① 本篇原载《汪曾祺全集》第六卷,北京师范大学出版社,1998 年 8 月。

哲人其萎①

——悼端木蕻良同志

　　端木蕻良真是一位才子。二十来岁，就写出了《科尔沁旗草原》。稿子寄到上海，因为气魄苍莽，风格清新，深为王统照、郑振铎诸先生所激赏，当时就认为这是一部划时代的大小说，应该尽快发表，出版。原著署名"端木红粮"，王统照说"红粮"这个名字不好，亲笔改为"端木蕻良"。从此端木发表作品就用了这个名字。他后在上海等地发表了一些短篇小说，其中《鹭鹭湖的忧郁》最受注意。这篇小说发散着东北黑土的浓郁的芳香，我觉得可以和梭罗古柏比美。端木后将短篇小说结集，即以此篇为书名。

　　端木多才多艺。他从上海转到四川，曾写过一些歌词，影响最大的是由张定和谱曲的《嘉陵江上》。这首歌不像"我的家在东北松花江上"那样过于哀伤，也不像"大刀向鬼子们的头上砍去"那样直白，而是婉转深挚，有一种"端木蕻良式"的忧郁，又不失"我必须回去"的信念，因此在大后方的流亡青年中传唱甚广。他和马思聪好像合作写过一首大合唱，我于音乐较为隔膜，记不真切了。他善写旧体诗，由重庆到桂林后常与柳亚子、陈迩冬等人唱和。他的旧诗间有拗句，但俊逸潇洒，每出专业诗人之上。他和萧红到香港后，曾两个人合编了一种文学杂志，那上面发表了一些端木的旧体诗。我只记得一句：

　　　　落花无语对萧红

　　我觉得这颇似李商隐，在可解不可解之间。端木的字很清秀，宗法二王。他的文稿都很干净。端木写过戏曲剧本。他写戏曲唱词，是要唱着写的。唱的不是京剧，却是桂剧。端木能画。和萧红在香港合编的杂志中有的小说插图即是端木手笔。不知以何缘由,他和王梦白有很深的交情。我见过他一篇写王梦白的文章,似传记性的散文,又有小说味道,是一篇好文章!王梦白在北京的画家中是最为萧疏淡雅的,结构重留白,用笔如流水行云,可惜死得太早了。一个人能对王梦白情有独钟,此人的艺术欣赏品位可知矣!

端木到北京市文联后,没有得到应有的重视,不知是什么原因。他被任为创研部主任,这是一个闲职。以端木的名声、资历,只在一个市级文联当一个创研部主任,未免委屈了他。然而端木无所谓。

关于端木的为人,有些议论。不外是两个字,一是冷,二是傲。端木交游不广,没有多少人来探望他,他也很少到显赫的高门大宅人家走动,既不拉帮结伙,也无酒食征逐,随时可以看到他在单身宿舍里伏案临帖,——他写"玉版十三行洛神赋";看书;哼桂剧。他对同人疾苦,并非无动于衷,只是不善于逢年过节,"代表组织"到各家循例作礼节性的关怀。这种"关怀"也实在没有多大意思。至于"傲",那是有的。他曾在武汉呆过一些时。武汉文化人不多,而门户之见颇深,他也不愿自竖大旗希望别人奉为宗师。他和王采比较接近。王采即因酒后鼓腹说醉话:"我是王采,王采是我。王采好快活!"而被划为右派的王采。王采告诉我,端木曾经写过一首诗,有句云:

赖有天南春一树,

不负长江长大潮……

这可真是狂得可以!然而端木不慕荣利,无求于人,"帝力于我何有哉",酒店偶露轻狂,有何不可,何必"世人皆欲杀"!

真知道端木的"实力"的,是老舍。老舍先生当时是市文联主席,见端木总是客客气气的(不像一些从解放区来的中青年作家不知道端木这位马王爷有"三只眼")。老舍先生在一次大家检查思想的生活会上说:"我在市文联只'怕'两个人,一个是端木,一个是汪曾祺。端木书读得比我多,学问比我大。今天听了他们的发言,我放心了。"老舍先生说话有时是非常坦率的。

1936

端木晚年主要力量放在写《曹雪芹》上。有人说端木这一着是失算。因为材料很少,近乎是无米之炊。我于此稍有不同看法。一是作为小说的背景材料是不少的。端木对北京的礼俗,节令,吃食,赛会,搜集了很多,编组织绘,使这大部头小说充满历史生活色彩,人物的活动便有了广宽天地,此亦曹雪芹写《红楼梦》之一法。有些对人物的设计,诚然虚构的成分过大。如小说开头写曹雪芹小时候是当女孩子养活的。有评论家云"这个端木蕻良真是异想天开! 说曹雪芹打扮成丫头,有何根据?!"没有根据! 然而何必要有根据? 这是小说,是充满浪漫主义色彩的小说,不是传记,不是言必有据的纪实文学。是想象,不是考证。我觉得治"红学"的专家缺少的正是想象。没有想象,是书呆子。

端木的身体一直不好。我认识他时他就直不起腰来,天还不怎么冷就穿起貉绒的皮裤,他能"对付"到八十五岁,而且一直还不放笔,写出不少东西,真是不容易。只是我还是有些惋惜,如果他能再"对付"几年,把《曹雪芹》写完,甚至写出《科尔沁旗草原》第二部,那多好!

一九九六年十一月二十八日

注　释

① 　本篇原载《北京文学》1997 年第三期;初收《汪曾祺全集》第六卷,北京师范大学出版社,1998 年 8 月。

平 心 静 气 ①

——《布衣文丛》代序

把这样一些看似彼此没有多大关联的文章放在一起,编成一套书,有什么意义?意义还是有的。这些文章虽然散散漫漫,但有一种内在联系贯通的东西,那就是都是谈人生的,对人生的态度和感受。或多或少,都有一点人道主义的精神。

宋儒提出过"饿死事小,失节事大"这种不通人情,悖乎人性的酷论,因此为后世所诟病,但宋儒亦有可取的一面。我很欣赏这样的境界:

> 万物静观皆自得,
>
> 四时佳兴与人同。

用一种超功利的眼睛看世界,则凡事皆悠然,而看此世界的人也就得到一种愉快,物我同春,了无粘滞,其精要处乃在一"静"字。道家重"习静","山中习静观朝槿",能静,则虽只活一早上的槿花,亦有无穷生意矣。"与人同",尤其说得好,善与人乐,匪止独乐,只真得佳兴。

宋人又有诗:

> 顿觉眼前生意满,
>
> 须知世上苦人多。

这说得更为明白。"生意满"即"四时佳兴","苦人多"说出对众生的悲悯关怀,此蔼然能仁者之心也。

这样的对生活的态度是多情的,美的。

人之一生感情最深的,莫过于家乡、父母和童年。离开家乡很远了,但家乡的蟋蟀之声尚犹在耳。"仍怜故乡水,万里送行舟",不论走到天涯海角,故乡总是忘不了的。"哀哀父母,生我劬劳",这是一种东方式的思想,西方人是不大重视的,但是这种思想是好的。"瓶花妥帖炉香稳,觅我童心四十年","大人者不失其赤子之心者也",人到上了岁数了,最可贵的是能保持新鲜活泼的、碧绿的童心。此书所收的文章,写家乡、父母、童年的比较多,这是很自然的。

人生多苦难。中国人、中国的知识分子生经忧患,接连不断的运动,真是把人"整惨了"。但是中国的知识分子却能把一切都忍受下来,在说起挨整的经过时并不是椎胸顿足,涕泗横流,倒常用一种调侃诙谐的态度对待之,说得挺"逗",好像这是什么有趣的事。这种幽默出自于痛苦。唯痛苦乃能产生真幽默。唯有幽默,才能对万事平心静气。平心静气,这是中国知识分子的缺点,也是优点。

现在处在市场经济时期,像一般资本主义初期积累时期一样,不免会物欲横流,心情浮躁,重利轻义,道德伦理会遭到一场大破坏。在这样的时候,民主与建设出版社委托邓九平同志主编这套《布衣文丛》,有何意义,对青年读者会产生什么影响?影响是有的,唤醒青年的良知,使他们用一种更纯真,更美的态度对待生活。"随风潜入夜,润物细无声",在青年人干涸的心里洒一片春雨。

是为序。

一九九六年十一月

注　释

① 本篇原载《布衣文丛》,民主与建设出版社,1997 年版;初收《汪曾祺全集》第六卷,北京师范大学出版社,1998 年 8 月。

辞达而已矣^①

在西单，开过来一辆宣传交通安全的宣传车，车上的广播喇叭用清晰的字音广播：

"横穿马路不要低头猛跑"。这是非常准确的语言，真是悬之国门不能增改一字。在校尉营派出所外面墙上看到一张宣传夏令卫生的小报，有一句标语："残菜剩饭必须回锅见开再吃"，这也是非常准确的语言，虽然用的字眼比起前一例动作性稍差。为什么这些搞实际工作的同志能锻炼出这样精确的语言来呢？因为他们要他们的话使人一听就明白，记得住，留下深刻的印象。应该向这些在语言里灌注了"为人民服务"精神的宣传家致敬。语言是思想的直接现实。

各种行业所用语言大都竭力简练，如过去许多店铺的牌匾上所写的"童叟无欺"、"不二价"。在西四一家店铺门外看到两条大字："出售新藤椅，修理旧棕床"，一看就知道这家经营的业务。有一个修锁配钥匙的小铺的玻璃橱窗上贴一个字条，八个字："照配钥匙""立等可取"，十分醒目。我所见过的最简练的商业宣言，是北京的澡堂的，迎门四个大字："各照衣帽"，真是简到不能再简了！

有些店铺在标明该店特点时常使之带点艺术性。过去店铺"门脸"大都是这样的格局：正中是一块横匾，上书该店字号，这就是所谓"金字招牌"。两旁各有一块稍小的横匾，上书该店专业。如北京稻香村，写的是"杏渍豚蹄"、"蔗味珍鸡"，这是说专卖南味熟肉的。有一家糕点铺，写的是"尘飞白雪"、"品重红绫"。"红绫"有一个典故，不大好懂。煤铺一般不挂匾，而在八字粉墙上漆出黑字："乌金墨玉"、"石火光恒"，这很形象。"石火光恒"很有点哲理意味。我在北京见过的最美的粉墙黑字的"行业文学"，是在八面槽，一个老娘（接生婆）的门前,写的是：

　　　　轻车快马,吉祥老老。

"轻车快马"潇洒之至。

语言是人类交际的工具,其目的在使人懂,"出我之口,入你之心","辞达而已矣"。可是有那么一种人,专说那种叫人听不懂的话。这就是文艺评论家。我最怕看文艺评论,尤其是两三位、三四位评论家的对谈。我简直不知道他们云苫雾罩地说些什么。咬牙硬看,看明白了,原来他们什么也没有说。"以艰深文浅陋",他们是卖假药的江湖郎中。

注　释

　① 本篇原载 1996 年 12 月 3 日《书友周报》。

对仗·平仄①

英文《中国文学》翻译了我的小说《受戒》。事前我就为译者想:这篇东西是很难翻的。"受戒"这个词英文里大概没有,翻译家把题目改了,改成"一个小和尚的恋爱故事",这不免有点叫人啼笑皆非。小说里有四副对联,这怎么翻? 样书寄到,拆开来看看正文,这位翻译家对对联采取了一个干净绝妙的办法:全部删掉。我所见到的这篇小说的几个译本对对联大都只翻一个意思,不保留格式。只有德文译文看得出是一副对联:上下两句的字数一样,很整齐。这位德文译者真是下了功夫! 但就是这样,也还是形似而已,不是真正的对联。

对联是中国特有的艺术形式。对联的前提是必须是单音缀(或节)的语言,一字、一音、一意。西方的语言都是多音节的,"对"不起来。

与对仗有关的是中国话(主要指汉语)有"调"。据说古梵语有调,其他国家的语言都没有鲜明的音高调值差别。郭沫若参加世界和平理事会,约翰逊主教就觉得郭说话好像在唱歌,就是因为郭老的语言有高低调值。中国人觉得老外说话都是平的,外国人学说中国话最"玩不转"的便是"调"。

对联的上下联相同位置的字音要相反,上联此位置的字是平声,则下联此位置之字必须是仄声。两联的意思一般是一开一阖,一正一反,相辅相承。或两联意境均大,如"大漠孤烟直,长河落日圆";或两句都小,如"细雨鱼儿出,微风燕子斜"。有些对句极工巧,而内涵深远,如李商隐"此日六军同驻马,当年七夕笑牵牛"。有"无情对",只是字面相对,意思上并无联系,如我的小说《受戒》中的一副对联:

　　一花一世界,

三邈三菩提。

"三邈三菩提"的"三"并非幺二三的三,这不是数字是梵语汇音。有"流水对",上一句和下一句一气贯穿,如同流水,似乎没有对,如"三十一年还旧国,落花时节读华章"。"流水对"最难写,毛泽东这一联极有功力。

由于有对仗、平仄,就形成中国话的特有的语言美,特有的音乐感。有人写诗,两个字意思差不多,用这个字、不用那个字,只是"为声俊耳"(此语出处失记)。作为一个当代作家应该注意培养语言的审美感觉,语言的音乐感,能感受哪个字"响",哪个字不"响"。

我们今天写散文或小说,不必那么严格地讲对仗,讲平仄,但知道其中道理,使笔下有丰富的语感,是有好处的。我写小说《幽冥钟》,写一座古寺的罗汉堂外有两棵银杏树,已是数百年物,"夏天,一地浓荫。冬天,满阶黄叶。"如果完全不讲对仗,不讲平仄,就不能产生古旧荒凉的意境。

注　释

① 本篇原载 1996 年 12 月 12 日《书友周报》;初收《汪曾祺全集》第六卷,北京师范大学出版社,1998 年 8 月。

好 人 平 安①

——马得及其戏曲人物画

我知道马得是由于苏叶的口头介绍。1991 年秋,参加泰山散文笔会,认识苏叶,她不止一次和我谈起马得。

其后不久,马得到北京来,承蒙枉顾敝庐,我才得识庐山面目。马得修长如邹忌,肩宽平(欧洲人称这样的肩为"方肩"),腰直,不驼背。眼色清明,而微含笑意。留了一抹短髭,有点花白,修剪得很整齐。衣履精洁,通身干干净净,清清爽爽,很有艺术家的风度,照北京人的说法,是很"帅"。

马得是画家,看起来温柔儒雅,心气平和,但是他并不脱离现实,他对艺术、对生活的态度都是一个现实主义者。他爱憎分明,胸中时有不平之气,有时是相当激动的,对此世界的是是非非,并不含糊,也无顾忌,指桑骂槐,一吐为快。马得的一部分画,骨子里(此似是南京话)是一把辛酸和悲愤。他在《画戏话戏·〈杀四门〉》中写道:"……戏中的尉迟恭给人穿小鞋,想置人于死地……在那争权夺利、尔虞我诈的封建社会里,用给小鞋穿的手段来打击报复,是常有的事……其实生活中,给人小鞋穿者,哪会如此明明白白,他未见得跟你对话;那座城门,也未见得紧紧关着,有时倒是四敞大开,但你一走到门口,便像有自动装置似的'哐当'一声便关上了;你想上告么? 也是麻烦得很,很难有澄清之日。"

画中的秦怀玉是浑身缟素,倒竖双眉,寥寥几笔,便表现出五内如焚的悲愤,而尉迟恭的老奸巨猾也跃然纸上。因为马得的画内涵上的悲剧性,就使他的画有较大的浑度和力度,不是一般的"游戏笔墨"。

但是马得是一个抒情诗人。他爱看戏,因为戏很美。马得能于瞬息间感受到戏的美,捕捉到美。他画戏是画戏中之诗,不求形似。他最爱画《牡丹亭》,这辈子不知道画了多少张。他画《牡丹亭》人物,只用单线勾成,线如游丝,随风宛转,略敷淡色,稍染腮红,使人有梦境之感。马得的许多画都有梦意,《游园·惊梦》如此,《拾画·叫画》如此,《蝴蝶梦》更是如此(此幅用深色作底子,人物衣著皆用白粉,更显得缥缥缈缈)。我们可以称马得为"画梦的人"。

黄苗子曾说过马得有童心,可谓知言。已经过了七十的人,还能用儿童一样天真的眼睛,儿童一样的惊奇看待人世,心地善良无渣滓,对生活充满了温暖的同情,诚属难得。仁者寿,马得是会长寿的,他还会画几十年,画出更多好画。

马得的人物画大体可分作两类。一类秀雅娴静,一类奔放粗豪。马得是漫画家。漫画家大都在线上下工夫,有笔无墨,马得很注意用墨,尤其是用水。他画的钟馗、鲁智深,都是水墨杂下,痛快淋漓,十分酣畅。画已经裱出了好几年,还是水气泱泱,好像才掷笔脱手。这和他曾经画过几年国画是有关系的。漫画家大都不善用色,间或一用,也都是满廓平涂,如画卡通。马得的画大都设色,是国画的淡设色,如春水秋月,不板滞,不笨重。他用于人物身上的淡色和舞台上的不尽相同。删除繁缛,追求单纯,点到而已。他爱用蛋青、豆绿,实际上舞台上的旦角很少穿这种颜色的褶子。他画《游园》中的杜丽娘,著银灰色的褶子,白裙,后面有淡淡青山一抹,和人物形成一个十字;这张画不但构图精致,颜色也极其清雅。马得爱画青褶子白裙(或"腰包")的妇女。他所画的最美的女性形象,我以为倒不是杜丽娘,而是《跃鲤记·芦林》里的庞氏。庞氏梳"大头",头上有几个银泡子,青褶子,白色的长裙,腰后可见长长的"线尾子",掩面悲泣,不胜哀婉,真美!我发现马得画人有一特点,爱画人物的后背。《贵妃醉酒》如此,《千里送京娘》如此,《断桥》也如此。中国戏曲表演讲究背上有戏,马得爱画背影,不知从何处悟得。马得画重韵律,重画面。他深明中国戏由动入静——亮相的重要性。他画人物亮"子午相""高低相",并由画面的需要而加调整,和戏有同有不同。难得的是画气势。《判官把路引,去捉负心人》

一气呵成，无一笔犹豫，势如疾风骤雨，锐不可当。我以为这是一个杰作！

马得要出戏曲人物画选，不知是谁的主意（也许是马得点的名），叫我写一篇序。我乐于当一次差，但我对画、对戏都是一知半解，说不出几句"解渴"的话，郑板桥写过一副对联："搔痒不著赞何益，入木三分骂亦精"，我只能说一些似是而非的话，隔靴搔痒，——北京人叫做"间着袜子挠痒痒"。水平所限，只能如此，奈何奈何！

一个人爱才如渴，嫉恶如仇，有抒情气质，有童心，此人必是好人。马得是好人，好人平安！

注　释

① 本篇原载 1996 年《徐州日报》，日期不详；又载《马得戏曲人物画集》，文化艺术出版社，1998 年版。

1997 年

辣　椒①

　　1965 年五一节前我到重庆写剧本。没事,和几个小演员上街闲逛。远远看见一堵白墙,黑漆刷书三个颜体大字:"麻辣烫"。走近一看,是个卖面条的小馆子。四川吃食都是辣的。这几个女孩子辣怕了。有一次我带她们去吃汤圆。一个唱老旦的,进门就嚷:"不要辣椒!"卖汤圆的师傅白了她一眼:"汤圆没有放辣椒的!"

　　西南几省都吃辣,我觉得最能吃辣的是贵州人。我在西南联大时和几个贵州同学去吃过桥米线,他们搞了一捧辣极了的青辣椒,在火上烤烤,喝白酒! 别的省只是吃辣,四川人是既辣且麻。川菜大都要放花椒。生花椒,剁碎,菜做好了后下。川剧名丑李文杰请我们吃饭,有一道水煮牛肉。我不知深浅,挟了一筷,一入口,噎得我出不了气。

　　为什么四川人那样爱吃辣呢? 原因很多。有人说四川气候潮湿,吃辣椒可以祛除潮气,理或有之。这是从小养成的习惯。我在新都曾看见一个孩子(也就是三岁吧)蹲在妈妈背上的背笼里吃零食。一看,他是吧叽吧叽地在嚼一个泡辣椒! 我以为吃辣主要是为了开胃、刺激食欲、解馋、下饭。张家口农民有言:"要解馋,辣加咸";又说:"辣椒是穷人的肉。"南北皆然。要说为了赶潮气,张家口气候并不潮湿。吃辣,最初可能是因为没有什么好吃的。

　　我见过的真正的正宗川味,是在重庆一个饭摊上。木桶里的干饭蒸得不软不硬,热腾腾的。菜,没有,只有七八样用辣椒拌得通红的咸菜,码在粗瓷大盘里。一位从乡坝头来的乡亲把扁担绳子靠在一边,在长凳上坐下来,要了两份"帽儿头",一碟辣咸菜。顷刻之间,就"杀搁"

1947

了。到茶馆里要了一碗大叶粗茶,咕咚咕咚喝一气,打一个响嗝。茶香浓酽,米饭回甘,硬是安逸!

注　释

① 本篇原载 1997 年 1 月 7 日《重庆晚报》;又载《我还在今天生活》,重庆出版社,1999 年。

清 汤 挂 面[①]

罗广斌喜欢说女孩子是清汤挂面。见女孩子衣服淡雅,举止安静,就小声说:"清汤挂面! 清汤挂面!"

这挂面不是指普通的挂面,而是指北碚特产的银丝挂面,面极细而皆中空。我和广斌等人曾在北温泉数帆楼住过一阵,看过这种挂面的制法。

川菜多色浓味重,又麻又辣,但不都是这样。比如"开水白菜",我头一次吃这种菜,接过菜谱:"开水白菜? 开水如何能做出好菜?"喝了一口,鲜美无比,而存白菜之本味清香。这不是开水,而是撇净油花的纯鸡汤。汤极清,真是"可以注砚"。"清汤挂面"也是鸡汤,清可注砚。

四川人真会吃,凡菜皆达于极致,浓就浓到底,淡就淡到家。这样才称得起是"饮食文化"。

注 释

① 本篇原载 1997 年 1 月 7 日《重庆晚报》;又载《我还在今天生活》,重庆出版社,1999 年。

"安　逸"①

　　"安逸"究竟是什么意思？说不准。是安稳、闲豫、喜悦、欣慰、愉快……？我们到重庆，川剧名丑李文杰要请我们吃饭，说："不把你两个晕一下，我心里硬是不安逸。"那么"安逸"又有点近乎北京话的"踏实"。安逸是四川人的生活态度，一种人生境界。四川人活得从容不迫，潇潇洒洒，泡泡茶馆，摆摆龙门阵，但求心之所安，便是无上福气，"安逸"是四川文化的精髓。

　　四川语言丰富生动，用词含意，为他省所不及。比如，曾看过一出川戏，一个小丑说："你还阴倒聪明！""阴倒"一词，不能用他词代替。如用"暗暗地"，"偷偷地"，便无味道。"阴倒"有动态。

　　四川话里有所谓"言子"，民间谚语、成语、俗话、歇后语，都可说是"言子"。我在抗战（四川人叫"打国仗"）时期曾读过一本"言子"集，很有趣，可惜所收言子太少，又无诠释例句，读起来不大过瘾。我希望能有人编一本比较详尽的言子专集。

注　释

① 本篇原载 1997 年 1 月 7 日《重庆晚报》；又载《我还在今天生活》，重庆出版社，1999 年。

张郎且莫笑郭郎^①

我从小就爱看漫画。家里订了老《申报》,《申报》有杂文版,杂文版每天都有一幅漫画,漫画的作者是杨清磬和丁悚。丁悚即丁聪的父亲,人称"老丁"。丁聪所以被称为"小丁",大概和他的令尊被称为"老丁"有关。杨清磬和丁悚好像是包了这块地盘,"轮流值班",一天不落。他们作画都很勤,而画风互异,一望而知。杨清磬用笔柔细飘逸,而丁悚则比较奔放老辣,于人事有较深的感慨。我曾经见过一张老丁的画,画面简练:一个人在扬袖而舞;另一人据案饮酒,神情似在对舞者嘲笑。画之右侧题诗一首:

> 张郎当筵笑郭郎,
> 笑他舞袖太郎当。
> 若教张郎当筵舞,
> 恐更郎当舞袖长。

不知道是谁的诗,是老丁自己的大作还是借用别人的?诗是通俗好懂的,但是很有意思,读起来也很好听,因此我看过就记住了,差不多过了七十年了,还记得。人的记忆也很怪。不过主要还是因为诗和画都好。

现在能画这样的画——笔意在国画和漫画之间,能题这样也深也浅,富于阅历的诗的画家似乎没有了。这样的画家要具备两个条件:一是得是画家,二是得是诗人。

我曾把老丁题画诗抄给小丁,他说他一点印象也没有,岂有此理!

小丁说他对老大人的画,一张也没有保留下来。我建议丁聪在其"家长"协助下,把丁悚的作品搜集搜集,出一本《丁悚画集》。这对丁悚是个纪念,同时也可供医学界研究小丁身上的遗传基因是怎样来的。

注 释

① 本篇原载 1997 年 1 月 10 日《南方周末》"四时佳兴"专栏;初收《汪曾祺全集》第六卷,北京师范大学出版社,1998 年 8 月。

玉烟杂记^①

带狗的女工

小张来看我。六年前第一次红塔笔会她照顾过我。我很喜欢她。小张还是那样,好像长高了。神情也更成熟了。六年前她还是个小姑娘,现在则有点像一个少妇了。还是那么漂亮,两只大眼睛,黑白分明,亮晶晶的,常如含笑,在成熟中依然保留着天真。

小张一个人,却有三处房子。她买了一套商品房,在厂里的职工宿舍区又买了一套,现在还住在原来的家里。她花了十二万买了一辆(照玉溪人的说法是"一张")夏利小汽车。她自己会开车。我对小张说:"你现在成了小大款了!"小张只是笑。

我们参观了新建的工人住宅区,普医生(厂里的医生,随作家团活动)邀我们去看看她尚未迁入的新居。房屋建筑质量很好,宽敞明亮,煮饭休息都很方便,地面墙壁,色调高雅。内装修都是普医生自己选择的。普医生是彝族人,但受了中西文化的熏陶,趣味不俗。

从普医生家出来,由右边小区蹿出了三条狗,都是京叭。头一条最小,是条纯黑的狗,毛色发亮,黑得像是精煤。另两条都是黄白相间的,都胖嘟嘟的。三条狗快快活活地奔跑着,不时停步回头,看看它们的女主人是不是来了,认准了女主人就在不远的后面,便又踏踏踏踏地小步飞跑起来。

我问厂里一个男工:"工人养狗的多吗?"——"多!下班之后,都出来遛狗!"

养狗,一要有钱。狗要吃猪肝,要吃牛肉。二要有闲工夫,要抱它,要跟它玩,让它舔,亲。

工人养狗,这说明什么?这说明烟厂兴旺,工人富裕了。我没有数字观念,对玉烟的产值、利税,工人的工资福利,全都记不住。但我有形象观念,我觉得工人遛狗,很能"说明问题"。

我忽然想起契诃夫的小说《带狗的女人》。当然,中国的女工和俄罗斯的淑女完全不同,但是我觉得中国的女工会逐渐形成像契诃夫笔下的少妇的那份优雅。

两 点 建 议

一、建一座烟草博物馆。茶、酒都是一种文化,烟也应该算是文化。茶有博物馆,杭州西湖的茶博物馆规模相当大,有研究茶的历史、种植和品茶的专家。酒有没有博物馆,未详,想当有。烟也应该有博物馆。有文献,有实物。中国的吸烟大概从明朝开始,关于水烟旱烟的文字资料不多,但在笔记、通俗演义小说中可以搜罗到一些。关于鼻烟,清代就有一些专著,如赵之谦的鼻烟谱,是不难找到的。实物有烟叶、烟具。重要的卷烟、旱烟、四川的金堂叶子、鄂温克人的香蒿熏烟、兰州的皮丝烟……都可陈列。烟具有多种。旱烟袋、水烟袋、云南的烟筒……现在虽然少了,但搜集起来不难。有关外国的资料也可以陈列一些,如哈瓦那的雪茄、土耳其人吸用的长管烟壶、黑人的嚼烟……

设立烟草博物馆可以培养职工对于烟的知识和感情,更重要的是可以增加一点玉溪烟厂的文化色彩。有远客来,可以作为玉烟的一个景点。这花不了多少钱,这点开销在玉烟实在算不了什么。

二、办一所烟草科技学校。可聘请烟草研究专家讲授有关的理论、知识,请有经验的老工人传授制烟工艺。这样可以充实本厂技工后备力量,还可以向其他烟厂输出人才。厂里已建了一所规模宏大的科技楼,师资、校舍都容易解决。企业办校,也是振兴教育的一条途径。玉烟厂领导以为如何?

1954

诗 谶

今年夏天曾为褚时健同志画过一张画,画相当大,是一张四尺宣纸横幅,画的是紫藤,酣畅饱满。一边留有余地,题了一首诗:

璎珞随风一院香,

紫云到地日偏长。

倘能许我闲闲坐,

不作天南烟草王。

原意是觉得褚的工作生活过于紧张,画博一笑,希望他活得轻松一点。一时戏言,不料竟成谶语。

很想和褚时健同志见一面,哪怕只是招招手,笑一笑。然而竟无此缘。参观了高大敞亮的、世界一流的关索坝车间、卷烟的各道工序、崭新的工人住宅区、一尘不染的科技大楼,觉得处处有他的影子,回荡着他的豪迈的声音。在电视纪录片中,听到他说:"企业办好了,我就高兴!"这是一句多么朴素,然而是多么深感情的话呀!

回红塔大酒店,撕下一张记录电话的纸,疾书了四句诗:

大刀阔斧十余年,

一柱南天岂等闲!

自古英雄多自用,

故人何处讯平安?

一九九七年一月十六日　北京

注　释

① 本篇原载《当代》2015 年第六期。

梨园古道①

郝 寿 臣

郝寿臣被任命为北京市戏校校长,就任那天,要和学生讲话,由我书写一个讲稿,大意谓:旧社会艺人很苦,戏班不养老,不养小,有人一辈子挣大钱,临了却冻饿而死,倒卧街头,现在你们有这样好的条件,这样好的教室,这样好的宿舍,练功有地毯,教戏有那么好的老师,你们应该感谢党,好好练功,好好学戏。郝老讲到这儿,情绪激动,把讲稿举起,一手指着讲稿,说:"他说得真对呀!"台下学生噗哧一声,都笑了。

赞曰:

人代立言,
已不居功,
老老实实,
古道可风。

姜 妙 香

姜妙香人称姜圣人。

在北京,有一天晚上,姜先生赶了两包②坐洋车回家。冬天,洋车上遮了棉帘子。到西琉璃厂,黑影里蹿出一个人来,对拉车的喝叫一声:"停!"洋车停了,又向车里喝了一声:"下来!"姜先生下车。"把身上的钱都拿出来!"姜妙香从怀里掏出两个纸包,说:"这是我今天挣的戏份③。这一包是长安的,这一包是华乐的,您点点。"

另一次,在上海,姜先生遇见了"抄靶子(即劫道)"的,"站住!——把身浪厢值钱个物事才拿出来!④"姜先生把东西都交了出来,"抄靶子"的走了,姜先生在后面叫他:"回来回来!"——"……?"——"我这儿还有一块表,你要不要?"

事后,他的学生问他:"姜先生,您真是! 他都走了,你还叫他回来,您这是干什么!"姜先生说:"他也不容易呀!"

赞曰:

> 时时处处,
>
> 为人着想。
>
> 如此古风,
>
> 谁能摹仿?

萧 长 华

萧先生从不坐车,到哪里都是地下走。年轻时到颐和园当差,也都是走了去,走回来。他的儿子萧盛轩有一次坐了洋车回家,一看老爷子在前面走,赶快叫洋车停下。"还没有到呢!""给你钱,给你钱!"他自奉甚薄。到了儿子家,问"今儿吃什么?"——"芝麻酱拌面,浇点花椒油。"——"芝麻酱拌面,还要浇花椒油哇?"到天津演戏,自己开伙。一棵白菜,一切四瓣,一顿吃一瓣。他不是吝啬,有时花钱很大方。他买了块"义地",以安葬孤苦艺人。有演员的老人死了,办不了后事,到萧先生家磕一个头。"你估摸着得多少钱才能把事办了?"来人说了得多少,萧先生当即取钥匙开柜门,把钱如数给他。三反五反时,一个演员成了"老虎",在台上被斗得不可开交,非得叫他承认贪污了一个很大的数目不可,他就是不承认,于是棍棒交加,口号迭起。萧先生见了不忍,在台下大声说:"×××,你就承认了得了,——这钱我给你拿!"

赞曰:

巡步当车，菜根可咬，

鹤发童颜，古心古貌。

赵 喇 嘛

赵喇嘛给谭富英拉过胡琴，他拉胡琴有个特点：他是个左撇子，拉琴时左手执弓，右手摁弦。他不识字。解放初期，剧团组学习，学文化，学政治，各团都有辅导员。有一天，辅导员讲："列宁说过……"赵喇嘛问："列宁是谁？唱什么的？"——"列宁不是唱戏的。"——"不是唱戏的，那咱不知道！"

赞曰：

列宁虽大，于我何有！

卤煮小肠，天福酱肘。

贯 盛 吉

贯盛吉的念白很特别，一句的前几个字高念，越往下念得越低，最后像是很不情愿似的嘟囔了。这样高起低收的念白，人称"贯派"。他的表演有一种冷隽的美，程砚秋说他是"冷面小丑"，内行谓之"绷着脸儿逗"。他有严重的心脏病，家里早给他准备下寿衣了。有一天，他叫拿出来，穿上。拿镜子照照，说："就这德性呀？"他让家里请了和尚，在他床前放焰口，说："活着听焰口，你们谁干过？"有一天，他的病急剧发作，家里忙着准备后事了，他说："你们别忙活，今儿我不走，外头下雨，我没有伞。"

赞曰：

无伞不走，拿死开逗。

妙法莲华，玲珑剔透。

一九九七年一月二十日

1958

注 释

① 本篇原载《南方周末》"四时佳兴"栏目,其中"郝寿臣"、"姜妙香"以《梨园古道》为题刊于 1997 年 3 月 14 日,"萧长华"、"赵喇嘛"以《梨园古道(续)》为题于 1997 年 6 月 20 日刊登,"贯盛吉"以《梨园古道(之三)》为题于 1997 年 7 月 11 日刊登。"郝寿臣"、"姜妙香"又以《梨园古道——郝寿臣、姜妙香、谭富英》为题初收《去年属马》,北京燕山出版社,1997 年 8 月。

② 一个晚上在两个以上剧场参加演出,谓之"赶包"。

③ 以前唱戏,都是当晚分发应得的报酬,即"戏份"。

④ 这是上海话,译为普通话,即:"把身上值钱的东西都拿出来。"

《日下集》题记①

京味和京派是两回事，两个不同的概念。京派是一个松散的群体，并没有共同的纲领性的宣言。但一提京派，大家有一种比较模糊的共识，就是这样一群作家有其近似的追求，都比较注重作品的思想。即都有一点人道主义。而被称或自称"京味"的作家则比较缺乏思想，缺少人道主义。

我算是"京味"作家么？

《天鹅之死》把天鹅和跳"天鹅之死"的芭蕾演员两条线交错进行，这是现代派的写法。这不像"京味"。《窥浴》是一首现代抒情诗。就是大体上是现实主义的小说《八月骄阳》，里面也有这样的词句：

> 粉蝶儿、黄蝴蝶乱飞。忽上，忽下。忽起，忽落。黄蝴蝶，白蝴蝶；白蝴蝶，黄蝴蝶……

用蝴蝶的上下纷飞写老舍的起伏不定的思绪，这大概可以说是"意象现实主义"。

我这样做是有意的。

我对现代主义比对"京味"要重视得多。因为现代主义是现代的，而一味追求京味，就会导致陈旧，导致油腔滑调，导致对生活的不严肃，导致玩世不恭。一味只追求京味，就会使作家失去对生活的沉重感和潜藏的悲愤。

本集有不少篇是写京剧界的人和事的。京剧界是北京特有的一个社会。京剧界自称为"梨园行"、"内行"，而将京剧界以外的都称为"外行"。有说了儿媳妇的，有老亲问起姑娘家是干什么的，老太太往往说："是外行"。这里的"外行"不是说不懂艺术，只是说是梨园行以外的人家,并无褒贬之意。梨园行内的人,大都沾亲带故,三叔二大爷,都论得上。他们有特殊的风俗,特殊的语言。如称票友为"丸子",说玩笑开过分了叫"前了"……"梨园行"自然也和别的行一样,鱼龙混杂,贤愚不等。有姜妙香那样的姜圣人,肖老(长华)那样乐于助人而自奉甚薄的好人,有"好角儿",也有"苦哈哈"、"底帏子"。从俯视的角度看来,梨园行的文化素质大都不高。这样低俗的文化素质是怎样形成的?如《讲用》里的郝有才,《去年属马》里的夏构丕,他们是那样可笑,又那样的可悲悯,这应该由谁负责? 由谁来医治?

梨园行是北京的一个重要的组成部分。可以说没有梨园行就没有北京,也没有"京味"。我希望写京味文学的作家能写写梨园行。但是要探索他们的精神世界,不要只是写一点悲欢离合的故事。希望能出一两个写梨园行的狄更斯。

一九九七年二月十三日

注　释

① 本篇原载 1997 年 4 月 24 日《北京晚报》;初收《去年属马》,北京燕山出版社,1997 年 8 月;该书原定名为《日下集》,出版时更名为《去年属马》。

潘天寿的倔脾气^①

潘天寿曾到北京开画展,《光明日报》出了一版特刊,刊头由康生题了两行字:

> 画师魁首
>
> 艺苑班头

这使得很多画家不服。

过了几年,"文革"开始,"金棍子"姚文元对潘天寿进行了大批判,称之为"反革命画家"。

康生和姚文元都是"无产阶级司令部"管意识形态的,一前一后,对潘天寿的评价竟然如此悬殊,实在令人难解。康生后来有没有改口,没听说,不过此人善于翻云覆雨,对他说过的话常会赖账,姑且不去管他。姚文元只凭一个画家的画就定人为"反革命",下手实在太狠了。姚文元的批判文章很长,不能悉记,只约略记得说从潘天寿的画来看,他对现实不满,对新社会有刻骨的仇恨等等。

姚文元的话不是一点"道理"没有,潘天寿很少画过歌功颂德的画(偶尔也有,如《运粮图》)。他的画有些是"有情绪"的,他用笔很硬,构图也常反常规,他的名作《雁荡山花》用平行构图,各种山花,排队似的站着,不欹侧取势;用墨也一律是浓墨勾勒,不以浓淡分远近,这些都是画家之大忌。山花茎叶瘦硬,真是"山花",是在少雨露、多沙砾的恶劣环境的石缝中挣扎出来的。然而这些花还是火一样、靛一样使劲地开着,显出顽强坚挺的生命力,这样的山花使一些人得到鼓舞,也使一些人觉得不舒服,——如姚文元。

潘天寿画鸟有个特点。一般画鸟,鸟的头大都是朝着画里,对娇艳的花叶流露出欣喜和感激;潘天寿的鸟都是眼朝画外,似乎愤愤不平,对画里的花花世界不屑一顾。

在展览会上见过他的一幅雏鸡图,题曰"××农场所见"。这是一只半大的雏公鸡,背身,羽毛未丰,肌肉鼓突,一只腿上拖了一只烂草鞋。看了,使人感到这一只小公鸡非常别扭。说潘天寿此画是有感而发,感同身受,我想这不为过分。

姚文元对这样的画恨之入骨,必欲置潘天寿于死地,说明这个既残忍又懦弱的阴谋家还是敏感的。

问题是在画里略抒愤懑,稍发不平之气,可以不可以?

不要使画家都变成如意馆的待诏。[2]

注　释

① 本篇原载 1997 年 2 月 14 日《南方周末》"四时佳兴"专栏;初收《汪曾祺全集》第六卷,北京师范大学出版社,1998 年 8 月。

② 清代御用画家的一种名称。

《旅食与文化》题记①

"旅食"作为词语始见于杜甫诗。杜甫《奉赠韦左丞丈二十二韵》:

......

> 骑驴十三载,
>
> 旅食京华春。
>
> 朝扣富儿门,
>
> 暮随肥马尘。
>
> 残杯与冷炙,
>
> 到处潜悲辛。

我没有杜甫那样的悲辛,这里的"旅食"只是说旅行和吃食。

我是喜欢旅行的,但是近年脚力渐渐不济。人老先从腿上老。六十岁时就有年轻人说我走路提不起脚后跟。七十岁生日作诗抒怀,有句云:

> 悠悠七十犹耽酒,
>
> 唯觉登山步履迟。

七十以后有相邀至外边走走,我即声明:"遇山而止,逢高不上"了。前年重到雁荡,我就不能再登观音阁,只是在山下平地上看看,走走。即使司马光的见道之言:"登山品有道,徐行则不蹶"也不能奉行。甚矣吾衰也!岁数不饶人,不服老是不行的。

老了,胃口就差。有人说装了假牙,吃东西就不香了。有人不以为然,说:好吃不好吃,决定于舌上的味蕾,与牙无关。但是剥食螃蟹,咔嚓一声咬下半个心里美萝卜,总不那么利落,那么痛快了。虽然前几年在福建云霄吃血蚶,我还是兴致勃勃,吃了的空壳在面前堆成一座小山,但这样时候不多矣。因为这里那里有点故障,医生就嘱咐这也不许吃、那也不许吃,立了很多戒律。肝不好,白酒已经戒断。胆不好,不让吃油炸的东西。前几月做了一次"食道照影",坏了! 食道有一小静脉曲张,医生命令不许吃硬东西,怕碰破曲张部分流血,连烙饼也不能吃,吃苹果要搅碎成糜。这可怎么活呢? 不过,幸好还有"世界第一"的豆腐,我还是能鼓捣出一桌豆腐席来的,不怕!

舍伍德·安德生的《小城畸人》记一老作家,"他的躯体是老了,不再有多大用处了,但他身体内有些东西却是全然年轻的"。我希望我能像这位老作家,童心常绿。我还写一点东西,还能陆陆续续地写更多的东西,这本《旅食与文化》会逐年加进一点东西。

活着多好呀。我写这些文章的目的也就是使人觉得:活着多好呀!

一九九七年二月二十日

注　释

① 本篇原载《旅食与文化》,广东旅游出版社,1997 年 9 月。

谭富英佚事[①]

谭富英有时很"逗",有意见不说,却用行动表示。他嫌谭小培给他的零花钱太少了,走到父亲跟前,摔了个硬抢背。谭小培明白,富英的意思是说:你给我的钱太少,我就摔你的儿子!五爷(谭小培行五,梨园行都称之为五爷)连忙说:"哎呀儿子!有话你说!有话说!别这样!"梨园行都说谭小培是个"有福之人"。谭鑫培活着时,他花老爷子的钱;老爷子死了,儿子富英唱红了,他把富英挣的钱全管起来,每月只给富英有数的零花。富英这一抢背,使他觉得对儿子剋扣得太紧,是得给长长份儿。

有一年,在哈尔滨唱。第二天谭富英要唱的是重头戏,心里有负担,早早就上了床,可老睡不着。同去的有裘盛戎。他第二天的戏是一出"歇工戏"。盛戎晚上弄了好些人在屋里吃涮羊肉,猜拳对酒,喊叫喧哗,闹到半夜。谭富英这个烦呀!他站到当院唱了一句倒板:"听谯楼打九更……""打九更"?大伙一愣,盛戎明白,意思是都这会儿了,你们还这么吵嚷!忙说:"谭团长有意见了,咱们小点儿声,小点儿声!"

有一个演员,练功不使劲,谭富英看了摇头。这个演员说:"我老了,翻不动了!"谭富英说:"对!人生三十古来稀,你是老了!"

谭富英一辈子没少挣钱,但是生活清简。一天就是蜷在沙发里看书,看历史(据说他能把二十四史看下来,恐不可靠),看困了就打个盹,醒来接着再看,一天不离开他那张沙发。他爱吃油炸的东西,炸油条、炸油饼、炸卷果,都欢喜(谭富英不说"喜欢",而说"欢喜")。爱吃鸡蛋,炒鸡蛋、煎荷包蛋、煮鸡蛋,都行。抗美援朝时,他到过朝鲜,部队首长问他们生活上有什么要求?他说想吃一碗蛋炒饭。那时朝鲜没有鸡蛋,部队派吉普车冒着炮火开车到丹东,才弄到几个鸡蛋。为此,有人在"文革"中又提起这事。谭富英跟我小声说:"我哪儿知道几个鸡蛋要冒这样的危险呀!知道,我就不吃了!"谭富英有个"三不主义":不娶小、不收徒、不做官。他的为人,梨园行都知道。反党野心家江青对此也了解,但在"文革"中,她却要谭富英退党(谭富英是老党员了)。江青劝退,能够不退吗?谭富英把退党是很当回事的。他生性平和恬淡,宠辱不惊,那一阵可变得少言寡语,闷闷不乐,很久很久,都没有缓过来。

谭富英病重住院。他原有心脏病,这回大概还有其他病并发,已经报了"病危",服药注射,都不见效。谭富英知道给他开的都是进口药,很贵,就对医生说:"这药留给别人用吧!我用不着了!"终于与世长辞,死得很安静。

赞曰:

生老病死,全无所谓。

抱恨终生,无端"劝退"。

注 释

① 本篇原载 1997 年 3 月 5 日《北京晚报》,又加副题"梨园古道之四"载于 1997 年 8 月 8 日《南方周末》"四时佳兴"专栏;以《梨园古道——郝寿臣、姜妙香、谭富英》为题,初收《去年属马》,北京燕山出版社,1997 年 8 月。

才子赵树理[①]

赵树理是个高个子。长脸。眉眼也细长。看人看事,常常微笑。

他是个农村才子。有时赶集,他一个人能唱一台戏。口念锣鼓,拉过门,走身段,夹白带做还误不了唱。他是长治人,唱的当然是上党梆子。他在单位晚会上曾表演过。下班后他常一个人坐在传达室里,用两个指头当鼓筒,敲打锣鼓,如醉如痴,非常"投入"。严文井说赵树理五音不全。其实赵树理的音准是好的,恐怕倒是严文井有点五音不全,听不准。不过是他的高亢的上党腔实在有点吃他不消?他爱"起霸",也是揸手舞脚,看过北京的武生起霸,再看赵树理的,觉得有点像螳螂。

他能弹三弦,不常弹。他会刻图章,我没有见过。他的字写得很好,是我见过的作家字里最好的,他的小说《金字》写的大概是他自己的真事。字是欧字底子,结体稍长,字如其人。他的稿子非常干净,极少涂改。他写稿大概不起草。我曾见过他的底稿,只是一些人物名姓,东一个西一个,姓名之间牵出一些细线,这便是原稿了,考虑成熟,一气呵成。赵树理衣着不讲究,但对写稿有洁癖。他痛恨人把他文章中的"你"字改成"妳"字(有一个时期有些人爱写"妳"字,这是一种时髦),说:"当面说话,第二人称,为什么要分性别?——'妳'也不读'你'!"他在一篇稿子的页边批了一行字:"排版校对同志请注意,文内所有'你'字,一律不准改为'妳',否则要负法律责任。"这篇稿子是经我手发的,故记得很清楚。

赵树理是《说说唱唱》副主编,实际上是执行主编。他是负责发稿的。有时没有好稿,稿发不出,他就从编辑部抱了一堆稿子回屋里去看,不好,就丢在一边,弄得一地都是废稿。有时忽然发现一篇好稿,就欣喜若狂。他说这种编辑方法是"绝处逢生"。陈登科的《活人塘》就是这样发现的。这篇作品能够发表也真有些偶然,因为稿子有许多空缺的字和陈登科自造的字,有一个"馬"字,大家都猜不出,后来是康濯猜出来了,是"趴",馬(马的繁体字)没有四条腿,可不是趴下了?写信去问陈登科,果然!

有时实在没有好稿,康濯就说:"老赵,你自己来一篇吧!"赵树理关上门,写出了一篇名著《登记》(即《罗汉钱》)。

赵树理吃食很随便,随便看到路边的一个小饭摊,坐下来就吃。后来是胡乔木同志跟他说:"你这么乱吃,不安全,也不卫生。"他才有点选择。他爱喝酒。每天晚上要到霞公府间壁一条胡同的馄饨摊上,来二三两酒,一碟猪头肉,吃两个芝麻烧饼,喝一碗馄饨。他和老舍感情很好。每年老舍要在家里请市文联的干部两次客,一次是菊花开的时候,赏菊;一次是腊月二十三,老舍的生日。赵树理必到,喝酒,划拳。老赵划拳与众不同,两只手出拳,左右开弓,一会儿用左手,一会儿用右手。老舍摸不清老赵的拳路,常常败北。

赵树理很有幽默感。赵树理的幽默和老舍的幽默不同。老舍的幽默是市民式的幽默,赵树理的幽默是农民式的幽默。他常常想到一点什么事,独自咕咕地笑起来,谁也不知道他笑的什么。他爱给他的小说里的人起外号:翻得高、糊涂涂(均见《三里湾》)……他写的散文中有一个国民党小军官爱训话,训话中爱用"所以",而把"所以"联读成为"水",于是农民听起来很奇怪:他干嘛老说"水"呀?他写的"催租吏"为了"显派",戴了一副红玻璃的眼镜,眼镜度数不对,他就这样深一脚浅一脚地在农村的土路上走。

他抨击时事,也往往以幽默的语言出之。有一个时期,很多作品对农村情况多粉饰夸张,他回乡住了一阵,回来作报告,说农村情况不像许多作品那样好,农民还很苦,城乡差别还很大,说,我这块表,在农村可以买五头毛驴,这是块"五驴表!"他因此受到批评。

赵树理的小说有其独特的抒情诗意。他善于写农村的爱情,农村的女性,她们都很美,小飞蛾(《登记》)是这样,小芹(《小二黑结婚》)也是这样,甚至三仙姑(《小二黑结婚》)也是这样。这些,当然有赵树理自己的感情生活的忆念,是赵树理的初恋感情的折射。但是赵树理对爱情的态度是纯真的,圣洁的。

××市文联有一个干部×××是一个一贯专搞男女关系的淫棍。他的乱搞简直到了不可想象的地步。他很注意保养,每天喝一大碗牛奶。看传达室的老田在他的背后说:"你还喝牛奶,你每天吃一条牛也不顶!"×××和一个女的胡搞,用赵树理的大衣垫在下面,把赵树理的一件貂皮领子礼服呢面的狐皮大衣也弄脏了。赵树理气极了,拿了这件大衣去找文联副主席李伯钊,说:"这是怎么回事!"事隔多日,老赵调回山西,大家送他出门,老赵和大家一一握手。×××也来了,老赵趴在地下给×××磕了一个头,说:"×××我可不跟你在一起了!"

注 释

① 本篇原载 1997 年 5 月 9 日《南方周末》"四时佳兴"专栏;初收《汪曾祺全集》第六卷,北京师范大学出版社,1998 年 8 月。

面　茶[①]

面茶和茶汤是两回事，虽然原料可能是一样的，都是糜子面。茶汤是把糜子面炒熟，放在碗里，从烧得滚开的大铜壶嘴里倒出开水，浇在碗里，即得。卖茶汤的"茶汤李"、"茶汤陈"……的摊子上都有一把很大的紫铜大壶，擦得锃亮，即"茶汤壶"。有的铜壶嘴是龙头的，龙头上还缀了两个鲜红的小绒球，称为"龙嘴大茶汤壶"。大茶汤壶常是传了几代的，制作精工，是摊主的骄傲。茶汤有什么好吃？有点糜子香，如此而已。有的在茶汤里加了核桃仁、青梅、葡萄干、青红丝……称为"八宝茶汤"，也只是如此而已。北京人、天津人爱喝茶汤，我对他们的感情不能理解，只能说这是一种文化积淀。面茶是糊糊状的，颜色嫩黄，盛满一碗，洒芝麻盐，以手托碗，转着圈儿喝，——会喝面茶的不使勺筷，都是转着碗喝。这东西有什么好喝的？有一点芝麻盐的香味，如此而已。熬面茶的锅也是铜锅，也都是擦得锃亮的。这种锅就叫做"面茶锅"。

面茶锅里是不能煮什么别的东西的，但是北京人却于想象中在面茶锅里煮各种东西。

"面茶锅里煮元宵，——混蛋。"

我在昆明时曾在一中学教书，这中学是西南联大同学办的，主持校务的是两个同学，他们自任为校长和教导主任。教员也都是联大同学。学校无经费，学期开始时收的一点学生交的学费，很快就叫他们折腾光了，教员的薪水发不出。他们二位四处活动，仍是没有办法，只能弄到一点买米的钱，能使教员开出饭来。菜，实在对不起，于是我们就挖野菜——灰菜、野苋菜、扫帚苗……用一点油滑锅，哗啦一声把野菜倒在锅里，半生不熟，即以就饭。有时他们说是有办法了，等他们进城活动

1971

活动,回来就可以发一点钱。不料回来时依旧两手空空。教员生气了,骂他们是混蛋,是面茶锅里煮的球:一个是"面茶锅里煮铁球,——混蛋到底带砸锅";一个是"面茶锅里煮皮球,——说你混蛋你还一肚子气"!当然面茶锅里是不能煮球的,不论是皮球还是铁球,教员们不过是于无可奈何之中用此形象的语言以泄愤耳。

如果单说"面茶",不煮什么东西,意思是糊涂。

"文化大革命"来了,谁都不知道是怎么回事。剧团尤其是这样。演员队党小组开会,有一个党员说外面有些单位已经夺权,咱们也应该夺权。他以为党委应该把权交出来,主动下台。另一党员,党小组组长,认为不对,指着主张夺权的党员的鼻子说:"群众面茶,你也面茶?!"其实他自己倒真面茶。他领导小组学习,读报,读到"美帝国主义陷于一片癫疮……"大家有些奇怪。拿过报纸看看,原来不是"一片癫疮",而是"一片瘫痪"。又有一次,他读毛主席诗词,把"战士指看南粤,更加郁郁葱葱"读成"更加悠悠忽忽"。

然而他是共产党员。

一九九七年三月七日

注　释

① 本篇原载 1997 年 9 月 5 日《南方周末》"四时佳兴"专栏;初收《汪曾祺全集》第六卷,北京师范大学出版社,1998 年 8 月。

花　溅　泪[①]

我很少看报纸而流泪，但读了《爱是一束花》，我的眼睛湿了。

我眼前影影绰绰看到一个42岁的中国的中年妇女的影子，一个平常的、善良而美丽的灵魂。她忍让宽容地对待生活，从不抱怨，从不倾诉。但是多么让人不平啊：摆不出做女孩的娇羞，扮不出当女工的美丽，为住房奔走了十几年，没有过做女人的恬静和迷人……命运不曾让她舒舒心心地做一回女人，就剥夺了她做一个完整的女人的机会，——她得了乳腺癌，就要动手术。这种悲痛只有做女人的才能感受得到。这太不公平！

姐儿仨的姊妹之情是很感人的。妹没有嚎啕大哭，姐和小妹也没有泣不成声，倒是姐给妹唱了一支歌，"七个调唱走了六个半"，妹破涕为笑了。

姐把妹送进手术室，在冰天雪地中为妹买了一束妹从来没有接受过的鲜花，踏着积雪归来。

我不知道车军是谁，似乎不是个作家，这篇文章也并没有当一个文学作品来写，只是随笔写去，然而至情流露，自然成文。

作者似乎没有考虑怎样结构，然而这种朴素自然的结构是最好的结构。

结尾也极好：

> 我呢，则和小妹互相依偎着，静静地，等着你醒来。

这是真实的、美的。

读了这样的散文（应该是一篇散文了），会使人恺悌之情，油然而生。

1973

谢谢你,车军!

一九九七年三月七日

注　释

① 本篇原载 1997 年 3 月 19 日《北京日报》。是作者读过北京女工车军的散文《爱是一束花》(1997 年 3 月 7 日《北京日报》)后所写的评论。同期刊载的还有受汪曾祺邀约的邵燕祥、林斤澜为该文撰写的评论文章;初收《汪曾祺全集》第六卷,北京师范大学出版社,1998 年 8 月。

唐立厂先生[①]

　　唐立厂先生名兰，"立厂"是兰的反切。离名之反切为字，西南联大教授中有好几位。如王力——了一。这大概也是一时风气。

　　唐先生没有读过正式的大学，只在唐文治办的无锡国学馆读过，但因为他的文章为王国维、罗振玉所欣赏，一夜之间，名满京师。王国维称他为"青年文字学家"。王国维岂是随便"逢人说项"者乎？这样，他年轻轻地就在北京、辽宁（唐先生谓之奉天）等大学教了书。他在西南联大时已经是教授。他讲"说文解字"时，有几位已经很有名的教授都规规矩矩坐在教室里听。西南联大有这样一个好学风：你有学问，我就听你的课，不觉得这有什么丢人。唐先生对金文甲骨都有很深的研究。尤其是甲骨文。当时治甲骨文的学者号称有"四堂"：观堂（王国维）、雪堂（罗振玉）、彦堂（董作宾）、鼎堂（郭沫若），其实应该加上一厂（唐立厂）。难得的是他治学无门户之见。郭沫若研究古文字是自学，无师承，有些右派学者看不起他，唐立厂独不然，他对郭沫若很推崇，在一篇文章中说过："鼎堂导夫先路"，把郭置于诸家之前。他提起郭沫若总是读其本字"郭沫若"，沫音妹，不读泡沫的沫。唐先生是无锡人，说话用吴语，"郭"、"若"都是入声，听起来有一种特殊的味道，让人觉得亲切。唐先生说诸家治古文字是手工业，一个字一个字地认，他是小机器工业。他认出一个"斤"字，于是凡带斤字偏旁的字便都迎刃而解，一认一大批。在当时认古文字数量最多的应推唐立厂。

　　唐先生兴趣甚广，于学无所不窥。有一年教词选的教授休假，他自告奋勇，开了词选课。他的教词选实在有点特别。他主要讲《花间集》，《花间集》以下不讲。其实他讲词并不讲，只是打起无锡腔，把这首词高声吟唱一遍，然后加一句短到不能再短的评语。

"双鬓隔香红啊，

玉钗头上风。"

——好！真好！

这首词就算讲完了。学生听懂了没有？听懂了！从他的做梦一样的声音神情中，体会到了温飞卿此词之美了。讲是不讲，不讲是讲。

唐先生脑袋稍大，一年只理两次发，头发很长，他又是个鬈发，从后面看像一只狻猊，——就是卢沟桥上的石狮子，也即是耍狮子舞的那种狮子，不是非洲狮子。他有一阵住在大观楼附近的乡下。请了一个本地的女孩子照料生活，洗洗衣裳，做饭。唐先生爱吃干巴菌，女孩子常给他炒青辣椒干巴菌。有时请几个学生上家里吃饭，必有这一道菜。

唐先生有过一段 Romance，他和照料他生活的女孩子有了感情，为她写了好些首词。他也并不讳言，反而抄出来请中文系的教授、讲师传看。都是"花间体"。据我们系主任罗常培说："写得很艳！"

唐先生说话无拘束，想到什么就说。有一次在系办公室说起闻一多、罗膺中（庸），这是两个中文系上课最"叫座"的教授。闻先生教楚辞、唐诗、古代神话，罗先生讲杜诗。他们上课，教室里座无虚席，有一些工学院学生会从拓东路到大西门，穿过整个昆明城赶来听课。唐立厂当着系里很多教员、助教，大声评论他们二位："闻一多集穿凿附会之大成；罗膺中集啰唆之大成！"他的无锡语音使他的评论更富力度。教员、助教互相看看，不赞一词。"处世无奇但率真"，唐立厂先生是一个胸无渣滓的率真的人。他的评论并无恶意，也绝无"打击别人，抬高自己"的用心。他没有想到这句话传到闻先生、罗先生耳中会不会使他们生气。也没有无聊的人会搬弄是非，传小话。即使闻先生、罗先生听到，也不会生气的。西南联大就是这样一所大学，这样的一种学风：宽容、坦荡、率真。

一九九七年三月十一日

注　释

① 本篇原载 1997 年 8 月 15 日《安徽青年报》,又载 1997 年 9 月 19 日《南方周末》"四时佳兴"专栏;初收《汪曾祺全集》第六卷,北京师范大学出版社,1998 年 8 月。"厂"读"庵"(an)。

闻一多先生上课①

　　闻先生性格强烈坚毅。日寇南侵,清华、北大、南开合成临时大学,在长沙少驻,后改为西南联合大学,将往云南。一部分师生组成步行团,闻先生参加步行,万里长征,他把胡子留了起来,声言:抗战不胜,誓不剃须。他的胡子只有下巴上有,是所谓"山羊胡子",而上髭浓黑,近似一字。他的嘴唇稍薄微扁,目光灼灼。有一张闻先生的木刻像,回头侧身,口衔烟斗,用炽热而又严冷的目光审视着现实,很能表达闻先生的内心世界。

　　联大到云南后,先在蒙自呆了一年。闻先生还在专心治学,把自己整天关在图书馆里。图书馆在楼上。那时不少教授爱起斋名,如朱自清先生的斋名叫"贤于博弈斋",魏建功先生的书斋叫"学无不暇簃",有一位教授戏赠闻先生一个斋主的名称:"何妨一下楼主人"。因为闻先生总不下楼。

　　西南联大校舍安排停当,学校即迁至昆明。

　　我在读西南联大时,闻先生先后开过三门课:楚辞、唐诗、古代神话。

　　楚辞班人不多。闻先生点燃烟斗,我们能抽烟也点着了烟(闻先生的课可以抽烟的),闻先生打开笔记,开讲:"痛饮酒,熟读《离骚》,乃可以为名士。"闻先生的笔记本很大,长一尺有半,宽近一尺,是写在特制的毛边纸稿纸上的。字是正楷,字体略长,一笔不苟。他写字有一特点,是爱用秃笔。别人用过的废笔,他都收集起来。秃笔写篆楷蝇头小字,真是一个功夫。我跟闻先生读一年楚辞,真读懂的只有两句"嫋嫋兮秋风,洞庭波兮木叶下"。也许还可加上几句:"成礼兮会鼓,传葩兮代舞,春兰兮秋菊,长毋绝兮终古。"

闻先生教古代神话，非常"叫座"。不单是中文系的、文学院的学生来听讲，连理学院、工学院的同学也来听。工学院在拓东路、文学院在大西门，听一堂课得穿过整整一座昆明城。闻先生讲课"图文并茂"。他用整张的毛边纸墨画出伏羲、女娲的各种画像，用按钉钉在黑板上，口讲指画，有声有色，条理严密，文采斐然，高低抑扬，引人入胜。闻先生是一个好演员。伏羲女娲，本来是相当枯燥的课题，但听闻先生讲课让人感到一种美，思想的美，逻辑的美，才华的美。听这样的课，穿一座城，也值得。

　　能够像闻先生那样讲唐诗的，并世无第二人。他也讲初唐四杰、大历十才子、《河岳英灵集》，但是讲得最多，也讲得最好的，是晚唐。他把晚唐诗和后期印象派的画联系起来。讲李贺，同时讲到印象派里的 pointilism（点画派）。说点画看起来只是不同颜色的点，这些点似乎不相连属，但凝视之，则可感觉到点与点之间的内在联系。这样讲唐诗，必须本人既是诗人，也是画家，有谁能办到？闻先生讲唐诗的妙悟，应该记录下来。我是个大大咧咧的人，上课从不记笔记。听说比我高一班的同学郑临川记录了，而且整理成一本《闻一多论唐诗》，出版了，这是大好事。

　　我颇具歪才，善能胡诌，闻先生很欣赏我。我曾替一个比我低一班的同学代笔写了一篇关于李贺的读书报告，——西南联大一般课程都不考试，只于学期终了时交一篇读书报告即可给学分。闻先生看了这篇读书报告后，对那位同学说："你的报告写得很好，比汪曾祺写得还好！"其实我写李贺，只写了一点：别人的诗都是画在白底子上的画，李贺的诗是画在黑底子上的画，故颜色特别浓烈。这也是西南联大许多教授对学生鉴别的标准：不怕新，不怕怪，而不尚平庸，不喜欢人云亦云，只抄书，无创见。

一九九七年三月十二日

注　释

①　本篇原载 1997 年 5 月 30 日《南方周末》"四时佳兴"专栏；初收《汪曾祺全集》第六卷，北京师范大学出版社，1998 年 8 月。

"诗人"韩复榘①

山东关于韩复榘的故事甚多。最有名的是：

"蒋委员长提倡新生活,俺都赞成。就是'行人靠左走',那右边谁走呢?"

他游泰山,诗兴大发,口占一首,叫人笔录下来。诗曰:

远看泰山黑糊糊,

上边细来下边粗。

有朝一日倒过来,

下边细来上边粗。

这比"把汝裁为三截"气魄还大!

游趵突泉,品得一诗:

趵突泉,

泉趵突。

三个泉眼一般粗,

咕嘟咕嘟又咕嘟。

韩诗当用济南话读,才有味道。但其实韩复榘是河北霸县人,说话口音想也不是山东口音。然而山东人愿意叫他说山东话,您有啥办法?

韩复榘倒没有把他的诗刻在泰山上,韩在任期间曾经大修过泰山一次,竣工后,电令泰山各处:"嗣后除奉令准刊外,无论何人,不准题字、题诗。"他不在泰山刻诗,也许是以身作则。

当然,韩复榘的诗以及许多关于他的故事都是口头文学,不可信以为真。编造、流传有权势者的笑话,是老百姓反抗有权有势者之一法。

我希望山东能搜集韩复榘的故事,出一本《韩复榘全集》。

一九九七年三月十三日

注　释

① 本篇原载 1997 年 8 月 22 日《南方周末》"四时佳兴"专栏;初收《汪曾祺全集》第六卷,北京师范大学出版社,1998 年 8 月。

只可自怡悦,不堪持赠君①

我本来不赞成用"当代才子书"作为这一套书的总名,觉得这有点大言不惭、自我吹嘘的味道。野莽的主意已定,不想更改,只好由他摆布,即便引起某些人的侧目,也只好不说什么。

"才子"之名甚古,《左传·文公十八年》云"昔高阳氏有才子八人。"这里的"才子"指德才兼备之士。称有才的文士为"才子"始于唐朝。《新唐书·元稹传》:"稹尤长于诗,与白居易名相埒……宫中呼为'元才子'。"宋人称为才子者不多。元、明始盛行。最有代表性的是唐伯虎。"才子"往往与"风流"相连,多放浪形骸,不拘礼法,喜欢女人,亦为女人所喜欢,"才子"与"佳人"是"天生的好一对儿","才子佳人信有之",唐伯虎可称才子魁首,他不是点过秋香么?"才子书"大概是金圣叹兴起来的。他把他评点的书称为"才子书",从第一才子书直至第九才子书。他的选择是有具眼的。野莽编的这一套书称得起是"才子书"么?别人不知道,我是愧不敢当的。

这套书的编法有点特别,是除了文学作品外,还收入了作者们的字画,而作者又大都无官职。"三绝诗书画,一官归去来。"从这一点说,叫做"当代才子书"亦无不可。

我的字应该说还是有点功力的。我写过裴休的"圭峰定慧禅师碑"、颜真卿的《多宝塔》,写过相当长时期《张猛龙》、褚河南的《圣教序》。后来读了一些晋唐人法帖及宋四家的影印真迹。我有一个时期爱看米芾的字,觉得他的用笔虽是"臣书刷字",而结体善于"侵让",欹侧取势,姿媚横生。后来发现米字不宜多看,多看则易受影响,以至不能自拔。然而没有办法。到现在我的字还有米字的霸气。我并不喜欢黄山谷的字,而近年作字每多长撇大捺,近乎做作。我没有临过瘦金体,偶尔写对联,舒张处忽有瘦金书味道。一个人写过多种碑帖,下笔乃成大杂烩,中年书体较丰腴,晚年渐归枯硬,这说明我确实老了。

我学画无师承,我父亲是画家,但因为在高邮这么个小地方,见过的名家真迹较少,仅为"一方之士",很难说是大家。他作画时我总是站在一边看,受其熏陶,略知用笔间架。小时我倒是"以画名"的,高中以后,因为数理化功课紧,除了壁报上的刊头,就很少拈画笔了。大学,和以后教中学,极少画画,因无纸笔。再以后当编辑,没有人知道我会画几笔画。当右派以后我倒在一个农业科学研究所画了两套画页,《中国马铃薯图谱》和《口蘑图谱》!一直到文化大革命结束后,给我立了专案,让我交代和江青的关系,整天写检查,写了好些"车轱辘话"。长日无聊,我就买了一刀元书纸,作画消遣。不想被一位搞舞美的同志要去裱了,于是画名复振,一发不可收。我很同意齐白石所说:作画太似则为媚俗,不似则为欺世,因此所画花卉多半工半写。我画不了大写意,也不耐烦画工笔。我最喜欢的画家是徐青藤、陈白阳。我的画往好里说是有逸气,无常法。近年画用笔渐趋酣畅,布色时成鲜浓,说明我还没有老透,精力还饱满,是可欣喜也。我的画也正如我的小说散文一样,不今不古,不中不西。

关于我的散文、小说,已有不少人写过评论,故不及。

一九九七年三月十四日

注　释

① 本篇原载《当代作家》1997 年第三期;初收《中国当代才子书·汪曾祺卷》,是为自序,野莽主编,长江文艺出版社,1998 年 5 月。

炸弹和冰糖莲子①

　　我和郑智绵曾同住一个宿舍。我们的宿舍非常简陋,草顶、土墼墙;墙上开出一个一个方洞,安几根带皮的直立的木棍,便是窗户。睡的是双层木床,靠墙两边各放十张,一间宿舍可住四十人。我和郑智绵是邻居。我住三号床的下铺,他住五号床的上铺。他是广东人,他说的话我"识听唔识讲",我们很少交谈。他的脾气有些怪:一是痛恨京剧,二是不跑警报。

　　我那时爱唱京剧,而且唱的是青衣(我年轻时嗓子很好)。有爱唱京剧的同学带了胡琴到我的宿舍来,定了弦,拉了过门,我一张嘴,他就骂人:

　　"丢那妈! 猫叫!"

　　那二年日本飞机三天两头来轰炸,一有警报,联大同学大都"跑警报",从新校舍北门出去,到野地里呆着,各干各的事,晒太阳、整理笔记、谈恋爱……。直到"解除警报"拉响,才拍拍身上的草末,悠悠闲闲地往回走。"跑警报"有时时间相当长,得一两小时。郑智绵绝对不跑警报。他干什么呢? 他留下来煮冰糖莲子。

　　广东人爱吃甜食,郑智绵是其尤甚者。金碧路有一家广东人开的甜食店,卖绿豆沙、芝麻糊、番薯糖水……。番薯糖水有什么吃头? 然而郑智绵说"好嘢!"不过他最爱吃的是冰糖莲子。

　　西南联大新校舍大图书馆西边有一座烧开水的炉子。一有警报,没有人来打开水,炉子的火口就闲了下来,郑智绵就用一个很大的白搪瓷漱口缸来煮莲子。莲子不易烂,不过到解除警报响了,他的莲子也就煨得差不多了。

　　一天,日本飞机在新校舍扔了一枚炸弹,离开水炉不远,就在郑智绵身边。炸弹不大,不过炸弹带了尖锐哨音往下落,在土地上炸了一个坑,还是挺吓人的。然而郑智绵照样用汤匙搅他的冰糖莲子,神色不动。到他吃完了莲子,洗了漱口缸,才到弹坑旁边看了看,捡起一个弹片(弹片还烫手),骂了一声:

"丢那妈!"

一九九七年三月十八日

注　释

① 　本篇原载《汪曾祺全集》第六卷,北京师范大学出版社,1998 年 8 月。

猫①

我不喜欢猫。

我的祖父有一只大黑猫。这只猫很老了,老得懒得动,整天在屋里趴着。

从这只老猫我知道猫的一些习性:

猫念经。猫不知道为什么整天"念经",整天呜噜呜噜不停。这呜噜呜噜的声音不知是从哪里发出来的,怎么发出来的。不是从喉咙里,像是从肚子里发出的。呜噜呜噜……真是奇怪。别的动物没有这样不停地念经的。

猫洗脸。我小时洗脸很马虎,我的继母说我是猫洗脸。猫为什么要"洗脸"呢?

猫盖屎。北京人把做了见不得人的事想遮掩而又遮不住,叫"猫盖屎"。猫怎么知道拉了屎要盖起来的?谁教给它的?——母猫,猫的妈?

我的大伯父养了十几只猫。比较名贵的是玳瑁猫——有白、黄、黑色的斑块。如是狮子猫,即更名贵。其他的猫也都有品,如"铁棒打三桃",——白猫黑尾,身有三块桃形的黑斑;"雪里拖枪";黑猫、白猫、黄猫、狸猫……

我觉得不论叫什么名堂的猫,都不好看。

只有一次,在昆明,我看见过一只非常好看的小猫。

这家姓陈,是广东人。我有个同乡,姓朱,在轮船上结识了她们,母亲和女儿,攀谈起来。我这同乡爱和漂亮女人来往。她的女儿上小学了。女儿很喜欢我,爱跟我玩。母亲有一次在金碧路遇见我们,邀我们上她家喝咖啡。我们去了。这位母亲已经过了三十岁了,人很漂亮,身

1986

材高高的,腿很长。她看人眼睛眯眯的,有一种恍恍惚惚的成熟的美。她斜靠在长沙发的靠枕上,神态有点慵懒。在她脚边不远的地方,有一个绣墩,绣墩上一个墨绿色软缎圆垫上卧着一只小白猫。这猫真小,连头带尾只有五六寸,雪白的,白得像一团新雪。这猫也是懒懒的,不时睁开蓝眼睛顾盼一下,就又闭上了。屋里有一盆很大的素心兰,开得正好。好看的女人、小白猫、兰花的香味,这一切是一个梦境。

猫的最大的劣迹是交配时大张旗鼓地嚎叫。有的地方叫做"猫叫春",北京谓之"闹猫"。不知道是由于快感或痛感,郎猫女猫(这是北京人的说法,一般地方都叫公猫、母猫)一递一声,叫起来没完,其声凄厉,实在讨厌。鲁迅"仇猫",良有以也。有一老和尚为其叫声所扰,以至不能入定,乃作诗一首。诗曰:

> 春叫猫儿猫叫春,
> 看他越叫越来神。
> 老僧亦有猫儿意,
> 不敢人前叫一声。

一九九七年三月二十三日

注　释

① 本篇原载《汪曾祺全集》第六卷,北京师范大学出版社,1998 年 8 月。

林斤澜! 哈哈哈哈……[①]

　　林斤澜这个名字很怪。他原名庆澜,意思是庆祝河水安澜,大概生他那年他们家乡曾遭过一次水灾,后来水退了。不知从哪年,他自己改名"斤澜"。我跟他说过,"斤澜"没讲,他也说:没讲! 他们家的人名字都有点怪。夫人叫"古叶",女儿叫"布谷"。大概都是他给起的。斤澜好怪,好与众不同。他的《矮凳桥风情》里有三个女孩子,三姐妹叫笑翼、笑耳、笑杉。小城镇哪里会有这样的名字呢? 我捉摸了很久,才恍然大悟:原来只是小一、小二、小三。笑翼的妈妈给儿女起名字时不会起这样的怪名字的,这都是林斤澜搞的鬼。夏尚质,周尚文,林尚怪。林斤澜被称为"怪味胡豆",罪有应得。

　　斤澜曾患心脏病,三十岁就得过一次心肌梗死。后来又得过一次,但都活下来了。六十岁时他就说过他活得已经够了本,再活就是白饶。斤澜的身体不算好,但他不在乎。我这些年出外旅游,总是"逢高不上,遇山而止",斤澜则是有山就爬。他慢条斯理的,一步一步地走,还误不了看山看水,结果总是他头一个到山顶。一览众山小,笑看众头低。他应该节制饮食,但是他不,每有小聚,他都是谈笑风生,饮啖自若。不论是黄酒、白酒、葡萄酒、啤酒,全都招呼。最近有一次,他同时喝了三种酒。人常说酒喝杂了不好,斤澜说:"没事!"斤澜爱吃肉。"三天不吃肉就觉得难受。"他吃肉不讲究部位,冰糖肘子、腌笃鲜、蒜泥白肉,都行。他爱吃猪头肉,尤其爱吃"拱嘴"——猪鼻子,以为乃人间之"大美"。他是温州人,说起生吃海鲜,眉飞色舞。吃海鲜,喝黄酒,嘿! 不过温州的"老酒汗"(黄酒再蒸一次)我实在喝不出好来。温州人还有一种喝法,在黄酒里加鸡蛋,煮热,这算什么酒! 斤澜的吃喝是很平民化的。我和他曾在屯溪街头一小吃店的檐下,就一盘煮螺蛳,一人喝了两瓶加饭。他爱吃豆腐,老豆腐、嫩豆腐、毛豆腐、臭豆腐,都好。煎炒煮炸,都好。我陪他在乐山小饭馆吃了乡坝头上的菜豆花,好!

斤澜的生活是很平民化的。他不爱洗什么桑那浴,愿意在澡塘的大池子里(水很烫)泡一泡,泡得大汗淋漓,浑身作嫩红色。他大概是有几身西服的,但我从未见过他穿了整齐的套服,打了领带。他爱穿夹克,里面是条纹格子衬衫。衬衫就是街上买的,棉料的多,颜色倒是不怕花哨。

斤澜的平民化生活习惯来自于他对生活的平民意识。这种平民意识当然会渗入他的作品。

斤澜的哈哈笑是很有名的。这是他的保护色。斤澜每遇有人提到某人、某事,不想表态,就把提问者的原话重复一次,然后就殿以哈哈的笑声。"×××,哈哈哈哈……""这件事,哈哈哈哈……"把想要从口中掏出他的真实看法的新闻记者之类的人弄得莫名其妙,斤澜这种使人摸不着头脑抓不住尾巴的笑声,使他摆脱了尴尬,而且得到一层安全的甲壳。在反右派运动中,他就是这样应付过来的。林斤澜不被打成右派,是无天理,因此我说他是"漏网右派",他也欣然接受。

斤澜极少臧否人物,但是是非清楚,爱憎分明。他一直在北京市文联工作,对市文联的领导,一般干部的遗闻佚事了如指掌。比如他对老舍挨斗,是他亲眼所见,亲耳所闻,揭发批判老舍的人是赖也赖不掉的。他觉得萧军有骨头有侠气,真是一条汉子。红卫兵想要萧军低头认罪,萧军就是不低头,两腿直立,如同生了根。萧军没有动手,他说:"我要是一动手,七八个小青年就得趴下。"红卫兵斗骆宾基,萧军说:"你们谁敢动骆宾基一根毫毛!"京剧演员荀慧生病重,是萧军背着他上车的。"文革"后,文联作协批斗浩然,斤澜听着,忽然大叫:"浩然是好人哪!"当场昏厥。斤澜平时似很温和,总是含笑看世界,但他的感情是非常强烈的。

斤澜对青年作家(现在都已是中年了)是很关心的。对他们的作品几乎一篇不落地都看了,包括一些评论家的不断花样翻新,用一种不中不西希里古怪的语言所写的论文。他看得很仔细，能用这种古怪语言和他们对话。这一点，他比我强得多。

　　林斤澜！哈哈哈哈……

注　释

①　本篇原载《时代文学》1997 年第二期；初收《汪曾祺全集》第六卷，北京师范大学出版社，1998 年 8 月。

梦见沈从文先生[①]

夜梦沈从文先生。

梦见《人民文学》改了版,成了综合性的文学刊物。除整块整块的作品外,也发一些文学的随笔、杂记、评论。主编崔道怡。我到编辑部小坐。屋里无人。桌上有一份校样,是沈先生的一篇小说的续篇。拿起来看了一遍,写得还是很好。有几处我觉得还可再稍稍增饰发挥,就拿起笔来添改了一下。拿了校样,想找沈先生看一看,是否妥当。沈先生正在隔壁北京市文联开会(沈先生很少到市文联开会)。一出门,见沈先生迎面走来,就把校样交给他。沈先生看了,说:"改得好!我多时不写小说,笔有点僵了,不那么灵活了。笔这个东西,放不得。"

"……文字,还是得贴紧生活。用写评论的语言写小说,不成。"

我说现在的年轻作家喜欢在小说里掺进论文成分,以为这样才深刻。

"那不成。小说是小说,论文是论文。"

沈先生还是那样,瘦瘦的,穿一件灰色的长衫,走路很快,匆匆忙忙的,挟着一摞书,神情温和而执着。

在梦中我没有想到他已经死了。我觉得他依然温和执着,一如既往。

我很少做这样有条有理的梦(我的梦总是飘飘忽忽,乱糟糟的),并且醒后还能记得清清楚楚(一些情节,我在梦中常自以为记住了,醒来却忘得一干二净)。醒来看表,四点二十分,怎么会做这样的梦呢?

沈先生在我的梦里说的话并无多少深文大义,但是很中肯。

(一九九七年四月三日清晨)

1991

注　释

① 本篇与《句读·气口》一并以《句读·气口（外一章）》为题原载 1997 年 5 月 28 日《文汇报》；初收《汪曾祺全集》第六卷，北京师范大学出版社，1998 年 8 月。

济公坐轿子[①]

——四时佳兴之七

县太爷的老母亲生病,要请济公到家给老太太看病,派一家人,打发两个轿夫抬了轿子来接。济公说:"我坐不来轿子,你们把轿子抬回去!我不愿意叫人抬着!"——"那您怎么走?"——"我走着去!"家人作了难,说:"您不坐,我们抬了空轿子回去,见了县太爷不好交待。您还是坐吧!"——"不坐!"这可怎么办呢?济公看看轿子,说:"这么着吧:把轿底打掉,你们在外面抬,我在里面走。"这可真新鲜!可是没有办法,只得依他。济公钻进没有底的空轿,俩轿夫一前一后,济公发了口令:"上肩!走!"轿夫抬着空轿,挺腰款步,风摆柳似地走起来。济公也随着轿夫脚下的节拍一块走,从轿帏下露出两只穿了破鞋的黑脚。啪嗒啪嗒啪嗒……

济公可算是一位空前绝后的幽默大师。

注　释

① 本篇原载 1997 年 4 月 7 日《北京晚报》。

齐白石的童心[①]

曾见齐白石册页四开,都很有趣,内一开画淡蓝色的藤花数穗,很多很多野蜜蜂,在花间上下乱飞,用金冬心体作了颇长的题跋:

> 家山有野藤,花时游蜂无数,×孙小时曾为蜂所螫。此×孙能作此藤花矣。静思往事,如在目底。

题跋似明人小品,极有风致。"静思往事,如在目底",用老人的家乡话说:"此言说得有味。"

事隔多年,画和题跋都不忘。题跋字句或小有出入,老人的孙子的小名已模糊,只好以"×"代之。此画已印为单页,倘或有缘再见,当逐字核对。

此画之美,在于有一片温情,一片童心,一片人道主义。第一流的画家所以高出平庸的(尽管技法很熟练)画家,分别正在一个有童心,一个"冇"。

注　释

① 本篇原载 1997 年 4 月 11 日《南方周末》"四时佳兴"专栏;初收《汪曾祺全集》第六卷,北京师范大学出版社,1998 年 8 月。

富贵闲人，风雅盟主①

——企业家我对你说

全美保险公司是一个很大的企业，我参观了它在依阿华州的分公司。这家公司的经营管理全部电脑化。大办公室里几百张办公桌，每张桌上一架电脑，电脑正在运作，室内却没有一个人。小写字间的工作人员也很少。使我觉得奇怪的是到处都是现代抽象艺术作品。会客室、展览厅、办公室，墙壁上、桌上、茶几上、楼梯口，都是，油画、丙烯画、木雕、金属雕饰……

后来参观了别处的几家企业，情况也大体相似。

这是怎么回事呢？为什么这些企业主对艺术，特别是现代抽象艺术，那样感兴趣？

后来知道，美国政府有一条政策：凡企业花钱购买美国艺术家的抽象派的艺术作品，这笔钱可以从应缴税款中扣除，即企业家可以免缴部分税，白得一件艺术作品。以企业养艺术，这是一条好政策！

企业主着眼的似乎不全在可以免税，一半也表现出他们扶植艺术的热情，显示他们的艺术欣赏的品位。

江·迪尔是一个很大的农机厂，它的厂房是一道风景。主建筑是钢结构，钢的自然的锈色和透明的钢化玻璃门窗，造成极为疏朗的视觉效果。一切都是经过精心设计的。走道阶级，布置得宜。连院中铺地的方石之间种的草都是从国外高价选购移植的。主建筑前有一个圆形小湖，湖中有岛，岛上安置着亨利·摩尔的雕塑。

亨利·摩尔是个可以与毕加索相提并论的大艺术家。像是青铜的，是抽象雕塑，很难确认表现的是什么，但是不论从哪一个方向看，都很美。其思想内涵，照我的感觉是：母亲——爱。买这样的杰作，是要很多钱的,而且这一大笔钱是不能顶税的,——美国政府允许购买艺术品的政策,只限于对美国艺术家。亨利·摩尔不是美国人。但是江·迪尔不惜巨款买下了,而且特为挖了一口小湖,堆出一座小岛,农机厂主对艺术鉴赏的眼光魄力真是"镇了"。亨利·摩尔的雕塑现已成为江·迪尔的骄傲,它的形象成了农机厂的标志。我们看过介绍江·迪尔的纪录片,第一个镜头就是亨利·摩尔的雕塑。

艺术是要靠钱养活的。高级的艺术需要真正的"大款"的扶持,这是天经地义的事。

在中国也是这样。

起初,艺术与宗教密切相关。没有那样多的"供养人"出钱,就不可能有云冈石窟、龙门石窟、敦煌的壁画和彩塑。不可能有戴逵、吴道子。

后来,艺术成了皇家占有的精神享受。黄筌、徐熙、马远、夏珪、苏汉臣……都曾供职画院,领取俸禄。元明都设画院。清有如意馆,罗致了一大批画家、书家,随时待诏。蒋南沙、冷枚、邹一桂都是御用画家。

到了清中叶以后情况有些改变。中国经济走进了前资本主义时期,出现了一批资力雄厚、规模不小、网络纵横的企业,纺织业、丝绸业以及山西的票号、扬州的盐商……。经营官盐的贩运也可算是一种企业,而且是非常发财的企业。盐商有一特点:爱钱,也爱艺术。他们乐于结识文人、书家、画家,待之如上宾,酬之以重金。在他们的照拂下,扬州一时名士云集。可以说没有扬州盐商,就没有"扬州八怪"。"扬州八怪"的形成是一个复杂的问题,但与扬州盐商分不开。我很希望有人写出一本《扬州八怪和扬州盐商》,从经济角度、文化角度分析企业和艺术的关系。我觉得盐商之于书画,不只是"附庸风雅",他们实是风雅的盟主,艺术的保护神。

我希望中国的企业家能够继承播扬风雅的传统,借鉴外国的经验,给中国的艺术家更多的支援、帮助。

扶植艺术,对企业家本人有什么意义?

一是可以从书画的奔放豪迈的气势中受到启示,引发激情,成为办企业的真正的大手笔。

　　二是可以得到一点精神上的休息,于汹涌而不免污浊的商海搏击中找到一分清凉的绿荫,于浮躁中得到慰藉。

　　三,最重要的是可以提高自己的文化品位,文化素质,少一点市侩气、暴发户气,多一分书卷气,文质彬彬,活得更潇洒一些。

一九九七年四月十一日

注　释

　　① 　本篇原载《汪曾祺全集》第六卷,北京师范大学出版社,1998 年 8 月。

论精品意识①

——与友人书

"精品意识"是一个很好的提法。

写字作画,首先得有激情。要有情绪,为一人、一事、一朵花、一片色彩感动。有一种意向、一团兴致,勃勃然郁积于胸中,势欲喷吐而出。先有感情,后有物象。宋儒谓未有此事物,先有此事物之理,是有道理的。张大千以为气韵生动第一,其次才是章法结构,是有道理的。气韵是本体,章法结构是派生的。

作画写字当然要有理智、要练笔,要惨淡经营,有时要打草稿,曾见过齐白石画棉花草稿,用淡墨勾出棉花的枝叶,还注明草的朵瓣、叶的颜色。他有一张搔背图稿子,自己批注曰"手臂太长"。此可证明老人并不欺世,"作业"做得很认真。但是练笔起稿不是创作,只是创作的准备。创作时还是首先得"运气",得有"临场发挥"。郑板桥论画竹,谓:"胸中之竹已非园中之竹,纸上之竹又非胸中之竹矣",良是。文与可、诸昇之竹觉犹过于理智,过于严谨,少随意性,反不如明清以后画竹之萧散。曾看齐白石画展,见一册页,画荔枝,不禁驻足留连,时李可染适在旁边,说老人画此画时,李是看着他画的。画已接近完成,老人拈笔涂了两个黑荔枝,真是神来之笔。老人画荔枝多是在浅红底子上以西洋红点成。荔枝也没有黑的。老人只是觉得要一点黑,便濡墨甙了两个墨黑的小球,而全画遂跳出,红荔枝更加鲜活水灵。老人画黑荔枝是原先完全没有想到的,是一时兴起,是谓"天成"。黄永玉在蓝印染布上画了各式各样的鸟,有一只鸟,永玉说:"这只鸟我自己也不知道是怎么画出来的。"

写字画画是一种高度兴奋的精神劳动,需要机遇。形象随时都有,一把抓住,却是瞬息间事。心手俱到,纸墨相生,并非常有。"殆乎篇成,半折心始",有时也会产生超过预期的艺术效果。"惬意"的作品,古人谓之"合作",——不是大家一起共同画一张画,而是达到甚至超过预期效果的作品。"合作",也就是今天所说的"精品"。搞出一个精品,是最大的快乐。"提刀却立,四顾踌躇",虽南面王不与易也。

必须有"精品意识",才能有"精品"。现在是商品经济时代。艺术是有偿劳动,是要卖钱的。但是在进入艺术创作时,必须把这些忘掉。艺术要卖钱,但不能只是想卖钱,而是想要精品。

搞出一件精品,便是给此世界一点新东西,开拓了一个新的艺术品种。要创造。世界上本没有"抒情纪录片",有之,自伊文斯开始。他拍了《鹿特丹之雨》,才开始有"抒情纪录片"这玩意。吾师乎! 吾师乎!

老是想钱,制造出来的不会是精品,而是"凡品"。萝卜快了不洗泥,是糟蹋自己,老是搞凡品,是白活了一场。

生年不满百,能著几两屐。不要浪费生命。

言不尽意,诸惟保重不宣。

注 释

① 本篇原载 1997 年 4 月 29 日《文汇报》;初收《汪曾祺全集》第六卷,北京师范大学出版社,1998 年 8 月。

句读·气口[①]

蒋大为唱的"在那桃花盛开的地方"断句错了。按歌词的正常的语言断续,应该是:

"在那——桃花盛开的地方",蒋大为却处理成:

"在那桃花——盛开的地方"。这样的处理,作曲的同志有责任,而且"桃花"音调颇高,听起来很别扭,使人觉得这是一个破句。

当断不断,不当断而断,曲调和语言游离,这在歌曲中是常见的现象。汉语和外语本来就有很大差别,要求汉语的歌词和西方音乐的旋律相契合,天衣无缝,不相龃龉,实在是很难。用汉语唱西洋歌剧,常使人觉得不知所云,非常可笑,大大削弱了音乐本应产生的艺术感染的效果。解决这个问题不是简单的事,不是翻译出来了就能唱。然而问题总要解决。已经有人做了探索,取得很好的成绩,比如王洛宾。

和句读有密切关系的是气口。中国戏曲非常注意用气,换气、偷气。像李多奎那样能把一个长腔一口气唱到底,当中不换气,是少有的。李多爷不知道怎么会有那样长的气。裘盛戎晚年精研气口。盛戎曾跟我说:"年轻时傻小子睡凉炕,怎样唱都行。我现在上了岁数了,得在用气上下功夫,——花脸一句腔得用多少气呀!"过去私塾教学,老师须在书上用硃笔圈点。凡需略停顿处,加一"瓜子点";需较长间歇处,画一圆圈,谓之"圈断"。老师加点画圈处即是"气口"。但裘盛戎有时不照通常办法处理气口。如《智取威虎山》李勇奇的唱腔,"扫平那威虎山我一马当先",一般都是这样处理的:"扫平那威虎山我一马——当先",盛戎说:"教我唱,我不这样唱,我唱成'一马当——先','当'字唱在后面,下面就没有多少气了,'当'字唱在前面,'一马当',换气——吸气,这样才'足'。"这可以说是超级换气法。

一般说来,气口还得干净利落,报字清楚,顿挫分明,这样才能美听入耳。如果字音含糊,迟疾失当,乱七八糟,内行话叫做把唱"嚼了"或"喝了"。外国文学其实也是讲究句读气口的,马耶科夫斯基就是。京剧《探阴山》里有一个层次很多的很长的"踩"句:"又只见大鬼卒、小鬼判,押定了,屈死的亡魂,项带着铁链,悲惨惨,惨悲悲,阴风儿绕,吹得我透骨寒",如果用马耶科夫斯基的楼梯式的分行,就会是:

又只见

　大鬼卒

　　小鬼判

　　　押定了

　　　　屈死的亡魂

　　　　项带着铁链

　　　　悲惨惨

　　　　　惨悲悲

　　　　　　阴风儿绕

　　　　　　　吹得我透骨寒。

(一九九七年四月)

注　释

① 本篇原载 1997 年 5 月 28 日《文汇报》;初收《汪曾祺全集》第六卷,北京师范大学出版社,1998 年 8 月。

铁 凝 印 象①

　　"我对给他人写印象记一直持谨慎态度,我以为真正理解一个人是困难的,通过一篇短文便对一个人下结论则更显得滑稽。"②铁凝说得很对。我接受了让我写写铁凝的任务,但是到快交卷的时候,想了想,我其实并不了解铁凝。也没有更多的时间温习一下一些印象的片段,考虑考虑。文章发排在即,只好匆匆忙忙把一枚没有结熟的"生疙瘩"送到读者面前,——张家口一带把不熟的瓜果叫做"生疙瘩"。

　　四次作代会期间,有一位较铁凝年长的作家问铁凝:"铁凝,你是姓铁吗?"她正儿八经地回答:"是呀。"这是一点小狡狯。她不姓铁,姓屈,屈原的屈。我不知道她为什么不告诉那年纪稍长的作家实话。姓屈,很好嘛!她父亲作画署名"铁扬",她们姊妹就跟着一起姓起铁来。铁凝有一个值得叫人羡慕的家庭,一个艺术的家庭。铁凝是在一个艺术的环境长大的。铁扬是个"不凡"的画家。——铁凝拿了我在石家庄写的大字对联给铁扬看,铁扬说了两个字:"不凡。"我很喜欢这个高度概括,无可再简的评语,这两个字我可以回赠铁扬,也同样可以回赠给他的女儿。铁凝的母亲是教音乐的。铁扬夫妇是更叫人羡慕的,因他们生了铁凝这样的女儿。"生子当如孙仲谋",生女当如屈铁凝。上帝对铁扬一家好像特别钟爱。且不说别的,铁凝每天要供应父亲一瓶啤酒。一瓶啤酒,能值几何?但是倒在啤酒杯里的是女儿的爱!

　　上帝在人的样本里挑了一个最好的,造成了铁凝。又聪明,又好看。四次作代会之后,作协组织了一场晚会,让有模有样的作家登台亮相。策划这场晚会的是疯疯癫癫的张辛欣和《人民文学》的一个胖胖乎乎的女编辑,——对不起,我忘了她叫什么。二位一致认为,一定得让铁凝出台。那位小胖子也是小疯子的编辑说:"女作家里,我认为最漂亮的是铁凝!"我准备投她一票,但我没有表态,因为女作家选美,不干我这大老头什么事。

铁凝长得不高不矮,不胖不瘦。两腿修长,双足秀美,行步动作都很矫健轻快。假如要用最简练的语言形容铁凝的体态,只有两个最普通的字:挺拔。她面部线条清楚,不是圆乎乎地像一颗大青白杏儿。眉浓而稍直,眼亮而略狭长。不论什么时候都是精精神神,清清爽爽的,好像是刚刚洗了一个澡。我见过铁凝的一些照片。她的照片大致可分为两类。一类是露齿而笑的。不是"巧笑倩兮"那样自我欣赏,也叫人欣赏的"巧笑",而是坦率真诚,胸无渣滓的开怀一笑。一类是略带忧郁地沉思。大概这是同时写在她的眉宇间的性格的两个方面。她有时表现出有点像英格丽褒曼的气质,天生的纯净和高雅。有一张放大的照片,梳着蓬松的鬈发(铁凝很少梳这样的发型),很像费雯丽。当我告诉铁凝,铁凝笑了,说:"又说我像费雯丽,你把我越说越美了。"她没有表示反对。但是铁凝不是英格丽褒曼,也不是费雯丽,铁凝就是铁凝,人世间只有一个铁凝。

铁凝胆子很大。我没想到她爱玩枪,而且枪打得不错。她大概也敢骑马!她还会开汽车。在她挂职到涞水期间,有一次乘车回涞水,从驾驶员手里接过方向盘,呼呼就开起来。后排坐着两个干部,一个歪着脑袋睡着了,另一个推醒了他,说:"快醒醒! 你知道谁在开车吗? ——铁凝!"睡着了的干部两眼一睁,睡意全消。把性命交给这么个姑奶奶手上,那可太玄乎了! 她什么都敢干。她写东西也是这样:什么都敢写。

铁凝爱说爱笑。她不是腼腆的,不是矜持渊默的,但也不是家雀一样叽叽喳喳,吵起来没个完。有一次我说了一个嘲笑河北人的有点粗俗的笑话:一个保定老乡到北京,坐电车,车门关得急,把他夹住了。老乡大叫:"夹住咱腔了! 夹住俺腔了!"售票员问:"怎么啦?"——"夹住俺腔了!"售票员明白了,说:"北京这不叫腔。"——"叫什么?"——"叫屁股。"——"哦!"——"老大爷你买票吧。您到哪儿呀?"——"安屁股门!"铁凝大笑,她给续了一段:"车开了,车上人多,车门被挤开了，老乡被挤下去了，——哦，自动的！"铁凝很有幽默感。这在女作家里是比较少见的。

关于铁凝的作品，我不想多谈，因为我只看过一部分，没有时间通读一遍，就印象言，铁凝的小说也可以大致分为两类。一类是像《哦，香雪》一样清新秀润的。"清新"二字被人用滥了，其实这是很不容易做到的。河北省作家当得起清新二字的，我看只有两个人，一是孙犁，一是铁凝。这一类作品抒情性强，笔下含蓄。另一类，则是社会性较强的，笔下比较老辣。像《玫瑰门》里的若干章节，如"生吃大黄猫"，下笔实可谓带着点残忍，惊心动魄。王蒙深为铁凝丢失了清新而惋惜，我见稍有不同。现实生活有时是梦，有时是严酷的，粗粝的。对粗粝的生活只能用粗粝的笔触写之。即使是女作家，也不能一辈子只是写"女郎诗"。我以为铁凝小说有时亦有男子气，这正是她在走向成熟的路上迈出的坚实的一步。

我很希望能和铁凝相处一段时间，仔仔细细读一遍她的全部作品，好好地写一写她，但是恐怕没有这样的机遇。而且一个人感觉到有人对她跟踪观察，便会不自然起来。那么到哪儿算哪儿吧。

一九九七年五月八日凌晨

注　释

① 本篇原载 1997 年 6 月 16 日《北京晚报》，又载《时代文学》1997 年第四期"名家侧影"栏；初收《汪曾祺全集》第六卷，北京师范大学出版社，1998 年 8 月。

② 《铁凝文集·5·写在卷首》。

贵 在 坚 持①

——序《雨雾山乡》

现在的十一二岁的孩子,有谁知道、有谁能够想象彭鸽子苦难的童年? 才十一岁,父亲就被抓走了,举目无亲,家徒四壁,身上冷,没有衣服穿,肚里饿,没有东西吃。她在茫茫人海中流浪飘泊,还要不断地挨打骂,受欺凌。她是一棵在风雨中挣扎着的小苗。她不但要自己谋生,还要咬着牙苦读(她没有受过完整、系统的学校教育)。这样熬过了2555个日子。难怪鸽子把"2555"这个数目记得那样死,这2555天太难熬了。然而这棵在风雨中挣扎的伤痕累累的小苗没有被扼断,它挺立着,终于长成一棵树。读了大学,学会了写作。这是何等的坚毅! 这孩子真是够倔的。

世界上也还有好人。冒着生命危险收留鸽子的阿姨、《儿时的朋友》里的队长和春子,她们都有金子一样的心。她们是大地上的鲜花,蓝天上的彩云。有了她们,这个冷酷的世界才有一丝温暖。

龚定庵诗:"少年哀乐过于人",鸽子的童年真是哀乐过人。把这些过人的哀乐如实的、不加修饰地写出来,便极感人。王国维说:"一切文章中,余爱以血写成者。"鸽子这一类文章是以血写成的。

可惜有些情节、细节写得过于简略(也许是报刊篇幅所限),不少段落是可以延伸一点来写的。比如父亲被捕的情形,他突然回望叫一声"鸽子!"都成了一带而过,感情没有写透。

我觉得鸽子可以把这2555天详详细细地写一写,写成一本自传。材料我想是足够的。

有几篇是写老山战士的,但是角度较新。没有写战士如何英勇,如何艰苦,而是写了他们的思想,他们的感情,他们的心。这些战士是那样的年轻,20 岁、19 岁、18 岁……但是他们想得那样多,对人生有那么多、那么深的理解,他们都带点诗人的气质,这是新的一代,新的兵。从他们身上我们看出了希望。一个民族有没有希望,相当程度决定于年轻的一代有没有诗人气质。

不少篇简短的游记,但不是导游的流水账,大部分写了作者对自然的感受,和自然的融合,对自然的认同,有一些哲理。但这些哲理写得太实、太露。有一些结尾处其实可以不必把作者的思想都写出来,都写尽了,读者就没有思索和玩味的余地了。

比如《鸟笼》,写到:

> 这老头也怪,在众人将要把他簇拥时,却转身走开了,边走边咕哝地说:"你们把它装进笼子,它也把你们装进笼子。"
>
> "什么?什么?他说些什么?"

就够了,这样就"虚"一点,空灵一点。下面的一段都可以删去。

叙事性的散文要铺开来写,不要局限于本题。比如《湘西的腌姜》,除了写腌姜,可以旁及到与姜有关的事物,如华南的糖姜,福建的霉姜、扬州酱菜里的姜芽。孔子"不撤姜食"。苏北人吃干丝包子,都要吃一点姜丝。郑板桥家书中说:"天寒冰冻时,穷亲戚朋友到门,先泡一大碗炒米送手中,佐以酱姜一小碟,最是暖老温贫之具",可见兴化人是爱吃姜的。甚至可以联系到王夫之的《姜斋诗话》(王夫之是湖南人,号姜斋,他想必是爱吃姜的)。"夹叙夹议"的散文,是可以东拉西扯的,这样文章才会活泼丰满,不至枯涩。这样的散文很不容易写,这得有较多的生活知识,读较多的书。这样的东拉西扯的散文,鸽子大概一时还写不了,但是既有志致力于散文写作,要什么文体都试试。现在有些年轻的散文作家所写的散文每篇味道都差不多,原因正在阅事不多,读书较少。

这一本散文集篇目未免少了些。年轻轻的,写了这些年了,怎么只收集了这样几篇呢?看来鸽子还不够勤奋。写散文如庄稼人种地,力气越用越有。写散文也是这样,写得越多,可写的东西也越多。老舍先生说他有得写没得写,每天至少要写五百字。要养成每天都写的习惯。

鸽子是荆风的女儿,是我的晚辈,我的话说得很直率,希望鸽子不要不高兴。此序亦可让荆风看看,听听他有什么意见。

注 释

① 本篇原载 1997 年 6 月 23 日《文汇报》;初收《汪曾祺全集》第六卷,北京师范大学出版社,1998 年 8 月。

谈　散　文[①]

中国散文,浩如烟海。

先秦诸子,都能文章。《子路曾晳冉有公西华侍坐章》从容潇洒。孟子滔滔不绝。庄子汪洋恣肆。都足为后人取法。

中国自来文史不分。史书也都是文学。司马迁叙事写人,清楚生动。他的作品是孤愤之书,有感而发,为了得到同情,故写得朴朴实实。六朝重人物品藻,寥寥数语,皆具风神。《史记》、《世说新语》影响深远,唐宋人大都不能出其樊篱。姚鼐推崇归有光,归文实本《史记》。

中国游记能状难写之情如在目前。郦道元《水经注》写三峡,将一大境界纳为数语,真是大手笔。柳宗元《至小丘西小石潭记》以鱼之动态写水之清幽,此法为后之写游记者所沿用,例不胜举。

韩愈文章,誉毁不一,我也不喜欢他的文章所讲的道理,但是他的文章有一特点:注重文学的耳感,即音乐性。"国子先生,晨入太学,招诸生,立馆下,诲之曰……"读来朗朗上口。"上口"是中国散文的一个特点。过去学文章都要打起调子来半吟半唱,这样才能将声音深入记忆,是很有道理的。

中国文化有断裂。有人以为"五四"是一个断裂,有人不同意,以为"五四"虽提倡白话文,而文章之道未断,真正的断裂是40年代。自40年代至70年代几乎没有"美文",只有政论。偶有散文,大都剑拔弩张,盛气凌人,或过度抒情,顾影自怜。这和中国散文的平静冲和的传统是不相合的。

"五四"以后有不多的翻译过来的外国散文,法国的蒙田、挪威的别伦·别尔生……影响最大的大概要算泰戈尔。但我对泰戈尔和纪伯伦不喜欢。一个人把自己扮成圣人总是叫人讨厌的。我倒喜欢弗吉尼·吴尔芙,喜欢那种如云如水,东一句西一句的,既叫人不好捉摸,又不脱离人世生活的意识流的散文。生活本是散散漫漫的,文章也该是散散漫漫的。

文章的雅俗文白一向颇有争议。有人以为越白越好,越俗越好。张奚若先生在当文化部长时曾讲过推广普通话问题,说"普通话"并不是普普通通的话。话犹如此,文章就得经过加工,"散文"总是散文,不是说出来的话就是散文,那样就像莫里哀戏中的人物一样,"说了一辈子散文"了。宋人提出以俗为雅。近年有人提出大雅若俗。这主要都是说的文学语言。文学语言总得要把文言和口语糅合起来,浓淡适度,不留痕迹,才有嚼头,不"水"。当代散文是当代人写,写给当代人看的,口语不妨稍多,但是过多的使用口语,甚至大量地掺入市井语言,就会显得油嘴滑舌,如北京人所说的:"贫"。我以为语言最好是俗不伤雅,既不掉书袋,也有文化气息。

我和这套文丛的作者都不熟,据闻大都是中青年文艺理论家,他们的文章较有深度,有文化气息。他们是可能成为当代散文的中坚的,希望他们既能继承中国散文的悠久传统,并能接受外国散文的影响,占一代风流,掬百年余韵。是为序。

注　释

① 本篇原载 1997 年 9 月 21 日《中国青年报》,题目为该报编者所加。该文为《午夜散文随笔书系》系列丛书(钱理群等著,河北人民出版社,1997 年版)的总序;初收《汪曾祺全集》第六卷,北京师范大学出版社,1998 年8 月。

百岛之县①

——洞头拾贝

百岛千礁东西走，

量金量银不用斗。

洞头原与大陆是一体，大约 7000 年前一次大的海侵，始与大陆分离，形成现在的洞头列岛。洞头县由 103 个岛屿和 295 个礁组成。四望皆为海，抬眼便是礁。这些岛屿和礁虽然是星罗棋布，大体是东西向，但有主有宾，可以分为三群，错落有致，灵秀悦目。

靠海吃海。洞头的国民经济来源主要是海产。海产一是捕捞，本地谓之"讨海"。一年四季皆可捕。洞头渔汛分春夏汛和冬汛。民谚云："立夏到，黄瓜鱼咕咕叫，渔民笑。"小黄鱼鱼发从立夏至惊蛰，"惊蛰巴佬，尽打不走。"从谷雨起发墨鱼，旺发时站在近岸崖上都可直接捕到。从立秋开始捕带鱼，冬至过后、春节之前为旺汛，民谚云："冬至过，年关末，带鱼像柴爿。"其次是养殖。最初养殖的是贝类，其后养殖海带紫菜，又其后网箱养殖扇贝、鲍鱼、鲷鱼、石斑等优质鱼，创汇不少。洞头鱼贝肉嫩味鲜，真是"生猛海鲜"。洞头人吃青蛤、竹蛏、龟足、辣螺皆生吃。

"捕鱼人儿世世穷"，"吃粥配菜脯，没钱赚给某"②的时代已经一去不复返，现在洞头渔民的生活都富裕了。洞头水产资源丰富，潜力很大，渔业还会有很大发展。

云满碧山花满谷，

此间小住亦神仙。③

洞头是浙江省重点风景名胜区,石奇、礁峻、滩平、水清。

半屏岛大沙龙沙滩平坦柔和,颜色纯净,又名千步沙,以其宽广也。大门岛马岙潭沙滩,沙质为铁板沙,为天然海水浴场。岸上有长年不竭之清泉,冲浪之后,用以洁身,全身爽利。

中国人喜欢以物状景,半属附会。洞头礁石也被游客指为像什么像什么,未能免俗,只好由它! 洞头多岩洞,洞深而容积大,倒是很奇特。"观景不如听景",中国人又爱假造许多有关的传说。这不足说明"好事者"想象力的丰富,倒是表现了他们的想象力的贫乏。滩自滩,礁自礁,洞自洞,美丽处可以让人自己去发现。我希望洞头风景不要受到无聊传说的限制。

洞头多无人岛,因为气候适宜,有充足的海鲜食料,给一些鸟类提供了栖息繁衍条件。北爿山岛上就有上万只鸥鸟,鼓翼群飞,上下翱翔,洵为奇观。

　　一方水土一方人,
　　本地闽南不同音。

唐以前活动在洞头列岛的人多属半定居性质。每逢汛期上岛,结草为庐,打鱼为生,汛后返回大陆,唐宋以后陆续有人上岛定居。明洪武十年因为倭寇为患,被迫内迁,诸岛荒废。倭寇既平,复回列岛。来列岛者多为闽浙沿海人,以故居民都说闽南话和温州话两种方言,而岛上人的语音又有本岛的特点,与闽浙方言不尽相同。岛上闽南话有"白读"和"文读"之分;岛上的温州话保留了温州话系统、吴方言的特点,而对温州某些地区的方言细节作了保留。这样岛上的话比一般的温州话更不好懂。岛上不少人都能操闽南话、温州话两种方言,这对外地人可造成很大的困难。洞头的生产将日益发展,尤其是旅游业,在洞头推广普通话实为当务之急。

　　也爱武装,
　　也爱红装。

我们去参观洞头先锋女子民兵连。这些女兵真了不起。在女民兵连长汪月霞带领下，她们帮助施工部队搬石头、洗衣服。盛夏大风，部队缺淡水，汪月霞等七名女兵驾了帆船，与风浪搏斗了一夜，终于送到80 担淡水。六连养殖海带用的棕绳烂掉了，28 名女民兵毅然剪下自己的辫子代替。

从先锋女子民兵连的前身——洞头县北沙乡女子民兵排成立，到我们去参观民兵连，已经38 年，领导和成员已经换了几代，但是她们一直保持边练武、边生产，红旗一直在连部飘扬。

我们参观了她们的实弹射击，真是弹无虚发，枪枪命中。

给我们留下深刻印象的是这些神枪手都长得很漂亮，眉清目秀，长身细腰，而且都打扮过一番，都涂了口红。"兵"涂口红，似乎少有。这就是我们的女兵，名副其实的"飒爽英姿"！

注　释

① 本篇是作者与夫人施松卿合著。原载《百岛彩贝：名家笔下的洞头》，洞头县文化局、洞头县文联，1997 年 11 月。

② 某：闽南方言，老婆。

③ 清代王步霄诗。

1998 年

下　大　雨[①]

雨真大。下得屋顶上起了烟。大雨点落在天井的积水里砸出一个一个丁字泡。我用两手捂着耳朵，又放开，听雨声：呜——哇；呜——哇。下大雨，我常这样听雨玩。

雨打得荷花缸里的荷叶东倒西歪。

在紫薇花上采蜜的大黑蜂钻进了它的家。它的家是在椽子上用嘴咬出来的圆洞，很深。大黑蜂是一个"人"过的。

紫薇花湿透了，然而并不被雨打得七零八落。

麻雀躲在檐下，歪着小脑袋。

蜻蜓倒吊在树叶的背面。

哈，你还在呀！一只乌龟。这只乌龟是我养的。我在龟甲边上钻了一个洞，用麻绳系住了它，拴在柜橱脚上。有一天，不见了。它不知怎么跑出去了。原来它藏在老墙下面一块断砖的洞里。下大雨，它出来了。它昂起脑袋看雨，慢慢地爬到天井的水里。

注　释

① 本篇原载《收获》1998 年第一期；初收《汪曾祺全集》第六卷，北京师范大学出版社，1998 年 8 月。

三　圣　庵①

祖父带我到三圣庵去,去看一个老和尚指南。

很少人知道三圣庵。

三圣庵在大淖西边。这是一片很荒凉的地方,长了一些野树和稀稀拉拉的芦苇,有一条似有若无的小路。

三圣庵是一个小庵,几间矮矮的砖房,没有大殿,只有一个佛堂。也没有装金的佛像。供案上有一尊不大的铜佛,一个青花香炉,清清爽爽,干干净净。

指南是个戒行严苦的高僧。他曾在香炉里烧掉两个食指,自号八指头陀。

他原来是善因寺的方丈。善因寺是全城最大的佛寺,殿宇庄严,佛像高大。善因寺有很多庙产。指南早就退居,——"退居"是佛教的说法,即离开方丈的位置,不再管事。接替他当善因寺的方丈的,是他的徒弟铁桥。指南退居后就住进三圣庵,和尘世完全隔绝了。

指南相貌清癯,神色恬静。

祖父和他说了一会话,——他们谈了一些什么,我已经没有印象,就告辞出庵了。

他的徒弟铁桥和指南可是完全不一样。他是一个风流和尚,相貌堂堂,双目有光。他会写字,会画画,字写石鼓文,画法吴昌硕,兼学任伯年,在我们县里可以说是数一数二。他曾在苏州一个庙里当过住持,作画题铁桥,有时题邓尉山僧。他所来往的都是高门名士。善因寺有素菜名厨,铁桥时常办斋宴客,所用的都是猴头、竹荪之类的名贵材料。很多人都知道,他有一个相好的女人。这个女人我见过,是个美人,岁数不大。铁桥和我的父亲是朋友。父亲年轻时刻过一套《陋室铭》印谱,就是铁桥题的签。父亲续娶,新房里挂的是一条铁桥的画,泥金地,画的是桃花双燕,设色鲜艳,题的字是:"淡如仁兄嘉礼　弟铁桥敬贺"。父亲在新房里挂一幅和尚画的画,铁桥和俗家人称兄道弟,他们都真是不拘礼法。我有时到善因寺去玩,铁桥知道我是汪淡如的儿子,就领我到他的方丈里吃枣子栗子之类的东西。我的小说里所写的石桥,就是以铁桥作原型的。

高邮解放,铁桥被枪毙了,什么罪行,没有什么人知道。

前几年我回家乡,翻看旧县志,发现志载东乡有一条灌溉长渠,是铁桥出头修的。那么铁桥也还做过一点对家乡有益的事。

我不想对铁桥这个人作出评价。不过我倒觉得铁桥的字画如果能搜集得到,可以保存在县博物馆里。

由三圣庵想到善因寺,又由指南想到铁桥,我这篇文章真是信马由缰了。为什么要写这篇文章呢?我只是想说:和尚和和尚不一样,和尚有各式各样的和尚,正如人有各式各样的人。

我直到现在还不明白我的祖父为什么要带我到三圣庵,去看指南和尚。我想他只是想要一个孙子陪陪他,而我是他喜欢的孙子。

注　释

① 本篇原载《收获》1998 年第一期;初收《汪曾祺全集》第六卷,北京师范大学出版社,1998 年 8 月。

阴　城①

　　草巷口往北,西边有一个短短的巷子。我的一个堂房叔叔住在这里。这位堂叔我们叫他小爷。他整天不出门,也不跟人来往,一个人在他的小书房里摆围棋谱,养鸟。他养过一只鹦鹉,这在我们那里是很少见的。我有时到小爷家去玩,去看那只鹦鹉。

　　小爷家对面有两户人家,是种菜的。

　　由小爷家门前往西,几步路,就是阴城了。

　　阴城原是一片古战场,韩世忠的兵曾经在这里驻过。有人捡到过一种有耳的陶壶,叫做"韩瓶",据说是韩世忠的兵用的水壶,用韩瓶插梅花,能够结子。韩世忠曾在高邮驻守,但是没有在这里打过仗。韩世忠确曾在高邮属境击败过金兵,但是在三垛,不在高邮城外。有人说韩瓶是韩信的兵用的水壶,似不可靠,韩信好像没有在高邮屯过兵。

　　看不到什么古战场的痕迹了,只是一片野地,许多乱葬的坟,因此叫做"阴城"。有一年地方政府要把地开出来种麦子,挖了一大片无主的坟,遍地是糟朽的薄皮棺材和白骨。麦子没有种成,阴城又成了一片野地,荒坟累累,杂草丛生。

　　我们到阴城去,逮蚂蚱,掏蛐蛐,更多的时候是去放风筝。

　　小时候放三尾子。这是最简单的风筝。北京叫屁股帘儿,有的地方叫瓦片。三根苇篾子扎成一个干字,糊上一张纸,四角贴"云子",下面粘上三根纸条就得。

　　稍大一点,放酒坛子,篾架子扎成绍兴酒坛状,糊以白纸;红鼓,如鼓形;四老爷打面缸,红鼓上面留一截,露出四老爷的脑袋——一个戴纱帽的小丑;八角,两个四方的篾框,交错为八角;在八角的外边再套一个八角,即为套角,糊套角要点技术,因为两个八角之间要留出空隙。

红双喜,那就更复杂了,一般孩子糊不了。以上的风筝都是平面的,下面要缀很长的麻绳的尾巴,这样上天才不会打滚。

风筝大都带弓。干蒲破开,把里面的瓤刮去,只剩一层皮。苇秆弯成弓。把蒲绷在弓的两头,缚在风筝额上,风筝上天,蒲弓受风,汪汪地响。

我已经好多年不放风筝了。北京的风筝和我家乡的,我小时糊过、放过的风筝不一样,没有酒坛子,没有套角,没有红鼓,没有四老爷打面缸。北京放的多是沙燕儿。我的家乡没有沙燕儿。

注　释

①　本篇原载《收获》1998 年第一期;初收《汪曾祺全集》第六卷,北京师范大学出版社,1998 年 8 月。

罗　汉 [①]

　　家乡的几座大寺里都有罗汉。我的小学的隔壁是承天寺，就有一个罗汉堂。我们三天两头于放学之后去看罗汉。印象最深的是降龙罗汉，——他睁目凝视着云端里的一条小龙；伏虎罗汉，——罗汉和老虎都在闭目养神；和长眉罗汉。大概很多人都对这三尊罗汉印象较深。昆曲(时调)《思凡》有一段"数罗汉"，小尼姑唱道：

> 降龙的恼着我，
>
> 伏虎的恨着我，
>
> 那长眉大仙愁着我：
>
> 说我老来时，有什么结果！

她在众多的罗汉中单举出来的，也只是这三位。——她要是挨着个儿数下去，那得数多长时间！

　　罗汉原来是十六个，传贯休的画"十六应真"即是十六人，后来加上布袋和尚和一个什么什么尊者，——罗汉的名字都很难念，大概是古梵文音译，这就成了通常说的"十八罗汉"。李龙眠画"罗汉渡江"，就已经是十八人了。不知道从什么时候起这队伍扩大了，变成了五百罗汉。有些寺里在五百塑像前各竖了一个木牌，墨书某某某某尊者，也不知从哪里查考出来的。除了写牌子的老和尚，谁也弄不清此位是谁。有的寺里，比如杭州的灵隐竟把济公活佛也算在里头，这实在有点胡来了。

　　罗汉本是印度人，贯休的"十六应真"就多半是深目高鼻且长了大胡子，后来就逐渐汉化。许多罗汉都是个中国和尚。

　　罗汉大致有两种。一种是装金的，多半是木胎。"五百罗汉"都是装金的。杭州灵隐寺、苏州××寺（忘寺名）、汉阳归元寺，都是。装金罗汉以多为胜，但实在没有什么看头，都很呆板，都差不多，其差别只在或稍肥，或精瘦。谁也没有精力把五百个罗汉一个一个看完。看了，也记不得有什么特点。一种是彩塑。精彩的罗汉像都是彩塑。

　　我所见过的中国精彩的彩塑罗汉有这样几处：一是昆明筇竹寺。筇竹寺的罗汉与其说是现实主义的不如说是一组浪漫主义的作品。它的设计很奇特。不是把罗汉一尊一尊放在高出地面的台子上，而是于两壁的半空支出很结实的木板，罗汉塑在板上。罗汉都塑得极精细，有一个罗汉赤足穿草鞋，草鞋上的一根一根的草茎都看得清清楚楚，跟真草鞋一样。但又不流于琐细，整堂（两壁）有一个通盘的、完整的构思。这是一个群体，不是各自为政。十八人或坐或卧，或支颐，或抱膝，或垂眉，或凝视，或欲语，或谛听，情绪交流，彼此感应，增一人则太多，减一人则太少，气足神完，自成首尾。另一处是苏州紫金庵。像比常人小，身材比例稍长，面目清秀。这些罗汉好像都是苏州人。他们都在安静沉思，神情肃穆。如果说筇竹寺罗汉注意外部筋骨，颇有点流浪汉气；紫金庵的罗汉则富书生气，性格内向。再一处是泰山后山的宝善寺（寺名可能记得不准确）。这十八尊是立像，比常人高大，面形浑朴，是一些山东大汉，但塑造得很精美。为了防止参观的人用手扪触，用玻璃笼罩了起来了，但隔着玻璃，仍可清楚地看到肌肉的纹理，衣饰的刺绣针脚。前三年在苏州甪直看到几尊较古的罗汉。原来有三壁。东西两壁都塌圮了只剩下正面一壁。这一组罗汉构思很有特点，背景是悬崖，罗汉都分散地趺坐在岩头或洞穴里（彼此距离很远）。据说这是梁代的作品，正中高处坐着的戴风帽着赭黄袍子的便是梁武帝，不知可靠否，但从衣纹的简练和色调的单纯来看，显然时代是较早的。据传紫金庵罗汉是唐塑，宝善寺、筇竹寺的恐怕是宋以后的了。

　　罗汉的塑工多是高手，但都没有留下名字来，只有北京香山碧云寺的几尊，据说是刘銮塑的。刘銮是元朝人，现在北京西四牌楼东还有一条很小的胡同叫做"刘銮塑"，据说刘銮原来就住在这里，但是许多老北京都不知道有这样一条名字奇怪的胡同，更不知道刘銮是何许人了。

像传于世,人不留名,亦可嗟叹。

中国的雕塑艺术主要是佛像,罗汉尤为杰出的代表。罗汉表现了较多的生活气息,较多的人性,不像三世佛那样超越了人性,只有佛性。我们看彩塑罗汉,不大感觉他们是上座佛教所理想的最高果位,只觉得他们是一些人,至少比较接近人,他们是介乎佛、菩萨和人之间的那么一种理想的化身,当然,他们也是会引起善男子、善女人顶礼皈依的虔敬感的。这是一宗非常重要的文化遗产,不论是从宗教史角度、美术史角度乃至工艺史角度、民俗学角度来看。我们对于罗汉的重视程度是很不够的。紫金庵、筇竹寺的罗汉曾有画报介绍过,但是零零碎碎,不成个样子。我希望能有人把几处著名的罗汉好好地照一照相,要全,不要遗漏,并且要从不同角度来拍,希望印一本厚厚的画册:《罗汉》;希望有专家能写一篇长文作序,当中还要就不同寺院的塑像,不同问题写一些分论;我希望能把这些罗汉制成幻灯片,供研究用,供雕塑系学生学习用,供一般文化爱好者欣赏用。

六月十三日

注 释

① 本篇原载《收获》1998 年第一期;初收《汪曾祺全集》第六卷,北京师范大学出版社,1998 年 8 月。

记　梦①

一

三只兔子住在兔圈里。他们说："咱们写小说吧。"

两只兔子把一只兔子托起来扔起来，像体操技巧表演"扔人"那样扔起来，这只兔子向兔圈外面看了一眼，在空中翻了一个跟头，落地了。

他们轮流扔。三个人都向兔圈外面看了。

他们就写小说。

小说写成了，出版了。

二

在昆明，连日给人写字。

做了一个梦。写了一副对联，隶书的。一转脸，看见一个人，趴在地上，用毛笔把我写的字的乳白地方都填实了，把"蚕头"、"燕尾"都描得整整齐齐的，字变得很黑。

醒来告诉燕祥，燕祥说：此人是一个编辑。

我们同行者之中，有几位是当编辑的。

三

梦中到了一个地方。这地方叫佳集麤，有一张木刻的旧地图上有这三个字。地图纸色发黄。当地人念成"符集集"。梦里想："隹"字怎么能谈成"符"呢？且想：名从主人，随他们吧。

这地方有一条河，河上有一座灰色的桥。河水颇大。

醒来，想：怎么会做了这样一个梦呢？又想：这可以用在一篇小说里，作为一个古镇的地名。

把这个梦记在一张旧画上，寄与德熙。

四

马路对面卖西瓜的棚子里有一条狗，夜里常叫，叫起来没完，每一次时间很长，声音很难听，鬼哭狼嚎，不像狗叫。我夜里常被它叫醒。今天夜里，叫的次数特多，醒来后，很久睡不着。真难听。睡着了，净做怪梦。

梦见毕加索。毕加索画了很多画。起初画得很美，也好懂。后来画的，却像狗叫。

晨醒，想：恨不与此人同时，——同地。

注　释

① 本篇原载《大家》1998 年第二期；初收《汪曾祺全集》第六卷，北京师范大学出版社，1998 年 8 月。

草木虫鱼鸟兽①

雁

"爬山调":"大雁南飞头朝西……"

诗人韩燕如告诉我,他曾经用心观察过,确实是这样。他惊叹草原人民对生活的观察的准确而细致。他说:"生活!生活!……"

为什么大雁南飞要头朝着西呢?草原上的人说这是依恋故土。"爬山调"是用这样的意思作比喻和起兴的。

"大雁南飞头朝西……"

河北民歌:"八月十五雁门开,孤雁头上带霜来……"

"孤雁头上带霜来",这写得多美呀!

琥　珀

我在祖母的首饰盒子里找到一个琥珀扇坠。一滴琥珀里有一只小黄蜂。琥珀是透明的,从外面可以清清楚楚地看到黄蜂。触须、翅膀、腿脚,清清楚楚,形态如生,好像它还活着。祖母说,黄蜂正在乱动,一滴松脂滴下来,恰巧把它裹住。松脂埋在地下好多年,就成了琥珀。祖母告诉我,这样的琥珀并非罕见,值不了多少钱。

后来我在一个宾馆的小卖部看到好些人造琥珀的首饰。各种形状的都有,都琢治得很规整,里面也都压着一个昆虫。有一个项链上的淡黄色的琥珀片里竟至压着一只蜻蜓。这些昆虫都很完整,不缺腿脚,不缺翅膀，但都是僵直的，缺少生气。显然这些昆虫是弄死了以后，精心地，端端正正地压在里面的。

我不喜欢这种里面压着昆虫的人造琥珀。

我的祖母的那个琥珀扇坠之所以美，是因为它是偶然形成的。

美，多少要包含一点偶然。

瓢　　虫

瓢虫有好几种，外形上的区别是鞘翅上有多少星点。这种星点，昆虫学家谓之“星”。有七星瓢虫，十四星瓢虫，二十星瓢虫……。有的瓢虫是益虫，它吃蚜虫，是蚜虫的天敌；有的瓢虫是害虫，吃马铃薯的嫩芽。

瓢虫的样子是差不多的。

中国画里很早就有画瓢虫的了。通红的一个圆点，在绿叶上，很显眼，使画面增加了生趣。

齐白石爱画瓢虫。他用藤黄涂成一个葫芦，上面栖息了一只瓢虫，对比非常鲜明。王雪涛、许麟庐都画过瓢虫。

谁也没有数过画里的瓢虫身上有几个黑点，指出这只瓢虫是害虫还是益虫。

科学和艺术有时是两回事。

瓢虫像一粒用硃漆制成的小玩意。

北京的孩子（包括大人）叫瓢虫为“花大姐”，这个名字很美。

螃　　蟹

螃蟹的样子很怪。

《梦溪笔谈》载：关中人不识螃蟹。有人收得一只干蟹，人家病虐，就借去挂在门上。——中国过去相信生疟疾是由于虐鬼作祟。门上挂了一只螃蟹，虐鬼不知道这是什么玩意，就不敢进门了。沈括说：不但人不识，鬼亦不识也。"不但人不识，鬼亦不识也"，这说得很幽默！

在拉萨八角街一家卖藏药的铺子里看到一只小螃蟹，蟹身只有拇指大，金红色的，已经干透了，放在一只盘子里。大概西藏人也相信这只奇形怪状的虫子有某种魔力，是能治病的。

螃蟹为什么要横着走呢？

螃蟹的样子很凶恶，很奇怪，也很滑稽。

凶恶和滑稽往往近似。

豆　芽

朱小山去点豆子。地埂上都点了，还剩一把，他懒得带回去，就搬起一块石头，把剩下的豆子都塞到石头下面。过了些日子，朱小山发现：石头离开地面了。豆子发了芽，豆芽把石头顶起来了。朱小山非常惊奇。

朱小山为这件事惊奇了好多年。他跟好些人讲起过这件事。

有人问朱小山："你老说这件事是什么意思？是要说明一种什么哲学吗？"

朱小山说："不，我只是想说说我的惊奇。"

过了好些年，朱小山成了一个知名的学者，他回他的家乡去看看。他想找到那块石头。

他没有找到。

落　叶

漠漠春阴柳未青，
冻云欲湿上元灯。
行过玉渊潭畔路，
去年残叶太分明。

汽车开过湖边。
带起一群落叶。

落叶追着汽车，
一直追得很远。
终于没有力气了，
又纷纷地停下了。
"你神气什么？
还的的地叫！"
"甭理它。
咱们讲故事。"
"秋天，
早晨的露水……"

啄　木　鸟

啄木鸟追逐着雌鸟，
红胸脯发出无声的喊叫，
它们一翅飞出树林，
落在湖边的柳梢。
不知从哪里钻出一个孩子，
一声大叫。
啄木鸟吃了一惊，
他身边已经没有雌鸟。
不一会树林里传出啄木的声音，
他已经忘记了刚才的烦恼。

注　释

① 本篇《雁》《琥珀》《瓢虫》原载《大家》1998 年第二期；与《螃蟹》《豆芽》《落叶》《啄木鸟》一并，以《草木虫鱼鸟兽》为题，初收《汪曾祺全集》第六卷，北京师范大学出版社,1998 年 8 月。《落叶》曾以《玉渊潭正月》为题，编入《旅途(八首)》中，内容有改动，原载《汪曾祺自选集》，漓江出版社,1987 年 10 月。其余以《草木虫鱼鸟兽》为题，原载《汪曾祺全集》第六卷，北京师范大学出版社,1998 年 8 月。

豆　汁　儿^①

没有喝过豆汁儿，不算到过北京。

小时看京剧《豆汁记》(即《鸿鸾禧》，又名《金玉奴》，一名《棒打薄情郎》)，不知"豆汁"为何物，以为即是豆腐浆。

到了北京，北京的老同学请我吃了烤鸭、烤肉、涮羊肉，问我："你敢不敢喝豆汁儿?"我是个"有毛的不吃掸子，有腿的不吃板凳，大荤不吃死人，小荤不吃苍蝇"的，喝豆汁儿，有什么不"敢"? 他带我去到一家小吃店，要了两碗，警告我说："喝不了，就别喝。有很多人喝了一口就吐了。"我端起碗来，几口就喝完了。我那同学问："怎么样?"我说："再来一碗。"

豆汁儿是制造绿豆粉丝的下脚料。很便宜。过去卖生豆汁儿的，用小车推一个有盖的木桶，串背街、胡同。不用"唤头"(招徕顾客的响器)，也不吆唤。因为每天串到哪里，大都有准时候。到时候，就有女人提了一个什么容器出来买。有了豆汁儿，这天吃窝头就可以不用熬稀粥了。这是贫民食物。《豆汁记》的金玉奴的父亲金松是"杆儿上的"(叫花头)，所以家里有吃剩的豆汁儿，可以给莫稽盛一碗。

卖熟豆汁儿的，在街边支一个摊子。一口铜锅，锅里一锅豆汁，用小火熬着。熬豆汁儿只能用小火，火大了，豆汁儿一翻大泡，就"澥"了。豆汁儿摊上备有辣咸菜丝——水疙瘩切细丝浇辣椒油、烧饼、焦圈——类似油条，但作成圆圈，焦脆。卖力气的，走到摊边坐下，要几套烧饼焦圈，来两碗豆汁儿，就一点辣咸菜，就是一顿饭。

豆汁儿摊上的咸菜是不算钱的。有保定老乡坐下，掏出两个馒头，问"豆汁儿多少钱一碗"，卖豆汁儿的告诉他，"咸菜呢?"——"咸菜不要钱。"——"那给我来一碟咸菜。"

常喝豆汁儿,会上瘾。北京的穷人喝豆汁儿,有的阔人家也爱喝。梅兰芳家有一个时候,每天下午到外面端一锅豆汁儿,全家大小,一人喝一碗。豆汁儿是什么味儿?这可真没法说。这东西是绿豆发了酵的,有股子酸味。不爱喝的说是像泔水,酸臭。爱喝的说:别的东西不能有这个味儿——酸香!这就跟臭豆腐和启司一样,有人爱,有人不爱。

豆汁儿沉底,干糊糊的,是麻豆腐。羊尾巴油炒麻豆腐,加几个青豆嘴儿(刚出芽的青豆),极香。这家这天炒麻豆腐,煮饭时得多量一碗米,——每人的胃口都开了。

八月十六日

注 释

① 本篇原载《汪曾祺全集》第六卷,北京师范大学出版社,1998 年 8 月。

北京人的遛鸟①

遛鸟的人是北京人里头起得最早的一拨。每天一清早,当公共汽车和电车首班车出动时,北京的许多园林以及郊外的一些地方空旷、林木繁茂的去处,就已经有很多人在遛鸟了。他们手里提着鸟笼,笼外罩着布罩,慢慢地散步,随时轻轻地把鸟笼前后摇晃着,这就是"遛鸟"。他们有的是步行来的,更多的是骑自行车来的。他们带来的鸟有的是两笼——多的可至八笼。如果带七八笼,就非骑车来不可了。车把上、后座、前后左右都是鸟笼,都安排得十分妥当。看到它们平稳地驶过通向密林的小路,是很有趣的,——骑在车上的主人自然是十分潇洒自得,神清气朗。

养鸟本是清朝八旗子弟和太监们的爱好,"提笼架鸟"在过去是对游手好闲,不事生产的人的一种贬词。后来,这种爱好才传到一些辛苦忙碌的人中间,使他们能得到一些休息和安慰。我们常常可以在一个修鞋的、卖老豆腐的、钉马掌的摊前的小树上看到一笼鸟。这是他的伙伴。不过养鸟的还是以上岁数的较多,大都是从五十岁到八十岁的人,大部分是退休的职工,在职的稍少。近年在青年工人中也渐有养鸟的了。

北京人养的鸟的种类很多。大别起来,可以分为大鸟和小鸟两类。大鸟主要是画眉和百灵,小鸟主要是红子、黄鸟。

鸟为什么要"遛"?不遛不叫。鸟必须习惯于笼养,习惯于喧闹扰攘的环境。等到它习惯于与人相处时,它就会尽情鸣叫。这样的一段驯化,术语叫做"压"。一只生鸟,至少得"压"一年。

让鸟学叫,最直接的办法是听别的鸟叫,因此养鸟的人经常聚会在一起,把他们的鸟揭开罩,挂在相距不远的树上,此起彼歇地赛着叫,这叫做"会鸟儿"。养鸟人不但彼此很熟悉,而且对他们朋友的鸟的叫声也很熟悉。鸟应该向哪只鸟学叫,这得由鸟主人来决定。一只画眉或百灵,能叫出几种"玩艺",除了自己的叫声,能学山喜鹊、大喜鹊、伏天、苇乍子、麻雀打架、公鸡打架、猫叫、狗叫。

曾见一个养画眉的用一架录音机追逐一只布谷鸟,企图把它的叫声录下,好让他的画眉学。他追逐了五个早晨(北京布谷鸟是很少的),到底成功了。

鸟叫的音色是各色各样的。有的宽亮,有的窄高;有的鸟聪明,一学就会;有的笨,一辈子只能老实巴交地叫那么几声。有的鸟害羞,不肯轻易叫;有的鸟好胜,能不歇气地叫一个多小时!

养鸟主要是听叫,但也重相貌。大鸟主要要大,但也要大得匀称。画眉讲究"眉子"(眼外的白圈)清楚。百灵要大头,短喙。养鸟人对于鸟自有一套非常精细的美学标准,而这种标准是他们共同承认的。

因此,鸟的身份悬殊极大。一只生鸟(画眉或百灵)值二三元人民币,甚至还要少,而一只长相俊秀能唱十几种"曲调"的值一百五十元,相当于一个熟练工人一个月的工资。

养鸟是很辛苦的。除了遛,预备鸟食也很费事。鸟一般要吃拌了鸡蛋黄的棒子面或小米面,牛肉——把牛肉焙干,碾成细末。经常还要吃"活食",——蚱蜢、蟋蟀、玉米虫。

养鸟人所重视的,除了鸟本身,便是鸟笼。鸟笼分圆笼、方笼两种。一般的鸟笼值一二十元,有的雕镂精细,近于"鬼工",贵得令人咋舌。——有人不养鸟,专以搜集名贵鸟笼为乐。鸟笼里大有高低贵贱之分的是鸟食罐。一副雍正青花的鸟食罐,已成稀世的珍宝。

除了笼养听叫的鸟,北京人还有一种养在"架"上的鸟。所谓架,是一截树杈。养这类鸟的乐趣是训练它"打弹",养鸟人把一个弹丸扔在空中,鸟会飞上去接住。有的一次飞起能接连接住两个。架养的鸟一般体大嘴硬,例如锡嘴和交喙鹊。所以,北京过去有"提笼架鸟"之说。

注　释

① 本篇原载《汪曾祺全集》第六卷,北京师范大学出版社,1998 年 8 月。

秘　书①

某首长,爱讲话,而常信马由缰,不知所云。

首长对年轻干部讲学习,说:"要学习嘛,要虚心嘛,要虚心学习嘛。要拜老师嘛。不管你有多大本事,也要有老师嘛。毛主席也有老师嘛。毛主席的老师是谁? 林则徐嘛!"

林则徐怎会是毛主席的老师呢? ——哦,是林伯渠!

他的战友劝他,以后讲话,最好请秘书写个稿。首长觉得很对。

他讲国际形势,秘书在讲稿上写道:"国际形势一片大好,不是小好。"写到"不是",恰到了一页的最后几个字,就加了一个括弧:(接下页),首长照实念了出来:"国际形势一片大好不是,接下页,小好!"

他讲阶级斗争的重要性,秘书的稿子上写的是"千万不要忘记阶级斗争",他念成"千万忘记阶级斗争",秘书在旁边提醒:"不要! 不要!"他赶快纠正:"千万不要阶级斗争"。秘书叹了一口气:"唉! 乱了套了!"——"乱了套了!"

"文化大革命"期间时兴在讲话前面引用两句毛主席诗词。他又要讲话,叫秘书赶快写一个讲稿。秘书首先引用两句诗词:"四海翻腾云水怒,五洲震荡风雷激。"因为手里正有急事,未写全文,在"四海翻腾"和"五洲震荡"下面各点了三个点,以为这两句家喻户晓,谁都知道,不会有错。讲稿上是这样写的:

　　四海翻腾……
　　五洲震荡……

首长拿起稿子就念:

　　四海翻腾腾腾腾,

五洲震荡荡荡荡。

注　释

① 　本篇原载《汪曾祺全集》第六卷,北京师范大学出版社,1998 年 8 月。

叹　皇　陵①

　　《大保国、探皇陵、二进宫》,简称《大、探、二》。这是一出找不到历史根据的戏,而且很多词句不通,甚至不知所云。但是这出戏久演不衰,很多人都爱听,包括文化程度很高的人。这是什么原因。原因是这出戏有很多唱,唱腔好听,听起来过瘾。有一个东欧的戏剧家到中国来,要求看中国的歌剧。介绍他看了不少中国戏曲,他说这都不是"歌剧"。后来请他看了《大、探、二》,他说:这才是"歌剧"。因为这出戏没有多少戏剧情节,没有大的戏剧动作,念白也很少,从头到尾就是唱,这和西方人的"歌剧"概念是符合的。这出戏旦角、老生、花脸的唱都很多,有各人的独唱,也有接口的轮唱,三个角色都得有好嗓子。其中徐延昭的唱尤为吃重。因为徐延昭抱着一个铜锤,习惯上把大花脸就叫做"铜锤",可见这出戏对于大花脸来说,有多么重要的意义。

注　释

　　①　本篇原载《汪曾祺全集》第六卷,北京师范大学出版社,1998 年 8 月。

架上鸭言①

(1)鸭子为什么不能上架?

画眉和百灵。

鸭掌是平的。

凡事都要想想,问一问,学一学,才明白。

讲戏曲,没有思考过,没有学过,没有资料。

缺乏常识,有些概念是杜撰的。

班门弄斧,贻笑大方。

以前有别的单位让我讲过。

（2）高尔基：戏剧是很难的文学形式。

戏剧没有作者叙述语言，只能通过人物的语言和动作表现人物。

戏剧难于有鲜明的作者风格。

戏曲更难，还要唱。

周扬几次提到重视戏曲创作人才。

戏曲人才之难，不在词章之学。振兴戏曲的希望在中青年作家。

要有思想。哲学思想、美学思想。比如人性异化之类问题。要有现代文艺知识、心理学的知识——包括变态心理学。要对外国文学流派，尤其是现代文学流派有所了解。要用一点比较文学的观点来研究中国戏曲。

要有生活，而且要用戏曲的特殊需要来处理生活，掌握戏曲的艺术规律。

文艺科学。戏曲艺术科学。

第三度的真实。

戏曲人物可以用警句交谈。

局部强调的艺术。不强调到强调的自由转换。李渔诗文不宜说尽，戏曲须尽。

不能有太多细节。天云山传奇，巧云尝尿。

叙述、动作和用独唱形式表现的心理描写。

因此人才难得。

（3）由元杂剧到传奇到乱弹，由重视唱到越来越重视念白。越来越有意识地用念白来塑造人物。

元杂剧是很怪的形式。四大块，那么多唱。

元杂剧是用唱来组织故事的。

作剧＝填词。

曲论不讲念白。

剧评只评唱词。

人物唱一套散曲。

有时为了凑满一套曲，很勉强。如乔孟符《金钱记》。

第一折写韩翃在九龙池赏杨家一捻红，遇到王府尹的女儿柳眉，一见钟情，柳眉留下开元通宝作为定情信物，这么一点事，唱了十三支曲子。先感慨秀才得一官半职非容易；次写景致——元曲连篇累牍写景，实非得已，次写韩见柳赞赏，都是套话，"那姐姐怕不待庞儿俊俏可人憎，知他那眉儿淡了叫谁画"，好不来由！最怪的是唱了一段花间四友，紫燕、黄莺、蜜蜂、蝴蝶。哪儿跟哪儿啊！

昊天塔与洪杨洞。秀才、武将。

关汉卿《救风尘》无一句废话，句句是一个老于人情世故，看透风花雪月而又有一副侠肠义胆的妓女的口吻。作为独唱，是非常精彩的。但有时也是为唱而唱，不择对象，或由作者给她设置一个对象，好听她抒发。比如赵盼儿把好人家与妓女作比较：

> ［倘秀才］县君的则是县君，妓人的则是妓人。怕不扭捏着身子蓦入他门，怎禁他使数的，到支分，背地里暗忍。

> ［滚绣球］那好人家将粉扑儿浅淡匀，那里像嗏干茨腊手抢着粉！好人家那篦梳儿慢慢地铺鬓，那里像嗏解了那襻胸带下颏上勒一道深痕。好人家知个远近，觑个向顺，衡一味良人家风韵。那里像嗏们恰便是空房中锁定个猢狲，有那千般不实乔躯老，有万种虚嚣歹议论，断不了风尘！

这段是与陪她到郑州去的与故事毫不相干的张小闲说的。前面只好加了说白：

"说话之间，早来到郑州地方了，小闲接了马者，且在柳阴下歇一歇咱。……小闲，嗏闲口论闲话，这好人家好举止，恶人恶家法。"小闲云："姐姐，你说我听。"

不是非在这个节骨眼唱不可的。

"赛白"说见《南词叙录》，未必可靠，但符合实际情况。

李渔以为元剧作者不写白，白是演员所加。或作者先写唱词，后补念白，亦未必是。元剧多有楔子，楔子多是交待情节，大部分是念白，只最后有一支"仙吕赏花时"或加一幺篇,未必剧作者只写一或二支曲子。

元曲之白作用有三:交待情节,给唱的人递肩膀,插科打诨。不靠它塑造人物。(？)

西厢记拷艳。红的本身在情在理,但在全折中不占突出地位,树立红的形象主要仍靠唱。

琵琶记第十五出《辞朝》。

牡丹亭石道姑数板。

李渔首先提出重视念白。

"语求肖似"。"欲代此一人立言,先代此一人立心。若非神往梦游,何谓设身处地。"

"词别繁减"、"文贵洁净"。"白不厌多"、"意多字少"。

但十种曲中似少精彩念白。

孔尚任《桃花扇》凡例:"旧本说白,止作三分。优人登场,自增七分。俗态恶谑,往往点金成铁,为文笔之累。今说白详备,不容再添一字,篇幅稍长者,职是故耳。"

"闲话"一出,无一句唱词。但无人物。

绣襦记教歌、五人义说书,皆演员所为。

真正重视念白,自乱弹始。

乱弹唱词少,念白多。

连环套、审头、四进士。

所以提出此问题,盖因到现在还有重唱词轻念白的风气。以为只要会写唱词即可写戏曲,殊不然。

(4)散白整白之说始自顾炎武。所提要求也很对。布莱希特:日常语言、庄严语言、唱歌。

散白是比较洗炼的日常生活语言。

京剧韵白念得越来越大,念白也越来越规整,越来越脱离生活。

余叔岩八大锤。

描摹人物性格,说话的神态。

打渔杀家"生在渔家"、"爹爹杀人"、出门。

四进士"三杯酒"、"来了!"

整白"起承转合、抑扬顿挫,层次分明,一句紧似一句,节奏感强,往往用骈偶句。"——骈偶可以造成气势。

时以散语、口语破之。

宋士杰:"这长这大。"

陆炳:"我做官做的是嘉靖皇上的官。"

"可我又不买你的字画呀!"

连环套"寸铁未带,一礼当先"、"我父指镖借银之后——","武文华呢?"

引、诗、对属于上下场诗。孔尚任:"上下场诗乃一出之始终条理。"承前启后。

空城计双引子,阳平关虎头引子,姚期大引子。

对子,"久居人下岂是计",张绣处境、心情、预示将发生的事件。

"风吹一炉火"。

"鼓打三更尽"。极有意境。如不念此对,黄盖如何出场?白、唱都不行。

"楼船静泊黄天荡,战鼓遥传采石矶"。

即便为了自己好玩,也可写写。

数板、扑灯蛾,现代戏都可用。

元曲的"词云",往往是双字尾。

"字字双",十七字。

插科打诨不可少。

(5)唱念布局无一定之规。

人物在有激情时唱。

"言之不足……"

孔尚任:"词曲皆非浪填,凡胸中情不可说,眼前景不能见者,则借词曲以咏之"。散文不足以表达,则用诗。

也不一定。平静中也能唱。

布莱希特反对感情充溢说。"决不是"。

说多了就该唱了,唱多了就该说了。

唱白相生。

李渔语。一句好白,一句唱词。

白垫唱。也有唱引白的。

说家史。《一捧雪》。

唱念互相勾着。

我的教训:构思时就要考虑唱念的布局,同时用散文和韵文来结构。甚至一场白文未具,唱词先成。这样的唱比较容易是地方。不太赞成写详细提纲。如果写了一个完全是散文的提纲,下一步再考虑安唱,总易格格不入。

少唱。马连良语。

(6)不一定每出戏都有核心唱段。群英会、梅龙镇。

大段唱安在哪里?"凡人物在矛盾中即要唱"。人物都在矛盾中。矛盾激化时往往不唱,或不唱大段。空城计激化在斩谡。沙家浜审沙时阿庆嫂未唱。在激化之前,戏剧危机中。

大段唱大都是独唱。

大段独唱大都是对人物的心理描写。

描写人物心理的大段独唱一般都是在人物处于绝对境界之中的。人物都是独处的时候,不受干扰,都沉陷在极度的痛苦或紧张的思索之中。

中国戏曲的心理描写的特点是:

一、人物的纷乱的思绪经过作者整理,变得很有条理,很有层次。意识流?

二、把人物的心理活动挖掘得很深。实际生活里,人是不会就一件事想得那样深,那样多,那样反反复复地想,死乞白咧地想的。

最好的独唱是琵琶记吃糠的描写。

写的是吃糠,描写当时人物的心理,不是吃糠描容的过程。"从人心流出"。

读。

中国戏曲的心理描写绝不同于小说的心理描写。

会不会受西方现代派、荒诞派的影响?

潜意识是有的。

疯狂一半疯狂,产生幻觉、错觉、做梦,往往表现出平常所不易察觉的思想意识。

南天门,失子惊疯。

打棍出箱"你骂我是个穷书生"。

范进中举。玩耍、读书、开笔作文"你说了短短一句话,叫我长长作一篇"。应考。得"中了中了真中了,你比我低来我比你高!""我不是有官无职的候补道,也不是七品京官闲部曹,我本是圣上钦点的大主考,奉旨衡文走一遭。我这个主考最公道,订下章程有一条,年未满五十,一概都不要,本道不取嘴上无毛。……活活考死你个小杂毛!"

潜意识是现代心理学的重要发现。表现潜意识必然会带来现实主义的深化,表现出更丰富、更真实的人性。如鲁迅所说,要拷问出一个人真底下的假,又拷问出假底下的真。在变态心理学面前没有英雄、伟人、忠臣、孝子,有的只是真实的人。

我很想用变态心理学的方法去研究一下汉武帝。

咱们也可以研究研究别的人。

(7)老戏有很多对唱,探母、珠帘寨、捉放曹。写得最好的是武家坡,连吵架骂街都能唱。新编历史剧及现代戏对唱少。现代戏似只《沙家浜》。

独唱是想,词可稍文,可以有比兴,句间可有较大间隙(有过门)。对唱是说,要如话。一般不用比兴,一句一句要接得紧,两人的话要紧扣着，"盖口"。独唱常用慢板。对唱原板、二六、流水，以流水为主体。流水吃功夫，比慢板难写。

大慢板宜用十字句。流水宜用七字句。

区别在双字尾和三字尾。

慢板即用七字句，唱腔也都处理成双字尾。如"哀哀长空雁"。

流水十字句演员易拌蒜。

方能够逢凶化吉遇难呈祥——遇难又呈祥。

流水押韵要押得巧，自然。如有一个韵勉强，全段即会别扭。

要如话，但下字要切，要妥贴。"谬夸奖"，得一谬字，写起来就流畅了。

不是绝对不能有诗意。如"江水滔滔向东流，二分明月在扬州"。

滚板，上下句界限不很明显，韵脚不很突出，甚至可不押韵。程。梅。

(8)指的是散板、流水、快板等。

"一桩桩一件件俱已备就，我这里请先生即刻登舟。"

(9)"打起黄莺儿"

"饮茶粤海未能忘"

"一马离了西凉界"。沙桥饯别。

(10)为什么要是上下句，是很有道理的。在唱腔和词义上都是一起一落，一开一合，一呼一应。两句是一单元。

"一轮明月照窗前，愁人心中似箭穿……"

不要两句不挨，东一句西一句。

平仄是人为的。为什么把上去入归为一类？沈约只指出四声，并未提为平仄。平仄的规定盖始自初唐。

调类和调值不是一回事。汉口去声似北京阳平，阳平近似北京去声。寒口，旱天。

但各地四声之间的调值是有区别的。

王:平平仄仄;李:平仄仄平。岔开。

"你不该在外面散淡浪荡"。

"做事要做这样的事。"

"多少次笑语环绕篝火飞"。

李渔:慎用上声。

"听一言不由我七孔冒火……"

"标准的京剧唱词应是上句押去声,下句押阳平,"似只《沙桥饯别》。但上句落去似较好听。

双声叠韵"看小船穿云……"

句中韵……"寻寻觅觅……"

顶针续麻。

守律,破律,创造新格律。

五字句流水。三个"怎么办"。

间句为韵 ABAB。连用上句。

(11)凌濛初以为本色当行是一回事。

本色——生活语言;当行——人物的语言。

自来都以为戏曲语言以本色当行为好。

李渔:凡一句词要想一想才知其好,必非好词。他大攻击"摇漾春如线"。

京剧少写景,《打渔杀家》有几句。"太湖石边把船发";"一轮明月照芦花"。

京剧唱词以叙述为主,偶有抒情,不能多。

"走青山望白云"

"胡地衣冠懒穿戴"

"一事无成两鬓斑"

"风声紧,雨意浓……"

偶有典雅华丽语,便当续以通俗明白的话。

"我与你父结发订情在风尘里……"

白而不水。一听就明白,但还有嚼头。

"穷人的孩子早当家"、"人一走,茶就凉"。

新戏多文,抒情成分太多。我亦不免。

(12)戏曲也可以有个人风格,应该尊重风格。

(13)乱弹少脱化。

"垒起七星灶……"

数字、算博士。前面一连串数字,说得很热闹,最后什么都没有,是一个零。

养成用韵文思维的习惯。用唱词来想,想的语言就是写下来的语言,在思想里唱出来的。不要用散文想一段意思,再翻译成唱词。这样写出来的唱词只是押韵的散文,不是诗。不是所有用散文能表达的内容都可以用诗来表达。《长恨歌传》和《长恨歌》绝对不是一回事。用散文思维,韵文写作,一定会格格绊绊,非常别扭。用韵文思维,韵文写,格律就不会是枷锁,是负担,而是翅膀。韵律会推动着你,而不是阻碍着你。会情生文,文生情,互相生发,这样才有"神来之笔"。一段唱词没有"神来之笔",是不易有光彩的。"人一走,茶就凉"如果事前用散文思维,是不可能产生的。我必须漂浮在江阳辙的波浪里,由它推着我走,才能感到得心应手。

写唱词不要一句一句地写,要一段一段地写。整段想好了,能背下来了,再落笔。我的很多唱词是在公共汽车里想好了的。想一句写一句,容易艰涩板滞。

择韵很重要。

王:先是一句非说不可的话。限韵,分韵难是好诗。先是"问大地怎把沉怨载,有多少才人未尽才。"

写一点旧诗词。

锻炼语感。老舍对。

（此为一次编剧讲习班的讲课提纲）

注　释

① 　本篇原载《汪曾祺全集》第八卷,北京师范大学出版社,1998 年 8 月。

无 意 义 诗①

　　我的儿子,他现在已经三十多岁,当了父亲了,小时候曾住过新华社的"少年之家"。有一次"少年之家"开晚会,他们,一群男孩子,上台去唱歌。他们神色很庄重。指挥一声令下:"预备——齐!"他们大声唱了:

> 排着队,
> 唱着歌,
> 拉起大粪车!
> 花园里,
> 花儿多,
> 马蜂螫了我!

　　老师傻了眼了:这是什么歌?

　　这是这帮男孩子自己创作的歌。他们都会唱,而且在"表演"时感情充沛。我觉得歌很美,而且很使我感动。

　　若干年后,我仔细想想,这是孩子们对于强加于他们的过于正经的歌曲的反抗,对于廉价的抒情的嘲讽。这些孩子是伟大的喜剧诗人,他们已经学会用滑稽来撕破虚伪的严肃。

　　我的女儿曾到黑龙江参加军垦(她现在也已经当了母亲了)。她们那里忽然流行了一首歌。据说这首歌是从北京传过去的。后来不止是黑龙江,许多地区的"军垦战士"都唱起来了:

> 有一个小和尚,
> 泪汪汪,
> 整天想他的娘。

想起了他的娘，

真不该，

叫他当和尚！

他们唱这首歌唱得很激动，他们用歌声来宣泄他们的复杂的，难于言传的强烈的感情。这种感情难道我们不能体会么？

上述两首歌可以说是无意义的，但是，是有意义的。

英国曾有几个诗人专写"无意义诗"。朱自清先生曾作专文介绍。

许多无意义诗都是有意义的。我们不当于诗的表面意义上寻求其意义，而应该结合时代背景，于无意义中感受其意义。在一个不自由的时代，更当如此。在一个开始有了自由的时代，我们可以比较真切地捉摸出其中的意义了。

注 释

① 本篇原载《汪曾祺全集》第六卷，北京师范大学出版社，1998 年 8 月。

散 文 五 题^①

鹤

他看见一只鹤。

他去上学去。他起得很早。空气很清凉。静悄悄的,没有一个人。忽然,他看见一只鹤。

他从来没有看见过鹤。这一带没有鹤。他只在画里看见过。然而这是一只鹤。他看见了,谁也没有看见过的东西。他呆了。

鹤在天上飞着,在护城河的上面,很高。飞得很慢。雪白的。两只长腿伸在后面。他感受到一种从来没有经验过的美,又神秘,又凄凉。

他觉得很凄凉。

鹤慢慢地飞,飞远了。

他从梦幻中醒了过来。这是一只鹤! 世界上从来没有人看见过这样的一只鹤。

他后来走过很多地方,看见过很多鹤,在动物园里。然而这些都不是他看见过的那样的鹤。

他失去了他的鹤,失去了神秘和凄凉。

昙 花

邻居送给他一片昙花的叶子,他把它种在花盆里,给它浇水、施肥。

昙花长大了,长出了一片又一片新叶。白天,他把昙花放到阳台上,晚上端进屋里,放在床前的桌上。他老是梦见昙花开花了。

有一天他在梦里闻到一股醉人的香味。他睁开眼睛:昙花真的开了!

他坐起来,望着昙花,望着昙花白玉一样的花瓣,浅黄浅黄的花蕊,闻着醉人的香味。

他困了,又睡着了。

他又梦见昙花开花了。

他有了两盆昙花,一盆真的,一盆梦里的。

鸟和猎鸟的人

我在草地上航行,在光滑的青草上轻快地奔跑,肺里吸满了空气。

忽然,我看见什么东西通红的在树林里闪动。

是一个猎人,打着红布的裹腿。

他一步一步,不慌不忙地在树林里走着。

飞起了一只斑鸠,飞不多远,落在一棵树上。

猎人折回来,走向斑鸠落下的那棵树。

斑鸠又飞起来,飞回原来的那棵树。

猎人又折回来。他在追逐着这只斑鸠,不慌不忙,一步一步,非常的冷静,他的红裹腿像一声凄厉的喊叫。

斑鸠为什么不飞出去,飞出这片树林? 为什么不改变方向,老是这样来回地飞?

斑鸠沉不住气了。它知道逃不掉了。它飞得急迫了,不稳了,有点歪歪斜斜的了。

我看见斑鸠的惊慌失措的大眼睛。

砰的一声,斑鸠掉在地上了。

我简直没有看见猎人开枪。

斑鸠连挣扎都没有挣扎一下,死了。没有一滴血,羽毛还是整整齐齐的,看不出子弹是从哪里打进去的。它的身体一定还是热的。

猎人拾起斑鸠,装在袋里,走了。

鬼　火

我在学校里做值日,晚了。我本想从城里绕路回去,犹豫了一下,决定还是走城外。天阴得很严,快要下大雨。

出了东门,没走多远,天就黑了下来,什么也看不见了。

路是一条每天走熟了的很宽的直路。我知道左边是河,右边是麦地。再往前,河水转弯处,是一片荒坟。我走得很快。我听见自己的脚步声和裤脚擦出来的霎霎的声音。

我看见了鬼火。

这是鬼火。

鬼火飞着,不快也不慢,画出一道一道碧绿的弧线,纵横交错,织成一幅网。这样多的鬼火。鬼火飞着,它们好像在聚会,在交谈。它们轻声地唱着一支歌,又快乐,又凄凉。

我加快了脚步。我感觉到路上干硬了的牛蹄的脚迹。

看见灯光了。

我到了。我推开自己家的门,走进去,大雨就哇哇地下开了。

迷　路

我终于不得不承认,我是迷了路了。

我在江西进贤土改,分配在王家梁。我到工作队队部去汇报工作,走十多里山路,我是和几个人一起从这条路进村的。这次是我一个人去。我记着:由王家梁往东,到了有几棵长得齐齐的梓树的地方,转弯向南。我走到那几棵梓树跟前,特别停下来,四面看看,记认了周围的环境。

回来时大阳已经落山。我快步走着,青苍苍的暮色越来越浓。我看见那几棵梓树了,好了,没有多远了。但当我折向左面,走了一截,我发现这不是我来时的路。是我记错了,应该向右?我向右又走了一截,也不对。这时要退回到队部所在的村子,已经来不及了。我向左,又向右;向右,又向左,乱走了半天,还是找不到来路。天已经完全黑了下来。我爬上一个小山,四面都没有路。除了天边有一点余光,已经是什么都看不见了。

我打算就在这小山上住一夜。我找了一棵不很高的树,爬了上去。——这一带山上有虎,王家梁有一个农民就叫老虎抓去了一块头皮,至今头顶上还留着一个虎爪的印子。

江西的冬天还是颇冷的。而且夜出的小野兽在树下不断地簌簌地奔跑。我觉得这不是事,就跳下树来,高声地呼喊:

"喂——有人吗?"

我听见自己的声音传得很远。

没有回音。

"喂——有人吗?"

我听见狗叫。

我下了山,朝着狗叫的方向笔直地走去,也不管是小山,是水田,是田埂,是荆棘,是树丛。

我走到一个村子。这村子我认得,是王家梁的北村。有几个民兵正在守夜。

我不知道我是怎样走过来的。

我一辈子没有这样勇敢,这样镇定,这样自信,这样有决断,判断得这样准确过。

注　释

①　本篇原载《湖南文学》2015 年七月号。

沈从文先生的"抒情考古学"

——《中国古代服饰研究》读后感①

我跟沈先生学过写作，没有跟他学过文物，对他在文物方面的工作不了解，只能谈一点感想。

我曾经戏称沈先生的文物研究是"抒情考古学"。他八十岁生日，我写过一首诗送给他，其中有一联是：

玩物从来非丧志，

著书老去为抒情。

诗欠庄肃，但却是我的真实感受。沈先生一生截然分为两段，前一段是作家，写了四十本小说、散文；后一段，1949年以后，忽然变成一个文物专家。这在世界文学史上也许是一个孤例。事似奇怪，也不奇怪。从我认识沈先生时，他就对美术、工艺有非常深厚的兴趣。他看有关工艺美术书的时间要比看文学书多。涉猎的范围很广，陶瓷、髹漆、丝绸、刺绣……什么都看。《铁网珊瑚》、《平生壮观》之类的书是经常放在案头的。他爱搜集各式各样的花钱不多的小件文物。昆明有一条福照街，一条文明街，街边有很多地摊，乱七八糟的小玩意很多。我每次陪他进城，他都要逛逛这些地摊，蹲在发着臭气的电石灯前觅宝。人弃我取，孜孜以求，时有所得，欣然携回宿舍，拂拭摩挲，自得其乐，高兴好几天，还特别喜欢让人看他架上的宝贝。有一阵搜集了很多耿马漆盒。这种漆盒竹胎，涂红黑漆，刮出极繁复细巧的花纹，原来大概是放脂粉的妆奁。有一回买到一个直径一尺多的大漆盒，用手抚摸着说："这可以做一期《红黑》的封面。"有一阵搜集了不少乾隆旧纸,足够编出一本纸谱。不知从什么地方搞到一批土家族、苗族的挑花,摊在宿舍里的床上、茶几上,叫朋友来看。这种挑花只是在手织的粗棉布上用黑色、蓝色的棉线挑出来的,间或加两朵红线挑的花,图案天真,疏密安排有致,确实很美。他有一床被面,是用一条旧的绣花裙子改成的,银灰色,也富丽,也清雅。沈先生在精美的工艺品面前总是很兴奋激动,手舞足蹈,眼睛放光,像一个孩子。他对文物的爱,实是对于人的爱。想到人能造出这样美的东西,因此才激动。他说:"我从这方面对于这个民族在一段长长的年分中,用一片颜色,一把线,一块青铜或一堆泥土,以及一组文字,加上自己生命作成的种种艺术,皆得了一个初步普遍的认识。由于这点初步知识,使一个以鉴赏人类生活与自然现象为生的乡下人,进而对人类智慧光辉的领会,发生了极宽泛而深切的兴味。"(《从文自传·学历史的地方》)沈先生是一个非常富于抒情气质的人。奇怪的是,他的抒情气质,他对民族,对人类,对"美"的挚爱一直不衰退,而且老而弥笃,越来越炽热,这种炽热的挚爱支持着他,才会在晚年在文物研究上作出巨大的贡献。一个文物研究者必须具备这点抒情气质,得是一个诗人。一个没有感情,冷冰冰的人是搞不好文物研究的。

……(此文未写完)

注　释

①　本篇据手稿编入。

推陈出新，成绩不大①

　　粉碎"四人帮"以后，全国的文艺形势是好的，北京市的文艺形势也是好的。文艺创作总的说来是繁荣的。但是文艺的发展不平衡。拿北京市来说，比较突出的是小说，尤其是短篇和中篇。探索了一些新的生活领域，接触了一些过去不敢接触的题材，试验了一些新的表现方法，——比如王蒙的小说用了一点意识流。诗歌似乎差一点。最差的是戏曲，尤其是京剧。

　　京剧基本上是演老戏。

　　听说京剧现在上座情况不好。原因很简单，京剧老了。京剧脱离了时代，脱离了最敏感，最易激动的一代人，脱离了青年。有人说这一代是思索的一代。京剧引不起他们的思索。

　　京剧有很大的长处。京剧自成一个体系。有人说世界的戏剧有三大体系：斯坦尼体系，布莱希特体系和中国戏曲体系——或叫梅兰芳体系。谁也说不清中国戏曲的体系是什么，但承认确有那么一个体系。布莱希特说中国戏曲有所谓"间离效果"，好像也有那么一个东西。反正，中国戏曲，京剧，和西方的戏剧是很不相同的一种东西。因此，它可能在世界戏剧中占一个很重要的位置。它是不会灭亡的。

　　但是，它老了。

　　据说京剧有一百五十年的历史了。一百五十年以来，京剧发生了一些变化，但是变化不大。拿今天的京剧节目单和昇平署的戏单，和刘半农搜集的同光时期的戏单相比较，几乎一样！有很多戏一百五十年前那样唱，今天也还是那样唱。一百五十年前京剧为什么风行，因为当时的京剧是年轻的，是新生事物。今天的京剧就老了，成了"历史的陈迹"。

京剧不会灭亡,但是会逐渐走向衰落。现在衰落的迹象已经很清楚。京剧衰落的原因很多,比如今天的群众听不懂的韵白,看不出内心活动的脸谱,各朝通用的服装……但是关键问题在于剧本。

京剧表演的基本上是历史题材。但是严格地讲,它不是历史剧,只是"讲史剧"。它所依据的大都不是历史,而是演义。演义有很大的局限性。我们今天观察历史上的人和事,不能再停留在罗贯中、施耐庵、冯梦龙的水平。他们不懂历史唯物主义。而今日的大部分传统京剧对历史的认识都停留在这个水平上。周扬同志说戏曲往往对历史简单化,不能表现复杂的人物和复杂的历史事件。陈旧的历史观,是京剧脱离时代,脱离青年的一个很重要的原因。

京剧一般只讲情节,不大表现人物,尤其是复杂的性格。茅盾同志曾说中国的古典小说往往只讲故事,不注意描写人物性格。京剧既然多半取材于演义,也就必然如此。京剧里表现一个独特的性格,表现出"这一个"的,大概只有一出《四进士》。丑角里还有几个,如汤勤、蒋干……正生正旦,一般很少有性格。

京剧的结构一般是不完整的。为什么京剧多演折子戏?是因为只有这几折比较精彩,全本没有什么意思。比如《宇宙锋》《打渔杀家》。今天的青年对这种没头没脑的折子戏是不要看的。

京剧的文学性一般很差。像"走青山望白云家乡何在","青山绿水难描画,那有渔儿常在家",有情有景,是很少的。一般唱词都很粗糙。京剧常用比喻,但都不高明。有些唱词简直不知所云。

老戏,如果不经过较大的加工,没有历史唯物主义,不写人物,不讲结构,不提高语言艺术,总有一天是没有人要看的。

其次是新编历史剧。我以为京剧受形式的限制,必然还是以表现历史题材为大宗。十七年新编历史剧有很大的成绩。但是我觉得有一个问题,是以历史规律代替艺术规律,以历史代戏剧,甚至以史论、史观代替戏剧。我们说京剧富有历史唯物主义。但是历史唯物主义是观察历史的方法,不是文艺创作方法。历史是历史,艺术是艺术,这是两个范畴。历史剧不是以戏剧的形式来写历史。戏剧,要写人物。毛主席说过对历史人物的评价,要看他对人民的态度,在历史上起过的作用。这是历史法则,不是艺术法则。但是我们往往误会了,在选材、结构时,尽量要去表现某个人物的"作用"。我以为"作用"是无法表现的。"作用"是客观的东西,是后人对他的估量,不是历史人物性格的一个部分。我们自觉不自觉地重复了"历史唯物主义的创作方法"的错误。因此相当多的历史剧成了历论、史观的图解。这种图解式的历史剧,是没有人要看的。提倡传记文学。传记的发展,是历史剧发展的前提。

不看重表现人物性格,是传统戏、新编历史剧的一个主要缺陷,也是若干现代戏失败的原因。

京剧还有一个很致命的弱点,即缺乏生活气息。一个有经验的导演跟我说过:"京剧最怕生活"。确实是这么回事。许多地方戏一移植为京剧,原来的活色生香,泥土气息,通通没有了。地方戏是水果,变成京剧就成了果子干。地方戏是水萝卜,变成京剧就成了大腌萝卜。长此下去,是不行的。我们在开始搞现代戏时都有意识地把一些生活化、性格化的语言引进到京剧里来。《红灯记》"里里外外一把手,穷人的孩子早当家",《沙家浜》里"人一走,茶就凉",都是从生活里概括出来的带有哲理性的语言。可惜,后来就叫江青、于会泳倡导的"豪言壮语"、假大空的语言所代替了。

我主张京剧的改革步子要迈得大一些。有些外来的、西方的方法可以引进来。比如心理分析和意识流。福罗伊德的学说从总体上看是荒谬的,把一切事物的存在都归结为"性压抑"。但是"潜意识"是一个伟大的发现,因为这是客观存在。意识流也是客观存在,人的意识不都是三段论似的那么清楚,意识确是像不可切断的流水一样。这种东西,中国的京剧里是不是有呢?我觉得有的。比如《打棍出箱》。

我呼吁京剧院团把门窗打开,接受一些外来的、新鲜的东西,不要再做马王堆的居民。我呼吁剧团的领导、编剧、导演、演员都读一点中外的文学、戏剧作品。如果不读一点艾青的诗、林风眠的画、高晓声的小说,京剧怎样改革,怎样前进呢?

我呼吁:京院京团的领导每天至少挤出半天时间读书,改变这种不读书、不看报、整天忙于事务的状态。不学无术的领导,是领导不出推陈出新的。

　京剧的一个很大的特点,是没有剧作者。没有关汉卿,没有王实甫,没有莎士比亚,没有莫里哀,也没有布莱希特。没有剧作家,是这个剧团趋于衰落的一个很重要的原因。全市的戏曲作家只有四十几位,而且不少是不大安心的。我希望给戏曲剧作者以应有的地位,给他们以拯救京剧、革新京剧,使京剧变成一种现代艺术的必要的地位。这不是为了他们本人,是为了推陈出新。推陈出新的骨干,应该是剧作家。

注　释

　① 本篇是作者于 80 年代初在某次会议上的发言,据手稿编入。

现实主义的魅力①

　　在北京市作协举行的关于我的作品的讨论会上，我作了简短的发言，题目是"回到现实主义，回到民族传统"。为什么说"回到"呢？因为我在年轻时曾经有一度搞的不是现实主义。我读过一些西方现代派的作品，受过影响。

　　使我走向现实主义，是现实本身对我教育的结果。

　　有一次，我和一个同学，走出西南联大的校门。门外白杨树丛里躺着一个人。这是一个壮丁，被队伍遗弃了。他极端衰弱，就要死了。像奥登《战时在中国作》里所说的那样，就要"离开他的将军和身上的虱子"了。但是他还没有死，他的头转来转去。我的同学对我说："你们搞写作的人，应该对这种事负责任。"我当时说不出什么，只是想起里尔克的一句诗："他眼睛里有些东西，绝非天空。"你们看，我用来表达我当时的感受的，还是一位现代派诗人的诗！我的同学的话给我相当大的刺激，我感到作为一个作家的社会责任感。

　　离开大学之后，我的生活是相当困苦的。困苦的生活迫使我面对现实。

　　1946年夏天，我从昆明到上海，路过香港，在一个华侨公寓里住了几天。我觉得我像一根掉在阴沟里的鸡毛，浑身沾满了泥水。

　　我曾在北京的历史博物馆当了半年职员，那时的历史博物馆在午门。"五凤楼"有几个陈列室，陈列着一些残破的、不值什么钱的文物。正中大殿上摆着清朝皇帝的宝座，还有几件袁世凯祭孔子的古怪的礼服。我住在当年锦衣卫值宿的房子里。一到晚上，所有的沉重的宫门都关了，显得异样的安静。我一个人站在午门前铺了石板的空旷的广场上，我觉得全世界都是冰凉的，只有我这儿一点是热的。我耐不住这样的孤寂,我要接触生活,我要和人生活在一起。1949年3月,我参加了第四野战军南下工作团,穿起了军装。我原想随军队打到广州。不想到武汉被留下来接管文教机关,我所接触的还是知识分子,想多看看生活的愿望未能实现。

我后来调到北京市文联工作。1951年,曾到江西进贤参加土改。进贤的土改没有多少轰轰烈烈的场面,但是我听了不少农民诉苦。有一个妇女诉苦,她控诉的不是地主,却是兔子。她辛辛苦苦在山上种了一点豆子,几次都被兔子刨出来吃掉了。她哭了,哭得很伤心。她只好砍了松柴到市上去卖。下大雨,雨水积满了她的竹扁担的空膛,花花地往下流。我想:这就是中国的农村,中国的农民。

土改回来后,我当了多年的编辑,还是不能接触生活。

1958年我被划成了右派,下放到张家口一个农业科学研究所劳动,前后三年。我这次真是“下放”了,放逐到了中国的底层。我跟一些农业工人——也就是拿工资的农民一同劳动。一点都不含糊地劳动。我当时能扛一百七十斤重的麻袋。晚上,我和这些农业工人睡在一铺大炕上,枕头挨着枕头。我和工人们的感情很好。前年我到原来劳动过的单位去看了看,不少老人还认得我。一个小木匠说他结婚时用的碗筷和锁门的锁还是我给他买的,我已经一点不记得了。这三年,我比较贴近地了解了中国的农村和中国的农民。离开这里以后,我写了几篇关于这个地区的农民的小说。我的感受是真实的。

中国共产党十一届三中全会以后,人的思想解放,创作空前繁荣。我想起一个问题:既然历史题材都可以写,为什么解放前的、旧社会的生活不能写呢?我半生生活在旧社会,童年时代是在苏北的一个小城里度过的。童年时代的记忆最清晰,那些我和他们朝夕相处的人物随时可以浮现在我的眼前。我于是拿起笔来写了一系列反映旧社会生活的小说。当然我现在看旧社会的生活和小时候不一样了。我写的是旧社会,但是我的作品却是一个八十年代中国人的全部感情的总和。

我企图写出人的诗意,人的美。这就是我所说的现实主义。

我的作品里现在也还能找出现代派的影响。我并不排斥现代派,但是我愿意说我的作品基本上是现实主义的。我认为现实主义是有魅力的。现实主义并没有衰老。

　　谢谢大家。

注　释

　　①　本篇据手稿编入。

《范进中举》(初稿油印本)前言①

　　我从来没有写过任何形式的戏剧,并且从来也没有想过有一天会写一个戏。亚平②同志建议我把范进中举写成一个戏,当时我心里没有什么跃动,我觉得这是不大可以想象的事:这样一个浑朴的小说,怎么能编成戏呢? 后来读了几遍《儒林外史》,想起来试一试。一起了编戏的念头的时候,就觉得仿佛要向什么人说明:这不是《儒林外史》,这在风格上要比原著卑浅浮薄得多。因为以我的才能,只能想出这样的办法。但是,最重要的,是我怀疑这个"戏"也许根本不成一个戏,因为我根本还不晓得戏是什么。承编导委员会的支持和鼓励,将修改了一次的初稿,印成油印的本子,寄给各位,如果你愿意对它提出不论什么样的意见,都会对我有莫大的帮助,感谢你。

注　释

①　本篇据油印本稿编入。

②　王亚平(1905—1983),诗人、作家。20世纪50年代曾担任北京市人民政府文化处处长、北京市文联党组书记兼秘书长、中国曲艺研究会副主席兼秘书长等职。

关于一出戏的意见^①

陈亮事我了解甚少,只知道他作文气势纵横,填词慷慨激越,与辛弃疾友善。他的言行似乎是一贯的。此剧表现他为了实现其政治主张——抗金,而不惜出卖清白,求得皇帝(光宗?)的信赖,不知有没有充分的历史根据。

我觉得陈亮是不适于用"心理实现主义"方法表现的人物,因为他并没有曲折复杂,富于戏剧性而又令人难以理解的心理变化历程。

因此,我觉得老年陈亮和青年陈亮之间的矛盾是不存在的。

老年陈亮所作的事不外有三点:

一、五十多岁还应考;

二、应考对策极言皇帝体察太上皇的意愿,尽管形式上于孝道有亏,而其用心至孝,于是得擢居进士第一;

三、及第后为建康判官,自以为于一重要地区又管政,又管军,可以实现其抗金的素志(事实上建康乃弹丸之地,不可能展其素志)。

这三点,都是青年陈亮所不反对的。

因此这一年龄上的冲突是虚假的,不能成立的。

除非:

一、青年陈亮因屡次建言、入狱,壮志已灰,以为国家事一无可为,应该归隐。

二、认为老年陈亮的应策乃违心之言,有亏大节。

三、终于,青年陈亮理解老年陈亮的苦心,达到一致,并合为一人。

戏里并未写出这样的矛盾——统一的过程。这样的过程不可能写出,因为根本不存在。

我认为这出戏缺乏坚实的历史的、人物心理的基础。

我以为对历史人物、历史事件应该用极其严肃的态度对待。我们写历史题材,应该对我们的历史,我们这个民族,负有严重的责任。

就戏论戏,作为陈亮的思想上的论敌朱熹和挚友辛弃疾应该出现。

注　释

①　本篇据手稿编入。

读《〈赵巧儿送灯台〉读后》^①

关于全文的结构、语言,同意陈戈华同志的意见,的确像一个发言稿,不像一篇严谨的文章。又因为见解还不够深刻,有些话虚浮,有些话分量也不够准确。全文冗散,问题是分析得不够具体,肯定《赵巧儿送灯台》和否定《葫芦滩》、《臭牡丹》,都不能使人明白到底邵子南哪些地方做对了,哪些地方做错了。

《赵巧儿送灯台》的整理方法十分值得重视。这不是一般的整理工作,这不是根据一个材料整理一个故事;不是根据几个材料整理一个故事,而是把关于一个人物的原来按照不同观点、从不同角度创作出来的种种故事集中起来,连串起来,成为一个叙述一个性格统一的人物的完整的故事。

首先,这样做是不是合适,有没有必要? 哪些故事可以,需要这样做,哪些故事不需要? 其次应该怎样处理? 分析这样的问题必须从具体的材料出发,不能单凭印象。要分析哪些故事是从不同的阶级观点出发因而互相对立;哪些故事因为流传的地区、传述的人不同而互有歧异;哪些看来相反而实相成——各说明着人物性格的不同方面……同时,故事能不能连串起来,必须看看这些故事是不是有连串起一个的可能,故事当中是不是天然地关联,有没有内在的统一性,能不能构成情节——群众是不是在希望它完整起来。

从整理出来的故事看,从论文的初步分析看,《赵巧儿送灯台》大概是可以或应当集中为一个故事的。但是,也可能这里也有简单化的地方。比如,赵巧儿的"聪明、伶俐"和"骄傲自满",自作聪明,不一定就是"不统一"。鲁班的性格也似乎有绝对化起来的倾向。论文作者对上述问题的分析是十分笼统的,只是说"有的传说中,他是以聪明、伶俐的形象出现，给人以新鲜活泼的印象，有的又是以自满浮夸的形象出现，给人以鄙薄厌恶的感觉"，这是毫不切实的，不能说明问题、使人信服，因而，对于邵子南的工作也不能作出公正中肯的判断，不能使人看出它的重要意义。同样，在批判时也是仅仅以印象为依据。我们要求作者深入地分析一下原来的故事，再来比照一下邵子南的作品。

又，论文作者有些观点是有问题的。如每个流传得较为广泛和久远的民间故事和传说，虽然都有它的明确主题思想，但这往往是非常单纯的，也可说是较为原始的。故事情节也如此。因此，他认为，在"有助于主题的突出"的原则下，每一个故事就是"真正属于人民的，主题也是健康的部分"，都需要加工或修改。我看这样的强调加工修改，实际上是贬低民间作品的思想性，是由于对于民间作品缺少深入的认识，因而缺少必要的尊重，因此，作者对于邵子南的肯定或否定，尤令人怀疑这里是不是主观主义的成分。

又作者说在加工时，除了使故事的情节和人物的性格在不破坏原有风格的前提下，使它更为生动和完整外，更重要的是使它原有的主题思想变得更丰富和突出。似乎主题思想可以脱离人物性格和情节而存在，这也是不妥当的。

以上两点不是主要问题。

关于《王抄手打鬼》，所引起的鬼的问题，我觉得并不那样简单。鬼故事，有一部分是可以归入神话范围或带有神话色彩的，这一类故事可以说是古老的，是人民对于客观世界的幼稚的解释，是幻想性的东西，但确实有一部分鬼故事不是神话，也并不古老，是故事，是对于客观世界的成熟的解释。有许多鬼故事甚至比"人故事"对于人情世态刻画得还要具有现实性。我倒是同意邵子南的看法，鬼故事很多带有很大的影射意义，是在指鬼骂人——这从样式上可以区别出来，一个是一本正经的说鬼，文体必严肃，一是嬉笑怒骂的说鬼，是喜剧的乃至闹剧的，充满幽默与讽刺，如《王抄手捉鬼》即是。

我想，谁要是找一点材料写一篇《谈鬼》(可从马健翎的《游西湖》

谈起），倒是很有意思的事。

注　释

①　本篇据手稿编入。

附录

社会性·小说技巧[①]

　　我先谈谈作家的社会责任感问题。有人说我和斤澜的小说跟当前现实生活距离比较远,我觉得不是。我俩写作的社会责任感是比较自觉的。我常想作家到底是干什么的? 在社会分工里属于哪一行? 作家是从事精神生产的。他们就是不断地告诉读者自己对生活的理解、看法,要不断拿出自己比较新的思想感情。作家就是生产感情的,就是用感情去影响别人的。最近为了选集子,我看了自己全部的小说、散文。归纳了一下我所传导的感情,可分三种:一种属于忧伤,比方《职业》;另一种属于欢乐,比方《受戒》,体现了一种内在的对生活的欢乐;再有一种就是对生活中存在的有些不合理的现象发出比较温和的嘲讽。我的感情无非是忧伤、欢乐、嘲讽这三种。有些作品是这三种感情混合在一起的。

　　我总的说来是个乐观主义者。我的生活信念是很朴素、很简单的。我认为人类是有希望的,中国是会好起来的。有的人曾提出,说我的作品不足之处是没有对这个世界进行拷问。我说,我不想对世界进行像陀思妥耶夫斯基式的严峻的拷问;我也不想对世界发出像卡夫卡那样的阴冷的怀疑。我对这个世界的感觉是比较温暖的。就是应该给人们以希望,而不是绝望。我的作品没有那种崇高的、悲壮的效果。我追求的不是深刻,而是和谐。但我不排斥、不否认对世界进行冷峻思考的作品,那是悲剧型的作品。我的作品基本上是喜剧型的。读者还是能看得明白的。有一位学化工的大学生看了我的《七里茶坊》后给我写了封信说:"你写的那些人就是我们民族的支柱。"我要写的就是这个东西。下面我要谈谈林斤澜的小说,包括他的矮凳桥的系列小说。他的小说有一个贯穿性的主题,就是人,人的价值。他把人的价值更具体化到一点,就是"皮实"。林斤澜解释"皮实",就是生命中的韧性。矮凳桥里他写了许多人物都是在证明自己存在的价值——"让你们晓得晓得我"。像《溪鳗》,就有两种主题:一是性主题,另一是道德主题。把性和道德交织在一起来碰一碰的作家据我知道的还不多。溪鳗是东方女性的道德观,她是心甘情愿也心安理得地作自我牺牲。李地是个母亲的形象。她在那么长期的、痛苦的、卑微的生活中寻找一种生活的快乐;在没有意义的生活中感觉出生活的意义。还有一篇我比较喜欢的是《小贩们》,写一群小孩子走南闯北做买卖,他们对生活充满了想象和向往,充满了青春气息。如果就是为了奔俩钱儿,孩子们就很俗气了。所以我说林斤澜的作品是爱国主义的。"皮实"是我们这个民族的品德,斤澜对我们这个民族是肯定的,有信心的。爱国主义不等于就是"打鬼子",对民族的优秀品质加以肯定是更深的爱国主义。

我的评论文章最后写了两句:"董解元说,冷淡清虚最难做。"结束语:"斤澜珍重。"

人们都要求小说提出什么问题,或说明什么问题。有人问我《受戒》说明了什么?我自己也不知道,或是解释不清楚。"于其不知,盖阙如也。"另外,我也不同意有的人说我的小说是无主题。我的小说是有主题的。我可以用散文式的语言来说明我的主题。但我认为应该允许主题相对的不确定性和相对的未完成性。

作者也在思考,要是都告诉了读者,一览无余,那就没有什么思索的余地了。

我谈一下横向借鉴和竖向继承,或者叫民族化问题。中国现代文学应该说是接受了些西方影响的,当然必须也必然借鉴了许多西方的东西。但一个国家的文学,一个民族的文学,有两个东西没法否定掉:一是你写的是这个国土上的人和事;二是得用这个民族的语言来表述。有些年轻作家借鉴西方作品,包括它的表现形式,这是无可非议的。但最根本的赖以思维的语言还得是中国的语言。作家必须精通本国的语言。西方现代主义作家他本人也是精通本国语言的。不能用汉语汉字来表达完全是西方的东西。现在在许多文艺理论批评中引进了自然科学的概念,包括数学概念和数学术语,我觉得这也是可以的。比如现在有个时髦的术语叫"坐标系"。坐标系总有两个轴——横坐标座和竖坐标座,然后才能决定你那个坐标的位置吧!但现在有些作家只有一个横坐标轴,而没有竖坐标轴,他一般只强调横向借鉴,因此他那个坐标位置是不稳定的。在横向比较的同时必须要继承中国的民族文学传统,不能把西方的那套完全搬过来,所以在讨论我的作品会上我加了一句话:回到现实主义,回到民族文化的传统。我读了王安忆的《小鲍庄》,觉得有一点很欣慰。我从这个作品里感受到了一种民族的气息,包括语言、对话、叙述都用了徐州地区的语言。我不是一个很顽固的老式传统的现实主义者,我自己受过一些西方文化的影响。民族文化应该吸收外来的影响,但目前则应该强调我们民族文学和传统。现在有些搞文艺理论的同志完全用西方的一套概念来解释中国的不但是传统而且是当代的文学现象,我以为不一定完全能解释清楚。中国人和西方人有许多概念是没法讲通的。李陀到德国去,他写了篇文章叫《意象的激流》。"意象"是什么?外国人怎么也弄不清楚。我在上海召开的汉学家会上对一些西方汉学家说,你要了解中国当代文学的语言,先要了解中国传统的语言论。我讲了一套韩愈的语言论,"气盛言宜",他们听起来很新鲜。韩愈说:"气,水也;言,浮物也。水大而物之浮者大小毕浮。气之与言,犹是也。气盛则言之短长与声之高下者皆宜。"韩愈提出了三个很重要的观点:一是"气",即作家的心理状态、精神状态。所谓"气盛",就是思想充实,情绪饱满。其二,他提出一个语言的标准叫"宜",即语言准确。其三,还提出"语之短长"和"声之高下",即句子的长短和声调的高低。韩愈的语言论讲得很具体,并不虚无缥缈。我觉得年轻的作家应该学一学。

目前图解又有新发展,就是图解某种西方思潮。看了一本什么书,接受了某个新观点,然后想办法找点人物和故事去写,目的是宣传西方的他自己也不太懂的思想。这实际上也是一种主题先行。

我认为不图解就应该不是从概念出发,而是从生活经验出发,从本人不能忘怀的事情出发。比如《受戒》,写的是我四十三年前的初恋感情……

注 释

① 本篇原载《人民文学》1987 年第三期,是以林斤澜和汪曾祺为主的作家对话录,由该刊编辑根据录音整理;初收《汪曾祺全集》第八卷,北京师范大学出版社,1998 年 8 月。收入本卷时仅保留作者发言内容。

漫话作家的责任感①

我觉得一个作家的整个文学创作，不应该以他在某一个会上说的某一句话作为标准，甚至他即使说，我不考虑社会责任感，他照样可能也是有社会责任感的。不能从单纯一句话来看他整个的创作和整个的人生态度。

另外虽然有人说他不考虑社会责任感，比如阿城说他写小说就是为了满足自我。这样一句话可以作各种引伸，也可能引伸出他没有责任感，也可能找出他有很强烈的社会责任感。怎么理解都可以。我觉得现在作家写作，作品一发表出来就成了一种社会事实，你说你不考虑社会，但你锁在抽屉里是给自己的，发出来就成了社会现象，当然会对读者产生这样那样的影响，发表前你也许不能完全准确估计到，但你大体上还是有个估计的。我觉得我们现在所谓的责任感就是古代的"代圣贤立言"，说别人的话，说别人想说而没有说出来的替他说出来的话。这是揣摸上意，先意承旨。就是皇上嘴里还没出来呢，我就琢磨着他要说什么。有一种他还是很真诚的。他倒不一定是揣摩，而是他的脑子已经是这样了，是很真诚的思考，他不知道还有另外一种思考生活的方式。

一个作品产生的社会效果，往往受社会环境的影响，在抗日战争中，不是"白毛女"就是别的戏，大家也还是要参军打鬼子去。所以，我觉得应当研究作品到底是怎样产生作用，产生了什么作用。

我最近读了巴西总统的一首诗，写渔民出海，亲人等他，诗写得很好。我觉得他作为总统那个诗不是总统诗，他在写诗的时候不是总统，是诗人。我当总统的时候我是总统，我不当总统时是个诗人，不能以写诗的办法来治理国家。

你写作品时候，就是要考虑怎样把作品写好，你不可能在写作时就先考虑你该有怎样的社会责任感。有一个参战的空军飞行员，我问你飞上天的时候是不是想到国家民族，他说我不能想，我想了一下就被揍下来了，我只能顾怎样瞄准对手，把他打下来。写小说也是一样，你写小说的时候就想着这个小说将会产生多大的社会影响，那这个小说肯定是写不好的，就像飞机驾驶员被揍下来一样。

最早提出"问题小说"的是赵树理，《地权》是解决土地问题，而恰恰是他有些小说，他自己无法把它放在问题小说里边，比如《手》《富贵》等等不能明确反映他的问题的，往往这样一些小说比那些小说的艺术生命力要强。

他这个《茶馆》原来不是这样写的。他原来打算把王利发写成当了人民代表啦。后来焦菊隐对他说，你就是第一幕好，你就照着第一幕写吧，老舍说，那咱们可就"配合"不上了。

我们现在所说的社会责任感和那时的"配合"是一样的。

而且，任何一个作家，一个很明显的道理，他首先得生活。这是很明显的吗？我所写的只能是我所感知的那一部分世界。整个的世界都要我来表现，我不成了全知全能的上帝了吗？好比一个大夫他可以内科外科儿科妇科都能干，他得是个全才。我现在就要割个瘤子，你就把那个瘤子割好了，不就行了吗。

简单说就是卖什么的吆喝什么。

有的时候你写个什么东西产生的社会效果跟你想的完全不是一回事。比如我曾经写了个高大头盖房子，讽刺的，写这个高大头有办法，居然在九平米中盖了三十六平米。写这个过程。没想到产生什么效果呢？其实当地没有给高大头解决这个地皮，结果看我这个小说一发表，当地政府马上决定给这个高大头解决房子，说汪老在这个小说中写到这个了，而且这个高大头现在变成了我们县里的政协委员。他的女儿是个体户模范，介绍她时就说这是汪老小说中那个高大头的女儿。这种社会效果是我完全没想到的也是我不希望产生的效果。这些是说我们当地的人实际上只把文学看成是一种政治工具了。后来这个高大头给我写来了很长一封信，还寄来材料，希望我还写续篇，我说我写不了。

领导我们的人哪，还是那句老话，要按照文学规律办事。这是最简单的。现在查出列宁的那句话"党的文学"翻译错了，应当是"党的出版物"。那么现在一个问题，就是党和文学应当是什么关系。现在实际上在很多人的脑子里，实际上还有文学是"党的文学"的观念。还应当研究，作协究竟是干什么的？作协的领导究竟是干什么的？

这么些年来，这么多作家的文学观包括创作方法得有人管着他，不管着他，好像就不习惯了。

注　释

① 本篇原载《文学自由谈》1988 年第五期，是该刊于 1988 年 7 月 4—6 日，举办的文学沙龙的发言纪要，未经发言人审阅，参与者还有朱晓平、林斤澜、陈建功、谢冕等；初收《汪曾祺全集》第六卷，北京师范大学出版社，1998 年 8 月。收入本卷时仅保留作者发言内容。

文章千古事　得失寸心知①

——《清明》杂志文学座谈会纪要

　　谈到文学与现实、与政治的关系，有人说我远离政治，我还不承认。我为什么不承认呢？任何作家写任何作品，无不和当时的政治有关。有的好像没有直接写政治，好像没有反映现实，但所表现的情绪和心态却是有关的。比如我写《受戒》，和政治有什么关系？我说可有关系了，和十一届三中全会有关系。没有十一届三中全会，就没有《受戒》那样的作品。当时思想解放，要是在"十七年"里就根本没法解释。当时我写出来了，有人就很奇怪：你写这东西干什么？谁给你发表？结果《北京文学》主编李清泉对它很感兴趣，拿去后也不通过编辑，第二期就发。大家都在十一届三中全会那种一片春风的时候，才可能有我这样的作品。所以我感到文学繁荣，必须首先要有一个好的大的气候。要把文学搞好，首先要把政治、经济搞好，才能达到《岳阳楼记》里所谓的政通人和。只有具备政通人和的气候，才能有文学的繁荣。这是一点。另外是气质问题，作为一个写作的人，大家都要认识自己，我是一个什么样的人。所以刚才叶全新让我写几个字，我写了《晋书》上的那句话："我与我周旋久，宁作我。"我和我过了一辈子，我还做我，所以大家写作的时候，不要管当时的行情如何，风气怎么样，你自己按照你自己的去写，不能勉强。我受过勉强的罪，因为我曾经有过十年搞样板戏的历史。我是在"旗手"直接领导下搞的。她主张要大江东去，不要小桥流水。我说这完了，我只会小桥流水，不会大江东去。我当然不反对那些大江东去，阳刚之美的东西，也不妨小桥流水。茅盾若干年前就说过，我们文坛上有一种风格的作品多年不见了，就是婉约派的作品，可是一个时期以来，"婉约"是不能提的。包括女同志都是金刚式的。真要是金刚式的当然也很好，但不要勉强。文学的社会功能大家扯了很久，有人认为我是不主张文学有这种功能的。我说你们这是对我很大的误解，我很主张文学也有社会功能，但这种社会功能不能太急功近利。说写一个工厂改革的作品，大家都按照它那样去改革一个工厂，这不可能。有人说针砭时弊，我说靠文学来改革社会，是一个很间接的东西，不可能像打针吃药。我这儿发烧了，两片阿斯匹林马上就好，我很欣赏杜甫的两句诗："随风潜入夜，润物细无声。"像你们那个清明雨似的。当然来两下倾盆大雨也可以，一般还是小雨知时节，慢慢浸润。我想只要有这点善良的愿望，不是为了其他乱七八糟的目的去写就好。社会效果，如有些纪实性作品可能更直接些。但文学更多的是潜在的、内在的东西。我觉得大家可以按照自己的气质去写。作家认识自己的气质有一个办法。你喜欢看哪一路作品，往往你就是那一路气质。我爱看的基本上是契诃夫的小说，归有光的散文这一路子。巴尔扎克和我不是一码事。我不能写巴尔扎克式的作品，或者肖洛霍夫式的东西。个人有个人的气质，不能强求自己去做另外一个人。《清明》有自己的特色，也不一定要去追求轰动效应。我看你们这个会标清清雅雅的、淡淡的，天蓝色的底子上有几个绿色的字，不是通用的大红底子加黄字，就有特色。这种色调就很好。

我感到一个作者最重要的是要有自己的语感。感觉到这种语言是好的才能写出好的语言。梅兰芳善于辨别精粗美恶。有些人没有语感。他不知道什么语言是美的，什么语言是不美的，那就没办法了。

蓝得岂有此理。你不可能想象，世界上竟有这样的蓝，比蓝墨水还要难，真怪了！因为它水深达四十米，所以特别蓝。

上海人有办法，叫爱得一塌糊涂。

我的目的不是写蜻蜓，而是写医生，造成一个很淡泊宁静的生活环境，这是他的性格所在。

我们推年轻人不怕过头。怕只怕缺少一种钟爱。徐悲鸿赞赏齐白石，有些话是很过头的，但他说他没有说错。

一个主编一年里边，如果真正有把握地推出两个作家。

李清泉在那几年里边，他比较得意的就是推出两个作品：一个是方之的《内奸》，第二个就是敝人的《受戒》。他自己认为这是他编辑工作的得意之笔。我补充一点，最重要的是第一印象，初读的那个印象非常重要，外国人说的 first impression，第一印象能不能抓住你，吸引你，更重要的是第一句。第一句你看他怎么开头。欧阳修《醉翁亭记》第一句："环滁皆山也。"奇了！第一句就成了千古名句。文章的语调语式全有了。

有些很知名的作家，他呀，认为编辑是他的助手。稿子有些字不会写，他空着。标点他弄不清，一路逗点。他认为改标点、补空缺，这是编辑的事。

刚才老林说到我替别人改稿子问题。我也当过几年编辑。编辑和作者之间的关系，不管用什么词吧，叫帮助、培养、扶持，都是一个意思。编辑需要不需要，可以不可以帮作者改稿，就是刚才老周说的那个问题。我那时在《北京文艺》，自然来稿很多，几乎很大部分稿件都经过编辑部的加工，包括你们这里的老总。赵树理编刊物的时候，主要靠自然来稿，到发稿时候都发愁，有时候就只好自己动手。赵树理有一个绝处逢生法，实在不行了就把稿子都拿来看。陈登科《活人塘》就是这样出来的。不是什么乱七八糟的东西都可以改出来的。《活人塘》本身就有许多闪光的东西，不是别人可以加上去的。改稿的困难是，改完后不能让人看出是你汪曾祺的稿子，不能改成你的风格。要按照他那个风格改一遍。对，我模仿他们的风格改一遍，语言也是他的。我为什么肯动手改呢？因为他有生活，不是硬编出来的，有真情实感。我看了半天，我如果给他提意见，说你这个小说哪地方是多余的，可以去掉，那么信就要写得很长，而且他也不一定能理解。这样不好，怎么着才叫好了呢？所以这时候我干脆给你再写一遍，你自个去对照。有些作者在临界线以下，一般地提提意见，他出不来，我觉得与其我给你写很长很长的信，不如我给你来一遍。往往带学生就得这样，我受过我的老师沈从文的影响。沈从文对学生稿子大量地修改，但他从不取而代之。世界上对创作能不能教，有截然不同的两种态度。美国有一个很有名的教创作的,他写了一部很厚的书,认为创作可以教。但教创作你不能光讲怎样结构,怎样安排语言,怎样制造气氛,怎样写对话,那就完了。不如实实在在,你这个玩艺儿让我写是这么个写法,你瞧瞧看是不是比你强点?这样他能悟出很多东西。我说难的就是还是他的东西,或者说,比他自己还像他自己的东西。这点是很难的。有些作者在编辑帮助之下成名了,地位很高了,可师傅领进门,一脚踢出门的也有。但真诚地帮助作者的编辑吧,一般也不指望有什么报酬,顶多提溜两瓶酒就足够了。这个事情还是值得做的。我很同意。《清明》还要继续走这种……沙里淘金,或者还有其他更形象更诗意的说法吧。我同意这样,但也不能完全代替他。对,拔苗助长得太厉害了也不行。

我没看过。但我觉得可以算中篇,或者前面加上一个附加语,别具一格的中篇。实际上这种弄法也是有的。比如说《纽约奇谈》,五个故事,用大礼服穿起来,每个故事都有大礼服。

我那天和老相说过,国外文学概念中没有中篇这个概念,只有短故事和小说,short story 和 novel 这两个概念。中篇这两年我们兴起来了,成为带有一种中国色彩的特殊的文体。我觉得中国的中篇确有它的特色。沈从文的《边城》,这肯定不是长篇,也不是短篇。梅里美有的小说也不能叫作长篇。我们国土上盛行中篇,所谓中篇意识吧,也可以探索一下。我只有短篇意识,没有其他意识。有些中篇是长篇压短了,楞挤在一起,或把一个短篇拉长了,这不叫中篇。我那个《大淖记事》,很多人说可惜了,只写一万六千字,稍为长点,撑一撑就是中篇。我说我那个是短篇意识,撑出去就不是我那回事了。

注　释

① 本篇原载《清明》1990 年第 1 期,是在《清明》创刊十周年文学座谈会上的发言,略有删节,与会者有林斤澜、余华、刘恒等;收入本卷时仅保留作者发言内容。

宋四家都是文学家兼书法家[①]

自古有很多文人的字是写得很好的。《上阳台诗》有争议,但《张好好诗》没问题,宋四家都是文学家兼书法家。有人认为中国的书法一坏于颜真卿、再坏于宋四家。虽有道理,未免偏激。宋人是很懂书法之美的。苏东坡自己说得很明确:"我虽不善书,晓书莫如我。"他本人确实懂字,他的字很多,我觉得不如蔡京的,蔡京字好人不好,但不能因人废书。也有文人的字写得不好,我见过司马光的一件作品,字不好。四川乐山有他一块碑,写得还可以。他不算书法家,但他的字很有味,是大学问家写的字。也有大学问家字写得不好的,如龚定庵。他一生没当过翰林,就是因为书法不行。他中过进士,但没点翰林。他的字虽然不好,但很有味。这种文人书法的"味",常常不是职业书法家所能达到的。"馆阁体"限制了多少人哪!

我到台湾去有一个感觉,台湾的牌匾,大部分是欧体,不像我们大陆的字龙飞凤舞、非隶非篆的。台湾是欧体、唐楷多,他们故宫博物院的说明也全是欧体。这使我想到一个问题,写字还是从楷书学起。楷书比较规整的是欧体。如果一开始就写颜字,容易叫小孩把字写坏了。茅盾的字有点欧味,有人说像成亲王,茅公说他没学过成亲王。扬州有个人考证茅公的字是从欧字来的,但不是九成宫那类楷书,而是欧的行书体。

我觉得要重视书法。台湾对传统文化比较重视。台的书法比较端正。台湾很多作家能背很多古文。台湾的语文教科书中没有白话文,全是文言文。这样做不一定对。但是从我们的语文教材的比例看,文言文的比重比较少。我认为作为一个作家来说,不熟读若干古文,是不适于写散文的,小说另当别论。

我没想到那么多人喜欢书法,爱好字,这是件好事。现在的小学生很麻烦,因为老师就不懂书法,写的都是印刷体、仿宋体。还得从楷书入手,现在有个麻烦,换笔问题。我是换不了笔的。相当多年以前,我是用毛笔写稿的,改成横写,我别扭了好几年。到现在我也很难想象用电脑写作,我认为电脑写作是机器在写作不是我在写作。感觉不一样。你让我用电脑思维,我至少在相当长的时间里办不到。当然写几十万字的长篇小说也可能用电脑方便,我因为不写长的,所以还是喜欢用笔。

现在有个书协,会员那么多,成就那么大,这是很令人欣慰的事。另外,有必要强调基本功。有的写篆隶是有真功夫的,有的是花架子。首先得把楷书、行书写好。有人写很大的篆隶,题款不像样子,行书不会写。现在还有人鼓励小孩子写篆隶,我以为不妥,还是先写楷书。

我认为写隶书体不适于写唐诗,时代不一样。

你字没写好是因为运动。

我反对用电脑,平时也应该读读帖、练练字。

色调也高雅、不俗。

中国毛笔应该怎么做?唐以前不是羊毫,但现在硬毫太少了。日本书法多是狼毫写的。我们现在的笔是大肥肚子,写不了多少字就掉毛。早年胡小石在昆明时,正赶上灭鼠运动,他就积攒了不少鼠须,他的字有不少是鼠须笔写的。

我说句得罪人的话,书协应该多吸收些高档级的成员,去除一些低级"书家"。

淮海战役,邓小平用毛笔写电文。

台湾语文课本里有京剧剧本。

泰山写"龙"(?)的摩崖大字我主张铲掉。

(汉字)将来改来改去,连律诗都对不了仗了。

江泽民同志签名也是繁体。

中国人是用文字思维,不只是用语言思维。

出版单位出版古本字帖,不要出选字,这样看不到原文全貌。

注　释

① 本篇原载《中国书法》1994 年第五期,又载《学界名家书法谈》(刘正成主编,北京荣宝斋出版社,1994 年版),是该刊组织的座谈会发言纪要,总题为《文学与书法——部分著名文学家座谈会发言纪要》。受邀者还有李準、邓友梅、唐达成、林斤澜等,经作家审阅;初收《汪曾祺全集》第六卷,题为《文人与书法》,北京师范大学出版社,1998 年 8 月。收入本卷时仅保留作者发言内容。

散文全编